教育部人文社会科学重点研究基地
复旦大学中国古代文学研究中心 丛刊

2013年明代文学国际学术研讨会

论文集

黄 霖
陈广宏 主编
郑利华

凤凰出版社

图书在版编目（CIP）数据

2013年明代文学国际学术研讨会论文集 / 黄霖，陈广宏，郑利华主编. -- 南京 : 凤凰出版社，2015.12
ISBN 978-7-5506-2314-9

Ⅰ. ①2… Ⅱ. ①黄… ②陈… ③郑… Ⅲ. ①中国文学－古典文学研究－明代－国际学术会议－文集 Ⅳ. ①I206.2-53

中国版本图书馆CIP数据核字(2015)第289456号

书　　名	2013年明代文学国际学术研讨会论文集
主　　编	黄　霖　陈广宏　郑利华
责任编辑	李相东
出版发行	凤凰出版传媒股份有限公司 凤凰出版社(原江苏古籍出版社) 发行部电话025-83223462
出版社地址	南京市中央路165号,邮编:210009
出版社网址	http://www.fhcbs.com
经　　销	凤凰出版传媒股份有限公司
照　　排	南京凯建图文制作有限公司
印　　刷	江苏凤凰通达印刷有限公司 南京市六合区冶山镇,邮编:211523
开　　本	787×1092毫米　1/16
印　　张	70
字　　数	1617千字
版　　次	2015年12月第1版　2015年12月第1次印刷
标准书号	ISBN 978-7-5506-2314-9
定　　价	158.00元

(本书凡印装错误可向承印厂调换,电话:025-57572508)

目　录

谈《明代文学思想史》的建构

陶慕宁

一、论从史出，下笔矜慎

继《隋唐五代文学思想史》与《魏晋南北朝文学思想史》相继问世，罗宗强教授又穷十二年之功，完成《明代文学思想史》，从而在他的中国文学思想通史的建构中树立了一座坚实的大厦。明代文学流派纷呈，诸体兼备，而向无统摄全体的思想史。以往的文学史著，论及明代，或囿于传统，无视小说戏曲，如谢无量《中国大文学史》；或趋附政治，以所谓“人民性”、“阶级性”为准的，贬诗文而过崇说部戏曲，如1949年后行世的多部文学史。1980年代以来，情况颇有改观，出现了多种有深度，有见识的明代文学研究专著，或文体专史，或专人研究，或流派研究，或地域研究，或理论探索，但时至2012年，仍未见条贯历朝、汇通诸体的明代文学思想史，故罗宗强教授此书实有填补空白，别开生面的学术价值。

所谓文学思想，窃以为应系由某一人或若干志同道合之人提出的文学创作与文学审美的主张，很快得到多数文人的响应，逐渐形成一种思潮，终至对此前的文学创作格局产生颠覆性影响，且有相当的持续时间。在特定的时期，亦容有数种文学思想并存，互相攻讦，势同水火的局面出现。明代文学在整个中国文学发展史上处于一个特殊时期，如同政局的多变无序，文学创作也呈现出品类繁夥，雅俗交争，高下杂处，乱象纷纭的局面，要想在如此繁复多变的文学现象中梳理出一条清晰的文学思想衍化的脉络，没有大量的文献材料的爬罗甄别，没有高屋建瓴的理论素养，没有清晰缜密的思辨统摄，很容易目迷五色，治丝益棼。著者在“后记”中说“大量的精力，还是耗在了材料的阅读上。即以别集为例，不读不放心，读了与研究题目有关的十不得一。十个别集有九个属于白读。……当然，经过大量的阅读，对于明代文学思潮发展的环境氛围，还是有一个感性的认知，还是有益的。”[①]实际上，无论是写文学史还是写思想史，客观的立场固然重要，然而对于古人的生活方式、趣味风尚有“了解之同情”，也是题中应有之意。我想，著者所说的“感性的认知”即是此意。

《明代文学思想史》的建构有一条清晰的脉络，即通过政治环境、社会风习、文人心态的

---

① 罗宗强著《明代文学思想史》，中华书局2013年1月，第889页。以下引用此书只标页数。

反对模拟，重创新，重自成一家。这就很清楚地揭示了文学思想的复杂性，而更加接近文学历史的真相。

互动，考察揭橥近三百年中每一种文学思想的萌生、发展、嬗替的历程，结合创作实绩，指明该种文学思想的内涵、指涉以及对文坛的实际影响。譬如在论及洪武一朝至台阁体独擅胜场的明前期文学思潮时，就既注意到明初大一统政教的干预，又具体分析了彼时士大夫文人的心态特点，论证了复古尊经思想与典雅雍容诗风形成的必然性，同时又能注意到具体作家微小的差别性，如论宋濂，一面指出他在重道崇理方面与彼时文学思想的一致性，一面又提出："但是，宋濂的文学观念其实并没有停留在这一点上。他的文学观念，要丰富得多，也复杂得多。"从此一根底上他又生发开来，从三个方面丰富了宗经的观念。一是虽宗经，而重实用。一是虽宗经而强调气之重要。一是由宗经而复古，但复古又反对模拟，重创新，重自成一家。

《明代文学思想史》的又一个特点是不蹈袭成说而自成机杼，已往的许多论著，涉及明代的主情尚真文学思潮，几乎众口一词，称扬不已，从徐渭、汤显祖、李贽到公安三袁，看重的是他们观念的"同"，而很少发掘其间的"异"，而且也并未真正梳理出"主情思潮"从萌生到发展、衍化的清晰线索。罗著则从大量的别集文献入手，结合具体文人群落的创作活动，爬梳出一条从弘治前后沈周、桑悦、祝允明、文征明、唐寅……陈淳、陆粲到正嘉之间的杨慎再到嘉、隆、万之际的徐渭以迄冯梦祯、王稚登、屠隆、潘之恒、莫是龙、梁辰渔直到万历中期的汤显祖、李贽、公安三袁的"重个性、重真情、重自然"的思想发展脉络。而且进一步提出"明代文学思想在发展过程中，存在'性其情'与'情其性'两种不同的抒情观。'性其情'指以理约束情；'情其性'指情摆脱理的约束"[①]。这就揭示了明中叶以后重情文学思潮本来就具有的复杂性。这种经由擘肌析理、冥搜赜擿的研究之后得出的见解显然更接近历史的真实，当然也更有说服力，更具学术价值。

当前的学术体制几乎将一切研究纳入项目、课题，三至五年必须完成。急功近利的导向使多数学人对研究对象难以做到沉潜含茹、从容周密，以致平庸冗沓之作篇帙腾涌。纵有少数妍者，亦多为媸者所掩。以十二年之功写一本专著，非有过人定力，盖实难为。然而也正是这十二年的细读，使作者能够贴近古人，从大量的别集笔记、诗文词曲中剔抉出或显或隐的文学思想。复由于著者对先秦、魏晋南北朝、隋唐五代文学思想都有深湛的研究，故每每能够披源溯流，从具体的概念引入讨论，指出其源自何处，内涵与外延，能指与所指，再结合创作实绩，分析其得失。如在第九章论王慎中、赵时春与唐顺之时，先是扼要点明此数人思想的复杂性，"有程、朱，有阳明，有庄、禅"。而后在论及他们共同的观念——"喜怒哀乐由心而起，不由物生"时，指出"此一种之思想，有其源头，唐人骆宾王与唐太宗都有类似之表述"。而后引唐太宗《贞观政要·礼乐》与骆宾王《伤诸阿王明府序》有关心物之论，以证其渊源有自。最后说明"若要进而追究此一思想之理论渊源，则似可追至嵇康之《声无哀乐论》。……我们都知道嵇康的理论产生于重视自我的时代。他之强调内心在心物交感中的重要性，乃是那个重个性时代的产物。他的理论基础，是玄学，是老、庄。唐顺之与赵时春之所以重视心在心物交感中的主导地位，是心学的影响"[②]。这样的结论给人以沉实厚重之感，令人信从，原因就在于"通"——通透、通贯、通达，不矫饰、不沾滞、不盲从。

① 第846页。

② 参第391、392页。

二、崇实尚质，傥论纵横

明代的通俗文学，白话小说、戏曲、民歌是重镇，成就远在诗文之上，这方面的研究成果亦汗牛充栋。上世纪九十年代以来，明代诗文的研究取得很大进展，俨然呈显学之势，且同俗文学研究分庭而抗礼。但时至今日，治俗文学的学者与治诗文的学者似仍各守一隅，未打破雅俗的固有畛域。谈明代的文学思想，自然不能厚此薄彼，更不能置一端于不顾。罗著将小说、戏曲与诗文冶为一炉，开创性的建构了明代文学思想史的框架。所谓开创性，不单单是指将小说戏曲都包容在一部书里，如果仅仅如此，而后各说各话，那就不过是雅俗并列，各表一枝而已，谈不上开创。罗著的创新性在于提出并且论证了雅俗文学之间的互动与影响。其论《剪灯余话》，已注意到台阁文学思想的渗透。其后论《三国志通俗演义》在嘉靖间锓板发行，即提出：

> 嘉靖前后文学思想正在缓慢地发生变化，文学思潮逐渐向着多元化的方向发展。此时既有文学复古思潮兴起；江南一带，又有重抒情的文学创作倾向的出现。而市民社会的文化生活也逐渐地影响着士人的趣味。商业繁荣，正在改变着市民社会的生活方式和生活趣味，阅读的娱乐化成为市民社会之一文化内容。……嘉靖（或者前至弘治）《演义》刊行，得以广泛传播。而且，自此以后，一版再版，在再版的过程中不断通俗化，读者群的相当一部分就是市井细民。此一种娱乐化的阅读，也影响着士人阶层，改变着士人的审美趣味，影响着士人家庭①。

这种表述虽似平淡，却是基于对嘉靖朝整个文坛深入探索之后的论断。又如论李开先，则从其仕履学殖心态入手，论及其诗歌之简淡浅俗、自然随性，进而探讨其戏曲理论之“本色”说。最后指出“浅俗观念之进入李开先的‘本色’范畴，与其时开始出现崇尚浅俗的文学思潮有关”②。这就既关注到个人文学思想的独特性，又把握到时代思潮对个人文学思想形成的影响力。

著者在“结束语”中总结明代文学思想最重要的三个问题是：一、复古思潮；二、抒情理论；三、文学思潮与政局的关系。这确是切中明代文学思想发展肯綮的问题。两次复古思潮内在的复杂性著者辨析甚为充分，足以立说。对抒情论的阐发，亦深入透辟，道时人所未见。至于文学思潮与政局的关系，则是贯穿始终的研究思路。与著者一以贯之的人文关怀，崇实尚质的学术追求息息相关。

晚明卓珂月曰：“我明诗让唐，词让宋，曲让元，庶几《吴歌》、《挂枝儿》、《罗江怨》、《打枣竿》、《银纽丝》之类，为我明一绝耳。”③民歌进入文人的视域，而且大受推崇，可谓晚明文学思潮的一大特色。著者注意到从李梦阳到李开先再到冯梦龙的一条文人介入民歌评论、收集、编辑、创作的线索，惜未展开。窃以为，晚明一批文人对民歌的激赏与拟作搜辑，实可视为一

---

① 第329页。
② 第477页。
③ 《古今词统》序。

股颇有影响的文学思潮，既是市民意识观念对文人思想的渗透，亦是对复古文学思想的强烈反拨。

三、余　言

中国传统的诗文，有自己独到的表达规律，特殊的技术要求，不容易亦不适合套用西方的文学概念与话语体系来解读。但小说戏曲，尤其是白话小说，与西方的小说在文体上并无太大的扞格，那么，是否应当借鉴西方的小说理论、美学范畴来解析古代白话小说？如果应当，借鉴到什么程度？事实上，近二十多年来，已经有太多这方面的尝试之作，其中的一部分不乏文学思想史价值。比如，杨义的《中国古典小说史论》，就曾把唐人小说《鱼服记》与卡夫卡的《变形记》相提并论。毋庸讳言，我们自己的小说观念、小说理论毕竟单薄。还有像勃兰兑斯的《十九世纪文学主潮》对明代文学思想史的研究有无借镜，这类问题常常令我困惑，也想借此求教于宗强先生。

作者单位：南开大学

明代文学史叙述的新视角

——《剑桥中国文学史》明代部分评述

魏崇新　张洪波

自 1901 年翟理斯（H. A. Giles）的英文本《中国文学史》（*A History of Chinese Literature*）出版以来，用英文书写、面向西方读者的中国文学史著述已有百余年的历史。2010 年 5 月，孙康宜教授（Kang-i Sun Chang）与宇文所安教授（Stephen Owen）主编的两卷本《剑桥中国文学史》（*The Cambridge History of Chinese Literature*）出版，成为当今英语世界中国文学史著述的最新成果。《剑桥中国文学史》的问世为学术界所普遍关注①，2013 年 6 月，中文版《剑桥中国文学史》由北京三联出版社出版，为中国读者与研究者带来研读的方便。《剑桥中国文学史》的作者皆为欧美资深的中国文学研究专家，域外的学术语境与东西方思想文化的双重影响，使他们得以从"旁观者"或曰"他者"的视角重新解读和书写中国文学史，展现出独特而鲜明的风格特点。孙康宜教授称"本书的观点和角度与目前国内学者对文学史写作的主流思考与方法有所不同"②。用宇文所安教授的话来说即是："我们唯一能够奉献给中国同事的是：我们处在学术传统之外的位置，以及我们从不同的角度观察文学的能力。"③这种"不在此山中"的观察、叙述中国文学史的新视角，对于我们拓展中国文学史研究的视域以及更全面地书写中国文学史，皆具有不容忽视的借鉴意义。

《剑桥中国文学史》全书分为两卷，第一卷为 1375 年之前的文学，由宇文所安教授主编，第二卷为 1375—1949 的文学，由孙康宜教授主编，本文主要讨论孙康宜教授主编的《剑桥中国文

---

① 就笔者所见，关于《剑桥中国文学史》及宇文所安、孙康宜文学史观念的评述文章主要有：徐志啸《别具一格——〈剑桥中国文学史〉特色简介》，载《书屋》2010 年第 4 期；邵燕、刘毅青《中国文学的跨文化理解——孙康宜文学史观念简析》，载《杭州师范大学学报（社会科学版）》2010 年第 4 期；李佳、曲景毅《试论宇文所安〈剑桥中国文学史〉的理念与呈现》，载《文化与诗学》2011 年第 1 期；王敏《〈剑桥中国文学史〉与新文学史学》，载《上海交通大学学报（社会科学版）》2012 年第 5 期。此外，《剑桥中国文学史》的两位主编孙康宜、宇文所安也在大陆报刊上撰文介绍了《剑桥中国文学史》编写的情况及其文学史观，参看孙康宜《新的文学史可能吗》，载《清华大学学报（哲学社会科学版）》2005 年第 4 期；宇文所安《史中有史——从编辑〈剑桥中国文学史〉谈起（上、下）》，载《读书》2008 年第 5、6 期。

② 《剑桥中国文学史》"中文版序言"，生活・读书・新知三联书店 2013 年版。

③ 转引自蒋寅《在宇文所安之后，如何写唐诗史》，《读书》，2005 年第 4 期。

学史》第二卷中的明代文学部分[①]，包括孙康宜教授撰写的明代初期到明代中期的文学，以及耶鲁大学吕立亭(Tina Lu)教授撰写的晚明文学部分，探讨其明代文学部分的叙述内容与特点，从中梳理孙康宜教授的中国文学史观，并由此探讨整部《剑桥中国文学史》的文学史观。

在英文版《剑桥中国文学史》的章节布局中，大多数朝代的文学只有一章的篇幅，如一向被视为重要的唐代文学也仅占一章的篇幅，占全书正文1364页的94页，占全书比重的6.8%；而明代与清代却各占两章，其中明代文学部分151页，占全书比重的11.1%，清代文学190页，占全书比重的13.9%，这从一个方面说明《剑桥中国文学史》对明清文学的关注程度。

自二十世纪八十年代以来，大陆学界关于明代文学的研究渐趋兴盛，呈现多元化、逐步深入的景象[②]，一些具有代表性的中国文学史如章培恒、骆玉明主编《中国文学史(新著)》(1998)、袁行霈主编《中国文学史》(1999、2005)中关于明代文学部分的论述，以及徐朔方、孙秋克所著《明代文学史》(2006)，皆与传统中国文学史中明代部分的论述有所不同而各出新意。《剑桥中国文学史》第二卷中关于明代文学的叙述，以跨文化的视角对明代文学进行论述与阐释，与上述文学史著作对明代文学的叙述形成中西呼应。

孙康宜教授是《剑桥中国文学史》全书的主编之一兼下卷主编，同时又是明代文学部分的主要撰写者，我们讨论"明代部分"的文学史观念，主要依据孙康宜教授关于《剑桥中国文学史》的编写理念及其文学史观，主要见于其《新的文学史可能吗》一文以及她为中文版《剑桥中国文学史》所写的《序言》。在《新的文学史可能吗》这篇文章中，孙康宜教授说明《剑桥文学史》的读者定位是面向英语世界的大学本科层次的普通读者，并"希望这本书能够像这个系列中的其他文学史所起的功能一样，成为本科生有关东亚历史和文学课程方面的教科书[③]"。"我们的首要目标是对中国文学史做出包罗万象的综述，在当今日益全球化的年代，为具有文化教养的普通读者提供对口的读物"[④]。关于《剑桥中国文学史》的表述方式，孙康宜教授称"我们希望以一种叙述性(narrative)的，也即是一种说故事的方法来处理"。希望读者像阅读小说一样，能够从头到尾畅读《剑桥中国文学史》，亦如孙康宜、宇文所安在《剑桥中国文学史》英文版序言中所说："力求提供一个首尾连贯、可读性强的文学史叙述。"这表明《剑桥中国文学史》的叙述风格，是用深入浅出、通俗易懂的叙述语言为西方普通读者提供关于中国文学史的基本背景和系统专业知识，将中国文学与文化一道展现给西方读者。这样的编写理念也决定了《剑桥中国文学史》的叙述内容、视点与中国本土文学史作有所不同，它是一部普及性而非学术性的中国文学史，也不是以文学文本、尤其是文学经典文本为中心的专业性的文学史。正如孙康宜教授所说："我们的主要目的是给普通读者看，又由于自身的

---

① 本文以三联版《剑桥中国文学史》为主，参照剑桥大学出版社英文版 Kang-I-Sun Chang and Stephen Owen *The Cambridge History of Chinese Literature*, Cambridge University Press, 2010.

② 关于二十世纪明代文学的研究情况，参看黄仁生《二十世纪的明代文学研究》，载《复旦学报(社会科学版)》2001年第1期。

③ 孙康宜《新的文学史可能吗》，载《清华大学学报(哲学社会科学版)2005年第4期。引文中所说的"这个系列"即"剑桥文学史系列"，据孙教授所言，此系列此前已经出版了《剑桥俄罗斯文学史》(1989)、《剑桥意大利文学史》(1996)、《剑桥德国文学史》(1997)。

④ 孙康宜《剑桥中国文学史》下卷《导言》，生活·读书·新知三联书店2013年版。

局限性，可能就不会那么注重作家个体，而会更注重一种倾向（tendency）或者一种潮流（trend）。”这种文学史编写理念或曰文学史观，孙康宜教授称之为“文学文化史”。在谈到《剑桥中国文学史》与众不同的特点时，孙康宜教授说：“首先，它尽量脱离那种将该领域机械地分为文类（genres）的做法，而采取更具整体性的文化史方法：即一种文学文化史（history of literary culture）。”①宇文所安教授则称之为“史中有史”，他认为“文学史是对以往文学文化（literary culture）的叙述”②。

关于“文学文化史”的概念，孙康宜教授这样解释：“我们提出文学文化史的内在含义是什么呢？第一，我们很注重接受史。……另外，印刷文化（printing culture）的因素也很重要。……这对于文学史是很重要的因素。还有就是选集的选定（anthology making）也很重要，某个作家为什么在当时被人忽视？原因可能就是选集里没有他。……再就是性别问题。到目前为止，好像中国文学史的著作中，女作家基本上被忽略，即使收入也是放在最后一个部分。”③由此看来，“文学文化史”的内涵应包括文学史上作家作品的接受史，印刷文化书籍出版与文学史发展之间的关系，文学选集对作家在文学史上地位的影响，女性作家在文学史上的地位以及文学与外在权力之关系等问题。“文学文化史”将文学史看作一个有机的整体，不仅包括作家与作品，而且还包括文学批评、文学研究和文学社团、文学选集的编纂、性别写作等内容，其中的一些内容常常为以往的文学史所忽视或忽略。正如一些学者所说：“《剑桥中国文学史》提出将文学史放置于整个文化史的大格局中进行理解的观念，突出了文学的文化意义，也彰显了文学作为文化核心的价值，使文学作为文化核心的地位得到确认。而文化也为理解支持文学史提供了一个更为合理的坐标系，让我们更能深入到文学发生的活生生场景，理解文学作为文学家和文化的心灵世界之意义。”④以文学文化史的理念撰写中国文学史，实际上不再把文学史看作是孤立而封闭的文学发展的历史，而是将文学的发展放置于中国文化发展的整体之中，将文学史看作是一个对文学传统不断建构的历史过程，揭示出文学发展的多元性，凸显文学史发展中的内在动力与外在原因，描述文学发展的整体趋势。换言之，文学文化史更重视的是对不断建构的文学史的文化生态描述。这不仅在很大程度上拓展了文学史叙述的疆域，而且使文学史本身成为文化传统的一部分，增加了文学史厚重的文化历史内涵。

《剑桥中国文学史》明代部分充分实践了这种文学文化史观。明代部分共分两章，第一章为“明代前中期文学（1375—1572）”，第二章为“晚明文学文化（1573—1644）”。为了便于说明《剑桥中国文学史》所体现的“文学文化史”特色，我们可以将其与袁行霈主编的《中国文学史》（高等教育出版社 1999 年版）第七编“明代文学”的章节标题相比较。袁行霈主编的《中国文学史》“明代文学”除“绪论”外共分十二章，其中以作品、作家单独成章的有《三国演义》、《水浒传》、《西游记》、《金瓶梅》、“三言”“二拍”、汤显祖，从章节上占整个明代文学部分

① 孙康宜《剑桥中国文学史》卷首《中文版序言》，生活·读书·新知三联书店 2013 年版。

② 宇文所安《史中有史——从编辑剑桥中国文学史谈起（上）》，《读书》2008 年第 5 期。

③ 孙康宜《新的文学史可能吗》，《清华大学学报（哲学社会科学版）》2005 年第 4 期。

④ 邵燕、刘毅青《中国文学的跨文化理解——孙康宜文学史观念简析》，《杭州师范大学学报（社会科学版）》2010 年第 4 期。

的半壁江山，若从篇幅上算则占有更多的叙述空间。其余的多以文体、文类分章，如杂剧、传奇、诗文等。在以文体文类为题的章节部分中，主要作家如李梦阳、王世贞、归有光、徐渭、李贽、袁宏道、钟惺和谭元春皆单独作为每节的标题，这皆说明袁行霈主编的《中国文学史》"明代文学"部分是以作家、作品为中心的"文学史"。《剑桥中国文学史》明代部分的章节安排则不同，两章共分为六节，没有一个章节是以作家作品为标题的，其每节的标题为：明初至1450年的文学，1450—1520：永乐朝之后的文学新变，1520—1527：中晚明之际的文学，精英形式，小说与商业精英，戏曲。每节之下设有数量不等的小标题为细目，在其所设的26个细目中，只有李贽、《金瓶梅》、冯梦龙与凌濛初、《牡丹亭》与情教4个细目以作家作品为标目，其余皆是社会文化、文学流派、文体、思潮为名，如政治迫害和文字审查、宫廷戏曲、永乐朝的台阁体文学、八股文、复古运动、苏州的复兴、贬谪文学、女性形象之重建、小说中英雄主义之改造、戏曲的改写与创新、晚明与书籍史、诗歌与职业文人、小说评注、叙事生态、作伪与崇尚真实等。以上纲目设计说明这是一部"文学文化史"，彰显出其"更注重一种倾向(tendency)或者一种潮流(trend)"的宗旨。这正如孙康宜教授所宣称的："与上卷的原则一样，本卷的着重点不以个别作家或人物为主，而是偏于讨论当时写作形式和风格的产生和发展，特别是文学多样性的追求。"①

《剑桥中国文学史》明代部分第一章主要叙述明代专制政治、宫廷文化、科举制度、政治事件等外在权力与文学之间的关系及其对文学的影响制约作用。例如朱元璋、朱棣父子对文人残酷的政治迫害、在文学上严厉的文字审查，以及由此造成的明初文化场景的恐怖氛围对文人的杀戮、对文学创作的摧残。比较典型的个案是高启被朱元璋腰斩对明代文学产生的负面影响，瞿佑遭受的政治迫害与《剪灯新话》叙事的当代背景。与此相比照的是在封建专制制度下产生的以歌功颂德、歌舞升平为特点的宫廷戏曲与台阁体文学，以及新科举制度所催生的八股文。作者孙康宜在叙述中重视的不是文学、文体本身的特点与审美效应，而是更加关注这些文学现象背后的历史文化动因。

另一个有趣的现象是关于《西厢记》的论述。《西厢记》在元代文学部分"缺席"，而在明代文学部分的第一章加以论述，在第二章谈金圣叹时也有所提及，但论述的重点不是《西厢记》的文本与人物，而是其在明代的刊刻与影响。因为在作者看来，《西厢记》虽然产生在元代，但元刊本已经不存，现存最早的刊本是明初的本子，这些本子已经过明人的改写，是否体现元代《西厢记》的原貌则令人怀疑。而《西厢记》在明代影响很大，有众多的刊本，明代人文参与了《西厢记》的改造与创作，典型的例子是金圣叹对《西厢记》的评改。这与第二章谈李开先对元杂剧的改造具有同样的性质，可以看出先前的文学作品在后代被赋予新解和加以创新的情况。这种情况体现了文学文本的不确定性及其动态的历史建构性，也即宇文所安教授所说的文学史叙述要做到"史中有史"。在谈到如何对文学史做一个"比较好"的叙述时，宇文所安教授说："这样一个叙述应该讲述我们现在拥有的文本是怎么来的；应该包括那些我们知道曾经重要但已经流失的文本；应该告诉我们某些文本在什么时候、怎样以及为什么被认为是重要的；应该告诉我们文本和文学记载是如何被后人的口味与利益所塑造的。

① 孙康宜《剑桥中国文学史·下卷导言》，生活·读书·新知三联书店2013年版。

换言之，文学史应该总是‘史中有史’的。”[①]

明代部分第二章题为“晚明文学文化”，从标题即可看出本章讨论的重点是晚明文学的文化特征或曰晚明文学与晚明文化之关系。作者吕立亭比较关注的是文学发展与书籍印刷、商业消费之关系，文学创作与文人身份之变化，文学文类的流行与文学传播、印刷及读者群之关系等，简言之，在描述晚明文学产生、发展、繁荣的文学场景时，更加关注晚明文学发生的多样性文化生态环境问题。作者认为：“出版迅速发展、庞大的多样化的读者群的出现，既影响了诗歌等传统文学形式，也影响了白话短篇小说、南方戏曲等新兴文学样式。商品化不仅改变了书籍工业的轮廓面貌，而且对文学内容产生了深刻影响。”[②]晚明文学与印刷出版、传播、读者之间的关系，多年来也受到大陆学者的关注，出版了一批成果[③]，但这些成果尚未被转化为新的明代文学史著述。此章讨论“晚明文学文化”，其思路、内容、写法与国内的文学史有很大的差异，本章分为三部分，虽然依据的是以文类为主的方法，三部分分别谈诗文、小说、戏曲，但重点不是描述文类的文体特征、代表作家、作品及创作成就，而是从文类与作家的社会身份及文化环境之关系的角度展开叙述，比如传统诗文创作与精英文人、职业作家之关系，小说与“士商”这类“新精英阶层”之关系，戏曲与文人、演员等社会地位高低不同的成员之关系等。进而总结出晚明文学文化精英与边缘相互交集、高雅与低俗相混合的特征。

比较而言，中国本土的文学史写作非常重视文学史上经典作家与作品的地位与作用，大多文学史是以经典作家与作品为主体建构起来的。《剑桥中国文学史》明代部分的撰写则体现出“去经典化”与“去个体化”的倾向，在文学史中并没有给经典作家与作品更多的位置与篇幅，甚至有意淡化经典的地位与作用。孙康宜教授说：“相比于一般的文学史，我们还不一定会把经典化(canonization)看得那么重，像 Harold Bloom 那样，他是把个别作家看的特别重要的，所以，他说的那种经典化(canon formation)，其实是把一个文学史变成了一个文学英雄的集锦(collection of literary heroes)。”[④]在《剑桥中国文学史》英文版序言中，孙康宜、宇文所安这样说：“中国学术界的文学史写作通常围绕作家个体展开，其他剑桥文学史作品同样如此。这部文学史不可避免地也会讨论不同时代的伟大作家，但是我们在大多数情况下更关注历史语境和写作方式而非作家个人，除非作家的生平(不管真实与否)已经与其作品的接受融为一体。”[⑤]为了避免文学史成为“文学英雄的集锦”，从而遮蔽了文学史的复杂性与多元化，在国内文学史中予以重要篇幅与地位的明代小说“四大奇书”及重要作家汤显祖、袁宏道等，在《剑桥中国文学史》中的地位则大幅下降，在明代文学部分的第一章中，《三国演

---

① 宇文所安《史中有史——从编辑剑桥中国文学史谈起(上)》，《读书》2008 年第 5、6 期。

② 《剑桥中国文学史》下卷 91 页，生活·读书·新知三联书店 2013 年版。

③ 这方面的著作有宋莉华《明清时期的小说传播》(中国社会科学出版社 2004 年版)、方志远《明代城市与市民文学》(中华书局 2004 年版)、李玉莲《中国古代白话小说戏曲传播论》(山西教育出版社 2005 年版)、许振东《17 世纪白话小说的创作与传播——以苏州地区为中心的研究》(中国社会科学出版社 2005 年版)、陈大康《明代小说史》(人民文学出版社 2007 年版)、程国赋《明代书坊与小说研究》(中华书局 2008 年版)、谢雍君《牡丹亭与明清女性情感教育》(中华书局 2008 年版)。

④ 孙康宜《新的文学史可能吗》，《清华大学学报(哲学社会科学版)》2005 年第 4 期。

⑤ 《剑桥中国文学史》卷首《英文版序言》，生活·读书·新知三联书店 2013 年版。

义》、《水浒传》、《西游记》三部经典小说仅占了其中的一个细目(小节)——"小说中英雄主义之改造",简单地阐述了三部小说所表现的英雄主义特点。《金瓶梅》虽然也占了一个细目(小节),给予了一定的篇幅,但重点讨论的是其成书、传播及其儒家"反乌托邦"的文化内涵,全然不同于国内文学史对这几部经典的思想性、文学性的详细分析与高度评价。在"《牡丹亭》与情教"一节,重点讨论的是《牡丹亭》所反映的女性在社会中所扮演的角色与情感在社会中的位置问题,以及《牡丹亭》在晚明的传播与影响。至于袁宏道,则在"诗歌与诗歌理论"一节中仅以两页英文的篇幅给予介绍。在文学经典被淡化的同时,经典的文学性也被不同程度地有意忽略。

相伴"去经典化"而来的,是《剑桥中国文学史》明代部分关于传统抒情文学与叙事文学、明代前中期文学与晚明文学的轻重权衡与评价问题。自从王国维在《宋元戏曲考》中明确提出"凡一代有一代之文学"的观点以来,同时由于现代学术界对小说戏曲这类叙事文体日趋高涨的肯定性评价,现代的中国文学史叙述似乎形成了一种比较固定的思维模式,即认为在宋代之后以诗文为代表的传统抒情文学衰落了,代之而起的是以戏曲、小说为代表的叙事文学,因之在元明清文学史部分的书写中,将重要的位置与篇幅给予叙事文学,抒情文学的地位则因受到严重的挤压而相形见绌。反映到明代文学的写作中经常是重小说戏曲,轻传统诗文,重晚明文学而轻明前中期文学。孙康宜教授对此则持有不同的见解,她指出"中国学者常认为,文学上,诗兴盛于唐朝,宋朝的主要成就是词,然后是明清小说,整个文学史的发展,似乎在走下坡路,越来越弱了。闻一多就曾经说过,诗的发展到了北宋,实际上就已经完了。由于受这种文学退化论的影响,明清文学常常被忽视,所以,我们这一次也要解除这种偏见。"谈到明代前中期文学,她说:"这个时期无论在政治上还是在文学上都是很重要的,被忽略的原因是中国人对抒情文学的偏见。譬如西方对抒情文学就没有这种偏见。西方有抒情、叙事、戏剧等,但抒情不是最重要的。从希腊文学来看,戏剧可以说是最重要的文体。因此,很少有人批评说,某个文学作品不够抒情。因为抒情文学对于希腊文学来说只是其中的文学模式(mode)之一,并不是文类(genre)。但对中国人来说就不一样了,中国人拔高它,把它看得非常重要。而且对中国人来说,抒情还不仅只是一个文体(genre)而已,抒情文学成了裁定文学水平高低的一个水准。我认为这一偏见使人们忽略了明初与明中叶文学,但从文学史的观念出发,应当去弄清楚为什么会这样。因为明初和明中叶出现了很多很多作品,它不一定是我们所说的狭义的抒情,但也都是非常重要的,譬如八股文。"[①]基于这种认识,孙康宜教授在撰写明代前中期文学时,就用大部分篇幅叙述传统诗文以及明代的新文体八股文,并重点书写了台阁体、复古派、杨慎的贬谪文学,以沈周、祝允明、文征明、唐寅为代表的苏州文学,以及女性(才女)文学。特别是以"旧地点、新视野"为题,专门介绍了明代前中期文人写作的地域赋,如黄佐的《北京赋》、邱浚的《南溟奇甸赋》,以及董越出使朝鲜写的《朝鲜赋》、湛若水出使安南写的《交南赋》等。可见,与传统的中国文学史相比,孙康宜教授在明代前中期文学的写作中做了不少"发现、纠偏、补白"的工作[②]。在整个明代文学部分的叙述中,

---

① 孙康宜《新的文学史可能吗》,《清华大学学报(哲学社会科学版)》2005年第4期。

② 参看宁一中、段江丽《跨越中西文学的边界——孙康宜教授访谈录(上)》,《文艺研究》2008年第9期。

无论从篇幅还是从创新性的见解方面，传统诗文都超过了小说戏曲。比如关于晚明小品文的阐释与评价，占了英文版《剑桥中国文学史》下卷7页的篇幅，不同于国内文学史对小品文的正面命名与肯定，作者通过"是其所不是"(lesser works are defined by what they are not)给"小品文"一个否定性的命名——"非正式写作"(informal writing)。之所以这样命名，是因为"很难以常规方式对之作出界定"，认为"小品文"在形式上并无任何革命性(nothing revolutionary)，其作为一个文类是被追认的，是在1920年代新文化运动中经周作人、林语堂等人的大力提倡才被确认为经典，得到广泛认同的。其次"小品文"在写作上不同于唐宋八大家为了实现政治、哲学、文体三者合一的文以载道的"古文"，它们"表面上是一种自我贬损的名称，却对个人生活经历的小小欢愉津津乐道。虽然形式各异，它们却有一种否定性的姿态，安于自己'小'的地位"[①]。"小品文"作为一种非正式写作，实际上是一种私人写作，其描写的内容涵盖了私人生活的不同领域，表达的是作者的个性与自我，可以作为观察晚明文人生存状况与人生趣味的一扇窗口。对晚明小品文的这种个性化的定义与叙述，颇有新意。

对女性作家及女性作品集的关注，是《剑桥中国文学史》明代部分的又一特色。在国内的中国文学史通史类著作中，女性作家的声音极其微弱，除了极少数女作家如蔡文姬、薛涛、李清照有幸进入文学史外，明清时期众多的女作家皆被排斥在文学史之外。这或许与我们的文学史著作注重文学经典有关，因为按通常的标准，明清时期女作家的作品皆没有资格进入经典之列。据胡文楷《历代妇女著作考》著录，明代有著作的女作家250余人，清代3660余人，这是一个数量庞大的女作家群体，遗憾的是在很多文学史中她们的声音被屏蔽了。或许是鉴于中国文学史中明清时期女作家缺席的情况，孙康宜教授特别关注文学史对女性作家的书写，她这样说："我跟每一章的作者都交代过：'答应我，不要把她们放在最后，放在中间或者什么地方，总之是她们应该出现的地方。'我们……也不准备过分强调性别问题。如果说当时这个女作家确实没有那么重要，也不可以随便拔高她。我的意思就是希望能够重构一个比较真实的历史。"[②]在《改写文学史——妇女诗歌的经典化》一文中，孙康宜教授指出："与现代人所想象的相反，传统女诗人并没有受到当代人的忽视。即使一般女人的社会地位不高，但才女的文学地位却是很高的(这与中国文人一向重才有关)。尤其是明末以后，随着出版事业的繁荣以及妇女阅读能力的增长，不断发行的各种女性文本成为极受欢迎的热门读物。妇女诗词的大量刊印不只是当时女性文学创作繁荣的具体反映，而且成为促使其更加进步的动力。不幸的是，关于这样一个重要的文化现象，不少文学史却只字不提。这是因为它们忽视了明清两朝的诗词(认为它们再好也不如唐诗宋词高明)，而中国女诗人却偏偏在明清两朝表现了空前的文学成就。既然明清诗词被整体地忽视了，大部分的女诗人也就自然地被排除于'历史'之外了。"[③]多年来，孙康宜教授致力于明清女作家诗歌的编选与研究工作，进行明清女性诗歌经典化的努力，并进而在某种程度上改写文学史。她与魏爱莲(Ellen Widmer)合作主编了《明清女作家》(*Writing Women of Late Imperial China*)，与苏源熙(Haun Saussy)合作主编了《历代女作家选集：诗歌与评论》(*Women Writers of Tradi-*

---

① 《剑桥中国文学史》下卷第115页，生活·读书·新知三联书店2013年版。

② 孙康宜《新的文学史可能吗》，《清华大学学报(哲学社会科学版)》2005年第4期。

③ 孙康宜《改写文学史——妇女诗歌的经典化》，《读书》1997年第2期。

tional China:*An Anthology of Poetry and Criticism*)，并撰写了关于明清女性诗歌研究的系列论文。因此，《剑桥中国文学史》明代部分对女性作家作品的关注也是题中应有之义。关于女性作家与作品的讨论主要集中在第一章中的“贬谪文学”与“女性形象之重建”，第二章的“作伪与崇尚真实”，涉及的女作家有黄娥、张红桥、王娇鸾、李玉英、叶小鸾、冯小青、柳如是、陆卿子等。“贬谪文学”一节论述的虽然是杨慎的遭遇与创作，但实际上一半的篇幅谈的是杨慎的夫人黄娥及其诗歌。“女性形象之重建”探讨的是明代男性作家对女性文学的关注与对女性文学经典化所作的努力，如田艺蘅编辑的《诗女史》，蘧觉生编辑的《女骚》，钟惺编辑的《名媛诗归》等。“作伪与崇尚真实”谈的是青楼妓女与闺中才女们的创作，她们的身份、才华、交游、创作以及社会角色，指在明末的特殊时代，悲剧性的妓女(the tragic courtesan)、忠于王室的绅士(the gentleman loyal to the throne)、精英家庭的贞女(the virtuous daughter of the elite)三类人的彼此认同。性别视角的介入，使得《剑桥中国文学史》明代部分所彰显的文学文化史的意蕴更加丰富，也弥补了国内文学史女性作者缺失的不足。

《剑桥中国文学史》明代部分的特色尚有文学史的分期、对文学选集的关注等诸多方面，限于篇幅，不再赘述。综上所述，就明代文学史的撰写可以看出，《剑桥中国文学史》实践了其编写一部文学文化史的理想，打破了一直由经典作家作品垄断中国文学史的局面，无论在内容方面还是写法上，皆给人以耳目一新之感。文学史本来就应该是多元而不是单一的，随着人们对文学认识的发展，文学史也会不断地重写，不断地被建构。同时，《剑桥中国文学史》的问世也会引导我们对文学史写作的进一步思考：如何理解文学的文化特性？如何处理文学史写作中文学与文化的关系？文学史的撰写应该给文学经典多少叙述的空间？文学史如果疏离了与文学文本的关系、疏远了文学的审美效果，那么它迈向文化史的步伐还会有多远？这些皆是饶有兴味而值得进一步讨论的问题。

作者单位：北京外国语大学

明代诗文中雅俗两大思潮的互动与消长

陈书录

中国古代社会多以诗文为正宗文学，而诗文创作与理论批评多以雅正为宗。但是，随着唐宋诗文高潮的迭起与跌落，宋词与古、今诗并行发展，元明戏曲、小说等俗文学冲击着诗文等雅文学，明代正宗文学便进入了雅与俗两大思潮对立转化的时期。对此，李维桢在万历年间便有所察觉：

> 盖本朝文人极盛。成（化）、弘（治）而上，不暇远引，百年内外，约有三变：当其衰也，几不知有古，（正）德、（嘉）靖间二三子反之，而化裁未尽，嘉（靖）、隆（庆）间二三子广之，而模拟遂繁，万历间二三子厌之，而雅俗杂糅。[①]

由复雅变而为尚俗，乃至造成"雅俗杂糅"的格局，这是明代诗文创作与理论批评的一个显著的特征。而探究雅、俗两大思潮消长的轨迹，则是明代诗文研究中的一个重要课题。

雅俗两大思潮互动与消长的轨迹

明代诗文中雅、俗两大思潮互动与消长的轨迹，虽然是曲曲折折，变化多端，但我们粗略地划分，大致有八期。

第一，崇儒复雅的发轫期

明代以消灭蒙古族建立的元朝建国。开国之初，为了清除"胡俗"、恢复汉唐雅正的风范，明太祖朱元璋就"诏复衣冠如唐制"[②]："初，元世祖起自朔漠以有天下，悉以胡俗变易中国之制，士庶……甚者易其姓氏为胡名，习胡语，俗化既久，恬不知怪。上（朱元璋）久厌之，至是悉命复衣冠如唐制……胡服、胡语、胡姓一切禁止……于是百有余年胡俗悉复中国之旧矣。"[③]与此并行的是崇尚理学，朱元璋在开国之初就多次诏示："一宗朱氏之学，令学者非五经、孔孟之书不读，非廉、洛、关、闽之学不讲。"[④]明成祖朱棣挂衔主编了《四书大全》、《性理大

---

① 李维桢《董元仲集序》，《大泌山房集》卷十一，明万历间刻本。

② 《明太祖实录》卷三十，"中研院"史语所据北平图书馆红格抄本微卷影印，第525页。

③ 《明太祖实录》卷三十，第525页。

④ 陈鼎《东林列传》卷二，文渊阁四库全书本。

全》、《五经大全》，并在《大全》卷首明确宣告，“行之于家，用之于国”，“使家不异政，国不殊俗”①。因而，明代理学家冯从吾指出：“国朝以理学开国也。”②显然，朱元璋在开国之初就为明代文化以及文学奠定了恢复汉唐、崇儒复雅的基调。这在不同地域、不同文化传统和对灭元兴明不同态度的明初文人中引起了不同的反响。胡应麟在《诗薮》中将明初诗歌分为五派：“国初吴诗派昉高季迪，越诗派昉刘伯温，闽诗派昉林子羽，岭南诗派昉于孙贲仲衍，江右诗派昉于刘崧子高。五家才力，咸足雄据一方，先驱当代，第格不甚高，体不甚大耳。”③而且越地的宋濂、刘基、王祎、方孝孺等又为明初散文名家。由于元、明在社会环境和儒生政策等方面极大的反差，还有“金华人多业儒”④、浙东盛行理学等区域文化传统的熏陶，激发了越派文人“明王道，致太平”⑤的强烈愿望，加之他们或以“开国文人之首”⑥，或以“诏檄皆出其手”⑦与朱元璋、朱允炆等君臣遇合，因而他们往往容易与明初“诏复唐制”、“理学开国”等朝廷政策合拍。但他们在崇儒复雅上却有所分化：一是如醉心于理学的宋濂及方孝孺等人，在“文者，道之所寓”⑧等思想的支配下淡化着审美意识，将崇儒复雅偏向于文以载道的雍容醇雅，二是如神往《风》《雅》的刘基等人，则在实用明道、“美刺风戒”⑨上强化审美意识。将《诗经》中“变风”、“变雅”式的情思与浑雅的格调融为一体。以高启为代表的吴派诗人则在许多方面不同于越派，他们颇受吴风吴歌的影响，如高启《吴趋行》中写道：“仆本吴乡士，请歌吴趋行。吴中实豪都，胜丽古所名。五湖汹巨泽，八门洞高城。飞观被山起，游舰沸川横。土物既繁雄，民风亦和平。泰伯德让在，言游文学成。长沙起霸基，异梦表休祯。旧阀凡几家，奕代产才英。遭时各建事，徇议或腾声。财赋甲南州，词华并西京。兹邦信多美，粗举难备称。愿君听此曲，此曲匪夸盈。”⑩另一方面，他们从张士诚占领下的吴地这片在元末大动乱中相对安定的小绿洲，走向天下大一统的朱明王朝，将朱元璋崇儒又猜忌的作风与张士诚礼贤下士的态度相比较，就很难像宋濂等人那样体察到元、明在社会环境和儒生政策上的反差，加之吴地商品经济活跃、个性自由放纵等区域政治、经济、文化因素的影响，因而高启等人崇尚自由、淡薄事功，缺乏匡扶朱明王朝的政治热情，在明里暗里与明初的朝廷文化相背离，其中不少文人在欲离难离之中惨遭杀身之祸，成了朱元璋等人逼儒生就范的牺牲品。正是在这种特定的背景下，以高启为首的吴派诗人形成了特定的心态：不愿为忠臣纯儒而追求

---

① 朱棣《御制性理大全书序》，玉峰道人辑《性理群书大全》卷首，《四库全书存目丛书》子部第8册，齐鲁书社，第16页。

② 黄宗羲著《明儒学案》卷四十一《甘泉学案五·恭定冯少墟先生从吾》，中华书局2008年版，第981页。

③ 胡应麟在《诗薮》续编卷一，上海古籍出版社，1979年版，第342页。

④ 《明史》卷二百八十五《胡翰传》，中华书局，1995年版，第7310页。

⑤ 《明史》卷一百四十一《方孝孺传》，第4017页。

⑥ 《明史》卷一百二十八《宋濂传》，第3787、3788页。

⑦ 《明史》卷一百四十一《方孝孺传》，第4018页。

⑧ 宋濂《徐教授文集序》，《芝园后集》卷一，《宋濂全集》，浙江古籍出版社1999年版，第1351页。

⑨ 刘基《照玄上人诗集序》，《刘基集》，浙江古籍出版社1999年版，第74页。

⑩ 《吴趋行》，高启著，金檀辑注，徐澄宇、沈北宗校点《高青丘集》，上海古籍出版社，1985年版，第5、6页。

志趣高雅。其中的主要代表人物高启在《独庵集序》中说：

> 诗之要：有曰格、曰意、曰趣而已。格以辨其体，意以达其情，趣以臻其妙也。体不辨则入于邪陋，而师古之义乖；情不达则堕于浮虚，而感人之实浅；妙不臻则流于凡近，而超俗之风微。[①]

其诗歌的审美标准是格调高雅、意趣不凡。他正是有"兼师众长，随事摹拟"[②]中追求诗歌的"格、意、趣"。而且他的诗歌创作与理论批评大致同步发展，成为明初诗坛上革除元末纤秾缛丽之习而复臻古雅的健将。至于闽派作家则大多遁迹山林，不甚得意于仕路。他们在山林文化心态的支配下，往往偏嗜于王、孟恬淡闲雅的诗风。其中林鸿、高棅等于诗主盛唐，在批评与创作上多趋向于格调上的复雅。以孙蕡等"南园五先生"为代表的岭南派作家偏于一方，疏离朝廷文化。虽然他们也像闽派诗人那样以盛唐为轨，但他们在诗文创作上往往以才情取胜，崇尚盛唐的雅正，反对宋元的纤靡，与以格调上复雅的闽派作家同中有异。江右派作家如刘崧等人步趋台阁，贴近庙堂，特定的文化环境造就了他们平正典雅的诗风，开"三杨"台阁体之先声。总之，明初诗文处于崇儒复雅的发轫期，呈现出"各抒心得"、"自在流出"[③]的多元化趋势。不过，这"各抒心得"的各家各派都在不同程度上受到朝廷文化中恢复汉唐、崇儒复雅基调的影响，从而将各自的努力汇合成"振元末纤秾缛丽之习而反于古"[④]的主流。

第二，儒雅品位的沉降期

随着朱元璋及朱棣等大兴党案，株连文士，废丞相，设厂卫，更加严君臣之防，颁行《性理大全》等，更加严理欲之防，庙堂（此处指朝廷，以帝王与台阁重臣为代表）文化也逐渐取得了独尊的地位，而随着庙堂文化的独尊，也就在永乐至天顺年间的诗坛上引出了台阁体的独尊，明初文坛上那种"各抒心得"的局面逐渐地消失了。台阁体的代表作家杨士奇、杨荣、杨溥及其羽翼，又被所谓的宣德（明宣宗朱瞻基年号）"治平之象"[⑤]等"盛世"的幻影所笼罩，加之他们中有的圆通得体、"谦恭小心"[⑥]等文化个性的因素，便在特定的文化氛围中形成了趋附君权、自安自得的心态。虽然他们在诗文创作中努力表现尚雅、尚法、尚平易、尚流丽的审美倾向，虽然也有值得后来的李梦阳推崇的一面："宣德文体多浑沦，伟哉东里（杨士奇）廊庙珍。"[⑦]但由于他们中的主要代表作家大多几十年不出馆阁一步，限制了生活视野与审美视野，其审美心态往往呈现出太平阁臣的闲雅风度。换而言之，过分贴近庙堂文化的台阁体诗人降低了儒雅文学的品位。这表现在文学主张上，是他们论文宗韩、欧，论诗宗唐音，但他们有时将唐音曲解为"以其和平易直之心，发而为治世之音"[⑧]，将韩愈、欧阳修之文片面地理解

---

①② 高启《独庵集序》，《高青丘集》，第 885 页。

③ 陈田辑撰《明诗纪事》甲签《序》，上海古籍出版社 1993 年版，第 1 页。

④ 《四库全书总目》卷一六九《大全集》提要，中华书局 1983 年版，第 1471 页。

⑤ 《明史》卷九《宣宗本纪》，第 126 页。

⑥ 《英宗实录》卷一四二评杨溥语。

⑦ 李梦阳《徐子将适湖湘余实恋恋难别走笔长句述一代文人之盛并寓祝望焉耳》，《空同集》卷二十。

⑧ 杨士奇《玉雪斋诗集序》，《东里文集》卷五，中华书局 1998 年版，第 63 页。

为"春容详赡，和平典雅"[①]。文学主张上的偏向也波及到文学创作上儒雅品位的沉降。台阁体诗人往往以雍容典雅、自然醇正的笔调褒扬帝德、歌咏"盛世"：

华夷一统戴洪恩，庆衍皇家万万春。总为太平隆景运，正生仁圣福斯民。德如文武成康继，世沐乾坤雨露新。龙凤之姿天日表，大明高祖圣玄孙。[②]

他们又以从容、闲雅的格调表现"盛世"阁臣自安自得的心态：

万方人乐太平辰，朝退郊游逸兴新。近郭园林初过雨，向阳花卉更宜春。兰亭觞咏殊同调，茅舍衣冠自绝伦。岁岁有期寻胜赏，载歌既醉答皇仁。[③]

其他如侧重于朝贺、宸游、巡狩、征伐及官场迎送等题材方面的创作，大多停留在"春容和雅"[④]的水准上，在诗文创作上缺乏向审美境界升华的朝气，不时地滑向肤浅平庸的境地。四库馆臣评论杨荣文集时说："发为文章，具有富贵福泽之气。应制诸作，沨沨雅音。其他诗文，亦皆雍容平易，肖其为人。虽无深湛幽渺之思，纵横驰骤之才，足以震耀一世，而逶迤有度，醇实无疵，台阁之文所由与山林枯槁者异也。与杨士奇同主一代之文柄，亦有由矣。柄国既久，晚进者递相摹拟，城中高髻，四方一尺，余波所衍，渐流为肤郭冗长，千篇一律。"[⑤]换而言之，在永乐至天顺年间台阁体独尊的阶段，是明代正宗文学中儒雅品位的沉降期。

第三，浑雅正大的回升期

随着台阁体"冗沓肤廓，万喙一音，形模徒具，兴象不存"[⑥]的流弊越来越严重，在庙堂文化禁锢的台阁"铁笼"中出现了"老鹤一鸣"[⑦]，呼唤着浑雅正大的回升。这就是敢于与台阁体争鸣的李东阳及其所代表的茶陵派。由于宦官中先是汪直专权，继之以刘瑾等"八虎"的凶横，还有他们教唆出的武宗的荒淫，台阁体盛行时那种"盛世"的幻影消失了，官吏中的儒家正统派群起而要求打击宦官，革除弊政，一股强有力的政治声浪冲击着庙堂文化。正是在这种情况下，原来台阁重臣中那种"三杨"式的依附君权、自安自得的心态，转而为李东阳式的心存疑虑、依违两可，从而使李东阳等人形成了入世和避世、"委曲匡持"、"因循隐忍"[⑧]的特定的文化心态。正因为如此，使李东阳等人的文化心态向审美心态的演变中出现了复杂性与曲折性。他们强调"《诗》在《六经》中，别是一教"[⑨]，以《诗经》之宗旨与盛唐之格调融合成"浑雅正大"[⑩]的审美理想。他们在理论批评上首先举旗纠偏，企图在台阁体之外另辟蹊径，开辟"浑雅正大"回升的格局。因而，李东阳在《怀麓堂诗话》中严雅、俗之辨：

① 倪谦《松冈先生文集序》，《倪文僖集》卷二十二，文渊阁四库全书本。

② 杨士奇《奉敕恭谒皇太子谢恩诗》，《东里续集》卷五十九，文渊阁四库全书本。

③ 杨荣《东郭草亭宴集》，《文敏集》卷六，文渊阁四库全书本。

④⑥ 《四库全书总目》卷一九〇《明诗综》提要，第1730页。

⑤ 《四库全书总目》卷一七〇《杨文敏集》提要，第1484页。

⑦ 沈德潜、周准编《明诗别裁集》卷三："永乐以后诗，茶陵起而振之，如老鹤一鸣，喧啾俱废。"上海古籍出版社2009年版，第75页。

⑧ 王鸿绪《明史稿·李东阳传》引李东阳于正德五年(1510)上疏中语。

⑨ 李东阳著，李庆立校释《怀麓堂诗话校释》，人民文学出版社2009年版，第1页。

⑩ 《怀麓堂诗话校释》，第219页。

作山林诗易，作台阁诗难。山林诗或失之野，台阁体或失之俗。野可犯，俗不可犯也。[①]

当他论述雅美的具体标准时，又偏重于声调格律：

诗必有具眼，亦必有具耳。眼主格，耳主声。闻琴断知为第几弦，此具耳也；月下隔窗辨五色线，此具眼也。费侍郎廷言尝问作诗，予曰："试取所未见诗，即能识其时代格调，十不失一，乃为得。"[②]

他在论述雅美的标准时，又往往以中和雅淡为归：

诗贵意，意贵远不贵近，贵淡不贵浓。浓而近者易识，淡而远者难知。如杜子美"钩帘宿鹭起，丸药流莺啭"……皆淡而愈浓，近而愈远，可与知者道，难与俗人言。[③]

古雅乐不传，俗乐又不足听。今所闻者，惟一派中和乐耳。因忆诗家声韵，纵不能仿佛赓歌之美，亦安得庶几一代之乐也哉！[④]

这种与他"浑雅正大"的审美理想相龃龉的中和雅淡的审美标准，直接影响到他的诗歌创作，使其《怀麓堂集》中出现了一些"格韵双绝"[⑤]、中和雅美的诗歌，例如：

隐隐青山带落晖，河流东下我西归。故人舟楫来何暮，莫遣溪风吹客衣。[⑥]

然而，并非说李东阳的创作实践完全背离了他"浑雅正大"的审美理想，《怀麓堂集》中也不乏慷慨悲歌、浑雅雄浑之作，如：

斫地哀歌兴未阑。归来长铗尚须弹。秋风布褐衣犹短，夜雨江湖梦亦寒。木叶下时惊岁晚，人情阅尽见交难。长安旅食淹留地，惭愧先生苜蓿盘。[⑦]

从整体上来说，李东阳的创作实践与"浑雅正大"的审美理想既有相辅相成的一面，又有相互背反的一面。也就是说，李东阳一方面有的作品关注国计民生，颇有真情实感，"出入宋、元，溯流唐代"[⑧]，风格苍健，"蔚为雅宗……三杨台阁之末派，为之一振"[⑨]，另一方面，由于他"历官馆阁，四十年不出国门"[⑩]，限制了生活视野与审美视野，因而在创作中难以跳出雍容华贵的窠臼，结果与他倡导"浑雅正大"美学理想的初衷相违背，使他的诗歌创作由典雅流丽向萎

---

① 《怀麓堂诗话校释》，第 225 页。

② 《怀麓堂诗话校释》，第 24 页。

③ 《怀麓堂诗话校释》，第 12 页。

④ 《怀麓堂诗话校释》，第 293 页。

⑤ 汪端《明三十家诗选》初集卷三上，清同治年间刊本。

⑥ 李东阳《过直河驿，待明仲舟不至二首》其二，《北上录》，李东阳撰，周寅宾校点《李东阳集》，岳麓书社 2008 年版，第 1384 页。

⑦ 李东阳《寄彭民望》，《诗前稿》卷十二，《李东阳集》第 230 页。

⑧ 《明史》卷二百八十五《文苑一》，第 7307 页。

⑨ 陈田辑撰，《明诗纪事》丙签《序》，第 931 页。

⑩ 钱谦益《列朝诗集小传》丙集《李少师东阳》，第 245 页。

弱滑坡。这表明以李东阳为首的茶陵派向“浑雅正大”回升的势头毕竟有限。

第四，复雅心态的膨胀期

面对着文坛上茶陵派“如衰周弱鲁，力不足以御强横”[①]的局面，李梦阳、何景明等前七子勃兴于弘治、正德年间。因为这个新崛起的群体力倡“文必秦、汉，诗必盛唐”[②]，所以人们视之为复古派。对于他们复古的目标和声势及其中首倡者的作用，明代顾起纶在《国雅品》中评论说：“李献吉(梦阳)、何仲默(景明)二学宪，气象弘阔，词彩精确，力挽颓风，复臻古雅，遴材两汉，嗣响三唐。……为明音中兴之盛，实二公倡之也。”[③]虽然说“明音中兴之盛”未免誉之过分，但是以李梦阳、何景明为首的前七子毕竟将明代正宗文学推向崇唐复雅的高潮。应该说，前七子“力挽颓风，复臻古雅”，政治上的直接诱因是宦官刘瑾等专横跋扈于朝廷。文学上的直接诱因是茶陵派萎弱的诗文和“陈(献章)庄(昶)体”中的性气诗。正是这些政治上、文学上最直接的诱因，刺激着前七子宗汉崇唐、复臻古雅等文化心态的急剧膨胀。因而，他们大多以新科进士、郎署少壮派和政治上、文学上革新者的锐气，与宦官政治、程朱理学正面碰撞。虽然他们不满于茶陵派在诗歌创作上萎弱的风气，但却沿着李东阳在理论批评上举旗纠偏的路子继续对台阁体大加挞伐，以“追盛唐之雅丽”[④]的审美心态“力挽颓风，复臻古雅”。鉴于“陈庄体”中的鄙俚与茶陵派末流中的趋俗，前七子在开宗立派之初更加严雅、俗之辨，将宗汉崇唐与复雅脱俗紧密地结合在一起。如李梦阳在《驳何氏论文书》中有云：“高古者格，宛亮者调，沉著、雄丽、清俊、闲雅者才之类也。而发于辞，辞之畅者，其气也。中和者，气之最也。”[⑤]又如何景明在《内篇》中强调说：“律古以格俗。”[⑥]他在《重刊黄杨集序》中推崇华幼武的“矫宋季之萎靡，追盛唐之雅丽”的审美追求。其实，“复臻古雅”不仅是前七子崇唐的目标，也是他们宗汉的目标，因为汉代文学的主要标志之一是雅正：“汉兴，文学既缺，时亦草创，承秦之制，后稍改定，参稽《六经》，近于雅正。”[⑦]。应该指出的是，前七子鉴于茶陵派提倡“浑雅正大”而被所谓“正大”的儒家思想(其实，主要是明王朝“以理学开国”中所崇尚的程朱理学)所拘牵，因而在复雅脱俗中往往绕开所谓“正大”的儒家思想而编向于文学形式上的雅丽之美，以便将自己与茶陵派区别开来。尽管这样是失之偏颇，但也在一时造成了“力挽颓风，复臻古雅”[⑧]的强有力的声势。在这颇有气势的复雅脱俗之中，前七子也有时突破专在格调上复雅的樊篱，例如徐祯卿在《谈艺录》中提出了“因情立格”的美学原则：

> 诗以言其情，故名因象昭。合是而观，则情之体备矣。夫情既异其形，故辞当因其势。譬如写物绘色，倩盼各以其状；随规逐矩，圆方巧获其则。此乃因情立格，持守圜环

---

① 《四库全书总目》卷一七〇《怀麓堂集》提要，第1490页。

② 《明史》卷二百八十六《李梦阳传》，第7348页。

③ 顾起纶《国雅品》，丁福保辑《历代诗话续编》，中华书局1983年版，第1099页。

④ 何景明《重刊黄扬集序》，《何文肃公文集》卷九，台湾伟文图书出版有限公司影印本。

⑤ 李梦阳《驳何氏论文书》，《空同集》卷六十二。

⑥ 何景明《内篇》，《大复集》卷三十一，文渊阁四库全书本。

⑦ 《后汉书志》卷二十九《舆服志上》，《后汉书》中华书局1993年版，第3641页。

⑧ 顾起纶《国雅品》，丁福保辑《历代诗话续编》，第1099页。

之大略也。[①]

徐祯卿对情感与格调作辩证思考，进而在辩证统一的高度将“情”与“格”融合成和谐之美。其现实的意义，是最有利于前七子达到宗汉崇唐、复臻古雅的目标；其在理论建树上的意义，是徐祯卿率先将艺术辩证法引入情感论与格调说相互关系的研究之中，以“情”与“格”的高度和谐为正宗文学的雅美学提供了一个新的理论范畴。

还有何景明，他勇于另辟蹊径而“追盛唐之雅丽”[②]，又为诗文的复古复雅增添了理论光彩。这主要表现为：

一是“领会神情”——“雅”文学的性情本体论。“追昔为诗，空同子刻意古范，铸形宿镆(模)，而独守尺寸。仆则欲富材积，领会神情，临景构结，不仿形迹。”[③]如果说当李梦阳在“刻意古范”、“独守尺寸”之时，在“雅”表层(格调、法式)过分扩展中压抑着性情，那么，何景明则强调“领会”古雅范本中的“神情”，在“雅”深层(性情)的拓展中活跃创作主体。“临景结构”，就具体地说明了创作主体在意象(情景)构结中随事、随时、因地、因人而变化的能动性、灵活性。

二是“舍筏达岸”——“雅”意象建构的方法论。何景明在强调“雅”的性情本体论的同时，又注重“雅”意象建构的方法论：“仆尝谓诗文有不可易之法，辞断而意属，联类而比物也。”[④]他将“辞断而意厉，联类而比物”等法置于“用”的地位。坚持以情为“本(体)”和以法为“用”，并且以佛家说筏比喻诗学的方法论：“佛有筏喻，言舍筏则达岸矣，达岸则舍筏矣。”[⑤]以佛家舍筏登涅槃彼岸比喻诗人舍“法”而进入意象雅丽的境界。何景明首次将“舍筏达岸”的方法论引进前七子“雅”意象建构的领域，打破了李梦阳在崇唐复雅中“刻意古范”[⑥]、拘守“先法”的僵化的模式。

当然，前七子在“雅”文学理论的探究上有得也有失。尤其是他们振兴诗文、复臻古雅的创作实绩，不仅没有达到汉唐诗文古雅的水平，也没有多少“明音之盛”的气象。大致说来，前七子在宗汉崇唐、复臻古雅的审美探究中留下了曲曲折折的脚印：有时跌入模拟古人、刻意深奥、诘屈聱牙、缺乏美感的泥坑之中，违背了他们自己复臻古雅的初衷，乃是他们复雅心态过分膨胀所造成的苦果；有时已步入高格朗调、浑雅正大、意象冲融、神韵飘逸的审美境界。对此，后来公安派中的袁宏道也推崇说：“草昧推何、李，闻知与见知。机轴虽不异，尔雅良足师。”[⑦]

当然，前七子在“雅”文学理论的探究上有时也有自省与转向——转向民歌等俗文学：

有学诗文于李崆峒(李梦阳，号崆峒子)者，自旁郡而之汴省。崆峒教以：“若似得传唱〔锁南枝〕，则诗文无以加矣。”请问其详。崆峒告以：“不能悉记也，只在街市上闾行，

① 《谈艺录》，徐祯卿著，范志新编年校注《徐祯卿全集编年校注》卷六，人民文学出版社2009年版，第765、766页。

② 何景明《重刊黄扬集序》，《何文肃公文集》卷九。

③ 何景明《与李空同论诗书》，《大复集》卷三十二，文渊阁四库全书本。

④⑤⑥ 何景明《与李空同论诗书》，《大复集》卷三十二。

⑦ 袁宏道《答李髯》其二，袁宏道著，钱伯城笺校《袁宏道集笺校》卷二，上海古籍出版社2008年版，第81页。

必有唱之者。"越数日,果闻之,喜跃如获重宝,即至崆峒处谢曰:"诚如尊教。"何大复(何景明,号大复山人)继至汴省,亦酷爱之。曰:"时调中状元也! 如十五《国风》,出诸里巷妇女之口者,情词婉曲。有非后世诗人墨客操觚染翰、刻骨流血所能及者,以其真也。"每唱一遍,则进一杯酒,终席唱数十遍,酒数亦如之,更不及他词而散。①

第五,亦雅亦俗的探索期

鉴于前七子在格调上复雅而自食苦果的教训,在嘉靖年间兴起的唐宋派侧重于在内容上张扬雅正。尤其是唐宋派中较早活动的王慎中、唐顺之等人,注重区分理学中的正统派(程朱理学)与变异派(王守仁的"心学"),从而在塑造雅正的审美心态中找到新的思想武器,这就是王守仁"天理在人心"、"天理即是良知"②的"心"与"理"合一说。并且将王守仁哲学意义上的"理"演变为文学意义上的"浸涵《六经》之言以博其趣"③——宗经明道,将王守仁哲学意义上的"心"演变为文学意义上的"直据胸臆"④。而合"宗经明道"与"直据胸臆"而为一,正是唐宋派追求雅正的审美心态的主要特征,而他们追求雅正的师法对象主要是唐宋古文名家。唐宋派坚持在内容上严雅、俗之辨,如茅坤在《与慎山泉侍御论文书》中指出:

> 仆尝作一《文旨》以贻许海岳、沈虹台二太史,大略以为:文必溯文艺之深而折衷于道,斯则天下之正统也。其间雄才侠气,姗韩欧、詈苏曾,而不能本之乎六艺者,草莽偏陲,项羽、曹操以下是也。⑤

但是,他们在诗文形式上则是时而崇雅,时而尚俗,有时又折衷于二者之间。崇雅时云:

> 将吾所为文打得一片凑泊处,则格自高古典雅。即如不能高古,至于典雅二字,决不可少。⑥

尚俗时则云:

> 其为诗也,率意信口,不调不格,大率似以寒山、《击壤》为宗而欲摹效之,而又不能摹效之然者。⑦

折衷于雅、俗之中时云:

> 今先生率口而言,多民俗歌谣,悯时忧世之语,盖大雅君子之所废者。⑧

当唐宋派将他们处于探究中的亦雅亦俗的理论附诸创作实践,也出现了"雅俗杂糅"的倾向:

---

① 《词谑·时调》,李开先撰,卜键笺校《李开先全集》,文化艺术出版社 2004 年版,第 1276 页。

② 《语录三·传习录下》,《王阳明全集》卷三,上海古籍出版社 1992 年版,第 110 页。

③ 唐顺之《答廖东雩提学》,《荆川先生文集》卷五,四部丛刊初编本。

④ 唐顺之《答茅鹿门知县》,《荆川先生文集》卷七。

⑤ 茅坤《与慎山泉侍御论文书》,《茅鹿门先生文集》卷四,茅坤撰,张大芝、张梦新点校《茅坤集》,浙江古籍出版社 1993 年版,第 259 页。

⑥ 茅坤《文诀五条训缙儿辈》,《茅鹿门先生文集》卷三十二,《茅坤集》,第 875 页。

⑦ 唐顺之《答皇甫百泉郎中》,《荆川先生文集》卷六。

⑧ 归有光《沈次谷先生诗序》,《震川先生集》,上海古籍出版社 2007 年版,第 30 页。

时而文理精密、简雅清深，时而文从字顺、朴素自然。而他们以理学求诗文内容雅正的主张，往往在创作中产生了较多的负作用，使他们的诗文中暴露出浮言心性、流于庸肤等弱点。嘉靖、隆庆年间，以李攀龙、王世贞为首的后七子复起。如果说唐宋派在亦雅亦俗的探究中侧重于古文，那么，后七子在亦雅亦俗的探究中侧重于诗歌。后七子结社联盟的初期，他们在政治上与腐朽势力的对抗主要表现在与严嵩等权奸的斗争上，在文学上与唐宋派的对立主要是反对王慎中、唐顺之等在诗文内容上尚理(道)复雅的创作倾向上，侧重在诗文形式上尚雅复雅。比如将反对唐宋派尚理(道)的斗争推向极端的李攀龙，不仅在诗歌批评上出现了“视古修辞，宁失诸理”[①]的偏向，而且在创作中闯入了赝古和雷同的等误区。然而，“今天下之不为诗禅者鲜矣”[②]，“禅悟”等时代风气的熏染，还有市民意识的进一步复苏，资本主义萌芽的滋长，往往使后七子在拟古的失误中自省乃至自赎，从而在正宗文学的雅美学与俗美学之间进行艰难的审美探究。应该说。七子派在亦雅亦俗方面的探究开始于李梦阳。他在对宗汉崇唐、复臻古雅的自省中意识到“今真诗乃在民间”[③]。至于后七子，他们在拟古的失误中有更多的自省乃至自赎。在与当时市民意识相联系的俗文化思潮涌现的历史背景下，他们力图将正宗文学的创作纳入到“变俗为雅”[④]的轨道中，从而更加致力于雅文化与俗文化、雅美学与俗美学之间的审美探究。在此，试以谢榛与吴国伦为例加以分析。

谢榛对雅与俗的辩证思考。早在弘治、正德年间复雅心态的膨胀期，正宗文学的批评与创作大多是严辨雅俗，崇雅忌俗。当然，李梦阳在《诗集自序》中说“今真诗乃在民间”，又说包括他自己在内的文人学子之诗“出于情寡而工于词多也”[⑤]，从原先崇雅忌俗的极端又走向崇俗非雅的极端。谢榛则不同于此。他在《诗家直说》中对雅俗作了“因拙生巧，相因相生”[⑥]的辩证思考，并从宗汉崇唐、复臻古雅的愿望出发而强调变俗为雅：“凡作诗要知变俗为雅，易浅为深，则不失正宗矣。”[⑦]纵观《诗家直说》，可见谢榛所说的“变俗为雅”，既指字、韵、句等外在的形式，又是指性情等内在的因素。他“变俗为雅”的主旨是“返朴复拙，以全其真”与“因拙生巧”[⑧]的两结合。谢榛将“变俗为雅”的理论付诸于创作实践，使他的诗歌中俗文化的内涵主要有两个方面：一是土风民俗，包括男女恋歌等。对此，他主要用《采莲曲》、《竹枝词》等民歌的格调来反映。二是禅机禅趣。六祖慧能创始于初唐的禅宗，相对于天台宗、三论宗、唯识宗、华严宗等佛教宗派来说，显得比较平民化、通俗化。谢榛以“自信诗家半入禅”[⑨]的心态，在若干诗篇中将比较平民化、通俗化的禅机禅趣升华到审美境界。这是他将“变俗为雅”等诗歌理论付诸创作实践之所得。但在这方面，他也有所失，这就是将“变俗为

① 李攀龙《送王元美序》，李攀龙撰，包敬第标校《沧溟先生集》卷十六，上海古籍出版社 1992 年版，第394 页。

② 王世贞《苍雪先生诗禅序》，《弇州山人续稿》卷四十，文渊阁四库全书本。

③ 李梦阳《诗集自序》，《空同子集》卷首，明万历三十年邓云霄刻本。

④ 谢榛著，李庆立、孙慎之笺注《诗家直说笺注》卷四，齐鲁书社 1987 年版，第 497 页。

⑤ 李梦阳《诗集自序》，《空同子集》卷首。

⑥⑧ 谢榛《诗家直说》卷四，《诗家直说笺注》卷四，第 504 页。

⑦ 谢榛《诗家直说》卷四，《诗家直说笺注》卷四，第 497 页。

⑨ 谢榛《周子才见过谈诗》，谢榛著，李庆立校笺《谢榛全集校笺》卷十九，江苏古籍出版社 2003 年版，第 823 页。

雅”的理论在创作中流变为“丑俗稚钝”[①]。

吴国伦对俗美学探究的成果，主要体现在他的诗文创作实践之中。他的诗文创作中所蕴藏的俗美学，主要体现在以下几类题材之中：

(1) 民间恋歌。吴国伦借镜吴楚民歌的形式，写“欢心热如火”[②]的男女恋情，大胆地突破了理、欲之防，使他诗歌中的俗美学具有批判程朱理学的积极意义。当然，在他的男女恋歌中，有少数篇章在突破理、欲之防中矫枉过正，以肉欲的放纵来破坏诗歌的美感。但多数篇章如《前溪歌三首》、《读曲歌四首》、《乌栖曲》等，以江南民歌的形式歌咏男女恋情。用俗语写俗情，颇见俗趣。

(2) 民俗民情。风俗是民间俗文化的一个重要组成部分。风俗事象，是建构俗美学意象的一个重要源泉。吴国伦以不同区域的民俗入诗，如《哀江南》、《高州杂咏五首》、《抵毕》、《过层台驿》、《过白崖驿》，将民俗事象与异地风光、诗歌的艺术美与奇风异俗之美融为一体。

(3) 江南风俗画中的资本主义萌芽的投影。明代中后期，两京、江浙、湖广以及福建等沿海地区商品经济繁荣，商业往来，道路畅通，交换频繁。这股经商热也折射到吴国伦的诗歌之中。如《八月十八日浙江楼观潮》，前三联以惊天动地的浙江大潮衬托尾联中所写的商品经济的热潮：“却怪贾帆空际落，翩如六翮下扶摇。”[③]《读范玉颖使君蚕桑书喜而有赠》等诗，虽然没有自觉地、直接地反映“机户出资，织工出力”[④]的雇佣关系，但也在客观上展示了“家杼轴而户纂组”[⑤]的丝织生产的盛况：“千村机杼鸣柑应，五色丝纶吐渐长。”[⑥]而他在《次嘉兴即事》一诗中写道：

> 津亭落日系兰桡，槜李城临海国遥。百里鱼盐长水市，万家烟雨瑞虹桥。青楼越女歌相属，白纻吴儿舞自骄。最是江南佳丽地，可怜机杼日萧条。[⑦]

先以清丽的笔调刻画了一幅江南水乡的风俗画。接着，将笔锋一转，以悲慨之情带出了“机杼日萧条”的哀景。而“可怜”二字，饱含着诗人对某种特殊的经济形态（我们今天称之为资本主义萌芽）的珍视之情。

还应该指出：后七子自省乃至自赎，更多地受到民俗民歌的影响，如王世贞在《艺苑卮言》中说：

> 惟吴中人棹歌，虽俚字乡语，不能离俗，而得风人遗意。其辞亦有可采者，如陆文量所记：“月儿弯弯照九州，几家欢乐几家愁？几家夫妇同罗帐？几人飘散在它州？”又所闻：“约郎约到月上时，只见月上东方不见渠（原注：音其）。不知奴处山低月上早，又不知郎处山高月上迟？”即使子建、太白降为俚调，恐亦不能过也。然此田畯红女作劳之歌，长年樵青，山泽相和，入城市间，愧汗塞吻矣。然则听古乐而恐卧者，宁独一魏文

---

① 王世贞《艺苑卮言》卷七批评谢诗用语，《艺苑卮言校注》，第349页。

② 吴国伦《子夜四时歌·夏歌》，《甔甀洞稿》卷二，续修四库全书本。

③ 吴国伦《八月十八日浙江楼观潮》，《甔甀洞稿》卷二十。

④⑤ 《神宗实录》卷三百六十一引曹时聘上疏中语，第6741页。

⑥ 吴国伦《读范玉颖使君蚕桑书喜而有赠》，《甔甀洞续稿》诗部卷八。

⑦ 吴国伦《次嘉兴即事》，《甔甀洞稿》卷二十。

侯也?[①]

由此可见,嘉靖、隆庆乃至万历前期,唐宋派与后七子分别于古文或诗歌领域经历了一个复雅脱俗——尚俗非雅——变俗为雅——以俗为美的艰难的探究过程。

第六,尚今尚俗的新变期

万历、天启年间,涌现出一股文艺启蒙思潮。其主要特征之一,就是摆脱久已形成的复古复雅思潮的束缚,尚今尚俗,高扬个性自由。这是因为明神宗朱翊钧"酒、色、财、气"[②]四病俱全,朝政废弛,奸邪逞凶,明熹宗朱由校年少"庸懦"[③],又被宦官魏忠贤等玩弄于股掌之中,以致党争纷起,政抬黑暗,酿成了"忠良惨祸,亿兆离心"[④]的危局。因而使官吏与文士中一直企盼的振兴朱明王朝、恢复汉唐盛世的愿望彻底地破产了。当复古复雅的思潮在正宗文学家、批评家的心中丧失地盘的时候,"宁今宁俗"[⑤]、"独抒性灵"[⑥]的解放思潮便乘虚而入。当然,公安派;竟陵派的时期也分为两个阶段;一是公安派尚今尚俗的新变期,二是竟陵派藏俗于雅的收敛期。

先说尚今尚俗的新变期。

所谓"新变",是相对于诗文中复古复雅的思潮而言。明代万历以前的诗文已经形成了一种复古复雅的定势。公安派中袁宏道则冲着这股习惯势力而发出了振聋发聩的声音;

> 宏实不才,无能供役作者。独谬谓古人诗文,各出己见,决不肯从人脚跟转,以故宁今宁俗,不肯拾人一字。[⑦]

究其"宁今宁俗"文艺思想的内涵,主要包括以下两个方面:

一是市井风俗、世情物欲。袁宏道在《与朱司理》中说:"近日觉与市井屠沽,山鹿野獐,街谈市语,皆同得去,然尚不能合污,亦未免为病。何也?名根未除,犹有好净的意思在。"[⑧]他在《叙陈正甫会心集》中又进一步指出:

> 愚不肖之近趣也,以无品也,品愈卑故所求愈下,或为酒肉,或为声伎,率心而行,无所忌惮,自以为绝望于世,故举世非笑之顾也,此又一趣也。[⑨]

将眼光转向市井小民,转向世情物欲,具有反对"存天理,去人欲"的程朱理学的意义。况且他在转向市井中还有关心世道、忧国忧民之意:"贾客相逢倍惘然,梗楠杞梓下西川。青天处处横珰虎,鬻女陪男偿税钱。"[⑩]对于横征暴敛、摧残商品经济的宦官深恶痛绝。

二是土音俗语、民歌风味。市井风味、世情物欲,侧重于内容之俗;土音俗语、民歌风味,

---

① 《艺苑卮言》卷七,王世贞著,罗仲鼎校注《艺苑卮言校注》,齐鲁书社 1992 年版,第 362—363 页。
② 《明神宗实录》卷二一八。万历十七年(1589),雒于仁针对神宗朱翊钧的弊病,上"酒色财气"四箴。
③④ 《明史》卷二十二《熹宗本纪》,第 307 页。
⑤⑦ 袁宏道《与冯琢庵师》,《袁宏道集笺校》卷二十二,第 781、782 页。
⑥ 袁宏道《叙小修诗》,《袁宏道集笺校》卷四,第 187 页。
⑧ 袁宏道《与朱司理》,《袁宏道集笺校》卷十一,第508 页。
⑨ 袁宏道《叙陈正甫会心集》,《袁宏道集笺校》卷十,第 463 页。
⑩ 袁宏道《竹枝词》其十二,《袁宏道集笺校》卷二十七,第 895 页。

则是侧重于形式之俗。对于后者，袁宏道同样倾注着极大的热情，他说：

> 近来诗学大进，诗集大饶，诗肠大宽，诗眼大阔。世人以诗为诗，未免为诗苦，弟以〔打草竿〕、〔劈破玉〕为诗，故足乐也。[①]

所谓“以诗为诗”，乃是指以古雅等正宗诗歌的传统手法为诗。世人以此为苦，而袁宏道则是乐于以〔打草竿〕、〔劈破玉〕等民歌的手法为诗。究其原因，是土音俗语、民歌风味中有真情实感：“故吾谓今之诗文不传矣。其万一传者，或今闾阎妇人孺子所唱〔劈破玉〕、〔打草竿〕之类，犹是无闻无识真人所作，故多真声，不效颦于汉、魏，不学步于盛唐，任性而发，尚能通于人之喜怒哀乐嗜好情欲，是可喜也。”[②]如此从内容之俗和形式之俗上阐发“宁今宁俗”的文学思想，并得了袁宗道、袁中道和陶望龄、江盈科等志同道合者的称赏，从而他们以群体的力量将明代诗文中尚俗的思潮推向高峰。不过，当公安派将尚今尚俗的理论作用于诗文创作实践的过程中，又显得力不从心。一方面，他们在诗文创作中打破陈规，自树异帜，信心而出，信口而谈，以眼前之景、身边之事来抒写性灵，大胆地将俗事俗语写入诗文，关心世道又有市民化、世俗化的生活情趣，清新秀丽而富有生气，使相对于“唐诗为雅”的“明诗为俗”[③]的审美特征在这时真正地显示出来了；另一方面，他们的诗文创作显得有些草率、浮浅、刻露、油滑，缺乏含蓄的情致、深刻的意蕴，从而暴露出公安派专注个体“性灵”的局限性，损害了“宁今宁俗”、“独抒性灵”等解放思想在诗文创作实践中的审美价值，也减弱了解放思潮在诗文学领域的号召力。然而，公安派和稍后的竟陵派以及王思任、刘侗、张岱等大量创作小品文，以这种轻巧灵活、雅俗共赏的文学样式反映平民化、世俗化的生活情趣。这是在尚今尚俗等新变思潮的推动下，雅文学领域的一次文体革新，改变明代正宗文坛上以高古、浑雅为尚的创作局面。

第七，藏俗于雅的收敛期

相对于公安派尚今尚俗的思想开放的高潮，竟陵派则有所收敛。这是因为万历后期及天启年间，宦官更为猖獗，竞争更为激烈，钳制舆论的罗网收得更紧，使钟惺、谭元春等文士在“片字犯鳞甲，万里御魑魅”[④]的特定环境中形成了“目前祸堪怵、身后名难计”[⑤]的恐惧心态；这又是公安派的末流造成的流弊，使文坛上在复古思潮消沉之后又出现了“狂瞽交扇，鄙俚公行，雅故灭裂，风华扫地”[⑥]等不良倾向。所以，竟陵派从政治上考虑不得不收敛一些解放思想的锋芒，从文学上考虑则对公安派的“宁今宁俗”、“独抒性灵”等加以补救。其方式之一，就是藏“俗”于“雅”，企图以古雅之旧瓶装今俗之新酒。对此，钟惺在《江行俳体序》中说得十分清楚：

① 袁宏道《伯修》，《袁宏道集笺校》卷十一，第492页。

② 袁宏道《叙小修诗》，《袁宏道集笺校》卷四，第188页。

③ 吴乔《围炉诗话》卷一，《清诗话续编》，上海古籍出版社1999年版，第474页。

④ 钟惺《邸报》，钟惺著，李先耕、崔重庆标校《隐秀轩集》卷一，上海古籍出版社1992年版，第7页。

⑤ 钟惺《邸报》，《隐秀轩集》卷一，第7页。

⑥ 钱谦益《列朝诗集小传》丁集中《袁稽勋宏道》，第567页。

> 友人谭友夏作《竹枝词》近百首,余曾赏之,皆舟行诗也。其体则七言绝,其所采民谣士风,自江陵至吾邑,上下二三百里耳,乃遂能至百首。矧余舟发鄂渚,迄于金陵,历吴门,荆、吴俗迁,冬春序改,纵其目览口传,足涉手书,所得宁当止百首哉?于是难其事,广以七言,限以四韵,拘以俳比声偶。要使体浑而响切,事杂而词整,气谈而法严,令才有必尽,而意有不得逞,亦蚁封盘马意也。范蔚宗有言:"吾于音乐恨不精雅声,至于一绝处,亦复何异?"此难为拘儒俗子道也。"夫今之乐,犹古之乐",千古声诗秘谛,子舆氏一语拈破,妙达此解,可度脱千万劫诗文苦趣,偶因一端而并及之。[①]

"民谣土风"是俗,"俳比声偶"、"体浑响切"、"词整法严"等乃是雅。在钟惺看来,"千古声诗秘谛"之一便是藏俗于雅。那么,竟陵派如何藏俗于雅呢?

其一,脱俗而又藏俗的"幽情单绪"。

竟陵派对公安派"宁今宁俗"、"独抒性灵"等加以补救,倡导"求古人真诗",抒写"幽情单绪"[②]。这既是对七子派复古复雅和公安派"宁今宁俗"的嫁接,又是对公安派"独抒性灵"的深化与异化。所谓"深化",乃是"钟、谭一出,海内始知'性灵'二字"[③];所谓"异化",乃是"另立深幽孤峭之宗"[④]。可见,竟陵派所倡导的是以深幽孤峭为宗的性灵说。其"性灵"说曰深、曰幽、曰孤、曰峭,乃是浊世畸人的脱俗、绝俗。然而,"冲夷简淡处,正其发愤不平处也"[⑤]。虽然竟陵派脱俗绝俗的"幽情单绪"偏执于自我心灵的一隅,但其中却深藏着解放人性、归于天性的惊世骇俗的精神,迂回曲折地表达了不满黑暗现实的市民意识。从某种意义上来说,竟陵派以深幽孤峭为宗的性灵说,是藏俗于雅、高度雅化的市民意识。

其二,兼容雅俗的"期在必厚"。

谭元春在《诗归序》中有云:"春未壮时,见缀缉为诗者,以为此浮瓜断梗耳,乌足好?然义类不深,口辄无以夺之,乃与钟子约为古学,冥心放怀,期在必厚。"[⑥]鉴于公安派在反对师古中浅率刻露的弊病,钟惺、谭元春"约为古学,冥心放怀,期在必厚",以古雅、浑厚来弥补尚今尚俗中的浅率。正是出于这种"期在必厚"的动机,他们对于"厚而雅"与"俚而厚"都加以包容,如他们在《诗归》中评《羽林郎》诗时说:"'将缣来比素,新人不如故',其言厚而雅;'愿得一人心,白头不相离',其言俚而厚。"[⑦]对于竟陵派的尚雅复雅,有其"求古人真诗"等诸多论述为证。至于竟陵派的尚今尚俗,也可以再引起钟惺的《秣陵桃叶歌序》为证:

> 予初适金陵,游止不过两三月,采俗观风十不得五。就闻见记忆,杂录成歌。此地故有桃叶渡,借以命名,取夫俚而真,质而谐,犹云《柳枝》、《竹枝》之类,聊资鼓掌云尔。[⑧]

---

① 钟惺《江行俳体序》,《隐秀轩集》卷十,第153页。

② 钟惺《诗归序》,《隐秀轩集》卷十六,第236页。

③ 钱谦益《列朝诗集小传》丁集中《谭解元元春》,第572页。

④ 钱谦益《列朝诗集小传》丁集中《钟提学惺》,第570页。

⑤ 《答茅孝若》附《谭友夏合集》评语:"冲夷简淡处,正其发愤不平处也,玩两诗,全意自见。"谭元春著,陈杏珍标校《谭元春集》,上海古籍出版社1998年版,第366页。

⑥ 谭元春《诗归序》,《谭元春集》卷二十二,第593页。

⑦ 钟惺、谭元春辑《古诗归》卷四,续修四库全书本,第1589册,第396页。

⑧ 钟惺的《秣陵桃叶歌序》,《隐秀轩集》卷十四,第209页。

无论是古雅之真，还是俚俗之真，竟陵派都出于“期有必厚”的愿望而兼收并容。他们不仅在《诗归》中大量选录乐府民歌中的情诗，而且在自己的创作中以土风民俗入诗，在《江行俳体》、《秣陵桃叶歌》等诗中呈现出“俚而真、质而谐”的俗美学倾向。大致说来，竟陵派往往以理论批评与诗文创作大致同步的姿态在“藏俗于雅”中画出时正时偏的轨迹：时而以阴壑枯涧、幽林古渡、寒禽衰草、枯松绝壁等意象来象征内修清节、不阿于世的人格，以奇崛通幽的散文小品来折射“幽情单绪”的心态，给人以高洁凄清的雅美之感；时或贴近现实，锲入社会，以平易坦挚的语言，显示出质朴俚俗而清新俊快的审美特征。但有时也因过于局限在幽独的感遇、偏涩的意境之中，“舍崇旷而入莽榛，薄亮音而矜细响”[①]，不免“纤僻流为鬼趣”[②]，从而违背了他们自己藏俗于雅、振兴诗文的初衷，弱化了晚明诗文领域中的解放思潮。

第八，通今复雅的整合期

崇祯及其后的南明年代，是明王朝崩溃与遗民活动的时期。处于分崩离析、血火交进的年代，民族矛盾相对地上升了，阶级矛盾相对地下降了。这样，主要以市民阶层为社会基础的文艺解放思潮萎缩，而明初“诏复唐朝”的音调又重新奏响了，并融合着民族存亡的忧患意识回归到文士的心态之中，这可以陈子龙为首的新复古派为代表。应该说，他们与七子派的宗汉崇唐、复古复雅有一定的联系，例如陈子龙在《壬申文选凡例》中说：“文当规摹两汉，诗必宗趣开元。吾辈所怀，以兹为正。至于齐梁之瞻篇，中晚之新构，偶有间出，无妨斐然。若晚宋之庸沓，近日之俚秽，大雅不道，吾知免夫。”[③]他们在主张先辨形体之雅、俗方面，也与七子派有某些相似之处：“今之为诗者，类多俚浅仄谲，求其涉笔于初盛者，已不可得，何况窥魏晋之藩哉……故予尝谓今之论诗者，先辨形体之雅俗，然后考其性情之贞邪。”[④]

然而，陈子龙等人的复古复雅又绝对不是七子派简单的重复。在陈子龙等的文化心态中将“通今”、“实用”的时代新风与“救时”、“经世”[⑤]的忧患意识化为一体，在他们的审美心态中是熔复古复雅与“忧时托志”[⑥]于一炉。换而言之，明代正宗文学在此时已演变为通今与复雅的整合期。在这个通今与复雅的整合期，陈子龙等人往往以“忧时托志”为“诗之本”，以格调上的复雅为“诗之末”。如此看待诗之本末之间的关系，就往往在雅、俗之防上有所突破：

> 诗之本不在是，盖忧时托志者之所作也。苟比兴道备而褒刺义合，虽途歌巷语犹有取焉。……夫作诗而不足以导扬盛美，刺讥当途，托物连类，而见其志，则是风不必列十五国而雅不必大小也。虽工而予不好也。[⑦]

正是因为他们以“忧时托志”为诗之本，以格调上的复雅为诗之末，便在明末特定的社会环境

① 陈田辑撰《明诗纪事》庚签《钟惺诗》按语，第2312页。

② 陈田辑撰《明诗纪事》庚签《序》，第2233页。

③ 陈子龙《壬申文选凡例》，《陈忠裕公全集》卷十二。

④ 陈子龙《宣城蔡大美古涛序》，《安雅堂稿》卷二，续修四库全书本，第1387册，第689页。

⑤ 参见陈子龙《明经世文编序》及宋征璧《明经世文编凡例》，陈子龙辑《皇明经世文编》，续修四库全书本，第1655册，第37—40页、47—55页。

⑥ 陈子龙《六子诗稿序》，《安雅堂稿》卷三，续修四库全书本，第1387册，第698页。

⑦ 陈子龙《六子诗稿序》，《安雅堂稿》卷三，第698页。

中形成了浑雅宏正、苍凉悲壮的正宗文学的主潮。我们不妨从这主潮中撷取一朵浪花，以便见微知著：

> 黄河三月未东风，白草连山野火红。虏马莫移青海帐，汉家飞将在云中。①

沉雄豪迈，浑雅宏正，不失为忧时托志与复古复雅的成功结合。由此，我们联想到汪端在《明三十家诗选》（初集卷七上）中说的一段话：

> 忠裕（陈子龙）诗襟怀宏迈，天骨开张，立赤帜为雅宗，挽狂澜于既倒。诸体皆熔铸古调而神理自存，如临淮将郭令军营垒，旌旗忽焉变色。其论诗宗旨虽以七子为归，然国变以后之作激昂沉著，恐王、李诸人皆瞠乎其后矣。②

从中我们可以看到"国变"的社会现实乃是陈子龙等人将通今、复雅加以整合的深刻动因。

应该说，明末诗文作家与批评家的心态是多元的，比如还有"文以自娱"③等思潮的市场。但与注入着民族忧患意识的复古复雅、苍凉悲壮的主潮相比，就显得黯然失色了。与陈子龙等一脉相承又向理性思考上不断深化的，是明清之际的顾炎武、黄宗羲、王夫之等人。他们分别以《日知录》、《明儒学案》、《明文海》、《明诗评选》等整合并扬弃着朱明一代文化思想与文学思潮，在各自的文化心态中体现着"天下兴亡，匹夫有责"的社会责任感和经世致用的实学思想；在审美心态中突出"文须有益于天下"④和"景以情合，情以景生"⑤相结合的美学原则，将尚实尚用、复为雅正的古典主义与亡国哀思、启蒙思潮等有机地结合在一起，将"通今"与"复雅"的整合推向一个新的高度，为明代正宗文学中雅、俗两大思潮消长的历史作了一个光辉的结束。

综上所述，明代诗文中雅俗两大思潮消长的轨迹，大致形成了一个演进的"圆圈"：崇儒复雅的发轫期——儒雅品位的沉降期——浑雅正大的回升期——复雅心态的膨胀期——亦雅亦俗的探索期——尚今尚俗的新变期——藏俗于雅的收敛期——通今复雅的整合期。这个"圆圈"，呈现出对立转化、连锁演进的特点。从某些方面显示出明代诗文中雅、俗两大思潮内在发展的逻辑关系。

雅俗两大思潮消长的动因

明代诗文学中雅、俗两大思潮的消长，有着深刻的动因，其中有正宗文学内部的动因，也有外部的动因。

---

① 《云中边词》五首其二，陈子龙著，施蛰存、马祖熙标校《陈子龙诗集》，上海古籍出版社 2006 年版，第 578 页。

② 汪端《明三十家诗选》初集卷七上。

③ 郑文勋《文娱自序》，《媚幽阁文娱》二集卷首，四库禁毁丛刊本。

④ 顾炎武《日知录》卷十九，顾炎武著，黄汝成集释，栾保群、吕宗力校点《日知录集释》，花山文艺出版社 1991 年版，第 841 页。

⑤ 王夫之《夕堂永日绪论·内编》，王夫之著，戴鸿森笺注《薑斋诗话笺注》，人民文学出版社 1981 年版，第 76 页。

其一,"诗之变,随世递迁"——时代思潮的起伏

"诗之变,随世递迁,天地有动,沧桑有改,而况诗乎?"[①]诚然,明代诗文中雅、俗思潮的消长,往往"随世递迁"。分而言之,明代诗文中崇儒复雅思潮的消长,与有明一代民族文化心态的复归与变异密切相关,尚今尚俗思潮的消长,又与市民意识,尤其是与明中叶后资本主义萌芽及其附丽着的启蒙思潮的消长密切相关。

先说明代诗文中崇儒复雅思潮消长的动因——民族文化心态的复归与变异。以消灭蒙古族建立的元朝而建国的朱明王朝,虽然在对外贸易和西方教士的政策上时有宽严,但在"夷夏之防"方面始终比较注意,诸如明初的"诏复唐制"、清除"胡俗",明中叶的抗击倭寇,明末的抵抗清兵。这些都在不同的程度激发了明代诗文中崇儒复雅思潮的迭起,如上文所提及的明初为崇儒复雅的发轫期,明中叶前七子勃兴的弘治、正德年间为复雅心态的膨胀期,明末为通今复雅的整合期。在此,不妨以复雅心态的膨胀期为例,作较为详细的论述。明中叶"南倭北虏"的交相入侵。激化了"夷"、"夏"之间的民族矛盾。"所恨国威辱,北鄙气凄怆"[②],正是在这种国威遭凌辱、华夏气凄怆的民族危机之中,人们更加向往隆汉盛唐那"国容何赫然"[③]、"万国衣冠拜冕旒"[④]的博大气象,孕育着一种"宇宙思真主,乾坤属盛唐"[⑤]的复古心态。因而,"诏复唐制"、严夷夏之防的精神在中下层官吏和文士中的影响越来越大,进而形成了恢复汉唐之旧、重振华夏国威的高潮。这样,前七子"追盛唐之雅丽"[⑥]的崇唐复雅的思潮便应运而生了。换而言之,弘治、正德年间前七子崇唐复雅心态的膨胀离不开当时抗倭驱虏、重振国威的时代群体情绪的影响。

再说晚明诗文中尚今尚俗思潮的兴起,又是当时诸种异质文化(相对于传统的儒雅文化)大汇合的结果:其中有以"机户出资,织工出力"[⑦]为主要标志的资本主义萌芽,有"非名教之所能羁络"[⑧]的王学左派思潮,有禅宗、净土宗等较为通俗的宗教思想,以及西方传教士带来的西方文化,还有经商致富的市民意识:"天与以致富之才,又借以致富之势,畀以强忍之力,赋以趋时之识,如陶朱、猗顿辈,程郑、卓王孙辈,亦天与之以富厚之资也。是亦天也,非人也。若非天之所与,则一邑之内,谁是不欲求富贵者?而独此一两人也邪?"[⑨]公安派、竟陵派正是借此时代思潮的东风,将晚明诗文中尚今尚俗的思潮推向高峰。

---

① 屠隆《论诗文》,《鸿苞集》卷十七,《屠隆集》第八册,浙江古籍出版社 2012 年版,第 442 页。

② 李梦阳《乙丑除夕追往写愤五百字》,《空同集》卷十七。

③ 李白《古风》其四十六,李白撰、王琦注《李太白全集》卷二,中华书局 1977 年版,第 143 页。

④ 王维《和贾舍人早朝大明宫之作》,王维撰、赵殿成笺注《王右丞集笺注》卷十,中华书局 1984 年版,第 177 页。

⑤ 康海《谒唐太宗皇帝祠堂》,《康对山先生全集》卷十四。

⑥ 何景明《重刊黄杨集序》,《何文肃公文集》卷九。

⑦ 《神宗实录》卷三百六十一引曹时聘上疏中语:"家杼轴而户纂组,机户出资,织工出力,相以为命灸矣。"第 6741 页。

⑧ 黄宗羲《明儒学案》卷三十二《泰州学案·序》,中华书局 2008 年版,第 703 页。

⑨ 李贽《道古录》卷上第九章,《李贽文集》第七卷,社会科学文献出版社 2000 年版,第 357 页。

其二，“时艺之趋”与“文家心变”——文化个性的差异

袁宏道在《时文叙》中说：“余自是始知时艺之趋，非独文家心变，乃鉴文之目则也未始不变也。”[①]明代诗文中雅、俗两大思潮的消长，离不开时代思潮起伏的大背景，也离不开“文家心变”——诗文作家、批评家的文化个性等主观因素。“三杨”的圆通得体、谦恭小心的个性之于儒雅品位的沉降，李东阳的委曲匡持、因循隐忍的个性之于“浑雅正大”[②]回升势头的有限，王慎中、唐顺之等善于沉思的个性之于他们在亦雅亦俗之中向理学上深化，袁宏道前期狂放而后期有所收敛的个性之于晚明尚今尚俗思潮的起伏，都有一定的关系。至于前七子中的李梦阳、何景明等人在复雅心态膨胀期的得与失，更能说明问题。应该说，李、何在宗汉崇唐、复臻古雅的目标上大体一致。然而，他们的文化个性却有差异：李梦阳才思雄骜而粗豪，何景明性沉敏有度而俊逸。当才思雄骜而粗豪的李梦阳在格调上力倡复臻古雅时，在他的诗文中创作中出现了一种逆反现象：求古雅而得粗俗，雅、俗龃龉而音情杀直；而当他疏离宗汉崇唐的目标而自鸣其情时，却往往意外地在创作中获得复臻古雅、振兴诗文的效果：继古雅而沐新潮（市民意识及文艺解放思潮），雅、俗相济时而音性顿挫。性沉敏而俊逸的何景明，在“追盛唐之雅丽”[③]的前提下倡导“领会神情”的本体论和“舍筏达岸”[④]的方法论，在诗文创作中也引出了正负效应：或雅中有神，神秀之中可见雅正；或雅而近弱，“似秀峻而实浅俗”[⑤]。造成这种负效应的原因，既离不开明中叶时代文化品位的沉降，又与他个性的懦弱密切相关。而取得正效应的原因，其中之一是由于他“性沉敏有度”[⑥]的文化个性与“追盛唐之雅丽”的审美理想的契合。

其三，“古不可优，后不可劣”——传统观念的变革

中国古代社会的诗文作家大多固守着一种传统的观念：“诗道之不能不变于古今而日趋于异也。日趋于异，而变之中有不变者存。请得一言以蔽之曰：雅。雅也者，作诗之原，而可以尽乎诗之流者也。”[⑦]这种传统的观念也在明代士大夫的心中深深地扎下了根，如明前期的陈献章声称：“作诗当雅健第一，忌俗与弱。”[⑧]明中叶的茅坤强调说：“格自高古曲雅，即如不能高古，至于曲雅二字，决不可少。”[⑨]晚明的陆时雍其至说：“诗不入雅，虽美何观矣！”[⑩]显然，以雅为尚的传统观念一直笼罩在明代诗文作家与批评家的心头，使他们形成了在传统的雅文化、雅文学圈子中生活、创作、欣赏、批评的惯性，也使一批标榜尊雅的诗文集和诗文评

① 袁宏道《时文叙》，《袁宏道集笺校》卷十八，第703页。
② 《怀麓堂诗话校释》，第219页。
③ 何景明《重刊黄扬集序》，《何文肃公文集》卷九。
④ 何景明《与李空同论诗书》，《大复集》卷三十二，文渊阁四库全书本。
⑤ 何景明《与李空同论诗书》，《大复集》卷三十二。
⑥ 孟洋《中顺大夫陕西按察司提学副使何君墓志铭》，《大复集》附录。
⑦ 叶燮《汪秋原浪斋二集诗序》，《已畦集》卷九，四库全书存目丛书，齐鲁书社。
⑧ 陈献章《次王半山韵诗跋》，《陈献章集》，中华书局2008年版，第72页。
⑨ 茅坤《文决五条训缙儿辈》，《茅鹿门先生文集》卷三十二，《茅坤集》，第875页。
⑩ 陆时雍撰《诗镜总论》，丁福保辑《历代诗话续编》，中华书局1983年版，第1421页。

集如《皇明雅颂》、《国雅》(包括《国雅品》、《集雅》)、等风靡一时。传统观念的因袭,使得明代诗文的演进从明初的"崇儒复雅"发轫,虽然其中有尚今尚俗思潮的介入乃至迭起,但还是在明末以"通今复雅"而终结。

值得注意的是,在明代正宗文学领域中,主张复古者大多尊雅,力求新变者大多尚俗。后者如袁宏道,他在《与江进之》中说:

> 赋体日变,赋心益工。古不可优,后不可劣。若使今日执笔,机轴尤为不同。何也?人事物态,有时而更,乡语方言,有时而易,事今日之事,则亦文今日之文而已矣①。

以新变的心态求今("今日之事")求俗(如"乡语方言"),这就摆脱了崇儒复雅的传统观念的束缚。如果说徐谓尚今、尚俗、尚奇警的文艺思想,李贽的"童心说",汤显祖的"至情论",是突破传统观念的文学解放思潮的先驱,那么,公安派正是沿着这些先驱者所开辟的道路,将诗文领域尚今尚俗的思潮推向高潮。

其四,雅文学与俗文学的交叉影响

明代虽然是以雅文学(诗文等)为正宗文学,但是小说、戏曲等俗文学勃兴与繁荣的势头却不可低估。可以说,明代是雅文学与俗文学双轨并行,而且是雅文学思潮与俗文学思潮在交叉影响中同步演进。二者之间交叉影响的结局有促其顺向发展的,也有促其逆向转化的。后者可以李开先为例。李开先为"嘉靖八才子"之一,早年与王慎中、唐顺之人等人唱和而复古复雅。但当他后来因得罪夏言、严嵩等权贵而罢官还乡后,较多地接触了流行的民歌戏曲,便在"顿然觉悟"②中出现了逆向转化,从原来推崇格调古雅转而为神往世俗情趣。他在《市井艳词序》中指出:

> 忧而词哀,乐而词亵,此今古同情也。正德初尚〔山坡羊〕,嘉靖初尚〔锁南枝〕,一则商调,一则越调。商,伤也;越,悦也。时可考见也。二词哗于市井,虽儿女子初学言者,亦知歌之。但淫艳亵狎,不堪入耳,其声则然矣。语意则直出肺肝,不加雕刻,俱男女相与之情,虽君臣友朋,亦多有托此者,以其情尤足感人也。故风出谣口,真诗只在民间。③

转变后的李开先论诗尚真尚俗,文学创作也尚真尚俗。他利用当时民间小曲的形式写成《中麓小令》100首,利用民间流行的〔山坡羊〕小曲形式写成《市井艳词》一书,创作传奇戏曲《宝剑记》等。至于他们的诗歌创作,诚如他自己在《闲居集序》中所说:"或抚景触物,兴不能已,或有重大事,及亲友恳求,时出一篇,信口直写所见。"④显然,小说、戏曲和民歌等俗文学的影响,从一个方面促使李开先由崇雅复古转向尚今尚俗,从而为明代诗文开辟了一条汲取俗文学养料的道路。

公安派是在俗文学的影响下,沿着尚今尚俗的道路顺向发展的典型。晚明尚今尚俗等新变思潮的先驱李贽、徐渭、汤显祖,都以极大的热情投入到小说、戏曲等俗文学的创作与批

---

① 袁宏道《与江进之》,《袁宏道集笺校》卷十一,第515、516页。

② 李开先《闲居集序》,李开先撰,卜健笺校《李开先全集》,文化艺术出版社2004年版,第39页。

③ 李开先《市井艳词序》,《李开先全集》,第469页。

④ 李开先《闲居集序》,《李开先全集》,第39页。

评之中，是他们率先将当时小说、戏曲创作与批评中的俗美学传递到诗文领域。作为晚明尚今尚俗等新变思潮主将的袁宏道，虽然是主要用力于诗文创作与批评，但他对小说、戏曲、民歌等也颇有兴趣。他将《水浒传》、《金瓶梅》称之为"逸典"[①]，以小说家罗贯中、戏曲家关汉卿为"识见极高"[②]的人。他认为民歌等俗文学比诗文等雅文学更有流传的价值："故吾谓今之诗文不传矣，其万一传者，或今闾阎妇人孺子所唱〔劈破玉〕、〔打草竿〕之类。"[③]正是小说、戏曲、民歌等俗文学，使他"诗学大进，诗集大饶，诗肠之宽，诗眼大阔"[④]，从而在晚明特定的社会环境中，顺应着资本主义萌芽及市民意识、启蒙思潮的滋长，将晚明诗文领域中尚今尚俗的新变思潮推向高峰，一度在俗文学（小说、戏曲等）与雅文学（诗文等）领域出现了共同崇尚俗美学的局面。

对于明代正宗文学中雅、俗两大思潮消长的动因，还应该放到整个封建时代的社会发展史以及文学发展史中加以考察。

从社会发展史的角度来看，延续了几千年的封建社会进入到明代，如同垂暮老人一样，"元气虚弱，年力衰惫，一有病患，补东则耗西，实上则虚下，虽有扁卢，无可奈何"[⑤]。正是在这种"国势弱则动罔不害"[⑥]的无可奈何之中，一方面有如明武宗朱厚照、明神宗朱翊钧那样沉湎酒色、荒淫误国的，另一方面也如明太祖朱元璋、明孝宗朱祐樘那样"忧危积心，日勤不怠"[⑦]、"锐意求治"[⑧]的。前者是衰危中的沉沦，后者是在衰危中抗拒与挣扎。这种衰危中的沉沦与挣扎，形成了明代封建统治集团群体心态中两个相互对立的主要特征。而在这种衰危阴影笼罩下的文人心态中，虽然不断萌发出振兴诗文的愿望，但以沉暮、衰危的封建文化占统治地位的时代的文化决定了他们缺乏自我造血、以促进整体新陈代谢的功能，难以在明代诗文中培育出新苗、壮苗，更难以开花结果。因而，明代诗文作家与批评家往往远取先秦、汉魏、唐宋文学中的"营养土"来争取改善环境，所以宗汉崇唐或师法唐宋等复古复雅的思潮往往成为明代正宗文坛上的主流。从这个意义上来说，沈德潜对明诗一言以蔽之曰："明诗其复古也。"[⑨]倒是不错的。由于先天不足、后天也不足的文化心态与文化环境，使得明代诗文在整体上始终难以超越唐宋。

从中国古代社会文学发展的历史来看，正宗文学发展到明代已是遘衰难挽。为了走出低谷、再攀高峰，明代诗文学作家往往朝着二极背反的方向探究：或复古复雅，或尚今尚俗。当然，其中也有不少作家、批评家处于雅文学与俗文学的艰难探究之中。复古复雅，是极盛（指汉唐诗文之极盛）难继；尚今尚俗，汲取市民意识和启蒙思潮等俗文化，在公安派、竟陵派时期一度在俗文学（小说、戏曲等）与雅文学（诗文等）领域出现了共同崇尚俗美学的局面。

---

① 袁宏道《觞政·十之掌故》，《袁宏道集笺校》卷四十八，第1419页。

② 袁宏道《与龚惟长先生》，《袁宏道集笺校》卷五，第205页。

③ 袁宏道《序小修诗》，《袁宏道集笺校》卷四，第188页。

④ 袁宏道《伯修》，《袁宏道集笺校》卷四，第187页。

⑤ 张居正《杂著》，《张太岳集》卷十八，上海古籍出版社1984年版，第211页。

⑥ 张居正《杂著》，《张太岳集》卷十八，第211页。

⑦ 《明史》卷三《太祖本纪三》，第55页。

⑧ 《明史》卷七十一《选举志三》，第1721页。

⑨ 沈德潜《明诗别裁集序》，《明诗别裁集》，上海古籍出版社2009年版，第1页。

但由于明代士大夫在传统的雅文化、雅文学圈子中生活、创作、欣赏、批评的惯性作用，也由于晚明诗文中俗美学形成与发展的轨迹比较侧重于文化思潮——理论批评——文学创作，与明代中叶后小说、戏曲中俗美学形成与发展的轨迹侧重于文化思潮——文学创作——理论批评相比，显得根底不足——缺乏俗与美相融合的诗文创作繁荣的基础。加之其他诸种因素合力的作用，晚明诗文中俗美学的高潮没有持续多久。这说明：要使雅文学走出低俗、再攀高峰，要使雅文学（诗文等）的形式与俗文化等内容由油水分离到水乳交融，需要在一定的文化环境下文学创作与理论批评的共同进步，需要一代甚至几代作家、批评家的群体在审美体验与审美思辨上的共同进步。这种文学历史风貌的出现，由于明帝国的覆灭与清王朝的建立，几乎推迟了三百年。

作者单位：南京师范大学

明代道教文学史研究的几个问题

余来明

明代以儒家思想立国，视其为“凡有国家不可无”①的基础；而将佛、道二教作为巩固统治的辅助思想工具，认为“佛仙之幽灵，暗助王纲，益世无穷”②，对其采取既利用又控制的策略。道教在明代很少获得超越体制之外的发展空间，不再具有超越国家权威之上的地位③。明朝历代皇帝多曾就道教发表看法，制定并推行了诸多政令、举措，将其纳入国家伦理、价值体系建构当中，改变了道教生存、发展的生态和轨迹，使之始终都与政治互为关联，未能保持信仰和价值的独立。此一情形，终明之世基本未发生根本改变。其间情势，可由《明会典》对佛、道二教的定位见其一斑：“释道二教，自汉唐以来，通于民俗，难以尽废。惟严其禁约，毋使滋蔓。”④明代道教演变和道教徒创作即在此语境中展开。

元代道教以全真派为盛，明代道教则由正一派占据主流⑤。这一趋势的形成，与明太祖的推崇有密切关系。朱元璋曾批评禅宗和全真道“务以修身养性，独为自己而已”，而肯定正一道“专以超脱，特为孝子慈亲之设，益人伦，厚风俗，其功大矣”⑥。抑扬之间，全真、正一两派在明代的升降也就不难理解。同时也是朱元璋将佛、道纳入国家体制的必然结果。洪武七年，朱元璋敕命道士宋宗真等编成《大明玄教立成斋醮仪》，颁行天下道观，统一斋醮仪式，在斋仪唱颂中突出忠孝的说教。缘于明代道教兴起与政治间的紧密关联，立国以后，朱元璋十分重视对佛、道两教的控制和利用，引导宗教走政治化和世俗化道路，结果造成道教在理论建构与著述方面均趋于衰落。

对于“明代道教文学”一词，可以有两种不同的理解：一是指明代的道教文学，即明代与道教有关的文学创作，一是指明代道教的文学，即明代道教徒创作的文学。从目前明代道教文学研究的状况来看，前一种颇受学界重视，尤其是各种与道教有关的小说、戏曲的研究，已

---

① 朱元璋《释道论》，《全明文》第1册，上海古籍出版社1992年版，第144页。

② 朱元璋《三教论》，《全明文》第1册，第146页。

③ 洪武元年八月，明太祖赐张正常真人号，而革其天师之旧称。这一改变，反映了朱元璋对道教的基本态度：“至尊惟天，岂有师也。以此为号，亵渎甚矣。”（《太祖实录》卷三十四）通过针对佛、道的一系列措施和论说，朱元璋成功消解了二者作为宗教所具有的神性权威，而将其纳入国家体制当中。

④ 张居正等纂《大明会典》卷十四《礼部六十二·僧道》，万有文库影万历十五年刻本。

⑤ 关于明代道教正一派的研究，参见庄宏谊《明代道教正一派》，台湾学生书局1986年版。

⑥ 见朱元璋洪武七年为宋宗真等编《大明玄教立成斋醮仪范》所作序文。题作《御制玄教斋醮仪文序》，《道藏》第9册，文物出版社、上海书店、天津古籍出版社1988年版，第1页。

取得丰富的成果;而后一种则相对较受冷落,关于这一时期道士的研究成果,多集中思想史层面,在文学层面展开的不多,对象和范围也极为有限,只涉及张三丰、张宇初、陆西星、林兆恩等少数几人。本文针对这一情形,提出在"明代道教文学"概念下加强对明代道教徒文学和在道教实践产生的文学的研究,希望能从一个侧面丰富明代文学史和道教文学史研究的内容。以下着眼于对象与人物、文献与文本、方法与评价等三个方面,就明代道教文学研究中存在的问题提出若干思考。

一、对象与人物

如上所述,本文所说明代道教文学,包括三方面的内容:洪武元年(1368)至崇祯十七年(1644)间所有明代道教徒创作的文学,虽非道教徒创作但出于宗教目的、用于宗教场合的文学,以及文人参与道教实践有所感触而创作的表达道教信仰、道教体验的作品。此处所谓"文学",是建立在中国传统语境基础上的广义文学,遵循的是一种大文学史观,而并非近代西方输入的"纯文学"观念。前者包含了诸多中国文学特有的"笔"在内,后者则主要包括诗歌、散文、戏曲、小说等四种文体。这一处理方式,一方面是基于对中国文学自身特性的理解。综观中国文学的历史演进,并无明确的"文学"观念,也没有固定不变的界定"文学"的标准。以后设的"文学"观念划定中国文学研究的范围,无疑会遮蔽和抛弃许多原本属于广义"文学"观念之下的内容。另一方面,也是中国宗教文学研究的特殊性所决定的。如果以"纯文学"史观为标准,道教徒创作的诸多体类的作品显然不具备进入文学史的资格,如神仙传、山志、偈语等等。即便是道歌、道情诗等形式上属于韵文的作品,大多数也可能因为缺乏审美性而被排除在文学史书写之外。

明代道教徒的创作,从文学角度来看,数量和质量上较元代均有所下降。与元代数量庞大、创作质量很高的道士诗人群体相比,明代以诗歌创作著名的道士数量明显降低。张宇初、余善、席应珍、周思得等人被认为是明代较为出色的道士诗人,然而与元代的张雨、马臻等人相比,诗史地位相去甚远。造成这一局面的原因,一方面是由于明朝政府加强了对宗教徒的控制,造成大多数道士始终处于政权体制之下,道士出任官职的情形在明代前中期颇为普遍,造成道教缺乏独立发展空间。明代自太祖之后,诸帝对道教均颇为崇奉,扶乩、丹药、房中术等极为盛行,到世宗时达到高峰。然而,在看似兴盛的背后,却少有人在道教思想史上留下深刻的印迹,大多只是一介方士。即便知名如张宇初、刘渊然等人,与文人间也缺少广泛的交游。另一方面的原因是,道教在明代的日常化和世俗化程度极高。在元代以前,文献关于崇道的记载,其主体大多是文人或者具有一定文化水平的士人。明代以后,道教开始广泛进入日常生活。正一道在明代的盛行,借助的主要是方术、符箓和各种世俗信仰。在此背景下,道教徒创作的士大夫特征逐渐减弱。明代正一派的开山人物张正常,在当时也只是以符箓闻名。据郑晓《今言》卷四记载:"正常有术,投符故永寿宫井中,有疾人饮井水辄瘳。"①《明史・方伎传》亦云:"张氏自正常以来,无他神异,专恃符箓祈雨驱鬼,间有小验。顾

① 郑晓《今言》,中华书局1984年版,第178页。又见《太祖实录》卷三十四。

带相传袭,阅世既久,卒莫废去云。"[1]明代斋醮祈禳仪式盛行,道士群体已丧失隐逸特征,从山林走向了民间。这一改变,造成多数道教徒很难再专注于撰述。

从现存文献记载情况来看,明代道教徒在著述上较突出的时期集中在明初和晚明两个阶段。明初时期,虽然太祖对道教采取既控制又利用的策略,但因为道教在其取得政权过程中曾发挥过重要作用,因而那些由元入明的道士尚能获得较大自由,受政治的拘束也相对较小。其时较有影响的道士如王道渊、刘渊然、邓仲修、赵宜真、王宗道、张宇初等人,虽然大多接受了明朝的册封,却并没有如明代中期的道士陶仲文、邵元节等人一样深陷政途之中。其时在著述方面表现较为突出的道士有张三丰[2]、王道渊、张宇初等,其中尤以张宇初的文学创作受论者肯定[3]。晚明道教徒创作的振兴,则是其时思想活跃、佛道之风盛行的诸多面相之一。明代中后期思想的开放式发展,使各种思潮都不乏存在的空间。儒士的选择也不再拘束于科举功名,山人、僧道等群体的兴盛,便与儒士群体的多重选择有一定关系。晚明时期较有影响的道士如林兆恩、陆西星等人,其最初的身份都是儒生。与此同时,明代前期限制僧道游于士林的规定也逐渐松动,士大夫与佛道徒间的交往又回到了元代的盛况。这一时期的道教徒在撰著方面较前中期更为活跃,其中如林兆恩、陆西星、伍守阳、王常月、周玄真等人,均有一定数量的作品存世。

值得注意的是,明代也有少数人虽然并不具有严格的道徒身份,但他们常以道士自居,其创作具有浓厚的道教徒色彩。其中比较典型的如朱权(1376—1448 年)。他虽然身为朱元璋之子,却以道士自称,别号有涵虚子、曜仙、丹丘先生、大明奇士、玄洲道人等,明成祖时被封为涵虚真人,赐号曜仙。其撰著除了《太和正音谱》及十多种戏曲作品(不少是神仙道化剧)之外,还有《洞天秘典》、《太清玉册》、《神隐》、《净明奥论》、《吉星便览》、《乾坤生意》、《曜仙活人心法》等道教类著述。这类作家,也应是明代道教文学研究的对象。不过在论述其撰著与思想时,应当注重其中与道教相关的内容,而不是仅仅泛论其文学创作与思想内涵。

二、文献与文本

明代道教文学史的重构与解释,在某种程度上取决于相关文献资料的范围和特性。目前可供使用的明代道教徒的著述材料,主要见于正统时期编纂的《道藏》,万历时期编纂的《续道藏》,清人彭定求、蒋元廷编纂的《道藏辑要》,今人重新编辑的《藏外道书》、《中华道藏》、《中华续道藏》等大型道教文献丛书当中。根据初步统计,以上丛书当中可确定为明代道教徒撰著、编纂、注解的作品在二百种左右,而见诸各种书目以及明代史、志、文集、笔记等记载的道教徒作品,其数量则远在此之上。如何在文献资料大量散佚的状况下建构明代道教文学史?明代道教文学的历史面貌会不会因为某些资料的"偶然遗失"而变得迥异?对今存明代文献进行广泛爬梳,尽可能地搜罗相关文献,将在一定程度上决定明代道教文学史会

① 张廷玉等《明史》卷二九九,中华书局 1976 年版,第 7656 页。

② 张三丰的生活年代,学界颇多争议,此处取黄兆汉《明代道士张三丰考》(台湾学生书局 1988 年版)的说法。

③ 如四库提要云:"其文章乃斐然可观。"(卷一七〇《岘泉集》提要)。

以怎样的形式呈现在读者面前。

作为历史研究之一种，明代道教文学史书写实际上也是一个文本选择的过程。英国历史学者约翰·托什指出："将文字资料用作主要的历史资料由于一个事实而变得复杂化，即历史学家也是用文字来表述他们的研究成果的。在他们选择研究论题和他们的最终著述两者中，历史学家都或多或少受到他们前辈所记载的内容的影响，他们会接受前辈提供的大多数证据并更具选择性地对一些证据做出解释。"①根据这一说法，如果只是按时间顺序对明代道教实践中产生的文学予以展示，就会成为作品编年史和作品批评鉴赏的合集，显然也就失去了其作为"文学史"叙述的意义。由此出发，如何选择文本进入明代道教文学史书写视野同样也至为关键。明代道教文学史的面貌，从某种程度上来说即取决于我们将以怎样的方式组织明代道教实践中产生的文学。其中，如何处理"史"的叙述与"文学"标准之间的平衡，是决定明代道教文学史写作水准的重要因素。

从文本选择来说，在现行的"文学"观念之下，道情诗、道歌等是否应当纳入研究范围，虽然尚有争议，但将道教徒创作的诗歌、小说、戏曲等作品纳入明代道教文学研究的范围，仍是可以获得普遍接受的划分，尽管这些作品有时可能因为缺乏"文学性"而受到否定。而将那些与"文学"（即便是扩大到中国古代"文学"概念所指称的内容）关系不大的道教科仪、轨范等纳入研究范围，则要面临更多文学史理论与实践的挑战。按照《中国宗教文学史》的整体设计，明代道教文学研究的文本应当包括明代道教徒的所有创作，在"文"之外，将"笔"也纳入讨论的范围。然而即便如此，明代道教徒撰述的玉诀、科范、仪轨（如忏、斋醮、献等）、法术、符箓、坛幕制度、修行法门、炼丹术、判状、戒牒文、养生术、医药方、房中书等作品，要在明代道教文学史书写中获得合理的位置，仍须更进一步的探索。若是以明代道教徒的所有撰述作为明代道教文学史书写的文本对象，而将其列名于"文学史"之下，要获得广泛的认同并非易事。

对于那些具有鲜明道教色彩或者为宣扬道教思想而并非出自道教徒之手的作品，是否应当纳入明代道教文学史研究的范围，则需要更进一步的探讨。比如像潘镜若撰写、朱之蕃点评的《三教开迷归正演义》，其主题是旨在宣扬晚明林兆恩的三教合一思想。又如《北方真武祖师玄天上帝出身志传》、《八仙出处东游记》、《韩湘子全传》，邓志谟撰写的《咒枣记》、《飞剑记》、《铁树记》等，其人物和题旨都与道教直接相关。戏曲中表现神仙道化主题的作品更多，如《韩湘子升仙传》、《李云卿得道悟升仙》、《吕翁三化邯郸店》、《孙真人南极登仙会》、《吕纯阳点化度黄龙》、《许真人拔宅飞升》、《边洞玄慕道升仙》等等。此外如《西游记》、《封神演义》等主题虽然不一定是宣扬道教思想，却与道教有着密切关系的作品，在明代中后期的小说、戏曲创作中也有不少。类似上述教外士人创作的道教文学作品或与道教有密切关联的作品，是否应当被纳入明代道教文学史研究的范围；或者说，以上各类与道教有着不同关系的作品，各自应当以一种怎样的方式进入到明代道教文学史的写作当中？一方面，若将这类作品纳入研究范围，势必会大大扩充明代道教文学史涵括的内容。虽然可以增加明代道教文学在明代文学史中的分量和地位，但也会给某些作品是否应当被纳入研究视域带来困难，

① ［英］约翰·托什《史学导论：现代历史学的目标、方法和新方向》，吴英译，北京大学出版社 2007 年版，第 52 页。

如文人撰写的道书、注释的道家经典以及编纂的山志、神仙传等。另一方面，如果将此类作品排除在明代道教文学史书写之外，或者赋予其较为次要的位置，又应当如何去寻求明代道教文学在明代文学史演进历程中展开的空间。虽然明代道教文学在研究思路上确立了以宗教实践(包括修持、弘传等)中产生的文学作为论述对象，但在面对具体文本时，尤其是教外士人的著述时，如何对撰述者的宗教身份进行甄别，赋予其在明代道教文学史上怎样的地位，如何辨析不同作品在明代道教文学演变中所起的作用，等等问题都会应势而生。基于对明代道教文学研究现状的思考，明代道教文学史书写，道教徒创作的文学是主体，用于宗教场合的非道教徒创作的作品是补充，文人参与道教实践而创作的表达道教信仰、道教体验的作品是延伸。然而，上述各种情形的处理，仍难以一概而论，需要根据写作过程中的具体实际进行深入探讨。

三、方法与评价

明代道教文学历史的书写，首先应当是一种基于文献的历史分析。作为中国宗教文学史研究的重要环节之一，明代道教文学研究需准确把握两点：其一，如何在中国宗教文学史发展的历史流变中予以定位；其二，如何在明代文学研究的整体框架中予以定位。这两个层面的定位，是关乎明代道教文学研究正确展开的关键。对明代道教文学进行整体研究，至少具有两方面的重要意义：其一，可以更好地理解中国道教文学发展演变的历程，解析其在明清之后发生转变、趋于衰落的历史因由；其二，展现明代道教文学的整体状况，建构更为全面、系统的明代文学史面貌，发掘明代道教影响文学创作的因素和一般情形。

明代道教文学研究既有其作为一般历史研究、文学史研究的共性，又有其作为宗教文学史研究的特殊之处。同时，不同时代的宗教文学创作，还会因为其所处文学史地位的不同而表现出不同的面貌。在明代道教趋于衰落的历史背景下，明代道教文学研究应当运用怎样的方法，做出何种评价，关系着明代道教文学在中国宗教文学史和明代文学史上的定位。若是简单以现代的思想和准则去评估明代道教文学的历史，就难免会犯“时代错置”的错误。价值判断固然重要，但绝不是历史研究的唯一立场。明代道教文学研究不应当演变成一场批判明代道教堕落的审判，《明史》已将明代道士中的某些人列为“佞幸”，在政治上给予了他们适当的位置。从研究思路上来说，后世的思想观念不能成为将明代道教思想斥为“落后”的准绳，现时的假设只会遮蔽真实的过去，保持专业的历史意识是明代道教文学研究所不可缺少的。在此过程中，应当注意两点：

其一，以事实说明问题。王国维在《再与林(浩卿)博士论洛诰书》中指出：“吾侪当以事实决事实，而不当以后世之理论决事实，此又今日为学者之所当然也。”①每一种思想的形成，每一个历史事件的发生，每一项政策举措的出台，都有其特定的历史情境，如明代宗教政策的演变，理学、心学思想与道教思想之间的相互影响，又或是那一时期影响很大或者很小的道教徒，经过历史的变迁，在后来变得默默无闻或者声名卓著，等等因素都会从不同的层面对明代道教文学史的历史建构和解释形成影响。思想、事件、举措以及作品本身的解读固然

① 王国维《观堂集林》卷一，《王国维遗书》第1册，上海古籍书店1983年版，第16页。

重要，其背后历史语境的分析同样意义深远。而其出发点，则是对史实、文献的系统清理。

其二，对古人保持适当的理解和同情，防止"过度诠释"。陈寅恪《冯友兰〈中国哲学史〉(上册)审查报告》曾提示说："凡著中国古代哲学史者，其对于古人之学说，应具了解之同情，方可下笔。盖古人著书立说，皆有所为而发。故其所处之环境，所受之背景，非完全明了，则其学说不易评论，而古代哲学家去今数千年，其时代之真相，极难推知。吾人今日可依据之材料，仅为当时所遗存最小之一部，欲借此残余断片，以窥测其全部结构，必须具艺术家欣赏古代绘画雕刻之眼光及精神，然后古人立说之用意与对象，始可以真了解。所谓真了解者，必神游冥想，与立说之古人，处于同一境界，而对于其持论所以不得不如是之苦心孤诣，表一种之同情，始能批评其学说之是非得失，而无隔阂肤廓之论。否则数千年前之陈言旧说，与今日之情势迥殊，何一不可以可笑可怪目之乎？"[①]虽是就中国古代哲学史而言，同样也适用于明代道教文学史研究。在进行价值判断的基础上，将明代道教徒的创作置于其自身形成的历史背景中予以分析，是明代道教文学史研究过程中能够获得更准确理解的关键。

四、小　结

从整体格局来看，中国道教文学的发展至元代以后已趋于衰落，道教徒在明代士林中的认可度也不复元代以前的情形，而成为了游走于民间的术士，这一点在明代中后期的小说中多有反映。与此同时，明代道教文学的演变又出现与前代不同的情形，小说、戏曲等文体中表现道教主题的作品迅速增多，而这些作品却往往并非出自道教徒之手。如何处理好道教徒创作与教外士人的道教文学创作之间的关系，在某种程度上将决定明代道教文学史书写以何种面貌呈现在读者面前，最终能达到怎样的水平。本文从上述三个方面所作的思考，只是笔者的一得之见，明代道教文学史研究的深入与拓展，有待学界同仁的共同努力。

作者单位：武汉大学

① 陈寅恪《金明馆丛稿二编》，《陈寅恪集》，三联书店2001年版，第279页。

明代文人插花书与日本花道发展之关系

顾春芳

在日本的花道史上，有一部被认为是受明代文人袁宏道的《瓶史》影响而写的插花书，那就是《本朝瓶史抛入岸之波》，此书于宽延三年(1750)出版，作者钓雪野叟(生卒年不详)是浪华(大阪的难波)的隐士。此书既题名“本朝瓶史”，就说明作者直言不讳要写像《瓶史》那样的插花书。而此书的体裁也明显类同于《瓶史》，上卷分为宜称、屏俗、择花、折枝、品具、洒露、插贮、杂事八章，虽与《瓶史》的十二章不尽相同，但其中大意相同。如宜称取其适宜之意，即花材的种类、高低疏密的搭配；择花一章说到要选择时季的花；折枝一章说到折枝最好是在早晨有露水的时候，这时花势最强；品具则谈了花器和花材的调和；洒露是讲怎样给花洒水；插贮是讲怎样给花放水。这些都与《瓶史》中所述有着直接或间接的联系。这也是学术界一直把它列为受《瓶史》影响最深的插花书的理由吧。然而笔者以为钓雪野叟在当时写《本朝瓶史抛入岸之波》的目的值得引起注意，若是与当时日本花道界的现状联系在一起就会发现作者是另有深意所在。下面以《本朝瓶史抛入岸之波》的内容为中心，结合当时日本花道界的状况以及明代文人插花书的传入情况来展开论述。

一

在这一章里我们先来看一看袁宏道的《瓶史》是如何传入日本，又是如何影响日本花道界的。

日本江户初期，隐栖在洛北诗仙堂的文人石川丈山(1583—1672)与隐栖在深草的元政上人(1623—1668)，与江户初期来日本的明人陈元斌(1587—1671)交谊深厚。在元斌带来的明代文人的诗文集中，元政最为倾倒的是袁中郎的诗文，元政在文人中大肆鼓吹《袁中郎全集》。这样一来，《袁中郎全集》开始为日本的文人所知晓，并拥有了众多的读者。而日本文人喜爱袁中郎的诗文还有一个重要原因，即袁中郎是反拟古派的诗人，且是公安派的主将，做了大量有新意的诗。这些新诗表现出文人追求自由自在的思想情趣，这是最为日本的文人们所欣赏的。如文人山本北山因醉心于袁中郎的文学理论，而猛烈地攻击了荻生徂徕一派的古文辞学，即为一例。元禄九年(1696年)，梨云馆本的《袁中郎全集》在日本被翻刻，从此以后，得到了更多的喜爱中国诗文的人们的阅读。而当时日本文人中热衷于花道的也不在少数，《瓶史》作为其全集中的随笔形式的插花书，在他们中间不用说是备受青睐的了，《瓶史》在日本的花道界可以说是风靡一时。

《瓶史》是由花目、品第、器具、择水、宜称，屏俗、花祟、选沐、使令、好事、清赏、监戒十二章构成。以花材为首，写了花器及花的保管方法、欣赏方法等等。因此深得爱好插花之人的喜爱。而文人们则更钟情于袁宏道在《瓶史》中所表现出的文人雅趣，如序中所写的以山水花竹为友的幽人韵士，即便身居闹市，为卑官所绊，也可以“胆瓶置花，随时更换”，“而有赏咏之乐”①。又如书中花也有高兴和发怒的时候，有睡着和醒来的时候等诙谐有趣的描写，都对文人产生了巨大的吸引力。

因此，一些学者认为元禄年间流行的抛入花，享保后撰写抛入花书的人们都直接或间接地受到《瓶史》的影响，同时也或多或少有着关于中国插花的知识②。而由于钓雪野叟的《本朝瓶史抛入岸之波》中有很多关于《瓶史》的论述，也因此被认为是受《瓶史》影响最深的一部书。但此书于宽延三年(1750年)出版，梨云馆本的《袁中郎全集》在日本翻刻是在元禄九年(1696)，相距有半个多世纪，《瓶史》在当时的日本文人中可以说是无人不晓，因此可以认为《本朝瓶史抛入岸之波》并不仅仅是为了介绍一些中国的插花知识而写。

二

在这里我们来看一看《本朝瓶史抛入岸之波》产生前的日本花道界的情况。

元禄时代由于新兴商人热衷于立花，将立花推上了巅峰。其中京都、大阪的商人们与以往的城市商人不同，在元禄新的经济情况下，他们依靠大名的地位取得高额利息，骤然成为暴发户，也可以说是官商吧。他们喜欢的是豪壮的立花，其代表作是元禄五年(1691)南都大佛殿举行开眼供养的典礼上，猪饲三枝、藤挂似水两人插的松一色的立花的对瓶。花瓶高两米，而插花则高出花瓶十米。据《元正闻记》中记载，当时富裕商人们的住宅非常豪华，里面有大书院、小书院，不用说立花也是极其华丽的了。其实这些商人们的真正兴趣，在于要把原来属于朝廷大臣和武家的文化变为自己的东西。据《西鹤织留》中记载，当时摄津伊丹的豪富们为了吸收朝廷的文化，而学习各种王公贵族的教养。而这些富豪为了华丽的立华耗费巨资，汇集深山里的松、柏，野外的四季花草，又把长在盆中的梅花枝切断，把灵地的荷叶摘下，可以说是对草木竭尽摧残之能事，花道界中抛入花的花师对此是十分不满。

在立花盛行的同时，抛入花也在市民中流行起来，因为抛入花是一种没有严格形式要求的自由花。当时富裕商人中流行茶道，他们有了新的建筑空间，那就是茶室的客厅，从茶道来的插花样式抛入花成了市民们日常生活中的插花。只是元禄市民们的茶道和立花一样，是比较奢侈的，并不是过去那种质朴、幽玄的茶道。他们尽情地挥霍，将舶来的珍奇的道具陈列着，上面凝聚着他们的爱好和兴趣。其中，有从长崎进口的唐人杯、南京染色的器具等等。在这些从中国来的器具里插上珍稀的花，与客人一起赏玩，在那时已成了一种风尚。

因为抛入花并不像立花那样豪壮，而且没有立花的规矩约束，在技术上也没有什么高难度。因此作为市民们的日常住宅及茶屋的客厅中的装饰花，很快就流行了起来。在以后的几十年里，抛入花成了随处可见的插花。

---

① 袁宏道《袁中郎全集·瓶史》，台湾世界书局。

② 工藤昌伸《插花的道路》，日本主妇社1985年版。

然而正是由于抛入花的不拘形式和没有规则,在花道界遭到了立花师的非难,他们认为抛入花原本是把立花换了个包装的东西。所以即使抛入,也不能没有形式地自由抛入,必须要有一定的规则。他们强调:没有法则的花是不能成为客厅装饰的,因而要给抛入花某种形式的倾向非常强烈。而《本朝瓶史抛入岸之波》中的一部分论述就是针对这些批评的,作者反对给抛入花加以规矩和束缚。

三

在这一章里主要就《本朝瓶史抛入岸之波》的内容来展开论述。此书分上下两卷,上卷分为宜称,屏俗、择花、折枝、品具、洒露、插贮、杂事八章。下卷作为插花图评,收了三十三幅图,从宗旦和千利休等人茶花的插法开始,将元文以前流传的花传书中的花形描下来,再加上评论。

上卷的开首是"大意":

> 凡抛入花之事,是以爱插此国之花为根本,所谓立花也是由抛入花而来的一种。……抛入花尤为茶事中所用。将立花改成在瓶中插花,或用竹筒,或用竹笼,或用竹筐,或用瓢做成各种各样悬的、挂的、垂的、钓舟形的花器,以助风流雅趣。仅在斗室之中,就可见天地之生意,及一枝一花之风情,现出野外园中花草之自然姿态,插出其枝叶之风流。由此称之为生花。斜着的、垂着的、短的、长的,或为蔓生、或为丛生,都不要改变它们原来的形态,犹如饱含朝露之花心,夕阳熏风吹拂摇曳之花枝,在山野中之自然姿态。
>
> 因花乃有生命之物,一样之瓶,一样之花叶,因插花人之心而异,依各人在各个时节的不同之情展现出多种多样的风姿,绝无重复同样风情之嫌。虽尽己之巧,造出千变万化之姿,然却顺应造化自然之理。所谓君子赏玩,其乐无穷,此之谓也。诚乃人世一快事也。①

在这里可以看到抛入花所用的花器取自于日常生活器具,而花不须多,一枝一花也能现其风情,旨在能表现出野外园中花草的自然姿态,这些显然都是对立花的那种插花规则而言的。同时作者又强调了花是有生命的,所以在插花之时一定要"顺应造化自然之理"。而文中的将插花作为风流雅趣的助兴,与《瓶史》中所述是极为接近的。

在"大意"之后,紧接着的"宜称"一章开首就引用了《瓶史》中所述:"袁宏道《瓶史》曰:'插花不可太繁,亦不可太瘦。多不过二种三种,高低疏密,如画苑布置方妙。置瓶忌两对,忌一律,忌成行列,忌以绳束缚。'此说与我国的生花之意相同。"② 随后又加以解释和说明,并以袁宏道的说法对立花这一插花形式进行了批判。指出:"立花为造出各种形状的枝条,或加以束缚。弯曲成形的花枝失去了花的生机。失去了自然的插花犹如那些经过裁剪的花,已看不到造化之妙。"在批判了立花之后,作者又转到了抛入花的本题,指出抛入花是放在小客厅或是小壁龛里的,不论是一种还是一朵都可以,也不用给予造型,随意插入,生出一

①② 钓雪野叟《本朝瓶史抛入岸之波》,《花道古书》第三卷,日本华道出版社 1985 年版。

种闲寂的风情，此即谓抛入。譬如雪中探出的梅花花苞，或是冰天雪地的山中盛开着的一朵两朵山茶花，经过秋霜后在篱笆下开着的残菊，都是那样地鲜艳。“宜称”一章中还引了张谦德的《瓶花谱》中“瓶中插花，止可一种两种，稍过多，便冗杂可厌，独秋花不论也”，在解释了这段话之后，作者又写道：“雅人的意味，和汉可以说是同日而语。”意思就是说在这一点上，日本和中国的文人雅士的看法是一致的。

在“择花”一章中引了《梅谱》和《遵生八笺》中所述，其中写“《遵生八笺》曰：‘幽人雅趣，虽野草闲花，无不插几案以供清玩，但取自家生意，原无一定成规，不必拘泥。’不仅是此国，雅趣在和汉都是一样的”。

在“折枝”一章中引了《瓶史》和《瓶花谱》中所述。“插贮”一章虽未见引文，只是将《瓶史》和《瓶花谱》之意译成了日语。章末有注：“此数说多依唐之说所著。”

“洒露”一章中虽未见引文，然其中之说也多取自于《瓶史》和《瓶花谱》。

“杂事”的章末有：“瓶史曰：‘以胆瓶置花，随时插换。京师人家所有名卉，一旦遂为余案头物，无捍剔浇顿之苦，而有赏咏之乐。’此诚为隺论，爱好插花之人，以此意为本，必有其乐。”

随后又付《花快意十四条》，并写明出于《瓶史》。即“明窗净室，古鼎宋砚，松涛溪声，主人好事，能诗，门僧，解烹茶，苏州人送酒，坐客工画，花卉盛开，快心友临门，手抄艺花书，夜深炉鸣，妻妾较花故实”。

以上就是上卷中引用明代文人插花书的大致情况。其中值得引起注意的是有好几处引文之后都有和汉文人的雅趣是相同的，或是此说与我国的生花之意相同之类的评述。从中可见作者是用《瓶史》和《瓶花谱》中的论述来驳斥那些要给抛入花加以规则的立花师。而“大意”中所述可以认为是对茶花大师千利休(1522—1591)的茶花理论的发展。利休是一个不愿被规矩束缚的人，因而他主张“花就要像野外的花那样”，反对给花加上任何束缚和规矩。在他看来，茶花像野山的自然中开着的花那样才是最美的。他作为一个在趣旨上追求自在的茶人，一生都在追求“枯寂”的境界①。利休还主张“茶室的花必须只用一种，而且只要插一、二枝就可以了”。利休在他的“花就像在野外那样”的美学思想的指导下，在竹花筒或竹笼里插上两朵野菊花，没有任何技巧上的东西。利休认为花上的露珠是花的生命的标志，因此在插花时必须把花插得能让人感觉到露珠还在花上。这就要求把花在野外的风姿，在大自然中的气息和呼吸，在风中伫立的样子，都能在茶花中表现出来②。这也是“宜称”一章中之所以多次提到的花不要多，“不论是一种还是一朵都可以，也不用给予造型，随意插入，生出一种闲寂的风情”的原因吧，因为这是利休茶花理论的精髓。

再看下卷作者写的《插花图评小引》

《瓶史》曰：“茗赏者上也，谭赏者次也，酒赏者下也。”自古以来，此国之好茶事之士，专以插花为吃茶之事宜。若于俗地弄花则不能云之清赏，况高人雅客之座上玩供，瓶具亦不能俗，若所插之花现出超群绝伦之姿，赏玩之人自得心灵清净，而发出超尘脱世之想，忘却浊世之趣。在一只瓶里现出造化自然之体，而山林幽亭之风情乃尽移室中，与

---

① 伊藤敏子《生花》，历史新书《日本史》67，日本1991年。

② 村井康彦《花与茶的世界》，日本三一书房1990年版。

仙家缩地之术近似。古人取诗句和歌之趣插花，今乞画家高手摹写名人所插瓶花之姿，聊述拙评。嗜好插花之余，不厌世人之嘲弄，率性挥笔。又中华亦有依名人瓶花写生之画迹插花之说，可见图画中花样亦是插花之助也。[①]

这是作者在说明自己为何要作插花图评，其中既有袁宏道赏玩瓶花的论述，又融进了利休的茶花理论，最后还是以"又中华亦有依名人瓶花写生之画迹插花之说"为说辞，以证明这种做法的可行性。

作者在书末写的《跋》则更能说明问题，作者这样写道：

花插入瓶中仅见其天然之生气，更无余意。今著本朝瓶史中所述数条，并非皆由先哲法式而书，又并非全是一己之法。法乃源于自然，先哲与吾皆是适其宜而已。古人亦是如此，好此者，以此为乐者沉迷其中，久而久之自得其法。今兹强求其繁琐细碎之法式，不识者反受其约束，而识者则讥其为法所缚，故籍吾口而述之。

元文庚申初春于雪窗下挥笔

浪华江上渔叟钓雪"在判"[②]

这里所写的才是作者的真正用意，强调的是"法乃源于自然，先哲与吾皆是适其宜而已"，书中既然引用了《瓶史》与《瓶花谱》中的观点与立花师论争，所以也就必须认可法式，即所谓的插花法则。但法本源于自然，因此也不能违背大自然的规律。作者称袁宏道、张谦德及千利休等茶花大师为先哲，说明自己与他们一样，只不过是"适其宜"，即顺应自然而已。而当今世人多为立花师所强求的那些繁琐细碎的规则所蒙蔽，插花时也为此受到束缚，所以才写此书以唤醒世人。

结　语

综上所述，我们可以认为作者在写此书时，《瓶史》与《瓶花谱》在日本花道界已是相当普及，而且深得花道界文人的喜爱，无论是讲求插花规则的立花师，还是追求自然投入的抛入花师，都非常尊重《瓶史》与《瓶花谱》中的有关插花的知识及各种观点。由此可见作者也没有必要再介绍《瓶史》与《瓶花谱》中的插花理论和插花知识。因此可以认为作者觉得只有将《瓶史》与《瓶花谱》中与利休的茶花理论的相通之处展示给世人，才会有更强的说服力，才能在与立花师的论争中获胜。关于这一点在北山樵隐卧月老人所写的《题本朝瓶史》也可略见一斑。以下引全文：

夫山水花竹者，所为幽人韵士之友也。然不奔竞山间曲径花地竹隐者不得。况大都乡里之人，士家无园圃，枯坐一廛，则眼前之生趣何来矣。爰有芳华，一遭风雨，则经年之灌溉皆虚，不若采于林于半窗，萃四序于一瓢。古人瓶花之设有以也，贮之金屋，主人之赏鉴出存，聊借一枝，贪士之余芳可挹。然赏之地，不屏绝俗趣。何为瓶花之清赏乎？袁宏道曰：茗赏者上也，谭赏者次也，酒赏者下也。兹夫内酒越茶，及一切庸秽凡俗

①② 钓雪野叟《本朝瓶史抛入岸之波》，《花道古书》第三卷，日本华道出版社 1985 年版。

之语，此花神之深恶痛付。宁闭口枯坐勿遭花恼可也。夫赏花，有地，有时，不得其时，而漫然命客，皆为唐突。寒花宜初雪，宜雪霁，宜新月，宜暖房。温花宜晴日，宜轻寒，宜华堂暑月，宜雨后，宜快风，宜佳木荫，宜竹下，宜水阁。凉花宜霁月，宜夕阳，宜空阶，宜苔径，宜古藤巉石边。若不论风日，不择佳地，神气散缓，了不相属，此与妓酒馆中花何异哉？今钓雪叟著此书也，凡采袁氏《瓶史》，张氏《瓶花谱》之趣，而问以此国之事实，然并不因故辙，复述其事，不以私意，要随造化自然之机，以见天地之生意。实谓《本朝瓶史》，何羞袁张之言乎？终题其卷首，以助钓雪叟雅情而已。①

这篇题中引了《瓶史》中“清赏”一章的全文，而自开首至引文的这段文章，也是北山樵隐卧月老人对《瓶史》序的体会与自己所领会的抛入花理念的融会贯通之言。可见当时《瓶史》与《瓶花谱》在日本文人心中的地位。至于最后几句对《本朝瓶史》的褒奖，也在某种程度上道出了钓雪野叟著此书的本意，其中“并不因故辙，复述其事”是因为要道出利休的茶花理论与《瓶史》及《瓶花谱》的相通之处，而“不以私意，要随造化自然之机，以见天地之生意”，则是又一次强调了利休的茶花理念。

至此，我们可以说钓雪野叟在书中将利休的茶花理论与《瓶史》与《瓶花谱》中所述作比较，找出两者的相通之处，并以此为依据与立花师论争，使立花师输得心服口服，从而确立了抛入花在花道界的地位。换言之，是钓雪野叟看到了《瓶史》与《瓶花谱》在日本文人心目中的地位，尤其是《瓶史》中的文人雅趣对日本文人的影响之深，这也是书名《本朝瓶史抛入岸之波》的深意所在。在这以后，抛入花进入了兴盛期，抛入花的插花书也陆续问世，这些都是《本朝瓶史抛入岸之波》的效应，也可以说是袁宏道的《瓶史》给予日本花道界的影响吧。

作者单位：日本大阪府立大学

① 北山樵隐卧月老人所写的《题本朝瓶史》，《花道古书》第三卷，日本华道出版社1985年版。

由流行读物到文化经典再到戏化语料

——论“谢枋得解《千家诗》”在明代的流行

查屏球

自明中期到民国初期（十五世纪后期至二十世纪初期）五百多年里，“谢枋得解千家诗”一直作为童蒙读物广泛流传。本书选录唐诗四十首，从传播学角度上说，这40首应是最具接受效应的唐诗，也是最为读者认可的唐诗名作，对于多数读书人而言，这四十首诗就构成了他们关于唐诗的初始印象以及关于唐代文化的初始记忆，所以，它们自然是具有传承民族文化记忆功能的经典。名作的诞生，一方面取决于作者的创造力与作品感染力，另一方面，也与读者接受及作品传播这些外在因素相关。在近五万首唐诗中，这四十首诗可能并不是水平最高的作品，它们成为最著名的唐诗经典就是与“谢枋得解《千家诗》”在这五百年持续流传并广为流行有关，它们也成了最流行唐诗。因此，研究这一流行读物的形成与流传过程，对于具体认识唐诗名篇系列的构成以及近世中国文化共同体的构造方式是很有意义的。《千家诗》在明清两朝以不同的版本流传，以下先探讨明代“谢枋得解《千家诗》”的形成与流传。

一、“谢枋得解《千家诗》”形成与流传过程

《千家诗》流传虽广，但作为一部童蒙读物并未受到藏书家的重视，清编《四库全书》未收，明清书志与藏书家书目也少有著录与叙及，故今日对其来源情况，尚不甚明了。传本多署“谢枋得解”，此事一直为学者怀疑与诟病，认定是后来书贾假托，所以，不能仅依此来推断本书产生的时间。笔者以为，笔者以为此事虽伪，但也透露一个信息，则《千家诗》一书出现的时间当离谢枋得时代不甚远，理由如下。

由唐诗选目看，“谢解《千家诗》”与宋末元初流行的几种童蒙类诗歌读本接近。本文采用列表的方式，统计了《千家诗》唐诗选目在其他选本或类书中出现的状况（以“〇”表示），对诗题有异者也于表中注明。经过比较可发现，在二十五绝句首中，《千家诗》中有九首选目与《谢枋得解二泉唐诗绝句》相同，超过三分之一，其中杨巨源《城东早春》、赵嘏《江楼书感》二首，此前仅为《谢枋得解二泉绝句》选过。这表明《千家诗》绝句部分选诗当受到了谢枋得一书的影响，后来传本题“谢枋得解”、“谢枋得精选”可能也是缘这一原因。南宋中期之后，《二泉选唐诗绝句》是一部流行最广的童蒙类诗学读本，经谢枋得笺解之后，影响更大。《千言诗》借用谢枋得之名正是受其影响的结果。在内容编排上，《千家诗》也与《谢枋得解唐诗绝

句》类似，最后两篇王中《干戈》、杜荀鹤《时世行》与《唐诗绝句》末首《题道院》一样，都是感时丧乱之作。其中"安得中山千日酒，酩然直到太平时"与《题道院》的"闲来屈指从头数，得到清平有几人"，内容也非常接近。但是，本书显非谢枋得所编，不仅是因书选了谢枋得本人的作品，而且书中有一些低级错误，不可能出自谢枋得这样的学者之手。

后人常将千家诗与《分门类纂唐宋时贤千家诗》联系在一起，甚而认为《千家诗》是前者简编本，《分门类纂唐宋时贤千家诗》又被人称为《后村千家诗》，其实，刘克庄并不是《分门纂类唐宋时贤千家诗》的编者①，他更不可能是《千家诗》的编者，因为《千家诗》所选诗人如谢枋得卒年皆比刘克庄晚二十多年。不过，《千家诗》中四十首唐诗，有二十一首见于《后村千家诗》中，这表明两书应存在着一定的关系。

《千家诗》在排序上明显受到"《后村千家诗》"类书式的影响，七绝与七律两卷大致依春夏秋冬季节排列，1—21、35—44，是春；22—26、45—47，是夏；27—31、48—56，是秋；32—34、57—59，是冬，这与《后村千家诗》前集卷一卷二"时令门"分类是很相似的，且《千家诗》有近十首唐人绝句见于这部分。另外，"千家诗"一名也应是取自《后村千家诗》。但是，本书仍有一半唐诗不见于《后村千家诗》中，且文字也有出入，如在《后村千家诗》中有二首杜诗、一首赵嘏诗都是由七律截成绝句的，但在《千家诗》中都以七律全诗选入；又"冬"类中，《后村千家诗》仅收一首唐贤之作，且还是误收的宋诗，在《千家诗》冬类中有唐人绝句与七律各二首，显然，《千家诗》并不是全取自《后村千家诗》，在编撰上比《后村千家诗》更完善。

宋元时期，随着出版业的发达，类书化的蒙学读物颇为流行，其中与习诗相关的类书就有《锦绣万花谷》、《古文事文类聚》、《诗林广记》、《唐宋联珠诗格》等，由《千家诗》所选篇目与文本看，《千家诗》部分内容也可能取自于这类读物。《锦绣万花谷》是成于宋孝宗朝的综合性类书，其与《千家诗》所录相同唐诗有八首；《诗林广记》是宋末元初人蔡正孙编的一部唐宋诗选与诗话合集，《千家诗》与之同录唐诗有十三首，《唐宋千家联珠诗格》是元初于济、蔡正孙编撰的一部绝句诗选，其中十首唐人绝句与《千家诗》相同②。《古今事文类聚》由宋祝穆初编，元初人富大用最终完成，其与《千家诗》相同之唐诗有十七首，其中有七首同时见于《后村千家诗》。这两部类书是需要特别注意的，《千家诗》四十首唐诗中有三十二首见于两书中，这种一致性，虽不能表明《千家诗》直接的来源，但足可证明它的产生与这些类书是极有关系的，编者很可能就是依据这类书所作的再选。

其次，十五首唐人律诗部分，有十二首见于《瀛奎律髓》，仅有四首见于《唐鼓吹集》，这说明《千家诗》编者应更多地受到《瀛奎律髓》一书影响。《千家诗》上下两卷，不仅是七绝与七律诗体之别，而且，作为教材尚有内容上难易程度之别。七绝部分显然是更适合少儿阅读的，而七律部分难度明显上升，十五首唐律表现了唐人朝会、闲居、羁旅、丧乱多方面生活内容，其中杜诗有八首(含一首误诗)，居一半以上。这与《瀛奎律髓》宗杜的诗学倾向是一致

---

① 见《分门纂类唐宋时贤千家诗选校证》884—902页，李更、陈新校证，人民文学出版社2002年版。

② 但也不是直接摘取，有三首诗诗题不同，一是杨巨源的《城东早春》，《唐宋千家联珠诗格》作《早春》；二是李涉《登山》，《联珠》作《题鹤林寺》；三是杜牧《秋夕》，《联珠》作《宫词》，后者显误；四是王维《送使安西》，《联珠》作《送元二》。然，蔡正孙师事谢枋得，谢氏被迫北上，蔡有诗送行。

诗题	作者	原题	《唐三体诗》（体）	《众妙集》（妙）	《唐鼓吹集》（鼓）	《瀛奎律髓》（瀛）	《二泉唐诗绝句》（绝）	《唐音》（音）	《锦绣万花谷》（锦）	《古今事文类聚》（聚）	《分门纂类唐宋时贤千家诗》（纂）	《诗林广记》（林）	《唐宋千家联珠诗格》（珠）
1. 城东早春	杨巨源						○				○		○早春
2. 初春(初春小雨)	韩　愈	早春呈水部张十八员外二首早春									○	○	
3. 宫词	王　建		○										
4. 绝句	杜　甫											○	
5. 清明	杜　牧								○	○			
6. 社日	张　演		○					○	○				
7. 寒食	韩　翃		○					○		○			
8. 漫兴	杜　甫										○		○
9. 戏赠看花（玄都观桃花）	刘禹锡	元和十年自朗州承召至京戏赠看花诸君子					○	○		○	○游玄都观	○玄都观赠看花诸君子	
10. 再游玄都观	刘禹锡	再游玄都观绝句并引					○再游玄都观	○		○	○	○	
11. 滁州西涧	韦应物		○				○	○			○		
12. 漫兴	杜　甫										○		
13. 春晴	王　驾		○晴景					○雨晴			○	○晴景	○晴景
14. 晚春	韩　愈										○		
15. 登山	李　涉	题鹤林寺僧室	○题鹤林寺					○题鹤林寺僧室	○题鹤林寺	○题鹤林寺僧室	○	○	○题鹤林寺

续表

诗题	作者	原题	《唐三体诗》（体）	《众妙集》（妙）	《唐鼓吹集》（鼓）	《瀛奎律髓》（瀛）	《二泉唐诗绝句》（绝）	《唐音》（音）	《锦绣万花谷》（锦）	《古今事文类聚》（聚）	《分门纂类唐宋时贤千家诗》（纂）	《诗林广记》（林）	《唐宋千家联珠诗格》（珠）
16. 山居夏日	高骈	山亭夏日					○山亭夏日	○山亭夏日	○山亭夏日	○山亭夏日	○夏		
17. 秋夕（七夕）	杜牧	秋夕					○秋夕	○秋夕		○七夕	○秋		○宫词
18. 江楼书感（江楼有感）	赵嘏	感怀					○江楼书感	○江楼书感	○江楼旧感				
19. 竹楼	李嘉祐	寄王舍人竹楼											
20. 直中书省	白居易	紫薇花								○紫薇花	○	○内直	
21. 枫桥夜泊	张继		○					○			○舟中		○
22. 霜月	李商隐									○	○		
23. 乌衣巷	刘禹锡						○	○			○燕		○
24. 送使安西	王维	送元二使安西	○				○赠元二使安西	○					○送元二
25. 北榭碑	李白	与史郎中钦听黄鹤楼上吹笛江夏								○听黄鹤楼上吹笛		○听黄鹤楼上吹笛	
26. 和贾至舍人早朝大明宫（和贾舍人早朝）	杜甫					○				○	○和贾舍人	○和早朝大明宫	

续表

诗题	作者	原题	《唐三体诗》（体）	《众妙集》（妙）	《唐鼓吹集》（鼓）	《瀛奎律髓》（瀛）	《二泉唐诗绝句》（绝）	《唐音》（音）	《锦绣万花谷》（锦）	《古今事文类聚》（聚）	《分门纂类唐宋时贤千家诗》（纂）	《诗林广记》（林）	《唐宋千家联珠诗格》（珠）
27. 曲江（曲江对酒）	杜甫					○							
28. 其二	杜甫					○					○		
29. 旅怀	崔涂	春夕旅怀	○春夕旅怀	○春夕旅怀	○春夕旅次					○春夕旅怀			
30. 答李儋	韦应物	寄李儋元锡				○寄李儋元锡						○寄李儋元锡	
31. 江村	杜甫					○							
32. 辋川夜雨	王维	积雨辋川庄作	○	○		○		○		○		○积雨辋川庄作	
33. 表兄话旧（表兄话别）	窦叔向	夏夜宿表兄宅话旧			○同原题			○同原题					
34. 新秋	杜甫	注：新秋宋艺圃集张耒作									○前四为孙仅		
35. 九日蓝田会饮崔氏庄（九日蓝田会饮）	杜甫	九日蓝田崔氏庄				○同原题				○	○登高有感		

续表

诗　题	作　者	原　题	《唐三体诗》（体）	《众妙集》（妙）	《唐鼓吹集》（鼓）	《瀛奎律髓》（瀛）	《二泉唐诗绝句》（绝）	《唐音》（音）	《锦绣万花谷》（锦）	《古今事文类聚》（聚）	《分门纂类唐宋时贤千家诗》（纂）	《诗林广记》（林）	《唐宋千家联珠诗格》（珠）
36. 与朱山人	杜　甫	南邻				○				○			
37. 长安秋望	赵　嘏	长安秋望	○长安秋夕	○		○			○	○	○		
38. 冬至（冬景）	杜　甫	小至				○小至			○	○小至	○冬		
39. 自咏	韩　愈	左迁至蓝关示侄孙湘				○				○同原题	○	○示侄孙湘	
40. 时世行	杜荀鹤	山中寡妇				○山中寡妇				○山中寡妇		○山中寡妇	
统计			11	3	2	12	9	16	8	19	22	13	9

的。从这一角度看,《千家诗》上下两部分编辑思路与方法是有所不同的。

不过,由文本看,《千家诗》编刊者学识层次并不高,其中有一些低级错误。如七律《新秋》一诗,注明作者为杜甫,而本诗并不见于杜集之中,明李蓘《宋艺圃集》卷五收此诗于张耒名下,但并不见于张耒《柯山集》[①]中,《锦绣万花谷》后集卷三录入情况如下:

> 火云犹未敛奇峰,欹枕初惊一叶风。几处园林萧瑟里,谁家砧杵寂寥中。(　　)庭梧影薄晨霜落,篱菊香寒晚吹生。(出孙仅)

此处仅录前四句,后留有一空,失作者名,后两句应为节录的另一首诗,作者为孙仅。《后村千家诗》卷二中录前四句直接注明作者为孙仅,显然误读了《锦绣万花谷》。《千家诗》作杜甫,当是依据了一个更加错误的读本。又,杜甫《与朱山人》一诗在杜集中都作《南邻》,杜甫另有一首题作《过南邻朱山水亭》,编者不据本集,而依据了坊间流传之诗题[②]。又,李白《北榭碑》一诗,在本集以及各类名家选集中皆作《与史郎中钦听黄鹤楼上吹笛(江夏)》,编者取此题,可能也依据了坊间俗本。这些现象表明编选者所依据的文献是很有限的,既非取自诗人本集,又不是节录名家选本,多依据了当时流行的各类坊本与通俗化的诗学类书。对此,《千家诗》中还有一个信息可佐证以上结论,《千家诗》所录诗题都是简化过的,与本集多数不同,这种简化诗题多出现于各种类书中与通俗化诗学教材中,《千家诗》中诗题与它们多有相似之处。比较典型的有,韩愈《初春》一诗在本集作《早春呈水部张十八员外二首早春》,刘禹锡《戏赠看花》、《再游玄都观》,本集题为《元和十年自朗州承召至京戏赠看花诸君子》、《再游玄都观绝句并引》,《千家诗》简化之题与《后村千家诗》、《诗林广记》类似。又,李涉《登山》在各类名家选本中皆作《题鹤林寺僧室》,唯《后村千家诗》、《诗林广记》作《登山》,由这些不难见出《千家诗》文本的来源。

在《千家诗》120首中唐诗40,宋诗80,唐仅是宋的一半,这一比例已显示编者重宋诗之倾向,其取唐诗也多以宋诗化的诗学标准,中晚唐居多,初盛唐甚少,这一倾向多发生在《唐音》、《唐诗正删》、《唐诗选》这类推崇盛唐的选本流行之前,属宋元诗学背景下的产物。宋亡后,谢枋得隐于闽中,以馆师授学为业,其解《二泉选唐诗绝句》与评点《古文规范》在当时及身后产生很大的影响,是元及明初最流行的诗文教材。可能的情况是:谢受业弟子或再传弟子以一私撰教材借师之名流行,或书贾杂取多家乡塾教材再托名于谢刊售,这亦是图书市场自然的需求。况且,到了明代,谢枋得成为朝廷表彰的民族节义之士,影响更大,所以这本托名于谢枋得的《千家诗》的流行也就更广了。如《英宗实录》卷二百七十"景泰七年(1456)":

> 巡抚江西右佥都御史韩雍言:"宋丞相少保信国公文天祥,弱冠状元,临危拜相,跋涉于艰难险阻之中,经营于颠覆流离之际,志专恢复,屡折挫而不移,心切报君,濒颠危

① 《宋艺圃集》多有宋本集未见之佚诗,此诗是否属于此类,待考。

② 杜甫有《过南邻朱山人水亭》,与《南邻》一诗所指当为一人。罗大经《鹤林玉露》卷七:"自昔士之闲居野处者必有同道同志之士相与往还。……杜少陵在锦里,亦与南邻朱山人往还,其诗云:锦里先生乌角巾……又云:相近竹参差,相过人不知……所谓朱山人者固亦非常流矣。"或受其影响,有人将本诗改题为《与朱山人》。明宋濂《遵生八笺》卷八即用此题。

而不变,国亡被执系狱累年,诱之以大用而不从,挟之以刀锯而不屈,卒之杀身成仁,而收三百年养士之功,立千载为臣之极,精忠大节与日月争光,与天地悠久。又宋礼部侍郎谢枋得,入对廷陛,力诋权奸,发问漕司,极攻时政,受任于运去祚移之际,抗敌于兵罢民散之余,挥刀击敌,力已尽而不知,耻降遁藏,志有为而不果,不事二姓,饿死燕京,著为文章,高迈奇绝,发明道学,羽翼圣经。是二贤皆足以正人心,而扶世道,植纲常而厉士风,乞赐赠谥并录用其子孙,使天下后世之人知为臣而能死忠节于当时者,虽百世之后犹得表扬其善,而垂休后胤足以增志士仁人之气,愧乱臣贼子之心。”事下,礼部尚书胡濙等以为天祥我朝已建祠于顺天府学之右,而岁时遣官致祭矣。惟枋得有缺祀典,宜令其原籍所司岁举祀事,仍令翰林院议赐谥,于是少保大学士陈循等议:天祥孤忠大节为宋臣首,按谥法临患不忘国曰忠,秉德遵业曰烈,请谥曰忠烈。枋得仗节死义,为天祥亚,按谥法道德博闻曰文,谨身制度曰节,请谥曰文节。帝曰:“奖忠节所以励臣操也,有司其如所议行。”

韩雍称道谢枋得时,不仅赞其不事二姓之节,而且还特言:“著为文章,高迈奇绝,发明道学,羽翼圣经。”既肯定其文,同时也肯定了他的《文章规范》、《二泉唐绝句选笺解》以《千家诗》(当时人认为是谢枋得选、解)等书。经过这样一场正式的宣传之后,谢枋得著作价值倍增,托名于他的《千家诗》之地位也就更高了。

然而,本书并不见于各宋元目录志中,我们可由目录志中相关书名可推断本书形成的大致时代。本书以“千家”为名,其实仅有七十二位诗人。取千家为名,正是南宋后期到元初出版业的一种风气。如《宋史·艺文志·总集类》卷二百九有:洪迈《唐一千家诗》,《千家名贤翰墨大全》,又传世之《集千家注杜工部诗》、《分门类纂唐宋时贤千家诗》、《唐宋千家联珠诗格》等书也是产生于这一时期。杨士奇(1366—1444)《文渊阁书目》卷二著录有:“《历代千家诗选》(一部五册)”,《文渊阁书目》编定于正统六年(1441),《历代千家诗选》已佚,应是元末明初出现的选本,此事表明从南宋后期至明初,有多种以“千家诗”为题的诗选集传世,“谢枋得解《千家诗》”作为一种民间童蒙教材,似乎也应产生于这一时期。只是在元代或明初,然其流行应是在景泰七年(1456)朝廷公祭谢氏之后的事。

上述推断,可由可在明前期相关文献找到佐证。整理相关信息,或可看出本书在明的流传过程。明初李昌祺(1376—1452)《剪灯余话》(永乐十八年编撰,明正德六年杨氏清江堂刻本)中也提及一《千家诗》。本书卷一《月夜弹琴记》是一篇人鬼对话的故事,借钟氏叙出节妇赵氏集句诗二十首,各句后均注出来源。其中第十四首言:

叶满苔阶杵满城(《鼓吹》卢弼),　　登高望远自伤情(洪迈《唐千家诗》)。
琼枝璧月春如昨(《草堂》张仲宗词),　　冰簟银床梦不成(唐温飞卿)。
往事悠悠增浩叹(《鼓吹》薛能),　　清愁苒苒扫余酲(宋苏子由)。
岂知一夕秦楼客(《唐音》李义山),　　肠断绿荷风雨声(《唐音》吴商浩)。

第二十首言:

门前不改旧山河(唐赵承佑),　　莲渚愁红荡碧波(洪迈《选唐》)。
坠叶飘花难再复(《唐音》杨思中),　　浮云流水竟如何(《三体》李商隐)。

鱼龙寂寞秋江冷(唐杜甫)， 鸿雁不来风雨多(唐赵承佑)。
穷巷悄然车马绝(唐杜甫)， 磬声深夏出烟萝(《鼓吹》司空图)。

第一首所集之句，见于《全唐诗》卷 317/78，题为《登阖闾古城》："登高望远自伤情，柳发花开映古城。全盛已随流水去，黄鹂空啭旧春声。"作者是武元衡。第二十首所集之句是许浑《夜泊永乐有怀》："莲渚愁红荡碧波，吴娃齐唱采莲歌。横塘一别千余里，芦苇萧萧风雨多。"见于许浑《丁卯集》卷上。李昌祺注两诗出处，一为洪迈《唐千家诗》，一为洪迈《选唐》，两诗分别存于今传本《万首唐人绝句诗》卷三十二与二十四中，李昌祺所署书名不见于正式书志，它们都可能是对洪迈《万首唐人绝句诗》不同的称法，它与《唐三体诗》、《唐音》、《唐鼓吹集》并列，更有可能是后人对洪迈一书所作的不同的简编本。洪迈在序中言："淳熙庚子秋，迈解建安郡印，归时，年五十八矣。身入老境，眼意倦罢，不复观书，惟时时教稚儿诵唐人绝句，则取诸家遗集，一切整汇，凡五七言五千四百篇，手书为六秩。"其编《唐人绝句诗集》初衷也是以之作为少儿读物，但长达百卷，显非少儿所用旧，书贾将之减编正适合一般读者的需求，又与洪迈初衷相符。《唐千家诗》、《唐选》之类更有可能就是书贾对洪迈《万首唐人绝句》所作的不同的再选本。谢枋得《千家诗》上下两卷，上卷为绝句，其时，唐人绝句最权威之文本当推洪迈一书，坊间流行绝句选之类，取"千家"之名，亦借与洪迈一书的关系来保证其权威性。但武元衡一诗不见于明传本《千家诗》中，故上述《唐千家诗》也非"谢解《千家诗》"的祖本，仅是"千家书"名流行之背景下的一种出版物，都是对洪迈一书所作的不同的改选。李昌祺作《剪灯余话》时间是在永乐十八年(1420)，其集句所引的唐诗选本有《唐三体诗》、《唐鼓吹集》、《唐音》、《诗统》等，都是非常流行的唐诗选本，但未列"谢编《千家诗》"，适可证明本书在明初尚未流行。又《明孝宗实录》卷十八"弘治元年(1488)九月"：

> 癸酉，徽王见沛以二子俱出，合就外傅，请书籍于朝。上贻书答之："叔父生长富贵，能以是为教，诒谋远矣。今以《四书大全》、《四书集注》、《四书白文》、《圣学心法》、《贞观政要》、《劝善书》、《为善阴骘》、《孝顺事实》、《唐李白诗》、《五音集韵》、《洪武正韵》、《饮膳正要》、《玉篇》、《广韵》、《对类》各一部，《孝经》、《千字文》、《百家姓》、《小学》并影本各二本附去，至可收用，惟叔父亮之。"

此处记录了皇帝发送给藩府的书籍，其中有《千字文》、《百家姓》一类童蒙读物，并无《千家诗》，这表明其时《千家诗》尚未成为皇家教材。

最早提及这本《千家诗》的可能是何乔新(1427—1502)《椒邱文集》，其卷二十六《别同年王绣衣集句四首》之二曰：

头上花枝照酒卮(千家诗)， 凤城依约更相期(陈益稷)。
九重正尔思梁栋(子昂)， 可向江南久别离(吴全节)。

何氏所集一句为邵雍《插花吟》："头上花枝照酒卮，酒卮中有好花枝。身经两世太平日，眼见四朝全盛时。况复筋骸粗康健，那堪时节正芳菲。酒涵花影红光溜，争忍花前不醉归。"诗收于明通行本"谢解《千家诗》"中。何诗约作于中年后，这表明到了 1470 年左右《千家诗》已经开始流行[①]。

张志淳(1458—1538年)《南园漫录》卷十中一则材料也与上述说法相印证。其曰:

尝见《出像千家诗》、《古文珍宝》二书,其所选诗文混杂高下,于深处通无所见,然自予七八岁时见之,至今板刻益新,所传益广,而好之日益多,岂以浅近故耶,而古诗文之不传者何限也。

此处《出像千家诗》,与《古文珍宝》并列,可能就是插图本《千家诗》[②]。由张志淳所述看,这是一部童蒙读本,与后来流行之"谢枋得解千家诗"近似。其童年时所见,当在1470年左右,这可证明在十五世纪后半叶已有《千家诗》流行。

这一推断可由其时的一部私家书志得到印证,晁瑮(1511—1575)一作(?—1560)《晁氏宝文堂书目》卷三记有:

《唐三体诗》、《虫技集》、《槜李英华》、《唐诗鼓吹》(旧板)、《赤城集》、《唐诗三体》(旧板)、《近体官词附录》、《新刻杜律》、《元遗山诗集》、《采风集》、《唐三体诗》、《草窗梅花诗》《笺解千家诗选》(宋?不全)、《升庵诗集》、《白乐天诗集》、《诗律钓玄不全》、《集解唐宋千家诗》、《唐律诗二新刻》、《唐十子诗 千家注杜诗》、《增选唐宋千家诗》、《罗隐甲乙集》、《咏物比题诗集》、《诗法拾英》、《绝句千家诗》(?欠)、《新选唐三体诗》(大字刻)

此处列出多种"千家诗":《笺解千家诗选》、《集解唐宋千家诗选》、《增选唐宋千家诗选》、《绝句千家诗》,后一种可能就是上文所说的洪迈《唐千家诗》,其余三家与明通行本"谢解千家诗"接近。晁瑮,嘉靖二十年(1541)进士,授翰林院检讨,其《晁氏宝文堂书目》作于为官之后。由"笺解"、"集解"、"增选"之名看,此前已有多种《千家诗选》流行了。

又,稍晚一点的骆问礼(1527—1608)《万一楼集》卷四十九《续羊枣集二》有言:

"村社讹字":"鹅湖山下稻粱肥,豚栅鸡栖对掩扉。桑柘影斜村社散,家家扶得醉人归。"余幼读《千家诗》如此,近读诸部皆作春社,恐春社时稻粱未必肥也。"昔人已乘黄鹤去,此地空遗黄鹤楼。"余幼读《古文大全》如此,今诸集皆作"已乘白云"去,则二句似不相关,此亦亥豕之易见者,而日以传讹,其他又何足怪也。

"工部《九日》诗":杜子美"羞将短发还吹帽,笑倩傍人为正冠"句,诗家多言其工,且以翻案为喜。愚意此联气弱。且帽即冠也,岂帽字或误耶,曾与朱明虹宪部言之,颇以为然,随扣余当作何字,余逊避终不敢言,而意则欲改吹帽二字为垂雪,或即作吹雪尔。

以上所列张演、崔颢与杜甫诗都存于通行本《千家诗》中,这表明到了十六世纪初,《千家诗》已作为童蒙教材广为流行,已经定型。即便由何乔新所记算起,本书的在明代流行已近二百年了。它虽然只是一部托名的通俗读物,但其影响的广度也是其他名家选本不可及的。

---

① 何乔新景泰五年(1454)中进士,初授南京礼部主事,后为刑部主事、广东司郎中。成化四年(1468)出任福建按察副使。根据《别同年王绣衣集句四首》诗意推断,本诗应作于何乔新离任江南时,即在1460年左右。

② 今传有明汪万顷选注《新镌注释出像皇明千家诗》四卷,此书非少儿读物,可能非张志淳所指。

二、由明宫廷本《明解增和千家诗》看《千家诗》之流传

“谢解千家诗”在清初经王相增补后，由二卷变成了四卷，原初二卷本形状比较少见。今传“谢枋得选《千家诗》”，流传的版本虽多，但是多是清刊本，明版甚少。况且，这类多出自书贾畅销之用心，编校多较随意，各版诗之数量、排序与文本都有一定的差异，原版之面貌几已不存，故追溯其原初情况颇不容易。笔者查到四种较早版本的《千家诗》，一是日本国文学资料馆的 1680 年和刻本（注明底本为明刊，陈生高注，简称“和刻本”）；二是日本关西大学井上泰山教授于西班牙托莱多教堂图书馆发现的《明解增和千家诗》残卷，万历二年刊本（简称“万历本”），三是京都大学图书馆网上公布的万历二十六年郑云林刊本（简称“郑刊本”）；四是国家图书馆与台湾“故宫博物院”分藏的彩绘《明解增和千家诗注》合刊本（简称“彩绘本”）。以下对这四种版本作一介绍与比较，可看出“谢解《千家诗》”在明的流传状况。

《明解增和千家诗注》出于宫内，权威性较强，近来颇引人关注[①]，此本分为上下二卷，标明“宋名贤谢枋得注”，上卷为七绝，下卷为七律。本书插图为着色手绘，应是对于世间流传的《千家诗》刊本的重新加工，显然为了适合少儿的阅读需要。两家收藏者均认为本书为明宫藏书，并认为是万历帝为太子及为小皇帝时的读本。此说不足信，杨讷先生曾有专文[②]论此，节略如下：

其一，第十六叶上陆放翁的《秋思》诗，在放翁名下用小字注着：“名龟蒙，字鲁望……号江湖散人。”第四叶邵康节（雍）《插花吟》第二联：“身经两世太平日，眼见四朝全盛时。”“释义”释“两世”为“父子两代”，又称该联“言父子身历太平”。古人以三十年为一世，“两世”谓六十年。邵雍生于宋真宗大中祥符四年（1011），中经仁宗、英宗两朝，至神宗熙宁十年（1077）去世，享年六十七。此诗作于晚年，所以说身经两世，眼见四朝。“释义”把本不难懂的“两世”释为“父子两代”。

其二，第八叶杜子美（甫）《曲江》（其一）第三联：“江上小堂巢翡翠，苑边高冢卧麒麟。”“释义”释下句为“冢荒废，故野兽卧其处”。古人以麒麟为仁兽、瑞兽，从不用做野兽的代称。历来注家注此句，多引《西京杂记》，说是石麒麟，原为秦始皇骊山墓上物。杜诗原意是说冢废不修，以致石麟偃卧。

其三，第九叶崔涂《旅怀》第三联：“故园书动经年绝，华发春惟两鬓生。”“春惟”为“春催”之误。“华发”，花白之发。“释义”：“华发，少年华茂之发。”崔诗本意谓春光催人老，“释义”反说是春光催人少，大谬。

其四，第十六叶杜子美《与朱山人》第三、四联：“秋水才深四五尺，野航恰受两三人。白沙翠竹江村路，相送柴门月色新。”“恰受”，正好承受，所以两三人坐了一条小舟出访友人。“释义”：“三联言水浅船不堪载，故不及相访”，与下联“相送柴门月色新”相违。

其五，第二十叶刘后村（刘克庄）《初冬》：“晴窗早觉爱朝曦，竹外秋声渐作威。命仆

---

① 本书上卷存于台北“故宫博物院”，下卷存于中国国家图书馆，1998 年北京图书馆影印出版了下卷，2010 年两地又联合出版上下卷合刊本。

② 杨讷《何来“太子读本”——读〈明解增和千家诗注〉》，《北大史学》13，2008 年 8 月。

安排新暖阁，呼童熨帖旧寒衣。叶浮嫩绿酒初熟，橙切香黄蟹正肥。蓉菊满园皆可羡，赏心从此莫相违。”诗无“竹叶”一词，“释义”：“曦，日光。竹叶，酒名，竹叶青也。”谬甚。

其六，第二十二叶韩文公(愈)《自咏》：“一封朝奏九重天，夕贬潮阳路八千……云横秦岭家何在，雪拥蓝关马不前。”“释义”：“秦岭、蓝关俱在潮阳县界。”误。王重民鉴定此书为“明抄本”(见王著《中国善本书提要》第435页，1983)，指出“释义”非谢叠山所作，“详《释义》所举地名，乃出于明人之手，盖托之枋得也。”《释义》注韩愈《自咏》诗有“潮阳县属广东”一语，宋代政区设置尚无广东，此为明人所作之证。

现在有了井上泰山发现的托莱多教堂藏本《新刊明解增和千家诗》(万历本)一书，这个问题则更清楚了。“万历本”题标为：

新刊明解增和千家诗

宋明贤谢叠山 注

王氏 广勤堂梓

书末有牌记曰：

万历甲戌年冬月

金陵王前塘刊行

本书分为四卷，将七绝与七律折分成二卷。万历甲戌年为万历二年(1574)。彩绘本不仅录诗、和诗与万历本相同，而且解释的文字也一样，连同杨讷先生发现的错误也是一样的，也是将陆放翁解为陆龟蒙。只是每页顶端的插图有所不同。虽然太子读本不足信，但这部彩绘本《千家诗》至少应是对坊间流行的刊本的再加工。

和刻本，采用加框版式，内框存明版之原状，外框增加了训解，其后有跋：

诗之为教多术矣，有六义有六体有四格有四妙，或四俗或八病或三变，与时高下，或二十四名，虽题品不同，悉谓之诗。自唐虞讫于成周，历汉魏六朝至唐，备风人之体，宋亦盛与，皆所以正情性惩非心，布世教补治道者也。不可以不学矣。《千家诗选》上下卷，叠山谢氏所汇编，捃摘唐宋诸家之英实以便讽诵，学者必因是而学诗焉，则心正身修家国治平之化不出卷而在其中也。一日为小子讲筵讲说，薄抄管见，希有补什一矣。延宝庚申冬十月洛下后学荔斋熊谷散人跋 敦贺屋 三右卫门改刊。

熊谷散人，即熊谷立闲，为日本江户时代汉学家，著有多种汉学著作，其中《唐贤三体诗法备考大成》比较流行。延宝庚申是1680年，虽距明亡已经三十多年了，但其来源仍应是明本。和刻本首页标明：

鼎锓注释解意悬镜千家诗

宋贤 谢叠三 汇编

闽隐 陈生高 注释

潭阳 杨 剞劂

能谷氏还于前页注明：

此书题号一本作《新订京本增和释义魁字千家诗选》,翰林顾太初校阅 书林余幼山重订。一本作《新锲龙头注释旁训千家诗选》宋名贤谢叠山注。

陈生高,无考。顾太初,即顾起元(1565—1628),万历二十六年(1598)进士,官至吏部左侍郎,兼翰林侍读学士。这可表明此本的初刊也应在万历时代。这一点由其和诗与注文也可看出。

明刊本《千家诗》多附有和诗,万历本、彩绘本与和刻本文本精细程度差别甚大,但和诗基本一致,应出于同一系统。如《和贾至早朝大明宫》一诗曰:

水滴铜龙鸣漏(泛)箭,春生丹陛艳仙桃。光浮御气龙颜近,殿拥祥云凤翮高。紫绶班联排玉笋,黄麻诏草濡霜毫。重沾雨露承恩命,乌帽深惭鬓二毛。

三个版本时间上相距百年,但仅个别字有出入。和诗非常贴合杜甫、贾至之事,也颇有气象,故能成为习诗者的范本[①]。和唐诗风始盛于明初[②],和《千家诗》者可能也是其中一种。故《千家诗》之流行推溯到十五世纪后半叶,也不为早。

在注文上,万历本与彩绘本较详,如"万历本"释杜甫一诗言:

释义:五夜,汉魏以来名夜有五,起于甲夜止于戊,故谓五夜。〇箭,漏箭也。〇九重,天子尊居九重。〇仙桃,汉武帝时有青鸟集于承华殿前,帝问东方朔,曰:今日王母必降。是夕母至,以桃七枚自啖其二枚,以五枚与帝。〇龙蛇动,旌旗上雉尾也。〇丝纶,《礼记》云:王言如丝,其出如纶。〇池,谓凤凰池。〇贾至,(曾之子,曾尝为中书舍人,掌制诰。)从明皇幸蜀,为中书舍人,帝即位,贾撰策,既进稿,帝曰:苒先帝诰命乃父为之,今兹岫命,又汝为之,两朝盛典出卿家父子,可谓继美矣。〇此诗首言五更之漏催晓,天尚未明,天子初视朝,其时和气满容,如食仙桃而有醉色,少焉天明,见日映旗上龙蛇之动,风微吹殿间,燕雀之高飞。初联早朝之事,次联大明宫之景物,三联退朝有诗,而两句就美其诗,结联即舍人之事而归美之也。

和刻本陈生高注释较略,着重解意,其曰:

箭,更筹也。九重,天子之居。龙蛇,旗上所画之龙蛇。珠玉,称诗之佳者。挥毫,举笔之谓。丝纶,《礼记》曰:王言如丝,其出如纶,球玉凤毛,并羡贾舍人也。

陈高生注虽简略但颇实用,应是一种化繁就简的做法。和刻本顶端熊谷的训解为;

五夜漏声云云:《分类》曰:五夜,汉魏以来名夜有五,起于甲夜止于戊夜,故曰:五夜。箭,漏箭也,即更筹。九重,天子之门九重。仙桃,汉武时有青集于承明殿前,以问

---

① 和诗水平参差不齐,这篇算优者。

② 见查屏球《唐音的回声:元明"和唐诗风"源流考析》,《中国文学研究》第十九辑,复旦大学出版社2012年版。另,《明英宗实录》卷178"正统十四年五月":"礼科给事中王诏言":"福建盗贼生发,皇上命都督刘聚、佥都御史张楷统军剿杀,各官自到建宁以来,笙歌为乐,笑傲自如,楷以平时所和唐诗逼令建宁府刊行,其于军政置之度外。……又楷在彼所作除夕诗有云:静夜深山动鼓鞞,斯民何苦际斯时。又云:乱离何处觅屠苏,浊酒三杯也胜无。又云:庭院不须烧爆竹,四山烽火照人红等句流传京师,人多传诵……"足见张楷和唐诗在当时影响颇大。

东方朔，曰：西王母必降，是夕王母以桃七枚，母自啖二枚，以五枚与帝。龙蛇，画旌旗者。燕雀巢于宫殿者。《礼·缁衣篇》：王言如丝，其出如纶。池，凤凰池，谓中书省也。凤毛，《宋书》：谢凤子超宗有文辞，补新安王，尝侍王母卒。超宗作诔，奏之，帝大嗟赏，谓谢庄曰：超宗殊有凤毛。贾至曾之子，曾尝为中书舍人掌制诰。至从玄宗幸蜀为中书舍人，帝传位，撰册进稿，帝曰：昔先帝诰命乃父为之辞，今兹册命又尔为之，两朝盛典出卿家父子，可谓继美矣。〇此诗首言五更之漏声催晓，乃昧爽之初，天子视朝时也。其时天子南而和气满容，如食仙桃而有醉色，亦见天颜之有喜也。少焉，天色正明，则见旌旗之影，燕雀飞。惟自暖，故旌旗动，惟风细故燕雀高。第五句言退朝之事，结上生下。第六句言贾至有诗，就赞美之，言贾父继美之盛以见此为和至而归美之也。〇五夜，《颜氏家训》曰：或问一夜五更何所训？答曰：汉魏以来谓甲夜已乙夜丁夜丙夜戊夜，又谓之五更，皆以五为节。九重，宋玉《九辨》云：君之门以九重。注：九门谓关门、远门、郊门、近郊门、城门、皋门、雉门、应门、路门、寝门，亦曰库门。

基本内容与万历二年本相符，增加的内容多是交代典故出处，比起万历本更加繁富，也可能是熊谷氏当时能见到"万历本"这类注本再作的集注。从万历初到清初，百年间，注文或简或繁，但和诗与选诗数目一致，故万历本、和刻本、彩绘本应同一系统，而且是在明代应是流传最广的传本《千家诗》。

京都大学所藏万历四十年刊本，书名为《新锲注释旁训和韵千家诗选》，署名是："宋名贤谢叠山辑　闽书市　郑云林 梓。"书末注明："壬子岁孟春月吉郑云林梓行。"这个版本的和诗与前三种不同，有"新增和韵"标目，和诗与以上三本不同，如对杜甫《和贾至舍》的和诗：

《和舍人韵》：待漏金门传晓箭，霞觞庆寿进蟠桃。急趋凤阙雍容礼，拜上龙颜咫尺高。敕赐御茶尝王陛，承恩诏草染霜草。炉烟惹得盈香袖，退向螭坳总俊髦。

诗之气象与立意明显不及上述万历本和诗，作者对原诗之历史背景缺少理解，别生出庆寿一事，格调颇俗。此本于诗上有小字评点，如"五夜漏声催晓箭"句上有"催天之明也"，"宫展风微燕雀高"上有"宫殿如燕雀之高也"。诗后有"总释"：

言铜壶滴漏之声催趱晓箭，正人臣五更待漏之时，其时天子在九重之上，和气满容如仙桃有红润之色，旌旗风暖，百姓皆得其所，如燕雀高也。此四句皆早朝之事，贾有"剑佩声随玉墀步，衣冠尽惹御炉香"一则，故以朝罢句和之，美其得宠之深也。其诗翰之美也，欲知云云，美其父子皆掌制诰。中书省曰凤凰池，有凤凰毛，言其文彩也。言外须补曰：宠极深，但不闻献纳替否裨益君德之意，夜有五，起于甲止于戊，《宋书》云：谢凤之子超宗者有文辞，帝称其凤毛。

将五夜释为五更，化繁为简，以串讲诗意为主，间或释典。但故求深解，如以燕雀高为百姓皆得其所，以宠极深中含有少讽谏的批评之意，全是想象之词，并没有事实证据。此本与以上三本不同的还在于所选诗数与以上三种不同，它于卷末增加了明宁王与明太祖各一首诗。这也是明代坊间流传的《千家诗》一种常见的形态。

彩绘本《明解增和千家诗注》虽然不一定是明太子用书，但《千家诗》与明宫廷的关系，是可以确认的，《千家诗》下卷末多存有明皇室三首作品，则透露了这方面的信息，三诗是：

宁献王朱权《送天师》：霜落芝城柳影疏，殷勤送客出鄱湖。黄金甲锁雷霆印，红锦韬缠日月符。天上晓行骑只鹤，人间夜宿解双凫。匆匆归到神仙府，为问蟠桃熟也无。

明太祖朱元璋《都督佥事杨文庆征南》：大将南征胆气豪，腰悬秋水吕虔刀。雷鸣甲胄乾坤净，风动旌旗日月高。世上麒麟终有种，穴中蝼蚁竟何逃。名标铜柱归来日，庭院春深听伯劳。

明世宗朱厚总《送毛伯温》：大将南征胆气豪，腰横秋水雁翎刀。风吹鼍鼓山河动，电闪旌旗日月高。天上麒麟原有种，穴中蝼蚁岂能逃。太平待诏归来日，朕与先生解战袍。

这三首诗显然是后人在原刊本上附加上去的，何时由何人加上，现难确知。现存几种明刊本《千家诗》中，上述的万历本、彩绘本和刻本并没有收录。京大藏郑云林本去太祖诗，仅存二首，且将作者名字都改了。"明世宗朱厚熜《送毛伯温》"改为"南征　毛伯温"，宁献王朱权《送天师》改为："送行　赠天师"，错得很离奇，似是无识者之妄改[①]。由冯梦龙《夹竹桃顶针千家诗山歌》看，明代流行本可能就只有二首，一首为朱权的，一首为朱元璋的(详情见下所引)。在排序上，朱元璋在朱权前。但多数传本是朱权诗居明太祖与世宗之前。这可能就是原初的面貌，否则很难解释朱权居于其父前的情况。在唐宋诗选中，加上明人作品，这显然是一奇异的现象。合理的解释应是：本书的最初刊行或许与朱权有关。宁王朱权(1378—1448)一直有编书与印书的热情，《明史》卷117《诸王传·宁献王权传》："尝奉敕辑《通鉴博论》二卷，又作《家训》6篇，《宁国仪范》74章，《汉唐秘史》2卷，《史断》1卷，《文谱》8卷，《诗谱》1卷，其他纂著数十种。"朱彝尊《静志居诗话》卷一也言："凡群书有秘本莫不刊布国中，古今著述之富，无逾王者。"朱权著作中有《诗谱》一卷，与《文谱》并列，应都是指导写作一类的著作，其孙朱奠培(1418—1491)也编刊过《文章大模式》同类之书。《千家诗》或许是宁王府刊书，用的是朱权谥号，刊书之事当在宁王身后了。对此我们可稍加推断一下，起初，宁王府可能是采用了元时流行"谢枋得选的《千家诗》"作为王子幼学教材，在其身后王府将此刊印，为表示对藩主的崇敬，又于末处加上朱权一诗，之后又增加了朱元璋的诗，到隆庆朝之后，又添了明世宗的诗。

上述三诗中，明世宗诗与朱元璋诗颇相似，此事在当时就曾有过争论，王世贞(1526年—1590年)《弇山堂别集》卷二十七言：

《交事纪闻》纪世宗御制《送毛伯温南征诗》(略)，《损斋备忘录》则太祖《送总兵杨文征蛮诗》也。"雁翎刀"曰"吕虔刀"，末云"大标铜柱归来日，庭院春深庆百劳。"《备忘录》作于弘治中，《交事纪闻》之附会不言可知。然太祖制集无之，又见宋时一小说云是哲宗送大将征夷，则其来久矣。然哲宗事亦不足信，盖野人之谈三变矣。

苏兴先生认为可能的情况是明世宗书写了一首现成的诗送毛伯温，这首诗即是朱元璋传下的诗，因记忆有差，所以文字有出入，而这一首诗也非朱元璋原创，原来是宋人小说记载的宋

---

① 据此可断京都大学所藏这个万历四十年刊本可能是清人据明本所作的改版，否则很难解释明人对当朝皇室人物的作出如此错误的署名。

哲宗送杨文广诗[①]。笔者以为最大的可能是:朱元璋以宋人小说中宋哲宗诗送杨文,本诗即以朱元璋名传世,明世宗又以将本诗改易数字再送毛伯温,本诗又以太祖、世宗两诗形式流传。《千家诗》附宁献王诗,是宁府后人对先人的崇敬,附朱元璋诗是因宁献王而连带而来的尊上之举。附明世宗(1507年—1566年)诗可能是后刊之本因朱元璋诗而连带出来的,因为用的是明世宗的庙号,事情应出现在隆庆朝(1567—1572)或万历朝(1573—1620)初期,可能就在这一时期,《千家诗》为宫廷刊印,成为宫中教材。由上文看,此距民间流传《千家诗》已有百余年了。正因如此,现存本或无明诗,或仅有太祖、宁王二诗,或有明宁王、太祖、世宗三人诗,这些都是不同时期形成的版本形态。

关于此书在明宫中作为教材的事情也见于明人相关文献中,如身历万历、隆庆、天启、崇祯四朝的宦官刘若愚(1584—?)《酌中志》(清海山仙馆丛书本)卷十六记录了明宫内宦官受教育的情况:

> 内书堂读书,自宣德(1426—1435)年间创建,始命大学士陈山教授之,后以词臣任之。凡奉旨收入官人,选年十岁上下者二三百人,拨内书堂读书。本监提督总其纲,掌司分其劳,学长司其细,择日拜圣人,请词林众老师。……至书堂之日,每给《内令》一册,《百家姓》、《千字文》、《孝经》、《大学》、《中庸》、《论语》、《孟子》、《千家诗》、《神童诗》之类,次第给之。……凡读书官人,遇令节朔望,亦放学一日。其每日暮放学,则排班题诗,不过"云淡风轻"之类,按春夏秋冬,随景而以腔韵题毕,方摆列鱼贯而行。

由所引的"云淡风轻"一句看,此处《千家诗》正是世传之"谢解千家诗"。本书卷十八又言:

> 皇城中内相学问,读《四书》、《书经》、《诗经》、看《性理》、《通鉴节要》、《千家诗》、《唐贤三体诗》,习书柬活套,习作对联,再加以《古文真宝》、《古文精粹》,尽之矣。
>
> 唐贤三体诗(二本、一百七十二页)、古文精粹(二本、二百五十六页)、李白诗(四本、三百六页)、选诗补注(三本、三百十三页)、唐诗鼓吹(五本、二百六十六页)……百家姓(一本、十页)、大学(一本、三十六页)、千字文(一本、十七页)、孝经(一本、十六页)、中庸(一本、五十六页)、千家诗(一本、四十四页)、四书杂字(一本、十二页)、七言杂字(一本、十三页)、三字经(一本、二十二页)、启蒙集(一本、四十页)。

当时宦官也以《千家诗》为教材,其记书的形制为一本,共四十四页。《明解增和千家诗注》、彩绘本《千家诗》约四十八页,也与此信息相近。同是崇祯朝宦官吕毖的《明宫史》卷二、史玄《旧京遗事》卷一、佚名《烬宫遗录》卷上也有类似的记录,这些应据同一则材料编写的,都可证明明宫内确以《千家诗》为宦官教材。

明孙能传《内阁藏书目录》卷八也著录了《千家诗》一书:

> 《千家诗体》三册(全)、《古今各体诗》(江湖诗社聚编,莫详姓氏)、《诗体》四册(全)……陆羽《茶经》一册(全)

孙能传,万历进士,官内阁敕房办事,迁工部员外郎。万历中,与张萱、秦焜等人共编校内阁

---

① 参见苏兴《〈千家诗〉载明世宗〈送毛伯温〉与〈全明诗〉收朱元璋〈赐都督佥事杨文广征南〉的问题》,《东北师大学报》1995年第2期。

藏书，万历三十三年(1605)编撰《内阁书目》4卷。此处所录“千家诗体”，与谢编《千家诗》不同，且言三册，与以前宦官所习之“一本、四十四页”亦不同。这表明其时宫内以《千家诗》为名的诗选不止一种，况且这种供童蒙习读的《千家诗》也无须著录。从十六世纪初到十七世纪中叶近一个半世纪里，正宗诗坛上诗必盛唐的口号越叫越响，高棅《唐诗正声》、李攀龙《唐诗选》的影响已渐渐超过了《唐三体诗》、《唐音》一类宋元选本，但是作为童蒙读物，《千家诗》地位却在一直上升，从民间教材成为藩王府教材，再到宫廷教材，其影响已无书可及了。

三、由通俗文学的引用看《千家诗》在明代民间的普及

关于“谢枋得选《千家诗》”一书在明代的流行情况，有一类材料，尤其值得关注，这就是明人通俗文学对《千家诗》的提及与引用。这类材料往往能更直切地反映了《千家诗》在民间流传的状况。

有些话本小说多将之作为基本童蒙读物叙及，如凌濛初(1580年—1644年)《拍案惊奇》卷十三言“赵六老舐犊丧残生”：

> 某朝某府某县，有一人姓赵，排行第六，人多叫他做赵六老。家声清白，囊橐肥饶。夫妻两口，生下一子，方离乳哺，是他两人心头的气，身上的肉。……到了六七岁，又要送他上学。延一个老成名师，择日叫他拜了先生，取个学名唤做赵聪。先习了些《神童》、《千家诗》，后习《大学》。两人又怕儿子辛苦了，又怕先生拘束他，生出病来，每日不上读得几句书便歇了。

在这里，《千家诗》与《神童诗》一样，都作为少儿蒙学教材。又如《二刻拍案惊奇》卷一“进香客莽看《金刚经》”中有言：

> 辨悟见一伙多是些乡村父老，便道：“此是唐朝白侍郎真笔，列位未必识认。亵亵渎渎，看他则甚？”内中有一个教乡学假斯文的，姓黄，号丹山，混名黄撮空，听得辨悟说话，便接口道：“师父出言太欺人！甚么白侍郎、黑侍郎，便道我们不认得？那个白侍郎，名字叫得白乐天，《千家诗》上多有他的诗，怎欺负我不晓得？”

在小说这一情节中，这位“黄撮空”，是一教乡学的假斯文，其实，明通行本《千家诗》上仅一首白居易的诗，小说作者设计这一情节正是为了增加讽刺的笑趣。此事恰可证明《千家诗》作为流行读物已广泛流行于民间，以至无学识的乡学也知此书。

还有一些小说好引《千家诗》，如《警世通言》第二十八卷《白娘子永镇雷峰塔》：

> 说话的，只说西湖美景，仙人古迹。俺今日且说一个俊俏后生，只因游玩西湖，遇着两个妇人，直惹得几处州城，闹动了花街柳巷。有分教才人把笔，编成一本风流话本。单说那子弟，姓甚名谁？遇着甚般样的妇人？惹出甚般样事？有诗为证：“清明时节雨纷纷，路上行人欲断魂。借问酒家何处有，牧童遥指杏花村。”

又如明佚名之《贪欣误》二回《明青选》：

> 又行数里，远远望见一茂林中，走出一童子来，手中携着一个篮儿，里头到有些酒肉

在内。明彦向前，欲与童子买些，那童子决然不肯。明彦道："你既然不肯卖，可有买处么？"童子指着道："只这山前，便有酒家，何不去买些吃？"明彦听说大喜，急急转过山后，只见桃红柳绿，闹簇簇一村人烟，内有一家，飘飘摇摇挂着酒帘。正是：借问酒家何处有，牧童遥指杏花村。

如《二刻拍案惊奇》卷十一《满少卿饥附饱飏 焦文姬生仇死报》：

到了凤翔地方，遇着一天大雪，三日不休。正所谓"云横秦岭家何在？雪拥蓝关马不前"。

又，《水浒传》第八十九回《宋公明破阵成功 宿太尉颁恩降诏》：

再说宿太尉领了诏敕，不敢久停君命，准备轿马从人，辞了天子，别了省院诸官，就同柴进、萧让同上辽邦。出京师，望陈桥驿投边塞进发。在路行时，正值严冬之月，四野彤云密布，纷扬雪坠平铺，粉塑千林，银装万里。宿太尉一行人马，冒雪撞风，迤逦前进。正是：云横秦岭家何在？雪拥蓝关马不前。

还有围绕一篇《千家诗》诗作展小说情节，如吴元泰《东游记》卷三十一回《救叔蓝关扫雪》：

却说唐宪宗素性好佛，一日两蕃遣僧进佛骨，其色红润光焰。宪宗惑之，欲迎之入宫，诸臣莫敢言其非。文公以为异端不祥之兆，乃上表谏之。以为："佛乃夷狄之法，自黄帝以来，禹、汤、文、武皆享寿考，百姓安乐，当是时未有佛也。迨汉明帝时，始有佛法，乱亡相继，运祚不长。宋、齐、梁、陈、元、魏以下，事佛渐谨，年代尤促，惟梁武在位四十八年，三舍身为佛家奴，竟为侯景所迫，饿死台城。内此观之，则佛不足信明矣。如其身在，奉命来朝，陛下容纳，不过宣政一见，礼宾一设，赐衣一袋，卫而出境，不令惑众。况具身死枯朽之骨，岂宜入宫？群臣不言其非，御史不举其罪，臣实矜之。悉付有司，投诸水火，以断天下之疑，绝后世之惑，佛如有灵，能作祸福，凡有灾咎，宜加臣身。"表上，宪宗大怒，议降潮州，限日起行。文公别家，遂往潮州而去。行不数日，彤云四起，寒风急飘，纷纷雪下。文公行至一处，雪深数尺，马不能进，路不可知，又无人家可问。约马退转，亦无归路。风紧雪飘，衣衫尽湿，冻馁难禁，愁苦无诉。忽一人冲寒寻路，扫雪而来，视之乃湘子也。向前谓公曰："公忆昔日花间之语乎！"公问："此地何处？"湘子曰："此蓝关耳。"公嗟叹久之，乃曰："事固有数如此，吾为汝足前日之句。"诗曰：

一封朝奏九重天，夕贬潮阳路八千；本为圣朝除弊政，敢将衰朽惜残年。

云横秦岭家何在？雪拥蓝关马不前，知汝远来应有意，好收吾骨障江边。

乃与湘至蓝关传舍中宿焉，公方信湘之言不诬也。是夜公与湘论往来之事，修真其道，公深悦服。次日湘辞行，出药一瓢与公曰："服一粒，可以御寒暑。"公恍然。湘曰："公不久即西归，不惟无恙，且将复用于朝。"公曰："此后复有相见之期乎？"湘曰："前期未可知也。"乃飘然而逝，后复度文公仙去。

又，《韩湘子全传》第二十二回《坐茅庵退之自叹 驱鳄鱼天将施功》、《隋唐两朝志传》第一二〇回《韩文公雪拥蓝关》也是类似的情节。韩愈这首诗成为多家小说的素材，就在于《千家诗》在民间有广泛的影响，这首诗以及与本诗相关的背景知识都缘于《千家诗》而为人知晓。

冯梦龙《古今谭概》亦有多处以《千家诗》为戏的笑话。如《古今谭概·文戏部》卷二十七“旧律易字”：

> 广东二贡士争名至相殴，友人用旧诗更易诮之曰：“南北斋生多发颠，春来争榜各纷然。网巾扯作黑蝴蝶，头发染成红杜鹃。日落二人眠阁上，夜归朋友笑灯前。人生有打须当打，一棒何曾到九泉。”

此处的“旧诗”即《千家诗》中的第107首高翥的《清明》：“南北山头多墓田，清明祭扫各纷然。纸灰飞作白蝴蝶，泪血染成红杜鹃。日落狐狸眠冢上，夜归儿女笑灯前。人生有酒须当醉，一滴何曾到九泉。”同样是这首诗，在又明末清初时出现的小说《醉醒石》第八回“假虎威古玩流殃，奋鹰击书生仗义”亦用来讽刺贪官：

> 自常至苏，苏州朋友见他穿红进城，把《千家诗》改两句嘲他道：“指挥飞作白蝴蝶，千户染成红杜鹃。”

这句诗就是改写了上文引到高翥《清明》的第二联。又《古今谭概·谈资部》卷二十九有曰“刘端简公令”：

> 古亭刘端简公居乡，邑大夫或慢之，值宴会端简公出令：佐酒各用唐诗一句，附以方言上下相属。刘云：“一枝红杏出墙来，见一半不见一半。”含有诮意。一士夫云：“旋斫松柴带叶烧，热灶一把冷灶一把。”邑大夫云：“杖藜扶我过桥东，我也要你，你也要我。”一时喧传，以为绝唱。一说又云：“隔断红尘三十里，你也看不见我，我也看不见你。”解之者曰：“点溪荷叶叠青钱，你也使不得，他也使不得。”

这里所引的诗都是出自《千家诗》中的，第一句“一枝红杏出墙来”，是叶绍翁《游小园不值》：“应嫌屐齿印苍苔，十扣柴扉九不开。春色满园关不住，一枝红杏出墙来。”第二句《千家诗》第140首杜荀鹤《时世行》：“夫因兵乱守蓬茅，麻苎裙衫鬓发焦。桑柘废来犹纳税，田园荒尽尚征苗。时挑野菜和根煮，旋斫生柴带叶烧。任是深山最深处，也应无计避征徭。”第三句是《千家诗》第24首僧志南《绝句》：“古木阴中系短篷，杖藜扶我过桥东。沾衣欲湿杏花雨，吹面不寒杨柳风。”第四句为《千家诗》66首程颢《秋月》：“清溪流过碧山头，空水澄鲜一色秋。隔断红尘三十里，白云红叶雨悠悠。”第五句是《千家诗》的36首杜甫《漫兴》：“糁径杨花铺白毡，点溪荷叶叠青钱。笋根稚子无人见，沙上凫雏傍母眠。”酒令要求用唐诗，五句诗仅有二句是唐人诗，冯梦龙或以此讽刺居间大夫的无学，或是当时人即以“唐诗”代指《千家诗》。由此也不难解释“增和本”将陆放翁释为陆龟蒙了，因为本书传到后来，在一般人的心目中，它是一部唐人诗选，作者当然全是唐人，唯因如此，编者才在唐人中找一陆龟蒙来解陆放翁。

最能显示《千家诗》在明民间流传程度的材料，应是冯梦龙(1574—1646)的《夹竹桃顶针千家诗山歌》，这是冯梦龙创作的一组情爱山歌，在形式上是长短结合的唱词，每首最后一句都引用《千家诗》中一诗的末句。其《前叙》言：“三句山歌一句诗，中间四句是新词，偷今换古，都出巧思，郎情女意，叠成锦玑，编成一本风流谱，赛过新兴银绞丝。”《山歌后序》：“无中生有把歌翻，诗句拈来凑巧难，从诗次序，并不妄删，郎情女意，并非妄谈，唱子个样山歌，普天下个人儿齐来听，赛过清明三月三。”歌词依《千家诗》顺序排列，现将之前五首与《千家诗》比较如下：

《夹竹桃顶顶针千家诗山歌》文本①	《千家诗》文本
1.《将谓偷闲》：丝丝绿柳映窗前，系弗住个情哥去后缘，花栏绕遍，春怀可怜，取花消遣，把金瓶水添，梅香不识奴心苦，将谓偷闲学少年。 2.《万紫千红》：年少娇娘、行过百花亭，只见春风吹动百花新，桃花铺锦，梨花绽银，木香含蕊，蔷薇吐心，（姐道：我郎呀，）小阿奴奴分明是天上琼花世上少，莫道万紫千红总是春。 3.《秋迁院落》：春来夜夜忆私情，手托香腮眼看灯，罗帏寂寞，挨过五更，衾寒枕冷，凄凉怎禁，（姐道：我郎呀，）你自来欢娱所在嫌夜短，教奴奴，秋迁院落夜沈沈。 4.《出门俱是》：沈沈春暖百花新，姐儿打扮去游春，粉容娇面，胭脂绛唇，绣鞋罗袜，藕丝绢裙，（姐道：我）扇子虽拿、遮弗得个众人眼，出门俱是看花人。 《月移花影》：人人花下尽欣欢，偏有姐忆子情郎心转酸，千花并蕊，偏奴影单，蜂忙蝶乱，知郎在那边，日里个档凄凉、我还排遣得去，（当得起个）月移花影上栏杆。	1.《春日偶成》 程颢 云淡风轻近午天，傍花随柳过前川。时人不识余心乐，将谓偷闲学少年。 2.《春日》 朱熹 胜日寻芳泗水滨，无边光景一时新。等闲识得东风面，万紫千红总是春。 3.《春宵》 苏轼 春宵一刻值千金，花有清香月有阴。歌管楼台声细细，秋千院落夜沈沈。 4.《城东早春》 杨巨源 诗家清景在新春，绿柳才黄半未匀。若待上林花似锦，出门俱是看花人。 《春夜》 王安石 金炉香尽漏声残，剪剪轻风阵阵寒。春色恼人眠不得，月移花影上栏杆。

冯序言这组山歌依千家诗原序而作，其词总数是121首，与郑云林刊本相同，顺序也基本相同，只是郑刊本中第32—36首，在此被置于第39首后。以《送春》接《夏》，于理可通。但依冯序，以《登山》一首作春类的结束也不无道理，因其中有"忽闻春尽强登山"一句。其次，冯氏所据本与郑云林刊本选诗的数量是一致的，两本都无明世宗诗，显得更合理，明太祖诗与明世宗诗大致相似，实无必要同时列出。依冯氏山歌，太祖在前，宁王在后，似乎也更符合明人的习惯。入清之后，本书被扩容、改编，原刊面貌几乎不存，冯氏这一组诗之在数量与顺序上可能保存了明传《千家诗》的原貌。《夹竹桃顶针千家诗山歌》是以诗为戏的通俗文学，冯梦龙取《千家诗》为戏趣材料，显然是因为《千家诗》在民间已有广泛的流行，是识字群体最熟悉的韵语材料。冯梦龙这类通俗作品多作于1630年他补贡生之前，与以上凌濛初小说中的材料出现的时间大致相同，这可表明十六、十七两世纪里，《千家诗》一直作为童蒙教材在流行。

戏化经典，是文艺市场化之后经常出现的一个现象，这其中有三点值得关注。一是经典需要生动的戏化而得到更好的传播效应，如上述关于韩愈被贬作诗及韩湘子故事，为韩愈一诗展开了丰富的想象空间，大大扩大了韩愈一诗的影响。二是经典因有极强的普及度与极广的认知度，本身具有更强的传播效应，本身就是一种公众文化资源，市场化的文学创作自然要充分发掘这一资源的效能。三是熟者生厌的叛逆心理，二百多年不知多少人在苦诵《千家诗》中度过童年，这种功利化、机械化的诗学教育，难免使人生厌。以之戏化可满足人们叛逆心理，求得更大的接受效应。《千家诗》频繁出现在这类通俗文学读本中，实缘于本书在近二个世纪里已有广泛的普及，为大众熟知。如张岱《陶庵梦忆》卷六记绍兴灯景即曰："十字街搭木棚，挂大灯一，俗曰'呆灯'，画《四书》、《千家诗》故事，或写灯谜，环立猜射之。"灯谜以《千家诗》为材料，也是因为它与《四书》一样已成为市民的必读之书。其在民间如此，其在宫

① 《明清民歌时调丛书·夹竹桃项针千家诗山歌》，赵景深辑，中华书局1959年版。

中也一样，二百多年统一的童蒙教育模式，已确立了它的正统地位，成为明人最基础的诗学意识，这四十首唐诗也是明人关于唐人及唐文化最基本的文化记忆。这已经是严重宋型化的文化记忆了，唯因如此，居于诗坛之上的前后七子才会高倡复古之论。若从更广的背景看，这种复古之论，就是要将这种世俗化宋型化的诗学意识拉回到他们认可高古豪放的唐人之调中，以求得超俗之美。从这一层面看，这又何尝不是成人对童年教育的一种背弃与批判。今治明诗学者多认为明人复古运动有反理学倾向，《千家诗》越传越广之事实亦或由另一面佐证此说。上举京大藏郑云林刊本的释义已经表现出明显的理学化倾向，"诗必盛唐"之论正是对这种诗学倾向的反动。以上是笔者考察明代《千家诗》流传之事后所获之臆想，愿得方家指正。

附：

日本国文学资料馆藏和刻本《千家诗》（潭阳杨刊本，http://base1.nijl.ac.jp/iview/Frame.jsp? DB_ID＝G0003917KTM&C_CODE＝XYA8－08904&IMG_SIZE＝&IMG_NO＝30）：

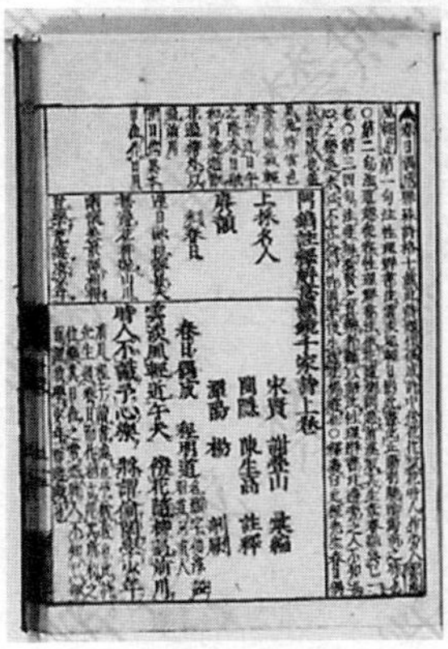

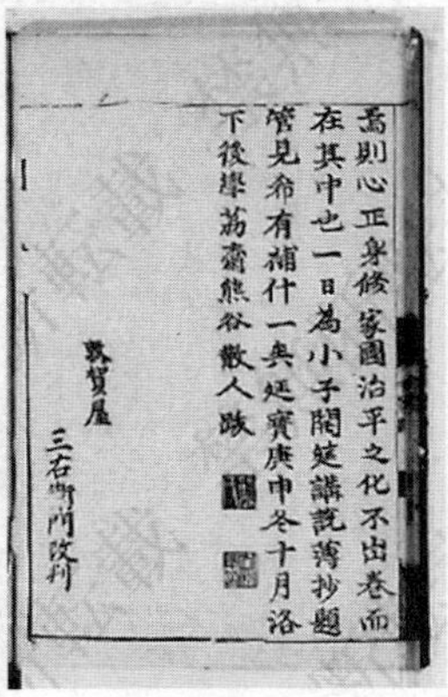
爲則心正身脩家國治平之化不出卷而
在其中也一日爲小子閑廷講說簿抄題
管見希有補什一矣延寶庚申冬十月洛
下後學篛齋熊谷散人跋

关西大学藏《明解增和千家诗》（广勤堂刊本，http://www2.ipcku.kansai-u.ac.jp/～taizan/qianjia05.html）：

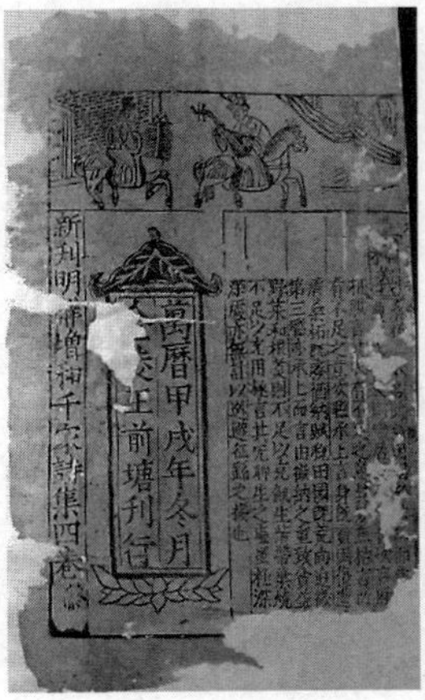

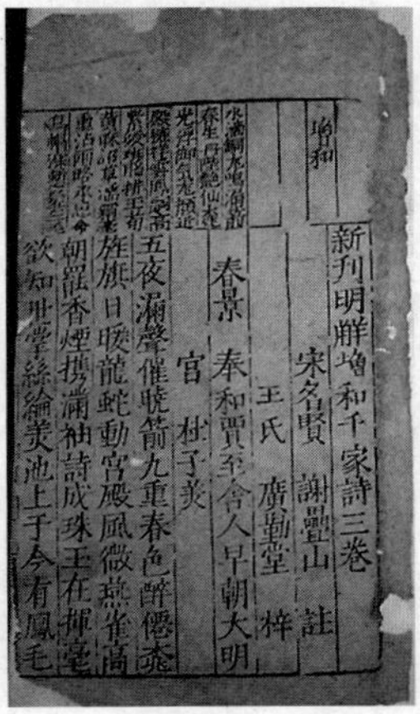
新刊明解增和千家詩三卷
宋名賢　謝疊山　註
王氏　廣勤堂　梓
春景　奉和賈至舍人早朝大明宮　杜子美
五夜漏聲催曉箭九重春色醉僊桃
旌旗日暖龍蛇動宮殿風微燕雀高
朝罷香煙攜滿袖詩成珠玉在揮毫
欲知世掌絲綸美池上于今有鳳毛

日本关西大学井上泰山教授藏明万历二年(1574)刊本《千家诗》(郑云林梓刊本)：

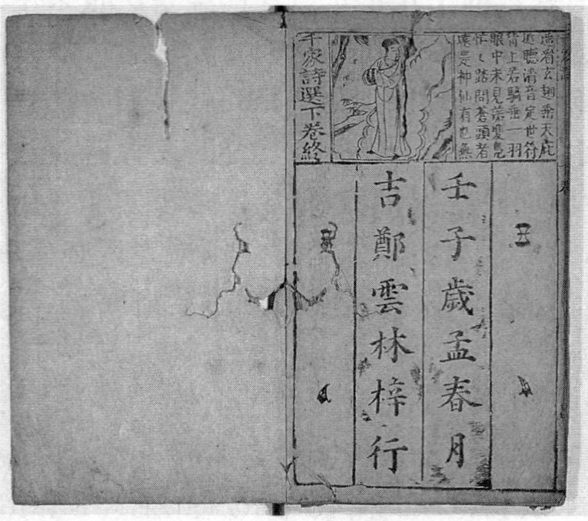

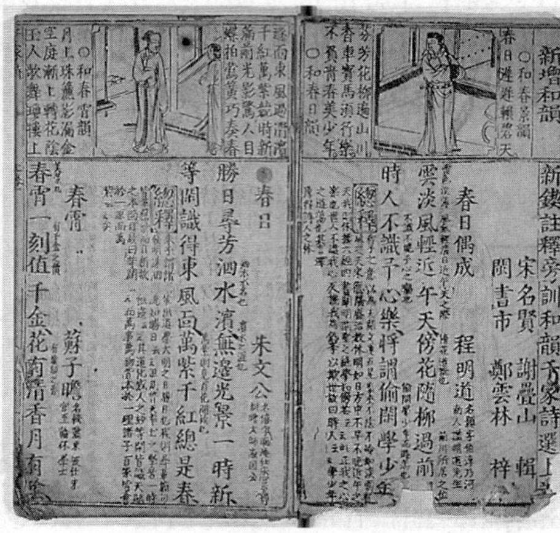

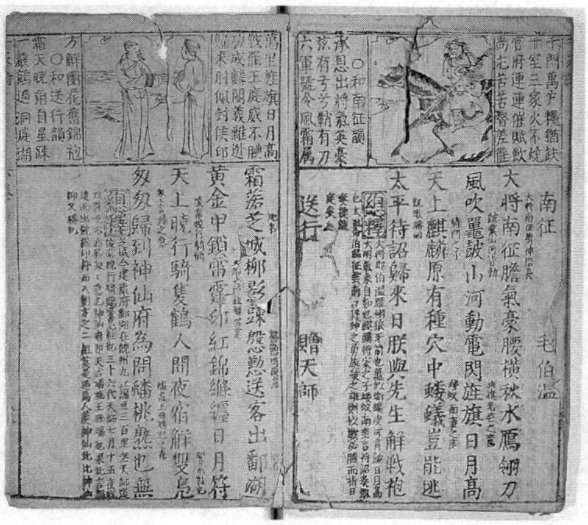

作者单位：复旦大学

宋元经义与明代八股文源流关系辨微

刘尊举

关于八股文的文体起源，曾经有很多不同的说法。八股文源于宋元经义是目前学术界普遍接受的说法[①]。有的学者仔细辨析了宋元经义与八股文体制之异同[②]，也有学者详尽考辨了从宋元经义到明代八股文的流变过程[③]。这些研究成果对于说明八股文的文体渊源与基本的体制特征有重要的学术价值。在此基础上，对八股文的形成过程做一些更加细致的考察，具体辨析八股文在体制上的对宋元经义因与革，还可以发现一些新的现象与线索，对于深入了解八股文的文体特征有着颇为重要的价值。

一、宋元经义的体制

关于宋元经义之体制，元人倪士毅于《作义要决》自序中云：

> 宋初因唐制，取士试诗赋。（原注：省题诗及八律赋。）至神宗朝，王安石为相，熙宁四年辛亥议更科举法，罢诗赋，以经义、论、策试士，各占治《诗》、《书》、《易》、《周礼》、《礼记》一经。此经义之始也。宋之盛时，如张公才叔《自靖》义，正今日作经义者所当以为标准。至宋季，则其篇甚长，有定格律，首有破题，破题之下有接题，（原注：接题第一接，或二三句，或四句，下反接，亦有正说而不反说者。）有小讲，（原注：小讲后有引入题语，有小讲上段，上段毕有过段语，然后有下段。）有缴结，以上谓之冒子。然后有官题，官题之下有原题，（原注：原题有起语、应语、结语，然后有正段，或又有反段，次有结缴。）有大讲，（原注：有上段，有过段，有下段。）有余意，（原注：亦曰从讲。）有原经，有结尾，篇篇按此次序。其文多拘于捉对，大抵冗长繁复可厌，宜今日又变更之。今之经义，不拘格律，然亦当为冒题、原题、讲题、结题四段。[④]

后世论宋元经义之体制者，大抵依据此段文字。从中可知宋元经义的基本格式。宋代

---

① 参见吴承学《中国古代文体形态研究》第242—252页，中山大学出版社2002年版。

② 参见朱瑞熙《宋元的时文——八股文的雏形》，《历史研究》1990年第1期；张祝平《元代的〈诗经〉注本与“股”体时文——兼与宋代“股”体时文比较》，《诗经研究丛刊》第17辑，学苑出版社2008年版。

③ 参见陈光《八股文体式源流考辨》，《首都师范大学学报》2002年第1期；高明扬《科举八股文源流考述——从经文大义到八股文的演变》，《山西师大学报》2008年第5期。

④ 倪士毅《作义要诀》，文渊阁四库全书影印本。

后期的经义包括破题、接题、小讲、缴结、官题、原题、大讲、余意、原经、结尾等部分。所谓破题，即是开门见山，以简要的文字点明通篇大义；接题，大致相当于明清八股文的承题，是对破题的进一步解释；小讲，切入题目，发挥或拓展题意；缴结，是在小讲的基础上，略作收束，以便于再度回归到题目上；官题，即是在小讲之后，将考题完整复述，为大讲的充分展开作好铺垫；原题，即指出题目所涉事件在经文的发生背景，或是讲述圣贤发论的意图，也是为展开下文作准备；大讲，即是对题旨展开充分的议论、讲解，是经义的正文；余意，是对大讲未尽之意作补充说明，或加以引申；原经，内容大约与原题相当，区别在于原题是为了展开下文，而原经则是为结语而设；结尾，即是文章的结束语，或是概括文意，或是发出感慨。到了元代，则简化为冒题、原题、讲题、结题等四个部分。而元之冒题，实则宋之破题、接题、小讲、缴结，即冒子部分；元之原题，即宋之官题、原题；元之讲题，约即宋之大讲、余意；元之结题，即宋之原经、结尾。可见，宋、元经义的基本体制并无根本区别，只是后者不似前者那般细碎、繁琐罢了。

倪士毅在《作义要诀》的序言中称，时人当以张庭坚《自靖人自献于先王》一文作为经义制作之标准，吕祖谦将此文收入《宋文鉴》与古文并传，《经义模范》则将其置诸卷首。故欲了解宋代经义之体制，自当先从此文入手。其文如下：

君子之去就死生，其志在天下国家，而不在一身。（破题）

故其死者非沽名，其生者非避祸，而引身以求其去者非要利以忘君也。仁之所存，义之所在，鬼神其知之乎！（接题）

昔商之三仁，或去或死或为之奴，而皆无愧于宗庙社稷，岂非谋出于此欤？（小讲、缴结）

此其相戒之言曰："自靖，人自献于先王。"（官题）

盖于是时，纣欲亡而未悟也。其臣若飞廉、恶来，皆导王为不善，而不与图存。若伯夷、太公，天下可谓至贤者，则洁身退避而义不与俱亡。夫商之大臣，而且于王为亲，惟王子比干、箕子、微子也。三人欲退，而视其败则不忍；欲进而与王图存，则不可与言。虽有忠信诚恳之心，其谁达之哉？

顾思先王创业垂统以遗其子孙，设为禄位职业以处天下之贤俊，俾相与左右而扶持之，期不至于危亡而后已。子孙弗率，亡形既见，而忠臣义士之徒，犹不忘先王所以为天下后世之虑，以为志不上达，道与时废，乱者弗可治也，倾者弗可支也，而臣子所以报先王者，惟各以其能自献可也。虽然，臣子之志不同，而欲去就死生，各当其义，不获罪于先王，非人所能为之谋，其在于自靖乎？（原题）

盖自商祀之颠隮，则微子以为心忧，而辱于臣仆，不与其君俱亡，箕子、比干之所以羞为也。

微子抱祭器适周以靖后，则奉先之孝得矣；比干谏不从故继之死，则事君之节尽矣；箕子以父师为囚，犹眷眷不去，则爱君之仁至矣。

其死者若愚，其囚者若污，而其辄去者若背叛非忠也。然三子安然行之，不以所不能而自愧，亦不以所能而愧人，更相劝勉，以求合于义，而不期于必同。（大讲）

夫所谓先王所望于后世臣子者，惟忠与孝也。故微子之去，自献以其孝；比干以谏死，箕子以正囚，则自献以其忠。是非三子苟为也，处垂亡之地，犹眷眷乎天下国家，而不在一身，故其志之所谋，各出其所欲为，以期先王之知耳。古所谓较然不欺其志，非斯人之谓乎？（余意）

虽然，书载微子与箕子相告戒之辞，而比干不与焉，何则？人臣之义莫易明于死节，莫难明于去国而屈辱用晦者，亦所难辨者也。比干以死，无足疑，故不必以告人。而箕子、微子不免"自靖，人自献于先王"者，重去就之义而厚之故也。不然，安得并称三仁哉！（原经、结题）①

张庭坚，字才叔，历仕哲宗、徽宗朝。题目出自《尚书·商书》，系箕子劝告微子遁走之语。首段点明通篇主旨，是为破题。"故其死者非沽名"三句，强调三者之所为皆"不在一身"；"仁之所存"三句，直接肯定其仁义之举，从正反两方面解释破题，是为接题。"昔商之三仁"一段，引入正题，并复述题目，是为小讲、缴结、官题。此上为冒子，此下则进入正文部分。"盖于是时"一段，详尽描述了比干、箕子、微子所处时局之艰险，及三人进退两难之尴尬处境。"三人欲退，而视其败则不忍；欲进而与王图存，则不可与言。虽有忠信诚恳之心，其谁达之哉？"此数语将三人无奈而激愤的矛盾心态表现得淋漓尽致。"顾思先王"一段，论三人追思先王之殷殷嘱托，明知社稷倾隳之不可挽回，唯各尽其心而已，从而导出"自献"、"自靖"的中心议题。此上是原题。此后三段是大讲，正面阐述"自靖，人自献于先王"之确切内涵。"微子以为心忧"一段，说明三人抉择之艰难，而微子之抉择尤为艰难。"微子抱祭器适周以靖后，则奉先之孝得矣；比干谏不从故继之死，则事君之节尽矣；箕子以父师为囚，犹眷眷不去，则爱君之仁至矣。"三人并举，说明虽其去就死生选择不同，而各尽仁者之心，以报先王之德，则无不同也。此下更进一步，"若愚"、"若污"、"若背叛非忠"，说明三人行径不能为众人理解；而三人安然行之、坦然处之，相互劝勉，不为流俗所动，更见其仁者气象。此下再度转入先王之所期，唯忠与孝耳；而微子以孝，箕子、比干以忠，各尽其心，各竭其诚，回报先王之知。是为余意。主体部分于此完毕，"自靖"之意，与"人各献于先王"之意，皆以充分展现。末段为原经并结题，补充说明《尚书》何唯独记载箕子、微子相互劝诫之语而不及比干，"不然，安得并称三仁哉"是对全文所作断语。

《经义模范》所收张庭坚的七篇经义，基本格式大体如此，包括破题、接题、小讲、官题、原题、大讲、余意、结尾等部分。其中，破题、接题、小讲和官题，都属于文章的冒子，原题、大讲和余意是主体部分，结语是文章收束。大讲之外，原题与余意具有比较重要的地位。一方面，二者与大讲关联紧密，与之共同构成文章的主体部分，虽无固定模式，却往往章法严密，层层推进，多有曲折变化；另一方面，原题与余意往往有较长篇幅，是作者拓展题意、发挥见解的重要空间。这两个特点令宋元经义保留了鲜明的论体文色彩。就语体而言，或如此篇以散行为主，偶句亦以意义对应为主，文字并不刻意求工，或如《乃遇汝鸠汝方》篇多用骈句，要之大都骈散相间，然骈句亦只是随文运用，尚不似明代八股文那般严格。稍有区别的是，其他经义破题多用骈句，小讲部分通常更为详尽，文风亦略显繁缛。

然而，北宋时的经义体式尚不是十分严格。刘安节《刘左史集》收入经义十七篇，其体制

① 《经义模范》卷一，影印文渊阁四库全书本。

规模与张庭坚经义大致相同，仅冒题部分稍有出入。而刘安上《给事集》收经义八篇，惟首篇《以肺石达穷民》大致符合以上所述之经义格式。其他诸篇，不但没有破题、接题、小讲、官题、原题、大讲、结语等具体结构，甚至连一个笼统的冒题部分都没有。不过每篇文章的题目均为《周礼》、《论语》或《孟子》中的一句经文，文章内容也是围绕题目而展开，符合经义最基本的特征。我们应该如何理解其与张庭坚经义之间的巨大差异呢？《经义模范》不著撰者名氏，其成书年代亦不可知。然而，既然其中收录了张孝祥的经义，则最早成书于南宋。既名《经义模范》，自然是按照当时的标准精选而出。则张庭坚经义所体现出的经义体式，或当是南宋时的标准文体；而在北宋，既然张庭坚与刘安节经义体式大致相同，则知当时经义已渐趋规范，只是还没有成为一种标准格式罢了。

南宋时候，经义体制日趋规范。陆九渊《诚斋集·外集》收完整经义十篇，篇幅或有长短，文风亦有异同，而体制却已十分统一。由其省试之作《圣人以此洗心退藏于密吉凶与民同患神以知来知以藏往》[①]，应该最能代表当时的标准体式。此文与张庭坚《自靖人自献于先王》一文的结构亦基本相同。值得注意的是，与北宋经义相比，南宋经义显然更着意于追求文辞的表现力。北宋经义，如《自靖人自献于先王》，虽其内容已相当繁复，论述亦极透彻，而文风尚自平实。而南宋经义，如张孝祥《归马于华山之阳放牛于桃林之野》一文，明显体现出对言辞表现力的重视与追求。以其中的一段文字为例："且华山之阳，桃林之野，乃周家近丰之地。想其平原丰草，郁郁乎其茂也；旷壤甘泉，泠泠乎其清也。马牛至此，既得以自适于牧养之地，亦得以相安其群聚之性。其鸣萧萧，足以见其乐；其耳湿湿，足以见其壮。自非以至仁伐至不仁，安得使民之底于定，而物之性如此哉！"[②]描绘安闲气象，极具艺术表现力。骈体长句的娴熟运用，是南宋经义区别于北宋经义的另一显著特点。如张孝祥《作归禾作嘉禾》一文中，居然出现了长达二百余字的对偶文字，单独视之，几近于八股文中两大扇的体式。其文如下：

> 且成王时，召公居左，毕公居右，荣公之徒列布在方国。同颖之禾，归之近可也，必跋涉险阻而归之周公；归之内可也，必间关万里而归之周公。成王之心盖谓：非独予之所能致也，周公之力也，其可认为己有乎？此归禾之篇所以作，而归美于臣之义，实有所取于《书》也。
>
> 周公居东，有名山之可旅，有四郊之可旅，又有海渎河岳之可旅。同颖之禾，旅之名山可也，必奔奏而旅之天子；旅之四郊可也，必朝京师而旅之天子；旅之海渎河岳可也，而必美盛德形容而旅之天子。周公之心盖谓：非独吾之所能至也，天子之功也，亦安敢认为己有乎？此嘉禾之篇所以作，而嘉德于君之义，实有所取于《书》也。[③]

此类文字，未必字字对偶，而无论在文意上，还是在句法上，对应皆极其工整。明代八股文的股法，也正是如此，对偶之中可作参差变化。

据倪士毅《作义要诀》，元代经义只需冒题、原题、讲题、结题四个部分，较宋代经义简化许多。但由王充耘《书义矜式》所载九十五篇文字来看，宋、元经义之间并没有太大区别，只

① 陆九渊《象山集·外集》卷一，影印文渊阁四库全书本。

②③ 《经义模范》卷一，影印文渊阁四库全书本。

是元代经义的体制要求相对灵活，而解经色彩较重。首先，冒题较宋代经义相对自由。虽然大部分文章的冒子部分，也是由破题、接题、小讲、官题构成，却也有一些文章省去接题，直接由破题转入小讲；而小讲之后，官题亦是或有或无。关于小讲，另一突出的特点表现为，其间往往有对题面内容的概括陈述。以下是《慎徽五典五典克从纳于百揆百揆时叙宾于四门四门穆穆纳于大麓烈风雷雨弗迷》一文的冒子部分：

克尽乎人事之常，而不乱乎天道之变，此圣人之能事也。（破题）

盖圣人必有过人之才，亦必有过人之量。以过人之才而治天下，天下之事事未见其有不治者也；有绝人之量而遇非常之变，亦未有震惧失常者矣。（接题）

古之人有能之者其惟舜乎！帝尧使之慎徽五典，而五典以之克从；使之揆度庶政，而庶政以之而时叙；宾于四方之门，而四方由是而穆穆；纳于大麓之间，遇烈风雷雨之变，而行亦不乱者，其孰能与于斯？（小讲、缴结）

《舜典》"慎徽五典，五典克从；纳于百揆，百揆时叙；宾于四门，四门穆穆；纳于大麓，烈风雷雨弗迷"，其意以此。（官题）①

首段破题，次段接题，皆与宋代经义无异。而小讲部分，几乎是将题面翻译一遍，这是元代经义的新特点。其次，大讲部分，解经的色彩更重，而章法则灵动多变，语体亦甚灵活，或散或骈，或骈散相间，并无定式。首篇《若曰稽古帝尧曰放勋钦明文思安安允恭克让光被四表格于上下》中的一段文字颇具典型：

"若曰"者，发语之辞。

"稽古"者，考古帝尧之立也。

"放勋"之"放"，与放乎四海之"放"同，盖言至也。如亲九族之功至，九族则既睦矣；平章之功至，百姓则昭明；协和之功至，黎民则时雍。皆放勋也，其何所不至哉！

但德者功之本，有是功必有是德，功之至者，德之至也。

其德以钦让为之礼，以通明为之用。散之在外，为形著之文，钦明之发见也；蕴之在内，为深远之思，钦明之含蓄也。

"安安"，尧之德，性之也，非勉之也。固有强为恭而非实者，惟尧则允，"允"者信也；亦有欲为让而不能者，惟尧则克，"克"者能也。

盖其本于德性，见于行实，盛光辉极于四方，虽外表而亦被极于天地，通上下以感格。②

此文并不另构间架，只是循题面顺序，逐字逐句加以训释，故极似经解文字。而"解经"色彩的加重，也的确是元代经义区别于宋代经义的重要特征。然细绎其文理，自有脉络存乎其间。如"但德者功之本"一段，是过渡语，由"放勋"过渡到"钦明"，承上启下，不着痕迹。"盖其本于德性，见于行实"，由德性过渡到功效，引出"光被四表，格于上下"，同样自然灵活。"惟尧则允，'允'者信也"，"惟尧则克，'克'者能也"，在训释"安安"的过程中，将"允恭克让"带出，更是其运文之巧，更是无以复加。"散之在外，为形著之文，钦明之发见也；蕴之在内，

---

①② 王充耘《书式矜义》卷一，影印文渊阁四库全书本。

为深远之思，钦明之含蓄也"，与此有异曲同工之妙。就其语体而言，虽似训诂之语，亦多有骈偶之词。非极熟于经义程式者，必不能为此等文字。由此亦可知，在宋代经义的基础上，元代经义的体制已经发展得相当成熟。

综上所述，由宋至元，经义已经发展成为一种相当成熟的考试文体。首先，它具备了相当稳定的格式，大致由破题、接题、小讲、缴结、官题、原题、大讲、余意、原经、结语等部分组成。原题、大讲和余意是文章的主体，行文上有比较紧密的逻辑关系，层次清楚，多曲折变化，颇类古文；作者往往在原题或余意中生发议论。其次，经义的语体，虽无明确规定，通常是骈散相间，自由灵活，但对偶句式的大量运用，显然是经义文体最突出的特征之一。相对而言，宋元经义尚保留着许多论体文的特征，而元代经义则逐渐向着解经的方向发展。

二、洪武初制义的文体形态

洪武初期，科举制义沿用宋元旧制，并没有形成新的文章体式。

洪武三年诏开科举，六年诏罢。于此期间，洪武三年、四年、五年，连续三年乡试，仅四年举行会试、殿试。关于初场考试的内容，各种文献记载不一。《明会典》卷七十七《科举·乡试》载："初场，经义二道，四书义一道。"《皇明贡举考》卷一《取士之制》载："初场，试经义一道，四书义一道。"《太祖实录》卷五十五"洪武三年八月己酉"条则载为"初场四书疑问、本经义及四书义各一道"。今考吴伯宗《荣进集》卷一，所录"乡试三场"、"会试三场文"均为四书疑一道、经义一道、论一道、策一道，另录御试策一道。吴伯宗为洪武四年状元，卷中明确标示"乡试三场"、"会试三场文"的字样，并无选录之意。则洪武初的科试内容，自当以此为据。由于"四书疑"与"四书义"在命题方式与文体格式上均有较大距离，因此只能通过其经义文来了解当时制义的体制与风格特征了。兹以其会试经义《日宣三德夙夜浚明有家日严只敬六德亮采有邦翕受敷施九德咸事俊乂在官百僚师师百工惟时抚于五辰庶绩其凝》为例。其文如下：

贤者勉于进德，而有以著治效于邦家；人君广于用贤，斯有以成治效于天下。（破题）

盖国家天下有大小之不同，而贤者之德亦有多寡之异，人君之欲治，安得不广用贤者之道乎？（接题）

昔者皋陶陈知人之谟于舜，谓乎九德之中有其三，而能日宣之者，则使之为大夫，而夙夜浚明其有家之事。九德之中有其六，而又能日严而只敬之者，则使之为诸侯，而亮采其有邦之政。随其德之高下，而称其职之大小如此。人君惟能合而受之，布而用之。则九德之人咸事其事，大而千人之俊，小而百人之乂皆在官。使百僚皆相师法，百工皆及时以趋事，莫不顺于为治，而治功无不成矣。然则量能而任官，度德而定位，此所以上无遗才，而上无废事也。（小讲）

"日宣三德，夙夜浚明有家，日严只敬六德，亮采有邦；翕受敷施，九德咸事，俊乂在官，百僚师师，百工惟时，抚于五辰，庶绩其凝"，以此。（官题）

其所九德者何？非宽容而庄栗、柔顺而植立、谨愿而恭恪、有治才而畏敬者乎！又非驯扰而果毅、劲直而温和、简异而廉隅、刚健而笃实、强勇而好义者乎！皆成德之自然，非以彼济此之谓也。夫九德在人，岂能皆备哉？有三德者焉，有六德者焉，特在人君用之何如尔。苟或贤而必求其备，则下无全才；不究其实，则上多废事。如是而欲求治功之成，其可得乎？（原题）

是故九德之中有其三，可以为贤矣。然未止此也，又能日日宣明而充广之，使其德之益以著。然后使之为大夫，则必能夙夜匪懈，而一家之事其有不粲然而昭明者乎？九德之中有其六，又可以为贤矣。然未止此也。又能日日严畏而只敬之，使其德之益以勉。如是而使之为诸侯，则必能修政立事，而一国之治其有不秩然而修举者乎？德有多寡，而进修之实同；治有大小，而明亮之效一。谓之贤者勉于进德而著治效于家邦者如此。

夫进德者群贤之事，而用贤者人君之道。用贤之道何如？必也，翕合而受之，敷布而用之。有一德之可称者，则受其一德焉；有三德、六德之可称者，则受其三德、六德焉。位必称其才，爵必称其德，固未尝责其全备，亦未尝任乎匪人。如是，则贤者之德虽未必皆九德之全，而翕受敷施自有以备九德之用。将见不独宽而栗者有其人，柔而立者亦有其人矣；不独直而温者称其任，而强而义者亦皆称其任矣。以天下之贤任天下之治，下岂有遗才，而上岂有废事者乎？是故才德之出乎千人者谓之俊，才德之出乎百人者谓之乂，今也明明在朝、穆穆在列矣。百僚百工皆百官，今也同寅协恭，而蔼然德义之相师；趋事赴功，而翕然事功之毕举矣。

贤才用于上，治效成于下，斯必然之理也。是故时之春也，则布德施惠，所以顺木之辰，而春之绩成矣；时之夏也，则劳民劝农，所以顺火之辰，而夏之绩成矣；时之秋冬，则禁暴诛慢，谨盖藏，敛积聚，所以顺金水之辰，而秋冬之绩有不成者乎？木火金水旺于四季，而土寄旺于四季。木火金水既治，则土在其中矣。

谓之人君广于用贤，而成治效于天下者如此。然则，合三德六德以成九德之名，合一家一邦以成天下之治，所以必广于用贤者欤！（大讲）

由今观之，皋陶陈谟，以"知人安民"为一篇之纲领，亦"行有九德"而下知人之事也，"天序有典"而下安民之事也。知人者安民之本，非知人而能安民者未之有也。而九德者观人之法，而"翕受敷施"一语实用人之要也。皋陶之陈谟，何其深切而详尽也哉！（原经）

考之当时，命九官、咨十二牧，莫不得人以为官，使用贤士之道可谓广矣；野无遗贤，万邦咸宁，治效之成可谓盛矣。然则皋陶之所陈，皆帝舜之所已行，而犹丁宁若此者，圣贤不自满足之心也。治化在唐虞为盛，其有以夫！（结题）①

题目出自《尚书·皋陶谟》："皋陶曰：'宽而栗，柔而立，愿而恭，乱而敬，扰而毅，直而温，简而廉，刚而塞，强而义，彰厥有常，吉哉！日宣三德，夙夜浚明有家，日严只敬六德，亮采有邦；翕受敷施，九德咸事，俊乂在官，百僚师师，百工惟时，抚于五辰，庶绩其凝。'"乃皋陶陈知人任事之道。首段破题，以偶句出之，点明题旨。次段接题，加强题旨。三段小讲，四段官题，说

① 吴宗伯《荣进集》卷一，影印文渊阁四库全书本。

明题文背景，概述题文大意，并复述题文。这种格式与元代经义完全相同。小讲、官题之后，首论"九德"，是原题，引出大讲。"夫九德在人"一段，释"日宣三德，夙夜浚明有家，日严只敬六德，亮采有邦"四句，论群贤之进德修业。"夫进德者"一段，释"翕受敷施，九德咸事，俊乂在官，百僚师师"四句，论人君用贤之道。"贤才用于上"一段，释"百工惟时，抚于五辰，庶绩其凝"三句，论用贤之效。"论之人君"一段是小结，总括以上内容。"由是观之"一段将题文置于通篇经文之中，以理解其重要意义。结题赞扬唐虞治世之用心，以此收束。

此文的整体结构与南宋张庭坚《乃遇汝鸠汝方》[①]和陆九渊《圣人以此洗心》基本相同，却是紧紧围绕经文展开，无甚发挥。《乃遇汝鸠汝方》一文原题部分，并不直接讨论伊尹与汝鸠、汝方之相遇相知，而是列举历代圣贤，说明若是气类不侔，如稷、契之与朱、鲧，伯夷、叔齐之与庄跻、盗跖，孔子之与阳货，孟子之与宋牼，自是无言以告；若是意气相投，如孟明之遇叔向，伍举之遇声子，自当尽情倾吐。由此而引出伊尹与汝鸠、汝方之相遇、作书之事。结语中又指出，圣贤之作书相告，有盛世之言，如伊陟之告于巫咸，周公之告于君奭即是；有衰世之言，如微子之告于父师，伊尹之告于鸠、方即是。两相对比，更加突出伊尹作书之可哀可叹！《圣人以此洗心》援引《中庸》"君子之道费而隐"以及《咸》卦之彖辞、象辞，也是旁征博引，增强论证效果。此文虽亦于大讲开端处罗列"九德"之内涵，于结语中通论《皋陶谟》之纲领大义，却只是在题目上下文中着笔；至于通篇论述，更是循题目的内容而逐次展开。此外，《乃遇汝鸠汝方》和《圣人以此洗心》二文皆重修辞，如引用典故"归欤归欤"、"行与子旋欤"、"行道迟迟，中心有违"、"诲之谆谆，听我藐藐"、"海上之鸥"、"吕梁之水"，等等皆是，而吴文之文辞则平实许多。总的来说，宋人经义无论是从论述方式，还是从文字修辞来说，都有更多的论体古文的特征，而吴伯宗的这篇经义则更加突出地体现了解经文字的色彩。

吴宗伯的这篇会试文字，大概可以代表洪武初期经义的创作情况。可知当时的经义创作，基本上因袭了宋元经义的体式，其解经色彩的强化正符合元代经义的发展趋势，并无新的文体特征生成。丘濬称当时"所试之文，尚仍元制"[②]，应该说还是比较准确的。洪武三年的科举条例对经义的要求是："不拘旧格，惟务圣旨通畅。限五百字以上。"[③]虽曰"不拘旧格"，但也没有另作要求。既然没有新的文体标准，对应试士子们来说，最可取的自然是因循现有的经义体式了。则此期的制义形态在明代八股文形成过程中的意义，大约只有两点：一，作为明代八股文与宋元经义之间渊源关系的重要佐证；二，确立了明代制义向"解经"文字发展的基本方向。

三、八股文的发端

区别于宋元经义，八股文自身文体特征的生成始于洪武十七年。洪武十五年，明太祖再度诏令礼部，复设科举。洪武十七年三月颁行《科举程式》，京师及各行省于同年八月举行乡试。洪武十八年会试，取中黄子澄等进士四百七十二人，廷试以丁显为状元。此时的应试文

① 《经义模范》卷一，影印文渊阁四库全书本。

② 丘濬《大学衍义补》卷九，文渊阁四库全书本。

③ 王世贞《弇山堂别集》第1540页，卷八十一，中华书局1985年版。

体发生了很大改变,则官方对具体的经义文体必然作出了明确的规定。然而,由于在现存的官方文献中并无相关记载,因此我们只能从当时的经义文章中发现其体制变化了。洪武十八年会元黄子澄的四书义《天下有道则礼乐征伐自天子出》一文如下:

治道隆于一世,政柄统于一人。(破题)

夫政之所在,治之所在也。礼乐征伐,皆统于天子,非天下有道之世而何哉?(承题)

昔圣人通论天下之势,首举其盛为言。(领题)

若曰:天下大政,固非一端;天子至尊,实无二上。是故民安物阜,群黎乐四海之无虞;天开日明,万国仰一人之有庆。主圣而明,臣贤而良,朝臣有穆皇之美也;治隆于上,俗美于下,海宇皆熙皋之休也。非天下有道之时乎?

当斯时也,语离明,则一人所独居也;语乾纲,则一人所独断也。若礼若乐,国之大柄,则以天子操之,而掌于宗伯;若征若伐,国之大权,则以天子主之,而掌于司马。一制度,一声容,议之者天子,不闻于以诸侯而变之也;一生杀,一予夺,制之者天子,不闻于以大夫而擅之也。皇灵丕振,而尧封之内,咸懔圣主之威严;王纲独握,而万甸之中,皆仰一王之制度。(大讲)

信乎!非天下有道之盛世,孰能若此道哉!(结题)①

题目出自《论语·季氏》:"孔子曰:'天下有道,则礼乐征伐自天子出。天下无道,则礼乐征伐自诸侯出。自诸侯出,盖十世希不失矣。'"首段以偶句破题,以"治道隆于一世"训"天下有道",以"政柄统于一人"解释"礼乐征伐自天子出"。次段承题,以问句进一步强调题旨。三段领题,总领下文,似起讲而过于简略。"若曰"一段,以三组骈句描绘"天下有道"气象。"当斯时也"一段,以四组骈句铺陈"礼乐征伐自天子出"之意。末段结语,总结全文大意。

这篇文章体现出鲜明的过渡性特征。以下两点体现了其与宋元经义的承继关系:一、破题、接题(承题)、大讲、结语的基本结构;二、以偶句破题。此文对宋元经义的一般体式又多有突破:一、取消小讲、官题、原题、余意和原经;二、缴结转化为领题,似八股文起讲而文字过于简略;三、以"若曰"的字样为明显标志,大讲部分"入口气",这是八股文最重要的文体特征之一;四、骈句的比重明显增加,大讲部分基本上全部由骈句组成。然而,它与八股文的基本体式还有若干重要区别:一、尚无起讲;二、大讲部分,两层意义、两段文字各自展开,尚未形成相互照应的"扇"或"股"的体式;三、每层意义之中,以多组骈句完成一个完整意义的表达,而八股文通常是以一组骈句表达一层意义。

由宋至元的经义文章,有一个总的发展趋势,那就是从"议论"到"解经"的转变。此文无论是从体式还是从内容上,都符合这一发展趋势。从体制上讲,冒题部分的简化(小讲、原题简化为后来的起讲,官题取消),余意、原经的取消,实则加大了大讲在全文中的比重,是在体制上为集中笔墨阐释经文做好了准备。这篇文章的冒题和结结语都极其简略,大讲部分集中阐释题文"天下有道则礼乐征伐自天子出",绝无枝蔓。然而,它并没有运用通常来说较为

① 梁章钜《制义丛话》第51页,上海书店出版社2001年版。

平实的解经文字，而是大量运用铺排、渲染的笔法，几近辞赋风格。前人称其“行文尚涉颂体”[①]，当即此而言。其实，这种非常规的文风，也是八股文体尚不成熟的一种体现。

尽管此期制义尚与标准的八股文有较大差距，却显然是八股文生成之发端。从体制上，简化冒题与结语，确立大讲绝对的主体地位，这是八股文区别于宋元经义最显豁的特征，更是八股文贯穿始终的体制特点。从行文方式上，原题和余意的简化或取消，使得八股文摆脱了宋元经义“论”体文的特征，逐渐向着程式化的表述方式发展。体制与行文方式的变化，共同为八股文的大讲部分向着“扇”体或“股”体的发展做好了准备。

四、八股文文体特征的逐步形成

至永乐初期，八股文的体制又有了明显的发展。以杨慈永乐七年的会试卷《武王缵太王一节》为例：

惟圣人能继先业以成武功，故能得声誉之盛，而备诸福之隆也。（破题）

夫前人之所为，后人之所继也。苟不能然，则名且不足尚，何诸福之有哉？（承题）

古之人有行之者，其有周之武王乎？（领起）

自今观之，太王肇荒作之基，王季勤王家之事，则周之王业固始于此矣；文王诞膺天命之隆，以抚方夏之众，则周之王业已创于此矣。然太王、王季虽为王业之始，而其功则未始也，所以继其业者非武王乎？文王虽有造周之名，而大勋则未集也。所以承厥志者，非武王乎？

武王于是因累世缔造之功，而为一旦吊伐之举，牧野之师方会，而前徒已倒戈；华阳之马既归，而天下遂大定。则前人之业于是而始成，而前人之心于是而始慰矣。

夫以武王伐纣，宜若失其名也。然人皆知其应天顺人之举，而无利天下之心，则武王之名于是而益显。

当是时也，四方攸同，皇天维辟，则天下之民莫非其臣，其尊又何如？东西南北，无思不服，则四海之莫非其有，其富又何如？

由是而祀乎其先，则假哉皇考，绥予孝子，莫不以格而以享；由是而传之于后，则穆穆皇皇，宜君宜王，莫不是继而是承。（大讲）

则声誉之盛，诸福之隆，武王一身萃之而有余矣。（小结）

虽然，自非其能继先业以成武功，又何以臻此哉？夫武王能成燮伐之功于天下未定之时，周公能制典礼之懿于天下既定之后，武王以武，周公以文，其为继述则一而已。噫，莫为之先，后将何述？莫为之后，前将何传？夫以太王、王季、文王既有以作之，而武王、周公又有以述之，吾于是不惟有以赞武王能成之孝，而文王之所以无忧者，亦于是见矣。（大结）[②]

题目出自《中庸》：“武王缵太王、王季、文王之绪，一戎衣而有天下，身不失天下之显名。尊为

① 梁章矩《制义丛话》第51页，上海书店出版社2001年版。

② 方苞《化治四书文》卷四，文渊阁四库全书本。

天子，富有四海之内。宗庙享之，子孙保之。"言武王善于继述祖德、发扬事业。首段破题，总括题旨。次段承题，两句之中，一正一反，加强题旨。三段起讲，以太王、王季、文王功业之肇基而未成，引出武王以继之，领起下文。"武王于是因累世缔造之功"一段，训"武王缵太王、王季、文之绪，一戎衣而有天下"，约相当于起二股。"夫以武王伐纣"一段，训"身不失天下之显名"，以散句行文。"当是时也"一段，训"尊为天子，富有四海之内"，约相当于中二股。"由是而祀乎其先"一段，训"宗庙享之，子孙保之"，约相当于后二股。"则声誉之隆"一段是小结，总结以上三段文字。末段是大结，将题旨归纳升华，透出以下经文中"孝者善继人之志，善述人之事"之意。

方苞对此文有很高的评论："此明文始基，一代作者，正变源流之法，靡不包孕。其文炳蔚，确有开国气象。"此文的确已经具备了八股文的雏形。首先，它已完整地具备了破题、承题、大讲、结语的基本结构。其次，大讲部分初具"八股"形态。具体表现为，除"夫以武王伐纣"一段文字之外，其余部分均以骈句行文，亦或间以散句，却也是以骈句为主；而且，形式单元与意义单元已形成对应关系，每一层意义基本上都是由一组骈句、或以一组骈句为核心的文字来表达。然而，此文还有两点不尽符合八股文的文体要求。一、"夫以武王伐纣"一段，虽然形式上类似于过接，内容却是对"身不失天下之显名"一句的解释，故不可以过接视之；既是正文，却以散句行之，显然与八股文的通常体制不甚相合。二、大结部分，"文王无忧"、"周公制礼作乐"，分别有"连上"、"侵下"之嫌。这也表明，当时的八股文尚没有形成严格的格令。此外，此文与黄子澄《天下有道，礼乐征伐自天子出》一文相似，犹有所谓"颂体"之文风特征，方苞所称"其文炳蔚，确有开国气象"，或即此而言，此亦八股文初期形态的体现之一。

然而，尽管永乐初年已出现了与后来标准的八股文十分接近的墨义，我们却不能据此认为永乐时期八股文体已渐趋成熟。因为在此后很长的一段时间里，这样的文章并不常见，且八股文创作依然没有十分统一、标准的范式。甚至还有通篇以散句行文的作品出现，如薛瑄《仪封人请见一节》[①]即是。当然，完全以散句行文的八股文毕竟是极其少的，而在当时更常见的是四股或两大扇的格式。四股文以薛瑄的《身有所忿懥　八句》为例：

惟心之用有不察，故不能不失其正也。（破题）

盖喜怒忧惧，贵乎随感而应也。苟豫有之而不察其心，欲其正得乎？（承题）

《大学》释"修身在正其心"之义，谓夫人之心有体焉、有用焉，精蕴于中而未发者，则为浑然之体；情见乎外而已发者，则为灿然之施。（起讲）

是故忿懥者，怒心之发而为情者也。人孰无怒乎？怒在物可也，在心不可也。苟忿懥之心一发而不察，则反为情欲所牵，于是乎有不当怒而怒者矣，奚其正？（第一股）

恐惧者，畏心之发而为情者也。人孰无畏乎？畏在理可也，在心不可也。苟恐惧之心一发而不察，则反为利害所惑，于是乎有不当畏而畏者矣，奚其正？（第二股）

至于喜心所发，则为好乐之情，人不能无也。使得其道，而心果何累哉？苟或一于好乐而不察，则邪妄之诱引将无所不至矣，又奚其正？（第三股）

虑心所发，则为忧患之情，人亦不能无也。使中其节，而心果何所系哉？苟或一于

① 方苞《化治四书文》卷二，影印文渊阁四库全书本。

忧患而察，则顾忌之惶惑将无所不至矣，又奚其正？（第四股）

是其物之未来也，而迎之意必，已失乎浑然大公之体；及其物之既往也，而留之以固我，又乖乎灿然顺应之常。此情之所以不制，心之所以不正者，乌可以不察哉？（结题）①

题目出自《大学》："所谓修身在正其心者，身有所忿懥，则不得其正；有所恐惧，则不得其正；有所好乐，则不得其正；有所忧患，则不得其正。"题目以四个并列的句子为主要内容，文章顺题而成文，亦以四股文字组成大讲部分。前三段分别破题、承题、起讲，其中起讲部分包含原题在内，已经相当规范。四股正文，两两相对，对仗十分工整。即便是起讲和结语部分，也是以骈句为主。最重要的是，题目中的四个并列句，句式完全相同，文中前两股相对成文，而后两股则改换为另一种句式，显然是为了避免行文呆板而作出的刻意安排。这体现了在八股文的发展过程中，对文体样式的不断探索。此文还有一个重要特征，虽然四股之中，两两相对，但每一股却是以纯粹的散句构成；而此前的文章，每一股的文字往往也颇为整齐，多具辞赋、骈文的语体色彩。如上引黄子澄文中的语句"主圣而明，臣贤而良，朝臣有穆皇之美也；治隆于上，俗美于下，海宇皆熙皋之休也"，以及杨慈文中"由是而祀乎其先，则假哉皇考，绥予孝子，莫不以格而以享；由是而传之于后，则穆穆皇皇，宜君宜王，莫不是继而是承"，其单句与此文中每一股文字，在语体特征上显然存在着明显的区别。单股文字以散句行文，两股之间构成对偶关系，正是后来八股文体的重要特征之一。

宣德年间，已经出现了两大扇的八股文。李时勉的一篇程文《君子贤其贤而亲其亲二句》②，是目前所见较早的两大扇体的文字。商辂《管仲之器小哉一章》一文则是更加典型的两大扇格。其文如下：

圣人陋霸臣之器，而两辟伸之者之说焉。（破题）

夫管仲以其君霸天下尊之久矣，器小之论独自圣人发之，宜或人之未喻也。（承题）

且夫子亦尝大管仲之功矣，今曰器小者何哉？盖功之大者才有余于霸，器之小者量不足于王也。然夫子未尝尽言，而或者眩于名实，因欲救而解之。（起讲）

谓俭则必固，器小其似也。仲之为人得无俭乎？不知俭者德之共也，帝王以节道示天下惟此耳。三归之丽，家臣之冗，奢莫甚焉，曾是而可为俭哉？此夫子所以致斥也。（前一大扇）

或者又谓器小而复不俭，或几于礼矣。仲之为人殆知礼乎？不知礼者国之维也，帝王以中道防天下惟此耳。树门之塞，反爵之坫，僭莫甚焉，曾是而可为知礼哉？此夫子所以重斥也。（后一大扇）

奢而犯礼，其修身正心之学可知。斯言虽若为俭与知礼者辨，而器之所以小亦自可见矣。然则，器大何如？君子而已。（结题）③

题目出自《论语·八佾》："子曰：'管仲之器小哉！'或者曰：'管仲俭乎？'曰：'管氏有三归，官事不摄，焉得俭？''然则管仲知礼乎？'曰：'邦君树塞门，管氏亦树塞门，邦君为两君之好，有反坫，管氏亦有反坫。管氏而知礼，孰不知礼？'""三归"，管仲所筑之台。"官事不摄"，家臣不兼事数职，言其家臣众多。"塞门"、"反坫"，皆诸侯之礼，而管仲僭而用之。《集注》曰："愚

①②③　方苞《化治四书文》卷一，影印文渊阁四库全书本。

谓孔子讥管仲之器小,其旨深矣。或人不知而疑其俭,故斥其奢而明其非俭。或又疑其知礼,故又斥其僭而明其不知礼。盖虽不复明言小器之所以然,而其所以小器者于此亦可见矣。"文章以第三人称语气作之,夹叙夹议,有破有立,故文虽简明,却极有层次感。两大扇相对成文,而有变化,故觉自然无痕迹;虽有变化,而核心部分对仗却极其工整,如文中重点符号所示。故此文两大扇之对仗效果,极似律诗中之流水对。值得注意的是,以上数篇对仗工整的文章,题目本身往往即是对仗文字;而此篇题目是散行文字,正文则化散行为骈体,更明显地体现出八股文在文体形式上的刻意安排。

早期的八股文,多为四股或两扇文字。尽管八股文的各种文体特征已经逐渐呈现,但尚未出现标准的六股或八股文字。目前所见具有标准八股格式的经义文章,大都出现于成化以后,较有可能作于成化之前的是王恕的《乡人皆好之　一节》。其文如下:

以好恶观人者,稽诸好恶之人可也。(破题)

夫好非善人,恶非不善人,其好恶本无足凭,而可取于一乡哉?(承题)

尝谓乡人有好恶,亦有善恶,故取人者不当以好恶之善恶为善恶,而当以善恶之好恶为好恶也。(起讲)

乃子贡以乡人皆好为问,是求观于众好也,而不知以众好观人,将为群誉之所欺矣,未可也;

子贡又以乡人皆恶为问,是求观于众恶也,而不知以众恶信人,将为群毁之所激矣,未可也。(起二股)

夫乡人皆好,固未可以观人矣,求其好之可以观人者,其莫如乡人之善者乎!

乡从皆恶,固不可以观人矣,求其恶之可以观人者,其莫如乡人之不善者乎!(中二股)

盖善者好之,则正大之情既以素孚于君子;

而恶者恶之,则孤介之行又不苟同于小人。(中二小股)

自好人恶人者而言,好者好其人之所当好也,恶者恶其人之所当恶也,一好一恶分,而可否自见;

自见好见恶者而言,则以己之所当好而见好于善人也,以己之所不必恶而见恶于不善人也,一好一恶交,而人品始彰。(后二股)

吾是以谓取人于乡人之皆好,不如取人于善人之好也;吾是以谓取人于乡人之皆恶,不如取人于不善人之恶也。观人者其准诸此哉!(结题)①

题目出自《论语・子路》:"子贡问曰:'乡人皆好之,何如?'子曰:'未可也。''乡人皆恶之,何如?'子曰:'未可也。不如乡人之善者好之,其不善者恶之。'"破题"以好恶观人者,稽诸好恶之人可也",意思是:以喜好或厌恶的态度来判断人的品行,首先要考察好恶者自身的善恶才可。承题"夫好非善人,恶非不善人,其好恶本无足凭,而可取于一乡哉",意思是:如果喜好(他)的不是善人,厌恶(他)的亦非不善之人,那么这样的喜好或厌恶本来就不足判断其品行,何况仅仅是一乡之人的喜好或厌恶呢?起讲中"不以好恶之善恶为善恶,而当以善恶之

---

① 方苞《化治四书文》卷三,影印文渊阁四库全书本。

好恶为好恶”，意思是：喜好（他）的人以为（他）是善的，不可据此认为（他）就是善的；厌恶（他）的人认为（他）是不善的，不可据此认为（他）就是不善的；善良之人喜好或厌恶（他），就可以据此而喜好或厌恶（他）；不善之人喜好（他），反倒可以据此厌恶（他）；而不善之人厌恶（他），反倒可以据此喜好（他）。起二股谓不可以众人的喜好或厌恶来判断人。中二股讲要想以人的喜好或厌恶来判断人，必须先确知好恶者的善恶。中二小股是讲，善人喜好（他），说明其光明正大的性情为君子所钦佩，恶人厌恶（他），说明其孤高耿介的品格与小人迥然不同。后二股则变换角度，分别从喜好或厌恶他人之人的立场，和被他人喜好或厌恶之人的立场，说明如何以好恶之情来判断人之善恶。结题概括说明如何以好恶而取人。

这是一篇标准的八股体文，破题、承题、起讲之后，八股四组，相对成文，复以结题收束。此文与前此经义最大的区别在于，它不再以题目中经文的顺序来组织行文，而是根据事理的内在逻辑，重新安排论述结构，逐层发挥题目内涵；而每一层意义，则以两股对仗的文字表达，四层意义则构成八股文字。文章的前三层意义分别是：不当以众人之好恶判断人，应当以好恶者的善恶来判断人，如何以好恶者的善恶来决断，逐层推进；每一层意均以“好”与“恶”分作两股文字，共有六股。第四层则从整体上对前三层推进一层，分别从“好恶者”与“被好恶者”的立场说明题旨，又构成两股文字，故为八股之文。如此，除传达意义之外，文章结构的安排成为经义创作的另一中心内容；当这种结构安排逐渐形成相对稳固的格式时，就标志着一种新的文体已经趋于成熟了。因此，王恕这篇文章的重要意义，不只是体现于其“八股”的文字构成，更是因为它意味着结构自身成为八股文创作中的核心因素之一，这是八股文体趋于成熟的重要标志之一。

五、结　语

八股文脱胎于宋元经义，从洪武到天顺，近百年的时间里，经历了一个长期、缓慢的生成过程。八股文的基本属性以及许多文体特征，早已在宋元经义中确立或呈现出来。其中，八股文的性质是考试文体，内容是对儒家经典文本的阐述，基本结构由破题、承题、起讲、大讲、结语以及过渡语等环节构成，语体具有骈偶化倾向等等，都是从宋元经义中继承而来。洪武初的应试文字，几乎完全沿袭了宋元经义的创作模式。洪武十七年再度开科取士，应试文体发生了很大的变化，呈现出与宋元经义不同的体制特征。最重要的变化是，宋元经义中相当重要的原题、余意或简化或取消，大讲成为八股文最重要组成部分。这种体制变化有双重意义。首先，原题与余意的简化或取消，大幅度地缩减了“议论”的空间，宋元经义的“论”体文色彩褪却，八股文彻底转变为解释经典的文体。这一转变，我们可称之为八股文“去古文化”的过程。其次，大讲部分叙述方式的开拓与变革成为此后八股文发展演变的主要内容。宋元经义的大讲没有固定的格式，往往只是依据题面或内容的关联展开叙述，八股文的大讲则向着程式化的方向发展，逐步形成“扇”体或“股”文。这种程式化的叙述方式，主要有两个层面的特点，一是“扇”与“扇”、“股”与“股”之间的整齐化与相互照应，一是意义单元与形式单元的统一。后者主要体现在“股”体文中，通常一层意义相应地由一组对仗的文字来表达，这是成熟形态的八股文与宋元经义及早期八股文之间最重要的区别之一。在其八股文的生成和发展过程中，还有一个重要因素值得我们关注，那就是语体的骈偶化的问题。一方面，

“扇”体与“股”体的形成，即是八股文语体骈偶化的结果；另一方面，八股文追求的是散行的单句之间的对仗，而不是骈体文整齐、华丽的语言风格。在其生成与发展的过程中，八股文恰恰是不断地摆脱骈体文风，最终形成自然、古朴的语言风格。这种“骈偶化”与“去骈文化”交织并存的现象，是八股文极为独特的文体特征。

概括地讲，“去古文化”是八股文脱离宋元经义的第一步，最大限度地消除了论体文的特征，转变为较为纯粹的解经文体，大讲成为八股文体制结构的绝对重心。大讲叙述方式的“程式化”则是八股文建构自身文体特征的过程，“扇”体和“股”体的逐步完善标志着八股文已经发展成为一种新文体。意义单元与形式单元之间一一对应的组合关系，是“股”体文完善的重要标志，也是八股文区别于宋元经义最突出的文体特征。八股文的语体特征是在文字的“骈偶化”与文风的“去骈文化”的双向作用下形成的，最终形成散行单句组成对仗偶句的语体形态。

作者单位：首都师范大学

《心史》对明遗民的巨大影响

陈福康

宋遗民诗人、画家郑思肖(所南)对明遗民影响极为巨大。尤其是郑思肖身后三百几十年在明末苏州古寺井中被发现的诗文集《心史》,对众多明遗民来说简直是及时送来的一部经典。他们反复诵读、引用、题咏、评论、传播,激励自己。然而这一动人心弦的历史现象却长期没有引起当代研究者的重视,甚至可以说长期不为当代研究者所知。多年以来,几乎所有的文学史、思想史的专著中都没有提及这一可歌可泣的历史事实。而且,即使有的文章提到了《心史》与明遗民的关系,也仅仅只知道有顾炎武一人写过一首《井中心史歌》而已(其实即使是顾炎武,他在其名山之著《日知录》中就写到过《心史》)!有的人还自以为高明地说《心史》是部伪书,认为连顾炎武也上当了,甚至说顾炎武仅仅是把《心史》当作用处极大、极不易得的反清的无价宝而已。这种无知和冷漠太令人吃惊了。所谓学者,难道就可以这样子无学?

这里仅举一个例子。因为大家一般都以为台湾学术界比较重视传统文化,比较重视实证研究,那就说台湾吧。1960年代末,有一位台湾著名学者、"中研院"院士,发表了《郑思肖与〈铁函心史〉关系的推测》,又有一位台湾学者随即发表《〈心史〉的著者问题》,两文作者所见明清题咏《心史》者,就均只是顾氏一人而已。到了1980年代,那位著名学者已逝世,另一位也成了著名学者,他又发表《〈心史〉作者考辨》一文,称自己十多年来陆陆续续不断得到一些新资料,因此对前文补充重写,然而对于明遗民题咏《心史》者未作任何增补。直到2007年,这位著名学者的一个研究生在台湾出版了一部专著《宋代伪撰别集考辨》,认为《心史》乃"伪撰",全然亦步亦趋,没有任何一点点独立见解和新的资料,而且竟仍然仅仅只写到顾炎武及其《井中心史歌》而已!同样,大陆学界的情况也好不到哪里去,我连例子也不想举了。

2001年,鄙人出版了一本研究郑思肖《心史》的书《井中奇书考》,内中写到有史料证明曾经传播、诵读、引用、题咏、评论《心史》的明遗民约六十来位(这六十来位,还不包括一些虽在清初也生存过,但后来在抗清武装斗争中牺牲,或悲壮自杀和郁愤病故者;也不包括一些入清不仕,但未见其明确反对清朝言行者)。由此,可以强有力地证明郑思肖《心史》对明遗民影响之极其巨大。若谓予不信,予仅在此列一份名单(具体史料请参观拙书):文从简、文枏、陆嘉颖、陆坦、陈宗之、姚宗典、姚宗昌、许元溥、朱衮、华渚、丘民瞻、朱镒、郑敷教、邬继思、林古度、强惟良、归庄、王夫之、方文、孙枝蔚、杨补、顾炎武、方孔炤、吴之器、蒋臣、张岱、陆世钥、刘城、王嗣奭、陈弘绪、方润、洪士升、邢昉、陈璧、朱鹤龄、徐开任、黄宗羲、陆世仪、陈瑚、王揆、李邺嗣、孔自来、沈□、庞嘉耋、谈迁、徐树丕、查继佐、方以智、黄周星、王潢、钱澄之、王弘撰、徐汧、李清、陈济生、魏禧、曾灿、吕留良、屈大均、陈恭尹、全吾骐。

可是，拙书出版后，学术界某些人鄙之不屑一顾，对郑思肖及其《心史》的看法仍然顽固地停留在几十年以前。最明显的一个例子，就是迟至2005年出版的《大辞海》中国文学卷和2010年新版的《中国大百科全书》和《辞海》，均是官方集中了全国大量智力、物力重新修订出版的国家级重点大型工具书，主事者竟都煞有介事地坚持写上《心史》可能是伪书这“一说”！拙书出版至今，又有十多年过去了。我又孜孜不倦地搜集到不少相关的新史料。仅仅与《心史》有关的明遗民的名单，就可以扩大一倍有余。这里限于篇幅，就随便列举十位。其中有些人物未见于《明遗民录》诸书。

万泰（1598—1667），字履安，晚号悔庵，鄞县（今浙江宁波）人。生而魁梧，崇祯丙子（1636）举人，自为谋生。从学刘宗周，加入复社，以激扬名节自任。尝与无锡顾杲、吴县杨廷枢、芜湖沈士栓、余姚黄宗羲聚讲南京。与署《留都防乱公揭》。鲁王授户部主事，督馈饷，固辞不获，乃以角巾视事，终不受职。旋遁迹奉化之榆林，衣道士服。后归里，尽力救援抗清义士。晚年出游杭州、苏南、广州，病卒于江西。足迹所至，辄以诗记其遗事，表其遗民，慷慨悲凉，黄宗羲赞为诗史。又工书法，善行草。有子八人，人称“八龙”，以斯同最为有名。著有《万履安行卷》、《寒松斋集》、《明州唱和诗》、《续骚堂集》等。

《续骚堂集》有《读井中〈心史〉》，佳诗：

> 我怀德祐年间事，铁匣今传一卷书。岂是名山留副墨，若为易世戒前车。重泉未洒孤臣泪，眢井如闻古鬼歔。多少衣冠称识字，可堪执卷抚襟裾？

《续骚堂集》又有长诗《刘瑞当薙发入山，为洁供疏，传之同人，予以李长蘅画作供，而系之以诗（瑞当变姓，名全复，字去古）》赠给好友、隐于僧的明遗民刘氏，开头就写到《心史》：

> 有僧名复字去古，结茅空山一环堵。瓣香爇向首阳巅，常山、信国列两庑。更有井中藏史人，晨夕啸咏相宾主。……

同卷又有作于同时的《祭李映碧先生文（代李贞孟赞善）》，末云：

> 即至闭门祖腊之后所为，朱墨纵横，笔削无已者，亦惟是崇正抑邪，以定国论而阐幽贞。故迄今天禄石渠之著作，所以施褒贬于季世，半资夫眢井之所函与败壁之所篡，呜呼！

顾梦游（1599—1660）字与治，江宁（今江苏南京）人。施闰章《学余堂集》文集卷十七《顾与治传》：“少称神童，十岁作《荷花赋》，十九廪学宫，数就闱试，辄病不终牍。一意攻古文词，与四方名士贤豪深相结……时闽人曹学佺辑《石仓十二代诗选》，士争附以立名不可得，独亟录梦游诗刻之，叹曰‘真诗也’，其声大振。是时梦游虽诸生，然名家世胄，生长陪京，公卿大夫肩相比，皆好文辞，或式庐从之游，取一言为重，馈遗交属。明亡，弃举子业，会当领岁荐，卒不就。僧祖心（按，即函可）愤世佯狂，与梦游为方外交，至则主其家。祸发连系（按，顾氏因函可文字狱案被捕），刃交于颈，梦游词色不变，卒免于难……梦游善行草书，闲逸自喜，笺素委积，所至无少长、贵贱、方伎、女史，皆应之。晚年闭关，以书易粟，求者成市。将殁前一日，犹为僧作大书，从容如平时。所撰诗文散佚，殁岁余，其友施闰章收辑，得十卷，行世。”

今见《顾与治诗》卷一有《咏井中〈心史〉》，题下自注云“社集黄海鹤先生千顷堂分赋”。

可知黄居中老人不仅自己为《心史》写诗，而且还组织诗社同人共咏。可惜如今除了黄、顾二人，其他人分赋之诗皆未得见。顾氏之诗如下：

烈士忘其躯，岂顾千载名。所悲道日丧，呼世长疾声。共秉君父性，独含深苦情。郁郁复郁郁，穹苍鉴精诚。德祐坠西日，人天一时倾。矫矫郑夫子，方与阳九争。举手挽天河，愿洗尘秽清。其事如可就，夷齐安足并。雪涕淬霜锋，大义期共明。四海无一士，持此将何成！镕剑里心血，沉渊入澄泓。蛟龙铁旁卧，饮泣不敢惊。夜夜辘轳上，光气如丰城。神物不自闷，出为盛世祯。沉吟想当日，孑影申幽盟。一往开万里，四顾仍愤盈。至今心炯炯，敢以文字评？拾铁付欧冶，铸剑挥欃枪。

《顾与治诗》卷六还有《寄寿范异羽先生八十》四首，其二提到《心史》：

汉室才名尊董、贾，文章老去更无前。瓢筒岁岁分同社，梨枣家家手一编。后起眉山仍绝代，别留《心史》待他年。绿阴清昼赓家庆，新句应将洛纸传。

从第三句看，范氏与顾氏为"同社"，可能也是"社集黄海鹤先生千顷堂分赋"《心史》者之一吧。

刘命清(1610—1682)，字穆叔，号但月仙(按，明遗民李世熊自称"但月人"，"但月"即"明一人"之意，刘氏殆亦于此义取号，意为"明一山人"欤?)，又号虎溪渔叟，江西临川人。明末捍御土寇，有方略。福王时，揭重熙荐充馆职，辞不就。后揭氏被难，抚其遗孤。尝馆于施愚山，与高阮怀、陈伯玑相倡和。其狂歌痛哭往往见于诗文中，与傅占衡平叔友善，人称"临川二叔"，以布衣终。

李伍汉《𩅰云篇文集》卷十六《刘虎溪先生行略》云："所著经史两论、诗文词赋有《渔叟集》、《但月仙集》、《虎溪渺闻填辞》、《虎溪梦》诸书，汇辑成帙，可高三尺许，经闽莆名儒郑郊牧仲手订定者也。家故贫乏，不能梓行。"今可见者有《虎溪渔叟集》，卷八《诗余》有《八声甘州》四首，分咏《文文山正气歌》、《谢叠山辞聘书》、《谢皋羽西台记》、《郑所南久久书》。其《八声甘州·郑所南久久书》是专咏《心史》的一首词：

三山郑、德祐二年盟。阳九几时平。纵姬兴发主[1]，首阳熟睡，岂堕纷更。自促何人偏死，肯媚鬼长生。问孤衷谁寄，特地铮铮。　　叹息井中《心史》，算忆翁此日，愁恨交并。念姜陈李赵，都玉碎金铿。孰忍悖、吾君吾父，无穷湿泪，晓夜哀鸣。还待约、天开六幕，讽爽传声。

《虎溪渔叟集》卷十一《史论》上，还有专文《郑所南》：

先生集中所载(按，三字殆衍)《井中〈心史〉》，附以诗歌，并绘铁函图式。观书中所载，内有"大明"字，及寺僧得之于井乃在崇祯六年，然则朝廷之兴亡皆豫为其所占矣！可知匹夫而怀忠义之气，自足贯彻乎天地。至诚前知，事固有然，何必宝志冀矜为奇慧哉！至其诗歌，所谓"一缕血忱开白日，两篇心誓哭苍旻"，与夫"夷齐道丧纲常坏，汤、武兵兴叛逆多"，俯仰感慨，都堪著泪。但其所引谢叠山先生一段，谓其曾举众降附，殊为

① "主"字在饶宗颐等人主编的《全宋词》中误为"生"。

不经。岂生当兵火抢攘，虽共处吴越之郊，传闻亦多失实欤？谢公心迹固明，亦何可不致辨也！

原书文字略有不通顺处，当系误刻。也有少许误记，如不是“铁函图式”而是原稿图式；出井时间也不确。刘氏虽然说《心史》关于谢枋得的有关记述“殊为不经”，但绝不认为它是伪书。文后又有揭重熙后人的按语：“确甚。先大夫初得《井中〈心史〉》，即补《谢皋羽合传》入《古今人才大宗》正集。时陈孔庄在座，惜未抄存。不孝贞传泣识。”可知揭重熙亦是肯定《心史》者。

《虎溪渔叟集》卷十三《序》又有《但月仙集自叙》，末云：

特授之弱子，藏之名山，使后之君子，知一代遗民，飘音激楚。庶几玩《晞发》之什者，如闻竹节之声；讽《心史》之文者，不弃井尘之滦。是余之幸也夫，是余之幸也夫！

彭孙贻(1615—1673)，字仲谋，一字羿仁，号茗斋，又号管葛山人。浙江海盐人。幼颖异，与兄孙求有“机、云”之誉。试于学使者，五次第一，名噪一时。启、祯间三吴、云间倡文社，各方邀之执牛耳，均谢不往。崇祯壬午(1642)秋闱，陈子龙见其卷，奇而荐之，主司已拟元，以病不克终场，报罢。感陈氏为知己，遂称及门。次年，以明经首拔于两浙。丙戌(1646)，其父彭期生守赣州抗清，并与杨廷麟等同日尽节。为寻父遗骸，布衣蔬食，不交人事二十余年。有时独立书空，或中夜起坐，悲歌痛哭。迨有义士运骸至，制服择地以葬。后抑郁以卒。

孙氏擅诸体诗，又善画。曾与同邑吴蕃昌(仲木)创瞻社，为名流所推重，时称“武原二仲”。乡人私谥孝介先生。著作今存《茗斋集》、《茗斋杂记》、《流寇志》、《客舍偶闻》、《山中闻见录》、《虔台逸史》、《湖西纪事》等。

《茗斋集》卷七有《四君子诗，寄怀李潜夫先生》，所怀为坚贞遗民李确(天植)，序曰：“靖节抗志柴桑，不屈于刘氏；皋翁遁迹山中，悲愤行歌，时人莫测也；霁山手树石函；所南不见朔客。斯数公者，遘运迁革，绝疏干禄，流连咏歌，以寄其志。抚今追昔，则今古适同时地也。潜夫李先生，身遇龙战，栖遁灵湫，其真四君子之友矣。春秋今七十，江南人士多为诗歌，以相咏叹。海盐彭孙贻则为《四君子诗》以况之。”其四为《郑上舍所南》，专咏郑思肖及《心史》，当作于1660年：

郑子既耿介，流涕平生恩。作书锢寒泉，旅迹寄虞樊。回裾谢朔客，意气无一言。幽兰自为芬，谁复托孤根！

《茗斋集》卷六又有《包义士行》诗，末云：“龙湫野老吞声哭，欲写哀歌编野录。漆书且自藏壁间，井中《心史》今谁续？”

杨炤(1617—1692)，杨补之子，同治时修《苏州府志》卷八八在杨补传末云：“子炤，字明远，髫岁能诗，长为诸生。乙酉(按，1645)后弃去，奉亲以隐，更字潜夫，专力于诗，规模少陵，绝去雕饰，晚更出入香山，沿波讨源，遂得其骨。前后诗凡四十九卷，皆风雅可诵，性尤耿介，不屑与时俗溷，动必循礼法，望之使人自生畏敬。年七十有六卒。”杨炤与其父一样亦为著名遗民，且亦有《怀古堂诗选》。今见其书卷一亦有《怀古十咏》，未知作于何年，其十云：

开辟无此世，所南丁其时。画兰且无地，我身将安之。本穴颜其庐，尺土存宋遗。

著书寄孤愤,精诚天地知。铁函井中出,桑沧旋复移。天道不可问,吾生良可悲!

卷四又有壬子岁末(已入1673)写的《又赋五首》,其五咏及《心史》:

我自要历日,笑他书甲子。有笔写新诗,不用作《心史》。(莜侯惠历与笔)

宋曹(1620—1701),字邠臣、斌臣,又作份臣,号射陵,斋名会秋堂。淮安盐城(今属江苏)人。与同里王之祯齐名,小王氏七岁,兄事之。甲申(1644)海内震动,盐城滨海僻壤,奸宄窃发,与王氏以书生结甲,统率里人各数千人,名东西义社,以捍桑梓,盐人德之。后参加弘光朝抗清活动,被授中书舍人。南京失守,史氏死节,听从王氏劝告,归里侍亲,自号耕海潜夫,名其圃曰蔬枰,躬自灌园。后清廷诏举山林隐逸,郡县敦趣上道,辞疾不就征。又有大臣复举应博学鸿儒选,坚谢益力。与万寿祺、冒襄、归庄等交游,并与潜往南方的崇祯表弟新乐小侯刘文炤结为儿女亲家。曾赴南京纂修《江南通志》,于忠节人物尤所加意,总其校事,书成坚拒列名。平生独好为诗,凡草木变衰、哀时感旧、悲来填膺则一托之于诗。又善书,并著有《书法约言》。有人甚至称其为中国草书之殿军。

近人赵嶰山辛苦辑其诗文成《会秋堂集》,未出版,手稿捐赠上海图书馆。《会秋堂诗集》卷九有专咏《心史》之诗《雨中阅忆翁集》:

日暮空成万古吟,顽民自可托知音。素秋刻烛怀人夜,荒井遗编故国心。文信与君高宋骨,《春秋》同此作书林。悠悠风雨相思处,沧海携归姓氏沉。

卷九又有1650年作《庚寅四月燕誉堂宴新乐小侯刘雪舫(文炤)》二首,其一涉及《心史》:

极目江南一雁疏,旧时天地重踌躇。苌弘血染青青草,眢井心传久久书。留恋故人千里月,荒凉新乐小侯居。最怜乞食吹箫绝,独坐湖头看打鱼。

同卷又有《题万年少》,亦用《心史》典故:

雨到青山楚色深,雁鸿千里绝知音。空余斗室苍苔满,尚有匡床薜荔侵。梦寄秭归悲隐地,书从眢井见寒心。隰西人去三湘外,秋夜招魂再鼓琴。

徐介(1626—1697),清吴庆坻《蕉廊脞录》卷四云:"初名孝直,字孝先;后改今名,字坚石,号狷庵。又名旷,号渌溪。仁和(今杭州)人。明季诸生,陆圻之甥也。家塘栖落瓜堰。乙酉年(1645)二十,弃诸生,易其名曰介。妻死不娶,子死不嗣,去田园,垄墓白衣冠,垂五十年,转徙无定所。后入河渚,爱浦溆陂塘之胜,遂寄栖施石农庑下。严毅疾恶,狭中鲜容。非分之饷,锱黍不受。性豪于饮,大醉取诗笺寸寸碎之投水中,曰:'世安有能读徐生书者!'又善哭,醉益甚。春晚闻杜鹃声,则抆泪擎涕,发声磕磕而不可止。见者以为狂生,曰:'我非狂,乃狷也。'因号狷庵。既以为狷不敢希,复易为狷次云。"徐氏如此坚贞遗民,可惜诸多《明遗民录》中竟遗忘了他!

徐氏敦笃友谊。有友系狱,谓"非顾景范(祖禹)不可解,而非狷庵(徐介)不能致景范"。时景范适主某显者(按,殆指徐乾学)之家,徐介绝不乐见该显者,然急友之难,遂不远数百里买舟而往,竟不登岸,一介招景范至河浒,立谈别去,而友人事竟立解。该显者闻徐氏至,亟造舟请谒,已解维矣。好友魏禧死真州,徐氏走千里哭之,手钞其遗稿。

徐氏尝集陶潜、杜甫诗句各一卷，又集文天祥、郑思肖诗。郑诗自是出自《心史》，否则何能与文诗相匹？可惜今未之见，仅见其友人魏礼（魏禧弟）有《读徐渌溪集文文山郑所南诗序》，曰："文诗之佳者有似杜诗，而郑诗之佳者则有似于文诗；渌溪解其成篇，自为编偶，以写其怀抱情事，遂成渌溪之诗……渌溪之言曰：'宋之末造有信国公为宰相于上，有思肖先生为处士于下，皆能与天地争菀枯。宋虽亡，二公足存其生气。'呜呼，岂不信然哉！……虽然，忠臣义士何代无之？……如颜鲁公有书法，后人得凭其书法，以效其仿仰；文郑二公有诗，后人得凭其诗而寄其慨慕，以发其情焉。诗曰：'维其有之，是以似之。'渌溪似之矣！"又见钱唐蒋炯编《狷庵先生年谱》"康熙二十四年乙丑五十九岁"载："集郑所南诗成，宁都魏和公为作《析集文郑诗序》。"

陆宝，生卒年不详，字敬身，一字青霞，号南轩，时人称中条先生。浙江鄞县人。明崇祯时，以太学生高等特授中书舍人，旋以边事请自效，得崇祯帝诏书褒扬。清顺治乙酉(1645)，鄞人举兵反清，陆氏倾家输饷，事败遁去。久之归里，隐居读书著述，八旬以终。善诗文，有《悟香集》等。《悟香集》卷十四有《郑所南愤元代宋，作〈心史〉沉井，近吴僧濬井得之，感赋一首》：

> 厓山以后天如梦，虏马吹腥川岳动。赵孤不立信公亡，戴笠批毡心所痛。郑君自负国士奇，肯令胡运掩须眉！呼天不应愤欲死，眦裂发指将何为！匹夫难借挥戈手，且唾且骂不绝口。太祖太宗灵在天，著书亟欲传诸后。传诸后，事未明，一字一泪血沾缨。泪可枯兮血可竭，此心此恨何时平！妻孥不告意有以，默祷明只如尺咫。熔铁函封沈井底，夜夜精光水怪潜，何况蛙惊与鲋徙。俄经三百六十年，瓦砾堆深铁不穿。君心比铁知更坚，有始有卒书几篇。老僧甃井手牵索，有物块然费锤凿，乃是宋之遗民郑所作。争传万口哄如雷，绣字板行遍六幕。即今边烽未静虏交驰，主圣方廑斩馘思。此书一出当其时，感激贤于十万师！

薛敬孟，生卒年不详，仅知其自述"甲申年甫壮"，则约生于1615年。字子熙，号勉庵，又号山遁子，福建福清人。崇祯贡生，壬午(1642)曾赴省试，未中。明亡，在乡农圃自业①。顺治辛丑(1661)有海民内徙之令，薛氏千辛万苦携家人寄食城郭，日忧火绝，连遭大小十丧，不能具殡。无奈之下一度以舌代耕，教人作应举业。康熙戊申(1668)春，应友人邀，游会稽。辛亥(1671)刻诗集《击铁集》。从林垐《居易堂诗集》中《客归夜坐有怀及门薛子熙诸子》诗，可知薛氏是携《心史》抗清牺牲的林垐的弟子，因此薛氏自当读过《心史》，果然，我们在《击铁集》卷七见到他的《读郑所南心史》：

> 片铁函为经，藏得心头史。日月五百年，忆翁犹未死。

---

① 乾隆时修《福州府志》卷六十云："薛敬孟，字子熙，福清人。崇祯贡生，明亡不求闻达，放浪山水间，工诸体诗，有《击铁集》十卷。(《福建通志》)"但道光时修《重纂福建通志》卷二二三则云："薛敬孟，字子熙。学识宏博，工诸体诗。唐王时，以恩贡生对策授萃士。鲁王入闽，擢兵部主事。王败，授徒讲业，吟啸自娱。尝游张秋，又之真定，卒于恒山。"未知何据，似与其自述不合。《击铁集》自序云："甲申年甫壮，乃从友人莅禾江，曾以省覲人云间，一覯三泖之胜。正思渡江……值鼎湖龙去，大江以南若沸羹，遂仓卒奉老父南旋，濒于险者屡矣。从此戒心，无意世事……乃退居北阜，以农圃自业……间亦耘砚而食，则辄以倦废……"

何一泗，生卒年不详，本姓李，字衍之，新建（今江西南昌）人，明遗民。幼博学善文，受知于蔡懋德（云怡）、侯峒曾（广成）二督学。崇祯己卯（1639）举于乡，出秦镛（弱水）门。礼闱为徐汧（勿斋）首荐，中副车，考授推官，未就。蔡、侯、徐先后殉难，秦亦病故，何氏为室祀先圣四人，配下又列蔡、侯、徐、秦四先生主，饮食必祭。自号支离叟。晚益贫困，躬樵汲，粗粝或不继，泊如也。据裘君弘《西江诗话》卷十、曾燠《江西诗征》卷六三，及同治时修《南昌府志》《新建县志》，何氏"杜门讲学，手录程朱要言，檃括金仁山、许白云、郑所南诸集，为《我思录》"。何氏"檃括"的郑思肖集，就是《心史》无疑。可惜《我思录》今未之见。

《新建县志》卷七八还收有何氏《痴崖记》一文，其中也提到《心史》沉井：

> 昔愚溪以柳子名，洛溪以元子称，二子老于盛唐，不类于予。予所慕者，泷水之文山、芝山之止水，两者同其时矣，而其位不同。哭故人于西台，沈《心史》于智井，二子者终于流寓，不类于予。予所慕者，入洪崖而著书，向兰江而讲道，两先生者同其志矣，而其境不同。呜乎！

作者单位：上海外国语大学

论明代词选的编排体例及其功能

张仲谋

词的选本(总集)一般有三种编排体例,即分人编排(以人为序)、分类编排(以题材内容分类为序)、分调编排(以调为序)①。早期(如唐宋时期)的词选基本上都是分人编排,这倒未必是出于存史或传人等等想法,而是由唐宋诗文选本的常规体例自然因袭的结果。然而到了明代,这种传统的编排方式几乎废弃不行,而分类编排与分调编排却大行其道。应该指出的是,词选的编排体例是与其功能期待紧密联系的。因此,透过明代词选编排体例的变化与消长,也可以看出明代词学的一些微妙变化来。

一、分人编排

分人编排也就意味着按时代先后编排,这是明代以前词选最常见的编排体例。如五代时赵崇祚编《花间集》,五代至宋初佚名氏编《尊前集》,南宋初曾慥编《乐府雅词》,南宋中期黄升编《花庵词选》(包括《唐宋诸贤绝妙词选》、《中兴以来绝妙词选》),南宋末年周密编《绝妙好词》,金代元好问编《中州乐府》,元代凤林书院编《精选名儒草堂诗余》等。这些明代以前的重要词选,基本上都是依词人顺序编排的。

到了明代,在分类编排的《草堂诗余》的笼罩性影响之下,包括《草堂诗余》各种改编本在内的数十种词选,分人编排的几乎没有。唯一可称得上"大体依人排列"的是杨慎的《词林万选》四卷。这本题名夸大张扬而实际仅收录二百余阕的词选,在体例与选词方面均显得颇为率意,以至于《四库全书总目》在提要中称:"疑慎原本已佚,此特后来所依托耳。"说该选本是"大体"依人排列,也就是说它不是严格意义上的依人排列。也许编者初衷是想依人排列,实际却未能贯彻始终,其中时代错乱者有之,同一作者前后重出者有之。看卷一前半所收词人,依次为温庭筠、韦庄、牛峤、顾复等等,是依人排列,也是依时代先后排列。然而稍后即乱,如接下来为小山、赵松雪、韩渥、小山……就让人感觉编次全无顺序了。据其词可知这里的"韩渥"当为晚唐之韩偓,却排在宋元之间的赵孟頫(松雪)之后。至于小山(晏几道)之后复有小山,东坡之后复有东坡,那就不仅是自乱体例,从编选态度来说也是极不严肃的。

---

① 本来还有另一种编排方式——分宫调编排,采用此种编排方式的词籍据我所知只有二种,一种是《金奁集》,把温庭筠、韦庄等人 142 首词作分 10 个宫调编排;另一种是已佚的沈璟《古今词谱》,把数百个词调分 19 个宫调编排。因此种体例较为少见,此处不再论列。

龙榆生先生的著名论文《选词标准论》有云："选词之目的有四：一曰便歌，二曰传人，三曰开宗，四曰尊体；前二者依他，后二者为我。操选政者，于斯四事，必有所居；又往往因时代风气之不同，各异其趣。"①龙榆生先生说得非常肯定，口气俨然斩钉截铁，然衡之于明代各种词选，苦不相合。盖"便歌"云云，止可施于词以应歌之唐宋。然而唐宋词选中，如《尊前集》多注明宫调，《金奁集》按宫调以系词，或可称为"便歌"，而当时多数词选皆为分人编排，亦似无意于便歌。词至明代，早不可歌，所可歌者，惟南北曲及《劈破玉》、《打枣杆》等时调耳②。又"开宗"、"尊体"云云，止可施于清人，如朱彝尊《词综》、张惠言《词选》等，正是典型的例子。至于明人，则从无此等自觉担承的使命感。剩下来的只有一项功能曰"传人"，而明人所编词选，按人编排的几乎没有。因此以龙榆生先生界说之词选的四种类型来看明代词选，几乎一项也没有着落。窃以为，当龙榆生先生试图从历代词选中归纳其"选词标准"时，明代词选根本就未能进入其视野。在该文第四部分，龙先生有云："明人选词，惟杨慎之《词林万选》，董逢元之《唐词纪》，尚有传本；而名实相乖，漫无体例，《四库总目提要》已加贬斥矣。"③想来在20世纪三十年代的文献条件下，龙榆生先生未能看到如《天机余锦》、《花草粹编》、《国朝诗余》、《词的》、《词菁》、《古香岑草堂诗余四集》、《古今词统》、《古今诗余醉》等十余种明词选本，所以他所建构的选词标准与明代词选无法对应，也就毫不奇怪了。实际就明代而言，选词者并非专家，词选的读者定位也只是一般的词的爱好者，所以明代词选有两种最朴素的功能，一是示范，即为词的爱好者提供摹仿的范本；二是选粹，即为广大欣赏者提供名篇佳作。所以无论是分类编排，还是分调编排，因为便于检索，都有其存在的理由。明人既无意于存人，对词史之演进又颇为淡漠，于是分人编排这种常见体例，到明代就基本中断。只有到了甲申鼎革之后，到了志在构建词史框架、重建词学统序的朱彝尊等人那里，这种按时代先后分人编排的词选体例才逐渐恢复起来。

二、分类编排

分类编排的体例在宋词别集中已有，如周邦彦《片玉词》、赵长卿《惜香乐府》即是，而词选中分类编排的体例或为《草堂诗余》所首创。南宋何士信编选的宋本《草堂诗余》没有传本，今存最早之本为元至正三年(1343)庐陵泰宇书堂所刊《增修笺注妙选群英草堂诗余》，亦仅存前集二卷。明初则有洪武二十五年壬申(1382)遵正书堂刊本。遵正书堂与泰宇书堂均为江西书坊，二本同出一源。日本京都大学所藏《草堂诗余》，前集二卷为元至正三年刊本，后集二卷就是用明洪武本配全的。此书既为书坊所刻，又在"草堂诗余"原书名之前一连加上"增修笺注妙选群英"等一系列极具广告招徕意味的装饰性语汇，书中复有105首词分别标明"新添"或"新增"字样。"新添"与"新增"当非同时，而是两次增修留下的"层累式"痕迹。综合这些情况来看，此书与南宋何士信原书的面貌相去几何也就不得而知了。此书前集二

①③ 原载《词学季刊》第一卷第2号(1933年8月)，此引自《龙榆生词学论文集》，上海古籍出版社2009年版，第63、78页。

② 明人乃至清人多有唱词之记载，但那是用南北曲或昆曲唱法去唱古词，正如今日流行歌曲亦可唱"明月几时有"一样，故不能作为词乐流传之证据。

卷分春景、夏景、秋景、冬景四大类，后集二卷分节序、天文、地理、人物、人事、饮馔器用和花禽等七大类，每大类下又分若干小类。这种春夏秋冬、天文地理之类的框架体系与具体类目，很容易使人想到唐宋以来繁兴的类书。事实上，当这种分类编排的创始者在考虑以少总多、执一驭万的体系时，类书背景的习惯性思维应该在起作用。词人总是偏爱春天，尽管词中所写的多是众芳芜秽、水流花落的暮春景象，词人们还是在这种"绮怨"境界里流连忘返，以至于夏、秋、冬三季之词的总量亦不足与春天之歌相匹配。词人又多感慨时序迁流，而类书意义的天文、地理于词则几乎全无关系。然而，尽管这种类书式的编排体系于词并不相宜，可是在明代词选尤其是《草堂诗余》系列的改编本中，这种编排方式仍然受到普遍的青睐。

在《草堂诗余》系列选本中，采用分类编排体例的有以下14种：

1. 洪武二十五年壬申(1392)遵正书堂刊本《增修笺注妙选群英草堂诗余》四卷，分类与元至正三年庐陵泰宇书堂刊本相同。

2. 成化十六年(1480)刘氏日新书堂刊本《增修笺注妙选群英草堂诗余》四卷，此本系据洪武本校刊，故分类、版式等均与洪武本相同。

3. 嘉靖十七年(1538)闽沙陈钟秀刊《精选名贤词话草堂诗余》二卷(陈宗谟序刊本)。此本系据洪武本重新分类改选而成，上卷为时令，下卷分节序、怀古、人物、人事、杂咏五类。

4. 嘉靖二十八年(1549)刘时济《新刊古今名贤草堂诗余》四卷。按：此即李谨纂辑本。卷首有嘉靖己酉(1549)李谨《新刊草堂诗余引》(有的书把"己酉"误作"丁酉"，遂以为先有嘉靖十六年丁酉[1537]刊本)。卷一标题下有"皇明进士知歙县事四会南津李谨纂辑，歙县教谕秀州曾丙校次，歙丞余饶刘时济梓行"三行。此本亦从洪武本出，但所分类目作了调整。应是有感于原本前集分春、夏、秋、冬，后集分天文、地理等，实际是两种分类体系，所以此本放弃了一年四季的分类框架，止分天时、地理、人物、人事、器用、花鸟六类。王国维《庚辛之间读书记·读〈草堂诗余〉记》曾经指出：《草堂诗余》有两大版本系统，"分调编次之本，以顾本为最善，分类编次之本，当以此本(按即指刘时济刊本)为最善矣。"

5. 嘉靖三十三年(1554)杨金刊《草堂诗余》二卷。此本亦从洪武本出，选词数量增补至484首，分类未变。

6. 嘉靖末年安肃荆聚校刊本《增修笺注妙选群英草堂诗余》二卷。此本分类与洪武本相同。按："安肃荆聚"四字颇难分说。明代有郭勋编《雍熙乐府》，内收金、元、明三代杂剧、传奇、诸宫调等套曲及南北曲小令，是现今所知明嘉靖以前规模最大的曲文选集，有嘉靖四十五年(1566)"安肃春山居士荆聚"重刻本。蔡毅《中国古典戏曲序跋汇编》谓其人字荆聚，别署春山居士，安肃人。当是。

7. 慎节堂刊《新刊增修笺注妙选群英草堂诗余》二卷，题钟惺辑，亦当出自洪武本。

8. 万历二十三年(1595)书林郑世豪宗文书堂刊《新刻注释草堂诗余评林》六卷。此本似从顾从敬《类编草堂诗余》本出，但改分调编排为分类编排。卷一至卷三为春景类，卷四为夏景类，卷五为秋景类，卷六为冬景类。

9. 万历三十年(1602)乔山书社刊《新锓订正评注便读草堂诗余》七卷。前六卷与郑世豪宗文书堂本基本相同，亦分春景、夏景、秋景、冬景四类，卷七附录增补之词54首。

10. 万历三十五年(1607)胡桂芳重辑《类编草堂诗余》三卷。此本出自顾从敬《类编草堂诗余》,但改分调为分类编排,又将原本四卷改为上、中、下三卷。上卷、中卷为时令类,下卷分名胜、花卉、禽鸟、宫闱、人事、杂咏六类。

11. 万历四十三年(1615)书林自新斋余文杰刊《新刻题评名贤词话草堂诗余》六卷,分类与郑世豪宗文书堂刊本相同。

12. 万历四十七年师俭堂萧少衢刊《新刻李于麟先生批评注释草堂诗余隽》四卷。前二卷为春景,后二卷为夏景、秋景、冬景。

13. 李良臣东壁轩刊《新刻分类评释草堂诗余》六卷。此亦从郑世豪宗文书堂刊本出,亦分春景、夏景、秋景、冬景四类。

14. 天启五年(1625)周文耀刻朱墨套印本《新刻朱批注释草堂诗余评林》四卷,当出于郑世豪宗文书堂刊本,亦分春景、夏景、秋景、冬景四类。

除以上《草堂诗余》系列刊本14种之外,明人自编词选中,采取分类编排体例的有以下3种:

1. 董逢元《唐词纪》十六卷。该书编成于万历二十二年(1594)。共收唐五代作者97家(其中黄载万(大舆)为宋人),词作近千首。和一般词选有别的是,该书于唐五代词差不多是有见必收,可以说是一部收罗不全的《全唐五代词》。该书十六卷,每卷为一类。依次为:景色、吊古、感慨、宫掖、行乐、别离、征旅、边戍、佳丽、悲愁、忆念、怨思、女冠、渔父、仙逸、登第。其中有5类又细分小类。卷一"景色"类下又分时序、水波、虫鸟、花木;卷二"吊古"类下又分仙祠、故国;卷四"宫掖"类下又分称寿、宫游、宫燕、宫晓、宫晚、宫姝、宫怨;卷五"行乐"类下又分睡赏、游行、游遇、舟游、采莲、游女、游归、追游、宴饮、醉归、俳调、会合、追会;卷七"征旅"类下又分征行、舟征、羁旅。各卷(即各类)收词多少差别甚大。少者如卷八"边戍"收词12首,卷十三"女冠"收词15首,卷十六"登第"收词仅有8首。多者如卷一"景色"收词146首,卷五"行乐"收词141首,卷十二"怨思"收词178首。虽然有些类目系因词作内容而生造,但总体看来,仍是在《草堂诗余》分类框架影响下的推演。

2. 陆云龙《词菁》二卷,崇祯四年(1637)刊行。这是陆云龙选编《翠娱阁评选行笈必携》小丛书中的一种,共选从晚唐至明代词作270余首,分类编排。上卷分天文、节序、形胜、人物、宴集、游望、行役、称寿八类,下卷分离别、宫词、闺词、怀思、愁恨、寄赠、杂咏、题咏、居室、动物、植物、器具、回文等十三类。其中节序、闺词两类选录词作较多,约点全书入选篇目的一半。

3. 潘游龙《古今诗余醉》十五卷,崇祯十年(1637)胡正言十竹斋刊行。共选录唐代至明代词作1300余首。潘氏《自序》中云:"独惜向有选较者,每以杂体硬牵附于时序,殊失作者之旨。余乃为比事类情,寻为次第,藏之素簏,自以为枕中秘未过也。"看来他是不满于过去《草堂诗余》诸本把所有词作强分为春、夏、秋、冬四季及时序节令的做法,所以他并没有在各卷标明类目,而是为每首词分别加上"春暮"、"夏景"、"秋日"、"初冬"、"离别"、"感旧"等词题,并把词题相同相近者集中排列。这样既体现了分类编排的原则,又避免了牵强附会之弊。当然,为本无词题的词作硬加上一个标题,也是一件吃力不讨好的工作。

对于词集而言,按题材内容分类编排,过去一向认为是出于应歌的需要。如清代宋翔凤《乐府余论》中云:"《草堂》一集,盖以征歌而设,故别题春景、夏景等名,使随时即景,歌以娱客。题吉席庆寿,更是此意。其中词语,间与集本不同,其不同者恒平俗,亦以便歌。以文人观之，适当一笑，而当时歌妓，则必需此也。”[①]这种似是而非的说法，至了20世纪之后，得到更多词学专家的认可与附议。赵万里《校辑宋金元人词》讲到《草堂诗余》时说：“分类本以时令、天文、地理、人物等类标目，与周邦彦《片玉词》、赵长卿《惜香乐府》略同，盖所以取便歌者。”[②]龙榆生《选词标准论》亦云：“词集之编次，无论别集与选本，凡以宫调类列，或以时令物色分题者，皆所以便于应歌。”[③]肖鹏《群体的选择》认为，无论是分调编排还是分类编排，都是选歌之变体，而“分类选歌的特征是按照词的题材内容分类编排，以方便歌者根据不同的对象和场合需要进行选择。”[④]

类似的说法相沿已久，似乎早成定论了。然而，如果我们不囿于成说而重新考察，又觉得这种说法似是而非，并无多少根据。一个重要的反证是，在词以应歌的五代、北宋乃至南宋前期，词的选本很少有分类编排的。流传至今的如五代时后蜀赵崇祚编《花间集》，以及南宋初年曾慥编《乐府雅词》，就都是按人编排的。而词至明代已不复可歌，何以分类编排的体例反而大行其道呢？

对此问题，也许有人认为，明代的类编词选尤其是《草堂诗余》的各种改编本已不是出于便歌之需要，而只是宋元以来类编本《草堂诗余》惯性推移的结果。这种解说亦不足以服人，因为在嘉靖二十九年（1550）顾从敬分调编排的《类编草堂诗余》问世以后，仍有大量后出的改编本采取按题材分类的方式。尤其是万历二十三年（1595）书林郑世豪宗文书堂刊《新刻注释草堂诗余评林》，以及万历三十五年（1607）胡桂芳重辑《类编草堂诗余》，从选目来看均应出自顾从敬《类编草堂诗余》，可他们仍坚持回到按题材分类编排的体例，这就显然不能以便歌为理由来加以解释了。

词选类编本的出现与流行，应该突破词体的局限，到大的文体系统或文化生态环境中去寻找原因。循此思路，可以得到一个新的参考答案，那就是，宋代至明代大量的类编本诗文集，应是词选类编本出现的直接诱因。如南宋时刘克庄编选《分门纂类唐宋时贤千家诗选》（简名《后村千家诗》），选唐宋人诗1270余首，分时令、节候、气候、昼夜、百花、竹林、天文、地理、宫室、器用、音乐、禽兽、昆虫、人品14门。又如南京时赵孟奎编选《分门纂类唐歌诗》，几乎把全部唐诗囊括其中，共收诗人1353家，诗40791首。全书100卷，分天地山川、朝会宫阙、经史诗集、城郭园庐、仙释观寺、服食器用、兵师边塞、草木虫鱼八大类，每大类下再分若干小类。该书现仅存“天地山川”类5卷，“草木虫鱼”类6卷。又如宋末元初方回编选的唐宋律诗总集《瀛奎律髓》，选唐宋律诗385家，诗3014首（去其重出，实为2992首），分为登览、朝省、怀古、风土等49类，每类一卷，共49卷。宋代分类编排之体例，又不仅用于总集，亦见之于别集。如南宋时佚名氏编纂的《分门集注杜工部诗》25卷，就根据诗题把杜诗分为星河门、雨雪门、酬答门、送别门等72门。此法又不仅用于诗集，亦用于文集。如诸家书目中叙录晏殊选编的《名贤集选》200卷，就是分类编排的。此书久已散佚，但从中国人民大学图书馆所藏明钞残本，仍能看出其分类编排的框架。如所存部分卷十七为封禅、郊祭、庙乐；

① 唐圭璋辑《词话丛编》，中华书局1986年版，第2500页。

② 蒋哲伦、杨万里《唐宋词书录》，岳麓书社2007年版，第51页。

③ 龙榆生《龙榆生词学论文集》，上海古籍出版社2009年版，第66页。

④ 肖鹏《群体的选择》，凤凰出版社2009年版，第81页。

卷十八为明堂,卷十九为宗庙,卷二十为祭祀……其分类系文的体例是显而易见的。

在宋代诗文集类编本的影响下,明代编刊的诗文集,分类编排也成为常见体例。如嘉靖年间的张之象,先编有《唐雅》26卷,专门收录唐代君臣唱酬诗,即以类编次,此书有嘉靖二十年(1541)刻本。又因为南宋赵孟奎编《分门纂类唐歌诗》残缺不全,乃编为《唐诗类苑》200卷,分日、月、星、河、风、云、雷、雨等类目编排。此书有万历二十九年(1601)初刻本。又顾应祥有《唐诗类钞》,有嘉靖二十一年(1552)顾氏自刻本;潘光统有《唐音类选》,有嘉靖刊本;何东序有《十二家唐诗类选》,有隆庆四年(1570)保州刻本;张居仁有《唐诗类选》,有吴兴凌氏刻朱蓝墨套印本。

由上述各例可见,无论是在明代还是在明代以前,亦无论是诗选还是文选,无论是总集还是别集,分类编排久已成为通行体例。这就是说,分类编排既不是词选特有之体例,更不是《草堂诗余》的编者及其追随者的创造,那么又如何能证明这种体例是出于"便歌"之考虑,而不是从前代早已出现、身边林林总总皆是的类编本诗文集所得到的借鉴与启示呢?事实上,词学史上有许多现象,与其说是词学自身的逻辑发展或个性化现象,不如说是前代诗学现象的因袭或移植。诗文本来就不能唱,类编当然不是为了取便歌者;又词集的类编本不出现于词以应歌的晚唐北宋,却大量出现于词早已不可歌的明代,这两点相辅相成,均足以证明词选的分类编排与应歌无关。

三、分调编排

如果说分人编排是传统选本的常见格式,词的分类编排亦是宋元人首开其端,那么分调编排则应该说是明人的创造。

明代是文体学观念流行与深化的时期,出现了一批较有影响的文体学著作。吴讷《文章辨体序论》云:"文章以体制为先。"[①]徐师曾《文体明辨序说》云:"盖自秦汉而下文愈盛,文愈盛故类愈增,类愈增故体愈众,体愈众故辨当严。"[②]胡应麟《诗薮》亦云:"文章自有体裁。凡为某体,务须寻其本色,庶几当行。"[③]这里所说的"文章"当然都是广义的概念,其中也包括诗词歌赋。与明代"体制为先"的文学观念相适应,在明代人所编的诗文集中,分体编排显然是一种更具时代特征的流行方式。曹之《中国古籍编撰史》就曾指出这一特点,他说:"明代所编唐诗别集大多分体编排,如明人编《沈佺期集》将内容分为五古、七古、五律、五排、五绝、七律、七绝等类,明人编《孟襄阳集》将内容分为五古、七古、五排、五律、七律、五绝、七绝等类,与宋人编辑唐诗别集常用的分类编排法显然不同。"[④]

在词集中,如果要为分调编排的体例追根溯源,可以上推至宋人编集的《金奁集》。此本原题"温飞卿庭筠",故有人误解为温庭筠个人的词集,实际这是一部晚唐五代词的选本。作者除温庭筠之外,还有韦庄、张泌、欧阳炯及佚名者之作。全书选词142首,分宫调编排,依

① 于北山、罗根泽校点《文章辨体序说·文体明辨序说》,人民文学出版社1962年版,第19页。
② 于北山、罗根泽校点《文章辨体序说·文体明辨序说》,人民文学出版社1962年版,第78页。
③ 胡应麟《诗薮》,上海古籍出版社1979年版,第21页。
④ 曹之《中国古籍编撰史》,武汉大学出版社2006年版,第276—277页。

次为越调、南吕宫、中吕宫、黄钟宫、双调、林钟商调、高平调、仙吕宫、歇指调、黄钟宫(黄钟宫重出)。这就是所谓"依调以类词"。不过这里所谓"调"指的是音乐意义上的宫调,不是后来明人所关注的词调。吴昌绶《金奁集跋》所谓"编纂各分宫调,此他词集及词谱所未有"[①],说其他词集未见庶几其可,说其他词谱所未有则未必。因为晚明时期沈璟编撰的《古今词谱》20卷,就完全是按宫调编排的[②]。

在明词选本系列中,分调编排始于嘉靖二十九年(1550)顾从敬改编的《类编草堂诗余》四卷。该书题:"宋何士信辑,明武陵逸史编次,开云山农校正。"武陵逸史即顾从敬别号,开云山农未详何人。卷首有何良俊《草堂诗余序》,称顾从敬乃上海名家,家富诗书,是编乃其家藏宋刻本,比世所行本多七十余调云云[③]。然而经过诸多学者考证,所谓宋本,实为伪托。顾从敬的改编本除了增辑词作之外,最大的变动就是由原来的分类编排改为分调编排。之所以称"类编",应是指小令、中调、长调各为一类。全书四卷,卷一为小令,收46调159首;卷二为中调,收45调86首;卷三、卷四为长调,共收102调198首。过去一般认为,小令、中调、长调的三分之法,是顾从敬《类编草堂诗余》所开创的体例,然而现在已知嘉靖十五年(1536)刊行的张綖《诗余图谱》三卷,即是按小令、中调、长调分别编排,可知创始者当为张綖。顾从敬既无词作传世,亦无词学论述,只能说是一个文学或词学爱好者,所以小令、中调、长调的三分法,应该不是他的发明创造,他的功绩在于,他是第一个把三分法从词谱引入词选的实践者[④]。当然,这样说无意于抹杀顾从敬的创始之功与《类编草堂诗余》的范式意义。赵万里《明嘉靖本类编草堂诗余四卷提要》即曾指出:"自分调本行而分类本渐微,嘉靖后所刻《草堂诗余》,如李廷机本、闵映璧本、《词苑英华》本,皆直接间接自此本出。即钱允治、卓人月、潘游龙、蒋景祁辈所著书,亦无不标小令、中调、长调之目。故欲考词集之分调本,不得不溯此本为第一矣。"[⑤]

顾从敬《类编草堂诗余》之后,分调编排成了词选的通行体例。在《草堂诗余》系列中,采用分调编排法的有以下6种:

1. 万历十二年(1584)张东川刊本《类编草堂诗余》四卷。
2. 万历十六年(1588)书林詹圣学刊本《重刻类编草堂诗余评林》六卷。
3. 万历间上元昆石山人校刊本《草堂诗余》四卷。
4. 万历间闵瑛璧刻朱墨套印本《评点草堂诗余》五卷。
5. 古吴博雅堂刊本《类编草堂诗余》四卷。
6. 毛晋汲古阁刊《词苑英华》本《草堂诗余》四卷。

顾从敬《类编草堂诗余》之后,明人所编词选中采用分调法编排的有以下五种:

1. 陈耀文选编《花草粹编》十二卷。卷首有万历十一年癸未(1533)陈耀文自序。按小

---

① 吴昌绶《松邻遗集》卷二,民国十八年(1930)刊本。

② 详见本书上卷第五章《沈璟〈古今词谱〉考索》。

③ 何良俊《草堂诗余序》多异文,通行本无此数语,兹据赵万里《明嘉靖本类编草堂诗余四卷提要》,见蒋哲伦、杨万里编撰《唐宋词书录》,岳麓书社2007年版,第50—51页。

④ 从明代词选系列来看,在《类编草堂诗余》之前,《天机余锦》已采用分调编排的方式,然而《天机余锦》仅把同调之词排在一起,其长短先后无序,足见其编者尚无以选代谱意识或"三分法"概念。

⑤ 蒋哲伦、杨万里编撰《唐宋词书录》,岳麓书社2007年版,第51页。

令、中调、长调排列。卷一至卷六为小令，卷七至卷十为中调，卷十一、卷十二为长调。全书共录860余调，选词3600余阕。

2. 钱允治《类编笺释国朝诗余》五卷，万历四十二年(1614)刊行。据钱允治《合刻类编笺释草堂诗余序》，此为三编合刻本。即是把顾从敬《类编草堂诗余》、毗陵长湖外史徐常吉《草堂诗余续集》尽加注释，然后另编《类编笺释国朝诗余》，三书合刻，均按小令、中调、长调方式编排。

3. 沈际飞《草堂诗余别集》四卷。钱允治以原本加新编构成合刊系列的做法，应该对沈际飞有所影响，只不过沈氏踵事增华，把《草堂诗余》由单本书做成了《古香岑草堂诗余四集》。即以顾从敬《类编草堂诗余》为第一集即《草堂诗余正集》，以毗陵长湖外史徐常吉编《草堂诗余续集》为第二集，以沈际飞新编《草堂诗余别集》为第三集，以及在钱允治《国朝诗余》基础上增删而成的《草堂诗余新集》为第四集。各集皆按小令、中调、长调编次。《草堂诗余别集》四卷，共录小令64调，中调121调，长调58调，共录唐宋金元人词462首。

4. 卓人月《古今词统》十六卷，刊行于崇祯六年(1633)。此书亦为分调编排，以短长为先后，但不再分小令、中调、长调。全书共录唐五代宋金元明词人486家，329调，词作2030首。

5. 茅暎《词的》四卷。卷一、卷二收小令79调244首，卷三收中调35调92首，卷四收长调38调55首。

除上述选本之外，还有一种分调编排的《花间集》，即钟人杰在茅氏凌霞山房刊本基础上改编的《花间集》2卷。此本改分人编排为分调编排，共收74调443首。有明天启四年(1624)读书堂刻本。钟氏敢于把流行六百余年且久已成为经典的分人编排的《花间集》强行改为分调本，于此亦可想见分调体例大行其道的词坛风气。

综上所述，明人选编或改编的分调本词选共有12种。其中包括《花间集》改编本1种，《草堂诗余》系列改编本6种，明人选编词选5种。如果考虑到陈耀文《花草粹编》、沈际飞《古香岑草堂诗余四集》和卓人月《古今词统》的成就与影响，甚至可以说分调编排是明代词选的基本体例。又因为明人自己编选的分调本词选大都产生在万历至崇祯年间，所以我们也可以说，分调本是明代词选的编者与读者经过长期的比较之后作出的最终选择。

明代词选从分类编排至分调编排的潜移与流变，当然也不是出于便歌的考虑，而是因为分调本兼具的词谱功能，满足了大多数读者的需要。肖鹏在《群体的选择》中分析“词选家族”时，把这种兼具词谱功能的词选称为“介于订谱和选词之间”的“谱体总集”。在讲到顾从敬《类编草堂诗余》时，尤着重指出：

> 该选的真正价值，不在于它的内容，而在于它的形式。在于它的选型所包含的理论价值。其以小令、中调、长调三分法选词，反映了唐宋词乐既失传之后，词家对词体声律的寻找和补救心理。反映了选家欲合订谱与选词为一体，将词选选成既是玩味欣赏的读本，又是填词创作的格律准式的努力和追求。[①]

肖鹏能够突破表象，不斤斤于所选词人词作的增减变化，而一眼觑定其编排体例所体现的功能意义，应该说是卓有见地的。当然，严格说来，谱体词选的基本特征应该不在于以小

① 肖鹏《群体的选择》，凤凰出版社2009年版，第423页。

令、中调、长调三分法选词，而在于分调编排，所以像卓人月的《古今词统》，虽然不分小令、中调、长调，并不影响其谱体功能。

从历代词人的创作实践来看，以选本代词谱，或以名家名篇作为谱例，显然不失为一条可行的路径。如南宋时方千里、杨泽民即各有《和清真词》一卷。《四库全书总目》卷一九八著录方千里《和清真词》一卷，提要中有云："此集皆和周邦彦词。邦彦妙解音律，为词家之冠。所制诸调，不独音之平仄宜遵，即仄字中上去入三音，亦不容相混。所谓分寸节度，深契微茫，故千里和词，字字奉为标准。"又《四库全书总目》同卷于周邦彦《片玉词》提要中亦云："邦彦本通音律，下字用韵，皆有法度。故方千里和词，一一按谱填腔，不敢稍失尺寸。"可见，方千里之于周邦彦词，已不仅是作为典范揣摩仿效，直是以词为谱来"按谱填腔"了。

明代更有以选为谱的典型例子。先是在嘉靖年间有著名的曲家词人陈铎。他的词集名《坐隐先生精订草堂余意》，看上去像是一部词选，其实却是他逐篇追和《草堂诗余》的词别集。坐隐先生即陈铎好友、著名曲家汪廷讷，而刻行这部书的即为汪廷讷的环翠堂。一方面是因为陈铎为自己的词集取了这样一个书名，同时他又不无恶作剧意味地把自己的和作署上原作者之名，害得从古到今的一批目录学家为其所蒙蔽。黄虞稷《千顷堂书目》著录作："《草堂余意》一卷，陈铎选宋词，附以己作。"《中国善本书提要》亦认可此说，近年来出版的蒋哲伦、杨万里编撰《唐宋词书录》(岳麓书社 2007 年版)也仍然把它作为总集看待。其实书中何尝有一首宋词，全是陈铎本人的大作[①]。陈铎之后，崇祯年间又有一个逐首追和《花间集》的张杞(迂公)。沈际飞曰："张杞和《花间集》，凡四百八十七首，篇篇押韵，未免拘牵，字字求新，亦饶生凿。"[②]王士祯亦讥张杞，"要如妄男子拟遍十九首与郊祀、铙歌耳。"[③]其实张杞初衷未必是与《花间集》中十八才子争胜，而只是如描红临帖一样作为学词路径而已。张杞词作多散佚，《全明词》及《全明词补编》仅据明清之际诸家词选收录 9 首，然而《古今诗余醉》中所选 6 首，其中就有 4 首不在《全明词》及《补编》所收词之内，可以想见还有一定的辑补空间[④]。现在我们看陈铎的《草堂余意》，以及张杞《和花间词》之残存的篇什，虽然不足与唐宋诸贤相提并论，然而看字面与风格，亦确有唐宋词之古典风味，与其他明人自作之词固自有别，这也表明以名家词代替词谱的功能，具有明显的训练效果。

我们不知道顾从敬当初是否确有以选代谱的编纂意识，但是后来的追随者显然意识到了分调本词选兼具词谱的功能，并且努力在体例细节上去强化这一点。沈际飞《古香岑草堂诗余四集发凡》中即明确表示："……余则以调为主，参差者注明字数多寡，庶定格自在，神明惟人，即此是谱，不烦更觅图谱。"[⑤]所谓"参差者注明字数多寡"，是指对那些与定格有所出入的词加以说明。就一般词选而言，这种说明或不必加，但沈际飞既有意以词选代词谱，所以在体例上也作了与功能相应的延伸。规模更大、体例更完善的谱体词选，是清代康熙年间成

① 参见张仲谋《明词史》第四章第三节，人民文学出版社 2002 年版。

② 转引自沈雄《古今词话·词品上卷》，见唐圭璋编《词话丛编》，中华书局 1986 年版，第 845 页。

③ 王士禛《花草蒙拾》，见唐圭璋编《词话丛编》，中华书局 1986 年版，第 674 页。

④ 《全明词》在有些词后注明出于《古今诗余醉》，而"参考书目"亦列入该书。事实证明即使利用也并不充分。

⑤ 沈际飞《古香岑批点草堂诗余四集》卷首，明崇祯间吴门童涌泉刻本。

书的《历代诗余》。这部由康熙皇帝敕编、侍读学士沈辰垣与王奕清等人编选的大型选本，因为从一开始就明确了以选代谱的编纂宗旨，所以在体例上更为完善也更为细腻。陈匪石《声执》卷下评《历代诗余》曰："其体例分调收词，以字之多寡为次。调同字数同，又以句读分体，凡前调下所称又一体是也。昔人谓欲比较各名家句读平仄，当观此书，盖兼有谱律之用矣。凡例谓'广搜名作，注明各体，故不另立图谱'，盖编纂初意，原欲兼谱律而一之。"[①]《历代诗余》并不分小令、中调、长调，但它把所选唐代至明代九千余首词分调编排，按词调字数多寡分先后，又于同调之下标明异体，使得分调本词选在更大程度上兼具词谱功能。相对于150余年之前顾从敬《类编草堂诗余》来说，其目的明确，体例严谨，功能完善，规模宏阔，应该说已达到谱体词选之极致了。当然，因为后来意识到谱体词选尚不能完全取代词谱，故王奕清等人在数年后终于另编《钦定词谱》，然而那只能说明词谱在格律细节标识等方面仍有选本所不能取代之处，因此专门的词谱仍有存在(或另编)之必要，而不足以否定谱体词选的功能及词史地位。

在明清词学史上，词选与词谱的互动，是推动词学尤其是词谱发展的重要动力。分调本词选既是早期词谱体例影响下的产物，又对后来的词谱编纂产生了积极的影响。比如说，我们已知顾从敬《类编草堂诗余》序刻于嘉靖二十九年(1550)，不仅远在周瑛《词学筌蹄》之后，亦在嘉靖十五年(1536)张綖《诗余图谱》之后，所以《类编草堂诗余》的分调编排及小令、中调、长调之分法，很明显是在张綖《诗余图谱》的直接影响下产生的。从分调本词选对后来词谱编纂的影响来说，如《花草粹编》、《古香岑草堂诗余四集》、《古今词统》等大型分调词选，在同一词调下把历代名篇汇列一起，亦无疑为后来词谱编纂者推求词调格律提供了充分的素材基础。《四库全书总目》卷一九九《钦定词谱》提要云："今之词谱，皆取唐宋旧词，以调名相同者互校以求其句法字数，取句法字数相同者互校以求其平仄。其句法字数有异同者则据而注为又一体，其平仄有异同者则据而注为可平可仄。自《啸余谱》以下，皆以此法推究，得其崖略，定为科律而已。"词谱或词律确实就是这样推求出来的。可以说，唐宋人是据音谱以填词，明清人则是据唐宋词中的名家名篇推求以确定词的格律。如《花草粹编》收录词调多达800余调，词作3600余首。因为是分调编排，所以在同一词调下可以一览历代名篇。如《生查子》调下录词39首，《点绛唇》调下录词54首，《浣溪沙》调下录词113首，《菩萨蛮》调下录词157首。如此规模，可以说所选或者不尽为名篇，而名篇则应该说已全部被网罗进来，这就为后来词谱编纂者推求词律或同调异体提供了可资比较与拣选的词作例证。《词律》编者万树一谈到明代词家，每有鄙夷不屑之态，其实他之所以能够完成《词律》这种集大成式的著作，当然和明代词家的层累式积淀不无关系。

作者单位：徐州工程学院

① 唐圭璋编《词话丛编》，中华书局1986年版，第4963页。

关于明词研究新体系之建构前提的思考

叶 晔

与唐宋词、金元词、清词、近代词相比，明词一直被视为千年词史中的一个低谷，即使最近十年"词亡于明"的说法已经不再，可尴尬的处境却是依然。就连研究明词的学人，在向学界同仁阐发明词的研究价值之前，也会先悻悻地说上一句"明词的确不如宋词、清词"，然后再作高论。其他断代词研究对明词的切割取舍也毫不客气，在元词研究者看来，明初词是元词风雅的余响；在清词研究者看来，晚明词是清词辉煌的先声。这些观点固然有其合理的一面，文学发展有自己的规律，不能以朝代的更迭为断限，但从另一个角度来说，也显现出了明词的落寞和无助。没有了明初的刘基和晚明的陈子龙，以及他们周边的词人群落和词学思潮，明词就如同失去了左膀右臂，连防守反击的招数都荡然无存了。如果真是那样，或许有一天，词史的分期将作四个阶段，晚唐至元末明初为高潮期，明代中叶为衰落期，明末清初至晚清近代为第二个高潮期，当代为第二个衰落期。从这样的震荡线路来看，难道日后还有可能出现第三个高潮期？

只要我们仍用当下的文学眼光来观看明词，它的艰难处境就很难有改善。在词史中，它是所有断代词中最不受待见的一环；在明代文学史中，它又在所有分体文学中处于价值较微的地位。最近十年它受到较多的关注，主要是借了词学研究兴盛的势头，在文献整理相对滞后的明代文学研究中取得了暂时的优势，等到明代辞赋、骈文、八股、尺牍的整理和研究力量崛起后，这种优势将没有现在这么明显。从这个角度来讲，明词绝对是词学研究中不能承受之轻。那么，它到底是"重"还是"轻"？分别体现在哪些方面？它的轻重关系是否会因为时代学风的变化而调整？从长远的角度来看，明词研究究竟路在何方？它是否有可能超越其他断代词研究，而作出自己独有的学术理论贡献？以上这些，在很大程度上决定了明词研究的未来发展方向。在多个层面予以廓清和明示，是建立一套明词研究新体系的基本前提。

一 "非轻"之路：对明词研究价值的反思与展望

说起明词的"轻"，听到最多的即"词亡于明"或"明词中衰"的论调。这是明词研究中的一大热门论题，从身处现场的明代词人的自我反思，到本世纪最近十年的各抛新说，四百多年过去了，其原因依然没有定论，恐怕日后也难有定论。其实，笔者以为，与其争论明词"亡"或"衰"的原因为何，不如探究"亡"或"衰"的主流观念是如何形成并流传开来的。有关这一观念的生成背景，已有学者做了较深入的论析，总结出四百年来抹杀明词地位的三大文学观念，即“一代有一代之文学”、浙西词派的“醇雅”说、常州词派的“寄托”说[①]。前二者是用宋词的高度来否定明词，第三者则是用诗教的文学观来否定明词。总的来说，以上三类对明词的观看，仍是一种一元价值观的体现，他们不认为同一文体在不同时代可以有多个不同价值取向的发展高峰。对此，余意提出了三剂良方：悬置先见、直面本体、再造话语[②]。不过从现在的研究状况来看，学者终究也是时代的产物，习惯了唐诗宋词的当代学人们，连清词的经典化推进和理论建设都困难重重，更何况被冠以“中衰”之名已四百年的明词。悬置先见或许略有改观，但直面本体和再造话语，恐怕是任重而道远。

自清人以下，我们一直在谈论明词的“轻”，却忽略了一件事，即也有一些晚明清初词人强调过明词的“重”。如钱允治《类编笺释国朝诗余序》曰：“我朝监于二代，郁郁之文，炳焕宇内。即填词小技，遂出宋元而上，几欲篡其位。”[③]邹祗谟《远志斋词衷》曰：“尝论前代诸家，文成之于元献，犹兰亭之似梓泽也。新都之于庐陵，犹宏治之似伯玉也。琅琊之于眉山，犹小令之似大令也。公谨之于幼安，犹宣武之似司空也。逮黄门舍人之于屯田、待制，直如曹、刘之于苏、李。遂觉后来益工。”[④]类似的观点，在陈子龙、朱彝尊、陈廷焯等人旗帜鲜明的“非明”词学主张下，多少显得有些苍白无力。当然，也有一些细心的学人留意到了这一现象[⑤]，但更多的人在征引这些史料时，批评多浅尝辄止，未去探究论说背后更深层次的针对性和目的性，未免可惜。在某种程度上，我们依然在用后人的成见揣度前人的想法，用既定的观念来否定当事人的叙说，我不敢说清人的观点一定是错误的，但至少用这样的方式忽视或否定前人的小众说法，是有失严谨的。在笔者看来，词人笔下的“重”是对是错并不重要，重要的是为什么这些人会以明词为“重”。换句话说，钱允治和邹祗谟的观点，与其他“非明”词学家的观点并不冲突，每个人的表述都有自己的叙事语境，钱、邹二人的论述方式，固然有在我们看来很夸大的一面，但也有在他们视角下很合理的一面。把这合理的一面挖掘出来予以深度阐释，或许比对立地否定他们的观点更有讨论的价值。

最早系统地发出“重”的声音的，是民国年间的赵尊岳。他在《惜阴堂汇刻明词记略》一文中，既总结了明词的六大疵累，也提出了明词不可废的八个理由。即开国时词人特盛，亡国时词人尤多，台阁文会以填词为尚，武职中多有能词者，理学家多有词附集以传，女性词人蔚为大观，道教词亦有传承，盲人治词闻所未闻[⑥]。虽然这些理由本末有差，放在一起论述，有细大不捐之嫌，但较之王昶《明词综》擅改原作、唯雅是选的态度，赵尊岳不作筛选地大规模丛刻明代词籍，已经算是对明词的极大尊重和认同了。至少在整个二十世纪，学界对明词整体价值的判断，没有超出赵尊岳的认知范围，甚至本世纪初问世的《明词史》和《全明词》，也带有受《明词汇刊》文献影响的明显印迹。

以上从明、清至近、现代，无论词人和学者们怎么讨论明词的“盛”与“衰”、“轻”与“重”，

---

①② 余意《“词亡于明”的历史考察与反思》，《华中师范大学学报（人文社会科学版）》2006年第5期。

③ 钱允治《类编笺释国朝诗余序》，《类编笺释国朝诗余》卷首，《续修四库全书》本。

④ 邹祗谟《远志斋词衷》“阮亭词序略”，唐圭璋编《词话丛编》本，中华书局2005年版，第661页。

⑤ 朱惠国《论明代的明词批评》，《文艺理论研究》2007年第5期；陈水云《清初关于词的“盛”、“衰”之辨》，《中国文化研究》2010年春之卷。

⑥ 赵尊岳《惜阴堂汇刻明词记略》，《明词汇刊》附录一，上海古籍出版社，附录第5—8页。

有一点基本不变，即他们所关注的对象主体，是作为审美形态的明词，这是我们讨论明词“轻”、“重”的第一个层面。

在大多数人看来，“明词中衰”的根本表现，就是艺术审美特质的缺失。虽说“美”也是一个相对的历史标准，但大致的高低上下是可以区别开来的。从这个角度讲，我们再怎么挖掘明词的“异量之美”①，也不可能达到与宋词、清词相同的高度，至多就是让千年词史的发展轨迹图中的那个波谷不那么深而已。在客观上，我们强调明词是贯穿千年词史的必经之路，作为填补空白的一环，它有被重视的必要性；甚至如唐宋词在明代的经典化问题、明词的创作探索留给清人的宝贵经验等，已不仅是断代词研究所能覆盖的话题，涉及到更宽阔、更长时段的词史视野。但在主观上，这种反拨是一种“非轻”的基调，更多是对研究态度、研究行为的纠正，而不是对研究价值的纠正。

笔者以为，对明词价值作更深层次的挖掘，除了应建立一套明词专有的审美话语外，还需要我们进入到有关明词“轻”、“重”的第二个讨论层面，即作为社会文化形态的明词。赵尊岳的“八大”说，其实已经从词人身份多样性的角度触到了这一层面。吴熊和先生一直强调唐宋词是一种“文学-文化现象”②，这一观察视角，我们也可以复制和应用到明词研究中来。

如果我们从社会文化的角度来考察明词的研究价值，则每篇作品皆有其文化背景，只存在离文学的距离远近的不同，不存在作品的高低优劣之分。两万多首宋词和两万多首明词，它们的学术价值是大致等量的。比如明词中看似千篇一律的幛词，却是文人们织构和经营其社交网络的一把利器；小说、戏曲中开场词和过场词，是明清说唱文学在底层社会文化中适应生存的有力手段；类书中的大量歌诀词，更是明词在底层民众日常生活中的一种文化应用。这些在审美上乏善可陈的作品，却蕴含了大量社会文化学的宝贵信息。在本质上，它们和宋词可付诸歌妓宴唱一样，都是一种“文学-文化现象”。

回顾过去二十年，这种“文学-文化现象”的词研究视角，可谓风生水起，其中可以被明词研究拿来借鉴的东西，无论正面还是反面，都太杂太多。如何在良莠不齐中有所取舍，或许是明词研究能否迅速走上文化研究快车道的关键所在。首先，我们应认识到，作为社会文化形态的明词，更适合进行“中观”层面的研究，而且比唐宋词的文化考察更为复杂，因为唐宋词只是唐宋文化的产物，而明词则是前代词和明代文化的综合产物，研究者的“中观”视角，既应是横向的，也是纵向的；其次，还必须考虑到，这种“文化转向”只是第一阶段，而第二阶段应该由“词学文化学之研究”走向“词学之文化学研究”，由文化本位走向文学本位，在更高层面和意义上完成“文学转向”③。这种向文本的回归，是唐宋词研究史中的经验之谈，是后起的明词研究在向外拓展之初就应该留意和深省的。

在笔者的思考中，讨论明词“轻”、“重”的第三个层面，应该是作为研究方法的明词。这不仅是指需要给明词建构、搭配一个与之特性相契合的话语系统，更希望从明词研究中总结出来的研究视角和研究方法，可以为其他断代词研究甚至分体研究提供一些别样的思路和

---

① 张仲谋《明词史》，人民文学出版社2002年版，第2页。

② 吴熊和《重印后记》，《唐宋词通论》，浙江古籍出版社1989年版，第455页。

③ 陶然《当代词学文化学研究之回顾与反思》，《文学评论》2010年第3期。

启示。我们现在的明词研究，别说在文本阐析中用的是唐宋词的审美标准，连各种研究方法也是唐宋词研究中的成熟套式。比如说词选研究，跳不出龙榆生《选词标准论》、肖鹏《群体的选择》所建立的一套“便歌、传人、开宗、尊体”①或“选型、选源、选心、选域、选阵、选系”②的话语体系，而龙、肖二著就是建立在唐宋词研究的基础之上的；比如说审美范式研究，王兆鹏在《宋南渡词人群体研究》中提出的“花间范式”、“东坡范式”和“清真范式”③，也是以唐宋词的发展演变为主线的；至于学术界翘首企盼的《宋词通史》，如果真能像预言的那样促成文学史研究范式的转型的话，也是依托了宋词研究这一成熟的学术平面。我不是说借鉴唐宋词研究的思维方式和理论不好，很多研究对象有跨越时代的共通性，一定程度上的拿来主义是应该提倡的。但一味地借鉴和索取，终究只是落人之后，为什么不去尝试性地引领一下风气之先呢？其实明词研究，在某些领域是有机会自成一套概念和方法，来为其他断代词研究所用的。比如小说、戏曲中的词研究，鉴于明白话小说覆盖了世代累积型创作和文人独立创作两个阶段，明传奇又代表了古代文人戏曲的黄金时代(杂剧无词)，若能厘清其中的引用词、化用词、原创词的复杂面貌，则总结出来的研究方法和规律，基本上可以解决宋、元、清三代小说、戏曲中词的诸种问题；又如明词的功能化和日用化研究，涉及幛词、寿词、乐章词、歌诀词、宗教仪式词等多种类型，它们无论在绝对数量上还是类型多样性上，抑或与作品相关的社会文化史料上，都比唐宋金元词要丰富得多，不充分利用这一优势，颇为可惜。这种“领方法之先”的理念，笔者将在后文中作更详细的论述和阐发，此不赘言。

当然，以上三个层面，在学术发展上是有先后次序的。特别是在现今明词研究的基础还比较薄弱的情况下，从审美的角度对明词文本作更多的研究，建构一套关于明词审美的独特话语系统，挖掘其中的文学内涵和词人本事，适度地推进明词的经典化和普及化，显得尤为重要。我们不追求明词与宋词、清词的辉煌遥相呼应，但求这种特定时代下的“异量”美感被更多的人包容、认可和欣赏。至于明词的社会文化属性，本应是明词研究中可以大有作为的一块领域，因为词的本体研究离不开整个词坛生态的研究，可惜受到传统审美观念的影响，这一块的研究价值被文学价值所牵连，至今关注的人不多。但客观地说，这部分作品虽然原创性不强，活跃度却是整个明代最高的。从这个角度来讲，文体的生机和活力为何与文学的艺术价值相背离，是一个很有意思的明词话题。至于更高层面的方法论的提倡和推广，我以为最重要的，是秉持一种基本态度，即从明词现象中总结出规律和方法来，而不是套用既定的概念和学说去生硬地阐释明词。只要有了这样的理念，加上坚实的文献和缜密的思维，多尝试终归是好事情，没有必要因噎废食，滞步不前。

二 “换代”之眼：一代学人视野下的一代词

建构明词研究新体系的另一个重要前提，就是要有鲜明的“换代”意识，即我们的研究成果，应能反映出研究对象的时代递变和研究者思维的代际演进。

---

① 龙榆生《选词标准论》，《龙榆生词学论文集》，上海古籍出版社1997年版，第59页。
② 肖鹏《群体的选择——唐宋人词选与词人群通论》，凤凰出版社2009年版，第9页。
③ 王兆鹏《宋南渡词人群体研究》，凤凰出版社2009年版，第130页。

所谓"换代",在笔者看来,至少应该包含三层意思。首先,指一代有一代词的面貌。吴熊和先生在《历代词通论》的总序中说得明白:

> 面对不同时期的词,通论的写法是可以不同的。对于研究唐宋时期的词而言是关键的、不可或缺的问题,却未必是其他阶段词的重点所在。如本丛书中《唐宋词通论》与《金元词通论》所讨论的核心问题就有所差异。词的起源问题必须在《唐宋词通论》中加以探讨,全真道教词的问题则只能在《金元词通论》中进行展开。这说明通论的形式有可能提供一种富有个性和针对性的研究思路。研究者必须对研究对象有整体的判断,梳理出最核心、最本质的若干问题。这种以问题为导向的研究,可为将来重撰词史提供基本的考察维度。①

明词的面貌,无疑与唐宋词、金元词大不一样。与唐宋词相比,明词研究基本上不用涉及词源、词乐,词体、词调的发展变化也不明显,词籍重在词选和丛编,词别集和词话的单刻本数量可谓寥寥。与金元词相比,明代既没有少数民族词人群,也没有全真道教词人群;诗词曲的文体互动问题,明步宋元后尘,积习已久;东亚视野下虽有《皇华集》中的词人唱和,但整个帝国文化已不像元代那样包容和外拓。当然,明代也有别于唐宋金元的特色,它有前代绝无的山人词人群、女性词人群,有风靡文人世界却被后代嗤之以鼻的幛词和《草堂诗余》,有大量小说、戏曲、类书中的佚名词和托名词,还有词史意义上的第一个词学流派,以及词学地理意义上至关重要的"环太湖词圈"。笔者以为,作为一种中时段的研究,明词中"变"的重要性应大于"不变",故首先应强调一代词的个性、核心和本质,尽量去突出明词的核心且独具的问题。其中哪些是独具的或首创的,是为表象,研究者一眼即可看出;但哪些是核心的,反映本质的,则需要我们作更深入、全面的考察后方能断言。比如诗词曲的文体互动问题,在明词中出现了较之宋元词更为复杂的情况,即使陶然在《金元词通论》中已有专章论述,胡元翎近年来亦有关于"明词曲化"的系列论文发表,但作为明词的核心问题,笔者觉得仍有作进一步讨论的必要;又如断代词的易代归属问题,虽然明知是一个很难有答案的话题,但随着新编《全明词》项目的开展,"何为明词"已成无法回避的当务之急,如何在陶然《金元词通论》提出的断代原则的基础上②,提出一套更符合明词特性的界定标准并付诸实践,也是相关研究者有责任去解答的一个问题。

"换代"的第二层意思,笔者以为,指一代有一代学人的观念。代有传承,固然很好,但代有变化和革新,却是更好。不同年代成长起来的学者,有着不同的知识结构和思维方式,他们观察事物的维度也是迥然有别,学界的研究应该由数代学人的多层观察维度所构成,这样才能使明词研究的内涵更为丰富。就明词研究而言,张仲谋、丁放、邓子勉、周明初、陶子珍、胡元翎、邓红梅等先生属中年一代,而余意、张若兰、汪超等同仁属新生一代,他们在研究观念、旨趣和方法上的差异是客观存在的,也是相互补益的。根据我有限的接触和阅读来看,现今越来越多的学人,希望在明词"异量之美"的基础上,厘清明词与宋词在发生学上的根本

① 吴熊和《唐宋词通论·总序》,上海古籍出版社,2010年,第2页。

② 陶然《金元词通论》,上海古籍出版社,2001年,第14—23页。

文化歧异，而不是简单地用唐宋词的价值标杆去考量和评判明词[①]。一旦落入后者的窠臼，别说明词在千年词史中永难翻身，就算清词也难逃二流的文学定位。反之，如果能够建构起一套与明词自身特性相匹配的话语系统，那么，很多让唐宋词研究者心生疑惑的明词现象，将得到一个更加合理、清晰、深刻的解释。即使最终无法提升明词的文学史地位，至少可以让我们理解近两千位明词作者的创作用心。这种尝试，绝不是对明词研究价值的自我鼓吹和标榜，而是用更近距离的现场感去体察和感悟明词及其周边事物。这种观察所得到的结果是否令人满意姑且不论，至少它不会像清人那样高高在上的脱离明词的文学生态环境而作一己喜好之言。从严迪昌先生提出词学研究应有"'异量美'式的气度"[②]，到张仲谋将之付诸明词研究的实践，再到余意对"再造明词研究话语"的倡导，一代又一代的学者在努力去贴近明词。如果新一辈的学人只是重复前贤的视角和观念，而没有新的创见和突破，那么明词研究顶多是量的增加而不是质的深化。

至于"换代"的第三层意思，笔者以为，指一代有一代学风的契机。这里所说的"一代学风"，主要指"一时代的学风"（以十年、二十年不等为断限），而非"一代人的学风"（这属于第二层意思的范围）。

十年前，《全明词》问世时，除了张仲谋《明词史》、陶子珍《明代词选研究》外，其他领域基本上是一片空白。过去的十年，是明词研究崛起的十年。《全明词补编》、《明词话全编》、《金元明人词话》等古籍整理成果纷纷登场，余意《明代词学之建构》、张若兰《明代中后期词坛研究》、苏菁媛《晚明女词人研究》等青年人著述陆续推出，各类学术刊物上的明词研究论文已有三四百篇之多。就在眼下，张仲谋的《明代词学通论》刚刚问世，余意的《明代词史》已申请到国家社科基金后期项目出版在即，周明初重编《全明词》的计划也作为国家社科基金重大项目而提上日程，明词研究的面貌不可谓不欣荣。但如果我们用更长时段的眼光去看过去的十年，其实这十年最显著的成果在两方面，一是明词的搜采和补遗，二是明代词学文献的考订和整理。总的来说，这两块仍属于文献层面的突进，而在理论层面上，虽然填补了很多空白，但在纵深力度上尚不如人意。笔者展望接下来的十年，将是明词研究走向纵深的十年。各类深入式的对话、商榷和重构，将取代平铺式的主题研究，成为明词研究的新模式。这将是一个从无维度到单维度、再到多维度的不断成熟的学术史过程，即明词研究从毫无规模可言的散兵游勇式（二十世纪），历经众志成城的文献整理和填补空白之努力（本世纪初的十至十五年），然后进入一个多元对话和开放的新阶段。

我相信，利用最近十年的明词研究成果，足以建构起一个明词研究的基本体系框架，而且除了小说、戏曲中词外，不会出现重要的话题遗漏。再多征引一些古籍材料，多添加一些论点注脚，即使没有太多的新意和创见，也能写出一部规范、合格的明词研究的入门读本。但是，这种建构是平面式的、拼盘式的，将不得不充斥大量老生常谈的话题，而且这些话题之间未必构成很严密的整体理论联系。这样搭建出来的研究体系，缺少对学术前沿问题的深度观照，很难抓住明词研究的未来脉动。从学术史的角度来讲，类似的研究体系可以让明词

① 余意、齐森华《吴中词学与"词亡于明"辨》，《文学遗产》2008年第4期。

② 严迪昌、刘扬忠、钟振振、王兆鹏《传承、建构、展望——关于二十世纪词学研究的对话》，《文学遗产》1999年第3期。

研究的领域更加充实和完善，却无法展现出明词研究的自身特色和独有结构，也无法将明词研究引上变革性的发展之路。从这个角度来说，不停地换代思考，融汇各家说法，讨论建构明词研究新体系的一些前提基础，还是很有必要的。

以上三层，包含了较强烈的问题意识和创新精神，笔者以为，代表了整个明词研究的发展方向，这种趋势非个人所能左右。而在更宽广的层面，“换”所指向的，绝不仅是“换代”，还应包括“换位”，即研究者对“明”与“词”二字的关注点的不同。如何在强调“明代词的研究”和“明代的词研究”的同时，也不忽视“词的明代属性研究”，是词学学者较之明代文学学者更强势地进入明词研究领域后必须留意的一个问题。

过去十年，涌现出了一批优秀的青年学人，他们通过撰写有关明词研究的博士论文而在学界立足。如陶子珍的《明代词选研究》(东吴大学，2001)、余意的《“词学吴中”与明代词学之重建》(华东师范大学，2006)、张若兰的《明代中后期词坛研究》(中国社会科学院，2007)、苏菁媛的《晚明女词人研究》(彰化师范大学，2008)、凌天松的《明编词总集述评》(华东师范大学，2008)、岳淑珍的《明代词学研究》(河南大学，2008)、郑海涛的《明代词坛与词风嬗变研究》(陕西师范大学，2009)、汪超的《明词传播述论》(上海大学，2010)、许秋群的《中晚明词的传承与新变》(广西师范大学，2010)、薛青涛的《明词与阳明心学》(中国社会科学院，2011)等，皆是其中的代表人物。除了苏菁媛外，其他人有一个共同特点，即他们的硕士论文都是有关宋词研究的(苏菁媛的硕士论文为《陈子龙词学理论及其词研究》)。也就是说，他们都是从词学领域进入明词研究的，词学理论的基础非常扎实，擅长对词史的纵向宏观把握和具体词作的静态审美阐释，但在对明词生成的文学生态环境的体察及与其他同时代文体的横向比较上，则显得不那么纯熟。笔者以为，由明入明词和由词入明词，两者的取法路径应存在不小的差异，就明词研究的长远均衡发展来看，词学理论素养的积淀固然很重要，但对明代文学及其社会文化环境的整体把握同样不可或缺。随着明词研究的深入，唐宋词视域下对明词的观看日渐常态化，学界亟需一批专攻明代文学和文化的学人进入到明词研究的领域中来，注入新的思路方式和观察角度。如何挖掘“明代”的长处，或许将是明词研究走出困局的一条重要线索。

三 “方法”之先：打开明词研究的立意和路径

二十一世纪，注定是一个强调研究维度的世纪。但我们追求的所谓新方法、新视角、新理念，并不是为了“新”而新，最终目的还是为了论述的“深”，为了学术史的推进。上文所说的作为社会文化形态的明词，效仿宋词研究而活学现用；作为审美形态的明词，欲自立话语系统而与他代迥然有别。效仿别人也好，自立门户也罢，至少没有尝试去走一条跳出“明词”、引领“他词”的路。这一方面当然跟明词研究的基础比较薄弱有关，学术史的发展总是循序渐进的，没有扎实的地基，即使高屋建瓴，也只是七宝楼台；另一方面，恐怕也与明词研究者的立意甚卑有关，自己先放下身段，将明词及相关现象定位为词史中的二流、三流，又如何写出一流水平的研究成果呢？

笔者以为，明词作为“方法”之先，至少可以从两个层面来考虑。首先，一代有一代词的特点，任何断代词都有它在某一领域的先天优势，对于这种小领域内的“方法”之先，要有当仁不让的态度。如唐宋的词乐，元词的东亚视野，明代小说、戏曲中的词，清代的女性词、郡邑词等。举例而言，词乐理论的建立，无疑应以唐宋词为主要考察对象，由此形成的理论方法，用来阐释词乐式微后的金元词、明词、清词的音乐世界，基本上没什么问题；又如想建立一套阐释女性词的话语体系，则晚明及整个清代的女性词才是最合适的考察对象，我并不认为对李清照、朱淑真的个案研究成果能对明清女词人研究有实质性的帮助，反之，在明清女词人群研究的基础上生成的某些概念和思维方式，如北美孙康宜、魏爱莲、方秀洁等人的女性视角，或许可以为历代女词人的深入考察提供一些新的思路。

同理，明词也有自己的优势，如前面说过的明代小说、戏曲中的词，明词的功能化和日用化等。这里再举一例，即明代的诗词曲文体互动现象。虽然这一现象在元代就已进入视野，赵维江《金元词论稿》、陶然《金元词通论》也予以了专节甚至专章的详论，但我以为这一现象在明代的发展演变非常复杂，出现了很多新的情况，虽已有张仲谋、胡元翎等人的研究成果，仍存在不小的可深入、拓展的空间。

众所周知，词的诗化始于宋，词的曲化始于元。而如前所说，明词是前代词和明代文化的综合产物，反映在文体互动上，亦是如此。一方面，从北宋苏轼直到南宋末年，"以诗为词"之法已经形成了强大的文学传统，足以脱离词乐而独立生存；另一方面，传奇作为有明一代之胜，对失去唐宋词乐依托的明词来说，在某种程度上以"新"词乐的姿态出现，并产生了广泛的影响。撇开功能化的趋向不论，在明词内部，诗化和曲化是两股不容忽视的并行发展方向。但在传统的研究者看来，词的诗化将宋词带入了一个全新的境界，而词的曲化则被视为其演变过程中的一道魔障，这多少仍是用雅文学的标准在观看词的发展。胡元翎提出可从"音乐文学"的角度来放宽阐释"词之曲化"[①]，别开生面，给人启示颇多，但词的诗化与词的音乐属性之间并非截然二分(比如民歌一块)；而且元明词的曲化，本质上到底是音乐化，还是通俗化，也是一个值得探讨的问题；另外，传统所说的以诗为词、以曲为词，是指在有明确分体概念下的格调、意境的诗化，章法、句式的曲化，而明代文人大多认为诗词同源，词曲不分，词可以杂入乐府诗卷之中，词、散曲同卷混编亦习以为常，传奇视野下的无换头曲调与词调混为一谈，在这种观念下的诗词曲互动，其内涵是否等同于自觉意识下的词格、词境、词法的拓展和演变，也不是三言两语就能说清楚的。从这个角度来讲，如果能以新编《全明词》项目对明词体式界定的客观需求为契机，以元明词的曲化这一时代现象为切入点，探究明代的诗词曲互动问题，并提出一些可推而广之的概念和方法，不失为对其他断代词研究的一次有益启示。

而在"方法"之先的第二个层面上，所有断代词研究的起点都是平等的。也就是说，不是从某个断代词研究自身中去总结方法，而是外来文学或文化理论的合理引入。东海西海，心理攸同，我们没有理由去盲目地排斥西方文学、文化理论的介入。这个时候，唐宋词较之金元词、明清词在学术积累方面的优势就体现出来了，现今大多数词学新方法的使用，如范式研究、传播研究、定量分析研究等，都是在唐宋词的园圃中开花结果的，这一方面当然是因为唐宋词研究的发展瓶颈需要有人去突破，另一方面也不否认，唐宋词在词人、词作、词调、词乐、词籍、词论等方面的研究深度，为外来理论和范式的介入提供了一个高度成熟的平台，这

---

① 胡元翎《"词之曲化"辨》，《文学遗产》2009年第2期。

种积累和储备是其他断代词研究所无法企及的。不过从理论上来讲，每个朝代的机会都是平等的，明词研究同样可以引入各类跨文化、跨学科的新方法，先为我所用，然后再为其他断代词研究所用。比如社会学中的场域理论，对解释中国古代文人社交网络中的一些文化现象来说，不失为一剂新药，已有学者在做一些探索性的尝试①。当然，如何化用于无形，与中国传统士人世界和文学思想完美相融，才是看出学人功底和水平的地方。

当然就现实而言，在明词微观研究尚未实质性起步的情况下，过多的宏观方法尝试，是需要谨慎对待的。现今对词人生平事迹的考证，仍主要依赖《全明词》、《全明词补编》中的词人小传；对词作的系年和本事的考掘，在上世纪九十年代的《明词纪事》后，一直未有推进；对明代类型词（如幛词、寿词、歌诀词、应制词、应景词等）的结构、技法、用词、仪式化等要素的研究，也是一片空白，无人问津。无论是文献史实的坚实度，还是文本阐释的精细度，都无法支撑住外来理论的大量涌入并使之生根发芽。从这个角度来讲，坚持几分保守姿态是有必要的。只有在遵循学术史渐进发展规律的前提下，保持微观、宏观甚至中观研究的齐头并进，才是明词追赶其他断代词研究并摆脱亦步亦趋形象的一条明路。

四 “名篇”之立：回归文本与明词经典化的起步

如前所言，建立一套与明词特性相匹配的话语系统，是不少明词学人的一个心愿。无论是更宽阔的词学文化学考察，还是更新颖的各种研究方法的尝试，虽然涉及范围远远超出了明词审美的范畴，但在某种意义上，其最终目的还是为了回归作品本位。如果再深入的研究，仍无法清晰地阐释明词的“异量之美”；再异量的美丽，仍无法在学界和整个社会中获得广泛的认同，那么，明词研究即使视野何等宽广，质量何等深厚，也只是学术界内部的风起云涌，不可能形成一批在社会大众中耳熟能详的作品。

《全明词》出版至今已十年，学界对明词定位、名家、流派、文体互动等话题的讨论日益深入，却很少有人能背出几首明词名篇来。除了“滚滚长江东逝水”借《三国演义》开篇词而妇孺皆知外，其他的明词作品并没有获得稳定的文本认同。这就产生了一个问题：作为千年词史中最弱一环的明词，在其总体的文艺价值被认为不及唐宋词和清词的前提下，它的某些作品在当代社会是否还有经典化的必要？符合唐宋词审美标准的那部分明词，是否比挖掘出“异量之美”的作品更容易受到普通读者的认可？

笔者以为，明词经典的塑造还是有必要的。首先，尽管学界对明词的文本价值和文学史地位向有微词，却并不妨碍我们从现存的两万多首作品中细选出几百首佳构，宏观上的整体颓势不意味着可以对具体的某些作品做出率意的忽视或否定；其次，在明词文献的整理工作已经趋于成熟的基础上，过于滞后的文本研究现状，难免会对日渐活跃的明词理论研究产生一定的掣肘作用，这样不利于明词研究朝更纵深的方向发展；最后，撇开文学史上的地位高下不谈，仅从大众普及的角度来看，适量的明词赏析也有利于普通读者形成更加连贯、全面的文学史观。

① 汪超《闺阁、青楼场域差异影响下的文学传播与接受——以明代女性词人为例》，《中南大学学报（社会科学版）》2012年第2期。

明词的经典化可以有很多途径，比如建立一套明词独有的评价体系，或者不断地重写通代、断代词史，但最便捷的方法，莫过于先编一本《明词选》。随着《全明词》、《全明词补编》的出版，以及一系列明词研究著述的问世，编选的时机相对来说已经成熟。因此，以下文字，不仅是对明词研究回归文学本位之路的一些思考，也是编纂《明词选》之前对编选思想的一次学术史回顾。

严格意义上，明词的经典化，不是应《明词汇刊》或《全明词》的问世而生的，是应明词自身的发展而出现的。就明清选本而言，现有四部明词选存世，即明钱允治编《类编笺释国朝诗余》、沈际飞编《草堂诗余新集》，清顾璟芳等编《兰皋明词汇选》、王昶编《明词综》。至于历代编纂通代词选而涉明词，则数目更为庞大。从这个角度来讲，明词的经典化始于明代，至今已有四百年多的历程。我们现在要做的，确切地说，是明词的当代经典化，是摆脱《明词综》编选观念和当代唐宋词研究视域的新经典化。上世纪八十年代，文学作品选和鉴赏辞典的风气大盛，明词也在诗词鉴赏的浪潮中初露头角，夏承焘《金元明清词选》（明 61 人 120 首，下同）、唐圭璋《金元明清词鉴赏辞典》（72 人 136 首）、王步高《金元明清词鉴赏辞典》（64 人 126 首）、黄天骥《元明词三百首》（118 人 208 首）、孙文光《明清词三百首》（34 人 99 首）、钱仲联《元明清词鉴赏辞典》（97 人 170 首）等选本①，在很大程度上奠定了当下明词名家名篇的基本格局。学界对优秀明词作品的体认和阐释，也从明清两代及民国时期的中国古典选本和评点之学，开始走向新文学思潮指引下的文本阐析之学。

反观明词早期经典化的历史，可以看出，晚明清初《类编笺释国朝诗余》、《草堂诗余新集》、《兰皋明词汇选》的选词更具多样性，而《明词综》的选词更具趋向性。考虑到《明词综》的流传广度远远超过了前面三家，则这种崇尚醇雅的浙西词风，对明词经典的早期定型产生了深远的影响，以至于在《明词汇刊》影印本和《全明词》没有出版之前，明词的当代经典化的第一步，带有明显的文献依赖痕迹。无论是夏承焘、唐圭璋等词坛巨擘，还是王步高、黄天骥等学界名家，都存在这方面的共同遗憾，以永乐至万历年间的词尤为明显。再考虑到《明词综》、《国朝词综》中存在大面积的擅改原作现象，那么，更深层次的局限还包括后来选家的审美取向在无意识中被约束和引导。如何将以《明词综》为代表的明词旧经典，转化为当代学术视野下的明词新经典，是当代经典化中至关重要的一步。

撇开受《明词综》的影响不谈，我们还得考虑到，由于受编纂体例的要求，夏、唐等人采用的是多个朝代相连贯的通代视域，更确切地说，是唐宋词研究视域下的通代视域。编者不仅用传统的唐宋词审美标准来挑选明词，还要在与金元词、清词佳作的纵向对比中作出取舍，并展现出一条相对连贯的元明清词史线索。明词在整部词选中的比重，除了黄天骥《元明词三百首》占到 69.3％外，其余各本都没有超过 30％（夏本 25.8％、唐本 19.1％、王本 15.4％、孙本 22％、钱本 20.2％）。这种编选过程中的侧重点的不同，造成了不同选家之间对明词的价值取向亦有差别。比如元末明初和明末清初的作品相对较多（朝代归属尚有争议），明中期

① 夏承焘编《金元明清词选》，人民文学出版社 1983 年版；唐圭璋编《金元明清词鉴赏辞典》，江苏古籍出版社 1989 年版；王步高编《金元明清词鉴赏辞典》，南京大学出版社 1989 年版；黄天骥编《元明词三百首》，岳麓书社 1994 年版；孙文光编《明清词三百首》，黄山书社 1999 年版；钱仲联《元明清词鉴赏辞典》，上海辞书出版社 2002 年版。

的作品较少且与《明词综》所录的重复度太高;又如因选录明词的总数不够多,以致人均作品数太少,一流词人和二三流词人无法量化区分开来;另外,古代小说、戏曲中词的原创性虽然不强,但就具体时代而论,明传奇中的一些佳作(如汤显祖词),理应区别对待并作进一步的挖掘。综上这些问题来看,编一本全面、纯粹的断代明词选,还是很有必要的。而如何跳出前贤名家当时有限的文献和观念视域,进入更宽广的审美空间,注入更进步的时代意识,是新世纪的编选工作必须直面和解决的一个问题。

由上可见,明词的当代经典化,决不仅是凭一己私好挑选出几百首作品那么简单。真正的经典化,必须对学术史有充分的认识,必须建立在数量庞大的文本阐析的基础之上。从这个角度来讲,编纂一部断代明词选,和建立一套明词评价体系,有异曲同工之处。或者说,二者殊途同归,最终目的都是为了让读者更好地阅读和体会明词的妙处,以及知道这些妙处是如何而来的。绕了一圈,明词研究还是回到了文学本位,但不再是原来人们眼中的明式宋词,而是一代有一代特色的明词。

作者单位:浙江大学

台阁体审美范畴释论

——以《四库全书总目》为中心

何宗美

《四库全书总目》对台阁体的评价是通过审美批评来体现的，这包括肯定性的审美批评和否定性审美批评两个方面。具言之，对台阁正宗多倾向于肯定性的正面评价，对台阁末流则相反。考察《总目》相关别集提要关于台阁体审美评价的情况发现，“舂容”、“肤廓”、“啴缓”是三个重要范畴，这可以说体现了四库馆臣对台阁体文风的审美概括以及审美评价的倾向。其中，“舂容”是肯定的褒赞的，“肤廓”、“啴缓”则是否定的批判的。不过，四库馆臣对“舂容”等审美范畴并无深究，以致提要所作出的相关评价留下了诸多有待释论的空间。

一、“舂容”论

“舂容”，是《四库全书总目》对明代台阁体文风正面的标志性评价之一。如袁华《可传集》提要谓“开明初舂容之派”，陈谟《海桑集》提要谓“文体简洁，诗格舂容”，黄淮《省衍集》提要谓“其文章舂容安雅”，周叙《石溪文集》提要谓“有舂容宏敞之气”，徐溥《谦斋文录》提要谓“当时台阁一派，皆以舂容和雅相高”，吴俨《吴文肃公摘稿》提要谓“文章局度舂容，诗格亦复娴雅”，祝萃《虚斋先生遗集》提要谓“文颇舂容，诗亦妥帖”，朱彝尊《明诗综》提要谓“永乐以迄弘治，沿三杨台阁之体，务以舂容和雅，歌咏太平”等。属于与“舂容”相近大体可划为“舂容”美范围的再如，吴伯宗《荣进集》提要谓“诗文皆雍容典雅”，杨荣《杨文敏集》提要谓“雍容平易”，胡俨《颐庵文选》提要谓“和平安雅”，金幼孜《金文靖集》提要谓“雍容雅步”，李梦阳《空同集》提要谓“成化以后，安享太平，多台阁雍容之作”，孙继皋《宗伯集》提要谓“雍容恬雅，有承平台阁之遗风”，杨寅秋《临皋文集》提要谓“大抵和平典雅，有明初前辈之风”等。《辞源》释“舂容”曰：“撞击。……本指钟声回荡相应，引申为雍容畅达之意……又比喻和协。”由此可见，此词可释为三义：其本义是“钟声回荡相应”，引申义是“雍容畅达”，比喻义是“和协”。《辞海》的解释是“以‘舂容’形容声调宏大响亮”，与《辞源》所释第一义相近而略异。

至此，不免有一些问题要生发，比如说究竟何谓“舂容”，其义是否尽于《辞源》、《辞海》所释与上文所说，用“舂容”形容一种文风的审美特征有怎样的由来和背景，台阁体的诗文是否真正体现了一种“舂容”之美，或者说体现的是一种怎样的“舂容”之美，《四库全书》提要用“舂容”来形容明代台阁体是否存在某些偏误之处等等。这些问题既是确切把握《四库全书》提要的台阁体文学批评，也是深入了解台阁体文学审美特征都必须弄清的重要问题。

追本溯源，中国文学审美的许多范畴皆胚胎于早期经典，这是一种值得关注的现象。"舂容"作为一种艺术美的称谓，本于儒家五经之一的《礼记》。其《学记》篇云："善待问者如撞钟，叩之以小者则小鸣，叩之以大者则大鸣，待其从容，然后尽其声。"郑注："从，读如'富父舂戈'之舂。舂容，谓重撞击也，始者一声而已。学者既开其端意，进而复问，乃极说之，如撞钟之成声矣。"孔疏："舂，谓击也，以为声之形容。言钟之为体，必待其声。击，每一舂而为一容，然后尽其声。"[①]"舂容"原作"从容"，是"舂"（"从"）而成"声之形容"之意，描述的是一种声相状貌。此后，"舂容"高频度地进入古代文学文本，并转化成一种艺术美的意境或风格即"舂容"之美。唐代诗人张说《山夜听钟》就是以钟声为物象创造舂容美的范例，诗曰："夜卧闻夜钟，夜静山更响。霜风吹寒月，□窸虚中上。前声既舂容，后声复晃荡。听之如可见，寻之定无像。信知本际空，徒挂生灭想。"[②]从这里，我们感到在诗人"山夜听钟"的情境以及声相无相的禅意外，还有一种远自《礼记》而来的文化内蕴。可以说，古人对钟声舂容之美的体会最初是在《礼记》及其阐释的过程中形成的。再后，韩愈把"舂容"引入艺术审美的范畴，其《送权秀才序》曰："其文辞引物连类，穷情尽变，宫商相宣，金石谐和。寂寥乎短章，舂容乎大篇，如是者阅之累日而无穷焉。"[③]他所讲的"舂容"仍然是与文学作品的声音效果相关的一种美感，不能离开"宫商相宣，金石谐和"的艺术要求，而这种美感的最大特点是让读者获得一种"累日而无穷焉"的审美体味与享受，即通常所说的"余音缭绕"或"回味无穷"，这可以说中国传统审美思想在文学作品声音美感上的生动体现。

"舂容"，作为一种声音美、音乐美以及后来文学作品的声感美，包含铿锵、洪亮、雄浑、回荡等审美特质。这是因为舂容之美由古代"八音"之一的"金"音产生，它的物质形态是钟器，其乐器的性质决定了它演奏时生发的美感效果。同时，在中国古代音乐与传统文化体系相融合的过程中，舂容之美还被"装载"了丰富的文化要素。宋代陈旸在其《乐书》中指出："自葛天氏作八阕之乐，少昊氏效八风之调，而八音固已大备。后世虽有作者，皆不能易兹八物矣。金声舂容，秋分之音也，而莫尚于钟；石声温润，立冬之音也，而莫尚于磬；丝声纤□，夏至之音也，而莫尚于琴瑟；竹声清越，春分之音也，而莫尚于管钥；匏声崇聚，立春之音也，而笙竽系焉；土声函胡，立秋之音也，而埙缶系焉；革声隆大，冬至之音也，而鼗鼓系焉；木声无余，立夏之音也，而柷敔系焉。然金多失之重，石多失之轻，丝失之细，竹失之高，匏失之长，土失之下，革失之洪，木失之短。要之，八者不相夺伦，然后其乐和而无失也。"[④]据此可以看出，八音中的金声、石声、丝声、竹声、匏声、土声、革声、木声，不仅在乐器使用上分别与钟、磬、琴瑟、管钥、笙竽、埙缶、鼗鼓、柷敔对应，审美特点表现为舂容、温润、纤□、清越、崇聚、函胡、隆大、无余的不同，且又比附到秋分、立冬、夏至、春分、立春、立秋、冬至、立夏八个节令的自然之音。这样，源于《尚书·舜典》的"八音克谐，无相夺伦"音乐美学思想，就被一个包含乐器体系、乐美体系、自然时令体系诸多复杂因素在内而彼此统一的音乐审美机制来呈现。到了明代廖道南，这种思想有了进一步发展。他引入八卦系统作了更详尽的阐释，现依《殿

---

① 孔颖达《礼记正义》卷三六，《十三经注疏》下册，中华书局 1980 年版，第 1524 页。

② 张说《张燕公集》卷九。

③ 韩愈著，刘真伦、岳珍校注《韩愈文集汇校笺注》第三册，中华书局 2010 年版，第 1177 页。

④ 陈旸《乐书》卷一九。

阁词林记》[1]的相关内容列于下表：

八音	与八卦关系	与八风关系	其声特点	其音特点	对应节令	为乐之器
石	乾音	其风不周（西北风）[2]	其声温栗	其音辨	立冬之气	其为乐也，为玉磬，为䃘磬，为编磬，为离磬，为笙磬，为颂磬，为球，为謇。
革	坎音	其风广莫（北风）	其声隆大	其音欢	冬至之气	其为乐也，为鼓，为拊，为鼛，为鼗，为应，为鼖，为□，为提，为鼉，为灵，为建鼓，为足鼓，为楹鼓，为悬鼓。
匏	艮音	其风融（东北风）	其声崇聚	其音愀	立春之气	其为乐也，为凤笙，为· 笙，为大竽，为小竽，为和。
竹	震音	其风明庶（东风）	其声越	其音温	春分之气	其为乐也，为箫，为钥，为管，为篪，为篴，为笄，为篴，为篪，为箹。
木	巽音	其风清明（东南风）	其声茂遂	其音直	立夏之气	其为乐也，为柷，为敔，为止，为籈，为椌楬，为春牍。
丝	离音	其风景（南风）	其声纤□	其音哀	夏至之气	其为乐也，为琴，为瑟，为离琴，为中琴为小琴，为洒瑟，为中瑟，为小瑟。
土	坤音	其风凉（西南风）	其声含宏	其音浊	立秋之气	其为乐也，为土鼓，为瓦鼓，为埙，为缶，为雅埙。
金	兑音	其风阊阖（西风）	其声舂容	其音铿	秋分之气	其为乐也，为钟，为镛，为编钟，为镈钟，为剽，为栈，为錞，为镯，为钲，为铎。

上表反映了中国古代音乐审美思想结构化、系统化的一个侧面，而在这种结构化、系统化的观念体系中，每一具体细则往往都作为艺术创作与审美的定律而存在。即使转化到文学审美领域，其固有的规定性仍然成为文学创作与审美的定则。这清楚说明，本文所讨论的"舂容"并非一个随意性的审美范畴，它是古代"八音"美学体系中的重要构件之一，带有明显的文化标识，使用时不可轻易忽略其固有的内涵。这样，"舂容"便获得并强化了它所蕴含的一些审美特质。

自宋代始，此词有高频度的使用。胡宿《上陈谏议》曰："洪钟斯叩，每尽舂容之音。"[3]苏辙《次韵王适州学新修水阁》曰："黄钟巨挺两舂容，何幸幽居近学宫。"[4]黄庭坚《李摅字说》则谓："盖其器闳深，其声舂容；其藏充实；其施溥博。"[5]他们所说的"舂容"指的是"洪钟"之音、

① 廖道南《殿阁词林记》卷二二。

② 许慎《说文解字》："风，八风也。东方曰明庶风，东南曰清明风，南方曰景风，西南曰凉风，西方曰阊阖风，西北曰不周风，北方曰广莫风，东北曰融风。"中华书局1963年版，第284页。按，《吕氏春秋》、《史记》、《经典释文》皆有八风之说，具体所指各有不同。

③ 胡宿《文恭集》卷三十。

④ 苏辙《栾城集》卷一〇，《苏辙集》第一册，中华书局1990年版，第189页。

⑤ 黄庭坚《山谷外集》卷九。

“黄钟”之音、“闳深”之器发生的声音，其义不难理解。苏轼《和欧阳少师会老堂次韵》的诗句“我欲弃官重问道，寸莛何以得春容”[①]，用比喻的说法表明“寸莛”不能叩出像洪钟那样雄浑的声音，反过来同样说明“春容”之音是洪大的。《礼记·乐记》云：“钟声铿，铿以立号，号以立横，横以立武。君子听钟声，则思武臣。”[②]这里所强调的“钟声”的铿锵雄健及其象征意义，伴随古代礼乐文化体制一直作为一种审美规定性传承下来，后世所谓“春容”之美与此一脉相承。而运用于对文学评价时，“春容”不仅仅指作品产生的那种洪亮、雄浑而又回荡不尽的音乐美感效果，而且在篇幅上也往往特指有博大之势的一类，因为只有较大载量的篇幅产生像洪钟那样产生一种雄浑有力的回荡。韩愈说“寂寥乎短章，春容乎大篇”，正是就此而言。随着韩愈在宋代影响的广泛与深入，他的这一说法被作为文学创作与审美的格言普遍接受。如张守的“诗名宗党不虚传，又复春容见大篇”[③]、“大篇作者斗春容，肯为明时叹不逢”[④]，王之道的“何为规规事骚雅，乃欲索我章句中。春容大轴烂锦绣，令人一睹情融融”[⑤]，沈与求的“登高怀远无穷意，故合春容赋大篇”[⑥]，王炎的“翁之诗大篇春容而力常有余，短章清美而意无不足”[⑦]，等等，都将“春容”之美与“大”联系在一起，与韩愈之说相一致。明代诗人汪广洋描写黄河时用到“春容”一词作为形容，曰：“发迹昆仑最上峰，汇流奔突势春容。天关直下无留隘，地轴潜回有定踪。石激浪痕蹲虎豹，船经桑罅走蛟龙。欲求缩地忘惊险，正恐奇人不易逢。”[⑧]其诗磅礴大气，同时也形象地为“春容”之义作了最好的注脚。总之，这种美既包含《辞源》所谓“钟声回荡相应”，也蕴有《辞海》“形容声调宏大响亮”的特征，是二者的融合，同时作为一种审美范畴，“春容”必具一种博大之气，体现的是一种雄健之美。这又是由其声容特征引出的一种美学含义。

当“春容”作为“从容”、“雍容”使用时，不仅其词义发生了变化，其审美内涵也随之而异。

“从容”，最早见于《尚书·君陈》：“宽而有制，从容以和。”《正义》曰：“宽不失制，动不失和，德教之治。从，七容反。”[⑨]又见于《庄子·秋水》：“儵鱼出游从容，是鱼之乐也。”疏曰：“从容，放逸之貌也。夫鱼游于水，鸟栖于陆，各率其性，物皆逍遥。”[⑩]《辞源》据此二语例，释“从容”之义为“安逸舒缓，不慌不忙”，但这种解释并不确切。从《尚书正义》来看，“从容”当解为“举动”。当然也有从前句之“宽”来理解下句之“从容”的，这样的话若联系《君陈》上文“尔惟弘周公丕训，无依势作威，无倚法以削”，下文“殷民在辟，予曰辟，尔惟勿辟……必有忍，其乃有济；有容，德乃大”，“从容”主要是指一种宽松自由的政治环境，《辞源》的解释显然不够准确。就是《秋水》中的“从容”，用“安逸舒缓，不慌不忙”作注也不如“放逸”或“自得”更好。再

① 苏轼《东坡诗集》卷八，中华书局1982年版，第365页。

② 朱彬《礼记训纂》卷一九，中华书局1996年版，第592页。

③ 张守《毗陵集》卷一五《张子华屡为唱篇有诗要予为首唱次韵谢之二首》其二。

④ 张守《毗陵集》卷一五《楚材出示汪廷俊唱和诗次韵》。

⑤ 王之道《相山集》卷五《次韵孙兴宗秋怀》。

⑥ 沈与求《龟溪集》卷二《次韵行简北城登眺述怀》。

⑦ 王炎《双溪类稿》卷二五《二堂先生文集序》。

⑧ 汪广洋《凤池吟稿》卷八《黄河》，《诚意伯文集》外三种，上海古籍出版社1991年版，第544页。

⑨ 孔颖达《尚书正义》卷一八，中华书局1980年版，第237页。

⑩ 郭庆藩《庄子集释》卷六下，中华书局1961年版，第606页。

有《礼记》中至少有两处用到“从容”，一处前文已举，即《学记》“待其从容，然后尽其声”之“从容”，郑玄以“舂容”解“从容”，对后世影响极大。但到了南宋，朱熹的解释又有了新意，他说：“从容，谓声之余韵从容而将尽者也。”[①]这样，其义就不是“钟声回荡相应”或“形容声调宏大响亮”，而是指钟声将尽时的余韵。今观《学记》原文曰：“善待问者如撞钟，叩之以小者则小鸣，叩之以大者则大鸣。待其从容，然后尽其声。不善答问者反此。”《正义》曰：“舂，谓击也，以为声之形容。言钟之为体，必待其声。击，每一舂而为一容，然后尽其声。言善答者，亦待其一问，然后一答，乃后尽说义理也。”[②]此说不脱郑注窠臼，以“从”为“舂”，释“舂”为“击”，但细察原文，“撞”、“叩”才是“击”的意思，“从容”应该是形容钟声的，是指声音的持续绵延，故接着有“然后尽其声”之说。而且依其原义，以“从容”（“舂容”）形容钟声也无“宏大响亮”的意思，因为“叩之以大者则大鸣”的钟声可以说是“宏大响亮”的，但“叩之以小者则小鸣”则否。这是经学家解经的一处疏误，但恰是这种疏误却又引申出了一种影响深远的审美范式。

《礼记》另一处用到“从容”是在《缁衣》篇中。“子曰：‘长民者，衣服不贰，从容有常，以齐其民，则民德壹……’”《正义》曰：“从容有常者，从容谓举动有其常度。”[③]《九章·怀沙》：“重华不可□兮，孰知余之从容！”王逸注曰：“从容，举动也。言圣辟重华，不可逢遇，谁得知我举动欲行忠信也。”[④]《辞源》据此二例，释“从容”另一义为“举动”。而当“举动有其常度”时，“从容”实与“雍容”有了相近处，故从容、舂容常亦当雍容之用。《辞源》释“雍容”曰：“谓容仪温文。”并引《史记·司马相如传》“相如之临邛，从车骑，雍容闲雅甚都”为例。可见，“雍容”含有“雅”之义。释“雍容雅步”曰：“体态温文，步履从容。”引《魏书·世祖纪》上诏：“古之君子，养志衡门，德成业就，才为世使。或雍容雅步，三命而后至；或栖栖遑遑，负鼎而自达。”可见雍容往往是一种雅士或者君子的风度，其神态温文雅致，从容自适。故《四库全书》提要论文，“舂容”、“雍容”多与“安雅”、“和雅”、“娴雅”、“典雅”、“恬雅”、“雅步”等连用，这其实是以人之风范论文之风貌的体现。

“舂容”作为“雍容”、“从容”的意思，表示举止安适、仪态温雅或行为优游不迫，从词语史来看，最早至少可见于南宋曾丰《南海祠东海中有小山可著屋赋诗》，其诗曰：“海里山巅著数椽，舂容仰止已翛然。仙家自我有方丈，沙界从今无大千。万物长春天不夜，清风莫逆月忘年。神游不制梦回兴，未了君臣父子缘。”[⑤]此后，类似有用法也不少见。如南宋刘爚《云庄集》卷三：“思昔从游于群玉之上，舂容于杯酒之间，开口论心，抵掌剧谈。”[⑥]以上两例中的“舂容”，都与《庄子·秋水》篇中“鯈鱼出游从容”之“从容”其义相通。“舂容”也可以用来形容一种安闲雅致、优游纡徐的文风，这是它作为一个审美范畴所具审美内涵的另一方面。元代袁燮曾以“舂容”作为一种文风形容魏晋文学特别是陶渊明创作的一种美，他说：“魏晋诸贤之作，虽不逮古，犹有舂容恬畅之风，而陶靖节为最，不烦雕琢，理趣深长，非余子所及。”[⑦]到了

---

① 朱彬《礼记训纂》卷一八，中华书局1996年版，第555页。

② 孔颖达《礼记正义》卷三六，《十三经注疏》下册，中华书局1980年版，第1524页。

③ 孔颖达《礼记正义》卷五五，《十三经注疏》下册，中华书局1980年版，第1648页。

④ 洪兴祖《楚辞补注》，中华书局1983年版，第144页。

⑤ 曾丰《缘督集》卷八。

⑥ 刘爚《云庄集》卷三。

⑦ 袁燮《系斋集》卷八《题魏丞相诗》。

明初，宋濂也有类似的用法。《浦阳人物记》卷下《文学》评柳贯曰："学文于方凤、吴思齐、谢翱，自经史百氏、兵刑律历、数术方技、异教外书，靡所不通；作为文章，涵肆演迤，舂容纡徐，人多传诵之。"①同时的高启亦用"舂容"论文，高启《题高士敏辛丑集后》曰："论文者有山林、馆阁之目，文岂有二哉？盖居异则言异，其理或然也。今观宗人士敏《辛丑集》有舂容温厚之辞，无枯槁险薄之态，岂山林、馆阁者乎？昔尝有观人之文而知其必贵者，吾于士敏亦然。嗟夫！吾宗之衰久矣。振而大之者，其在斯人欤？"②在此，高启用"舂容温厚"来形容台阁之文与"枯槁险薄"的山林之文的风格差异。其所谓"舂容"，即为"雍容"之义，联系具体的语境，则指丰腴而不"枯槁"，从容而不局促，富贵而不穷酸。这虽是论台阁文风的俗套，却也可以使"舂容"的审美内涵进一步清晰起来。

综上所述，"舂容"的本词实为"从容"，作为一种审美范畴则多用作"舂容"，有时也用作"雍容"。当"舂容"表示一种文风或一种美时，其审美内涵并不一样，至少包括两个有区别的方面：一是指声态美、音韵美，特别强调宏大雄健，如洪钟之铿然；二是指形态、仪态或神态美，基本特征是雍容安雅，纡徐谐美。前者是由郑玄《礼记·学记》"待其从容"的阐释生发出来的，这种阐释原本存在偏差和误读，但因音乐、文学两个审美领域都在郑玄解经的基础上巩固并进一步建构了这种美学思想，故影响极为深远；后者从《庄子·秋水》"鯈鱼出游从容"和《礼记·缁衣》"从容有常"生发出来，具体用以形容文风，又可区分为：来源于"从容"安逸舒缓、优游自得之义的"舂容"往往形容的是闲雅纡余的文态，来源于"从容"的"举动有常度"之义的"舂容"，则通常兼有"雍容"之义，表达的是文风中高贵雅致、从容有度的审美内涵。这些差异性不弄清楚，对古代文学史和批评史"舂容"美的理解就难以到位，涉及到具体的文学批评也就无法准确把握。

现在我们再来看《四库全书总目》评价明代台阁体所讲的"舂容"或"雍容"究竟属于哪一种情况？《可传集》提要曰："今观其诗，大都典雅有法，一扫元季纤秾之习，而开明初舂容之派。"③这里的"舂容之派"指的就是台阁体，"典雅有法"则是"舂容"所指的具体注脚。又，《省衍集》提要曰："其文章舂容安雅，亦与三杨体格略同。"又说："当患难幽忧之日，而和平温厚，无所怨尤，可谓不失风人之旨。"④可以说，"舂容安雅"就是"三杨体格"即通常所说的台阁体的基本文风，这种文风与儒者宠辱不惊的处世精神密切相关，在文学传统上则来自于《诗经》"乐而不淫，哀而不伤"的所谓"风人之旨"，故以"和平温厚"为其基本的美学特征，与汉儒所提倡的温柔敦厚的诗教一脉相承。通观四库馆臣用"舂容"评价明代台阁体的情况，大体不出这一框架。再如《文敏集》提要："荣当明全盛之日，历事四朝，恩礼始终无间。儒生遭遇，可谓至荣。故发为文章，具有富贵福泽之气。应制诸作，沨沨雅音。其他诗文，亦皆雍容平易，肖其为人。虽无深湛幽渺之思，纵横驰骤之才，足以震耀一世。而逶迤有度，醇实无疵，台阁之文所由与山林枯槁者异也。与杨士奇同主一代之文柄，亦有由矣。"⑤《金文靖集》提

① 宋濂《宋濂全集》第三册，浙江古籍出版社1999年版，第1848页。

② 高启《凫藻集》卷四，《高青丘集》，上海古籍出版社1985年版，第925页。

③ 纪昀等《钦定四库全书总目》卷一六九，中华书局1997年版，第2278页。

④ 纪昀等《钦定四库全书总目》卷一七〇，中华书局1997年版，第2291页。

⑤ 纪昀等《钦定四库全书总目》卷一七〇，中华书局1997年版，第2290页。

要:“其文章边幅稍狭,不及士奇诸人之博大,而雍容雅步,颇亦肩随。”①《石溪文集》提要:“今观所作,虽有春容宏敞之气,而不免失之肤廓。盖台阁一派,至是渐成矣。”②《类博稿》提要:“东阳受学于正,又娶正女,其《怀麓堂集》亦称一代词宗,然雍容有余,气骨终不逮正也。”③《谦斋文录》提要:“盖当时台阁一派,皆以春容和雅相高,流波渐染,有莫知其然而然者。”④《吴文肃公摘稿》提要:“其才其学,虽皆不及李东阳之宏富,而文章局度春容,诗格亦复娴雅。”⑤《空同集》提要:“成化以后,安享太平,多台阁雍容之作。”⑥《虚斋先生遗集》提要:“文颇春容,诗亦妥帖,盖成、弘间台阁体之也。”⑦《宗伯集》提要:“继皋诗文独雍容恬雅,有承平台阁之遗风。”⑧综合上述数例可以得出这样几点基本的看法:第一,“春容”是明代台阁体文学的文风特征和审美特征;第二,台阁体的“春容”文风是明代“全盛”时期的“承平”气象在文学中的反映;第三,体现“春容”文风的除杨士奇、杨荣、杨溥“三杨”外,还有黄淮、金幼孜、周叙、岳正、徐溥、吴俨、祝萃、孙继皋等,他们多为明前中期人,也有极个别属明后期;第四,所谓“春容”与“平易”、“和雅”、“娴雅”、“宏敞”、“妥帖”等相关,与前文提到的“寂寥乎短章,春容乎大篇”、“洪钟斯叩,每尽春容之音”、“盖其器闳深,其声春容”之“春容”并非同一含义,它不再是指宏大响亮、铿锵有力以及磅礴大气的一种美,而是指温文有度、优游娴雅的另一种风格,概言之,即是优美而不是壮美。因此,《四库全书总目》对明代台阁体“春容”文风的批评是有其特定的时代内容和审美涵义的,不可不加辨析。而之所以如此,是中国古代审美史和文学创作史中对“春容”美认识在南宋以后发生了嬗变的结果,其促因则是理学兴盛背景下儒家审美思想的不断强化,道学对文学、美学的介入和内化通过台阁作家成为事实。到了清代的四库馆臣,不过是沿袭了南宋以降的这种观念作为台阁体文学批评的思想基础。

二、“肤廓”论

“肤廓”一词,《辞源》释曰:“文辞空泛,不切实际。凡言文之大而无当者谓之肤廓,即肤浅廓落之义。”该书未举例句,故不详此词之“源”迄于何时。今考,这是一个较为晚出的汉语词汇。首先使用此词者似为明末清初的大思想家黄宗羲。在其著作里,共有两次使用该词,一次是批判“乡愿”思想,见于《孟子师说》,曰:“千百年来,糜烂于文网世法之中,皆乡愿之薪传也。即有贤者,头出头没,不能决其范围,苟欲有所振动,则举世目为怪魁矣。以是诗文有诗文之乡愿,汉笔唐诗,袭其肤廓;读书有读书之乡愿,成败是非,讲贯纪闻,皆有成说;道学有道学之乡愿,所读者止于《四书》、《通书》、《太极图说》、《近思录》、《东西铭》、《语类》,建立

① 纪昀等《钦定四库全书总目》卷一七〇,中华书局1997年版,第2291页。
② 纪昀等《钦定四库全书总目》卷一七五,中华书局1997年版,第2392页。
③ 纪昀等《钦定四库全书总目》卷一七〇,中华书局1997年版,第2296页。
④ 纪昀等《钦定四库全书总目》卷一七〇,中华书局1997年版,第2298页。
⑤ 纪昀等《钦定四库全书总目》卷一七一,中华书局1997年版,第2306页。
⑥ 纪昀等《钦定四库全书总目》卷一七一,中华书局1997年版,第2309页。
⑦ 纪昀等《钦定四库全书总目》卷一七五,中华书局1997年版,第2405页。
⑧ 纪昀等《钦定四库全书总目》卷一七二,中华书局1997年版,第2331页。

书院，刊注四书，衍辑语录，天崩地坼，无落吾事。”[①]另一次是批判晚明思想家管志道，见之于《明儒学案》，曰：“东溟受业于耿天台，著书数十万言，大抵鸠合儒释，浩汗而不可方物。……按东溟所言，亦只是三教肤廓之论，平生尤喜谈鬼神梦寐，其学不见道可知。”[②]其中在《孟子师说》中将“肤廓”用于文学批评，其对象是指倡“文必秦汉，诗必盛唐”的复古派。后来，此词被较为广泛运用于明代文学批评，可以说即自黄宗羲始。沿袭其说者有清初沈季友，《槜李诗系》卷一三“长水先生沈懋孝”曰：“诗集十卷，名《淇林雅永》。其论诗不拘绳尺，以雅为宗，务绝近代淫哇之习，虽当七子主盟，而能不染其肤廓。”[③]方苞则用于批评明代时文，《钦定四书文》之《凡例》曰：“正、嘉则专取气息醇古、实有发挥者；其规模虽具、精义无存，及剿袭先儒语录、肤廓平衍者不与焉。”[④]特别值得一提的是，乾隆为编纂此书专下谕旨，也用到“肤廓”一词批判当时的文风：“自坊选冒滥，士子率多因陋就简，剿窃陈言，雷同肤廓。间或以此幸获科名，又展转流布，私相仿效。”[⑤]

在《四库全书总目》中，“肤廓”一词开始较多用于对文学或思想学术的批评，今梳理于以下简表：

序号	作者、朝代	别集	提要摘录	出处
1	郝经(元)	陵川集	其生平大节，炳耀古今，而学问文章，亦具有根柢。如《太极》、《先天诸图说辨微论》数十篇及论学诸书，皆深切著明，洞见阃奥。《周易》、《春秋》诸传，于经术尤深。故其文雅健雄深，无宋末肤廓之习。	《总目》卷166
2	程钜夫(元)	雪楼集	然其诗亦磊落俊伟，具有气格，近体稍肤廓，当由不耐研思之故。	《总目》卷166
3	佚名(元)	唐律文明法会要录	其说皆肤廓迂腐，殆无足观。	《总目》卷101
4	黄乾行(明)	礼记日录	其注或一节附论一篇，或十余节附论一篇，多牵引道学语录，义皆肤廓。	《总目》卷24
5	陈懿典(明)	读史漫笔	此编摘《史记》本纪、世家、列传事迹，随意论列数语，皆陈因肤廓之言。	《总目》卷90
6	高启(明)	凫藻集	启诗才富健，工于摹古，为一代巨擘，而古文则不甚著名。然生于元末，距宋未远，犹有前辈轨度，非洪、宣以后渐流为肤廓冗沓，号台阁体者所及。	《总目》卷169
7	杨荣(明)	杨文敏集	柄国既久，晚进者递相摹拟，城中高髻，四方一尺。余波所衍，渐流为肤廓冗长，千篇一律。	《总目》卷170
8	周叙(明)	石溪文集(存目)	今观所作，虽有春容宏敞之气，而不免失之肤廓。盖台阁一派，至是渐成矣。	《总目》卷175

① 黄宗羲《孟子师说》，《黄宗羲全集》第一册，浙江古籍出版社2005年版，第165页。
② 《明儒学案》卷三二《泰州学案》，《黄宗羲全集》第七册，浙江古籍出版社2005年版，第826页。
③ 《槜李诗系》卷一三。
④ 纪昀等《钦定四书文校注》卷首，武汉大学出版社2009年版，第1页。
⑤ 纪昀等《钦定四书文校注》附录一，武汉大学出版社2009年版，第1044页。

续表

序号	作者、朝代	别集	提要摘录	出处
9	倪谦(明)	倪文僖集	三杨台阁之体,至弘、正之间而极弊,冗阘肤廓,几于万喙一音。	《总目》卷170
10	吴俨(明)	吴文肃公摘稿	俨当何、李未出以前,犹守明初旧格,无钩棘涂饰之习。其才其学,虽皆不及李东阳之宏富,而文章局度春容,诗格亦复娴雅。往往因题寓意,不似当时台阁流派,沿为肤廓。	《总目》卷171
11	张羽(明)	东田遗稿	诗亦规摹盛唐,不落纤巧之习。盖弘治、正德之间,去明初前辈犹为未远,流风余韵,往往尚存。而羽之淡静峭直,又出天性。虽其博大富健不及李东阳诸人,排奡巨丽亦不及李梦阳诸人,而不为旧调之肤廓,亦不为新声之涂饰。	《总目》卷171
12	周伦(明)	贞翁净稿(存目)	是集为赵士英所删定,其诗沿台阁旧派,不免肤廓。士英《序》谓:其有得于陶元亮、王摩诘两家,非定论也。	《总目》卷176
13	李攀龙(明)	沧溟集	然攀龙资地本高,记诵亦博。其才力富健,凌轹一时,实有不可磨灭者。汰其肤廓,撷其英华,固亦豪杰之士。誉者过情,毁者亦太甚矣。	《总目》卷172
14	佘翔(明)	薜荔园集	其诗以雄丽高峭为宗,声调气格,颇近七子。……然人品颇高,故诗有清致,不全为七子之肤廓,未可全斥之也。	《总目》卷172
15	高棅(明)	唐诗品汇	《明史·文苑传》谓,终明之世,馆阁以此书为宗。厥后李梦阳、何景明等摹拟盛唐,名为崛起,其胚胎实兆于此。平心而论,唐音之流为肤廓者,此书实启其弊;唐音之不绝于后世者,亦此书实衍其传。功过并存,不能互掩,后来过毁过誉,皆门户之见,非公论也。	《总目》卷189
16	朱彝尊(清)	明诗综	永乐以迄弘治,沿三杨台阁之体,务以春容和雅,歌咏太平。其弊也冗沓肤廓,万喙一音,形模徒具,兴象不存。	《总目》卷190
17	杨名时(清)	周易札记	名时为云南巡抚时,夏宗澜尝从之问《易》,所作《易说》,皆质正于名时,其问答具载宗澜书中。然宗澜所说,如《渐卦》"御寇"证以孤雁打更之类,颇为肤廓,不及名时所论,犹有光地之遗也。	《总目》卷6
18	李塨(清)	小学稽业	惟《学书》一篇,辨篆楷之分,极为精核,然亦非童子之所急,其肤廓正与亲迎朝觐等耳。	《总目》卷98
19	王士祯(清)	精华录	当我朝开国之初,人皆厌明代王、李之肤廓,钟、谭之纤仄,于是谈诗者竞尚宋、元。既而宋诗质直,流为有韵之语录;元诗缛艳,流为对句之小词。于是士祯等以清新俊逸之才,范水模山,批风抹月,倡天下以"不著一字尽得风流"之说,天下遂翕然应之。	《总目》卷173

续表

序号	作者、朝代	别集	提要摘录	出处
20	陈维崧(清)	陈检讨四六	譬诸明代之诗:维崧导源于庾信,气脉雄厚如李梦阳之学杜绮;追步于李商隐,风格雅秀如何景明之近中唐;藻功刻意雕镌,纯为宋格,则三袁、钟谭之流亚。平心而论,要当以维崧为冠,徒以传诵者太广,摹拟者太众,论者遂以肤廓为疑,如明代之诟北地,实则才力富健,风骨浑成,在诸家之中独不失六朝、四杰之旧格,要不能以挦撦玉溪,归咎于三十六体也。	《总目》卷 173
21	赵执信(清)	因园集	王以神韵缥缈为宗,赵以思路劖刻为主。王之规模阔于赵,而流弊伤于肤廓;赵之才力锐于王,而末派病于纤小。	《总目》卷 173
22	邵齐焘(清)	玉芝堂集(存目)	诗文皆不分体,大抵骈偶之作为多,为四六之文者,陈维崧一派,以博丽为宗,其弊也肤廓;吴绮一派,以秀润为宗,其弊也甜熟;章藻功一派,以工切细巧为宗,其弊也刻镂纤小。齐焘欲矫三家之失,故所作以气格排奡,色泽斑驳为宗,以自拔于蹊径,而斧痕则尚未浑化也。	《总目》卷 185

上表中被四库馆臣斥为"肤廓"的对象,除有关元代学术与文学 3 例、清代学术与文学 5 例之外,主要针对的是明代,共占 14 例,其中包括《精华录》提要中对"王、李"的批判。实际上,《陈检讨四六》提要也是拿明代来类比的,谓"譬诸明代之诗"、"如明代之诟北地"云云。算上此例,则达到 15 例。就明代而言,四库馆臣批判的"肤廓",首当其冲的是文学。而在明代文学中,主要对象又在两个:其一是台阁体,其二是复古派。由于从台阁体到复古派占据了明代文学的主要时空,而"肤廓"又是此二派文学之通病,因此,对于整个明代文学来说,"肤廓"之弊也就成了事关整体的根本性的一大问题。进一步说,"肤廓"的问题又非始自明代,而流弊所及至于清代,这实可上升到中国文学史一个关键问题来看待,并对中国文学重要病根予以探究和反思。

"肤廓"之弊何以产生和流传?分析四库馆臣的一些说法得知,其因在于作家及其创作缺乏一些重要的艺术因素。(一)"研思"。这是所撰元代程钜夫《雪楼集》提要中提出的,曰:"近体稍肤廓,当由不耐研思之故。"但实际上也是明代台阁体和复古派末流的弊病。作家在创作过程中"不耐研思"即缺乏深入的艺术构思和艺术创造,在思想层面未能做到独到的开掘,则必然导致文风的"肤廓"。(二)"寓意"。这是所撰明代吴俨《吴文肃公摘稿》提要中提出的。在此,馆臣肯定吴俨的作品能够做到"因题寓意",而正是这一点使他没有走当时"台阁流派"的旧路,其作品也就不至于"沿为肤廓"。反过来说,由于"台阁流派"之作往往缺乏"寓意",使每一个具体作品不能获得独特的思想内涵,终不免意肤言泛,徒具形式。(三)"清致"。这是所撰明代佘翔《薜荔园集》提要中提出的。馆臣认为,佘翔之诗"以雄高峭为宗",其"声调气格"与七子相近,同时"人品颇高,故诗有清致",又使其避免了七子的"肤廓"之弊。前言其有七子之长,后言其无七子之短。在其对比语境中,我们理解为"七子之肤廓”表征之一，就是其诗在艺术上缺乏“清致”之境界。（四）“兴象”。这是所撰清代朱彝尊《明诗综》提要提出来的，但评价对象是明代“三杨台阁之体”，谓其“冗沓肤廓，万喙一音，形模徒具，兴象不存”。在四库馆臣所言台阁体四弊中，“兴象不存”又是前三弊实际的一个注脚，也是它们产生的一种原因，因为一个艺术作品如果能够做到“独具兴象”的话，一般就不存在“冗沓肤廓”之类的弊病了。（五）“才力”。这是所撰清代赵执信《因园集》提要提出的。在这则提要中，馆臣比较了王士禛、赵执信两家优劣，以为王长于规模宏阔，赵长于才力隽锐，前者之不足在于“伤于肤廓”，后者之不足在于“病于纤小”。据此分析，则可以说王之才力不及赵，而赵之规模小于王，因此，王诗之“肤廓”实有弱于才力的原因在。放在台阁体来说，缺乏才力是其作家普遍存在的问题，所谓“沿为肤廓”亦有此因。

应该说，“肤廓”的这几种表现在台阁体以及复古派作品中都是客观存在的，而“不耐研思”、“兴象不存”以及缺乏“寓意”、“清致”和“才力”等问题又是怎样产生的呢？对此，四库馆臣曾经反复提到台阁体与复古派的一种共病就是摹拟和因袭，如“陈因”、“旧调”、“递相摹拟”、“万喙一音”、“千篇一律”、“城中高髻，四方一尺”等用语讲的都是这一问题。在明代文学史中，摹拟与因袭确实是其病根之所在。此不仅在台阁体是存在的，复古派也极为突出。四库馆臣批判明代这两派文学的“肤廓”及其种种表现，其问题归根到底出在摹拟与因袭上。文学的演进，是“通”与“变”两种因素矛盾统一作用的结果，这可以说是文学辩证法的重要规律。刘勰《文心雕龙》专列《通变》篇，对此加以揭示，由此总结出文学创作与文学发展的一项基本法则，即：“文律运周，日新其业。变则堪久，通则不乏。趋时必果，乘机无怯。望今制奇，参古定法。”[①]受《易·系辞》“拟议以成其变化”[②]启示对文学继承与创新关系的认识，同样反映了中国古代文学创作理论和文学史论的真知灼见。但在“通”与“变”、“拟议”与“变化”矛盾关系的具体认知与艺术实践中，出现某种偏离也常有发生。明代文学摹拟与因袭之流弊，恰是“通”而不“变”或“拟议”而不求“变化”的体现。《四库全书总目》总纂官纪昀总结道：“自汉、魏以至今日，其源流正变、胜负得失，虽相兑者非一日，而撮其大概，不过拟议、变化之两途。”[③]他进而结合《四库全书》修纂对明代文学作了以下论断：“余校定《四库》所见不下数千家，其体已无所不备。故对‘嘉隆七子’变无可变，于是转而言复古。古体必汉、魏，近体必盛唐，非如是，不得入宗派。然摹拟形似可以骇俗目，而不可以炫真识。于是‘公安’、‘竟陵’乘机别出，么弦侧调，纤诡相矜。风雅遗音，迨明季而扫地焉。论者谓：王、李之派，而拟议而无变化，故尘饭土羹；三袁、钟、谭之派，有变化而无拟议，故偭规破矩。”[④]此以“拟议”与“变化”之二途论明代文学演进之规律，以及复古派与公安派、竟陵派各自特征，不失为独到之见。虽说这种评价其基调是定在全然否定明代文学基础上的，故并非完全正确。如“有变化而无拟议”，在今天看来未必有什么错误；“拟议而无变化”则因其限制了艺术创新，的确是一种教训。二者不可等量齐观，而应分当别论。在《爱鼎堂遗集序》中，纪昀深入地分析了影响文学发展的两种因素，一种是“气运”，另一种是“风尚”，并认为制约明代文学发展变化

---

① 《文心雕龙义证》，上海古籍出版社1989年版，第1106页。
② 《周易注》，中华书局2011年版，第350页。
③ 《纪晓岚文集·文》卷九《鹤街诗稿序》，河北教育出版社1995年版，第206页。
④ 《纪晓岚文集·文》卷九《四百三十二峰草堂诗钞序》，河北教育出版社1995年版，第207页。

的因素是"风尚"而不是"气运"。而"风尚"之形成,又有三种途径,其一曰"厌故喜新",其二曰"巧投时好",其三曰"循声附和,随波而浮沉"。当文学运作与发展,一旦进入"风尚"的规制,那么扭转它的只有两种方式,一种是"乘将变之势,斗巧争长",另一种是"于积坏之余,挽狂澜而反之正"。根据这种认识,他确定明代文学为"风尚"影响下发生和发展的文学,概括曰:"明二百余年,文体亦数变矣。其初,金华一派蔚为大宗。由三杨以逮茶陵,未失古格。然日久相沿,群以庸滥肤廓为台阁之体。于是乎北地、信阳出焉,太仓、历下又出焉,是皆一代之雄才也。及其弊也,以诘屈聱牙为高古,以抄撮饾饤为博奥。余波四溢,沧海横流,归太仆斫斫争之弗胜也。公安、竟陵乘间突起,么弦侧调,伪体日增,而泛滥不可收拾矣。"①

"肤廓"之弊以明代为甚,明代文学之"肤廓"以台阁体为甚。台阁体之所以有"肤廓"之弊,其要害有二因:一是台阁诸臣缺乏纯文学观,以实用、功利、政治化的态度看待文学;二是台阁之作通常为应制和应酬之作,多属非纯文学性质。这两个方面都是由台阁之臣的身份决定的。以杨士奇为例,他说:"如诗人无益之词,不足为也。"又说:"儒之品有高下,高者道德之儒,若记诵词章,前辈君子谓之俗儒。"②这说明他是主张文学无用论的,并以"记诵词章"之儒即较为纯粹的文人为"俗儒"加以贬低。他谈论文学,一切都以政治统治和思想教化的功能为旨归,提倡的是道德化、功利化的所谓文学。其诗文写作则大多出于政治需要或是作为台阁大臣交游应酬的需要,这种性质的写作非但不能富有个性并深刻地表情达意,而且某种意义上它反而是一种去文学化的体现。它要求不断重复一些空洞的大道理,表达思想已被固定的训条所制约,既不能深入,也难以在细节和个性上追求独立地感知世界和抒写世界,所以,不免停留于表面即为"肤",落于俗套与空洞即是"廓"。以杨士奇题竹诗为例:《东里集》中有其题竹诗 100 多首,从数量上可以说是中国古代写竹诗中分量不小的一部分,且从"题竹"的题材来说,其文学性的开拓通常有其很大的空间,有利于创作出富有文学价值的佳作来,但是杨士奇的 100 多首题竹诗却几无经典之作,这本身就是一种值得关注的文学现象。杨士奇 100 多首题竹诗何以平庸失色?究其因,病根就在于台阁体文学的"肤廓"之弊,其题竹诗自不例外。其题竹诗之"肤廓",具体体现在两个方面。一是实用功能。这一点从其此类诗的题目就有端倪可察,举其例若《题竹寄子谟同知》、《题竹送何士彦宣城训导并寄声袁太守》、《题竹送卢邦臣》、《题竹寄艮侄》、《题竹与余存忠驿丞》、《题竹石送陈有戒重使关西》、《题竹送欧阳哲佥宪之汴》、《题竹送中员外》、《题竹酬正安友》、《题竹与妻弟郭志善》等等,几乎都是题赠寄送之作,这反映在某种意义上杨士奇之题竹主要是其人际交往的一种方式,是他与同僚、部下、亲友关系联络和情感沟通的特有形态,这种实用功能限制了其题竹诗的主题开掘。如《题竹送陈中员外》云:"文雅陈员外,三年一度来。春风对玉树,浩荡好怀开。北阙晴云下,南河彩鹢催。一枝淇澳赠,临别意徘徊。"③又如《题竹酬正安友》:"别去京华今十载,仰高堂上趣如何?曾孙近有含饴乐,使客频闻舣棹过。坐对匡庐迎爽气,门临彭蠡挹清波。陶公祠里春秋社,醉看传芭舞且歌。"④此类诗以写人情为主,"竹"的形象则未曾

---

① 纪昀《纪晓岚文集·文》卷九,河北教育出版社 1995 年版,第 188—189 页。

② 杨士奇《东里别集》卷二,《东里集》第二册,上海古籍出版社 1991 年版,第 628 页。

③ 杨士奇《东里续集》卷五八,《东里集》第二册,上海古籍出版社 1991 年版,第 464 页。

④ 杨士奇《东里续集》卷五九,《东里集》第二册,上海古籍出版社 1991 年版,第 487—488 页。

经意，甚至在诗中根本就是缺位的。这样就使其题竹之作落入一般性的人情交往诗了。涉意粗浅，造诣平平。二是模式与俗套。此可举以下若干题竹诗整体来看：

写得淇园修竹枝，临行聊赠慰相思。清风直节岁寒意，别有云霄远大期。(《题竹送欧阳瀚教闽县》其二)①

华亭贰令朝回日，凛凛冰霜岁暮寒。为有一枝清似玉，同乡持赠异乡看。(《题竹送张凤应县丞》)②

寻常去住难为别，况是平生心所亲。木落天寒岁华暮，白头人送白头人。(《题竹赠陈侍讲复职南京》其一)③

单父堂前玉两竿，政闲每日报平安。可人千尺冰霜操，要看亭亭到岁寒。(《题弼侄竹》其二)④

雪堕关河枫叶丹，扁舟南去路漫漫。一竿不是寻常赠，要看青青傲岁寒。(《题竹赠萧令复任归安》其二)⑤

夔翁又是三年别，白发论交重比金。万里停云频在望，一枝聊寄岁寒心。(《题竹寄一夔》)⑥

永嘉戎幕需贤佐，临别殷勤赠竹枝。白日青云看高举，岁寒冰霜在操持。(《题竹赠康宜望》)⑦

为爱周园好竹枝，莫因风雨恨低垂。岁寒但保冰霜操，会有凌云拂汉时。(《题竹送周蒙南归》其一)⑧

《题竹酬正安友》题注云："正安老友自庐山寄惠仙洞松，因便以写竹酬之，并题诗其上，寓思忆之意云。"⑨据此可知杨士奇不但是一位诗人，也是一位画家，他的题竹诗大多是自画竹的题诗。他的画常以竹为题材，他的诗便多咏竹之篇。他对竹情有独钟，其诗云："爱尔清淳比玉琳，青春黄卷好留心。林间石畔无尘事，一寸光阴直万金。"⑩在杨士奇为数不多的写得较好的题竹诗中，这一作品倒较为突出地写出的竹的君子品格。竹，被称为"岁寒三友"之一，这是它被人格化的深刻反映，并成为儒家比德审美的一个标志性的符号。后世人们对竹的艺术创作基本上受制于这种既成定式的思维，作为台阁大臣的杨士奇更为如此。上述所引他的题竹诗，几乎每首皆不出"岁寒"之意，这样的诗初读一两首还不足为奇，但若篇篇如是便老生常谈，素然寡味。其实，杨士奇此类题竹诗还远远不止所引的这七八首，说明他的题竹诗不过是依照一个固有模式加以套用出来的东西，而不是真正意义的创作的结果。一种模式反复的运用，就形成了一个毫无价值的俗套。而对杨士奇来说，不仅他的题竹诗如此，

---

①② 杨士奇《东里续集》卷六二，《东里集》第二册，上海古籍出版社1991年版，第566页。

③ 杨士奇《东里续集》卷六二，《东里集》第二册，上海古籍出版社1991年版，第567页。

④ 杨士奇《东里续集》卷六一，《东里集》第二册，上海古籍出版社1991年版，第545页。

⑤⑦ 杨士奇《东里续集》卷六二，《东里集》第二册，上海古籍出版社1991年版，第563页。

⑥ 杨士奇《东里续集》卷六二，《东里集》第二册，上海古籍出版社1991年版，第559页。

⑧ 杨士奇《东里续集》卷六二，《东里集》第二册，上海古籍出版社1991年版，第562页。

⑨ 杨士奇《东里续集》卷五九，《东里集》第二册，上海古籍出版社1991年版，第487—488页。

⑩ 杨士奇《东里续集》卷六〇，《东里集》第二册，上海古籍出版社1991年版，第526页。

他的其他作品也不出此弊；对台阁体来说，则又并非杨士奇一人如此，其他作家同样也不例外。这就是明代文学在相当长的时期中在很大的范围内盛行"肤廓"之诗、"肤廓"之文的原因所在。

三、"啴缓"论

"啴缓"，也是《四库全书总目》形容明代台阁体文风的一个审美范畴。其词原义，《辞源》释为"宽绰舒缓"，《辞海》释为"和缓"。四库馆臣为何要批判对台阁体的"啴缓"文风呢？这需要从儒家经典的审美思想之根源说起。

《礼记·乐记》出现了"啴以缓"之语，这是"啴缓"一词的最早出处。

> 乐者，音之所由生也，其本在人心之感于物也。是故其哀心感者，其声噍以杀；其乐心感者，其声啴以缓；其喜心感者，其声发以散；其怒心感者，其声粗以厉；其敬心感者，其声直以廉；其爱心感者，其声和以柔。六者非性也，感于物而后动。是故先王慎所以感之者。故礼以道其志，乐以和其声，政以一其行，刑以防其奸。礼乐刑政，其极一也，所以同民心而出治道也。①

《乐记》这段话讲了音乐产生于人心感物之说。物之不同，感亦不同，乐即异焉。具言之，六种物境，触发六种心境，音乐便随之有了迥然不同的情感内涵和审美风貌。其中，"啴以缓"是音乐的六种艺术美中的一种，它是由乐境、乐心生发的，其特点是宽绰舒缓，不急促，也不粗厉。但从"六者非性"、"先王慎所感"的观点来看，《乐记》把感物而生的音乐看作是一种自然形态的音乐，这种音乐并不受到肯定，受到肯定的是另一种出自中和之气的音乐，因此即使是由乐心感物而生的"啴缓"之音，《乐记》仍然持有保留态度，并不完全予以提倡。《乐记》进一步指出：

> 夫民有血气心知之性，而无哀乐喜怒之常，应感起物而动，然后心术形焉。是故志微、焦杀之音作，而民思忧；啴谐、慢易、繁文、简节之音作，而民康乐；粗厉、猛起、奋末、广贲之音作，而民刚毅；廉直、经正、庄诚之音作，而民肃敬；宽裕、肉好、顺成、和动之音作，而民慈爱；流辟、邪散、狄成、涤滥之音作，而民淫乱。是故先王本之情性，稽之度数，制之礼义。合生气之和，道五常之行，使之阳而不散，阴而不密，刚气不怒，柔气不慑。四畅交于中而发作于外，皆安其位而不相夺也。②

这里讲到两层重要的意思：一着眼于"民"而言，认为其性无常，故感物生情往往不合礼义，乐音之感最易使之生种种有悖"生气之和"、"五常之行"之心，因此，既不能让"民"制乐，也不能用不符合礼教制度标准的音乐来感染民心；另一则着眼于"先王"而言，提出如何制乐的基本宗旨。尽管在对待六种审美特征的音乐，其中使民"康乐"、"刚毅"、"肃敬"、"慈爱"的几种，比起使民"思忧"、"淫乱"的两种更具有积极意义一些，但是按照中和思想它们仍然不是儒家理想形态的审美效果。所以，只有"先王本之情性，稽之度数，制之礼义"，才能创造出

---

① 孔颖达《礼记正义》卷三七，中华书局 1980 年版，第 1527 页。

② 孔颖达《礼记正义》卷三八，中华书局 1980 年版，第 1535 页。

符合“合生气之和”等要求的中和美的音乐来。以“民康乐”一点而论，只有“乐而不淫”才是儒家合目的的审美，反之则否。由此可知，作为音乐美形态之一的“啴谐、慢易、繁文、简节”之音，并不是儒家理想形态的音乐美。这里讲的“啴谐”也就是上文“啴缓”的意思。

从音乐本身来说，“啴缓”还涉及到乐律的高低问题。由于自汉以来建立起来并不断完善的礼乐制度一直是占有中华文化中核心地位的部分，音乐则是礼乐文化中的重要形态之一，因此，乐律的高低往往不单单是一个纯粹的音乐问题，而关乎礼乐制度最中心的主题，即音乐的政治教化，用今天的话说还包括音乐美育的内容。正因如此，所以，到了宋代不仅在其理学史上，乐律受到理学家的高度重视，在其音乐史上，乐律的不断改革也足明它并非一个可以随意忽略的问题。北宋理学五大家之一的张载，在《经学理窟》中着力讨论了“礼乐”，此中就专门提出需要对旧的乐律体制加以改革以更好地适应音乐养气达情的功用，他说：“古乐不可见，盖为今人求古乐太深，始以古乐为不可知。只此《虞书》‘诗言志，歌永言，声依永，律和声’求之，得乐之意盖尽于是。诗只是言志，歌只是永其言而已，只要转其声，合人可听，今人歌者亦以转声而不变字为善歌。长言后却要入于律，律则知音者知之，知此声入得何律。古乐所以养人德性中和之气，后之言乐者止以求哀，故晋平公曰：‘音无哀于此乎？’哀则止以感人不善之心。歌亦不可以太高，亦不可以太下，太高则入于噍杀，太下则入于啴缓，盖穷本知变，乐之情也。”[①]在此，“啴缓”与“噍杀”是乐律“太低”或“太高”所形成的两种音乐效果，张载的主张是无论是“啴缓”还是“噍杀”都是不可取的，因为这使音乐违背了“穷本知变”、“养人德性中和之气”的本质特征，为此，他提出对乐律高低的看法，即“不可以太高，亦不可以太下”。显然，张载的音乐观是体现理学家思想宗旨的音乐观，而不是纯属艺术审美的音乐观。这种音乐观与《礼记·乐记》的音乐思想有一脉相承之处，例如他讲的“穷本知变，乐之情也”就出自此篇[②]。

张载提出音律高低问题，在宋代音乐发展史上的确是音律体制变革的一项重要内容。著名的中国音乐史家杨荫浏在其《中国古代音乐史稿》中曾专题讨论过宋代音乐的“音高标准问题”，指出：“自北宋初年(960)起到崇宁三年(1104)止，在一百四十多年间，《雅乐》黄钟律的音高标准，曾有过六次改变。”[③]并认为，刘几、杨杰等人所进行的音律变革，主要是受其新的音乐思想支配的结果，他们主张“乐律是应当根据人的声音制定”，“要求音乐来摹仿人，而不是要求人去摹仿音乐”，同时杨荫浏还认为，宋代音律标准的变革，体现的趋势是“向俗乐的标准凑近一些的倾向”[④]。该著中所讲的“六次改变”，其实只是从雅乐来说的，当时的俗乐同样也在降低音律，《文献通考》卷一四六载曰：“熙宁九年，教坊副使花日新言：乐声高，歌者难继，方响部器不中度，丝竹从之，宜去噍杀之急，归啴缓之易。请下一律，改造方响，以为乐准丝竹，悉从其声，则音律谐协，以导中和之气。诏从之。十一月，奏新乐于化成殿，帝谕近臣曰：‘乐声降一律，已得宽和之节矣。’”[⑤]熙宁九年(1076)是宋神宗年号，这一年花日新提

① 张载《经学理窟·礼乐》，《张载集》，中华书局1978年版，第262页。

② 孔颖达《礼记正义》卷三八，中华书局1980年版，第1537页。

③ 杨荫浏《中国古代音乐史稿》，人民音乐出版社2004年版，第386页。

④ 杨荫浏《中国古代音乐史稿》，人民音乐出版社2004年版，第388页。

⑤ 马端临《文献通考》卷一四六，中华书局1986年版，第1285页。

出音律改制，请下降一律，得到皇帝批准。从这条材料可以看出，宋代音律下调，总的倾向是使音乐更趋和缓谐美，即花日新所说的“宜去噍杀之急，归啴缓之易”，不仅教坊乐如此，雅乐也不例外。这种音律变革，反映了宋代音乐审美的时代特征，这种时代特征除上述分析的理学和俗乐因素外，还与宋代的国家气运转向柔弱密切相关，故其音乐不再追求高亢之美。

宋代已经将“啴缓”运用于文学批评，迄今可知者有提倡古文的散文家尹洙。其《又答邓州通判韩宗彦寺丞书》云：“辱书曾道及鄙文，今录近所作四篇附李丞通呈，皆有为而成，非立意如古文章之为也。阁下方以才名为士林推重，当世名卿巨儒，凡与游者，其作为文章莫不道圣功，扬德音，如观乐于宗庙，和平啴缓，无不得其宜。若夫废放之人，其心思以深，故其言或窘或迂，或激或哀，异此则非本于情，矫为之也，譬诸急弦促轸，乌足留大雅之听哉？惟阁下谅之。幸甚！”①在这封写给欧阳修女婿同时亦为文学家的韩宗彦的信中，尹洙用“和平啴缓”形容那种“道圣功”、“扬德音”之文，用“急弦促轸”形容另一种“其心思以深”、“其言或窘或迂，或激或哀”之文。这两种文章一出自“当世名卿巨儒”，一出自“废放之人”，也就是通常所说的台阁之文与山林之文。所以，尹洙算是较早用“和平啴缓”来评价台阁体文风的文学批评家，这可以说是《四库全书总目》对明代台阁文学批评的一个远源。

考察“啴缓”一词的使用史，虽其“宽绰和缓”之义并无变化，但从其语境来看，具体的思想内涵和褒贬倾向则不一样。《礼记·乐记》、《史记·乐书》可以看作“啴缓”使用的第一个阶段。因《乐书》为后人据《乐记》补入，故论“啴缓”之文二者差异极小，仅有“啴谐”与“啴缓”不同的一处异文。唐孔颖达《礼记正义》释相关语句曰：“‘其乐心感者，其声啴以缓’者，啴，宽也。若外境所善，心必欢乐，欢乐在心，故声必随而宽缓也。”②又曰：“‘啴谐、慢易、繁文、简节之音作，而民康乐’者，啴，宽也。谐，和也。慢，疏也。繁，多也。简节，易少也。康，安也。言君若道德啴和疏易，则乐音多文采，而节奏简略，则下民所以安乐也。”③唐张守节《史记正义》释“其乐心感者”句曰：“啴，宽也。若外境可美，则其心欢乐，欢乐在心，故乐声必随而宽缓也。”④其意与孔颖达之说如出一辙。又释“啴缓慢易繁文简节之音”句曰：“啴，绰也。缓，和也。慢，疏也。繁，文多也。康，和；乐，安也。言人君若道德绰和疏易，则乐音多文采与节奏简略，则下民所以安。”⑤与孔疏亦大同小异。唐人以“啴缓”（“啴谐”）、“慢易”释“君德”，以“繁文”、“简节”释乐音风格，实为误读了《乐记》、《乐书》本义，这从“啴缓（啴谐）、慢易、繁文、简节之音作，而民康乐”原句的整体意思一看便知。但无论从《礼记》到《礼记正义》，还是从《史记》到《史记正义》，都强调音乐的感世教化即“风移俗易”的作用，这一点是没有变化的。唐人的理解和阐释，已与《乐记》、《乐书》原意稍相区别，赋予了一些新的含义，故可以算作“啴缓”语用史的另一个阶段。

第三个阶段则是宋代。这一时期“啴缓”既用于对音乐律位高低及其美感的表述，也被借用为文学批评的语词。其中，用于音乐方面开始出现两种对立性的不同态度：张载“太高

① 尹洙《河南集》卷一一。
② 孔颖达《礼记正义》卷三七，中华书局 1980 年版，第 1527 页。
③ 孔颖达《礼记正义》卷三八，中华书局 1980 年版，第 1535 页。
④ 司马迁《史记》卷二四《乐书》，中华书局 2000 年版，第 1040 页。
⑤ 司马迁《史记》卷二四《乐书》，中华书局 2000 年版，第 1059 页。

则入于噍杀，太下则入于啴缓”的观点，明显表现了对“啴缓”之音的否定；花日新主张降低音律达到“归啴缓之易”和宋神宗下论谕旨“乐声降一律”、“得宽和之节”，则又说明宋代音乐事实上追求的是“啴缓”之美。结合宋代音乐史的具体情况，张载的观点并不占主流。再从文学方面来看，尹洙虽未提倡“和平啴缓”之文，但与“急弦促轸”之文同样是予以肯定的。因此，总体上宋代音乐和文学是以和缓平易、春容纡徐为时代特征的，这与此前认为“啴缓”未能尽善尽美而需加以节制完善，以及此后几乎众口一词地批判“啴缓”之音皆有区别。

明代以批判“啴缓”文风为主流，与宋人以肯定“啴缓”之美为主流，恰恰走到了一个反面。开其先声者是元末明初的文学家钱宰，他在《陈氏听松轩记》指出：

> 余惟声音之接于耳也，于以荡涤邪秽，流通精神，养其中和之德也，固非若口之于味，目之于色而已。然至味先太羹，正色尚纯白。鱼与熊掌，非不足以悦天下之口，君子不尚焉；嫱与西施，非不足以悦天下之目，君子不尚焉。而况耳之于声，其感人深，又宁不慎所尚哉？秦筝赵瑟，齐竽燕筑，桑间濮上之音，非不足以悦天下之耳，然而淫哇沈佚啴缓噍嗷，听之使人流沔以乱伦，慢易以凌节，宁可接于聪明，以荡其心邪？吾知谟之听松，殆亦慨世俗之音不足听于耳，而雅颂之作所以形容盛德、歌颂至治之休者，又非山林之士所得闻也，于是燕处松下，境与趣适，高林风生，清声落耳，因得以澡雪其情，疏瀹其气，以涵养其德性，其有得于中者如此。①

论其思想基础，钱宰的看法仍然未出儒家政治教化和中和审美的范围。但他在此对“啴缓”的阐释已经有了迥然不同的内容——以“淫哇沈佚啴缓噍嗷”概括“秦筝赵瑟，齐竽燕筑，桑间濮上之音”的审美特征，以“使人流沔以乱伦，慢易以凌节”形容其具体危害性的艺术感染力和影响力，认为这种艺术虽亦“足以悦天下之耳”，但一旦“接于聪明”，则必荡其心志。他对这种艺术性与思想性极相矛盾的作品表示了明确的批判倾向和否定态度。值得注意的是，“啴缓”之音在《礼记》、《史记》中具有使民“康乐”的作用。到了唐代，仍认为是欢乐之心所生，可以安民。宋人通常也认为可以“导中和之气”。何以至元末明初的钱宰却指斥为足以“乱伦”、“凌节”之祸物了呢？而且在明代批判“啴缓”之音的并非只有钱宰一人，明中期有更多的文学家发出了这种声音，其中最著名的是“嘉靖八才子”之一的陈束。在《苏门集序》中，陈束指出：

> 国朝以经义科诸生，诗道阙焉。洪武初，沿袭元体，颇存纤词，时则高、杨为之冠。成化以来，海内和豫，搢绅之声，喜为流易，时则李、谢为之宗。及乎弘治，文教大起，学士辈出，力振古风，尽削凡调，一变而为杜诗，则有李、何为之倡。嘉靖改元，后生英秀，稍稍厌弃，更为初唐之体，家相凌竞，斌斌盛矣。夫意制各殊，好赏互异，亦其势也。然而作非神解，传同耳食，得失之致，亦略可言。何则？子美有振古之才，故杂陈汉晋之词，而出入正变。初唐袭隋梁之后，是以风神初振，而缛靡未刊。今无其才而习其变，则其声粗厉而畔规；不得其神而举其词，则其声啴缓而无当。彼我异观，岂不更相笑也？②

此文中，陈束立足于明代文学发展的脉络对弘治以降直至嘉靖初期文学思潮与流派作了中

① 钱宰《临安集》卷四，《胡仲子集》外十种，上海古籍出版社1991年版，第541—542页。
② 高嗣叔《苏门集》卷首，《甫田集》外五种，上海古籍出版社1993年版，第562—563页。

肯的评判，其具体对象一是以李梦阳、何景明为代表的宗杜派（盛唐派），一是嘉靖初期兴起的初唐派，他说的“其声粗厉而畔规”即指前者，“其声啴缓而无当”则指后者，而“作非神解，传同耳食”是指二者共具之弊。可见，在对待宗盛唐和宗初唐两种流派的态度上，陈束认为各有得失，并不偏颇。明代文学研究中有时将陈束归入初唐派的说法，就有待进一步考辨[①]。与钱宰以“啴缓”形容在台阁文学、山林文学之外的另一种以娱乐性、艺术性为特征的人情文学比较，陈束的不同是把学习初唐而“不得其神”的文学斥为“啴缓而无当”，他认为初唐文学的底色来自“隋梁”，仍不失“缛靡”，这就是所谓“啴缓”所指。

稍后于陈束此说，当时另一位文学家唐元荐几乎重复了与之同样的文学观。他说：“至李、何二子一出，变而学杜，壮乎伟矣。然正变云扰，而剽袭雷同；比兴渐微，风骚稍远。唐子应德，箴其偏焉。嘉靖初，稍稍厌弃，更为六朝之调、初唐之体，蔚乎盛矣，而纤艳不逞，啴缓无当，作非神解，传同耳食。陈子约之，议其后焉。”这段文字出自唐元荐给著名文学家杨慎的一封信中，《升庵诗话》载录了原文，杨慎附言曰：“张子愈光，滇之诗人也，以二子之论为的，故著之。”[②]嘉靖中期俞弁《逸老堂诗话》也抄录了唐元荐论明诗的书信文字，只是出于“词繁不能悉录，撮其大略而已”[③]的考虑，对转述陈束论初唐派的内容作了省略。透过这些材料足见陈束、唐元荐批评初唐派“啴缓”诗风的观点在当时流传甚广，影响当属不小。

明人审美不尚“啴缓”之音，首先是明王朝的国家气运所决定的。明代是华夏复兴的历史时期，政治上缔造了史书所说的“幅员之广，远迈汉、唐。成功骏烈，卓乎盛矣”[④]的辉煌。与此同时，明代在其整体审美倾向上也以重振华夏美学为主导，故取法汉唐、比隆三代，不仅是明代的政治选择与愿景，也是明代的文化理想与宏图。音乐方面，“明兴，太祖锐志雅乐”[⑤]，观当时乐章如宴飨八奏《大一统之曲》：“大明天子驾飞龙，开疆宇，定王封。江、汉远朝宗，庆四海，车书会同。东夷西旅，北戎南越，都入地图中。遐迩畅皇风，亿万载时和岁丰。”[⑥]此类盛世强音，在《明史·乐志》中比比皆是。文学上，其主流同样以追求雄健壮伟的风格为正统，文学复古贯穿有明一代正是明代士人盛世梦想的一种寄托。除上述因素外，明人在审美上对“啴缓”倾向的否定还很可能受到《性理大全书》深刻影响有关。该书卷六六云：

> 古乐不可见，盖为今人求古乐太深，始以古乐为不可知。只以《虞书》“诗言志，歌永言，声依永，律和声”求之，得乐之意。盖尽于是，诗只是“言志”，歌只是永其言而已。只要转其声，令人可听。今日歌者，亦以转声而不变字为善歌，长言后却要入于律。律则知音者知之，知此声入得何律。古乐所以养人德性中和之气，后之言乐者止以求哀，故晋平公曰音无哀于此乎。哀则止以感人不善之心。歌亦不可以太高，亦不可以太下；太高则入于噍杀，太下则入于啴缓。盖穷本知变乐之情也。声音之道与天地同和，与政通。蚕吐丝而商弦绝，正与天地相应。方蚕吐丝，木之气极盛之时，商金之气衰，如言律中太簇、律中林

① 余来明《嘉靖前期诗坛研究》，武汉大学出版社2009年版，第201页。

② 杨慎著、王大厚笺证《升庵诗话新笺证》卷四“胡唐论诗”，中华书局2008年版，第215—216页。

③ 俞弁《逸老堂诗话》卷下，《全明诗话》第二册，齐鲁书社2005年版，第1248—1249页。

④ 张廷玉等《明史》卷七《成祖本纪三》，中华书局2000年版，第71页。

⑤ 张廷玉等《明史》卷六一《乐志一》，中华书局2000年版，第1003页。

⑥ 张廷玉等《明史》卷六三《乐志三》，中华书局2000年版，第1043页。

钟。于此盛则彼必衰，方春木当盛却金气不衰，便是不和，不与天地之气相应。①

对照张载《经学理窟》，上述文字完全摘录的是其中《礼乐》篇中的两段话。由于明代理学的兴盛以及《性理大全书》"与五经、四书《大全》同颁于天下，列在学官"②两种因素，张载所阐释的理学的艺术审美思想便随之深入士人之心，被他批判的艺术的"啴缓"风格由此成为明代根深蒂固的普遍观念。或者说，因"啴缓"的内涵在明王朝法定的《性理大全书》中已被定性，所以，明代士人对它的评价态度就不能不遵循这一来自最高权威的说法。

从宋代亦褒亦贬且以褒为主到明代纯为贬义，"啴缓"一词的感情色彩趋向于稳定并最终定格。这种逆转发生在明代，清代承绪明代而不复有变。明清之际著名文学家吴伟业的文论可以提供如此例证，《和州守杨仲延诗序》云："昔者文王之化，先被江、汉，而吴、楚不采于《国风》。江左之称诗者，至晋、宋、齐、梁始盛，而人犹谓南音啴缓不振。岂秣陵、姑孰土气痹薄使然欤？唯滁、和、寿、泗之间，漭泱千里，北走中原，人民阔达而硕厚。当南北战争之日，克寿阳、悲彭城之作入于清商杂部，音节谐壮，有泰山东武之风焉。其所谓不刚不柔，得天地之中者非乎？"③此及论南北文风之异，"啴缓不振"用来形容"南音"之审美风格，以文学的地理因素释之，其中"土气痹薄"讲的是"秣陵、姑孰"是自然地理和地缘文化特征，而从历史传统来看，"江左之诗"则又是政治地理影响下的文学产物，"晋、宋、齐、梁"的政权皆偏安一隅，故文气如其国家气运，萎靡不振。吴伟业对南方文学传统"啴缓"文风的不满，是基于明末清初盛兴的"气运说"文学观作出的判定，在明清易代之际带有特殊的时代意蕴。

在文学批评中第一次对文学史上"啴缓"风格进行较为系统的梳理和评价的是清中期成书的《四库全书总目》。该著至少有九处出现"啴缓"一词，见于唐、宋、明三代文人别集提要中，现列举如下：

序号	作者、朝代	别集	提要摘录	出处
1	李绅（唐）	《追昔游集》	今观此集，音节啴缓，似不能与同时诸人角争强弱。然春容恬雅，无雕琢细碎之习，其格究在晚唐诸人刻画纤巧之上也。	卷150
2	朱翌（宋）	《潜山集》	盖其笔力排奡，实足睥睨一时。与南渡后平易啴缓之音，牵率潦倒之习，迥乎不同。周必大序以杜牧拟之，非溢美也。	卷157
3	陈耆卿（宋）	《篔窗集》	今观其集，虽当南渡后文体衰弱之余，未能尽除积习，然其纵横驰骤，而一归之于法度。实有灏气行乎其间，非啴缓之音所可比，宜其与适代兴矣。	卷163
4	岳正（明）	《类博稿》	正统、成化以后，台阁之体，渐成啴缓之音，惟正文风格峭劲，如其为人。东阳受学于正，又娶正女，其《怀麓堂集》亦称一代词宗，然雍容有余，气骨终不逮正也。	卷170

① 胡广等编《性理大全书》卷六六。

② 纪昀等《四库全书总目》卷九四《御纂性理精义》提要，中华书局1997年版，第1234页。

③ 吴伟业《吴梅村全集》卷二九，上海古籍出版社1990年版，第685页。

续表

序号	作者、朝代	别集	提要摘录	出处
5	李梦阳(明)	《空同集》	成化以后,安享太平,多台阁雍容之作。愈久愈弊,陈陈相因,遂至啴缓冗沓,千篇一律。梦阳振起痿痹,使天下复知有古书,不可谓之无功,而盛气矜心,矫枉过直。	卷171
6	商辂(明)	《商文毅公集》	是编……凡文九卷、诗一卷,多馆阁应酬之作,不出当时□啴缓之体。	卷175
7	姚镆(明)	《姚东泉文集》	文皆啴缓,尤多吏牍之辞,盖镆本以武略见也。	卷176
8	周用(明)	《周恭肃集》	其诗古体多啴缓之音,近体音节颇宏整,文则平实坦易,纵其笔之所如。	卷176
9	刘士骥(明)	《蟋蟀轩草》	然集中诗文,乃作啴缓之音,是则楚既失之,齐亦未为得也。	卷179

上表三个时代的九位作家可以分为两种情况:李绅、商辂、姚镆、周用、刘士骥五人是一类,为"啴缓"文风的代表作家;朱翌、陈耆卿、岳正、李梦阳四人是另一类,《总目》只是在其诗文集提要中论及"啴缓",他们本身的文学创作并不存在此种风气。《总目》批评的"啴缓"文风具体有三种对象:一是唐代文学家李绅,二是宋南渡以后的文学,三是明代台阁体文学。其中,一、三两种有内在关联性,《总目》评李绅之作"春容恬雅,无雕琢细碎之习"[①],可见,四库馆臣是把李绅当作台阁作家来看待的,其诗与明代台阁体在审美特征上有共同之处。如果说李绅的"啴缓"诗风表现的主要是作家个别性的艺术风格,南宋文学和明代台阁体文学之"啴缓"则在较大范围上体现为一种时代风气,但二者又有不一样的生态背景,审美趣向也存在差异性。所以,同样是文体萎弱,南宋文学主要是国力不张、地处偏安所折射的一种文学风貌,审美上不免与"牵率潦倒之习"相伴随;明代台阁体文学主要是时代昌平、雍容和缓所反映的一种文学气象,审美往往与富泽谐美、春容自得相关联。

《四库全书总目》对"啴缓"文风的批评往往失于笼统。这一方面是由于该著体例的限制,因每则提要篇幅多较简短,甚或只有数十字,而直及问题本身的文字有时仅寥寥数言而已,未能展开详细论析。再一方面,《总目》论及"啴缓"主要是着眼于一个时代或一个流派的整体文风而言的,缺乏深入的个案考察,对共同性中的个别性辨析也极为有限,这样很容易像贴标签式的去做评价,而文学批评事实上是不允许标签式的批评方式的。据此二端,《总目》文学批评的结论不可避免要出现一些不足:

首先是模糊笼统,有失确切。例如,《总目》讲到宋代"南渡后平易啴缓之音,牵率潦倒之习"但并无真正的注脚,因此其究竟所指便不得而知。又如《总目》认为明代"正统、成化以后,台阁之体,渐成啴缓之音",甚至"愈久愈弊,陈陈相因,遂至啴缓冗沓,千篇一律",可见"啴缓之音"在当时可以说是铺天盖地,无处不在,但通观该著中明人别集的提要,被《总目》具体提及这种文风的例子只不过商辂等数人而已。这样,《总目》的问题要么是夸大了明代的"啴缓冗沓"文风的普遍性和严重性,要么是在并无确切可靠的事实依据的情况随意发论,信口雌黄。

① 纪昀等《四库全书总目》卷一五〇《追昔游集》提要,中华书局1997年版,第2017页。

其次是简单粗略，有失周备。例如，《总目》评明代商辂之诗文仅说“多馆阁应酬之作，不出当时啴缓之体”，这种说法若与商辂诗文创作的复杂情况比较起来，显然过于简单了些，事实上难以公允。如果我们将眼界放宽一点，《总目》的说法就不免动摇起来。《总目》之前论及商辂诗文者并不少见，如明万历时吴氏(名不详)所撰《商文毅公集后序》云：“诸如诗序杂著，莫非昌言确论，广调洪词，譬之四瑚八琏，可陈宗庙，黄钟大吕，足和神人。”①又，清顺治间张一魁《增刻太傅商文毅公集序》云：“若夫高文大册，奥旨宏词，近可独步一时，远可坐耀千古。”②刘健《商文毅公文集序》则曰：“先生文汉时唐，出风而入雅也……先生当貂焰初张之日，省掖诸司咋舌而不敢前，先生慷慨伏蒲檄草十行，几令权奸胆落。至令读《罢厂》一疏，视淡庵《封事》尤为过之。”③再有谢鼎《商文毅公文集序》论其人曰：“公相业最著，擅明时一代之胜，李卓吾亦以为无出其右者。当时立朝气象真有古大臣风，虽与日月争光，可也。是知不独文章推公为第一，即于功名，亦云所谓事业根乎学术，凡此皆不偶也。”论其诗文曰：“一若诗人之和平，骚人之清深，孟、韩之温淳，迁、固之雄刚，孙、吴之简劲，投之所向，无不如意。”④

从明至清，在《四库全书总目》之前，论者众口一词对商辂诗文的风格、成就、地位等给予了高度肯定，虽不免有过于褒赏之意，但比较《总目》的说法至少有几点是可取的：其一是更为具体地注意到了商辂身份及为人与其为文的关联性，这种关联性能更为合理地理解作者文风的应有趣向；其二是论其诗文之风格，体会到了多样性特征，既有“和平”、“温淳”的一面，也有“清深”、“雄刚”、“简劲”的另一方面，而不是只有“啴缓”一点，这更符合文学创作动态性、丰富性的艺术规律，对商辂的诗文分析也更为切实；其三是即使商辂的文学风格存在“啴缓”的特点或者说主要偏向于“啴缓”，上述众家之说至少补充了《总目》未能言及而被遮蔽的商辂文学创作的另一个方面，对《总目》单极的批评视点不失为有益的矫正，有利于完整地把握商辂的文学全貌。

当然，这几点还只是从文学批评材料来分析的，真正的文学批评必须通过对作家作品的具体阅读和玩赏才能进行。今观《商辂集》，不必说体现“古大臣风”的那些慷慨直陈而“令权奸胆落”的奏疏之文，其风格切直简要，不当以啴缓冗沓论之。另如《蔗山笔麈》，今言即随笔、札记之类，形式简短，亦叙亦议，别出心裁。《总目》谓“颇好持异论”⑤，用现代人来看就是思想有新意之处，而没有迂腐因循的弱点。如“司空图”条，辨“稗史之谬”⑥；“嵇侍中”条，认为嵇绍为山涛所误，谓“叔夜绝交之书，见涛早矣”⑦；“诸葛”条，指出诸葛亮之死，“非徒亡蜀也，又亡魏”，等等。此皆独具识见，不作庸谈。又，其《杂著》虽仅有十余则，然或为小说，或为杂文、小品，不无一些趣味。举《畜鱼说》一则言之，作者以养金鱼的生活小事过渡到“君子之处世”的讨论⑧，事近意远，不为浮空之论，算得上是一篇较有特色的小品。另一篇题为《题

① 商辂《商辂集》附录二，浙江古籍出版社2012年版，第586页。

② 商辂《商辂集》附录二，浙江古籍出版社2012年版，第582页。

③ 商辂《商辂集》附录二，浙江古籍出版社2012年版，第582—583页。

④ 商辂《商辂集》附录二，浙江古籍出版社2012年版，第584页。

⑤ 纪昀等《四库全书总目》卷八九《蔗山笔麈》提要，中华书局1997年版，第1176页。

⑥ 商辂《蔗山笔麈》，《商辂集》卷二五，浙江古籍出版社2012年版，第539—540页。

⑦ 商辂《蔗山笔麈》，《商辂集》卷二五，浙江古籍出版社2012年版，第540—541页。

⑧ 商辂《杂著》，《商辂集》卷二四，浙江古籍出版社2012年版，第531页。

餐霞阁》的短文，品读起来也有些意味，如作者写道："观二仪之混沌，予兹渺焉；睹万象之荣枯，谁为受者？月明千里，尚思琼楼玉宇之高寒；春色满园，无复野草闲花之愁怨。道旁尘起，去马来牛；天外霞飞，断鸿孤鹜。"[①]所有这些，显然都不能斥为"啴缓"之作而予以否定。

至于商辂之诗，更不像《总目》所言。其集中存诗近500首，从其题材来说已明显摆脱了一般台阁大臣之作以应制应酬为主的局限，《总目》一句所谓"多馆阁应酬之作"的话，作论太简单，甚不符合事实。例如，商辂诗歌对时令、节候的描写较为多见，咏物、写景和个人生活细节的抒写也是重要内容之一。这些作品的风格也并不像《总目》所说的"不出当时啴缓之体"。组诗《山水图》："画师盘礴作笔势，扫出江山数千里。"(其一)"生绡一幅高堂上，仿佛名山势千丈。"(其二)[②]发语高卓，气势磅礴，笔力雄健，毫无"啴缓"之气。再看诗人笔下之虎："壮哉于菟豪且雄，猛气不与凡兽同。吞牛伏豹爪牙利，空谷一啸来天风。黑为文兮白为质，光彩斑斑炫晴日。……五云深处陪苍麟，余威自足清妖氛。"[③]诗的风格同样属于雄奇一路。其短诗如《花开》："花开醉不休，花谢莫深愁。纵使花常在，东风也白头。"[④]《观猎》："苜蓿秋高马正肥，戎王弓矢疾如飞。年来不肯窥边鄙，只学平园学打围。"[⑤]仅这两首小诗足以透露一种这样的信息：商辂作诗与通常所说的台阁体诗人已有所不同，他重视对诗意的开掘，其作能以意取胜，其意境中自有别致之处，已有值得玩味的独特的艺术个性和审美情韵。而这样的作品在《商辂集》中还不乏其例。我们可以断言，《总目》对商辂的评价是在并未细读商辂作品的前提下作出的，也未广泛参照和认真对待此前其他评论者的相关看法，而是受其对台阁体总体上的观念先入为主地套用到了商辂这个对象上，从而贴上了一个并不太适应商辂身份的台阁体标签。其实，我们在阅读和评价商辂诗文创作时，有几个基本的事实是始终不可忽略的。一是商辂在科举考试中是连获"三元"的奇才；二是商辂所处的时代经历了"土木之变"和"夺门之变"的政治巨变；三是商辂人生中曾被诬下狱，贬削为民；四是作为台阁体作家，商辂比"三杨"已晚出约半个世纪。这几点可以确定我们对商辂作出基本的文学定位，也可以提示我们不能以通常的台阁体文学来阐释这样一位生活在并不平凡时代的并不平凡的作家。《总目》所谓"正统、成化以后，台阁之体，渐成啴缓之音"、"成化以后，安享太平，多台阁雍容之作。愈久愈弊，陈陈相因，遂至啴缓冗沓，千篇一律"的论断，只注意到了台阁体消极影响的一方面，却忽略了这一时期文学上走出台阁旧体的许多尝试和创新，遮蔽了明代文学发展史中的一些重要的文学环节和具有一定文学个性的作家及其创作成就。这说明今后对于明代台阁体后期的文学研究有必要循着与《总目》相反的路径去作新的尝试，这样或可取得新的突破。

作者单位：西南大学

① 商辂《杂著》，《商辂集》卷二四，浙江古籍出版社2012年版，第530页。
② 商辂《商辂集》卷一九，浙江古籍出版社2012年版，第380页。
③ 商辂《商辂集》卷一九，浙江古籍出版社2012年版，第379页。
④ 商辂《商辂集》卷二〇，浙江古籍出版社2012年版，第412页。
⑤ 商辂《商辂集》卷二〇，浙江古籍出版社2012年版，第434页。

纪实·虚构·复制：明清群体画像文本的三重观看与近世化趋向

毛文芳

导论

（一）明清群像的热潮与新变

综观中国绘画史，漫长的人物画传统不乏群像图，或出于墓葬如列女、贤圣等图；或刻于祠庙砖壁的孝子故事、竹林七贤等图；或是贤者、功臣、帝后的肖像；或是人群出行的仪仗图、贵游图；或是儒释道仙等宗教人物图……这些不由个别人物入手，而着眼于描绘人群聚集者，遍布于历史（如《孔子行教图》）、风俗（如《元夜图》）、宗教（如《罗汉图》）、政治（如《仪仗图》）、军事（如《校猎图》）、文化（如《品茶图》）、道德（《孝行节义图》）、生活（如《百戏图》）等不同领域，流传的画迹甚夥，其构画理念虽不免强调栩栩如生的真实感，然因夹带着范畴目的而与聚焦于特定人群肖其形貌的画像概念有所差别。

明清时期，以呈现多位人物姿形为诉求的群体画像，在人物画复兴的此期呈现了丰富的面貌。有些画家虽画的是历史人物故事图，却以肖像画手法绘出，如明杜堇《古贤诗意图》卷，共分九段，每段有金琮书唐宋名诗，杜堇按诗意作图。分别为李白《右军笼鹅》、韩愈《桃花源》、李白《把酒问月》、韩愈《听颖师弹琴》、卢仝《咏茶》、杜甫《东山宴饮》、黄庭坚《咏水仙》，杜甫《舟中夜雪》三首，共诗 12 首，图 9 幅。集合古代历史名流典故而成画卷。又如明万邦治《醉饮图卷》乃根据杜甫《饮中八仙歌》而绘豪饮名流：贺知章、王琎、李适之、李白、崔宗之、苏晋、张旭、焦遂等八人。该卷于流泉旁，林荫下，画八位高人醉饮之态，两个侍僮各有所事。不同于上述画迹的历史想象，明清以纪实为诉求的群像图中有一种呈列科第同榜之谊的“同年图”，是以同榜进士多人合影作为画像主题，如《五同会图》（明，无款）。当然也映射着明清的时代发展，肖像画宜于众人所需，故绘像的酬谢亦丰，多有习此艺者，不独画工，且有学士。除了宫廷政教之用外，民间的需求在于表征家族传衍的“祖宗像”、“家堂图”，虽这类画家多被视为戾家作手之类，社会地位不高，然始终不废传统，如南京博物院藏有《钱三持像》及《钱三持家堂图》，前者为钱氏的个人肖像，后者为“家堂图式”，绘出钱三持及家族成员。他如《忠孝堂图》（明，无款）、《姚氏家谱像》（明，无款）等，皆属此类。

(二) 群体画像文本

"群体画像文本",包含提供视觉信息的图像与作为思维信息的文字两类文本形态,图像部分指群体画像的画迹或版画,文字部分为环绕着画像的文字生产。这些文字笔者以"题识"一词概括,包括四言韵文形式的像赞,以及后来陆续出现无论韵散的一切诗词曲、序跋、题记等写作形式。由题者与像主成员的关系而言,大抵均为他人所题(旁观者所题),也有部分为自题(题自己画像),以前者为大宗,后者如《杏园雅集图》之谢环、《东轩吟社图》之费丹旭,均有画家自写照与题咏,是两种不同的视角。题识内容牵涉到画家对一群特定人士的画像塑造手法,与观众针对画像滋生的种种心得,其中有人物的虚实比对、发话口吻、观像角度、对话关系、图文思维、观众社群等纷繁的现象。

若就求画动机而言,群体画像可视为一种"人物标榜"的活动,与个人主义思潮相呼应,倘若接受委托为他人画像题写,还牵涉到人际交往的网络关系。画像的题写者,可能是令人仰慕的先贤长者、情谊深厚的友辈、或接受请托的时人等。画像文本与一般文字最大的不同,在于视觉化观看的成分,对一名受众而言,观看群体画像,仿佛就在阅读一个社群的动态。明清的群体画像文本,见证像主们交游范围之广度,亦为朋友间悦目传情、表达志趣、广结人缘、扩展声誉的媒介,一幅画像引发众多文士竞相题识,宛如共同开辟一个观看与社交的集体文本空间。

自明代中叶以来,刻书印刷业突飞猛进,印书刻坊的规模很大,所刻书籍种类繁多,书贾能根据文艺市场需要刊刻各种书籍,助长出版活络的另一因素,是版画图像的大量刊刻,书坊刻书,在书名前,冠以"纂图"、"绘像"、"绣像"、"全像"、"图像"、"出像",以及"全相"、"出相"、"补相"等,这种宣传手段,对顾客具有很大的吸引力[①]。版画插图的出现,使万历以后,进入一个文化史的图像时代,这是印刷术发达后,文艺著作商品化,将昔日菁英小众人口转向普罗大众的阅读时尚,他们既包括了代表知识菁英的缙绅士夫,也同样扩及农工商贩与市井妇女。群体画像文本除了上述种类纷繁的画迹之外,明清拜赐于印刷术的长足进步,绘刻群体众像的画像集或图册,亦随著书籍的刊刻大量面世。这些版画,或由流传的画迹摹刻而成(如杏园雅集、东轩吟社),或以特定的理念绘编刊印,成为另一种形式的群体画像文本。

(三) 论题的成立

画像文本由图像(图)与题识文字(文)两大部分组成,留下许多珍贵而值得探索的信息。笔者近年来专力于明清文人画像题咏之研究,多以文人个像的探讨为主,群体画像涉及的问题远比文人个像繁复得多,包括:画像的本事、雅会成员的彼此关系、画面图像的构成与渊源、题识文字的观看及延伸性意涵、群英聚会的历史追仿、写实性聚会赖以奠基的群体意识等,均有待探研。明清的时间断限,始于明初,终于晚清,前后跨越五百余年,站在由传统到现代的转捩点上,具有显著的近世性特征。明清时期的群体画像成员类型包括:贵胄功臣(身份与勋业)、退休官员(表功与休憩)、耆宿逸老(地方意识)、雅会文人(文人品味)、诗社社友(赋诗取向)等,其聚会形式继承著唐宋以来的雅集传统而有所变衍。群体画像排比众多

① 详参沈津《明代坊刻图书之流通与价格》,《国家图书馆馆刊》,1996年第1期,页109。

文士，文士形貌如何以展现身体观与审美观的方式再现？众人座位的排序与呼应隐含什么意涵？衬景物件的反复出现、摆设空间的配置，以及像主姓名职衔的榜题，又各具什么隐义？画面是否特别标识时间？……群体画像的视觉图面呈现手法，与近世文化的特质是否有所连结？再者，画迹复制成版画，并卷入传播与销售的商业径路，某种程度上似乎紧扣着物质文化、视觉文化与文化工业的近世性特征。

以呈现多位人物姿形为诉求的群体画像，在人物画复兴的明清时期呈现了丰富的样貌。由于明清群体画像文本的资料量过于庞大，本文拟提出三重面向——纪实、虚构、复制，借以观看：其一，联结文学书写的盛世图像；其二，文人如何建立典型及抒情向度；其三，技术介入后复制"原迹"的多样化再现。笔者将"明清群体画像文本"区划为一个新的论述范畴，框设稳妥的文献范围，开拓明清文学研究的视域，透过三个具笼罩性与关联性的焦点议题，抉发环绕着明清群像各种历史文本的意涵，并扣合现代语境进行学术探索，试为近世文化的发展趋向作一见证。

一、纪实：联结文学书写的盛世图像

（一） 明代的两个范例[①]

1.《杏园雅集图》

《杏园雅集图》描绘明初一场雅集盛会，与会官员均为翰林阁臣，由园主工部尚书杨荣邀约宾客：兵部尚书杨士奇、礼部尚书杨溥，少詹事王直、王英，左述子周述，侍读学士钱习礼、李时勉，侍讲学士陈循，另及宫廷画家谢环共计10人，聚会于杨宅杏园。卷后拖尾保留有雅集者的手迹：首为杨士奇序，其次依序有杨士奇、杨荣、杨溥、王英、王直、周述、李时勉、钱习礼、陈循题诗各一首，又有杨荣的后序。二序清楚交待《杏园雅集图》的本事，最后还有一篇清乾隆年间翁方纲的考跋。杨士奇序文得知，雅集于明正统二年(1437)三月初一，适逢百官每月一次的休沐假期，由杨荣做东邀集8人游于其杏园，另有画家谢环来会。春日林木、泉石、芳卉、香芬等园景殊胜，杨荣准备了宴乐之具供宾主尽欢，嘱画家谢环写图，以纪一日之乐，题名"雅集"。引首有未署名之大字"杏园雅集"。装帧方式：先图，次序，次诗，次后序、次跋。园主杨荣也为此画撰写一篇序文，与杨士奇之序相仿，先叙明本事："正统二年丁巳春三月朔，适休假之晨，馆阁诸公过予，因延于所居之杏园。永嘉谢君庭循旅寓，伊迩亦适来会。"并道出聚会时的风景与欣乐："时春景澄明，惠风和畅，华卉竞秀，芳香袭人，觞酌序行，琴咏闲作，群情萧散，衎然以乐。"接下来则是杨荣为此画所作的文字道览。

整幅画卷为淡墨设色。画面自右展开可分成5段，整幅画卷包括官员10位，僮仆9人，杂役5人，共计24人。整幅画卷横向构图，用笔细腻。人物以9位翰林高官为主体、多样化形象的僮仆为辅，再加上画家本人的自画像，以分组活动构图：或徐行漫步，或清谈吟唱，或

① 2011年8月，笔者应邀前往北京参加"中国明代文学学会(筹)第八届年会暨2011年明代文学与文化国际学术研讨会"，发表《明代两幅群体画像的观看：〈杏园雅集图〉与〈岘山逸老图〉的文本意涵》，已对两幅画像作了探索，本节文字乃摘引该文相关内容而成。

赏玩古物。其次有人物活动延伸而巧意铺排宴会的场景:布设于桌案椅榻石枰的各种文房游具、艺品古玩、饮馔用器、奇石盆栽等物质性陈设,以及雅集地点之河岸、水草、土坡、石壁,复以各种乔木、灌木的浓郁丛绿衬托出淡雅浅绛的"杏园"美景与佳趣,整体呈现出一种静谧且沉稳的氛围。题诗共有 9 篇,为包括三杨在内的 9 位馆阁大臣所题。翰林耆宿的杏园雅集传为当时佳话,这幅朝廷重臣绘像、设色精丽典雅,是一幅宫廷雅重气息的太平乐事长卷〔图 1〕①。

图 1

2.《岘山逸老图》

图 2

《岘山逸老图》册页,现藏于台北何创时书法艺术基金会,画与题识保存十分完善,笔者亦有幸于 2006 年获得初见。此图连同封面共有 70 页,封面有装帧题署:"砚山逸老图丙辰八月重装梦坡藏"。梦坡为晚清著名鉴藏家周庆云(1864—1933),丙辰为民国五年(1916)。画册首两页有吴昌硕于丙辰同年以篆体大字题签:"砚山逸老图。"以下依次为逸老像传:一像,一传,共有 16 幅画像,间以 16 篇传文。依序为:蒋瑶、吴廉、施佑、刘麟、蔡玘、李丙、陈良谟、顾应祥、吴龙、孙济、吴麟、朱怀干、张寰、韦商臣、吴龙、唐枢等。各幅画像右上方有介绍性榜文,依官衔、里籍、姓名、年龄之序书写,如第 1 幅:"太子少保工部尚书归安石庵蒋公瑶年八十岁"〔图 2〕、第 4 幅"工部尚书建业南坦刘公麟年七十五岁"等。伴随画像次页的传文,多节录自史志,其中载录于《湖州

① 《杏园雅集图》为中国画史一件杰作,研究多集中在艺术史学界如:宋后楣、王正华、陆九皋、吴诵芬、苏玟瑄等。其中吴诵芬《谢环杏园雅集图研究》(台北艺术大学美术研究所硕士论文,2002 年)为一部专门论著,系统探讨此图;苏玟瑄《从明代官员雅集图看明代雅集及群体肖像的发展》(台湾师范大学美研所硕士论文,2010 年)为新作,二文十分具有参考价值,笔者获其启益良多。

府志人物传》者最多。接在16幅画像及传文之后者，有重要的序文及当代题诗，依次为张寰《岘山逸老堂图咏》(嘉靖丁未，1547)、刘麟序(1548)。其次为吴廉、吴龙、张寰、韦商臣等4人题诗。其次为道光庚寅(1830)张鉴跋识。其次为周庆云于丙辰(1916)8月“题识”及重阳后二日“又记”。接在周庆云题跋之后者，依序为吴昌硕、淡莽陶葆廉、江阴谬荃孙、阳湖刘炳照、江阴金武祥、扬州兴化李详、香严居士金蓉镜、宴池等8家题诗，由题跋文字可看出这幅画册流传之绪。

岘山为地名，在湖州府吴兴，东濒碧浪湖，素为南郊风景佳胜处，岘山获唐宋以来文人青睐而为雅会赋诗之处。据上引张寰《图咏》得知，岘山诗社初期都在隘陋的僧舍聚集，幸有地方官汤世贤为岘山兴筑“逸老堂”，是为诗会的理想处所。另据张鉴跋题曰：“会辄人绘一图，由是流播者众。”嘉靖当时，凡每社集成员即绘一图，而有图流传。据笔者初步考定，《岘图》绘成时间约在嘉靖二十六年(1547)，是“岘山逸老堂”落成当年秋社的一幅社员群像，此为岘山社集大喜之事，故张寰、刘麟郑重其事为文记之，表征“以图为史，纪此盛事”的意义。

3. 题诗的意涵

《杏图》与《岘图》均不约而同地将图像思维回溯唐宋，如《杏图》杨荣题诗曰：“缅怀洛中会，九老皆令望。娱意今则同，抚迹非所当。”《岘图》吴廉亦有诗云：“会昌遗韵岂多逊，耆英雅集宁能专。”二图题识提及的会昌遗韵、洛中九老会、耆英雅集、香山、洛社……等，分别指称唐代白居易的香山九老，以及北宋的洛阳耆英会。与上引同一口吻者，张寰的《图咏》为了叙明《岘图》之本事，首言逸老集会之精神归趋为北宋洛阳的十三耆老会。周述《杏图》题诗曰：“高风谅可追，愿与洛中并。”而张寰在《图咏》清点逸老十三人，曰：“适符耆英之会数”，津津乐道岘社契合北宋耆英会。明代杏园与岘山两大雅集立像题咏，莫不显示文人群体念念追仿唐宋雅会的愿想，追念的背后，出于对盛世的歌赞。《杏图》杨士奇的题诗敷染太平最为着力，诗曰：“鞠躬奉臣职，肃肃恒自旦。朝下趋经帏，临夕出东观。厘务日有常，黾勉在文翰。”自我塑造一个朝夕鞠躬，厘务日常而黾勉文翰的优质臣僚形象。杨荣持相同口吻：“幸逢圣明主，恭己临万方。吾侪忝在职，岂敢忘赞襄。”诸公官暇得以休沐闲适，在于“遇时康”。这些诗意一如王直的四字句：“时之和矣，物亦遂只。”表述了一种因果关系：文人得以官暇休沐而欢畅雅会(物亦遂只)，是以康平治世(时之和矣)作为前提。而杨溥诗句“同仁仰神化”，则将君主的治权神圣化，以供僚属仰望，因此“愿兹春阳辉，遍照覆盆下”，便具有一种象征的意味，由晴天洒下的春阳光辉，得以遍照天下，即连覆盆底下亦不例外，这种恩泽普照的歌赞，成为“杏园雅集”这桩史实的参与者、图绘者、题咏者饱含政治意涵的强力注脚。《岘图》诸家亦有对于太平盛世的共同歌咏，如：“我湖知几有数叟，太平之世安归田”(吴廉)，“千年王气郁晴寰，分及苕南水石间”(韦商臣)，“出处两忘机事息，百年拟作太平臣”(张寰)。嘉靖中期，继承着前代宣、英朝德仁之政，百僚深体治世的气息，由是，诸逸老年高得以安享湖州林下美景而有欣然之乐。

（二）同年与雅会

明代群体画像有一类称“同年会图”，《五同会图》属于同乡会，《十同年图》则是同年会。根据宋代赵升曰：

同年乡会,诸处士夫夫同乡曲,并同路者,共在朝及在三学,相聚作会,曰乡会,若同榜及第聚会,则曰同年会。

自来或是基于同乡,或是基于同榜,皆有强烈的群体认同感,同时亦可援为政治势力的维系及掩护[①]。譬如明初一幅《甲申十同年图》〔图3〕,作于弘治十六年(1503),是十位朝廷重臣的群像:户部尚书谨身殿大学士李东阳、都察院左都御使戴珊、兵部尚书刘大夏、刑部尚书闵珪、工部尚书曾鉴、南京户部尚书王轼、吏部左侍郎焦芳、户部右侍郎陈清、礼部右侍郎谢铎和工部右侍郎张达,均为英宗天顺八年(1464)甲申科进士,有同年之谊,中试近40年后的十人均身居高位,分别在朝廷最高权力机关之六部和都察院担任要职,除王轼在南京外,李东阳等九人均在北京朝中,最年长之闵珪年已74岁,最年轻之李东阳也已57岁。画面中各大臣的相貌皆为画工当面写生的真实写照,唯有焦芳因奉命离京办事,特预留画像以供临摹。画面布局、人物位次则是画工精心的安排。画像当年适逢王轼来朝,十人齐聚于闵珪宅第,特请画工绘制群像,并各自题诗纪念。画作当时总共绘制了十份,藏于各家。科举制度确立后,乡试、会试等同榜题名者均可称“同年”,“同年之谊”是官场重要的关系纽带之一。

图3

明代官制吏部每年有六次大选,在京官员相聚频繁,又有三年一考,任期一到,必须及时赴部引选考核。届时,各地赴京考满的官员,在吏部堂前络绎不绝,外官难得进京,故在京僚友多举办宴会相庆,以叙同年之谊。例如同样也在弘治十六年(1503),张升、熊翀举办同年会:“南京工部右侍郎江都高公宗选三载考绩至京,同年友念睽违之久,及醵饮于高坡兵部左侍郎汝南熊公腾霄第。”当时有《同年燕会图》绘成(张升《张文僖公文集》卷5《同年燕会图诗序》)。同年会多有发起与主办人,规模大的同年聚会,多安排在京城周边的学宫或寺观庙宇,人数多达五十甚至百人以上,通常是在进士登第初年。规模较小的同年会安排在官员的私人宅邸,多在进士登第十数年或更后,同年因外任、致仕、病故第原因,在京人数已属寥寥。同年宴会以齿序列座,取代政治场合的官秩尊卑,并消除彼此因员身份造成的隔阂,如陈寰所记正德六年(1511)新科进士同年会:“上坐则差长者几人,下坐则差少者几人,左右则少者几人,丝竹在前,觥筹在左,掌计、掌膳、掌酒果、掌杂器诸执事在堂下。”(《琴溪陈先生集》卷2《同年进士宴会记》)王鏊又有记:“坐以东为上,西向坐者若干人,南北向若干人。离坐有罚,喧哗有罚。教坊奏乐,少者以次行,酒雍雍秩秩,日暮乃退。”(《王文恪公集》卷11《丙辰进士

① 参见苏玟瑄《从明代官员雅集图看明代雅集及群体肖像的发展》第54页,台湾师范大学美术研究所硕士论文,2010年。

同年会序》)座中甚至不乏六博、投壶等游戏助乐[①]。上述甲申十同年聚会与《十同年图》,或同年进士宴会的《同年燕会图》,即是另一种雅集和雅集图的类型,因政治身份而结谊,不脱盛世下思职勤事之互勉,一如李东阳于《图序》所言:“唐九老之在香山,宋五老之在睢阳,歌诗燕会皆出于休退之后。今吾十人者皆有国事吏责,故其诗于和平优裕之间,犹有思职勤事之意。”[②]

介于《杏图》、《砚图》之间尚有一幅吴伟绘制的《词林雅集图》,描写龙致仁自京都出佥浙江时,友人聚会相送的场景。梧桐荫下,湖石玲珑,8位文人分别围坐在几石桌旁,或对弈、或展卷吟哦、或谈论诗文,石桌上置放瑶琴、笔砚和茶皿,另有小童侍候[③]。据卷后罗玘于弘治十八年(1505)正月作《文会赠言叙》,龙致仁离京时,集会赠诗者有22人之多,图中仅概括数人,表现成员以文相交的高雅情致。署款“吴伟”。卷前行首有徐霖题篆书“词林雅集”,卷后有李梦阳、王守仁、何景明、顾璘、刘麟、边贡、谢承举、王韦等友人题诗,分别歌咏浙江的名迹胜地,尚有几处名胜空缺,准备留待他人补题而未见。题诗者多为名宦和著名人士,可想见当时雅集之胜概[④]。雅集者多为同僚,或同级、同年进士,也有部分诗友。此次雅集兼具送行、宴乐等性质,堪称诗社之发轫,是图创作于雅集后不久,其白描轻简风格为明代的雅集图创造新形式。与会者悉为朝廷重宦,与李梦阳、何景明、边贡等前七子成员,作为明代诗社的发轫,这一次的聚会与题诗,似乎带来连结文学与政治的标志性意义。

(三)唐宋图式的追仿

《兰亭修禊图》描摹东晋王谢世族的名流休闲事迹;《十八学士图》虽主角人物未曾共聚一堂,透过画家之笔使得诸位英豪千古聚宴共乐。群英致仕,高官雅集成为敷染盛世的一种标志,《杏图》、《岘图》诸家题识均频频回顾唐宋的两个重要雅会:白居易的香山九老会、北宋洛阳耆英会。北宋神宗元丰五年,留守西都洛阳的士大夫以文彦博潞公为首,集结13人成立“耆英会”,其中位列高官者有文潞公外,尚有富弼、王拱辰和司马光等。除司马光外,12人皆为70岁以上高年[⑤],他们相互邀集于洛阳名园、古刹或林泉胜地。司马光为作《洛阳耆英会序》[⑥],说道耆英会的成立,是潞公“所慕于乐天者,以其志趣高逸也”,慕于乐天者,所指为唐唐武宗时期的“香山九老会”,诗人白居易晚年在故里香山,与胡杲、吉旼、郑据、刘真、卢真、张浑、狄兼谟、庐贞八位耆老燕集,成为千古美谈,后人慕而绘九老图传世。白居易撰有

---

① “同年会”为明代中央文官制度运作下的产物,文中若干引例详参自叶晔著《明代中央文官制度与文学》(浙江大学出版社2011年版)一书。该书详细考辨并梳理明代京城诗文风会之制度背景,对翰林雅集、郎署诗会、同年会、同乡会等群体性雅集与馆阁文学发生的关系有细致的论证,该书针对明代馆阁文学及文官制度之千丝万缕关系阐释,深有洞见。笔者获叶博士赠书,获益甚多,谨此致谢。

② 《甲申十同年图》资料,引自维基百科网页。

③ 石守谦认为该画是南京派浪荡文化的典型,参见氏著《浪荡之风——明代中期南京的白描人物画》,《台湾大学美术史研究集刊》1(1994.3),第66—67页。

④ 参见《中国美术全集》(台北锦绣出版社,1986—1989)(绘画编·明),单国霖图版说明,第47页。

⑤ 余为席汝言、王尚恭、赵丙、刘几、冯行己、楚建中、王慎言、张问、张焘等。

⑥ 引自司马光《温国文正司马公文集》(四部丛刊本),卷65,第9页。

《九老图诗序》[①]。“洛阳耆英会”是在“香山九老会”的基础上积累,据以形成一种士大夫在政事余闲的乐境,后世传颂为北宋太平之盛事。学者曾由不同面向探讨北宋洛阳文人集团的组成,颇类以文学和文化共同爱好作为聚合基础的“文艺沙龙”。[②] 洛阳耆英会不仅在北宋当时造成时尚与轰动,令人向慕,更成为后世津津乐道以及文会效习的典范。

图 4

汉宣帝命画家在“麒麟阁”绘制霍光及苏武等人肖像壁画;汉明帝追思汉光武帝中兴功业,授命于“云台”留下 28 位官员的肖像壁画;唐代有《秦府十八学士图》和《凌烟阁二十四人图》等功臣像。由雅集群像简史看来,汉唐功高盖世勋臣的群体画像,具有以图为史的史传意义,一如收入史籍般被嵌绘于麒麟阁、云台,或高悬于凌烟阁等建筑壁面。这些早期官员的群体肖像构图形式,是将姿态端严的人物,并排胪列于空白背景中,人像之间没有接触与联系。后世如宋仁宗时,重臣杜衍致仕后于睢阳闲居,与王涣、毕世长、冯平、朱贯等四位故官优游宴饮,当地人为绘《睢阳五老图》〔图 4〕,其构图形式即沿用汉唐“麒麟阁”、“云台”、“凌烟阁”等功臣绘像的传统,采取“罗列立像”、“榜文题赞”的形式,以收观者见贤思齐、敦化鉴戒的效果[③]。

图 5

随着时代风尚的转移,《十八学士图》从早期褒崇勋德、见善思贤的罗列立像形式,发展出了一种具愉悦性质且适于大众品味的雅集形式〔图 5〕。虽然作为主角的 18 位学士未曾共聚一堂,画家却透过笔墨使千古英豪聚宴共乐,乃后人穿凿附会而成。同样的情形亦发生在北宋驸马王诜邀宴公卿士夫聚会的《西园雅集图》〔图 6〕,亦是以想象的雅集活动作为诉求的图绘。群体画像的形式,由早期罗列立像转变成雅集活动形式[④]。如明初的《杏园雅集图》,一方面存有来自汉唐功臣图传统之“罗列立像”的构图原则,一方面可谓步趋于《十八学士图》及《西园雅集图》的文会活动性质,至于《岘山逸老图》的构图虽脱胎自“罗列立像”、“榜文题赞”的形式,然与端严的功臣像则颇有距离,画家为逸老描绘微笑表情、闲逸身姿与多变的手部动作

① 引自白居易《白香山诗集》(世界书局本),卷 40。

② 刘馨珺针对耆英会的出身家世、居乡处世、集会形式及艺文长才的表现,分析北宋士大夫的修养生活、集体活动与价值观。参见氏著《北宋洛阳耆英会:从碑铭谈士大夫的交往活动》《“国立政治大学”历史学报》第 30 期,2008 年 12 月,第 3—4 页。

③ 关于中国早期群像及构图模式,参见苏玟瑄《从明代官员雅集图看明代雅集及群体肖像的发展》第 32—34 页,台湾师范大学美术研究所硕士论文,2010 年。

④ 参见苏玟瑄《从明代官员雅集图看明代雅集及群体肖像的发展》第 34—39、69 页,台湾师范大学美术研究所硕士论文。2010 年。

〔图7〕,比较接近雅集舒闲的文士造型。

图6

图7

明初纪实画像融合了汉唐功勋(罗列立像)与唐宋雅集(活动实录)两种构图形式,“罗列立像”的构图概念多半表现在如《明太祖功臣图》一般列举像主以称颂功德的画作上,采用册页形式,由《睢阳五老图》裁切独立成页的概念而来,例如南博所藏无款的《明人肖像册》,出于民间画师之手,绘徐渭、李日华等晚明江南12位铮铮著名人士的胸像册页画,画家诉求极度的写实,刻意表现人物面部的额、鼻、颏三个部分,极富立体感。至于“活动实录”构图的雅集图式则是大宗,称为“雅集图”,“集”谓人群聚集,“雅”则为这个群集的社会特征定位。大部分群体画像脱自这种形式,摹仿典故,或迳将画题回溯古老主题之群体画像者甚多,例如《名园雅集图》(明·谢时臣)、《溪轩雅集图》(清·张鉴)、《尚友斋雅集图》(清·顾蕙)等。或具人、时、地等标志意义的群像,如《重珽堂文会图》(明·顾重)、《待雪楼联吟图》(清·蒋宝龄)、《莲塘宴集图》(明·无款)。有些沿用“香山九老”之标数,或如“岘山逸老”之宽用,题以“×老图”。著名画迹如作于康熙九年的《娄东十老图》(无款),致仕十老为:陈瑚、陆世仪、王撰等,均为明末清初当地的隐逸之士,或以经学闻名,或以诗文著称,或以名节见重。画中人宽袍拢袖,或戴笠、或巾,或帽,人像皆正面,或九分微侧,或立,或坐,或倚石、或踞坐、或执杖。以古拙之水边林下之景陪衬。清代有胡淦《吴中七老图》卷,绘吴地之方锜、李鸿裔等7位名家。有时标以类型人物,如:《醉吟先生五友图》(清·王树谷)、《文章四友图》(清·王树谷)、《八子检玩图》(清·王树谷)、《七贤咏梅图》(明·朱卫秋)、《名笔十友图》(清·沈铨)。有些则直接标以群像者,如《群醉图》(明·刑志儒)、《虞山诸贤合璧》(清·王翚)、《儒门名贤像》(明·江环)等。

(四) 小结

《杏图》、《岘图》、《词林雅集图》等画像约莫采取了隐性手段以布设图面,视觉符码的运用时有所见,例如“古玩”分别出现在《杏图》、《词图》与《东图》中,取以熏染图面集会现场的古雅气氛,“文房用具”摆在户外的桌几上,则隐含群体集会吟诗的文学特质,《杏图》的像主成员于休沐日有意穿着“官服”于溪畔杏树边雅会,不寻常的穿着,则喻指了朝夕鞠躬、厘务日常而黾勉文翰的优质臣僚形象。上述这些物具与景致恰可作为创造隐喻媒介的符码,研究者把握画家形塑画面的隐秘意向,可据以逆溯重建画家绘像当时的意义系统。像《杏图》与《岘图》等典型,又存在着对唐宋固定图式:罗列立像与雅集活动的传抄使用,凡此或可视为文化习性的套语。诸像的成员关系不仅止于建立在"同年"基础而已,《杏图》成员多同乡或同僚,《岘图》率皆湖州同乡,或宦籍与客游于此者,皆具文学社会学意涵之群体共性。《杏图》9 人,无论官职大小,当时都扮演着辅佐年幼英宗的角色,聚会有近臣联谊的意味。《岘图》的 16 人年龄前后相差 20 余岁,包括师生与父子关系的两个文学世代。或同为内阁六部官署同僚,或专管司法检察的都察院任职同僚,或为省级或县级之地方官。这些或同年、或同僚的同乡诸老,均选择家乡的"岘山"作为致仕归养放逸的群体聚合地点。一方面拥有土亲人亲的乡里共感,又因为入朝的阶第相同,而建立了同舟共济般的情感,在宦途上彼此支援而成生命共同体,具现于画面,形成一种可供后世效尤的集体性典范。

或为贵胄群相,或为逸老群相,绘画的观看与想象皆奠定在圣主明治的盛世基础之上,鼓舞歌咏于圣化之中,始能"以乐其乐"。群体画像不仅作为家庭、乡里一项美好景观而已,更足作太平盛世、圣朝德泽的最佳见证,明清时期与此相类的图本,集体性地呈现了画像观看的政治思维:官暇、野逸之乐奠基在圣治太平之乐上,并以此基础运用上述的政治话语套式,着力弹唱垂绅正笏、欣逢盛世的政治语调,向内联结了个人仕途荣辱宠遇的心路历程,向外敷染着太平盛世的气氛。

另一方面,重宦显贵或致仕逸老合影的聚会属性为集体吟诗,《杏图》参与盛会的三杨正是明初台阁体的代表性人物,其余成员亦为翰林馆阁的僚属,多作应制、颂圣、题赠之什,正是流行于永乐到天顺间台阁体文风的一项具现,适可以文学社会学之社群概念来理解,杏园雅集聚合了一批同年、同乡,又是上下臣属的同僚群体,于休沐官暇之时的撰文赋诗:恭维颂美、歌咏承平,如同阁臣身着官服的形貌一般,辞气安闲、雍容期雅,《杏图》文本,岂不就是一幅台阁体文学的图像吗?而《词林雅集图》的送行群宦则有提出文学新主张的前七子踪迹,半世纪后的《岘山逸老图》绘成时间为"逸老社"活动最频繁的阶段,横跨明代中期自嘉靖到万历,持续几达一世纪,历时经久,师友薪火相传,衡诸明代文人结社史,鲜有其匹。据学者研究指出,社中成员还与七子派颇有渊源①,若以孔恩的"社群"概念检视,画像社群成员之学养背景、性格特征、政治理念、文化品位、价值信仰趋同,以上述《杏图》、《词图》、《岘图》为例,时代跨幅由明初永乐至明中叶嘉靖年间,恰是大明王朝的治世时期,不仅以具感染力之政治标竿人物群体具现为盛世的图像,成员们在朝为宦或乡里盟聚的诗社活动,包括:背后的文学驱动力,社员所涉及的文学世代转换,家乡意识与文学地景的书写连结,以及文人社群的集体性书写,皆可为明代文学史的流派形成作出有意义的诠解。

二、虚构:建立典型及抒情向度

《杏图》、《词图》、《岘图》、《同年图》等纪录显宦的群体画像似乎集中在明中叶以前,背景

---

① 郑礼炬曾考察"岘山逸老社"的集团性格,认为岘山结社 90 年,似可视为搭建前七子与后七子之间的桥梁。详见氏著《明代正德至嘉靖间湖州岘山社考论》,《浙江社会科学》,2008 年第 6 期。

为治世盛明的太平时期，文士得以优游于宴乐及山水间。至于沦入宦官乱政及党同伐异的万历王朝之后，朝臣性命危在旦夕，党争激烈，不同派系官员形同水火，本欲纪念及象征同年友爱之情的官员雅集图，可能反遭横祸，高官的雅集图便罕见了①。不同于贵胄显宦团体雅集的政治诉求，明代中叶以降表彰文人品味的雅集图则另有风貌。石守谦认为：16世纪末，王世贞到董其昌的时代，社经发达，价值系统产生变化，文化界主力换上了一批完全不同性质的人物，不再以经世济民为生命唯一理想，反而在功业追求外的人文艺术活动中，找到自我栖身的天地②。明末清初政局遽变，朝廷对于结社颇有禁忌，故活动纪实以表征盛世的雅集显有消沉的迹象。然而画家、文人仍不忘情于群体画像文本，有的透过想象力并合而成理想画像，企图建构一个令人缅怀的时代典型；有的尽管纪实，却不再迎合盛世的色调，而是形塑一代文艺风流，并为画像的观看道入抒情的向度。

（一）两幅虚拟的图景

陈洪绶（1598—1652）《雅集图》与项圣谟（1597—1658）《尚友图》两幅画作，构图理念与《杏园》、《岘图》的纪实性大相径庭，以下略论之。陈洪绶，号老莲，晚明浙江诸暨人，入清后自号悔迟。画风奇特，被称为变形主义画家。无论是历史故事、当代写真或自画像，擅长以年代久远的古画作为依据，以古拙之风发展出全新的意象，《雅集图》卷为陈氏晚年纸本水墨画的代表作〔图8〕，右上署"僧悔为去病道人作"，并未署年。学者据其落款自题"悔迟"（此一名号为1646年于云门寺自号）考订，此画应系1646年或稍后不久，于1656年辞世前所绘。图为横幅，居中置一石案，案上供奉一尊精琢的文殊菩萨驭狮的青铜雕像，另有供佛用的水盂、香炉、花瓶。画中有文士及一位僧侣共9人，皆有署名，共聚于石坛前。案前一位高士米万钟仲诏（1570—1628）盘坐于兽皮上，面对佛像展卷吟读。米氏右侧趺坐于蒲团上若有所指者为愚庵和尚（不详，著有《愚庵和尚语录卷》）。愚庵后，双手微握的王静虚（不详，二袁文友，佛教居士）鞠身而立。陶幼美（陶允嘉，1556—1622）扶杖伏案，黄昭素（黄辉，1559—1621）正襟危坐，陶君奭（陶奭龄，字公望，1571—1640）背身侧首，安坐于树荫下。米仲诏左侧的树丛中，依次坐着三位高士：手指微微拈须侧身倚树的是陶周望（陶望龄，1562—1609），双手垂拱端静肃穆的是袁伯修（1560—1600），两手支杖身体微微前倾的是袁中郎（1568—1610）。各具姿态的画中人，都沉浸于米仲诏的吟读声中。

图8

《雅集图》成员9人，均万历年间的官员或贤达，此图乃画家描绘文化名流聚首雅会的情

① 明中晚期罕见雅集图，参见苏玟瑄《从明代官员雅集图看明代雅集及群体肖像的发展》。

② 参见石守谦《风格与世变》（台北允晨出版社1996年版），《文化史范畴中的画史之变》，第13页。

景。晚明文士多有禅悦之会与法喜体验,董其昌《画禅室随笔》、吴彬绘有《莲社求友图》,皆纪录文人禅喜的追求,《雅集图》的图面经营并不突兀。陈洪绶安排这样的场景:俗家/僧家、山水背景,与供奉文殊驭狮的祭坛结合一起,似乎呼应着白莲社雅集的情景。白莲社为五世纪时一群僧人与在家居士组成于庐山相会,共论佛教教义的社集,虽然陈洪绶并未点出所绘主题为何,《雅集图》不妨看成白莲社的翻版[①]。陈洪绶又像是将3世纪东晋"竹林七贤"的人物搬至17世纪的图面上,七贤多彩多姿的癖行是晚明文人酷爱的典型,文人甚至重演七贤于竹林聚会弹琴、下棋,或表演清谈情节,或呈现倨傲自足的模样,陈洪绶将古老的文本植入成为雅集图的构图元素,因而形成互文关系[②]。

这个9人团体,都是陈氏近代的名士,是否真的聚集在一起,并不确定,高居翰以为可能是描绘袁氏兄弟北京所起的蒲桃社(1597—1600),据学者研究指出,万历二十二至二十八年(1594—1600),是公安派袁氏兄弟结社的鼎盛阶段,从都门结社到蒲桃社,标志着三袁走出公安、进入京师和其他地区,完成了由地域性社团向全国性社团的转化[③]。若以这个时间衡诸陈洪绶生平及绘图时间,那么公安结社的鼎盛时期,陈洪绶尚未出生,绝不可能躬逢其盛。也有可能是赞助人暨画主"去病道人"假想出来的,或陈洪绶自己所杜撰的雅集。可以确知的是,此图绘于核心成员过世后约半个世纪,绘成年代所有成员均已作古,老莲亦年近半百。这一幅刻意标举人名的图画,用了古老的《西园雅集图》形式,即使是追记一场盛会,最多也是陈洪绶听闻后的想象性构拟,绝非现况的实录。

《杏图》与《岘图》的文本亦各自创造了互文性关系,此一聚会是否真实发生并不特别重要,一如虚构的"西园雅集"一样,并不影响此一艺术主题的表现能力。由于雅集人物与画面营造的宗教氛围,高居翰以为陈将自己笔下的雅集图套上传统固有的白莲社意象,并以复古手法描摹与会者,画家便将此一雅集由平凡无奇的历史领域中,提升至一具有深奥文学及文化真理之境。这一主题在明亡初期的陈洪绶心中,存有一种痛切的缅怀感,万历年间曾经无忧无虑的清谈聚会,对于半世纪亡国的伤心人而言,已成无可复现的遥远往事,此画表征了陈洪绶对晚明文人平淡天真的文学主张与专注聆听经教法喜的理想风范充满仰慕之情。

图9

约于此际,有另一幅相类的显例。顺治九年壬辰(1652),56岁的项圣谟(1597—1658)与张琦合绘一幅《尚友图》〔图9〕,画上题署:"壬辰八月十八日项子自题,像则张琦所写,余亦孔彰自画,灯下书此。"据项

---

① 参引自高居翰《山外山:晚明绘画1570—1644》,台北石头出版社1997年版,第325—328页。

② 参自同上注,高居翰一书,第327页。

③ 何宗美《公安派结社考论》,重庆出版社2005年版,第7页。

氏自题：

项子时年四十，在五老游艺林中，遂相称许。相师相友，题赠多篇。沧桑之余，仅存什一。今惟与鲁竹史往还，四公皆古人矣。因追忆昔时，乃作尚友图，各肖其神。

以下针对画面进行人物姿仪的道览，六位文士为：董其昌（1555—1636）、陈继儒（1558—1639）、李日华（1565—1635）、项圣谟（1597—1658）、智舷（1557—1630）、鲁得之（1585—?），皆当时名士、画家及收藏家，以巨松林荫的聚集为场景。作品完成时，除项及鲁二人外，其余4位早在作品完成前已过世，乃由张琦"肖其神"而成。项氏在题记中追忆近20年前与众文友交游的往事，（按项子曰"年四十"概为约数，理不应晚于李日华之卒年，1635年，时项子39岁）侧录中岁时与艺林名士交谊的概况。当时董其昌、陈继儒、李日华皆年登耄耋，鲁竹史为项氏50余岁的弟子，释秋潭（智舷）已作古。由此可知，该图并非当时一桩真实的雅集活动再现，而是透过想象与组织的纪念性合像[①]。

海德格尔（Martin Heidegger）指出："世界图景……指的并不是一幅关于世界的图画，而是作为一幅图画而加以理解和把握的世界。"米歇尔（W. J. T. Mitchell）亦认为图像理论根源于一种认识：观看（看、凝视、瞥见、观察、监视与视觉快感）与各种阅读形式（解读、解码、阐释等）一样，纯粹的视觉经验或识别力无法在文本模式中获得充分的解释[②]。显然，陈洪绶《雅集图》与项圣谟《尚友图》是两幅直接越过纯粹的视觉经验及识别力而自我创设的世界图景，二人运用高明的造型能力与描绘技巧，凭借着对美好典型的追慕及对其召唤的内在动力，驱遣画笔而让图景"说话"。《雅图》、《尚图》于现实与理想之间，存在着一种图像的吊诡与彼此变换的关系，真实人物被安排在具刻画性的虚拟空间中，画家以巧妙的思维与艺术手法将现实与理想作了紧密的结合[③]。无论是陈洪绶虚实难辨的《雅图》，或是项圣谟自称"追忆乃作"的《尚图》，皆不标榜《杏图》、《岘图》"以图纪史"的纪实性，欲以虚拟的群体画像还原已然逝去的现场，据以建构一代令人缅怀的风流典型，确可视作明末清初文人的一种精神图像。

（二）康乾间画像文本的抒情意涵

1.《城南雅集图》及《画像记》

禹之鼎于康熙二十一年绘《城南雅集图》〔图10〕，系一桩活动的纪录，当时44岁王又旦、43岁汪懋麟二人，邀44岁陈廷敬、52岁徐乾学及49岁王士禛集于城南祝氏园，为文酒之会。此画为一幅五人合像，由当时年齿最少的汪懋麟撰写一篇画记[④]，该篇画记十分值得注意。汪氏由个人出发，编年交待与其他四位像主的结识过程，以及本画绘制的缘由，首先将时间拉回到结识之初，几年下来，陆续结识四公，此间，各人的仕途发展不一，人生境遇或丁

① 该画研究，详参李铸晋《项圣谟〈尚友图〉》，《上海博物馆集刊》第4期，建馆35周年特辑（1987），第51—60页。

② 参见[美]尼古拉斯·米尔佐夫（Nicholas Mirzoeff）著、倪伟译《视觉文化道论》，江苏人民出版社2007年版，第5—7页。

③ 参引自高居翰《山外山：晚明绘画1570—1644》，台北石头出版社1997年版，第326—327页。另参自高居翰《气势撼人：十七世纪中国绘画中的自然与风格》，台北石头出版社1994年版，第175页。

④ 引自汪懋麟《百尺梧桐阁集》，"文类"卷3，下文悉引自于此。

忧、或赴外、或觐省亦相殊。康熙十五年,王又旦奔丧归里,余四人曾有短暂阙下相与论诗的机缘。此外,由康熙九年直到康熙二十年,长达十余年时间,历叙五个人彼此相错,始终未能齐聚一堂的因缘。经过了二十年参差交错之聚散历程,五人终于得以在阙下相聚。

图 10

> 回忆二十年来,聚复散,散复聚,中更忧患情事不殊,若有不期然而然者,陈公于此深有感焉。于是壬戌(按康熙二十一年,1682)七月,相聚于城南山庄,赋诗饮酒相娱乐,命兴化禹生貌五人像为一图,属懋麟为之记。

上文乃以"二十年来"的"聚散"为焦点详细交待五个人的交游,并借此带出五人由青壮年迈入中年颇可傲人的仕宦纪录。这幅朝中师友雅集的画像,成为一份重要的纪念性物件:

> 夫古人以道义文章相合者,其游处与共,后人慕其风,辄见于图画,若香山洛社西园诸图记流传最广,虽市儿贩夫皆知之。至于齐名比肩,联类以称,如厨顾俊及七子五君诸品目,大抵一时矜饰之词,而千载而下,亦遂以为不可易,或亦不仅以其名也与。

懋麟对足为一代典型之雅集图的体认,在于其流传的时间长度(唐宋名园雅集图流传至今)与空间广度(由京城士夫至市井小儿贩夫),供人向慕其风。最后,汪氏再用叙笔为此幅画像作纸上道览。汪氏详按图面,雅会场景为户外庭园,五人别作两边,姿仪轻闲,右边三人环着桌案绘为坐像,陈廷敬拈笔凭桌、王渔洋倚案斜侧、王又旦抱膝翘脚而坐,案上简略布置图籍之属。左边二人立像于林木掩映中,抬手的汪懋麟与抚须的徐乾学倚肩而立,一面交谈一面由林间步来。画面显然与过去的雅集图相类,具有标榜与展示的意愿[①],然昔人雅集以交谈、酬唱、赏画、行吟等具体活动为人物塑形的企图,禹之鼎此画似乎较为节制,除徐、汪二人较有交集之外,五人事实上各自面对观者,画家似乎更诉求于静定的身体与端凝的视线。

汪懋麟"城南雅集"的定义,并不着重画中文人的游艺活动,而积极地将此画视为一个面

---

① 如晚明项圣谟、张琦的《尚友图》、《娄东十老图》,画中人皆为正面眼神,仿佛是拍照留念的一种开放形式。详参李国安《明末肖像画制作的两个社会性特征》,《艺术学》第 6 期,1991 年 9 月,第 125 页。

向未来的有力“物证”，倘若他日“诸公勋业既盛，宦游或倦，欲借川泽须臾之暇而休沐”之时，汪氏将得幅巾方袍杖笠以随之，“或有可以把臂无愧者，姑藏斯画以待之。”此画继承过去的雅集图传统，将群士置于休闲社交场合中留影，以鲜明形象突出仕人的风雅品味。禹之鼎所绘此图，其成员构筑的既是文友圈，更是朝中的官僚社群。若进一步再以既是像主之一、也是观众之一的汪懋麟的视角而言，这幅不以“活动”取胜的雅集图，成了一项有力的个人标记：营造高官清闲的颂扬式气氛，见证一段以宦迹为背景的坚固友谊，并标举社群成员之间微妙而巩固的友谊关系。

汪懋麟《城南山庄画像记》就文体而言，有其传统。专为图画而作的“记”类文字，一般称为“画记”（或“图记”），具有史家叙事具载之功能。因探究文体而引发论辩的一篇焦点文献是韩愈的《画记》，此文乃德宗贞元十一年（795）韩愈28岁由长安回到老家河阳后所作。他前一年得到一卷人物小画的摹本，画卷原是多段画面连缀而成，后遇赵姓原摹者，便将画奉还，并撰写一篇《画记》，“记其人物之形状与数，而时观之，以自释焉”。《画记》记述各类物象，包括：人、马、其他动物、车辆、兵器、用品、游具，除逐一统计数字外，对构成故事主体的人物与马匹，分别讲说各种不同姿态。韩愈继承并克守上述“记”体的原则：“记者，所以叙事识物，以备不忘”，“记事物，具始末”。针对韩愈的《画记》，后人颇有讨论。姚范曰：“韩昌黎《画记》学《考工》，而或者谓似《顾命》。”[①]宋代以后，开始有人对《画记》的写作手法有所评议，传说欧阳修自叹不能，苏东坡则以为韩愈《画记》“仅似甲乙帐，了无可观”[②]。东坡见宋人“记”体多有议论的现象，故有不满，原因即在于“记”体显然还应增添点什么，北宋范、欧、苏等人，开始有以论议为“记”的散文出现，这种夹叙夹议的“记”体为后世带来更大的书写空间。

清初经学大家汪琬（1624—1691）曾撰有一篇《灌园图记》，与作为正体的韩愈《画记》并置，汪文既失去叙事识物、具载始末的功能，亦未达“该而不繁缛，详而有轨律”（秦少游赞）的叙事水准。汪琬针对好友李良年画像《灌园图》，文风滔滔，抒发大义。若以“记”之变体观之，则摆脱东坡“仅似甲乙帐”之讥，符合汪琬作为一名清初经学散文家，文风疏畅条达，论文要求明于辞义，合乎经旨，论者以为其文深受欧阳修影响，效法北宋诸公“专尚议论”之风尚。汪懋麟《画像记》体裁虽同于汪琬《灌园图记》，却不是“专尚议论”的格调，显然保留了韩愈《画记》“记事物，具始末”，“叙事识物，以备不忘”的特色，虽针对人事发论，然以时间“逐而不返”与空间“聚散”两个轴线，勾连画中成员的人生履迹与经久友谊，“深有感焉”，乃出于一种对文人群体诗会忆想的抒情语调。康熙时期不乏这类抒情文本的书写，陈维崧《水绘园修禊诗序》即为一例，文中针对水绘园修禊诗所收8人的哀乐聚散，甚有感思：“集既成，陈生曰；嗟乎！夫人哀乐之交乘，而有朋聚散之难必也，不亦大可感哉！”（《陈迦陵文集》，卷1）

2.《三子联句图》及《题记》

康熙朝脱离清初的肃杀之气，吟社盟会愈为频繁，笔者翻检康熙国士诗文集，诸如此类的雅集图咏，不胜枚举，如王士禛《严人弘写碧山吟社图题诗留别用韵送之》（《渔洋精华录》

---

① 引自清姚范《援鹤堂笔记·文史谈艺》，收入王水照编《历代文话》，复旦大学出版社2007年版，第4册，第4128页。

② 引自金王若虚《文辨》，收入王水照编《历代文话》，复旦大学出版社2007年版，第2册，附录，第1154页。

卷10)、《为幼华题五子论文图》(同上)、潘耒《为王幼华给谏题五诗人图》(《遂初堂诗集》,卷5)、孙枝蔚《题樽酒论文图送别王幼华归秦中》(《溉堂诗集》前集卷9)、《题三子联句图》(《溉堂续集》,卷5)等。其中如《五子论文图》、《三子联句图》等图虽未见画迹,却是当时获得诸家题咏的著名画像。以下仅举《三子联句图》试作初探。

康熙十三年,禹之鼎为徐乾学、姜宸英、汪懋麟绘《三子联句图》,孙枝蔚与汪懋麟均有题咏(孙诗收入《溉堂续集》,卷5),笔者于此粗考汪氏《题记》(《百尺梧桐阁集》,收入《四库存目丛书》第241册,第739页),汪对此幅画迹不存的画像作了关键性释义,首叙此图之因缘:

> 昆山徐子健庵来扬州,慈溪姜子西溟,适馆于郡守金公之署。闻徐子来,出就与余饮酒欢甚,不能别。兴化禹生尚基者,善写真。徐子曰:余生平喜朋友……遏命禹生貌余三人像为一卷,以志斯日之游。

这是三位文友一次日常萍聚的纪录,汪文继续道览画面:

> 禹生因写古松盘石,徐子面西向,一手伸纸、一手拈毫。余面东向,右臂据石上,两手把卷。姜子坐稍上于余,以左臂著石角,右手横管,若有思者。图既成,属余记之。

其次针对君子画像"人每争仰其风采,所至辄聚观,或旁窥之"的现象与意义发论,以为古代作为歌咏瞻拜的画像神圣性,于今已然沦丧,若子孙不肖,任由祖宗画像"零落于颓梁败壁,雨蚀鼠啮",又何必画像呢?文末推奖徐乾学之才与品,并因忝列于画面一侧而自谦:

> 徐子具旷达之才,既取上第又好交乐,善推奖士类,海内之人群归之如百川之赴巨海,即偶寄意于图画,亦公之友朋而不私,其志趋高远何如也,顾余以山泽之癯,窃忝于画侧,其不类已甚,将奈何将奈何。

这是一次雅会实况的心得,画中文士"伸纸、拈毫、把卷、横管"等动作具指"联句"的实质意义,至于将三子置于古松盘石的佳妙园景中,作为翰林高官的徐乾学,并未被画家赋予政治意涵的形象。

由康熙十三年《三子联句图题记》到康熙二十一年的《城南雅集图题记》,笔者以为清人汪懋麟对雅集图的题咏,大不同于明代敷染盛世的歌赞语调。在前文中,汪氏以一己山泽之癯烘托出徐乾学志趋高远、推奖士类的文化盟主形象,这种赞扬口吻与向慕情怀,可视为康熙国士亟欲厚植其文化资本与社会资本的场域行动。至于8年后的《城南雅集图题记》,汪氏以回顾交游情谊的忆想充盈于图、文间隙中,为画像的观看道入了抒情向度。康熙三十三年,徐乾学又请禹之鼎为绘《遂园修禊图》,成员有徐乾学、盛符升、尤侗、黄与坚、秦松龄、徐秉义等人,除了徐氏有题诗《赠禹鸿胪乞画遂园修禊图卷》(《憺园文集》,卷8),尚有诸多文友题咏,有待未来进一步探研。

康熙朝的雅集图咏盛况,持续到乾隆年间,未曾消歇,以吴锡麒为例,他有一系列的雅集图题词,如《金缕曲》,小序曰:

> 如皋冒巢民先生水绘图擅名,国初为南北群贤往来宴集之所,至今百有余年,渐就零落,其四世孙妙隐复缮葺之,落成后绘图属题。(《有正味斋词集》,卷3)

有《忆旧游》,序曰:

辛酉除夕，戴竹友延介与钮非石树玉、陶凫香梁游虎丘，由非石赋诗，竹友、凫香多谱忆旧游词一阕，归面属其友汪瀚云、梅鼎绘图纪胜，今五年矣。乙丑春，余过吴门，竹友饮余，于护经书屋出此乞题，即用原韵荅之。(《有正味齐词集》前集，卷4)

另如《霓裳中序第一》，亦有长序曰：

题郑书常勋吴中雅集图。图中凡七人程易畴瑶田歙人、袁陶轩钧鄞人、钱晦之大昭嘉定人、陈仲渔鳣海宁人、胡雒君虔桐城人、邵怀粹志纯仁和人、书常以鄞人，而寓居吴山，盖为之主者七人，皆以嘉庆元年征举孝廉方正，是日则三年夏六月二十七日，为书常生日也，至今又十年，雒君怀粹俱已化去，书常出示此卷，为之怃然因属题此词以志之。(《有正味斋词续集》，卷1)

他如：《满江红·题袁简斋前辈随园雅集图遗照》(同前)、《惜余春慢·题杨召林稚园雅集图》(卷2)等。由吴锡麒为数甚多的群体画像题词看来，以词题咏已蔚为风尚，这些词序显示了群体画像的文学性社集纪录已远远脱离政治，带有怀古、追忆、缅想等抒情的意味。

（三）主题并合以表征情志

明清时期群体画像题咏风行不已，除了为文学性的诗社雅集纪实或抒情之外，还有为表征心志而绘制的主题群像，例如南京博物院藏清初无款《三文敏像》册页，所绘为三位身后被谥为文敏的书画家：元赵孟頫、明董其昌、清张照。南博另藏翁雒绘于道光年间的一幅画轴：《慧昭上人、王昶、钱大昕像》〔图11〕，画中人钱大昕为乾嘉学术的代表人物、王昶亦为精金石碑帖考证的学问家，此画主题为当时名满天下的一代学问家。晚清费丹旭《杭世骏等四先生像册》(又名《摹武林四征君像》)，依序为杭世骏(堇蒲)像、厉鹗(樊榭)像、金农(冬心)像、丁

图11

敬(研林)像,此册为清前期至中期籍属杭州的书画名家群像。这类群像图,为画家为了表征对主题人物之敬仰与效尤之心所绘。至于朱彝尊《题元四学士画像》(《曝书亭全集》,文类,卷54),亦对经术文章冠于元代的四位学士兴起崇慕之心。《元四学士像》、《三文敏像》、《摹武林四征君像》,都是以一个特定主题以并合真实人物的群像,画家或题者借着兴发敬尤之心以表征自我情志。

另有一类诉求稍有不同,虽对画中人物有表彰思维,以某一主题并合古今人物的虚构画像,然对内更指向一个亟愿企及的抒情自我。例如:孙枝蔚与汪懋麟皆曾为方尔止《四壬子图》题诗,汪氏有诗序曰:"尔止自云生壬子年,考渊明、少陵、香山皆然,平生又酷好三公诗,因绘兹图。"(孙诗引自《百尺梧桐阁集》卷3,汪诗引自《溉堂诗集》前集卷3)孙氏亦针对方氏与古来生于壬子年的四人(方尔止、陶渊明、杜甫、白居易)合像进行题咏。诗中提及:"我命偶合韩与苏,三磨蝎图壁新悬。"提及孙氏另一幅相类的主题画像:《三磨蝎图》。"磨蝎"为星宿"磨蝎宫"的简称,古代星象学谓生平行事常遭挫折者为遭逢磨蝎,苏轼《东坡志林》"退之平生多得谤誉"条曰:"乃知退之磨蝎为身宫,而仆乃以磨蝎为命,平生多得谤誉,殆是同病也。"显然这是一幅以命运多舛作为主题并置古今人物的画像。孙枝蔚《三磨蝎图诗》有小序曰:"邗上逢王幼华进士为余推命,因合退之、子瞻及余小像为一图。"该图则将孙氏个人小像与韩愈、苏轼合为一像,亦是一幅古今并置的虚构性画像,孙豹人将自己的身影与唐宋大家韩、苏并置,一者既有期许甚高的自负,一者呈现以命运上埒古人的自我悲叹。

孙枝蔚对方尔止《四壬子图》的题诗中,提及自己另幅主题画像《三磨蝎图》,就互文性而言,孙氏题诗首先已意识《四壬子图》具有古今互文的第一层镶嵌,第二层又嵌入个人强烈身世感的《三磨蝎图》,此图又具有古今互文而成第三层镶嵌。孙枝蔚这一则画像题诗,带着读者分别指向两道前世今生的传奇,对诸家题咏产生了扩散性影响,使诸家题咏环绕着这一则画像而嵌入更多互文性对话。

明清群体画像文本,不仅可以图作史,可敷染太平,可建构典型,可抒情表意,其引入视觉元素而据以产生观看思维的画像生产,已成为一种艺文表述的媒介,对慕古者而言,《元四学士像》、《三文敏像》、《四征君像》等文本以某一主题聚合理想型范的画像,更能聚焦于特定目的之表彰思维。至于对方尔止、孙枝蔚这些敏感又自信的文人而言,心里"尚友古人",又期盼在视觉媒材上与古人平起并列,形成古今并置的虚拟画像,成为文人自悯又自高以达致表征自我情志的一种有效途径。

三、复制:"原迹"的多样化再现

明清的群体画像还有透过复制而将"原迹"再现的多样化类型,"原迹"可能指古代的故事,或是昔日画迹,可以保存原始画迹的形式,或是径以刻版印刷技术翻模再制而成图籍。

(一) 古代题材的复现

宋代的《西园雅集图》,明清画家摹仿者甚多,石涛便绘有一幅并自题其上。自称狂涛的他,诗中言及所摹母本为李公麟原图,布景人物皆瑰奇似当年,并特别言及画中东坡、鲁直、元章、圆通、晋卿等人物。诗末述及此图因缘:雪龛先生嘱其摹绘西园雅集图,是一件收藏家风雅之事，石涛借着复制宋代一桩名流雅集的群像场景，称誉雪盦先生的月湖就是当代的西园，该画拖尾存留许多题跋。

除了西园雅集之外，香山九老、十八学士均受后世画家所喜，后二图原为罗列立像的图式，许多传世作品却以活动形式的雅集图呈现，学者以为新图式来自于宋代对官员形象的转化，这与许多以宋李公麟、刘松年、明仇英、唐寅等画家题名的《西园雅集图》画迹流传情形颇为相类。例如万历间罗文瑞绘《洛中九老图》卷，罗氏，家学渊源，工诗能书善画。此图摹宋人《九老图》，绘出香山九老，登入耄耋，皓首庞眉，依然步履矫健。图中人物分成三组，在侍僮陪伴下，相与酒醉兴酣，于林间桥边，或作画，或舞拳，或下棋，其乐融融。卷后有作者书录《洛中尚齿九老会序》，并记缘由。清初邵长蘅有一篇《解仲长画十八学士图歌》，该文由唐太宗任秦府王爷时开始说起，协助立国、开辟盛世的十八学士个个英杰特出，当时由阎立本绘成画像，今有解仲长以院体设色笔法摹绘旧本，再现"渲染辉丹青"之台榭、"玲珑丽金碧"之宫殿，使神貌各异的众学士们峨峨列坐。诗末则有古今对照后，作者的时代感慨与命运自伤：

> 忆昔风尘际会初，君臣契合水与鱼。功成开府追清暇，春宫翰墨非荒娱。只今朝野仍艰虞，时危整顿英雄需。抚图怀古心郁纡，书生岂有封侯颅。慷慨击碎玉唾壶，高吟梁父浮云徂。

"西园雅集"是明清时期最喜摹仿的群体画像题材之一，苏州的职业画家流行仿制此类文会图，有成品随时提供给消费者购买，这或可说明此类摹本在当时蜂捅而出的理由。中国文学艺术史上的著名聚会，另如：竹林七贤、兰亭修禊、香山九老、十八学士等，皆为后世画家摹绘或工艺家刻印雕制的常见题材，尤以"西园"为最，例如李公麟、马远、仇英、石涛都曾摹绘过《西园雅集图》，而刻印成籍的例子甚多，至于艺匠巧制的屏风、精雕的笔筒或扇面，着力描画古代雅集的工艺成品，更是不可胜数。这些文化的再制，不妨以班杰明"文化工业"的复制观点试作解说（详下文）。

（二）画迹图版的翻制

将原始画迹以图版翻制方式保存或流传者，是另一种"复制"的类型。据学者研究指出，正统二年（1437）绘成的《杏园雅集图》，在百余年后（1560）刊刻成版画。当时另有一个官员雅会"竹园寿集"，与会官员许进之子许纶，将家藏之《竹园寿集图》视为传家之宝，求摹更早的《杏图》，二图合刻刊印为《二园集》，以供公卿欣赏，由众多题跋之收录可知传阅盛况，具有表彰门风及公开流传目的。像《二园集》一样，将名画刊刻于书前成为插图的做法早已流行，其中以诗文集附刻个人画像最为普遍，例如徐釚将画家谢彬为其个人的绘像辑成刊印《枫江渔父图题词》1卷[①]；朱彝尊画像《烟雨归耕图》不止一次出现于其诗文集卷首；顾修《读画斋偶辑》，集中刻印清初名士王士禛、尤侗、陈维崧、田雯、朱彝尊、朱昆田、李良年、李符等8位名士画像共11种，并附刻画像题咏于其后[②]。清初刘源曾绘《凌烟阁功臣图》，为20位功臣

---

① 康熙乙亥（1695）菊庄刻本，现藏于浙江图书馆孤山分馆，无今印本。

② 《读画斋偶辑》1函4册，附图，线条清晰，笔者曾于北大图书馆古籍特藏室搜阅此本，无今印本。

群像,吴伟业与尤侗均曾看过画迹并有题识:吴伟业《题刘伴阮凌烟阁图并序》(《梅村家藏稿》,卷 10)、尤侗《题凌烟阁功臣图》(《西堂杂组二集》卷 4)。《凌图》在当时曾获不少名士观览,康熙七年,名匠朱圭为其刻成图版,由吴门柱笏堂刊印〔图 12〕。这幅意在颂扬忠孝节义的画像,经过两道复制手续:刘源先对古代题裁的画迹“复制”,其次是朱圭对刘源画迹的图版“复制”。诸如此类的“复制”成品,非常普遍。

图 12

群体画像毕竟不同于个别画像,画幅较大,复制方式显然较个别画像的刻版复杂得多。以下试举一个案略探。笔者曾蒐阅文献得知,晚清画家费丹旭(1801—1850)绘有一幅《东轩吟社图》卷。费丹旭,字子苕,号晓楼,浙江湖州人,家中绘画渊源颇深,父亲乃乾隆朝画家沈宗骞之门生,但社会地位不高,费氏长成后,需以卖画为生,遂到处流浪以求生计,其中居杭最久,因结识汤贻汾,受其推荐,成为富家文人汪远孙之长期座上客。汪家收藏之珍本及书画甚丰,又喜与文人交游,故时有雅集,《东轩吟社图》〔图 13〕即为此期巨作。早在道光甲申(1824),汪远孙昆季于杭州创立东轩吟社,远近名流响附,逾 9 年,汪氏于道光癸巳(1833)委费丹旭绘为此图。该社会员共 76 人之多,但此图仅描绘 27 人,为费氏作品中最长的一幅。全画以庭园为背景,中为东轩,会员分布于画中各个角落,或站或坐,均面向观众,所作之人物均甚肖似,为其力作①。这幅耗时许久的图卷,在费氏逝世后近 30 年,由汪家模刻制版,扩编内容而成《东轩吟社画像记传》〔图 14〕,笔者曾分别于浙江绍兴图书馆、北大图书馆善本室与北京国家图书馆三处搜见,版本皆相同。书前有光绪乙亥(1876)张炳堃序,书后有同治甲戌(1874)诸可宝跋。该书编辑次第包含张序、目、像、黄记(道光甲午 1834 年黄士珣为画迹所作的题记)、小传、题词、诸跋。据张序略知,这个“复本”的要务在于保护真迹免于战火之

图 13

图 14

① 参见李铸晋、万青力著《中国现代绘画史:晚清之部》,第 147 页。

蹂躏,以避免可能带来的之劫难。(笔者释文)另外,图版的复制并不完全忠于(也无法忠于)原始画迹,一方面是物质媒介由画幅横卷转成书籍页面的限制,另一方面在画迹与书籍的阅读目的不同,后者必须为观众提供更多"信息",故在画像图版之外,增加数倍的篇幅,以为"东轩吟社"作更完整的历史补注,"原迹"在这份复本中已由主角退位成一个陪衬的角色。

(三) 刻印成籍

上文将名画《东轩吟社图》"复制"成书的例子并不特别罕见,但是不透过名画,而直接绘刻群体画像的图籍则是印刷出版业更灵活的一个选项。明初始有人物画像专辑的刻印,如天然编《历代古人像赞》,为弘治十一年(1498)朱氏刊本,绘有伏羲氏以至黄山谷等历代先贤像共40余帧,各系以小赞。图像率各有所本,人物造型,结构准确,雕镂刚劲工致,各像神采栩栩,是15世纪末人物版画的代表作[①]。陆续绘刻的人物画像集,另如明代宫廷画家绘制《圣君贤臣全身像册》、《明代帝王像轴》等。清康熙十二年,根据明崔子忠画像的《息影轩画谱》刊印,是谱为人物像赞。上官周则绘刻《晚笑堂画传》,在册页里绘造百余位历史人物[②]。这部以画作传的专辑,在对待历史人物画的工作上,把考证研究与揣摩想象两者结合起来,既力求人物外貌的"形似",又赋予人物内心的"神韵",其后附刊《明太祖功臣图》。咸丰年间,刊印王龄撰、任熊画、蔡照初刻的《于越先贤像传赞》,标举"吾乡先贤人士"。晚清另有《越中三不朽图赞》(绍兴印刷局1918年铅印)、《太仓先贤画像》(凌祖诒编辑,王伯明、楼龙殊摹绘,上海百宋印刷局1947年排印)等图籍。亦有为某时、某类著名人物绘制的图像册影印出版者,如《清代学者像传》,第一集由清叶衍兰辑摹、黄小泉绘(1930年商务印书馆珂罗版印本),收入顾炎武至魏源共169人像,依生卒年先后编次,像后各附一传。第二集则由叶恭绰辑、杨鹏秋摹绘(1953年影印),补收前集未收之学者,自钱谦益至李希圣200人,二集问世即得到学术界交口称誉,为晚清刻、民初印极具文献价值的图册。另有《庚子辛亥忠烈像赞》(1934年珂罗版印本),所收为1900年八国联军入侵与1911年辛亥革命时维护清朝而殉难的大臣将领之像,乃根据照片而画的水照[③]。

总括而言,明清时期以书籍形式刊刻的群体画像图册,收录人数众多似欲穷搜人物的图像典型。而画谱一类的出版物,既涉及绘画与书籍交集的问题,亦涉及知识商品化的趋势。刻坊印制版画,显然有商业上的考虑,消费者购买画谱,同时便购买了连同画作一起诞生的名人小传、故实及历史知识,因而拥有了具优位性的文化资本。群体画像除了经由图籍的转载之外,还可更深入工艺美术的领域,一旦被镌刻翻摹至竹制臂搁,或陶器、瓷瓶等文房器物,或建筑浮雕的壁面,势将转成一种蕴涵文化气质的装饰性图案,吸引广大受众,这不免令人想到法兰克福学派"文化工业"的说法(详下文)。对于群体画像的复制与再现,涉及了近

---

① [明]天然编撰《历代古人像赞》,收入郭磬、廖东编《中国历代人物像传》(齐鲁书社2002年版)(全4册),第1册。

② 转引自王伯敏《中国版画史》(台北兰亭书店1986年版),第147—148页。

③ 明清绘刻的人物画像集,不胜枚举,详参华人德《中国历代人物图像概述》,氏编《中国历代人物图像集》(上海古籍出版社2004年版),第18—19页。现代刻印本,可参郭磬、廖东编《中国历代人物像传》(全4册)(齐鲁书社2002年版)。

世文化于物质媒介、复制技术与观看行为等诸多方面的复杂意涵。

结论

(一) 三重观看

本文尝试为明清群体画像文本提出三个观看的面向:纪实、虚构、复制。其一,观看联结文学书写的盛世图像;其二,观看文人如何建立典型及抒情向度;其三,观看技术介入后复制"原迹"的多样化再现。三重面向的特性总结如下:

唐宋发展形成的雅集图,标榜显贵人物聚会的盛况,到了明清,不乏这种显宦合影以敷染太平氛围的类型,采取"以图作史,纪其盛事"的纪实手法,为特定事件做纪录,多与政治升平的外围环境相呼应,绘画的观看与想象莫不充满盛世意涵。总括而言,《杏图》、《岘图》颇与《甲申同年图》相侔,成员关系莫不建立在"同年"的基础上,具有文学社会学"社群"概念之群体共性,一方面拥有土亲人亲的乡里共感,又因为入朝的阶第相同,而建立了同舟共济般的情感,在宦途上彼此支援而成生命共同体,具现于画面,形成一种可供后世效尤的集体性典范。再者,明清显宦群像的成员,不仅以具感染力之政治标杆人物具现为盛世的图景,作为像主成员或题咏观者的社群,在文学史上并不寂寞,他们在朝为宦或乡里盟聚的诗社活动,其背后具有强固的文学驱动力,社员所涉文学世代的转换,及据以形成的集体性书写,可为明清文学史流派形成提供有力的佐证。

明末清初政局遽变,表征盛世的雅集图像因朝廷对于结社的禁忌而有消沉的迹象。然而画家/文人并未忘情于群体画像文本的创造,有的透过想象力并合而成画像,虚拟建构一个令人缅怀的时代典型。有的尽管纪实,却不再迎合盛世的色调,营设一代文艺风流的典型,为画像观看道入抒情的意涵。如陈洪绶《雅集图》、项圣谟《尚友图》皆以虚构手法重建一个令人缅怀的现场。禹之鼎纪实的《城南雅集图》,也欲形塑一代文艺风流,汪懋麟的题记更以交游情谊的忆想充盈于图、文间隙,为画像的观看注入抒情氛围。《三子联句图》,或乾隆年间吴锡麒的群体画像题词,皆将群体画像的绘制与观看带离政治,以文学性社集纪录开启怀古、追忆、缅想等抒情的向度。群体画像引入视觉元素据以产生观看思维,已成为一种艺文表述的媒介,对慕古者而言,以某一主题并合理想型范的画像如《三文敏像》、《武林四征君像》,更能聚焦于特定目的之表彰思维。至于对方尔止、孙枝蔚这些敏感又自信的文人而言,心里"尚友古人",又期盼在视觉媒材上与古人平起并列,古今并置的《四壬子图》、《三摩蝎图》等虚拟画像,或是女诗人雅会主题的《随园请业图》,文本的观看皆成为文人自悯自高以达致表征自我情志的有效途径。

明清的群体画像还有透过对"原迹"的复制而再现出多样化类型,或是古代题材的复现,如对《十八学士图》、《香山九老图》、《西园雅集图》的摹绘;或是对于著名画迹的图版翻制,如刘源的《凌烟阁功臣图》、费丹旭的《东轩吟社画像记传》;或是径以刻版印刷成图籍,如天然编刻《历代古人像赞》、上官周编刻《晚笑堂画传》、叶衍兰辑摹《清代学者像传》等。以书籍作为物质媒介,手绘而成孤本的画迹,与印刷复制而成的图籍,不仅制作者动机不同,受众者的观视亦迥异。数量庞大的图册,亟欲穷搜人物图像典型,这类册籍具有"图录式风格",建立了一种“博物学式视线”[①]。尽管木刻(版刻)在宋代已很发达,明清印刷术的进步促使大众读物的复制更有效率,同时也在阅读领域造成巨大的变化。法兰克福学派班杰明提出“文化工业”表述一种新形态的大众文化,其生产是标准化的成批拷贝,复制品以展览价值取代过去的崇拜价值,并且向娱乐消遣式接受方式转变,丧失了一种无法复制的“韵味”。班氏的观点恰可为明清群体画像图版的兴盛提出一解。此外,大量制作的主题群像集,除了传统功勋圣贤文学等标竿人物类型之外,像“松江邦彦”、“越中三不朽”、“太仓先贤”……等题名图册,还具有强烈的地方意识。

(二) 近世化趋向

“明清”是依从政治史的文化分期断限。在近现代人文学科成立以来逐渐确定的体制,固然受到政治史及其观念的影响,不过是应对学科分工日益专细的权宜之计。为了搜辑史料及研究的便利,“断从朝代”而框定一个专业范畴,自有其可操作性。重要的是,这种专业分工与文学史叙述体现文学自身发展阶段性的构建,并非同一层面的工作。拉大格局以观,世界文明的发展显然具有某种共通的趋向,与“断从朝代”并存的,尚有另一个平行的参照系,以期在对中国文学内在特质演变的总体观照中,与我们的文学史观念趋于统一[②]。由是,尽管有溯自唐宋,亦有溯自元明等“近世”不同的分期说,可以确定的是,中国的“近世”是一个具有辽阔时空延展性的时间概念,被定位为迈向现代化的关键性阶段,不仅政治、经济、社会有着迥异于上古、中世时期的样貌,立于不同制高点以观照近世之社会结构、经济制度、文化质性、个人意识等复杂因素,文化形态已产生了结构性转移,中国的“现代化”往往溯源至此,“明清”则无疑被含入“近世”的范围内,有什么是攸关此期文化发展的关键性推力?陈广宏教授曾引日岛田虔次氏《中国近代思维的转折·书序》曰:

> 即使是中国的近世,也可以相信,它是与人类历史的“近世”一致的(而不是人类历史的“近世”的例外)。而与此同时,我们还必须探求它的彻底的中国式的性格。为了精确地认识和勾画中国的近世性与近世的中国性这两方面,必须把握作为近代中国史主体的士大夫的存在性格。

陈教授以为“中国的近世性”与“近世的中国性”是一个很好的观点,在考察中国近世社会文学文化担当的主体阶层下移,而通俗文艺由边缘走向中心的同时,千万不可忽视精英文化的主道地位,至少此时“雅文化向俗文化拓展”与“由俗向雅化升”是一体两面的存在[③]。考究那些资深练达风雅之士的审美趣味及其文化价值观,始能看出最隐微的变化迹象。本文所选择的研究对象:群体画像文本,既是一批视觉文化的文献,因画像的特性,又与物质文化有关,文本内外的参与者,为资深练达的风雅之士(士大夫及文人),画迹起点是高技术的写真画家,像主是士大夫,书写与观看者是文人小众,书写笔致为高雅与抒情,据以形成唯一又特

---

① 引自吉见俊哉的观点,参见氏著《博览会的政治学》,台北群学出版社 2010 年版。

② 陈广宏著《文本、史案与实证:明代文学文献考论》(台北台湾学生书局 2013 年版),《弁言》。

③ 本观点及岛田序文,参引自挚友陈广宏教授撰《书序:于近世文化视域中“观看”》,拙著《卷中小立亦百年:明清女性画像文本探论》(台北台湾学生书局 2013 年版)书首。陈教授同样的观点亦可参见其为叶晔《明代中央文官制度与文学》(浙江大学出版社 2011 年版)所作《序》一文。

有的"原迹"(手抄本)文化。另一头则是画迹的尾端,脱离画迹的原始脉络,失去核心成员与画像本事,刻版或印刷技术介入,书写与观看者成了消费大众,据以形成量产的"复本"文化。由"原迹"到"复本"之间的文化生产、转换与新变,阐释如下。

画像观看的第一重面向:"纪实",一者作为映射盛世的图景,另一则成为标榜个体的媒介。群体画像就图面而言,人像面向正侧、或坐或立、眉眼神情、手足姿仪、冠戴服饰、设景布置等,以及布满画幅的题跋,均激发包括了人/物摆置学(画家的构思)、公开展示欲(像主愿望)和观众阅读心理(读者期待)等不同角度的视觉语言,以视觉化特性为诉求,借着凝视/观看与读者进行交流,画家透过观看方式与图绘手法,将群像转化(表演)为理想的视觉景象。杏园高官或岘山逸老画像虽然一端廓描盛世的图景,每位成员姿仪设计的背后,牵涉到名流公开展示自我的欲望,带有公众所赋予的声誉与功勋般的个人主义色彩,在视觉上展示一个个具体可见的理想典范,提供观者由"注视"到"省思"到"慕尤"的机会。像主具现于一个被规范、被期望、被肯定的有限空间里,理想的观众设定为同代观众或异代知己,大量涌出的画像,亦可说是再现的影像清单,有文化上归约的效果,的故群像之姿态、声音、意见、表情、衣着、周遭环境、品位等画中一切事物,被安排成向读画的观众展示自己,画家将想象中的意志伸入躯体与动作组合而成的形象结构中,用画面表达了对像主关怀与期待的认同意识。以"纪实"为诉求的群体画像,自然以一个重要环节映射了时代特性,站在由传统到现代的转捩点上,"纪实"背后涉及的自我意识高涨、个性化人格之标榜,具有显著的近世化特征。

至于群像观看的第二重面向:"虚构"。衡诸纪实为诉求的"写真",到了明末如被视为变形主义画家的陈洪绶《自画像》〔图 15〕那样的自诉意味,始摆脱写实逼真并具诫鉴功能的人物画诉求,而具浓厚的抒情意涵。但是对于群像的画家而言,该如何在逼真中展现抒情?"虚构"可能是一种有效的办法。陈洪绶、项圣谟对于前辈典型人物出以写实技巧却赋以想象性虚构手法,缔造出如真似幻的场景,用以抒发其对雅集风流典型的钦仰之情。至于以汪懋麟《城南山庄画像记》为例的题识,在启动视觉观看的同时,运用北宋以降夹叙夹议的"画记"书写传统,抒发其对人事离合聚散的追慕情怀。另一种以特定主题并合人物,俾使古今并置的群体画像,更不遮掩其虚构的动机,表征像主的自我情志。笔者试以前辈学者建构之中国抒情传统作为基

图 15

础认知,衡诸明清群体画像中之"虚构"性创造背后的趋力,拟以视觉化的文学书写与抒情美学试作连结。诚如王德威教授所说:抒情不仅标示一种文类风格而已,更指向一组政教论述、知识方法、感官符号、生存情境的编码形式,因此西方启蒙思想、浪漫主义以降的情感论

述,可以提供中国近世文化极大的对话余地[①],五四时期文人曾对此议题有过省察与论辩,皆提供有识者极重要的探索方向。

群像观看的第三重面向:"复制"。伊维德在一场演讲中指出:"对文学生产和消费变迁产生根本影响的,不是政权转移,而是技术变革,如:纸的发明、雕版、活字印刷、西方石印技术引进、数字化革命等。"[②]这个说法与法兰克福学派的大众文化理论有关。大众文化是20世纪的产物,商品以普照之光投射世界各个角落,在此背景下,古典的、高雅的文化传统受到猛烈冲击,而以"文化工业"生产为特征;以市民大众为消费对象;以现代传播媒介为手段,法兰克福学派理论家由此发展出"文化工业"的说法[③]。班杰明(Walter Benjamin)《机械复制时代的艺术作品》("*The Work of Art in the Age of Mechanical Reproduction*")[④]一文指出,19世纪以后的现代资本主义社会,由于石印、印刷、照相、电影、唱片、唱机等机械复制手段的发明与改良,超越了原有的铸造、制模、木刻、镌刻、石刻等传统复制技术,迈进艺术全面机械复制的时代。班氏探讨的虽是19—20世纪初的文化风景,然其"复制"的概念对本文甚有启益。班氏以为一切艺术品本来都是可以复制的,对复制品的复制,由三种人进行:1.(学生)为崇拜大师作品而复制;2.(大师)为传播作品而复制;3.(商人)为追求利润而复制。再完美的复制品,也会缺少传统文化中一种无法复制的"韵味",又复制文化向娱乐消遣式接受方法转变,透过视觉、触觉和习惯的混合方式取代过往以凝视沉思的崇拜接受,伴随而来的便是审美观的改变[⑤]。画迹复制成版画,甚至摹刻出版为不朽读物,典型化与标签化的图式一再转递拷贝,"收藏物"的价值被普世化,并卷入传播与销售的商业径路,高雅的小众文化经由技术媒介转型为通俗的大众文化。

Craig亦引用班杰明的观点探讨明代对原始画迹摹制而成的版画,技术上必需缩小尺寸,重整版面,于是原始脉络下的视觉元素便必须重新组装成另一种新形式,印章、题跋可能抹去、移位或改换面目,此可视为"对知识体系进行重组"[⑥]。无论是否透过著名画迹转介,群体画像透过印刷而来的大量复制,已将观画所属的小众群体扩大为无远弗届的大众群体,原画尺寸缩小的版面所提供的视觉景观,也已由姿仪的瞻仰转为掌中阅览。凡此,皆为视觉文化发生转变的重要线索与证据。有趣的是,以上由小众变成大众,由高雅变成通俗的转换,却又有公私逆反的趋势,透过消费行为摇身一变的读者,在眼前展开的不仅是历代名画的"集大成",这些作品还提供本人的私下阅赏空间,迥异于画作原始脉络下的集体观看活动,而这通常是视觉文化领域中最被认可的文人互动行为。通俗读者对某一画作的观看首次摆

① 引自王德威《现代抒情传统四论》(台北台大出版中心2011年版),《序》,第5页。

② 此为伊维德2011年10月间于复旦大学一场演讲中的主要观点,笔者所引为陈广宏教授提供之演讲纲要,谨此致谢。

③ 参见陈学明《文化工业》(台北扬智出版社2005年版),第9—12页。

④ 该文收入华特·班雅明著、谢绮玲译《迎向灵光消逝的年代》,台湾摄影工作室1999年版。

⑤ 《文化工业》,第44—48页。

⑥ 引自[英]柯律格著、黄晓鹃译《明代的图像与视觉性》,北京大学出版社2011年版,第172—173页。

脱了历次观赏活动及历任收藏者的影响,是一种与图像的新型“神交”,开启视觉私人化的新局面[①]。由是,群体画像的“复制”现象,紧紧扣住物质文化、大众文化、视觉文化等近世性特征。

尾声

拙文为笔者近年研究工作之延伸,期以印证并深化逐步建立之学术知见,以此基础辟建新的文献范围与议题视野,用以触探明清文学与近世文化。笔者勉力运用“视觉理论”的丰富思维,充实观看方式、图像单元、隐喻象征、套语结构等“图像分析”的能力,面对群像成员及题咏文献能以“互文性”观点深入个别画像文本彼此镶嵌与编织的肌理,以多面穿梭的方式交相诠释。另由文学社会学的角度,注意“社群”结构,并置入群体“认同”的时代脉络,与特有的“地方感”营聚的人文地理环境氛围。除了一一勾勒像主成员的人生足迹,亦略引入“物质文化”视角以译解“物”的信息及其媒介作用,妥适引入“文化工业”攸关技术复制的观点。笔者亟愿思维穿梭于深具启发性的文艺思潮里,进行富有理论视野的诠释。

明清时期的群体画像随着时间递嬗,具有纪实效用之政治意涵逐渐淡化,建构典型及抒情意味逐渐浓厚。另一方面,透过刻印复制的图版,再现跨越时空的群体画像,不仅观视对象有了新变,在传播渠道上亦加入商业运作。由纪实性转为抒情性,由小众转换为大众,不仅更新了迥异的视野,亦与近世文化的思潮发展有着紧密扣连的关系。笔者在本研究中,发现精英文化与大众文化互为主道之地位升降与强弱翻转,提供笔者观照雅俗文化实为一体两面、相互流动的难得机会,笔者期能借此研究为中国近世文化的趋向,提出一个范畴个案的尝试性诠说。

作者单位:台湾中正大学

① 本段对于图像新形式的阐释,参见[英]柯律格著、黄晓鹏译《明代的图像与视觉性》,北京大学出版社2011年版,第160—161页。

明清琉球册封海途上的钓鱼岛文学书写

罗时进　姜　鹏

中国文献对于钓鱼岛的记载可以上溯到公元七世纪成书的《隋书·流求国传》中关于高华屿的记录。之后又见于南宋王象之所著《舆地纪胜》、明代的《顺风相送》以及陈侃以下历代册封使具有官方文书性质的《琉球使录》等。这些文字都确凿无疑地将钓鱼岛纳入中国版图，成为无可辩驳的重要历史典籍实证了钓鱼岛的所属权问题。而琉球册封使的漫漫海途对于文学家来说，也是一个充满情感体验的写作现场，非凡奇绝的经历激发了他们地理发现的意识和文学创作的愿望，因此明清两代琉球册封的历史使命中又增添了许多既惊心动魄又壮丽动人的文学情感的激荡。这种情感作为一种文学的经验积存，不仅属于中国历史，她的每一个篇章也深深镌刻在中国文学史的长卷中。

一、琉球册封海路上的写作现场

洪武五年(1372)明太祖朱元璋遣行人杨载赍诏往谕，以其即位诏告琉球，琉球中山国王察度领诏，自此开启了华夏与琉球的官方交通往来。永乐二年(1404)，中山王世子武宁派遣使者来朝告父丧，明成祖命礼部遣官谕祭，遂命武宁嗣立为新王，由此便成为明朝对琉球册封的开始。“琉球国凡王嗣位，先请朝命，钦命正副使奉敕往封，赐以驼钮镀金银印，乃称王。未封以前称世子，权国事”，成为惯例[①]。从永乐初至光绪五年(1879)琉球灭国，明清两朝派出的册封使团前后 25 次，其中明代 17 次，清代 8 次，任命正、副册封使至今得其姓名者 45 人[②]。

册封使一般都遴选“学问优长，仪度修伟”的文官充任，清代或以状元为之，以彰显册封之旅的重要历史和文化意义。与册封使相随的，还有庞大的出使阵容，除了医生、天文生、杂役、船夫、官兵等外，尚有若干册封使邀约的文人从客，总数一般达 500 之众。历届册封使和文人从客形成了一个个特殊的文学群体，他们在四百多年间往还于中土与琉球的漫长海路上，这种行为本身在地理空间上已创建出了一个文化空间。活动于这一空间的文人将册封

---

① 张廷玉《明史》卷三二三，中华书局 1974 年版。

② 明清两代所派册封使团 25 次，其中明末陈燕翼使团因国变而未能成行，故实际成行 24 次。参考谢必震《明清士大夫与琉球》，《福建师范大学学报》2002 年第 4 期；武尚清《明清琉球使录述议》，《中国边疆史地研究》1988 年第 3 期。

之路转变为写作现场，他们用文笔记录下了海途经历，越洋见闻，留下了珍贵的文学文献。如果我们将历史维度与文化维度结合起来考察，可以还原这一特殊的写作现场。

奉节出使琉球，出发地例在福建，通常是往必夏至，复必冬至。单程路途所需时间因明清航海技术发展状况不同而不等。据记载“封舟出海皆由梅花所开洋”，亦有“因巨艑不行沙壅水浅，遂从五虎门出口”的情况[①]。如果从福州长乐梅花所开洋到那霸入港，一般长或逾月，短则一旬以内，“一开帆则昼夜乘风破浪，利不得泊”[②]。漫长而单一的海洋航行使封舟成为主要的活动环境。封舟形制在明清两代大体相近，舱面皆为“战棚”或“战台”，而官舱的中心位置为大堂，左右供人居住。明代萧崇业《使琉球录》曾描述道：“舱口低凹，上覆平板为战棚……即官舱亦仅高四、五尺……面虽启牖，若穴隙然。”[③]自清康熙朝汪楫使团始，封舟以现有战舰充之，“自舱底至面，凡六层，舱面为战台……舱高八尺，中一间宽六尺许，两使臣会食地也。左右分居，居复分两层，名曰麻力。……麻力旧有小窗踰尺，隙光入则舱借以明。出海复锢之以避浪。于是出入皆扪壁行，俨如穴处也”[④]。

“穴居”，是册封使团海上起居环境的总体特征。这种难免寂寞的环境更需要一定的文化活动娱情遣怀，或者说更需要风雅相佐。一般来说封舟有二，一舟载使臣诸人，一舟载兵役，另有护舟以及琉球使臣的船只随行。两位册封使共居一舟之内，他们与随侍仆佣“曹诗刘饮，秋奕嵇琴；陶泓毛颖，陈玄楮生；俨然数客，述古删今”（萧崇业《航海赋》）[⑤]。时间的漫长与空间的密闭为册封路上的文学生产提供了一个特殊环境，活动空间的狭小并不意味着写作现场的封闭，恰恰相反，随着航行的推进换景，文学场景不断开放转换，发生着奇妙而丰富的变幻。海景的瑰丽与大自然的惊险刺激着文人，一种从未有过的文学体验必将触发他们的创作激情，迎风破浪的使舟实际上成为一个风雅的文学胜地。

封舟驶出内港之际，有三司诸君饯别，而“士庶伫眙，观者如堵；冠裳杂沓，纷饯于祖”（萧崇业《航海赋》）[⑥]。此际使者们往往用泛舟里河的心态拟作恣情遨游，“时时出楼舫外，肆目奇诡瑰异之览，应接不暇”[⑦]，众人皆沉浸于“江河万条归海碧，鼓山十里送人青”（全魁《自南台登舟泛海，抵中山，即事十四首》）[⑧]，“昔闻沧海阔，此日拟舟仙”（郭汝霖《洋中》）[⑨]的短暂欢忭之中。这种初入海洋的情景，形成最初的写作现场，历来为使臣反复描写，如陈侃《使琉

① 汪楫《中山沿革志·杂录卷》卷一，日本京都大学人文科学研究所藏本。

② 胡靖《琉球记附中山诗集》（国家图书馆琉球资料汇编上），第262页。北京图书馆出版社2006年版。

③ 陈侃、萧崇业、夏子阳《使琉球录三种》（载台湾文献丛刊287种），第89页，台湾银行经济研究室编，1970版。

④ 汪楫《中山沿革志·杂录卷》，卷一，日本京都大学人文科学研究所藏本。

⑤⑥ 陈侃、萧崇业、夏子阳《使琉球录三种》（载台湾文献丛刊287种），第143页，台湾银行经济研究室编，1970年版。

⑦ 陈侃、萧崇业、夏子阳《使琉球录三种》（载台湾文献丛刊287种），第80页，台湾银行经济研究室编，1970版。

⑧ 铁保辑 赵志辉校点补《熙朝雅颂集》（辽宁民族古籍整理文学类之二），第1318页，辽宁大学出版社，1992年。

⑨ 郭汝霖《石泉山房文集》卷三（四库全书存目丛书），明万历郭氏家刻本。

球录》云:“出海口,方一望汪洋矣。风顺而微,波涛亦不汹涌;舟不动而移,与夷舟相为先后。出舱观之,四顾廓然,茫无山际;惟天光与水光相接耳。”①萧崇业《航海赋》亦记录:“海似镜面,渔舟数点可黑豆大。自此睇望,汪汪万顷矣。”②

当海岸渐行渐远,文人的情感体验也将进入迥异于陆地的全新历程。“万顷汪洋回首望,青山一发是中原”(全魁《自南台登舟泛海抵中山,即事十四首》)③,在扬帆破浪时,海洋开始露出了它的面容。在册封使路的诗歌创作中,“挂帆”这一情节具有特定的意义,王文治《渡海吟》即是以“渡海一扬帆,浩荡不能止”起唱的④,这样的现场情景具有雄浑的美感:“帆从闽海挂,人倚碧天行。”(郭汝霖《挂帆》)⑤“挂起头巾挂插花(原注:蓬头布帆曰头巾,顶篷侧布帆曰插花篷),辘轳声急布帆斜(原注:帆皆以辘轳举之)。如山雪浪全遮却,卵色天光接水涯。”(李鼎元《航海词》)⑥此际诗人们充满了“直挂云帆济沧海”憧憬与想象。

浩茫无际的大洋深处,多有奇诡瑰异之览,是敏感而好奇的诗人探寻的天地,也是神话产生的空间。由于古人对海洋知识较为匮乏,常常将海洋中的陌生之物加以神话,最频繁出现的是鱼类。作为从客的胡靖在他的《琉球记》中即记载了这样的情景:

> 欻见吞舟之鱼,翅数旌旗,金光闪烁,左右旋绕,余则大小隐跃,或鳞或介,或鳍或圆,或赤或黑,如狗如豕,如驳如麃,如豸狙犀象者,莫可名状……督造官禀曰:此龙王朝耳。⑦

萧崇业使团更是在使录中直接记载为“辄见三龙并起于海”⑧。正副两使彼此唱和,有诗《三龙吟》,将此神异景象描写得气势恢宏,神话色彩极其浓郁。对此,后世使臣并不视为虚妄,关于海鱼的记载频仍,一以贯之与神异相联系。除此之外,风浪、飞鸟,以及日出月落、电闪雷鸣,都成为诗人们猎奇和神话的对象。可以说,是特定的自然环境和陌生的封舟生活一起构成了跌宕激昂的写作现场,承载着文人的敏感心灵,掘发着幽古的神灵崇拜,鼓动着无限的奇妙想象。

异量之像,惊奇之美,是文人根性之向往,审美之趋求,但广阔无垠的大海瞬息万变,其背后隐藏着几乎无法预测和抗拒的颠覆力量。这种颠覆力量在使臣和从者内心深处都不能不引起震撼和惊畏,甚至要做出赴死的心理准备。汪楫《中山沿革志》记载前朝使臣“造棺

① 陈侃、萧崇业、夏子阳《使琉球录三种》(载台湾文献丛刊287种),第11页。台湾银行经济研究室编,1970年版。

② 陈侃、萧崇业、夏子阳《使琉球录三种》(载台湾文献丛刊287种),第144页。台湾银行经济研究室编,1970年版。

③ 铁保辑 赵志辉校点补《熙朝雅颂集》(辽宁民族古籍整理文学类之二),第1318页,辽宁大学出版社1992年版。

④ 王文治《梦楼诗集》卷二(续修四库全书),上海古籍出版社2002年版。

⑤ 郭汝霖《石泉山房文集》卷三(四库全书存目丛书),明万历郭氏家刻本。

⑥ 李鼎元《师竹斋文集》卷十二(续修四库全书),上海古籍出版社2002年版。

⑦ 胡靖《琉球记附中山诗集》(国家图书馆琉球资料汇编上),第263页,北京图书馆出版社2006年版。

⑧ 陈侃、萧崇业、夏子阳《使琉球录三种》(载台湾文献丛刊287种),第78页,台湾银行经济研究室编,1970版。

二,具题曰:天朝使臣之柩。上钉银牌,重若干两。遇飓风知不免,则锢使臣其中,随泊飘荡,冀见者取牌而收瘗之。"[①]这种记录于几个世纪之后读之,仍使人触目刿心,感动无已。深知海难之险的使团文人们所能寄寓的除了祝祷便剩下了文学的力量。嘉庆五年(1800)的赵文楷使团过赤屿后突遇"雨翻盆而直注,浪山立而扑人",文楷因"从人皆惧"而"登舟后将台,歌以作其气"(《渡海放歌行序》)[②]。其诗气势磅礴:"人生不死亦何有,不如生前开笑口。"结句更云"回头更语神仙叟,醉中少异壶中否?琼浆玉液吾何为,但愿此海成春酒"(《渡海放歌行》),可谓激情浪漫,气度超然。这首诗写于大自然发难之际,令人想见其现场之悲壮。如此惊险奇特,局度非凡的场景,明清两代屡屡出现,乾隆二十一年(1756)王文治的《六月二十四夜,海舟为飓风所败,溺水获援,同人或以诗见示,率尔裁答得四百字》,便记录了相当个性化的落水体验:

> 顷刻胥及溺,自断今生休……岛夷亦来援,破浪负我泅。沾湿出海岸,踉跄赴行邮。赤脚缘鸟道,披发度荒丘。生死不自识,反喜偕同俦。[③]

这种荒岛求生的经历在中国古代诗歌中极少见到,而其与同人以诗唱咏,于海路艰险之外获得情感的慰藉,在感性的棱镜中折射出人性的光彩。

除了这类富有海行奇遇色彩的场合之外,诸如过秕糠洋、姑米山、封舟到港等等都是册封使路上不断出现的场景。这些具体场景在空间与时间中叠加起来,构成了一个宏大的册封使途的创作场域。需要注意的是,在这个场域中,海洋中的诸多岛屿成为独特的写作对象。这些标志性的地理节点不仅为枯燥的航行生活平添话题,亦如指引船队前行的航道灯塔,将光芒照耀于沧溟海途。对于肩负着统领船队重任的册封使们来说,更具有非凡的意义了,他们吟咏倡和,欣喜欲狂:"青山盈睫不用一钱买,沧海之山何太艰。魂飞思山处,目断望山时。"[④](萧崇业《见山谣》)谢杰《见山谣》甚至有"船中惜水胜惜浆,洋中见山如见娘"[⑤]这般率直的诗句,真实写照出册封使们对岛屿的亲切期盼。

行船驶向中琉交界,平嘉山、钓鱼岛、黄尾屿、赤尾屿、黑沟、姑米山等次第出现,成为一个个混茫远接、激动心魂的现场,在册封之途上天水映耀,熠熠生辉。其中钓鱼岛及其附属岛屿的天形地貌更是突出的标识,给予明清朝臣和文人们置身远涛的特殊的海洋体验。它们与其他生动的场景一起连接成册封海路的文学之途,诗人以敏感的心灵摄取熔铸,写就成史诗般的篇章。

二、册封使臣对钓鱼岛的发现眼光

钓鱼岛作为明清册封使途上一个风景独特的领海区域,自然是文人情感激发的节点和表现的重要对象。我们今日所言钓鱼岛在琉球册封路上实则由钓鱼岛本岛、赤尾屿、黄尾屿

---

① 汪楫《中山沿革志·杂录卷》卷一,日本京都大学人文科学研究所藏本。

② 赵文楷《石柏山房诗存》卷五,清咸丰七年赵畇惠潮嘉道署刻本。

③ 王文治《梦楼诗集》卷二(续修四库全书),上海古籍出版社 2002 年版。

④⑤ 陈侃、萧崇业、夏子阳《使琉球录三种》(载台湾文献丛刊 287 种),第 159 页,台湾银行经济研究室编,1970 版。

等列岛组成。钓鱼岛在部分文献中又被记录为钓屿、钓鱼山、钓鱼台。黄尾屿被称为黄茅、黄毛、黄毛屿、黄麻屿、黄尾山、久场岛。赤尾屿又名曰赤岛、赤屿、赤坎屿。另外，位于琉球国与钓鱼岛之间的冲绳海槽——黑沟，是一个标志性分界线。使团文人对这一区域的发现的过程，是这个群体的感性体验积淀升华为知性认识的过程。

明嘉靖十三年(1534年)，陈侃《使琉球录》中记载：

> 隐隐见一小山，乃小琉球也。(闰七月)十日南风甚迅，舟行如飞，顺流而下，亦不甚动。过平嘉山，过钓鱼屿，过黄毛屿，过赤屿，目不暇接，一昼夜兼三日之路程……十一日夕，见古米山，乃属琉球者。[①]

这是明清册封海路上对钓鱼岛记录的鲜明笔墨，其文学和史学价值都如《水经》之不朽。这类记录不绝于史，嘉靖三十八年的郭汝霖使团有载："(五月)三十一日过黄茅，闰五月初一过钓鱼台，初三赤屿。无风。"[②]在赤尾屿暂且停泊，郭汝霖特书一笔："赤屿者，界琉球地方山也。"[③]由钓鱼岛"黄蘗浮浪远，钓屿蘸波明"(《钓屿》)之壮美[④]到"赤屿盘盘立，石风舟动摇"(《赤屿》)[⑤]之奇绝，诗人从动静不同的视角来观察，展现出惊叹自然美景和祈盼平安到达的双重心态。

万历七年(1579)的册封，萧崇业在其《万历乙卯使录》中对钓鱼岛略无所记，但在其《皇华唱和诗》中《见山谣》恰有句云："平嘉岭已踰，鸡笼屿安在？花瓶隐不浮，钓鱼沉翠黛。"[⑥]可见钓鱼岛的风景没有离开诗人罗纳万象的视界。副使谢杰同时作有《见山谣》一首，其中有诗句："今朝隐隐波前起，万碧丛中着黑子；舟人指点信复疑，稍看如发又如眉。"[⑦]二诗都涉及岛屿色彩及形状，"如发又如眉"对钓鱼岛抉神图形，相当细腻熨帖。在万历三十四年(1606)册封使夏子阳的《使琉球录》中，相关记载更为具体翔实。

明代册封使团有十七届之多，然嘉靖十三年前册封使之相关记录或遭回禄之变焚毁，或因其他原因遗失。自陈侃以降，历朝使者方特加重视，其时使臣们"忘其为险"而作于一路"波涛中及海国"(郭汝霖《航海漫稿小引》)[⑧]之诗文，既作为"君父有命，义不避难"(郭汝霖《使事小纪》)[⑨]之证，同时也成为后人之梯航。

明清易代，陵谷丕变。此际无论是遭遇日本侵球的杜三策使团还是未能成行的陈燕使团，都在册封的历程中如匆匆过客。但正如与东亚诸国的交往史连绵不断一样，清代通往琉

---

① 陈侃、萧崇业、夏子阳《使琉球录三种》(载台湾文献丛刊287种)，第11页，台湾银行经济研究室编，1970版。关于过黑水沟，到达姑米山方入琉球的史实，在当时琉球诗人的作品中同样有记述。如郑学楷《海上观潮歌》云"平生喜游眺，未见海上奇。今王嗣位庚子岁，乘槎海上历险巇。长帆十幅出姑米，苍茫万里无津涯。"在"长帆十幅出姑米"句下作者自注："姑米下国属出，过此则无岛屿矣。"郑学楷，字以宏，琉球国久米府人，现官里之子，国子监肄业官生。见《传世汉文琉球文献辑稿》22辑第39页《琉球诗录》卷二。

②③ 严从简《殊域周咨录》，第156页，中华书局1993年版。

④⑤ 郭汝霖《石泉山房文集》卷三(四库全书存目丛书)，明万历郭氏家刻本。

⑥⑦ 陈侃、萧崇业、夏子阳《使琉球录三种》(载台湾文献丛刊287种)，第159页，台湾银行经济研究室编，1970版。

⑧ 郭汝霖《石泉山房文集》卷十二(四库全书存目丛书)，明万历郭氏家刻本。

⑨ 郭汝霖《石泉山房文集》卷九(四库全书存目丛书)，明万历郭氏家刻本。

球的册封使途亦承接赓续;尽管在历史记载中某些地理名称有所不同,但史实凿刻,班班可考。康熙初年册封使张学礼将明代使录中所载的黑沟称为分水洋便是一例,“黑沟”与“分水洋”名殊义同,不妨一读:

舟子曰:“过分水洋矣!”此天之所以界中外者。随见群鱼发鬣,有人立者,有飞舞水面者,有作相扑状者;鱼之脊翅竖如大桅,周围旋绕。①

这是一段文笔极为生动而又非常可靠的记录,可与万历三十四年夏子阳《使琉球录》回航所记“二十九日早,隐隐望见一船。众喜,谓有船则去中国不远,且水离黑入沧,必是中国之界”合读。这里作者结合具体自然环境加以艺术化表现,涵海负天的博大中有趣味盎然的鱼类群像。作为清初文人对钓鱼岛海域的独特体察,足以唤起人们对朱明一代使者过黑沟时的历史记忆。

康熙二十一年(1682)汪楫出使琉球,这位以治绩和气节甚受推尊的国士时时表露出诗人的身份和气质,与吴嘉纪、孙枝蔚并称并非浪得虚名。他在出使途中曾写下大量诗歌,其《观海集》中可判明与钓鱼岛有关的是《中流》一首。汪楫《疏抄康熙二十二年封王尚贞移文》中载:“六月二十三日开洋,双鱼导引,万鸟回翔。二十四日酉刻过钓鱼台,二十五日过赤屿,薄暮祭沟。”②这一实录正与诗中“廿五廿六无月夜,峭帆一往开苍茫”③句相应切。这是一次夜行中对钓鱼岛海域的记载,“终夜绕樯无数鸟,连朝引舶一双鱼”(同上)这样的奇观在有“鸟岛”之称的钓鱼岛与黄尾屿周遭是典型景象,诗人以专注的观察描绘出岛屿海域夜景,在同类题材中别具一格。此次出使过“天界”时,承续古风举行了庄严的“黑沟祭海”的仪式,作为仪轨范式颇为后人遵行。后代册封使团人员的诗文中多有对这一仪式的记载和描绘,成为一幅幅洋溢着浓厚华夏民俗风情的历史画卷。

康熙五十八(1719)年六月海宝、徐葆光率团出使,“二十七日己亥日出,丁午风,日未中,风静船停。有大沙鱼二,见于船左右。日入丁午,风起……二更半天将明,应见钓鱼台、黄尾、赤尾等屿,皆不见”④。从流露遗憾的笔墨中可以想见,那一路岛屿本可酿出一路诗行,无奈沧溟茫茫,天形地貌都沉浮于有无之间。不过此次江南布衣诗人黄子云受徐葆光之邀作为从客随行,留有一首《大洋》诗:“不觉舟如叶,随风入窅冥。潮来天宇白,日照海门青。孤屿遥相认,危樯觉有灵。中流抚身世,万里一浮萍。”⑤从中我们仍可看到岛屿的身影。

乾隆一朝,立朝久长,但册封琉球却仅一次。乾隆二十一年(1756)全魁使团在经行钓鱼岛之时正值傍晚,他曾写下《自南台登舟泛海,抵中山,即事十四首》,其六对钓鱼岛进行了诗情画意的描绘:

夕阳时候海泓渟,目送金乌入杳冥。万片余霞红似绮,钓鱼台远一螺青。⑥

---

① 张学礼《使琉球记》(国家图书馆琉球资料汇编上),第648页,北京图书出版社,2006年版。

② 周煌《琉球国志略》(国家图书馆琉球资料汇编中),第921页,北京图书馆出版社,2006。

③ 汪楫《观海集》(清代诗文汇编),第775页,上海古籍出版社2009年版。

④ 徐葆光《中山传信录》(国家图书馆琉球资料汇编),第14页,北京图书馆出版社2006年版。

⑤ 沈德潜《国朝诗别裁集》卷三十,清乾隆二十五年教忠堂刻本。

⑥ 铁保辑 赵志辉校点补《熙朝雅颂集》(辽宁民族古籍整理文学类之二),第1318页,辽宁大学出版社1992年版。

余晖中的岛屿被涂抹上绮丽的红色，遥遥望去如千万片彩缎渐次下落，罩在青螺之上。整个画面缓慢远去，在沧溟波涛中凝固，绚烂中显得亘古永恒。其时副使周煌则以独特的海行体验诠释钓鱼岛之名："一发青山认钓丝，投竿终古拂珊枝。"[①]岛屿如发似钓丝，何人终古投竿钓珊瑚？时间与空间被无限扩大。"一发"较之沧海甚微，而"青山"收入心中至巍。如此描写钓鱼岛之形与神，前无古人；气度宏阔。另外随行从客王文治亦有恢弘豪放的《渡海吟》，其中"赤鳞白鸟，前导而后送"[②]句与周煌《海上即事四首》其三所云"海舶合同黄帽住，水仙元共赤鳞归"（自注：过钓鱼台有大鲨鱼随舟）[③]及《琉球国志略》记载"见钓鱼台，连日俱有大鱼夹舟左右，或三或四，又宿洋鸟绕樯而飞"[④]的景况相吻合。诗中对于黑沟的描写亦颇摄人心魄：

天神欲降心徘徊。忽将黯惨变瑶碧，黑水之沟深似墨。混沌如游邃古初，元黄不辨乾坤色。那须然犀更照耀，飒飒阴风战毛骨。方知中外有分疆，设险惟天界殊域。我闻百川万派清浊殊，于廓灵海常委输。奔腾日夜不肯歇，机关运转如秸辘。[⑤]

诗人纵横捭阖，状黑沟之貌，直入人心。这里作者对"黑水之沟深似墨，混沌如游邃古初"大笔刻画，宣言"方知中外有分疆"，说明此清浊之殊，雄险之设，正是中外之"天界"。如果说，诗人们经过钓鱼岛及其列屿更多投入的是发现的眼光的话，在"黑沟"这"天界"之处，他们的心灵更充满神圣感，笔端凝重如椽，一次次留下了不朽的证言。

嘉庆五年（1800），清廷派出曾获状元魁星的赵文楷与以诗文驰名当时的李鼎元二人出使册封。他们留存的诗文集极为详尽，足以堪比日记。其经行时间据李鼎元《使琉球记》载："申正，见钓鱼台。三峰离立如笔架，皆石骨。"[⑥]文中所提到的如笔架"三峰"应为钓鱼岛和南小岛、北小岛。"申正"即下午三点到五点左右，这为更贴近观察钓鱼岛提供了可能。赵文楷有《过钓鱼台》云："大海苍茫里，何人钓巨鳌。老龙时卧守，夜夜浪头高。"[⑦]作者以鳌背三山的典故来描写眼前钓鱼岛之岿然屹立，历史意蕴融入眼前景观，笔力厚重而气度浑灏。李鼎元在《航海词二十首》中分别对钓鱼岛、赤尾岛、黄尾岛进行了描绘，其《赤尾岛》云："雷火何年烧赤尾（自注：山名），断霞千古映波红。"[⑧]时辰近晚，赤如雷火的特征最能唤起诗人的视觉反映，断霞千古之谓，情炽笔老。在这篇《航海词》里，李鼎元对沟界祭海亦有记述："球人罔识黑沟名，祭海唯看赤尾横。"[⑨]显然作为海行中的参照地标，赤尾岛临近疆界，在使者心中已经成为一个显著的人文地理符号。

嘉庆十三年（1808）册封使齐鲲率使团出使琉球，"（五月）十三日天明见钓鱼台"[⑩]。钓鱼岛迎面而来，诗人激情湍飞，齐氏在《航海八咏·钓鱼台》中有"绝岛重重峙，沧波滚滚来"句

①③ 周煌《海山存稿》（四库未收书辑刊），卷十一，北京出版社1997年版。

②⑤ 王文治《梦楼诗集》卷二（续修四库全书），上海古籍出版社2002年版。

④ 周煌《琉球国志略》（国家图书馆琉球资料汇编中），第921页，北京图书馆出版社2006年版。

⑥ 李鼎元《使琉球记》卷三，师竹斋藏本。

⑦ 赵文楷《石柏山房诗存》卷五，清咸丰七年赵畇惠潮嘉道署刻本。

⑧⑨ 李鼎元《使琉球记》卷十一，师竹斋藏本。

⑩ 齐鲲、费锡章《续琉球国志略》（国家图书馆藏琉球资料汇编下），第252页，北京图书馆出版社2006年版。

一抒豪兴[①]。《航海八咏》是一组五言律诗,分歌咏太平港、五虎门、鸡笼山、钓鱼台、赤尾屿、黑沟洋、姑米山、马齿山八地的景观。其咏赤尾岛云:"赪鱼身半露,红日焰如焚。"[②]写生性的画面感最具特色,而"赪鱼"之喻活化了赤尾岛,如在眉睫。副使费锡章的《黑沟洋》一首描述祭沟仪式:"执豕牵羊付浊流,舟舵鞠跽祷船头。无端破我游仙梦,钲鼓喧天过黑沟。"[③]费氏笔下的礼仪过程较为具体,数百年之后人们都仿佛能在浩瀚沧海中,听到钲鼓喧天的历史回声。

道光十八年(1838),林鸿年、高人鉴合著的《福建往琉球针路》中载"未刻取钓鱼山,申刻取久场岛"[④]。之后这条使路上鲜有关于钓鱼岛的诗文传世。但不可忽略的是,这里的久场岛亦即黄尾屿,同治年间的《续琉球国志略》亦沿用了钓鱼山、久场岛的名字。可见 1895 年之后日本将黄尾屿称为久场岛是沿袭了此时清人对黄尾屿的命名。

同治五年(1866)赵新、于光甲使团完成了最后一次对琉球的册封,在初冬返归北京,四百年来的册封使命也就此告结。九年后日本强制琉球改用日本明治年号,改变了这一东海"中山国"的命运,琉球的册封之途从此消失于茫茫大海之中。但明清两代二十余任使臣及其随行者对琉球册封使路历程的记忆载满了历史的行囊,无论如何也不可磨灭。那些出现于各种文本中不同体裁的有关"钓鱼岛"及其附属岛屿的作品,也永远成为中国古代文学中的一片辉煌。

三、使路历程中的文学与历史经验

所谓文学经验,即作家所历所为,及在全过程中体现的风貌和累积的感悟。当钓鱼岛列岛成为册封使路上独特的写作现场,进入这个写作现场的文人在地理发现的同时也留下了独特的文学经验。这些文学经验因附着了册封使特殊的身份和使命,最终在时间的长河中沉积成了历史经验。这种审美意识向历史意识的转化,与文学经验的多元化一样都是今天我们审视钓鱼岛诗文的意义所在。

作为创作主体的诗人在面对钓鱼岛列岛时往往因种种个人因素不同而表现出不同的风貌,这使其所累积的文学经验大异其趣。我们在阅读中可以发现明清两朝册封使的海洋知识影响了他们的创作。明人初拓海路,航海经验远远不足,在使途中表现的迷茫往往大于后来者。他们每云"中孚敢自信,余事瓦虚飘",在对"水"与"风"的占卜祈祷中,往往"幽赞归神贶"(郭汝霖《赤屿》)[⑤]。即便赤屿就在眼前,依旧为无风舟动这种奇特的海洋现象而莫名恐慌。清人则因前人留下使录以及自身航海阅历的丰富而对东海认知渐多,这使得他们在海路上很少有前代探路者的迷茫,尽管在惊骇事象面前同样祷祝天妃显灵,但毕竟较为从容,甚至在眺望钓鱼台时能发出"谁邀湖海侣,独占水云隈。应笈披裘者,登临亦小哉"(齐鲲《航

① 齐鲲《东瀛百咏》,嘉庆十三年知友堂刻本。
② 齐鲲《东瀛百咏》,嘉庆十三年知友堂刻本。
③ 费锡章《一品集》卷上,嘉庆十三年恩诒堂刻本。
④ 赵新《续琉球国志略》卷二,(还砚斋全集)光绪年刻本。
⑤ 郭汝霖《石泉山房文集》卷三(四库全书存目丛书),明万历郭氏家刻本。

海八咏·钓鱼台》)①的高唱。

另外,作者的身份意识在写作中自然也成为某种文学经验。我们援引的册封使的诗文中颇多以《钓屿》、《赤屿》、《黑沟洋》等以确切地名为题的诗歌,亦有“廿五廿六无月夜,峭帆一往开苍茫”(汪楫《中流》)、“赤尾连黄尾,参差岛屿分”(齐鲲《航海八咏·赤尾屿》)这样经验化的诗句。他们在诗歌中明显表现出彰显国界的自觉:“黑水之沟深似墨,混沌如游邃古初”,“方知中外有分疆。设险惟天界殊域”(王文治《渡海吟》),“天教一线界华彝,沟水冥冥阴火迷”(全魁《自南台登舟泛海,抵中山,即事十四首》)②,“大海无中外,浑然划一沟。合黎通异派,分水汇同流”(齐鲲《航海八咏·黑沟洋》)③。其奉敕册封的身份和使命感带入到文学创作中,字里行间就自然染上了朝廷使臣的色彩,语气庄严含威,俨然圣朝风度。

众所周知,古代山水诗写作常常嵌入地名,这一写作方法在明清两代出使琉球的海路上被使者们所运用,或显或隐,出神入化。试读李鼎元《航海词》:

> 鱼挟舵行雀绕桅,百灵都为护舟来,任公一去无消息,海上何人理钓台。雷火何年烧赤尾,断霞千古映波红,不知黄尾山何处,海燕群飞落照中。球人罔识黑沟名,祭海唯看赤尾横,我有豨羊无死处,便令投入不须兵。④

全魁《自南台登舟泛海,抵中山,即事十四首》其九亦云:“黄尾屿连赤尾屿,舟人遥望尚疑猜。谁知早已来姑米,号火莹莹傍水隈。”⑤潘相辑《琉球入学见闻录》曾将一路所经之地做过简明的记载:“自福州往琉球,出五虎门,取鸡笼山、花瓶屿、彭家山、钓鱼台、黄尾屿、赤尾屿、姑米山、马齿山诸山,皆偏在南。”⑥在使臣心中,这些岛屿是神圣的,而“一切神圣事物都应有其位置,甚至可以说,使得它们成为神圣的东西,就是各有其位……神圣的事物由于占据着给它们的位置而有助于维持宇宙的秩序。”⑦如果我们将明清两代使臣与从客写于东海波涛上的文学作品通读一遍的话,不难发现他们虔诚地对所历之岛屿做过多么详尽的记录和描绘,不啻为册封之途的文学地理知识建构,更表达出对自然秩序的认同和崇拜。

从写作风格上看,明清琉球册封使者的一系列作品于写实中洋溢着豪迈气质。这批作者往往“得风云江山之助,气益壮,诗益豪,一时名动公卿”⑧,“入幕随往渡海,故见识宏达,笔复豪放”⑨。这里不妨一读夏子阳万历三十四年(1606)五月出使琉球所作《使琉球录》的一段文字:

> 二十四日黎明,开洋。南风迅发,一望汪洋,渺渺连天;海波起伏,前激后拥,澎湃有声。封舟初在内港,安然若山;至此随波荡漾,飘如一叶,舟中人晕者、呕者、昏迷欲倒者

①③ 齐鲲《东瀛百咏》,嘉庆十三年知友堂刻本。

②⑤ 铁保辑、赵志辉校补《熙朝雅颂集》(辽宁民族古籍整理文学类之二),第1318页,辽宁大学出版社1992年版。

④ 李鼎元《使琉球记》卷十一,师竹斋藏本。

⑥ 潘相《琉球入学见闻录》(国家图书馆藏琉球资料汇编下),第355页,北京图书馆出版社2006年版。

⑦ [法]列维-斯特劳斯《野性的思维》,第14页,商务印书馆1987年版。

⑧ 冯桂芬《苏州府志》,卷九十六,清光绪九年刊本。

⑨ 彭蕴灿《历代画史汇传》卷五十七,清道光五年吴门尚志堂彭氏刻本。

纷如矣。午过东沙山,有渔船遣小划献鱼,余令给米赏之。次日,过鸡笼屿。午后,过小琉球,相去甚远,望之如空青一点耳。时风顺帆轻,水天一色。余辈登船楼最高处观之,四顾辽廓,茫无涯际。波翻白浪,风送涛声;镗鞳噌吰,乍远乍近。或时浪拍船攲,人皆欲仆;或时涛涌船立,人似登高。波纹旋转如织,突兀如沸,迭宕如奔,惊怪如怒。大鱼扬鬐鼓鬣,隐隐隆隆;白鱼横飞水面数丈,云为大鱼所逐。或见波底鱼目如镜,晶光奕奕,映日射人,则殊可骇。二十六日,过平佳山、花瓶屿。二十七日,风忽微细,舟不行,而浪反颠急。舟人以为怪事,请作彩舟禳之,而仍请余辈拜祷于神。甫拜毕,南风骤起,人咸异焉。午后,过钓鱼屿。次日,过黄尾屿。是夜,风急浪狂,舵牙连折。连日所过水皆深黑色,宛如浊沟积水,或又如靛色。忆前《使录补遗》称:"去由沧水入黑水。"信哉言矣!二十九日,望见米古山,夷人喜甚,以为渐达其家。①

这是夏氏作为正使完成了出使任务回朝后所作的例常禀报,然而作者并未将其写成公文式的过程实录,而对海上所见所闻进行了生动具体的描述。这里包含了许多细节,由细节连接成了一个完整的海路历程,清健郁丽的文笔将波涛中的险状和奇观写得惊心动魄,无刻意经营之痕,极富艺术感染力。特别是作者所传达出的现场感,使缺少远海经历的读者如闻其声,如见其状,心随其笔致腾挪而起伏。如此手笔,在中国古代山水文学,以至整个古代文学作品中都是极为鲜见的。与当年陈侃《使琉球录》中那段人们熟悉的记述相比②,夏氏的记录和描写颇有出蓝之胜。

在明清两代使者关于册封使路岛屿的描写中,无疑以钓鱼岛之作最为精彩。以下是郭汝霖作于嘉靖四十年(1561)闰五月初一日过钓鱼岛所作的《钓屿》诗:

天畔一舟横,长风万里行。黄鼙浮浪远,钓屿蘸波明。蜃气山将结,涛声笛共清。倚樯时浩啸,奇览慰平生。③

无论称"钓屿"、"钓鱼屿"、"钓鱼台"或"钓鱼岛",人们都自然由任公钓鳌的典故想到古老的海上神山的传说,也想到严子陵钓台的那份出尘不染的清雅。而眼前则是海天一舟,长风万里,蜃气绕山,波涛汹涌,一派澎湃浩啸的奇观。鼙鼓擂动,船笛响起,庄严的仪式表达出人们在茫茫大海中忽见神山的激动与感奋,"钓屿蘸波明"则展现出钓鱼岛最清美明丽的景色。

所有以钓鱼岛为题的诗人,或对钓鱼岛进行物理性的状貌图形,或捕捉即时性的情态加以刻画,都力图以笔下文字写出岛屿之精神。而产生这种写作驱动的正是文人长期生活中累积的感悟,其实质是内陆文化与海洋文化碰撞而形成的新的人生体察。如果说"攲侧簸

① 陈侃、萧崇业、夏子阳《使琉球录三种》(载台湾文献丛刊 287 种),第 222 页,台湾银行经济研究室编,1970 版。

② 陈侃《使琉球录》卷上(嘉靖十三年五月)"二日,祭海登舟,守巡诸君设宴为饯。是日,遂别诸君,慨然登舟。连日风逆,五日始发舟;不越数舍而止,海角尚浅。至八日,出海口,方一望汪洋矣。……九日,隐隐见一小山,乃小琉球也。十日,南风甚迅,舟行如飞;然顺流而下,亦不甚动。过平嘉山、钓鱼屿,过黄毛屿,过赤屿,目不暇接,一昼夜兼三日之程。夷舟帆小不能及,相失在后。十一日夕,见古米山,乃属琉球者,夷人鼓舞,喜达于家。"

③ 郭汝霖《石泉山房文集》卷三(四库全书存目丛书),明万历郭氏家刻本。

扬，舟中瓶瓮、门椅皆仆，人人惴恐”[①]的惶恐以及“七闽连山千百里，处处相看不自喜”（谢杰《见山谣》）都带有感性的印迹，那么“中流抚身世，万里一浮萍”（黄子云《大洋》）、“试看今日舟人喜，不是临渊起羡时”（周煌《望钓鱼台》）[②]，则深入到心理的层面，个体的人生经验在大海波涛的淘洗中深化为某种具有哲思意义的启迪。

当钓鱼岛诗文成为一种文本传诸于世后，那些文人独特的、尤其是包含着使命感的文学经验，就具有了历史经验的意义。这种经验不但具有审美价值，也具有一定的实用性。很典型的例子就是我们前面提到的萧崇业《见山谣》："水国迢迢几万里，天涯浩浩无穷已；封舟一去淼何之？更忆岛中山可指。"岛屿对于航行的应用性价值在于“有山海可渡，见山舟可行”（萧崇业《见山谣》），所以尽管无意作“针路”和“桴海图经”，但当钓鱼岛列岛在波涛中贴近作者时，历届册封使者皆实录之，并不惜笔墨对其位置、形貌及舟行过程加以描绘和注解。显然这已经超出了海洋风景写作的意义，而包含着对海域、海疆的人文情感和认知意识。正是这种人文情感和认知意识，使册封历程的文学经验转变为历史经验不但可能，而且必然。

剖开明清两代延续数百年的时间层积，今天我们更能清晰地面对钓鱼岛海域，透视它在册封使途中的历史地位，并可以理解琉球册封海途作为一个特殊的文学写作现场的价值。可以说，文人们的发现眼光见证了华夏舆地海疆，建立了历史性的地理标志，同时当他们以内陆文化的目光对海洋探看，便点燃起新的思想和情感火光，其前所未有的文学经验也扩充了内陆文学的境界，拓展了中国古代文学的版图。从这一意义上说，琉球册封使团文人对钓鱼岛及其附属岛屿的书写，不但是明清时代舆地海疆的宏大历史叙事，也是明清文学史上的一笔宝贵财富。

作者单位：苏州大学

① 陈侃、萧崇业、夏子阳《使琉球录三种》（载台湾文献丛刊 287 种），第 81 页，台湾银行经济研究室编，1970 版。

② 周煌《海山存稿》（四库未收书辑刊），卷十一，北京出版社 1997 年版。

元末明初东南文坛格局论略

饶龙隼

宋元文化重心偏转，并长期遗落在江南，这就使天下一统有所残缺，且亦埋下国家速亡的隐患。东南作为文化重心寄托之区，一直保有绵延的文化主体性，不仅不为各种外加力量喧夺，而且在蒙元时期呈异动态势。如江南文人普遍怀乡思旧，其所系念者多为南宋遗物；甚至在浙东文人那里，还有浓郁的故宋情结。虽当盛元时期，大都作为全国的政治文化中心，对大江南北具有辐射带动作用，一度形成南北文化轴心之联动；但终因无力扭转文化重心留落东南的局面，而使南北文化轴心之联动潜藏着深刻裂痕，从根本上违反蒙元建国立极的大一统之义。及至元末扰乱，南北交通阻隔，元大都这个文化中心再无凝聚力，渐至南北文化之轴心联动被废止，最终导致南北文化的深度隔裂，因使东南文人呈地域群落分布。如何修复重心偏转、深度隔裂的南北文化，如何整合呈地域群落分布的东南文坛格局，就成为一个极艰巨的历史使命，留待新兴皇明的君臣们去完成。

一、元末东南文坛总体格局之形成

东南文坛格局之形成，在总体上有两大表征：一是元末明初南北文化被隔裂，二是东南文人呈地域群落分布。前者是元朝失驭、政化不通的后果，后者是东南丧乱、群雄割据的产物。这两项是一体共生的：南北文化被隔裂会迫使东南文人如置化外，而东南文人远离政化又加剧南北文化之隔裂；呈地域群落分布会增强东南文人的地缘性，而东南文人地缘依赖更滋长对朝廷的疏离感。如此，东南文人呈地域群落分布的格局，就成为元末明初不容忽视的存在，不仅成为当时文学生态的主体构造，而且影响及于元明易代之政化变迁。

至顺三年(1332 年)十一月，年幼的宁宗懿璘质班驾崩，宗亲重臣议立年仅十三的妥欢帖睦尔，而太史有言“不可立，立则天下乱”，以故议而未决，致使大权旁落。但迁延数月之后，权臣燕铁木儿死，妥欢帖睦尔终于得立，此即为末代皇帝惠宗(《元史》卷三十八《顺帝一》)。而后惠宗朝之事，果应了太史谶语：至元三年(1337 年)正月癸卯日，广州增城县民朱光卿率众反叛，国号大金，改元赤符(《元史》卷三十九《顺帝二》)。是为平民反朝廷，另立国号之先声。及至享国十余年之时，天下大势已岌岌可危；以至至正五年(1345)十月辛酉日，即便贪残成性的惠宗也不得不诏认：“和气未臻，灾眚时作，声教未洽，风俗未淳，吏弊未祛，民瘼滋甚。”(《元史》卷四十一《顺帝四》P873)这实际上为国势颓危、末季骚扰展示了乱象。

先是反叛蜂起，天下大乱。到至正七年(1347)，天下形势已极为严峻："沿江盗起，剽掠无忌，有司莫能禁。"面对这般局势，十一月甲辰日，两淮运使宋文瓒奏言，向朝廷发出严重警告："东南五省租赋之地，恐非国家之有。"(以上《元史》卷四十一《顺帝四》)这话绝非危言耸听，东南若非国家所有，不仅切断了元朝经济命脉，而且也阻断南北文化交流。而《明史》馆臣的描述，更用"天下大乱"字眼："元政不纲，盗贼四起。刘福通奉韩山童假宋后起颍，徐寿辉僭帝号起蕲，李二、彭大、赵均用起徐，众各数万，并置将帅，杀吏，侵略郡县；而方国珍已先起海上；他盗拥兵据地，寇掠甚众。天下大乱。"(《明史》卷一)大乱的后果是，水陆交通阻断，饥馑疫疠蔓延，甚至父子相食，灭绝伦常，人无种类①。乃至洪武元年(1368)闰七月间，大将军徐达率师徇取河北诸州县，所见"道路皆榛塞，人烟断绝"(《明太祖实录》卷三三)。盛明太平宰相杨士奇，也痛心疾首地回顾说："元之季世，兵戈饥馑，民困穷冻馁无食，至相食以苟活，虽父子夫妇相视不能相保恤，所在皆然。"(《东里文集》卷四《万木图序》)特别是江淮以北，沦落为文化荒漠。其荒落景况，曾被描述为："吾尝下彭蠡，泝大江，浮洞庭，游乎楚、郢之间，又涉淮道舒而东，上下数千余里，或行数日不闻弦诵声，观其人之所务，朴者事渔稼，智者趋贾贩以逐什一之利，率资夫势厚者为雄长，不务乎诗书礼义，不重乎逢掖之士也，不辨乎世族也。吾未尝遍历于天下，而齐、鲁古称诗书礼义之国，今闻其俗犹不类于古昔。"(《东里文集》卷二《石岗书院记》)

接着群雄割据，竞相称制：至正八年(1348)三月辛酉日，辽阳兀颜拨鲁欢妄称大金子孙，受玉帝符文作乱(《元史》卷四十一《顺帝四》)。至正八年(1348)十一月间，台州盐贩方国珍为仇家所逼，携兄弟聚众海上，以对抗官军搜捕，劫掠过往商贾，阻断朝廷海运。他虽受朝廷招安，然不为官府节制，迄吴元年(1367)降附朱元璋前，据有温、台、庆元等处凡二十年(《元史》卷四十一《顺帝四》、《国初群雄事略》卷九《台州方谷真》)。至正十一年(1351)八月，罗田布贩徐寿辉起兵于蕲，与邹普胜等以妖术聚众，以红巾为号而举兵为乱；至当年十月，乃僭称皇帝，国号天完，改元治平(《国初群雄事略》卷三《天完徐寿辉》)。至正十一年(1351年)冬月，随州民明玉珍起兵于青山，聚义兵十余万之众，本为保障里中父老；及至十三年十一月，为徐寿辉诱逼无奈，乃授为征虏大元帅，仍领旧部镇守沔阳；二十二年(1362)五月，入据成都而自称陇蜀王；二十三年(1363)四月，于重庆建都僭称皇帝，国号大夏，改元天统(《国初群雄事略》卷五《夏明玉珍》)。至正十二年(1352)起，平民陈友定应募击寇贼，及至二十四年某月日，以功授福建行省平章，从此窃据闽中八郡之地，庶政皆其一人以总制之(《国初群雄事略》卷十三《福建陈友定》)。至正十三年(1353)五月乙未日，泰州张士诚及弟士德、士信为乱，陷泰州、高邮等地，据以僭国号大周，自称诚王，建元天祐(《元史》卷四十三《顺帝六》、《明史》卷一、《明太祖实录》卷一)。至正十五年(1355)二月己未日，刘福通等自砀山迎立韩林儿为帝，号小明王，建都亳州，定国号宋，改元龙凤(《元史》卷四十四《顺帝七》)。至正十五年(1355)六月，朱元璋率众自和州渡长江；次年三月庚寅日，率兵攻取集庆路，改集庆路为应天府，设

① 事见：至正七年(1347)九月癸卯日，八怜内哈剌那海、秃鲁和伯贼起，断岭北驿道(《元史》卷四十一《顺帝四》)。至正十三年(1353)十二月，大同路疫，死者大半(《元史》卷四十三《顺帝六》)。至正十四年(1354)四月，江西、湖广大饥，民疫疠者甚众(《元史》卷四十三《顺帝六》)。同年，京师大饥，加以疫疠，民有父子相食者(《元史》卷四十三《顺帝六》)。

官府而四出征伐；至当年七月己卯日，以吴国公称制一方(《元史》卷四十四《顺帝七》、《明太祖实录》卷四)。至正十五年(1355)十二月，陈友谅诛杀异己赵普胜之后，以江州为都城，奉徐寿辉居之，自称汉王，专决其政；及二十年闰五月，为便于僭称皇帝，乃杀徐寿辉，尽夺其威权，定国号汉，改元大义(《国初群雄事略》卷四《汉陈友谅》)。至正十五年(1355)间，东莞民何真集兵保乡里，以功累官荣禄大夫、江西福建行省右丞，迄洪武元年(1368)归降前，广东岭海之间一方平安赖之(《国初群雄事略》卷十四《东莞伯何真》)。群雄中颇著声势者，如小明王、徐寿辉、陈友谅、明玉珍、张士诚等，史称"四帝一王"(《明太祖实录》卷六六)。

对于上述反叛割据之实况，史家一般称之为大乱至极。如云："当是时，元政陵夷，豪杰并起。大者窃据称尊，小者连数城邑，皆恣为残虐，糜弊生民，天下大乱极矣。"(《明太祖实录》卷二五七)但这尚属一得之见，未必洞彻历史情实。当元政权失控、教化不通之时，天下生民丧失所天、无由庇护；则在一定社会文化区域内，群雄拥兵自重、割据称制，亦为一方平安所赖，未尝不是一种补救。当时，张士诚窃据吴中，朱元璋坐拥南京，陈友谅盘踞武汉，陈友定保有八闽，方国珍攘夺温台，及何真镇守广东，都能保境安民，维持一方秩序。虽然在各方边境上，群雄之间征战频繁；但在割据范围之内，百姓犹可暂且偷安。所以，浙西士商纷纷流入吴中富庶之地，淮西士民竟敢随朱元璋渡江求生，宣徽士绅肯效力大明，浙东文人愿趋走南京，闽中居民能远离战火，岭海之间多乱世顺民。其他若江右文人，虽常受流寇骚扰；然因不处于四战之地，尚得以安守陵园田庐。甚至当中原混乱之时，以义兵起家的李思齐，也独能仗义施仁，率义旅保有关中(《国初群雄事略》卷十《汝宁李思齐》、《明太祖文集》卷十八《祭平章李思齐文》)。

且因有赖于割据政权的庇护，在相对独立而安宁的环境中，人民不仅得以生聚苏息，还能流连诗酒讲习书礼，使一方风雅不坠、弦歌不绝，创造出地方文化的短暂繁荣。这当然是衰世的繁荣，犹如最后的回光返照，既是对蒙元国运没落的哀悼，却也是新朝乘运龙兴的萌兆。这主要表征在三个层面：

在人际交遇上，割据政权吸附着一批文人，似乎诸贤毕至、群英荟萃。他们因某种机缘结成多层圈属，大都以意气相投和才情相尚。不同圈属与割据政权的关系近密或疏远，便会表现出相应的人生态度和政治倾向。这些相应的态度倾向，通常凝定为士人心态。大略表现为：他们既依赖割据政权的庇护，又唯恐遭受乱世枭雄的残害；他们既期盼廓清寰宇结束战乱，又还看不准大势所趋鹿死谁手；他们心怀畏惧而与伪政权合作，又不敢陷得太深以免不能自拔；他们期待明主来拯救苍生，又不知群雄中谁最为英明；他们明知世无英主而消极忧愤，又好幻想真龙出世而自欺欺人。所以能看到：杨维桢、高启表率吴中，与张士诚政权貌合神离，成日里诗酒交欢，以博得苟且偷安；李善长表率淮西，追随朱元璋渡江，以身家性命来趋驰鞍前马后，冒天下不韪而贪求共享富贵；陶安为保障乡民免遭杀戮，率士绅赴辕门迎附朱元璋，劝诱其神武不杀以顺天应人，并迁就其威逼而愿麾下效力；刘基严拒近旁方国珍的诱逼，而更愿接受朱元璋遣使延聘，偕同宋濂等浙东四贤奔赴南京，甘听"为天下屈先生"之哄骗；刘崧隐处穷乡僻县而表率江右，从不择求明主却忍待天下太平，宁可窜伏山林来躲避流寇，也不屈身事人以免招罪尤……这就形成多种典型心态，即吴中文人的苟安心态、淮西文人的趋附心态、宣徽文人的迁就心态、浙东文人的择主心态、江右文人的隐待心态。此外，闽中文人之遁世无闷，岭南文人之荒避狂斐……均可见文人圈属不同，其所持心态便各有异；但共同心声只有一个，那就是企求平安自保——浅见者唯保一己一时，远识者愿保家国天下。

在文学活动上，文人依地齐开展雅集酬唱，显得声气应求、志趣投契。他们主要是凭借特定地缘关系，来专修一方风雅而不骛外求。各地文人之间因受战乱阻隔而交流不畅，便会凸显出特有的文学趣味和审美风尚。这些特有的趣味风尚，往往沉积为地域特性。大略表现为：对人的自然天性之热情讴歌，对社会风俗教化之浸润涵泳，对本地山水风物之钟情描绘，对此方艺文传统之倾心传扬，对末世战乱动荡之切肤痛恨，对当代时势运会之通灵感会。所以能看到：杨维桢笔下，吴中的风土人情写得凄婉柔媚；而宋濂笔下，浙东的风俗世态尽显朴厚无华。被前代文人描画无遗的虎丘，在元末乱世仍别具风神气骨；而未经昔人触染的岭南山水风物，却络绎奔赴"南园五先生"笔端。盛平时易被忽视的西昌风物，遭流寇骚扰竟使人触目惊心；而所见断壁残垣、枯木逢春，反使有识之士预感文明发祥……这摇曳多姿、神态各异的文学状貌，极大地拓充了中国文学的固有内涵：既描绘了衰世末运下的风俗人情画卷，又揭示了兵燹离乱中的山水田园之美；不仅展示了元末文学的丰富多样性，而且促使各地域文学得到长足发展。

在风俗教化上，师徒以学承维系薪火相传，使得学脉绵延、不绝如缕。他们天然地依托当地社会族群，来实现世通婚姻及递相师友。各家学脉在自成一统的环境中讲习传承，便会涵泳出独诣的风格品貌和精神特质。这些独诣的品貌特质，类皆培植为学术传统。大略表现为：吴中才俊传扬乡邦的流风遗韵，宣徽夙儒绍述古朴的新安儒学[①]，宋濂师徒自命为程朱理学正宗，江右文士绪承着清江儒学裔脉，闽中诗人缅怀逝去的唐宋宗风，南园词客追寻岭海的梵音仙踪。所以能看到：吴中文人如杨维桢、高启辈，既与张士诚伪政权若即若离，又不愿投诚新兴的皇明政权，其所缅想的是故地风流文雅；宣徽儒士如朱升、陶安之流，既已迎附并看好朱元璋政权，就不计人主雄猜与一己得失，而倾全力为之筹划开国规模；浙东儒宗如宋濂、刘基辈，欲择求乱世明君而不得其人，乃半推半就入南京临时政权，幻想用浙东正学来教导人主；江右文士如陈谟、刘崧师徒，教人以身体力行、仁孝纯厚，既不择地而居亦不择官而处，故永葆道德优势和政治后劲；闽中诗家如张以宁、蓝仁等，或供奉在翰林或栖隐于林下，均能师法盛唐诗歌清雅之调，遂开明初"闽中十子"先声；岭南雅士如"南园五先生"，皆学无所主而性情磊落狂斐，赖守将何真庇护而远离战火，故恒能纵情诗酒、结想烟霞。

基于上述三个层面的聚合，东南各地文人就聚合成群，且各文人群因交流不畅而相对独立，因使东南文坛格局呈地域群落分布。其基本情况可列表如下：

各地域文学群落	文人圈次及成员	与割据政权关系	当地的学术传统	文学趣味与风尚
吴中文学群落	清闷阁、玉山雅集、耕渔轩山庄、北郭十子、杨维祯集团	先为元朝顺民，后依附张士诚伪政权，而又若即若离	炫才好奢的流风遗韵	绮丽哀怨

① "新安儒"之称谓，语出朱元璋《免朝谒手诏》："尔朱升，新安儒师，怀抱著述。"（《朱枫林集》卷一，第2—3页，安徽古籍丛书本，黄山书社1992年版）

续表

各地域文学群落	文人圈次及成员	与割据政权关系	当地的学术传统	文学趣味与风尚
淮西文学群落	李善长文官集团	求自保贪富贵而追随朱元璋渡江	不主一家而颇杂法术	朴实无华
宣徽文学群落	陶安、朱升及其师友生徒	因畏祸而迎附朱元璋大军	古朴质实的新安儒学	质朴温厚
浙东文学群落	浙东四先生及其师友生徒	严拒方国珍的胁迫，因诱逼而选择朱元璋临时政权	接绪程朱的浙东正学	沉郁厚重
江右文学群落	江西十才子之核心及外围	躲避陈友谅部将侵扰，为元朝顺民	绵延的清江儒学裔脉	雅正平和
闽中文学群落	闽中十才子之先声	接受总制官陈友定管辖，为元朝顺民	南宋以来的唐宋宗风	清浅流易
岭南文学群落	南园五先生之核心及外围	获得元守将何真庇护，为元朝顺民	结想烟霞之梵音仙踪	磊落狂斐

说明：(一) 文人圈属之称名多出自明初追述，而其核心成员实活动于元代末期；故该表只著录核心成员，而不及后来附加之人员。(二) 所谓"割据政权"，是指军事占领集团。这除了张士诚、方国珍、陈友谅、陈友定等，还包括后来建立大明皇朝的朱元璋临时政权。至于明代建立之后，各地文人归附新朝，虽然原有圈属仍存在，但圈内成员多有变动。兹对其出入者，表中不予统计。

表中圈属及成员，兹简略论列如下：(一) 吴中：清閟阁在无锡，由倪瓒发起主持，有少数相投契的吴中文人参与；玉山雅集在昆山，由顾仲瑛发起主持，吸引吴中大多数文人，并接引流寓吴中的外地文人，如江右之虞集，浙东之杨维祯、王冕、高明、王祎，岭南之黄哲、西夏之昂吉起文等；耕渔轩山庄在吴县，由徐达佐发起主持，先后参加集会者有一百二十位左右，而生平可考者近五十人，其唱和成果结集为《金兰集》；北郭十子的具体成员并不能确指，其核心是与高启同居北郭的文人，大约有高启、杨基、张羽、徐贲、高逊志、唐肃、王行、王彝、张适、宋克、陈则、释道衍、杜寅、吕敏等，其中高启、杨基、张羽、徐贲入明后重新组合成吴中四杰；杨维祯集团的活动中心在松江，虽组织松散而成员较为稳定，主要有追摹杨维祯"铁崖体"的百余位文人，大抵分布在浙江、吴中、松江一带，而又串联于玉山雅集、耕渔轩山庄、北郭十子、松江来青堂等集会。(二) 淮西：李善长文官集团，包括流寓淮西当地的儒士，如六安老儒某、郭公某(郭子兴之父)、吴广、李善长、胡惟庸、吕本、杨璟、潘进、汪文、单安仁、朱复，以及卷入相府的外地文士，如杨益、汪广洋等。(三) 宣徽：陶安、朱升及其师友生徒，都有郑玉、李习、王恺、范常、陶安、朱升、詹同等。(四) 浙东：浙东四先生及其师友生徒，包括四先生宋濂、刘基、叶琛、章溢，及其友徒许元、吴沉、王祎、胡翰、苏伯衡、戴良、童冀、张孟兼、方孝孺、王绅、刘刚、楼琏、宋璲、郑楷等。(五) 江右：江西十才子，其核心有李叔正、周湞、旷逵、万石、辛敬、杨士弘、彭镛、刘楚、王佑、刘永之或王沂共十人，其外围有南昌朱隐老、朱善父子、熊钊、胡俨师徒，临江金固、傅若金、萧克翕，抚州熊鼎，西昌之陈谟等。(六) 闽中：闽中十才子之先声，都有张以宁、蓝仁、智兄弟、林弼等。(七) 岭南：南园五先生，其核心有孙蕡、黄哲、王佐、李德，其外围有黄楚金、王希贡、黄希文、蔡养晦、赵安中、澄、讷兄弟、文三山、黄原善等。

二、明初东南各地文学群落之消歇

如上所述，东南文人各自蛰居一方，遭元末乱世而身陷困境：他们和当地的前辈一样，仍饱受蒙元统治的压抑；且其压抑并未随政纲废弛而消解，反而因群雄割据被抛置王化之外。如此，他们既失国家危难、急需用人之机，更要遭受皇天不阿、无所庇护之厄；所以，他们无法燃起忠君报国的热情，却又不甘于世无补、没齿无名。故而，有财力智谋者如刘基辈，则招募义兵以保障乡里；守名节道义者如刘崧辈，则窜伏山林以躲避寇盗；其任气使才者如杨基辈，则投身伪主以适情快意；其清洁高蹈者如倪瓒辈，则逶迤迁避以远身事外……他们这样做，上者为全声名气节，下者为保身家性命。但亦有不愿沉沦、自拔流俗者，痛恨天下崩乱、人道败坏之极，亲见黎民百姓流离失所，传闻人食人事屡有发生，乃以拯救斯民为己任，而渴望逢遇辅佐英主。至于群雄谁是英主，混乱中实难以判断。

有平民出身的朱元璋，穷困之极而投身行伍，冲锋陷阵，攻城略地，表现得勇武英睿出众，颇引起东南士绅瞩目[①]。至正十三年(1353)六月，定远人李善长来谒朱元璋，并追随麾下，为之掌书记；及十五年(1355)六月，朱元璋自和州率众渡江，一举成功，拔太平路，当地耆儒陶安等赴辕门迎附，流寓于此的汪广洋也被征聘；又十六年(1356)三月，朱元璋军队攻下集庆路，得儒士夏煜、孙炎、杨宪等，皆一一录用而委以军政事务；又十七年(1357)七月，朱元璋微服咨访朱升，获献"高筑墙，广积粮，缓称王"三策，乃命朱升参预帷幄密议并召赴金陵；又十八年(1358)十二月，明兵攻取婺州并改路为府，次年正月立宁越府郡学，聘叶仪、宋濂为五经师，戴良为学正，吴沉为训导；又二十年(1360)三月，朱元璋遣使持币赴浙东，聘宋濂、刘基、叶琛、章溢至南京，极尽赞誉曰"我为天下屈四先生"……就这样，从起兵至渡江，及渡江后南侵，朱元璋不仅一路取胜，而且与文士多有遇合。这千载难逢的遇合，虽说各有各的机缘，或冀望共享富贵，或屈于威慑诱逼，或出于感戴投诚，或基于选择看好，实际上都是对未来政权的归附，以及对假想明君的期许与投注。如果说，朱升投诚归附，以其齿德俱尊，颇能倡导士林[②]；则可说，浙东四贤趋朝，以其声名卓著，实已号召天下。

---

① 当时群雄之中，好招揽文士者，除了朱元璋，还有张士诚。张割据平江(苏州)，史家称东吴临时政权；朱占据集庆(金陵)，史家称西吴临时政权。但朱礼遇文士，重在知人善任；而张优礼文士，只是徒慕虚名。特别是至正十七年(1357)，张士诚之弟士德被俘自杀后，吴中文士便失去倚赖依凭，唯托付张氏苟且偷安而已；故高启云："今天下板荡，十年之间，诸侯不能保其国，士大夫之不能保其家，奔走离散于四方者多矣。而我与诸君蒙在上者之力，得安于田里，抚佳节之来临，登名山以眺望，举觞一醉，岂易得哉？然恐盛衰之不常，离合之难保也。"(《凫藻集》卷一《游天平山记》)至于陈基祭文所云："某等之所以尤痛哭流涕而不能自已者，以首见招于馆下，继辱荐于朝廷，义虽均于僚佐，患难忘于死生。既不能漆身吞炭报知于国士，又不能奋椎操匕以效死于贼廷。惟鞠躬尽瘁，恪勤于王事，夙兴夜寐，勉强以力行。"(《国初群雄事略》卷六所录《祭故平章荣禄张公》)是为虚饰之辞。此后，吴中不再有人能够笼络士心，所以看好朱元璋实别无选择。

② 参见朱元璋《免朝谒手诏》："及元失驭，群雄扰攘。岁次丙申，朕造基金陵，他非智者朝东趋而暮西往，孰知适从？未几兵会新安，尔〈朱升〉察历数，观天文，择主就聘，首陈三策，朕实嘉行。新安款降，不俟兵刃，四方之士杖策来从，皆卿齿德俱尊倡之也。"(《朱枫林集》卷一)

因有文臣的襄助,朱元璋改头换面:其南京临时政府,不再是武人政权,而能文武兼用,并能试行文治。故十数年间,他四出征抚,西平陈友谅,东灭张士诚,南靖闽广,北有中原,终于武功大定,实现天下混一(《明史》卷二、《明太祖实录》卷三四)。这是重整山河、再造乾坤的伟业,诚让饱经磨难的读书人看到希望,不仅先进者庆幸得遇明主,而且后进者感到欢欣鼓舞。他们对新朝大都心悦诚服,而对亡元却似无故国之思。其所悦服者,大略有二端:一者,近百年蒙古异族统治一旦解除,汉族士人就迎来了身心大解放;二者,建始之际百废俱兴、急需用人,广大士人可望入仕、一偿夙愿。而皇明王朝要开国兴治,也确实提供了广阔舞台。这包括:(一)朱元璋御下及征讨,需要智识密议之士;(二)各路将帅府中幕下,需要参谋文职人员;(三)各处新占地方城市,需要文官治理行政①;(四)建国伊始推行文治,需要整套文官系统;(五)君臣唱和修饰文治,需要文人参加侍御;(六)教导皇家功臣子弟,需要聘请老师硕儒;(七)中央地方各级学校,需要配备师资队伍;(八)编修史书制作典章,需要征聘专家学者②;(九)册立太子分封诸王,需要东宫藩邸辅导;(十)出使外藩宣布王命,需要派遣外交使节……

要在这广阔舞台上编排好各种角色,就必须吸纳接引各方能文饱学之士;而朱元璋正求治心切,也乐于打开仕进之门。洪武元年八月戊寅日,朱元璋敕谕六部官曰:"自古帝王肇造之初,所用人材率资于前代,如汉唐宋元,皆用秦隋五代宋金旧人。朕始定中原,卿等多前代良材,悉归于朕。"(《明太祖实录》卷三四)同年九月癸亥日,正式下求贤诏曰:"朕惟天下之广,固非一人所能治,必得天下之贤共理之。向以干戈扰攘,疆宇彼此,致贤养民之道未之深讲。虽赖一时辅佐,匡定大业;然怀材[才]抱德之士,尚多隐于岩穴。岂有司之失于敦劝欤?朝廷之疏于礼待欤?抑朕寡昧不足以致贤欤?将在位者壅蔽使贤者不上达欤?不然,贤士大夫幼学壮行,思欲尧舜君民者,岂固没世而已哉!今天下甫定,愿与诸儒讲明治道,启沃朕心,以臻至治。岩穴之士有能以贤辅我、以德济民者,有司礼遣之。朕将擢用焉。"(《明太祖实录》卷三五 0629—0630)及三年二月戊子日,朱元璋再次敕谕曰:"自古帝王开基立国,必赖贤俊之臣,共熙庶绩,以康兆民。是故,殷汤周武既定天下,克用俊乂,列于庶位,故能光昭上下,泽流无穷。今朕肇基江左,统有万邦,稽古建官,期臻至治";乃诏求贤才,拟任诸六部:"六部总领天下之务,非得学问博洽、才德兼美之士,不足以居之。其有贤才隐居山林,或屈在下僚,朕不能周知。卿等其悉举以闻,朕将用之。"(以上《明太祖实录》卷四九)

仕进之门就这样打开,各方文士便应征而起,络绎奔赴南京,接受新朝洗礼。首先是淮

① 关于为何任用儒士来治理行政,洪武四年(1371)四月辛卯日,朱元璋特意敕谕中书省臣曰:"或言刑名钱谷之任,宜得长于吏材者掌之。然吏多狡狯,好舞文弄法,故悉用儒者。其自古以来,兴礼乐,定制度,光辅国家,成至治之美,皆本于儒。儒者,知古今,识道理,非区区文法吏可比也。"(《明太祖实录》卷六四)

② 比如,洪武二年(1369)二月丙寅日,太祖朱元璋颁诏纂修《元史》:"诏中书左丞相宣国公李善长为监修,前起居注宋濂、漳州府通判王袆为总裁,征山林遗逸之士汪克宽、胡翰、宋禧、陶凯、陈基、赵埙、曾鲁、高启、赵汸、张文海、徐尊生、黄篪、傅恕、王锜、傅著、谢徽十六人同为纂修〈官〉,开局于天界寺,取元《经世大典》诸书以资参考。"(《明史》卷二、《明太祖实录》卷三九 0783—0784)三年(1370)二月乙丑日,朱元璋又诏续修《元史》:"时儒士欧阳佑等采摭故元元统以后事迹还朝,仍命翰林学士宋濂、待制王袆为总裁了,儒士赵埙、朱右、贝琼、朱世廉、王彝、张孟谦、高逊志、李懋、李汶、张宣、张简、杜寅、殷弼、俞同十四人同纂修。"(《明太祖实录》卷四九)洪武初仅两开《元史》馆,就吸引三十多位文士入朝。

西、宣徽、金陵、浙东等新附地文人，在李善长、陶安、夏煜、宋濂诸先进的带动下，满怀理想与期待，陆续归附到明廷；之后是吴中、江右、闽中、岭南等内附地文人，在各路将领及随行文官的寻访礼聘催促护送下，怀着惊喜与疑惧，先后会聚于南京。这是成规模的群落归附，每当大明军队攻占一地，当地文士即被搜罗殆尽，并按计划分批遣送京城。以朱元璋的雄才大略和猜忌成性，他希望天下读书人尽归朝廷所用，而不许遗逸在草野间，更不许将官私自留用①。故而，不仅老师硕儒被以礼征聘，即便名一艺者也尽行罗致。其归附形式，大约有数端：(一) 投附见驾，(二) 躬往咨访，(三) 遣使礼聘，(四) 将官遣送，(五) 胁迫诱逼。

从时序上看，前两种归附形式发生最早，盖因朱元璋起兵扩张之初，常亲率大军披挂出征，有机会倾接各地文士，而当时急需智谋之士，故亟愿隆礼虚心纳谏。如李善长、陶安之来归，就属于投附见驾之形式；而朱升之欣然来附，则由人主躬往咨访。从成立南京临时政权到建立明朝前后，朱元璋为了吸引各地文人愿委身于他，多采用遣使礼聘形式，来感召高标自持之士。盖此时业已壮大，朱元璋坐镇金陵，较少外出亲征，无由倾接多士，而临时政权初成规模，正可虚位迎待来附者。故吴元年(1367)十月甲辰日，朱元璋遣吴琳、魏观以币求贤；又于洪武元年(1368)十一月己亥日，遣文原吉、詹同、魏观、吴辅、赵寿，分行天下，访求贤才(《明史》卷二、《明太祖实录》卷三六上)。至如早前聘请隐居青田的王佐之才刘基②，就曾先后两番派遣樊观、孙炎前往行礼；又如朱元璋访得元江南行台侍御史秦从龙，即命亲侄以白金文绮往其避居地镇江行聘(谷应泰《明史纪事本末》卷二《平定东南》)；及至开国之初，制作典章文物，诸如两修元史、修礼乐书等，其所需职事人员多以礼聘至，像吴中名士高启、杨维桢入明，就出于这种特殊的机缘与恩遇。

如果说，前三种归附形式专适用于名士，则将官遣送多施用于一般士类，且多集中在较晚来附的文学群落，如江右、闽中、岭南、北方等地：江右——从至正二十一年(1361)七月壬寅日开始，朱元璋攻击盘踞在江西的陈友谅及其部将；次年陈友谅中流矢死，常遇春继续掠取江西；至二十五年(1365)春，终使境内各地内附大明；但因各处战争正酣，未及着手征聘之事；延至洪武三年(1370)前后，以刘崧为代表的江西十才子，及其附邑次群落之文人，才陆续被征聘入朝为官。闽中——洪武元年正月，汤和攻克延平，执元平章陈友定，福建遂内附大明。虽然陈友定以一人专制八闽，但仍属地方守将和行政长官，并未行僭越之事，不曾建立伪政权；故当地文人得以栖隐林泉，而不必像吴中的文人那样，被迫卷入临时假朝廷，免得入明后难以解脱。正是因了这层缘由，闽中文人政治清白，不致引起明廷反感，因而仍可隐伏草野，其被征聘入朝的时间大都偏晚些，唯林鸿于洪武初荐授将乐县训导，林弼于洪武元年以儒士登春官而修礼乐书，其余蓝智、王褒等人皆迁延十余年方入朝。岭南——洪武元年四月某日，廖永忠率师至广州，元守臣何真迎降，广东遂平定内附。早在至正二十三年(1363)，

---

① 对于将官私自留用儒士，朱元璋处罚得非常严厉。例如："在金华时，朱文忠用儒士屠性、孙覆、许元、王天锡、王祎干预公事。闻于太祖，差人提取屠性等五人到京，命王祎、许元、王天锡发充书写，惟屠性、孙履诛之。"(刘辰《国初事迹》,《四库全书存目丛书》第46册)又如，至正二十七年(1367)十二月，都督同知张兴祖攻下山东诸郡，颇能推诚待人用其降将，朱元璋遣宋迪往谕之曰："今后得一降将急[及]官吏、儒生才有可用者，悉送以来，勿自留也。"(《明太祖实录》卷二八上)

② 刘基之高才智略，尝获得朱升举荐。朱元璋问："处州密迩，可伐欤？"朱升对曰："处州有刘基、叶琛、章溢，皆王佐之才，难致麾下，必取处州，然后可得。"(《朱枫林集》卷九《翼运绩略》)

孙蕡、王佐已聘至何真幕中；但他们未随何真迎降而一同归附，而是延迟到三年以后才陆续入朝。惟有孙蕡以才情出众，被廖永忠聘为典郡庠，且待洪武三年中进士，方才入仕为虹县主簿；同年李德以明《尚书》被荐至京，获朱元璋亲自策问并授洛阳长史；而王佐是时仍栖居乡里，直至六年才征拜给事中。至于黄哲之度越庾岭来附，则因至正二十四年游金陵，为李善长等所知，征拜为翰林待制。北方——北方文士更得皇元恩惠，不少人甚至有仕元经历，其南来归附明廷，难免多一重顾虑。针对北士的这一心结，朱元璋多有些包容度，一方面能够以礼迎待愿仕者，另一面又能充分尊重静退者。如洪武元年三月，"大将军徐达既下山东，命所在州郡访取贤材，及尝仕宦居闲者，举赴京师。有司询求严迫，凡尝仕元者多疑惧不安，由是所在惊扰"；朱元璋闻之，"乃命中书省给榜，安谕所征人材，有不愿行者，有司不许驱迫，听其自便。其自他郡县避兵流寓、愿归乡者，听之"。（《明太祖实录》卷三一）同年五月癸酉日，朱元璋巡幸汴梁，驻跸于邳州东门，又谕知州李相曰："山东故官，听其从便居止，朕将用之。"李相奏曰："其愿赴京及还乡者，未奉处分。"朱元璋曰："往南京者，日给廪饩；还故乡者，皆给米一斛。"（《明太祖实录》卷三二）由此，北方士类便各得其所，静退者得以还归乡里，愿仕者亦能真心归附，不至有强烈故国之思。

但是，朱元璋对南北文士，亦非总能宽仁包容。相对而言，他对北方文士稍示宽厚，而对南方文士更显严厉；建国前他对文士更能优礼，而建国后对文士多有侮慢。因而，从征聘文士总态势看，他通常是恩威并施的，甚至对不与合作者，不惜采取胁迫诱逼。如洪武元年四月某日，大将军徐达兵至济宁；前元祭酒孔克坚称疾，遣其子希学见于军门；徐达即遣送希学赴京，奏言其父病不能成行；但朱元璋不相信，乃以敕往谕之曰："闻尔抱风疾，果然否？若无疾而称疾，则不可谕至恩之会。"而此时克坚亦自来朝，行至淮安途中遇敕使，乃拜命惶恐，更兼程而进（《明太祖实录》卷三一）。在群雄中，朱元璋向以尊崇孔子礼遇儒臣著称，其对孔子后裔兼前元祭酒尚且如此，则对一般士类之迁延畏避者，当更加严程催促而不留余地。如秦裕伯逢世乱，早弃官退隐松江，尝拒绝张士诚征召，亦不愿受明廷礼聘。对这宦情已冷的前朝逸民，朱元璋竟一再遣使檄起之，终至亲敕手谕，以强迫其出仕（《明太祖实录》卷三九）。又如陈谟已年迈，犹被迫舆曳就道，及入朝见驾，所论又不合，乃以老病辞，而命驾还山。对朝廷用人来说，显然是多此一举；而对衰病之躯，未尝不是折磨（《海桑集》卷首《四库馆臣提要》）。更有浙东名宿戴良，早年依张士诚仕元，入明后仍不忘故主，不愿改节侍奉新主，乃长期隐姓埋名，潜伏于四明山中；而朱元璋不肯放过，执意多方物色得之，于是朝廷"召命远临，有司交迫上道甚急"（《九灵山房集》卷二十三《明故太素处士赵君墓志铭》）。洪武十五年（1382），戴良被强行征至京师；朱元璋欲授以官，戴良以老疾固辞，因此忤旨而待罪不自安，于次年四月自裁于寓舍（《明史》卷二百八十五《戴良传》）[①]。

① 戴良之死有三说：(1) 感疾而卒说，见赵友同《故九灵先生戴公墓志铭》："既而上欲用先生，先生以老病固辞，颇忤旨，待罪久之。一日感微疾，即为书谢诸亲友，犹拳拳以忠孝大节为语。迨疾亟……遂端坐卒于寓舍。"（《九灵山房集》卷三十）(2) 待罪自裁说，见《明史》本传："太祖物色得之，十五年召至京师……欲官之，以老疾固辞，忤旨。明年四月暴卒，盖自裁也。"(3) 卒于狱中说，见朱彝尊《戴良传》："十五年征入京……欲官之，以老疾固辞，忤旨。明年四月卒于狱。"（《曝书亭集》卷六十三）第一说出自亲友，有疑为贤长者讳；第三说出自追记，颇类小说家之言；第二说出自正史，有官方文献依据。兹从第二说。

经由这样恩威并施，各地文人招揽殆尽，即使不足以标榜野无遗贤，却也真正实现了群落归附。他们奔赴京师，会聚朝堂，既要接受新朝的洗礼，又要经受皇权的检验，适者生存，优胜劣汰。像陈谟那样命驾还山，虽受折腾而落寞失意；但得以寿考善终，实属不幸之万幸。其他来归而获任用者，在感受皇家恩典之时，都要遭遇艰险与猜忌，备尝忧危疑惧之困厄。他们或者被放外任，或者被留朝中侍御。外任的，其生活条件非常艰苦，工作环境也极为险恶。兵燹劫余之后，生产经济崩溃，社会秩序破坏，风俗教化沦丧，原来避居乡里的文士，满怀欢喜地进入新朝，还未充分感受皇恩浩荡，就被抛掷荒芜凄凉之境。如洪武六年(1373)六月末，刘崧出使山东刚返回京师不久，即被调任北平按察副使，奔走三千里于八月到官。北平这战后敝败苦寒之地，可是贵幸之臣不愿去往的；好在刘崧"量实揣分"，能欣然赴任并全节而还(《槎翁文集》卷四《与本泉兄》)。又如洪武三年至六年之间，王袆因得罪丞相胡惟庸，在修完《元史》不久，就被莫名地排挤出朝，前往西北招谕吐蕃，后又转道出使云南，前往招降梁王，后竟不屈死节。像刘崧、王袆这样的名士，其归附后的遭遇尚且如此；则其他一般士类，或担任地方官吏，或出使外藩残元，其触冒暑热风寒，忍受困厄与屈辱，简直是不堪追述。在朝的，虽生活条件或许好些，但工作环境更为恶劣。他们除了竭忠尽诚与朱元璋进行文学侍御，还要不时遭受这位草莽皇帝的猜忌和戏弄。当皇帝龙颜愉悦时，他们或能得主隆恩；而皇帝常会无端震怒，每当震怒就大降刑祸。所以，人主的恩典越隆，侍臣的畏惧愈深。如洪武七年欲建阅江楼，帝敕命宋濂等侍臣撰记。正月间群臣各撰记奉上，而二月朱元璋又亲撰记。其序《又阅江楼记》云："诚令诸职事妄为《阅江楼记》，以试其人。及至以记来献，节奏虽有不同，大意比比皆然，终无超者。朕特假为臣言而自尊。"(《明太祖文集》卷十四)既然令侍臣"妄为"，如何又要"试其人"；既然试过了，如何又亲撰。此其居心叵测、恩威无常，让人惶恐不安、无所适从。侍臣们普遍感到，朝廷非久居之地；而欲去国还乡，已无退路可寻。

更有一层，各地文人以群落归附明廷，也带来臣属间的协作问题。在朱元璋争夺天下进程中，先后来附文士的功绩不同，加上各地域的儒学自成传统，且众人的精神气质亦有差异；因而，他们在新朝的地位不同，所掌管的职务也有差别。大抵说，淮西文人如李善长等擅长吏治，主要掌管相权及政府要害部门；宣徽文人如朱升等通帝王之学，主要参预密议并规划国家体制；浙东文人如宋濂等得理学正宗，主要执掌教化和主持典章制作；吴中文人因尝依附张士诚政权，败亡后以张士诚部属遣送临濠，虽然洪武二年被放还，并陆续得到新朝起用，有的聘修《元史》、《礼书》，有的参与文学侍御和行政事务，但他们入朝为官，总有一种负罪感，难获足够的信任，故无由委以重任；江右、闽中、岭南文人入明较晚，与朱元璋之逢遇亦无特殊的机缘，所以在明初政治舞台上，他们往往居于次要地位，甚或装点陪衬，仅供备数而已。他们齐聚朝堂，就会互动起来。这种群落间的互动，有时可能是友好的，但更多的是摩擦冲突，终至耗损而彼此消长。

大抵说，淮西与宣徽文人最早来附，当初深得朱元璋倚任信赖，且两地文人各有分工，彼此协作得相对较好；浙东文人从名世到出山，首膺朱升"王佐"之荐，后又得李善长大力推举，因而有"四先生"之誉(《明史》卷一百二十八宋濂本传)①。是可以说，来附之初，浙东文人与

---

① 另据载，刘宋章叶聘至，太祖问陶安："四人者何如？"陶安回答说："臣谋略不如基，学问不如濂，治民之才不如溢、琛。"帝多其能让(《明史》卷一百三十六陶安本传)。此亦可资参证。

宣徽、淮西文人之交际，是开诚布公的，因而是友好的。浙西文人迁移入吴者，如杨维桢、陈基之流，或有浙东的生活经历，或有浙东的学术渊源，因而与浙东文人同源，其思行有天然亲近感。正是出于这个因缘，吴中文人入明之后，多愿与浙东文人同朝共事且相互修好，参预宋濂领导的典章制作和文学侍御。岭南文人因黄哲早前交接李善长，因而入明后多获淮西重臣的护持；江右文人以道德与诗学双修，赢得了文臣之首宋濂的青睐，前者倾心追捧后者，后者亦能赏拔前者。闽中文士入明最晚，其退隐归居又最早，来去匆匆为过客，似无与朝堂恩怨。这是友好的一面。

摩擦冲突、耗损消长的一面，则可谓险象环生、惊心动魄。淮西文臣掌握朝中重权，深受人主朱元璋的倚赖；但也因事权过重，反招朱元璋猜忌；又与浙东文人不和，以至相互攻讦陷害。朱元璋则非但不予调停，反而蓄意安排两边利用，以使两地文臣相互制衡，减弱对皇权的侵蚀约束。朱元璋尝拟任刘基为丞相，虽因刘基固辞而未付实施；然其意欲借刘基之名，以撼在任丞相李善长。洪武六年(1373)九月，又欲命宋濂参中书大政，也是出于同一政治意图。尽管浙东文士无意于出任丞相之职，却也不希望淮西文人集团独揽相权。及至李善长罢相后，朱元璋论相之人选，提出杨宪、汪广洋、胡惟庸三人，刘基以相才相器论之而都予否定(《明史》卷一百二十八刘基本传)。后来，此三人竟都先后拜相，则刘基不为权奸所容，乃情势之必然，而非出自命数。据说，刘基为丞相胡惟庸构陷毒害致死，宋濂以孙涉胡惟庸党案被流放死；是知，两地文臣之争斗，根本不会有赢家，只落得两败俱伤。淮西、浙东文臣宠遇之隆，使他地来附文臣莫可比肩；而其结局竟如此悲惨酷烈，则入明文士之困厄可概见。所以，高启称朝堂是“轧敓排狠之场”(《凫藻集》卷四《志梦》)，而朱升致休时虑其子将死无完躯(《朱枫林集》卷九《翼运绩略》)。这种政治生态环境，固然是各地文臣难以谐和的表现，又何尝不是出自朱元璋亲手导演？朱元璋不仅策动各方来附文臣争斗，而且对同出地的文人也要评论优劣，以挑起争心，使自相耗损。比如，他既推重宋濂，以为文臣之首，却又贬之为“文人”，不如江南大儒桂彦良[①]。彦良浙江慈溪人，与宋濂同属浙东。他们素来相交甚欢，而这番刻露的圣谕，弄得彼此都不安，为此宋濂附和说：“臣与彦良同朝，且同官东宫，甚久。彦良之为人，淳笃和易，有长者风，当今廷臣鲜见其比。上尝以拟臣濂，虽臣亦自以为不及也。”(《宋濂全集》第二册《翰苑别集》卷九《恭题御制命桂彦良职王傅敕文后》)宋濂虽以谦逊应之，实已陷入不安境地。这就使人人自危，无法在明廷厕身。

追想明开国征聘之初，各地文人呈群落归附，并在多方互动中，显示出群体优势；但随着政治环境的恶化，这种群体优势反成劣势。朝政风云凶险多变，人人深感自危不安，彼此难有自由坦诚的交流，群体互动便归于沉寂死灭。因此，当初以群落归附的各地文人，后来也以种种方式群体消灭：放外任的，流转多地，凄凄惶惶，永无归期，当年故地的诗酒酬唱，竟成物是人非之记忆；在朝堂的，局促压抑，致身无路，安生不得，或以小过失罚作劳役，或以犯狱案不得其死；获休致的，功成身退，赏赐愈重，忧患愈深，虽出朝堂的樊笼之外，仍在皇权的罗网之中……此残害生命、禁锢身心还在其次，更严酷的是剪灭文士的理想意趣。当年，李善长投往草莽英雄朱元璋，愿以身家性命及富贵相寄托；如今，确实位极人臣、发福变泰，但转

① 洪武十一年，桂彦良迁晋王府右傅，朱元璋亲自撰文赐之。载称：“彦良入谢，帝曰：‘江南大儒，惟卿一人。’对曰：‘臣不如宋濂、刘基。’帝曰：‘濂，文人耳；基，峻隘，不如卿也。’”(《明史》卷一百三十七)

瞬间一切又化为乌有。当年，朱升看好少年英豪朱元璋，为之规划三策并参与密议；如今，等到功成身退而请老归山，为子求得免死券也是徒然。当年，宋濂等选择雄猜之主朱元璋，希望将他辅导成英主与明君；如今，果然帮朱元璋坐上了皇位，自己却因约束皇权而被弃……这样的人生结局，是多么令人丧气！

此中悲慨，如何消遣？刘基尝作《二鬼》诗，共与宋濂自我解嘲曰："启迪天下蠢蠢氓，悉蹈礼义尊父师。奉事周文公鲁仲尼曾子与孔子思，敬习书易礼乐春秋诗。履正直，屏邪欹，引玩嚣，入规矩。雍雍熙熙，不冻不饥，避刑远罪趋祥祺。"这是说，二鬼侍奉天帝，为之执掌教化。不料非但没有劳绩，反而引来天帝不满："谓此是我所当为，眇眇末两鬼，何敢越分生思惟，呶呶向喑盲，泄漏造化微？"由此被捉拿囚禁，二鬼乃相互宽慰："两鬼亦自相顾笑，但得不寒不馁长乐无忧悲，自可等待天帝息怒解猜惑，依旧天上作伴同游戏。"(《诚意伯文集》卷十)二鬼喻指刘与宋，天帝喻指明太祖。该诗讽喻之义，直指皇权意志：教世化民乃皇家事，众文臣无用来帮闲。这就揭穿了一个谎言：当年朱元璋迎聘浙东四先生，大话"为天下屈"徒成虚饰；而多方文士甘愿受其哄骗，竟满怀期望纷纷趋附明廷；当然也暴露一个机密：不论是造化捉弄，还是宿命的安排，各地文人怀抱理想向往新朝，最终竟然全都落空走向幻灭。

要知道，当元末乱世民不聊生之际，各地文人所以能集聚成群，以诗酒酬唱兼讲习书礼，靠的就是这点理想意趣；当明初征聘广开仕途之时，各方文士大都愿奔赴新朝，虽满腹犹疑而义无反顾，凭的也是这点理想意趣。可如今，这点理想意趣被残酷政争剪灭了，各地文人的群体意识就无所附丽；而没有共同的群体意识，文学群落也就自行消歇。如果说，洪武二年朝纲犹称宽疏，杨维桢修完礼书获放还，还能"白衣宣至白衣还"，为朝野士类留下一片欣羡；则谁料，洪武中期政网骤然密布，入皇权樊笼者进退无门，试问"先生此去归何处"，给劫后余生抛掷一阵唏嘘[①]。被残害的，死则死矣，哪堪回首；而幸存者，老且多余，无所归依。朱元璋设问"此去何归"，答曰"朝入青山暮泛湖"，似乎为刘基辈安排了归宿，但昔日湖山已非安身之所。洪武四年正月，刘基退隐还乡，日惟饮酒弈棋，而绝口不言功，有青田知县求见，称民谢去不复见(《居业堂文集》卷一《刘诚意伯传》)。刘基既已去国还乡，而犹如此畏惧避人；是则恍若丧失栖息地的游魂，即便返回故乡也找不到归宿。类似的情状，还见于宋濂。洪武十年正月，宋濂致政归居，六月到家之后，如同陆沉故土，辟一室曰静轩，终日闭户纂述，缄口不谈时事，人亦罕见其面(《宋濂全集》本《潜溪录》卷二郑楷撰《潜溪先生宋公行状》)。故而，当年应征入明者，即使获请老还乡，也不敢重新树帜立坛，恢复早前的群体唱和；如此，东南各地文学群落，既不能安置于朝堂，也无法重现于故地，唯有日渐趋于消歇。

而各地文学群落一旦消歇，在洪武朝就无复兴之可能。洪武朝征聘文士，集中有两次高潮。一次，是至正末至洪武三年间。此为明开国前后，亟需用大量人才，故而广开仕进之门，吸引天下文士来附。二次，是洪武十三年及其前后。此为党案频发年，大批文士被杀戮，朝

① 洪武二年，杨维桢辞陛离京，宋濂作诗相送曰："皓仙八十起商山，喜动天颜咫尺间。一代辽金归宋史，百年礼乐上春官。归心只忆鲈鱼鲙，野性岂随鸳鹭班？不受君王五色诏，白衣宣至白衣还。"(《宋濂全集》第四册《宋文宪公全集辑补》之《送杨廉夫还吴浙》)洪武四年(1371)，刘基获准告老还乡，朱元璋御制诗相送："妙策良才建朕都，亡吴灭汉显英谟。不居凤阁调金鼎，却入云山炼玉炉。事业堪同商四皓，功劳卑贱管夷吾。先生此去归何处？朝入青山暮泛湖。"(《明太祖文集》卷二十《赠刘伯温》)

中已普遍缺员，出现严重的官荒。而此时科举取士已暂停，早前三至六年间所举士①，又多后生少年不通吏治，以至造士进贤全靠征荐。如洪武十三年九月辛酉日，敕吏部尚书阮畯咨访真才（《明太祖实录》卷一三四）。洪武十四年正月丙辰日，皇帝诏求隐逸寒微之士（《明史》卷二、《明太祖实录》卷一三五）。洪武十五年五月丁丑日，遣行人赍敕谕天下郡县，访求经明行修之士，以币往聘，遣送至京（《明太祖实录》卷一四七）。洪武十五年九月己酉日，以经明行修之士郑韬等，凡三千七百余人，入京面见朱元璋；朱元璋令举所知，复遣使往征聘之，又赐郑韬等钞，并各授官有差（《明史》卷三、《明太祖实录》卷一四八）。如此连年大规模征聘，将草野之士罗致殆尽；则早前各文学群落之故地，不再有文人集聚成群之机。及至被聘入朝授职为官之后，又因洪武后期文学侍御顿衰，他们已很少开展诗文唱和活动，则京城也难产生新的文学群落。

由上可知，元末明初东南各地域文学，实为当代文学的主体构造；而呈地域群落分布的东南文坛格局及其变动，又构成元明易代大转变时期文学活动的主线。这是一种罕见而特异的文学形态，与盛国时期的常规文学形态不同，其主导方面不在中央庙堂，而在政化不通的地方文苑。也就是说，从故元皇纲解纽、庙堂文学顿衰，到新朝秩序初建、文学侍御方兴，期间曾有一度文柄失坠，中央庙堂丧失话语权力，因使地方文苑多元并起，呈现地域文学的大繁荣。这种庙堂与地方文学之互动，体现了中国文学自身的规制：中央庙堂文学一旦衰落，就会让出自由滋长空间，促进地方文学快速生长；且地方文学之生长，又会不断积蓄能量，源源灌注中央庙堂；而中央庙堂文学之复兴，又引导地方文学的走向，迫使地方文学日渐消歇。此一中国文学特有的现象，值得研治中国文学者重视。

作者单位：上海大学

① 明初科目，兴废无常。吴元年（1367），设文武二科取士；洪武三年（1370），诏于当年八月试行科举，以后各行省连试三年，举人俱免会试，直接赴京听选；洪武六年（1373），以所取多后生少年，能以所学措诸行事者寡，乃令有司罢科举不用；洪武十五年（1382），复设科举，至十七年（1384），始定科举之式，命礼部颁行各省，后遂以为永制（《明史》卷七十《选举二》）。

明初文学中的乐境建构

张德建

忧乐是性情之必然,是性灵的外现,"皆性蕴诸中,情发于外"①,这种从儒学出发的基本认识使忧乐两种情感获得了根本支撑,从而在文学表现中占有重要地位。潘恩《重刻洞庭集序》:"昔在骚人贞士,流寓羁栖,往往抉摘搜罗,摅寄情神,阐杨灵秀,言人人殊,以故文辞烂然可覩记矣。然商举大略,不出忧乐二端。"②这是对古代文学表现内容的高度概括,中国文学的确可以说"不出忧乐二端"。徐复观说:"儒家重视乐,但儒家对己是乐,对天下国家而言则是忧,所以孟子说'故君子无日无忧,亦无日不乐',因为儒家的乐,是来自义精仁熟。而仁义本身,即含有对人类不可解除的责任感,所以忧与乐是同时存在的。"③忧乐并存于人的精神和生活之中,对个体而言,追求乐境是生命意义的充分实现,而身处现实则要以深厚的忧患意识投入其中。二者并不矛盾,甚至可以说是相互补充,因此,才会在现实面前既保持博大的胸怀和深厚的理性精神,也不乏对个体生命意义的内在追求,更不乏对现实快乐的追求。对这样一个包含了哲学思想、道德理性、政治伦理、审美境界、生命感受、生活方式等多方面内容的范畴进行研究,有助于我们从更深广的层面理解古代文学,并在历史文化、思想认知的语境中认识其价值所在④。本文即以忧乐在明初文学中的表现入手,探讨台阁文学中乐境。

一、明初乐境中的理欲紧张及其消解

以儒家思想为中心的乐境既有对超越性境界的追求,又有感性欲望的满足,二者之间的平衡、紧张、冲突形成了不同的乐境。明初承元代理学遗绪,以理道为中心展开乐境建构,理道与欲望呈现为紧张关系,理道极尽所能地限制欲望,将其存在限制在极弱的水平。

儒家哲学将道德与审美合而为一,追求道德化的情感满足和表现,并将其上升到形而上的超越中体验美的境界。他们并不否认个体体认中的趣味和感知,刘三吾《悦道乐存说》:

---

① 郑纪《东园文集》卷五《湖船记》,四库全书文渊阁本。

② 《潘笠江先生集》卷八,明嘉靖至万历刻本。

③ 徐复观:《中国艺术精神》,广西师范大学出版社 2007 年版,第 44 页。

④ 蒙培元在《情感与理性》一书中将乐境分为四种:仁者之乐、礼乐之乐、本体之乐、性情之乐,是依据理学思想范畴进行的划分,可以涵括不同的乐境。本文由从文学中的表现入手,与蒙文所分不同。

"《论语》首篇孔子语说,必先于乐。先儒谓乐由悦而后得,良以理义之悦人心,犹刍豢之悦人口。士君子学道不至味乎其味,而深有以悦乎其心,乐乎其趣,不足与语悦道语乐存也。"[①]乐由悦生,得其趣味,才能由义理深入到审美与义理统一的境界之中。但就审美而言,二者之间存在着明显矛盾,道德化审美将外物视为达到超验境界的过程物,主观心理对道的体悟与理会决定了审美方向的一致性和固化特征。明初的乐境建构就突出地向我们展示了这种矛盾。宋讷在《平远堂诗序》[②]中指出风乎舞雩之乐和濂溪庭前春草式明道之乐,是一种超然自由的境界,不是世人所谓感性快乐或对象化审美愉悦,因而反对单纯的仅止于外物赏乐式的骚人逸士之乐。悟道就其精神境界而言比较接近审美境界,但这种理学思想方式排斥现实具体的物象,具体的物只是人们体悟天理过程中的佐助,不具有独立自性。谢肃《水竹居记》一文由面对景物之清美,从游适观美之乐入手,提出君子之于学惟道是适,故能"所守弥坚,推以泽物,则沛乎莫御,此格物之学,深得水竹之妙于形迹之外,不亦乐乎"[③]。格物之学要超乎事物的形迹,即去除其感性特征,方能达到沛然充满的人生境界,故他们明确表述了对文人词客的鄙视,因为词人不能通过观物获得涵养超然的生命境界。但同时,外物不断地诱惑并阻碍人们获得和保持这种超然之乐,因此必须抵斥外在的物欲诱惑,刘崧《其乐堂记》论颜子之乐"必充然有得乎其中,而非外物之所能夺者",然"昧者汩之,欲者蔽之,贪者丧之,日哓哓戚戚以求赢于宫室车马饮食之间,彼固自以为可乐也,而不知其所忧者大矣"。在日常生活中获得超然之乐,须讲求"博文约礼",通过"精深而思之,静定以存之,清明以将之"[④]获得优游怡愉,泰然安处之乐,并不离乎日用之常。

这表明,理学思想影响下的乐道建构与现实事物之间存在着紧张关系,因此在思想上总是处于高度警惕的状态中。从抽象意义上说,他们认为人必须安于义理,不为外物所动,方孝孺在《全乐斋记》里论述的也是这个道理[⑤]。乐有内外之别,资于外物虽有可乐,但其乐有时而尽,正如物质享乐可以使人乐,亦可使人悲。君子之乐则全受于天,内心极诚明,与万物一体,同其周流,故天地万物无不可乐。胡翰《乐善论》指出耳目心志之欲往往成为吾心之累,仁义礼乐才是天下之至贵可爱者,"本乎天命之微,显诸日用之常,格乎上下而放乎四海,无往不准也,无物不体也,会而归之,不越吾神明之舍,则吾固有之善也"[⑥]。但人既有此血肉之躯,则物欲享乐必是不可断绝,关键在于对情欲嗜好进行约束、限制。如何达到克制私欲,保持道体而又不失人的血气色食呢?这就要求对外物的选择上要格外小心,要选取那些"清淡无情"之物,不去刺激人的物欲,从而达到"私欲消而天理纯"的境界。贝琼在《醒心轩记》中申说"天下之至乐不在于珠玉之玩,狗马之适,而恒得于一山一水之间"[⑦]的道理。刘璟《玩雪轩记》[⑧]也有一番论说,认为人是血肉之躯,不可能断绝一切情欲,差别只在于昧者纵情,君

① 《坦斋先生文集》卷上,万历六年贾缘刻本。
② 《西隐集》卷六,四库全书文渊阁本。
③ 《密庵集》卷五,四库全书文渊阁本。
④ 《槎翁文集》卷五,嘉靖元年徐冠刻本。
⑤ 《逊志斋集》卷十七,四库全书文渊阁本。
⑥ 《胡仲子集》卷二,四库全书文渊阁本。
⑦ 《清江文集》卷十七《金陵集》,四库全书文渊阁本。
⑧ 《易斋集》卷下,四库全书文渊阁本。

子约之。如何约之呢？就是要选择"清淡无情"之物，使情欲远离刺激侈靡的放纵，使性情与习尚合一，削除私欲，达到天理纯正的境界。贝琼主张摒弃珠玉狗马之适而在自然和谐之中得到精神的超越，刘璟反对侈靡放逸，故主张寄情于"清淡无情之物"。到了台阁文学时期，这种选择更是规定好了的，并且连由此而产生的审美境界也是固定的，杨荣《兰室记》[①]列出的可供审美之物有菊、莲、梅，认为它们都属于具有君子品质的清淡之物，并且因之与隐士和道学人士有关，其审美指向性十分明显。文中所谓"超然独得"于"容色臭味"之外者也并不"超然"，充其量不过超然于"玩好"之上，所关心的是"道德未达"、"忠贞弗忘"这类经过理学固化和国家主义改造的价值。

为了保持对物欲的控制，他们对自然山水的选择往往依照比德说进行，陶安《乐山斋记》：

> 人各有所乐，乐乎物之形不若乐乎物之德，形忘而德合，始有益于性情矣。是故巍峨秀拔，山之形也，高厚静重，山之德也，若其岩耕而谷处，抚泉石幽美，览林壑之清邃，烟霏晴雨可以娱心，目游则忘归，爱则成癖，乃真乐山者也。[②]

比德说做为儒家正统审美观念在理学盛行之际颇为流行[③]，台阁文学时期，种种表述更是随处可见，如陈敬宗《乐山堂记》[④]借孔子"仁者乐山，又曰仁者静"之言，强调的安于义理、屏除声利、不为外物所动。章敞《赠余彦初序》[⑤]以"乐夫山水之秀者"探险求美为说，指出冲难冒险所得到的奇异之美虽是人在自然中得到乐趣的一种方式，但过程中的忧惧却干扰了畅适自足的美感享受，因为引起心境的动荡不安，以至于破坏了理性化审美之境的圆满自足。这是理学思想发展到极端的必然结果。

当然，外物之所以不在完全排斥之列，因为可以"因物以寓其乐"，赵㧑谦在《柳林书庄记》一文中一方面承认古往今来的各种技艺嗜好都能使人"浸渍耽玩"[⑥]，因而都具有存在的合理性，这是理学思想现实性的一面，即从不完全否定人的世俗欲望。另一方面，指出圣人之道则能超越世俗之乐，达到与万物同体，配合造化，精通鬼神，天地万物与古今变化都融贯其中。因此，更高的乐境不是抛弃世俗，而是要超越世俗，但在如何获得超越境界上，却有不同。心境的转换是很重要的一个方面，练子宁《书松风江月图》认为"恬旷"可以"脱屣势利之涂，翛然尘埃之外，其于山林之乐宜若无羡者矣"[⑦]。恬旷作为一种心境状态长期以来就受人们的推重，但理学对此一直是排斥的，练子宁的表述代表了一种趋向，即对理道的信仰正通过融入心态之中而深入到具体实践中去，但同时也消解了理道信仰的绝对性。一旦发生了以心态化为标志的日常化，乐境便逐渐从道与事的紧张中解除，开始向另一个方向发展。这也是为什么台阁文学逐渐从理道的绝对化信仰转向政治体制下的乐境建构和个体清雅之乐

---

① 《文敏集》卷十，四库全书文渊阁本。

② 《陶学士集》卷十六，四库全书文渊阁本。

③ 参见拙文《明初理学与政治话语下的文道关系》，《文化与诗学》，2011年第1辑，北京大学出版社。

④ 《澹然先生文集》卷三，清钞本。

⑤ 《明永乐甲申会魁礼部左侍郎会稽章公诗文集》不分卷，清钞本。

⑥ 《赵考古文集》卷一，四库全书文渊阁本。

⑦ 《中丞集》卷下，四库全书文渊阁本。

的一个原因，也是后来人们接受并容纳吴中文化中感性化生活的原因。

明初文学中的乐境还包括很多，如养亲之乐，王袆《致乐轩记》(《王忠文集》卷九)、贝琼《一乐堂记》(《清江文集》卷二十六)、周是修《琴乐记》(《刍荛集》卷六)、陈谟《乐志山房记》(《海桑集》卷七)、王绅《乐亲堂记》(《继志斋集》卷八)都做了相当清晰的表达。这些论述都是儒学应有之义，在思想和现实中具有普遍性，故此不再展开。在表述中具有代表性的是得位之乐，方孝孺《赠河南王佥事序》[①]提出了得位而尊显于时不如有位而泽加于民，正代表了儒学思想激励和现实政治作用下的士人信仰和政治追求的新变化。永乐以来，正是沿着这个路径展开对乐境的阐释和建构。

二、政治伦理统摄下的乐境建构

永乐以来的乐境建构是在政治伦理的高度控制下进行的，显现出强烈的政治色彩，主要表现在两个方面：一是台阁官僚自身的乐境建构，二是向下延伸建构出乡绅社会的乐境。这里所说的政治伦理是理学意识形态化的产物，由于获得了思想的合法性，故而当然地成为乐境建构的强力支撑。

“乐”不仅是一种精神境界，更具有社会性和现实性，这符合人的物质属性。孟子“养生送死”的主张即是基于儒家民本主义思想提出的，民本主义与王道理想是一体的，所谓“养生丧死无憾，王道之始也”。关于“乐生”，董仲舒在《春秋繁露》[②]中有详尽论述，实行王道，不夺民时，使民亲亲而尊尊，家给人足，自然能够上应天意，元气和顺，奉祀以时，封禅泰山。由这种王道理想出发，后世中国文学特别是代表官方立场的文学设计出了一套盛世模式，即在思想一统的时代，在严密等级秩序中，人各安其位，各得其所。“乐境”是盛世建构的一个重要组成部分，也形成了一套模式，金幼孜《乐善堂记》：“人之所乐者众矣，富贵者乐舆马服御之美，处闲旷者乐烟霞泉石之秀，居贾贩者乐珍宝奇玩之盛，是皆常人之同情，其所寓虽异，为乐一也。”[③]肯定人之所求之乐不同，这些物质享乐都可为人提供快乐。其中又包含着等级意味，即各个阶层都要各安其乐，岳正《九日感怀诗序》就提出了忧乐有“可已者”和“不可已”之别：“夫世之人未尝无忧乐也，穷则慽慽于贫贱，达衎衎于富贵，所以为忧乐者率以人也，可已者也，非忧乐之真也。乃若忧以天，乐必亦以天，致忧乐于不可已之真，如缉熙者，几何人哉？”[④]主张忧乐要顺从天意，即强调要各安其位。这个模式与理学关系最为密切，理学讲求在实践中即在事物上穷理，从而体认“天理”，从而达到“安乎天理”的境界。这种思想在与政治相结合的过程中得到改造，“天理”等同于“治理”即现实统治秩序，从而对社会人群追求生命快乐的行为加以限定。

永乐以来的乐境建构呈现为突出的秩序特征，是一种从皇权、政治、等级出发而构建起的社会文化秩序。这是一套结构复杂但表现明晰的以政治文化为中心的系统，思想理论的

① 《逊志斋集》卷十四，四库全书文渊阁本。

② 《春秋繁露》卷四《王道第六》，《二十二子》，上海古籍出版社 1990 年版，第 775 页。

③ 《金文靖集》卷八，四库全书文渊阁本。

④ 《类博稿》卷四，四库全书文渊阁本。

核心仍然是明道，但当明道已成为不言自明，不需要证明的思想原则时，反倒隐藏起来，深入论述的并不多，多为套话。在他们的表述中，虽隐含着理学八条目线索，但又包含着现实政治的要求，在政治伦理的统摄之下，总体上有三个特点：其一，强调自我修养，既有对道的体认，也有历经官场磨炼出来的政治涵养论；其二，强化政治品格论，突出体现在对后乐思想和同乐思想的继承和阐释之中；其三是个体生活设计，从官僚身份出发，他们设计并发展出静乐、清乐主张，以获得繁杂生活中的清宁。

从明道之乐到利民之乐是台阁文学乐境演变的必然结果，商辂《草庭诗序》[①]阐发了这样一个道理，即得道者与天地万物为一体，胸次悠然，则文亦不为外物所挠，发言为文，方能以文存道。道无所不在，天下之文无所逃于道，其区别只在于道之精粗醇薄。这是在抽象意义上谈论道者气象，是理学思想流行背景下的产物，更有意味的是一些具体的论述。杨士奇《颜乐堂记》[②]将明道之乐改为利民之道，个体心性超然境界的追求与经世济物的利民思想就此联系了起来，虽是儒学应有之义，但颜子之乐却从来没有被这样表述过。这显示台阁文人正在越过明道之乐，建构自己的乐境。王达在《闲适轩记》中指出有道者无往而不乐，是因为无一物滞碍于心，表现在日常生活中则是“得一物皆足以寓意于其间”，既“非世俗之所谓乐”[③]，也不离日常生活，这就是自得。这段文字可视为台阁文学对明道之乐的典型表述，在这里，明道之乐已融化为生活日常中的闲适之乐，这种转换的完成既是儒学应有之义，也是将思想融入生活的必然结果。而其背景则是台阁文人强调个体修养、政治涵养，得道者的超然被改造成心境的恬适。恬适之乐不具有本体性质，只是面对外境的一种适应性心境反应。政治的复杂与纠葛使得他们最关心的如何面对风波，即何以排遣“得丧是非”，陈谟《青阳行乐图序》：“古之君子极轩冕珪裳之贵而不易其山林畎亩之守者，其乐无不存也。……故君子之乐无适而不存焉，无适而不存者，得丧是非举不足以为累也。”[④]将富贵与山林等同视之，则无所不乐，则官场上“得丧是非举不足以为累”。

台阁文人对自己身处盛世，遭遇明主总是表现出发自内心的感奋之情，形成所谓盛世之乐。杨荣《蓟门别意图序》：“士君子之生世负卓荦之才，怀英伟之气，而又得遭逢圣明，以见于设施，振声光而建事业，荣当时而庆后裔，斯不谓之至幸矣乎。”[⑤]《重游东郭草亭诗序》：“洪惟圣天子在上，治道日隆，辅弼侍从之臣，仰俊德，承宏休，得以优游暇豫，登临玩赏，而岁复岁，诚可谓幸矣。意之所适，言之不足，而歌咏之，皆发乎性情之正，足以使后人识盛世之气象者，顾不在是与？”[⑥]台阁文人都抱有同样的感情，既有身际盛世的感奋，也有强烈的承担意识，杨士奇《东山燕游诗序》在论述“自古天下可乐之日常少，而可忧之日常多”[⑦]之时，关注了民生、民病和民危，因为自古以来忧多乐少，所以当人民身际盛世，便努力致力于建立一个“各以其类而乐于其所”社会。即使退职还乡，也仍感念圣恩，杨荣《送龙推官还乡序》描述了

---

① 《商文毅公集》卷四，明万历三十年刘体元刻本。

② 《东里文集》卷二，四库全书文渊阁本。

③ 《翰林学士耐轩王先生天游杂稿》卷四，正统胡滨刻本。

④ 《海桑集》卷五，四库全书文渊阁本。

⑤ 《文敏集》卷十二，四库全书文渊阁本。

⑥ 《文敏集》卷十七，四库全书文渊阁本。

⑦ 《东里续集》卷十五，四库全书文渊阁本。

那种"一旦乞身而去",身在山林心系庙堂的"悠焉休焉"[①]的生活,寄托的就是这种感情。在这种情感的感召下,他们建构一套政治文化体系,乐境是其中很重要的组成部分,明道之乐与盛世之乐以外,主要体现在三个方面:一是后乐,二是同乐,三是清乐,后乐以范仲淹忧乐观为主体,是太平盛世之下忠君和经世理念的产物,同乐是儒家民本思想与官僚政治下的责任感相融合的结果,后者则是对身处官场的个体生活安排和设计,在责任和优雅平衡的条件下努力创造一个调适身心的生活情调。

(一)后乐精神

忧患意识是北宋皇帝大臣所共同拥有的,宋太宗有言:"国家若无外忧,必有内患。外忧不过边事,皆可防御,惟奸邪无状,若为内患,深可惧也。帝王用心,常须谨此。"[②]范仲淹提出的"先天下之忧而忧,后天下之乐而乐"便成为那个时代心声的代表,并一直是儒家知识分子的普遍信仰。在明初的高压政治下,这种思想并没有成为主流,方孝孺以后乐为名写过两篇文章,开始提倡这种精神[③]。到了台阁文学时期,后乐精神遂成为普遍的信仰,杨士奇《对雨诗序》提出:"士君子之适,夫岂以为己哉,忧乐以民,仁者之所存也。"[④]这是圣朝仁者忧民之乐,即是由范仲淹的后乐精神而来。叶盛《书杨侍郎忧乐诗卷后》指出:"忧乐之说启于孔颜,扩于邹孟氏,而极于范文正公至矣。近年东里杨先生著《东郭草亭》文,有三数乐字,论者谓有太平宰执气象。……大抵士大夫为上为下之间,宁一日而无此乐,不可一日而忘此忧,以忧能启圣,乐或怠荒故尔。忧乎忧乎,乐之所由以乐其在是乎!"[⑤]经过杨士奇的倡导,"后乐"遂成为台阁文化流行话语,这个时期的文集中关于后乐的表述几于比比皆是。王直高度评价范仲淹,《重修范文正公忠烈庙记》:

> 直闻之士之能任天下之重者,必以天下为心,心之欣戚主乎人而不私于己,是以天下为心者也,以天下为心,则人庶其有济矣。初公未显时,已欲任天下之重,若曰士当先天下之忧而忧,后天下之乐而乐。夫忧人之忧而欲免其忧,使人皆乐,然后与之同其乐,此岂小丈夫然哉![⑥]

黄福是永乐间名臣,杨士奇称"三四十年间士奇所接名卿大臣莫如东莱黄公,其可为有志于希文而无愧者也"[⑦]。黄福曾建后乐堂,一批文人为他撰写堂记,集中表现了后乐精神,下面的讨论就由此展开。后乐精神是士大夫超越自我享乐的人生境界,远非常人世俗物欲享乐所可比拟,周叙《后乐堂记》:"惟士方未遇时,诵诗书以自强,抱经济而自夸,居常以未得位为忧,其既遭时得位也,锦衣鼎食足以悦其口体,千驷万钟足以厌其愿欲,汲汲遑遑穷心志耳目

① 《文敏集》卷十三,四库全书文渊阁本。

② 《续资治通鉴长编》卷三十二,淳化二年八月丁亥,中华书局1979年版,第719页。

③ 《逊志斋集》卷十七《后乐堂记》、《后乐斋记》,四库全书文渊阁本。

④ 《东里文集》卷七,四库全书文渊阁本。

⑤ 《泾东小稿》卷九,《续修四库全书》,上海古籍出版社2005年版。

⑥ 《抑庵文集》卷一,四库全书文渊阁本。

⑦ 《光禄大夫少保南京户部尚书赠太保谥忠宣黄公神道碑》,朱大韶《皇明名臣墓铭》(《明代传记丛刊》,台北明文书局1991年版,58册,第85页)。

之娱，惟恐后者多矣。其能知忧之所以为忧，乐之所以为乐乎？此固常人之情，皆公之所深疾而重恶者也。”[①]曾棨《后乐堂记》[②]指出后乐精神超越“人之常情”，身任国家之重，系于天下安危治乱，故忧，天下太平而能乐于众乐之后。王直、王英、李时勉为黄福所作记文和诗序也都由此立论，文多不引。退一步说，富贵享乐只有在功成之日才是君子所可当然拥有的，陈琏《后乐堂记》里设想了“都大位膺大任”的“君子”如何能“无愧乎孟子所谓乐以天下，忧以天下者”[③]。解缙《后乐堂记》[④]也赞许了先有竭忠殚诚后有富贵安荣之乐，方至无愧的忧乐精神。同时，他们强调乐中有忧，王恕在《后乐亭记》中描绘了“朝夕游焉”[⑤]，与客欢会的情景，强调在富贵享乐之中仍不忘忧世的理想境界，是典型的士大夫精神的体现。

但范仲淹的忧乐精神是宋代“共治天下”[⑥]精神的产物，而永乐以来大力讲求的后乐精神则儒家经世与忠君思想混合的产物，即李时勉所说的“太平宰执气象”。明代士大夫在专制皇权的强大压力下，始终无法获得“共治天下”的精神力量，故虽借助范仲淹努力建构后乐世界，但时怀忧惧之心。他们的论述也多平庸无力，气象雍容却缺乏博大深厚之精神。随着时势的变化，后乐精神逐渐空洞化、口号化。范仲淹的后乐精神是士大夫的普遍信仰，但实现这样的抱负首先要得其位，无位故有所谓“半乐”，何乔新《半乐窝记》记一位府学教授，虽有志于范文正公先忧后乐之语，但“向之所志，迄不得施，于是显辍希文忧世之志，为尧夫自适之私，然江湖庙堂之情终不能自已也，故更扁其室曰半乐”[⑦]，只好在忧世之志与自适之私之间选择“半乐”，这表明后乐精神处于不断的退缩之中。明代文人这方面的表述很多，但这些论述大多是一种精神追求和理想目标，不再是士大夫具有现实意味的追求。

（二）同乐表述

“与民同乐”是士大夫在处理公私两种物质享乐时的一种表述方式，明代士大夫往往将这种思想追述到欧阳修，朱同《杜君游观图序》：

> 余谓《醒心》、《丰乐》、《醉翁》之亭，《黄溪》、《西山》、《钴鉧潭》、《袁家渴》之记，昔贤为政游观之胜，发前人所未发者，固未尝不同，而亦未始能同也。欧阳公当宋之隆平，是以惟宣上德化，与民同其乐，子厚则娱情山水以忘其故都，而消其抑郁。[⑧]

宣上德化，既实现了由台阁大臣的身份所要求的颂圣之职，也能够达到“与民同乐”的理想境界。欧阳修成为与民同乐的典范，而柳宗元则只能消除个人的抑郁，取去之间，台阁文化的价值观便显现出来了。关键是如何实现“同乐”，既能实现为官的享乐，满足个体的需求，又不破坏民间社会，并使社会感受这种努力，保证民间社会的安定平和，这是与民同乐思想最

---

① 《石溪周先生文集》卷七，万历二十三年周承超等刻本。

② 《黄忠宣别集》卷一，《四库全书存目丛书》，齐鲁书社1997年版。

③④ 《黄忠宣别集》卷一，四库全书存目丛书。

⑤ 《王端毅公文集》卷一，嘉靖三十一年乔世宁刻本。

⑥ 余英时《朱熹的历史世界》第三章“同治天下—政治主体意识的显现”，北京三联书店2004年版，第210—250页。

⑦ 《椒丘文集》卷十四，四库全书文渊阁本。

⑧ 《覆瓿集》卷四，四库全书文渊阁本。

关键的地方。吴节《余干同乐亭记》:“君子为政莫大于与民同乐,要必先与民同忧。民饥己饥,民寒己寒,民之疾疢曰予之辜,民之炎眚曰己之咎。语曰先忧后乐,其斯之谓与?”[①]柯潜云:

> 世儒语吏治以观游为敝政,政之敝果于观游系乎?否乎?盖游观非能敝政也,敝于忘为民也。古之为国者,欲节民劳逸,作灵台以登,欲宣上德意,作丰乐亭以游,皆为民者。则夫观游之事,可少哉?[②]

无论是“节民劳逸”,还是“宣上德意”,其根本出发点是“为民”,游观本身并不能造成政治弊端,关键在是否“忘民”。但同乐思想作为官僚体制下的产物,只能出于个体的自觉,无法检查和监督。同时,民众只能单向度地接受这种声音,而没有自己的议论空间。二者的分离导致同乐思想渐渐演变成一种自我修饰,一顶冠冕堂皇的帽子,一种陈旧的文学腔调。陈敬宗《同乐园记》[③]借张载《西铭》之言加以申论,用理学民胞物与思想将同乐上升到了一个新的高度,暗含着这样一种思维逻辑,即民胞物与的思想情怀源于万物同体思想,故虽“独乐”,但实为同乐。提升同乐的就是万物一体思想,人与万物各具一太极,欣赏自然也是要在其中体悟“物吾同与”的超越境界。由一种民本主义思想的政治话语转化为理学式的纯粹超越性话语,强调的是个体自我的心性自觉要求,仍然走的是内在理路。陈敬宗也不能解决同乐的虚伪化问题,甚至他可能没有意识这个问题的存在。他仍然沿着纯粹思想的路径发展,在理学盛行的时代,这是必然结果。

（三）清乐建构

由后乐到同乐,暗含着由士大夫意识向官僚意识的转化,再进一步,这种转化的实现开始以某种个体生活方式出现,“清乐”作为台阁官僚生活方式开始出现,并成为集体追求。柯潜《春闱唱和诗序》:“稍有余暇,思欲为诗”,对这种官务余暇的闲雅生活,他也引欧阳修为援,指出:“以其余力倡同事者作为歌诗,以宣底滞,忘倦疲……然诗者心之声也,必其心无愧怍,则形于诗,皆敦厚和平、悠扬广大之音,而传之于后,足以见君子群居有从容道谊之乐为可慕也。”[④]这种“乐”有多重含义,可以起到消除紧张和疲倦的作用,也可以宣扬圣德盛世的作用,体现的是士君子“从容道谊”之乐。倪谦《同年唱和诗引》[⑤]把这种闲散的生活与歌咏盛世结合起来,使其当然地具有了合法性。清乐是台阁文化中乐境的重要组成部分,他们强调清乐是君子之乐,有着明确的身份限制。胡俨《乐静斋记》指出人各有所乐,有富贵之乐、宴游之乐、农夫之乐、樵渔之乐、市肆商贾之乐,君子之乐与上述诸乐不同:“远尘嚣之纷纠,安素履之闲暇,贻雅志于典坟,寄高情于千古,故曰圣人定之以中正仁义,而主静。其静也必有

---

① 《吴竹坡先生文集》卷三,雍正三年吴绮刻本。

② 《竹岩集》卷下《五马行春图序》,四库全书文渊阁本。

③ 《澹然先生文集》卷三,清钞本。

④ 《竹岩集》卷下,四库全书文渊阁本。

⑤ 《倪文僖集》卷二十二,四库全书文渊阁本。

所事其乐也，岂徒枯槁尸默而已哉！”[①]胡广在《溪山清趣图序》[②]中强调表面上士大夫栖迟于山水之间，与渔樵无异，实质上却有着很大差别，士大夫之乐无劳顿之苦，远离尘纷，放情适性，同时能得造化万物之情，又颐情典坟，从而赋予了君子之乐合法地位。再进一步，君子指的是公卿大夫，杨荣《清乐轩记》指出公卿士大夫身享富贵却不沉溺于“膏粱绮纨之习”[③]，既不同于士之能甘于清贫之乐，也不同“矫汰侈靡”的富贵之乐，清乐便成为公卿士大夫不同于凡俗的文化身份象征。甚至在某种程度上，这种清乐也只有台阁翰林官员才能拥有，李东阳《乐清轩记》的表述足可代表这种台阁心态，所谓“独吾曹官翰林者有之”[④]，官清人清，因而其乐“清”，这可以称为“清要之乐”。倪谦《环溪清趣记》以水为喻，指出天下至清之物为水，但往往为私意所蔽，以致充满泥沙汗秽，“使存养之久，则清之本体固自若焉。君子知心之诱于物也，于是己私务克，天理务明，以清其心。心既清则意趣之以尚何往而不清哉？”[⑤]静者自清，清者不浊也，乃源于去除私欲，使万理皆备于我，仍然是理学的路径。

石珤《午风亭记》：“夫君学道之士也，学而有所得，则俯仰之内无一物而非道，亦无一物而非吾乐，盖不独风也。”[⑥]既然无一物而非道，何以专门选择清乐呢？前面谈到明初理道与欲望的紧张关系及对“清淡无情”之物的选择，清乐的建构也体现了这一点，在不过分刺激人的感官的情况下以清雅的生活情趣满足人的需求，也是在理学思想影响下产生的。梁潜《西清余玩序》就谈到：“今之君子于耳目之养，未必能具，则随所玩以足其所好，而尤可喜者，虽其好之深而不足以乱吾之聪明，如侍讲君者是独惜乎？”[⑦]清雅的“余玩”要控制在“不足以乱吾之聪明”的程度，说的正是清乐的特点。

同时，他们还通过将清乐与静乐联系在一起，提升了清乐的境界。在他们的论述中，清乐与静乐是一体的，金幼孜《静乐轩诗序》描写了“焚香煮茗，正襟危坐，忧虑不作于内，人事不交于前，阒阒寥寥，四顾寂然，怡神于恬淡之境，游心于高明之表，妙契天地之始，默识造化之原”的静乐，并且指出：“盖静者，动之体，动者，静之根。静未尝无动，而动亦未尝无静也。惟吾子方寸之中，湛然虚明，日用酬酢，流行于天理，而不为万物所摇夺，则静亦乐也。反是则虽闭门扃户，处于至静之中，而吾心之纷纭已交驰于彼，欲得其乐者，盖鲜矣。”[⑧]在“湛然虚明”的静乐境界里，能于纷纭酬酢之际，不为外物所动，体悟流动于其中的天理。曾棨《守静轩记》指出“人惟静而后得其乐，而又能有以守之”[⑨]，认为静为“圣贤心学之要”，可保持心体湛然常虚，通过涵育培养保持此心，面对世俗利欲能守其中，得其乐。由此，清乐便与从理学思想那里获得了充分的支持，从而成为台阁文人的生活方式。

---

① 《颐庵文选》卷上，四库全书文渊阁本。

② 《胡文穆公文集》卷十二，乾隆十五年刻本。

③ 《文敏集》卷九，四库全书文渊阁本。

④ 《怀麓堂集》卷十三，四库全书文渊阁本。

⑤ 《倪文僖集》卷十四，四库全书文渊阁本。

⑥ 《熊峰集》卷十，四库全书文渊阁本。

⑦ 《泊庵集》卷五，四库全书文渊阁本。

⑧ 《金文靖集》卷七，四库全书文渊阁本。

⑨ 《刻曾西墅先生集》卷十，万历十九年吴期炤刻本。

三、等级与秩序背景下乐境建构

"后乐"、"同乐"、"清乐"主要是针对身为士大夫的自我而设计的一套乐境,同时他们还建构了针对另一群体的乐境。这一群体主要是缙绅,通过宗族、姻亲、乡里、科考或同僚介绍等方式与台阁文人建立关系,我们可以在现存文集中发现大量族谱序、斋室记、赠送序一类的作品,证明了这种关系的普遍性。在中国古代文化中,教化一直是最重要的统治方式,但教化是针对普通百姓的,通过宗族、乡约、乡饮礼酒、读诰等活动教化百姓。而上下之间还有一个重要层级,这就是缙绅,这些人往往是"故家"、"善族"①,可以起到表率作用,是将统治思想传播到民间的重要途径,也是构建等级社会,建立社会秩序的重要途径。正如胡直《读书楼记》所云:"国家混一以来,即表章圣贤之学,而庠序之教益明,以及山林草野之间,人知所趋向,求本舍末,成其德于罔觉。孝力家世为儒,历变更之余,不失其所守,得以安居。"②

首先,塑造乡绅对皇恩的感戴之情,激起对国家的忠诚并由此生出安分守常的生活态度是"乐境"建构的前提。王直的《耕乐记》③和金幼孜的《萧氏行乐图诗序》④都有相应的论述,他们将圣天子的"深仁厚泽"与"盛大和平"、年谷丰登联系起来,并试图通过乡绅将这一信息传达到基层社会,塑造出对圣恩、治世的感激之情,以此作为社会和乐的基础。

其次,仍不离对儒道的信仰与讲求。佛道思想都在排斥之列,胡翰《碧落清隐记》所记之山有道士杨八百洞,文章写其景之美与尊德好礼之行,仍不忘在文末强调神仙之说"荒诞不经,君子所不道者"⑤。杨士奇《石田茅屋记》:"盖惟中之所守,确乎不可拔,而以之遇则可以建功,不遇亦可以自乐,非志于道者不足以语此。"⑥没有对道的体认与心性修养这类理学话头,而讲"志于道"即对儒学之道的信仰,这是政治化道论的产物和典型存在方式。获得对道的信仰,便能够在现实生活中超越得丧、常变、遐迩、内外,从而得到快乐,王直在《畦乐说》中对物我之乐再行论说⑦。王达《闲适轩记》更对这种超越穷通生死的乐境描述得诗意盎然:

> 古之有道者无往而不乐,贫亦乐,富亦乐,穷通亦乐,生死亦乐,凡其目之所系,躬之所接,情之至,无不合之于心而得之于乐。然其所谓乐,非世俗之所谓乐也。盖其识见之深,志虑之洁,胸中廓然无一物为之滞,天之下,地之上,山川也,草木也,虫鱼也,琴瑟

---

① 杨士奇《东里集》卷五《西昌梁氏续谱序》:"夫所谓故家者,必其先文行有诸躬,功利及于人,声誉有闻于时,子孙克嗣于后,而岂徒富贵之云哉。"四库全书文渊阁本。陈循《芳洲文集》卷五《桃源萧氏族谱序》指出"田园之产"、"豪俊之行"与"诗书之习"、"礼教之尚"有着密切关系,"田园之富所为有助于诗书礼教之习尚"。参见宗韵《明代家族上行流动研究——以 1595 篇谱牒序跋所涉家族为案例》第六章,华东师范大学出版社 2009 年版,226—266 页。

② 《胡文穆公文集》卷十,乾隆十五年刻本。

③ 《抑庵文集》卷一,四库全书文渊阁本。

④ 《金文靖集》卷十二,四库全书文渊阁本。

⑤ 《胡仲子集》卷七,四库全书文渊阁本。

⑥ 《东里文集》卷二,四库全书文渊阁本。

⑦ 《抑庵文集》卷十,四库全书文渊阁本。

之与钟彝也,文章之与翰墨也,得一物皆足以寓意于其间。[①]

这种信念通过长期的儒学思想熏陶和台阁文人的广泛传播,的确在缙绅阶层产生了影响。王宾生活贫寒,被列入隐逸传,他的《贫乐记》就引用大量安贫乐道之典,意在阐明"君子足吾内,奚论不吾足耶"[②]的道理。

但这只是个体所能达到的境界,如何将不系于外物之乐推而之于他人呢?在生活实践中,乐便转化为为善之乐,金幼孜在《乐善堂记》中感叹"取适于一时者每易,贻谋于永久者恒难,宜乎善之乐者鲜焉"[③]。这样一来,便将个体的乐转化为众乐,将一时的乐转化为永久之乐。因此,不论出处,只要超越功名富贵这些外在的享乐,无往而不乐,为善而后乐,才是士人价值所在。故解缙在《乐志堂记》[④]中,由出处角度起议,以为不论出为廊庙,还是守于畎亩,都可以无往而不乐。从社会的角度看,则只有超越了个体,通过为善才能获得真正的乐。由此为善之乐出发,以儒家仁义思想为核心,便自然延伸出家族、宗族和睦之乐,黎淳《乐义堂记》论及"天下之乐无穷,惟主乎义者为真乐"[⑤],王直《齐寿堂记》具体到"淳尚儒术,谨而宽厚"的"事亲至孝"[⑥],他们将家庭、宗族和睦之乐的概括为淳尚儒术,主乎义、敦孝友,待人宽厚,故父子、兄弟、宗族、乡闾和睦相处,这样方能得逍遥适趣之乐。还有丰收之乐,它与家庭和睦、诗书琴瑟、觞咏倡酬共同构成缙绅乡村生活必不可少的一个方面,金幼孜的《村乐记》展现得非常生动[⑦]。中国古代的基层社会以宗族为中心,构建了一个稳定的乡村社会,并长期保持社会安定。而维持社会的稳定一方面靠地方治理,另一方面则依赖文化建设,在这些广泛存在的描述中,我们看到正是通过种种方式建构起来的乡绅阶层的乐境起到了维持社会的作用。从感念皇恩到理学思想的贯彻,从为善之乐到宗族和睦之乐,形成一个完整的文化结构,保证了将国家思想贯彻到基层社会。

在他们的描述中,台阁文人的清乐也延伸到乡绅社会,大量描写脱略尘俗之乐。萧镃《清意楼记》:

方寸之间,澄彻无滓,其坐若忘,湛然冰壶与居也。游息以时,洒然尘土之脱略也。招白云于岩阿,挹轻风于天际,不知宇宙之间复有乐加于此者乎![⑧]

黎淳《乐义堂记》[⑨]描写了逍遥林壑,起居适趣的"真乐",王直《齐寿堂记》也写出了"耻以尘俗自溷"、"娱意山水之间"[⑩]的"恬旷"生活。在他们笔下,乡绅的闲旷充满诗意之美,呈现出一派和乐闲散的景象。虽僻处乡间,仍不乏脱尘俗之乐,既有精神上的超越,也体现了儒士的精神身份特征。

再次,他们经常以诗意化的语言描述劳作之乐。在王直的《耕乐记》[⑪]中,劳力者所从事的劳作充满生机,虽然记述的只是一个旁观者的叹赏,但不能不承认这也是构建和乐社会必

① 《翰林学士耐轩王先生天游杂稿》卷四,正统胡滨刻本。
② 《光庵集》卷一,清钞本。
③⑦ 《金文靖集》卷八,四库全书文渊阁本。
④ 《文毅集》卷九,四库全书文渊阁本。
⑤⑨ 《黎文僖公集》卷九,嘉靖三十五年陈甘雨刻本。
⑥⑩⑪ 《抑庵文集》卷一,四库全书文渊阁本。
⑧ 《尚约文钞》卷二,光绪三十一年萧氏趣园刻本。

不可少的一个方面。胡广《山庄独乐诗序》:“夫士得乎一丘一壑之胜,耕田凿井以樵以牧,与田夫野老朝暮而同其作息,其所为不亦劳乎？然语其事则劳,而语其心则未尝劳也。盖田夫野老之所为役于其身,其劳也固宜。而士之事其事者,所以陶其情性,故乐而忘其劳也。”[①]士当然是劳心者,与终身为役的田夫野老不同,能够做到事劳而心不劳,故能与众人不同,得其所乐。

当然在文章中他们也突出乐的基础,即必须有相应的“世业之资”和“世德之训”,王直《东轩记》[②]强调的是,必身安而后能乐,居室可以使人有所庇赖,景物则能使人身心安适,有此“自得”方可“进于道”,而这些都要仰赖于“世业之资”、“世德之训”,前者可以使人获得充足的物质资源,后者则使人以仁义为处世准则,才能积善于家,及于乡里。当然,贫寒的生活也并不能妨碍人们获得快乐,杨士奇在《贫乐诗序》[③]中说胡氏尽管过着相对贫寒的生活,但他因为谨于义利,不苟取,不慕虚名,足可自得,薄田亦可自足。不过,就身份而言,胡有初仍居乡绅之列,算不得真贫,此乐也是美化了的乐。

福柯说:“权力和知识是直接相互连带的,不相应地建构一种知识领域就不可能有权力关系,不同时预设和建构权力关系就不会有任何知识。”[④]通过理学的意识形态化和一系列的制度保障,明初特别是永乐以来官方获得了广泛的权力,建构起了一套完整的学术思想体系,文学是其中的一个方面。在文学中,乐境建构是表达的重点,本文即是对这一现象的研究。在相关研究中,思想研究更多地关注概念、范畴,不会留意于这些碎杂的资料,历史和社会研究则往往是制度、风俗的描述,也不会关注这些文学材料。本人在大量文学作品中注意到明代前期有关乐境的描写几于比比皆是,试图加以简要疏理,既注重理出乐境的思想源头及其影响,又与政治体制的变化结合起来,更注意从社会文化结构的角度加以解读,希望对认识明初社会文化及文学表现有所助益。

作者单位:北京师范大学

① 《胡文穆公集》卷十一,四库全书文渊阁本。

② 《抑庵文集》卷一,四库全书文渊阁本。

③ 《东里文集》卷五,四库全书文渊阁本。

④ 刘北城、杨远章译:《规则与惩罚》,北京三联书店 2003 年版,第 29 页。

杨维祯传世最晚墨迹考论

——兼及其名字、生年之确定

孙小力

书画题跋文献著录的杨铁崖所有墨迹之中,目前所知撰书最晚的是《画沙锥赠陆颖贵笔师序》,明朱存理编《珊瑚木难》卷八、明赵琦美编《赵氏铁网珊瑚》卷七、清卞永誉撰《式古堂书画汇考》卷十九皆有著录,且全文抄录。此文末尾有明确的时间地点交代:时间为"龙集己酉秋八月初吉甲子",即明洪武二年(1369)八月一日(按:次年五月,铁崖归道山);书写于"云间之拄颊楼",即铁崖晚年松江寓所。然此作品仅见于文献著录,真迹似已不传。笔者以为,如今所能见到的铁崖传世墨迹之中,能够考定撰书日期的,应该以《兵火帖》(又名《致松月轩主者手札》)为最晚,此札书于洪武二年六月二十八日,比《画沙锥赠陆颖贵笔师序》略早三十来天。

一、《致松月轩主者手札》与《兵火帖》本事考及二帖差异

杨维祯所书《兵火帖》,徐邦达曾经在其《古书画过眼要录·元明清书法》第一册中有过考述,尽管比较简略,但是基本面貌得以呈现,提供了很好的研究基础。然而需要指出的是,徐邦达所见墨迹,与今天我们见到的截玉轩藏本有些差异,这些差异对于本文主旨的阐述至关重要,故此先将徐邦达所见所考抄录如下:

兵火帖 一页

纸本。纵二八厘米,横五二·七厘米。

本文(行草书):"自兵火后。故人都如隔世。死生契阔。邈不相闻。乙巳到苕□。迤逦到太湖盛宅。满拟过□浔诣使门。吊死问□舟□盛港而风辄引之返也。□□怅然。徐榻驰书来。甚慰□□怀。兼有土物之惠。珍重睠予。恩意无以为喻。松月记久已脱稿。必欲老夫亲笔登卷。今日平旦。肺气不雍。眼亦不花。女郎洗砚。劝书集。展缥卷。客来皆称老铁秋更得意之帖。先府君墓文则付□小儿副墨录去。中秋前后□松月清凉界中。不妨补亲笔也。立秋三日。抱遗老人杨□祯顿首。松月轩主者。丁、赵两生无一字附便伻□来。当为余诘其故。揭别驾、曾贰尹仿次幸道□。"钤白文"铁史"、"廉夫"二印。

鉴藏印记:"韩崇私印"。"江邨秘藏"。"淞洲"。"归安吴氏二百兰亭斋鉴藏图书"。

"吴平斋秘箧印"。"平斋审定真迹"。"兰陵老子珍藏"。

按：书中所云"乙巳"，为元至正二十五年，即一三六五年。揭别驾，疑为揭汯，史云："至正十八年出为江西宪台，守建宁。"岂先曾为建宁通判。待再考。该帖为《元人诗札合璧》卷之一。

徐邦达仅仅提供释文和按语，未附原件图像。所幸此帖又有一本传世，经谢稚柳等人收藏，收入《截玉轩藏宋元明清法帖墨迹》①，取名为《致松月轩主者手札》。不过后者仅有对此帖形式、书风及铁崖生平的简介，墨迹内容、收藏源流等等的考察，则付诸阙如。

今天参考杨维祯相关文章，以及碑刻文字、地方志等各种资料，顺着徐邦达有关《兵火帖》的释文和按语继续探索，我们发现，杨维祯与松月轩主人渊源颇深，《兵火帖》其实并非撰书于元代至正末年，而是明朝洪武二年(1369)。当时战乱已经平息，此信不是因为"兵火"而作，取名《兵火帖》，不如《致松月轩主者手札》更为贴切。

松月轩主，实即南浔(今属浙江湖州)人褚质。杨维祯曾应褚质约请，为之撰书《松月轩记》。所谓《致松月轩主者手札》，其实就是交付《松月轩记》时所附书信。因此，若要探明《致松月轩主者手札》的撰书时间、具体内容、所涉人物等等，首先必须了解松月轩及其主人。故此节录杨维祯《松月轩记》如下：

> 吴兴东去若干里，其聚为南浔，褚氏乐闲君之世家在焉。至正甲午，先庐遭兵毁。其子质，字彦之，重创别业朱坞溪上。苍松夹径数百植，林下石床云磴，荫以重轩，时焚香读《易》其下。月夕则鼓琴，或歌骚，或与客啸傲赋诗。仰听虚籁，俯席凉影，俨若物外境也。遂即"松月"扁其轩，不远二百里走云间，请记于予。予交其父兄几二十年，彦拜予为父行，予视之异姓侄，义不可以老懒辞。……甲午，诸兄罹不测之祸，彦捐躯历险，誓不与共天，必复其雠而后已。……龙集己酉秋七月初吉书②。

此文已将松月轩之主人、地点、渊源、状貌，以及杨维祯与松月轩主人褚质父兄之交情，撰书《松月轩记》的时间等等，交代十分明白。事实上，杨维祯与褚质及其父兄，有将近二十年之交情，早在元至正初年浪迹湖州之时，杨维祯即与其父兄来往，且多次应邀撰文。今存杨维祯的文集之中，至少有《松月轩记》、《元故乐闲先生墓志铭》③、《褚氏家谱序》④三篇，是为松月轩主人及其父兄撰写。兹据上述三篇以及《吴兴金石记》卷十五《褚公祠碣》等文，略述松月轩主人家世如下：

松月轩主褚质，乃唐代著名文人褚遂良后裔。褚遂良由河南徙居钱唐之后，其子孙有人徙居湖州，又有人从湖州迁居南浔之西朱坞，褚质及其先人，即属南浔朱坞一支。其父褚锡珪(1275—1340)，字君玉，号乐闲居士，为南浔大户。曾任善州教授。晚年钟情于山水游赏，于朱坞溪凿池筑圃，莳养花竹以自娱，所创"乐闲堂"，远近闻名。褚锡珪有子四人：嗣良、嗣

① 《截玉轩藏宋元明清法帖墨迹》，上海书画出版社2008年版。

② 《东维子文集》卷十四《松月轩记》。

③ 载《东维子文集》卷二十五。

④ 载《东维子文集》卷六。

英、嗣俊、嗣贤。褚质应当是其第三子或幼子，原名或许是嗣俊，亦可能是嗣贤[①]，后来改名为质，字彦之。

元至正十四年甲午(1354)，褚质数兄死于兵难，“乐闲堂”亦遭损毁。明初天下安定，褚质遂于朱坞溪上重建别业，取名“松月轩”。不远数百里邀请杨维祯为其新居撰写记文，实因铁崖与褚乐闲父子有多年友情。洪武二年(1369)六月，《松月轩记》撰书完成，记文交付松月轩主人之时，杨维祯附有书信，就是此《致松月轩主者手札》，撰于当年“立秋三日”，据历书记录，洪武二年己酉“廿六戊子五秋”，据此可知“立秋三日”即明洪武二年六月二十八日。然而上引《松月轩记》文末却署曰“秋七月初吉书”，与《手札》所言不合，盖出于趋吉求福心态，有意落款“七月初吉”，实际书写当为“立秋三日”。

弄清了《致松月轩主者手札》的写作原因及撰写时间，还需对信中内容详加考索。因为徐邦达的按语相当简略，且有错误，而信札中涉及到的人和事，直接关系到此信的真实与否，故此笔者不避繁琐，续加考证。

其一，“乙巳到莒城……舟到盛港，而风辄引之返也”。

“乙巳”即元至正二十五年(1365)，当时铁崖辞官隐居松江，不时出游，曾撰《风月福人序》，自称“风日好时，驾春水宅赴吴越间，好事者招致，效昔人水仙舫故事，荡漾湖光岛翠间”[②]。由此可见本信札“舟到盛港”[③]云云，所言不虚。

其二，“今日平旦，肺气不壅，眼亦不花”。

于此可知，早在洪武二年夏季，即杨维祯撰此信札之前，其肺疾征兆已经相当明显。而正是此痼疾，后来直接导致其丧命。此年岁末，杨维祯应征修纂礼乐书，去往京师。次年四月，因肺疾发作而返回松江，旋即去世[④]。

其三，“先府君墓文，则付之小儿，副墨录去”。

所谓“先府君墓文”，即杨维祯为褚质之父褚锡珪所撰《元故乐闲先生墓志铭》，文载《东维子文集》卷二十五。褚锡珪谢世，在元顺帝至元六年(1340)，杨维祯为撰墓志铭，应该不迟于至正初年。因为褚家是南浔大户，不至于迁延不葬。颇疑褚锡珪墓葬于元末战乱中毁坏，明初褚质为之重修墓地，铁崖“付之小儿，副墨录去”的“先府君墓文”，应该是其旧作。此时距离褚锡珪下世已二十余年，且又改朝换代，故题作“元故乐闲先生”。

其四，“徐捻”、“揭别驾”、“曾贰尹”。

“徐捻”、“曾贰尹”，不详。“揭别驾”，徐邦达怀疑是揭汯，有误。应该指揭傒斯之孙、揭汯之子揭云。揭云是明初湖州府通判，故此称“揭别驾”。

《万历湖州府志》卷九《守令》著录本府本朝的首任通判曰：“揭云。洪武中任。勤敏有

---

① 据铁崖撰《元故乐闲先生墓志铭》、《褚氏家谱序》，褚锡珪有子四人：长子嗣良；次子嗣英，出继叔父锡琦为后；三子嗣俊；四子嗣贤。其中并无名“质”者。又按《松月轩记》，既曰“予交其父兄几二十年，彦拜予为父行”，又曰“甲午，诸兄罹不测之祸，彦捐躯历险，誓不与共天，必复其仇而后已”。可见褚彦之并非褚乐闲长子，而死于甲午(1354)兵难者，至少有彦之两位兄长，故彦之当为嗣俊、嗣贤中之一人。又，《元故乐闲先生墓志铭》作于元至正初年，《松月轩记》则作于明洪武初年，相距二十余年，盖褚质之名为后来更改。

② 《东维子文集》卷九《风月福人序》。

③ 盛港：盖即盛家港，位于乌程县东北三里。参见《成化湖州府志》卷六。

④ 详见《宋学士文集》卷十六《元故奉训大夫江西等处儒学提举杨君墓志铭》。

文，且擅汉隶。郡中匾额碑识，多其词翰。”又，《书史会要》卷七《大元》：“揭云字之德，文安孙。正书学智永。”“文安”是揭傒斯谥号，据此可知湖州府通判揭云是揭傒斯之孙。又据欧阳玄《元翰林侍讲学士中奉大夫知制诰同修国史同知经筵事豫章揭公墓志铭》①，知揭傒斯有子二人：幼子广阳，揭傒斯去世时年仅四岁；长子揭汯，有子名敬祖。按：揭傒斯幼子广阳生于至正元年(1341)，即使后来婚娶顺利且有子嗣，其子在洪武初年亦未成年。故知《书史会要》所谓“文安孙”揭云，只能是揭汯之子。因此，合上引资料可以推知：“揭别驾”并非徐邦达所推测的揭傒斯长子揭汯，而是揭傒斯(文安)长孙、揭汯之子揭云。“敬祖”应是揭云原名，改名云，字之德，为明朝湖州府首任通判。按：宋濂《揭汯墓碑》并未提及揭敬祖、揭云。俟考。

又据《铁崖文集》卷五《祭揭曼硕先生文》，杨维祯仰慕揭傒斯，曾撰文祭奠。揭云承其祖父之家学，亦擅长书法，杨维祯与之可谓气味相投，两人交好在情理之中。

综上所述，就内容而言，《兵火帖》(或者说《致松月轩主者手札》)的真实性毋庸置疑，而且是目前所知尚存于世的杨维祯撰书最晚的墨迹。但是非常遗憾，徐邦达没能提供《兵火帖》原件图像。我们根据其释文比对截玉轩藏本，发现徐邦达所见墨迹，保存不如后者，最为明显的，徐先生抄录时标注的阙字或疑似之字，在截玉轩藏本中皆较清晰。故此附上截玉轩藏本图像，并重加新式标点，抄录如下：

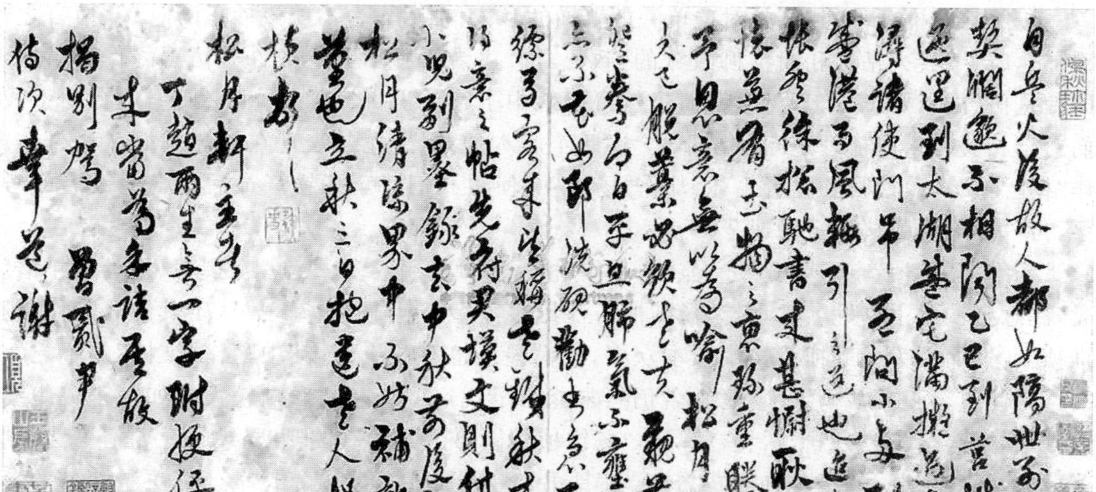

自兵火后，故人都如隔世。别来契阔，邈不相闻。乙巳到莒城，迤逦到太湖盛宅。满拟过南浔诸使门，吊死问小，舟到盛港，而风辄引之返也，迨今怅然。

徐捻驰书来，甚慰耿耿怀，兼有土物之惠，珍重睠睠，予恩意无以为喻。《松月记》久已脱稿，必欲老夫亲笔登卷。今日平旦，肺气不壅，眼亦不花。女郎洗砚劝书，急展缥卷。客来，皆称老铁秋来得意之帖。先府君墓文，则付之小儿，副墨录去。中秋前后，想松月清凉界中，不妨补亲笔也。立秋三日，抱遗老人 杨桢顿首。松月轩主者。

丁、赵两生无一字附便伻来，当为余诘其故。揭别驾、曾贰尹侍次，幸道谢。

---

① 载《圭斋文集》卷十。

根据徐邦达提供的释文按语与截玉轩藏本比对，不难发现，截玉轩藏本与徐邦达所见《兵火帖》有明显差异：

差别之一，题款与印章不同。徐邦达先生所见墨迹，署名“杨□祯”，钤白文“铁史”、“廉夫”二印；截玉轩藏本则分明署作“杨桢”，仅钤“铁史”一印，且为朱文。

差异之二，历代鉴定收藏者之印章，完全不同。

差异之三，大小不等。徐邦达所见为“纵二八厘米，横五二·七厘米”，截玉轩藏本为“纵二七·五厘米，横五七厘米”。

凡此种种，足以证明截玉轩藏本与徐邦达所见，并非同一本。由此可知铁崖《兵火帖》，或称《致松月轩主者手札》，今存至少有两件。强调这一点，与论定铁崖名字大有关系。

二、杨铁崖常用名是“维祯”

《致松月轩主者手札》，是目前能够考定的尚存于世的杨维祯墨迹中撰书最晚的作品，对于我们了解明初杨维祯的身体状况、心态思想、同道交游等等，意义重大；对于一些细微却又不容忽视的现象，例如本文主旨之一的铁崖晚年署名的考证，应该也具有相当的价值。但是令人困惑的是，此封书信居然出现了两个有差异的版本。

按照常理推断，一封接收对象单一的普通的私人信札，作者不应该抄写两遍[①]。换言之，徐邦达所见《兵火帖》，和谢稚柳收藏的《致松月轩主者手札》，其中或许有仿冒之作。当然，即使是仿冒，只要忠实于原作，我们仍然可以从中了解认识真实的铁崖，它们仍然有助于我们对于相关线索的梳理。问题在于，上述两个版本的差异，尤其表现在署名方面：《兵火帖》作“杨□祯”，《致松月轩主者手札》却作“杨桢”。使得我们对于杨铁崖最后的自我定名的考察，再一次陷入无法确定的迷茫。

杨维祯之“祯”字，《明史·文苑传》写作“桢”，后世沿用较多。笔者在撰写《杨维祯年谱》时，注意到铁崖手书姓名常写作“杨维祯”，且其姓名章亦作“杨维祯”，故认定其姓名当作“杨维祯”。然而因为杨维祯诗文集版本众多，传世墨迹也有数十件，其中写作“维桢”的不乏一二。因此直至今日，“杨维祯”之姓名仍然未能给予规定或统一。影响较大的如刘正成主编的《中国书法全集》第四十六卷，就写作“杨维桢”；徐邦达《古书画过眼要录·元明清书法》则著录为“杨维祯”。至于各种文史资料、工具书、各级图书馆的书籍卡片有关铁崖姓名的著录，则更不统一。或写作“杨维祯，祯一作桢”；或者相反，谓“杨维桢，桢一作祯”。铁崖姓名如此混乱地标署，对于今人的学习和研究，显然是不利的。那么，为何会出现这样的混乱情况呢？

如果追溯混乱的源头，毫无疑问，“罪魁祸首”应该就是杨维祯本人。前人对此状况早就有所觉察，清光绪十四年(1888)六月，张之洞在为铁崖墨迹《赠装潢萧生显序》所撰题跋中曾说：“署名作‘维桢’，印文作‘祯’，余所见铁崖他卷亦同。今史传作‘桢’，集本作‘祯’，书印自为参差，当再考之。”(见北京瀚海公司 2010 年 6 月拍卖藏品图像)

其实，即使是在“集本”、“书迹”之中，杨维祯的署名也并不一致，“自为参差”的现象广泛

---

① 按：铁崖晚年书信，有时命友生抄录，是为了呈送不同的对象。

存在。在张之洞之后，有心“再考”的学者已有不少，但是至今未有一致认可的定论出现。因为铁崖署名“乱象丛生”，难以梳理。因为不仅是其手书和印章不一致，即使是杨维祯同一年所书的诗文，署名也常常并不相同。毫无疑问，杨维祯名字“桢”、“祯”混用的情况，是铁崖自己造成的。也就是说，乱象早在杨维祯在世的时候就已经发生。那么，假若后人只是简单强调“眼见为实”，仅仅根据自己并不完备的亲眼所见，或者以想当然的推测为铁崖“确定”姓名，必然造成混乱。

消除混乱的方法只有一个，就是从杨维祯经常使用的几个姓名之中，采纳一个能够被广泛认可的作为标准姓名，其余则作为别名。

今人要为前人“确定”姓名，最为理想的考证，自然应该首先确定其本名，然后探究改名的原因、时间、过程和结果，最后采用其改定名作为“标准姓名”，其余则著录为曾用名或别名。但是，铁崖本名究竟是“维祯”还是“维桢”？为何如此多变地书写自己的姓名？未见杨维祯本人对此有过说明。后人有过种种推论，都还没有充分的证据足以令人信服。

坚持认为铁崖本名是“维桢”的，主要理由有三：一是铁崖同胞同族兄弟的名字，除了表示排行的“维”字，末字多以“木”为偏旁。二是认为“维桢”出自《诗经·大雅·文王》“维周之桢”首尾二字之缀连①，其父以此表示希望儿子成为栋梁之才。三是认为古人名与字通常都有联系，而名“维桢”与字“廉夫”，比较吻合②。

上述论证貌似有理，其实都经不起认真推敲。首先，杨维祯同一辈分的同宗兄弟，其名不用“木”偏旁字的，不在少数，例如铁崖堂兄、书画家杨维翰。即使是铁崖同胞兄弟，四人之中：长兄维植，仲兄维鲁，小弟维柢。二哥之名，已不采用以“木”为部首的字，铁崖排行第三，在仲兄维鲁之后，名字不以“木”为偏旁，不是没有可能。其次，《诗经》中固然有“维周之桢”，但同时也有“维周之祯”（《周颂·维清》）。说“维桢”是《诗经》“维周之桢”首尾二字之缀连，纯属妄测，更何况我们无从证明铁崖兄弟的取名，都与《诗经》等经典有关。最后，所谓字“廉夫”与名“维桢”比较吻合，此说固然不错，但是“维祯”与“廉夫”之间，同样存在着密切联系。理由非常简单，字与名之间，应该具有某种联系，此为古人常识。假若铁崖改名之后，字与名不能吻合，必然连同其字“廉夫”一并更改。因此，从所谓的“维桢”、“维祯”与“廉夫”吻合与否来推究其本名，都只能是后人一厢情愿的揣测，不能当真。

事实上，联系铁崖出生时呈现的所谓吉兆，取名“维祯”，可能更加符合其父母当时的心愿。铁崖出生之前，其母曾有神异之梦③，这应该是其父母后来对他寄予厚望并引为骄傲的谈资，而“祯”字恰恰含有吉祥之意。

当然，说“维祯”更可能是铁崖的本名，也只是推测，并不能证实。话又说回来，即使我们能够证实铁崖的本名，对于今天铁崖“标准姓名”的认定，仍然不起作用。因为一旦铁崖改了名字，那么所有以前的名字，包括本名，都只能列入曾用名的行列。

那么，铁崖的改定名是否能够证实呢？要证实改定名，考察杨维祯晚年最后阶段的署

① 陈侃章《杨维桢辨析二题》，《诸暨史志》1987年第5期。

② 李倩《杨廉夫名“桢”“祯”二字考》，《西南科技大学学报》2007年第2期。

③ 宋濂撰《铁崖墓志》：“当县君有妊，梦月中金钱堕怀，翼日而君生。大夫公摩其顶曰：‘梦之祥征，其应于尔乎！’”又，《霏雪录》卷上：“杨廉夫先生之母夫人，尝梦神人授金钱一枚，吞之，遂娠先生。”

名，不失为一种简洁而有效的方法。但是，杨维祯作品版本众多，无论抄本还是刻本，在转录过程中常常出现有心或无意的不一致，难以定夺。以下试举二例：

其一，本文开头提及的洪武二年八月一日所撰《画沙锥赠陆颖贵笔师序》，是目前所知铁崖撰书最晚而且曾经传世的墨迹，多种书画题跋文献皆予以全文引录。但是，此墨迹早已不存，不同文献的著录却存在着明显差异：《珊瑚木难》本署为"杨维祯"，《式古堂书画汇考》本又署作"杨木贞"。今天有人以此文署名"杨木贞"作为证据，来论定铁崖本名就是"维桢"[①]，其实是靠不住的；更何况目前所见铁崖诗文作品之中，署名作"杨木贞"的，仅此"半例"。其二，大约撰书于元至正二十二年前后的《与德常札》，《适园丛书》本《珊瑚木难》卷八全文抄录，署名为"老铁桢"、"桢"；《文渊阁四库全书》本《珊瑚木难》、《赵氏铁网珊瑚》所录，却署作"老铁祯"、"祯"。尽管从版本优劣的角度来看，《文渊阁四库全书》未必靠得住，但是我们也不能无视它的存在。总而言之，采用单纯版本的校勘来考察铁崖的署名，非但不能解决问题，反而更添混乱。

就杨维祯的实际而言，因为他有不少手书墨迹传世，手迹自然应该成为我们重点考察的对象。其余钞本、刻本中的署名，并非第一手的资料，对于其姓名的考辨作用不大，因此基本可以忽略。

通常来说，自我姓名的书写应该比较稳定，尤其是在某一个固定的时间段内，因此对于铁崖墨迹（特别是晚年墨迹）的考察，应该有助于其改定名的论定。笔者所见铁崖传世墨迹数十种，包括根据其手迹摹刻的版本。其中最早的是至正五年十一月十四日、铁崖年近五十周岁时所撰《梅花百咏序》，最晚的是本文所论明洪武二年七月上旬撰书《致松月轩主者手札》。前者为年近五十周岁时所撰，后者是七十四岁时所书。其余留存至今的铁崖手书墨迹数十种，大约都是这二十余年间的作品，其中署有其姓名的多达二十三种[②]。然而令人困惑的是，杨维祯手书墨迹中的署名，同样存在着多变的现象，并无规律可寻。为了更清晰地反映这一现象，以下将铁崖标明撰书时间，或能够大致系年并且署有其姓名的作品，按照年代先后依次排列：

《梅花百咏序》，元至正五年（1345）十一月十四日，署"会稽铁箋道人杨维祯"。

《跋邓文肃公临急就章》，至正八年（1348）六月廿日，署"会稽杨维祯"。

《竹西志》（又名《竹西草堂记》），约作于至正九、十年间，署"会稽扬维祯"。

《周上卿墓志铭》，至正十九年（1359）五月，署"会稽杨维祯"。

《沈生乐府序》，至正二十年（1360）春三月既望，署"铁箋道人杨维祯"。

《复理斋尺牍》（又名《仆客云间帖》），至正二十年十月二十六日，署"抱遗叟杨维桢"。

《题张雨自书杂诗》，至正二十一年（1361）二月十五日，署"抱遗叟杨维桢"。

《小游仙辞后序》，至正二十一年二月十五（花朝）日，署"铁箋道人会稽杨维桢"。

《书评张宣公城南杂咏》，至正二十二年（1362）冬十二月，署"东维叟杨桢"。

---

① 楚默《杨维桢的姓名：杨维桢还是杨维祯》，载《杨维桢研究》第一章《闭门苦读》。上海三联书店2010年版。

② 此文将近定稿之时，网络上发现顾工《杨维桢之"桢"字再考》，载《艺术品》2013年第1期。顾文谓铁崖墨迹中署有姓名的共计28件。未见列有具体篇目，容后再考。

《张氏通波阡表》,至正二十五年(1365)春,署"会乩杨维桢"。

《图绘宝鉴序》,约撰书于至正二十五年七月,署"会稽抱遗老人杨维祯"。

《梦梅华处诗序》,至正二十五年冬十月丙寅,署"会稽杨维祯"。

《赠装潢萧生显序》,至正二十六年(1366)夏六月上吉,署"会乩抱遗老人杨桢"。

《题姚泽古泉谱》(又名《题钱谱》),约撰书于至正二十六年夏,署"李忠介公榜第二甲晋士杨维祯廉夫"。

《题马远画商山四皓图》,约书于元末,署"抱遗老人会稽杨维桢"。

《鬻字窝铭轴》,约书于元末,署"会稽杨维祯"。

《致天乐大尹诗帖》,约书于元末,署"会乩抱遗叟杨维桢"。

《除红谱序》,明洪武元年(1368)三月上巳日,署"铁龙道人杨维祯"。

《梦游海棠城诗卷》,明洪武二年(1369)正月,署"会稽抱遗老人杨维桢"。

《壶月轩记》,洪武二年春二月花朝庚辰,署"会稽抱遗叟杨祯廉夫甫"。

《致松月轩主者手札》,洪武二年七月,截玉轩藏本署作"抱遗老人杨桢",徐邦达《古书画过眼要录》著录为"抱遗老人杨□祯"。

另外还有未能系年的两件:

《题巨然晚岫寒林图》和《题赵孟頫画汀草文鸳图》,皆署为"铁篴叟杨维桢"。

从上引资料不难发现,铁崖存世墨迹中的姓名书写,存在着四种现象:杨维祯、杨维桢、杨桢、杨祯。以上所列,除去本文所论存有两种版本的《致松月轩主者手札》,尚有二十二件,其中署名"杨维祯"(包括"杨祯"、"扬维祯")的,有十一件;署名"杨维桢"(包括"杨桢")的,亦为十一件①。

有人认为铁崖名字的更改,反映其退隐前后、或元明更迭前后的心态变化②。这同样是没有根据的臆测。元至正十九年(1359)五月,铁崖退隐松江之前撰书《周上卿墓志铭》,署名"杨维祯"。退隐半年之后,至正二十年庚子春三月既望,铁崖撰书《沈生乐府序》,亦署"杨维祯"。同年十月二十六日撰书《复理斋尺牍》,却又署为"杨维桢"。至正二十五年冬十月丙寅撰书《梦梅华处诗序》,署名"杨维祯"。松江归附朱元璋半年之前,至正二十六年丙午夏六月上吉撰书《赠装潢萧生显序》,又署作"会乩抱遗老人杨桢"。明朝建国之后,洪武二年正月撰书《梦游海棠城诗卷》,署名"杨维桢"。同年二月花朝庚辰撰书《壶月轩记》,却又署作"会稽抱遗叟杨祯廉夫甫"。由此可见,铁崖署名随心所欲,其中缘由未见本人有所陈述,至今无从揣测。

目前可见的铁崖撰书较晚的作品,一是洪武二年正月的《梦游海棠城诗卷》,署名"杨维桢"。二是同年二月花朝日所书《壶月轩记》,署作"杨祯"。三是本文所论《致松月轩主者手札》,撰书于同年七月上旬,却又存在两种版本,分别署名为"杨桢"、"杨□祯"。可见铁崖的改定名根本无从确定。或许铁崖本人率意书写,就从未有过定名的念头。那么,既然铁崖的改定名无法确认,笔者认为,使用其常用名作为规范,统一今人对于杨铁崖的称呼,是比较稳

① 顾工《杨维桢之"桢"字再考》统计铁崖各种墨迹,谓署名"维祯"的13件,署名"维桢"的15件。

② 乔光辉《杨维桢之"桢"字考》,《文教资料》1999年第1期;《杨维桢之"桢"字演变与其心态关系探微》,《书法研究》1999年第1期。

妥也是切实可行的。

如上所述，目前所见铁崖存世墨迹之中的署名，采用最多的是“杨维桢”和“杨维祯”。其中“杨维祯”的署名，使用于其人生的各个时期，包括元至正初年浪迹江湖阶段、元至正十一年至十九年的为官时期，以及元末辞官退隐松江阶段，直至明初辞世之前。除此之外，更能说明问题的是，铁崖存世墨迹之中，钤有姓名印的十余种，其中不少仅署别号，却钤有姓名印。所用姓名印两枚：一为“杨维祯印”，白文；一为“会稽杨维祯印”，朱文。也就是说，铁崖所有的姓名印章，印文皆为“杨维祯”，无一例外。尽管我们至今仍然无法解释张之洞所指出的，铁崖有些墨迹中所存在的“书印自为参差”现象，例如《书评张宣公城南杂咏》，署名“杨桢”，却钤有朱文印“会稽杨维祯印”；又如《张氏通波阡表》，署名“杨维桢”，亦钤朱文印“会稽杨维祯印”。不过，这一矛盾现象其实有助于本文的推断：即铁崖在变换名字别号以耸动视听的同时，并未放弃其常用名的使用。换言之，铁崖本人将“杨维祯”作为其常用姓名，这是不争的事实。徐邦达编撰《古书画过眼要录》，采用“杨维祯”而不用“杨维桢”，其实书中所录铁崖墨迹十件，署名并不一致。徐老先生取此而弃彼，究其原因，我想应该也是注意到了铁崖常用名及其所用印章的缘故吧。

总而言之，要改变目前自行其是的、比较混乱的对于铁崖姓名的著录，笔者认为，应该将铁崖常用名“杨维祯”作为统一规范的正名，而将“杨维桢”、“杨桢”、“杨祯”作为其别名或曾用名看待。

三、杨维祯的生日与生年

杨维祯的生日，迄今未见有研究者提及。其生卒年岁，通常写作“1296—1370”，各种文学史、文学词典以及相关工具书的记载似无例外，这是根据宋濂所撰《杨君墓志铭》记录和推算的。

《宋学士文集》卷十六《元故奉训大夫江西等处儒学提举杨君墓志铭》曰：“（廉夫卒，）时大明洪武庚戌夏五月癸丑也，年七十五。”“洪武庚戌”即洪武三年，公元1370年，上溯七十五年，铁崖当生于元成宗元贞二年（1296）。铁崖生卒年岁另有一说，出自铁崖弟子贝琼笔下。贝琼《清江文集》卷二《铁崖先生传》谓铁崖卒于洪武三年夏六月，享年七十有六。贝琼所言与宋濂所述不合，但不足为据。首先，铁崖卒于五月癸丑（二十五日），六月癸亥（六日）下葬，期间相隔十天，宋濂所撰《墓志》交待十分明白。贝琼当时不在松江，《铁崖先生传》乃后日补作，盖误以葬期为卒日。其次，铁崖究竟享年七十五还是七十六，其传世墨迹可以作为佐证，《梦游海棠城记》明确写道“己酉春正月十三夜，梦群女御……吾今行年已七十又四”，由此推算铁崖生年，为元成宗元贞二年。证明宋濂所述不误。

元贞二年为丙申年，即公元1296年，没有问题。问题在于铁崖生日乃此年腊月二十五日，换算为公元纪年，已非公元1296年，而是1297年正月。

钱谦益辑撰《列朝诗集》甲集前编卷七上，录有杨维祯《甲申腊月廿五日初度》诗，此诗不见于铁崖其他各种诗文集，但却是真实可信的。诗曰：

去年生旦吴山雪，我食无鱼客弹铗。今年生旦逢立春，座上簪花写春帖。主人锦筵相为开，烹羊炰羔作春杯。柳车昨夜送穷去，羯鼓今日迎春来。家人祝词心转急，富贵今年当五十。男儿富贵绝可怜，年少光阴胡可及。大姬白题作胡舞，小姬吴歈歌《白苎》。丹穴锦毛飞凤凰，海树红芽语鹦鹉。两家公子与玉觞，酒酣起把双银艭。胸吞笠泽三万顷，气卷渴鲸千丈长。座中有客吾宗老，玉山不受春风倒。歌词自作风格高，合乐莺声一时好。夜如何其且秉烛，主人奉欢为不足。主人交谊晚谁似，四海弟兄同骨肉。我歌醉歌君击缶，金挎琵琶勿停手。洞庭君献橘双头，饮以洞庭春色酒，轮云世事知何有。

“甲申”，指元至正四年(1344)。此年十一月，应湖州蒋克明之邀，杨维祯携妻儿自杭州来到太湖之滨的湖州长兴县，在蒋氏东湖书院教授其子弟。来到长兴之后的两年里，铁崖受到当地大户的热情款待，精神为之振奋，许多热情奔放、抒发逍遥情怀的诗篇，就出自于这一时期。而从本诗所述状况来看，此年腊月的庆生宴会，显然也是当地大户(应该就是蒋氏)为之操办。此时铁崖来到长兴仅仅一个多月，陶醉于当时当地的豪奢，回想起昔日杭州的落魄，感慨之情不可遏制，遂有此长诗。

“去年生旦吴山雪，我食无鱼客弹铗。今年生旦逢立春，座上簪花写春帖”，是写此前的狼狈和今日的愉悦。“吴山”，位于杭州。至正元年(1341)，曾经的钱清盐场司令杨维祯为父母守丧期满之后，舍弃家乡(浙江诸暨)所有的田地家产，携带妻儿，来到江浙行省省会城市杭州，试图补官。或许是因为当年任职盐场司令期间，得罪了行省长官；也可能是铁崖比较张扬的个性，长官看不顺眼，总之补官一事，被无限期拖延下来。此后的三四年里，铁崖携家带口寓居杭州吴山，被迫无奈，只能靠教授学生谋生糊口。不过，作为教书先生的杨维祯，在当时的杭州并无多大影响。令铁崖喜出望外的是，来到长兴东湖书院之后，当地人士热情款待，年轻后生追随吹捧，身价得以倍增，同时又能与太湖美丽风光终日做伴，因此他格外兴奋。

本诗描写至正四年岁末杨维祯的状况和心情，与当时铁崖的实际能够吻合；其中诗题“甲申腊月廿五日初度”与诗中“今年生旦逢立春”、“富贵今年当五十”两句，又可借以证实杨维祯之生日与生年。

据《历代颁行历书摘要》①，至正四年甲申十二月“廿五庚辰立春”，这与本诗所谓“甲申腊月廿五日初度”、“生旦逢立春”完全吻合。另外，此年铁崖初度日，实为其踏入虚岁四十九之门槛。诗曰“富贵今年当五十”，应属约数。而据此推算铁崖出生之日，则是元成宗元贞二年丙申十二月二十五日，即公元一二九七年元月十九日。

综上所述，杨维祯(1297—1370)，其名又作维桢，或作桢、祯。生于元成宗元贞二年十二月二十五日，即公元1297年元月19日；卒于明洪武三年五月二十五日，即公元1370年6月19日，享年七十五。

作者单位：上海大学

① 载张培瑜《三千五百年历日天象》一书，大象出版社，1997年版。

宋濂朱学渊源考

宋克夫　熊恺妮

宋濂的弟子郑楷《潜溪先生宋公行状》叙及宋濂学术渊源时说：

> 宋南渡后，新安朱文公、东莱吕成公并时而作，皆以斯道为己任，婺实吕氏倡道之邦，而其学不大传。朱氏一再传为何基氏、王柏氏，又传之金履祥氏、许谦氏，皆婺人，而其传遂为朱学之世适。先生既间因许氏门人，而究其说，独念吕氏之传且坠，奋然思继其绝学。每与人言，而深慨之，识者又以知其志之所存，盖本于圣贤之学，其自任者益重矣。先生于天下之书无不读，而析理精微，百氏之说悉得其指要，至于佛老之学亦所研究，用其义趣，裁为经论，类其语言，寘诸其书中无辩也。诚意伯刘君基谓其"主圣经而奴百氏，驰骋之余，取佛老语以资戏剧，譬犹饫粱肉，而茹苦荼，饮茗汁耳。"①

又据黄宗羲、全祖望《宋元学案》："宋乾、淳以后，学派分而为三：朱学也，吕学也，陆学也。三家同时，皆不甚合。朱学以格物致知，陆学以明心，吕学则兼取其长，而复以中原文献之统润色之。门庭径路虽别，要其归宿于圣人，则一也。"②宋濂对以朱熹为代表的理学、陆九渊为代表的心学、吕祖谦开创的婺学，乃至于佛学，兼收并蓄。正是在这个意义上，《宋明理学史》概括宋濂理学思想称"调和朱陆，折衷儒佛"③。对吕祖谦及其开创的婺学，宋濂给予了极高的评价，称"吾乡吕成公(祖谦)实接中原文献之传，公殁始余百年而其学殆绝，濂窃病之。然公之所学，弗畔于孔子之道者也，欲学孔子，当必自公始"④。并"独念吕氏之传且坠，奋然思继其绝学"。对于陆九渊的心学，宋濂也持肯定态度。在《金溪孔子庙学碑》中，宋濂推陆九渊为"大贤"，赞扬陆九渊心学"远探圣髓"："金溪之山，翔跃犹龙。下有学宫，灵气所宗。笃生大贤，惟我陆子。究明本心，远探圣髓。其道朗融，白日青天。"⑤在《段干微第一》中，宋濂对陆九渊、陆九韶兄弟给予了极高的评价："学不论心久矣。陆氏兄弟卓然有见于此，亦人豪哉。故其制行如青天白日，不使纤翳可干。梦寐即白昼之为，屋漏即康衢之见，实足以变化

---

① 郑楷《潜溪先生宋公行状》，《潜溪录》卷二，罗月霞主编《宋濂全集》，浙江古籍出版社 1999 年版，第 2352 页。

② 黄宗羲、全祖望《成公吕东莱先生祖谦》，陈金生等点校《宋元学案》卷五十一，中华书局 1986 年版，第 1653 页。

③ 侯外庐等《宋明理学史》(下卷)，人民出版社 1987 年版，第 55 页。

④ 宋濂《思嫩人辞》，《潜溪前集》卷之七，罗月霞主编《宋濂全集》，第 87 页。

⑤ 宋濂《金溪孔子庙学碑》，《翰苑续集》卷之一，罗月霞主编《宋濂全集》，第 789—790 页。

人心。故登其门者,类皆紧峭英迈而无漫漶支离之病。惜乎力行功加而致知道阙,或者不无憾也。"[①]尽管宋濂为陆氏兄弟"力行功加而致知道阙"而惋惜,但充分肯定了陆氏兄弟在学术上"卓然有见",称赞陆氏兄弟为"人豪",甚至认为陆氏门人"皆紧峭英迈而无漫漶支离之病",表现出对陆九渊心学的认可与推崇。而对于佛学,宋濂自称"濂自幼及壮,饱阅三藏诸文,粗识世雄氏所以明心见性之旨"[②]。并指出:"天生东鲁、西竺二圣人,化导烝民,虽设教不同,其使人趋于善道,则一而已。……予本章逢之流,四库书颇尝习读。逮至壮龄,又极潜心于内典,往往见其说广博殊胜,方信柳宗元所谓'与《易》、《论语》合'者为不妄。"[③]宋濂不但饱读佛学经典,熟知佛学意旨,而且认为儒、佛二家是可以融合贯通的。

尽管"宋濂调和朱陆,折衷儒佛",但从根本上,仍然是"主圣经而奴百氏"。对宋濂学术思想影响最大的仍然是朱熹的理学。这一点,可以通过对宋濂师承关系的考察得到证实。宋濂的师承关系,据《宋元学案・文宪宋潜溪先生濂》"尝从闻人梦吉授《春秋》。继从柳贯、黄溍、吴莱学古文词"[④]。《宋元学案・宋文宪公画像记》称宋濂的师承关系,可以上溯到朱熹,"为徽公世嫡":

> 文宪之学,受之其乡黄文献公、柳文肃公、渊颖先生吴莱、凝熙先生闻人梦吉四家之学,并出于北山、鲁斋、仁山、白云之递传,上溯勉斋,以为徽公世嫡。[⑤]

《宋元学案・文定何北山先生基》又称宋濂等金华诸子为"紫阳之嫡子":

> 勉斋之学,既传北山……而北山一派,鲁斋、仁山、白云既纯得朱子之学髓,而柳道传、吴正传以逮戴叔能、宋潜溪一辈,又得朱子之文澜,蔚乎盛哉!是数紫阳之嫡子,端在金华也。[⑥]

而宋濂所师从的闻人梦吉、柳贯、黄溍和吴莱,就其师承关系而论,均可以上溯到朱熹。

闻人梦吉(1293—1362),字应之,私谥凝熙先生,浙江金华人。元泰定丙寅(1326),以尚书举于乡,授泉州路学教授,除庆元路总管府知事,未上。闻人梦吉治学,"凡七经传疏,悉手钞成帙,义理所在,深体密察,微如蚕丝牛毛,剖析靡遗"[⑦]。郑楷《潜溪先生宋公行状》记载了宋濂从学闻人梦吉的情形:"受业于闻人梦吉先生。授以《春秋》三《传》之学。凡学《春秋》者,皆苦其岁月先后难记。先生则并列国纪年,能悉记之,但举经中一事,即知为鲁公几年几月,是年实当列国某君几年几月。或俾书而覆之,无少异者。且兼通《易》、《书》、《诗》及《周礼》诸经"[⑧]。在《凝熙先生私谥议》中,宋濂高度评价了闻人梦吉的学术思想:"言其讲学,则

---

① 宋濂《段干微第一》,《龙门子凝道记》卷之下,罗月霞主编《宋濂全集》,第1787页。

② 宋濂《佛性圆辩禅师净慈顺公逆川瘗塔碑铭有序》,《銮坡后集》卷之九,罗月霞主编《宋濂全集》,第743页。

③ 宋濂《〈夹注辅教编〉序》,《翰苑续集》卷之九,罗月霞主编《宋濂全集》,第939—940页。

④ 黄宗羲、全祖望《文宪宋潜溪先生濂》,陈金生等点校《宋元学案》卷八十二,第2800页。

⑤ 黄宗羲、全祖望《北山四先生学案表》,陈金生等点校《宋元学案》卷八十二,第2801页。

⑥ 黄宗羲、全祖望《文定何北山先生基》,陈金生等点校《宋元学案》卷八十二,第2727页。

⑦ 宋濂《故凝熙先生闻人公行状》,《潜溪后集》卷之十,罗月霞主编《宋濂全集》,第312页。

⑧ 郑楷《潜溪先生宋公行状》,《潜溪录》卷二,罗月霞主编《宋濂全集》,第2351页。

以四书五经为标准，而非圣贤之书不习也。”①在《宋濂全集》中，宋濂与闻人梦吉交游的文字还保存有《故凝熙先生闻人公行状》、《凝熙先生私谥议》。

据《宋元学案》卷八十二之《北山四先生学案》，宋濂被列为“凝熙门人”。“凝熙”是闻人梦吉的谥号。而闻人梦吉的师承关系，据《宋无学案·北山四先生学案表》：

> 何基（父伯賛，勉斋门人，晦翁、清江再传）——王柏——闻人诜——子梦吉——宋濂。②

表中何基是黄幹（勉斋）门人，为朱熹的再传弟子。由宋濂与闻从梦吉的师承关系推论，宋濂应该是朱熹的第六代传人。

柳贯（1270—1342），字道传，私谥文肃先生，学者称静俭先生，浙江浦江人。举为江山教谕，提举江西儒学，至元元年召为翰林待制兼国史院编修官。据《宋元学案·文肃柳静俭先生贯》：柳贯“受经于仁山，究其旨趣，又遍交故宋之遗老，故学问皆有本末……其文与黄晋卿溍、虞伯生集、揭曼硕傒斯齐名，天下称为‘四先生’”③。郑楷《潜溪先生宋公行状》记载了宋濂从学于柳贯、黄溍的情形：“先生嗜学日笃，时柳文肃公贯、黄文献公溍，皆大儒，天下所师仰，又各及其门，执弟子礼。二公则皆礼之如朋友，柳公曰：‘吾邦文献，浙水东号为极盛。吾老矣，不足负荷此事，后来继者，所望惟景濂。以绝伦之识，而济以精博之学，进之不止，如驾风帆于大江中，其孰能御之？’黄公曰：‘吾乡得景濂，斯文不乏人矣！’先生所为文，多经二公指授。柳公谓其‘浑雄可喜’，黄公谓其‘雄丽而温雅’，国子监丞陈君旅序先生之文谓‘能兼二公之所长’，欧阳文公玄谓‘非才具众长，识迈千古，安能与于斯’？先生为当时所称许如此。二公相继即世，先生踵武而起，遂以文章家名海内矣。”④深得柳贯、黄溍的赏识与器重。而在《柳氏宗谱序》中，宋濂对柳贯的人品予以赞扬：“濂少时幸执弟子役于公门，公之为人，其崇深闳博者固非浅见所能知。至其端方、直易、厚重、严悫，怒气不形于色，恶声不出诸口，不知古之贤者复何如耳？”⑤在《〈柳待制文集〉后记》中，对柳贯的文学成就进行了高度的评价：“先生素涵匡济之学，郁而不能大振，于是悉敛其英华，发之于文，震荡汪洋，自成一家之言。……天历以来，海内之所宗者，惟雍虞公伯生、豫章揭公曼硕、乌伤黄公晋卿及先生四人而已，识者以为名言。呜呼！先生之于文可谓至矣，可谓善观会通，而能宣至文昭著者矣。使先生得大振所学，功烈仅施于一时，孰若斯文之传，衣被于无穷哉。”⑥在《宋濂全集》中，宋濂与柳贯交游的文字还保存有《叶仲贞墓铭（代柳待制）》、《故翰林待制承务郎兼国史院编修官柳先生行状》、《先师内翰柳公真赞》、《跋柳先生〈上京纪行诗〉后》、《跋胡方柳黄四公遗墨后》、《元故翰林待制柳先生私谥文肃议》、《柳氏宗谱序》、《浦阳人物记·柳贯》、《〈柳氏家乘〉序》、《〈柳待制文集〉后记》、《评浦阳人物·元翰林待制柳贯》等。而在柳贯《待制集》中，则存有《雨中喜宋景濂见过》、《答宋景濂书》。在《宋濂全集·潜溪录》中，还收录有《柳贯与宋景

---

① 宋濂《凝熙先生私谥议》，《潜溪后集》卷之五，罗月霞主编《宋濂全集》，第230页。

② 黄宗羲、全祖望《北山四先生学案表》，陈金生等点校《宋元学案》卷八十二，第2717—2719页。

③ 同上书，第2759页

④ 郑楷《潜溪先生宋公行状》，《潜溪录》卷二，罗月霞主编《宋濂全集》，第2351—2352页。

⑤ 宋濂《柳氏宗谱序》，《芝园续集》卷第六，罗月霞主编《宋濂全集》，第1567页。

⑥ 宋濂《〈柳待制文集〉后记》，《余集辑补》，罗月霞主编《宋濂全集》，第2254页。

濂书》两篇。

宋濂《故翰林待制承务郎兼国史院编修官柳先生行状》叙述柳贯学术渊源说：柳贯“甫及冠，遣受经于兰溪仁山金公履祥。仁山远宗徽国朱文公之学，先生刻意问辨，即能究其旨趣，而于微辞奥义多所发挥。”[①]柳贯的师承关系，据《宋元学案·北山四先生学案表》：

何基（父伯賛，勉斋门人，晦翁、清江再传）——王柏——金履祥——柳贯——宋濂。[②]

在《宋元学案》中有《文肃柳静俭先生贯》，柳贯被列为仁山（金履祥）门人。如果按宋濂与柳贯的关系而推，宋濂也应该是朱熹的第六代传人。

黄溍（1277—1357），字晋卿，谥文献，浙江义乌人。延祐二年进士，授台州路宁海县丞，升侍讲学士、知制诰、同修国史、同知经筵事。在《〈白云稿〉序》中，宋濂回忆了游学黄溍之门的情形：“及游黄文献公门，公诲之曰：‘学文以六经为根本，迁、固二史为波澜，二史姑迟迟，盍先从事于经乎？’濂取而温绎之，不知有寒暑昼夜，今已四十春秋矣。”[③]在《金华黄先生行状》中，宋濂对黄溍的学术造诣与成就予以极高的评价：“先生之学，博极天下之书，而约之于至精。有问经史疑难、古今因革，与夫制度名物之属，旁引曲证，语蝉联不能休。至于剖析异同，谳决是非，多先儒之所未发。见诸论著，一根本乎六艺，而以羽翼圣道为先务。”[④]在《宋濂全集》中，宋濂与黄溍交游的文字还保存有《跋清凉国师所书栖霞碑（代黄侍讲）》、《体仁守正弘道法师金君碑（代黄侍讲）》、《邹府君墓志铭（代黄侍讲）》、《黄文献公祠堂碑》、《故翰林侍讲学士中奉大夫知制诰同修国史同知经筵事金华黄先生行状》、《跋黄文献公送郑检讨序后》、《跋胡方柳黄四公遗墨后》、《题黄文献公所书先府君行实后》、《金华黄文献公文集序》、《〈笔记〉序》、《次黄侍讲赠陈性初诗韵》等。在《宋濂全集·潜溪录卷五》中，收录有《黄溍与宋景濂书》三篇。

《宋元学案·文献黄文贞先生溍》中，黄溍列为“蟠松（石一鳌）门人”。据《宋元学案·沧洲诸儒学案表》：

徐侨——王世杰——石一鳌——黄溍——宋濂。[⑤]

而徐侨，《宋元学案》列为“晦翁门人”。《宋元学案·文清徐毅斋先生侨》称：“徐侨，字崇甫，义乌人。从学吕东莱门人叶氏邽。登淳熙进士。调上饶县簿。复登文公之门，文公称其明白刚直，以‘毅’名斋。”[⑥]又据《宋元学案·主簿叶先生邽》：“叶邽，字子应，金华人。大冶主簿，受业吕成公之门。以所得于成公者授徐文清公侨。文清后为朱文公门人高弟，而于先生

① 宋濂《故翰林待制承务郎兼国史院编修官柳先生行状》，《潜溪前集》卷之十，罗月霞主编《宋濂全集》，第117—118页。

② 黄宗羲、全祖望《北山四先生学案表》，陈金生等点校《宋元学案》卷八十二，第2717—2723页。

③ 宋濂《〈白云稿〉序》，《銮坡前集》卷之八，罗月霞主编《宋濂全集》，第495页。

④ 宋濂《故翰林侍讲学士中奉大夫知制诰同修国史同知经筵事金华黄先生行状》，《潜溪后集》卷之十，罗月霞主编《宋濂全集》，第310页。

⑤ 黄宗羲、全祖望《沧洲诸儒学案表》，陈金生等点校《宋元学案》卷六十九，第2245—2246页。

⑥ 黄宗羲、全祖望《文清徐毅斋先生侨》，陈金生等点校《宋元学案》卷六十九，第2262页。

执弟子礼。”[①]徐侨既为朱熹门人，从宋濂与黄溍的师承关系看，宋濂则为朱熹的第五代传人。

吴莱(1297—1340)，字立夫，自号深袌山道人，人称之深袌先生，私谥渊颖先生，后更谥贞文先生，浙江浦江人。署饶州路长芗书院山长，未行而卒。在《浦阳人物记·吴莱》中，宋濂回忆了游学吴莱门下的情形：“濂尝受学于立夫，问其作文之法。则谓：‘有篇联，欲其脉络贯通；有段联，欲其奇偶迭生；有句联，欲其长短合节；有字联，欲其宾主对待。’又问起作赋之法，则谓：‘有音法，欲其倡和阖辟；有韵法，欲其清浊谐协；有辞法，欲其呼吸相应；有章法，欲其布置谨严。总而言之，皆不越生承还三者而已。然而辞有不齐，体亦不一，须必随其类而附之，不使玉瓒与瓦缶并，其为得之。此又在乎三者之外，而非精择而能到也。’顾言犹在耳，恨学之示能。”[②]郑楷《潜溪先生宋公行状》亦载曰：“会吴贞文公莱授经于白麟溪上，攻古文辞，金华胡君翰亦来从学。胡君致书先生曰：‘举子业不足恩景濂！盍来同学古文辞乎?’先生欣然来从。吴公博极经史，学之未几，悉得其阃奥。自是先生文章之名，籍然著闻矣。”[③]在《渊颖先生私谥议》中，宋濂指出，吴莱学术成是多方面的：“长芗书院山长吴公先生，风裁峻明，才猷充茂，漱六艺之芳润，为一代之文英。纂述之勤，汗简日积。于《诗》《书》则科分脉络而标其凡，于《春秋》则脱略三传而发其蕴，于诸子则研核真伪而极其言，于三史则析分义例而严其断。”[④]在《深袌先生吴公私谥贞文议》中，宋濂对吴莱的学术成就与文学成就予以极高的评价：“浦阳深裹先生吴公，天赋绝人，精识迈古，咀哜六经以求其道，厌饫百家以尽其用。贯穿该博，洞视当世，瑰玮弘大，不愧前古。其陈理也明而严，其叙事也精而当，其道情也周而婉，其赋物也深而遒。”[⑤]在《宋濂全集》中，宋濂与吴莱交游的文字还保存有《渊颖先生私谥议》、《渊颖先生碑》、《深袌先生吴公私谥贞文议》、《浦阳人物记·吴莱》、《评浦阳人物·元处士吴莱》等。而在吴莱《渊颖集》中，则存有《早秋偶然作寄宋景濂》、《方景贤、宋景濂夜坐，观吴中杂诗，遂及宣和博古图，为赋此》、《宋景濂、郑仲舒同游龙湫五泄，予病不能往，为赋此》、《送宋景濂楼彦珍二生归里》。在《宋濂全集·潜溪录卷五》中，还收录有吴莱《与宋景濂书》。

吴莱的师承关系，据《浙江通志》卷二百八十《杂记》所载：

> 宋濂师闻人梦吉，又师吴莱。莱师方韶父、永康胡长孺、青田余学古，学古师同邑王梦松，梦松师王味道，味道则晦翁弟子也，渊源之有自如此。[⑥]

从宋濂与吴莱的师承关系看，宋濂则为朱熹的第五代传人。

作为朱熹的嫡派传人，宋濂对朱熹极为推崇，并从多方面肯定了朱熹的成就与贡献。

首先，宋濂高度肯定了朱熹对儒学发展的贡献。在《〈理学纂言〉序》中，宋濂指出：

> 自孟子之殁，大道晦冥，世人擿埴而索涂者，千有余载。天生濂洛关闽四夫子，始揭白日于中天，万象森列，无不毕见，其功固伟矣！而集其大成者，唯考亭子朱子而已。[⑦]

---

① 黄宗羲、全祖望《主簿叶先生邽》，陈金生等点校《宋元学案》卷七十三，第2434页。

② 宋濂《吴莱》，《浦阳人物记》下卷，罗月霞主编《宋濂全集》，第1850—1851页。

③ 郑楷《潜溪先生宋公行状》，《潜溪录》卷二，罗月霞主编《宋濂全集》，第2351页。

④ 宋濂《渊颖先生私谥议》，《潜溪后集》卷之五，罗月霞主编《宋濂全集》，第229—230页。

⑤ 宋濂《深裹先生吴公私谥贞文议》，《芝园续集》卷第十，罗月霞主编《宋濂全集》，第1509页。

⑥ 沈翼机等《浙江通志》卷二百八十，文渊阁《四库全书》本。

⑦ 宋濂《〈理学纂言〉序》，《芝园续集》卷第八，罗月霞主编《宋濂全集》，第1450页。

宋濂认为，自孟子以后，能振兴儒学并使之发扬光大的是濂洛关闽四夫子，而在周敦颐、张载、程颢、程颐、朱熹等这样一些宋代重要理学家中，只有朱熹是集儒学之大成者。而“乌伤朱君伯清，自幼至老，酷嗜朱子之书，每谓人曰：‘朱子之学，菽粟布帛也，天下一日不可无也。’伯清既受荐为国史编修，上简主知，持诏授经于楚王府，其见于辞章，资为讲说，皆以朱子为宗。已而不俟引年，纳禄而归，寄迹于浦阳江上，日取朱子书温绎之。察阴阳鬼神之运行，验心情性命之发舒，明白昭著，循环无穷，皆本乎道体之妙，所见端确，所得粹凝。于是即朱子精语编成《理学纂言》一书，其凡例全仿《近思录》”。① 对此，宋濂给予了极高的评价：“抑尝闻孔子天之孝子也。以其扶持天地，植立纲常，为千万世计也。朱子之志实与孔子同，是亦孔子之孝子也。当今学者，澜倒波随，一惟卑陋之归，伯清能尊朱子之学而扶导之，岂非朱子之孝子乎？”②

其次，宋濂高度评价了朱熹在散文史上的地位。与朱熹对儒学发展的贡献相对应，宋濂分析了朱熹等宋代理学家文章的特点，肯定了其历史地位：

> 自先王之道衰，诸子之文，人人自殊。管夷吾氏则以霸略为文；邓析氏则以两可辨说为文；列御寇氏则以黄、老清净无为为文；墨翟氏则以贵俭、兼爱、尚贤、明鬼、非命、尚同为文；公孙龙氏欲屈众说，则又以坚白、名实为文；庄周氏则又以通天地之统，序万物之性，达生死之变为文；慎到氏则又以刑名之学为文；申不害氏、韩非氏宗之，又流为深刻之文；鬼谷氏则又以捭辟为文；苏秦氏、张仪氏学之，又肆为纵横之文；孙武氏、吴起氏则又以军刑、兵势、图国料敌为文。独荀况氏粗知先王之学，有若非诸子之可及，惜乎学未闻道，又不足深知群圣人之文。凡若是者，殆不能悉数也。文日以多，道日以裂，世变日以下，其故何哉？盖各以私说臆见哗世惑众，而不知会通之归，所以不能参天地而为文。自是以来，若汉之贾谊、董仲舒、司马迁、扬雄、刘向、班固，隋之王通，唐之韩愈、柳宗元，宋之欧阳修、曾巩、苏轼之流，虽以不世出之才，善驰骋于诸子之间，然亦恨其不能皆纯揆之群圣人之文，不无所愧也。上下一千余年，惟孟子能辟邪说，正人心，而文始明。孟子之后，惟春陵之周子、河南之程子、新安之朱子完经翼传而文益明尔。
>
> 呜呼，文岂易言哉！自有生民以来，涉世非不远也，历年非不久也，能言之士非不夥且众也。以今观之，照耀如日月，流行如风霆，卷舒如云霞，唯群圣人之文则然；列峙如山岳，流布如江河，发越如草木，亦唯群圣人之文则然。而诸子百家之文固无与焉。故濂谓立言不能正民极，经国制，树彝伦，建大义者，皆不足谓之文也。③

在《华川书舍记》中，宋濂把古代散文分为诸子之文和群圣人之文。诸子之文“各以私说臆见哗世惑众，而不知会通之归，所以不能参天地而为文”，而“群圣人与天地参，以天地之文发为人文”。群圣人之文“正民极、经国制、树彝伦、建大义”，“照耀如日月，流行如风霆，卷舒如云霞”，“列峙如山岳，流布如江河，发越如草木”。而自孟子之后，只有朱熹等人的文章，“完经翼传而文益明”，堪称群圣人之文的典范。

---

① 宋濂《〈理学纂言〉序》，《芝园续集》卷第八，罗月霞主编《宋濂全集》，第 1450 页。

② 同上书，第 1450—1451 页。

③ 宋濂《华川书舍记》，《潜溪前集》卷之五，罗月霞主编《宋濂全集》，第 56—57 页。

第三，宋濂高度评价了朱熹对史学上的贡献。在《〈通鉴纲目附释〉序》中，宋濂指出：

新安子朱子既释诸经，患史学失褒贬之义，无以示劝惩，亲为《通鉴提要》……濂闻作史者，实原于《春秋》。虽立言有不同，其编年纪事则一而已。释《春秋》者，不翅数百家。史固非经也，有疑难而不能通者，其尚可略之乎？司马迁《史记》，注者一十又四，班固《汉史》亦至三十，迨今犹有未已也。况朱子上取法《春秋》大经大法，皦如星月，文宪公（王柏）至称为续经之作，其又可与诸史例论之乎？[①]

宋濂认为，作史原于《春秋》。在史学史上，司马迁《史记》、班固《汉书》这样一些优秀的史学名著虽然在编年纪事的体例上与《春秋》一样，但"立言有不同"。而朱熹"患史学失褒贬之义，无以示劝惩，亲为《通鉴提要》"。《通鉴纲目》较之于司马迁《史记》、班固《汉书》这样一些优秀的史学著作的优异之处，在于这部史学著作"上取法《春秋》大经大法，皦如星月"，堪称"续经之作"。因而，即使是司马迁《史记》、班固《汉书》这样一些优秀的史学名著，都不足以与《通鉴纲目》相提并论。

正是出自对朱熹的敬仰与尊重，宋濂即使见到朱熹的书法、手帖乃至画像等遗物，都要加以议论，抒发感慨。如宋濂见到朱熹的一篇手帖，帖中有云："恭叔尚未至，只文叔到已两日矣。见约诚之在此相聚也。"[②]宋濂便写下了《题朱文公手帖》一文："太师朱文公帖一纸，韵度润逸，比他日所书，人以为尤可玩。濂虽不敏，则非特玩其字画而已也，盖有所感也。"[③]并考证帖中文叔名友文，恭叔名友恭，姓潘，二人为兄弟。并感慨："一时师友相从之盛，聚精会神，德义充洽，如在泗沂之上。自今道隐民散时观之，不翅应龙游乎玄关，欲一见之不可得，徒以贻有识者之感慨，不亦悲夫！"[④]又如宋濂见到朱熹书写的《虞帝庙乐歌辞》，即写下了《题朱文公自书〈虞帝庙乐歌辞〉后》一文。考证并议论："此帖出于立斋王刚仲所藏。立斋初从刘撝堂游，而卒业于北山何氏。考其渊源之正，实有所自。"[⑤]这里的北山何氏，即为朱熹的再传弟子何基。宋濂肯定了王刚仲的师承"渊源之正"，无疑也包含着对朱熹的肯定。《宋九贤遗像记》则对宋代九位重要的理学家周敦颐、程颢、程颐、邵雍、张载、司马光、朱熹、张轼、吕祖谦的遗像进行了描述，并进行了评价："天生九贤，盖将以兴斯道也。今九原不可作矣，濂寤寐思之而无以寄其遐情，辄因世传家庙像影，参以诸家所载，作《九贤遗像记》。时而观之，则夫道德冲和之容，俨然于心目之间，至欲执鞭从之有不可得。"[⑥]在表达了对这些理学家的推崇的同时，也流露出"欲执鞭而不可得"遗憾。其中，对朱熹的描述与评论如下：

晦庵朱子，貌长而丰，色红润，发白者半，目小而秀，末修类鱼尾，望之若英特，而温煦之气可掬；须少而疏，亦强半白；鼻与两颧微齇，齇微红；右列黑子七，如北斗状，五大二小，五在眉目傍，一在颧外，一在唇下须侧；耳微耸，毫生窍前；冠缁布冠，巾以纱御，上

---

① 宋濂《〈通鉴纲目附释〉序》，《翰苑续集》卷之五，罗月霞主编《宋濂全集》，第876页。

②③④ 宋濂《题朱文公手帖》，《宋学士先生文集辑补》，罗月霞主编《宋濂全集》，第2077页。

⑤ 宋濂《题朱文公自书〈虞帝庙乐歌辞〉后》，《宋学士先生文集辑补》，罗月霞主编《宋濂全集》，第2080—2081页。

⑥ 宋濂《宋九贤遗像记》，罗月霞主编《宋濂全集》，第2011页。

衣下裳皆白，以皂缘之，裳则否；束缁带，蹑方履，履如温公；拱手立，舒而能恭。[①]

这虽然只是对朱熹遗像的客观描述，但在字里行间，流露出宋濂对朱熹的颂扬。凡此种种，无不说明宋濂对朱熹的崇敬，表明宋濂是朱熹的忠实信徒。朱熹的理学思想无疑会对宋濂产生影响。

作者单位：湖北大学

① 宋濂：《宋九贤遗像记》，罗月霞主编《宋濂全集》，第2010页。

20世纪刘基与浙东诗派研究

左东岭

浙东文人群体大都是具有事功追求，并具有较为浓厚的理学意识的士人，所以他们大多都以文章作为创作的重心，而诗则在其次。据有人统计，活跃于元明之际的浙东著名文人大约有50人[①]，其中像宋濂、戴良、王祎、胡翰等人，均以文章创作而驰名于文坛。但他们的诗歌创作也自有其鲜明的地域特征，因而文学史上也多以诗派称之。王世贞曾评宋濂、王祎说："二君名雄虎观，价重鸡林，黼黻皇猷，明昌治藻，一时文字之显，未睹厥敌。初不以诗名，然亦严整妥切，文实不太过之。"[②]当然，浙东诗派作家在诗歌创作成就方面自然也有成就高低的差异，其中刘基、方孝孺的成就和特色最为突出，而宋濂在诗学观念上则影响更大。不过，在现代学术史上，一般的更看重浙东文人的理学、事功和散文创作，而在诗歌研究上相对于吴中诗派来说显然要薄弱一些。比如在民国时期，学者们很少涉及浙东文人的诗歌创作，像朱健如《刘伯温的词》这样的文章可谓凤毛麟角，但也基本上是简略的介绍，缺乏必要的深度，更不要说上升的流派的总体研究了。对于浙东派的诗歌创作研究，实际上是在20世纪80年代之后才真正起步的。

一、20世纪的刘基诗歌创作研究

民国年间的刘基研究成果相当有限，而且多集中在其散文领域，多种文学通史多罕言刘基。顾实《中国文学史大纲》谈及其诗歌时，仅引沈德潜《明诗别裁》以作评价，龙榆生《中国韵文史》也仅用了"为诗独标高格，极见抱负，而尤工乐府"的十几字以作交代。民国时期出版的两部明代文学断代史虽均涉及刘基之诗文创作，宋佩韦《明代文学史》在介绍明初文学时，除引用王世贞、虞集、汪端当人的话作为依据外，其本人的判断是："大抵基诗纯以高古见长，论其才华，运逊高启。"[③]对刘基诗评价最高的是钱基博，其《明代文学》撮合明清诸家评语说："惟刘基锐意摹古，独标高格，力追杜韩，而出以沉郁顿挫，遂开明三百年风气。而乐府高

---

① 见徐永明《元代至明初婺州作家群研究》第6—9页，中国社会科学出版社2005年版。本书将婺州文人群体分为三代，其第三代相当于元明之际的作家群体，共得49人，大致囊括了当时浙东的主要诗文作家。

② 王世贞《明诗评》卷三，丛书集成初编本第59页，商务印书馆1937年版。

③ 宋佩韦《明代文学史》第一章，见上海书店出版社《中国大文学史》第682页，2001年版。

于古诗，古诗高于近体，五言近体又高于七言。元诗态浓而语纤；刘基干之以风力，辞意非常，骨气奇高，感慨同刘越石，险峻出韩退之，错综震荡。"[①]将刘基诗作分体论之，而且概括出骨气奇高、沉郁顿挫的体貌特征，应该说都是态度认真且合乎事实的，但仅仅将刘基之创作概括为"锐意摹古"应该说是不准确的，论述也过于简略，更重要的是他的学术判断并没有超出明清诗论家的范围与深度，显示不出特别的学术创造性。

20 世纪出版的几部文学史除了增加了对刘基现实主义的评价外，基本格局未出 40 年代的整体范围，比如刘大杰用"描述事实，真实动人；抒写怀抱，苍凉感慨"[②] 16 字概括其诗作特征。游国恩《中国文学史》重点介绍了刘基的《二鬼》诗，并言其有浪漫主义色彩；同时说他的乐府诗"或表示对时事的忧虑，或讽刺政令苛繁，具有一定现实意义，语言亦质朴通俗"[③]。中国社会科学院文学研究所文学史在"刘基的诗以古朴、雄放见长，古体诗较好"的总体判断之下，介绍了他的乐府诗、《二鬼》、《古戍》等诗作，以说明其浪漫、真实与深沉等特征，同时也指出其"宣扬封建思想、封建道德的作品"，以及"模拟古人的倾向，更给后来复古主义诗歌开了前导"[④]。这些有关刘基的叙述文字，加强了对作品内容的关注，采用了现实主义与浪漫主义的叙述模式，但从诗歌艺术的角度看，实在没有增添多少新的内涵。刘基研究的真正起步，还要等到 20 世纪 80 年代之后。

（一） 刘基生平及文献研究

关于刘基的研究论文，自 20 世纪 80 年代初至 90 年代末的 20 年时间里，曾有 100 多篇；各种著作 20 余部。但大多为史学、政治、哲学等文章，著作则大多为通俗读物。至于说真正牵涉到刘基本人的诗歌创作及诗学观念的研究，主要集中于其生平、文献及诗歌思想艺术诸方面的成果。

有关刘基生平的研究，早在民国年间就曾出版了王馨一的《刘伯温年谱》(1936)与刘耀东的《刘文成公年谱》(1937)这两部著作，为刘基的生平研究奠定了基本框架。限于当时的条件，二位研究者手中所掌握的刘基文献还明显不足，因此也留下了不少有待纠正与填补的空间。至 20 世纪 90 年代初期，郝兆矩出版了《增订刘伯温年谱》[⑤]，在王馨一、刘耀东著作的基础上进行了新的增订，纠正了王著中一些明显的失误。作者还在撰述该书的过程中发表了《刘基生平史料辨析》[⑥]一文，对刘基之出生地、中进士后授官时间、寓居杭州之时间与隐居作《郁离子》之时间等等，均依据相关史料进行了新的订正。但由于作者对刘基著作版本未能掌握全面，以及对某些史料的认识尚存有一定局限，因而也还存在叙述模糊与失误之处。因而后来吕立汉即撰《刘基诗文系年质疑》[⑦]一文，对郝谱提出了 16 条质疑，其中对郝谱将刘基《寄宋景濂四首》、《青萝山房歌寄宋景濂》、《潜溪图歌为宋景濂赋》等诗作系于至正十八年

① 钱基博《明代文学》，台湾商务印书馆 1999 年版，第 78 页。

② 刘大杰《中国文学发展史》，1982 年版，第 894 页。

③ 游国恩《中国文学史》(三)，人民文学出版社 1964 年版，第 59 页。

④ 中国社会科学院文学研究所《中国文学史》，人民文学出版社 1984 年版，第 833 页。

⑤ 郝兆矩《增订刘伯温年谱》，中州古籍出版社 1990 年版。

⑥ 郝兆矩《刘基生平史料辨析》，《杭州师院学报》1984 年第 1 期。

⑦ 吕立汉《刘基诗文系年质疑》，《温州师范学院学报》2000 年第 10 期。

提出质疑，理由便是这三首诗均见于刘基明初刻本《犁眉公集》中，所以只能是明初作品而不可能作于元末，可谓证据充分而无可反驳。又比如郝谱将刘基归隐青田之时间定于至正十八年十二月之后，应该说基本没有大的失误，只是语焉不详。而之所以难以说清，是作者所依据的材料出了问题。在刘基生平研究中，被许多学者视为最重要的文献之一是黄伯生的《故诚意伯刘公行状》和《明史·刘基传》，但据有人考证，《行状》乃有人托名黄伯生所撰写，其中充满了有意的编造与诸多失误，而《明史》本传又是依据行状敷衍而成，则其基本已失去研究刘基生平的文献价值①。如许久《刘基归隐青田著书时间辩证》②，即根据《元史·顺帝纪》与《元史·石末抹宜孙传》及《续资治通鉴》的相关记载，将时间定为至正十九年春至二十年春之间，而杨讷则进一步确定为至正十九年春夏间。其结论已近于历史真实。可见，要进行刘基的生平研究，必须在文献方面注意两个问题：一是注意对当时历史文献的细致发掘，二是利用好刘基诗文作品的内证，只有将二者结合起来，才能得出较为可靠的结论。

在刘基生平研究中，还涉及两个重要方面：一是关于其神化色彩问题，二是关于其弃元投明问题。陈文新《论对刘基的理解与误解》③一文，概括出了对刘基两方面的误解："刘基在朱元璋的文官集团中的地位被拔高了"，"过分强化了刘基身上的神秘色彩"。文章并探讨了其中的原因。其实，早在 20 世纪 90 年代初，周群即在其《刘基评传》中对刘基生平中的"西湖看云"、"鄱阳湖更舟"、"筑城之谶"、"石室得书"的神化过程及其原因进行了辨析，而且对刘基生平进行了全面细致的论述，具有重要的学术价值④。关于刘基弃元投明问题，先后发表的论文有：刘孔伏、潘良炽《刘基撤座之说发生时间考误》⑤，王正平《刘基从忠元转向投明析》⑥，黄月林《也谈刘基接受朱元璋聘用的思想动机》⑦，王馨一《刘基立身处世刍议》⑧，毕英春《刘基反元透析》⑨等，分别从刘基的政治理想、人生追求、人生遭遇、与元朝廷的关系、对朱明政权的认识等方面展开了研讨，对此一问题的深化有所推动。但是由于黄伯生的《故诚意伯刘公行状》和《明史·刘基传》这些记载刘基生平的基本文献存在严重失误，从而使上述问题的研究受到了较大的影响。因此，从刘基本人著作入手来深入细致地进行辨析便成为必然的举措。在此便牵涉到刘基文献的梳理与考辩。

在此一时期，对刘基文献介绍最为详细的是吕立汉的《刘基文集叙录甲编》上、中、下三篇文章，作者将过眼的所有刘基文集均详细加以介绍，对人们了解刘基文献颇有帮助。但正如作者所说："本文所述诸版本之特征侧重于该版本之自身特点，至于版本之间的关系，虽有

---

① 杨讷《刘基事迹考述》第 169 至 179 页，《诚意伯行状的撰写时间与作者》，北京图书馆出版社 2004 年版。

② 《重庆师范大学学报》1986 年第 4 期。

③ 《贵州文史丛刊》2000 年第 5 期。

④ 周群《刘基评传》第十三章，南京大学出版社 1995 年版。

⑤ 《南都学坛》1989 年第 3 期。

⑥ 《杭州大学学报》1991 年第 4 期。

⑦ 《浙江师大学报》1995 年第 6 期。

⑧ 《丽水师专学报》1996 年第 1 期。

⑨ 《丽水师专学报》1996 年第 4 期。

所涉及却语焉不详。”[①]其实，早在 1993 年，周群便撰文对刘基文集的诸种版本进行了梳理介绍，文章分为“分集”、“总集”与“辑评本”进行介绍，对了解刘基诗文集的早期结集状况、总集编撰体例颇为有用[②]。但是由于篇幅所限，本文漏掉了一些重要的总集，则是其缺憾。后来，吕立汉又撰写《刘基文集版本源流考述》[③]一文，既弥补了自己原来的遗憾，也补充了周文的简略。关于该文的贡献，其内容提要已做了明确的交代：

> 刘基的《写情集》洪武刊本直至民国年间尚在，且有影印本传世；《春秋明经》并非成年以后的作品，而是早年科举习作；成化本未必是总集最早之刊本；四库全书之底本即今藏北京图书馆的成化本；雍正本十一至十八卷之底本即今藏北师大图书馆的隆庆本；刘基总集明刊本今存六种而非四种。美国国会图书馆藏本是嘉靖七年本而非正德本；中国科学院图书馆藏本：明崇祯丁丑朱葵刻本，是一部已沉埋三百余年的刘基文集类编本。

尽管上述看法未必皆作者之原创，如其本人便承认郝兆矩之《增订刘伯温年谱》中即已提出“《春秋明经》乃早年著作”，但其学术贡献依然毋庸置疑。比如本文认定“四库全书之底本即今藏北京图书馆的成化本”便颇有学术价值。因为在学术界一般认为四库本存在妄删妄改之弊端，难以作为善本而使用，而四部丛刊本则多取早期善本而影印，应为学术研究之首选。但刘基之版本却并非如此，四部丛刊本乌程许氏藏明刊本，是一个分类而编的总集，则其作品之时间顺序已荡然无存。四库本则不同，它依据的是刘基总集最早的成化本，是刘基各种文集初次汇编，依然保留了原书的面貌，则其时间顺序一目了然。所以吕立汉说：“成化本毕竟是现存最早的合集本，早期单行诸集的原始面貌因之赖以保存，并与正德、四库本有着直接的渊源关系，在刘基文集版本史上有极重要的地位。”但是，这种重要性并非所有人都能认识到，比如林家骊所整理出版的《刘基集》，便是以四部丛刊影印本为底本，尽管该书的出版方便了学术界的研究之需，但毕竟不如成化本更能反映刘基著作的早期面貌。版本的整理毕竟是为理论与创作的研究提供基础，从此一角度看，认识到四库本的特点及其与成化本的关系，的确是相当重要的。

关于刘基文献的真伪与创作时间的考辩也是学者们探索的领域之一。周群《署名刘基的几部著作考辩》[④]一文，对署名刘基的《火龙神器阵法》、《神机致理兵法心要》、《百战奇略》等著作进行了认真辨析，认为均系他人托名伪作。其实托名刘基的著作很多，有的一看即知为伪作，有的则在疑似之间，因而需要学界对此进一步做辨伪的工作。关于其重要作品《郁离子》，学界一般认为作于刘基元末隐居青田之时，而程念祺《〈郁离子〉成书当在明初》[⑤]一文则根据几则有涉明初思想及时间的内容，认为“刘基写作《郁离子》的时间至少持续到明洪武四年(1371)，而非完成于元末”。但是明初时刘基思想认识有可能延续元末的一些观念也完全合乎常情。如果没有扎实的文献证据，此论恐难成为定论。关于《二鬼》诗的创作时间历

① 吕立汉《刘基文集叙录甲编》(下)，《丽水师专学报》1999 年第 4 期。
② 周群《刘基文集版本考述》，《南京大学学报》1993 年第 2 期。
③ 《文学遗产》2000 年第 2 期。
④ 《中国典籍与文化》2000 年第 4 期。
⑤ 《文献》1993 年第 1 期。

来也有诸多争议。周群认为当作于1353年招降方国珍后[①]，其根据此诗不见于作于明初的《犁眉公集》中。郝兆矩《增订刘伯温年谱》认为作于洪武六年。由此，学界遂形成作于元末与作于明初的两种看法，至今相持不下，难有定论。但是持作于明初的学者明显占据多数，只是具体时间尚有较多出入。

关于刘基的生平研究，还有几篇综合性的研究论文值得一提。如鲍昌的《论刘基》[②]，吕立汉的《刘基论》[③]，魏青的《刘基和宋濂》[④]等文章，都对刘基的生平及其与宋濂的关系进行了论述，尽管新意不多，但对一般研究者了解刘基还是起到了很大作用的。

刘基生平与文献的研究乃是其诗歌研究的最为基础的工作，至今仍然有很大学术空间需要填补。诸如刘基全集之校注、具体篇目之作年、著作真伪之辨析等等。

（二）刘基诗学观念与诗歌风格研究

在浙东派作家中，真正能够以诗歌创作为主且取得较大成就者当然首推刘基。而刘基之所以能够在诗歌创作上取得成功的重要原因之一，是他拥有独特的诗学观念。在元明之际的文坛上，诗文创作大致被分为山林与台阁两大领域。在一般的文学史与文学批评史叙述中，山林诗文观念主要以高启作为代表，台阁诗文观念则主要推重宋濂。至于刘基便往往被忽略。但是，自20世纪90年代以后，刘基的诗文观逐渐被学界所重视。袁震宇等人所著《明代文学批评史》已经注意将刘基与宋濂的文学观念区别开来，更重视其"美刺讽谏"的思想，认为若与宋濂相比，"刘基提倡诗歌的论刺作用便显得可贵了"[⑤]。陈书录也特意指出："刘基高扬'变风变雅'的旗帜而偏重于伤时愤世、美刺风戒的群体精神。"[⑥]周群不仅强调了刘基"讽戒裨世"的美刺精神，更重视其"情发于中而形于言"真情显现追求，使得刘基的诗学观念进一步得以真实呈现。

至20世纪90年代末，已经有探讨刘基文学思想的专题论文发表。吕立汉《从〈苏平仲文集序〉看刘基的文学思想》[⑦]一文，从刘基的一篇序文概括出其理明气昌、文之盛衰关乎时之否泰、文辞须尚质黜华三种基本倾向。这当然是浙东派的突出特征，但由于使用材料有限，便不能突出刘基本人的思想特色以及鲜明的诗学观念。也许是其本人感到未能充分表达自己的全面看法，故而次年由发表了《诗论刘基的文学思想》[⑧]一文，将刘基的文学思想概括为诗主讽喻、理气并重和文之盛衰系乎时这三种主要倾向，并认为"其经世致用的文学思想对于扫荡元季文坛纤弱之风，为明初新一代文风之振起，在理论上起了骅骝开道之作用"。应该说较之前文已经更为全面与丰满。同年，郝兆矩也发表了《浅论刘基的文学思想与诗

---

① 周群《刘基评传》第304页。

② 《唐山教育学院学报》1985年第1期。

③ 《文学评论》1999年第5期。

④ 《殷都学刊》2000年第4期。

⑤ 王运熙等《中国文学批评通史》(明代卷)，上海古籍出版社1996年版，第52页。

⑥ 陈书录《明代诗文的演变》，江苏教育出版1996年版，第87页。

⑦ 《丽水师专学报》1998年第6期。

⑧ 《浙江社会科学》1999年第6期。

文》[①]一文，将刘基的文学思想概括为："文学作品离不开时代，离不开作者对客观事物的具体感受；强调吟诗作文首先注重思想内容；主张文学作品要对社会有益。"这样的概括显然并为超出其他文章的范围。但该文的好处在于作者还对刘基的诗文进行了全面的概括叙述，一定程度上弥补了文学思想部分论述的单薄。在该时期，刘基的文学思想尽管已经有不少成果发表，但也存在明显的不足。一是缺乏对其诗学观念的独立探讨。因为在中国古代思想体系中，尽管往往诗文并称，但从辨体的角度，诗与文毕竟存在着较大差异，如果仅限于诗文浑而言之，便会忽略其独特内涵。二是往往从逻辑的层面纵论刘基的文学思想，而未能将其发展演变的过程描述清楚，从而影响了对其思想内涵的认识。

20世纪前期对刘基诗歌的认识，主要集中在其反映现实的批判精神。80年代之后也最先由此入手进行研究，较早的成果是王馨一的《试论刘伯温的诗词》[②]，他引用沈德潜《明诗别裁》的"文成独标高格，时欲追逐杜韩"的评语作为论述的依据，并引刘基数首诗作以为佐证，强调了刘基诗歌关注时政、讽喻现实、抒写愤懑的特征，并认为宋濂不如刘基的豪放雄健，高启不如刘基之诗有血有肉。尽管作者对刘基诗作评价颇高，但是因过于简略而未能概括刘基的全部诗歌创作，比如明初之哀惋低沉即未能纳入视野。杨忠贵的《刚健雄浑 古直悲凉——刘基言志、感时诗作艺术风格刍议》[③]一文，抓住刘基气壮的言志诗与悲凉的感时诗进行深入分析，认为："刘基以其才雄气盛而发诸诗端，则以刚建雄浑为其主要特色；但刘基入明以后诗作甚少，大量诗作写在元末多事之秋，诗人为官几经沉浮，乃至弃官归里，因之所作大量诗篇，以其哀怨悲凉为主要特色。"主要到刘基诗风与其人生经历之密切关联，不忽视其主要体貌之外的哀怨悲凉特色，均显示出作者实事求是的态度，但依然忽略刘基后期诗风的转变则不其不足。吕立汉《论刘基以诗议政的创作倾向》[④]一文，也主要关注刘基诗作对现实政治的关注，作者论述了其以诗议政的内涵与特征，并认为其好处在于情理结合，形成了"文理清俊、思想深邃、剖析深刻"的风格。重视刘基诗歌的政治内涵及刚健雄浑的主体风格当然合乎其创作的实际情形，这也与其讽喻美刺的诗学观念颇为一致。但作为一位明初的诗歌大家，其丰富的内涵与多样的诗风同样需要得到足够的观照。

其实，在20世纪90年代中期，便已有人注意到刘基诗风的前后变化与诗风的多重性。周群《刘基评传》一书的第十三章，便将其前期《覆瓿集》的"为救斯民涂炭忧"的感怀之制，与后期《犁眉公集》咨嗟幽忧的遗兴之作明确地区分开来。如此区分当然不是作者首创，因为在钱谦益的《列朝诗集》中便已对此做过明确的论述，从而成为诗学史上的常识。但周群又由此出发，重点论述了刘基沉郁凝重与雄健奇崛的摇曳多姿的诗歌风格，并探讨了其追杜慕韩的传统选择，就是一种相当系统的诗学研究了。尽管作者未能将刘基诗作进行分体研究，从而显得稍有粗略，但已经是那一时期最好的成果之一了。无独有偶，稍后出版的《明代诗文的演变》一书，也用奇崛雄健与沉郁顿挫来概括刘基的主要诗风，同时还指出其兼有委婉

① 《明史研究》第六辑，1999年版。
② 《丽水师专学报》1981年第4期。
③ 《丽水师专学报》1988年第3—4期。
④ 《丽水师专学报》2000年第2期。

曲折、意旨微茫等忧怨之美的多样化审美风格。[①] 尽管限于本书的体例而未能展开论述，但的确已经注意到了对刘基诗风的全面把握。吕立汉《论刘基》一文显然在这方面又有所推进，他提出要把握刘基诗风须注意三点：一是"就创作历程而言，刘诗明显以至正二十年为界分前、后两个阶段，因其前、后处境不同从而导致风格的显著差异"；二是"诗人对诗歌艺术的不断探索，因转益多师而呈现多样化的风格特征"；三是"刘诗虽兼备众体，然最常用的是乐府古题、五古和七律"。依此思路，他将刘基的诗风归纳为："既有沉郁悲怆的一面，又具奇崛豪放的特征，后期诗作则归于哀婉悲凉"。尽管在能否以至正二十年作为其前后期区分的标志和分体论诗上尚有商量的余地，但无论是理解的思路还是诗风的概括，应该说本文已经相当全面并接近于刘基诗歌创作的实际面貌了，显示了20世纪后20年刘基诗歌创作研究的长足进展。

在20世纪刘基诗歌创作研究的基础上，如何从诗歌风格的研究更向深处开掘，显然是一个重要的课题。吕立汉的《论刘基诗歌的生命观念》[②]一文透露出一些信息。该文以生命咏叹作为探讨刘基诗歌主题的重要角度，认为："刘基于元季仕途屡屡受挫，其间曾一度倾慕道家因循自然的生命价值取向，但积极入世、重实行的儒家生命观念无疑是完成主调。入明之后，因奸佞构陷、君主猜疑，社会政治环境的险恶，确使刘基的生命观念有了很大的转变，然就其真实的生命体验而言，仍然是一种颇具悲剧色彩的既痛苦又无奈的抉择。"就论文本身看，其实写的并不是十分深入周延，比如对于刘基心理状态的把握与入明后叹老嗟悲原因的探讨等方面，都还显得较为浅表粗疏。但本文还是提供了一种新的视野，即从政治与风格的层面转向了人生价值与人格心态的研究，从而开掘出更为广阔的学术空间。因为这预示着，刘基诗歌的研究可以向着更深的心理层面与更普泛的人性层面进行提升，并结合复杂的历史语境以总结诗学的经验与梳理文学思潮的发展脉络。也就是说，可以将研究推进到文化诗学或者说生命诗学的领域。

（二）刘基词研究

刘基被视为明初词坛第一，其词集名"写情"，共收词242首，是明代词家中数量比较多的。据叶蕃的序并综合考察刘基词作，"写情"之名似具有区别文体的意义："其经济之大，则垂诸《郁离子》；其诗文之盛，则播为《覆瓿集》；风流文彩英余，阳春白雪雅调，则发泄于长短句也。或愤其言之不听，或郁乎志之弗舒，感四时景物，托风月情怀，皆所以写其忧世拯民之心。故名之曰《写情集》，釐为四卷。其词藻绚烂，慷慨激烈，盎然而春温，肃然而秋清，靡不得其性情之正焉。"[③]从叶蕃的语气看，词集名可能是刘基本人所定。在此，他既指出了刘基坚持词别是一家的文体意识，又强调"写其忧世拯民之心"的深意寄托，的确抓住了刘基词的主要特征，从而成为后人研究刘基词的重要参考文献。也许是明代词坛过于冷落，因此具有较高水准的刘基词便格外被学者们所看重，民国年间就曾有人作过介绍，进入20世纪八十年代之后，便又重新被学界所关注。

---

① 陈书录：《明代诗文的演变》第91—92页。

② 《丽水师专学报》2000年第6期。

③ 叶蕃《写情集序》，见林家骊《刘基集》附录，浙江古籍出版社1999年版，第675页。

20世纪80年代初，王馨一在其《试论刘伯温的诗词》一文中，认为刘基主要“借词来表达他的沈雄苍凉的胸怀”，“但也不无‘小桥流水’之篇”，并引用王世贞“纤秾有致，去宋尚隔一尘”，以及《柳塘诗话》的“妙丽入神”之语作为对刘基词的评价，但本人并未作出直接的评判。至90年代中期，周群在《刘基评传》中，已对其词作进行了较为系统的研究。他引叶蕃的那段话作为统领，对刘基词进行了分类评述，认为“刘基词作中对个人不幸遭遇的感喟，常常即是欲求济世的理想受到压抑而产生的抱负难遂的苦闷。因此，这些抒写个人情感的词，也与闲适文人们抒写逸致闲情的作品不同，其中常常蕴含着一股抑郁不平之气”。此类作品往往“沉郁而不颓唐”。“刘基词作中也有抒写一己之幽情、哀叹人生、咏叹爱情、离别伤怀的作品。其风格一般旖旎温婉、情思缱绻，带有纤艳柔脆的情调，意义不大”。此外，还指出了刘词中后期反映艰危政治环境与寓意深刻的咏物词这两个类别[①]。应该说，将刘基词的主要内容与风格均已概括出来。至于对其柔媚词的评价，虽难说能够被学界所广泛接受，但作为一家之说固无不可。后来作者将这些文字整理出来单独发表，内容基本没有增减，则可存而不论[②]。

1998年，孙家政发表《论刘基和高启的词创作》[③]一文，将刘基与高启词作合而论之，意在突显明初词作之地位，以纠正传统词论对明词“缱艳庸下”的偏见。尽管作者也承认《写情集》中存在着“一些歌咏隐逸生活的词”，但他还是不能同意王世贞等人的评价，他认为：

> 刘基作为明初文坛“执牛耳”人物，其词虽比不上宋代杰出词人苏轼、辛弃疾，但能洗去粉泽，摒除雕饰，以情兴经纬其间，“虽豪宕震激而不失于粗，缠绵轻婉而不入于靡”，在精神上颇能继承宋元词余绪。从某种程度上说，刘词的“忧时拯世”，正是其诗文同样内容的有力拓展与补充。

尽管本文对刘基词的论述依然是在豪宕与轻婉这两种风格之间的权衡折中，从而没有超出前人论刘基词的范围，但作者能够从词学发展史的宏观视野中为刘词定位，已显示出敏锐的学术眼光。更重要的是，他能够将刘基的词作与其诗文联系起来进行思考，更体现了一种新的学术路径。研究刘基的创作乃至明代其他文人的创作，既要关注他们不同文体的差异性，因为明人特重辫体，不仅强调诗与文的差别，也在诗歌文体内严分接线。但另一方面，文体与文体之间又有紧密的关键性，只有找出这些关联性，也才能更有效地论述其差异性。当然，本文并没有在这方面展开详细论述，但其所呈现的学术思路依然有较大的启发性。

吕立汉《榛芜原野的一朵奇葩——论刘基的词》[④]一文，是本时期论述刘基词最为全面的论文。该文将刘基词之内容分为：1. 忧世之不治。2. 郁志之弗舒。3. 愤言之不听。4. 状山水之秀丽。又将刘词之艺术特征概括为：表现手法长于托物寄兴。2. 行文长于铺叙。3. 写法上擅长用典。4. 摹景状物秀丽入神。最后得出结论说：“刘词的主体风格属清婉秀丽。……但亦时见悲凉慷慨之作。”该文可谓踵事增华之作，作者总结了本时期刘基词作研

---

① 周群《刘基评传》第327—334页。

② 周群《刘基词论》，见《首都师范大学学报》2000年第2期。

③ 《南京师大学报》1998年第2期。

④ 《杭州师范学院学报》2000年第3期。

究的成果，并在此基础进行归纳，论述更为系统，分析更为细致，内容更为全面。但如果仔细体味，其结论并未超出前辈时贤之所言，反不如孙家政之文更能显示新的学术思路。即如其学术结论，虽有异于当今众人，却又回到了明清诗评家的看法。但是，学术研究一般都是在踵事增华的全面与自开堂奥的偏至这两个方面进行选择。这些只说明学术性格的不同，难以进行优劣的比较。

关于刘基的诗歌创作，分体研究研究成就较大，而文体之间的比较研究尚需进一步加强。比如，刘基的散文创作具有很强的实用性与批判色彩，其《郁离子》便是具有丰富政治寄托的独特创造，而其诗歌创作则鲜明地体现了抒写性情倾向。其中的讽喻特征显示了与散文创作相融通的一面，但其淋漓尽致的情感宣泄则更具有诗学的品格。而到了其词作中，则低回婉转的深情表达成了主要格调，而不再有诗歌创作中风骨楞然的激越情怀。这些异同除了文体的体貌差异外，也与其不同时期的境遇心态有密切关联。这种复杂情况便需要进行综合比较研究，以便使刘基的诗歌研究趋于深化。

二、20世纪浙东诗派研究

论浙东派大都是诗文并举且连带学术，但论其诗者较少。在20世纪80年代之后由于明代文学研究的全面展开，宋濂、方孝孺乃至戴良之诗歌创作已均有人予以关注，而纵论浙东派的文章也有多篇问世，展示了此方面研究成果。

（一）宋濂等浙东派作家研究

宋濂是浙东派在元明之际的最为重要的代表人物，也是文学史叙述中难以避免的作家，但一般均关注其学术与散文创作，即使涉及其诗文批评，也多偏于散文理论。所以尽管20世纪的最后20年发表了近百篇有关宋濂的各类文章，但专门研究其诗论与诗歌创作的其实很少。其他浙东派作家也只有方孝孺与戴良略有涉及。

对宋濂生平的研究较早起步的是钱伯城的《宋濂》①，该文缀合相关明清文献，将宋濂一生分为"艰苦的求学时代"、"潜心著述，待时而动"、"与朱元璋的遇合"、"宋濂的结局"等四个时期，对其整治活动与文学创作进行了较为详细的减少，并对其诗文创作进行了简要的评价。本文引证资料比较丰富，叙述亦有条理，在学界影响较大。至1994年，陈葛满先后发表了《宋濂简谱》和《宋濂简谱（续）》②，对宋濂生平做了更细致的叙述，并对部分诗文作品进行了编年，对宋濂的生平研究有所推进。1998年出版了王春南、赵映林的《宋濂、方孝孺评传》③，对这两位浙东派主要代表人物进行了更为详细全面的论述，尤其是对于以前研究成果不太丰富的方孝孺的叙述，更是填补了这方面的缺陷。全书对方孝孺的家世生平、政治思想、法思想、经济思想、理学思想、文学主张及成就风格等进行了分类论述，可谓全面系统。在专著与年谱之外，还有一些单篇论文也对浙东派作家生平某些侧面进行了论述，如《"读书

① 吕慧娟等编《中国历代著名文学家评传》第四卷，山东教育出版社1985年版，第141—168页。

② 分别见《浙江师大学报》1994年第4期与第5期。

③ 王春南、赵映林《宋濂、方孝孺评传》，南京大学出版社1998年版。

种子"方孝孺》[①]、《论宋濂前后期的变化及其他》[②]、《朱元璋之为君与宋濂之为文》[③]、《方孝孺与明初金华朱学的终结》[④]、魏青的《刘基和宋濂》[⑤]等,均对宋濂生平研究有所推进。

当然,这期间的宋濂生平研究也并非不存在问题。比如,有人曾撰文对钱伯城《宋濂》一文的失误予以补正,认为钱文中说宋濂被"押解至茂州(今四川省夔县)居住,加以管制。第二年,洪武十四年(1381)五月二十日,宋濂就在管制地死了,终年七十二岁"。其中失误有二:一是夔当时为府,并非茂州属县;二是宋濂并未到达茂州,而是病逝于流放途中[⑥]。这当然是明显的失误,纠正是完全有必要的。问题是这种失误本来不应该出现,因为已经有较好的前人相关成果,只是未能加以利用才出现此种遗憾。早在1916年,就出版过清人朱兴悌、戴殿江编,今人孙锵增补的《宋文宪公年谱》,其中在洪武十四年条下曰:"五月卒于夔州。先生行至夔州,寓僧寺。卧病不食者三旬。二十日晨起,书《观化帖》,端坐而逝"[⑦],此处已明确说是"行至夔州",如能见到此谱,便不易出现上述失误。而且更重要的,不仅钱伯城先生撰写《宋濂》时未能过目,后来的陈葛满的《宋濂简谱》和王春南、赵映林的《宋濂、方孝孺评传》也均未见提及此书,乃至进入21世纪的宋濂生平研究的成果依然未见将其列为参考文献,可知学术的传承何等重要。这种对于前人成果与原始文献的忽视,大大影响了宋濂生平的研究。比如有人曾撰有《宋濂之死》[⑧]一文,认为宋濂的死因并非是由长孙宋慎获罪而受牵连,文章引用陆容《菽园杂记》中宋濂与僧人的一段对话,说是因为宋濂曾任元朝廷的"编修"一职而被朱元璋所不满。宋濂听完此话后"自经四"。宋濂的死因有许多不同说法,当然应该进行深入的探讨。但是只要稍稍翻一下宋濂的年谱,就该知道宋濂在元末辞去朝廷征召而入山为道士的经历,也就是说他从未任过元朝任何官职,不存在这方面的任何心理包袱。用野史笔记的传说来反驳《明史》的记载,本来已属不该,又未能了解宋濂的基本情况,则所谓纠偏也就毫无学术价值可言。其实,在明清及近代,学者们在编写浙东文人年谱方面已做了许多工作,撰写过《刘文成公年谱稿》、《戴九灵先生年谱》、《方正学先生年谱》等,现代学者应该充分加以利用,以取事半功倍之效并少犯常识性错误。

关于浙东派作家的文集,研究整理的最充分的便是宋濂。自明代嘉靖三十年浦阳书院汇刻的《宋学士全集》产生以来,人们又做了大量的辑佚补充工作,产生了大量的宋濂别集版本。进入20世纪80年代后,这种工作在继续展开。其中龚剑锋等人曾从各种文献中钩稽出40余篇诗文作品,分别发表在1994年《文献》杂志的第1、2、3、4期上,经过多年的努力,终于在1999年出版了由罗月霞主编的《宋濂全集》。本书没有选择以文体为分卷原则的浦阳书院刊本(后为四库本所依据)为底本,而是以洪武初年所刻的《潜溪前集》、《潜溪后集》和

---

① 《文史知识》1986年第12期。

② 《中国文学研究》1995年第3期。

③ 《北京师范大学学报》1996年第3期。

④ 《沧州师范专科学校学报》1999年第9期。

⑤ 《殷都学刊》2000年第4期。

⑥ 郭福义《对钱伯城〈宋濂〉之补正》,见《西南民族学院学报》1994年第2期。

⑦ 《宋文宪公年谱》卷下,《北京图书馆珍藏本年谱丛刊》第37册,北京图书馆出版社1999年版,第126页。

⑧ 盛翼昌《宋濂之死》,见《学术月刊》1989.11。

明正德九年张缙所刻《宋学士文集》为底本，尽量向早期以时代为编撰体例的原貌靠近。同时又增补作品近百篇，还附录了大量的相关研究材料，可以说较之以前有了很大的提高。但是，根据学界反映，依然有许多宋濂作品被遗漏，而且在印刷中也存在不少错讹之处，已经有人在整理新的宋濂别集并交出版社出版，相信较之以前又有新的补充。在宋濂文集版本研究中，则有王兆鹏的《宋濂文集版本源流考》[①]一文。本文介绍了8种单行本，5种选本和四种汇刻本，使读者得以了解宋濂文集的基本版本存佚状况。但本文亦有进一步完善之处，如作者指出："在今通行易得之宋濂文集诸本中，以《四部丛刊》本为最早，而以《四部备要》本收录最为完备。"其实，本文在介绍汇刻本时，第一个本子便是天顺五年的黄誉刻本，这才是现存最早的刻本而不是《四部丛刊》所依据的正德九年张缙刻本。更重要的是，《四部丛刊》本是分集排列，诗文作品大致以创作时间的先后为序。而四库全书本和《四部备要》本皆分体编排分卷，已将早期单行本拆散重排。学者了解这些差别，才能在研究中作出不同的选择以便于利用不同版本。因此，宋濂文集的版本依然有许多工作要做。

关于宋濂的诗学理论与诗学思想，学界的研究成果还比较单薄。多数文学批评史与文学理论史大都介绍其文论，而较少涉及其诗歌理论。比如汪树清的《养气与明道——宋濂文学观之剖析》[②]、马成生的《简说宋濂的文论》[③]等，均仅就其一般文学观念立论，未涉及诗文之文体问题，更不要说是诗歌理论。相同情况还有尹恭弘《方孝孺的文学思想及其散文艺术》[④]，尽管作者在行文中也经常以"写诗作文"并提，但其偏重散文的倾向一望可知。最可注目的是刘宇《评宋濂、高棅的诗文理论》[⑤]一文，将宋濂与高棅并列而论，却在论述宋濂部分用了"坚持文道合一"与"提出宗经师古"两个标题概括宋濂理论，虽然文中指出"宋濂提出作诗当自成一家，要求变化、创新，要变至无迹而臻于神"，但主体部分为文论则无疑。真正从正面论述宋濂诗论的，是张涤云的《论宋濂的诗学理论》[⑥]。作者从四个方面展开论述："明道、征圣、宗经——论诗的总纲"，"诗本乎心，本乎性情——诗学本质论"，"五美云备，可以言诗——诗歌创作论"，"随人著形，气充言雄——诗歌风格论"。最后得出结论说："这些论述对于纠正元末浮靡、纤弱、怪诞等不良诗风，对于倡导同开国兴邦宏大气象相适应的阳刚美的风格，确是有积极意义的。"本文优点是全面系统，条理清晰；不足是未能结合宋濂之诗歌创作，更深入地探求其诗学观念。但在当时的学术发展阶段，此文已算是凤毛麟角之作了。

对于宋濂等浙东派作家的诗歌创作，就更少有人撰专文予以研究。张学忠的《论宋濂诗中的人物形象》[⑦]一文可能是当时唯一一篇专题论文，作者主要探讨了宋濂诗歌擅长刻画人物的特征，指出其五古诗体"古朴奔放，跌宕雄奇，音调激越，节奏紧凑"的诗风，以及其形象刻画上的"个性突出，充满情感，描写具体细腻，语言质朴流畅，其中波澜曲折，往往出人意料"的长处。但对宋濂诗歌缺乏整体研究与判断。钱伯城是较早对宋濂诗歌进行全面评价

① 见《宋濂暨"江南第一家"研究》，杭州大学出版1999年版。
② 《曲靖师专学报》1993年第4期。
③ 《宋濂暨"江南第一家"研究》第79—100页。
④ 《古典文学知识》1993年第3期。
⑤ 《新东方》1997年第1期。
⑥ 《华中师范大学学报》1997年第9期。
⑦ 《宋濂暨"江南第一家"研究》第169—173页。

的学者，他认为宋濂的诗长篇居多，具有“气魄豪放，精神充足，浩瀚流转，有长河奔腾转折不可遏止的态势”。他同意清人陈田对宋濂诗的总体评价：“集中小诗，犹是元习；长篇大作，往往规模退之，时亦失之冗沓，盖兼才为难。”[①]只是论述依然比较笼统而已。王春南、赵映林的《宋濂、方孝孺评传》对宋濂诗歌创作的评述要更为细致，作者将其诗作进行了“清逸可读”、“亲切感人”、“风格雄浑”、“沉郁悲凉”的分类介绍，也指出了其某些作品“不够简洁、紧凑”的缺憾。其优点是引证作品分析具体，缺点是浅显而不深入系统。此种情况也体现在方孝孺的诗歌创作的论述中，作者对方诗的诸多方面进行了论述，诸如咏史诗的寓意深刻，反映民生疾苦诗作的朴实真实，抒写个人情致诗作的情意真切，咏物写景诗的情韵天然等等，应该说对读者了解方孝孺的诗作具有较大帮助。但是作者对其诗学贡献与审美形态显然缺乏研究，既对作者的诗歌创作历程缺乏追踪，也对其各体之创作风格之异同也没能系统论述，更没有上升至流派特征之概括。因此，对于浙东派诗歌创作的研究，需要更多具有专业训练的学者予以介入，方能提升到一个新的层面。

至于另一位浙东派作家戴良，学界的关注就更少一些。刘昌润《戴良及其〈九灵山房集〉》[②]，简单介绍了戴良生平及《九灵山房集》的版本状况，对后来的研究有开启之功。查洪德、李艳的《金华之学的演变与戴良的诗文成就》[③]一文是第一篇综合研究戴良的思想与创作的论文，在论述其诗歌创作成就时，对其评价不高，只认可了其反映战乱抒写孤独心境的部分作品。但明清诗论家则对其评价颇高，如四库提要说：“良诗风骨高秀，迥出一时。眷怀宗国，慷慨激烈。发为吟咏，多磊落抑塞之音。”古今评价的巨大差异隐含着评价标准的转移，则必然存在着复杂的历史原因。戴良作为元末之际的遗民诗人，与刘基、宋濂的情况都大不一样，需要做出更为深入系统的研究。

（二）浙东诗派的整体研究

较早将浙东文人群体作为流派研究者是陈建华，他在1987年所提交的《明代江浙文学论稿》的博士学位论文中，虽然将整个吴中与浙东作为其研究对象，但在“浙东儒学与明初文学”一章，集中讨论讨论了浙东文学的整体特征，这便是所谓的“文道合一”的理论，并总结出浙东文学在明初的双重性：

> 金华儒学体系具有两重性，拘执于道德、伦理，以及对封建政治的依附性，是儒学的固有局限。宋、王等人强化“道”对“文”的绝对地位，被明初统治者所利用，为取消文学的独立性提供了理论依据，造成不良影响。另一方面，他们处于元末江浙地区的具体环境中，在时代发展趋势的推动下，体现出某些世俗的、个性的要求。[④]

尽管此处的论述稍显粗疏，而且没有落实到具体的诗歌创作层面，但对于浙东诗派的整体研究而言，已经表现出明显的自觉意识。王学态则从地域诗派的角度，对所谓的“越派”进行了

---

① 吕慧娟等编《中国历代著名文学家评传》第四卷，第164页。

② 《文史》第17辑，中华书局1997年出版。

③ 《杭州师范学院学报》2000年第5期。

④ 陈建华《明代江浙文学论稿》第137页，复旦大学博士研究生论文。

整体的概括:"越派诗人的共同特点是善于用抒情方式表达自己对政治问题的感受、摅写自己的报国之志。其中除刘基兼善诸体外,大多以五言古体见长。其五古质朴平淡,但感情激越。诗风受宋诗影响很大。"[①]虽然因论文篇幅的限制而未能展开详细的论述,但对该诗派的共同特征概括的还是相当准确的。可以说陈、王两位学者为浙东诗派的研究开了一个好头。对浙东派进行整体研究的还有王琦珍的《论明初文坛的浙江文派》[②],但论述重点乃是其文论与散文创作,因此文章将宋濂、王祎和方孝孺作为论述对象,所以在此便略而不谈了。廖可斌的《论浙东派》[③]一文是第一篇综论浙东派的专题论文。该文从三方面展开论述:"浙东派形成的历史条件及其理学渊源","浙东派的文学主张与创作风格","浙东派与元末明初文学思潮的变迁"。可以说已经将该流派最主要的几个侧面都照顾到了,尤其是对浙东派创作特征的概括更为精炼:"总的来看,浙东派作家在作品中所体现的,还是一种对现实积极参与的态度。在艺术风格上,从宋濂、刘基、王祎到方孝孺,为文都很重视气势,讲究开合纵横者法。"此处虽未能专就诗歌创作立论,但无疑是包括了诗歌文体的。该文的另一特点是表现出较为宏阔的比较视野,论文结尾处说:"浙东派与吴中派本来都兴起于元末,入明之后,受到打击迫害的时间也相距不远。其区别在于:第一,元代末年,吴中派依靠吴中的经济条件和张士诚的礼遇,已经非常兴盛,而浙东派则显得相对平静;第二,吴中派自至正二十七年(1367)张士诚集团被消灭后就厌厌不振。洪武初,虽许多成员尚存,但或隐或徙已经不成气候。浙东文人则此时云集朝廷,声势达到高潮;第三,吴中派消歇后,吴中文化元气大伤,至成化、弘治间才逐渐复原,吴中派的风格才有了继承者。浙东派衰落后,其文学思想却继续被奉为正统,为紧接着兴起的江西派所继承。"此处的结论很难说完全合乎史实,许多环节尚需进一步求证,比如吴中派在明初的消歇时间、浙东派与江西派的异同等。但作者在此所显示的学术思路却应引起重视。元明之际的流派研究,有两个向度相当重要:一是元明二朝不同的命运与发展演变,必须认真梳理其具体过程,而不能做平面的归纳概括;二是必须关注地域流派与主流文坛以及其他地域流派的复杂关联,才能真正弄清其内涵及其对当时文坛的贡献。我以为不仅研究浙东派应如此立意,研究其他诗派亦可作为重要借鉴。受廖文影响,辛一江在1999年发表了《论元末明初越派与吴派的文学思想》[④]一文,作者在比较的视野中论述了两个文学流派,并结合其各自的创作概括其文学思想。最后作者从总结文学价值的角度说:"如果说吴派作家的悲剧命运宣告了文学自由主义的破产,那么,越派作家对社会政治的关注又最终失去了文学自身的价值。这种文学思想上的悖论恰好构成了元末明初文学递嬗的特色。"这种结论当然具有一定新意,但带有较强的主观性而缺乏应有的历史深度,尤其是其论述角度可以视为是廖文的合理延伸。

关于浙东诗派的研究还存在一些需要注意的问题。比如说时代的差异问题,元末时许多文人大都偏重于诗歌的创作,而入明之后由于浙东文人大多均参与到新朝的政权建设中去,也就多应用文体的写作而减少了诗歌的创作。但又不尽然,比如戴良由于拒绝出仕新朝

---

① 王学泰《以地域分野的明初诗歌流派论》,见《文学遗产》1989年第5期。

② 《江西师范大学学报》1993年第1期。

③ 《浙江学刊》1992年第2期。

④ 《昆明师范高等专科学校学报》1999年第3期。

而始终以诗歌表达自我的情怀。因此，说浙东文人主要以散文创作就是不准确的。又如对于某些研究对象的判断偏差主要是由于文献缺失而造成的。像宋濂以前大都认为他主要以散文创作为其特色，乃是由于其现存诗歌作品过少而导致的，因为在明清文人别集中，仅有300余首的宋濂显然是过于单薄了。但是，随着宋濂《萝山集》的被发现，是我们得知宋濂在元末具有很浓厚的诗趣并有大量的诗歌创作，这就使得我们不得不重新调整对于宋濂的原有评价。当然，对现存浙东文人文献的整理依然具有很大开拓空间的，像徐永明所排列出的50余位浙东文人，其诗文别集大都没有整理出来，从而影响了研究的进展。由此可知，从文献整理到观念更新，从个案研究到宏观综合比较，都具有进一步提升的学术空间，因而可以期待浙东诗派研究会呈现出更为丰富的学术成果。

（本文系作者目前所从事的教育部重点项目“中国诗歌研究史”的阶段性成果）

作者单位：首都师范大学

王袆·凤林王氏·华川书舍·青岩

徐永明

王袆(1322—1374),字子充,婺州义乌(今浙江义乌)人。王袆在元末明初的文坛有着相当高的声誉,虽然他小宋濂十二岁,但人们往往将他和宋濂相提并论。如朱元璋曾说:“吾固知浙东有二儒者,卿与宋濂耳。学问之博,卿不如濂;才思之雄,濂不如卿。”①杨士奇说:“我国家隆兴之初,金华宋公景濂,王公子充相继入翰林持文柄,时诏修《元史》,二公皆任总裁,岿然一代之望也。”②明末清初的钱谦益也曾评论道:“国初之文,以金华(宋濂)、乌伤(王袆)为宗。”③王袆后来的湮没无闻,不能说与他的早死无关,王袆因招降云南元梁王遇害,只活了五十二岁。本文拟对王袆笔下的凤林王氏、青岩及华川书舍作一实地考察和介绍,以期使读者对王袆有更深的了解。

一、凤林王氏

> 凤林县南鄙,山僻田衍腴。维婺望王氏,吾祖始所居。子孙既散处,往往乡相都。绵延四百载,余裔犹纷敷。悬知本根茂,枝叶自扶疏。我家县隅北,去此两舍涂。④

古人尊祖敬宗之心是非常强烈的,上面的引诗即为王袆在元末战乱时到宗族故里义乌凤林乡有感而写。凤林乡在义乌县南六十里处,即现在的义乌赤岸镇尚阳乡,因附近有一座小山凤林山而得名(见图1、图2)。关于凤林乡的命名及位置,民国《凤林王氏宗谱》写道:

> 始迁之祖郊国公与钱镠王之户部尚书兼营田使讳公帛者,自会稽同来迁于义乌之廿八都凤林乡。世之称者,一曰凤林俞氏,一曰凤林王氏。俞氏则居于凤林山之东北五里许,为俞村。王氏则居于凤林山之西北数百武,为王村。历数世后,俞王村相传有兵火之难,子孙遂分散异地,独存前田一支,保守凤林故土,建立始祖祠一所,祠后郊国公坟墓,祠前水月塘。东左巍然峻起小山为凤林山,当时凤凰所栖,因以为名。山巅上先

① 《王袆传》,《明史》卷二八九,中华书局1984年版。

② 杨士奇撰《序》,《王忠文公集》卷首,《北图古籍珍本丛刊》本。

③ 钱谦益《书李文正公手书东记录略卷后》,《牧斋初学集》卷八十三,四部丛刊本。

④ 《凤林乡乃王氏初迁之地,子孙散处既久,至正戊戌,兵戈扰攘,余至凤林,访诸宗族为避地之计,因赋诗见意示子姓云》,《王忠文公文集》卷一,《北图古籍珍本丛刊》本。

人造亭一座,以为宗族岁时之所会聚,即所传凤林亭也。[①]

图1　凤林山(一)

图2　凤林山(二)

引文中的前田村,即现在的前川村,因村有三条小溪流过,形似“川”字,故民国时族人改名为前川,与尚阳乡相隔仅一箭之遥。村中有王氏居民五百余人,因义乌小商品市场的缘故,村中的居民以经商为多,家家都有洋房别墅,资产百万千万的也为数不少。据村中的老人讲,凤林王氏子孙迄今约有8万余人,义乌境内约占百分之七十。引文中所说的凤林山,是一座伏于田亩中的土质小山,山上树木苍翠欲滴,远望去整个小山像一只凤凰栖息在那里,故村人也有以为凤林山的得名与此有关,非仅引文中所说的山中有凤凰栖息的缘故。

图3　前川村(一)

图4　前川村(二)

赤岸镇境内的八素山陡然耸起,成为与永康、武义两地的分界山。支干大寒尖是义乌最高点,折北余峰有五指山,形似仙人巨指。这里层峦叠嶂、茂林修竹,平野开阔,空气清新,被称为义乌的后花园。而前川一带秀美的山川风景,民国《凤林王氏宗谱》也有特别的描述:

> 前川源发天龙,奔流于羊印,会石柱坑,水东北行二里至前田,曰前川,余始祖郊国公六世孙讳秉文公者,由凤林王村筑室居之,曰别墅。群山错列,环若盘谷。东望蔚然

① 《凤林始祖祠并亭墓记》,《凤林王氏宗谱》卷八,民国木活字本。

> 峭秀，如仙掌者为五指峰；南则水声潺潺，倾泻鸡笼岩间，如天孙练帛者为瀑布泉。而八保诸山，或起或伏，气象万千，如天马奔回于北，红珠在其西，横如屏，垂如幕也。迤而东北逾万溪，昔邠国公范隙地为花园，筑其傍为马路。又东数百武，突然窿起如凤飞状者，凤林山也。腹有凤林洞，上建凤林亭。后人复于其下西北百步许，立祠祀邠国公，曰水月祠，北公墓存焉。墓西曰王村，即公归隐处，为余王氏发祥之地也。噫！前川之水奇雄于吾乡，复得邠国公之栖遁构亭榭、列花卉以助其胜，指顾间，洵足发天机饶异趣，而为人世中之乐境也。[1]

不过，凤林乡之闻名于世者，不仅在于山川之美，而更在于其始迁祖王彦超及其绵延不绝、代有人出的凤林王氏族群。

王彦超为五代时节度使，宋朝的开国大将，宋太祖赵匡胤“杯酒释兵权”中的主要人物。史载宋太祖与王彦超一次宴饮，聊起往事，宋太祖说：“过去在复州的时候，我来投奔你，你为什么不接纳我？”王彦超起身跪拜说：“小池怎么容得下你这条神龙啊，当日你没有留在我的地盘，这是天意使然！”说得宋太祖哈哈大笑，消解了宋太祖往日对王彦超的怨恨[2]。第二天，王彦超还特地奉表请罪，宋太祖只好派宦官宽慰他，命他上朝。宋太祖的“杯酒释兵权”，王彦超最先领会宋太祖的意思，第一个提出告老还乡，而当时另一个叫武行德的大将，却不明白皇上的用意，还在极力表白自己过去的功劳及履历的艰辛，这自然是自讨没趣，招来宋太祖的冷语，最后一样被解职。

对于王彦超为什么要南下迁居凤林，凤林王氏口耳相传这么一个故事，说是王彦超担心宋太祖哪一天变花招要收拾他，加上自己杀人太多，阴孽深重，思寻一个为自己及子孙的避难之路。一天，他到占卜先生那里算了一卦，占卜先生告诉他，若要避去灾难，让子孙后代发

图5　前川王彦超墓

---

①　《前川别墅图记》，《凤林王氏宗谱》卷八，民国木活字本。

②　《宋史》卷二百五十五王彦超传：“太祖与彦超有旧，因幸作坊，召从臣宴射。酒酣，谓彦超曰：“卿昔在复州，朕往依卿，何不纳我？”彦超降阶顿首曰：“勺水岂能止神龙耶！当日陛下不留滞于小郡者，盖天使然尔。”帝大笑。彦超翌日奉表待罪，帝遣中使慰谕，令赴朝谒。”

达的话，只有徙居南方，在遇到有凤凰的地方停下来才行。王彦超后来由会稽路经义乌，在凤林山休息，问当地百姓这是什么山，百姓告诉他是凤林山。王彦超想起占卜先生的话，这正是他要寻找的避难之所，于是在此落脚安家。此后子孙日益繁衍，成为义乌的名门望族。这个故事不可考信，录于此，权当轶闻。

宋代以后，婺州的名门望族很多，如吕氏、金氏、宋氏、黄氏、郑氏、王氏等，在历史上都出过很多名人。然而，若论爵禄科第人数之多，诗礼簪缨传承之久者，在婺州诸姓氏中，要以凤林王氏为最。民国《凤林王氏宗谱》卷八的《簪缨录》，收录王彦超之后到民国年间有功名科第的王氏人物30余世共200余人，现以表格的形式将《簪缨录》中十六世王祎及王祎之前的王氏姓氏爵禄过录于此，以见凤林王氏科名爵禄之盛。

王氏《簪缨录》

朝代	世系	姓名	事迹
五代			
宋	第一世	彦超	越州节度使，加太子太师，宋加检点为永兴节度使，镇凤翔，赠尚书，封邠国公。
宋	第五世	固	宋皇祐五年癸巳科开邑进士，授秘书省校书郎，复调恩阳令。
	第六世	秉集	承务郎。
		秉操	制科进士。
		秉节	进士。
		说	宣奉大夫，追赠工部尚书。
		孝宁	国学进士。
	第七世	孝纯	两举乡贡进士，国子助教。
		孝能	特科出身，迪功郎。
		孝移	教谕。
		永年	绍圣元年进士，任宗子博士，知福州太守，封文安县开国男，食邑三百户，赠正议大夫。
		乔年	举进士。
	第八世	善友	登进士，为评事。
		善能	朝请大夫。
		本	登进士，封鲁国公，赠太师。
		铸	嘉兴通判，赠金紫光禄大夫。
		俦	承奉郎。
		望之	嘉定元年进士。
		珪	承信郎。
	第九世	玨	承信郎。
		珣	乡贡进士。
		璿	国子助教。
		瓘	迪功郎。
		登	登政和二年进士，知湘阴，封魏国公，子俱显。
		宁	知惠州升广州常平提举中散大夫宪武校尉。
		寅	以祖永年荫，历官连、藤、柳、峡、饶江七州上郡。庆元初，任江州太守。
		寓	江东运干使。
		隽	修武郎。
		勤礼	承奉郎，监潭州南岳庙。
		绍祖	儒林郎，监西岳庙，新昌县丞。

	万	嘉定癸未进士,太常寺少卿,朝奉郎,谥忠惠公。
	葆	登进士,为建安学正。
第十世	安雅	助教,生自若。
	安平	承务郎。
	安世	承务郎。
	安上	助教,生自欢。
	安远	迪功郎。
	安诗	擢进士,为将仕郎。生自昭、自得。
	师心	政和进士,迁给事中,兼侍读擢吏部尚书,谥庄敏公。
	师古	绍兴进士。
	师醇	乡贡进士。
	师愈	登绍兴进士。授迪功郎,官至焕章阁理刑,崇政殿说书。
	师德	任两浙转使,加封宣议郎,赠太师,封楚国公。生三子,俱显。
第十一世	谦	赠奉直大夫知隆州刺史。
	杞	都尚书尉。
	枘	岳州司户。
	鄂	保义郎。
	自欢	仕为福建巡检。
	自若	承务郎。
	自昭	致政大夫。
	自得	道学。
	淮	登绍兴进士,淳熙中致位丞相,实封万户,信国公。拜右丞相,兼枢密使,封福国公,九拜左丞相,以亲老辞,仍特进鲁国文定公。
	汾	福建运使。
	滚	正议大夫。
	潋	承务郎。
	瀚	知县。
	涣	通议大夫。
	注	通判。
	涛	承务郎。
	澐	将仕郎。
	湜	奉直大夫。
	演	通判。
	渤	宣教郎。
	沉	宣议郎。
	汉	通干运使。
	澂	承务郎。
	洽	知都。
	潭	通判。
	询	免解进士,授教谕。
	组	举进士,授台州司户。
	迈	进士,授崇政殿说书大学士。
	柏	号鲁斋,谥文献公,崇祀四贤祠。
	世杰	端午二年乙未科进士,任安吉知州,入理学。
	模	将仕郎。
	槐	大理寺丞,知汀州,赠朝请大夫。
第十二世	机	承事郎。
	栋	大府卿。
	枿	司理。
	礿	严州三府。

		栻	知县。
		桧	知县。
		柄	通判。
		楫	二府。
		枢	奉直大夫。
	第十三世	清	景定二年,国子免解进士。
		埏	任绍兴府法司。
		震	学谕。
		江	学录。
		若讷	淳祐进士,授归德府教授。
		复	学谕。
		若议	主簿。
		岩	两请乡贡进士。
		公弼	举进士,授庆元府太嵩场盐运司干,再升台州府通判。生明通、明远。
		价	登绍熙进士,除庚支郎。
		侥	任两康北院。
		偃	知府。
		侨	县丞。
		亿	通判。
		仪	通判。
		佖	敷文阁运使。
		侑	知府。
		俨	知判。
		修	知府。
		俌	通判。
		俦	通干。
		炎泽	石峡书院山长,任教谕,入理学,见《儒林传》。
		桂祥	国谕,生龙泽。
		实	主簿。
		明通	京学免解贡元。
		明远	武义县学谕,生龙友。
	第十四世	崇之	月泉书院山长。
		应丑	贡元。
		珹	号成斋,生云龙。
		兴	金华学录。
		琦	将作监。
		庠	分水令。
		良佐	新昌典史。
		良玉	常山县学。
		良珉	本邑儒学谕。
		良翰	邑庠生。
		良辅	郡庠生。
元	第十五世	龙云	建德府教授。
		龙泽	宋咸淳甲戌科状元,历任南台监察御史,生内泰、道泰。
		龙友	举进士,授天台学录,转靳县学谕,升金华学录。
		肖翁	通判。
		寿翁	吏目。
		云龙	县令。
		祎	翰林待制,执节云南,谥文忠公,入忠义祠。生绅。

		补	登州招远县主簿。
		初	任至楚州长史。
		泰	昆山学正。
		道泰	平常仓大使。
		文英	翰林典籍。
明	第十六世	文恭	教谕。
		文彪	中宪大夫。
		威	昭信校尉。
		藻	海宁判官。
		汉	中书引礼舍人。
		兰	镇江路录事。
		约	高节书院山长。

上表中王祎及王祎之前凤林王氏有科第爵禄的人物有140余人，其中王淮，为宋朝一代贤相，汲引简拔过一大批贤能之士，享誉士林。金华县城过去有“四世一品巷”①，是对王淮和受封赠的祖上三代王师德、王登、王本四世的表彰和纪念，即可见王淮在地方上的地位和影响。王柏为“金华四先生”之一，而四先生所传的朱熹之学，被朝廷认为是理学的嫡传，故王柏受读书人尊崇，也可想见。

《凤林王氏宗谱》在《簪缨录》前还载有一首《簪缨总括歌》，以诗歌的形式叙述了凤林王氏主要人物的功名爵禄。其中有云：

凤林王氏发源深，宗枝繁衍人如林。……彦超位望冠群后，翊扶社稷更兴亡。历事三朝功德懋，声名爵赏褒勋旧。一朝藩镇释兵权，征伐敷天驱甲胄。仕进荣途忧且劳，视诸爵位如轻毛。桑□□□忘宠辱，爰得我所惟乐郊。会稽山郊纵盘结，世历仕宦稀宁逸。来朝走马慰乌伤，相宅凤林筑居室。由来不动故乡思，择里安居念在兹。文物声名嘉俗衷，士农乐业崇君师。人生性行恒殊度，隐显从心行厥素。隐君佳遁乐林泉，宦者为通泥隐路。忠良闻见为国光，志节才名著上方。馨香潜德称标棣，钏锡仁安花萼芳。纵观前代相传递，汉晋隋唐更五季。有宋隆兴世道亨，英雄豪杰绳绳继。奎星聚宋文运昌，乌伤进士名姓扬。权舆王固承永年，师心师愈俱仁贤。忠良宰府层间出，缙绅冠冕相缠联。王淮相业孚震翰，立朝謇谔称王万。介柏端方直更贤，谥曰文简曰文宪。王迈儒学通诸经，王佐辅卫称能明。不特文英兼武胄，王威封爵世传承。皇天有意昌人国，一门俊秀争奇杰。状元及第显乌台，盖世英雄属龙泽。缔观王氏源流昌，凤林稽亭分曲江。………②

王祎有志于史学，故对宗族历史了如指掌，他曾写过一篇《王氏凤林亭记》，记述了王氏宗族史上荣显光耀的人物，言语间充满自豪欣喜之情。尤其是文后那段总结性的义理话语，也颇能收到启迪激励之效，故广为族人所传诵。文云：

凤林亭，吾王氏之所作也。凤林乡名在义乌之南鄙，故老相传，尝有凤凰至，因以名其乡。今来山之阳，复有小山岿然起于平壤之间，即其地也。王氏之先太原人，唐末五

① 《（光绪）金华县志》卷三“地理”门。

② 《凤林王氏宗谱》卷八，民国木活字本。

季之际，有讳彦超为节度使者，自会稽来居焉，是为始迁之祖。厥后子孙日蕃以衍。至宋皇祐五年，固登进士第，仕为恩阳令，义乌有进士，实自恩阳始。而袆之十世祖宣奉公悦、九世祖正议公永年，逮七世祖中散公宁、朝请公寅，复自凤林迁居县东之沙溪。其分适他邑而显者，在金华则尚书庄敏公师心、丞相文定公淮；在浦江则太常忠思公万，皆同出于凤林，而凤林王氏之盛，号称衣冠冢，著闻东南矣。若吾族之世居凤林者，虽不表显以自见，而能以诗礼相传，袭守其家业而不陨。宋之季年，尝即山之麓作亭焉，以为宗族岁时之所会聚，即所谓凤林亭也。岁久而亭废，今族子德生又因故址而重作之，遵先志也。呜呼！王氏之居凤林，凤林之有王氏，四百余年于兹矣，林姿谷态，蔼然如昔，曾不与时而变迁。凡吾族人远近亲疏，固有间也，而追念厥始，千百人之身同出于一人之身，初曷有亲疏远近之间哉！登斯亭者，观夫水之有源，木之有本，尊祖敬宗之念，孝弟之心，其必油然而生矣。且吾祖宗奕世载德，厥维深厚，故其泽延于今愈久而愈绵，所谓德之厚者其流光也，我后之人缵承遗休，继迓先祉，有引而弗替，必将图无愧于前人，或以功业而名世，或以文章而华国，出为邦家之瑞，而羽仪于天朝，岂非所当自致者乎？虽然，岂惟吾族人，凡乡之人之至于斯，见夫原之深而流之长也，本之茂而末之昌也，歆艳之意不能自已，其不奋起作兴，思致于光显而求俪美于吾王氏乎？诗曰：凤皇于飞，翙翙其羽，亦集爰止。蔼蔼王多吉士，维君子使，媚于天子。此袆所望于吾族人与吾乡人者也。书诸石以为记，用以告来者云。[①]

了解了上述凤林王氏的历史，我们再来看下面王袆的老师黄溍、王袆本人及儿子王绅称道凤林王氏的话也就不足为怪了：

吾里衣冠望宗，莫有先于王氏；文献之相仍，亦莫久于王氏。[②]

宋南渡后以及于今，婺之衣冠冢，莫盛于王氏矣，爵禄道德，联蝉奕叶。[③]

以故南渡以还，论相业者，咸称王氏。言道统者复推王氏为濂洛之嫡传。[④]

孟子曰："君子之泽，五世而斩。"维我王氏，自五季逮宋及元，几五百年，而清白之传未尽坠者，良由继绍先猷，迓续遗祉者，代有其人耳[⑤]。

二、华川书舍

《浙江通志》卷四十七有这样的记载："王袆宅，《金华杂识》：'在义乌县绣湖傍。'宋濂《华川书舍记》：'华川书舍者，乌伤王君子充学文之所。乌伤有大泽为华川，今绣湖即其地。子充之居，直湖之阴，系以旧名，志乎古也。'"[⑥]这个记载明确告诉我们，王袆的家就在绣湖边，

① 《王忠文公文集》卷八，《北图古籍珍本丛刊》本。

② 《南棱先生墓志铭》，《黄文献公集》卷九，丛书集成本。

③ 《故成斋王先生墓表》，《王忠文公文集》卷二十四，《北图古籍珍本丛刊》本。

④ 《故松江府判官致仕王公墓志铭》，《王忠文公文集》卷二十三，《北图古籍珍本丛刊》本。

⑤ 文澜阁本《继志斋集》卷九《第二书》。

⑥ 景印文渊阁四库全书本。

而绣湖即华川之别名。关于绣湖的位置和景致,旧志这样记载:“绣湖,县治西有湖广数顷,群峰环列,云霞掩映,烂然若绣,湖因以名。”今天,绣湖一带的公园和广场是义乌老百姓休闲娱乐的所在,而当年王祎的华川书舍经过义乌市人民政府重建后静静地立于绣湖之旁,供人们参观纪念。

图6 绣湖(一)

图7 绣湖(二)

图8 绣湖(三)

图9 绣湖公园里的华川书舍

王祎于至正六年(1346)冬随老师黄溍到大都游学,至正十年(1350)二月离别京师南归。三年的远游,让王祎开阔了眼界,增长了见识,但同时,也认识到了自己的不足。回归的当年,王祎参加了乡试,但以失败告终。乡试的受挫给了王祎不小的打击,动则思静,王祎决定要好好读书明志,于是就有了华川书舍的出现。

说来也巧,王祎离开大都后不久,老师黄溍也于当年四月辞官归里。黄溍的家也在绣湖之旁,故王祎平日又可时时向老师请教了。王祎的同门朋友宋濂听说黄溍辞官回归后,也从浦江赶来看老师。王祎趁着这个机会,请宋濂为他的华川书舍写一篇记文。宋濂写道:

华川书舍者,乌伤王君子充学文之所也。乌伤有大泽曰“华川”,唐武德间尝置华川县,不久而县废。今之所谓绣湖者,即其地也。子充之居,直湖之阴,犹系之以旧名,志乎古也。子充之志乎古,岂止而已哉!上自群圣人之文,下逮诸子百家之文,咸萃舍中,日冥搜而精玩之,大肆其力于文,愈出而愈无穷。以濂同受经于侍讲黄先生之门也,请为记书于舍壁。濂虽稍长于子充，视子充之辞锋横厉，百未能及一，纵强颜欲记之，将何以云耶？虽然，子充弱冠时，濂见其文辄曰：'子充他日当以文知名。'今始十年，而子充名动荐绅间，识者遂以濂为知言。濂虽不文，宁不为子充一言乎？呜呼，文岂易言哉？日月照耀，风霆流行，云霞卷舒，变化不常者，天之文也；山岳列峙，江河流布，草木发越，神妙莫测者，地之文也；群圣人与天地参，以天地之文发为人文。……自是以来，若汉之贾谊、董仲舒、司马迁、扬雄、刘向、班固，隋之王通，唐之韩愈、柳宗元，宋之欧阳修、曾巩、苏轼之流，虽以不世出之才，善驰骋于诸子之间，然而亦恨其不能皆纯，揆之群圣人之文，不无愧也。上下一千余年，惟孟子能辟邪，说正人心，而文始明。孟子之后，又惟舂陵之周子、河南之程子、新安之朱子，完经翼传，而文益明尔。呜呼，文岂易言哉？自有生民以来，涉世非不远也，历年非不久也，能言之士非不夥且众也，以今观之，照耀如日月，流行如风霆，卷舒如云霞，唯群圣人之文则然；而列峙如山岳，流布如江河，发越如草木，亦惟群圣人之文则然。而诸子百家之文，固无与焉。故濂谓立言不能正民极，经国制，树彝伦，建大义者，皆不足谓之文也。士无志于古则已，有志于古，舍群圣人之文，何以法焉？斯言也，侍讲先生尝言之，子充亦尝闻之，濂复取以为子充告者，诚以子充将以文知名于世，不可不以群圣人之文为勉也。濂家芙蓉山之阳，距子充之居不二舍而近，他日谒子充于绣湖之阴，仰观俯察天地之文，退坐书舍中，又参以群圣人之文，则濂与子充当各有所进也，子充以濂为然乎？虽然，而濂言夸矣，子充幸为我删之。"①

在这篇序里，宋濂对王祎的文章大加赞赏，认为王祎的文章"辞锋横厉"，自己"百未能及一"。王祎现在"名动荐绅间"，果不出他十年前所料"子充他日当以文知名"。宋濂还跟王祎探讨了历史上文章的流变，表达了他对"群圣人之文"的崇拜之情，认为文章一定要"正民极，经国制，树彝伦，建大义"的才是真正的文章。从这里，我们可以看出宋濂和王祎既相互知慕又如切如磋的同门情谊。王祎的华书书舍，经宋濂一表彰，从此名扬天下。

三、青 岩

至正十一年(1351)，红巾军起义爆发，从此，元朝进入了大动乱的年代。至正十五年(1355)春，王祎来到青岩祖母傅氏家游玩，秀丽清幽的青岩山景色触动了他隐逸的心弦，于是，买地筑屋，在此隐居了下来。

青岩山，位于义乌县南十里处，其山由东阳县境内的东西岘峰绵延而来，到三十里龙门处，山势高耸突起，再往西二十里，即为青岩山。青岩山又分为南北两支，南支重峦叠嶂，北支则崇岭峻峤，两支均迤逦西行。而南北两支分开的中间，又有一山"峰阜圆粹，累累若联珠"，是为齐山。远远望去，南北两支的山峰有如威猛前行的龙虎，而中间被簇拥护卫的齐山俨然如天帝一般。齐山之阳，有一片地势平坦的地方，纵深约一里左右，这就是王祎祖母傅氏所在的村庄，这一村庄的人都姓傅，故村庄又称青岩傅。

---

① 《宋濂全集》第55页，浙江古籍出版社1999年版。

图10 青岩傅(一)

图11 青岩傅(二)

图12 青岩傅(三)

图13 王祎青岩傅隐居遗址

青岩村的外面,环绕着双涧。双涧的水源于南北两山分际之处,夹齐山而出,到这里合而为一,再前行二三里,与诸水汇成一个很大的水塘叫新塘。塘外又有一座小山岿然特起,好像有意来阻挡双涧之水不再外流。双涧之外,两山之间,陵谷幽邃,川原夷旷,草木繁茂,确实是隐居的好去处。王祎在《青岩山居记》记述了他之所以隐居此地的原因:

初傅氏有以才学显闻,仕为侯官主簿曰光龙者,与予祖母为同产,故傅氏,予外家也。至正乙未之春,予始至焉。爱其双涧,内属两山,外拱清淑之气,若有所钟,乃即傅氏居旁,度平壤之中,买隙地数亩,结屋居之。为屋仅三数楹间,屋外植以竹木,右偏别为小轩,庋书其内。读书之余,出缘涧而行,南涧水稍深,昌蒲生石上,与异草青翠相错,绝可爱。北涧石浅,稍雨水激石面,声潺湲,辄不休。有老梅数株,偃蹇横岸侧。由双涧所合,直两山之间而西望,金华芙蓉峰近在目睫,可揽也。予于是居而乐之,若将终身焉。①

此外,王祎也写诗表明他隐居青岩的原因:

幽僻青岩中,结屋开荒畦。群山列左右,双涧鸣东西。萧然守岑寂,环堵蓬蒿齐。

① 《王忠文公文集》卷八,《北图古籍珍本丛刊》本。

兵戈遍天地,吾将暂冥栖[①]。

王祎隐居青岩的时候,时年三十四岁,这正是一个人建功立业、大有作为的好时光。王祎也曾向好友陈基表白过"黄金铸印锦悬绶,时至未敢辞侯封"的愿望,为什么这个时候又萌生隐逸的念头呢?难道仅仅是为青岩山美丽的自然风光所吸引吗?王祎难道将从此隐而不出了吗?对此,王祎的《青岩山居记》有过一番解释:

或谓予曰:仕与隐,其趋不同也,古之君子未尝不欲仕,特恶不由其道耳。吾子学先王之道,且将为世用,胡为而遽言隐耶?予告之曰:仕隐二趣,吾无固必也。十年以来,吾南走越,北走燕,而惟利禄之是干,其劳心苦思,殆亦甚矣。是岂志于隐者乎?今天下用兵,南北离乱,吾之所学,非世所宜用,其将何求以为仕?借使世终不吾用,吾其可以枉道而徇人?则吾终老于斯,益研穷六艺百家而考求圣贤之故,然后托诸言语,著成一家之书,藏之名山,以俟后世,何不可哉?君子之行止,视时之可否以为道之诎伸,是故得其时则行,守穷山密林而长往不返者,非也。不得其时则止,汲汲于干世取宠,勇功智名之徒尚入而不知出者,亦非也。一山之隈,一水之涯,特吾寄意于斯焉耳。吾之行止安敢固必乎哉?或者无以诘,因疏其言揭诸壁间,为《青岩山居记》。

王祎说现在天下用兵,南北离乱,他所学的,非世所用。与其枉道徇人,还不如隐居山中,究研圣贤之书,著书立说,著成一家之书,藏之名山,以遗后世。况且十年来,他南北奔走,漫游干禄,劳心苦思,身心已极为疲惫。在王祎看来,仕隐二途,并没有一成不变的道理,"天下有道则见,无道则隐"。由此看来,王祎对元朝的统治已彻底感到了失望。

四、余论

在寻根问祖观念极为强烈的古代,宗亲文化在古人的心目中有着极高的地位。凤林王氏非同凡响的开篇、脉络不绝的科第、蝉联弈叶的爵禄无疑令王祎自豪不已,同时也激励着他不断积极进取。凤林乡,王氏宗族的发源地,在王祎避难的时候,给他带来了帮助和庇护。华川书舍,王祎读书问学的地方,它为王祎日后的成功起到了十分重要的作用。600余年后的今天,华川书舍依然静静静地立在美丽的绣湖之畔,足见它在当地百姓心目中的地位。青岩,一个清静而又美丽的地方,它一度使王祎远离了喧嚣。正是在此,王祎完成了他政治倾向的大转变,告别元朝,走向大明。

作者单位:浙江大学

① 《次韵友人山居秋日就述鄙怀八首》,《王忠文公文集》卷一,《北图古籍珍本丛刊》本。

卓敬事实辨疑

赵素文

卓敬字惟恭，号海幢，明初浙江瑞安（今瑞安市云周乡卓岙村）人[①]。官至户部侍郎。建文四年（1402）靖难之变，卓敬不屈殉国，夷三族。抄没之日，家中只图书数卷而已。卓敬其人，英伟美丰姿，善于谈论，耿直慷慨，于诸天官、地理、律历、兵刑，无不博究。建文殉难诸臣，论者往往以为书生意气，定倾乏谋，而朱国桢独称卓敬"有高世之才"、"学问识力青田（刘基）之后一人"[②]。即使"刑威劫人"[③]的明成祖朱棣，亦惜之："国家养士三十年，唯得一卓敬！"[④]《国朝列卿记》称他："为文章精粹峭拔，磊磊落落似其为人；诗词宏腕，有一唱三叹之遗音焉。"[⑤]卓敬可谓特出。

审阅查核相关史传谱牒资料，笔者发现卓敬之诸相关事实，众说纷纭，故作初步辩疑如下：

一、生卒年辨疑

据《明史纪事本末》卷十七、十八，建文四年（1402）夏六月乙丑，金川门失守，燕王揭榜左班文臣二十九人为奸臣，出赏格追索，卓敬名列其中，寻系狱弃市。则卓敬卒年在建文四年（1402）六月，确定无疑。

---

① 按，据卓崇豪《学窥濂洛 烈并方黄——瑞安先贤卓敬故里行》，温州日报 2012 年 4 月 7 日，第 6 版。文称：2005 年，浙江省瑞安市云周乡卓岙村民在山间乱石中发现一石碑，阔约 20 多厘米，高约 40 多厘米，碑阴刻楷书"明卓忠贞公故里"七个大字，旁刻"万历戊申仲冬吉旦，浙江提督学校佥事陈大绶立"，其右又刻一行"乾隆己巳重整，知县张如霖勒石"。可为确认卓敬里籍之佐证。

② 朱国桢《皇明殉国臣记五卷》卷二《侍郎卓公》，周骏富辑《明代传记丛刊》第 62 册，台湾明文书局 1991 年版，第 123—127 页。

③ 谷应泰《明史纪事本末》卷十八《壬午殉难》，中华书局 1977 年版，第 308 页。

④ 张廷玉《明史》卷一四一，列传第二十九《卓敬传》，中华书局 1974 年版，第 4024 页。

⑤ 雷礼《国朝列卿记》卷六十四《国初工部左右侍郎年表》，周政富辑《明代传记丛刊》第 37 册，台湾明文书局 1991 年版，第 122 页。

卓敬生年不详。《明史》本传[①]、刘球原传[②]，以及焦竑《明卓忠贞公庙碑》[③]、袁袠《户部右侍郎卓敬传》[④]等相关史籍所载的卓敬传记资料，对其生年都略无记载。

地方族谱资料中，有《西河堂卓氏族谱·西河郡卓氏上祖世系表一》称："建文壬午四年（1402）六月癸亥，靖难先锋主朝阳门外，甲子屯金川门，乙丑入城，建文皇帝遁去，公系狱。至己巳文皇帝即位，公不屈就戮，年五十有四。（生）于元（至）正己丑（1349）四月初二。"[⑤]《西河郡浙南闽东卓氏源流通考》亦称："公就义时年五十四。"[⑥]则卓敬生于元至正九年（1349）四月初二，姑且备一说。

另，《惟恭公卓敬源自西河世系表》标注："卓敬，生于1356年（元至正十六年），被斩1402年（建文四年）。"[⑦]未知该表是否有旧谱载录为据，抑或系后人补注。该书中还收有卓群所撰《卓敬简略》一文，亦持此说。

另外，《塘栖卓氏宗谱续编》收录高圻详《卓敬家世及生年考》，作者在瑞安高楼乡大京（金）村发现《金山卓氏宗谱》，谱上有《卓忝世系图》、《沧洲卓氏宗谱》等，并称：

> 《卓忠贞公传》记：读书宝香时年十五……既而领乡荐。《沧洲卓氏宗谱》记载：中洪武甲子（1384）乡科。……据此，卓敬中洪武甲子乡科应是16岁。依次上推16年，他出生于洪武二年乙酉（1369）。往下推算，登戊辰榜眼是20岁。壬午殉难（1402）年方34岁。[⑧]

这一论断立足不稳，"既而"一词，并不能推断出卓敬次年十六岁必中举人的事实。且以常理度之，士子二十岁中榜眼，可能性极微。若是，则可谓神童，史书必然特别出而书之，而卓敬诸传并未及此，也可反证此论不是。若《华夏卓姓源流》所收《惟恭公卓敬源自西河世系表》之注卓敬生年，亦为后人以此类推，则不可信。

又，卓敬为瑞安名儒叶葵作《叶继道先生墓志铭》，称叶葵卒于洪武乙卯腊月三日（1375），寿七旬。后十余年其子叶鼎与敬同官南京，向卓敬求铭[⑨]。则铭文作于1395年之后。文称叶鼎与卓敬同为洪武第一科甲子（1384）举人，已有子女六人，子操为庠生，孙辈十

---

① 张廷玉《明史》卷一四一，列传第二十九《卓敬传》，中华书局1974年版，第4024页。

② 卓敬撰，林从炯编，林维乔补编《卓忠毅公遗稿》三卷首一卷之卷首，民国十八年（1929）十月陶社重印林石筲先生辑本。

③ 焦竑《国朝征献录》卷三十，周政富辑：《明代传记丛刊》第110册，台湾明文书局1991年版，第398—401页。

④ 同上，第398页上。

⑤ 按，此则资料转录自1994年编修的西河堂卓氏族谱第三谱。编修第三谱时，由卓世康拜访安徽省太湖县刘羊乡骑龙村时抄录，谱称太湖县卓姓，系卓敬子隆武公后裔；浙江省泰顺县东岭乡及福安、福鼎两县境内的卓姓，系保生公后裔。《华夏卓姓源流》亦辑录此表，但鱼鲁亥豕讹字甚多，且无生于"四月初二"一句。本引文中括号内字，系笔者补注。

⑥ 卓安邦等编：《华夏卓姓源流》，2001年电脑排印本，第209页。

⑦ 同上，第142页。

⑧ 卓介庚主编《塘栖卓氏宗谱续编》，2008年编，第281页。

⑨ 卓敬撰，林从炯编，林维乔补编《卓忠毅公遗稿》三卷首一卷之卷一，民国十八年（1929）十月陶社重印林石筲先生辑本。

二人。则撰此文时,叶鼎必已在不惑乃至知天命之年。倩人铭志先辈,所恳托者往往为老成上官。当时卓敬年龄,似不能太少。以此来看,卓敬生于1356年,卒年34岁之说法不妥。而若卓敬生年为至正九年(1349),撰文时年届不惑,则更合乎寻常情理。

二、登科情况

康熙《浙江通志》载卓敬洪武二十年(1387)丁卯科举人①。有误。

卓敬《叶继道先生墓志铭》称:"继道男鼎,与余同登洪武第一科甲子解榜"②,则卓敬乡试中式,实在洪武十七年甲子(1384),是为明代首次举办乡试。若生年为1349年,则卓敬时年36岁。

卓敬中进士的时间,《明史》卓敬本传和刘球原传皆称作洪武二十一年(1388)戊辰科进士。《浙江通志》亦称:"明洪武二十一年(1388)进士,廷对第二,授户科给事中。"③《卓忠毅公遗稿》附林从炯《林氏参考》引武进薛应旂《宪章录》亦称:"洪武二十一年(1388)戊辰三月,上御奉天殿策举人,赐任亨泰等九十九人进士及第、出身有差,特命立石题名于太学,着为令。是科得卓敬、齐泰。"④然而《皇明三元考》则称:洪武十八年(1385)乙丑科,会元黄子澄,状元丁显,榜眼练子宁,探花黄子澄,名臣有卓敬⑤。今查《明清进士题名碑录索引》,洪武二十一年(1388)戊辰科一甲三名,二甲一十四名,三甲七十八名,共九十五人。较《宪章录》所载少四名,且无卓敬、齐泰两人。而洪武十八年(1385)乙丑科,三甲七十名进士为卓敬,三甲九十名齐德,改名齐泰⑥。

又,《林氏参考》引山阴陈汝元《浙士登科考》称:"洪武二十一年戊辰科,瑞安三人,林挺三甲、卓敬榜眼、郭真二甲。自洪武戊辰科至万历戊戌科,榜眼共十八人,首卓敬。"陈汝元辨:"元查王世贞《科试考》,是科第二人卓敬,而俞宪《登科考》乃以唐震为榜眼,并遗卓敬姓名,今从《科试考》改正。"⑦今查《明清进士题名碑录索引》林挺作林珽,三甲四十二名;郭真二甲第七名。与《浙士登科考》之说吻合。然而该科榜眼为唐震。

以上诸资料之矛盾,结合《明清进士题名碑录索引》洪武十八年(1385)乙丑科注释,便能明了原因:本科因榜眼练子宁、探花黄子澄靖难之变殉身夷族,明成祖下令将本科题名碑仆毁,因此《碑录》中多有进士阙名。现虽经查检各省通志及其他资料补充了部分,但仍不能完全。

---

① 康熙《浙江通志》卷三十"选举二",上海:上海古籍出版社1991年版,第7页。

② 卓敬撰,林从炯编,林维乔补编《卓忠毅公遗稿》三卷首一卷之卷一,民国十八年(1929)十月陶社重印林石笥先生辑本。

③ 康熙《浙江通志》卷三十四"人物",上海古籍出版社1991年版,第66页。

④⑦ 卓敬撰,林从炯编,林维乔补编《卓忠毅公遗稿》三卷首一卷之卷首《林氏参考》,民国十八年(1929)十月陶社重印林石笥先生辑本。

⑤ 张弘道,张凝道:《皇明三元考》,周骏富辑《明代传记丛刊》第19册,台湾明文书局1991年版,第31页。

⑥ 朱保炯等《明清进士题名碑录索引》,上海古籍出版社,1980年版。

总之，综合以上诸说，可判定：卓敬为榜眼，名列前茅，较引人注目，薛应旂、王世贞、陈汝元言之确凿，当非空穴来风，必有所据。又，为报复乙丑登科之靖难诸臣，明成祖朱棣已将洪武十八年登科题名碑仆毁，致使该科进士有阙名不可辨认者，则《明清进士题名碑录索引》所载乙丑科进士名单，颇可存疑。卓敬及齐泰皆建文殉难忠臣，根据明成祖朱棣行为类推，则极可能对他们采取同样的报复手段，虽未至于毁去戊辰科进士题名碑，将之涂抹篡改，是完全可能的，这也可从现存《明清进士题名碑录索引》所载较《宪章录》少四人得以旁证。因此，笔者认为卓敬及齐泰确系洪武二十一年(1388)进士，触成祖逆鳞被诛夷族后，他们在进士题名碑上的名字也被销毁，而后来者整理乙丑科残碑时，讹置卓敬、齐泰入乙丑科题名碑内。而卓敬实系洪武戊辰科(1388年)榜眼，或年四十。

三、仕历辨疑

明史本传与刘球原传，皆称卓敬中洪武二十一年(1388)进士，授户科给事中。历官宗人府经历，升户部侍郎。独《国朝列卿记》注："卓敬，洪武三十年任左(侍郎)，一作户部。"[①]

今查《明实录》："(洪武二十一年，1388)改给事中魏敏、卓敬凡八十一人为源士。初，敏等为给事中，上以其适符古元士之数，改为元士，至是又以六科为事之本源，遂为源士，后复为给事中。"[②]又，"(洪武二十六年，1393)十二月壬申朔，降工部尚书严震直为监察御史，左侍郎田春为本部主事，署右侍郎、司务王升仍为司务，命都给事中冀凯署工部左侍郎，卓敬署右侍郎"。[③]

则可大致梳理出卓敬的仕历为：洪武二十一年(1388)卓敬初举进士，授职户科给事中(从七品)。约莫在三年考满后，升擢宗人府经历(正五品)，再三年考满，洪武二十六年(1393)，擢升工部左侍郎或户部右侍郎(正三品)，亦有可能为先授工部左侍郎，洪武三十年(1397)迁转户部右侍郎。此后至建文国变，一直任户部侍郎之职。《西园闻见录》称："历官吏部侍郎"[④]，因无别据可证，存疑。

从洪武一朝中，特别是洪武二十六年的同官升贬与卓敬迁转来看，卓敬才智，自有过人处。

刘球《原传》载建文初年卓敬密奏："燕王智虑绝人，雄才大略酷似先帝，顾其为人，必非久在人下者。且北平天下都会，地方广邈，士马精强，金元之兴皆为由此"，而提出乘其不备改封南昌，以剪其羽翼，使变无从生，即使生变亦易控制。在建文帝以"燕王骨肉至亲，卿虽虑事深长，其谋当不及此"犹疑相对时，卓敬以杨广弑父为据，力争"将萌而未动者，机也；量时而可为者，势也。"且知己知彼，分析形势，认为"彼志得行，则谋无不遂，大举而南，建瓴东

① 雷礼《国朝列卿记》卷六十四《国初工部左右侍郎年表》，周政富辑《明代传记丛刊》第37册，台湾明文书局1991年版，第122页。

② 抄本《明实录》卷一百九十五《大明太祖高皇帝实录》，线装书局2005年版。

③ 抄本《明实录》卷二百三十《大明太祖高皇帝实录》，线装书局2005年版。

④ 张萱《西园闻见录》卷一"孝顺前"，周骏富辑《明代传记丛刊》第116册，台湾明文书局1991年版，第73页。

下，当此之时势如瓦解，陛下孑然一身，虽有一二特立之士，亦无所为矣”①。可谓目光如炬，胸涵全局。卓敬徙封藩王的策略，既能削除诸藩实力，又能缓冲直接削藩带来的强烈矛盾，避免引起战祸变乱。因此《明书列传》赞：“卓敬从容徙燕之奏，其度越诸臣远矣。”②可谓得人之论。他的徙封思想，虽不被建文帝采用，明成祖却深为赞同，谓“建文听之，干戈息矣”③，并赋予实际践行。钱春序云：“建文柔懦，宜不能尽豪杰之用。”④刘球原传所谓“有高世大才，而未及大用”⑤。殆非虚谀。

四、殉难事实

卓敬之死，史籍诸传，多归咎于姚少师广孝。《国朝典故》即称：“卓之死，出于广孝所忮，上实不忍。”⑥刘球原传记卓敬殉难情状云：

> “太宗皇帝南下时，公已被执，首责以不迎乘舆之罪。……帝怒，欲杀之，而怜其才美，命系狱，欲屈其志而复官之，时使中臣讽之……帝知公义不屈，然怜其至诚，犹欲生之，而姚广孝不可，以为陛下虽天下已定，然兵革方殷，若欲返驾燕都，必杀敬始可。……敬虽一介书生，实英雄才略也。今若生之，则彼得行其志，移檄诸王，扬大义，据东南之饶，限长江之险，鼓舞豪杰起兵北来，陛下未可安枕也。岂非养虎自遗患耶！昔吴王不杀范蠡而蠡卒灭吴，王衍不杀石勒而勒终害衍，人事有几不可失也。使先帝果如敬言，陛下岂有尺寸土地耶。帝意遂决。已特命斩之，复夷三族。”⑦

持论者以为，有两方面原因导致姚广孝必欲置敬死地：首先，挟私报怨。《明儒言行录续编》称：“姚广孝衔其素薄己，力劝杀之，不屈而死。”⑧《国朝列卿记》：“姚广孝先以高僧负重名，每为敬所轻，衔怨切骨。”⑨《皇明逊国臣记》亦同此说⑩。其次，顾忌高才。《罪惟录》：“徙燕江南一语，其智计与姚天禧相上下，用与不用之分也。广孝于正学则欲其生之，于惟恭则必欲死之，有用与无所用之分也。”⑪又，《明卓忠贞公庙碑》称：“公之死也，少师与有力焉。非

---

① 卓敬撰，林从炯编，林维乔补编《卓忠毅公遗稿》三卷首一卷之卷首《原传》，民国十八年（1929）十月陶社重印林石笥先生辑本。

② 傅维麟《明书列传》卷一百三，周骏富辑《明代传记丛刊》第87册，台湾明文书局1991年版，第417页。

③④⑤⑦ 卓敬撰，林从炯编，林维乔补编《卓忠毅公遗稿》三卷首一卷之卷首钱春序，民国十八年（1929）十月陶社重印林石笥先生辑本。

⑥ 邓士龙《国朝典故》卷二十二，北京大学出版社1993年版，第382页。

⑧ 沈佳《明儒言行录续编》卷一，周政富辑《明代传记丛刊》第4册，台湾明文书局1991年版，第613页。

⑨ 雷礼《国朝列卿记》卷六十四《国初工部左右侍郎年表》，周政富辑《明代传记丛刊》第37册，台湾明文书局1991年版，第122页。

⑩ 朱国桢《皇明逊国臣记》，周政富辑《明代传记丛刊》第35册，台湾明文书局1991年版，第613页。

⑪ 查继佐《罪惟录》列传卷九之上，周政富辑《明代传记丛刊》第85册，台湾明文书局1991年版，第388页。

古今之道殊，忠佞之情异也。以公才智，迈于夷等，生死能为有亡故也。”[①]《明书列传》：“卓敬从容徙燕之奏，其度越诸臣远矣，……不容于道衍，是以动老叟嗟耳。”[②]因此，对广孝多有批评。如《皇明咏化类编列传》议论广孝道：“夫前日请上勿杀孝孺，后来卓敬由道衍而死，彼其劝勿杀者，惧天下绝好学之士，而又促之杀者，则后世孝义之士将何继乎？是知道衍非果深知孝孺。”[③]《皇明殉国臣记》亦批评他：“人不可无学，学儒则仁义，学释则慈悲，少师所学何事？佐文皇取天下，诛杀惨夷既不能救，又益薪焉。”[④]

上面说法，虽或基于事实，却难免有惜才迁责之偏颇。因此又有论者，认为卓敬之死，实乃骑虎难下，势之所必至者。钱春序称：“忠臣孝子，许身于国，负纲常于身，宁惜死哉！”“惟忠孝人所自有，触于公而动犹火之触于薪，而燃不能自已也。”[⑤]徐一经序称：“公之死正公之所以为公哉。或又谓公之死也，少师与有力焉，是正不然。公以天挺忠孝，其生平之自矢早已决矣。”[⑥]理由如下：其一，卓敬本人天姿超迈，学承周邵正脉，本性乃是贾谊、文天祥一类人物。诸传载卓敬少年读书宝香山，夜归遇雨，逢逸老赠僧帽不受，得其聩牛骑归则是黑虎。《明贤蒙正录》因此议道：“先生尽忠建文，及靖难不屈死之。观其不受僧帽时，已辨临难不避之志，慷慨报国矣。”[⑦]其二，所处浙东地域，忠孝节义风习昌盛，卓敬深受乡贤先达许景衡、陈傅良辈思想灌注。故而徐一经以为：“安知少师之戗公，非以成公也。”[⑧]《罪惟录》亦因此而深喟：“骑虎而不能下，惜哉！”[⑨]

卓敬夷族，家人罹难，史传记及者，《皇明表忠记》[⑩]和《皇明世法录》[⑪]皆叙敬妻刘义、女杨奴发教坊。徐乾学《明史列传》也称：“妻刘氏、女杨奴发教坊司。”[⑫]

清俞正燮《癸巳类稿》转引《南京法司所记》：“永乐二年(1404)十二月，教坊司题卓敬女杨奴、牛景先妻刘氏，合无照依谢升妻韩氏例，送淇国公转营奸宿。”又：“永乐十一年(1413)

---

① 焦竑《国朝征献录》卷三十，周政富辑《明代传记丛刊》第110册，台湾明文书局1991年版，第398—401页。

② 傅维麟《明书列传》卷一百三，周骏富辑《明代传记丛刊》第87册，台湾明文书局1991年版，第417页。

③ 邓球《皇明咏化类编列传》，周政富辑《明代传记丛刊》第81册，台湾明文书局1991年版，第577页。

④ 朱国桢《皇明殉国臣记五卷》卷二《侍郎卓公》，周骏富辑《明代传记丛刊》第62册，台湾明文书局1991年版，第123—127页。

⑤ 卓敬撰，林从炯编，林维乔补编《卓忠毅公遗稿》三卷首一卷之卷首钱春序，民国十八年(1929)十月陶社重印林石笥先生辑本。

⑥⑧ 卓敬撰，林从炯编，林维乔补编《卓忠毅公遗稿》三卷首一卷之卷首徐一经序，民国十八年(1929)十月陶社重印林石笥先生辑本。

⑦ 彭定求《明贤蒙正录》卷上，周政富辑《明代传记丛刊》第21册，台湾明文书局1991年版，第689页。

⑨ 查继佐《罪惟录》列传卷九之上，周政富辑《明代传记丛刊》第85册，台湾明文书局1991年版，第388页。

⑩ 钱士升《皇明表忠记》卷二“殉难列传”，《明代传记丛刊》第64册，台湾明文书局1991年版，第118页。

⑪ 陈仁锡《皇明世法录》卷九十“表忠”，《明代传记丛刊》第79册，台湾明文书局，1991年版，第243页。

⑫ 徐乾学《明史列传》卷十九，《明代传记丛刊》第98册，台湾明文书局1991年版，第644页。

正月十一日，教坊司于右顺门口奏：齐泰姊，及外甥媳妇，又黄子澄妹，四个妇人，每一日一夜，二十余条汉子看守着，年少的都有身孕，除生子令做小龟子，又有三岁女子，奏请圣旨。奉钦依：由他不的，到长大，便是个淫贱材儿。又奏：当初黄子澄妻生一个小厮，如今十岁，也奉钦依，都由他。"又云："铁铉妻杨氏年三十五，送教坊司；茅大芳妻张氏年五十六，送教坊司。张氏病故，教坊司安政于奉天门奏。奉圣旨：分付上元县抬出门去，着狗吃了！钦此！"①牛景先、谢升、齐泰、黄子澄、铁铉、茅大方皆建文忠臣。成祖不仅杀人夷族，又发女眷于教坊司，供京营兵士蹂躏，无怪谷应泰批评："世谓天道好还，而人命至重，遂可灭绝至此乎！又况孔融覆巢之女，郭淮从坐之妻，古者但有刑诛，从无玷染……此忠臣义士尤所为植发冲冠，椎胸而雪涕者也。""成祖之做法凉矣。"②

可知卓敬有女杨奴，遭难发教坊司无疑。朱谏《书卓公传后》称："卓公死后，其女没入官奴，宣德间赦放回籍，归于梅司巡检陶姓者，其言谈颇类忠贞公，见者为之流涕，称曰：卓氏女。"③

然而对于卓敬妻姓氏以及是否有亲子，则有异说。瑞安《沧洲卓氏宗谱》称卓敬号惟恭，娶妻林氏，无子，只生一女。而安徽太湖《卓敬公家史》、《惟恭公卓敬源自西河世系表》、《浙南闽东卓氏系图》等则称，卓敬配宋氏，五子，长永思，次永怀，三宋生，四禄胜，五隆武。除永思殉难，永怀携永思子兴避难苏皖发派，宋生改从母姓，逃避富春山中，后代盛于杭州仁和塘栖。禄胜遁至泰顺，为泰顺柳峰乡卓宅、福鼎前岐岙前村等卓氏支祖。卓敬胞兄卓庄遁入朱山，以次子承嗣卓敬，传为瑞安市湖岭镇和芳庄乡卓氏一脉。安徽灵璧县、江苏睢宁县1955年合编《卓氏族谱》载《访太湖同宗纪实》又称靖难夷族后，卓敬五子，伯仲死难，叔季五子等潜身异域。但诸谱细节抵牾甚多。今参瑞安《金山卓氏宗谱》，瑞安卓氏十世卓士坚有四子，其二子卓伯毅生长子卓庄，次子卓敬，四子卓伯文生子卓敦。徐乾学《明史列传》载："敬遘难时，从父弟敦变姓名为宋哲，三徙家仁和、至七世始复姓。"④查《塘栖德滋堂卓氏谱系》，塘栖卓氏始祖卓敦，改名哲，号复初，避祸入赘妻族，改姓宋氏。则诸谱所谓的卓敬第三子宋生，当即宋哲，也就是卓敦，实系卓敬堂弟。由此推测卓敬便或有亲子，必已殉难。而宋生以下诸人，殆族人借卓敬之名以光其宗脉耳。诸谱系敬妻宋氏，或亦因与卓敦妻姓混淆之故。林刘之讹，亦可存疑。

四、赐谥时间考辨

宣德五年(1430)庐陵刘球原传称："谨摭公平生忠孝大节，而证以见知闻知之实，如此且以'忠贞'秘谥之，以伸平生所仰慕之意。"⑤

---

① 俞正燮《癸巳类稿》卷十二，辽宁教育出版社2001年版，第433页。

② 谷应泰《明史纪事本末》卷十八，中华书局1977年版，第308页。

③ 卓敬撰，林从炯编，林维乔补编《卓忠毅公遗稿》三卷首一卷之卷首朱谏《书卓公传后》，民国十八年(1929)十月陶社重印林石笥先生辑本。

④ 徐乾学《明史列传》卷十九，《明代传记丛刊》第98册，台湾明文书局1991年版，第644页。

⑤ 卓敬撰，林从炯编，林维乔补编《卓忠毅公遗稿》三卷首一卷之卷首《原传》，民国十八年(1929)十月陶社重印林石笥先生辑本。

徐乾学《明史列传》:“万历初用御史屠叔方言,诏建祠表墓,福王时赠太子太保,户部尚书,谥忠贞。”①

《林氏参考》称:“炯又考卓公故明未闻赐谥,刘忠愍私谥‘忠贞’,世依称之。国朝乾隆四十一年(1776)赐谥‘忠毅’。”②

《参考补》引《万历志》云:“宣德间,门人黄潮光为作年谱、行状,庐陵刘球为之传,以‘忠贞’私谥之,建祠江心。修撰焦竑为记。”引《康熙志》云:“隆庆初(1567—1572)诏录革除诸臣谥,敬‘忠贞’。”引《静志居诗话》云:“顾锡畴典礼容台,始定革除事实,赠敬太子太保。谥‘忠贞’,似又在崇祯时矣。未详孰协,附识俟□。乾隆四十一年(1776)敕所在建祠致祭……致谥‘忠毅’。”③

则卓敬赐谥情况大略是:宣德五年(1430)刘球私谥“忠贞”,以伸仰慕意。此谥一直为后人所接受,沿袭至隆庆初,朝廷诏录革除诸臣谥,拟谥卓敬“忠贞”,而或未颁,南明福王时候正式得谥“忠贞”。至乾隆四十一年(1776),清廷复赐谥“忠毅”。

五、遗著考辨

关于卓敬著作情况,《国朝列卿记》称:“遗书六卷,发明周子通书、邵子经世之学,别有诗文五十卷。”④《革除遗事》称:“有遗书六卷,诗文五十卷。”⑤《逊国正气记》:“有遗书五十卷,发明周子通书、邵子经世之学,别有诗文。”⑥《明儒言行录续编》卷一:“所著遗书诗文共一百卷。”⑦以上诸说,或语焉不详,或有偏讹。根据刘球原传,卓敬著有《性理发明》十卷,发明周子《通书》、邵子经世之学;诗文五十卷。但今多散佚,现存惟《卓忠毅公遗稿》三卷首一卷,存诗十八首,文三篇。

卓敬被诛,《遗书》十卷、诗文五十卷尚存门人黄潮光家,黄为作年谱、行状。宣德五年(1430),黄潮光子养正持稿求庐陵刘球撰传。刘球摭敬平生事迹而证以见闻之实,为之作传,并以“忠贞”私谥之。后黄氏衰替,遗稿湮没。嘉靖三十年(1551)刘畿为瑞安令,穷搜远索,再历岁月,始得序文二首、诗十六,遂锓诸梓,名曰《卓公遗稿》。此刻本日久亦湮没。万历二十三年(1595)李维樾、林增志重订为《忠贞录》,至清乾隆二、三年(1737—1738)间犹存,嘉庆中已罕见。康熙四年(1665)前后东平宋某又曾有刻本,仅近体诗二十二篇,寻亦不见。嘉庆十四年(1809),林从炯搜次遗稿,删裁编录后付梓,以卓敬乾隆四十一年(1776)赐谥“忠

① 徐乾学《明史列传》卷十九,《明代传记丛刊》第98册,台湾明文书局1991年版,第644页。

② 卓敬撰,林从炯编,林维乔补编《卓忠毅公遗稿》三卷首一卷之卷首《林氏参考》,民国十八年(1929)十月陶社重印林石笥先生辑本。

③ 转引自卓敬撰,林从炯编,林维乔补编《卓忠毅公遗稿》三卷首一卷之卷首《参考补》,民国十八年(1929)十月陶社重印林石笥先生辑本。

④ 雷礼《国朝列卿记》卷六十四《国初工部左右侍郎年表》,周政富辑《明代传记丛刊》第37册,台湾明文书局1991年版,第122页。

⑤ 符验《革除遗事》卷四,《明代传记丛刊》第61册,台湾明文书局1991年版,第439页。

⑥ 曹参芳《逊国正气记》卷三,《明代传记丛刊》第63册,台湾明文书局1991年版,第313页。

⑦ 沈佳《明儒言行录续编》卷一,《明代传记丛刊》第5册,台湾明文书局1991年版,第613页。

毅”,乃名其集曰《卓忠毅遗稿》,此即今所见《卓忠毅公遗稿》三卷首一卷。此为民国十八年(1929)陶社石印本,复旦大学图书馆有藏。十三行二十五字,白口,四周双边,无框格。扉页有“民国十八年十月陶社重印林石笥先生辑本,后学林维乔增补,洪宝熷校字,瑞安清华印刷所代印”字样。书前有目录。卷首为序、原序、本传、像赞,卷一为遗稿、附录,卷二祠记、祭文,卷三悼忠词。遗稿存卓敬诗一十八首,序二首,墓志铭一首。卷首序跋颇备,备述遗著编刊因果。

《四库总目提要》评《忠贞录》:“敬在明初不以诗名,而所作落落有气格,如五言之‘小舟冲浪出,幽鸟背人飞’;七言之‘白云忽去山在户,红日乍晴人倚栏’;绝句《晚眺》云‘浣花溪上双楠木,老杜草堂生夏寒。门外青山三十六,读书终日倚栏杆’;《题山水》云‘长松雨过秋声满,日日携琴自往回。安得扁舟乘晚兴,载将山色过江来’;《栽梅》云‘风流东阁题诗客,潇洒西湖处士家。雪冷江深无梦到,自锄明月种梅花’,亦皆有致,惜其所传不多,不能自为一集。故仍从崔与之集例,入之传记类焉。”[①]但文称卓敬安福人,有误。

作者单位:中国计量学院

① 永瑢、纪昀等编《四库总目提要》卷五十七,史部十三。

模拟·正名·变音

——丘濬《贪泉对》之山水系谱及其世变论述

许东海

一、绪论：丘濬“复古与世变”学术观照下的山水文学风景

诞生于明初成祖永乐盛世，事景泰、天顺、成化、弘治四朝拥有“中兴贤辅”美誉的丘濬，向为明代史学研究者所关注，尤其是丘濬平生重要代表著述《世史正纲》与《大学衍义补》二书[①]，前者昭揭中国历史之世变与正统论述，至于丘濬另一力作《大学衍义补》，乃续衍宋代儒者真德秀《大学衍义》，进而阐扬“治国平天下”之要旨深谛，并特别着重于攸关治道的实际政教要务[②]，从而体现出此一儒家经典在明代政治教育场域的“复古与世变”意涵，经世致用学术风范。

融合传统与新变的文化取向，不仅形成丘濬独特的学术精神风貌，同时亦每每体现在他较为学界忽略的文学创作领域，故本文乃尝试以其早年尚未步上仕途的杂文《贪泉对》为例，探索丘濬如何借由前代文学经典之模拟与变创书写，展现其折衷于“复古与世变”的学术旨趣，从而在明台阁体文风转捩及其递嬗的历史流变中，所引领且别具的独特创作精神及其当代学术文化之世变意蕴。

二、典范与模拟：《贪泉对》之山水经典因革

《贪泉对》乃作者丘濬于景泰二年(1451)二度北上京城应礼部试不第，告归省亲而舟次羊城之石门，因舟人告以“嘻！此贪泉也，慎勿汲之”，有感而发，遂于“明年三月望日”撰成此

---

① 史学界有关丘濬之研究成果颇为丰富，例如台湾前辈学者暨明史专家吴缉华先生较早从事丘濬生平之考订与补正，颇具贡献；此外，与吴氏同辈之学者苏云峰先生，亦有相关力作；后辈学者中专以丘濬为主题，展开丰富研究与论述者，可以新加坡大学李焯然教授为代表。

② 参见李焯然《大学与儒家的君主教育——论〈大学衍义〉及〈大学衍义补〉对〈大学〉的阐释与发挥》，《儒家传统与思想变迁》，香港教育图书公司2003年版，第100页。

文[1]。从其命题程式与主要叙写章法脉络而言,明显效拟唐代名家柳宗元的古文经典作品《愚溪对》,故丘濬于文末亦昭然若揭地借由柳氏愚溪书写的历史追忆指陈贪泉之名有以致之及其书写谱系之历史渊源:"虽然,是泉也。不幸为贪人所饮,亦犹冉溪因柳子而愚也,虽名之以贪也,亦宜。"[2]由是观之,《贪泉对》固作者借鉴并拟效唐古文大家柳宗元《愚溪对》之作,唯其自命题而言,皆取诸水境,且旨在厘清"愚溪"或"贪泉"之名实疑惑,从而指涉孔子"必也正名乎"之为政首务及其要旨。

唐代柳宗元《愚溪对》运用辞赋问对体的书写范式,溯其渊源主要发轫于先秦宋玉《对楚王问》,这前后两篇之间所论述的旨趣固然互见殊异,其中宋玉《对楚王问》主在辨析自我遭逢不誉,知音恨少的箇中脉理,并于篇末曲终奏雅地归旨于圣贤与俗士之间不同不相为谋的精神困境及其自嘲自解;其后汉赋名家东方朔《答客难》继之,并且以"正言若反"的谲譬讽谕手法,铺陈智能美士面对"此一时也,彼一时也,岂可同哉"的古今世变,及其遇合困境[3]。于是肇端于先秦两汉宋玉、东方朔等辞赋名家的赋体问对范式遂于焉成之,不仅拓展辞赋的另一书写形态,同时也引领了文学之士以问对主题,并以人物对话铺陈情志困境的文学典范,同时借由《昭明文选》在唐代士林之传播流行,出现了像柳宗元《愚溪对》的后起之秀。

《愚溪对》借由冉溪与愚溪之间的命名问题,铺陈并指涉作者柳宗元于元和初年永州贬谪的仕宦困境。此文承续宋玉、东方朔等辞赋前贤的赋体问对形式,并且重现宋玉人处身圣俗智愚之间,源自文化隔阂与精神疏离的世变错位,与据此蒙受情志挫折与莫可奈何的重要书写旨趣。由是观之,柳宗元《愚溪对》基本上仍然承传复制了宋玉《对楚王问》、东方朔《答客难》赋体问对经典的书写范式及其内在神理,并且集中体现赋体问对书写谱系里,以"士不遇"为中心论述主题的文道传统。

柳宗元《愚溪对》赋体问对之具体书写因革,所揭橥的"复古与世变"古文神理,不仅展现唐代古文大家柳宗元处理"文"、"道"之间的精微广大,亦提供唐代古文运动"文以明道"的精神纲领及其实践脉络,然则此一学术旨趣,不仅引领宋代古文运动的沿波讨流及其波澜壮阔,臻至明代著名儒者丘濬的文道论论述与实践,依然方兴未艾,余波荡漾。其中《贪泉对》即以传承柳文之"复古与世变"为神理,及其"文以明道"为学术职志,提供一则以正名为中心的山水论述书写范例。

丘濬《贪泉对》之撰写背景与动机,固然异于柳宗元《愚溪对》之贬谪困境,而为景泰年间因再赴京城应礼部考试下第,归乡省亲途中舟次石门,有感世人对于贪泉名实之感,因效拟柳宗元《愚溪对》为山水正名的问对文体,实践其文道合一的学术职志。对读两者前后命题之异代同调,如出一辙,并且主要论述复制了柳宗元《愚溪对》作者与水神往来酬答的基本架构:

> 泉以贪名,理或然也,设入肺腑,而易吾愫焉,岂不为终身之累乎?遂中辍而不饮,归而卧船窗之下,恍惚之间,若有闻者,曰:"仆石门之神也,受污辱之名,数千百年来于

---

① 丘濬《贪泉对》,《丘文庄公丛书》卷21,第464页。

② 同上,第466页。

③ 东方朔《答客难》,费振刚等辑校《全汉赋》,北京大学出版社1993年版,第135页。

兹矣。"[1]

文中借由石门贪泉之神的申冤辩与作者之回应与对话，展开一场以水境正名为中心题目的文化巡礼，俨然如柳宗元《愚溪对》篇首之开宗明义：

> 柳子厚愚溪而居。五日，溪之神夜见梦曰：子何辱予，使予为愚也？有其实者，名固从之，今予固若是耶？[2]

由是观之，《愚溪对》与《贪泉对》同为以水境正名为经，以名实之辨为纬的形似巧构，然则丘濬之摹拟轨迹可谓如出一辙。其次，贪泉固不等同于愚溪，然二者之间诚然形神俱似，尤其以"贪泉"为题，固为丘濬新变之拟，然推溯柳宗元《愚溪对》实已述及贪泉情事，并作为愚溪名实论述之对照依据：

> 汝诚无其实，然以吾之愚而独好汝，汝恶得而避是名耶！且汝不见贪泉乎？有饮而南者，见交趾宝货之多，光溢于目，思以两手左右攫而怀之，岂泉之实耶？过而往贪焉犹以为名，今汝独招愚者居焉，久留而不去，虽欲革其名而不可得矣。……唯触罪摈辱愚陋黜伏者，日侵侵以游汝，闯闯以守汝。汝欲为智乎？[3]

由此可见丘濬《贪泉对》之撰写，固然源自其科举行旅之巧合，然则此文固不仅单纯地出于唐文典范之摹拟，同时亦复续衍柳氏《愚溪对》初始的"贪泉论述"，从而映现《贪泉对》夺胎换骨于《愚溪对》的浓厚复古身影。

《贪泉对》的水境正名书写固然挪借了大量柳宗元《愚溪对》的古文范式，然而细绎此文之表里经纬，则又颇不乏作者跳脱复古摹拟框架之外的变创取向。首先由文体的书写特色而言，源自宋玉《对楚王问》、东方朔《答客难》的典范之作，皆以赋体对问为主，兼备文采与声律之美，迄至唐柳宗元则以古文笔法调和先秦两汉的丽文取向，但基本上因袭赋体问对的韵文形式，可谓复中有变，变中有复，若由是考察丘濬《贪泉对》相对于其所借鉴取范的《愚溪对》，则显然因革互见，在设辞问对的基本章法上，保留宋玉、东方朔迄至柳宗元所建构的此一书写谱系，然而将赋体韵文转换为无韵之散文，易言之，《贪泉对》此一迥异于传统问对之文书写传统的书写新变，从形而下的文字笔法而言，固然与宋玉以下的赋体问对书写传统渐行渐远；然则就其创作神理而言，却深得唐代古文大家柳宗元《愚溪对》所体现的"复古与世变"观照，从而展现其以"文以明道"为主，以通变古今为辅的学术旨趣。

其次，丘濬除了借由《贪泉对》之文体因革与书写转换，展现其攸关学术旨趣的文、道论述特色外，此文的又一变创复展现于水境正名与作者情志二者间的互涉意涵。其中柳宗元《愚溪对》的愚溪之名，诚然得自作者的外铄强加，从而展开愚溪与柳氏之间的往复论难，以寄寓作者与愚溪之间的互涉一体的情志隐喻，亦即愚溪之蒙辱见污实为作者柳氏以贬谪困境为中心的山水隐喻及其自我写真；相形之下，丘濬《贪泉对》中的贪泉之名，则源自世俗之

---

① 丘濬《贪泉对》，《丘文庄公丛书》卷21，第464页。

② 柳宗元《愚溪对》，《柳宗元集》卷14，四部刊要本，台北顶渊文化公司2002年版，第358页。

③ 同上，第359页。

见,基本上与作者的仕宦困境之间并未明显关涉[①],并且文中作者乃化身为受托于石门之神,为其申冤洗雪的士人君子,例如:

曰:仆石门之神也,受污辱之名,数千百年于兹矣。未有为表白者,幸子之来,为我一洗之。

据此则《愚溪对》与《贪泉对》同样出现的山川之神,却映射出作者彼我殊异的观照视角与情志取向。前者借由愚溪名实,凝视自我的仕宦际遇及其文化困境;后者则取径于贪泉名辱背后所浮现的学术沉思及其政教指涉。由是观之,柳氏与丘氏之文,皆不外以山水正名论述世变困境及其文化观照,然则《愚溪对》毕竟偏重于贬谪困境的自我解嘲及其文化讽谕;相形之下,《贪泉对》则着意于世道人心及其政教风俗的当代演绎,由是观之,一论私情,一述正义,论述取向较然殊异。

丘濬《贪泉对》的论述旨归固已由其典范《愚溪对》的私情范畴,扩展到公义领域,从而攸关当代的政教风俗与世道人心,然而就作者柳宗元与丘濬所依据的主要学术而言,则不约而同地以名实相符作为《愚溪对》与《贪泉对》展开水境正名及其情志论述的中心枢纽,例如愚溪之神向柳子的质问:

今予甚清且美,为子所喜,而又功可以及圃畦,力可以载方舟,朝夕者济焉。子幸择而居予,而辱以无实之名以为愚,卒不见德而肆其诬,岂终不可革耶?[②]

而《贪泉对》石门之神亦拳拳于名实之辨:

仆文古之贪者,有藏金以坞者,夜算牙筹者、胡椒五百斛者、黄金至五橐驼者,岂皆官岭南而饮此泉耶?不然何贪也。呜呼滔滔者天下皆是也,不诬之以贪,而独我诬,不亦冤哉!彼其以廉以清明者,一又何幸欤!……噫,有其实者无其名,而名乃加于非其实者,何居?必欲名实相符,必有归矣。[③]

由此观之,《愚溪对》的正名书写,固自映现作者柳宗元崇尚"核名实"、"问其实"及其"去名求实"的学术观照;而《贪泉对》亦关涉丘濬正名崇实的学术理念及其政教风范。故就学述取向而言,柳宗元之崇尚名实相符,并体现在"利安元元"的政教实践,深切阐释儒家为政以正名为先务的学术要义,并且为明代丘濬所承传发扬,此从《愚溪对》到《贪泉对》的前后辉映的正名书写,殆可观微知著,略窥其豹。

三、正名与变音:《贪泉对》之士风与文风讽谕

丘濬以"文章经国"为毕生职志,故对于明初以来士风与文风的邀名轻实取向,颇不以为

① 据丘濬《贪泉对》篇首谓:"景泰辛未(二年),予归自金台,舟次羊城之石门,舟人曰:嘻!此贪泉也,慎勿汲之,予闻之,舍舟观焉。"及其正文所展开的名实论述,并未显见与作者此次礼部科举落第的际遇及情志具体相关之叙述。

② 柳宗元《愚溪对》,《柳宗元集》卷14,第358页。

③ 丘濬《贪泉对》,《丘文庄公丛书》卷21,第465页。

然，亟思有以道正之：

> 时经生文士为文，以奇怪相高，或不可句读；公考南京乡试及礼部会试，怪词险语必痛斥之，怨诽不恤也。及为祭酒，尤谆谆为学者言之，文体乃复浑厚。士有慕道学者，或过于险异之行以邀，因考会试发策言之，乃知道以中庸为至，诡异不足贵也。①

丘濬力持文运盛衰攸关国家气运，而以圣学之道乃为文之本，故士人当以读书明理，持敬穷理，始以下学人事，臻至上达天理之儒学全体大用，作为矫治当代学风②，以收正本清源之效，由是以治心，乃至修齐治平，方竟儒家圣学之全功：

> 四书五经及近世诸儒之书，穷理之具也。……既穷理矣，由是而治心，由是而治身，以正伦理、成治功，以至于穷神知化，参天地赞化育而极其功用之全，是则所谓圣神之能事，学问之极功也。③

如是申明读圣贤书以竟儒学之功，固然缘由于丘濬针对当代士风之或流于空疏不实，或流于尊德忽学之弊，故提倡以道为文，以见崇本敦实之儒学旨趣，诚如何当新所谓：

> 文者，道之英华也。得于道者精以深，则发于文者弘以博。唐虞三代之世，士君子未有以文名者，盖其人皆深于道，其见于文辞，皆发其心之所得者也。……唐宋之盛以文名世者七家，而君子所取者为韩氏、欧阳氏、曾氏三家之文而已，以其颇得于径而有见于道矣。至濂洛关闽诸大儒出，穷经明道而后其文粹然，一出于正。……先生之文，一本于道，是以追踪濂洛诸名儒而无愧，非韩氏、欧阳氏、曾氏因学文而见道者之可拟。④

由是观之，丘濬虽平生著述丰富，然则却以圣贤之道为本，以体现其崇实正名的文道观照：

> 世之作文者，类喜锻炼为奇，不究孔子词达之旨。或剽窃以为功，不是周子文以载道之说，虽有言无补于世，无补于世纵工奚益？故予平日不欲以诗文语学者。⑤

则以道为本的“文章经国”职志，不仅映现其承绍宋儒周、张、程、朱之学，尤其是朱熹读书以明理的“道问学”的理学功夫及其义谛，同时每复见证丘濬宗法唐代韩、柳诸人所揭“文以明道”之古文旨趣，于是重视士人读书明理与其下学上达，并由此展开其正心、诚意，以至修齐治平之《大学》圣贤大义，遂化身为丘濬《贪泉对》中当代士臣形象与其进德修业论述的具体而微：

> 然所谓贫者恒见于吏，而民不与，岂不识不知者，其心能常，而读书明理者，其心易变也。易常饮者习而不觉，而暂饮者即动其心耶？……窃闻吾子以文翰称，无惜一开口之劳，以辩我千载之诬，岂不有补于名教乎？……嗟乎！贪者人心陷溺然也，果何预于

① 何乔新《光禄大夫武英殿大学士文庄公神道碑文》，第3页。
② 参见李焯然《丘濬评传》，第107—110页。
③ 丘濬《朱子学的》，《丘文庄公丛书》，第38页。
④ 何乔新《琼台类稿·序》，《丘文庄公丛书》，第9—11页。
⑤ 程敏政《琼台丘先生文集·序》征引丘濬与程氏之言，《丘文庄公丛书》，第14页。

泉哉?[①]

其中作者与石门之神的相互问答,不仅映现"文翰"与"名教"互涉的文道观照,从而与其"文章经国"理念深契,更指涉以读书明理为志业的儒生士臣,务求正心、诚意为要,臻至修齐治平等《大学》圣学境界,由是观之,《贪泉对》不仅适为丘濬"格物致知"之义,提供一则示范注脚,同时由此所演绎的士臣形象及其官场风气,不仅攸关当代之儒学旨谛与名教底蕴,从而体现其嗣继宋儒真德秀之后,撰述《大学衍义补》之治平要义,由是观之,《贪泉对》显然并非只是一篇以水境正名为题的拟古书写;反之,借由当代士臣官场风气的往来问对,不仅以"文章经国"之姿展现其承传取法唐代"文以明道"之古文宗旨,同时亦复映照明初以来重视儒家的政教风貌,尤其是宋明以来儒学尊《大学》的当代理学取向,及其所撰《大学衍义补》由格致正诚修齐臻至治平的学术观照,从而映现丘濬《贪泉对》借鉴唐代前贤柳宗元《愚溪对》之复古身影外的世变意蕴。

其次,《贪泉对》之取范于唐代古文,故就其文学观照其中故仍不乏明初三杨(杨士奇、杨荣、杨溥)为中心的台阁体风潮,既祖周、汉,主宗唐、宋,崇尚平正典雅之风,并且主张歌咏清明,关心世教[②]。故就丘濬上述的文道观照及其文章经国的主要取向而言,似乎大体并未摆脱明代前、中期盛行文坛的台阁体风尚,然而迄至英宗天顺、献宗成化年间尚披靡未艾的馆阁文风,疲态已然渐露,当此盛衰转关之际,丘濬对于当代攸关社稷盛衰气运的文章大业,固已与台阁主流之仍以颂赞揄扬君国德者为文章基调,较然殊异,从而日渐流露士臣忧时体国的危机意识,从而展现其由士风与文风考察当代盛衰的世变观照[③],此由成化十一年(1475)丘濬主持会试所拟的《会试发策》即已昭然若揭:

> 古者道德一,风俗同。秦汉而下,武帝表彰六经,世之所谓儒者,咸之尊孔氏,黜百家。……我朝学儒重道,教人取士,一惟经术,是用道德可谓一也。然至于今,风俗犹有未书同者,何也?曩时文章之士,固多浑厚和平之作,近或厌其浅易,而肆为艰深奇怪之辞,韩、欧之文,果若是乎?议政之臣,固为救时济世之策,近或厌其循常,而过为闳润矫激之论,陆、范之论,果若是乎?……伊欲操觚染翰,主于明理而在于骋辞;封章投匦者,至于匡时而不在于立名;讲学明道者,有此实功而不立于门户。不厌常而喜新,各矫偏而归正,必使风俗同而道德一,以复古惜之盛。[④]

其中丘濬所展现对于当代士风与文风的观照,体现明中叶台阁成员由取径复古,迄至洞烛世变的创作转捩及其文道观照,就此层意义而言,丘濬与明代继三杨之后,引领风骚,并形成茶陵流派的一代文宗李东阳的神理大体相契。

李东阳固亦出身台阁,并师承后期台阁作家刘定之与倪谦,曾与丘濬同事翰林,但取径渐实,又兼重当代风俗世变,如二人皆可见效拟唐代柳宗元之作,丘濬《贪泉对》固于摹拟《愚溪对》之体,寓寄当代士臣德风之世变;而李东阳除山水游记外,《种树说》则每在体裁与写法

---

① 丘濬《贪泉对》,《丘文庄公丛书》卷21,第465页。

② 参见周寅宾《明清散文史》,湖南人民出版社2004年版,第32—39页。

③ 参见黄卓越《明永乐至嘉靖初诗文观研究》,北京师范大学出版社2001年版,第68—80页。

④ 丘濬《会试笔问》,《丘文庄公丛书》卷8。

上借鉴柳宗元《捕蛇者说》，论述城邑种树经验，从而归旨于当代树人养贤的政教意涵及科举抡才旨趣[①]。其中或每不乏融合柳宗元《种树郭橐驼传》的书写身影，但二者寓意显然殊异。

其次，丘濬与李东阳虽皆由科举而入阁，但两人不约而同地于经术学业之外，颇寄意于古文、歌诗，迥异于一般明代士子之治学取向[②]，故其《春雨堂稿序》谓：

> 今之科举，纯用经术，无事乎所谓古文、歌诗，非有高识余力，不能专攻而独诣，而况于兼之者哉！[③]

李东阳寄由台阁新变，形成茶陵流派，然则对于出身举业而又兼擅古文歌诗，如丘濬与其自身者，显然不乏自许自得之意，故于所撰之《琼台吟稿序》中，颇阐扬此一旨奥：

> 琼台先生丘公，蚤能诗……思味隽永，援据该博，平生所得近万篇。……东阳在翰林从公久，近见其所编者，如探宝藏，入武库，心悸目眩，应接不暇，盖于此得大观焉。……而为文如鳌负山，鹏运海，气势轩揭，莫之与抗，而不独诗也，然公之学亦于诗焉见之。……公之学于诗，故有所不屑专，而实专门者所不逮。……论诗者，以气运为主，每或以江山为助……是诗之成，故公学业所就，亦每岂偶然之故哉？……公虽欲辞一代制作之名，以靳于后世，有不可得者矣。[④]

丘濬与李东阳在学术文章上，俨然宛若翰林师友，二人颇不乏类是之柳文摹写及其世变观照，由是观之，丘濬《贪泉对》的书写意涵，复在其具体而微映现丘濬与李东阳之间及其茶陵派之间，由举业经书迄至古文歌诗，自台阁场域跨足当代世变的文章同调及其文化共鸣，然则丘濬《贪泉对》与李东阳《种树说》诚可视为其中重要的具体示现。

四、水境与宦海：《贪泉对》之官场贪风论述

《贪泉对》借由石门之神的恍然入梦，表白千年污名沉冤，并意图嘱托作者丘濬为之湔雪名实不符的宿辱，然而就其铺陈取向与书写旨趣而言，则主要聚焦于贪官污吏之背实无名及其寖染成俗，例如：

> 自有此泉以来，民饮兹者，岂可数计哉？吏之吏兹土者，不及民百之一，而不皆由兹道以行……然所谓贪者恒见于而民不与，岂不识不知者，其心能常，而读书明理者，其心易变也。……仆闻股之贪者……岂皆官岭南而饮此泉耶？不然何贪也！呜呼滔滔者天下皆是也，不诬之以贪，而独我诬，不亦宽哉！彼其以廉以请名者，一又何幸欤！[⑤]

明显指陈当代贪官污吏的风纪隳坏，然则丘濬《贫泉对》乃撰于景泰年间，已然历经明代洪

①② 参见周寅宾《李东阳的散文与明代前期的文化思潮》，《中国文学研究》，1987年第4期。

③ 李东阳《春雨堂稿序》，《怀麓堂集·文后稿》，卷3。

④ 李东阳《琼台吟稿序》，卷27，第290页。

⑤ 丘濬《贪泉对》，《丘文庄公丛书》卷21，第465页。

武、永乐、洪熙、宣德、正统诸朝，其中自永乐迄至宣德，堪称明代盛世①，唯明初太祖立国以来，即高揭"重惩贪吏"以肃官纪的大纛，据《二十二史劄记》载叙当时法令极端森严：

洪武十八年，诏尽逮天下官吏之为民害者，赴京城筑城。帝即初位，惩元政驰纵，用法太严，奉行者重足而立。……又案草木子，记明祖严于吏治，凡守令贪酷者，许民赴京陈述，赃至六十两以上者，枭首示众，仍剥皮实草，府州县卫之左，特立一庙，以祀土地，为剥皮之场，名曰皮场庙，官府公座旁，各悬一剥皮实草之带，使之触目警心，法令森严，百职厘举，《祖训》所谓革前元姑息之政，治旧俗污染之徒也。②

明代太祖鉴于元末贪腐巨弊，即位以后既力图以重典严惩整治官吏风纪，固自不乏成效，然迄至中叶以后，贪风依旧方兴未艾，甚至变本加厉：

一时风气如此，故为守令者，无不洁己爱民，耻于清议，《循吏传序》云：洪武以来，吏治澄清者有余年，当英宗、武宗之际，内外多故，而民心无土崩之余，由吏鲜贪残故也。嘉、隆以后，吏部考察之法，徒为具文，而人皆不自顾惜，……举劾惟贿是视，而人皆贪罢以奉上司，于是吏治日偷，民生日蹙，而国亦遂以亡矣。③

明代中叶以后的贪风当炽，固然牵动亡国之祸，然而讽刺的是明太祖立国之初，即不惜以重典峻邢严惩吏治，却仍不免崩坏沉沦，枉费明太祖的祖训鉴戒，是以"后人徒见中叶以来，官方隳裂，吏治窳敝，动为衰朝秕政，而岂知其先崇尚循良，小廉大法，几有两汉遗风，且驾唐、宋而上哉"④。由是观之，肇自于明初重典惩贪的绍令法律固然立意可嘉，如明太祖所谓"不禁贪暴，则民无以遂其生"⑤。唯其终未能竟其全功，甚至流弊丛生的缘由，固然不一而足⑥，然而履霜坚冰至，贪风坏纪依然寖渐披靡，其中固自明显关涉赏罚不公，名实不一的执法积弊，例如明初盛世的永乐时期，当时"弹劾不避权贵，时谓之冷面寒铁"，本籍广东南海御史周新，仍不免以直臣惩贪，竟至刑杀之祸，据《皇明历朝资治通纪》载：

故当时周宪使之名震天下，虽三尺童子，颂其美焉。时锦衣卫指挥纪纲有宠，使千户往浙缉事，作威受贿。新捕治之，千户脱走，诉于纲。纲奏新专擅，上命官校逮新至陛前，抗声陈其罪，且曰："按察司行事，与内都督察院同，陛下所诏也。臣奉诏擒奸恶耳，奈何罪臣？臣死且不憾。"上怒，命戮之。临邢，大呼曰："生为直臣，死为直鬼。"上寻悟其冤，顾问侍臣曰："新何许人？"对曰："广东。"叹曰："广东有此好人，枉杀之矣。"悼惜者久之。⑦

---

① 参见姜守鹏、林乾著《明永宣盛世》，河南人民出版社1998年版，第1—7页。

② 赵翼《二十二史劄记》卷33，台北世界书局1997年版，第480—481页。

③④ 同上，卷33，第478页。

⑤ 参见《明太祖实录》，卷29；又其中贡献主要表现在：建立严格的官员考核与监察制度、制定律令，健全法治、随时惩办与集中打击结合、表彰清官循吏，扶正压邪诸项，参见陈梧桐《自从出了朱皇帝》，广东人民出版社2008年版，第68—72页。

⑥ 参见张兆凯《朱元璋重典惩贪得失新论》，《求索》，2001年第4期；温晓莉《明中后期的贪赃之风与法纪衰败》，《西南民族学院学报》，1994年第3期。

⑦ 陈建《皇明历朝资治通纪》，卷6，《丘文庄公丛书》卷21，第462—463页。

据此一明代重要史料文献的载叙，可知当时名震天下的岭南“冷面寒铁公”周新之事，必然传闻遐迩，因此以海南奇甸屡经岭南，每复关心当代名教的丘濬，固宜知之甚明，则此与《贪泉对》谓“岭南之地，多南金、珠玑、玳瑁、犀象、海贝异香奇物，皆他方所无者，见者鲜不为之动心焉”[①]。然“有其实者无其名，而名乃加于非实者”，尤其地处岭南之贪官污吏“去中国特远，吏之赃否，鲜或上闻，而其民素柔，怀甘受害而不辞，故吏得以恣其溪壑之欲，贪风恣行，上下交利，渐染成俗”[②]。适成岭南一带直臣与贪官名实之辩的当代对照及其历史见证。由是观之，明代自太祖以来以重典惩贪，肃正纲纪的吏治举措，显然于永乐、宣德年间，依然可见贪浊成风，其中名实不一，赏誉失正，固为重要根源，而弹劾执法的御史之辈，贪纵无忌，尤为明代贪风积渐与名实失察同流合污的重大讽刺，宣宗朝大学士杨士奇“年来贪浊成风”的一审君臣问对[③]，即为具体例证。由此可见，明代洪武以下的永、宣盛世，君主虽敬恪祖训，以澄吏治与正纲纪为务，然所司品德参差，又往往名实不察，以私害公，加之上行下效，则远处岭南海隅的地方官吏，又以民善可欺，遂致日渐贪浊成风，积重难返；相形之下，像“冷面寒铁”周新之流，反而蒙污见辱，直臣速祸。由是观之，丘濬《贪泉对》论述当时“贪风恣行，上下交利，渐染成俗”的官场浊风之下“一或屹中流之砥柱，则怨讟丛之矣。”则就地处岭南之地的贪泉而言，如是与岭南地缘密切，又抗衡贪风的近代直臣正士典范，若非周新之辈，将谁属之？

上述丘濬《贪泉对》之正名论述固然为必专为“冷面寒铁”周新一辈量身打造，然则宜其因岭南贪泉地缘及其名实之惑，而有所感激于周新一辈直臣正士之际遇，适如文中借由石门之神所谓“吾子以文翰称，无惜一开口之劳，以辩我千载之诬，岂不有补于名教乎！”则《贪泉对》不仅绍承唐宋古文家如柳宗元所揭之“文以明道”宗旨，尚且攸关明朝立国以来的儒学名教旨谛。

五、贪泉与廉士：《贪泉对》之士臣风节写真

《贪泉对》所展开的贪泉正名论述，其中关键固在名实之辨，但考察贪泉之名的蒙辱渊薮，实系于“贪人”之妄诬，乃至鱼池之殃，故丘濬《书贪泉对后》乃感慨系之谓：

> 呜呼！贪人真可畏哉，饮于泉而泉污，世因以恶名加之，则夫官同僚任同事，居同室者，岂不为所污哉？然人知以恶名加诸泉，而反遗乎此，何哉？[④]

丘濬因泉及人，洞鉴了其中的正名关键，从而贪浊与廉介的关键，宜在己意之诚，己心之正，绝非根由于周围环境事物之外铄与附丽，是故贪泉不贪，其贪在人；饮者不贪，其贪在心，故丘濬乃归旨于：

---

①② 丘濬《贪泉对》，《丘文庄公丛书》卷21，第465页。

③ 参见明陈建《皇明历朝资治通纪》，卷10，第561页。文载：“上召杨士奇、杨荣至文华殿，谕之曰：‘京师端本澄源之地，年来贪浊之风满朝，何也？’士奇对曰：‘贪风，永乐之末已作，但至今日甚耳。’……士奇曰：‘风宪所以警肃百僚，宪长如此，则不肖御史效之；不肖御史差出四方，则不肖有司皆肖之。’上抚掌叹曰：‘除恶务本’。”

④ 丘濬《贪泉对后》，《丘文庄公丛书》，卷21，第466页。

是岂水之罪哉？嗟乎！使人皆吴隐之也，虽日饮石门之水，不害其为廉；使人非吴隐之也，虽不饮石门之水，不害其为贪。贪与廉在乎人心，不在于水也。[①]

既然贪廉之辨，肇端人心，无关外物，是故御史之流，有直臣廉介如周新一辈者，亦有贪纵枉法如方宾之流者；因此就如英宗正统八年以后，张太后崩逝，权归王振，不仅由是"兵连祸结，极于土木之大变。"[②]并且大开趋媚贿赂之路，一时贪风蔚然：

当朝觐日，大开其门，郡邑庶职能具礼者，无不进见。以百金为寻常，重至千两者，始得一饱一醉而出。由是以廉者为拙，以贪者为能。被其容接者，若登龙门，上下交征利，如水去堤防，势不可止，君子付之太息而已。[③]

然仍不乏如国子祭酒李时勉"崇廉耻，抑奔竞，别贤否，示劝惩。"之清流，抗礼当代贪浊风气[④]；又臻至景泰初年帝欲易太子事，则亦不乏学贤之流，无畏利害，而不贪利求荣者，遂为当代士臣立身风节之典范。[⑤]

由是观之，诚《贪泉对》所谓"贪与廉在乎人心，不在于水。"岂得关涉"关同僚，任同事，居同室者。"故诚意正心，则清者自清，贪者自贪，其中关键唯在廉耻之知，因此丘濬《大学衍义补》论述国君"谨好尚以率民"之义，即征引《论语》季康子问政于孔子，所揭示的"政者，正也"，并铺衍以"先儒谓政之所以得名，以其能以正己者，正人也。"文下接着专论盗取贪欲之义，并引朱熹之论：

言子不贪欲，则虽赏民使之为盗，民亦知耻而不窃。[⑥]

丘濬并续衍其旨谛，进一步并扩及所谓"嗜好用度"之分际：

臣按非其有而取之，盗也，菲独谓货财，凡吾之所不当有者而有之，皆世盗之事。……圣人告之以不欲，所谓不欲者，凡吾所嗜好、用度，苟理之不可为，义之不当为，分之不得为，……皆是盗也。吴为盗也，而禁小民之不为小盗，岂理也哉？[⑦]

此则丘濬本人对于贪欲与盗取的诠释旨趣，然而就其全体大用而言，丘濬附以此自惕自励，一生崇廉克俭，《明史》本传谓：

濬廉介，所居邸第极湫隘，四十年不易。性嗜学，既老，右目失明，犹披览不辍。议论好矫激，闻者骇愕。……赞曰：丘濬以博综闻。观其指事陈言，恳恳焉为忧盛危明之计，可为勤矣。[⑧]

---

① 丘濬《贪泉对》，《丘文庄公丛书》卷21，第466页。

② 丘濬《杂著》，参见陈建《皇明历朝资治通纪》，卷12，第626页，引丘濬语。

③ 李贤《天顺日录》，参见陈建《皇明历朝资治通纪》，卷13，第642页，引《天顺日录》语。

④ 陈建《皇明历朝资治通纪》，卷13，第649页。

⑤ 据明陈建《天顺日录》谓："景泰欲易太子，群臣怵于利害，无敢异辞。于是，即以官僚美秩付之阁下，任其所名位之滥，一至于此。为贤等侍郎四、五人不预。"《皇明历朝资治通纪》，卷16，第724页。

⑥ 以上诸条参见丘濬《大学衍义补》，卷81，第790—791页。

⑦ 同上，第791页。

⑧ 张廷玉《明史·丘濬传》，中华书局1974年版，卷181，第4808页。

如此立身持节，无欲则刚，固宜其以廉介名世，例如“言官建白不当意，辄面折之。与王恕不相得，至不交一言。六年大计群吏，恕所奏罢二千人。濬请未及三载者复任，非贪暴有显迹者勿斥，留九十人”①。可见丘濬性情耿介如是，并且重视官吏铨叙之稽核名实。至与翰林同僚之知音何乔新平生性情相得，诚可谓物依类聚者，故《明史》亦谓：

乔新性廉介，观政工部时，尝使淮西。巢令阎徽少学于文渊，以金币馈。乔新却之，阎曰：“以寿吾师耳。”乔新曰：“子欲寿吾卿，因他人致之则可，因无致之则不可。”卒不受。②

何乔新廉介如此，诚与丘濬平生深契，《明史》所谓“著述甚富，与人寡合，气节友彭韶，学问友丘濬而已。”③实则就气节与学问而言，丘濬与何乔新殆为伯仲之间。由是观之，《贪泉对》借由贪泉名实及其贪官指涉，适与丘濬、何乔新等人廉介风标之间，形成明代士臣深刻而显著的彼此对照图像。

六、正名与正学：《贪泉对》的山水对话与学术观照

丘濬学术之博正崇实，已著称当代，例如以“赐进士及第右春坊，右中允兼翰林院编修两期实录纂修官”身份的周延儒，为丘濬文集所撰序文谓：

今天下学士以及经生家，无不知以琼山丘文庄先生也者，先生生平殚精学问，于坟籍无所不博，于国典朝常、民情物理无所不谙，出其全力，能以述其作，所著撰特甚富。……，盖即是编，有可以的先生者，则以先生之文，非文人之文，而皆本之实学，出自神理之文也。……盖先生之濬源远，用物弘，根本六经而贯穿百氏，翔洽至意而扫脱芜文。④

丘濬博正尚实的学术精神，尤集中体现在其丰硕精深的著述，因此为丘濬平生见视为知音，并属意为撰身后碑文的何乔新⑤，即极力阐扬丘濬此一学术风范谓：

公综理微密……尝谓：《朱子家礼》最得崇本敦实之意，然仪节略，为考诸儒所言，作《家礼仪节》，使好礼者可举而行，朱子微言散见于传注语录，学者率未易求，乃采其精切者彙为二十篇，仿鲁《论》作《朱子学的》、《朱子纲目》，以正统为主。然秦、隋之末，有不可递夺；汉唐之初，有不可遽予者，乃作《大学衍义》有资治道，而于治国平天下之事缺焉，乃采经传子史有及于“治国平天下”，附以己见，作《大学衍义补》。⑥

① 张廷玉《明史·丘濬传》，中华书局1974年版，卷181，第4809页。

② 张廷玉《明史·何乔新传》，卷183，第4851页。

③ 同上，第4851页。

④ 周延儒《丘文庄公集·序》，《丘文庄公丛书》，第6—7页。

⑤ 据何乔新《光禄大夫武英殿学士文庄公神碑文》，《丘文庄公丛书·附录》，页2。叙述缘起乃“公（丘濬）治命也。”文中又谓：“予忆在朝时，公暇辄与公相过从，论古今事得失。公尝语予曰：‘吾与子相知，不啻君实、景仁，不幸死，则后死者铭之。’”

⑥ 据何乔新《光禄大夫武英殿学士文庄公神碑文》，《丘文庄公丛书·附录》，页4。叙述缘起乃“公（丘濬）治命也。”文中又谓：“予忆在朝时，公暇辄与公相过从，论古今事得失。公尝语予曰：‘吾与子相知，不啻君实、景仁，不幸死，则后死者铭之。’”

由此可见，其治学精神之博正崇实，并且进一步作为其“文章经国”职志的学术依据[①]，例如曾任吏部尚书建极殿学士，知经筵、日讲、制诰的叶向高，即高度推崇丘濬学问与经济兼美的儒臣风范，谓：

世称文章为经国大业，经国之文，其大者莫过于《周官》。……三代以后，以经国之业为文者寥寥罕见，而相臣以文章经国者，纤悉毕具，皆参酌前代，折衷时宜。……当熙洽之朝，言虽不少尽行，然而黼座之经纶，诸曹之展设，率不能出公所条列。……真为经国之文，善得《周官》之遗意者矣。……而要之于博古综今，明体适用，亦未能逾胜公也。盖公起孤贫力学，既选居中秘；复博极群书。……做《论语》作《学的》，……作《世史正纲》，皆有裨于学问经济，与《衍义补》相表里。……孝陵十八年之治平，实自公启之经国大业。[②]

丘濬以“文章经国”的儒臣风范，每每又征诸以名实思想论述当代政治得失，例如明英宗天顺元年即位之初，诛杀少保于谦事，乃肇端于听信副都御史徐有贞等人之言，并以“谋迎立外藩（襄王子）”之名逮捕下诏狱[③]，又据《皇明历朝资治通纪》载起初于谦等下狱，徐有贞尚犹豫，而张轨、杨善则谓：“不杀谦等，今日何名？”于是于谦等人遂不幸斩市[④]。由是观之，于谦之死显然攸涉名实问题，然则其中罗织罪名之实已为有识之士如丘濬、程敏政辈所洞鉴，故丘濬奉诏纂修《英庙实录》之际，乃辨析名实，功过井然，据何乔新《丘公神道碑文》所载“（公）修《英庙实录》，或谓少保于谦之死，当著其不轨之迹”。然而丘濬立持以核名实的原则，重新厘定于谦不轨之名，并谓：

己巳之变，微于公天下不知何如，武臣挟私怨，诬其不轨，是岂可信哉？[⑤]

于是“功过皆从实书之”故史家誉其“持正也如此”[⑥]。对于于谦蒙诬“不轨”之名，丘濬力持依据考核名实的学术理念，体现以“正名”的经国济济的平生职志，然则于谦一事其中名实混淆的疑惑，征诸明代文献史料所载相关人物的对话，益足以印证丘濬之说乃信而有征，并非出自个人臆测或成见，据《于肃愍行实》载：

英皇光复宝位，实天与人归之会。石亨辈贪天之功，掩为己有，假夺门迎复之功，以欺朝廷，诬迎立外藩之罪以报私怨。其设心盖谓此罪不重则彼功不高，不大杀股肱重臣则威不立，不构成党逆之狱则权不专，乘机嗾言官劾谦与王文等俱下狱。所司勘得金牌

① 据何乔新《光禄大夫武英殿学士文庄公神碑文》，《丘文庄公丛书·附录》，页4。叙述缘起乃“公（丘濬）治命也。”文中又谓：“予忆在朝时，公暇辄与公相过从，论古今事得失。公尝语予曰：‘吾与子相知，不啻君实、景仁，不幸死，则后死者铭之。’”

② 据明叶向高，《丘文庄公集·序》，《丘文庄公丛书》，第1—3页。

③ 陈建撰，钱茂伟点校《皇明历朝资治通纪》，中华书局2008年版，卷17，第745页。载“是日有旨，逮少保于谦、王文及都督范广、太监王诚……等下诏狱。石亨、徐有贞等共谋迎立外藩故也。”

④ 同上，第756页。

⑤ 何乔新《光禄大夫武英殿大学士文庄公神道碑文》，第3页。

⑥ 同上，第3页，又据张廷玉《明史·丘濬传》中华书局1987年版，卷181，亦载其意，惟文字略有出入。文谓：“己巳之变，微于公社稷危矣。事久论定，诬不可不白。”故史家称誉其“持正又如此。”

符敕见存禁中,别无显迹。石亨等扬言:“虽无实迹,其意则有。”及廷鞫,徐有贞令所司痛加拷掠,王文不胜愤,反覆力辨;谦俛首不辨,但言:“亨等意已如此,辨之何益?”法司承亨等风旨,乃以“意欲”二字傅会成狱,盖踵事秦桧“莫须有”之故智也。奏上,上犹豫良久曰:“于谦曾有功。”众未及对,有贞直前曰:“若不置谦等于死,今日之事为无名。”上意遂决,谦与文俱斩于市,籍没其家,家属皆发边卫充军。[①]

丘濬不仅对于于谦之死此一明代著名史事案例,按名责实,归旨正名,展现其名实合一的学术观照,即使对于官吏之考评稽核,例如明初洪武、永乐以来,凡百司朝觐,命吏部都督院考其不职者乃黜之[②]的旧有惯例,其后变本加厉,遂寖渐成患,遂秉持客观公正的态度,循名责实,未加怠忽,而后吏部因投鼠忌器,顾虑人言可畏,由此因矫枉过正所导致的“务以多黜为公”的流弊,丘濬乃向明孝宗进谏谓:

唐虞三载考绩,三考黜陟,今有官未半岁即黜者。所黜徒信人言,未必皆实。此非唐虞三代之法,亦非祖宗旧例也。[③]

于是当时吏部所呈数千庶官的黜降,遂因此受惠于丘濬之谏,甚至于“虽一考未有贪暴实迹者,亦勿黜”[④],皆源自丘濬以循名责实的学术观照及其政教践履。

如上不一而足的见诸行事,从而阐发孔子为政必先“正名”的儒学传统,亦可征诸成化二十三年十二月,朝臣建请追尊孔子帝号之事,当时言者有“请尊孔子为广运帝,尽去旧号,祭祀加笾豆为十二,佾舞为八,以称其衮冕,一如天子制”之议[⑤],当时杨守陈《请尊孔子帝号议》力引先儒罗从彦“宜加以帝号而褒崇之”一说,以为“万世不易之至论”[⑥];然而持异见者如吴沈《孔子封王辨》则谓:

王,君之号也。夫子,人臣也,生非王爵,死而谥之,可乎?……非王而称以王,其可以欺圣人乎?然则当若何?《书》曰:“天降下民,作之君,作之师,师之尊与君等。”……故曰:虽诏于天子,无北面,所以尊师也。褒之以王者之贵,曷若事之以师之尊乎?彼以贵,为隆于称师者,习俗之见也。夫尊圣人,在明其道,而岂在于王与不王乎?[⑦]

吴沈、杨守陈二人虽各有所见,但于推尊孔子之意,并无二致,唯吴氏乃“得圣心所安”,又“不失所尊崇”之旨谛,则为丘濬所赞同,唯其论述改弦易张,转由崇道尚实与名位爵号二者之本末先后着眼,从而体现其为至圣先师孔子正名的学术旨趣:

千万世以下,惟曰先师孔子,以见圣人。所以为万世尊重者,在道,不在爵位名称也。[⑧]

由是观之,丘濬借由当代朝议是否为先师孔子追尊帝王名号一事,深切体现孔子“必也正名乎”的治道要旨,诚然展现他承传并实践儒学道统的学术风范,适与其文章经国的正名观照相互发明,故其《世史正纲》即融合儒学传统与世变观照的具体而微,该书自序即为作者阐释

① 参见陈建《皇明历朝资治通纪》引《于肃愍行实》语,第746—747页。

②③④⑥⑦ 参见何乔新《光禄大夫武英殿大学士文庄公神道碑文》,第4页。

⑤ 陈建《皇明历朝资治通纪》,卷24,第937—938页。

⑧ 陈建《皇明历朝资治通纪》,卷24,第939页。撰者陈建曾以时人或曰:“天生圣人,为万世道德宗主,不加以谥号,将何以称。”所引即是琼山丘濬之论述。

儒学心法的重要示现：

> 世不可以不正也；……国不可以不正也；……家不可以不正也。本家以立国，正国以持世，而一归于人心道义之正，则人极以立，天地以位。……上天所以立君之意，圣人所以立教之心，或其在此乎。[①]

据此以观，则始于正心迄至治国、平天下的儒学圣教，方得以由正名定位跻登全体大用之人文化境，从而揭橥世变中的正学鹄的底蕴，故曰：

> 原其本心之初，于序必顺，于理必正，于心必安，以此正名，以此定位，既定其位，必端其本。……学不可以不讲，讲学以正心，正心以修身，修身以端其本。……则人之所以为人者，相生相养，各尽其性，各全其命，而一顺于道义之正，而不徇于功利之私，是则所谓雍熙泰和之世也。人既得其所以为人，物亦得其所以为物，天由是而得以为天，地由是得以为地。……而圣贤所以著书立言，谆谆乎垂世立教者，亦于是乎！不徒托以空言矣。[②]

丘濬以圣贤立名垂教之言，必不徒然托之空言，则其念兹在兹以名实为旨的"正名"观照，诚然与其"文章经国"之儒臣志业之全体大用深契。

七、结论：《贪泉对》—— 明代前期以正名为体，世变为用的山水论述

就中国山水文学的流变历史而言，丘濬《贪泉对》显然源自于模拟唐代古文大家柳宗元《愚溪对》，从而深具明代前期山水文学向唐宋古文传统取法与借鉴的承传意涵，若就其中复古模拟的创作表层面向而言，丘濬《贪泉对》俨然与其后李攀龙、何景明为首之前后七子如出一辙，然就其内在神理与旨趣而言，丘濬与同时李东阳等当代文宗虽未完全脱离台阁体重视士人文章与君国气运的政教观照，然而取径复古且与时通变的创作精神，终竟与李、何一辈标榜"文必秦汉，诗必盛唐"，却往往沦为拘泥古体，忽略古义的书写取向迥然互异，因此就当时文学重视模拟的书写思潮而言，前后两者固不乏形似风貌，然则超形入神，从而融注世变脉动的时序质素，却体现丘濬一辈在承传台阁气象之基础上，因革变创，从而深契唐代韩、柳等人"文以明道"的古文神理，诚然涵摄并映现丘濬文翰与名教互涉，臻至"文章经国"的当代学术写照。

其次，丘濬又身处儒教思潮濡染成风的明代中叶，故其所撰著述如《大学衍义补》之尤重治平之义，又《国史正纲》所高揭的世变盱衡及其正统观照，皆得以略窥其继踵程朱理学，又洞鉴当代世变机杼的学术旨谛，从而为其《贪泉对》以文学书写发皇传统与世变之文化底蕴，提供具体而微的深层学术注解，从而展现《贪泉对》攸关作者文学、史学与哲学等博雅精湛素养的另一深层意涵；此外，从前述丘濬平生相关的文献载纪观之，《贪泉对》透过山水正名书写所铺陈之当代士臣风节及其名实论述，适如一面湛然澄澈的历史文化镜鉴，深切而清晰地映照出丘濬卓然屹立于明代前期的儒士风节与文臣身影，从而展现其以正名为体，世变为用的山水论述及其文化演义。

作者单位：台湾政治大学

① 丘濬，《世史正纲·序》，《丘文庄公丛书》，第2—4页。

② 同上，第4—5页。

茶陵诗派的文学史地位及评价

林家骊

茶陵派是明代中前期较有影响的文学团派，谢铎在这一团派中无论是士林声望，还是创作成就都是仅次于李东阳的重要成员。然而，对于这一点人们的认识却不够深入。笔者认为，给谢铎一个客观公正的文学史定位不仅有助于对茶陵派整体创作作出合理的评价，而且还可以对明代诗文流派发生发展的过程得出合乎历史和逻辑的认识。因此，下文即是在对谢铎、李东阳等核心成员以及其他成员的文学理念及创作成就作出评价的基础上揭示茶陵派在文学史上的地位和影响。

一、茶陵诗派的文学史定位

茶陵诗派是明代第一个人数众多且具有鲜明的理论主张、频繁而集中的团派活动、丰富多样的创作成果、一致而多元的风格面貌的文学团体。胡应麟在《诗薮续编》卷一中指出明初诗歌流派具有以地域分野的鲜明特征，他说："国初吴诗派昉高季迪，越诗派昉刘伯温，闽诗派昉林子羽，岭南诗派昉于孙仲衍，江右诗派昉于刘崧子高。五家才力，咸足雄据一方，先驱当代，第格不甚高，体不甚大耳。"①这说明明初诗派众多不仅是事实，而且还有各自代表性的人物，但是他们却基本没有明确的创作主张和共同的创作风貌，从严格意义上来讲，他们只是某一地域多个独立的个体创作聚合在一起的文学团派，而且这种划分还带有明初特有的地缘政治的色彩，如高启被杀，吴派长时期内一蹶不振，方孝孺被杀，浙东文化大受摧折，都是其自身文学与政治特征混融的体现。永乐至成化之前，诗坛不乏名家，却没有一个可以引领一时风气的诗歌流派，正如胡应麟所说："永乐中，姚恭靖、杨文贞、文敏、胡文穆、金文靖，皆大臣有篇什者，颇以位遇掩之，诗体实平正可观。宣庙好文，海内和豫，虽大手希闻，而名流错出。若曾子启、刘孟熙、张静之、李昌祺及闽中诸王辈，皆浸润明风，解脱元习。然才俱不甚宏巨，非国初比。"②在这一时期，台阁体盛行，但文坛习尚却相对单一。从宣宗到三杨再到馆阁臣僚，沉浸于庙堂间的唱答赓和，众人的才思与情性很难得到自由的抒发和展露，他们的作品自然流于沉缓单调，文学性特征也就大为贫乏了。但是发展到成、弘、正三朝，文坛情况大为改观。胡应麟说："国朝诗流显达，无若孝庙以还，李文正东阳、杨文襄一清、石文

---

① 周维德集校《全明诗话》第三册，齐鲁书社2005年版，第2732页。

② 《全明诗话》第三册，第2735页。

隐琏、谢文肃铎、吴文定宽、程学士敏政,凡所制作,务为和平畅达,演绎有余,覃研不足。自时厥后,李何并作,宇宙一新矣。"[①]也就是说,以李东阳为首的茶陵诗派的出现,尽管在创作上还存在"覃研不足"亦即尚显流易的问题,但已经突破了永乐以来的沉闷局面,成为前七子兴起的先声。

茶陵诗派虽然以地域命名,但这只是时人地望观念在文学批评中体现。一则李东阳虽祖籍茶陵,却出生在京师,亦占籍于此,死后葬在宛平县香山乡畏吾村,一生回湖南茶陵祭扫亦不过几次;二则,茶陵派成员中湘籍作家较少,更多的是浙江、江西、江苏、北直隶等地。因此,它并不像明初的文学流派具有强烈的地域分野的特征,其成员又因共同的创作趣味聚合在一起,并形成了较为一致的创作风格和审美风貌。从团体活动来说,茶陵派成员之间的交往是颇为紧密和频繁的。明黄佐《翰林记》卷二十"节会唱和"条载:"天顺甲申庶吉士同馆者修撰罗璟辈为同年燕会,定春会元宵、上巳、夏会端午,秋会中秋、重阳,冬会长至。叙会以齿,每会必赋诗成卷,上会者序之,以藏于家。非不得已而不赴会,与诗不成者,俱有罚。有《宴集文会录》,行于时。"从成化元年开始直到李东阳正德十一年辞世,尽管早期茶陵诗派成员因先后去世或远调使京师或者南京的同年雅集、僚友诗会受到影响,茶陵后进成员却又不断地涌入,以使他们的团派活动得以不断沿续下来。

茶陵诗派的活动在当时是颇具影响的。谢榛《四溟诗话》卷二载:"李西涯阁老善诗,门下多词客。刘梅轩阁老忌之,闻人学诗则叱之曰:'就作到李杜,只是酒徒!'李空同谓刘因噎废食,是也。"[②]这则材料说明当时茶陵诗派的文事活动倾动朝野,颇具声势。即使李东阳晚年,他与谢铎、刘大夏等茶陵诗派硕果仅存的成员还保持了赠诗唱答的习惯,其中则更多了一层世事沧桑,少了许多早年欢恣华赡的情调。致仕后他又与吴俨、蒋冕等茶陵后进唱和不断,像《诗续稿》卷二载《冬夜克温少宗伯、蒋敬之少宰同会,论文剧饮,二君限韵索诗,醉中走笔一首》,并连续赓和次韵达十首之多[③],这也足以说明与茶陵诗派新老成员的诗酒交往已经成为李东阳一生中必不可少的组成部分。当然,除了李东阳的主导作用之外,其他成员也会较为自觉地发起并延续他们之间的聚会。像前文提到倪岳贬官南京后与同好雅集,并影响到茶陵后进成员,即是较为明显的例子。至于茶陵诗派以李东阳《麓堂诗话》及其他重要的序跋为理论旗帜并加以翊戴阐扬的事例,在前面章节中已谈到许多,这里就不再赘述。

总之,纵观明初至中叶的诗歌发展流程,茶陵诗派是第一个严格意义上的诗歌流派是可以明确断言的[④]。不管明初的吴诗派、越诗派、闽诗派、岭南诗派,还是江右诗派,以及永乐、宣德以来的台阁体作家群,他们更多是作为诗学批评家或文学史家用以建立叙述框架、廓清文学发展脉络而采用的一种大而化之的概括手段,其群体组成松散,有创作主张而无纲领,创作水平参差不齐、流传作品稀少都使之难以与茶陵诗派等量齐观。茶陵诗派之后,像前后七子的复古派、性灵派、唐宋派、竟陵派等文学流派无一不在理论创建和创作实绩上独标一时,因而从这个意义上来说,茶陵诗派又是明代诗学全面走向成熟与健全的开端。

---

① 《全明诗话》第三册,第2735页。

② 谢榛著,宛平校点《四溟诗话》卷二,人民文学出版社2006年版,第54页。

③ 李东阳撰、钱振民辑校:《李东阳续集》,岳麓书社1997年版,第30—33页。

④ 王山《明代文学史上的李东阳和茶陵派》,见《古典文学知识》1986年第2期。

二、茶陵诗派对明代中期的复古思潮的继起作用

上文已经提到李东阳融合山林和台阁两种创作方式[①]，从理论层面对台阁体进行了改造和转换，促进了茶陵诗派呈现出反映社会生活、表达真实情性的风格面貌，使得明代文学的发展重新回归到诗歌纪实、抒情的本体性特征上来。这可以说是茶陵诗派承接文学上源发展的表现，接下来再看一下茶陵诗派整体对前后七子、唐宋派等倡言复古的流派的具体影响。归结起来，茶陵诗派的影响体现在艺术批评和具体创作两个方面。首先来看以李东阳《麓堂诗话》为指针的茶陵诗派艺术批评的观念对日益兴起的复古派的影响。其一，茶陵诗派强调诗歌表现真实的情感。李东阳《麓堂诗话》中说："诗有三义，赋止居一，而比兴居其二。所谓比与兴者，皆托物寓情而为之者也。盖正言直述，则易于穷尽，而难于感发。惟有所寓托，形容摹写，反复讽咏以俟人之自得，言有尽而意无穷，则神爽飞动，手舞足蹈而不自觉，此诗之所以贵情思而轻事实也。"[②]又说："乐始于诗，终于律。人声和，则乐声和。又取其声之和者，以陶写情性，感发志意，动荡血脉，流通精神，有至于手舞足蹈而不自觉者。"[③]从上述两点可以看出，李东阳继承儒家传统的"诗以言志"、"歌以咏情"、"言为心声"等观念，特别强调情感在诗歌创作中的作用。谢铎同样主张情感说，如"于是情之所感，不能自已，而是诗作焉"[④]。又"诸公皆天下士，故笃于交义，不谋而同，发于性情之真有如是者，其何可忘"[⑤]。他们的上述观点成为前七子等人的直接理论源头，如李梦阳称："夫诗比兴错杂，假物以神变者也。难言不测之妙，感触突发，流动情思。故其气柔厚，其声悠扬，其言切而不迫。故歌之心畅，而闻之者动也。"[⑥]何景明也称："夫诗本性情之发者也，其切而易见者，莫如夫妇之间。是以《三百篇》首乎雎鸠，六义首乎风，而汉魏作者，义关君、臣、朋、友，辞必托诸夫妇，以宣郁而达情焉，其旨远矣。"[⑦]徐祯卿《谈艺录》说："夫情能动物，故诗足以感人。"[⑧]又："诗以言其情，故名因象昭。合是而观，则情之体备矣。夫情既异其形，故辞当因其势。譬如写物绘色，倩盼各以其状，随规逐矩，圆方巧获其则。此乃因情立格，持守围环之大略也。"[⑨]李、何、徐等人对诗歌与情感的关系，进一步作了与自然元气、音乐性和夫妇之情的类比，认为只有蕴含了浓郁情感的诗歌才能如气般轻柔、乐般悠扬、夫妇般和谐。相反求之过实，拘之过切，即使是杜甫也难称当行本色。

其二，茶陵诗派强调复古。李东阳认为近体诗应当推崇盛唐，但古诗、乐府则应效仿汉

---

① 可参阮国华《李东阳融合台阁和山林的文学思想》，《文学遗产》1993 年第 4 期。

② 《历代诗话续编》下册，第 1374—1375 页。

③ 《历代诗话续编》下册，第 1369 页。

④ 《谢铎集》卷四十八《感情诗序》，中华书局 2002 年版，第 433 页。

⑤ 《谢铎集》卷五十，第 462 页。

⑥ 李梦阳《空同集》卷五十二，《文渊阁四库全书》本。

⑦ 何景明《大复集》卷十四《明月篇》，《文渊阁四库全书》本。

⑧ 何文焕辑《历代诗话》，中华书局 1981 年版，第 766 页。

⑨ 《历代诗话》，第 767 页。

魏。他在《麓堂诗话》中说："古诗与律不同体，必各用其体乃为合格。"[①]"古律诗各有音节。"[②]"陶诗质厚近古，愈读而愈见其妙。"[③]"汉魏六朝唐宋元诗，各自为体。譬之方言，秦、晋、吴、越、闽、楚之类，分疆画地，音殊调别，彼此不相入。此可见天地间气机所动，发为音声，随时与地，无俟区别，而不相侵夺。然则人囿于气化之中，而欲超乎时代土壤之外，不亦难乎？"[④]他认为古诗、乐府与律诗格自有别，汉魏与唐诗在此种意义上不可替代。谢铎同样有复古倾向，李东阳在为其所作《桃溪净稿序》中即多所推重，另外谢铎自己在《愚得先生文集序》中也对叔父谢省"博学好古"钦敬不已。邵宝在《容春堂前集》卷十四《重刊两汉文鉴序》中也高举文章以汉为准的旗帜，他说："今去汉已远，文之用于世者，若册、诰，若制、诏，若奏、对、书、檄、赞、颂、诗、赋之类，犹夫体焉，而汉雅醇矣。雅醇则于古为近，近之则可复。复古于通今之中，君子于天下皆然，而独文乎？"另外与李东阳、谢铎过从甚密的林俊也欣赏友人"古诗祖汉晋，律诗祖盛唐，而参以赵宋诸家之体，气格疏爽，词采精丽，音调孤绝，听之洒然，咀嚼之，隽永而有余味"[⑤]的做法，并对他"夫好则乐，乐则专，含吐性灵，纾写物故"。的诗歌境界深表钦佩。总之，茶陵诗派在诗文方面的复古主张深深影响了前后七子，甚至唐宋派。如何景明《海叟诗序》称："盖诗虽盛称于唐，其好古者自陈子昂后，莫若李、杜二家。然二家歌行、近体，诚有可法，而古作尚有离去者，犹未尽可法之也。故景明学歌行、近体，有取于二家，旁及唐初、盛唐诸人，而古作必从汉魏求之。"《大复集》卷三十四。后七子李攀龙《选唐诗序》中称："唐无五言古诗，而有其古诗。……七言古诗，唯杜子美不失初唐气格，而纵横有之。"[⑥]后两者对唐诗得失的辩证认识，无疑离不开茶陵诗派诸人的分析探研之功。

其三，批判空洞理诗，文不废唐宋。茶陵诗派成员不乏以通一经而及第的，绝大多数又是经史兼通，敏于诗文之制的。因此，他们中间以诗文阐释经义，恪守闽洛家法的为数甚多，谢铎正是这一方面的代表。他不仅有一批绍述程朱理脉的专书，还有大量理诗和史论诗，都有着浓厚的理学色彩。谢铎在《愚得先生文集序》一文中提出："昔人有言，文之用二，明道、纪事而已矣。六经之文，若《易》若《礼》，明道之文也，而未尝不著于事；若《书》若《春秋》，纪事之文也，而未尝不本于道。后世若濂、洛、关、闽，则明道之文，原道复性，盖庶几乎是者也；司马迁、班固，则纪事之文，唐、隋、五代史，盖因袭乎是者也。"基于他对程朱理义的秉承，形成了他"明道、纪事"的文艺观，这也从根本上决定了他对宋诗的得失有着全面而非偏激的认识。他反对当下理诗"不曰太极则曰阴阳，不曰乾坤则曰道德，不曰鸢飞鱼跃则曰云影天光，往往以号于人，曰：此道学之诗"的恶习非常不满，认为真正符合程朱本旨的理诗本应是清新自然，深入浅出的。此外，李东阳称陆釴说："公读书，必究理道，涵泳往复，期于自得。为文章，周慎雍裕，惟所欲言，终日不厌，亦不袭前人语。诗调高古，尽去秾艳，当所得意，纵笔挥洒，刻意极力者，顾追之而不可及。"[⑦]可知，陆诗文也颇多理趣。邵宝是茶陵后进中潜心闽洛

---

① 《历代诗话续编》下册，第1369页。

② 《历代诗话续编》下册，第1370页。

③ 《历代诗话续编》下册，第1379页。

④ 《历代诗话续编》下册，第1383页。

⑤ 林俊《见素集》卷五《白斋诗集序》，《文渊阁四库全书》本。

⑥ 李攀龙《沧溟集》卷十五，《文渊阁四库全书》本。

⑦ 《怀麓堂全集·文前稿》卷二十三《明故中顺大夫太常寺少卿兼翰林院侍读陆公行状》。

之学的代表。《明史·儒林传》载:“学以洛闽为的,尝曰:‘吾愿为真士大夫,不愿为假道学。’举南畿,受知于李东阳,为诗文典重和雅,以东阳为宗。至于原本经术,粹然一出于正,则其所自得也。博综群籍,有得则书之简,取程子‘今日格一物,明日格一物’之义,名之曰《日格子》。”[①]在散文写作方面,李东阳本人即颇为推崇曾巩,他在《曾文定公祠堂记》中说:“宋盛时,以文章名者数家,予于文定公独深有取焉者。盖其论学,则自持心养性,至于服器动作之间;论治,则自道德风俗之大,极于钱谷、狱讼、百凡之细,皆合于古帝王之道与治。”[②]茶陵诗派成员中颇多学习韩愈的,如邵宝即是。王鏊在《容春堂原序》中称:“公盖师韩而不暇及乎其他者也……师韩而不必似韩,此善学韩者也。”林俊也称:“油油然其光,将根干宋儒,标枝秦汉,收韩、欧数君子之华实乎?起衰斯文,其先生始矣!”[③]陆深《一泉文集序》中称:“唐宋文献,韩退之、欧阳永叔实当其盛。而元和、庆历之治,粗有三代之遗风,此一代之文献也。”[④]四库馆臣罗玘说:“其文规抚韩愈,戛戛独造,多掩抑其意,迂折其词,使人思之于言外。”[⑤]上述种种均对后世影响巨大。在评价宋诗方面,李梦阳反对其空浮流弊,他在《缶音序》中说:“宋人主理,作理语,于是薄风云月露,一切铲去不为。又作诗话教人,人不复知诗矣。诗何尝无理,若专作理语,何不作文,而诗为邪?今人有作性气诗,辄自贤于‘穿花蛱蝶’、‘点水蜻蜓’等句,此何异痴人前说梦也!”[⑥]王世贞则能较为公允地评价宋诗成就,他在《宋诗选序》中说:“余所以抑宋者,为惜格也。然而代不能废人,人不能废篇,篇不能废句,盖不止前数公而已,此语于格之外者也。”[⑦]另外,唐宋派人物茅坤以《唐宋八大家文钞》为思想阵地,反对前后七子文必秦汉的批评标准,而以唐宋诸家为依归,某种程度上也受了众多茶陵诗派成员散文祈尚的影响或启发。

另外,我们来看一下茶陵诗派诗歌创作对复古派的具体而直接的影响。从前七子对茶陵诗派的猛烈攻击来看,两者似乎是对立冲突的,但是他们尊唐复古的主体观念并不异趋,因此在创作方面又表现出平衡统一的面貌[⑧]。这样茶陵诗派对后者的创作的影响,就可以表现为正反两个方面。

其一,从正面角度说,茶陵诗派对古乐府及古诗的拟作推动了前七子的同类创作。从元末杨维桢到李东阳生活的时期,古乐府的拟作长时间内呈沉寂的面貌,这从李东阳《古乐府引》里可以看出。李东阳作古乐府,潘辰、谢铎则为其作评点,何孟春为其音注,笔者曾细阅明高文荐刻本(哈佛燕京图书馆藏),由此可以看出茶陵诗派成员对此创作是颇为推扬的。谢铎是创作古乐府及古诗较为积极、成就也较高的一位茶陵诗派作家。其《桃溪净稿》散见于各卷的拟乐府有《新婚别》、《上之回》、《搏虎行》、《短歌行》、《西邻妇》、《撤屋谣》、《葡萄行》、《篁墩行》、《遗腹儿》、《南沟磷》、《儿舐疮》、《脚痛谣》、《穷奇兽》等作,另外卷二十五载古

---

① 《明史》卷二百八十二,中华书局 1974 年版,第 7246 页。
② 《怀麓堂全集·文前稿》卷十二。
③ 《见素集》卷六《容春堂集后序》。
④ 陆深《俨山集》卷四十五,《文渊阁四库全书》本。
⑤ 《四库总目提要》卷一七一,第 1494 页下。
⑥ 《空同集》卷五十二。
⑦ 王世贞《弇州四部稿·续稿》卷四十一,《文渊阁四库全书》本。
⑧ 陈文新《明代诗学》,湖南人民出版社 2000 年版,第 142 页。

诗《读春秋一十六首》、《读通鉴纲目二十一首》，卷二十六载古诗《读宋诗十六首》，卷二十七载古诗《拟皇明铙歌十二篇》，卷二十八载古诗《殷鉴杂咏二十四首》，卷二十九载古诗《台州杂咏二十六首》等。从上面可以看出，谢铎的拟乐府之作，不止涉及古乐府，还有唐以来的新乐府、自创乐府诗题等，古诗则以咏史为主，咏故乡风物之作也占有相当比重。这些作品具有深远的历史情思和殷切的民生情怀，可称茶陵诗派众多诗文作品中思想性和艺术性兼长的代表。李东阳在《麓堂诗话》中称其“在翰林学诗时，自立程课，限一月为一体。如此月读古诗，则凡官课及应答诸作，皆古诗也。故其所就，沉着坚定，非口耳所到”[①]，实属确评。除了李、谢之外，倪岳《青溪漫稿》卷二载七言古诗33首，其中包括《戏题素扇短歌》、《喜雨谣》、《冬雨叹》、《田家喜雨歌》、《春闺怨》、《赤壁图歌》、《梦仙吟》等具有鲜明乐府特色的作品。另外，像茶陵后进屠勋在《屠康僖公文集》卷一有五言古诗31首、七言古诗52首。

值得一提的是，在拟乐府及古诗的创作中，大量史料和民间题材进入茶陵诗派成员创作的视野，即使较少出京游历的李东阳，其乐府诗中也不乏对先代烈士、贞女的褒扬，这样他们的选材就不止限于台阁馆榭之间，而有投向民间的倾向。谢铎《西邻妇》、《遗腹儿》、《南沟磷》、《儿舐疮》等旌扬孝义之诗即针对当下时事所发，尤称代表。在这种倾向基础之上，俗化的趣味也日益转深，如李东阳《祭老王文》，一反其一贯强调的馆阁气，而全用俗语写成，钱福喜作吴地谣曲，何孟春偏爱南戏，他在《观戏说》中称：“何子爱观南戏，不论工拙乐之，终日不厌。或曰：‘子大观古今，而于是戏之观，何取焉？曰：‘吾取其升而不荣，黜而不辱，笑非真乐，哭非真哀而已……余于观戏得处世之道，顺逆之境交于前，不为置欣戚焉，谓非有得于戏哉？呜呼！古今能观戏者鲜矣！’”[②]这一切都对前七子产生直接的影响。

据今人黄卓越统计，李梦阳作乐府类诗歌有120首，古诗14首；何景明乐府杂调81首，古诗6首；徐祯卿乐府50首；王廷相乐府体58首，琴操体4首，风雅体16首，古歌体26首；边贡乐府40首；王九思古乐府16首；孙一元古乐府15首；薛蕙古乐府59首。[③] 另外，黄卓越并未对后七子的古乐府创作加以分析。笔者粗略统计，王世贞《弇州四部稿》卷四有拟古乐府75首、汉郊祀歌20首，卷五拟古乐府59首，卷六拟古乐府47首，卷七拟古乐府185首，可谓为数甚多。李攀龙《沧溟集》卷一载古乐府34首、铙歌18首，卷二古乐府147首，卷三五言古诗78首，其中包括《后古诗十九首》，卷四又有《建安体》3首、《代建安从军公燕诗》9首、《公燕诗》9首，《效应璩百一诗》等等。王世贞在《书与李于鳞论诗书》中说：“吾拟古乐府少不合者，足下时一离之离者，离而合也，实不能胜足下；吾五言古不能多足下；多乃不胜；我歌行，其有间乎？”[④]可知，两者对乐府、古诗的创作是异常重视的。

总之，上述相对明中叶以前乐府、古诗创作长期相对寂寥的状况来说，不能不归结于茶陵诗派众多成员的开导之功。另外，前七子像王九思、康海还是著名的曲家，尽管散曲在明中叶的兴盛有其自身发展的必然规律，像钱福、何孟春等人的俗曲、南戏的偏好，无疑对散曲的兴盛起到了积极的推动作用。

---

① 《历代诗话续编》下册，第1389页。

② 何孟春《何燕泉集》卷八，乾隆二十四年重梓本，浙江大学图书馆藏。

③ 黄卓越《明中后期文学思想研究》，北京大学出版社2005年版，第64页。

④ 《弇州四部稿》卷七十七。

从反面的角度来说，茶陵诗派所坚持倡导的还有许多为前后七子所不取，并起到相反相成的作用。在理论上两者当然并无根本分歧，甚至某种程度上后者在理论视野的开阔度上还不如前者，但是基于复杂的社会政治渊源关系，双方在总的风格面貌和气度心胸上产生了明显的分野。茶陵诗派虽然在理论和创作等诸多方面都有着若干突破和创新，然而毕竟没有彻底摆脱台阁体的余风遗韵。其气格固然舂容大雅，亦少不了延宕沉缓的通病。前七子标举"真诗自在民间"的口号，完全从馆阁台榭的束缚中摆脱出来，其诗歌存在着优孟衣冠、千篇一律的不足，却气象生新，开创了继明代初期诗风、永宣台阁体之后的第三个发展高潮。王世贞指出："长沙之于何、李也，其陈涉之启汉高乎？"[①]因此明诗在前后七子手中再度中兴也离不了茶陵诗派的激发和促动，正是在对茶陵诗派的批判和超越中前后七子才获得较高的声誉。

前后七子对茶陵诗派的评价经历了由全盘否定到逐步辩证扬弃的过程，典型代表就是王世贞。他在《艺苑卮言》中曾毫不客气地给茶陵诗派作家揭短，像"王（鏊）稍知慕昌黎，有体要，惜才短耳。南城罗景鸣欲振之，其源亦出昌黎，务抉奇奥，穷变态，意不能似也"[②]，"李宾之如开讲法师上堂，敷腴可听，而实寡精义。陆鼎仪如何敬容好整洁，夏月熨衣焦背。程克勤如假面吊丧，缓步严服，动止举举，而乏至情。吴原博如茅舍竹篱，粗堪坐起，别无伟丽之观。王济之如长武城五千兵，闲整堪战，而伤于寡。罗景鸣如药铸鼎，虽古色惊人，原非三代之器"[③]。这些批判挟有意气，尖锐而刻薄，有失偏颇，表明了王世贞早年对明初以来文坛尤其是茶陵诗派的厌弃之意，但是随着阅历和识见的增长，他对后者的看法趋于辩证。以李东阳的乐府诗为例，王世贞在《书李西涯古乐府后》称："吾向者妄谓乐府发自性情，规沿风雅，大篇贵朴，天然浑成；小语虽巧，勿离本色。以故于李宾之拟古乐府，病其太涉论议，过尔抑剪，以为十不得一。自今观之，亦何可少。夫其奇旨创造，名语迭出，纵不可被之管弦，自是天地间一种文字。若使字字求谐于房中、铙吹之调，取其声语断烂者而模仿之，以为乐府，在是毋亦西子之颦，邯郸之步而已。"[④]这则材料同样可以印证上面所提到前后七子对茶陵诗派乐府诗歌创作的直接借鉴，从中主要可以看到王世贞从早年的偏激到晚年辩证的思想发展轨迹。前文提到王世贞创作了大量的古乐府及五七言拟古诗，正是在这些作品的写作中，他体味到李东阳的创作甘苦和《拟古乐府》的价值所在。

另外，复古派与茶陵派的对立统一，还体现在茶陵余绪在正德、嘉靖年间固守家法与之并行不悖的一面。李东阳去世之后，像邵宝、石珤、鲁铎、何孟春、屠勋、顾清甚至杨慎等人都还以茶陵派诗法自奉，他们矫然与大盛的"诗必盛唐，文必秦汉"的风尚异趣，崇尚高古典雅、重道纪实、兼取博采的诗味和格调，成为时下文坛不可或缺的一道支脉。隆庆、万历以来，当复古派的流弊日益明显的时候，茶陵流裔便较早地对其展开了反批判。李东阳、杨一清的门生杨慎在《升庵诗话》卷七中引唐元荐说："至李何二子一出，变而学杜，壮乎伟矣。然正变云

---

① 《历代诗话续编·艺苑卮言》卷六，第1044页。

② 《历代诗话续编·艺苑卮言》卷五，第1025页。

③ 《历代诗话续编·艺苑卮言》卷六，第1037页。

④ 王世贞《读书后》卷四，《文渊阁四库全书》本。

扰而剽袭雷同，比兴渐微而风骚稍远。”[①]另外，清人纪昀在《阅微草堂笔记》卷十四中有诗评说：“三杨之后，流为台阁之体，日就肤廓。故李崆峒诸公，又力追秦汉，救以奇伟博丽。隆、万以后，流为伪体，故长沙一派又反唇焉。大抵能挺然自为宗派者，其初必各有根柢，是以能传；其后亦必各有流弊，是以互诋。”[②]这段评价揭示出茶陵诗派在明代并没有随着李东阳和众多重要茶陵作家的去世而完全消失，其余绪继承了它内在的合理性因素，并展开对复古派的反批评。从历史的角度来看，他们的批评远没有唐宋派、公安派等流派有影响，却对诗文流派的自然更替，推动明代文学的进一步发展具有客观上的积极作用。

综上所述，茶陵诗派在明代文学史上具有重要的承前启后的地位，但相对明代其他文学流派的研究状况而言，其广度和深度又是明显不足的。另外笔者想进一步提请注意的是，茶陵诗派整体的研究应建立在对团派成员思想创作的个案研究的基础之上，尽管学界对李东阳关注和探讨较多，但并不能代替对其他成员的观照、评判乃至给予合理的历史定位，谢铎显然是在李东阳之外应当引起重视和强化研究的不二人选。这里希望通过以谢铎为中心视角的研究，对他在茶陵诗派及明代诗史中的地位做出合理评价，以期对包括茶陵派在内的明代诗歌流派的构成、演变起到一斑窥豹的作用，并最终促进我们对明代诗歌发展的内在规律获得较为清晰而科学的认识。

作者单位：浙江大学

① 《历代诗话续编》中册，第774页。

② 纪昀《阅微草堂笔记》卷十四“槐西杂志·四”，大连图书供应社1936年版，第3—4页。

论朱谏《李诗辨疑》与明代宗唐疑古风尚

黄伟豪

一、李白诗辨伪现象之出现

任何一个时代的大手笔，由于声誉日隆，其诗集较容易羼杂他人诗作或托名伪作。胡应麟《四部正讹》谓“凡集，全伪者寡，而单篇别什借名窜匿甚众”①，当然，严格来说，所谓“窜匿”之作，应该分为“有意作伪”与“非有意作伪”两种。我们从南宋淳祐元年(1241)建本《陶靖节先生诗》误植江淹《杂诗三十首·陶征君田居》为陶潜《归园田居》其六，即可知矣②。宋人苏轼也如此，他说“世之蓄轼诗文者多矣，率真伪相半，又多为俗子所改窜，读之使人不平”③。黄庭坚《山谷集》亦不能幸免④。

李白诗集似乎显得特别严重。撇除唐代以钞本方式流传此一外在因素不论，大抵有以下三个原因：一是李白生前对作品多有修订，以致多有异文。李白《大鹏赋序》：“余昔……著《大鹏遇稀有鸟赋》以自广。此赋已传于世，往往人间见之。悔其少作，未穷宏达之旨，中年弃之……遂更记忆，多将旧本不同及腹存手集。”⑤又如《白头吟》一诗，萧士赟指“此篇出入前篇，语意多同，或谓初本云”⑥。二是李白生前没有为自己编过诗集，诗集均为他人所编：(一)魏颢。考天宝十三年(754)李白曾托魏颢编集，但实际编集时间为上元末至宝应元年(762)，所收诗文“于绛偶然得之”，应非李白天宝十三年手授之作。(二)僧贞倩。乾元二年(759)请随僧贞倩编集，但是否编集，则不可得知。(三)李阳冰。李白宝应元年(762)临终曾请族叔李阳冰代为编集，但据李阳冰《草堂集序》：“草稿万卷，手集未修，枕上授简，俾余为序……自中原有事，公避地八年，当时著述十丧其九，今所存者，皆得之他人焉。”⑦既然“得之他人”，当然难以确保完全无伪。三是李白诗集没有保留原貌的版本源流。今据《旧唐

---

① 胡应麟《少室山房笔丛》丁部四部正譌下，明万历刻本。

② 陶潜撰，杨汉注《宋刊陶靖节诗》，福建人民出版社 2008 年版。

③ 详见《答刘沔都曹书》。

④ 莫师砺锋先生曾论之，详见《黄庭坚夺胎换骨辨》(《中国社会科学》1983 年第 5 期及《江西诗派研究》齐鲁书社 1986 年版，第 290 页)。

⑤⑦ 李白《李太白集》卷一，宋刻本。

⑥ 杨齐贤注，萧士赟删补《分类补注李太白诗》卷四，四部丛刊景明本。

书·李白传》载"有文集二十卷行于时"[①],《新唐书·艺文志》亦载"李白草堂集二十卷,李阳冰录"[②]。再据唐人范传正宪宗元和十二年(817)《唐左拾遗翰林学士李公新墓碑并序》谓"文集二十卷,或得之于时之文士,或得之于宗族,编辑断简,以行于代"[③],而北宋乐史于咸平元年(998)《李翰林别集序》却说"李翰林歌诗,李阳冰纂为《草堂集》十卷。史又别歌诗十卷,与《草堂集》互有得失。因校勘排为二十卷,号曰《李翰林集》。今于三馆中得李白赋、序、表、赞、书、颂等,亦排为十卷,号曰《李翰林别集》"[④],可知李阳冰《草堂集》原十卷,后来范传正据此辑补为二十卷,《旧唐书》二十卷说应采自范传正,乐史则据李阳冰十卷本,另收集歌诗十卷,厘为《李翰林集》二十卷,共收诗七百七十六篇。再从昭文馆、集贤院、史馆得赋、序、表、赞、书、颂等,排为《李翰林别集》十卷。宋敏求于熙宁期间,在乐史本的基础上,综合魏颢《李白诗集》二卷、宋王溥家藏李白诗残帙、唐类诗诸编,以及刻石所传之诗,扩充了二百余篇,以类相从,编成《李太白文集》。到了曾巩则"考其先后而次第之",遂使原来编次打乱。后来元丰三年(1080),苏州太守晏处善以宋敏求、曾巩二人的《李太白文集》,付信安毛渐刊行,世称"苏本",之后又有据苏本翻刻的蜀刊本,陈振孙《直斋书录解题》指"然则蜀本,盖传苏本,而苏本不复有矣"[⑤]。准此,由于宋敏求"以类相从",以及曾巩"考其先后而次第之",李白诗集已失去原来面貌,而迟至《直斋书录解题》的嘉熙二年(1238年)开始,后人主要参考此一版本。[⑥]

基于此,宋代开始已有李白辨伪的现象出现。苏轼谓"过姑熟堂下,读李白十咏,疑其语浅陋,不类太白。孙邈云:'闻之王安国,此乃李赤诗,秘阁下有李赤集,此诗在焉,白集中无'"[⑦]、"今太白集中,有《归来乎》、《笑矣乎》及《赠怀素草书》数诗,决非太白作,盖唐末五代间学齐己辈诗也。余旧在富阳,见国清院太白诗绝凡近。过彭泽唐兴院,又见太白诗,亦非是。良由太白豪俊,语不甚择,集中往往有临时率然之句,故使妄庸敢耳"[⑧]。黄庭坚亦指"太白集中,《长干行》二篇,'妾发初覆额',真太白作也。'忆妾深闺里',李益尚书作也,所谓'痴妒尚书李十郎'者也。词意亦清丽可喜,乱之太白诗中,亦不甚远。大儒曾子固刊定,亦不能别也。太白豪放,人中凤凰麒麟,譬如生富贵人,虽醉着暝暗喑呓中作无义语,终不作寒乞声耳。今太白诗中谬入他人作者,略有十之二三,欲删正者,当用吾言考之"[⑨]。晁公武亦言"近蜀本又附入左绵邑人所裒,曰白隐处少年所作六十篇,尤为浅俗。白天才英丽,其辞逸荡,隽伟飘然,有超世之心,非常人所及。读者自可别其真伪也"[⑩]。计有功《唐诗纪事》则以《长干

① 刘昫《旧唐书》卷一百九十《文苑传》下,清乾隆武英殿刻本。

② 欧阳修《新唐书》卷六十《艺文志》,清乾隆武英殿刻本。

③ 李白《李太白诗集注》卷三十一,清文渊阁四库全书本。

④ 李白《李太白集》卷一,宋刻本。

⑤ 陈振孙《直斋书录解题》卷十六,清武英殿聚珍版丛书本。

⑥ 吴企明《试论李白诗的考辨工作》(《江苏师范学院学报》1978年第2期,第36页)与郁贤皓、尹楚彬《漫议李白诗的辑佚与辨伪》(《唐代文学研究》1998年,第290—291页),对李白诗集的流传有详细介绍,可参见。

⑦ 苏轼《东坡志林》卷一,明刻本。

⑧ 胡仔《苕溪渔隐丛话前集》卷五,清乾隆刻本。

⑨ 胡仔《苕溪渔隐丛话前集》卷五引山谷语,清乾隆刻本。

⑩ 晁公武《郡斋读书志》卷四上,四部丛刊三编景宋淳祐本。

行二首》其二为张朝《小长干行》诗①。彭叔夏《文苑英华辨证》指《李白集》中，把顾况《弃妇词》及高适《见人臂苍鹰诗》误植为李白诗②。严羽《沧浪诗话·考证》曾辨十三篇李白诗的真伪。③ 元代萧士赟《分类补注李太白诗》则将可疑诗作，殿于每卷之末④。明代胡震亨《李诗通》将羼入李白集中的伪作逐一订正，并把经前人甄别的相关伪作，附于集后⑤。

明代胡震亨《李诗通》似乎被广泛认为是李诗辨疑专著的较早代表作之一，但朱谏《李诗选注辨疑》(又称《李诗辨疑》)当早于此。按，《李诗通》撰成于崇祯十五年(1642)，朱谏《李诗辨疑》则于嘉靖二十五年(1546)⑥。清人丁丙《善本书室藏书志》载朱氏有《李诗选注》十三卷，另有《李诗辨疑》二卷⑦。明人王心称"今观先生所为选注，如朱子释经例，先解文义，次述兴意，微辞奥旨，灿然明白。其辩疑则取舛悖、卑陋、烦复，如《远别离》、《夜坐吟》诸篇，指摘疵类，皆前人所未发，真能曲畅立言者之本意，而雪洗其赝诬之辱心也……李诗有先生选注辨疑，而李诗始信"⑧，但对《李诗辨疑》予以足够注意者，可谓寥寥，如吴企明肯定"朱谏《李诗辨疑》根据《纪闻录》'景福三年端坐而终'的记载，认为李白其时年岁尚小，不可能与僧伽'论三车'、'说空有'，因而考定《僧伽歌》是伪作……我们又考查了唐人的文集，见李邕《泗州普光王寺碑》：'僧伽者，龙朔中西来，尝纵观临淮，发念置寺，既成中宗赐名普光王，以景龙四年三月二日示灭于京。'陈垣的《释氏疑年录》也据《宋僧传》、《太平广记》、董逌《广川书跋》等著作，定泗洲普光王寺僧伽是'景定四年卒'。朱……所记的僧伽卒年，显然搞错一年，当以景龙四年(710)为是；他们用诗中人物的卒年，来考证《僧伽歌》不是李白所作，这种论证方法，是令人信服的"⑨。又如何林天曾就《长干行》其二、《少年行》(君不见淮南少年游侠客)、《猛虎行》(一作《猛虎吟》)、《去妇词》、《僧伽歌》(案，何氏指朱谏最早指出为伪作)、《草书歌行》、《述德兼陈情哥舒大夫》、《军行》、《笑歌行》、《悲歌行》之真伪问题，均曾引朱谏《李诗辨疑》⑩。徐小洁亦有《朱谏〈李诗选注辨疑〉研究》一文⑪。

---

① 计有功《唐诗纪事》卷二十七，四部丛刊景明嘉靖本。

② 彭叔夏《文苑英华辨证》卷五，清武英殿聚珍版丛书本。

③ 严羽《沧浪诗话》，明津逮秘书本。

④⑤ 详见吴企明《试论李白诗的考辨工作》《江苏师范学院学报》1978年第2期，第36页。

⑥ 此系据王心"先生姓朱，讳谏，字君佐，居雁荡山之南，号荡南厥。子名守宣，别号灵谷。灵谷先生闻父丧，奔回奉书，号陨日思，所以阐幽继志，经纪弗遑。及嘉靖乙巳(1545)，出守郴州，积俸阅岁，召工镌梨。既成，为丙午之夏"，孙诒让《温州经籍志》卷二十六集部，民国十年刻本。

⑦ 丁丙《善本书室藏书志》卷二十四，清光绪刻本。

⑧ 孙诒让《温州经籍志》卷二十六集部，民国十年刻本。

⑨ 详见吴企明《试论李白诗的考辨工作》，《江苏师范学院学报》1978年第2期，第42页。

⑩ 何林天《李白诗辨伪》，《山西师范大学学报(社会科学版)》1997年第1期，第47—53页。

⑪ 详见徐小洁《朱谏〈李诗选注辨疑〉研究》，河北大学博士论文，2011年。笔者暂时无缘见睹为憾，故未敢断定是否与本文完全重合。然据该文目录分"朱谏生平活动考论"、"版本与流传"、"朱谏对李白《古风》组诗的研究"、"朱谏对李白乐府诗的研究"、"朱谏对李白寄、赠、送、别类诗歌的研究"、"朱谏对李白酬答、游宴诸类诗歌的研究"、"朱谏《李诗辨疑》研究"共七章，再从其中"朱谏《李诗辨疑》研究"一章的"李诗真伪问题概说"、"萧士赟辨伪对朱谏的影响"、"朱谏辨疑体系释解"及"《辨疑》的学术价值及争议"四节，似又与本文分析方向不同。特此说明。

然前人及今人有不少对《李诗辨疑》一书颇有误解，以为其性质是辨伪[①]，其实不然。笔者认为，《李诗辨疑》明言为李白诗作的，亦复不少。朱著本身更可折射出明代宗唐与疑古风尚[②]。

二、对朱谏《李诗辨疑》两点误解之澄清

《李诗辨疑》系朱谏晚年之作，似与朱谏夙慕李白其人其诗有关。明人王心指"荡南先生既罢吉安之守，致政居家，放意山水，多所吟赏。考论古今诗人，为李诗选注十三卷，辨疑二卷，将终之日，厥子仕都下乃躬手封识遗教，俾守掌焉。盖平生所注意在此也"[③]。再考明人华叔阳《朱荡南诗序》指朱谏：

> 盖先生诗出入往匠，镕以己见，而尤慕谪仙。谪仙早游金马，蒙人主荣遇，晚而纵神宇宙。凡诸号名区，大观攀陟，或满用是，多畅饮豪吟之句。先生栖止台雁间，登览之什，溢于集中，迹其所向，几似近之，匪直其言称同调也。先生既不欲俯首竟仕宦业，退而以诗自悦，而曾不效刻苦敲研之状，要在陶写性情，归之风雅。先生真寄适天地，翛然物外者矣！[④]

朱谏对李白确实甚为激赏，如说"体制备而辞义精，白之乐府，可谓集诗家之大成者矣"[⑤]，又说"矧夫李白材由天授，气雄万夫，胆略疏阔，迥出尘表，故其见于文辞者，廓然如太清，皎然如皓月，若风云之变，若江河之流，触之即动，感之即应，不假思维，而从容骏发。在当时无不知有李白而愿睹其眉宇者，虽杜子美、韩退之之贤且才者，亦相推而相逊焉"[⑥]，激赏之辞，溢于言表。此外，《李诗辨疑》之撰写，另一主要原因是李白诗集羼杂伪作。他在《李诗辨疑》序云：

> 唐人之言诗者，必以李杜为首，称李有《草堂集》二十卷，唐李阳冰所录，散落人间，人或罕传，遂至纷纭舛错，真伪淆溷。自东坡以下，虽略有议论，未暇一一而校正之。故李白之名虽在，而李白之实未甚昭晰。噫！文章如白者，可以妄拟而想象之乎？旧说晚唐李益尚书尝为翰林学士，其诗亦曰李翰林；李赤厕鬼小有所作，亦曰李诗。二者混于白集，故多可疑。以今观之，其用事颇有典故，而铺叙堆叠，格调卑劣者，必益之诗也；其

① 清人孙贻让指"《辨疑》二卷录《选注》所删诗二百十六篇，以为多他人作羼入李集，每篇皆略摘其疵颣，以明其删削之旨"（孙诒让《温州经籍志》卷二十六集部，民国十年刻本），何林天"明代朱谏著《李诗辨疑》，举出可疑的诗达216首之多"（何林天《李白诗辨伪》，《山西师范大学学报（社会科学版）》1997年第1期，第47页），胡振龙指"他把二百多首李诗指为伪作"（胡振龙《李白诗古注本研究》，南京师范大学博士论文，2003年，第56页），恐不尽如此。

② 本文据黄氏敬乡楼丛书本。至于朱谏其人，可参考徐小洁《明代〈李诗选注〉作者朱谏生平考论》，《中国文化研究》2013年夏之卷，第169—174页。

③ 孙诒让《温州经籍志》卷二十六集部，民国十年刻本。

④ 华叔阳《华礼部集》卷六，明万历刻本。

⑤ 朱谏《李诗选注》卷二《古乐府小序》，明隆庆刻本。

⑥ 详见朱谏《李诗辨疑·序》。

> 鄙俚颠狂放肆而无伦者，赤之诗也。赤真为厕鬼哉！安敢比迹于谪仙乎？二者皆可精察而别之也。乃作《李诗辩疑》，附于卷末，以俟知者再详焉。题与题解，俱仍其旧。

朱氏在《李诗辨疑》其他不少地方亦言之，譬如《过彭蠡湖》（谢公入彭蠡）说“按此诗二首……本是一诗，而当时之传写者有详略不同耳。是知李集之差讹不止此也”，《秋浦感主人归燕寄内》（霜凋楚关木）说“旧编错谬，于此又可见其一端矣”，《越女词》五首云“盖当时集诗者，不别真伪，钉饾成篇，以讹传讹，遂至于此”。我们依此可知，朱氏有见李白集中纷纭舛错，真伪淆溷，尤其杂以李益、李赤二人诗作，遂作《李诗辨疑》以昭李白之实。

笔者认为，前人与今人对《李诗辨疑》的误解，有两点是需要厘清的：

第一，《李诗辨疑》一书不只辨识李益、李赤二人诗作，也不只判别他人之诗或托名伪作，反而更涉及评骘李白平庸诗作。此系据《自内代赠》（宝刀裁流水）朱谏所言：

> 彼二人者（案，李益、李赤），初无心于乱真，特以后人失辨而误入于白之集中耳。此云“别内”、“代内赠”者，皆有意于伪为者也。魍魉盗名，多见其不知量也。噫！学问深浅，自有定分，亦须自知，何必过于干誉以要名乎！

另外，今据笔者排比所得，朱氏以为李白诗作者，至少有37首，包括：《白马篇》（龙马花雪白）、《秦女休行》（西门秦氏女）、《送侯十一》（朱亥已击晋）、《送通禅还南陵隐静寺》（我闻隐静寺）、《送舍弟》（吾家白额驹）、《洞庭醉后送绛州吕使君杲流沣州》（昔别若梦中）、《与诸公送陈郎将归衡阳并序》（衡山苍苍入紫冥）、《送郄昂谪巴中》（瑶草寒不死）、《酬宇文少府见赠竹书筒》（桃竹书筒绮绣文）、《以诗代书答元丹丘》（青鸟海上来）、《酬中都小史携斗酒双鱼于逆旅见赠》（鲁酒若琥珀）、《醉后答丁十八讥予“槌碎黄鹤楼”》（黄鹤高楼已槌碎）、《江上望皖公山》（奇峰出奇云）、《登巴陵开元寺西阁赠衡岳僧方外》（衡岳有阐士）、《金陵望汉江》（汉江回万里）、《上元夫人》（上元谁夫人）、《庐江主人妇》（孔雀东飞何处栖）、《鲁中都东楼醉起作》（昨日东楼醉）、《过汪氏别业》（畴昔未识君）、《金陵江山遇蓬池隐者》（心爱名山游）、《夏日山中》（懒摇白羽扇）、《醉题王汉阳厅》（我似鹧鸪鸟）、《忆崔郎中宗之游南阳遗吾孔子琴抚之潸然感旧》（昔在南阳城）、《忆东山》（我今携谢妓）、《望月有怀》（清泉映疏松）、《春滞沅湘有怀山中》（沅湘春色还）、《上崔相百忧草》（共工赫怒）、《万愤词投魏郎中》（海水渤潏）、《咏邻女东窗海石榴》（鲁女东窗下）、《南轩松》（南轩有孤松）、《白鹭鸶》（白鹭下秋水）、《洗脚亭》（白道向姑熟）、《题嵩山逸人元丹丘并序》（家本紫云山）、《嘲鲁儒》（鲁叟谈五经）、《惧谗》（二桃杀三士）、《平虏将军妻》（平虏将军妇）、《长门怨》其二（桂殿长愁不记春）。除《白马篇》（龙马花雪白）、《秦女休行》（西门秦氏女）二诗为上卷外，余者皆为下卷所论之诗，疑后人据上卷多判断伪诗之语，而误判《李诗辨疑》是辨伪之书。

其实，以上诗作都是李白非得意之作，大概分为两种：一种是即兴或戏作，譬如评《送舍弟》（吾家白额驹）“辞涉轻浅”、“恐一时信手之作，无意味，难以垂法”，评《与诸公送陈郎将归衡阳并序》（衡山苍苍入紫冥）“第五句以下俱是趁搭之辞，殊少意味”、“盖信手之作，精神华采自不足也”，评《洗脚亭》（白道向姑熟）“送别作也，亦一时仓促作也，未足深为法者”。另一种是平庸诗作。譬如评《江上望皖公山》（奇峰出奇云）“辞意平平，如云‘巉绝称人意’，亦是寻常语也”，评《金陵望汉江》（汉江迴万里）“辞涉归美，意则牵强，与《鹦鹉洲》、《岳阳楼》等诗，大不侔矣”，评《鲁中都东楼醉起作》（昨日东楼醉）“轻易谑语，不足法也”，评《醉题王汉阳厅》(我似鹧鸪鸟)"醉后谑辞,亦浅浅耳",评《春滞沅湘有怀山中》(沅湘春色还)"非佳语也",评《嘲鲁儒》(鲁叟谈五经)"嘲诮太过,不究其实"。

笔者认为,既然"《辨疑》二卷录《选注》所删诗二百十六篇",那么《李诗选注》所删的李白非得意之作,正好证明《李诗辨疑》的另一个特点是评骘李白诗歌,甚至解释何以这些诗作《李诗选注》并不见收。

第二,《李诗辨疑》一书固然运用鉴赏的方法判断李诗真伪,但也有不少地方利用考证的方法。

朱谏判辨李诗颇有"知之为知之,不知为不知"的治学精神。他曾说"未可知也,不敢强为之说"(《妾薄命》)、"疑而阙之,不敢强为之说"(《江上吟》)、"疑似之间不敢强解"(《元丹丘歌》)、"辞意不可强解,以俟知者"(《临路歌》)、"不敢强解,况旧注无可考者,故阙之"(《赠友人》)、"此等之诗,似不可晓,姑缺所疑,以俟知者"(《宣州谢朓楼饯别校书叔云》)、"后四句辞晦意暗,自相掣肘,不可以强解也"(《咏邻女东窗海石榴》)。

在这个前提下,朱谏从鉴赏的方法,提出"用字"、"辞意"、"用事" 、"意味"、"句法"、"辞气"、"辞格"、"气格"、"格调"、"格力"、"文理"、"上下相蒙"、"结语"、"节奏"、"韵"等就诗谈诗,以意逆志(详见下文)。与此同时,也不忽略从考证的角度剖析。除前引《僧伽歌》(真僧法号号僧伽)外,譬如《菩萨蛮》(平林漠漠烟如织)与《忆秦娥》(箫声咽)二词,从体制发展入手,说"唐之乐府,选体是也。宋以后则以词调为乐府,命题为辞,其音节始有长短之殊,不专于五言矣……宋之诸儒皆好为之,元为最盛。在唐之时,未有所闻,李白安得有此作耶?兹二词者,玩其音响亦非未制,乃元调也"。又如《金陵歌送范宣》(石头巉岩如虎踞)"末云'他年来访南山老',所言南山老者,不知其为谁也。李白未尝有此称",《忆旧游寄谯郡元参军》(忆昔洛阳董糟丘)"且以造酒楼与所历之地、所接之人,考之白平生经历,无一事一处相同,非白之作明矣",《军行》(骝马新夸白玉鞍)"白有《从军行》……辞健气壮而音律浏亮,与此《军行》诗大有不侔者。又岂后人因其有《从军行》而效为《军行》者乎",《别内赴征》三首"白素贫,安得有'白玉楼'、'翡翠楼'、'金梯'等物。或曰诗人之誇,未必实也",《秋浦寄内》(我今寻阳去)"按白在寻阳,隐于庐山屏风叠,为永王璘迫至舟中。后论罪死,得郭子仪解官赎之,长流夜郎。半道遇赦还江夏,至金陵、宣州,游秋浦。卒葬金陵城东青山上。止有一女,适田夫,故《万愤词》云:'星散一门,草掷二孩'是时白妻想已亡矣。安得赦后归秋浦之时,复有寄内之诗乎!又安得有内人在梁地寄书白,问其安否者乎",《越女词》五首"况长干非越地,吴儿非越人,何以入于越女之词",《出妓金陵子呈卢六》四首"意者卢六亦官历阳,白所未往之地,而尝赠以此诗……决不可以之而污白也"。

因此,如果说"用鉴赏的方法代替考据的方法,因而造成专辄、臆断的毛病,带有较多的主观随意性。朱谏的《李诗辨疑》……最有代表性"①,这只可以说是《李诗辨疑》本质的部分,

---

① 吴企明说:"纵观前人和当代人的著述,还存在如下的问题:其一,有些人的辨证工作,主要地依据作品的艺术风格,判断某诗为伪作,甚至任意推定某为某人所作,而不是从作品中找出实际的论据,用鉴赏的方法代替考据的方法,因而造成专辄、臆断的毛病,带有较多的主观随意性。朱谏的《李诗辨疑》和群碧廔藏黄叔儆玉圃手录的奚禄诒批语,最有代表性。"详见吴企明《试论李白诗的考辨工作》,《江苏师范学院学报》1978年第2期,第37—38页。

并非全部。

三、《李诗辨疑》内容与辨疑方法要略

究竟朱谏《李诗辨疑》判辨李白诗的具体面貌如何？这大致表现于以下两方面：

第一，《李诗辨疑》的内容，主要是辨版本真伪、论注本编次及驳旧本旧说。

朱氏对李白诗的分辨，可分为确定为伪作、可疑或真伪之间及确定为李白诗三种。由于后者已于上文讨论，故此处论前二者。（一）确定为伪作。诚如朱谏《李诗辨疑》序所言，李白诗集羼杂李益、李赤二人诗作，而判断何者为李益尚书之诗，何者为李赤厕鬼之诗，准则是"其用事颇有典故，而铺叙堆叠，格调卑劣者，必益之诗也；其鄙俚颠狂放肆而无伦者，赤之诗也。赤真为厕鬼哉"，如《寄远》十二（君爱芙蓉婵娟之艳色）一诗，朱氏以"辞意缠绵，如妇人女子之态，刚肠逸气之士，宁肯为是乎！如'寒灯厌梦魂欲绝'句尤不畅"，遂认为"然亦非厕鬼所及，必李痴尚书之所为也"。就笔者所见，《李诗辨疑》指为李赤之作的，似乎比指为李益之作为多，例如《梁甫吟》（长啸梁甫吟）评曰"此等繁乱错杂之辞，稍知文理将羞道之，白之雄才高论，宁有是哉！或又疑为李益尚书、李赤厕鬼之所作。日益非病狂，安得为是，是必厕鬼为之也"，又评《题情深树寄象公》（肠断枝上猿）一诗"辞意可疑，恐用佛家幻语"、"否则如谜语、如鬼语，使人无所猜着"，据此认为"诚厕鬼形状，不足道者"。《李诗辨疑》同时判断李白集中：有一部分如《夜坐吟》（冬夜夜寒觉夜长）、《临江王节士歌》（洞庭白波木叶稀）、《长门怨》其一（天回北斗挂西楼）等，为效白者所为；有一部分如《相逢行》（胡骑五花马）、《去妇词》（古来有弃妇）、《单父东楼秋夜送族弟况之秦》（尔从咸阳来）等，则为托名李白者之诗；也有一部分属他人之诗，如《山鹧鸪词》（苦竹岭头秋月辉）作者系当时避乱者，《春日独座寄郑明府》（燕麦青青游子悲）则是当时能诗者王汉阳，《寄韦南陵冰余江上乘兴访之过寻阳颜尚书笑有此作》（南船正北风）则是唐人的同题共作，《鲁郡尧祠送窦明府薄华还西京》（朝策犁眉䯄）则是唐人劣诗，《宣城见杜鹃花》（蜀国曾闻子规鸟）则是宋、元人作。（二）可疑、真伪之间。朱氏以考证或鉴赏的方法辨之，譬如《上李邕》（大鹏一日因风起）一诗，评曰：

> 按李邕于李白为先辈……白必不敢以敌体之礼自居，当从后进之列……白虽不羁，其崔侍御、韦秘书、张卫尉、孟浩然等作，词皆谨重而无亵谩之意，次及綦安宜、卢主簿、王瑕丘、韦参军、何判官等，虽有尊卑之殊，俱尽欢洽之情，无有谩词，矧李邕乎！此以益可疑矣。

又《行路难》（大道如青天）一诗，有以下判语：

> 按此诗辞气粗豪，又多俗句。如"我独不得出"与"不称意"、"无嫌猜"等语，皆闾阎时俗之人所道者，而出于白之口可乎！如"昭王白骨萦烂草"，为美之之辞欤，抑恶之之辞欤？若美之辞属轻慢，若恶之则昭王有好贤之德，不当恶也。且用事堆叠，意不舒畅，尤为可疑。

其他如《送侄良携二妓赴会稽戏有此赠》（携妓东山去）"恐非白作，设有此赠，亦所不取"、《送萧三十一之鲁中兼问稚子伯禽》（六月南风吹白沙）"岂白之匆匆信笔而成者乎？岂抑当时之

好事者拟白之题，而效为之者乎”等，大概可归入此类。

《李诗辨疑》同时论及注本编次中讹脱衍乱的问题。（一）讹。朱氏指《醉后赠王历阳》（书秃千兔毫）有讹误，谓“‘裁’字疑当作‘载’，‘笔纵’疑当作‘纵笔’，与下句‘舞曲’相对”。（二）脱。《白头吟》其一（锦水东北流）一诗，他指“按《白头吟》二首，大率因前篇而增广之也。前计二十八句，后计四十二句。前篇‘此时阿娇正娇妒’之上，疑有阙文”。《述德兼陈情上哥舒大夫》（天为国家孕英才）“今玩诗意，述德则有之，无有陈情之辞。疑当有阙文也，以俟再考”。又《赠友人》（谩世薄功业）“此章疑义，如云‘立产如广费’、‘岁洒上逐风’等句，必有缺误”。（三）衍。对于《行路难》（有目莫洗颖川水）一诗，朱谏认为“按《行路难》第三首计一十六句。朱子尝谓东坡写此诗，中间节去八句，则以前四句与后四句合为一首，盖是之也。以今观之，似为简当而意义又相续。中间八句诚为堆叠，有犯诗家点鬼录之病，宜节而去之也。朱子又尝谓李白为诗之圣者，其平论去取，功未尝无也，今当从坡本所定”。又《梁园吟》（我浮黄河去京阙）一诗，指“节去‘人生达命’八句及‘沈吟此事’八句，则以前面十句，‘昔人豪贵信陵君’八句为一首，则辞约正，意义接续，譬之去玉上之污点，皎然之白自见也”。（四）乱。他认为《来日大难》（来日一身）“此诗当另为一类”，《鸣皋歌·奉饯从翁清归五厓山居》前篇“当编入《大鹏》、《日堂》等赋篇下”。评《长门怨》其一（天回北斗挂西楼）说“诗共三首。第一首之俗句，不若第二首之清快”，故疑“岂后人之效为者而反置于前欤”。

驳旧本旧说则仅见数条。如就《敬亭北二小山余时客逢崔侍御并登此地》（送客谢亭北）一诗，反驳旧说指“诗本一时信手，旧说引入忠义，未免过于穿凿。今玩诗意亦是平易，不必援之太高也”。又《咏槿第二首》（世人种桃李）一诗驳斥旧本，谓“按旧本以为《谨槿》第二诗也。今玩其辞意，盖咏桂也，谓桃李艳冶于春风而夭于秋霜，不如桂树之有清阴为可托，似当为咏桂之诗。旧本谓咏槿者，意义不相体贴矣”。

第二，《李诗辨疑》的辨疑方法。前文已举例指出，朱谏从考证的角度判辨李白诗，故此处集中论述朱氏如何以鉴赏的方法剖析。

笔者注意到，《李诗辨疑》分析诗作，每每提出“用字”、“辞意”、“用事”、“意味”、“句法”、“辞气”、“辞格”、“气格”、“格调”、“格力”、“文理”、“上下相蒙”、“结语”、“节奏”、“韵”等概念。如果将之归类的话，诸如“用字……欠稳当老成”（《赠韦侍御黄裳》）、“辞意鄙俗”（《醉后赠从甥高镇》）、“妄引《竹书》以尧被舜囚，舜则野死。是无稽之言，侮圣尤甚”（《远别离》）、“用事堆叠”（《同王昌龄送族弟让归桂阳》）、“无意味，难以垂法”（《送舍弟》）、“不成句法”（《答杜秀才五松山见赠》）等，属于用语分析；“辞气粗俗”（《对酒》）、“辞格稍弱”（《对雪醉后赠王历阳》）、“气格靡弱，如妇人女子之态”（《去妇词》）、“格调鄙俗”（《凤笙篇》）、“格力不逮”（《鸣皋歌·奉饯从翁清归五厓山居》后篇）等，则属风格分析；“不成文理”（《赤壁歌送别》）、“与上节不相蒙”（《梁园吟》）、“上下文意之不相蒙”（《梁甫吟》）、“结语无所归著”（《鲁郡尧祠送窦明府薄华还西京》）、“结语涣散”（《下途归石门旧居》）等可归入结构分析；“过于轻快”（《和卢侍御通塘曲》）、“音响节奏自别也”（《送侯十一》）、“韵又不谐”（《江上寄巴东故人》）等，则是音响分析。

四、《李诗辨疑》与明代宗唐疑古的关系

《李诗辨疑》以用语、风格、结构、音响来剖析李诗真伪，凡"欠稳当老成"、"鄙俗"、"无稽"、"堆叠"、"无意味"、"不成句法"、"粗俗"、"靡弱"、"鄙俗"、"不成文理"、"不相蒙"、"无所归著"、"涣散"、"过于轻快"、"不谐"等，大多判定为误收诗作或托名伪作，弦外之意，即李白诗当与此相反。

朱氏固然承认李白间有平庸诗作，但似乎多有回护之辞。如说"想亦一时应酬之作也，然又岂他人所可及哉。内多有警句"(《金陵江山遇蓬池隐者》)、"皆是穷苦中陈情之辞。辞不暇饰，迫切故也"(《上崔相百忧草》)。他更有不少过誉之辞，尤其认为李白"文章力量局于气禀，况白之天授者乎"(《留别于十一兄逖裴十三游塞垣》)、"白岂若是之柔媚、鄙俚者乎"(《玩月金陵城西孙楚楼达曙歌吹日晚乘醉著紫绮裘乌纱巾与酒客数棹歌秦淮往石头访崔四侍御》)，以为其诗"白之豪放，由规矩准绳，出入于范围也"(《江夏赠韦南陵冰》)、"白之善于文辞宁有此病(案，上下辞意不相照应，而有偏重之病)乎"(《系浔阳上崔相涣》)、"白用常言俗语有点化处，必不如此之拙"(《醉后赠王历阳》)。如此过度推尊李白及其诗，分析难免未能得其实，正如周勋初先生所指："早在李阳冰为李白整理遗集时，在《草堂集序》中就说他'不读非圣之书，耻为郑卫之作'，而这与李白的实际情况距离颇远。后人以为李白供奉翰林时作咏圣语，也是出于同一思路。"[①]考李白本人亦曾一如唐代"随驾隐士"，于终南山及嵩山沽名钓誉。朱谏之回护李白，以及抵排伪作，当然缘于夙慕李白有关。

进一步说，这也与明代宗唐疑尚风尚颇有关系。当然，由明初到朱谏之前，诗坛风尚并不是清一色的宗唐。就笔者所见，周瑛《跋陈可轩诗集》"今之学诗者喜自元入手"[②]、吴宽《题陈起东诗稿后》"近时学诗者，以唐人格卑气弱，不屑模仿，辄以苏黄自负者比比"[③]，即可略窥端倪。不过，明代诗坛毕竟似乎有步向宗唐的态势。早在高棅有《唐诗品汇》、《唐诗拾遗》、《唐诗正声》，后来何乔新有《唐律群玉》，往后的蒋冕曾指"近年浙中刻《唐四十家诗》"[④]，继之的王九思谓"夫文必先秦两汉，诗必汉魏盛唐，庶几其复古耳"[⑤]、"今之论者，文必曰先秦两汉，诗必曰汉魏盛唐，斯固然矣"(笔者案，王九思此言亦前后七子"文必秦汉"、"诗必盛唐"之先声)[⑥]。

至于对李白的推尊，杨士奇《读杜愚得序》称"李杜正宗大家也。太白天才绝出，而少陵卓然上继三百十一篇之后"[⑦]，陈沂《拘虚诗谈》更称"七言绝亦以太白为祖"[⑧]。朱谏不仅推尊李白及其诗，更有崇唐的倾向，如称赏《长相思》(日色欲暮花含烟)"起句颇有唐音"、《去妇

---

① 周勋初先生《李白诗原貌之考索》，《文学遗产》2007年第1期，第36页。

② 周瑛《翠渠摘稿》卷四，清文渊阁四库全书补配清文津阁四库全书本。

③ 吴宽《家藏集》卷五十，四部丛刊景明正德本。

④ 蒋冕《题唐曹祠部诗集后》，收入[清]汪森《粤西诗文载》文载卷五十九，清文渊阁四库全书本。

⑤ 详见《明翰林院修撰儒林郎康公神道之碑》，王九思《渼陂集》续集卷中，明嘉靖刻崇祯补修本。

⑥ 详见《刻太微后集序》，王九思《渼陂集》续集卷下，明嘉靖刻崇祯补修本。

⑦ 杨士奇《东里续集》卷十四，清文渊阁四库全书补配清文津阁四库全书本。

⑧ 陈沂《拘虚诗谈》，四明丛书本。

词》(古来有弃妇)"内'寒沼落芙蓉,秋风散杨柳'句清,似有唐人气味"、《草书歌行》(少年上人号怀素)"犹不失为唐人风调也"云云。考明代在崇古宗唐的同时,也有疑古辨伪的风尚。朱谏之前的宋濂《诸子辨》、梅鷟《尚书考异》等,便是这段时期的代表作[①]。然而,明人对于前人文学作品的辨伪方面,似乎欠缺从考据入手,因而贻人治学粗疏之讥,清人翁方纲指摘"明代人不知考证"等语[②],大概是当时的普遍治学风尚。

朱谏《李诗辨疑》亦然。清人孙诒让指"然篇数既多,评议不必尽当,且好断某诗为李益作,某诗为李赤作,专辄之弊,亦不能免"[③],今人何林天说"明代朱谏著《李诗辨疑》,举出可疑的诗达216首之多,但很多出于臆测,缺乏有力证据"[④],吴企明更说"明以前的辨证工作,主要地依靠鉴赏的方法,即从诗歌风格、语言风格上别真伪。朱谏的《李诗辨疑》的弊病,不仅由他个人的学力问题造成的,实际上也是他那个时代学术水平的集中反映"[⑤],可谓切中肯綮。笔者认为,一切脱离考据的辨疑方法,会很容易道致过度诠释的误判。诚然,我们不必过于苛刻,要求朱谏以唐抄本等校雠辨识。且不说可以唐人殷璠《河岳英灵集》参校,[⑥]《李诗辨疑》本身指为伪诗的,诸如《远别离》、《梁甫吟》、《长相思》、《宣州谢朓楼饯别校书叔云》等,其实明明见载于《文苑英华》之类的古代文献,应非伪诗。[⑦] 今举一例。朱氏批评《远别离》一诗:

> 然而起首三句不曾叙得舜与二女有别离之意,而四句辄曰"谁人不言此离苦",所谓"此"者,何所指也。又云"我纵言之将何补",不知"所补"者何事?则与上文别离之意不相贴矣。又"皇穹窃恐不照余之忠诚",不知所谓"忠诚"者又何事也。

据南宋人杨齐贤注、元人萧士赟删补《分类补注李太白诗》"远别离,古有皇英之二女,乃在洞庭之南,潇湘之浦。海水直下万里深,谁人不言此离苦",萧氏已指"此意谓离恨之苦与海水俱深也"[⑧]。至于"日惨惨兮云冥冥,猩猩啼烟兮啸雨。我纵言之将何补,皇穹窃恐不照余之忠诚,云凭凭兮欲吼怒"句,诗意已甚明,朱氏不必作此强辞。

不但朱氏的质疑有问题,就连他的推断也有问题。最极端的例子是《送韩侍御之广德》(昔日绣衣何足荣),他说:

> 此诗可疑者,辞意太轻,又晦而难明也。如云"酣歌一夜送泉明",又不知何所谓也。

---

① 有关明人疑古辨伪,今人王克霞、赵良宇《明代辨伪学的理论创立与实践》(《图书馆理论与实践》2007年第5期)、赵良宇《论明代疑古辨伪的学术成就及其影响》(《求索》2010年第2期)等已深入论析,可参看。

② 黄培芳《香石诗话》卷三,清嘉庆十五年岭海楼刻嘉庆十六年重校本。清人如顾文彬亦指"明人不尚考据",详见[清]顾文彬《过云楼书画记》卷四画类四,清光绪刻本。

③ 孙诒让《温州经籍志》卷二十六集部,民国十年刻本。

④ 何林天《李白诗辨伪》,《山西师范大学学报(社会科学版)》1997年第1期,第47页。

⑤ 详见吴企明《试论李白诗的考辨工作》,《江苏师范学院学报》1978年第2期,第40页。

⑥ 杨士奇《文渊阁书目》卷二收"唐《河岳英灵集》一部二册",清文渊阁四库全书本。

⑦ 胡振龙《李白诗古注本研究》"附表:朱谏疑伪诗见载唐宋典籍一览表"有极为详尽的考察,详见该文,南京师范大学博士论文,2003年。

⑧ 杨齐贤注,萧士赟删补《分类补注李太白诗》卷三,四部丛刊景明本。

或云“泉明”为广德之地，未知是否？

考宋刻本《李太白集》卷十五、南宋洪迈《万首唐人绝句诗》卷二、元萧士赟删补《分类补注李太白诗》亦均作“酣歌一夜送泉明”，但于“泉明”二字没有笺释。笔者认为，“泉明”本作“渊明”，即陶渊明。由于避唐高祖李渊讳，唐人大多改“渊”为“泉”。清人王琦深具慧眼，说：

> 陶渊明尝为彭泽令，故用之，以拟韩侍御也。《野客丛书》、《海录碎事》谓“渊明”一字“泉明”，李白诗多用之。不知称“渊明”为“泉明”者，盖避唐高祖讳耳。犹杨渊之称杨泉，非一字泉明也。《齐东野语》“高祖讳渊”、“渊字尽改为泉”，杨升庵曰“今人改泉明为泉声，可笑”。[①]

案，李白《九日登巴陵置酒望洞庭水军时贼逼华容县》“龌龊东篱下，泉明不足群”、《嘲王历阳不肯饮酒历阳》“笑杀陶泉明，不饮杯中酒”，“泉明”当指陶渊明。近人陈垣《史讳举例》第二十三“避讳改前人名例”载“《旧唐书·列女传》：‘宋庭瑜妻魏氏，隋著作郎彦泉之后也。’彦泉当是彦渊，避唐讳追改”[②]。准此，笔者的看法是：有可能李白本书作“泉明”，后人并未回改；也有可能李白本书作“渊明”，后来的唐抄本追改作“泉明”，宋人均据追改的唐抄本以为是“泉明”。但无论如何，朱谏不识“泉明”二字，指“晦而难明”，甚至妄引“或云‘泉明’为广德之地”，而指“此诗可疑”，这本身便缺乏从考证的角度去辨识。

可以说，朱谏《李诗辨疑》从考证与鉴赏的角度，尤其提出“用字”、“辞意”、“用事”、“意味”、“句法”、“辞气”、“辞格”、“气格”、“格调”、“格力”、“文理”、“上下相蒙”、“结语”、“节奏”、“韵”等概念，剖析李白诗集，这对判别、评骘李白诗真伪，确实具有不容抹杀的学术价值。他推尊李白、推崇唐音、疑古辨伪与考证不足，某程度上为明代宗唐疑古风尚，起到推波助澜的作用。

作者单位：香港浸会大学

① 王琦注《李太白诗集注》卷十八，清文渊阁四库全书本。

② 陈垣《史讳举例》，刘梦溪主编《陈垣卷》，河北教育出版社 1996 年版，第 219 页。

唐寅佛禅诗探析

蔚　然

唐寅自弘治十二年卷入科场舞弊案后感受到世事无常，功名之心日淡，佛教思想对他产生了越来越深刻的影响。“子畏罹祸后，归好佛氏，号六如。”①六如即取自《金刚经》偈语：“一切有为法，如梦幻泡影，如露亦如电，应作如是观。”这种影响也渗透到他的诗歌创作中，甚至占有相当大的比重。笔者试图对唐寅体现佛禅思想的诗歌作一分析。

一

唐寅佛禅诗在题材上主要有述怀、题画、记游、纪事几个方面。这几类事实上并没有严格意义上的界限，甚至部分出现交叉，只是按照诗歌的主要侧重权做区分。

述怀诗有感而发，不受时空局限，所涉范畴很广，因此这类题材也是唐寅佛禅诗中数量最多的部分。诗人或见景生情，如《花下酌酒歌》：“昨日花开又谢枝，明日来看知是谁？明年今日花开否？今日明年谁得知？天时不测多风雨，人事难量多龃龉。天时人事两不齐，便把春光付流水。”②面对春光美景，忽然想到人与花的命运何等相似，都是自己不能把握的。另有《江南春》等亦如此类；或随感而发，如《夜坐》：“竹篝灯下纸窗前，伴手无聊展一编。茶罐煮汤鸣春蚓，香炉埋炭炙龙涎。漫思寓世皆羁旅，坐尽寒更似老禅。筋力渐衰头渐白，江南风雪又残年。”《小酌》、《贫病》、《独宿》等大多都是这类信手拈来，随性而发的诗作。其中最为典型的一首是大量运用佛教术语来阐发感受的《醉时歌》：“地火水风成假合，合色声香味触法。世人痴呆认做我，惹起尘劳如海阔。贪嗔痴作杀盗淫，因缘妄想入无明；无明即是轮回始，信步将身入火坑……都是自家心念生，无念无生即解脱……诸行无常一切空，阿缛多罗大圆觉。尽入虚空拨因果，堕落空见仍遭祸；破除空想着空魔，犹如避溺而投火。不有不无皆是错，梦境眼花寻下落；翻身跳出断肠坑，生灭灭兮寂灭乐。”“色、声、香、味、触、法”是佛家所谓“六尘”，“贪嗔痴”是佛教“意三业”，“杀盗淫”是“身三业”，“因缘”也是佛教术语，十二因缘之首就是“无明”，因缘又与轮回相配，又称十二因缘流转门，所以“无明即是轮回始”。“无常”也是佛教的“三法印”之一，一切事物都受缘的制约，没有常住不灭的事物。人由色、

---

① 祝永明《唐子畏墓志并铭》，周道振、张月尊辑校《唐伯虎全集》，中国美术学院出版社 2002 年版，第 540 页。

② 周道振、张月尊辑校《唐伯虎全集》，中国美术学院出版社 2002 年版。以下引唐寅诗，皆同于此。

受、想、行、识五蕴构成,五蕴分合无常,人生自然也是无常的。此诗虽然大量运用佛教术语,但却并不晦涩难解,可见作者已经把佛教思想融合成自己的人生观,并自然而然地表达出来。诗题有记曰“弘治乙丑,唐寅呈浮观先生请教”。据唐寅年表,弘治乙丑为弘治十八年(1505),唐寅三十六岁,同年也作《桃花庵歌》,可见诗人罹祸后倍感命运无常,勘破世情,从而悉心研究佛理,颇有心得,把佛教术语熔铸在自己的诗歌语言中,却通畅顺达,丝毫不让读者感到晦涩难解。

题画诗中受佛禅思想的影响的一类诗作,是唐寅佛禅诗的另一重要组成部分。题画诗以文学形式对绘画艺术所营造的意境进行阐发,二者起到相得益彰的作用。唐寅很多题画诗不只停留在再现画面的美感的层次,还在诗句中渗透出澄澈空明的禅意。如《题春林双鸟图》:“草覆虚亭隐者居,日长能办一餐鱼。山空寂静人声绝,栖鸟数声春雨余。”诗中传达的既不是空山新雨的清新之美,也不是万物复苏的欣喜之情,而是连数声鸟鸣都不能打破的宁静的禅意。又如《题山水轴》:“万树攒云翠幄深,红尘不到日阴阴。高山流水知音少,散步桥头独抱琴。”诗歌重心不在于描绘隐者的孤独,而是物我合一的澄明境界。还有一部分题画诗则早已偏离绘画作品的表层含义,成为直抒自己深受佛禅思想影响的观念。如《题栈道图》,“栈道连云势欲倾,征人其奈旅魂惊。莫言此地崎岖甚,世上风波更不平。”颇有寄情山水,厌倦人事的出世之感。

唐寅经历会试打击后,“扁舟独迈祝融、匡庐、天台、武夷,观海于东海,浮洞庭彭蠡”[①],游历天下也曾留下一些记游诗。记游诗可以归属为佛禅诗的数量并不多,但由于与特定的情境关联,故本文单独列出。如《五陵》:“五陵昔日繁华地,今日漫天草蔓青。蔓草不除陵寝废,当时一寸与人争。”伤古怀今,把否定争名逐利的人生观融入到眼前之景中。又如《雨花台感昔》:“雨花烟月此时逢,台殿虚无古寺中。莫问六朝何事业,万家砧杵弄秋风。”记游与怀古融为一体,传达出否定人生意义的悲观情绪。此外还有《齐云岩纵目》等诗,表现了诗人陶醉于自然风光而尘心涤荡,达到宠辱皆忘的境地。

纪事诗是有特别针对性的一类佛禅诗,数量依然很少。如一首《附文征明原题》:“偶向空门结胜因,谈无说有我何能?只应未灭原来性,云水悠悠愧老僧。”后附:“戊辰三月十日,偶与尧民伯虎嗣业同集竹堂,伯虎与古石师参问不已;余愧无所知,漫记此以识余愧。文璧。”据唐寅年表,正德三年戊辰(一五零八)三十九岁。“三月十日,与文征明、朱凯、吴奕等同集竹堂寺。”[②]此时距离科场舞弊案已有九年时间,可见唐寅确实经受挫折后向佛,对禅理的精通文征明自愧弗如。又如题《月溪图》:“趺坐蒲团六十年,香灯事业意萧然。破除忘见归诸佛,不起思维了众缘。林下无人骑白象,钵中有水长青莲。化缘未尽不归去,衣衲空留都率天。”附题“为月溪上人作”。《画墨莲》:“学佛俄经二十年,于今地上拥青莲。我来愿结三生友,共看当时手指天。”题记曰,“侯生居士修佛有年,其友钮君惟贤因乞予诗画称寿。”是年唐寅五十三岁。这类作品主要以诗歌形式记录了和佛家人士的过从,虽然数量很少,但从另一侧面给后人形象地展示了唐寅的佛缘。诗歌以外,唐寅还写过《治平禅寺化造竹亭疏》、

① 祝永明《唐子畏墓志并铭》,周道振、张月尊辑校,《唐伯虎全集》,中国美术学院出版社 2002 年版,第 540 页。

② 周道振、张月尊辑校《唐伯虎全集》,中国美术学院出版社 2002 年版,第 648 页。

《姑苏寒山寺化钟疏》，也可看出他确实热心佛事，为佛禅诗纪事的佐证。

二

唐寅佛禅诗从表现主题上来说，主要有以下几个方面。

首先是对生命本体的探究。《伯虎自赞》："我问你是谁？你原来是我；我本不认你，你却要认我。噫！我少不得你，你却少得我；你我百年后，有你没了我。""诸法无我"是佛教三法印之一，是说五蕴、十二处、十八界等诸法，没有"我"的存在，"我"本来就是五蕴和合而成，众生执着于"我"只不过是一个"假名我"。自赞中的"我"即可理解为"假名我"，而"你"则是"假名我"的幻象，也可以理解为大乘佛教所说的一切法之外的真实不坏的"我"，又名"真如"、"法身"等。"法身含藏一切法，一切法不含法身"（《金光明最胜王经》），"假名我"是虚幻的，而不实的"真我"却是永恒的。受佛教思想的影响，作者对个体存在的意义产生怀疑，对本我的探究与思考颇具哲学意味，这类作品[①]在唐寅集中也少之又少，尽管局限于佛教义理，但却是长于形象思维的中国古代诗人所缺乏的。

其次是对死亡的理解，即生死有命，坦然受之。佛教的生死轮回让人免除了对现世的执著，因而也使人在一定程度上消除对死亡的恐惧。对生命的珍爱，对死亡的恐惧是人的本性，唐寅也不例外，据《七修类稿》，唐寅"尝诣九仙祈梦，梦有人示以'中吕'二字，语人亦莫知故。后访同邑阁老王鏊于山中，见其壁间揭东坡满庭芳词，下有'中吕'二字。唐惊曰：'此余梦中所见也。'诵其词，有'百年强半，来日苦无多'句，默然归家，疾作而卒，时年亦五十三也。"[②]据年表记载，梦兆应验之年为嘉靖二年（1523年，唐寅卒于是年），此时唐寅五十四岁。唐寅晚年多病，很多诗歌都透露了这一信息："不才剩得腰堪把，病对绯桃检药方。"（《漫兴之一》）《烧药图》中题句："老我近来多肺疾，好分紫雪扫炊襟。"《西洲话旧图》记录了唐寅五十岁时，与好友西洲相聚，感叹人生"醉酒狂舞五十年，花中行乐醉中眠"，并在赠友的这幅画上题句："病中殊无佳兴，草草见意而已。"所以，临近晚年以疾病之身初悟梦兆，面对不祥谶语，他的第一反应是"默然"，可见面对死亡的威胁并不能释怀。但临终前《伯虎绝笔》："生在阳间有散场，死归地府也何妨？阳间地府俱相似，只当漂流在异乡。"诗人眼中的死亡只不过是人生中又一次离别，如此释放生命之重以自我慰藉，对生死的理解颇为新奇，佛教思想的生命观为他克服了对死亡的恐惧。

再次是否定现世存在的意义。佛教宣扬诸法空相，五蕴皆空，不论物质现象还是精神现象，都是由因缘所生，没有固定不变的实体。所以，对现世也就不需要太过执著。《一世歌》："人生七十古来少，前除幼年后除老。中间光景不多时，又有炎霜与烦恼。……请君细看眼前人，一年一度埋芳草。草里高低多少坟，一年一半无人扫。"这首诗把人生在世做了总结，生时苦海无边，无论争名的，逐利的，都避免不了"荒冢一堆草没了"的最后结局，否定了传统儒家思想入世的态度，否定了现世存在的意义。这类诗的数量很多，另一首《七十词》，表达了极其相似的意思："人年七十古稀，我年七十为奇。前十年幼小，后十年衰老；中间止有五

---

① "赞"本是文的一体，但此赞模仿佛经中的"偈子"且押韵，暂归于诗歌。

② 转引自周道振、张月尊辑校《唐伯虎全集》，中国美术学院出版社2002年版，第552页。

十年，一半又在夜里过了。算来止有二十五年在世，受尽多少奔波烦恼。"道尽了人世之苦，以及对人生的厌倦。《叹世》之三："身后碑铭徒自好，眼前傀儡任渠忙；追思浮世真成梦，到底终须有散场。""……地宅方圆人不在，儿孙长大我难留。皇天老早安排定，不用忧煎不用愁。"体现了只有破除"我执"，挣脱尘世的羁绊，才能达到超越亲疏、悲喜、荣辱、生死、物我的境界。

随之而来，凡夫俗子的人生价值观在诗人看来也毫无意义。唐寅在《江南春》中说："浮生聚散是浮萍，何须日夜苦蝇营。"人生本来就是五蕴遇合，变幻无常，追求随因缘而生的没有实体的东西，本来就是愚妄的。世人眼里无比重要的功名富贵，诗人已经参透了。《慨歌行》："英雄富贵安在哉，北邙山下俱尘埃！""当年孔圣今何在？昔日萧曹尽已休。"(《叹世》之五)："乌江项羽今何在？赤壁周瑜业更谁？"(《警世》之三)

事实上，在命运面前，个人的奋斗又显得多么渺小，个体根本无法与命运抗争。《世情歌》中，"君不见，东家暴富十头牛；又不见，西家暴贵万户侯；雄声势赫掀九州，有如洪涛汹涌，世界欲动天将浮。忽然一日风打舟，断蓬绝缏无少留。"让人联想到唐寅自身的经历："童髫入学，才气奔放……弘治戊午举乡试第一。"[①]风华正茂踌躇满志之时，却遭遇科场舞弊案之飞来横祸，唐寅从春风得意、沉浸在"南京解元"的喜悦中突然跌落到身陷囹圄、"黜充吏役"的境地，一生功名化为泡影。唐寅深深感受到了造化弄人，人力之渺小，发出哀叹："不意今者，事集于仆，哀哉！哀哉！此亦命矣！"[②]人生遭际不仅让他感受到了仕途险恶人心难测，还体味到世情浇薄人情冷漠。诚如《报文征明书》中所言："天子震赫，召捕诏狱，身贯三木，卒吏如虎，举头抢地，洟泗横集。而后昆山焚如，玉石皆毁；下流难处，众恶所归。缋丝成网罗，狼众乃食人；马牦切白玉，三言变慈母。海内遂以寅为不齿之士，握拳张胆，若赴仇敌，知与不知，毕指而唾，辱亦甚矣……兹所经由，惨毒万状；眉目改观，愧色满面，衣焦不可伸，履缺不可纳；僮奴据案，夫妻反目；旧有狞狗，当户而噬。反视室中，甂瓯破缺，衣履之外，靡有长物。西风鸣枯，萧然羁客；嗟嗟咄咄，计无所出。将春掇桑其，秋有橡实；余者不迨，则寄口浮屠，日愿一餐，盖不谋其夕也。"[③]科场舞弊案对唐寅人生轨迹的影响非常之大，使他从满怀抱负跌落到仕进无门的深渊。所以，在大量的诗歌里，唐寅也表达了生死有命，富贵在天的知命观。如《叹世》之一："观生如客岂能久？信死有期安可逃？""人算不如天算巧，机心争似道心平。"(《警世》之一)再次是对人生态度的表达。

此外，人生态度方面，"忍受"常被作者反复提及。《百忍歌》："百忍歌，百忍歌，人生不忍将奈何？……朝也忍，暮也忍，耻也忍，辱也忍；苦也忍，痛也忍；饥也忍，寒也忍；欺也忍，怒也忍；是也忍，非也忍……好也忍，歹也忍，都向心头自思忖。囫囵吞却栗棘蓬，忒时方识真根本！"而且诗中提到"如来割身痛也忍"，佛家宣扬的忍受被唐寅领悟地非常深刻。又如《警世》八首之一，"赢了我时何足幸？且饶他去不为亏；世事与人争不尽，还他一忍是便宜。"既然万事皆空，争名逐利就毫无必要，所以处世之道以忍为上。"莫贪"也是唐寅佛禅诗中出现频率较高的词。贪嗔痴是佛教所谓"意三业"："有伸脚处须伸脚，得缩头时且缩头。"(《叹世》)

① 尤侗《明史拟稿》，第532页。

② 唐寅《与文征明书》，第220页。

③ 《唐伯虎全集》卷五。

与《红楼梦》中"身后有余忘缩手，眼前无路想回头"异曲同工，都是告诫世人莫要贪执。佛教认为，贪是修行的大敌，是产生一切烦恼的根本，所以将贪列为根本烦恼之一。小乘有部认为贪是"不定地法"之一，大乘唯识学派则以此为"烦恼法"之一。也就是凡夫对于自己所好之物，生起污染之爱著心，逐而引起种种的苦恼。他的《落花诗十七首》之九："色即是空空是色，欲从调御谶贪嗔。""饱三餐饭常知足，得一帆风便可收。"(《叹世》)都明确表达戒"贪"的思想。

尽管唐寅深受佛禅思想的影响，但"诸法空相"这些佛教义理似乎只能作为他不得志的精神慰藉，而不是真正达到心如止水的境界。事实上，他虽然决绝于为功名富贵狗苟蝇营的生活方式，但对随性适意的尘世生活有着太多的眷恋。这种心情在《五十自寿》中表现得淋漓尽致，"自家只道是童儿，谁料光阴蓦地移；总算一万八千日，犊成四十九年非。从前悲喜皆成梦，向后荣枯未可知；去日已多来日少，急忙欢笑也嫌迟。"唐寅享年五十四岁，老来多病，自知来日无多，故言"急忙欢笑"。这种对生命的珍惜在许多诗歌作品都体现出来了。唐寅对尘世生活留恋，不是追求功名富贵，而是随行随心的自适生活。如《把酒对月歌》："我也不登天子船，我也不上长安眠；姑苏城外一茅屋，万树桃花月满天。"尽管作者有谦逊之词"我丑虽无李白才"，但接下来以恬然自适的心境、清新秀美的自然环境把李白的人生方式都否定了，悠然自得地沉浸在自己随缘自适的生活中。唐寅所追求的人生境界在《桃花庵歌》得到了最好的阐释："桃花坞里桃花庵，桃花庵里桃花仙。桃花坞里桃花庵，桃花庵下桃花仙。桃花仙人种桃树，又摘桃花换酒钱。酒醒只在花前坐，酒醉还来花下眠；半醉半醒日复日，花落花开年复年。但愿老死花酒间，不愿鞠躬车马前。车尘马足显者趣，酒盏花枝贫贱缘。若将富贵比贫者，一在平地一在天。若将花酒比车马，他得驱驰我得闲。别人笑我忒风骚，我笑他人看不穿。不见五陵豪杰墓，无花无酒锄作田。"此诗也是唐寅经历弘治十二年科场舞弊案后作，"治圃舍北桃花坞，日搬饮其中，客来便共饮，去不问；醉便颓寝"①。不为功名利禄所驱使，随性自在的生活就是唐寅放不下的红尘俗世。《坛经》的"佛向性中作，莫向身外求"②，认为佛性人人皆有，肯定了人与佛的平等地位，一定程度上张扬了人的主体性，禅宗"任运自在"思想的基础上追求心性的自由。只有深切地体会过兴衰荣辱、人生无常的痛苦，才能寻找到超越痛苦的途径，随缘自适的人生态度是佛家赋予唐寅的消解痛苦的精神良药。

三

唐寅诗歌在明代诗歌中独具特色，在当时就颇受争议，其佛禅诗也不例外。下面我们从三个角度分析唐寅佛禅诗的艺术特点。

首先，诗歌语言俚俗，口语化。

唐寅早年"尤工四六，藻思丽逸，翩翩有奇气"③，但经历科场舞弊案后，诗歌语言倾向于俚俗。有些诗句毫不修饰。如："日占千间忙个甚？天明万事又相牵。"(《独宿》)"生事事生何日了？害人人害几时休？冤家宜解不宜结，各自回头看后头。"(《叹世》)诸如此类，皆如村

① 祝永明《唐子畏墓志并铭》，转引自周道振、张月尊辑校《唐伯虎全集》，第540页。

② 陈秋平 尚荣译注《金刚经·心经·坛经》，中华书局2007年版。

③ 袁永之《唐伯虎集序》，转引自周道振 张月尊辑校《唐伯虎全集》，第524页。

夫野老口中之言。誉者认为,“晚年作诗,专用俚语,而竟愈新”①。毁者认为“如乞儿唱莲花落”②。诗风发生如此巨大的转变,祝枝山对此也曾论及:“所著述多不经思,语殊俚浅。人或规之,伯虎曰:‘夫太上立德,其次立功,其次立言。寅遭青蝇之口,而蒙白璧之玷,为世所弃。虽有颜冉之行,终无以取信于人;而夔龙之业,亦何以自致?徒欲垂空言,传不朽,吾恐子云剧秦,蔡邕附卓,李白永王之累,子厚叔文之讥,徒增垢辱而已。且人生贵适志,何用刿心镂骨,以空言自苦乎?’”③唐寅并非不能语工丽之诗④,而是认为所谓的潜心造句不过是“刿心镂骨”的空言而已,不如以浅近语言抒写胸中之真性情。另一层原因,当如《明史》所评价:“晚年颓然自放,谓后人知我不在此。”⑤唐寅初有青云之志,自视甚高,结果天不遂人愿,饱受打击后功名之心顿消,皆以世人更认可其绘画成就,也是促使他对自己的诗作漫不经心的原因。

其次,意境空寂。唐寅很多题画诗在阐发画境时,更突出了绘画空幽清寂的意境。《题画》九十首中有很多这样的诗歌作品:“水色山光明几上,松阴竹影度窗前。焚香对坐浑无事,自与诗书结静缘。”传统的山水画,点缀以窗前读书之人,但被诗人特别强调了“焚香”的细节、“无事”的闲适心境,以及拟人化的与书结“静”缘的写法,把画面中本来微不足道的“人”放大,通过这一主体充分传达了宁静的意境。又如:“山中老木秋还青,山下渔舟泊浅汀。一笛月明人不识,自家吹与自家听。”同样是通过放大山水画中作为点缀的人物形象,不过较上一首,禅意表现地更为透彻。月夜吹笛,既不是抒发哀怨之情,也不是希望得遇知音,没有人关心他的存在,他也没有对外界有任何期盼,正是忘怀尘世,无我心境的绝妙体现。

另外,唐寅诗歌还有一个特点,就是数字式的思维与表现手法,分解而非笼统的思维方式,这在古代诗歌作品中也是不多见的。典型的诗歌作品是《五十自寿》中的“总算一万八千日,辏成四十九年非”。诗人把笼统的人生数字化,五十虚岁特别精确为实“四十九年”,再乘以每年的天数,就进一步把自己寄生尘世的时间用乘法准确为“一万八千日”。这与古代诗歌中对光阴的表述是有很大差别的。一般来说,古人对一世光阴大多采用综合式的、笼统的表述方法,例如:“人生百年几今日,今日虚度真可惜。”(文嘉《今日歌》)虽然感受到人生百年是由无数个今日组成的,但只是笼统地表达时光易逝,并没有有意识地细分到日。又如:“对酒当歌,人生几何?”(曹操《短歌行》)作者只是含糊地表现光阴易逝,亦非认真想搞清楚人生到底“几何”;分解后的人生相较于笼统的人生,更容易让读者感受到光阴易逝。同样的还有《七十词》:“人年七十古稀,我年七十为奇。前十年幼小,后十年衰老;中间止有五十年,一半又在夜里过了。算来止有二十五年在世,受尽多少奔波烦恼。”通过减法把漫长人生的有效时间分离出来,“七十”与“二十五”的数字对比让人触目惊心。

唐寅佛禅诗中众多以数字为诗题的诗歌,也体现了作者数字式的思维,如《四十自寿》、《五十诗》、《五十自寿》、《七十词》、《一年歌》、《一世歌》等等。

唐寅以数字式思维入诗的独特表达方式,在古代诗歌中独树一帜。这与他的学识积累不无关系。“然传志称先生穷研象数律例扬马元虚元遁太乙诸书,以余所见《周髀算经》中有

---

① 顾元庆《夷白斋诗话》,何文焕《历代诗话》,中华书局 1987 年版,第 801 页。

②③ 王世贞《艺苑卮言》,丁福保《历代诗话续编》,中华书局 1983 年版,第 1034 页。

④ 唐寅作《姑苏八景》清新婉丽,袁宏道曾批“此中有画”。

⑤ 《明史·文苑传》,上海古籍出版社 1986 年版。

先生辩证赵君卿甄鸾诸人勾股法数十条，最为精核。”[①]可见唐寅不仅工诗善画，还旁及天文律历算理，广博的知识背景融入其创作之中，使其诗歌呈现出新的形式。

四

唐寅诸多佛禅诗表现了他对佛法研究之精深，以及受佛禅思想影响之深远。一般论者认为，唐寅是在经受科场舞弊案的打击之后接受佛禅思想，消极避世。但纵观其一生经历，这种说法亦有不妥之处。唐寅早年也并非属意功名。祝永明为唐寅作墓志铭中也叙述过，唐寅早年“一意望古豪杰，殊不屑事场屋。其父广德，贾业而士行，将用子畏起家，致举业师教子畏，子畏不得违父旨”[②]。也有研究者对此进行过详细辨析，认为他参加科考本来就是为了完成父亲遗命，纵情声色放浪形骸在科场舞弊案之前就已如此[③]。他早年的行为，在《送文温州序》中自己也承认，“寅稚冠之岁，跌放不检约”[④]，对求取功名也不是特别急切，而是二十六岁时在祝允明的劝说下才决意仕进：“子欲成先志，当且事时业；若必从己愿，便可褫襕襆，烧科策。今徒借名泮卢，目不接其册子，则取舍奈何？”[⑤]而且早年即写下洞悉世情的被称为“诗谶”的《伥伥词》：“伥伥莫怪少年时，百丈游丝易惹牵。何岁逢春不惆怅？何处逢情不可怜？杜曲梨花杯上雪，灞陵芳草梦中烟。前程两袖黄金泪，公案三生白骨残。老后思量应不悔，衲衣持钵院门前。”[⑥]由此看来，他落拓不羁不愿为功名所累的思想，不是只有遭受了挫折以后才形成的，早期即贯穿于其生命之中。后期筑桃花庵居住以后，受佛理的影响，对人生的看法更加透彻了，感叹人生短暂，不为功名富贵所累，及时享乐的思想，不要“以神为形役”。到他生命陨落前的绝命诗，更把这种颓放式的放达发挥到了极致，对世界无恨无爱，既无厌弃亦无眷恋，对于大限将至没有恐惧与痛苦，也没有解脱的轻松，把死亡比作到异乡漂流，这种略带酸楚的超然确实是前无古人后无来者。

尽管从唐寅佛禅诗中可以看出佛教思想对其影响的确非常深远，但也有研究者认为，“唐寅尽管晚年装疯卖傻，风流成性，却始终对科举失利念念不忘，对都穆更是决不饶恕，这也说明他对仕途远未看透。”[⑦]阎秀卿在《吴郡二科志》中也评“后作多怨音”[⑧]，并没有摆脱往事留下的精神痛苦；而且，诸多佛禅诗中流露出对尘世的眷恋，也似乎表明诗人没有参透五蕴皆空的佛理。不论如何，从文学角度来看，正因为唐寅接受了佛教思想，故而创作出具有独特艺术形式的佛禅诗，丰富了明代诗歌的内容。

作者单位：中国计量学院

① 唐仲冕《重刊六如居士集序》，第531页。
② 祝永明《唐子畏墓志并铭》，《唐伯虎全集》，第538页。
③ 马宇辉《唐寅与弘治己未春闱案的文学史影响》，《南开大学学报》2008年第1期。
④ 唐寅《送温温州序》，《唐伯虎全集》，第277页。
⑤ 祝永明《唐子畏墓志并铭》，《唐伯虎全集》，第542页。
⑥ 关于《伥伥词》是早年写定的问题，见阎秀卿《吴郡二科志》：“寅初为诸生，尝作《怅怅词》”。
⑦ 卢寿荣《唐寅画传》，山东画报出版社2004年版，第106页。
⑧ 转引自周道振《唐伯虎全集》，附录二。

郎署文学意识的觉醒与前七子的崛起

薛　泉

前七子是明代文学史上一个重要的文学流派，其迅速崛起于文坛，与当时郎署文学意识的觉醒密不可分。可以说，郎署文学意识的觉醒，在很大程度导致了前七子的兴起、主流文风的转向、文权的下移。前七子郎署文学意识的觉醒，是多种社会文化因素与个体因素相互作用、相互影响所致。

一

郎署，汉、唐时指宿卫、侍从官，或其公署；明清之时，称京曹为郎署。“特明时重资格”[①]，多为进士出身的郎署官员，具有强烈的郎署意识，文学意识即为其一。成化以后，郎署文学意识逐渐觉醒，郎署官员开始有意识地向垄断文学的馆阁诸公发难，争夺文学话语权。李梦阳、何景明等倡导“文必先秦、两汉，诗必汉魏、盛唐”[②]，极力诋谌宋诗，即是其郎署文学意识觉醒的重要表征，前七子也因此而迅速崛起于明中叶文坛。

明初，馆阁臣僚与郎署官员的职能分工是很明确的。黄佐、廖道南《殿阁词林记》引李东阳语云：

> 今之诸曹百执事，各有长属，以法相视事，有禀白，唯唯而退，候事竣，辄俛首去，不敢漫及他，其势分悬绝固殊也。惟馆阁以道德文字为事，虽师保耆宿位尊望重，亦与后进相宾主，訚訚侃侃，各中其度，喜有庆，行有饯，倡和联属，亹亹不厌，此词林盛事也。[③]

馆阁以道德文字为职事，郎署则以政事为专职。也就说，明初古文词赋多为馆阁所垄断。天启四年(1624)，刘尚信为杨守勤作《宁淡斋文集序》即称：“明兴，文章莫盛于馆阁，自潜溪、括仓、东里导源，长沙辟户，其丝纶选暇，添火为章，亦既纸贵鸡林，杈传凤阁矣。”[④]“文章莫盛于馆阁”，就透露出馆阁享有文章特权之事。郎署官员多被排斥在文学之外，少有人

---

① 朱彝尊《静志居诗话》卷十三，人民文学出版社 1990 年版，第 387 页。

② 王九思《渼陂续集》卷中《明翰林院修撰儒林郎康公神道之碑》，《明代论著丛刊》本，伟文图书出版社有限公司 1976 年版，第 913 页。

③ 黄佐、廖道南《殿阁词林记》卷十一引，《景印文渊阁四库全书》第 452 册，台湾商务印书馆股份有限公司 1986 年版，第 292 页。

④ 杨守勤《宁淡斋全集》卷首，《四库禁毁书丛刊》集部第 65 册，北京出版社 2000 年版，第 223 页。

习之。何乔远《文苑记·李梦阳》即云:“明兴,词赋之业馆阁专之,诸曹郎皆鲜习。”[①]从明代实录的编纂,亦可稍见之。孙绪《无用闲谈》云:

> 国朝实录例成于翰林诸官,而总裁于内阁重臣,间取外署三五人参之,止令其誊写装潢,给使令之役而已。故凡官翰苑者,人人为稷契皋夔。其他台省虽功勋赫奕,边荒慑服,忠赤贯天地,如盐山忠肃王公、钧阳端肃马公、三原端毅王公,亦只平平耳。翰林官没,无问崇卑,俱得请谥;无问学术浅深,俱谥以文。上曰文正、文忠、文贞、文庄,虽至猥陋,亦不失为文安、文裕、文懿。在外署者,终身矻矻笔研,官至公孤,欲谥一文字,不可得也。自福建彭司寇韶作《名臣录》,翰林近十之六七,公论已不平。近日为杨宗伯廉更加添改,凡非翰林不得为名臣,虽以刘定之之鄙猥,谢一夔之庸陋,万安之贪饕,皆在名臣之列。是录遂为翰林题名矣。且其言曰:“美阶崇秩,休光大业,当属之吾曹;诸先生他所游宦,为吾曹鹰犬耳。”[②]

此时的郎署官员,亦多认为文章乃翰林之事,而非自己之职业。赵贞吉《刘文简公文集后叙》云:

> 闻长老言,先朝居法从禁林之臣,皆尚质守法,兢兢耳。僦屋以居,借马以出,醵数十钱而饮,杜门简交游,人人知自慎重。循至秉用日,尤避权势,远形迹。祖法国是,心心目目,畏毫发离去,即皇恐大罪不可赦。洁清负重,不事表襮。嗟乎,若此即文事可知已。是时诸司勤于案牍,止重吏事,至著作尽诿曰:此翰林事,非吾业。虽诸翰林亦曰:文章吾职也,而不让。[③]

赵贞吉,号大洲,内江桐梓坝人。生于明武宗正德三年(1507),卒于神宗万历四年(1576)。其所言主要是成化、弘治前的情状。崔铣《漫记》云:“弘治以前,士攻举业,仕则精法律,勤职事,鲜有博览能文者。”[④]这也道出当时郎署官员不能从事古文词创作的另一重要原因:勤于政事,无暇他顾。吴宽《公余韵语序》亦云:

> 士大夫以政事为职者,率早作,入朝奏对毕,或特有事,则聚议于庭,退即诸署率其属以治公务,胥史左右持章疏抱簿书以次进,虽寒暑风雨不爽。当其纷冗,往往不知佳晨令节之已过也。盖勤于政事如此,又何暇于文词之习哉?予自翰林承乏吏部,以旧习未忘,欲复事此,而兴致索然,执笔辄废,或终日不能成章,每以自笑。[⑤]

吴宽,成化八年(1472)状元,弘治八年(1495)升吏部右侍郎。有着翰林背景的吴宽,任职郎署,虽然旧习未忘,心中放不下古诗文辞写作,但因公务繁忙,无暇顾及。即使偶有闲暇,“欲复事此”,也是兴致索然。

此时,郎署官员若公开从事古文词创作,往往会招致馆阁诸公的讥讽。何乔远谓:“明

---

① 何乔远《名山藏》,北京大学出版社1993年版,第5259页。

② 孙绪《沙溪集》卷十三,《景印文渊阁四库全书》第1264册,第619—620页。

③ 黄宗羲《明文海》卷二百三十七,中华书局1987年版,第2435页。

④ 崔铣《洹词》卷十一,《景印文渊阁四库全书》第1267册,第636页。

⑤ 吴宽《匏庵家藏集》卷第四十二,《四部丛刊初编》本。

兴，词赋之业馆阁专之，诸曹郎皆鲜习。至梦阳而崛起为古文词，馆阁诸公笑之曰：'此火居者耳。火居者，佛家优婆塞也。'"[①]"火居"，即火居道士，指居家修行的道士，"火"在此指凡俗生活之意。喻之于佛家，指优婆塞，意为在家奉佛的男子。《魏书·释老志》云："俗人之信凭道法者，男曰优婆塞，女曰优婆夷。"[②]阁臣以李梦阳从事古文词为"火居"，讥讽之意，皎然自明。毛奇龄《列朝备传·李梦阳》亦谓："故事，馆阁习文翰，梦阳以诸郎倡起，号召为诗古文词，馆阁笑之。"[③]

馆阁对学术、文学的垄断，在很大程度上造成了郎署官员学术、文学的缺失，以致影响到为政。李东阳《送张君汝弼知南安诗序》云："夫所谓政者，必柢经据史，饰之以材艺，资之以议论，而振之以气节，然后左宜右有，旁行而不滞。苟泥法守律，翦翦焉寸纸只字之间，而曰'我善为政'，今之所谓能官者，吾惑矣。慨自儒吏之迹判，而士往往不得以尽其用，用之不尽，乃或从而短之，岂所以待天下之士哉，岂所以待天下之士哉！"李东阳"怀此论久矣"[④]，他试图有所改变。其《叶文庄公集序》又曰："今论者无问可不可，文必归之翰林，政必推之法家。执议如此，则其势不容以不判。若持法守律，又能以经籍为根柢，以文章为藻饰，为天下重者，独非人之所难哉！国朝文臣得谥为文者，翰林之外，近时惟吴文恪公讷、魏文靖公骥、姚文敏公夔及公。要诸当世，诚不可易得。"[⑤]"文必归之翰林"，指出馆阁垄断文化的事实。李东阳不是要从根本上否定"文必归之翰林"，而是从为政的角度，认为郎署官应"以经籍为根柢，以文章为藻饰"，可适当从事学术、文学活动。李东阳此二文出自其《文稿》，是稿所收为其"在翰林时作"[⑥]。李东阳于弘治七年"八月，以内阁大学士徐溥等荐，升礼部右侍郎兼侍读学士，专管内阁诰敕"[⑦]，故至迟在弘治七年前，李东阳即持此论。同样有着翰林背景的岳正，也对儒吏之分心存不满。其《赠和振纲刑部主事序》称："儒吏二乎哉！不二也，不二也！而孰与岐其名？盖亦世之污隆而为之欤！夫儒欤(与)吏，皆政之体也。周以上，世升而隆，其政本于道，而圣人笔之以为经。周以下，世降而污，其政出于术，而法家因之以定律。儒通乎经而吏明于律，其本末始不一，而岐之使二者，道与术也。然经之约民也，大而疏；律之防民也，细而密。密者之失必酷，而疏者之弊近迂。此其势然也。是故自入官议制之有辞，沿至于今，从政者不能任经而黜律。君子曰：资儒以为吏，斯可矣。"[⑧]岳正所谓的"儒"，主要是指通经博古的思想家、政治家，当然有的也是通文学；"吏"是指司理政务的一般官员。较之李东阳，岳正则有些保守。岳正卒于成化八年[⑨]，故最迟在此前，他已不满儒吏之分，主张"资儒以为吏"。

---

① 何乔远《名山藏》，第5259页。

② 魏收《魏书》卷一百一十四，中华书局1974年版，第3026页。

③ 毛奇龄《西河集》卷八十一，《景印文渊阁四库全书》第1320册，第741页。

④ 李东阳《文稿》卷之三，《李东阳集》二，岳麓书社2008年版，第414—415页。

⑤ 李东阳《文稿》卷之八，《李东阳集》二，第479—480页。

⑥ 杨一清《怀麓堂稿序》，《李东阳集》一，第2页。

⑦ 钱振民《李东阳年谱》，复旦大学出版社1995年版，第133页。

⑧ 岳正《类博稿》卷五，《景印文渊阁四库全书》第1246册，第396页。

⑨ 李东阳《文稿》卷之二十九《外姑宋夫人墓志铭》："我外姑宋夫人之丧，外舅蒙翁岳公无一息之胤……翁既致政，当成化壬辰卒。"(《李东阳集》二，第776页)壬辰，即成化八年。

伴随着朝廷右文政策的推行，“成、弘以降，道化熙洽，士向于文”①，郎署官员的文学意识逐渐觉醒，他们开始反思、不满馆阁的文化垄断行为。储巏《赠少参吴君之官广西叙》云：

> 夫文学、政事，君子未尝歧而二之。孔门四科之列，特各枚举所重者尔。不然，颜、闵之流，他顾有不足邪。近世遂以政事属诸吏，文学属诸儒，谓其截然有不相入，此其核到之论哉！②

储巏，字静夫，成化二十年(1484)会试第一，授南京吏部主事。他对儒、吏之分，亦心存疑问。他认为，郎署官员应有相应的文学、学术修养，应从事于文学活动，文学不应只是馆阁的专利。他自觉身体力行，积极从事文学创作。在这种背景下，以李梦阳、何景明为代表的一批新起郎署官员，文学意识迅速觉醒，积极从事文学活动，郎署文学活动逐渐呈现出活跃气象。顾璘《凌溪朱先生墓碑》称：

> 皇朝文尚淳厚，自成化、弘治间，质文始备。翰苑专门，不可一二数。其在台省，初有无锡邵公宝、海陵储公巏等开启门户，自是关西李梦阳、河南何景明、姑苏徐祯卿、维扬则先生，岳立宇内，发愤覃精，力绍正宗，其文刊脱近习，卓然以秦、汉为法；其诗上准风雅，下采沈宋，磅礴蕴藉。郁兴一代之体，功亦伟乎！③

毛奇龄《列朝备传·李梦阳》亦载：

> 当是时，天下贤孝宗，而慕梦阳之为人。故事馆阁习文翰，梦阳以诸郎倡起，号召为诗古文词，馆阁笑之。顾梦阳所为文，凤矫而龙变，旁若无人。同时何景明、边贡、徐祯卿、朱应登、顾璘、陈沂、郑善夫、康海、王九思，号十才子。④

文学活动本是馆阁之事，李梦阳竟然越位，以郎署官员的身份“号召为诗古文词”，且能得到众人积极响应。可见，从事文学活动已成为不少郎署官的共识，文学创作已成为其生活的重要内容。李梦阳《朝正倡和诗跋》即云：

> 诗倡和莫盛于弘治，盖其时古学渐兴，士彬彬乎盛矣。此一运会也。余时承乏郎署，所与倡和则扬州储静夫、赵叔鸣，无锡钱世恩、陈嘉言、秦国声，太原乔希大，宜兴杭氏兄弟，郴李贻教、何子元，慈溪杨名父，余姚王伯安，济南边庭实。其后又有丹阳殷文济，苏州都玄敬、徐昌穀，信阳何仲默。其在南都则顾华玉、朱升之其尤也。诸在翰林者，以人众不叙。⑤

在李梦阳看来，弘治时参与倡和者可分郎署与翰林两大阵营，郎署官员已成为文学创作的重要生力军，尽管还不能与馆阁相提并论。他们逐渐不满馆阁对郎署文学的压制，开始反

---

① 陆树声《中江先生全集序》，载莫如忠《崇兰馆集》卷首，《四库全书存目丛书》集部第104册，齐鲁书社1997年版，第376页。

② 储巏《柴墟文集》卷之六，《四库全书存目丛书》集部第42册，第456页。

③ 朱应登《凌溪先生集》卷十八，《四库全书存目丛书》集部第51册，第497页。

④ 毛奇龄《西河集》卷八十一，《景印文渊阁四库全书》第1320册，第741页。

⑤ 李梦阳《空同先生集》卷第五十八，《明代论著丛刊》本，伟文图书出版社有限公司1976年版，第1671—1672页。

对台阁文风,有意识以群体力量从事文学活动,向台阁争夺文学话语权。何良俊云:“我朝文章,在弘治、正德间可谓极盛。李空同、何大复、康浒西、边华泉、徐昌穀,一时共相推毂,倡复古道。”①也就是说,弘治、正德间,前七子迅速崛起于文坛,其影响力不断加大。孟洋《中顺大夫陕西按察司提学副使何君墓志铭》云:

(景明)壬戌举进士,例改庶吉士……当是时,关中李君献吉、济南边君廷实,以文章雄视都邑,何君往造,语合,三子乃变之古。自是操觚之士往往趋风秦、汉矣。②

壬戌,即弘治十五年(1502)。据孟洋之言,弘治十五年后,李梦阳、何景明、边贡等人的倡和,已开始引发当时主流文风转向。事实亦的确如此。张治道《翰林院修撰对山康先生行状》曰:

是时,孝宗皇帝拔奇抡才,右文兴治。厌一时为文之陋,思得真才雅士。见先生策,谓辅臣曰:“我明百五十年无此文体,是可以变今追古矣。”遂列置第一,而天下传诵则效,文体为之一变。③

弘治十五年,康海中状元,其文为“天下传诵则效”,引发了当时文体的变革,前七子影响力进一步加大。万历十一年(1583)进士郭正域所撰《苍霞草序》云:

宋时,文章之士尽在馆阁。彼诸曹大夫,无问巨细,皆应其选,故琬琰之士尽罗词林。明兴二百年来,士成进士即选中秘,遂与诸曹大夫巅若两涂,而所为诗若文者,亦巅若两涂。国初馆阁体,大半模拟宋人,期乎明白条畅而已。世之拟古文者,遂不胜其凌厉谇语,大略用汉人、唐人以胜宋人,合诸缙绅暨诸草泽,以胜词林。词林夺于其气,不无少谢。④

“国初馆阁体”,即指“三杨”等人的台阁体作品。“用汉人、唐人以胜宋人”,指前七子倡导的“文必先秦、两汉,诗必汉魏、盛唐”。万历三十三年(1605),王图《槐野先生存笥稿序》亦云:

盖尝考览国初时台阁文体,类尚明析畅达,而其为诗亦冲夷俊美,颇借途宋人。而士大夫不在馆阁及布衣之雄,率乞灵秦、汉人口吻,与词林争胜。⑤

不在馆阁的郎署文人,以秦汉为宗,与词林争胜,与台阁大老争夺文学话语权。前七子以郎署官员为主体,政治根基尚浅,官轻言微,无法在政治上与馆阁诸公争雄,于是他们便以文学为突破口,开始抨击台阁诸及其文体。李梦阳《凌溪先生墓志铭》即曰:

(朱应登)年二十,举进士。时顾华玉璘、刘元瑞麟、徐昌穀祯卿,号“江东三才”,凌溪乃与并奋,竞骋吴楚之间,欻为俊国,一时笃古之士争慕响臻,乐与之交,而执政者顾

① 何良俊《四友斋丛说》卷二十六,中华书局 1959 年版,第 235 页。

② 孟洋《孟有涯集》卷十七,《四库全书存目丛书》集部第 58 册,第 282 页。

③ 张时彻《皇明文范》卷五十三,《四库全书存目丛书》集部第 303 册,第 475 页。

④ 叶向高《苍霞草》卷首,《四库禁毁书丛刊》集部第 124 册,第 2 页。

⑤ 王维桢《槐野先生存笥稿》卷首,《续修四库全书》第 1344 册,上海古籍出版社 2002 年版,第 4 页。

不之喜，恶抑之……而柄文者承弊袭常，方工雕浮靡丽之词，取媚于时眼，见凌溪等古文词，愈恶抑之曰："是卖平天冠者。"[①]

李东阳"盖操文柄四十余年"[②]，柄文者自然主要指他。清人陈田则径称："柄文者谓茶陵也。"[③]李梦阳《与徐氏论文书》亦声明：诗"贵质不贵靡，贵情不贵繁"[④]。皆表露出对李东阳等台阁之臣的怨恨与不满。王九思初学台阁体，后改弦易辙，反击台阁体。其《渼陂集序》称："予始为翰林时，诗学靡丽，文体萎弱。其后德涵、献吉导予易其习焉。献吉改正予诗者，稿今尚在也；而文由德涵改正者尤多。"[⑤]钱谦益《列朝诗集小传・王寿州九思》亦称："康、李辈出，唱导古学，相与訾謷馆阁之体，敬夫舍所学而从之，于是始自贰于长沙矣。"[⑥]可知，王九思是在李梦阳、康海的鼓动下，而掊击台阁体的。弘治十五年(1502)，康海中状元后主动加入郎署官员唱和之列。张治道《翰林院修撰对山康先生行状》载：

孝宗时……是时，李西涯为中台，以文衡自任，而一时为文者皆出其门。每一诗文出，罔不模效窃仿，以为前无古人。先生独不之效，乃与鄠杜王敬夫、北郡李献吉、信阳何仲默、吴下徐昌穀为文社，讨论文艺，诵说先王。西涯闻之，益大衔之。

正德三年(1508)，康海丧母后的行为，更富有震撼力。张治道《翰林院修撰对山康先生行状》载：

戊辰，先生同考会试……无何，丁母忧，归关中。往时，京官值亲殁，持厚币求内阁志铭，以为荣显。而先生独不求内阁文，自为状，而以鄠杜王敬夫为志铭，北郡李献吉为墓表，皋兰段德光为传。一时文出，见者无不惊叹，以为汉文复作，可以洗明文之陋矣。西涯见之，益大衔之，因呼为"子字股"。盖以数公为文称"子"故也。[⑦]

戊辰，即正德三年。此年康海之母去世，他打破旧例，不求内阁重臣撰写碑表铭传[⑧]，而自为行状，请李梦阳为墓表，段德光为传，李东阳为此大为不满，呼康文为"子字股"。当时

---

① 李梦阳《空同先生集》卷第四十五，《明代论著丛刊》本，伟文图书出版社有限公司1976年版，第1281—1282页。

② 靳贵《戒庵文集》卷之六《怀麓堂文集后序》，《四库全书存目丛书》集部第45册，齐鲁书社1997年版，第522页。

③ 陈田《明诗纪事》丁签卷一，上海古籍出版社1993年版，第1136页。

④ 李梦阳《空同先生集》卷第六十一，《明代论著丛刊》本，伟文图书出版社有限公司1976年版，第1730页。

⑤ 王九思《渼陂集》卷首，《四库全书存目丛书》集部第48册，齐鲁书社1997年版，第3页。

⑥ 钱谦益《列朝诗集小传》丙集，上海古籍出版社2008年版，第314页。

⑦ 张时彻《皇明文范》卷之五十三，《四库全书存目丛书》集部第303册，第476页。

⑧ 陆容称"今仕者有父母之丧，辄遍求挽诗为册，士大夫亦勉强以副其意，举世同然也。盖卿大夫之丧，有当为神道碑者，有当为墓表者，如内阁大臣三人，一人请为神道，一人请为葬志，余一人恐其以为遗己也，则以挽诗序为请。皆有重币入贽，且以为后会张本。亦有仕未通显，持此归示其乡人，以为平昔见重于名人。而人之爱敬其亲如此，以为不如是，则于其亲之丧有缺然矣。于是人人务为此举，而不知其非所当急。"(陆容《菽园杂记》卷十五，中华书局1985年版，第189页。)何良俊亦云："大率翰林官丁忧，其墓文皆请之内阁诸公。此旧例也。"(何良俊《四友斋丛说》卷之十五，中华书局1959年版，第126页。)

"益大衔之"者，绝非李东阳一人。王九思《明翰林院修撰儒林郎康公神道之碑》亦载此事：

戊辰春，同考礼部会试举人。其年秋，太安人弃养，公将西归合葬平阳公。诸翰林之葬其亲者，铭、表、碑、传，无弗谒诸馆阁诸公者，公独不然。或劝之，乃大怒，曰："孝其亲者，在文章之必传耳，官爵何为？"于是自述状，以二三友生为之，刻集既成，题曰"康长公世行叙述"。遍送馆阁诸公，诸公见之，无弗怪且怒者。

不请台阁诸公为铭状碑传也罢，还将自己与友人所撰文遍送之，这无疑是公开向他们挑战。无怪乎"诸公见之，无弗怪且怒者"。这也成为康海、李梦阳等人日后落职的重要由头："是时李西涯为相，素忌公，遂落公为民。"[①]何良俊亦谓："对山闻丧即行，求李空同作墓碑，王渼陂、段德光作墓志与传。时李西涯方秉海内文柄，大不平之。值逆瑾事起，对山遂落籍。"[②]康海的落职，以及前七子不列于清要之职，实由双方文学主张相左而致。胡缵宗《西玄诗集叙》即谓：

弘治间，李按察梦阳谓诗必宗杜甫，康殿撰海谓文必祖马迁而下，学士大夫多从之，士类靡然。而空同、对山因得罪世之君子矣。[③]

也就是说，李梦阳、康海等人为争夺文学话语权，最终得罪了台阁诸大老，而与李东阳茶陵派彻底决裂，自立门户。周亮工《孙高阳先生全集序》称：

文章一道，自宋以来，权归馆阁，即北地、历下极力争之，而终不能胜。但其流为舂容蔓衍，总不脱宋人气习。[④]

姑且不论郎署是否胜过馆阁，但前七子主动向台阁体挑战、极力争夺文学话语权，确是无可辩驳的事实。这对台阁体形成巨大的冲击，台阁大老因此而颇感尴尬与无奈："诸公见之，无弗怪且怒者。"若对其威胁不大，大概不会如此。

前七子的迅速崛起，直接导致当时的文风转向。而文风的转向，实质上标志着文权开始下移郎署。陆树声《中江先生全集序》云：

成、弘以降，道化熙洽，士向于文。时则北郡、信阳诸君子出而讨论秦、汉，扬扢风雅，执牛耳以凌厉词坛，宇内谭艺士率向往之。[⑤]

陆氏之言，实已暗示出成化、弘治以降文权下移郎署的事实。李维桢《申文定公赐闲堂集叙》亦有言：

明兴，古文辞尚台阁体。朱弦疏越，有遗音；玄酒太羹，有遗味。而其末流日趋于萎弱臭腐，汉、魏、六朝、三唐诸论著，屏弃不复省览。李文正起而振之，未畅厥旨。自是，

① 王九思《渼陂续集》卷中，《明代论著丛刊》本，第911—912页。

② 何良俊《四友斋丛说》卷之十五，中华书局1959年版，第126页。

③ 马汝骥《西玄诗集》卷首，《四库全书存目丛书》集部第73册，第654页。

④ 孙承宗《高阳集》卷首，《四库禁毁书丛刊》集部第164册，第12页。

⑤ 莫如忠《崇兰馆集》卷首，《四库全书存目丛书》集部第104册，第376页。

学《左》、《国》、《史》、《汉》者，稍稍继出，其人多在他署，而翰苑缺焉。[①]

“其人多在他署，而翰苑缺焉”，“其人”主要指前七子一派。言外之意，此时文权下移至郎署，馆阁已失去垄断地位。陈田则明确指出此一事实：

成、弘之间，茶陵首执文柄，海内才俊，尽归陶铸。空同出而异军特起，台阁坛坫，移于郎署，始犹依违，不欲显然攻之也。[②]

总而言之，郎署文学意识的觉醒，在很大程度上致使前七子迅速崛起于明中叶的文坛，当时主流文风为之转向、文权下移于郎署。

二

前七子郎署文学意识的觉醒，是多种社会文化因素与个体相互影响、相互作用所致。上文提到的馆阁对文学的垄断、朝廷右文政策的推行、文学观点的相左，就是几个相互关联的因素。下面再从明中叶主流学术转向、文士矫激意识的膨胀、前七子人格意识的彰显三个层面，加以述析。

前七子郎署文学意识觉醒，以“文必先秦、两汉，诗必汉魏、盛唐”对抗台阁体，与明中叶主流学术转向有着密切关系。黄佐《眉轩存稿序》云：“成化以前，道术尚一，而天下无异习。学士大夫视周、程、朱子之说如四体然，惟恐伤之。以故词虽往往弗华，而每根于理质。惟亡大斫，而气亦霈然以昌，其风俗朴茂可想见也。佐童时，未有知思效先秦，而宋之弃，其修词驳如也。”[③]董其昌《合刻罗文庄公集序》云：“成、弘间，师无异道，士无异学，程朱之书立于掌故，称大一统。而修词之家，墨守欧、曾平平尔。”[④]二者所言，虽稍有出入，但也相差无几。成化、弘治前，明代主流学术思想还是程朱理学一统天下的格局，基本属实。此时，文学上多“墨守欧、曾”，少有“思效先秦”。弘治以来，由于社会危机的不断加深、程朱理学的日趋僵化，以及陈献章学术思想的蓬勃兴起，明代主流学术已开始转型。明人的思想意识也逐渐发生变化，自我意识不断加强，日趋注重张扬个性。黄佐云：“成化以后，学者多肆其胸臆，以为自得。虽馆阁中亦有改易经籍以私于家者，此天下所以风靡也夫。”[⑤]郎署官员文学意识的觉醒，就是这一主流学术思想影响下的产物。表现在文学上，文人愈加崇尚博学多识，文学理论与创作上，追求标立新异，为诗作文已不仅限于宗唐法宋，不少人已将目光溯至六朝、汉魏、先秦。于是，文坛上呈现出诸调杂陈的阵容。

以古文观之，至明中叶，因长期以欧、曾为范，弊病积骤甚多。李东阳《叶文庄公集序》道：

后之为欧文者，未得其纡徐，而先陷于缓弱；未得其委备，而已失之觌缕，以为恒患，

① 申时行《赐闲堂集》卷首，《四库全书存目丛书》集部第134册，第1页。

② 陈田《明诗纪事》丁签卷一，上海古籍出版社1993年版，第1135页。

③ 黄宗羲《明文海》卷二百三十九，第2461页。

④ 董其昌《容台文集》卷一，《四库全书存目丛书》集部第171册，第260页。

⑤ 黄佐《翰林记》卷十一，《景印文渊阁四库全书》第596册，第982页。

文之难亦如此。苟得其文而不得其所以重，天下且犹轻之，而况乎两失之者哉！①

李东阳虽然意识到学欧、曾的流弊，并开始变革台阁体，但因身为台阁重臣，难以全然脱掉台阁气息。他承袭前人观点，较早在论文中提到秦、汉古文。如《曾文定公祠堂记》云："古之所谓著述者，自六经迄于孟氏。若韩子不免为词章之文，而所谓翼道裨治，则有不可掩也。"②《叶文庄公集序》谓叶盛："若持法守律，又能以经籍为根柢，以文章为藻饰，为天下重者，独非人之所难哉！"③这里所谓经籍，自然涵盖秦、汉古文。其《篁墩文集序》又谓：

纪事之文，自《左传》、迁《史》、班《汉书》之后，惟司马《通鉴》、欧阳《五代史》。若朱子《纲目》，则取诸《春秋》，亦以寓道，而非徒事也。道无穷，而事亦无穷，故作者亦时有之。若序论策义之属，皆经之余；而碑表铭志传状之属，皆史之余也。二者分殊而体异，盖惟韩、欧能兼之，吾朱子则集其大成。④

李东阳从为政的角度，已意识到秦、汉古文的重要性。他还径称"班生世有汉文章"⑤、"两都风物汉文章"⑥。不过，在其古文统系中，韩、欧、朱熹仍是为文之最高标准。其实，此时已有人将目光正式投至秦、汉古文，以纠正学唐宋文所造成的细弱。文征明《太傅王文恪公传》云：

时翰林以文名者，吴文定公宽、李文正公东阳，皆杰然妙一世。公稍后出，而实相曹耦。议者谓公于经术为深，故粹然一出于正。晚益精诣，铸词发藻，必先秦两汉为法，在唐亦惟二三名家耳，宋以下若所不屑。其见诸论撰，莫不典则雅训，丽质兼备。至所得意，不知于古人何如也。

王鏊为文"必先秦两汉为法"的主要动机，在于弥补、纠正时人学欧、苏所导致的流弊。文征明《太傅王文恪公传》谓，王鏊卒于"嘉靖三年甲申三月十一日"⑦，故其为文"必先秦两汉为法"，有可能在七子之前。正德间人黄佐，即言之凿凿："成化中，学士王鏊以《左传》体裁倡。弘治末年，修撰康海辈以先秦、两汉倡，稍有和者，文体盖至是三变矣。"⑧陆釴称张泰："为文务自己出，视韩柳若不暇模拟，直欲追两汉、先秦以上。"张泰于成化"庚子满考升修撰。逾月，得暴疾，呕血数升而卒。"⑨庚子，即成化十六年(1480)。故其为文"直欲追两汉、先秦以上"，必在此前。因此，在某种意义上可以说，张泰、王鏊开前七子之先声。成化十四年进士林俊《两汉书疏序》亦云："予尝私评作古文字须削去近格，专志六经、鲁论、翼以孟氏书，参

① 李东阳《文稿》卷之八，《李东阳集》二，第479页。
② 李东阳《文稿》卷之十二，《李东阳集》二，第535页。
③ 李东阳《文稿》卷之八，《李东阳集》二，第479—480页。
④ 程敏政《篁墩文集》卷首，《景印文渊阁四库全书》第1252册，第2页。
⑤ 李东阳《诗稿》卷之十八《送杨志仁宪副之山东》，《李东阳集》一，第328页。
⑥ 李东阳《诗后稿》卷之七《石学士珤之任南京》，《李东阳集》一，第886页。
⑦ 文征明《文征明集》卷第二十八，上海古籍出版社1987年版，第664、661页。
⑧ 黄佐《翰林记》卷十九，《景印文渊阁四库全书》第596册，第1073页。
⑨ 张泰《沧洲集》附录《大明故翰林院修撰张亨甫先生墓志铭》，《四库全书存目丛书》集部第38册，第636页。

以《穀梁》、《国语》、《离骚》、《史记》,以集文章之大成。"[①]至此,"文必秦汉"之说,已呼之欲出。

不仅如此,为纠正古文学唐、宋产生的弊病,有人开始先秦、两汉典籍的宣传与刊刻。钱福《陆贾新语序》云:"方今承平既久,文章炽兴,有识者或病其过于细而弱也,故往往搜秦、汉之佚书而梓之。"[②]何景明《海叟集序》亦云:"吾郡守孙公懋仁,笃于好古。其子继芳者,从予论学,大有向往,尝索古书无刻本者以传。予谓古书自六经下,先秦两汉之文,其刻而传者,亦足读之矣。"[③]这样,一些先前被冷漠的先秦、两汉典籍,又受到重视,并大量刊行于世,就连《战国策》这样有背正道的书籍,也一再刊行。前七子也自觉不自觉地参与到秦、汉典籍的刊刻与宣传中。穆文熙《七雄策纂序》有言:

> 夫以《国策》所载,皆策士倾危之术。汉惟子长、孟坚、刘向氏治之,而唐以下至宋元,士皆讳言之。故有谈苏、张之说者,则人皆视之为魍魉魑魅,而不食其余。故其书历千百载,皆秦灰遗烬,豕亥鲁鱼半居其间,而无善本,晦斯极矣。迨至我明弘、正间,乃刻于大梁,而李献吉序之,为始显。近刻于金陵,为再显。[④]

李梦阳为《战国策》作序批驳道:"予读《战国策》,而知经之难明也。"[⑤]当时秦、汉思潮涌动的势头,不言而明。

可惜的是,李东阳茶陵派没能把握这一契机,以改革文风。前七子却能敏锐地捕捉到这一先机,在"学者一二,或谈汉魏,然非心知其意,不能无疑异其间。故信而好者,少有及之"[⑥]的基础上,水到渠成地重申并倡导"文必先秦、两汉"。

就诗歌而论,当时也是诸调杂兴。林俊《白斋诗集序》评张琦诗云:"先生古诗祖汉、晋,律诗祖盛唐,而参以赵、宋诸家之体,气格疏爽,词采精丽,音调孤绝,听之洒然,咀嚼之,隽永而有余味。"[⑦]但此时以秦、汉为法者,并不多见。何景明《汉魏诗集序》称:"国初诗人尚承元习,累朝之所开,渐格而上,至宏治正德之间,盛矣!学者一二,或谈汉魏,然非心知其意,不能无疑异其间。故信而好者,少有及之。"师法中晚唐、元诗者亦有之。李东阳为诗就"出入宋、元,溯流唐代"[⑧]。胡应麟描绘当时诗坛宗尚道:"成化以还……是时中、晚、宋元诸调杂兴。"[⑨]朱彝尊谓:"成、弘间,诗道傍落,杂而多端。"[⑩]这表明,至成化、弘治时,诗坛上已存在取法多端的势头。当然,相较而言,还是唐、宋调相杂为主,就如李梦阳评论杨一清诗所说:"唐、宋调杂,今古格混。"[⑪]其所以如此,纠正学盛唐之弊是一重要动机。明代自高棅倡言诗

---

① 林俊《见素集》卷一,《景印文渊阁四库全书》第1257册,第10页。

② 钱福《钱太史鹤滩稿》卷三,《四库全书存目丛书》集部第46册,第135页。

③ 何景明《大复集》卷三十四,中州古籍出版社1989年版,第595页。

④ 黄宗羲《明文海》卷二百十二,第2130页。

⑤ 李梦阳《空同先生集》卷第四十九,第1415页。

⑥ 何景明《何大复集》卷三十四,第593页。

⑦ 林俊《见素集》卷五,《景印文渊阁四库全书》第1257册,第46页。

⑧ 张廷玉等《明史》卷二百八十五《文苑一》,第7307页。

⑨ 胡应麟《诗薮》续编卷一,上海古籍出版社1979年版,第345页。

⑩ 朱彝尊《静志居诗话》卷十,第260页。

⑪ 李梦阳《空同先生集》卷第六十二《奉邃庵先生书》其七,第1775页。

学盛唐以来，“学者终身钻研，吐语相协，不过得唐人之一支耳”[①]，极易造成雷同之势。再说，学盛唐日久，易流于卑弱，产生逆反心理。故不少文士刻意另谋出路。六朝、中晚唐、宋、元诗，家数众杂，师法对象选择余地大，雷同可能性相对小些，有人趋而从之，应当不难理解。吴宽《题陈起东诗稿后》即云：“近时学诗者，以唐人格卑气弱，不屑模仿，辄以苏、黄自负者比比，卒之不能成，徒为阳秋家一笑之资而已。”[②]时人学宋有纠宗唐“空疏卑弱，熟软枯淡”之意，然而学宋也是流弊丛生。吴宽之论虽有道理，但非问题之根本。模拟他人作品的最终目的是铸就自家风格；如果一味醉心泥古，不思创新，学唐学宋，皆为叠屋架床，流弊自然随之而来。况且，学唐不及，也并非唐诗之过，应与学者才力不逮甚是有关。

为纠正当时诗坛诸调杂陈，汉、魏、盛唐之音不显，前七子重申以汉魏、盛唐为宗，并以其人格魅力与创作实力，确立了一种新的文学风尚。也就说，前七子在前人基础上，倡导了一种新文学风尚：文由“墨守欧、曾”转向以先秦、两汉为宗，诗由以唐宋为主的诸调杂陈转向古诗法汉、魏，近体歌行宗盛唐[③]。乔世宁《何先生传》有言：

> 至弘正间，先生与诸君子始一变趋古，其文类《国策》、《史记》，诗类汉魏盛唐。于是明兴诗文，足起千载之衰，而何、李最为大家，今学士家称曰“何李”，或称曰“李何”，屹然为一代山斗。[④]

乔氏言论虽有偏激，但也不无道理。他点出了前七子转变一代文风之事实。《四库全书总目·古城集》亦谓：“北地、信阳之说兴，而文章亦一变。”[⑤]由此亦可窥明中后期主流文学宗尚转向之轨迹，有助于把握明代主流文学发展演变的某些特点与规律。

前七子郎署文学意识的觉醒，与明代文士矫激意识之浸润，亦不可分。明中后期，不少文士、学者自视高大，唯我独尊，陈文新先生称这种心态称为“大家情结”[⑥]，持论甚精，此不赘

---

① 桑悦《跋唐诗品汇》，《明文海》卷二百十二，第2127页。

② 吴宽《匏翁家藏集》卷第五十。

③ 七子是古诗宗汉魏，近体学唐。李梦阳《刻陆谢诗序》云：“夫五言者，不祖汉，则祖魏，固也。乃其下者，即当效陆、谢矣。”（李梦阳：《空同先生集》卷第四十九，《明代论著丛刊》本，伟文图书出版社有限公司1976年版，第1424—1425页）沈德潜亦谓：“空同五言古宗法陈思、康乐，然过于雕刻，未极自然；七言古雄浑悲壮，纵横变化；七言近体开合动荡，不拘故方，准之杜陵，几于具体。”（沈德潜、周准《明诗别裁》卷四，上海古籍出版社1979年版，第89页）何景明《海叟集序》云：“景明学诗，自为举子历宦，于今十年，日觉前所学者非是。盖诗虽盛称于唐，其好古者自陈子昂后，莫如李、杜二家。然二家歌行近体，诚有可法；而古作尚有离去者，尤未尽可法之也。故景明学歌行、近体有取于二家，旁及唐初、盛唐诸人；而古作必从汉魏求之。”（何景明《何大复集》卷三十四，第595页）康海论诗主“诗必汉魏、盛唐”（王九思《渼陂续集》卷中《明翰林院修撰儒林郎康公神道之碑》，《明代论著丛刊》本，伟文图书出版社有限公司1976年版，第913页）王九思“其文法秦汉，其诗法汉魏、李杜”（张治道《渼陂先生续集序》，《渼陂续集》卷首，《明代论著丛刊》本，伟文图书出版社有限公司1976年版，第672页）徐祯卿亦趋汉魏盛唐。张廷玉等《明史·文苑二》：“（祯卿）既登第，与李梦阳、何景明游，悔其少作，改而趋汉魏、盛唐，然故习犹在，梦阳讥其守而未化。”（张廷玉等《明史》卷二百八十六，第7351页）

④ 何景明《何大复集》附录，第667页。

⑤ 永瑢等《四库全书总目》卷一百七十一，中华书局1965年版，第1494页。

⑥ 陈文新《明代诗学》，湖南人民出版社2000年版，第23页。

述。这里主要关注大家情结的一种极端表现——矫激意识。大家情结若错乱方寸，易于走向极端、导致矫激。明代特别是中后期，不少文士染有此疾。黄容《江雨轩诗序》谓刘崧："人不短则己不长，言不大则人不骇。"①批评的就是文士的极端与矫激。丘濬《会试策问》亦云："曩时文章之士，固多浑厚和平之作，近或厌其浅易，而肆为艰深奇怪之辞。韩、欧之文果若是乎？议政之臣，固多救时济世之策，近或厌其循常，而过为闳阔矫激之论。陆、范之见果若是乎？"②至明中叶，文人矫激意识日趋膨胀。《四库全书总目·抑庵集》毫不客气地点出此弊：

> 盖明自中叶以后，文士始好以矫激取名。直当宣德、正统间，去开国之初未远，淳朴之习，犹未全漓。文章不务胜人，惟求当理。故所作貌似平易，而温厚和平，实非后来所及。虽不能追古作者，亦可谓尚有典型者矣。③

四库馆臣承认，明前期文士为文尚无争奇斗胜之习，而"惟求当理"，故文章风格温厚和平。自中叶后，文风大坏，文章已成为文士矫激取名的手段。基本上符合实际。

入仕不久的郎署官员资历尚浅，官卑言轻，无法也根本无条件与谙于政道、资深根固的内阁大老在政治上较以高低，出人头地着实不易。要扬名，成大家，只得另谋出路。在文学创作上，他们自感不逊色，觉得有能力与之以竞高下。路道既定，尚需觅得突破口，以偏激之论攻伐大家、名家，制造名人效应，不失为露才扬己之一法。

前七子"皆卑视一世，李梦阳尤甚"④，偏激意识特别浓郁。前七子诋毁李东阳，就有出于偏激意识的因子，正如蒋永修《怀麓堂稿序》所云："迄何、李蹶驰踸踔，负材谩骂，其初不过争文章之名，意气所激，遂欲使不得为完人。"⑤从"大贤衣钵岂虚掷，应须尔辈扬其尘"⑥之言，可明显体味到李梦阳那目空一切的大家意识，他"志壮才雄，目短一世，好掊击人"，把目标锁定茶陵派盟主李东阳。在李东阳"首执文柄，海内才俊，尽归陶铸"⑦之际，李梦阳异军突起，倡导"文必先秦、两汉，诗必汉魏、盛唐"、"劝人勿读唐以后文"⑧，与李东阳对台叫板，即有矫激意识作祟的一面。康海更是大家意识十足。李贽《续藏书·修撰康公》载，康"在史馆凡三年，凡诸著作，必宗经而子史，以宋人言为俚，以唐为巧，以秦、汉为伯仲，而有驳焉。故同进者忌，伪以国老文就而正之"⑨。"以秦、汉为伯仲"，固然可展示其知识渊博、见识异特，但与台阁文法欧、曾相悖，亦表露无遗。这不仅遭到台阁诸公诟病，连同进者亦忌恨之，足见康海偏激至极。谈到前七子转捩文风时，康海更是霸气十足，其《渼陂先生集序》称：

---

① 叶盛《水东日记》卷二十六，中华书局1980年版，第257页。

② 丘濬《重编琼台稿》卷八，《景印文渊阁四库全书》第1248册，第164—165页。

③ 永瑢等《四库全书总目》卷一百七十，第1485页。

④ 张廷玉等《明史》卷二百八十六《文苑二》，第7348页。

⑤ 李东阳《怀麓堂全集》，康熙二十年廖方达刻本。

⑥ 李梦阳《空同先生集》卷十九《徐子将适湖湘，余实恋恋难别，走笔长句述一代文人之盛，兼祝望焉耳》，第453页。

⑦ 陈田《明诗纪事》丁签卷一，第1135页。

⑧ 王世贞《艺苑卮言》卷一，《历代诗话续编》本，中华书局1983年版，第964页。

⑨ 李贽《续藏书》卷二十六，中华书局1959年版，第500页。

> 我明文章之盛，莫极于弘治时，所以反古昔而变流靡者，惟时有六人焉。北郡李献吉，信阳何仲默，鄠杜王敬夫，仪封王子衡，吴兴徐昌穀，济南边廷实，金辉玉映，光照宇内，而予亦幸窃附于诸公之间。乃于所谓孰是孰非者，不溺于剖劀，不怵于异同，有灼见焉。于是后之君子，言文与诗者，先秦、两汉、汉魏、盛唐，彬彬然盈乎域中矣。[①]

着一"惟"字，旁若无人，持论之偏颇，自不待言。吹嘘别人，勿忘带上自己，大家意识时在心头。在众人竞相模仿李东阳文风时，康海标新立异，"独不之效"，倡言"先秦、两汉、汉魏、盛唐"，也是大家意识在作怪。

前七子郎署文学意识的觉醒，也是其独立人格意识彰显的需要。与李东阳茶陵派不同，前七子多是一些气节之士。在对外戚与宦官的斗争中，他们大都表现得非常坚强、勇敢。据《明史》本传记载，弘治十八年，李梦阳因忤逆外戚张鹤龄入狱，出狱后路遇之，大打出手，打掉张之两颗牙齿，其疾恶如仇之性格，略见一斑。在对刘瑾的斗争中，李梦阳同样正直不屈。他曾劝韩文振作精神，与刘瑾抗争，并代韩起草弹劾刘瑾之文书，因而受牵连获罪。何景明也"志操耿介，尚节义，鄙荣利，与梦阳并有国士风"[②]。康海在刘瑾乱政时，面对诱惑不肯依附。康海《与彭济物》云："瑾之用事也，盖尝数以崇秩诱我矣。当是时，持数千金寿瑾者，不能得一级，而彼自区区于我，我固能谈笑而却之，使饕虓巇崄之人，卒不敢加于我，此其心与事亦雄且甚矣。当朝大臣盖皆耳闻目见，而熟知其然。"[③]李开先《康王王唐四子补传》："一日，瑾令所亲密者致意对山，曰：'主上欲以汝为吏部侍郎。'对山答曰：'我服官才五阅岁矣，自来翰林未有五岁而升部堂者，请为我辞之。'事遂寝，瑾因深嫌其不附己。"[④]《明史·文苑二》亦载："正德初，刘瑾乱政。以海同乡，慕其才，欲招致之，海不肯往。"[⑤]从某种意义上说，文如其人，文品如人品。前七子向台阁诸公争夺文学话语权，本身即有展现其正直、独立人格的一面。拥有正直、独立的人格，有助于振兴一代文风，正如屠隆所说："品格既高，风韵自远。"[⑥]从黄省曾《空同先生文集序》亦可得以印证：

> 粤我空同先生献吉……然先生风节凝持，卓立不惧，卒能浣学囿之污沿，新彤管之琐习，起末家之颓散，复周汉之雅丽。彬彬乎天下学士大夫，莫不趋风而宗之，自是埏宇之内，倡和镕钧，文章经纬，与三代同驱矣。[⑦]

无论明人矫激意识的浸润，还是独立人格意识的彰显，皆与明中叶主流学术转向，有一定关联。甚至可以说，它是明中叶主流学术思想转向的产物。从中可窥明中后期主流文学宗尚转向的轨迹，有助于把握明代文学发展演变的某些特点与规律。

作者单位：海南师范大学

---

① 康海《对山文集》卷之三，《明代论著丛刊》本，伟文图书出版社有限公司 1976 年版，第 123—124 页。

② 张廷玉等《明史》卷二百八十六《文苑二》，第 7350 页。

③ 康海《对山文集》卷二，第 80—81 页。

④ 李开先《李中麓闲居集》之十，《李开先集》中，中华书局 1959 年版，第 634 页。

⑤ 张廷玉等《明史》卷二百八十六，第 7348 页。

⑥ 屠隆《由拳集》卷之二十三《与友人论诗文》，《明代论著丛刊》本，伟文图书出版社有限公司 1977 年版，第 1180 页。

⑦ 张时彻《皇明文范》卷二十九，《四库全书存目丛书》集部第 303 册，第 790 页。

李梦阳、何景明复古理论与创作的高下得失

吴志达

明代中叶以后，要求变革的时代精神，反权贵和宦官黑暗统治的社会心理，对台阁体诗文的反感情绪或本能的反桎梏意识，刺激了诗文风尚的改革。在诗文革新的文艺思潮中，一种最突出的现象是复古与反复古的斗争，是在探索诗文革新道路过程中出现的既对立、又互补的不同文学流派。

本文只就复古派的两位领袖人物——李梦阳和何景明在理论与创作实践上的异同，评价其高下得失。

一、李梦阳文学观的倒退论而在创作实践上不乏佳作

在16世纪的前70余年中，是诗文复古风气最盛的时代，以复古、拟古求革新，是所谓前后七子的主张。

前七子的活动时期，是在16世纪的前30年，即弘治正德年间，还稍带嘉靖初年。领袖人物是李梦阳与何景明，包括徐祯卿、边贡、朱应登、顾璘、陈沂、郑善夫、康海、王九思等号十才子，或除去朱、顾、陈、郑四人而增列王廷相，号七才子。他们卑视一世，既反对雍容平易的台阁体，也不满足于专工声调法度的茶陵派，而提倡复古，所谓“文必秦汉，诗必盛唐”，变啴缓为雄健。振臂一呼，应者四起，以复古求革新，成为当时文艺思潮的主流。

李梦阳（1475—1531），字献吉，号空同子，庆阳（今属甘肃省）人。弘治六年（1493）举陕西乡试第一，明年成进士，授户部主事，迁郎中。十八年（1505）应诏上书孝宗，痛陈二病（士气日衰，中官日横）、三害（兵害、民害、庄场饥民之害）、六渐（匮之渐、盗之渐、坏名器之渐、弛法令之渐、方术蛊惑之渐、贵戚骄恣之渐），凡五千余言，极论得失。最后还指责皇后之弟张鹤龄“招纳无赖，罔利贼民，势如翼虎”。这是对当时腐败政治的抨击。他虽因此下狱，但于第二年，即正德元年（1506），又积极参与韩文等反刘瑾宦官集团的斗争，并代韩文草拟劾刘瑾群阉疏，又被逮下狱，几乎被杀，经康海营救得免。可见李梦阳在政治上是正派、要求革新的有志之士。

在文坛上，李梦阳是倡导以复古求革新的领袖。《明史》李梦阳本传记载：“梦阳才思雄鸷，卓然以复古自命，弘治时，宰相李东阳主文柄，天下翕然宗之，梦阳独讥其萎弱。倡言文必秦、汉，诗必盛唐，非是者弗道。”这一号召，在当时文坛上，有如长夜中出现的火炬，士流群起相从。如本传所说：“吴人黄省曾、越人周祚，千里致书，愿为子弟。”其影响之大，可想而

知。他倡言“文必秦、汉、诗必盛唐”，不仅仅是一种文体改革，而且与政治思想上要求革新有联系。他处在程、朱理学占统治地位的时代，儒生埋头于代圣贤立言的八股文，思想僵化。他在《论文》中说：“宋儒兴而古之文废矣，非宋儒废之也，文者自废也。古之文，文其人，如其人便了，如画焉，似而已矣。是故贤者不讳过，愚者不窃美。而今之人，文其人，无美恶，皆欲合道德传志，其甚矣。”他提倡复古，就是对这种以程朱理学为写作指导思想的否定，提醒人们：除了台阁体的诗文和八股文以外，还有像司马迁《史记》那样的散文，还有李白、杜甫那样的诗，这些古代的作品，对明中叶的人来说，却是新鲜的。出于“矫枉必须过正”的偏激之见，为了彻底否定当时的文风，就特别强调秦汉的文和盛唐的诗。正如他在《大梁书院田碑》中所说的偏激之辞：“宁伪言欺世而不可使天下无信道之名，宁矫情干誉而不可使天下无仗义之称。”不破不立，为了彻底的破，就不免说出过火的话，也是当时文化思想中守旧派所促成的逆反心理表现，想以厚古薄今的手段达到解放思想、改革文风的目的。就否定台阁体的统治地位和批评八股文的不良影响而言，有其积极意义。但是由于他世界观的局限性，在探索新道路时，却误入魔道。文学观的倒退论，导致创作上源与流关系的颠倒。他在《叙九日宴集》一文中说：

> 夫天下百虑而一致；故人不必同，同于心，言不必同，同于情。故心者所为欢者也，情者所为言者也。是故科有文武，位有荣卑，时有钝利，运有通塞；后先长少，人之序也，行藏显晦，天之畀也。是故其为言也，直宛区，忧乐殊，同境而异途，均感而各应之矣；至其情则无不同也。何也？出诸心者一也。故曰：“诗可以观。”

他认为今人与古人虽然不同，但是有一颗相同的心；今人与古人的话虽然不同，而感情却是相同的。文学既是思想感情的表现，因此只要学习、模仿古人的作品，也就可以表现自己的思想感情。他甚至说：“夫文与字一也，今人摹临古帖，即太似不嫌，反曰能书。何独至于文，而欲自立一门户邪？自立一门户，必如陶之不冶，冶之不匠，如孔之不墨，墨之不扬邪？此亦足以类推矣！[①]”这是拟古主义最典型的论调。他强调作诗必须守“法”，这种“法”是千载不易的，只要遵“法”躬行，就能写出好诗，如同工匠用规矩就能画方圆：

> 古人之作，其法虽多端，大抵前疏者后必密，半阔者半必细，一实者必一虚，叠景者意必二。此予之所谓法，圆规而方矩者也。[②]

各种文体都有其艺术表现手法，作家掌握这种艺术手法是必要的，但是李梦阳却把问题简单化、绝对化，以为遵循古人之法就能创作出好诗；这实际上是以仿效古人来代替自己的创造，等于取消了文学的时代性和作家的个性，难怪何景明批评他的作品：“子高处是古人影子耳！”其实，李梦阳的理论和创作实践的情况，都比较复杂。既有“句拟字摹，食古不化……所谓武库之兵，利钝杂陈”[③]的问题，也有雄健浑朴而善于变化、传神写态不失其真的佳作。在李空同的诗集中找拟古之作的典型例子，确实是很容易的。例如《发京师》：

> 驱车彰义门，遥望郭西树。冠盖耀青云，车马夹广路。威风何赫弈，各蒙五侯顾。

---

①② 李梦阳《李空同全集》卷六十一《再与何氏书》，四库全书本。

③ 李梦阳见《四库全书总目·别集类二四·空同集》，四库全书本。

回飚动地起，白日倏已暮。弃掷委蔓草，荣华若朝露。民无金石交，人生岂常故。绨纻足御冬，谁念纨与素。忾彼白华篇，气结不能愬。

李梦阳古诗学汉、魏，近体学盛唐。以上引的这首古诗，就是字摹句拟汉、魏的蹈袭之作，除三、五、九等三句套用李白《古风》之外，其余各句都拟汉、魏《古诗》或乐府歌行，无一句无来处。如果李梦阳的诗全是这类假古董，那是不可能称雄一世的。他之所以能够成为精英群体的领袖，自然在学识才气方面有使精英们倾服的真本事。他论诗，并不仅仅在于学古人“顿挫倒插之法”等艺术技巧，他很注意情文并茂，既重视格调，又重视感情。在《与徐氏论文书》中说：“夫诗，宣志而道和者也，故贵宛不贵险，贵质不贵靡，贵情不贵繁，贵融洽不贵工巧，故曰闻其乐而知其德。”①在《潜虬山人记》中说：“夫诗有七难，格古、调逸、气舒、句浑、音圆、思冲，情以发之，七者备而后诗昌也。”在《驳何氏论文书》中②，对于诗歌的思想内容与艺术技巧的关系，作了更全面的论述：

柔淡者思，含蓄者意也，典厚者义也。高古者格，宛亮者调，沉著雄丽、清峻闲雅者才之类也，而发于辞。辞之畅者，其气也。中和者，气之最也。夫然，又华之以色，永之以味，溢之以香。是以古之文者，一挥而众善具也。

正因为李梦阳的复古理论与创作实践，既有被人们据为口实的严重失误，也有不少真知灼见和显示其才华的作品，所以历史上对他的毁誉也颇相悬殊。《明史》本传论其诗文云：“华州王维祯以为七言律自杜甫以后善用顿挫倒插之法，惟梦阳一人。而后有讥梦阳诗文者，则谓其模拟剽窃，得史迁、少陵之似而失其真云。”毁誉各偏执一端，都是不妥当的。模拟之作，缺乏真实感情，这一点，李梦阳自己是意识到了的，在他晚年作《诗集自序》中很坦诚地作了反思。他先引王叔武的话，说明“夫诗者，天地自然之音也。今途咢而巷讴，劳呻而康吟，一唱而群和者，其真也，斯之谓风也。孔子曰：‘礼失而求之野。’今真诗乃在民间。”他在对比之下，极其真诚地说：“予之诗，非真也。王子所谓文人学子韵言耳，出之情寡而工之词多者也。……每自欲改之以求其真，然今老矣！曾子曰：‘时有所弗及’，学之谓哉。③”实际上，由于他关心国事、同情人民疾苦，有较强的正义感，并熟练地掌握各类体裁诗歌的艺术技巧，因此也不乏优秀的篇章。沈德潜《明诗别裁》卷四评李梦阳云：“空同五言古宗法陈思、康乐，然过于雕刻，未极自然；七言古雄浑悲壮，纵横变化；七言近体，开合动荡，不拘故方，准之杜陵，几于具体。故当雄视一代，邈焉寡俦。”这样评价，并非溢美之词。例如《去妇词》，是为“正德元年，户部尚书韩文，暨内阁师保等，咸相继去位”而作的，借古典诗歌中传统的艺术手法，以男女离合之情喻君臣宠辱的变化，极尽深婉不迫之致。再如《石将军战场歌》，也不失为名篇佳什：

清风店南逢父老，告我己巳年间事；店北犹存古战场，遗镞尚带勤王字。忆昔蒙尘实惨怛，反覆势如风雨至；紫荆关头昼吹角，杀气军声满幽朔。胡儿饮马彰义门，烽火夜照燕山云；内有于尚书，外有石将军。石家官军若雷电，天清野旷来酣战；朝廷既失紫荆关，吾民岂保清风店。牵爷负子无处逃，哭声震天风怒号；儿女床头伏鼓角，野人屋上看

①② 李梦阳《李空同全集》卷六十一，四库全书本。

③ 见李梦阳《李空同全集》卷六十一，四库全书本。

旌旄。将军此时挺戈出，杀敌不异草与蒿；追北归来血洗刀，白日不动苍天高。万里烟尘一剑扫，父子英雄古来少；单于痛哭倒马关，羯奴半死飞狐道。处处欢声噪鼓旗，家家牛酒犒王师；应追汉室嫖姚将，还忆唐家郭子仪。沉吟此事六十春，此地经过泪满巾；黄云落日古骨白，沙砾惨淡悉行人。行人来折战场柳，下马坐望居庸口。却忆千古迎驾初，千乘万骑下皇都；乾坤得见中兴主，杀伐重开载造图。姓名应勒云台上，如此战功天下无！呜呼战功今已无，安得再生此辈西备胡。

这首长诗作于正德初(1509 左右)，热情洋溢地赞颂了在于谦指挥下，石亨等将领率师奋勇抗击瓦剌也先的进犯，取得了北京保卫战的伟大胜利。事情已经过去 60 年，但歌颂历史上的爱国英雄，是希望现在能再出现这样的英雄人物，捍卫祖国的边疆。不因石亨后来居功骄横跋扈被斩而埋没战功。标出郭子仪，作为有大功而不骄的典范。全诗质朴雄健，音节慷慨激昂，自然流畅，是不可多得的佳作。钱谦益说："叙事错互，比拟失伦，但矜才气，绝无脉理。"①这种批评似乎不切实际。《林良画两角鹰歌》借题画发议论，讽谏为帝王者当以国事为重，切莫耽于逸乐，玩物丧志，以宋徽宗为诫。在艺术表现手法上，虽有模拟杜甫同类诗歌的痕迹，但笔力纵横，舒卷自如，议论精当，现实性较强。近体也有一些为人们所赞赏的佳作，如《秋望》、《艮岳篇》、《泰山》、《朱仙镇》、《朱仙镇庙》、《夏口夜泊别友人》、《汴京元夕》，都是很有真情实感的、艺术精湛的好作品。兹举律诗、绝句各一首：

黄河水绕汉宫墙，河上秋风雁几行。客子过壕追野马，将军韬箭射天狼。黄尘古渡迷飞挽，白月横空冷战场。闻道朔方多勇略，只今谁是郭汾阳。(《秋望》)

黄鹤楼前日欲低，汉阳城树乱乌啼。孤舟夜泊东游客，恨杀长江不向西。(《夏口夜泊别友人》)

前一首七律抒发诗人秋日登高望远的情怀，由守御北方将士，联想到唐代名将郭子仪的功业，希望当今也有像郭子仪这样的英雄人物出现。全诗画面壮阔苍劲，雄浑流丽，向为评论家所称赞。吴乔《围炉诗话》卷六对此诗的评议，似有胶柱鼓瑟之嫌，不足取。诗是艺术，不能与生活真实一一作印证。后一首七绝描写诗人在黄鹤楼与友人分别、将乘舟东游时的心情，傍晚的日色、树间的乌啼、孤舟夜泊，都渲染了离别的环境气氛，而以"恨杀长江不向西"一句，生动地表现了诗人不忍离别的真挚感情。

还值得提出的是那首五言律诗《朱仙镇》，诚如钟惺所云："声调雄浑，是空同所长，不足为贵，所贵雄浑中有一种灵透之气耳。此诗绝不填塞事实，只淡淡写意而武穆精爽之气，隐隐往来其间，可谓真雄浑、真灵透矣、不减杜工部丞相祠堂"之作②。

"今真诗乃在民间"，他赞赏民间歌谣，在《郭公谣跋》中还特地"录其民谣一篇，使人知真诗果在民间。"他有二首《子夜四时歌》，就是仿效民歌之作：

---

① 钱谦益见《列朝诗集》丙集第十一。按：钱氏批评所据原作文字有所不同，"姓名应勒云台上"三句，原文是："枭雄不数云台士，杨、石齐名天下无。呜呼杨石今已无"，故钱氏评云："初云内于外石，至此忽举杨石，何其空兀，不相照应！"今据沈德潜《明诗别裁》本，中华书局版。

② 见钟惺、谭元春选评《明诗归》卷三。李梦阳《朱仙镇》诗："水店回冈抱，春湍滚白沙。战场犹傍柳，遗庙只栖鸦。万古关河泪，孤村日暮笳。向来戎马志，辛苦为中华。"

共欢桃下嬉，心同性不合。欢爱桃花色，妾愿桃生核。

柳条宛转结，蕉心日夜卷。不是无舒时，待郎手自展。

风格清新晓畅，比喻确切，情真意深，不失民歌风味。从他的创作实践中，可见其复古的真正目的在于革新。

二、何景明修正了复古论，若假一年当可取得丰硕成果

何景明(1484—1522)，字仲默，号大复，信阳(今属河南)人。他是个早熟的才子，八岁能诗、善古文。十五岁中举，弘治十五(1502)年第进士，年方十九，授中书舍人。正德初，刘瑾乱政，景明上书吏部尚书许进秉政不要屈服于刘瑾，言词激烈。不久，谢病归。瑾诛，李东阳荐他官复原职。出为陕西提学副使。嘉靖初，因病归，抵家六日而卒。他为人志操耿介，拒交权贵，尚节议，鄙荣利，史称与李梦阳并有国士风。两人志同道合，诗文倡言复古，起初相得甚欢，李梦阳下狱时，景明上书吏部尚书杨一清救他。成名之后，互相攻击。在《与李空同论诗书》中，批评李梦阳"刻意古范，铸形宿镆(模)，而独守尺寸。仆则欲富于材积，领会神情，临景构结，不仿形迹。"他们两人都是宗古的，但何重在风神意态的效法，李重在气象格调的临摹，因而作品风格也不同：何主才情，李重气骨；何主变化，李重拟议。何景明是很有才气的，他反对只向某一家学习，而主张汲取众长，他以音乐作譬，很形象地说明融汇众长之美：

众响赴会，条理乃贯；一音独奏，成章则难。故丝竹之音要眇，木革之音杀直。若独取杀直，而并弃要眇之声，何以穷极至妙，感情饰听也？

他也反对为拟古而拟古，他认为学习古人只是一种手段，要有所创新，走自己的路，而不能做古人的奴隶。他批评李梦阳：

今为诗不推类极变，开其未发，泯其拟议之迹，以成神圣之功，徒叙其已陈，修饰成文，稍离旧本，便自杌陧。如小儿倚物能行，独趋颠仆。

他认为学古与创新的关系，正如佛家以筏比喻修行："舍筏则达岸矣，达岸则舍筏矣。"不应该到达彼岸以后，还背着沉重的筏走路。他的见识和才气似在梦阳之上。史称"梦阳主摹仿，景明则主创造，各树坚垒不相下"，可惜他只活了39岁就去世了。他的诗，学古而有所变化，"秀逸稳称，视梦阳反为过之"。梦阳诗浑朴雄健而不免失于粗豪，不像何景明诗那样词采俊秀。薛蕙有诗论李、何两家："俊逸终怜何大复，粗豪不解李空同。"清汪端《明三十家诗选》也持褒何贬李之论，恐有偏颇，大概与评论者审美心理有关。《四库全书总目·别集类二四·大复集》云："正、嘉之间，景明与李梦阳俱倡为复古之学，天下翕然从之，文体一变。然二人天分各殊，取径稍异。故集中与梦阳论诗诸书，反复诘难，断断然两不相下。平心而论，摹拟蹊径，二人之所短略同。至梦阳雄迈之气与景明谐雅之音，亦各有所长。正不妨离之双美，不必更分左右袒也。"此论较公允。何景明在政治上反对宦官弄权，刚直不阿，关心国计民生，发而为诗，或抚时感事，或托物抒情，都表现了诗人的心境与情操。尽管他也写过象《怀李献吉》那样字摹句拟杜甫《梦李白》或《不见》(怀李白)的诗，但从其诗歌创作的基本倾向看，他学古主要是"领会神情"而"不妨形迹"。不过景明年少得志，不免有骄矜盛气，评论前

人，有失公道。诚如钱谦益《列朝诗集小传》丙集所云："余独怪仲默之论，曰：'诗溺于陶，谢力振之，古诗之法亡于谢；文靡于隋，韩力振之，古文之法亡于韩。'呜呼，诗至于陶谢，文至于韩，亦可以已矣。仲默不难以一言抹杀者，何也？渊明之诗，钟嵘以为古今隐逸之宗，梁昭明以为跌宕昭彰、抑扬爽朗，横素波而傍流，于青云而直上。评之曰：'溺'，于义何居？……昌黎佐佑六经，振起八代，'文亡于韩'，有何援据？吾不知仲默所谓'文'者何文；所谓"法"者何法也。昔贤论仲默之刺韩，以为大言无当，矫诬轻毁，箴彼膏肓，允为笃论矣。"景明的诗歌创作，成绩斐然，亦不可抹也。例如，《岁晏行》在揭露封建统治者剥削、压榨之残酷、同情人民徭役赋税之苦这一传统主题方面颇有新意，以"饥鹤翻飞不畏人，老鸦鸣噪日近屋"衬托农村之荒凉萧条。末四句用今昔对比的手法，突出饥荒之严重："嗟吁今昔岂异情，昔时新年歌满城；明朝亦是新年到，北舍东邻闻哭声"。除夕非但毫无欢乐气氛，处处唯闻哭泣之声，足见人民悲苦之情。何景明虽然说过"不读唐以后诗"这样偏激的话，贬宋人诗"似苍老而实疏卤"，其实，他的诗，如《鲥鱼》，就有苏轼《荔枝叹》的精神：

> 五月鲥鱼已至燕，荔枝卢桔未能先。赐鲜遍及中珰第，荐熟应开寝庙筵。白日风尘驰驿骑，炎天冰雪护江船。银鳞细骨堪怜汝，玉箸金盘敢望传？

对最高封建统治者奢侈生活的讽刺是相当尖刻的，从"赐鲜遍及中珰第"诗意，可知此诗大约作于正德初年刘瑾宦官集团得宠乱政之时。沈德潜《明诗别裁集》卷五评云："赐及中珰而寝庙未荐，则波及臣家，益无望矣。中含讽谕，不同寻常赋物。"甚为允当。他的题画诗《吴伟江山图歌》、《吴伟飞泉画图歌》等长篇，雄深宕逸，才气纵横，挥洒自如，其传神写态艺术表现力之强，可与苏轼《王维吴道子画》、《书王定国所藏烟江叠嶂图》等题画诗媲美。他的《竹枝词》也清新可读："十二峰头秋草荒，冷烟寒月过瞿塘。青枫江山孤舟客，不听猿声也断肠。"意境清幽，情致隽永。又如《捣衣》诗：

> 凉飙吹闺闼，夕露凄锦衾。言念无衣客，岁暮方寒侵。皓腕约长袖，雅步饰鸣金。寒机裂霜素，繁杵叩清碪。哀音缘云发，断响随风沉。顾影惜流月，仰盼愁横参。路长魂屡徂，夜久力不任。君子万里身，贱妾万里心。灯前挥妙匹，运思一何深。裁以金剪刀，缝以素丝针。原为合欢带，得傍君衣襟。

闺怨是诗歌创作一个永恒的主题，夫妻关系愈稳固、爱情愈认真严肃，闺中少女思念远方丈夫之情就越是扣人心弦。此诗描写少妇从凉风吹进闺房，念及远方无衣的那个心上人，于是急忙从织布机上把布撕下，连夜槌洗，赶制寒衣，思念之情，魂绕梦牵。"君子万里身，贱妾万里心"，"愿为合欢带，得傍君衣襟"，情感缠绵动人。思妇风神意态，恍然如在眼前。

还值得重视的是那首托夫妇之情表君臣之义的长诗《明月篇》，特别是为此诗所作的《序》。其中论及诗歌创作中一个传统的表现方法及其功能问题："夫诗本性情而发者也。其切而易见者，莫如夫妇之间，是以《三百篇》首乎《关雎》，六义始乎风。而汉魏作者，义关君臣朋友，辞必托诸夫妇，以宣郁而达情焉，其旨远矣。子美之诗，博涉世故，而出于夫妇者常少。致兼雅颂，而风人之义或缺。此其调或反在(唐初)四子下与？"何景明虽十九岁就中进士，授中书舍人，才华横溢，"声倾都下……独以不能干谒，守中书十年不调官"(曹世宁《何先生传》)。他在官场上是个并不得志的才子。明于此，则诗中所云："赵女通宵侍御床，班姬此夕悲团扇。……河边织女期七夕，天上嫦娥奈九秋。七夕风涛还可渡，九秋霜露迥生愁。九秋七夕须臾易，盛年一去真堪惜。”此班姬指汉成帝时选入宫的班倢伃，因赵飞燕向成帝进谗，退处东宫，如秋扇见捐。织女、嫦娥的境遇，都是一种比喻，“盛年一去真堪惜”，可谓画龙点睛之笔。

大复英年早逝，惜哉！

作者单位：武汉大学

李梦阳批判明正德帝作品之脱中世的性格
——通过乐府和歌行体诗

元钟礼

一、序　论

孔子看出《诗经》诗的“兴观群怨”效用①，“观”可以说是“纪事诗”可以所创出来的效用。不管在“美诗”，或者在“刺诗”，“群”可以说是可以促进群体内部成员之间的亲和感的效用，“怨”则种种被害者通过咏诗能得到的净化心理(catharsis)的快感。

我认为赞美诗(美诗)可以发挥“兴观群”的作用，讽刺的诗(刺诗)可以发挥“观群怨”的作用。为了疏通一个社会内各种对立的阶层之间的意思，不仅需要赞成和同意，也需要批判。可以容纳批判，才可以“实现政治秩序的平稳运行，保持国家和社会的统一”②。

我认为对诗歌言论的统制之存在之强度是分别封建的古代社会，专制的中世社会，以及近代社会的界线。在先秦时代，就是在古代社会，因为中央政府的掌握力不太大，政府对言论的强度不太强。所以《诗经》的国风能反映一般老百姓对社会各种问题的意见，形成社会舆论。我认为李梦阳所谓“天地自然之音”③就是注意到这一点的诗观。《诗经》的国风未必“止乎礼义”，所以能含有对失政的直接或者间接的批判。

秦以来的历代帝国专权集团都不喜欢诽谤皇帝和朝廷的诗歌④，选好颂德的“美诗”，或者表现审美游戏的山水诗，或者审美趣向的咏物诗，或者哀叹不已而无力的闺怨诗。《毛诗序》对刺诗“变风”所给的所谓“发乎情，止乎礼义”就是代表中世帝国政治文化要排除(或者抑制)诗歌之表现政治意思的口号。所以汉以来以出仕做官为谋生之方法的文人学子，或多或少，都难免受到中世帝国专权集团之统制言论的影响，结果他们的韵文寡有情感。儒家经

---

① 《论语·阳货》

② 陶水平、刘衍军《孔子“〈诗〉可以群”命题的本义还原》，《江西社会科学》2010年第9期。

③ 李梦阳《弘德集自序》引王叔武言曰：“夫诗者，天地自然之音也。今途号而巷讴，劳呻而康吟，一唱而群和者，其真也，斯之谓风也。孔子曰：‘礼失而求诸野。’今真诗乃在民间。而文人学子顾往往为韵言谓之诗。”贺复征《文章辨体汇选》卷300。

④ 《史记·高祖本纪》：“父老苦秦苛法久矣，诽谤者族，偶语者弃市。”王世贞《乐府变序》：“自念三百篇不废风，风人之语，其悼乱恶谗，不啻若自口出，乃犹以依隐善托称之。诗亡然后春秋作，至直借赏罚之柄而不闻有议。其后者，秦兴而始禁偶语，相聚议论，或窃窃私语。”(王世贞《弇州续稿》卷2)

典在科举占主要部分，唐代武则天采用科举制度取士以后，专权集团对士人的思想和诗影响文渐渐增加。在唐代其影响力还没有太严重，因为科举之历史还不太久。所以唐代的诗歌能保持思想内容的自然多样性，所以能有杜甫和白居易等的新乐府等等的作品。从宋代科举文化开始驯化意见集团。欧阳修对诗歌所说的“平淡”论，可以说是科举制度所产生出来的官方之诗歌文学驯化战略；就是说，士人要写出风格平淡的诗，先需要淡化自己的情感；淡化自己的情感的话，对社会葛藤的抑郁或者愤怒忿怒等的激情自然而然地消失。到永乐、成化年间，杨士奇、杨荣、杨溥等台阁重臣开始写表现“雅正平和”的思想感情的“台阁体”。在明代科举制度成绩最优秀的人授翰林院编修，写字非常好的人当翰林院庶吉士。简锦松认为明代台阁体是以翰林院为中心的内部凝聚力很大的馆阁词林之诗文[①]。我根据简教授的看法，认为明代的台阁体是中世专权集团之要统制言论的欲求发挥得最有威力的结果，可以说是中世御用文学的绝顶。

李东阳虽然要革新文学，主张“脱俗”[②]，除了台阁文学以外还重视山林文学，还有为了写出能鼓吹爱国精神的豪放风格的台阁诗，写出一百首的乐府诗，不过因为他是天顺八年进士，授翰林院编修，经历侍讲学士，东宫讲官，弘治八年以礼部尚书兼文渊阁大学士，直内阁，预机务，立朝50年，柄国18年的馆阁人士，他所主导的“茶陵派”诗文只不过是“新型台阁体”，依然在于中世专权集团之言论统制之伞下。陈献章(1428—1500)和庄□(1437—1499)等理学者们所写出来的“性气诗”，则更不必说了。

不过，汉以来的民间歌谣，则因为作者不是官方人物，也不是士人，而是老百姓。中世专制政体是由老百姓的牺牲而维持的。通过秦以来中世帝国长久的历史，他们所受的弊害莫大，所以他们歌唱的民歌不能不表现对朝廷官厅的措置抱有的不满和因此而产生的悲叹。民歌有时候也可以加以批判，可以算是继承了“变风”的讽刺遗风。我认为李梦阳在《弘德集》的序文，表述的他的进士同年翰林院庶吉士王崇文的“民歌真诗论”[③]和由此开始的梦阳的“通过拟古而复古”的主张之核心也在于要写出对现实的讽刺诗。他在《缶音序》批评“性

---

① 简锦松《从明人文集论明代台阁体之真相》，《韩中言语文化研究》第32辑。

② 李东阳《怀麓堂诗话》：“秀才作诗不脱俗，谓之‘头巾气’；和尚作诗不脱俗，谓之‘酸馅气’；咏闺阁过于华艳，谓之‘脂粉气’。能脱此三气，则不俗矣。至于朝廷典则之诗，谓之‘台阁气’；隐逸恬淡之诗，谓之‘山林气’，此二气者，必有其一，却不可少。”(台湾，木铎出版社《历代诗话续编》第1384页)“作山林诗易，作台阁诗难。山林诗或失之野，台阁诗或失之俗。野可犯，俗不可犯也。”(同前，第1387页)

③ “夫诗者，天地自然之音也。今途咢而巷呕，劳呻而康吟，一唱而群和者，其真也，斯之谓风也。孔子曰：‘礼失而求之野’，今真诗乃在民间，而文人学子顾往往为韵言，谓之诗夫。孟子谓：‘□诗亡，春秋作□者，雅而风者，亦遂弃而不采不列之乐官悲夫！’李子曰：‘嗟！异哉！有是乎？予尝聆民间音矣，其曲胡，其思淫，其声哀，其调靡靡，是金元之乐也。奚其声真？’王子曰：‘真者，音之发而情之源也。古者，国异风，即其俗成声。今之俗，既历胡，乃其曲乌得而能不胡也？故真者，音之发而情之塬也，非雅俗之辩也。且子之聆之也，亦其谱而声者也。不有卒然而谣，勃然而讹者乎？莫知所从来，而长短疾徐无不谐焉，斯谁使之也？’”(《空同先生集》卷50)

气诗”之为“秀才语”，而称赞包括商人在内的江海山泽之民的“知诗”[①]之原因，也可以说是老百姓的诗歌反映自然感情(包括对政治现实的愤怒之情)，结果能有讽刺色彩，比较没有中世帝国知识阶层之因袭的顺应的色彩。

我有假说，李梦阳重视民歌的文学史的意义，在于割除中世专权集团所笼罩的言论统制罗网，而回复写出讽刺诗的诗歌文化。对腐败官僚和宦官等皇帝左右的讽刺诗，说不上什幺割除中世专权的言论统制罗网。所以我想研究对象要限于批判皇帝的作品。还有乐府体和歌行体最近于民歌，所以研究对象还要限于李梦阳的乐府和歌行体。

二、批判正德皇帝的乐府诗以及其脱中世的性格

在前后七子的乐府歌行当中，只有李梦阳写过《内教场歌》、《军马黄》、《观灯行》等批判皇帝的诗篇。

明武宗朱厚照(1491—1521)是中国历史上很少见的一位任性(适性)取乐的皇帝。他的各种淫乐和雄武趣味很像资本主义社会里头富裕家庭之精神腐败的子弟。他的这种人格可以说是中世专制政权制度的产物，而不可说是程朱理学的产物。程朱理学虽然傍助过维持中国中世专制国家，但对皇帝和官员要求很高程度的禁欲清廉，绝对不许高度的奢侈和求乐。武宗的肆意取乐活动与其说是程朱理学所引起的，不如说是专权集团的拜金主义和放荡主义的产儿。因此，武宗的各种求乐活动常常闹起朝臣的争议。李梦阳用对武宗的逸脱行为争议的刚正廉洁的朝臣的眼光，站在代辩一般老百姓的立场，以写出来了几首乐府诗。

(一)《观灯行》——批判武宗的爱玩，警告亡国

宋家累叶全盛帝，宽大实皆称令主。百姓牛马遍阡陌，太仓米粟忧红腐。宣和以来遂多事，呜嘟烂费如沙土。海石江花涌国门，离宫别殿谁能数。群臣谀佞只自计，天下骚然始怨苦。正月十四十五间，有敕大驾观鳌山。万金为一灯，万灯为一山。用尽工匠力，不破君王颜。此时上御宣德门，乐动帘开见至尊。奔星忽经于御榻，明月初上堆金盆。倾城嘟嗓声动地，可怜今夜鳌山戏。窈幻巧百怪聚，金蛾翠管堪垂泪。借问幸臣谁？云是李师师。外有蔡京与蔡攸，夹楼锦幄罗公侯。丞相之幄当前头。奚儿腰带控紫骝。如花少女擎彩球。但闻楼上唤楼下，黄帕笼盘赐玉羞。月高鸣鞭至尊起，幄中环佩如流水。争道齐驱辇路窄，寺桥窈窕尘埃白。火树龙灯又一时，千光万焰天为赤。常言宴安成祸基，从来乐极还生悲。君看二帝蒙尘日，数月东京荒蒺藜。[②]

---

① 《缶音序》(《空同先生集》卷51)：“今人有作性气诗，辄自贤于‘穿花蛱蝶’、‘点水蜻蜓’等句，此何异痴人前说梦也？即以理言，则所谓‘深深’、‘款款’者何物邪？诗云‘鸢飞戾天，鱼跃于渊。’又何说也？孔子曰：礼失而求之野。予观江海山泽之民，顾往往知诗，不作秀才语。如《缶音》是已。《缶音》歙处士余存修作，处士商宋梁间，故其诗多为宋梁人作。予游大梁，不及见处士，见其子育。处士有文行，育嗜学文雅，亦善诗，传曰是父是子，此之谓邪。”

② 《空同集》卷22。

这首诗，四库全书本《空同集》编入于七言古诗。不过，这开作品，可以看做“歌行体”。因为其题目以“行”字来标识其为“歌行体”[①]。根据胡应麟的看法，七言古诗出自“歌”，“行体”是歌中之一体。因为是歌行体，这首诗的句法和章法有些出入，出现6个五言句，一连3个押韵句。

《明史》卷16正德九年(1514)春正月条有如下的一句：

庚辰乾清宫灾。

乾清宫是故宫内廷正殿，内廷后三宫之一，始建于明代永乐十八年(1420)。明朝十四个皇帝都以此为寝宫，在这里居住，在平时处理日常政务，批阅各种奏章。武宗爱玩元宵节观灯，在正德九年的元宵节，在乾清宫悬挂的花灯失火，引燃了贮藏在庭轩间依栏设之毡幕中的火药，烧尽乾清宫以内的建筑[②]。

李梦阳很可能是听到乾清宫火灾消息以写这首诗的。他首先叙述宋徽宗到末年喜欢享乐，建了好多离宫别殿，喜欢观灯，费很多钱举行带丞相以下很多人到鳌山看灯的行事，其后佞臣开始自计，天下人民开始怨苦的事情。然后给太喜欢玩乐而引起灾祸的武宗教训说：“宴安成祸基”，最后还说徽宗和他的长子钦宗在一起，被金人俘虏去，就等同于亡国了。最后四句的教训带有镇吓的感觉。就是说，这话就等于对武宗说，假如你不停止太过分的玩乐，不远去佞臣，不亲近良臣，你也说不定走亡国之路啊！

李梦阳的这种大声警告很像杜牧的《阿房宫赋》。杜牧在唐敬宗贪好声色，游宴无度，不视朝政，大兴土木，要在长安洛阳兴修大规模宫殿的时候，作《阿房宫赋》，写秦因修建阿房宫，挥霍无度，贪色奢侈，劳民伤财，终至亡国。然后表现希望唐敬宗不要只图自己奢侈享乐，重蹈秦始皇的覆辙。唐敬宗跟明武宗有很像的地方。他也和明武宗一样16岁登基，贪好声色，游宴无度。他们俩可以说是可以以“玩物丧志”四个字来概括其政治行绩的皇帝。所以他们在还在位的时候，听到这样的批判是理所当然的。不过，在专制制度下，因为儒学教育和科举制度，以及文字狱等等各种控制言论的装置，对皇帝批判是极难作的。譬如说，宋徽宗也是如李梦阳在《观灯行》描写一个“玩物丧志”的皇帝。他酷爱艺术，广收古物和书画，深溺于书画和书法，他的宰相蔡京用大钱法把经济弄成乱七八糟[③]。不过，苏辙在当年止

---

① 胡应麟《诗薮·内编》卷三《古体下·七言》：“七言古诗，概曰歌行。余漫考之。歌之名义，由来远矣。《南风》、《击坏》，兴于三代之前。《易水》、《越人》，作于七雄之世。而篇什之盛，无如骚之《九歌》，皆七言古所自始也。汉则《安世》、《房中》、《郊祀》、《鼓吹》，咸系歌名，并登乐府。或四言上规《风》《雅》，或杂调下仿《离骚》，名义虽同，体裁则异。孝武以还。乐府大演，《陇西》、《豫章》、《长安》、《京洛》、《东西门行》等，不可胜数，而行之名，于是着焉。较之歌曲，名虽小异，体实大同。至长短《燕鞠》诸篇，合而一之，不复分别。又总而目之，曰《相和》等歌，则知歌者曲调之总名，塬于上古，行者歌中之一体，创自汉人明矣。”

② 清人夏燮在《明通鉴》中几乎照抄《武宗实录》说：“武宗正德九年，正月庚辰，乾清宫灾。上每岁张灯，费浮数万。及是，宁王宸濠别为奇巧以献，令所遣人入宫悬挂，多着柱附壁以取新异。上复于庭轩间依栏设毡幕，贮火药其中，偶不戒，延烧宫殿。乾清以内皆烬焉，上往豹房临视，回顾火焰烛天，犹笑语左右曰：‘是一棚大烟火也。’”

③ 苏辙《栾城第三集》卷1，《丙戌十月二十三日大雪》。

于批判徽宗的"玩物"嗜好而已，不敢提到"亡国"两个字[①]。因为苏辙的哥哥由乌台诗案，受过折磨，所以可能他不能不小心。不过，徽宗则亲自经验亡国，杜牧写《阿房宫赋》50年后唐朝灭亡，李梦阳写《观灯行》130年后明朝灭亡。

从宋代馆阁文人到明代台阁文人当中，可能没有一个人敢直接批判皇帝。我认为李梦阳为了突破中世诗文圣域，不能不从唐代以前的作品学。这个场合，所谓"学"含有"排除御用文学"的意思。

（二）《内教场歌》——批判武宗调边军在宫中玩打仗游戏

一解：

雕弓豹韃骑白马，大明门前马不下。径入内伐鼓。大同邪？宣府邪？将军者许邪！

二解：

武臣不习威，奈彼四夷？西内树旗，皇介夜驰。鸣炮烈火，嗟嗟！辛苦。[②]

李梦阳在这首诗的前面写《序》说："内教场歌者，李子纪时事而作者也。帝自将练兵于内庭。"可知这首诗是"纪时事"的。所纪的时事，则武宗之宫中打仗游戏。根据《明史》，武宗的这种打仗游戏从正德七—八年(1512—1513)开始，正德十六年(1521)3月武宗崩御后，才终止了[③]。第一解所指之姓许的将军是指许泰。许泰本为以副总兵协守宣府，在正德五年(1510)十月，刘六、刘七在霸州发动起义时，参与平定刘六刘七起义。平定起义之后，武宗把大同、宣府、辽东兵留于宫中军营。武宗在宫中编成太监队伍和边军队伍两个部队，常常跟他们一起玩打仗的游戏。正德八年(1513)，武宗命许泰领敢勇营，江彬领神威营。武宗还把许泰封为安边伯，封义子，赐国姓(朱)。许泰此时威风八面，权倾一时。正德十六年10月，世宗即位后，廷臣纷纷弹劾江彬、许泰等武宗生前宠幸的边将交结朋党，扰乱朝政。

本人认为这首诗可能是这时候写的。因为在武宗已经过世，世宗还没有登极，并且被定为后任皇帝的世宗不是武宗的嗣子，杨廷和正在改革武宗所作各种弊害的时候的话，可以对武宗敢作这样的批评。写作的目的可能是要主张自己的意见，显出许泰是有罪的。李梦阳告发许泰身为宣府副总兵，应该负责宣府防卫，却放弃本务，在皇宫带皇宫的武士，率领敢勇营，在西苑树旗，晚上玩打仗游戏，鸣炮烈火，打扰都城，人们觉得恐怖，睡不着。

这首诗所批判的表面对象是许泰和当时参与宫中打仗游戏的全部人员，不过其真正的批判对象是武宗皇帝。因为这个问题，为了满足23—24岁的年轻皇帝的喜欢在宫中看打仗

① 苏辙《栾城第三集》卷1《八玺》："秦人一玺十五城，百二十城当八玺。元日临轩组绶新，君臣相顾无穷喜。九鼎峥嵘夏禹余，八玺错落古所无。古人鄙陋今人笑，父老不惯空惊瘛。"孔凡礼在《苏辙的一首政治诗——〈八玺〉》中，据陆游《家世旧闻》卷下说："宋代自开国以来，一直是六玺，哲宗时得到一枚秦玺，徽宗即位以后，又得到一枚不知为何代的玺。"

② 《空同先生集》卷5，《空同集》卷8。

③ 《明史》卷16"正德七年冬十月"条，有如下的记录："丁亥，留大同、宣府、辽东兵于军营，李东阳谏，不听。十二月丁卯，李东阳致仕。"同书"正德十六年三月"条，有如下的记录："丙寅，(武宗)崩于豹房，年三十有一。遗诏召兴献王长子嗣位。罢威武团营，遣还各边军，革京城内外皇店，放豹房番僧及教坊司乐人。"

的情景之需要，而发生的。因为武宗已经过世，世宗还没有登极，对武宗的批判可能是不必讳言的，才可能对皇帝敢作这样的批评。我认为李梦阳对皇帝这样的批评有两个文化背景：一个是根据程朱理学的道德规范，他对武宗的过误很有信心地抱有不对的看法，另外一个是有明代商业发达而水平的人际关系概念开始成长。

（三）《君马黄》——告发武宗和其臣下的害民行为

君马黄，臣四骊，飞轩驳骕交路逵，锦衣有曜都且驰。前径狭以斜，曲巷不容车。攘臂刺前兵，掉头麾后驱；“毁彼之庐行我舆”。大兵拆屋梁，中兵摇楣栌。小兵无所为，张势骂蛮奴：“尔慎勿言谍者来，幸非君马汝不夷。”①

这首诗是批评武宗之在带宦官和锦衣卫军队去游乐时，害民的行为。武宗坐黄金色马的车，陪他的臣下坐黑色马的车。他们要进去小巷子，如果巷子太小进不去的话，就拆毁民庐。可知武宗的任意追求玩乐达到专制弊害的绝顶。

《君马黄》是乐府古题，所以历来还有几个人写过这个题目。我们拿它们来，和这首诗比较吧。首先看南宋初的大臣朱胜非（1082—1144）的《君马黄》：

言君马黄，臣马苍。参马同逐臣马，良叹无罪见逐也。②

这首诗只是恨叹自己‘无罪而被君马和参马见逐’的困境，止于辨明自己的冤枉，没有批判郡王的不对。

现在再看宋代曹勋（1098—1174）的《君马黄》：

君马黄，臣马苍。君马短，臣马长。驰驱不敢先腾骧，左右先后惟其良。臣马劳悴君马康。君马康，无相忘。一劳一逸固所当，君马无逐臣马强。

曹勋之《君马黄》的主题，可以说是君臣之间的违和感。我想把它所歌咏的君马和神马的差别作表来对照：

种类	色	长短	位置	健康	劳动	役割
君马	黄	长	先头	健康	劳	逐
臣马	苍	短	左右先后	劳悴	逸	被逐

曹勋借君马和臣马之比较，表现君臣之间存在的利害关系和违和感，然后拜托皇帝不要逐来自己。所以曹勋也和朱胜非一样通过《君马黄》喫诉皇帝之同情，没有批判皇帝之不对。一言以蔽之“止于礼”。

最后，我们再看高启的《君马黄》：

君马黄，我马玄。君马金灂匝，我马锦连乾。两马喜遇皆嘶鸣，何异主人相见情？长安大道可并辔，莫夸得意争先行。摇鞭共踏落花去，燕姬酒炉在何处

① 李梦阳《空同先生集》卷6。台湾伟文图书出版社有限公司影印本，1976年。
② 朱胜非《绀珠集》卷8。

高启借“两马喜遇皆嘶鸣，何异主人相见情”来表现君臣相爱的感情，然后请诱不要争先，并辔去看花喝酒。所以这首诗根本不是讽刺的，也不是批判的。为了和君主作成好朋友的关系而作的。

由上面的考察，我发现只有李梦阳的《君马黄》批判皇帝的残虐无道和过度的玩乐。

三、结 论

秦以来的历代帝国专权集团都不喜欢诽谤皇帝和朝廷的诗歌，偏爱颂德的“美诗”，或者表现审美游戏的山水诗，或者审美趣向的咏物诗，或者哀叹不已而无力的闺怨诗。儒家经典在科举占主要部分，唐代武则天采用科举制度取士以后，专权集团对士人的思想和诗影响文渐渐增加。在唐代其影响力还没有太严重，因为科举之历史还不太久。所以唐代的诗歌能保持思想内容的自然多样性，所以能有杜甫和白居易等的新乐府等等的作品。从宋代科举文化开始驯化意见集团。欧阳修对诗歌所说的“平淡”论，可以说是科举制度所产生出来的官方之诗歌文学驯化战略；就是说，士人要写出风格平淡的诗，先需要淡化自己的情感；淡化自己的情感的话，对社会葛藤的抑郁或者愤怒忿怨等的激情自然而然地消失。到永乐、成化年间，杨士奇、杨荣、杨溥等台阁重臣开始写表现“雅正平和”的思想感情的“台阁体”。在明代科举制度成绩最优秀的人授翰林院编修，写字非常好的人当翰林院庶吉士。我认为明代的台阁体是中世专权集团之要统制言论的欲求发挥得最有威力的结果，可以说是中学的绝顶。

由考察《内教场歌》、《君马黄》和《观灯行》三篇诗，我发现只有李梦阳敢批判皇帝的不对。我认为李梦阳之对皇帝可以作这样的批评，有两个文化背景：第一是根据程朱性理学的道德规范。就是说，因为李梦阳认为武宗太过分“玩物”，害民误国，对他之不对，很有信心地抱有怨怒之情。第二是有明代商业发达，因此过去根据农业社会的上下垂直的人际关系概念开始淡化，而水平的平等概念开始成长。

他能够写出讽刺诗的原因在于弘治、正德年间，专权集团的各种腐败行为引起他的激愤。假如他没有遇到张鹤龄，明武宗，和刘瑾等的专权宦官们的腐败、逸乐、贪欲等非正规的行为的话，他的复古运动很可能打不破中世专权集团所笼罩的言论统制之罗网，而可能止于韩愈，白居易，李东阳等人的御用文学内部的革新地步。他对民歌的“拟古”可以说是要打破中世专权的言论统制罗网之一个方法。他的“复古”，在他的当年看来是“复古”，但是用我的看法，则自从中世臣下盲从皇帝的言论文化脱出的。

作者单位：韩国 Catholic 大学

丽江木公与杨慎的文字交往及其诗集的刻印收藏

孙秋克

丽江纳西族土司木氏在汉语言文学方面的成就，早已为外界所知，其中第八世木公的知名度最高。万历年间，时任云南布政司右参议的冯时可撰《明丽江知府木氏雪山、端峰、文岩、玉龙、松鹤、生白六公传》(以下简称《木氏六公传》)，在传中对木公的文学成就尤为推重。他说，木公有诗集数种，"其逸者如白云流清泉，皓雪映新月；其壮者如金鸡摩空，玉骥下坂。今中原士大夫四始相高，树旗伐鼓，互标旗帜，然不免蹈袭。象人土鼓，其亦何当"。其为诗发乎自然，"以情为母，以境为辅"，"慷慨淋漓，神来天至"。冯时可还肯定了木公在地方历史和文化上的贡献："丽未始有谱牒，公作家乘，丽好野祀，公作庙祀其先，亦忠孝之余也。"[①]明末佛学大师德清说："其先在国初以忠顺发家，武功最著。至雪山公，遂以文名，雅歌声诗，翩翩有凌云气，杨用修太史大为称赏。"《丽江木六公奉佛记》[②]、《列朝诗集小传》、《明诗综》、《御选明诗》等也都有木公的传略和作品。处于边远的滇西北地区，木公的文学成就之所以能够较早为外界所认识，既缘于杨慎的大力推介，也与其诗集在嘉靖的刻印和在明末的重刻，有很大的关系。

一、木公与杨慎的文字交往

木公(1495—1553)，字恕卿，号雪山，又号万松、六雪。钱谦益《列朝诗集小传》(丙集《丽江木知府》)载："木公，字公恕。"[③]误。方国瑜先生认为，钱氏之所以会出现这样的错误，缘于"见天启重刻《雪山诗选》而录其诗，《诗选》有杨慎《序》，称木公恕卿，致误为字公恕也"[④]。杨慎曾为《木氏宦谱》(以下简称《宦谱》)作序，他对木公姓、字的记载是正确的。或因钱氏之误流传，木公的姓、字为多书所误载。不仅《千顷堂书目》(卷二十八)、《御选明诗》(姓名爵里三)、《明诗综》(卷九十三)载木公名公恕，字恕卿，就连雍正《云南通志》、《滇诗丛录》，也载木公字公恕。木公的"六雪"之号甚少为人所知，此号见于《万松吟卷》之《雪山》诗下自注："予有六

---

① 《明丽江知府木氏雪山、端峰、文岩玉龙、松鹤、生白六公传》载于明末冯时可撰《武陵稿》，德清《憨山老人梦游集》卷十二提及，《武陵稿》未见，《木氏六公传》现存崇祯刻本单行本。

② 见《憨山老人梦游集》(清顺治十七年刻本)，作者释德清，晚号憨山老人，与云栖盐宏、紫柏真可、蜀益智旭等合称"明季四大师"。他说，自己从冯时可处看到其《武陵稿》中的《木氏六公传》，因而得知丽江木氏六公之名。

③ 钱谦益《列朝诗集小传》丙集下，古典文学出版社 1957 年版，第 356 页。

④ 方国瑜《木氏宦谱(甲)概说》，木光《木府风云录》，云南民族出版社 2000 年版，第 152 页。

雪之号，故题之。”[①]以下题诗依次为《雪湖》、《雪林》、《雪崖》、《雪松》、《雪楼》[②]，合为“六雪”。

木公的文字交游甚广。永昌张志淳、张含父子为其多种作品作过序、跋，张含还撰有《雪山大夫传》。木公与张含的交谊尤为深厚，其诗通过张含而得到杨慎的赏识，杨慎多次为其作品作序，又在其《雪山始音》等六部诗集的基础上，为之编选《雪山诗选》并加以点评，杨慎还多次邀请木公与之唱和。但木公与杨慎的交往仅为文字之交，即杨慎在序中所谓“神交于千里”，没有他们二人会面的记载。

木公与杨慎的文字交往，以张含为媒介。张含（1480—1567），字愈光，号禺山，又号半谷，永昌张志淳的长子。正德二年（1507）中举，数应春试皆名落孙山，此后隐居乡里，不求闻达。著有《张愈光诗文选》[③]，为“杨门六学士”之一。张含之父张志淳（1457—1538）字进之，自号南园野人，成化二十年（1484）进士，历任吏部文选司郎中、太常寺卿、南京户部右侍郎。其著作《永昌二芳记》、《南园漫录》为《四库全书总目》著录[④]。张志淳与杨廷和交好，张含在随其父宦游时，以弱冠之年与年仅十二岁的杨慎订交，从此成为终身契合的朋友[⑤]。杨慎谪戍云南后二人的交往、唱和更为密切，木公的诗通过张含而得到杨慎的赏识。永历时期朱桂林的《木氏宦谱重叙》说：“公晚居雪山之麓，淹质贯典籍，与永昌禺山张、蒙化黄山左，时并称‘三山’，而太史杨用修辈，尤其文字莫逆者也。”[⑥]所谓“三山”，即永昌张含号禺山，丽江木公号雪山，蒙化（今巍山）土司左文臣字黄山。

正德十一年（1516），木公二十三岁，他隐居于丽江玉龙雪山之南的五亩园中，完成了《木氏宦谱》（甲）。正德十一年十二月，张志淳为之作序；嘉靖二十四年（1545）十月，杨慎为之作后序。前引《木氏六公传》，冯时可说丽江谱牒，始于木公，谢肇淛亦说“丽江于诸土酋中传世最远，自唐贞观以来，谱系历历可考”（《滇略》卷九），均指《木氏宦谱》，可见其历史价值。下述问题与杨慎的后序有关，或非赘言。丽江木氏历代传承的宗谱现存文字谱（甲）和图像谱（乙）两种，题为《玉龙山灵脚阳伯那木氏贤子孙大族宦谱》者即《木氏宦谱》甲种本，题为《木氏宦谱图像世系考》者即《木氏宦谱》乙种本。杨慎在其序中赞扬道：“观其世，自唐初至元，皆胙土命氏，千余年未尝中微。圣朝赐姓，同古封建，其宗法相传，不置妾媵，嫡子世继者，二十七叶，尤自古世家所无也。况其沉烽卧鼓，使中国不复知有西夷之患，其盛宜哉！”[⑦]甲乙两种谱本有所不同，要之有三：其一，前者有正德十一年（1516）张志淳序，后者有嘉靖二十四年（1545）杨慎《序》、道光二十一年（1841）丽江知府陈钊堂《后序》，扉页有道光二十年（1840）陈钊堂题“木氏归命，永世之图”八字[⑧]。其二，甲本有文字而无画像，详于传记，乙本则有画像而略于文字，文字和画像各占一页，皆注曰：“右录大概备载，其余细事，另有宗谱。”其三，甲

① 木公《万松吟卷》，明嘉靖刻本，第 4 页。

② 木公《万松吟卷》，明嘉靖刻本，第 4—5 页。

③ 民国《云南丛书》本收编，《四库全书总目》卷 176 著录其《禺山文集》1 卷，《诗集》4 卷。

④ 分别见《四库全书总目》卷 116、122。

⑤ 杨慎的《南园张公过家君小饮，灯下较象戏，余侍命咏纪之》诗下自注：“时年十二。”张含生于成化庚子年（1480），杨慎生于弘治元年（1488）。

⑥ 木公《木氏宦谱》（甲），云南美术出版社 2001 年版，第 82 页。

⑦ 木公《木氏宦谱》（甲），云南美术出版社 2001 年版，第 93 页。

⑧ 木公《木氏宦谱》（甲），云南美术出版社 2001 年版，第 95 页。

本载木氏源起散见于《东巴经》，多为神话，乙本则起于"原西域蒙古人"的"爷爷"①；甲乙二本自阿良至木钟世系相同，但甲本止于木钟，乙本止于木德。乙本撰人为谁？撰于何时？有不同看法：一主道光间木汉所撰。方国瑜先生《〈木氏宦谱图像世系考〉概说》道："疑修此谱在德之后。其子秀以乾隆四十一年袭职，至嘉庆二十一年卒。秀子睿袭职，道光十四年卒。睿子汉袭职，咸丰八年卒，要在是时也。"②他虽然存疑，但大致认为乙本为木汉所作，木光先生亦认定乙本系道光年间木汉制作③。另说主嘉靖间修、明末续修。木宽先生认为，乙本是木公（第八世）、木高（第九世）父子于嘉靖年间在木公所编《宦谱》文字谱的基础上编写的，后由木增（第十三世）、木懿（第十四世）父子在明末续修④。实际上乙谱终于木德，且文字风格与甲本大致相同，木德之后则只有画像而无文字，此谱无疑当修于木德之后，内容则大略取自甲谱。按陈钊堂序和所题八字，乙谱修撰时间当在道光年间。那么杨慎的《序》何以会出现在乙谱？这只能解释为是甲谱《序》二错简置于乙谱。即甲谱原本前有张志淳序，后有杨慎序，后来刻印或装订时弄错了。杨慎嘉靖二十四年十月六日所作《序》说得很明白："雪山植学摛藻，蜚英士林，于是修其姓氏谱碟，永昌少司徒南园张君序之，邮以示慎，属继序其后。"张、杨二序前后相隔三十年，或《宦谱》此际才得付梓，或为重刻。

嘉靖二十二年（1543）秋，《万松吟卷》编成，十月六日，杨慎为之作《序》。杨慎《序》曰："雪山世守丽江，以文藻自振，声驰士林。其所为诗，缘情绮靡，怡怅切情，多摹拟垂拱之杰，先天之英云。"⑤此集清代朱彝尊《明诗综》卷九十三、黄虞稷《千顷堂书目》卷二十八有目。是集中有《和月坞扇寄升庵韵》十首，"月坞"为张含别号。

嘉靖二十五年（1546），《仙楼琼华》编成，是集署"丽江木公著，太史杨升庵批点"。五月二十二日，杨慎为之作《序》。《序》曰："世守雪山使君丙午岁诗什，题以《迎仙楼稿》，本其地名也。月坞张翁易题为《琼华篇》，赏其音英也。乃因中皋梁子问于博南山人曰：'二名其奚从？'予乃合而题之为《仙楼琼华》，复为序引之。"⑥"中皋梁子"为木公的信使。是集中有《饮中使滇者回得升老草诗四幅以韵和之》⑦、《升老简来命作高峣十二景诗续书于后》⑧、《升翁远寄太白古木竹石画刻雪景一幅并诗一律依韵献酬》⑨、《拜和升庵寄来贱辰诗及楷寿大字》⑩等诗。《仙楼琼华》为木公的最后一部诗集，《木氏六公传》云，其"晚节削稿不为诗，曰：'吾承天子命，继守斯土，殚心锐意，夙夜匪懈。期分一人猷念犹恐未及，敢复摛藻雕龙务哉！'"

---

① 木公《木氏宦谱》（甲），云南美术出版社2001年版，第99页。

② 木光《木府风云录》，云南民族出版社2000年版，第22页。

③ 《〈木氏宦谱〉考证》，木仕华主编《丽江木氏土司与滇川藏交角区域历史文化研讨会论文集》，中国藏学出版社2001年版，第210页。

④ 《〈木氏宦谱〉出自谁手》，木仕华主编《丽江木氏土司与滇川藏交角区域历史文化研讨会论文集》，中国藏学出版社2001年版，第164页。

⑤ 木公《万松吟卷序》，明嘉靖刻本，第1页。

⑥ 木公《仙楼琼华序》，嘉靖刻本，第1页。

⑦ 木公《仙楼琼华》，嘉靖刻本，第1—2页。

⑧ 木公《仙楼琼华》，嘉靖刻本，第13页，有目无诗。

⑨ 木公《仙楼琼华》，嘉靖刻本，第3—4页。

⑩ 木公《仙楼琼华序》，嘉靖刻本，第17—18页。

嘉靖二十八年(1549)六月廿四日,杨慎在昆明碧峤精舍选《雪山诗选》成,是集汇集了升庵和张志淳、张含、李元阳的批点,《云南丛书》收编。卷前有赵藩印及其推荐重刊入《云南丛书》的批语:“此含六种,选定为三卷,可以重刊。”杨慎《序》先引诸家对木公的评论,如张志淳序其《雪山始音》,“称其诗有似杜者,射的行归,已不迷其始发”,张含“称其朗润清越,间发奇句”,侍御李元阳“复称其得诗人句法,乐府音节”,秋官贾体仁“序其《玉湖游》诸什,谓得山水之情于形状之外”,又说自己之所以为此,缘于“感雪山之神交于千里,跫音于空谷,乃因南园诸公之批评,选十一于千百。于《雪山始音》得廿四首,《隐园春兴》选十四首,《庚子稿》得廿二首,《万松吟卷》得二十首,《玉湖游录》得十一首,《仙楼琼华》得廿三首,总之梓一百十有四首。是足以传矣,岂在多乎?”[①]这个选本,使木公的诗得到更为广泛的传播。

二、木公诗集的刻印收藏

现存木氏家藏明刻本十一种,木公的诗集就占了七种。他在传统文学上的造诣和成就,不仅得益于木氏在传承自身民族文化传统的基础上,历来重视对汉文化的学习,也得益于木氏历来热衷于与内地文化的交流,重视对汉文典籍的收藏。另一方面,木氏也重视自家著作的刻印和出版,木公的著作和其他木氏家集之所以能够保存至今,江南出版家功不可没。据乾隆《丽江府志》记载,木府中的万卷楼所藏,“凡宋明各善本数万计,群书锓版,大要俱备”。陈瑚《为毛潜在隐居乞言小传》载:“至滇南官长,万里遣币以购毛氏书,一时载籍之盛,近古未有也。”[②]毛潜在即汲古阁主毛晋,滇南官长即丽江第十三代土知府木增(1587—1646)。木氏不但远涉江南,广为搜求典籍以丰富万卷楼藏书,而且还敦请著名出版家为其刻书。毛晋的汲古阁,就曾应木增之请镌刻《华严忏仪》,钱谦益为之作序。据毛晋为木增《释庄义》所作序言,他代刻的还有木公的《雪山诗选》、木增的《云莛淡墨》和《释庄义》,木增的《芝山云薖集》可能也为汲古阁所刻。方国瑜先生说:“闻故老言:木氏自木公至木增所作诗文集十余种,及其他撰述,先后至苏州汲古阁毛晋家精刻,板片运归,藏于万卷楼。咸、同兵燹,楼毁,图籍与板片荡然无存。故木氏刻书,流传至今者甚少也。”(《木氏六公传概说》)[③]

实际上,木公的诗集刻印于内地,或比上述时间更早。李一氓先生说,他于1959年收得木公《玉湖游录》、《雪山始音》两卷,后者有张志淳、顾锡畴、萧士玮三序。张序署嘉靖二年(1523)作,萧序、顾序未著岁月。萧序中谓“今方伯生白公能传其家学”(生白公即第十三世土司木增)。顾序称:“岁癸未(崇祯十六年,1643),生白公以其所为诗,并致雪山公之遗文,而乞言于余。”两书均木增所重锓版,故虽有嘉靖序文而实为崇祯刻本,有认为是天启刻本的,非。他又说:“明代刻书,以徽州刻、建阳刻为大宗,其次则南京、苏州、眉州刻在宋代有名,在明代已不振。今《雪山始音》与《玉湖游录》皆滇刻本,极为罕见矣。”[④]黄裳先生持另说。

---

① 木公《雪山诗选》,民国《云南丛书》本,中华书局2009年版,第47册,第24983页。

② 陈瑚《确庵文稿》卷16,《四库禁毁丛刊》第184册,北京出版社1997年版,第394页。

③ 木光《木府风云录》,云南民族出版社2000年版,第37页。

④ 木仕华主编《丽江木氏土司与滇川藏交角区域历史文化研讨会论文集》,中国藏学出版社2001年版,第222—223页。

据他考证，木公现存的诗集就绝大部分刻本来看，可以毫无疑问地断言，出于最纯熟的苏州地区的写样、雕版工人之手，因为木氏家集所显示的，正是与嘉靖中吴开版完全一致的典型风格。再者，木氏家集的印刷用纸，是一种特制的黄皮纸，这种纸只有正德、嘉靖前后苏州地区的出版物偶有使用，它与典型的云南皮纸是完全不同的①。他认为木公诸集除《万松吟卷》为万历本外，其他皆为嘉靖吴中刻本。同时黄裳先生也不否认滇刻本的成就："明代中吴地区的雕版水平固然已经达到甚高的境地，但它代表的江南水软山温的那种风调，并不足以压倒、取代滇中刻本雄健恣肆的风格。"但他认为《张愈光诗文选》"才是典型的滇刻滇印本，与木氏家集诸种完全不同"②。按此说法，木公的诗集在江南刻印，远在嘉靖时期就开始了。

无论如何，木公诗集及其他几种木氏家藏的刻印和收藏，都可视为明代云南与内地文化交流的实证，表现了滇刻所达到的水准。虽然丽江木氏长期积累的汉文典籍，在清代曾历经三次浩劫③，但木公的诗集保存仍比较完整。据云南省图书馆现存版本(经重新装裱)，按馆藏标识共计有：

1.《雪山始音》(二卷)，有嘉靖二年(1523)张志淳序并批点，嘉靖刻本；另有崇祯刻本，有张志淳、顾锡畴、萧士玮三序。2.《隐园春兴》(不分卷)，有嘉靖元年(1522)木公自序，嘉靖六年(1527)自跋，又有张含序，嘉靖刻本。3.《雪山庚子稿》(不分卷)，有嘉靖二十二年(1543)李元阳序和张含《跋》，嘉靖刻本。4.《万松吟卷》(一卷)，有嘉靖二十二年(1543)杨慎序，后有木公同年自跋，有嘉靖刻本和明末重刻本。5.《玉湖游录》(不分卷)，有嘉靖二十三年(1544)木公跋、嘉靖二十四年(1545)贾文元、张含序，李元阳批点，嘉靖刻本。6.《仙楼琼华》(不分卷)，有嘉靖二十五年(1546)杨慎序，嘉靖刻本。7.《雪山诗选》(三卷)，为木公以上六种诗集之选本，有嘉靖二十八年(1549)杨慎序，杨慎、张志淳、张含、李元阳批点，天启刻本，《云南丛书》所收《雪山诗选》据此本，卷前有赵藩印及其推荐重刊语。

总集载录木公诗者有：《明诗综》(卷九十三)5首，《御选明诗》(卷九十八、一百八)5首。以下几种为民国《云南丛书》本：《滇南诗略》(卷五)46首，《滇诗丛录》(卷二)30首，《丽郡诗文征·诗征》(卷一)57首。《丽郡诗征》小传后有杨慎、张含、李元阳等诸家集评，出自各家为木公诗集所作序、跋、点评，可观木公诗歌艺术之大要。

云南汉文学崛起于明代，在少数民族中亦出现了一批有一定影响的诗人。木公与杨慎的文字交往及其诗集的刻印保存，使我们一方面看到内地经济、文化和文人的影响，怎样推动了一个地区文学的发展，另一方面，也使我们感受到不同地区文化的交流与融合，曾经怎样温馨地发生在遥远的滇西北大地上。

作者单位：昆明学院

① 《明崇祯本〈雪山始音〉、〈玉湖游录〉、〈芝山云薖集〉、〈啸月函诗选〉》，木仕华主编《丽江木氏土司与滇川藏交角区域历史文化研讨会论文集》，中国藏学出版社2001年版，第225—226页。

② 《西南访书记》，木仕华主编《丽江木氏土司与滇川藏交角区域历史文化研讨会论文集》，中国藏学出版社2001年版，第227页。

③ 木光《木府风云录》，云南民族出版社2000年版，第208页。

杨慎曾玙交游考

杨　钊

杨慎(1488 —1559)，字用修，号升庵，四川新都人，因偕同列大臣与当今世宗皇帝争议“大礼”，被贬永昌，永不叙用，老死戍所。一生著述颇丰，《明史》本传载：“明世记诵之博，著作之富，推慎为第一。”①杨慎崇尚实学，既反对程朱理学的锢蔽、守陋，亦反对以王守仁为代表的心学的虚浮；论诗反对前后七子“文必秦汉，诗必盛唐”的模拟，主张“六朝诗学”；文学创作上涉猎多种文体，自成格调。

曾屿(1480—1558)，字东玉，又字岷野，自号少岷，四川泸州合江县人。正德二年举人，次年成进士，授户部江西司主事。正德十一年任建昌知府。正德十五年去官，移居江阳，博通群籍，善书法，工古文词。著有《圣学会通》、《河图洛书解》、《春王正月考》、《历代史评》、《论心学》、《论乐律》、《论数学》、《论气化》等，多不传，所著存世有《少岷先生拾存稿》(四卷，现存三卷，明曾士彦刻本，今藏美国哈佛大学哈佛燕京图书馆)。

杨慎晚年寓居江阳(泸州)，长达 6 年，不再长期颠簸奔波于滇蜀之间，生活相对较为平稳，与蜀中文人张佳胤、熊南沙、曾玙、章懋等人相交相游，行吟山水之间，悠游风雅，是其一生创作的重要阶段。其中，与曾玙“文章气节”并重，诗文往复，潜行圣学，品评诗文，相处甚欢，情谊深厚。

一、“结尔汝欢，诗文往复”

关于杨慎晚年为何客寓江阳，丰家骅认为基于两个因素的考虑：一是杨慎回蜀寓居，是云南当局私容，江阳地当云南与四川交界处，杨慎居于此以示徘徊于滇蜀之间，于理有利；二是能够得到其姨夫时为卫昭勇将军、松潘右参将韩参雪在人事上的照顾②。杨慎同时代巴蜀文人认为主要是便于与江阳蜀中名士交游，如张佳胤曰：“杨用修白首戍滇，欲归蜀为首丘计，乃不归新都而卜宅江阳，以就公相与赓酬甚盛。”(《江西建昌知府少岷曾公屿墓志铭》)③章懋曰：“先生同年太史杨升庵氏至，自滇云旅食江皋，二公忘味兰言，比音玉步。”(《选少岷

---

① 张廷玉等撰《明史》，第 5083 页，中华书局 1974 年版。

② 丰家骅《杨慎评传》，第 141—142 页，南京大学出版社 1998 年版。

③ 张佳胤《居来山房集》，《四库全书存目丛书补编》(第 51 册)第 517 页，齐鲁书社 2001 年版。

先生拾存稿序》)[①]

简绍芳《赠光禄卿前林修撰升庵杨慎年谱》曰:“公侨寓江阳者十数年,交游日众,与曾岷野、章后斋诸公友善。”[②]杨慎居泸时,与蜀中诸君子曾屿等人相善,结为诗社,点染烟云,品题丘壑,联句吟诗,唱和赠答,相处愉悦,是为“江阳诗会”。张佳胤《大观台远眺同曾少岷太守、杨升庵太史、朱茑山少参、熊南墩董豸屏二进士》曰:“长夏登高暑气清,野云斜日眺孤城。窗中下见千山尽,杯底平铺二水明。天地烽烟堪倚剑,楼台歌吹杂流莺。凌风授简聊同赋,笛里梅花何处声。”此次诗会,诸君夏日傍晚登高远眺,不但炎炎暑气顿消,俯视江阳山水美景尽收眼底:二水平铺,波光明亮,众山莽莽苍苍,再加上楼台歌吹,吟诗作赋,何等惬意。杨慎《次姚凤冈(名梧)玉蟾寺(韵)约曾少岷(名玙)章后斋(名懋)同游》曰:“玉蟾寺在翠微间,薝葡林中万竹班。人境由来非物外,吾乡原不是他山。何须老衲双飞锡,愿共诗人一扣关。飒飒金风乘兴去,团团宝月伴君还。”[③]全诗表达友朋结伴行吟山水间的快乐,游走佛寺间,而心怀人世情,无需执锡杖而行于虚空,当求诗人扣关问讯,伴清风明月而还。

董復亨《少岷先生拾存篇序》曰:“先生少与杨用修齐名,晚岁结尔汝欢,诗文往复。”[④]杨慎与曾玙隐居江阳之乐,在他们的诗文中多有记载。

或写悠游于山水之间的自由、轻松、快乐。杨慎《夜宿玉池》曰:“投辖多情信宿留,长河未曙夜悠悠。池停蛙鼓雨初霁,窗静蚊雷风乍秋。寻壑经丘殊窈窕,谈玄举白更风流。名园已到终嫌晚,还拟山阴雪夜舟。”玉池者,少岷先生之园囿也,升庵行吟山水,终归名园,二人谈玄举白,开怀畅饮,风流潇洒,有王子猷雪夜访戴之兴。曾玙《与升庵杨太史陪庵刘中丞联句》则记载曾玙、杨慎、刘培庵三人饮酒联诗的风雅之会:“江城寒夜动欢声(升),一老东来二老迎。红袖舞余花半笑(岷),翠楼歌罢月三更。壶倾蜀酿兼梨叶(培),盘有滇酥杂蔓青。明月儿童传胜事(升),白头朋寿拟耆英(岷)(右饮升庵)。”“宗圣门高笑语亲(培),主宾相对饮清醇。当年邺下刘公斡(升),老去江南贺季真。锦瑟每闻歌曲啭(岷),铜台几见烛花新。岁寒三老情无限(培),不寐今宵坐待晨(升)(右饮岷野)。”[⑤]饮酒作诗,醉卧高眠,不凡踵武邺下刘祯“清高以会采”(刘勰《文心雕龙·才略》),效仿四明狂客贺季真的风流。

简绍芳《赠光禄卿前林修撰升庵杨慎年谱》曰:“(嘉靖二十三年,1544)甲辰,至泸州,与少岷曾公屿游九十九峰山。四月还戍所。”明朝泸州有“江阳八景”,其中之一即是杨慎所描述的“霁雪方山胜剡溪”(《苔矶费生画屏歌》)。九十九峰山,在泸州市西南,《永乐大典》引《元一统志》云:“九十九峰山,亦名方山,泸州之西南山也,青翠耸拔,高方而平,因名方山。川有八面,前二面之巅有二尖峰,周围诸峰共九十九顶。”方山奇峰挺秀,下瞰长、沱两江,森

① 曾屿《少岷先生拾存稿》,《美国哈佛大学哈佛燕京图书馆藏中文善本汇刊》(集部第34册)第207页,广西师范大学出版社、商务印书馆2003年版。

② 王文才《杨慎学谱》,第123页,上海古籍出版社1988年版。

③ 杨慎《升庵文集》,王文才、万光治《杨升庵丛书》(第3册)第441—442页,天地出版社2003年版。

④ 黄宗羲《明文海》,第2583页,中华书局1987年版。

⑤ 曾玙《少岷先生拾存稿》,《美国哈佛大学哈佛燕京图书馆藏中文善本汇刊》(集部第34册)第246页,广西师范大学出版社、商务印书馆2003年版。后首诗亦见于《升庵遗集》,题名《少岷席上同刘中丞培庵》,王文才、万光治《杨升庵丛书》第3册,第934页。

林茂密，云气出没岩壑，晴岚浮游林表，历来号称"蜀南第一胜景"①。升庵来游，正是早春瑞雪初霁，《咏江阳八景送客还滇南·方山霁雪》曰："方山九十九奇峰，岁列同云第几重？滴沥寒声鸣翠竹，晴岚朝旭影青松。琼峦暇日扪萝上，金灶多年肚藓封。乘兴不须回剡掉，藜灯秫酒尽从容。"②

或写展玩、品评诗画之乐。杨慎《东坡先生守湖州，游道场山，命官奴秉烛，写风雨竹一枝于壁，题诗其上。至正间，吴仲珪有临本，少岷丈藏之，命慎作长歌》曰：

东坡老守湖上暇，南国清游继颜谢。舟楫行供苕霅吟，烟云坐入潇湘画。越人翠被雨波寒，官奴锦丽歌声残。挥毫写出风中态，掀舞犹疑掌上看。琅轩落纸珠生唾，画绝名缣诗寡和。未论品价重三都，先有风流倾四座。仙翁一去几春秋，江光清澈鱼龙收。环佩夜冷黄州梦，箫韶天远苍梧愁。梅径何人深暮蔺，欲从手轴传心印。文藻葳蕤赝逼真，笔端飞动唐临晋。玉雪曾郎瘦竹姿，青门别我沧州期。沧州吏隐丹霞想，想见珊瑚拂水枝。

此诗是杨慎题曾玙所藏吴仲珪临本，此诗后记曰："少岷将之建昌，出此要余赋。数日尘劳，未能即应，偶雨霁，开小轩，对茂树，秉兴书之。犹笑长髯促迫，异昔人秉烛之景象耳。鄂州展玩，当为一粲也。"后记中杨慎强调自己是在面对雨过天晴后的清新风景时神思飞动，乘兴而作，诗中想象蜀中先贤苏轼"挥毫写出风中态"、"先有风流倾四座"的飘逸姿态，更感叹的是今人当有古代隐逸之人的风范，不必奔走于世俗之间，汲汲以求功名，生命苦短，长髯促迫，何不于山水之间得道③。

或写饮茶品道之乐。四川自古产茶，古代典籍如司马相如《凡将篇》，杨雄《方言》、王褒《僮约》、常璩《华阳国志·巴志》等皆有记载，杨慎《和章水部沙坪茶歌有跋》曰：玉垒之关宝唐山，丹危翠险不可攀。上有沙坪寸金地，瑞草之魁生其间。芳芽春茁金鸦觜，紫笋时抽锦豹斑。相如凡将名最的，谱之重见毛文锡。洛下卢仝未得尝，吴中陆羽何曾觅。逸味盛夸张景阳，白兔楼前锦里旁。贮之玉盌蔷薇水，拟以帝台甘露浆。聚龙云，分麝月，苏兰薪桂清芬发。诗后跋语曰：往年在馆阁，陆子渊谓予曰：沙坪茶信绝品矣，何以无称于古。余曰：毛文锡《茶谱》云：玉垒关宝唐山有茶树，悬崖而生，笋长三寸五寸，始得一叶两叶。晋张景阳《都白兔楼》诗云，"芳茶冠六清，逸味播九区。"此非沙坪茶之始乎。诗中描写了沙坪茶的悠久历史及其特点，表现出杨慎对沙坪茶的厚爱。杨慎《鹧鸪天·以茉莉沙坪茶送少岷》曰："灌口沙坪摘小春，素馨茉莉荐香尘。要知储月金波味，只有餐霞玉洞人。　云叶嫩，乳花新，冰瓯雪盌却杯巡，清风两腋诗千首，舌有悬河笔有神。"④杨慎《以沙坪茶送曾少岷，并忆白乐天睡夜茶兴寄杨慕巢诗，遂成四韵》曰："水品已见陆鸿渐，茶兴又闻杨慕巢。休吟坡老花三朵，浑忘刘伶酒二豪。解使不平散毛孔，何须痛饮读《离骚》？君家阿段知泉脉，试看冰瓷起

① 赵永康《杨升庵的泸州山水诗》，《西南师范大学学报》1985 年第 4 期。

② 杨慎《升庵遗集》，王文才、万光治《杨升庵丛书》（第 3 册）第 858 页。

③ 关于此诗的相关情况，王文才《杨升庵丛书·升庵文集》"王文采校语"（第 768 页）、赵永康《杨慎题苏轼〈潇湘竹石图卷〉考》（《成都大学学报》1992 年第 3 期皆有考证，可参）。

④ 王文才辑《杨慎词曲集》，第 101 页，四川人民出版社 1984 年版。

雪涛。”杨慎以茶赠送友人，赠送的不仅仅是茶中绝品，更是一种情谊，一种人生态度，一种品行，茶中体道，茶中悟道。沙平茶所赠送者，只能是如曾玙这种不慕尘间利与名、自号餐霞玉洞人者；后一首诗更多的是化用典故，期盼一种悠闲自在的生活：可仿阮籍、陶潜、刘伶的风流：“生忘形，死忘名，谁论二豪初不数刘伶？”（贺铸《将进酒（城下路）》）亦可效王孝伯的任诞：“名士不必须奇才，但使常得无事，痛饮酒，熟读《离骚》。”（《世说新语·任诞篇》）更需卢仝反关柴门、家无俗客而饮茶忘忧的超然物外：“四碗发轻汗，平生不平事，尽向毛孔散。”（《走笔谢孟谏议寄新茶》）

曾玙与杨慎为正德二年“同年”，年长杨慎，二人私交感情深厚。杨慎《岷山高寿曾少岷》是为曾玙八十高寿而作，诗中既自豪于蜀中奇山异水“生奇孕秀”，俊才云蒸，先后相继，成就蜀中文学的彬彬之盛；又赞美曾玙其人品、文采、学问踵武前贤：“有美岷翁江阳产，呈祥不瑞江之瑌。《三礼》名家耀寰宇，五言长城焕云烟。《七略》自珍绍刘向，一麾出守同延年。”而曾玙隐居江阳，天性使然，更是天性自由，灯下蝇头细字，船首临水赋诗，非为“地行仙”而为何！又杨慎《寿岷野曾年丈并序》曰：“韶光暄景艳阳天，曲水兰亭继晋贤。擢第早年同座主，满堂今日看神仙。金茎泛斝琼酥腻，玉版登筵锦箨鲜。愿以春台为寿域，年年长醉太平年。”如果说诗歌中描写的是在春暖艳阳天，仿效王羲之曲水流觞为曾玙祝寿，那么序言中言及二人情谊，则不乏情深意长：

> 三月三日，漫赋长安水边之丽人，一咏一觞，自有兰亭山阴之雅会。神仙寿诞，清朗嘉辰。恭维我岷野达尊仙翁年丈，青年擢第，迈江汉南丰之才；黑头见山，继浴沂舞雩之韵。凤毛联凤，书香即绍天香；龙首登龙，乙卯还符丁卯。某也桂闱通籍，交契莫先，茲里卜邻，抠驱敢后.岁修始生之礼，窃比陈同甫之于朱文公；时为蓍英之游，欲附赵茲兰之晤欧阳子。恭疏致语，用引清欢。

二、“商略诸经”，品评诗文

董復亨《少岷先生拾存篇序》曰：“先生少与杨用修齐名，晚岁结尔汝欢，诗文往复，外商略诸经，思继服、郑之业，而海内讲学谈秇之士，如吕仲木、何仲黙、郑继之辈，悉与先生引绳批根，称莫逆交。”曾玙所结交者皆为当世“讲学谈艺”者，既有诗文往来，彰显朋友情谊；又“商略诸经”，讲习学术；引绳批根，同声相应。如何景明《送曾建昌取道还泸州》、郑继之《答曾东石正郎》、《答曾东石太守》叙及别后相思之情，郑继之《少岷山歌》长篇诗文，盛赞曾玙上承蜀中先贤，“架屋读《易》少岷山，……平生负此沧海志，少年访道青城山”，对曾玙晚年隐居高度评价：“吁嗟乎！青山信美，蒙泉亦可以洗君耳，君胡为乎城市？许由之瓢欲何俟？终南有捷径，北山有俗轨。玄猿独鹤，暖眼冷眼遥看尔。红尘白马有何益？柴桑不负陶彭泽。归来乎，曾东石！”①而曾玙《答郑少谷继之谢病归》既表达送别朋友的“临别意踌躇”的恋恋不舍，又盛赞郑善夫、何景明二人为南北美玉：“子与何仲默，南北两琼琚。”二人不仅诗名在外，更重要的是有“清癯”之质，由是提出自己与之相似的人生主张，顺应自然，不当文顺自然，做

① 郑善夫《少谷集》卷三，文渊阁四库全书本，上海古籍出版社1993年版。

人亦如之:“愿学无名璞,悠哉乐有余。”

董復亨《少岷先生拾存篇序》曰:“平生所撰次,溢目盈耳,几于车弗载、栋弗庋,顾雅志圣学,不欲以辞赋名家。”曾玙博通群籍,工古文词,著述丰硕,其创作学有渊源:“古歌在灵均廊庑间,襍刁植、傅奕;四言出常武、江汉,五言古学陈伯玉,时出入六朝;七言古诗祝老杜,五七言律几夺王、孟之座,五七言绝太白以后遂无敌手,序、记、志、传诸杂著规步昌黎、庐陵”。尽管对曾玙的文学创作,董氏之评有夸大之嫌,但是他指出曾玙的写作“法古”、学有渊源。张佳胤亦评曰:“为文高峻鬯达,一本六经,行乎意之所止,而不沾沾蹈古人语。”(《中宪大夫江西建昌府知府少岷曾公墓志铭》)①曾玙诗文高俊畅达,且注意上溯到六经,旨趣雅正,但又不拘泥于古人,有所创新。章懋评曰:“类能写曲心神,探玄精蕴,形影略换,而胎骨互存。”(《选少岷先生拾存稿序》)朱彝尊《明诗综》评曰:“诗虽未名家,亦清脱无尘气。”并选录《南洲歌》诗一首:“南洲春早江蓠生,南洲日长沙鸟鸣。郎君莫向北湖去,不似南洲烟水平。”②朱彝尊认为曾玙并不以诗歌称名于世,对其诗歌所赏析者在于志趣高洁,有超越尘世陋俗之气,当然这亦符合朱氏选诗“含蓄不露、清纯雅逸”的要求(《明诗综·出版说明》)。《少岷先生拾存稿》卷一有《南洲歌三叠》,朱彝尊所选的第一首,全诗是民歌风格,音调流畅,含蓄委婉,情致悠长,内容合于风雅,怨而不怒,哀而不伤。

当然更为重要的是曾玙不以文章名世,其心志在于“雅志圣学,不欲以辞赋名家”,其《河图洛书解》、《春王正月考》等著述,“发自灵心妙悟中……大都谢朝华、启夕秀,拮据百氏,驰骤一家,尽洗酊饾诘曲之调,而粹然一禀于正,信乎,先辈大雅之作也。”(董復亨《少岷先生拾存篇序》)张佳胤评曰:“然公意在经学,思成一家言,以诏来者。……皆发自契悟,无所剿袭,其要归于中正精实,有宋儒所不能道者。”(《少岷曾公墓志铭》)曾玙此类文章力求学有渊源,资料翔实,语言流畅;义理纯正,不掺入杂学,中正精实;且对义理的阐释并非浮乏悬空之言,不拾人牙慧,而是“契悟”,故可称为“大雅之作”。韩忠认为曾玙学术精神在于抨击世俗之误:“先生别有补订,经史会通,盖见时流论学袭矜高之绪余,近似乱真为蠹甚深,不得已而有订焉。”(《少岷先生拾存篇小序》)

实际上在对待经学上,杨慎与曾玙有共同的看法与实践,亦即董復亨所谓的“引绳批根”,同声相应。曾玙在学术主张为学不能“支离汗漫”,不能“私见”,必当“学于先觉,学于古训”以求道,“未可以从心求诸道”(《少湖书屋记》)。杨慎主张为学有“根柢”,尚汉唐古注,反对宋明理学和心学的空虚,《升庵诗话·禅学俗学》曰:

> 骛于高远,则有躐等凭虚之忧;专于考索,则有遗本溺心之患,故曰君子以尊德性,而道问学。故高远之蔽,其究也,以六经为注脚,以空索为一贯,谓形器法度皆刍狗之余,视听言动非性命之理。所谓其高过于大学而无实,世之禅学以之。考索之蔽,其究也,涉猎记诵,以杂博相高,割裂装缀,以华靡相胜,如华藻之绘明星,伎儿之舞讶鼓,所谓其功倍于小学而无用,世之俗学以之。③

---

① 张佳胤《居来山房集》第515—518页,《四库全书存目丛书补编》(第51册),齐鲁书社2001年版。

② 朱彝尊《明诗综》,第1653—1654页,中华书局2007年版。

③ 王大厚《升庵诗话新笺证》,第1110—1111页,中华书局2008年版。

曾玙曾应杨慎之请，为杨廷和散曲《乐府余音》作序，《〈乐府余音〉小序》文中既感激于杨廷和对自己举业有推荐之恩，又对杨廷和人品、相业给予高度评价："平时相业，人或可能也；至危疑急遽之际，除大蠹，定大策，重安宗社，中外贴然，是难能也。翁经纶宏硕，而德宇温粹，精神折冲，其济也宜，我思绎之，凡厥献替，都俞吁咈之余范也"，特别称赞在武宗病逝而无子嗣继位危急之时，杨廷和遵循"兄终弟及"古制，拥武宗弟世宗继位，且在世宗行继位大礼前，主持朝政四十余日，清除弊政，政治清明；最后赞美杨廷和晚年所写散曲："晚年乐府，又皆课耕农，劝读诵，称说孝友，沐浴膏泽，雝雝喈喈，卷阿之余音也。"认为杨廷和晚年散曲，内容上有"《卷阿》之余音"，艺术上"四长兼有"，不乏曲文学审美特征："情触而喧，义协而顺，词俊而妥，调殊而谐。"杨廷和"为文简畅有法"（《明史·杨廷和传》），语言浅俗流畅，所表达的是致仕后的闲适生活，在山水自然中兴起诗怀，特别是描写此脱离宦途后悠游山水中自由自在。

嘉靖丙辰，时年69岁寓居泸州的杨慎，请曾屿为其所选录的张含诗歌作序，曾玙《序升庵选禺山七言律》认为："太史杨升庵选禺山张子七言律，凡若干首，属余序。余诵之，沨沨乎俊逸浑成，耳悦心畅，若有所兴起焉者。"高度评价杨慎所选的张含七言律，俊逸浑成，音调流畅，使读者振奋，这源于张含"盛气之煦，元声之发"，张含平生志概不羁，礼闱既落，不复谒选，贲于林丘，于是其诗歌气盛言宜，对读者有强烈的感情冲击力①。

《四库全书总目》评杨慎《古音余》曰："盖慎博洽过陈第，而洞晓古音之根柢则不及之。"②曾屿《序〈古音余〉》评此书是在《韵补》的基础上增益之，"于正音爰其博，于揆义敬其雅"，认为杨慎正音引证博洽，释义讲究博雅；又"通音，书学一端"，时人学识浅薄，故不敢用志于此，或有为者，"或伪或淆，或未视焉，失道远矣"，杨慎则以博洽的学识，敢于用心于此，成就亦高③。

三、"文章气节"并重，同气相求

张佳胤非常自豪的认为，"武宗朝，吾蜀数君子者起，咸尚文章气节"，其中首推杨慎，当然"江阳少岷曾公其一也"，曾玙以圣贤正学自任，"公出而称社稷臣者"，平宁王之叛，殉国家之急，功高而无赏赐，无怨无悔；"公处而称乡先生者"，退隐乡里，与人交，真诚直易，急人所难，平生目不识权量，手不持金玉耳，不喜丝竹，布褐、蔬食常晏如也，安贫乐道（张佳胤《中宪大夫江西建昌府知府少岷曾公墓志铭》）。

董復亨评曾玙"以文章功业显"（《少岷先生拾存篇序》），赞赏曾玙文章丰硕，且有经世致用的本领，特别是"宁藩之变"中的殉国家之急的骁勇，说明曾玙绝非腐儒，有通儒品行。章懋评曾玙曰："至性刚中，法言排奡，澡身自洁，疾恶如仇。"（《选少岷先生拾存稿序》）。曾玙亦曾托他人之口自评曰："江阳岷野人者，好古不佞，正直是兴。"（《蜀邛都前兵宪方冈胡公政

---

① 王文才、张锡厚《升庵著述序跋》，第281—281页，云南人民出版社1985年版。

② 永瑢《四库全书总目》，第364页，中华书局1965年版。

③ 王文才、张锡厚《杨慎著述序跋》，第21页，云南人民出版社1985年版。又曾玙《少岷拾存稿》亦载，文有小异，见第251页。

绩碑记》)

杨慎不仅以学术文章名世,后人更看重的是其高洁刚直的品行,如陈田评杨慎"博雅直节"(《明诗纪事·丁签序》)[①],"博雅"评其文风,因为学问博洽,故能为文古雅,是典型的学人写作;"直节"者论其人品,在议大礼中逆龙鳞,廷杖贬谪,至死不渝。

重气节,刚直负气,同声相应,同气相求,则或是杨慎曾玙二人交游深厚的原因。

杨慎《曾少岷惠忠州新琢云根笔》曰:"忠州井邑聚云根,�管千年驳藓痕。好伴轮困接卿霭,不同涩勒暗蛮村。高标自表严颜节,文藻堪招陆贽魂。西蜀钟奇难韫椟,南丰新咏重瑶琨。"全诗表面写云根笔外观高雅和品质优良,质同其形;实际上更多的是咏叹曾少岷有严颜的高尚气节和陆贽的不凡文采。杨慎《资江渡归续少岷句》因暑热中激流争渡而联想仕途竞进之事,"君不见,褦襶郎,冰山子。赤日红尘汗如洗,炙手权门争龉指",讽刺热客暑衣,趋炎附势,虽炙手可热,但转眼冰消,这既是对忠而被谤、志不得展的曾玙的劝慰,更是一种共勉。杨慎《六月立秋日曾岷翁邀金井玉池雨庄观莲》曰:"白水方塘菡萏花,玉池金井属仙家。冯夷缨络明珠露,汉女衣裙烂锦霞。酒泻清荷沾已醉,棋敲湘竹静无哗。山川信美仍吾土,暇日登临不厌赊。"立秋日杨慎应曾玙之邀请在今井、玉池赏莲,与其说二人沉醉于雨后莲池的清幽、景致优美、环境的静谧,毋宁说是对莲花出污泥而不染的本性的激赏、向往和共勉。

作者单位:重庆文理学院

① 陈田《明诗纪事》,王云五《万有文库》,第1页,商务印书馆1936年版。

唐宋派与中国文格的位移

罗书华

在散文学史上，被称为唐宋派的归有光、唐顺之、王慎中、茅坤的贡献无疑是多方面的，文道的恢复，文法的探索，文统的复建，都是其中荦荦大者，对于这些，研究者也多有论述。不过，唐宋派的另一项重大影响，即他们的出现与散文学史文格位移之间的关系，至今关注的却不多。本文试从作者身份、文章品性以及时文的加入三个角度，对这个问题略作讨论，以求抛砖引玉。

一

与小说、戏曲的作者不同，散文学的作者历来都是身居廊庙主流，或者是朝廷重臣，或者是地方大员，更重要的是，即使他们离朝廷还有十万八千里的距离，他们的心里与朝廷之间也没有什么距离。在没有进入朝廷之前，他们都是心向朝廷，志存高远，被贬到边远地方，也是身在江湖，心在魏阙。明初以来文权更是高居台阁。李何时期，廊署作者兴起，对于台阁文柄形成了一定冲击，但毕竟还在朝廷之内。

把归唐王茅放到散文学史上看，他们的身份无疑是普通的，甚至普通的有点寒碜。四人虽然都曾进士及第，但是及第的路并不平坦，及第之后也没有获得什么重要职位，更不要说在政治上有多大作为。归有光嘉靖十九年通过乡试，之后连续八次会试不第，“穷老始得一第”，到嘉靖四十四年这才以六十岁高龄勉强中得进士。二三十年来，都在安亭江上讲学授徒，类似于做乡间老师。走上仕途之后，也主要是任职县丞，在生命的倒数第二年，这才被人提任南京太仆丞。与归、茅相比，唐顺之与王慎中曾身居部曹，官位较高。但是，他们在经济仕途上也没有什么令自己令历史留下深刻记忆的事情。王慎中十八岁中得进士，历任户部主事、吏部考功员外郎、吏部验封郎中、常州通判、河南布政使参政等职，但三十三岁就罢职回乡，直到五十一岁病逝在家，一直在家乡度过。总而言之，归唐王茅虽然都曾历经仕宦，但是，在这方面都没有什么大建树，如果不是文章散文学方面的成就，也许早就被历史所遗忘。四库馆臣说唐顺之“学问渊博，留心经济……深欲以功名见于世。虽晚年再出，当御倭之任，不能大有所树立，其究也仍以文章传。”唐顺之都是这样，其他几位更不用说。与明代初期那些文臣相比，简直是微不足道。

作为古代帝国一介文人，说他们没有致君尧舜的青云之志当然不现实，归有光自己就说“余少不自量，有用世之志”，“余少时有志于古豪杰之士，常欲黾勉以立一世之功”。茅坤后来回忆早年生活时，也感慨说："向之所欲附兄辈驰驱四方，数按古名贤传记所载当世功业，辄自谓未必不相及，气何盛也？"不过，平心而论，与过去的散文学家特别是明初以来的文臣相比，他们不仅实际地位更为低微，政治抱负也不是那么远大，为官的意志更不是那么坚决。茅坤曾这样描述自己的生活说："林卧既久，遂成懒癖，春来读岁书，始知浮生已四十九。……鬒虽未茎，白渐索矣，颜亦渐黝且槁矣。"从中不仅可见他的生活，也可以看到他的心志。显然，这样一种随遇而适、自甘萧索，甚至疏懒自喜的性格与那种舍我其谁、急流奋进、愈挫愈勇的政治人格有相当远的距离。如果说古代文人都是政治文人，也就是文臣的话，那么归唐王茅身上的政治气息已经淡弱到几乎闻不出的地步，在欧苏的基础上由文臣进一步滑向文人，是欧苏与方苞、刘大櫆、姚鼐之间的一个重要环节。

与政治地位相联系，他们在当时文坛的地位也比较低下。在他们之前，李何的影响仍然笼罩文坛，与他们同时稍后，又有李攀龙、王世贞主盟，因此在文坛上同样是在野派。文名较大的归有光登第已晚，离世又比王世贞等早，"其名氏几为所抑没"，直到归有光的孙子还在"悼震川遗文不大显于世"，可知他们生前在文坛的实际地位。

与此同时，他们对自己的文学才能和文学地位也常常有消极的评价。在这方面唐顺之表现得尤为突出。他在《答王遵岩书》中对自己的文学历程与成就回顾总结说："仆旧从兄学为文章，有一二仅得处，尽是兄之指教，但才既不长，又不能竭精力以从事，是以遂成废罢，韩子所谓徙业者，不啻其蔵者也。"既说自己先天文才不足，又说后天努力不够，最后以"废罢"两字作结。这样的认识，人们可能会觉得太过谦恭。不过，从他在不同的场合里多次表达过相同的意思来看，他的真诚不应该受到怀疑。在《答顾东桥少宰书》中，他也说："尝从诸友人学为古文诗歌，追琢刻镂，亦且数年。然材既不近，又牵于多病，遂不成而罢去。"在《与刘三府寒泉书》中，他也说："仆少不知学，而溺志于文词之习，加以非其才之所长，徒以耽于所好，而苦心砣力，穷日夜而强为之，是以精神耗散而不能收，筋骨枯槁而不能补，积病成衰，年及四十，尫羸卧床，已成废人。"这几段话的文字与意思都十分相近，对于自己的文学才能、事业与成就的评价都十分消极。正因为这样，他对编撰文集的事也心灰意懒，打不起多少兴趣。在得知有人暗自准备刻印自己的文集时，顺之给编撰者写了这样一封信：

> ……彼其初作者莫不妄意于不朽之图，而适足以自彰其陋，以取诮于观者，徒所谓木灾而已。仆每为彼愧之，而复自效尤之乎！昔人论文章家，惟见理明而用功深者，乃能得之，此未易言也。况仆平生本无立言，以求不朽之意。偶少年时，随一二友人强习世间绮语，以才力滞钝，兼复懒病，加以疏拙于身心，而欲求工于笔札，竟不能工，而罢闲中，偶观旧稿一二篇，支离不经之言，满纸而是。尽欲焚烧为快，又自悔向来错用心力，而一无所成也。若欲以此传于人人，则既以自误，又复误人。且昔人云，人短于自见。仆自知犹然，人又将谓之何？执事苟以为可，而欲传之，是有累于执事之明。苟不择其可否而欲传之，是有伤于执事隐恶之义也。承执事知爱，敢布腹心，万望中止其事，则执事之爱我更厚矣。

应该说，这是一封写得相当出色的书信。单论文章的曲折变化、摇曳多姿，甚至不比韩愈《答李翊书》逊色。有意思的是，作者千折百转只是在说自己文章怎样不行，千方百计只是想要劝止编刻者中止刊刻。全书一派平和口吻，全无声色俱厉的语气，也许表明他的要求并不是那么坚决与强烈，但结合前面几段文字来看，他对他人与自己文章的贬低与不屑，既不是不肯与人为伍的高傲，也不是故作客套和谦虚，而是源于内心本有的消极。

归王茅三人不像唐顺之这样谦虚，归有光和茅坤以文章正统自居也说明这点。茅坤说："仆少不自量，颇好习为文章诗歌之什，愿附世之騕褭而蹀躞千里，鲲鹏而翻飞层霄也。""仆自罪谴以来，以为进不得附当世名公巨人，显扬功名，退亦当如园丘岩壑之吟，自勒一家以遗于世。"要以文章来达不朽，也可见出非凡的气性。不过，总体上来说，他们并不是那种闭着眼睛，只活在自己想象中的文人。他们除了用自我想象来与现实抗衡、弥补现实缺憾之外，有时也会正视现实与现实中的自己，对自己的文学形象与地位的感知多数时候还是较为平易。归有光说自己"不能得古人万分之一"，王慎中用"鄙陋无能"、"不足观"来形容自己及自己的文章，都不是简单的客套，而是包含了较为实在的自我定位。在这里不仅找不到韩柳欧苏们那种不可一世的影子，就是与"才高气锐，互相标榜，视当世无人"的后七子也无法相比。当他们在心理上脱去了那层高大的文人外衣的时候，新型的普通文人也就登上了散文学史的舞台。

二

作者是文学之母。在散文学史上归唐王茅固然有恢复文道、恢复文统的功劳，不过，由于实际身份与心理定位的改变，他们也为散文学带来了深刻的变化。不仅以李何七子为参照有许多新变，就是与唐宋八家相比也同样有大的变化。它们不仅表现为道的新变，法的新探，而且涉及散文写作的题材内容、语言、品性、接受等方方面面。

早在清代就已经有人注意到归唐王茅文集题材与内容方面的变化。方苞说归有光："其发于亲旧及人微而语无忌者，盖多近古之文。至事关天属，其尤善者。"又说："震川之文，乡曲应酬者十六七，而又徇请者之意，袭常缀琐。"陈康祺说："寿序谀词，自前明归震川始入文稿。"都敏锐地注意到归有光散文多以日常琐事为对象，没有大题目。其实，对于没有大题目这点，归有光自己也有明确的意识。他在《与王子敬小简》中就曾自叙说："平生足迹不及天下，又不得当世奇功伟烈书之，增叹耳！"而这种现象也并不限于归有光一个人。相比于前代散文大家，归唐王茅的题材都有类似变化，只是归有光更加突出一些而已。比如《茅鹿门先生文集》三十四卷之中，有书九卷，序九卷，传、记、家乘录各一卷，碑、铭、墓表、祭文八卷，策、论二卷，杂著三卷。具有大题目性质的"策"、"论"分量大大减少。

所谓没有大题目，其实也就是政治题材代之以生活题材，家国关怀代之以家庭关怀，教化内容代之以情感内容。按说，这个转变是散文学向生活化、审美化逐步逼近的一个重要标志，在散文学史有着重要意义，遗憾的是，很长时间里论者不仅对它的进步意义视而不见，反而常常站在大题目的立场上来指出或指责他们"无大题目"的。林纾曾对"大题目"问题作过辩护说："曾文正讥震川无大题目，余读之捧腹，文正官宰相，震川官知县，转太仆寺丞。文正收复金陵，震川老死牖下，责村居之人不审朝廷大政，可乎？"看到作品题材与作者生活经验之间的关系，指出曾国藩用自己的生活和题材为标准来衡量他人的生活和标准有失公允，隐隐约约看到细小题材的重大意义，但最后一层窗户纸还是没有捅破。后来，游国恩等说归有光"把生活琐事引到'载道'的'古文'中来，使古文更密切地和生活联系，因而也写出一些面目清新的作品”。琐事在散文学史上的意义这才得到明确的揭示。

与题材的生活化相联系，归唐王茅散文的语言也出现了新变。正如前面所述，归唐王茅在道与法方面有真我、本色的追求，这种追求也延伸到了语言层面，因此有了“开口见喉”、“依本直说”的特点。四人的语言虽然略有差异，但是总体上来说都与李何七子食古不化、古奥难解形成对比，都表现出通俗平易的特点。归有光的那些与小说相近的散文不必说，就是其余几位也多是明白如话。虽然是文言，但与口语相当接近。清初李光地就批评归有光说：“拖沓说去，又不明白，两三行可了者，千余言尚不了，令人气闷。”方苞说他“虽欲大远于俗言，其道无由”，都从不同角度感觉到这点。

其实，归唐王茅虽然是用文言写作，写的也是“古文”，崇尚的也是以“古文”闻名的“唐宋八大家”。然而，值得注意的是，他们并不像唐宋八大家那样标举“古文”。相反，他们标举“唐宋”，似乎还有一些以“唐宋”和“唐宋古文”来抗衡，至少是部分地抗衡先秦和“(先秦)古文”的用意。虽然他们明白从先秦唐宋到元明，既然都是古文，就很难将他们截然割断，因而并没有明确反对先秦两汉古文，但是，在先秦与唐宋、上古与近古的选择当中，他们还是明确选择了近古的、发展的、平易的方向。或者，换一个角度说，他们崇尚唐宋大家，崇尚的只是他们平易的一路，革新的一路。因此，虽说他们自己以文章正统自居，实际上却在有意无意中改变了古文的品性，在承继“古文”的同时也解构了“古文”，将“古文”转换成了一般“文章”。归有光曾反复说，“余好古文辞，然不与世之为古文者合”，“自惟鄙拙，不习为古文。聊发其所见，不能檃括为精妙语；徒蔓衍其词，又不知忌讳，俗语所谓依本直说者”，“力不逮古文，又与今人背驰”。或明确，或婉转地道出自己做的不是纯正“古文”，也不愿意做这种“古文”。唐顺之说：“尝从诸友人学为古文诗歌，追琢刻镂，亦且数年，然材既不近，又牵于多病，遂不成而罢去。”言语当中对“古文”也多有微词，好像“古文”天然地与“追琢刻镂”相联系，“材既不近”云云，多少有些敬谢不敏、敬而远之的意思。

显然，归唐王茅的“古文”在写作目的、情境、题材、语言、审美风格等诸多方面都让“古文”走向了通俗与平易，更加平民与近代。正如宋佩韦所说，唐宋派“变秦汉为欧曾，易诘屈聱牙为文从字顺，究竟比较的是近代些，自然些，所以那时候便有几篇散文可以供我们讽诵了”。他们在降低古文品格的同时，也降低了古文门槛，拓展了古文的疆域。无论是他们所选批的《文编》、《八大家文钞》，还是他们自己的文章，都风行海内，特别受到普通读者的欢迎。散文开始大规模进入寻常百姓家。论者描述当时人们向王慎中求文的盛况，说：“四方驰书走币争来乞言者，足交于道，仕于闽者，以不得其言为憾，君以次应之，随题命藻，略无难滞，得者宠于握珠怀璧……”四库馆臣也说，王慎中“家居，问业者踵至”。至于著名的《八大家文钞》，更是如前所述，“盛行海内”，以致“乡里小儿无不知茅鹿门者”。四库馆臣也说：“坤所选录尚得烦简之中，集中评语，虽所见未深，而亦足为初学之门径，一二百年以来，家弦户诵，固亦有由矣。”

站在传统散文学的立场上，归唐王茅散文学的上述变化也许不足称道。王世贞说“每得其(归有光)文读之，未竟辄解，随解随竭”，对他们的浅白大为不满。袁枚说归有光“古文虽工，终不脱时文气息，而且终身不能为诗，亦累于俗学之一证”，也对他们的通俗表示轻蔑。有意思的是，唐顺之自己曾写过这样一段话：“仆居闲，偶想起宇宙间有一二事，人人见惯而绝，是可笑者。其屠沽细人有一碗饭吃，其死后则必有一篇墓志。其达官贵人与中科第人，稍有名目在世间者，其死后则必有一部诗文刻集，如生而饭食，死而棺椁之不可缺。此事非特三代以上所无，虽唐汉以前亦绝无此事。幸而所谓墓志与诗文集者，皆不久泯灭，然其往者灭矣，而在者尚满屋也。若皆存在世间，即使以大地为架子，亦安顿不下矣。"嘲笑当时文章过于泛滥，殊不知他们的散文学正是发生在这个背景上，而且在其中起了推波助澜的作用。说明他们对于自己一派散文学的特点及其意义也还没有充分的认识。其实，只要改变一下立场，不难发现，归唐王茅更加通俗、浅易和生活化，因而也更加接近平民百姓，更加流行的散文学实在开辟了一个新的境界，甚至可以视为散文学近代化的先声。这样的话，前面对他们的种种批评反倒是对归唐王茅莫大的褒扬。黄霖师说："归有光，正是中国散文从'官'到'民'，从'杂'到'纯'，从古代向近代转型过程中的一个前驱，一个关键性人物。假如我们将归有光放在这一历史的标尺上来加以衡量的话，恐怕对他的评价再高也不为过吧！"这段精彩的论断也可以扩大为对归唐王茅的整体评价。

三

归唐王茅散文学之所以会走向通俗化，固然有多方面原因，其中有一项不能不提及，这就是与时文或者八股的关系。

从隋文帝设立科举制度以来，历朝历代几乎都有相应的举业文字。明初以来，科举制度日益发展与成熟，与之相应，举业文字也渐次定型为它的完成形式——八股。《明史》说："科目者，沿唐、宋之旧，而稍变其试士之法，专取四子书及《易》、《书》、《诗》、《春秋》、《礼记》五经命题试士。盖太祖与刘基所定，其文略仿宋经义，然代古人语气为之，体用排偶，谓之八股，通谓之制义。"归唐王茅生活的嘉靖年间，八股的形态虽然已经出现了一些新的变化，但它无疑仍然是士子们生活与梦想的中点，是他们人生道路无法绕过的一道高墙。跳过去了，前面是旖旎的风光，通天的道路；跳不过去，当然是头破血流，至少也是灰头土脸，一辈子在高墙的阴影下踟蹰徘徊。无论你是歌颂它，批判它，咒骂它，是清醒者，是迷惑者，无论你跳得过跳不过，只要你生活在那个时候，你就得拼尽全身气力一次次试跳，直到筋疲力尽。光荣在它，屈辱也在它。

归唐王茅身处科举环境之中，对科举的面目与影响力有着切肤的体认。归有光说："科举之学，驱一世于利禄之中，而成一番人材世道，其敝已极。士方没首濡溺于其间，无复知有人生当为之事。荣辱得丧，缠绵萦系，不可脱解，以至老死而不悟。""近来一种俗学，习为记诵套子，往往能取高第……然惟此学流传，败坏人材，其于世道，为害不浅。夫终日呻吟，不知圣人之书为何物，明言而公叛之，徒以为攫取荣利之资。"又说："近时学者止取墨卷及书坊间所刻，猥杂莫辨，惟事剽窃而已。"可见他已经看到科举对士子身心的戕害，也看到八股程墨对于文章的败坏。王慎中说："今称述必在乎经，援引必则古先王，如书生科举之文者，岂不为正，而岂可以为文，而亦岂可以谓之知道者哉！"也意识到时文与文章两者存在深刻的不同，用时文法写不出好的文章来。

当然，另外一方面，他们也非常清楚自己同样无法跳出八股文化的大环境。归有光在给后学的信中说得好："世学之卑，志在科举为第一事。天下豪杰，方扬眉瞬目，群然求止于是。生非为科举文，不以从予；予不为科举文，亦无由得生。"一边骂科举，一边又非常冷静地道出科举与科举文章已经与自己紧紧地联系在一起，甚至成了人们相互联系的重要纽带。正因为这样，他们并没有因此就唾弃八股，而是尽力想用古文来改造时文。归有光说："学者如能读苏氏之文，兼取此（指其所编墨卷）以为近格，亦不俟乎他求矣。"清楚地表明了这个意图。方苞说："以古文为时文自唐荆川始，而归震川又恢之以闳肆。"也看到了这点。事实上，茅坤选录《八大家文钞》，"大抵亦为举业而设"，要用援古文入时文的方法来提高士子们的时文写作水平。茅坤一方面看到"苏氏父子兄弟于经术甚疏，故论六经处，大都渺茫不根"，一方面却又选录三苏文章五十八卷，篇幅超过三分之一，原因也就在看到他们的文章"亦以见解超朗，其间有文旨不远，稍近举子业者。"

正因为他们将古文入时文，在平熟中加入古雅，在无意中加入己意，在偶对中加入散体的参差，在空言中加入实言，他们的时文获得了前所未有的成功，其中归有光、唐顺之更是因此而成为八股写作史上的名家。论者说："唐荆川代兴以后，天下始不称王、钱。"《明史》则说："明代举子业最擅名者，前者王鏊、唐顺之，后则震川、思泉。"章学诚甚至说："归氏之于制艺，则犹汉之子长、唐之退之，百世不祧之大宗也。"

不过，古文既可以注入时文中，时文自然也就会回流古文里；时文既可以变成古文，古文自然也就可能变成时文。它的最终结果必然是古文与时文界限的淡化甚至泯灭。茅坤说："举子业，今文也，然苟得其至，即谓之古文亦可也。"已经清楚地说明了这点。这种结果，对于时文来说固然是一种提升，可是，对古文的品格却无疑是一种降低。因为时文毕竟是一种面向考官的程序作文，它的根本内容又是替圣人立言。古文一旦沾上这种风气，很可能会沦为看他人眼色、失去自我的文章。袁枚说归有光："古文虽工，终不脱时文气息。"吴乔说："诗与古文，门径绝异，时文于二者更异。彼既长于时文，即以时文见识为古文诗，骨髓之疾也。"黄宗羲："议者以震川为明文第一，似矣；试除去其叙事之合作，时文境界，间或阑入，较之宋景濂尚不能及。此无他，三百年人士之精神，专注于场屋之业，割其余以为古文，其不能尽如前代之盛者，无足怪也。"都敏锐地指出了时文对他们古文品格的损害。从这个角度说，归唐王茅散文品性的通俗化，既有进步的方面，也确有降格的地方。

作者单位：复旦大学

唐顺之《任光禄竹溪记》所记主人考论

纪玲妹

知人论世是中国古代文学批评的重要方法之一，其中所知之“人”，既是指作者，有时也指文学作品中所描写人物的原型。我们从唐顺之的《任光禄竹溪记》所写人物原型的考察入手，进而考察作者的人生经历和创作心态，把握作者与《任光禄竹溪记》中所写人物的原型——竹溪园的主人的人格精神。

《任光禄竹溪记》所记主人与创作时间考

《任光禄竹溪记》是明代中期唐宋派领袖唐顺之所写的名篇，徐朔方、孙秋克的《明代文学史》中指出：“以竹喻人，赞美不谐流俗、孤高傲世的士人君子。……全篇文字流畅简雅，取譬舒卷自如，是唐宋派论说文中不可多得的好文章。”[①]但是，其竹溪园记中的主人“任光禄”是谁，一直没有弄清楚，至今流行的明代文学史、古文选本及高校教材古代文学作品选本中多说“待考”或“不详”。例如刘盼遂、郭预衡主编的《中国历代散文选》中《任光禄竹溪记》题注曰：“光禄，官名。古代光禄大夫或光禄寺的官员，都可以简称光禄。任光禄事迹待考。”[②]赵伯陶选注的《明文选》中《任光禄竹溪记》题注曰：“任光禄，生平不详。光禄是官署，明代设光禄寺，正职为光禄寺卿，从三品，‘掌祭享、宴劳、酒醴、膳羞之事’(《明史·职官三》)。另设少卿、寺丞以及典簿、署丞等属官，皆可称‘光禄’。另有散阶‘光禄大夫’的称号，为文、武官从一品升授之阶。”[③]陈书录主编的《中国古代文学作品选》(元明卷)有关《任光禄竹溪记》解题中也说：“任光禄事迹不详。”[④]徐朔方、孙秋克的《明代文学史》中对于竹溪园主人也只是说“江南人任光禄”[⑤]，称其官职而不知其名字。

既然“光禄”是官职(具体为何种官职，下文再考)，这位曾为“光禄”官职的“任”姓人是谁呢？唐顺之的《任光禄竹溪记》中说“余舅光禄任君治园于荆溪之上”[⑥]，荆溪，水名，以近荆南

① 徐朔方、孙秋克著《明代文学史》，浙江大学出版社 2006 年版，第 237 页。

② 刘盼遂、郭预衡主编《中国历代散文选》(下)，北京出版社 1980 年版，第 447 页。

③ 赵伯陶选注《明文选》，人民文学出版社 2006 年版，第 216 页。

④ 陈书录主编《中国古代文学作品选》(元明卷)，高等教育出版社 2003 年版，第 173、174 页。

⑤ 徐朔方、孙秋克著《明代文学史》，第 237 页。

⑥ 唐顺之撰《荆川先生文集》卷十二，四部丛刊本。

山而得名，在明南直隶南部。显然，“任光禄”为江南人。吕柟《唐母任氏墓志铭》中说：“唐母任氏者，兵部主事武进人唐应德顺之之母也，宜兴人。”①李开先《荆川唐都御史传》中说：“（唐）珤，字国秀，因父母俱亡，晚号有怀，以乡举授知州，迁员外郎、郎中，官至永州府知府。娶宜兴任俨女，生子顺之，字应德，号荆川。”②可见唐顺之的舅父之家为江南宜兴县任氏。明万历十八年（1590）《宜兴县志》卷8中有任卿小传：“任卿，字世臣。事后母以孝闻，轻财好施，修建桥梁，千金不惜助。入学田千亩，有奇士赖其利。又置义庄于筱里，捐义田千亩以赡族。侍郎陈儒作记勒石。又置役田八百亩给里人之充役者。仕至大理寺左寺副。弟道，光禄寺丞，有才识，尤善成兄志。”陈儒（1488—1561），字懋学，号芹山，嘉靖二年（1523）进士，官至右都御史，总督漕运、巡抚淮扬。有《芹山集》四十卷，又有《留余堂集》二卷。明万历十八年《宜兴县志》中所说“陈儒作记勒石”者指陈儒的《义田记》③，其中记述“义兴之筱里村”的“竹溪乐善好施”而建义田，而其弟“筱溪”成其兄志。而据《宜兴筱里任氏家谱》卷9中说“（任）卿，字世臣，号竹溪，竬之子”，而“（任）道，字士充，号筱溪，竚之子”，任卿、任道为堂兄弟。虽然堂兄弟任卿、任道先后任职“光禄寺”，但唐顺之的《任光禄竹溪记》中所指的“任光禄”是“号竹溪”的任卿，而不是他那“号筱溪”的从弟任道。这在明嘉靖年间翰林检讨毛起（超）的《竹溪公墓志铭》④中得到证实：“君讳卿，字世臣……而止环所居，皆艺竹，尝曰‘惟有此君耳’，故别号竹溪。”⑤最可信的内证是唐顺之的《任光禄竹溪记》中所云：“余舅光禄任君治园于荆溪之上，遍植以竹，不植他木。竹间作一小楼，暇则与客吟啸其中，而间谓余曰：‘吾不能与有力者争池亭花石之胜，独此取诸土之所有，可以不劳力而蓊然满园，亦足适也。因自谓竹溪主人，甥其为我记之！”《宜兴筱里任氏家谱》卷五之一《任卿传》中也明确地说“（任卿）所居皆艺竹，故号竹溪，甥男唐顺之为之记”。毋庸置疑，唐顺之《任光禄竹溪记》中园主（也为本园记文的记主）所说的“竹溪主人”应为任卿，生于弘治十一年（1498），卒于是嘉靖三十三年（1554），享年五十七⑥。

---

① 吕柟《唐母任氏墓志铭》，《泾野先生文集》卷二十六，明嘉靖三十四年刻本，《四库全书存目丛书》，集部第61册，第326页。

② 《荆川唐都御史传》，《李中麓闲居集》卷十，《李开先全集》，文化艺术出版社2004年版，第787页。

③ 任承弼等撰，《宜兴筱里任氏家谱》卷九之一，民国十六年（1927）一本堂重修本。

④ 任承弼等撰《宜兴筱里任氏家谱》卷九之二所载《竹溪公墓志铭》作者为“翰林检讨毛超”。毛超，有《菊庵集》12卷（明嘉靖十四年吉水毛氏家刻本），其卷11有《自撰墓志铭》，其中说“太守生宣德庚戌十二月四日，终正德癸酉二月二十有九日，享年八十有四”。《竹溪公墓志铭》中说“（竹溪主人任卿）无何疾作，迎医不治，以嘉靖甲寅（三十三年，1554）八月十日遂捐馆”。毛超卒于“正德癸酉”即正德八年（1513），由此可见毛超不可能为卒于嘉靖三十三年（1554）的任卿撰写墓志铭，而为任卿撰写墓志铭最有可能是毛起，“起”误作“超”。毛起，字潜宾，号青城居士，嘉靖二十六年（1547）进士。四川夹江人。有文名，著有《口笔刀圭录》等，陈文烛有《口笔刀圭录序》（《二酉园续集》卷1，《四库全书存目丛书》，集部第139册，底410页）。据《明世实录》卷三百五十三（台湾“中央研究院”历史语言研究所影印，第6370页）中说“嘉靖二十八年十月”“毛起为检讨”。《宜兴筱里任氏家谱》卷五之一《任卿传》中明确地说“翰林毛起为墓志铭”。可见撰写《竹溪公墓志铭》的应为毛起。

⑤ 见于《宜兴筱里任氏家谱》卷九。

⑥ 《宜兴筱里任氏家谱》卷五之一《任卿传》中说：“任卿生于弘治戊午五月十六日，卒于嘉靖甲寅八月初十日，享年五十七。”“弘治戊午”是弘治十一年（1498），“嘉靖甲寅”是嘉靖三十三年（1554）。

关于任卿所担任的"光禄"之官职，毛起的《竹溪公墓志铭》中指出："嘉靖甲午（十三年，1534）铨授光禄寺署丞。"《明史》卷74《职官（志）三》指出："光禄寺，卿一人，从三品。少卿二人，正五品。寺丞二人，从六品。其属，典簿厅，典簿二人，从七品，录事一人，从八品。大官、珍羞、良酝、掌醢四署，各署正一人，从六品，署丞四人，从七品。"显然，唐顺之的《任光禄竹溪记》中所记的竹溪园主人是其舅任卿，当时为光禄寺署丞，从七品，而不是光禄寺卿、光禄寺少卿乃至光禄大夫等中高级官职或官阶。

考出其名其官，进而看唐顺之的《任光禄竹溪记》作于何时。与唐顺之同为"嘉靖八才子"之一的赵时春也有一篇《任光禄竹溪记》，其中有云："友人唐应德（顺之）氏为其舅光禄任君作《竹溪记》，深怪江南之多竹而人不以为贵，京师之竹寡而人争贵之。至究其所以贵者，则曰京师之于竹也，不择美恶，不问巨细，唯有竹之气类者莫不延之于锦堂华屋之前。……余读而笑曰……唐子曰：子之言诚然，他日为舅氏识之。"该记最后说："余归周年，而思与唐子磨砺以相益者不可得也，而有感于竹之说，以壬寅正月十三日起作《竹溪记》，盖复辛丑岁相别之期也。"①"辛丑"为嘉靖二十年（1541），"壬寅"为嘉靖二十一年（1542）。可见，唐顺之的《任光禄竹溪记》作于嘉靖二十年（1541）前，因为这年赵时春已读过该文并与唐顺之切磋。又据毛起《竹溪公墓志铭》中所说："（任卿）比长服父师教学举子业，由庠学例入为太学。嘉靖甲午（十三年，1534）铨授光禄寺署丞。丙申（十五年，1536）擢中军都督府都事。秩满，考最，授敕名赠父如其官。赠母杨氏，封徐氏，配周氏，并儒人。任氏之有封自君始也。丁酉岁（十六年，1537），丁徐孺人艰，哀毁如礼。己亥岁（十八年，1539），服阕，补右军都督府。庚子（十九年，1540），以君有文学兼翰林院典籍、内阁办事。甲辰（二十三年，1544），纂修《玉谍》成，擢大理寺左寺副。乙巳（二十四年，1545），致政归于家。"②唐顺之在《任光禄竹溪记》中称其舅任卿为"光禄"，而不称"都督府都事"、" 翰林院典籍"、"大理寺左寺副"（也可简称）等，由此推知，唐顺之的《任光禄竹溪记》的创作时间应于嘉靖二十年（1541）再往前推进几年，也就是作于嘉靖甲午（十三年，1534）至嘉靖丙申（十五年，1536）之间，即任卿于"嘉靖甲午（十三年，1534）铨授光禄寺署丞"之后，"丙申（十五年，1536）擢中军都督府都事"之前。

唐顺之《任光禄竹溪记》的创作心态和记主的人格精神

唐顺之《任光禄竹溪记》中的记主"任光禄"是任卿，此文作于嘉靖甲午（十三年，1534）至嘉靖丙申（十五年，1536）之间。在此基础上考察《任光禄竹溪记》③作者的创作心态，应该首先看看嘉靖甲午（十三年，1534）至嘉靖丙申（十五年，1536）之间唐顺之遇到什么人生大事。据《明世宗实录》卷172，嘉靖十四年（1535）二月载："己酉，翰林院编修唐顺之疏请回籍养病，上曰：'顺之方改吏职，又属校对《训录》，何辄以疾请，令以原职致仕，永不起用。'"④那么，年仅29岁的唐顺之为什么要"疏请回籍养病"呢？原来当国权重的内阁大学士张璁嫌唐顺之

① 赵时春撰，《赵浚谷文集》卷 四，明万历八年周鑑刻本，四库全书存目丛书，集部87，第293、294页。

② 任承弼等撰《宜兴筱里任氏家谱》卷九之二。

③ 唐顺之撰，《荆川先生文集》卷十二，四部丛刊本。

④ 《明世宗实录》卷一百七十二，"中研院"历史语言研究所影印，第3741—3742页。

“不相亲近”而厌恶并排挤他，《明世宗实录》卷172中所说的嘉靖帝的旨意，其实是张璁拟旨，据李开先《荆川唐都御史传》中说：“罗峰张国老（张璁，号罗峰）虽会试举主，恶其不相亲近，有庆贺事，远投拜简，跃马径过其门。因其上疏养病，则票一旨意云：‘唐顺之方改史职，又见校对《训录》，乃辄告病，着以原职致仕去，不许起用。’报出，士夫骇之，而唐子安之，曾无愠色。……议者以罗峰（张璁）险毒，而唐子（顺之）高亢。”[①]此时，张璁复任内阁大学士并加少师。原来，张璁一步步升为内阁大学士，与嘉靖前期的“大礼议”有关。正德十六年（1521）四月，朱厚熜由藩王而入承皇位，但他要尊崇其生身父母，下令礼官集议崇祀其父兴献王的典礼，从而引起了嘉靖前期的“大礼议”。张璁是正德十六年进士，年已47岁，嘉靖元年（1522）授南京刑部主事。嘉靖三年（1524），他以“大礼不正”上疏力争“崇祀”，嘉靖帝得疏大喜，将张璁等召至京城。以首辅杨廷和为首的一批反对“崇祀”的朝官，与明世宗朱厚熜及观政进士张璁等一些附和“崇祀”者展开了激烈的斗争，乃至二百多名反对“崇祀”的官员跪伏左顺门，撼门大哭，进而激怒明世宗朱厚熜，下令逮捕一百多人下狱，并棒杖翰林编修王相等一百八十余人。由此为转折点，以前反对“崇祀”的朝官有的愤而辞职，而附和“崇祀”者如张璁步步高升，乃至以文渊阁或谨身殿或华盖殿等大学士入阁主政，权倾一时。显然，嘉靖十四年（1535）时的唐顺之与权臣交恶而远离朝廷，称病归乡。“唐子既抵墟里，鸡犬柴门，依依桑梓，谢却业缘，便有终焉之计矣。诗文更进一格，以其侍从庆成朝堂雍容之作，而为村樵渔父歌咏太平之词。”[②]归乡后的唐顺之写了《村居二首》和《暮春游阳羡南山四首》等诗，后者中其一、其二云：

清溪知几曲，惟见白云深。一入蘼芜径，欣闻樵采吟。春莺未停啭，夏叶始繁阴。乘此纵长啸，悠然物外心。

洞口石纵横，流泉复有声。柴门何处入，鸡犬自相迎。灵草知昏晓，时禽识雨晴。非因罢官久，谁得此间行。[③]

结合唐顺之嘉靖十四年（1535）时人生经历看这首诗，可见唐顺之归乡后远离朝廷、厌恶权贵、乐山乐水、悠然物外的心态。基于这种心态，唐顺之在《任光禄竹溪记》中，一反那认为竹“巧怪不如石，其妖艳绰约不如花”的世俗之见，赞颂竹也是用拟人化的手法赞美其舅任卿不务纷华、不陷流俗的孤高独立的品格：“孑孑然，孑孑然，有似乎偃蹇孤特之士，不可以谐于俗。”这种孤高独立的品格，与李开先所说的“唐子（顺之）高亢”[④]相呼应，却与世俗之见相对立，而在唐顺之《任光禄竹溪记》中所列举的世俗之见的代表是“京师侯家富人”：“余尝游于京师侯家富人之园，见其所蓄，自绝徼海外奇花石无所不致，而所不能致者惟竹”；“且彼京师人亦岂能知而贵之？不过欲以此斗富，与奇石等尔。”用知人论世的方法，结合唐顺之于嘉靖十四年（1535）被京师权贵排挤而离开朝廷等经历，便可以理解他创作《任光禄竹溪记》时的心态。也正是有这种特定的创作心态，才能写出赞颂竹也是赞美任卿的孤高独立品格的《任

① 《李中麓闲居集》卷十，《李开先全集》，第788页。

② 李开先《荆川唐都御史传》，《李中麓闲居集》卷十，《李开先全集》，第788、789页。

③ 《暮春游阳羡南山四首》，《荆川先生文集》卷一。

④ 李开先《荆川唐都御史传》，《李中麓闲居集》卷十，《李开先全集》，第788页。

光禄竹溪记》,正如汉代桓谭在《新论》中所说:“贾谊不左迁失志,则文彩不发;淮南不贵盛富饶,则不能广聘骏士,使著文作书;太史公不典掌书记,则不能条悉古今;杨雄不贫,则不能作《玄言》。”[①]事同此理,人同此心,唐顺之于嘉靖十四年(1535)被权贵排挤而离开京师等经历对于他创作《任光禄竹溪记》也是如此。

《任光禄竹溪记》是写园林的记文,但该记却不侧重于园林景物的描写,而是侧重写园林之竹,并以竹比拟园林主人任卿的人格精神,竹与人格精神交融,达到了颇高的审美境界。而《任光禄竹溪记》的审美境界,一头连着创作主体(包括作者的创作心态),一头连着审美客体——竹与比拟的竹溪园主人任卿的人格精神。因而,我们把握《任光禄竹溪记》的审美境界,必须考察竹溪园主人任卿。对此,明嘉靖年间翰林检讨毛起的《竹溪公墓志铭》[②]有助于我们了解竹溪园主人任卿。从毛起的《竹溪公墓志铭》及有关资料来看,任卿其人有如下的身份与特征:一是集文人、官吏、商人于一身。任卿是一位颇有才华的文人,“比长服父师教学举子业,由庠学例入为太学”,后来“以君有文学兼翰林院典籍”,并“纂修《玉谍》(皇族族谱)”。他又是一位“仕不干进”的官吏,先后为光禄寺署丞、中军都督府都事、右军都督府、翰林院典籍、内阁办事、大理寺左寺副等较低级的官吏。归乡后,“不以私谒有司”。他又是一位善于经营、家赀富雄的商人,“君既承有先业,又母妻二氏皆大宦家,资装甚厚。君以此善操奇赢,停贮十一,不十数年家赀累十数万”。正是因为他是商人,资产丰厚,为修建竹溪园奠定了物质基础,也使他成为中国十六世纪转型期一位颇有市民(包括新兴的商人)精神的觉醒者。正是颇有才华的文人与“仕不干进”的官吏身份,培养了他不同于流俗的爱书爱竹的生活情趣:“荆野堂依竹,银湾水向城。钓台开旧隐,雪棹缔新盟。书帙侵香细,樽垒荐爽轻。切磋借君子,潦倒愧平生。”[③]二是仗义捐资,扶贫济困。任卿虽为富商,但他“耻以富自玷”,轻财好施。当时,陈儒有《义田记》说任卿乐善好施而建义田,而其从弟任道成其兄志。当遇到饥荒岁月,任卿“为糜粥以食,所全活甚众,给棺以敛不能丧者近万计”;当倭寇侵扰之时,任卿“捐千金以助军饷”;又“建筱里桥及郡城浮桥、英烈祠亭、茅山道院,诸费亦不下数千金”[④]。可见,这位亦儒亦商亦官亦隐的任卿,既有儒家的仁心,也有侠客的义气。三是与竹为友,孤高独立,自得自适。“而止环所居,皆艺竹,尝曰‘惟有此君耳’,故别号竹溪。岁时招宾宴歌,尽欢乃罢。暇则临名帖数纸,觞咏自适。”[⑤]这可以与唐顺之的《任光禄竹溪记》相互印证:“君生长于纷华而能不溺乎其中,裘马、童奴、歌舞,凡诸富人所酣嗜,一切斥去,尤挺挺不妄与人交,凛然有偃蹇孤特之气,此其于竹,必有自得焉。而举凡万物可喜可玩,固有不能间也欤?然则虽使竹非其土之所有,君犹将极其力以致之,而后快乎其心。君之力虽使能尽致奇花石,而其好固有不存也。”[⑥]显然,任卿绝不同于《金瓶梅》中身为官吏与商人而又荒淫

① 《新论》卷一《本造篇》,桓谭撰,朱谦之校辑,《新辑本桓谭新论》,新编诸子集成续编,中华书局2009年版,第2页。

② 任承弼等撰《宜兴筱里任氏家谱》卷九之二所载《竹溪公墓志铭》作者为“翰林检讨毛超”,其实应为毛起。

③ 常州知府王教《竹溪园亭》,任承弼等撰,《宜兴筱里任氏家谱》卷十。

④ 任承弼等撰,《宜兴筱里任氏家谱》卷九之一,民国十六年(1927)一本堂重修本。

⑤ 毛起《竹溪公墓志铭》,《宜兴筱里任氏家谱》卷九。

⑥ 《任光禄竹溪记》,唐顺之撰,《荆川先生文集》卷十二。

腐败的西门庆，而是中国十六世纪转型期一位颇有鄙视朝廷权贵、追求自得自适等市民（包括新兴的商人）精神的先驱者。毛起的《竹溪公墓志铭》也可以与唐顺之等人的诗歌相互印证："彦升高卧处，风物迥清秋。隐几松花落，移琴竹径幽。山光开晓阁，池影上重楼。坐得逍遥趣，何须物外求。"①"山人抱冲襟，幽溪植修竹。灵籁间风雨，疏阴静炎燠。至性苟相成，浮生淡无欲。聊持一尊酒，长歌片云绿。"②显然，有关任卿的传记资料（包括墓志铭等）与唐顺之的散文《任光禄竹溪记》互证互补，呈现出一位有血有肉、性格鲜明的竹溪园主人任卿的形象，加深了人们对竹溪园主人任卿的人格精神的了解，也加深了人们对唐顺之的散文《任光禄竹溪记》的理解：不仅"以竹喻人，赞美不谐流俗、孤高傲世的士人君子"③，而且蕴藏着鄙视朝廷权贵、追求自得自适的人格精神，而追求自得自适的人格精神与明代中后期新兴的市民（包括商人）意识中的解放（启蒙）思想相互沟通。在这方面，作者唐顺之与《任光禄竹溪记》中的竹溪园主人任卿是相通的。因而可以说，《任光禄竹溪记》的风格不仅是"流畅简雅"、"舒卷自如"④，而且是"竹比君子，天然当有此一段议论，墨床书榻，何可一日无此君也。词气傲兀，托讽不少"⑤。显然，唐顺之的《任光禄竹溪记》托物（竹）以寄讽谕，感慨遥深，高风跨俗，傲骨凌霜。众所周知，南朝梁代的刘勰在《文心雕龙·风骨》篇中强调文章应该具有风骨的必要性："辞之待骨，如体之树骸；情之含风，犹形之包气。"⑥并指出"风骨"的基本特征是"文明以健，则风清骨峻"⑦，也就是说文章应该明朗健康，遒劲有力。初唐时的陈子昂在《修竹篇序》中感叹"风骨"的丧失："汉、魏风骨，晋、宋莫传，然而文献有可征者。仆尝暇时观齐、梁间诗，彩丽竞繁，而兴寄都绝，每以永叹。"⑧将丧失"兴寄"视作丧失"风骨"最明显的一个标志。陈子昂《修竹篇》诗以"竹"兴寄，唐顺之《任光禄竹溪记》以"竹"托讽，有异曲同工之妙——重现"风骨"。显然，唐顺之"词气傲兀，托讽不少"的《任光禄竹溪记》，是明代嘉靖年间再现"风骨"的散文佳作。

作者单位：河海大学

---

① 唐顺之《题竹溪母舅园亭》，《宜兴筱里任氏家谱》卷十。

② 顾璘《植竹》，《息园存稿诗》卷四，四库全书本，第 1263 集，361 页；《宜兴筱里任氏家谱》卷十题作《竹溪园亭》。

③④ 徐朔方、孙秋克著《明代文学史》，第 237 页。

⑤ （清）徐文驹、罗景泐编《明文远》（不分卷），《四库全书存目丛书》，集 407，第 130 页。

⑥ 刘勰著、周振甫注《文心雕龙注释》卷二十八《风骨》，人民文学出版社 1983 年版，第 320 页。

⑦ 《文心雕龙注释》卷二十八《风骨》，第 321 页。

⑧ 陈子昂《与东方左史虬修竹篇序》，《陈伯玉文集》卷一，四部丛刊本

论唐顺之儒家文艺思想的发展

——兼论其文学思想与王畿心学的关系

杨遇青

唐宋派作家是游弋于儒学与文学之间的文士群体，文与道的关系始终是其文学思想核心，其文论形态往往取决于对儒学的体验和认知。唐顺之是唐宋派的主将，也是嘉靖时期重要的阳明学者之一。黄宗羲《明儒学案》说："先生之学，得之龙溪（王畿）者为多，故言于龙溪只少一拜。以天机为宗，以无欲为功夫。"[①]唐顺之与心学领袖王畿在学术上"夙有心盟，出乎恒情之外"，在文学上也相互砥砺[②]。左东岭《王学与中晚明士人心态》曾专辟唐顺之一节，认为"王畿对唐顺之的学术与人格的转变应起有相当大的作用"[③]。那么，心学在何种情境下、何种层次上与唐顺之的文学发生关系？又如何建构了唐顺之的文论谱系？拙稿《论嘉靖十才子的文学活动与创作趋向》[④]曾对唐顺之前期文学思想的两次转折予以澄清。本文则以唐顺之嘉靖十四年致仕以后文学思想的演进为研究对象，从天机与天根、心源与本色、理与法三个层面展示其思想的过程性和层次性，以纵深考察心学对文学的渗透。

一

唐顺之在嘉靖十四年称病致仕，开始了 4 年的前家居时期。这是唐宋派文学思想的发轫期，也是唐顺之思想转折的关键期。

这一时期，著名的朱子学学者魏校和阳明学领袖王畿都对其产生过重要影响。关于魏校之学，其弟子归有光认为："大要以主静为功，葆合冲和，蓄极而发，尝谓上天之载，无声无臭，惟潜龙为近之。而与同时讲道者论，终不相合。是时天下尤尊阳明，虽荆溪唐以德（唐顺之），始事先生后复向王氏学。"[⑤]考诸魏校《庄渠遗书》，有 8 封与唐顺之的论学之作，其中讲道："天根之学，妙在涵蓄而忌于漏泄。高明之士或亦有助焉耳。应德聪明绝人，更愿用志不

---

① 黄宗羲《明儒学案》，沈善洪主编《黄宗羲全集》第七册，浙江古籍出版社 2002 年版，第 693 页。

② 王畿《祭唐荆川墓文》，吴震编校《王畿集》，凤凰出版社 2007 年版，第 573 页。王畿在祭文中还说："兄为诗文，炜然名世，谓予可学，每启其钥而示之筌。"

③ 左东岭《王学与中晚明士人心态》，人民文学出版社 2000 年版，第 448 页。

④ 参见《中国文学研究》，2008 年第 4 期。

⑤ 归有光《周孺亨墓志铭》，周本淳点校《震川先生集》，上海古籍出版社 2007 年版，第 464 页。

分,以其全力而向于道,勿溺心于世俗词章,以耗吾真元,汩吾神明,则其进何可量也!"[①]这种"妙在涵蓄"的天根学说对唐顺之的思想及心态影响甚大。

例如,嘉靖十六年,唐顺之写信给项乔说:"大抵人穷则反本,霜降水涸,天根始见。于是大悔曩时孟浪,痛自磨刮,直欲扫去枝叶文饰,从根本上着力。"[②]大约同时,又在写给应槚信里说:"所谓霜降水涸,天根乃见。惟捍彼物累,全我真机,此时工夫,此时意气,不知复何如耳!"天根是纯粹的生命本源,与天根相对的是种种嗜欲凝结成的粘带之根。唐顺之要求学者"忍嗜欲以培天根。久之则此心凝静,百物皆通。而今人则未免粘带,未免牵引。粘带之根固于中而牵引之势摇于外,所以精神力量趣见不如古人。"[③]

根据魏校的教诲与唐顺之对天根的阐释,学者应把一切枝叶文饰从生命中涤荡出去。嘉靖十五年前后,王慎中在南都受到宋学影响,摒弃"模效依仿,以为近古"的复古派观点,积极地向唐顺之推销其"曾王欧氏尤可喜"[④]的新见解。唐顺之则向王慎中宣扬"天根之学"。他嘉靖十六年写信给王慎中说:"世间种种嗜好,凡人之所可玩可喜者,多足以挂兄之胸臆,而动其挹慕不舍之意。此其中于心也,微而不知其植根也,胶而难解,苟一不解,则微者或横溃而著也,根者或引蔓而枝矣。"[⑤]写于同期的《送蔡年兄道卿序》也强调"博之适足以溺心","文之适足以丧质",认为"可喜可慕者"皆如镜花水月般不可得[⑥]。嘉靖十七年,唐顺之又写信给著名诗人顾璘,说自己"尝从诸友人学为古文诗歌,追琢刻镂,亦且数年,然材既不近,又牵于多病,遂不成而罢去。及屏居山林,自幸尚有余日,将以游心六籍,究贤圣之述作,鉴古今之沿革,以进其识而淑诸身,又牵于多病,辄复罢去"[⑦]。说"六籍"与"古文诗歌"都在"罢去"之列,唯欲堕体黜聪,逃虚息影。

唐顺之真的要"罢去"文辞之学了吗?作为已经誉满天下的文学巨子,这显然是不易做到的。魏校晚年批评唐顺之"玩物丧志":"圣贤之书既以妨于心学,弗读。然则所读者乃诸子百家之书,或后世类书、文集,不知以此求放心邪?聊遮眼邪?若遮眼,谓之'玩物丧志'否邪?"[⑧]令魏校深感不满的是,唐顺之把圣贤之书束之高阁,却去读那些诸子、百家、类书、文集。难道唐顺之真的玩物丧志?难道心学与圣贤之书无关,反而与这些杂学相应?或者"玩物丧志"与"求放心"之间有其学理上共通的基址?

所谓"玩物丧志",语出《尚书》,被程颐用于文学批评。有弟子问:"作文害道否?"程颐说:"害也,凡为文不专意则不工,若专意则志局于此,又安能与天地同其大也。《书》云:'玩物丧志',为文亦玩物也。"[⑨]程颐的启示和魏校的教诲是一致的。嘉靖十五年,唐顺之读程氏

① 魏校《庄渠遗书》,四库本,第 938 页。

② 唐顺之《与项瓯东郡守》,见《荆川先生文集》,四部丛刊本,卷五。

③ 唐顺之《与应警庵郡守》,《荆川先生文集》,卷五。

④ 李开先《遵岩王参政传》,路工辑校《李开先集》,中华书局 1959 年,第 617 页。

⑤ 唐顺之《答王南江提学》,《荆川先生文集》,卷五。

⑥ 唐顺之《荆川先生文集》,卷七。

⑦ 唐顺之《荆川先生文集》,卷五。

⑧ 魏校《答唐应德》,《庄渠遗书》,第 764 页。按,魏校卒于嘉靖二十二年。

⑨ 王孝鱼点校《二程集》,中华书局 2004 年版,第 239 页。

书至“作文害道”一节,“愕然有省”[①]。但不久,他就依据“心学”,修正了这一说辞。

唐顺之以“据德游艺”回应“玩物丧志”的批评。其嘉靖十七年的《与田巨山提学》说:“游艺之于玩物,适情之于丧志,只在毫厘之间。如六艺皆古人养性而理心,自此便可以上达天德。”[②]游艺与玩物之间有毫厘之辨,到底从六艺之学里向下沉沦,还是上达天德,并不在于六艺本身,而在于从事六艺的生命态度。

关于德艺之辨,唐顺之《答俞教谕》作了明晰的阐述:

> 古人虽以六德、六艺分言,然德非虚器,其切实应用处即谓之艺,艺非粗迹,其精义致用处即谓之德。故古人终日从事于六艺之间,非特以实用之不可缺,而姑从事去耳。盖即此而鼓舞凝聚,聚其精神,坚忍操炼其筋骨,沉潜缜密其心思,以类万物而通神明,故曰:洒扫应对、精义入神,只是一理。艺之精处即是心精,艺之粗处即是心粗,非二致也。但古人于艺以为聚精会神极深研几之实,而今人于艺则以为溺心玩物争能好胜之具,此则古与今之不同,而非所以为艺与德之辨也。[③]

六德与六艺,体用不二,只是一理。玩物与游艺只有毫厘之别。唐顺之说:“德之与艺说作一个,不得说作二个。不得才提起处,色色总在面前;才放下处,了了更无一物。自是人心本来之妙,而不容增减也。”[④]德艺贯通的基础在于“人心本来之妙”。“据于德”就是依据此心之明德,“游于艺”就是将此明德在事上磨炼一番,“德之与艺说作一个”乃是王守仁“知行合一”的延伸。唐顺之据此,把六艺作为“人心本来之妙”的实践方式。

与魏校不同,唐顺之的“玩物”获得了王畿的肯定。嘉靖十八年,王畿与罗洪先的对话中,“极赞荆川(唐顺之)近来造诣迥别处”,特别指出“荆川近弃得下。纵彼终日执笔,总是轻;念庵(罗洪先)纵终年不作,总是重”[⑤]。所谓“总是轻”,指唐顺之的游艺之学是“人心本然之妙”的切实应用,并不会如魏校所言,“妨于心学”。由此看来,魏校对唐顺之的批评不能简单理解为理学家对文士的说教,更可能是基于理学与心学的思想歧义。

魏校是王畿早期的主要辩论对手。考诸黄宗羲《明儒学案》,两人就天根与天机,辩论甚多。据王畿说:“庄渠(魏校)为岭南学宪时,过赣,先师(王守仁)问:‘子才,如何是本心?’庄渠云:‘心是常静的。’先师曰:‘我道心是常动的。’庄渠遂拂衣而行。”此后,王畿与唐顺之“请教于庄渠”,“庄渠首举前语,悔当时不及再问”。王畿解释说:‘心常活而不死,动即活动之义。’”据此,魏校主天根常静,王畿主天机常动。但分歧不止于此。魏校以为“学有天根,有天机。天根所以立本,天机所以研虑”。而王畿认为“天根即天机也。天根天机不可并举而言,若如公分梳,亦是静存动察之遗意。晤得时谓心是常静,亦可谓心是常动。亦可谓之天根,亦可谓之天机。亦可心无动静,动静所遇之时也”。[⑥] 魏校“静存动察”之说近于朱子学,而偏于“圣学全在主静”;而王畿以为天根即天机,体用圆融,即动即静,随遇而发。王守仁

① 唐顺之《答蔡可泉》,《荆川先生文集》,卷七。

②③ 唐顺之《荆川先生文集》,卷五。

④ 唐顺之《答戚南玄》,《荆川先生文集》,卷五。

⑤ 徐儒宗编校《罗洪先集》,凤凰出版社2007年版,第57页。

⑥ 黄宗羲《明儒学案》,沈善洪主编《黄宗羲全集》第七册,浙江古籍出版社2005年版,第282页。

说:“良知明白,随你去静处体悟也好,随你去事上磨炼也好。良知本体原是无动无静的。”[①]王畿的观点契合于王守仁动静一如的良知学说。

唐顺之在嘉靖十一年已向王畿问学[②]。嘉靖十五年,王畿访唐顺之于武进,从此,与唐顺之“久处山中”[③],“或联袂而并出,或枕肱而交眠,或兄为文,予为执笔”,“异形同心,往返离合者二十余年”[④],相知最深。唐顺之嘉靖二十一年《寄黎知州》认为“心是活物”“本来如是”;嘉靖二十四年的《与两湖书》说:“天机尽是圆活,性地尽是洒落。”[⑤]完全扬弃了魏校天根主静之说。其嘉靖三十五年的《答聂双江司马》说:“盖尝验此初心,天机活物,其寂其感,自寂自感,不容人力,吾与之寂与之感,只自顺此天机而已。”[⑥]此心即天机,寂感即动静,顺此天机,不容人力。正如王畿《与唐荆川》谓:“此机无寂感,无闲忙,有无之间,不可致诘,是谓圆机。”[⑦]既然心是活物,就不应专于主静,如槁木死灰,也应在事上磨炼。因而,唐顺之《答侄孙一麟》说:“若就从观书学技中将此心苦炼一番,使观书而燥火不生,学技而妄念不起。此亦对病下针之法,未可便废也。”[⑧]唐顺之早年向魏校问学,以为天根妙在涵蓄,但当他深入王学堂奥,体会到天机活泼,那么功夫就应贯彻于寂感动静。所以,他“凡载籍之所纪,耳目之所经,心思之所及,神奇臭腐,无所不语而靡所不研”[⑨]。

唐顺之《答俞教谕》区别了作为“聚精会神极深研几之实”的古人之艺与作为“溺心玩物争能好胜之具”的今人之艺。魏校所批评的只是今人玩物之学,与天机尚有一间之隔。而唐顺之由天根主静的魏氏学趋向于即寂即感的王氏学,在此基础上,所谓“六艺”及“古文诗歌”作为天机的全体大用被容涵在心学实践之中了。

二、心源与本

唐顺之的心学与文学思想的发展是同步的。嘉靖十五年前后,他在儒学方面“取程朱诸先生之书降心而读焉”[⑩];在文学方面“归取七大家文读之”[⑪],始推崇具有儒家色彩的唐宋古文以及风格淡雅的韦刘诗风。但这种状况并不能令唐顺之感到满意。问题是,据德游艺之学如何落实于文学书写?“人心本来之妙”如何在写作过程中贯通本末而圆融无碍?

---

① 吴光等新编《王阳明全集》,浙江古籍出版社 2011 年版,第 115 页。

② 焦竑《国朝献征录》,四库存目本,史 103—481 页。嘉靖十一年,“时王龙溪以阳明先生高弟寓京师,先生一见之,尽叩阳明之说”,嘉靖十二年,罗洪先写信给唐顺之说:“近日与龙溪商量何如?”

③ 王畿《史纂左编序》,《王畿集》,第 346 页。

④ 王畿《祭荆川先生墓文》,《王畿集》,第 573 页。

⑤ 唐顺之《荆川先生文集》,卷五。唐顺之“天机”说的代表作《中庸辑略序》、《明道语略序》及《与两湖书》等作于嘉靖二十二年至二十四年,标志着其思想趋于成熟。

⑥ 唐顺之《荆川先生文集》,卷六。

⑦ 王畿《与唐荆川》,《王畿集》,第 267 页。

⑧ 唐顺之《荆川先生文集》,卷七,卷六。

⑨ 王畿《祭荆川先生墓文》,《王畿集》,第 573 页。

⑩ 唐顺之《与王尧衢书》,《荆川先生文集》,卷五。

⑪ 李开先《康王王唐四子补传》,《李开先全集》,第 807 页。

嘉靖二十年春，唐顺之再遭编氓之谪，开始长达17年的后家居生涯，于枯淡寂寥之中，获得对天机更为切实的体验。与此同时，其文学思想呈现出浓郁的儒学色彩。其嘉靖二十一年的《与莫子良主事书》说：

> 大率读书以治经明理为先，次则诸史可以备见古人经纶之迹与自来成败理乱之几，次则载诸世务可以应世之用者。此数者其根本枝叶相辏，皆为有益之书。若但可以资文词者，则其为说固已末矣。况好文字与好诗亦正在胸中流出，有见者与人自别，正不资借此零星簿子也。虽古之诗文名家者，其说亦不过如此，况识其大者乎！①

《程氏遗书》"做文害道"章对唐顺之嘉靖十五年前后的思想转折有重要启示。其实，《遗书》这一条里，不仅反面举证了"做文害道"的事例，而且正面道出圣人做文的原则："圣人只摅胸中所蕴，自成文也。"②显然，这种儒家观点对唐顺之有所影响。唐顺之认为，文学自有别材别趣，"正从胸中流出"。他排斥了复古派"富于集材"的积累，表现出重主体而薄"文词"的倾向。其《与洪方洲书》说："盖文章稍不自胸中流出，虽若不用别人一字一句，只是别人字句，差处只是别人的差，是处只是别人的是也。若皆自胸中流出，则炉锤在我，金铁尽熔，虽用他人字句，亦是自己字句。"③心如熔炉，可以融释一切语言文词问题，只要从胸中流出，好文字与好诗自在其中。

嘉靖二十年代后期，唐顺之重视主体精神的文学思想发展到极为透辟的阶段。他这段时间写成的《与茅鹿门主事书》《与洪方洲书》《与洪方洲郎中》和《与冯午山》等书信，充分表达了其"文字工拙在心源"的文学本体论和"本色"书写的创作论。其中《与茅鹿门主事书》对"洗涤心源"和"所谓真精神与千古不可磨灭之见"的阐释，振聋发聩，把文学的主体精神弘扬到前所未有的高度。唐顺之说：

> 只就文章家论之，虽其绳墨布置，奇正转折，自有专门师法。至于中一段精神命脉骨髓，则非洗涤心源，独立物表，具今古只眼者，不足以与此。今有两人，一人心地超然，所谓具千古只眼人也，即使未尝操笔呻吟学为文章，但直据胸臆，信手写出，如写家书，虽或疏卤，然绝无烟火酸馅习气，便是宇宙间一样绝好文字。其一人犹然尘中人也，虽其专专学为文章，其于所谓绳墨布置，则尽是矣。然番来覆去，不过是这几句婆子舌头语，索其所谓真精神与千古不可磨灭之见，绝无有也。

这段论述以"文字工拙在心源"④的命题融合了真精神及其"直据胸臆，信手写出，如写家书"的书写方式，成为心源—本色论的完整表达。

就本体而言，心源论指向一种唯有"心地超然"的"千古只眼人"才具有的真精神。唐顺之《与袁坤仪》说："古圣贤教人，虽一曲艺，未尝不与心学相通。能以养心为主，时时刻刻，收摄精神向里，然后从而读书做文，会其理于语言文字之中，而发其趣于耳目闻见之外，所谓溯

---

① 唐顺之《荆川先生文集》，卷五。

② 《二程集》，第239页。

③ 唐顺之《荆川先生文集》，卷七。

④ 唐顺之《与洪方洲书》云："向曾作一书与鹿门，论'文字工拙在心源'之说，兄曾见之否。"

流而寻源也。”[①]文学写作要溯流而穷源，这个源头并非李梦阳揭橥的古典风格或民间取向，而是指书写者的心源本色。如其《答吕沃州》所云：“自非兄之悬心真实，直从心源上着功夫，不能为此言。”[②]从心源上下功夫，是阳明心学的头脑，必须以无欲的功夫，扫除尘机，使本自澄明充拓的心体，不尚爱恶，流行不滞，从而呈现出“吾心天机自然之妙”。否则心灵受到物欲蒙蔽，真精神便无法透显出来了。

就文学表达而言，心源论要求以“直写胸臆”的方式表现本来面目。唐顺之《与洪方洲书》说：“近来觉得诗文一事，只是直写胸臆，如谚语所谓‘开口见喉咙’者，使后人读之，如见其面目，瑜瑕俱不容掩，此所谓本色，此为上乘文字。”[③]“本色”是不能伪装的，以“扬子云闪缩谲怪，欲语不说，此最下者，其心术亦略可知”。本色是书写者本来面目与言说方式的统一，闪缩谲怪的语言形态惹人厌弃。罗洪先嘉靖二十三年曾评唐顺之《中庸辑略序》为“直下斩然，开口见脏”[④]，可见其写作实践了“本色”的思想。

值得注意的是，唐顺之的心源—本色论受王畿的影响甚大。王畿曾为唐顺之《精选〈史记〉、〈汉书〉》作序，阐述其“虚明一窍”的文学思想。他说：

> 尝闻之古文之与时文，其体裁相去甚远，而其间同异之机不能以寸。要皆于虚明一窍发之，非明者莫能辨也。……荆川之是编，自谓得班马之髓，而于《汉书》犹精，盖所谓得其‘窍’者也。昔有关中人士尝持所作，请证与阳明先师，先师谓曰：某篇似《系辞》，某篇似《周诰》，某篇似《檀弓》，某篇绝似《谷梁》。某人甚喜，因谕之曰：“十岁童子，作老人相，拄杖曳履，咳唾伛偻，非不俨然似也，而见者笑之。何者？以其非真老人也。……”尝以语荆川子，荆川子深颔之，谓可以为作文之法。[⑤]

考诸唐顺之嘉靖二十四年《与两湖书》，其中道：“《汉书》批抹约四五十传，亦颇尽之。”[⑥]因而他“自谓得班马之髓”。但王畿告诉他“夫天下事未有不从‘虚明一窍’中出，而能真得其精者也”。所谓“虚明一窍”即指心源。[⑦] 据说，唐顺之深受启发，以为“作文之法”。

作为文学本源的“虚明一窍”是王畿一贯的文学主张。嘉靖三十六年，王畿与王慎中有一段饶有趣味的对谈。王慎中说：“韩子谓：‘师其意，不师其词。’此是作文要法。”王畿认为：“古人作文全在用虚，古今好文字，足以有传。未有不从‘圆明一窍’中发者，行乎的当行，止乎所不得不止，一毫意见不得而增减焉。只此是作文之学，只此是学。”[⑧]文人讲究“作文之法”，把《史》《汉》的韵致与法度作为典则。但儒者讲究“作文之学”。这绝非那些能够“脱胎换骨”的文章法度，而是虚明一窍的心源流行不息，是一种行止自然的真精神与天然法度。

① 袁黄《游艺塾续文规》，续四库本，第167页。《荆川集》佚文。

② 唐顺之《荆川先生文集》，卷六。

③ 唐顺之《荆川先生文集》，卷七。

④ 徐儒宗编校《罗洪先集》，凤凰出版社2007年版，第222页。

⑤ 《王畿集》，第347页。

⑥ 唐顺之《荆川先生文集》，卷五。

⑦ 虚明之说，出于老庄，后为儒释道所通用。例如，《庄子》曰：“虚者，心之斋也。”林希逸《庄子口义》曰：“此心不杂，则纯一虚明”。张载《正蒙》则说：“虚明照鉴，神之明也。”

⑧ 《王畿集》，第707页。

王畿说，这种"作文之学"是关乎身心性命的大学问。据王畿所言，唐顺之从"虚明一窍"的思想中受到启发，从而剖破藩篱，把文学的基址彻底地置于"心源"之上，构建了以真精神和千古不可磨灭之见为内容、以本色为书写特征的心源论范式。

当唐顺之以这种观念来解释儒家文艺思想的基本纲领时，其文学思想的中心便不是王慎中"义理载以行焉"[①]的文以载道论，而是"文字工拙在心源"、"秀才论文不论工拙，只要真精神透露"的心源表现论。形成这种差异的根源在于，王慎中把其文学思想的根本追溯为"发之于性"[②]，其学理仍基于朱子学"以心载性"的中和新说；唐顺之把它归之于"人心本然之妙"，彻底以阳明学的"即心即性"解构文学表象。这种理论体现了阳明学的精髓与时代精神的走向，在修辞方面却颇为偏激，适足以瓦解包括唐宋派在内的任何有所依傍和骛于枝叶的文学倾向，对其后徐渭、李贽及袁宏道一脉的文学思想极具启迪意义。

三、理与法

唐顺之"理法俱妙"的文学思想受到邵雍和陈献章的影响。其嘉靖十七年的《与田巨山提学》说："仆自别后，携家至阳羡，谢去世事牵缠，时时闭门墨坐，始知平日没于多歧，荡精摇神之过，每读邵子'劳多未有收功处，踏尽人间闲路歧'之语，则怃然大悔者久之。"[③]到嘉靖二十年初，我们在其笔下看到不少征引邵雍诗歌的明证。他说："自屏居以来，齿发渐变，非惟不敢复有当世之志，至于诗词末艺，吾兄向以为可教者，亦经年不复能措一字，真成一支离人矣。每独行树下，诵康节'当年志气欲横秋，今日看来甚可羞'之语，不觉自笑也。"又如："康节云：'岂谓此身甘老朽，尚无闲地可盘桓。'每诵此语，怅然太息，文词技能种种与心为斗，亦从生徒交游之例，尽谢遣之，尽息绝之。"[④]嘉靖二十三年前后，他在这种悔其少作的心境下，提出"诗宗邵雍，文法宋调"的新见解：

> 其为诗也，率意信口，不调不格，大率以寒山、击壤为宗，而欲摹效之，而又不能摹效之。其为文也，大率所谓宋头巾气习，求一字秦字汉语了不可得，凡此皆不为好古之士所喜，而亦自笑其迂拙而无成也。[⑤]

唐顺之在信中劝谏皇甫汸："若以一生之精力尽于此，即尽得古人之精微，犹或不免乎以珠弹雀之谕。"[⑥]认为一切雕虫篆刻之作，风云月露之章，舍本逐末，即便"尽得古人之精微"，也不过以珠弹雀而已。按照据心源论的思想，他摒弃了"消磨剥裂"的文辞之学，要把写作的基址置换到从胸中流出的"人心本然之妙"上来。因而，他也厌倦了复古派的"秦字汉语"，要以寒山、邵雍和宋头巾气为法，以"率意信口"的方式直抒情怀。

---

① 王慎中《黄晓江文集序》，《遵岩先生文集》，《北京图书馆古籍珍本丛刊》集105，书目文献出版社1988年版，第752页。

② 王慎中《杭双溪诗集序》，同上，第727页。

③ 唐顺之《荆川先生文集》，卷五。

④ 唐顺之《荆川先生文集》，卷八，卷五。

⑤ 唐顺之《荆川先生文集》，卷六。"击壤"，指邵雍的《伊川击壤集》。

⑥ 唐顺之《荆川先生文集》，卷六。

唐顺之随即把这一思想分享给了至友王畿。其《跋自书康节诗送王龙溪后》说：

> 古今能知康节之诗者玉台翁一人而已。虽然，所谓别传者则康节（邵雍）所自得，而少陵之诗法，康节未尝不深入其奥也。康节可谓兼乎"二妙"者也。南江王子（王慎中）深于诗法者也。间以余言质于南江，南江曰然。龙溪王子盖有得乎别传之意者，而亦未尝不深于诗法也。索予章草。余为举似《击壤集》数首。龙溪盖素以余论诗为然者也。①

所谓玉台翁，指明代心学鼻祖陈献章。邵雍一派诗歌大抵"以伦理为本，以修词为末"，至明弘治间，陈献章、庄昶诸人"转相摹仿"，衍为流派，称庄陈体②。集儒者与诗人于一身的陈献章认为杜子美是诗家之圣者，邵雍的诗歌则是儒学之"教外别传"。所谓"别传"本是禅宗对宗统的自我标榜，以区别于天台、唯识和华严等教下三家。这里借指邵雍并非以儒家习见的笺注、讲学或语录形式来传达儒家思想，而是以诗的形式展现出来。唐顺之不但肯定了这种诗教别传，把兼融诗学与儒家哲学精神称之为"二妙"，以诗圣杜甫与儒教诗人邵雍为"二妙"之典范，进而认为"康节以锻炼入平淡，亦可谓语不惊人死不休者矣。何待兼子美而后为工哉"③。唐顺之戏称王慎中深于诗法，王畿得乎别传之意，自己则两无所得。其实，意在言外，"兼乎二妙"正是唐顺之的人生趋向和生命理想罢了。

王畿把"二妙"概括为"理、法俱妙"。理是指儒家自得的精神哲学，法是由杜甫所代表而邵雍所兼有的文章法度。《钦定四库总目提要》曰："唐顺之选汉魏至明之诗为《二妙集》，盖取陈献章论诗'法与理俱妙'之语以名其书。"④考诸《陈白沙集》，只有卷五《随笔》提到"子美诗之圣，尧夫更别传。后来操翰者，二妙少能兼"。其中，"二妙"的意义并不显豁。而唐顺之的弟子万士和《二妙集序》说："先生尝选汉魏以来古选歌行绝句律诗各若干首。龙溪王氏名之曰《二妙集》，盖用白沙语，谓其理、法俱妙。"⑤因而，"法与理俱妙"或非陈献章"二妙"的确切涵义，而是王畿依据唐顺之"二妙"说做出的再阐释。

王畿是唐顺之中年以后文学思想的见证人。唐顺之去世后，王畿为亡友所编之《击壤集》作序说："予友荆川唐子专志静养，工于诗，有意于别传者，谓康节之诗实兼二妙。"在《击壤集序》里，他对唐顺之的诗宗绍雍的别传之旨做出全面阐释：

> 白沙以诗之圣属诸少陵，而康节为别传。盖因其"不限声律，不沿爱恶"，异乎少陵之工，为诗家大成也。夫诗家言志，而志本于学。康节之学，洗涤心源，得诸静养，穷天地之变，究古今治乱之源，以经世为志，观于物有以自得也。予观晋魏唐宋诸家如阮步兵、陶靖节、王右丞、韦苏州、黄山谷、陈后山诸人，著作相望。虽所养不同，要皆有得于静中冲淡和平之趣，不以外物挠己，故其诗亦皆足以鸣世。窃怪少陵作诗，反以为苦，异乎无名公之乐而无所累，又将奚取也。⑥

---

① 唐顺之《荆川先生文集》，卷十七。

② 《四库总目击壤集提要》，《邵雍集》，中华书局 2010 年版，第 570 页。

③ 唐顺之《与王遵岩参政》，《荆川先生文集》，卷七。

④ 纪昀等《钦定四库全书总目》，中华书局 1997 年，第 2691 页。

⑤ 《四库全书总目》，第 1749 页。

⑥ 《王畿集》，第 344 页。

从静养中获得的冲淡和平之趣，即是别传的理趣。康节之学洗涤心源，得诸静养；唐顺之专志静养而工于诗；阮、陶、王、韦诸子"所养"不同①，但都有得于冲淡和平之趣，因而其诗学品味出于"总为从前作诗苦"的杜甫之上。从王畿列出的谱系看，崇尚邵雍的诗学容纳了崇法陶韦的山水田园风格和以黄庭坚、陈师道为代表的宋诗学，反映出唐顺之《二妙集》的审美意趣与诗学谱系。与文人们对冲淡风格的摹写不同，作为儒者的王畿与唐顺之重视涵养出冲淡意趣的心灵源头。唐顺之咏菊诗写道："不沾春色也秾纤，小院疏篱秘靓严。人比孤花清入圣，天然真味淡非盐。未须采摘供调药，为嗅馨香置近檐。落英好护余根在，来岁还看茁玉尖"②在家居生活的寂寞况味里，唐顺之体会到天然真味尽在至淡之中，希冀"落尽铅华，独存本质"，呵护好生命的根本，年年绽放出充满真味的花蕊。

毋庸置疑，对陈献章"静中养出端倪"的心学，唐顺之是有保留的。其《答吕沃州御史书》说："白沙先生尝言：'静中养出端倪'，此语须是活看。盖世人病痛多缘随波逐浪，迷失真源，故发此耳。若识得无欲种子，则真源、波浪本来无二，正不必厌此而求彼耳。"③根据其即寂即感的天机说，唐顺之"尝参之闭门静坐之中，参之应接纷扰之中"。他以为，闭门静坐"譬如有人积热蕴结，必假芩连诸冷药以解其毒，非以为冷气即元气"。唐顺之"自觉欲障缠缚之深，而放逸之久矣。方欲入空山枯坐蒲团"，因而从哲学上，他主张天机活泼，即寂即感；但在实践上，他确实也曾把"专志静养"作为对症下药的"冷药"④，在诗学上他也受到邵雍和陈献章的影响，表现出"静中冲淡和平之趣"。

"理法二妙"推崇这种冲淡和平的别传旨趣外，也内含着对"法"的探求。唐顺之《与茅鹿门主事书》曾说："只就文章家论之，虽其绳墨布置，奇正转折，自有专门师法。至于中间一段精神命脉骨髓，则非洗涤心源，独立物表，具今古只眼者，不足以与此。"如果说"中间一段精神命脉骨髓"指向"真精神"，或表达为"静中冲淡和平之趣"。那么"专门师法"似乎被遗弃了。事实上，唐顺之曾对文法问题深加琢磨。据王畿记载："予友荆川子尝读《史记》《汉书》，取其体裁之精且变者数十篇，批抹点裁，以为艺文之则。"⑤又在《史纂左编序》里，王畿更说："予与荆川子久处山中，是编每从商订，得其笔削去取之故，间亦有一得之助焉。"⑥但唐顺之越过绳墨布置，追求笔墨之外的"神解"。他在《与两湖书》里说："盖其首尾节奏，天然之度，自不可差，而得意于笔墨蹊径之外，则惟神解者而后可以语。"他蔑视"说秦说汉"者指认的笔墨蹊径，以为"天然之度"应当"得乎心应乎手，若轮扁之斫轮不疾不徐；若伯乐之相马非牡非牝。"⑦

"天然之度"有赖于"神解"。唐顺之晚年的《文编序》对此有专门论述。他以为：

---

① 唐顺之《答茅鹿门主事书》说："老庄家有老庄家本色，纵横家有纵横家本色，名家墨家阴阳家皆有本色，虽其为术也驳而莫不皆有一段千古不可磨灭之见。"亦有"所养不同"之意。

② 唐顺之《家僮自野田携黄菊二株至轩中感而有作三首》，《荆川先生文集》，卷三。

③ 参见唐顺之《答聂双江》，《荆川先生文集》，卷六。

④ 唐顺之《荆川先生文集》，卷六。

⑤ 《王畿集》，第347页。

⑥ 《王畿集》，第346页。

⑦ 唐顺之《荆川先生文集》，卷五。

以为神明乎，吾心而止矣，则乾坤之画亦赘也。然而画非赘也，神明之用所不得已也。……然则不能无文，而文不能无法。是编者，文之工匠，而法之至者也。圣人以神明而达之于文；文士研精于文，以窥神明之奥。其窥之也，有偏有全，有大有小，有驳有醇，而皆有得也，而神明未尝不在焉。所谓法者，神明之变化也。[①]

荀子说："心者，形之君也而神明之主也。"[②]神明之学即是心学。无论天文还是人文，都是吾心神明之学的延伸。王畿《与唐荆川》论天机说："若信得着及时，全体精神收摄来，只在此一处用，针针见血，丝丝入理，神感神应，机常在我。"[③]在生活世界里，"不能无文，而文不能无法"，应从典范作品里摸索出法度来。但就本源而论，"法"是"神感神应"，是"神明之变化"。在神明烛照的境地，不涉安排，也不必奢谈"专门师法"。因此，学者既要能深研开阖首尾经纬错综之法，更应进技于道，识其大者，窥见神明的作用。

唐顺之认为，圣人制作是最高典范，神明变化是法度本源。"吾心天机自然之妙"[④]流行周遍，弥沦万物，发而为音，"其声与气之有所转而所谓开阖首尾之节"；发而为文，则"必出乎自然而不可易者，则不容异也"[⑤]。这种书写，看起来信口率意，其实是神明的"无断无续"，"神感神应"，发用流行，自然中节。法度是"无法"与"有法"的统一，是寂与感的统一，是"吾心天机自然之妙"在创作中极高明而道中庸的体现。

作为阳明学者，唐顺之以心学构筑了中年以后文学思想的微妙形态。心源—本色论是其文学思想的基石，"法与理俱妙"则构成了他的架构。寂中见冲淡之趣，感中有神明之法，"心统理法"即是即寂即感的天机说的文学呈现。从一定意义上讲，王畿不但给唐顺之文学思想以灵感，他也比王慎中等更有资格成为唐顺之文思的诠释者和参照系。在他们的语境里，德与艺之间没有了横亘其间的天堑，心灵与法度之间搭起了心桥，文学被赋予了一种闳深的哲学基础，主体精神重铸了诗学话语，他们也无疑为晚明思潮开启了心灵之门。

作者单位：西北大学

① 唐顺之《荆川先生文集》，卷十。

② 王先谦《荀子集解》，诸子集成本，第 265 页。

③ 王畿《与唐荆川》，《王畿集》，第 267 页。

④ 唐顺之《明道语略序》，《荆川先生文集》，卷十。唐顺之说："盖其酝酿流行，无断无续，乃吾心天机自然之妙而非人力可为。"

⑤ 唐顺之《董中峰侍郎文集序》，《荆川先生文集》卷十。

论唐顺之的人格精神与晚岁出山抗倭

邵金金

嘉靖三十七年(1558),乡居十七年的唐顺之应严嵩及赵文华的举荐出山,受任职方郎中。受任之后,唐顺之先赴蓟镇核查边情,之后又赴东南地区协助胡宗宪进行抗倭事宜,最终病逝于抗倭前线。对于这样一位舍命为国,捐躯沙场的士人,他的出山选择及之后在抗倭战场上的作为却没有得到当时士人群体的广泛认同。认识唐顺之出山选择的原因对于准确评价唐顺之出山选择及之后的行为有着重要的意义。本文将在梳理前人对唐顺之出山原因认识的基础之上,对这一问题做进一步论述。

一

唐顺之出山选择最初便遭到了一些故交的反对。由于事涉严党,他们认为此举有损唐顺之的名节,故在其出山之前纷纷劝阻。李开先致书唐顺之曰:“此一起官,颇纷物议,出非其时,托非其人。若能了得一两事,急急归山,心迹庶可少白于天下。不然,将平日所守而尽丧之矣。”①唐顺之也深知此次出山会遭到士林对其名节的非议。罗洪先在《祭唐荆川文》中云:“尝闻自哂,出则群咻。”②但唐顺之最终没有顾及时论非议,而是“知之而蹈”,毅然出山抗倭。究竟是什么动因打消了唐顺之对名节的顾虑,让他踏上出山之路呢?对此,唐顺之本人并无专文论说,后人众说纷纭,其中几种看法较具代表性:

第一,唐顺之出山是为了重登仕途,继续自己的仕宦之路。李开先在《荆川唐都御史传》中云:“第言行止非人所能,听其自至而已。两次复书,总是愧护。……其意必以为年且长矣,不际此一出,后恐无时。”③可见李开先认为唐顺之之所以不顾时议出山,是因为他担心时不我待,如拒绝赵文华的援引,恐怕日后没有机会再次步入仕途。

第二,唐顺之受严嵩的胁迫,不得不出山。《唐顺之与明代抗倭斗争》一文认为“严嵩的威逼,使唐顺之感到极大的压力。顺之经过一番犹豫推托,最终于嘉靖三十七年(1558)再度出山,赴京述职”④。

---

① 李开先著,路工辑校《李开先集》,中华书局1959年版,第624页。

② 罗洪先撰,徐儒宗编校《罗洪先集》,凤凰出版社2007年版,第918页。

③ 李开先著,路工辑校《李开先集》,中华书局1959年版,第625页。

④ 黄毅《唐顺之与明代抗倭斗争》,《深圳大学学报》2009年第6期。

第三，唐顺之出山之举是受“亢奋”情绪的导引，是对自我压抑的一种反抗。《关于唐顺之晚岁之出》一文认为：“自虐式的修炼与无视‘公论’的一‘出’之间，无疑有某种联系；后者被作为了对压抑（包括自我压抑）的不自觉的反抗，也未可知。出山后短暂的军旅生活中表现出的亢奋（病态的激情）也可为佐证。”①

李开先的“为官出山说”缺乏实际的依据。从李开先“其意必以为年且长矣，不际此一出，后恐无时”这样的表述中，可知唐顺之“为官出山”仅是李开先个人的揣测，其中包含着李开先对唐顺之出山选择的困惑。况且唐顺之生前对此也有所辩白，他在《与章阳华中丞》中云：“山中三十年心事，公所素悉。吾岂恋恋一官者哉！”②

严嵩的威逼应该对唐顺之的出山选择造成了一定的影响，但是这种影响并不能成为决定唐顺之出山的关键因由。其因有二。首先，从唐顺之出山前的履历中，我们可以看出他是一个不畏权势且秉性刚硬的士人。权势威逼不曾让唐顺之改变自己的人生选择。嘉靖八年，唐顺之举会试第一，内阁首辅张璁意欲拉拢顺之，但顺之恶张璁之专横，借告病避而远之。此举惹怒张璁，最终张璁“拟旨以吏部主事罢归，永不复叙”③。嘉靖十八年，唐顺之以原官复出，恰逢嘉靖帝因拟立太子事和群臣对峙，群臣畏嘉靖帝的凶残皆噤声，独唐顺之联合罗洪先、赵时春犯颜直谏。时人对唐顺之这种秉性多有称赞，罗洪先《与双江公》称：“荆川命世之杰也。其行峻洁，其学精进，其志坚刚。”④因此，很难想象对张璁和嘉靖帝毫不畏惧的唐顺之会因严嵩的威胁而委曲求全，置名节于不顾。其次，唐顺之出山之后的精神状态丝毫不见被逼迫的迹象。如果是被迫出山，那么出山之后的唐顺之定然会表现出颓丧和压抑的情绪。但事实却恰恰相反，唐顺之在出山之后，特别是在抗倭战场上的情绪是昂扬积极的。

“亢奋出山说”从唐顺之的精神气质着眼，较前两种说法似乎更为深入。但观唐顺之生平，会发现唐顺之并非意气用事之人。李开先称其：“虽一拜往返之细，亦斟酌可否而后行之。”⑤所以唐顺之应该不会在关乎名节的大事上仅出于对公论的抵触就轻率为之。况且用“亢奋”来概括唐顺之出山之后的精神状况也与实际不符。

当然我们并不否认促使一个人做出重要人生选择的动因是多方面的，但对于一位“行峻志刚”的士人而言，他人生道路的选择往往并不是由情势利害所决定，而主要是出之于自身人格及相应人生价值观的导引，这也正是士人不同于其他群体的特殊精神所在。当我们追寻历史上一些优秀士人独特人生的选择原因的时候，往往会发现这些选择背后隐伏着强大的人格支撑，尽管他们的行为也许在世人眼中看来有些不合时宜。如宋末文天祥“死忠”的人生选择背后是对“正气”人格的坚守，于谦“粉身碎骨”的人生选择源于他对“清白”人格的执着。那么，作为明代中期的一个典型士人，唐顺之不顾“名节非议”的人生选择的也定然与他的独特的人格精神紧密相连。我们不妨从这个角度出发，通过深入剖析唐顺之的人格精神来为其出山的缘由提供一些更有说服力的解释。

---

① 赵园《关于唐顺之晚岁之出》，《南通大学学报》2009 年第 3 期。

② 唐顺之《荆川先生文集》，四部丛刊本，第 168 页。

③ 张廷玉等《明史》，中华书局 1974 年版，第 5423 页。

④ 罗洪先撰，徐儒宗编校《罗洪先集》，凤凰出版社 2007 年版，第 188 页。

⑤ 李开先著，路工辑校《李开先集》，中华书局 1959 年版，第 623 页。

二

通过对唐顺之出山前思想的全面考量，笔者认为以下三方面“人格精神”可能导致了唐顺之不顾非议，从容出山的人生选择。

首先，“狂狷”的人格精神是唐顺之出山的重要原因。宋克夫先生在《宋明理学与明代文学》一书中将“狂狷人格”概括为“‘信心而行’，‘了地忌惮’的自由意识和人格特点”[①]。明代中叶，随着阳明心学的盛行，“狂狷”成为部分文人崇尚的一种人格典范，唐顺之便是其中的典型代表。唐顺之在《与两湖书》中盛赞了“狂”的人格精神：

> 今之所谓狂也，而豁豁磊磊，率情而言，率情而貌。言也，宁触乎人而不肯违乎心；貌也，宁野于文而不色乎庄。其直以肆，则亦古之所谓狂也。[②]

在《与项瓯东郡守》中，唐顺之又进一步阐发了“狷”的人格精神：

> 据吾见，旧人规模且未免作世间一种寡过之人，其于贤圣作用尚是有间。学问须先定其基，故孔子不取谨愿之士而取狂狷为有机也。狂者固不待言，至于谨愿之士与狷者，其不为不善亦较相似。但狷者气魄大，矫世独行更不畏人非笑。谨原之士，气魄小，拘拘谫谫多畏人非笑，狷者必乎巳(疑为“己”)，而谨愿者役于物，大不同耳。[③]

显然，在唐顺之看来，“狂狷”人格精神应该包含“豁豁磊磊”和“矫世独行”两种人格风范。这一人格精神让唐顺之有主动挑战艰险人生的意图和愿望，他在《答洪方洲主事》云：

> 且夫豪杰之士出头干事，矫众特立则易以招尤，惟闭关括囊则可以无咎。然君子不辞自立于多凶多惧之地也者。将以自验也。仆辈幸在闲田地，然悠然过日，德不加修，未必不由此乎？[④]

唐顺之认为君子应该立于“多凶多惧之地”，通过“矫众特立”的行为来验证自己的道德修为。唐顺之出山之时的环境恰是这样的“多凶多惧之地”。嘉靖一朝党争激烈，嘉靖二十八年严嵩担任内阁首辅之后，朝中政治斗争更趋严酷，正直大臣受迫害者众多。而此时北部俺达部族屡次入侵，东南倭乱频发，且愈演愈烈。加之嘉靖帝多忌嗜杀，边将稍有过失便遭罢黜，甚至有杀身之祸。这样险恶的局势可能让一般人心生畏惧，但对于“狂狷”的唐顺之却是验证自己道德修为的绝佳时机。另外，其“豁豁磊磊”的人格精神也可以让他克服世人非议的阻力。因此，狂狷的人格精神应该在一定程度上促使了唐顺之出山的人生选择。

其次，拯民救世的人格精神是唐顺之出山的内在驱动力。王畿在《祭唐荆川墓文》中云：“是岂知兄救世一念根之天性，与金石同坚，死生出处不离乎是，吾尽吾心而已，成败利钝非

---

① 宋克夫《宋明理学与明代文学》，社会科学出版社2013年版，第150页。

② 唐顺之《荆川先生文集》，四部丛刊本，第95页。

③ 唐顺之《荆川先生文集》，四部丛刊本，第97页。

④ 唐顺之《荆川先生文集》，四部丛刊本，第108页。

有所计而然。"[1]王畿认为唐顺之的天性中有"救世一念",正是这种念头决定他"出处"的人生选择。唐顺之曾师事王畿,两人相知甚深,他自称于王畿"独少北面四拜之礼"[2]。因此王畿对唐顺之的盖棺之论应该有较大的参考价值。

"拯民救世"观念始终系于唐顺之心魂。他在与友人的书信中多次表达此种心曲。他在《与罗念庵修撰》中云:"死生一事矣,一切任之,无足深挂意者……年来世事扰扰,忧国一念未能弭忘。"[3]在《万两溪吏部》中云:"四十以前,虽屡经废锢,至于为国为民一念,每饭未之敢忘。"[4]

嘉靖三十一年,倭患大炽,罢黜乡居的唐顺之"拯民救世"之念更加深切。抗倭前线的战事时时牵动着他的内心。他的一些诗歌记录下了他当时的心情,如《病中秋思八首》之三:"何年海上入妖氛,满地楼台尽一焚。刃露雪霜惊壮士,阵翻蛱蝶扫疲军。星河避影宵烽逼,砧杵停声哭巷闻。野老无能效筹策,空谈长铗对秋云。"[5]再如《病中秋思四首》之四:"愚公本意拙于谋,癖在烟霞况未瘳。蝉响蛩鸣分昼夜。寒灰槁木混春秋。医方百试增身病,藿食终年与世休。责守一无聊自慰,且忘倭寇过苏州。"[6]这些诗歌表达了他对国事的关心、民生的同情及请缨无路的苦闷。此外,倭患爆发之后,唐顺之曾赴会稽考察抗倭前线。徐渭《壬子武进唐先生过会稽,论文舟中,复偕诸公送至柯亭而别,赋此》之序云:"时荆川公有用世意,故来观海于明。"[7]从中也可看出他救世拯民的急切。

静卧山林,修德论道虽然可以在世人眼中保全节操,但与民生国事却毫无助益。因此拯民救世的人格精神也推动唐顺之走出山林,泽济苍生。

第三,"文武兼修"的人格精神是促使唐顺之出山的另一动力。"文武兼修"是唐顺之典型的人格特点。唐顺之以文学和思想知名于世,但他并不满足于做一个静守书斋论道解经的书生。除对文学和思想孜孜以求外,唐顺之也精研各种实学来提升自己实际能力。《明史》称:"顺之于学无所不窥,自天文、乐律、地利、兵法、弧矢、勾股、壬奇禽乙莫不究极原委。"[8]其中,他对兵法战事的兴趣尤为浓厚。他穷究古人的兵法智慧,热衷于编纂军事著作。他曾自编《武编》,是书共十卷,包含了排兵布阵、军器军需等行军打仗的方方面面内容。四库馆臣称其"亦多由阅历而得,固未可概以书生之见目之矣"[9]。除此书外,他还参与了《握机经》等军事著作的编著。

罢居之后,他曾数次给边地的统帅写信,索求他们的军事方略及边地的地图以供自己参详,其对军事的浓厚兴趣也可见一斑。如他曾给曾铣写信向他索求边事疏及河套地区的地图:"近见邸报,得吾丈条陈边事一疏。窃以万全之算多具此中。而邸报只载条纲,愿得全疏一观之。并三镇巡抚所议与河套详细地图,俱望一见示。"[10]另如他与翁东厓的书信中也提到

---

①② 王畿《王畿集》,凤凰出版社 2007 年版,第 573 页。

③ 唐顺之《荆川先生文集》,四部丛刊本,第 114 页。

④ 唐顺之《荆川先生文集》,四部丛刊本,第 144 页。

⑤⑥ 唐顺之《荆川先生文集》,四部丛刊本,第 48 页。

⑦ 徐渭《徐渭集》,中华书局 1983 年版,第 66 页。

⑧ 张廷玉等《明史》,中华书局 1974 年版,第 5423 页。

⑨ 永瑢等《四库全书总目》,中华书局 1965 年版,第 839 页。

⑩ 唐顺之《荆川先生文集》,四部丛刊本,第 144 页。

“往时边关图本大率只是丹青一副而已”，希望“如宣大与三关地图敢求见寄为惠”①。

唐顺之在军事方面的探索与追求，让他有参与前线战事的强烈愿望。倭患爆发之后，唐顺之密切关注着前线战事，写书信和诗作寄赠前线将领，积极地为他们出谋划策。嘉靖三十三年五月，张经受命总督抗倭军务，唐顺之作《赠督府张半洲兼柬周中丞石崖四首》：

> 威名昔日动南荒，斧钺重分定海疆。八镇大臣承节制，六千君子备戎行。若営内险无如海，但练沙兵略用狼，师老寇深为日久，伫看石画一更张。壮猷元老旧文儒，羽葳雍容礼乐余。吴起援枹休进剑，韦卿对垒只肩舆。抚士严冬挟重纩，屏人半夜草阴符。复道降人为我用，三吴深雪正擒俘。无知丑虏恣息娣，谁识元戎庙略饶。七策谋臣陪后乘，三镖蛮骑护前茅。计藏处女深坚壁，势激惊雷迅捣巢。民夷连结祸未已，上计由来是伐交。插羽飞书入建章，帝亲推毂任才良。东南大略输公墐，尊俎奇谋仗子房。人家半是焚烧后，禾黍又成荆棘场。为将先须固根本，诸公深计在民疮。②

在盛赞了张经的统帅能力之后，唐顺之建议张经重视外交手段，加强海上防御，在征调“狼兵”的同时要加强对本地“沙兵”训练。此外针对战后民生凋敝的状况，唐顺之婉劝张经应该先以民生为念，巩固抗倭的“根本”。因此，唐顺之“文武兼修”的人格精神也在一定程度上推动唐顺之走上出山之路。

三

虽然“狂狷”、“拯民救世”、“文武兼修”三重人格精神在理论上可能推动唐顺之走上出山之路，但要确定两者之间的联系，还需要结合唐顺之出山后的具体作为来进行考察。因一个人人生选择的动因在一定程度上会体现在他选择之后的具体行为上。因此如果唐顺之出山之后的作为与他的人格精神相一致，那么我们就基本可以确定唐顺之的人格修养决定了其出山的人生选择。经过考察，我们发现唐顺之出山之后的作为与其人格精神高度一致，可以说他出山后的作为是对他以上三种人格的践行。因抗倭是唐顺之出山后的主要活动，故我们主要考察唐顺之在抗倭战场中的作为与他人格精神的联系。

首先，狂狷的人格精神与唐顺之在抗倭战场上纠弊惩将的作为。

痛革积弊是唐顺之在抗倭战场上的典型作为。唐顺之针对部分将领畏惧倭寇，不敢出海抗倭的状况，重新制定了赏罚的标准，力图纠正此积弊：

> 将领畏避潮险，不肯出洋。将领不肯出洋，而仅仅责之小校。水卒则亦躲泊近港，不肯远哨。是以贼惟不来，来则登岸，残破地方，则陆将重罪，而水将旁观矣……贼若从某处海面深入登岸者，该总首先坐之。论其登岸多少，以次罪及总兵，又罪及兵备海道而止。③

基于此，在任职期间，唐顺之以严厉的手段惩处了一批阻倭不力的将领。嘉靖三十八年四

① 唐顺之《荆川先生文集》，四部丛刊本，第140页。

② 唐顺之《荆川先生文集》，四部丛刊本，第54页。

③ 唐顺之《荆川先生文集》，四部丛刊本，第391页。

月，唐顺之上《海贼分道侵突疏》，弹劾狼山副总兵邓城防倭不利，使其被罢职逮系。同年六月，唐顺之上《三沙贼遁疏》，弹劾了五名守御不利的抗倭将领，使他们遭到惩处，其中包括李遂、卢镗等抗倭宿将。

唐顺之革弊惩将的铁腕手段招致了部分将领的不满和非议，其中俞大猷较有代表性。在出山之初，俞大猷对唐顺之十分钦许，对其出山抱有很高的期望："荆川先生萃造物之秀，负世间之英，得中庸正传，而直睹堂奥者也。故一拟议，以举止皆足以为轨当世，开示来学。贤士大夫所仰以为羽翼，赤子苍生所望以为霖雨者也。比来荐剡交上，公论攸归，帝心简在，东山复起，伏惟幡然就道，推孔子孟轲之学，树伊傅周召之勋，以开雍熙泰和之治。中庸所谓成己成物之道，不于吾身亲见之耶。猷敢不洗心涤虑，致扣门墙，以偿夙昔依归之愿。且冀效蚊虻附鸿翼共翱翔于天地之间。则虽没身碎首无憾也。"[①]在邓城被罢职受惩之后(邓城是俞大猷的同乡至交)，他对唐顺之的态度有了明显的转变。唐顺之死后，俞大猷更公开表达了他对唐顺之的失望与不满："荆川公平生所学恐都是旁门……然沮天下好道之士者，荆川也。悲夫！"[②]罗洪先也曾寄书婉劝唐顺之"节缩自爱，宽容待人"[③]，可知当时议论之汹汹。

但唐顺之对此类非议能够坦然处之。他在《白伯伦礼仪部》中云："世间便有许多摇撼，所幸胸中若有砥柱在，摇撼不动。所谓可富可贵，可生可杀，可贫可贱而不可乱也。今日在淮扬为建牙开府，只是这光景。明日还常州山中，布木叶，茹草根亦是这光景。人谓我豪杰只这个人，谓我盗跖亦只是这个人。何有于我哉！真不足发达者之一笑也。"[④]

唐顺之"革弊惩将"的作为显然和他的狂狷人格有密切联系。狂狷的人格包含的"矫世独行"的人格精神，给了他革除积弊的勇气和决心；"豁豁磊磊"的人格精神则可以让唐顺之对他人的议论坦然处之，不改初衷。

其次，拯民救世的人格精神与唐顺之"带病出海"、"舍命抗倭"的作为。

"舍命抗倭"是唐顺之在抗倭战场上的另一卓异作为。唐顺之为了防止倭寇登岸，涂炭生民，故提倡御倭于海，又担心"非有监临文官下海督战，犹恐诸将士畏避潮险贼锐不肯出洋邀击"[⑤]，于是不顾身体状况，以病人之躯，屡次"躬亲泛海"，巡查前线。当敌情紧急之时，他曾在数日之内辗转多处地方。《明史》载："顺之……乃躬泛海，自江阴抵蛟门大洋一昼夜行六七百里，从者咸惊呕。顺之意气自如。"[⑥]除了巡查之外，唐顺之还时时擐甲上阵，亲涉险地，与将士共同浴血抗倭。其自述云："日夜波潮中者月余，自擐甲临阵中者凡二，亲叩贼巢者凡一。欲以身激将士敌忾之气。"[⑦]《明史》中的一段记录颇能体现顺之的抗倭风姿：

> 自率副总兵刘显驰援，与凤阳巡抚李遂大破之姚家荡。贼窘，退巢庙湾，顺之薄之，杀伤相当。遂欲列围困贼，顺之以为非计，麾兵薄其营，以火炮攻之，不能克。三沙又屡告急，顺之乃复援三沙。督镗、显进击，再失利。顺之愤，亲跃马布阵，贼构高楼望官军，

---

①② 俞大猷《正气堂集》，四库未收书集刊。

③ 罗洪先撰，徐儒宗编校《罗洪先集》，凤凰出版社 2007 年版，第 223 页。

④ 唐顺之《荆川先生文集》，四部丛刊本，第 164 页。

⑤ 唐顺之《荆川先生文集》，四部丛刊本，第 385 页。

⑥ 张廷玉等《明史》，中华书局 1974 年版，第 5423 页。

⑦ 唐顺之《荆川先生文集》，四部丛刊本，第 389 页。

> 见顺之军整，坚壁不出。显请退师，顺之不可，持刀直前，去贼营百余步，镗、显惧失利，固要顺之还。[①]

嘉靖三十八年四月，唐顺之身染重疾，但由于军情紧急，他仍坚持奋战在抗倭前线：

> 弟积热，又饮盐海，痢病顿作，不能食者三日。幸而遂愈，然精神甚弱也。庙湾攻巢一战，得真倭首四十六颗，弟心窃少之。[②]

嘉靖三十九年春，唐顺之已病入沉疴，但由于悬念春汛防倭事宜，他仍坐镇前线指挥，最终病逝于出海巡查的航途中。他在病逝前不久写给胡宗宪的信尤令人动容：

> 脾胀之病非旬日所积，亦非旬日可遣。淹淹牵牵，半死半活人也。春汛逼矣，何以堪之？平生每欲督阵血战，今遭厄如此，雄心徒在，猛气尽销，其真可自笑也。[③]

除了亲临前线抗倭外，唐顺之还为战乱后艰难的民生而殚精竭虑。唐顺之进入抗倭战场之时，抗倭战争已持续近六年。战争的破坏以及相应的消耗，加之战乱之后的饥荒，让饱受倭寇肆虐百姓的生活雪上加霜。顺之多方奔走，走访灾区，并上疏当事，为赈济地方百姓而努力。《荆川先生文集》中现存有《乞留余盐疏》、《凤阳等处灾伤疏》等催粮银书。这些繁琐的事务自然也消耗着唐顺之的脆弱的身体。

因出海巡查，持戈上阵甚至赈济地方都不属于唐顺之的职责范围（世宗派遣唐顺之主要是让他协助胡宗宪监督前线将领），故对于唐顺之"舍命抗倭"的行为，后人多有不解者。其实他的这种行为与他拯民救世的人格精神密切相关。他在《与白伯伦仪部》中云：

> 朝廷原用我做视军情官，我是看人干事的。假如我只高坐省城或苏州。今日一道文书江北督总兵，明日一道文书江南督兵备，谁论得我者？矢石驱驰，风波飘荡，岂是人情所乐？今日惹出许多议论……江南无一上司，吾若又推脱担子。贼未必不登老岸矣。然贼等老岸，人却又责不得我，我非守一处地方官也。此等使乖处，五十外老人岂便智不能及此？此念平昔素是愚人，只干愚人事耳，成败利钝不敢计也……大军之后，必有凶年。今岁江南旱荒数十年所无，民命将益不堪，奈何奈何。[④]

唐顺之对情势利害有着非常清楚的认识。但他不忍见"民命不堪"的现实，于是放弃了"高坐省城"的安逸，逆"人情所乐""矢石驱驰，风波飘荡"。在与密友万思节的书信中，顺之更加明确地袒露了自己的心迹："平生心事，冷暖自知，自古豪杰皆是忘其身以为世界"："诸事尽力支持，但病觉日深，此身一旦付之国家，寿命亦一切付之数也。"[⑤]

第三，"文武兼修"的人格精神与唐顺之在抗倭战场上热衷制定抗倭策略，尝试军事改革等作为。

唐顺之进入抗倭战场之后，热衷于抗倭军事方略的制定，显示出他作为一名军事爱好者

---

① 张廷玉等《明史》，中华书局1974年版，第5423页。

② 唐顺之《荆川先生文集》，四部丛刊本，第158页。

③ 唐顺之《荆川先生文集》，四部丛刊本，第159页。

④ 唐顺之《荆川先生文集》，四部丛刊本，第163—164页。

⑤ 唐顺之《荆川先生文集》，四部丛刊本，第162页。

诸多方面的特点。他一方面亲涉战场，“经历海洋”、“跋履行阵”[①]观察战局，另一方面遍咨访“行阵老卒退校”，有意识地总结抗倭经验，并在此基础之上拟定了一系列抗倭策略。嘉靖三十八年七月，唐顺之根据自己见闻，条陈“御海洋”、“固海岸”、“图海外”、“定军制”、“足军食”等九条方略，上疏世宗。这些方略包括了抗倭战局的方方面面内容。显示出他在进入抗倭战场之后对军事方略的热衷。

在实战中，他也不断探索一些新的作战方法，并时时享受着军事爱好者独有的探索乐趣。如他在《与胡梅林总督》之七中云：“承教步步立营，立于不败，此公老将经略，甚惬鄙见。弟以（疑为“已”）造下竹营三座，决然可以治贼……弟所造行营当携至杭州演之，公与弟当一笑耳。”[②]

此外，他在抗倭军事著作《筹海图编》编撰过程中用力甚勤，这也显示了他作为军事爱好者的特点。《筹海图编》是嘉靖年间重要的海防军事著作，其编撰者郑若曾最初就是在唐顺之的鼓动之下开始编撰《筹海图编》。郑氏在《筹海图编序》中云：“是编也，肇意于荆川。”[③]并追述了唐顺之对他的鼓励：“荆川唐公顺之谓予宜有所述，勿复令后人之恨今也。稿未半，荆川不逮。”[④]此外，现存《筹海图编》中收录了大量的唐顺之的抗倭方略。可见，唐顺之不但是此书的发起者，同时对此书的具体编写也出力颇多。

总之，唐顺之的三重人格精神在一定程度上让其放弃安逸的隐居生活，抛弃对名节的顾虑，从容走向凶险的仕途。出山之后，唐顺之不畏流言，痛革积弊，不计生死，舍命抗倭，用自己的生命践行了自己的人格精神。在对人格精神的坚守和践行上而言，将唐顺之置于文天祥、于谦等典范士人群体中应不为过。但唐顺之的出山选择及其后在抗倭战场上的作为却没有得到当时士人群体的广泛认同。罗洪先在唐顺之死后便有“知交斯寡”的喟叹。甚至像《世宗实录》这样的正史对唐顺之晚年出山行为的评价也不高。唐顺之出山意图被曲解，误读的悲剧在一定程度上说明，刚硬坚守，救世拯民，文武兼修的人格精神已经不再是当时士人普遍的精神追求。鲁迅曾说：“一个没有英雄的民族是可悲的民族，一个有了英雄却不懂得敬重和爱戴的民族是不可救药的民族。”就这方面而言，这又不仅是唐顺之个人的悲剧，同时也是明王朝的悲剧。

作者单位：陕西理工学院

① 唐顺之《荆川先生文集》，四部丛刊本，第 390 页。

② 唐顺之《荆川先生文集》，四部丛刊本，第 157 页。

③ 郑若曾撰，李致忠点校《筹海图编》，中华书局 2007 年版，第 10 页。

④ 郑若曾撰，李致忠点校《筹海图编》，中华书局 2007 年版，第 9 页。

王世贞与杨慎

雷 磊

杨慎和王世贞均为明代中期重要作家。王世贞对杨慎极为关注,其《四部稿》、《续稿》、《别集》等提及后者多达200余处。可以说,杨慎是王世贞学术和文学的重要影响者,或者说王世贞是杨慎学术和文学的重要接受者。但是影响或接受有正向和反向的区分,需要辨析。

一

虽说杨慎与王世贞没有直接的交往,但是,王世贞接受杨慎的影响是可能的,主要通过谈论和著述两条途径。先说谈论,举一例以作说明,王世贞《李氏在笥稿序》云:

> 先帝朝,予与归德李君子中者,后先治兵山东,相得甚欢也。已各稍稍进其所为诗读之,业相赏也。李公于诗人好言蜀杨用修,而予好言北地李献吉。予生晚盖不及当献吉云,而李公之于用修,虽少后,然尝一大夫其邦,阳阿倡而薤露和,又甚相契也。李公出献吉逸诗匿名氏而试予,予以用修逸诗复李公,而俱能辨,又大哈相乐也。亡何,李公困谗口,而余困家难,俱罢去。可十年,而余再起长晋臬,以道经归德,夜过李公,出卮酒为寿。徘徊顾毛鬓久之,幸其身之存,而忘其迹之孰为隐显,甚畅也。已而问耆老,较存殁,则又怆然甚悲。李公不以予之不肖,益进其所为诗,乃至文之刻于梓者,名之曰《在笥稿》,而悉以示予。予未竟业,而悚然以庄也,已又内甚愧。所为愧者,予之蔑有加于昔也。李公才甚高,其下笔靡所不快,乃不欲穷其骋以愈吾格。治汉魏,旁趋齐梁,以至大历,靡所不究,乃不欲悉于语以窒吾情。其思之界可以靡所不诣,乃不欲求超于物表以使人不可解。大要辞当于境,声调于耳,而色调于目,滞古者不得卑,而媚今者无所用其骇,以为二家之业当如是已耳。夫李公最好言用修,能不欲规规袭用修,统至发条畅以破填郁,而予自顾于献吉亦无有也。鸾鸿之游天与鲂鲤之游川,固狎相慕。而翚翰沫鬣,亡弗似者,然不得以其似,而错名之。气有通,而质有方耳。李公雅善予语,使笔而弁诸首。[1]

王世贞与李子中"相得甚欢",尤喜互赏诗文。而不过李曾与杨慎唱和,"甚相契",遂"好言"杨慎;而王好言李梦阳,两人旨趣不同。然并不蹈袭所好,皆重自得。可以推知,王世贞正是

---

① 《弇州山人四部稿》卷六十七,影印文渊阁《四库全书》本。文中简称《四部稿》。

通过这样的交游和谈论，而能间接接受杨慎的影响。

再说著述。王世贞非常熟悉杨慎的著述情况。王世贞《艺苑卮言》卷六云：

明兴，博学称饶著述者，盖无如用修。其所撰，有：《升庵诗集》、《升庵文集》、《升庵玉堂集》、《南中集》、《南中集续集》、《七十行戍稿》、《升庵长短句》、《陶情乐府》、《续陶情乐府》、《洞天玄记》、《滇载记》、《转注古音略》、《古音丛目》、《古音猎要》、《古音复字》、《古音骈字》、《古音附录》、《异鱼图赞》、《丹铅余录》、《丹铅续录》、《丹铅摘录》、《丹铅闰录》、《丹铅别录》、《丹铅总录》、《墨池琐录》、《书品》、《词品》、《升庵诗话》、《诗话补遗》、《篸篌新咏》、《月节词》、《檀弓丛训》、《墐户录》、《瀑布泉行》、《须候记》、《夏小正录》、《升庵经说》、《杨子卮言》、《卮言闰集》、《敝帚》、《病榻手吷》、《晞钱甐》、《六书索隐》、《六书练证》、《经书指要》。其所编纂，有：《词林万选》、《禅藻集》、《风雅逸编》、《艺林伐山》、《五言律祖》、《蜀艺文志》、《唐绝精选》、《唐音百绝》、《皇明诗钞》、《赤牍清裁》、《赤牍拾遗》、《经义模范》、《古文韵语叙》、《引书晶钝》、《选诗外编》、《交游诗录》、《绝句辨体》、《苏黄诗体》、《宛陵六一诗选》、《五言三韵诗选》、《五言别选》、《李诗选》、《杜诗选》、《宋诗选》、《元诗选》、《群书丽句》、《名奏菁英》、《群公四六节文》、《古今风谣》、《古韵诗略》、《说文先训》、《文海钓鳌》、《禅林钩玄》、《填词选格》、《百琲明珠》、《古今词英》、《填词玉屑》、《韵藻》、《古谚》、《古隽》、《寰中秀句》、《六书索隐》、《六书练证》、《逸古编》、《经书指要》、《诗林振秀》。①

王世贞承认杨慎是明代著述最丰者。王氏所列，除掉重复，共得97种杨著。此目是较早的杨慎书目，与更早的简绍芳《升庵年谱》所附杨慎书目，互有出入；又分"所撰"、"所编纂"两类。可见，王世贞对杨慎的著述相当重视，似经过精心的搜罗和整理。王世贞不仅整理过杨慎的著述，还对杨慎的著述有再创作。其《尺牍清裁序》云：

西蜀杨用修少游金马，晚戍碧鸡，倾浮提之玉壶，然太乙之藜杖。渔艺猎稗，积有岁时，爰荟斯篇，凡十一卷，命曰《尺牍清裁》。或因本寂寥，或删芟繁积。其见文选诸书者，不复更载。丽砂的砾，等谢氏之碎金，玄圃峥嵘，掩瑯琊之群玉。客有赍示余，甚旨之。第惜其时代名氏往往纰误，所漏典籍亦不为少。乃稍为订定，仍加增葺，及自唐氏迄今，词近雅驯，亦附于后。更为二十四卷，藏之椟中。②

杨慎作有《赤牍清裁》及《拾遗》，共十一卷，选自《左传》，迄于六朝③。而王世贞则增补唐以后至明代之作，并更名为《尺牍清裁》，初刻二十八卷。后又有重刻本，其序云：

杨用修氏所纂尺牍仅八卷，余始益之，得廿八卷，颇行世。世有蔡中郎者爱之，恨不得为帐中之秘耳。然余时时觉有挂漏，业已付梓，卒忽不复及。而会归自太原，幽忧之暇，稍露隙日。于鳞一旦奄戍异代，邮筒永废风流。若扫青灯吊影，不无山阳之慨；散帙

① 《历代诗话续编》本，中华书局1983年排印本，第1052页。

② 《四部稿》卷六十四。

③ 王世懋《赤牍清裁后序》云："杨用修氏始辑是编，自《左》、《史》，包两汉，迄六朝而止。"（载嘉靖本《尺牍清裁》）

曝晴，更成蜀州之叹。俯仰今昔，责在后死。高文大篇，勒之琬琰矣。兹欲使间阔寒暄之谈，竿尺往复之致，附托群骥以成不朽。爰广昔传，末及兹士。凡一千七百五十一条，一十三万一千三百六十二言，前后得六十卷。较之余刻十益其六，比于用修十益其九。亦云瀚博矣。①

此重刊本刻于隆庆五年(1571)，由初刻二十八卷本，增辑至六十卷。此时，杨慎、李攀龙均已过世，而王氏对杨、李两位颇有缅怀之念想。可见，王氏对杨慎崇敬之情。另外，王氏对此书颇为自负，自以为“瀚博”。但此书的性质毕竟是续补杨书。

王世贞正是通过交谈论和著述这两条途径，主动地接触了当时作为一个较强大的文化存在的杨慎学术思想，并在一定程度上接受了它的影响。

二

杨慎对王世贞的影响主要分为学术思想影响和文学思想影响两个方面。本节讨论学术思想的影响。检索王世贞主要的著述(《弇山堂别集》、《弇州四部稿》、《续稿》、《读书录》等)，初步统计，涉及到对杨慎的批评的材料有96条，可以分为三类：一是学术考证，有68条；二是文学批评，有18条；三是其他，有10条。

王世贞对杨慎学术的意见主要反映在学术考证当中。学术考证又可分为无辩证、有辩证两类。前者有32条，后者有36条，基本相当。无辩证材料，试举一例，《弇州四部稿》卷一百五十七《宛委余编二》云：

杨用修记：安宁州潮泉，一日三溢三蘸。连州水下流有斟溪，一日千溢十竭。贵州城外有漏沟，一日百盈百竭，应漏刻焉。可谓奇闻矣，因笔之。

杨慎谪戍云南，卜居安宁，安宁以温泉著名。杨慎笔记安宁潮泉一条，又并写他地溪泉。王世贞颇以为奇，笔录之，而无所辩证。再举一例，《弇州四部稿》卷一百六十《宛委余编五》云：

用修云：古者女子出门，必拥蔽其面。后世宫人骑马多著羃䍦，全方障之。又首有围帽，谓之席帽，垂丝网之，施以珠翠。炀帝淫侈，欲见女子之容，诏去席帽，戴皂罗巾帼，而以席帽油之御雨。唐永徽中，用帷帽，施裙到颈，渐为浅露。开元初，宫人马上著胡帽，靓妆露面，古制薄尽矣。然则男女皆有席帽，而羃䍦之制，又自小异。唐人男子不去席帽，而妇人去席帽，尤可笑也。

杨慎此条原文见《丹铅总录》卷七“羃䍦”条，王氏引之，略有删节，“然则”以后一段为王氏所增。虽有续考，亦并无辩证。有些地方，王世贞还表达了对杨慎的称许之意。《弇州四部稿》卷一百六十一云：“用修谓苴字有十四音……俱可称引证之博矣。”此条录自杨慎《丹铅续录》卷八“苴有十四音”条②，云：

苴：七间切，麻也。子间切，苴杖也。又子旅切，履中荐也。又布交切，天苴，地名，

① 《四部稿》卷六十四。

② 亦载《丹铅总录》卷十三。

在益州，见《史记注》。又天苴，与巴同。又子邪切，菜壤也，一曰猎场。又似嗟切，苴咩城，在云南。又鉏加切，《诗传》曰："木中传草也。"水草曰"苴"，字一作樝，又作渿，今作渣，非。又都贾切，土苴，不精细也。又侧下切，粪草也。又侧鱼切，《说文》曰"酢菜也"。酢，古醋字。又庄俱切，姓也，汉有苴氏。又则吾切，茅借祭也。又将预切，糟魄也。又子余切，苞苴囊货也。

杨慎考苴字有14音，似确，无怪王世贞叹为博学。又《弇州四部稿》卷一百三十六：

七姬志铭，为寻阳张羽撰，东吴宋克书文。既近古，而书复典雅，有元常遗意，足称二绝。第其事大奇而不情，杨用修跋可谓得其隐，真汉廷老吏也。

《升庵集》卷十载《跋七姬帖》，有云：

国朝真行书，当以宋克为第一，所书七姬帖文，其冠绝也。然其事则可疑。七姬之死盖出于潘之逼之，谓不幸则可，非徇节也。平居则猱杂子女而渔聚之，一旦有变，恐乐他人之少年而雉经之，潘之恶甚矣。宋之书，人多珍之。故其帖盛传，适以播潘恶耳。元末士风类如此，上下荒淫，载胥及溺，欲不亡得乎？余旧料其情若此，近观高季迪《吊七姬》，多丽词，云："倩嫦娥呼天，试问如何。向人间生成尤物，等闲又把消磨。揉群花乱飘尘土，毁联璧碎掷烟波。漫说无双倾城，曾数八人少个六人多。一般样细腰袅袅，高髻峨峨。奈干戈筵上艳曲，翻做帐中歌。忍教受项缠素帛，浑忘记臂结红罗。翠被都闲，玉钿尽落，魂游应去马嵬坡。谁能发香囊解看，怕肉尚温和。堪肠断，空楼月落，废院春过。"其事情信无疑矣。吁！可怜哉。

杨慎发七姬隐事甚详，又深寓身世之感，王世贞遂有"汉庭老吏"之评，赞杨氏考证之精微。

杨慎著述涉猎极广，而王世贞涉及杨慎著述也颇广，经史子集均有论列。毫无疑问，王氏不仅通过交游和阅读，而且还通过自己的著述，在一定程度上接受了杨慎的博学思想及好奇之习的影响。

但是王世贞不仅仅是被动地接受影响，还有判断和抉择。我们考察王氏辩证材料，可能看得更清楚。《四部稿》卷一百六十三云：

用修著《赤牍清裁》，既不序赤名所以，唯于《艺林伐山》载："《禽经》云'雉上无寻，鹨上无常，雉上有丈，鷃上有赤'云，赤与尺通。《庄子》云'斥鷃'，斥亦尺也。"此其所以谓之赤牍欤？然则谓之斥牍，亦可乎？按《汉西岳石阙铭》云："弘农太守常山元氏张勋为西岳华山作石阙，高二丈二赤。"又《北齐平等寺碑》云："铜像一躯，高二丈八赤。"《广州记》称"虾须长四赤"。然则"赤"果与"尺"通也。余故于《广赤牍》改正作"尺"，而记于此，以见用修未睹二碑也。

此条实系补充材料确证杨慎的"赤与尺通"说，观点无异，却欲炫博于人。改"赤牍"为"尺牍"，只是求异于杨慎而已。又《弇山堂别集》卷二十六，云：

杨用修《丹铅余录》载河僵事，且于《实录》书之云："正德中，文安县，水忽僵立。是日天大寒，遂冻为冰柱，高五丈四，围亦如之。中空而傍有穴。后数日，流贼过文安乡，乡民入穴中避之，颇赖以全。土人谓之'河僵'。"此固灾异也，不知五丈之冰穴，藏得几许人。又不知不为照见否，不冻死否？我能往，寇亦能往，避兵之说，恐未可信也。

杨慎于《武宗实录》中记载河僵事，或有以灾异言政之意，未可知。不过，记载此事当耳食而来，并非信史。王世贞常理推之，认为必无，是。由此可见杨慎过于好奇之习，王世贞于此颇有针砭。杨慎炫博好奇之习往往而在，考证又有疏失之处。王世贞则抨击不遗余力。评语颇有"大瞶瞶可笑"①、"可发一笑"②、"此尤可笑"③、"抑何舛也"④之类，则稍涉于不恭了。又《四部稿》卷一百四十六云：

> 融之此赋本传载之甚明，又有增盐二韵，出于应手，以为佳话。而用修云恨不见全文，何也？用修无史学，如张浚、张俊，三尺小儿能晓，以为秘闻，何况其他。

杨慎求名太急，诚不免疏漏。后之学者，众目睽睽之下，易明其失。在王世贞的时代，正杨的风气颇盛，正杨者也不免求名之弊。至于王世贞说"用修无史学"，则过于苛求，且近于谩骂，并不足取。可以知道的是，王世贞受杨慎启发处实多，若说王世贞的学术是承继杨慎而来，似不为过。王世贞虽称博学，仍不及杨慎，而炫博好奇之习与舛误疏漏之处，仅五十与百步之别。由此可知明代学术的不成熟，这是时代的局限，并不是一人所致。

但是，王世贞对杨慎学术的批评影响巨大。前引王世贞所列杨慎书目后，还有一段总体性的评价文字：

> 杨工于证经而疏于解经，博于稗史而忽于正史，详于诗事而不得诗旨，精于字学而拙于字法。求之宇宙之外，而失之耳目之前。凡有援据，不妨墨守，稍涉评击，未尽输攻。⑤

这个评论虽然是否定性的，却颇得当时及后世的认同。四库馆臣即认为是"确论"。经过王世贞、胡应麟等人总结性的判定，杨慎学术的虚名澄清了不少，性质也辨明了不少，这是学术的进步。但杨慎的名声却下滑了，甚至有"精光顿掩"之说。这正是后七子的目的所在，从文学与学术两个方向对杨慎进行打压，以推扬后七子派名声。到了清代，四库馆臣对杨慎学术又作了一次清理。

> 慎以博洽冠一时，使其覃精研思，网罗百代，竭平生之力，以成一书，虽未必追踪马郑，亦未必遽在王应麟、马端临下。而取名太急，稍成卷帙，即付枣梨，饾饤为编，只成杂学。王世贞谓其"工于证经而疏于解经，详于稗史而忽于正史，详于诗事而略于诗旨。求之宇宙之外，而失之耳目之内"，亦确论也。又好伪撰古书以证成己说，睥睨一世，谓无足以发其覆，而不知陈耀文《正杨》之作，已随其后。虽有意求瑕，诋諆太过，亦得毋木腐虫生，有所以召之之道欤？然渔猎既富，根柢终深。故疏舛虽多，而精华亦复不少。

---

① 《四部稿》卷一百四十六。

② 《四部稿》卷一百五十二。

③ 《四部稿》卷一百五十三。

④ 《四部稿》卷一百六十。

⑤ 《艺苑卮言》卷六，第1052页。

求之于古，可以位置郑樵、罗泌之间。在明三百年间，固铁中铮铮者矣。①

这个评价更为全面，以清人的眼光或以通代的目光来看，杨慎学术不过为二流，但在明代却可居于上座，非王、胡所及。经过第二次清理，杨慎学术的面目明朗了。

总之，杨慎学术虽然有博杂之病，但对于王世贞等人来说，其影响是明显的。

三

王世贞的文学思想集中体现在《艺苑卮言》，其序云：

余读徐昌谷《谈艺录》，尝高其持论矣。独怪不及近体，伏习者之无门也。杨用修搜遗响，钩匿迹，以备览核，如二酉之藏耳。其于雌黄曩哲，橐钥后进，均之乎未暇也。手宋人之陈编，辄自引寐。独严氏一书差不悖谬，然往往近似而未核，余固少所可。既承乏，东晤于鳞济上，思有所扬扢，成一家言。属有军事，未果。会偕使者按东牟，牍殊简以暑，谢吏杜门。无斋书足读，乃取掌大薄蹄，有得辄笔之，投簏箱中。浃月，簏箱几满。已淮海飞羽至，弃之，昼夜奔命，卒卒忘所记。又明年，复之东牟，簏箱者宛然尘土间。出之，稍为之次，而录之，合六卷。凡论诗者十之七，文十之三。余所以欲为一家言者，以补三氏之未备者而已。既成乃不能当也。其辞旨固不甚谬盭于本，特其滮漫散杂，亡足采者。非以解颐，足鼓掌耳。管公明曰："善易者，不论易。"吾甚愧其言。戊午六月叙。（第949页）

戊午，即嘉靖三十七年（1558），王世贞三十岁，写成《艺苑卮言》六卷②，标志其文学思想的成熟，而杨慎尚在世。由序言可见，王世贞创作《艺苑卮言》，最取三家，杨慎居其一。但是，严、徐二书仅一二卷，而杨慎诗话，总十数卷，最称博雅。事实上，王世贞诗话在许多方面受到杨慎的启发，又多取以助谈资。不详论。本节仅从三个方面，考察王世贞文学思想同杨慎的关系。

一是才学论。杨慎、薛蕙等六朝派人物对前七子派有过激烈的批评，如杨慎批评前七子派大家模拟杜诗，杨慎批评何景明"宋无诗"说以及不学六朝初唐，薛蕙以才学论批评前七子派，又推杨慎为才学合一的典范，等等③。六朝派批评前七子派的理论基点就是才学论，认为前七子派弊病主要在于不学和模拟。杨慎的博学就是对前七子派的不读唐以后书无形的嘲笑。因此，正由于杨慎等六朝派人物的博学，使杨慎等的文学理论具有居于前七派之上的心理优势。这给前七派及后七子派以极大的压力。后七子派领袖王世贞为求理论上的突围，遂从学与才两方面，对抗六朝派的批评。

首先，王世贞、胡应麟等人刻意学问，勤于著述，欲从学术上压倒杨慎等人。这一点上文已作了详细讨论，其努力的结果是，王、胡等人博得博学之名，而更重要的是，王、胡等人学问虽终不及杨慎，但却廓清了杨慎学问的虚名，与陈耀文等共同掀起了一个正杨风潮，让自己

① 《四库全书·丹铅诸录提要》。

② 以后续有增补和修订，至隆庆六年（1572）成八卷定本。见《艺苑卮言序》，第950页。

③ 参看拙作《杨慎与何景明：六朝派与前七子的交接》，《中国韵文学刊》2012年第3期。

也让当时人不为其学问所迷惑，事实证明，这个策略是成功的。王世贞批评杨慎颇为刻厉，至此，我们才明白它的真正缘由的，就是反戈杨慎等对七子派的攻击。

其次，后七子派对前七子派以来的文学理论作了修正，以塞不学和割裂之口实。《艺苑卮言》卷四云：

> 剽窃模拟，诗之大病。亦有神与境触，师心独造，偶合古语者。如“客从远方来”，“白杨多悲风”，“春水船如天上坐”，不妨俱美，定非窃也。其次裒览既富，机锋亦圆，古语口吻间，若不自觉。如鲍明远“客行有苦乐，但问客何行”之于王仲宣“从军有苦乐，但问所从谁”，陶渊明“鸡鸣桑树颠，狗吠深苍中”之于古乐府“鸡鸣高树颠，狗吠深宫中”。王摩诘“白鹭”、“黄鹂”，近世献吉、用修亦时失之，然尚可言。又有全取古文，小加裁剪，如黄鲁直《宜州》用白乐天诸绝句，王半山“山路十日雨，雨晴门始开。坐看苍苔色，欲上人衣来”，后二语全用辋川，已是下乘，然犹彼我趣合，未致足厌。乃至割缀古语，用文已陋，痕迹宛然，如“河分冈势”、“春入烧痕”之类，斯丑方极。模拟之妙者，分岐逞力，穷势尽态，不唯敌手，兼之无迹，方为得耳。若陆机《辨亡傳》、傅玄《秋胡》、近日献吉“打鼓鸣锣何处船”语，令人一见匿笑，再见呕哕，皆不免为盗跖优孟所訾。（第1018页）

此论“模拟之妙”，系为拟古派张目，将杨慎与李梦阳并提，其目的也在于此。王世贞认为模拟不可一概抹杀，若“神与境触，师心独造，偶合古语”，或“裒览既富，机锋亦圆，古语口吻间，若不自觉”，甚至“全取古文，小加裁剪”，“然犹彼我趣合”，则均可不必讳言。总之，“模拟之妙”在于“究势尽态”且“兼之无迹”，也就是说，既要博学又要贯通。可见，王氏的“模拟之妙”揉入了才学论思想。又如《宋诗选序》：

> 自杨、刘作而有西昆体，永叔、圣俞思以淡易裁之。鲁直出而又有江西派，眉山氏睥睨其间，最号为雄豪而不能无利钝。南渡而后，务观、万里辈亦遂彬彬矣。去宋而为元，稍以轻俊易之。明兴，而诸先大夫之作，不能无兼采二季之业。而自北地、信阳显，弘正间，古体、乐府非东京而下至三谢，近体非显庆而下至大历，俱亡论也。二季繇是屈矣。
>
> 吴兴慎侍御子正，顾独取《宋诗选》而梓之，以序属余。余故尝从二三君子后抑宋者也，子正何以梓之，余何以从子正之请而序之？余所以抑宋者，为惜格也。然而代不能废人，人不能废篇，篇不能废句，盖不止前数公而已。此语于格之外者也。今夫取食色之重者与礼之轻者比之，奚啻食色重。夫医师不以参苓而捐溲勃，大官不以八珍而捐胡禄障泥，为能善用之也。虽然，以彼为我则可，以我为彼则不可。子正非求为伸宋者也，将善用宋者也。然则何以不梓元，子正将有待耶？抑以其轻俊饶声泽不能当宋实故耶？乃信阳之评的然矣。曰：“宋人似苍老而实疏卤，元人似秀峻而实浅俗。”之二语也，其二季之定裁乎。后之览者，将以子正用宋抑元，以信阳不为宋元，入斯可耳。①

此序可作为对杨慎批评“宋无说”的回应。虽然，王氏仍然极力回护何景明，将何语作为定裁，但是，毕竟对“宋无诗”作了修正。将“宋无诗”说偷换成“抑宋”说，已可见出。而“代不能废人，人不能废篇，篇不能废句”之意，更根本推倒了“宋无诗”说法。认为“以彼为我则可”，

---

① 《弇州四部稿续稿》卷四十一，影印文渊阁《四库全书》本。简称《续稿》。

即承认学习宋诗的可能性和必要性。

总之，正是积极回应杨慎等人的批评，王世贞修正七子派某些文学思想，使之更为通达，更为客观。

最后，王世贞在从学的方面超越六朝派的同时，又从才的方面批评六朝派。《艺苑卮言》卷六云：

> 徐昌谷有六朝之才而无其学。杨用修有六朝之学而非其才。薛君采才不如徐，学不如杨，而小撮其短，又事事不如何李，乐府、五言古可得伯仲耳。（第1045页）

比较徐、杨两人，王氏实阴许徐抑杨，其原因正在于杨非其才。薛更不论了。王世贞对杨慎诗、文均有批评：

> 杨用修（诗）如暴富儿郎，铜山金埒，不晓吃饭着衣。[①]
>
> 杨用修（文）如彩缯作花，无种种生气。[②]

评论颇为刻厉，其出发点还是有学无才。可见王世贞批评六朝派的策略正是以其人之道还治其人之身，不过一重在学，一重才，各有偏重而已。尽管如此，王世贞的理论武器，还是由六朝派提供的，这也可以看出，杨慎对王世贞的影响。

二是重视学习六朝初唐。前七子派并不重视六朝，举李梦阳、何景明论师法之语列于下：

> 《诗》云"有物有则"，故曹、刘、阮、陆、李、杜能用之而不能异，能异之而不能不同。[③]
>
> 至元、白、韩、孟、皮、陆之徒为诗，始连联斗押，累累数千百言相下，此何异于入市攫金，登场角戏也？彼睹冠冕现玉，有不缩腕投竿而走者乎！[④]
>
> 夫文靡于隋，韩力振之，然古文之法亡于韩；诗弱于陶，谢力振之，然古诗之法亦亡于谢。[⑤]
>
> 故景明学歌行近体，有取于二家，旁及唐初盛唐诸人，而古作必从汉魏求之。[⑥]
>
> 子美之诗博涉世故，出于夫妇者常少，致兼雅颂而风人之义或缺，此其调反在四子之下与？[⑦]

由上引可知，前七子派师法基本上可用"古体汉魏，近体盛唐"来概括。当然，稍有出入。李梦阳古体还主张学陆机，陆是由三国而入晋之人。何景明晚年因受杨慎、薛蕙的影响，尝试学习过四子。虽然有出入，但是，可以基本确定的是，不主张学习六朝。即他们的师法对象中没有六朝的位置。但是，王世贞的理解却有差异。

---

① 《艺苑卮言》卷五，第1035页。

② 《艺苑卮言》卷五，第1038页。

③ 李梦阳《再与何氏书》，《空同集》卷六十一，影印文渊阁《四库全书》本。

④ 《空同集》卷六十一。

⑤ 何景明《大复集》卷三十二，影印文渊阁《四库全书》本。

⑥ 《大复集》卷三十四。

⑦ 何景明《明月篇序》，《大复集》卷十一。

敦古昉自建安，揽华止于三谢，长歌取裁李杜，近体定轨开元，一扫叔季之风，遂窥正始之途。①

而自北地、信阳显，弘正间，古体、乐府非东京而下至三谢，近体非显庆而下至大历，俱亡论也。②

去其始可一甲子，诗而亡举大历下者，文亡举东京下者，即谁之力也。③

第一、二条是将古体学习的对象延至三谢，而三谢是晋宋人物，已入六朝。第二条，诗文对举，诗中而没有古近区分，则大历以上之诗，都可作为学习的对象，这当然包括六朝诗了。我们再看王世贞自己的陈述：

余始读谢灵运诗，初甚不能入，既入而渐爱之，以至于不能释手。其体虽或近俳，而其有似合掌者。然至秾丽之极，而反若平淡；琢磨之极，而更似天然。则非余子所可及也。④

世人选体，往往谈西京建安，便薄陶谢，此似晓不晓者。毋论彼时诸公，即齐梁纤调，李杜变风，亦自可采，贞元而后，方足覆瓿。⑤

第一条极赞大谢，而"独夷鲍谢"是杨慎的专长。第二条已明确将六朝诗纳入了学习的范围。从上述王世贞对六朝诗观念的变化，我们不能不说，受到了以杨慎为代表的六朝派影响。

三是抑李遵杜。王世贞《艺苑卮言》卷四云：

李杜光焰千古，人人知之，沧浪并极推尊，而不能致辨。元微之独重子美，宋人以为谈柄。近时杨用修为李左袒，轻俊之士往往傅耳。要其所得，俱影响之间。五言古选体及七言歌行，太白以气为主，以自然为宗，以俊逸高畅为贵；子美以意为主，以独造为宗，以奇拔沈雄为贵。其歌行之妙咏之使人飘扬欲仙者，太白也；使人慷慨激烈歔欷欲绝者，子美也。选体太白多露语率语，子美多稚语累语，置之陶谢间，便觉伧父面目，乃欲使之夺曹氏父子位耶？五言律、七言歌行，子美神矣，七言律圣矣。五七言绝，太白神矣，七言歌行圣矣。五言次之。太白之七言律，子美之七言绝皆变体，间为之可耳，不足多法也。

杨慎曾专力学习过李白，又反对过前七子拟杜，联系起来，杨慎似是表彰李白而纠前七子拟杜之弊。"为李左袒"实是杨慎批判前七子的一个火力点。因此王世贞此论其目的恐怕亦在回应杨慎等人的攻击。对李杜各体诗分析细密精到，是李杜无优劣论。又云：

杨用修驳宋人诗史之说，而讥少陵，云：诗刺淫乱，则曰"雍雍鸣雁，旭日始旦"，不必曰"慎莫近前承相嗔"也。悯流民则曰"鸿雁于飞，哀鸣嗷嗷"，不必曰"千家今有百家存"也。伤暴敛则曰"维南有箕，载翕其舌"，不必曰"哀哀寡妇诛求尽"也。叙饥荒，则曰"牂

① 《艺苑卮言》卷五，第1024页。

② 王世贞《宋诗选序》。

③ 《四部稿》卷六十四。

④ 王世贞《书谢灵运集后》，《读书后》卷三，影印文渊阁《四库全书》本。

⑤ 《艺苑卮言》卷一，第960页。

羊羵首,三星在罶”,不必曰“但有牙齿存,所堪骨髓干”也。其言甚辩而核,然不知向所称皆兴比耳。诗固有赋,以述情切事为快,不尽含蓄也。语荒而曰“周余黎民,靡有孑遗”,劝乐而曰“宛其死矣,他人入室”,讥失仪而曰“人而无礼,胡不遄死”,怨谗而曰“豺虎不受,投畀有北”。若使出少陵口,不知用修何如贬剥也。且“慎莫近前承相嗔”乐府雅语,用修乌足知之。

用意与上相同,即不容杨慎批驳作为七子派偶像的杜甫,而言之有理有据。至于所言切事、含蓄各有其体,不可偏废之理,并不是此条讨论的重点。从以上所论,可以看出,王世贞对与七子派有关的许多文学问题,均作了较为通达的阐发,从而作出了理论上的贡献和推进。

在文学批评方面,王世贞拥有不少公共话题。杨先发,而王后发。后出转精,总体上,王世贞在吸收各派文学思想的基础上,作了融会贯通、建立体系的有益探索,取得了超出前人的理论贡献。这里面,一个重要的理论资源是以杨慎为代表的六朝派。但是,王世贞并不是被动地接受杨慎的影响,有正向、反向。正向的影响,是指接受杨慎的思想而成为自己思想体系中的要素,如博学思想、重视学习六朝等。而反向的影响,是指由杨慎思想的激发,而产生出对抗性的思想,如才学论之下的重才思想、遵杜论等。总之,杨慎对王世贞的影响,不管是正向的,还是反向的,都是重大的。

作者单位:湘潭大学

明七子派“复古而陷伪”说胜谈

——以王世贞“真诗”说为视角

魏宏远

明代前、后七子复古运动在当时及后世产生了巨大影响。有关七子派为何复古、如何复古等问题，学界已有很多研究成果；有关七子派复古所产生的效果，学界的观点比较集中，多以“复古而陷伪”作结。“复古而陷伪”是一个历史命题，从袁宏道、钱谦益、四库馆臣及上世纪二三十年代学者乃至今天的一些研究者都在若有意若无意使用或支持这一观点。然而，这一观点虽起到了对后世模拟剽窃的警戒作用，却因不实的过度化概括而导致后人对七子派复古运动在认识上的偏误，为此，有必要对其进行澄清。此外，“复古而陷伪”作为一种结论，有其适用的维度，若不加辨析直接接受就容易导致以偏概全，为此，本文将从这一命题所产生的历史渊源及其自身所存在的局限进行探讨，以期引起方家的关注。

李梦阳等人倡导的复古运动所产生的模拟之弊是一个被长期言说的问题，在历时性的言说过程中难免走样。人们对七子派复古主要是从文学层面进行解读，对其所产生的效果也更多是从与前人作品“象”与“不像”的层面进行阐释。袁宏道在《花雪赋引》中对复古派所创作的作品与前人太“象”而予以严厉批评：“近代文人，始为复古之说以胜之。夫复古是已，然至以剿袭为复古，句比字拟，务为牵合，弃目前之景，披腐烂之辞，有才者诎于法，而不敢自伸其才，无之者，拾一二浮泛之语，帮凑成诗”[①]，“取古人一二浮滥之语句，规而字句之，谬谓复古，是迹其法，不迹其胜者也。嗟夫！是犹呼傅粉抹墨之人，而直谓之蔡中郎，岂不悖哉！”袁宏道主要批评“句比字拟”的复古方式，其目的是为自己“独抒性灵，不落俗套”、“宁今宁俗”等观点张目。袁宏道对复古的合法性并无疑义，所反对的主要是复古的形式。然而，在文中袁宏道并未将七子派末流与主流区分开来，以至于后人将袁宏道对七子派末流的批评视为对七子派整体的批评。在此方面，钱谦益与袁宏道如出一辙，其对七子派末流模拟剽窃之弊批评尤为辛辣，在《郑孔肩文集》一文钱谦益指出复古的“三病”：“近代之伪为古文者，其病有三：曰僦，曰剽，曰奴。窭人之子，赁居廊庑主人翁之广厦华屋，皆若其所有，他处求一茅盖头，曾不可得，故曰僦也。椎埋之党，铢两之奸，夜动而昼伏，忘衣食之源，而昧生理，……故曰剽也。庸其耳目，因其心志，呻呼吃一不自主，仰他人之鼻息而承其余气，纵其有成，亦千古之隶人而已矣，故曰奴也。”[②]钱谦益的言语可谓犀利，然而却失之于笼统，虽然很多研究

---

① 钱伯城《袁宏道集笺校》，上海古籍出版社 1981 年版。

② 钱谦益《牧斋初学集》，上海古籍出版社 2009 年版。

者认为"近代之伪为古文者"是针对七子派而言，其实，若准确一些说应是针对七子派末流，不应视为针对七子派整体。袁宏道、钱谦益这些指向不明的批评言论，被后人解读为是针对七子派整体的批评，且被作为事实层层累加，对后人理解七子派复古运动的价值和意义产生较大影响。受之影响，四库馆臣也以模拟剽窃作为对七子派复古的整体评价，指出："李梦阳之说出，而学者剽窃班、马、李、杜；自世贞之集出，学者遂剽窃世贞"，《四库总目提要》喜欢使用"正、嘉之时，剽窃摹拟之病"、"当王、李盛行之时""摹拟剽窃之习"等语，如在评价《古今诗删》时说："摹拟剽窃流弊万端，遂与公安、竟陵同受后人之诟厉"，在评价《明文海》时说："明代文章自何、李盛行，天下相率为沿袭剽窃之学，逮嘉、隆以后其弊益甚"，评价《明诗综》是说："七子之名遂竟夺长沙之坛坫，渐久而摹拟剽窃，百弊俱生"。姚斯说："第一个读者的理解将在一代又一代的接受之链上被充实和丰富，一部作品的历史意义就是在这过程中得以确定，它的审美价值也是在这过程中得以证实"①。人们对七子派复古的负面评价不断叠加，至上世纪二三十年代，吴重翰认为："唐人之复古，有创作性也，若明人之复古，则诚复古矣。"②夏崇璞认为："彼七子者，傀儡秦汉者耳，名之曰伪古，当矣。"③今天的一些学者也在不断强化这一观点，张健提出："明清诗学大体上是围绕真伪、正变、雅正三对范畴展开的。明七子派求雅求正，但陷入伪；公安、竟陵求真求变，但陷入俗。两派的诗学主张处于两极对立的状态。"④研究者在七子派"复古而陷入伪"的观念支配下，不读丑化七子派的复古运动，同时又以真伪、正变、雅俗等概念范畴来不断抽象、过度概括七子派的复古，与真实的七子派复古不断远离。那么，七子派是否确实"复古而陷于伪"？是否"求雅求正"而陷于"俗"？作为一代文学大家的李梦阳、王世贞等人在倡导复古运动时对所产生的负面影响是否有清醒认识？我们今天应该如何客观地看待七子派的复古？

七子派"复古而陷于伪"是一种感悟式的结论，在勘察路径、辨别分析、解释力等方面都存在不足，持此结论者并未说明七子派复古如何陷入伪？为何陷入伪？他们关注更多的是七子派末流的简单机械模仿，在"像"与"不像"层面以七子派末流的之失作为对七子派复古的整体判断，进而延伸到对七子派复古的全盘否定。同时，他们对七子派复古的意义也存在认识上的不足，将七子派的复古仅仅视为文学上对前人的机械模仿。其实，李梦阳、王世贞等人倡导的复古运动除了在文学方面的诉求外，他们更多的是通过"向后看"，即通过对历史上某一时段价值观、创作风格的情感认同从而达到对当下的价值观、文学观的否定。也就是七子派复古的目的是通过复"古文"，以达到复"古道"。如果以"复古而陷于伪"而将七子派

---

① 见 H.R.姚斯 R.C 霍拉勃著，周宁、金元浦译《接受美学与接受理论》，辽宁人民出版社 1987 年，页 25。

② 吴重翰《明代复古运动之论战》，《广大学报(复刊)》第 1 卷，1949，第 64 页。

③ 夏崇璞《明代复古派与唐宋派之潮流》，《学衡》第 9 期，1922。宋佩韦《明文学史》"引言"称："复古派的诗文，有两点最为后人口实：第一，是摹拟或剽窃；第二，是虚骄或肤廓。剽窃是由于摹拟而来，凡摹拟未有不流于剽窃的。"(《明文学史》，商务印书馆 1934 年)游国恩《中国文学史》批评前七子云："抛弃了唐宋以来文学发展的既成传统，走上了盲目尊古道路。他们的创作一味以模仿剽窃为能，成为毫无灵魂的假古董"，认为后七子也在"重复着'前七子'的错误道路。"(《中国文学史》，人民文学出版社 1964 年，第 980、981 页)

④ 张健《清代诗学研究》，北京大学出版社 1999 年版，第 782 页。

复古运动全盘否定，并对七子派不断丑化、妖魔化，就会扭曲七子派复古的社会价值及文学价值。

作为七子派复古运动倡导者的李梦阳、王世贞等人，深知文学创作的三昧，懂得真性情在创作中的价值和意义，为此，李梦阳提出“真诗在民间”，王世贞提出“有真我然后有真诗”等观点，以此矫正七子派追随者在复古中存在的弊病。“学古而陷入伪”不是后世的发明，作为复古运动的当事人和倡导者，李梦阳、王世贞都认识到了这个问题，“真诗”说的提出就是对此问题开出的一剂良方。

一

持七子派“复古而陷伪”者，认识到了七子派末流模拟之弊，却失之于对七子派成员矫正模拟之弊的考察。七子派复古运动历时久，针对其间所产生的弊端，一些七子派成员如王世贞、李维桢、胡应麟等皆有所察觉，并努力予以矫正。对七子派成员矫正之功，持“复古而陷伪”者却忽略不计。其实，批评七子派末流之弊者并非始于袁宏道、钱谦益等人，作为后七子复古运动倡导者之一的王世贞，其晚年对早年所从事的文学活动有诸多反省和“悔悟”[①]，提出“有真我然后有真诗”之说，那么，王世贞对七子派复古之弊有何认识？其“真诗”说是在一种什么样的背景下提出的？通过对王世贞作品的细读，可以发现其所认知的复古运动之弊主要有四：

其一，模拟剽窃。王世贞早年已认识到模拟剽窃之弊，其《艺苑卮言》卷四云：“剽窃模拟，诗之大病”，此时王世贞尚属泛泛而谈，并未针对七子派具体成员。在王世贞晚年或许友人向其讲述了七子派成员的模拟情况，或许是其亲身感受，王世贞在回复友人的信函中说：“足下又谓：吴越间，有动为僻棘，好创异谈，自谓追蹋邃古，得非刘子威、吴瑞穀诸君哉？此不过日取《三苍》、《五雅》，杨雄《方言》之类，字剽而句拟之，以文其陋。足下但读《左》、《国》、《短长》、贾谊、史迁数大家言，何尝有此也。”[②]王世贞对“字剽而句拟”、“以文其陋”的现象不满，对刘凤、吴瑞穀等人予以实名批评。后来，在写给他人的序文中，王世贞提出了追求形似的“捧心”“抵掌”之说：“余束发而游于艺园，获窃寓目作者，于今垂四十年矣。大约无盛于隆庆、万历间，南戒而南，稍一具眉目称男子从事觚管，即仰面而视天，……其不为捧心而为抵掌者多矣。不佞故不之敢许，以为此曹子方寸间先有它人，而后有我，是用于格者也，非能用格者也。”[③]王世贞认为创作中模拟别人，追求形似，是“先有它人，而后有我”，是受制于学习对象，而非受益于学习对象，为此予以批评。

在模拟问题上，李攀龙问题比较突出。王世贞当年随李攀龙倡导复古运动，对李攀龙存在的问题在早年所撰《凤洲笔记》中有直接的批评：“今世作师汉文类，不过剽窃字数耳。兄不独得其字，且得其句，不独得其句，且并其意得之。”[④]在《艺苑卮言》中王世贞也毫不客气，

① 见拙文《王世贞晚年“自悔”论》，《中国文学研究》2008年1期。

② 《续稿》卷一八一《李仲子能茂》。

③ 《续稿》卷五一《邹黄州鷦鷯集序》。

④ 《凤洲笔记》卷七《柬李于鳞比部》。

云：“于鳞拟古乐府无一字一句不精美，然不堪与古乐府并看，看则似临摹帖耳。”[①]李攀龙曾提出：“《易》曰：‘拟议以成其变化，日新之谓盛德’，不可与言诗乎哉！”[②]对李攀龙这一主张王世贞认为其并未做到言行一致：“李于鳞文无一语作汉以后，亦无一字不出汉以前，其自叙乐府云：‘拟议以成其变化’，又云：‘日新之谓盛德’，亦此意也。若寻端拟议以求日新，则不能无微憾。”[③]王世贞认为李攀龙乐府模拟太多，“日新”已为“拟议”所涵盖，为此，提出：“其（李攀龙）自得微少。优孟之为孙叔敖，不如其自为优孟也。某近稍稍因新事创名，度以古曲，于鳞见之，更喜心夺耳。”[④]王世贞认为身着孙叔敖衣服的优孟，虽然在神态、表情、举止等方面酷似孙叔敖，但与真正的孙叔敖仍有较大差距，因此，王世贞认为“优孟之为孙叔敖，不如其自为优孟也”，也就是模仿别人，寻求形似，倒不如表现自己真实的面目。王世贞在与吴国伦的信函中总结了自己与李攀龙在乐府创作方面的不同，目的是劝诫吴国伦创作时不宜有太多模拟：“不佞伤离，于鳞伤合，……夫离者病独览，合者病双阅，此在连城不无微颣也。”[⑤]王世贞与李攀龙也有过模拟问题的谈论，李攀龙对自己模拟过多也有反省，云：“吾拟古乐府少不合者，足下时一离之，离者离而合也，实不能胜足下。”[⑥]鉴于李攀龙在当时文坛的地位和影响，王世贞未能把自己意见的全部表达出来，其在与屠隆的信函中有过这样的表述：“于鳞居恒谓：‘富有之谓大业，日新之谓盛德，拟议以成其变化’，为文章之极则。余则以日新之与变化，皆所以融其富有拟议者也，间欲与于鳞及之，至吻瑟缩而止”[⑦]。或许出于对“李何之争”的警觉，王世贞处处维护李攀龙的形象，但其真实态度却未必如此，胡应麟有过这样的叙述：“庚辰夏过小只园，长公（王世贞）谭艺次偶及李于鳞文，长公曰：‘余初年亦步骤其作，后周览战国、西京诸家，乃翩然改辙。于鳞初极不喜，久之，余持论益坚，李遂止，弗复更言。’……是冬，次公（王世懋）访余溪上，夜评骘当代诸名家至历下，……两王公于笔札间推毂济南不容口，其面论不同乃尔。盖两王公于李交厚，董狐之评，不无少曲，而其指往往寄寓他文中。初学不尽参其集，未易悟也。”[⑧]王世贞对李攀龙的真实评价往往不能直言，读者需慢慢品味方知其用心。如胡应麟的记载无误，王世贞自称与李攀龙已“翩然改辙”，也就是在复古方法上追求更多的是神似，而非形似。王世贞将此番话语告诉胡应麟等门人弟子，暗示他们复古要走出形似的层面。

其二，门户之争。明代诗文理论非常富有生气，各诗文流派论争极富有激情，当时文学流派纷呈，常常一流派尚未平息，另一流派已涌起。明代文学流派众多，不同派别之间，因文学思想的差异而彼此碰撞，由此而被解读为“门户之争”，郭绍虞先生认为：“明代文人只需稍有一些表现，就可以加以品题，而且树立门户”[⑨]。

---

① 《四部稿》卷一五〇《艺苑卮言（七）》。

② 《沧溟集》卷一《古乐府》。

③ 《四部稿》卷一四七《艺苑卮言（三）》。

④ 《四部稿》卷一二一《张助甫》。

⑤ 《四部稿》卷一二一《吴明卿》。

⑥ 《四部稿》卷七七《书与于鳞论诗事》。

⑦ 《续稿》卷二〇〇《屠长卿》。

⑧ 胡应麟《少石山房集》卷一〇六《书二王评李于麟文语》。

⑨ 郭绍虞《照隅室古典文学论集·明代的文人集团》，上海古籍书店1983年版，第518页。

对明代"门户之争"问题，明人有着清醒认识。范景文《葛震甫诗序》云："今则各立门庭，同时并角，其议如讼。拟古造新，入途非一；尊吴右楚，我法坚持。彼此纷嚣，莫辨谁是。"中晚明时，"拟古"与"造新"、"尊吴"与"右楚"，此消彼长，莫衷一是。张凤翼指出"近时立门户者，本无真识，好訾毁往哲以自贤"[①]。明人对"立门户"者往往口诛笔伐，不遗余力。其实，有明一代真正大张旗鼓"立门户"者并不多见，而反"门户"者却比比皆是。清人接受了明人反"门户"者的观点，对明人批评"门户之见"却视而不见，此种流弊一直影响至今。王世贞对"门户之争"有深刻省察，指出："明兴，世世右垂绅委蛇之业，士大夫作为歌诗，以绍明正始之音，雝如矣。至于文，而各持门户以相轧，其故何也！尚法则为法用，载而伤乎气；达意则为意用，纵而舍筏，畏于思之难，信心而成之。苟取其近者，嚣嚣然而自足；耻于名之易，钩棘以探之，务剽其异者，沾沾然以为常。夫其各相轧，而卒莫相竞也，彼各有以持其角之负，然而不善所以为胜者，故弗胜也。"[②]王世贞认识到文学创作的复杂性，反对"各持门户以相轧"，认为"门户相轧"的结果，就是几败具伤，为此，王世贞提出创作上不同文学流派间要互"剂"[③]。李攀龙辞世后，汪道昆声名显赫，作为一代文宗的王世贞颇为谦让，在与友人信函中云："夫于麟建安、伯玉西京，是二君子者，各操其强，悉甲临我，蕞尔滕国，介于齐楚之间，悉索敝赋，犹惧不共，而曰：狎主齐盟，谁则信之！"[④]王世贞不愿再看到"李何"相争的局面，为了免去不必要的"门户之争"，王世贞晚年在性格方面"摧刚为柔"有很大转变，表现出极大的宽容[⑤]，这样就便于不同的文学流派、不同的创作者尽可能展现自己。王世贞认识到了有明一代"树门户"的情况，"明兴，操觚而树门户者非一家，而称能返古者，北地之后，毋如历下生。"[⑥]在与友人信函中王世贞自称努力削除不必要的门户之争，"数年以来，操觚之士毋问远迩，若以仆为有知识者，时荐其技，以冀仆一言之定，而争事剽窃，妄立门户，毋论其所构撰，即自通之牍，多者舂容千言，少亦数百言，然未有尽当仆意者。"[⑦]王世贞认为优秀的作品不是在争论中产生，为此，不愿卷入门户争斗，希冀文学创作的环境比较单纯，以便展现创造者纯净的内心。

其三，贵古贱今。"崇古"是古人一贯持有的观念，这与古人的"述而不作"思想有着密切的关系，"中国思想家以诠释、而非发明真理（道）为本务的倾向。从这一点切入，就较能理解何以西方思想家往往透过批判前人的学说来建构自己的学说，而中国思想家即使提出新说，也要强调自己只是'道'的诠释者。由此我们也较能理解《公羊传》、《谷梁傳》与《左传》由《春秋》的注释升格为经典的思想背景。"[⑧]当然，曹丕在《典论·论文》中对"贵古贱今""向声背

---

① 张凤翼《书唐伯虎诗后语》，《处实堂续集》卷二甲乙稿，明万历刻本。

② 《四部稿》卷六七《五岳山房文稿序》。

③ 见拙文《论王世贞晚年主"剂"的文学思想》（待刊）。

④ 《四部稿》卷一二八《答程子虚》。

⑤ 《国榷》卷七十五"万历十九年"："屠隆曰：古之王祥，德掩其言；今之元美，言掩其德。王祥不在能言之科，间与谈论，理致清远，是德掩其言也。元美作《艺苑卮言》，鞭挞千古，掊击当代，笔挟清霜，舌掉电光，天下士大夫，读其文想其风采，远听遥度，必以为轻俊薄夫，而不知其为人殊长者，识无所不综，而量无所不包，宽仁爱人，盛德之声满里闬，而或不尽闻于薄海内外，是言掩其德也。"

⑥ 《续稿》卷四〇《刘侍御集序》。

⑦ 《续稿》卷二〇一《甘佥宪》。

⑧ 李明辉《"中国经典诠释学的特质"学术座谈会记录》，《中国文哲研究通讯》2001年第2期。

实”等已有所批评。明人在“古今”问题上有较多的谈论，祝允明著《古今论》一文，云：“大校君子多是古而非今，细人多狃今而病古。吾以为悉谬也。”[①]祝允明认为“古今非两世也”、“知其一契也”。李贽从古今变化的角度着眼：“以今视古，古固非今，由后观今，今复为古。”袁宏道《雪涛阁集序》提出：“文之不能不古而今也，时使之然也”。从这些谈论中可以看到明人已认识到“古”与“今”的矛盾性、一致性，又可相互转换等内容，然而，论“古”总是有“今”的情结寓于其中。

王世贞以复古闻名于世，其实，对于“今”，即对当下，王世贞表现出极大的热情。王世贞在史学领域、文学领域有很多建树，在这些领域其关注更多的并不是古代，而是当代。在史学方面王世贞撰有《嘉靖以来内阁首辅传》、《弇山堂别集》、《弇州史料》等，这些著述都是针对其所生活的时代、即针对当代史而作。同样，在文学领域王世贞更是如此，其早年随李攀龙倡导复古运动，李攀龙去世后，王世贞主盟文坛，此时复古之于王世贞只是手段而非目的。王世贞关注古代是要为当代确立一个历史坐标，能够使当代文学进入历史系统，因此，王世贞的复古并非为复古而复古，而是有极强的当下意义，其所撰《艺苑卮言》、《明诗评》及为友人门人等所撰序跋中都表现出很强的当代意识。王世贞特别强调“通古变今”思想，指出：“夫士能博古固善，其弗能通于今也，古则何有？我以古而诮人，人亦以今而诮我，其失究同也。今夫夏敦商彝、牺尊兽罍，窾识粤奇，文画深巧，天下之瑰器也，以烹以盛，则不若敝釜瓦缶之便，何者？适于用也。由古道无变今俗，然则通今之士可少哉！”[②]王世贞认为要“通古变今”，由“古道”变“今俗”，这样“古”才有其价值和意义。这表明王世贞所倡复古，有着很强的实用于今的倾向，即“古”为“今”用。在为吴峻伯所撰序文中，王世贞对“是古非今”颇不认同，云：“‘必是古而非今，谁肯为今者？且我曹何赖焉？’我且衷之。故峻伯卒，而新都汪伯玉著状云：济南以追古称作者，先生即逡逡师古，然犹以师心为能。”[③]“师古”与“师今”彼此相“剂”，这是王世贞晚年主“剂”思想的重要表现。在为汪道昆所撰寿序中，王世贞不失时机地宣扬“古”“今”折衷的思想：“夫北地古而疏，济南古而棘，毗陵、晋江畅而今，自汪公始折衷焉。”[④]

其四，传时为格。明代文学流派纷呈，不同流派对前人有不同的“情感认同”，由此而选择不同的宗法对象，这样创作出的作品在内容、风格等方面就呈现出不同的风貌。七子派在宗法对象上被解读为“文必秦汉”“诗必盛唐”，甚至是“大历以后书毋读”。王世贞晚年对七子派的取法对象不断进行梳理，目的在于要突破已有的取法对象，指出：“当德靖间，承北地、信阳之创而秉觚者，于近体畴不开元与少陵之是趣，而其最后稍稍厌于剽拟之习，靡而初唐，又靡而梁陈月露，其拙者又跳而理性。”[⑤]对七子派排斥两宋，王世贞有这样的记载：“明兴，而诸先大夫之作不能无兼采二季之业，而自北地、信阳显弘正间，古体乐府非东京而下至三谢，

---

① 《怀星堂集》卷一〇。

② 王世贞《丁戊杂编序》，《凤洲笔记》卷四；《弇州史料后集》卷40，《四库禁毁书丛刊》史部第50册，第76页。

③ 《续稿》卷五一《吴峻伯先生集序》。

④ 《续稿》卷三四《寿左司马南明汪公六十序》。

⑤ 《徙倚轩稿序》。

近体非显庆而下至大历，俱亡论也，二季蹶是屈矣。”[①]王世贞对七子派的宗法对象有很多谈论：“天下之言诗者，已争趣北地、信阳，而最后济南继之，非黄初而下，开元而上无述也。”[②]王世贞结合自己的创作实践，认为宗法对象不能左右自己的创作，即“彼吾役也，吾不彼役也”，也就是创作的主动权应掌握在自己手里，云：“余束发而谈诗，自《风》《雅》而下，至于近代亡虑数千年，于条格升降无虑数十，而所考镜若黄初、建安、六季以至三唐、两宋胜国，其人无虑数百千，而体亦因之。……至承父独不然，以为事与景者，天地所自有之物，偶遇而收之；情与意者，吾所本有之物，偶触而发之耳。彼吾役也，吾不彼役也。”[③]王世贞通过对王承父的赞扬，意在说明创作者要超越学习对象，在“意与情”“事与景”方面能够运转自如，有所超越。在与友人信函中王世贞对此有进一步阐发：“所愿更益充吾学，养吾气，气完而学富，遇触即发，有叩必应，吾常操彼之柄以役之，而不受彼役，乃足称大家耳。”[④]王世贞强调取法对象方面要有所突破，有“正”也要有“变”，云：“嘉靖间，当是时天下之文盛极矣。自何、李诸公之论定，而诗于古无不汉、魏、晋、宋者，近体无不盛唐者；文无不西京者；汉、魏、晋、宋之下，乃有降而梁、陈，盛唐之上，有晋而初唐，亦有降而晚唐：诗之变也；西京而下，有靡而六朝，有敛而四家，则文之变也。语不云乎：‘有物有则’，能极其则，正可耳，变亦无不可。”[⑤]这里王世贞认识到了取法对象的“正”“变”问题，虽然其对“正”持肯定态度，但其对取法对象中的“变”也不排斥，表现出在取法对象方面的宽容态度。王世贞晚年对“传时为格”产生了怀疑，云：“明兴，谈艺者毋论数十百家，往往传时为格，而独盛于嘉靖之季”，所谓“传时为格”就是以时代论诗、以时代为“格”，此时王世贞认为诗歌的写作情况相当复杂，不能简单以时代论之。“夫古之善治诗者，莫若钟嵘、严仪(卿)，谓‘某诗某格，某代某人，诗出某人法’，乃今而悟其不尽然”，“代不能废人，人不能废篇，篇不能废句”[⑥]。因认识到不应以时代分诗文优劣，王世贞晚年对宋文采取了较宽容态度，由早年“骨格既定，宋诗亦不妨看”[⑦]，到提出“宋人墨迹未可轻，即欧、苏诸公文字亦未可轻也。”[⑧]后来王世贞劝友人，云：“愿足下多读《战国策》、《史》、《汉》、韩、欧诸大家文。”[⑨]再到后来甚至云：“况弟数年来甚推毂韩、欧诸贤，以为大雅之文”[⑩]。从抑宋到认为欧、苏文不可轻，再到推毂韩、欧诸贤，呈现出取法对象不断扩大的路线。

王世贞发现了七子派复古运动中存在的种种问题，并借对李攀龙的批评予以警示。此时已步入晚年的王世贞厌倦了世间的纷纷攘攘，借佛道为自己打造一处恬淡的精神家园。其对复古运动的弊端多是从去功利化的层面予以纠正，努力还原创作者的“本我”面目，强调从“真我”层面进行文学创作。那么，王世贞是如何矫正七子派末流之失，并展开自己新的文

① 《续稿》卷四一《宋诗选序》。
② 《续稿》卷四七《汤迪功诗草序》。
③ 《续稿》卷五二《王承父后吴越游编序》。
④ 《续稿》卷一八一《答华孟达》。
⑤ 《续稿》卷五二《蒙溪先生集序》。
⑥ 《续稿》卷五一《邹黄州鹪鹩集序》。
⑦ 《四部稿》卷一四七《艺苑卮言(四)》。
⑧ 《附集》卷四《孙太常》。
⑨ 《续稿》卷一八二《颜廷愉》。
⑩ 《续稿》卷一七五《徐宗伯》。

学思想？

二

持七子派"复古而陷于伪"观点者，侧重从静态层面考察七子派复古运动，或以七子派成员某一时段的文学思想来代替其整体思想，同时又过于强化七子派与公安派、竟陵派的对立，忽视了不同文学流派间的思想交流与传承。

王世贞晚年目睹了七子派追随者模拟剽窃之弊，以"真诗"说予以矫正。在王世贞之前，李梦阳也提出"真诗在民间"一说，与王世贞同一时代的李贽提出"童心"说，强调"绝假纯真"。稍后徐渭提出"一丝不挂任天真"①。袁宏道提出"情真"。钟惺提出"真诗者，精神所为也。"这些观点之间有着千丝万缕的联系，说明明代不同文学流派之间除了在创作理念、宗法对象、作品风格等方面存在差异外，在创作方法、创作指导思想方面仍很多相似或一致的地方。在强调"真"这一层面上，王世贞与李梦阳、李贽、公安派、竟陵派有着相通之处。

李梦阳在复古方法上因强调"尺尺寸寸"而受人诟病。其实，李梦阳的复古并非那么机械教条，在"李、何论争"中，李梦阳提出"若以我之情，述今之事，尺寸古法，罔袭其辞，犹班圆倕之圆，倕方班之方，而倕之木非班之木也，此奚不可也？夫筏我二也，犹兔之蹄，鱼之筌，舍之可也，规矩者，方圆之自也，即欲舍之乌乎舍？"李梦阳认为创作存在一种内在规律，即在创作方法上古今攸同。为此，针对何景明"舍筏登岸"之说，李梦阳认为文学作品与创作方法同为一体，二者不可分，不存在能舍去作品而言方法的情况。李梦阳进一步指出："文必有法式，然后中谐音度，如方圆之规矩，古人用之，非自做作之，实天生之也。今人法式古人，非法式古人也，实物之自则也。"②李梦阳的复古理论或许存在一些缺陷，但绝不是食古不化，对古人亦步亦趋。李梦阳也意识到复古存在的问题，于是提出"真诗在民间"之说，云："世尝谓：删后无诗，无者谓《雅》耳，《风》自谣口出，孰得而无之哉！今录其民谣一篇，使人知真诗果在民间。"嘉靖三年李梦阳五十三岁时作《弘德集自序》，在这篇序文中，李梦阳称二十年前王叔武曾向他阐述："真诗乃在民间，而文人学子，顾往往为韵言，谓之诗"。二十年后，李梦阳旧话重提，并回顾了自己的创作经历，说："予之诗非真也。王茂叔所谓文人学士韵言尔，出之情寡而工之词多，每欲自改以求其真，然今老矣。曾子曰：时有所不及，学之谓哉！"此时李梦阳老而觉悟，认为自己的诗作是"文人学士韵言"，然而时光不再，修正已迟，颇有追悔不及之感。这里李梦阳将"文人学士韵言"与出自民间的"民谣"区分开来，认为真正的文学作品应该能够摆脱功利性，是"饥者歌其食，劳者歌其事"发自内心的创作。这里李梦阳所言"真诗"主要从儒家思想层面从去"功利"、去"教化"层面着眼。这与李贽、徐渭、袁宏道等人从个性解放、回归世俗、追求生命原初意义以求"真"有所不同。

李贽言"真"，强调"童心"，"绝假纯真"、"最初一念之本心"，颇有佛道意味。徐渭、袁宏道等人则有所不同。徐渭认为："夫真者，伪之反也。故五味必淡，食斯真矣；五声必希，听之

---

① 《徐渭集·徐文长三集》卷五。

② 《空同集》卷六二《答周子书》。

真矣;五色不华,视斯真矣。凡人能真此三者,推而至于他,将未有不真者"①。这里的"伪",实近于文饰之意。袁宏道针对七子派学古存在的问题以"真"予以矫正,提出:"今闾阎妇人孺子所唱《擘破玉》、《打草竿》之类,犹是无闻无识真人所作,故多真声,不效颦于汉、魏,不学步于盛唐,任性而发,尚能通于人之喜怒哀乐嗜好情欲,是可喜也"②;"要以情真而语直。故劳人思妇,有时愈于学士大夫,而呻吟之所得,往往快于平时。夫非病之能为文,而病之情足以文;亦非病之情皆文,而病之文不假饰也,是故通人贵之。"③袁宏道与李梦阳在重视民歌方面有相似之处,然而袁宏道强调"独抒性灵",不追求道德原则,不求政治意义,坚持真实性,回归常人,回归世俗,追求生命原初性,情感真实流露,无论健康与否,不遮蔽,不提升,不选择。袁宏道等人所言之"真"是建立在才情论基础之上,追求的是一种自然生命意义,超越道德伦理。

王世贞为一代文学大家,深知"真"对于文学创作的价值和意义。其在多个层面对"真"予以关注。在史学方面,王世贞强调"真实",反对对历史的美化,认为"国史,人恣而善蔽真","野史,人臆而善失真","家史,人谀而善溢真"④。在文学层面,王世贞强调"有真我而后有真诗"⑤。那么,王世贞所强调的"真诗"有何深刻含义?我们不妨先从其诗作中窥知一二:"高位久无味,虚名徒累人。一归聊自适,已过亦非真。虾菜肥馋口,莺花媚老身。卖文宁我事,宁晓罢官贫。"⑥"衰来五欲俱无味,唯有功名巧误人。惭愧两年涂抹处,不曾留得一丝真。"⑦这里王世贞所言之"真"是一种去功利化、恬淡无欲、自适无待的生存状态,这与其晚年的佛道思想颇为一致。当然,在理论层面王世贞追求的是一种"性情之真",云:"自昔人谓言为心之声,而诗又其精者。……后之人好剽写余似,以苟猎一时之好,思踳而格杂,无取于性情之真,得其言而不得其人,与得其集而不得其时者,相比比也。"⑧诗为人内心世界的真实展露,王世贞批评缺乏"性情之真"者的功利化写作。王世贞所言"真我"是有佛道意味、去社会化之"我"。"真我"在创作层面表现出的是一种独立自由的创作状态,也就是"为情造文"。王世贞有"真我"与"人我"之说,"夫千秋之业与一时之业孰重?真我之乐与人我之乐孰深?正恐异时复忌公处耳。"⑨"人我"受制于人,很难呈现出"性情之真"。对此王世贞感同身受,其晚年索文者络绎不绝,此种状态下创作出的作品很多是"为文造情",与"真诗"相距较远。此外,王世贞认为"名利"的拖累也是对作品"真"最大的威胁,云:"谓不佞不好名则欺公,念其与真我背而驰,且犯吾师如愚若昏戒也,则凛然毛骨竦矣。有所结撰成亦间一爱之,念其耗神气,犯绮语,而役役受责无已也,则又腼然愧戚戚然苦矣。"⑩王世贞认识到名缰利锁束缚了人的真性情,"与真我背而驰",也就是创作"真诗"必须是"真我",那么,如何才能成为"真

① 《徐渭集》,中华书局1983第908页。
②③ 钱伯城《袁宏道集笺校》,上海古籍出版社1981年版。
④ 王世贞《史乘考误·引言》,《弇山堂别集》卷二〇,中华书局1985年版,第362页。
⑤ 《续稿》卷五一《邹黄州鷦鷯集序》。
⑥ 王世贞《附集》卷一《夏日弇中即事》。
⑦ 王世贞《附集》卷一《陈廷尉王叔赠十绝仅极其半》。
⑧ 《四部稿》卷六九《章给事诗集序》。
⑨ 《续稿》卷一八九《邢子愿侍御》。
⑩ 《续稿》卷二〇三《魏考功懋忠》。

我”，如何才能使自己的作品成为“真诗”？王世贞主要从以下四个层面着眼：

其一，“自然”。王世贞提出：“夫天地之精英，独畀之人。而人之精英，渐溢而著之言为诗若文，是皆因天地之自然而节奏之。还以黼黻乎天地者，唯此二端而已。诗近方，文近圆，其为体稍殊而见之用则一也。有自外境而内触者，有自内境而外宣者，其所繇亦稍殊，其成于意一也。意者，诗与文之枢也，动而发，尽而止，发乎其所当发，止乎其所不得不止，古有是言要为尽之矣。”[①]为诗若文成之于“人之精英”，而得之于“天地之精英”。人之“意”或感于物，或移情于物，皆“天地之自然而节奏之”。也就是为诗若文是真性情的流露。王世贞通过强调“自然”的目的是要削除创作中的“应酬习气”。在与友人信函中王世贞云：“仆年来笔研之习不能尽谢，如前所云云，然罄控纵送，稍自便习，虽涉方寸，无甚刿刻，但不忍拂仁人孝子之用心，不免骫骳逐好，时时伤多，以此愧古人耳，盖古人制文之权长在我，而仆制文之权多在人故也。”[②]受人请托，“制文之权在人”就难以展现自己的真性情。因此，“应酬习气”为王世贞所排斥，然而，袁宗道等人却批评王世贞有“应酬心肠”、“格套口角”，云：“闻其晚年撰造，颇不为诸词客所赏。词客不赏，安知不是我辈所深赏者乎！前范凝宇有抄本，弟借来看，乃知此老晚年全效颇公，然亦终不似也。坡公自黄州以后，文机一变，天趣横生，此岂应酬心肠、格套口角所能仿佛之乎！”[③]其实，王世贞晚年谢笔砚目的就是要削除“制文之权在人”，但作为当时文坛盟主，“千里故人询问不绝，又多以诗及者”[④]，因此，林欲静而风不止，应酬难以回避。其实，王世贞对“涉套”、“率意”等应酬之弊也早有警醒，其曾批判李梦阳云：“献吉文，如谱传《于肃愍》、《康长公碑》，封事数章佳耳，其他多涉套，而送行序尤率意可厌”，说明王世贞对应酬中的“涉套”、“率意”较为反感。

其二，呈现“恬淡”“自得”“自适”之趣。王世贞晚年倦于官、倦于应酬、倦于文、倦于名，于是入昙阳子“恬淡教”，在佛禅思想支配下，王世贞的创作“触于兴，述于赋，寄于比，乃充然若有得，而吾之性与情又若相为用矣！”[⑤]“兴”“赋”“比”的运用主要在于“自得”，这样自己的“性与情又若相为用”。王世贞进一步指出：“第其于辞气雄劲骏发，虽未尽洗其师门语，要之有自得者，庶几文豹之一斑耳。”[⑥]王世贞所言“真诗”除有较强个体意识，更关注创作者内心，还关注“自适”：“仆于诗质本不近而意甚笃好之，然聊以自愉快而已”[⑦]。“夫诗取适情主淡泊为上乘足矣”[⑧]。说明王世贞的“真诗”强调的是私人话语空间，以获得自我满足和愉悦为目的。

其三，学习对象不是学习目的。现实只有放在历史的系统中才能呈现其价值，个体只有通过对传统的学习才能获得与他人沟通对话的平台。在王世贞看来学古而不能受制于古，“真诗”的获得更是如此，其以陈子昂“碎琴宝诗”为例对此予以说明：“昔者陈拾遗之造都下

---

① 《续稿》卷五二《二西园集序》。

② 《续稿》卷二〇一《甘金宪》。

③ 《答陶石篑》，《白苏斋类集》卷十六。

④ 《九月闭关谢笔砚，而千里故人询问不绝，又多以诗及者，遂成此二律志苦且代答》，《续稿》卷十六。

⑤ 《续稿》卷四一《游宗谦诗稿序》。

⑥ 《续稿》卷四一《沈开子文稿小序》。

⑦ 《四部稿》卷一二八《答周组》。

⑧ 《续稿》卷五三《唐诗类苑序》。

也，以一宝琴而聚诸贤豪之目，既聚而出其诗百卷，即椎宝琴而碎之，而价踊贵，何者？以琴之宝不若文之宝，真也。今子之诗拾遗也诗，而我之言，琴也，何所借我重也？……毋论江左，即济南而上，而天宝，而景龙，而建安，而西京，皆筌蹄也，我且为琴碎矣。”[①]王世贞以《庄子》“筌蹄”之喻说明学习对象不是学习目的。对学习李攀龙者，王世贞谆谆告诫：“吾虽贵于鳞，不必皆于鳞祢。吾闭门而造车，出门合辙，则余未之敢许也”。此外，王世贞还强调向生活原型学习，云：“‘天厩万匹，皆吾师’，此古人匠心之妙也。”[②]当另一友人刘介征向王世贞询问“诗文所模楷”时，王世贞表达出类似观点，云：“画马者云：天厩万匹，皆吾师，何必模索曹韩遗迹也？”[③]王世贞晚年已由昔日重对前人的学习转为对生活实践的学习，认为绘画作品主要学习古人如何“略玄黄牝牡”、“取其神骏”。王世贞还转引苏洵之语，云：“欧阳子之文，非韩愈之文，而欧阳子之文也”，并由此盛赞姜凤阿：“先生之文，非毗陵之文，而先生之文也”[④]，即肯定姜凤阿学唐顺之而不似唐顺之，认为只有这样，才能做到“用格”，而非“用于格”。

总之，七子派“复古而陷伪”这一说法具有很大的局限性，此说若仅仅针对七子派末流之失尚可，然而，若以末流之失而将七子派复古全盘否定，则非通论。古人创新总是要依托复古，他们通过对古代典籍的学习，搭建起彼此交流、沟通、对话的平台，在此基础上创新才成为可能。对七子派而言，复古依然是其手段，而非目的，他们努力通过复“古文”，以达到复“古道”，从而对当下价值观、文学观进行矫正，因此，对七子派所倡导的复古运动也不能仅仅从文学层面进行解读。

作者单位：兰州大学

① 《续稿》卷五一《潘景升诗稿序》。

② 王世贞《续稿》卷一七〇《题殳生画》。

③ 王世贞《续稿》卷一九一《答户部刘介征》。

④ 王世贞《续稿》卷五三《姜凤阿先生集序》。

张佳胤王世贞交游考

李　新

张佳胤，字肖甫，重庆府铜梁人，嘉靖二十九年进士，初授滑县令，官至兵部尚书。王世贞，字元美，太仓人，累官至刑部尚书，后七子领袖之一。张佳胤被王世贞纳为“七子”[①]及“三甫”，是第二次文学复古运动的中坚分子。在明代中后期文坛，尤其是西蜀文坛占据重要一席。而在明代文学研究中，张佳胤却一直不受重视。究其原因，当是张佳胤创作之余，更“稍兼吏道”[②]，功业显赫，其文学成就反被忽略。钱谦益在《列朝诗集小传》言张佳胤“镇雄边，定大变，入正枢席，以功名始终。高才贵仕，兼而得之，近代所罕见也”[③]。张佳胤以其雄才大略，纵横才气，在明代文苑绽放出别异的粗犷和俊逸，而这些也是他不同于后七子文学风格的一个显著的特征。本文通过考察张佳胤与王世贞的几次交往和文学酬唱，揭示张佳胤与当时的文坛领袖的关系以及他表现出的不同于后七子的文学风格。

一

张佳胤与王世贞交游集中在三个时间段，一是嘉靖三十四年，在北京；二是隆庆六年春至万历元年春夏间，在江苏；三是万历十一年，张佳胤以兵部右侍郎兼右佥都御史平定浙江之乱。

明嘉靖二十九年进士科考试，以“斌斌文学”称，其中有被王世贞囊括进后七子、后五子等的部分文学士。时王世贞、李攀龙俱在京师刑部为官。张佳胤在京师亦与这些同年进士结识，并自言“不佞无不交欢诸子”[④]。在等待授官的一段时间内，张佳胤曾出使外地，随后又以省亲之由回家乡铜梁，准备接母亲同赴官邸。回到京师，大约年底出补滑县令，后七子之一的吴国伦有《送张肖甫之滑县令》。同年中，如徐中行、吴国伦、梁有誉、宗臣则在嘉靖三十和三十一年先后在京师授官，因此得以接近李攀龙和王世贞，从而结成复古文学同盟。而张

---

① 注：“七子”之说，见王世贞《弇州山人续稿》卷 111 中言：“或以比邺中七子。”王世贞《艺苑卮言》卷七：“或称‘七子’，或‘八子’。”“七子”成员具有流动性，见本论文第 2 页。

② 王世贞《弇州山人四部稿》卷 68，第 173 页，四库全书本。

③ 钱谦益《列朝诗集小传》丁集上，第 440 页，上海古籍出版社 1983 年。

④ 张佳胤《居来山房集》卷 35，第 413 页，四库全书存目补编本。

佳胤"当庚戌同释褐也,不佞即令白马矣"[①],尚未及拜见两位复古文学领袖,便走马上任河南滑县。

张佳胤与王世贞的结识,是通过李攀龙推介的,而王世贞又是张佳胤入燕台诗社的领路人。张佳胤于嘉靖三十年赴任滑台令,嘉靖三十二年李攀龙从京师刑部司郎中任上外迁顺德知府。张佳胤早闻庚戌七子的诗社唱酬,并"欣羡不已",故过顺德,以诗为贽投刺于李攀龙,"于鳞大善之,与折节讲均礼"[②],二人交游甚欢,甚至"无日开樽不郡楼"[③],李攀龙亦作《同张滑县登清风楼》记畅游之快。嘉靖三十四年四月,张佳胤由滑县令擢户部主事,入京。时王世贞在北京任刑部郎中,李攀龙寄书王世贞,言:"有一当齐秦赋者,张肖甫也。公实不死矣。"[④]公实,即梁有誉。梁有誉去世于嘉靖三十三年十一月。李攀龙向王世贞竭力推荐张佳胤,即为欣赏张佳胤的才华,认为可弥补刚刚去世的梁有誉的诗社席位。

张佳胤入京后,即与余德甫一起造访王世贞,时宗臣、吴国伦亦在京师候官,诸子结成诗社,讲业燕台,论文较艺,飞觞染翰,卜夜无已。王世贞曾在《艺苑卮言》及《明故中宪大夫福建按察副使午渠余公墓志铭》中言及七子入社的过程:"时历下李于鳞与世贞相靡琢为古文辞,而吴兴徐子与、南海梁公实置同舍郎,赵人谢茂秦自布衣,扬人宗子相自吏部,楚人吴明卿自两制,入与朋焉。无何,梁生死,谢生解,而公(余德甫)与司农郎蜀人张肖甫继入。"[⑤]"名籍籍一时,或以比邺中七子"[⑥]。王世贞梳理了"后七子"人员的流动性过程,即从嘉靖三十年,李攀龙、王世贞、宗臣、徐中行、梁有誉、谢榛在北京形成最初的复古同盟社,嘉靖三十二年李攀龙与谢榛结怨,谢榛退出,吴国伦入社,李攀龙倡为"五子诗"[⑦],实为六子。嘉靖三十三年梁有誉死,余德甫入,嘉靖三十四年张佳胤入,是为"后七子"。在"后七子"中,张佳胤是最后一个加入的,其时,张佳胤所吟咏的诗文已渐流布人间,被人传颂,因此,与诸子在京师"相与靡切为笔研文字之业"[⑧],并得到王世贞的青睐,将张佳胤引入其阵营中来。时诸子年少恃才,心高气傲,甚至"颇跆借公卿",并以高人之行相互砥砺,而张佳胤"独温然其间,若巨源澹冲,而年又最少"[⑨]。张佳胤此时即表现出与诸子的与众不同之处,王世贞分析其为:"已稍稍得其所以治滑者,已又于杯酒慷慨谈说天下事,而窥其一二,以为经国大业当属之斯人,非复吾曹所可及。"[⑩]这是张佳胤与王世贞的第一次交游,王世贞不仅欣赏张佳胤的才情和文学,更敏锐地预测出张佳胤此后的功业建树。此年十月,张佳胤出使闽广督租,诸子各赋诗饯别,张佳胤有《予督租闽粤余德甫吴明卿宗子相王元美各赋诗饯别因答诸子》。同月,杨继盛因疏劾严嵩论死,王世贞、吴国伦、宗臣经纪其丧,忤严嵩意,亦先后被贬出京。

嗣后,张佳胤宦途多舛,颠沛流离,飘转于闽广、重庆、河南、山西、云南等地,与王世贞的

---

① 张佳胤《居来山房集》卷35,第413页,四库全书存目补编本。

②④⑨ 张佳胤《居来山房集》卷65,第736页,四库全书存目补编本。

③ 张佳胤《居来山房集》卷13,第202页,四库全书存目补编本。

⑤ 王世贞《弇州山人续稿》卷112,第576页,四库全书本。

⑥ 王世贞《弇州山人续稿》卷111,第567页,四库全书本。

⑦ 李攀龙"五子诗","五子"者为王世贞、吴国伦、宗臣、徐中行、梁有誉。加上李攀龙,实为六子。见《沧溟集》卷4,第47页,吉林出版集团有限责任公司,2005年版。

⑧⑩ 王世贞《弇州山人续稿》卷53,第696页,四库全书本。

联系亦仅限于几封往来书信。

二

张佳胤与王世贞的第二次欢会集中在隆庆六年和万历元年间，也是两人交会最多的一次，友谊日笃弥深。时张佳胤以右佥都御使巡抚应天，王世贞在家丁母忧。这一次重新聚会，距离上次燕台结社时，已经过去了十七八年。这期间，两人虽未曾谋面，但也有过两次因缘。王世贞在其《张肖甫集序》中言："不佞起家副宪饬魏兵，则其后更一人肖甫代。后稍迁长山西臬，则其后复更一人肖甫代。迨不佞庐居，而肖甫以御史中丞来抚吾吴矣。"[①]即燕台结社后"辄散去盖二十年"间，王世贞因为身疾等原因，两次入职的河北大名兵备和山西按察使都是由张佳胤代，对这种机缘巧合，张佳胤亦是以"奇"[②]来称叹。当张佳胤于隆庆六年以巡抚的身份抚治苏州，与王世贞近在咫尺时，"属者江南之役又在元美宇下，岂不益奇"。重温友情，携手言欢的期盼，张佳胤欣喜之态已溢于言表。

赴任后，适逢皖城兵变，张佳胤奉命处置反侧，擒捕叛卒，尚无暇拜会王世贞。直到来苏州的一个月后，即隆庆六年三月，王世贞与王敬美兄弟二人来探访张佳胤。老友多年不见，张佳胤有"伯仲之间交自昔，风波一失到于今"[③]的感慨唏嘘。谈及往日七子交游盛况，抚念今日人世凋谢，三人"时作竹林之悲"[④]。时李攀龙刚刚去世于隆庆四年，梁有誉去世于嘉靖三十三年，宗臣去世于嘉靖三十九年，而吴国伦亦远在高州，即将赴任贵州按察司提学副使，徐中行在云南。张佳胤作《王元美访余姑苏并订小淇园之约》及《谢王敬美弟兄过访》，并与王世贞定下吴门十日之约。不过，张佳胤因为收治群党，剪除首恶，竭尽心力，并因不习水土，"病者弥月"，而未能按期赴约。王世贞作《肖甫中丞许为小只园之会，后以江警暂停，贻书再订，敬成一章促之》，张佳胤亦有《与王元美敬美》一文，言："人事巧违，大戾初愿。……计在服除后，与二兄为布衣之饮，于时名园秋色，较炎伏何如也？"[⑤]与王世贞再约秋天会面。其间，王世贞增益《艺苑卮言》至八卷，并寄书请张佳胤为之作序。张佳胤亦有将几首新诗寄于王世贞，互为评赏。

直至隆庆六年八月间，张佳胤终如愿赴约访问王世贞于小只园。张佳胤作《八日舟次太仓柬元美敬美》："风雨因君泛客槎，兹游岂但为黄花。平生海上双龙剑，此日云间二陆家。宾主高秋还气色，园林修竹想交加。重阳况近他乡节，落帽先愁似孟嘉。"[⑥]时近重阳，轻舟过访，新修缮的王家小只园正是修竹交加、秋色如醉的时候，良辰美景，诗酒雅士，自是一场欢会。王世贞亦有《肖甫中丞拟八月来过，近九日始达吾州，贻诗有黄花孟嘉句，聊此奉和》。时徐中行于隆庆六年八月进京入贺隆庆帝登基，张佳胤曾寄书徐中行，与之约为太仓四子之

---

① 王世贞《弇州山人四部稿》卷 68，第 173 页，四库全书本。
② 张佳胤《居来山房集》卷 54，第 619 页，四库全书存目补编本。
③ 张佳胤《居来山房集》卷 17，第 248 页，四库全书存目补编本。
④ 张佳胤《居来山房集》卷 53，第 618 页，四库全书存目补编本。
⑤ 张佳胤《居来山房集》卷 54，第 624 页，四库全书存目补编本。
⑥ 张佳胤《居来山房集》卷 17，第 250 页，四库全书存目补编本。

游。不过当九月徐中行至苏州胥门与王世贞相会时，张佳胤却因公务缠身，而与徐中行失之交臂。此后，张佳胤又多次拜访王世贞，并携自己"所著诗文若干卷"请王世贞为之序，王世贞《张肖甫集序》言："殆不佞庐居，而肖甫以御史中丞来抚吾吴矣。一再过从，修布衣饮，欢甚。而间出所著诗文若干卷以示曰：'子以为奚若?'不佞受而读之，而后乃悉肖甫也。"[①]所"悉"者何？王世贞认为"文章之与吏道其究若霄壤然，然其精内通而无所不合者物情也。"而张佳胤正是这种能兼"物情"、"文章"、"吏道"于一身，通融变化，"恒有余而意无所不尽"的难得之才，非仅"辞士"可以涵盖。王世贞所看重的张佳胤"迨于数更大镇，戡乱削变，易若承蜩。捭阖变化，动与神会。毋论吾曹，即世之所推挹贤豪巨公，皆瞠乎后矣"[②]，这种"经国大业"张佳胤在后期表现得更加突出，这也是张佳胤不同于后七子等文学之士的地方，虽王世贞这位文坛领袖亦自愧弗如。

万历元年六月，张佳胤又曾拜会王世贞兄弟，并作《王元美昆玉招饮小只园二首》，其后注："时元美昆玉俱起家。"[③]即此年二月王世贞除湖广按察使，四月王敬美赴京待次，张佳胤也已从苏州移镇金陵。这次拜会，张佳胤并请王世贞为其父张文锦作墓表。张文锦去世于嘉靖三十五年，曾"以文章经术名施国中"[④]，王世贞在序中把张文锦比作苏老泉[⑤]，这与张文锦平生即"酷嗜《嘉祐集》"有不谋而合的神会，被张佳胤感激而叹曰："信笔有神，感之异之。"

嗣后，张佳胤因受人谗害受贿，于此年秋季即携家口解任还家，而王世贞亦起家赴湖广按察使任。

三

张佳胤与王世贞的第三次聚会，则已经是万历十年。万历十年三月，杭州兵变，张佳胤以兵部右侍郎兼右佥都御史来视浙师。曾在江苏镇江稍驻，并约时在家中养病的王世贞会面，询问平定叛军的良策，王世贞答以："不僇则废法，多僇则生变。惟以时缓急，得其魁而已。"[⑥]并赋诗《张肖甫司马特膺简命督抚全浙，赋此赠之，得二首》，将张佳胤比作周太尉、郭汾阳，表达对张佳胤的期待。万历十一年春[⑦]，张佳胤枭恶首，除乱兵，平定叛卒。张佳胤在浙江的整个戡乱过程，王世贞自言"颇悉其事"[⑧]，此当缘自"飞捷不妨清夜报，宵衣天顾正南

---

① 王世贞《弇州山人四部稿》卷68，第172页，四库全书本。

② 王世贞《弇州山人续稿》卷55，第696页，四库全书本。

③ 张佳胤《居来山房集》卷18，第264页，四库全书存目补编本。

④ 张佳胤《居来山房集》卷50，第577页，四库全书存目补编本。

⑤ 张佳胤《居来山房集》卷54，第625页，四库全书存目补编本。

⑥ 张佳胤《居来山房集》卷65，第739页，四库全书存目补编本。

⑦ 张佳胤平定浙江叛卒的时间，参见其《居来山房集》卷64之《寄奠沔阳陈宪卿同年文》中所言："余甫入佐司马，则万历壬午三月廿三日也。……会浙兵告变，特旨命余往抚之，又明年癸未，戮叛卒于市……则万历癸未四月朔也。"

⑧ 张佳胤《居来山房集》卷65，第740页，四库全书存目补编本。

荒”[①],盖张佳胤每有捷报必飞书传报王世贞,王世贞也日夜揪心于局势的发展。当最后捷报传来时,王世贞“方卧病,绪闻之客,起而叹曰:‘夫岂全浙,吾吴自是无警矣。夫岂唯吾吴,环浙而省者,皆无警矣’。”[②]张佳胤果能不负王世贞所期,抚平兵变。王世贞欣喜之余,抱疾忍痛,扶体成稿,为张佳胤作《张司马定浙二乱志》,赞张佳胤“集义所生者,非直胆勇而已也”[③]。而这次浙江戡乱,让王世贞更加了解了张佳胤的“经国大业”以及早年表现出的“沉深雅靓,藏用不露”的特质,“乃今信之矣”。

万历十一年八月,张佳胤依约扁舟过访弇州园。张佳胤卸下盔甲,着山人服,简装快行,先去云间凭吊刚刚去世的徐阶,后转至娄江访问王世贞。见王世贞虽苦病多日,形销骨立,但“神气甚王”[④],王世贞作《肖甫兄治浙师功成,召拜御史大夫,行左司马事,道过吴门,轻舟入访弇中,赋此赠别,得二章》,其一言:“虚堂跋烛且从容,十载吴门忆景从。脱赠祥刀犹似电,佩来华剑已成龙。三台执法新推长,八座论兵旧折冲。醉语似狂君不厌,莫因台鼎便中庸。”[⑤]一别十年,这次又重逢吴门。来浙江后,戎马倥偬,张佳胤与王世贞虽然一直尺素不断,但始终没有相会的机缘。这次,平定浙乱,而张佳胤又将迁往京畿任蓟辽总督。二人相会,醉酒忆沙场,谈笑且论兵,痛饮三昼夜不倦。

九月,张佳胤赴任前,又去苏州拜别王世贞,王世贞作《洪山人自永嘉携肖甫司马过吴门,轻舟入访,云将入燕赴平津之约,余时病起,为蔬食以供,从容久之,因成一章为别》[⑥]。而万历十一年的两次轻舟之访,竟是两人之永绝。

万历十四年十二月,张佳胤因身疾请老还蜀。归家后,即“买田巴岳玄天宫,为靖庐,延道士,与共居。又谒潼川州云台观玄帝像,曰:‘先太夫人意也。’为文纪其胜,飘飘然有遗世志”[⑦]。并准备刻版自己的诗文集,走书金陵请王世贞为之序。时王世贞在金陵,为南京兵部右侍郎。王世贞收到张佳胤的书信,随即回信,言“向辱糠秕之导于大集,一俟卒业,不敢不效其愚也”[⑧]。而此信尚未及到达张佳胤手中,忽闻张佳胤的讣告,“予从金陵得公讣,即为位而哭。”[⑨]张佳胤去世于万历十六年闰六月,卒之前,“谓其子曰:‘葬我必以王元美志铭。’元美,友兄弟也”。二人友谊之厚,可见一斑。

四

张佳胤与王世贞在复古文学思想上相互推毂,李维桢序张佳胤集言其:“文法先秦两汉,诗法汉魏六朝初盛唐,用志不分,而假道甚捷。师友渐摩,日引月长,才与学两得之。”[⑩]而张佳胤这种文学复古思想的继承,更多地是来自与后七子燕台诗社的“师友渐摩”,其自言:“不

① 王世贞《弇州山人续稿》卷16,第204页,四库全书本。

②③ 王世贞《弇州山人续稿》卷141,第70页,四库全书本。

④ 张佳胤《居来山房集》卷58,第669页,四库全书存目补编本。

⑤ 王世贞《弇州山人续稿》卷16,第208页,四库全书本。

⑥ 王世贞《弇州山人续稿》卷6,第82页,四库全书本。

⑦⑨ 张佳胤《居来山房集》卷65,第742页,四库全书存目补编本。

⑧ 王世贞《弇州山人续稿》卷184,四库全书本。

⑩ 张佳胤《居来山房集》前序,四库全书存目补编本。

佞少不自量，讲业燕肆。于时海内数君子相与扬抡风雅之场。"[①]时多"希心此物(诗歌)"[②]，自是受到王世贞早年登进士第后，"与济南李攀龙修复西京大历以上至诗文，以号令一世"[③]的文学思想的影响。然而，张佳胤"知深而勇沉，外阔达大度，而中实理致"[④]的性格以及一生横刀立马、屡创战功，"其大者发挥事业能已见于天下"的人生经历，也奠定了他不同于七子诸人文学风格而能"斌斌若是""兼有于公"的特征，王世贞在与张佳胤的几次交游中，也正是看到了张佳胤这种特质："明兴以来，称文武才者，独王文成、杨文襄、王肃敏而已。肃敏小孙于武，而文襄疏于文，非公比也。公之就，大矣。不当以雕虫一技与不佞还往之私溷公志。然公之精神实注焉，寻曹子桓所云云可以已哉。"[⑤]认为张佳胤文韬武略，以文章为经国之大业，非"辞士"之家雕虫刻摩，蛩音独调可以涵盖的。也因此表现在张佳胤诗歌上"雄爽流畅"[⑥]以及"才气纵横，而乏深雅之致"[⑦]，即是张佳胤不屑于刻摩雕琢，而以气魄和胸襟挥洒文字的特征。

作者单位：重庆财经职业学院

① 张佳胤《居来山房集》卷59，第681页，四库全书存目补编本。
② 张佳胤《居来山房集》卷54，第631页，四库全书存目补编本。
③ 钱谦益《列朝诗集小传》丁集上，第436页，上海古籍出版社，1983年版。
④ 张佳胤《居来山房集》前序，四库全书存目补编本。
⑤ 张佳胤《居来山房集》卷65，第742页，四库全书存目补编本。
⑥ 王世贞《艺苑卮言》，第118页，凤凰出版社，2009年版。
⑦ 钱谦益《列朝诗集小传》丁集上，第440页，上海古籍出版社，1983年版。

明嘉靖无锡华氏家族及其文学圈属述略

查清华　王　洪

“后七子”领袖王世贞称：“江表甲族推华氏，华之衣履冠盖遍天下。”[①]东林党领袖无锡人顾宪成亦云：“江南数巨族者，必推首华氏。”[②]无锡华氏历史悠久，家族文化深厚，单明清时期即有三十七名进士。华氏祖先远可溯自春秋宋戴公，东晋华宝以孝显，十八传至华荣，居汴仕宋。宋高宗南渡，承事郎华原泉护驾南迁，居于锡之隆亭。自明以来，华氏家族文士众多。嘉靖前后，无锡华氏人才辈出。华察、华叔阳、华仲亨、华麟祥、华云、华复初、华复元、华启直、华钦、华夏、华钥、华泮等，或擅于诗文，或博学明经，或精于鉴赏，多有文集行世；彼此谈书论文，相互砥砺，亦亲亦友，形成一特殊的家族文学群体。该群体与无锡、江南乃至全国著名文士交往密切，互动频繁，成为多个文学圈属的有机构成，是明代文学的组成部分。

一

无锡华氏家族文士众多，兹以嘉靖前后最活跃的几个家庭为例，考察其家族文化的基本特征。

华麟祥（1464—1542），字时祯，号海月居士，晚称海翁。邑庠生，入太学，授浙江布政使司都事，封承德郎户部主事[③]。文征明《梅里华氏九里泾新阡之碑》、邵宝《华硕人张氏圹志铭》均叙及其家世。华麟祥“生而雄俊，少即砥厉知学。读书缀文，不肯碌碌后人”。因擅于经营，家资富饶；治生之余，“喜从事书翰，规模苏氏，暇则据案临仿，自谓有得。或书陶、杜诗，风檐展咏，悠然自适”[④]。并于嘉靖十一年（1532）重刊《事类赋》三十卷[⑤]。

麟祥子华云（1488—1560），字从龙，号补庵。少师事邵宝，又出王守仁之门。嘉靖二十年进士，除户部主事，榷税九江，甚著清节。改南京兵部，进刑部郎中。嘉靖二十九年（1550）乞归，筑“真休园”，萃古法书名画，“日优游其中，有古贤达之风”[⑥]。喜好谈玄，施渐《饮补庵

---

① 王世贞《湖西草堂诗集序》，《弇州续稿》卷四六，《文渊阁四库全书》集部第1282册，第606页。

② 顾宪成《豫庵先生传》，《华豫庵先生集》卷尾，存裕堂木活字本，1911年。

③ 华希闵《华氏通八支宗谱》，上海图书馆藏乾隆三十五年刻本影印，第4页。

④ 文征明《有明华都事碑》，《文征明集》（周道振辑校），上海古籍出版社1987年版，第1577—1578页。

⑤ 杨守敬《日本访书志》卷十（《事类赋》三十卷），明嘉靖壬辰无锡华麟祥重刊本即据此本。

⑥ 毛宪、吴亮《毗陵人品记》卷一，《四库全书存目丛书》史部第110册，第119页。

菇川别业》云"深竹常留客,幽斋颇近禅","席上候芭醉,知君好讲玄"。华云著作甚多,有《勾吴集》、《近游集》、《北游集》、《江州集》、《改南集》、《真休集》、《锡山先贤录》、《剑光阁文集》、《绿云窝集》等。

华云长子华复初,字明伯,号岳西,隆庆丁卯(1567)岁贡,任应天府学训导①。嘉靖四十四年,王叔杲应召北上,华察、华复初与俞允文、陈鎏、王谷祥、徐栻、王问、皇甫汸、黄姬水、彭年、杜大中、归谟等合作《送旸谷王公应召北上》以赠。华云第四子华复元(1531—1601),字贞季,号述补,明经博学。万历癸未(1583)岁贡,任户部郎中②,深受泰州学派中耿定向器重,如顾起元所述:"会恭简公为少司寇,先生乃尽出其所学,以质于恭简公。恭简公则大喜,以为是不能负予向所训迪也者,深器重之。"③

华察(1497—1574),字子潜,号鸿山。嘉靖二年(1523)进士,选庶吉士,出为户部主事,进车驾郎中。再召入,为修撰,校录《宝训实录》,迁侍读学士,掌南院。典乡、会试,称得人。奉使朝鲜,广结人缘。耿介峻厉,人多忌之,后以老乞归。居乡期间,筑城缮学,减租助役,颇多义举。乡里感其德,立祠以祀。著有《碧山堂集》、《知退轩集》、《翰苑稿》、《留院集》、《东行纪兴》等,尤以《岩居稿》名世。王士禛据嘉靖四十三年王其勤刻本对《岩居稿》加以批点,影响深远。

华察三子,皆有科名。长子伯贞,字起元,号洞庵,太学生。次子华仲亨(1539—1599),字起光,晚号芝台,十七补邑诸生,北游太学,谒选授武英殿中书,以疾告归。万历十四年(1586),与卓明卿、王世贞、汪道昆、屠隆、王稺登等共举"南屏社"④。诗玄淡,著有《内翰集》、《集唐句》、《清源集》、《山海编》等。

季子叔阳(1547—1575),字起龙,号玄谷,王世贞婿。隆庆戊辰(1568)进士,官礼部主事,好书画古玩,割股奉亲,创剧而卒。著有《华礼部集》八卷。《四库全书总目·〈华礼部集〉提要》谓其古诗追踪陶、韦,颇有父风。为诗主张"神与境会",自然吟咏,反对"刻苦敲研"、"深思苦辞",对欧阳修"诗穷而后工"之说颇有微词⑤。其诗简远闲适,有玄想而无苦思。

华启直(1533—1597),华察从弟,字礼成,号豫庵。嘉靖四十一年进士,授湖广孝感知县。为刑部主事,秉正不阿,营救海瑞甚力。任贵州按察副使,平抚苗民有功,擢四川布政使右参政。后引疾归,"远近仰其清节"⑥。有《华豫庵先生集》。首辅申时行为之撰《墓志铭》,称其"文藻蔚发",从兄华察大奇之⑦。

华察从兄华钦(1474—1554),字敬夫。文征明《华府君墓志铭》称:"性本靖谧,不喜娇枉,不事夸诞。对客恂恂,未尝以语言先人。人侮之,受而不答,视若不慧,而还语诸子,则早

① 华希闵《华氏通八支宗谱》,第10页。

② 华希闵《华氏通八支宗谱》,第13页。

③ 顾起元《奉训大夫南京户部江西清吏司署郎中事员外郎述补先生华公行状》,《懒真草堂集》文集卷二八,《四库禁毁书丛刊补编》第69册,第232页。

④ 卓明卿《南屏社记》卷三,《四库全书存目丛书》集部第158册,第158页。

⑤ 华叔阳《朱荡南诗序》,《华礼部集》卷六,《四库全书存目丛书》集部第150册,第64、39页。

⑥ 毛宪、吴亮《毗陵人品记》卷十,第123页。

⑦ 申时行《亚中大夫四川布政使右参政华公墓志铭》,《赐闲堂集》卷二八,《四库全书存目丛书》集部第134册,第587页。

白井井。"华钦子华夏(1494—1567),字中甫,号东沙。少师事王守仁,建"真赏斋"于东沙,藏三代鼎彝、魏晋以来金石缣素[①]。华启直称"器量冲恢,缙绅先生倾盖延纳",因患鼻疾,遂弃举子业,惟博古自娱[②]。

华钥(1494—1539),字德启,别号"水西",更号"白贲子"。嘉靖元年(1522)与华察同举应天乡试,次年同第进士,授户部主事,调职方司,官至兵部郎中。博学明经,著《〈礼记〉集注》四十四卷;有《胜游集》、《水西居士集》等[③]。华钥同年兼职方司同事郑晓称,(华钥)"抡经畿府,抱策明光。雄词金石,雅度珪璋。辩惊筵座,翰绝缥缃"[④],"文章精健,叙事亹亹明赡,如与人对语,古诗似魏晋,律似杜,书法似虞、柳"[⑤]。华钥子华泮,字晋斋,诸生。尝参与编纂邑志,有文名。

华氏家族文士间"更相砥砺"[⑥],诗文酬唱,交往密切。如华察《岩居稿》中写给族兄华云的诗就有十多首,内容广泛,涵盖各体。送别诗尤见其亲情真挚,如《送唐编修起官职方和比部兄韵》、《送户部兄榷税九江》、《送户部兄奉使北还》;题画诗如《和比部兄题卜明府益泉精舍图之作》、《题王明府少月山房图次比部兄韵》,可见他们时常和诗论艺;纪行诗如《菰川行为比部兄赋》、《雨中过比部兄真休亭》、《岁晚过比部兄观物轩》等,记录了他们对酒叙旧、谈文论理、心忧国事的神情意态;赠答诗如《秋日社会次比部兄韵》、《次比部兄九日斋居子孙侍坐赋诗韵》、《比部兄九日卧病有作次韵》等,既有二人参加诗社的唱和之作,又有家庭生活的亲情描绘,其晚年生活的自由适意溢于言表。

又如华夏居于东沙,喜好收藏,擅长炼丹,族叔华察《题东沙草堂》诗评曰:"炼药自调丹火候,枕书常卧碧梧阴。逃名已得全身术,博物聊存好古心。"华察访华夏真赏斋,为诗一首:"岁晚得招携,欢然一解颐。松阴云自宿,雪意鸟先知。开阖惬真赏,论文祛故疑。殷勤讵能别,寒月下前墀。"[⑦]可见他们常一起把玩藏品,谈艺论文。华夏访华察嘉遁园并赋诗一首,华察为之次韵:

> 客至可留赏,清阴方满园。聊寻五岳伴,沉在一山村。永昼坐丹室,薰风吹绿尊。悠然已忘世,相对复何言。[⑧]

华察有诗《秋晚过英侄园居》、《冬夜过文甫侄酌别》,可见他与华夏三弟华英、四弟华文甫亦有诗文酬唱。

族人之间切磋砥砺,交往唱和,诸文士抒情写意,诗文纷呈,使得无锡华氏在显性的层面

---

① 秦湘业等纂修《无锡金匮县志》,《中国地方志集成》第 24 册,江苏古籍出版社等,1991 年版,第 357 页。

② 华启直《族侄中甫君墓志铭》,《华豫庵先生集》卷上,第 94 页。

③ 周有壬编《梁溪文钞》卷八,第 18 页。

④ 郑晓《祭同年华水西》,《郑端简公文集》卷五,《四库全书存目丛书》集部第 85 册,243 页。

⑤ 郑晓《华职方传》,《郑端简公文集》卷五,230 页。

⑥ 华仲亨《〈华礼部集〉序》,华叔阳《华礼部集》卷首,《四库全书存目丛书》集部第 150 册,齐鲁书社 1997 年版。

⑦ 华察《岁晚过夏侄真赏斋》,《岩居稿》卷三,清王士禛批点嘉靖四十三年王其勤刻本。

⑧ 华察《中甫过嘉遁园有作次韵》,《岩居稿》卷三。

形成家族文学群体的整体气象。

二

无锡华氏不仅文士众多，且家族文化深厚。东林党领袖无锡人高攀龙曾说："吾邑惟华氏族最大，他族不得望焉。自赵宋来，古墓之存、子孙能世守者，惟华氏；世有素封、科第相望不绝，无乍兴乍败灭没无余者惟华氏；谱牒明，子孙析居他郡邑，皆知所根蒂，惟华氏。其人多敦宗盟，重祭祀，有古世家风。"[①]华氏非常重视家族文化的承传。元朝时期，华晞颜就以远祖华宝为起始，着手采编家族史料《华氏传芳集》，业未竟而故，华察六世祖华悰韡（1341—1397）得以续成。此后华兴叔、华兴定和华守方等人陆续增益，历数代而告竣。至华察，又编纂《华氏家乘》九卷、《续传芳集》六卷。直至万历二年（1574），华察纂修《华氏先贤像记》，内载华氏先祖七贤图像，并以列传、诰敕、论赞等辑为像记，首附王世贞序，以志其怀念先贤之情。由此可见华氏家族内部有深厚的文化脉传。他们在为人处世、人生志趣等方面都形成了家族传统，突出表现在以下几个方面。

崇学重教，爱好艺文。华氏历代先贤崇学重教，如华察六世祖华悰韡（1341—1397），录古代礼仪及贤人嘉言美德为《虑得集》以训子孙[②]；曾祖华祯，饬己远法，不问世务，恒以孝悌训于家[③]；华钥父华基（1465—1517），字允成，别号肯斋，文征明为作碑文称："（华基）性喜文，居常诗礼自饰，或亦游情篇翰，而必名教为先。先世贞固有《遣怀》诗，公句析而为之箴。又述先德，为家范以式子孙。建'世德堂'而为之训。皆身服而式之，不徒空言为也。故王文肃公尝称其'敦行孝弟，克承有家'，人以为实录云。"[④]"平生督于教子，不欲有所累，而太宜人能自执家，有以裕之于学，故其子钥，得以有成。"而华钦，"教子若孙，亦惟道以义方，未始督过。"[⑤]

华氏家族有崇艺文的传统。华察七世祖华幼武"笃志问学，雅好吟咏"，著有《黄杨集》；六世祖华悰韡颖敏好学，尤精于《易》；华启直高祖华宗康"雅好吟咏，弗与外事"，著有《诗学启蒙》、《鹅湖集》[⑥]。如华察，其子华仲亨在《〈华礼部集〉序》中回忆，他对三个儿子"督课甚严"，使得华叔阳十二三岁即笃嗜古文词，登第为官后顿感失落，竟大叹"丈夫不能濡毫凤池，赞当代宏文之化，独不可驰神艺苑为后世不朽计耶？""乃益博综群籍，旁究诸家，有所得辄记之。"这种家风，直接影响到孙辈，比如仲亨长子师周，字公兼，号汉璵，邑庠生，著有《淡斋集》六卷；次子师召（1570—1636），字公保，号心谷，笃性孝友，晚授官詹事府主簿，嗣华叔阳后，有《玩世斋集》十二卷。

华麟祥高祖华景安（1359—1429），字明伯，号乐耕。好竹成癖，擅于画竹，其居名为"绿筠窝"[⑦]。华云受其影响，名其文集为《绿云窝集》；华夏有"真赏斋"，多次请文征明鉴定法帖

---

① 高攀龙《华氏重修族谱序》，《勾吴华氏本书》前卷，上图藏清刻残本，第30页。

② 毛宪、吴亮《毗陵人品记》卷六，第77页。

③ 华叔阳《从兄少泉君行状》，《华礼部集》卷八，第61页。

④ 文征明《明赠奉政大夫兵部郎中华公碑》，《文征明集》，第1575页。

⑤ 文征明《华府君墓志铭》，《文征明集》，第1555页。

⑥ 华启直《季父鸥亭府君行状》，《华豫庵先生集》卷上，第56、46页。

⑦ 钱仲益《题华康伯绿筠窝》，《三华集》卷一八，《文渊阁四库全书》集部第1372册，第178页。

名画。他们以斋名自励,以"真境"为尚。"如何丹青妙,适与真境融"[①],"真"成为他们文艺上共同的审美追求。华察、华钦从祖华珵(1438—1514)尚古好艺。文征明称其"性好古","家有尚古楼,凡冠履盘盂几榻拟制古人,尤好古法书、名画、鼎彝之属"[②]。后辈华夏、华叔阳等嗜好古玩名画,显然受其影响。如华夏"道书在几,真赏外并未有他"[③]。除书画、古物外,华氏家族文士雅好音乐。华察《山中和文寿承韵》云"素琴聊取适,野酌目相酬",可见常以琴为伴,在审美中享受诗意人生。

重孝好义,周急济贫。这种家族文化同样与其祖辈言传身教密不可分,东晋华宝因父戍死而不冠婚,齐建元三年以孝旌表门闾[④]。华察七世祖华幼武亦有孝行,曾建"春晖堂"奉母[⑤];华察《怀杨山人》赞"家贫耻折腰,至行赏刲股",可见其重孝情深。后华叔阳亦割股奉亲[⑥]。这种浓厚的重孝文化与重义高度一致。文征明引华麟祥之言称赞华氏:"仕以政称,居以义立"[⑦]。他们为官时政绩显赫,居家时广施仁义。华察五世祖华兴叔,勤稼穑,捐田百亩置义仓,为乡民所颂;曾祖华祯,出粟赈饥,例得旌表,邵宝为之作《旌义墓门铭》;叔祖父华珵"善生殖,好为德于乡里,受其泽者每元朔扶携叩首满庭户"。

嘉靖前后,华氏富甲一方,王世贞《延祥上区华氏役田记》云:"今天下财赋,独江南最大;江南常州郡邑,独无锡最大;无锡诸区,又独南延最大。其长赋者又最委区之田,可十余万亩无他姓,皆华氏田。"但他们以孝友仁义自厉,生活俭朴,不事奢华。

嘉靖二年(1523),华麟祥不赴选调径归,归后质行俭约,推赢急匮,与义周旋,豪直长雄,不随世俯仰。与人处,任真而有情。"岁饥粟贵,倾廪赈贷,无弗应者"[⑧],薛应旂称道:"公殆司马氏所谓雄杰之士也。公尝自谓大丈夫生世,既不能宣猷密勿以康济四方,又不能跃马边疆以封侯万里,便当施舍一方,役走郡动,岂能局促蓬屋,吮弄毛锥以贬下从人后哉?"[⑨]华麟祥以赈济穷困的方式履行"大丈夫"的职责。

华云自嘉靖二十九年(1550)还乡,屡次拒绝县府为他派送仆役,理由是"东南民力之竭莫甚于今日"、"天下廉靖之风宜先于士夫"、"以礼乞休,优旨岁给"于心不安[⑩];捐田千亩,设义庄,造福乡里,熊过《华氏训德堂记》、毛宪《毗陵人品记》均称道华云义田之举;又立"七贤祠",作《七贤传》,追踪乡贤高义,晚年七公(杨龟山、李纲、喻樗、尤袤、李祥、蒋重珍、邵宝)者,皆无爱生,无畏死,要以持国是、植人纪而已,非所谓志士仁人也欤哉?"[⑪]

① 华察《题王明府少月山房图次比部兄韵》,《岩居稿》卷一。
② 文征明《华尚古小传》,《甫田集》二七,《文渊阁四库全书》集部第1273册,第211页。
③ 华启直《族侄中甫君墓志铭》,《华豫庵先生集》卷上,第95页。
④ 李延寿《南史》卷七十三,中华书局,第6册第1820页。
⑤ 毛宪、吴亮《毗陵人品记》卷六,第77页。
⑥ 黄印辑《锡金识小录》卷六,环溪草堂,1930年,第17页。
⑦ 文征明《梅里华氏九里泾新阡之碑》,《文征明集》,第787页。
⑧ 秦湘业等纂修《无锡金匮县志》,第409—411页。
⑨ 薛应旂《祭华都事文》,《方山先生文录》卷二三,《四库全书存目丛书》集部第102册,第462页。
⑩ 华云《与李仰山邑侯书》,周有壬编:《梁溪文钞》卷十,第1页。
⑪ 华云《七贤传》,周有壬编:《梁溪文钞》卷十,第7页。

华察"居恒食不过三豆"[①]，华夏"家故温裕，不嗜侈富声色"[②]。华察敦行厉义，嘉靖三十五年(1556)，捐置役田以救济亲贫[③]。华察兄弟曾出田共八百亩，在他们带领下，其他华氏共出田二千四百亩。叔阳进士及第后，又"捐腴田且百亩以辅其瘠者"[④]。嘉靖三十六年，华察建"三公生祠"，撰《首建三公生祠记》以旌表翁大立、孙慎、王其勤等勤政为民楷范。

察子仲亨、侄承业均发扬先辈广施仁义、周急好施之优良传统，华仲亨尝捐粟千斛以救饥民，孙继皋《征仕郎中书舍人芝台华公暨配夏孺人合葬墓志铭》载："岁饥，邑议赈无所出，公首捐粟千斛以倡，诸藏粟家乃皆争致钟釜应矣，民赖全活。"[⑤]华叔阳《从兄少泉君行状》亦记有华察和华承业捐钱捐田之举："行邑故无城，民多以盗相恐。吾父首捐五百金佐县官为经始劝，而君亦以三百金副焉。自是乐役者众，不三月而城成。寇至不得，相率为御守，即君所全活固不少矣。""吾父始谢政归，悯里中长赋者负累甚多，至破家，乃创为役田，岁籍其人，视其役之重轻给之。君亦割膏腴五百为助。"[⑥]

华氏好义还表现于为人处世正直贞刚，率性任真。华氏不仅多刚正守贞之士，且其家族文献中详于记述，以此为荣，这也成为其家族文化的一大特色。华察六世祖华悰韡，洪武屡辟孝廉通经，乡邑推举皆坚辞不就。华察素以"五不欺"——"不欺天、不欺君、不欺亲、不欺友、不欺民"[⑦]自励，华云、华察、华启直等在朝为官，不附权贵，秉正不阿，颇有清节。华察不被严嵩收买，遭忌后疏请乞归；华云不满严嵩用事，自刑部郎中任上乞归；嘉靖三年(1524)大礼议中，华钥伏阙争大礼，被廷杖，与顾可久等人传誉朝野。他们始终站在道德的高地，分辨是非邪恶，坚守正义的底线，威武不能屈。所以当他们削籍归乡后，没有失落和沮丧，继续以经世济民的胸怀，积极参与地方事务和文化建设；并以全性葆真的心态，在山水田园里恬淡自足，在诗书琴画中悦性怡情。

家族的文化传统，深深地影响了华氏士人的文学创作，使得无锡华氏在隐性的层面亦形成家族文学群体的特殊风貌。

三

无锡华氏文人群体表现活跃，但不是一个封闭的家族系统，他们与外界保持着密切的联系。首先表现在与无锡本地文人的交流互动，华氏文士由此融入到无锡文学群体之中，成为无锡地方文学圈的有机构成。

嘉靖时期，在无锡文人群体中，影响最大的有所谓"锡山四友"和碧山吟社。

---

① 王世贞《翰林院侍读学士鸿山华公寿藏记》，《弇州四部稿》卷七七，《文渊阁四库全书》集部第1280册，第291页。

② 华启直《族侄中甫君墓志铭》，《华豫庵先生集》卷上，第95页。

③ 佚名《华公山堂志略》，参见杨殿奎参校本《岩居稿》。

④ 王世贞《延祥上区华氏役田记》，《弇州四部稿》卷七五，第272页。

⑤ 孙继皋《征仕郎中书舍人芝台华公暨配夏孺人合葬墓志铭》，《宗伯集》卷八，《文渊阁四库全书》集部第1291册，第502页。

⑥ 华叔阳《从兄少泉君行状》，《华礼部集》卷八，第61页。

⑦ 张怡《玉光剑气集》卷二四(魏连科校点)，中华书局2006年版，第868页。

"锡山四友"指活跃于嘉靖年间的无锡人华察与施渐(字子羽)、姚咨(字舜咨)和王懋明(字仅初)。称名最早见钱谦益《列朝诗集小传·王山人懋明》:

同时有姚咨者,字舜咨,隐居锡山,教授乡里,与仅初俱客于学士,日相倡和。时以子潜、仅初、舜咨及施子羽为"锡山四友"。

后来,朱彝尊《静志居诗话》亦称:

子羽、仅初、舜咨与华子潜酬和,时号"锡山四友"。三君皆非华敌,子羽差优。

无论是钱谦益置华察于"四友"之首,还是朱彝尊称"三君皆非华敌",都显示华察的地位在其他三人之上。

其中与华察交谊最深、且诗之成就最接近者当数施渐[1]。施渐(1496—1556),岁贡生,授海盐县丞,有《武陵集》。其诗清幽闲远,追踪王、孟。王世贞评其诗云:"如寒鸦数点,流水孤村。惜其景物萧条,迫晚意尽。"[2]施渐以岁贡授海盐县丞,华察有诗《送施少府子羽之海盐》相赠,诗中对好友饱含期盼与劝导,希其"知要"、"适志"。施渐《出京后寄酬华学士》则向华察道出厌弃官宦、向往山居之真情。施渐归老蠡川田舍后,与华察交往益密。他们经常一起谈文论道,享受远离尘嚣的清净适意。华察山居期间,施渐等人来访,华察《秋日施子羽姚山人见过》、《山中待施子羽和仅初韵》等诗,抒写了二人的交谊。如后者:

故人将远游,期我一尊倒。寥寥三径中,白露生秋草。著书满山房,日夕迟论讨。怅望独何言,湖上月出早。良晤犹未谐,离愁已盈抱。

华察《和施子羽冬日偶言》诗:"逃名拟向深山住,人兽依然不乱群",道出他们共同的人格理想。嘉靖三十五年(1556),施渐卒。华察与王懋明拜祭,作《冬日与仅初谒子羽墓》,其中有言:"昔日山中同送君,幽兰丛桂何氤氲。只今惟有松楸在,苍茫落照生愁云。惆怅别时能有几,三人已是一人死。世上交游安足多,丈夫从来贵知己。"悲恸之情溢于言表。

姚咨(1502—1573?),号潜坤,又号茶梦主人、皇象山人。隐居乡间,教授私塾,以诗为乐,有《潜坤集》、《春秋名臣传》。姚咨喜抄书,王问诗称:"手抄素书架万卷,静夜寒声落蠹鱼。"[3]华察与其多有唱和,如《秋初雨后同姚山人山行二首》、《山台晓望怀仅初不至和姚山人韵》、《春夜宿虎丘僧舍次姚山人韵》、《生公台坐月次姚山人韵》、《酌红梅下和姚山人韵》、《送姚山人解馆》、《赠姚山人》、《姚山人茶梦阁》、《访姚山人有诗见贻次韵答赠》、《题姚山人所藏画》等;姚咨亦有多首诗赠华察:《鸿山学士携酒过补庵秋官赏玉兰席上漫赋》、《学士公宅新造红黄二酒,王仅初酌而歌之戏次其韵》、《春夕同鸿山学士宿虎丘僧舍》、《鸿山学士枉驾敝上》、《二月一日过嘉遁园看花》、《独观阁灯宴呈鸿山公》、《嘉遁园梨花盛开有感呈陆比沙》、《九月望夜得月楼宴集呈学士公》、《留别鸿山公》、《对菊呈鸿山学士》等等,可见二人经常诗酒酬唱,游历山川,赏花品画,谈书论道。

---

① 朱彝尊《静志居诗话》卷一四,第410页。
② 王世贞《艺苑卮言》卷五。
③ 王问《王仲山先生诗选》卷五,嘉靖三十二年王其勤刻本。

王懋明，长洲人，因博闻强记，人称“经笥”[①]，顾起纶称“博览家”[②]。王懋明“性僻慕群书”，曾远赴福建校书[③]，且好老庄，上海图书馆藏有王懋明所校《庄子南华真经》。华察与王懋明唱和最多，《岩居稿》中存有二十余首，如《雨后种竹和仅初韵》、《仅初移家湖上有作和韵酬之》、《澄观楼晓坐和仅初韵》、《宿玉阳山房和仅初韵》、《山中待施子羽和仅初韵》、《早春园居次仅初韵》、《早春与诸君集台上和仅初韵》、《东园杂咏和仅初韵》、《偶作一室名曰“如禅”，仅初有诗因次其韵》、《冬日与仅初谒子羽墓》、《与仅初再过任大理别墅》、《与仅初过思闲草堂》、《湖上晓望和仅初韵》、《再过望湖别业次仅初韵》、《王仅初入闽校书》、《秋雨山中与仅初晚酌有感》、《秋日闲居漫兴三首和仅初韵》等。王懋明亦有《同鸿山公游吴尚宝水云居》、《同鸿山公过思闲草堂》等作，记录了与华察的交谊；嘉靖三十五年(1556)王懋明刻印华察诗集《岩居稿》，可见二人情谊之深。

华云亦与“锡山四友”交往密切。施渐有《寄华补庵进士》、《送华补庵户部还京》、《再和补庵新正三日同往山中值顾宪副》、《秋日与华从龙、俞汝成泛湖上》、《饮补庵菰川别业》、《雨斋有怀华补庵病中》等。姚咨则有《补庵郎中生日赋真休园寿之》、《鸿山学士携酒过补庵秋官赏玉兰席上漫赋》、《秋日过绿萝庵访复上人》等作，可见，华云与施渐、姚咨等遁迹山水园林，长相来往。

无锡碧山吟社在明代三度兴废，颇有影响，郭绍虞《明代文人结社年表》亦曾提及。其中又以嘉靖年间重建为规模最大。嘉靖三十三年(1554)至三十四年(1555)，华云、华察与喻义、莫问、顾可久、徐槐、钱宪、秦瀚、侯祖德、张选、浦应麟、施渐、高应奎、王瑛、王问、尤鲁、冯有年、安如山等重建“碧山吟社”[④]。

碧山吟社的重建，体现了华氏文士积极组织和参与地方文学社团的活动，并以此为纽带，加强和当地文人的互动交流，促进了无锡文学的繁荣和该地文化的建设。

吟社重建之时，王瑛作《上巳日山中秋会》，华察与之唱和，其《复碧山吟社和王侍御韵二首》记述了社员赋诗聚谈、佛门弟子诵经参禅的情景。他们之间不但交往结谊，亦且感通默会：处身林壑，结缘烟霞，高蹈绝尘，返朴归真。无怪乎李雯赞华察“如坐禅空山，微闻钟磬”[⑤]。华云亦好佛禅，其《上巳后二日山中喜晴限韵》称：“寂寂吟台千古兴，焚香闲看佛前书。”王世贞称其诗文：“至于洒落消摇，不佛而禅，庶几白香山，诗亦称是。”[⑥]嘉靖三十五年(1556)四月，倭寇再犯锡城，王其勤率众守御[⑦]；秋，倭寇屡败。当时吟社集会，华察《秋日社会次比部兄韵》云：“独以干戈后，登临一怆情。”可见社员诗歌并非一味空灵与闲雅，而有现世关怀。

碧山吟社重要成员顾可久与华云交往密切，其《清溪庄遗集》卷一有《正月三日山中逢补庵、迁泉班荆赏会作》、《十月十四日宴补庵西园作》、《答华比部一首·来章云赋清溪庄介寿，比部菰川与余清溪相属》等，可见顾可久的“清溪庄”、华云的“菰川别业”，包括华察的“嘉遁

---

① 钱谦益《列朝诗集小传》，第400页。

② 顾起纶《国雅品》，丁福保辑：《历代诗话续编》，第1111页。

③ 华察《王仅初入闽校书》，《岩居稿》卷三。

④ 详见查清华、王洪《明嘉靖碧山吟社考论》，《学术界》2013年第1期，第116—123页。

⑤ 李雯《〈岩居稿〉评语》，《岩居稿》卷首。

⑥ 王世贞《华补庵先生诗集序》，《弇州续稿》卷五四，第712页。

⑦ 黄印辑《锡金识小录》卷二，第19页。

园”、王问的“宝界山庄”都是当时文人集会的重要场所。如《答华比部》：

君怀高尚称达贤，承明早厌屏蓝田。束发好余即同调，振衣褌世常周旋。西溪茅屋青山下，南垞菰川绿水边。三径过从尚筋力，时将啸咏共来还。

“束发好余即同调”表明二人从小即相往来；“时将啸咏共来还”亦见交情深厚。顾可久另有《和补庵避寇移居城南》：

君雅悲时俗，郊扉常掩居。城闉近移息，寇乱欲何如。怅怅荆州远，栖栖土室余。我来共扪虱，不尽大风歔。

华云虽远离政务，当倭寇入侵，悲时伤世，心忧国事。顾可久表示要和友人畅聊，以解忧闷。

华察与王问志趣相投，顾起纶《国雅品》称王问“特受知于华学士公，公为艺林宗匠，多与倡和，载之集。”华察《怀王佥宪》，可见二人情深意笃：

耳目岂无好，怜君罕所经。韬精守黄白，托意弄丹青。云壑昼夜卧，草堂时不扃。幽踪如可访，雪夜一扬舲。

诗中盛赞王问与云山为伴、远离世俗、游心书画的闲情逸致，并表达了自己的思念之情。王问写与华察的如《写莲花寄赠华鸿山太史》：

一自归来二十年，与君同住五湖烟。相期问道青山馆，几度回舟绿水前。太史书题天上秘，岩居新作故人传。今朝为写荷花赠，白露横空香满川。

“相期问道”可见二人志趣相合；寄赠莲花图，正是对友人品格的赞美。此外如《寄赠华鸿山学士》：

忆昔步薇省，羡君专白麻。自君解龟后，并艺东园瓜。湖上偶相见，阅兹三岁华。陋庐依岩竹，自比颜阖家。

既有对友人执笔书史的羡慕，更有与友人耕植田园、自得其乐的满足。

四

华氏文士不仅与无锡当地文人互动频繁，共同创造无锡文化，且与江南其他区域文士交往密切，比如当时江南文学最繁盛的苏州、太仓等地的文士。他们由此融入江南文学群体。

华氏家族与吴中文士，如“吴中四才子”、陆师道、文彭、彭年、袁袠、袁尊尼、陆粲、皇甫汸兄弟等，交往甚密。如嘉靖五年(1526)袁袠与华察同举进士，在部曹相与问学；其子袁尊尼为华察门生，曾为华察《岩居稿》作序①；嘉靖十二年(1533)华察校录累朝实录时，陆粲寄书华察，提出修史方法与原则，认为修史当以“繁简适中、是非不谬、平正通达”为尚②；陆师道与华察共同品画，切磋诗文③。

---

① 袁尊尼《重刻〈岩居稿〉后原序》，杨殿奎参校本《岩居稿》卷前。

② 陆粲《与华修撰子潜论修史书》，《陆子余集》卷六，《文渊阁四库全书》集部第1274册，第660页。

③ 华察《题画次陆子传韵》，《岩居稿》卷八。

"吴中四才子"中祝允明与华夏为性命交[①]。正德九年(1514),华夏访祝允明,祝书《前后出师表》于华夏所藏武侯图上;正德十四年,华云邀唐寅至剑光阁赏月,请其据《鹤林玉露》"山静日长"一则作图十二幅寄兴,唐寅"点染三阅,月始毕"[②]。

从现有文献看,无锡华氏与吴中文氏世交甚深,嘉靖二十年进士宜兴人万士和在《祭华补庵郎中文》中即以明示。

华麟祥爱好书法,与文征明过从甚密。文征明曾为其父华良用作《梅里华氏九里泾新阡之碑》,华云常请文征明为所藏名画题诗,二人多有唱和。《文征明集》载有《华从龙寄赠箬兰兼示高篇率尔奉答》、《华补庵奉使还朝,枉棹吴门,访余言别,余与吴中诸友饯于虎丘赋诗解装》、《送华补庵奉使还朝》、《冬日访补庵郎中,月夜小集,补庵有诗次韵奉答》、《月夜同补庵登惠山》、《致补庵》、《嘉靖庚子七月同补庵郎中游尧峰颇兴,归而图之》等诗作。其《题华从龙所藏寒塘凫雀图》诗曰:"惠泉山,森橛株,太湖之岸饶菰浦。人间真境往往在,问君不爱,爱此幻物无乃愚?君不见长安城中车击毂,六月飞尘涨天黑。此时水心堂中张素壁,宛然坐我潇湘泽,一笑千金岂论直?"希慕惠山友人远离尘世的清雅之趣。征明子文彭《文氏五家集》卷七有《送华从龙会试》,亦可见华云与文氏家族交厚。

华察与吴中文氏家族亦相往来。文彭《雨后山行次华学士子潜韵》记录了他们山行赋诗的雅趣。华察《山中和文寿承韵二首》"安能向城市,终日劳神形"、《雨后山中陪文寿承书碑和李户部韵》"与君同卧此,永谢区中缘",表达了他们清逸脱俗的志趣与追求;《文寿承见过有作次韵酬之》"独有离居伤岁晏,思君清夜未能休",更见二人交谊之深。

华夏藏书丰富,文征明多次向他借阅碑帖,且为之鉴定文物,作书作画,题写序跋。如正德十四年(1519)五月,文征明为华夏鉴定《淳化祖石刻法帖》,并作《跋华氏淳化祖石刻法帖六卷》;嘉靖九年(1530),征明子文嘉"偶于鬻书人处获见三卷,亟报中甫以厚值购得之",文征明又作《跋华氏续收淳化祖石刻法帖三卷》。嘉靖二十八年(1549)、嘉靖三十六年(1557),文征明两度为华夏作《真赏斋图》。

近期,无锡博物馆在新征集的华氏家族文物中,发现此前未见于著录的文物多件,其中有文氏与华氏信札册,纸本,19开,册中有文征明信札8通10开,其中致华泮7通,致华云1通。另有文彭信札3通6开,其中一通致华世祯,两通致华夏。信的内容显示,二家关系特别深厚[③]。

锡山华氏与吴中文氏两大家族在文物收藏、书画鉴赏与诗文创作等方面相与切磋,互通有无,酬唱赠答,声应气求,成为江南文学家族之间世代交谊的典型范例。

在独领风骚的"前七子"极盛而衰之后,嘉靖时期文坛可谓流派纷呈,思想多元。嘉靖初期,诗坛掀起习尚六朝之风,诗学初唐渐成气候,学中唐者亦复不少;以唐顺之、王慎中为代表的"唐宋派",虽以文相召,但亦热衷作诗,影响颇大;嘉靖中叶后,以王世贞、李攀龙为领袖的"后七子"重续格调论师古余绪,继续成为诗坛主流[④]。以华察、华云等为代表的无锡华氏

① 秦湘业等纂修《无锡金匮县志》,第357页。

② 华云《山静日长图册跋》,安岐《墨缘汇观录》卷三,《续修四库全书》,第1067册,第325页。

③ 蔡卫东、盛诗澜《无锡博物院新征集华氏家族文物综述》,《书法》,2013年第5期。

④ 详参查清华:《明代唐诗接受史》,上海古籍出版社2006年版,第98、101、108页。

文士，和嘉靖文坛诸位领袖人物均有密切关系甚且特殊交谊。

唐顺之与华察曾为同僚，嘉靖十二年(1533)十月，华察任翰林修撰，唐顺之为编修，共同校录累朝实录；次年，华察与唐顺之、陈束等充经筵展书官、校录官①。今无锡博物馆尚存唐顺之书赠华察之草书七言诗卷。

华云与唐顺之似私交更密，万士和《祭华补庵郎中文》称，唐顺之和文征明"二先生者素为公(华云)所交厚，而公之精神卒托以传之不朽"。唐顺之削籍期间，有《答华补庵》书，向华云袒露"罪谪之人"不愿刻书行世之心迹，流露出深沉的落寞。其七绝《华补庵三度惠酒，而此番所惠参酒者绝清冽可人，虽味甚浓厚，而置之杯中淡若无色，可谓嘉品。因剧饮至醉，遂成口号，奉谢三首》，最见真挚友情。

华钥与唐顺之曾共事兵部。唐顺之序华钥《水西集》，对华钥的才能、性情、为人和志趣作出如此描述，堪称知己：

> 曩余与君同在兵曹，而君为职方郎。是时西北边数被侵，职方颇号多事，君据案草奏，或一日四五上，莫不切中机宜。每赤囊才入，尚书立召问君。君口对甚辨无留滞者，于是遂以才称。……自君居剧曹与家居治经，亦时以余力作为诗文。盖君为人劲挺有精力，其志甚锐，而用心最苦。其试于世，则欲以才具功名自振；即使枯槁山泽，亦欲自托于经术以蕲于后世有知我者。②

王慎中与华察为同年好友。嘉靖五年(1526)二月，华察、王慎中、唐枢、龚用卿、袁袠、陆粲、屠应埈、赵时春、田汝成等同榜及第，四方名士咸聚部曹，华察与之友善，相与问学；嘉靖三十一年(1552)王慎中撰《〈岩居稿〉序》，赞华察诗"意象之超越，音奏之凄清，不受垢氛而独契溟涬"；嘉靖三十四年(1555)王慎中家居，作《寄华鸿山》，言及《岩居稿》付梓事，赞其诗有孟、韦之风："孟、韦风格本自难追，而时人学之者鲜，独吾丈之作为有其风，固岩居深诣笃造之功，亦冲情遐思有默契者，而非颛颛模仿之所及也。"③可谓知音。

王世贞与李攀龙皆华察门生。嘉靖二十二年(1543)，华察为亲强起，擢翰林侍讲学士，与右春坊右中允闵如霖同主南直隶应天乡试，收录王世贞、徐学谟、王叔杲等；次年为侍读学士署院，与门生茅瓒同主会试，收录李攀龙、皇甫濂、吴情、冯有年等人。

王世贞既为华察门生，后又联姻，与华察感情实非一般。王世贞《兵后问讯华师学士山居》、《奉寄华学士先生》诗，不仅关心兵后座师生活，且称赞华察为人耿直，诗文名重，诱掖后学。嘉靖四十三年(1564)王世贞女归华叔阳。次年王世贞访华察，有《过华师学士作》云："海内声名时睥睨，故人文酒日从容。绝怜身似彭宣戆，许醉华堂第几重。"华察有诗《王元美见过有作和答》回赠，慨叹岁月流逝，表示安于隐居。隆庆二年(1568)华叔阳进士及第，王世贞来贺，劝华察"减产树德"④。三日后，华察鬻田三千亩赈济孤贫，捐田百亩充实役田，王世贞为作《延祥上区华氏役田记》，且刻碑于无锡荡口三公祠以示表彰。隆庆三年(1569)，王世

---

① 《明世宗实录》卷一六一、一六五，台湾"中央研究院"历史语言研究所，1982年，第79册，第3636页。

② 唐顺之《书〈水西集〉》，《荆川集》卷七，《文渊阁四库全书》集部第1276册，第351页。

③ 王慎中《寄华鸿山》，《遵岩集》卷二四，《文渊阁四库全书》第1274册，第565页。

④ 黄印辑《锡金识小录》卷六，第14页。

贞为撰《翰林院侍读学士鸿山华公寿藏记》，称扬华察“天性俭朴，动止自矩，慈而清静”；万历二年(1574)二月，王世贞为华察所纂《华氏先贤像记》作序，赞其“汲汲其宗文献”；五月，华察病逝。王世贞来吊，为撰《明故翰林院侍读学士、掌南京翰林院事、奉训大夫华公察墓碑》、《祭华学士文》。

华云与王世贞也有特殊交谊。王世贞父王忬与华云同年进士，华云视王世贞为“小友”①。华云长子华复初与王世贞亦善。王世贞《祭华明伯广文文》记其为人仁义，学识渊博，“枝叶于庐陵眉山，而根柢于濂洛洙泗”；《小只林藏经阁记》则记述于华复初处觅得佛经之事；尤其是华复初遇有家讼，王世贞写诗劝慰。可见王世贞与华氏家族情谊之深。

李攀龙与华云交往密切，《沧溟集》载有《寄华从龙·比以鱼橘见致》、《答寄华从龙户曹》、《与华从龙书》等文，盛赞华云“好士”之风。此外，“后七子”中，徐中行与华察亦有交谊，华察去世后，徐中行作《学士鸿山先生像赞》，称华察“摛藻擅一代之式而不屑其艺，奉使却万金之馈而不矜其清，里居与百世之利而不有其德，抡材得千载之士而不以为明。……超然高举，宠辱不惊，岩居古调，神解天成。”谢榛与华复初亦有交往，《谢榛全集》卷六有《答锡山华明伯寄诗，中及卢柟事二首》，赞华复初所寄新诗有气骨，但不同于吴调楚风，而是自具面目：

> 有客缄书至，新诗更一看。气回吴调别，骨变楚骚寒。河岳嗟吾老，江城见尔难。三茅旧时洞，谁与话还丹。(其一)

五

亲属的文风，对家族文士有明显影响。如《四库全书总目·〈华礼部集〉提要》即指出：“叔阳为华察之子、王世贞之婿，故所作五言颇有父风，七言则词调朗畅，兼涉太仓流派，其以诗部文部分卷，亦仿世贞《四部稿》式也。”华叔阳五言诗继承了父亲的风格，七言则兼及岳父，甚至诗文集的编排方式亦仿照岳父。

华氏文士亦接受着无锡本土文化的滋养。晚明李春芳为秦瀚所作《墓表》云：“自泰伯敦让，遁居锡山，而锡之俗不争；孔子设教，其徒三千，而大江以南及门者仅言游一人，固锡产也，是以至今多秉义之士。”②道出无锡人文风习的两大特点及其源头。一是源于泰伯的“敦让”，二是肇自言偃的“秉义”。这是一种刚柔相济、儒道互补的文化个性，它给人提供了一种平衡的处世哲学。比如碧山吟社成员就多有不屈权贵、遭忌乞归的经历，但他们归乡后怡情山水，寄心翰墨，诗风颇为接近。华氏家族文士沾溉了这种人文养料。“简远玄淡”就蕴涵了敦让和秉义的内在精神。他们在与无锡当地文人交往中互为熏染，通过诗社活动，通过诗文酬唱，共同创造着本土文化。华察赠碧山吟社诗友王懋明云：“达人能固穷，朝夕恒晏如。愿言日相过，多闻时起予。”③固穷守节，生活恬适，希望常相来往，注重的是心灵的交流，智慧的增量。

除家族、无锡本地文化的因素，华氏文士在与外界交流互动中，相互学习，彼此提高，成

---

① 王世贞《华补庵先生诗集序》，《弇州续稿》卷五四，712页。

② 李春芳《秦从川公墓表》，《李文定公贻安堂集》卷九，《四库全书存目丛书》集部第113册，第263页。

③ 华察《仅初移家湖上有作和韵酬之》，《岩居稿》卷一。

为嘉靖文坛的有生力量。王慎中曾寄书华察，致以推慕感激之情，认为华察之雅文对自己大有启发。王慎中《与华鸿山》云：

> 至其所以致推慕感愤于兄者，亦非偶然也。仆常爱欧阳六一所作《释唯俨秘演》、梅圣俞诗集内制集数序，感慨曲折，极有司马子长之致，昌黎无之也。常有意学之，而才力况趣终不相近。此序亦颇有其风矣，盖因兄之雅以稍发吾文，而非吾之文能有加于兄也。

言辞间虽不免谦虚客套的成分，仍能显示出华察和王慎中相与学习，互为促进的信息。王世贞《华补庵先生诗集序》，也特别提及与吴中文人交往给他诗歌带来的影响：

> 无锡与吾郡比壤，郡故饶名士大夫，若文征仲父子、祝希哲、陈复甫、许元复、陆叔平、彭孔嘉、周公瑕、袁鲁望之属，有屈年而与先交者，有屈先生年而与交者，下上扬扢，无时不过从先生。……先生之诗得之文氏诸君子为多，故不欲刿刻钩索以崇其格而极其变，然大要和平有蕴藉，语必实际，蔼然盛世之遗响也。

无锡华云与吴中名士多有交往，两个比邻郡邑，不分年龄层次。在王世贞看来，华云的诗多得益于吴中文氏诸君子。

自然，华氏文士与外界的交往不啻互相学习诗文，还有道义，虽然道义终会渗入诗文。华氏家族崇孝好义闻名于世，华云又出王守仁之门。嘉靖十四年进士理学家薛应旂与华云私交甚深，他给华云的信中就真诚地膜拜华氏的"道义"，担心"堕落"而期盼与华云以道义相磨砺：

> 俛仰今昔，岁月若流。每怀故旧，于兄更切。非为燕好之私，实愿以道义相摩厉，而惴惴以堕落为惧耳！惟兄知我久而益信持是语，人未有不以为迂者。[1]

可以想见，"以道义相摩厉"的结果，不止是提升了彼此的道德素养，也由此影响其诗文的思想内涵。

无锡华氏良好的经济基础，为家族文化的积累和建设提供了物质上的保证；江南城市商业经济的发达促进了交通的便利，为文士们频繁跨区域交往提供了可能；嘉靖政治的腐败让文士们重归精神家园，在山水田园中安顿灵魂，用生命去写作。无锡华氏文士，正是在家族内部的人文熏陶、互相砥砺中习得家世传统，在与无锡地方、江南区域文士的交流切磋中接受地方经验，在与时代思潮引领者的相互借鉴中自标雅则。而作为文化的重要构件，文学承载着家族传统、地方经验和时代风尚。一方面，华氏家族文士自身即文学生产者，他们的文学作品带有家族传统和地域文化特色。另一方面，华氏家族内部文士之间，与无锡地方、江南区域、乃至与嘉靖主流文士之间交谊深厚，诗文酬唱，不仅构成活跃的文学互动景观，生产出内容丰富、艺术多样的文学作品，通过彼此濡染、学习或借鉴，不同程度上提高了嘉靖文坛的创作水准。

（本文为国家社会科学基金项目"16至17世纪前叶江南城市化与诗文新变"〔编号：09BZW030〕阶段性成果）

作者单位：上海师范大学

① 薛应旂《答华补庵》，《方山先生文录》卷五，第276页。

“诗性生活”与“市隐心态”

——明代中后期苏州文人心态与创作

严　明

明代苏州文坛可谓人杰地灵、钟灵毓秀，不少文人的生活状态闲适而富有诗意。继明中叶四才子之后，苏州文坛又出现王宠、陈淳、汤珍、王稚登、文嘉、陆师道、王谷祥、钱谷等人，无一不以文学与书画兼长。文人诗书画艺兼长与吴文化文脉的深厚积淀固然分不开，然而与明代苏州文人所处的环境和生活状态更是有着直接的关系。

一、“诗性生活”与吴中文人素质的养成

1. 文人雅集是苏州文人“诗性生活”状态的具体表现，而正是这些雅集盛会为苏州文人的艺术交流及切磋技艺提供了平台。比如唐寅不仅与文人经常聚集于桃花坞中饮酒赏月，吟诗作对，挥毫泼墨，探讨书画，还在苏州东禅寺与友人行文酒之会彼此唱和。如《吴门补乘》载：

> 东禅寺红豆一本，结为连理枝，高至三丈，花时，沈启南、文征仲、唐子畏、汤子重诸君，恒修文酒之会。①
>
> 东禅寺……清溪堂，前明天机禅师与吴匏庵、沈石田、唐伯虎、文衡山、祝枝山诸君子往来唱和于此。②

又如：“骆文衡，字季铨，笔法钟王，晚年与周天球、王稚登结社论书。人获寸楮，不啻吉光，学者称荆阳先生，著有《字学源委》”③。万历二十年(1592)前后或更早，王稚登、周天球与秀水骆文衡“结社论书”。这是一个书法团体，三人皆为书法家，王、周为众所知，骆文衡“笔法钟王”，“人获寸楮，不啻吉光”，并撰有书法理论著作《字学源委》④。

苏州文人多借雅集盛会的契机互相唱和诗歌，切磋书画技艺。这样的聚会多随兴而起，相对自由而不受拘束，氛围也是自由而活跃，利于激发文人的创作激情和灵感。在你唱我和中，对诗文书画的理解会多元而丰富，在对艺术的探讨中，文人书画技艺也会日益精进。在

---

① 钱思元《吴门补乘》卷二，嘉庆二十五年刻本，第2页。

② 钱思元《吴门补乘》卷三，嘉庆二十五年刻本，第3页。

③ 《秀水县志》卷六《人物·隐逸》，康熙二十四年刻本，第28页。

④ 何宗美：《文人结社与明代文学的演进》，人民出版社2011年版，第338页。

自由开放的交流中,明中晚期的苏州文人在诗书画艺素养方面日益提高,独领风骚,显示出了时代变革精神和极高的艺术造诣。

2. 文人独立的谋生方式为其文艺涵养的提高提供物质基础和内驱力。

以唐寅、王稚登、冯梦龙为代表的明代中后期苏州文人大都为布衣身份,他们的生活来源主要靠自己文化经营所获。文化产品是应社会需求而制作产生的,明中后期的苏州物丰民富,市民物质上的富足带来了精神文化上的需求,商贾平民大都附庸风雅,重娱乐,好字画,好读小说,好观赏戏曲。苏州文人是在这样的环境下自觉找到了自己谋生的方式,保持了经济的独立。经济的独立使得苏州文人有了自由和独立创作的精神,有了更多的时间和精力从事文学艺术等活动,文学艺术创作活动因而就少了歌功颂德的成分,而更多地关注身边的日常生活,具有了生动的社会真实性和强烈的情绪感染力。

唐寅等苏州文人画作中多展现高士饮酒吟诗、秋高赏菊、访胜记游的生活场景,如《春山伴侣图》中青山高峻层叠,疏林盘旋,清泉环绕,画幅中有栏桥小道、山居茅屋,两位高士对坐溪涧边饮酒吟诗,十分悠闲高雅。高士的生活是文人艺术家十分仰慕向往的生活,饮酒作乐,结友而游也是布衣文人日常生活状态。这些画作显示出的不只是精湛的画艺,还是一种悠闲的姿态。这些风雅画作也为苏州商人市民所追捧,一定程度上是唐寅等文人艺术家在引领当时的苏州风尚。苏州文人长期生活在市井街坊,了解普通民众的审美需求,他们的创作也受到了世俗风气的影响,也显示出了迎合世俗的倾向。如冯梦龙编辑民歌,是因《打枣竿》、《挂技儿》不问南北,不问男女,不问老幼良戏,人人习之,亦人人喜听之。顺应市民审美的潮流,唐寅成为较早从事通俗文学的编辑和创作的苏州文人。

苏州文人经济的独立带来了自由的思想和独立的创作精神。同时也因利益的驱使,苏州文人不得不多方面拓展自己的业务水平,正如黄省曾《吴风录》记载:"自席谦善棋,石荆山善琴,吕彦直善双钩,张珙善刊镵。至今吴中多棋客、琴师、双钩,然逐利而为,无古人自得之妙。"明代苏州文人除了诗文创作,书法、绘画,还进行创作戏曲,品评鉴赏文物,会弈棋,善弹琴、懂茶艺,出版编辑之事无所不会,无所不能。因而在明代中后期的苏州,文人养家谋生的刚性需求及经济压力,也是促使文人大多诗书画艺兼修从而取得多方面艺术成就的重要原因。

二、"诗性生活"促成吴中"市隐"心态的形成

1. 吴中"市隐"与传统"隐逸"之别

中国文人有着悠久的隐逸传统,历代典籍中对隐逸和隐士的论述颇多。如孔子言:"天下有道则见,无道则隐。"①《易·蛊卦》云:"不事王侯,高尚其事。"②孔颖达《疏》也云:"不复以世事为心,不系累于职位,故不承事王侯,但以自尊高慕,尚其清虚之事,故云高尚其事也。"③《荀子·非十二子》云:"古所谓处士者,德盛者也,能静者也,修正者也,知命者也,著是

① 《论语·泰伯》卷八,见《论语注》,楼宇烈整理,中华书局 1984 年版,第 116 页。

② 黄寿祺、张善文撰《周易译注》,上海古籍出版社 2010 年版,第 152 页。

③ 《周易注疏》卷四,文渊阁四库全书电子版。

者也。"[①]《新唐书·隐逸》则云：

> "古之隐者，大抵者三概：上焉者，身藏而德不晦，故自放草野，而名往从之，虽万乘之贵，犹寻轨而委聘也；其次，挈治世具弗得伸，或持峭行不可屈于俗，虽有所应，其于爵禄也，泛然受，悠然辞，使人君常有所慕企，怊然如不足，其可贵也；末焉者，资槁薄，乐山林，内审其材，终不可当事取舍，故逃丘园而不返，使人常高其风而不敢加訾焉。"[②]

从以上论述中可知传统的隐士是远离政治、隐居不仕，具有高风亮节的贤者。此外隐士必须有"士"的素质涵养，如《南史·隐逸》云，隐士"须含贞养素，文以艺业。不尔，则与夫樵者在山，何殊异也"。上古巢父、许由隐居不仕开了隐逸的先河，为人们称羡。受环境经济与政治的影响，隐逸之风在六朝受追慕，此时的隐士之多可称历代之冠，与之相适应"隐逸诗"大量涌现，东晋陶渊明归隐田园是文学史上的大事，他被称为"千古隐逸诗人"。由此可知隐士自产生之初，就是正面的形象，古人对于隐逸是持着一种崇敬、向往的态度；而传统隐士在生活方式上是离群索居，脱离群体，地点一般是山林或者田园；他们的身份是才德兼备、文艺兼长的士子。

明代吴中"市隐"不同于传统的隐逸，它主要表现为一种生活心态，而非生活形式。具有"市隐"之心的文人大都未登仕途，栖居在明代苏州繁荣市镇，如唐寅、王稚登等布衣文人。有的苏州文人曾做过官，但历时都很短，最终返归吴中过上"市隐"生活，如文林（文征明之父）、祝允明、文征明、冯梦龙等人。而有些在朝为重臣的苏州文人如吴宽、王鏊等，也显示出了浓郁的"市隐"心态，身在朝而心在野，充满着对回归吴中生活的向往与追慕。

"市隐"之说可在《庄子》中找到滥觞[③]。庄子认为，躲入山林里归隐的人只是小隐，而那些身居闹市隐者才是真正的圣人。因为在道家看来，真正的归隐在于内心，如果跑到山林里，心里对世事还是有所芥蒂，就算不上真正的归隐。相反，身在闹市，心却"无执无着"，"出淤泥而不染"，才是最高的境界。唐白居易于"大小隐"中又提出"中隐"一说："大隐住朝市，小隐入丘樊。丘樊太冷落，朝市太嚣喧。不如作中隐，隐在留司官。似出复似处，非忙亦非闲。不劳心与力，又免饥与寒。"[④]持此种言论的不是白居易一人，苏轼诗《六月二十七日望湖楼醉书五绝》也说："未成小隐聊中隐，可得长闲胜暂闲。"到了明代，江南苏州市镇繁荣，生活丰富多彩，真正的与世隔绝一则难以达到，二来也太清苦，不如将隐逸之心从山林转移到城市。就如白居易所说的"大隐住朝市"，只要保持人格的独立，身心的自由，精神的超脱，于闹市中栖居能够享受更为自由与丰富的人间生活。

由此可见，"市隐"观念正是老庄哲学和白居易等历代隐逸思想融合，并在明代苏州商业市镇繁荣生活背景中的生动实践，而进行这种实践的主体，正是苏州文人。明代苏州文人因而对"市隐"说也有自己的阐释，如沈周《市隐》诗曰："莫言嘉遁独终南，即此城中住亦甘。浩

---

① 方勇、李波译注《荀子》，中华书局2011年版，第76页。

② 欧阳修、宋祁撰《新唐书·隐逸》，中华书局2000年版，第5595页。

③ 《庄子·外篇·缮性第十六》："道无以兴乎世，世无以兴乎道，虽圣人不在山林之中，其德隐矣。隐，故不自隐。古之所谓隐士者，非伏其身而弗见也，非闭其言而不出也，非藏其知而不发也，时命大谬也。"

④ 白居易《中隐》，《全唐诗》第四四五卷，中华书局1960年版，第4991页。

荡开门心自静,滑稽玩世估仍堪。"[①]这便是明代苏州文人所追求的生活境界——在闹市中求得心灵的静土,成为一种普遍的人生选择与精神追求。沈周之后,与唐寅同时代的文征明对惬意的市隐生活也有论述,他在《顾春潜先生传》中曾有这样的论述:

> 或谓昔之隐者,必林栖野处,灭迹城市。而春潜即仕有官,且尝宣力于时,而随缘里井,未始异于人,而人以为潜,得微有戾乎?虽然,此其迹也。苟以其迹,则渊明固常为建始参军,为彭泽令矣。而千载之下,不废为处士,其志有在也。渊明在晋名元亮,在宋名潜。朱子于《纲目》书曰,'晋处士陶潜',与其志也,余于春潜亦云。[②]

文征明认为身处何处已经不能成为判断文人处士的标准,顾春潜虽然并没有像前代隐士一样"林栖野处,灭迹城市",但也和千古隐逸之士陶渊明一样,同是"处士"。即使身在市井,只要是"志有在也",同样"不废为处士",这就是明代苏州文人普遍奉行的"市隐观"。身在山林或市井都只是形式,即使在朝也可实施"市隐",因为最根本的还是素心能自持、自静。晚明夏基在《隐居放言》对明人的"市隐"心态有更为细致的分析:

> 大隐隐迹,市隐隐心。二者非有异同。客曰:何谓隐心?予曰:人之心不淡,则生艳想;人之欲不静,则生竞心。二者非隐心也。心喜荣华,即思美其田宅,庇其妻子,盛其服食玩好,淡则无之矣;心喜奔竞,即思广其交游,炫其学问,逞其博辨雄谈,静则泯之矣。好静者,心若枯禅,情同止水,燎之无炎,激之不泛,随缘而已;好淡者,竹几藤床,疏梅淡石,茶灶药炉,衲衣被,安分而已。安分随缘,悦情适性,是曰心隐。若必买山而居,筑室而处,志在林泉,心游魏阙,则终南捷径之讥,北山移文之诮,吾恐慕为隐者之非隐也。[③]

夏基在此明确地指出"市隐"其实是一种心隐,是一种安分随缘、悦情适性的生活心态,而不是指生活形式。综上所述,苏州文人的"市隐"是一种有别于传统的新的"隐逸观",士人所选择的地点由山林田园转移为市镇,"市隐"不是一种生活形式,而是一种生活心态,因此一些在朝为官的吴人自然也秉持着浓厚的"市隐"心态。

2. 吴中"市隐"心态与文人"诗化生活"的关系

明代文人的"市隐"心态的形成与吴中尚隐传统,明初的避祸免难社会心态都相关,同时与明代中后期苏州城市的新变化和新面貌有着更为直接的关系。明中后期的苏州城市商业发展迅速,市井发达繁荣,出现了对精致优雅生活质量的普遍追求,这为文人的市隐生活提供了优渥的条件。比如园林艺术的登峰造极,为苏州文人提供了理想的创作对象,隐士向往的神仙境界在苏州园林中得以实现。王穉登诗云:"城中丘壑秀,何用入烟寻。"[④](《同黄丈过

---

① 张豫章等《御选宋金元明四朝诗·御选明诗》卷95,沈周《市隐》,《四库全书》,上海古籍出版社1987年版,第1444册366页。

② 文征明著,周道振辑《文征明集》,上海古籍出版社1987年版,第654—655页。

③ 夏基《隐居放言·客窗闲话·问隐士》,台北"中央图书馆"汉学中心,影印内阁文库藏清康熙三十二年刊本。

④ 王穉登:《王百穀集十九种三十九卷·金阊集》,《四库禁毁丛刊》集175册,北京出版社1998年版,第35页。

郑氏看假山石》),他还曾与友人的书信中这样提到自己的生活:“仆且持床坐松间,听侍儿烹新涧,忽作带雨暮潮声,悠然自谓羲皇人,何慕足下怀间三尺!”①的确,在明代苏州这样集园林、戏曲、书画等艺术高度发展的城市生活是极为惬意的,符合传统文人对优雅生活的追求。苏州的布衣文人不依附于朝廷,不为官衙政务所累,以自己的才学和声名获得生活来源,经济上不拘束,性格上狂放不羁。他们力图彰显自己个性的与众不同,其行为举止往往惊世骇俗。他们经常身着精美服饰,品赏美酒佳肴,在苏州园林间与友人相互唱酬,评骘古今。他们在切磋交流中诗书画艺日益精进,学术的探讨与精神的交流合一,促进了明代苏州文艺兴盛的局面。

明代苏州文人生活于江南城市世俗物欲潮流中,又以清雅自持的生活方式来消减膨胀的物欲,这是一种艺术化的生活方式,是一种独具特色的“诗性生活”。在这样一种生活状态下,自然容易产生长老于此而不问世事变迁的自满自足心态,唐寅诗中的“笑舞狂歌五十年,花中行乐月中眠”、“莫损心头一片天”等吟唱,也正是这种“市隐”心态的表现之一。

“诗性生活”催生了明代苏州文人的“市隐”心态,这种心态也反过来影响苏州文人的生活环境及生活状态。文人好山水自然,好清雅,但又不愿斩断世情,舍弃尘世的各种享受,他们希望在喧嚣嘈杂的闹市中也能领略生活的清幽,希冀摆脱城市的拘束,世俗的烦扰去畅游天下名山大川。在这种心态下,苏州文人纷纷辟地造园,极尽人工机巧,构建城市住宅内的山林丛泽。假山池泉、密林芳草、松菊幽径,置身园中亦能享山林野趣,观天地四时之变换。这样,明代苏州园林作为文人理想的栖居地,在文人“市隐”心态引领下有了更丰富多元的发展,这样的居所不仅可供居住和观赏,同时也是主人人格、旨趣之寄寓,成了文人“适志”“自得”内在精神的外化。明代苏州园林是主人对造园艺术理解的投射,文化意味与艺术品位往往在此合二为一,出现了一系列的精品,如唐寅筑桃花坞、王稚登锦帆泾废址买宅筑园等,都是在这种心态下改变居住环境的园艺创作。苏州文人正是在这样潜移默化中改变着自己的居住环境、改变着自己的生活品位和审美趋向。园林、品茗、谈书论道成了“市隐”心态的寄寓载体,文人的生活一旦与艺术相渗透,这样的生活状态也艺术化了。

“市隐”心态不仅布衣文人所持有,在一些籍贯吴中的朝廷高官身上也有显现,王鏊在《吴宽神道碑》这样评论吴宽:

> 公好古力学,至老不倦,于权势荣利,则退避如畏热。在翰林时,于所居之东治园亭,杂莳花木,退朝执一卷日哦其中。每良辰佳节为具召客,分题联句为乐,若不知有官者。②

这些在京做高官的苏州人对故乡吴中的生活仍然念念不忘,在家中构筑园林,遨游其中,以诗文助兴,不失为一种诗性化的生活状态。吴宽等苏州人虽身在朝廷高位,但心能自静,“于权势荣利”进退有度,也不失为为一种心隐之术。

明中后期的苏州文人栖居在诗意的江南城市,享受着“诗性生活”。这是一种优雅精致

---

① 王稚登《王百穀集十九种三十九卷·谋野集》,《四库禁毁丛刊》集175册,北京出版社1998年版,第343页。

② 王鏊《震泽集》卷十三,文渊阁《四库全书》版。

和艺术化的生活状态,士人在追求富庶商业社会给予的富裕物质享受的同时,又得到了精神层面的极大满足。在这样的城市生活背景中,明代苏州文人形成了"市隐"心态,使得苏州文人急流勇退,归乡闲居,享受优雅生活。譬如文林四十七岁归吴,治园林,其《停云馆初成》诗云:"百钱湖上输奇石,四季墙根树杂花。尽有功名都置却,酒杯试卷送年华。"反映出他乐于"市隐",享受读书吟诗之趣。正德十六年,祝允明迁应天府通判,数月后便辞官回乡,于苏州筑怀星堂,"益事著述,洞观天人。或放浪山水间,翛然乐也"①。文征明、冯梦龙都是晚年入仕,但是在任时间都很短暂,最后都是辞官归返苏州过上"市隐"的生活。可以说,苏州的"诗性生活"催生了文人的"市隐"心态,而这一心态的形成后在苏州文人中产生了广泛的影响,犹如一张无形网笼罩在文人心间,促使着苏州文人不断地追求这种悦情适性的艺术化生活状态。

总之,"诗性生活"是苏州文人市隐心态形成的重要因素之一,这种市隐心态又促使文人追求高雅的"诗性生活"。在这样的双向互动中,人与生存环境合一,而在这种生活状态下产生的文学作品,便成为人的日常生活、人的生命、人的情感、人的哲思的真实而生动的显现。在唐寅和王稚登为代表的诗作以及冯梦龙收集的民歌中,读者可以看到中晚明时代苏州色彩斑斓的市井生活,贴近吴地男女率真大胆的情爱生活,感受到苏州文人对日常生活琐事的关注、对百姓世情的理解。因此,明代中后期苏州文人诗是江南城市世俗化和生活化的诗,形成了极为生动鲜明的特点,从而在明清诗歌史上占有突出的地位。

作者单位:上海师范大学

① 王宠《明故承直郎应天府通判祝公行状》,《雅宜山人集》卷10。

闽南与蓟北

——郭造卿的游幕生涯与其文史成就

朱丽霞

郭造卿，字建初，福清人，诸生，军事家、史学家，著有《燕史》一百二十卷、《汀州府志》、《永平志》、《九边要略》、《卢龙塞略》二十卷、《碣石丛谈》十卷、《玉融古史》和《海岳山房存稿》以及诗文百余万言。永平府之早期历史记载多出自郭造卿之笔，他是继司马迁之后又一位伟大的史学家。因自幼成长在东南沿海，家乡饱受倭寇之患，郭造卿致力于探求兵法与史实成败的缘由，并积累了丰富的古代知识，建构了军事学史学的知识结构。而郭造卿在蓟辽军队建立起的一个专业性接触的网络关系，他与蓟辽军队的交往尤其是与高级军官的交往成为他完成浩大学术工程的前提和经济保障。郭应宠《海岳山房存稿总目后跋语》云其："顾困于数奇，乃因戚少保下榻，而著《燕史》以见志。"戚继光长子戚国祚等编《戚少保年谱耆编》也称："万历八年春二月，筑莲心馆，聘山人郭造卿，修《燕史》。"万历八年(1580)，郭造卿接受戚继光邀请到蓟州，"大将军戚继光礼为上客，(造卿)从塞上十余年，九边三辅，扼塞平险，历历如指掌"[①]。

戚继光等御倭将领北上蓟、辽、宣、大，大量招聘布衣幕僚，其中最著名的就是郭造卿。郭造卿曾入胡宗宪幕府效力，也为戚继光所器重。当戚继光离开蓟州转任广东后，郭造卿继续留蓟，后与陕西巡抚叶梦熊、宁夏总兵萧如薰、蓟辽总督顾养谦皆保持往来。郭造卿往来塞上十余年，九边三辅险要，指画如在掌中，著成《卢龙塞略》等多种史书。其于边疆之擘画，与郑若曾之于海域，成为双璧。而林章(1551—1599)、黄天全、何璧、沈璜等，都以布衣幕僚立名边关。沈德符《万历野获编》卷十七"武臣好文"："幕客郭造卿辈，尊之为元敬宗先生，几与缙绅分道扬镳。"戚继光非常赏识郭造卿的才华，在《横槊稿·送建初归闽》诗中赞美郭造卿："醉挥彩笔时侧目，况复过从鞬与橐。幕中校艺万夫敌，衔杯出塞谁称豪！"

嘉靖十一年(1532)，1岁

嘉靖十七年(1538)，7岁

父卒，随母亲从京师回闽，依伯外舍。与林某同操觚读书。

嘉靖二十一年(1542)，11岁

俺答寇山西，诏天下举武勇士。俞大猷诣巡按御史自荐，兵部尚书毛伯温送之宣大总督

---

① 万历四十一年《福州府志·人物》

翟鹏;鹏不能用,辞归;伯温用之为汀漳守备。

嘉靖二十三年(1544),13岁

有明以来,闽省从事海外走私贸易最为严重者应数福、兴、漳、泉四郡。嘉靖二十三年到嘉靖二十六年仅三年时间,到日本从事走私贸易而为风漂到朝鲜并被解送回国的福建人就达千人之众[①]。从事海外走私贸易者逐日增多。

嘉靖二十六年(1547),16岁

都御史朱纨总闽浙军政,厉行海禁。

嘉靖二十八年(1549),18岁

朱纨主持闽浙抗倭,大破葡萄牙走私贸易商。荐俞大猷为备倭指挥。是年,朱纨被劾"擅杀罪"后,服毒自杀。

俺答复寇宣府、大同。

十月,戚继光中山东武举乡试,时22岁。

嘉靖二十九年(1550),19岁

八月,俺答统领大军自宣府趋蓟塞(即蓟门),攻古北口,转掠怀柔、顺义,遂逼通州。

此次潮河之变,又称"庚戌之变"。

嘉靖三十年(1551),20岁

三月,诏开马市于大同、宣府;杨椒山以谏马市,贬狄道典史。

四月,宽海禁。

嘉靖三十一年(1552),21岁

倭犯浙江台州,掠福建漳、泉,蔓延沿海三十县。

嘉靖三十二年(1553),22岁

女婿林于田出生。正值倭乱。到处避难。

王忬遣都指挥卢镗、俞大猷抗倭。

七月,俺答入寇大同。

戚继光二十六岁,督山东备倭事。

嘉靖三十三年(1554),23岁

五月,张经总督江南、浙江军务讨倭,任俞大猷为苏松副总兵。

虏众数万犯潮河,又犯古北,而大同告警。

嘉靖三十四年(1555),24岁

二月,赵文华督视海防。十月,杀总督尚书张经。经大破倭于王江泾;文华攘其功,谓己与巡按胡宗宪督师所致。严嵩复从中构之,遂斩于西市,天下冤之。

十一月,倭犯兴化、泉州。

嘉靖三十五年(1556),25岁

是年,总兵官俞大猷败倭于黄浦。

秋七月,胡宗宪破倭于乍浦。九月,浙江倭寇暂平,而福建倭患又渐深。

戚继光初任浙江宁(波)、绍(兴)、台(州)地方参将。以赵文华言,特设福建巡抚。

---

① 《明世宗实录》卷三二一"嘉靖二十六年三月乙卯"。

冬，大猷以平徐海功，加封都督佥事。

嘉靖三十六年，丁巳(1557)，26岁

徐中行为临汀守，计划纂辑《临汀府志》，序："嘉靖丁巳，余为临汀，喜其简僻，且山川甲七闽。第翻往志，文献多缺。"因为他事入都及丁外艰不果。直到十七年后(1574)，潘公方集八邑之志，其中多取材于徐中行收集、编纂之资料，聘请郭造卿成之。李清馥《闽中理学渊源考·先生造卿传》："造卿，廪诸生，例尚不及计。偕会徐中行子与摄闽学，强遣计偕，为仪郎所格。造卿谓：'郎执例固当。'郎亦素闻造卿名，更过从相称慕，久之，卒业。"

五月，俞大猷以平浙江倭寇功，进署都督同知。

十一月，胡宗宪诱降海寇汪直。俺答犯永安。

嘉靖三十七年，戊午(1558)，27岁

东南倭寇侵扰。

是年，郭造卿因知兵而为胡宗宪所聘，遂赴浙江，入胡幕府。同时，深受南京兵部尚书李遂器重。

嘉靖三十八年(1559)，28岁

是年，倭攻台州等地，海道副使谭纶、参将戚继光等连破之。胡宗宪诬劾大猷纵贼南奔，播害闽、广；俞大猷被逮至京。廷臣群惜大猷才，共假贷得三千金馈严世藩，得不死；罢职，发大同立功，首创车营。

四月，新倭进攻福州，福安参将黎鹏举抵抗。巡抚阮鹗往剿之。北方蒙古则大掠遵化、蓟州、玉田等地，京师大震。御史交章劾王忬，诏狱论死。

至迟是年，朱都阃投笔从戎，谒见戚继光，戚继光留之幕下。追随戚继光抗倭，冲锋陷阵，勇冠三军，升为将军。

1559年，葡萄牙人首次在首都里斯本栽培烟草。1492年，意大利探险家哥伦布发现新大陆之前，除美洲土著印第安人外，几乎全世界没有一个民族知道烟草和吸烟。

吴兑于是年中进士，后授兵部主事、郎中、湖广参议、蓟州兵备副使。

叶台山(向高)生。

嘉靖三十九年(1560)，29岁

戚继光利用作战间隙完成《纪效新书》，是抗倭的经验总结。

俞大猷尚在大同效力。

嘉靖四十年(1561)，40岁

谭纶父卒，至嘉靖四十二年(1563)，三年间，谭纶回家丁忧。把海盐腔戏班带至宜黄，促进了江西的戏曲发展。

戚继光督新练义乌兵大破倭寇于台州，又入赣讨平叛乱。

七月，俞大猷以川湖总督黄光升荐，由镇筸参将移南赣。

嘉靖四十一年(1562)，41岁

《壬戌秋望忆赤壁之游赋》：

> 吾党苏夫子，江东事壮游。山川还似昔，岁月又逢秋。横槊今何在，吹箫客正愁。千年华表鹤，何处觅扁舟。

《壬戌变》引:“长至后地震,既而倭陷宁德、政和,遂陷兴化郡。郡城陷倭自此始,实乃非常之变矣。诸军连营无能驱除之,感赋。”诗有:

登坛仍偃武,仗剑未从征。谁雪亡吴耻,难连复楚盟。壮年将白发,迟暮奈苍生。正值龙蛇蛰,那堪虎豹横。忧时惭贾谊,任侠叹侯嬴。早晚麒麟阁,谁当勒姓名。

按:壬戌,即万历四十一年,公元 1562 年

六月,倭大举犯福建,胡宗宪檄戚继光往剿之。戚继光奉调援闽,连破倭寇巢穴横屿、牛田、兴化,闽境倭寇主力被消灭殆尽,因功升署都督佥事。

郭汝霖(1510—1580)奉命出使册封琉球王,从福州出发。

嘉靖四十二年(1563),42 岁

是年三月,戚继光复率浙江义乌兵入闽,所过地方必询贤者,式庐而叩其蕴焉。谭纶、刘显、俞大猷(时大猷复调为福建剿倭总兵官)合击倭寇。

五月五日,戚继光开宴将吏于连江南门敌楼上,观竞渡。明日未暮,捷音至。邑人士谋勒石纪功,陈第仿《春秋》书法,书“某年月日,总戎戚公大破倭儿于马鼻”,碑竖西郊外(旧谱)。五月,戚继光破倭于连江,陈第与诸绅勒石纪其功。进官都督同知,升福建总兵。此后转战闽粤沿海各地,解除东南沿海倭患。

是年十月,俞大猷徙镇南赣。

是年,谭纶升福建巡抚,率戚继光、俞大猷抗倭。

黎民表[①]《瑶石山人稿》卷九《癸亥(1563)十月书事》。

嘉靖四十三年(1564),43 岁

戚继光抗倭,聘郭造卿为幕僚,出谋划策,深受礼遇。

郭造卿有《与戚都护言童将军死事书》,请求戚继光在泉州辟地为童将军修造祠堂以表彰其抗倭之功。

同时,于是年前后与前后两任福建巡抚汪道昆、涂泽民相识,二人皆“奇其文而高其行,礼为上宾”[②],为戚继光与福建权要谋划军事方略。

嘉靖四十四年(1565),44 岁

叶梦熊任福清知县(至隆庆二年),曾开馆萧寺,聘郭造卿修纂县志《玉融古史》。此前,郭万程曾著《玉融古史》,事未竟而卒。

由于广泛的参军实战经历,以及自幼军事知识的积累,期间,郭造卿创作了许多论兵文章:《前海议》、《后海议》、《闽中经略议》、《闽中兵食议》、《闽中分处郡县议》、《防闽山寇议》《荆滇经略议》等。

谭纶升两广总督兼广西巡抚。

---

① 黎民表(1515—1581),字惟敬,号瑶石、罗浮山樵、瑶石山人,广东从化人。嘉靖十三年(1534)举人,累官河南布政参议。万历七年(1579)致仕。好读书,善诗词,喜作画,尝纂修《广东》、《从化》、《罗浮》诸志。著《瑶石山人稿》、《北游稿》等。与欧大任、梁有誉、李时行、吴旦称“南园后五子”。黎民表作为明中期七子派的重要羽翼,有组诗《燕京秋怀》。

② 饶安鼎《福清县志》卷一四《文苑》,乾隆十二年刻本。

嘉靖四十五年(1566),45岁

是年,汪道昆从福建巡抚任上罢归。隆庆四年诏起郧阳巡抚。隆庆六年,任兵部右侍郎,迁左侍郎。万历三年,被弹劾告归。

隆庆元年(1567),46岁

隆庆元年(1567),福建巡抚涂泽民奏请开放海禁,朝廷准许漳州月港开放洋市,准贩东西二洋。从此,月港的对外贸易迅速发展,到万历年间,漳州月港与南洋群岛、中南半岛,以及朝鲜、琉球、日本等四十七个国家和地区直接贸易往来,并以吕宋为中转站与欧美各国进行贸易。月港成为"市镇繁荣甲一方"的"东南大都会"。伴随月港海外贸易的日益繁荣,国内贸易也迅速发展。当时,"燕、赵、秦、晋、齐、梁、江、淮之货,日夜商贩而南;蛮海、闽、广、豫章、楚、瓯、越、新安之货,日夜商贩而北"[①]。

主张宽海禁,开放民间海外贸易。持此观点的最有名的就是福建巡抚谭纶,其他人则有郭造卿、王言、王世懋、唐枢、郑晓等。

吴门山人顾圣之《郭秀才歌》小引:"隆庆元年,余自闽还吴,值元美、敬美北上,送至金陵,问余七闽得人为谁,作《秀才歌》以示之"。

二月,张居正入阁拜相,参与机要政务。

是年,谭纶升蓟辽总督,请调戚继光来蓟镇,以保边境平安。

九月,俺答入寇大同,攻陷石州,抢掠交城、文水,烽火照遍山西中部。同时土蛮进犯蓟镇,抢掠昌黎、卢龙,直至滦河。直到十月,整个北京都弥漫在战争的恐慌中。

工科给事中吴时来上疏建议征调两广总督谭纶、总兵俞大猷、戚继光。张居正亲自出面奏请,允准。俞大猷由于年事已高没有北上,谭纶为兵部左侍郎兼右佥都御史,总督蓟辽、保定军务;戚继光奉令总理蓟州、昌平、保定三镇练兵事务,总兵官以下,都受到他的节制。

十二月,戚继光北调镇守蓟门,邀郭造卿同行。郭造卿因为好友徐中行病重,不忍远行。直至徐中行逝世(1578)后,料理好丧事才应邀北上。

郭造卿代表八闽缙绅上书请留戚继光,《奉大司徒马公请留闽帅书》叙述福建长期遭遇倭寇之患,"幸戚大将军平之,借之,是邦比年寇不敢辄入境,穷阎稍以复业……鄙生书生也,而出位言事,非私大将军也,私闽也;私闽非私闽也,所有为天下计也。以庙廊视之,则虏为北垂而夷亦南垂也,至于重北轻南,则视缓急何如耳?……愿吾师为庙廊石画,而兼桑梓之虑,与林、郑诸公决策。"

隆庆二年(1568),47岁

是年,戚继光以闽帅应召入京,总理蓟州、昌平(北京)、辽东(今辽宁辽阳)、保定四镇之师。郭造卿《奉汪南明公》:"自戚都护之北也,海曲之士寡交游,无可寓书者,故音问日疏,而离索过多,盖甚苦之矣。谅夫子不罪也。"说明,戚继光的北调,使得郭造卿心绪极为寥落。

十二月,俺答朵颜部封建酋长董狐狸及侄子长昂,率领大军,号称80万,大举犯境,进犯蓟昌二镇的铁门关、董家口、榆木岭、青山口、擦崖子等处。京师告急。

刘应节在西北边关,重创俺答大军。镇守蓟门的戚继光,猛攻俺答军,迫使俺答于次年正月退去。

---

① 李鼎《李长卿文集》卷一九。

从隆庆二年(1568)到万历十年(1582)的十五年间,相爷对将军呵护备至,将相默契配合,相得益彰。

是年,俞大猷总两广兵。总督谭纶为蓟门总督,乃疏论召募南兵以济时急。

隆庆三年(1569),48 岁

春,总理蓟、昌、辽、保练兵事务戚继光上任不久,即调配军卒,开始东起山海关西至昌平沿边的城墙修筑工程。是年夏天开始动工,到万历三年(1575 年)二月,在蓟州、昌平一带逶迤二千多里的长城线上,共建成威武雄壮的空心敌台一千三百三十七座。凡遇敌军马所向之处,敌台即举烽火报警,蓟镇、昌平边墙延袤曲折二千余里,不出三个时辰即可传遍所有墩台,能迅速做好抗击敌军的各项准备。驻军平时于敌台附近屯种,以解决军食。戚继光在筑台的同时还积极教练士兵,有《哨守条约》。

二月,戚继光所募三千浙兵北上,抵达蓟州,成为著名的"戚家军"。谭纶与戚继光训练军队,整饬边防,亲自镇守居庸关至山海关一带,修筑边墙 2000 余里,增筑炮台 3000 座,造战车 700 乘、佛郎机(火炮)5000 架。

是年四月,俞大猷大破海贼曾一本(吴平党)于漳、潮间,进右都督。

隆庆四年(1570),49 岁

谭纶已升任协理京营戎政,兼守蓟门。

刘应节取代谭纶总督蓟州、辽东、保定军务,成为时任蓟州镇总兵的戚继光的上司,并有了长达五年的合作。

戚公召诸路将盟于滦河,谕以边事利弊、防御方略。

至迟是年,郭造卿赴蓟州戚继光幕府,郭造卿《少保总理戚公景忠山去思碑》记戚继光灭福建倭寇后,"朝方集虏议,遂召公殿京营为出理练兵,寻兼守蓟镇。三年,余至自江南。"

约是年始,戚继光仿燕昭王千金市骨之例,修建莲心馆,招揽天下英才。郭造卿《少保戚公莲馆景堂记》载莲心馆修毕后,戚少保问郭造卿曰:"郭先生以为何如?"郭造卿曰:"余观其营,君子既有三千矣,山川之美,不于今发之乎?……輶轩至则论文,旌麾至则讲武。"可知,莲心馆其实是个人才储备基地,和平之时则讲学论文,战争爆发则出谋献策。

董应举《崇相集》之《跋郭建初先生文集》:"此英雄有志之士所以抚膺长叹耳。即如先生当时所与游以节钺收功者,非无其人,然或因事会借将士力取大官,亦未必其具之素讲。至于文章,作者代兴,争诧不朽,然而综事实,苞经济,施之世而可用,垂之后而可法,不为鞶帨浮躁则吾未知其谁与惜也。先生老而不施之用也。先生平生蓟游最久,与元敬将军周旋十五年,边尘不口,去今仅二十年,蓟事变矣。庙廊之上,劳于计议,莫知所终。噫!安得有如先生元敬者起九原而问之。"董应举《崇相集》之《跋郭建初先生文集》:"吾乡以布衣显名者,无如郭建初先生,当世庙末,岛夷作难东南,诸郡邑岁破,闽祸尤烈,当事者莫能支。先生发愤条议,筹山度海,若在眉睫,其经画备御之策甚详。当世诸名公转相推毂。遂道吴越,上金陵,溯大江,而西及荆滇之交,北游都下,窥云中,慨然念庚戌之变,欲历九边,尽观天下厄塞。会戚将军筑碣石宫以请,将军故知先生于闽者也。于是,为考辽故,作《燕史》,扬榷军实,旁及舟车器械,中国所恃长技一一精讨。时从马上占笔为诸镇画,仓卒,计无不悉中。当是时,郭先生名闻天下。"

是年,俺答孙把汉那吉内附,诏授指挥使;寻遣归,与虏言和,通贡市。

是年十二月，俞大猷率兵十四万进攻广西古田僮，大获全胜。

隆庆五年(1571),50 岁

是年，戚继光完成兵书《练兵纪实》。

总督王崇古上书请求开互市，允准。

明朝相继在大同、宣府等地开马市11处，同时又开设月市或小市。从而，“东自海治，西尽甘州，延袤五千里，无烽火警”。互市的主要倡导者王崇古时任宣大总督，方逢时任大同巡抚，吴兑任宣府巡抚。在吴兑和俺答首领夫人三娘子的促成下，蒙汉两族和睦相处，北部几十年的战乱得以平息。每当互市时，蒙汉两族“醉饱讴歌，婆娑忘返”。

是年春二月，俞大猷改古田为永宁州。以进功世荫为指挥佥事。

戚继光在山海关、古北口一带练兵，并增募南兵六千人，修边墙敌台、建武学、立车营，辽事大治。

三月，俺答遣使奉表称臣，乃诏封俺答为顺义王；大同一带边衅以宁。

孙维成中进士。

隆庆六年(1572),51 岁

是年，郭造卿入贡北京国子监，成为太学生。此后八年，一直盘桓京师待举，间游蓟门。屡试不第，直到万历八年放弃科考，接受戚继光邀请赴蓟州。

郭建初《与岭南欧子耕》：“客岁为国子生，而先生俨然为国子师。不佞幸置馆中，得日夕造请，数从饮食，而沃闻所未闻。”

冬，戚继光于汤泉指挥12万大军的军事演习。后此地修建为点将台。在这次规模宏大的军事演习中，曾邀请兵部右侍郎汪道昆、蓟辽总督刘应节等上千名官员前来观看。

郭造卿《车前营松台记》：“岁壬申(1572)游边关，同闽人黄全之憩于汉庄，爱古松二章如盖……今庄为车前营，百尔维新，庙馆改观，但松其故物矣。营将李君遇甫，余因全之而识者也。”

徐中行《送马公子用昭赴试北畿，并示国博欧桢伯、太学郭建初》：“郭生今已上金台。”

徐中行《赠郭建初南还》二首：

> 圣代编摩秘阁开，几人载笔上兰台。谁知六馆诸生里，独有西京良史才。(一)
> 怀璧仍为衣褐行，关门小吏莫相轻。他年一如圭璋选，依旧偿君十五城。(二)

是年，汪道昆升兵部侍郎。郭造卿《奉汪南明公》，郭造卿希望投奔汪之幕府，“春间，知夫子晋司马，遂由彭蠡而下，将从夫子闻过庭之训，因而观光上国。至湖口，闻未代，不敢入境，以当代有荐劾，门人策足其间，未必不为人口实。故径入蓟门，以候起居。初计入秋即归，今者秣马久矣”。因王寅离蓟门，郭造卿托王仲房带信给汪道昆。

点将台，在汤泉西里许的茅山脚下，为戚继光所修建。在他镇蓟的十六年间，多次与幕僚在此议事和练兵。

余暇，戚继光经常带领其众幕僚登山赋诗，纵情饮酒，周边名胜至今多是戚继光当时命名，仅汤泉一带即有八角亭、仙舟洞、长缨石、试剑桥、仙掌峰、出岫峰、石门、飞来石、出岫岩、灶岩、七十二峰等景观。

八角亭，又称缥缈亭、晾甲亭、八角石亭、八根亭子，屹立于茅山西端。《遵化县志》记：

“(县城)西北四十五(华)里茅山上,明总兵戚继光建。今存石阶,作八角式。相传继光行边,张布为亭,亦名缥缈亭。”今仅存石柱。继任蓟镇总兵萧如熏有《题缥缈亭》。康熙玄烨驻跸汤泉时,作《雨后经明总兵戚继光所作八角石亭》。

仙舟洞,重修汤泉时发现并命名,戚继光《蓟门汤泉记》:“从寺西步北折如砥,至麓而延袤百余丈,众石离立,夹道而为门。……为试剑桥。…… 为出岫岩,为仙掌峰。……仙舟洞。”戚继光《仙舟洞》序:“洞旧当乱石中。惟有穴,可伛偻入耳。余阅边暇,遥见而异之。乃与诸山人求之,得奇石甚多,各以其形,名见《汤泉记》中。兹因洞如舟而理之,中可列坐传觞矣。邀少司马刘公(应节),中丞杨公(兆)饮。刘公命之曰‘仙舟’。之洞口有石雄伟,如将军壁立,且对北山,即边墙。楼台罗列,石上有覆石如缨,名曰‘长缨石’。”石纪于诗。其间,他多次在此饮觞别友,有《仙舟洞送郭建初》:

> 把酒仙舟各怆神,钓鳌君去大江滨。白云红叶君无际,何处千峰是七闽。

是年,兵部左侍郎汪道昆巡视蓟、辽一带。

冬十月,戚公在蓟镇练兵成,乃举行会操,朝廷特遣少司马汪公阅视;戚公调军十万众,连营数十里,合操于汤泉(在遵化之北)。十二月,偕汪公巡边至山海关。

是年,俞公大猷仍镇广西,巡按李良臣劾其奸贪,兵部力持之,诏还籍候调。旋起南京右府佥书,未任;乃于六月以都督佥事起为福建总兵官,奉命筹划军务防守事宜。

隆庆六年,汪道昆迁兵部右侍郎。

万历元年(1573),52 岁

仲冬望日,郭造卿为叶春及《惠安政书》撰《序》,有云:“公为罗太史所善,而受舆地图,惜其限于方策,下至县而止。余从太史游,见其家谱所图,一切礼籍甚具,固信彼之为所限也。公为县详之,无乃太史意乎?”①

徐中行以福建按察副使抵任,袁表、马荧、郭造卿三生即以诗来谒。

袁表,字景从,嘉靖三十七年乡贡,历官中书舍人、黎平太守。少以诗名,宗开元、大历,精严有法,著《逋客集》八卷,与张刑部炜、马参军荧相赓和。炜,字德南,工书,善诗。表子敬烈,字无竞,亦有诗名。《福建通志》、万历《府志》合纂。

马荧,字用昭,户部尚书马森子,善古文辞。《闽中理学渊源考》卷四十五“马森”:“子荧、歘。荧,字用昭,以父荫为南京都督府都事,雅善文辞;歘,贡士,能诗。”

张居正任内阁首辅。共 10 年。改革进入高潮阶段。

陈勋,字元凯,闽县人。万历辛丑进士,除南武学教授,历户部主事,榷广陵关,蠲豁甚多,尽却前例钱,而岁课溢额。继差水兑筦浦口仓,皆有善政。当时士大夫多树党援,勋特立孤行,无所依傍。转郎中,托疾归,杜门却扫,以文翰书画自娱。起绍兴守,未任,卒。著《元凯集》四十卷、《坚卧斋杂著》二十卷。

至是年,叶春及主持纂辑《惠安政书》,凡三年始成。

是年,郭造卿计划北游边塞。叶春及《惠安政书自序》:“父老图上,多不合。适闽中郭建初将游塞上,过余,视之图,为斥臧否而去。余乃参考郡邑之志,信如建初言者。命吏持指三

① 《惠安政书》卷首

四反，阅岁而图始成。……建初归，见在箧中，谓诸志言人人殊矣。"[①]郭造卿的建议，使得叶春及编辑《惠安县志》的思路及体裁作了巨大改变，大量绘图成为该县志的突出特色，同时证明了叶春及对晚明地理学的辉煌贡献。

书稿竣毕，由郭造卿负责刊刻，据卜正民研究，叶春及之所以"把刊刻的工作委托给了他的朋友郭造卿"，是因为"郭造卿为该书的刊刻提供了经费"[②]。

边境安宁，蒙汉互市繁荣。仅马匹的交易，隆庆六年为七千八百余匹，万历元年为一万九千余匹，万历二年增至二万七千余匹。马市也刺激了江南棉纺织业的发展，明朝以银计价、以布易马，一匹蒙古马可换四十六匹江南梭布。马市对梭布的需要带动了江南经济的迅速增长。

万历二年(1574),53岁

是年，潘公请郭造卿纂辑《临汀府志》。徐中行《临汀志序》："福唐郭生造卿，世娴闽中故实，颛属之执简，以计偕力辞。命其家弟复暨郡黄生稍厘次之，寓之于都下。余从臾之为其史才，当海内大方，勿让可甲七闽而已乎？郭生以未躬览有难于踰度，且乏史，岂堪独任？况闽之乘咸托缙绅，敢猥以章缝，辄承海内下风哉！"郭造卿力辞不获，乃诺。"更铨勒之，公车既富载籍，又从学士先生游，旁紬金匮石室，而搜辑有绪矣。潘公迁，几辍。季公嗣是举，同余入觐，速郭生就之。因余转江藩，遂先下榻商榷，而告成焉。……郭生往视汀梓，用序为之先驱，且慰父老子弟，以对于山川云。"

郭造卿《酬芙蓉园王孙》引："天目徐夫子，以理宗藩讼瘁，卒于豫章。藩侯感之。时余经纪其丧。诸藩因开邸留余寓遗思焉。余辞往临汀纂志。汀，故夫子宦游地，当传政绩以俎豆，此门士责也。诸宗侯不能强，相率致饯，赠诗以别，赋此奉酬，哀满于篇。""交情伤国士，知己仗君侯。肯学长裾曳，宁辞短褐游。诸郊尝置驿，非土倦登楼。东海浮云变，西山爽气收。吾师追屈宋，公等忆曹刘。湘渚空荒冢，漳台竟古丘。百年多契阔，一日几绸缪。"

孙维成父孙某主持重修成汤庙成，请郭造卿代撰《重修成汤庙记》："万历甲戌修，邑人知东鹿事郭公为记。"

因明朝继贡市，王杲大举入犯辽东。兵部尚书谭纶，令李成梁出兵，大败王杲。

时谭纶为兵部尚书，大猷贻纶书云："某平生志在征虏，而见用江南，乖违本素。今年七十，余老矣，妾媵尚有胎产，膂力可敌精卒二十许人；公许我大受，今其时也。"纶疏起为后军都督府佥书，领车营训练。

是年，陕西杨兆取代刘应节任蓟辽总督，至万历五年止。

万历三年(1575),54岁

在北京。

是年前后，游蓟门大小詹山，写《游詹山记》。

由于俞大猷推荐，陈第得谒戚总理于蓟门。

是年三月，戚公重建三屯营城。按三屯者，忠义中卫三百户屯地也，属迁安县南百二十里。左山海，右居庸，形势险要。

---

① 《惠安政书》卷二。

② 卜正民《明代的社会与国家》第二章《叶春及的方志图》，第201页。

兵部尚书谭纶等兵部、户部官员在戚继光和地方官员的陪同下视察曹家路长城防务，游览雾灵山。

徐中行重建福州西湖澄澜阁，《闽都记》："宋丞相赵汝愚建于子城内，旧西湖楼遗址。明万历三年，按察使徐中行重建于此。"

是年，戚继光同蓟辽总督刘应节共同击败蒙古朵颜部的多次骚扰。朵颜部酋长董狐狸及侄子长昂，因多次入犯失利，便共逼长秃（董狐狸之弟）进犯蓟镇董家口关城。谭纶、戚继光，兵分两路，从榆木关和董家关同时出击，活捉长秃。董狐狸、长昂无可奈何，只得亲率部众前来投降，乞赦长秃。

同年春天，谭纶指挥明军在辽东取得了平虏堡大捷。

万历四年(1576)，55岁

在北京。是年前后，多次离京赴蓟州拜访戚继光。

约是年前后，郭造卿《与戚少保元敬书》："囊辱预贺，兹厘曲慰。明公爱仆一何笃也！"可知，戚继光给予郭造卿巨大的经济资助。信中追忆所感恩的诸位大臣"若非汪公在事，徐公佐之，而仆能出骊黄以登金台乎？"此时，郭造卿已有二子，"老母垂白多病，二子累然天涯"。信中并描述空余时间"为徐公校集凡十五六卷，为顾季狂选集五十余卷"。

戚继光《送文学郭建初归闽》：

> 君来暑深去秋杪，意气自谓凌风涛。醉挥彩笔时侧目，况复过从鞬与櫜。青袍凋敝犹未售，古今扼腕多英髦。幕中校艺万夫敌，衔杯出塞谁称豪。问天天欲何为者，高阳大名遽相假。逸态长留山简前，壮心不在少卿下。朔风归渡延平津，何日风尘手重把。君王更起黄金台，会见东南至天马。

袁表（字景从）、马荧（字用昭）选辑《闽中十子诗》刊行，徐中行《闽中十子诗序》："今洪、永之世，闽中有十子，而皆以唐诗称，多元之遗才也。夫以十子者而名诗于一郡不鲜矣，然其诗名者，盖或概见，云彼龙池孤雁，林子羽之所为名高，乃不见于集，此何以称焉。高彦恢品汇唐诗，而得正声，庶几近之。海内翕然为宗。其序本称引，子羽岂多所取财者乎？……闽诗不啻十子也已。此十子者，一以岁贡，二以乡科，而进士一，其不仕元布衣而从荐辟者五，乃后闽中有《三君集》，郎中郑君，继之主事郭君子长，及布衣傅君木虚。然郑、郭以进士著，傅视景明为难。彼时游扬者众也，而此则荐辟不及矣。余初至闽中，有三生以诗来谒，袁景从、马用昭，及子长之子建初，皆与木虚游者，乃知有十子集将选之未暇也。建初就余学诗，仅贡，如黄生北上，故属之两生，稍选传于世。闽故多才，诸生亦谓之概见者非邪。景从以乡科而未进亨，仲弟用昭以任子游太学，孟扬中美之科未举也，皆翩翩然而郁滞能不于十子有感乎！倘荐辟之典行，亦岂无庶几诸子者。今旷典不可复，即科贡太学生，宁不可拔一二，以窥中秘者欤！乃建初谢贡籍，归适二生因之请序，余重有感而论其世。"①《闽中十子诗》旨在彰显闽中诗坛"风调尔雅"之一格。《四库全书》谓："考闽中诗派，多以十子为宗，厥后辗转流传，渐成窠臼。其初已有唐摹晋帖之评，其后遂至有诗必律，有律必七言，而晋安一派，乃至为世所诟厉。论闽中诗者，尝深病之。要其滥觞之始，不至是也。"万历四年，建阳知县李增

① 徐中行《天目先生集》卷十三

校勘承刻，“自冬涉夏，刻是用成”[①]。

郭造卿与俞伯子考察蓟门山川地形，为修边墙。沿途写诗，欲结为《游蓟集》，其《与戚少保元敬》(二)：“将同俞伯子返三屯，为辞铁门洞，因陟其绝巅，又得三洞，稍为开凿，尚欲栖迟，闻贵客在行，亦溷于醉乡，不如姑对洞天作记，谢喜峰去矣。且将游雾灵，倘更折而东也。至孤竹、昌黎、山海，庶作《游蓟集》，不枉上书四至耳。野人酒中多箕踞放言，此惟故人如明公容之，贵游为奸，实所不堪。”

《与戚少保元敬》(三)：“空洞之胜，野人知之。尚须大有者为之檀越主。铁洞既知，观者甚众。已募为台门及甃地基矣。旬日盖团瓢憩焉。留绝壁可勒铭，不敢，以野人而谬辱山灵。王氏两生过访，有欧先生启事奉览，铁洞忝为之主，而空洞尚未与游。两地之胜，须记，未即载笔者为迟大将军也。”

1576年月港开放海禁之后，收入大增。嘉靖间，明朝走私经济形成了四大基地：澳门、福建海沧、浙江双屿、福建月港。之所以选择月港，因为1557年包括倭寇在内的各方走私者以及海盗势力曾经大闹月港，月港是当时中国最大的走私基地。不得已，福建巡抚谭纶只好招抚这些海盗，并在月港设海防同知，将靖海馆变更为海防馆。

月港开放实际上是将走私变成合法：防止给国家尊严带来伤害；将走私流失的税收予以收回，充实国库；防止内陆商品大批流向国外。

万历四年(1576)夏，吴兑同乡才子徐渭到宣府镇。徐渭见到三娘子，并记录了三娘子演武、射猎的盛况：“汉军争看绣裲裆，十万貂旄一女郎。唤起木兰亲与较，看他用箭是谁长?”

万历五年，丁丑(1577)，56岁

在北京。是年随江西布政使徐中行赴江西，纂辑《临汀府志》。

戚继光多次邀请郭造卿入幕佐政，曾寄希望于徐中行，请徐代为劝行，“寄言莫负名山兴，览古重来吊蓟丘”[②]，希望郭造卿能够重返蓟州。

徐中行《丁丑入都门，适戚将军饷酒，欧桢伯、郭建初在坐》：

> 经传六馆才宁尽，赋就三都兴转豪。君是郭家谙故事，金台千尺为谁高。

戚继光《延郭建初修燕史，逃从师于江右，寄徐夫子方伯，订其重游》：

> 燕客自从郭隗游，将军愿为罢封侯。卢龙斗贯三千丈，碣石风高九万秋。岂谓群中空北野，只因榻下在南州。寄言莫负口山兴，览古重来吊蓟丘。

徐中行作《闽中郭子长集序》：“余摄闽督学，从福唐令请而祀郭子长于乡先生祠。司徒马公(森)素重。”“伤哉！贫也。初授刑郎，逾月而卒。自含敛及蒸尝，皆吾党存之。”马森《澄澜阁记》：“龙湾公先守汀，越数载来副闽臬，转藩参，擢按察使，心存渐被，故序《郭子长集》，特重其水道书五通，以关于闽者大。”

郭子长卒后，徐中行为之经济其丧，整理文集付梓出版。因此，当戚继光、徐中行同时聘请郭造卿入幕佐政时，郭造卿慨然应允徐中行。

---

① 李增《刻闽中十才子诗集跋》，《闽中十子诗集》，万历四年刻本。

② 戚继光《延郭建初修燕史逃从师父于江右徐夫子方伯订其重游》，《海岳山房存稿》附录，万历三十五年刻本。

其后，徐中行又有纪念郭子长的《贤节堂记》："福唐乡士大夫言郭子长之贤也，余为祀而锓其集矣。其妻卢氏，以节义事姑何氏，至孝，又请旌如姑。故颜贤节于堂，而署其桓曰乡崇俎豆，曰世表门闾，盖重有道之家云。次子贡士，奉长命谒记。"（《徐天目先生集》卷十四）。

戚继光修缮蓟镇各关口边防，重修三屯营。三屯营地理位置十分重要，位于辽东三卫入贡孔道，近喜峰口，年久失修。当戚继光镇守蓟州，重新加以修缮。且"幕客中无所居，掾吏则便于私室，故机密多泄露，而缘簿书为奸久矣。"[①]万历五年竣工，重修后的三屯营雄伟壮观坚固，使"贡夷过者，罔不惊异"，成为护卫京师的重镇。

戚继光《横槊集》上《秋日邀山人歙王十岳、越叶一同、莆方浮麓、文学郭海岳同登三屯之阴山》，盖作于是年前后。所与唱和者王寅、叶一同[②]、方景武、郭造卿皆戚继光幕僚。

梁梦龙取代杨兆任蓟辽总督，至万历九年，吴兑接任。

万历五年，吴兑代方逢时任宣、大、山西总督。万历七年召还，加右都御史。万历九年，吴兑以本官总督蓟、辽、保定军务，兼巡抚应天。以斩泰宁、速把该功，进兵部尚书，仍兼右都御史。后御史魏允贞劾其附高拱、张居正，乃去职。

谭纶[③]卒，谥号襄敏。谭纶主持兵事垂三十年，南歼倭寇，北拒强虏，为解决明朝的"南倭北虏"问题，立下了赫赫战功。

在这段时期，维扬顾养谦接任镇守苏州，郭造卿为他筹划海漕，拯救当地十余万居民免受饥荒。

万历六年(1578),57 岁

仲春，与郑德化、黄全之赴蓟门，游汉儿庄。郭造卿《游汉儿庄平台记》："孤竹李君遇甫，因遣其麾下置酒，命其弟庄甫，速宾师唐汝绍。从暮迟两生不至。但莆中郑德化、黄宗玉及余骑往席……吾三人何有，然此山边塞地。昔有客游否？有如吾三人皆闽南否？自岛夷多垒，幸戚公南征，吾辈游幕府，往往闻虏警，惟恐公北召。公果北一纪矣。"隆庆元年(1567)戚继光北调蓟门，逾一纪，当万历六年(1578)。可知，郭造卿与郑德化、黄全之于是年同游汉儿庄。三人蓟门之行的动机在于寻找机会，进入戚继光幕府，记录戚继光守蓟门，"缮塞外保障，故内多废垒，边陲晏堵，闽借其余威，尚无桑梓忧。乃不图来谒，而高会于兹。幸遇甫儒雅，可拜其下风。故借为北道主，不乘此跨马而戏乎？"写到郭造卿一行至汉儿庄，李遇甫将军接待，而戚继光"当圣驾谒陵，提重兵以保塞。遇甫羁戎务尺寸，不能从焉。两生不遑，朝夕则以博士业云尔"，"夜归河浒，两两逆酒又至。命麾下坐歌，得鱼，踞石痛饮，目摄两生亦奇矣。然郑善图，而黄善书，余以善酒记之图书"。

在北京。郭造卿完成了《临汀府志》的纂辑。

徐中行(1517—1578)卒，郭造卿南下料理完徐之后事，赴蓟门，入戚继光幕府。王世贞《天目先生集序》："先生卒豫章时，其遗稿多散佚，而吾弟敬美走治丧事，鸠之仅得十之六，以

① 曹淑梅《〈三屯营重建镇府碑记〉考释》，《中国地名》，2000 年第 2 期。

② 叶之芳，字茂长，又字一同，无锡人。

③ 谭纶(1520—1577)，字子理，号二华，江西宜黄人。抗倭名将、军事家、戏曲家。官至兵部尚书。

属其门人郭造卿，盖三载而始致自造卿所，张司马肖甫时镇浙为梓行之。”[①]

《福清县志》（康熙十一年）：“顷之，中行以闽观察使入觐而戚继光镇蓟门，交辟造卿为客，造卿曰：‘徐公于我厚，厚在我亲，盖俎豆我父，旌表我母，我不可不往。’则之徐，即至，徐不久卒，造卿为治丧，立后传其遗文去，之其固所守郡汀，哭徐公祠下，绘像树碑，复为请祠于其乡，乃曰：‘吾于徐公盖尽矣。’”

李清馥《闽中理学渊源考·先生造卿传》：“北雍王文肃锡爵时为祭酒，临其舍，遇以博士，或邀造卿试中书，不从。文肃大称善居，顷之，中行以闽观察使入觐，而戚继光镇蓟门，交辟造卿为客。造卿曰：徐公于我厚，厚在吾亲，盖俎豆我父，旌表我母，我不可不往。则之徐，既至，徐不久卒。造卿为治丧立后，传其遗文，去之。其故所守汀郡哭徐公祠下，绘像树碑，复为请祠于其乡，乃曰：‘吾于徐公尽矣！’束装见戚于蓟门，戚为造卿督筑馆汉庄。”

是年，王寅（1506—1588）赴大将军之约，由大梁入燕。

万历七年（1579），58岁

夏，在汀州。由于上年已经完成《临汀府志》的编纂，于是，是年，汀州所属的上杭知县杨万春聘请郭造卿入幕辑《上杭县志》。上述两种地方志的纂辑，很大程度上得益于郭造卿在京师的待举交游的经历。数年待举京师，利用国子监丰富的藏书，广泛阅读，专注于兵法和史书。以其博学多识，为公卿权贵所器重，“擘画成败，论古今得失源委，如列眉观火。行不资书，而问以典故疑义及奇事僻语，莫有能难者。”[②]

铜梁大司马张佳胤[③]《寄建初山人》：

> 何年鼓箧起蒿莱，三顾蹉跎命世才。偶尔谈天过碣石，不因走马到燕台。怀中明月投非暗，阁上青藜晚自开。书旧名山还可副，平原须拟布衣杯。

分守台头营等地方参将指挥佥事张爵创建营房，台头营城的建筑格局已形成规模，不仅各种商铺门店应运而生，而且神庙众多，香火兴盛。

孟冬，陕西按察副使、《四镇三关志》作者刘效祖撰《台头营创建营房记》，署“钦差分守台头营等处地方参将、都指挥佥事范阳张爵”镌。

戚继光守蓟已十三年。万历七年（1579），班师自建昌营至唐家庄，遇九十老人拦路感谢戚总督力保一方平安。所路过之处，荒冢累累，郭造卿认为事情怪异，属尸体显灵，于是记录《十月十九日纪事》（卷十四）

万历八年，庚辰（1580），59岁

二月，接受戚继光邀请到蓟州。

---

① 徐中行（1517—1578），字子舆，一作子与、号龙湾，天目山长兴（今属浙江）人。美姿容，善饮酒。嘉靖二十九年（1550）进士。初授刑部主事，历员外郎中，出为汀州知府，改汝宁。后谪长芦盐运判官，迁端州同知、山东佥事、云南参议、福建副使、参政等职，累官至江西布政使。

② 饶安鼎《福清县志》卷一四《文苑》，乾隆十二年刻本。

③ 张佳胤（1523—1588），字肖甫，初号庐山，更号居来山人，号崌崃山人，重庆铜梁人，嘉靖七子之一，嘉靖二十九年（1550）进士。万历七年（1579）巡按宣大御史。官至兵部尚书，万历十六年（1588）卒。谥襄宪。与余曰德、魏裳、汪道昆、张九一称“后五子”，“七子”仕宦多不达，独佳胤以功名始终。所为诗文，才气纵横。有《居来山房集》六十五卷。

夏末，郭造卿在塞上，住宿曹家寨，感飞蛾扑火而作《愍贞赋》，序云："近游塞上，次曹家寨，暑夜露坐，感夕蛾赴灯，慨而赋。""庚辰季夏建初父识"。

《夕蛾赋》："余旅游于塞，投野寺而托宿，谓暗室之逼隘，乃露处而秉烛。二三童子，若骖若服，时维仲夏，百物繁生。"

53岁的戚继光特于汉庄为郭造卿建馆舍——莲心馆，为撰《燕山古史》。其子郭应宠《海岳山房存稿总目后跋语》："先子生而雅志经世，故于异秘磔发，虽无所不窥，而尤沉酣于二十一史、朝家掌故，旁精历律兵符诸书，洞悉山川厄塞。挥厘立谈，慨然慕诸葛武侯、范文正公之为人。顾困于数奇，乃因戚少保下榻，而著《燕史》以见志。"

戚继光长子戚国祚等编《戚少保年谱耆编》："万历八年春二月，筑莲心馆，聘山人郭造卿，修《燕史》。"戚继光因长期镇守蓟州，想编一部关于蓟镇历史和军事方略的地方志《蓟略》，而在搜集材料的过程中，郭造卿发现，北京作为辽、金、元、明四朝国都，竟没有一部地方志，于是决定先编纂一部贯穿古今的北京通志《燕史》，然后再辑《蓟略》。莲心馆修筑在蓟州镇北部的汉儿庄，地处龙井关与潘家口之间长城之南。郭造卿在莲心馆著有《燕史》、《永平志》、《卢龙塞略》和《海岳山房集》以及诗文百余万言。永平府之早期历史记载多出自郭造卿之笔。

戚国祚《戚少保年谱耆编》万历八年二月，"山人第携金归，而志终弗就也。"戚国祚的这一推断有误。郭造卿并没有携金归，而是继续留居莲心馆著书。

莲心馆位于戚继光所部车前营驻地，毗邻蓟镇都督府所在地三营屯。"其馆制：除中道为门路至堂，两墀则环水为池，夹抱其堂，而有桥可渡。堂后亭池，幽然清境，可消烦暑。其中荷香荡郁，池馆生凉，居然潇洒物外，可以却世虑而绝尘想也。此后则虚室深院可居。中署为景堂，以崇祀神像。虽借苞流之成势，而实边圉之胜概也。乃处山人于其中，享以千金，为修志计。"由此可知戚继光对郭造卿的器重。嘉靖十四年《重建松茅峪圆觉寺碑记》的碑文证明了莲心馆即在松台山（今称三台山，又叫山台山），故云松台莲心馆。

戚继光聘请郭氏，最初的设想只是编修一部记载蓟镇历史和军事方略的《蓟略》，而非《燕史》。但是郭造卿之志却不止于此。

郭造卿《寿少保特进光禄大夫左柱国孟诸戚公序》，介绍了戚继光自从镇蓟州以来，因边警而拒绝属下为其祝寿的请求，"令辕门，是当忘亲忘家之日，安敢拜辱于使者"，近年来，"匈奴远遁，士今乃幸得当矣。可以一鼓奏凯于以为公寿，歌以佑之，其燕喜之雅乎？久之，虏不敢入而东"。

秋，蓟镇总兵戚继光赴台头营视察营房，参将张爵、郭造卿、游击将军李逢时等官员接待。举办酒宴为总兵接风洗尘，边饮酒边畅谈筑城戍边大事。同时决定造酒——台头营烧锅白酒（今秦皇岛求仙贡酒）。

梁家湾"香山纪寿"石，台头守张爵镌："万历庚辰十月朔日，少保戚公初度之辰。为东征至台头。闽中郭造卿称觞，因游击李逢时当此而品：山川可与少保争奇，少保可与山川敌寿者也。"

万历八年（1580）十月初一，蓟镇总兵官戚继光率领福建福清大儒、《燕史》、《永平志》、《卢龙塞略》撰稿人郭造卿和永平游击李逢时、台头路参将张爵巡阅梁家湾东峪重要关隘——中桑堡，恰少保戚继光52岁生日，众将于此为其祝寿，刻文以记之，即香山纪寿石。

黄克晦《出塞行四首送郭建初归戚都护幕中》：

锁甲摇华铁戟寒，弢弓插羽上雕鞍。班超自有封侯骨，世业宁论是史官。（一）
风拂胡沙雪作尘，楼头吹角月华新。夜分莫作还乡梦，塞上悲歌半越人。（二）
当时都护静倭奴，将校功高锦绕躯。今日军中思一战，年年马市款单于。（三）
蓟门白日塞烟开，记室翩翩草檄才。卫霍空教尊贵甚，当年投笔有谁来？（四）[1]

郭造卿盖作于是年的《与戚少保元敬》（四）："昔游滦河，曾至汉儿庄一宿。草屋数间。今来似入新丰，山川为之变色，幸哉！其再游乎！闻去庄二三里许，有高阳庵甚邃。兹佳酝，至即携地主黄生同醉之。"

《与戚少保元敬》（五）："大将军武人而文足垂百代，且佐之者多翰墨士。不敏敢以百代之业为大将军寿。矧初度之辰，当奏凯，则露布铙歌，有从征幕客在，若饮东湖之头而醉西酋之血，非野人狂不能有快。叶生代觞，俞生代书文，俱遣之麾下，进酒旦日，以万钟为期。何如？"

季冬，郭建初自蓟塞奔都下，吊唁恩师大司徒马森（钟阳）。

林章至迟于是年游幕塞上，入戚继光幕府。"游塞上，为戚大将军上客，作《滦阳宴别序》，挥毫立就，语惊四筵"，"将军欣服下拜，以千金紫貂为先生赠"[2]。千金之资，林章随手散尽。此后，徙家金陵，为乡鸣冤而入狱。出狱后，遂作三湘五老之游。

俞大猷卒，谥武襄。

万历九年(1581)，60岁

在蓟州著书。

王寅赴蓟州，与戚继光、郭建初诗酒唱酬，临行王寅作《三屯营留别郭建初》：

闽海才名何赫赫，蓟门久作将军客。将军广结号怜才，紫骝彰郡迎余来。

不久，王寅离开蓟门，郭造卿撰《蓟门送王仲房山人归新安序》："山人来赴都护戚公约。一见而辞，强留之，浃旬日竟行。"[3]

约于是年前后考察昌黎县碣石山仙台顶，"今昌黎县北十里有仙人台，即碣石顶也。……昔人谓碣石沦于海中，似未然也。"（见《读史方舆纪要》卷一〇）

是年，大旱。辽阳守陈公率众于东岳庙祈雨，郭造卿为撰《涿州东岳庙祷雨灵应碑》。

吴兑取代梁梦龙任蓟辽总督，共二年，万历十年，河南周泳接任。吴兑回京任兵部尚书。张居正赋税改革。

万历十年(1582)，61岁

《燕史》之纂已持续三年。

戚继光55岁，把历年所写诗文集成五卷，即《横槊稿》三卷、《愚愚稿》二卷，合称《止止堂集》。

春，张佳胤任浙江巡抚。因镇压浙江兵变，迁兵部左侍郎，旋加右副都御史，总督蓟、辽、

---

① 钱谦益《列朝诗集》"丁集"九。
② 林国炳《林初文先生全集叙》。
③ 郭造卿《海岳山人存稿文集》卷一。

保定军务。郭造卿代张佳胤撰《浙江开府镇东楼记》。

是年六月，张居正去世，戚继光受排挤。张四维接任，两年，申时行接任。

秋，戚继光同刘使君、方景武、王寅，同登杨木顶边楼，时遇虹霓，分韵赋诗。

戚继光被弹劾的原因之一是其蓟州账目不知去向[①]。虽被弹劾，但未治罪，而是转调广东。

万历十一年(1583),62岁

二月，戚继光由蓟镇总兵官调往广东。戚继光行前留下一笔资金，支持郭造卿继续完成《蓟镇史》的写作。郭造卿留蓟门继续著书，坚持八年。

李清馥《闽中理学渊源考·先生造卿传》载，在蓟著草《燕史》"未竟，戚去。造卿曰：'吾不可废成劳，令后世无复知有戚将军。'遂留竣事，官廪之，造卿不受也。其时梦熊正分部卢龙塞，从班荆道中，而维扬顾养谦者，以中丞镇蓟，为造卿治其馆，所乐饮，造卿为养谦画海漕，活辽人以十余万计。造卿名仅籍太学，所知交尽当世名卿贤士大夫，擘画成败，论古今得失源委，九边三辅，列藩厄塞，夷险攻守所宜如列眉，观火行不赍书，问以典故疑义及奇事，僻语莫有能难者。久于塞上，人亲附之，欲留之不得，晚归故山婆娑麟岩、石竹、灵源间，辄命酒叫呼，人莫窥其意。"

郭造卿为撰《总理成公景忠山去思碑》："父老率盍镇赴关留，不可，罢市而哭，攀辕相属，追出境外，日不绝。耄耋咸为孺子慕，言官以群情请召公回蓟，蓟父老日祈得所愿。"乾隆十二年《福清县志》记载："戚都护继光在闽有平倭功，枉车骑于造乡，甚委心焉……戚继光镇蓟门，交辟造卿为客，造卿曰：'徐公于我厚，厚在吾亲，盖俎豆我父，旌表我母，我不可往。'徐不久卒，造卿为治丧立后……束装见戚于蓟门。戚为造卿督筑馆汉庄，请草《燕史》未竟，戚去。造卿曰：'吾不可废成劳，令后世无复知有戚将军。'遂留竣事。"张佳胤接替吴兑任蓟辽总督，三年后，由王一鹗接任。

万历十一年(1583)，因反对派的排挤，戚继光被调往广东。蓟镇父老在景忠山上为戚继光修建生祠，刻石立像，并由文学家郭造卿撰写《总理戚公景忠山去思碑》碑文。碑文追忆了戚继光在浙江、福建抗倭和在蓟镇戍边的功绩。戚继光守蓟镇三年，郭造卿至自江南。在戚继光的治理下，北疆"黍稷蔽野，牛羊塞川，商旅日通，蓟门晏然"。

林章五下第。遂入蓟门游幕，等待下次科考。

万历十二年(1584),63岁

在蓟州著书。

山海关修建罗城。郭造卿代蓟辽总督张佳胤撰写《山海关罗城记》记叙修筑东罗城是为确保山海关主城不受攻击。山海路参将王守道于万历十一年春开始修筑，万历十二年二月，永平兵备道副使成逊会同山海关兵部分司主事王邦俊，五月竣工，形成东罗城现在规模。东罗城墙体城砖多印有"万历十二年真定营造"、"万历十二年德州营造"、"万历十二年建昌车营造"、"万历十二年抚宁县造"等多种铭文。

郭造卿《答张肖甫大司马公九首》第九："野人至兹，未尝一谒有司。异日，梁、吴两公屡勤辄简，并不敢赴之。第结发诵明公文，当万里怀刺，千秋执鞭，恐无从也。况辱使临召，自

① 黄仁宇《万历十五年》，三联书店2008年版，第227页。

冬及春，而令仆仆往返乎？深惟野人入军府恐谬于和门，且别老母久矣。岁月客去者三，不肖犹然志蓟，其如倚闾者何？故亟为警行计，俟卒业告归，则逆弩矢呼军吏，野人愿见明公，庶咤海内为重。兹既弗敢，亦靡遑焉。秋清荐爽，乃其时也。”

十一月，戚继光由广东罢职归里。

万历十三年（1585），64 岁

在蓟州著书。

叶梦熊由浙江副宪使调任永平兵备使，与留居蓟州修撰《燕史》的郭造卿多有诗文往来。

蓟镇父老在景忠山、汉庄地处上为戚继光建立生祠。郭造卿撰《为蓟镇父老合祝戚令公生祠文》：“曩公移镇，蓟人诣阙，奏留不得，请罢市巷哭，耆倪追将数百里外。返就景忠山、汉庄诸营立祠貌公，岁时伏腊拜祷。”

郭造卿《与叶观察论蓟略书》。

郭造卿《柬叶化甫先生》（二）有：“塞上得《新志》二种于永平公及起居状，所注意宁馨尔耳。”

是年，为军政考选之年，蓟辽总督王一鹗与辽东巡抚顾养谦主持辽东镇镇戍武官的军政考选。保定镇军政考选主考总督王一鹗、巡抚贾三近，巡按直隶监察御史韩国桢、徐诗、巡关御史苏酂。

盖于是年，北京建巡关察院，首任官员苏酂。苏酂[①]聘郭造卿代撰《都城巡关察院记》。

万历十四年（1586），65 岁

在蓟州著书。顾养谦继续给予郭造卿经济支持。

顾养谦[②]于是年任辽东巡抚、擢任蓟辽总督、兵部尚书。

《大中丞冲庵顾公论燕史书》：“昨来蓟门，尝为宪使作致书邮矣。及走晤汉庄，睹足下……而得闻所定故燕志……自成一家，由迁史以来所未有也。以是知足下文章盖古所称信史者云。更念戚大将军门下士，以武功取富贵去者何限？谁能复守其约，淹三年不变若足下之于燕志哉！而足下之于戚将军友耳，是常师事足下。足下谊至是，诸门下士能无愧乎？”

郭造卿《与顾益卿中丞》：“山野之夫，本多感慨，况复燕蓟中，意气谁期乎？惟我明公，盖不浅矣。别于卢龙，不至榆关，感慨尤深。匪以为报。……惟使匈奴远塞郊垒，日事耕耘，长子生孙，满于闾阎，国史书顾中丞在辽阳者如是。”

是年，林章六上春官，考进士，因试卷被烛火所毁而落第。于是林章彻底放弃科举，游幕四方。

万历十五年（1587），66 岁

郭造卿著《九边考》，历述蓟镇洪武、永乐以来至嘉靖隆庆、万历九朝之沿革，以及各路所属和守备情况。以万历十五年最为详细，分别考证了石门路、燕河路、太平路、喜峰路、松棚路等六路共 79 个城堡的所属情况。

郭造卿《柬叶化甫先生》（一）：“小子之为《燕史》也，八年于兹未脱矣。”

---

① 苏酂，字汉杰，太仓人，万历五年（1577）进士。

② 顾养谦（1537—1604），字益卿，号冲庵，南直隶通州（今南通）人。

林章(字初元)《沧州钱女元席上书感,兼怀郭建初、方景武》:

当时尊酒滦阳城,几夜秋风秋雨声。今日沧州尊酒夜,秋风秋雨几年情。江湖落落陈登计,辞赋飘飘庾信名。歌舞两行堪一醉,故人奈有不同倾。

说明林章与郭建初在蓟州幕府共事多年。未知林章诗作时间,暂置于此。

林章《汉庄同郭建初溪泛钓台》:

嶙峋百尺联滦河,一片渔矶不可摩。怪石生烟苍口玉,轻风拂水绿如罗。拔竿谁作严陵隐,泛棹应同郭泰过。醉里与君休极目,山川疑似故乡多。

居汉庄八年,转赴永平。

戚继光病逝于故乡蓬莱。

孙维城[①]于万历十五年至二十年任永平府知府。

张国彦接替王一鹗任蓟辽总督。共四年,直到万历十八年。

万历十六年(1588),67 岁

卢龙兵备叶梦熊向永平知府孙维城推荐郭造卿纂修《永平府志》。

永平府,今卢龙县城(属秦皇岛市),从明朝起称为永平府,属直隶,下辖五县、一州,分别是:卢龙县(附廓)、迁安县、抚宁县、昌黎县、乐亭县及滦州。

郭造卿应永平兵备道山东按察司副使叶梦熊[②]和永平府知府孙维城之邀,纂修《永平府志》,于万历十九年刊刻。康熙五十年《永平府志·历考修志姓氏》:"万历辛卯,副使归善叶公梦熊聘门下生闽人郭造卿修府志。"

至迟于是年,孙维成主修关羽庙成,郭造卿代撰《永平府城南阛新建汉寿亭侯关壮缪公祠记》,"仲秋迄仲冬"乃告成,董其事者"叶公、孙公,司徒大夫马公、程公,郡贰范公倅、吴公、雷公,州守张君及县令杨白、徐于石,诸君捐俸资"[③]。属郭造卿为记。

万历十七年(1589),68 岁

在永平。

兵宪于达真《赠郭建初山人,曾以戚大将军聘修蓟乘,客营城垂十年矣》:

塞客衣单露始零,风高木落水天清。乌啼横海将军幕,人识江湖处士星。蓟史一篇存往迹,燕然万里勒新铭。莫愁口病无供给,泪满寒塘月满庭。

郭建初《与于子冲部刺史》:"不佞托《燕乘》,千秋即蓟道主人也。门下望深重,不日如顾开府矣。而何主之?云卒业敢请盘山为主,扳门下陪山灵,何如?"

---

① 《永平府志》(万历二十七年刊):孙维城,字宗甫,山东丘县人,隆庆庚午举人,辛未进士。孙维城历任知县、永平知府(治所卢龙),山西按察司副使,分巡赤城,右布政使,移守宣府。升都察院右佥都御史,开府榆林,卒于任。死时,口袋里只有十串铜钱,军中将吏无不流涕。孙维城介节清操,从永平到宣府,地方官吏多有"追至境上"的送金者,孙维城都是笑而不纳。为官三十年,清正廉洁。

② 叶梦熊(1531—1597),字男兆,号龙塘,改龙潭,又号华云,广东归善人,万历十三年至十六年任永平兵备道,万历二十三年官至南京工部尚书。

③ 郭造卿《海岳山房存稿文集》卷六。

万历十八年(1590),69岁

春,《永平府志》稿成,即将付梓。《燕史》《蓟略》亦草创初就。郭造卿计划离开寓居十年的蓟州。

郭造卿《柬叶化甫先生》(二):"仆愤大明二百载,莫为神都志者,乃编燕事以备外史。姑藏之名山,俟化甫应诏居中,乃副之京师也。兹永平二典请裁燕编,大概若此矣。"

万历十九年(1591),70岁

六月,郭造卿携《燕史》回到故乡福清,叶向高"已通籍里居,数从先生游,相与扬榷艺林,穷日夜不休"[1]。两年后卒。

郭造卿之《永平志》成书于万历十九年。永平府知府徐准作于万历二十七年所编《永平府志》序云:"万历十九年闽郭文学修者,博而赅,删繁补阙,可为全书。"白瑜《永平府志序》:"郡弘治辛酉有张志,什一仅存。越八十四祀,为万历辛卯,有郭志。"辛卯,即万历十九年(1591)。

万历十九年(1591),陕西巡抚叶梦熊作《永平府志序》云:"(戚继光元敬)筑馆汉庄,将属之《蓟略》。时采事未至,乃草《燕山古史》。而元敬以人言去,(郭)生独为《史》《略》……忘寝食家室,留滞十余年,往矣,成卷六百有奇,其汇二十余种。"[2]这是有关《燕史》的最早记载。

万历二十年(1592),71岁

其爱婿林于田卒,终年39岁。郭造卿撰《祭婿林子于田文》。

万历二十一年,癸巳(1593),72岁

卒。因登楼不慎摔倒。卒于福清瑞岩。

长子郭应龙为之撰写《先考海岳府君行状》。

卒后:

万历二十四年(1596)

卒后四年,王象乾付刻郭造卿《卢龙塞略》。

万历二十七年(1599)

卒后七年,署河南按察司副使、永平府知府徐准为当年编修的《永平府志》作序。

万历三十一年(1603)

卒后十一年,子郭应宠,字汝承,顺天乡试举人。

万历三十五年(1607)

卒后十五年,南京礼部右侍郎叶向高在《海岳山房存稿序》中云:"先生生平所论著甚多,其大者则有《燕史》,《永平》、《临汀》、《上杭》诸志,《玉融古史》,《燕史》多至数百卷。"[3]

万历三十八,庚戌(1610)

卒后十八年,蓟辽保定总督王象乾作《卢龙塞略序》:"余曩抚上谷,则闽中郭汝承(字应宠)来游,谈其尊人海岳先生所著《燕山古史》、《蓟略》、《永志》,可数百卷,洋洋洒洒,皆关陲

① 叶向高《海岳山房存稿序》。
② 《海岳山房存稿》附录。
③ 《海岳山房存稿》卷首;《苍霞草》卷八。

战守所宜,余闻之意倾。时兵使者孙方伯前守永平,故所邀先生志永者,乃出所携锓本示余,博而核,娴掌故,而晰于疆埸,盖筹边之龟策,匪直载记之信史也。已征其《燕史》、《蓟略》,云:‘未杀青,副在帅幕。’余怀之。余十年,所起督蓟门,檄视故府,则报漫漶不复有存者矣,为之低回太息。会汝承再游至蓟,问之,家塾有遗编,腹笥有梗概也,遂留之署中,重钩纂焉。本诸《永志》,参以《(燕)史》、《(蓟)略》,节缩成书,总曰《卢龙塞略》。”①

礼部尚书叶向高《小叙》:“海岳郭先生所为《燕史》,无所不囊括,卷帙甚多,缩其半而为《永平志》,而世犹不能尽传也。伯子孝廉君又缩而为《卢龙塞略》,盖仅存十一于千百耳,而于塞上故实、山川厄塞、甲兵钱谷、夷虏情形、诸战守具,靡不胪列,一开卷而塞下事了如指掌,非但有裨掌故,抑亦筹边者所宜知也。”

是年,郭应宠作《海岳山人集序》:“家先生之游蓟门,先后一十六年,所挥麈谈塞上事甚具。戚少保公多用以决策。今台隍屹若天险,则家先生与有画云。少保尝属先生草《燕史》、《蓟略》,未竣而少保去,后帅无能竟其绪者。会东粤叶大司马公时部永平,谋诸太守孙公,辟先生纂郡志。……书成镌播,识者颇称综核。而后守至,猥云帙繁不省也,庚属謏闻铲削殆尽。置此高阁,良可永叹。……已而,朝修正史,欲征蓟事,谓非郭先生所纂《永志》莫详也,下所部问先生故所纂今安在,其书始乃复出。”郭造卿所纂《永平府志》并未正式刻印,而且散佚不少。直至万历三十八年,其子郭应宠又根据遗稿重新整理,刻印出版,名曰《卢龙塞略》,共二十卷。

作者单位:上海交通大学

① 《卢龙塞略》卷首。

胡应麟与汪道昆交游考述

韩　晓

胡应麟(1551—1602),字元瑞,一字明瑞,号少室山人、石羊生,浙江兰溪人。胡应麟在文学、史学、文献学等诸多方面均有较深造诣,是晚明著名学者之一,学识广博,成就斐然,著有《诗薮》二十卷、《少室山房笔丛》四十八卷、《少室山房类稿》一百二十卷等。胡应麟虽颇有才学,却未尝谋得一官半职。虽然一生未仕,却声名远播,交游广阔。其中,与王世贞的交往被认为是对胡应麟的学术及创作起到了十分重要的影响。就在与王世贞的交往逐渐升温之后,胡应麟与年长自己二十六岁的汪道昆也建立了深厚的忘年之谊。

一

汪道昆(1525—1593),初字玉卿,改字伯玉,号高阳生、南溟、方外司马等,安徽歙县人,嘉靖二十六年(1547)进士,历任义乌知县、武选司署郎中事员外郎、襄阳知府、福建按察使、湖广巡抚、兵部左侍郎等职,著有《太函集》、《大雅堂杂剧》等[①]。嘉靖后期,江浙、福建沿海一带倭患频仍。汪道昆因职责所系和忧国之心所趋,筹划海防,亲历阵战,屡建功绩,而他与抗倭名将戚继光的友谊之花也于此战火纷飞时节悠然绽放。据《徽州府志》卷十二本传:“壬戌(1562),倭陷兴化,全闽大震。道昆走浙,请督抚胡宗宪檄总兵戚继光将浙兵往。于是道昆主画策,继光主转战,诸贼皆次第削平。”[②]次年,即嘉靖四十二年,汪道昆以军功升福建按察司按察使协掌监督全省水陆军兵事务,一年后迁福建巡抚,旋于嘉靖四十五年(1566)遭弹劾而罢官归乡,直至隆庆四年(1570)二月起复,历任郧阳巡抚、湖广巡抚,后升任兵部右侍郎、兵部左侍郎。汪道昆任职兵部侍郎期间多次巡视蓟辽军务,建言献策筹谋军备,颇有可采者。应该说,于南北边防施展其军事韬略及行政才干而建树多、官位高、声望著,算得是汪道昆仕宦生涯的成功之处,这也为其在当时的文坛占据重要席位做了铺垫。“道昆以诗文名世,比肩王李。自李攀龙之没,遂与王世贞狎主齐盟。海内征文者,不东走吴,则西走新都,并称南北两司马焉”[③]。“国朝文章家斌斌代起,若搴大将旗居然主坛坫者,则历下、弇山、太

---

① 关于汪道昆的生平,可参阅徐朔方《汪道昆年谱》,《晚明曲家年谱·赣皖卷》,第1—104页,浙江古籍出版社1993年版。

②③ 《徽州府志》卷十二《人物志》,《中国方志丛书》影印清康熙三十八年刊本。

函其雄也"[①]。汪道昆能成为与复古派领军人物李攀龙、王世贞齐名的文坛大腕，并非仅仅凭借其政治声望，也因其勤力而多产的文学创作与广泛而活跃的社团经营。汪道昆不仅有意识地与王世贞、李攀龙等复古派主将保持着密切往来，自己也先后组织丰干社、白榆社等，流露出某种自立门户的诉求，尽管这些行为也被认为仅仅不过是对"后七子"复古派的呼应和跟从。

胡应麟与汪道昆首次会面于万历十一年(1583)秋天。此前，二人虽未谋面，却有"往来"。胡应麟曾作《奉寄左司马汪公四首》，其序云："不佞倾慕左司马汪公久矣。向以卧病不获通姓名左右。昨忽致书邦相明府，首辱垂询，且勉之出赴公车，意蒸蒸溢楮墨焉。感知酬德，辄赋四章，并以代贽。"[②]文中提及的邦相明府，指时任兰溪知县的喻均。据《兰溪县志》记载："喻均，字邦相，新建人。万历七年(1579)以进士左迁任。信己果行，闻善每纳。"[③]从序文的行文语气可推测，撰写之时胡汪二人应尚未会面，因此《奉寄左司马汪公四首有序》应该是写在万历七年喻均任知县之后、万历十一年胡汪会面之前。序言所谓"且勉之出赴公车"语，与胡应麟于万历五年(1577)会试落第后因照料母病而迟迟未能再度应试的情形也较吻合。由此可知，未曾谋面之前，胡应麟已对汪道昆敬仰万分，汪道昆也对胡应麟有所了解和关注。尤其是胡应麟，对汪道昆的仰慕由来已久，对汪道昆的才干功勋钦佩不已，此情此心在其另一篇书牍之中表现地尤为淋漓尽致。兹节录如下。

> 曩岁，浪游燕中，每从一二兄弟捧诵执事诸大篇，辄击节服膺，以为丘明、太史并见当代。惟时执事方驰驱四方，折冲万里，戟门大纛之下，草茅礼绝，不敢以姓名通。既执事拂衣东归，黄山紫气，咫尺相望，日夜裹粮负笈，庶几一登龙门。坐家母沈疴，历年日寻药物，盈盈一水，奋飞无从，窃意大人君子弃置牙颊间久矣。迩者喻明府坐中，伏辱瑶缄下讯慰诲拳拳，且勖以青云，期以大业，五内镂刻，如不欲生。古人薄感恩而死知己，曰："知己不易遇也。"如应麟者，谫才末学，无异酰鸡，即有呻吟，何足当名世巨公一吷？乃执事以喉舌之尊，山斗之重，不遗葑菲，采掇刍荛，即握沐吐哺之风，奚以过此？[④]

既然结交汪道昆是胡应麟的夙愿，二人的初次会面应该能给胡应麟留下颇为深刻的印象。事实正是如此。胡应麟自撰《石羊生小传》时便将此事叙写一番，字里行间充溢的那种欣喜自得之态，简直是触手可掬。

> 俄，再下第还里。则张大司马前此弭节过访生，且属宪使公必致生幕下。生则复入武林报张公，而少司马新都汪公至自歙。生则复谒汪公湖上。汪公持生刺，倒屣出。于坐间脱匕首视生："此戚大将军赠也。生能吐奇语赋此乎？"生夙慕汪公甚，即援笔缀长歌千言。既戚大将军至，叹曰："名下无虚士。生果然。"汪公旋挟生过弇州伯仲，于中路序生诗，所寓寄弥笃至。……生结发从事词场，于当世名文章士，仅吴明卿未识面目，余

① 毕懋康《太函副墨序》，汪道昆《太函副墨》卷首，明崇祯刻本。

② 胡应麟《奉寄左司马汪公四首有序》，《少室山房类稿》卷五十四，续金华丛书本。本文所引《少室山房类稿》皆据该版本，下不另注。

③ 《兰溪县志》卷二《官政类》，《中国方志丛书》影印明万历三十四年刊、清康熙间补刊本。

④ 胡应麟《报左司马汪公》，《少室山房类稿》卷一百十三。

鸿硕俊髦，交游莫逆遍海内。[①]

王世贞在《石羊生传》中，对胡王二人的相识过程描述地更为详细，也更富戏剧性。

> 会伯玉来湖上，大将军戚元敬继至。伯玉数与元瑞相闻问，把臂剧欢。出元敬七绝句，诧之曰："大将军健儿也，乃能作文，语不下沈太尉、曹竟陵，生亦能赋赠我乎?"元瑞援笔，千余言立就，奇思滚滚。既大将军集，相向叹赏不置。伯玉因曰："我欲之海上访王元美兄弟，生复能从我乎?"元瑞曰："吾心也。"遂同过弇州园。伯玉道为《少室山房集序》，其重不下余。时偕元瑞至者，伯玉弟仲淹、仲嘉，而张大司马亦以内召，迹伯玉而来。寻先别去。余兄弟与伯玉、元瑞诸君，积日游弇中，甚乐也。元瑞性孤介，时时苦吟沉思，不甚与客相当。至其挥麈尾，扢艺文，持论侃然，尤慎于许可。有莫生者，躁而贪，以品不登上中，侧目元瑞甚。属伯玉、元敬游西湖，故遍詈坐客为哄端，元瑞夷然弗屑也。及在弇，仲淹被酒狎元瑞，元瑞拒弗受。客谓元瑞："曩湖上之役，胡以异兹?"元瑞徐曰："莫生者，庸讵足校也。仲淹，司马公介弟，吾侪当爱之以德，独奈何成人过耶?"客乃服。[②]

文中所说的"千余言立就，奇思滚滚"，即指胡应麟当众写就的一首七言古诗《双剑篇》。"少保定远戚公得精铁百炼为二剑，一赠少司马汪公，一以自佩。每相遇则专设一榻陈之，示延津之合焉。是秋，应麟谒汪公于武林，适戚公自燕来会，于是二剑复合。司马公出示坐中，精彩射人，毛发洞鉴，真神物也。公命作歌，辄成一章以纪其事。"[③]王世贞所谓的"伯玉道为《少室山房集序》"，则指汪道昆为胡应麟撰写《少室山房续稿序》。序中，汪道昆对胡应麟诸多赞扬，更有殷切期许。应该说，初次会面之时，汪胡二人在年龄、身份、地位等方面都存在一定差距。前者已近六旬，后者才三十出头；一个虽卸任归乡却曾官居二品，而今又在文坛颇有威望，一个虽有才名却是刚刚会试落第，学养才华也尚未充分展露。二人能不拘格套倾心相待，亦属难得，甚至不免引起旁人的羡慕妒忌恨。对汪道昆这样的大人物，胡应麟虽免不了恭维迎合，但若是光靠着阿谀逢迎怕也难维持十年的交情。胡应麟结交汪道昆虽不无提携之期，但对汪道昆的敬仰倾慕亦出其心。汪道昆赞誉胡应麟虽亦有招揽之意，但这毕竟基于对胡应麟人品才学的由衷肯定。正如汪道昆所言："闻者或睆明端，若殆干盟主耶？吾两人置弗闻也者，而心附之，姑俟论定。"[④]

万历十一年对于胡应麟而言的确是意味深远的一年。这一年他虽然败北于科场，却得意于词场。能与诸名士雅集于西湖，能与自己素来敬仰的汪道昆、戚继光月下畅谈把臂同游，能凭一首《双剑篇》赢得众名士的叹赏喝彩，这算不算是失之东隅收之桑榆？更为重要的是，王世贞于此年撰写了《末五子篇》[⑤]，以赵用贤(1535—1596)、李维桢(1547—1626)、屠隆

---

① 胡应麟《石羊生小传》，《少室山房类稿》卷八十九。

② 王世贞《石羊生传》，《少室山房类稿》卷首。

③ 胡应麟《双剑篇有序》，《少室山房类稿》卷二十九。

④ 汪道昆《诗薮序》，汪道昆著，胡益民、余国庆点校《太函集》卷二十五，黄山书社 2004 年版。本文所引《太函集》皆据该版本，下不另注。

⑤ 参见吴晗《胡应麟年谱》，清华学报九卷一期单行本；郑利华《王世贞年谱》，复旦大学出版社 1993 年版。

(1543—1605)、魏允中(？—1585)及胡应麟为末五子，各系以诗。这不啻是以文坛盟主的身份对胡应麟在文坛的归属及地位做出了认证。尽管胡应麟在“末五子”中排名最末，但是考虑到前几位曾中进士为官宦且多较胡年长，胡应麟能以一举人而跻身其间，足见王世贞对其期许之深。

二

万历十四年丙戌(1586)，胡应麟和汪道昆再度相聚。其年胡应麟北上入都会试，却又铩羽而归，南还途中拜访汪道昆，二人遂同诣王世贞。“丙戌秋，余尝偕汪司马过弇中，玩诸古帖。司马乞《钟太傅季直表》观之，长公默然良久，曰：‘是月，以催科不办，持质诸檇李项氏矣。’余舟回诣项氏，假其所藏彝鼎及遗墨遍阅，则此帖俨然在云。”[①]

万历十八年庚寅(1590)春，应汪道昆、汪道贯兄弟的邀请，胡应麟和汪氏昆仲相会于严陵，汪道昆为序《诗薮》，极口赞誉：“明瑞出《诗薮》三编，凡若干卷。盖将轶谈艺，衍卮言，廓虚心，采独见。凡诸耄倪妍丑，无不镜诸云台。其世，则自商、周、汉、魏、六代、三唐以迄于今；其体，则自四诗、五言、七言、杂言、乐府、歌行以迄律绝；其人，则自李陵、枚叔、曹、刘、李、杜以迄元美、献吉、于鳞。发其椟藏，瑕瑜不掩。即晚唐弱宋胡元之籍，吾不欲观，虽在糠粃，不遗余粒。其持衡，如汉三尺；其握算，如周九章；其中肯綮，如庖丁解牛；其求之色相之外，如九方皋相马。”[②]同年秋，胡应麟应汪氏昆仲约赴新安，中途闻王世贞病重，急过娄江奔弇山园探病。“比至，先生病已革。起榻上执余手曰：‘吾日望子来而瞑，吾续集甫成编，子为我校而序之，吾即瞑弗憾矣。’余欷歔唯命。”[③]胡应麟本拟探望王世贞后取道余杭赴歙县诣汪道昆，因王世贞一再挽留，盘桓数月方与之洒泪而别。时近岁末，无暇赴歙，甫返家门，旋闻噩耗，痛彻心扉，遂掎摭王世贞生平履历，闭户一月，勒成《挽王元美先生二百四十韵》，凡二千四百言。

万历十九年辛卯(1591)，胡应麟与汪道昆在新都相聚数月。胡应麟在《入新都访汪司马伯玉八首》序言中说明了此次相聚的缘起，同时也简单回顾了自己与汪道昆数年来的交往始末。

> 余以癸未之秋识司马汪公于武林，片语定交，谊逾倾盖。于时，公即订余把臂黄山白岳间，旋以病冗侵寻，匍匐风尘，滞淫汤药，奄忽十禩，竟爽成言。客岁之春，公至严陵，复申前约，期余仲秋入新安。行有日矣。会闻王长公病亟，踉跄走弇山园一问之后取余杭陆道入歙。而长公晨夕挽留，余亦惓惓，濒发复止。卧公故所居来玉楼中，再阅月，长公竟尔倾逝。余扺舍则岁行尽矣。今春，乡人至自函中，传公将入吊弇山，拉余同发，爰特买舟西上，谒公太函，修社白榆之末。因追随杖履，偕过娄江。念宇宙间递主文柄惟公二人，而余皆滥叨。国士存亡倏异，感怆何言！[④]

---

① 胡应麟《跋钟元常季直表》，《少室山房类稿》卷一百七。

② 汪道昆《诗薮序》，《太函集》卷二十五。

③ 胡应麟《挽王元美先生二百四十韵有序》，《少室山房类稿》卷四十八。

④ 胡应麟《入新都访汪司马伯玉八首有序》，《少室山房类稿》卷十二。

自从初识胡应麟，作为徽州文坛领袖的汪道昆就一直希望招揽胡应麟入白榆社，从而在壮大白榆社声势力量的同时也增强白榆社在徽州以外地方的影响。当然，汪道昆想招揽麾下的名流才俊非止胡应麟一人，但是，备受复古派领袖王世贞器重且人品学问的确出类拔萃的胡应麟，在汪道昆心目中的分量自不可小觑。作为后生晚辈的胡应麟对于汪道昆的关爱和提携自然铭感于心，数度迁延之后，终于如约抵太函，同游山水之间，吟哦白榆之社。

汪道昆之弟汪道贯，字仲淹，亦白榆社中人，万历十一年曾于弇山园不愤胡应麟受王世贞器重而被酒狎之，此时已患足疾病卧三载，闻胡应麟至，强为相陪至桃溪、岩市、太函（汪仲淹居肇林，去太函三十里）。看来，往日的不愉快并不曾影响二人的交谊。事实上，胡应麟在诗文中曾不止一次地赞誉汪仲淹，如《寄汪仲淹伯仲》、《夜同方吴两生集汪士能宅留宿作新都豪士歌》等。此次相逢，两人不仅相聚甚欢，临别更恋恋不舍。胡应麟有感于此作《别汪仲淹二首》。其二云："大江岂不遐，一苇朝可航。我友一为别，倏若逾三霜。踟蹰念子病，送我濠之梁。迟迟白日暮，车马为彷徨。人命匪金石，睽离热中肠。长当保玉体，百岁遥相望。"[①]然天不从人愿，汪道贯卒于该年冬天。次年春天，已经归娶的胡应麟接到汪道昆寄来的讣告，痛悼不胜，作《司马汪公以仲淹讣至寄挽二章》[②]。

在胡应麟眼中，汪道昆、汪道贯兄弟二人性格迥异，"仲淹跋扈飞扬，而执事丰度颓如恬如穆如"[③]，即就交谊而言，他与汪道昆自然更为亲厚。胡汪二人由于地域远隔无法时常晤面，此次胡应麟入白榆寓太函数月，遂能朝夕相见时时切磋，宾主欢洽，文思汩汩。汪道昆一连专为胡应麟写下《送胡元瑞登白岳》、《元瑞自白岳还函中》、《喜元瑞至》、《送胡元瑞东归记》等多篇作品。胡应麟亦撰写《暮春游白岳十二首》、《时夕遂宿太函》等一系列诗作，编入《白榆集》三卷之中，后收入《少室山房类稿》。汪道昆还为两年前去世的胡应麟之母作《明封宜人胡母宋氏墓志铭》，凡一千三百二十九字，文中言及"元美已矣，非余孰志之铭之"，颇有当仁不让之意。而抱着同样义不容辞的态度欣然命笔而成的，还有《少室山房四稿序》。

> 余遇元瑞东省，方舟而入娄江，"少室山房初稿"成，长公序矣。中道并出"续稿"，属余序之。两家之言不约而合，诸贤豪目摄元瑞，胡然傀得两家。后七年，胥命严濑，乃更出"别稿"，是为《诗薮》内外编，既属序长公，且属余序。余益多元瑞，语具序中。其年丧长公，沧海劫矣。元瑞西入白榆社，相视沾襟，既复出《笔丛》十编，命曰"余稿"："应麟无所涉世，第作一蠹鱼，老万卷中，墐而不僵，此其沫也。"余受而卒业，其该博视《诗薮》有加，自十三经、二十一史、三坟二酉、四部九流以及百家，莫不囊括刃解。复属余序，余在不辞。既又曰："往闻之长公，独与司马并建旗鼓，兹惟司马为政，犹幸及于宠灵，愿奉盟言，以冠四稿。"……大哉孔子，博学无所成名，盖自生民以来，未之有也。楚郑而下，代有其人，或博而无征，或征而不作，西京或博异物，或博陈言，迄于通志、通考诸编，亦传于博，近则成都博而不核，弇山核而不精，必求博而核、核而精，宜莫如元瑞，当之则千古

---

① 胡应麟《别汪仲淹二首》，《少室山房类稿》卷十二。《少室山房类稿》卷四十二尚有五言排律一首，《汪仲淹病足三年未瘳，余先有此疾，半载始愈，戏作十六韵嘲之，并期起色焉》。

② 胡应麟《司马汪公以仲淹讣至寄挽二章》，《少室山房类稿》卷三十四。

③ 胡应麟《奉汪司马伯玉》，《少室山房类稿》卷一百十三。

自废,其诸传扶摇而契溟涬者邪![1]

从序言中可知,所谓“少室山房四稿”,包含“初稿”、“续稿”、“别稿”和“余稿”,实际上涵盖了胡应麟的《诗薮》内外编、《少室山房笔丛》十编及部分诗文创作。因此,汪道昆的这篇《少室山房四稿序》相当于是对胡应麟的学术和创作进行了一次总结性的评价。以汪道昆的社会地位,这篇褒扬其德行、才华及成就的序言,对于胡应麟而言意义深远非比寻常。为汪道昆的高情厚谊所感动,胡应麟作《别司马汪公八首》及《白榆歌别司马汪公归婺中有序》等相酬。在《白榆歌别司马汪公归婺中》序言之中,胡应麟详细叙述了此次相聚及别离的因由、经过。“余入新都再阅月,一蒯缑置旅店中,而时时幞被从诸酒人游,于白岳为日五之一,于丰干为日三之一,余日则皆寓太函。司马公洎群从倾倒流连,穷极胜赏,即平原河朔讵能什一于兹?余濒发复止数四,咸以司马公固要期修禊,后同过弇园申絜酒之酹。既司马以仲淹故改订暮秋,余始前发。公轻舠饯送,百里执手惓惓,且撰记送余东归,纤悉如画。”[2]

三

王世懋、王世贞的相继辞世,让胡应麟黯然神伤。“触目伤心故交尽,却寻司马来新安。司马心胸旷千古,夙昔图书探天府。”[3]文武双全的汪道昆在胡应麟眼中,既是一位良师益友,也是一个精神偶像。此次新都之行,令其近距离感受了汪道昆的长者风范及其对自己的殷勤顾盼,重新振作之余也时时寄语汪道昆多加珍重。他与汪道昆的关系愈加亲密,对汪道昆更加推重,与汪道昆的交流也更能畅所欲言:“想象执事畴昔风流,倏忽又如隔世矣。中年后,一作书讯,知旧倾逝,离仳之感,百端交集,宛然卫洗马渡江时状。曹子建所谓保玉体、享黄发,良获我心。屈指当代,贤豪丧颓几尽,伏惟执事为世灵光,为时大老。当今气运盛衰,中国轻重,词场有无,盖以一身系之。万惟加餐自爱,以上膺穹眷也。”[4]在其《报伯玉司马》中,他将汪道昆视为复古派的擎天之柱,虽然基于复古派惨淡的现状,胡应麟显得有些消极。然而,恰恰是这种消极,从一个侧面反映出胡汪两人已经是历尽沧桑的真正友朋。“若夫体多总杂而间涉豪粗,格务兼该而时流挽近,语必瑰奇而或伤浮巧,事惟窍密而小远性情。此弇州之大,亦弇州之病。弇州之病,亦弇州之大。惟是初学读之,则茫无入手;习之,则率虞捧心。故不肖尝谓唐之老杜、今之弇州,皆学人末后一着,非入门发轫所先政。若汰其离而标其合,则唐人何渠能越老杜,今人何渠能望弇州?……自弇州伯仲之没,不肖每一吐词,扪舌辄止。顾今日所以道弇州,即异时所以道执事,抱区区之臆而不一,骧首长鸣于伯乐之前,非夫也。苏文忠公谓言有大而非夸,达者信之,众人疑焉。当今之世所称达者,舍明公谁耶?近读老杜存没诗,悲叹陡集,因作《八哀篇》,首琅琊以识殁者;《五君咏》,首执事以识存者。雄飞北地前,独步弇州后,自谓庶几实录。窃以明公与长公一时并起,无论文章殊绝,即人品度越古今,要皆亘贤劫中,一二创见,匪可以世代论也。弇州抔土未干,而生前所素卵翼骎骎

① 汪道昆《少室山房四稿序》,《太函集》卷二十六。

② 胡应麟《白榆歌别司马汪公归婺中有序》,《少室山房类稿》卷三十。

③ 胡应麟《二酉山房歌有序》,《少室山房类稿》卷二十九。

④ 胡应麟《奉汪司马伯玉》,《少室山房类稿》卷一百十三。

叛而之他，薄俗纷纭，殊可鄙畏。天幸明公以厚德伟度，镇定其间。第恐更二十年，前辈风流，邈不复覩矣。言念及兹，令人太息。伏惟强饭自爱，努力景光，以对玄祐。不宣。”①

万历二十一年癸巳(1593)四月，汪道昆卒。胡应麟为作《哭汪司马伯玉十首》②。摘录其中三首于下。

其二

司马为弇州同年友，又齿差长且文望相亚，而极意推毂。弇州感之甚，数自言于余。

青萍悬虎穴，赤帜树龙门。居后杨宁耻，齐名杜转尊。星枢摧轸翼，天柱折昆仑。白玉楼前侣，飞云限九阍。

其四

黄山初谒帝，玄扈旧栖神。华夏悲司马，春秋痛获麟。名犹标泰岱，魄已化星辰。寂寞东南事，文章孰后尘。

其七

黄粱殊未熟，大梦竟难呼。兜率天高下，遮须界有无。文成歆上帝，草定属潜夫。伏枥今谁辩，长歌碎玉壶。公尝以全集属余校定。

四

胡应麟在万历十一年秋与汪道昆相识，二人倾心相待渐成知己，一段忘年之谊近十载。与汪道昆这样一位文武双全、声望卓著的名流人物相交相知，使胡应麟多了许多切磋磨砺的机会，也多了很多文学创作的契机与心情。汪道昆的虚心相待和殷殷期许，更增加了胡应麟这个屡屡科场失意之人的自尊与自信，能激励其更为勤奋、更为从容地对待自己的学术和创作。胡应麟一生相识相交者甚多，而能受到王世贞与汪道昆两司马的赏识和提携，对他而言意义尤为深远。胡应麟的文学创作与批评主张虽然颇受王世贞影响，但与汪道昆的观点也不无相合之处。王世贞将胡应麟视为复古派的后起之秀，名标“末五子”之列，确认了胡应麟在复古派中不可小觑的地位；汪道昆则将胡应麟视为不可多得的人才，殷勤将之网罗到白榆社，亦为胡应麟在文坛的声誉和影响增色不少。王世贞曾为胡应麟作传写序，汪道昆亦为其《少室山房续稿序》、《诗薮序》、《少室山房四稿序》及《二酉山房书目叙》③等，他对胡应麟及其著作的推介之功也堪媲美王世贞。

胡应麟晚年曾撰有五言古诗五首，分别赞颂了自己生平的四个知己，总名为《四知篇》。其《序》如下：

四知者，歙汪司马、汝张中丞、濠李通侯、闽苏参伯，皆不佞生平知己之最也。始余年十六游长安，遘万安朱公赏识，则惟寅业已上座，延之中国士两琅琊，而伯玉司马、助

① 胡应麟《报伯玉司马》，《少室山房类稿》卷一百十三。

② 胡应麟《哭汪司马伯玉十首》，《少室山房类稿》卷三十七。

③ 胡应麟《二酉山房歌有序》，《少室山房类稿》卷二十九。“弇州王公既为余记二酉山房矣，新都汪公复为余作山房书目叙。”

> 父中丞，咸以倾盖，定千秋之契。暮途却扫，则君禹以督学踵建安滕公至，却卤簿，践蓬蒿，卑卑执问字之礼焉。即余匪其人，而四君子之知余，允谓平生之最矣。余既没林莽，为一蠹群书间，方凭借诸先辈宠灵以自见异代。而十载以还，二王、滕、朱相率殒逝。越三载，而四君子又相率而继之。盖不佞生平知己于是垂尽，而老泪临风有不知其恸绝者。卧病岩居，永昼如岁，详述颠末，为《四知》之篇。于戏伯牙之弦，自兹永绝，而君苗笔研亡所用，其焚如已矣。[①]

胡应麟撰《四知篇》时，"四知"汪道昆、张九一（1533—1598）、李言恭（1541—1599）和苏浚（1542—1599）已相继谢世，《四知篇》的写作时间当在万历二十七年（1599）之后。万历三十年（1602），胡应麟自己也与世长辞。既然作《四知篇》时胡应麟已然卧病岩居而来日无多，文中所谓"四君子之知余，允谓平生之最矣"，应是发自肺腑语，而非一般性的恭维应酬之辞。耐人寻味的是，虽然他在序中提及王世贞、王世懋兄弟，但是他所列的生平四大知己却并不包含王世贞兄弟，而汪道昆则赫然名列榜首。正如其在《四知篇》中所言，"惟公晚遇余，盟契匪碌碌"，或许，在胡应麟的心目中，汪道昆与自己交谊深厚非一般友朋可比，应该也并不亚他与王世贞吧。

作者单位：湖北大学

① 胡应麟《四知篇有序》，《少室山房类稿》卷十九。

末世狂欢:晚明文学与非主流文化论纲

欧明俊

晚明时,“天崩地解”,主流文化衰落,非主流文化盛行,晚明文人集体堕落,末世狂欢,文学即表现其“末世狂欢”。

一

主流文化是指统治者控制的意识形态,是为“政统”服务的,维护现存统治秩序。它是统治者的“霸权话语”,古代儒、法两家思想是主流文化的基础。非主流文化是指主流文化以外的一切文化,包括道家道教文化、佛教文化、民间文化以及儒家文化中消极的“另类”一面。非主流文化不等于反主流文化。反主流文化与主流文化是二元对立的关系,是“你死我活,不共戴天”的观念对立。反主流文化想否定主流文化,取而代之,争夺“话语霸权”,反主流文化只是非主流文化的一分子。非主流文化与主流文化除对立关系外,更多的是对应关系,是多元并立,而不仅仅是二元对立。它们在彼此的责难、争辩中发展自己,在文化生态中争取自己的“地盘”,求得自身的相对独立性。反主流文化以外的非主流文化只想争得自身的合理性,谋求自身的生存发展,发出自己想发出的声音,并不一定想取代主流文化的“话语霸权”地位。

非主流文化主要是一种批评的文化、批判的文化,而不是颂赞的文化、“歌德”的文化。它倡导非正统、非正宗的“旁门左道”的“异端”思想,倡导叛逆精神、怀疑精神和批判精神,怀疑权威,亵渎偶像,批判传统,消解经典,反抗习俗,疏离政治,躲避崇高和责任,多以“反对派”、“挑战者”的姿态反抗主流意识形态和现行社会制度,敢于冒犯当政的统治秩序、神圣地位和崇高尊严,形成思想文化上的冲击力和破坏力。非主流文化喜批判传统,但不是把传统中的一切全盘否定,而是有选择地扬弃,是借传统“反传统”,以传统中的“异端”、“边缘”反对传统中的“正宗”、“中心”。与站在“政府”立场上“说话”的主流文化相对,非主流文化是站在“民间”立场“说话”,是私人话语,是“私见”、“偏见”,并不代表“公论”,它是非权力话语、非垄断话语、非专制话语。非主流文化是对主流文化的反拨、补充或修正,两者一起推动文化的繁荣发展。

文学是文化的有机组成部分,从本质上说,文学就是文化。分开看,文学是文化的载体,不同性质的文学表现不同性质的文化。文学与文化有一种“话语”上的“对应”关系,古代主流文学主要以正宗古文、诗、赋为代表,是宫廷文学、贵族文学,是雅文学,“对应”主流文化,是为主流意识形态服务的,掌握控制"话语霸权",注释宣传圣贤思想和统治者的思想,文学与政治宣传、道德说教界限模糊,文学缺乏应有的独立性。主流文学以正统、正宗自居,讲究"文统"、"学统",与"道统"相一致,都是为"政统"服务的。

非主流文学与非主流文化相对应,主要以"另类"的文、赋、诗、词、散曲、小说、戏曲、民歌以及佛、道文学为代表,是"另类"文人文学、民间文学、市民文学、大众文学,是闲适文学、游戏文学、俗文学,两者都有各自的"话语"体系,非主流文学的题材、内容、情趣、格调、章法、语言、手法等等,都有自己的特色,与主流文学大相径庭。

总体上看,与主流文学相对,非主流文学是"在野"文学,是个人文学、自我文学,是真文学,是闲文学,是游戏文学,不是官样文章、应世文章,不是"遵命"文学、"赋得"文学、"载道"文学,不是替人家立言,代圣贤、皇帝或祖师说话,不做意识形态的"传声筒",不是"经国之大业,不朽之盛事",不求教化功利、经世致用。非主流文学是"异端"而非"正宗","边缘"而非"中心",自由而非专制,怀疑而非盲从,批判而非颂赞,"偏见"而非"公论",真率而非虚伪,近情而非冷酷,对话而非教训,随意而非拘谨,轻松而非严肃,趣味而非枯燥,灵动而非板滞,散漫而非有序,审美而非教化,新奇而非陈腐,消闲而非功利,开放而非封闭。

二

晚明时,"天崩地解",集权衰弱,王纲解纽,政治腐败,僭礼败度,物欲横流,人心不古,奢侈消费,举国若狂,主流文化气短力弱,已丧失"话语霸权"地位,处士横议,众声喧哗。

王学左派思想盛行,非名教,反传统,表现自我,肯定主观精神和个人价值,追求自由,肯定私欲,这种"异端"思想成为晚明文学创作的精神武器。李贽发扬了禅的诃祖骂佛的反传统精神,怀疑和否定传统伦理纲常、儒学权威,蔑视一切世间礼法,狂放执着,惊世骇俗。李贽是晚明文人的精神领袖,他把个性"解放"的精神带进文学创作领域,其"童心说"影响了袁宏道等人的"性灵说",文学创作"独抒性灵,不拘格套",精神、形式都获得了"解放"。

儒学、理学正统思想受到冲击,异端、边缘的佛、道思想便乘虚而入。晚明禅宗盛行,以禅证儒,以儒入禅,突破了程朱理学所要求的思想和社会规范,"狂禅"成风,文人归趣天真,委心自然,在山水园林、寺院禅房中,清净本心。由李贽、屠隆的"狂禅"到明末士人的"逃禅",文人陶醉于禅悦之风中,放言清谈,明心见性。心学、禅学融合,人多以狂禅解《易》,李贽《九正易因》、焦竑《易筌》皆如是,影响广泛。徐世淳《易就》六卷,似儒家之语录,又似禅家之机锋,非说经之正轨,是经学的"小品"化。金楠融合《易》理与禅理,"居世内而游世外",代表了晚明文人的精神风貌,晚明文学"禅化"色彩甚为浓烈。

晚明时,老、庄思想风行一时,时人鲜有不学老、庄著作者,且有意将老、庄思想运用到文学创作中,如袁宏道《广庄·人间世》、陈继儒《安得长者言》等,皆明显糅合《易》理与老、庄哲学,以表达自己的处世态度和人生哲学,反映出晚明文人普遍的退缩内敛、明哲保身心态。晚明人接受老、庄思想影响,追求任诞率真、自然适意、无拘无碍、自由洒脱的生活意趣,奉行自然之道,不为外物所累,不愿虚伪、矫饰。文学创作上,则形成了清俊洒脱、轻松诙谐的风格。

多数文人失去对现实与政治的热情关切,对社会现实产生幻灭感,从庄、禅中寻找自我解脱之方，从抗争转而避世和玩世，游戏人生，以此来消融个性与社会、理想与现实、心境与环境的强烈冲突。

晚明道教亦堕落，最典型的如陆西星一派塑造出吕洞宾的“色仙”形象。吕洞宾本为儒雅文士，成仙后，仗剑云游，吟诗作词，炼丹养性，也未必与女色有何干系；再说，他济世度人，本来即为脱离尘俗，戒绝贪欲。吕仙“好色”，是明中叶以后世风堕落时出现的新形象。陆西星为替男女合体双修寻找理论依据，便假称吕仙降于其宅，传授丹法秘诀，借吕仙抬高自己的身价，清高儒雅的吕仙摇身一变，被民间陆西星“传人”塑造为贪色的“花神仙”，内丹学说在晚明的堕落，自然会污染到声名盛大的神仙吕洞宾身上。“色仙”是吕仙形象传播过程中的一种变型，被道教中的旁门左道所利用，成为他们诱奸妇女的保护伞。同时，这一形象也投合了小市民的口味，成了他们无聊时的闲谈之助，反映了不健康的心态①。晚明道教文学带有浓厚的色情意味。

三

面对残酷现实，晚明文士消极逃避，怯懦软弱，有才而无能，缺乏阳刚正大之气和自强不息的开拓进取精神，呈现收缩内敛、萎靡退缩的文化心态，文人人格在很大程度上已世俗化、平庸化，君子人格开始堕落消融，这是时代病、末世病。

晚明文人多浅俗骄矜习气，自视甚高，有文才，但缺乏识见，自我欣赏，自我安慰，有自恋癖，多借他人之口自我吹嘘，或直接自我吹嘘，邀名心态暴露无遗，有失古君子风度。

晚明文人集体堕落，集体无耻，斯文扫地。他们自我中心，自私自利，更多地关注个人利益与欲求，追求物质财富，企羡生活享乐，李贽说：“以自私自利之心，为自私自利之学，直取自己快当，不顾他人非刺。”晚明消费文化盛行，奢靡、浮华之风大涨，衣、食、住、行，越来越追求奢华，无所不用其极，吃、喝、玩、乐，挟妓冶游，成了晚明文人人生乐事，格调低下。他们没有信仰，没有原则，没有是非观念，无可无不可，躲避崇高，逃避责任和义务，脱离社会和大众，躲进封闭的个人生活的狭小天地，做一个冷漠、超然的“旁观者”。晚明文人身上，传统士君子人格、大丈夫精神几乎荡然无存。文化人的堕落是社会最后的堕落。人心至此，明朝不亡，真是天无此理！

他们离经叛道，放纵情欲，玩世不恭，放浪形骸，狂放不羁，及时行乐，声色犬马，醉生梦死，追寻感官刺激，过度沉溺于享乐，追求堕落颓废的末世狂欢。张岱笔记中弥漫着“玩家”的末世情怀。晚明文人极力追求声色极欲之乐，袁宏道在《龚惟长先生》一信中直言心中“真乐”，“目极世间之色，耳极世间之声，身极世间之鲜，口极世间之谭”，“一身狼狈，朝不谋夕，托钵歌妓之院，分餐孤老之盘，往来乡亲，恬不知耻……生可无愧，死可不朽矣。”如此肆无忌惮、明目张胆地鼓吹“恬不知耻”的生活理想，传统文学中极少见到，袁中郎式的“穷欢极乐”的生活方式与晚明的社会风尚是一致的。

晚明出现大量艳情小品，卫泳《悦容编》中《达观》篇是晚明文人的“好色”宣言。梅史的《燕都妓品》用科举取士的方式，来排列燕都妓女的等级，如状元郝筠、榜眼陈桂、探花李增

---

① 参见欧明俊《多面神仙吕洞宾》，《文史知识》2001年第12期。

等,并分别摘录唐诗和《世说新语》的名句加以品评。此外如潘之恒的《金陵妓品》,曹大章的《莲台仙会品》、《秦淮士女表》,萍乡花史的《金陵女士殿最》等,颇能反映出当时文人的兴趣。“秽书”如《如意君传》、《绣榻野史》、《痴婆子传》等小说,春画如万历版《风流绝畅图》、《鸳鸯秘谱》等为精美的彩色套印,与房中书如《素女妙论》、《修真演义》等盛行一时,《金瓶梅》淋漓尽致地描写西门庆的性事,西门庆形象正是晚明纵欲主义浊流中的产物。

统治者权威崩溃,非君、非圣、非礼成了晚明朝野的常事,民间各种骂皇帝、骂天神、骂历史、歪说和戏说正史的民谣、唱词和戏曲到处流传。市民文化勃兴,引领时代文化潮流,冯梦龙《叙山歌》云:“借男女之真情,发名教之伪药。”冯梦龙的《三言》、《情史》等通俗小说,不仅有一夜富贵的钦羡热望、颓废消极的鬼神敬畏,更有肉欲横流的淫荡气息,是晚明风俗的真实写照。小说、戏曲是一幅幅趣味庸俗、浅薄无聊的末世狂欢的画卷。

晚明政治文化和整个社会生活皆呈现出畸形与病态。晚明文人更傲诞颠狂,多狂怪之人,有各种各样的癖嗜。袁宏道《张幼于》一文中还引经据典来说明“颠”与“狂”的价值。晚明文化是一种崇尚奇行、奇节的“怪异”文化,他们普遍喜欢不同常态的病、癖、痴、狂,欣赏有特点的狂狷癖病的才子人格,而不是完美的圣人人格,认为人有弱点缺陷才真正可爱。袁宏道《与潘景升书》曰:“世人但有殊癖,终身不易,便是名士。”陈继儒、施绍莘、李茂春等有花癖,屠隆、袁宏道等有青娥癖。张岱《祁止祥癖》记载祁止祥“有书画癖,有蹴踘癖,有鼓钹癖,有鬼戏癖,有梨园癖”,还总结出理论:“人无癖不可与交,以其无深情也;人无疵不可与交,以其无真气也。”[①]只求真,不求尽善尽美,这是前所未有的“高论”。晚明文人有时真率到喜欢自我暴露的地步,如袁中道《心律》中以佛家的十善十恶之说,进行自我反省,写到自己犯了“邪淫”之过,承认冶游嫖娼,喜欢同性恋的劣迹,有改过之心而无坚持的意志,坦率承认自己功名心之强烈,说自己对于功名,日思夜想,梦中也想,所以除了睡着不做梦时,才有片刻忘却“功名”二字,《心律》可以说是一部晚明文人的《忏悔录》。张岱出身于世代官宦之家,早年生活豪华,未曾入仕,《自为墓志铭》自称少为绔袴子弟,“极爱繁华,好精舍,好美婢,好娈童,好鲜衣,好美食,好骏马,好华灯,好烟火,好梨园,好鼓吹,好古董,好花鸟,兼以茶淫橘虐,书蠹诗魔”[②]。从这真率得肆无忌惮的表白来看,他们真是一帮纵情声色、放浪形骸、不可救药的文人。作品中多表现率、放、颠、傲、狂、怪、懒、拙、痴、愚、病等,是“真”的极端表现。徐渭的《自书小像》、钟惺的《自题小像》、张岱的《自为墓志铭》等,自我暴露,自我解嘲,不讳己短,尽露真我。

晚明文人反感“正”而崇尚“奇”,“奇”是晚明文学的特质之一,新奇、怪奇、奇绝,超乎寻常,快人耳目、心情。袁宏道《答李元善》说:“文章新奇,无定格式,只要发人所不能发,句法字法调法,一一从自己胸中流出,此真新奇也。”[③]以“奇”相尚,陆云龙编选《明文奇艳》十二卷,即专以“雄奇藻艳”为标准;何镗辑《高奇往事》,分《高苑》、《奇林》二类,其中《奇林》五目为《奇行》、《奇言》、《奇识》、《奇计》、《奇材》;陈仁锡编有《古文奇赏》、《续古文奇赏》、《三续古文奇赏》、《四续古文奇赏》和《苏文奇赏》等。晚明小品作者多奇人,奇人多奇癖,奇人写奇

---

① 张岱撰,马兴荣点校《陶庵梦忆》卷四,第 39 页,上海古籍出版社 1982 年版。

② 张岱《琅嬛文集》卷之五,岳麓书社 1985 年版。

③ 袁宏道著,钱伯城笺校《袁宏道集笺校》(中),第 786 页,上海古籍出版社 1981 年版。

文,新奇、怪奇,手法多奇巧,读小品是“奇赏”,得到的享受是“奇快”。①

四

晚明文人将文学时尚化、快餐化,将经、史、子及正统古文“娱乐化”,甚至庸俗化,以游戏轻佻态度对待庄严典重的经典之作。陆云龙辑《公穀提奇》,《小序》中说:“特拔其句调灵隽,议论沉异,奇快可喜者,合为一帙。非敢云已摘其标,夫亦奇我所奇云尔。”以“奇快可喜”为标准看待和选辑儒学经典,原本用以修身养性、经世致用的高文大典也为“我”所需,自娱自乐。他们喜消解和颠覆传统文学经典,清言小品则将理学家的语录小品化。作者创作态度不甚严肃,语言也多轻佻儇薄。如洪化昭著《周易独坐谈》五卷,杂以俳谐,殊乘说经之体。自述云:“日北居士谈《易》,每一卦六爻,合成一片,不知者以为迂,而非迂也;发挥文王、周公心事,不知者以为凿,而非凿也。谓之‘独坐谈’,聊以自娱,而不以语人也。”朱天麟著《易鼎三然》,以读《易》譬之食味,思理、语言皆怪异。张应文《张氏藏书》的《箪瓢乐》中有《粥经》,全文摹仿《论语》口气写成:“小子何莫吃夫粥?粥可以补,可以宣,可以腥,可以素。暑之代茶,寒之代酒,通行于富贵贫贱之人。”生剥孔子,是对儒家经典的大不敬,戏谑而成俗趣。《四库全书总目·张氏藏书提要》云:“如斯之类,殆于侮圣言矣。明之末年,国政坏而士风亦坏,掉弄聪明,决裂防检,遂至于如此。屠隆、陈继儒诸人不得不任其咎也。”

周作人《〈近代散文抄〉序》说小品文的兴盛“必须在王纲解纽的时代”。面对衰世、乱世,面对不可救药的时代,晚明文人有一种“末世情结”,既然时代弃我,一切理想、希望都化为泡影,功名事业对自己已没有意义感,不如颓废自放,纵情酒色,征歌逐舞,游赏宴饮,及时行乐,尽情享用世间繁华,尽情品尝“最后的晚餐”,晚明文人集体演出了一场“末世狂欢”剧。

晚明时,主流文学衰弱已甚,陷于困境,虽有正统文人声嘶力竭地维系“文统”,倡言“复古”,大谈教化,但收效甚微。相反,非主流文学突围而出,大行其道。一向遭到压抑,被视为“小道”“末技”、不登大雅之堂的小说、戏曲受到许多文人的推崇,李贽、袁宏道等皆为小说、戏曲辩护正名,真俗本色的民歌受到文人的赞赏。小说、戏曲、山歌等文学样式,包含着市井人情、裸露性爱、五光十色的人生百态,反映着时代对于世俗人情事态的玩味,对官能美感享受的追求,对新鲜刺激事物的好奇。

袁宏道发挥李贽的“童心说”,在《叙小修诗》中强调写文章要独抒性灵,“非从自己胸臆流出,不肯下笔”,实质上就是强调一“真”字,“真”体现出小品的反抗、叛逆精神,袁宏道、屠隆等反抗矫揉伪饰。陆云龙《叙袁中郎先生小品》说:“文章亦抒其性灵而已。”又说:“小修称中郎诗文亦云‘率真’。率真则性灵现,性灵现则趣生。即其不受一官束缚,正不蔽其趣,不抑其性灵处。”②晚明文学强调“独抒性灵”,反对传统古文和八股文的高、大、虚、伪、空、假,主张表现率真自然之情,不做作,不掩饰,去除道学气、空洞语,不愿受道学束缚,率性而行,信口而言。公安、竟陵“性灵派”以个人性灵为立场,是个人主义,是抒情的、个人的,各抒己见,不复以古人为绳墨典型,不复言廓大笼统的天经地义,无非个人一时之思感。强调真情抒

① 参见欧明俊《论晚明人的“小品”观》,《文学遗产》1999年第5期。

② 陆云龙《皇明小品十六家》,明崇祯刊本。

发,随意任性,自然而然,反对正统、道统的虚伪、矫饰、做作,写的皆是心里想说的话。周作人在在《〈杂拌儿〉跋》里说:“公安派的人能够无视古文的正统,以抒情的态度作一切的文章,虽然后代批评家贬斥它为浅率空疏,实际却是真实的个性的表现。”①“抒情”是无视古文的正统的叛逆精神,写文章不是为载道教化,不是为功名事业,而是“真实的个性的表现”。周作人《谈诗文》特别称赏明代王肯堂的《笔麈》中关于“趣与性灵”的说法,说“在一切都讲正宗道统的时候,汩没性灵当然是最可崇尚的事”,“我当然造成王君的话,觉得一个人应该伸纸濡毫要写就写,不要写就不写,大可不必桎梏而照写圣经耳。”②将崇尚“性灵”看作是对“正宗道统”文章的反拨,认为应自由任意地抒写“性灵”,不必受桎梏写“圣经”即正宗道统文章。鲁迅认为,晚明人抒写性灵,是时代使然,是可以理解的,但后来落了窠臼,不过是“赋得性灵”,只剩下“天马行空”似的超然的性灵,批评林语堂提倡“洒脱”而无“悖谬”的“超然”的性灵小品是逃避社会责任③。鲁迅的批评是有道理的。

晚明文人崇尚“趣味”,汤显祖《艳异编序》直斥“八股道中,无一生趣”④。曹学佺《陈道掌日笺序》批评当时制义“真趣少”⑤。“趣”即尚自然、本色、纯真,忌学问,反说教。晚明人为文兴之所至,脱口而出,不为格套所拘,不为章法所役。笔记多是随兴漫记,散、漫、琐、杂,不必讲章法套路,如袁中道有《游居柿录》是关于日常见闻的札记随笔,不经意之作,显得散淡洒脱,在古代散文中颇为少见。

晚明“娱乐化”思潮席卷了整个社会的每个角落,政治、哲学、文学、艺术、日常生活,无不打上“娱乐”标记,不讲政治教化、温柔敦厚,而是情绪宣泄,追求形而下的世俗享乐。

晚明文人颠覆传统主流文学功能观,充分肯定文学的娱乐功能,只求愉悦消遣,自得其乐,并不视为崇高、神圣之物,也不求载道教化、经世致用。面对不可救药的时代,再谈功业理想、经世致用,便成了自欺欺人的话,他们著书立言也不图“不朽”,只是“自娱”而已。李贽《与袁石浦》说:“大凡我书,皆是求以快乐自己。”李贽“快乐自己”之说一出,群起响应。约在万历二十九年(1601),汤显祖在《答张梦泽》一文中自述:“时为小文,用以自嬉。”程嘉燧《李长蘅〈檀园近诗〉序》云:“余与长蘅皆好以诗画自娱。”袁中道《白苏斋记》说:“取文酒以自适。”郑元勋主张“但以文娱”,编选时贤小品,即命名《媚幽阁文娱》。郑元勋还从理论上阐述“文娱”的价值,《〈媚幽阁文娱〉自序》云:“吾以为文不足供人爱玩,则六经之外俱可烧。六经者,桑麻菽粟之可衣可食也者;文者,奇葩,文翼之怡人耳目、悦人性情也。若使不期美好,则天地产衣食生民之物足矣,彼怡悦人者,则何益而并育之?以为人不得衣食不生,不得怡悦则生亦槁,故两者衡立而不偏绌。”⑥认为与六经的实用功能不同,散文是用以愉悦读者耳目、性情的,六经是如同人们物质生活的必需品,散文则是人们精神生活的消闲品,是生活的点缀,将散文抬到与儒家经典并列的地位,认为二者不可偏废。这是对传统功利主义散文观念

① 周作人《永日集》,第75页,岳麓书社1988年版。

② 《宇宙风》第12期,1936年3月1日。

③ 鲁迅《杂谈小品文》,《鲁迅全集》第6卷,第411页,人民文学出版社1973年版。

④ 汤显祖著,徐朔方笺校《汤显祖诗文集》附,第1503页,上海古籍出版社1982年版。

⑤ 陆云龙等选评,蒋金德点校《明人小品十六家》(下),第705页,浙江古籍出版社1996年版。

⑥ 郑元勋《媚幽阁文娱》卷首,明崇祯刻本。

的背离，文学创作不必写高文典册，不必载道征圣，而只是兴会所至，自娱自乐而已。以这种观念看文学，故特重娱乐消遣的小品，赏玩小品，“寐得之醒焉，倦得之舒焉，愠得之喜焉，暇得之销日焉”，只求得“一晌之欢也，而非千秋之志也”①。晚明人还强调文学超功利的纯娱乐功能，赵宧光强调“无用之用”，他说：“天地间最无用是文章，文章之最无用是诗。”②晚明小品喜追求“抚掌解颐”的审美效果，一些丛书如《清睡阁快书》、《快书》、《广快书》喜以“快”字命名，即说明晚明人对快乐情感的执着追求。

袁宏道《何湘谭》说当时“吏情物态，日巧一日；文网机阱，日深一日”。晚明文人软弱，畏惧暴力，避祸全身之道就是“闭户读书”，他们沉溺文艺，“以文自娱”，寻求精神上的慰藉，其实是为了远避是非，明哲保身，其中包含了某种对黑暗政治的恐惧。

晚明文学对传统经典的消解、解构，尤其是消解正宗、正统地位的儒家经典，敢于冒犯和亵渎圣人，试图将圣人拉回人间，将神化的圣人还原为普通人、近情的人，追求自由，人有个性，有自己的思想，不是“圣人”思想的奴婢，这是消解经典的最大思想价值，经典不是金科玉律，人们可以凭自己的理解接受经典。消解经典，冒犯圣人，也是对统治者统治秩序、神圣地位和尊严的冒犯，统治者是不欢迎的，甚至不能容忍的。

晚明文人崇尚“旁门左道”的“异端”思想，李贽、屠隆、徐渭、袁宏道等人的思想，皆是“旁门”而非“正统”。他们倡导叛逆精神、怀疑精神和批判精神，怀疑、批判和解构正统、偶像、权威和经典，以“反对派”和“挑战者”的姿态反抗传统、正统思想和现行社会制度，这种角度定位在当时历史条件下是有一定进步意义的。但若把这种形象“定格”，一味肯定，只有解构和颠覆，只有破坏，开不出救治良方，则是消极颓唐的。

五

晚明非主流文学当时即遭到正统文人的批评。于慎行《谷山笔麈》卷八批评晚明文风破坏“文体”：“近年以来，厌常喜新，慕奇好异，六经之训，目为陈言，刊落芟芜，唯恐不力。陈言既不可用，势必归极于清空；清空既不可常，势必救助于子史；子史又厌，则宕而之佛经；佛经又同，则旁而及小说，拾残掇剩，转相效尤，以至踵谬相承讹，茫无考据，而文体之坏矣。”③谢肇淛《五杂俎》卷十四指出：“近时文人墨客，有以浅近之情事而敷以深远之华，以寒暄之套习而饰以绮绘之语，甚者词藻胜而谆切之谊反微，刻画多而往复之意弥远。此在笔端游戏，偶一为之可也，而动成卷帙，其丽不亿，始读之若可喜，而十篇以上稍不耐观，百篇以上无不呕哕矣。而啖名俗子褒然千金享之，吾不知其解也。”萧士玮《春浮园偶录》卷上云：“近来‘清纪’、‘快书’、‘情种’等刻，此皆蜣螂抱丸，实为苏合者也。病据膏肓，良医却走，但恐毒气深入，传染者众，聊一针砭，为病狂者发汗耳。”④⑤皆讥贬否定不良文风。

---

① 王纳谏《苏长公小品》卷首，明万历刻本。

② 赵宧光《弹雅》卷一，明天启三年刻本。

③ 于慎行《谷山笔麈》卷八，清康熙十六年刻本。

④ 萧士玮《春浮园偶录》卷上，清光绪十八年刻本。

⑤ 谢肇淛《五杂俎》卷十四，第285页，上海书店出版社2001年版。

清初学者对晚明文学多反思性批判,钱谦益《徐司寇画溪诗集序》云:“自万历之末以迄于今,文章之弊滋极。”①认为袁宏道文章“机锋侧出,矫枉过正,于是狂瞽交扇,鄙俚公行,雅故灭裂,风华扫地”②。批评竟陵派诗文“如木客之清吟,如幽独君之冥语,如梦而入鼠穴,如幻而之鬼国”、“鬼气幽,兵气杀,著见于文章,而国运从之”③。顾炎武《朱子晚年定论》云:“弘治、正德之际,天下之士,厌常喜新,风气之变,已有其所自来。而文成(王阳明)以绝世之资,倡其新说,鼓动海内,嘉靖以后,从王氏而诋朱子者始接踵于人间。”④又《李贽》云:“自古以来,小人之无忌惮,而敢于叛圣人者,莫甚于李贽。然虽奉严旨,而其书之行于人间自若也。”⑤顾氏批评李贽、公安、竟陵派立异为高,反叛圣人,悖离传统,甚至认为他们的创作是“亡国之音”。王夫之《薑斋诗话》外编卷二云:“自李贽以佞舌惑天下,袁中郎、焦弱侯不揣而推戴之,于是信笔扫抹为文字,而诮含吐精微、锻炼高卓为‘咬姜呷醋’。故万历壬辰以后,文之俗陋,亘古未有。”⑥纪昀《删正帝京景物略序》批评道:“明之末年,士风佻,伪体作,竟陵、公安,以诡俊纤巧之词,递相唱导。”⑦恽敬《与舒白香》说:“近世文人病痛多能言之。其最粗者,如袁中郎等,乃卑薄派,聪明交游客能之;徐文长等,乃琐异派,风狂才子能之。”⑧“傲诞”、“放恣”、“佻巧”、“卑薄”、“琐异”,正是晚明文学的特点,论者深恶痛绝,严厉批评并否定之。《四库全书总目》作者站在正统古文立场,对晚明“小品”基本上讥贬否定,《白榆集》提要批评屠隆云:“隆为人放诞风流,文章亦才士之绮语。……文尤语多藻绘而漫无持择。盖沿王、李之涂饰,而又兼涉三袁之纤佻也。”⑨《袁中郎集》提要云:“其诗文变板重为轻巧,变粉饰为本色,致天下耳目于一新,又复靡然而从之。然七子犹根于学问,三袁则唯恃聪明。学七子者不过赝古;学三袁者,乃至矜其小慧,破律而坏度。名为救七子之弊,而弊又甚焉。”⑩否定其人品和文品。《续说郛》提要云:“正、嘉以上,淳朴未漓,犹存宋元说部遗意。隆、万以后,运趋末造,风气日偷。道学侈称卓老,务讲禅宗。山人竞述眉公,矫言幽尚。或清谈诞放,学晋宋而不成。或绮语浮华,沿齐梁而加甚。著书既易,人竞操觚。小品日增,卮言叠煽。求其卓然蝉蜕于流俗者,十不二三。”⑪四库馆臣将晚明小品评为“恣肆”、“诞放”、“乖忠厚”、“纤仄”、“佻薄”、“佻纤”、“轻儇”、“小品积习”、“小品之习气”、“山之人习”、“破律而坏度”、“伪体”,正击中其弊。

晚明,主流文学被挤压得窘态万状,甚至隐退文坛。“小品”兴盛一时,小品观念是对正统文学观念的“颠覆”,改变了晚明文学生态,文学地图在很大程度上已被非主流文学操纵重

---

① 钱谦益著,钱曾笺注,钱仲联标校《牧斋初学集》卷三十,第903页,上海古籍出版社1985年版。
② 钱谦益《列朝诗集小传》丁集中,第567页,古典文学出版社1957年版。
③ 钱谦益《列朝诗集小传》丁集中,第571页,古典文学出版社1957年版。
④ 顾炎武著,黄汝成集释《日知录集释》卷十八,第1421页,上海古籍出版社1985年版。
⑤ 顾炎武著,黄汝成集释《日知录集释》卷十八,第1426页,上海古籍出版社1985年版。
⑥ 王夫之著,戴鸿森笺注《薑斋诗话笺注》,第224页,人民文学出版社1981年版。
⑦ 纪昀著,孙致中等校点《纪晓岚文集》第一册第八卷,第164页,河北教育出版社1991年版。
⑧ 恽敬《大云山房文稿·言事》卷一,《四部丛刊》本。
⑨ 永瑢等《四库全书总目》卷一七九,第1621页,中华书局1965年版。
⑩ 永瑢等《四库全书总目》卷一七九,第1618页,中华书局1965年版。
⑪ 永瑢等《四库全书总目》卷一三二,第1124页,中华书局1965年版。

绘，世人津津乐道的多是刺激快意的艳情文学、游戏文学、玩乐文学、暴露文学、批判文学。

晚明文人有意躲避阳刚正大，而喜欢“小品”，文学表现的多是小人物或大人物失意时的生活、思想、心态、情趣，既然不得志，也无需谈什么忠君爱国、功业理想，不必关心国事、政事、大事、时事，也不必写载道、教化之文，只表现个人日常生活中的小事、琐事和闲情逸致。最重“小”，与传统古文和时文（八股文）相对，不是原道、征圣、宗经，不是“代圣贤立言”，有别于“朝家典重之言，巨公宏大之作”[①]。袁中道《答蔡观察元履》说：“今东坡之可爱者，多其小文小说；其高文大册，人固不深爱也。”[②]钟惺在《东坡文选序》中说时尚厌东坡“序记论策奏议”，而喜其“小牍小文”[③]。晚明文学不是载道文学、事功文学、谀颂文学、庙堂文学，而是正统以外的个人文学、性情文学、闲适文学、趣味文学。香艳软媚、诙谐滑稽、新奇怪异、浅俗率露、空疏浮躁、闲适趣味成为文坛流行风。

晚明山林文化盛行，反道学，提倡个性自由，追求个人欲望的满足，山林文学冲击了士大夫主导文坛的传统格局。

晚明非主流文学的兴盛畅销，形成对主流文化的巨大冲击波，一方面，洗刷涤荡了主流文化冷酷陈腐的一面，带来了一股清新之风；另一方面，极大地消解和颠覆了主流文化崇高、庄重、神圣的一面，伤风败俗，蛊惑人心，造成了消极影响。

总体上看，正统文学属贵族文学、士大夫文学，是诗、文、辞赋为代表的“雅”文学，是少数人的专利，功能是教化、载道、政治、事功，娱乐消遣仅处于边缘地位，形不成气候。晚明小品兴盛，戏剧、小说俗文学兴盛，与传统雅文学分庭抗礼，并行发展。文学已走向民间大众，昔日崇高、神圣的光环已大大消退。

晚明人强调文学是个人的而非社会的，个体的而非群体的，个性的而非共性的，利己的而非利他的；文学是娱乐消遣的，可超政治、超功利，可满足自然人、生物人的生理、心理欲求，补偿社会人、道德人因过多理性约束而造成的缺憾。文学娱乐消遣功能受到普遍重视，成为文人从事文学活动的自觉追求，是对正统、主流精英文学、精英文化的挑战和反叛。这种观念自有其天生的缺陷和消极成分，我们必须有清醒的认识。

晚明文学的思想基础是王阳明“心学”左派和佛、老哲学，皆是唯心主义的。空谈心性，脱离社会现实。有的宣扬佛家随缘而安、空寂幻灭以及道家清静无为、超然物外等消极思想，悲观颓废。反传统，厌恶政治黑暗，却又走向极端，躲避崇高，孤芳自赏。一味表现闲情逸趣，过分强调个人的享乐生活，表现人的世俗之欲，表现人的自然的、生物的本能，降低“社会人”、“文化人”的品格。文学缺乏阳刚正大之气，缺乏对理想、光明的追求，缺乏催人奋进向上的积极力量。创作态度不甚严肃，游戏笔墨。过分关注生活中琐、小、闲、散、杂事，风格轻佻纤仄，柔软病弱。文人找不到政治出路，缺乏把握现实的能力，只得醉情于虚幻，少食人间烟火，作小品以自娱。时有油滑语、媚俗语、做作语，也有矫情的成分。文笔散漫，不加检择，章法混乱，破坏了文章应有的法度规范。作者喜矜其小慧，掉弄笔墨，肆口放言，识见偏颇。语意猥薄纤佻，格调不高。文学变为一种纯粹的个人消费行为，成为专门的“玩”的艺

① 李鼎《〈明文致〉序》，蒋如奇、李鼎辑《明文致》卷首，明崇祯刻本。

② 袁中道著，钱伯城笺校《珂雪斋集》（下），第1045页，上海古籍出版社1989年版。

③ 钟惺著，李先耕、崔重庆标校《隐秀轩集》卷十六，第240页，上海古籍出版社1992年版。

术,躲进了个人生活的狭小天地,远离现实政治生活,其社会意义也就有限了。

非主流文学的兴盛,晚明文人精神上得到一种“解放”,轻松畅快许多。但这种“解放”缺乏良性的引导,没有走向正道,变成贪图一时快活的精神狂欢,最终走向堕落。堕落的快感过后,后人冷静反思,才清醒地认识到,晚明的思想“解放”,并没有结出什么好果实,恰恰相反,狂欢声中葬送了大明江山,狂欢声与王朝一道沉寂。

晚明文学是衰世文学、“乱世文章”,本文着重描述晚明文学与非主流文化的生态景观,剖析晚明文人“末世狂欢”的“堕落”一面,揭示王朝末世严重扭曲的士人人格和心态,揭示晚明士人的精神风貌。强调指出,晚明非主流文化的盛行,并不值得今人特别赞赏和推崇,它缺乏一种现实关怀和道德关怀,缺乏人文关怀和终极关怀,最终不只是带来王朝的没落,自身也走向没落,它消解了主流文化,最终也消解了自身。殷鉴不远,以史为鉴,世人若能从中感悟一二,则本文写作目地已达到,笔者愿已足矣。

本文不是对晚明文学的全面探讨,也不是对晚明文学与晚明政治及晚明文化关系的全面评价。只是选择特定角度,从学理上对晚明文学与晚明文化做一番理性剖析和深刻批判,这种“批判”是纯学理的,绝不是政治性的大批判。只是表达笔者对晚明历史、文化以及文学的思考,是个人的“私见”和“偏见”,不代表“公论”。

作者单位:福建师范大学

论晚明小品文的艺术品性

陈国安

晚明时期社会矛盾错综复杂，思想界、文学界也都在正统和异端、复古和创新的相互冲突中发展变化着。在传统文学领域，从台阁重臣到布衣文人，从地方流派到同道社团，一如前人，继续着诗文的写作。散文在不同时代其内容、形式、功用、风格呈现出多样性，晚明时期的小品文独树一帜，成为文学史上备受瞩目的重要类别。

“小品文”本无严格定义，一般指的是书写自由、不拘形式的短章随笔。“小品”一词始见于晋代，原为相对于详本即“大品”的佛经简本，最初并无文体意义。晚明时始将“小品”沿用于文学，成为清隽灵动的短文之通称，以有别于以经世致用为宗旨的高文大章。

尽管我们可以把先秦至晚明以前的大量散文短制归入小品文的范畴，但还是不得不认定这样的事实：晚明时方以“小品”名集，如朱国祯《涌幢小品》、陈继儒《晚香堂小品》、王思任《文饭小品》、陈仁锡《无梦园小品》等。晚明小品文思想复杂、情感丰富、形式多样、风格活泼，无论从质与量来看，都堪称这一时期具有特殊成就的文学样式，晚明无疑是我国小品文的高峰期。晚明时期出现了以李贽、屠隆为前导，以公安三袁、竟陵钟、谭为中坚，以张岱为后劲的小品文作家阵营，而参与其间者还远不止此，汤显祖、虞淳熙、江盈科、陈继儒、李日华、王思任、李流芳、陈仁锡、徐宏祖、刘侗等等，均为晚明小品文的有数作家。

“明末万历、天启间”的小品文，“尤有成就，为文人所偏好，也有小品文专集，重情趣，重风致，重闲适之作”①。林氏之说，大体道出了小品盛行于晚明的事实及其小品的主要特色。其实，晚明以来，无论官方还是民间，对小品文都有各自的评价。唐显悦以为：“小品一派，盛于昭代。幅短而神遥，墨希而旨永。野鹤孤唳，群鸡禁声；寒琼独朵，众卉避色。是以一字可师，三语可掾，与于斯文，乐何其极？”②冯元仲则以为：“文章之有小品，犹苍灵之有月，有星，有云，有霞，有雪；莽罠之有山，有水，有庄墅，有园林；山之有窦，有谷，有岩，有洞，有石；水之有渚，有涧；而山水之中有隐士、高僧、羽客、游侠也。故必贞观天地人之文之理，更参之磊砢岩崿，喷薄盘涡，而文章之观毕达。”③在一般晚明文人眼里，小品文仅为一种形式短小、孤傲

---

① 《介绍〈曲城说〉》，《林语堂书话》，浙江人民出版社 1998 年版，第 230 页。

② 《〈媚幽阁文娱〉序》，郑元勋辑《媚幽阁文娱》卷首，《中国文学珍本丛书》第一辑，上海杂志公司 1936 年版。

③ 《〈翠娱阁评选皇明小品十六家〉序》，陆云龙等《翠娱阁评选皇明小品十六家》卷首，浙江古籍出版社 1996 年版。

不群、愤泄笔端、寄情遥深而又谐谑杂陈的文体，较少作道德评判，甚至在一定程度上还认同小品文的批判意义，这当然与晚明时期文坛张扬个性、弥漫性灵风气有关。明末起衰的文坛领袖钱谦益鉴于小品文的尊情求真、灵动多变，也并没予以排弃。只是明遗民及一些正统文人，出于对明亡惨痛教训的总结，出于对重续儒家文统的意愿，表达了非议晚明小品的态度。清中叶皇家编定的《四库全书》，为维护清王朝的根本利益，防止重蹈明亡的覆辙，更对销蚀统治者政治意念的晚明小品视若寇仇："正(德)、嘉(靖)以上，淳朴未漓，犹颇存宋元说部遗意。隆(庆)万(历)以后，运趋末造，风气日偷。"[①]又："明之末年，国政败坏，而士风亦坏，掉弄聪明，决裂防检，遂至于如此，屠隆、陈继儒诸人，不得不任其咎也。"[②]清末遗老、儒家文统捍卫者刘声木还认为《四库》的这类评论并不为过："明末诗文流派，至公安、竟陵，可谓妖妄变幻极矣。亡国之音，固宜如此，时当末造，非人力所能挽回。……虽皆收入《四库存目》，《提要》极为诋斥，不遗余力，论者谓其言非过也。"[③]晚清学者李慈铭论谭元春诗文并未以政治道德为准绳，而主要以其体制气局衡之，对谭氏所作小品文作了大致客观的评述："至其散文之病，差亦同诗，传志诸篇，立言无体，几为笑柄，多类稗官。而书牍序言，颇有意致；铭辞游记，尤可取裁。叙泉石之奇，能超形想；写友朋之乐，足散人怀。铭或具体于东坡，记多得力于郦注。"[④]基本偏重于谭小品文的艺术评定。

民国时期，文坛围绕小品文还展开了一场激烈的争论，鲁迅认为"现在的特重明清小品，其实是大有道理，毫不足怪的。不过，'高人兼逸士梦'恐怕也不长久。近一年来，就露了大破绽，自以为高一点的，已经满纸空言，甚而至于胡说八道，下流的却成为打诨，和猥鄙丑角，并无不同。"[⑤]鲁迅看来，即使"最流行的""小品文老师"的袁宏道，也是一被人"画歪"了的人物，"中郎正是一个关心世道，佩服'方巾气'人物的人"[⑥]，鲁迅将其与当时小品文热衷者作了切割。当时大力提倡晚明小品风气的还数周作人等人，周氏推尊公安、竟陵派，号召学写"明清文"，以为若论古文，"还是上有六朝下有明朝"[⑦]，以为"小品文则在个人的文学之尖端，是言志的散文，它集合叙事说理抒情的分子，都浸在自己的性情里，用了适宜的手法调理起来"，"是近代文学的一个潮头"[⑧]。林语堂同样为晚明小品文的鼓吹者，其《再谈小品文之遗绪》对以晚明作家为主的小品文作了十分正面的评价："大概诸人皆赋性颖悟，见解超人，胸中有万丈光芒，自然不易以心为形役，俯就世俗格套，因此其文章也独往独来，有一片凌云驾

---

① 《四库全书总目》卷一三二《子部·杂家类存目》九《陶珽〈续说郛〉提要》，中华书局 1965 年版，第 1124 页。

② 《四库全书总目》卷一三四《子部·杂家类存目》十一《张应文〈张氏藏书〉提要》，第 1137 页。

③ 刘声木《苌楚斋随笔》卷三，中华书局 1998 年版，第 57、58 页。

④ 李慈铭《越缦堂读书记·谭友夏合集》，《集部·别集类》，上海书店出版社 2000 年版，第 970、971 页。

⑤ 《杂谈小品文》，鲁迅《且介亭杂文二集》，人民文学出版社 1973 年版，第 168 页。

⑥ 《"招贴即扯"》，鲁迅《且介亭杂文二集》，第 9、10 页。

⑦ 《〈近代散文钞〉新序》，周作人《知堂序跋》，岳麓书社 1987 年版，第 332 页。

⑧ 《〈近代散文钞〉序》，周作人《知堂序跋》，第 330 页。

雾天马行空之气。”[①]钱穆一方面肯定小品文“有其极高境界”，另一方面又反对“有意专要写小品”[②]，晚明袁宏道、钟惺的弊端不在选择小品这种文体，而在“有意要写小品”。而朱光潜则比较客观而直白地指出：“晚明式的小品文聊备一格未尝不可，但是如果以为‘文章正轨’在此，恐怕要误尽天下苍生。”[③]

前人包括民国时期文人围绕小品文的争论，倒是为晚明小品文确定了大致的题材和体裁特点。观察对于晚明小品文正反两方面的评判，可以发现批评界往往将注意点集中在篇幅、格局、风范、情趣方面，各时期的选本几乎集中在游记、书信、传记、序跋等体裁。乐于此道的选编者，发现晚明文人“有嬉笑，有怒骂，有幽默，有感慨”，“专喜做那些游山玩水、看花钓负、探梅品茗的小品文”，而这些小品文“确实活现地表现了作者的个性，作者的风情，作者的气量。文章也显得简练可爱，平淡有味了”[④]。尽管评价有高下、视角有不同，认识有差异，但评论界对小品文的基本内容和形式还是持有共识的，这对进一步探究晚明小品文的艺术品性提供了讨论的平台。艺术品性和文学作品的体裁、题材等要素有着必然的联系，又有其内在的学理属性。我们试图以晚明时期为主轴和重心，考察小品文的艺术品性，以深入认识其在特定社会背景下的文化特质和文学价值。

一、崇尚个性，远离道统

晚明小品文就其创作动因而言，就与传统儒家的文道观相背离的，正如施蛰存选编《晚明二十家小品》时所称，那二十个晚明文人，“是一群正统文学的叛徒”[⑤]。李贽一直表现出反抗文化专制主义的叛逆精神，呼应李贽无情揭露盲从圣人之言的做派，袁宏道特别推崇无视礼法之人，对“矜持守墨”的“拘儒小夫”极表不满[⑥]，这与李贽所称后人于孔子之态度：“儒先臆度而言之，父、师沿袭而诵之，小子朦聋而听之。万口一词，不可破也；千年一律，不自知也。”[⑦]正好一脉相承。袁宏道特别心慕那些“口不道尧、舜、周、孔之学，身不行羞恶辞让之事”的“最天下不紧要人”[⑧]。正是这样的标新立异之论，导引出不拘守儒道的为文观念，而晚明小品作家表现出从内容到形式上的另类色彩。李贽在文中一针见血地指出元明后之伪儒，“以宋儒为标的，穿凿为旨归”，“人益鄙而风益下”，“阳为道学，阴为富贵，被服儒雅，行若狗彘”[⑨]。袁宗道也清楚意识到“近来学道者，多半是虚脾，大率欲人说他志韵高远，有道气，

---

① 《林语堂书话》，第95页。

② 《中国文学中的散文小品》，钱穆《中国文学论丛》，生活·读书·新知三联书店2002年版，第92页。

③ 《论小品文（一封公开信）——给〈天地人〉编辑徐先生》，《朱光潜全集》第三卷，安徽教育出版社1987年版，第428页。

④ 刘大杰《〈明人小品集〉序》，刘大杰《明人小品集》卷首，北新书局1934年版。

⑤ 《〈晚明二十家小品〉序》，施蛰存编《晚明二十家小品》卷首，上海书店1984年据光明书局1935年版复印本。

⑥ 《识张幼于箴铭后》，《袁宏道集笺校》卷四，上海古籍出版社1981年版，第193页。

⑦ 《题孔子像于芝佛院》，李贽《续焚书》卷四《杂著汇》，中华书局1959年版，第102页。

⑧ 《徐汉明》，《袁宏道集笺校》卷五，第218页。

⑨ 《三教归儒说》，李贽《续焚书》卷二《说汇》，第200页。

便作官而已”[①]。在晚明小品作家的书信、随笔中，往往并不在意儒家修齐治平的道德理想，反而向往率性的乡野生活：“余每欲藏万卷异书，袭以异锦，熏以异香，茅屋芦帘，纸窗土壁，而终身布衣，啸咏其中。”[②]不时表现出“宁为真士夫，不为假道学”的人文精神[③]。张岱更是毫无遮掩地申言：“少为纨绔子弟，极爱繁华，好精舍，好美婢，好娈童，好鲜衣，好美食，好骏马，好华灯，好烟火，好梨园，好鼓吹，好古董，好花鸟，兼以茶淫橘虐，书蠹诗魔。”[④]全无一点道学家面目。晚明小品作家正是以自己的真情告白展示其不受拘限、个性袒露的人格精神。

这类文自然招致当时及后世卫道士的强烈不满，顾炎武《日知录》载《神宗实录》云，万历间“礼科给事中张问达疏劾李贽，壮岁为官，晚年削发，近又刻《藏书》、《焚书》、《卓吾大德》等书，流行海内，惑乱人心”，书中所论“狂诞悖戾，不可不毁”。连顾炎武这样的开明思想家也以为“自古以来，小人之无忌惮而敢于叛圣人者，莫甚于李贽”[⑤]。清代《四库全书》编纂者视“公安派”等小品作家为正统文学的破坏者：“其诗文变板重为轻巧，变粉饰为本色，致天下耳目于一新，又复靡然而从之。然七子犹根于学问，三袁则惟恃聪明；学七子者不过赝古，学三袁者，乃至矜其小慧，破律而坏度，名为救七子之弊，而弊又甚焉。”[⑥]

当然好之者自有其赞赏理由，正如陈继儒选编《古文品外录》，目的就在“要欲学者知九州之外，复有九州；九略之外，复有九略”，不至“囿读者之识”[⑦]。而陈继儒本人小品也具“业谢皋夔之援，并去朱程之缚”的特色[⑧]。林语堂论及李贽、徐渭、袁宏道、金人瑞等晚明小品作家时称：“这解放的文学观，单论文章丘壑，倒不一定有‘致君尧舜’的话头。”“陈眉公（继儒）的《古文品外录》，就是这一类的文集。所以标明‘品外录’，就是指载道以外的古文的怡情小品。”[⑨]这摆脱儒家道统束缚、淡化文章功利性，恰是“解放的文学观”的体现，也是晚明小品文品性的思想与道德基础。

二、发露真情，寄意多端

崇尚真情，多元表意，自然是晚明小品文又一特性。李贽倡言“童心”，不仅在《童心说》一文中阐述甚明，还在《杂说》中形象而又切当地论述了真情与为文之关系：“且夫世之真能文者，比其初皆非有意于为文也。其胸中有如许无状可怪之事，其喉间有如许欲吐而不敢吐之物，其口头又时时有许多欲语而莫可所以告语之处，蓄极积久，势不能遏。一旦见景生情，触目兴叹，夺他人之酒杯，浇自己之垒块；诉心中之不平，感数奇于千载。”[⑩]袁宏道也以为诗

① 《答编修吴尚之》，袁宗道《白苏斋类集》卷十五，上海古籍出版社1989年版第202页。

② 陈继儒《岩栖幽事》，《丛书集成初编》本。

③ 陈继儒《小窗幽记》，郑元勋辑《媚幽阁文娱》。

④ 《自为墓志铭》，张岱《琅嬛文集》卷五，岳麓书社1985年版，第199页。

⑤ 《日知录集释》，岳麓书社1994年版，第667、668页。

⑥ 《四库全书总目》卷一百七十九《集部·别集类存目》六《袁中郎集提要》，第1618页。

⑦ 见王衡《古文品外录序》，陈继儒辑《古文品外录》卷首。

⑧ 陆云龙《选陈眉公先生小品叙》，《翠娱阁评选皇明小品十六家》，第607页。

⑨ 《介绍〈曲城说〉》，《林语堂书话》，第230页。

⑩ 李贽《焚书》卷三《杂述》，中华书局1961年版，第97页。

文应是个人情感的载体,"人情必有所寄,然后能乐,故有以弈为寄,有以色为寄,有以技为寄,有以文为寄。古之达人,高人一层,只是他情有所寄,不肯浮泛虚度光景[①]。

晚明小品的真情表露,时见于对亲朋好友的追怀思念上,徐渭将思母之至情,倾注于《感梦祭嫡母文》[②];钟惺将失父之哀伤,诉诸《堂祭本生父奉政二府君文》[③];陈继儒痛失老友,借祭文吐露对一客居松江、有恩于乡人却至死未能得偿者的无限愧疚:"公以此身家悬磬,进退触藩,隐忧煎其中,窘迫攻其外,交游笑其旁,而病且殁矣。殁之日,一棺戢身,六亲无倚,徒寄空榇于郊墟旷野榛莽破寺之旁。"[④]死别固然勾起作者对亡者刻骨铭心的缅怀,而生离也常使敏感的小品作家惆怅莫名,屠隆向好友解释"撒手即行"、"草草"而别的原因在于"畏别",在于"小迟则生情生恨,益不可任"[⑤]。晚明小品中述及人际情意之作难以胜数,这也是小品作家常被视为性灵派的主要原因之一。

晚明小品流连山水、倾心光景之佳作比比皆是,表现出的是作家于自然的真情贯注。《虎丘》一文,袁宏道听曲生情,借月慨叹:"甚矣,乌纱之横,皂隶之俗哉!他日去官,有不听曲此石上者如月。"[⑥]由俗吏专横、身不由己而生出钦羡自由、早日摆脱拘限的意愿。李流芳同样写虎丘夜月,向往的是"夜半月出无人",偕亲友"相与趺坐石台,不复饮酒,亦不复谈,以静意对之,觉悠然欲与情景俱往也"[⑦]。此外如王思任、陈继儒、袁宗道、钟惺、谭元春、陈仁锡、李流芳等人的游记小品,或发思古之幽情,或诉游者之好恶,不乏情景交融、动人心扉的名篇。刘侗《帝京景物略》所绘之景物,"人可与娱,可与怒"[⑧];张岱《陶庵梦忆》于往昔生活之回顾,将"遗民沧桑之感,时流露于字里行间"[⑨]。而李日华的《味水轩日记》和袁中道的《游居杮录》,则借助日录的形式,寄情山水,将模山范水与个人行藏相结合,更具实地感和亲历感。

晚明小品文抒露的感情是多层次的,许多作品文因情胜还表现在欣赏才艺器物、雅爱花鸟鱼虫、怨讽人生坎壈等数端。魏学洢盛赞"核舟"[⑩],谢肇淛惊叹"幻戏"[⑪],另如查八十的琵琶[⑫]、柳敬亭的说书、彭天锡的串戏[⑬],脍炙人口的艺人小传,同样饱含着晚明文人对智慧和技艺的倾慕之心。于书画艺术的品评中展露晚明文人之襟怀,已成当时小品文的热门题材,徐渭、陈继儒、董其昌、文震亨、李流芳等本人就是书画名家,评点书画本是轻车熟路;更为重要的是,小品作家已将此视为无可替代的情感通道了。出于"怡人耳目,悦人性情"的为文初

---

① 《李子髯》,《袁宏道集笺校》卷五,第241页。
② 《徐渭集》卷二十八,中华书局1983年版,第657页。
③ 钟惺《隐秀轩集》卷三四,上海古籍出版社1992年版,第557页。
④ 《祭汪侍峰文》,陆云龙等《翠娱阁评选皇明小品十六家》,第637、638页。
⑤ 《与陆君策》,屠隆《白榆集》卷九,《续修四库全书》本。
⑥ 《袁宏道集笺校》卷四,第158页。
⑦ 《游虎丘小记》,李流芳《檀园集》卷八,明崇祯二年刊本。
⑧ 方逢年《〈帝京景物略〉序》,刘侗《帝京景物略》卷首,上海远东出版社1996年版。
⑨ 王文濡《〈陶庵梦忆〉序》,张岱《陶庵梦忆》卷首,上海书店1982年印行本。
⑩ 《核舟记》,见张潮《虞初新志》,上海书店1986年据开明书店1935年版复印本,第146页。
⑪ 见谢肇淛《五杂组》卷六,上海书店出版社2001年版,第110页。
⑫ 见《查八十琵琶》,顾起元《客坐赘语》卷五,中华书局1987年版,第138、139页。
⑬ 分别见《柳敬亭说书》、《彭天锡串戏》,张岱《陶庵梦忆》,第40、41、47页。

衷，晚明小品作家还时常于文中表露出对赏花品茗、弈棋弹琴、观鱼斗虫等的闲雅情趣，文震亨的《长物志》、高濂的《遵生八笺》、张岱的《陶庵梦忆》等书可为这类文的见证。只是在许多场合，“侠客忠臣，骚人逸士”般的文人，还展现出“谈欢笑并，语怨泣偕”的小品风采[①]，袁宏道曾自谓：“(袁)既不爱追逐，则随一行雅客，莳花种竹，赋诗听曲，评古董真赝，论山水佳恶，亦自快活度日。但每日一见邸报，必令人愤发裂眥，时事如此，将何底止?”[②]在这样的书札小品中，已显然难以遮掩其忠贞之心、嫉恶之情。张岱《陶庵梦忆》将怨愤重心落在家国之痛上，其《陶庵梦忆自序》云：“陶庵国破家亡，无所归止。披发入山，駴駴为野人。故旧见之，如毒药猛兽，愕望不敢与接”，每每念及“五十年来，总成一梦”的惨痛事实，自认只能透过“事雕虫”而再生“一番梦呓”[③]。晚明小品文中的“感愤”之作还有诸如王思任的《让马瑶草》，陈继儒的《重修忠肃于公墓记》、《宋太祖畏史官》，江盈科的《小说》、《谐史》等大量作品，通过对当朝的、历史的以及虚构的人物和事件的叙写，或隐或显地寄寓作者的不同感怀。

三、兼容雅俗，不失趣韵

晚明小品多以游山玩水、谈玄说禅，赏玩书画、操弄丝竹等为素材，对此时人自然有诸如“装点山林，附庸风雅”之评[④]，而文辞的雅致，也几乎成为晚明小品公认的特征，以致许多小品作家已被视为浸染了山林习气：“山人墨客，莫盛于明之末年，刺取清言，以夸高致，亦一时风尚如是也。”[⑤]只是还应看到的是，晚明小品文并不排斥看似俗的一面。袁宏道津津乐道京师人“家家皆养促织”[⑥]，张岱纵谈古今斗鸡事，引述“斗鸡雄天下，长颈乌喙，能于高桌上啄粟”的趣事[⑦]，这些本不起眼的俗玩，却堂而皇之成了晚明小品文的着笔对象。高濂饶有兴致地观看花中俗类桃花，在《苏堤看桃花》一文中高论其赏花经[⑧]。王思任的《游慧锡两山记》表达出对无锡游山的浓厚兴趣：“予乐过之。买泥人，买纸鸡，买木虎，买兰陵面具，买小刀戟，以贻儿辈。”[⑨]文中作者的举止，和普通市民的情致完全没有什么差别。晚明小品不时展现出“浪迹俗间，徜徉自肆”的生活做派[⑩]，“非醉非醒，如憨婴儿”名士风范[⑪]，全然不避以世人俗事为题材。

晚明小品作家在重情的同时，还主张不应摈弃人欲，李贽以为“穿衣吃饭即是人伦物理，

---

① 郑元勋《〈媚幽阁文娱〉自序》，《媚幽阁文娱》卷首。

② 《与黄平倩》，《袁宏道集笺校》卷五十五，第1611页。

③ 《陶庵梦忆》卷首。

④ 钱谦益《列朝诗集小传》丁集下《陈征士继儒》，上海古籍出版社1983年版第638页。

⑤ 《四库全书总目》卷一三二《子部·杂家类存目》九《闵元衢〈增定玉壶冰〉提要》，第1125页。

⑥ 《畜促织》，《袁宏道集笺校》卷二十，第727页。

⑦ 《斗鸡社》，《陶庵梦忆》，第25页。

⑧ 高濂《遵生八笺》卷三《四时调摄笺·高子春时幽赏》，《四库全书》本。

⑨ 王思任《王季重十种》，《中国文学珍本丛书》第一辑，上海杂志公司1936年版。

⑩ 陆树声《九山散樵传》，《晚明二十家小品》，第15页。

⑪ 陈继儒《酒颠小序》，《陈眉公集》卷七，万历四十三年刻本。

除却穿衣吃饭，无伦物矣”[①]，袁宏道的人生“真乐”，竟为“目极世间之色，身极世间之鲜”[②]，冯梦龙曾专门搜辑历史上的性爱故事，编成《情史》一书。基于“欲不可绝”的理念，张岱在《老饕集序》中鼓吹“割归于正，味取其鲜”的饮食之道[③]，又在《二十四桥风月》中大谈狎妓冶游之“乐”[④]，以小品文应和“食色，性也”的古训。

就晚明小品的语言而论，也有显著的俚俗特点。袁宏道以“戏笔”论诗：“粪里嚼渣，顺口接屁，倚势欺良，如今苏州投靠家人一般。记得几个烂熟故事，便曰博识；用得几个见成字眼，亦曰骚人。”[⑤]将本应高雅的诗人说得如此不堪。王思任与人谈及何处宜居，即从坊间的吃喝说起：“秦淮河故是一长溷堂，夫子庙前，更挤杂，包酒更嗅不得。不若往木末亭，吃高座寺饼，饮惠泉二升。一鱼一肉，何等快活也！”[⑥]此等话语，在正统的文人雅士眼中，自然是“俗不可耐”了，卫道士们对之极为不满，以为“隆（庆）万（历）以后……小品日增，卮言叠煽。求其卓然蝉蜕于流俗者，十不二三。”[⑦]

晚明小品文题材多样，境界各别，但都不失其独到的趣味和神韵。小品作家但凡言及“趣”，往往以“清趣”、“幽趣”、“机趣”、“奇趣”等语出之，可见“趣”的多样性和灵动感，只是小品文中的“趣”，可以有雅俗高下，但不可无真情。正如陆云龙《叙袁中郎先生小品》所指，“文章亦自抒其性灵而已”，袁宏道的诗文能自行其胸臆，故而有趣，“率真则性灵现，性灵现则趣生”[⑧]。当读到饶有生趣的小品佳作时，不难感受到字里行间充盈着的真情实感。高濂以为琴声能自发心声，操“高山流水”可“得松风夜月之趣”[⑨]。陈继儒于种花植木中体验“野趣”[⑩]，袁中道将“昼饮”及虽“夜饮”却过量的饮酒视为“苦趣”[⑪]。上述诸趣显然都得自真切的生活经验。晚明小品作家多种情趣的表述，还时见之于游记中，在杭州西湖观桃花，袁宏道在月景下，慨叹“花态柳情，山容水意，别是一种趣味”[⑫]；而高濂在苏堤，深感“六桥桃花，人争艳赏，其幽趣数种，赏或未尽得也”，以为“桃花妙观，其趣有六”，而“六者惟真赏者得之”[⑬]。张岱于“品山堂”亲得观鱼妙趣：“鱼入网者圉圉，漏网者噞噞，寸鲵纤鳞，无不毕出。”[⑭]凡此种种，“如野老散游，即景行乐”，无不与小品作家个性化的真情流淌以及对外物的郁勃兴致有

---

① 《答邓石阳》，《焚书》卷一，第4页。

② 《龚惟长先生》，《袁宏道集笺校》卷五，第205页。

③ 《琅嬛文集》卷二，第23页。

④ 《陶庵梦忆》，第32页。

⑤ 《张幼于》，《袁宏道集笺校》卷十，第605页。

⑥ 《简赵履吾》，《晚明二十家小品》，第318页。

⑦ 《四库全书总目》卷一三二《子部·杂家类存目》九《陶珽〈续说郛〉提要》，第1124页。

⑧ 《翠娱阁评选皇明小品十六家》，第105页。

⑨ 《论琴》，《遵生八笺》卷十五《燕闲清赏笺》。

⑩ 见《花史跋》，陈继儒《晚香堂小品》卷二十二，《中国文学珍本丛书》第一辑，上海杂志公司1936年版。

⑪ 见《饮酒说》，袁中道《珂雪斋集》卷二十一，上海古籍出版社1989年版，第905页。

⑫ 《西湖》二，《袁宏道集笺校》卷十，第423页。

⑬ 《遵生八笺》卷三《四时调摄笺·高子春时幽赏》。

⑭ 《品山堂鱼宕》，《陶庵梦忆》，第61页。

关。而趣味的形成，也正在于“人人各抒性灵，复出于闲散自在之笔”①。袁宏道本人对“趣”有过精到的论说，其《叙陈正甫会心集》称，“夫趣得之自然者深，得之学问者浅”，童子“不知有趣，然无往而非趣”，山林之人“无拘无缚，得自在度日，故虽不求趣而趣近之”②。袁说可以成为小品趣味论的极好注脚。

晚明文人凭着其敏锐的生活感受，同样能在小品文中显示出悠远的神韵，“韵”者，声外之音，言外之意，悠远深长，使人回味无穷。小品文之韵，得自于作者们的广博识见、深切体验，凭借自然幽雅的物象、平常通俗的语言，达到余音绕梁、余香盈室的艺术效果。且看晚明小品作家论“茶”，张大复以为“天下之性，未有淫于茶者也；虽然，未有贞于茶者也”。正因茶兼具“大淫”与“大贞”的双重性，饮茶人往往如同“爱山水而不会其情，读书而不得其意，学佛而不破其宗”，“好色而不饮其韵”，茶性如何，茶韵如何，怎样算得上“善淫”，作者没有明说，答案却在文末看似并不相关的句中得之：“是夕船过鲁桥，月色水容，风情野态，茶烟树影，笛韵歌魂种种，逼人死矣。”③原来这就是茶性、茶韵，出于乡野，色香俱佳，饮者自可品味到无比的乐趣，最后数句不见“茶”字而读者已能饮其“韵”也。其实细审晚明小品文，可以发现其本身竟有着与茶同质的地方，比如它的“大淫”、“大贞”，它的“幽韵如云”，晚明小品文正通过随物赋形、移步换景，仪态万方地展示大千世界的声色神理，但又不失其自然守真的质素。再看张岱之说“西湖”，重的也是西子的神韵。张岱先出人意表地将西湖比作“曲中名妓”，指出世人游湖，只是“艳羡”，只是“媟亵”，可说未能领会“西湖之性情，西湖之风味”④，西湖之妙，唯有在冬季、夜间及雨天时方能领略，“雪巘古梅”、“夜月空明”、“雨色空蒙”方为西湖神韵之写照，唯张岱深谙其中三昧。此外，晚明小品作家的写人状物，均能做到以风韵见长，魏学洢《核舟记》摹写“大苏泛赤壁”情状⑤，借助苏轼、黄庭坚、佛印并舟子的神态举止，以及《赤壁赋》中的名句，在小小核舟上传达了苏子豁达超脱、自在自放于宇宙天地的精神状态，意蕴悠长，耐人寻味；徐渭《友琴生说》刻画友琴生的琴艺，称“友琴生囊客杭，鼓琴于舍，忽有鼠自穴中，蹲几下久不去，座中客起喝之，愈留”⑥。将这位“视琴犹人”的嗜琴者的技艺和人格，留在了令人遐思的想象空间中。综上可见，陈继儒《〈媚幽阁文娱〉序》对小品文“有法外法，味外味，韵外韵”的艺术认定，应该是符合实际的⑦。民国时施蛰存编选《晚明二十家小品》，注意的就是“尽量以风趣为标准，把隽永有味的各家的小品文选录”⑧，这既是对趣韵的肯定，也是对小品文写作提出的审美目标。

---

① 分别见《小品文之遗绪》、《再谈小品文之遗绪》，《林语堂书话》，第90,98、99页。

② 《袁宏道集笺校》卷十，第463页。

③ 《茶说》，张大复《梅花草堂集》卷十三《杂文》，《续修四库全书》本。

④ 《明圣二湖》，张岱《西湖梦寻》，《中国文学珍本丛书》第一辑，上海杂志公司1936年版。

⑤ 《虞初新志》，第146页。

⑥ 《徐渭集》卷二十九，第675、676页。

⑦ 《媚幽阁文娱》卷首。

⑧ 《〈晚明二十家小品〉序》。

四、文心奇巧，时杂谐谑

晚明小品文相对于“高则秦汉，低则唐宋”的“正宗派”文章而言①，确实别具一格，时常表现出其奇巧、谐谑的风调，因而招致正统文人的非议。于慎行以为“近年以来，厌常喜新，慕奇好异”②，说的是为文“不务经学所致”，但多少道出了晚明“慕奇好异”的文风。《四库全书总目》认定的“大抵不出明人小品之习气”的文章不是“诡诞无稽”，就是“殆于侮圣言”③。李慈铭评论谭元春诗文，以为毛病在“才小气粗，体轻腹陋，俚俗之弊，流为俳谐”④。明清时期论者的负面评价，折射出的正是晚明小品文不受拘囿、幽默俳谐的特点。

行文时突发奇想，妙论迭出，往往是晚明小品文折服读者的过人之处。王思任《小洋》刻画游途所见，以浓墨重彩描绘日光山色，云蒸霞蔚，文末惊叹道：“嗟呼！不观天地之富，岂知人间之贫哉！”⑤陈继儒性独爱花，友人撰成《花史》，陈为之题跋，本可借种花谈谈修身养性之道，孰料这位花癖却因花读出了社会、政治和历史：“披荆畚砾，灌溉培植，皆有法度，可以经世；谢卿相灌园，又可以避世，可以玩世也。”⑥题词以养花喻仕隐，别出心裁，然又合乎情理。“若果性近而复好焉，请相与偃曝林间，谛看花开花落，便与千万年兴旺盛衰之辙何异？”⑦跋文则将花史视为人世历史，奇中寓正，直可发人深省。

陆云龙评选晚明小品，多拈出“奇”字发论，如称袁宏道、中道兄弟文“璐联璧缀，贲有奇光；琼贯瑶绳，莹生异色”；评钟惺文“苦于锻局，若九嶷、三湘之潆洄曲折，妙有天造地设之奇”；而董其昌文妙在“寓奇于平，化拙为巧”；李维桢文有如“奇兵突骑”，“倏正倏奇”，“其议论点染，莫不罗今古极奇奥在”⑧。在《翠娱阁评选皇明小品十六家》中，除了各家序言多有好谈“奇”者，所选小品篇目及评语也不乏以“奇”为旨归者，其中最具代表性的选文为汤显祖的《合奇序》，《序》有云：“予谓文章之妙，不在步趋形似之间，自然灵气，恍惚而来，不思而至，怪怪奇奇，莫可名状，非物寻常得以合之。”竭力为“奇文”张目，称“奇文”充溢着“天地间奇伟灵异、高朗古宕之气”。而《序》下陆氏评语则曰：“序中是为奇劲，奇横，奇清，奇幻、奇古，其狂言蒐语不入焉，可知奇矣。”⑨至于晚明文人视奇为高妙的笔法，张大复的《病》一文可看作对此形象的理论说明：“木之有瘿，石之有鸲鹆眼，皆病也。然是二物者，卒以此见贵于世。非世人之贵病也，病则奇，奇则至，至则传。木病而后怪，不怪不能传形；文病而后奇，不奇不能

---

① 《〈近代散文钞〉新序》，《知堂序跋》，第332页。

② 于慎行《榖山笔麈》卷八《诗文》，中华书局1984年版，第85页。

③ 《四库全书总目》卷一三四《子部·杂家类存目》十一《张应文〈张氏藏书〉提要》，第1137页。

④ 《越缦堂读书记·谭友夏合集》，《集部·别集类》，第970、971页。

⑤ 《王季重十种·游唤》。

⑥ 《花史题词》，《晚香堂小品》卷二十二。

⑦ 《花史跋》，《晚香堂小品》卷二十二。

⑧ 分别见《翠娱阁评选皇明小品十六家》第233页《袁小修先生小品弁词》，第275页《钟伯敬先生小品序》，第563页《叙董太史小品》，第355页《李本宁太史小品叙》。

⑨ 《翠娱阁评选皇明小品十六家》，第169、170页。

骇于俗。”“盖小病则小佳，大病则大佳。”[①]这“奇”超越常态，虽被视作有“病”，但有“病”之文却往往能出人意表，收到不同寻常的审美效果，此前的庄子、屈原、李贺、黄庭坚等都是出奇制胜的文学高手。

若论文字的谐谑，在晚明小品中更称得上司空见惯，比比皆是。徐渭自嘲年事已高仍笔耕不辍：“发白齿摇矣，犹把一寸毛锥，走数千里道，营营一冷坑上，此与老牯踉跄以耕，拽犁不动，而泪渍肩疮者何异。”[②]袁宏道自我挖苦身不由己入官笼的“惨状”：“一处剧邑，如猢狲入笼中，欲出则被主者反扃，欲不出又非其性，东跳西蹦，毛爪俱落。主者不得已，怜而放之，仅得不死。”[③]两人均在给友人书中看似作践自己，而透过这表象，却清楚传达出晚明小品作家的真性情、深涵养，也从中可见小品苑囿的独特亮色。陆云龙称前者“为激为懑，为诋侮，为嘲谑，类与世枘凿”，其动因就在“若寒士一腔牢骚不平之气，恒欲泄之笔端”；而评后者“趣近于谐”，也在于“一种灵气乃受屈折剥削”，为“不受官制”，“解脱后快”[④]，终于形成了其外谐谑而内真挚的小品风貌。晚明小品作家中值得一提的是王思任，王晚号谑庵，其《谑庵自赞》有曰：“兴还高，人不腐。舌如风，笑一肚。”“酒不让，棋堪赌。爱山水，怕官府。”“任天公，皆有数。不告贫，不诉苦。”[⑤]直白地说出好谑放浪的特点，而用语也是自我调侃式的。钱谦益《列朝诗集小传·王佥事思任》称此人：“性好谑浪，居恒与狎客纵酒，谈笑大噱。遇达官大吏，疎放绝倒，不能自禁，好以诙谐为文。”[⑥]王氏小品文的噱头确也随处可见，无论《再上虎丘记》中笑谈“真娘墓果绝”，令“一行人轰然”，还是《游慧锡两山记》中与酒家妇的欢谑打趣，浪称“冤家，直得一死”[⑦]，都印证了小品行家张岱的评说：“聪明绝世，出言灵巧，与人谐谑，矢口放言，略无忌惮。”[⑧]王思任不仅通过作品放纵其好谑的个性，还有专文考辩相关的“笑”论，其《屠田叔〈笑词〉序》曰：“笑亦多术矣，然真于孩，乐于壮，而苦于老”，阅尽沧桑的老人，面临“举人间世一切虾蟆傀儡马牛魑魅抢攘忙迫之态”，“欲叹则气短，欲骂则恶声有限，欲哭则为其近于妇人，于是破涕为笑”[⑨]，强作欢颜，或许这就是憨先生屠田叔以及谑庵先生王季重共同的生活体验，也是两人好作“笑词”的缘由所在，而回归“真于孩，乐于壮”的笑声，难免只是一种奢望了。对于王思任“谐谑”的特性，倪元璐有其从正统儒学角度做出的解读，“谑庵之谑，似俳似史”，“滑稽之道无端似神化，有激似义。神化与义，惟谑庵之谑皆有之”。虽然倪《序》试图将“谑庵之谑”归入正道，也就是以为“谑庵之谑”“神化”如《易》、“义”如《春秋》[⑩]，而归根到底《易》与《春秋》均为解决世乱而产生，文字中见滑稽的正当性是不言而喻的。

此外，江盈科的《小说》、《谐史》，冯梦龙的《古今谭概》等，差不多也都是各色人等的笑话

① 张大复《梅花草堂笔谈》卷三，《中国文学珍本丛书》第一辑，上海杂志公司1936年版。

② 《与马策之》，《徐渭集》卷十六，第483页。

③ 《张幼于》，《袁宏道集笺校》卷十，第501页。

④ 分别见《翠娱阁评选皇明小品十六家》第1页《徐文长小品引》，第105页《叙袁中郎先生小品》。

⑤ 王思任《谑庵文饭小品》卷一，《续修四库全书》本。

⑥ 《王佥事思任》，《列朝诗集小传》丁集中，第574页。

⑦ 《谑庵文饭小品》卷三。

⑧ 《王谑庵先生传》，《琅嬛文集》卷四，第193页。

⑨ 《谑庵文饭小品》卷五。

⑩ 《王谑庵〈悔谑钞〉序》，《倪文贞公文集》卷七，《四库全书》本。

大全,内中嬉笑怒骂的文字,与上述数人作品产生的社会、思想背景大致差不多,除了"牢骚不平之气,恒欲泄之笔端",以及"一种灵气乃受屈折剥削"外,谐谑小品的作者一般都是"率性而行"的"真人",正如袁宏道所云:"余观古今士君子,如相如窃卓,方朔俳优,中郎醉龙,阮籍母丧酒肉不绝口,若此类者,皆世之所谓放达人也。"①正由于晚明小品作家感受到身处于非常态社会,生性放达的真人自然不屑以传统礼教来规范行为、引导作文,而是以郁纡的灵气创作不登大雅之堂的谐谑小品,以挑战正统的儒家戒律。

当我们对晚明小品文的艺术品性作了切实的判断后,这就为确认其价值所在和历史定位提供了基础。综上所论,我们可以发现,晚明小品作家把自己的个性崇尚和情感追求物质化、具体化、平民化了,将其消融在口腹之欲、山水之游和玩物之赏中了,就其艺术品性而言,晚明小品文堪与同代的戏曲、小说并列,成为晚明文学思潮中的色彩独特的浪花。晚明小品文由于其潇洒自在、雅俗兼具的秉性,声色错杂、情韵悠长的格调,奇巧莫名、变幻无端的体式,限制了其载道功能的发挥,不太可能承担"匕首"和"投枪"的重任,欲以小品文扭转乾坤,实在是勉为其难。晚明小品文大凡是真心实意的坦露,行文又谐语杂陈、妙无定规,后学者若刻意模拟,不易得其神髓,这在很大程度上使其以鲜明的独创性留芳于散文艺苑中。

作者单位:苏州大学

① 《识张幼于箴铭后》,《袁宏道集笺校》卷四,第193页。

中国东南一群诗人的千秋事业

——晚明漳州诗人组织霞中社及其群体意识的觉醒

陈庆元

中国古代的诗社,通常是一群诗歌志趣比较接近的诗人所结成的一个群体。诗社有发起人,有比较固定的参与者,有时还有社约一类的规定。诗社存在的时间,有长有短,有的长达数年,有的则非常短暂。但是,不论诗社的存在或长或短,诗社的活动都是以群体的形式出现的。诗社的活动,是一种诗人的群体文学活动。

晚明时期的中国,诗社林立。有的诗人,在他们的一生之中组织或参与许多诗社的活动,侯官(今福州)诗人曹学佺(1574—1646),游宦南京,组织金陵社;客武林,结秋社,主持西湖大会;游漳州,入霞中社;在家乡福州,组织或参与了三山社、芝社、瑶华社、乌山神光大社、石仓社(石君社)、三山耆社、洪山社、塔江社等。晚明福州诗社,除了曹学佺参与组织或参与的诗社之外,还有谢肇淛组织的泊台社,谢肇淛与徐𤊹共同发起的红云社。泉州诗人何乔远和当地诗友结有紫云社,乔远子九云与乔远弟子郑之玄结有选社和涌峙社。莆田诗人宋珏与方祖兆在当地组织荔社。漳州一地,则为本文即将讨论的霞中吟社。

如上所列举,晚明福建的诗社通常都带有明显的地域特色。除乌山神光大社之外,诗社的发起人或组织者,都是本地著名的诗人,有较大的号召力。在福州、莆田、泉州、漳州沿海诸地中,福州的诗社具有悠久的历史,辛弃疾词云:"诗人例入西湖社。"[①]"例",是照例,按惯例的意思,说明南宋初年,福州西湖(俗称小西湖)早就是诗人结社活动之处。福州宋、元、明所结的诗社数也最多;莆田、泉州其次。纵观漳州一地,在万历二十九年(1601)之前,尚无在地的诗社出现。

霞中社订盟的时地人

万历二十九年(1601)重阳节前一天,即九月八日,一群诗人在中国东南——福建漳州建立了霞中社,订盟于张燮之父张廷榜的居所。"东南"诗人,不是我们"封给"这群漳州诗人的,而是他们在订盟和其后活动中自许的。这个问题,下文我们将论及之。

霞中社的主要要起人张燮,字绍和,龙溪(今福建漳州)人,万历二十二年(1594),举乡

---

① 《贺新郎》(三山雨中游西湖,有怀赵丞相经始),邓广铭《稼轩词编年笺注》卷三,上海古籍出版社,1993年版。

试。有《张绍和初集诗草》、《北游集》、《霏云居集》、《霏云居续集》、《群玉楼集》等。张燮的诗文集，我们今天见到的最早一集为《霏云居集》。《霏云居集》最早的作品是万历三十二年(1604)。此前的作品，流传甚少。张燮中举后，于万历二十三年乙未、二十六年戊戌、二十九年辛丑、连续下第[①]。万历二十九年，订盟霞中社，张燮当年的作品已不可考。万历三十二年(1604)五上春官，五下第。万历三十四年(1606)二月，重修诗社，作《重修霞中社记》；此《记》记录万历二十九年订盟霞中社事甚详：

> 吾漳朝丹暮霞之气，慰为人文，顿尔卓跞。岁在辛丑，蒋道力以终养，尚滞里门；郑辂思亦予告家食，并有寝处，山泽间仪。而汪宗苏、陈伯畴以山泽之癯佐之，吴亮恭时从梁山来，如淦鹄之徘徊焉。余与陈元朋归自燕，酬和诸子间，不寂寞也。久之，徐鸣卿以奉使至，而戴亨融亦暂辞观察组绶，卧天柱峰头，至是抵郡。余顾谓辂思曰：'东南衣冠之会，岂可失哉！'乃订盟以九月八日诸君子插铜盘于玄云之居。家大夫与小郑思瓒俱与焉。玄云者，家大夫别业也。诸君既成如许胜事，相与谋筑高坛，然一时又难卒办，乃就玄云之顶家大夫所营空馆一区，割以属吾曹，而粗偿其直。则霞中之社所自建也。社之堂曰'风雅堂'，堂接小亭，亭旁双桂树森挺连卷……先是，林德芬客楚未归，而高朝宪支牀乡居，尚不与盟。吾漳翔禽异羽已尽，岩际所遗，两君尔[②]。

漳州有丹霞山。张燮所书"朝丹暮霞之气"，即此。何乔远云："丹霞山，土石皆赤，晨夕映日色，若丹霞。故郡东西南北四郊，皆以霞称。"[③]故漳州有霞城之称。霞中社得名于此。张燮有《偕汪宗苏陈元朋许问甫携酌吟社同用山字》[④]，郑怀魁有《张绍和宅上订霞中吟社》[⑤]，故霞中社又称"霞中吟社"。

这篇《记》记述了霞中社订盟的时间(已如前述)。

霞中社的活动地点，借用张燮之父张庭榜的别业，位于芝山之半的玄云居顶层空馆。霞中社堂名"风雅堂"。

参与订盟者，除了张燮，还有以下十二人(依《重修霞中社记》人物名单前后为序)：

蒋孟育，字道力，龙溪人。万历十七年己丑(1589)进士，选庶常。官至南京户部右侍郎，卒，赠吏部尚书。有《小园集》、《恬庵遗稿》。

郑怀魁，字辂思，龙溪人。万历二十二年(1594)举人，二十三年(1595)进士。官浙观察副使。有《渡江小草》、《莲城纪咏》、《农臣暇笔》、《葵圃存集》。

汪有洵，字宗苏，龙溪人。山人。有《汪宗苏山人诗集》。

陈范，字伯畴，海澄人。山人。有《陈伯畴诗》。

吴寀，字亮恭，漳浦人。万历二十二年(1594)举人，二十三年(1595)进士。官山东道御史。

---

① 郑怀魁《张绍和初集诗草序》："戊、辛之岁，绍和、元朋文与神会，都门竞传写，纸贵所以双南人。"(《葵圃存集》卷十一)此为张燮戊戌、辛亥上春官之证。元朋，即陈翼飞，详下文。

② 《霏云居集》卷二十八，万历刻本。

③ 《闽书》卷二十八《方域志》，福州，福建人民出版社1994年版，第669页。

④ 《霏云居集》卷八。

⑤ 《葵圃存集》卷四。

陈翼飞，元朋，平和人。万历二十五年（1597）举人，三十八年进士（1611）。官宜兴知县。有《慧阁初删诗》、《紫芝集》等。

徐銮，字鸣卿，龙溪人。万历二十二年（1594）举人，二十三年（1595）进士。官司马曹。有《辕雅齐鲁衡文》、《辕雅集》、《徐鸣卿职方疏草》，并与张燮修《漳州府志》。

蔡爔，字亨融，长泰人。万历十四年丙戌（1586）进士，起家行人。补蜀宪，卒。有《漫草》、《黔中草》。

张廷榜，字登材，燮父。万历二年甲戌（1574）进士，为仙源令，擢贰润州，署吴江令。有《布鼓初声》、《盥耳吟》、《梦醒话》。

郑爵魁，字瓒思，怀魁弟。万历三十一年（1603）举人。

《重修霞中社记》名单还列举了本应参加，却因事缺席的有两位：

林茂桂，字德芬，漳浦镇海卫人。万历十四年（1586）进士，任深州知州。有《博陵草》、有、《南北朝新语》。林茂桂于次岁入盟。

高克正，字朝宪，海澄人。万历十六年（1588）举人，二十年（1592）进士，选庶吉士。有《玉堂初稿》、《木天遗草》。高克正于万历三十四年（1606）二月入盟。

张燮作《霞中十一子诗》①，除自己及父廷榜，一人一诗，因此有"霞中十一子"之名。"霞中十一子"之外，又有"霞中十三子"之称。十三子，即十一子加上张燮及父廷榜。蒋孟育《九月八日戴亨融、郑辂思、汪宗苏、徐鸣卿、陈元朋、伯畴、张绍和、郑瓒思、吴亮恭玄云社集分得齐字》②，这个名单，连同蒋本人，共十人。张燮父廷榜或因年长，虽参加聚会，无诗；所缺两人，一是林茂桂，二为高克正，与张燮名单合。蒋孟育序高其正集云："独忆其与十三人者结社时，各据席分经帖，并陈其义率。"③其实，诗社的活动，却从来凑不齐十三人。万历二十九年订盟时，缺林茂桂、高其正两人。次年九月八日聚会，缺数人，郑怀魁《九月八日怀友诗》："去岁芝山阳，黄花近啸歌。明日北固峰，登陟阻偲俄。所思渺何许，诸子隔漳河。张园与蒋径，蓬竹相互过。陈氏美元长，孝先复磊砢。时挟汪畸生，眼青颇共酡。访戴匪伊舟，骤袅玉为珂。岂不念同好，天路远逶迤。徐、吴仕建安，贵者冠峨峨，吾家大小郑，浮生自轗轲。餐饵惟苓木，疟鬼未销魔。臂彼群飞鸟，南北竞凌摩。"④张园，张燮之园庭也；蒋径，蒋孟育之宅径也；陈氏二名，陈翼飞、陈范也；汪畸生，汪有洵也；戴，戴爔也；徐、吴，徐銮、吴寀也；大小郑，郑怀魁本人及其弟爵魁也。此时，徐銮、吴寀仕宦建安；戴爔，家远在长泰，路远莫至。万历三十年（1602），即吟社订盟的周年日，郑怀魁作《怀友诗》怀念吟友徐銮、吴寀、戴爔。

霞中社的重修、玄云社和霞中后社

万历三十四（1606）年二月，张燮作《重修霞中社记》："丙午二月三日，更集朝宪，时道力、鸣卿亦奉使过里，独辂思守括苍，亮恭颁诏在途，其他曩时诸子皆在，敷衽把臂，见东南才士

① 《霏云居集》卷二。

② 《恬庵遗稿》三十八。

③ 《玉堂初稿序》，《恬庵遗稿》卷六。

④ 《葵圃存集》卷一。

之大全也。”此时除怀魁出守括苍、吴寀在颁诏途中,不在漳州,其他十一人都参加吟社的活动。为什么要重修诗社?上文我们说过,霞中社订盟之初,是借用玄云居的顶层作为活动场所的,其楼“稍局”,因此蒋孟育“为辟架层,楼外玲珑倍豁”①。也就是说,当时只是稍加“装修”、改造,就成了吟社的活动场所。

《重修霞中社记》又云:“社颇颓废,鸠工葺治之,窥制无改,耳目聿新,盖人与地并际其盛也。”②从万历二十九年订盟,到三十四年,时间过去了五六年,社址已经破旧,重新修葺之后,虽无改旧制,但还是给人耳目一新的感觉,数年之后,多数吟友又济济一堂,也可以称得上漳南的又一次盛举。

霞中社或霞中吟社之外,又有“玄云社”之目。蒋道力《张大夫传》:“筑馆芝山之半,山则负城,地则远市……芝山之半,有玄云社焉,风雅之士所集。”③郑怀魁《九月八日玄云社集序》:“碧松峰头,紫芝山半,频大千之世界。中敞亭皋,先重九之风光;高临台榭,同结白莲之社。豫开黄花之樽,草木山川,秋容环映其左右;衣冠礼乐,人美尽在于东南……庶使今古同声,掩黄初之七子。春秋代序,驾永和之群贤。”④蒋孟育还有《九月八日戴亨融、郑辂思、汪宗苏、徐鸣卿、陈元朋、伯畴、张绍和、郑瓒思、吴亮恭玄云社集分得齐字》。结社的时间也是九月八日,地点也是芝山之半的玄云楼,参与的人员也是“十一子”(缺张燮父张廷榜名),故万历中后期漳州在霞中吟社之外,没有另外一个诗社。所谓“玄云社”,就是“霞中社”或“霞中吟社”的别名。因为吟社订盟的时间相同,地点也在玄云楼。故玄云社是霞中社或霞中吟社的别称。

社集玄云楼,又称“玄云会”。黄道周《张大夫墓表》:“大夫林居益嗜古,蒋少宰、高太史、郑司农、徐职方、戴侍御时与聘君为玄云之会。”福永曰:“时汰沃已谢公车,蒋孟育、高克正、郑怀魁、徐銮、戴燝皆已休官归,结为吟社之游;而林深州德芬、陈宜兴元朋,陈伯畴、汪宗苏二山人亦与焉。”⑤

与霞中社有关联的还有一个霞中后社。郑怀魁《霞中后社诗卷序》:“洎海上游龙之溪,有天南赋虎之誉。丹霞则朝莫异色,清漳则濉涣共文。万历盛时,十友同社,崭予盆瓴之奏,滥兹钟吕之鸣。尝谓唱喁者,必有唱于呼耶,宁无呼许同声,宜征其善歌。必闻其赓时,有若吾弟简思,临南溟而著《海赋》;门人问甫,游东浙而抒越吟;谢氏国香,观察公之学殖峻茂;黄生波映,孝廉君之世泽宏流,莫不心利断金,韵谐比玉,或登山并驾,听泉乎伏虎之岩;或涉水方舟,呼云乎放鹤之洞。凡诸雕撰,共就均调羽翼,既左挈右提,犄角乃前茅后劲矣。”⑥“丹霞”云云,切合“霞中社”社名。“十友”,举其成数。此序先述霞中社之盛。在吟社呼之在前,漳州更加年轻一辈诗人,则继之于后,成立霞中后社。后社的参与者有:郑简思、许问甫、谢国香、黄波映等。郑简思等人,或是霞中社吟吟友的子弟,或是有文名者之后裔,他们的创作已经崭露头角,初露锋芒,可谓万历间漳州诗人的后劲。张燮有诗赞许问甫等:“后起多畸

①② 《霏云居集》卷二十八。
③ 《恬庵遗稿》卷三十四。
④ 《葵圃存集》卷十。
⑤ 《黄石斋先生集》卷八。
⑥ 《葵圃存集》卷十二。

人,还君称祭酒。试问领鸡尸,时堪向牛后。”①

霞中社活动的三个时期

霞中社订盟在张燮父的玄云楼,张燮是吟社订盟的主角。以张燮为中心,我们把霞中社的活动分成三个时期:从万历二十九年(1601)订盟开始到万历三十七年(1609)张廷榜、高克正卒,为吟社的订盟兴盛时期;从万历三十七年至万历四十七年(1619)蒋孟育卒,为吟社的延续时期;从万历四十七年蒋孟育卒后至天启七年戴燝卒,为吟社衰歇时期。

订盟兴盛时期,集中在两个时间段。这个时期的特征一是参与的社友多,兴频繁活动,霞中十三子,雅集最多时达到十一人之多。二是活动频繁,万历三十二年(1604)闰九月七日、八日、九日连续社集,地点是张燮的居所霏云居和社址玄云楼,张燮作《伯畴至自长安德芬亨融不期而同日抵郡偕宗苏元朋瓒思过集别界时闰九月七日也分得环字》、《八日瓒思招集霞中社分得瑶字》、《九日元朋招同诸君重集霞中社兼送祝无殊归两华山同用归字》②;稍后,社友还集林公子别馆、应城寺等处,张燮作《集林公子别馆索题漫应》③、《林德芬携酌招余过访戴亨融应城寺小集得飞字》④、《许问甫谢兆甫偕汪宗苏陈伯畴过访小集祝无殊后至分得呼字》。吟社活动的地点,既有城内的芝山、八卦楼,也有城外的云洞和狮子岩等处。吟社的活动地点在玄云,张廷榜也参加一些吟社的活动。蒋道力《张大夫传》:“芝山之半,有玄云社焉,风雅之士所集。一日,蹁履及堂,诸人皆拥席避,徐曰:‘老夫意亦不俗。’或言绍和已预曰:‘将无与长源相目耶!’众唯唯谢。遂为社祭酒。”⑤万历三十七年五月,廷榜卒。中秋社集,高克正以病不赴,两天后卒,年仅四十六。高其正虽然尺迟至万历三十四年年才入社,但是克正也是一位很活跃的吟友,张燮作《哭高太史三十首》其一:“东南天地忽逢穷,文苑真人运已终。”其四:“诸子连翩汗漫期,如君后至共霞披。每于选石标黄绢,却并陵峰掇紫芝。”自注:“予社结日辛丑,而君丙午春续至。”⑥“标黄绢”,高克正在吟社中诗颇佳。

延续时期,吟社的活动时断时续。万历三十八年(1610),九月八日社集,是规模比较大的一次。张燮《九月八日社集·序》:“余社始于辛丑重阳前一日,维时诸君咸集里门,遂成东南一大胜事。比年以来,虽旗鼓相闻,而河山渐隔,女萝薜荔,不复接浩歌,声社就荒者久之。今岁与辂思葺故址而新,是图瓒思寓焉。秋高菊绽,适道力奉使至,甫病起出门,亮恭亦北发,小驻霞山。辂思载酒申此良觌,与在坐者宗苏及不佞绍和也。会者凡六人。”⑦参与者有郑怀魁、郑爵魁、蒋翼育、吴寀、陈范共六人,地点是玄云故址。九日,再次雅集,据张燮《九日瓒思邀同道力宗苏辂思集霞曙楼》⑧,只有张燮、蒋孟育、陈范、郑爵魁四人。规模已非万历二十九年、三十四年可比。怀魁是吟社的中坚,订盟之初,作过《张绍和宅上订霞中吟社》、《九

① 《许问甫依郑瓒思读书霞中社诗以讯之四首》其二,《霏云居集》卷十六。

②③ 《霏云居集》卷四。

④ 《霏云居集》卷八。

⑤ 《恬庵遗稿》卷三十四。

⑥ 《霏云居集》卷十二。

⑦ 《霏云居集》卷十四。

⑧ 《霏云居集》卷十八。

月八日玄云社集序》、《别九月八日怀友诗序》、《霞中后社诗卷序》，集中还有《题霞社赠毕孟侯》、《五日同社登八卦楼》等[①]。怀魁骈序作得特好，为吟社增长率添彩色。万历三十三年(1605)，怀魁出守括州，作《送许问甫南旋兼讯同社》、《秋日送陈伯畴有怀同社》；三十七年(1609)擢浙观察副使，同年中谗归乡。，四十年(1612)正月，卒。徐銮与张燮都在万历二十二年中举，銮卒于万历四十五年(1617)。在此期间，山人陈范亦卒[②]。陈范的七律写得比较有特色，郑怀魁曰："至其七律之善者，自足妙绝当世。"[③]范海多病，张燮《陈伯畴归自金陵善病寡出聊讯以诗》作于万历四十一年(1613)[④]，此诗之后至陈氏谢世，我们在《霏云居续集》再也找不到他的踪迹。所以在这一时期，陈范基本上已经不参与吟社的活动了。陈翼飞卒年不详，《霏云居续集》记载陈氏活动最晚的一篇是《陈元朋招同林德芬》[⑤]，作于万历四十五年(1617)，《群玉楼集》中找不到张燮与陈氏唱和的作品[⑥]，可以推知陈翼飞卒于这个时期。万历三十九年(1611)蒋孟育拜大司成，赴京，张燮远送其至侯官。蒋孟育还有数次短暂的归里，与张燮等有倡和。四十五年(1617)南京户部右侍郎，万历四十七年十二月卒于龙溪里第，张燮作《哭蒋道力少宰八首》[⑦]。随后，燮又校其遗集，刻行之。

吟社衰歇时期。蒋孟育卒后，"霞中十三子"只剩下"六子"，即郑爵魁、林茂桂、吴寀、戴燝、汪有洵和张燮。本来，六位甚至再减少一两位诗人，也不是不能开社活动，但是，郑爵魁、林茂桂、吴寀、戴燝四人有官职在身，不一定都在家乡，五六个人聚首雅集已经成了一种奢望。天启二年(1622)郑爵魁卒，张燮作《哭郑冀州瓒思》[⑧]。五年，林茂桂、吴寀相续卒，张燮作《抵家痛薛方伯道誉林大夫德芬后先捐馆歌以当哭》、《哭吴亮恭三十二韵》[⑨]。七年(1627)，戴燝卒，张燮作《哭戴亨融观察》[⑩]。汪有洵卒年不详。这一个时期，吟友已经没有、或者不可能有霞中社友多人的雅集了。《客梁山吴亮恭招同林德芬夜集得弓字》、《林德芬招同吴亮恭宴集宅上分得樽字》，这是张燮客漳浦与吴寀、林茂桂所作的诗，吴寀有和作，这是三位诗友的倡和，也算是一次雅集吧。这个时期吟友的活动呈现出一种零星的、没有规划的唱和状态，吟社已经名存实亡，整部《群玉楼集》中的诗题已经再也见不到霞中社之名了。

诗人群体意识的觉醒

霞中吟社并不是一个有很大影响的地域性诗社，它比起曹学佺在南都组织的金陵社被

---

① 《葵圃存集》卷二、卷四、卷十一。

② 陈范海确切卒年待考，《霏云居续集》卷四十七有《同社祭陈伯畴征君文》，而《霏云居续集》载录的是张燮万历四十年(1612)至万历三十七年(1619)仲夏的作品，故可推知陈氏卒于此间。

③ 《葵圃存集》卷十二。

④ 《霏云居续集》卷七。此诗作年，详陈庆元《张燮年谱》(未刊稿)。

⑤ 《霏云居续集》卷十七。

⑥ 《群玉楼集》的作品，起始于万历三十七年(1619)季夏，详陈庆元《张燮著述考》，《漳州师范学院学报》，2010年第4期。

⑦ 《群玉楼集》卷二。

⑧ 《群玉楼集》卷五。

⑨ 《群玉楼集》卷六、卷二十四。

⑩ 《群玉楼集》卷六。

认知的程度差得远了，比起阮自华在福州乌石山的神光大社气派也差得远了，但是它却是晚明时期声华蜚然于漳州的一个地方诗社，由于朝代的革替、文献散失等原因，近三百年来，除了方志语焉不详的叙述，几乎没有引起学者的注意。上文我们对霞中社的订盟、社名、参与者及活动的始末作了简要的论述，读者通过论述或可对这个吟社有一个大致的了解。不过，我们撰著此文的目的还不仅仅于此。本文论述的重点，还在于：霞中吟社这样一个在其他地域也许是一个很普通的诗社，而在漳州，却是这个地区诗歌发展史上的第一个诗社，是晚明漳州诗人群体意识的觉醒。

霞中社订盟之初，无论是张燮还是郑怀魁都喜欢使用"东南"一词来指代漳州："东南衣冠之会"、"见东南才士之大全也"①、"人美尽在于东南"②、"东南一大胜事"③。东南是一个方位词，不论以中原的郑州，还是以湖北的武汉为中心来看，福建都是位处中国的东南；而漳州府，又在福建的东南。"大全"、"尽在"，漳州一府的诗人精英全数、尽数聚会在于霞中吟社。但是，如果不考虑文学作品夸饰的因素，以东南指称漳州一府，无疑有夸大之嫌，如果这个东南指的是中国的东南，那么仅仅一个漳州府很难担当得起；即便是福建东南，至少泉州的一部分也应当包括在内。因此，我们更应相信"东南"是诗人的夸饰之词，这样的做法，可以振作漳州诗人群，以显示他们地理位置上的重要。"大全"、"尽在"也是如此，也有所夸大，然而，一个诗社，网罗至十三人，不能算大，也不算太小，它已经形成了在地的一个诗人们自觉集合起来的群体。在漳州诗歌发展史上，也产生过某些有点名气的诗人，如宋代的高登、明初的林弼，或者稍早于"十三子"的戴时宗、唐鉴江，他们在漳州一地的声名并不比"十三子"逊色，但是在自己所处的那个时代，他们并未组织诗社，还没有把同邑诗友整合成一个声势相对浩大的群体的意识；当然，也有可能同邑的诗人不够多，水平不够整齐，使得他们还不可能有群体意识产生有可能。

与吟社订盟密切相关的是诗友文集的推出。在一个较短的时段里，相对集中地推出诗友的文集，其实也是群体意识的一种反映。"霞中十三子"之一的蒋孟育谈论漳州历代诗歌时说道：

> 吾州二千里地，于史《文苑传》，不得一人焉，未有一篇数行，流行今古见传诵者，余每恨之。盖两汉时，天下文章烨如矣，吾州并徼为都尉属。魏晋以后，风骚大阐，在乎天监，吾州一陬县耳。诗律之美，极乎天宝，而吾州始录为郡。非人才陋也。至于元和，而二周以杂文试中原之乘矣。其在昭代，挥椠盖员员焉。人欲赴世，故无不朽之言。迩日，诸君子乃耤其向所为不足百世业，遂讨索吾州荒徼未合之初所未有，文若两汉以上，诗若天宝以上，故为阙如者，共欲炼五色而补之，气烈相射，声响相附，如五霆四电，迸发一时，使人目焜煌于所见耳，轩输于所闻云。以余知识旧漳，则林德芬、杨翘卿、吴亮恭，武安则戴亨融，圭海则高朝宪，吾邑则郑辂思、瓒思、徐鸣卿、陈元朋、张绍和，山人则陈伯畴、汪宗苏，此即握管为文词，欲兴八代于毫端者也④。

① 张燮《重修霞中社记》，《霏云居集》卷二十八。

② 郑怀魁《九月八日玄云社集序》，《葵圃存集》卷十。

③ 张燮《九月八日社集序》，《霏云居集》卷十四。

④ 《芙蓉馆集序》，《恬庵遗稿》卷六。

明代的漳州，下设十县：龙溪、漳浦、龙岩、长泰、南靖、漳平、平和、诏安、海澄和宁洋，此外还有镇海卫。比起当今某些学者，动辄称福建沿海县市为海滨邹鲁、文化名邦，进士出身入词林的蒋孟育，对漳州诗坛的认识是清醒得多了。他说，漳州土地广袤，但是进入历代史书《文苑传》的一个也没有；唐以后漳州也陆续出过诗人，但是没有一篇或数行广被流传。他认为，漳州诗歌的落后，原因有二。一是开发晚，到了南朝梁，才建立一个小县；到了唐代才有州郡的建置①。县郡建得晚，学校就建得迟，教化必受到影响。蒋孟育说，到了当代，情况起了变化，漳州的文化水准普遍提高，虽然如此，诗人也不见得多出，原因又是何在？他说，主要的原因在于读书人奔竞于仕途，而于诗文这一不朽盛事，有所忽略。所幸到了当世，漳州一下子"迸发"了一批诗人，蒋孟育所罗列的十二个人的名单，除了杨一葵（翘卿）②，都在"霞中十三子"之列。所以我们推断此文是在霞中社订盟之后。杨翘卿有《芙蓉馆集》，蒋氏此文就是为《芙蓉馆集》作的《序》。在上面的引文之后，蒋孟育说，上述诸子，林茂桂等人已经刻集多种，陈范诗已经刻过百余篇，杨氏的诗文，也应结集刻印，广为流布，这样漳州诗人群的声势就更加浩大了。

除了个人的诗主集必须逐一推出，以见漳州诗人群体的声威，还必须刻漳州历代诗歌的总集或选集。这一方面，张燮正在努力。蒋孟育又说道：

> 闽中斐然之郡五，温陵人以其文自为集。晋安人近以其诗集，吾友张绍和见《晋安集》而悦之，读竟，自奋曰："余郡文学不后晋安，岂宜独阙，作募诗疏，其语甚丽，以檄夫琬琰之后，与夫家如东海驷先生者，俾各出其所有郡先辈著书，殆百数十氏。"绍和既选之为诗，尚合千首，未知于风雅何如，然足以庀文献矣……绍和于乡先辈有存亡继绝之功③。

明代福建有福州、兴化、泉州、漳州、汀州、延平、建宁、邵武八府和福宁州。斐然五郡当指福州、兴化、泉州、漳州和建宁。温陵（泉州）有集，指何乔远之父所辑《清源文献》，这是一部历代泉州的文集；晋安（福州）近集，指徐𤊹在万历二十六让（1598）所辑《晋安风雅》，这是一部福州一地的诗歌总集。张燮读了《晋安风雅》，认为漳州一地的诗并不比晋安差，所差的是晋安的总集，漳州没有。漳州没有诗歌总集，不足以长漳州诗人之志气，也不能从整体上提升漳州诗人的水平，因此他写了一篇《初选清漳韵苑募诗疏》征诗④，蒋孟育说，张燮如果编刻成功，不论这些诗是否符合"风雅"的范畴，将历代诗人作"整体"的推出，但对漳州的诗坛来说，不仅"存亡继绝"之功是不可言喻的，也可以大大增强漳州诗人的信心。

千秋事业的得与失

诗社的建立，不论出于何种缘由，除了发起人的那一两个人之外，但是如果没有若干热

① 唐高宗永淳二年（683）陈元光上《请建州县表》；武则天垂拱四年（688），除陈元光为漳州刺史。蒋孟育以为天宝间设郡，恐非。

② 杨一葵，字翘卿，号致吾，又号绍江，福建漳浦人，万历二十年进士。官至云南布政使。

③ 《黄侍御集序》，《恬庵遗稿》卷八。

④ 《霏云居集》卷五十四。

心诗友支持，是组建不起来的。十七世纪末年，漳州一地涌现了一批热心于诗歌创作的文人。万历二十二年(1594)，张燮、郑怀魁、徐銮、吴寀成同时中举(次年郑、徐、吴成进士)，作为同乡同年，他们成了后来霞中社订盟的中坚力量，而张廷榜则是张燮之父，郑爵魁是怀魁之弟。早在万历二年(1574)张廷榜已经成进士，十四年(1586)戴燝成进士，十七年(1589)蒋孟育成进士，二十年(1592)高克正成进士。郑怀魁等人成进士之后，奔走四方，开阔了眼界，交结了天下的诗人，参与了各地的诗社活动。郑爵魁说其兄怀魁“居楚有楚社，之燕湛园有燕社，三山有瑶华社”[①]。万历二十一年(1593)，戴燝入京，与何乔远等过从论诗，刻为《刻烛唫》。何乔远的弟子李焻《先师何镜山先生行述》云：“与吴文仲、戴亨融诸公社，为《刻烛唫》，时称‘六才子’。比部自瑯琊、济南后号‘西翰林’。”[②]霞中社订盟之前，张燮已三上春官三落第，张燮，三次出闽，遍交天下名士，参与许多诗人的聚会，增长了很多的见识。上文我们说过，张燮在福州见到徐𤊹所辑的《晋安风雅》，使他产生了搜集漳州文献、编选一部《清漳韵苑》的冲动。特别需要注意的是，霞中社活动的场所，其堂取名为“风雅”，不仅与徐𤊹的《晋安风雅》的“风雅”同名，也与徐𤊹读书作文之所“风雅堂”同名，我们知道，徐𤊹曾和福州一带的诗人结过芝山社。张燮无论是编漳州总集，还是建诗社，都名显受到晋安，也即福州一带诗人的启示。所以，我们说，晚明漳州诗人群体意识的觉醒，不仅有在地的因素(有一群水平比较整齐的诗人队伍)，而且受到时代的浸染，尤其是受到临近州府诗坛结社吟唱的影响。

万历四十三年(1615)曹学佺在福州家园举石仓社，计十二人，此后二三十年间，省内外或长或短入其社吟咏的数十人，诗社名满江南。霞中社订盟两年之后，即万历三十一年(1603)福州诗人曹学佺、徐𤊹、林古度有闽南之行。冬，曹学佺一行入漳，郑怀魁邀曹学佺等入漳霞社，曹氏作《郑辂思招入霞中社》：“谈诗开胜社，结宇出尘寰。霞紫城中气，烟青海上山。一时人竞爽，千古道俱还。不是同声者，宁能到此间。”[③]曹学佺与郑怀魁是同榜进士，故诗题特别拈出。曹氏称霞中社为“胜社”，是漳州之外的诗人诗社的称赞；“人竞爽”，说诗人水平相当；尾联则引漳州诗人这同调。曹学佺还有《访陈贞铉遇陈元朋因游林氏园亭郑辂思张绍和后至分得神字》，此诗虽然不是在霞中社作，但与之倡和的社中诗人有陈翼飞、郑怀魁和张燮三人。张燮此时北上赴考，曹学佺、徐𤊹等有诗送之。曹学佺等来访，漳州已经不单纯是以个人的身份与他们唱酬，郑怀魁们的还有另一层、也许是更重要的身份——霞中社成员。曹学佺等造访后，万历三十三年(1605)，曹学佺的同社诗人王崐仲又抵漳，张燮延其入风雅堂，并作《王玉生抵漳见访九日携酌风雅堂用玉生韵》[④]。霞中社成立十年之后，江西金谿诗人谢廷赞入漳，郑怀魁、爵魁邀其入霞中社与张燮、徐銮倡和，张燮作《郑辂思瓒思邀谢曰可集霞中社偕徐鸣卿虞白华在坐得峰字》[⑤]，谢廷赞又访问张燮于霏云居和戴燝，张燮作《谢曰可比部客漳枉驾见访邀集霏云居同辂思鸣卿瓒思及虞白华在坐用曰可来韵三首》、《偕

① 郑爵魁《行略》，《葵圃存集》卷首。

② 何乔远《镜山全集》卷首。

③ 《天柱篇》，日本内阁文库藏本。

④ 《霏云居集》卷九。

⑤ 《霏云居集》卷十四。

谢曰可集亨融宅得勋字》[①]。在漳州府，霞中社的名声更不用说，万历三十五年(1608)，年轻学者、诗人黄道周在同乡林林茂桂的介绍下入漳，张燮、戴燝、高其正、陈翼飞及林茂桂等"折节"与之倡和，张燮作《黄参玄文学介林德芬来访同戴亨融高朝宪陈元朋在坐用参玄韵》[②]，当时黄道周尚不是诸生。在往后二十多年的时间，即便黄道周已经有了很高的声望，仍然和张燮等往来唱和不断。其他方面不说，早年霞中诗社的倡和肯定给黄道周留下难于磨灭的记忆。

古人总是把文章看作不朽的事业，组织诗诗社似乎更是一桩盛事，希冀借此留下更加长远的名声。郑怀魁《张绍和宅上订霞中吟社》："诸子才名雄邺社，千秋事业起漳河。"[③]张燮《二月三日高太史朝宪初入霞中社同用高字》："千秋胜事属吾曹，翰墨场开足雅骚。"[④]他们甚至把霞中订盟当作千秋事业这样重要的大事来看待。不可否认，这个诗社在中国东南的漳州延续了一二十年，这在漳州的诗歌史上是从来没有过的盛事，也是后世漳州人引为自豪的一件文学盛世。遗憾的是，崇祯十三年(1640)张燮卒后，数年之后明亡，漳州一地成了清与抗清力量长期拉锯作战的战场，兵焚之后，文献残存者希，我们只要看看康熙初年编的《龙溪县志》亦知道，尽管编者如何殚心竭力，有霞中社的文献载述仍然遗漏差错严重，因此后人很难去认知当年霞中的盛事，也很难去评价这个漳州历史上第一个诗社了。

霞中社从订盟之初起，便带有先天的缺陷和不足。地域性的诗社，社友的居处如果相隔太远，在古代交通不便的情况下，聚集活动甚为不便。"霞中十三子"中，吴宷、林茂桂远在漳浦，戴燝远在长泰，高克正、陈范又在长泰，吴、林、戴、高，以及郑怀魁还长年宦游，名为"十三子"，却从来没有一次社集十三位能够全部到齐。社集活动，五六人已经有点难得了。霞中社的延续时间不算短，从万历三十七年起，陆续有社友故去。人员只有减少，却没有补充新的成员。虽然有一个"霞中后社"作后备，却不见这批新生力量进入霞中社，这也是霞中社数年后逐渐衰歇的原因之一。

就学社的群众基础而言，漳州一地，其广泛性及水准似稍逊于福州、莆田。上文我们说过，霞中社的成立，万历中期涌现出一群水准比较整齐的诗人，是一个契机；在这之前，诗人数量较少，很难成为气候。诗社的成立，固然需要诗人的趣向相投，"十三子"的结盟，得力于此，但是"十三子"居处相隔过远，则不利于诗社的活动。如果换一个角度来思考问题，那就是仅府城所在地龙溪，成立诗社，似乎水平比较整齐的诗人还不够数量。顺治间入闽的周亮工对闽地诗人阵容有一个大体的判断："闽中才隽辈出，颖异之士颇多，能诗者十得六七，壶兰以下，间有拗字，会城以上，则居然正音。"[⑤]"壶兰"，壶公山、木兰溪，均在莆田。莆田以下(泉、漳)，不如会城福州以上(延平、建宁)。万历三十一年(1603)，徐𤊹同曹学佺到漳州，徐入海澄县，作《海澄书怀寄能始茂之二十韵》，略云："僻壤民情朴，遐荒令项强。士惟知帖括，

① 《霏云居集》卷十三。

② 《霏云居集》卷十一。

③ 《葵圃存集》卷四

④ 《霏云居集》卷九。

⑤ 《闽小纪》卷一，康熙刻本。

客鲜识词章。里语题联拗,乡音度曲长。"[①]题联拗语,作诗也必定有拗字,与周亮工的判断无异;鲜识词章,诗人鲜少。府城漳州也许稍好,但是"能诗者"的基地础,恐怕还远不及"壶兰"、会城。或许也是出于这个原因,唤醒漳州的一群诗人群体意识,他们登高一呼,订盟诗社,自许为东南才士,以群体的形象展示在世人面前,推动当地诗歌的发展,建东南诗歌的千秋之业!

作者单位:福建师范大学

① 《鼇峰集》卷十二。

论晚明兴起的“《雁字》诗热”

——兼论公安派后期诗风的转变与影响

黄仁生

关于公安派的研究，自现代以来曾在学术界产生巨大影响，其研究方法和成败得失也往往具有风向标的意义。2008年9月同心出版社出版的《公安派的文化精神》是近几年颇值得关注的著作之一，作者尹恭弘先生在《引论》中明确指出：“随着时间的推移，研究公安派的论文和专著不断增加，但研究形势依然不能乐观，一些值得警惕的研究倾向，在这里我们不能不严肃地指证出来。”随后，他对龚鹏程《死生情切：袁中郎的佛教与文学》、《公安派文论与李贽的童心说》两篇论文[①]和周群《袁宏道评传》[②]、易闻晓《公安派的文化阐释》（齐鲁书社2003年版）两部专著中的某些问题进行了尖锐的批评，旨在说明“摘句式研究方法可能带来的种种弊病并不是个别的、偶然的现象，而是具有相当的广泛性”，因而主张“摒弃这种摘句式研究方法”，提倡“采用完整地、原原本本地、不加分割地研究原始文献的方法”。

笔者对尹先生提倡的研究方法深表赞同，并从整体上认为其《公安派的文化精神》是一部扎实的专著，当有助于扭转相关研究领域的不良倾向，但他论述公安派主要成员的文学思想时仅仅依据各自的理论表述，而未联系作者在创作实际中所体现出来的思想倾向加以印证——这实际上也是目前古代文学思想研究领域无法走向深入的重要症结所在，因而其论题中仍然存在着有待进一步探讨的空间。例如，基于袁宏道、袁中道的某些表述和现存的文献资料，以往学术界认为公安派文学思想与创作前后不同的研究者当中，主要有万历二十六年和万历二十九年作为后期的起点这样两种看法，尹先生就其论据逐一辩驳后得出结论：“综合地说，袁宏道文学思想没有变化”，“他一生始终认为最能表现作家性灵的还是信口信腕的表现方式和创作境界”。在尹先生看来，导致公安派文学思想发生变化乃至走向衰落的人物是袁中道，理由是“袁中道太注重不分主次、轻重、缓急的平衡和调和，以致常常滑向浅薄的折衷主义和庸俗的调和主义。这样的思维方式，使他逐渐模糊了前后七子和公安派两条文学路线的本质区别，使他逐渐丧失了一个作家充满个性和主体性的主观性灵的巨大创造力量和不断创新精神的坚定信心，以至于他坚持袁宏道独抒性灵文学观的底气不足，反对

---

① 二文皆见于《晚明思潮》，该书最初由台北里仁书局于1994年印行，后又有佛光人文社会学院编译出版中心2001年版、商务印书馆2005年版。

② 按：周著含副编《袁宗道评传》、《袁中道评传》与末篇《公安派及其影响》，南京大学出版社1999年出版，实际论及公安派主要成员。

前后七子模拟主义的胆量不足,公安派的革新大旗在其手里逐渐终结也就是再自然不过的事了。"但他所引以为据的《蔡不瑕诗序》等八篇文章,无一不是袁宏道逝世以后所作。袁中道独掌公安派帅旗时期的文学思想已经转变,这早已成为众所周知的共识,而在袁宗道逝世以后的近十年间,袁宏道和袁中道的文学思想与创作倾向是否发生了变化以及二人的主导倾向是否一致,才是问题的关键所在。笔者在搜集整理公安派文献的过程中,发现袁宏道、袁中道所作的《雁字》组诗,不仅流播甚广,而且曾引起一批追随者的极大兴趣,以致在晚明形成过写作《雁字》诗的热潮。这种文学现象及其现存作品虽长期为人所忽视,但却具有一定的文学史意义,故本文拟以考察因袁氏兄弟倡导而兴起于晚明的《雁字》诗热为中心,旨在借此重新探讨公安派后期诗风的转变与影响,以期有助于矫正近来相关研究领域的片面认识。

一

万历三十四年春,袁宏道(1568—1610)与袁中道(1570—1626)在家乡公安各作《雁字》诗十首,并完整保存至今[①]。袁中道《雁字》自序称:"僧有作《雁字诗》者,众诧以为难。予乃与中郎坐橘乐亭中角此题,自晨至午,各得七言律十首,都无一字同者。虽远近离合之间,不能悉穷其变,而比物属词,差胜于蹇涩不能出口者耳,因悉存之。"这段话不仅交待了二人唱和《雁字》组诗的缘起,而且透露出小修对于《雁字》诗的看法。

小修与中郎以诗唱和本是常事,但此次有如此雅兴则因众人对僧无际[②]所作《雁字诗》"诧以为难"而引发,于是以半天时间各作十首,颇有迎难而上、逞才斗胜之意。原因在于《雁字》诗属于咏物诗,其写作存在着一定的潜规则,即表面要求句句写物,其实不外是托物言志或借物抒情,相对于直接抒怀来说,写作这类诗歌一方面必须具备所咏事物的丰富知识,例如以咏雁诗而言,就应了解雁的习性、特点,尤其对于古人赋予雁意象的人文内涵应烂熟于心,一方面在言志抒情时往往运用双关、比兴、借喻、象征等表现方式,并且不能不使用与物(雁)相关的各种典故,这样一来,诗歌的表现方式显然已趋于含蓄,作一首尚且不易,连作十首就难度更大,自然不可能"信口信腕"、一挥而就了。对于这组唱和之作,小修是以一种自谦的方式来评价的,实际上从中可以看出他对于这类诗的真实看法:即要求在"比物"时应于"远近离合之间""悉穷其变",在"属词"时语句要避免蹇涩难读,意象的运用和各诗的立意要避免雷同[③]。

袁中郎此时之所以乐意与小修一起作这种需要学问功底、用典颇多、表达含蓄的咏物组诗,显然是有思想认识做基础的,这在他此前的文字表述中并不难找到依据。自万历二十八年冬袁宗道逝世以后,袁宏道请告归隐家乡,一边读书写作,一边进行反思,论诗由原来推崇

---

① 按二袁所作《雁字》诗各十首,今分别见于上海古籍出版社通行本《袁宏道集笺校》卷三十四、《珂雪斋集》卷四。

② 参考《游居柿录》卷一、卷十有关记载,此僧人名无际,曾作《雁字》诗二首,今未见。

③ 按:袁中道所说的"都无一字同者",并非指无一个字词相同(核其十诗,显然不合),而是指意象的运用和各诗的立意没有雷同。

白、苏逐渐转为推崇陶、杜，如万历三十二年，他有《偶成》诗曰："渐老始知穷本草，多闲方喜读渊明。"又有《夜坐读少陵诗偶成》曰："每读少陵诗，辄欲洗肝肺。体格备六经，古雅凌三代。"是年所作《叙呙氏家绳集》除了推崇陶诗的淡，还对孟郊、贾岛的"刻露"以及"香山(白居易)之率"、"玉局(苏轼)之放"有所反思；又在《叙曾太史集》中明确提及自己以往所作诗文"信腕直寄"，"多刻露之病"。万历三十三年，他在《哭江进之》诗序中虽为江诗"信口信腕"而导致的弊病进行辩护，但也承认"余所病，正与进之同证(症)"。从袁宏道这些逐渐发生了变化的表述和袁中道"因悉存之"的态度不难看出，两人以唱和方式所作的《雁字》组诗，正是其诗风发生了转变以后的产物，作为咏物组诗，虽然由于体式的要求而由"信口信腕"转变为含蓄蕴藉，但仍然抒发了各自的性灵。

为有助于认识公安袁氏兄弟唱和《雁字》组诗的文学史意义，我们不妨先简略梳理一下以往同类创作的情形。雁早在《诗经》中就成为了文学描写的对象[①]，至魏晋南北朝已有不少以雁为题的诗赋作品[②]，历唐而宋，同类作品更是层出不穷，但以"雁字"为题之作，则始见于北宋，如惠洪有《和人雁字》七律一首，文彦博有《雁字赋》一首，温琬有《雁字》七绝一首。其后自南宋至明前期，《雁字》诗虽代有所作，但仍不多见，且所存多为单篇，诗体则有五绝、七绝、七律等，如南宋陈元晋有《雁字》七绝一首，许棐有《雁字》七律一首，元代滕安上有《雁字》七律一首，陈高有《雁字》五绝一首，谢宗可有《雁字》七律一首，明代夏原吉有《雁字》七律一首，于谦有《雁字》七绝一首，朱诚泳有《雁字》七绝一首。至万历前期，则单篇稍多，如屠隆、于若瀛、朱之蕃各有《雁字》七律一首，尤其是此时已出现唱和组诗，如鄞县董樾(1538—1595)、董枌兄弟曾各作《雁字诗》十五首，今见于全祖望编纂的《续耆旧》中，董樾存三首，董枌存二首[③]。这是目前可考最早由兄弟唱和《雁字》组诗的个案，其先导之功自应肯定，但由于二人没有诗名，在当时和后世皆少为人知。直到万历三十四年，由袁氏兄弟以唱和方式作《雁字》组诗，才真正赋予《雁字》诗以新的生机，从而在晚明文坛产生深远影响。

以往的咏雁诗，涉及雁的各种形态，其中包括孤雁、双鸿和群雁等，而尤以咏孤雁者多名篇佳句，如杜甫《孤雁》五律一首曾备受赞赏，北宋鲍当甚至以《孤雁》五绝一首被称为"鲍孤雁"。原因在于孤雁的意象往往是作者在困境中的写照，以个体比况个体，物我之间容易契合，故传神和感人的可能性要大一些。而以往的《雁字》诗，所描摹的是群雁飞行中的形态，即使从雁字引申的文字、书法等人文内涵与诗人的精神颇易契合，但由于是以群体比况个体，其诗中所表现的作者性灵就难免有隐显强弱之分了，例如陈元晋《雁字》七绝曰："超然圣处过张颠，整整斜斜落照边。好写人间不平事，叫开阊阖为笺天。"就称得上是一首"有我"之作，读之令人振奋。

---

① 按：雁在《诗经》中往往是作为起兴而写及，如《匏有苦叶》曰："雝雝鸣雁，旭日始旦。"又有《鸿雁》篇，三章首二句分别为"鸿雁于飞，肃肃其羽"、"鸿雁于飞，集于中泽"、"鸿雁于飞，哀鸣嗸嗸"，也是用作起兴。

② 如赋篇有魏曹植《离缴雁赋》，晋羊祜《雁赋》、孙楚《雁赋》、晋成公绥《鸿雁赋》，南朝陈后主《夜亭度雁赋》等；诗篇有晋曹毗《双鸿诗》，南朝颜延之《归鸿诗》、沈约《咏湖中雁》、萧纲《夜望单飞雁》、刘孝绰《赋得始归雁》、萧子范《夜听雁》，北朝王褒《咏雁》、庾信《赋得集池雁》等。

③ 按：董樾，字韦吾，万历五年进士，官至四川按察副使，万历二十三年七月九日夜为杨应龙所派刺客杀害。董枌，字少梅，官至詹事府录事。《续耆旧》卷一有董樾《雁字诗同少梅弟分韵各得十五首》(录三首)，卷二有董枌《雁字诗韦吾大兄命韵》(录十五首之二)。

袁氏兄弟以唱和方式所作的《雁字》组诗，主要有两个方面值得我们关注和讨论。首先，在构思与写作中明显吸取了以往咏雁诗和《雁字》诗所积累的成果与经验，这显然与公安派前期的主张和实践有了不同。具体地说，二人皆是从雁的习性、特点尤其是它们结伴飞行时所排列的各种阵势、形状而引申出来的写字、作画、撰文等方面展开想象和描摹，因而在比物属词时采用了一系列字学、书法、绘画、著述等方面的意象、术语、典故，例如，中郎诗中提及的“长戈”、“春蚓”，小修诗中提及“倒薤”、“悬针”、“垂露”、“偃波”、“八法”等，都是书法术语；中郎诗中的“苍颉”、“无功”，小修诗中的“羊欣”、“颉史”、“宜官”、“梁鹄”、“史游”等，都是古代的文字学家或书法家，又“王矫劲”、“旭颠狂”，分别指王羲之、张旭的书法；而像这一类构思、比物、用典的方式，都曾有古人探索于前，二人并未排斥，而是有所受容，甚至在遣词造句上也不避化用古人的名句，如中郎第一首第二句“整整斜斜自作群”，似是由宋人陈元晋《雁字》第二句“整整斜斜落照边”改写而成，小修第四首末联“盈盈六尺潇湘水，都作羊欣白练裙”，似是由唐人李群玉《赠美人》“裙拖六尺潇湘水”和陆龟蒙《怀杨台文杨鼎文二秀才》“书破羊欣白练裙”改写而成。

其次，二人从各自的才情、个性和写作意图出发而在前人成果的基础上有所发展和创造，这是其作品本身具有存在价值并受到追随者重视的根本所在。具体地说，一是从整体上将雁群比况为包括自己、对方在内的特定群体，这个群体中的成员虽然各具个性，但其共同的特点是习文弄墨，散发着书香，具有深厚的文化内涵，因而成为其兄弟之间或家族之内乃至唱和友(实为文人群体或文学流派的象征)之间生活与精神的写照，其构想的巧妙、描摹的细致、运笔的气势和铺展的规模都超越了以往的《雁字》诗。例如，中郎第一首的“几回联络几回分，整整斜斜自作群”，小修第四首的“苦向西风忆断群，联翩兄弟总能文”，都是以雁群比况兄弟乃至具有兄弟情谊的唱和友，所谓“忆断群”云云，显然是对于已经逝世的袁宗道(1560—1600)乃至江盈科(1553—1605)的怀念；而中郎第九首的“莺簧借与填新曲，凤史烦为记往年”，是以雁声、雁字来比拟文人作曲和写史的雅事，因而成为后人激赏的名句，第十首的“兄弟妻孥总解书”，则是用以比况袁氏家族这样一个重视读书的群体。二是各诗句句无不描写雁的性情，但仍然抒发了作者各自的性灵，且唱和中又相互呼应。如小修第五首末联谓“锋锷不须凌厉甚，前途尤恐大张罗”，显然是基于当时朝政风云变幻而抒发的对于人生前途的忧患意识，并告诫自己和中郎应收敛锋芒以避免罹祸；又其第七首“霞布云舒纵复横，只为过去要留声。……前途若向长沙去，代我修书问屈平”，则是其当时心境的写照，他在举业和文学上孜孜以求，正如雁过要留声，并以屈原自期；而中郎第十首：“儒生习气总难除，万卷千番楮墨余。入地也应为带草，化虫依旧作蟫鱼。江南塞北难移性，兄弟妻孥总解书。一扫云间狂迹去，研光千尺展空虚。”则一方面表达了自己对于袁氏一门习儒、“兄弟妻孥总解书”的自豪感及其至死不移的意志，一方面也勉励自己与小修应扫除因伯修逝世、前途受挫等打击而带来的一切心理阴影，重新振奋起来，像鸿雁那样翱翔“千尺展空虚”。所以，当首辅沈一贯于当年七月致仕后，中郎随即于八月出山进京补官，小修也一同北上赴试。三是在塑造雁的意象方面也想象丰富，描写细腻，颇多创新。例如，小修第五首谓“数点忽留如想象，一行才起便吟哦”，把雁群写成了一帮正在作诗吟诗的唱和友，可谓形神兼备。又如同是写雁群排字，中郎第二首说：“万转岂能无别意，千行何事只书人?”小修第八首说：“何用十年工八法？只将一字傲千秋。”皆能推陈出新。再如小修第十首：“忽画一横诠《易》象，乍飘三点露禅机。”把雁群分别描绘成诠《易》者、参禅者[①]，这种创新真可谓独出心裁。如此种种，大大丰富了雁的意象。

二

袁氏兄弟以唱和方式所作的《雁字》组诗，最初是在与他俩有交往的诗友中流传并参与唱和的，其中有的就是公安派成员或声援者；稍后随着二人文集的刊行，读到其作品的同时代人也有萌生兴趣者参与写作，在袁宏道逝世前，就已初步形成了吴楚争胜、南北助兴的局面。

据袁中道《游居柿录》卷一记载：(万历三十六年十月)“得李本宁先生书云：‘近读《渔阳集》，不知《雁字诗》，便中幸写寄我。’《雁字诗》，乃予丙午春间作。因僧无际作得二首，予与中郎于橘乐亭前相角，共得诗十首。后龙朱陵见之，叹以为佳，亦和得十首；龙君超亦得十首，雷、曾二太史各得二首。余诗刻之《篔筜集》中。”龙朱陵和龙君超乃兄弟，湖广常德人，龙朱陵名膺(1560—1622，字君御，号朱陵)，其所作《雁字诗》实有十二首，今见于《重刊纶隐诗集》卷十一。龙君超名襄(1557—1611，字君超)，其所作《雁字诗》实达三十首，今附见于光绪十三年刊本《龙太常全集》中《先集搜遗》卷一。雷、曾二太史，即雷思霈(1565—1611，字何思，湖广夷陵州人)、曾可前(1572—1612，字退如，湖广石首人)。

结合有关记载和现存文献来看，最早呼应袁氏兄弟而作《雁字》诗者应推雷思霈、曾可前、龙膺。雷、曾二人诗集笔者未见，不知所和《雁字》诗是否传世。龙膺则是在收到袁氏兄弟唱和之作后随即回应[②]，其诗前小引曰：“经金佛峡，车中读袁中郎、小修《雁字诗》各十首，锦心绮思，霞举云流。予兴勃勃，因和如数，下车走笔书之。末增二首，用赠中郎兄弟。猥云拙速，实借起予。时丙午除夕前一日也。”丙午乃万历三十四年，即在二袁唱和之后的当年，就有了成系列的回应，且其过程也颇带传奇色彩。龙膺兄弟早在万历十九年就与三袁兄弟订交，其后除了聚首时有所唱和外，平时也有诗书往还，称得上关系密切。所以，他在赴陕西按察副使任的途中读了二袁唱和之作后，就萌生勃勃兴致，随即于车中以打腹稿的方式作得十首，下车后才找到纸笔写下来。所谓“锦心绮思，霞举云流”，是他对二袁组诗的评价，与其“末增二首”中的第一首所说“君家兄弟并工文，五采金笺五采云”相呼应，其赞美之情溢于言表。在龙膺看来，中郎、小修唱和《雁字》诗，实际成为了兄弟具有文采风流的象征。因此，他把自己的和作也抄寄给了其兄龙襄。龙襄当时居住在北京，与曾可前有交。曾氏不仅自己作了二首，而且也劝龙襄参与唱和，并许诺为之撰序合梓。但过了两年多，龙襄才于万历三

---

① 由于《易经》卦象都是由长横与短横构成，雁群在天上排成一行飞行时，就似乎是在诠释《易》象了。又袁宏道《金屑篇》第三则曰：“举《大涅槃》：‘吾教义如∴三点。’”这是参禅者常举的关于《涅槃经》的一则话头，当雁群飘散成三点时，就似乎是参悟出了这则话头中的禅机。

② 今传《龙太常全集》所附《龙氏外集》录有袁宏道《雁字十首呈龙君御》，最初应是依据袁氏当年抄寄之作而刻，其题中加上“呈龙君御”四字，显然有索和之意。

十七年秋在常德完成这一心愿[①]。龙膺读后，深表赞赏，甚至后来在《哭五兄文》中说：“记己酉秋，兄不三日和弟《雁字诗》三十首，思入霞表，语语惊人。”

龙襄在生时，其《雁字诗》三十首曾单刻行世，卷首有友人戚伯坚所作《序》，对龙氏兄弟、袁氏兄弟的《雁字》诗皆有评价：“近见袁中郎、小修二先生《雁字》诗十首，君御先生十二首，俱钩奇抉奥，星缛川洪，予叱以为异事。”“君超此作，盖亦不自知其所至而工焉者矣。”“夫鸿雁有兄弟之谊，兄弟咏之，君御法当附两家昆玉，亦宜合梓。语云：‘事有旷百世而相感者，千里犹比肩也。’况四先生同时，又居三百里内，俱以才雄一代，且交莫逆也，真异数哉！”

龙膺呼应袁氏兄弟而作的《雁字诗》十二首，当时还寄给了比他年长的李维桢（1547—1626，字本宁，湖广京山人），使李氏也成为了同时代关注《雁字》组诗的重要人物之一。今传《大泌山房集》有四条相关材料，对于了解当时创作与传播《雁字》诗的情形以及他对这些诗的看法颇有助益，先抄录两条如下：

> 龙君御寄余《雁字诗》，藻瞻新奇，余以为无可复措手处。已费国聘寄余十二章，沉雄典丽，使人骇瞩。龙本和袁家兄弟，后见中郎《潇碧堂集》中，高华清远，信为妍倡。诗七言律最难合作，咏物最易伤体，前辈大方集中，仅仅可数也。三君自成一家言，而才情学力，韵致格调，无不尽美，多多益善，殆难甲乙，第以年齿雁行耳。诗道于今极盛，而后进好事，或渐兆衰相，三君振之，功自非小。语曰：“《诗》亡，而诗在楚。”斯一征也。小修诗，丘长孺许寄，未至。（卷129《雁字诗跋》）

> 余在晋阳，得龙君御和二袁《雁字诗》与《洪孺传》，亟赏咏之。复得费国聘、袁中郎所作，合为一集，然尚未见小修诗。已而龙君超、杨文弱各以诗来，则余予告归，不及授梓矣。曹丘生、季布俱楚人，游扬其名，意如是耳，岂敢以楚尽天下士？自是四方和者弥众，不可胜收。比见李元祉民部三十四章，用事精切而浑成，构语密致而驯雅，立格整严而流畅，如山阴道上千岩竞秀，万壑争流，令人应接不暇；如凌云台材木，大小轻重，一一相得。于以并驱中原，莫能尚矣。民部著述甚富，此特一斑。余窃意有天地来即有雁，有文字来即有诗。前人所为《雁字》诗若赋，不多传，传不必尽佳。今诸君子讨论润色，拟议变化，真千载罕遘事。两间物理，取之无尽；人心灵明，用之无穷。出愈奇，多愈善，行愈远，久愈新，国家文运昌炽未艾，斯焉可征，谁谓诗小技乎哉？夫《雁字》不足尽诗，诗不足尽民部，乃欲以楚尽天下士，非余所知也。（卷129《李民部雁字诗题辞》）

从上引二文来看，李维桢是收到龙膺的书信和《雁字诗》后，才知道袁氏兄弟作有《雁字》组诗，时间应在万历三十五年春。由于袁宏道的《雁字》十首最先收入《潇碧堂集》中，该集刊行于万历三十四年春夏之际，所以李维桢不久就找到了。而袁小修的《雁字》十首，最初编入《篔筜集》中，该集大约刊行于万历三十四年冬或翌年春，但流传不广，李氏久觅不得，后有小修好友丘坦（字长孺）答应找到后寄来。因久等不来，李氏才于万历三十六年秋直接写信给

---

① 龙襄《雁字诗》小序曰：“闻前此徐茂吴（即徐桂）、屠纬真（即屠隆）俱有此诗，袁中郎咏至十首，小修继之。舍弟君御往西镇，车中和如其数，增《洪孺》一传，寄至京师。曾退如趋不肖为之，许作序合梓，时扰扰未遑也。村居多暇，始弄墨，不觉至三十首。愚兄弟何敢比翼二难，顾造有浅深，难同旅进；迹多往复，忝与颜行。至于篇绪偶繁，才情未畅，虽多亦奚以为？己酉秋社日记。”

小修索要。费国聘名尚伊，号似鹤，湖广沔阳州人。万历五年进士，选庶吉士，历官兵科给事中、陕西按察司佥事等职。其所作《雁字诗》十二首，今见于《费太史市隐园集选》卷九，诗前有《引》曰："《雁字诗》起于吴下诸人，吾楚袁中郎、龙君赞伯仲近皆有作，不佞拟和如数，诗成，而君赞辈亟赏之，不佞则窃有形秽之惭耳。"龙君赞伯仲指龙襄、龙膺、龙京（字君赞）兄弟，但龙京所作诗文皆已佚。费尚伊当时实是与其弟费启绪（字雪艖）一起和龙膺组诗而各作《雁字诗》十二首，但费启绪《雁字诗》今仅存三首，见于《楚风补》卷四十三。李维桢先后得到龙膺、费尚伊、袁宏道三人的《雁字》诗后，曾合编为一集，上引《雁字诗跋》即为该集而题，本拟刊行于世，但因故未果。所谓"已而龙君超、杨文弱各以诗来"，所寄当也是《雁字诗》，龙襄所作《雁字诗》达三十首已见前述，杨文弱名嗣昌（1588—1641），湖广武陵人，万历三十八年进士，与龙膺兄弟及袁小修皆有交，其所作《雁字诗》已佚，无须赘言。但由此可知，在收到李元祉的《雁字诗》之前，李维桢已知袁氏兄弟、龙氏兄弟、费尚伊、杨嗣昌等六位楚人有作，如果再加上他并不一定知晓的雷思霈、曾可前、费启绪、龙京，则写作过《雁字诗》的楚人已有十人，且后八人都是直接或间接受袁氏影响而参与。

由于公安派本来是在吴中从批评吴人王世贞及其拟古派信徒开始而登坛树帜的，此时随着楚人唱和《雁字诗》蔚然成风，自然有人重提吴楚争胜的话题以引起诗坛的注意。李元祉就是在这样的背景中将其所作《雁字诗》三十四首寄给李维桢的，其时间大约在万历三十七年冬或翌年①。按李元祉名当泰，泗州人。万历二十三年进士，授海盐县令，曾于万历三十五年受督学黄吉士之命而撰有《字学订讹》二卷。又据薛冈《李乾修雁字诗跋》曰："《雁字诗》，又莫盛于楚，最著者三四家。顷得泗人李乾修民部和吴中顾太史、俞布衣《雁字诗》至三十有四首，出天入泉，张弛变化，不可端倪，可谓极才人之致矣。民部谓众楚人咻之，两吴人当之，势不敌。夫兵以律不患寡，太史、布衣，犹以两将分道并进，夹敌楚师；民部一人耳，如大帅淮阴侯，才智盖世，所将又不胜多多，横行海内，八千子弟方且辟易，况落落三四楚人？汉业起泗上，吾知其无楚矣。"（《天爵堂文集》卷十四）李乾修即李当泰，可见他的《雁字诗》三十四首实基于其文字学功底，有感于众楚人唱和《雁字诗》风头正劲，从声援吴人出发而参与《雁字诗》的写作，至少在数量上已超越前人。李维桢作为楚人，在为李当泰《雁字诗》题辞时，虽未像薛冈那样为吴楚争胜而推波助澜，但也用"岂敢以楚尽天下士"表达了他对李当泰的肯定和声援。

与此同时或稍后，李维桢还为福建人庄静甫、浙江人黄九鼎所作的《雁字诗》题辞撰跋以示声援，虽未指明二人所作《雁字诗》的数量，但有三点值得关注：一是两文皆叙及当时海内写作《雁字诗》的盛况，如《庄静甫雁字诗题辞》曰："顷日海内文章之士，才情勃发，好为《雁字》诗赋。自余所见数十人，音以赏奏，味以殊珍，文以明言，言以畅神，刘越石四美具焉。"②又《书黄大夫雁字诗后》曰："今海内才人咏《雁字诗》者，皆五七言近体。余所见可数十家，才

---

① 按：李维桢自万历三十四年冬任山西参政，翌年六月升山西按察使，万历三十七年八月迁陕西洮岷道右布政使，但因仲弟急难而以病为由辞官，其在晋阳为官近三年。又收录上引二文的《大泌山房集》，刊行于万历三十九年，而龙襄《雁字诗》三十首写成于万历三十七年秋，因而可以推出李维桢收到李元祉的《雁字诗》三十四首，当是在其辞官后的万历三十七年冬或翌年，其时他侨寓广陵、金陵间。

② 见于《大泌山房集》卷127。

情各极所至，而括苍黄禹钧尤擅场。”[①]二是庄静甫在《雁字诗》自序中虽对当时“吴楚诸名家意似争胜”略表异议，李维桢也接过话题说：“《雁字》诗赋何用争胜，又何足争胜哉？静甫长者，游戏翰墨，是为诗禅，非与少年角技竞名。”但这正可与李当泰、薛冈的“吴楚争胜”说相印证[②]，庄静甫当时年过七十，也“老来聊发少年狂”，不仅参与《雁字诗》写作，而且请名家题辞，不正是有雁过留声之意吗？三是在李维桢所见的数十家《雁字诗》作者中，已不限于吴楚两地，至少已有凤阳人[③]、浙江人、福建人参与。

不过，李维桢所见《雁字诗》的作者，除了湖广人，其他皆属于东南一带。实际上，当时北方也已有人参与唱和。例如，万历三十七年冬，山东人公鼒就作有《雁字诗》十首，今见于《浮来先生诗集》七言律诗卷二。诗前有小序曰：

> 己酉冬客都门，友人李季重携客所为《雁字诗》者以示余。余览之，喜其多致语、峭语，然犹憾其实则伤境，虚则伤旨，不能不令人忆郑鹧鸪、袁白燕耳。余因漫谓季重曰："大凡咏物之体，贵意在事先，情生象表，使为者在若灭若没之间，而读者作有意无意之想。一比一兴，且虚且实。至于取材广而刻意真，已属第二义矣。"李季重笑而不答。因为十章，反与余言多相左者，仍出以示季重，不知能再博季重一笑不？

按李季重名若讷（1572—1640，临邑人。万历三十二年进士，官至浙江布政司右参议），与公鼒（1568—1619，字敬与，蒙阴人。万历二十五年举乡试，官至工部主事）、王象春（1578—1632，字季木，新城人，万历三十八年进士，官至吏部郎中）号称山东三才子。此三人后来皆与袁小修有交，但当时（万历三十七年冬）他们是否已与正在北京准备应试的袁小修相识尚有待考证，因而李若讷所携《雁字》组诗的作者或即袁小修，或是受袁氏兄弟影响而参与唱和者（所作皆为十首）。又《袁宏道集笺校》卷五十五《答友人》曰：“华山道中，忽接佳什，如吉光片羽，令人惊叹。《雁字》诗，始于家弟，不意遂得诸君子属和，他日《辋川集》中，获附裴诗，是乃不肖之至愿也，远命何敢当？”是书为万历三十七年秋冬在陕西作，也是中郎本人所撰有关《雁字》诗传播的唯一纪录，所谓“忽接佳什”，当然指友人寄来的《雁字》诗，他以“吉光片羽，令人惊叹”作评，既是对友人唱和之作的赞赏，也为自已与小修之作竟获得“诸君子属和”而深表“惊叹”。由李若讷在北京携客所为《雁字诗》命公鼒属和这个案例和袁宏道在陕西收到友人寄来《雁字》诗后而作的回书足以肯定，二袁唱和的《雁字》组诗此时已在北方流传并产

---

① 见于《大泌山房集》卷132。按黄九鼎，字禹钧，遂昌人。万历元年举乡试，曾任陕州知州。

② 关于当时吴人曾作《雁字诗》事，诸说不一。如龙襄《雁字诗》序曰：“闻前此徐茂吴（徐桂）、屠纬真（屠隆）俱有此诗。”但屠隆乃鄞县人，唯徐桂可称为吴人（长洲人）。而薛冈《李乾修雁字诗跋》中所提及的“吴中顾太史、俞布衣”，则不详所指。考万历初中期曾官太史的吴中顾氏有顾绍芳（万历五年进士，选庶吉士，授检讨）、顾天埈（万历二十年探花及第，授编修），同时期吴中较有文名的俞姓布衣有俞允文（1513—1579），三人皆有诗名，且各有诗集传世，却皆未收《雁字诗》。鉴于李当泰曾明确地说：“众楚人咻之，两吴人当之，势不敌。”庄静甫《雁字诗序》也提及当时“吴楚诸名家意似争胜”，当时吴中也曾有人写作《雁字诗》是勿庸置疑的，但所谓“吴楚争胜”之说，与其说是出自作诗者的本意，勿宁说是论诗者为引人关注而制造的“话题”。

③ 按：明代泗州隶属凤阳府（今属安徽），与苏州府皆直属南京管辖，而传统意义上的吴人一般是不包括凤阳人的，故径称凤阳人以别之。

生影响。

三

袁宏道于万历三十八年九月逝世后，袁中道实际成为了一只孤雁，因而在其独掌公安派帅旗的十六年中，基本上已不再提起以往所作的《雁字》组诗。但随着二袁文集的流传，他们的《雁字》组诗仍在发生影响。就空间而言，虽呈继续向南北扩散之势，却仍以东南一带作家的表现尤为积极；就时间而言，则从明末一直延续到有清一代。但因作家作品甚多，本节仅拟选择明末清初有代表性的几个案例加以论析，并借此考察《雁字诗》的走向和公安二袁的影响。

（一）嘉定唐时升等人的呼应

唐时升（1551—1636）本与公安派主要作家为同时代人，其年龄比袁宏道、袁中道还要长十多岁，虽与二人无直接联系，但曾一度与公安派作家雷思霈、曾可前有交往，因而其后对公安派也颇为关注。他曾于万历四十年作《咏雁字》二十四首，今见于《三易集》卷五。诗序自称是读苏州人林云凤（字若抚）《雁字诗》十首后而作，实际上与其前已知“楚中诸才士近为《雁字》诗”有关，因而无论林云凤还是唐时升继作《雁字》诗，都是二袁《雁字》组诗传播以后的产物。又《三易集》卷九有《释义雁字诗序》一文，是为嘉定诗人孙继统（字续之）而作，也可作为这种反响的一种参照。万历四十八年，孙继统派使者送来所作《雁字诗》二百首，唐时升见后大吃一惊，以为“时海内多为《雁字诗》者，至于满百，则一时作者所无有也”。至明年（天启元年），孙继统又为这二百首诗做释义，“既旁引博证，而又自言其意旨之所在”，可见他是以自作自注《雁字诗》为事业了，且于当年刻以单行，在数量和运作方式上皆破了历史纪录。唐时升受其请而作序，自然只能从正面说好话，但孙氏之所以希望名望地位并不高的这位老秀才给予声援，实际也表明了他对于唐时升《咏雁字》组诗的肯定，颇有臭味相投而引以为知音之意。

那么，唐时升本人的《咏雁字》组诗在当时的反响如何呢？我们或许可以从诗友娄坚（1554—1631）、程嘉燧（1565—1643）为之所作文字中看出一些端倪。娄氏、程氏与唐氏齐名，三人皆为嘉定派领袖，且诗、书、画兼擅。唐氏作《咏雁字》以后，娄氏、程氏虽未作诗酬和，但仍分别以不同方式表示了声援。娄坚以草书抄写其《咏雁字》以赠人，并作《题草书叔达雁字诗后》表达了他对《雁字诗》这种体式的看法，且对唐氏之作给予了肯定与赞赏——认为其“高处尤在千四百言之多，意到笔无不随，五十六字之中，篇终法无不合，怪奇超忽，响亮昂藏，不同体物之拘牵，直似寓言之纵恣，必非他人之所能及也”。程嘉燧则于万历四十一年为之作《唐叔达咏物诗序》，认为其包括《咏雁字》在内的咏物诗，乃是“偶然游戏之作”，“几于徘谐滑稽”，其突出特点是“率而工”，具体地说，就是“诗皆放笔而成”，却能“体物多变，用事无迹”，可谓深中肯綮。

（二）虞山派领袖钱谦益的关注与参与

与嘉定四先生关系密切的钱谦益（1582—1664）后来也对《雁字诗》产生兴趣，既发表过看法，也参与过写作。由于钱氏早在万历三十八年春就曾与袁中道在北京订交，后来又诗书来往，颇为相契，称得上对公安派的理论与创作都颇为了解，因而他对当时文坛唱和《雁字诗》的现象所做的评述更值得本文重视。其观点主要见于《初学集》卷八十八《题项君禹雁字诗》、《又题项孔彰雁字诗》，二文皆作于崇祯十六年，正值大厦将倾之际。项君禹名嘉谟，项孔彰名圣谟，二人乃同胞兄弟，浙江秀水人。兄弟俩的《雁字诗》皆是在与释智舷[①]的酬唱中所作。从钱文所说"秋舷老衲与槜李诸君更相酬和，卷轴粗于牛腰"等语来看，当时智舷与浙江秀水诸君以唱和方式所作《雁字诗》也不少，项氏兄弟各携其唱和之作请钱氏分别题词，颇有以公安袁氏兄弟自期之意。而钱氏题词一方面评赞了二项所作《雁字诗》的特点——君禹之作"意象开拓"，"当孤行于世"，孔彰以画家情怀"发之于诗，气韵生动"，堪称"诗中之诗，画中之画"；一方面还对晚明文坛唱和《雁字诗》的盛况及楚吴两地的代表作家做了评述，认为"《雁字》诗唱于楚人龙君御、袁中郎、小修，海内属和者，溢囊盈帙。其在吾吴，则嘉定唐叔达为最工"。楚吴两地的这种唱和热，乃是先后发生，由楚而吴，因而二袁及龙膺与唐时升，既是两个地域也是两个时期的代表作家。

实际上，除了上述林云凤、唐时升、孙继统以外，明末清初参与《雁字诗》写作的吴人还有不少，如吴县吴时德（字明之，号不官）作有十二首，江宁顾梦游（1599—1660，字与治）作有十首（今见于《顾与治诗》卷七），二人同为秦淮诗社社友，且皆与钱谦益友善。吴氏曾于清初以其所作《雁字诗》七律十二首赠钱氏索和，钱氏也欣然挥毫酬答，其诗今见于《有学集》卷八，题为《橘社吴不官以雁字诗见示，凡十二章，戏为属和，亦如其数》。于是，钱谦益从《雁字诗》的关注者、评论者，也加入到写作《雁字诗》的吴人行列了。

（三）南明义士的狱中绝唱

甲申之变后，随着清兵南下，鄞县华夏（1590—1648）、李文缵、杨文瓒[②]等南明义士因参与抗清活动，于顺治四年（1647）冬被逮系狱。翌年春，忽有"雁行群列，嘹嘐不已"，从监狱上空飞过，李文缵、杨文瓒"两人仰睇久之"，"各增感惋"，于是以分韵方式唱和《雁字诗》，一月之中，各得七律三十首。诗人随时都面临赴刑场就义，却为何能如此镇定执着地写作《雁字诗》呢？据杨文缵自序，他俩是有感于骆宾王《在狱咏蝉》言其"洁狷"之志，认为雁"虽孤羁罔失性"，因"将语雁，使橐毫焚书，冥飞而已"，也即借《雁字诗》来言志抒愤。

同系一狱的华夏读后，曾为之分别撰序，今见于清钞本《过宜言》。其《李昭武雁字诗小序》谓李文缵"偶触雁字，唱和咨嗟，有写其刺割愕悼险患不能已之衷，得三十韵焉，恍乎盲乃左、腐乃史、膑乃孙也，其讨贼檄乎，露布沉乎，吊乎唁乎，以呼觉天下之人臣人子，以鼓舞天下之为忠为义为贞为烈乎？……用晦（李文缵）不欲庄语触时忌，感雁字成咏，折劈点画，佶倔离奇，忽正法艳葩，忽悲楚酸涩，高雅迂曲，顿挫畅快，其所谓人者一者，以阴寓微风，凡用晦所为不极苦哉！"又《杨玄石雁字诗序》曰："兹读天放（杨文瓒）处封城与邛友用晦（李文

① 按：钱氏二文中提及的"秋潭老人"与"秋舷老衲"皆指释智舷，字苇如，号秋潭，俗姓周氏，浙江嘉兴人。

② 关于华夏、李文缵、杨文瓒三人生平事迹，分别参见张孔式撰《过宜先生华公传》（《过宜言》卷末）、全祖望撰《李驾部墓志铭》（《鲒埼亭集》卷十四）、李聿求撰《杨文瓒传》（《鲁之春秋》卷十七）。

缵)赓和成《雁字》三十律,孤不饮啄,飞辄哀群,瞻仰昊天,心存甲子,有何大谴,而使人惨怛尔尔!……而读天放《雁字诗》,无不知其曾下于理,于是三十律,即三十雝雝雁也。……今赖天放横见侧出,壁痕钗脚,纵横散敛,以尽雁字之情状,曼声乎静市喧哗,簇豆乎续斯谱,而铜琵琶铁绰板唱大江东去,迁客羁人无不可各以意以遇已,何必不汨罗赋?何必不首阳歌?而亦岂谓广陵散于此果绝!”原来二人不仅以《雁字诗》抒愤言志,还要为避免“触时忌”而不能不以“阴寓微风”的方式来表达,其实质则有如“讨贼檄”、“汨罗赋”、“首阳歌”。如李文缵《雁字》组诗中之“魂依故国伤凝碧,想落中吴受所南”、“数行露布飞音捷,网投前秦定乞降”等,皆为沉博哀楚之佳句。稍后,唯李文缵得释出狱,而华夏、杨文瓒等皆于当年五月被害。李、杨二人的唱和之作以及华夏为之所作二序,实皆成为狱中绝唱,在《雁字》诗史上具有“广陵散”式的特殊意义。

(四) 别出手眼的水中观照

与以往几乎都是从仰观雁群在天空飞行时的种种姿态写作《雁字诗》不同,有人从天衣怀禅师“譬如雁过长空,影沉寒水,雁无遗踪之意,水无留影之心”的著名禅语中受到启发,改为从俯视水中映照的雁字影像而写作《水中雁字诗》,认为从这个视角出发,于“空有相传、光影互摄之际”绘影传神,更能得“言有尽而意无穷”之三昧。现存最早的这类作品,当推桐城人方以智(1611—1671)于顺治九年(1652年)所作《和水中雁字诗》七律十五首(《浮山后集》卷三),其次则为彭孙遹(1631—1700)《水中雁字十二绝》(《松桂堂全集》卷十四)。但这种别出手眼的水中观照,实际上始创于明末。方诗原题《和先外祖吴观我太史公水中雁字诗》,且在自注中称其老父也曾作《水中雁字诗》。按吴观我名应宾(1565—1635),字尚之,与袁宗道为同年进士,并曾同在翰林院供职,袁宏道、袁中道也与吴氏有交;而方以智之父名孔炤(1590—1655),字潜夫,号仁植,与袁中道为同年进士,且于万历末天启初尚有交往;因而不难看出,对于晚明由袁氏兄弟倡导而形成的《雁字》诗热而言,吴应宾、方孔炤的《水中雁字诗》之作显然是一种有创意的呼应与拓展。此外,晋江黄虞龙也曾撰《水中雁字》数十首,其创作时间应在明天启崇祯年间[①]。后来屈复(1668—1745)于乾隆初撰《水中雁字》二十首,诗末谓“明自袁中郎倡为《雁字》诗,一时和者甚众;至《水中雁字》,百年来始有之名,不甚著”(《弱水集》卷十八),前句甚是,后句则不切。但从方以智之作来看,即使颇合于严羽所说“如空中之音,水中之月,镜中之象,言有尽而意无穷”的境界,却也因意旨深远而较难把握。作者乃崇祯十三年进士,官至翰林院检讨,南明永历时曾任左中允等职,顺治七年出家为僧后,仍继续发愤著述,并秘密组织反清复明活动,其《水中雁字诗》十五首就是在这种情势下写出,虽为追和外祖父吴应宾而作,实际抒发了他当时作为遗民和思想家的思想感情[②]。

① 钱谦益《列朝诗集小传》丁集上《黄监丞居中传》记其子“虞龙,字俞言,少负逸才,作《落花》、《水中雁字》诗各数十首,长老叹异,未及艾而卒”。因《列朝诗集》于顺治六年编成付刻,黄虞龙《水中雁字》既为少年之作,则可推知其创作时间应在明天启、崇祯年间。

② 参见方盛良《融通:从思想到文学——以方以智〈和水中雁字诗〉为中心》,《文学评论丛刊》第六卷第一期。

（五）楚地诗坛的隔代回响

作为引发晚明《雁字》诗热的源头楚地，清初也曾产生过一轮新的回响。顺治末年，些庵和尚先作《雁字》七律八首，寄与诸友索和，一时酬唱者甚众，但有作品流传至今者仅宁夏陶汝鼐、陶之典和衡阳王夫之等三人。些庵即郭都贤（1599—1672），字天门，益阳人。明天启二年进士，历官至都御史，巡抚江西。入清后不仕，落发为僧。流寓沔阳，筑补山堂，前后十有九载，后以诗累，客死江陵承天寺。陶汝鼐（1601—1683），字仲调，号密庵。明崇祯六年举乡试，官新会教谕。南明永历时曾任兵部郎中、翰林院检讨等职。旋薙发沩山，号忍豆陀。少时“即私效袁公安近体诗”，长而诗声鹊起，与些庵齐名。晚年读些翁《雁字》八首，“颇觉撩人”，“遂率笔和之”，得七律十首，今见于《荣木堂合集》诗集卷八。陶之典乃密庵长子，字五徽，号淡庵。顺治间，曾任安亲王教习。其所作《雁字八章》，题下注明为“些庵先生命和”，当与乃父同时酬答，但今存仅二首（皆七律），见于《沅湘耆旧集》卷四十七。王夫之（1619—1691），字而农，明崇祯十五年举于乡，南明永历时授行人。入清不仕，隐居著述以终。曾于康熙九年先后作《雁字诗》三十八首，分别题为《前雁字诗十九首》、《后雁字诗十九首》，且各撰有小引。今人已收入《船山全书》第十五册，并将其与性质颇近的《题芦雁绝句》十八首合编为一卷。作者小引主要叙述其缘起与作意，颇值得关注者有三：一谓“雁字之作，始倡于楚人”，当然是指公安袁氏兄弟等楚人唱和《雁字》组诗，以致蔚然成风；二谓“近则玉沙湖补山老人续唱，作者连轸”，明确把清初郭都贤与诸友的酬和活动视为晚明楚人唱和《雁字》组诗的“续唱”；三谓自己当年因病未和，过了近十年才完成这一心愿，可见由些庵主持的这一轮“续唱”，至少持续了十年之久。此外，还叙及己作与诸公之作有异，所谓“时从异轨，情有殊轸，短歌微吟不能长”，是说时隔十年，形势与心态已发生变化，仅作八首七律已难以表达其复杂的情志，因而先作十九首尚不足，再作十九首方尽兴。后来，李继圣举其“为谁修楚史，自解注禽经”、“分飞南北史，历乱桧曹风”、“避暑疑秦火，怀沙吊楚臣”等佳句，认为“寄慨深远，实为绝唱”（《寻古斋诗文集》诗集卷二）。诚然，王氏《雁字诗》三十八首称得上内容丰富，从不同角度抒发了其复杂的思想感情，但因用典颇多，措词深晦，非知人论世，已难以解读。近年随着船山研究的逐渐深入，已有学者就此做过探讨，其中尤以李生龙《王船山组诗〈题芦雁绝句〉〈雁字诗〉之创作主旨与复杂内蕴》（《湖湘论坛》2011 年第 3 期）一文用力甚勤，颇能抉其深意奥旨。

（六）冯如京与《古今雁字诗选》

自袁宏道逝世以后的明末清初，除了上述有代表性的作家作品以外，曾参与《雁字》组诗写作的诗人尚有不少，例如，鄞县陆宝撰有《雁字》七律八首（见于《霜镜集》卷十二），大兴沈光裕曾作《雁字诗》九十首（已佚，据陶汝鼐《沈仲连雁字诗跋》），泰顺周家伟曾撰《水中雁字诗》三十首（已佚，据《温州经籍志》卷三十），赵我法曾作《雁字诗》三十首（已佚，据张岱《雁字诗小序》），乌程董说（1620—1686）撰有《雁字诗》七律四首（见于《董说集》诗集卷二），江宁刘然曾作《水中雁字》三十首（今未见，据四库馆臣《西涧初集》提要）等。正是在这种背景下，冯如京编刊了《古今雁字诗选》一书，可以看做是为晚明兴起的《雁字》诗热而做的一个总结。

冯如京（1603—1670），字修隐，号秋水，代州人。明崇祯十三年以奉诏赴廷对授滦州知州，迁永平府同知。入清后，历官至广东左布政使。顺治末年，他在广东官邸不仅撰有《雁字诗》七律十二首（见于《秋水集》卷六），而且编刊了《古今雁字诗选》。事起于其下属乳源知县支揆英（嘉善人）先以乃父支如璔[①]所作《雁字》组诗相呈，冯评为"读之古藻苍凉，摇人心目，盖不以雁字为《雁字》，而文生于情，独抒己性，直出中郎头地"，于是"亦擘纸抽毫，率成十二韵"；稍后，支揆英又以乃父所辑历代《雁字诗》见投，冯称"披阅未竟，大快同心，讽而咏之，盖沨沨乎大雅之遗音也哉"，于是从中选录优秀之作编为一集，并撰《古今雁字诗选序》（《秋水集》卷十一）曰："据（支如璔）所论定，大概创自宋元，因而滥觞，乃始于吴楚，若二袁发清啸于潇湘，诸支鼓余波于烟雨。由是作者如林，家有引商之什；趋之若鹜，人传刻羽之篇。琅玕之管，几于夜夜生花；金谷之声，疑若时时掷地。然亦奇矣，不几盛哉！第呕心锦绣，匪乏鸿章；而刻画无盐，亦多赝鼎。余乃不揆孤陋，漫托丹铅，摘其全瑜，以供同好。"由此可知，《古今雁字诗选》一书实是由南北诗人合编而成，所谓"若二袁发清啸于潇湘，诸支鼓余波于烟雨"，则明确肯定了晚明以来《雁字》组诗的盛行，正是公安二袁的影响所致，并指出诸多作品中既不乏独抒性灵的"鸿章"，也颇多模仿剽窃的"赝鼎"。

以上从现存文献资料出发，简略勾勒了作为咏物诗后起的强支——《雁字》诗自北宋滥觞至明末清初形成热潮的历史，重点论述了公安二袁在《雁字》诗发展环链中既有继承也有拓展创新的内涵与意义，以及随着二袁《雁字》诗的传播而在晚明至清初诗坛所产生的深远影响。至于入清以后出生的清初诗人以及清中后期诗人中仍有不少人兴趣盎然地写作《雁字》组诗，动辄数十首[②]，累积起来，可谓连篇累牍，不胜枚举，其中部分作品仍然受到了公安二袁的影响，但限于篇幅，有关这方面的内容，拟另文专论。

最后，有必要回到引言部分所提出的问题做一小结。本文虽以考察晚明兴起的《雁字》诗热为中心，但写作的缘起却是有感于尹恭弘先生《公安派的文化精神》中的某些观点而展开讨论，主要意图是借此论证：在袁宗道逝世以后，以袁宏道、袁中道为代表的公安派从文学观念到创作实践都在逐渐发生变化，且长时期内仍在文坛发生影响。简单地说，如果公安派前期的文学思想（由观念表述和创作实践两个方面体现）是以"独抒性灵，不拘格套"（袁宏道《叙小修诗》）为主调的话，那么，后期的文学思想则是以"本之以性灵，裁之以法律"（袁中道《秦京文集序》）为主调。显而易见，要求文学抒写性灵，反对模拟剽窃，是公安派赖以成立的核心主张及其革新意义之所在，这一根本思想始终未变。其间有所变化的是在如何表现性灵的方式上，从"不拘格套"逐渐转向了"裁之以法律"，而"信口信腕"只是"不拘格套"的表现方式之一，它在反对七子派模拟剽窃过程中曾产生过积极作用，但也由此而招致了不少批评。因而当文坛上拟古剽窃之风已经有所扭转之后，袁中郎于隐居多暇期间，与袁小修一起通过读书和反思而进行了一些调整，乃是一种明智而合理的举动，兄弟俩以唱和方式所作的《雁字》组诗正典型地体现了其已经从"信口信腕"向含蓄蕴藉的表现方式和创作境界的转变，二人皆遵守咏物诗的潜规则，但仍然抒发了各自的性灵，所以能在明末清初产生深远的影响。尹先生在《公安派的文化精神》中所提倡的"采用完整地、原原本本地、不加分割地研

---

① 支如璔，字美中，号小白，又号砚田，嘉善人，著有《砚田集》、《砚田小品》等。

② 如近年发现的唐琏（1756—1836）所书真草《雁字诗》六十首（原诗六十首皆为无名氏作，唐氏所书实存四十四首）册页，就是在这种背景下的产生的。

究原始文献的方法”，实际上并未真正贯彻到底，因而其所谓“综合地说，袁宏道文学思想没有变化”，“他一生始终认为最能表现作家性灵的还是信口信腕的表现方式和创作境界”，以及“袁中道太注重不分主次、轻重、缓急的平衡和调和，以致常常滑向浅薄的折衷主义和庸俗的调和主义”等结论，是站不住脚的，尤其诸如“常常滑向浅薄的折衷主义和庸俗的调和主义”、“逐渐模糊了前后七子和公安派两条文学路线的本质区别”之类判词，似有以社会革命或阶级斗争的思维来评价文学流派之争的嫌疑。

作者单位：复旦大学

论竞陵派对诗歌情理的辨识与批评

曾　肖

一、以情理评诗的传统与发展

情与理是诗歌表现出来的情感与思想，是诗歌艺术的重要内容。情即感情、性情、情志、情怀等，是指诗歌的情感意蕴；理即玄理、佛理、理致、理趣，是指诗歌的议论说理。人们的感情、志意通过诗歌来表达。“诗言志”说最早见于《尚书·尧典》：“诗言志，歌永言。”认为诗歌是诗人思想、怀抱的表现，《毛诗序》曰：“诗者，志之所之也，在心为志，发言为诗，情动于中而形于言，言之不足，故嗟叹之，嗟叹之不足，故咏歌之，咏歌之不足，不知手之舞之足之蹈之也。”揭示出诗歌与情志之间的关系，这时的情志是统一的。

至魏晋南北朝，陆机提出“缘情”论，诗歌的“情”突显出来，情与志分开；玄学的兴起与佛学的传播，玄言诗盛行于世，诗歌追求玄理、佛理，情与理出现对立。唐人发挥诗歌的抒情性特征，宋人则讲究才学议论为诗，宋代理学家更是明确反对诗歌的情感，力主诗歌的“理”。“唐诗多以丰神情韵擅长，宋诗多以筋骨思理见胜。”[①]

至明代，前后七子追踪汉唐，宗尚唐调，以情言诗，但不排斥理。李梦阳一方面重视诗歌的真性情，如《梅月先生诗序》云：“故天下无不根之萌，君子无不根之情，忧乐潜之中而后感触应之外，故遇者因乎情，诗者形乎遇。”[②]指出君子之情是有感而发，诗歌的写作是发乎情。另一方面，李梦阳遵奉传统的儒家诗教，如《送杨希颜诗序》云：“夫歌以永言，言以阐义，因义抒情，古之道也。”[③]重申“发乎情止乎礼义”的诗歌传统。复古文学思潮的“情”仍然属于传统道理规范之内，受到“理”与“礼”的束缚。但复古派对于诗歌抒情性特征的强调，以及对诗歌专主“理语”的不满，为性灵文学思潮的发展提供了理论基础与契机。李梦阳在《缶音序》中说：“宋人主理作理语，于是薄风云月露，一切铲去不为。又作诗话教人，人不复知诗矣。诗何尝无理，若专作理语，何不作文而诗为邪？”[④]指出宋诗主理有违诗歌的本质特征。他认为，诗歌可以有理，但应该以抒情为主。

明中期以后心学的流行，促发了以“性情”为核心的性灵文学思潮兴起。李贽的“童心”

---

① 钱钟书《谈艺录》，中华书局1984年版，第2页。

② 李梦阳《空同集》卷五十一，上海古籍出版社1991年版。

③④ 李梦阳《空同集》卷五十二。

说直接推动了文学主情论的发展，徐渭、袁宏道、汤显祖等人高举“本色”、“性灵”的旗帜，文坛上出现了一股与复古思潮相抗衡的性灵文学思潮。这股思潮的代表人物极力宣扬作品的“真性情”，认为情感是一种纯天然的喜怒哀乐嗜好情欲的表现，情感的宣泄是完全真实、不加修饰的，从而贬低诗文中的理，情理对立。如袁宏道在《叙陈正甫会心集》一文中指出：“迨夫年渐长，官渐高，品渐大，有身如梏，有心如棘，毛孔骨节，俱为闻见知识所缚，入理愈深，然其去趣愈远矣。”汤显祖以“情”为教，追求一个“有情之天下”，反对以礼法抑情，以理格情。这种对情欲的张扬使文学作品出现俗化的倾向。

竟陵派所处的明末时期，明王朝的政局日益腐败，国家危机四伏，内忧外患。以“兴复古学，务为有用”为口号的复社、几社等社团逐渐活跃，复古思潮卷土重来，性灵文学思潮的影响力开始减弱，“主情”论的内容发生改变，钟惺、谭元春对个人性情的认识摆脱了袁宏道、汤显祖等人追求的一己之情欲，逐渐倾向于符合传统伦理政教观念的忠孝节义的情志，强调“理”的重要性和情理的统一。重情尚理是古典美学的一大特点，雷士俊在《与孙豹人》中云：“大抵钟、谭论说古人，情理入骨，亦是千年仅见。”[①]高度赞扬了钟、谭以情理论诗的批评特点。竟陵诗学强调“为情造文”，也注重“情理并至”，要求情与理的有机统一。二人的诗文创作描写人情物理，出于真情，包含思理。友人沈春泽在《刻隐秀轩集序》肯定了钟惺的创作“本之经，参之子，辅之史、集，根理道，源性情”。清人李慈铭在评价《谭友夏合集》时，以批评的口吻曰：“今日阅其全集，总其大凡，诗则格囿卑寒，意邻浅直，故为不了之语，每涉鬼趣之言，而情性所嫥，时有名理，山水所发，亦见清思。”[②]既指出谭元春诗歌风格卑寒、意蕴浅显的缺点，亦肯定其诗含情入理、情景结合的特点。

二、竟陵派对深情至理的偏好

钟惺、谭元春二人在选评《诗归》明显流露了他们对情理的认识与个人喜好。其一，钟谭崇尚诗文的“深情”、“至情”，欣赏情感的真挚与深沉。强调真情是性灵说的主核，以情感的真与浓为标准来衡量、品评诗歌，正是性灵文学思潮在文学批评活动方面的具体表现。情感的浓烈与丰富，可使诗歌的意旨丰厚，表现出委婉多姿、含蕴无穷的风格特色。《诗归》中，“深情”、“情深”、“至情”、“情至”等字眼随处俯拾可见：

> 评曹植《妾薄命》：“任意交属所欢。”钟云：“情至之语。”
> 评杜甫《病马》，谭云：“真深情，真厚道。”
> 评韦应物《赠李儋》，钟云：“情深近古。”
> 评李咸用《访友人不遇》“出门无至友，动即到君家。”钟云：“孤衷深情，见此十字。”

以上数例来看，钟谭二人赞赏的是人与人之间真挚而深厚的情感，主要是男女之情与朋友之情，亦包括了人与动植物之间的感情；同时，钟谭亦强调传情方式的巧妙与曲折，浓厚的情意却往往借用极少极精炼的文字来传达，多用婉转的手法来抒情。

---

① 周亮工《藏弃集》，《尺牍新钞二集》卷十五，上海贝叶山房 1936 年版，第 290 页。
② 李慈铭《越缦堂读书记》，上海书店出版社 2000 年版，第 970 页。

钟、谭二人一方面强调传统的忠孝之情，另一方面，在时代思潮的影响下，对男女之情十分赞赏。综观《诗归》关涉“情”这方面的评语，钟谭二人对于男女之间的情感尤为关注，称赏曹植、鲍照、汤惠休、简文帝等人描写艳情的诗篇以及写情为主的南朝乐府民歌。性灵文学思潮的“主情”论所挟带的通俗文化气息，渗透进文人士大夫的艺术创作与艺术观念。公安三袁的诗文作品中不乏一些直接描述与颂扬耳目口欲声色之好的文字，表现出世俗化的倾向，如袁宏道一段著名的议论：“然真乐有五，不可不知。目极世间之色，耳极世间之声，身极世间之鲜，口极世间之谭，一快活也。堂前列鼎，堂后度曲，宾客满席，男女交舄，烛气薰天，珠翠委地，金钱不足，继以田土，二快活也。箧中藏万卷书，书皆珍异。宅畔置一馆，馆中约真正同心友十余人，人中立一识见极高，如司马迁、罗贯中、关汉卿者为主，分曹部署，各成一书，远文唐、宋酸儒之陋，近完一代未竟之篇，三快活也。千金买一舟，舟中置鼓吹一部，妓妾数人，游闲数人，泛家浮宅，不知老之将至，四快活也。然人生受用至此，不及十年，家资田地荡尽矣。然后一身狼狈，朝不谋夕，托钵歌妓之院，分餐孤老之盘，往来乡亲，恬不知耻，五快活也。士有此一者，生可无愧，死可不朽矣。若只幽闲无事，挨排度日，此最世间不紧要人，不可为训。”[①]与《梅客生》一信中，袁宏道自述：“既不妨饮酒，又不妨好色，又不妨参禅。”[②]竟陵派的诗文作品较少涉及这方面的内容，但在他们的诗学观念中，却深深地烙下了对男女艳情的认可与喜好的痕迹。如评《紫骝马歌辞》，谭云：“枕郎左臂，随郎转侧，摩捋郎须，看郎颜色，千情万态，聪明温存，可径作风流中经史注疏矣。”钟云：“此等行径，亦非老女不办作如此面孔。”两人以赞赏的口吻来品评，肯定了诗中描述的聪明温柔的女性形象与多情体贴的行为举止。评《地驱乐歌》，钟云：“说老女情状好笑，然犹妙在真情不讳，世上多有隐忍羞涩而其中不可知不可言者。”评《孟珠》：“愿得无人处，回身与郎抱。”谭云：“太妖矣，然既已有情，何必讳其妖。”钟云：“妙在不故作羞态。”均肯定了真情流露，不必掩藏，不怕直率。

钟谭对艳情诗的评价标准定得比较宽松，赞赏那些发自内心的真情厚意。在钟惺批点《诗经》的评语中，显示了他对诗旨的把握能够摆脱伦理教化的视角、更多地从人的本性出发的批评特点。他批驳了朱熹从伦理道德的角度来定为“淫诗”的某些诗篇，如《郑风・子衿》，钟惺则认为是“相思”之作，真性情的描绘。在《诗归》中，钟惺同样体现出其品评情诗的特色，如评《折杨柳歌辞》，钟惺说道：“此辞若出自女儿，则不可训，妇人有此语，入三百篇犹当为正风。”肯定该诗表达出来的真情与风格。再如评萧悫《春庭晚望》，钟云：“情深妙语，即真正填词，犹当收之。况止以其相近而轻弃乎？”指出该诗的婉约风格。在评《陇西行》一诗中，钟惺指出“淫人”与“好色”自是两种不同的类别，认为“男女几于狎矣，而不及乱，真所谓好色而不淫”。极具大胆意识的是对男色的赏评，如张翰的《周小史》，钟惺指出此诗：“有怜惜语，无狎昵语。咏美男宜如此，一入狎昵，便浅。”“由容止看出性情，是《卫风》‘手如柔荑’章法。”钟谭认为，艳诗须“深”，只有造语写情都深微有致，方为好的艳诗，如评鲍照《代夜坐吟》，钟惺指出：“艳诗不深不艳。”谭元春则说：“深微造极，士女皆无遁情，予将取为艳诗之宗。”

钟谭二人所认可的艳情具有“贞”、“正”、“深”的特点。他们认为，“艳”更多的是指情感的热烈与奔放，无妨于用情的专一、深厚，如评魏明帝《种瓜篇》，谭元春指出：“亦是艳情，词

---

① 袁宏道《龚惟长先生》，《袁宏道集笺校》卷五，上海古籍出版社1981年版，第205页。

② 袁宏道《袁宏道集笺校》卷十一，第485页。

气端烈，无隋炀帝、陈后主之习。”评汤惠休的《怨诗行》时，钟惺指出此诗“妍而深，幽而动”，符合“艳情三昧”；评《陌上桑》，钟惺认为诗歌“妙在贞静之情，即以风流艳词发之，艳亦何妨于正也”；评梁德裕的《感遇》诗，钟惺云：“非独情深，亦自贞正。”评张籍《白纻歌》，钟云：“情深而正。”都是强调了情感的贞洁与纯正。钟谭认为，能保持心境虚静的人，心中没有对外部世界的名利权势过多的追求，对人与人之间的情感就更加重视、珍惜，本身所拥有的情感也会更加丰富、淳厚，钟惺有语云：“静者自然情深。”评谢朓的《夜听妓》二首，谭元春指出：“上歌艳在亲昵，下歌艳在幽静。”周围环境的幽静更凸显出宴席上歌妓动听的琴声与宾客欢乐的笑声，快乐却不喧闹，脉脉的情意在客与妓的互动中悄悄传送，温馨的夜色愈加醉人，“对妓之妙，如对幽人”（钟惺语）。

其二，钟谭推崇“深理”、“至理”、“妙理”、“别理”等。理在诗和文的地位并不一样，文以理为主，诗以情为主。文章的理是立言之本，可以直接通过议论来阐明，陆机《文赋》指出：“理扶质以立干。”刘勰《文心雕龙》则曰：“故情者，文之经；辞者，理之纬。经正而后纬成，理定而后辞畅，此立文之本源也。”诗歌的理应该通过具体的事物或形象来传达，而不是直接运用概念、堆砌理语，否则会影响诗歌特有的韵味。针对宋人过多采用理语入诗的不良现象，严羽提出“诗有别趣，非关理也”的说法；紧接着，严羽又说：“而非多读书穷理，则不能极其至。”指出作诗者必须多读书、穷事理，才能写出至高境界的诗歌，从而强调了明理对诗歌创作的重要性。理包括了事理、玄理与禅理等多种类型，主要是指宇宙、社会、人生的哲理。哲理入诗并非诉诸言述，而是通过形象来显现，读者在阅读过程中，通过形象来感知、联想，品味到深刻的道理，获得一种咀嚼不尽、意蕴无穷的审美感受。恰是钱钟书所言：“理之在诗，如水中盐、蜜中花，体匿性存，无痕有味，现相无相，立说无说。所谓冥合圆显者也。”[①]这样的诗歌是富于理趣的诗歌：“若夫理趣，则理寓物中，物包理内，物秉理成，理因物显。赋物以明理，非取譬于近，乃举例以概也。或则目击道存，惟我有心，物如能印，内外胥融，心物两契；举物即写心，非罕譬而喻，乃妙合而凝也。”[②]钱先生指出物与理结合的诗歌，可以达到一种“内外胥融、心物两契、妙合而凝”的状态，是道家的心物为一、高度融合的审美境界。

竟陵派改变了公安派“性灵”说的内涵，在重视“情”的基础上，重新标举“理”在诗歌中的地位。钟谭推崇诗歌富于“深理”、“至理”、“妙理”与“别理”，追求诗歌的理蕴深长，理意丰富，理致奇妙，理趣盎然，能够让人从中获得许多体悟。举例如下：

> 评杜甫《太子张舍人遗织成褥段》，钟云：“小小题，许多感慨，许大关系。诗不关理？杜诗入理独妙。”
>
> 评元稹《解愁》：“无乃天地意，使之行小惩。”谭云：“至理，偶然拈出。”
>
> 评宋昱《樟亭观涛》，钟云：“一段深奇，出自至理，浅人看不得。”

杜诗善于入理，借太子宾客赠送翠织作褥段一事，联系到藩镇僭侈无度、逆天道而犯王制招致殃祸，从一小物而引发出天道王制，实属大议论，大道理。其他如“精理”、“至理”、“深理”、“妙理”、“别理”等，都是指一种难以明言、难以捉摸、深奇精妙之理，是一种难以言说的独特

---

① 钱钟书《谈艺录》，第231页。

② 钱钟书《谈艺录》，第232页。

的趣味与事理。在钟谭看来,这样的"理"只有心力深厚、思维超群、趣味脱俗的人才能领悟,因此,时常出现"浅人不知、俗人难道"之类的评语。

钟谭以具体诗例反驳了严羽"诗不关理"的观点。哲理入诗与文体风格之间有直接联系,不同的理是诗歌风格的独特性所在,如钟惺评陈琳的《饮马长城窟行》指出:"全是长短歌行,然径入唐人集中不得,中有妙理。"该诗中,有的诗句的语言风格酷似唐诗,如"往谓长城吏,慎莫稽留太原卒",钟惺云:"老杜歌行似此。"陈琳此诗与杜甫的新乐府诗比较,杜诗的现实感强,陈诗则更富于人生哲理,透露出诗人对生死命运与人生价值的思考。诗人生命意识所显示的"妙理",是陈诗有别于唐代乐府诗的特点。钟谭的理包括了事理及人生道理,如评李白《月下独酌》其二:"天地既爱酒,爱酒不愧天。"钟云:"'不愧天'三字,用理语作嘲戏,妙。"李诗层层推想,从天地爱酒推理出爱酒乃顺应天意的逻辑,堪称一绝。也包括了道家、玄佛的哲理,如评王昌龄《缑氏尉沈兴宗置酒南溪留赠》:"齐物意已会,息肩理犹未。"谭云:"未能息肩,着一理字,妙,凛然有在三之想,可见诗中何尝不涉理。"诗人妙用佛教、禅宗的义理入诗。但钟谭反对直接用理语入诗,评储光羲《牧童词》,钟云:"闻道之言,有道气,无理语。"他们赞赏的说理方式是借物言理、无理而妙。

评李贺《苦昼短》,钟云:"放言无理,胸中却有故。"

评孟郊《独愁》:"常恐百虫鸣,使我芳草歇。"谭云:"'芳草'之上,著一'我'字,无理而有至情。"

评顾在镕《宿麻平驿》:"犬为孤村吠,猿因冷木号。"钟云:"为字,因字,妙在无理。"

诗人通过想象、拟人、通感等表现手法,造成一种"无理而妙"的写法,带给人新奇感与趣味性,有利于激发读者的想象力,增加诗歌的理趣,产生特殊的审美效应,幻妙神奇的艺术效果。李贺诗是"无理而妙"的典型例子。李诗用富于感染力的语言抒发主体情感,用通感的方法来形成知觉变异与艺术变形,用夸张、想象、虚构等手段来描写虚幻缥缈的人物形象与神仙世界,如"唯见月寒日暖,来煎人寿。食熊则肥,食蛙则瘦","谁是任公子,云中骑碧驴。刘彻茂陵多滞骨,嬴政梓棺费鲍鱼"等诗句,以揭示诗人对时光飞逝的苦恼、焦虑与幻灭感。钟惺指出该诗"放言无理",语言的夸诞放荡,有悖常理,却是心中有情,胸中有故。无理之妙,妙在达难显之情。诗人对生命无力挽留的忧虑与对死亡的畏惧,容易产生一种有悖于常理的情感状态,一种幻想与现实混淆的虚幻迷妄的心理状态。这种写法看似无理,实则达情,能使作品增强表现力,达到一种幻妙的美学境界。唯其"无理",愈见情深,确实很"妙"。孟郊诗"我"与"芳草"本无关系,诗人赋予两者的从属关系,使"芳草"具有人的生命与性情,"无理而有至情"。顾在镕诗,钟惺直接提出了"无理而妙"的说法,诗人把自己的情感投射到无意识的"犬"和"猿"身上,犬吠与猿号是因为感受到所处环境的孤寂寒冷,拟人的方法使诗歌似乎不合常理,却传达了更为深厚的情感,给读者一种陌生而奇妙的阅读快感。钟、谭阅读诗歌细致入微,能够品味出诗歌至细至曲至妙的理蕴与理趣,"理外之理","别理别趣"。

三、竟陵派对情景理关系的阐释与实践

情与景、情与理的关系是诗论的重要论题。诗歌写景主要是以抒情为目的,情寓景中,

景藏情里，情景相生，当是好诗。钟谭推崇情与景有机结合的好诗，评语中注意揭示出诗歌的情景关系。如以下诗例：

评《满歌行》："天晓月移。"钟云："四字难堪。古人境语，即是情语。"

评刘希夷《江南曲》，钟云："数诗写景处多，然妙在情，而不在景。"

评张说《代书寄吉十一》："口衔离别字，远寄当归草。"钟云："景中字字是情。"

评卢纶《送吉中孚校书归楚州旧山》其一，钟云："只写景到极像处，情便难堪。"其二，谭云："别情说向幽景上去，情更深。"

钟惺提出"境语即情语"的观点，指出日月转换的自然景观寓含着诗人对时光流逝的感慨与无奈，这是写景以抒情的方式；刘希夷作数首《江南曲》，写景、抒情的方式巧妙，情景交织在一起；张说诗写景亦是抒情；卢纶诗则显示了较为复杂的情景关系。诗歌的情景关系包括了触景生情、缘情写景、景中含情、情景相生等。周振甫的《诗词例话》解说"情景相生"一则，第四段引用了钟惺、谭元春评万楚两首诗的例子来说明"缘情写景"，谭元春评万楚《题情人药栏》："此诗骂草，后诗托花，可谓有情痴矣，不痴不可为情。"钟惺评万楚《河上逢落花》："此与前诗同法（指《题情人药栏》），'正见'相向着'芳草'上，'应见'为道着'落花'上。怒语'芳草'，温语'落花'，皆用无情为有情，无可奈何之词。"谭元春、钟惺语皆抓住诗人的情感来分析，认为诗人骂草托花，把花草看成有性有情之物，主体情感移用到自然界的景物中，"用拟人化的手法，化无情为有情，感情的色彩就更强烈了"①。杜甫的咏物诗、写景诗，更是缘情写景的典型，钟惺在评杜甫《法镜寺》时曰："老杜蜀中诗，非惟山川阴霁，云日朝昏，写得刻骨。即细草败叶，破屋危垣，皆具性情，千载之下，身历如见。"

竟陵诗学在高度重视诗歌情感抒发的同时，钟谭又十分强调理的作用。他们认识到抒情与说理之间对立统一的关系，诗歌过度抒发情感时，离不开理的制衡。以艳情诗为例，艳诗主要是抒发绵绵情意，但情中不能没有理，如钟惺评韩偓的《无题》："纤极害诗，即情艳亦自有妙理，不专以纤取艳也。必如此而后可以纤，纤亦不易言矣。取此一首，见诗不废纤。"艳情诗以纤取艳，亦自有妙理在内，如诗句："推诚鄙效颦。"钟云："'推诚'二字，理语入艳诗，恰妙。"艳诗用理语入诗，恰是情理的矛盾统一。再如评《方回山经引相冢书》，钟云："语太尽情，然有至理。"指出诗歌以抒情为主，但抒情中亦表现了哲理，隐约包含了以理节情的观点。情与理在诗中存在着相互依存、相互制约的关系，两者既矛盾对立，在一定条件下又相互转化。诗人的抒情出于主观情感的感性发挥，如果缺乏理性的制约，难免会陷入逻辑混乱的局面。在抒情的同时，加入理性的思考，以理遣情，以理节情，情理得到谐调与贯通，融情思与哲理为一体，则使诗歌出现情理并茂的效果。如评谢庄的《北宅秘园》："绿池翻素景，秋怀响寒音。"这两句诗以拟人的方法来写秋景，景中含情，所谓"幽人幽事，全副性情脱出"（谭元春语）；其中"秋怀响寒音"一句，用了拟人、通感的表现方法，给人一种新奇的艺术感受，钟惺评为"幻而有理"。这两句诗可称景情理的结合。绿池、素景等意象中融汇了诗人的主观情思与理性思索。

诗歌的议论说理与抒情相结合，做到理中含情，情理交融，诗之情就更感人，诗之理也更

① 周振甫《诗词例话》，中国青年出版社 1962 年版，第 132 页。

深刻。钟谭推崇情理并至、情理结合的好诗，讲究情与理的有机和谐统一。试看：

评《玄冥》，钟云："此首情理尤奥。"

评庐山诸道人《游石门诗》："众情奔悦。"钟云："'奔悦'二字，奇情深理。"

评刘希夷《捣衣篇》，钟云："此诗密理深情，远胜《公子行》等篇。"

评张九龄《同綦毋学士月夜闻雁》，钟云："深情妙理，触物为言。"

评李白《幽涧泉》，谭云："长短句，吞吐中，有妙理别情，惟太白为之，最易最宜。"

从以上例子来看，钟谭赞赏的诗歌是"深情"与"深理"的结合，"奥"、"奇"、"深"、"妙"、"别"、"密"等词语，是形容情或理的深奥、深沉、奇妙、独特等特点，即具有委婉曲折、紧密深致的特点，这样的情与理需要作者的心力与思虑来表达，也需要读者细致集中的冥心静悟来探索。在山林、幽谷、佛寺等幽静宁谧的环境，在夜晚、秋季等沉寂凄清的时候，人们更容易体悟到自然景物所蕴含的深情至理。所举诗歌，大多数可以归属于此类型。如《玄冥》诗描绘了"蛰虫盖藏，草木零落"的秋冬景象；刘希夷诗描绘秋夜闺人思念游子的情景，如"秋天瑟瑟夜漫漫，夜白风清玉露溥。燕山游子衣裳薄，秦地佳人闺阁寒"等；张九龄诗则用拟人的手法写了秋天南飞途中遇险而落单的孤雁，"避缴归南浦，离群叫北林。联翩俱不定，怜尔越乡心"。道人的《游石门诗》与李白《幽涧泉》，都是描写幽静清雅的自然景色，前诗先写春日山林美景，然后以"奔悦"二字来形容众人浓厚的游兴与喜悦之情，笔法巧妙；后诗先写秋天幽涧的萧瑟景色，再写"我"弹奏素琴，使失志之客伤心泪流，"吾但写声发情于妙指，殊不知此曲之古今"。钟惺品评这两句诗曰："妙达乐理乐情，在此一语。"通过凄清的乐音，揭示出士人千古同一的怀才不遇的失落感。

竟陵诗学体现出古代诗歌注重抒情与情理并重的审美传统，它对情景关系、情理关系的探索，以及对"无理而妙"、"无理而有情"的讨论，都对王夫之、沈德潜、叶燮等人的诗学理论不无影响。钟惺、谭元春偏好曲折深沉的情理，显示出其独特的审美意识和较好的审美能力。

作者单位：暨南大学

王彦泓诗论

——兼及文学史研究的观念问题

耿传友

一、一种奇异的阅读和接受现象[①]

王彦泓(1593—1642)字次回,金坛人,著有《疑雨集》。随着中国古代文学研究的深入,王彦泓近年来逐渐受到学界关注。作为其标志的,是章培恒、骆玉明主编的《中国文学史新著》的出版,在这部被学界誉为"有思想的知识体系"[②]的著作中,章培恒先生花了四页的篇幅讨论王彦泓,认为在竟陵正盛之时,王彦泓"异军突起,以其富于个性的诗歌,作出了自己的贡献"[③]。但王彦泓大体仍是被漠视的。2011 年第 6 期《读书》载有周朝晖《永井荷风与晚明诗人王次回》一文[④],在文中周朝晖提到,他在日本唯美主义文学家永井荷风的文集里遇到了"前所未闻的中国明末诗人王次回(即王彦泓)的诗歌",惊讶地发现永井荷风"频繁引用王次回诗作,而且天衣无缝地嵌在行文之中",对其触动更大的是永井荷风在《初砚》中竟将王彦泓的《疑雨集》与波德莱尔的《恶之花》相提并论,评价甚高。周朝晖不禁感慨:"失之东隅,得之扶桑,没想到故国沉沦几百年的王次回,竟然在孤悬汪洋一隅的日本找到知音,并滋养了唯美主义文学大师的创作。"于是周朝晖发愿要搜读王彦泓诗集,让他感到遗憾的是,"逛了大中城市的各种书店,查遍古典诗歌书架,收效甚微"。

这大概能反映王彦泓诗的目前阅读和接受情况。其实,王彦泓并没有"沉沦几百年",他的诗在明末清初与晚清民国时曾两度流行,受到非常广泛的欢迎,他的诗也引起了激烈争论,人们对其褒贬不一,评价分歧甚大,激发了极端的爱和恨,构成一种奇异的、令人注目的阅读和接受现象。综观王彦泓诗阅读和接受的历史进程,具有如下两个突出特点:

第一,接受的钟摆现象。王彦泓诗的接受过程,曾经历过两次高潮和低潮的起伏,借鉴

---

① 笔者曾撰有《王次回:一个被文学史遗忘的重要诗人》(《中国韵文学刊》2006 年第 3 期),本文在其基础上利用一些新的资料进行了重写。

② 《有思想的知识体系——〈中国文学史新著〉专家座谈会纪要》,《文汇读书周报》,2007 年 12 月 7 日。

③ 章培恒、骆玉明《中国文学史新著》,复旦大学出版社、上海文艺出版总社 1996 年版。

④ 周朝晖《永井荷风与晚明诗人王次回》,《读书》2011 年第 6 期。

刘学锴的说法,可称之为"钟摆现象"①。

在王彦泓生前,他的诗主要依靠传抄流传。王彦泓《有女郎手写余诗数十首,笔迹柔媚,纸光洁滑,玩而味之》提供了一个具体案例:

笔砚精良映绮疏,瘦璠人作瘦筋书。古钗妙迹看来似,黄绢妍词愧未如。疏懒未成投芍药,清新先荷赏芙渠。从今咏到关心句,一望枝娘柳下居。

无聊私咏隔天涯,不道吟哦到齿牙。江令诗才犹剩锦,卫娘书格是簪花。长将唾压香浓染,怕被娘窥烛半遮。想得笑和桃叶语,羡伊根蒂属王家。②

这是反映王彦泓诗在同时代人中接受情况的一段鲜活而生动的材料,不难看出,王彦泓在当时已有一定的知名度,连闺阁中也有知音。

明清之际,王彦泓的诗在江南一带非常流行。贺裳《皱水轩词筌》说:

王次回名彦泓,后为云间学博,余从母孙也。喜作艳诗而工,凡数百首,见者沁入肝脾,其里习俗为之一变,几于小元白云。③

王彦泓诗竟使"其里习俗为之一变",足征其在当地受欢迎的程度。随着王彦泓诗被传抄次数的增加,其名声越来越大。严绳孙《〈疑雨集〉序》指出:"今《疑雨集》之名籍甚,江左少年传写,家藏一帙,溉其余沈,便欲名家。"④王士禛、朱彝尊、陈维崧都给王彦泓诗以很高评价,王士禛、纳兰性德的创作都受到王彦泓诗的较大影响⑤。

随着王彦泓诗影响的愈益广泛,渐渐引起刻书者的重视,最终在康熙庚午得以刊布流传。侯文灿《〈疑雨集〉序》说明了《疑雨集》被刊刻的来龙去脉:

明万历中,金沙王次回先生以博学好古名闻于时。其为诗多艳体,向尝于《列朝诗集》中窥其一二,意殊未竟也。岁庚午,余选词于亦园。既辍简,客有谓余者曰:"次回先生诗,沉博艳丽,无语不香,有愁必媚,'玉台'、'西昆'而后,不易多得,惜其遗稿未刻也。盍付之梓?"余曰:"诺。"因出其所藏《疑雨集》以示余。……嗟乎!物之出也有候,其藏也有待。先生之去今,百有余年矣,而先生之精神,有尝萃于是者。余之为是刻也,余非知先生者也。夫亦先生之诗,所为光怪陆离,久而欲出者,自不可遏抑焉尔。⑥

《疑雨集》的刊刻,使王彦泓诗得以大量而迅速地传播,侯氏自称"非知先生者也",但他在王彦泓诗接受史上的意义,是值得重重写上一笔的。

到清代中期,儒家的诗教观逐渐占了上风,对王彦泓诗批评的声音日益响亮起来。黄之隽壮齿时非常喜爱《疑雨集》,并为之作注,但终因"觉其纤亵悖诗教"而"弃之"⑦。力主"温柔敦厚"的沈德潜,在编《国朝诗别裁集》时,斩钉截铁地把《疑雨集》作为"反面教材"全盘否定:

① 刘学锴《古典文学研究中的李商隐现象》,《社会科学辑刊》1998年第1期。

② 王彦泓《疑雨集》卷下,清康熙刻本,国家图书馆有藏。如不特别注明,本书所引《疑雨集》文字皆据此本。

③ 贺裳《皱水轩词筌》,《昭代丛书》本,上海古籍出版社1990年版。

④⑥ 侯文灿《〈疑雨集〉序》,《疑雨集》卷首。

⑤ 参看张宏生《情感体验与字面经营——纳兰词与王次回诗》,《社会科学》2012年第2期。

⑦ 黄之隽《䳽言》,清乾隆刻本,《四库全书存目丛书》集部第271册,第429页。

“如王次回《疑雨集》之类，最足害人心术，一概不存！”[①]阳湖人钱初喜欢写诗，偶然得到王彦泓《疑雨集》，大为称赏，旦夕吟咏，并模仿《疑雨集》写诗。陆继辂得知后，力劝其改弦易辙[②]。王衍梅见有人诵《疑雨集》，作诗规劝：

> 云雨荒唐竟梦思，非关宋玉有微词。浪传乐府携桃叶，失笑巴人和竹枝。绮靡至今犹作俑，淫奔自古不存诗。祖龙已死囊萤在，付于荼毗尚恨迟。[③]

在这样的形势下，王彦泓诗的影响力自必一步步萎缩。

降及晚清、民国，随着沈德潜一派诗论影响的逐渐削弱，王彦泓的地位逐渐恢复，再次走红，形成了王彦泓诗接受的第二次高潮。这主要表现在以下几个方面：

一是拥有的读者甚多。这可以从王彦泓作品的刊印情况加以推断。据笔者调查，仅在1905—1936年间，《疑雨集》就被印了三十多次[④]。另外，还出现了伪托王彦泓所著的《疑云集》，也颇为流行[⑤]。

二是覆盖的地域较广。王彦泓《疑雨集》虽主要在上海刊行，但其流传的区域却非常广。台湾作家连横《诗荟余墨》有多处提到《疑雨集》，且看其中的两处：

> 今之作诗者多矣，然多不求其本。《香草笺》能诵矣，《疑雨集》能读矣，而四始六义不识。是犹南行而北辙，渡江而舍筏也。
>
> 少年作诗，多好香奁，稍长即便舍去。施耐公山长有《艋津赠阿环》七律三十首，殢雨尤云，怜红惜绿，置之《疑雨集》中，几无以辨。及后自编诗集，弃而不存。然清词丽句，传遍句阑。可作曲中话。[⑥]

连横对《疑雨集》虽有轻视之意，但却道出了《疑雨集》为台湾读者喜爱的事实。文中提到的施耐公就是施士洁，他晚年号耐公。我们不知道施士洁《艋津赠阿环》与《疑雨集》有多大程度的联系，但可以肯定的是，连横自己也在“《疑雨集》能读矣”的行列，否则他怎能说出“置之《疑雨集》中，几无以辨”这样的话呢？台湾作家赖和在《谨复某老先生》中也曾提到王彦泓[⑦]。王彦泓诗也为一些日本作家所喜爱。上文已提到，永井荷风对王彦泓《疑雨集》甚为推崇。永井荷风的父亲永井禾原也是王彦泓诗的爱好者，其《来青阁诗集》里载有《新岁竹枝词仿王次回体即用原韵》十三首[⑧]。芥川龙之介在《上海游记》里引用过《疑雨集》里的诗，说明他对

---

① 沈德潜《国朝诗别裁集·凡例》，清乾隆二十五年教忠堂刻本，《四库禁毁书丛刊》第158册。

② 陆继辂《候补觉罗官学教习钱君行状》，《崇百药斋文集》卷十九，《续修四库全书》第1497册。

③ 王衍梅《有诵〈疑雨集〉者作此示之》，《绿雪堂遗集》卷十四，清刻本。

④ 笔者根据复旦大学中国古代文学研究中心明集目录卡片提供的线索，到中国国家图书馆、上海图书馆、南京图书馆、南京大学图书馆、复旦大学图书馆、华东师范大学图书馆、上海师范大学图书馆等作了仔细的查验。

⑤ 耿传友《王次回〈疑云集〉辨伪》，《中国典籍与文化》2006年第4期。

⑥ 连横《雅堂文集》卷四，《台湾文献丛刊》第八辑，台湾大通书局1984年版。

⑦ 赖和《赖和作品选集》，中国广播电视出版社1987年版。赖和的这篇文章最早载于《台湾民报》九十七号，1926年3月21日。

⑧ [日]大木康《日本文学中的南京秦淮》，章培恒、梅新林主编《中国文学古今演变研究论集》，上海古籍出版社2002年版。

《疑雨集》也不陌生[①]。

三是读者的文化跨度很大。王彦泓诗的读者中,不但有普通市民、一般文化青年,而且还有第一流学者、作家和艺术家。现把笔者搜集到的部分资料表之于下:

清末、民国名人阅读王彦泓诗一览表

人　名	证据资料	出　处
黄遵宪	曾向日本宫岛诚一郎推荐《疑雨集》,认为王彦泓"天赋艳才,最能写男女之事,无微不备"。	《黄遵宪全集》(上),中华书局2005年版,第739页。
徐枕亚	在《玉梨魂》中借梦霞之口说《疑雨集》"情词旖旎,刻露深永"。	《玉梨魂》第七章,江西人民出版社1986年版。
王国维	《疑雨集》一残本中有王国维题记:"此系大兴朱少河先生锡庚家旧钞,虽非足本而较胜坊刻。宣统改元八月国维记。"	此《疑雨集》残本为王国维旧藏,现藏北京大学图书馆。
胡　适	1.《藏晖室日记》1910年正月二十九记:"读王次回《疑雨集》" 2. 顾颉刚在《写歌杂记》中提到,胡适曾对他说:"此诗(指《野有死麇》)之义,经学家虽讲为峻拒,文学家确是讲为互恋的。记得王次回诗中即有此类句子。"顾颉刚依了这个指导,果然在《疑雨集》中找到了类似的诗。	1.《胡适日记全编》第1册,安徽教育出版社2001年版,第23页。 2.《吴歌・吴歌小史》,江苏古籍出版社1999年版,第132页。
张恨水	《春明外史》无论是写主人公杨杏园与雏妓梨云的爱情、还是写其与才女李冬青的爱情,都涉及到《疑雨集》;杨杏园所写的《乍见》三首,李冬青认为"置之《疑雨集》中,几不可辨矣";李冬青还把"次回诗"比于"洛妃颜色"。	《春明外史》第二十回、第三十七回,北岳文艺出版社1993年版。
郁达夫	1. 郁达夫致孙荃的信中提到王彦泓有《疑雨》、《疑云》二集,并引录了王彦泓的两首诗。 2. 在《杂谈七月》里,郁达夫引用了王彦泓"秋夜河灯净业庵"这句诗。	1. 于听《郁达夫风雨说》,浙江文艺出版社1991年版,第127页。 2.《郁达夫文集(国内版)》第三卷,生活・读书・新知三联书店香港分店1982年版。
冰　心	1. 冰心在《两栖动物》中回忆,她的表兄曾抄王彦泓的诗作为给某个表姐的情书,虽然冰心的表兄并没有因此得到那位表姐的青睐,但冰心依然认为是"很好的诗"。 2. 在《我的良友——悼王世瑛女士》中,冰心说自己曾集王彦泓的"明明可爱人如月"和黄仲则的"一星如月看多时",拟了"一星"的笔名送给一个好朋友。	《冰心选集》第三卷,河北教育出版社1992年版。
张大千	张大千作有《王次回诗意图》,此仕女图乃据王彦泓诗"别来清减转多姿,华景长廊暂见时。双鬟淡烟双袖泪,偎人刚道莫相思"而作。	包立民《张大千二十年代初的设色仕女画》,《张大千艺术圈》,中国文联出版公司1999年版,第49页。
李叔同	李叔同二十岁左右,创作有书法作品《苏体行书节录王次回先生问答词横》、《苏体行书王次回和孝仪看灯词横》。	《天津文史》第22期彩页七、封底,1999年10月。这两件书法作品现藏天津市艺术博物馆。

① [日]芥川龙之介《中国游记》,陈生保、张青平译,北京十月文艺出版社2005年版。

上述种种现象，足征王彦泓诗在当时受到广泛的欢迎，可以说出现了“王彦泓热”。

然而，从1937年开始，王彦泓诗歌失去了接受的土壤与气氛，渐渐淡出了人们的阅读视野，再次遭到冷落。直至目前，《疑雨集》在中国大陆几乎没有重印过，其间虽偶尔有人提及，但似乎都没有产生什么影响。

第二，评价的巨大分歧。在对王彦泓的评价中，存在巨大的分歧，褒贬不一，誉之者尊为艳体圣手，毁之者贬为名教罪人。上文对此已有涉及，这里再略加补充。如朱彝尊就对王彦泓诗非常推崇，认为“启、祯善言风怀者，莫若金沙王次回”[①]，并在《静志居诗话》“王彦泓”条作了详细论述：

> 风怀之作，段柯古《红楼集》，不可得见矣。存者，玉溪生最擅场，韩冬郎次之，由其缄情不露，用事艳逸，造语新柔，令读之者唤奈何，所以擅绝也。后之为艳体者，言之惟恐不尽，诗焉得工？故必琴瑟钟鼓之乐少，而寤寐反侧之情多，然后可以追韩轶李。金沙王次回，结撰深得唐人遗意。起句如：“雨下春泥月下霜，几年辛苦是萧郎。”“一层芳树一层楼，只隔欢娱不隔愁。”“月到西南倍可怜，照人双笑影娟娟。”中联如：“烧灯院落更衣影，听曲帘栊点屐声。”“当初语笑浑闲事，向后思量尽可怜。”“画舫帘衣凭雪藕，玉筝弦索见春葱。”“明明可爱人如月，漠漠难寻路隔烟。”“临水偶来同倚槛，隔花何路可登楼。”“封来泪点红犹湿，翦后香丝绿未齐”。“绣佛像前同下拜，泥金经尾独佥名。”“含毫爱学簪花格，展画惭看出浴图。”“花下小楼堆烛泪，柳边低舫载茶烟。”“翻成绣谱传人画，会得琴心允客挑。”“窗下有时思梦笑，灯前长不卸头眠。”结句如：“水国不生红豆子，赠君何物助相思。”“残阳欲度梅梢尽，才向红窗拂镜奁。”“蜡照渐微香炧冷，佩声才达画堂东。”“阑干一曲无多地，才着思量便渺然。”“仙家合住烟霞外，金屋藏渠也不堪。”“今日席间谁认得，旧时家令沈休文。”“分明蜡烛身相似，才上欢筵泪已零。”“一生长羡金泥蝶，颤向钗边与镜边。”皆饶风韵，诵之感心娉目，回肠荡气。[②]

朱彝尊的评价得到了一些人的赞成，但也有一些人提出异议，如朱琰在《明人诗钞续集》“王彦泓”条说：

> 无题之诗，玉溪生最为擅场，顾其自言不登娈童之床，不入季女之室，盖以才高不偶，乃借闲情摅其幽素，《梓州吟》云“楚雨含情俱有托”，非自诬也。若元微之《会真》、韩冬郎之《香奁》，语涉淫靡，旨戾风雅，言虽可市，况愈下矣。次回《疑雨集》，竹垞谓“诵之感心娉目，回肠荡气”，使次回果能动人若是，则次回得罪名教大矣。[③]

潘德舆在《养一斋诗话》也对朱彝尊进行了直截了当的批评：

> 元末之诗宗杨铁崖，乃入于妖；明末之诗宗钟伯敬、谭友夏，乃流于鬼。王彦泓《疑雨》一集，以淫靡之思，刻划入骨，使人心流气荡，觉铁崖徒炫其貌，惑人伎俩，犹有未尽致者，彦泓乃足为妖中之妖耳。句如“含毫爱学簪花格，展画惭看出浴图”，“翻成绣谱传

---

① 朱彝尊《静志居诗话》卷二十二，第703页，人民文学出版社1990年版。

② 朱彝尊《静志居诗话》卷十九，第570页，人民文学出版社1990年版。

③ 朱琰《明人诗钞续集》卷十，《四库禁毁书丛刊》影印清乾隆刻本，第037册。

人画，会得琴心允客挑”，“窗下有时思梦笑，灯前长不卸头眠”，“陈王着眼先罗袜，温尉关心到锦鞋”，“体自生香防姊觉，眉能为语任郎参”，“素质乍看疑是月，清欢何暇想为云”，能以佻冶不堪之事，写到通微入玄处，此即朱竹垞《静志居琴趣》所本。然在词家，亦为下乘，况以之玷污风雅哉！古之燕女溺志，恐亦未臻此境也。竹垞斥刘钦谟、瞿宗吉、杨君谦、张君玉之艳诗如腻污人，而独谓彦泓追李轶韩，深得唐人遗意，既无定志，且误后学。[①]

朱琰、潘德舆与朱彝尊时代悬隔，自然无法直接讨论，袁枚和沈德潜则为王彦泓诗展开了论争，把对王彦泓诗评价的分歧充分显现。沈德潜在《国朝诗别裁集·凡例》中特别批评了《疑雨集》：

诗必原本性情，关乎人伦日用及古今成败兴坏之故者，方可为存，所谓其言有物也。若一无关系，徒辨浮华，又或叫号撞搪以出之，非风人之旨也。尤有甚者，动作温柔乡语，如王次回《疑雨集》之类，最足害人心术，一概不存。[②]

袁枚对沈德潜不选王彦泓诗的做法极为不满，为此专门致信沈德潜，进行质疑：

闻《别裁》中独不选王次回诗，以为艳体不足垂教。仆又疑焉。夫《关雎》即艳诗也，以求淑女之故，至于辗转反侧，使文公生于今，遇先生，危矣哉！《易》曰：“一阴一阳谓之道。”又曰：“有夫妇然后有父子。”阴阳夫妇，艳诗之祖也。傅鹑觚善言儿女之情，而台阁生风；其人，君子也。沈约事两朝，佞佛，有绮语之忏；其人，小人也。次回才藻艳绝，阮亭集中，时时窃之。先生最尊阮亭，不容都不考也。[③]

袁枚、沈德潜关于王彦泓《疑雨集》该选不该选的争论，引起了强烈反响，成为后来的热门话题，斥责袁枚者有之，折中者有之，批评沈德潜者亦有之。对此拙文《艳诗该如何对待——由袁枚、沈德潜之争谈中国艳诗的历史命运》已有论述，可参看[④]。

王彦泓诗究竟有什么特点？其接受过程为什么会如潮水般涨落起伏？后人的评价为什会有如此巨大的分歧呢？

二、艳情：王彦泓诗的主要元素

如果仔细梳理王彦泓诗的接受过程，不难发现，无论是称赏还是贬斥，大都集中于艳体诗，如上文提到袁枚与沈德潜因王彦泓《疑雨集》而引发的争论，焦点就是王彦泓的艳体诗。毫无疑义，艳情是王彦泓诗最主要的元素。从表面看，袁枚与沈德潜的看迥然不同：沈德潜

① 潘德舆《养一斋诗话》卷六，《清诗话续编》，上海古籍出版社1983年版，第2093—2094页。

② 沈德潜《国朝诗别裁集·凡例》，清乾隆二十五年教忠堂刻本，《四库禁毁书丛刊》第158册。

③ 袁枚《再与沈大宗伯书》，《小仓山房文集》卷十七，《小仓山房诗文集》下，第1504—1506页，上海古籍出版社1988年版。

④ 耿传友《艳诗该如何对待——由袁枚、沈德潜之争谈中国艳诗的历史命运》，《文艺理论研究》2011年第4期。

认为王彦泓诗“最足害人心术”①,而袁枚却认为王彦泓诗“往往入人心脾”②。可是,在根底里,两人对王彦泓诗的认识也并非不能相通。袁枚说的“往往入人心脾”固然指的是王彦泓诗具有打动人的力量;沈德潜所说“最足害人心术”,如果转换一下价值判断,不也就是“最”具有打动人的力量么?那么,王彦泓艳体诗为什么具有这样强的感染力和魅惑性呢?

康正果《词淫和意淫:谈王次回及其〈疑雨集〉》一文中提到,有人说王彦泓艳体诗写得最为大胆和露骨,似乎在性表现方面有相当的突破;康先生对此予以否定③。在这一点上我们与康先生看法一致。和遮遮掩掩描写艳情的诗人相比,王彦泓确实是够坦率大胆的,但露骨则根本谈不上,类似李商隐“小怜玉体横陈夜”这样的描写也非常少见。为节约篇幅,我们看斥责王彦泓为“妖中之妖”的潘德舆所举《疑雨集》中的例子:

含毫爱学簪花格,展画惭看出浴图。(卷下《即事》)
翻成绣谱传人画,会得琴心允客挑。(卷下《席上》)
窗下有时思梦笑,灯前长不卸头眠。(卷下《代友人赠妓》)
陈王着眼先罗袜,温尉关心到锦鞋。(卷下《无题》)
体自生香防姊觉,眉能为语任郎参。(卷下《追和唐女冠鱼玄机十二韵》)
素艳乍看疑是月,清欢何暇想为云。(卷下《左卿阿锁》)

上文已提到,潘德舆批评这些句子“能以佻冶不堪之事,写到通微入玄处,此即朱竹垞《静志居琴趣》所本。然在词家,亦为下乘,况以之玷污风雅哉!古之燕女溺志,恐亦未臻此境也”④。其实,它们写的是否是“佻冶不堪之事”,算不算“玷污风雅”,都还难说,如周寿昌就认为这些诗句不过“写一憨慵小女子之情态”而已,不能算“佻冶不堪”,潘德舆“从淫荡处着想,故见得如此”,并批评潘氏“坛坫气太重”⑤。至于露骨,则根本沾不上边。

王彦泓诗对艳情的叙写,可借严绳孙《〈疑雨集〉序》的评价来概括:“以闳肆之才,写宕往之致。穷情尽态,刻露深永。”(《疑雨集》卷首)这可从以下两方面来理解。

首先,情境繁多。王彦泓是个感情经历非常丰富的诗人,用他自己的诗句就是“一生多累为柔肠”(《疑雨集》卷上《吴行舟中漫兴》)。同时,他对自己的情感毫不掩饰,在诗里坦率地加以表现。他本人在诗中直接注明的,就有与阿姚和阿锁的恋情。

《疑雨集》点明为阿姚而作的诗有22首,包括《问答词》16首、《代所思别后》5首和《阿姚之归,凡同心皆为予喜,而向来知其事者,端已、韬仲叔也。于其来贺,赋谢一章》1首。此外,至少还有43首也当是写王彦泓与阿姚的恋情,包括《席上》、《有赠》、《纪事》等。这些诗从追求到定情、到考验、到迎娶,都有具体叙述;追求时的激情表白、考验时的折磨煎熬、离别时的相思痛苦、成婚前憧憬期待以及迎娶时的欢喜激动等,也都有细致描写。

阿锁为王彦泓进京考贡时所识,乃京城名妓,进士介松年因迷惑于她而惊动崇祯皇帝,

① 沈德潜《国朝诗别裁集·凡例》,清乾隆二十五年教忠堂刻本,《四库禁毁书丛刊》第158册。
② 袁枚《随园诗话》卷十四,人民文学出版社1982年版。
③ 康正果《词淫与意淫:谈王次回及其〈疑雨集〉》,《万象》第三卷第七期,2001年7月。
④ 潘德舆《养一斋诗话》卷六,清道光十六年刻本,《续修四库全书》第1706册。
⑤ 周寿昌《思益堂日札》卷六“潘四农斥王次回诗”条,清光绪十四年刻本。

后介松年被吏部除名，递解回籍[①]。在《疑雨集》中，点明为阿锁而写的诗共有二十七首。这些诗篇有很强的纪实性，记载了二人情感发展的轨迹。如在临分别的筵席上，王彦泓一次就口占十六首。诗前小序记述了写诗的缘起：

> 临行，阿锁欲尽写前诗，凡十一首。既而色有未满，曰："斯语太文，妾不用此。可为别制数章，取数月来情事踪迹，历历于心者谱之。勿诳勿艳，勿誉妾姿艺，如一语有犯即罚君一杯。"余曰："固然，但每诗成而卿以为可，亦引满赏此，何如？一笑许诺。遂口占为下酒。

且录其中的几首：

> 受郎珍惜只侬知，难忘霞侵月满时。最是将归犹未忍，阿娘传语怪来迟。（自注：听罢凄然取酒自斟，而泪已盈盈矣。）
>
> 来时尽意洗铅华，自炷炉熏自泼茶。纤手待操青锁钥，问郎堪否便当家。（自注：此二章是其最得意处，不拘原限，连举数觞。）
>
> 嗔怒才因半语讹，臂湾零乱指痕多。明朝翻向人前讳，不许檀郎卷袖罗。（自注：为欢笑绝倒。）
>
> 身轻秘事几回痴，口噤心衔梦里知。今日总来添别泪，不能填入断肠诗。（自注：见此掩面唏嘘，掷杯而卧，仆人促驾，余亦不能再劝以酒矣。）

这些诗有的写阿锁的情思、有的写阿锁的风调，有的写欢会时的调笑，有的写分别时的痛苦。从阿锁的反应看，她被深深打动了。阿锁似乎对诗人产生了真情，诗人大概也答应纳阿锁为妾，因此在即将分别时重温"历历于心"的情事踪迹，她感到非常痛苦。

王彦泓与婢女的恋爱事迹没有阿姚、阿锁那样清晰，却也有迹可循。这应是一场惊心动魄的恋情，试看《可叹》（卷下）四首：

> 捣麝成尘到底香，焚兰涅玉任披猖。传讹易惑人成虎，负气难甘父攘羊。薄命固当输织室，清言端合死排墙。东亭友爱风流尽，每读遗文泣数行。
>
> 由来巧妒擅机锋，江敩描摹总未工。阁后寂寥钗泽影，津头狂暴毁妆风。端忧孰敢窥南户，锁闭仍教记守宫。得谤似缘诗作祟，悔将吟笔教逢蒙。
>
> 消息难通问女巫，交无侠客信非夫。冠军宅外能来否，团扇歌成肯赦无。与杖敢逃平子嫂，报书堪念阮咸姑。襄阳幕后知音坐，谁递愁吟与绿珠。
>
> 见人偶语暗心惊，叵测风涛有变更。着布小怜姿韵在，啼妆孙寿病愁并。忍言憔悴羞相见，喜耐危疑表至诚。奇祸不妨含笑受，旧恩山重一身轻。

第一首是爱情遭到严重压抑后的抗议和悲歌。捣麝成尘、焚兰涅玉，压迫者是多么的猖狂！然而，美好的东西是压制不了的，如同麝香一样，哪怕被捣碎成尘，但香气也绝不会消失。"捣麝成尘到底香，焚兰涅玉任披猖"是对恋爱对象的赞美，亦是对压迫者的蔑视！而由"传讹易惑人成虎，负气难甘父攘羊"看，婢女受惩罚很可能引谣言而起。第二首进一步刻画了压迫者的猖狂，对婢女责罚的严厉，并表达了悔恨之意，因从"得谤似缘诗作祟，悔将吟笔教

---

① 参看《疑雨集》卷下《左卿阿锁》其二诗中自注。

逢蒙”看，引起事端的人大概曾向诗人学过诗。第三首连用多个典故描绘自己在爱情受到间阻时的无奈与无助。第四首写婢女在危疑之时依然表示了对诗人的“至诚”。

《疑雨集》还有很多写艳情的诗篇，不需再一一列举，已不难看出，王彦泓诗对男女恋情发展的不同阶段、各种情境都有生动的描绘。

其次，刻画深细。王彦泓博学好古，阅读面非常宽广，从《疑雨集》用典看，他不仅对宋玉、元稹、温庭筠、杜牧、李商隐、韩偓等人的香艳篇章甚熟，从中吸取养分，而且也读过《莺莺传》、《裴航》、《却要》、《非烟传》、《绿珠传》、《飞燕外传》等以写男女之情为主要内容的小说及汤显祖的言情之作《牡丹亭》和《紫钗记》，这些都是其创作时的资源。由于具有真切的情感体验和极强的文学感受力与表现力，王彦泓善于描写处于相恋中的男女心态的微妙变化。如《短别记言》(《疑雨集》卷上)：

为郎愁绝为郎痴，更怕郎愁不遣知。叮咛寄书人说向，玉儿欢笑似平时。

这是一首颇具民歌风味的诗，诗人通过描写处在恋爱中的女性身与心、情感与理智之间的矛盾，构成一种情感张力，人物微妙的心态得以具体展现。郁达夫非常喜欢这首诗，曾赞为“妙绝”①。

写女性心态既然能宛肖其声口，写男性当然更能直抉其灵魂了。如《奏记妆阁》(卷下)：

此生幽愿可能酬，不敢将情诉蹇修。半刻沉吟曾露齿，一年消受几回眸。微茫意绪心相印，细腻风光梦借游。妄想自知端罪过，泥犁甘堕未甘休。

这首诗充分展现了抒情主人公对爱情的渴望、憧憬和因无法把握结局而在追求爱情时的矛盾犹豫、畏葸不前的微妙心态，同时也传达了抒情主人公对待这份感情的珍视、坚定与执着。据冰心《两栖动物》回忆，他有一位表兄作了一回“文抄公”，把这首诗送给他心仪的表姐，虽然冰心的表兄并没有因此得到那位表姐的青睐，但冰心依然认为是很好的诗②。

在男女的互动中展示人物的心理情态，更是王彦泓的拿手好戏。如《再赋个侬》(《疑雨集》卷上)：

心期旧矣合欢新，蔗尾才尝味已珍。胆小易惊还易喜，眉弯宜笑更宜颦。未形猜妒思犹浅，肯露娇嗔爱始真。作计恼伊尝试看，自惭终近薄情人。

此诗写得十分生活化。“心期旧矣合欢新”，表明“合欢”者正是过去一直相思的对象，“新”与“旧”两个意义相反的词语在这里却和谐统一起来，让人体味到主人公渐入爱情佳境的欣喜，“矣”字的使用使这种欣喜的情态沛然纸上。她是一个情绪多变的女性，但无论是惊是喜，是笑是颦，都显得富有韵味，也正是由于她心情的捉摸不定，更惹人爱怜，让人心动。心旌神摇的抒情主人公对感情有一种理解和期待，他决定试探一下“个侬”的情深情浅。叙述者并没有描述“个侬”在被逗弄之后的反映，但从“自惭终近薄情人”陈述中我们不难想象出她情态的变化。“绮园”曾在《红楼梦》庚辰本第二十九回中的“看来两个人原本是一个心，但都多生了枝叶，反弄成两个心了”文字后评论道：“期望之情殷，每有是事。近见《疑雨》诗集中‘未形

① 于听《郁达夫风雨说》，浙江文艺出版社 1991 年版。

② 冰心《两栖动物》，《冰心选集》第三卷，河北教育出版社 1992 年版。

猜妒情犹浅，肯露娇嗔爱始真'，信不诬也。"[①]由此可见，王彦泓诗在两性情感的描写与表现上与《红楼梦》具有相通之处。王彦泓在崇祯辛未(1631)写有《问答词》十六首，这组诗注明是为阿姚写的，在最后一首里，诗人以阿姚的口吻总结道：

密绪还须对面论，意中言语意中人。饶他青鸟殷勤诉，不似郎诗道得真。

阿姚并非如柳如是那样绝艳高才，王彦泓就曾因她"诗思浅"而遗憾，但作为当事人，她的感受倒也值得重视。"饶他青鸟殷勤诉，不似郎诗道得真"不正是夸赞王彦泓心思熨帖，代自己说出了心中想说而没有说出的话吗？

若以描写艳情的深刻、细腻而言，王彦泓堪与李商隐、韩偓相媲美，有些地方，王彦泓恐怕还高明一筹，王士禛早就指出这一点："次回艳情诗数百篇，刻画声影，有义山、致光所未到者。"[②]《才子牡丹亭》在批点《牡丹亭》第一出《标目》〔蝶恋花〕时也认为："金坛王次回情深之至，诗过冬郎。"[③]正因为如此，《疑雨集》中的艳体诗具有极强的魅惑性，产生了很多王彦泓迷。李详在为注释本《疑雨集》所作的序中曾这样介绍："其侔色揣称，尽态极妍，读之使人回肠伤气，狷薄子弟，为其所惑者多矣。"[④]

此外，王彦泓对香奁体有一种天然的嗜好，用他自己的话说就是"诗肠无奈近香奁"(卷上《春暮减衣》)，因此他的诗有泛艳情的倾向。不仅服侍生病的琐碎细节使用了香艳的典故，如"愁看西子心长捧，冷透荀郎体自堪"(《疑雨集》卷下《侍疾》)，连朋友赠答诗也经过了艳情化的处理，如"泪点寄来悲灼灼，口脂封去寄莺莺"(《疑雨集》卷下《寄怀端己白门》)，甚至还将艳趣延展到写景诗，如"却羡身轻如柳絮，因风还近谢娘飞"(《疑雨集》卷上《京口雪》)等。

需要补充说明的是，由于王彦泓以艳体著称，而一般又认为王彦泓著有《疑云集》和《疑雨集》，于是一些徒闻其名的人误认为王彦泓专写男女"云雨私情"。谭正璧在《诗歌中的性欲描写》中说：

至于《疑云》、《疑雨》二集，但观其名的人，以为内容写的至少十之七八是些云雨私情，孰知十之一二也没有！这正是王次回的有意欺人！他好似在替书局作广告，完全有名无实！[⑤]

其实，王彦泓并没有"有意欺人"。《疑云集》是一部托名王彦泓的伪书，是作伪者在清末俞廷瑛《琼花诗集》、《琼花词集》的基础上窜改而成[⑥]，《疑雨集》在内容的多样性上与一般文人的

---

① 俞平伯辑《脂砚斋红楼梦辑评》，第412页，中华书局，1960年版

② 邹祗谟、王士禛编《倚声初集》卷十五，顺治十七年刻本，《续修四库全书》第1729册。

③ 吴震生、程琼《才子牡丹亭》，华玮、江巨荣点校，台湾学生书局2004年版，第8页。《才子牡丹亭》引用《疑雨集》中诗句110余处以批点《牡丹亭》，认为王彦泓和汤显祖都善于言情，是"能抉其臆而显摅之"的才人。参见耿传友：《"俱非才子不能道"——〈才子牡丹亭〉批评视野下的〈疑雨集〉与〈牡丹亭〉》，《戏曲研究》第八十五辑。

④ 《〈疑雨集〉注》卷首，民国扫叶山房石印本。

⑤ 谭正璧《诗歌中的性欲描写》，光明书局1928年版，第59页。

⑥ 耿传友《王次回〈疑云集〉辨伪》，《中国典籍与文化》，2006年第4期。

集子也没有根本差别，所谓“云雨私情”的联想，只不过是清末人以讹传讹罢了。

三、“颓废”：王次回诗的审美倾向

颓废最早是指建筑物的坍塌荒废，后逐渐被用于精神文化领域。在中国古代，颓与废合在一起作为文学术语使用似乎还没有出现，但曾使用与现代颓废接近的“颓靡”一词，指背离风雅传统的文学风格，如陈子昂《与东方左史虬修竹篇序》所云“思古人常恐逶迤颓靡，风雅不作，以耿耿也”①；也曾使用与颓废类似的“颓放”一词，指文学家不拘礼法、放荡不羁的个性，突出其不同于流俗的自由表现，如钱谦益《列朝诗集》小传说张献翼“晚年与王百谷争名，不能胜，颓然自放。与所厚善者张生孝资，相与点检古籍，刺取古人越礼任诞之事，排目分类，仿而行之”②。作为文学术语的颓废是一个西洋文学和艺术上的概念，源自拉丁文 Decadentia，本义是堕落、颓废，在中国曾被译为“颓加荡”，指的是 19 世纪下半叶欧洲的资产阶级知识分子对资本主义社会表示不满而又无力反抗所产生的苦闷彷徨情绪在文艺领域中的反映，最早表现在法国诗人波德莱尔和象征主义者马拉梅等人的创作中。《辞海》这样叙述“颓废主义”的内涵：

> 不满文艺对现实生活作自然主义的摹写，主张“为艺术而艺术”，认为文学艺术不应受生活目的和道德的约束，片面强调艺术的超功利性，否定文艺的社会作用，否定理性认识对文艺的作用，宣扬悲观、颓废的情绪，特别是从病态的或变态的人类情感中以及与死亡、恐怖有关的主题中去寻求创作灵感。

这种概括是否符合“颓废主义”真实的历史面貌，此处不拟讨论，因为颓废主义内涵的界定一直是学界的一个难题。本文所谓的“颓废”，指的是王彦泓诗的一种审美倾向，是忧郁、感伤等病态感情的诗意表现。之所以冠之以引号，是为了显示其与严格意义上的颓废、与西方“颓废主义”的区别与联系。

日本作家永井荷风早就敏锐地感觉到王彦泓诗的“颓废”倾向，他在《初砚》中曾谈到读《疑雨集》的感受：

> 我文坛是好西洋艺术的，说到中国诗，只是被作为倘非夸饰清寂枯淡就顽强表现豪壮磊落气概、一点都不说及人的内心的秘密弱点的东西。这或许是对的。但如一翻王次回《疑雨集》，那么，其全集四卷就都是情痴、悔恨、追忆、憔悴、忧伤的文字。其形式的端丽，辞句的幽婉而又重以感情的病态，往往可与波德莱尔相抗衡。我不知道中国诗集中是否还有其内容如同《疑雨集》那样的肉体性作品，而横溢于波德莱尔《恶之花》诗集中的倦怠、衰弱的美感直可移作《疑雨集》的特征。③

永井荷风引用了王彦泓九首诗以佐证自己的感受，包括《岁暮客怀》一首、《强欢》一首、《愁

① 陈子昂《陈伯玉文集》卷一，《四部丛刊》影印明刊本。

② 钱谦益《列朝诗集小传》，中华书局 1959 年版，第 452 页。

③ 转引自章培恒、骆玉明《中国文学史新著·下卷》（增订本），复旦大学出版社、上海文艺出版总社 2007 年版，第 397 页。

遣》一首、《不寝》一首、《述妇病怀》二首、《悲遣十三章》二首、《寒词》一首[①]。或许正是受了永井荷风的影响，王彦泓被一些人称为"中国的波德莱尔"[②]。除永井荷风所举例证之外，《疑雨集》中具有"颓废"因素的诗还有很多，"颓废"在王彦泓诗中占有重要的位置。

王彦泓诗的"颓废"倾向，与晚明特定的历史情境息息相关，是时代桎梏下的病态呻吟，是对黑暗现实的不满，但最关键的因素，还在于王彦泓本人独特的人生遭遇。侯文灿在为《疑雨集》作序时，曾这样总结王彦泓的一生：

> 次回先生穷年力学，屡困场屋。断瑶琴，折兰玉。其坎坷潦倒，实有屈子之哀，江淹之恨，步兵之失路无聊，与杜少陵无家垂老之忧伤憔悴。[③]

依照侯文灿的总结，王彦泓的人生遭遇已经相当惨烈，真所谓"世味如荼尝欲遍"(《疑雨集》卷上《感怀杂咏》)！然而，侯文灿所概括的，只是王彦泓不幸人生的一部分。据《三旌义门王氏族谱》记载，王彦泓的父亲王楙锟为县令时曾因秉公执法触怒权贵，最后被科道纠拾，坐藏至万余金，王家也因此陷入贫困，债台高筑[④]。王彦泓在爱情上也遭受过巨大挫折，如他在《残岁即事》中说："满城箫鼓嫁人天，裘马郎君意气鲜。独有当年我惆怅，逢新偏忆旧缠绵。"(《疑雨集》卷下)可见在与妻子贺氏结婚之前，王彦泓有过一段没有结局的爱情。接踵而至的灾难，极端不幸的人生遭遇，让王彦泓感到悲哀和压抑，感到无奈与无助，形成了浓郁的"颓废"情绪。王彦泓是在骨子里带有"颓废"色彩的作家，他对悲哀、愁苦、抑郁、感伤等病态感情有一种特别的感受能力，而真率的气质使他强烈地渴望把胸中积郁的痛苦倾泻出去，渴望在诗歌中公开展览自己的灵魂。咏叹失恋哀怨的诗作上文已有论述。除此之外，王彦泓诗的"颓废"倾向还表现于以下几个方面：

其一，对家族衰落的慨叹。王彦泓的高祖王臬、曾祖王樵、叔祖王肯堂都曾中进士。特别是王樵，在当时享有很高的声誉。汤显祖《寿方麓王老先生七十序》云："盖余未仕时，即知东南江海之上，明经术，守先王之道者，方麓王先生一人而已。"[⑤]生长在这样的家族里，王彦泓无疑非常自豪，他在诗里常以"王谢"子弟自居。如《昆季避暑分韵得清字》(《疑雨集》卷上)：

> 大地炎埃隙地清，乌衣游集葛衣新。已随雁序流三雅，更倚篪音奏四声。慕寂未能蠲尘拂，凌寒何事慰棋枰。阿连更借幽心句，一夕西堂梦草生。

其实此时王家已经失去了昔日的辉煌，开始衰落。天启乙丑王彦泓父亲的冤案，使他这一支彻底破落，他在《感怀杂咏》(《疑雨集》卷上)第一首中说：

> 何处青林好(一作可)卜居，布帆空载一船书。埋文有冢惭吞凤，避债无台敢食鱼。贫骨岂容仙药换，牢愁难借妙言除。临邛四壁今如此，谁更同时识子虚。

---

① 永井荷风《初砚》，陈德文译，《永井荷风散文选》，第234—236页，百花文艺出版社，1997。

② [美]韩南著、徐侠译：《中国近代小说的兴起》，第221页，上海教育出版社2004年版。

③ 《疑雨集》卷首。

④ 参看耿传友《族谱中所见王次回家世资料》，《文献》，2007年第1期。

⑤ 《汤显祖全集》(二)，北京古籍出版社1999年版，第1052页。

周赧王因为多负债而无以归，只好上台避债，此台因此而为避债台，而诗人现在连周赧王的处境都不如——避债无台！可见诗人当时已经陷入了多么贫困的境地。王彦泓对自己的文学才能是非常自信的，更准确地说是自负，"惭吞凤"其实就是暗示自己有"吐凤之才"。然而，这又有什么用呢？自己如"家徒四壁立"的司马相如，但司马相如很快受到赏识，摆脱困境，真正赏识自己的人又在哪里呢？在这一年的归家途中，诗人痛苦感叹道：

> 画屏人去锦鳞稀，愁见啼红染客衣。纵使到家仍是客，迢迢乡路为谁归。（《疑雨集》卷上《归途自叹》）

外出的游子要回到家时应该高兴才是，然而对王彦泓而言，家已不再意味着温暖的归宿，到了家又如何呢？正如他在一首诗中所说："未必家园胜客边。"（《疑雨集》卷上《客中苦寒作》）这场家难对他生活造成的影响当然不是短时能消减的，其后他写了不少感叹自己贫困的诗篇，如《愁遣》（《疑雨集》卷上）：

> 眼前璧月照琼枝，剪断牢愁进一卮。记得风流江左字，破家时节酷裁诗。

诗人自比破家的陈后主，以写诗自遣，这既表明他的悲哀之深，也传达出他对环境压力的蔑视和对世俗所信奉的公认社会规范的鄙弃，因为在正统观念看来，陈后主毕竟不是一个光彩的角色。

其二，对科举困顿的感喟。王家开始曾对王彦泓寄托厚望，但是他却"穷年力学，屡困场屋"。在写于崇祯戊辰的《病妇》诗中，王彦泓曾夸赞妻子贺氏"苏季空归也下机"（《疑雨集》卷上），如果换个角度看，正可看出王彦泓在科举上所遭受的折磨是多么巨大！然而，苏季很快便时来运转，而王彦泓却碰壁，碰壁，再碰壁，长期忍受着科举的煎熬。在崇祯己巳，他再次失意而归。他极为愤懑，写下《小试失意自遣》（卷上）：

> 国士那争月眼评，未应萧飒减欢情。有才轻艳真为累，作计疏狂不近名。酒肆不疑惭阮籍，春城无处忆韩翃。浮荣本自关心浅，未息尘机为凤盟。

这一年既不是会试年也不是乡试年，这次考试只是一场"小试"而已。根据明朝的科举制度，这意味着他连参加乡试的资格都没有。不过，他在诗中所传达的，最主要的不是失败的悲哀，而是对考官的蔑视："国士那争月眼评"。自己以"国士"自许，而这些负责评选的考官乃是凡胎肉眼，见识短浅，他们怎能识别真正的有才之士，自己大不必因为考试失意而影响情绪。"酒肆不疑惭阮籍"反用《世说新语》中阮籍的典故：阮籍的邻居是开酒店的，老板娘很美。阮籍经常和朋友一块去喝酒，醉了，就在老板娘的旁边躺下。酒店的老板开始有些不放心，对阮籍观察后，见他绝无他意，便打消了疑虑[①]。"春城无处忆韩翃"出于《本事诗》：唐德宗读到韩翃《寒食》"春城无处不飞花"非常赞赏，为此特赐多年失意的诗人以"驾部郎中知制诰"的显职。由于当时还有一个官员叫韩翃，德宗特御笔亲书此诗，并批道："与此韩翃。"[②]结合中间两联看，诗人自视甚高，对自己的境遇充满着强烈的不满：自己虽然如韩翃那样富有诗才，但因为偏于轻艳，不仅没有韩翃那样幸运，反而为才所累；自己一如好酒的阮籍，作计

---

① 刘义庆《世说新语汇校集注·任诞第二十三》，上海古籍出版社 2002 年版。

② 孟棨《本事诗·情感第一》，影印文渊阁《四库全书》本。

疏狂，但阮籍的行为为人赞美，自己却遭人怀疑。“浮荣本自关心浅，未息尘机为夙盟”，反复思考后，诗人觉得“浮荣”何足论，只是因为对自己真实的内心关注不够罢了，应该为了“夙盟”抛弃尘俗的心计与意念。这种对待科举的态度是很特别的，表现了他对科举公正性的极大失望。

科举考试不是想放弃就放弃了，它不仅是一些读书人施展抱负的方式，也是贫困的读书人改变生活的方式，其实质上成了许多读书人的生存方式。在崇祯癸丑，王彦泓再次参加了考试，这次大概考得还不错，试后他有诗写到：

> 出院身轻笑解绦，茶垆书市独游遨。童窥米尽慵逾甚，客觉瓶空饮不豪。摘去旋生新白发，赎来重典旧蓝袍。频年自笑干时拙，博得江城就蟹螯。（卷下《试后归舟杂兴》）

摘去新生的白发，赎来被典的旧蓝袍，诗人不禁哑然而笑，这笑的滋味是多么的苦涩呀！王彦泓获得了参加这一年秋试的资格，他到了南京，但不知什么原因，他没有参加最后的考试。

王彦泓在科举的道路上蹇涩不前，备受煎熬，内心聚集着难言的苦痛，而他又毫不掩饰地予以表现，因此其所写的有关诗篇能给人以很深的感动。

其三，对人生悲剧性的体认。王彦泓对人生悲剧性的体认，首先体现在悼亡伤逝的作品上。王彦泓一个姓贺的朋友去世，他曾写有两首诗凭吊：

> 翔龙折翼性难驯，判向柔乡顿此身。奇药剩堪娱一夕，同栏何止浴三人。当时缥帙香沾粉，此日麻筵饭杂尘。欲觅窈娘重问讯，凤窠飞散别枝春。
>
> 花间歌酒旧同群，烂熳风情独数君。寝次故持欢镜照（自注：殷茜画鄱阳王事），病余犹出异香分。谁知国士终埋玉，早见神娥尽变云。今日席间谁认得，旧时家令沈休文。

诗前小序说明了写作原由：

> 贺生文战不利，愤懑悲骚，托之好内，以自发摅，竟得疾不起。比余再过其居，凄凉触目，即所最欢昵者，亦不复在燕子楼矣。因怅然书其壁上。（《疑雨集》卷下）

贺生也是一个科举考试的失败者，为了排遣“翔龙折翼”的牢骚，他把全部的热情都灌注在女性身上，求取官能的享受和情感的满足。然而，他竟为此得疾不起。诗序中燕子楼用的是唐代关盼盼的典故：据白居易《燕子楼》诗的小序，关盼盼为尚书张愔的爱妓，二人相爱甚深，张愔死后，盼盼念旧爱不嫁，居燕子楼十余年。为此，张仲素、白居易曾有过唱和①。而贺生并没有张愔的幸运，在他死后，其姬妾都像云彩一样飘走了，就是平时“最欢昵”者也已离去。王彦泓诗中流露的观念并不高明，他所发出的感喟只不过是与“相逢尽说东风柳，燕子楼高人在否？枉抛心力付娥眉，身去相随复何有”相类似的平庸②；但是，由于王彦泓有着与贺生一样“愤懑悲骚”，为了排遣内心的悲哀，他也曾“托之好内”，把生命的追求停留在声色犬马上、疯狂的官能享受上，用他自己的诗概括就是“磨耗雄心渐已空，十年醇酒妇人中”（《疑雨集》卷下《晚示内》），因此作为“花间歌酒旧同群”，贺生的悲惨结局不能不使诗人联想到自己

---

① 白居易《白氏长庆集》卷十五《燕子楼》，《四部丛刊》影印日本翻宋大字本。

② 吴伟业《梅村家藏稿》卷十《过锦树林玉京道人墓》，《四部丛刊》本。

的命运,使诗人在感受到生命渺小和脆弱的同时,也对两性感情的可靠性产生怀疑,从而深深的体味到人生的无奈和虚幻。一个邻女上吊自杀,王彦泓有诗记之。诗前小序记叙了邻女自杀前的精心打扮和着意准备:

> 邻女有自经者,不晓何因,而里媪述其光艳皎洁,阅日不变,且以中夜起自结束,选彩而衣,配花而戴,绾髻涂妆,膏唇耀首,以至约缣迫,皆着意精好,尽态极妍,而始毕命焉。其所悬之带,以润州朱丝数百条,长九尺许,为十股细辫,手自盘制,逾月甫成。同伴以为缠腰物也,而不知其用意至此。噫!亦可悲矣,为诗以吊之。

诗的正文以刻画邻女的美丽身体始,以诗人的痛苦终:

> 明姿靓服严妆乍,垂手亭亭俨图画。女伴当窗唤不应,还疑背面秋千下。娇痴小妹忽惊啼,懊恼春宵睡似泥。何刻停灯开钿匣?几时响屟度楼梯?肌肤到此真冰雪,颓玉峨峨扶不得。素颈何曾着啮痕?却教反缚同心结。红丝交结为谁容?约髻安花次第工。应爱自看妆镜里,岂须人见影堂中。千春不改凝酥面,媚眼微舒若流盼。候娘怨句鬼先知,玉儿艳质人犹羡。当时犀纛定沉埋,绣袜何人拾马嵬?乞取卿家(谓刘家也)通替样,许盛银液看千回。万转千回负此生,枉将偷嫁占虚名。(古乐府云:"谁知刘碧玉,偷嫁汝南王。")周郎已误难重顾,哭杀墙东阮步兵。

诗中对邻女身体的描写,不仅仅是展示其美丽,而是由美丽引向死亡,邻女正是在死亡之际,展示了其绝美之处。诗人描绘的是真正的最后的美丽,是一种优雅凄绝之美,让人惊骇,让人战栗,其在内在精神上与西方"颓废主义"大概是相通的。此外,王彦泓的妻子贺氏去世后,他先后作有四十多首悼亡诗,这些悼亡诗凄切感人,了无造作虚饰之迹,永井荷风已以《述妇病怀》二首、《悲遣十三章》二首为例作了分析,此处不再讨论。

王彦泓对人生的悲剧性体认,还体现在他内在心灵深处的孤独上。他在《吴行舟中漫兴》(卷上)中写道:

> 睡足空船夕照黄,水程三日酒为粮。招谗宋玉因词貌,助懒嵇康是老庄。好友仅能(一作堪)同笔砚,美人难与共杯觞。醉偕俗客无聊甚,聊当长歌哭几场。

诗中表达的是因难以找到真正理解自己的人而感到自身存在的彻底的、无可告慰的寂寞、孤独和痛苦,说明了人类在心灵上不可能达到彼此完全了解的隔膜和障蔽。

在王彦泓诗病态情感的深处,还有着似乎不是那样的东西,它们支撑着那病态的外表。

首先,王彦泓善于以幽婉的语词、贴切的典故传达哀愁,他的诗"有愁必媚",想要表现的病态情感与用以表现的措辞之间毫无阻隔。如《感旧游》(《疑雨集》卷下):

> 迷藏斗酒旧成群,夜夜潜游抵夜分。罚盏任冤偏后醉,奇香虽秘得先熏。筝娘乞句留钿带,箫史求书展练裙。无限断肠踪迹处,坏墙风雨绣苔纹。

该诗的前三联津津有味地再现了过去的生活情景:首联概括描写游乐之盛;中间两联选取四个片段情境,构成了两组意象:颔联两句中的一后一先,显示了诗人备受女子青睐的浪漫风姿;颈联则以极为工整的对句展现了诗人的倜傥风流。如果没有最后一联,我们会把这首诗当作描绘诗人冶游生活的香艳篇章。然而,就是在最后一联,诗的情境发生了逆转,诗人构造了一个残破的意象:风雨中长满苔纹的断墙。原来前面所描述的一切只是诗人对往昔的怀想而已,随着时间的流逝都已经烟消云散。眼前残破的景象与昔日美好冶游之间构成张力,使诗歌弥漫着一种浓郁的感伤氛围,能够让读者从中感受到诗人对过去幸福岁月的深深眷恋和从"风月繁华"中走过来的梦幻感,使读者为青春、欢乐和美的消逝而惆怅。

其次,王彦泓诗的"颓废",表面上消沉,而根底里有一种叛逆的精神,或者应当称为反抗的精神。王彦泓《疑雨集》有一个字出现的频率非常高,那就是"狂"。据我们统计,共出现了74次。在某种程度上,"狂"已经成为王彦泓的一种思维方式和行为方式,这样的思维方式和行为方式,既是诗人尊崇自我,反对束缚个性意识的显露,也是其对抗庸俗世界和痛苦人生的一种手段。如他在《不善治生,又最懒于报谒,客有咎余疏放者,四韵答之》(《疑雨集》卷下)中说:

> 莫笑书淫并水淫,生涯端的似蹄涔。男儿岂耐车中闭,病骨唯堪砚北吟。老后莫应销逸气,贫来浑未减狂心。凭君觅个当垆处,断送床头卖赋金。

人生如"蹄涔"般的渺小,这让敏感的诗人感到十分悲哀,或许正是在对生命价值的思考后,他对世俗的"治生"与"报谒"感到厌倦与鄙弃,"书淫"、"水淫"正是他对抗凡庸尘世、安顿痛苦灵魂的方式。这并非堕落,"老后莫应销逸气,贫来浑未减狂心"显示了他的高傲与激情。换言之,诗人虽写了对人生悲哀的感受与体验,表象是消沉,但消沉的背后是人格的尊严和生命的美感,是对平庸生活的鄙弃,本质上还是热爱人生而非厌弃人生。

从对后世读者影响看,除日本作家永井荷风外,王彦泓诗的"颓废"倾向似乎并没有引起特别的注意。其实,王彦泓诗的"颓废"美很值得注意,其在情调上与后来的余怀《板桥杂记》、曹雪芹《红楼梦》是相通的。

四、"王彦泓现象"对文学史研究观念的挑战

与王彦泓诗有关的上述现象,某种程度上触及了文学史研究中的一些共性问题,启迪人们去思考和研究。

王彦泓诗歌接受高潮与低潮之间的两次起伏,明显能看出政治、道德及与之相关的文学批评观念的深刻影响。当政治对文学的影响减弱,文学接受的伦理教化目的淡化时,就会形成王彦泓诗歌接受的高潮;当政治对文学的干预增强,文学接受的伦理教化目的强化时,就会形成王彦泓诗歌接受的低潮。至于评价的巨大分歧,显然也与评价者的文学观念有关。

王彦泓诗中艳情与"颓废",在中国人的观念中似乎都不是什么好字眼。在中国主流的价值观念中,儒家的诗教观影响巨大,一般强调文学在道德伦理上的意义,偏重文学的教化功能,所谓"不关风化体,纵好也枉然"。单纯写男女之情的作品,不可能有很高的教化功能,为了提高写艳情的作品的地位,有的阐释者有意识的调整、置换诗歌的重心,把男女情爱的描写引向政治或道德伦理的框架中,施予道德的装饰,说什么"词则托之男女,义实关乎君臣有朋"[①]。对于那些"缘情绮靡,结念芳华,意尽言中,羌无寄托"的写男女之情的作品,则以为

① 沈德潜《唐诗别裁集·凡例》,上海古籍出版社1979年版。

不可取,非正人君子所为[①]。因此,尽管王彦泓诗受到颇为广泛的欢迎,并滋养了王士禛、纳兰性德、永井荷风等中外著名作家的创作,但却受到持正统观念者的口诛笔伐,长期得不到正确地对待,在《中国文学史新著》之前,《疑雨集》并没有真正进入文学史家的视野,长时期被冷落。

受儒家思想主导的传统的主流意识和前苏联社会历史批评的影响,从政治、道德的角度评价颓废,一直是主导性的观念。于是"谈颓色变",颓废在中国语境里遂成了一个贬义词,一说某个作家"颓废",这个作家就完蛋了,要么被有意冷落,要么被作为"反面教材"批判。而且常常把作家本人的"颓废"情绪与其作品的"颓废"倾向等同起来。从艺术风格上,中国传统重阳刚进取,轻阴柔感伤,希望文学能给人以希望、光明和感奋的力量。因此,我们的文学批评不敢正视或有意回避文学中"颓废"倾向,更不敢将其上升到审美的层面进行分析。近年来,受李欧梵《漫谈中国现代文学中的"颓废"》等文章的影响,颓废现象研究成为学术界的一个话题,一些学者开始正视颓废现象,有的学者在解读一些经典作家作品时,大胆地对其颓废美展开分析。然而,目前颓废研究成果多集中在现代文学研究领域,在古代文学研究方面成果寥寥。

假如我们正视感情的多样性,承认审美丰富性,那么,艳情其实是直接摇动我们内部生命的强有力的情感,"颓废"亦是一种精神现象和审美追求,甚至可能是"一种极致的艺术精神"[②]。在这样的文学观念下,王彦泓就是一个值得重视的作家。因此,"王彦泓现象"有可能引发我们对文学史研究观念的深入思考。

进入新世纪以后,文学史研究似乎逐渐走入了困境,在重要作家作品研究方面该说的话似乎已经说完,很难再提出什么新见解,于是研究的视线逐渐下移,二流、三流甚至八流、九流的作家都进入了视野。每个研究者都有权选择自己的研究对象,小作家研究自有其价值,我们或许也能为其找到充分的学理根据:还原历史,构建当时的文学生态。可是,当这样的研究成为一种普遍化的态势时,就不能不让人感到忧虑。记得十年前章培恒先生在《中国古代文学概论》课上谈到我的博士论文选题时说:

> 假如论文能成功,即通过这个论文而引起大家对于王彦泓的注意,实际上是显示了我们现在在古代文学研究中具有普遍意义的问题:就是我们现在所肯定的作家其实都是根据前人的东西肯定,真正我们自己发现的很少。从受外国人的影响有中国文学史以来,中国文学史的书上所肯定的作家实际上都是《四库全书总目提要》上肯定的那些作家,真正是自己发现的就是五四时候提倡新文化的人所发现的,一个是从李贽到袁宏道、晚明小品的一条线,另外一个就是戏曲小说。除此以外就是《四库全书总目提要》的评价,不过我们翻新花样,杜甫原来说是忠君,现在说是人民诗人,换个标签而已。王彦泓是晚明精神的产物,五四新文化运动的人,周作人、林语堂等虽然对晚明精神肯定,但实际上他们在这方面做工作的时间不多,从二十年代到抗战爆发。抗战爆发后大家没时间去搞这些东西,而且后来评价的标准也越来越功利主义,他们没有来得及发现的王

---

① 参看钱钟书《中国文学小史绪论》,《国风》第三卷第八期,1933 年 10 月 16 日。

② 薛雯《颓废主义文学研究》第七章《颓废:作为一种极致的艺术精神》,上海人民出版社 2012 年版。此书对本文"颓废"的论述多有启发。

彦泓等人就没有人管了。清代到乾隆后文学思想上有个很大的反复,对李贽、晚明的一批人全部加以否定,所以原来在康熙时期评价还不错的王彦泓后来虽然有袁枚在那里大声疾呼,说他是清代最好的诗人,但最后还是没有能够被重视。就是说在文学史上因为我们长期的评价还是受《四库提要》等传统思想的影响,许多应该提出的作家还是没有提出。另外,我们的评价标准还有许多和《四库提要》差不多,即不注重文学心灵上的作用,偏重文学所谓功利性的作用。如果你的论文能够成功就意味着在我们文学史上还有许多课题可以做。新的课题的注意并不是说所谓部长级的作家、局长级的作家都研究完了,我们开始研究处长级的,而是说以前的评价标准需要新的思考,等我们对评价标准有了新的想法以后也就有许多新的课题可以做,没有受到注意的我们可以发现应该注意的作家,已经受到注意的作家我们要看还可以从什么角度对他做评价。

今天看来,章先生的话仍然是新鲜而有力度的,而对我来说则是深深地感到惭愧。
谨以此文纪念敬爱的章培恒先生!

作者单位:安徽大学

曹学佺《石仓十二代诗选》再探

许建昆

一、前　言

在晚明诗学史的论述中，曹学佺（1575—1646）是个既熟悉又陌生的名字。钱谦益《列朝诗集小传》论述：弘治、正德、嘉靖、万历初期，金陵诗坛活动颇为兴盛；万历中期，曹学佺供职南京大理寺时，与臧懋循、陈邦瞻、吴兆、吴梦暘、柳应芳、盛时泰等人诗文酬酢，再创金陵诗坛的高潮[①]。事实上，曹学佺引领的诗坛活动，还扩及南直隶（江苏）、浙江、江西、福建各地。其普及性，与相近时期的公安、竟陵诗派活动相比，绝无逊色，而影响时间更为长远。

然则曹学佺于1846年9月福州城破之际自缢于家中，著述佚于兵燹者过半[②]，幸存书版藏于石仓者，又遭海寇焚掠，片简无存[③]，收集更加困难。福师大方宝川指出，除了兵燹、海盗、籍没官府之外，第四个原因是乾隆卅八年（1773）大规模编纂《四库全书》，曹学佺的诗文别集也被列入禁毁书目而遭劫难[④]。

根据《明史·艺文志》所载，曹学佺之著作，经学有《周易可说》7卷、《书传会衷》10卷、《诗经质疑》6卷、《春秋阐义》12卷、《春秋义略》3卷[⑤]。史学方面有《一统名胜志》198卷、《蜀汉地理补》2卷、《蜀郡县古今通》4卷、《蜀中风土记》4卷、《方物志》12卷[⑥]。《蜀画苑》4卷、《蜀中神仙记》10卷、《蜀中高僧记》10卷，分别收在艺术类、道家类、释家类，另有《石仓诗文

---

① 钱谦益《列朝诗集小传》（台北世界书局1961年版），丁集上"金陵社集诸诗人"，第462页。

② 福建巡抚佟国器《西峰字说》序文，清顺治十二年（1655）刻本。

③ 陈治滋《重刻曹石仓先生诗集序》，曹岱华重刻《石仓诗稿》，第2页，乾隆刊本。

④ 方宝川《曹学佺及其诗文别集述考》，《曹学佺集》，上海古籍出版社影印福建师范大学藏本，第11页。

⑤ 《明史·艺文志一》（台北鼎文书局，影印中华书局）卷96，经学类，第2344—2366页。坊间尚有名为《书传会要》、《书经折衷》、《春秋传删》，以及号称总集的《五经困学》、《五经可说》，是否为曹学佺亲订，有待日后考索。

⑥ 《明史·艺文志二》，卷97，第2405、2413页。《一统名胜志》作208卷，后四本编入《蜀中广记》108卷，参见《中国古籍善本书目·集部》，上海：上海古籍出版社，1998年，卷二十六《明别集》著录。《明史·艺文志三》，卷98，第2445、2452、2455页。

集》100卷,《石仓十二代诗选》888卷,《蜀中诗话》4卷,收在别集、总集、文史类[①]。此即陈治滋在乾隆十九年(1754)季冬为曹学佺曾孙岱华重刻《石仓诗稿》撰序时,所称"共16部,凡1277卷"。曹岱华蒐辑遗编达二十余年,以"文集尚少三分之一",仅将《诗稿》33卷刊行[②]。

拜现代影印出版之便利,除了《诗稿》以外,坊间已重新出版明刻本12卷本、24卷本、福建师范大学藏本[③]。但这些版本都没有日本内阁文库所藏109卷本来得完整[④]。观察这些版本,都是来自同一版式,字体也一致,即使是乾隆版的《诗稿》也模仿明版,采用覆刻形式。最近福建师范大学陈庆元整理此书[⑤]完竣,准备出版,也编写了详细的《曹学佺年谱》,可供学界参考。

至于《石仓十二代诗选》的出版流传,则显得坎坷。仅见于黄虞稷(1619—1691)《千顷堂书目》、《明史·艺文志》所载,而清礼亲王昭梿、近人冯贞群、郑振铎曾亲眼目睹撰文记叙。研究者也仅见于上海复旦大学古籍研究所朱伟东的硕士论文,在2005年做了一次初步的探索。本文希望从这个基础出发,廓清这本诗选的原貌,并且探讨这本诗选的出版体例及其价值。

二、石仓诗选编选的卷帙

根据《明史·艺文志》的记载,《石仓十二代诗选》共有888卷,分别为:

> 《古诗》13卷、《唐诗》110卷、《宋诗》107卷、《元诗》50卷、《明诗一集》86卷、《二集》140卷、《三集》100卷、《四集》132卷、《五集》52卷、《六集》100卷[⑥]。

显而可见,此书包涵古、唐、宋元、明等四大部分。《古诗》再分为汉、魏、晋、宋、齐、梁、陈、隋,八朝11卷;北魏、北齐、北周三朝合为1卷;另有《古逸》1卷。从曹学佺编选的体例,十二代实指前八朝,加上唐、宋、元、明等四朝之谓。北魏、北齐、北周,系属北朝,不计在内,仅以"附录"的形式,与《古逸》编在《古诗》类最后两卷。《四库全书》馆臣认为《古诗》类中已有11朝,加上后4朝,则有15朝。与书题《十二代诗选》不合,所以依照原书版心作《历代诗选》而改称[⑦]。《四库全书总目提要》又云,根据黄虞稷(1619—1691)《千顷堂书目》,曹学佺所录《明

① 《明史·艺文志四》,卷99,第2488、2498、2501页。

② 陈治滋《重刻曹石仓先生诗集序》,曹岱华重刻《石仓诗稿》,第2页,乾隆刻本。

③ 《石仓诗稿》乾隆十九年刻本,收在北京出版社《四库全书禁毁书丛刊》集部第143册;12卷明刻本收在上海古籍出版社《续修四库全书》集部,别集第1367册;24卷本收在北京出版社《四库全书禁毁书丛刊补编》集部第80册;福师本在2003年5月南京江苏古籍社影印出版。

④ 台北"国家图书馆"汉学中心有影印本,日本高桥写真株式会社制作,61册,合订为30本。

⑤ 陈庆元《日本内阁文库藏本曹学佺石仓全集初探》,《中国古代文学文献学国际学术研讨会论文集》(南京凤凰出版社2006年版),第460—479页。

⑥ 《明史·艺文志四》,卷99,第2498页。

⑦ 为便利叙述,并与其他各家诗选辨别,本文将《石仓十二代诗选》、《石仓历代诗选》之称,统一为《石仓诗选》。

诗》尚有三集100卷，四集132卷，五集52卷，六集100卷，今皆未见，殆已散佚。——是本止于嘉、隆，正明诗之极盛，其三集以下之不存，正亦不足惜矣[①]。"因此，《四库本》收录止于《明诗次集》，《三集》之后382卷阙如，仅存506卷。

然而，《石仓诗选》的原貌，当不止如此。昭梿（1776—1833）为努尔哈赤七世孙[②]，袭第九任礼亲王，他在《啸亭杂录》中曾叙述《石仓诗选》的状况：

> 余家所藏则有1743卷，较《四库》所收多至千余卷矣。《古逸诗》13卷，《唐诗》100卷、《拾遗》10卷，《宋诗》107卷，《元诗》50卷，《明初集》86卷，《次集》140卷，《三集》100卷，《四集》132卷，《五集》52卷，《六集》100卷，《七集》100卷，《八集》101卷，《九集》11册、《十集》4册、《续集》10册、《再续集》9册、《三续集》5册、《三四续集》4册、《四五续集》1册、《五续集》3册、《五六续集》1册、《南直集》8册、《浙集》8册、《闽集》8册、《社集》10册、《楚集》4册、《川集》1册、《江西集》1册、《陕西集》1册、《河南集》1册。九集后不分卷，以册代卷，其曰三四续、四五续，义例难通，而雕镌完好，印刷清楚，自是闽中初拓精本，法时帆祭酒颇加赏鉴，以为近世难觅之本。惟七集、八集中数卷为王功伟明经携去，以致遗佚不复得为全豹，殊甚扼腕也[③]。

这段纪录证明了《明史·艺文志》与《千顷堂书目》所载《明六集》以前的卷帙，是正确的。至于《七集》100卷，《八集》101卷，可能是稍后编成，尚未纪录，存于礼亲王府，但被王功伟借出数卷而缺损。《九集》以后，仅称"册"，而无"卷次"，虽"雕镌完好"，可以算"卷数"，却未能赋予"卷次"入编。

1930年慈溪冯贞群在上海图书馆所藏的《石仓十二代诗选》书上题跋，与礼亲王书目比对，多出《四续集》4册、《六续集》4册，而少去《三四续集》4册、《四五续集》1册[④]。抗战初期，郑振铎则从徐绍樵、叶铭三等处收集《石仓诗选》[⑤]，卷帙已经零落，但他指出《八集》数册及《社集》全部，其卷数尚为墨钉，未刻。《浙集》8卷、《闽集》7卷，卷次亦未刻[⑥]。从冯、郑二氏的观察与纪录，明诗选的后半部应该还有许多诗稿在刻字、逗版、试印与装帧的阶段，而非可以发行贩售的"成品"。

北京图书馆所藏署崇祯四年刊888卷本，事实上仅止于《六集》66卷，后附有残稿或"未定稿"，分别为：《续五集》吴仕训、汪（君酬）；《再续集》张（频初）、顾磐（附翁文）、喻夔、

---

① 《四库全书总目提要》，集部卷189，《石仓历代诗选》506卷提要。中文百科在线 http://www.zwbk.org/MyLemmaShow.aspx? zh=zh—tw&lid=181990，2013年8月1日检索。

② 昭梿六世祖依序为努尔哈赤、代善、祜塞、杰书、崇安、永恩。次子代善封礼烈亲王，八子祜塞追封惠顺亲王，三子杰书封康良亲王，次子崇安封和硕康修亲王，永恩复袭和硕礼亲王，昭梿1805年袭爵，1816年革除。《清史稿》（中华书局1977年版）卷169，表二，皇子世表二；卷216，列传三，诸王二。

③ 昭梿《啸亭杂录》，中华书局1980年版，卷8，第246—247页。

④ 冯贞群题跋引述自朱伟东〈《石仓十二代诗选》研究〉（2005年复旦古籍研究中心硕士论文），第8页。朱文引述《啸亭杂录》文字，在第11页，有少数误脱。

⑤ 郑氏所得《石仓诗选》，现藏于北京国家图书馆，仍作888卷本。事实上仅止于《明六集》66卷，为852卷，后附《明五集》卷51、52，尚在墨订，另有34卷都是未定书稿。

⑥ 郑振铎《劫中得书记》（上海古籍出版社2006年版），根据1956年郑氏序刊本影印，收在《中国历代题跋丛书》，第55—57页。从纪录中，知《三集》、《五集》、《七集》、《八集》卷帙已经不全，《再续集》以下均无。

林景暘;《三续集》吕继梗、全天叙(附全大训)、张铨、黄注、沈守正、陆在前、高维岳、刘锡名、项忠(附项元汴、项良枋)、区怀瑞、范应宾、刘毅、周泰峙、张玮(附张旭、张溥)、徐有贞;《社集》游适、李天植、周婴、陈仲溱、廖淳、邹时丰、张廷范、颜容轩、林祖恕、陈椿、李岳、黄天全、马季声。计有36卷。这些混乱的状态,版心分刻在各类中,却未刻"卷次",而且用墨笔涂写,准备移往他处。如《三续集》多数要移入《三集》。又如,李天植卷版心作"社集",首页首行却作"闽社集"。不过最特别的是,此版之《五集》只收50卷。未收的两卷,原稿混在这些散卷中。一是潮阳吴仕训《龙城小草》,以墨笔书写卷首"五集卷五十一";一是通州顾磐《海涯集》,卷首首行原刻有"卷四十一",以墨笔添上"五集卷"三字,版心原有"再续集卷"四字,首页已涂去,用墨笔写上"五集卷五十二"。比对京都大学藏本,也就是礼亲王府本,这两卷已编入"五集卷五十一、五十二",而且全卷改换用"标楷体"刻印。显然京都大学藏本,已经是经过整理而重刻的版本①。可以肯定,连同最后的《四库》抄本,《石仓诗选》应有三种不同的形态。

至于全书所收卷帙,郑振铎称礼亲王府藏本"群目为最足本",得1743卷。但此书从府中散出后,先为陶湘(兰泉)所得,辗转"悉售"日本东方文化学院京都研究所,则京都大学现藏1259卷②,散逸了484卷。再核对《中国古籍善本总目》、《中国丛书综录》、《明代版刻综录》③等书目,存书纪录不同,分别为1207(存939)、1255、1263卷,也与京都大学的卷帙相埒。

根据昭梿的纪录,查核全书现存卷数,明诗《六集》以前,有890卷,没有疑义。《七集》、《八集》则散佚,有十数册残本为陈乃乾所获,计各存22卷、25卷,藏于上海南洋中学,后转入上海图书馆④。《九集》、《十集》未见。再比对京都大学藏书目,尚有《三续集》13卷⑤,《四续集》9卷,《续五集》4卷,《五续集》6卷,《六续集》2卷,《明续集》51卷,《再续集》34卷⑥,《闺秀集》1卷,《南直集》35卷,《浙集》50卷,《福建集》96卷,《楚集》20卷,《四川集》5卷,《江右集》5卷,《江西集》⑦5卷,《陕西集》3卷,《河南集》1卷。这部分有368卷。再加上北京图书馆藏

---

① 京都本不得影印,翻阅时仅注意到此两卷刻印"字体"不同,其他部分尚待比对。

② 京都大学人文科学研究所编《京都大学人文科学研究所汉籍目录》,京都同朋社1981年12月,第596页。朱伟东《石仓十二代诗选研究》第20页,作1257卷。

③ 《中国古籍善本总目·集部·总集》,北京线装书局2005年版,第1726页上;上海图书馆编《中国丛书综录》2,上海古籍出版社1986年版,第2册,第1543页;杜信孚纂辑《明代版刻综录》,江苏广陵古籍刻印社1983年版,卷4,第47页下。

④ 朱伟东检查过《南洋中学藏书目》,以及现藏于上海图书馆的卷次完全相同。见朱氏《石仓十二代诗选研究》,页13;另见朱氏单篇论文〈《石仓十二代诗选》全帙探讨〉,《文献季刊》2000年7月,第3期,注⑤,第219页。

⑤ 北京图书馆本藏本《三续集》残脱,仍有15卷,与京都大学藏本13卷,并无交集,宜合并列入。

⑥ 朱伟东说:"国图藏有是(明再续)集的卷四十七,由此推得,再续集最少也有47卷。"见《石仓十二代诗选全帙探讨》,第219页。

⑦ 《江右集》、《江西集》各5卷,京都大学藏本混编一起,为2册。昭梿《啸亭杂录》中,未提及《江右集》。

本有而京都大学藏本所无的《三续集》15卷、《社集》12卷与《闽闺秀集》2卷[①]，郑振铎所见而京都大学所无的《八集》3卷、《社集》1卷，知见卷数应有1342卷（见附表一）。细查这些卷帙的处理，并没有严格安排。有些是"随得随刻，不记卷数[②]"，如《社集》作品集成，却无安排卷次；有些卷帙号次重复并列，如《明四集》卷50诗集为施俊，又有"卷50又"为孙陞。《明八集》"卷18"、"卷25"、"卷37"、"卷50"也是重出两次，"卷30"、"卷47"则重复出现三本不同的诗集上[③]。有一人出现两处，如李濂（1488—1566）诗集同时收在《三集》卷26[编号3026]、《再续集》卷28[编号B028]。而有些卷帙缺号，如《明四集》无"卷101"。《再续集》无"卷50"，但有"卷50又"、"卷51"、"卷52"，而目录上仅51卷。如果此部《诗选》要重新出版之前，还有许多待订正的工作。

三、石仓诗选明集以前的编选

从目录来看，此书编选极为庞杂。曹学佺试图编一部《诗史》，在七子派、公安、竟陵各自主张的诗学偏向中，走出一条以"诗的历史"为主的路线，因此他想编纂《十二代诗选》。这个编纂的意念，来自于闽县陈长源，而徐𤊹、徐𤊟兄弟也可能涉入。曹学佺自谓在南京任官时，自汉魏而下，以至于晋宋六朝三唐之诗，已经阅选多次，缮写成帙，旋散佚去，并不以为意。有时候前选、后选之诗集并存，参佐今昔之去取[④]。广西罢官返乡之后[⑤]，提供金援，而陈长源成为幕后的工作者[⑥]。四库馆臣质疑曹学佺未计入北魏、齐、周和金朝，并谓："金代唯录元好问一人，颇为疏漏，意其时毛晋所刊《中州集》河汾诸老诗犹未盛行，故学佺未见欤[⑦]？"这是不必要的猜测。曹学佺所以名为《十二代诗选》，排除了"没有统治过南方的朝代"，是显而易见的思考模式。

然则北魏、齐、周以及元好问，有应选之诗，要如何处理呢？至于元好问（1190—1257），卒于元宪宗七年，而金朝已亡于1234年，姑且寄存于元诗第一人，想也是曹学佺的权宜之策。过多的"权宜"，也使得曹学佺企图建立的体例，受到挑战。依照《石仓诗选》编选顺序，来检验曹学佺的编辑理念。

---

①② 北京图书馆藏本有而京都大学藏本所无的《社集》有邹时丰、张廷范、廖淳、马季声、柯茂竹、黄天全、颜容轩、周婴、林祖恕、李天植、游适、李岳等12卷，加《闽闺秀集》2卷。郑振铎所独见的《八集》有王留、李生寅、文元发3卷，《社集》有陈鸿1卷，见郑振铎《劫中得书记》（上海古籍出版社2006年版），"石仓十二代诗选"条，第55—57页。

③ 此为朱伟东在上海图书馆的发现。见〈《石仓十二代诗选》全帙探讨〉，《文献季刊》2000年7月，第3期，第219页。

④ 《宋诗选序》，《石仓十二代诗选·宋诗选》，卷首，第1页。

⑤ 《明兴诗选序》，自署：崇祯三年庚午阳月之朔赐进士出身嘉议大夫四川按察使两奉旨启用广西副使致仕臣曹学佺。

⑥ 陈衎《陈长源石仓诗选序》："曹能始至，捐赀选刻十二代之诗。长源首处坛坫，龙鳞凤羽，固不必全身视现矣。"《大江草堂二集》，卷12，第9页，明崇祯十七年闽中陈氏家刊本。

⑦ 《石仓历代诗选提要》，《文渊阁四库全书》集部八，总集类，第597，第1387－1页。

(一)《古诗选》的编选

曹学佺所谓古诗,“盖有四言、五言、歌行,为三体”,又曰“见诸吟咏则为古风,被诸管弦则为乐府也”[①],古诗、乐府所以不同,在于“可歌”与“不可歌”。所以,他将“汉魏五言各分有内外篇,内篇为古诗,外篇为乐府。有乐府而似古风者,则亦内之;有古风,而似乐府者则亦外之。昔人之编乐府也以乐,余之选古诗也以诗而已矣”[②]。曹学佺以诗论诗,先四言,后五言内篇、外篇,接着七言歌行;先标举诗体,再以时代递降,分为11卷,以迄隋代,第12卷以附录形氏,蒐罗北魏、北齐、北周诗,最后1卷为“古逸歌谣”,以无名氏所作,为最早期的作品,放在最后一卷。以现今观点来看,如果要作为“诗史”,反而乱了“时序”。

检视其内容,大致与曹学佺的标目吻合。惟汉七言歌行收19首诗(卷1),其中了参入三言《五杂组诗》、四言《杨恽抚缶歌》,五言《李延年歌》,六言梁鸿《五噫歌》,另有灵帝《落叶哀蝉曲》、苏伯玉《盘中诗》、《悲歌》为杂言。虽为歌行却非七言,何以置此?刊刻时,是否多出了“七言”两字?而谭元春于《古诗归》中,评点蔡琰《悲愤诗》、无名氏所撰长篇歌行《焦仲卿妻(孔雀东南飞)》,津津有味,曹学佺则未选入,可能是过于口语的叙事诗,不合他的诗学标准 。

(二)《唐诗选》的编选

对于《唐诗选》,曹学佺着墨最深。万历、崇祯之间,相关《唐诗选》的出版有170种之多,他的好友臧懋循、费元禄、范汭、茅元仪都有《唐诗选》的出版,即使是高棅的《唐诗品汇》也重新刊刻了十三次[③]。

他认为高棅(1350—1423)之选唐诗,重在初、盛,而不在中、晚。元朝周弼选《三体唐诗》时,重在中、晚,而不在初、盛。而黄克缵(1550—1634)编选《全唐风雅》,已经将“盛唐寄于初中晚之内,谓三唐各有其盛者焉”[④],强调各个断代都有其盛况。

坊间习作诗者,则依照《唐诗类苑》,重“类”而不重“选”。而钟惺《诗归》,学李贽“评史”的方法评诗,并不是好办法。高廷礼与他何以将李杜当做大家,非正宗?他所选唐诗以李白为最多,杜甫次之,因为重视李杜古风成就的缘故。李攀龙说“唐无古风”,是不对的。唐大历以后的作者,逞才华而少蕴藉。贞元以下之作者,用工巧而无风致,都是因为在“不习古风”的缘故。所以不管古诗,或初、盛,或中、晚,都应该融会。中、晚入选之近体,与初盛之近体并无相异,都属于唐诗队伍的一部分。所以要超越《诗删》、《诗归》,模仿高棅《品汇》分“初、盛、中、晚”的体例,来安排唐诗选[⑤]。

《石仓十二代诗选》唐诗选部分共100卷、拾遗10卷。100卷中初唐18卷、盛唐15卷、中唐27卷、晚唐30卷,方外、宗风、宫闱、闺秀合为10卷。拾遗5以后标明晚唐。按人物观察,拾遗1、2为初唐,拾遗3为盛唐,拾遗4为中唐。方外、闺秀等融入各卷中。两者合而

①② 《古诗选序》,《石仓十二代诗选·古诗选》卷首,第1—8页。

③ 金生奎《明代唐诗选本研究》(合肥工业大学出版社2007年版),第53—83页。

④ 黄克缵《刻全唐风雅序》,《全唐风雅》,第4页,万历四十六年刊本。

⑤ 曹学佺《唐诗选序》,《石仓十二代诗选·唐诗选》卷首,第1—9页,崇祯四年序刊本。

观之，兹列表如下：

<table>
<tr><th></th><th>卷　数</th><th>作家(人)</th><th>篇幅(页)</th><th>选诗(首)</th><th>比重(%)</th></tr>
<tr><td>唐诗选总数</td><td>110</td><td>1163</td><td>3038</td><td>10813</td><td></td></tr>
<tr><td>初唐</td><td>20</td><td>204</td><td>361</td><td>1330</td><td>12.3</td></tr>
<tr><td>盛唐</td><td>16</td><td>185</td><td>631</td><td>1973</td><td>18.2</td></tr>
<tr><td>中唐</td><td>28</td><td>67</td><td>786</td><td>3273</td><td>30.3</td></tr>
<tr><td>晚唐</td><td>36</td><td>521</td><td>875</td><td>3343</td><td>30.9</td></tr>
<tr><td>方外</td><td>7</td><td>45</td><td>113</td><td>586</td><td rowspan="4">8.3</td></tr>
<tr><td>宗风</td><td>1</td><td>32</td><td>18</td><td>60</td></tr>
<tr><td>宫闱</td><td>1</td><td>20</td><td>14</td><td>62</td></tr>
<tr><td>闺秀</td><td>1</td><td>79</td><td>42</td><td>186</td></tr>
</table>

从表列中，可以清楚地看出《石仓十二代诗选》唐诗选部分，初唐占12.3%，盛唐18.2%，中唐30.3%，晚唐30.9%，其他8.3%，此与高棅《唐诗品汇》选诗比例，分别为：14.4%、32%、34.7%、11.6%、7.3%[①]。相较之下，晚唐诗所占比例，有明显的增加。

再检视高棅与曹学佺所选唐代诗人前30名(见附表二)。可以得知，两人共同选入的作者有19人。高棅以杜甫、李白、刘长卿、钱起、韦应物依序为前五名；曹学佺则依序选了李白、杜甫、韦应物、刘长卿、白居易，显然是以“诗质”重于“格律”的选择。高棅所选前30名者，曹学佺虽未列入前30名，但选诗的数量极为接近。两人所选盛唐之诗人与作品，篇幅几乎相同，表示曹学佺趋同于高棅。但曹学佺选入前30名，与高棅所选相较，在篇幅上有较大的落差。如初唐王勃为75∶41；中唐白居易181∶36，贾岛163∶43，朱庆余103∶10，元稹101∶14，张祜74∶25，李贺72∶40；晚唐杜牧108∶42，吴融100∶7，方干86∶12，韦庄70∶21。很显然，曹学佺对部分中、晚唐诗人与作品的推举，远远超过了高棅的认知。可以说，曹学佺在高棅的基础上，注重诗体的格律，更关注诗学历史演变的轨迹。

至于唐以下，每卷均以个别作者为主，偶有因师徒、家人、同榜、同乡里而合卷。曹学佺试图在每卷卷首附上原诗集的序文，或后代重刻序文，或史传，或自己及同仁编写的作者小传，或访得该书刊刻经过的纪录，但也有只录诗作，没有任何的序跋、引文。在编辑体例上，颇觉凌乱。可是在书籍溯源、史料出处，反而提供了宝贵的线索。四库馆臣仅把此书当做“诗总集”看待，也就把这些作家史传序跋、刊刻纪录等全数删落，以求编选体例的完整，无形中造成了极大的损失。

(三)《宋诗选》的编选

曹学佺在此编序文中承认，自己所见宋、元诗并不多，也因袭一般诗家的说法：“宋病于腐，元病于纤”。因为要编选此书，才从好友徐𤊹、谢肇淛以及姻亲晚辈林懋礼家中，借得各

① 金生奎《明代唐诗选本研究》，绪论，第9页。

地蒐罗来的宋诗集，才开始理解宋、元之诗“各擅其一代之美”。他还说，宋代诗人有名德者、理学者，能“自成一家，上足以黼黻皇献，而下足以陶写情性”，也有一群具有词人本色者，他们所写的诗“取材广，而命意新，不欲剿袭前人一字，而诗家反以腐锢之其钦”[1]。尽管曹学佺有这样的认知，还是不免以“唐诗的品味”，来关照宋、元之诗。

检视明代的宋诗编选，约有13种[2]，留存下来有符观《宋诗正体》、李蓘《宋艺圃集》、潘是仁《宋元名家诗选》，以及曹学佺《石仓历代诗选·宋诗选》四种，都不能避免以“选宋仪唐”的态度，而选出“宋诗中近唐风者”[3]。从所选诗作数量来看，曹学佺为最多。他选出了193位作家[4]，6722首诗作，合为107卷。

清代吴之振与吕留良、吴自牧编选《宋诗钞初集》，曾说曹学佺“始选莱公，以其近唐调也”，已经表明了立场。陆游、杨万里是诗学大家，作品留存也多，却不多选。却选释德洪、梅尧臣、朱熹之诗为前三名[5]。

曹学佺在卷226，用了70页的篇幅，选刊释德洪259首诗。卷227以下，以迄卷末230，收释净端、真净、契嵩、保暹等37僧侣161首诗。以《石仓诗选》的编选体例来看，应是“补遗”或“其余”的形式。

申屠青松指出，明代对宋诗选本的不重视，不仅是作家姓名字号讹误，连诗作都有大量删改、漏抄的现象。谨举《石仓历代诗选·宋诗选》卷153一例，该卷收有苏轼160首诗，漏抄两句以上的诗，却有29首之多；单就《与客游道场和山得鸟字》一首，漏抄了11句。这样的错误，在各家诗选中都很普遍，连批评曹学佺的吴之振，也出现相同严重的缺失。

（四）《元诗选》的编选

《元诗选》部分仅50卷，篇幅体制均小。在编选序文中，他盛赞元世祖以胡人主中国，亦知节义，不忍杀害文天祥。也有文人拒绝征召，逍遥不仕；也有文人为了“师世范俗”，出来做官。北方的诗人也有许多好的作品。一般人批评元诗纤丽，又以咏物诗为多，文字工巧，但少讽人之旨。曹学佺也怀疑，何以当时代福建却少诗人[6]？

《元诗选》的编选与《宋诗选》相仿。选出元诗人286人，作品2680首，其中前三名作者为戴良、成廷珪、马祖常。第46—48卷，收恕中和尚、严正卿居士等12人，329首，较为正常。第49卷、50卷，另署《元诗体要》、《元音补遗》，似乎是“补遗”性质。然则《元诗体要》原编者为宋绪，原收诗体36类，合计作品1520余首。曹学佺择取其中作者110人，作品197首，来填补自己在元诗视野不足的缺憾。曹学佺原收有南海邓林在宣德八年(1433)写的书序，并没有要隐瞒宋绪编选的事实。四库馆臣将之删去，使本书来源顿失线索[7]。最后一卷《元诗

---

① 《宋诗选序》，《石仓十二代诗选·宋诗选》，卷首，第1页。

② 申屠青松《明代宋诗选本略论》，《北京科技大学学报》23卷3期(2007年9月)，第97—99页。

③ 李程《明代宋诗接受研究》，华中师范大学2011年硕士论文，第75页。

④ 李程分析《石仓宋诗选》体例，说收录181位作家，未知何者为确？同上注，第86页。

⑤ 吴之振等选《宋诗钞》(中华书局1986年版)，管庭芬、蒋光煦等补，第5页。

⑥ 《元诗选序》，《石仓十二代诗选·元诗选》，卷首，第1页。

⑦ 四库收有《元诗体要》14卷，在集部八、总集类中，浙江巡抚采进本，可惜严重残缺；台北故宫藏有明正德己卯(1519)辽藩重刊本，可资对照。

补遗》,则收作者张易等 82 人,作品 171 首,自然有"补遗"的作用。

(五)《明诗选》的编选

相对于汉、魏、唐、宋、元之古代诗选而言,曹学佺的《明诗选》可以称作"当代诗选"了。他试图建构"诗史","古诗"部分只是诗之源起,而明代诗学的发展才是他主诉的重点。

从现存的蛛丝马迹来看,曹学佺确实想从初集编选到十集。《四库提要》说次集止于嘉靖、隆庆,是明诗最盛的时代,三集以下之不收也不算可惜。这样的说法是别有意图。曹学佺在《明兴诗选序》中明白地说:危素、陆德旸、杨维桢等元末明初诗人为《初集》,成化、弘治为《二集》,嘉靖、隆庆为《三集》,万历为《四集》。曹学佺已经发现"国初自洪武迄永、宣仅六七十年间,而作者名数已轶过宋元两代矣"。

事实上,他的编辑工作,还要接受更严峻的考核。明代诗人出入诗坛与获取功名的关系密切,我们从诗人进士登科或举人中试的时间来检查(见附表三、四)曹学佺所收编的诗卷,可以得到以下的概念:《初集》所收为洪武、建文、永乐时期的诗人;《二集》收永乐十八年以迄弘治十八年间;《三集》收正德年间,《四集》收嘉靖初期;《五集》收嘉靖中期;《六集》收嘉靖卅二年以后,而以隆庆时期为主;《七集》以隆庆二年而以万历初期为主;《八集》所收诗人多半没有功名可考,进士登科者仅见嘉靖十七年的赵宧光、廿一年的叶经,却是收在附传中;另仅见万历年间贡生出身的娄坚、卓明卿。显然曹学佺所聘雇的编辑人员对于作家们的活动时间没有办法明确掌握的,大部分都存放到《八集》之后。

所谓《续集》部分,很可能是后来采收到的文集,来不及依时间先后编入先前的集次里,暂时安置在此。也可能预备再混入前编的诗集之中。如北图所存《三续集》残稿数卷,就有企图编入《三集》之中。《续集》中作者的登科功名多落于成化年间、弘治十八年、正德十六年,可补《初集》、《次集》、《三集》的罅漏。

《再续集》多在嘉靖年间。《三续集》以后,卷帙不多,以万历之后为多。而这个现象,可能是受到地方集编选的影响,分占了一些卷数。

以地方为集名,包含南直隶、浙、闽、楚、川、赣、豫等八个地方,外加社集。礼亲王昭梿、冯贞群、郑振铎等人以"册"来数算它们,是因为这些零散的作品虽刻成"卷",并没有赋予"卷次",所以不好数算。从这些地方集的蒐集,就可以看出编辑者的地域优势,闽、社与闽闺秀,合有 138 卷,特别凸显。南直隶 35 卷,浙江集 50 卷,也就是江浙一带合有 85 卷。江西则以长江为界,分江西、江右两部分,合有 10 卷。至于北方的楚、陕、豫合有 23 卷,占不到总数的 10%,可见诗学传播的领域,从明初开始,就属于南方区域。这些地方集诗卷的主人获取科第,多半落在隆庆二年以后,而以万历中叶以迄启、祯年间为多。但更多的诗人,仅获取举人、贡生、太学生的身份,甚至以布衣终老,也较前期增加。

曹学佺原先要建构纵轴的诗史观念,因为涉及篇幅太大,诗人群体间的勾连,诗人重要程度的去取之间,都让他烦恼。不得不暂作横向的地方集蒐集。原先设定的《七集》以迄《十集》,就是要来收编这些地方集。然而,原本"暂时性构工"的"地方集"、"续集",最后都没有得到重新安顿。这种混乱的状况,体例不纯的编辑,正好留给后人想象并思考的空间,来理解一个"多元阐述的诗的时代"。

四、结　论

要了解曹学佺在明代诗史的地位，爬梳《石仓十二代诗选》，比《石仓全集》的阅读还重要。原因是曹学佺文集中对诗论的探讨并不多，但为了编选《石仓诗选》，他在朝代的卷首，都写下了他的诗学主张。回顾高棅《唐诗品汇》的编纂，是为了建立起诗学格律，作为世人读诗、写诗的标准。经过前后七子派的推波助澜，森严的格调理论传播全国，也兴盛了各地的诗坛活动。曹学佺适时进入南京，由于个人才情而成为诗坛盟主，与公安、竟陵诗派相埒，而独自延长到终明之世。战争常常无情地摧毁文物，而他的文集与诗选最终落到日本内阁文库与京都大学图书馆，侥幸获得保全。

为收集曹学佺文学资料，得获复旦大学古籍所郑利华教授以及高足朱伟东先生的帮忙，拜读了2005年的论文《石仓十二代诗选研究》，有了借力使力的基础。朱伟东为撰写论文，走访九大图书馆，掌握了散逸于各馆的资料。他对于《石仓诗选》的编集体例，做了多方揣测，也提供了我对话的可能。去年前往京都大学，翻阅郑振铎经眼的礼亲王本《石仓诗选》，带着朱伟东论文比对，得到很多帮助。

从目前收集来的《石仓十二代诗选》卷帙比对，还有许多墨钉，修改而未完成的痕迹太多。编写体例过度参差；"附录"、"补遗"、"续集"的违章乱法；"诗史"的纵轴线与"地方集"的横轴线，尚未有合理的交错设计。选《古诗》、《唐诗》，有崇祯四年(1631)自序；选《宋诗》、《元诗》、《明诗》，有崇祯三年(1630)自序[①]。可知此书编纂的开始时间，但何以至亡国殉身十五年之间，曹学佺并没有增加任何序跋、注记、工作日志等文字，而放任两三组的刻工[②]自由加刻，造成续集以后的卷帙大为混乱？

尽管这套选集的卷帙如此凌乱，仍然是庞大的修书工作。朱伟东说，此套书最大特色就是收录浩博，较少门户之见，存人与存诗并重，"以人系诗，以诗系人"，在最大程度上保留了历史上的诗人诗作[③]。

曹学佺深知"代与体之变"[④]。不会以古诗法度来要求唐代古风，而言唐无古风[⑤]；更不会人云亦云，批评"宋腐、元纤"，而能理解各个时代的风格特质。他深切了解"每一时代自有每个时代的文学风貌"。这也是金生奎说，明人已经从诗的格律之辨，走向"时代之辨、诗体之辨、家数之辨"[⑥]，他认为有"通代视域"的诗家，除了李攀龙之外，只有曹学佺。而曹学佺编选的局幅更为开阔。

要肯定曹学佺"存诗、存人"的努力，不在于此书的编选是否完竣，而在于他所达成的"历史任务"。他传达了分体、分代"多视角观照"的诗学史观，也试图保有诗学发展的轨迹于后

---

① 王重民《中国善本书目》，台北明文书局1984年版，集部·总集类，第440页。

② 从版心留下的刻工名字，可知有多组工人，待详考。

③ 朱伟东《石仓十二代诗选研究》，第26页。

④ 《古诗选序》，《石仓十二代诗选·古诗选》，卷首，第7页。

⑤ 《唐诗选序》，《石仓十二代诗选·唐诗选》，第5页："选唐诗而不入李、杜者，不重古风故也。于鳞谓唐无古风，识者哗之，然非观李杜之古风则无以见唐古风之盛。"

⑥ 金生奎《明代唐诗选本研究》，第176—177页。

世。由于他的经营,促使晚明诗坛缤纷壮盛,也使闽中的诗人与诗,有更大的展示舞台。李圣华说:"后七子式微时,闽中与浙东坛坫勃兴——公安、竟陵相继而起,闽派占据一方坛坫——明末,竟陵、几社并驰,闽派构成第三支生力军。"[①]翻阅《石仓诗选》,更能掌握晚明的诗坛盛况。郑振铎曾经批评也盛赞《石仓十二代诗选》的编选,他说:"明诗初集每卷皆附原集旧序或传,次集以下,则均无之。又一集之中,往往卷数重复。为例甚不纯,当是未加整理之作;然明人诗赖此而活者多矣!"[②]以《石仓十二代诗选》作为诗史,曹学为晚明诗人扩大的思想域界,以"全景式的视野看世界[③]",保留了可以验证的文本,自然值得我们重视。

作者单位:台湾东海大学

① 李圣华《晚明诗歌研究》,人民文学出版社 2002 年版,第 224 页。

② 郑振铎《劫中得书记》(上海:上海古籍,2006 年),"石仓十二代诗选"条,第 55—57 页。

③ 查清华《明人选唐诗的价值取向及其文化意涵》,《文学评论》2006 年第 4 期,又见大江博客 http://blog.sina.com.cn/s/blog_7d7363bf0101dcwt.html,2013 年 8 月 1 日查阅。

欲识玄玄公案，黄粱未熟以前：从《谷响集》看明季滇僧彻庸周理的思想渊源与精神境界

廖肇亨

一、前言：从彻庸周理初谒密云圆悟谈起

崇祯七年(1634)，僧人彻庸周理(1591—1641)在同为云南士人陶珽(生卒年不详)、戈允礼(生卒年不详)等人的资助之下，千里迢迢跋山涉水来到繁华的江南，途中云水参学。在多方斡旋之后，终于获得当时临济宗代表人物密云圆悟(1566—1643)的印可，关于两人见面经过，似以《滇释纪》所记较详。作者释圆鼎于此如下记曰：

> 时密云和尚说法天童，师往参。童一见便问："万里至此，费却多少草鞋钱？"曰："某甲乘船而来。"又问："来此做什么？"曰："有事借问得否？"童曰："你在什么处？"曰："和尚还见什么？"童拟取杖，师便喝。童打，师接杖一道，童曰："你作什么？"师曰："和尚要杖便送还。"童喜，遂许入室。[①]

就此公案观之，参谒密云圆悟之前，彻庸周理已然证悟，两人的对话并未多有交集，不难看出此一公案之仪式意义远大于理论意义，彻庸周理与其说是甘拜下风，毋宁说是分庭抗礼，密云圆悟 原本不将彻庸周理放在眼里，以为不过是一般的仰慕者而已，岂料彻庸周理以"乘舟而至"作答，此等答案不由得令人想起经典当中"乘法身船，至涅槃岸"[②]以及"苦海常作渡人舟"等类似的说法，彻庸周理意谓其乃为弘扬佛法而至，非徒以自身为念而已。另一方面，密云圆悟"多少草鞋钱"的问题暗喻行履几何，偏于渐修，彻庸周理"乘船而至"的回答暗涵"一超直入如来地"，以顿悟自矜。至于两人居处之问答则是禅境交锋，彻庸周理"和尚还见什么"一问反诘密云圆悟未有识人之明，密云圆悟企图举棒震慑异邦之客，不意此客空手可以接刃，末尾彻庸周理先举白旗，意谓愿听和尚吩咐，无怪乎密云圆悟大喜过望。就本文观之，与其谓之示弱，毋宁更近于息事宁人，在此之后，释圆鼎就彻庸周理接受临济法嗣源流以后一事说道：

---

① 释圆鼎《滇释纪》，四川民族出版社 2002 年版，第 493 页。又，释圆鼎此处记事主要根据陶珙为彻庸周理诗文集《谷响集》所撰的序文。

② 安世高译《佛说八大人觉经》，卷 1，《大正藏》，第 17 册，第 715 页 b。

气吞诸方,咸称:"吾道南矣",欲留之,不可,遂归。吾滇自古庭后二百余年,祖灯再续,实赖师焉。[1]

"气吞诸方",意谓卓尔不群,当即"格格不入"之婉言也。在此一记载当中,一代禅门宗匠密云圆悟完全落居下风,几无招架还手之力,孰能信之?记事不免夸言过实之讥。顾名思义,《滇释纪》一书旨在为滇地佛教构筑源流系谱,特意渲染滇僧过人之处无足为奇。事实上,在此之前,彻庸周理原本对趋附临济门下一事兴趣不高,不过却因为一个异梦改变了他的想法,其曰:

金陵友人,邀予游天童。然余虽闻天童久矣,初不愿见。友人强以同行,一夕梦与天童老人并一童子共舟,游于永深之池。舟疾如风,忽过一楼,瞬夕百里。又梦授一锡瓶,插两莲花,光色耀人,下有无数小花。及至天童,景色人物,宛如梦中无异。[2]

原来决定二人师徒缘分的契机端在此梦。此梦强烈带有预知梦之性质,并不难解。莲花本是佛教象征,无数小花("普陀山"原义为"小白华山")当是正法弘传之兆。两人泛舟浮水,或可谓之性海自在无碍,"一楼"当即华严楼阁意象之呈现。彻庸周理"某甲乘船而来"之答竟已先见于梦境。舟急如风,当言得其助力甚厚也。

值得注意的是:彻庸周理明言,虽久闻密云圆悟之名,然最初却刻意与之保持距离。事实上,除了相关人士的证言之外,彻庸周理于他处几乎终身不曾提及密云圆悟之名。因此,对彻庸周理而言,密云圆悟的印可与其说是验证,毋宁说是一种保障,让彻庸周理得以在云南妙峰山一地,大阐宗风,保存自家一滴真骨血。当时密云圆悟标举临济正脉,天下景从,然摇首蹙眉不以为然者亦所在多有,综观彻庸周理在此之前的师承源流,与密云圆悟一脉可谓全无关涉,彻庸周理自知深矣。然而此一梦境改变了彻庸周理的决定,也改变了禅宗在云南发展的样态。但若欲认识彻庸周理内心挣扎之由,似有必要重新审视思想结构,就其佛法传承源流加以检视,此本文所以为作者之一也。

彻庸周理的人生因梦而改变,绝非仅此一端。在彻庸周理的人生历程与思想体系,梦之为物,殆非他者可比。明代中叶以后,谈梦论梦为知识阶层一时风尚之所趋,佛教丛林于此深有建树[3],彻庸周理《云山梦语》一书乃个中翘楚,在佛教梦论的基础上,兼收儒道,胜义纷陈,谓之中国传统梦学的巅峰之作当不为过矣。关于彻庸周理的研究,虽然薄有积累[4],然仍尚多余蕴未发。本文欲以《谷响集》一书为中心,就前贤未发之处,审视其诗文著作当中反映的思想渊源与精神境界,尝试认识彻庸周理其人其学,同时透过《谷响集》的分析,尝试从不同的面向切入,或许对彻庸周理与《云山梦语摘要》一书在明清佛教思想史与文化史的独特贡献不无裨益,此本文所以为作者之二也。

---

① 释圆鼎,《滇释纪》,第 493 页。

② 彻庸周理,《曹溪一滴》,卷 1,《嘉兴藏》第 25 册,第 283 页 b。

③ 详参拙著〈僧人说梦:晚明丛林梦论试析〉,《中边・诗禅・梦戏:明末清初佛教文化论述的呈现与开展》(台北允晨文化 2008 年版),第 435—466 页。

④ 廖肇亨,《僧人说梦:晚明丛林梦论试析》,第 450—463 页,徐圣心,《梦即佛法——彻庸周理〈云山梦语摘要〉研究》,《青天无处不同霞:明末清初三教会通管窥》(台湾大学出版中心 2010 年版),第 257—287 页。

二、彻庸周理思想源流辨析

彻庸周理《云山梦语》在中国梦学史上独创新猷，在彻庸周理著作当中，自以《云山梦语》最为重要，在此之外，尚著有诗文集《谷响集》，俱收入于其所编著《曹溪一滴》当中。《谷响集》一书主要收录彻庸周理的法语与诗文，《谷响集》为认识彻庸周理其人其学最重要的参考依据之一殆无可疑。就传统诗学史的范畴来看，《谷响集》一书的内容主要是彻庸周理个人学道与说法的记录，与抒情言志或个人怀抱全然无涉，近于道学诗一路，谓之全同偈颂亦无不可。其诗作乃其佛教思想之一端，与寻常诗人之诗大不相同。伤春悲秋，道人不为；因艺入道，庶几近之。然《谷响集》一书反映明季佛教思想在云南地区流传分布的样态，亦是明季禅僧彻庸周理思想轨迹的具体呈现，在佛教文化史别有另一种趣味与价值。《谷响集》一书当中，彻庸周理大量运用梦觉话语借以阐明其佛学主张与思想立场，与《云山梦语》视之为表里之作当无不可。本文尝试从明季佛教思想史的角度出发，以《谷响集》为中心，重新思考彻庸周理的梦论思想在晚明佛教思想文化脉络中的适当定位。

彻庸周理，俗姓杜，云南榆城人。生于万历十九年（1591），舍报于崇祯十四年（1641），世寿五十一，僧腊三十九。彻庸周理九岁丧父，十一岁入鸡足山大觉寺，礼遍周祝发出家，初号彻融，绍承曹洞一脉，后往姚安青莲寺礼密藏道开（生卒年不详），大有省发，并结识云南宿儒陶珽，论及《华严》与《中庸》，遂易号彻庸。天启六年（1626）创妙峰山德云寺，崇祯七年（1634），偕徒洪如访天童寺，嗣法密云圆悟，著有《云山梦语》、编有《曹溪一滴》等，云南妙峰山德云寺尊为开山祖师。彻庸周理曹洞、临济两灯并弘。释圆鼎尝就其出家与参学经过如是说道：

> 九岁丧父，十一入鸡足山大觉寺礼遍周为师。于是夕，周梦有大莲花生于殿庭。觉而师至，周异之，乃为祝发。……每作务时，便即入定，常为执事所呵。后往姚城参密藏大师，遂有省发。遇不退陶公等于青莲寺，谈及《华严》与《中庸》义，为众所钦，陶公乃易融为庸。①

此段文字对彻庸周理学术源流叙之较详，可以看出彻庸周理在礼谒密云圆悟之前，在可稽考的文献基础上，至少有无心可全（即遍周）、密藏道开、陶珽等人对彻庸周理的思想形塑发挥作用。徐圣心教授曾经注意到彻庸周理的传承，然曰："在当时颇与耆宿往返，且甚得前辈属望，当离事实不远"②，语意含糊，尚多余蕴未发。释圆鼎所举无心可全（剃度）、密藏道开（印可）、陶珽（儒学、外学）等三人正好代表彻庸周理的知识体系中的不同侧面。先说遍周可全，范承勋曰：

> 遍周，大觉寺僧也，鹤庆李氏子，年十六，入山依月轮。值妙峰、无心二师捧藏来山议安华严寺，由是开阅藏制场百期于众中，选师披剃侍无心老人。既妙峰复命而无心老

---

① 释圆鼎《滇释纪》，第493页。

② 徐圣心《梦即佛法——彻庸周理〈云山梦语摘要〉研究》，第261页。

人居大觉，师随侍数年，感云邑杨公后成大觉法席，即隆门下百人，如彻庸辈咸其孙也。[①]

据此，彻庸周理先从无心可全嗣法曹洞源流，管见以为，此或为彻庸周理初不欲见密云圆悟之关键所在。释圆鼎特别说明，在接触彻庸周理以前，无心可全亦曾得瑞梦之征，细绎其梦，似乎预告未来门人大兴佛法之兆。密云圆悟虽然大阐临济法门于浙东一带，但当时浙东宗门尚有湛然圆澄(1561—126)的曹洞宗云门一系与之分庭抗礼，密云圆悟门下与之往还者亦不乏其人。陈垣曾经说明滇黔僧人蜀籍居于多数，尤其是破山海明(1597—1666)开创的双桂派，彻庸周理虽在云南嗣法曹洞法脉，但恐与当时江南曹洞宗声势最为健利的云门、寿昌两系无所牵涉。彻庸周理嗣法密云圆悟之后，于破山海明系出同门，身价顿然走高，堪与双桂派抗衡，然其于学说思想罕所称扬，盖彻庸周理思想源流源自多方，不易统而括之，例如在姚安印可彻庸周理的密藏道开其人，似亦不当轻易放过。

有密藏道开者，南昌人，弃青衿出家，披剃于南海，闻师风，往归之。师知为法器，留为侍者。郡城楞严寺，为长水疏经处，久废，有力者侵为园亭。师有诗吊之曰："明月一轮帘外冷，夜深曾照坐禅人。"志欲恢复，乃嘱开公任恢复之事，而属太宰为护法。太宰公弟云台公，施建禅堂五楹。既成，请师题其柱。师为联语曰："若不究心，坐禅徒增业苦。如能护念，骂佛犹益真修。"遂引锥刺刺臂，流血盈碗书之。自是接纳往来，后二十余年，太守槐亭蔡公，始克修复。盖师愿力所持也。师见象季法道陵迟，惟以弘法利生为家务，念大藏卷帙重多，遐方僻陬，有终不闻佛法名字者，欲刻方册，易为流通，普使见闻作金刚种子，即有谤者，罪当自代，遂与太宰公、及司成冯公梦祯、廷尉曾公同亨、冏卿瞿公汝稷等定议，命开公董其事。万历己丑，创刻于五台。居四年，以冰雪苦寒，复移于径山寂照庵。工既行，开公以病隐去，续蒇其役者，弟子寒灰如奇，奇子幻予本及，最后弟子淡居铠也。[②]

彻庸周理就密藏道开参究，有所发明，观此可知，密藏道开为紫柏真可(1544—1604)弟子，紫柏真可刊刻《嘉兴藏》过程中得其力独多，密藏道开与江南丛林与士林颇多交好，或由紫柏真可之故亦未可知。彻庸周理承其印可，当亦从其得知当时江南丛林动态。紫柏真可于晚明"文字禅"一路别有功绩，与彻庸周理思想颇多合辙。陶珙说："邂逅密藏和尚印证，四楞始觉帖地。"[③]意谓着彻庸周理与当时江南佛教的代表性人物首次正式接触与互动。紫柏真可法系源流，在妖书案之后，多噤声不语，潜行密用，净土法门大行其道亦与紫柏真可妖书案有关，汉月法藏(1573—1635)于此言之详矣[④]。江南方面的佛教史料常称密藏道开"不知所终"[⑤]，汉月法藏曾经多方追索紫柏弟子而不可得，不意其得意门生密藏道开竟然曾行履云南，彻庸周理且从其多有省发，颇可补当时佛门史料缺漏于一斑。

关于彻庸周理与密藏道开二人在禅理上的体契，容后详叙。此处特别注意的是：沈德符

① 范承勋，《鸡足山志》，江苏广陵古籍刻印社1996年版，第403页。

② 憨山德清，《憨山老人梦游集》，卷27，《大正藏》第73册，第653页a—b。

③ 陶珽，《谷响集序》，收入彻庸周理，《彻庸和尚谷响集》，《嘉兴藏》第25册，第303页c。

④ 汉月法藏，《喝石大师传》，《三峰藏和尚语录》，《嘉兴藏》第34册，第202页。

⑤ 释大壑，《南屏净慈寺志》，杭州出版社2006年版，卷5，第118页。

(1578—1642)将紫柏真可与李卓吾(1527—1602)并称为当时两大教主[①],彻庸周理亲承紫柏真可高足印可,又得"龙湖高足"陶珽、陶珙昆仲青眼,二人护持彻庸周理不遗余力。彻庸周理虽然未能亲见"两大教主"的英姿,无意间却同时与其门下多所盘桓。其于江南丛林士林情实闻见,多有得之于二者殆无疑义。关于陶珽其人,甘雨《姚州志》曰:

陶珽,希慕子,字紫阆,号不退,有夙慧,因自称天台居士,慕孔稚圭之为人,故又号稚圭。中万历辛卯科举,会试不第,归遂弃家,入鸡足山,读书于白井庵、大觉寺,临摹书法于楞伽室。万历庚戌成进士,与傅忠壮公宗龙为同年友。(略)致仕归,建开拓城池,议编郡乘、修学官,用恤族党。讲学论文,四方来学者日众。筑雪阁,日言性理于其中。善书法,宗大米,与邢子愿齐名。东南万里之乞书者络至,片纸只字,遗落人间,皆宝若尺璧。未第时,又尝读书西湖,与陶石篑、袁中郎、黄慎轩、董元宰、陈眉公诸名卿交。所为诗文,海内称绝。著有《阆园集》,钱牧斋序之,并纂《说郛续》、(钟)伯敬《史怀》诸书,甚淹洽。其家所存议事条陈遗稿类,皆直言不阿。当明季衰乱之时,能以刚正自矢,尤为难得。昆明雷少詹跃龙目为名世,良不诬也。[②]

甘雨的说法固然详尽,但却刻意讳言陶珽与李贽之关系。对明季士人而言,陶珽为"龙湖高足"的印象人人至深[③],至于其弟陶珙,《宝庆府志》记之曰:

陶珙,字紫阁,姚安人。崇祯十年,知府事时,天王寺贼寇境,珙简阅壮丁得三千人,授推官李梦日捕剿,而自率兵民为守城,计并分地御防,克期寇平,遂补缮城垣,开濬池濠,并增置敌台于四隅要害处,以备守御。其谨乡团,清滞狱,振孤贫,置义冢,迁建学官,纂修郡志;诸政皆关治体。又于爱莲池侧为祠,以祀宋周子,而以张无垢、陆子寿及朱子附祀为四先生祠。珙自为记。见礼书其尊崇先贤尤得政之大体。时岷府校尉横恣日甚,鱼肉乡民。珙一日杖而囚之。王大怒,被劾去官归。会流贼入滇南,珙时家居率乡勇御之,不胜,被执,强之降,不屈,大骂被害。其去宝庆时,士民于郡城东郊外立祠以祀。珙有学行,矜尚名义,风节凛然。先是郡人周良士为姚安同知,识珙于众人中,珙师事之,其来守宝庆良士卒二十年矣。珙数诣其家,登堂谒墓,为之封树立碑,其风义如此。[④]

陶氏兄弟(特别是陶珽)对彻庸周理有多重意义。一则发明儒释相通之旨,一则成就其江南云水之旅。彻庸周理创建妙峰山时,得陶珽之力独多。综观《云山梦语》一书,于李贽与时人著作称引至详,剖析入微,虽以佛语为主,但能综摄儒道诸家,或有得之于外护檀越陶氏昆仲。陶珙曾经就双方交往的经纬说道:"岁丁巳,余兄弟延为先君转经,即皈依恐后,不啻针芥投而水乳合也,天缘哉。"[⑤]双方往还无间历有年所,彼此针芥相投,彻庸周理能于魁硕并

---

① 沈德符《二大教主》,《万历野获编》,中华书局1959年版,卷27,第691页。

② 甘雨《人物志・乡贤》,《姚州志》,台北"中研院"傅斯年图书馆藏光绪十一年刊本,卷7,第7—8页。

③ 钱谦益著、钱增笺注、钱仲联标校《陶不退阆园集序》,《牧斋初学集》,上海古籍出版社1985年版,卷31,第918页。

④ 生平又见释印严编《妙峰山志》,云南人民出版社2008年版,第67页。

⑤ 陶珽《谷响集序》,第303页c—304页a。

峙的明季丛林留下专属的一席之地，陶氏昆仲功不可没。

三、“住一切住，起一切起”：彻庸周理思想中的华严色彩

明季内学复兴风潮，发轫于义学，后衍及禅林莲社，许多消失已久的佛教文献又纷纷问世，方册大藏的刊刻更有推波助澜之力。彻庸周理虽然僻居滇西，然其思想著作之中，亦颇见当时丛林风气影响之形迹，例如其推尊华严教法一端，可以略窥梗概。

彻庸周理开创妙峰山，以《华严经入法界品》为典据，其于华严寄意深远自不待言，其曾就此说道：“善财童子从文殊师利所至妙峰山，见德云比丘，最后至普贤菩萨处，中间经历一百一十城，五十三员善知识，于诸善知识处所得法门各各不可思议，而于普贤法门中，不啻如一滴水投于大海，尽将从前所得法门一一忘却，于普贤身毛孔中行一步过不可说。”[①]，言彻庸周理“行在禅定，教归贤首”当不为过矣。

明末佛教义学中心在华严，华严教学一直是滇地汉传佛教的中心，明代中叶出身云南的高僧朗目本智（1555—1606）有中兴华严之目，约与彻庸周理相当的诗僧冠冕苍雪读彻（1588—1656）嗣法贤首宗南方系一雨通润（1565—1624）亦出身云南。彻庸周理于华严情有独钟不足为奇，其〈读华严〉一诗可以视作其习学华严教法心得之作。其曰：

> 大哉至教，不可思议。此妙法门，旷劫难遇。我今一见，精神超益。始终不离，因果同时。刹海毛端，一念三世。不去不来，非他非自。如大圆珠，方方皆是。浑绝上下，了无彼此。如琉璃瓶，盛多芥子。粒粒分明，纤毫不隐。住一切住，起一切起。毗卢遮那，法界众生。肝胆相连，中间无倚。是故善财，悟入法界。五十三人，互换皮袋。外道天魔，恶王淫女。剑树刀山，濩汤炉炭。无孔铁钟，嘉州大像。去一就一，转成戏谤。取正舍邪，觌面乖张。不用亲疏，不分内外。以少方便，得大自在。不历诸地，不论僧只。道贵平常，大心凡夫。一下顿证，十方轻快。了了圆明，永无挂碍。[②]

此诗起首强调“一即一切”、“自他不二”的华严教旨，中则标举〈入法界品〉中善财童子烟水南询广参实修、周遍含容的精神，通串全篇的是末尾则归乎禅门顿悟心法。此诗虽然卑之无甚高论，但却可以看出华严教法在彻庸周理思想体系中所占的重要性。从佛教思想史的角度看，以华严圆融无碍之思想说禅门顿悟宗旨，首推唐代的李通玄（645—740）《华严合论》为代表，明季禅门宗匠颇寄心于此书[③]，彻庸周理亦曾就此书与陶珽有过一番问答：

> 《合论》有无时无念，众生无明即不动智佛，十方一如、古今一智、即凡即圣、无此无彼、识尽情忘、当下超越、不假修证、不贵神通、不劳转变之句，似乎最切近，奈何读者承当不下。于觉时梦时，逆顺境缘交集时，未免打作两橛。[④]

---

① 彻庸周理，《示月面禅人法语》，《彻庸和尚谷响集》，第 305 页 a—b。

② 彻庸周理，《彻庸和尚谷响集》，第 306 页 a。

③ 荒木见悟著、廖肇亨译《李通玄在明代》，《中国文哲研究通讯》第 37 期（2000 年 3 月），第 273—288 页。

④ 彻庸周理《彻庸和尚谷响集》，第 311 页 a。

此段话全从十方一如、自他不二、圣凡无隔之立场说顿悟心法，他将话锋一转，带入梦觉话语的相关问题，彻庸周理接着说道：

> 老居士日用成片否？梦觉一如否？千万劫性命大事，自家得失，如鱼饮水。不能语人，十二时中毋轻易放过可也。和曰：随顺世缘住大方，目前无法得真良。婆须无厌凭淫怒，龙女善财作梯航。时时相应天花坠，日日清闲宝藏将。不忮不求无怨欲，衲僧何处不清凉。①

既曰和诗，则陶珽必先有投赠之作，惜今已不得见矣。此段话眼目在于借梦觉之喻说清凉无碍，立论基源在于《华严合论》。在禅宗思想史上，力说梦觉一如的修行法门，大慧宗杲(1089—1163)最为人所熟知，大慧宗杲亦善于以华严说禅。彻庸周理尝阅大慧语录，别有会心。大慧家风在晚明风行一时，彻庸周理时加称引，亦是反映当时丛林风气于一端。另外，华严思想史上，夙有所谓《疏》(澄观《疏钞》)、《论》(李通玄《合论》)之争，一般来说，教家往往以澄观(738—839)为依归，而禅家则喜称《合论》。彻庸周理的华严认识，主要奠基于《华严合论》，实为禅家本色，但对以澄观为主的教家亦表敬意。《谷响集》一书之中，亦收有其投赠一代华严大家颛愚观衡(1579—1649)之诗，其曰：

> 多年尝慕周金刚，今践金刚大道场。进步燎空青龙钞，回眸便是宝华王。赤体只教挨白刃，通身那许更商量。参罢吾与真面目，山茫茫又水茫茫。②

德山祖庭，乃以"德山棒"驰名天下的德山宣鉴(782—865)，德山祖庭当指乾明寺。彻庸周理与颛愚观衡相遇，当在崇祯七年前后。颛愚观衡，俗姓赵，河北霸州人。生于万历七年(1579)，其母曾见白衣大士携童入抱，十二欲出家，父母不许，十四岁遂私遁出家，十八投五台山月川镇澄(1547—1617)研习经教，《华严》、《法华》、《楞严》诸大部莫不了然。后南询，遍参善知识。初参雪浪洪恩(1545—1608)，次谒云栖袾宏(1535—1615)。某夜在庐山经行，忽然大悟。后入广东曹溪，礼六祖。又于端州，礼憨山德清(1546—1623)。一见相契，后辞去。三十三岁误食草乌，中毒濒死，后调养数年。三十七，五台山空印(即月川镇澄)大师遣人来迎，推疾不往。三十八，开法邵陵，颜曰："五台庵"，乙酉(1645)春，弘戒于南京天界寺，宏经说戒，千指围绕。丙戌(1646)，于金陵紫竹林圆寂，所著有《楞严金刚四依解》，及《紫竹林全集》行世。僧腊五十四，享年六十有八③。德山宣鉴，俗姓周，习禅以前，有"周金刚"之称，此处兼以赠颛愚观衡。此处用德山烧却《青龙疏钞》公案，称扬颛愚观衡打通禅、教两端。空手白刃，即"大死大生"之意，此诗末尾写颛愚观衡思乡之情，然佛子续佛慧命，当下承当，双足点地，莫不自在。

颛愚观衡号称憨山德清第一高足，又继承月川镇澄北方华严学一脉，北方华严学宝通系推为二十六世祖师。憨山德清圆寂之后，颛愚观衡深负江南丛林一时人望之所归。见月读

---

① 彻庸周理《彻庸和尚谷响集》，第311页a—b。

② 彻庸周理《同颛愚法师礼德山祖庭》，《彻庸和尚谷响集》，第306页c。

③ 祖旺、心露《贤首第二十六世颛愚观衡法师》，《贤首传灯录》，台北大乘精舍印经会1996年版，卷上，第40—44页。又其行状及塔铭，见颛愚观衡《紫竹林颛愚衡和尚语录》卷20，《嘉兴藏》第28册，第770页b—774页c。

体(1601—1679)、蕅益智旭(1599—1655)参学过程中皆曾蒙其奖掖。虽然两人似乎仅此一晤，但必然在彻庸周理心上留下深刻的印象。万历三高僧，彻庸周理虽然不及亲见，但于其门人法子已见其二，至于弘扬净土法门的云栖袾宏，在彻庸周理早已在梦中相见。

四、"不羡莲华国里人"：彻庸周理的唯心净土观

早在天启元年(1621)，彻庸周理曾在梦中与云栖袾宏相见，其曰：

> 时予礼佛已稍倦，伏案，半梦半醒中，见莲池和尚与我数语，觉而都不复记。却自喜曰："将欲著偈，有此境界，吾与西方亦少有因缘乎？"遂援毛信手写去，自辰至午，不二三时，而纸都尽满，不觉有百十偈矣。噫！莲池和尚出于杭州，予生云南，沙弥时即闻迁化矣，且素不识面，而今梦之，岂非弥陀世尊托意以慰喻我欤？时天启元年兰盆斋日也。[①]

彻庸周理〈净土偈〉共有 100 首，收入《谷响集》当中，全文太长，不能具引。彻庸周理的净土观在此组诗中毕露无遗，作者明言此组诗成于天启元年，有所触于云栖袾宏梦中示现。云栖袾宏提倡净土法门，当时名重天下，流风余韵，以至于今日。僻居滇西的彻庸周理对万历三高僧之一云栖袾宏的宗仰之情不难想见。此段话乃彻庸周理自述撰〈净土偈〉之因由所在。禅者兼修净土，渊源久矣，且制作净土诗偈者所在多有[②]，荦荦大者若中峰明本(1263—1323)、楚石梵琦(1296—1370)，莫不如是，彻庸周理〈净土偈〉亦属此一流亚，无足为奇。但就此处观之，彻庸周理仍带有强烈的禅者色彩，与其说是发心归净，毋宁说是对云栖袾宏遗烈的循踪蹑步。此组诗开宗明义亦以梦觉为喻，其曰：

> 大梦宅中谁是觉，迷魂阵上孰为真？闲来极目频频看，得自惺惺有几人？[③]

此诗语意清楚，几乎不必说明，故此组诗偈虽以净土为题，却以自觉自醒("自惺惺")为指归。类似的说法在此组诗偈中屡不一见，在净土思想史上，云栖袾宏往往被视为"唯心净土"的代言人[④]。袾宏，字佛慧，别号莲池。俗姓沈氏，古杭仁和人。嘉靖丙寅(1566)投性天理和尚祝发，又乞昭庆寺无尘玉律师就坛受具。隆庆辛未(1571)，入杭州云栖山，见其山水幽寂，遂有终焉之志。袾宏修习佛法，从参究念佛得力，遂开净土一门，普摄三根，极力主张，著有《弥陀疏钞》十万余言，融会事理，指归唯心。又录古德机缘中吃紧语，编为《禅关策进》，以示参究之诀。万历四十三年(1615)七月初四日面西念佛，端然而逝。世寿八十一，僧腊五十[⑤]。云栖袾宏亦曾以梦觉说净土曰："虚浮界内，是梦非真。常寂光中，是真非梦。世人以梦为真，

---

① 彻庸周理《彻庸和尚谷响集》，第 310 页 c。

② 参见顾伟康《禅净合一流略》，台北东大图书公司 1991 年版。

③ 彻庸周理《彻庸和尚谷响集》，第 308 页 b。

④ 关于云栖袾宏的净土思想，可以参见荒木见悟著、周贤博译《近世中国佛教的曙光：云栖袾宏之研究》，台北慧明 2001 年版，望月信亨著、释印海译《中国净土教理史》，台北华宇出版社 1987 年版，第 333—340 页。

⑤ 生平参见憨山德清，《云栖莲池宏大师塔铭》，《憨山老人梦游集》卷 27，《大正藏》第 73 册，第 655 页 b—657 页 b。

以真为梦。颠倒如斯,良可悲矣。岂知骨肉之即雠冤,形骸之为桎梏。得生净土,是则脱沈疴而再获天年,释狴犴而荣归故里。名之极乐,讵不然乎。若夫菩萨行门,虽云如梦,譬之大喜将临,夜现吉祥之境,岂比重昏失晓,魂招凶恶之征。盖菩萨在梦而将苏,凡夫繇梦而入梦,至于寂光。则朗然大寐之得醒矣。”①此说法与彻庸周理的梦觉论述大抵并无二致,但彻庸周理《净土偈》的禅学色彩较云栖袾宏更有以过之,唯心色彩至为浓厚,例如其曰:

欲向彼中登上品,先从此处识一心。识得一心无剩法,便是莲华国里人。②

这种说法是典型唯心净土的论述方式,虽然佛教不同宗派对“一心”之为物有种种的说法,但在此处,明显是指“一心生万法”的真常妙心,《华严经》曰:“心如工画师”。净土乃自心所现,弥陀乃与自性相合,彻庸周理〈净土偈〉当中类似“但观一尊弥陀佛,百千三昧一时成”、“弥陀原是自家身,枉费功夫向外寻”、“欲得我处生他处,先须我心合佛心”等等说法,无啻“自性弥陀、唯心净土”的老调重弹。

禅者经常否定西方极乐世界的实有,唯心净土论者并不真的向往往生西方极乐世界,彻庸周理也不例外,作为本色禅人,彻庸周理《净土偈》主要在宣说个人的思想主张,强调自己“不羡莲华国里人”、“生生世世乐长安”、“堪忍久住在娑婆”云云,意即他并不追求未知的彼岸,而是强调自心化猛火为清凉的无边妙用,故云“真亦不留妄不立,便是当头作观人”、“一念绵绵常不觉,猛炎胜处白莲香”、“念得念中无处著,壶中别有一花香”。

在彻庸周理的理解当中,所谓极乐世界,主要仍是一心的机能作用,弥陀最重要的意义在于广大无边的愿力,极乐世界成就在弥陀的慈悲本怀。故曰“此意初无人作者,悉是如来愿力生”、“弥陀之愿我之心,若水投水冰合冰”,弥陀大愿是本色禅人彻庸周理瞻仰崇敬的目标,但对彻庸周理而言,最重要的不是往生极乐,而是如何看透人生的虚幻本质,并契入真如法界。在彻庸周理这组特殊的净土偈当中,罕见地流露出某种程度的历史兴废之感。例如其曰:

潼关明辅今何在?赤壁周郎命不长。至今九里山前过,令人追忆汉张良。③

此诗与净土崇拜几无交涉,置于净土偈组中不免突兀,意谓功业乃过眼云烟,张良虽然道家者流,但却具有高度的人生智慧,在功成名就之后急流勇退,专心修道。“反思无数身中事,今日都成梦幻影”、“于今乔木尚依然,辈辈君臣皆安在”,与其建功立业,毋宁念佛修道。对英灵衲子彻庸周理而言,朝代更迭即如梦幻泡影,不变的只有人生的无常,与成住坏空周而复始的循环,彻庸曾经自述其理想的精神境界曰:

愿我当来作佛时,三成正觉度众生。第一愿如释迦佛,第二愿如弥陀尊。第三成佛如文殊,十方佛刹为一土。依正行愿光明等,一一愿如三世尊。④

其第一理想是释迦如来,侧重在其自觉契证,近于禅宗;其次为阿弥陀佛,其愿力广大成就莲

① 云栖袾宏《答四十八问》,《续藏经》第505页c。

② 彻庸周理,《彻庸和尚谷响集》,第309页c。

③ 彻庸周理《彻庸和尚谷响集》,第309页b。

④ 彻庸周理《云山发愿文》,《彻庸和尚谷响集》,卷8,第313页b。

邦，具见乎净土法门，再者如文殊，涵摄无尽，华严教法足以当之。华严是明代佛教经典义学的核心，几乎是僧人共通的知识背景。净土法门（更具体地说是"唯心净土"）则是由云栖袾宏在晚明带动的新风潮。对彻庸周理而言，佛教的核心仍然是禅，晚唐以后，诗禅合流之风沛然莫之能御。晚明更是一个"诗僧不必高，高僧往往能诗"[①]、"僧不诗则其为僧不清"[②]的时代，禅僧以诗说禅，渊源有自，彻庸周理《谷响集》近乎通篇谈禅，一方面是当时风尚是趋，另一方面则是其一瓣馨香所系之者也。

五、"万里归来家最近"：彻庸周理的禅修历程

彻庸周理思想结构中，固然不无外学，不过禅学为其中心当无疑义，诗文更属余技，或者更具体地说，诗文亦其禅修悟道之一端而已。彻庸周理童贞入道，虽曾礼遍周可全，但恐其独学的成分居多。综观彻庸周理一生，除了崇祯七年前后因陶氏昆仲之故，得以云水江南之外，一生足迹几乎不出云南。陶珙曾就其早年修学经历如是说道：

> 十八岁见《顿悟要论》、《维摩经》，知所用心处，又以空观习定，大有得力处。及读大慧、中峰诸书，乃知用无所用、得无所得处，而未敢足也。邂逅密藏和尚印证，四楞始觉帖地。[③]

"四楞"，即"四棱"，禅籍中每以"四棱着地"谓之"立稳脚跟"。《顿悟要论》当指唐代大珠慧海（生卒年不详）《顿悟入道要门论》，从《顿悟入道要门论》与《维摩经》入手，谓以大乘顿悟法门标正眼目，兼以深领"烦恼及菩提"等不二法门的净名妙法。至于彻庸周理空观习定的造境，陶珽叙之更详，曰："师已从空观入定，又从定发慧，知见正而性光朗，疑情勃勃欲动而话头时节逼拶上身矣，欲罢不能。"[④]陶珽所谓"疑情勃勃欲动而话头时节逼拶上身"与陶珙"大慧、中峰诸书"当为同一事。大慧宗杲在禅学思想史上，以"看话禅"独树一帜。大慧宗杲、中峰明的禅法与阳明后学心绪相承，在明代风行一时，荒木见悟先生论之已详[⑤]。由此，不难看出，彻庸周理对于晚明江南佛教的动态保持相当程度的关心。

综上所述，彻庸周理早岁习学过程中，习得空观、顿悟法门、看话禅等功夫，主要得力独觉自学，因此，与密藏道开的邂逅，在彻庸周理个人的生命史具有重大的意义。戈允礼描述二人见面的经过曰：

> 当是时，盘龙既逸，古庭久湮，遍滇南无一知此事者，震旦大乘气象，终将绝于西来大意。师曰："却向和尚无开口处"，再诘以铁中耕地语。"这里无牛亦无人"，藏虽颔之。余正恐坐在无字甲里，若非"百尺竿头，更进一步"，十方世界何以顿现全身？师果猛奋精彩，蓦然触著墙壁，有"转身撞着屋墙头，无根迸出一轮月"之句，方知渡涓，皆为酥酪，

① 潘耒《闻若上人诗题辞》，《遂初堂集》，台北"中研院"史语所藏康熙四十九年刊本，卷3，第39页。

② 钟惺《善权和尚诗序》，《隐秀轩集》，上海古籍出版社1996年版，第251页。

③ 陶珽《谷响集序》，第303页c。

④ 陶珽《妙峰山开山善知识彻庸禅师小传》，收入彻庸周理，《彻庸和尚谷响集》，第303页a。

⑤ [日]荒木见悟《阳明学と大慧禅》，《阳明学の位相》，东京研文出版1992年版，第213—256页。

伊兰即是旃檀大地，精金受用，固不尽耳，野狐窟内一狮忽，百兽群中，一麟突现，非英雄崛起第一乎？[①]

盘龙、古庭都是云南禅宗史上的重要人物。彻庸周理的出现，赓续了滇地禅灯法脉，又开创了云南禅宗的新页，可谓继往开来。此处记事似有脱略，原文笔者未见，姑存疑且俟日后详考。另外，杨士宗对二人见面问答的记录与戈允礼不尽相符，不妨参看。杨士宗记曰：

时密藏开公游鸡足，师就请益。公示与“父母未生前，那个是你本来面目？”久久参究，忽炉中火爆，撕破疑团，诣开公请证。曰：“理至不疑之地”公曰：“那个是你本来面目？”师便喝。公曰：“汝解学喝”。师曰：“于此无补，和尚学个喝看”，公示一掌。师曰：“敢不在侍者家内？”公曰：“以后云南佛法，自子始耳”。[②]

戈允礼与彻庸周理亲交甚笃，其记事自较后者为可信。后者前半问答颇为常见，在杨士宗的记录当中，密藏道开出示一掌，彻庸周理视之为托付源流，远不若前者亲切可从。从戈氏的记录中，密藏道开春风和煦，肯定彻庸周理之前的修证，以此地无师友切磋，却能深入此境，诚为不易。勉之以更进一步，彻庸周理遂破牢关，法身独露，契证圆满。在佛教修辞传统中，明月往往是真如本体的代称，亦常借屋宇以说人身四大。因此可以说，密藏道开不仅印可了彻庸周理的修证境界，更是彻庸周理体证佛法奥义的契机，当然也意味着江南禅宗法乳在云南的流传。

彻庸周理亲承密藏道开印可之后，原本已经立稳脚跟，不意密云圆悟崛起于浙东。两人相见固然多是行礼如仪，但其所见当时风靡天下的一代临济巨擘密云圆悟之形象亦饶富趣味，《谷响集》中收有《上天童密云和尚报国院小参》一组诗偈，值得略加探究，其曰：

当头一棒破天荒，耀古腾今赤骨寒。海宇一吞云外去，痴人犹在是非关。[③]

这组诗偈旨在描写密云圆悟，或者说，代密云圆悟立言，虽是彻庸周理所见，却看不见他个人的思想与感怀。再次证明彻庸周理与密云圆悟相见之后，思想并未有决定性的变化。不过密云圆悟毒辣简明的禅风倒是让彻庸周理留下深刻的印象。彻庸周理又写道：

多年六国未宁，今日通身快乐。明月拿在手，青天觅不着。活活活，万象森罗，都拂却，谁解当中一点恶。[④]

前两句倒有可能是彻庸周理夫子自况，前已言之，彻庸周理在亲谒密云圆悟以前，面临严重的心理冲突，一旦亲承印嘱，自然“通身快乐”，未必与禅悟直接相关。第三句讲彻见真如本体，第四句意味“超出三界外，不在五行中”，仍是赞叹密云圆悟。万象森罗拂却，意味扫除一切，末句乃以反讽作结，佛教有所谓“入佛界易，入魔军难”的说法，彻庸周理借以赞叹密云圆悟禅法高深莫测。客观来说，密云圆悟与彻庸周理在思想与性格皆大相径庭，密云圆悟骂遍诸方，“满肚无明火”的接引手法，倒是让彻庸周理大开眼界。这首诗偈以彻庸周理自身谒见密云圆悟的经验起首，归之以密云圆悟超格出宗的奇崛不群。透过密云圆悟，彻庸周理得以

---

① 释印严编《妙峰开山彻庸和尚塔铭》，《妙峰山志》，第197页。

② 释印严编《水目山诸祖缘起碑记》，《妙峰山志》，第199页。

③④ 彻庸周理《彻庸和尚谷响集》，第306页b。

近身观察当时江浙丛林尊宿接引后生的方式。彻庸周理随密云圆悟在报国院小参，其记曰：

大用堂堂现前，不离声色语言。只要直心直行，自然处处方圆。大用堂堂现前，落落乾坤两边。拄杖直通上下，打尽此土西天。大用堂堂现前，城中车马骈阗。都是穿衣吃饭，莫教念佛参禅。大用堂堂现前，多年枉费钻研。今日当机劈面，拟著依然半天。大用堂堂现前，丈夫志气冲天。遇佛当头一棒，只教海宇平恬。①

报国院地处繁华杭城都会，城中车马喧嚣，自非滇西可比，密云圆悟门庭鼎盛，妙峰山寥廓清冷，然真参实证并无二致。此处皆用"大用堂堂现前"起首，自是化用禅家"大用现前，不存轨则"的说法。密云圆悟既是现前大用，更是临济轨则。"打尽此土西天"、"丈夫志气冲天"、"遇佛当头一棒"皆是密云圆悟的真实写照，"不离声色语言"、"只是穿衣吃饭"，意味佛法在世间，不离世间觉，一切治生产业，皆与实相不相违背，由此不难看出：彻庸周理对密云圆悟铺天盖地的气势与直捷简易的教法崇仰有加，不过彻庸周理对此有所不安，故彻庸周理别作一偈，与密云圆悟商量。其曰：

若人欲识天真佛，只向穿衣吃饭观。旷大劫来无面目，切忌当机唤作禅。不须端坐与忘情，此事犹来者么宁。入水入山随他去，到处拈土便成金。②

这两首诗偈明显是与密云圆悟商榷教法。前半讲悟前，后半讲悟后。后半自是理想境界，然若未有真参实悟，径自以为一切现成，只有穿衣吃饭，则与旷古劫来，在六道轮迴中头出头没的众生无异；开悟之后则无关坐与不坐，随缘任运自无不可。"切忌当机唤作禅"，不可将应机说法等同于禅修，彻庸周理对禅修的见解与密云圆悟似有扞格。这组诗偈可以说是彻庸周理对于当时江浙丛林的亲身经历见闻，有欢喜赞叹，但也有某种程度的暗自不以为然。这组诗偈主要是他在江南丛林（特别是密云圆悟座下）的见闻，不能完整真正代表他的禅学思想。不过在《谷响集》一书所收诗文，以参禅为主题者居最大宗，以下这组《工夫问答》以行旅说参禅，别寓深意，首尾一贯，次第井然，值得细细品味。诗前有小序，详叙缘起。其曰：

有禅客问："参禅做工夫，如何是俗念起时莫与作对？如何是堕无事甲？如何是举起处承当？如何是意根上卜度？如何是光影门头领略？如何是以古人公案作凭据？如何是落断常？"答曰："此事如人上长安，路上纵遇恶人，莫与作对，但走过便了，莫同恶伴侣行，休认省分郡邑为家，休因劳苦而生止息想，切忌把他人口说的京师光景当是而不亲到，虽然如是，欲行千里，贵在初步。于此会得，不涉途程，其或未然。听吾偈云：

1. 修行若问参话头，须如失物去寻求。疑而莫怨莫停息，得见原珍始可休。
2. 参禅如人出远路，举头常自望家邦。歇处不停关隘透，不须百日到长安。
3. 话头初参不上时，多因杂念障所知。扎住两头中莫放，目前勿论见功迟。
4. 疑来疑去转疑难，昼夜相妨如泰山。个中疑处轻磕碎，一味柔时便胜刚。
5. 疑情不起急须提，如衔冤人皱两眉。几番欲见冤仇面，得见冤家却又迷。
6. 话头著紧无杂念，工夫才放又涉缘。十二时中无缝隙，直透威音那畔前。
7. 悟心若在疑心先，佛气不全魔气坚。学人不破此关捩，工夫历劫总徒然。

---

①② 彻庸周理《彻庸和尚谷响集》，第 306 页 c。

8. 参禅要勇又要谋，谋而不勇志气柔。多勇少谋必堕失，智勇兼到始收功。

9. 工夫到底不亏人，铁壁无方强入门。纵饶劫火烧三界，当下清凉如片冰。

10. 师家只说参话头，其中消息难举示。雄哉丈夫须自强，莫讨他人口里是。

11. 与君一会即忘缘，须似当初未识前。相逢不用相回互，只在轻轻不着间。

12. 万里归来家最近，到底还如在客边。逢人休话程途事，说起途程甚可怜。”①

此组诗顾名思义，乃以修禅经验为主旨。以行旅话语说禅修经验，特别是“旅途/故乡”的比喻，禅籍中不胜枚举②。全诗次序清晰，原不该割裂，此处为讨论方便，只好暂时打成一片。此组诗乃是彻庸周理因应禅客所问，故有此诗之作，亦应机说法之属。彻庸周理在云南标举正法眼藏，此事乃如日常茶饭。从此组诗不难看出彻庸周理禅修工夫绵绵密密，历历分明。此诗工夫侧重在参话头（“师家只说参话头”），自是有得于大慧宗杲的看话禅。以发疑情为先，先疑后悟，无一时放松，智勇兼到，真参实证，如人饮水，冷暖自知，在开悟以前，不得杂用心。末尾言开悟者如万里归家，当下证得。结尾两首在言“不异旧时人，但异旧时行履处”之意。

关于看话禅，大慧宗杲曾经说道：“但只看个古人入道底话头，移逐日许多作妄想底心来话头上，则一切不行矣。“僧问赵州：狗子还有佛性也无？州云：无。”只这一字，便是断生死路头底刀子也。妄念起时，但举个“无”字，举来举去，蓦地绝消息，便是归家稳坐处也！”③彻庸周理《工夫问答》一诗与大慧宗杲的说法亦几乎若合符节，说明彻庸周理工夫有本有据。这首诗固然旨在说明参话头的历程，但强调“一味柔时便胜刚”、“只在轻轻不着间”，似乎亦略带有曹洞宗风，非一味强调气刚力强者可比。

彻庸周理虽然嗣法天童（密云圆悟），但绝非金粟一派所能完全笼络，其以立脚于禅，并兼摄诸家的做法却更近于万历时期三大师（紫柏真可、憨山德清、云栖袾宏）强调会通的学风，密藏道开当然是最重要的折射点，笔者管见以为，其于彻庸周理思想的投影似乎较密云圆悟一脉更为巨大，值得有心人进一步追索。

另外需要特别说明的是：彻庸周理对于云南禅宗传统具有强烈的认同，编纂《曹溪一滴》系列丛书最重要的目的即在于“吾欲为吾滇从前大善知识出些子气”④，特别是古庭善坚（1414—1493）的著作，几乎可以说一见倾心，讨论彻庸周理的思想成分，云南地方的禅宗源流亦不当视而不见，唯限于时间与篇幅，本文于此只好暂时割爱，且俟来日别稿详论。

六、结　语

中国梦学史上，晚明清初可谓鼎盛时期。不同地域的知识阶层莫不热衷于记梦论梦，包括理学家、高僧、诗人、文人，留下许多相关的文字记录。在此同时，梦论思想也有长足的进展，例如王廷相（1474—1544）、黄省曾（1490—1540）、董说（1620—1686）对梦之为物的成因、

① 彻庸周理《彻庸和尚谷响集》，第311页c—312页a。

② 例如《碧岩录》，可参圆悟克勤编，入矢义高译注《碧岩录》，东京岩波书店1992—1996年版。

③ 大慧宗杲《示妙心居士》，《大慧普觉禅师语录》卷22，《大正藏》第47册，第903页b—c。

④ 彻庸周理《曹溪一滴》卷1，第267页a。

源流、现实指涉，都留下思考的痕迹①。本来中国传统梦论相关的著作，似以占梦、解梦书之类为多，其中固然不乏深刻的人生智慧，毕竟带有强烈的占卜色彩，难以称之为严密的思想体系。然而晚明哲人同时展现对梦的高度关注，纷纷从不同的角度切入，援用各自独特的理论架构，尝试探索梦境的奥秘，为中国梦论别开生面。在传统的儒释道三教之外，天主教阵营于此亦有所回应②，足为一时风气鼎盛之征。此际诸家论梦固然胜义迭出，然笔者管见以为，此际中国梦论之所以远迈前代的根由正在于与佛教思维深度结合，故而得以开创前人未到的高度与深度。彻庸周理《云山梦语》正是梦论话语与佛教思维交错融会的结晶。彻庸周理在世界梦学史上，留下不可磨灭的巨大足迹。自从日本心理学家河合隼雄大力阐扬日本华严学僧明惠上人的《梦记》一书之后，《梦记》一书遂成为世界梦学史上的重要经典。相形之下，《云山梦语》知音者稀，仍然有待于读者关爱的眼神。

除了短暂的江南云水之旅之外，彻庸周理多半居山不出，但却机缘巧合，得与当世禅门宗匠与学士大夫往来盘桓，其著作带有强烈的时代意义，亦不在意料之外。本文从华严、净土、禅三重进路检视彻庸周理《谷响集》中的思想渊源与精神境界，特别是着重其与明季丛林风气的互动关系，希冀对深入认识彻庸周理与《云山梦语》一书能有所助益。《谷响集》以诗说禅多不可数，作者不失为本色道人，以下一诗看似书写山林景物，亦不忘书写禅者怀抱于毫端，绝非隐者遗世肥遁而已，其云：

> 一榻蒲团一篆烟，孤孤相对两闲闲。忽然觑破水中影，廓尔身如碧落天。何处蝉声鸣唧唧，隔邻石咽冷涓涓。明月不随流水去，梦回高卧白云间。③

这是一首典型的修行诗，前半写修，后半写悟。开笔强调自己修证之勤，孤烟之畔，蒲团之上，蓦地前后际断，法身独露，可谓“法住法位”。五六句则写回望世间，或可言“世间相常住”。众所周知，明月则为清明本体之喻，结尾全句意谓不随境转。果能参透如梦三昧，娑婆世界即同常寂光净土。这或许是看尽彻庸周理江南繁华景色以后，依旧返回高居白云之间的云南故乡内心坚定志向的明确表白。从“世事如梦”到“至人无梦”，让妙峰山恒久散发佛法的光辉，应该可以说是彻庸周理及其门人萦绕在心的梦想。

作者单位：台北“中研院”中国文哲研究所

① 参见王廷相著，王孝鱼点校《雅述》，中华书局 1989 年版，第 861—862 页；黄省曾《梦觉篇》，《五岳山人集》，《四库全书存目丛书·集部·别集类》，台南庄严文化事业公司 1997 年版，第 94 册，第 778—780 页；董说《昭阳梦史》，收入《丰草庵全书》，上海图书馆藏康熙刻本。

② 夏伯嘉《宗教信仰与梦文化——明清之际天主教与佛教的比较探索》，《“中央研究院”历史语言研究所集刊》，2005 年 6 月，第 209—248 页。

③ 彻庸周理《彻庸和尚谷响集》第 311 页 a。

从《王介人集》论王翃诗歌

周兴陆

一

王翃，字介人，浙江嘉兴王店梅里人。生于明万历三十一年（1603），卒于清顺治十年（1653），是明末清初浙江的布衣诗词作家，兼善传奇、杂剧。王翃与史学家谈迁，诗人朱一是、朱彝尊、周篔等交往亲密，与画家陈洪绶、文士王思任亦有交游，诗词得到明末文坛巨擘陈子龙的称赏。清代女诗人汪端在《明三十家诗选》中评论说："介人诗，冲淡处似襄阳（孟浩然），深婉处似龙标（王昌龄），沉挚处亦似少陵（杜甫）。禾中诗人自清江（贝琼）、巽隐（程立本）以后，竹垞（朱彝尊）以前，此其卓然成家者也。"（二集卷七下）一个布衣诗人，能在诗史上获得如此高的地位，在明清诗坛上是少见的。

王翃出身于手工业者家庭，父亲以染为业。他在十七八岁时继承父业，但手书不辍。性格疏豁，时人谓为狂人，每每比之于祢衡。在明末乱世中，家道衰微，后遭遇火灾，无以自存。其族弟王庭顺治六年（1649）进士，任广州府知府。王翃于顺治九年（1652）秋南至广州依附族弟，次年春北回，舟泊镇江，猝然无疾而卒。王翃的诗集，据族弟王庭的《王介人传》记述，有《春槐堂集》、《秋槐堂集》，"集各诗千余首"。然而沈季友《槜李诗系》卷二十四记载："其旧作曰《春槐堂集》，后作曰《秋槐堂集》，共千余首。"两者记载的数量有差异。这《春槐堂集》、《秋槐堂集》曾遭遇厄运：顺治九年秋，王翃南下广州，经过赣州时遇盗，诗集没于水而遗失。在广州半年里，"每终夜拥被记忆"，加上新作的诗歌，有二百余首。当次年买舟北还时，其稿又为鼠啮，不可缀补。所以王庭在《王介人传》里感慨"文人厄运"，"造物忌名"。

王翃无后，重新纂辑其诗集的任务就落到族弟王庭的肩上。王庭于康熙十一年（1672）刊刻了《二槐草存》不分卷[①]。卷首王庭序云：

> 嗟乎，介人之殁，于今二十年矣。其生以诗名世，殁久而不为其诗传，是予之责也。因介人先时遇盗，携有《春秋二槐堂集》，尽溺于水。朱子近修于其家觅旧稿，不可得。偶朱子锡鬯有选抄一帙，初嫌过少，欲谋梓，尚迟之。迟之既久，予且老，恐不能复待，乃近修昨又殁矣。暇日尝与徐子庾清、周子青士语及，再三叹惋，遂即取所存抄本，相与阅

① 《四库全书存目丛书》集部第205册，据国家图书馆藏刻本影印。

定梓之，聊使其有传，不致湮没焉。

嗟乎，维予与近修诸子与介人之诗相为始终者也。介人，少同予学诗，后数年有庚清，再后数年有青士，又后数年有锡鬯，皆同里巷，相与晨夕，而近修自移家来，中与介人唱和，亦十余年。于是介人先后所作诗，诸子习知之，尝与予共评论之矣，谓介人诗不齐，有沉雄悲飒似杜者，其夙所宗尚也；有和厚似王，有幽淡似韦，有浓纤诡丽似长吉、义山二李，意兴所托，不可一类求。晚年务趋奇险，致人大怪，要非老于文学不能为之。

嗟乎，方今诗家规模唐人形似，自号正宗，而负才不平者，又激而趋于宋。如介人所作，正变各殊，不离大雅。其诗之名世，合之众论，故不虚也。今存诗约二百首，未当其全什一篇，虽过少，然即此亦足以传，岂谓介人尚多遗憾哉！介人作词多，等于诗，今亦搜得其一二，将续为之梓。若介人之为人，不尽于诗与词，予既详之于传，故不复赘云。康熙十一年七月望日，弟庭记。

在这篇序里，王庭说朱彝尊曾选钞王翃诗一帙，可惜太少，后来即取所存抄本，与徐梗（字庚清）、周筼（字青士）阅定而梓之，存诗凡196首。朱彝尊选钞的原本今已不可见。王翃的好友谈迁在《王介人传》中曾说："诗稿虽失，友人周公禎、朱锡鬯颇录十之七。"王庭《王介人传》说："其诗词旧章，多散在友人处，近修为搜集之，终不得。锡鬯曾手录其诗数百首，幸今尚存。"朱彝尊在《明诗综》里多次称道"亡友王介人"，《小传》云："翃，字介人，嘉兴布衣。有《秋槐堂集》。"朱彝尊编纂的《明诗综》，刊刻于康熙四十四年(1705)，录王翃诗34首，其中21首诗就不见于王庭刊刻的《二槐草存》，只有13首亦载于刻本《二槐草存》，这说明朱彝尊《明诗综》录王翃诗不是依据《二槐草存》刻本；王庭于康熙十一年的刻本也不是依据朱彝尊的钞本。王庭和沈季友都记述王翃诗篇超过千首，谈迁说朱彝尊所录十之七，肯定不止王庭所刊的196首，刻本卷首王庭《王介人传》所谓"锡鬯曾手录其诗数百首，幸今尚存"，从语气看，他的刻本并不就是依据朱彝尊的钞本。这196首的刻本，录诗数量或只王翃诗歌十之一二，是一个非常不完备的本子。所以北京图书馆藏刻本卷末有周翰的题识，曰："初见疑非足本。及前后细读，方知言远先生重刻仅此耳。"言远，王庭的字。王庭的刻本，的确就仅仅是这个本子，但是这196首诗，与王翃原来的《春槐堂集》《秋槐堂集》各（或"共"）千余首，都相差太远，绝不是一个足本。即使是刻本的这196首，加上《明诗综》里的另外21首，总计217首，也远不是王翃诗歌的原貌。

后来的各种选录王翃诗歌的选本，有的就是基于刻本《二槐草存》和《明诗综》而选录的，如沈季友纂辑《槜李诗系》，康熙四十九年(1710)刊刻，虽然四库馆臣称其"残章剩句，搜访靡遗；攟摭之勤，殊为不苟"，但该书卷二十四录王翃诗16首，出于《明诗综》者7首，出于《二槐草存》者9首，没有新的增补。

至乾隆二十五年(1760)，朱琰辑《明人诗钞正集》刊刻行世。此书卷十四录王翃诗32首，其中《君马黄》、《荒原》等若干首是第一次选录，未见于前两种选本。朱琰的选录有何依据呢？在《小传》后朱琰说：

余少学诗，知有介人，读《明诗综》，介人诗存三十四首，短章居多，即《静志居诗话》所载五七言高华之句，恨不得全诗读之。后与梅里李秋锦后人敬堂交，获见《二槐草存》，敬堂又购得钞本一册，伏而诵之，命意构章，一本杜陵，间涉右丞、左司藩篱，气味、音节、色泽无一落唐以后。此启、正诗人中一大家也。余钞《明诗正集》，以介人诗合之吾乡彭若斋诗终其卷。二公是一时作者，诗稿皆未得流传，故所钞略多。然集隘，不能不割爱，为可憾也。

原来，朱琰从嘉兴诗人李良年（字秋锦）的后人李敬堂那里见到了刻本《二槐草存》和另外一册钞本，据此而新辑了若干首。李敬堂，即李集，字绎刍，号敬堂，浙江嘉兴人。他与李稻塍还纂辑了《梅会诗选》，选录王翃诗尤多。《梅会诗选》，乾隆三十二年（1767）刊刻。其《二集》卷三、四选录王翃诗136首，其中《桃源道中》《寄牧云和尚》等十余首是第一次入选，显然是李集依据"又购得钞本一册"。乾隆年间，还有另外一位嘉兴文人许灿搜集乡邦文献不遗余力，曾辑录《梅里诗辑》二十八卷，道光三十年（1850）刊刻。许灿，字晦堂，嘉兴人。诸生。《梅里诗辑》卷三选录王翃诗151首。其中近40首是第一次入选，未见于上述各种文献。那么，许灿增选王翃诗篇的文献依据是什么呢？这似乎是一个难以考实的问题。在上海图书馆古籍部藏有善本《春秋二槐诗钞》（索书号：线善T10495），一卷，馆藏目录著录为稿本，其实应该是抄本，录诗凡三百余首，其内容是先录刻本《二槐草存》196首，再补录《明诗综》的20余首，而《明人诗钞正集》、《梅会诗选》、《梅里诗辑》中新补的王翃诗篇，均见于此抄本。首页书名下钤有"借青阁图书"印。借青阁，即是许灿的室号。此抄本外封题词：

借青阁藏，即与介人同里人也。姓许，字晦堂，有《借青阁集》行世，见《随园诗话》。此书为晦堂校过，未见刻本。

上图的这个抄本，当就是由许灿抄录的。卷首除了录有王庭的《二槐草存原序》、朱一是的《处士王君生传》和《处士王公介人墓志铭》外，还有王庭的两种《王介人传》，前者题下括号注"此传刻于《二槐诗存》之前"，传文内容同于康熙十一年刻本《二槐草存》所载，唯"介人生时，常自言吾死后当仿延陵十字碑，置短石墓左，大书'有明布衣王翃介人之墓'"一句，"有明布衣"，刻本作"有故布衣"；后者题目下括号注"此见金氏本"。或许这个"金氏本"就是朱琰所提到的"敬堂又购得钞本一册"，许灿将康熙十一年王庭的刻本，补上朱彝尊《明诗综》的20余首，再与这个抄本合在一起，重新抄录，就形成了上图所藏的许灿抄本《春秋二槐诗钞》。正如前说，清代各种选本选录王翃诗歌，不外乎基于上述三种文献，所以各种选本中的王翃诗，均见于此本。

但是，即使这录诗三百余首的《春秋二槐诗钞》，与王翃实际作诗一两千首，也是相差太远，远不能反映王翃诗歌创作的全貌。《春秋二槐诗钞》有十余篇《效……》、《拟……》和大量的旧题乐府诗，只能印证王庭《王介人传》中所提到的王翃"慨然以兴起绝学为己任，以汉唐作者为必可至"的诗学观念。《春秋二槐诗钞》大多数诗篇抒写的内容是思乡怀友，即物兴感。真正触及时事的诗篇仅数首，如《江亭遇旧》"老畏干戈满，愁闻羽檄频"；《乱后得张子书》"万里河山经百战，十年重到故人书"；《维扬逢张子》"谁料十年兵火后，故人今日在人间"，从中隐约可以看到诗人经历明末乱世和国变的身影。又如陈子龙抗清失败，投水殉国。王翃作《哭陈卧子》："天柱西崩日气衰，孤臣饮血痛无辞。生将完体从鱼腹，死有留名在豹皮。亡国自吴潮尚怒，招魂入楚赋恒悲。故人堕泪龙潭水，入梦还惊下榻时。"赞颂陈子龙死得其所，抒情哀悼之情。又有一首《与客话左宁南事》。诗曰："长城万里羡当年，楚泽军容盖世传。三月晴风高战鼓，九江春水下楼船。韩、彭心事应难论，李、郭勋名不易全。漫道勤王师独正，江南处处起风烟。”左良玉在辽东抵抗清军，那是盖世英雄；但在南明王朝建立之初，以“清君侧”之名，从武昌起兵进攻南京，颇有不良野心。所以王翃说他的心事比不上汉初的韩信、彭越，功勋更不如唐代名将李光弼与郭子仪。在这三百余首诗篇中，触及时代的，仅仅这寥寥数首。

是明清易代、清军南下如此沉重的历史事件，本来在王翃诗中就没有留下多少痕迹？还是朱彝尊、王庭等在刊刻时有意识地淡化了王翃诗歌的现实感、沉重感？还是清人录王翃诗所据原稿钞本，原来就残佚不完整？如果没有更为完整的王翃诗集传世的话，这就是明代诗史上一桩无法定谳的公案。所幸的是，在上海图书馆还藏有一部较完整的《王介人集》。

二

上海图书馆古籍部藏王翃撰《王介人集》不分卷，抄本。正文首页首行题“王介人集”，下署“古槜李 王翃著，弟庭 阅”。钤“叔彝校”、“上海王庆勋家藏过”等印。王庆勋（1814—1867），字叔彝，号椒畦，上海人。嘉、道间附贡，官岩州知府，有《诒安堂诗余》等词集传世，词风近于“浙派”。又钤“王培孙纪念物”印，曾为民国时期著名教育家、藏书家王培孙收藏，后入藏上海图书馆。

《王介人集》收录王翃诗 1170 首，分体编排，其中五律 190 首、六律 2 首、七律 142 首、五排 50 首、七排 3 首、古乐府 184 首、四古 40 首、五古 146 首、七古 42 首、五绝 81 首、六绝 20 首、七绝 229 首、杂言 41 首。前述的《明诗综》、《二槐草存》以及许灿抄本的诗篇，均见于此《王介人集》。《王介人集》所录诗歌有年份可考者，最后一首为《送言远弟之广州》，王庭（字言远）是顺治六年进士，不久任广州府知府。此诗当作于顺治六年或七年初。顺治九年，王翃南下广州，诗稿遗失，此后在广州所作，未见于此《王介人集》。这部抄本《王介人集》虽不是王翃诗歌的全集，但是 1170 首，最为接近前人传记记述的数量，是相对来说最为完整的王翃诗集。王庭在康熙十一年的《二槐草存序》里只说：“今存诗约二百首，未当其全什一篇。”而这部抄本《王介人集》录诗一千余首，想必是在康熙十一年（1672）至三十二年（1693，王庭卒年）这约 20 年里辑录所得的。

卷首有王翃的《自序》，较为稀见，移录于下：

> 吾未始学诗，而好作诗，凡欢愉愁怨，心有所感，触境遄发。窃以为有得，故若是其易也。三年而疑曰：“夫诗原性情，岂鞶帨徒工哉！”已而殚心揣摩，与古优孟，自以为诗之道在是矣。五年而复疑曰：“若是，拙于同面，陋比刻舟，殆有间也。”乃复朴斫六经，丹雘百家子史，取气汉魏，造格两唐，效其音而变之，入其体而离之，每命题遣意，必会理中法，简炼揣摩，以为篇章，使片词只字，皆若出乎金石。又十年而成。嗟乎，诗难言哉！夫诗虽工，耳目不广，同于井窥，欲事远游观方，以肆吾学。两渡越江，三入白门，历淮楚邹鲁之郊，放乎燕赵，足所不及，或交其人，与上下其论，以是俱知之，归而省吾诗确如也。更十年，吾春秋四十有二，自叹筋力殊非壮年，国变之后，墐户三月，聚生平所著，散失过半，所存四千余篇，乃略为窜定，芟荆拔莠，落实怀芳。自万历丁巳至崇祯甲申，二十八年，得诗千百篇有奇。集成，题之曰《春槐堂集》，辄欲问世，将以翼他日之复进吾疑

者也。时乙酉十月，梅里王翃题。

序中自述学诗经历，就像他三十岁作《述怀》"言诗辟风雅，吐词耀华鲜"那样，颇为自负。据此序言，王翃在乙酉（即顺治二年，1645）将自万历丁巳至崇祯甲申（1617—1644），即自少年至国变时的四千余篇删削至一千余首，题曰《春槐堂集》。但抄本中也录入乙酉以后的诗篇，应该是由其族弟王翃在《春槐堂集》的基础上补辑了国变后的若干诗篇而成的，故不再题署《春槐堂集》，而题曰《王介人集》，并署"弟庭阅"，即是经过王庭编纂的。

谈迁在《王介人传》里说："介人服膺杜甫。"前引朱琰《明人诗钞正集》论王翃诗"命意构章，一本杜陵"，但只有通读这部《王介人集》，我们才能真正得出"一本杜陵"的印象。王翃虽然只是一介布衣，但是蒿目时艰，笔触伸向民生的哀苦、政局的昏乱、国势的沉沦。时代的严重问题在他的诗歌中得到了表现。

一、哀民生多艰。作为一个布衣，王翃对于社会底层人们的苦难有着更为切己的体验，特别是遇到天灾，加上人祸，百姓在死亡的边缘挣扎，激起他的深切同情，于是形诸笔端。《二槐草存》曾录七言古《忧旱》，叙写春夏间江南的旱灾，田无青苗，物价飞涨，尸满沟壑，更为凄惨的是"有司置之莫以告，犹严法令烦征徭"，诗人私自叹息："窃恐旦夕妖星高。"如此天灾人祸迟早要激起民变，引起暴乱。最后诗人期盼："安得五日一风十日雨，使彼康衢鼓腹长歌谣。"这种民胞物与的情怀，可以说"一本杜陵"。这类诗篇，在《王介人集》中还有很多，如《官米行》、《榷叹》，谴责朝廷税收的繁重；《苦雨行》叙写江南秋天大雨成灾，但"仍闻多征求，军国输远辙"，诗人指出"脂膏固有限，饥馑已殚竭"，百姓已陷入绝境，无法过活，不容再肆搜刮。最后诗人感慨："风化久失宣，忧勤动岩穴。"末句正是源自于杜甫"忧端齐终南，澒洞不可掇"（《自京赴奉先县咏怀五百字》）。

二、忧晚明政局。晚明时期，虽然前期的万历帝和崇祯帝兢兢业业，勤于政事，但是宦官专权、党争激烈，政局陷入混乱。王翃虽然远离庙堂，但在诗歌中表达了对时局的忧思，对明末政治的反省。明神宗皇帝早年励精图治，积极改革，在王翃心中留下好印象。王翃《神庙》诗赞他"文、景同光汉，成、康继美周"，誉之为汉代的文帝和景帝、周代的成王和康王。但是万历后期，党争激烈，朝纲不振。特别是万历三十九年（1611，辛亥），东林党和它的反对派南北党争空前激烈。那时王翃还是个孩童，后来他有一首五律，题为《辛亥》，咏叹党争事。诗曰：

殒血甘戎首，群然激异同。党人分洛蜀，封事决雌雄。法纪葭莩外，朝廷水火中。忧时方预叹，遗祸此焉穷。

此诗以北宋洛党和蜀党比拟当时的党争，党争的结果是法纪荡然，廷臣水火不容，遗留无穷祸害。后相继发生了"梃击"、"红丸"、"移宫"三大案，国势一蹶不振。王翃《痛哭》一诗悲叹曰："痛哭当年事，持危使自平。圣心伤爱子，国法坏书生。三案终疑狱，千秋失定评。坚冰嗟所至，久切履霜情。"末二句，诗人慨叹神宗不能防微杜渐，乃至于国家陷入危难的境地。晚明政治的另一严重问题是宦官弄权，东林党人和魏忠贤宦官势力展开殊死搏斗。王翃显然是站在东林党人的立场，其《感时三首》愤慨地抨击魏忠贤阉党的胡作非为。其中第二首曰：

出入催缇骑，骚然驿路烦。追呼徒饮痛，罗织更衔冤。杨、左身难赎，崔、田位自尊。仍闻起三殿，土木尽中原。

首四句讽刺魏忠贤势力之嚣张跋扈，打击异己。杨、左，指杨涟与左光斗，二人弹劾魏忠贤，被诬陷入狱，最后被迫害致死，王翃慨叹二人"身难赎"；而阉党的爪牙田尔耕、崔呈秀"位自尊"。天启年间，魏忠贤还在大兴土木，修建三殿。这首诗题曰《感时》，堪称"诗史"，揭露了阉党迫害东林人士的血腥和为非作歹的罪恶。崇祯皇帝继位后，虽然惩治了魏忠贤，镇压了阉党，但党争余孽仍在，最终导致明朝的败亡。崇祯皇帝煤山自缢后，他作了七律《烈皇帝哀词》，首四句曰："九重孤立感宵衣，一日忧劳总万几。有主独堪持国运，无臣竟致失天威。"歌颂崇祯帝日理万机的忧劳，斥责朝廷无臣，竟致失天威。末二句"千里故墟禾黍积，哀时野老泪徒挥"，面对沦陷的河山，他像"少陵野老吞声哭"（杜甫《哀江头》）那样老泪纵横。

三、愤斥叛乱和侵略。崇祯十七年(1644)农历三月十九日，李自成农民军攻入北京，大肆烧杀凌虐，导致明朝随后的灭亡。《王介人集》中七律《京师》，咏叹这场惊天变故："直北天垂路不穷，伤心无计问来鸿。兵征往岁占朱厌，日气高秋掩白虹。春塞忽惊三月火，汉家空待贰师功。可怜京国沦戎马，四海生民鼎沸中。"诗人激切盼望北方的消息，却是"伤心无计问来鸿"，占问天象，将有剧变。果然，三月里京国沦为战场，百姓置身于水深火热之中。后来李自成叛军在清兵红衣大炮攻击下，到处流窜，顺治二年经襄阳入湖北。王翃作了七律《宿迁道中闻襄阳寇变》，其后四句曰："南国疮痍犹未恤，中原豺虎更相催。侧身天地愁无处，四海空怀作赋才。"王翃三十岁时作的《述怀》，自序"差池屈、宋轨，庶几班、扬肩"，但是身处乱世，即使有屈原、宋玉的赋才，也是徒然"空怀"。

其实，比农民起义更可怕的是东北建州女真族的崛起。自明代万历时期努尔哈赤统一女真族以来，它成了大明江山最为直接的威胁，但是明廷大臣却没有意识到。如万历三十三年，重新起用李成梁任辽东总兵前将军，主动丢弃了辽左六堡。当时边塞军备废弛，毫无战斗力，军人和百姓一起向关内逃跑。王翃《感事四首》之一吟叹曰："天子方垂拱，将军不备边，共传留督府，久废事屯田。国富终无日，兵资罄有年。关城闲士马，抛甲雨中眠。"万历帝后期不理朝政，王翃说其垂拱而已，皇帝懈怠，将军也"不备边"，兵资告罄，江山的危殆可想而知。王翃一首五律曰："蓟北十年来，烽烟暗不开。秋高胡马健，风急塞鸿哀。白发将生镜，黄金未上台。徒怜忧国计，长屈幕中才。"此诗以《警》为题。在将军不备边的危难时势中，身为布衣的王翃以诗歌拉响了警报。明末经略辽东的将领，轮番撤换，却少有作为，至洪承畴，几乎将整个辽东拱手让给后金。王翃《辽亡》诗曰："狼烟一夜入东陲，经略何堪屡丧事。袖手坐观胡马入，城头犹竖受降旗。"诗中斥责投降清军的经略，或即指洪承畴。另外一首《关河》，曰："关河不闭汗戎衣，征马长嘶苜蓿肥。万里金汤轻一掷，使臣携得玉钱归。"斥责的是一怒为红颜的吴三桂。清军入关后，在铁骑之下的江南人民凄惨境地，屡屡形诸于王翃笔端。《乙酉》曰："六月烽烟接地红，纷纷汗雨过腥风。胡来千里无青草，禾黍先资马腹中。"《兵后初至郡》曰："残日荒城一棹过，白杨吹叶走寒波。伤心瓦砾高低处，歌舞无声鸟雀多。"七律《孤云》有句曰："昨夜前军传羽檄，海门风急下天旌。"《天边》有句曰："满地干戈思远窜，移家不厌入山深。"

王庭的《王介人传》记载了顺治二年，清兵下至江南时，严正矩任嘉兴郡理，尚未及任。

时嘉兴告变，清兵准备屠城，问顽民罪。王翃与严正矩有旧。严正矩"遣一介通介人，谕吾里稍薙发，就抚安，介人从权济变，保存一方，有酌于利害重轻而为之，尚非其初心，或倔强自名好义者，欲杀介人甘心焉。于是介人之功不可掩，而心儿不可白"，意思是清兵在嘉兴屠城时，严正矩派人劝告王翃，晓谕乡亲们稍微剃去一点头发，以就安抚。王翃听取了严的劝告，保存一方民众，但有一些倔强的所谓"好义者"，怒而要杀王翃。王翃虽然保护了乡亲，但是蒙受了不白之冤，似乎是个投降者。这个权变之举，在王翃诗里也有反映。《漫书》五六句曰："王风自息周威烈，胡服初更赵武灵。"前句谓华夏正统遭篡夺，后句则以战国时的胡服骑射比拟当时的剃发令。但王翃并没有投降清朝。《王介人集》中有一首七律，题为《严将请当事官余，余力辞，赋以自志》，严就是指严正矩。诗中有句曰："避乱自能添白发，立深端不负苍天。"后一句正显示出这个布衣忠于故国的节操。当南明小朝廷在南京成立时，他作了《南都拥立》一诗：

> 斩木惊传一夜呼，甘泉烽火入燕都。铜盘露下金人泪，白水旗南赤伏符。五色成云龙有象，九苞振采凤遗雏。封狐授首天戈在，拭目宣光定鼎图。

虽然最终南明王室不竞，但王翃是怀着拥戴的心情对它抱有期望的。五、六句意谓南明为皇室血统，有帝王之象。末二句期望南明王室平叛大恶，恢复神州。

四、志士的挽歌。面对天崩地陷的时代大变局，王翃虽然是一个布衣，但他关切时局，胸中充满忧患和愤懑。顺治元年十月初十日，顺治帝向全国颁发即位诏书。在《王介人集》中有一组《禽言》诗，小序署的日期是甲申十月。序曰：

> 国事寖衰，贤才略尽，奸位者犹怡燕雀。余处布衣，君门天远，不能建言及国。然生斯世，耳目当时，又不能徒守其默。爰赋禽言十章，用宣胸臆，譬犹吠虫鸣鸟，自吟自止，法无禁于此类也。甲申十月识。

满腔忧国泪只能若吠虫鸣鸟般的，化为诗篇，聊以宣泄愤懑。组诗之五曰：

> 行不得哥哥，四邻纷纷戎马多，谁能为我挺长戟。肘左佩金杀诸贼，草莱伏者伤心人，一声入耳形沾巾。疮痍吴楚蝗燕秦，白日惨淡昏沙尘。行不得哥哥，卑飞敛翼奈我何！

王翃也怀有壮志。《漫书》诗中说"壮志不随双鬓改，百年又见一春过"。但是一介布衣，在乱世中能有几多力量？后二句"为问樵苏更何计，天涯无处不干戈"，满天硝烟，寻个避世的去处也难得。《初闻》末二句曰："寥落书生长剑在，壮心今日已寒灰。"百无一用是书生。虽然壮心似寒灰，但王翃有多首诗篇表达了对抗清志士不屈而死的哀挽和礼赞。

弘光元年，清兵先后攻克南京，杀害福王；攻破杭州，潞王投降。浙江大儒刘宗周在南明小朝廷里任左都御史，绝食而死。王翃作《挽刘念台都宪》诗曰："苍生属望重儒珍，三十余年社稷身。一曲镜湖初赐老，千秋鼎祚忽飘尘。功羞擒虎终降将，死惜逢龙旧谏臣。从此汉家无日月，独骑箕尾列星辰。"刘宗周是晚明儒学大师，雅负朝野清望。古语曰："天不生仲尼，万世如长夜。"王翃说，刘宗周一死，从此汉家无日月，儒家的文化传统自此沦亡。据《明季南略》载，顺治二年乙酉六月，清兵攻破杭州。刘宗周的学生王毓蓍（字玄趾）坚决不投降。"闻刘宗周举义，毓蓍喜；越数日事不就，乃为书告曰：'门生毓蓍已得死所；愿先生早自决，毋为王炎午所吊！’”（文天祥被执时，王炎午作生祭文以励其死）随后赴水自杀。王翃作《挽王玄趾秀才》曰：“曾于南国见人龙，盘薄稽山气所钟。著远不能筹汉策，图穷无计事秦胸。哀歌此日闻孤竹，败绩何年破独松？肯向仇庭崩厥角，一生名义就从容。”末二句谓怎肯向侵略者俯首称臣？宁愿从容就义，以成就一生英名。徐石麒殉节时，王翃也有《挽徐虞求冢宰》，惜颔联残佚。在崇祯末年，王翃曾拜谒时任浙江绍兴府司理的陈子龙，诗词得到陈子龙的称誉，陈还特为撰《王介人诗余序》。在五古《赠陈卧子司理》诗里，王翃称赞陈子龙“崇望推巨儒，足为国家桢”，又说“行将宰天下，勋业回盛明”，将恢复故国的心愿寄托在陈子龙身上。可惜后来起义兵败，陈子龙被俘，投水而死。王翃闻讣，作《哭陈卧子掌科》，曰：

天柱西崩日气衰，汉臣饮血死无辞。全归自托江鱼腹，作厉宁忘博浪椎。新谷不留孤子食，故人空赋八哀诗。华亭唳鹤今何处，触梦犹惊下榻时。

第四句博浪椎，用张良的典故。《史记·留侯世家》载，韩国被秦灭了以后，曾五世相韩的张良与客在博浪沙以大铁椎狙击秦始皇。王翃诗句谓陈子龙即使作了厉鬼，也不忘反清复明。这首诗在刻本《二槐草存》和各种选本里文字多有改动，第四句改为“死有留名在豹皮”，“汉臣”改为“孤臣”。这个改动也说明了王翃此诗具有触及时讳的政治内涵。

王翃是晚明布衣中的狂人，曾感叹“草草天下人，视我如赘疣”（《落日》）。就像杜陵布衣“穷年忧黎元，叹息肠内热”一样，在明清世变中，他在感愤忧思，并用“诗史”般的笔墨记载这场大动乱、大悲剧。前引王庭的《王介人传》曾记述王翃“从权济变，保存一方……而心几不可白”，今天的读者只有依据上海图书馆藏的这部收录一千余首诗的《王介人集》，对王翃的政治态度和思想情怀才能具有真正的认识；也只有依据这部钞本而不是康熙十一年刻本《二槐草存》，我们才能真正理解沈季友所谓“既遭兵乱，多感愤叹咤，见之篇章”（《槜李诗系》卷二十四），朱琰所谓“命意构章，一本杜陵”（《明人诗钞正集》卷十四）的沉重的意义。

作者单位：复旦大学

一代红妆照汗青

——秦淮风月与青楼书写

李栩钰

一、前　言

乱世不仅出英雄，更出美人，英雄美人在历史的舞台上演出一幕幕可歌可泣的故事，演绎成文学上脍炙人口的小说戏剧。冒辟疆与董小宛、吴伟业与寇白门、龚鼎孳与顾媚，文学史上著名篇章如吴梅村《圆圆曲》、侯方域《李姬传》、冒辟疆《影梅庵忆语》、张岱《二十四桥风月》、梅鼎祚《青泥莲花记》、余怀《板桥杂记》等，这与纯谈风月的《青楼韵语》、《品花笺》作品有天壤之别。

本文从《圆圆曲》出发，另述及《青泥莲花记》、《板桥杂记》等书，论述在明清之际的历史变革中，士人如何透过青楼书写完成个人的家国兴亡之怀与历史沧桑之感，最后并以曲中名句“一代红妆照汗青”传颂秦淮名妓及其历史定位。

二、吴伟业《圆圆曲》论析

吴伟业（1609—1671），字骏公，号梅村，祖籍南直隶苏州府昆山县（今江苏昆山），祖父始迁居太仓州（今江苏太仓），明末清初著名诗人、政治人物，长于七言歌行，初学“长庆体”，后自成新吟。身阅鼎革的动乱时代中，梅村注定无法有所作为，身仕二姓的结果，也让他的人格遭到非议，虽然“国家不幸”却是“诗家之幸”，吴伟业名列“江左三大家”之一，“娄东诗派”也以梅村马首是瞻，其七言歌行“梅村体”更是称誉于世。

梅村有意继承杜甫白居易现实主义诗歌的传统，选择题材之敏锐眼光和诗史意识颇为后世称道，在明清易代之际写了许多纪实的长篇史诗。这首《圆圆曲》写于顺治八年左右，正是吴三桂消灭李自成的农民军，封平西王驻守汉中，声势极煊赫之时，此诗讥刺吴因一己私情叛明降清，打开山海关门，沦为千古罪人。梅村在权威逼迫下，仍不肯轻易改其句讨好三桂。兹引全诗如下：

> 鼎湖当日弃人间，破敌收京下玉关。恸哭六军俱缟素，冲冠一怒为红颜。红颜流落非吾恋，逆贼天亡自荒宴。电扫黄巾定黑山，哭罢君亲再相见。相见初经田窦家，侯门

歌舞出如花。许将戚里箜篌伎，等取将军油壁车。家本姑苏浣花里，圆圆小字娇罗绮。梦向夫差苑里游，宫娥拥入君王起。前身合是采莲人，门前一片横塘水。横塘双桨去如飞，何处豪家强载归？此际岂知非薄命，此时只有泪沾衣。熏天意气连宫掖，明眸皓齿无人惜。夺归永巷闭良家，教就新声倾座客。座客飞觞红日暮，一曲哀弦向谁诉？白皙通侯最少年，拣取花枝屡回顾。早携娇鸟出樊笼，待得银河几时渡？恨杀军书抵死催，苦留后约将人误。相约恩深相见难，一朝蚁贼满长安。可怜思妇楼头柳，认作天边粉絮看。遍索绿珠围内第，强呼绛树出雕栏。若非将士全师胜，争得蛾眉匹马还。蛾眉马上传呼进，云鬟不整惊魂定。蜡炬迎来在战场，啼妆满面残红印。专征萧鼓向秦川，金牛道上车千乘。斜谷云深起画楼，散关月落开妆镜。传来消息满红乡，乌桕红经十度霜。教曲妓师怜尚在，浣沙女伴忆同行。旧巢共是衔泥燕，飞上枝头变凤凰。长向尊前悲老大，有人夫婿擅侯王。当时只受声名累，贵戚名豪竞延致。一斛明珠万斛愁，关山漂泊腰肢细。错怨狂风扬落花，无边春色来天地。尝闻倾国与倾城，翻使周郎受重名。妻子岂应关大计，英雄无奈是多情。全家白骨成灰土，一代红妆照汗青。君不见：馆娃初起鸳鸯宿，越女如花看不足。香径尘生鸟自啼，屧廊人去苔空绿。换羽移宫万里愁，珠歌翠舞古梁州。为君别唱吴宫曲，汉水东南日夜流。

《圆圆曲》是“梅村体”的代表作，也是吴伟业作品中最有名的长篇歌行。以委婉笔调写出了吴三桂、陈圆圆的悲欢离合，全诗规模宏大，故事情节安排别出心裁，始于吴三桂在战场上迎见陈圆圆“冲冠一怒为红颜”，而用倒叙手法追溯到两人的相识与分离，全诗简析如下：

一、正面破题：“鼎湖当日弃人间”八句，点出吴陈二人故事序曲。

二、追叙：“相见初经田窦家”四句，交代两人初遇情景。

三、补叙：“家本姑苏浣花里”六句，再作交代陈的圆圆出身背景。

四、顺叙：“熏天意气连宫掖”六句，言田弘遇借陈圆圆夤缘入宫，但却被遣回。“白皙通侯最少年，拣取花枝屡回顾”又回到吴陈二人相遇。“若非将士全师胜，争得蛾眉匹马还”叙述三桂复得圆圆，拥美人入蜀。“蛾眉马上传呼进”八句，铺陈了吴陈二人重逢情景。

五、插叙：“传来消息满红乡”四句，把空间从战场陕西重回家乡苏州。

六、夹叙：“一斛明珠万斛愁”四句描写圆圆想到自己命运的复杂心情，人前尊宠、人后受苦，也间接回答教曲师傅和昔日女伴不必过于艳羡今日殊荣之位。

将个人身世与国家命运交织，一代史实和人物形象辉映，运用各种笔法，打破时空限制，不仅重新组合纷繁的历史事件，动人心魄，也使情节波澜曲折，富于传奇色彩。“何处豪家强载归？”更前后呼应在田弘遇家的相遇。全诗细腻地刻画心理，委婉地抒发感情，比喻、联珠的运用，历史典故与前人诗句的化用，增强了诗歌的表现力。而且注重转韵，每一转韵即进入新的层次。叙事中穿插了诗人画龙点睛般的议论，批判力道十足，“恸哭六军俱缟素，冲冠一怒为红颜”，精警隽永，成了传颂千古的名句。

梅村另有《临淮老妓行》描叙冬儿，《题冒辟疆名姬董白小像》、《董君画扇》悼念董小宛，结合他个人际遇的《琴河感旧并序》、《听女道士卞玉京弹琴歌》、《过锦树林玉京道人墓并传》之三组作品，陈岸峰在《走出遗民，以心传史：吴梅村的半生缘与晚明悲歌》一文则指出了梅村一再书写卞玉京，为“爱情之忏悔书写，亦蕴含了诗人对时局之记录，包含清兵入关之暴虐、南明弘光帝之淫乱及臣属之无能，以至于他自身失节之悔恨羞愧”[①]。而底下讨论的《板桥杂记》，作者余怀之所以钟情歌妓，乃其士人的价值观与歌妓合拍，在他南都“雅游”、秦淮“丽品”之笔中，有二十多位歌妓在后世更留下不可磨灭之名，这是“记忆与文学”的文本实践，也是明清文人所热衷的一种“文体”，《影梅庵忆语》亦然也。

三、秦淮风月

一、 金陵之兴与青楼的环境空间

明代中晚期，南方经济富庶，各城市商业发达，社会风气奢侈，其中尤以南京为甚。南京旧称金陵、建康，先后有孙吴、东晋、宋、齐、梁、陈六朝在此建都。朱元璋在此称帝建立明朝后，也定南京为国都，为了营造南京的繁荣，从全国各地迁入大批的有钱人家，在南京城东南方的秦淮河畔先后设立富乐院、十六楼[②]。十六楼为酒楼，供四方往来宾客及商贾、仕绅宴饮，各楼也都配有官妓。富乐院后来又称旧院，可说是官方开设的妓院。旧院成为文化交际场所，在此妖冶之奇境，温柔之妙乡中，文士“会旧友、结新知、开诗会、吟咏唱和，以至于品评时政，商讨国事”。南京位于长江下流，正是南北交通要冲，公侯王孙群集于此，宅第相望，富家子弟与海内游客也来享受逸乐，秦淮河畔风景优美，北岸为国子监所在地，其东侧设有科举考场“贡院”，隔着秦淮河与旧院遥对，《板桥杂记》述及：

> 逢秋风桂子之年，四方应试者毕集。结驷连骑，选色征歌。转车子之喉，按阳阿之舞；院本之笙歌合奏，回舟之一水皆香。或邀旬日之欢，或订百年之约。蒲桃架下，戏掷金钱；芍药栏边，闲抛玉马，此平康之盛事，乃文战之外篇。[③]

学府与妓院隔河相望，学子与妓女欢娱交游，男才女貌，为全国政治、经济、文化重心的南京又多添几分旖旎风光。

秦淮河两岸的房屋，称为河房，珠帘绮幛，雕栏画槛，亭榭妓院比邻而立。妓院既是一个消费游乐的场所，为吸引更多来客，十分讲究空间设计、氛围营造。《板桥杂记》另言：“旧院人称曲中，前门对武定桥，后门在钞库街。妓家鳞次，比屋而居，屋宇清洁，花木萧疏，迥非尘境。”[④]至于名妓的住所，更是讲究，如《列朝诗集小传》记载马湘兰居处：

---

① 陈岸峰《走出遗民，以心传史：吴梅村的半生缘与晚明悲歌》，“中国明代文学学会（筹）第八届年会暨2011年明代文学与文化国际学术研讨会”，首都师范大学文学院、《文学遗产》编辑部，2011年8月16—17日。

② 十六楼的名称为：“来宾、重译、清江、石城、鹤鸣、醉仙、乐民、集贤、讴歌、鼓腹、轻烟、淡粉、梅研、柳翠、南市、北市。”谢肇淛《五杂俎》，上海书店出版社2001年版，第49页。但实际数目与名称记载略有差异，对此大木康有详细的解释，见氏著、辛如意译《风月秦淮——中国游里空间》，台北联经出版事业2007年版，第46—52页。

③ 余怀著、李金堂校注《板桥杂记》（外一种），上海古籍出版社2009年版，第13—14页。

④ 余怀著、李金堂校注《板桥杂记》（外一种），第8页。

所居在秦淮胜处，池馆清疏，花石幽洁，曲廊便房，迷不可出。教诸小鬟学梨园子弟，日供张燕客，羯鼓琵琶声，与金缕红牙声相间。[①]

以上这些记载，再印证《三言》、《二拍》和《金瓶梅》的叙述，王鸿泰归纳了妓院在整体空间上具有园林趣味，而妓女房间的布置则近于书房的陈设，提供的是一种清静、优雅、舒适的私人家居感，这样的空间具有隔绝世俗，将礼教排除于外的功能。换言之，文人士大夫阶层可以在此天地无拘无束、尽情享乐。他更指出“妓女”可“视为由文人文化所衍生出来的文化产物”[②]。

明嘉靖以来，妓女参与了文人的艺文活动、酒会，或是直接在妓院或妓女居所举行，妓院除了作为一个消费娱乐场所，还同时提供社交的功能，文士名妓之间的关联，更显紧密，如钱谦益在《金陵社集诸诗人》一诗所言：

嘉靖中年，朱子介、何元朗为寓公；金在衡、盛仲交为地主；黄甫子循、黄淳父之流为旅人；相与授简分题，征歌选胜。秦淮一曲，烟水竞其风华；桃叶诸姬，梅柳滋其妍翠。此金陵之初盛也。[③]

因为文人雅集中出现妓女身影是普遍之事，文坛宗匠、诗界领袖如钱谦益、吴梅村等人，亦仿效谢安石东山携妓雅闻，“每游赏必以妓女从”的故事蔚为时尚。诚如今人黄裳所言，四百年前的狎妓，“非士大夫恶德，且为韵事”[④]矣。

二、 相关的青楼出版品

明代妓业既盛，寻花问柳的文士既多，关于妓女品藻、妓院规矩、男子嫖妓的原则、方式与注意事项等等的相关书籍，也应需求而生。刊印于明代万历四十四年(1616)的《青楼韵语》，由朱元辑注、张梦征汇选，以原有的《嫖经》作为全书基础，加以诠释点评，并征引古今一百八十名妓女的诗词作品，共五百余首，同时配入十二幅描绘青楼情状的版画而成。图、文、诗词三部分共同构成此书，“图”以直接的视觉形象吸引读者，“文”则说明青楼的规范，指导读者如何与妓女谈情说爱，“诗词”主题为相思之情。此外，这种日用类书“风月门”的出版，亦可视为明代印刷出版业发达、商品消费兴盛下的产物。

清苕逸史编辑的《品花笺》是青楼文化的代表书籍，这是中国第一套以青楼为核心的丛书[⑤]，分为“名姬品地”、“名姬藻饰”、“名花谱系”与“品花燕赏”四部，其中以第一部“名姬品地”为全套丛书核心，收录了包括唐代《北里志》、《教坊记》一直到明代《金陵丽人记》、《曲中志》、《燕都妓品》共九部品妓专书，书中直接涉及对妓女的品评。“品评”涉及妓女的外貌、肌肤、头发、笑容、眉眼、腰肢、举止、姿态等等的身体细节，明代沿用科举考试系统为诸妓排行

① 钱谦益，《马湘兰》，《列朝诗集小传》，上海古籍出版社 2009 年版，第 765 页。另可参看拙文《马湘兰相关问题探讨》，《明代文学与科举文化国际学术研讨会论文集》，武汉大学出版社 2010 年版，第 203—220 页。

② 王鸿泰《青楼名妓与情艺生活》，收于游鉴明主编《中国妇女史论集》九集，新北稻乡出版社 2011 年版，第 165—216 页。

③ 钱谦益《(附见)金陵社集诸诗人》，《列朝诗集小传》，第 462 页。

④ 黄裳《翠墨集》，安徽教育出版社 2006 年版，第 68 页。

⑤ 转引自毛文芳《物·性别·观看——明末清初文化书写新探》，台湾学生书局 2001 年版，第382 页。

列次，提出鉴赏妓女的方向与标准、给予评价，如《曲中志》“陈闺儿”一条：

> 清洁自好，梳发委地，双趾如钩。戊戌夏登吴门上方山，冷然御风以类石湖，衣带飘举，几欲仙去。惟双钩印苔藓间，如落轻红，有荡扬之态，见者销魂。①

作者描绘陈闺儿的双足，并言其体态轻盈、一头长发，以风中飘扬的衣带、步落于绿色苔藓上的色彩对比，引起无限遐想。

视觉鉴赏之余，另有强调妓女带来的嗅觉与触觉经验，如“玉蕊冰肌，想凌波之素魂，黄冠翠袖，怀姑射之先标”②。除了直接描述其身体各部位外，文人也善于使用种种美事美物来进行类比，虽然为青楼寻欢添加了几许风雅的意味、彰显了观看者/男性/书写者的审美标准，但无形中也流露了他们以及阅读者的权力与欲望。毛文芳认为：

> 青楼女子必须被动地被男性观看、品评、排次、物化、形塑与包装，而歌妓的生涯本就是商业的一部分，因此，他们确实要透过被男性观看、品评、排次、物化、形塑与包装的过程，以提高自己的商业身价，甚至成为创造女性装束流行趋势的源头。文士的花榜与品题、出资与供养、文人化的包装，皆代表男性权力，将青楼歌妓进一步推向商业机制中。③

《品花笺》当中所收录的书籍如潘之恒《曲中志》、曹大章《秦淮士女表》，虽然有意为妓女留名，但是流于判别诸妓才情色艺，以女状元、榜眼、探花、解元、女学士、太史之称加以划分，着重的是如何工笔描绘女子的外貌：

> 横拖秋水，却厌金篦；但扫春山，何需石黛？杏黄衫子，偏宜翡翠文裙；耳后珠当，雅映眉间宝靥。④

即使曹大章抬出孔子诗教作为保护伞：“是以金声玉振之音，奏桑间濮上之曲也。”为自己品妓之举寻觅正当的理由，但以今日的目光视之，这类文字不啻是将女性物化的结晶。这些被物化的女性，在这些观赏者的面前、书写者的笔下，纯粹作为一个审美对象被欣赏、被赞叹，她们没有自己的情感、缺乏作为一个人应该要有的喜怒哀乐，因此这类“风月指南书”只能被视为狭邪笔记。

四、迥异“风月指南”的青楼书写

本节探讨的梅鼎祚、余怀、冒辟疆、侯方域、钱谦益等文士，他们的生命经验与书写目的都和前揭书的作者存有很大的差异性。文人对政治、天下苍生有抱负理想，他们大都思想开放、个性重情，在生活上或与名妓有密切的往来，视名妓为红粉知己，是故其笔下的歌妓都能展现独立人格、个性，更有毫不逊色于须眉的才华、品德，甚至柳如是的作品《戊寅草》、《湖上

① 潘之恒《曲中志》，收录于陶珽编《续说郛》第七册，台北新兴书局1964年版，第1963—1964页。

② 《广陵女士殿最》卷44，“寒香水仙”条，收录于陶珽编《续说郛》第七册，第1956页。

③ 毛文芳《物·性别·观看——明末清初文化书写新探》，第434页。

④ 曹大章《秦淮士女表》，收录于陶珽编《续说郛》第七册，第1958页。

草》、《尺牍》是出版专书形式，与士大夫平起平坐。

一、 梅鼎祚《青泥莲花记》

梅鼎祚(1549—1615)，字禹金，号无求居士、胜乐道人，安徽宣成人。其父梅守德以忤严嵩出知绍兴府，累迁至云南参政，后辞官与罗汝芳等人创制学书院，讲学其间。梅鼎祚幼承家学，年十六入博士籍，二十岁便以诗称著，名闻海内，为弇州四子之一。一生绝意仕进，游历南北，与汪道昆、王世贞有往来，和汤显祖交谊甚深。著有《鹿裘石室诗文集三种》，传奇《玉合记》、《长命缕》，杂剧《昆仑奴》。编有《历代文纪》、《汉魏八代史乘》、《青泥莲花记》等书。

《青泥莲花记》一书收录自汉魏迄明的妓女事迹，全书共十三卷，分为内、外两编、十二个门类。内编七类分别为记禅、记玄、记忠、记孝、记节、记从：下编则有记藻、记用、记豪、记遇、记戒五类，每一类中的妓女，又按朝代排序。这些妓女事迹的来源广泛，出自佛经、传奇、诗话、笔记等古籍。由十二门类的名称可推知能名列其中的妓女，必然有其美好德性足为楷模。从二百多本典籍、笔记的妓女故事蒐罗而成《青泥莲花记》，身为编辑者、点评者，在纲目的安排、类别上，展现了个人独到想法。此举“记节”中的刘盼春事，来看其用心：

> 刘盼春者，汴梁乐工刘鸣高女。年十八，初定情于汴人周恭，两情甚笃。而恭父严禁之，不令往来，绝不通者凡半载，盼春杜门以待。有云间富商赉金帛往，母必欲夺其志，固不应，加之棰楚。恭闻之，致书使且从母命，其略云：纵远莺朋燕友，难禁蝶使蜂媒。既居月户云窗，莫吝风期雨会。暂时依彼，将就瓦全；终日违他，恐防玉碎。……盼春得词，笑曰：“妾岂常人比哉！既委身于子，可他适耶？”居数日，复逼之，投环而死。及火其诗，余烬悉焚而所配香囊独鲜好。取而发之，中藏所得恭词简，一纸宛然如故。[①]

情投意合的刘盼春与周恭，却被周父阻挠，盼春闭门谢客，一心一意等待周恭归来。半年后，有钱的第三者富商想亲近盼春，不肯屈从的盼春被鸨母毒打，周恭知道这事后写信劝盼春“姑且顺从鸨母之意，仍有活路”，不料盼春宁为玉碎自尽。这故事指出：妓女并非人尽可夫，她们更在意从一而终、在关键时刻为心爱男子坚守节操。

在书中，梅鼎祚自言编纂此书的原因，乃是有感于从古至今、从上到下的“旷今皆然，于今为烈”的淫靡世风，使他要借此书“以娼论古”[②]，“经以节义，要以皈从”[③]，如同“司马长卿赋词艳冶，咸归讽劝，苏子瞻嬉笑怒骂，无非文章”[④]，希望读者能“尚名行而略声色”。每一则妓女事迹的后面，都有梅鼎祚以“女史氏曰”的形式抒发自身的意见，这些文字处处流露他对妓女的同情，以及对封建礼教的反感、对爱情的歌颂。其中，亦隐含着对于当时黑暗朝政的不满，以及对于不肖官吏的批评，有意提醒世人要注意自身言行，固守节操。

---

① 梅鼎祚《记节·刘盼春》，《青泥莲花记》，第117—118页。

② 梅鼎祚纂辑《凡例》，《青泥莲花记》，中州古籍出版社1988年版，第1页。

③ 梅鼎祚纂辑《青泥莲花记序》，《青泥莲花记》，第1页。

④ 梅鼎祚纂辑《梅鼎祚校后志》，《青泥莲花记》，第264页。

二、余怀《板桥杂记·丽品》

余怀(1616—1696),字淡心,号曼翁,生于南京长于南京。年少时风流潇洒,才华出众,很早便名震江南,"于诸名士厉东汉之气节,掞六朝之才藻,操持清议,矫激抗俗,布衣之权重于卿相"。曾获南京兵部尚书范景文邀入幕府,参与复社在虎丘召开的大会。甲申之变后,积极参与反对马士英、阮大铖的抗争,以及反清复明的活动。他漂泊于苏州、扬州一带,坚持不仕清廷,晚年隐居吴门。其著作颇丰,有《余子说史》、《东山谈苑》、《四莲花斋杂录》、《甲申集》、《三吴游览志》、《板桥杂记》等。"板桥"指的是秦淮南岸的长板桥一带,是秦淮景点的象征之处,著名的旧院,就位于长板桥西侧。

《板桥杂记》中言乃是余怀自身的亲历亲见,全书分"雅游"、"丽品"、"轶事"三部。"雅游"描述秦淮河两岸的名胜风光,以及妓院的空间特色、妓家的衣食用具;"丽品"则为金陵名妓立传,叙写其个性、感情归属、事迹,使她们生动的形象跃然纸上。"轶事"则是补述了风月场所的一些异人轶事。余怀在《序》中详细交代了他撰写此书的心情:

> 此即一代之兴衰,千秋之感慨所系,而非徒狭邪之是述、艳治之是传也。金陵古称佳丽之地,衣冠文物,盛于江南,文采风流,甲于海内。……余生也晚,不及见南部之烟花、宜春之弟子。而犹幸少长承平之世,偶为北里之游。长板桥边,一吟一咏,顾盼自雄。所作歌诗,传诵诸姬之口,楚、润相看,态、娟互引,余亦自诩为平安杜书记也。鼎革以来,时移物换,十年旧梦,依约扬州;一片欢场,鞠为茂草。红牙碧串,妙舞清歌,不可得而闻也;洞房绮疏,湘帘绣幕,不可得而见也;名花瑶草,锦瑟犀毗,不可得而赏也。间亦过之,蒿藜满眼,楼馆劫灰,美人尘土。盛衰感慨,岂复有过此者乎!郁志未伸,俄逢丧乱,静思陈事,追念无因。聊记见闻,用编汗简,效《东京梦华》之录,标崖公蚬斗之名。岂徒狭邪之是述、艳治之是传也哉![①]

明清交替之际,战火兵燹对一向安定丰庶的江南冲击尤大,"扬州十日"、"嘉定三屠"这类杀戮之事,造成百姓的死伤无数。余怀通过对过去安逸升平的追忆,与当下的荒芜、破败形成巨大的反差,交织在全书中无法掩盖的感慨,叹的既是风月之逝,也是家国之亡。他眼见集美丽、聪慧、才学、见识于一身的秦淮诸艳纷纷凋零、衰败,多情的他为诸妓立传、纪录她们曾有的灿烂笔墨。《板桥杂记·丽品》所写的第一位妓女是伊春:

> 伊春,字子春,姿态不甚丽,而举止风韵,绰似大家。个性温和,谈词爽雅,无抹脂鄣袖习气,专工戏剧排场,兼坛生、旦。余遇之迟暮之年,延之至家,演《荆钗记》,扮王十朋,至《见母》、《祭江》二出,悲壮淋漓,声泪俱迸,一座尽倾,老梨园自叹弗及。[②]

余怀一开始就强调伊春的外表并不出色,但举止气质却是大家风范。接着则强调她擅长戏剧,表演能力杰出,这种唱戏的能力培养比起天生外貌的打扮是更需要下苦功夫。当士人的目光已经不在容貌打转而注意到才华时,代表的正是"才"胜于"色"。他所知的歌妓顾媚,"通文史,善画兰",南曲尤称第一,余怀与她关系亦密,称所居媚楼为"迷楼",所谓"座无媚娘

---

① 余怀著、李金堂校注《板桥杂记·序》第3—4页。

② 余怀著、李金堂校注《板桥杂记》(外一种),第22页。

不乐，而尤艳顾家厨食品”，以致于“设宴媚楼者无虚日”。

明清易代的动荡时局，将相士人、贩夫走卒皆被影响，繁华过往皆成梦中旧事，人命在战乱杀戮过程里显得更加轻贱。妓女谋生是依赖商场消费、掷金的闲情逸趣，战乱则威胁到她们的生存权，也将平日就容易受人轻慢、欺侮的她们推入更加危险的境地。余怀《板桥杂记》中记载“琴心生于乱世，顿老赖以存活，不能早脱乐籍。赁屋清溪里，荜门圭窦，风月凄凉。”其后屡经灾厄，沦落恶人之手，好不容易遇到王其长与她“两相慕悦”，但最终王其长被诛，琴心“终归匪人”①。

归于名士杨龙友的马娇，字婉容，也知音善曲，妙合宫商，但“甲申之变……都城百姓焚烧两家居第。以龙友乡戚有联，亦被烈炬顷刻灰烬。……玉耶久殉，婉容莫知所终”②。归于孙克咸的葛嫩，随孙克咸“移家云间，间道入闽”，孙氏被“授监中丞杨文骢军事。兵败被执”，葛嫩也一并被掳。“主将欲犯之，嫩大骂，嚼舌碎，含血喷其面，将手刃之。克咸见嫩抗节死，乃大笑曰：‘孙三今日登仙矣！’亦被杀。”③侥幸在乱世中活下来的，下场也极为凄凉：

> 大娘老矣，流落阛阓，乃以教女娃歌舞为活。余犹及见之，徐娘虽老，尚有风情，话念旧游，潸然出涕，真如华清宫女说开元、天宝遗事也。昔杜牧之于洛阳城东重睹张好好，感旧伤怀，题诗以赠，末云：“朋游今在否，落拓更能无。门馆恸哭后，水云秋景初。斜日挂衰柳，凉风生座隅。洒尽满襟泪，短歌聊一书。”正为今日而说，大娘捧扇而泣，或据床以哦，哀动邻壁。④

李大娘一名小大，素有“侠妓”之称，两次所托非人，年老之后，流落街市教女娃歌舞营生。昔日的花样年华、荣华富贵转瞬成空，眼下的穷顿孤寂、凄凉晚景，令余怀与大娘都深感无常。

集结名妓、酒肆、文士，以及饮食、建筑、文房等各行业所共同构筑的秦淮乐土，是许多文人一生中最灿烂的记忆，他们的风流年少、青春岁月，都在此纵情挥霍。相对于妓女来说，名士也是她们豆蔻年华的参与者、见证者。名士在为妓女立传时，关注她们的下落，悲悯她们的不幸，常常不仅是出于写传者、旁观者的立场，而是带著同样面临国家衰亡、历史变幻的沧桑之感，为她们而悲、为自己而悲。

张岱曾把西湖比喻为曲中名妓，虽然本意在指出西湖为风景胜地，人人随时都可以亲近之，但也间接点出了身为妓女的悲哀是“人人得而媟亵”：

> 曲中名妓，声色俱丽，然倚门献笑，人人得而媟亵之矣。人人得而媟亵，故人人得而艳羡，人人得而艳羡，故人人得而轻慢。⑤

贞节对妓女来说应该是最遥不可及、高不可攀的道德要求，可是她们却有其守贞的方式，而写传者也有意录之以全其美，例如十娘：

> 于时流寇江北，名士渡江侨金陵者甚众，莫不艳羡李十娘也。十娘愈自闭匿，称善

① 余怀著、李金堂校注《板桥杂记》（外一种），第40页。

② 余怀著、李金堂校注《板桥杂记》（外一种），第43页。

③ 余怀著、李金堂校注《板桥杂记》（外一种），第26页。

④ 余怀著、李金堂校注《板桥杂记》（外一种），第28页。

⑤ 张岱著、马兴荣点校《陶庵梦忆·西湖梦寻》，中华书局2008年版，第121页。

> 病，不妆饰，谢宾客。阿母怜惜之，顺适其意，婉语辞逊，弗与通，惟二三知己，则欢情自接，嬉怡忘倦矣。后易名贞美，刻一印章曰“李十贞美之印”。余戏之曰：“美则有之，贞则未也。”十娘泣曰：“君知儿者，何出此言？儿虽风尘贱质，然非好淫荡检者流，如夏姬、河间妇也。苟儿心之所好，虽相庄如宾，情与之洽也；非儿心之所好，虽勉同枕席，不与之合也。儿之不贞，命也！如何？”言已，涕下沾襟。余敛容谢之曰：“吾失言，吾过矣！”[①]

李十娘“生而娉婷，肌肤玉雪”，是余怀来往最密切的一位妓女，平日不轻易抛头露面，她青睐的人很少，但余怀欣赏其宅院雅致，曲房密室，常和宾客在她家举行诗酒之会。李自成、张献忠起兵江北，造成大批名士南下金陵避难，闻十娘艳名，莫不积极求见，而十娘却谢绝宾客。其后改名为“贞美”，并刻了一章“李十贞美”，余怀嘲笑之，悲从中来的她，尽诉委屈，让余怀收起原本轻慢的态度，郑重向她道歉。

寇湄，字白门，十八、九岁时，被保国公买下：

> 甲申三月，京师陷，保国公生降，家口没入官。白门以千金予保国赎身，匹马短衣，从一婢南归。归为女侠，筑园亭，结宾客，日与文人骚客相往还，酒酣以往，或歌或哭，亦自叹美人之迟暮，嗟红豆之飘零也。既从扬州某孝廉，不得志，复还金陵。老矣，犹日与诸少年伍。卧病时，召所欢韩生来，绸缪悲泣，欲留之偶寝，韩生以他故辞，犹执手不忍别。至夜，闻韩生在婢房笑话，奋身起唤婢，自棰数十，咄咄骂韩生负心兽行，欲啮其肉。病逾剧，医药罔效，遂以死。虞山《金陵杂题》有云：丛残红粉念恩君，女侠谁知寇白门？黄土盖棺心未死，香丸一缕是芳魂。[②]

甲申之变，京师沦陷，保国公投降，家中的歌妓也一一卖人。寇白门说服保国公让她重返南中筹得巨款为自己赎身。重获自由后，她在自己的天地里纵性酣饮，并结交文人骚客。年华老去，犹日日与少年为伍。一次病中，她发现自己平日最爱的韩生竟与婢女私通，大发雷霆把婢女毒打一顿之外，还大骂韩生之行为有如禽兽，恨之入骨。不久之后，她自己因为病情加重而死。早期余怀眼里的白门是“娟娟静美，跌宕风流，能度曲，善画兰，粗知拈韵，能吟诗”，这里只描述晚年的她为自己筹钱赎身、与文人少年来往，以及和韩生负心三件事，展现了寇白门的果决豪迈、敢爱敢恨的个性。

三、其他名妓事迹举隅

前引《青泥莲花记》记述刘盼春之事，《板桥杂记》的伊春、顾媚、琴心、马婉容、大娘、十娘、寇白门等歌妓事迹，本段关注其他文人笔下的歌妓形象，观看文士标举歌妓特殊风格为何？李丽美在《从品评到立传——明代文人的青楼书写》一文中，从“才学”、“个性”、“情感”、“人格”、“下落”五方面论述之，并认为“为她们立传的人，都肯定她们对感情的贞一，推崇她们在临危之际所展现出的气节、散发出的人格光辉”[③]，从梅鼎祚、余怀、钱谦益、张明弼、冒辟

---

① 余怀著、李金堂校注《板桥杂记》(外一种)，第23—24页。

② 余怀著、李金堂校注《板桥杂记》(外一种)，第51页。

③ 李丽美《从品评到立传——明代文人的青楼书写》，“第二届明清文学学术研讨会”，台中静宜大学中文系，2013年5月24—25日。

疆、侯方域等文人为歌妓所写的文学作品中，亦可视为置于中国女性传记"史料"之一环。

(一)《列朝诗集》中的马文玉、马如玉、周文、王微

马文玉，"名珪，善讴、善琴、善画。更戌春季游的西湖，做忆旧诗四章，武林词客属和盈帙，皆莫及也。缙云郑士弘叙曰：'马姬文玉，幽寓吴城，品似芙蕖，才过柳絮。弄墨则花笺点救，惯自描兰；裁诗则竹简题残，曾吴窜草。尤工乐府，停吴云于双声；最善诗桐，挹湘水于十指。'"[①]在此对马文玉的长相外貌全然未提，而是直接叙述她长于讴歌、弹琴、绘画，并直接引郑士弘对她所达至的艺术成就赞美，来塑造她的形象。

马如玉"修洁萧疏，无儿女子之态"不遗余力，周文"礼貌闲雅，不事铅粉。举止言论，俨如士人"[②]。王微，字修微，也是一位高度"士人化"的名妓，和董其昌、陈继儒、钟惺、谭元春等人都有交往，《列朝诗集》收其诗 61 首，陈继儒说她"刺血写小品经，间读班马孙武书，人莫得而狭视也。……其诗词媚秀幽妍，与李清照、朱淑贞上下，至于排调品题，颇能压倒一座客"[③]。她爱游历名川大山，本想以道人身份终老，无奈老是受到骚扰调戏，后来归于颍川君许誉卿。钱谦益《草衣道人王微》记云：

> 布袍竹仗，游历楚江，登大别山，眺黄鹤楼、鹦鹉州诸胜，谒玄岳，登天柱峰，溯大江上匡庐，访白香山草堂，参憨山大师于五乳。归而造生圹于武林，自号草衣道人，有终焉之志。偶过吴门，为俗子所嬲，乃归于华亭颍川君。颍川在谏垣，当政乱国危之日，多所建白，抗节罢免，修微有助焉。乱后，相依兵刃间，间关播迁，誓死相殉。居三载而卒，颍川君哭之恸。君子曰："修微，青莲亭亭，自拔淤泥，昆冈白璧，不罹刦火，斯可为全归，幸也。"[④]

明亡，随着许誉卿四处流离，帮许抵御外辱，"青莲亭亭，自拔淤泥"，则直接赞美修微有如青莲一般，虽出身低贱，但品性高洁不染，自我挺立。而钱氏自身以隆重大礼所迎娶的名妓柳如是，当初为了求见他，也曾"为士人装，坐肩舆造钱投谒"[⑤]，可见有些妓女自身根本不愿再以色相吸引人，她们甚至有意遮掩自己的女性外表，改著士人的衣服，来与世人往来。[⑥]

(二)《影梅庵忆语》记小宛

在余怀笔下，小宛喜欢音律，"天资巧慧，容貌娟妍"，而张明弼的描绘为：

> 董小宛，名白，一字青莲，秦淮乐籍中奇女也。七八岁，母陈氏教以书翰，辄了了。年十一二，神姿艳发，窈窕婵娟，无出其右。至针神曲圣、食谱茶经，莫不精晓。顾其性好静，每至幽林远壑，多依恋不能去。若夫男女阗集，喧笑并作，则心厌色沮，亟去之。

---

① 钱谦益《列朝诗集小传》下《马文玉》，第 767 页。

② 钱谦益《列朝诗集小传》下《周文》，第 770 页。

③ 陈继儒《微道人生圹记》，《晚香堂集》卷五，收录于王德毅主编《丛书集成三编》第 51 册，台北新文丰出版公司 1997 年版，第 455 页。

④ 钱谦益《草衣道人王微》，《列朝诗集小传》第 760 页。

⑤ 徐兆玮编《河东君遗事摘录》，收入《明史资料丛刊》第 5 辑，江苏人民出版社 1986 年版，第 209 页。另可参见李栩钰《河东君与〈柳如是别传〉——"接受观点"的考察》，"中央大学"博士论文，2003 年。

⑥ 王鸿泰在《青楼名妓与情艺生活——明清间的妓女与人文》中对此现象有较深入的解读，他将这类妓女称之为'文人化'的妓女，见游鉴明主编《中国妇女史论集》第九集，第 183—192 页。

> 居恒揽镜，日语其影曰："吾姿慧如此，即诎首庸人妇，犹当叹彩凤随鸦，况作飘花零叶乎？"①

董小宛出身乐籍，能诗能文能书能画，可惜自小体弱多病，又逢明末倾覆之际，屡经丧乱流离。嫁给冒辟疆后，亦因战乱而颠沛四方，不得安定，平日又须治家侍夫，才二十七岁，便香消玉殒。冒辟疆写有《影梅庵忆语》一书，追忆与她相识、结合的曲折过程，以及她归冒后为其操家、侍疾的种种往事，语语缠绵悱恻，深情款款，开悼亡文学中"忆语"一脉。张明弼为两人写合传，开始就先勾勒出她的与众不同，说她"其性好静"，讨厌热闹，揽镜自照时都免不了忧愁自己将来的命运。短短数笔，写活了一位身陷风尘但脱俗超群的女子。

（三）《李姬传》中的香君

同列"秦淮八艳"的李香君，和明末四公子之一侯方域的感情虽未能修成正果，但侯方域有感于她的识见与凛然之气，特地为她写了一篇传记。传记末，交代了他与香君分离后，香君所面临的困难，以及香君的抉择：

> 侯生去后，而故开府田仰者，以金三百锾，邀姬一见。姬固却之。开府惭且怒，且有以中伤姬。姬叹曰："田公岂异于阮公乎？吾向之所赞于侯公子者谓何？今乃利其金而赴之，是妾卖公子矣！"卒不往。②

因为侯方域所写《李姬传》的独特，让孔尚任在《桃花扇》中的《却奁》、《拒媒》等名出里，更刻画出性情刚烈、不屈权势的香君形象。

阮大铖是明末阉党魏忠贤的义子，权倾一时，陷害不少东林党人。崇祯即位后，他被革职为民，避居南京，企图东山再起。陈贞慧与侯方域、吴应箕不遗余力坚决排阮，阮想透过王将军拉拢侯方域。识见卓越的香君识破了阮的诡计，提醒侯要明白王将军的意图，也从朋友之义、个人操守两方面，规劝侯不可为阮所利用。临别之际，精擅琵琶词的香君特为侯方域一歌，并以蔡邕为例，提醒他要自重自爱，坚守士人气节。她言行一致，也向侯方域表达日后不再歌琵琶词的决心。分开之后，阮大铖和马士英沆瀣一气，令田仰以重金诱惑香君为妾，香君不惜血溅严拒，敌方为了打击香君，散布了许多不利谣言，香君对此并不后悔害怕，更令侯方域折服。

从侯方域亲笔所载，可见香君以言论先展现过人的智慧、精辟的识见，其后以自身行动来显示她高洁的品行与凛然的风骨。侯氏的笔下，处处闪烁着香君的人格之美。由于侯氏为当事者，田仰甚至因被香君拒绝而写信责备侯氏，侯氏亲自见证香君的风骨。全传写来简洁有力，坦率直白，不隐不誉，但推重气节风骨以为典范的用心昭然可见。

香君的飘零、小宛的早逝、寇湄的沉沦、葛嫩的玉碎都动人情怀，名士与美人的风流韵事成为一时之佳话而被广为传诵，但亡国之痛与风月消逝，合而书之，则是遗民幽怀的青楼书写。亦如《西青散记》云："人生需有两副痛泪，一副哭文章不遇识者，一副哭从来沦落不遇佳人。"

---

① 张明弼《冒姬董小宛传》，收于张潮辑《虞初新志》，北京文学古籍刊行社出版1954年版，第39页。

② 侯方域《李姬传》，《壮悔堂集》，上海商务印书馆1937年版，第131页。

五、结 论

明末政治腐败，党争激烈，国事疲弊，士人和名妓的交往，一方面抒发其焦灼情绪，忘却现实的不如意，另一方面则在她们身上寻觅情感的寄托。名妓与名士两个原本不同的文化圈，在上升与下移中逐渐有了交融①。两者互为张扬的结果，同时成为一种文化现象，即名妓成为名士理想中的情人，而名士则成为名妓理想中的归宿。柳如是与钱谦益、顾媚与龚鼎孳、董小宛与冒襄，都是著名之例。

明清鼎革，文人借由这样书写，召唤一去不回的瞬间繁华，抒发改朝换代、惊心动魄的兴亡之感，另一方面也借由笔下这些妓女的遭遇，来表达个人生命之渺小无力。司马迁《史记》开"列传"体例，以人物为主体、记载传主生平事迹，再集结众人的事迹而成历史，这是中国历史的主要撰写方式。传主对于时代的影响力，成为能否被立传的标准。从历史的脉络观看妓女传记，原本歌妓被狭邪、物化的命运，在明代的青楼书写体系中重新获得了生命，拥有了各自的面貌、个性、故事，更在秦淮风月中结合南明兴亡之感，成为集体的历史记忆。

作者单位：台湾岭东科技大学

① 袁墨卿、袁法周《晚明江南文化殊相——名士与名姝的艳情与悲剧》，《枣庄学院学报》2005 年第 1 期。

吴梅村的政治参与及其诗史之形成

陈岸峰

一、前 言

吴梅村乃明末清初之际最杰出的诗人，同时亦是一位充满政治理想的士大夫，故他在积极的政治参与之余，亦同时以史家的角度留意朝廷内外的一切政治动态，并以诗歌的方式予以书写，以实践其“传心之史”[①]的理念。早在万历四十三年(1615)，吴梅村就读于江用世家塾，正值江氏以《春秋》一经考乡试第五名[②]；十二岁就读于王在晋家，与其父同为王家塾师的李明睿也娴熟《春秋》；其后，吴梅村再读书于吴氏五桂楼(南楼)，又与“家本《春秋》，通三《传》，通《史》、《汉》诸大家，继又出入齐、梁”[③]的吴继善为同窗。此外，其舅父朱明镐于“马迁、班、范三史考核未竟，魏、晋以降，贯穿详洽”[④]。吴梅村并以《春秋》中举并及第，娴熟三史，其史学的博洽，实乃家学渊源及受名师指点所成就。吴梅村在二十三岁考中进士，授翰林院编修后即担任史官，修撰《神宗实录》，入清后被征召入京，亦多次参与修史，即其所谓的“浮沉史局”[⑤]，故有“吴太史”之雅称。其历史著作《绥寇纪略》一书，即记录明末流寇之始末，吴梅村每于结尾处自署“旧史氏”、“外史氏”、“国史氏”，可见其清晰、严肃及负责的史家姿态。吴伟业有别于史学传统的是明确地发表了“诗与史通”的观点[⑥]。故此，吴梅村是有意识

---

① 吴伟业著，李学颖编校《且朴斋诗稿序》，《吴梅村全集》(上海：上海古籍出版社，2007)，下册，卷60，页1206。

② 吴伟业《嘉议大夫按察司使江公墓志铭》，《吴梅村全集》，下册，卷57，页1131。

③ 吴伟业《志衍传》，《吴梅村全集》，下册，卷61，页1256。

④ 吴伟业《朱昭芑墓志铭》，《吴梅村全集》，卷46，中册，卷46，页948。

⑤ 吴伟业著，李学颖编校《且朴斋诗稿序》，《吴梅村全集》，下册，卷60，页1206。入清后，顺治十二年正月二十六日，吴梅村被任命为《顺治大训》纂修官，三天后，被召入南苑，参与纂修《内政辑要》；四月二十九日，又被任命为《太祖太宗圣训》纂修官。

⑥ 吴伟业著，李学颖编校《且朴斋诗稿序》，《吴梅村全集》，下册，卷60，页1205。另，吴梅村又于《观始诗集序》中曰：“王泽既竭，朦史失职，列国之大夫称诗聘问，乃仅有存者。”可参阅吴伟业著，李学颖编校《吴梅村全集》，中册，卷27，页660。

地以其在朝内外的见闻及其所掌握的邸报及其他史料，创造其在明清易鼎之际的诗史①。

至于吴梅村的参与政治，始终与复社密不可分，而一切的开始，则又始于一次颇富戏剧性的事件，程穆衡在《娄东耆旧传·吴伟业传》记载：

> 江右李太虚明睿落魄，客授周王大司马所，与约斋善。一日饮于王氏，太虚被酒，碎其玉卮。主有诟言，太虚愤恚去。约斋追而赆之，太虚曰："君子奇才也。天如将以古学兴东南，盍令从乎。"约斋果如其言，学则大成。②

李明睿于临别前劝吴琨送吴梅村至张溥门下就学，当张溥读到少年吴梅村的文章时惊叹："文章正印，其在子矣"③，遂成师生。

在大厦将倾的晚明王朝中，吴梅村在张溥所领道的复社之下，以复社骨干的身份于崇祯四年高中榜眼，从此登上政治舞台，崇祯一朝中参与了不同层面的政治活动，并以诗歌记载的大厦将倾前的崇祯政权的种种政治举措并究失败之原因，借此研究，将得以呈现吴梅村的政治参与与其诗史之形成的过程。

二、吴梅村与复社的政治抗争

1. 首辅之争

崇祯三年，以张溥为领袖的复社④，在省试中大获全胜：

> 三年庚子省试，胥会于金陵，江、淮、宣、歙之士咸在。主江南试为江西姜燕及先生；榜发，维斗裒然为举首；自先生以下，若卧子及伟业辈凡一二十人，吴江吴来之昌时亦与焉，称得士。⑤

---

① 例如，崇祯十一年九月，清兵从墙子岭攻入塞内，他闻讯作《墙子路》；同年十二月前后，围绕着明清钜鹿之战，他接连写下《读杨参军〈悲钜鹿诗〉》、《临江参军》、《怀杨机部军前》、《再忆杨机部》等；崇祯十四年，襄阳为张献忠所破，襄王朱翊铭、贵阳王朱常法被杀，作《襄阳乐》以记之；同年洪承畴败于松山，他作《哀松山》；崇祯十五年，李自成决黄河灌开封，溺死人畜无数，作《汴梁》二首以悼；崇祯十六年，孙传庭于关中兵败，吴梅村作《雁门尚书行》。此外，黄道周犯颜强谏，遭廷杖、贬谪，他感之而作《殿上行》、《送黄石斋谪官》；朝鲜为清军所败，朝鲜国王被迫称臣，他为此而作《高丽行》；洛阳被李自成攻破，福王朱常洵被处死，其后不久，常洵子朱由崧袭封王爵，他写下《洛阳行》、《银泉山》，既哀悼复讽刺。除了这些直接以时事为题材的作品之外，他在赠友、怀人、纪行之作中也往往语涉时事，均有创作，可见到他一直密切关注着明末时局，并且有意识地运用诗歌反映当时的重大政治事件。

② 程穆衡《娄东耆旧传.吴伟业传》，吴伟业著，李学颖编校《吴梅村全集》(上海：上海古籍出版社，1999年)，下册，页1411。

③ 顾湄《吴梅村先生行状》，吴伟业著，李学颖编校《吴梅村全集》，下册，页1403；钱林《吴伟业》，吴伟业著，李学颖编校《吴梅村全集》，下册，页1415。

④ 关于复社的相关论述，可参阅谢国桢《明清之际党社运动考》(北京：中华书局，1982)，页96—152；何宗美《明末清初文人结社研究》(天津：南开大学出版社，2003)，页147—284。

⑤ 吴伟业《复社纪事》，台湾银行经济研究室编《东林与复社》(台北：台湾银行，1968)，页34。

崇祯四年，吴梅村高中榜眼，张溥亦中了进士，被授予庶吉士之职，由此奠定张溥之选文地位[①]，复社的名声更是由此而天下皆知，正如陆世仪在《复社纪略》所记载：

伟业以溥门人联捷会元、鼎甲，钦赐归娶，天下荣之。远近谓士子出天如门者必速售，大江南北争以为然。[②]

关键的是，复社在张溥的领道下，锐意在崇祯新朝有所作为[③]，故吸收了一批政坛大名士，例如：

南直则文震孟、姚希孟、顾锡畴、钱谦益、郑三俊、瞿式耜、侯峒曾、金举、陈仁锡、吴甡等，两浙则刘宗周、钱士陞、徐石麟、倪元璐、祁彪佳等；河南则侯恂、侯恪、乔充陞、吕维骐等，江西则姜曰广、李邦华、熊明遇、李日宣等，湖广则梅之焕、刘弘化、沈维炳、李应魁等，山东则范景文、张凤翔、高弘图、宋玫等，陕西则李遇知、惠世扬等，福建则黄道周、黄景昉、蒋德璟、刘长等，广东则陈子壮、黄公辅。诸公职任在外，则代之谋方面；在内，则为之谋爰立：皆阴为之地而不使之知。事后彼人自悟，乃心感之。不假结纳，而四海盟心；门墙之所以日广、呼应之所以日灵，皆由乎此。[④]

这批大名士遍布全国，晚明的精英，在此可谓一览无遗。此中，钱谦益、瞿式耜、刘宗周、倪元璐、祈彪佳、李邦华、宋玫及黄道周，在崇祯一朝以至于南明的政治与学术上，均有举足轻重的地位，由此形成一股新的政治力量。故谢国祯先生称复社"在历史上开了一个新的纪元"[⑤]。

复社中人之所以得于在科场中连连告捷，据吴梅村之见，乃出于首辅周延儒刻意培植自己的政治势力：

其同时奏对称旨、先乌程大拜者阳羡周挹斋先生——主辛未会试，在先生及伟业为座主，自以位尊显所称于士大夫间，欲介门下士以收物望。[⑥]

事实上，崇祯四年的会试确实疑点重重，在周延儒的操纵之下，状元便是其表弟陈于泰，据说其在乡间的家业尽为周延儒所侵夺，而上京赴考又挟妓囊货而来[⑦]。而且，作为首辅的周延

---

① 在万历、天启年间，江西的艾南英、陈际泰以及章世纯，以成、弘派的文章来改革当时的文风，风靡一时。艾南英更常从南昌远至江浙、苏杭选文，可见影响力之巨大。娄东的张溥则提出镕经铸史以改革艾南英等所提出的成、弘文风。谢国祯先生将艾南英与张溥之文学主张分别为"开今"与"复古"。详见谢国祯《明清之际党社运动考》(北京：中华书局，1982)，页129。操持选文，既涉及文坛声名与科考取士的风向，经济利益更不可少，王应奎在《柳南续笔》(卷二)曰："本朝时文选家惟天盖楼(吕留良)本子风行海内，远而且久。尝以发卖坊间，其价一兑至四千两，可云不胫而走矣。"转引自谢国祯《明清之际党社运动考》，页119。

② 陆世仪《复社纪略》，台湾银行经济研究室编《东林与复社》，页66。

③ 崇祯元年，在北京国子监读书的张溥曰："新天子即位，临雍讲学，丕变斯民。生当其时者，图仰赞万一，庶几尊遗经、砭俗学，俾盛明著作比隆三代，其在吾党乎！"见吴伟业《复社纪事》，台湾银行经济研究室编《东林与复社》，页33。

④ 陆世仪《复社纪略》，台湾银行经济研究室编《东林与复社》，页74。

⑤ 见谢国祯《明清之际党社运动考》，页8。

⑥ 吴伟业《复社纪事》，台湾银行经济研究室编《东林与复社》，页35—36。

⑦ 王于飞《吴梅村生平创作考论》(重庆：重庆出版社，2003)，页16。

儒怎能不知陈于泰既是表弟又同是宜兴人而该避嫌？周延儒不但没有避嫌，甚至打破由次辅主持会试的传统，自己当上了会试的主考。在此次会试中，复社中人竟有近六十人中式[①]。吴梅村既是会试主考之一的李明睿的学生，而其父又是周延儒的故知，故其之高中榜眼亦并非偶然。然而，周延儒之打破传统，夺取次辅温体仁在辛未会试的主考之职，竟演成政治斗争。温体仁之党羽薛国观向朝廷举报会试乃由周延儒人等人所把持，最终由崇祯亲阅吴梅村的考卷，以"正大博雅，足式诡靡"[②]的评价，了结此事。虽"人言始息"，却是"温、周相轧"之始[③]。周延儒与温体仁之政治斗争，也势必把吴梅村及复社中人卷入其中。

周延儒成为张溥与吴伟业以及其他复社中人的座师，几乎等同收编了复社，由此而达至其权倾朝野的目的。在庶吉士馆，周延儒为收买张溥之心而"恩礼倍至"，张溥却并没有遵循翰苑馆制之尊卑体例，因而令同馆侧目。温体仁在言语上又鄙夷张溥，张溥遂指使吴梅村上疏弹劾温体仁，吴梅村"立朝未久，于朝局未习练，中情多怯，不敢应"，遂改为弹劾为温体仁"主持门户、操握线索"的蔡弈琛[④]。温体仁得知此事后大怒，"将欲重处"，幸得周延儒"从中曲解之"，而温体仁、蔡弈琛"由此侧目溥"[⑤]。最终，在庶吉士馆中"同馆皆忌之"，而李明睿又以吴梅村之"刻稿衔之，时时督过"的情况下[⑥]，张溥无法立足于朝，遂于崇祯五年借归葬大母，从此告假居家。

张溥虽在野，却又借着复社中人而暗中操纵朝政，吴梅村记：

> 受先既谢病归，先生亦请假还里，公廉于郡邑，无所私谒。先生性好士……赖其奖擢成名者数十百人；台使者视所言以为取舍。以此附丽益众……[⑦]

据杜登春《社事始末》所记："社局一委之娄东（溥），自辛未至辛巳"[⑧]，即自崇祯四年至崇祯十四年张溥逝世为止，前后共十年，张溥一直以复社领袖的身份发挥其在政治上的巨大影响力，一如陆世仪所言："其六部迁转及台省举劾，皆得与闻。天如虽以庶常在籍，骏骏负公辅之望云。"[⑨]吴梅村亦直言，朝廷所派考试童生和生员的学政往往以张溥的评论作为取舍标准[⑩]。陆世仪则更详述张溥以公荐、转荐及独荐种种方法[⑪]，以致复社中人纷纷进入崇祯的朝廷：崇祯四年，复社有近六十人中式；崇祯七年，复社有二十六人中式；崇祯十年，复社有三

---

① 王于飞《吴梅村生平创作考论》，页 25。

②③ 陆世仪《复社纪略》，台湾银行经济研究室编《东林与复社》，页 65。

④⑤ 陆世仪《复社纪略》，台湾银行经济研究室编《东林与复社》，页 66。

⑥ 吴梅村的会元试稿《式靡稿》乃以崇祯御批为书名刊行，张溥亲自为之作序。吴梅村又在三天之内，再写了十九篇课稿，由复社的陈际泰作序，汇成《独畅篇》刊行。然而，吴伟业在新进士刻稿上，却写上"天如先生鉴定"，令身为座师的李明睿大怒以至于"欲削伟业门人籍"，幸得徐汧率伟业负罪，"诿之书肆"。自此，张溥与李明睿亦因此相隙。见陆世仪《复社纪略》，台湾银行经济研究室编《东林与复社》，页 66。从张溥与艾南英之争夺选文市场再到吴梅村之趁高中而连夜赶写课稿推出市面，由此可见晚明的科举、选文及书肆的关系之一斑。

⑦ 吴伟业《复社纪事》，台湾银行经济研究室编《东林与复社》，页 35。

⑧ 杜登春《社事始末》（成都：巴蜀书社，1993），页 4。

⑨ 陆世仪《复社纪略》，台湾银行经济研究室编《东林与复社》，页 75。

⑩ 吴伟业《复社纪事》，台湾银行经济研究室编《东林与复社》，页 36。

⑪ 陆世仪《复社纪略》，台湾银行经济研究室编《东林与复社》，页 67—68。

十五人中式;崇祯十三年,复社有三十四名中式;崇祯十六年,复社有四十七名中式[①]。在崇祯一朝,复社竟有近二百零二名成员中式并进入官场,由此"科举考试渐变成政治斗争的一个重要方式"[②]。陆世仪所说的"复社名声遍天下,俱以二张为宗"[③],所言非虚。除了新中式的青年才俊及官场新血之外,连宰辅之进退亦在其操纵之中,崇祯十四年周延儒之复相便是张溥在幕后策划,由吴昌时从中贿赂所促成,据谈迁(观若,1594—1657)《国榷》记载:

> 先是丹阳监生贺顺醵金都门,虞城侯氏首捐三千金,余各互输,约十万缗,以贿太监曹化淳、王之心、王裕民等,命少俟之。又逾年,更醵如前之半,果再召。[④]

文秉(孙符,1609—1669)《烈皇小识》亦记:

> ……庶吉士张溥、礼部员外郎吴昌时为之经营,涿州冯铨、河南侯恂、桐城阮大铖等分任一股,每股银万金,共费六万两,始得再召。[⑤]

由此可见,复社为达政治目的,不惜与太监以及"逆案"中人联手"投资"。周同谷在《霜猿集》则记载了周延儒其为人及其与之张溥之间的关系:

> 周延儒宠一新妇,虽再召而无行意,曰:"不如在家乐。"张溥以事相协,延儒大怒。溥曰:"此小事不足怒。公今高卧不起,将来更有大于此者。"宜兴恍然谓溥曰:"非公,吾见不及此也。"[⑥]

由此可见,周延儒为人之不堪,而以这样的人为首辅,朝政怎有可为?而且,周氏基本上已沦为张溥之傀儡,为张溥所操纵以实现复社的政治目的。无论如何,张溥在崇祯十四年,以复社领袖身份成功推动周延儒复相一事,将复社的势力由言路扩展到内阁首辅,虽用的都是非常手段,但却成功地缓和了崇祯对张溥与复社的朋党怀疑,并实现了营救黄道周的目的,此外周延儒亦在其要求下开展了政治改革与提拔复社中人。然而,自张溥于崇祯十四年病逝后[⑦],其在幕复操纵周延儒的政治活动亦从而结束,《明季北略》记载:

> 延儒再召时,庶吉士张溥、马世奇以公论感动之,故其所举措,尽反前事,向之所排,更援而进之,上亦虚己以听。溥既没,世奇远权势,不入都,延儒左右皆昌时辈,以至于败。[⑧]

至于复社方面,吴梅村作为张溥最为出色的弟子及复社的重要骨干,自张溥死后,基本上已

---

①② 王于飞《吴梅村生平创作考论》,页25。

③ 陆世仪《复社纪略》,台湾银行经济研究室编《东林与复社》,页67。

④ 谈迁《国榷》(北京:中华书局,1988),第6册,卷97,页5895。

⑤ 文秉等《烈皇小识(外一种)》(北京:北京古籍出版社,2002),卷7,页208。

⑥ 周同谷《霜猿集》(成都:巴蜀书社,1993),卷上,页651。

⑦ 周同谷的《霜猿集》中以关于张溥之死的记载,有"故人昨夜魂游岱,相国方言好做官"的诗句,诗后有注:"张西铭(即张溥)讣音至,延儒惊起曰:'天如奈何遽死!'既而曰:'天如死,吾方好做官。'客曰:'庶常(张溥)吾道干城,公何出此言?'延儒乃出一册示客曰:'此者天如所欲杀之人也,我如何能杀尽?'"见周同谷《霜猿集》,卷上,页651。

⑧ 计六奇撰,魏得良、任道斌点校《明季北略》(北京:中华书局,1984),下册,卷19,页342。

是“文社宗主、文坛领袖”[①]，而且他在政治上更奋发有为。

2. 吴梅村参与的政治斗争

自吴梅村成为张溥的学生开始，即无可避免地卷入张溥及复社中人矢意趁崇祯新政之始而刷新政治之行动。崇祯八年七月，苏州通判周之夔因与张溥、张采有宿怨[②]，伏阙上书，谓张溥“以阙里自拟，曰配、曰哲”[③]，吴梅村便是所谓的“十哲”之一[④]。崇祯十年二月，周之夔揣摩、附和首辅之意，入京伏阙上《复社首恶紊乱漕规逐官杀弃朋党蔑旨疏》，疏中最后说：“伏望皇上立奋干纲，大破党局”，“乞斩溥、采以谢朝廷”[⑤]，并用黄纸大字书写吴伟业与黄道周、陈子龙、夏允彝的姓名，诬告这几人奉二张之命，用数万金贿赂、交接东厂[⑥]。二张“惴惴几蹈不测”。不久，又有无名氏托名徐怀丹，作复社十大罪檄文，谓“复社之主为张溥，佐为张采，下乱群情，上摇国是，祸变日深”。檄中罗织了二张“僭拟天王”、“妄称先圣”、“煽聚朋党”、“妨贤树权”等十大罪状，其中第二款便有吴伟业的姓名[⑦]。由此可见，吴梅村在政敌心目中的地位，亦可见其所面对的政治风险。

面对政敌的构陷，复社同人上下一心，朝野协力，“疏参温相无虚日”[⑧]。吴梅村自是身处在斗争的漩涡。及至张至发为首辅、薛国观入阁，彼等大力排斥异己，危及复社。吴梅村认为：“至发、国观不去，则东南大狱不解，而众贤无登朝之望。”[⑨]崇祯十一年的正月，吴梅村第一个上《劾元臣疏》疏弹劾首辅张至发，痛斥他对于温体仁“孤执”、“不欺”的称扬，并将温体仁、唐世济、阂洪学、蔡弈琛、吴振缨、胡钟麟，以至于爪牙陈履谦、张汉儒、陆文声一干人等之狼狈为奸、兴风作浪之罪行上奏崇祯，又指出首臣应当“回心易虑”，一反温氏之所作为：

> 如其不然，则必因循踵陋，尽袭前人之所为，大臣公忠正直之风，何时复见？海内干戈盗贼之患，何日就平？为首臣者亦何以副圣恩而塞众望耶？[⑩]

由政敌之胡作非为而联系至当朝之安危，吴梅村此疏“直声动朝右”[⑪]，尽见其政治道德与勇气。与此同时，杨廷麟、杨士聪、王都、吴麟征等则先后弹劾了黄应恩、田唯嘉以及史土。最终，黄应恩削籍论死，史土下狱，田唯嘉解任。至于首辅张至发，则“回籍调理”[⑫]。吴梅村及

---

① 何宗美《明末清初文人结社研究》，页 281。

② 崇祯六年(1633)，周之夔因《国表》选文未被张溥重视及地方科考主试权被夺而心生不满，终因军储一事被驱逐罢官，并埋下日后被温体仁拉拢攻击张溥的契机，沦为温体仁的爪牙。

③ 吴伟业《复社纪事》，台湾银行经济研究室编《东林与复社》，页 37。

④ 陆世仪《复社纪略》，台湾银行经济研究室编《东林与复社》，页 67。

⑤ 陆世仪《复社纪略》，卷四，台湾银行经济研究室编《东林与复社》，页 106。

⑥ 见陈子龙著，施蛰存、马祖熙标校《附录二·自撰年谱》，《陈子龙诗集》(上海：上海古籍出版社，2006)，页 654。

⑦ 陆世仪《复社纪略》，卷四，台湾银行经济研究室编《东林与复社》，页 111。

⑧ 陆世仪《复社纪略》，卷四，台湾银行经济研究室编《东林与复社》，页 102。

⑨ 程穆衡《娄东耆旧传·吴伟业传》，吴伟业著，李学颖编校《吴梅村全集》，下册，页 1412。

⑩ 吴伟业《劾元臣疏》，《吴梅村全集》，下册，卷 57，页 1125。另可参阅谈迁《国榷》，第 6 册，卷 96，页 5796。

⑪ 顾湄《吴梅村先生行状》，《吴梅村全集》，下册，附录一，页 1404。

⑫ 张廷玉等《张至发传》，《明史》，卷 253，页 6534。

复社中人在此次的政治斗争上，大获全胜。后来，吴梅村在《后东皋草堂歌》一诗中咏瞿式耜："此时钩党虽纵横，终是君王折槛臣"[①]，即点出党争之害；又在《临终诗四首其四》亦提及："奸党刊章谤告天，事成糜烂岂徒然"[②]，由此可见，党争祸害之深，可谓加速了政权之覆亡。党争的根本，就在于阁臣之并没有公忠体国之心，而关键则在于崇祯缺乏知人之明与驾驭之功。

此际，吴梅村仍立朝不久，其政治与诗学仍在积累与磨炼的阶段，正在等待外力的刺激与引发。

三、兵饷与内帑

崇祯十二年正月，吴梅村上疏直陈"今日临危极矣，皇上当下哀痛之诏，悯人罪己，罪咎惧灾，吊死恤忠，赏功禁暴"，并建议清饷核军，选将足食[③]。此疏可谓是针对当时局势之要害，包括直言当时局势"危极"，又胆敢要求崇祯下诏罪己，至于"吊死恤忠，赏功禁暴"之建议，亦是针对崇祯之忠奸不辨、吝惜奖赏，以及嗜杀好暴之性格与施政弱点而发的冒死之谏。然而，清饷核军虽是洞见，却是谈何容易？崇祯元年，在辽东抗拒清兵甚有成效的督师袁崇焕向朝廷要求兵饷，首辅周延儒与崇祯作出如下分析：

崇祯元年冬，锦州兵哗，督师袁崇焕请给饷。帝御文华殿，召问诸大臣，皆请发内帑。延儒揣帝意，独进曰："关门昔防敌，今且防兵。宁远哗，饷之，锦州哗，复饷之，各边且效尤。"帝曰："卿谓何如？"延儒曰："事迫，不得不发。但当求经久之策。"帝颔之，降旨责群臣。居数日，复召问，延儒曰："饷莫如粟，山海粟不缺，缺银耳。何故哗？哗必有隐情，安知非骄弁构煽以胁崇焕邪？"帝方疑边将要挟，闻延儒言，大说，由此属意延儒[④]。崇祯号称勤政，忧心边事，而一旦涉及金钱，特别是"内帑"，便诸多猜疑，周延儒揣摩其吝惜金钱之心而巧舌如簧，袁崇焕在边疆的急需，就在崇祯与周延儒并没予以深入了解之前变成"要挟"。如此一来，便令崇祯省却一笔内帑，而似乎洞悉边将之奸计的周延儒又因此而备受青睐；而严重的是，因为周延儒在此间接地对袁崇焕"要挟"的猜测，无疑也激怒了多疑嗜杀的崇祯，在此埋下的祸根便是不久后，后金对崇祯使用的反间计非常顺利，或就源于此事。梅村在《咏史十二首》其五云："五载功未成，变起因间谍"、"千载鲁连书，读者为悲咽"，[⑤]便是哀悼袁崇焕之被冤杀。袁崇焕有"五年全辽可复"之期许；乐毅之召，由于齐人行反间计，而袁崇焕之下狱，亦由皇太极行反间计所致[⑥]。由此可见，崇祯以及阁臣根本没清楚掌握前线之实况，徒以阴谋论胡乱猜测日夜处于困厄之中的官兵。杨鹤乃左副都卿史，总督陕西三边，朝廷责其抚贼不效而论死，后因其子杨嗣昌为崇祯所重用而免，杨鹤在上谢疏中一语道出朝廷之无能："朝廷未尝讲

---

① 吴伟业著，李学颖标校：《吴梅村全集》，上册，卷3，页67—68。

② 吴伟业著，李学颖标校：《吴梅村全集》，中册，卷20，页532。

③ 谈迁《国榷》（北京：中华书局，1988），第6册，卷97，页5831。

④ 张廷玉等《周延儒传》，《明史》，卷308，页7926。

⑤ 吴伟业著，李学颖标校《吴梅村全集》，上册，卷1，页29。

⑥ 周法高《吴梅村咏史诗三首笺》，《中国文学论丛》（台北：正中书局，1964），页192。

究兵食，徒以重任责二三疆吏，号为知兵。"[①]杨鹤之言，可谓一针见血道出负责追剿与边防守将之苦，无论是袁崇焕、卢象升、孙传庭以及洪承畴，皆缺乏粮饷而又被逼趣战，从而致败。

关于崇祯之吝啬兵饷，吴梅村有以下间接的批评：

> 余时初登朝，李谈及世事，辄叹息曰："贼初起，得十万金便可济，吾争之经年始见从；今贼势已十倍于前，非三十万石不可。主上以国用匮乏，慎惜金钱，虽下手诏，命尚使，所赍止此，如以杯水救车薪，庸有济乎！"[②]

吴梅村又以"旧史氏"的身份评曰：

> ……当崇祯元、二之间，朝廷若豫忧秦地，俾主计者尽补三边十年之饷，而出内帑数十万金以收召鄜、延，环、庆之饥民，三年可成劲旅，即国家获其死力，岂徒西陲无警已乎！……其后兵拏不解，乃至竭天下之财以填黑水之壑，而究无济于事，中原几无宁宇。惜乎！用之有迟速而治乱之形异也。[③]

值得留意的是，吴梅村指出解决西陲流寇的时机，当在"崇祯元、二之间"，而崇祯当初吝惜区区十万两银子，遂成大祸。崇祯十五年四月，建极殿大学士谢升（？—1645）被礼部给事中倪仁桢揭发在议兵饷时曾说过："皇上惟自用聪明，察察为务。天下俱坏。"[④]很多史家均批评谢升对崇祯如此一针见血的批评不当[⑤]，史书对谢升的苛评，大概与其日后降清有关。崇祯知道谢升的批评后的反应却是"上怒，下廷议处升"[⑥]，甚至"上怒，命削升籍"[⑦]。崇祯的大怒乃常态，而谢升的批评却正击中崇祯放任个性而扰乱朝政之要害。

1642年3月，"松锦之战"中，锦州等边防重镇失守，大明所苦心经营的"宁、锦防线"被后金攻破，宁远成为山海关外的唯一防线。关于应用的实际情况，吴梅村记载，崇祯召见久于边事的吴三桂之父吴襄问及兵饷的对话：

> 上曰：卿父子之兵几何？襄顿首曰："臣罪万死。臣兵按册八万，核其实三万余人。非几粮不足以养一兵，此各边通弊，不自关门始也。"上曰："此三万人皆骁勇敢战乎？"襄曰："若三万人皆战士，成功何待今日？臣兵不过三千人可用耳。"上曰："三千人何以当贼百万？"襄曰："此三千人非兵也，乃臣之子，臣之兄弟。臣自受国恩以来，臣所食白粗粝，三千人皆细酒肥羊，臣受衣者布褐，三千人皆纨罗瞰绮，故臣能得其死力。"上曰："需饷几何？"襄曰："百万。"上惊曰："即论三万，何用多饷？"襄曰："百万犹少言之也。三千人在外皆有数百金庄田，今舍之入关，给何地屯种？额饷少十四月，作何法清补？关外

① 吴伟业著，李学颖标校《开县败》，《绥寇纪略》（上海：上海古籍出版社，1992），卷7，页174。

② 吴伟业著，李学颖标校《绥寇纪略》，卷1，页42。

③ 吴伟业著，李学颖标校《绥寇纪略》，卷1，页36。

④ 谈迁《国榷》，第6册，卷98，页5921。

⑤ 谈迁评曰："盖名位已极，借口直谅，去有余荣……古人有言：智老而猾。如德州是也。"见谈迁《国榷》，第6册，卷98，页5922。

⑥ 谈迁《国榷》，第6册，卷98，页5922。

⑦ 计六奇撰，魏得良、任道斌点校《明季北略》，上册，卷18，页310。

尚有六百万生灵，委之非算，今驱以同入，用何道安插？推此而论，百万恐不足以济，臣何敢妄言？”上曰：“卿言是。但内库止有七万金，搜一切金银什物补凑，得二三十万耳。”乃下捐助之令，太康伯张国纪捐一万，嘉定不及五千，余鲜有应者。群臣言人人殊，吴帅撤兵之议遂格不行。①

行军打仗的具体开销，其真实情况莫过于此。然而，崇祯却说内库只有七万金，最多加起来也不过二三十万两，此说在当时流传甚广，一般舆论均认为其时国库与内帑已真无余钱可供百万勤王之兵饷：

太仓银库不过千三百两，内府扫地不过四五十万。②

既然朝廷拿不出来，于是乎便按吴梅村之建议要求捐款：

闯贼将逼京师，众号百万，上数以兵饷为忧，敕百官捐助。一时大臣，或请身督四方输贡，或请预征下贷殷户，或开卖冗官，假民间带绶，百官欲请诰敕传世者入银若干，搜削□法，地壖勒价，莫不议及。③

甚至先向民间暂借租：

朝议以国计不足，暂借民间房租一年，于是怨声沸京城，呼崇祯为重征。④

1644年2月中旬，所得捐款只有二十万两，故此调吴三桂之关宁铁骑入京勤王之策因此中止，大明政权便因此百万银子而倾塌。然而，后来李自成以拷掠百官的方法，却获得七千万两白银⑤。事实上，太仓与内府之存银实际上多得惊人，李清亦记载：“闻闯贼入宫后，搜获累朝内帑，得金银数百万。”⑥邹漪《明季遗闻》记载“内库尚存镇库金银无数”⑦。《国榷》记载：

库金共三千七百万……而大内旧藏金四十余窖。内监皆畏先帝，不以闻。

由此，与吴梅村同为复社中人的崇祯近臣杨士聪叹曰：

呜呼！三千七百万，捐其奇零，即可代二年加派。乃今日考成，明日搜掠，使海内骚然而扃钥如故。策安在也！先帝圣明，岂真见不及此，徒以年来之征解艰难，将留为罗雀掘鼠之备，而孰知其事势之不相及也。吁！其亦可悲也矣。⑧

不是崇祯不知内帑之丰厚，而是吝惜。至此，崇祯之吝惜内帑以至于亡国，可见其人之心胸与智慧于一斑。而由于吝惜兵饷与急躁趣战的三场重大战役之失败，亦是由崇祯一手造成。

---

① 吴伟业撰，李学颖点校《虞渊沉》(中)，《绥寇纪略》，页397—398。

② 李清撰，顾思点校《三垣笔记》(北京：中华书局，1982)，页82。

③ 李清撰，顾思点校《三垣笔记》，页228。

④ 李清撰，顾思点校《三垣笔记》，页3。

⑤ 谈迁《国榷》，第6册，卷101，页6070。

⑥ 李清撰，顾思点校《三垣笔记》，页232。

⑦ 邹漪《明季遗闻》(台北：台湾银行经济研究室编印，1961)，卷1，页27。

⑧ 谈迁《国榷》，第6册，卷101，页6074。

四、趣战致败的三大战役

由于趣战而导致三大战役之失败，一次又一次地震撼了摇摇欲坠的政权，且其中牵涉不为外人所知的政治构陷而导致擎天将帅之或死或降，刺激吴梅村诗情勃发的时机终于降临，以下三大战役的书写，穿梭于史实与想象，气势恢宏，悲壮慷慨，乃其诗史之代表作。

1. 贾庄之战

《明史》卷261记载，卢象升上疏陈述缺粮乏饷的苦况，并作出种种有关前线措置的建议，"言皆切中机宜"[①]，却不获杨嗣昌与崇祯接纳。从《卢象升疏牍》可见，卢象升几乎在每一奏疏以至于给亲朋的书信中，均在谈及军中缺饷绝粮的苦况：

> 协济饷银有限，多兵仰给不敷，而蕞尔残郧，物力民财俱尽，臣日夜忧之。
>
> 郧城止一空署，一切俸薪公费赎锾，因所属六城俱陷，毫无所有。两月之内，已揭商债二千金。如此情形，即石人亦且下泪。
>
> 流寇之警，经年拮据军中。
>
> 顷如停征，如留饷，如修城，如设兵，无非一字一血，乃请十得一，岂非杯水舆薪！[②]

以上的文字，正如卢氏所言，可谓"一字一血"，除了身先士卒冲锋陷阵，回营后还得想方设法筹措粮饷，其苦厄根本不为崇祯与杨嗣昌所了解。崇祯十一年(1639)十二月的决战前夕，军中缺粮，唯靠贾庄百姓接济，各携床头斗粟饷军，或贻枣一升，曰："公煮为粮。"[③]吴梅村在《临江参军》中记载："我法为三军，汝实饥寒极。"[④]决战前夕，吴梅村如此描写现场之悲壮境况：

> 是夜所乘马，嘶鸣气萧瑟。雅鼓鼓声哀，拔刀刀芒涩。[⑤]

战争开始，战况激烈，卢象升"身中四矢三刃"惨死，这大概是他一直为自己设计的结局：

> 某本至庸谫不伦，日日忧兵忧饷，东堵西防，每当危窘之时，辄思策马冒阵，以报皇上。[⑥]

其时，在朝为官的李清在《三垣笔记》中记："象升以紫衣双刀奋马出，后不知所在。"[⑦]杨嗣昌对于卢象升之死有所怀疑，"有诏验视"，"八十日而后殓"[⑧]，其惨状可想而知，这一切都是因为政见不同的私怨所致，可见杨嗣昌之为人。这场战事的失败，是败在朝廷中枢当政者的蓄意破坏，当清兵入塞时，卢象升主战，杨嗣昌主和，由于崇祯特别忌讳重蹈两宋对北敌屈膝求和的历史覆辙，朝野舆论皆视主和若汉奸，故杨嗣昌不敢明言，而且杨嗣昌、高起潜更不愿意

---

① 张廷玉等《明史》，卷261，页6761。

② 分别见卢象升《入山会剿疏》、《寄外舅王带溪先生九首》、《寄外舅王带溪先生九首》、《与少司成吴葵庵书八首》，《卢象升疏牍》(浙江：新华书店，1984)，卷1，页7；卷12，页316、317、323。

③⑧ 张廷玉等《明史》，卷261，页6764。

④ 吴伟业著，李学颖标校《吴梅村全集》，上册，卷1，页2、3。

⑤ 吴伟业著，李学颖标校《吴梅村全集》，上册，卷1，页3。

⑥ 卢象升《与蒋泽垒先生五首》，《卢象升疏牍》，卷12，页320。

⑦ 李清撰，顾思点校《三垣笔记》，页11。

让卢象升赢得战功，故意削弱卢的兵力。如此一来，卢象升只有以五千羸弱将士迎击数万兵强马壮的清兵。吴梅村在《怀杨机部军前》中记："诸将自承中尉令，孤臣谁给羽林兵?"[①]揭露的就是杨、高二人失约，没有支援卢象升一事；又在《临江参军》中直言不讳地将惨败违罪于杨、高二人的狼狈为奸："去年羽书来，中枢失筹策"、"将相有纤介，中外为危栗"、"犄角竟无人，亲军唯数百。"[②]吴梅村甚至歌颂了为卢象升鸣冤的杨廷麟："忧深平勃军南北，疏讼甘陈谊死生。犹有内谗君不顾，亦知无语学公卿。"[③]吴梅村指出其书写乃"实事"，又信誓旦旦地说：

> 余与机部相知最深，于其为参军周旋最久，故于诗最真，论其事最当，即谓之诗史可勿愧。[④]

在此批判的就是杨嗣昌、高起潜对卢象升的陷害，以及崇祯的不省。这组史诗，记录了这一幕历史悲剧，从将相不和以至战场上的袖手旁观、败后苛待殉国的大帅，以至于虐待为卢象升鸣冤的一干人等，毫无隐讳，均作了无情的鞭挞。

2. 松山之战

崇祯十四年(1641)三月，皇太极率八旗精锐以及尼堪汉军，倾尽全国兵力，欲破宁锦诸城以逼山海关。锦州告急，辽蓟经略洪承畴率八总兵、十三万军来救。吴梅村记："尽心王室，折冲厌难，止承畴耳。"[⑤]事实上，在《明史·庄烈帝》的记载中，洪承畴战无不胜，攻无不克，李自成也曾败在其手下，堪称帅才。然而，明军八总兵均骄横，不服从统一号令。洪承畴主张徐徐逼近锦州，步步为营，且战且守，勿轻浪战。于是，明军控制了松山至锦州的制高点，以凌厉攻势重挫清军，局势开始好转。两军在松山一带相持六个月。清兵长于骑射，利于野战，而国小兵多粮少，不利于持久战，洪承畴原定作持久战的策略是正确的，然而，崇祯与兵部尚书陈新甲以兵多饷艰为由，催促洪承畴尽快决战，结果明军溃败。此后，洪承畴仍率残兵于松山坚守数月，终为清军攻陷，苦撑了一年多的锦州亦随之失守。梅村在《松山哀》中如此结合山川之雄奇与战场之惨况：

> 拔剑倚柱悲无端，为君慷慨歌松山。卢龙蜿蜒东走欲入海，屹然揞拄当雄关。连城列障去不息，兹山突兀烟峰攒。中有垒石之军盘，白骨撑距凌巑岏。十三万兵同日死，浑河流血增奔湍。[⑥]

此役，共有五万名士兵战死，洪承畴亦遭生擒，自杏山南至塔山，死伤狼藉。崇祯惊悉洪承畴战死，"上临轩垂泣曰：'我不曾救得承畴。'敕建祠京师，赠恤从厚，且令设坛"[⑦]。设坛赐祭达十六次，且将亲奠，闻其降乃止。吴梅村虽对洪承畴之败不无同情，由"喟然叹息摧心肝"，可

---

① 吴伟业著，李学颖标校《吴梅村全集》，上册，卷5，页133。

② 吴伟业著，李学颖标校《吴梅村全集》，上册，卷1，页2—3。

③ 吴伟业著，李学颖标校《怀杨机部军前》，《吴梅村全集》，上册，卷5，页133。

④ 吴伟业著，李学颖点校《梅村诗话》，《吴梅村全集》，下册，卷58，页1137、1138。

⑤ 吴伟业著，李学颖标校《绥寇纪略》，卷3，页83。

⑥ 吴伟业著，李学颖点校《吴梅村全集》，上册，卷11，页307。

⑦ 李清撰，顾思点校《三垣笔记》，页186。

见他深知此败罪不在洪承畴,故靳荣藩评曰:"以叹息摧心归之承畴,盖诗人忠厚之旨也。"[①]然而,对于其降清,吴梅村则又以"一旦功成尽入关,锦裘跨马征夫乐"作出鞭挞,靳荣藩评曰:"真斧钺之笔矣。"[②]洪承畴降清后,出谋划策,平定流寇,扫除南明。故吴梅村于《松山哀》之外,又有《杂感二十一首》其九,《即事十首》其九、《读史偶述四十首》其二十四、二十五等诗作,再论及洪承畴。《读史偶述四十首》其二十四云:

平生马草世人知,垂老犹堪万里驰。却怪杏山书到日,三军早哭道旁碑。[③]

当年松山之役败讯至京,崇祯设坛,欲亲祭洪氏,后知其变节降清而非殉国,乃止。诗的前二句指洪氏垂老奔驰,供清驱遣,下二句言当年事,讽其变节。

3. 孙传庭之败

孙传庭镇守关中,战功彪炳,曾擒获闯王高迎祥并"献俘阙下"[④];而且处处惜饷[⑤],甚至在收复的失地中有不少的金钱与粮食的收入[⑥]。然而,杨嗣昌既"加派",又"期百日平贼",孙传庭"移书争之",自此杨嗣昌便怀恨在心,处处掣肘,甚至"传庭既屡建大功,其将校数奉旨优叙,嗣昌务抑之不为奏",孙传庭在崇祯十一年三月便记:"臣以痴忠,取忌当路者甚众"[⑦],终被杨嗣昌构陷下狱达三年之久[⑧]。及至崇祯十五年正月,因李自成攻破河南,崇祯不得已再起用孙传庭。孙传庭于是练兵关中,"将凭岩关为持久"[⑨],奈何崇祯不顾前线态势:

趣传庭出关。传庭上言:"兵新募,不堪用。"帝不听。传庭不得已出师……[⑩]

是役,"天不雨,粮不至",孙传庭最终败于"柿园之役"[⑪]。孙传庭败归陕西,"计守潼关":

募勇士,开屯田,缮器,积粟,三家出壮丁一。火车载火炮甲仗者三万辆,战则驱之拒马,止则环以自卫。督工苛急,夜以继日,秦民不能堪。而关中频岁饥,驻大军饷乏,士大夫厌苦传庭所为,用法严,不乐其在秦。相与哗于朝曰:"秦督玩寇矣。"又相与危语恫胁之曰:"秦督不出关,收者至矣。"……趣战益急。传庭顿足叹曰:"奈何乎!吾固知

---

① 靳荣藩《吴诗集览》(上海:上海古籍出版社,1995),卷六下,页545。

② 靳荣藩《吴诗集览》,卷六下,页545。

③ 吴伟业著,李学颖点校《吴梅村全集》,中册,卷19,页502。

④ 张廷玉等《明史》,卷262,页6786。见孙传庭记:"大寇闯王高迎祥繇盩厔黑水峪出犯。臣亲提孤标,扼峪奋剿,四日三捷,生擒闯王等,余众歼散殆尽。"见孙传庭:《鉴劳录》,《孙传庭疏牍》(杭州:浙江人民出版社,1983),附录一,页165。

⑤ 孙传庭上奏曰:"皇上给臣饷银六万两,臣直銖当几百十万之用,支用经年,犹未告匮。此外剿饷未尝分费锱铢,臣不敢糜饷也。"见孙传庭:《降处陈谢并沥下忱疏》,《孙传庭疏牍》,卷1,页13。

⑥ 《明史》记:"西安四卫,旧有屯军二万四千,田二万余顷,其后田归豪右,军尽虚籍。传庭厘得军万一千有奇,岁收屯课银十四万五千余两,米麦万三千五百余石。帝大喜,增秩,赉银币。"见张廷玉等《明史》,卷262,页6786。

⑦ 见孙传庭《鉴劳录》,《孙传庭疏牍》,附录一,页165。

⑧ 张廷玉等《明史》,卷262,页6788、6789。

⑨ 吴伟业著,李学颖点校《吴梅村全集》,上册,卷11,页292。

⑩⑪ 张廷玉等《明史》,卷262,页6790。

往而不返也！然大丈夫岂能再对狱吏乎！”顷之，不得已遂再议出师。[①]

孙传庭的备战与应对措举，非常专业，其屡次上奏不宜趣战，亦非惧敌，而是深知时机未到，一旦失败则动摇政权。然而，崇祯不省，孙传庭被逼于崇祯十六年九月出师，吴梅村如此书写战况：

尚书得诏初沉吟，蹶起横刀忽长叹：我今不死非英雄，古来得失谁由算？椎牛誓众出潼关，墟落萧条转饷难。六月炎蒸驱万马，二崤风雨断千山。雄心慷慨宵飞檄，杀气凭陵老据鞍。扫箨谋成频抚剑，量沙力尽为传餐。尚书战败追兵急，退守岩关收溃卒。此地乘高足万全，只今天险嗟何及。蚁聚蜂屯已入城，持矛瞋目呼狂贼。战马嘶鸣失主归，横尸撑距无能识。乌鸢啄肉北风寒，寡鹄孤鸾不忍看。愿逐相公忠义死，一门恨血土花斑。[②]

战争之惨况，具体存在，而其令人目不忍睹，还有待诗人借助风雨与乌鸢的衬托出一片愁云惨雾。事实上，孙传庭出战真的遇雨而断粮，兵败战死，“或言传庭未死者，帝疑之，故不予赠荫”[③]。吴梅村在《雁门尚书行》的序言中，直接点出了致败的原因：“其败由趣战，且大雨粮绝，此固天意，抑本庙漠，未可专以责公也。”[④]此役重蹈洪承畴松山兵败之覆辙，即吴梅村所说的：“覆辙宁堪似往年，催军还用松山箭”，指出了这一失策的原因，即在崇祯的决策错误。孙传庭之生死，关乎天下大局，吴梅村指出：“公死而天下事以去。”[⑤]《明史》亦云：“传庭死而明亡矣。”[⑥]由此可见，此三大战役的诗史，基本上是在坚实的史料之上而创作，亦成为日后《明史》的编撰的史料来源。朱庭珍《筱园诗话》这样评吴梅村的诗史：

身际鼎革，所见闻者，大半关系兴衰之故，遂挟全力，择有关存亡。可资观感之事，制题数十，赖以不朽。[⑦]

赵翼评曰“梅村身阅鼎革，其所咏多有关于时事之大者”，“此诗人慧眼，善于取题处”[⑧]。以上三大战役之失败，卢象升与孙传庭之殉国，洪承畴之无奈降清，足可见吴梅村在诗中批判之所指，崇祯难辞其咎。吴梅村这系列的歌咏战场上的卢象升、洪承畴、孙传庭三位将帅之无奈与悲哀，既慷慨激烈，又细腻翔实，呈现出崇祯政权倾塌之过程。

以上三组诗史之境界恢宏，据吴梅村的《白东谷诗集序》、《白林九古柏堂诗序》、《苏小眉山水音序》[⑨]，可见实乃源自其之诗史美学追求，使得战争场面中的宏大悲壮的境界与现实战况相结合以增强艺术效果。

---

① 张廷玉等《明史》，卷262，页6790—6791。

② 吴伟业著，李学颖点校《雁门尚书行并序》，《吴梅村全集》，上册，卷11，页293。

③⑥ 张廷玉等《明史》，卷262，页6792。

④ 吴伟业著，李学颖点校《吴梅村全集》，上册，卷11，页292。

⑤ 吴伟业著，李学颖点校《吴梅村全集》，上册，卷11。

⑦ 朱庭珍《筱园诗话》，见郭绍虞编《清诗话续编》(上海：上海古籍出版社，1983)，下册，卷3，页2389。

⑧ 赵翼《瓯北诗话》，吴伟业著，李学颖标校《吴梅村全集》，下册，附录四，页1508。

⑨ 分别见吴伟业著，李学颖点校《吴梅村全集》，中册，卷27，页657；中册，卷29，页690；中册，卷29，页692。

五、用人不效

崇祯虽如谢陛所言的“自用聪明，察察为务”，而实际上却忠奸不辨，以致朝局迅速崩坏。崇祯十三年四月，吴梅村被任命为南京国子监司业，同时亦展开了营救直臣黄道周，在《与子暻疏》中他自述道：

> 既升南中少司成，甫三日黄石斋师予杖信至。吾遣涂监生入都具橐饘。涂上书触圣怒，严旨责问主使，吾知其必及；既与者七人，而吾得免。[①]

谈迁在《枣林杂俎·智集》记载：

> 黄先生送吴骏公祭酒之南京，以本乡监生托之，不言其名。吴抵任，闻石斋廷杖下狱。因阅籍，则监生涂仲吉果闽人也。召问，遣之北行。遗二十金为橐饘。涂竟自疏救，并下狱。拷供七人主使，杨廷麟、王维等。幸不及吴祭酒。[②]

吴梅村能躲过崇祯的淫威，可谓大幸。吴梅村之所以如此冒死营救，原因在于早在崇祯十年左右，他便与杨廷麟开始追随黄道周学习《周易》。吴梅村在《送林衡者还闽序》中记：

> 往者在长安，石斋（黄道周号）曾以《易》传授余及豫章杨机部，未及竟，石斋用言事得罪，相送出都城。机部慨然曰：“绝学当传，大贤难遇。”[③]

又于《工部都水司主事兵科给事中天愚谢公墓志铭》中曰：“余向以后进得交于漳浦黄先生，先生因直谏忤时宰。”[④]吴伟业后来写成《易经听月》六卷、《图说》一卷（见孙殿起《贩书偶记续编》卷一《经部·易类》），就是传承自黄道周。其《殿上行》，歌颂的就是黄道周的刚正不阿。据《明史·黄道周传》记载，崇祯十一年七月，黄道周因连上三疏参劾兵部尚书杨嗣昌、宣大总督陈新甲、宁锦巡抚方一藻，触怒崇祯帝，贬官江西。梅村在黄道周谪官时，作《送黄石斋谪官》以赠之，诗云：

> 旧学能先天下忧，东西国计在登楼。十年流泪孤臣事，一夜秋风病客舟。地近诗书防党禁，山高星汉动边愁。匡庐讲室云封处，莫问长江日夜流。[⑤]

吴梅村以范仲淹、王粲之忧国忧时，以比喻黄道周，赞扬其学问与人格，并同情其不幸的遭遇。在《绥寇纪略》中，吴梅村记述崇祯曾经如此礼遇黄道周：

> 黄道周数废数起，官至少詹事，洁廉无比，于书无所不窥，天下望以为相。道周性忠直，好面折廷诤。时相多舒缓养望，浮沉取大位。道周羞之，不忍为。天子一日开文华，延词臣，问以用人、理财策，道周据古今，条对甚切，上亦名重之，呼先生者三，知其博洽，

---

① 吴伟业著，李学颖标校《吴梅村全集》，下册，卷57，页1132。

② 谈迁《枣林杂俎·智集》（扬州：江苏广陵古籍刻印社，1983—1984），页32。

③ 吴伟业《梅村家藏稿》（上海：上海古籍出版社，1995），卷35，页208。

④ 吴伟业《梅村家藏稿》，卷45，页254。

⑤ 吴伟业著，李学颖标校《吴梅村全集》，上册，卷5，页134。

故以见闻折辨。[①]

崇祯既知黄道周学识渊博，且“呼先生者三”，貌似敬重，而黄道周却在崇祯一朝频频被贬。更有甚者，崇祯十三年(1639)，江西巡抚解学龙荐举所属官员，称赞黄道周：“学问直贯天人，品行无忝孔孟”[②]，结果却无端惹得崇祯大怒，斥责解、黄“党邪乱政”，立即削夺了二人的官职，逮至北京，各杖责八十，下刑部狱六个月，并追究党与。[③]陈子龙在回乡途中遇见张溥，谈及此事，为身体羸弱的黄道周“悲涕竟日”[④]。在吴梅村而言，黄道周堪称古今完人：

以朱云、耿育之戆，兼信国、叠山之气，以京房、翼奉之奥，兼董仲舒、刘向之文，曾不得一端名之。殆神人也。……如才学直节，兼至并诣，求之千载，宁几人哉！[⑤]

又：

石斋先生以道德文章起漳南，忠孝大节显于朝廷，而文章经术以教训乡里生徒，榕坛之下，巷舍尝满，闽士之盛，天下莫隆焉。[⑥]

然而，黄道周“陈言命对，无一不与帝心相违”[⑦]，吴梅村的《殿上行》便是基于对其深刻的了解而呈现其铮铮风骨与其时在崇祯个性笼罩之下的殿上氛围：

有旨传呼召集贤，左右公卿少颜色。公卿繇来畏廷议，上殿叩头辄心悸。

由此可见群臣提心吊胆，均慑于崇祯之淫威滥刑，其结处云：

吾闻孝宗宰执何其贤！刘公大夏戴公珊。夹城日移对便殿，造膝响语为艰难。如今公卿习唯唯，长跪不言而已矣。黄丝历乱未丝直，秋虫局曲秋雕起。呜呼！拾遗指佞乃史臣，优容愚戆天王仁。[⑧]

“拾遗指佞乃史臣”为对黄道周赞语，“优容愚戆天王仁”则指崇祯皇帝由于仁心，而包容“长跪不言”、“习唯唯”之庸碌公卿。谓崇祯仁心包容，实乃讽刺，兼指崇祯无用人之明，此即文天祥《集杜诗自序》所云：

---

① 吴伟业著，李学颖标校《开县败》，《绥寇纪略》，卷7，页176。

② 文秉《烈皇小识》，卷7，页207。

③ 张廷玉等《黄道周传》，《明史》，卷255。详见计六奇《明季北略》，上册，卷16，页275—276。关于明代廷杖的论述，可参阅徐春燕《明代的廷杖与政治》，见张显清主编《第十三届明史国际学术研讨会论文集》(长沙：湖南人民出版社，2011)，页51—66。

④ 见陈子龙著，施蛰存、马祖熙标校《附录二·自撰年谱》，《陈子龙诗集》(上海：上海古籍出版社，2006)，页664。

⑤ 谈迁《北游录·纪文》(北京：中华书局，1960)，页259。《明史》卷255记载了吴梅村奉黄道周若神明之所在：“道周学贯古今，所至学者云集。铜山在孤岛中，有石室，道周自幼坐卧其中，故学者称为石斋先生。精天文历数皇极诸书，所著《易象正》、《三易洞玑》及《太函经》，学者穷年不能通其说，而道周用以推验治乱。殁后，家人得其小册，自谓终于丙戌，年六十二，始信其能知来也。”

⑥ 吴伟业著，李学颖标校《送林衡者还闽序》，《吴梅村全集》，中册，卷35，页751。

⑦ 方苞《跋石斋黄公手札》，《方苞集》(上海：上海古籍出版社，1983)，卷5，页133。

⑧ 吴伟业著，李学颖标校《吴梅村全集》，上册，卷2，页40、41。

昔人评杜诗为诗史，盖其以咏歌之辞，寓纪载之实，而抑扬褒贬之意，灿然于其中，虽谓之史可也。[①]

诗史，并非对历史简单记述，而是将社会生活最激烈与最具本质意义的人事，集中地加以艺术反映的结果，故必须亲历其间，方得真实。此外，诗人更需要碧海掣鲸之笔力，方能“推见至隐，殆无遗事”，而同时又具备艺术成就，吴梅村在此的“抑扬褒贬”的史识，可证于《明史》卷255的记载：

十五年八月，道周戍已经年。……德璟曰：“道周前日蒙戍，上恩宽大，独其家贫子幼，其实可悯。”帝微笑，演曰：“其事亲亦极孝。”甡曰：“道周学无不通，且极清苦。”帝不答，但微笑而已。明日传旨复故官。

黄道周的命运就浮沉于崇祯的震怒与微笑之间，这就是崇祯的自以为是的驭臣之术，其实亦就是谢陛对他“自用聪明，察察为务”的批评，可惜他至死不悔。

再看崇祯是如何任用魏藻德：

魏编修藻德，崇祯庚辰状元，通州人。前科状元也。先上屯田御敌等疏，平平耳，留中。至是忽召对，褒其前疏，语毕云：“朕将大用。”藻德逊谢，上曰：“尔不闻“惟辟作威，惟辟作福”耶？”越数日，大拜，周辅延儒奉旨看议。[②]

魏藻德中了状元之后，三年而拜相，可谓咄咄怪事。而在李自成入京之后，被拷掠的魏藻德却称崇祯为“无道”[③]；至于一再被贬甚至被廷杖的黄道周，则在隆武帝的小朝廷中担任首辅，在1646年抗清失败中壮烈牺牲。

可以说，崇祯在私人生活以至于某些细节上，确像个好皇帝，如吴梅村在《永和宫词》中云：

君王宵旰无欢思，宫门夜半传封事。玉几金床少晏眠，陈娥卫艳谁频侍？……本朝家法修清宴，房帷久绝珍奇荐。敕使惟追阳羡茶，内人数减昭阳膳。[④]

在《琵琶行并序》云：

一自中原盛豺虎，暖阁才人彻歌舞。……一人劳悴深宫里。[⑤]

在《吴门遇刘雪舫》中云：

先皇早失恃，寤寐求音形。太庙奉春容，流涕朝群臣。……辛苦十七年，欲诉知何因？(《吴门遇刘雪舫》)[⑥]

然而，崇祯在关键大节上却失误频仍，甚至滥刑好暴，并且猜疑成性，以令朝中人人自危，据

① 文天祥《文山先生全集》(台北：台湾商务印书馆，1965)，第5册，卷16，页553。
② 李清撰，顾思点校《三垣笔记》，页65。
③ 谈迁《国榷》，第6册，卷100，页6062。
④ 吴伟业著，李学颖标校《吴梅村全集》，上册，卷3，页52。
⑤ 吴伟业著，李学颖标校《吴梅村全集》，上册，卷3，页56—57。
⑥ 吴伟业著，李学颖标校《吴梅村全集》，上册，卷1，页15。

吴梅村记载当时上朝的氛围："公卿见上变色，皆战栗流汗。"[①]据统计，崇祯一朝十七年中，用阁臣达五十人，可谓置相如弈棋，而任职较久的温体仁、周延儒，又都是奸险怯懦之徒，难堪重任，《明史》将两人归类为奸臣，评曰："怀私植党，误国覆邦。"[②]至于边疆重臣，亦迭进迭黜，动辄杀戮，《明史》记载："帝自即位以来，诛总督七人。"《颜继祖传》记："巡抚被戮者十有一人。"[③]李清记："自是督抚失机，累累骈首矣。"[④]此中，尤以崇祯三年中反间计，而杀屡次克金之督师袁崇焕，更可谓自毁长城。甚至，贾庄之役后，都谏徐耀亦曾叹息如卢象升不以身殉国，亦"必为肆市之魁"[⑤]。针对崇祯以杀戮廷杖对待臣下，《明史》评曰：

帝愤寇日炽，用法益峻，功罪不假贷，而疆事寖坏，卒至于亡。[⑥]

可以说，本仍有可为的局面，却被志大才疏的崇祯加速道致倾塌，从而造成一场比"靖康之难"更巨大的浩劫。以上则从政治方面呈现崇祯的忠奸不辨与滥刑好暴，虽不及战场上之气势，却深得委婉之妙，在细微之处，尽见崇祯与朝属的关系以及朝臣之惶惶不可终日的心态。

六、帝师的期许与无用之叹

1. 崇祯的罪己诏

其时，年轻的吴梅村仍时刻关心朝廷安危，并于崇祯十二年正月上疏，针对明朝所面临之困境，提出救危除弊的具体建议，此中更大胆请求崇祯下罪己诏：

今日阽危极矣，皇上当下哀痛之诏，悯人罪己，思咎惧灾，吊死恤忠，赏功禁暴。[⑦]

以崇祯之刚愎自用、多疑易怒的性格，吴梅村竟然敢请崇祯下罪己诏，又建议他号召皇亲国戚出资相助。由此疏可见，吴梅村确实敢于犯颜进谏，须知崇祯为人极之刚愎自负，要他罪己，无异于向天下宣告自己无能。意外的是，吴梅村的这两项建议均被崇祯接纳。延至十七年二月十二日，在李自成攻入北京之前，崇祯终于特别下了一道罪己诏，一方面陈述政治腐败、臣属无能，而又将激起民变的原因与民生疾苦归罪在自己身上，同时以除贪暴、蠲赋税、力矫前非、与民更始的诺言争取民众的好感：

流氛日炽，忘累世之豢养，肆廿载之凶残，赦之益骄，抚之益叛，民室如悬磬，田里芜

---

① 吴伟业著，李学颖标校《开县败》，《绥寇纪略》，卷7，页178。

② 张廷玉等《明史》，卷308，页7905。

③ 张廷玉等《明史》，卷260，页6744；卷248，页6425。

④ 李清撰，顾思点校《三垣笔记》，页17。

⑤ 李清撰，顾恩点校《三垣笔记》，页11。

⑥ 张廷玉等《明史》，卷260，页6744。徐春燕指出："思宗本是一位励精图治，锐意进取的皇帝，但他刚愎自用、猜忌多疑，以重典绳下，逆党有诛，封疆失事有诛。一切违误，重者杖死，轻者谪去，朝署中半染赭衣。"他本意想以重典"逼人趋事赴功"，但结果适得其反，"……故有人而无人之用，有饷而无饷之用，有将不能治兵，有兵不能杀贼"。见徐春燕《明代的廷杖与政治》，张显清主编《第十三届明史国际学术研讨会论文集》，页62。

⑦ 吴伟业著，李学颖标校《疏》，《吴梅村全集》，下册，卷60，页1232；另可参阅谈迁《国榷》，第6册，卷97，页5831。

莱，望烟火而无门，号冷风而绝命者，任大臣而不法，用小臣而不廉，言官首鼠而议不清，武将骄懦而功不举，皆朕抚御乖方，至诚未格。[①]

这道诏书虽然切中要害，却难挽大厦之将倾。其实，崇祯解决了魏忠贤一干阉宦，乃大快人心、英明果断之举，本应尽早结束的阉党的影响，然而崇祯二年所颁布的“逆案”名单，一旦进入名单，终生禁锢，此举矫枉过正，无疑再度掀起将可以平息的政治风波。“逆案”的矛盾，本为东林与阉党之争，又正好成为周延儒与温体仁这两位宰辅之争所利用，张溥、吴伟业等复社中人与“逆案”成员则成为各站一边的新的政治斗争，由此而政争递起，一直延续至南明覆灭。崇祯罪己诏之颁布天下，为时已晚，却也可见崇祯已无计可施，唯有向天下宣布自己的失败。而崇祯致命的失误，更在南迁之议上。

2. 南迁之议

崇祯十七年(1644)二月，其时李自成已于西安建立“大顺”，准备北伐，明王朝已危如累卵，时任左中允的李明睿与都察院御史李邦华建议南迁或让太子南行[②]，名为“亲征”，实为“南迁”。然而，崇祯一直犹豫不决，怕的是有失体面，甚及招来内阁大臣的轮番攻击。若南迁之议被否决，却又留下逃亡的历史笑话，这对于刚愎自用的崇祯而言，更为无地自容。“明帝(崇祯)非不欲南迁……俟举朝固请而后行”[③]，崇祯打算由首辅陈演在朝上提南迁之议，等待臣平子全部促请再走，可惜陈演并不配合，崇祯不愿当逃亡之君，陈演以至于其他臣子更不愿承担历史罪名，更有甚者，如有其他臣属攻击，随时可能遭崇祯杀害以搪塞了事。事实上，崇祯早已派人为南迁做好准备[④]。他曾派大臣查看沿途兵马船只的数量，并吩咐巡抚准备了三百艘船停在大沽口待命，准备南下[⑤]。然而，此等关键大事就一直处于在议而不决的过程中，而早在崇祯十年，孙传庭已早在《疆事十可商疏》中说过：“天下事又尚堪再误乎？”[⑥]最终，在弃城逃亡与固守气节的历史关键上，崇祯选择了悲剧。

3. 吴三桂之勤王与降清

明朝严乃北部之外敌，西起嘉峪关，东至辽宁，设置了甘肃、宁夏、固原、榆林、太原、大同、宣府、蓟镇、辽东九个边镇。万历晚年，后金立国，累次入侵，故朝廷对于辽东一镇特为重视，辽东将士在九镇中最为精锐。其时，驻防山海关的是总兵吴三桂，其麾下有精兵四万，辽民七八万，皆勇敢善战。当李自成攻陷大同之际，崇祯帝封三桂为平西伯，起其父襄提督京营，终在犹豫不决、耗费时机之后，召吴三桂入卫。吴梅村记：

总兵则宁远吴三桂，世将襄之子，关门号劲旅，而三桂敢战……[⑦]

《国榷》记：

---

① 吴伟业著，李学颖标校《虞渊沉(下)》，《绥寇纪略》，页409。

② 吴伟业著，李学颖标校《虞渊沉(下)》，《绥寇纪略》，页409；谈迁《国榷》，第6册，卷100，页6031；徐鼒《小腆纪年附考》(上海：上海古籍出版社，1995)，卷3，页460。

③ 徐鼒《小腆纪年附考》，卷3，页460。

④⑤ 吴伟业著，李学颖标校《虞渊沉(下)》，《绥寇纪略》，页409；谈迁《国榷》，第6册，卷100，页6031；徐鼒《小腆纪年附考》，卷3，页460。

⑥ 见孙传庭《孙传庭疏牍》，卷1，页1。

⑦ 吴伟业撰，李学颖点校《虞渊沉》(中)，《绥寇纪略》，页393。

命弃宁远，趋吴三桂入关。三桂徙二十万众，日行数十里，是日始及关，太监高起潜弃关遁走西山。①

《三垣笔记》则记：

三桂以三月初出关，徙宁远五十万众，日行数十里，十六日入关，二十日抵丰润，而京师已陷。②

无论是徙二十万还是五十万众，均在在可见吴三桂并没有入京勤王之意。吴三桂三月十六日始入关，而昌平已陷，焚十二陵；十七日，外城陷；十八日，内城亦陷；十九日，崇祯自缢。李自成入主紫禁城，他深知关宁铁骑与山海关的重要性，遂遣唐通携书并银四万两往犒赏吴三桂及其部下，又遣别将率二万人代吴三桂守关。吴三桂在唐通的劝说下即率所部赴北京谋降，及至滦州，闻爱妾陈圆圆为李自成权将军刘宗敏所掳，愤而率兵还归山海关，假借为君父复仇的名义，请清兵入关相助，并大败李自成于一片石，一路追击，李自成驰入京，杀吴襄全家。此为吴梅村《圆圆曲》之背景，据冯沅君考证，此诗当作于顺治七年前后，是时吴梅村以先朝遗臣之身，怀君亡国覆之恸，故于吴三桂引兵，语多讽刺：

鼎瑚当日弃人间，破敌收京下玉关。恸哭六军俱缟素，冲冠一怒为红颜。红颜流落非吾恋，逆贼天亡自荒宴。电扫黄巾定黑山，哭罢君亲再相见。

诗人一开始，即直接从吴三桂勾引清兵入关写起，"鼎湖"，传说为古代黄帝升天的地方，封建时代常用来比喻皇帝之死。这两句是说，崇祯死去的那一天，吴三桂就急不可耐地勾引清兵由山海关进发，击败李自成并收复北京。紧接着单刀直入，一下子挑开其叛逆真相："恸哭六军俱缟素，冲冠一怒为红颜"，"六军"，指吴三桂率领明朝军队。这两句指明朝军队都在为崇祯之死而痛哭哀恸、披麻戴孝，而吴三桂却以个人私欲而怒发冲冠，为的只是爱妾陈圆圆。"黄巾"、"黑山"，即指东汉末的黄巾军与黑山军，代指李自成的军队。"哭罢君亲"的"亲"，指吴三桂父母，吴家三十四口因为他拒绝投降而被处死。纵观吴三桂之奋战目的在于：

遍索绿珠围内第，强呼绛树出雕栏。若非壮士全师胜，争得蛾眉匹马还。

"绿珠"乃晋朝石崇的宠姬，"绛树"则为魏文帝曹丕的宠姬，代指陈圆圆，指李自成攻克北京后，掠夺了陈圆圆，吴三桂之奋战并大败起义军，也只是为了夺回陈圆圆。紧接的"秦川"、"金牛道"、"斜谷"、"散关"，都是今天陕西地名，《圆圆曲》精确地记述了吴三桂的进军路线和当时的开府之地，考以正史，所述皆合史载。在紧张的行军中，吴三桂尚且要千乘万骑，箫鼓随行，还要为陈圆圆"起画楼"、"开妆镜"，其骄奢淫逸，显而易见。诗人又以周瑜与小乔的爱情故事作出讽刺：

尝闻倾国与倾城，翻使周郎受重名。妻子岂应关大计，英雄无奈是多情。全家白骨成灰土，一代红妆照汗青。

历来都说绝色女子都是害国害人的祸水，而三国时，周瑜却因为小乔成就了大功名。诗人质

---

① 谈迁《国榷》，第6册，卷100，页6040。

② 李清撰，顾思点校《三垣笔记》，页220。

疑,英雄怎么可以因妻子而决定军国大计?就在于多情,吴三桂全家因此被杀,尸骨已经朽烂,只有爱妾陈圆圆名垂千古。靳荣藩在此评曰:"其词婉而多风,后两句则史家之直笔也。"①最后一段,诗人抒发感慨:

君不见馆娃初起鸳鸯宿,越女如花看不足。香径尘生鸟自啼,屧廊人去苔空绿。换羽移宫万里愁.珠歌翠舞古梁州。为君别唱吴宫曲,汉水东南日夜流。

吴三桂此时镇守汉中,故诗有"珠歌翠舞古梁洲"、"汉水东南日夜流"等语。前四句以吴王夫差为喻,夫差曾经为西施构筑馆娃宫,然好景不长,最终国灭身死,"彩香径"、"响屧廊"均成陈迹。后四句则回写到吴三桂,刺其在明亡后,却仍然沉醉于美人与歌舞,终将败亡。靳荣藩在此评曰:

此一段再咏叹之若预知三桂有覆灭之祸者,太白能辨汾阳之忠,梅村能料吴逆之乱。孰谓吟风弄风者无益于经济之实耶?②

吴梅村能预示吴三桂之败亡,当然亦来自其史学与史识。《圆圆曲》作为传史之篇,褒贬昭然,胡薇元指出:

此诗用春秋笔法,作金石刻画,千古妙文。长庆诸老,无此深微高妙。一字千金,情韵俱胜。③

杨际昌则认为:

世称杜少陵为诗史,学杜者不须袭其貌,正须识此意耳。吴梅村歌行,大抵发于感怆,可歌可泣。余尤服膺《圆圆曲》前幅云:"恸哭六军皆缟素,冲冠一怒为红颜。"后幅云:"全家白骨成灰土,一代红妆照汗青。"使吴逆无地自容。体则元、白,可为史则已如杜也。④

《圆圆曲》乃吴梅村诗史之巅峰杰构,在史实方面推见至隐,感慨而深邃,可歌复可泣,遂成千古绝唱,并成为史学界参考的第一手史料⑤。

《圆圆曲》当与《杂感二十一首》其六、其十六、其十八,《即事十首》其十,《滇池铙吹四首》等诗合看。《杂感二十一首》其十八云:

武安席上见双鬟,血泪青娥陷贼还。只为君亲来故国,不因女子下雄关。取兵辽海哥舒翰,得妇江南谢阿蛮。快马健儿无限恨,天教红粉定燕山。⑥

此诗概括《圆圆曲》一诗的大意,末二语表达诗人之愤慨。《即事十首》其十末四句云:

全家故国空从难,异姓真王独拜恩。回首十年成败事,笛声哀怨起黄。⑦

---

①② 吴伟业撰,靳荣藩注《吴诗集览》,卷七上,页564。

③ 《梦痕馆诗话》卷4。见吴伟业著,李学颖标校《吴梅村全集》,上册,卷3,页80。

④ 杨际昌《国朝诗话》卷1。见吴伟业著,李学颖标校《吴梅村全集》,上册,卷3,页80。

⑤ 历史学者樊树志先生在论及吴三桂引清兵入关时,一开始便引用了吴梅村的《圆圆曲》作为史料,以展开讨论。详参樊树志《晚明史(1573—1644年)》(上海:复旦大学出版社,2004),下卷,页1142—1147。

⑥ 吴伟业著,李学颖标校《吴梅村全集》,上册,卷6,页167。

⑦ 吴伟业著,李学颖标校《吴梅村全集》,上册,卷15,页421。

在此，亦是诗人痛斥吴三桂的卖国行为。

简而言之，从吝惜内帑而耽误防卫以至扰乱民间、罪己诏之延迟五年才颁布而失民心、南迁之议的犹豫不决而致局面不可收拾。而从吴三桂的关宁铁骑引清兵入关而道致异族统治，吴梅村的《圆圆曲》句句征实，言出有据，兼具史之翔实细腻、叙述技巧之回环曲折以及格调之悲壮哀怨，其诗史在此阶段已臻巅峰造极。

4. 帝师的期许与无用之叹

崇祯十四年六月，吴梅村获任命为左中允，有论者认为他并没有赴任，但见李自成与张献忠等起义军已席卷天下，朝廷局势岌岌可危，吴梅村北上赴任就从“搁置”以至于“不得不彻底放弃”[①]。崇祯十五年四月，吴梅村升任左谕德兼侍讲[②]，有论者又认为既然吴伟业对左中尤的任命辞而不应，后来左谕德、左庶子的一再升迁必有内幕，于是便引用《三垣笔记》中关于以行贿获取升迁的价格，认为如没行贿，即其所谓的“特殊手段、特殊关系，在当时朝廷中升迁是相当困难的”；又以同书中不得其会推者造“二十四气之目”，吴梅村为“望气”，下注“啮人马”[③]，以说明“吴伟业不仅已成为权力斗争的焦点人物，甚至还有了列入会推的可能”；[④]又举例子如侯方域推崇吴梅村具备入阁的诗文[⑤]，作为佐证。然而，吴梅村此前升中允、谕德均不赴，及至崇祯十六年再晋左庶子，“官位从五六品到从五品再到正五品”[⑥]，虽是诏书屡下，但就那么天真地以为正五品的官职也可以列名阁臣会推？其实，正如吴梅村自述：“于是升宫允、宫谕，吾绝意仕途，而天下乱矣。”[⑦]有论者则指出吴梅村政治态度的分水岭在于崇祯十三年改任南京国子监司业时为界[⑧]，在此期间，吴梅村颇为放浪形骸，与秦淮名妓卞玉京相恋，并以诗史记载了其与卞玉京的恋情与晚明的风雨飘摇的局势[⑨]。

5. 帝师的期许与无用之叹

吴梅村虽然绝意仕途[⑩]，而其作为复社领袖的名望却难以逃脱清廷的征召。清顺治十年

---

① 王于飞《吴梅村生平创作考论》，页43。

② 谈迁《国榷》，第6册，卷98，页5923。

③ 李清撰，顾思点校《三垣笔记》，页188，200。

④ 王于飞《吴梅村生平创作考论》，页40。

⑤ 侯方域在《答张天如书》中写道：“贵乡虞山之争枚卜，长洲之去国，为数年来极有关系事。长洲已与日月争光。天下所观望者，惟虞山与娄东耳。”侯方域又有《与吴骏公书》：“是时学士方少年，为天子贵近臣，文章德器倾动天下，议者谓旦夕入相。”分别见侯方域《壮悔堂文集》(北京：北京出版社，2000)，卷3，页451、470。

⑥ 王于飞《吴梅村生平创作考论》，页42。

⑦ 吴伟业著，李学颖标校《吴梅村全集》，下册，卷57，页1132。

⑧ 徐江《吴梅村研究》(北京：首都师范大学出版社，2001)，页49。

⑨ 见陈岸峰《谁助老僧清夜哭：吴梅村的半生缘与晚明悲歌》，《诗学的政治及其阐释》(香港：中华书局，2013)，页209—244。

⑩ 崇祯十七年五月二十九日(丙辰)，吴梅村被南明的弘光帝朝廷召拜为詹事府少詹事。然而，崇祯十七年十一月初二日，崇祯四年被吴梅村疏弹劾并于十四年受首辅薛国观牵连而论罪的蔡亦琛出任吏部左侍郎，并于翌年(弘光元年、顺治二年)正月十七日升为东阁大学士，成为重臣。蔡氏与马士英、阮大铖等“逆案”中人正密谋铲除复社中人。有见及此，吴梅村便于弘光元年正月向弘光帝上了一封《乞假养亲疏》，同年四月又上《升任请养疏》，挂冠而去。见谈迁《国榷》，卷101，页6108。另可参阅程穆衡《娄东耆旧传.吴伟业传》，吴伟业著，李学颖标校《吴梅村全集》，下册，附录一，页1412。

三月,吴梅村被征召入朝,任秘书院侍讲[1]。此际,他并认识了顺治皇帝赐号为"通悬教师"的汤若望。顺治十三年,荷兰人隆福(即龙腹,音译)以此竹赠荷兰使节,荷兰使节则将此竹赠予汤若望,汤若望又将之赠吴梅村,于是吴梅村乃作《通玄老人龙腹竹歌》,咏竹寄怀。"悬"与"玄"通。本为咏叹异国老人所赠之龙腹竹,而诗人借此将龙腹竹镶置于"九州丧乱朋友尽"的时代氛围之中,由此抒发不遇之感慨。此中,"若有人兮"之句乃自我写照,靳荣藩评曰:"此段写竹之性情,有味外味,是作者身分。"[2]感慨龙之不堪"扶策",以及"苍生痛"、"征夫哀",而自己在"雪压"、"霜欺"之政治环境压迫下,恰似此龙腹竹一样难以挺直枝干,只能暂时忘却荣辱。以下这几句则在于讽刺崇祯及自己的选择:

> 我欲栽之作龙笛,水底老蛟吟不得。纵使长房投葛陂,纵使长房投葛陂,此龙僵卧难扶策。……天留异质在无用,任将抛掷生尘埃。……雪压霜欺直干难,轮困偃蹇忘荣辱。[3]

靳荣藩在此引《庄子》而注:"大木枝叶茂盛,伐木者止其旁而不取也,曰:'无所可用。'"[4]在此,我们可将吴梅村的《通玄老人龙腹竹歌》与其《旧学庵记》对照并读以进一步阐发其感慨之所在:

> 夫古所谓旧学者,经术深厚,行清而能高,为天子顾问之臣,足以辅道德,长教化,如是庶乎其可也。若予者,向以庸虚早忝朝列,曾不以此时有所论建,裨益万分,今编蓬穷巷之中,伏匿穷蹙……当先重方向经学,开文华……余因是发愤谢病,将闭户不出,读书十年,不幸国家变乱,……欲如向日之老,充位备官,不可得矣。[5]

"天子顾问之臣"与"我欲栽之作龙笛",二者为一,吴梅村本欲辅助崇祯成为有所作为之君,以成不朽之大业,正如程穆衡所言:"公慨然有当世意。"[6]然而,"不幸国家变乱",事与愿违,而关键则是"此龙僵卧难扶策",锋芒所向,在在可见崇祯之朽木难雕。可谓感慨良多。吴梅村立朝不久即上疏,屡次弹劾奸臣,建言划策,甚至冒死请求崇祯下罪己诏、营救黄道周,无一不是为了拯救大厦将倾的政权。然而,吴梅村以上种种积极的补救,终难敌崇祯的频频杀戮将帅、任用奸佞,以及已然形成内外夹击之势的流寇与清兵。徐江先生认为:

> 梅村后来所谓的"夜半话挂冠,明日扁舟系","长放万里心,拔脚风尘际",只是追述昔年去职之事的一种饰词,而在崇祯十三年的当时,他的弃官乃是出于一种孤立感,一种被冷落感,一种不能施展才干的失意感。[7]

---

① 据谈迁《北游录》记载,吴伟业于顺治十一年十月十七日被授予秘书院侍读,掌撰著记载。顺治十二年正月二十六日,他被任命为《顺治大训》纂修官,三天后,被召入南苑,参与纂修《内政辑要》;四月二十九日,又被任命为《太祖太宗圣训》纂修官,数个月后,复被任命为《孝经衍义》编纂官,再次召入南苑参与纂修。顺治十三年,他又被提升为国子监祭酒。顺治十四年,吴梅村以母(继母)丧,告假归乡,从此绝迹政治。

②④ 吴伟业撰,靳荣藩注《吴诗集览》,卷6上,页521。

③ 吴伟业著,李学颖标校《吴梅村全集》,上册,卷11,页288—289。

⑤ 吴伟业著,李学颖标校《吴梅村全集》,卷39,页826—827。

⑥ 程穆衡《娄东耆旧集·吴伟业传》。见吴伟业著,李学颖标校《吴梅村全集》,下册,附录一,页1412。

⑦ 徐江《吴梅村研究》(北京:首都师范大学出版社,2001),页39。

徐先生亦认为吴梅村志在做天下太平的帝师顾问①，而却不见重用，故唯有以"无用"之姿，保全性命于乱世。由此益证，吴梅村深知明王朝大厦将倾，无力回天，自己昔日的政治理想与当下的被召仕清，恰如梦幻，徒遗感慨，其诗史之功力更趋老成。此际，"阅历兴亡"、"暮年萧瑟"的吴梅村创作了《杂感二十一首其十八》、《鸳湖曲》、《后东皋草堂歌》、《吴门遇刘雪舫》、《田家铁狮歌》、《永和宫词》、《思陵长公主挽诗》、《萧史青门曲》、《东莱行》、《楚两生行》、《临淮老妓行》、《听女道士卞玉京弹琴歌》、《琵琶行》、《遇南厢园叟感赋八十韵》、《白门遇北来友人》、《芦城行》以及一系列的咏史之作等等，均为"忧时伤乱，有家国飘薄之叹"②之作。以上诸作，诚如郑方坤所评：

如李龟年说开元天宝遗事，皆可备一代诗史。……按节而歌，犹令人掩卷而三叹也③。

这些都已是借各阶层的种种不幸际遇，全方位地反映了明清易鼎所造成的社会动荡与家破人亡，均为老成之作，当另成一文，在此不赘。

七、总 结

由以上的探讨可见，吴梅村从积极而富有理想的政治参与中，亲历并洞悉了朝廷内外的种种危机以及不为外所知的政治黑暗，而最为关键的则为由崇祯之猜疑、嗜暴、吝啬及寡断，将原本仍可有为的朝局迅速推向倾塌，甚至连半壁江山的一线机会也枉然葬送。由于吴梅村追随张溥所领导的复社，锐意刷新崇祯新朝的政治，力斥奸佞，积极进谏，力图挽救政权于将倾，故情动于衷，遂成歌咏，并因娴熟史学，值于史馆，遂时刻以史家的姿态、以诗史的方式忠实地记录了一系列历史事件，既鲜活地突出了可歌可泣的人物，并以文学的想象呈现了历史现场的氛围。此中之历史细节，均让后世得以全方位仔细地了解崇祯一朝的政治及其失败的原因，并成为史家所采用的史料，而其细腻与真确，实远超于汗牛充栋的相关笔记以至于《明史》、《清史》的记载。

梅村诗"诗史"的最突出的成就，是对明清易鼎的这段风云历史的全方位书写，是以小见大，抉其关键，扣紧时代的重大历史事件并突出具代表性的人物，并对罪魁祸首隐含深刻的批判。整体而言，从以上研究可见吴梅村之政治勇气、杰出诗才及卓越史识。

作者单位：香港大学

① 徐江《吴梅村研究》，页47。

② 吴伟业著，李学颖点校《白东谷诗集序》，《吴梅村全集》，中册，卷27，页657。

③ 郑方坤《清朝诗人小传》(台北：广文书局，1971)，页18。

《日知录》"试文格式"笺证

李光摩

顾炎武《日知录》卷十六"试文格式"云：

经义之文，流俗谓之八股，盖始于成化以后。股者，对偶之名也。天顺以前，经义之文不过敷演传注，或对或散，初无定式，其单句题亦甚少。成化二十三年，会试《乐天者保天下》文，起讲先提三句，即讲"乐天"四股，中间过接四句，复讲"保天下"四股，复收四句，再作大结。弘治九年，会试《责难于君谓之恭》文，起讲先提三句，即讲"责难于君"四股，中间过接二句，复讲"谓之恭"四股，复收二句，再作大结。每四股之中，一反一正，一虚一实，一浅一深（亦有联属二句四句为对，排比十数对成篇，而不至于八股者）。其两扇立格（谓题本两对，文亦两大对），则每扇之中各有四股，其次第文法亦复如之。故今人相传，谓之八股。若长题则不拘此。嘉靖以后，文体日变，而问之儒生，皆不知八股之何谓矣。《孟子》曰："大匠诲人，必以规矩。"今之为时文者，岂必裂规偭矩矣乎？

发端二句或三四句，谓之破题，大抵对句为多，此宋人相传之格（本之唐人赋格）。下申其意，作四五句，谓之承题。然后提出夫子（曾子、子思、孟子皆然）为何而发此言，谓之原起。至万历中，破止二句，承止三句，不用原起，篇末敷演圣人言毕，自摅所见，或数十字，或百余字，谓之大结。国初之制，可及本朝时事。以后功令益密，恐有借以自衒者，但许言前代，不及本朝。至万历中，大结止三四句。于是国家之事，罔始罔终，在位之臣，畏首畏尾，其象已见于应举之文矣。①

顾炎武认为在天顺之前，经义（这里其实主要是指四书文）还没有形成八股这种格式，此格式的出现是在成化年间，并且向读者展示了这种八股文的典型做法。因此，这一札记是关于明代科举考试中最为重要的科目——八股文的定型及其文体特征的经典论述，一直是后人论述八股文时经常援引的材料，俨然一简明明代八股文小史。惜乎《日知录》的注释者对其中支撑观点的重要证据没有标举出来，以致部分读者对顾氏的看法产生怀疑。本文将通过对此段文字的疏证，将其内蕴及相关的支撑材料表而出之，庶几使疑惑者消除疑惑，而使顾氏的观点得到认可。

经义之文，流俗谓之八股，盖始于成化以后。

《日知录》卷十六云："今之经义，始于宋熙宁中王安石所立之法，命吕惠卿、王雱等为

---

① 顾炎武著、黄汝成集释《日知录集释》卷十六，上海古籍出版社 2006 年版，第 951—952 页。

之。"经义作为科举考试中的重要文体，始于王安石的科举改革，罢黜诗赋、明经诸科，以经义代之。一直延续到明清，经义都是科举考试中的重要课目。明清的经义包括五经文和四书文两种，五经文以五经命题，四书文以朱熹《四书章句集注》命题。由于五经在明清科举中是选考，每位考生任意选考一经即可，而四书则是必考，故四书文受到重视程度远在五经文之上。四书文在成化间形成了典型的文体特征，即在文章的主体部分用两两相对的四个对子完成对题目的论述。于是，四书文又被流俗称为八股文。清初戴名世认同八股始于成化的说法："经义之文，自天顺以前，作者敷衍传注，或整或散，初无定式，而成化以后始有八股之号。"①这段话几乎就是顾炎武文字的翻版。胡鸣玉亦认为："初未定八股格，即明初百余年，亦未有八股之名。故今日所见先辈八股文，成化以前，若天顺、景泰、正统、宣德、洪熙、永乐、建文、洪武百年中无一篇传也。"②方苞《钦定四书文》选录明清两代制义，也是从明成化开始的，这说明他也认为成熟的八股文始于成化之后。

股者，对偶之名也。

"股"的本意是指人的大腿，人有两条腿，是两两相对的，故而八股文又有"八脚辞"的称呼。把文章中出现的比较整齐的对句称作"股"，至迟在南宋就已出现。《论学绳尺》卷一杨茂子《太宗锐情经术》一文云："人见其限官任才，周官六典之遗法也；府兵寓农，井田兵制之旧规也；思封建之未复，易之建国亲侯也；立经常以定赋，禹之成赋中邦也(原批云：以上四股是一样文)；广学置员，非得于箐莪之乐育才乎？求士如渴，非得于嘉鱼之乐与贤乎(原批云：以上二股是一样文字。总批云：以上六股是把太宗当时时事质之圣贤，打合说来)？"③可见，"股"在这里即指较为整齐的对句。

宋元时期的诗学著作也有"股"的说法，如《锦绣万花谷》前集卷二十一《诗律》有"交股法"之说；元代《诗解》亦云："有双起两句，而分作两股，以发其意者。"④

这说明散文中的对句、排句可以称作"股"，律诗中的对句也可称作"股"。八股文之"八股"，显然是指其文章主体部分的八个股对，以部分代整体，亦事物命名之惯例。

天顺以前，经义之文不过敷演传注，或对或散，初无定式，其单句题亦甚少。

在这段札记的开头，顾炎武即点明八股文出现在成化年间，此处再度申明，在天顺之前，尚没有八股这种类型的存在。天顺之前的四书文尚无定式，其大讲部分"敷演传注，或对或散"，并没有形成严整的股对。我们可以看一下明代前期的四书文究竟是什么样子。

洪武乙丑科会元黄子澄的墨卷《天下有道，则礼乐征伐自天子出》，题目出自《论语·季氏》，朱子注曰："先王之制，诸侯不得变礼乐，专征伐。"⑤

> 治道隆于一世，政柄统于一人。(破题)
>
> 夫政之所在，治之所在也。礼乐征伐皆统于天子，非天下有道之世而何哉？(承题)
>
> 昔圣人通论天下之势，首举其盛为言。(原题)

---

① 戴名世《丁丑房书序》，《戴名世集》卷四，中华书局1986年版，第93页。

② 胡鸣玉《订伪杂录》卷七"八股缘起"条，丛书集成初编本。

③ 魏天应编《论学绳尺》卷一，文渊阁四库全书本。

④ 张健编著《元代诗法校考》，北京大学出版社2001年版，第50页。

⑤ 朱熹《四书章句集注》，中华书局1983年版，第171页。

若曰

天下大政,固非一端;

天子至尊,实无二上。

是故

民安物阜,群黎乐四海之无虞;

天开日明,万国仰一人之有庆。

主圣而明,臣贤而良,朝廷有穆皇之美也;

治隆于上,俗美于下,海宇皆熙皞之休也。(以上六股讲"天下有道")

非天下有道之时乎?(收结)

当斯时也,

语离明,则一人所独居也;

语干纲,则一人所独断也。

若礼若乐,国之大柄,则以天子操之而掌于宗伯;

若征若伐,国之大权,则以天子主之而掌于司马。

一制度,一声容,议之者天子,不闻以诸侯而变之也;

一生杀,一予夺,制之者天子,不闻以大夫而擅之也。

皇灵丕振,而尧封之内,咸懔圣主之威严;

王纲独握,而禹甸之中,皆仰一王之制度。(以上八股讲"礼乐征伐自天子出")

信乎!非天下有道之盛世,孰能若此哉?(结语)①

梁章钜《制义丛话》引用徐存庵对此文的评论说:"此为文章之始,自应首录,以存制义之河源也。"又说"行文尚涉颂体",一语点明了此文的文体特色。此文起讲之后竟一连十四个对句,对仗十分整饬,与唐宋时期科举考试的律赋颇为类似,而与八股文有着明显的差异。

景泰四年顺天乡试吕敬庵所做程文《周有八士　一章》,题目出自《论语·微子》:"周有八士:伯达、伯适、仲突、仲忽、叔夜、叔夏、季随、季騧。"朱子注曰:"或曰成王时人,或曰宣王时人。盖一母四乳而生八子也,然不可考矣。"②

惟一代之运为甚隆,故群贤之生为甚异。(破题)

夫贤人之生,不偶然也。而况一姓八士之皆贤,孰谓非关于周时气运之隆乎?(承题)

观乎鲁论所记可见矣。(原题)

想周盛时有文武启之,丕显丕承于前;有成康继之,重熙累洽于后。道化洋溢而人文宣朗,光岳气完而贞元会合。于是清淑间气钟为英俊,而当时一乳有二子之异,四乳有八子之多。(起讲)

其初乳所生者,伯达、伯适也;及再乳,则仲突、仲忽生焉;

其三乳所生者,叔夜、叔夏也;及四乳,则季随、季騧生焉。(股对)

---

① 转引自梁章钜《制义丛话》卷四,上海书店出版社 2001 年版,第 51 页。

② 朱熹《四书章句集注》,第 187 页。

夫一乳得二,固亦异矣。而四乳皆二,岂不甚异乎?

四乳各二,固甚异矣。而八子皆贤,岂不尤异乎?(股对)

是八士也,其德必足以辅世表俗,其才必足以修政建功。

虽曰产于一姓,而实邦家之光也;

虽曰萃于一门,而实天下之瑞也。(股对)

然生既有所自,而出必有所为。夫岂偶然哉?

信乎!关于气运之隆也。(结语)

愚所谓惟一代之运为甚隆,故贤才之生为甚异者以此。抑八士或曰成王时人,或曰宣王时人,今不可考矣。大抵周运之盛,故善人之多如此也。然尚求诸尧舜之世,高阳氏、高辛氏,皆有才子八人,天下谓之八元八恺,虽非生于一母而各同出于一氏,则当时气运之盛,又何如耶?夫子谓唐虞之际,于斯为盛,亦可验也。[①](大结)

可以看出通篇只是敷衍传注,股对中间杂有散句,也就是顾氏所谓的或对或散。

天顺癸未会试,主考彭时程文《仁者先难而后获,可谓仁矣》,语出《论语·雍也》。朱子注曰:"先其事之所难,而后其效之所得,仁者之心也。此必因樊迟之失而告之。"[②]

惟仁者心不累乎私,则仁道不外是矣。(破题)

盖先难后获,仁者之心也。有是心而不累乎私,则仁之道岂不于是而全哉?(承题)

夫子以是告樊迟问仁,其旨深矣。(原题)

思昔圣人之意,若曰:常人于行事之际,必先计其功效,是以己私间乎仁矣。惟仁者则不然,其于行事也,必先其事之所难,而后其效之所得焉。何也?(起讲)

盖行己接物,莫非事也。凡事之难者,理不可以速成,而仁者□□□之,则不底于成,有不止矣。曷尝辄计其□□□□□?

处常应变,亦莫非事也。凡事之难者,理不可以苟就,而仁者心恒先之,则不至于就,有不舍矣。曷尝辄计其功而他适哉?(股对)

谓之曰先难,则非特先之而已。虽一瞬息之顷,不少忽焉。

谓之曰后获,则非特后之而已,虽一念虑之间,不少存焉。(股对)

夫先所难而后所获如此。非其心不累于私者乎?(结语)

惟一私不存,万理明净,是以心之本体纯粹而不杂。其大用也,周流而无间,可谓心德全而仁道即此而在矣。然此语必因樊迟有计获之失而告之,使能因是而自勉焉。何患乎不至于仁哉?[③](大结)

这是会试主考所做程文,通篇也是敷衍传注,且只有四股。以上两篇皆为程文,也就是主考所做或勘定的范文,从文体形态上看,与定型的八股文已经比较接近了,差别就在股对的做法上。

顾炎武特别指出,天顺之前单句题少,而下面所举两篇例文都是单句题,隐然表明八股

---

① 《程文选》一编,第339—341页。

② 朱熹《四书章句集注》,第89—90页。

③ 《程文选》一编,第347—349页。

格式的形成与单句题有着密切的关系。洪武乙丑(十八年)科黄子澄元墨《天下有道则礼乐征伐自天子出》为有明制义第一篇文字。正如丘濬所感叹的:“祖宗时其所试题目皆摘取经书中大道理、大制度,关系人伦治道者,然后出以为题。”①洪武、建文间十余年,乙丑、丁丑、庚辰三科会试皆出此题。这种不断重复以大题目来考试的情况在以后的科举考试中都是不可能再现的。《明文得》是清康熙间孙维祺编选的一部八股文选集,按明代八股文演变的四个时期分为初、盛、中、晚四集。据笔者统计,初集洪武至天顺,选文十篇;盛集成化至正嘉,选文六十五篇;中集隆万,选文一百九十三篇;晚集启祯,选文二百三十一篇;失编八篇;共计五百零七篇。初集选文不多,无一单句题,与顾炎武所言相同;盛集即为成化至正嘉时期,是八股文定型并走向鼎盛的时期,选文中有单句题八篇,八股格式的就有七篇;中集即为隆万时期,单句题有四十七篇,八股格式占三十三篇,六股和十股是八股格的轻微变形,加上这两种就是四十二篇;晚集指启祯时期,单句题有七十四篇,八股格占四十篇,加上六股和十股就是六十四篇。这说明,单句题与八股格式的定型有着较为密切的关系。

成化二十三年,会试《乐天者保天下》文,起讲先提三句,即讲“乐天”四股,中间过接四句,复讲“保天下”四股,复收四句,再作大结。

成化二十三年会试,主考官为尹直,副主考为吴宽,会元为程楷。三道四书文分别是《先有司赦不过举贤》、《考诸三王……知人也》和《乐天者保天下》。顾氏所言《乐天者保天下》一文,其作者即吴宽。吴宽字匏庵,长洲人,成化八年壬辰科会试会元,殿试状元,曾任礼部尚书,该文即其所作程文。此题出自《孟子·梁惠王下》:“以大事小,乐天者也;以小事大,畏天者也。乐天者保天下,畏天者保其国。”现将原文援引如下:

所存者出于自然,所保者极于无外。此仁人然也。(破题)

盖仁人所存,以天下为度者也。乐天,则所存出于自然矣。其所保之气象,岂不至大而无外乎?(承题)

昔孟子因论以大事小为乐天,而推言及此。(原题)

且天者,理而已矣,仁者于此果何如而谓之乐天耶?(起讲先提三句)

为其所当为,而非有所利而为,一有利之之心,则勉强矣;

行其所当行,而非有所畏而行,一有畏之之心,则娇揉矣。

盖必

郭然大公,与物而无间,若汤之克仁而懋昭大德是矣;

浑然至善,与理而相忘,若文王之止仁而勤用明德是矣。(以上四股讲“乐天者”)

仁者之乐天如此,则能与天理为一,而以天下为度,其气象又何如其大耶?(过接四句)

吾见

以万邦为一家,而无远近之分,其高明广大,譬如天之无不覆帱也;

以万姓为一人,而无亲疏之异,其博厚宽弘,譬如地之无不持载也。

故虽未必一一而怀柔之,然凡有茅土者,皆在其统御之中,若汤虽七十里之国,万邦

① 《大学衍义补》卷九,文渊阁四库全书子部儒家类。

以之而□怀也；

虽未必一一而抚摩之，然凡有血气者，皆在其范围之内，若文王虽百里之地，多方自尔而诞受也。（以上四股讲“保天下”）

其气象之大如此。（收结）

可见仁者之乐天，虽天下有不难保，于交邻国也，何有哉也？（复收四句）[①]

文章先讲乐天者四股，中间有四句过接，再讲保天下四股，完全和顾炎武所言相同。稍有不同者，大结被后来的选家删掉了。一般读者认为八股文后面的几句结语就是大结，其实并非如此。明代成化时期的大结一般都比较长的，到明末逐渐变短，到清代甚至明文禁止，所以后来的选家选评八股时就把大结删掉了。顾炎武为什么要以成化二十三年的制义做例子，之前是否没有定型的八股文呢？当然不是。其实在成化十一年会试中已经出现，如王鏊的《周公兼夷狄驱猛兽而百姓宁》，谢迁的《思事亲不……知天》，都是典型的八股文了，而此科副主考丘濬《成化十一年会试录》中以王鏊名义做的程文也是成型的八股文，这就说明这一新的范式已得到官方的认可[②]。

这篇制义是顾氏宣称八股文始于成化以后的第一个例证，而该文恰好是此科主考吴宽的程文。所谓程文，原是科举考试之后，主考官选出比较优秀的墨卷，稍加润色，即附《会试录》发刻，俾天下士子以为程式的文章。但明代的科举程文基本上都是主考代作，而不是在考生墨卷基础上修改而成。当然，主考官这样做的目无非就是试图主导制义的走向。吴宽所作是完整的八股格式，这说明他认可四书文这一新的做法，也力图推广这一新的典范。

弘治九年，会试《责难于君谓之恭》文，起讲先提三句，即讲“责难于君”四股，中间过接二句，复讲“谓之恭”四股，复收二句，再作大结。

弘治九年会试，主考官为谢迁，副主考为王鏊，会元为陈澜，三道四书文分别是《百姓足君孰与不足》、《衣锦尚絅……曰华》和《责难于君谓之恭》。顾氏所举的第二个例子即此科的会试题目《责难于君谓之恭》，题出自《孟子·离娄上》：“事君无义，进退无礼，言则非先王之道者，犹沓沓也。责难于君谓之恭，陈善闭邪谓之敬，吾君不能谓之贼。”现将这篇制义援引如下：

臣之望君也深，则其尊君也大。（破题）

夫君道而至于尽仁，可谓难矣。人臣以是而望于君焉，其尊之也，不亦大哉。（承题）

孟子论天下之法度，而责其臣者如此。（原题）

意谓君之为政也有难易，而臣之尊君也有大小。人臣以难而责于君，（起讲先提三句）盖必

告于内者，不惟其仁心之存而已；必欲吾君扩而充之，使好生之德始于家而达于邦国。

陈于前者，不惟其仁闻之达而已，必欲吾君推而行之，使长人之善，举之身而措之于

---

① 俞长城《一百二十名家全稿》，第二册，清光绪癸巳上海鸿宝斋石印本。

② 关于八股文的定型，可参看拙文《八股文的定型及其相关问题》，《文学遗产》2011年第6期。

天下。

为君莫盛于尧也，责吾君以尧之所以为君者为君，君不如尧，吾愧焉；

治民莫善于舜也，责吾君以舜之所以治民者治民，君不如舜，吾耻焉。（以上四股是讲"责难于君"）

夫责难于君如此，不谓之恭而何？（过接二句）

盖世之事君者，

惟欲之徇，而不敢拂乎君，貌责恭矣，然其中必有不足与言仁义之心，恭何有乎？

惟令之从，而不敢言其过，外若虔矣，然其中必有不足与为尧舜之心，恭何有乎？

今以尧而望君，则君亦尧也。尧之道光被四表，格于上下，而吾能致君于尧，恭孰有大于此哉；

以舜而望君，则君亦顺也。舜之道为法于天下，可传于后世，而吾能致君于舜，恭孰有加于此哉。（以上四股是讲"谓之恭"）

由是观之，则人臣事君之道可知矣。（复收二句）

抑又论之，取其可爱而不取其可畏，庸君之情也。沮于所畏而趋于所喜，具臣之心也。盖恣肆之于儆戒，有乐与不乐之异；违拂之于顺从，有恭与不恭之殊。自非圣贤之君，不能择其所可乐；而非守道之臣，亦不能尽其当恭也。是则难固人臣之恭，而受责难又人君之圣。（大结）[①]

文章做法完全与顾炎武所说一样，甚至最后的大结依然保存完好。陈东原在《中国教育史》中以此文为例，认为八股文定型早于成化十一年，因为此文的作者谢迁是成化十一年的进士[②]。今按，谢迁确为成化十一年会试进士，况且还是殿试的状元，但陈东原所举的此文却并非谢氏成化十一年会试之作。谢氏为弘治九年会试主考，而此科三道八股文当中恰好有一道题目就是《责难于君谓之恭》，因此，此文应是谢氏所做程文。一般人以为一个人在考进士之后就不会再写八股了，其实不一定。很多人考中进士之后，因为各种原因，还要继续作一些八股。比如做乡会试的主考官，要做程文；因为文名大，地位高，会被亲友请求作文，以备子弟科举参考的，等等。

每四股之中，一正一反，一虚一实，一浅一深（原注云：亦有联属二句四句为对，排比十数对成篇，而不至于八股者）。

胡友信"饭疏食饮三句"题，出自《论语·述而》："子曰，饭疏食饮水，曲肱而枕之，乐亦在其中矣。"

圣心之乐，无时不然者也。（破题）

盖疏食饮水，曲肱而枕，时也，而于圣人之心何与哉？此其所以无时不乐也。（承题）

① 范应宾辑评《程文选》二编，北京师范大学图书馆藏明刻孤本秘笈丛刊本，广西师范大学出版社2010年版。

② 转引自刘海峰、李兵《中国科举史》第五章《科举制度的鼎盛》，东方出版中心2004年版，第309—311页。

昔者夫子尝曰，天下之物无与于我，吾心之乐无与于物。(起讲)

故予

当奉养之常，无所以限之也，其豫也固宜；

适起居之便，无所以窘之也，其舒也固宜。

至于饭疏食饮水，而口之于味也，失其故也；

曲肱而枕之，而四肢之于安佚也，反其常也。

斯则

遇与情相迫，若无不可动之情；

物与性相侵，若无不可移之性。

而予

亦优游焉，而平生之所自得者，不因是而少易；

亦伴涣焉，而中心之所自豫者，不缘是而少迁。

疏食饮水，非乐也，而我处于是，若或有以佚之，而与精食者同一景象也；

曲肱而枕，非乐也，而我处于是，若或有以纵之，而与燕居者同一境界也。

不以物喜，不以物悲，油然于天地之间；

不为物化，不为物迁，悠然于宇宙之内。

此我之穷乎，由是通乎，由是不知老之将至也。[①]

俞长城云："文有浅深虚实相生之意，单题正法也。"[②]单句题意思比较完整，股与股之间的关系比较密切，故能做到起承转合，一正一反，一虚一实。其实，之所以如此，可能与律诗的影响分不开。金人瑞云："唐人一二起如郁勃，则三四承之必然条畅，条畅所以宣泄其郁勃也。唐人一二起如闲远，则三四承之必然紧峭，紧峭所以逼取其闲远也。……小处写起，则承之必说到大处；大处说起，则承之必说到小处；顺起，则承之必以逆；逆起，则承之必以顺；空起，则承之必以实；实起，则承之必以空；直起者，必曲承之；逼起者，必宽承之。"[③]

从八股股对的要求上看，也要避免合掌，由此也可看到律诗对八股文的影响。陈际泰《太乙山房稿》自序云："泰文凡数变，然其意皆以一己之精神，透圣贤之义旨为宗，而所独得者乃在分股。前人定为八股者，言之不已而再言之，明为必如是而后尽也。若每股合掌，则四股可以，何必八股哉?"[④]说到合掌，方苞也曾说："化治先辈对比多辞异而意同，乃风气初开，文律未细，虽归震川犹或不免，如《礼之用》篇精深古健而亦蹈此病。"[⑤]所以，作股对时要注意上下股之间的关系，出股是正说，对股就要反说；出股是虚说，对股就要实说，这样就能避免合掌。

---

① 《明文得》不分卷，中集，《论语》。

② 俞长城《一百二十名家全稿》，第四册，薛应旂"夫有所受之也"一文评语。

③ 转引自陈伯海《历代唐诗论评辑要》，陈伯海主编《唐诗汇评》附录，浙江教育出版社1995年版，第3308页。

④ 梁章钜《制义丛话》卷之七。

⑤ 方苞《钦定正嘉四书文》卷二，归有光《诗三百一节》文之总评。《礼之用》篇亦出此卷。文渊阁四库全书本。

律诗在唐以来成为最流行、最强势的文体，士子们没有不读不做的，故其作法会自觉不自觉地渗入其他文体。先是唐宋的援律诗之法入赋体，这样就形成了律赋和试帖诗。到了明代，可利用的资源就更多了，除了援律诗之法进入四书文，律赋和试帖诗的经验也都可以运用，这最终促成了八股文的形成。

至于是否八股之间都具备起承转合、虚实正反的关系，也不要过于执着，有时也只是略具联系而已。顾氏在此所说八股的做法可能更多的是一种理想化状态，大多数八股文的股对并非这样严格。

其两扇立格（原注云：谓题本两对，文亦两大对），则每扇之中各有四股，其次第之法亦复如之。

成化十一年会试的一篇四书义即是《思事亲不……知天》，是一道两扇题。题出《中庸》："思事亲不可以不知人，思知人不可以不知天。"下面所引是此科状元谢迁的墨卷：

欲切夫仁之施，当极夫智之务。（破题）

甚矣，修身本在仁也。使我理有未穷，而智有未尽，则仁道何自而生哉？（承题）

孔子告哀公曰，君子之于天下也，必正己然后可以正人，故君子之修其身也，必穷理而后可以尽性。（原题）

何则？修道以仁，而其实则事亲是矣，思事亲者，色取仁而行违，可乎？故必先明志其所往，然其要则在知人，盖觉有先后，学非师友则不觉矣。（起讲）

是故

师之所在，则尊师以崇道，必隆用上敬下之诚，而惟谏弗呵；

友之所在，则取友以辅仁，必敦乐道忘势之念，而惟言是庸。（起股）

夫然则开导启沃，自有以全其真纯；而砥砺切磋，亦有以杜其外诱。（过接）

由是以广因心之孝，而得顾眷之宜，虽曰不虑而知，今则行而着矣；

由是以敦所性之仁，而充锡类之善，虽曰不学而能，今则习而察矣。（中股）

思事亲者，可不知人乎？（收结）

夫事亲必本于知人，而亲亲之杀，尊贤之等，皆天理也；思知人者，逆诈而亿，不信可乎？故必穷斯道之大原，然其要则在知天。盖天者，理之从出，穷理不于是则非理矣。（出题）

必也

体干元之善，以尽长人之仁，因其本然之则，而不失乎自然之伦；

达天德之知，而穷理物之义，因其物之宜，而不失吾处物之制。（后股）

夫然则天叙之典，既敦吾亲亲之仁；而天秩之理，复庸吾尊贤之义。（过接）

由亲亲而仁民，由仁民而爱物，必不流为兼爱，而歧视其亲亲也；

由尊贤而容众，由容众而矜不能，必不混于所施，而不急于尊贤也。（束股）

思知人者，可不知天乎？（收结）

吁，君子之主政也，舍是则取必于智巧功利之间，其为修身者，抑末矣。[①]（结语）

① 俞长城《一百二十名家全稿》，第二册。

其实这一道题目就是顾炎武所说的两扇立格，每扇各有四股。前四股讲“思事亲不可以不知人”，两股之间有过接相连，后有收结；用出题转到后四股，即讲“思知人不可以不知天”，两股之间也有过接，后面也有收结，最后再用结语收束全文。

还有所谓的三扇题，李东阳《由尧舜至于汤三节》一文，就是一道三扇题。题出自《孟子》“尽心章句下”的最后一章。

> 圣人之生有常期，或传其道于同时，或传其道于异世。（破题）
>
> 盖圣人之生，即道之所在也。非见之者之在当时，闻之者之在后世，则斯道也，孰从而传之哉？（承题）
>
> 孟子于此而历叙之，意有在矣。盖尝论之，道之在天下，必待圣人而后传。然其生也不数，故率以五百年而一见。尧舜者，道之所由以传者也。（起讲）
>
> 自尧以至于汤，以其年计之，则五百有余也。当是时，见而知其道者，禹得之于执中之命；皋陶得之为典礼之谟；若汤之生也，则闻其道而知之焉。观于上帝降衷之言，则斯道之统，在于汤矣。（一大扇）
>
> 自汤至于文王，以其年计之，亦五百年有余也。当是时，见而知其道者，伊尹得之而为一德之辅；莱朱得之而为建中之诰；若文王之生也，则闻其道而知之焉。观于缉熙敬止之诗，则斯道之统，在于文王矣。（一大扇）
>
> 自文王至于孔子，亦五百余年。犹汤之于尧舜，文王之于汤也。当是时，见而知其道者，得之为丹书之戒，则有若太公望焉；得之为彝教之迪，则有若散宜生焉；若孔子之生也，则闻其道而知之。贤者识其大，不贤者识其小。无所不学，即文王之道也。斯道之统，不又在于孔子乎？（一大扇）
>
> 吁！世虽有先后也，而道无先后之殊；传虽有远近也，而道无远近之异。然则，斯道之在天下，曷尝一日而无哉？（结语）①

题目是三节，一节各作一大段，是为三扇题。至于四扇、五扇，可以类推。

故今人相传，谓之八股。

何为八股？综合顾炎武所讲的三个例子，所谓八股即是在文章破题、承题和起讲之后，文章收结和大结之前，有八个对子将题目内涵表达完整，这种文章即是八股文。清末探花商衍鎏在论述八股文也说：“文之发端为破题、承题，破承之后为起讲，即入口气，起讲而后排比对偶，接连而八，故曰八股。”②用经义取士当然是朝廷的意见，但经义的格式并非完全出自朝廷的规定。作为一种文体它有一个逐渐演变的过程，并非一开始就是严整的八股格式。八股文的破题、承题、起讲以及最后的结语，这些作为考试文体的构成部分，在宋代甚至在唐代即已存在，这是历史的承袭。而作为一种文体创新，四书文的独特之处即在于八股部分。从严格的文体学意义上说，并不是一篇四书文中有八个对子就可以称为八股文，而是这八个对子必须是在起讲之后，结语之前，也就是文章的主体部分，况且是“接连而八”（当然股对之间允许有过接之类的散句），把题目的内涵讲完整，这样的四书文才是八股文。当然，八股文后

① 《钦定化治四书文》卷六。

② 商衍鎏《清代科举考试述录及有关著作》，百花文艺出版社2005年版，第244页。

来已成为一种泛称，故一切四书文，包括成化之前的四书文，都可笼统地说是八股文。

长题则不拘此。

一般八股文的类型是按题目分类的，如按题目长短可以分为单句题、长题等，长题又视情况分为一节题、数节题、一章题、数章题等；在相邻的句子或章节之间，不当断而断，不当连而连，这样截取出来的题目就是截搭题；如按题目内容又可分为口气题、记言题、记事题、援引题、问答题、咏物题等；按题神又可分为枯窘题、俚俗题、游戏题等；按题目在章句中的语法功用又可分为结上题、过脉题、相因题、反揭题等。卢前在《八股文小史》中说“所举四十种，文格犹未能尽”，并不是夸张的话，由此可见八股题目之繁复。

相对于短题或单句题，长题的情况就比较复杂了。由于内容庞杂，上下文之间也许无甚关联，只能分段疏解，不能施之以起承转合、正反虚实了。如果长题要做成八股格式，常见的做法是循题位置，各适所是，努力布置为一个八股格。如邹德溥万历癸未会试墨卷《“修身则道”一节》文，题目出自《中庸》：“修身则道立，尊贤则不惑，亲亲则诸父昆弟不怨，敬大臣则不眩，体群臣则士之报礼重，子庶民则百姓劝，来百工则财用足，柔远人则四方归之，怀诸侯则天下畏之。”题目共九句，是一道长题。作者的做法是将第一句“修身则道立”独自分疏，以下八句两两相对，恰好八股[①]。此八股格又一法也。

对于句子较长，内容较为复杂的题目，还可使用立柱之法来处理。所谓立柱，也就是把复杂的题目概括为一两个要点，再围绕这一两个要点来作文，这样文章就不至于散漫无归。其实立柱的办法在宋代就已出现在诗文中了。罗大经《鹤林玉露》甲编卷六云：“作诗要有健字撑柱，要活字斡旋。……撑柱如屋之有柱，斡旋如车之有轴。文亦然。诗以字，文以句。”这一段话形象地把诗文中的关键词句比作屋之柱、车之轴，房屋有之方可以矗立，舟车有之方可以转动。吕留良对立柱评论说：“立柱分作，固是古格，然出之须变化生动。古人立柱之法，亦只要每股各有意义，不合掌，不倒乱，不复迭耳。”[②]如王鏊《乡田同井　私事》一文，题出自《孟子·滕文公上》：“乡田同井，出入相友，守望相助，疾病相扶持，则百姓亲睦。方里而井，井九百亩，其中为公田，八家皆私百亩，同养公田。公事毕，然后敢治私事。”对此头绪凌乱之题目，王鏊即以立柱之法破题：“论井田之法有以通民情，井田之制有以定民分。”文末艾南英评曰：“通民情定民分六字作柱，头绪俱清，先辈斩钉截铁手段。”（《一百二十名家全稿》第二册）下面再围绕柱子，就比较容易做成八股。

四书文被称为八股文，并非表示所有的四书文都必须做成八股。只是在成化之后，八股文成为制义的正格，受到广泛的关注，甚至取代四书文，成为最通行的称呼。其实，其他如六股，十股，十二股，甚至十八股的四书文在成化以后都不罕见。此外，还有所谓门扇体、散体等四书文。这也正好说明八股文是自然形成的，并非如有些学者所认为的是由朝廷来制定的。

嘉靖以后，文体日变，而问之儒生，皆不知八股之何谓矣。

“嘉靖八年，是科初变文体。”[③]这说明嘉靖间八股化的四书文在形态上有所改变。方苞

---

① 孙维祺编《明文得》不分卷，中集，《中庸》，四库禁毁丛书本。

② 吕留良《吕晚村先生论文汇钞》，四库禁毁丛书本。

③ 徐学聚《国朝典汇》卷一百二十八，礼部类，科目条。四库存目丛书本。

《钦定四书文·凡例》也说："至正嘉作者，始能以古文为时文，融液经史，使题之义蕴，隐显曲畅，为明文之极盛。"此科会元正是唐顺之。"唐荆川代兴以后，天下始不称王、钱。"[①]以王鏊、钱福为代表的成化、弘治制义，裁对整齐，纯雅通畅，被视为八股文的正宗。唐顺之的出现标志着文体的新变，八股文由此开始了"以古文为时文"的阶段。归有光等人又踵事增华，在八股文中故意弄些不甚整齐的对偶，以便增加文章的古意，借此与王鏊等人开创的八股典范拉开了差距。

明代科举考试有所谓"元脉"的说法，会元之作"元墨"一直对读书人起着主导作用，这也是明代八股文发展的主要线索。然而，明末民间选家盛行一时，"行稿社义与程墨争道而驰"，曾异撰对此感叹"昔日之程墨掩时义，今日之时义敢于侮程墨"[②]。俞长城则站在正统的立场上，对这种现状表示不满："商周以前，道统在上；春秋以后，道统在下。庆历以往，文统在上；启祯以来，文统在下。道统在上则治，道统在下则乱；文统在上则盛，文统在下则衰。……明之盛也，琼山、西涯诸公，独辟宗风，震泽、毗陵诸公，递传元脉，文统在上者也；及其衰也，霍林、求仲，以不用而游于艺，千子、吉士以不遇而立其言，文统在下者也。"[③]

《明史·选举志》在论述明后期的八股文时说："时方崇尚新奇，厌薄先民矩矱，以士子所好为鹜，不遵上指也。启祯之间，文体益变，以出入经史百氏为高，而恣轶者亦多矣。虽数申诡异险僻之禁，势重难返，卒不能从。"方苞在《钦定四书文·凡例》中对明后期的制义评论说："至启祯，名家之杰特者，其思力所造，途径所开，或为前辈所不能到；其余杂家，则偭弃规矩以为新奇，剽剥经子以为古奥，雕琢字句以为工雅……"

在此之前，经常有关于科举考试要"正文体"的呼吁，不过多数都是对于新奇怪诞文风的批评。但到了隆庆、万历时期，形势变得严峻起来。自明初以来，经义的考试都是以程朱为标准的，自王阳明心学与庄禅二氏兴盛之后，程朱标准受到严厉挑战，隆庆、万历的八股文则是在内容方面以心学和庄禅动摇了朱注绝对权威的地位。

这一切都说明，嘉靖以后，成化、弘治时期规范的八股文体在一定程度上被淡化甚至被淡忘了。

《孟子》曰："大匠诲人，必以规矩。"今之为时文者，岂必裂规偭矩矣乎？

此引文出自《孟子·告子上》，所谓没有规矩，不成方圆。而什么是八股，成化、弘治间的制义大家已经确立了规范，使人有法可循。嘉靖以后，文人学者各逞私智，文体日变，反而搞不清何谓八股了。

发端二句或三四句，谓之破题。大抵对句为多，此宋人相传之格（原注云：本之唐人赋格。[钱氏曰]宋季有魏天应《论学绳尺》一书，皆当时应举文字，有破题、接题、小讲、大讲、入题、原题诸式，是论亦有破题）。

以下部分详细论述八股文的体制特点。所谓破题也就是用等值或近似的字眼替换题目中的字眼，把题目分解开来。破题犹如制谜，谜底已经给出，要你制作谜面。这就要利用汉字固有的特征，诸如近义、描述、释义和同义反复等方式替换原有题目中的字眼。破题起源

① 方苞《钦定四书文·化治四书文》卷六，钱福《春秋无义战》一章文之评语。

② 曾异撰《叙庚午程墨质》，载《明文海》卷三〇九，中华书局影印本，第3192页。

③ 俞长城《先正程墨序》，《俞宁世文集》卷四，四库未收书目丛书本。

甚早,唐代科举考试中即已出现。唐人李程《日五色赋》破题云:"德动天鉴,祥开日华。"宋人郑獬《圆丘象天赋》破题云:"礼大必简,丘圆自然。"这是律赋的破题。

论亦有破题,原注所引钱氏曰云云,《四库提要》亦有类似的论述:"其破题、接题、小讲、大讲、入题、原题诸式,实后来八比之滥觞,亦足以见制举之文,源流所自出焉。"[①]

诗亦有破题,欧阳修《六一诗话》谓梅圣俞《河豚》诗,开首"春洲生荻芽,春岸生杨花",只此破题已道尽河豚好处[②]。

经义、论之有破题自不待言,甚至制诰都有破题。王应麟《辞学指南》云:"东莱先生曰,制破题四句,或兼说新旧官,或只说新官","制头四句能包尽题意为佳。"[③]

下申其意,作四五句,谓之承题。

所谓承题就是承接破题而来,其渊源可以追溯至唐代的律赋。商衍鎏说:"破题之后为承题,承者接也,谓将破中紧要意义承接而下,倘正破则用反承,反破则用正承,顺破则用逆承,逆破则用顺承,余可类推,总要明快关连,不可破自破而承自承也。"[④]破题中遇孔孟之名要用代字,而在承题中可直呼之。

然后提出夫子(原注云:曾子、子思、孟子皆然)为何而发此言,谓之原起。

也称作原题,其实就是交待题目的背景。这是一个很好的办法,可以使人明了题目的来龙去脉,对理解文章是有帮助的。也是在宋代就已成为定格了。如上文顾炎武所引两篇即如此。唐顺之、归有光等人制义中多有原题。如唐顺之"有故而去"五句题云"此孟子援古以见今之不然也"(《钦定正嘉四书文》卷六)。归有光"小德川流"二句题云:"《中庸》以仲尼之德言天道及此。"(《钦定正嘉四书文》卷四)后来不用原起,它的功能也就转移到起讲中了。

至万历中,破止二句,承止三句,不用原起,篇末敷演圣人言毕,自摅所见,或数十字,或百余字,谓之大结。

破承原起之后,即是经义所谓的大讲部分,四书文之所以称为八股文即在于此,在札记的第一段顾炎武已做了详细的解释,此处不再词费。

为什么我们今天看到的八股文大都没有大结呢?这是因为清代有明文规定,禁止大结。《钦定大清会典事例》卷三百三十二载,"(康熙)十六年议准,乡会应试诸生文字内,概不许作大结"。为什么禁止?梁章钜《制义丛话》云:"前明经义,每篇之后,多有大结。本朝陆清献公亦尝论大结之不可无,汉唐以下之事,皆可借题立论,随题可以缀入。明之中叶,每以此为关节,后因文日加长,此调渐废,至我朝康熙十六年,始悬之禁令。"朝廷功令不允许了,自此以后,马二先生之类的八股选家在选评八股时自然要把大结删去。

但也有为大结辩护者,如吕留良就说:"先辈大家止发明本文,必不肯庞杂一义。其有别解旁枝,则见之大结,足以尽人之才辨,而又不失本文。此大结之妙法也。"[⑤]其意即以为大结

① 《四库全书总目》卷一八七,总集类二。

② 清何文焕辑《历代诗话》,中华书局1981年版,第265页。

③ 王应麟《玉海》附录,文渊阁四库全书本。

④ 商衍鎏《清代科举考试述录》第七章"八股文、试帖诗概纪及举例释义",第232页。三联书店1958年版。

⑤ 吕留良《吕子评语余编》卷二,四库禁毁丛书本。

不可删。俞长城也抱有同情之态度:“文之大结必不可去,文连破承,大结连文,有顺有断,时纵时横,乃成古文境界。大结可去,则破承亦可去矣。此又若去后半篇,岂不寂寞枯槁?”[1]故俞选《一百二十名家全稿》中大结还保留了不少,如岳正“惟仁者能……爱人”一文,陈献章“古之为关”全章题等皆有大结,而方苞《钦定四书文》中的大结基本都已删掉。

大结的废除,表面上是为了严肃考场,杜绝关节,而更深一层的含义,也许是统治者为了控制思想吧。因为八股文作为一种代言性质的文体实在是不允许考生说一点自己的话,尊经守注,代圣贤立言,而完全泯灭了自己。本来宋代经义之所以能够出现,就是因为当时经学的解放,学者们打破了注不破经,疏不破注的传统,才奠定新的儒学传统——程朱理学,但程朱理学一旦被统治者视为意识形态的正统,就不会让别人改变它。虽然这样,明代科举考试中以王学为作文标准的现象也时有发生,这说明当时的意识形态统治还不是铁板一块的。

不过,就八股文作为一种文体而言,大结作为文体的一个组成部分确实显得有点多余,本来从破承到结语就是一个完整的组合,去掉大结,似乎对八股作为一种文体是无损的。

国初之制,可及本朝时事。以后功令益密,恐有借以自衒者,但许言前代,不及本朝。至万历中,大结止三四句。

关于利用大结作弊的事例,《明史·选举志》讲到一条:“先是二年辛酉,中允钱谦益典试浙江,所取举人钱千秋卷七篇大结,迹涉关节。”具体作弊情况在《明实录》(天启二年)中有交待:“浙江中式四十三名钱千秋,七义结尾,顺读之,乃一朝平步上青天,关节可疑,应提究问,命所司参奏。”结果,千秋谪戍,牧斋由此罢。

于是国家之事,罔始罔终,在位之臣,畏首畏尾,其象已见于应举之文矣。

此处呼应上文,背弃先正之典范,各逞私智,衰亡之象已现矣。由声音文字来判断一国政俗之兴衰,在中国有着悠久的历史。《礼记·乐记》云:“凡音者,生人心者也。情动于中,故形于声,声成文,谓之音。是故治世之音安以乐,其政和;乱世之音怨以怒,其政乖;亡国之音哀以思,其民困。声音之道,与政通矣。”《左传》襄公二十九年,吴公子季札到鲁国来聘问,观周乐,因诗而论及各国的兴衰成败,就是其中的显例。明末清初,钱谦益在《列朝诗集》中也常使用这种批评方式。顾氏即于应举之文看出了明代的没落。

综上所述,顾炎武在《日知录》中提出的“八股始于成化之后”的说法是可信的,对八股文的文体形态及体制特点的描述也是非常准确的;其中所征引的两篇制义也并非随意的安排,它们都是成化、弘治年间八股文鼎盛时期的名家名作,代表了当时八股文创作的最高水准,具有典型的示范意义。

作者单位:华南师范大学

---

① 俞长城《一百二十名家全稿》,第一册,岳正“惟仁者能……爱人”一文评语。

余怀与妓女

——从初期作品到《板桥杂记》的作品变貌

小冢由博

一、绪　论

明末清初，在江南活动的一个文人余怀（1616—1696，字淡心，号曼翁。福建莆田人），著以随笔《板桥杂记》闻名。这一部书，是关于他在年轻的时候自己实际体验了南京游里及在那里中住的妓女，他到晚年写的作品。我看到《板桥杂记》兼备了怀念和平时代的怀古性和留传至今已经消失了的明末南京之光景的记录性作品。

然而，在后代《板桥杂记》被认为是“介绍游里的手册”，所以只被强调了余怀为风流人的一面，而且认为他的生活完全与游里及妓女有关①。但是在记录上，他实际频繁地在游里与妓女交往，不过就是他青年时代的某一时期。然后他遭遇了明清交替的动乱，失去了家产而流落各地，不久在苏州灵严山隐居了。究竟余怀描述妓女及游里的行为有什么意义？在文学性上有什么特色？现在我关注到这个点，并继续研究。

虽然余怀现有的著作不少，但是其种类有偏重，在其中关于他作为文人的活动及表示自己的文学性的代表性资料不太多。然而，根据我的研究②及前研究③，最终能看到其大致轮廓。在本文中，我要把余怀的关于游里及妓女的作品进行分析，从中考察余怀的文学性如何

---

① 比如，李金堂也说“人们不能因为余怀为人风流潇洒，因为他的坦荡，而误以为他是放荡不羁的无良之人。恰恰相反，在此类问题上，他是一位持大节者”云云李金堂校注《余怀全集》（上海古籍出版社 2011 年版）上卷《解说》，第 31 页。

② 比如《余怀の初期の诗文について—甲申の变前后を中心に—》（大东文化大学《中国学论集》19 号，2002 年 3 月）、〈《板桥杂记》成立小考—晚年の余怀の交游关系を中心に—〉（《日本中国学会报》第 55 集，第 152—165 页，2003 年 10 月）等等

③ 比例，前田爱《〈板桥杂记〉与〈柳桥新志〉》（《国语与国文学》第 41 卷 3 号，1964 年 3 月），岩城秀夫翻译《板桥杂记·苏州画舫录》（平凡社，《东洋文库》29，1964 年 10 月），暴鸿昌《明末名妓与文人——读余怀〈板桥杂记〉》（《学习与探索》117 期，1998 年），李金堂《清代金陵学人传略（六）——余怀传》（《南京高师学报》13 卷。第 1 期，1997 年 3 月），李金堂《余怀与〈板桥杂记〉》（《天津师大学报》，136 期，1998 年 2 月）等等。

的变貌，并进行对比分析[①]。

另外，大木康、斋藤茂等人[②]指出，妓女是文人社会必不可少的存在，而且妓女住的游里是也出产很多文学作品的土壤。然而，关于其详细的研究，并不充分。这篇论文，如果能有一点儿作用，笔者将不胜欣慰。

二、时代背景

余怀开始去游里的经过是怎样？根据《板桥杂记》（中卷），当南京兵部尚书的范景文（1587—1644，字梦章，河北吴桥人，东林派）的书记官余怀的记载，“及入范大司马莲花幕为平安书记者，及崇祯庚辛以后，曲中名妓，如朱斗儿、徐翩翩、马湘兰者皆不得而见之矣。”这中是崇祯庚辛，那时是崇祯十三、十四年（1640—1641）。这表示余怀由于成为范景文的书记官的身份终于可以去游里与妓女交往。但是《板桥杂记》中卷中有崇祯己卯（崇祯十二年，1639）7月7日，余怀参加了方以智（1611—1671，字密之，安徽桐城人。复社“四公子”的一人）主办的宴会的记录。那时候，很多的妓女也参加了[③]。这个时候，余怀已经在南京，与明末复社的文人交流了。比如，吴伟业、龚鼎孳、冒襄、方以智、侯方域、刘城等等。余怀关于当时在南京文人的活动有如下描述；

> 己、庚之际，人物聚留都。范相国景文为大司马，冯大司马火飙为大银台，张佥都璋为少京兆。其他如詹侍郎兆恒为御史，钱副使棅为铨曹。而优游林下，坐卧东山者，则有金先生光宸，周先生镳。其四方流寓之士则有和州戴推官重，桐城方学士以智，孙职方临，山东姜司马采，姜考功垓辈，麈扇过江，文酒跌宕。而怀与王孝廉潢，钱茂才匪二三同人，进退揖流于其间。（《峄桐集序》）[④]

在上文中的文人，大概属于复社东林中的人物，可以看出他们在南京文人活动的一侧面。如果明朝就照旧存在的话，余怀也一定与同时代一般的文人一样，以考上科举为目标，也许当了官吏。要是那样的话，也许没有写作《板桥杂记》的机会。但是，余怀未考上乡试的时候，实际上明朝已经将至尽头。

崇祯十七年（清朝顺治元年，1644）年3月，李自成侵入明都北京。3月15日，明崇祯帝（朱由检，1628—1644在位）于京城内自缢死了。所谓甲申之变。这个消息忽然传到江南的文人。明朝廷计划于南京再起，结果继续了从明末以前开始的东林派和非东林派的政治斗争。明福王（朱由崧，1644—1645在位）得非东林派的马士英的后援即帝位（即南明弘光帝）。余怀知道国变是5月1日，5月4日福王发哀诏，翌日5月5日余怀逃出南京，向绍兴

---

① 本论文，基于《余怀と妓女—初期作品を中心に—》（《大东文化大学・汉学会志》48号，2009年3月）翻译为汉语，且而加以订正的。

② 比例，大木康《冯梦龙と妓女》（《广岛大学文学部纪要》第48号，1989年），斋藤茂《中国文人と妓女》（东方书店・东方新书，2000年版）等等。

③ 《板桥杂记》中卷云，“己卯岁牛女渡河之夕，大集诸姬于方密之侨居水阁”。

④ 刘城《峄桐集》文集十卷诗集十卷附录四卷（《贵池二妙集》所收）。日本东洋文库所藏。前述《余怀全集》上卷，第323—325页。

方面去了[①]。日后,余怀对于这个事件描述如下;

时有皖人阉儿[小冢注:即非东林派的阮大铖]失职家居,诸名士往往酒酣嫚骂、布檄公讨。及至皇舆倾覆、江南建国、权奸握柄,引用恰人。阉儿得志修怨报仇,目余辈为党魁必尽杀。乃止余以营救周、雷[小冢注:即周镳、雷缜祚,东林派的人物]两公,几不免虎口。巢民亦以名捕、跳身幸脱罗网。余亦破产丧家、流离他郡(《冒巢民先生七十寿序》[②])

5月15日,福王即位以后,对于东林、复社派弹压很厉害。余怀感到危险,大约半年时间在绍兴山阴避难。半年以后,余怀回南京去了[③]。但是余怀很快被卷进了这场政争,于是他再次逃出南京,流浪江南各处。

三、余怀著作中关于妓女的作品

余怀一生中写作的诗文很多,其中关于妓女作品如下:

《甲申集》

卷1 《吴江暮雨、值女郎唐清炤舟》(1644年3月以前?)

卷2 《丽人行赠女郎倩倩》(1644年4月?)

卷3 《湖舫题赠女郎杨秀西》(1644年)

《三吴游览志》

《昆山荡桨歌》(1650年4月12日)

《楚姬入梦。醒而诗成。并序》六首(1650年5月23日)

※其他、有在原文关于妓女复数记述。

《五湖游稿》

卷1 《南湖谳歌贻船中同座》(1650年代前半)

卷2 《千人石遇陈蕙如》(1650年代前半)

卷2 《蕙叹》四首(有引)(1650年代前半)

卷3 《过楚云旧居有感》二首(1650年代前半)

卷3 《过唐薛雨新居并旧居志感》(1650年代前半)

卷3 《癸巳野庐诗并序》八首(1653年)

卷3 《微月初三夜题李氏楼》二首(其一)(1650年代前半)

《玉琴斋词》(词集。1671年序文)

《念奴娇·赠女郎文璧》(1670年?)

《念奴娇·张友鸿招诸同人宴集鸿范堂观剧女郎莺初侑酒》(1670年?)

《王翠翘传》(文言小说。制作年代不明。关于实在明嘉靖年间的妓女王翠翘的传

① 《甲申集》卷四序文云:"已予以五月一日闻国变,五月五日渡浙江。"(《余怀全集》上卷,第31页)

② 冒襄《同人集》卷二(《四库全书存目丛书》集部 第385册)。

③ 《甲申集》卷四《别山阴诸友即渡钱江》云:"离家三两月,作客万千心。"(《余怀全集》上卷,第37页)

记）

《宫闺小名后录》(1694年制作。尤侗《宫闺小名录》附录。是宫女与妓女的人名录）

《板桥杂记》(1694年前后完成？[①]) 关于游里及妓女的专著。

从以上的资料可知，在甲申之变后十年间中关于妓女的作品写作很多。这以后，数十年间空白，终于在晚年写成《板桥杂记》。当然在这期间关于妓女的作品极少。到底这空白的时期写作什么作品，我打算对余怀的初期作品，就是《甲申集》、《三吴游览志》、《五湖游稿》中怎么样描述妓女进行考察。

四、《甲申集》中的妓女

关于甲申之变以后余怀的动向，资料上的记述不多。唯一可以看见的是余怀的诗集《甲申集》。《甲申集》已经说明了他志[②]。这部作品是余怀的著述中最年轻的时候的诗集，与后述的《三吴游览志》、《五湖游稿》一起都可以说是余怀的初期作品。全八卷、211首。由此，余怀在甲申(1644年)巡游茂苑(苏州)、武塘(浙江嘉善)、山阴(杭州)、西陵(杭州西边)等地，与各地方的友人文人交流，有时一起吃酒，有时一起吟咏诗。这部诗集，每卷附序文，根据其文章可以看到当时余怀的复杂心情。那个心情明显地表现出来，就是卷三〈西陵诗序〉。在这里，余怀记述中间加上了甲申之变前二次来西陵，甲申之变以前来的时候说："予之前游主乐，故喧多而凄少。"然而甲申之变以后来的时候说："予之后游主忧，故凄多而喧少。"这表示经过甲申之变，曾经一起的友人或者离散或者死亡不在眼前。而且在《甲申集》卷二(武塘诗)的序文中，有人问余怀说："山水之乐与友朋之乐孰胜？"对于这个质问，余怀回答说："兼则胜，必不能兼也者则友朋乎。"总之，他选择后者就是"友朋"，这也表明当时余怀的心情。在这样的状况下，我们再来看看以下作品中余怀关于妓女的写作。

第一，《甲申集》卷一中五言律诗《吴江暮雨、值女郎唐清炤舟》[③]：

枫叶娟娟净，吴江最可怜，我行异乡县，家住隔云天，画舫风催急，新堤雨过鲜，美人迟溆浦，捐佩百花前。

这个是在江南吴江下雨的时候，余怀船游，遭遇叫唐清炤妓女乘上的画舫，以此写作的诗。在首联中，描述吴江的漂亮风景，在颔联中，描述余怀自身离开故乡而流浪异乡的现状。在颈联中，描述从舟中看到的眺望，以江南特有的美丽雨点缀其风景。而在尾联中，引用《楚辞·九歌》中的故事，从这里可以看到余怀当时的心情。"溆浦"就是屈原追放楚国以后，彷徨而感叹自己的境遇的地方[④]。由于甲申之变流落江南各处的余怀，感觉他自己与屈原的境遇相同。

---

① 《余怀全集》上卷《解说》，第18页。

② 参照上列《余怀の初期の诗文について一甲申の变前后を中心に一》

③ 《余怀全集》上卷，第11页。

④ 《楚辞·九章·涉江》。

对于唐清炤者，没有别的资料，不难想象，恐怕这个妓女是个短暂接触的人。总之，这首诗是在《甲申集》卷一中被收录的诗，那个序文大概是在甲申之变以后写作的作品。

这首是卷二古诗〈丽人行赠女郎倩倩〉如下①。

江南四月野草绿，蝴蝶纷纷越溪曲，歌舞无端属少年，芳菲何必藏金屋，扬州女儿十五余，朱颜的皪如芙蕖，乌丝欲压眉黛浅，鬓边斜插双蟾蜍，阿母携来住梅里，朝朝迎接豪华子，海燕西飞送百劳，落花半付东流水，只今团扇掩行云，宛转横拖六幅裙，锦带书成凤凰字，罗襦织就鸳鸯文，夜深微醉更浮白，一心要逐金陵客，暗处偷传苏合香，忙中急绾同心结，细语喁喁人岂知，东风吹下长相思，为怜此地娉婷女，却恨谁家轻薄儿，明朝不见支机石，惟有狂歌古别离。

这是对于妓女倩倩的容姿、技能、接待的样子，以及余怀与妓女的情爱、别离的场面等等描述的诗。诗中有云“扬州女儿”，她原来扬州出身，但是因为也有云“阿母携来住梅里”，所以后来从扬州到无锡的梅里居住了。诗中有“江南四月”之句，就是在 1644 年 4 月写的。因为这个时候余怀还不知道甲申之变，所以也是只纯粹地描述一个妓女的作品。虽然，在杜甫的作品中，有有名的《丽人行》(对于杨贵妃一族讽刺的作品)这样的诗，但是可以看到与余怀的作品内容没关系。

在《甲申集》中，还有一个关于妓女的作品《湖舫题赠女郎杨秀西》(卷三)②。是对于余怀泛舟的时候遇见西湖妓女杨秀西的容姿而吟的。与前述的二首诗不同，这首对于别离的场面不描述。总之，在《甲申集》中能看的余怀与妓女的交流，在所看见的他的现存作品中，这些交往是暂时的。

五、在《三吴游览志》与《五湖游稿》中的妓女

甲申之变以后的一日，余怀与金俊明(孝章)、曹溶(秋岳)等参集苏州郊外枫江上而举行了酒宴。这时候，余怀吟诗数十首，其诗收录在《枫江酒船诗》中③。余怀的密友姜垓(1614—1653，字如须，山东莱阳人)的作品《枫江酒船诗叙》记录如下，

崇祯初，仆客蒋陵，与余子淡心同为布衣。受职方闻之士咸来京邑。而刘伯宗、吴次尾、孙克咸、钱仲驭、吴鉴在、方尔止、及密之兄弟辈居游光驾。今十季间，诸子多墓木拱矣。

对于这个文章的写作年份，虽然没有记载，但是一定至少在甲申之变以后，姜垓的卒年 1653 年以前写作的，恐怕 1640 年代后期。余怀与姜垓唱和诗，哀悼已经逝世的友人们。对于友人中的几个人，余怀后来在《板桥杂记》中有所记述④。

《五湖游稿》正如其题是在浙江五湖周围创作的诗编集成的诗集。虽然全五卷，但是现在只存在其中三卷。在北京图书馆善本中题名《鸳湖》《石湖》《泖湖》，成书年代就是 1549 年

① 《余怀全集》上卷第 20 页。

② 《余怀全集》上卷第 25 页。

③ 《余怀全集》上卷第 67 页。

④ 比如，孙临、吴应箕、方以智等等。

到1553年前后，卷中有205首。

《五湖游稿》创作的时候，明清交替期的战火从江南转移到桂林，江南的情势暂时恢复平静。余怀也屡次回南京，顺治六年(1649)，他与龚鼎孳、纪映钟等聚集南京开了诗会[①]。翌年1650年4月1日，他从南京出发，游览苏州、昆山、松江等江南一带。这一时期的记录就是《三吴游览志》，从4月1日到6月19日大约2个半月期间的日记。特别指出的是，第一，这个不仅有散文，也收录韵文。第二，写作的时间、场所、出现人物等与《五湖游稿》的记述多处吻合。我想将以下两部作品一起考察。

这个时候的余怀，有更多精神的从容及物质的财富。与《甲申集》一样，哀悼在明清交替期间逝世的友人，余怀想起和平时代南京的风景，要找回当时度过的南京时代的文雅生活[②]，一个办法就是恢复与南京妓女的交往。

实际上，看看《五湖游稿》及《三吴游览志》中的作品，相比之下，《甲申集》关于妓女的作品更多，交流的记述也更加具体。在《五湖游稿》卷三中，首先要举例，就是《癸巳野庐诗八首并序》。癸巳即顺治十年(1653)，野庐即余怀的友人张一鹄(字友鸿，江苏松江人)的庵名，在松江。3年前，余怀尝应张一鹄委托创作《野庐诗序》[③]。

余怀首先在《癸巳野庐诗序》的小序中，描述与张一鹄的交流，说“自己丑至辛卯，余凡三至云间，与友鸿张子倡和诗篇甚盛。今年复来游此”。他们的交往状况也见《五湖游稿》及《三吴游览志》两作品中，余怀常常去他的宅邸，一面开宴会，一面唱和诗词。余怀更在序文中云“入野庐，登霱堂，寻来鹤之楼，饮圆水之斋。如久客之还家，不复知身之在旅也”。其中“霱堂”、“来鹤楼”、“圆水斋”都是张一鹄宅邸中的建筑物。而对于从南京来避难的余怀，感到哪儿是一个安息地。

下面序文描述了过去与文人的交游，然后记述妓女：

> 己丑携李倩梁、庚寅昵陆楚云、辛卯拥陈蕙如。三姬者，莘城之殊丽、乐府之名魁。余皆挟之以游。皆挟之以游于张子之野庐。

在这里，出现“李倩梁”、“陆楚云”、“陈蕙如”三位妓女的名字，她们都是松江一带的妓女。但是余怀写作这篇序文的时候，她们都已经逝世，或者借别人之力而从良，已经与余怀分开了。余怀如是说：

> 如三姬亦云散风流、粉黛无色。余则梵梵吊影、憔悴江潭。披练布之单衣，剩呕血之鸡骨。孤云自守、万念俱灰。望章台杨柳而神伤、见扇影桃花而却走。

余怀在去逝前一年创作的《宫闺小名后录》[④]中，有关于“陈蕙如、李倩来(“来”是如原文)”的内容，作为余怀对她们的怀念以及晚年留下他的回忆。她们中除李倩梁以外，余怀都

---

① 《龚芝麓年谱(上)》(广文书局1971年版)第18页。

② 黄裳《关于余淡心》(《黄裳说南京》，四川文艺出版社2001年版)云：“他是把秦淮河上的生活照样搬到了嘉兴、苏州、青浦……的。当然，这一切也许比不上南京，而流离迁徙的生活也是不安定的。……于是就产生了今昔之感，也就是作诗的材料。”

③ 《三吴游览志》5月23日中有序文。但是关于“野庐诗”不详。

④ 《余怀全集》下卷第693页。

作下诗文。以下是关于陆楚云及陈蕙如两位的考察。

1. 陆楚云

在《三吴游览志》5月19日的记述中，如下云：

十九小雨。坐来鹤楼观友鸿为楚姬作画。姬向余絮语往事甚奇。姬嘉善人。年十二、阿母携之佐酒。甲申游武塘，止南园，憩仿村。意气甚都、声伎最盛。座有二小鬟、眄睐殊韵。余赠诗有"小玉娇痴豆蔻胎"之句。今知其一即姬也。异哉。

由于这段记述，我们知道余怀邂逅陆楚云的时间，是在这六年前(即1644年)。邂逅的地方，在浙江嘉善县武塘镇的南园。南园即《甲申集》中也曾出现的文人吏部郎中钱棅(字仲驭)的庭园。虽然不知道邂逅的时候陆楚云的年龄是否是12岁，如果是那样的话，1650年她的年龄是18岁。1650年，余怀从4月到6月在苏州一带旅游，那时候陆楚云也与余怀同行。关于这段记载，详见《三吴游览志》中，首先看看4月15日的记述：

……午赴司李陈天乙之招、复饮于李素心、王伊人、徐丽仲。观女郎楚云演拜月亭。是时云为一伧父所厄，蛾眉敛愁、低首含泪。讯之。云是郡守客逞势狼戾，非人所堪。观其态色，真东坡所谓"石榴半吐红巾蹙"也。

这个文中记述的是陆楚云作为戏曲的绝代女伶，参加官吏的宴会，总之她是官妓(即官营游里的妓女)。又从次日16日的记述上，知道陆楚云的母亲陆浣月原来是歌妓①。

以后，陆楚云和余怀一起在江南一带旅游，与张一鹄等文人们交游。她或者舞蹈、弹曲，或者为绘画的模特儿、诗词的主题。终于两个人离别的时刻到了。5月21日，余怀在松江上别离陆楚云，离开松江。两日后，余怀梦见了陆楚云。于是他作诗及序文怀念了陆楚云。在那个序文中如下云：

鸳水名姬，秦淮倦客。五茸解佩，双柳停舟。扇底桃花，醉鼓湘灵之瑟。楼头燕子，愁持合德之裾。小试山眉，粗服乱头皆觉好。浪寻春色，嬉笑怒骂总成痴。虽推衿送抱、以日为年。而落魄伤神、惟我与尔。玉箫吹彻，声声销杜宇之魂。金粉飞来，片片入高唐之馆。恐不可兮再得，长郁陶乎余心。聊存一十二章诗。作画船中暮雨朝云，欲倩十七八女郎，唱杨柳岸晓风残月。

这是骈文调的文章，多用故事，非常难解的。在这个时候余怀的这类的文章比较多。但是，后来余怀的文章没有很多故事的随笔渐次增多。另外，句子结尾的"杨柳岸晓风残月"是北宋词人柳永的名句，也被引用于《板桥杂记》中。

余怀此后几年再访松江，于《五湖游稿》卷3《微月初三夜题李氏楼》及《过楚云旧居有感》也怀念了陆楚云。

另外，关于陆楚云在吴伟业(1609—1671，梅村)的作品中也有记述。由吴伟业的诗《楚云八首》可知②，陆楚云字庆娘，1652年3月上巳日，吴伟业在浙江嘉善的朱兄弟(即朱茂时、朱

---

① 《三吴游览志》四月十六日云："十六晴。访楚云。其母浣月，故善歌舞。窗壁洁清，几榻香静。正引人着胜地也。"

② 《吴梅村全集》上册，卷8，第214页(中国古典文学丛书，上海古籍出版社1990年版)。

茂昉、朱茂晭)的鹤州草堂上与友人们开酒宴。其间,吴伟业咏了一首关于陆楚云的诗。而且在同卷《山塘重赠楚云四首》中,1653年9月他咏陆楚云从松江移到苏州山塘的样子。在这段时期,吴伟业与余怀交往深入,《五湖游稿》及《三吴游览志》中关于他的记述很多。而且余怀与朱兄弟有交往,也曾前往朱兄弟的鹤州草堂,但是,更具体的内容并不清楚。

2. 陈蕙如

关于陈蕙如的记述,到现在只见于余怀作品中。而且余怀的记述也是片断的。《南湖谯歌贻舟中同座》(《五湖游稿》卷1)是在南湖(浙江嘉兴)开的宴会上,写作的长编诗,其中有余怀关于陈蕙如的部分。例如,在"五茸弟子名陈畹"之句中,余怀自己加注释云"畹字蕙如、云间名妓。与余善",而且在"自鼓灵湘写幽思"之句中,也加注释云"畹善鼓瑟奕棋"。后面余怀又慨叹而咏云"不如意事常八九,萧篠已作章台柳",在那个部分中加注释云"畹归叱利"。"叱利"恐怕是"沙叱利",就是唐代传奇小说《柳氏传》中蕃将的名字,也是夺取妓女柳氏为妾的人物。不知道详细的事情,也许陈蕙如也以别人的手从了良。

《千人石遇陈蕙如二首》(《五湖游稿》卷2)是在苏州千人石上看陈蕙如的幻影的余怀,眷恋陈蕙如写作的诗。在这首诗里,余怀加注释而慨叹云"蕙如与余有三生之约,今成梦矣"。

总之,余怀在同卷上写作了《蕙叹四首》,加之写作引(序文),感怀陈蕙如离开余怀前的事情,如下说明,

> 章台杨柳丝丝,系骢马之心;人面桃花片片,落骕骦之手。青楼如隔世,妆残空对夕阳;红粉若平生、镜碎半随流水。岂我见犹怜者出于才子,而世皆欲杀者偏在美人。时维三月,娈彼孤舟,出其东门,别君南浦。托赋心于蛟蝶,氤氲七宝帘中。霏玉屑于鸳鸯,磊落九华帐里。朱弦疏越,真觉无双;赤凤归飞,谁争第一。虽崇兰弱芷,芳香终逊乎光风。即汀苣江蓠,气类每矜于零雨。而凭心作祟,出口兴戒。当时短簿祠中,偶寄梅花之信;讵料黄耳冢畔,遂闻蕙草之摧。以一伧父呼数健儿,祸缠锦瑟;以温柔乡作逋逃薮,殃及流苏。乃情种情深,几同丽华之堕井;而痴人痴绝,誓许绿珠之坠楼。于斯时也太索十日,龙潭翻虎穴之波。彼有人兮乞哀八行,犀甲赎蛾眉之命。幸衫黄有客,犹传小玉之无他。倘林黑魂归,竟怨伯仁之繇我。妥题蕙叹,用懺芝焚。

与前述的关于陆楚云序文一样,这也是骈文调的文章,多用典故,难解的序文。这个题名"蕙叹"之"蕙"有陈蕙如名字的意思,又与西晋陆机的《叹逝赋》(《文选》卷16)中"嗟芝焚而蕙叹"之句子有关系。不管怎样,这部作品无疑描述了与陈蕙如别离。

此外,在前述吴伟业《楚云八首》的序文中有"畹生"的二字,也许也是关于陈蕙如的事。

以上,我们考察了余怀初期作品集《甲申集》、《三吴游览志》、《五湖游稿》中的妓女。其特点概括如下:

第一,余怀的关于妓女的作品,以别离及眷恋为主题。这点跟晚年上写作《板桥杂记》有关系。

第二,虽然这个时代的主要作品是诗词,但骈文这种韵文形式很多,故事也用很多,所以妓女本身的实际状态很难理解,在《板桥杂记》上能看出来具体地记下来失去了的东西。余怀使用诗词及骈文方式写作,他想显示文人力量?在《甲申集》卷一序文上说:"时无谢仁祖、遂不知估客船中有袁虎也。"这是晋谢尚(字仁祖)的故事(《晋书》卷92《袁宏传》)。

他在牛渚泛舟的时候,偶然遇见袁宏也坐在别的舟上。谢尚听到袁宏咏诗,他就邀请袁宏来自己的舟上。余怀把自己比喻袁宏,慨叹没有赏识自己的文才的人。甲申之变以后,余怀暂时中断仕官之道,不久隐居苏州了。但是这只一段时间,大概还存有未来的希望。

上述初期作品中妓女的记述方式,与其他作品有极少的相似性,与《板桥杂记》不一样。

六、结　语

余怀在《板桥杂记》中卷《李十娘》中,记录了自己熟识的妓女李十娘(名湘真,字雪衣)和她侄女媚姐。李十娘善歌舞音乐,教养深厚,喜欢与文人才子交流。余怀也与她有深交,更加特别喜爱她的侄女媚姐,打算改日助她从良。崇祯十五年(1642),余怀参加乡试,那时候媚姐每天为余怀占卜。但是余怀最终落第了,因为这个冲击发病,暂时于南京城内的栖霞山寺隐居。后来在1644年如前述发生甲申之变,两人长期断了音信。明清交替以后,一日余怀知道李媚姐的消息,两人重新相逢。这个时候的情景有如下记录:

> 鼎革后、泰州刺史陈淡仙寓丛桂园,拥一姬曰姓李。余披帏见之,媚也。各黯然掩袂。问十娘,曰从良矣。问其居,曰在秦淮水阁。问其家,曰已废为菜圃。问其老梅与梧竹无恙乎,曰已摧为薪矣。问阿母尚存乎,曰死矣。因赠以诗曰:江湖流落已十年,云鬟犹卜旧金钱。雪衣飞去仙歌老,休抱琵琶过别船。

媚姐已经落到别人之手,曾经一起度过快乐时光的李十娘的家也已经没有,余怀的心情闷闷不快。文中"问十娘"以下余怀和媚姐应答的场面,虽然能看出淡淡的样子,这个表现反而使人感觉悲哀。在最后的赠媚姐诗中,于转句用白居易《琵琶行》的典故,充满了余怀对于媚姐不能同死共生强烈的心情。《板桥杂记》中如这用例,能看出来关于妓女(或者与那个有关系的人物)的事迹要尽量详细地记录的企图。这个李媚姐的后半部分的记录,大约是甲申之变十几年以后的事情,与前述的《甲申集》等他的初期作品写作时期差不多。但是《板桥杂记》写作时期,是余怀的晚年,当然这部作品的成熟度、写作动机等与他年轻的时候写作的作品明显地不同。其中一个例子是散文与韵文这个文体的分别。而由于这种分别,不难想象余怀的写作动机。余怀的初期作品,如前所述使用诗及骈文所谓韵文方式的文体,又较多利用典故,与其以记述妓女本身为主题,更愿显示自己文人的才能,说起来作为文人的清高忽隐忽现。但是,于《板桥杂记》中使用平易的散文方式的文体,典故使用不多,可看到对于妓女极力具体地描述的意图①。为什么出现那样的情况?对于这个问题,需要寻找证据加以论证,也许一个线索就是研究不写妓女的写作空白期。

作者单位:日本大东文化大学

① 比如,《板桥杂记》《卷中》中云:"珠市在内桥傍,曲巷逶迤,屋宇湫隘。然其中有丽人。惜限于地,不敢与旧院颉颃。以余所见王月诸姬,并着迷香、神鸡之胜。又何羡红红、举举之名乎。恐遂湮没无闻,使媚骨芳魂,与草木同腐。故附于卷尾,以备金陵轶史云。"

由《跳月记》读明清文人西南书写的情感叙事

胡晓真

明清时期，文人对中国西南地区的叙写甚多。官员基于征伐或统治的政治考量而记载与议论，逐臣迁客为抒发郁闷与寄托情志而创作诗文，壮游者寻幽访异后而付诸笔墨。他们的作品一方面成为地方治理乃至中央政策制定的参考资源，一方面更持续累积，相互参照或袭用，形成一个“吾辈”的心理认同；而他们在文本中往复交织的“西南知识系统”，姑不论其正确性，也深深作用于汉文文学中的西南意象，以及通俗想象中西南风情的塑造，影响力至今不衰。然而，这一类型的作品，因为至少在表象上提供知识资讯，传统上总被放在纪实的天平上审视，所以往往因其考据失误的问题受到怀疑，被排除于“信史”之外。或因如此，明清文人的西南书写一直没有受到足够的重视。近年来这个现象有所改变，特别是人类学界以新的视野重新阅读明清时期西南相关的书写，令人印象深刻[①]。然而，如何诠释明清文人西南书写的文学表现，则是一个仍待发挥的问题，尤其其中的情感——而非意识——层面，更是乏人深究。因此，情感叙事便是本文所欲开发的讨论，并企图由此进入对明清文人西南书写的深入研究。

在西南文献系统性整理以及爨文翻译出现以前，对西南文化的认识极度偏斜于汉族文人的文本。诚如学者所指出，透过汉族文人的眼光与文字呈现，空间与心理上的遥远、民族形象上的妖异联想，以及政治上的叛乱威胁，构成了西南地方的主要意象[②]。如此一来，讨论文人的西南书写，主体便不是西南，而是文人，或者说是西南影响下的文人。确实，对我的思考与讨论而言，文人文本中的知识资讯是否可以核实不是重点，甚至对其华夏中心思维方式的批判也不是核心。毋宁说，我希望探索的是西南自然及文化环境与明清文人文学心灵的作用，亦即前者如何刺激、诱发后者的反应，而后者又如何赋予前者文本化的表现，并烙印于普遍的文化想象之上。当文人进入西南地区，自然的瑰奇山水与当地民族的样貌服饰，或许最早造成惊异的印象，不同于汉族/儒家的习俗则要较近的观察才会吸引注意，而语言、文化、历史等面向更待进一步的接触、探访、学习、参照（他人）与诠释，最终形成此人对西南的认识系统。婚俗与丧俗是汉族儒者最重视的礼仪，也往往是他们感受西南民族与汉族文化之异与同的第一个窗口，所以其西南叙事多述及婚丧，少有例外。不过，婚丧的表象仪式之

① 例如：王鹏惠《族群想象与异己建构：明清时期滇黔异族书写的人类学分析》。

② 张轲风《异样的目光：明清小说中的云南镜像》，《明清小说研究》2012年4期，页128。本文主要处理小说中云南的形象，但实可扩大为西南地方的形象。

下的情感才是文人索求的中心，而就婚礼而言，男女之情更易于牵动文人的联想，于是，“跳月”这一与汉人媒妁婚姻完全不同的习俗，可以作为我们讨论文人情感叙事的起点。本文将以杨慎、陆次云与陈鼎三位文人有关跳月的叙事为例进行讨论。

通俗想象对中国西南地区民情风俗的理解，受到清初文人陆次云《跳月记》一文很大的影响。然而，首次将跳月习俗笔之于书的，应是明代的大文学家杨慎。大礼议事件之后，杨慎谪往云南，在纪录赴滇旅途见闻的《滇程记》中，他记录了在新添卫（今贵州境内）看到的跳月之俗：

> 男女踏歌，宵夜相诱，谓之跳月。东苗种人皆吹芦笙，旋绕而歌，男女相和，有当意者，即偶之，曰跳月。成双皆露髻翘簪，衣贝饰，男呼女曰阿娓，女呼男曰马郎。[①]

虽然此条记载篇幅并不长，但已点出了日后相关叙事一再重复的几个关键，包括音乐（以芦笙为乐器）、舞蹈（旋绕的舞步与队形）、衣饰、情感（男女双方必须“当意”）以及结果（相偶）。由于杨慎在此描述了自己耳闻目见的习俗细节，所以被认为具有民俗学价值，甚至比之为一种田野调查[②]。若说杨慎是有意进行调查，未免过于臆测，但确实如孙康宜的体会，云南景象或许荒远，却提供杨慎一种不同于朝廷生活的自由魅力，激发了他创新的精神，也引领他由观察云南地方色彩开始，留意于各种民间的文化表现，并记录乃至转化运用于自己的文字中[③]。可以想见，跳月习俗表现出来的歌舞形式与情感模式，如何吸引途经旁观的杨慎。杨慎的作品广受欢迎，其云南书写转而影响读者对西南地方的想象[④]；再者，晚明以后更多文人将眼光转向西南地方，例如徐霞客游记强调“其奇绝者闽、粤、楚、蜀、滇、黔百蛮荒徼之区”，也代表当时更多人们对西南地区在疑惧以外，也产生了兴趣[⑤]。所以，晚明以后有关跳月的叙述，还是要放回杨慎开启的观察与解释框架中来考察。

记述跳月最具文学感染力的作品，当是陆次云的作品《跳月记》。陆次云，字云士，钱塘人，康熙十八年曾举鸿博，复放归。后授河南郏县令，丁忧去职。起补知江阴县，后以挪垫诖误再去职[⑥]。生活于康熙年间的陆次云是一位创作量相当丰富的作家，其词作更颇受时人好评。除了个人词集《玉山词》、《澄江集》，杂文集《北墅绪言》五卷外，还有编作的《峒谿纤志》三卷、《峒谿纤志志余》一卷，《湖壖杂记》一卷、《八纮译史》四卷、《译史纪余》四卷、《八纮荒史》二卷等著作，以及编选的《古今文绘》、《五朝诗善鸣集》、《皇清诗选》等。他的作品中虽也有《尚论持平》、《析疑待正》等意图展现学问之作，但被评为“多捃拾琐说而参以臆断……殊

---

① 杨慎《滇程记》，《四库全书存目丛书》史部 127 册，页 672。

② 董广文《〈滇程记〉的民俗学价值》，《云南民族学院学报》（哲学社会科学版）19 卷 2 期（2002.03），页 85—89。

③④ 相关讨论可参见孙康宜《中晚明之交文学新探》，《北京大学学报》（哲学社会科学版）43 卷 6 期（2006.11），页 2332；孙康宜《走向边缘的“通变”：杨慎的文学思想初探》，《中国文学学报》1 期（2010.12），页 359—368。

⑤ 张轲风指出这是明人地理知识的拓展。张轲风《异样的目光：明清小说中的云南镜像》，《明清小说研究》2012 年 4 期，页 25。

⑥ 陆次云生平可见《乾隆杭州府志》、《光绪江阴县志》等，或参《方志著录元明清曲家传略》，页 256。

穿凿无理……皆杜撰无稽……漫无考证矣。”[①]他虽然曾两次任官，但时间都较短暂，因此，他之所以多产，或有经济上的原因。陆次云仕途虽成就有限，但因曾举鸿博，交游广阔，他出版的作品都有许多名人为之作序，例如《北墅绪言》便有李天馥、徐乾学、王士祯、高士奇、尤侗、汪霦序，《玉山词》有尤侗、秦松龄作序并选评，朱彝尊也与他有所往来[②]。王士祯、徐乾学在为《北墅绪言》所作序中，称许其文学成就之余，都一再期许他继续在仕途上追求发展，但事实上云士文人气颇重，本来不见得是当官的材料。时人流传他多男宠而艰于子嗣，家乡人甚至因为他的爱童名为“鹤书”而谑称他“子梅妻鹤”。据传他在任江阴令时，对“颜美如玉，词笔娟秀”的“汤美人”汤西崖[③]青眼有加，但年方弱冠的西崖却只心仪一妓名“红娘子”，次年登第为翰林，致书云士，但只问红娘子，而不及云士礼遇之恩，使得云士大为恚怒[④]。这些轶事虽是旁枝，却可为我们具体化的勾勒陆次云好奇标异的性情，别出心裁的文风，乃至“杜撰无稽”的趣味。

陆次云真正以西南为主题的书是《峒谿纤志》与《志余》。其实这两部书都不是个人创作，而是他根据个人兴趣与标准为读者选编的西南资料库，如他本人所说：“峒谿种类多矣。诸书所载，同异攸殊。余汇集群言，详为考正，措辞虽简，征事弥该。”[⑤]因此，此书常与同时期且同为汇集之作的毛奇龄《蛮司合志》并称，为当时处理南方问题的代表作[⑥]。大致看来，《峒谿纤志》所记以西南种族与风俗为主，上卷为峒谿群言考正，中卷为蛮獠志，下卷为滇中峒谿所产，在中卷可发现不少与苗族歌舞有关的记载，例如以下数条：

跳月——苗童之未娶者，曰罗汉；苗女之未嫁者，曰观音。皆髻插鸡翎，于二月群聚歌舞，自相择配，心许目成，即偕好合。余别有记以详其事。（页550）

浪花歌——谿峒男女相歌于正月朔、三月三、八月十五，而三月谓之浪花歌，尤无禁忌。（页550）

鬼竿——龙家苗立木于野，谓之鬼竿。春时男女旋跃其下，以择配偶。（页550）

踹堂——苗人每遇令节，男子吹笙撞鼓，妇随男后，婆娑进退，举手顿足，疾徐可观，名曰踹堂之舞。（页550）

水曲——播州苗所歌，十数辈连袂而舞，以足顿地节歌，名曰水曲。（页551）

此处所举的例子，虽然只有第一条明确称为“跳月”，但其实都指涉类似的歌舞择配，不过，在细节上并未大幅超越杨慎的描述。陆次云刻意安排另写《跳月记》一文，但并不直接收录在《峒谿纤志》，显然有文类的考量。也就是说，汇集群言的《峒谿纤志》要维持其志书性质，至少在表面上只提供基本的“事实”。而《跳月记》完全是陆次云的文学创作，所以收录于杂文集《北墅绪言》。

---

① 《四库全书总目》卷129子部39，页2160。

② 朱彝尊《曝书亭集词注》卷3《江湖载酒集下》，录《满江红》词，下注“送陆云士宰江阴”。

③ 汤右曾，字西崖，仁和人，康熙戊辰进士，官至吏部侍郎，有《怀清堂诗钞》。见《清史稿》卷266。被誉为浙中诗派与朱竹垞并称，见《四库提要》，又见《新世说·品藻》，《国朝诗人征略》卷15。

④ 钮琇《觚剩续编》卷三，页14a—b，“红娘子”条。事亦见《新世说·惑溺》。

⑤ 陆次云《峒谿纤志》，见《中国少数民族古籍集成》（汉文版）。

⑥ 吴永章《峒谿纤志》，《中国南方民族史志要籍题解》，页171—173。

《跳月记》[1]一起头便将跳月描述为“及春月而跳舞求偶”，但在意义上则说是“苗人之婚礼”，换言之，即认可其作为一种异文化的“礼”的地位。文章首先将跳月活动置于万物滋长的春月：

载阳展候，杏花柳稊，庶蛰蠕蠕。箐处穴居者，蒸然蠢动。

把少年男女的春心比拟为自然界不可遏抑的生命力，为跳月铺陈了季节的——其实也就是道德的——背景。在此之后，全文约可分为三大段。第一段写跳月前的宴会，以及男女双方的服饰。陆次云在这里描写的，其实不只是跳月本身，更应说是他所认识的饮食与服饰习惯。写父母在原上进行宴会：

原之上相宴乐，烧生兽而啖焉，操匕不以箸也；漉咂酒而饮焉，吸管不以杯也。

以匕进食，以管咂酒（即所谓鼻饮），正是西南叙事经常提到的饮食方式。而陆次云对服饰的描写极为精细，远远超过绝大多数明清文人的纪录[2]。他分别描写少年与少女的穿着与发型：

原之下，男则椎髻当前，缠以苗帨，袄不迨腰，裈不迨膝，裈袄之际，锦带束焉。植鸡羽于髻巅，飘飘然当风而颤。执芦笙，笙六管，长二尺，盖有六律无六同者焉。女亦植鸡羽于髻如男，尺簪寸环，衫襟袖领悉锦为缘。其锦藻绘逊中国，而古纹异致，无近态焉。联珠以为缨，缨累累扰两鬓，缀贝以为络，贝摇摇翻两肩。裙细褶如蝶版。男反裈不裙，女反裙不裈，裙衫之际，亦锦带束焉。

不同于志书书写的文学创作形式，让作者得以尽情夸耀跳月男女的服饰，让少年发髻上的鸡羽神气的飘然而颤，让少女所戴的珠贝摇曳翻飞，为读者营造了华丽香艳的氛围，以进入之下跳月歌舞的描写。

第二段正面写跳月的乐与舞。杨慎在记录跳月时，只点出以芦笙为乐，以及舞步盘旋两个特点，但陆次云则能极度渲染音乐的顽艳，以及舞步进行中男女如何“相诱”。他描述在原上父母们的指挥下，少年吹笙，少女唱歌，笙节参差、曼音缭绕，造成一韵三叠的哀艳效果。而在此乐声中，跳月男女之身形交错，情意相通，陆次云的文字表现真可谓极尽体贴：

吹且歌，手则翔矣，足则扬矣，睐转肢迴，手旋神荡矣。初则欲接还离，少且酣飞畅舞，交驰迅逐矣。

这里先是写手、足、眼的互动关系，因着眼神的交换，使得四肢的动作也成为表达情感的方式。至此读者应已完全随文字进入那一情绪高涨的境界。

第三段则企图捕捉跳月男女选择杨慎所谓“当意者”的时刻。此时作者的语气由之前的

---

① 陆次云《跳月记》，《北墅绪言》，《四库全书存目丛书》集部237册（台南庄严文化，1997），页357—358。

② 唯一差堪比拟的是陈鼎在其《滇黔土司婚礼记》中，曾极为详细的描写苗女的服装。不过，该作品有更强的象征意义，与陆次云的意图不太相同。有关《滇黔土司婚礼记》的讨论，参胡晓真《旅行、猎奇与考古》。

华丽香艳，骤然转变为风趣与世故：

> 是时也，有男近女而女去之者，有女去男而男去之者；有数女争近一男，而男不知所择者；有数男竞近一女，而女不知所避者；有相近复相舍，相舍仍相盼者。目许心成，笼来笙往，忽然挽结。于是妍者负妍者，媸者负媸者。媸与媸不为人负，不得已而后相负者。媸复见媸，终无所负，涕洟以归，羞愧于得负者。

此时的叙事者，犹如一个兴味盎然的旁观者，但也是一个老于此道的过来人，一会儿由高处俯看着那些在乐舞中投入、纠结、迷醉于亘古常新的爱情故事的少年男女，一会儿贴近去观察每个人眼神的变化，姿态的迎拒。虽然跳月的目的很具体，也就是要有所“负”，因而弥漫着令外人惊异的浓厚民族与地方色彩，但是之所以让杨慎、陆次云等明清文人产生兴趣，岂非也在于那不论妍媸的生命动力，那数女一男、数男一女之间相成与相离的情感交流吗？陆次云的描写，等于将具有普遍性的人类爱情追求，浓缩于一个特定的西南习俗场景中表现，其文字的魅力正来自这种遥远殊异（unfamiliar）与亲切及身（familiar）的感受的交融。

接着三段主要描写，《跳月记》的收束又转向一个儒者的观点：

> 彼负而去矣，渡涧越溪，选幽而合，解锦带而互系焉。相携以还于跳月之所，各随父母以还，而后议聘。聘以牛，牛必双，以羊，羊必偶。先野合而后俪皮，循蜚氏之风与？呜呼，苗矣！

诚然，陆次云的记载有事实根据，据人类学者的考察，有跳月习俗的地区，事后仍然必须议婚，而非男女自由偶合即可。而陆次云显然还刻意呼应他自己在开头提出的前提，亦即跳月仍是一种“婚礼”，所以他强调聘礼，而且将跳月的起源一路拉到上古的“循蜚氏”。

《四库全书总目》评价《北墅绪言》曰：“皆所作杂文，而俳谐游戏之篇，居其大半，盖尤侗《西堂杂俎》之流，世俗所谓才子之文也。”①历来读陆次云的《跳月记》，也多半视其为才子之文，欣赏其文字之秾艳风流。但《北墅绪言》其实提供了两种读法。两位选评者中，高士奇（淡人）说此篇是“笔歌墨舞，天花乱坠”，凸显的是陆次云的文学技巧，而轻轻放过征实的问题。汪霦（东川）不同，他的评语试图强调《跳月记》符合儒家思想的层次，所以评道：“结语只用四字，笔力千钧，使一篇游戏文章，遂足羽经翼传。”现代读者肯定不太欣赏汪霦的读法，嫌弃他冬烘封建，硬生生毁了一篇美文。然而，我以为汪霦确实读到了陆次云风流文字背后一个严肃的预设，也就是“礼”与情感的结合。《跳月记》渲染超越民族与文化界限的男女之情，同时坚守婚必有礼的思想期待，这可能是一个汉人文人在接触跳月习俗时最具美感的想象。

在细读陆次云《跳月记》之后，我们不得不面对一个尴尬的事实，那便是陆次云本人虽曾因好游而远行西南，却并未长期居留。他在《峒谿纤志》中明白说过，该书只是汇集诸书，并非都是他亲身见闻。所以，《跳月记》里绘声绘影的描述，真的是一种美感的想象与道德的寄托。我以为，陆次云之所以特别以跳月为题材发展完整的叙事，应是收了杨慎跳月记事的启发，是对杨慎文学传统的继承与发挥。另一方面，他也可能是与清初奉派贵州的大员田雯（1635—1704）对话。田雯抚黔时作《黔书》②，而陆次云在《峒谿纤志》中特别提到田雯在贵州

---

① 《四库全书总目》卷183集部36，页3236。

② 相关讨论可参见胡晓真，《〈黔书〉的书写策略与西南视野》。

的政绩，因此非常可能接触过《黔书》。田雯在“苗俗”一章提到跳月，视之为为当地婚俗的代表，但提出双面的批评，他说：“虽采兰赠芍，为古圣之所不删；而逾礼荡闲，亦国人之所共贱。”换句话说，他认知男女之情的普世性，但排斥跳月之俗的非礼。陆次云的思考则是不但欣赏感情的勃发，还肯定跳月应该视为一种异文化（但被他诠释为上古文化）的礼。

与陆次云同样生活于康熙年间的陈鼎，也留下许多值得注意的西南相关叙事，包括《滇游记》、《黔游记》（合称《滇黔纪游》）与《滇黔土司婚礼记》。据《江阴县志》：“陈鼎，字定九，少喜任侠，长乃折节读书，出与四方士大夫交，慕前代东林诸贤，蒐其遗事，积十余年，成《东林列传》。又摭拾旧闻，著《留溪外集》，自公卿下至匹夫编户，以义侠节烈称者，悉为阐扬。倦游归隐，以耆寿终。”[①]不同于陆次云的西南经验仅是好奇的旅人，陈鼎则曾经实际生活于滇黔地区，但他的交游圈又远不如能打入王士祯文学圈的陆次云。我们亦必须留意，陈鼎对长年谪居云南的杨慎显有微妙的认同。例如，他在《滇游记》中曾写到杨慎的故居写韵楼：

> 感通寺……杨升庵寓寺小阁，题曰写韵楼，四壁皆升庵墨妙。升庵往来大理永昌近四十年，访于旧家，得《白古通》、《玄峰年运志》，其书僰文，升庵熟谙其语，译为《滇载记》，南诏始末方得详。[②]

由此条记载便可读出陈鼎对杨慎的亲切感，以及他自己形塑西南知识系统时，如何依赖杨慎的西南书写传统。我们若逐条审视《滇游记》，更可发现陈鼎时常抄录杨慎的《滇程记》（另一本抄录的重点是释同揆的《洱海丛谈》[③]）。

陈鼎对跳月的记载，所重又有不同。因其篇幅不长，首先完整征引如下：

> 苗俗每岁孟春月，男女各丽服，相率跳月。男吹芦笙于前以为道，女振铜鼓于后以为应。联袂把臂，盘旋宛转，各有行列，终日不乱。暮则挈所私归，谑浪笑歌，比晓乃散。聘资视女妍媸而定多寡。必生子然后归夫家。惟红苗为甚。每至立春日，择男女之丽者，扮各故事以迎于市为乐。男子之丽者，即古之潘安、宋朝，有不及焉。女子之丽者，汉之飞燕、唐之太真，亦无能出其上矣。此种女子，欲购之者，牛马当以千计，而始首肯。男子皆不乐为龙阳君，有犯之者，辄自杀。[④]

陈鼎的叙述，虽然也提到季节、衣饰、乐器、舞步等关键，但于细节方面明显不及陆次云精雕细琢的经营。即使是对感情的理解，一句“谑浪笑歌”无法表达深度，而“所私”一词更不及杨慎的“当意者”有那般余韵。于此等处看来，陈鼎的跳月叙事风格不高。另外，陈鼎的叙事歧出了一个其他记载未曾着意的面向，那便是娱乐与买卖。本来，在诸种明清文人的记载中，跳月可能被理解为情淫、婚俗，或婚礼，但不论何者，都偏重呈现男女之间自发的感情。陈鼎的叙事，却在原来的男与女之间，插入了站在不同权力地位的第三者。这个第三者的设定，

---

① 卢思诚《（光绪）江阴县志》（光绪四年刻本）卷17。

② 陈鼎《滇黔纪游》，见《四库全书存目丛书》史部255册，页26。

③ “是书多记山川、草木之胜，而略于人事。凡五十余条，独详于大理府，约占全书之半，即录自释同揆之《洱海丛谈》，稍有节略耳。前人辄引鼎书，而不知鼎之文出于《洱海丛谈》也。”方国瑜《滇游记·概说》，《云南史料丛刊》11卷，页373—374。

④ 陈鼎《滇黔纪游》，见《四库全书存目丛书》史部255册，页21。

显然是汉人的外来者，他把西南民族的实存男女，比附为邈远的俊美形象，而且近乎粗鲁的贴上商品般的价格牌。《四库》馆臣评《滇黔纪游》说："于山川佳胜，叙述颇为有致，而不免偶出鄙语。如纪贵州苗曰男子之丽者，即古之潘安、宋朝，有不及焉……其言殊陋。"[①]或者，陈鼎的记录有现实的背景，但我能力不及，无法核证。但不论其真实与否，陈鼎的跳月记载仍是一种情感叙事，只是表现的不是对天真之情的向往或恐惧，而是外来者强加的欲望。

本文以杨慎、陆次云、陈鼎为例，探讨有西南经验的明清文人如何理解与表现跳月习俗。作为西南叙事的较先行者，明代的杨慎立下典范，他对跳月的简洁记述有力地启发了后来者。清初的陆次云与陈鼎分别代表两种继承杨慎传统的路数，前者营造道德化的美感，后者透露商品化的欲求。我认为明清文人对跳月的描述，虽然不乏耳闻目见的经验为基础，但在试图体会西南民族少年男女的感情世界时，更深层的作用其实是挖掘并表现自身对情在生命中的定位。

作者单位：台北"中研院"中国文哲研究所

① 陈鼎《滇黔纪游》，见《四库全书存目丛书》史部255册，页30。

论王夫之对明代七子派的接受

史小军

《薑斋诗话》和《古诗评选》、《唐诗评选》、《明诗评选》是了解王夫之诗学思想的主要著作。其中《薑斋诗话》包含《诗译》一卷、《夕堂永日绪论》内外编二卷、《南窗漫记》一卷，理论性最强，三部选本主要通过“选”、“评”结合的方式直接或间接表达诗论观点，极富参考价值。本文主要以这几部著作为基础来讨论王夫之（下文以船山称之）对明代七子派的接受情况。

船山的诗学趋向汉、魏、晋、宋（特别是陶渊明、谢灵运）、盛唐（特别是李白、杜甫），力图恢复《国风》以来的抒情言志的诗歌传统，不取中、晚唐，最厌宋诗。因此，他也算是宗唐派诗人，与前后七子的主张基本相符。王夫之曾在晚年的一篇自述中回忆其学诗经历，他说：

> 崇祯甲戌，余年十六，始从里中知四声者问韵，遂学人口动。今尽忘之，其有以异于音否邪？已而受教于叔父牧石先生，知此耦结构，因拟问津北地、信阳，未就，而中改从竟陵时响。至乙酉，乃念去古今而传已意。丁亥与亡友夏叔直避购索于上湘，借书遣日，益知异制同心，摇荡声情而檃括于兴观群怨，然尚未即捐故习。寻遘鞫凶，又展转戎马间，耿耿不忘此事，以放于穷年。①

在这篇自述中，王船山说他曾经学习过李梦阳、何景明的诗文，后在叔父的指导下改学竟陵派，终觉竟陵诗风过于浮华而抛弃之，最后才寻悟到自己的路。再结合王夫之的诗论及其对明诗的诗评，我们能够窥探到他与明七子其实存在着明显的接受关系，这种接受既有渊源和启发的一面，也有批判的一面。就启发来说，主要体现在三方面：主张学习古人、注重诗歌情感、完善并发展诗歌意象理论等等。就批判一面来说，因他痛恨标榜门派，不喜形式上刻意模仿古人，所以对七子派并无好感。

一、主张学习古人

学古是前后七子的重要理论主张之一，对于学习的榜样，前文已有论说，在此不再赘述。其实，学古本身并不是坏事，复古派主张学习古人的直接目的乃是要改变明初诗坛气格渐弱的弊端，以一种很高的标准来振兴文学。只可惜在具体的操作过程中，因过于拘泥于古人的字法、句法、章法等形式而陷入模拟剽窃的泥潭，遭后人诟病。但不可否认的是，他们的学古

---

① 王夫之《述病枕忆得》，《薑斋诗集》，《船山全书》（二五），岳麓书社 2011 年版，第 681 页。

主张还是有许多可取之处的，一笔抹杀显然不合理，并且这种主张实质上对后代诗人产生了深远的影响，其中就包括王夫之。七子的诗学主张古体宗汉魏，近体宗盛唐，而王夫之则只遵从一个标准，那就是诗宗汉魏、六朝，他始终以汉魏、六朝的审美精神来评价诗歌，包括唐诗也是，肯定也是其符合汉魏、六朝传统那一部分，这是与七子稍异之处。他们之间的共同宗尚只在古体诗方面。

王夫之将《诗经》作为衡量后代诗歌的最高评价标准，并认为"《十九首》多承'国风'"（《古诗十九首》"冉冉孤生竹"评语）①，是《风》、《雅》之后又一源头，这之后的诗歌都被视为这一传统的继承者。在这点上，船山与七子、云间诸子的看法是一致的。在《薑斋诗话》中，王夫之也有多处有关诗歌继承关系的论述：

汉魏以还之比兴，可上通于风雅；桧、曹而上之条理，可近译三唐。②

《诗三百篇》而下，唯《十九首》能然。李、杜亦仿佛遇之。③

《大雅》中理语造极精微，除是周公道得，汉以下无人能嗣其响。④

《小雅·鹤鸣》之诗，全用比体，不道破一句，《三百篇》中创调也。⑤

艺苑之士，不原本于《三百篇》之律度，则为刻木之桃李；释经之儒，不证合于汉、魏、唐、宋之正变，抑为株守之兔罝。⑥

他认为《诗经》中的《风》《雅》以及汉魏古诗感于哀乐、缘事而发，对现实反映得最真切，是古诗的菁华，也是后代学习效仿的榜样。不仅如此，在三部评选中，他也以《诗经》风雅传统为准则来评价诗歌的优劣，这方面的例子不胜枚举，如：

评魏主曹丕《燕歌行》其二："所思为何者，终篇求之不得。可性可情，乃《三百篇》之妙用。"⑦

评《古诗十九首·凛凛岁云暮》："好色不淫，怨诽不伤，犹于此见之。"⑧

评张华《情诗四首》之《明月耀清景》："五言之制，去《雅》不远。虽华必约，虽亮必沉，虽劲必婉！"⑨

评谢灵运《石壁精舍还湖中作》："凡取景远者，类多梗概；取景细者，多入局曲。即远入细，千古一人而已。结局亦因仍委顺耳，而有金钩虿尾之力。收放双取，唯《三百篇》为然。"⑩

评高适《燕歌行》："词浅意深，铺排中即为诽刺。此道自《三百篇》来，至唐而微，至

---

① 王夫之《古诗评选》卷四，李中华、李利民校点，上海古籍出版社2011年版，第136页。

②⑥ 王夫之《诗译》，《薑斋诗话》，《船山全书》（二五），岳麓书社2011年版，第807页。

③ 王夫之《夕堂永日绪论内编》，《薑斋诗话》，《船山全书》（二五），岳麓书社2011年版，第819页。

④ 王夫之《夕堂永日绪论内编》，《薑斋诗话》，《船山全书》（二五），岳麓书社2011年版，第839页。

⑤ 王夫之《夕堂永日绪论内编》，《薑斋诗话》，《船山全书》（二五），岳麓书社2011年版，第836页。

⑦ 王夫之《古诗评选》卷一，李中华、李利民校点，上海古籍出版社2011年版，第19页。

⑧ 王夫之《古诗评选》卷四，李中华、李利民校点，上海古籍出版社2011年版，第138页。

⑨ 王夫之《古诗评选》卷四，李中华、李利民校点，上海古籍出版社2011年版，第167页。

⑩ 王夫之《古诗评选》卷五，李中华、李利民校点，上海古籍出版社2011年，第206页。

宋而绝。”[①]

评元结《去乡悲》:“虽已毕达所言,而含者自弘。次山诗唯此不愧《风》《雅》。”[②]

评刘基《静夜思》:“状景状事易,自状其情难。知状情者,乃可许之绍古。文成起千年后,夺得《三百篇》、汉人精髓矣。”[③]

评梁有誉《咏怀》之“汉武伐匈奴”:“本咏李陵,看蜿蜒而来,十二句后始出,后不复结回。局度从《大雅·生民》等篇来。崆峒、沧溟不知有此,遽云古道在我,惭惶惭惶。”[④]

对于近体诗,王夫之也始终遵从古诗的典范意义,认为近体是承古体而来的。因此,在他心目中,古体诗高于近体诗。如其评太宗皇帝《赋得浮桥》:

自梁以降,五言近体,往往有全首合作者,于古诗为末流,于近体实为元声。以唐人合读之,朴处留雅,蕴藉处留风,郑重处留颂,不谓之元声不得矣。[⑤]

从传承的角度来说,五言近体实从古体而来,为古体诗的末流,但如果放到五言律诗传统中来,他就是五言律诗的先声了。标准不一样,诗歌的价值也不一样。将五言近体与唐诗合而观之,发现其保留着风雅颂的传统,如质朴、蕴藉、郑重等,谓之元声实不为过。再如颇受七子推崇的杜甫,在王夫之这里评价却不高,认为其七律不符合歌行传统。他说:

杜云“老节渐于诗律细”,乃不知细之为病,累垂尖酸,皆从此得。[⑥]

诗降而杜,杜降而夔府以后诗,又降而有学杜者,学杜者降而为孟载一流,乃栩栩然曰:“吾学杜,杜在是,诗在是矣。”又何怪乎近者山左、两河之间,以烂枣糕酸浆水之脾舌自鸣风雅,若张、王、刘、彭之区区者哉!操觚者有耻之心焉,姑勿言杜可也。[⑦]

王夫之不喜杜甫夔州以后所作的七律,因其过于讲求诗律而遭到了王夫之的抨击。他还对刻意模仿杜甫讲求声律的后学者提出严厉批评,语言可谓刻薄之至。另外,对于杜甫诗作的变雅之作,王夫之也提出了批评,如评其《送郑十八虔贬台州司户伤其临老陷贼之故阙为面别情乎诗》说:“后半走笔以极悲态……声容酷肖,哀乐取佞口耳,大雅之衰也。”[⑧]当然,王夫之也不是全盘否定杜甫,他对他继承五言古诗审美传统的那部分诗歌还是肯定的,具体说来主要是指“曲江以前、秦州以上”(杨基《客中寒食有感》评语)[⑨]之作,评价标准也看起是否符合汉魏传统。如:

评杜甫《题省中院壁》曰:“亦自谢朓来。”[⑩]

---

① 王夫之《唐诗评选》卷一,陈书良校点,上海古籍出版社 2011 年版,第 13 页。

② 王夫之《唐诗评选》卷二,陈书良校点,上海古籍出版社 2011 年版,第 72 页。

③ 王夫之《明诗评选》卷一,周柳燕校点,上海古籍出版社 2011 年版,第 7—8 页。

④ 王夫之《明诗评选》卷四,周柳燕校点,上海古籍出版社 2011 年版,第 136 页

⑤ 王夫之《唐诗评选》卷三,陈书良校点,上海古籍出版社 2011 年版,第 88 页。

⑥ 王夫之《明诗评选》卷六,周柳燕校点,上海古籍出版社 2011 年版,第 239 页,评杨维桢《送贡尚书入闽》。

⑦⑨ 王夫之《明诗评选》卷六,周柳燕校点,上海古籍出版社 2011 年版,第 251 页。

⑧ 王夫之《唐诗评选》卷四,陈书良校点,上海古籍出版社 2011 年版,第 188—189 页。

⑩ 王夫之《唐诗评选》卷四,陈书良校点,上海古籍出版社 2011 年版,第 190 页。

评杜甫《秋兴八首》之“蓬莱宫阙对南山”曰：“无起无转，无叙无收，平点生色，八风自从律而不奸，真以古诗作律。后人不审此制，半为皎然老髡所误。”①

评杜甫《见萤火》曰：“一结近古。”②

评郎士元《冯翊西楼》曰：“七言之从谢出者唯杜陵耳。”③

由上可见，王夫之在复古趣味上是以《诗经》“风雅”传统及汉魏古诗风尚为最高标准，甚至在评价近体诗上，认为汉魏古诗实为“近体”之先声，与七子派复古对象相较，船山学习的对象更加纯一，直接古诗源流，这与船山在“经世致用”的实学风气下强调“风雅”精神密不可分。

二、注重诗歌情感

众所周知，宋代程朱理学思潮盛行，理学家们主张诗歌应以“理”为创作根本，即封建伦理道德是宇宙之本原。在这股思潮的影响下，中国诗学传统中的“言志”传统走向更为偏狭之路，宋诗主理无不与这股思潮密切相关。宋人“以文字为诗”、“以学问为诗”、“以议论为诗”导致诗歌中的抒情性大大减弱。明代诗歌承严羽诗学而来，批评宋人而盛赞盛唐，典型代表就是明代七子派的“诗必盛唐”说。七子派强调诗文必须表达真实情感，反映重大的社会现实问题，学习盛唐诗歌格高调逸的美学风格，但却在实际创作中因过于注重唐诗的艺术形式，而被后人讥为拟古主义。明中、后期，阳明“心学”的盛行使得文艺领域出现了一股抒发真实性情的思潮，主要以李贽的“童心说”和公安派的“性灵说”为代表，这股思潮具有强烈的反理学的斗争精神，却也在一定程度上表现出“唯情论”倾向。正是这种诗学理论与创作实践的脱节，诗人们在个人与社会情感的天平上摇摆不定，使得诗歌是否应以抒情为本质特征这一问题被提了出来。

虽然七子的大部分成员因复古方法及个人才情等原因，在创作实践中将“情”引向了一个误区，导致创作出来的作品情寡而词多，但在强调诗歌的情感特征这一问题上，七子的主张还是合乎文学发展的基本规律的，具有一定可取性，如李梦阳就曾说：“夫诗有七难，格古、调逸、气舒、句浑、音圆、思冲，情以发之。七者备而后诗昌矣。”④在作诗的七种不易达到的要素中，“情”是最主要的，起着根本性的促进作用。至于李梦阳“今真诗乃在民间”的主张更是对诗歌真情的大力呼唤，对王夫之也产生了重要影响。

王夫之正是在对上述七子派和公安派两派诗学理论进行综合、扬弃的基础上，发展了“诗言志”与“诗缘情”的诗学传统，提出了“诗道性情”理论，并以此来弥补七子派拟古主义的失误。可以说，“情”在王夫之的诗学系统中是最高范畴，这在其诗学理论及评点中都有明显体现。他在《明诗评选》中评徐渭的《严先生祠》一诗时说：

① 王夫之《唐诗评选》卷四，陈书良校点，上海古籍出版社2011年版，第195页。

② 王夫之《唐诗评选》卷四，陈书良校点，上海古籍出版社2011年版，第197页。

③ 王夫之《唐诗评选》卷四，陈书良校点，上海古籍出版社2011年版，第205页。

④ 李梦阳《潜虹山人记》，《空同集》卷四七。

诗以道性情,道性之情也。性中尽有天德、王道、事功、节义、礼乐、文章,却分派于《易》、《书》、《礼》、《春秋》去。彼不能代诗而言性之情,诗亦不能代彼也。①

王夫之将以表情为特征的诗歌与政治、历史等学术著作区别开来,强调诗歌抒情的必要性,二者不能混淆和互相代替,这与理学家的观点是迥然不同的,更接近七子派的诗论。关于诗人应抒写自己的真情实感,他还说过:

诗以道情,道之为言路也。诗之所至,情无不至;情之所至,诗以之至;一遵路委蛇,一拔木通道也。然适越者越尔,今日适越而昔来,古今通哂;东渐闽,西涉蜀,以资越之眷属,则令人日交错于舟车而无已时。无他,不足于情中故也。②

在王夫之的诗学体系中,"情"是诗歌的灵魂,有情则为诗,无情则不成诗。在这段话中,他也坚持以情为中心的诗论观,且无论这种情是含蓄委婉之情还是直抒胸臆之情,都必须真诚地发自内心。当然,诗歌并非有情就是好作品,在王夫之看来,诗歌表现的"情"必须是积极向上的,即符合儒家诗学传统。他说:

诗言志,非言意也。诗达情,非达欲也。心之所期为者,志也;念之所觊得者,意也;发乎其不自已者,情也;动焉而不自待者,欲也。意有公,欲有大,大欲通乎志,公意准乎情。但言意,则私而已;但言欲,则小而已。人即无以自贞,意封于私,欲限于小,厌然不敢自暴,犹有愧作存焉,则奈之何长言暖叹、以缘饰而为文章之乎?③

在此,王夫之将真正的诗情与个人声色之欲进行了区别,认为诗人不能沉湎于个人情感的狭小圈子,而应该关注社会现实。只有具有广阔而深刻的社会内容和思想意义的诗歌才是真正的诗歌,这也间接批评了以"嗜好情欲"的公安、竟陵派。基于此,他还指出了表情的途径:

唯此窅窅摇摇之中,有一切真情在内,可兴、可观、可群、可怨,是以有取于诗。然因此而诗,则又往往缘景、缘事、缘已往、缘未来,终年苦吟而不能自道。以追光蹑景之笔,写通天尽人之怀,是诗家正眼法藏。④

王夫之指出,创作主体内心的满腔真情如若得不到外界的触发,很容易陷入"苦吟而不能自道"的境地,若能"以追光蹑景之笔,写通天尽人之怀",将情与景结合起来,必定能创作出优秀之作。此处,王夫之所提出的情景交融之论,也是其意象论的重要组成部分。

三、完善并发展"情景交融"的诗歌意象论

关于诗歌意象的思考由来已久,但真正趋于成熟却是在明清时期。特别是明代中叶以

① 王夫之《明诗评选》卷五,周柳燕校点,上海古籍出版社 2011 年版,第 219 页。

② 王夫之《古诗评选》卷四,李中华,李利民校点,上海古籍出版社 2011 年版,第 142 页,评李陵《与苏武诗三首》。

③ 王夫之《邶风·论北门》,《诗广传》卷一,《船山全书》(三),岳麓书社 2011 年版,第 325 页。

④ 王夫之《古诗评选》卷四,李中华,李利民校点,上海古籍出版社 2011 年版,第 161 页,评阮籍《咏怀》。

后，关于意象的论述逐渐增多，前后七子中的李梦阳、何景明、李攀龙、王世贞、王廷相、谢榛等人都曾以意象论诗，而这个时候的意象也才是真正意义上的意象，对王夫之“意境”理论的产生和发展具有重要的启示作用。关于此点，笔者在《试论明代七子派的诗歌意象理论》一文中有详细的阐述[①]，要弄清楚王夫之对明人“意象论”的继承和发展，就必须先弄清楚明人是怎么谈“意象”的。李梦阳在《论学》中曾说：

> 古诗妙在形容之耳，所谓水月镜花，所谓人外之人、言外之言，宋以后则直陈之矣。于是求工于字句，所谓心劳日拙者也。形容之妙，心了了而口不能解，卓如跃如，有而无，无而有。[②]

李梦阳在这里虽未直接提出“意象”一词，但显然他已经体悟到了诗歌意象具有的含蓄蕴藉的特点，反对宋诗雕琢字句，讲求诗歌“言外之言”的意境。而其在评杨一清《再入夏城》一诗时就已经引用了“意象”一说：“平平荡荡，写尽意象，无一字吃力，《洗兵马》之流亚也。”[③]

何景明在《与李空同论诗书》中也对诗歌意象论进行了一番论述，他主要从“意”和“象”两个方面来阐述意象的产生。他说：

> 意象应曰合，意象乖曰离，是故乾坤之卦，体天地之撰，意象尽矣。空同丙寅间诗为合，江西以后诗为离。譬之乐，众响赴会，条理乃贯；一音独奏，成章则难。故丝竹之音要妙，木革之音杀直。若独取杀直，而并弃要妙之声，何以穷极至妙，感情饰听也？[④]

何景明认为意与象相称为合，不相称则为离，并以此来品评李梦阳的诗歌，敏锐地发现其诗风的变化：“试取丙寅间作，叩其音，尚中金石；而江西以后之作，辞艰者意返近，意苦者辞反常，色淡黯而中理披幔，读之若摇鞞铎耳。”（《与李空同论诗书》）[⑤]此处“意”与“理”为意象之“意”，而“辞”与“色”大略等同于意象之“象”，可见在大复看来，诗歌的完美境界应该是做到“意理”与“辞色”统一，才能如有金石之响。

后七子首领王世贞对于意与象的论述则更多了，如《贞一斋诗说》、《李氏古乐府序》及《皇甫三洲集序》等序言。在《王少泉集序》中评价王少泉的诗时曾说：“公于意非不能深，不欲使其淫于思之外；于象非不能极，不欲使其游于见之表。”[⑥]他称赞其诗歌物象描写含蓄蕴藉，善于在意象中折衷。

王廷相的《与郭价夫学士论诗书》一文无疑是提及明代意象论时必举之例，也是七子派意象理论成熟的有力证明。敏泽在《中国美学思想史》中就明确指出：“王廷相的这段话，在中国美学思想史上，是关于‘意象’的最详尽的论述。”[⑦]可以说，他的意象本体论对王夫之的诗学有最直接的影响。

> 夫诗贵意象透莹，不喜事实黏着，古谓水中之月，镜中之影，可以目睹，难以实求是

---

① 参阅拙文《试论明代七子派的诗歌意象理论》，《陕西师大学报》1996年第3期。

② 李梦阳《论学》下篇第六，《空同集》卷六十六，上海古籍出版社1991年版，第605页。

③ 杨一清《石淙诗稿》卷一〇，《四库全书存目丛书》集部，第40册。

④⑤ 何景明《何大复集》卷三十二，《四库全书》文津阁本。

⑥ 王世贞《弇州山人四部稿》卷六十八，《四库全书》文津阁本。

⑦ 敏泽《中国美学思想史》第二卷，齐鲁书社1989年版，第598页。

也。《三百篇》比兴杂出，意在辞表，《离骚》引喻借论，不露本情……斯皆色韫——或蕴本根，标显色相，鸿才之妙拟，哲匠之冥造也。若夫子美《北征》之篇，昌黎《南山》之作，玉川（卢仝）《月蚀》之词，微之（元稹）《阳城》之计，漫铺繁叙，填事委实，言多趁帖，情出辐辏，此则诗人之变体，骚坛之旁轨也。浅学曲士，志气尚友，性寡伸识，心惊目骇，遂区畛不能辩矣。嗟呼！言征实则寡余味也，情直致而难动物也。故示以意象，使人思而咀之，感而契之，邈哉深矣！此诗之大致也。①

王廷相认为诗的意象不能太实，应给读者留有充分的想象空间，这样才能使览者会其意并觉韵味无穷。他从意象论的角度出发，对杜甫、韩愈、卢仝、元稹等人的写实性诗歌提出批评，不无道理。可惜的是，他并没有深究“使人思而咀之，感而契之”的意象生成方式，给人指明达此境界的具体路径。王夫之正是在此基础上提出了著名的“情景论”。

必须说明，王夫之的“情景论”即明人的“意象论”的发展。他在继承前人的基础上，将情景论的内涵又往前推了一步。

兴在有意无意之间，比亦不容雕刻；关情者景，自与情相为珀芥也。情景虽有在心在物之分，而景生情，情生景，哀乐之触，荣悴之迎，互藏其宅。天情物理，可哀而可乐，用之无穷，流而不滞，穷且滞者不知尔。“吴楚东南坼，乾坤日夜浮。”乍读之若雄豪，然而适与“亲朋无一字，老病有孤舟”相为融浃。当知“倬彼云汉”，颂作人者增其辉光，忧旱甚者益其炎赫，无适而无不适也。②

他不仅肯定情与景在诗歌创作中的作用，还进一步阐述了二者相互渗透相互因承的关系，认为外在景物对情感具有催发作用，同时情感也可催化外在景物。他还进一步说：

情景名为二，而实不可离。神于诗者，妙合无垠。巧者则有情中景，景中情。景中情者，如“长安一片月”，自然是孤栖忆远之情；“影静千官里”，自然是喜达行在之情。情中景尤难曲写，如“诗成珠玉在挥毫”，写出才人翰墨淋漓，自心欣赏之景。凡此类，知者遇之；非然，亦鹘突看过，作等闲语耳。③

王夫之明确了“情”与“景”之间的互动关系：不可分离，认为二者是一个完整艺术形象中的两个方面。他还将情景交融分为景中情、情中景两种艺术表现方式，不仅重视诗歌的意象美，而且还对如何使得意象合一，从而达到意中有象、象中存意的辩证关系进行了鞭辟入里的论述，更注重意象的内在与外在的融会贯通关系。正如他在《诗广传》中所说：“情者阴阳之几也，物者天地之产也。阴阳之几动于心，天地之产应于外。故外有其物，内可有其情矣；内有其情，外必有其物矣。”④他还以近体诗为例来证明情景构合之法，反对机械地分割情与景，指出达到情景交融境界的方法。

---

① 王廷相《王氏家藏稿》卷二十八，《四库全书》文津阁本。

② 王夫之《诗译》，《薑斋诗话》，《船山全书》（二五），岳麓书社，2011 年版第 814 页。

③ 王夫之《夕堂永日绪论内编》，《薑斋诗话》，《船山全书》（二五），岳麓书社 2011 年版，第 824—825 页。

④ 王夫之《邶风·论北门》，《诗广传》，《船山全书》（三），岳麓书社 2011 年版，第 323 页。

近体中二联，一情一景，一法也。“云霞出海曙，梅柳渡江春。淑气催黄鸟，晴光转绿苹”，“云飞北阙轻阴散，雨歇南山积翠来。御柳已争梅信发，林花不待晓风开”，皆景也，何者为情？若四句俱情，而无景语者，尤不可胜数。其得谓之非法乎？夫景以情合，情以景生，初不相离，唯意所适。截分两橛，则情不足兴，而景非其景。且如“九月寒砧催木叶”，二句之中，情景作对；“片石孤云窥色相”四句，情景双收，更从何处分析？陋人标陋格，乃谓“吴楚东南坼”四句，上景下情，为律诗宪典，不顾杜陵九原大笑。愚不可瘳，亦孰与疗之？①

他认为，很多诗歌都是景中有情，情中有景，二者交融在一起并无绝对界限。强行对情景割裂来分析，或上景下情，或上情下景，明显是从表象出发而未能深入领略其中包蕴的真意。此外，他还对诗歌创作提出了规定，认为若要使诗歌有通灵之句、化工之境，就得在充分体味景物中蕴含的情思，得大自然之精髓。

含情而能达，会景而生心，体物而得神，则自有灵通之句，参化工之妙。若但于句求巧，则性情先为外荡，生意索然矣。松陵体永堕小乘者，以无句不巧也。然皮、陆二子差有兴会，犹堪讽咏。若韩退之以险韵、奇字、古句、方言矜其饾饤之巧，巧诚巧矣，而于心情兴会一无所涉，适可为酒令而已。黄鲁直、米元章益堕此障中。近则王谑庵承其下游，不恤才情，别寻蹊径，良可惜也。②

他具体列举了皮日休、陆龟蒙、韩愈、黄庭坚等人的创作，批评他们一味在字句上求巧而忽视性情与兴会，作品才会毫无生气，无法动人。

在情景关系的论述中，王夫之认为，意象统一于“意”，即统摄于“情”，不可机械组合：

无论诗歌与长行文字，俱以意为主。意犹帅也。无帅之兵，谓之乌合。李、杜所以称大家者，无意之诗十不得一二也。烟云泉石，花鸟苔林，金铺锦帐，寓意则灵。若齐、梁绮语，宋人挦合成句之出处，（宋人论诗，字字求出处。）役心向彼掇索，而不恤己情之所自发，此之谓小家数，总在圈缋中求活计也。③

把定一题、一人、一事、一物，于其上求形模，求比似，求词采，求故实，如钝斧子劈栎柞，皮屑粉霏，何尝动得一丝纹理？以意为主，势次之。势者，意中之神理也。唯谢康乐为能取势，宛转屈伸，以求尽其意；意已尽则止，殆无剩语；夭矫连蜷，烟云缭绕，乃真龙非画龙也。④

王夫之始终坚持思想内容的主导作用，情景交融的艺术形象必须与主题思想一致，“情中景”注重抒情，以诗人的主观情感抒发为主，有时甚至全写情不写景，景需要读者通过联想

---

① 王夫之《夕堂永日绪论内编》，《薑斋诗话》，《船山全书》（二五），岳麓书社 2011 年版，第 825—826 页。

② 王夫之《夕堂永日绪论内编》，《薑斋诗话》，《船山全书》（二五），岳麓书社 2011 年版，第 830 页。

③ 王夫之《夕堂永日绪论内编》，《薑斋诗话》，《船山全书》（二五），岳麓书社 2011 年版，第 819—820 页。

④ 王夫之《夕堂永日绪论内编》，《薑斋诗话》，《船山全书》（二五），岳麓书社 2011 年版，第 820 页。

来体现。如船山评杜甫《登岳阳楼》云:"'亲朋'一联情中有景。"[1]诗人感慨自己老弱多病、孤独忧愁,从中我们似乎看到了一个漂泊在孤舟上的憔悴老人形象,这就是我们通过感情物化出的图景。又如评曹学佺的《皖口阻风》:"风声不定在何边,起视长堤树影偏。客恨不如风里树,枝枝吹落向南天",王夫之称其"于情中写景"[2]可谓非常中肯,风中南向的落枝,就是诗人抒发自己对南国家园的怀念之情。

在阐述"景中情"时,王夫之也明确提出景语具有独立表情的功能。

> 不能作景语,又何能作情语邪?古人绝唱句多景语,如"高台多悲风"、"胡蝶飞南园"、"池塘生春草"、"亭皋木叶下"、"芙蓉露下落",皆是也,而情寓其中矣。以写景之心理言情,则身心中独喻之微,轻安拈出。谢太傅于《毛诗》取"讦谟定命,远猷辰告",以此八字如一串珠,将大臣经营国事之心曲,写出次第;故与"昔我往矣,杨柳依依;今我来思,雨雪霏霏"同一达情之妙。[3]

在"景中情"这一范式中,他认为写好景语是前提,客观的"景"能唤醒主题内心的情绪,如望月怀人,落叶生悲等。评宋孝武帝刘骏《济曲阿后湖》一诗时他也说:"游览诗固有适然未有情者,俗笔必强入以情,无病呻吟,徒令江山短气。写景至处,但令与心目不相睽离,则无穷之情正从此而生。"[4]都在强调景中有情,景语的表情功能。这其实也同样是在强调景语背后的情的重要性,避免人们将景语误解成单纯的客观景物描写。即情不可少却又不可外露,语不涉情而情趣无限。正因为王夫之注重诗歌中情感的表达,因此他对宋人以理入诗、刻意雕琢甚为不满,他说:

> 议论入诗,自成背戾。盖诗立风旨,以生议论,故说诗者于兴、观、群、怨而皆可。若先为之论,则言未穷而意已先竭。在我已竭,而欲以生人之心,必不任矣。以鼓击鼓鼓不鸣,以桴击桴,亦槁木之音而已。唐、宋人诗惜浅短,反资标说,其下乃有如胡曾《咏史》一派,直堪为塾师放晚学之资,足知议论立而无诗,允矣。[5]
>
> 非有如许声情。又安能入于变风哉?学我者拙,似我者死,此之谓也。宋人以意求之,宜其愚也夫![6]
>
> 诗固不以奇理为高,唐宋人于理求奇,有议论而无歌咏,则胡不废诗而著论辩也。[7]

王夫之反对以议论入诗或以议论立诗,他主张诗歌要有声情,单纯讲理不是诗而是论辩之作了。但他又不以朝代为界只批判宋诗,而是以是否含情为标准,唐、宋诗中凡只重讲理

---

① 王夫之《唐诗评选》卷三,陈书良校点,上海古籍出版社 2011 年版,第 122 页。

② 王夫之《明诗评选》卷八,周柳燕校点,上海古籍出版社 2011 年版,第 366 页。

③ 王夫之《夕堂永日绪论内编》,《薑斋诗话》,《船山全书》(二五),岳麓书社 2011 年版,第 829 页。

④ 王夫之《古诗评选》卷五,李中华,李利民校点,上海古籍出版社 2011 年版,第 215 页。

⑤ 王夫之《古诗评选》卷四,李中华,李利民校点,上海古籍出版社 2011 年版,第 178—179 页,评张载《招隐》。

⑥ 王夫之《古诗评选》卷三,李中华,李利民校点,上海古籍出版社 2011 年版,第 115 页,评鲍照《中兴歌》。

⑦ 王夫之《古诗评选》卷五,李中华,李利民校点,上海古籍出版社 2011 年版,第 245 页,评江淹《清思二首》。

之作都予以否定，其认为胡曾《咏史》等浅陋之作，只堪为小孩子的闲暇读物，贬低之情可见一斑。当然，王夫之并非一味排斥在诗中言理，在评庐山道人《游石门诗》一诗时，他指出：

一丝密运，不立经纬而自成文章，唯晋、宋人能之。此及远公诗说理而无理臼，所以足入风雅。唐、宋人一说理，眉间早有三斗醋气。①

他认为诗中说理并没有错，像鲍照在诗中不露痕迹的议论，是符合风雅传统的。唐、宋人的弊病就在于说理过于直露。

由上可见，王夫之的诗歌意象论，强调"情景交融"，这与七子派诸人所提出的诗意象观点是十分相近的，但是其更加的深入处在于，船山并未如七子派空言"意象"而是多以例证指明达到"情景交融"之境地的具体方法，比七子派所说操作性有所增强。并且船山论述情与景两者关系时，认为意象统一于"意"，即统摄于"情"，不可机械组合所写之"景"，这些都是王夫之在意象论上较七子派的深化之处，并把中国古典诗学中的意象论进一步发展到了意境论。

四、对明七子拟古之风及门户观念的批评

整个明朝都笼罩在复古思潮中，由此而产生的模拟古人格调的形式之风也是无可避免的，王夫之对此有非常清醒的认识，他不仅意识到这种弊端的存在，而且分析了这种形式主义风气产生的社会根源。他说：

崆峒、沧溟，心非古人之心，但向文字中索去，固宜为轻薄子所嘲也。诗虽一技，然必须大有原本，如周公作诗云"于昭于天"。正是他胸中寻常茶饭耳，何曾寻一道理。②

李梦阳只求在字句形式上与古人相似，毫不在意自我性情的表达，这样只会走入剽窃模拟的歧途，这种只注重在形式方面的拟古的学诗之道，自然遭到船山的坚决反对。在王夫之看来，只有"读古人文字，以心入古文中"③，才能得到古人诗歌的精髓。他还说：

欲作李、何、王、李门下厮养，但买得《韵府群玉》、《诗学大成》、《万姓统宗》、《广舆记》四书置案头，遇题查凑，即无不足。若欲吮竟陵之唾液，则更不须尔，但就措大家所诵时文"之"、"于"、"其"、"以"、"静"、"淡"、"归"、"怀"熟活字句凑泊将去，即已居然词客。④

王夫之用一种鄙夷的口吻批评了七子的模拟弊病，认为七子派的诗歌只是典故、字句的堆砌，完全是对古人诗歌形式上的模仿，无内容、真情可言。王夫之对七子派剽窃、剿袭诗风的诟病是后世否定七子派复古的典型观点。接着，他具体分析了造成这种风气的原因：

① 王夫之《古诗评选》卷四，李中华，李利民校点，上海古籍出版社2011年版，第195页。

② 王夫之《明诗评选》卷一，周柳燕校点，上海古籍出版社2011年版，第19页，评石珤《拟君子有所思行》。

③ 王夫之《夕堂永日绪论外编》，《薑斋诗话》，《船山全书》(二五)，岳麓书社2011年版，第854页。

④ 王夫之《夕堂永日绪论内编》，《薑斋诗话》，《船山全书》(二五)，岳麓书社2011年版，第833页。

诗文立门庭，使人学己，人一学即似者，自诩为“大家”，为“才子”，亦艺苑教师而已。高廷礼、李献吉、何大复、李于鳞、王元美、钟伯敬、谭友夏，所尚异科，其归一也。才立一门庭，则但有其格局，更无性情，更无兴会，更无思致；自缚缚人，谁为之解者？昭代风雅，自不属此数公。若刘伯温之思理，高季迪之韵度，刘彦昺之高华，贝廷琚之俊逸，汤义仍之灵警，绝壁孤骞，无可攀蹑，人固望洋而返；而后以其亭亭岳岳之风神，与古人相辉映……李文饶有云：“好驴马不逐队行。”立门庭与依傍门庭者，皆逐队者也。①

王夫之认为，七子派的复古思潮之所以在明清产生巨大的影响力，就是因为建立门庭，标榜派别。一般来说，一个诗歌流派都会有共同的诗风宗尚和统一的形式规范，如此一来，即便是有自己独特审美个性的人也会被同化，失去自己的性情、个性。他指出七子派李梦阳、何景明等人就是因为遵从诗派格局，而丧失了自我的“性情”、“兴会”、“思致”，诗歌也就流为俗作，毫无风雅传统可言。王夫之对诗派之间党同伐异、标榜之风深恶痛绝，他还说：“立门庭者必饾饤，非饾饤不可以立门庭。盖心灵人所自有而不相贷，无从开方便法门，任陋人支借也。”②建立门庭的人好在诗中罗列典故，从而形成一种定势，使得资质一般的人纷纷效仿，如此门庭越来越壮大，致使这种剽窃之风风靡诗坛，形成一种恶性循环。

综而言之，王夫之作为明清之际著名的哲学家、诗学理论家，其诗学理论是复杂难解的。但将其放到明末清初时期的诗学思潮来看，他的诗学可以说是对前朝诗歌特别是前七子派的复古诗学的综合和总结。他与七子派一样崇尚汉魏六朝诗歌，但在对待盛唐诗歌这一点上却与七子的主张稍异，表现出一定的保守性。但在诗歌主性情方面，王夫之综合了七子派和公安、竟陵派的主张，将明代诗学中的性情与形式统一起来。更为可贵的是，王夫之在明人“意象论”的基础上，将其发展为意境理论，从而使自己成为中国古典诗学理论的集大成者。

（本文为教育部人文社会科学规划基金项目《明代七子派接受史研究》〔12YJA751051〕的阶段性成果）

作者单位：暨南大学

① 王夫之《夕堂永日绪论外编》，《薑斋诗话》，《船山全书》（二五），岳麓书社 2011 年版，第 831—832 页。

② 王夫之《夕堂永日绪论外编》，《薑斋诗话》，《船山全书》（二五），岳麓书社 2011 年版，第 834 页。

《明词综》编纂考

陈水云

关于《明词综》的编者，一般认为是乾隆、嘉庆时期著名诗人王昶，但实际情况并非如此简单。其实，《明词综》在康熙时期已编成初稿，直到嘉庆五年(1800)才由王昶访得旧稿，并重新启动编纂工作，经过二年多的补辑和完善，终于在嘉庆七年(1802)刊刻行世。那么，《明词综》的最初编纂者是谁？为什么要等到一百年以后才被刊刻行世？

这事还得从《词综》的编纂说起。清初康熙年间，浙西词派领袖朱彝尊(1629—1709)，因不满《草堂诗余》对明末清初词坛的不良影响，想着手编选一部新的选本取代《草堂诗坛》的地位。先是在康熙十一年(1672)编成十八卷的初编本《词综》，但他深感这一选本还有诸多不足，又联合汪森(1653—1726)、周筼(1623—1687)、柯崇朴(生卒年不详)等人，广征博采，详加稽考，终于在康熙十七年(1678)完成了三十卷本《词综》，并由汪森裘杼楼刊刻行世。后来，汪森又与沈进、周筼对三十卷本做了补编的工作，并在康熙三十年(1691)推出三十六卷本《词综》。在完成《词综》的编纂工作后，朱彝尊还提出过选编明词的设想。他认为明词纵然有着诸多不足，或"陈言秽语，俗气薰入骨髓"，或"强作解事，均与乐章未谐"；但像杨孟载、高季迪、刘伯温辈，"温雅芊丽，咀宫含商"，李昌祺、王达善、瞿宗吉之流"亦能接武"(《词综·发凡》)。更值得注意的是，在明末崇祯之际，"江左渐有工之者，吾乡魏塘诸子和之。前辈曹学士雄视其间。守其派者，无异豫章诗人之宗涪翁也"(《柯寓匏振雅堂词序》，《曝书亭集》卷四十)。从这个角度看，有明三百年中岂无合作？"当遍搜文集，发其幽光，编为二集，继是编之后"(《词综·发凡》)。

朱彝尊虽然提出了这一设想，却未能将之付诸实际行动，有学者认为造成这一想法落空的原因是，在编纂《词综》初编后，他被选入明史馆，生活境遇发生了重大变化[①]，幸运的是朱彝尊这一设想再一次被汪森化为现实。汪森《沈蓝村小传》便提到他与沈进(1628—1691)(字山子，号蓝村)共选明词的情况，他说："壬戌(康熙二十一年)，(沈进)馆余勤有居，助余续辑《词综补遗》，并搜录明人词，《词综》之补人补词既就梓，而明人词笃谷(周筼)携之京师，被友人取去，不复返，竟未获成书。"(《小方壶文钞》卷六)这说明，汪森选辑明词的工作，在康熙二十一年(1682)已经启动了，他在《送周笃谷北游序》中提到，周筼是康熙二十四年(1685)秋游京师的，也就是说，由汪森编选的这部明词选本，在康熙二十四年(1685)已完成初稿了。他的另一篇文章《选明词序》，还专门谈到选辑明词的来源和范围："暇日偕友人沈蓝村健户

---

① 于翠玲《朱彝尊词综研究》，中华书局2005年版，第43页。

溪堂，由洪、永以迄启、祯，阅集千余，旁采选本并题画书册刻石镵壁，不可屈指，仅得词若干卷。”(《小方壶文钞》卷二)很显然，这是一部时间上涵盖有明一代、范围上涉及总集、别集以及其他载体(题画书册和刻石镵壁)的选本。据其重孙汪筠《校〈明词综〉三首》所言，这部选本当时即被命名为《明词综》。

其实，在汪森选编明词之前，已有一些明词选本问世，比如钱允治、陈仁锡合编的《类编笺释草堂诗余》和顾璟芳、李葵生、胡应宸合选的《兰皋明词汇选》。但前者选录范围过窄，造成很多名家落选，亦有“玉石杂陈，竽瑟互进”之讥(沈际飞《草堂诗余四集凡例》)；后者虽则范围有所拓宽，但大家漏选亦复不少，且疏于考辨，以致将宋人作品当做明人作品收录，更重要的是，它存在着眼界不高的不足，大量庸滥之作悉数阑入。作为清初著名的藏书家，汪森在编选明词时应该是浏览过这两部选本的，对其存在的问题也当然是有清醒认识的，如果说前者是在肯定明词的前提下编选明词的，那么汪森则是在总体上否定明词的前提下选辑明词的，他主要是从存人存史的立场来编选明词的。他说：“一代之人物必有一代之论著，论著者一代之风声气习也。明之继元，承虞、欧、黄、柳诸家之后，金华、宁海之文，遂为开国宗工。然不立门户，不事标榜，以文章功业为己任。自是而降，奇才辈出，谓秦汉以下书不足读，及视功业与其论著且不能肩随李杜，而名位卒亦不显！余读刘文成诗，而知奇才之不可以绳尺也，文成当元之季世，无论开国功臣，即所论著为第一流人物！”(《选明词序》，《小方壶文钞》卷二)在他看来，明人受前后七子复古思想影响，对秦汉以后的文章著述大都束之不观，其实，明人文章也其特殊的时代价值，他们的论著也是“一代之风声气习”的真实表现，从这个角度看，明词的出现也有其存在的合理性：“倚声小道也，文成以缠绵恺恻之情，发为墨妙而时形其忠爱，他如青丘、眉庵，不趋故步，亦足以继轨前贤。而瞿宗吉、马浩澜之徒，愈趋愈下，词之道浸以衰微。至若正嘉诸贤，号称博洽，强名解事，拾《草堂》之坠绪，为风雅之末流，其沿极于败坏而不可上。嗟乎！诗未亡，而诗余之道丧已久矣。故宁有成弘间之高视阔步鄙不肯为，不可使正嘉之后为之而宣欲寻淫也。是以明词不必选，又不可不选。其不可不选者，不当使千年之制自此而坠；而不必选者，谓作法于凉后将不振也。虽然不灼乎源而身蹈其流，与任其流而不复浚其源，其弊正相等。”(《选明词序》，《小方壶文钞》卷二)很显然，汪森对明词的看法，大体上沿袭了朱彝尊《词综·发凡》发表的意见，对明初能继轨唐宋表示认同，对正嘉以后所作予以全盘的否定，但从词史发展的角度从源流正变的角度看，他选辑明词与编选宋元词一样有着正本清源的意图。正如有的学者所说，《词综》不但以人编选，列有作者小传，还对词人的生平籍贯详加考证，因而具有“词史”一样的功能①。汪森选编明词也是为了“以存一代之人物，使起衰者得从是以追蹑前人”。如果说《词综》尚有开宗立派的意味，那么他选编明词则体现的是一种“不立门户，不事标榜”的词史意识。

汪森在编选成书后，曾致书征求朱彝尊的意见，朱彝尊对他的做法表示认可。据汪森《沈蓝村小传》所述，这部选本后来被周筼携至京师，为友人取去不复返。那么，它是否真的在人间失传了呢？王昶在编《明词综》时，曾提到“竹垞太史于明词曾选有数卷，未及刊行，今其本尚存汪氏”，这句话是汪康古亲口对他讲的，它说明这一选本并没有从人间消失。汪康古名孟鋗(1727—1770)，字康古，号厚石，为汪森曾孙。乾隆十五年(1750)举人，三十一年

① 李睿《清代词选研究》，安徽大学出版社2011年版，第180页。

(1761)进士，曾官吏部主事，与钱载、王又曾、万光泰等交往尤密，为乾隆时期秀水派的重要成员，有《厚石斋集》十二卷。他比较自觉地承传了家族的宗风，把《词综》作为其家族重要的文化遗产来传承："遗书万卷细披寻，裘杼楼中有嗣音；自执红牙轻按柏，酒阑灯灺一微吟。"(冯浩《题汪孟鋗理冰词四首》之二)汪森的另一位孙辈汪筠(1715—?)在其祖去世十年后撰文说："先大父碧巢先生既偕竹垞朱先生有《词综》之刻，后数年，复偕蓝村沈先生取有明一代之词蒐逸订讹，仍质诸竹垞，以续前辑，犹虑甄综未备，迟之晚年，竟衍剞劂。暇日出手钞本重校之，愿有以成先志也，因书其后。"(《校明词综三首序》)又《校明词综三首》其三云："粉蠹精华卅余载，赏心犹见手钞初。正须枣木流传亟，幼妇尊前续一书。"(《谦谷集》卷三)这篇文字撰写时间是在乾隆元年(1736)，正说明"尚存汪氏"之言不诬，它是以稿本形式(手钞)保存在汪家的，而且已被搁置在汪氏裘杼楼达三十余年之久。他还表示，欲承先祖之遗愿，对原编本作校勘的工作，期待有朝一日能雕版印行。但是，汪森选编的《明词综》一直未能印行，直到王昶的出现，《明词综》的重编及雕印才有了转机。王昶从汪孟鋗处获知，汪森这个本子尚存人间，便有意寻访，但一直未有所获，直到嘉庆五年(1800)，偶遇汪淮后才得以获见该稿本。汪淮(1746—1817)，字小海，号兰皋，汪森四世孙，有《小海自定诗》。在获得稿本后，王昶着手重编，历时二年，共辑得391家，凡12卷，并雕版行世。今存嘉庆七年本《明词综》，扉页左印"三泖渔庄藏版"，右印"王述庵少司寇续选"，这表明他的编选是在汪森、朱彝尊的基础上进行的。《明词综》从康熙二十一年(1682)启动编纂，到嘉庆七年(1802)雕印行世，前后历时120年之久，这是清代词选编纂史的一道特有"风景"。

王昶(1725—1806)，字德甫，号述庵，一字兰泉，又字琴德，青浦人。乾隆十九年(1754)进士，官至刑部右侍郎，他是中期浙派的主要词人，有《琴画楼词》四卷传世。他编刻《明词综》的最初动机，是有感《词综》一书所收止于元而止，"以其不及明词为憾"。因此，他意欲继朱彝尊、汪森未竟之业，"选择大旨亦悉以南宋名家为宗"，将《明词综》置于《词综》之后，一起刊刻印行。从《明词综》的实际情况看，无论是体例的安排，还是作者生平事迹的辨证，以及作品的选择等，都明显受到了《词综》的影响。从体例的安排看，先是帝王，后是一般词人，最后是闺秀和妓女，大致以时代先后为序；从作者生平小传看，主要简述字号、籍贯、生平、著述等，有的还附有对词人词作的评论；当时，他正讲学于杭州敷文书院，得与诸生相切磋，一些文字校勘的工作便是由其门生完成的①。从他对作品的选择看，"大旨亦如竹垞太史所云"，以雅正为宗，对于明词的态度，大体上是沿袭朱彝尊和汪森的相关看法："盖明初词人犹沿虞伯生、张仲举之旧，不乖风雅；及永乐以后，南宋诸名家词，皆不显于世，惟《花间》、《草堂》诸集盛行。至杨用修、王元美诸公，小令、中调颇有可取，而长调则均杂于俚俗矣。然一代之词亦有不可尽废者，故御选历代诗余撷取者一百六十余家。"(《明词综序》)对于《明词综》之得失，当代学者已有精辟论述②，最值得一提的是，为了使明词符合其雅洁的标准，编选者不惜亲手动笔，对所选之作作大幅度的改动，从文献学亦即保存文献真实状貌角度看，这一做法显然是不可取的。

《明词综》最早刻本是嘉庆七年(1802)青浦王氏三泖渔庄刻本，而后有光绪二十八年

---

① 严荣《王述庵先生昶年谱》，台湾商务印书馆1978年版，第100页。

② 参见张仲谋《明词综研究》，《中华文史论丛》第七十八辑，上海古籍出版社2004年版。

(1902)金匮浦氏重刻本,与《词综》、《国朝词综》、《国朝词综二集》一起合刻。又有民国二十三年(1934)上海中华书局《四部备要》铅印本、民国二十七年(1938)上海商务印馆《国学基本丛书》本以及赵尊岳惜阴堂《明词丛刊》本(又称《惜阴堂明词丛书》)。

作者单位:武汉大学

略论汪端《明三十家诗选》的编选特色

黎必信

一、汪端《明三十家诗选》的文化语境

传统中国文学批评以“男性批评理论”(Male critical theory)为主,鲜有女性文学批评著述[①]。究其原因,男性主导的著述观念仅接受女性叙述妇德或抒写情性的作品,令古代妇女罕有涉足诗词以外的其他文体,此可以晚明闺阁专门总集的著录为例,其著录包括诗词以外文体者,仅1628年赵世杰《古今女史》及1636年沈宜修《伊人思》[②]。此现象固然受到传统论述对个别文体的要求影响[③],或亦缘于古代女性教育及生活视野有限所致[④]。这种定势在清中期开始转变[⑤],就胡文楷《历代妇女著作考》叙录所见,其时李晚芳于《女学言行录》外,已有《读史管见》等学术创作[⑥],嗣后恽珠、王照圆等皆有学术著作问世,而妇女的学术能力也逐渐

---

① 古代女性文学批评著作中,似乎以李清照《词论》较受重视。李清照《词论》自胡仔评论开始即毁誉并存,而现代学者则致力考据其写作时期及审美标准,嗣来均引起论者热烈的讨论。研究状况的简述可参张毅主编《宋代文学研究》(下册)(北京:北京出版社,1997年),页928—943。

② 参[美]高彦颐著(Dorothy Ko)、李志生译:《闺塾师:明末清初江南的才女文化》(南京:江苏人民出版社,2005年),页60。

③ 传统论述对“文章”的要求最为严厉,“文以载道”的观念在中唐以后使文章变得不可轻作,题材亦集中于世道的讨论,借用现代的术语,“文章”内容所探讨者更多为“公领域”(public)事项,就古代妇女的生活条件来说实较难涉足。

④ 文章的内容深度往往关联于作者的见识与学问,但传统妇女在求学及出游等事务却受较大限制。明清以来,妇女并无参与科举的权利,故童蒙练习时对文章的训练相对男性自然较少,自然削弱妇女作家的兴趣。

⑤ 乾隆后期国势下滑,且汉人反抗意识已大致解除,各项思想控制亦由是宽松,其语境有利于旧有观念的突破,加以当时精英阶层的男性开始将其精力投放于考据之上,未暇对女性文学的发展有太大的干扰。当然,印刷术的发展亦有其影响。

⑥ 此书今虽不传,然其当非纯粹宣扬女学之书。胡文楷《历代妇女著作考》述《读史管见》内容谓:“此书节录或全录《史记》原文,加以眉批旁批,篇后有李晚芳评语。”今知篇后评语为李晚芳撰,虽未知其确切内容,但大抵不是诗词一类的抒情作品,可见妇女至迟在乾隆时期已对诗词、小说戏曲以外的撰述有所涉足。参胡文楷《历代妇女著作考》“清代三”(台北:鼎文书局,1973年),页261。

为人接受①。汪端《明三十家诗选》正是产生于这样的背景。

汪端(1793—1838),字允庄,号小韫,钱塘人,有《自然好学斋诗钞》十卷及《明三十家诗选》传世②。其生平见诸胡敬《汪允庄女史传》及陈文述《孝慧汪宜人传》等传③,近人胡文楷、钟慧玲④及蒋寅⑤诸位前辈论述已详,此处不赘。惟述其原生书香世代,祖父汪宪官至刑部陕西司员外郎,藏书之富甲于杭州,父汪瑜亦官政司经历候选大理寺寺丞,姨父许宗彦、姨母梁德绳皆风雅之士。后嫁陈裴之为妻,家翁陈文述雅好闺阁文学,围绕其周跟的碧城仙馆女弟子至少有三十余人⑥,故汪端由幼及长均处身较好的学术氛围之中,对其文学事业不无促进作用⑦。

汪端《明三十家诗选》并非传统"闺阁话语"⑧,性别意识及相关思考在其选集中并不明显⑨,但选集封面以自居之书室名称而题署"自然好学斋藏板",又在选集中先援引家翁陈文

---

① 乾隆末年以袁枚及章学诚为代表有关妇女"才德观"的争议(Querelle des femmes),其中章氏在强调"妇德"的同时,亦未否定妇女的学术能力,更有学者指出章氏的说法主张"应通过放弃诗歌来恢复她们在古代原有的学术方面的威信",可见妇女的学术能力已逐渐为当时文人接受。参考曼素恩《缀珍录——十八世纪及其前后的中国妇女》,页125;有关袁枚和章学诚的争议,详参[美]孙康宜著、李奭学译〈明清诗媛与女子才德观〉,《中外文学》,第二十一卷第十一期,页52—81。

② 《明三十家诗选》今传道光二年(1822)自然好学斋刊本,据其卷首"凡例"末则尝言"明人有全集无称而一篇独绝者,如王子宣《宫词》、骆用卿《淮阴庙》、王季木《项王庙》、戴南格《严陵钓台》之属,以及方外、闺秀幽隐散佚之什者不少。另有续编明诗选拾遗以补阙略,兹集亦不备载",是知汪端有意将闺秀诗等作品多编一集,惟至今未见相关选本,恐其终于亦未就(详见汪端《明三十家诗选》"凡例",自然好学斋本,页6a—6b)。《自然好学斋诗钞》今有道光十九年(1839)钱塘汪氏振绮堂刊本,今以清冒俊辑《林下雅音集》著录之十卷本较为流行,盖其能通过哈佛大学燕京图书馆"明清妇女著作"网站获得,该本今以光绪十年(1884)刻本最早。该站网址为 http://digital.library.mcgill.ca/mingqing/chinese/index.htm。两种版本之资料亦可参见胡文楷《历代妇女著作考》"清代四"(台北:鼎文书局,1973年),页275—276。从目前据推断,《自然好学斋诗钞》应成书于前,只是未必立即出版刊行。

③ 除此以外,《清史稿》卷五一三、《清史列传》卷七三、《续碑传集》卷八五、《清代学者像传》卷一及《清代闺阁诗人征略》卷八等皆有汪端生平之记载,此参钱仲联主编《中国文学家大辞典.清代卷》(北京:中华书局,1996年),页356—357。

④ 钟慧玲《清代女诗人研究》(台北:里仁书局,2000年),页458—491。

⑤ 蒋寅《汪端的诗歌创作与批评初论》,《国学研究》,第八卷(2001年),页143—171。

⑥ 钟慧玲尝据陈文述各阶段有关女弟子的叙述,整理碧城女弟子约为四十四人,并开列相关名单。详见钟慧玲《陈文述与碧城仙馆女弟子的文学活动》,张宏生编《明清文学与性别研究》(南京:江苏古籍出版社,2000年),页761—800。

⑦ 张云璈于《自然好学斋诗钞序》云:"天之生一才人也不易,生一闺阁之更不易;闺阁有才而又得全家之多才以张其才,则尤不易。"可见汪端所处身的文化氛围具其独特意义。张云璈《自然好学斋诗钞序》,《自然好学斋诗钞》卷首,页1a。

⑧ 所谓的"闺阁话语",现代学者有解作"旨在将宗法父亲体制内所隐匿的女性问题给暴露出来,揭示闺阁背后的女性历史真相"。页378。

⑨ 汪端并未尝试在诗选中探讨性别论题,其最明显例证在于诗选中并无闺秀诗人得以入选。今考该本除卷末皆题校字人名,而负责校字者又悉为女性外,并无明显的女生意识显现其中。

述及夫婿陈裴之的评论[①]，则颇具晚明以来“家刻文化”的特征[②]，故其编选动机除诗歌批评的动机外，或亦渗入炫耀“家庭财富和文化成就”及“用以巩固各种社会关系”[③]等考虑，而就目前材料所见，汪端编就《明三十家诗选》后亦殷切希望出版[④]，可见其对选集的自信与期许，但同代已有《列朝诗集》、《明诗综》及《明诗别裁集》等明诗选集流行，与汪端的选本构成直接竞争，复以汪端的明诗选本流传未广，遂使《明三十家诗选》为后世忽略。

二、批判与整合：《明三十家诗选》的编选体例试析

《明三十家诗选》仅选录明代一百位诗人的作品，并将其中三十人列为“正选”，另有七十人列为“附录”，因应作者自言“正选”与“附录”存在等次的差别，故其选目本身已具备文学批评的价值，但汪端编选明诗的宗旨也表现于选集书前的《凡例》、书内针对个别诗家辑录或自撰的评语及书后的《自题明三十家诗选后》等，甚或在选本的编次安排也可考见汪端的用心。以下将略述其选本的性质，并略论其篇次的文学批评意义[⑤]。

1. 选本性质

清初以来，钱谦益、朱彝尊及沈德潜等明诗选本先后问世，其中《明诗综》[⑥]及《明诗别裁集》[⑦]更是官方认可的明诗选本，故汪端于道光年间编纂明诗选本时，自然可参考上述著作。就选本内容所见，朱彝尊《明诗综》对汪端的影响较为明显，《明三十家诗选》不仅仿效《明诗综》辑录诸家评语之编例，更在评论内屡次引述朱彝尊的评论观点[⑧]，但两者在编选性质显然

---

① 汪端于《明三十家诗选》卷前“凡例”已就此有所交代，其云：“诸家评语毁誉并存，旨取赅备，《明诗综》之例如此。兹去其偏憎私爱之说，但择平允精当者存之。《颐道堂集》暨澄怀遇有议论，亦录于后，而端之一知半解附焉。”引文提及之《颐道堂集》为其家翁陈文述的别集，而澄怀则其丈夫陈裴之号。详见《明三十家诗选》卷首《凡例》，页1b。

② 所谓晚明的“家刻文化”，意即书香世族总喜刊刻自己后代的别集以光耀门眉，如汪端《自然好学斋诗钞》为其父出资刊行，而《明三十家诗选》则在内地印制。另何明星《著述与宗族——清人文集编刻方式的社会学考察》即涉及家刻本的讨论。惟该书未有设置专章讨论妇女著述与宗族的关系及其他问题。

③ 详见《闺塾师：明末清初江南的才女文化》，页40。

④ 详见管筠《自然好学斋诗钞序》，《自然好学斋诗钞》卷首，页6a—b。

⑤ 汪端有《自题明三十家诗选后》三十首七言律诗置于《二集》书后，通过诗歌形式交代“正选”三十位诗人的生平及诗歌风格，偶尔也就个别诗句进行赏析。基本上每首诗咏题一位“正选”诗家，诗后并有自注以交代咏题对象，但就初步研读所见，各诗鲜有评论性内容，相对选本内的评语来说，其批评意义并不明显，故下文暂不详论。

⑥ 朱彝尊编选《明诗综》的动机，既有出于纠正钱谦益诗论的讹误，也有建构明代诗史的设想，并因此而在编选体例上有所调整和创新，改变了晚明以来诗歌选本的标榜动机。有关朱彝尊明诗研究的详细分析，详可参考蒋寅《朱彝尊的明诗研究》，《北京大学学报》(哲学社会科学版)，第5期(2008)，页77—86。

⑦ 学者认为，沈德潜编选《古诗源》、《唐诗别裁集》、《明诗别裁集》及《清诗别裁集》等选集的目的在于建立诗歌的风雅正统，而其选评也以体现诗教精神为宗旨，大多表现出政治伦理凌驾审美价值的选择。上述观点详参张健《清代诗学研究》(北京：北京大学出版社，1999年)，页520—564。

⑧ 就笔者统计所得，汪端于《明三十家诗选》著录之“正选”及“附录”共一百家诗人中曾在至少六十三家诗人的评语中援引朱彝尊的说法，远较沈德潜说法仅援引于十五家诗人的评语为多，笔者由此推测汪端对朱彝尊的说法相对沈德潜而言更为推崇。

不同:《明诗综》旨在著录整个明代诗家诗作,而以"网罗放佚"为目的,务求明代诗家的"全录";《明三十家诗选》则按照汪端的诗学观点来"删汰繁芜",力求从明代诗家披沙沥金,借以展示明诗的最高成就[①]。因此,两者成就的高下不应从著录数量进行比较,而应着眼于具体评论观点的分析。这种选本性质的区别,早在梁德绳及曹贞秀分别撰写的《明三十家诗选序》已明确提出,如梁德绳序文有云:

虞山蒙叟《列朝诗选》富矣,冗杂无次序;小长芦钓师《明诗综》较有次序,亦博而不精;沈归愚《明诗别裁》即《明诗综》约选之沿袭,皆前人旧说,无足观览。今允庄所选,以清苍雅正为宗,一扫前后七子门径,于文成、青邱、清江、孟载诸人表章尤力,至于是非得失之故,兴衰治乱之源,尤三致意焉。[②]

姑勿论梁德绳对清代明诗选本的承袭关系的理解是否恰当,但序文明确提出汪端明诗选本的价值在于"清苍雅正"的选录宗旨,而此选录宗旨明显针对诗歌的艺术表现而论,相对于钱谦益编次的"冗杂无序"、朱彝尊选目的"博而不精"及沈德潜选目的"沿袭",汪端的选本具有更明显的独创性及文学批评意识。此外,曹贞秀于另一篇〈明三十家诗选序〉在叙述"以人存诗"及"以诗存人"两种选例的区别后,也曾提及:

余惟选明诗者两家,竹垞之《明诗综》则重在人,归愚之《明诗别裁》则重在诗,均为善本而均不能无或严或滥之失。甚矣!选政之难也。今观兹选,论诗则务取清真,力删俳伪,论人则务崇名节,坚斥邪僻,洵能兼两家之美而去其失者。[③]

序文认为汪端根据"清真"、"俳伪"等诗歌概念来评选明诗,以至考虑诗人的"名节"的评选标准能"兼两家之美",即在"因人存诗"与"因诗存人"之间取得平衡,较诸《明诗综》及《明诗别裁集》有所偏侧的评选方法,显然更为客观。两篇序文不约而同以《明三十家诗选》与《明诗综》、《明诗别裁集》等当时流通的明诗选本进行对照,旨在突出汪端选本的独特性及编选价值,而汪端在选本的评语也曾评论其他明诗选本的得失,其中以批评钱谦益《列朝诗集小传》[④]的言辞至为激烈,如汪端于《明三十家诗选二集》(下文简称《二集》)卷七针对钱谦益对程嘉燧的诗歌评价有云:

虞山之选明诗,逞其私臆,淆乱是非,阳崇阴挤,复摭邪说以诬蔑之者,刘文成、高青邱也;置不留目,无所长短者,贝江、杨孟载诸人也;浮慕其名,尊之失当者,袁海叟、李西

---

① "网罗放佚"及"删汰繁芜"为四库馆臣对"总集"的区别。朱彝尊《明诗综》明显以"网罗放佚"为目标,其自序虽曾表示其选本对诗家之取舍谓:"或因诗而存其人,或因人而存其诗。"然其旨在借一代诗人诗作之记录以记一代之史的目标仍相当明显,自序之末亦期望《明诗综》能"窃取国史之义,俾览者可以明得失之故",则其历史意识势必使其于偏例上尽力求"全"。而汪端《明三十家诗选》本无宏观的诗史构想,故著录数量相对较少,而以"删汰繁芜"、追求"菁华"为目标,两本性质实存具大差异。

② 《初集》,序一,页1b。

③ 《初集》,序二,页1b。

④ 论者早已指出钱谦益编撰《列朝诗集小传》时存在私心,并特别针对晚明诗人进行不公道的评价,借以确立自己在明末清初诗坛的地位,故其《列朝诗集小传》的说法先后为朱彝尊及汪端驳斥。有关钱谦益编撰《列朝诗集小传》动机的论述,详参周师建渝《〈列朝诗集小传〉的明诗批评及其用意》,《复旦学报》(社会科学版),第6期(2008),页130—137。

> 涯、徐昌谷也；有可訾之道而排击不中窾要者，李空同、李沧溟、王凤洲也；不应贬而贬之者，何大复、边华泉也；无足称而称之者，沈嘉则、王百谷、王承父也；巨擘哲匠，遗弃不录者，区海目、陈忠裕、邝湛若诸公也；元恶恔夫，曲护其短者，姚广孝、严嵩、沈一贯、阮大铖等也。①

程嘉燧尚因其与钱谦益的亲密关系而为《列朝诗集》极力推崇②，早为清初文人所不齿，如邵长蘅即尝择举程嘉燧累句而谓其"秽亵俚俗"③，而朱彝尊编选《明诗综》，因应其有意纠正《列朝诗集小传》观点的主张④，对此也相当不屑⑤，而汪端更直斥钱谦益"淆乱是非，阳崇阴挤"，并举例说明钱谦益评价的失当，与当时对钱谦益《列朝诗集小传》的评价相合，而汪端也在《二集》卷六选录谢肇淛⑥及卷七选录曹学佺⑦时进一步批评钱谦益的私心，故就影响而论，钱谦益《列朝诗集小传》对汪端编选的影响相当有限。

2. 编次的寓意

汪端《明三十家诗选·凡例》自言参考高棅《唐诗品汇》的分类方式，将明代诗人分为"正

---

① 《二集》卷七下，页10b—11a。

② 钱谦益对程嘉燧极重推尊之能事，评云："其诗以唐人为宗，熟精李、杜二家，深悟剽贼比儗之谬。七言今体约而之随州，七言古诗放而之眉山，此其大略也。"应该说，程氏既与钱谦益有其亲密关系，既曾约定共同编选诗集，前者又曾为后者的《初学集》题序。钱谦益并谓"孟阳读书不务博涉，精研简练，采掇菁英，晚尤深老、庄、荀、列、楞严诸书，钩纂穿穴，以为能得其用"，又谓其诗既有成后又"尽览中州、遗山、道园及国朝青丘、海叟、西涯之诗，老眼无花，照见古人心髓"。《列朝诗集小传》对诗人的评价几无过此，故为后世论者訾议。详见《列朝诗集小传》丁集下"松圆诗老程嘉燧"条（上海：中华书局，1959年），页576—578。

③ 此说见沈德潜《明诗别裁集》卷十"程嘉燧"条引（香港：中华书局，1977年），页7a，总页111。

④ 《四库全书总目》卷一百九十《明诗综一百卷》提要云："至钱谦益《列朝诗集》出，以记丑言伪之才，济以党同伐异之见，逞其恩怨，颠倒是非，黑白混淆，无复公论。彝尊因众情之弗协，乃编纂此书，以纠其谬。"当然，此不能排除馆臣有夸大其辞，但据此可见朱氏之编选明诗当与钱谦益选明诗具一定关系。《钦定四库全书总目》，页2662—2663。

⑤ 朱彝尊认为程嘉燧的作品"才庸气弱"，与钱谦益的盛赞不符，曾评云："孟阳格调卑卑，才庸气弱，近体多于古风，七律多于五律，如此伎俩，令三家邨夫子诵翻兔园册，即优为之，奚必读书破万卷乎？"《静志居诗话》卷十八"程嘉燧"条，页18b。《续修四库全书》第1698册（上海：上海古籍出版社，1995年），总页413。

⑥ 汪端认为钱谦益没有仔细通读诗作就妄下评论，致有不少颠倒的评价，如不加以纠正，以讹传讹将贻误后世，如其于《二集》著录谢肇淛诗前评语有云："明初闽中十才子专学盛唐。万历昌徐幔亭昆季、曹石仓及在杭诸人则兼法钱、刘、元、白并洪武诸家，虽前后宗尚微有不同，要皆精研格律，无忝正声，在杭诗清圆俊朗，远胜王百谷，而虞山深诋闽派庸熟，蹈袭如出一手，又谓在杭风调谐合得之百谷为多，其月旦颠倒如此，绛云一炬，岂非天哉？"《二集》，卷六下，页16b。

⑦ 汪端认为钱谦益评选时私心自用，程嘉遂的评选状况固为显例，但钱谦益对陈子龙及曹学佺的评论同样不错，当中以陈子龙的著录最不合理，与钱谦益曾因柳如是的关系发生冲突，故在《列朝诗集小传》中竟无著录。汪端于评论曹学佺诗前有评语云："忠节（引者案：即曹学佺）诗秀骨清声，霞标玉映，其辞丽以则，其思深以远，才气少让陈忠裕（陈子龙），而温婉过之，两公皆以风雅主盟，成仁殉国，坛坫为之有光，而虞山初与两公皆友善，声望相埒，其选明诗于忠裕，则摈置不录，于忠节则大有微词，此犹留梦炎谗文文山、胡光大诉方正学，相形见谈，心窃病之，卒之盖棺论定，著作荡为烟埃，姓氏污人齿颊，复可面目见两公于地下哉？"《二集》，卷七下，页3a。

选"与"附录"，并分置于《明三十家诗选初集》(以下简称《初集》)及《二集》内，借以显示选者对诗人成就的评价。《明三十家诗选·凡例》尝云：

> 是选初集诸家，犹主盟之晋、楚也；二集诸家，犹列国之宋、郑、鲁、卫也；附录诸家，犹附庸之邾、吕、杞、薛也，后之览者平心综核，自见其才气分量实有不可移易之故，正非妄为轩轾。至李空同其人与诗虽不足道，然前后七子之名裒然居首，沿袭已久，故仍录之。①

《凡例》以春秋的诸侯国为喻，而以作为"晋"、"楚"等大国比喻《初集》"诸家"，继而以"郑"、"鲁"等国力较弱的诸侯国比喻《二集》"诸家"，就其喻体可知，作者认为《初集》"诸家"的诗歌成就应较《二集》"诸家"为高，而这里所说的"诗歌成就"则以"才气分量"为主；至于"附录诸家"原相对于"诸家"而言，套用于汪端选本的实际编例，则"诸家"应指"正选"，而"附录诸家"则为"附录"。从汪端以"邾"、"莒"等小国比喻其诗歌地位，并明言其"附庸"于大国，可见作者对"附录诸家"的评价较"正选"为低。

尽管编者对"附录诸家"评价较低，但汪端并未"敢因类滥列"。据其书前《凡例》可知，"附录诸家"的存在是为了让读者清晰理解"正选"的诗学渊源及成就，故登选的"附录诸家"多为"正选"的朋友、兄弟、同乡，又或诗风及诗歌成就相若者，这些关系一般都在选集内的评语有所交代，如《初集》卷七、卷八即以顾炎武、陆世仪等人列为"正选"，冀以明末最高成就之两家诗而带出附录诸家，以反映明末诗坛的状况②；又或将相同地域的作家"因诗存人"后同置一卷，而以其中诗歌成就最高者列为"正选"，余则为"附录"，此如《二集》卷三之以"孙蕡"及"林鸿"为"正选"，原意即在引出卷内粤、闽两派诗之人物，又如《二集》卷五上以边贡为"正选"，其意即在引出顾二璘、王廷相、公鼐等在七子派盛行时不依傍李梦阳的诗人群体③。足见选者编排的用心。

选者的用心同样见于卷次的安排上，如汪端于三十家诗中以李梦阳诗最为不满，故其刻意于《初集》卷三著录李梦阳诗后，随即于卷四及卷五著录何景明、徐祯卿及谢榛诸家，其中汪端于解释《初集》卷五之以徐祯卿及谢榛列为同卷的用意即在针对李梦阳等复古派诗学领袖而发，其于有关谢榛之评语尝云："今录两人诗为一卷，合而论之，世之拾人唾余，谓空同造就昌谷、茂榛羽翼沧溟者，亦可爽然悟矣。"④其评语中即曾明言卷五之著录徐祯卿实用以对照卷三的李梦阳诗，而同卷有关谢榛之著录则用以对照卷六的李攀龙诗，其卷五的著录可谓

---

① 《初集》，"凡例"，页 1a。

② 汪端《初集》卷八尝解释著录顾炎武及陆世仪的原因云："亭林以悲壮胜，桴亭(引者案：即陆世仪)以浑厚胜，在明季逸民诗中最为巨擘，如登岱、华之颠，一览众山小矣。余故采韩君望诸家诗，以次附焉。"据汪端自述，其意似在以明末最高成就的两家带出诸家诗。《初集》卷八上，页 3a。

③ 汪端尝解释附录各家于边贡之后的原因，其云："东桥、浚川、文介诗均能自出新意，不逐时趋。东桥之七律、浚川之五绝、文介之七绝尤多佳境。至东桥、浚川为空同执友，文介乃历下乡人，而东桥撰《国宝新编》，于空同颇寓不满，浚川则始合终离，文介针砭历下之病，与于文定并称卓识。今录三公诗附华泉后，以见士贵特立，不在依傍门户也。"汪端以各人均与李梦阳有关而不受其诗风所影响，故共列一卷，以见当时诗坛不依傍门户的诗人群体。《二集》卷五上，页 21b—22a。

④ 《初集》卷五下，页 3b。

承上而启下，反映当时诗风发展主流以外的回响；又如《二集》卷三有关孙蕡及林鸿的著录，汪端亦于《二集》评语解释云：

> 迨至隆、万、启、祯，剽窃盛行，旁流杂出之时，粤则有区海目、邝湛若、陈元孝、屈华夫等，闽则有徐惟和、曹石仓、谢在杭等，皆卓然名家，可谓永嘉之末复闻正始之音。朱竹垞言明诗凡数变，独粤、闽风气始终不易，则二人开创之功不可没也。①

今考卷三上著录以孙蕡为首的粤地诗人，而卷三下则集中叙录以林鸿为首的闽派诸家，可见其编卷时的理念在于以相同地域之诗列为一卷，以图显示复古派主流声音以外的诗人群体概况，而事实上，汪端对诗人地域性的关注亦颇为凸出，此可反映于其对南方粤地诗人的关注之上，今考其《二集》中卷三上、卷六下及卷八上基本都是南方诗人的专卷，可见作者在卷次的安排不纯粹是按时序来考虑，也包括地域及诗风等因素。

三、无悖清真：《明三十家诗选》编选原则探论

汪端评选明诗自有其诗学方面的标准。兹据梁德绳《明三十家诗选序》提及"今允庄所选，以清苍雅正为宗"及曹贞秀《明三十家诗选序》所谓"今观兹选，论诗则务取清真，力删俳伪"，可知《明三十家诗选》的取舍标准应在"清真"两字，而汪端也曾于《明三十家诗选·凡例》概述"清真"的定义：

> 尝谓诗不可不清，而尤不可不真。清者，诗之神也。王、孟、韦、柳，如幽泉曲涧，飞瀑寒潭，其神清矣。李、杜、韩、苏，如长江大河，鱼龙百变，其神亦未尝不清也。若神不能清，徒事抹月批风，枯淡闲寂，则假王、孟而已；真者，诗之骨也。诗以词为肤，以意为骨。康乐跅弛，故其诗豪迈。元亮高逸，故其诗冲淡。少陵崎岖戎马，故其诗沉郁。青莲向慕仙灵，故其诗超旷。后人读之，想见其人性情出处，所以为真诗。若乃生休明之世而无病呻吟，处衡泌之间而恣谈国是，则伪少陵而已。②

就引文所见，汪端并未赋予"清"、"真"两字明确的定义，但我们大致能从其叙述反推两字的定义。所谓"清"，汪端认为是"诗之神"，并以王维、孟浩然、韦应物及柳宗元等作家为例，说明"幽泉曲涧，飞瀑寒潭"的题材就是"其神清矣"的诗歌表现。循此推敲，似乎凡叙述山水的诗作皆可谓之"清"，但汪端随后提出李白、杜甫、韩愈及苏轼等人的作品同样具备"清"的特征，显然"清"不是纯粹从题材上理解，更不是局限于"山水"题材之内。考虑到"神"与"清"在中国古代文学批评的定义，汪端所谓的"清"大概是指作者在诗中所表达的主旨及思考相当明确，让人容易看到诗歌字面背后的主题所在，故汪端随后提到"徒事抹月批风，枯淡闲寂"的诗歌不能算为"清"，其理由正是上述作法的诗歌只能在情景上追求"清"的境界，中间却没有任何主题可言，故汪端将这类作品直斥为"假王、孟"，正好从反面说明了"清"的定义；所谓"真"，在中国古代文学范畴多与"伪"对举而论，但汪端在"凡例"却将诗的"真"与诗的"肤"对举讨论，并认为从字面论诗只能领略其表面涵义，而不能领略其意。然则，此处之"意"又与

---

① 《二集》卷三下，页2a。

② 详见《初集·凡例》，页4a。

"真"有何关系？汪端随后以谢灵运、陶渊明、杜甫及李白的诗歌为例，先指出他们各自的性格及言行特征，再叙述其相应的诗风，继而总结出诗歌应能让读者"想见其人性情出处"方可谓之"真"。按此推论，则汪端所谓的"真"，其实是指诗人应在作品表达真性情，故在此则"凡例"之末作者批评"无病呻吟"及"恣谈国是"之作，正是为了突出这种"真性情"的重要性。若上述说法成立，汪端所言的"清"应是针对诗歌的主题而言，主题明确而不模糊者可谓之"清"，而"真"则针对诗歌的情感或风格而言，诗人如能在诗作表现真性情的话，其诗作也可称为佳作。

正因汪端对诗作的主题及性情有所要求，故其选集的评语并不认同明代前后七子主张的复古风气。理由是前后七子的复古风气着重从字词上模仿古代作品，而这种模仿的结果往往会使诗人埋首于字斟句酌之中，而以深奥古雅的字词为务，遂令诗作的主题变得难以理解，而作者的真性情也难以表现，故汪端绌落了郑善夫、王廷陈、朱应登、殷云霄、王慎中及宗臣等人，并在"凡例"指出他们诗作的弊端在于过分规模古人的诗作，只着眼于字词的模仿，致令他们只能"形似"古人，却在诗作的主题及性情方面显得空洞①。再如汪端于《初集》卷五评述谢榛诗云：

> 昌谷诗尽洗芜词，故淡远清微，而色韵自古；茂秦诗不专虚响，故精深壮丽，而怀抱极和。②

汪端将徐祯卿与谢榛并合讨论，认为两者虽为复古派的代表人物，其诗作却能"尽洗芜词"或"不专虚响"，故能表达出"淡远清微"或"精深壮丽"的境界，显然选者并不主张复古派过分着力诗句字词的做法，与清人评论明诗的主流风气相同。除此以外，选者对高启的评价亦符合上述"清"、"真"的定义。选者于《初集》卷二曾评高启的作品云：

> 青邱诗众长咸备，学无常师，才气豪健而不剑拔弩张，辞采秀逸而不字雕句绘，俊亮之节，醇雅之旨，施于山林、江湖、台阁、边塞无所不宜。有明一代，学古而化，不泥其迹者，惟此一人。

案高启为汪端最欣赏的明代诗人。仅就上述评语所见，选者一方面赞扬高启诗能妥善表达"才气豪健"的真性情，更重要的是"辞采秀逸而不字雕句绘"，即不着重字面方面的修饰，而能使诗作适用于不同场合和题材之上，即就汪端对高启诗的细部批评而言，这种不重雕琢的主张也显而易见，如汪端评《方隐君山园》云"写郊园种植，质朴野安逸，境青邱独到"③，其中所谓"质朴野逸"之旨即与上文所谓"清真"之淡泊涵义有所关联；又如评《送宋孝廉南康葬亲》及《得亡友周履道记室在系所诗次韵》曰"一气浑成，不假雕饰"④，赞扬其情感能自然表

---

① 《明三十家诗选·凡例》有云："若郑少谷以学杜自命，拙直枯悴，不免诗囚之目；王稚钦猖狂邪僻，何异桑悦，诗亦赝鼎之流，毋足娱玩；朱升之、殷近夫掜抚空同，钝涩尤甚；王履吉、王道思袭颊光禄之貌，板重不灵；宗子相慕太白之风尚，未得其形似，无论神理。"汪端为绌落上述各人作品而各备理由，归纳后可知，汪端主要不满上述诸人过分重视字面的模仿或雕琢，只求形似而忽略内容方面的表现。详见《初集·凡例》，页5a。

② 《初集》卷五，页3b。

③ 《初集》卷二，页31b。

④ 《初集》卷二，页42b。

达，亦与上述“清”、“真”的定义类同。当然，汪端也不认同诗人可以肆意抒发其“真性情”，而须在特定情况下有所节制[①]。

尽管梁德绳及曹贞秀明确提出汪端以“清真”作为取舍宗旨，但细考选目可知，汪端对诗作的“品位”亦有要求，其“凡例”曾有以下记载：

> 他如汤临川、徐文长、王百谷排斥七子之非，皆有特识。惟临川以词曲名家，诗伤牵率；徐既失之粗野，王又病于纤秾，何其明于绳人而昧于镜己也。至祝、唐之俚俗，王、冯之淫艳，三袁之佻仄，钟、谭之幽诡，则人所共知，毋庸深论。[②]

上段提出选本绌落汤显祖、唐寅、袁宏道及钟惺等人作品的原因，主因即在他们的作品在创作态度、题材或辞措方面未足“庄重”。这种“庄重”的要求虽然不包括在“清”、“真”的定义之内，但作者却一再以此作为评判诗歌的标准[③]，可视为汪端于“清”、“真”主张以外，品评明代诗作的另一参照。

四、阐幽发隐：汪端《明三十家诗选》的主体性

《明三十家诗选》的明诗批评有翻案的动机，故敢于质疑其他明诗选本的选目及评论，表现选者的主体意识(Subjectivity)。《明三十家诗选》卷前尝有《记梦》一则，记述选者在梦中与宋濂的对话，表面上解释选本失录宋濂诗作的原因，但同时阐述自己“以诗存人，而非以人存诗”的编选宗旨[④]。这种借“梦”来阐述编撰动机的做法早于《文心雕龙》已曾用之[⑤]，但汪端于篇末刻意补充以下一节：

---

① 汪端主张诗人能在作品中表达真性情，但这种真性情必须适当表达，不能过分放肆，如其《初集》之所以极力褒扬陆世仪的作品，正在于陆世仪能适当收敛自己的真性情，使其能恰当表达而不致放肆，今据《初集》卷八而录其评语：“桴亭先生备体用之兼才，嗣程朱之绝学，其诗气雄而不使气，才大而不矜才，高古则孔桧秦松，纯粹则浑金璞玉。昔孙器之评杜诗如周公礼乐，后世莫能拟议，明代诗人当之无愧者，其唯先生乎？”《初集》卷八，页3a；又如汪端于《二集》卷七对王翃有极高的评价，其原因即在王翃能“敛才就范，因意遣词”，即能恰当表现自己的性情，而竟获汪端将之媲美于朱彝尊。《二集》卷七，页16A。

② 《初集·凡例》，页5B。

③ 汪端确实对诗歌的品位有所要求，故选集内曾以此作为评判标准，如《初集》卷五评孙一元诗作时提到绌落文征明及沈周的原因在于其“诗格近卑，且少警句”(《初集》卷五，页17a)；又如《二集》卷一评刘崧诗歌成就时，即指出其诗能“不流于佻浅”，故为汪端诩为“一时雅宗”(《二集》卷一，页16a)。可见汪端确曾以此作为评判诗歌的标准。

④ 汪端和宋濂的对话中每每借机提及自己的选诗宗旨，如其响应宋濂未录其诗之因由时云：“余是选颇有知人论世之意，如青邱、孟载、志道、且文、清江、海叟、西涯、二泉、大复、升庵、昌谷、茂秦、沧溟、凤洲、大樽、茶村诸家诗前咸有论断，凡数百年毁誉失实之案，无不为之更正湔洗”，其后又回应道：“余所选又以诗存人，而非以人存诗之比。”其中“知人论世”及“以诗存人”正是汪端选本的明确特征。《明三十家诗选》卷首，《记梦》，页1b—2a。

⑤ 《文心雕龙·序志》尝记刘勰“岁在逾立，则尝夜梦执丹漆之礼器，随仲尼而南行；旦而寤，乃怡然而喜，大哉圣人之难见哉，乃小子之垂梦欤”。其后则思考经注等著述方式，而最终因应当时“去圣久远，文体解散，辞人爱奇，言贵浮诡，饰羽尚画，文绣鞶帨，离本弥甚，将遂讹滥”等歪风而选择以论文作为著作。详见刘勰著、范文澜注《文心雕龙注》(北京：人民文学出版社，2001年)，页725—726。

或谓昔顾侠君选元诗竣，见古衣冠数百人来谢。今余于梦中，亦见塑像数十人，烟云供养，灵爽式戚，即以是为余阐幽发隐之功也。①

选本若编选得当，部分为世忽略的诗人或作品便能借此流传后世，故上述顾侠君与汪端梦中所见“古人”，很可能就是其作品凭借选本而重新流传的“古人”，因而汪端也认为自己的功劳在于“阐幽发隐”。然而，我们必须注意到《明三十家诗选》属于“删汏繁芜”的选本，其著录的全面性不能与《明诗综》同日而语，故其“阐幽发隐”的特色主要呈现于“评语”而非“选目”，并主要体现于以下层面：

第一，汪端的选目并未忽略声名未躁或作品罕见流传的诗人，如《初集》卷七评韩洽之诗“沉厚，不屑一语因人”，并惋惜韩洽诗作因竟陵诗风盛行而“鲜有激赏者”，以致遗集失传、诗作亦所存无几②；又如《二集》卷一上称甘瑾之诗“章酸婉丽，饶故国旧君之思”而惜其“遗集罕传”，故于选本著录③；再如《二集》卷三能对“所传不多”的李德、黄哲加以评论④；又如《二集》卷七上亦因“明代黔中以诗名者绝少，亦由其地偏僻，无人选录”而著录谢三秀的作品等⑤，可见《明三十家诗选》的选目未为外缘的传播因素影响；

第二，汪端的选目能补充前代选本的缺漏，并敢于对部分诗人或作品进行纵深评价，尤其是晚明诗歌在清代早期因政治关系而较少得到全面评价，至《四库全书总目》以“有明以后，篇章弥富，则删雉为严”为借口、而以查禁书籍为手段⑥抹杀明末诗歌的研究，即便《明诗综》作为总括一朝诗歌的著作亦对明末诗歌多所隐讳⑦，但汪端之选集则大量引入明末诸家之诗⑧，其中亦不乏抗清守节之人，且汪端颂诗之余亦颂其人，今考《二集》卷七而下邝露、黎遂球及夏完淳均为抗清殉身的南方诗家，而汪端仍不避嫌称颂各人之诗风，如其评邝露谓“赤雅一编，环观异藻，为世所艳称，而致命遂志，凛然烈士之风，又不徒以词采重矣”即人品诗品并观之例⑨，再如其评夏完淳“天姿特秀，古体窥汉魏、初唐堂奥，五七言律高华沉郁，兼擅其长”以见其诗歌之长，继后援引陈裴之《夏内史诗》对夏完淳的有关评论，而谓其“绮岁完

---

① 《明三十家诗选》卷首，《记梦》，页 1a—2b。

② 《初集》卷七下，页 14b。

③ 《二集》卷一上，页 18b。

④ 汪端于《二集》卷三上尝评李德、黄哲之诗谓：“仲修、庸之诗皆苍秀有古格，惜所传不多耳。”《二集》卷三上，页 16b—17a。

⑤ 《二集》卷七上，页 21b。

⑥ 乾隆开四库馆前曾进行大规模的查书工作，着令地方上贡及查找违禁书籍，经上呈后再视乎情况而“全毁”及“删节”等不同程度的方式对待，而明末诸作亦罕见于《四库全书总目》，诸如陈子龙一代诗学名家，其著作亦不复得见。引文见《四库全书总目》卷一百四十九“别集类叙”，《钦定四库全书总目》，页 1981。

⑦ 朱彝尊于明末诗歌搜辑未尽完善，故陈田于《明诗纪事·庚签序》亦自言其选辑万历以后诗之意，云：“余搜采明末诸家，补《诗综》之阙”。详见陈田《明诗纪事·庚签序》，《明诗纪事》第一册（台北：台湾中华书局，1971 年），卷首。

⑧ 此处所谓“明末”取其宽泛概念，约始于万历中叶，参陈田《明诗纪事》之编次，则列于《明诗纪事·庚签》后者皆可目为明末作家。倘持以核诸汪端《明三十家诗选》卷次，则《初集》自卷七以后，《二集》自卷六以后皆可视为明末诗家的部分，其中共收“正选”十家，另“附录”诗家十八人，占全书篇幅四分之一强。

⑨ 《二集》卷八上，页 2b。

忠，其人其文，古今鲜匹”①，以其年十七而抗清殉国事以见其人品，也是并观人品诗品之例。足见汪端不因政治压力而忽略明末诗风的评判，而能补同代选家明诗论述之不足。当然，汪端的选目也曾因应自己的艺术判断而增入前代选本未见的诗人，如其《二集》卷四评李昱诗作“苍浑朴老，真气流行，断非生吞活剥之比”而诩之为“明代吾杭诗人，以此为冠冕可也”②，但考诸《明诗综》及《明诗别裁集》则未见著录。

第三，汪端能对前代评论未周或失当的部分重加评骘，重新审视部分诗人的诗歌成就，如其选本曾指出朱彝尊对卢白“格调太熟”的批评而谓其“贬之未免太过”③；又曾指出沈德潜《明诗别裁集》仅录程敏政诗两首并不恰当，以致后世未能理解程敏政“奇警独造”的诗风，因而直斥沈德潜“忽略之咎，安所辞哉”④等；除了诗人的整体评价外，汪端也会就其他明诗选本的选目发表意见，如其盛称贝琼诗而列为《二集》之首，但对向被视为贝氏成名之作的《真真曲》则以“其诗繁缛，殊欠剪裁”⑤而不著录；又如其《二集》卷四上评凌云翰《陪祭》、《作鬼猎图》二篇“铺叙平实，绝少生气”，故虽“众推名作”而未有著录⑥，再如其认为朱彝尊所选郭登《山王》、《楸树》、《咏枭》各篇均未足反映郭登之诗学成就等⑦，显见汪端选诗不为其他选本的选目或成见左右，而能按照自己的诗学主张及理解选析明代诗歌。

《明三十家诗选》在篇幅上无法与《列朝诗集》及《明诗综》比较，但在“阐幽发隐”方面则体现了编者对明代诗歌的独特理解，表现选者的主体意识，而其选目也拓阔我们理解明诗成就的视野，为后世论者提供更多的参照。

余　论

总之，汪端《明三十家诗选初集》及《二集》选录了三十位“正选”及七十位“附录”明代诗人的作品，并在广泛辑相关批评资料的基础上，再由汪端按其诗学观进行评论，且刻意在选目及评论上“阐幽发隐”，展示了有别《明诗综》及《明诗别裁集》的编选思路，从而确立选本的价值。惟本文为篇幅所限，个别问题未能完整开展，诸如汪端在选本内表达了对明代岭南诗风的高度关注，以至有专录岭南诗人的卷次等，其观点似不应忽略；又如汪端在《凡例》曾就明代不同诗歌体裁的特点进行评论，并在选集的评语内加以应用，其原因也值得探究；以上问题在本文仍未得到整理，日后当尽力补足。

作者单位：香港中文大学

① 《二集》卷八下，页1a—5b。
② 《二集》卷四上，页1b。
③ 《二集》卷二上，页31b。
④ 《二集》卷四下，页1b—2a。
⑤ 《二集》卷一上，页2a。
⑥ 《二集》卷四上，页15a—15b。
⑦ 《二集》卷四下，页9a—9b。

朝鲜出版本中国古典小说之书志学考察

闵宽东

一、序　论

根据笔者近期研究调查结果，可确定出于朝鲜时代所传入韩国内的中国小说大约计有440余部；其中，被翻译成韩国语的约为72部；另，于韩国内出版刊行的小说约为24部。

多达440余部的中国古典小说曾传入韩国内这一事实也同时意味着历史上曾于中国内所出版的小说大部分最后都流传到了韩国。并且，其中约72部被翻译成谚文(韩国语)；另有约24部小说甚至在朝鲜时代得以在韩国内出版刊行。这些史实同时旁证了在当时韩国读者对于中国小说是抱着多么大的关注与热忱。那么，历史上曾出现过的对于中国小说如此之爱好与青睐这一历史现象对于韩国接纳吸收中国小说这一历史事实有何意味？于此，笔者认为对其意义与价值有进行再照明的必要。

一部文学作品流传进入异邦他国本身或不为什么罕事。但是，如果说当一部作品传入异域后被接纳吸收并产生莫大影响的话，那就另当别论了。故此可以说，一部作品若能被异国读者们接受而被翻译成当地语言的话，应是文化上的一种非常积极性的接收吸纳表现。若据此更进一步达到于异国内得以重新出版刊行的地步的话，就更是显明了作为这部文学作品的接纳方异国乃是对此抱着一种全心全意的接受意识方才可能出现的事情。历史上中国小说在韩国的被接纳吸收甚至得以重新出版刊行的事实正是属于这种情况，这种出版本身具有非常大的历史意义在内。

笔者本论文旨趣在于揭明历史上，于朝鲜时代，在韩国内曾得以出版刊行的24部作品究竟是如何才得以刊出问世的？而其各部作品又是以何种版本作为其底本的？笔者在本文内将具体分析这24部于朝鲜时代刊行于市的作品，主要查考的重点将集中于这些作品究竟都是以中国所版之哪些版本作为其底本而刊行出版的？另，其出版方式又是如何的？并且同时也试图揭示这些作品在韩国内出版的意义与价值，对刊行诸版本进行书志学方面的价值分析。

二、朝鲜时代中国古典小说的出版情况

历史上，于朝鲜时代在韩国内获出版刊行之中国古典小说的出版方式大致可分为原文

出版和翻译出版两种情况。其中，原文出版又可分为再次覆刻出版和原文再编辑出版以及韩国内自体编辑出版三种情况。其中以原文出版形式刊世的作品计有《新序》、《说苑》、《博物志》、《世说新语补》、《世说新语姓汇韵分》、《唐段小卿酉阳杂俎》、《详节太平广记》、《剪灯新话句解》、《剪灯余话》、《玉壶冰》、《效颦集》、《花影集》、《钟离葫芦》、《两山墨谈》、《皇明世说新语》、《训世评话》、《删补文苑楂橘》、《三国志通俗演义》、《新刊校正古本大字音释三国志传通俗演义》、《四大奇书第一种》等；翻译出版形式刊世的作品计有《列女传》、《三国志演义》、《水浒传》、《西游记》、《楚汉志》、《薛仁贵传》、《锦香亭记》等。

原文出版这种出版形式细分又可分为覆刻出版和再编辑出版以及韩国内自体编辑出版三种情况。其中，覆刻出版是指将中国版式内容原文原样复刻出版；再编辑出版是指以原文内容为本，韩国内编辑者按题旨要求而对原作原文进行或删减或附加解说的编辑性出版；除此以外还有自体编辑出版，这种出版形式主要是指韩国内编辑者从多处文本内容中按自主意愿截取抽提相对精彩的内容加以编辑出版的方式。

以覆刻出版形式刊出的作品计有《新序》、《说苑》、《博物志》、《世说新语补》、《唐段小卿酉阳杂俎》、《剪灯余话》、《玉壶冰》、《效颦集》、《花影集》、《两山墨谈》、《皇明世说新语》、《三国志通俗演义》、《新刊校正古本大字音释三国志传通俗演义》、《四大奇书第一种》等；以原文再编辑出版形式刊出的作品计有《世说新语姓汇韵分》、《详节太平广记》、《剪灯新话句解》等；以韩国内自体编辑出版形式刊出的作品有《训世评话》、《删补文苑楂橘》、《钟离葫芦》等。

在笔者本论文内，因出版方式完全不同而将彼时之翻译出版排除在论题之外。下面，首先将朝鲜时代所出版之中国古典小说的出版概况加以图表化，如下所示：

（一）原文　覆刻　出版

书名	作者和最初成书时期	韩国传入时期	韩国出版时期和刊行地方	朝鲜出版本的版式	中国版本概况
新序	刘向（西汉）撰/前24年（10卷）	约1091年以前（推定）	朝鲜成宗二十三—二十四年（1492—1493）/安东刊行（推定）	10卷2册，朝鲜木版本，31×20 cm，四周双边，半郭：18.5×15 cm，有界，11行18字，内向黑鱼尾，纸质：楮纸	*宋曾巩纂辑（10卷/失传） *四部丛刊本：明嘉靖（1522—1566）宋本复刻出刊本
说苑	刘向（西汉）撰/前17年（20卷）	约981—997年（推定）	朝鲜成宗二十三—二十四年（1492—1493）/安东刊行	20卷4册，朝鲜木版本，26.9×17.8 cm，四周双边，半郭：18.7×15 cm，有界，11行18字，注双行，内向一叶花纹鱼尾，纸质：楮纸	*宋曾巩纂辑（10卷/失传） *四部丛刊本：明嘉靖（1522—1566）宋本复刻出刊本
博物志	张华（西晋）撰/232—300年（10卷）	高丽时代	1568年以前/南原刊行	未详（失传）	*《古今逸史》本：1586年明吴琯辑刻本

续表

书名	作者和最初成书时期	韩国传入时期	韩国出版时期和刊行地方	朝鲜出版本的版式	中国版本概况
世说新语补	刘义庆(宋)撰,刘孝标(梁)注,刘辰翁(宋)批,何良俊(明)增,王世贞(明)删定,王世懋(明)批释,钟惺(明)批点,张文柱(明)校注/403—444年(8卷),1556年(20卷)	约1195年以前(推定)	朝鲜肃宗三十四年(1708)/汉阳刊行	总20卷7册,显宗实录字,左右双边,10行18字,注双行,内向黑鱼尾,纸质:楮纸.序文:嘉靖丙辰(1556)王世贞撰,万历庚辰(1580)王世懋撰,乙酉(1585)王世懋再识,万历丙戌(1586)秋日沔阳陈文烛玉叔撰	*世说新语本(403—444)8卷/失传 *世说新语补1556年(20卷/失传) *明万历三十二年(1585)张文柱刻,李卓吾评点本 *清乾隆壬午(1762)黄汝琳刊本
唐段小卿酉阳杂俎	段成式(唐?—863)/ 前集:20卷 续集:10卷 总30卷	高丽时代	朝鲜成宗二十三年(1492)/庆州刊行	李克墩·李宗准编辑,10卷2册,四周双边,29×16.8 cm,半郭:18.4×12.5 cm,10行19字,有界,注双行,版心题:俎,纸质:楮纸. 20卷3册(后印)	*南宋本(失传) *李云鹄据赵琦美校补本印行本:万历三十五年本(1607) *清本:张海鹏(学津讨原本)
娇红记	宋远(元)/1300年初,上下2卷	1506年以前	1506年(推定)	未详	*明建安郑云竹刻本
剪灯余话	李昌祺(明/1376—452),1420年(永乐18),4卷20篇	1443年以前	约1568年以前/淳昌刊行	1册(残本),四周双边,11行22字,有界,纸质:楮纸,国内失传,日本内阁文库(后半部所藏)	*1433年张光启初刻(失传) *1487年余氏双桂堂重刊本5卷
花影集	陶补(明,1441—?)/1523年,4卷20篇	1546年	1586年/昆阳刊行	4卷,四周双边,10行18字,有界,版心题:花影集,纸质:楮纸。昆阳郡守,尹景禧编纂,崔岦跋文,昆阳版刻,日本所藏	*明建安郑云竹刻本:新锲校正评释申王奇遘拥炉娇红记(上/下卷)
效颦集	赵弼(明初)/明宣德年间(1426—1435),3卷26篇	1506年以前	1568年以前,约1600—1650年(木版本,后印)/淳昌刊行	3卷,四周单边,30.8×21.8 cm,半郭22.6×17.1 cm,12行21字,有界,白口内向黑鱼尾。纸质:楮纸,日本所藏	*明版本:明宣德年间(1426—1435)刊行本
玉壶冰	都穆(1458—1525)/ 1520年1卷72条	1580年以前	庚辰十月日务安县刊(大略1580)/延安,固城,务安刊行	1卷1册,四周单边,25.2×16.3 cm,半郭:17.9×13.6 cm,9行17字,有界,白口内向黑鱼尾,纸质:楮纸。(9行18字,10行18字,10行20字本等后印本多数)	*《续说郛》本 *明天启年间(1621—1627)孙如兰 校勘本 *宋吕祖谦《卧游录》明刊本 附录本

续表

书名	作者和最初成书时期	韩国传入时期	韩国出版时期和刊行地方	朝鲜出版本的版式	中国版本概况
两山墨谈	陈霆(1477—1550)/明嘉靖十八年(1539),18卷	1575年以前	宣祖八年(1575)/庆州刊行	18卷4册,朝鲜木版本,四周双边,半郭:21.6×15 cm,有界,9行18字,内向黑鱼尾,纸质:楮纸	*明嘉靖十八年(1539)刊行本 *惜阴轩丛书本:清(1839)叁塬李锡龄惜阴轩刊行
皇明世说新语	李绍文(明,1600年代文人)/明末1606年,8卷本	约1610—1618年	英祖、正祖(1725—1800)推定/刊行地未详	8卷4册,朝鲜木版本,四周双边,半郭:18.5×14.9 cm,有界,10行20字,注双行,上二叶花纹鱼尾,纸质:楮纸	*万历三十八年(1610)云间李氏原版本
三国志通俗演义	罗贯中(明)/明嘉靖壬午本(1522),24卷24册	1560年以前	明宗年间1560年初中期/刊行地未详	1册(卷8),朝鲜金属活字本,30.5×19.5 cm,四周双边,11行20字,大黑口上下内向三叶花纹鱼尾,纸质:楮纸	*明代嘉靖任午本(1522) *周曰校本(1552年)
新刊校正古本大字音释三国志传通俗演义	罗贯中(明),周曰校校正/明周曰校甲本(1552),12卷12册	1560年前后	朝鲜仁祖五年(1627年:推定)/耽罗(济州道)刊行	12卷12册,朝鲜木版本,四周双边,半郭:21.4×17 cm,有界,13行24字,注双行,上下内向一叶花纹鱼尾,纸质:楮纸。丁卯耽罗开刊,纸质:楮纸	*周曰校甲本(1552年) *李卓吾先生批评三国志(全120回)
四大奇书第一种	罗贯中(明),毛宗岗评/1644年,20卷20册	1600年代后期	肃宗年间(1674—1720)以后,后印多数/全国各地	贯华堂第一才子书,四周单边,20卷20册,卷首:金圣叹序,读三国志演义法25则,凡例10则,总目,12行26字,注双行,纸质:楮纸	*李卓吾先生批评三国志(全120回) *毛宗岗父子修订通行本(1679年)前后

(二) 原文 再编辑 出版

书 名	作者和最初成书时期	韩国传入时期	韩国出版时期和刊行地方	朝鲜出版本的版式	中国版本概况
世说新语姓汇韵分	刘义庆(宋)撰,王世贞(明)删定	无	英祖、正祖(1725—1800)/汉阳刊行(推定)	12卷本,朝鲜木版本,四周单边,半郭:21.9×14.6 cm,有界,10行18字,注双行,上下内向花纹鱼尾,纸质:楮纸	无

续表

书 名	作者和最初成书时期	韩国传入时期	韩国出版时期和刊行地方	朝鲜出版本的版式	中国版本概况
详节太平广记	北宋太平兴国二年(978)编纂完成,太平兴国六年(981)板刻	太平广记:1080年(高丽文宗三十四年)以前	朝鲜世祖八年(1462)/晋州,草溪刊行	成任编纂,总50卷(现存7卷2册),四周单边,34×20.7 cm,半郭23.7×16 cm,10行17字,上下黑口内向黑鱼尾,纸质:楮纸	*原版本:太平六年(981)本 *南宋(1127—1279)翻印本 *明版本:嘉靖四十五年(1566),谈恺
剪灯新话句解	瞿佑(明,1347—1433)/初刊本:1381年,4卷本,2卷21回本,1381	剪灯新话:1443年以前(推定)	朝鲜明宗四(1549),明宗十四(1559),明宗十九(1564),1704年等/全国各地	尹春年订正·林芑集解,2卷2册,四周单边,10行18字、10行19字、10行20字、10行22字、11行18字、11行19字、11行20字、11行21字、12行18字、12行19字、12行20字、12行28字、14行18字、14行25字,有界,注双行,纸质:楮纸	*永乐本:1421 *杭州刊行本 *成化丁亥(1467)刻本:2卷 *正德六年(1511)杨氏 清江书堂刻本:4卷 *万历二十一年(1593)刻本

(三)韩国内 自体编辑 出版

书 名	韩国出版时期和刊行地方	朝鲜出版本的版式	编辑参考书籍
训世评话	1473年(未确认),1480年·1518年(中宗十三年)/江陵,襄阳等地刊行	李边·柳希仁跋文,朝鲜木活字本,上下2卷1册,10行17字,黑鱼尾,白话文:10行16字,纸质:楮纸	*太平广记、搜神记等.中国书籍和三国史记·三国遗事、高丽史等韩国书籍
删补文苑楂橘	约1669年—1760年(推定)/汉阳刊行(推定)	2卷2册,四周双边,木活字本,第一校书馆印书体,27×17 cm,半郭21.4×13.2 cm,10行20字,上二叶花纹鱼尾,纸质:楮纸	*太平广记和明代文言小说集:艳异编、情史、国色天香等参考
钟离葫芦	天启壬戌年(1622)春/平壤刊行	1册(30张),朝鲜中期木版本,23×14 cm,7行15字,内向二叶鱼尾,纸质:楮纸	*明笑话集:绝缨三笑

三、出版类型与版本分析

文中已介绍过原文出版的几种形式——覆刻出版、再编辑出版 、韩国内自体编辑出版。在本章内,笔者将根据作品的出版方式,来查考研韩国内所版之中国小说的朝鲜时代出版概况;以及根据对中国版本的了解来查考朝鲜出版本究竟是以哪些中国版本作为其底本而刊行的问题;并且对其价值加以重点研究。

（一）覆刻出版本

1.《新序》

《新序》一书是由西汉末刘向（前77—6）所编纂的一部历史故事集，总10卷。据推断，这部书大约于1091年之前已传入韩国[①]；而关于其韩国内出版时期，则可根据朝鲜《成宗实录》中所载之约于成宗二十四年（1493）刊行出版的记录来予以确定，即大致应为1492年至1493年之间。此书为10卷2册，页面版式为11行18字式，推断其当时为安东地区所刊[②]。

《新序》一书的成书时期，据推测大略当于汉成帝阳朔元年（前24）（据王应麟《汉书艺文志考证》）；其内容构成为：总10卷，第1—5卷为杂事，第6卷为刺奢，第7卷为节士，第8卷为义勇，第9—10卷为善谟上、下[③]。现存世版本是于明朝嘉靖年间（1522—1566）所复刻刊行宋代曾巩所缀辑分类之总10卷166页的宋本，即四部丛刊本[④]。此外，尚有于后来问世之诸本如丛书集成本、百子全书本、诸子百家丛书本等。

朝鲜出版本《新序》的刊出时期为1493年至1493年，相较于中国现考本明朝嘉靖年间（1522—1566）复刻宋本刊出之四部丛刊本，在出版时期上要早于其30—70年，这属于是一种具有很高书志学方面价值的事情。至于朝鲜出版本《新序》究竟是以何为其底本，则仍难以判明。虽然不妨可推测其当是以宋代曾巩所攒集之10卷本为底本而出版刊世的，但宋代的版本到了朝鲜初期时显然难以存留于世。有记载线索显示，曾于明代早期、中期，《新序》曾出版刊行过，故此朝鲜出版本《新序》乃是以其为底本而刊出的可能性较大。

2.《说苑》

《说苑》一书乃是由西汉儒者刘向所编纂，共20卷，分别为：君道、臣术、建本、立节、贵德、复恩、政理、尊贤、正谏、法诫、善说、奉使、权谋、至公、指武、谈丛、杂言、辨物、修文、反质，书中记叙了上至先秦夏至当时汉代的诸多历史故事。此书大约于981—997年之间流传进入韩国[⑤]。有关于其出版的历史记录，与《新序》一书一并可见于朝鲜《成宗实录》（卷285—21）中约于成宗二十四年（1493）在安东地区刊行面世的记载。此书内容由20卷4册构成，页面版式为每面11行18字[⑥]。

此书最初成书问世时间为《新序》成书问世（前24）7年以后，即公元前17年（汉成帝，鸿嘉四年）[⑦]。然而，到了北宋初期，只残存5卷存世。后来经过曾巩的辑补，得以复至20卷639页。[⑧] 其后，到了清代，经过当时诸学者考证，补充其内容，增至663页。近来，再于《说

---

① 《高丽史》卷10，宣祖八年（1091）书目内可见。

② 闵宽东《朝鲜出版本新序和说苑研究》，《中国语文论译丛刊》第29辑，2011年7月，第155—169页。

③ 此外，亦言及有《汉书·艺文志》内67篇，《隋书·经籍志》内30卷等。

④ 《中国古典小说百科全书》，中国大百科全书出版社1993年，第621页。

⑤ 高丽成宗年间（981—997）金审言所上之疏内曾有言及《说苑》。

⑥ 闵宽东《朝鲜出版本新序和说苑研究》，上揭书，第156—168页。

⑦ 刘向撰，林东锡译注《新序》，东西文化社2009年，参照其《序文》解题。

⑧ 陆游《渭南集》内引用李德刍之语，说曾巩所得之文，《反质篇》中有疏漏；《修文篇》分为上下篇20卷云；之后引入《高丽本》方得以复塬塬本云云，此处所言之“高丽本”，即疑为李资义等提供给宋朝的。可参照《高丽史》世家，卷10。宣宗八年（宋哲宗元祐六年）记录。

苑疏证》内以 845 页；于《说苑全译》内以 718 页的形式分别刊出问世。

迄今，现存之版本与《新序》一并为明代嘉靖年间(1522—1566)的四部丛刊本，乃是宋代曾巩所收拾缀辑(总 10 卷)之宋本的明代刊本。而朝鲜所版之《说苑》乃是刊于 1492 年至 1493 年间，较之中国明代嘉靖年间(1522—1566)所复刻之四部丛刊本，在出版时期上更为提前，故而在版本上更具有其价值性。朝鲜所版之《说苑》在相关底本推测上，与《新序》类似：虽可以不妨推测其大约为宋代曾巩所缀辑收拾之 10 卷本，然宋时本在历史上到了朝鲜李朝初期显然难以实际存世，考虑到这一点，我们可以推断此书应当是以明代初、中期在中国所新刊之《说苑》为底本而刊出问世的。现存之朝鲜出版本《新序》与《说苑》在韩国内保存完整，故亦可再复原于中国。因其较之中国现存之明代嘉靖年间所复刻之四部丛刊本，在历史时期上出现更早，故具有非常之史料价值。

3.《博物志》

《博物志》一书，相传为西晋张华(232—300)所编纂，总 10 卷。据估计，大约于高丽时期流传进入韩国[①]；而根据朝鲜宣祖 1 年(1568) 刊行本《考事撮要》中的记载，可推断其最少当于 1568 年以前已经得以刊行问世了。此书原出刊于南原地方，原版本失传一部，至今尚未寻出。

《博物志》一书共 10 卷，其故事构成有上古神话、神仙方术、博物、民间传说等。据传初成书时，内容达 400 卷；后来，晋武帝令张华删订为 10 卷。现存版本可分为两大支系：一种是将书中内容分为 39 目之通行本，被录于《古今逸史》本、《稗海》本等丛书中；另外一种就是不分卷目之《士礼居丛书》本(1804 年，黄丕烈刊)等，书中内容皆相同。其中，最值得注意的版本是《古今逸史》本，此书乃是由明代吴棺于 1586 年左右所辑刻之版本[②]。

李朝宣祖一年(1568 年)所刊《考事撮要》中有提及博物志一书于南原刊出的书目与记录之相关记载。鉴于宣祖一年所版《考事撮要》是一部收录于 1568 年以前出刊书籍目录之类书，可确认《博物志》应当于 1568 年前已经在韩国内得以出版刊行，故其在书志学上的价值很大。因为其较之现存明代吴棺《古今逸史》本，在出版历史时期上更早而颇具意义，可惜原版本已失传。

4.《世说新语补》

《世说新语》出于南北朝时期刘宋刘义庆(403—444)之手，书中记叙了当时诸多门阀士族人物的相关逸话。据相关记载，《世说新语》一书至少应于 1195 年前已经传入韩国[③]。而另据宣祖三十九年(1606)记录中所载之明朝使臣朱之蕃赠书《世说新语补》一事，可知《世说新语补》一书应当于明朝嘉靖三十五年(1556)初版刊出不久随即传入韩国。有记录显示，此书于朝鲜肃宗三十四年(1708)以《世说新语补》为书名刊行面世；并且，其后印版本迄今也存世颇多。再之后，将《世说新语补》按姓氏再编辑之《世说新语姓汇韵分》刊出面市；另，可称为亚小说之《皇明世说新语》亦在韩国内得以刊行。

---

① 其传入记录，根据有关《剪灯新话句解跋》(1599 年)最早的记载推测，当是于高丽时期传入韩国的。

② 《中国古典小说百科全书》，中国大百科全书出版社 1993 年版。第 16—17 页。宁稼雨《中国文言小说总目提要》，1996 年版，第 7 页。

③ 李奎报《东国李相国集》卷 5 内有相关之记录。

《世说新语》一书出于刘义庆之手,书中记述了从东汉到东晋时期诸士族大夫之逸话;本为10卷,而现今传本为3卷。后世再本之《世说新语补》为明代王世贞(1526—1590)将刘宋刘义庆《世说新语》与明代何良俊《何氏语林》中一部内容删并而合刊成书;其编纂时期大约为明朝嘉靖三十五年(1556)。

中国内现存版本主要有:万历三十二年(1585)张文柱刻、李卓吾评点本,其书头内标明:刘义庆(宋)撰;刘孝标(梁)注;何良俊(明)增;李贽(明)批点;张文柱(明)校;还有其前之王世贞嘉靖丙辰(1556)序、王世懋万历庚辰(1580)序与乙酉(1585)再识、万历丙戌(1586)陈文烛序与李卓吾《批点世说新语补凡例》十则;此外还有清乾隆壬午年(1762)黄汝琳刊本等。

韩国内出版本为于朝鲜肃宗三十四年(1708)前后,以显宗实录字体刊印之《世说新语补》本。书头标记"刘义庆(宋)撰、刘孝标(梁)注、刘辰翁(宋)批、何良俊(明)增、王世贞(明)删定、王世懋(明)批释、钟惺(明)批点、张文柱(明)校注",有总20卷6册本与20卷7册本,可见其为编辑本,当为后世历次覆印无疑。在版式特点上,中国版多为9行18字;而朝鲜版多为10行18字。另有,后世覆印本之《世说新语姓汇韵分》。其乃是将《世说新语补》按姓氏分类加以再编辑而成书,故颇受人注意[①]。有关此部分内容将在下行文中予以另行详细介绍。

5.《唐段小卿酉阳杂俎》

《酉阳杂俎》一书是唐代段成式(?—863)所作的一部笔记小说集,全书共30卷。《酉阳杂俎》到底是于何时传入韩国,尚无确切记录。不过,似是于较早时期即流传进来的。另,《酉阳杂俎》在韩国亦是于朝鲜初期即已经广为流传,深受文人关注并多有争议的一部作品。

《酉阳杂俎》朝鲜版本为于李朝成宗二十三年(1492)以《唐段少卿酉阳杂俎》为书名,以木版本刊出[②];其后又有后印诸版。此本乃是由李克墩与李宗准于1492年共同编辑刊出之作,共20卷2册;页面版式为每面10行19字。另据宣祖一年(1568)刊行本《考事撮要》中的相关记载可知此书是在庆州得以刊出的。此版本虽然现已流散各处,无完整本存世,但若将各处版本收拾攒集的话,仍可能复原至当时之原版[③]。

足可称为唐代笔记小说代表作之《酉阳杂俎》一书含前集20卷、续集10卷,总计30卷1288条。段成式所作此书,内容上以志怪奇闻异事为主,具有较高的独创性。而书名之所以为《酉阳杂俎》,据传乃是取自于南朝梁元帝之,赋《访酉阳之逸典》。此作品中多所引用之书籍篇章,相当部分为原典已经佚失之作,故其在文献上具有很高的价值。

此部作品虽于南宋时期曾多版刊世,然皆散失不存。而明代所刊行版本大部分是以全集20卷式为主要样式的,其中较为完整之帙本为万历三十五年(1607)本[④]。此外,还有清代张海鹏所发刊之《学津讨原》本。但是,于李朝初叶,以《唐段少卿酉阳杂俎》为书名而刊世的这一版的刊发时期为1492年,刊发地为庆州。故而,此版乃属于在中国内不可见之珍稀本。此版之底本虽推测可能是南宋时期某刊本,但更有可能是明代初期某曾刊世后又逸失之明

① 闵宽东、金明信《中国古典小说批评资料聪考》,学古坊2003年,第42—47页。
② 《朝鲜王朝实录》成宗285卷,二十四年(1493癸丑/明弘治六年)12月28日(戊字)记事第三。
③ 现被收藏于成均馆大学校,诚庵文库,奉化冲斋宗宅登出。
④ "李云鹄据赵琦美校补本印行本",宁稼雨《中国文言小说总目提要》,1996年,第106页。

代版本。现存之中国完帙本为万历三十五年(1607)本。故,于1492年刊世之朝鲜出版本《唐段少卿酉阳杂俎》在书志学上具有莫大的史料价值。

6.《娇红记》

《娇红记》一书是由元代宋远(1300年代初期文人)所编纂的一部传奇小说。有关于此书的传入记录,最早可见于《燕山君日记》,其时期当约在1506年以前。虽有当时燕山君将此书予以出刊之令存于历史记录;然,实际上是否曾得以出刊,于今却为未详。并且,于韩国内各图书馆内亦无法寻找出其版本①。

元代传奇小说《娇红记》分上下两卷,全文约一万七千余字。《百川书志》外史类中记载其为两卷,现存本为单行本之明建安郑云竹刻本,题有《申王奇遘拥炉娇红记》。此版之明代版本全名为《新锲校正评释申王奇遘拥炉娇红记》(上、下卷)。推测在当时流传进入韩国的大约为此版,假若其于韩国曾得以刊世的话,那么就可预测其底本即应为此版本。此外,其亦被一一载入如《艳异编》、《国色天香》、《绣谷春容》、《情史类略》、《风流十使》、《燕居笔记》等小说总集中去②。

有关《娇红记》传入的历史记载,可见于《朝鲜王朝实录·燕山君日记》(卷63—3,燕山君十二年[1506]4月13日)。在燕山君日记中能够看到有燕山君曾谕旨"可吩咐着谢恩使③将《剪灯新话》、《剪灯余话》、《效颦集》、《娇红记》、《西厢记》等购入回来"这种直接指称书名,谕令使臣购买回国的历史记录,可见在当时此部作品在一定程度上已经流通于韩国内了。另,燕山君虽下有将其出版刊出的谕旨,但因为不久后即退位的缘故而难以考证当时是否得以出版。并且,在韩国内各地图书馆内也未能寻见《娇红记》的刊行版本。

7.《剪灯余话》

《剪灯余话》一书成于明代1420年前后,是由李昌祺(1376—1452)所编纂的一部传奇小说集。若以1443年制成之《龙飞御天歌》中有提及《剪灯余话》的字样来考虑的话,则其传入记录可推断为于1443年以前④;而《考事撮要》中则记录其出刊地为淳昌。然而,令人惋惜的是,在韩国内迄今尚未寻出其版本,据说在日本内阁文库中藏有此书之后半部中的一部分⑤。根据《考事撮要》中所载之出刊年度,可大致推断其应于1568年以前在淳昌得以刊行问世。

在《百川书志》小史类中,记载《剪灯余话》为4卷20篇。此书每卷由5篇组成,书末尾附录随附《还魂记》一篇。现存版本为明成化年间刊本与清乾隆年间刊本以及同治年间刊本等,皆为3卷本。其后,时至近代,董康诵芬室⑥以日本庆长元和年间的日本活字翻刻本为据复原为20篇,又将书中所附录之《还魂记》1篇独立分离出来为1卷,故,共五卷21篇。

李昌祺在被夺职发配房山期间,模仿瞿佑《剪灯新话》而作《剪灯余话》,共二十余篇。成

---

① 《燕山君日记》(卷63—3,燕山君十二年)内可见其言及书名及谕令刊出之记录。

② 李时瓒《关于元代娇红记文体和人物小考》,《中国语文学论丛》第67号,2011年,第398页。

③ 译者注:即,赴明(中国)之使节。

④ 《燕山君日记》(卷63—3,燕山君十二年)可见其署名。然,若量及1443年所出之《龙飞御天歌》内有提及《剪灯新话》里的句子,则其传入时期必较此更早。

⑤ 参照崔溶澈译《剪灯三种》,召命出版社2005年版,下卷,577页。日本内阁文库所藏之《剪灯新话》版本照片。

⑥ 董康(1867—1947),字授经、经金、绶经,号诵芬室主人,江苏武进人氏。

熟时间大致为1419年，最初以笔写本问世，后于宣德八年(1433)由张光启初刻刊行。并且，张光启又将《剪灯新话》与《剪灯余话》两书合本刊行，称为‘剪灯二种’，据说流传颇广。现存之通行本为明代宪宗成化二十三年(1487)余氏双桂堂重刊本5卷，此版是以张光启刊本为底本制成，先藏于日本内阁文库。此外，尚有于日本江户初期所刊之活字5卷本以及元和活字本。[①]

在此值得注意的是，藏于日本内阁文库之朝鲜刊行本《剪灯余话》(11行22字)。据朝鲜宣祖一年(1568)所刊之《考事撮要》所记载，《剪灯余话》曾于淳昌地域获刊；并且，此版刊本在其书目中亦明白标出。由此可确知《剪灯余话》于1568年以前已经在韩国内刊行于世。若果其然，朝鲜出版本即可能就是以明代宪宗成化二十三年余氏双桂堂重刊本(5卷)为底本的，姑且不妨如此推论。

8.《花影集》

《花影集》是明朝陶辅(1441—?)编撰的一部文言小说集。据韩国所版之《花影集》序文，其乃由尹溪于1546年获自于中国，由昆阳(现泗川)郡守尹景禧于1586年编撰成书。《考事撮要》中亦有提及此书于昆阳获刊。此书现已失传，在日本早稻田大学有藏本。

《花影集》这部小说集总4卷共20篇。有关其出刊情况，在卷首标写有“正德丙子(1516)张孟敬《花影集》”及“嘉靖二年(1523)作者自撰《花影集》”字样。可知，至1523年在中国已经刊行问世了。此书在中国亦早已失传，后来在日本发现写刻本，据之复原。

最近，据中国学者王汝梅以及鲜文大学朴在渊发现，在李朝时期壬辰倭乱以前《花影集》已经得以在朝鲜出版。在朝鲜出版本《花影集》的跋文中，据跋文笔者崔岦(1539—1612)之言，此书原是由朝鲜中宗时期金知尹溪自中国购入之《花影集》在经过40余年后，即1586年内，由当时历任信川与昆阳郡守一职之其孙尹景禧于昆阳(现庆尚南道泗川地区)重新刻版刊出[②]。

此版《花影集》，不论是在中国还是韩国，现早已失传。唯日本早稻田大学内现尚有藏本存世，属于珍稀版本。并且，可以确定，朝鲜所版之《花影集》为境内唯一版本；此版底本原为1523年前后陶辅所刊之版本。

9.《效颦集》

《效颦集》是由明代初期赵弼(人物主要活动于约永乐、宣德年间，即1403—1435年)所编纂的一部文言体传奇志怪小说集。此书书名，最初可见于记载其传入情形的《燕山君日记》。依据记载，可确认出于朝鲜时期1506年以前就已经传入韩国了[③]。1568年前，于淳昌地区得以出版刊世[④]。其后似乎亦有后印再版。此书在韩国内久已失传，现存世唯一藏本(12行21字版)被收藏于日本逢左文库。

中国内现存版本《效颦集》是以明代宣德年间(1426—1435)所刊刻本为底本，于1957年，由古典文学出版社出版面世。据书中后序所记，此书原为总3卷共26篇，而存世者为3

---

① 崔溶澈译《剪灯三种》，召命出版社，2005年，第494—496页。

② 朴在渊《뉴방삼의던—花影集》，鲜文大学中韩翻译文献研究所，1999年，第1—5页。

③ 《燕山君日记》(卷63—3，燕山君十二年)内可见书名。

④ 1568年版《考事撮要》内载《效颦集》书目，并言其于淳昌一地刊出。

卷共 25 篇[①]。

此书于明代宣德年间(1426—1435)刊世,若着眼于此,可估计其大约应在 1400 年代中后期至 1500 年代初期即传入朝鲜,并成为底本旋即获刊于世。之所以如此推估,因为若据 1568 年版《考事撮要》所载之《效颦集》书目还有于全罗道淳昌获刊的记录来看,大略于 1500 年代初中期此书就已经获刊于世了。

《效颦集》在韩国内现已失传,现存世之唯一版本被收藏于日本逢左文库,故为珍稀本,在史料上具有很高的价值。通过此版本,可以将明代宣德年间(1426—1435)所刊之明代本与朝鲜出版本加以对比。并且,由此亦有可能研究出原为总 3 卷共 26 篇的《效颦集》何以后来变成总 3 卷 25 篇的原因是为经过再编集的缘故。

10.《玉壶冰》

《玉壶冰》是由明代都穆(1458—1525)所编纂的一部杂俎小说集,据估计,此书最晚亦于朝鲜时代 1580 年前即已经传入韩国,其出版时期大略为 1580 年左右,出版地位务安县等地[②]。其版本有 9 行 17 字本、9 行 18 字本、10 行 18 字本、10 行 20 字本等各种不同版种,可见初刊后定有后印复刻[③]。

《玉壶冰》内容由总 1 卷共 72 条构成,据焦竑《国史经籍志》以及黄虞稷《千顷堂书目》小说类中所载著录 1 卷。现存中国版本为《续说郛》本等可见于多地。《续说郛》本之外尚有明代天启年间(1621—1627)孙如兰所校勘版本以及附录于宋代吕祖谦《卧游录》明刊本的版本,现藏于台湾"国家图书馆"[④]。

《玉壶冰》韩国内出版刊行地大致可分为三处。朝鲜宣祖十八年(1585)所刊行之《考事撮要》中有记有《玉壶冰》一书名,并记载其刊行地为延安与固城。由于宣祖十八年(1585)所刊行之《考事撮要》一书是将 1585 年以前所刊行问世的书籍名加以收集罗列予以记录的书籍,所以可以推定《玉壶冰》至少于 1585 年之前既已经在韩国内得以出版刊行了。另,高丽大学晚松文库收藏本《玉壶冰》(朝鲜木版本,9 行 18 字)中刊记有"庚辰年务安县刊"的字样,此处之"庚辰年"可确认为是 1580 年。总而言之,《玉壶冰》这部作品在朝鲜时期曾分别于务安,延安,固城等地得以出刊问世,刊行时期可推估至 1585 年以前。比作品相关版本现藏于奎章阁、中央图书馆、高丽大学、延世大学、韩国学中央研究院、庆北大学、启明大学、安东君子村、朴在渊等 10 余处。

在此有值得留意的是,《续说郛》本(现唯存清顺治三年本与四年本)和明代天启年间(1621—1627)孙如兰校勘本较之 1580 年所刊出之朝鲜出版本《玉壶冰》,在出版时期上显得晚一些;并且,附录于宋代吕祖谦《卧游录》明刊本的版本由于编辑上存在不完整处,弥显出朝鲜出版本《玉壶冰》所具有的意义与价值。只是,在对于朝鲜出版本《玉壶冰》究竟是以何为其底本而刊出这一疑问上,尚难予以断言。

---

① 宁稼雨撰《中国文言小说总目提要》,1996,第 231—232 页。

② 1585 年版《考事撮要》内载《玉壶冰》于延安、固城两地获刊。

③ 金长焕《朝鲜刊本明代笔记集〈玉壶冰〉研究》,《中语中文学》第 26 辑,2006 年 6 月,第 190—196 页。

④ 金长焕在《玉壶冰》(지만지,2010 年)内介绍说国内现存《玉壶冰》刻本有 4 种。而据笔者考查确认出概有达 10 余种的出版本及与之相随的笔写本。

11.《两山墨谈》

《两山墨谈》是由明代陈霆(约1477—1550)所编撰的一部作品。迄今,虽无记录可查考其传入韩国内之时期,尚有于1575年在庆州一地刊出之版本存世。

《两山墨谈》一书之刊出,据言最初是由明代时任德清知县的李檠在阅读此作后颇有感叹而于嘉靖十八年(1539)主刊于世的。此初刻本内载有刊行者李檠所题序文并有作者陈霆之跋文。此后,清朝道光十九年(1839)由李锡龄自惜阴轩刊出之惜阴轩丛书本(共四册本,内有李檠之序文与重刻者李锡龄所题之序文)。此外,主要还有清代道光二十六年(1846)刊本及清代光绪十四年(1888)刊本等①。

《两山墨谈》在韩国内的出版记录可见于《考事撮要》,内记载道其于庆州一地出版刊出,另现有1575年刊行版本存于世。现存之朝鲜出版本《两山墨谈》内标有朝鲜宣祖八年(1575)庆尚道庆州官厅刊行的字样,另还有嘉靖乙亥年(1539)陈霆所题之跋文。此书由当时通达经学之成均馆儒生崔起南负责校正编纂;并且,书后亦标明当时一同参与刊行此书的庆尚道观察使尹根寿等28人姓名。现有于1575年庆州一地所刊之完整本(9行18字)《两山墨谈》存世,被收藏于启明大学的。朝鲜出版本《两山墨谈》的底本,可确认无疑当是为明代嘉靖十八年(1539)所刊之初刻本。

12.《皇明世说新语》

《皇明世说新语》是由李绍文所编撰(共8卷)的一部明代文言小说集。虽然没有关此书传入韩国的具体记录,但根据许筠(1569—1618)《惺所覆瓿稿》《闲情录》第一卷《隐遁》、第二卷《高逸》、第三卷《闲适》中有言及《皇明世说新语》的内容来看,此书应当亦是于此期间传入韩国的。若加仔细推测的话,《皇明世说新语》原刊本是于1610年刊出的,而许筠是于1618年被处死的,也就是说,此书的韩国内传入时期大致应当是在1610—1618年之间。

作者李绍文编撰时采用了《世说新语》类似形式,在书中记叙了自明初至嘉靖隆庆年间的诸多逸闻琐语和名士逸话,在收录内容上,此书与《世说新语》、《世说新语补》完全不同。此书名为《皇明世说新语》或作《明世说新语》,现传世者为明代万历三十八年(1610)云间李氏原刊本。另,书头有"沈懋孝、王圻、陆从平、陈继儒"等人的序文。而其中陆从平的序文标明为书于万历丙午年(1606),故可成为推估此书成书时期的一种资料根据。

之后,朝鲜所刊之10行20字本《皇明世说新语》虽无法考查其刊行时期与刊行地方,大体可推断其刊世时期为与《世说新语姓汇韵分》的出现时期相关之英、正祖年间(1725—1800)②。朝鲜出版本《皇明世说新语》的底本极有可能即是万历三十八年(1610)的云间李氏原刊本。

13.《三国演义》

《三国演义》是明代罗贯中所编撰的一部长篇历史演义小说。有关此书的最早传入记录

---

① 明嘉靖十八年(1539),德清知显李檠刊,刻本(善本),1册,上海图书馆、天津图书馆;日本天保六年(1835)日本笔写本,10卷,北京国家图书馆;清道光十九年(1839),三原李锡龄惜阴轩刊,刻本,18卷4册,惜阴轩丛书本,北京大学图书馆;清道光二十六年(1846)刊,宏道书院本,台湾大学图书馆。

② 朝鲜出版本《皇明世说新语》为木版本;纸质为楮纸。现被收藏于成均馆大学、奎章阁、中央图书馆、启明大学等处。

可见之于《宣祖实录》，而在《老乞大》中曾有提及到可算为三国演义前身的《三国志平话》，据此来看，大约于高丽末期此书就已经传入韩国了。而罗贯中本《三国志通俗演义》的传入时期则大致可推定为 1560 年代初中期。根据韩国内最近发现古本《三国志通俗演义》(一册[残本，卷 8 存]；朝鲜金属活字本；11 行 20 字，现为济州李亮载所收藏)来看，大略刊出时期为 1560 年代初中期；其后，至 1600 年代又有《新刊校正古本大字音释三国志传通俗演义》① 刊世；再之后，至肃宗年间(1674—1720)后以《四大奇书第一种》② 刊行于世。后来，又历经数次后印复刻，大量刊市之坊刻本中有京本与安城本等，多以翻译成书而刊市。

中国国内《三国演义》诸本中最古版本为明代嘉靖年间所出之壬午本(1522)与周曰校本(1552 年)；后历经明清两代又有 10 余种不同版本出现。其中有明代李贽(1527—1602)所编辑的《李卓吾先生批评三国志》(全 120 回)；又有清初毛纶、毛宗岗父子所修订之通行本《三国演义》。自时起，毛本遂成为三国演义主要代表文本，其时大略为清康熙十八年(1679)前后。

最近朴在渊研究推断，发掘面世的朝鲜金属活字本《三国志通俗演义》大约是于 1560 年代初中期所刊行出版的③。有关此本的底本究竟为何版本众说云云，然至少可以推定是源自于中国内《三国演义》最古本之明代嘉靖年间壬午(1522)本系列抑或周曰校本系列。但，朝鲜本不但较之中国最古本《三国志通俗演义》本④ 存在些许差异；与周曰校甲本相对照的话仍存在着差异，故极可能是以现已失传之其他版本为底本的。

其后，于朝鲜所刊世之 12 卷 12 册本《新刊校正古本大字音释三国志传通俗演义》(13 行 24 字)经确认为周曰校甲本《新刻校正古本大字音释三国志通俗演义》(12 卷 12 册 140 回本，13 行 26 字)之覆刻本无疑⑤。

现在韩国内各图书馆所收藏之《三国演义》版本主要都是以金圣叹原评、毛宗岗评点的中国版本以及韩国版《四大奇书第一种》为主流的。其中，肃宗之后，即约 1700 年代以后始有《四大奇书第一种》(20 卷 20 册，12 行 26 字，序：顺治岁次甲申[1644]嘉平朔日金人瑞圣叹氏题)刊世。此书一名《贯华堂第一才子书》，为金圣叹编，毛宗岗评本。此版底本当是《四大奇书第一种》的覆刻本，是在韩国内最为流传广远的版本。

---

① 虽有显示刊行年度为 1627 年，然亦有学者主张为 1567 年或 1687，甚至有学者主张为 1747 年，页面版式为 13 行 24 字；刊发地位耽罗(济州岛)。

② 此书以《贯华堂第一才子书》为书名广为人知，总 20 卷 20 册；12 行 26 字版本在国内分布最广，后印版本亦有好几种。有关于《新刊校正古本大字音释三国志传通俗演义》与《四大奇书第一种》的刊出年代，学者间尚存在不少相异观点。

③ 朴在渊、金瑛校主《对于新发掘的朝鲜活字本三国志通俗演义》，《三国志通俗演义》，学古坊，2010 年，第 12—23 页。

④ 在此书头内标有“庸愚子弘治七年(1494)序”以及“修髯子嘉靖元年引”；全 24 卷 24 册 240 则。另有“晋平阳侯陈寿史传，后学罗贯中编次”之题；每页面 9 行 17 字。此书为现存之《三国志通俗演义》中最古版本，然亦非原版本。

⑤ 此书前面标有“晋平阳侯陈寿史传，后学罗贯中编次，明书林周曰校刊行”。朴在渊《中国古小说和文献学》。

（二）原文　再编辑　出版本

1.《世说新语姓汇韵分》

前文内，笔者曾言及道：《世说新语》当是最少于1195年前传入韩国，约在朝鲜肃宗34(1708)年，以《世说新语补》为书名，出版刊世；其后，又将书中人物按姓氏别加以区分再编辑而成《世说新语姓汇韵分》。《世说新语姓汇韵分》为总12卷本，字体为显宗实录字体木活字，每页面版式为10行18字。此书的成刊时期紧接《世说新语补》之后，可推定为约英祖年间至正祖年间(1725—1800)之间。

此书以中国版《世说新语补》为底本，在朝鲜又被按照姓氏别再次编辑刊出[①]，为中国所无之珍罕本。当时朝鲜文人采取了中国所未曾试图过的方法，即按姓氏加以再编辑出刊。仅此而言，亦具有一定的意义。更加之还有在查找作品人物时更具有效率性这一优点，使得其尤为一有价值的版本。

2.《详节太平广记》

《太平广记》是一部宋代文言小说集，由李昉(925—996)等12人共同编纂。此书最晚当于高丽文宗34年(1080)前已经传入韩国[②]。其后，朝鲜世祖8年(1462)，成任加以重现编纂，缩约为总50卷，名为《详节太平广记》。根据《考事撮要》记载，此书是于晋州和草溪两地出刊的。原书50卷，现存世者仅为26卷。

据《崇文总目》载《太平广记》全书500卷，在《郡斋读书志》和《直斋书录解题》中，将其分类为小说家类。此书是北宋时期扈蒙，李穆等人受命于太宗开始着手编撰，成书于太平兴国三年(978)，版刻于太平兴国六年(981)。据言此书原版本为981年初刻之木版，后至南宋又有翻印本，然久已失传。后来直到明末嘉靖四十五年才由谈恺(1566)整理校补当时尚流行于市的诸传抄本并予以刊出，此刊本为迄今可知的最古版本。另有，明代末期许自昌所校正的新刊本以及广为流传之清代黄晟所刊小型本，此版本为留世版本中最完全版本[③]。

那么，有一个问题就是：《详节太平广记》究竟是以何为其底本而刊世的呢？因为，《详节太平广记》(每页面10行17字，注双行)的刊世时期为1462年，而谈恺所刊版本问世时期为明朝嘉靖四十五年(1566)，要晚于朝鲜版《详节太平广记》100余年，故不可能是以谈恺所刊版本为底本的。所以，极有可能是以太平兴国六年(981)所版刻的原版本或是南宋时期(1127—1279)刊世的翻译本为底本的。太平兴国六年(981)之原版本相对于朝鲜初期之1400年代中期而言，在历史时期间隔上显得颇为久远，故此可以说《详节太平广记》更有可能是以南宋时期刊本为底本的。

3.《剪灯新话句解》

《剪灯新话》是由明代初期瞿佑(1347—1433)所作的一部传奇小说集，为21回本。此书

① 金长焕《世说新语姓汇韵分》上卷，学古坊，2012年11月，第9—12页。

② 金长焕、朴在渊、李莱钟译注《太平广记详节》一卷，学古坊，2005年9月，第4—7页。

③ 宁稼雨《中国文言小说总目提要》，1996年，第160页。

大略于1506年前已传入韩国①,后经朝鲜明宗四年(1549)、明宗十四年(1559)、明宗十九年(1564)、1704年等历次出版刊世。据宣祖九年(1576)刊《考事撮要》记载,其刊行地为原州;而据宣祖十八年(1585)刊《考事撮要》记载,其刊行地为永川。另有显示,此书后经尹春年与林芑编纂而成总2卷2册,以坊刻本的形式被刊出多达数十次。《剪灯新话句解》即为韩国内所常见的诸版本中之一。

据推估,《剪灯新话》的初刊本在中国的出现时期约为1381年。瞿佑的自序(1378)以及凌云翰的序文(1380)、吴植的引语(1381)、金冕的跋文(1381)等都为这种说法提供了证据。其后,于1442年,经当时国子监祭酒李时勉(1374—1450)上疏奏请,此书的刊行、买卖及收藏都被禁止,是故今日几不得见其早期版本。在日本,现存有庆长年间(1596—1614)活字本和元和年间(1615—1623)活字本②。与在中国的渐趋湮没不同,在日本和韩国,此书颇受瞩目。

查考中国国内所刊《剪灯新话》诸版本情况,概有:① 初校本——《剪灯录》40卷本。② 流通本——两种以上之流通。③ 重校本——永乐本(1421年刊行本)。④ 再刊本——瞿暹的杭州刊行本。⑤ 成化丁亥年(1467)刻本——2卷本。⑥ 正德六年(1511)杨氏 清江书堂刻本——4卷本。⑦ 万历二十一年(1593)刻本。⑧ 万历三十四年(1606)刻本等。可确认此诸类刊行本大体可分为2卷本与4卷本③。

此书在韩国的出版亦大致以2卷本和4卷本的形式出版的,其中4卷本,除却忠南大学,他处未曾寻见过,大部分都是以2卷本为主的。其刊行时期盖有1549年(明宗四年本)、1559年(明宗十四年尹溪尹继年)、1564年(尹春年,日本内阁文库)、1614年(万历四十二年,延世大学本)、1633年(仁祖十一年,朝鲜大学本)、1704年(肃宗三十年,晚松文库本)、1729年(康熙五十八年,淑明女子大学本)、1863年(哲宗十四年,海军士官学校本)等后印本;后至日本殖民时期,于1914年、1915年、1916年、1917年、1918年等多次刊出。此外,《剪灯新话句解》于全国不止15处地区内获得刊行,其刊出版式为10行18字、10行19字、10行20字、10行22字、11行18字、11行19字、11行20字、11行21字、12行18字、12行19字、12行20字、12行28字、14行18字、14行25字、18行18字、13行34字(悬吐本)、13行35字(悬吐本)等多种出版样式。

韩国所刊2卷本《剪灯新话句解》之底本,虽可推测为正德六年(1511)杨氏清江书堂刻本,然其为4卷本,故可能性非常小;另,万历二十一年(1593)刻本在时期上亦显得有些晚。故不妨可推断其是以瞿暹的杭州刊行本以及成化丁亥年(1467)刻本为底本的。

(三) 韩国内 自体编辑 出版本

1.《训世评话》

《训世评话》是一部由朝鲜时代李边(1391—1473)所作的汉语教育用学习工具书。此书

① 《燕山君日记》(卷62—63,燕山君十二年[1506]),然,着眼于1443年所出之《龙飞御天歌》辞内有涉及到《剪灯余话》的句子,应当较此更为提前。

② 崔溶澈译注《剪灯三种》(上),召命出版社,2007年,第6—13页,第469—527页。

③ 郑容秀译注《剪灯新话句解译注》,平邑思想,2003年,第374—375页。

刊出时期大约为1473年(未详)、1480年、1518年等历次获印刊出,分上下两卷共一册。另,依据《考事撮要》(1568年刊本)中的记载,其乃是于江陵一地刊行问世的[①]。

虽然作为一部非供人消遣阅读性的小说,《训世评话》本是为了作为供人学习当时中国华语的教育用学习工具书而被编撰的。但是,其中所罗列之65篇故事中有60篇取自于《太平广记》及《搜神记》等书内内容,其余5篇取自于朝鲜国内传说故事。

生活于高丽末朝鲜初叶的本书编者李边(1391—1473)在作此书时,取文本于中国之讲史话本中有关于名士贤人及烈女节妇等中国典籍中的传说故事;又从《三国史记》、《三国遗事》、《高丽史》等韩国内文献中选取几篇传说逸话,将这些内容一并以当时汉语口语体加以翻译成书[②]。可以确认的是,此书属于朝鲜时期朝鲜国内自体编辑本,故无一特定的底本,而是在内容上取材于当时广泛流行市间的《太平广记》、《搜神记》等中国书籍以及《三国史记》、《三国遗事》、《高丽史》等韩国内书籍,加以参考选辑,进行自体编辑后出版刊世的。

现存世版本为1518年尹希仁所刊之10行17字版式刊本,被收藏于日本名古屋蓬左文库,在韩国内有其影印本藏于国立中央图书馆。

2.《删补文苑楂橘》

《文苑楂橘》一书总2卷共2册,出版年代为朝鲜英祖三十六年(1760)以前,估计大约应为1669—1760年间;其书目名为《删补文苑楂橘》。虽亦有人云其为当时朝鲜所翻刻明版本而刊出的,但此书不仅中国内没有任何版本存在,连书目亦不可见于世,故而应当是韩国内自体编辑出版本无疑。另,此书页面版式为每页面10行20字,第一校书馆印书体,木活字本[③]。

《删补文苑楂橘》一书内,不仅未标明编纂者,连序文、刊记等也都没有,所以令人无法得知其由来。从其内容上,可知此书乃是于《太平广记》和一些明代文言小说集,如《艳异编》、《情史》、《国色天香》等作品中加以部分选取而编撰成书的[④]。在此中被收录的文言小说共20篇中,唐代传奇小说占15篇(《虬髯客传》、《红线传》、《昆仑奴》、《无双传》、《汧国夫人》(一名《李娃传》)、《崔莺莺》(一名《莺莺传》)、《裴谌》、《韦鲍生》、《崔玄微》、《韦丹》、《灵应》、《柳毅》、《薛伟》、《淳于梦》(一名《南柯太守传》)、《张直方》);其余5篇为宋明文言小说(《韦十一

① 对此之考证在可见于最初发现此书的学者朴在渊所著书内,朴在渊等译解,《训世评话》,太学社1998年,第16—23页。

② 朴在渊《对于15世纪译学书训世评话》,韩国《中国小说论丛》第7辑,1998年,第132页。

③ 《文苑楂橘》为一文言短篇小说集,早前曾有孙楷第在其《日本东京所见小说书目》一书内,主张其为当时朝鲜人所翻刻的明本;抑或,朝鲜人选摘截取此作品而编辑刊印成书。又有,学者朴在渊认为此书并非为中国内所逸失之文言小说集,而是由当时朝鲜人参考明代诸多中国文言小说加以自体编辑编纂而成的,印刷所用之活字为自约肃宗十年(1684)至约英祖三十六年(1760)间所通用的 第一校书馆 印书体字,据此推测其出版年代大致应当为1760年以前。朴在渊《删补文苑楂橘》校注本,鲜文大学中文科出版1994年。

④ 《五洲衍文长笺散稿》经师篇《对于经传注疏之广泛涉猎辩证说》内亦有选摘自《太平广记》内容之节下:“予家藏书中,有《文苑楂橘》者二卷,乃《广记》之钞略。而其中,亦详载河上老人语,可考也。借人见佚,可叹。”

娘》、《义倡》、《负情侬》、《赵飞燕》、《东郭先生》)[①]。

此外,此书书目可见于据学者朴在渊所发掘之尹德熙《小说经览者》(1762)与完山李氏《中国小说绘模本》序文(1762)内,在时期上为最早;之后又可见于俞晚柱的读书日记《钦英》中,内记其于1784年曾阅览过此书。据此等记录看来,这部作品在当时文人阶层中似是颇为人所熟知[②]。

可以确定,此书是当时朝鲜人所自编之韩国内自体编辑本,故无一特定之底本,而是选取当时世间广为流传的《太平广记》与明代小说《艳异编》、《情史》、《国色天香》中的部分内容,在进行自体编辑后出版刊出。

3.《钟离葫芦》

据估,《钟离葫芦》是一部于16世纪末或17世纪初由当时朝鲜人所刊出的作品。已知此书为1册本,是当时朝鲜自体编辑而出版刊世的。现存世之唯一本被收藏于雅丹文库,页面版式为每页面7行15字。

《钟离葫芦》是取材选摘于明代笑话集《绝缨三笑》,由当时朝鲜人所刊行的一部笑话集。朝鲜中期文人柳梦寅(1559—1623)在其所作《于于野谈》中曾有言及过此部作品。朝鲜后期郑泰齐(1612—1669)在其所作《天君演义》序文内亦曾言此书乃出自朝鲜[③]。近时,由崔溶澈于雅丹文库中发掘此书现世。之后,又有金埈亨进一步发现在朝鲜时期文人金烋(1597—1638)所编《海东文献总录》内找到与《钟离葫芦》相关之记载,并指名该作品乃是出自于明代笑话汇集《绝缨三笑》,以及是于天启壬戌年(1622)春在平壤佳村一地刊行出版的。

另,崔溶澈根据日本东京大学藏本《绝缨三笑》,对比考证出《钟离葫芦》78篇内容上有71篇是近乎原文搬照《绝缨三笑》的[④]。

无疑,《钟离葫芦》同《训世评话》及《删补文苑楂橘》一样,都是由当时朝鲜文人所编纂的韩国内自体编辑出版本。所以,《钟离葫芦》也同样是没有一特定底本而是根据当时世间广为流传的明代笑话集《绝缨三笑》等为主而自行编辑的一部作品。同样作为一部韩国内自体编辑出版作品而言,其亦自有其相应的价值与意义。

四、出版意义与版本价值

1.韩国内出版之意义

据查,朝鲜时代所出版的原文中国古典小说为19种21部作品(不计后印本与翻译出版本)。其中,汉代作品有《新序》、《说苑》;魏晋六朝时期作品有《博物志》、《世说新语补》;唐代作品有《唐段小卿酉阳杂俎》;宋代作品有《详节太平广记》;元代作品有《娇红记》;明代作品有《剪灯新话句解》、《剪灯余话》、《玉壶冰》、《效颦集》、《花影集》、《两山墨谈》、《皇明世说新

① 朴在渊《删补文苑楂橘》校注本,鲜文大学大中文科出版1994年,第85—94页。

② 此书现被收藏于韩国国立中央图书馆韩国学中央研究院(藏书阁),有木活字本,国立中央图书馆(1部)、延世大学(2部)、启明大学(1部)、朴在渊(1部)等为笔写本。

③ 崔溶澈《朝鲜刊本中国笑话钟离葫芦的发掘》,《中国小说论丛》第16辑,2002年。

④ 崔溶澈《明代笑话〈绝缨三笑〉和朝鲜刊本〈钟离葫芦〉》,《中国语文学》第36辑,2005年。

语》、《三国志通俗演义》、《新刊校正古本大字音释三国志传通俗演义》、《四大奇书第一种》等。如是，明代作品明显占到了大部分比重。

在文体上，较为明显的一个特征就是：除却《三国演义》系列外，其余作品大部俱为文言小说。另，查考韩国内出版时期，可作如此时代之划分：于1400年代内所出版的作品计有《新序》、《说苑》、《唐段小卿酉阳杂俎》、《详节太平广记》、《训世评话》等；1500年代所出版的作品计有《博物志》(推定)、《娇红记》(推定)、《剪灯新话句解》、《剪灯余话》、《花影集》、《玉壶冰》、《效颦集》、《两山墨谈》、《三国志通俗演义》等；1600年代所出版的作品计有《钟离葫芦》、《新刊校正古本大字音释三国志传通俗演义》(推定)等；1700年代所出版的作品计有《世说新语补》、《世说新语姓汇韵分》、《皇明世说新语》、《删补文苑楂橘》(推定)、《四大奇书第一种》等。

分析以上研考结果可知，自朝鲜初期始，因国家有意扶持儒学而使得学问风土渐盛，以至对出版文化也产生了很大的促进影响。这种促进影响自然也会涉及到小说这一文体，所以在当时许多小说作品得以出版问世。可以推定，自1400—1500年代，尤为出版文化的全盛时期，于此期间大量小说刊世，在民间广为普及。但是，之后的壬辰倭乱(1592—1598)给朝鲜曾经相当兴旺的出版文化带来了重大打击，明显的表现就是：到了1600年代，出版业急剧萎缩；且版本状况也变得相对粗劣。不过，随着时间推移到了1700年代，出版业又得以恢复元气再次兴盛，回复从前光景。

察考朝鲜出版本版式的话会发现其出版形态非常多样化，其中，最为引人瞩目的部分即在页面版式是几行几字式的版刻形式这一问题上。以下，按作品出版年代顺序罗列，加以对比观察。

1400年代出版作品：《新序》(11行18字)、《说苑》(11行18字)、《唐段小卿酉阳杂俎》(10行19字/10行23字)、《详节太平广记》(10行17字)、《训世评话》(10行17字/白话文10行16字)。

1500年代出版作品：《博物志》(未确认)、《娇红记》(未确认)、《剪灯新话句解》(10行18字/10行19字/10行20字/10行22字/11行18字/11行19字/11行20字/11行21字/12行18字/12行19字/12行20字/12行28字/14行18字/14行25字等多样)、《剪灯余话》(11行22字)、《三国志通俗演义》(11行20字)、《两山墨谈》(9行18字)、《玉壶冰》(9行17字/9行18字/10行18字/10行20字)、《效颦集》(12行21字)、《花影集》(10行18字)。

1600年代出版作品：《钟离葫芦》(7行15字)、《新刊校正古本大字音释三国志传通俗演义》(13行24字)。

1700年代出版作品：《删补文苑楂橘》(10行20字)、《世说新语补》(10行18字)、《世说新语姓汇韵分》(10行18字)、《皇明世说新语》(10行20字)、《四大奇书第一种》(12行26字)。

以上内容显示出在页面版式版型上大致有自7行15字到13行24字多种版型。其中10行18字、10行20字、11行18字版相对显得多一些，当是出于其时人们的偏好。另，其印刷活字形态一般可分为木活字与金属活字，而大部分印刷形态都是以木活字为主的。略显殊异的是《三国志通俗演义》与《世说新语补》两大作品是以金属活字刊印的。《三国志通俗演义》于1560年代初中期以“丙子字”刊印；《世说新语补》于约1708年以“显宗实录字”刊印。如此，以金属活字来刊印中国古典小说这一事实本身即可评价说是在朝鲜出版史上具有相当意义的事情。作品之刊印出版地也遍布全国各处，如汉阳、安东、南原、庆州、江陵、襄阳、草溪、晋州、原州、淳昌、昆阳、延安、固城、务安、耽罗（济州）等，如此多的出版地域显示了当时朝鲜作为出版强国之气象。

2. 版本之价值

朝鲜时期所出版的诸多中国古典小说中，有不少是在中国亦已散佚失传或残缺难以复原的版本。即或，根据后来版本得以复原，然其版本较之朝鲜出版本往往在时期上要晚，故朝鲜出版本相对更具价值。此类版本有：《新序》、《说苑》、《唐段小卿酉阳杂俎》、《花影集》、《玉壶冰》等。其中，以《花影集》为例说明，此作品在中国早已失传，后以存于日本的笔写本得以复原；欲恢复其原文版可用朝鲜出版本《花影集》，其版本价值自可谓不低。另，如《唐段小卿酉阳杂俎》等大部小说现分散藏于全国各图书馆等内，若加以汇合即可复原其原文版。本研究课题小组现正在准备着手复原分散藏于安东君子村藏本《说苑》、《新序》与启明大藏本《新序》来作为复原实例。

还有值得例举的是在韩国内相对较早时期出版而颇具价值之《三国志通俗演义》这一作品。此书与现在中国内最古版本明代嘉靖壬午本（1522）相比，只稍后 40 余年；是在韩中日三国中，最初以金属活字本来刊印的，具有分外价值与意义。此外，尚有再编辑原文之出版形式如《详节太平广记》和《剪灯新话句解》。以《详节太平广记》为例，朝鲜本内收录有中国本《太平广记》所缺失的 6 篇内容而成为弥补自明代谈恺本（1566 年）之后太平广记遗漏的珍贵资料[①]。而《剪灯新话句解》这部作品是将《剪灯新话》按句释意，故在书志学上具有很高价值。不仅如此，《剪灯新话》作品在中国内原本已失传，后根据日本藏本方得以复原。若斟酌及此，则当对《剪灯新话句解》的版本价值予以极高肯定。

又有，将原文进行再编辑出刊如《世说新语姓汇韵分》以及朝鲜自体编辑出刊如《训世评话》、《删补文苑楂橘》、《钟离葫芦》等作品亦另有其意义与价值所在。首先来看《世说新语姓汇韵分》，此书之所以将原文按姓氏别加以再次编辑是处于方便提高读者查找书中人物的效率，值此而言即具相当之意义；另，此种编辑尝试亦为中国所无而使其更具价值性。还有，出于当时朝鲜人创意性自体编辑而刊出的作品如《训世评话》、《删补文苑楂橘》、《钟离葫芦》等类亦为中国内所无，故亦可赋予其很高的价值。此类作品中，既有取材节选自一部中国作品内的如《钟离葫芦》；更有取材节选自多部中国作品内的如《训世评话》和《删补文苑楂橘》等。作为中国小说的吸纳接受的一方而言，此类出刊具有非常重要之意义。

尚有值得例举的就是在书志学上尤具意味之《两山墨谈》这一作品。有记载显示此书于朝鲜宣祖八年（1575）由庆尚道庆州官厅所刊行；且明有确记载嘉靖乙亥年（1539）原作者陈霆所书跋文在内；又，书后将当时负责校订编纂的崔起南（1559—1619，成均馆儒生）以及尹根寿等 28 人名俱一一予以标铭，使得此版作品颇具史料价值。此外，在出版序文或跋文内铭记刊出年度、刊出者的版本作品有如《训世评话》、《花影集》、《详节太平广记》、《剪灯新话句另》，通过《朝鲜王朝实录》抑或其他文献史料能予以确认刊出时期或刊出者的作品有《说苑》、《唐段小卿酉阳杂俎》等；而《皇明世说新语》、《世说新语姓汇韵分》等版本内则无刊期，

① 金长焕、朴在渊、李莱钟译注《太平广记详节》一卷，学古坊 2005 年，第 28—29 页。

故难以具体推估其刊出时期以及刊出者。

此外，在韩国内刊印此书最多的作品如《剪灯新话句解》与《四大奇书第一种》，有刊期版本和无刊期版本往往混在一起难以排列时间顺序。《剪灯新话句解》的刊行时期可明确确认的有1549年本、1559年本、1564年本、1614年本、1633年本、1704年本、1719年本、1863年本等标有刊记的版本，其余版本则全无记录而难以确认具体出版时期。这种情况以《四大奇书第一种》(毛宗岗评本)尤为甚。

最后需要指出的是，朝鲜时代所出版本作品中，迄今尚未能发掘现世的版本有《列女传》、《博物志》、《娇红记》三部作品；另亦有，令人可惜的是，虽已发掘现世，藏本却被收藏在日本的版本，计有《剪灯余话》、《花影集》、《效颦集》、《训世评话》四部作品。

五、结语

在朝鲜时代中国古典小说的出刊及出版方式大概分为原文出版和翻译出版两类。原文出版又可分类为覆刻出版和原文再编辑出版及韩国内自体编辑出版等方式。覆刻出版有《新序》、《说苑》、《博物志》、《世说新语补》、《唐段小卿酉阳杂俎》、《剪灯余话》、《玉壶冰》、《效颦集》、《花影集》、《两山墨谈》、《皇明世说新语》、《三国志通俗演义》、《新刊校正古本大字音释三国志传通俗演义》、《四大奇书第一种》等作品，原文再编辑出版有《世说新语姓汇韵分》、《详节太平广记》、《剪灯新话句解》等，韩国内自体编辑出版有《训世评话》、《删补文苑楂橘》、《钟离葫芦》等诸多作品。

以原文形式出版的朝鲜时代中国古典小说约19种21部作品之多，其大部分是明代作品的出版本。除了《三国演义》系列作品以外，大半都是文言小说；15～16世纪朝鲜的出版文化堪称为旺盛时期，但到了壬辰倭乱后的17时期的出版文化急速萎缩，版本状态也出现了拙劣状态，进入18世纪以后出版文化又有了恢复景象。

朝鲜出版本的版式从7行15字到13行24字等形态多样，其中善于使用10行18字、10行20字、11行18字版样式。而活字版大部分以木活字为主，但也出现了像《三国志通俗演义》和《世说新语补》的金属活字版本。出版地域亦遍布全国各地，表现出了出版强国的面貌。

在朝鲜时代出版的中国古典小说中《新序》、《说苑》、《唐段小卿酉阳杂俎》、《花影集》、《玉壶冰》等书，因在中国已经逸失或无法回复原形版本(有的朝鲜版本比现存中国版本还早)，因此版本的价值更高。

而作为韩中日三国小说出版中中最初用金属活字出刊的《三国志通俗演义》和原文再编辑的出版本《详节太平广记》、《剪灯新话句解》、《世说新语姓汇韵分》等书也具有很高的目录文献学上的价值。此外，韩国内自体编辑出刊的《训世评话》、《删补文苑楂橘》、《钟离葫芦》也有特殊的意义和价值.中国境内不存在而在朝鲜境内以朝鲜人之手自主编辑出版，如此创意的接收和传播中国小说的状况，在小说史上具有非常高的价值和意义。

此外，如作为在书志学上独具价值的《两山墨谈》、《训世评话》、《花影集》、《详节太平广记》、《剪灯新话句解》等作品的序文及跋文内明确标记处刊出年代与刊出者，这就使得其非常具有史料性价值。然而，大部版本几乎没有刊记而难以具体予以确认其刊出者和刊出时期。

（本论文基于2010年韩国研究财团之政府财政支援〔教育科学技术部人文社会研究力量强化事业费〕而作成〔NRF－2010－322－A00128〕）

作者单位：韩国庆熙大学

“传奇”文体名义的演变

徐大军

在中国文学史上，“传奇”一词首先出现在作品的题名中，仅见唐代元稹的单篇小说《传奇》（即《莺莺传》）和裴铏的小说集《传奇》，这是“传奇”一词作为专名来使用。此后其意义渐变，赋指渐多，涵盖亦广，即使明清时期它有了通用的文体指代，仍然存在复杂、随意的混用现象。虽然“传奇”在古代文学批评范畴中用得比较杂乱随意，但基本上是作为类名来使用的，这可分为两大脉络：一是题材类型，指代奇异性故事题材或爱情故事题材；二是文体类型，先后指代三种文学样式——唐人小说[①]、元人杂剧、明清的文人南戏。因此，作为文体归类意义上的称名，“传奇”一词的文体指向并不具有专属性、唯一性。对于这一现象，历来学者普遍认为是由于它们之间故事题材的相互承袭所致[②]。但是，一个文体称名，不会只是简单地因为文体间的题材因袭而有如此随意的混用，当另有深层原因。一个基本的事实是，在被赋名“传奇”之时，这三种文体都有各自的通用名称，分别为传记（或“杂传记”）、杂剧、南戏。对于同一种文学样式，概念上的名称指定体现出不同的认识观念和评价体系，也关联着这一文学样式的某些属性特征。那么，在那个具体的时期，在已有通用称名的情况下，这三种文体又被赋名“传奇”，各自是基于何种观念和立场，又具有何种内涵和意义，其间又有何关联？虽然在现代学术意义上“传奇”的文体指代已然确定，但当时它被辗转赋名于三种文体时所负载的内涵，对于我们认识当时的文体观念和文体名混用现象大有裨益。本文即对此予以探析。

一、元时唐人小说被赋名“传奇”

传奇，作为文体归类意义的称名，首先指代的是“唐人小说”这一文学样式，但这一赋名并非唐人所为，而是元人对其文学成就认识、总结的结果。此前，“传奇”一词虽已被用得非

---

① 游国恩等编《中国文学史》（二）言：“唐人小说之称为‘传奇’，始自晚唐裴铏的《传奇》一书，宋以后遂以之概称唐人小说。”（人民文学出版社 1988 年版，第 225 页）袁行霈主编《中国文学史》（二）言：“传奇作为唐人文言小说的通称。”（高等教育出版社 2005 年版，第 320 页）

② 胡应麟《少室山房笔丛》认为称南曲戏文为“传奇”，是借用唐人裴铏《传奇》小说集名，“或以中事迹相类，后人取为戏剧张本，因展转为此称”（上海书店 2001 年版，第 424 页）。周贻白《中国戏曲发展史纲要》认为：“南戏之称传奇，本来和元剧之被称为传奇一样，是指其所演故事属于传奇一类，系一种通称。”（上海古籍出版社 1979 年版，第 203 页）

常普遍，但那是作为一种题材类型的称名，与"烟粉"、"灵怪"等题材类型并列，指代的是爱情故事题材。如此，"传奇"一词当时与唐人小说的联系，主要是作为题材类型的名称而收纳了这一题材的唐人小说或其故事的梗概、改编，而作为文体名称，"传奇"一词与唐人小说的联系并不存在。实际上，唐人小说在当时的文体意义上的通用名称是"传记"或"杂传记"[①]。那么，在这普遍的"传记"文体归类的情况下，有人对于唐人小说不沿袭通称而别立他名，在文体意义上以"传奇"称之，实际上是对这一文学样式的文体改称了。对于当时普遍的且沿用已久的"传记"、"杂传记"称名来说，这一文体改称绝不会是无意为之，当有其与"传记"称名不同的观念和立场。这一不同是在"传奇"称名与"传记"称名的对举中显现出来的。

在唐人的观念中，后之称之为"传奇"的小说属于史部的传记一类，是以史传的形态和思路来记人叙事，而非有意为小说[②]。承续这一观念，宋人在著录唐人小说时，几乎一致将其归类于"杂传记"或"传记"。《太平广记》卷四八四至卷四九二收录唐代单篇传奇《莺莺传》、《李娃传》、《霍小玉传》、《柳氏传》等 14 篇，辟为"杂传记"一类。晁公武《郡斋读书志》"史部·传记"著录有《补江总白猿传》[③]。陈振孙《直斋书录解题》"史部·传记"著录有《梁四公记》、《高力士外传》[④]。郑樵《通志·艺文略》"史部·传记"著录有裴铏《传奇》、薛用弱《集异记》、《补江总白猿传》、《离魂记》、《虬髯客传》等传奇作品[⑤]。

这样的认识说明，传记称名者只是着眼于唐人小说的史传品性，注目于其表现出来的史传属性的特征，故而无视其具有的新质，或者意识到了，但持贬斥、否定的态度，仍是以传统的史部杂传记的观念来框之。那么，在这一普遍的观念背景下，有人对于唐人小说不因袭通名而特意标称为"传奇"，又是基于唐人小说的什么属性，什么特征呢？是否与当时"传奇"一词的普遍使用意义有关联呢？因为在未被赋予文体归类意义之前，"传奇"一词在雅俗文艺领域已有普遍的使用意义，这基本上有两种：一是作品的专名，二是题材的类名。

作为作品的专名，"传奇"指代的是唐代的两部作品，一是元稹的单篇文言小说，即通称《莺莺传》者[⑥]，一是裴铏的文言小说集。更为普遍的，"传奇"一词在宋代是作为故事题材类型的称名来使用。其实，若说题材类型的称名，裴铏的小说集《传奇》之"传奇"使用已寓有此义。裴著现已亡佚，具体篇数已不可考，但据周楞伽辑《裴铏传奇》共得三十一篇，其内容多写人事之奇，既涉及人神、人狐之恋，又涉及异人侠士，内容较丰富，《郡斋读书志》言"其书所

---

① 李宗为《唐人传奇》指出："自北宋以迄元代，专指传奇这一小说样式的仍然只有'杂传记'。"（中华书局 1985 年版，第 2 页）李剑国《唐五代志怪传奇叙录·唐稗思考录》指出："北宋人称呼唐人新体小说，一般叫做传记，用的是历史体裁的名称。"（南开大学出版社 1993 年版，第 7 页）

② 侯忠义《隋唐五代小说史》指出："在唐人眼光看来，并没有把它们视之为'传奇'，也没有把它们当作小说，而只是用新手法来写传记文而已。"（浙江古籍出版社 1997 年版，第 2 页）

③ 晁公武《郡斋读书志校证》卷九，孙猛校证，上海古籍出版社 1990 年版，第 373 页。

④ 陈振孙《直斋书录解题》卷七，上海古籍出版社 1987 年版，第 196、197 页。

⑤ 郑樵《通志》卷六五《艺文略》，中华书局 1987 年影印，页 780 中。

⑥ 周绍良《唐传奇笺证·〈传奇〉笺证》认为《莺莺传》原题为《传奇》（人民文学出版社 2000 年版，第 384—417 页）。但李剑国《唐五代志怪传奇叙录·莺莺传》持否定意见："今按唐人单篇传奇传一人之事者，大抵以其人名为题，而《传奇》乃传述奇事之谓，加之他事皆可，不易为一传之题，元稹必不作此泛称以晦其事。"（南开大学出版社 1993 年版，第 310—322 页）

记皆神仙恢谲事”[①]。因此，裴铏总括其小说集曰“传奇”，乃概指故事题材上的奇异色彩或故事的奇异性。这个使用意义后来一直存在。可以说，用“传奇”一词来为故事题材别辟一类，已自唐代裴铏始。但宋代用“传奇”作故事题材的类名，涵盖的题材类型已经单一，仅指代爱情故事的题材类型。

宋灌圃耐得翁《都城纪胜》“瓦舍众伎”条言：“说话有四家，一者小说，谓之‘银字儿’，如烟粉、灵怪、传奇。说公案……”[②]吴自牧《梦粱录》卷二十“小说讲经史”条亦有相同说法。“小说”与讲史、说经等都是宋代“说话”伎艺的家门类别，“传奇”与烟粉、灵怪则明确是“小说”家门的常用题材。南宋罗烨《醉翁谈录·小说开辟》的表述更为清楚，它列举了“小说”家门的八大门类：灵怪、烟粉、传奇、公案、朴刀、捍棒、妖术、神仙。这是这门伎艺在长期实践中凝定下来的题材类别，其中在“传奇”类下收18种名目，如《莺莺传》、《章台柳》、《李亚仙》、《崔护觅水》等。这些名目并非指代小说家“说话”的文本作品[③]，也不指代唐代的传奇小说作品，而是指说话艺人讲说的故事。但是，我们可由此知“传奇”类题材的特点，谭正璧曾归纳其为“叙男女爱情故事的话本”[④]，其故事内容都是人世间的爱情故事。这与清人章学诚《文史通义·诗话》对“传奇”所指代的故事题材类型的总结是一致的[⑤]。“传奇”作为小说家说话伎艺的题材类别之一，是当时社会普遍的观念，是对这个门类说话伎艺所惯用题材的归类。

正是因为“传奇”一词指代的是一种故事题材类型，它可以在其他文艺样式的相关论述中使用，其一，在其他文艺样式的题材分类中使用，其二，不同的文艺样式皆可叙写“传奇”故事题材，进而会用于指称那些叙写这类题材的不同文艺样式的作品，如南戏、诸宫调等。南宋吴自牧《梦粱录》卷二十“妓乐”条云：“说唱诸宫调，昨汴京有孔三传，编成传奇、灵怪，入曲说唱。”[⑥]这明显不是文体意义上的称名，而是题材类型意义上的称名，指向于那些爱情故事题材。所以，在这种情况下，即使提到了唐人小说的名目，也是指代它的故事，而非其作品本身。如《醉翁谈录·小说开辟》在“传奇”门类下提及的《莺莺传》，就是指向于这篇小说的故事题材；北宋张君房编《丽情集》[⑦]纂集古今情感事，收录唐人小说《烟中仙》、《崔徽》等，乃是这些爱情题材小说的故事梗概。这些文献中以“传奇”所领起的唐人小说名目，都是在题材类型意义上被作为爱情故事来看待、使用的。

因此，宋人以“传奇”这一题材类型的称名来归类唐人小说，乃是对唐人小说的题材类型意义上的认识。他们只是专注于唐人小说的故事题材的性质，而不涉及作品的文学艺术成

---

① 晁公武《郡斋读书志校证》卷一三，孙猛校证，上海古籍出版社1990年版，第555页。

② 孟元老《东京梦华录(外四种)》，古典文学出版社1956年版，第98页。

③ 胡士莹《话本小说概论》指出：宋人说话伎艺并不领带于文本形态的话本而存在、流传，南宋罗烨《醉翁谈录·小说开辟》所载的一百十七种名目，可以认为都是口头的“话”，而未必是书面的“本”(中华书局1980年版，第235页)。

④ 谭正璧《话本与古剧》，上海古籍出版社1985年版，第22页。

⑤ 章学诚《文史通义·诗话》指出：“小说出于稗官，委巷传闻琐屑，虽古人亦所不废。……唐人乃有单篇，别为传奇一类，大抵情钟男女，不外离合悲欢。”叶瑛《文史通义校注》，中华书局1985年版，第560页。

⑥ 孟元老《东京梦华录(外四种)》，古典文学出版社1956年版，第310页。

⑦ 晁公武《郡斋读书志》卷一三“小说类”载：“《丽情集》，二十卷，右皇朝张君房、唐英编古今情感事。”(上海古籍出版社1990年版，第597页)

就和文体属性特征。在这一背景下,有人在文体意义上以"传奇"称名唐人小说,其使用的立场已不是题材的归类,而是文体的归类;不是针对唐人小说的一部分,而是全部。

"传奇"作为小说文体类型的称名,一般认为最早见于南宋后期谢采伯《密斋笔记·自序》:"余好渔猎书传……亦自惭有闻见,岂应以鶡弁泯没,遂著于篇,以示儿辈。……经史本朝文艺杂说几五万余言,固未足追媲古作,要之无抵牾于圣人,不犹愈于稗官小说、传奇、志怪之流乎?庶后之子孙,知余老不废学云尔。"[①]这里所说的"传奇"、"志怪"并称对举,不应是标举题材类型的特征,因为当时的"传奇"所涵盖的题材类型单一。因此,谢采伯并没有因袭当时普遍的题材类型意义上的"传奇",用以指代爱情题材的小说,而是总体上指代一种小说文体,但他并没有明确把这个文体称名与唐人小说联系起来。而元中叶的虞集则明确是在文体归类意义上使用了"传奇"一词,并且表达了使用的立场和着眼点。

> 唐之才人,于经艺道学有见者少,徒知好为文辞。闲暇无可用心,辄想象幽怪遇合、才情恍惚之事,作为诗章答问之意,傅会以为说。盍簪之次,各出行卷,以相娱玩。非必真有是事,谓之"传奇"。元稹、白居易犹或为之,而况他乎?[②]

在虞集的眼中,唐人小说叙写的是奇人异事(幽怪遇合、才情恍惚之事),它们讲究文采与词藻(好为文辞;诗章答问),更具有明显的虚构品性(想象;傅会;非必真有是事)。这与"传记"称名者的着眼点明显不同。虞集没有专注于唐人小说所表现出的史传属性的外部形态,而是注目于它们在文学创作上的新质——虚构,藻绘,情节奇异,叙述宛转,这是文学属性的特征、因素。

其实,在宋元人着眼于唐人小说的史传属性时,有人已经在其"杂传记"的文体形态中看到了不属于史传品性的因素,如语言上的文采华艳,情节上的情致宛转,故事上的虚妄不实,还有作品整体上体现的诗化的意象精神。这些都体现了唐人小说的文学品性。陈师道《后山诗话》叙及北宋尹师鲁称《岳阳楼记》为"传奇体"[③],意指《岳阳楼记》的"用对语说时景"的表述风格,乃来自于裴铏《传奇》中常见的韵散相间的语言方式。南宋洪迈多次表达了对唐人小说的肯定:"大率唐人多工诗,虽小说戏剧,鬼物假托,莫不宛转有思致,不必颛门名家而后可称也"[④];"唐人小说,小小情事,凄惋欲绝,洵有神遇而不自知者,与诗律可称一代之奇"[⑤]。元代的辛文房则指出:"杂传记中多录鬼神灵怪之词,哀调深情,不异畴昔。然影响所托,理亦荒唐,故不能一一尽之。"[⑥]他们都关注了唐人小说的情节虚构性、叙事"宛转有思致"等文学特质问题。需要说明的是,虽然他们都注意到了唐人小说的文学品性,但看待的立场是不同的。比如辛文房看到了这些文学属性的新质,但又站在"杂传记"的立场对其持批评、

---

① 谢采伯《密斋笔记》,丛书集成初编本,中华书局 1985 年版。

② 虞集《道园学古录》卷三八《写韵轩记》,《四部丛刊》本。

③ 陈师道《后山居士诗话》云:"范文正公为《岳阳楼记》,用对语说时景,世以为奇。尹师鲁读之,曰:'《传奇》体尔。'《传奇》,唐裴铏所著小说也。"丛书集成初编本,中华书局 1985 年版,第 7 页。

④ 洪迈《容斋随笔》卷一五"唐诗人有名不显者",中华书局 2005 年版,第 194 页。

⑤ 莲塘《唐人说荟凡例》引洪迈语,丁锡根编《中国历代小说序跋集》,人民文学出版社 1996 年版,第 1793 页。

⑥ 辛文房《唐才子传 》卷十,中州古籍出版 1987 年版,第 465 页。

否定的态度；尹师鲁作为古文家，崇尚语言的严肃简约，故对裴铏《传奇》所表现出的用繁富秾丽的骈语进行描绘的文风并不认可。

但无论是褒是贬，这些都是唐人小说作为一种文学文体的重要的、本质的因素，尤其是它的虚构创造性，是区别于史传文体的本质因素，也是唐人小说作为小说文体独立的重要品性。胡应麟、鲁迅在总结其在小说发展史上的成就和贡献时，皆视此为最本质的特性。胡应麟《少室山房笔丛·二酉缀遗（中）》指出："凡变异之谈，盛于六朝，然多是传录舛讹，未必尽幻设语。至唐人乃作意好奇，假小说以寄笔端。"①鲁迅在此基础上，概括出唐传奇的两大文学成就：一是开始有意的虚构创作，"幻设为文"，"始有意为小说"；二是注重文辞和叙事，"叙述宛转，文辞华艳"②。虞集即是在这个意义上关注了唐人小说的这些文学属性的因素（比如他反复强调了唐人小说的虚构品性），并且用"传奇"这一称名予以强调、标举。

因此，虞集以"传奇"称名唐人小说，并不是因袭这个词当时普遍指向的题材类型的意义，而是以彰显唐人小说的文学属性的品质、因素、成就为立场的，这是在文体意义上对"传奇"一词的使用，而非题材类型意义上的标举。虞集之后，多有以"传奇"作为文体名以指称唐人小说者，如元末的夏庭芝、陶宗仪以及明初的朱权③。这说明在文体意义上以"传奇"赋名唐人小说，已有了一定的普及度。虞集等人所关注、强调的唐人小说的这些文学属性，是它区别于与史传的本质因素，是它能踏入文学领域，作为小说文体独立的重要品质，也是后人总结唐传奇艺术成就的主要着眼点，当然，这些皆非"传记"称名者所要彰显的属性和品质。

缩结上述，虞集等人在文体归类意义上对于"传奇"一词的使用，虽是以宋人的"传奇"使用意义为背景，但与当时普遍的指代爱情故事的题材类型含义并不相同，而是标举、强调了唐人小说的虚构创作、文采词藻等文学属性的特征。正是因为立足、着眼于此，虞集等人才会弃置当时的通用称名"传记"不用，而有意以"传奇"独标其志。那么，对于唐人小说来说，在当时通用的"传记"称名的背景下，"传奇"称名者就有与之对抗的意图，以标举其在认识、评判唐人小说的价值方面，与"传记"称名者持有不同的观念和立场。因此，这个在文体归类意义上使用的"传奇"称名，体现了虞集等人对唐人小说的文学品性、文学价值的认识，并负载了以下的内涵：其一，用以标举唐人小说的文学属性和文学价值；其二，用以体现对唐人小说的文学成就的归纳和总结；其三，用以彰显与"传记"称名者所持评价观念、立场的区分。这一文体归类意义上对唐人小说赋名"传奇"的立场标举和内涵寄寓，与同一时期那些称名杂剧为"传奇"者的立场是相互呼应的。

二、元时杂剧被赋名"传奇"

在虞集（1272—1348）、夏庭芝（约1325—约1386）称唐人小说为"传奇"的同时，有不少

① 胡应麟《少室山房笔丛》卷三六《二酉缀遗中》，上海书店出版社2001年版，第371页。

② 鲁迅《中国小说史略》，上海古籍出版社1998年版，第44页。

③ 夏庭芝《青楼集志》："唐时有传奇，皆文人所编，犹野史也，但资谐笑耳。"陶宗仪《南村辍耕录》卷二五"院本名目"条："唐有传奇，宋有戏曲、唱诨、词说，金有院本、杂剧、诸宫调。"朱权《太和正音谱·词林须知》："杂剧之说，唐为传奇，宋为戏文，金为院本、杂剧，合而为一。元分院本为一、杂剧为一。"

人把"传奇"一词赋名于杂剧,如周德清(1277—1365)、钟嗣成(约1279—约1360)、杨维桢(1296—1370)、陶宗仪(1316—?),而且也是在文体意义上的使用。对于同一种文艺样式,"传奇"称名与"杂剧"称名各自的着眼点明显不同,秉持的观念和立场也各有差异。"传奇"在元人那里被赋名于杂剧的用意,即在这一并称对举的语境中得以显现。

宋金之际,杂剧是作为一项表演伎艺被人们认识和接受的,当时的戏剧观念也不外乎歌舞、科诨、调笑、戏弄等伎艺性因素,从未将杂剧或某一戏剧要素牵连到文学发展或文学性的品评。这种现象至元代仍很明显。我们看元人无论是艺人阶层还是文人阶层,在"杂剧"这一名称的使用上,从未针对文本,而是针对一种伎艺而论的,所以谈论中大多涉及到优伶、脚色装扮、表演技艺等方面。民间艺人把杂剧视为一种伎艺,所以不论是对这一伎艺的总称,还是对某一具体剧目的表演,一直与"做"、"扮"之类的词连用,这是以艺人的角度对自己所从事伎艺的称名。而当时许多文人也是在扮演伎艺的意义上称这种伎艺为"杂剧"。元代前期的胡祗遹有言:

> 乐音与政通,而伎剧亦随时所尚而变。近代教坊院本之外,再变而为杂剧。……以一女子而兼万人之所为,尤可以悦耳目而舒心思,岂前古女乐之所拟伦也?①

胡氏把杂剧看作是"伎剧",一种伎艺人的扮演行为,而且是由前代伎艺演变而来的。在此认识基础上,他关注的是乐工伶人的扮演艺术,所谓"以一女子而兼万人之所为"。

这种扮演伎艺的观念在关汉卿、赵孟頫那里甚为明显,据明人朱权《太和正音谱》记载,赵孟頫曾言:"良家子弟所扮杂剧,谓之行家生活;娼优所扮者,谓之戾家把戏。"关汉卿曾言:"子弟所扮,是我一家风月。"②而在夏庭芝那里,"杂剧"已作为一个具有文体意义的名词使用了,在《青楼集志》中,他从脚色扮演的角度追溯了元杂剧的由来,指明了元杂剧的角色制度、表演体制,给当时的北曲杂剧一个文体意义上的解释和框定,由此显示出他的戏剧观:杂剧是扮演伎艺性质的行为,而不是文学创作性质的行为。以此观念,他想为演员立传,《青楼集》就着重记录了具有高超表演技能的众多女艺人。而在对艺人表演技能的记述中,所使用的"能杂剧"、"精杂剧"、"善杂剧"、"长于杂剧"等语词,也是在扮演伎艺的意义上使用的。

由此可见,"杂剧"称名者是在扮演伎艺的观念基础上感知这种北曲戏剧的,因之承续了"杂剧"这一伎艺名称,并以此为视角有了对其演出形态的认识。

值得注意的是,从元中期始,已有人对杂剧有另一种视角或观念的认识了。董每戡曾有疑惑:"两宋的戏剧名'杂剧',后来元人的戏剧同称'杂剧'。其实就内容和形式来论,前者名副其实地杂;后者一点儿也不杂,不知为什么沿袭了这名称。"③董先生的这一疑惑是基于对元杂剧文本的认知,这也是文人阶层普遍的对于戏曲的关注点。其实早在元代就有人基于文本形态对杂剧作了另外的称名。

元无名氏杂剧《蓝采和》第一折中蓝采和说他所做的杂剧是"才人书会刬新编"。由于蒙

---

① 胡祗遹《赠宋氏序》,四库全书本《紫山大全集》卷八。

② 朱权《太和正音谱·杂剧十二科》,《中国古典戏曲论著集成》(三),中国戏剧出版社1959年版,第24页。

③ 董每戡《剧说》,人民文学出版社1983年版,第167页。

古贵族统治而致的社会变革原因，元代文人大批地染指于这一"编"的工作，但他们不想把自己的这一行为混同于伎艺人的行为，而是想把自己的创作与伎艺人的扮演区分，甚至连自己阶层所扮的"杂剧"也不屑与之同列，如上文引述赵孟頫所说的"行家生活"与"戾家把戏"之分，关汉卿的"子弟所扮，是我一家风月"之论，都是这一心理和观念的表现。由此而来，赵孟頫明确指出："杂剧出于鸿儒硕士、骚人墨客所作，皆良人也。若非我辈所作，娼优岂能扮乎？"[①]这里，赵氏并未说娼优或良人所扮的杂剧就是"鸿儒硕士、骚人墨客"所作，而是"出于"（非"是"）我辈文人所作。这里的"我辈所作"与"娼优所扮"明确对举。由此而知，赵氏已有意识地把文士名公的文学性戏剧创作活动与艺人的伎艺性扮演行为区别开来。可能在赵氏那里还没有明确"我辈所作"的具体称名，但已透露出他对杂剧的文学性和伎艺性的区别认识，"我辈所作"的是文学创作，而"娼优所扮"的是伎艺性"杂剧"。尤其应注意的是，他指出了杂剧的文学属性，并从文学性质上肯定了文士名公的作家地位和杂剧文学创作（剧本）的价值，由此开启了异于"杂剧"称名者重视演员和扮演的崭新视角。以此观念为基础，周德清、钟嗣成、杨维桢把北曲戏剧称名为"传奇"，这表现在他们对北曲戏剧的文学创作属性的认识和品评上。

钟嗣成的《录鬼簿》在"前辈已死名公才人，有所编传奇行于世者"的纲目之下，载录了关汉卿等剧作家五十六人，末尾有一则跋语，说明"右前辈编撰传奇名公"皆为"不知出处"者。请注意这里的"所编传奇"和"编撰传奇"，表明钟氏地把剧作家的创作当成文学作品来看，而非勾栏伎艺活动。在钟嗣成那里，戏剧文学的创造者（剧作者）、戏剧文学本身（剧本）得到认同，被当作戏剧艺术最基本最重要的部分，所论以剧作为依据，而非扮演为参照，即使话及艺人（赵敬夫、张国宾、花李郎、红字李二等均属教坊中人），也是着眼其剧本的创作，而非是其伎艺水平。而在具体的品评中钟氏也是注目于作家的才能品性及其文学创造力。"一下笔即新奇"（范康）、"文笔新奇"（周文质），是论剧作的创新；"更词章压倒元白"（宫天挺）、"一曲能传冠柳词"（沈和甫），是谈剧作的曲词语言的通俗晓畅；"所述虽不骈丽，而其大概多有可取"（金仁杰）、"余尝与之谈论节要，至今得其良法"（鲍天祐），是着眼于剧作情节结构的编剧法则。所有这些表现出戏剧文学观念的觉醒。正是着眼于作家的文学性创作，他才会如此指出郑光祖创作上的不足："惜乎所作，贪于俳谐，未免多于斧凿。"[②]这是惋惜郑光祖创作中有过多不必要的插科打诨的情节穿插，有造作之痕，而这些在"杂剧"称名者那里，正是杂剧表演所需要的构成质素。

稍后于钟嗣成的杨维桢，更为"传奇"作了一个文学性的解释，他在《沈氏今乐府序》中说："士之操觚于是者，文墨之游耳。其于声文缀于君臣、夫妇、仙释氏之典故，以警人视听，使痴儿女知有古今美恶成败之劝惩，则出于关、庾氏传奇之变。"[③]他把关汉卿和庾天锡的北曲戏剧创作称为"传奇"，并指出"传奇"是"于声文缀于君臣、夫妇、仙释氏之典故"，也就是

① 朱权《太和正音谱·杂剧十二科》，《中国古典戏曲论著集成》（三），中国戏剧出版社1959年版，第24页。

② 钟嗣成《录鬼簿》，《中国古典戏曲论著集成》（二），中国戏剧出版社1959年版。上引《录鬼簿》者俱以此本。

③ 杨维桢《沈氏今乐府序》，四库全书本《东维子集》卷十一。

说,作家的剧本创作是借助声律文辞等手段表现特定的故事。这是对北曲戏剧的一个戏剧本体论意义上的表述,是对"传奇"名称的一个文学性的解释。

在杨维桢以文学创作的观念使用"传奇"称名而谈论北曲戏剧时,他也以伎艺表演的观念谈论"剧",其《优戏录序》中有言:"侏儒奇伟之戏,出于古亡国之君。春秋之世,陵轹诸侯,后代离析文义,至侮圣人之言为剧,盖在诛绝之法。……则优戏之伎虽在诛绝,而优谏之功岂可少乎?"而在《朱明优戏序》中言:"引以人音,至于嬉笑怒骂,备五方之音,演为谐诨嗻哑而成剧者也。"[①]他把"优戏"、"剧"视为一种"伎"。虽然他未明确说到"杂剧"一词,但由此我们也能体会到杨维桢对于"优戏之伎"的认识观念是迥异于他谈论"传奇"时所持的观念的。

与对北曲戏剧文学创作性质的认识相应,"传奇"称名者普遍把剧中曲词与散曲同称为乐府,并把传奇与乐府同论,所注重仍是其文人创作属性。罗宗信认为乐府的创作,"必若通儒俊才,乃能造其妙也"[②]。钟嗣成《录鬼簿》亦载录创作"乐府"的前辈名公,并指出:"若夫村朴鄙陋,固不必论也。"[③]乐府指散曲与剧曲。在"传奇"称名者那里,就一部剧作而言,若指剧中之曲词,则称为乐府;若指整部剧作,则称传奇,二者的区别就在于是否建立在故事叙述基础上。所以,《中原音韵》虽立论偏执于曲词音律一端,但凡谈及与乐府创作相联系的剧作整体时则以"传奇"称之,如"前辈《㓟王莽》[④]传奇与支思韵通押","前辈《周公摄政》(元人郑光祖所作——笔者注)传奇〔太平令〕云:……"[⑤]他们还把乐府置入诗歌发展的序列,杨维桢有言:"夫词曲本古诗之流,既以乐府名编,则宜有风雅余韵在焉"[⑥],说乐府与诗词一样是一种文学创作,这是与他们称名北曲戏剧为"传奇"的戏剧观念是相呼应的。

由此我们知道了元代"传奇"称名者使用"传奇"一词所根由的戏剧观念。相比较于那些以表演伎艺为观念基础的"杂剧"称名者,钟嗣成等人是以文学写作的观念称名北曲戏剧为"传奇"的,也就是说,他们把北曲戏剧看成是一种文人作家的文学创作活动,而不是艺人的扮演伎艺行为。因此,与"杂剧"称名者的视角不同,"传奇"称名者的着眼点在剧作家、曲词创作、剧本的文学性品评上。这明显与夏庭芝等"杂剧"称名者的戏剧观念不同。

对于以"传奇"作为文体归类,在对北曲戏剧成熟形态的艺术本质的把握上,元代的"传奇"称名者对其文学性质的看重和认识,正是把握了当时戏剧发展的关键所在。放眼世界戏剧的发展历程,凡成熟的戏剧形态,不仅是舞台的,更应是文学的。唐宋的伎艺性戏剧能突破勾栏伎艺的属性而登入文学的殿堂,正是由于文人作家所进行的文学性创作的促进。元人北曲戏剧能从诸多缺乏艺术整一性的表演伎艺中脱颖而出,所经由的发展道路,就是与文学的结合。正是由于这文学性创作的促进,中国戏剧才由伎艺性的简单表演发展到北曲戏剧的形态,出现了文学性质的剧本写作。"传奇"称名者以文学创作的观念注目于诗歌性质的曲的创作,就是认识、把握了中国戏剧这一发展阶段的表现。而这一进程的总结性意见便

---

① 杨维桢《优戏录序》、《朱明优戏序》,四库全书本《东维子集》卷十一。

② 罗宗信《中原音韵序》,《中国古典戏曲论著集成》(一),中国戏剧出版社 1959 年版,第 177 页。

③ 钟嗣成《录鬼簿》,《中国古典戏曲论著集成》(二),中国戏剧出版社 1959 年版,第 104 页。

④ 据《传奇汇考标目》,元代艺人杨醋叫名下有《㓟王莽》剧名,题目正名无考。庄一拂据此把它列入杨醋叫的杂剧之作(《古典戏曲存目汇考》第 252 页,上海古籍出版社 1982 年版)。

⑤ 周德清《中原音韵》,《中国古典戏曲论著集成》(一),中国戏剧出版社 1959 年版,第 212、233 页。

⑥ 杨维桢《周月湖今乐府序》,四库全书本《东维子集》卷十一。

被元代一些关注戏剧的文人凝结在对北曲戏剧的“传奇”称名上。后来王国维在《宋元戏曲史》中认为中国成熟的戏剧始于“元杂剧”，并将中国古典戏剧定名为“戏曲”，也正是看到了文学性创作在中国戏剧成熟过程中的促进之功和决定意义。而这一视角的开启当在元代“传奇”称名者。总之，“传奇”称名者所反映出的观念，表现出人们为提升戏剧的文学性而作出的努力，为戏剧发展引入了作家因素、文学性因素，指出了戏剧的文学创作一路，由此萌发了剧本意识和作家本体意识。

更值得强调的是，由两派对北曲戏剧不同称名的执守，我们看到了两派不同的着眼点，及其所根由的观念对立。“传奇”称名者关注戏剧的作家、创作、文学等因素和品性，“杂剧”称名者关注戏剧的艺人、扮演、伎艺等因素和品性。传奇称名者着眼于杂剧的文学属性，这明显不同于杂剧称名者对于杂剧的伎艺表演属性的关注，二者隐含着观念、立场上的对立。钟嗣成等人在“传奇”文体称名中注入的这些内涵，也影响了明人对于文人南戏与民间南戏的区分意识，并体现在明人以“传奇”赋名文人南戏的观念中。

三、明时改称文人南戏为“传奇”

元人关于“杂剧”、“传奇”称名上的对立在明代仍未完结，明人仍有各执一端、各用一名的现象，如明初的朱权把元人的北曲戏剧称为“杂剧”，其《太和正音谱》中就有“群英所编杂剧”一目。而同一时期的贾仲明为《录鬼簿》补写的吊词中大量使用“传奇”一词，李开先编选元人杂剧集命名为《改定元贤传奇》，朱有燉则不但称元人的北曲戏剧为“传奇”[《元宫词》有“《尸谏灵公》(为元人鲍天祐撰)演传奇”句]，还称自己的创作为“传奇”(见其剧作的自署小引)。这些都是元代戏剧观念分化在文体称名上的表现及其延续。

与此同时，这个元人用以强调、标举杂剧的文学属性的文体名称“传奇”，自明中期始，也渐被普遍赋名于南曲戏文。但是，虽然“传奇”所指代的南曲戏文是南戏的发展形态，而且较之南戏，其曲律更趋严谨、角色有所增加、文辞更为典雅，但并未在体制上独立、超越于南戏，所以很难将二者在体制上辨别开来①。所以，传奇戏曲较之南戏，并非体制上的改变、超越，而只是文体名称上的改变，即传奇实际上是对南戏的一种改称②。但问题是，这一“改称”是针对所有南戏，还是针对其中某一部类？从南戏的发展流变来看，“传奇”只是对文人个人创作的剧本体制的南戏(可称之为“文人南戏”)的普遍改称。对此，明代的胡应麟也很疑惑，推测是借用了唐人裴铏《传奇》的小说集题名，“或以中事迹相类，后人取为戏剧张本，因展转为此称”。这说明当时人对这一改称的缘由也不甚明了。那么，在普遍的南戏称名环境中，明人是在何种背景下、基于何种观念把文人南戏改称为“传奇”的？这就涉及到明人以“传奇”

① 周贻白《中国戏剧发展长编》言：“明代传奇既为宋元南戏的延续，文词体制和一应排场，其间自无显著的分别。”(上海古籍出版社2004年版，第271页)俞为民《南戏流变考述》认为：“南戏与传奇在体制上并没有根本的区别，而且前人也一直视两者为同一种戏曲形式，只是名称不同而已。”(《艺术百家》2002年第1期)

② 郑振铎先生和周贻白先生的观点：“‘传奇’在最初是名为‘戏文’的”，“明代的传奇，实际上就是南戏的改称”。郑振铎《插图本中国文学史》，北京出版社1999年版，第571页。周贻白《中国戏曲发展史纲要》，上海古籍出版社1979年版，第239页。

赋名文人南戏的观念、立场和着眼点,明人对于"戏文"("南戏")之伎艺性、文学性分化的认识,以及"南戏"("戏文")称名和"传奇"称名的观念分野等问题。

> 元末高明作《琵琶记》标志着文人参与南戏创作的开始,徐渭《南词叙录》指出:在高明之前,南戏由于曲文俚俗,不叶宫调,故不为文人学士所留意,而高明作《琵琶记》,"用清丽之词,一洗作者之陋,于是村坊小伎,进与古法部相参,卓乎不可及已"[①]。《琵琶记》也由此受到了明代文人戏曲家们的推崇,被推为"传奇之首",之所以如此,是因为高明的《琵琶记》大大提高了南戏的文学性,如剧中的写景抒情场面以及适宜于生、旦抒情的长套组曲的增加,语言也一改早期南戏的俚俗,极富文采。相对于《琵琶记》这样文学性的"清丽之词"创作,徐渭把民间艺人的南戏视为"村坊小伎",仅是一种伎艺性的表演行为,并不为文人学士所认同,甚至有些鄙视。而高明《琵琶记》却获得了与民间南戏不同的待遇,得到了后代文人的誉扬。其根本原因就在于它所具有的文学性与文人个人创作属性,超越了民间艺人的伎艺性表演,是纯粹的文学性的个人创作,其品格和价值皆由此而来。徐朔方先生也由此把《琵琶记》视为"南戏由民间艺术过渡到文人创作——传奇的转折点"[②]。伎艺性扮演行为和文学性创作行为正是民间南戏和文人南戏的本质区别,其他的不同属性皆由此而产生。

明人始终是把民间南戏视为一种艺人们的伎艺,甚至其剧作也因它的工具性和依附性而与伎艺同观(下文详述),明初叶子奇就明称"俳优戏文"("俳优戏文,始于《王魁》,永嘉人作之")[③]。正因为对民间南戏的伎艺性认定,所以文人学士谈论民间南戏时,也多涉及艺人及其唱演之伎;相应的,在谈论南戏艺人及其唱演之伎时,也使用"南戏"或"戏文"。即使到了嘉靖及其后,"传奇"作为南戏的称名已较为普遍了,但在谈及唱演之伎时,仍称"南戏"或"戏文"。徐渭《南词叙录》用"南戏"、"戏文"叙述此伎艺的源流,考释其脚色术语等;李开先《词谑》记述:"(颜容)乃良家子,性好为戏,……尝与众扮《赵氏孤儿》戏文,容为公孙杵臼。"[④]兰陵笑笑生《金瓶梅词话》第十七回言:"帅府周守备生日。……鼓乐迎接,搬演戏文。"第六十三回:"(西门庆)叫了一起海盐子弟搬演戏文。"最明显的是万历时人胡应麟,他的《少室山房笔丛》在述及扮演之伎时,多用"戏文"一词,如"今世俗搬演戏文,盖元人杂剧之变","优伶戏文,自优孟抵掌孙叔实始滥觞……特所搬演多是杂剧短套,非必如近日戏文也","元杂剧中末即今戏文中生也";而述及南戏剧本时则用"传奇",如"余以《琵琶》虽极天工人巧,终是传奇一家语,当今家喻户习,故易于动人"[⑤]。

对于民间南戏这一唱演之伎,文人学士们谈论中多带鄙薄之色,其原因就是其曲文俚俗,格律粗疏,不足以谈论韵调曲辞。明代真正懂南戏价值的徐渭就是在伎艺的意义上谈论民间南戏的,他说"南曲固是末技","南曲本市里之谈",是"本无宫调,亦罕节奏"的"随心

---

① 徐渭《南词叙录》,《中国古典戏曲论著集成》(三),中国戏剧出版社 1959 年版,第 239 页。
② 徐朔方《我的自述》,《文教资料》1996 年第 6 期。
③ 叶子奇《草木子》,中华书局 1959 年版,第 83 页。
④ 李开先《词谑》,《中国古典戏曲论著集成》(三),中国戏剧出版社 1959 年版,第 354 页。
⑤ 胡应麟《少室山房笔丛》卷四一《庄岳委谈下》,上海书店 2001 年版,第 424、425、427、431 页。

令”、“里巷歌谣”[①]。王骥德则把民间南戏视为鄙俚浅近的“村儒野老涂歌巷咏之作”[②]，祝允明则斥为“歌唱愈缪，极厌观听，盖已略无音律腔调”[③]。而操此为业的“戏文子弟”也为人不齿，被视为品格低下，陆容《菽园杂记》卷十说：“嘉兴之海盐，绍兴之余姚，宁波之慈溪，台州之黄岩，温州之永嘉，皆有习为倡优者，名曰戏文子弟，虽良家子不耻为之。”[④]陈铎在《嘲川戏》、《嘲南戏》套曲中评南戏艺人：“不着家四散求食，生来一种骨头贱”，“这等人何足计。胎胞儿轻贱，骨格儿低微”[⑤]。

民间南戏作为一项伎艺，操此为业的艺人们依此谋生专在场上演出，往往并无文本可依，只是口耳相传。即使有可依之本，也多是身份地位低微的“书会才人”或民间艺人的演出本及其整理本、改编本，如《张协状元》声称是九山书会才人所编，《宦门子弟错立身》为古杭才人所作，《小孙屠》为古杭书会才人所作，《刘知远还乡白兔记》的成化刊本说是永嘉书会才人所编，但这些剧作绝对是指向伎艺性演出，大多不作刊出，只是在艺人中间作为钞本流传，并可以随便艺人根据演出的实际情况反复修改，没有人视之为自己的文学创作。也就是说，这些剧作没有文人个人创作的独立性，而是依附于南戏伎艺，是一种演出本或演出记录本，其工具性很强，依附性也很明显。因此，文人学士们并不把它们视为超越扮演伎艺而独立的剧本，也不把艺人或“书会才人”的南戏编撰视为一种文学创作行为。即使有的文人学士把它们纳入品评范围，也因其离文学性创作太远而被贬斥。如祁彪佳《远山堂曲品》虽关注到民间艺人的南戏作品，但他并不论扮演，只是以文人的视角讲究剧作的韵、调、词，所以艺人之作就被归于“杂调”一类，因其“不及品者，则以杂调黜焉”，是难与文人学士们讲究韵、调、词的剧作同列的。如评《古城》曰：“如此记通本不脱〔新水令〕数调，调复不伦，真村儿信口胡嘲者。”评《赤符》曰：“作者眼光出牛背上，拾一二村竖语，便命为传奇，真小人之言哉。”评《跨鹤》曰：“此必老腐村塾，聊口嘲以自况者。词之秽恶至此，令人字字欲呕。”[⑥]至于那些文人南戏，因文人学士们的地位和学养，其剧作已成为个人性情和学识的载体，有了独立存在的价值，得到了社会的普遍承认，也就没有人视之为伎而把它们与艺人之作同列了。

由此，我们可以看到明代文人学士们对于民间南戏的认识：南戏艺人“胎胞儿轻贱，骨格儿低微”、南戏是“村坊小伎”，依附于这项伎艺的艺人剧作是“村儒野老涂歌巷咏之作”，这种价值评判和品格认定使得那种伎艺性的南戏得不到文人学士阶层的重视和认可。

相比于对民间南戏的伎艺性认定与评判，文人剧作家和剧评家们对自己阶层的创作则十分自赏。虽然其中也不乏为演出而作者，但他们是把这种创作视为诗词之作，并不专注其表演的目的，而是以此呈才学，显性情。李渔就认为，在所有的文体中，戏曲最能满足作者抒情施才的欲望，“文字之最豪宕，最风雅，作之最健人脾胃者，莫过填词一种”[⑦]。孔尚任也认为：“传奇虽小道，凡诗赋、词曲、四六、小说家，无体不备。……其旨趣本于三百篇，而义则春

---

① 徐渭《南词叙录》，《中国古典戏曲论著集成》(三)，中国戏剧出版社1959年版，第239—243页。

② 王骥德《曲律·杂论上》，《中国古典戏曲论著集成》(三)，中国戏剧出版社1959年版，第151页。

③ 祝允明《猥谈》，清陶珽《说郛续》卷四六。

④ 陆容《菽园杂记》，中华书局1985年版，第124页。

⑤ 谢伯阳编《全明散曲》，齐鲁书社1993年版，第617、618页。

⑥ 祁彪佳《远山堂曲品》，《中国古典戏曲论著集成》(六)，中国戏剧出版社1959年版，第5、112、116页。

⑦ 李渔《闲情偶寄》，上海古籍出版社2000年版，第63页。

秋,用笔行文,又左、国、太史公也。"[①]曰"无体不备",独不提表演,直称"填词",完全是把戏曲创作视同文学创作。在文人学士们看来,戏曲是由诗、词演变而来的,如明人何良俊有言:"诗变而为词,词变而为歌曲,则歌曲乃诗之流别。"[②]臧懋循也说:"诗变而词,词变而曲,其源本出于一。"[③]故明清文人又以"词"或"词余"来称戏曲,其创作中也表现出诗词言情抒志的文学功能。许多文人南戏都有作者欲借之以表达自己情绪和志趣的倾向,如梁辰鱼的《浣纱记》借吴越之争的历史与范蠡、西施的爱情故事来抒发自己的不平与愤懑,李开先作《宝剑记》借林冲故事抒发了自己的"诛谗佞,表忠良,提真作假振纲常"的意向,叶宪祖在《鸾锟记》中借抨击科举制度而疏泄自己因仕途坎坷而产生的愤懑与牢骚,等等。并且,剧评者在谈论文人的南戏剧作时也重视于文学范畴的因素,并多在文学范畴内谈论其得失成就,比类诗词来谈论其文采才藻。而他们审视艺人们的南戏时,则是关注其伎艺性因素,谈论其唱演之伎。

可见,文人剧作家是把其剧作视为独立于艺人表演的一种文学创作行为,是与诗词的创作和品格同列的,这种剧作不再属于表演体制,而是属于文学性质的剧本体制。而当时的剧评家们也多以剧本为据,着眼于故事、声律、文词三个方面在诗词的范畴内进行文学性的批评,周贻白即指出明代的戏曲理论著作,"大多数是根据剧本来作批评,绝少联系到舞台扮演"[④]。由此可见当时文人对于文人南戏的文学性认定,以及他们所讨论的根据与指向——剧本。所以,明末倪倬在《二奇缘传奇小引》中说传奇是"纪异之书"[⑤],李渔有"古人呼剧本为'传奇'者"[⑥]之语。现代学者也持此论,钱南扬话及"传奇"一词的使用,认为"至明朝中叶,昆山腔兴起,又用它来专称昆山腔系统的剧本"[⑦];郭英德更明确指出:"就内涵或本质而言,传奇是一种剧本体制规范化和音乐体制格律化的长篇戏曲剧本。"[⑧]都是剧本体制的认定。

由上可见,作为明清长篇南曲戏文的称名,"传奇"和"南戏"不具有体制上的根本区别,从南戏的发展流变来看,"传奇"是南戏发展到某一时期文人剧作家和剧评家对文人南戏在文体意义上的普遍称名,简言之,传奇只是明代对"文人南戏"的改称。这一改称反映出文人阶层对"文人南戏"价值、品格上的认定,同时,这一改称也是一个具有总结性的概念词,它凝聚了明人对于"南戏"一词内涵的认识、南戏伎艺性与文学性的观念分野以及对"文人南戏"品格和价值的归纳性评定。

因此,明人使用"传奇"改称文人南戏,是基于民间南戏和文人南戏的类别区分意识,以及伎艺性与文学性的戏剧观念分野。而明人以"传奇"作为长篇南曲戏文的文体名称,也是在文学创作意义上的使用,而非伎艺表演观念上的指认。明人在改称文人南戏为"传奇"时,所基于的观念和立场,所寄寓的文体内涵,皆与元人在文体归类意义上使用"传奇"一词的认

① 孔尚任《桃花扇·小引》,人民文学出版社 1959 年版。
② 何良俊《四友斋丛说》,中华书局 1959 年版,第 337 页。
③ 臧晋叔《元曲选·序二》,中华书局 1989 年版。
④ 周贻白《中国戏曲发展史纲要》,上海古籍出版社 1979 年版,第 303 页。
⑤ 蔡毅编《中国古典戏曲序跋汇编》,齐鲁书社 1989 年版,第 1383 页。
⑥ 李渔《闲情偶寄》,上海古籍出版社 2000 年版,第 25 页。
⑦ 钱南扬《戏文概论》,上海古籍出版社 1981 年版,第 6 页。
⑧ 郭英德《明清传奇研究》,江苏古籍出版社 1999 年版,第 11 页。

识、观念一脉相承。

四、结　语

“传奇”一词，在文体归类意义上先后被赋名于唐人小说、元人杂剧、明清文人南戏三种文体。而这三种文体之被赋名“传奇”，各自寓含着与当时的通用称名不同的立场和观念。对于唐人小说来说，传奇称名是为了强调、标举它的文学属性，而不是传记称名那样着眼于它的史传属性。对于元人杂剧来说，传奇称名是关注它的文学创作品性，而不是杂剧称名那样关注伎艺表演属性。对于文人南戏来说，传奇称名是为了标举它的文学创作的品格和价值，而不是南戏称名那样体现的是民间伎艺品格。综合而言，可有如下结论：

（一）这三个文体被赋名“传奇”，对各自文体的着眼点是相同的（注目于文学属性），立意是相同的（以此称名来彰显与通用称名所蕴含观念的对立）。因此，这三个文体之被改称传奇所基于的观念、立场等因素，是前后相承、密切关联的。

（二）这三个文体先后被改称为“传奇”，并非简单的、表面的题材承袭这个原因，而是有深层的、连贯的观念基础、渊源的，那就是对于文学属性的强调，对于文学发展成就的总结、概括，这是一条对于文体内在精神上的联系脉线。

（三）在这三个文体被赋名传奇的过程，“传奇”一词在文体归类意义上被注入这样的内涵，其一，强调这三种文体的文学属性；其二，彰显与通用称名所蕴含的观念对立。这个观念之所以能负载在“传奇”这个文体意义的称名上，是元人对杂剧的文学属性的看重、强调，而选择“传奇”这个有着文学内涵的词语予以概括的结果。而且，元人对传奇一词的文体意义的开掘和寄寓，影响了时人对唐人小说的文学属性和文学成就的再次觉醒，并以此来强调、标举唐人小说的这些文学属性的特征、因素。后来，明人对文人南戏的文学属性的强调和总结时以“传奇”一词来体现，也是受到了元人的影响。

总之，传奇称名对这三个文体的属性、品格的认识，与它们当时各自的通用称名是不同的，隐含着不认可那个通用称名所根由的立场，故欲以别立称名来对抗当时的习称，并彰显自己对这个文体的文学属性方面的成就、价值的强调和标举，而这个用意就是用“传奇”这个名词来体现的。所以说，这三个文体之赋名“传奇”，是对它们的文学属性方面的成就、价值的强调和概括。

作者单位：杭州师范大学

通俗小说：明代儒学平民化与世俗化思潮的重要载体

陈才训

一

嘉靖时期，心学思潮风行海内。《明史》卷二百八十二《儒林传序》云："宗守仁者曰姚江之学，别立宗旨，显与朱子背驰，门徒遍天下，流传逾百年，其教大行，其弊滋甚。嘉、隆而后，笃信程、朱，不迁异说者，无复几人矣。"阳明心学的兴起促进了儒学的平民化与世俗化，故焦循《雕菰集》卷八《良知论》云："紫阳之学所以教天下之君子，阳明之学所以教天下之小人……良知者，良心之谓也，虽愚不肖，不能读书之人，有以感发之，无不动者。"[①]对于阳明心学"向下看"的这一重要转向，余英时《儒家思想与日常人生》论之尤详：

> 从历史上观察，儒家的日常人生化最迟在明清时代已开始萌芽，唐宋的儒家从全面安排生活秩序的观点出发，依然对朝廷抱着很大的期待，因此"圣君贤相"的格局在他们的政治理想中占据着中心的位置。杜甫的诗句"至君尧舜上，要使风俗淳"具体表达了这一向往。……明、清以来，特别是王阳明以来的儒家显然有一个重要的转变。他们似乎不再把"道"的实现完全寄托在建制上面；对于皇帝以至朝廷的作用他们也不像宋儒那样重视。我们试比观朱熹和王阳明的文集，前者为向皇帝陈治道，上了无数"封事"或"札子"，而后者在这一方面几乎是一片空白。不但如此，朱熹的学说，无论是"修己"还是"治人"，主要是以皇帝以至士大夫为对象；王阳明的"致良知"则专就日常生活处指点，而且遍及于"愚夫愚妇"。所以王阳明要强调"与愚夫愚妇同的便是同德"。……(明)以前儒者把希望寄托在上面的"圣君贤相"，现在则转而注重下面的普通百姓怎样能在日常人生中各自成圣成贤。……明代中叶以后儒家的基础动向是下行而不是上行，是面对社会而不是面对朝廷。[②]

有太多的迹象表明，"明清以来的儒家不得不放弃'得君行道'的旧途，转而向社会和个

---

① 焦循《雕菰集》，中华书局 1985 年版，第 123 页。

② 余英时《儒家思想与日常人生》，《现代儒学论》，上海人民出版社，2000 年版，第 245 页。日本学者沟口雄三也指出，阳明学及泰州学派"把道德的承担者从士大夫、官僚、地主扩大到商人、农民、劳动者，亦即所谓自父老、布衣至田父、野老以及市井庶民。……唤起各阶层的主体的觉醒，使他们共同担负'理'的责任"(《中国前近代思想的演变》，中华书局 1997 年版，第 38 页)。

人生活领域中开辟新空间”[①]。王阳明认为“良知良能,愚夫愚妇与圣人同”[②],他在《书魏师孟传》也指出“良知”乃“圣愚之同具”,“人皆可以为尧舜”,这为平民教育提供了理论上的支持。因此他以“致良知”为化俗之方,在他心目中,以皇帝、士大夫为普及对象的“治国平天下”理论,让位于“修身齐家”的百姓日常伦理。阳明之后的泰州学派在儒学平民化、世俗化的道路上走得更远,他们本身士农工商皆有,像王艮、朱恕、韩贞等多是来自社会底层的盐丁、农夫、佣工、陶匠、商贩等等,于是他们便倡言“愚夫愚妇咸可循之入道”[③],主张以“愚夫俗子”的“日用之学”取代“经生文士之业”[④]。如王艮“指百姓日用,以发明良知之学”[⑤],认为“圣人之道无异于百姓日用”,“百姓日用即道”,“圣人经世,只是家常事”[⑥];李贽则提出“穿衣吃饭,即是人伦物理”[⑦]的主张。

为此,泰州学派许多成员走向民间,他们周流天下,传道讲学,以启发愚蒙。王艮之子王襞及其弟子韩贞“以化俗为任,随机指点农工商贾,从之游者千余。秋成农隙,则聚徒谈学,一村既毕,又之一村,前歌后答,弦诵之声,洋洋然也”[⑧]。更值得一提的是颜钧组织的“三都萃和会”。颜钧在得心学之传后“见父母,论伦理道义,不啻江河沛决,邻族争听,感为涕泣。一时兴起,联会数百人,皆传引室家,无不改旧从新”[⑨]。当时“士农工商皆日出而作业,晚皆聚宿会堂,联榻究竟”,“如此五日十日,果见人人亲悦,家家协和,踊跃奋励,虽少小童牧,尽知渐悔省发,皆自叩谢父母长上,竟为一家一乡快乐风化”,“会及两月,老者八九十岁,牧童十二三岁,各透心性灵窍,信口各自吟哦,为诗为歌,为颂为赞。学所得,虽皆刍荛俚句,实发精神活机,鼓跃聚呈农览,逐一点裁,迎几开发。众皆通悟,浩歌散睡,真犹唐虞瑟,喧赫震村谷,闾里为仁风也”[⑩]。这既证明“人人皆可为尧舜”的可行性,又表明颜钧对普通民众参与道德建设的热情与信心。泰州学派其他成员的会讲活动也都收到了很好的劝导效果,如韩贞“拳拳以明道化人为己责,虽田夫、樵子,未尝不提命之,厌其意而去”[⑪];李珠“惟以导人为善为功课,一时州县吏书皂快,感化迁善者甚众”[⑫]。可以说,泰州学派的理论主张及民间讲学活动拉近了儒学与平民之间的心理距离,使其成为“百姓日用之道”。

为推行儒学平民化,阳明及泰州学派许多成员还积极参与乡约活动。乡约乃明代民间基层组织之一,它承担着推行教化的重要职责,乡约每月都要定期召集百姓宣讲圣谕。洪武三十年,明廷颁布命令:“每乡里各置木铎一,内选年老或瞽者,每月六次持铎徇于道路,曰孝

① 余英时《现代儒学的回顾与展望》,三联书店2004年版,第182页。
② 王阳明《答顾东桥书》,《王阳明全集》,上海古籍出版社1992年版,第49页。
③ 李颙著,陈俊民点校,《李二曲全集》卷七,中华书局1996年版,第49页。
④ 袁承业《王一庵先生全集·会语正集》,国粹学报馆、神州国光社1912年版。
⑤ 王艮《王心斋先生全集》,江苏教育出版社2001年版,第163页。
⑥ 黄宗羲《明儒学案》,中华书局1986年版,第714页。
⑦ 李贽《答邓石阳》,《焚书·续焚书》,岳麓书社1998年版,第4页。
⑧ 黄宗羲《明儒学案》,中华书局1986年版,第720页。
⑨ 颜钧《颜钧集》卷五,中国社会科学出版社1996年版,第44页。
⑩ 颜钧《颜钧集》卷三,中国社会科学出版社1996年版,第24页。
⑪ 韩贞《韩贞集》,中国社会科学出版社1996年版,第191页。
⑫ 李颙《观感录》,《李二曲全集》,中华书局1996年版,第163页。

顺父母，尊敬长上，和睦乡里，教训子孙，各安生理，毋作非为。”[①]此“圣谕六言”又被称为“教民六条”。三十一年，朱元璋又颁布《教民榜文》，重申圣谕宣讲制度：

每乡每里各置木铎一个于本里，内选年老或残疾不能理事之人，或瞽目者，令小儿牵引，持铎巡行本里，如本里内无此等之人，于别里内选取，俱令直言叫唤，使众闻知，劝其为善，毋犯刑宪，其词曰：孝顺父母、尊敬长上、和睦乡里、教训子孙、各安生理、毋作非为。如此者，每月六次。其持铎之人，秋成之时，本乡本里内众人随其多寡资助粮长，如乡村人民住居四散窎远，每一甲内置木铎一个，易为传晓[②]。

木铎，金口木舌，施政教时所振，以警众者也。[③]

王阳明与泰州学派力倡儒学平民化、世俗化的终极目的乃是劝善化俗，这与“圣谕六言”的教化目的完全一致，故罗汝芳云：“良知者，莫非爱亲敬长也。”[④]也正是缘于此，王阳明《南赣乡约》最早将“圣谕六言”融入其中：“故今特为乡约，以协和尔民，自今凡尔同约之民，皆宜孝尔父母，敬尔兄长，教训尔子孙，和顺尔乡里，死丧相助，患难相恤。善相劝勉，恶相告诫。息讼罢争，讲信修睦。各为良善之民，共成仁厚之俗。”[⑤]王阳明乡约之法得到朝廷认可，以致“嘉靖间，部檄天下，举行乡约，大抵增损王文成公之教”[⑥]。由此看来，乡约制度的实施有利于儒学的平民化与世俗化。

泰州学派对乡约及“圣谕六言”也极为重视，他们在乡约宣讲中“大都指点人心，以日用现在为真机，以孝弟慈为实用，以敬畏天命为实功，一念不厌不倦为朝夕，家常茶饭人人可食”[⑦]，使儒学融入百姓日用。泰州学派认为宣讲“圣谕六言”是贯彻其“百姓日用即道”主张的有效途径，王艮曾道：“我太祖高皇帝教民榜文，以孝悌为先，诚万世之至训也。”[⑧]他以《孝弟箴》、《孝箴》等通俗歌谣教化百姓。颜钧主持萃和会，“会中启发讲修，无非祖训六条”[⑨]；其《箴言六章》专为“阐发圣谕六条”，每章都有一首四言歌谣并另附两首七言诗，便于百姓记诵[⑩]。罗汝芳也十分推崇“圣谕六条”，称“太祖高皇帝圣谕数语之简当明尽，直接唐虞之统，

---

① 《明太祖实录》卷255，洪武三十年辛亥条，台湾“中央研究院”历史语言研究所校印本，第3677页。

② 张卤辑《教民榜文》，《皇明制书》卷九，续修四库全书第788册，上海古籍出版社1997年版，第355页。

③ 陈士元《器具考·木铎》，《论语类考》卷十九，文渊阁四库全书第207册，台湾商务印书馆1986年版，第270页。

④ 罗汝芳《一贯编·四书总论》，《耿中丞杨太史批点近溪罗子全集》，四库全书存目丛书集部第130册，齐鲁书社1995年版，第736页。

⑤ 王守仁《南赣乡约》，《王阳明先生全集》卷19，四库全书存目丛书集部第51册，齐鲁书社1995年版，第228页。

⑥ 叶春及《惠安政书》，福建人民出版社1987年版，第328页。

⑦ 赵志皋《近溪罗先生墓表》，罗汝芳《耿中丞杨太史批点近溪罗子全集》，四库全书存目丛书集部第130册，齐鲁书社1995年版，第757页。

⑧ 王襞《王心斋先生全集》，江苏教育出版社2001年版，第50页。

⑨ 颜钧《颜钧集》卷五，中国社会科学出版社1996年版，第44页。

⑩ 颜钧《颜钧集》卷五，中国社会科学出版社1996年版，第39—42页。

而兼总孔孟之学者也”[①]。罗汝芳著有《太祖圣谕演训》,“每以太祖高皇帝圣谕六言为诸人士敷宣阐绎”[②]。罗汝芳还积极将圣谕六言用于乡约教化,自称“惟居乡居官,常绎诵我高皇帝圣谕,衍为乡约,以作会规,而士民见闻,处处兴起者,辄觉响应”[③]。出守宁国时,罗汝芳致力于通过乡约圣谕宣讲来普及儒学[④],对此,沈寿嵩《太祖圣谕演训叙》云:“近溪罗先生守宁国时,深悲教化难同,因为演说,本以心性,发以知能,申以国法,证以果报,惟祈在在遵守。……以见近溪先生尊宪高皇帝至意,振觉斯人苦心。”万历间罗汝芳在腾越州乡约活动中宣讲圣谕,也深受百姓欢迎。罗汝芳还将“圣谕”意旨演绎成《勗百姓二十条》,劝化百姓去恶存善。其他像邹守益乡居期间,曾效法王阳明主持本地乡约,“章善纠恶”[⑤];罗洪先《圣谕歌六首》更是将“圣谕六言”通俗化。与王阳明一样,泰州学派积极参与乡约活动也是意在用道德规范教化民众,建立和谐的乡间日常秩序,即“慈孝忠厚之族”,“仁善和义之乡”[⑥]。

王阳明及泰州学派将目光投向愚夫愚妇,以日用伦常为施教内容,其旨归在于政教风俗,对此陆陇其有云:“自嘉隆以来,秉国钧作民牧者,孰非浸淫于其教者乎?始也倡之于下,继也遂持之于上。始也为议论,为声气,继也遂为政事,为风俗。”[⑦]所谓“为政事”、“为风俗”,既已表明阳明心学及泰州学派的儒学平民化、世俗化主张,与官方教化政策并无二致。

二

阳明心学及泰州学派面向普通百姓,通俗小说也为市井庶民所喜闻乐道,钱大昕《潜研堂文集》卷十七“正俗”云:“古有儒释道三教,自明以来,又多一教曰小说。小说演义之书,未尝自以为教也,而士大夫、农、工、商、贾,无不习闻之,以致儿童妇女不识字者,亦闻而如见之,是其教较之儒释道而更广也。”既然愚夫愚妇喜读通俗小说,于是一些通俗小说家便通过小说创作加入到儒学平民化、世俗化的时代潮流中去。

生活于明末的冯梦龙对阳明心学的接受有迹可循。冯梦龙《智囊》、《智囊补》收录王阳明事迹甚多,天启六年刊行的《智囊》上智部卷二“远犹”、术智部卷十三“委蛇”都曾辑录王阳明轶事。崇祯七年增订的《智囊补》又在上智部卷三“通简”、术智部卷十四“谬数”、捷智部卷十六“灵变”、语智部卷十九“辩才”、兵智部卷二十二“制胜”中分列王阳明事迹五条。冯梦龙

① 罗汝芳《一贯编·四书总论》,《耿中丞杨太史批点近溪罗子全集》,四库全书存目丛书集部第130册,齐鲁书社1995年版,第736页。

② 程开祜《镌盱坛直诠序》,罗汝芳《罗汝芳集》,凤凰出版社2007年版,第957页。

③ 罗汝芳《罗汝芳集》,凤凰出版社2007年版,第5页。

④ 据《宁国府乡约训语》载,罗汝芳令“木铎老人每月六次于申明等亭宣读圣谕,城中各门、乡下各村俱择宽广寺观为约所,设立圣谕牌案,令老人振铎宣读以经警众听”;告诫“同约父子兄弟各须仰体圣谕,敦孝友,务和睦,士农工商各勤职业,旧染污俗咸共维新”。

⑤ 邹守益《立里社乡厉及乡约》,《东廓邹先生文集》卷8,四库全书存目丛书集部第66册,齐鲁书社1995年版,第115页。

⑥ 王襞《王东崖先生集·告合族宗祖文》,转自王处辉《中国社会思想史》,南开大学出版社2000年版,第248页。

⑦ 陆陇其《学术辨下》,《三渔堂文集》卷21,康熙四十年琴川书屋刻本。

还创作了《皇明大儒王阳明先生出身靖乱录》,收入《三教偶拈》一书,他在该书序中称王阳明为"儒家第一流人物","使天下之儒学者,知学问必如文成,方为有用"。他在书中又云:"即如讲学一途,从来依经傍注,唯有先生揭'良知'二字为宗,直抉千圣千贤心印,开后人多少进修之路。……所以国朝道学公论,必以阳明先生为第一。有诗为证:世间讲学尽皮肤,虚誉虽隆实无用。养就良知满天地,阳明才是仲尼徒。"[①]冯梦龙对阳明心学的信奉于此可见一斑。

同时,冯梦龙深受泰州学派后劲李贽影响。冯梦龙曾受邀至麻城讲学,因此与李贽弟子杨定见结识,而李贽晚年长期居于麻城龙潭芝佛院,在当地影响极大,冯梦龙友人丘长孺、梅之焕、袁宏道等皆与李贽交好[②]。冯梦龙在编纂《情史》、《智囊》、《古今谭概》、《太平广记》等著作中曾论及李贽,如其《古今谭概·颜甲部》之"天后时三疏"条云:"天后作事,往往有大快人意者,宜卓老称为圣主也。"再如,冯氏在《智囊》卷五"曹玮"条附记中云:"李温陵曰:对王畿谈兵,如对假道学谈学也。对耳不相闻,况能用之于掌本兵之后乎?既失官矣,乃更思前语。滔滔者天下皆是也!"李温陵即李贽,温陵居士为其别号。

心学泰州学派之于冯梦龙的影响表现在多个方面,这里我们强调的是冯梦龙以通俗小说家身份加入到儒学世俗化、平民化的时代文化浪潮中,注重描写百姓日用伦常;力主"情教",提倡适俗、尚真、导愚的小说创作观念。

冯梦龙秉承了泰州学派以儒学为"百姓日用之道"的观点,认为"圣门论学原只在人伦日用上做工夫,非另有一种闻见之学"[③]。其"三言"将描写的重点转向市井细民的日常生活伦理,诸如商贾工匠、妓女仆妇乃至普通贩夫走卒皆成为其笔下的主要人物形象。而且冯梦龙对小说情节内容的"奇"与"常"的辩证关系也有着不同于前人的看法,故笑花主人称由"三言"可知"天下之真奇在,未有不出于庸常者也。仁义礼智,谓之常心;忠孝节烈,谓之常行;善恶果报,谓之常理;圣贤豪杰,谓之常人"[④]。言外之意,冯梦龙主张伦理道德为人人皆存平常之心,圣贤豪杰与常人并无本质区别。这里所谓"庸常"即指市井小民常态,笑花主人称赞冯梦龙将儒学与百姓日常生活贯通,注重以"庸常"为小说素材。

为使"三言"更好地发挥"喻世"、"醒世"、"警世"作用,置身于儒学平民化与世俗化文化思潮中的冯梦龙便高树"情教"之帜。王阳明"四句教"包括"为善去恶是格物",他认为"为善去恶"是"致良知"的手段。冯梦龙以通俗小说实施教化,力主"情教"的他倡导"从忠孝节义描写性情"[⑤]。冯梦龙声称"我欲立情教,教诲诸众生"[⑥],其"情教"思想的哲学文化基础就是阳明心学。王阳明《寄邹谦之二》指出,"喜怒哀惧爱恶欲"之七情"俱是人心合有的","七情顺其自然之流行,皆是良知之用","盖天下古今之人,其情一而已矣。先王制礼,皆因人情而

---

① 冯梦龙《三教偶拈》,辽海出版社2003年版,第2页。

② 参见王凌《冯梦龙麻城之行》,《福建论坛》1988年第4期。《冯梦龙与李贽》,《福建论坛》1987年第4期。傅承洲《冯梦龙与明代哲学思潮》,《南京师大学报》1995年第2期。

③ 冯梦龙《四书指月》,上海古籍出版社1993年版,第13页。

④ 笑花主人《今古奇观序》,丁锡根《中国历代小说序跋集》,人民文学出版社1996年版,第793页。

⑤ 冯梦龙《永团圆总评》,橘君辑注《冯梦龙诗文》,海峡文艺出版社1985年版,第127页。

⑥ 冯梦龙《情史序》,《冯梦龙全集》第七卷,江苏古籍出版社1994年版,第1页。

为之节文,是以行之万世而皆准。……后世心学不讲,人失其情,难乎与之言礼”[①]。他认为礼的制定应顺乎人情,方才易于为人接受。王阳明《训蒙大意示教读刘伯颂等》亦云:“顺导其志意,潜消其鄙吝,默化其粗顽,日使之渐于礼义而不苦其难,入于中和而不知其故。”[②]他主张只有将伦理道德规范顺乎人情,使其成为人的自觉的内在追求,才能使人们在不知不觉中受到教化。冯梦龙认同王阳明之说,指出“这个孝弟乃赤子不学不虑之知能,人之所以为人者此耳”[③]。于是他在此基础上提出“六经皆以情教”的观点,认为“自来忠孝节烈之事,从道理上做者必勉强,从至情上出者必真切。夫妇其最近者也,无情之夫,必不能为义夫;无情之妇,必不能为节妇。世儒但知理为情之范,孰知情为理之维乎”[④]。显然冯梦龙的“情教”思想是对王阳明“先王制礼,皆因人情而为之节文”观念的承袭与发挥。冯梦龙“情教”理论的核心是“真”,他认为小说要想“必有一番激扬劝诱、悲歌感慨之意”,从而达到“说孝而孝,说忠而忠,说节义而节义,触性性通,导情情出”[⑤]的教化效果,必须以情真取胜,这与阳明心学正心诚意的致良知学说一脉相承。王阳明认为“知善知恶是良知”[⑥],称“知是心之本体,心自然会知:见父自然知孝,见兄自然知弟,见孺子入井自然知恻隐,此便是良知,不假外求”[⑦];“致此良知之真诚恻怛以事亲便是孝,致此良知之真诚恻怛以从兄便是弟,致此良知之真诚恻怛以事君便是忠”[⑧]。这里王阳明反复强调的“自然”与“真诚恻怛”就是说明真情之可贵。当然,冯梦龙尚真的小说观也是对李贽“童心说”的呼应,因为“童心说”本身就是王学左派思想的表现形态。明代其他通俗小说家也对王阳明的“自然”与“真诚恻怛”之说予以体认,如《石点头》作者天然痴叟在第三卷《王本立天涯求父》称“孝与不孝,皆出自天性,原不在于读书不读书”,这里所谓“孝与不孝,皆出自天性”,承袭得就是王阳明之说。对此,陆人龙则以“直行其是”释之,其《型世言》第二回赞孝子王世明“直行其是,不向有司乞怜”,第三回又称读书人“倒不如一个庸人,却有直行其是的”。陆云龙《型世言》第六回“小引”亦云:“若夫愚夫愚妇,则直行其是而已。……使道学者处此,曰:‘汝汝一死,何以表我孝?嗟嗟似此,便死不成?’是故予尝曰:‘真愚妇胜假道学!’”这些小说家与王阳明一样都看重、赞赏愚夫愚妇的“良知”。

冯梦龙“适俗”的小说理论主张也与阳明心学及泰州学派的儒学平民化、世俗化思潮息息相关。王阳明将士农工商纳入宣教范围,他主张讲学者应以平易通俗的方式去布道化俗:“你们拿一个圣人去与人讲学,人见圣人来了,都怕走了,如何讲得行?须做的个愚夫愚妇,方可与人讲学。”[⑨]为此他提倡讲学者“工夫只是简易真切,愈真切愈简易,愈简易愈真切”[⑩]。王阳明看重戏曲小说等通俗文艺在促进“民俗反朴还淳”中所起的作用,他认为这些通俗文

① 王阳明《王阳明全集》,上海古籍出版社1992年版,第202页。
② 王阳明《王阳明全集》,上海古籍出版社1992年版,第88页。
③ 冯梦龙《四书指月》,上海古籍出版社1993年版,第5页。
④ 冯梦龙《情史》卷一,辽海出版社2003年版,第37—38页。
⑤ 冯梦龙《警世通言·叙》,齐鲁书社1993年版,第1页。
⑥ 王阳明《王阳明全集》,上海古籍出版社1992年版,第1307页。
⑦ 王阳明《王阳明全集》,上海古籍出版社1992年版,第6页。
⑧ 王阳明《王阳明全集》,上海古籍出版社1992年版,第84页。
⑨ 王阳明《王阳明全集》,上海古籍出版社1992年版,第116页。
⑩ 王阳明《王阳明全集·年谱三》,上海古籍出版社1992年版,第1309页。

艺能"使愚俗百姓人人易晓，无意中感激他良知起来，却于风化有益"[①]。冯梦龙对王阳明以上观点产生了共鸣，他认识到"理著而世不皆切磋之彦，事述而世不皆博雅之儒"，对于那些"村夫稚子，里妇估儿"[②]，通俗小说在导愚化俗方面起着不可替代的作用，于是他便以"谐于里耳"的通俗小说来"鼓吹经传"。冯梦龙还深知"唐人选言，入于文心；宋人通俗，谐于里耳。天下之文心少而里耳多，则小说之资于选言者少，而资于通俗者多"[③]；他坚信"语须通俗方传远，话必关风始动人"(《警世通言·范鳅儿双镜重圆》)，由此他倡导"适俗"的小说创作观念。他认为只有切合于百姓日常生活与人情的通俗易懂之作，才能引起他们的共鸣，才可使"怯者勇，淫者贞，薄者敦，顽钝者汗下"[④]。说到底，冯梦龙"三言"的创作是他有感于一些小说"尚理或病于艰深，修词或伤于藻绘，则不足以触里耳而振恒心"，因此他自称"《醒世恒言》四十种所以继《明言》、《通言》而刻也。明者，取其可以导愚也；通者，取其可以适俗也"[⑤]。衍庆堂《喻世明言识语》亦云："题曰《喻世明言》，取其明言显易，可以开□人心，相劝于善，未必非世道之一助也。"[⑥]也就是说，与心学的儒学平民化、世俗化主导倾向一致，冯梦龙"三言"也将教化对象面向市井大众，如他声称《新桥市韩五卖春情》是告诫"愚民小子"，"把色欲警戒"；《蒋淑真刎颈鸳鸯会》是教诲"率土之民"，要"夫妇和柔，琴瑟谐协，有过则改之，未萌则戒之，敦崇风教"；《滕大尹鬼断家私》则是奉劝世间"看官们"要"重义轻财，休忘了'孝弟'两字经"，"学好做人"。由此看来，施教对象大众化是冯梦龙鼓吹小说"适俗"论的深层原因。

冯梦龙的"三言"之所以广泛传播，还与他寓教于乐的创作观念有关，而这也与泰州学派的为学主张不无关系。王艮将儒家思想通俗化，称"学不是累人的"[⑦]，"天下之学，惟有圣人之学好学，不费些子气力，有无边快乐"[⑧]。他曾作《乐学歌》云："人心本自乐，自将私欲缚。私欲一萌时，良知还自觉。一觉便消除，人心依旧乐。乐是乐此学，学是学此乐。不乐不是学，不学不是乐。乐便然后学，学便然后乐。乐是学，学是乐。呜呼！天下之乐，何如此学？天下之学，何如此乐？"[⑨]他认为要使普通百姓乐于接受圣贤之道，做到"乐者乐此学，学者学此乐"[⑩]，就得迎合其审美心理，选择他们喜闻乐见的通俗文艺形式来布道施教。与此相应颜钧则创作了《歌乐学》，也主张使人以快乐的心态去学习，这成为泰州学派劝导百姓向学的指导原则，因此他们往往以百姓喜闻乐见的方式去普及儒学。如颜钧就将儒学观念诉诸浅俗易晓的"诗歌"、"口诀"，创作了《劝忠歌》、《劝孝歌》、《歌修省》、《歌修齐》、《歌经书》、《心字吟》、《口头吟》等。韩贞"每遇会讲"，如有人"寻章摘句，则大恚曰：'舍却当下不理会，搬弄陈言，此岂学究讲肆耶？'在座为之警省"[⑪]，他反对枯燥无味的说教，由此也不难理解他以"乐

---

① 王阳明《王阳明全集》，上海古籍出版社 1992 年版，第 113 页。

② 冯梦龙《警世通言·叙》，齐鲁书社 1993 年版，第 1 页。

③④ 冯梦龙《喻世明言·叙》，齐鲁书社 1993 年版，第 1 页。

⑤ 冯梦龙《醒世恒言·序》，齐鲁书社 1993 年版，第 1 页。

⑥ 丁锡根《中国历代小说序跋集》，人民文学出版社 1996 年版，第 775 页。

⑦ 王艮《王心斋先生全集》，江苏教育出版社 2001 年版，第 159 页。

⑧ 王艮《王心斋先生全集》，江苏教育出版社 2001 年版，第 236 页。

⑨ 黄宗羲《明儒学案》，中华书局 1986 年版，第 718 页。

⑩ 黄宗羲《明儒学案》，中华书局 1986 年版，第 723 页。

⑪ 黄宗羲《黄宗羲全集》第 7 册，浙江古籍出版社 2005 年版，第 841 页。

吾"为号的心理动机。正是看清了这一点,冯梦龙才以人们喜闻乐见的"稗官野史"为"疗俗之圣药"[①],以"三言"来践行王阳明寓教于乐、以学为乐的化俗主张。像"取友必须端,休将戏谑看。家严儿学好,子孝父心宽"(《喻世明言·临安里钱婆留发迹》)之类歌诀屡见于其"三言"。冯梦龙有时还有意识地将市井故事"变作一段有笑声的小说"(《喻世明言·宋四公大闹禁魂张》),这些都有助于实现其"适俗"、"导愚"的目的。

概言之,冯梦龙顺乎人情的"情教"主张,聚焦百姓日常伦理的描写重点,以世俗大众为施教主体的"适俗"观念,以"导愚"为己任的创作目的,都使儒家伦理道德观念如春风化雨般地渗透到百姓的日常生活,而这正是王阳明及泰州学派积极推动儒学世俗化、平民化的良苦用心所在。从这个意义上说,冯梦龙是以通俗小说家的身份加入到儒学世俗化与平民化的时代文化潮流中,他认为自己的"三言"切近百姓日用人情,与"圣人讲学"之高深做作不同,因此他不无自诩地道:"视彼切磋之彦,貌而不情;博雅之儒,文而丧质,所得而未知孰赝而孰真也!"[②]其实凌濛初对"三言""颇存雅道,时著良规"[③]的赞许,冯梦龙"以《明言》、《通言》、《恒言》为六经国史之辅"[④]的自我价值定位,也说明他借小说推动儒学世俗化、平民化的创作动机。

三

被儒学平民化、世俗化这一时代文化潮流所裹挟的通俗小说家并非冯梦龙一人。凌濛初与泰州学派周围的一些人物如李维桢、汤显祖、袁中道、冯梦龙等都有所接触[⑤],他认为"人情所不近人理所必无"[⑥],因此其"二拍"所写"事类多近人情日用"[⑦],主要描写百姓"耳目之内,日用起居"[⑧]。凌濛初自称"最有益的,论些世情,说些因果,等听了的触着心里,把平日邪路念头化将转来,这个就是说书的一片道学心肠,却从不曾讲着道学"(《二刻拍案惊奇》卷十二)。他所谓"世情"即指百姓日用,所谓"说书的一片道学心肠,却从不曾讲着道学",完全可以理解为他有意识地以愚夫愚妇所喜闻乐见的小说来普及儒学,当然这是平民化、世俗化了的儒学。《今古奇观》四十篇作品皆选自"三言二拍",笑花主人为其作序云:"其善者知劝,其不善者亦有所惭恧悚惕,以共成风化之美。"[⑨]这实是对冯、凌二人通过承载着平民化、世俗化儒学的"百姓日用"的描写以维持风教的高度肯定,难怪即空观主人《二刻拍案惊奇小引》称赞凌濛初"意存劝戒,不为风雅罪人"。再者,芝香馆居士的话本小说选集《二奇合传》据《拍案惊奇》、《今古奇观》选编而成,选编者称"是书之所以奇者,谓于人伦日用间,寓劝惩之义"[⑩]。很明

① 冯梦龙《太平广记钞小引》,《冯梦龙全集》,上海古籍出版社 1993 年版,第 258 页。

② 冯梦龙《警世通言·叙》,齐鲁书社 1993 年版,第 1 页。

③ 凌濛初《拍案惊奇·自序》,齐鲁书社 1993 年版,第 1 页。

④ 冯梦龙《醒世恒言·序》,齐鲁书社 1993 年版,第 1 页。

⑤ 参见冯保善《凌濛初交游新探》,《明清小说研究》1995 年第 1 期。

⑥ 凌濛初《谭曲杂札》,王秋桂《善本戏曲丛刊》第四辑《南音三籁》(一),台北学生书局,1987 年影印。

⑦ 凌濛初《拍案惊奇·凡例》,齐鲁书社 1993 年版,第 2 页。

⑧ 凌濛初《拍案惊奇·序》,齐鲁书社 1993 年版,第 1 页。

⑨ 丁锡根《中国历代小说序跋集》,人民文学出版社 1996 年版,第 789—793 页。

⑩ 丁锡根《中国历代小说序跋集》,人民文学出版社 1996 年版,第 850 页。

显,注重"人伦日用"是该书或者完全可以说是凌濛初小说最大的特色,因此选编者在每回回目下详加注解,以申明小说布道化俗之意,如"劝积德"、"劝孝悌"、"劝节孝"、"劝节烈"、"劝敬老"、"劝节义"、"戒负义"、"戒邪僻"、"戒贪淫"等,这些都关乎百姓日常伦理。无疑,凌濛初已将愚夫愚妇所喜闻乐见的通俗小说作为宣教即贯彻儒学平民化与世俗化的有效工具。

由陆人龙编创、陆云龙评点与刊行的《型世言》也与当时儒学平民化与世俗化的时代文化思潮合拍。《型世言》第六回《完令节冰心独抱,全姑丑冷韵千秋》开篇有陆云龙所作"小引",称赞唐贵梅作为"愚夫妇"能临危不惊,"直行其是",可谓"真愚妇胜假道学"[①],显然作者乃有意以唐贵梅之类"愚夫愚妇"作为描写对象,并以其为教化典范而"树型今世"(《型世言》第三回《悍妇计去孀姑,孝子生还老母》)。值得注意的是,该回所写唐贵梅之事亦见载于李贽《焚书》卷五《唐贵梅传》,李贽在完整引述杨升庵《孝烈妇唐贵梅传》后以"卓吾子曰"的形式议论称"先王教化,只可行于穷乡下邑,而不可行于冠裳济济之名区;只可行于三家村里不识字之女儿,而不可行于素读书而居民上者之君子",并认为唐贵梅之孝烈事"有裨于世教者弘也"[②]。此处李贽由唐贵梅之事出发,主张教化"只可行于"那些"穷乡下邑"与"三家村里不识字之女儿",这恰体现了泰州学派对儒学平民化、世俗化的高度重视;而李贽对唐贵梅"孝烈"之行的赞赏,也与陆云龙、陆人龙兄弟通过塑造小说人物形象"以为世型"(《型世言》第一回《烈士不背君,贞女不辱父》)的创作目的完全一致,因此陆云龙在该回评中还以"李卓吾曰"的形式大段引述李贽对"孝烈妇"唐贵梅的褒奖之语。再如,《型世言》第九回《避豪恶懦夫远窜,感梦兆孝子逢亲》写孝子王原寻父故事,李贽《续藏书》卷二十四"孝义名臣"也有记载;在《型世言》第四回评中,陆云龙也引"卓老"之语评价人物品行。而且,陆云龙刊刻《型世言》时以"峥霄馆评定通俗演义型世言"为名,以"通俗"相标榜;辑录自《型世言》的《三刻拍案惊奇》也是继承了其"谕俗"[③]的教化功能。以上种种迹象表明,由陆氏兄弟合作完成、带有浓郁教化色彩的《型世言》在一定程度上践行了泰州学派的儒学平民化、世俗化主张。

有些小说家还对王阳明及泰州学派的某些观念做出呼应。邓志谟在《铁树记》第二回通过兰期之口作词云:"孝悌兮人之大闲,心田兮谁无孔颜。……心有猿兮紧拴,意有马兮牢关。……此妙诀兮……深秘藏兮方寸间。"这分明传达的是阳明心学主旨,所谓"心田兮谁无孔颜"意为人人皆可成圣人。同样的观念在其他小说家笔下也有反映,如冯梦龙在《施润泽滩阙遇友》中称"衣冠君子中,多有见利忘义的,不意愚夫愚妇倒有这等见识";天然痴叟在《石点头》第三卷《王本立天涯求父》中称一些读书人"反不如不识字的倒明白得养育深恩,不敢把父母轻慢",他们对"村夫俗子"的赞赏与重视,意在表明为庶民可教,他们皆可成为圣人,这与王阳明《书魏师孟传》所谓"圣愚之同具"、"人皆可以为尧舜"所指相同。

随着儒学平民化、世俗化思潮的兴起,"通俗演义"得到大力提倡,人们认为"通俗演义一种,尤便于下里之耳目"(明金陵兼善堂本《警世通言》"识语"),"能令村夫俗子","引为法诫"(可观道人《新列国志叙》)。经史虽可化人,但对于愚夫愚妇而言,经史著作晦涩难懂、枯燥乏味而又失于繁琐,出于施教目的,一些小说家或评论家为使"闾巷颛蒙皆得窥古人一斑"便

---

① 陆人龙《型世言》,中华书局 1993 年版,第 78 页。

② 李贽《焚书·续焚书》,岳麓书社 1998 年版,第 207—208 页。

③ 丁锡根《中国历代小说序跋集》,人民文学出版社 1996 年版,第 791 页。

倡导小说创作应“敷衍其义，显浅其词”（明佚名《新刻续编三国志序》），而竞相以“通俗”相号召。如修髯子认为“史氏所志，事详而文古，义微而旨深，非通儒宿学，展卷间，鲜不便思困睡”，只有“以俗近语”出之，才能“裨益风教”（《三国志通俗演义引》）。余邵鱼也因“惧齐民不能悉达经传微辞奥旨，复又改为演义，以便人观览”，从而使“后生小子”可“善则知劝，恶则知戒”（《列国志传引》）。袁宏道亦谓通俗小说“文不能通，则俗可通，则又通俗演义之所由名也”，如此才能使“村哥里妇，自七十老翁以至三尺童子”（《东西汉通俗演义序》）从中受教。其他像熊大木所谓“使愚夫愚妇亦识其意思之一二”（《大宋中兴通俗演义序》），“庶便俗庸易识”（《凡例》）；甄伟所谓“俗不可通，则义不必演”（《西汉通俗演义序》）；林瀚所谓“凡有关于风化者，使愚夫愚妇一览可概见”（《隋唐志传通俗演义序》）；杨尔曾所谓“以通俗谕人，名曰演义”（《东西晋通俗演义序》），等等，无不显示出小说家以通俗小说向愚夫愚妇普及儒学的创作意识。可见，明代“通俗”已成为小说的应有之义，故陈继儒称“演义，以通俗为义”，认为“演义固喻俗书哉，义意远矣”（《唐书志传通俗演义序》）。说到底，通俗演义的流行与其便于“田夫野叟”“一览了了”（林从吾《旌功萃忠全传叙》）而足以“惊里耳”、“快俗人”（明吉衣主人《隋史遗文序》）的宣教功能息息相关。

《三国演义》在明代传播甚广，人们最为看重的正是其通俗谕人的作用。有论者称，《三国演义》能“显浅其词”，“且与吟歌俗谚并著口实”，可取悦于“闾巷颛蒙”，使“庸夫俗子，鄙薄懦顽，罔不若目睹其事，而感发惩创阅之靡靡忘倦”，由此这部小说也成为“牖民一机”（佚名《新刻续编三国志序》）。梦藏道人也认为《三国演义》借“通俗”以“演义”可使“愚夫愚妇，共晓共畅人与是非之公”，使“目不识丁之流”知正统之义（《三国志演义序》）。还有论者赞赏罗贯中将三国故事“编为通俗演义，使之明白易晓，而愚夫俗士，亦庶几知所讲读焉”（佚名《重刊杭州考证三国志传序》）。《三国演义》的一些版本也进一步强化了其文本形态的通俗特质，如周曰校刊本便宣称其“句有圈点，难字有音注，地里有释义，典故有考证，缺略有增补，节目有全像”（《三国志通俗演义·识语》），其中固然体现了刊刻者的广告意识，但也确实考虑到这样会有利于愚夫愚妇的接受。

四

明建国之初，朱元璋就强调“治国之要，教化为先”①，认为“劝善惩恶，移风易俗，实有国之务”②，为此他颁布“圣谕六言”。而官方在乡约中开展的圣谕宣讲活动，又进一步推动了儒学的平民化、世俗化，对此明代通俗小说家予以充分反映。有的小说家通过小说人物之口传达“圣谕六言”，如邓志谟《铁树记》第八回《许旌阳弃职归回，真君为男女完娶》写许旌阳在天下大乱之际辞官东归，百姓苦留，他对众人云：“尔等子孙各务生业，圣谕有曰：‘孝敬父母，尊敬长上，和睦乡里，教训子孙，各安生理，毋作非为，此数句言语各要遵守。’百姓皆曰：‘谨奉善教。’”③这里所谓“圣谕”即指“圣谕六言”。有的小说家在叙事中则以“圣谕六言”为参照，如

① 《明太祖实录》卷四六，洪武二年辛巳条，台湾“中央研究院”历史语言研究所校印本，第924页。

② 《明太祖实录》卷六三，洪武四年闰三月条，台湾“中央研究院”历史语言研究所校印本，第1210页。

③ 《古本小说丛刊》第10辑，中华书局，1990年版，第2327页。

《醉醒石》第九回中的"这正是太祖高皇帝《六论》中所禁'毋作非为'",第十二回末作者所谓"这就是明朝太祖高皇帝所云'各安生理,作非为'也"。有的小说家在确立自己的创作宗旨时会潜移默化地受到官方教化政策的影响,如陆人龙在《型世言》第十回开篇便云"我太祖高皇帝,首重风教";第十三回开篇亦云"我朝最重孝友";第四回写林氏教诲妙珍,"道某人仔么孝顺父母,某人仔么敬重公姑,某人仔么和睦妯娌,某人仔么夫妇相得,某人仔么俭,某人仔么勤",这些无非是指朱元璋颁布《教民榜文》时一再强调的"圣谕六言"之类官方教化政策。

对"圣谕六言"的演绎最为典型的莫过于《石点头》第六卷《乞丐妇重配鸾俦》,它详细写到木铎老人宣传圣谕的情景:

却值老人正在村中,沿门摇铎说道:"孝顺父母,尊敬长上。"……只见前边一伙人,鸦飞鹊乱的看相打。走近仔细一看,却是周六卖芦席与人,有做豆腐后生,说了淡话,几乎不成。为此两相口角,遂至拳手相交。旁边一个老儿解劝,就是后生之父。胥老人从中挨身强劝,把竹片横一横,对那老者说:"你平昔不曾教导令郎,所以令郎无端尚气,这是你老人家不是。"又对那后生说:"周六就住在射阳湖边,与这北神堰原是乡党一样,又不是他州外府来历不明之人,可以吃得亏的。况且他是卖席子,你是做豆腐,各人做自家生理,何苦掉嘴弄舌,以至相争,便是非为勾当,不可不可!"后生与周六听罢,两家撒手。胥老人就摇起铎来高声念道:"和睦乡里,教训子孙,各安生理,毋作非为。"①

而且第六卷还写丐妇长寿姐沿街叫唱莲花落,乞食至人居稠密、十分热闹的垫角村:

内中一人说道:"叫化丫头,唱一个六言歌上第一句与我听。"长寿姐随口唱道:

我的爹,我的娘,爹娘养我要风光。命里无缘弗带得,苦恼子,沿街求讨好凄凉。孝顺,没思量。

又有一人说:"再唱个六言第二句。"又随口唱道:

我个公,我个婆,做别人新妇无奈何。上子小船身一旺,立勿定,落汤鸡子浴风波。尊敬,也无多。

又问:"丫头,和睦乡里怎么唱?"又随口换出腔来道:

我劝人家左右听,东邻西舍莫争论。贼发火起亏渠救,加添水火弗救人。

又有人问说:"丫头,你叫化的可晓得子孙怎么样教?"又随口换出一调道:

生下儿来又有孙,呀,热闹门庭!呀,热闹门庭!贤愚贵贱,门与庭,庭与门,两相分。呀,热闹门庭!

贵贱贤愚无定准。呀,热闹门庭!呀,热闹门庭!还须你去,门与庭,庭与门,教成人。呀,热闹门庭!

有的问说:"各安生理怎的唱?唱得好,我与你一百净钱,买双膝裤穿穿,遮下这两只大脚。"却又随口换出腔来唱道:

大小个生涯没虽弗子不同,只弗要朝朝困到日头红。有个没弗来顾你个无个苦,啊呀,各人自己巴个镬底热烘烘。

又有人问道:"毋作非为怎么唱?"长寿姐道:"唱了半日,不觉口干。我且说一只西

---

① 天然痴叟《石点头》,上海古籍出版社 1985 年版,第 147 页。

江月词，与你众客官听着。”

本分须教本分，为非切莫为非。倘然一着有差池，祸患从此做起。大则钳锤到颈，小则竹木敲皮。爹生娘养要思之，从此回嗔作喜。

说罢，蹋地而坐，收却鼓板，闭目无言。众人喝彩道：“好个聪明叫化丫头，六言歌化作许多套数，胥老人是精迟货了。”一时间也有投下铜钱的，也有解开银包，拈一块零碎银子丢下的，也有盛饭递与他的，也有取一瓯茶与他润喉的。①

长寿姐以通俗歌谣的形式说唱、演绎“圣谕六言”，寓教于乐，深得百姓喜爱，这符合当时民间宣讲圣谕时的实情：“不拘乎地，不择乎人，不限以时，不滞以礼。宣之而如歌词曲，讲之而如道家常，固较之设学谨教，尤便于家喻户晓。”②以通俗白话或歌诀演绎“圣谕六言”在明代确实很流行，如嘉靖时钟化民通过“绘图衍义，述事陈歌”来演绎“圣谕六言”；万历十五年朝廷曾下令各地督学推行乡约，宣讲“圣谕六言”，要求各地“著图说，编俚语，俾闾巷士民易遵循”③；崇祯时流传于浙江四明、安徽宣州等地的《圣谕演训》其“编中所述，又皆家常茶饭，闾巷俚言，无论贤愚，悉皆了晓”④。《石点头》本身以劝化为首务，故冯梦龙《石点头叙》云：“石点头者，生公在虎丘说法故事也。小说家推因及果，劝人作善，开清净方便法门，能使顽夫俗子，积迷顿悟，此与高僧悟石何异？”⑤以因果故事劝化“凡夫俗子”是该书的创作宗旨，故该书又名《醒世第二奇书》，难怪作者会不厌其烦地演绎“圣谕六言”。

明代六谕宣讲多以“木铎”为标志性道具，这符合中国古代政教传统，《书·胤征》云：“遒人以木铎徇于路。”孔传：“木铎，金铃木舌，所以振文教。”正因明代通俗小说多以劝善化俗为旨趣，所以人们往往以“铎”来喻指其教化功能。如衍庆堂《醒世恒言识语》称小说“总取木铎醒世之意”；兼善堂《警世通言识语》也谓小说“非警世劝俗之语，不敢滥入，庶几木铎老人之遗意”⑥；陆云龙《清夜钟自序》云其小说“将以明忠孝之铎，唤省奸回；振贤哲之铃，惊回顽薄”⑦。显然通俗小说被赋予与圣谕宣讲同样的辅助政教、导愚化俗的功能。

总之，随着阳明心学及泰州学派的兴起，儒学平民化与世俗化思潮风起云涌；身当其时的明代通俗小说家也融入这一文化潮流中，成为儒学平民化与世俗化运动的积极参与者；他们将目光投向愚夫愚妇，以“百姓日用”为主要描写内容，以通俗易懂、寓教于乐的通俗小说化俗导愚；并对作为儒学平民化、世俗化途径之一的圣谕宣讲做出如实描写。

作者单位：黑龙江大学

① 天然痴叟《石点头》，上海古籍出版社 1985 年版，第 151—152 页。

② 张岸登《宣讲拾遗序》，《宣讲拾遗》同治十一年刊本。

③ 郭子章《蜀草》卷二《圣谕乡约录序》，四库全书存目丛书集部第 154 册，齐鲁书社 1995 年版，第 267 页。

④ 汤沐、柳应龙《新刊社塾启蒙礼教类吟》卷六《乡约总意》，故宫珍本丛刊第 476 册，海南出版社 2001 年影印本，第 435 页。

⑤ 天然痴叟《石点头》，上海古籍出版社 1985 年版，第 329 页。

⑥ 丁锡根《中国历代小说序跋集》，人民文学出版社 1996 年版，第 775—780 页。

⑦ 丁锡根《中国历代小说序跋集》，人民文学出版社 1996 年版，第 809 页。

明代小说与词曲发展史研究的新视阈

——明代小说寄生词曲辑纂启示录

赵义山

中国文学发展到元明时代，随着戏曲、小说的大盛，多种文体的交叉与融合成为一道特殊的景观，戏剧中融合了诗、词、曲，小说中寄生着诗、文、词、曲、赋，于是，散韵结合成为元明以来戏曲与小说的通常模式。戏曲文本的散韵结合多能得到理解与认可，而小说的散韵结合则争议不断，甚至一再遭到诟病。其实，古人既然选择了这种模式，自然有古人的道理，今人放弃这种模式，也有今人的理由。古人已无法平议今人，今人也不必苛责古人，倒是在这种文体交叉与融合中所蕴含的词曲史和小说史意义，是值得特别关注的。

在过去的几年里，我们因完成“明代小说中寄生词曲研究”这一项目的需要，曾知难而上，将现存约700种明代小说翻检一过，并将寄生其中的词曲作品全部汇集起来，再进行校订汇编，在这个过程中，一些从来没有被学界关注过的问题引起我们的注意，思考这些问题，可以从一些新的视阈带给我们不少意想不到的启示。这些新的视阈，因明代小说寄生词曲全面辑录的长期缺失，一直被忽略了，笔者现在终于有条件将一些问题提出，希望能引起同行们的关注。

一、明代小说中词多曲少的追问

明代小说，从语体形式看，可以分为文言与白话两类，如果从文学艺术雅俗两大范畴而论，白话小说作为市民文化繁荣发展的产物，大多属于俗的范畴，与之相对，文言小说(包括文言笔记小说，下同)则属于雅的范畴。词、曲二体，就总体倾向而言，词大体上属于雅的范畴，曲大体上属于俗的范畴。那么，按常理而论，词、曲融于白话小说之中，曲应该比词更具有先天优势，因为它们同属于俗文学体式，因此，白话小说中融会散曲的概率，应该要比词更大，数量也应该比词更多。然而，实际情况却并非如此。在明代白话小说中，除了《金瓶梅》和《韩湘子全传》等为数不多的几部小说外，绝大部分白话小说中融入的曲作是较少的，相当一部分小说中还只有词而没有曲。据初步统计，明代有寄生词的白话小说近100种，其中所寄生的词作约1500余首；而有曲作寄生的白话小说，则仅50种，所寄生的曲作仅500余首。明代有词寄生的文言小说，亦近100种，所寄生的词作大约1000余首；而有曲寄生的文言小说，则仅30余种，所寄生的曲作则不足200首。其结果是，明代小说中寄生的词作，达到2500余首，而寄生的曲作才700余首，不及寄生词的三分之一，二者悬殊之大，远出乎我们的预料。

是什么原因造成了明代白话小说中词多曲少的现象呢？是不是因为曲之一体本身的表现功能不如诗词呢？应该不是。明代大曲论家王骥德曾经对诗、词、曲三种诗体的表现功能做过一个比较：

> 晋人言："丝不如竹，竹不如肉"。以为渐近自然。吾曰：诗不如词，词不如曲，故是渐近人情。夫诗之限于律与绝也，即不尽于意，欲为一字之益，不可得也；词之限于调也，即不尽于吻，欲为一语之益，不可得也。若曲，则调可累用，字可衬增；诗与词，不得以谐语方言入，而曲则惟吾意之欲至，口之欲宣，纵横出入，无之而无不可也。故吾曰：快人情者，要毋过于曲也。①

王骥德的分析比较十分到位，其结论是"诗不如词，词不如曲，故是渐近人情"。但是，为什么在白话小说中，寄生曲的存在反而不如寄生词为数更多呢？究其原因，我以为主要有以下三点：

其一，曲之一体，虽然表现功能较诗词为优，但一直是贴近大众的通俗艺术，论其在文林艺苑的地位，则比诗词卑下，故有"词余"之称。无论小说作者借以炫才，或借以粉饰文面，曲比起诗词来，都不是最好的选择，所以曲之一体不被大多数小说家看重。

其二，比起诗词，曲要晚熟得多，一般的作家，写诗填词的技艺可能十分娴熟，但对于曲之一道，却未必能得心应手。王骥德在论到作曲之难时曾云：

> 天之生一曲才，与生一曲喉，一也。天苟不赋，即毕世拈弄，终日咿呀，拙者仍拙，求一语之似，不可几而及也。然曲喉易得，而曲才不易得，则德成而上与艺成而下之殊料也。吾友季宾王，与余同笔砚最久，读书好古，作文赋诗，事事颉颃争先，独不能为词曲，尝谓："我甘北面，子幸教我。"余谓："天实不曾赋子此一副肾肠，姑无妄想。"宾王怃然。②

王骥德认为曲才当由天赋，非人力所能为，似有些言过其实，在朋友面前，也不无炫耀的意味；但其认为"曲才不易得"，却也是不争的事实。造成这种情况的原因主要在于：曲比诗词晚出，从未有过一登大雅之堂的殊遇，与弹词、话本、时曲、民歌一样，算是地道的草根文学，热衷仕进的文人，常常不屑一顾，凭诗赋博取功名，以丽词展示才华者，都很难染指散曲，故大多数文人娴于诗词，却拙于散曲，而一般的小说作者，可能更是技短于此。

其三，这也是更值得注意的一点，即各种韵文体式融于小说之中，应该都有一个试验过程。诗早在唐代《莺莺传》等传奇中已被成功运用，词也在宋代融入《柳耆卿诗酒玩江楼》等话本，到明人欲融诗词于小说，便已有前人的经验可供参考借鉴；但曲融入小说的试验，就现有资料看，却是元末明初施耐庵等人的开创。我们说一种韵文体式被融入小说之中，得有一个试验过程，一个突出的例子就是清人曹雪芹的《红楼梦》。只要留心过《红楼梦》诗词的读者，可能都会有这样一个印象：《红楼梦》中寄生的韵文，与小说中人物性格的刻画和具体场

---

① 王骥德《曲律》，中国戏曲研究院编《中国古代戏曲论著集成》(四)，中国戏剧出版社1982年版，第160页。

② 王骥德《曲律》，中国戏曲研究院编《中国古代戏曲论著集成》(四)，中国戏剧出版社1982年版，第178页。

景的描写融合得最好、也最耐人玩味的，应该是曲，其次是词，再次才是诗。为什么在明代小说中并不突出的寄生散曲，反而在《红楼梦》中却后来居上了呢？合理的解释只能是：有明代《金瓶梅》、《韩湘子全传》等小说在写人叙事时大量运用散曲的经验可供作者借鉴，所以，曹雪芹才将曲之一体“吾意之欲至，口之欲宣，纵横出入，无之而无不可”的特点发挥得淋漓尽致，终于使小说中寄生曲的运用达到了无人可以望其项背的化境。从这个意义上说，《红楼梦》中的散曲，是很值得从文体融合与互动的角度展开深入研究的。

与此相关而特别值得注意的一个理论问题是：学界同仁或认为明代小说中羼入大量诗词，“其实质则是当时人们普遍地未能对小说体裁的特性作准确的把握”，而晚明小说中“诗文羼入的减少其实质是创作整体水平提高进步在形式上的表现”[①]，总之，以为晚明小说中羼入诗词的减少，反映了小说文体观念的成熟和作者创作水平的提高与进步。但事实上，问题可能没那么简单。最有说服力的，依然还是《红楼梦》。众所周知，如果要说《红楼梦》所羼入的诗词数量，比起明代人所作小说，是有过之而无不及的，但假如据此说曹雪芹的小说文体观念尚不够成熟，还“未能对小说体裁的特性作准确的把握”，其创作水平还不够高，恐怕是没有人会同意的。而且，若要论起《红楼梦》中寄生诗词的运用效果，可能也绝非明代小说家所能梦见。明代一些小说，不管是否情节需要，不问是否符合情理，随便引前人诗词或者随意弄几句词不像词、曲不像曲的顺口溜似的韵语夹杂在叙述文字中，这种现象在《红楼梦》中是绝难见到的。出现在《红楼梦》中的诗词曲赋，不仅首首珠玑，而且用之合情合理，切景切情。宝、黛、钗以及其他各色人等在各种场合的赋诗填词，只要甫一出口，便是自家面目、各人声口。在《红楼梦》中，诗词曲的运用，不仅没有成为情节叙述和人物描写的赘疣，不少时候反而成了推动情节发展和表现人物个性的重要手段。我们可以试想，假如把《红楼梦》中的诗词曲赋通通删掉，尤其是把其中脍炙人口的《终身误》、《枉凝眉》、《红豆曲》、《葬花词》等词曲和诗作都删去，那么，这部“都云作者痴，谁解其中味”的奇书，还会那么有“味”么？答案是否定的。由此说来，我们对于明清小说中大量融会诗词曲赋的现象，恐怕需要另用眼光来打量，另寻角度去思考才行的。

对于明末小说中寄生诗词普遍减少的现象，窃以为应当从读者、作者、书商三者的关系互动中去认识，而其中最重要的一环是读者群体的变化和读者阅读兴趣的转移。当阅读小说不再是文化人的专利，而成为大众读者的一种消遣方式；当大众读者成为小说读者的主体，追求情节生动成为大众读者的普遍兴趣，那么，小说的语体形式和文体结构模式就不得不随之发生变化，比如文言文的萎缩，白话文的盛行等等，至于不少妨碍大众读者紧追情节发展的“有诗为证”，就自然遭到厌弃了。大众读者的阅读兴趣和审美选择，必然迫使作者不能过多地在小说创作中借诗词以炫才，必须将自我逞才炫技，转变为让读者动心怡情。书商们为迎合大众读者的审美需求，在改编或重印一些小说名著时，也大量删削其中的诗词，比如毛宗岗在评点《三国演义》时，便对其中的诗歌做了大量删削，其保留者不及原数之半。总之，随着时代的变迁，以及小说读者主体和审美时尚的变化，趋俗追新的时代潮流成为调整读者、作者、书商三者关系的强大动力，在三者关系的协调互动中，作者与书商最终服从于大众读者的审美需求，正是在这种背景下，才使得大部分小说中的寄生诗词减少了，因此，这种

① 陈大康《明代小说史》，人民文学出版社2007年版。

现象绝不仅仅是作者单方面的小说观念，或者创作水平高低的问题。

二、《金瓶梅》作者考证的新思路

学界对《金瓶梅》作者的考订，不知绞尽多少才人心血！迄今为止，虽然学者们对那位“兰陵笑笑生”提出了多位“候选人”，但是，一直还是有不少人坚持认为：那位“兰陵笑笑生”——“嘉靖间大名士”，还是非王世贞莫属。尽管也一直有人对此提出反对意见，否定王世贞为此书作者，但总觉得缺少过硬的事实依据。在此，笔者愿为这一问题的研究提供一个新的视角，即从《金瓶梅》中寄生散曲的角度来看该书的作者。

当我们在辑录《金瓶梅》中那约70首散曲作品时，我们的第一感觉是：该书的作者不仅是一位写情的能手，而且也是一位高手。尽管该书中的散曲作品并非全部出自该书作者之手，其中有一些引自元明散曲或戏曲，但绝大部分则出自“兰陵笑笑生”的手笔。这位“笑笑生”不仅可以南、北曲兼作，而且小令、套数皆质朴自然，圆熟老道。其北曲小令如〔山坡羊〕：

> 乔才心邪，不来一月，奴绣鸳衾旷了三十夜。他俏心儿别，俺痴心儿呆，不合将人十分热。常言道：容易得来容易舍。兴，过也；缘，分也。（第八回《盼情郎佳人占鬼卦　烧夫灵和尚听淫声》）

其南曲套数如〔黄莺儿〕：

> 谁想有这一种，减香肌，憔瘦损。镜鸾尘锁无心整。脂粉倦匀，花枝又懒簪。空教黛眉蹙破春山恨。最难禁，谯楼上画角，吹彻了断肠声。
>
> 〔集贤宾〕幽窗静悄月又明，恨独倚帏屏。蓦听的孤鸿只在楼外鸣，把万愁又还题醒。更长漏永，早不觉灯昏香烬。眠未成。他那里睡得安稳！
>
> 〔双声叠韵〕思量起，思量起，怎不上心？无人处，无人处，泪珠儿暗倾。我怨他，我怨他，说他不尽，谁知道这里先走滚。自恨我当初，不合他认真。
>
> 〔簇御林〕人都道他志诚。却原来厮勾引。眼睁睁，心口不相应。山盟海誓，说假道真，险些儿不为他错害了相思病。负人心，看伊家做作，如何教我有前程？
>
> 〔琥珀猫儿坠〕日疏日远，何日再相逢？枉了奴痴心宁耐等，想巫山云雨梦难成。薄情，猛拚今生和你凤拆鸾零。
>
> 〔尾声〕冤家下得忒薄幸，割舍的将人孤另。那世里的恩情，翻成做话饼。（第五十二回《应伯爵山洞戏春娇　潘金莲花园调爱婿》）

前首北〔山坡羊〕小令和后篇南〔黄莺儿〕套数，皆以明白家常之语，写潘金莲内心的孤独哀怨之情。小令直抒胸臆，表现的是潘金莲对西门庆的怨恨；套数情景交融，抒发的是潘金莲对陈经济的失望。无论北令还是南套，都生动真切地展示了人物内心爱恨交织、期望与失望纠结的矛盾痛苦。读这样的曲子，不仅让人想起王国维在《宋元戏曲考》中对关汉卿《窦娥冤》第三折中曲子的评价：使人忘其为曲。的确，要把散曲艺术玩弄得如此圆熟老道，非行家里手，断难为之。那么，王世贞的曲作技艺和成就如何呢？据谢伯阳先生《全明散曲》的辑录，这位嘉靖间大名士有一首南曲小令〔黄钟·画眉序〕《春怨》：

丝雨殢东风，点透流苏问残梦。道衾儿闲半，冷暖谁同。红将鞞唤转黄莺，香欲散收回幺凤。倩他新织双鱼带，争信我玉减珠松。

除此而外，还有一首存目的南〔商调·山坡羊〕“风儿疏喇喇吹动”，《全明散曲》注云：“《乐府先春》注王凤洲作。此套见陈大声《月香亭稿》和《秋碧乐府》等书，疑是。兹已辑于陈氏卷中。”①也就是说，这篇套数是在成化、弘治年间的曲坛上号称“乐王”的著名散曲家陈大声（名铎）的作品，被《乐府先春》的编者误作王世贞的了。如此一来，《全明散曲》便只辑得王世贞的一首〔画眉序〕《春怨》了，而这首小令，见于沈璟的《南词新谱》卷十四，并不见于王世贞本集，故此首小令是否为王世贞所作，还很成问题。退一步说，即使这首南曲小令真为王世贞所作，但其近于词体的婉媚之风，与《金瓶梅》中南曲作品的自然质朴之趣则判然两途，很难想象其出自一人之手。况且这首小令本身雕镂满眼、做作太甚，满纸陈腐之气，与《金瓶梅》中散曲的圆熟活泼、灵气飞动也更非一路货色。

后来，汪超宏博士又从王世贞的《弇州山人四部稿》卷五十四“词余”中辑录到6首小令②，其中北曲小令〔折桂令〕2首、〔水仙子〕2首，皆为仕途失意之作，本为元明曲家愤世、厌世的老调，不过具有了一定政治斗争的时代蕴涵，但艺术上并无什么特别可称之处；其另一北曲小令〔塞鸿秋〕与另一南曲小令〔画眉序〕倒属于写情之作，但多典语丽词，缺少曲味，绝非佳作。

总而言之，假如《金瓶梅》真为王世贞所作，则很难想象他没有一首与《金瓶梅》中散曲风格类似的作品流传于世。是不是因为这位“嘉靖间大名士”觉得曲体卑下而不屑以为呢？应该不是，因为散曲一体在嘉靖、万历时期已经成为士大夫间唱酬赠答的寻常诗体，更何况中晚明的文人还以尊情崇俗为一种时尚，染指散曲的士夫名流有的是，比如同是嘉靖间大名士的杨慎、杨慎之父（正德时宰相）杨廷和，父子俩皆创作有不少散曲，分别有散曲集《陶情乐府》和《乐府余音》存世。合理的解释只能是王世贞因为用才情于别处，不擅长此道，所以本集中所存散曲极少。

但是，在《弇州山人四部稿》中，却存有王世贞所作论曲文字（见《艺苑卮言》），且常被学者征引，俨然此道中行家，这又如何解释呢？其实，只要仔细研读其书，便会发现，《艺苑卮言》中的曲论文字，转述前人之论甚多，王氏独创之处甚少。这早已引起同时代人王骥德的批评：

世无论作曲者难其人，即识曲人亦未易得。《艺苑卮言》谈诗谈文，具有可采，而谈曲多不中窾，何怪乎此道之汶汶也！③

从字面上看，王骥德是在感叹曲作和曲学人才之难得，但细心的读者不难发现，王骥德不过以此为由头，非常委婉地批评了《艺苑卮言》的作者王世贞不仅作曲不行，即便评曲，也不中肯，总之，是曲学一道的外行。王骥德不仅委婉地否定王世贞的作曲才能和曲学水平，而且，

① 谢伯阳：《全明散曲》，齐鲁书社，1994年版，第2438页。

② 汪超宏：《明清曲家考·全明散曲补辑》，中国社会科学出版社2006年版，第478页。

③ 王骥德：《曲律》，中国戏曲研究院编：《中国古代戏曲论著集成》（四），中国戏剧出版社1982年版，第178页。

也还直切了当地批评过王世贞曲作“非当行”：

> 世所谓才士之曲，如王弇州、汪南溟、屠赤水辈，皆非当行，仅一汤海若称射雕手，而音律复不谐。曲岂易事哉！[①]

王骥德认为王世贞、汪道昆、屠隆等人之曲“皆非当行”，认为汤显祖虽堪称行家，却又不谐音律。王骥德是明代首屈一指的曲学批评家，他的《曲律》是第一部自成体系的曲论著作，可谓明代众多曲学理论著作中的冠冕，在曲学理论史上享有较高地位。以王骥德的眼光来打量这位“嘉靖间大名士”的曲学水平，认为他是外行，我以为，这绝非诬枉之言，而是一般人慑于王世贞之声名，没有胆量敢于道出的事实。综合以上情况来看，可以断言：《金瓶梅》中的散曲作品，绝非王世贞所为！因此，也就可以断言：《金瓶梅》，这部旷世奇书，也就绝非王世贞所能作！

而且，根据我自己多年的研究，发现明代散曲发展到弘治、正德以后，散曲文学“北刚南柔”的风格差异，已逐渐由南北二曲的曲体风格分野，演变为南北两派的地域流派风格分野。比如，北派曲家如康海、王九思、李开先、冯惟敏等，即便作南曲，亦呈北曲本色自然、刚健质朴之风；而南派曲家如杨廷和、杨慎、施绍莘等人，即便作北曲，总体上亦现南曲精工清雅之美。对这一现象，我在《明清散曲史》的有关章节中多有论及，此处不赘。这里要特别指出的是：如《金瓶梅》之散曲，无论南曲、北曲，总体上都表现出北曲自然质朴的风格，由此也可以断定，该书中之散曲作品，当出自北方曲家之手，非王世贞等南方曲家所为。

学者们所进行的《金瓶梅》作者的考订，即便被人戏称为“笑学”，但可以断言，人们对这一问题的探索肯定还会继续下去。不过，今后再继续考证这一问题，是完全可以将王世贞排除在外的了。至于最终能够得到学界公认的“兰陵笑笑生”究竟为谁，恐一时难以定夺，但有一点可以肯定，那就是这位“兰陵笑笑生”一定得是一位散曲大家，而且将散曲一体玩弄得出神入化。如果这个思路不错的话，那么，在学者们此前提出的众多《金瓶梅》作者“候选人”中，相比之下，窃以为李开先的可能性最大。

三、从小说中宋词的借用看明词发展方向

寄生于明代小说中的词曲作品，大部分是小说作者的自创，但也有不少为小说作者引用他人之作，尤其是引用宋元人之作。在引用前人的词曲作品中，仍然是词多于曲；在词体的引用中，又以宋词为主，显示了明人对宋词的特别推崇。那么，明代小说借用宋词的情况如何？其中又隐含着怎样的词学意义？这对我们认识和了解明人的词学观和明词发展方向，又有怎样的启示？凡此，皆值得探究。

据初步考查，在明代白话小说的1500余首寄生词作中，大约有50位宋代词人的100首作品；在明代文言小说的1000余首寄生词作中，大约有105位宋代词人的180首作品；总起来说，在明代小说2500多首寄生词作中，共有130多位宋代词人的280多首作品（除去重复

---

① 王骥德《曲律》，中国戏曲研究院编《中国古代戏曲论著集成》（四），中国戏剧出版社1982年版，第180页。

出现者)。就280多首作品的数量来看,其规模与宋人选宋词的《草堂诗余》以及近人朱彊村的《宋词三百首》、胡云翼的《宋词选》等选本的体量大体相当,而130多位作家的涉及面,就远比以上几种影响较大的词选仅入选几十位作家的范围要宽泛得多了。如果我们将这130多位作家的280多首词作汇集起来,不就成了一部非常有意思的明代小说家选宋词了吗?与一般宋词选本多由名家或词学者主选不同的是,它是由众多小说家根据自己的爱好和读者的接受来选择的,如果说前者是学者个人之选,后者便是大众集体之选,前者大多代表选家个人立场,后者则代表大众集体立场。

从明代小说家借用宋词的总体情况看,白话小说和文言小说各自的倾向性是很明显的。白话小说中出现的宋人词作,大多为相思离别、名胜风光、四季景物、岁时令节、人生感慨等,总之,与常人的生活、情感以及具体的时空景物关系密切,又大多表意明朗,通俗易懂,容易配合小说写人叙事的切情切景,一般具有适俗性和适用性特征,所以乐于为小说家借用。比如写到中秋月夜之景,小说家最喜欢借用苏轼的《水调歌头》"明月几时有",如《水浒传》(第三十回)、《南北宋志传》(第十一回)、《杨家将》(第一回)等都曾借用过;又比如写到杭州的名胜与繁华,小说作者便喜欢借用柳永的《望海潮》"东南形胜",如《熊龙峰刊四种小说·张生彩鸾灯传》、《三宝太监西洋记通俗演义》(第二回)、《青泥莲花记》(卷十三)等都有借用。

文言小说(尤其是文言笔记小说)中出现的宋词,则往往有一些本事牵连,或具有某种戏谑调侃的谐趣意味,可谓因事涉词,或因趣记词。因本事牵连而涉及的词作,如歌妓严蕊的《卜算子》:

> 不是爱风尘,似被前缘误。花落花开自有时,总赖东君主。 去也终须去,住也如何住?若得山花插满头,莫问奴归处。

据宋人洪迈《夷坚志》(庚卷第十)和周密《齐东野语》(卷二十)记载,此词为台州歌妓严蕊因事下狱,而以词自述悲情之作。在小说家笔下,严蕊是一位宁肯自己受辱也不肯诬陷他人的侠义女子,因此,她的事迹与其词作便乐于为人传颂。明人梅鼎祚的《青泥莲花记》(卷三)和冯梦龙的《情史》(卷四)便更为文学化地转述了严蕊其事其词。凌濛初还将其敷衍成一篇传奇话本《硬勘案大儒争闲气,甘受刑侠女著芳名》(载《二刻拍案惊奇》第十二卷)。因为小说家的妙笔生花,严蕊因此名声大著,但将朱熹牵连进去,不免在这位大儒身上溅了些"公权私用"的污水,这不知是小说家有意为之,还是始料未及,还有待深入考辨。

因词作本身具有戏谑调侃的谐趣之味而乐于为小说家记载传播的,如曹豳的《红窗迥》:

> 春闱期近也,望帝乡迢迢,犹在天际。懊恨这一双脚底,一日厮赶上五六十里。
> 争气。扶持我去,转得官归,恁时赏你。穿对朝靴,安排你在轿儿里。更选个、宫样鞋,夜间伴你。

此词描写穷书生长途跋涉赴考的艰辛与渴求飞黄腾达的梦想,这本来是一个很沉重也很庄严的话题,具有典型意义,很容易与成千上万在科举之路上挣扎的贫寒举子们发生共鸣,但作者却出以调侃戏谑的笔调,以游戏态度为之,故其谐趣之味极浓,乐于为人传诵。如明代顾元庆的《檐曝偶谈》(不分卷)、高鹤的《见闻搜玉》(卷五)、秦鸣雷的《谈资》(不分卷)等,都记载了这首词。总之,出现在文言小说尤其是文言笔记小说中的宋人词作,具有某种偶然性，其流传范围也很有限，从总体上说，远不如像出现在白话小说中的一些宋人词作那样，可以化血为肉地融入小说中人物的生活、情感与命运，也远不如白话小说流传广远，并且更具有一种民众立场，因此，我们仅以明代白话小说中寄生的宋词来作为考察某些问题的依据。

在明代白话小说借用的宋词中，其50位词作者的人数虽然不多，但分布面却相当广泛。从时间跨度看，既有北宋的许多名家，如张先、柳永、欧阳修、苏轼、秦观、贺铸、周邦彦等，也有南北宋之交的名家如李清照、朱敦儒等，还有南宋的名家，如张元幹、张孝祥、辛弃疾、陆游、康与之、朱淑真等；从身份地位看，既有如欧阳修、苏轼、赵鼎、文天祥、朱熹等高官显宦与名儒大僚，也有如张伯端、葛长庚、僧仲殊、惠洪等道士与和尚，还有如李清照、朱淑真、王清惠、严蕊等名媛与歌妓；从词学界传统的婉约与豪放的流派划分看，既有如柳永、秦观、周邦彦、李清照等婉约派核心人物，也有如苏轼、辛弃疾、张元幹、张孝祥等豪放派代表作家；而唯一缺少的是南宋姜夔、吴文英等骚雅清空一派的词人。从小说中借用宋词各家的数量多少看，排前五位的依次为苏轼12首、柳永10首、周邦彦5首、辛弃疾5首、秦观4首，其余如欧阳修、曾觌、贺铸、胡浩然、朱熹、陆游等，则二三首不等，绝大多数作家仅一首；在排名前五位的词人中，北宋占了4位，南宋仅辛弃疾1位，10首以上者仅苏轼与柳永两人。从以上情况看，小说家借用宋词，并没有什么婉约、豪放的正、变之分，也没有什么地位高低、名气大小的等级之别，倒是有明显的重北宋轻南宋、重明朗薄婉约的倾向。这不禁令人想起在明代广为流行的《草堂诗余》的适俗性特征来。无独有偶，在宋人所选《草堂诗余》中，其入选词作数量最多而排在前五位的词人依然为苏轼、柳永、周邦彦、辛弃疾、秦观等人(据《四部备要》本)，不同的只是这五位词人入选词作数量的多寡与排名次序有较大差异，为周邦彦64首、秦观29首、苏轼24首、柳永22首、辛弃疾12首，此外还有黄庭坚12首，与辛弃疾并列第五。在明代中后期，《草堂诗余》曾经大为风行，明末清初的毛晋曾经在《草堂诗余跋》中做过这样的描述："宋元间词林选本，几屈百指，惟《草堂诗余》一编飞驰。几百年来，凡歌栏酒榭丝而竹之者，无不搏髀雀跃，及至寒窗腐儒，挑灯闲看，亦未尝欠伸鱼睆，不知何以动人以至此也。"《草堂诗余》在明代既如此风行，其所选词作数量居前五位的宋词作家又与小说家选用宋词的情况大体一致，那么，是否小说家使用宋词的来源即为《草堂诗余》呢？《草堂诗余》中选词数量居于前两位的作家是周邦彦和秦观，为什么在小说家选用宋词中位居前两位的作家又变成苏轼和柳永了呢？

关于小说家使用宋词的来源，我可以肯定地说：不是《草堂诗余》，至少不全是。我曾经用《四部备要》本(分调编排)和《四部丛刊》本(分类笺注)两个不同版本的《草堂诗余》与明代白话小说中寄生的宋词对照过，发现白话小说中出现的不少宋人词作，其作者如张伯端、晁端礼、朱熹、陆游、文天祥等，便不见于《草堂诗余》；即便与《草堂诗余》中选词同列前五名的几位作家，如苏轼、柳永、周邦彦、辛弃疾、秦观等，也都分别有一些作品不见于《草堂诗余》；由此可见，在小说家选用的词作当中，有相当一部分是另有其来源的。了解这一点非常重要，因为这充分表明，明代小说作者选用宋词，并非在《草堂诗余》的笼罩之下，而是别有来源，另有选择，这种选择从某种角度代表着民众选家的集体立场，代表着一种时代的选择。这种时代的选择在选词倾向上与《草堂诗余》适俗性特征的不谋而合，恰恰从一个特殊的视角证明：宋人选编的《草堂诗余》之所以在明代中后期甚为风行，那也同样是时代的选择。那么,这种时代性选择的引力是什么呢?概而言之,便是在明代成化、弘治以后逐渐形成的崇俗尚情的时代风气熏染之下已成沧海横流之势的俗文学大潮,正是在这种俗文学兴盛的大潮中,伴随着戏曲、小说、弹词、时曲等俗文学体式的风行,《草堂诗余》的适俗性特征恰好对上了明人的口味,所以"飞驰"词坛,而白话小说的作者也正是为了在这个时候对上大众读者的口味,自然也在其小说创作中选词以适俗,并且比《草堂诗余》走得更远。

说明代小说作者在选词以适俗方面比《草堂诗余》走得更远,一个最突出的表现便是对原词某些关键处的大胆改动,并抹去原作者姓名。比如《水浒传》第一百十回中写到宋江因燕青射雁引发人生聚散之感,顿生悲凉之情,不禁援笔作词,以抒悲怆之怀。施耐庵将张炎的《解连环·孤雁》一词经过改写之后放到了宋江笔下:

> 楚天空阔,雁离群万里,恍然惊散。自顾影,欲下寒塘,正草枯沙净,水平天远。写不成书,只寄的、相思一点。暮日空濛,晓烟古堑。　诉不尽许多哀怨。拣尽芦花无处宿,叹何时玉关重见。嘹呖忧愁呜咽,恨江渚难留恋。请观他春昼归来,画梁双燕。

试比较张炎原词:

> 楚江空晚。怅离群万里,恍然惊散。自顾影、欲下寒塘,正沙净草枯,水平天远。写不成书,只寄得、相思一点。料因循误了,残毡拥雪,故人心眼。　谁怜旅愁荏苒。谩长门夜悄,锦筝弹怨。想伴侣、犹宿芦花,也曾念春前,去程应转。暮雨相呼,怕蓦地、玉关重见。未羞他、双燕归来,画帘半卷

相比之下,施耐庵对张炎原词有不少重大改动:一,将原词第二句"怅离群万里",改为"雁离群万里",一字之差,婉约与明朗之意趣迥别;二,原词中上片结歇处"料因循误了"三句,暗用苏武典故,作者担心读者不熟此典,难以将其与"孤雁"联系起来,因而将其改为"暮日空濛,晓烟古堑"二句,照应前面"草枯沙净"的描写,进一步渲染秋日萧条的环境氛围,使孤雁的描写更为具体实在;三,下片亦摒弃原词引用杜牧诗写到的陈皇后失宠冷居"长门宫"的凄凉之典不用,而直接写孤雁离群,"忧愁呜咽",欲宿无处,这就几乎全部重写了。经过这样的改动,便彻底变"清空"为"质实"了。如果站在浙西词派的立场来看,那简直就是化神奇为腐朽了;但是,站在大众读者的立场来看,施耐庵的改写却是不得已而为之的,也是较为成功的。像这样的改动,在《金瓶梅》和"三言"等借用宋词较多的小说中最为常见。由此可见,小说作者选用宋词的基本原则便是通俗易懂、表意明朗具体,其适俗性特征非常突出。明白了这一点,我们就不难理解明代白话小说的作者为什么没有选用姜夔、吴文英与张炎等人的骚雅清空之词了,也不难理解为什么最不受正统词学家称道的苏轼和柳永的词作反而最受小说家青睐了。

由宋代李清照以来,其正统词学观对柳永"词语尘下"和苏轼"以诗为词"的持久批评,与柳、苏之词反而在通俗小说中的最受青睐,其实质便是词学家在雅文学观念指导下的崇雅尊体,与小说家在俗文学大潮推动下的适俗出位,两种截然不同的取向正好背道而驰,其相互抵牾的两种引力同时作用于明代词坛,于是导致明词发展方向的无所适从。而且,在嘉靖、万历以后,通俗小说已走进千家万户,柳永、苏轼等人的雅俗共赏之词自然赢得更广泛的传播,以柳永、苏轼为代表的,其生活气息浓郁而语言表达通俗明朗的适俗性词风,必然对词坛

诸家的创作产生极大的引力和冲击，在这种情况下，明词创作的俗化倾向便不可避免，相当一部分明词的“曲化”，也就成为一种历史的必然了。

综上所论可知，明代小说中寄生词曲的存在，对于研究明代小说与词曲发展的某些问题大有帮助，从不同角度进行考察分析，便会展开不同的研究视阈，从这些新的视阈中观察思考某些小说演进史与词曲发展史中的问题，往往会有意想不到的收获。从这个意义上说，我们课题组辛苦多年而即将提供给学界的《全明小说寄生词曲辑纂》，这部特殊的文献资料汇编，它将来带给学界同仁的启示，也一定是很特别的，而且是多方面的。

作者单位：四川师范大学

明代教育小说演变初探

李延年　孙天任

明代有没有教育小说？如果有，明代教育小说存在状况如何？明代教育小说在有明一代277年的漫长历史中又是如何发展演变的？对上述问题，时至今日，笔者尚未见学界有人进行论说。而要对中国古代小说史进行全面、详细的研究，上述问题似不应回避。为了弥补上述学界存在的缺憾，笔者不揣浅陋，特做如下论说，失当和不妥之处，望海内外学者专家指正。

用“教育小说”概念的内涵为标准①，笔者在现存明代小说中进行一番粗略的筛选，认定现存明代小说中约有43篇为教育小说。这些教育小说的发展大致以嘉靖元年为界，分为前后两期。前后两期各具特色，而且表现了一定的发展、演进之势。下面我们分别对明代教育小说前后两期的存在概况、发展演进之势进行考察和讨论。

一、明前期教育小说的概况、分类及特点

（洪武至正德 1368—1521）

（一）明前期教育小说的概况

为了清晰、直观地考察和研究明前期教育小说的总体风貌和基本状况，笔者特制下表。

明前期教育小说一览表（以时间先后为序）

作者	篇目	数量	资料来源	表现形态	教育类型	成书时间	备注
李　贤	★《魏文靖》 ★《陈祭酒》	2	《古穰杂录》	笔记体	① 学校教育 ② 师德	成化间	
陆　容	★《孙鼎》 ★《寺僧》 ★《吕寅叔》 ★《陈敬宗》	4	《菽园杂记》	笔记体	① 学校教育 ② 社会教育 ③ 师德	成化末	

---

①　本文对“教育小说”内涵的界定，采用了李延年所著《〈歧路灯〉研究》的界定：“‘教育小说’是中国古代小说的一种题材分类；它是以人物形象、故事情节等组成的小说的艺术形式形象化的反映培养儿童、青少年准备从事社会活动的学校教育、社会教育、家庭教育等教育活动的小说类型。它必须同时具备三个要素：教具者（教师、家长等）；受教育者（儿童或青少年学生）；教育方法、内容、目的等。三者必须兼而有之，可以对某一要素有所侧重，但不能缺略三要素中的任何一项。如果一部小说，缺少上述三要素中的任何一项，那就不能被视为教育小说。”见中州古籍出版社2002年版《〈歧路灯〉研究》第3页。

续表

作者	篇目	数量	资料来源	表现形态	教育类型	成书时间	备注
王　琦	★《陈选》	1	《寓圃杂记》	笔记体	学校教育	弘治十三年	注：表中带★号的篇目的题目为笔者所加。
都　穆	★《李袭誉》	1	《玉壶冰》	笔记体	家庭教育	正德七年	
陶　辅	《华山采药记》 《管鉴录》 《庞观老录》	3	《花影集》	传奇体	社会教育	正德十一年	

通过上表，我们可以大致勾勒出明前期教育小说的概况即总体风貌和分布状况：

第一，整个明前期教育小说的数量是十分有限的，仅有11篇。并且，从洪武元年至天顺末年长达九十六年的历史时空中，还没有发现有教育小说作品问世。

第二，从语言形态上来说，明前期教育小说全部为文言作品，没有一篇通俗白话作品。

第三，从分布状况来看，它的分布十分不均衡。它主要集中于成化至正德三朝五十六年间，其中六篇分布于成化年间，四篇分布于正德年间，仅有一篇分布于弘治年间。

第四，其表现形态主要有"笔记体"和"传奇体"两类，表现出明显的继承前代创作风格的发展态势。

第五，值得注意的是，此时的教育小说数量虽少，但其类型却十分丰富，不仅有学校教育小说、家庭教育小说和社会教育小说，而且还有表现教师个人品质的教育类型，从中可以投射出前期明教育状况的影子，有利于增进我们对明前期社会更全面的了解。

（二） 明前期教育小说的分类及特点

1. 明前期教育小说的分类

从表中，我们可以看出属于学校教育小说的有五篇，它们分别是：《魏文靖》、《孙鼎》、《陈选》、《陈祭酒》、《吕寅叔》、《陈敬宗》；属于社会教育小说的有四篇，它们分别是：《寺僧》、《华山采药记 》、《管鉴录》、《庞观老录》；属于家庭教育小说的有一篇：《李袭誉》。下面，对它们进行分析和考察。

2. 明前期教育小说的特点

1）学校教育小说

明前期学校教育小说共有五篇，它们所表现的内容特别是教育思想，概而言之，主要有以下几个方面：

第一，有的学校教育小说重在表现教师积极为国家培养人才的高尚行为和可贵精神，表现教师忠于职守和积极奉献的教育思想和人格精神。如《魏文靖》：

> 魏文靖为松江训导，汲汲成就人才。诸生在学者，候一更，携茶往视之，见书声者，供茶一瓯；至三更，携粥以往，尚有诵者，供粥一碗。如此者亦不烦，数间一行之，士子感激。①

---

① 本篇出处已在《明前期教育小说一览表》中注明，故不再特别说明。以下类似情况不再一一注明。

在这篇文言短作中，有教育者，魏文靖；受教育者，士子；教育方法，物质和精神鼓励；所以说本文是一篇形式纯粹的学校教育小说。本文虽寥寥数语，不足百字，却能鲜活、生动地传达出当时教学活动中的一个剪影，描写简练而不失生动，用白描式手法刻画人物，把一个要求严格而又不失亲善的官师形象栩栩如生地传达了出来。所有的叙述都紧紧围绕着“汲汲成就人才”这一关键语句来进行，既突出了主体，又使人物形象得以强化和深化，使我们似乎可以感受到其渴望士子成材的迫切心情。

第二，有的学校教育小说则重在表现教师精诚敬业和积极鼓励学生为国效力的教育思想。如《孙鼎》：

> 正统间，南直隶提督学校御史、庐陵孙先生鼎，笃信力行之士，言行政事足以表仪士类。每阅诸生试卷，虽盛暑若灯下，必衣冠、焚香、朗诵而去取之。侍者劝便服，先生曰：“士子一生功名富贵发轫于此，此时岂无神明在上，各家祖宗之灵森列左右亦为可知，小子岂敢不敬故事。”士中小试赴举者，插花挂红，鼓乐导送。时睿皇北狩之报方至，先生语生云：“天子蒙尘在外，正臣子泣血尝胆之时，小子不敢陷诸生于非礼，花红鼓乐今皆不用。”乃亲送至察院前门而还，至今人能道之。

虽同属学校教育小说，但本篇与上篇有明显不同。上篇学校教育小说的主要用意在于讲述一个教官如何勤劳地培养、鼓励学子们勤于治学。本篇则主要在于讲述孙鼎先生是如何地敬业和教育学生该如何做人。《魏文靖》的故事情节基本是单一的，即探视学子学习情况，这一故事情节的周而复始便构成了一篇学校教育小说的基本框架，故事情节略显单一。而在本篇中，故事情节有两个单元：一为酷暑阅卷，表现孙鼎为官为师正直敬业、心诚意虔；一为赴举罢乐，既表现孙鼎为官为师爱国的高风亮节，又表现其在特殊情况下对学生的爱护、勉励和期许之情。两种情节，两种用意，互相映衬，突出中心，表现了一位教育长辈真诚地关心、成就人才的良苦用心和忠君爱国的情怀。

第三，有的学校教育小说则重在突出教学内容和教师品质。如《陈选》：

> 陈先生选崇尚道学，为绣衣提学南畿。惟以礼义廉耻教化诸生，读书必自小学始，其未居必学。舍夜则命诸生列坐，为之讲解，兼问其疾苦，真得师弟子恩礼。独与权势不肯少下，都县韩雍居父丧，诸绣衣致奠送葬，先生但一往吊而已。后擢河南宪副，诸生如失父母。先生之名素重，人皆望为天官祭酒。终无荐之者，止进广东方伯。不久为宦官所害，□□惜之。

在本篇学校教育小说中，陈选是教育者，诸生是受教育者，教育内容是以礼义廉耻为主的伦理道德价值体系。这是与上两篇学校教育小说所反映的内容的不同之处。本篇学校教育小说不仅塑造了一个“汲汲成就人才”的教师形象，而且反映了陈先生对学生疾苦的关怀，表现了一位教师的高贵品质，体现了教师爱护学生的高尚情怀。另外，陈选还是一位不畏强权、不卑不亢、不阿谀奉迎的良师。它本身的这种高洁行为即是最好的对学生进行言传身教的典型，势必会对学生的人格产生潜移默化的影响。因此，也深得学生们的爱戴，一朝分离，“诸生如失父母”，可见师生情深和师德感人。

三篇学校教育小说，一样短小精炼，却表现了不一样的情态，或以描写胜，或以情节胜，或以内容胜。体制短小,意蕴丰厚,叙事婉转简洁,颇能感动人心。若综而论之,它们又有共同的特征。

第一,三篇作品的叙事焦点全部以教师为中心,学生则退居次席。这样有利于突出教师的高大形象,重心突出、鲜明,给人印象深刻。其实,这与明代教师的"官师"身份密切相关,同时也受小说体制本身的限制,在一片数百字的短制中不可能做到面面俱到。

第二,三篇作品同为轶事类小说,小说中的人物均实有其人,因此,小说带有实录性质,但也有一定程度的虚构。这反映了当时文言小说创作的一种观念。

第三,三者都或明或暗地表现出一种共同的教育价值取向,即以伦理道德价值为本位,突出了积极用世、实现理想人格的儒家思想的教育观念。这是与其"官学"性质密不可分的。

总之,三篇短作,各有特色,共同反映了明前期的教育活动和社会生活。

在学校教育小说中,还有专门表现师德的类型,在此专门予以介绍。

这种类型是教育小说的一种特殊形态,它主要是以教师的行为、品质等方面的描写为主,受教育者、教育方法、内容等有关因素则退居幕后。教师与教育小说的关系最为密切,同时又是实际教育活动最主要的因素之一,故而把以表现师德为主的作品作为一类来单独研究,以凸现其特点与意义。就笔者所掌握的资料来看,主要有以下两方面的特点:

第一,表现师德卓立,要求严格,突出师道庄严。如《陈祭酒》:

> 陈祭酒,美须髯,容仪端正,步履有定,望之者起敬。当会食,诸生稍有失仪,待罪轻容。或有所禀,严于对君之理。师道卓立,名重一时。六馆殆有千人,凡升堂、听讲、会馔,仪矩森严,虽朝廷之上不过也。

在本文中,作者着力给我们描述了一位师道卓立、要求严格的教师形象。严师出高徒,教师只有严格要求学生,身体力行地教导学生,才能取得一定的教育效果。因此,本篇小说启示我们:为师要注重仪表,严于要求,严而生威,又严而有度。本篇小说还有一个特点,即通过人物的外貌、神态、行动来揭示人物的性格特征与内心世界。与此相同的还有《陈敬宗》:

> 南京国子祭酒陈先生敬宗,师道卓立,名重一时。六馆殆有千人,凡升堂、听讲、会馔,仪矩森严,虽朝廷之上不过也。时丰城侯李降居守,于先生最敬重,过其第必留宴,宴或以家姬作乐,谈笑竟日,未尝一目之。常以拇指掐中指自持,翌日,视其指,甲痕犹在。盖恐失色于人也。其检身之如此,此其所以模范多士。至今南京言师道之重者,必以先生为称云。

本篇刻画的教师形象其实与《陈祭酒》讲的是同一个人物。两篇小说的故事素材和人物原型是取自同一教师,所表现的教育思想和教育内容也大致相同。所不同的是小说的作者和篇幅的长短。

第二,表现敬业尊师,忠于职守,不事张扬的师德。突出师道笃厚。如《吕寅叔》:

> 昆山吕寅叔,家贫授徒为养,平居无故不出门户。每岁春秋祀先师,必半夜预诣学,随班行礼,礼毕辄去,不令县官知。予在昆学数年,见其始终如此,虽阴雨不爽也。可谓笃厚君子矣。

在本篇小说中，全文仅七十来字，但人物形象生动丰满、思想蕴含较为丰富。“家贫授徒为养”仅六个字却能揭示出吕寅叔的家庭状况及职业。“平居无故不出门户”则揭示出他老实本分的性格特征。然后，作者用“祀师”的故事情节充分展示其尊师重教、不事张扬的至诚君子形象。最后，作者自己站出来说“与在昆学数年，见其始终如此，虽阴雨不爽也”，以资证明，加以强调，一个朴实至诚的教师形象跃然而出。

2）家庭教育小说

家庭是一个人出生后的第一个落脚点，是一个人最温暖的归宿和心灵的庇护所。温馨的家庭环境，充满爱意的家庭气氛，优良的家庭风尚等，有利于新生一代的成长。而在这个家庭中，新生一代几乎每天都和他们的父辈们生活的一起。长辈们的一言一行都是新生一代效仿、学习的对象，他们是新生一代的第一任教师，因此，他们必须时刻注意自己的行为，为新生一代树立良好的学习榜样，以便对他们进行潜移默化的影响。《李袭誉》就体现了这种教育思想：

> 李袭誉性好读书，手不释卷。居家以俭约自处，所得俸禄散给宗亲，余赀写书数万卷。每谓子孙曰：“吾不好财货，以至贫乏。京城有赐田十顷，耕之可以充食；河南有桑千株，蚕之可以充衣；所写得书，读之可以求官。吾殁之后，汝曹勤此三事，可以无求于人矣。”

本篇小说中的教育者是李袭誉，受教育者是其子孙，教育内容则是要求下一代要自立自强，不要依赖他人，因此这是一篇家庭教育小说。家庭教育与其他类型的教育有着明显的不同，它是以家庭血缘关系为基础的教育，是一种出自内心深处的本能的亲情关爱。因此，也最能透露出一个人的真实的内心世界与人生态度。李袭誉居家俭约，仁者爱人，“所得俸禄散给宗亲”，说明他是一个大方慷慨、乐于助人的人，同时也反映出他和睦家族的教育思想观念。余下的钱财用来写书，以至“数万卷”，说明他勤学不懈。所有这些优秀品质必然会给后代子孙以重要影响，使他们能够更好地为人为学。他教育子孙们要躬耕力学，自立自强。虽然本篇的教育思想受当时的时代局限，仍然流露出“官本位”的思想倾向，然而除此以外的教育思想如自立自强等，即使在今天仍有很强的指导意义和实践意义。本篇家庭教育小说很有特色，也很有说服力：以人物语言为聚焦点，以人物自身行为为参照，以实实在在的社会生活为例子，以家常话的方式娓娓道来，既易于为受教育者所接受又语重心长，自然能取得良好的教育效果。因此本篇家庭教育小说也提醒我们：选择教育方法、教育方式的重要性。恰当的教育方法能取得立竿见影的教育效果，而不恰当的教育方法只能适得其反。

3）社会教育小说

明前期社会教育小说有四篇，它们分别是：《寺僧》、《华山采药记》、《管鉴录》、《庞观老录》。其中除《寺僧》外，其余三篇都由陶辅一人创作而成。若将上述四篇综合考察起来，其主要具有两方面的特点：

第一，“并列式”的小说主旨，即在这类社会教育小说中，小说的主旨不是唯一的，而是双重的，小说一方面在展现社会教育主旨的同时，也有其他方面思想内容的展现，甚至有的作品还以后者为重点，教育主旨则退居其次。社会教育小说的主旨虽然丰富了，但有时也显得冗杂不一。像这样作品有《寺僧》、《华山采药记》、《管鉴录》。

> 太仓未有学校之前，海宁寺僧善定能讲《四书》，里之子弟多从之游，尝语人曰："为人不可坏了大题目，如为子须孝，为臣须忠之类是也。"淮云寺僧惟演亦能讲解儒书，尝语人曰："凡人学艺须学有迹者，无迹者不能传后，如琴弈皆为无迹；书画诗文有可传也。"此亦有见之言，其徒常诵之。有诘之者曰："为人而去其大伦，谓之不坏大题目，可乎？为学出日用彝伦之外而归于寂灭，谓之有迹，可乎？"其徒不能答。（《寺僧》）

在本篇社会教育小说中，教育者是寺僧，受教育者是"里之子弟"，教育内容是说寺僧能讲授《四书》等儒家著作。教育思想为要求人们以忠孝为本，同时也应该学习诗文书画等知识，这是本篇社会教育小说的主旨。但本篇社会教育小说的立意又不仅仅局限于此，在阐明上述主旨之后小说笔锋一转，倒戈一击，指出做人如都远离父母，舍弃妻儿，出家为僧，是否是违背"大题目"？讲求学问，只言虚无抽象之学如佛学而不注重实际，是否能称为"有迹"？最后，小说以"其徒不能答"结尾，对寺僧讲学给予讥讽，使其取得了一种反讽的效果，带有一种轻喜剧的色调。由此可见这篇小说反映了由来已久的儒、佛之争的社会现象。显然，本篇小说主旨之一是崇儒排佛。这是本篇小说的另一重主旨。

当然，与此相同的还有《华山采药记》。由于本篇小说篇幅很长，在此不加抄录，仅叙其故事梗概。

陕西潼邑有个青年人，名叫吴见理。曾多次参加科举考试，但功名无成，于是便放弃了参加科举考试。后来娶妻生子，家境富裕，无所事事。有一个道观离他家很近，吴见理无事常往来其中，于是和道长刘古寰交情密切。一天，刘古寰大论成仙得道之妙，吴见理被他的言语迷惑住了，于是两人建舍炼丹以期成仙。消息传出，四方方士也闻风赶来参与其事。后年长日久，吴氏家境败落。亲朋好友闻讯时来相劝，但吴氏已沉溺其中，无法自拔。一天，刘古寰无疾而死，吴见理还以为他是成仙而去。后吴氏同其他方士入山采药，体乏枕石而憩，醒来衣粮已经被方士偷去了。深山中只有吴见理一个人，饥寒交迫，吴氏自分必死。此时忽闻有歌声传来，歌声消歇后，由远而近走来一个老者。老者收留了吴氏，把他带回家中，并询问他入山的原因。吴见理告诉了事情的经过后，老者大发感慨，于是讲了一番道理，指出炼丹之弊、成仙之幻及命数之定等。吴见理终于"见理"而醒。吴见理回家之后，追悔前非，决心重拾举业。后吴氏携带书籍和童仆入华山寻访老者，欲拜为师，可惜老者踪迹已无，终于失望而归。

在本篇小说中，有教育者，亲朋好友、老者；有受教育者，吴见理；有教育内容，弃道返儒；教育方法，导之以理，符合教育小说内涵，因此是一篇社会教育小说。本篇社会教育小说具有以下几方面的特点：

第一，从故事情节来看，本篇社会教育小说有一个鲜明的特点，即在叙事上采用了"败子回头"故事模式。这是明代教育小说中第一篇采用此模式的小说。因而，它就值得特别关注，它势必会给明后期教育小说的创作提供可资借鉴的叙事模式和创作经验。

第二，从小说内容来看，本篇社会教育小说既反映了一定的教育思想，又反映了特定的社会生活内容。本篇主人公吴见理本是业儒举子，因屡试不中，遂放弃举业。因家境富足，无所事事，又被成仙证道之邪说乘虚而入，深溺其中，无法自拔。渐至家境败落。后被老者劝导、教育才回心转意，重新投身儒业之中。若从本篇社会教育小说的主旨来说，它的教育思想主要在于劝导人们不要妄信成仙证道之邪说，而要信从儒家之学说，这是本篇社会教育小说的第一重主旨。本篇社会教育小说的另一重主旨，即是反映了当时儒、道斗争的矛盾。鲁迅先生在《中国小说史略》中说："成化时，方士李孜僧继晓已以献房中术骤贵，至嘉靖间而陶仲文以进红铅得幸于世宗，官至特进光禄大夫柱国少师少傅少保礼部尚书恭诚伯。于是颓风渐及士流……世间乃渐不以纵谈闺帏方药之事为耻。风气既变，并及文林。"[①]而这对生于正统朝卒于嘉靖朝的陶辅来说必然会有所见闻的。因此，小说中的这种"以儒排道"的教育思想是和当时的社会现实密切相关的。这种教育思想是否值得提倡姑且不论，它对上述所引用的鲁迅先生指出的那种"世间乃渐不以纵谈闺帏方药之事为耻"的颓废世风起到了一定的反拨和规范的作用则是肯定无疑的，这也正是本篇社会教育小说以"败子回头"模式结撰故事来教育和警醒读者的主要用意之一。同时，即使以现代的眼光来对其进行审视的话，它仍有一定的教育和启发意义，如人们该如何确立自己的信仰问题，社会又该如何加以引导等等。

总体看来，这两篇社会教育小说的主旨还是很明显的。但在《管鉴录》中，教育小说的教育思想和教育内容则显得没有那么明显了，小说几乎成了作者说理、炫才的工具。

《管鉴录》由两个故事情节组合而成，第一个可以称为"王屠向佛"，说的是一个奢杀生灵的屠户受到惩罚，在一位老者于公教育下回头向善的故事；第二个可以称为"管生受教"，说的是一个庠生管鉴作诗一首得以流传，后被一个樵夫耻笑，进而受到教育而终成名儒的故事。两则故事用一首"于王因果诗十咏"加以连结，构成一篇完整的社会教育小说，这是其结构上的特点。本篇社会教育小说的三个要素全都具备，但它在故事内容、教育思想、所反映生活的深度及艺术成就方面都较上篇相去甚远，只是说明鬼神因果、人之善恶并非是由上天主宰，而是在于气理使然等这样一番道理。假小说以议论，假小说以说理，假小说以炫才，才是作者的真正意图。这是它内容上的特点。不过，这也说明当时的小说观念仍是芜杂不清的，至少对作者来说是这样。

第二，"统一式"的小说主旨，即在这类社会教育小说中，小说的主旨也不是唯一的，但以教育小说主旨为主，其他方面的内容则能够很好地与社会教育小说主旨融合起来，使小说既彰显了社会教育主题思想，又拓宽了它的表现领域和表现题材，蕴含丰富，如《庞观老录》。本文是一篇立意很奇特的社会教育小说，为了便于剖析，兹概述其要如下：

江南龙江关有个青年人姓刘，博学好古，很有修养，但却嗜好饮酒，人送外号"刘醅瓮"。此外，刘生为人刚傲好胜，别人都对他奉承有加。他有两个朋友，一个性格凶狠，使气好强，人称"张舍命"；一个家产过万，挥金如土，人称"王十万"。这三个人都能饮酒，故成为密友。同时，在江口下市，有个娼妓名叫四水和，才色双全。四水和开始与张舍命交好，后又与王十万交好，并逐渐冷淡张舍命。张舍命对此记恨在心，伺机报复，但表面仍与其很亲善。后来张舍命设计挑拨王十万与刘醅瓮之间的矛盾，使王十万扬言要杀死刘醅瓮。张舍命对四水和说想借此机会杀死刘醅瓮，然后嫁祸给王十万，并威胁四水和不要走漏消息，否则就杀死她。四水和很害怕，恰好有一个老相好李顶缸来找她，于是他们就连夜逃走了。老鸨因四水和失踪，于是把张舍命等三人告上县衙。县官就把三人拘押在监

① 引自鲁迅《中国小说史略》，人民教育出版社1973年版，第155页。

狱里进行审问，但没有丝毫结果。后来旧官任满而去，新官庞观老上任。庞观老为官机敏善察，巧设机关，遂使案情真相大白。接着庞观老依律对他们从轻处罚，并教育他们以后要剪除罪业，洗心向善。

本篇社会教育小说又有了新特点，首先，小说中的受教育者不再是以前的那种单一对象，而是变成了多个受教育对象，这样有利于丰富故事情节，从而使故事显得曲折有趣。其次，小说的教育者是官员，官员断案与社会教育相结合，寓教于审，更易取得明显的教育效果。同时，这种公案题材与教育题材相结合的创作模式在一定程度上会给后来同类作品以借鉴和启发。再次，我们可以说本篇社会教育小说是一篇寓言小说，刘醅瓮，酒的象征；四水和，色的象征；王十万，财的象征；张舍命，气的象征；李顶缸，则寓有"替人受过"之意；庞观老(旁观老)，寓有"当局者迷，旁观者清"之意。可见，四种人物类型，象征酒色财气四种欲望。本篇小说的教育意图也正在于说明过度不当的欲望对人的戕害，正如判词所说："切照刘醅瓮，以酒污儒者之名；四水和，以色失良家之节；王十万，以财倾殷富之基；张舍命，以气损养身之理。"不仅如此，本篇小说还具有更广泛的教育意义，如提醒青少年要慎重交友，不可恃才傲物等。同时，小说通过对人物的描写，揭露了社会关系的复杂凶险，告诫青少年要慎言慎行等，这些在现实生活中均有一定的借鉴意义。最后，本篇小说想象奇特，采用象征手法使小说具有了深刻的寓意，从而扩大了教育小说的表现题材和表现领域。

通过对以上几篇"传奇体"教育小说的考察，我们可以发现这几篇社会教育小说的故事内容并不复杂，但与"笔记体"教育小说相比，它自有一番新的面貌和气韵。首先，此前的"笔记体"教育小说多承袭魏晋六朝余绪，体制短小，粗陈故事梗概。多带有实录性质，虚构性不强。"传奇体"教育小说则不然，它是有意为小说，因而，虚构性强了，故事性也强了。其次，"笔记体"教育小说多以截取人物或事件的一个侧面来叙述故事，三言两语，略欠风采。"传奇体"教育小说则是首尾完整，波澜起伏，结构完整，骨架丰满。最后，由于"笔记体"教育小说体制短小，当然就不如"传奇体"教育小说内涵丰富了。但这也不是说前者就一定不如后者，比如，前者因体制短小，故而主旨明确；后者因篇幅增长，往往容易旁枝逸出。

总之，通过对明前期教育小说的全面分析、考察，我们可以看出明前期教育小说的类型比较丰富，反映的社会生活也较广阔。同时，也有故事性不强，总体艺术成就不高等缺点。但瑕不掩瑜，它毕竟有其存在的价值。

二、明后期教育小说的概况、分类及特点

（嘉靖至南明隆武1522—1645）

（一）明后期教育小说概况

为了对明后期教育小说的概貌做清晰、明了地介绍，笔者特制表如下：

明后期教育小说一览表(以时间先后为序)

作者	篇目	数量	资料来源	表现形态	教育类型	成书时间	备注
何良俊	★《仇览》 ★《张延符》	2	《语林》	世说体	① 社会教育 ② 家庭教育	嘉靖三十年	注:表中带★号篇目的题目为笔者所加;带☆号的篇目的题目为原题目的缩写。
陈良谟	★《施相之》	1	《见闻记训》	笔记体	社会教育	嘉靖四十五年	
刘元卿	★《田舍翁》	1	《应谐录》	笔记体	学校教育	嘉靖间	
耿定向	★《阳明先生》	1	《权子》	笔记体	学校教育	隆庆间	
邵景詹	★《姚公子传》	1	《觅灯因话》	传奇体	家庭教育	万历二十年	
刘元卿	★《杨公》 ★《韩亿》 ★《陆祖言》 ★《王文正》 ★《郭孝廉》 ★《柳公绰》 ★《陈尧咨》 ★《吕希哲》 ★《范仲淹》 ★《吴中一老》 ★《新昌人》	11	《贤弈编》	笔记体	① 家庭教育 ② 社会教育	万历二十一年	
方大镇	★《孙登》	1	《田居乙记》	笔记体	学校教育	万历间	
叶秉敬	★《闲居》	1	《书肆说铃》	笔记体	家庭教育	万历间	
陈继儒	★《伯温》	1	《康节外记》	笔记体	家庭教育	万历间	
苏士潜	★《张雨》 ★《皇甫缋》	2	《苏氏家语》	笔记体	家庭教育	待考	
冯梦龙	☆《三孝廉》 ☆《张孝基》	2	《醒世恒言》	白话短篇	家庭教育	天启七年	
凌濛初	☆《赵六老》	1	《拍案惊奇》	白话短篇	家庭教育	崇祯元年	
凌濛初	☆《痴公子》	1	《二刻拍案惊奇》	白话短篇	家庭教育	崇祯五年	
陆人龙	☆《灵台山》 ☆《内江县》 ☆《贪花郎》	3	《型世言》	白话短篇	家庭教育 学校教育 家庭教育片断	崇祯十六年	
天然痴叟	☆《王本立》	1	《石点头》	白话短篇	学校教育片断	崇祯间	
罗浮散客	☆《刘烈女》	1	《贪欣误》	白话短篇	家庭教育片断	弘光、隆庆间	

通过上表,我们可以明显地看出,本期教育小说在承袭前期教育小说的基础上又有很大发展,显示出明后期教育小说创作逐渐繁荣的趋势。具体表现在:

第一，本期教育小说的总量约为31篇，约是明前期教育小说的三倍。

第二，本期教育小说不仅继承和发展了前期"笔记体"形态的教育小说，而且还出现了"世说体"形态的教育小说。更可贵的是，本期还有9篇白话短篇教育小说，它们进一步丰富了明代教育小说的表现形态，为后来的白话教育小说的创作提供了经验。

第三，在本期31篇教育小说中，文言占了22篇，在数量上占优势，表现出文言教育小说顽强的生命力。

第四，在教育小说类型的划分上，其中家庭教育小说有20篇，学校教育小说有6篇，社会教育小说有5篇，表现出与明前期教育小说迥然不同的发展态势。

最后，本期教育小说主要集中于嘉靖、万历及崇祯三朝，与明前期教育小说相比，表现出相对均衡的发展态势。

（二）明后期教育小说的分类及特点

1. 明后期教育小说的分类

本期教育小说的数量增多，其中属于学校教育小说的有：《田舍翁》、《阳明先生》、《吴中一老》、《孙登》、《贪花郎》、《王本立》；属于家庭教育小说的有：《姚公子传》、《张延符》、《韩亿》、《王文正》、《陆祖言》、《柳公绰》、《陈尧咨》、《范仲淹》、《吕希哲》、《闲居》、《张雨》、《伯温》、《皇甫缋》、《三孝廉》、《张孝基》、《赵六老》、《痴公子》、《灵台山》、《内江县》、《刘烈女》；属于社会教育小说的有：《仇览》、《施相之》、《杨公》、《郭孝廉》、《新昌士人》。

2. 明后期教育小说的特点

1）学校教育小说

本时期的学校教育小说如上文所说共有六篇，虽然它们各自表现出不同的教育内容和教育思想，但也呈现出一些共同的特征，归纳起来有以下几点：

第一，以寓言小说或寓言小说的手法来形象化地展现学校教育小说的教育思想，使抽象、枯燥的道理通过比喻的修辞手法从小说的艺术形象中生动、活泼地流露出来，小说主旨的表达浅显通俗，寓意深刻。请看《田舍翁》：

> 汝有田舍翁，家赀殷富，而累世不识"之乎"。一岁，聘楚士训其子。楚士始训之搦管临朱，书一画，训曰"一"字；书二画，训曰"二"字；书三画，训曰"三"字。其子辄欣欣然执笔归告其父曰："儿得矣，儿得矣！可无烦先生重费馆谷也，请谢去。"其父喜从之，具币谢遣楚士。逾时，其父拟征召姻友万氏姓者饮，令子晨起治状。久之不成，父趋之，其子恚曰："天下姓字多矣，奈何姓万？自晨起至今，才完五百画也。"初机士偶一解而即訑訑自矜有得，殆类是矣。（《田舍翁》）

本文是明后期第一篇学校教育小说，同时也是一篇寓言小说。它不似明前期教育小说的严肃、庄重，而是带着一种诙谐、嘲讽的色调，让人们在会心微笑之时，又给人以启迪与思考。本篇学校教育小说叙述的中心是田舍翁的儿子，作者把教学细节不厌其烦地一一铺叙，是为了突出田舍翁之子沾沾自喜的模样。接着，作者笔锋一转，在"万"字上大做文章，以挫田舍翁之子洋洋自得之志，致使其痛恨地呼告："天下姓字多矣，奈何姓万？"至此，黔驴技穷。从而把一个自满、自夸的学生形象刻画得神形毕现，俨然一幕深具讽刺意味的轻喜剧。最后，作者点明创作主旨："初机士偶一解而即訑訑自矜有得，殆类是矣。"具有画龙点睛之妙，使为学不能浅尝辄止、不可自满的教育思想得以突出和深化。再请看《吴中一老》：

吴中一老，故微而窭，初弄蛇为生，其长子行乞，次钓蛙，季讴《采莲歌》以丐食，晚致富厚。一日，其老聚族谋曰："吾起家侧微，今幸饶于赀，须更业习文学，方可振家声也。"于是延塾师馆督，令三子受业。踰年，塾师时时誉诸子业日益。老乃具燕集宾客，延名儒试之。名儒至，则试偶语，初试季子云："纷纷柳絮飞。"季对曰："哩哩莲花落。"继试仲子云："红杏枝头飞粉蝶。"仲对云："绿杨树下钓青蛙。"试长子云："九重殿上，排两班文武官员。"长对曰："十字街头，叫几声衣食父母。"其老窃聆之，诧曰："阿曹云云，犹旧时所弄蛇也。"吁，夫囿于习而欲湔之者难矣。

在本篇学校教育小说中，作者采用寓言的手法来说明积习难除，养成良好习惯的重要性，这也是本篇学校教育小说的教育思想。小说通过"名儒试偶语"这一故事情节，作者还提醒世人生活环境对一个人的影响是巨大的，有时是难以改变的，这同样具有教育意义。

第二，作者的创作视野转向了历史人物或当代名人，通过对他们的遗闻逸事的描述而展示出学校教育小说的教育内容和教育思想。如《孙登》、《阳明先生》。请先看《孙登》：

（稽）康从孙登游三年，问其所图，终不答。康将别，曰："先生竟无言耶？"乃曰："子识火乎？生而有光，而不用其光，果然在于用光；人生而有才，而不用其才，果然在于用才。故用光在于得薪，所以保其曜；用才在乎识物，所以全其年。今子才多识寡，难乎免于今世矣。"康不能用，卒死吕安之难。

本篇学校教育小说与明前期学校教育小说显然不同，前期学校教育小说反映的多是官学，反映的是官方的思想和意图；本篇讲的是嵇康跟随孙登学习，即"游学"，颇类私塾的教育方式。本篇学校教育小说所反映的教育思想是教育嵇康要善于韬光养晦，明哲保身，表现出一种道家的"无为"思想。这种教育思想实用而略带消极，但却反映了古代专制统治对人才的压抑、摧残，其中也隐约可见明代黑暗、残暴现实的折光。另外，本篇学校教育小说采用比喻、类比的说理方法，由浅及深，循循善诱，艺术上的特点颇为显著。

教育小说《孙登》的主人公是历史人物，而《阳明先生》一篇的主人公则是当朝名人：

昔阳明先生居，群弟子侍。一初来学士盖愚呆人也，乍闻先生论良知，不解，卒然起问曰："良知何物，黑耶，白耶？"群弟子哑然失笑，士惭而报先生，徐语曰："良知非黑非白，其色赤也。"弟子未喻，先生曰："其征于色者，固良知也。"

本篇学校教育小说通过"士人问良知"这一故事情节的叙述，一方面表现出阳明先生不鄙视笨学生、一视同仁的可贵师德。阳明先生的这种为学为人为师的态度也值得我们今天的教师学习和借鉴；另一方面也说明阳明先生善于因势利导地教育学生，教学方法不拘一格，灵活多变。

第三，学校教育与家庭教育相结合，以学校教育为主；教育题材与公案题材相结合，以教育题材为主，这也是本时期学校教育小说的特点之一，如《贪花郎》。同时，若从表现形态这一角度进行观照的话，本时期学校教育小说既有标准形态的教育小说，也有非标准形态的教育小说，即学校教育小说片断，前者如《田舍翁》、《贪花郎》等；后者如《王本立》。

《贪花郎》是《型世言》中的一篇白话短篇小说，以前多被视为世情小说。其实，若从教育小说的角度进行考察的话，它是一篇形式纯粹的教育小说。关于本篇教育小说的故事梗概和在教育小说史上的地位，李延年同志所著《〈歧路灯〉研究》已有详细论说，请参阅①。除此之外，本篇教育小说的独特性还有以下两个方面：

其一，在教育类型上表现出独特性。在本篇小说中，故事情节大部分发生在家塾之中，人物形象的塑造也主要以恶师钱流为主，其他的教育者如陈副使则退居次要地位。家庭教育内容展现很少，主要是以家塾教育活动为主。所以说本篇教育小说是学校教育与家庭教育相结合的综合类型，但以学校教育为主，家庭教育起到推动故事情节发展的作用。

其二，在题材上，表现为教育小说与公案小说的融合。本篇小说的主人公是钱流，他的第一身份是教师，是教育者。他有自己的学生，即陈公子，同时还有教育内容等，所以说本篇小说是教育小说。钱流一方面是在充当教育者，一方面又贪图钱财。在谋图钱财不得的情况下，便心生毒计陷害陈公子，使其与皮匠发生纠纷，自己从中渔利。此时陈公子与皮匠之间属于民事纠纷。但是故事情节继续向前发展，钱流再次设计敲诈陈公子时，结果造成了陈公子的母亲自尽，这样悲惨的事实主要由钱流一手造成。于是，他已经不自觉地迈向了犯罪的泥潭。此时案情也由民事纠纷转向刑事犯罪了。最终此事被陈副使发现，陈副使在查明证据之后，把钱流及其从犯告上官府。其实这个过程也可以看作是剖析案情，只是不是由执法人员具体操作，但所查尽是事实，没有诬陷，所以钱流等人只得依律认罪，最后由官府进行判罪。由此看来，本篇小说又具有公案小说的成分。教育小说与公案小说通过小说主人公钱流的双重身份——既是教师，又是罪犯——把二者有机地融合在一起，互相映衬，有力地推动着故事情节的发展。

如果我们从表现形态进行观照的话，可以发现《贪花郎》属于标准形态的教育小说，上文已有详论。而《王本立》则属于非标准形态的教育小说，即教育小说片断。但它也有自己的特点：它只是把一个反映学校教育的片断嵌入到世情小说里面，作为整篇小说的部分情节。这个学校教育小说片断却具有教育小说的三要素，具有浓厚的教育意图，即教导世人要以孝道为本。这无论在当时还是在现在都是有其合理内核的。同时作者借教书先生之口，揭露世间种种不孝行为，由此也可见明末社会的众生相。

概而言之，以反映学校教育为主的教育小说，在明前期和明后期表现出明显不同的发展态势。明前期学校教育小说多以官学为主，教育者身份也是官、师一体，教师居于小说创作的中心位置。小说创作带有明显的实录性质，总体故事性不强等。明后期学校教育小说多以私学或家塾、私塾为主，教师在小说中的位置稍有下移，也就是说小说创作不是全部以教师为焦点。小说的风格也为之一变，明前期教育小说全部为文言形态，明后期则文言、白话形态兼有。学校教育小说的表现形态进一步丰富：明前期学校教育小说的创作风格显得严肃庄重，反映出当时学校教育小说创作观念的略带保守和僵化；明后期学校教育小说的创作风格则机智灵活、幽默谐趣与严肃庄重同时兼有，反映出本期学校教育小说创作观念的进步和丰富。由于明后期学校教育小说出现了白话短篇作品，从而使得小说中人物形象的塑造比前期更加丰满生动，情节也更加丰富细腻等等。所有这些都大致展现了明前、后期学校教

---

① 李延年《〈歧路灯〉研究》，中州古籍出版社2002年版，第42—44页。

育小说的发展轨迹及学校教育小说创作观念的变迁。

2）家庭教育小说

明前期家庭教育小说仅有《李袭誉》一篇，成为明前期家庭教育小说的一大特色。本时期家庭教育小说则多达19篇，这同样也成为明后期家庭教育小说的一大特色。同时，本时期家庭教育小说还表现出一些鲜明的特点，其具体表现如下：

第一，某些家庭教育小说以受教育者为叙述中心，或重在表现教育方法，如《张延符》；或重在表现教育思想，如《姚公子》、《痴公子》。

> 张延符少不拘检，肆意畋游，父思曼请假还吴，始入西郭，值延符正猎，左手臂鹰，右手牵犬。遥望见思曼，乃放鹰绁犬，向舟而拜。思曼曰："一身两役，无乃劳乎？"延符跪对曰："充闻三十而立，今二十九矣。请至来岁，终身折节。"思曼曰："若过而能改，乃颜子矣。"明年幡然易操，寻师就学，博览古籍，终为名士。（《张延符》）

本篇家庭教育小说别具特色，它的教育者思曼对延符的教育不采用寻常的简单的呵斥与打骂，而是通过"攻心"，即从思想上、心理上加以引导，最终取得理想的教育效果，使张延符"幡然易操"，"终为名士"。这种循循善诱的教育方法至今仍值得借鉴。

《姚公子传》是明万历二十年邵景詹的文言小说作品，后来，凌濛初崇祯五年改编为白话短篇小说《痴公子》。二者同属家庭教育小说，因而故事内容基本相同，故事大意为：浙江温州府有个姚公子，父亲是兵部尚书，岳父上官翁也是官宦之家，因而家境富裕。但是他却父母双亡，无人管教，结交匪人，听信恶言，散漫使钱，致使家业败落一空。虽有好人相劝，但是姚公子深溺其中，不能自拔。最后，竟然想把妻子也卖掉。他的岳父知道他此时不可能断然回头，就用计把女儿接回家，而对姚公子则听之任之，旁坐静观，打算抓住有利时机再对他进行教育。后来，姚公子果然落魄街头，以乞讨为生。这时他的岳父又设计对他进行威吓、劝导，让他备尝生活的艰辛，从肉体和思想上彻底地改造他，在取得满意成果之后，才让他与妻子团聚，后夫妇美满而终。《姚公子传》中，姚公子最终未能与妻子团聚，一个人孤单凄凉而死。二者结局不同，但各有其长处。这两篇家庭教育小说表达了大致相同的教育思想，即交友要慎重，要听信忠告，要珍惜财物、勤俭持家、不可铺张浪费，要让新生一代了解生活的艰辛，接受一些挫折教育等。小说中姚公子的独生子形象及家庭处境，与当今社会中的独生子女家庭有几分相似。因此，这些正面或反面的教训值得现代家庭教育者们思考和借鉴，在当今社会仍有一定的积极意义。

第二，同一主旨散见于数篇作品，即数篇家庭教育小说共同表现一种大致相同的教育思想，如《陆祖言》、《王文正》、《范仲淹》等。

> 谢太傅尝造陆祖言，祖言都无供办。兄子俶密为具餐，太傅继至，祖言所设茶果而已。俄而俶遂陈盛馔，珍羞毕具。客去，祖言大怒，责数俶曰："汝不能光益父教，乃复秽我素业也。"杖之四十。（《陆祖言》）

本篇家庭教育小说所表现的教育思想是，反对奢侈，提倡节俭；讲究礼节气节，但不溜须拍马、攀附权贵，这是有积极意义的。但教育者所采用的教育方法却是粗暴的，反映了当时家法的严厉。这种简单的教育方法在今天是不足取的。再如《王文正》：

王文正公旦，晚年官尊，每家人拜贺，立令止之，因语其弟曰："遭遇如此，愈增忧惧，何可贺？"每有赐禄，见家人置于庭，乃瞑目叹曰："吾门素风，一至如此。"故家人有衣稍华，必于库中易之，不敢令公见。

本篇家庭教育小说显然也是表达了提倡节俭、反对奢华、谨慎做人、决不骄奢的教育思想。同时也可从字里行间隐约感受到"官高位危"的忧惧心理，透露出当时封建官员内心的煎熬与苦痛，流露出一种无奈的情愫。还有《范仲淹》：

范文正公仲淹既贵，常以俭约训人，戒诸子曰："吾贫时与汝母养吾亲，汝母躬执爨，吾亲甘旨未尝充也。今而得厚禄，欲以养亲，亲不在矣。汝母又早逝，吾所最恨者。忍令若曹享富贵之禄耶！子纯仁娶妇将归，以罗为帷幔。"公闻之不悦，曰："罗绮岂帷幔之物耶？吾家清俭，安得乱我家法？敢持至，当火于庭。"

本篇家庭教育小说提倡节俭，希望下一代能够继承清俭、节约的家风。本篇家庭教育小说以主人公自身的经历从正面来教育下一代，真实可信，深具说服力。达到了小说的教育目的。这种以历史名人为叙事焦点的创作倾向，一方面有利于引起读者的阅读兴趣，另一方面又有利于树立比较权威的学习、效仿的榜样，进一步增强小说的教育效果。

第三，女性教育者进入了明代教育小说的领域。女性教育者成为小说的叙述中心，她们在家庭教育中发挥着不可替代的作用。这些小说不仅表现了她们各自的教育思想，而且也展现了她们特有的人生价值，标志着明代教育小说的进步。如《柳公绰》、《陈尧咨》、《吕希哲》、《张雨》等作品。

河东节度使柳公绰，家中门东有小斋。每平旦出至小斋，诸子仲、郢皆束带晨省于中门之北，令子弟执经史，躬耕一过，乃讲议居官治家之法。人定然后归寝，诸子复昏定于中门之北。饥岁，则诸子皆蔬食，曰："昔吾兄弟侍，先君为丹州刺史，以学业未成，不听食肉，吾不敢忘也。"公绰妻韩氏，相国休之曾孙。常粉苦参、黄连、熊胆和为丸，赐诸子夜学含之，以资勤苦。其后仲、郢以礼自守，出内斋未尝不束带。三为大镇，无良马，衣不薰香。公退必读书，手不释卷。柳玭常戒其子弟曰："凡门第高，可畏不可恃，立身行己事有失，得罪重于他人，无以见先人于地下。"(《柳公绰》)

本篇家庭教育小说有新特点。首先，本篇家庭教育小说中的教育者不是一人，而是多人；并且首次出现了女性教育者，标志着母亲教育进入了明代教育小说的园地。其次，本篇家庭教育小说是由三个教育者教育新生一代的故事连套而成，并依次展现所取得的教育成果，如仲、郢守礼，手不释卷。柳玭教育子弟要慎行，不可飞扬跋扈等。最后，本篇家庭教育小说的教育思想主要为：守家有礼，居官廉洁，勤苦学习，立身谨严等。再如《陈尧咨》：

陈尧咨精于弧矢，守荆南。其母冯氏问曰："汝典藩有何异政？"咨曰："荆州孔道，客以尧咨善射，无不叹服。"母曰："汝父教汝以忠孝辅国家。今不务异政善化，而专务一夫之技耶！"以杖击之，金鱼坠地。

本篇小说是纯粹反映母亲教育的家庭教育小说，与上篇家庭教育小说不同的是，本篇小说中，作者给我们塑造了一位眼光卓异、思想深远的严母形象。她教育儿子不应该仅逞匹夫之勇，而应该推行“异政”，教化百姓，为国尽忠，为民谋福，表现了一位女性教育者的深远识见。

第四，出现了两种“复合型”教育小说类型：一种是家庭教育小说与世情小说的结合，以家庭教育小说内容为主，如《三孝廉》、《张孝基》；一种是家庭教育小说与学校教育小说的结合，也以家庭教育小说内容为主，如《赵六老》、《灵台山》。下面分别讨论。

《三孝廉》和《张孝基》是本期家庭教育小说中的两篇白话短篇作品，它们都是由以前的同类题材作品改创作而来。它们故事的主干是教育小说，但由于白话小说的审美容量的加大，小说中也有世情生活的叠加，因而以前学界多将其视为世情小说。《三孝廉》讲许武父母双亡，关心、教育两个弟弟许晏、许普的故事。经过许武精心教育，设计身担恶名，巧助两位弟弟成名成才，最后三人均为清官的故事，主要表现了或者说提倡一种“孝悌”、兄弟友爱的家庭美德。这在当时虽是维护宗法制血缘关系的一种手段，但我们不能忽视其所表现出来的珍惜生命、关爱他人的人文主义关怀和价值，我们同样也不能忽视其在维护家庭、社会稳定，规范社会秩序，发扬家庭美德中所起到的基础作用。如果剔除当时发展至“愚孝”的思想糟粕，那么，它给我们当今社会该如何树立和发扬家庭美德，建立新型社会主义家庭的精神文明以重要的参考和启迪。

《张孝基》采用的是前此已有的“败子回头”故事模式来展开情节。由于过善本性悭吝，不肯为儿子聘请教师，而是让他去附学，结果为过迁在外面胡作非为大开方便之门。再加上不负责任、贪人钱财的教师的纵容，遂使过迁变本加厉，浪荡成性，最后过善也被气死。一个好端端的聪明伶俐的少年学生因为家教不严、教师纵容而变为气死父亲、逃往他乡的乞丐。其中寓有丰富的血和泪的惨痛教训。因而，本篇家庭教育小说所表现出来的教育思想即在于昭示世人：家庭教育不可忽视，要关心新生一代的健康成长；要亲自选择良师，所谓“近朱者赤，近墨者黑”，教师在新生一代健康成长的道路上具有举足轻重的作用；家长教育新生一代要选择适当的教育方法，反对简单、粗暴的教育方式，否则一片爱子之心反成离间父子之意，不会取得良好的教育效果。同时，本篇家庭教育小说还对张孝基助人成家、义不受财的高尚行为给予赞扬。其实，这也是对读者的一种隐性教育。

由以上分析可以看出，这两篇小说的特点呈复合型，即家庭教育小说与世情小说结合，而以家庭教育小说内容为主。下面，我们再来考察《赵六老》和《灵台山》两篇教育小说。

《赵六老》作为家庭教育小说很有特色，即在家庭教育小说中又嵌入了学校教育片断，但家庭教育是主干。本篇家庭教育小说以艺术形象生动地说明了赵六老夫妇溺爱赵聪而不对他严加管教的危害。小说一方面叙述赵六老夫妇是如何含辛茹苦地抚养赵聪成人，另一方面又一次次展示先前没有受到良好教育的赵聪如何拒养父母。通过这种前后的因果对比，让人在同情赵六老可怜可悲的遭遇的同时，又深深地刺痛读者的心灵，使人们认识到家庭教育的重要性。如果不是赵六老夫妇当初对赵聪过度溺爱，也不会有他的命丧黄泉和家庭的彻底破败，如此惨痛的血泪教训，可谓震撼人心。同时，作者也给小说中的歪师顺手一击，贤愚毕现。本篇家庭教育小说与《三孝廉》不同，前者是从正面展示家庭教育所带来的兄弟友爱、家庭和睦的良好结局；后者则是从反面来展示因家教不严、过度溺爱而导致家破人亡的悲惨结局，更能发人警醒和深思。

《灵台山》的情节梗概及其为《歧路灯》提供了艺术营养等内容，李延年同志在《〈歧路灯〉

研究》中作了较详细的论述,请参阅[①]。在本篇小说中有教育者,沈阆、教书先生、沈实;有受教育者,沈刚;有教育内容,由于父辈溺爱,择师不当,交友不慎等,致使误入歧途等。因此这是一篇家庭教育小说。它的教育小说类型是家庭教育小说与学校教育小说结合在一起的。但却以家庭教育小说为主,学校教育小说成分仅是起到了推动情节发展的作用。同时本篇家庭教育小说也反映了一定的教育思想,即反对家长过分溺爱子女,父母应该为子女选择良师,教育子女要结交良友等。

由以上分析可以看出,《赵六老》、《灵台山》也呈复合型特点,但复合的内容却与上述两篇稍有不同:家庭教育小说内容与学校教育小说内容的复合。

第五,本时期家庭教育小说中,还出现了家庭教育小说片断,如《内江县》、《刘烈女》等。它们虽不是纯粹的教育小说,但仍然表现了一定的教育内容,体现了一定的教育思想,能够反映一定的社会生活现实,值得我们进行研究。

《内江县》是明末陆人龙的作品,《刘烈女》是弘光年间的作品,作者是罗浮散客。它们分别出自《型世言》和《贪欣误》。但它们仍具有教育小说完整的三要素。如在《刘烈女》中,教育者,元辅之妻;受教育者,刘大姑;教育内容,教育刘大姑学习《孝经》、《烈女传》及讲解前朝和本朝烈女事迹,教导她树立妇德等。本篇家庭教育小说片断的独特之处即在于,刘烈女是家庭教育小说中唯一的受教育的女性形象。这不仅丰富了教育小说的人物形象,而且还反映了当时的社会动态,如据《明史·烈女传》记载:"明兴,著为规条,巡方督学岁上其事。大者赐祠祀,次亦树坊表,乌头绰楔,照耀井间,乃至僻壤下户之女,亦能以贞白自砥。其著于实录及郡邑者,不下万余人,虽间有以文艺显,要之节烈为多。呜呼,何其盛也!"由此可见当时节烈观念之盛行。本篇家庭教育小说即在一定程度上反映了当时的社会现实。上述《内江县》、《刘烈女》等说明,明后期的教育小说并非都是形势纯粹的教育小说,而是标准形态的教育小说与非标准形态的教育小说共存,显示出其表现形态的多样性与复杂性。

概而言之,本时期家庭教育小说与明前期家庭教育小说相比,表现出明显不同的发展态势和行进轨迹。

其一,明前期家庭教育小说仅为一篇,表现形态为文言"笔记体"。明后期家庭教育小说则多达20篇。表现形态丰富多样,既有"笔记体",又有"传奇体",还有"世说体"。并且,后者是明后期才出现的一种新的表现形态。

其二,明前期家庭教育小说中的教育者为男性,受教育者也是男性,艺术形象比较单一。明后期家庭教育小说则不仅有男性教育者,还有女性教育者,更为可贵的是首次出现了女性受教育者形象。艺术形象大大突破以往,拓宽了家庭教育小说的创作视野,丰富和发展了教育小说的人物形象系列。同时既有标准形态的家庭教育小说,又有非标准形态的家庭教育小说片断,表现出明后期家庭教育小说形态的多样性和复杂性。

其三,明前期家庭教育小说反映的内容较单纯、狭窄。明后期家庭教育小说因数量的增多、篇幅的增大而反映的内容较丰富、广阔。这样,有利于我们了解当时的社会生活和社会动态,有利于丰富和拓展我们的研究视野。

其四,明后期家庭教育小说的叙事技法要比前期丰富的多,不仅有肖像、心理描写,还有

---

① 李延年《〈歧路灯〉研究》,中州古籍出版社2002年版,第30—32页。

细节、场面描写，如《灵台山》一篇中，沈实佯装要杀沈刚恶友的场面描写，把各人情态表现得淋漓尽致，生动传神，大大提高了教育小说的艺术水准。但要说明的是，明后期家庭教育小说也并非全是精华，而是精华与糟粕同在；艺术成就也不是等量齐观，而是参差不齐。

其五，从作者来看，不仅有封建官员如耿定向、刘元卿等，还有下层文人如陆人龙等，反映了明后期教育小说作者队伍的壮大。

最后，明后期家庭教育小说共有 20 篇，其中文言作品有 14 篇，白话作品为 6 篇。从数量上来说，文言作品占有优势，反映出文言作品顽强的生命力。6 篇白话家庭教育小说中有 3 篇采用了“败子回头”的故事模式，表现出叙事模式的类型化特征。审美风格也不尽相同，有正剧，有悲剧，有轻喜剧。

3）社会教育小说

本时期社会教育小说共有 5 篇，分别是：《仇览》、《施相之》、《杨公》、《郭孝廉》、《新昌士人》。从总体上看，本时期社会教育小说反映出与社会生活联系紧密的特点，具体表现为：

第一，本时期社会教育小说反映出厚重的世俗的社会意识，即民众世俗的教育思想和教育观念，带有浓重的道德伦理意味，如《仇览》、《施相之》。请先看《仇览》：

> 仇览为阳遂亭长，好行教化。有陈元凶恶不孝，其母诣览言元，览呼元诮责以子道，与一卷《孝经》，使读之。元深改悔，到母床下谢罪曰：“元少孤，为母所骄。谚曰‘孤犊触乳，骄子骂母。’乞今自改。”母子更相向泣。于是，元遂修孝道，后成佳士。

在本篇小说中，有教育者，仇览；受教育者，陈元；有教育内容，教导陈元改恶从善，孝敬母亲，并启示为人父母者，不可过于娇纵子女。因此，本篇小说是一篇社会教育小说。小说所表现出的教育思想为：为子要孝，要善事父母。在小说中陈元自述了凶恶不孝的原因，即如他所说的“元少孤，为母所骄。谚曰‘孤犊触乳，骄子骂母’”。可见，家庭溺爱不利于子女成长，往往成为子女走上歧途的原因之一。因此，本篇社会教育小说中还有一些家庭教育的影子。再请看《施相之》：

> 归安施相之，名佐；翊之，名佑。兄弟具为知州，只是家居。田产参差，有唇齿之隙。亲友日为处分，不能解。同邑溪亭严公名凤，素以孝友著闻，事兄如父，周恤保爱，无所不至。是时偶遇翊之于舟中，语及产事，公频蹙，谓曰：“吾兄懦，吾正苦之。使得如令兄之力量，可以尽夺吾田，吾复何忧？”因挥涕不已。翊之乃恻然感悟，遂拉溪亭同至兄宅，且拜且泣，深自悔责，而相之亦涕泣慰解。乃各欲以田相让，遂友爱终身。人咸称严公以诚感施，以诚应乡邦，美事至今犹乐谈云。

本篇社会教育小说很有特色，它不似其他文言作品仅是截取事件的某一侧面来横生波澜，它的叙事有头有尾，结构完整。全文叙事流畅，兄弟之间先分后合，特点突出。同时，也使兄弟应该友爱相处的教育思想得以凸显，可谓波澜不惊，水到渠成。

第二，本时期社会教育小说还涉及到一个特殊的阶层，即封建统治阶层中的部分官吏。表现他们积极的教育思想和人格理想，具有积极的教育意义。如《杨公》、《新昌士人》。请先看《杨公》：

> 太宰孟山杨公为北边兵宪时，有将官名将子也。因事被勘，公勘得其实，酌处之。

将官心德公，假公移邮，筒中具揭，托名蔬菜，具中缄银币若干致谢公。公即移中批发不收，且告诫之。逾时，公转大参行，众将官旅见，其人独惴恐若无所容。公既以温语奖谕诸将官，至其人曰："汝父名将也，观汝貌诚不愧将种。第汝年少更事少，后当益努力，以承父业。"其人神情恍然若更生云。(《杨公》)

本篇社会教育小说有它特殊的地方，即小说中的教育者与受教育者的身份的特殊性，他们不再是以往的凡夫俗子，也不是放浪青年，而是封建官吏。因而，这是一篇典型的上级官吏对下级官吏进行教育的小说。小说既表现了杨公廉洁奉公的优秀品质，又体现出一定的人情味。同时也表现了他善于因势利导的教育思想。再请看《新昌士人》：

新昌有士人某者，少年负气，英迈皎砺，筮仕得岩邑。濒行谒梁石门请教，石门曰："清、慎、勤，居官三字符也。"士人曰："虽然天德王道之要，独不可闻乎？"石门微笑而答之曰："言忠信，行笃敬，天德也；不伤财，不害民，王道也。"士人退而谓人曰："石门议论平平耳。"越三年，士人以不检罢官归里中，语人曰："吾不敢再见石门先生。"

本篇社会教育小说的主人公也是封建官吏，但故事内容与上篇教育小说不同。本篇社会教育小说叙述了一个不纳良言，终致罢官的反面故事。通过这则故事表达了为官要清廉自守，勤政爱民的正面教育思想。这种思想至今还具有闪光的价值和意义。

第三，当朝名人成为社会教育小说的关注焦点，通过对其事迹的叙述来揭示一些生活道理，反映一定的教育思想，表现一定的教育方法等。请看《郭孝廉》：

黄冈郭孝廉庆，挈其徒吴良吉往越中谒阳明先生。将抵越郭，一夕，呼吴生语曰："吾夜来自省，胞中尚有俗念如许。如此夹杂心，安能领受先生教耶？"拊心痛自刻责不已。徐质吴生曰："子时自省如何？"吴对曰："此来一志，惟求教益，更何俗念。"昕夕争论不合。既至郭，趣吴以前论辩语往质正。先生时燕居楼上食饘，聆吴生语已，不答。第目摄而指示之，曰："子视此盂中，下，便能盛此饘；此几下，便能载此盂；此楼下，便能载此几；地又下，便能载此楼。人贵能下，下乃大。"语已，更目摄吴生者再，竟无他语。吴生退就舍，郭问先生何言，吴生哽咽不能应。第潸然涕数行下，云："先生之炉锤人也，不在言论辨析，而在神情衡宇间，即于吴生可类知已。"

在本篇社会教育小说中，阳明先生是教育者，郭孝廉和吴良吉是受教育者，也是慕学者，教育内容即是教育人应该保持一种低姿态，不斤斤计较，胸怀宽大。其实，这也是本篇社会教育小说所要表现的教育思想。另外，本篇小说的教育方法也很独到，以眼前的事物举例，层层推进，最后得出"人贵能下，下乃大"的结论，很有说服力，使人易于接受。

概而言之，明后期社会教育小说与明前期社会教育小说相比，明显地呈现出以下特点：

首先，本时期的社会教育小说清一色的都是"笔记体"文言小说，较明前期社会教育小说略显单薄且表现形态较单一，因而，它在继承前期创作的余绪下，表现出保守和倒退的创作态势。

其次，从小说内容及教育者、受教育者的身份来看，明后期社会教育小说的创作视阈更接近现实，贴近生活，在一定程度上更加接近当时的社会真实。比如在教育思想上，宣扬要孝事双亲，家庭要和睦友爱，居官要清廉自守、勤政爱民等等，表现出浓郁的世俗生活意识。

最后，由于本时期社会教育小说都为"笔记体"文言小说，故而在创作风格上总体呈现出平实、简约的特点。

以上是对明代教育小说的存在概况、发展演进脉络和特点的简单勾勒，这仅仅是对明代教育小说研究的开始，由此继续探讨，笔者还拟对明代教育小说的艺术风貌进行研究，这已超出本文题旨，请俟另文详论。

作者单位：河北师范大学

明代戏剧中的佳人才子故事、演化及其他

苏建新

关于明代才子佳人戏曲与明末清初同类小说的关系，已经有一些人做过或多或少的探究了。不过在网上搜了之后，却发现"笼统"说的多，真正勾勒出一个清晰的发展、演变史的研究迄今还没有发现（恕我眼界狭窄，国外或港台汉学界的具体研究无缘全面系统地梳理、总结）。

自己过去做过的才子佳人小说演变史，曾经对明代做过一个鸟瞰式的扫描。不过落实到戏剧方面，却还是不甚了了，甚至有点盲人摸象般的迷惘感觉。

一、发生的有关背景

"才子佳人"成书（且成熟）很早。过去大陆学界视野虽然集中在明末清初，但揆诸历史，小说（传奇）批量产生的唐代，已经有第一批成熟的才子佳人小说诞生。著名的唐代三大传奇：元稹的《传奇》（后名《莺莺传》）、白行简的《李娃传》、蒋防的《霍小玉传》，试问何一并而非才子佳人之事呢？

有人对佳人或为青楼女子荣膺其列颇不以为然（笔者曾经遭逢当面的质询）。这里不想回溯自己当年的申辩辞，只想援引程毅中先生的最早发现来说明这个事实的存在[①]。至于唐才子如杜甫、元稹等等笔下诗中的佳人，又何尝排斥了青楼女子的实际资格了呢[②]？

既然才子佳人故事成熟得那么早，在叙述明代的同类戏剧的时候，我们不能不看到前代传统的力量。

最直接对明戏有着极大影响的首推元代盛行的杂剧包括一些南戏。

翻开《元曲选》等集子，在唐宋的西厢小说、相如文君故事的风靡、鼓荡之下，元人在舞台上扮演的才子佳人类似风流，只会更多，不会减少，何况元蒙本是个传统思想束缚威风扫地的特殊朝代。

---

① "才子佳人"作为固定词组首次出现在唐柳祥的《潇湘录·呼延翼》："妾既与君匹偶，诸邻皆谓之才子佳人。"文中自称佳人的呼延翼妻乃一位不贞的歌妓女。《唐代小说史》第276页，人民文学出版社2003年版。

② 杜甫写有"公子调冰水，佳人雪藕丝"，观试题《陪诸贵公子丈八沟携妓纳凉，晚际遇雨二首》可知佳人身份。

最是后代标杆的大戏,当属“新杂剧,旧传奇”,天下夺魁的《西厢记》。

无论怎样高估,我们都难以测量出王实甫对后代佳人才子书的直接或间接的深刻浸润与滋养。

“没有……就没有……”这种句式应该可以借用来传达其中的一些影响(信息、关系)。但是真正的作用,往往却要更曲折、隐晦地通过不同的方式,经由时代、文化等中介,综合投射到后世嫡传遗响身上。

不过需要注意的是,那种简单的照抄、因袭的论定,只会坐实了过去学界“老大”对这类作品“公式化”、“概念化”指责的“千篇一律”、“千人一面”的粗暴否定。

二、才子佳人戏剧的演化发展概说

(一)明代前期简况

以嘉靖年间为界,前期的艺坛相对后来的热烈,自然不可同日而语。但也并未随着程朱理学的大放光彩而销声匿迹。

明王朝官方提倡下的教化剧,一时走红,“子孝共妻贤”的《琵琶记》带动了《香囊记》、《五伦全备记》等的面世。代圣贤立言,也成了这些剧作的自相标榜。

与此同时,这种意识也开始渗入才子佳人之事。

贾仲明《萧淑兰情寄菩萨蛮》写佳人多情,主动追求爱人。当面自媒不说,遭拒后还托嬷嬷代为致意,一片痴心。但本剧正名“张世英饱存君子志”,却透出萧淑兰所遇,并非一般风流才子。这位西宾的张世英始终以礼相待,不愿越雷池一步,最后还是在东家的主动撮合下,才遂了佳人的美意。才子这种非同一般的“君子”风范,显示了作者对当时主流意识的认同。

《萧淑兰》之外,贾仲明《荆楚臣重对玉梳记》写顾玉香忠贞,《李素兰风月玉壶春》叙好友热心成全,应该说均不违背明初对“风化体”有意倡扬的旨意。

文君、相如是历史上有名的才子佳人,朱权与无名氏各自将他们搬上舞台。根据元杂剧改编的《汉相如献赋题桥》,把家长卓王孙的形象提升了一大步,不仅不嫌贫爱富,而且还摇身一变为鼓励才子进取的英明长者。

朱权《卓文君私奔相如》一剧中,卓王孙命人追赶私奔之人,见文君驾车,颇存礼仪,便舍之而去。这一细节渲染,同样是在美化人物,尽量减少这个历史典故的反传统意味。

同为皇室的朱有燉,在杂剧创作上用力甚勤,一人贡献了数种才子佳人故事。《甄月娥春风庆朔堂》在与洪叶儿的反复、范仲淹的猜疑的对照中,塑造了乐户女甄月娥的矢心不二。《兰红叶从良烟花梦》、《美姻缘风月桃源景》描述了乐户女兰红叶、臧氏为了从良或与恋人团圆,克服了种种艰难险阻。佳人的再造之德(恩)在《李亚仙花酒曲江池》得到突出歌颂。至于情的生死不渝,在《刘盼春守志香囊怨》中,通过乐籍女自缢,尸体焚烧后其佩戴的香囊不为融化而被强调出来。

为了政治上避祸而藏身艺术世界的朱公子,在对佳人道德与痴情的礼赞中,寄寓了对人间忠贞爱情的肯定、向往。也有学者指出其中饱含从“正面诱道”、教化这些风尘佳人的良苦用心[①]。

杂剧以外,成、弘之间的《绣襦记》,徐霖以41出的篇幅,更详尽地演绎了曲江的那段佳人才子之情。剧中下场诗“贫寒冷彻骨,保养愿施恩。受尽苦中苦,方为人上人”(31出)、“不是一番寒彻骨,争得梅花扑鼻香”(35出)在提示着“浪子回头”的意蕴。从第一出《传奇纲领》“绣襦护体,乳酥滋胃。复振精神,剔目劝学。登科参军之任”,到末尾〔余文〕“唱莲花六出天。襦护郎寒,剔目劝,汧国夫人元有传”,也在昭显佳人“雪中送炭”之功。“李亚仙剑门匹配”,“最喜两团圆”的良缘成就,让观众欣悦之中,体会到人生苦尽甜来的滋味。

正德十年(1515)陆采和陆集合撰《明珠记》,开门见山道“佳人才子古难并。苦离分,巧完成。”剧中“无双女死后得重生”,与王仙客最终匹配,令人见识了乱世才子佳人的磨难,其波折,“江流曲似九回肠”差可比拟。

二陆终场前的自白“东吴才子多风度,撮俏拈芳入艳歌。锦片也似丽情传万古”,仿佛预告了才子多情,乐于传扬此类韵事“丽情”的时代即将到来。

（二） 明代后期创作简况

剧坛的大演才子佳人,最初应该肇始于对《西厢记》的重新整理。嘉靖初前后在世的李日华,动手将北杂剧“王西厢”南曲化。他的《南西厢》使元代杰出的爱情剧,变做了当世可以取鉴的共享资源。

与前期社会的束缚相比,后期人文思潮席卷传奇、杂剧创作圈,言情成为剧坛的主流。

剧作家不仅古为今用,而且直接取材现实。前者如孙柚《琴心记》,“把才子文章,美人颜色,全凭翠管。巧将一段春织,风流写入宫商调”,“看俯仰古今陈迹”。

后者如唐寅,他是明代“江南第一才子”,孟称舜(1599—1684)25岁前作的《唐伯虎花前一笑》即以这位苏州名人为主角,叙述唐寅为了素香,甘愿投身沈府中佣书。卓人月《唐伯虎千金花舫缘》又据孟《花前一笑》,将沈府的义女改编为婢女申佣来,原剧中伯虎的受罚也没有了,流露出对大才子异样风流的由衷溢赏。

后期才子佳人戏剧之中,既有喜剧,也有悲剧,或者将悲喜之情,交织剧本之中。在十大中国古典喜剧、悲剧集之中,可以看见高濂的喜剧《玉簪记》,吴炳的《绿牡丹》、沈自晋《望湖亭》、阮大铖的《燕子笺》等等。孟称舜的《娇红记》、无名氏《同窗记》(被1611年《摘锦奇音》节录)属于悲剧。孟称舜的《桃花人面》被悲喜剧集收录。

这类戏剧内容丰富,审美取向各异。有的借离合之情,写兴亡之感,如《浣纱记》以范蠡、西施的故事为线索,再现了春秋时期吴越那段争战的历史。“尽道梁郎识见无,反编句践破姑苏;大明今日归一统,安问当年越与吴”,作者在自庆生逢盛世的幸运的同时,也对历史的兴亡做了深刻反思。联系当时外有蒙古俺答的侵扰,倭寇的入侵,内有奸佞弄权的国势,作者对现实的忧虑也隐含其中。

更有不少剧作,在才子佳人风流的故事中,寄寓了对现实的强烈不满。吴炳创作的《绿牡丹》,通过柳五柳、车尚公不学无术,却假冒才子的诗作被取为头等的故事,讽刺了科举考

① 徐子方《明杂剧史》第131页,中华书局2003年版。

试舞弊风行、是非不分的现象。"帘试"一出有"牡丹花史"的评论:"嗟乎！今日考秀才者有认真秉公如此女子者乎？甘心受其拘束耳!"当时科场失意的作者,愤懑之中,借沈重主持《辨真论》考试,提出"天下有真有伪,真者为伪所抑,就是真伪混淆,须要辨明才是"的主张。

汤显祖的《紫箫记》、《紫钗记》两剧,则是这位临川才子的不平之鸣。前者作于万历八年报罢之后,汤显祖有意让李益殿试高中状元,来寄托自己的黄粱梦想。在前者基础上改编而成的《紫钗记》,借卢太尉因才子不来拜谒、拒婚,连下毒手的关目,发泄了对当朝权势人物的不满。张居正生前,即对不受"援引"的作者采取了封杀的处置。

当然,还有一些言情的剧作,纯属遣兴、游戏之作,才子之笔。邓志谟《玛瑙簪》、《并头花》以药名、花名(还有鸟名、骨牌)为人物命名,"凑合以成传奇"。这种《五局传奇》的"凑合"布局,显然是作者逞才的表现。

阮大铖的《春灯谜》在剧情上精心安排,描写宇文彦与韦影娘互相出错,一错再错,多至十错(该剧又名《十错认》),使得剧中人物如父子、母子、父女、兄弟、姐妹、朋友、主仆之间,无不错认,层层推进,造成浓郁的喜剧气氛。不过,因为剧作思想上格调平庸,立意空泛①,仅有形式主义的技巧之长。

与前期剧作相比,后期才子佳人戏剧的异端色彩更为凸显。

《牡丹亭》中,"可知我一生爱好是天然"的杜丽娘,一灵儿将"情"字咬住,成为"情之至"者。这位游园后青春觉醒的少女,因为《诗经》中情诗的启蒙,大自然的召唤,开始对异性与爱情产生追求。然而当时的社会是残酷的,她可以梦见的才子在现实生活中杳无踪影,除了自己的父亲,她唯一能够接触的男子是被称为"陈绝粮"的老塾师。与其在这"无情"的世界苟活,不如选择去死。追梦不成的杜丽娘,毅然选择了离开人间,"出生入死"了。

这无疑是对理学桎梏下的明代社会的血泪控诉。《牡丹亭》揭发理学杀人的严酷真相,不仅让汤氏使明初那些认同主流价值观的作者不能颉颃,而且让主张"有情的成了眷属"的王实甫也为之避路,让后来者在写佳人之至情上出人一头地了。

追步临川足迹的玉茗堂派作家,在倡扬真情、真爱方面也不落后于汤显祖的得意之作。孟称舜的《娇红记》被认为是《西厢记》与《红楼梦》之间担负桥梁"过渡作用"的成功之作②。

与明初刘兑的《金童玉女娇红记》不同,孟剧将御用文人"迎合宫廷官府内宅深院观众的审美需要"的团圆喜剧"复归仙班"③,再改了回去,让它恢复历史的真实。

在这个以北宋宣和实事为蓝本的传奇中,孟称舜肯定了王娇娘对"同心子"的追求。这种"死共穴、生同舍"的择偶标准,相对于"郎才女貌"的才子佳人理想,已经大大前进了一步。在不遂所愿(志)的条件下,王娇娘与前期杜丽娘做出了相同的选择。作为她的情人,作品中的申纯同样不惧爱情之路上的困难与曲折,他声言"我不怕功名两字无,只怕姻缘一世虚"。为了实践王娇娘的理想,他最后也选择了殉情。

申纯、王娇娘一对"同心子"与杜丽娘等叛逆人物一起出现在明代后期,绝非偶然现象,它既积极回应了李贽等倡扬的人文思潮,又是一代剧作家在佳人才子题材上深入开掘的

① 蒋松源《并非风流淫佚之作》,《中国戏曲史论集》,长江文艺出版社 1998 年版。
② 《中国十大古典喜剧集》第 498 页,上海文艺出版社 1982 年版。
③ 《明杂剧史》第 60 页。

结果。

三、同时期才子佳人小说的演变情况

《中国才子佳人小说演变史》曾指出，在“传奇十部九相思”的背景下，明代的小说家在写才子佳人之事上也不甘落后，他们用文言传奇、话本小说、章回体等不同形式与剧坛桴鼓相应，比长较短，角逐争胜。

冯梦龙的“三言”和凌濛初的“二拍”中有不少写才子佳人的小说，它们立意于喻世警世醒世，叙事技巧上让人拍案称奇。作家非常重视“通俗演义”的教化作用，把它提到“六经国史之辅”，如冯梦龙在《警世通言·叙》中重视“通俗演义”对民众产生的教育作用。凌濛初对“龙子犹氏所辑《喻世》等诸言，颇存雅道，时著良规，一破今时陋习”大为称赞。他们创作的《唐解元一笑姻缘》、《单符郎全州佳偶》、《莽儿郎惊散新莺燕，龙梅香认合玉蟾蜍》等在当时产生了较大的影响。

文言短篇从《剪灯新话》开始，一直到“中篇传奇”的不断涌现，都对才子佳人津津乐道。这里有凄婉的悲歌，如瞿佑的《翠翠传》、《爱卿传》侧重表现才子佳人在乱世中的不幸遭遇。瞿佑《秋香亭记》中的才子佳人，“好因缘是恶因缘，只怨干戈不怨天”。乱离给他们带来终身的遗憾。

这里也有热情的欢歌。瞿佑笔下，多情人如兰、蕙与郑生，王生与酒肆女，马琼琼与朱端朝，常常能喜结良缘。李昌祺的《秋千会记》中速哥失里以自缢来抗议将自己许配别人。被装入棺材收敛后，拜住前来哭悼时，她又苏醒过来，最终与才子结为眷属。《联芳楼记》、《渭塘奇遇记》、《寄梅记》让才子佳人“奇遇”都曲终奏雅，美满团圆。

受宋远《娇红记》和《剪灯新话》的直接影响，明代中篇传奇对才子佳人的情爱世界作了更为细致生动的探索、挖掘。《钟情丽集》详细描摹黎瑜娘与辜辂爱情发展、成熟、结合的过程。

团圆之趣逐渐取代明初小说中才子佳人的悲剧。《贾云华还魂记》结尾娉娉假借宋女的躯壳还魂，与才子成亲，已经有别于《剪灯余话》中的其他作品和《剪灯新话》的低沉音调。它模仿《娇红记》的鸳鸯冢构思，理想化色彩却更为浓厚。此后的中篇沿着这个路数发展，于是我们很难看到才子佳人以悲剧收场的作品了。

在清初发展起来的长篇才子佳人小说，在明代也已经问世。《红楼梦》之前大量问世的佳人才子书大多篇幅在十回左右，古吴金木散人的《鼓掌绝尘》(1631年题辞)中的风、雪集都用十回的篇幅演绎才子佳人的故事，首创章回体的形式，为这种题材的小说在清初发展成为一大流派立下了筚路蓝缕的开拓之功。

金木散人在《鼓掌绝尘题辞》中说：“吾为鼓掌，香韵金瓶之梅；君试拂尘，味共梁山之水。”说明他对这本小说自许很高，想比附《水浒传》、《金瓶梅》这样的小说。其实，它与前代同题材的作品关系更紧密。两部小说都写了当权者对才子佳人的成全，在此方面类似的作品，远的有《新编醉翁谈录·静氏》里的福建宪台王刚中，近的有《二刻拍案惊奇》卷三十五《错调情贾母詈女，误告状孙郎得妻》里的县令，《醒世恒言》里“乱点鸳鸯谱”的乔太守。对才子佳人私奔、幽会等的肯定、欣赏也直承了冯梦龙的情教思想。

从明代中篇传奇小说可以看到，才子佳人小说在明代发展出两种泾渭分明的创作倾向：大肆渲染色情、以欲灭理的猎艳型，和以理约情的纯情型。前者为数不少，并对《金瓶梅》施加过影响。像《怀春雅集》，就“提供《金瓶梅》二十二处二十首完整诗篇做为写作的素材”①。

纯情型作家对猎艳类小说非常反感，不惜大加斥责。如《刘生觅莲记》写刘生见到《天缘奇遇》话本，“鄙之曰：兽心狗行，丧尽天真，为此话者，其无后乎？”他们以自己的创作与之划清界限。虽然在当时，由于世风的颓败，他们主张的影响并不巨大，但这种创作倾向却被清初作家继承下来，使纯情型（又称风雅纯正类）在章回体的才子佳人小说中最终占据上风。

四、明代才子佳人小说戏剧的禁毁情况

对照同写佳人才子之事的小说戏曲，会看见一个比较奇怪的现象：小说家似乎比剧作者更加放肆，无所忌惮！

明代艳情小说中不乏才子佳人的身影，如《花神三妙传》写白锦勾搭锦娘、琼姐、奇姐三女上手，《寻芳雅集》也如法炮制出吴廷璋狎弄王娇鸾、娇凤、柳巫云的故事。这种以猎艳为趣尚的才子佳人故事在剧坛上比较少见。原因大概在于舞台上扮演这种事情，恐怕会令人产生“有伤风化”的观感。而“艳情”书在庙市地摊或以“地下”流通的方式能够更隐秘地被俗众接受。

对于文艺上的这种越轨现象，古代统治者与地方当局为了净化社会，巩固统治的需要，不会纵容不管。对于可能引发风流淫逸罪孽的作品，明清不少皇帝或地方大员都曾经悬为厉禁，不遗余力地严加防范。

根据笔者蒐集的材料，明代小说戏剧的禁毁作品经初步统计如下：

《姣红传》。即《娇红记》。这部“明清才子佳人小说先驱”榜上有名，实在大煞风景。“《娇红传》尽管没有赤裸裸的色情描写，但因写的是男女‘凿穴穿墙之期，越礼伤身之事’，加上‘语带烟花，气含脂粉’，所以一直被视为是‘能坏人心术’的淫书而遭到禁毁”②，出现在江浙三张禁书目录，即江苏巡抚裕谦道光十八年、浙江巡抚梁某道光二十四年、江苏巡抚丁日昌同治七年先后颁布的禁书目上。

《剪灯新话》。堪称“传奇小说在明初的复炽”。其婚恋题材具有以“情”胜“理”的思想内涵，被理学箝制甚严的明初政府视为“邪说异端”③。“正统七年，二月辛未，国子监祭酒李时勉言：‘近有俗儒，假托怪异之事，饰以无根之言，如《剪灯新话》之类……若不严禁，恐邪说异端，日新月盛，惑乱人心；乞敕礼部，行文内外衙门……庶俾人知正道，不为邪妄所惑。’从之。”④

《剪灯余话》。景泰中，都御史韩雍巡抚江西，李昌祺以作《剪灯余话》不得入庐陵乡贤

① 陈益源《元明中篇传奇小说研究》第 172 页，华艺出版社 2002 年版。

② 李时人、魏崇新、周志明、关四平《中国禁毁小说漫话》，汉语大词典出版社 1999 年版，第 280、284 页。

③ 《中国禁毁小说漫话》第 379、381 页。

④ 王利器辑录《元明清三代禁毁小说戏曲史料》，上海古籍出版社 1981 年版，第 15 页。

祠。明张萱《疑耀》卷五说《剪灯余话》:“词虽近亵,而意皆有所指,故一时缙绅,多有心非之者。”[①]而明徐三重《牖景录》卷下认为他见黜有理:“或又谓此公大节高明,不宜以笔墨游戏累之。此语非是。士大夫立言垂世,不能端正风俗,乃作猥亵怪乱之语,以荡人志意,启口失义,亦安得是。……士论严核如此,置身可忽乎哉。”《中国禁书大观》、《中国禁毁小说大全》著录。

《三妙传》。“凡庸文人一厢情愿的艳想”。作者玩味的重点在于“幽会”,一见钟情、成婚团圆两者皆匆匆而过。不少有关情欲的描写文字不像《绣榻野史》等那样粗俗,采用了骈俪华美的文辞。不过,在正统的封建礼教维护者看来,这些“浮艳”之辞已等同于宣淫,因此不断对《三妙传》加以查禁[②]。江浙三次禁毁书目上都有其名。

《拍案惊奇》。尽现时代风习的杰作,可谓晚明社会生活的一面镜子。赫然出现在三张禁书目上。一方面是因为书中有少量的性行为描写。作者对“好色”的欲望持明显的肯定态度,把性欲与爱情结合起来描写,这样就免不了所谓“秽亵”的描写,如卷二十九《通闺闼坚心灯火,闹囹吾捷报旗铃》、卷三十四《闻人生野战翠浮庵,静观尼昼锦黄沙弄》。另一方面也反映了封建统治者对其中所包含的进步思潮的恐惧心理。若以“秽亵”的程度而论,《二刻拍案惊奇》多于《拍案惊奇》,而《醒世恒言》中《金海陵纵欲身亡》更有对性生活的刻露的描写,然而由于它们在清代都渐渐不再流行,不大为人们所知,所以禁书目上反而没有它们的大名[③]。

《艳异编》。王世贞编,汤显祖评。性质与《情史》相似。杂采古今说部中各种故事,分类编次。正编十七部,续编二十三部。各部故事,实际上可分两类:一是男女艳事,一是鬼神异事,故以“艳异”为名。其中宫掖部、戚里部故事,描述历代宫廷荒淫奢侈的生活,妓女部、男宠部为妓女、男宠立传,都与封建道德观念相背离。江浙三次禁毁书目上都有其名。

《情史》。出现在江浙后两张禁书目上。该书使世人看到上下几千年封建社会中各阶层的各种男女之情。其中许多故事为后来小说及戏曲所采录。《情史》虽然言情,但在卷五《情豪类》中的“夏履癸、商纣”、“汉灵帝”、“秦始皇”、“魏文帝”、“隋帝广”、“元顺帝”、“严世蕃”、“石崇”,卷七《情痴类》中的“汉成帝”、“周幽王”、“杨政”等作品中,揭露了统治阶级荒淫腐朽、惨无人道的罪恶行径,这大概是此书被清王朝禁毁的一个原因。另外,其言情的意旨也明显触犯统治者端正风俗的禁忌[④]。

《牡丹亭》。在乾隆时期被禁,同时也出现在后两张禁书目上。汤显祖这部控诉理学杀人的剧作在明代出现,几令西厢减价。对它的仇视、禁毁其实和对待《西厢记》的态度如出一辙。单就作者歌颂青年女子追求欲望、追求个性自由这一点,《牡丹亭》是不会见容于清代社会的,何况剧中《虏谍》、《淮警》、《御淮》、《折寇》等出中穿插了金兵南侵一类情节,很容易触犯清朝统治者的忌讳。清王宏撰的《山志》卷四《传奇》称《牡丹亭》“亦涉轻薄”,认为“今之作者”,借之以逞其私,“宜无缩于司寇之诛”,竟欲置之死地[⑤]。

---

① 《元明清三代禁毁小说戏曲史料》第219、218页。

② 《中国禁毁小说漫话》第15、20页。

③ 《中国禁毁小说漫话》第169页,《中国禁书大观》第302页、300页。

④ 《中国禁书大观》第512页。

⑤ 《元明清三代禁毁小说戏曲史料》第220页。

《国色天香》。"中国十六世纪的消闲杂志"①。书中《风流乐趣》以乌江军、毛洞主隐喻男女之事,《金兰四友传》写同性恋,称为"淫词"不错。但因此却株连到书内收的一批才子佳人小说,如:卷一《龙会兰池录》,卷二、三《刘生觅莲记》,卷四《寻芳雅集》,卷五《双卿笔记》,卷六《花神三妙传》,卷七、八《天缘奇遇》,卷八《相思记》,卷九、十《钟情丽集》,卷十《张于湖传》。出现在江浙三张禁书目上。

《鸳鸯绦传奇》。明路惠斯撰,2 卷 38 出。叙维扬杨直方遇险时蒙张淑儿悄悄释放,并赠鸳鸯白玉绦一枚为定情信物。后以乐府之才点为探花,娶了已为友人胡平义女的张淑儿。该剧故事情节以明末女真人入侵中国作为历史背景,不仅塑造了抵御北方敌人有功的将领胡平的形象,而且充斥了"虏"、"虏骑"、"虏酋"、"虏警"、"虏蠢"等带羞辱性的话语,触怒了清朝统治者的忌讳。乾隆四十三年,被列入江宁布政使刊《违碍书籍目录》。②

从以上名单看,具有违碍嫌疑的小说明显多过戏剧,但有的戏剧也难逃法网。

《西厢记》是明清才子佳人戏的鼻祖,后世改编它的作品不计其数。乾隆十八年禁《西厢》(即《六才子》),后出现在江苏巡抚裕谦道光十八年、浙江巡抚梁某道光二十四年、江苏巡抚丁日昌同治七年先后颁布的三张禁书目上。统治者拿此书开刀,可谓"正本清源"、"斩草除根"。《大清高宗纯皇帝圣训》中指斥不肖之徒以满洲文字翻译《西厢记》、《水浒》等小说,"使人阅看,诱以为恶。甚至以满洲单字还音抄写古词者俱有。似此秽恶之书,非惟无益;而满洲等习俗之偷,皆由于此。如愚民之惑于邪教,亲近匪人者,概由看此恶书所致,于满洲旧习,所关甚重,不可不严行禁止……将原板尽行烧毁③。

五、戏剧与小说的互动关系

今人研究才子佳人戏剧小说的关系,往往喜欢强调戏剧的影响作用。如《试论元明戏曲对明末清初才子佳人小说文体的渗透》(张晓曦 2007 年硕士论文)、《明代中后叶传奇对才子佳人小说的影响》(马衍《南京社会科学》2009 年 8 期)、《从戏曲到小说:晚明清初才子佳人文学模式的承袭》(徐飞龙《洛阳师范学院学报》2010 年 4 期)、《古典戏曲对才子佳人小说的影响》(王晶卉《艺术百家》1998 年 4 期)等之类的论题,就显示了学者以戏剧创作、兴盛在先的观点。笔者认为,清代才子佳人小说固然受到了前朝戏剧的重要影响,但若置身于明代的那个时期,却不一定还是戏剧主动、小说被动的局面了。

从戏剧晚熟于小说的历史现象看,元杂剧、南戏不少作品曾经袭用过唐宋等前代小说的相关题材。到了明代,这个状况不仅没有改变,而且因为同时代才子佳人小说创作的兴旺而愈演愈烈。以下是笔者搜集的被小说影响的戏剧样例:

瞿佑《剪灯新话》卷二《渭塘奇遇记》——元明佚名《王文秀渭塘奇遇记》杂剧,明王元寿《异梦记》传奇,叶宪祖《渭塘梦》杂剧 4 折。

李昌祺《剪灯余话》卷四《芙蓉屏记》——明佚名《芙蓉屏记》戏文,叶宪祖《芙蓉屏》杂剧 4

① 《中国禁毁小说漫话》第 181 页。

② 《中国禁书大观》435 页。

③ 《元明清三代禁毁小说戏曲史料》第 43、44 页。

折，佚名《芙蓉屏》传奇，清王环《芙蓉屏》传奇。

陶辅《花影集·刘方三义传》——明范文若《雌雄旦》传奇，黄中正《双燕记》传奇，佚名《彩燕诗》(《风雪缘》)传奇。

陶辅《花影集·心坚金石传》——明佚名传奇《霞笺记》。

《钟情丽集》——明赵于礼作《画莺记》传奇，即本于此。明刻《八能奏锦》选入，别题《题莺记》。《万曲长春》选入，作《黄莺记》。

《天缘奇遇传》——明程文修作《玉香记》传奇。吕天成赞它"人多攒簇得好，情景亦了了，固是佳手"。剧本已佚。明清佚名《玉如意》传奇，在明人戏曲选集《群音类选》中残存数出。

佚名(王鸿飞?)《荔镜传》——明《荔镜记》传奇55出。

冯梦龙《古今小说》卷十二《众名姬春风吊柳七》——明王元寿《领春风》传奇，邹式金《春风吊柳七》杂剧。

《醒世恒言》第七卷《钱秀才错占凤凰俦》——明沈自晋《望湖亭》传奇。

《醒世恒言》第十一卷《苏小妹三难新郎》——南山遗史《长公妹》杂剧4出。清李玉《眉山秀》传奇，又名《女才子》，2卷28出。车江英《游赤壁》杂剧5折[①]。

《警世通言》第十七卷《钝秀才一朝交泰》——明佚名《玉瑑缘》传奇，清查继佐、毕魏均《三报恩》传奇。

《警世通言》第二十六卷《唐解元一笑姻缘》——明孟称舜《花前一笑》杂剧，卓人月《唐伯虎千金花舫缘》杂剧，清朱素臣《文星现》传奇，弹词《三笑姻缘》(《九美图》)。

《警世通言》卷二十四《玉堂春落难逢夫》——《玉堂春》鼓词，《破镜圆》传奇，《玉堂春院本》京戏，《玉堂春》大鼓书[②]。桂剧有《破镜缘》。

《二刻拍案惊奇》卷九《莽儿郎惊散新莺燕，龙梅香认合玉蟾蜍》——明叶宪祖《四艳记·素梅玉蟾》杂剧[③]，傅一臣《苏门啸·蟾蜍佳偶》杂剧。

《二刻拍案惊奇》卷三十五《错调情贾母詈女，误告状孙郎得妻》——《苏门啸·错调合璧》杂剧。

《张于湖传》——元明佚名《张于湖误宿女贞观》杂剧，明高濂《玉簪记》传奇。清高宗元改元末《玉簪记》杂剧为《玉簪记》传奇。

……

《明杂剧史》说："《苏门啸》中的每一剧又皆和凌濛初《二刻拍案惊奇》中相关作品故事情节两两对应，是小说创作参照了杂剧抑或相反？目前尚无从得知。但无论如何都非常典型地显示了戏曲小说在题材演变方面固有的内在联系。"[④]《苏门啸》作于1642年，比《二刻拍案惊奇》刊刻晚十年。戏曲参照小说是无疑的。

---

① 陈芳《清初杂剧研究》，台湾学海出版社1995年，第143、155页。

② 阿英《小说二谈·玉堂春故事的演变》，第10页。

③ 徐子方《明杂剧史》："凌濛初之著名小说《二拍》中多有篇章据叶剧改编。"中华书局2003年版，第238页

④ 徐子方《明杂剧史》，第351、352页。

比较而言，同时期由戏剧改编而成的小说相对较少，只有弘治、嘉靖间（1499—1566）《龙会兰池录》（取材元施惠《王瑞兰闺怨拜月亭》）等个别作品被发现。

从已发现的材料看，明代小说改编为戏曲的作品远远多于戏曲改编为小说的作品。可见才子佳人小说已成为明代才子佳人戏的材料仓库。

历史上才子佳人小说戏曲在题材上互相渗透，互为先后。有时候，你中有我，我中有你，在谁先谁后的问题上，竟让后人一时难以说清。如清代谢宗锡作《玉楼春》（《玉壶春》）传奇，题材与明代瞿佑《剪灯新话·秋千会记》、《初刻拍案惊奇》卷九《宣徽院仕女秋千会，清安寺夫妇笑啼缘》相同，当是依据小说改编的。但元代张时起的杂剧《赛花月秋千记》（《秋千怨》）演的也是同一故事。这样看来，明人的小说大概是根据杂剧改编的。

从戏剧到小说，从小说到戏剧的演化现象，说明二者艺术上互有因袭，交融发展，有许多共性，在叙述旨趣上有很多一致性[①]。才子佳人戏剧与小说，形成既是彼此引发的建构关系，又是同源异态的共生关系。双方的紧密联系，造成具有民族特色的“小说式的戏剧”、“戏剧化的小说”的叙事特色和本质特征[②]。在对才子佳人故事的营建上，一部相关的戏剧史简直就是一部活的小说史，而一部小说史又仿佛是一部活的戏剧史。

六、才子佳人戏剧等书的模式与典范

古代文学界的人们在才子佳人题材的研究上，很少有将戏剧、小说合而观之的融通视野。上个世纪80年代以来，学界之所以将“才子佳人小说”基本界定在明末清初，显然没有通盘考虑成熟的元杂剧中已有《西厢记》这样典范的才子佳人杂剧，并且是在唐才子佳人传奇名作《莺莺传》的基础上才能推陈出新的相关史实。

近些年开始有人重视并提出“才子佳人文学”的概念，其外延主要包括戏剧与小说[③]。这个提法实际上最早已经由《红楼梦》第一回涉及了：

> 至若佳人才子等书，则又千部共出一套，且其中终不能不涉于淫滥，以致满纸潘安、子建、西子、文君，不过作者要写出自己的那两首情诗艳赋来，故假拟出男女二人名姓，又必旁出一小人其间拨乱，亦如剧中之小丑然。……

上述“佳人才子等书”多被现代研究者视为《红楼梦》前、《金瓶梅》后的一批章回体的才子佳人小说。联系《红》书第五十四回中让史太君破陈腐旧套，“掰谎”：

> 贾母笑道：“这些书都是一个套子，左不过是些佳人才子，最没趣儿。把人家女儿说的那样坏，还说是佳人，编的连影儿也没有了。……”

我们应知学者对这种称谓的替换在概念并不周延，至少“女先儿”的说书（配合弦子琵琶，叙述王熙凤公子赶考，追求李雏鸾小姐的《凤求鸾》），已经被无情剔除在外了。

---

① 涂秀虹《元明小说戏曲关系研究》，上海三联书店2004年版，第414、417、2页

② 徐并生《中国古代小说戏曲关系论》，文化艺术出版社2002年版，第158、206、390页。

③ 徐龙飞《晚明清初才子佳人文学类型研究》，2008年北京师范大学博士论文，文化艺术出版社2010年版。

“才子佳人文学”一说也不例外，戏剧、小说之外的说唱文学、弹词小说等可惜又被遗漏了。

这么多佳人才子等书从《红楼梦》开始，在过去蒙受了令人不堪的严酷指责，以至于有人得出这样的结论：“明末清初陆续出现的大批才子佳人小说，除去二三部作品外，从文学的角度看恐怕都不应给予过高的评价。”①

当我们知道这种酷评出于对这类作品的狭隘定义，将更多的同类排斥在外的时候，这种不公平的态度显得是多么可笑而武断啊！

联想到有史以来第一篇系统研究这类书的郭昌鹤《佳人才子小说研究》得出的“千篇一律”的结论，只能认为他们同样沿袭了两百年前《红楼梦》中的石头视角与草率看法，不是真正认真、科学研究的客观结果。

如何看待历史上大量佳人才子书的模式或曰情节上的“套子”呢？

20世纪80年代的大陆学界曾经盛行所谓三段论的看法。大家普遍认同这类书情节结构上包括三个主要组成部分：“(1) 男女一见钟情；(2) 小人拨乱离散；(3) 才子及第团圆。”②

针对《六十种曲》，有人总结出了十余项关键情节类型：

一、初访相遇

二、赴试应考

三、约定盟誓

四、分离失散

五、战争乱事

六、磨难试炼

七、计谋陷害

八、获救得助

九、觅亲寻人

十、姻缘婚事

十一、平冤复仇、相逢团聚、功名封赏③

另外还有更多“非关键情节”：

一、预言问卜

二、梦喻

三、游学会讲

四、试场即景

五、状元游街，杏园春宴

六、自叹述志

① 胡邦炜、冈崎由美《古老心灵的回音——中国古典小说的文化—心理学阐释》，四川文艺出版社1990年版，第323页。

② 林辰《明末清初小说述录·才子佳人小说初探》，春风文艺出版社1988年版，第74页。

③ 高祯临《明传奇六十种曲戏剧情节研究》，东海大学中国文学系2004年硕士论文。

七、相思忆念

八、祭祀祝祷

九、教子训女

十、庆寿宴会

十一、游览赏景

十二、神怪介入

十三、打围狩猎

十四、探报军情

十五、劝农[①]

以上无疑是同样适用于才子佳人戏剧的主要故事类型(关目)。

《晚明清初才子佳人文学类型研究》从角色功能着手的分类更是多达七个部分46项(A至R,每项下面还有子目)。

这些研究,明显比过去"三段论"套子的分析前进了一大步。不过要真正归纳一个这类书共同皈依的"公式"恐怕是不可能的事,因为在"千篇一律"叙述才子佳人故事的同时,每一代的众多作者们又在花样翻新,并且几乎是呈现出"千变万化"的本事了。

这种千篇一律的才子佳人选题若是在千变万化之余,还能着力将"男女真情"发泄一二,与那些三段论之类的套子分道扬镳,则必定会成为佳人才子书里面的另类典范了。

《石头记》或《红楼梦》就是。它对前代与同时期的这类熟套的背离,让它一跃成为与更多虚假的才子佳人书大相径庭的真才子佳人书。即使没有多少人赞同《红》与那种模式化的小说类型有多少相似处,也不得不承认这种才子佳人写法的弥足珍贵。在《红》书问世以后,类似宝黛爱情描写的才子佳人小说不断涌现,形成了仿红的一种新的创作格局。

明代大量才子佳人书中有没有像《红》这样的经典之作呢?"三"、"水"、"西"、"金"在长篇小说里占据了上风,章回写佳人才子又刚刚起步,别无可观,短篇又主要寄生于剪灯"三话"、三言、二拍这样的集子中,类似《杜十娘怒沉百宝箱》这样的单篇又凤毛麟角,故而小说中一时难以找到可与《红》匹敌的杰作。

戏剧呢?在前代,一部《西厢记》天下夺魁,创造了后世才子佳人书的一种典型模式。作者的才华不仅足以让他足与元曲四大家之首的关汉卿相颉颃,而且和用小说写才子佳人最出色的曹雪芹堪匹敌。一个因写出彻头彻尾之悲剧,空前绝后;一个创作的爱情戏剧,在整个古代剧坛也是争雄称王,数一数二的了。

而明代呢,中国十大悲剧之中的《娇红记》,十大喜剧中的《玉簪记》,还有汤显祖的《牡丹亭》,这几部演绎佳人才子故事的传奇居然一时间联袂登场!试问如果评选才子佳人书最兴盛的时代,应该属于何时呢?

章回体才子佳人书的全盛,或许可以按学界的传统看法,暂且派给有清一代。但是说到才子佳人戏,明人名剧还真是当仁不让后代(若清)呢!

可是对于有点异端、另类的《牡丹亭》,人们总是不大愿意把它往这类书上靠。如权威的

① 高祯临《明传奇六十种曲戏剧情节研究》,东海大学中国文学系2004年硕士论文。

名剧校注本说:“《牡丹亭》还不至于像别的才子佳人型的小说戏曲一样,使人以为问题不在于封建制度本身,而在于才子能否中状元。它的总的思想倾向还是强烈地指出,问题在于人们是否像杜丽娘那样视死如归的对于封建礼教的反抗性。”①

引用到此处,笔者忽然明白了过去从“五四”人开始就给才子佳人等书编排的一种罪过。这在鲁迅的中国小说史略,郭昌鹤的研究论文中都有深刻的揭露、批判,如后者在《佳人才子小说研究》最后的“结论”里说:“他们这种小说给予社会些什么呢?无非给男性一些平庸的荣华富贵与卑污的浪漫思想,给女性一些三从四德和辱没‘人格’的意识。其流毒至于使全社会腐败,使被宰割者的革命性消失,使人类的创造性汩没。”“它是封建制度的爪牙,它的影响也与封建制度一同走到了末路。”②

根据这种新文化立场的视角,佳人才子书必须是那种模式化的庸俗大团圆(所谓“欺与瞒”的泥沼)的文学旧套子,是应该扫进垃圾箱的糟粕。

而《牡丹亭》、《娇红记》、《红》书等写的是佳人才子对“封建礼教的反抗性”,因此自然应该是超越了前者的杰作。人为地在雪芹的“佳人才子等书”中间画上这么一道泾渭分明的红线(简直是不允许背离规范的创新空间存在了),我们在那些“千篇一律”的佳人才子书中想找出并“不应给予过高的评价”的平庸之作,岂不成了易如反掌的事么?

作者单位:福建工程学院

① 徐朔方《牡丹亭》前言,第10页。人民文学出版社1987年版。

② 《中国近代文学论文集》小说卷(1919—1949),第91、92页。

论明清文人小说的“整一性”

何 萃 解玉峰

自福楼拜(1821—1880)、亨利·詹姆斯(1843—1916)之后,西方现代小说理论倾向于把小说视为自律自足的艺术品,坚持以“一贯”、“统一”作为小说创作和批评的基本原则,要求风格与内容、形式与功能的和谐一致。若以这种标准来衡量,中国古典小说很容易令人失望。

“非整一性”(Heterogeneous)的本义是指事物异质混合的性质,曾任哈佛大学教授的毕晓普(J. L. Bishop)1956年发表的《中国小说的若干局限》一文首次将其用于中国小说批评:“长篇小说的早期渊源对自身最为显著的影响,也许是情节上非整一的和插曲的性质(the heterogeneous and episodic quality of plot),这也是使西方最感困惑的地方。”①认为中国小说缺乏“整一性”的看法并不限于毕氏一人,著名汉学家、中国小说研究界泰斗人物夏志清教授(C.T.Hsia)曾有一段更为人所熟知的话:

> 小说的现代读者是在福楼拜与亨利·詹姆斯的实践和理论影响下成长起来的:他期望得到一个首尾一贯的观点,一个由独具匠心的艺术大师构想出来的对人生的一致印象,以及一种完全与作者对待其题材的情感态度相谐和的独特风格;他厌恶作者的公然说教和枝节话,厌恶作品杂乱无章的结构以及分散他注意力的其他种种笨拙的表现方式。不过,在欧洲,有意识地把小说当作一种艺术,无疑也是近代才有的事情,我们不能指望中国的白话小说以其脱胎于说书人的地位出身能满足现代高格调的欣赏口味。②

已故美籍华裔学者刘若愚在其《中国文学艺术精华》一书中介绍中国长篇小说的若干特点时,列于首位的就是“非整一性”③,并对此作了更为具体的描述:

> 在语言方面,一些传统的小说作品使用笔法简洁的文言文,而对话中夹有更口语化的措辞;其他作品则使用白话来叙述故事,但也常常借助诗歌、骈文来描述、评论,更不用说大量别有他用的诗、词、曲、柬札之类的文字,——确切地说,它们出现在每部小说虚构的世界里,而非叙事本身的组成部分。即使在纯口语的片断里,也可看到雅俗不一

---

① 毕晓普(J. L. Bishop)《中国小说的若干局限》(Some Limitations of Chinese Fiction),《远东季刊》第十五卷第二期,1956年。

② 夏志清(C.T.Hsia)《中国古典小说导论》,安徽文艺出版社1988年版,第6页。

③ 王镇远先生的中文译本将 Heterogeneous 译为“多相性”,显然意在消除贬义。

的措辞。不只是出身贫贱、缺乏教育的人物说俚言俗语，甚至《红楼梦》里极其文雅的少女们偶尔也谈吐粗俗，如果英语小说使用这样的语句，即使在今天也会被认为有伤典雅。①

在大多数西方学者看来，中国白话小说中插入的各体诗、文对于小说叙事而言是外在的、异质性的，它们扰乱了小说叙事的正常进行，使小说文体显得博杂不纯。

对于诗、词、曲、赋等各类文字在小说文本的插用现象或西方学者"非整一性"的批评，也有学者持肯定性态度，甚至为之辩护。西方学者中，最具代表性的是浦安迪（Andrew H. Plaks）《中国叙事学》一书中把"诗词曲歌的引录和插叙"视为"中国奇书修辞形态"的一个重要方面②。早在20世纪80年代，台湾学者侯建即有专文《有诗为证、白秀英和水浒传》对毕晓普视诗词为赘疣的观点提出反驳③。陈平原在其《中国小说叙事模式的转变》一书中也认为中国古典小说引录大量诗词"自有其美学功能"④。

但从总体而言，过去中国学者、包括部分西方学者对"非整一性"批评的应对，大多仅着眼于论证诗、词、曲、赋等文字的"叙事功能"，试图把各体文字都纳入叙事学的框架内去解释，这实际上不自觉地陷入批评者所划定的逻辑线路，故其反批评势必劳而少功，更难切理餍心。

在笔者看来，西方学者之所以对中国小说有"非整一性"的批评，主要原因在于他们大多对中国小说产生的历史背景及小说创作观念缺少必要的理解和同情。如果将中国小说还原至其所产生的历史语境，我们也许可以得到与批评者们完全相反的结论。

若从语言形式来看，所谓中国小说可分为两大类：文言小说和白话小说。由于真正意义的文言小说与白话小说相比在总体数量上微不足道，而且西方学者有关中国小说"非整一性"的批评都是针对白话小说而言的，故本文所谓"中国小说"实等同于白话小说，但正是这个"中国小说"或"白话小说"也仍有待进一步进行澄清和界定。

学术界在讨论中国白话小说起源问题时，大多追溯至更早些时候的说唱艺术。根据相关史料，自中唐以来，作为商业经济的伴随物，在城市、乡镇产生了一些职业性的说唱艺人。其所述故事，有的可一次讲完，即后世所谓短篇"话本小说"；有的（多为讲史类）要分多次才能讲完，后世所谓长篇"章回小说"即本源于此。

当时的说唱艺人在讲说故事时，主要依赖其素日积累和临场发挥，只有少数讲话人才会有说话的底本，即所谓"话本"。但这些"话本"已大多亡佚，较多保存当时说唱艺术风貌、可视为真正意义的"话本"的作品，除敦煌文献中所存为数不多的"变文"外，主要是元明以来陆续钞、刻的被称为"诗话"、"词话"、"话本"、"平话"一类的文献。现存最早的"话本"，是明嘉靖年间洪楩编刊的《六十家小说》（又称《清平山堂话本》）和万历年间熊龙峰刊印的单行本小

① 刘若愚著《中国文学艺术精华》，王镇远译，黄山书社1989年版，第72—73页。

② 浦安迪著《中国叙事学（Chinese Narrative）》，北京大学出版社1996年版，第107—114页。

③ 侯建《有诗为证、白秀英和水浒传》，见宁宗一、鲁德才编《论中国古典小说的艺术——台湾香港论著选辑》，南开大学出版社1984年版，第146—160页。

④ 陈平原著《中国小说叙事模式的转变》，见《陈平原小说史论集》（上卷），河北人民出版社1997年版，第488页。

说(合称《熊龙峰刊行小说四种》),尽管这两种集子中所收未必都是宋元旧貌,其间体例、风格不一,误文夺字颇多,显然较多保留着搜集得来时的面貌。冯梦龙编辑的《古今小说》(通称“三言”),一般认为其中的《喻世明言》和《警世通言》中收集旧本较多。现存最早的讲史“平话”皆为元刊本,即《新编五代史平话》、《新刊大宋宣和遗事》等八种。学者们一般认为,上述文献可能相对较多保存了“宋元旧貌”。

自明中叶以来,随着商品经济更进一步的发展、儒家礼教束缚的松弛以及印刷业、刊刻业的发展,社会上出现了一批以戏曲、小说等通俗文学为主要读物的读者群。故自明中叶以来先后产生了冯梦龙、凌濛初、李渔等一大批通俗文学家。这些文人有的热心于小说、戏曲文献的搜集、整理工作,有的则亲自投身于小说、戏曲的模仿和写作。长篇章回体小说最具代表性的如《三国志演义》、《水浒传》等,其明清版本甚多,多经不同文人及书商的删改、润色。短篇小说代表性的如冯梦龙编辑的《三言》中的部分作品等,其中有许多都经冯梦龙等文人较多的整理和删订。因为《三国志演义》、《水浒传》等长篇以及“三言”类小说集所收小说都是由话本、平话之类整理而来,它们在相当长时期内“文无定本”,而是经过若干代人、长时期的不断积累修订,故学界称这类作品为“世代累积型小说”①。

而当“世代累积型”小说产生和形成时,文人模仿说唱艺术、特别“世代累积型”小说的形式惯例而写作的“文人小说”也大量产生。文人独立创作的白话小说,就短篇(所谓“拟话本”)而言,冯梦龙编纂的“三言”之中就有一部分,尤其是《醒世恒言》基本上是文人根据现成的笔记小说和传奇小说所提供的故事而进行的改写,应该算作文人创作②。凌濛初则受书商怂恿先后编成“二拍”。“三言二拍”的流行,在很大程度上使得话本小说文体趋于定型。受“三言二拍”的影响,同时或稍后还有一批文人拟话本集,如陆人龙《型世言》、周楫《西湖二集》、金木散人《鼓掌绝尘》、西湖渔隐主人《欢喜冤家》等。入清以后,话本小说从数量看大大超过明代。从顺治到乾隆的话本集今存世有三十余种,其中水平较高的都是较有名气的文人的作品,如李渔《无声戏》、《十二楼》、艾纳居士《豆棚闲话》、笔炼阁主人(徐述夔)《五色石》等。同时,下层文人为满足娱乐市场需要制造了大批色情作品,如《一片情》、《弁而钗》、《风流悟》等。

就长篇(章回)而言,明代中晚期涌现了一大批文人独立创作的长篇章回作品,《金瓶梅词话》一般被视为最早的文人独立写作的小说,在《金瓶梅词话》问世前后,除《西游记》、《西洋记》、《西游补》、《英烈传》、《三国志后传》等神魔类及史传类小说外,还产生了一大批效仿《金瓶梅词话》的邪狎类小说,如《玉娇梨》、《浪史》、《禅真逸史》、《玉闺红》等。入清后则有《醒世姻缘传》、《水浒后传》、《女仙外史》、《歧路灯》、《野叟曝言》、《绿野仙踪》等长篇问世,乾隆朝时更产生了《儒林外史》、《红楼梦》一类的长篇杰作。

---

① “世代累积型”这一提法首见胡士莹《话本小说概论》(中华书局 1982 年版),胡氏以此指称由来源于场上说唱、长期文无定本、经若干代若干人整理修订而成的“小说”文本。“世代累积型”小说学界较多用以指称长篇章回作品,但许多短篇小说其生成机制与长篇完全相同,如程毅中《宋元小说研究》(江苏古籍出版社 1998 年版)就兼括二者。

② 据韩南推测,《醒世恒言》四十篇作品只有七篇为旧本。见韩南《韩南中国古典小说论集》,台湾联经出版事业公司 1979 年版,第 1—47 页。

除上文提及的短篇、长篇小说外，明嘉靖以后出现了大量以才子佳人为题材而又略有色情笔墨的中篇章回小说，如《钟情丽集》、《花神三妙传》等。承晚明浮艳之风，清初几十年出现了很多艳情小说，如《肉蒲团》、《杏花天》等。才子佳人小说也在此种氛围中盛行，尤具代表性的如《平山冷燕》(天花藏主人撰)、《玉姣梨》(荑荻散人撰)等。以上提及的短篇拟话本或中、长篇章回作品皆亦应划入“文人小说”范畴之内。

故从中国小说的形成及发展历史来看，今人所谓的“中国小说”或“中国白话小说”，其从其性质而言应分为三大类：第一类可称为“话本”，此类较多保存了说唱作为场上口头艺术时的面貌；第二类可称为“世代累积型”小说，此类文字最初也是说唱艺术的遗存，但大多经历了明清文人程度不一的加工和改造；第三类可称为“文人小说”，此类文字虽然也存在版本异同问题，但如文人诗词一样，应视为作家的独立创作。就其实质来看，前两类本宜视为说唱艺术的文字遗存或说唱艺术的文学改造，而不宜径直视为“小说”，唯独第三类才是真正意义的中国小说。

在“话本”和“世代累积型小说”这两类文献中，诗、词、文、赋等各类文字确实频频插入、数量极大，批评其文本“非整一性”，也基本符合事实。

但如前所述，“话本”和“世代累积型小说”这两类文献本不宜视为“小说”，此类文字从本质而言，乃属“说唱”的文字遗存，故我们在分析其中诗、词、文、赋等各类文字的使用时，首先应当考虑的是其作为在场说唱艺术时可能承担的功能。

从宋人罗烨所编《醉翁谈录》来看，当时称职的说唱艺人须有多方面的修养、技能，所谓“曰得词”、“念得诗”、“说得话”、“使得砌”，若能如此必须饱读诗书、博学多才，所谓“开天辟地通经史，博古明今历传奇。藏蕴满怀风与月，吐谈万卷曲和诗”①。当时的说话人，能够取悦听众或赢得听众的尊敬，不仅在于其故事讲述之曲折动人，诗、词、文、赋的吟唱、念诵或插说笑话(即“使得砌”)也同样重要。前来书场的听众多是不识文字的下层民众，而他们一般对上流社会的“雅”文化怀有极高的仰慕，诗、词、歌、赋作为上流社会“雅”文化的重要标志，说书人在讲说故事时，若能灵活穿插敷衍，自能博得听众的认可和尊重。正是因为这些说书人博学多闻，故时人雅称为“乔万卷”、“张解元”、“许贡士”、“戴书生”、“陆进士”、“王六大夫”。

同时，对说唱这种场上艺术而言，诗、词、曲、赋等各体文字也各有其用。唐宋以来的民间说唱往往是瓦子勾栏等公共场合进行，在正式故事(所谓“正话”)开讲之前，说唱艺人通常先吟唱或念诵一些诗词，阐发一通议论，间或讲一些与正话相关的短小故事，借以招徕听众、稳住已有听众，肃静场面，同时慢慢引起听众对正话故事的兴趣，到了适当的时刻才“言归正传”。“正话”之前的那些诗词、议论便是所谓“入话”，额外的小故事便是所谓“头回”(说书人称为“得胜头回”或“笑耍头回”)。如宋人“词话”《西湖三塔记》②，讲述宋淳熙年间，临安府少年奚宣赞清明节游西湖，为三怪所迷惑事。因这场故事起自游西湖，说话人开场便吟咏了大量描写西湖景致的诗词，甚至还有好几段数百字形容西湖山水、物产的赋。

开场之后进入正话故事的讲述，说话人一般也不是一说到底，而是一有机会便穿插诗文

① 罗烨著《醉翁谈录》，古典文学出版社1957年版，第5页。

② 《宝文堂书目》、《也是园书目》、《今乐考证》皆著录。《也是园书目》列入“宋人词话”类，无“记”字。

唱、念，一方面来显示其才识伎艺，另一方面也避免了一味讲述可能带来的枯燥单调，而使整个过程有讲说有诗、词、歌、赋的吟唱或念诵因而显得丰富而有趣味。现存宋人话本《刎颈鸳鸯会》讲述蒋淑贞前后与四个男子通奸，最后被丈夫杀死的故事。此篇正话中插入〔商调·醋葫芦〕鼓子词十篇，故事情节发展一步便插入一篇，每篇前用“奉劳歌伴，先听格律，后听芜词”和“奉劳歌伴，再和前声”之语引出。

说唱的过程除了上述入话、正话之外，还有散场。散场的形式，主要是诗词，称为散场诗，也有诗词之外加一些议论或叙述的。散场诗一般是一两首，浅白通俗，或是撮述故事情节，使听众经历过繁琐的故事讲述之后，最终形成一个整体的印象；或是交待人物结局，标明说话人劝善惩恶的价值取向和教化意图。如《碾玉观音》结尾，以“后人评论得好”引出四句韵语作为收束：“咸安王捺不下烈火性，郭排军禁不住闲磕牙；璩秀娘舍不得生眷属，崔待招撇不脱鬼冤家。”①

相对“话本”而言，“世代累积型小说”中诗、词、曲、赋等各体文字的插用明显减少。这是因为“世代累积型小说”虽然本质上也是说唱艺术的反映，但随着接受方式从场上到案头的转变，其文字编改都不得不以适应阅读需要为第一目标，故删减或润饰场上说唱遗留下来的大量诗词歌赋便是编改的重中之重。如明嘉靖时著名文人汪道昆为《水浒全传》所作《序》中说：

> 故老传闻，洪武初越人罗氏，诙诡多智，为此书共一百回，各以妖异之语引于其首，以为之艳，嘉靖时，郭武定勋重刊其书，削去致语，独存本传，予犹及见《灯花婆婆》数种，极其蒜酪。②

汪氏说的“各以妖异之语引于其首”的《水浒》，当是元明之际流行的“词话”本水浒。郭勋削去的致语，就是古本《水浒》中每回之前的“妖异之语”以及诗、词以及骈词俪语类文字，他此处提到的《灯花婆婆》等小说的“蒜酪”，正是指诗、词、曲、赋类文字③。

如前所述，虽然今日“话本”和“世代累积型小说”都被视为“小说”，作为阅读的文本，其中插用的诗、词等各类文字的确常常显得累赘不堪，但它们本宜视为场上艺术的文字遗存，只要我们将其还原至原始情境，其中诗、词、文、赋类文字仍可以得到相当的理解，而这一点恰恰是西方学者所忽略的。所以，西方学者“非整一性”的批评，若要真正落到实处，应将主要精力集中于真正意义的“文人小说”，即明清文人独立创作的“拟话本”和中、长篇章回体小说。如果这类“文人小说”在散体叙事性文字之中，仍然插用诗、词、文、赋等非叙事性文字，我们应仔细察考：此类文字是否为文人有效利用，成为小说文体的有机组成部分？此类文字与小说叙事之间是一种怎样的关系：是异质的、冲突的，还是融合的、互补的？这正是以下我们将着重讨论的问题。

从表面形式来看，明清文人独立文人写作的“小说”与前一类“小说”——“说唱”的文字

---

① 程毅中、程有庆点校《京本通俗小说》，江苏古籍出版社 1991 年版，第 14 页。

② 天都外臣（汪道昆）《水浒传·序》，见朱一玄 编《〈水浒传〉资料汇编》，南开大学出版社 2002 年版，第 167 页。

③ 按，凌濛初《初刻拍案惊奇》“凡例”（明刊四十卷本，通行本删）释“蒜酪”云：“小说中诗词等类，谓之蒜酪。”

遗存，并没有显著差异。因为小说的写作者们大都有意模仿"说唱"的形式惯例，故诗、词、文、赋以及其他各类文字仍然在文人写作的小说中普遍使用着。但从总体看，文人小说中插用的诗、词、曲、赋以及其他各体文字已经明显减少，早期小说话本和讲史平话中各类诗文频频插入、长篇累牍、与散文叙述部分难分主次、使阅读难以顺利进行的情形绝少发生。然而，数量减少只是一种外在的现象，更为关键的在于，作为形式惯例而使用的诗、词、曲、赋等各类文字在中国白话小说中已各自承担起了相应的独特功能，从而成为中国白话小说的一种"有意味的形式"，化为小说文本的有机组成部分，这正是其与"话本"、"世代累积型"作品迥然有别的。

"文人小说"沿承说唱旧制，保留了设置篇首、篇尾诗词的惯例，但从数量而言，已大大减少，通常篇首基本稳定在一首诗（或词）或一诗一词，篇尾则是一首诗或一联偶句。值得指出的的是，篇首、篇尾诗词作为白话小说的形式体制，是就宏观而言，并非每部作品皆然。实际情况是有的有篇首而无篇尾，如李渔的拟话本；也有的有篇尾而无篇首，如清代章回小说《歧路灯》；更多的情况是则灵活取舍，前回篇尾、篇首俱全，后回则或缺篇首、或缺篇尾。取《红楼梦》现存十余种版本合配，篇首、篇尾诗词仍不完整。这说明白话小说的编写者们并不认为篇首、篇尾诗词是一定必要的。

虽然篇首、篇尾诗词并非通例，但凡是有篇首、篇尾诗词者，无不在小说中承担着特有的功能。它们首先是白话小说的一种明显的结构标志，标志着白话小说之一篇或一回之起（首）、讫（尾）。对于长篇章回而言，回首诗与回末联语使每一章回自成一单位。选择诗词韵语作为白话小说起、讫的标志，固然可以说是对说话艺术惯例的沿承，然而作为白话小说篇首、篇尾的诗词韵语，已不再独立于小说叙事之外，而是试图以诗词韵语的特殊形式对小说叙事提供某种帮助。

篇首、篇尾诗词对于小说叙事的基本功能简单说就是引出故事和总结故事。先说篇首诗词。拟话本延承"小说"旧制，通常由一篇诗词引发一小段议论有时附加一个相关的短小故事作为"入话"，以引出正话故事。整个"入话"的主要任务是交待小说的创作意图，或暗示小说的"卖点"。如李渔拟话本集《十二楼》中有一篇题为《合影楼》，篇首有一《虞美人》词曰：

> 世间欲断钟情路，男女分开住。掘条深堑在中间，使他终身不度是非关。　堑深又怕能生事，水满情偏炽。绿波惯会做红娘，不见御沟流出墨痕香？①

从这首词中透露的消息，读者约略可知，这可能是一则男女情事，这对青年男女被刻意挖掘的深堑相互阻隔，不料原本为阻隔而设的深堑，却成了联系姻缘的"红娘"，二人借水传传递诗书和幽情。这首篇首词浅白机智，如蜻蜓点水般提撮了故事的主要情节、主要机关，暗藏悬念，引起读者亟亟进入正文的阅读兴趣。

与篇首相比，白话小说篇尾的形式与功能都更为单纯。其形式大多是一联对偶句，也有用一首诗的。设置篇尾诗（回末联语）的基本用意在于总结、提点，总结是就故事内容而言，提点则指阐发议论，一般二者兼有，或有所侧重。如《西湖二集》第一卷"吴越王再世索江山"，篇尾"后人有诗为证"：

① 李渔《觉世名言十二楼》，江苏古籍出版社1991年版，第1页。

吴越偏安仅一隅，宋朝南渡又何殊？一王一帝同年寿，始信投胎事不诬。①

这首诗列举了吴越王与宋高宗诸多相同、相似之处，从而指出吴越王投胎转世、索取南宋江山的故事并非虚妄。

与章回小说的篇首诗词相似，回末联语有时也起到承上启下的作用。如清李绿园《歧路灯》第一回"念先泽千里伸孝思，虑后裔一掌寓慈情"，回末诗曰：

万念无如爱子真，遗安煞是费精神。若云失学从愚子，骄惰性成怨谁人。②

前两句承上，言谭孝移爱子之心真、望子成龙之心切；后两句启下，预示谭子失学骄惰、沦为败家之子。

篇首、篇尾之外的部分，也就是白话小说正文部分，也广泛运用了诗、词、文、赋等各类文字。这些文字按其形式来源可以分为两类，一类是以"有诗为证"、"有词曰"、"但见"、"正是"、"古语云"等为"引头"引出的各类诗文，这类诗文都是以说话人口吻道出，我们姑且称为"说话人诗文"。另一类是出于故事人物之口，为与"说话人诗文"相区别，姑且称为"人物诗文"。

相比于"话本"或"世代累积型"作品，文人小说中的"说话人诗文"数量大幅度减少。明清的小说家们大多应已注意到"话本"或"世代累积型小说"中各类"说话人诗文"既多且滥的弊病，故他们在使用此类诗文时非常谨慎。如《红楼梦》中的两处"夫子自道"，恰好表明了这种态度。《红楼梦》第十七回至第十八回写到元春归省的盛况，作者有言：

本欲作一篇《灯月赋》、《省亲颂》，以志今日之事，但又恐入了别书的俗套。按此时之景，即作一赋一赞，也不能形容得尽其妙。即不作赋赞，其豪华富丽，观者诸公亦可想而知矣。所以倒是省了这工夫纸墨，且说正经的为是。③

第五回宝玉梦入太虚幻境，初见警幻仙子仙姿绰约，有一段"有赋为证"凡二百四十八字，脂砚斋朱笔眉批曰：

按此书凡例，本无赞赋闲文。前有宝玉二词，今复见此一赋，何也？盖此二人乃通部大纲，不得不用此套。前词却是作者别有深意，故见其妙；此赋则不见长，然亦不可无者也。④

在曹雪芹、脂砚斋等人眼中，赋、赞之类皆为"俗套"、"闲文"，能免则免，实在大有干系之处才谨慎用之。

在"话本"或"世代累积型"作品中，"说话人诗文"多为陈言套语，而文人小说中的"说话人诗文"大都是小说作者为小说故事、人物量身定做的，它们是小说描人状物、铺陈场景或抒发议论的独特方式。李渔的拟话本在设置这类诗文方面尤为用心，所作多机智奇巧富有表现力。《无声戏》集之"清官不受扒灰谤，义士难伸窃妇冤"篇中有一篇描人形貌的《西江月》

① 周楫著《西湖二集》第一卷，江苏古籍出版社 1994 年版，第 21 页。

② 李绿园著《歧路灯》，齐鲁书社 1998 年版，第 6 页。

③ 曹雪芹著，刘世德校注《红楼梦》，江苏古籍出版社 2000 年版，第 202 页。

④ 曹雪芹著，刘世德校注《红楼梦》，江苏古籍出版社 2000 年版，赋文见第 59—60 页，脂批见第72 页。

词云：

> 面似退光黑漆，发如卷累金丝。鼻中有涕眼多脂，满脸密麻兼痣。　劣相般般俱备，谁知更有微疵：瞳仁内有好花枝，睁着把官斜视。①

此词描摹知府眼中丑男赵旭郎的形貌，自出心裁，极尽揶揄之能事，读来此人如立目前，谐趣横生。

文人小说中"说话人诗文"之所以与小说整体显得较为和谐，还有一点值得指出，"话本"或"世代累积型"作品中的"说话人诗文"几乎无一例外都是全知视角的"说话人"对于故事、人物所作的描写和议论，但在很多文人小说作品中，这些诗文不同程度地实现了视角的"内化"，即不以外在的"说话人"的视角进行描述，而转化为某故事人物之所见、所感，从而与故事更加融为一体。如上引《西江月》词所描摹的赵旭郎的丑貌，是从主审县官眼中见出。又如《儒林外史》中历来颇为人所称道的"马二先生游西湖"一段，都已完全内化为马二先生的视角，堪称浑成。

同时我们也应认识到，文人小说中的"人物诗文"，恰是传统中国知识阶层生活的真实反映。吟诗作赋、题咏赠答，本是传统社会知识阶层日常生活中很重要的一部分。文人小说的题材既然涉及这一阶层的日常生活，小说家以小说故事人物的口吻写作各类诗文，原属"写实"，是极其自然的。实际情况正是如此，中国白话小说中运用了大量的"人物诗文"。最为典型的如《红楼梦》，所用诗文种类很多、数量很大，"文学"类如诗、词、歌、赋、对联、灯谜、酒令、戏文、琴曲，实用文如铭诔、笺札、单帖、簿册、卜辞、呈底批文等②。即便是极少插用诗文的《儒林外史》，铭旌、关文、牌票、文书、邸、禀贴之类实用文体也偶尔可见，而其末回几乎全由上谕、奏疏、圣旨、榜文、祝文等连缀而成。

文人小说中的"人物诗文"，是小说表现人物的直接手段。人物诗文出自小说人物之口，是人物情性、学养、才情最直接的外化，故小说家常常借助这些人物诗文直接表现人物，而且以诗文表现人物常常比仅描写外在言行更为深入、微妙。在"人物诗文"运用方面堪称典范的是曹雪芹的《红楼梦》，而大观园内宝玉及众女子的吟诗作对、题咏赠答乃至灯谜酒令，"就是各人的小照"③。黛玉之自恋自伤、宝钗之平和雍容、湘云之娇憨豪放、妙玉之孤高自傲等，都与各人的诗文相表里。此点前人论述已备，自不必赘述。

"人物诗文"既是人物性情最直接的外化，故高明的小说家每每使用"人物诗文"来暗示人物命运，从而使"人物诗文"成为小说情节设置、整体布局的一种独特机关。仍以《红楼梦》为例。大观园中宝玉及众女子的口吟手书，无一不是暗寓玄机的谶语，它们都暗含着各人既定的命运。这些人物诗文与僧道口中的诗词、太虚幻境中《红楼梦》十二曲及众女子的判词遥遥呼应。它们如"草蛇灰线，伏脉千里"，使得整个小说容量极大而又浑然一体。

---

① 李渔著《李笠翁小说十五种》，浙江文艺出版社1984年版，第75页。

② 值得注意的是，《红楼梦》前八十回极见文学才能的诗赋、对联类文字较多，而后四十回实用文相对较多，前类文字较少。这可能是因为《红楼梦》的续写者文学才能不及曹雪芹，故乃以相对容易写作的实用性文字藏拙。

③ 王希廉评语，道光十二年(1832)双清仙馆刊本《新评绣像红楼梦全传》。转引于曹雪芹著，刘世德校注《红楼梦》，江苏古籍出版社2000年版，第264页。

综上所述，诗、词、歌、赋之类的文字在中国白话小说的题目、首尾及正文中各有其用，它们是白话小说的一种有意味的形式，在标志结构、表现人物、推进情节、渲染意境等多方面多发挥了独特的作用。

然而，纵观中国白话小说史上的无数作品，我们很容易发现，差异是广泛存在的。同是拟话本，李渔的作品相比于艾衲居士的《豆棚闲话》，各类诗文用的就多些，而后者很少；同是著名章回，《红楼梦》中诗文极多，而《儒林外史》则通篇流利的散体白话，几乎没有任何诗文。同是多用诗文，李渔的拟话本和《红楼梦》中的诗文与小说情节、情境相融相生，而大量二三流的作品未必达到这样的效果。可见，当白话小说已经成为文人熟练掌握以叙述故事、表情达意的书面文体之后，各类诗文的插用实质是作为一种形式惯例而存在，至于实际写作时用与不用、如何使用，往往出于观念的差异或能力高下之别，因而具有很大的灵活性和效果的差异性。

既然用不用诗文并不能成为评价小说优劣的必然标准，那么，重要的问题就在于理解中国白话小说何以如此普遍地运用诗文，中国特殊的历史文化传统所孕育出来的中国白话小说是否具有其自身的“整一性”，这种“整一性”又当如何衡量。这正是本论题所要解决的第三个问题。

曹雪芹虽然曾借贾母之口对才子佳人小说中的诗、词、文、赋颇有批评，谓之“情诗艳赋”①。但那主要是因为才子佳人小说中的诗、赋等文字多水平不高，格调较低。如果其中的诗、词、文、赋确实写得得体，有品位，也很容易赢得时人的称赞。清代著名学者何焯对《平山冷雁》等才子佳人小说中的各类诗文就极为推崇：

> 仆诗何足道！《梅花》诸咏，《平山冷雁》之体，乃蒙称说，惶愧！②

小说家们之所以特别看重诗、词、曲、赋之类文字的写作，主要是因为此类文字最能表现其作为文人的“文学”才能，而“文学”才能恰是当时人衡量其作品最为重要的标准。虚构人物、布置情节等固然易取悦观者，但诗、词、曲、赋类文字可更直接表现其文才，获得同辈的首肯。从这一意义上说，中国白话小说中的诗、词、曲、赋等各体文字皆有其相对独立的价值，不宜单从小说“叙事功能”的角度加以体认。而且，如果小说的接受者缺少诗、词、曲、赋方面修养，不能欣赏作者的锦心妙笔，那么小说中插用的这些文字就很容易被视为累赘之物。这也就是说，中国白话小说中诗、词、歌、赋类文字的价值或评判，在很大程度上取决于读者的“文学”修养或“小说”观念。对现代或西方的读者而言，这些诗、词、歌、赋类文字的价值也最易被置疑。毕晓普等作为二战后的新一辈汉学家，与老辈汉学家相比，他们在中国古典文化修养以及阅读古籍的能力方面，都相对不如，这样当他们在阅读中国小说中诗、词、曲、赋等最能反映中国“文学”传统的一类文字时，难免力不从心，也很容易从“纯粹”的叙事艺术角度，得出“非整一性”的结论。

从真正意义的中国小说——“文人小说”的演进历史来看，自明中叶《金瓶梅》的问世至清中叶《红楼梦》、《儒林外史》等名著的产生，在二百余年的历史推移中，诗、词、曲、赋等各体

---

① 曹雪芹著，刘世德校注《红楼梦》，江苏古籍出版社 2000 年版，第 6—7 页。

② 何焯《义门读书记》卷七《与某书》，上海古籍出版社 1992 年版，第 131 页。

文字与小说叙事的和谐程度乃至小说文本整体的"整一性",就总体而言,显然是渐次提高的。当然,从"整一性"的角度看,自有高明与平庸之别,精益求精与率尔操觚之异,其艺术水准亦因此有高下之别,许多"文人小说"文本的博杂不一也是毋庸讳言的。但这恰恰提醒我们应努力去理解历史的复杂性,而不是笼统地加之以"非整一性"的定评。

作者单位:南京大学

明清历史小说与说唱艺术的关系

田村彩子

历史题材的小说，按照成立过程与内容，一般分为“讲史小说”、“神魔小说”、“英雄传奇小说”①等，但本论文不采用这种分类方法。因为主要的目的是把握一个历史题材怎么描述，怎么演变，而不是把焦点放在一个英雄人物上，也不是单方面注意用仙术打仗等内容。所以，本论文在言及历史题材的小说时用“历史小说”一词。

众所周知，历史小说与艺术的关系很密切。《东京梦华录》卷五〈京瓦伎艺〉在描写北宋开封的情况时，讲到京师有形形色色的说唱艺术，之中有讲历史的“讲史”、评说三国故事的“说三分”。《全相平话》可能是把那些说唱艺术用文字记载下来的东西。《全相平话》是日本“内阁文库”珍藏品之一，收藏在国立公文书馆。现存的只有五种：

《新刊全相平话武王伐纣书》（《武王伐纣平话》）
《新刊全相平话乐毅图齐七国春秋后集》（《七国春秋平话后集》）
《新刊全相秦并六国平话》（《秦并六国平话》）
《新刊全相平话前汉书续集》（《前汉书平话续集》）
《至治新刊全相平话三国志》（《三国志平话》）

以下行文用括号内的名称。《三国志平话》封面有“至治新刊”之句，所以应该是元代至治年间出版的。其他也是同时出版的。据说，《三国志平话》是《三国志演义》的原形，其他四部作品也是历史小说的原形。本论文将要考察春秋战国时代历史题材小说与说唱文艺的关系。

（一）《全相平话》、《列国志传》、《新列国志》

《新列国志》被认为作于崇祯时②，冯梦龙著。但历史小说总是“世代累积型集体创

---

① 凭上田望《讲史小说と历史书(1)—〈三国演义〉、〈隋唐两朝史传〉を中心に—》(《东洋文化研究所纪要》第一三〇册，1996年)内的定义。

② 《新列国志》封面：“墨憨斋向纂《新平妖传》及《明言》、《通言》、《恒言》诸刻，脍炙人口。今复订补二书。本坊恳请先镌《列国》。次当及《两汉》。”祁彪佳《祁忠敏公日记》甲申日历(崇祯十七年，1644年)：“十二月十七日舟中无事，阅冯犹龙所制《列国传》。”《醒世恒言》天启七年刊(翌年是崇祯元年)，所以《新列国志》应该是从那时以后到崇祯十七年间出版。参考大木康《明末のはぐれ知识人——冯梦龙と苏州文化》(讲谈社选书メチエ，1995年)。

作”[1],《新列国志》也是由《列国志传》改编而来的。这《列国志传》是《全相平话》等民间传说与史书的合体[2]。《列国志传》乃建阳余氏所作,有万历年间的刊本。不过改编时,还是会反映编者的意图、主张等。冯梦龙做了很大的改编,笔者粗略统计如下。

《列国志传》[3]20字×20行(半叶)×966叶=772800(除了《列国志传》内没有的“武王伐纣”139叶,661600)字

《新列国志》 22字×20行(半叶)×1384叶=1217920字

《列国志传》与《新列国志》改编的量不同,当然内容也不一样,可以说是两部不同的作品。在《新列国志》的凡例中能看出来冯梦龙的态度。他的态度是根据《列国志传》,参考各种资料,并考证和订正。《全相平话》和《列国志传》保留了大部分民间要素。项裕荣先生指出,《新列国志》删除了大量不顾史实的虚构,但出于吸引读者的需要,冯梦龙并没有完全屏除它[4]。

笔者调查的结果,《列国志传》使用《史记详节》等简本[5],而《新列国志》使用的是《吴越春秋》、《国语》等经典;《列国志传》除了《全相平话》以外,在抄袭史书时,原封不动地引用原文的片段,而《新列国志》乃冯梦龙编著的。笔者认为他可能把士大夫设足为读者群,内容上,在迎合士大夫的喜好。《新列国志》内有《古今小说》、元曲和传奇的“赵氏孤儿”故事,可以说这是通俗文艺的影响。《新列国志》中还有冯梦龙自己的创作。那些都是在他考证历史的事实及合理性的基础上添加的。

冯梦龙既有学识又对通俗文艺很关心。他的介入令《新列国志》比《列国志传》更合理,值得士大夫阅读。明末,曾经轻视白话小说的士大夫们开始重视白话小说,李贽高度评价《水浒传》一事是一个典型的反映。冯梦龙等知识分子的介入,推动了白话小说的发展,这一趋势与士大夫为消磨时间看书的习惯有关系。

另外,从这一趋势可以看出当时的出版情况。建阳自宋代起以出版盛行,《全相平话》也在建阳出版。上图下文形式的历史小说的出版很兴盛,但这些小说基本上是民间传说与史书接合的作品,还称不上成熟小说。《列国志传》成书于建阳。后来苏州、南京等江南之地也出版白话小说。江南版本的特点是,考虑到士大夫的需求,内容高雅的作品比较多,插图也比建阳版本精美得多,不是上图下文形式。《新列国志》在江南出版,显示出这个特点。从列国题材的小说特征,就可以看出建阳版本与江南版本的情况。

---

① 徐朔方《小说考信编》(上海古籍出版社1997年版)“前言”、《明代文学史》(浙江大学出版社2006年版)三、四章“世代累积型集体创作长篇小说的成书及成就(上、下)”

② 曾良《〈东周列国志〉研究》(巴蜀书社1998年版)“一、从全相平话到《列国志传》”和“四、从冯梦龙辑演《新列国志》到蔡元放改名《东周列国志》”,小松谦《中国历史小说研究》(汲古书院2001年)第一章“《列国志传》の成立と展开——《全相平话》と历史书の结合体——”。

③ 参考中华书局“古本小说丛刊”所收、龚绍山刊本。原本藏于(日本)国立校文书馆。万历乙卯(万历四十三年,1617)陈继儒的序。

④ 《演义观的变迁与〈三国演义〉的影响——〈新列国志〉与〈列国志传〉》比较(《宁波大学学报》第15卷第4期,2002年)。

⑤ 《列国志传》卷十“十卷以下因《吕氏史记详节》之规,其事则说七雄”。

（二）孙庞斗智故事

《全相平话》除了这五种以外，应该还有遗失的作品。其中之一是《七国春秋平话前集》。孙楷第先生指出："按今元刊平话只存五种，《七国春秋》存《后集》，则必有《前集》。"又提出明代小说《孙庞斗志演义》的内容就是从失传的《七国春秋平话前集》演变而来的观点①，还指出《列国志传》和杂剧《燕孙膑用智捉袁达》、《马陵道射庞涓》也含有同样的内容。孙先生以后有胡士莹先生《话本小说概论》（中华书局 1980 年），《全相平话乐毅图齐七国春秋》上中下三卷、赵景深先生《中国小说丛考》（齐鲁书社 1980 年）《〈七国春秋后集〉与〈前七国志〉》。另外，曾良先生《东周列国志研究》指出："那部失传的《七国春秋前集》可能与《七国春秋后集》、《武王伐纣平话》的风格相似，其神怪成分有过之而无不及；《列国志传》（卷七）中的孙庞斗智部分正是从这部元刊评话中演变而来"。依照上述情况来说，通过研究《孙庞斗志演义》，失传的《七国春秋平话前集》的内容应该能够复原。

《孙庞斗志演义》没有沿袭史书，作中人物的设置方面，用法术、兽类说话等类似民间传说的形式。（日本）国立公文书馆藏二十回本有崇祯九年的戴民主人序，图片精美而不是上图下文形式，所以可能不是一般低品质低成本的建阳本，而是江南本。这与清代的《乐田演义》一起构成了《前后七国志》。

《列国志传》现存版本是万历年代的，早于《孙庞斗志演义》。但是《列国志传》被改编成沿史书，可以说《孙庞斗志演义》的一部分留有古老的（与《七国春秋前集》接近的）内容。在谈及救助的人物时，《孙庞斗志演义》中是孔子的徒弟卜商（＝子夏，时代不合适），而《列国志传》中是同时代的淳于髡。

下面，以《孙庞斗志演义》为基准，参考《列国志传》、杂剧《庞涓夜走马陵道》②、传奇《天书记》③来复原。

《七国春秋平话前集》复原案

○ 存在复原案的故事　△ 有异同（备考栏内标明异同点）　× 没有复原案的故事

《七国春秋平话前集》复原案	列国志传	孙庞斗志	杂剧	传奇	备　考
孙膑与庞涓陪鬼谷子修炼	○	○	○	○	
鬼谷子试孙膑与庞涓，庞涓先下山	△	○	○	△	列国志传、传奇没有猜谜的场面
庞涓先去齐，不能得官，再去魏	×	△	○	×	在孙庞斗志，庞涓去齐之前，也去燕
魏与齐为了宝珠关系不好	○	○	○	○	
庞涓于攻齐的战中立功，发迹	○	○	○	○	
王敖破庞涓立的碑	○	○	×	○	

① 《日本东京所见小说书目》（国立北平图书馆，1931 年）。

② 版本有脉望馆抄本与元曲选本两种。

③ 《古本戏曲丛刊》二集所收《环翠堂乐府重订天书记》。

续表

《七国春秋平话前集》复原案	列国志传	孙庞斗志	杂剧	传奇	备　考
鬼谷子把天书授孙膑，孙膑下山	○	△	○	△	孙庞斗志、传奇白猿授天书
孙庞斗阵，庞涓失败	△	○	○	○	列国志传，孙膑乞雨
庞涓恨孙膑，谋害他	△	○	○	○	列国志传，庞涓谗孙膑通齐
孙膑被成刖足，装疯食屎	○	○	○	○	
朱亥藏孙膑	○	○	×	×	
卜商进茶车来求孙膑	△	○	○	△	列国志传、传奇，卜商→淳于髡
卜商带孙膑走	△	○	○	△	列国志传、传奇，淳于髡来求
孙膑捉袁达、独孤陈等山贼三次，他们受降	○	○	○	○	杂剧〈燕孙膑用智捉袁达〉？
孙膑受庞涓的咒，诈死	○	○	×	×	
孙膑用减灶计，在树下捉庞涓	○	○	○	○	
集合各国代表断庞涓，分尸体	×	○	○	×	

孙庞斗智故事的民间传说要素，在《全相平话》→《列国志传》→《新列国志》这样发展的过程中被删除。但是被删除的这一部分可以看到明代戏剧里或明末清初的小说《孙庞斗志演义》的形态。

笔者认为历史小说使用同一资料后，可以向两个方向发展。一个是比较接近史书的方向，另一个是娱乐用书籍方向，他们都是为了满足读者的需要。

孙庞斗智故事变迁图

（接近史书·合理化）
《七国春秋平话前集》（佚）----→《列国志传》→《新列国志》
----→《孙庞斗志演义》
（留有民间传说要素）

（三）乐毅图齐故事与鼓词《走马春秋》

《孙庞斗志演义》与清代的《乐田演义》一起构成了《前后七国志》。如果《孙庞斗志演义》继承了《七国春秋平话前集》的内容，《乐田演义》也应该继承了《七国春秋平话后集》的内容。然而笔者调查的结果显示，《乐田演义》基本上没有吸收民间传说要素；《乐田演义》吸收了《新列国志》的要素。《乐田演义》与《新列国志》的很多内容相同，《新列国志》与《乐田演义》内插入的诗之中，完全一样的有三例，部分一致的有一例。

乐毅图齐故事变迁图

《七国春秋平话后集》→《列国志传》→《新列国志》→《乐田演义》

（接近史书·合理化）

《前后七国志》上卷《孙庞斗志演义》里保存了民间传说要素，但事《前后七国志》下卷《乐田演义》乐毅图齐故事中没有看到民间传说要素的影子。笔者在《走马春秋》乐毅图齐故事中发现了民间传说要素。清代小说《走马春秋》与同名鼓词《走马春秋》，虽与《七国春秋平话后集》年代相隔甚远，但保留了同样的内容。小说《走马春秋》(四卷十六回①)和鼓词'走马春秋'(全十六卷②)内容基本一样，于是，这次调查用鼓词'走马春秋'。为了解决民间传说要素和接近史书部分的内容是如何分布的这个问题，笔者比较《七国春秋平话后集》与《走马春秋》、《通鉴纲目》。结果发现了这一倾向；故事之中，在看到《通鉴纲目》的要素时就看不到《走马春秋》的要素，在看到《走马春秋》的要素时就看不到《通鉴纲目》的要素。则，《通鉴纲目》与《走马春秋》的要素只有一者存在。

《七国春秋前后集》内容对应表

◎ 本文一致 ○ 有符合故事 △ 虽不同，而有对应故事 × 没有

·卷上

七国春秋前后集	通鉴纲目	走马春秋(鼓词)
孟子至齐	靓王 2◎	×
燕王传位与丞相	靓王 5△	×(卷 3 有有关这件事情的记述。还有卷 15"想当年先皇在位、燕哙王到齐国纳进献千里马、先君信邹妃之言、拿中弩拖了哙王打死"。)
齐兵伐燕	赧王 1△	×
齐兵伐燕得胜	赧王 1△	×
邹忌劫孙子寨	×	×
孙子回朝	赧王 1△(孟子的部分◎)	×
燕国立昭王	赧王 3△(前一半的燕的故事○、后一半的邹家故事×)	卷 1△(后一半的邹家与孙膑对立○)
邹坚杀齐王	×	卷 1△
邹坚立齐湣王	×	卷 1△
孙子诈死	×	卷 2△
四国困齐	×	×
苏代请孙子救齐	×	×
苏代见孙子	×	×
四国回兵	×	卷 3○
乐毅下山	×	卷 3○
燕国筑黄金台招贤	赧王 3◎	×
邹衍剧辛至燕	(*注)	×

① 上海古籍出版社《古本小说集成》所收，藏于东京大学东洋文化研究所，丹宝堂本。

② 首都图书馆编辑《清车王府藏曲本》，学苑出版社 2001 年版。

续表

七国春秋前后集	通鉴纲目	走马春秋(鼓词)
乐毅投燕	赧王 3○	卷 3△
燕王拜乐毅为师伐齐	赧王 30◎	卷 3△
燕国伐齐	×	卷 4、卷 5△(敌人不一样)
燕齐大战	×	卷 5、卷 6△

* 注:关于邹衍、剧辛两个人来燕的记述,《通鉴纲目》、《资治通鉴》内没有;《史记》和它的摘要《史记详节》、还有《蒙求》、《咏史诗》的注释中可以看到。

· 卷中

乐毅破齐	赧王 31◎	×
齐王出走	赧王 31△	卷 6△
燕王人齐报仇	×	卷 7△(湣王躲苏代家的场面○)
楚遣淖齿救齐	赧王 31○	×
乐毅会淖齿破齐	×	×
淖齿捉齐王	赧王 31◎	×
乐毅令石丙杀齐王	赧王 31△(齐王吊梁○)	卷 6(邹妃处死)△、卷 8(齐王处死)△
齐臣王蠋自经死	赧王 31◎	×
固存太子哭齐王	×	卷 8△(藏太子的人不一样)
青龙景救固存太子	×	卷 8△
孙子下山	×	卷 9△
孙子反间燕王召回乐毅	赧王 36△(给燕王谗言◎)	×
燕王诏乐毅回兵	赧王 36△(只有诏◎)	×
立齐襄王	赧王 32◎	×
王孙贾杀淖齿	赧王 32△(前一半◎、后一半孙膑解字谜×)	×
田单火牛阵破燕兵	赧王 36○	×
齐襄王归临淄城	×	卷 15△(前一半○,后一半的乐毅再出兵×)
燕王再请乐毅图齐	×	×
孙子归齐国	×	×
乐毅再图齐	×	×
孙子说乐毅	×	卷 10△

续表

乐毅破齐	赧王 31◎	×
孙子与乐毅斗阵	×	×
袁达战石丙	×	×

·卷下

孙子拿乐毅	×	卷 10△
孙子放乐毅	×	卷 10△
其河战	×	×
黄拍杨(阳)下山	×	卷 10○
迷魂阵困孙子四人	×	卷 11△
齐国宣鬼谷救孙子	×	×
鬼谷下山	×	×
鬼谷至齐寨	×	卷 13△
鬼谷说伯杨(阳)	×	×
鬼谷战魏兵	×	×
鬼谷战楚兵	×	×
鬼谷索张晃阴书	×	×
鬼谷得阴书	×	卷 14△
赵兵助齐	×	×
秦白起助燕	×	×
破迷魂阵	×	卷 14△
七国混战	×	×
四国进奉	×	×
众仙归山	×	卷 14△

另外,虽然《七国春秋平话后集》有很多矛盾,但是如果把它设想成《走马春秋》的内容,就容易理解了。比如,在《七国春秋平话后集》卷中〈燕王诏乐毅回兵〉,乐毅回燕后,卷中"齐襄王归临淄城"中,为何会燕王将使者派往"赵"请来乐毅。在鼓词《走马春秋》中,乐毅没有被诬陷,也没有亡命赵国的场面。乐毅没退兵,一直攻齐,追赶齐王和太子。本来这个故事可能是这样,但是由于添加了史书里的"反间计"等情节,前后矛盾就出来了。

我推测《七国春秋平话后集》是,《走马春秋》里的民间传说要素与史书接合形成的结果。小说《走马春秋》吸收了早在《七国春秋平话后集》之前的民间传说要素,在清代以前以说唱形式传下来,发生了许多变化,到清代时被整理成书面形式的作品《走马春秋》。

乐毅图齐故事变迁图

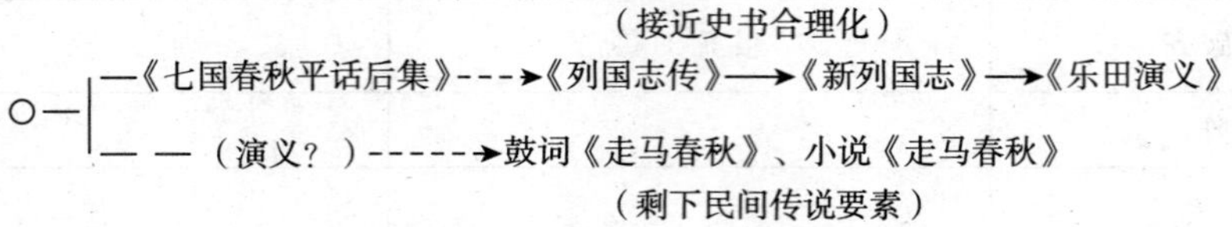

结　论

历史小说基本上是将民间传说与史书接合起来形成的。关于《全相平话》的成立，还有很多不明的地方，但我们推测，《全相平话》也是民间传说和史书接合起来形成的。之后，历史小说分成两个方向发展。一个是接近史书的历史小说，另外一个是使本来的民间要素更充实的历史小说。《全相平话》→《列国志传》→《新列国志》是前者，《孙庞斗志演义》、《走马春秋》是后者。

附：全相平话、小说、鼓词对应表

全相平话	明清小说	清代鼓词
《新刊全相平话武王伐纣书》	《列国志传》《封神演义》	《封神演义》
(《七国春秋前集》,佚)	《列国志传》《孙庞斗志演义》	《金盒春秋》
《新刊全相平话乐毅图齐七国春秋后集》	《列国志传》《走马春秋》	《走马春秋》
《新刊全相秦并六国平话》	《锋剑春秋》	《锋剑春秋》?
(《前汉书平话正集》,佚)	《全汉志传》《两汉开国中兴传志》《西汉演义》	《西汉演义》
《新刊全相平话前汉书续集》	《全汉志传》《两汉开国中兴传志》《西汉演义》	《西汉演义》
(《后汉书平话》,佚?)	《全汉志传》《两汉开国中兴传志》《东汉十二帝通俗演义》	《东汉演义》
《至治新刊全相平话三国志》	《三国志演义》	《三国志》

作者单位：日本京都大学

“王月英”、“梁祝”、“秦雪梅”里的三世姻缘及其流传

——以湖南唱本为中心

岩田和子

自古以来，在民间流传着很多以神仙天尊左右的侍童侍女“金童玉女”为题材的故事。其中有的讲的是金童玉女下到人界，变成一对男女结成婚姻的“仙谪式的神话爱情剧”，有的讲的是被度脱回到天界的“度脱式的神仙道化剧”。这些故事在元、明、清朝时被编入杂剧、传奇、小说之中[①]。之后，特别是在清末民国之期发展的说唱文艺之中，盛行以金童玉女的转世姻缘为题材的故事。这些故事的题材主要就是为了成就一对男女在人界未能结成的姻缘，将其人物从某一著名民间故事之中的男女，脱生为另一民间故事之中的男女，即两世姻缘。有些作品竟将一个姻缘珠链性地连贯至三世，甚至五世、七世、八世。本论文主要关注说唱文艺，特别是出版、流通于湖南省的湖南说唱本[②]之中的“三世姻缘”的结构，以及其类型的传播进行考察。

一、湖南说唱本“王月英”、“梁祝”、“秦雪梅”故事中的三世姻缘

以下所提到的三个作品原本是分别流传于民间的故事、传奇及戏剧之中，而在清末民初的湖南说唱本里它却被附加了三世姻缘的因素，各故事之间产生了链接。而其中的主人公的男女即《王月英卖胭脂》（以下称“王月英”）里的郭华和王月英，《新钞绣像祝英台》（以下称“梁祝”）里的梁山伯和祝英台，《新刻秦雪梅三元记全部》（以下称“秦雪梅”）里的商琳和秦雪梅。

首先，“王月英”的开篇和结局的场面，点明了郭华与王月英的姻缘。长沙民国刻本《王月英卖胭脂》开头说“金童玉女下凡尘，敕命杭州做子孙，金童投到郭家去，玉女投胎到王门”。在杭州开胭脂店的美丽的王月英的名声引来了书生郭华，两人一见倾心，但因受到卖杂货毛胡的干扰，晚上他们约好在土地庙幽会。可是，因为郭华醉酒，没能准时赴约，王月英

---

① 黄海兰《试论中国古典戏曲中的“金童玉女”题材剧》（《语文学刊》2010 年第 11 期），根据李修生编纂的《古本戏曲剧目提要》，将古典戏曲中的“金童玉女”题材剧分为“仙谪式的神话爱情剧”和“度脱式的神仙道化剧”的两大类，并重点分析了前种类型。

② 清末民国期，除了江南、东南沿海地区、北方以外，湖南地区的唱本出版活动也特别盛行。比如，湘潭的黄三元堂、洪江的丰泰新堂、长江的左三元堂、永州的文顺堂等各种各样的书店名称林立。每家书店在湖南都是出版量比较多，而且有影响力。

就在离开之前将自己的心情吟为一首诗，写在墙上。第二天郭华来到土地庙的时候，王月英早已不见。之后，两人都因得患了相思病，而离开了这个世界。后来是玉帝将他们脱生为梁山伯和祝英台。结局场面的原文如下：

……月英佳人把誓盟，二人同把天地拜，就此当时皆成亲，拜罢起来从罚誓，约定今晚结成婚，金童玉女降下界，怎能凡间结成婚，未晚爹娘回家转，拆散姻缘事不成，二人私约土地庙，土地庙内会佳期，月英佳人去得早，等候郭家小书生，更深不见情人到，姑娘珠泪往下倾，睡鞋一双来丢下，粉壁题诗与情人。诗曰，月英写诗，约定佳期临此庙，谁知天意不成双，今宵莫想偕连理，泪洒湘妃两断肠。佳人哭罢回去了，再言郭华小才郎，只因多饮几杯酒，耽误终身好风光，次日来到土地庙，不见多姣月英女，只见粉壁留诗句，一双睡鞋地当中，方知姻缘自悟了，相思病儿缠在身，回家未到一个月，一命归阴见阎君，月英也得相思病，双双魂灵到天宫，玉皇面前挂了号，准他二次下凡程，金童投到梁家去，玉女投生祝英台。①

第二个故事就是"梁祝"。故事最后的名场面中点明了三世姻缘。大婚之日，当祝英台的花轿经过梁山伯之墓时，坟墓突然裂开，英台随之入去。众所周知，在一般的"梁祝"里梁山伯和祝英台化身为两只盘旋盈舞的蝴蝶相伴相随，永不分离。而在湖南说唱本里，其结局却有所不同，在英台跳入山伯坟墓之后马郎也追随而入②，他们没有变成蝴蝶，而是由鸳鸯化身为三只水鸣鸟飞离而去。在大结局里，点明了"梁山伯、祝英台→郭华、王月英→商琳、秦雪梅"的三世姻缘。原文如下：

……我妻闯入何方去，英台今日闯入坟，等我与你一同行，马郎也闯坟台内，即刻开来即刻闭，黄上开择放毫光，轿夫吓得无主法，轿夫就把三家报，报与三家得知道，三家父母得知音，就往坟前见分明，来到坟前仔细看，并无形引怎么干，这庄奇事慌了张，三家哭得泪汪汪，三家哭得肝肠断，怎么不见娇儿面，怎奈只得挖坟台，挖开坟台再安排，开棺扬盖把尸见，开了棺木并无人，三块麻石在中存，吩咐轿夫抬麻石，抬回家中看缘故，狂风大雨起乌云，青天蔽日响雷公，抬至□□桥上过，忽然桥上把□□，三块麻石吊江心，毫光闪雷不非轻，左寻右寻寻不见，哭见三只鸳鸯现，三只鸳鸯一齐飞，父母哭得好伤悲，变作三只水鸣鸟，马郎跟在后头□，两只同伴一只单，古记留得此时间，一世英台梁山伯，姻缘未成少修得，二世月英与郭华，贩卖胭脂就是他，三世商琳雪梅女，命将投胎宰相府，□□□□□割手巾，三世才得结为婚③

第三个故事就是"秦雪梅"。在故事中盘秦雪梅走进游地府的场面里，点明其三世姻缘。秦雪梅的未婚夫商琳因思恋和气恼使他气绝而亡。前来吊丧的秦雪梅一见灵位，嚎啕大哭，头撞棺材，来到了冥府。在冥府得知两人是金童玉女的化身，即"梁山伯、祝英台→郭华、王

① 《王月英卖胭脂》长沙民国刻本。

② 马郎来到冥府的情节流传于南方。如"弹词、南音、东调和四川老本子《柳荫记》又都增加了马俊（或马大郎、马洪，即马文才）到阴司告状并大闹地府的情节"这样。但是一般由于他未尽天寿，被回到现世（马紫晨《梁祝中原说》，《寻根》1997年第3期）。

③ 《新抄绣像祝英台》中湘九总三元堂歌书发客。

月英→商琳、秦雪梅"的三世姻缘。最终秦雪梅被降谪人界,替亡夫支撑起破碎的门庭,教子成就。原文如下:

……左金童听此言两眼吊泪,叫一声美良女小姐佳人,有句话说与你不须要娼,我与你做夫妻本是虚名,到千今这一次连是三次,只为我在上方眼角苗官,那玉皇张大帝知此就里,将你我一双双贬下凡呈,头一次在杭州英台山伯,同学堂三年正未曾沾身,也只为害相思你坑我命,你过了半年正也上天官,到后来五百年又该劫数,第二次将你我贬下凡呈,每日里卖胭脂朝思暮想,我名字叫郭华你叫月英,依然是两下里何尝成就,到后来害相思又丧残生,你母亲一心的将你改嫁,王月英绳缢死也上天官,在上界又过了五百千年,又锋逢着劫数到三下凡呈,把你我又贬在杭州城内,我生年商门里你在秦门。①

以上提到的"王月英"、"梁祝"、"秦雪梅"里的三世姻缘是否只有在湖南说唱本里出现,我们还有必要调查验证各种说唱本的版本。

表1 王月英②

	剧种	书名	版本	转世姻缘	所藏地、著录
1	鼓词	〔封面题〕王月英买胭脂/新刻老毛胡闹婚/六十册/长沙小西门外上首湘乡码头□□堂戏文发客 〔卷首题〕王月英卖胭脂	长沙民国刻本	郭华、王月英→梁山伯、祝英台	上海图书馆
2	鼓词	〔封面题〕王月英买胭脂/新刻老毛胡闹婚/□□册/长沙小西门外上首湘乡码头□□堂戏文发客 〔卷首题〕王月英卖胭脂	长沙民国刻本	同上	首都图书馆2部
3	鼓词	绘图蓝桥相会,王月英卖胭脂	上海文益书局民国石印本	同上	上海图书馆

表2 梁祝

	剧种	书名	版本	转世姻缘	所藏地、著录
1	鼓词	〔封面题〕绣像祝英台/新抄/梁山伯同窗记/百五十册/中湘九总三元堂歌书发客 〔卷首题〕新抄绣像祝英台	长沙:三元堂刻本(卷四卷首题下有文星堂的书肆名)	梁山伯、祝英台→郭华、王月英→商琳、秦雪梅	上图、复旦、湖南图书馆、早稻田大学演剧博物馆

① 《新刻秦雪梅三元记全部》卷之四,湘潭黄三元堂刊本。

② 除表1所举的剧种以外,子弟书、梆子腔、京剧、豫剧、黄梅戏等地方戏也有"王月英"剧,但都不存在郭华与王月英转生为梁山伯与祝英台之事。

续表

	剧种	书名	版本	转世姻缘	所藏地、著录
2	鼓词	〔封面题〕梁山伯祝英□/新抄/梁山伯同窗记/百五十册/长沙诚典堂发兑 〔卷首题〕新抄绣像祝英台	长沙刻本	同上	大木康藏
3	鼓词	最新绘图梁山伯祝英台夫妇攻书还魂团圆记上下/绘图梁山伯祝英台还魂团圆记后传	上海：上海椿荫书局，民国(1912—1949)石印本	郭华·王月英→韦郎保·贾玉贞→梁山伯·祝英台	上海图书馆
4	鼓词	〔封面题〕梁山伯祝英台全本　二卷 〔卷首题〕绣像梁山伯祝英台夫妇功书还魂团圆记　卷上	上海：协成书局石印本	同上	台湾“中央研究院”傅斯年图书馆
5	鼓词	(新刻)梁山伯祝英台夫妇攻书还魂团圆记	民国石印本	同上	上海图书馆 2部
6	鼓词	绣像梁山伯祝英台夫妇攻书还魂团圆记	上海：槐荫山房，民国(1912—1949)石印本	同上	上海图书馆
7	鼓词	新刻梁山伯祝英台夫妇攻书还魂团圆记　十六卷	上海：文益书局石印本	同上	复旦大学古籍所

表3　秦雪梅①

	剧种	书名	版本	转世姻缘	所藏地、著录
1	鼓词	新刻秦雪梅三元记全部　六卷	湖南湘潭　黄三元堂刊本	梁山伯、祝英台→郭华、王月英→商琳、秦雪梅	复旦古籍所
2	鼓词	新刻秦雪梅三元记全部　六卷	湖南湘潭　中湘九总黄三元堂刻本	同上	湖南图书馆
3	鼓词	新刻秦雪梅三元记全部　六卷	湖南湘潭　黄三元堂刻本	同上	上海图书馆　3部
4	鼓词	新刻秦雪梅三元记六卷	湖南洪江　洪江丰泰新刻本	同上	上海图书馆

① 笔者曾经对于“秦雪梅”故事的说唱诸版本整理过。以上海图书馆、复旦大学图书馆、国家图书馆、首都图书馆、台湾“中央研究院”傅斯年图书馆、日本早稻田大学图书馆泽田瑞穗旧藏风陵文库、早稻田大学演剧博物馆、东京大学东洋文化研究所双红堂文库，《清蒙古车王府曲本》、《俗文学丛刊》所收相关文本，其他的目录及提要中可见的版本为中心，进行了收集。具体研究成果请参阅《秦雪梅故事流传考——以清末民初唱本为中心》，《黄霖先生七秩华诞师门同庆集》，凤凰出版社2011年版，第1137—1160页。除了表3所举的版本以外，都没有出现三世姻缘的情节。

续表

	剧种	书名	版本	转世姻缘	所藏地、著录
5	鼓词	秦雪梅三元记六卷	湖北武昌　广发堂刊本	同上	复旦古籍所
6	鼓词	新刻秦雪梅三元记全部　六卷	广西桂林　全文堂刻本	同上	上海图书馆
7	鼓词	新刻三元记全部六卷	木刻本	同上	傅斯年图书馆
8	鼓词	新刻秦雪梅三元记全部 六卷	清刻本	同上	上海图书馆
9	鼓词	新刻秦雪梅三元记全部　六卷	民国刻本	同上	国家图书馆
10	鼓词	新刻秦雪梅三元记　十二卷	清末民初汉口汉贤堂刻本	同上	浙江图书馆
11	鼓词	三元记　三集	木刻本	同上	傅斯年图书馆
12	鼓词	新抄秦雪梅三元记全部(残欠)	抄本	同上	川浩二藏
13	鼓词	新刻秦雪梅三元记全部 十二卷	清末民初石印本	同上	复旦古籍所
14	鼓词	新刻秦雪梅三元记全部	清末石印本	同上	复旦古籍所
15	鼓词	绣像说唱秦雪梅三元记	民国上海铸记书局石印本	同上	上海图书馆
16	鼓词	新刻秦雪梅三元记十二卷	清末民初上海昌文书局石印本	同上	国家图书馆
17	鼓词	新刻秦雪梅三元记　十二卷	清末民初石印本	同上	浙江图书馆
18	淮剧	改良新纂秦雪梅十集	上海大达书局印行	同上	《俗文学丛刊》

湖南说唱本和其他地区的说唱本,特别是上海石印本里,"王月英"、"秦雪梅"之间的转世姻缘没有发生变化,值得注重的是"梁祝"的姻缘类型。湖南本中的"梁山伯、祝英台→郭华、王月英→商琳、秦雪梅"(表2的1—2),在上海石印本里却变为"郭华、王月英→韦郎保、贾玉贞→梁山伯、祝英台"(表2的3—7),介入了不包括"秦雪梅"的新的故事的男女。新的故事的男女就是"蓝桥会"的韦郎保和贾玉贞(或魏魁元和蓝玉莲)。青年韦郎保遇到了贾玉珍(他们是金童玉女的化身),两人约好三更在蓝桥相会,玉珍未能如期赴约,而就在这个晚上,在蓝桥呆候的郎保被洪水冲走。玉珍来到蓝桥时,他已不见。玉贞在桥上发现他的衣服,知道他被冲走,投水殉情。

除说唱本以外,我们在调查中发现其他地方戏剧、民间故事以及其他地区或其他文艺之中的"梁祝",一般是以连贯"蓝桥会"的男女为主流。还可以看到一些与描写王金龙和玉堂春的姻缘的"玉堂春"有关联的版本。

"梁祝"的各种姻缘类型大致如下：

① 梁山伯、祝英台→郭华、王月英→商琳、秦雪梅(湖南说唱本)

② 郭华、王月英→韦郎保、贾玉贞→梁山伯、祝英台(上海石印说唱本、宁波、嵊县等的民间故事[①])

③ 梁山伯、祝英台→魏魁元、蓝玉莲(河南三弦书、坠子书、大调子、南路琴书[②])

④ 梁山伯、祝英台→魏魁元、蓝玉莲→王金龙、玉堂春(湖北伍家淘村民间故事[③])

以上我们可以看出"梁祝"与"秦雪梅"发生姻缘关系，是只有在湖南说唱本之中才发生的特殊现象。

以上所列举的各种文艺里流传的故事之中，对于多世姻缘的描写，湖南说唱本可谓更有特点。它通过点明主人公的姻缘，将原本毫无关联的故事连贯起来，合为系列。如《王月英卖胭脂》(长沙民国刻本)：

……准他二次下凡程，金童投到梁家去，玉女投生祝英台，欲知转世姻缘事，山伯书中再追寻。月英在此讲完了，要看二本说清白。(完)

《新钞绣像祝英台》中湘九总三元堂歌书发客：

……一世英台梁山伯，姻缘未成少修得，二世月英与郭华，贩卖胭脂就是他，三世商琳雪梅女，命将投胎宰相府，□□□□割手巾，三世才得结为婚，虽然婚姻有三世，无缘不得成夫妇，不料商门家业贫，秦府嫌贫爱富人，商郎秦府把书读，观见小姐容颜厚，后来得病送归家，可怜一病染黄沙，雪梅听信了不得，过门吊孝来守节，爱玉生下一小儿，断机教子去功书，好个真节雪梅女，子读诗书教得苦，后来辂儿中三元，全家福禄大团圆，我看此书真有趣，后来作本三元记，列位要知此断情，三元记上看分明。(完)

以上我们可以看到，出版方有意图地在故事大结局里添加上宣传性的内容，把不同的故事连贯为一个系列。特别是在"梁祝"里、在点明三世姻缘，简述"秦雪梅"的简介之后，还附加了以下内容。"我看此书真有趣，后来作本三元记，列位要知此断情，三元记上看分明"。也就是告诉读者，在续篇《三元记》之中著有"秦雪梅"。除此之外，我们转看上海石印版(表1的3、表2的3—7、表3的13—17)的同一场面，其"王月英"和"梁祝"的大结局部分基本与湖南说唱本相同。"王月英"——"准他二次下凡尘，金童投到梁家去，玉女投生祝英台，要知转世姻缘事，山伯书中再追寻。(完)"[④]；"梁祝"——"一世郭华买胭脂，你是小姐王月英，一世蓝桥韦郎保，你是玉女贾玉贞，三世他是梁山伯，你是英台女佳人，三世不曾为夫妇，一对童生上天台，纸马钱粮火内焚，吟诗一首上天台，千里姻缘一线牵，男婚女嫁总由天，不信且看

---

① 莫高《浙江梁祝传说流变考察记》，江、浙、沪梁祝学术检讨会论文，1987年12月，《梁祝文化大观·学术论文卷》第341—359页。

② 马紫晨《梁祝中原说》，《寻根》1997年第3期。

③ 刘守华《湖北"故事村"里传承的梁祝传说》，《郧阳师范高等专科学校学报》2003年第1期。这个故事全文收入陶阳选编《中国民间故事大观》，北京出版社1991年版。

④ 《绘图蓝桥相会，王月英卖胭脂》，上海文益书局民国石印本。

梁山伯,夫妻三世不团圆,完"[①]。两个故事之中均点明了男女姻缘,但对"秦雪梅"的关联没有任何交代,特别是对"蓝桥会"的陈述,它只列举了人物的姓名,连作品的题名都无言所及。可以说在这里还不存在系列的概念。湖南说唱本的"王月英"、"秦雪梅"、"梁祝",把原本是分散独立,一话完结各个故事,以"～上看分明"的形式连贯成一个多层次,巨大的姻缘故事。湖南说唱本这一系列"三世姻缘"的概念,给予后世的地方戏剧及民间故事很大的影响。

二、从"三世姻缘"发展向"多世姻缘"

说唱本之中的金童玉女的姻缘,一般都是在结局部分点明其两世、三世之男女是谁。但随同时代的变化,所列举的男女不断增加,形成了多世姻缘的现象。"蓝桥会"的故事最为显著。

表 4 蓝桥会

	剧种	书名	版本	转世姻缘	所藏地、著录
1	鼓词	新刻水淹蓝桥	奉天东都石印局版	王公子、苏三(玉堂春)→魏公子、蓝瑞莲	《鼓词汇集》
2	鼓词	水淹蓝桥	北平中华书局排印本	王公子、苏三→魏公子、蓝瑞莲	东洋文化研究所双红堂文库
3	鼓词	蓝桥会		魏景元、蓝瑞莲→王公子、玉堂春	《中国传统鼓词精汇》
4	鼓词	〔封面题〕南桥汲水/六百册/源盛堂〔卷首题〕蓝桥汲水	四川泸州源盛堂刻本	魏魁元、蓝玉莲→王金龙、苏三	上海图书馆
5	鼓词	〔封面题〕绘图水漫蓝桥相会附王月英卖胭脂 〔卷首题〕绘图水漫蓝桥相会	上海文益书局石印本	郭华、王月英→梁山伯、祝英台→韦郎保、贾玉贞	上海图书馆
6	鼓词	水漫蓝桥相会	上海槐荫山房石印本	郭华、王月英→梁山伯、祝英台→韦郎保、贾玉贞	顾颉刚《尾生故事》,《顾颉刚民俗学论集》
7	大鼓	蓝桥会	京都□□堂梓	魏公子、蓝瑞莲→王三官、玉堂春	早稻田大学风陵文库
8	大鼓	蓝桥会		魏公子、蓝瑞莲→王三官、玉堂春	早稻田大学风陵文库
9	花鼓戏	南桥会	湖南宁乡绵芳堂梓/光绪三年冬月	魏魁元、蓝玉莲→王金龙、玉堂春	首都图书馆/大木氏藏

① 《绣像梁山伯祝英台夫妇功书还魂团圆记》,上海协成书局石印本。

续表

	剧种	书名	版本	转世姻缘	所藏地、著录
10	花鼓戏	南桥会(西湖调、双川调　随使)	(湖南)	梁山伯、祝英台→魏魁元、兰瑞莲→王金龙、玉堂春	首都图书馆
11	子弟书	蓝桥会(牌子、弦子书)		韦景元、蓝瑞莲→王公子、玉堂春	《清蒙古车王府藏曲本》

从上表我们可以看出鼓词、子弟书、大鼓、花鼓戏等里的“蓝桥会”里的姻缘类型均以“王公子、玉春堂(苏三)”的“玉春堂”故事为主要题材,广泛流传于全国各地。而在下面所举的淮剧《蓝桥相会》里,其结局场面大量列举了著名故事的登场人物,成为八世姻缘。

淮剧《蓝桥相会》楚东鲁芳斋特刊,上海大通书社印行,上海大达书社印行(《俗文学丛刊》120册)

> ……我不是凡间客,金童玉女下天堂。只因打破玻璃盏,怒了凌□张玉皇。罚下红尘为夫妇,七世为人不成双。难得今日间无事,慢慢审问老家乡。(生)一世我是万喜良,(旦)奴是贞节女孟姜。(生)只因始皇长城造,(旦)提去我夫未同房。(生)二世投生韩湘子,(旦)奴是林英女娘行。(生)夫妇同床三日正,(旦)你去修行奔山岗。(生)三世郭华就是我,(旦)月英王氏我身当。(生)正卖胭脂来相会,(旦)毛胡子打了两张分。(生)四世托生商郎做,(旦)奴是雪梅女姑娘。(生)约定花园来相会,(旦)丫环打破好凄惨。(生)五世没生投生梁山伯,(旦)奴是英台女娥嫔。(生)航程攻书三年整,(旦)马家拆散好鸳鸯。(生)六世我是杨二善,(旦)奴是美容王娇娘。(生)夫妻隔墙来相会,(旦)仍然分离各一方。(生)七世我是韦郎保,(旦)奴是贾氏女红妆。(生)约定今晚成婚配,(旦)水漫蓝桥把命亡。(生)要想你我为夫妇,(旦)八世为人再成双。(生)我今投到姜家去,(旦)奴去投胎王家庄。(生)我转姜诗龙在世,(旦)奴转玉屏本姓王。(生)夫妇百年同偕老,(旦)生下儿孙□满床。二人正在来谈说,水上莲船到这厢。观音老母船上坐,金童玉女不在旁。因此下凡来指点,特度二人上天堂。二人同把莲船上,上天交旨间玉皇。(完)

另外,在第二章的小结所述的,湖南说唱本中所出现的现象,即原本是独立的单一作品的“梁祝”、“王月英”、“秦雪梅”通过点明姻缘和系列的概念而形成更大规模的故事情节之现象。随着时代推移,这以现象更加具体化,形成了一个新颖的多世姻缘故事。民国期以后在地方戏剧和民间故事之中的多世姻缘的故事里,我们可以看到一些不仅仅是在结局部分列举著名人物,而连故事情节也被连贯起来的现象。如豫剧《五世姻缘》里“孟姜女、范杞梁→梁山伯、祝英台→白娘子、许仙人→魏世秀、蓝瑞莲→商琳、秦雪梅”[①],湘南莲台本剧《七世姻缘》里“孟姜女、范杞良→梁山伯、祝英台→郭华郎、王月英→王十朋、钱玉莲→商琳、秦雪梅

① 刘康健《千古绝唱出中原——河南省汝县梁山伯与祝英台故里考》,《中国地方志》2004年第6期。

→韦郎、贾珍……"[①]均是表达了为以投胎脱化而转生的姻缘。后来《七世夫妻》小说也编写了[②]。就在今天的有关七夕传说之中也继承着由著名故事中的男女人物投胎转生的多世姻缘。主要是把《孟姜女》、《梁祝》、《白蛇传》、《蓝桥会》、《秦雪梅》、《王月英》等的花絮编写在故事之中,主人公基本都是由金童玉女降谪于人界的男女,在第一个故事里他们曾被撕离,但通过姻缘转生他们在下一个故事里完成夙缘。

多世姻缘的发展与说唱文艺在民间的流传是不可分开的。我们认为,其中起到更大作用的很可能就是湖南说唱本。它的以"～上看分明"的形式,把流传于民间一话完结的不同作品,有意识的连串起来,合成系列这一方式对多世姻缘的广泛流传起到了很大的作用。

如在第二章的"梁祝"的姻缘类型所述,湖南说唱本以外的"梁祝"里"商琳、秦雪梅"的名字已被"蓝桥会"的男女而取代,但是,在豫剧、湖南连台本戏、淮戏及《七世夫妻》的多世姻缘之中,仍然还留有"商琳、秦雪梅"的人物之名。由此可见,"秦雪梅"曾经流传于全国各地。我们在第二章的表3里可以看到,全本《新刻秦雪梅三元记》说唱本以湖南地区为中心,流传到湖北、广西等各地,以致出版为石印版,广泛流传。"秦雪梅"之中的"梁山伯、祝英台→郭华、王月英→商琳、秦雪梅"的姻缘类型也就是这样定着于世的。即使"梁祝"里的"商琳·秦雪梅"的姻缘已被消失,但其形式却流布全国,被各种地方文艺吸收,为形成多世姻缘的类型起到了极大影响。

三、三世姻缘的流布和说唱本出版活动

以上我们看到湖南说唱本的三世姻缘,之所以能保留其姻缘类型,并发展向多世姻缘,这与说唱文艺,尤其是文字版本的说唱本的出版及其隆盛有着密切的关系。

清朝嘉庆期,江南一带代言体弹词的出版非常活跃,但到了道光、同治年代禁书、鸦片战争以及太平天国之后的占领致使其出版活动停滞。可在清末北方的木刻鼓词小说出版兴隆,并在同治,尤其光绪、民国初期于湖南全域说唱本的出版极为隆盛。可到了光绪后期,随着上海的石印本的发展,出版活动的中心逐渐移聚于上海,而各地的说唱本的出版逐渐衰退,推开了大量翻印石印本的大门。在这一背景之下,"秦雪梅""王月英""梁祝"的姻缘类型是如何演变,有必要观看第二章的表1—3进行观察。

第一、二章里我们谈到,流传于全国的"秦雪梅"、《新刻秦雪梅三元记》的说唱本被翻印为石印本之后,故事内容没有太大改动,在故事中盘点明"梁山伯、祝英台→郭华、王月英→商琳、秦雪梅"的三世姻缘的形式也被保持,广泛流传。

但"王月英"的湖南说唱本《王月英卖胭脂》与其他文艺(请蒙古车王府子弟书、地方戏、

---

① 胡健国《从音乐角度看小戏形成发展的轨迹》:"邵阳花鼓戏……还将民间流传的孟姜女与范杞良,祝英台与梁山伯,郭华郎与王月英、王十朋与钱玉郎、商琳与秦雪梅、韦郎与贾珍等爱情故事编成连台本《七世姻缘》。"

② 《七世夫妻》(参阅《中国民间通俗小说》,台北文化图书公司1977年版)的情节是把一世夫妻万杞梁、孟姜女,二世夫妻梁山伯、祝英台,三世夫妻郭华郎、王月英,四世夫妻王十朋、钱玉莲,五世夫妻商琳、秦雪梅,六世夫妻韦燕春、贾玉珍,七世夫妻李奎元、刘瑞莲的故事连贯起来的。

京剧等)，故事情节有所不同。在子弟书、地方戏、京剧等文艺里，撕开恢复郭华和王月英之间爱情的是王月英的母亲(湖南说唱本里是卖杂货的毛胡)，而且都不存在两人转生为梁山伯和祝英台的场面。上海石印本的“王月英”，将湖南说唱本的内容原封不动地翻印过来，姻缘类型也留下“金童、玉女→郭华、王月英→梁山伯、祝英台”的形式。在这里使人注意的是在出版石印本“王月英”的同时，“蓝桥会”也被同捆在一起同时出售。从《绘图蓝桥相会 附王月英卖胭脂》(上海文益书局，表1的3，表4的5)这一书名我们可以看出，其形式是以“蓝桥会”为故事中心，“王月英”为附录。但是，这一作品不只是同捆出售，在内容上，前一部分的“蓝桥会”里根据姻缘类型，对故事情节有意识的进行了调整，改编。在第二章我们曾经提到，鼓词、子弟书、大鼓、花鼓戏等的“蓝桥会”里，均都以“玉堂春”的两世姻缘为主流，而上海石印本《绘图蓝桥相会 附王月英卖胭脂》里，为了与接后的“王月英”带有连贯性，在“蓝桥会”的结局部分附加了“一世郭华胭脂买，又被故毛两分开，一上天台二次来，我是山伯你英台，又被马家来拆去，二上天台三番来，我是河东韦郎保，你是河西贾玉贞，三世不曾为夫妇，落得童身上天台，二人说罢上天去，各归原位侍天尊”的内容，点明了“郭华、王月英→梁山伯、祝英台→韦郎保、贾玉贞”三世姻缘。就好像“蓝桥会”和“王月英”通过姻缘连贯，变成了一个故事。

“梁祝”在出版石印本时，姻缘类型发生了变化。正如把“蓝桥会”插入“王月英”之中，“梁祝”里也被插入了“蓝桥会”。在第二章我们已经看到，在以江南为中心的“梁祝”的姻缘类型里，被编入“蓝桥会”已成为主流。由此可见当时的“蓝桥会”具有较大的影响力。因此，在石印本的发展过程中，湖南说唱本固有的故事情节及姻缘类型被具有普遍性的内容而淘汰。

总 结

在故事里加上金童玉女降谪人界，屡次转生变为著名故事中的主人公的现象流行广泛，并发展至多世姻缘，被编入民间故事、传奇或上演于地方剧。对此起到最大影响的就是，民间中的说唱文艺活动，尤其是清末民国期说唱本出版的隆盛。要想了解从元杂剧、南戏传奇等古典戏曲发展到多世姻缘的过程，我们只观察口头传承的变迁是不够的。本论文以广泛流传于民间的说唱本为原本，对于文字版本，特就湖南说唱本的“王月英”“梁祝”“秦雪梅”之中的三世姻缘的类型及出版活动进行了调查。观察了说唱文艺以后的多世姻缘故事的发展过程，及其广泛流行的背景。今后我们还要不断地一步一步地加深对至今为止没有被重视的说唱本的研究。

作者单位：日本早稻田大学

明清小说中的倭寇叙事

万晴川

"倭寇"一般是指13至16世纪期间,以日本为基地,由日本落魄土豪、失势武士、破产农民及贪利商贾等组织和领导,有些中国海盗、奸商、无赖及失意文人等参与的武装集团,他们对朝鲜半岛及中国部分沿海地区进行长达数百年的侵略,但与晚清和民国时期日本发动的国家侵略战争有所不同,只是有时得到过政府的支持。明代倭寇侵略时间之长,"几与国相始终矣"①;攻击地域之广,"裂国家幅员之半"②。但时间主要集中在嘉靖年间,其中又以嘉靖三十一年(1552)至四十四年(1565)间最为严重,其后开始下降;以越、吴、闽三地受害最烈。明倭寇扰边的次数,日本学者田中健夫和中国学者范中义和仝晰纲都有较为详细的统计③。万历时期,丰臣秀吉又两次发动对朝鲜的侵略,妄图假道朝鲜,征服明王朝,明王朝则出兵援朝抗倭。

倭寇事件对明代的众多领域都影响深远。明王朝"用兵以百万计,费金钱不计其数。杀人如麻,弃财若泥,以二十年之力,仅而除之。此可谓宇宙以来所无之变矣"④。"终明之世,通倭之禁甚严,闾巷小民,至指倭相詈骂,甚以噤其小儿女云"⑤。过去国内学界研究倭寇问题主要依赖历史资料,对相关文学作品重视不够。其实,这些文学作品都以不同的方式再现了那段历史,在很大程度上可作为认识倭寇历史事件的重要补充;同时,倭寇事件又在某种程度上刺激了当时文学创作的繁荣,是探究文学发展演变规律的极好案例。据笔者陋见,张哲俊、刘勇强、张志彪、吕靖波、林琳、聂红菊诸先生,都有这方面的研究成果,或考查中国文学作品中的日本形象,或对某部倭寇小说做专门研究。日本学界的关注则更早,1927青木正儿撰《支那戏曲小说中的丰臣秀吉》、1957年吉川幸次郎撰《日中交流史之资料》、1995年至2000年游佐徹先后撰《明清"倭寇小说"考》一、二篇。

本文借用游佐徹的定义,将反映明代倭寇侵略活动的明清小说统称为"倭寇小说"。主要考察这些小说在主题及叙事手法方面的演变状况。总体来说,"倭寇小说"有两大板块,一

---

① 金安清《东倭考》,《中国历史资料研究丛书·倭变事略》,上海书店、神州国光社1951年版,第206页。

②④ 沈一贯《论倭贡市不可许疏》,《明经世文编》卷435。

③ 参见田中健夫《倭寇海上历史》(武汉大学出版社1987年版)、范中义、仝晰纲《明代倭寇史略》(中华书局2004年版)。

⑤ 《明史·日本传》。

是描写倭寇对中国的侵略，多以江浙闽地区作为故事发生的场景；二是描写中日朝鲜战争，如明《斩蛟记》、《天凑巧》，清《水浒后传》、《野叟曝言》等。但由于作者未亲历援朝战争，资料掌握不足，只能发挥想象，任意虚构。“倭寇小说”的作者一般是江浙闽三省的人。

一、明代“倭寇小说”的叙事主题

倭寇侵略，大者对国家之政治、经济、军事，小者对民众之家庭、婚姻、功名等，都有所影响，故“倭寇小说”涉及的内容很广，表现的主题较多。然而，诸凡英雄、才子、离合等重要主题，在明代已基本定型，只是随着时势和情境的变化，明清倭寇小说的叙事重点各有不同，明代以歌颂抗倭英雄为主，清代则多借倭寇题材抒写文人功业与佳人兼得的梦想。

1. 讴歌英雄主题

倭寇侵略使中国沿海居民生灵涂炭，经济萧条。明王朝为对付倭寇，投入巨大，而收效甚微。倭寇问题成为当时举国上下亟待解决的难题。晚明时期，已有学者研究日本、海防等问题，而一些文人，则通过小说创作，释放参与解决倭寇问题的热情。他们通过描写抗倭战争，讴歌抗倭英雄，发表自己的看法。

小说歌颂的英雄以戚继光和胡宗宪为代表。无名氏的《戚南塘剿平倭寇志传》成书于万历年间，是迄今为止发现的唯一一部以明军嘉靖年间抗倭为主题的长篇小说，距离事件的发生时间较近，庶可称“时事小说”。小说真实再现了倭寇侵略下的明代社会，有很高的认识价值。戚继光是小说的主人公，作者通过描写他指挥取得的“十捷”，突出其智谋和胆略，以及科学的军事思想。胡宗宪在抗倭战争中立下赫赫战功，但又因依附严嵩为人所诟病。因为胡宗宪剿灭倭寇，浙江人受惠最多，因而对他心存感激，为他的不幸遭遇而鸣不平。《西湖拾遗》卷四十七《胡少保平倭奏绩》中说：“故论浙中倭功，当首祠胡公、谭公以及俞、汤、卢、刘、戚等。而戚功在闽，其方略又出诸将之上。似此名将，又何可得而抑厄之使愤懑死，安得不解壮士之体。为此厉阶者谁耶？”此语直接从王士性《广志绎》卷四“江南诸省”中移植而来。最早以胡宗宪为主人公的小说是崇祯年间周清源的《西湖二集》卷三十四《胡少保平倭战功》，此后，钱塘渔隐叟《胡少保平倭记》、钱塘陈梅溪辑《西湖拾遗》卷四十七《胡少保平倭奏绩》，皆以此为本。《胡少保平倭战功》开头即说：

> 话说嘉靖三十一年起，沿海倭夷焚劫作乱，七省生灵被其荼毒，到处尸骸满地，儿啼女哭，东奔西窜，好不凄惨。直到三十六年十一月被胡少保用尽千方百计、身经百十余战，剪灭了倭奴，救了七省百姓，你道这功大也不大！如今现现成成享太平之福，怎知他当日勘定祸患之难，不知费了多少的心血！后来鸟尽弓藏，蒙吏议而死，说他日费斗金。看官，那《孙武子》上道：“兴师十万，日费千金。”又说道：“重赏之下，必有勇夫。”征战之事，怎生铢铢较量，论得钱粮？又说他是奸臣严嵩之党。从来道，未有权臣在内，而大将能立功于外者，所以岳飞终死于秦桧之手，究竟成不得大功。英雄豪杰任一件大事在身上，要做得完完全全，没奈何做那嫂溺叔援之事，只得卑躬屈体于权臣之门，正要谅他那一种不得已的苦心，隐忍以就功名，怎么絮絮叨叨，只管求全责备！愿世上人大着眼睛，宽着肚肠，将就些儿罢了，等后来人也好任事。

胡宗宪一出场，作者就以史传的写法，称他"有倜傥之才，英雄之气，机变百出，胸藏韬略，智谙孙、吴"，只因功高权重，人人嫉妒，被诬削籍，死于狱中，人人叹息。结尾引万历二十一年兵科给事中朱凤翔的奏本，进一步为胡宗宪辩解。此后，朝廷为胡宗宪平反。

浙福总督张经、浙江巡抚李天宠皆因不愿屈于严嵩党羽赵文华之下而被劾弃市，胡宗宪则主动依附，在人格操守上虽有可议之处，但在当时的政治形势下实有不得已的苦衷，不如此，则难有作为，与其功业相比，可谓瑕不掩瑜，故谈迁说："胡宗宪以倜傥非常之才，仗钺东南，鲸波就恬。值严氏柄国，情好稠密，所谓未有权臣在内而大将能立功于外者。"[①]陆人龙崇祯年间之《型世言》第七回《胡总制巧用华棣卿，王翠翘死报徐明山》以王翠翘为描写中心，胡宗宪的形象着墨不多，但已使用春秋之笔。作者写胡宗宪智歼徐海等寇首后，大宴将士，强召翠翘出席，公然对着众人称翠翘是亡国的西施。翠翘悒郁不解，酒至半酣，宗宪叫翠翘到面前道："满堂宴笑，卿何向隅？全两浙生灵，卿功大矣！"因数令行酒，且拥之坐，逼之歌三诗。三司起避，席上哄乱。次日酒醒，宗宪殊悔昨之轻率，又不顾翠翘不高兴，将她作为礼品送给彭宣慰。翠翘投江而死，胡宗宪得知消息，不觉泪下，道："吾杀之！吾杀之！"命中军沿江打捞其尸。尸随潮而上，得于曹娥渡，面色如生。宗宪曰："娥死孝，翘死义，气固相应也。"命葬于曹娥祠右，为文以祭之。在这篇小说中，描写胡宗宪的文字虽不多，但非常丰富、细腻和生动，揭示了胡宗宪性格的多面性：既有传统士人视女人为祸水和玩物的心理，而又良心未泯，富于正义感。

除戚继光和胡宗宪外，《戚南塘剿平倭寇志传》中还塑造了一系列抗倭英雄的形象。如有勇有谋、不屈权贵的参政陈应魁，"沉毅知兵"、善拔人才的知府谭纶，仁慈爱民、深谋远虑的提学宗臣，等等。作者尤善于准确抓住这些人物的性格特征而突出之。后来官修史书中的这些人物传记，与小说中的描写几乎相同，可见小说具有相当重要的史料价值。

有些小说还记述了民间抗倭英雄的故事，他们或为船工，或为奴仆，或为妓女，但位卑不敢忘报国。如《寄园寄所寄》卷二、卷三转引《涌幢小品》中两则故事。一是福建船工王长年，嘉靖已未被倭掳获，他机智地与贼周旋，最后杀死全船倭寇，救出同船被俘的男女，载回被掠夺的珍宝而归。归来后，官军夺其首级与金宝，又因长年貌类倭人，诬其为贼，缚至镇将处请功。将斩，长年大声申冤，历言杀贼奔归状，并拿出暗中从首级上割下的贼舌为验，使这些官军受到惩处。镇将欲以长年为裨将，长年辞谢归家，操舟如故。另一则故事则讲述王华家仆金养，在倭贼来时，为掩护主人家女妇数十人逃走而英勇献身的故事。

王翠翘是平民英雄的代表，她是个虚实相间的人物，因在说服贼首徐海投降致使海寇瓦解而立有大功，在明末清初的文学作品中越来越传奇化，成为"箭垛式人物"。现知最早记述王翠翘故事有明末徐学谟《王翠翘传》，其后茅坤、胡炌、王世贞、余怀、陆次云、宋起凤、张潮等，皆撰有王翠翘的传记。白话小说则有明末陆人龙《型世言》第七回，清初青心才人《金云翘传》。这些作品描述了王翠翘传奇而又悲剧的一生，故事情节大体相似，皆有卖身救父、为人做妾、卖入妓院、托身徐海、说徐降明等几个故事情节。《型世言》第七回《胡总制巧用华棣卿，王翠翘死报徐明山》开头就说："独有我朝王翠翘，他便是个义侠女子。"作者着力塑造王翠翘的"义侠"和"才女"形象。她先是卖身救父，流落娼家，拒不接客。华萼为她赎身后，"其

---

① 谈迁《国榷》，中华书局1988年版，第3986页。

余客商俗子，尽皆谢绝。但只与些文墨之士联诗社，弹棋鼓琴，放浪山水，或时与些风流子弟清歌短唱，吹箫拍板，嘲弄风月。”后来被徐海掳为压寨夫人，又在军中“劝他少行杀戮，凡是被掳掠的，多得释放。又日把歌酒欢乐他，使他把军事懈怠。”徐海中计而死，“王翠翘尝怏怏，以不得同明山死为恨。”因常自曰：“予尝劝明山降，且劝之执陈东，谓可免东南之兵祸。予与明山亦可借手保全首领，悠游太平。今至此，督府负予，予负明山哉！”尽弃弦管，不复为艳妆。后来胡宗宪将她送给彭宣慰，翠翘与众人诀别。舟至钱塘，大呼曰：“明山！明山！我负尔！我负尔！失尔得此，何以生为！”因奋身投江。小说结尾，作者写华萼渡曹娥江时，梦入仙府，见到翠翘，自述因生前节烈，且有生全两浙功德，上帝特授忠烈仙媛，佐天妃主东海诸洋。并暗示胡宗宪因诛杀降人，致翠翘以死，将受到“命毙于狱”的报应。

可见，明代“倭寇小说”中的抗倭英雄都是历史人物或现实生活中的真实人物，至清代“倭寇小说”，抗倭英雄发生了由历史人物变为文学人物、真实人物变为虚构人物的变化。主要有以下几种类型：

① 戚继光故事的继续演绎。如《绿野仙踪》、《升仙传》等小说，但不再是小说中的主角，而且形象不鲜明，其之所以成功，是因为得到道教神仙冷于冰、济小塘的帮助。

② 明抗倭英雄后裔故事。如《玉蟾记》写土木之变中的一干历史人物转世，王振、石彪、于冕（于谦子）、王文分别转生为赵文华之子赵怿思、胡宗宪之子胡彪、张经之子张昆、曹邦辅之子曹昆，最后张昆、曹昆剿灭倭寇，杀赵文华、胡宗宪等奸臣祭父，报仇雪恨。而萧维贞、曹吉祥、徐有贞等十二人则转世为十二个女子，嫁给张昆。小说开头写严嵩及其党羽，诛杀张经和曹邦辅全家，只有经子张昆和曹子曹昆被神仙救出，后历经磨难，考中甲科，统兵征倭，大获全胜。在历史上，因赵文华的诬陷，张经下狱论死，曹邦辅谪戍朔州，后得善终。除张经之事符合史实外，其他皆为虚构。张经于隆庆初年平反，曹邦辅充军时，时论愤惋不平，吴人立生祠祭祀，以表敬意。可见，作者是因对史上于谦、张经等被诬死而不满，构为小说，是民众情绪的一种发泄方式。作者的目的非欲塑造完整的抗倭英雄形象，剿倭只是张昆们建立功名、获取皇上信任，洗雪家仇的手段。真正的意图是宣扬“恶人恶报，理所宜然”的因果报应观。

③ 平民抗倭英雄故事。与明代倭寇小说中的平民英雄不同，清代小说作者据倭寇奸淫之特性，虚构出一批智斗淫倭的女性形象。如吴炽昌文言小说集《客窗闲话》卷一“查女”（古吴靓芬女史贾茗辑《女聊斋志异》卷二与此文完全相同）写在倭寇将至时，弱女子查某，凭着自己所掌握的医学知识，三次使用一种能使人假死的草药——“闹扬花”，不但脱离魔爪，而且歼敌立功。第一次在倭寇来时，查某服药而死，因而免遭倭寇奸淫；第二次在倭王立查女为正妃的庆功宴上，密与倭王服之，结果倭王昏死，王弟弑兄，世子兴兵伐罪，倭国内乱；第三次是在倭王昏睡时，窃得符印，谎称家有定风宝珠，倭王命倭将同回中国取之。查女又密以药麻倒诸将，将他们全部杀毙。在这篇小说中，查女凭着自己的知识和智慧，不费吹灰之力，立下歼倭大功。长篇白话小说《雪月梅》中的华秋英，“天生的灵巧”，习知倭语。在倭寇欲侵犯时，誓死不从，瞅准时机，将欲奸淫的倭奴诱至无人楼房里，趁其不备，将他刺死，得以逃脱。在获得官军救助后，又为官军传递消息，出谋划策，使官军转败为胜。在抗倭战争中，她结识了抗倭将领殷勇，两人结为伉俪，此后秋英“凡遇出兵，即戎装贯甲，临阵督战，所定计策，无不奇中”。《载阳堂意外缘》写嘉靖年间有夫之妇尤环环及婢女悦来同有妇之夫邱树业

有不正当的男女关系，甚至为达到长期厮混的目的，过继树业为子。但作者可能受到新思想的影响，不但对她们违反伦理道德的行为未加谴责，而且把她们描写成智勇双全的英雄形象。当时流倭作乱，到处劫杀奸淫。环环早作准备，在家中设下陷阱，又募集勇士守卫。第一波闯入尤家的倭贼有三四百个，尤氏拔出剑，率领二十个勇士出去迎战，将贼寇杀尽。接着，第二波又有七八百个贼拥进门来。尤氏等爬上晒台，撒下几担散石灰，顿时烟舞成天，众贼头昏眼暗，乱钻瞎撞。秋容令拉下机关，将众贼陷入地窖而死。尤氏等又赶出门外，追杀倭贼数十人。环环等因杀贼有功，受到朝廷封赏。皇上欲召用树业，因严嵩阻拦而罢。后来树业、尤氏、悦来力行善事，最终成仙。

可见，清代小说中的抗倭英雄都是虚构出来的，即便如戚继光者，也已基本文学化，与历史原型相距较远。

2. 悲欢离合主题

倭寇侵略导致无数中国家庭妻离子散，家破人亡，“倭寇小说”的悲欢离合主题就是在这样的背景下产生的。如冯梦龙《古今谭概》卷三十六《一日得二贵子》写泰昌年间关中盩厔人杨某曾与李氏生一子，后又到闽漳浦做生意，入赘蘖氏，复生一子。倭夷突犯海上诸郡，掠杨某而去。居十九年，与倭一样髡跣跳战。随众犯闽时，杨某遁归，因疑为倭寇而下囚，不料绍兴郡丞杨世道与郡守蘖公均为其子，遂一家团圆。该故事后被改编为《喻世明言》卷十八《杨八老越国奇逢》。杨氏夫妻、父子之“离”和“合”，都因倭寇的侵略而造成。这一故事应有史实为依据，或实有其人其事。《杨八老越国奇逢》中写倭寇若遇强壮男子，“就把来剃了头发，抹上油漆，假充倭子。每遇厮杀，便推他去当头阵。……这些剃头的假倭子，自知左右是死，索性靠着倭势，还有挨过几日之理，所以一般行凶出力。那些真倭子，只等假倭挡过头阵，自己都尾其后而出。所以官军屡堕其计，不能取胜。”《明史纪事本末》卷五十五及明人归有光《震川集》卷三“论议说”之《备倭事略》、卜大同辑《备倭记》卷下“策议”等文中皆有同样的记载。而清代的同类小说则缺乏这样的历史感，如《鸳鸯针》第一卷“打关节生死冤家，做人情始终全佛法”写杭州秀才徐鹏子因同窗丁全买通考官，窃取其试卷，使他落榜，流落在外。鹏子离家之后，家乡遭遇倭乱，其妻王氏随同大家逃亡，路上偶遇丈夫而团圆。在这篇小说中，倭乱仅成为鹏子夫妻团圆的契机，作者宣扬的仍是因果报应思想。《笔梨园》叙徽州江干城夫妻感情甚笃，在妻子亡故后，誓娶貌类妻者为续弦。时倭寇作乱，与老仆到扬州贩盐避乱，见妓女媚娟长得很像亡妻，欲娶为妻，而媚娟也不嫌干城贫穷。后到杭州，听说前妻表姐妹福姑、禄姑皆被倭寇掳去，最后获知媚娟就是禄姑，福姑也最终找到。于是两人同事干城，共享荣华富贵。在这篇小说中，倭乱成为表现作者独占双美的一种机缘。

3. 抗倭建功主题

明代倭寇问题成为全社会的焦点，因而剿寇立功，就成为士人的普遍梦想，而明末清初又流行才子佳人小说，故倭寇就与才子佳人结合在一起了。金榜题名、灭寇立功、洞房花烛成为这类小说的重要叙事要素。明嘉靖《清平山堂话本》卷二《冯伯玉风月相思》首开其端，小说写明洪武年间，冯伯玉收养在临安赵将军家中，与赵女云琼相恋而结为夫妻。赵将军荐伯玉于皇上，除为起居郎。不久，倭夷来侵，上敕伯玉为静海将军，率兵征讨，最终功成凯旋，封为镇国将军，妻为赵国夫人。文中穿插着大量伯玉与云琼咏和的诗作，几成两人咏和集。但与后来清人同类小说有所不同，伯玉是在剿灭倭寇前与云琼成婚，云琼最后相思成疾而死，是个悲剧故事。清代此类小说则写才子灭寇建功在前，与佳人结婚在后，而且是夫妻团圆的喜剧故事；而且，此类小说在清代大量出现，成为"倭寇小说"的创作主流。小说中的才子之"才"主要表现为"武才"或"文武全才"。如《玉蟾记》中张昆、曹昆、汪大镛分别中武榜状元、榜眼、探花，三人领大兵征倭。其中穿插张昆与十二美人的风流韵事，张昆功成后，与众美团圆，凑成十二缘，同享富贵。《玉楼春》虽将抗倭的年代拉至唐代宗年间，但应是以明代相应史实为依据。小说写邵卞嘉因得罪权奸卢杞，受到迫害，父子分离。卞嘉之子十洲在逃难过程中，先后与玉娘、翠楼、春晖等佳人相恋。最后，卢杞贬死，十洲会试中二甲第一名，其子邵才中探花、邵学中二甲、继祖中三甲，父子三人同登金榜。因倭寇起，钦命十洲为江南、浙江、福建、广东四省都察御史，邵才为四省监军，协同御寇，父子得以相认。十洲得术士李虚斋相助，大破倭寇，升千户侯。在这部小说中，征倭成为十洲父子、夫妻团圆的契机。《蜃楼外史》未完稿，小说叙述沈楚材和张文龙除奸臣、救皇上、灭倭寇的故事，其中穿插他们与月华、月英的爱情故事。《雪月梅》叙述岑秀、殷勇等抗倭英雄的故事，但以岑秀与雪姐、月娥、小梅及殷勇与华秋英的因缘故事为主线。《绮楼重梦》接续《红楼梦》第一百二十回，写宝玉转世为宝钗之子，名唤小钰。黛玉投生史湘云家，取名舜华。二人自小有情，小钰自幼好武，后中文武双科状元，领兵平倭，连战告捷，封为平海王，钦赐舜华配小钰。可见，在这类小说中，作者并非有意要反映倭寇侵略那段历史，抗倭只是才子们建立功业的一个平台，并为他们的风流韵事创造一个完美的结局。

二、倭寇小说的叙事变化

1. *从真实到虚构*

明清倭寇小说，在叙事人物方面有显著的变化，即明代小说中的抗倭英雄基本上是历史人物，而清代则是虚构人物。由此也产生了人物描写手法及塑造目的的差异化。

明代倭寇小说的作者，是抱着参与解决倭寇问题并对相关人物进行历史评价的严肃态度而进行创作的，因而在进行人物描写时尽量做到理性和客观，较好地把握分寸，重视人物性格的多面性，而不是简单地贴上正邪、好坏的标签。如《戚南塘剿平倭寇志传》中福建都御使刘焘，既肯定其武艺超群，英勇能战，又鞭挞其好大喜功，轻敌冒进，甚至暴躁易怒，滥杀无辜，贪婪好钱，克扣士兵军饷，导致广兵叛乱的罪行。此外，自诩为岳飞转世实则怯弱的徐国公，兵无纪律的曹邦辅，始于慷慨激昂终于随波逐流的曾于拱，骄傲自负、苛刻待下的兵部侍郎黄懋官，等等。这些人物的性格特点及历史功过，作者都拿捏得十分准确，与当时及后世的公私史著所述大致不差。即便如正面人物，作者也不讳言他们的性格缺陷，如张经高傲自负而致祸。叶娘无辜被戮，其夫吴生向戚继光请求帮助，戚继光没有谴责刘都，而是劝道："书生果有才调，可置吾左右，以备顾问，何如以一女子而丧平日之英雄耶？且亡者不可复存，死者不可复生，况草堂刘公所为之事，吾不能如其万一，事在已往，言之何益！"吴生最终绝望自杀。可见，作者注意到这些人物性格形成的历史情境，而没有故意拔高。

在历史上，胡宗宪是个富于争议的人物，明代小说中的胡宗宪描写较为客观，清代小说则变化很大，只有在极个别小说如《雪月梅》中，胡宗宪是正面形象，这部小说真实再现了胡宗宪剿灭倭寇的历史，尊称胡宗宪为"胡公"，并把胡宗宪排除在赵文华党羽之外，说胡宗宪

剿灭徐海后,“因赵文华之谮,朝廷只加了胡公太子少保之衔,别无升奖。”胡宗宪和赵文华的矛盾,明潘之恒《亘史》已有记载:

> 胡宗宪总制两浙,赵文华以兵侍监军,威福自恣,胡迎拜借重,赵额之;暨胡张筵宴赵,赵愈有傲容,胡微诟之,堂上从官皆错愕。赵曰:“吾奉天子命监尔军,死生皆出吾手,而敢恣无状耶?吾旗牌安在?”于是卫赵于堂下者皆哗。胡大笑,叱曰:“吾拥十万之众,节制七省,不知天子命,何顾监军,吾独无旗牌耶?”为胡卫者,声嚣特起,其声震地,赵众为之靡然。时陪席者慰胡曰:“今日之事,君为主,纵不为监军屈,宁不为尊宾屈老?”胡复厉声曰:“何以解谢?须寿之二千金耳!”赵闻而趣谓曰:“汝馈二千,我倍责于汝。”胡复笑曰:“即四千何难?”席遂罢。明日赵章无言,则以馈者至矣。胡他日曰:“此辈非有才望,能监我军,不过夤缘以冀吾利耳。吾不与,则孤其来意,必兴怨谤,与之则不甘,吾故詈而赏之。詈以泄吾气,赏以慰其私,彼求赏而得赏,又何求焉?”人以是明胡之量,且足以褫赵之魄。

但清代的绝大部分小说,都将胡宗宪小丑化。如清初《金云翘传》写胡宗宪酒醉调戏王翠翘,醒后暗悔道:“昨夜之事,岂是我大臣所为。若收此妇,又碍官箴;欲纵此妇,又失我信,不如杀之,以灭其迹。”又转思道:“三次招抚,谁人不知?因平彼寇,士民皆识,功高而见杀,何以服天下万世之人心?留之不可,杀之不忍,如之何则可?”点头道:“得之矣。将彼赏了一军人,既灭其迹,又不杀其身,人岂议我乎?”这段心理描写,突出了胡宗宪奸诈、狠毒的性格。《绿野仙踪》小说第30回介绍胡宗宪,说他“系严世蕃长子严鹄之妻表舅”,靠裙带关系而官运亨通。事实上,历史上的胡宗宪与严氏无任何姻亲关系,他真正结交严嵩是在嘉靖三十四年之后的事。作者又说胡宗宪“只会吃酒做诗文,究竟一无识见,是个胆小不过的人”。并借总兵林桂芳、总兵管翼、甚至贼寇之口反复强调这一点。他畏敌如虎,在师尚诏大兵压境时,不仅自己按兵不动,而且百般阻挠部下出战,美其名曰“攻心为上”,结果坐失军机。他昏庸糊涂、全无主见,任凭赵文华摆布。历史上胡宗宪的抗倭功绩,全被剥夺给了虚构的小说人物朱文炜、林岱等。在《玉蟾记》等小说中,胡宗宪更被描绘成一个通倭卖国的叛贼。

可见,明代“倭寇小说”的作者是以史的态度塑造自己笔下的人物,而清代“倭寇小说”的作者则从伦理的角度描述自己笔下的人物,而且,清代倭寇小说中的主角,基本上是虚构的人物,如《雪月梅》中的王邦直、殷勇、《歧路灯》中的谭绍衣、《绿野仙踪》中的朱文炜、林岱、《野叟曝言》中的文素臣和《绮楼重梦》中贾小钰,等等。

明代“倭寇小说”基本根据史实写成,而清代“倭寇小说”则驰骋文学想象,构建故事情节。如《雪月梅》根据当时朝廷从民间征募壮勇抗倭而构思出殷勇等从壮勇成长为杰出的抗倭将领的故事。如《客窗闲话》卷一“查女”谓万历间倭寇之乱,缘日本国王正妃卒,王思中华女子艳丽,故遣将入寇,沿海掳掠。而万历年间朝鲜战争中日和谈时,丰臣秀吉对明朝派去和谈的徐一贯、谢用梓就提出“迎明帝公主为日本天皇之后妃”的条件①。这些都有些史影作为虚构的依据,而大部分小说中有关倭寇战争的描写如《野史曝言》、《水浒后传》、《玉蟾记》、《绮楼重梦》等,都是胡编乱造,满纸呓语。《金台全传》写倭王妄想中原,派郝龙到中国挑战,

① 参谋本部《日本战史·朝鲜役》附文书,第120号

若无人胜得郝龙，则大宋向日本主动称臣。在这紧要关头，金台出战，打败郝龙，使日本降服。这是后来大量武打小说描写中外武士之战攸关国运的鼻祖。

2. 从写实到神魔

明代“倭寇小说”描写逼真，具有强烈的现实主义精神，很多小说从不同的角度和层面广泛、深刻地反映了倭寇侵略这段历史，是认识当时社会的一面镜子。主要体现在以下几个方面：

① 对倭寇暴行的揭露

倭寇主要由一些破产的农民和浪人组成，异常残暴，所到之处烧杀劫掠，繁华富庶的江南地区几被夷为平地。《胡总制巧用华棣卿，王翠翘死报徐明山》、《胡少保平倭战功》、《戚南塘剿平倭寇志》、《醉醒石》第五回《矢热血世勋报国，全孤祀烈妇捐躯》等小说中，都写到倭寇杀人如麻、奸淫妇女、抢掠财物，甚至将小孩子搠在枪上，看他哭着挣扎为乐。这些描写，在《皇明经世文编》卷之二百十四《与当道处倭议》、《国朝典故》卷之一百三《日本国考略》及范濂《云间据目抄》、归有光《震川集》等文中，都有相应的记载。

② 对奸臣和汉奸的鞭挞

明代“倭寇小说”的作者在探究倭寇问题产生及久拖不决的原因时，将矛头指向了朝廷奸臣之贪贿乱政、民间汉奸之助纣为虐。在几乎所有“倭寇小说”中，严嵩、赵文华、阮鹗等都被描绘成奸邪、巨贪的形象。他们陷害抗倭将领，收受巨额贿赂，克扣军饷，大发国难财，甚至杀平民以冒功。

《明史·日本传》载，嘉靖时期，“大抵真倭十之三，从倭者十之七”[①]。“真倭”即日本人，“从倭者”就是所谓的“假倭”，指被真倭胁迫或与真倭勾结一同作恶的中国人。他们或引诱倭寇进攻，趁火打劫；或勾结倭寇，共同劫掠；或干脆打着倭寇的旗号，实施劫掠。“近贼者为之战守，远贼者为之响导，处城郭者为之支援，在官府者为之间谍”[②]，以致抗倭将领朱纨感慨：“去外盗易，去中国盗难；去中国群盗易，去中国衣冠盗难。”[③]这些在明代倭寇小说中都有所反映。如《型世言》第七回写倭寇杀来，百姓逃难时：“行路强壮的凌虐老弱，男人欺弄妇人，恐吓抢夺，无所不至。”《醉醒石》第五回写姚指挥妻妾随大家一起逃亡，“不一里，当先又来了一阵倭子，把人乱赶，却不杀人，不掳妇女，只抢包裹。乃是地方无赖假装了抢劫人行李，故此不掳人，不杀人”。而对假倭头目王直、徐海、陈东等，更是暴露了他们投靠日本，残害百姓的罪行。

③ 对军队腐败的暴露

明朝军队的腐败在当时已是众所周知的事。绝大多数将领只知“刻削自丰，恣睢自豪”，“不识韬钤为何物”，“一闻鼓鼙声，心悸欲绝”[④]，以致倭寇“频年劫掠，无人敢敌”。明代许多“倭寇小说”的作者，都对军队的腐败问题反映强烈，描写明军装备陈旧，战船破败；部队各自为营，没有统一的部署，以致互不相识，自相残杀。将领虚报兵员，冒领粮饷，或克扣军饷，激

---

①③　张廷玉等撰《明史》卷322。

②　王守仁《王阳明全集》卷九《别录·奏疏·申明赏罚以厉人心疏》，上海古籍出版社1992年版，第458页。

④　顾炎武《天下郡国利病书》卷九三，昆山图书馆藏稿本。

起兵变。官军对倭寇虽然怯战，残害百姓却很在行。他们军纪涣散，所过郡县村落，夺人财货，淫人妻女，横行娼馆，而将官佯作不闻，甚至重笞告状者。在《戚南塘剿平倭寇志传》中，甚至连曹邦辅这样的好将领，手下的士兵也不免“沿途抢夺平民货物”。《醉醒石》第五回还写到官军欲强暴与倭寇力战而死的姚指挥的妻妾，姚妾曹瑞贞大骂不从，被官军用刀劈死。而官府为照顾官军的体面，上报时改为遇倭骂贼而死。更有甚者，竟杀害百姓，冒充倭寇首级邀功。如《戚南塘剿平倭寇志传》写当阮都用金钱买阵“击退”敌人后，“远近村里农夫闻知贼退，争出耕田，经商买卖者，咸出于途”，结果被“凯旋”的官兵“尽皆杀死，斩首携去，俱用焊毛发，使其臃肿，相似倭奴邀功”，众官员不知真相，“合声喝采”。官兵之恶行，较倭寇有过之，因此某百姓说：“倭来犹可，兵来杀我。”“倭贼未去，又添一大倭贼至矣！何时得见太平天日耶？”《戚南塘剿平倭寇志传》还反映了“客兵”之害，并剖析了客兵之害形成的原因，提出了一些解决的办法。

对于明代“倭寇小说”中反映的上述问题，清代倭寇小说或多或少有所涉及，除个别小说如《歧路灯》中有关朝贡贸易与倭寇的关系及对汉奸的描写较有历史感外，其他都是明代小说的复制，没有什么新意，缺乏感人的力量。作者采用夸张、漫画和娱乐化的艺术手法，反映那段历史。敌我双方都被神魔化，都得到神仙或妖魔的支持。这种写法始于明陈继儒文言小说《斩蛟记》，在这篇小说中，丰臣秀吉被描述成许真君斩蛟时，从大蛟腹中逸出的小蛟幻化而成的妖怪。他侵犯朝鲜，欲假道进攻大明。明廷命宋应昌等援朝抗倭，许真君亦遣众弟子相助，他驱鹅群泛海至日本岛，诱使丰臣秀吉露出原形，结果被真君斩之。此篇小说以神魔的手法描述中日朝鲜战争，成为清代以神魔手法描写抗倭战争的先导。这可能与作者将当时流行的许逊斩蛟故事和日本海岛联系起来有关。清代“倭寇小说”的神魔写法主要体现在三个方面：第一，抗倭英雄一般获得天书，有呼风唤雨、请神召将之能。如《蜃楼外史》中沈楚材和张文龙、《绮楼重梦》中贾小钰和《雪月梅》中华秋英、《西湖小史》中陈秋楂等；第二，正邪双方有神仙和妖魔助力。如《玉蟾记》中的倭寇百花娘娘会妖法，而明军则得到神仙通元子的帮助。《雪月梅》中汪直一方有金钟道人，而明军则有圣母。帮助明军的还有《雪月梅》中的九天玄女娘娘、《绿野仙踪》中的冷于冰等；第三，明军与倭寇战斗场面描写的神魔化。如《绮楼重梦》写贾小钰领兵剿倭，只带一百员武将，一千名兵丁。皇上说一千士兵是不是太少。小钰道：“连这一千的兵并不要他冲锋打仗，不过壮壮军威。若多了反觉累赘。”意思是说，只是做做样子，有他一个人就够了。他使的刀重八百斤，两军对阵时，小钰在鹿角上缚着一面小旗，上面画着天书上的退炮符，倭寇的炮弹打到跟前又退了回去，反将贼兵打死无数。这样的奇思妙想，显然已与明代的抗倭战争无关，而与义和团战胜八国联军的思维惊人相似。小钰又召请神兵神将，贼兵大败。贼兵后以秽血破小钰法术，小钰就退了神兵，另呼风来，卷起砂石，拔起树木，打向贼兵。《玉蟾记》写通元子与百花娘娘斗法，百花娘娘口念真言，呼火烧明军。通元子羽扇一挥，雾气火光都已消散。又放出金葫芦中十万八千铁锥金甲兵，锥得那番兵个个被伤，人人叫苦。又取出摄魂瓶，揭开瓶口，用手一招，把倭王、先锋的真魂一齐摄入，两人肉身如山崩地裂跌倒船舱。在这些小说中，明军与倭寇的战争如同儿戏，完全被娱乐化，消灭残暴、狡猾的倭寇变成一件轻而易举的事，最后倭寇无一例外奉表请罪，愿意投降，代代称臣。这些小说，实开今日抗日“神剧”之先河。

三、叙事手法变化的原因

明清"倭寇小说"之所以产生如此多的差异,是与时代的变迁分不开的。

首先,中日贸易关系中的地位发生了根本性的变化。明代日本对中国货有着极大的市场需求,参与日本内战的武士、大名急需铜钱,而明王朝被日本称之为"日本造币局";清代,则因为铸造铜钱使用的原料主要是洋铜,向来由中国商人从日本载运回国。因此,中日贸易关系中,中国依赖日本的程度更高。因而,康熙主张发展对日贸易关系,这就导致明清对明倭患认识的不同。康熙在一封诏书中就说:

> 朕南巡时,见沿途设有台座。问地方官及村庄耆老,据云明季备倭所筑。明朝末年,日本来贸易,大船停泊,乘小船登岸,直至湖州,原非为劫掠而来,乃被在内官兵杀尽,未曾放出一人。从此,衅端滋长,设兵防备,遂无宁静。①

康熙认为明"倭患"起因于两国贸易摩擦,日本对华贸易受阻仅是诱因,根本原因在于明政府内政败坏。因此,他对日本商船以武力等非正常手段突破前明政权为贸易设置的障碍,予以理解和同情。

《明史》对于"倭患"起因的解释,也符合康熙的意图:

> 祖制,浙江设市舶提举司,以中官主之,驻宁波。海舶至则平其直,制驭之权在上。及世宗(嘉靖),尽撤天下镇守中官,并撤市舶,而滨海奸人遂操其利。初市犹商主之,及严通番之禁,遂移之贵官家,负其直者愈甚。索之急,则以危言吓之,或又以好言绐之,谓我终不负若直。②

《明史》将"倭患"归咎于明政府贸易政策及具体管理上的失误。当时士大夫中也不乏持此观点者,如姜宸英指出:

> 臣愚,故以明之贻患,不在于贩私之有无,而在于通贡之一失。明太祖既误之于前,而成祖复甚之于后。然贡既已绝,而犹欲禁商使不得行,是何异惩羹而吹齑,有见其患而无见其利也。③

对明代倭患的这些看法,在当时及稍后的小说中都有所反映。如《歧路灯》第一百零五回对宁波争贡事件的叙述:

> 日本纳贡,一岁递至,例以先至后至为准,售货分其乘除,宴坐判其首次。嘉靖二年先至者,日本国左京兆大夫内艺兴与所携之僧宗设也;后至者,则其国右京兆大夫高贡与所携之憎瑞佐也。照例办来,何至启衅?乃因鄞县积匪宋素卿,固私投日本者,洋海归于宁波,代僧瑞佐行贿市舶司太监,售货不分先后,而嘉宾堂之宴会座次,以高贡为首,内艺兴为次。旧例不守,倭人遂以争座位自相戕杀。宋素卿私以刀剑助瑞佐,致毁

---

① 《康熙起居注》,中华书局1984年版,第1894—1895页。

② 《明史》,中华书局1974年版,第8351—8352页。

③ 《皇朝经世文编》卷83,第10页。

堂劫库，杀备倭都指挥之案起矣。贡宝献琛之国，自此成伺隙乖衅之邦，此台州、象山、黄岩、定海诸郡县，今岁之所以不宁也。

由于官府的腐败，导致争贡事件的发生，自此嘉靖帝罢市舶司，严海禁，由此引发倭乱。“若海禁愈严，则获利愈厚，而奸民愈趋之。嗟乎！利乃乱之囮也”[①]。“通番获利十倍、人舍死趋之如骛，其流之祸，遂不可救药”[②]。《歧路灯》中的这段描写与《明史记事本末》中几乎相同。所以，清代“倭寇小说”描写倭寇的暴行，基本是从明代“倭寇小说”中复制而来，没有新的挖掘。而明代“倭寇小说”追求倭患的原因时，一般都指向奸臣，这与明末的党争影响有关。

其次，明代“倭寇小说”的作者对倭患有切身感受，并对解决倭寇问题抱有巨大的热情，具有强烈的国家使命感。他们以“补史”或“立言”的态度进行创作。而清人没有这种切肤之痛，对明代倭患的记忆已经模糊或遗忘，如胡宗宪建立的平倭功业，清代就有人提出质疑。他的老乡方浚颐就说胡宗宪是“多权术喜功名之人，内有奥援，外附奸党，力排张、李因而得代。而嘉兴之役，则以毒酒死倭，非有战绩；王江泾之役，则尽掩经功归宗宪；砖桥之役，则兵死千余而倭犯浙东更甚，乃不得已与文华定招抚计，汝贞岂果知兵欤？”[③]由于德川幕府的严厉锁国政策导致有清以来二百年间中日两国政府间关系隔绝，除维持对双方均有需求的长崎贸易外，两国再无任何政府和民间的交通渠道。因此，人们有关日本的知识十分贫乏，甚至连纂修《明史》的大臣，竟弄不清日本重要史籍《吾妻镜》的意思。因而，清代“倭寇小说”写到日本时，就只能靠有限的想象来完成。在他们笔下，残酷的抗倭战斗如同儿戏，倭寇总是被轻而易举击败，最后纳贡称臣，淋漓尽致地表现出“天朝上国”的自豪感。抗倭成为才子建功的平台，目的无非是增加娶佳人的筹码。因而这些小说的娱乐意义远大于历史、政治意义。

作者单位：浙江工业大学

① 谢杰《虔台倭纂》上卷《论私贩》。

② 中国社会科学院编《明清史料》乙编《兵科抄出浙江巡抚张廷登题本》，国家图书馆出版社。

③ 方浚颐《二知轩文存》卷七，清光绪四年(1878) 刻本。

章回小说补书初探

傅承洲

一

补书一词，虽系笔者"杜撰"，却有文献与学理依据。在中国章回小说史上，有不少小说书名带有"补"字，如《西游补》、《红楼梦补》、《补红楼梦》、《增补红楼梦》、《红楼补梦》等，将这些小说统称为补书，顺理成章。一些小说作者与序者也承认写小说是为了补原书之阙，翠娱阁主人《禅真后史序》云："《后史》皆所以补《逸史》未备，所以继之而起也。"[①]清溪道人先作《禅真逸史》，意犹未尽，"复辑《后史》一书，与前史源流相接"[②]。犀脊山樵《红楼梦补序》云："王夫人意中疑黛玉与宝玉有私，而晴雯以妖媚惑主，乃黛玉临终有我身干净之言，晴雯临终有悔不当初之语，是私固无私，惑亦未惑，譬诸人臣，所谓忠而见疑，信而被谤也。归锄子有感于此，故为之雪其怨而补其阙，务令黛玉正位中宫，而晴雯左右辅弼，以一吐其胸中郁郁不平之气，斯真炼石补天之妙手也。"[③]犀脊山樵认为《红楼梦补》弥补了《红楼梦》的缺憾。"前书事事缺陷，此书事事圆满，快心悦目，孰有过于此者乎？"[④] 纳山人《增补红楼梦序》云："余友嫏嬛山樵先获此志，成《补红楼梦》一书，凡四十八卷，剞劂竣而予始见。卷中凡前此之妄为续貂者，亦弗尽屏，特取其近是者而纫补之。"[⑤]《增补红楼梦》"又尽补前书之所未及"，"玄之已玄，补而又补，予以为娲皇之石不在怡红而在嫏嬛山樵也"[⑥]。嫏嬛山樵先补前人续书之不足，又补已作之未及，一补再补，以致纳山人认为嫏嬛山樵手握女娲所炼之石，为补天之高手。上述小说及其同类作品，有一个共同特点，都是在某部章回小说的基础上增补而成，人物、情节与原书有千丝万缕的联系，说它是补书，不无道理。

也许有人会说，这些小说不是续书吗？答曰：有些是续书，有些不是。章回小说补书与续书是两个既有联系又有区别的概念。续书，从语义学上看，它是接着原书来写的意思。《说文解字》曰："续，连也。"[⑦]续是连接的意思，某种物品断了，将它连接上。后来引申为接

① 翠娱阁主人《禅真后史序》，《禅真后史》，《古本小说集成》，上海古籍出版社影印本。

② 《禅真后史源流》，《禅真后史》，《古本小说集成》，上海古籍出版社影印本。

③④ 犀脊山樵《红楼梦补序》，《红楼梦补》，《古本小说集成》，上海古籍出版社影印本。

⑤⑥ 丁锡根编《中国历代小说序跋集》，人民文学出版社 1996 年版，第 1196 页。

⑦ 许慎《说文解字》，中华书局 1963 年版，第 272 页。

续、后续，认为物品不完整，在后面再续上一部分。这种用法，在书名中非常普遍，如隋朝姚最《续画品》，继谢赫《古画品录》而作。唐朝道宣《续高僧传》，继慧皎《高僧传》而作。他如《续通志》、《续通典》、《续文献通考》，莫不如是。按照这一解释，有些被学界称为续书的小说实际上并不准确，如《西游补》，它是插在《西游记》的中间，“三借芭蕉扇”之后，并不是接在全书末尾，称为续书，不伦不类，且极易造成误会。这些并不是续接在原书后面的章回小说则可以称为补书。《说文解字》云：“补，完衣也。”[①]本义为修补衣服，引申为修补破败、残缺的事物。如补天、补阙、补过等。书名中亦多有带补字者，如《史谈补》，原有杨一奇编撰《史谈》五卷，陈简增补百余条，改题《史谈补》。《智囊补》，冯梦龙先编辑《智囊》，辑古今智慧谋略故事九百多则，后又增补两百多则，更名《智囊补》。《吴兴艺文补》，董斯张编辑《吴兴艺文志》，未完稿即病逝，后由其友人闵元衢、韩千秋增补而成。还有大量的书籍名称带有“补编”、“补遗”字样，如《全唐诗补编》、《全唐文补编》、《宋金元诗永补遗》等。这些书名中带有“补”字的书籍，都是因原书有残缺、遗漏等瑕疵，于是进行增补。章回小说补书也是这样，因原书有残缺、不足（至少是作者持这种观点），于是有作者进行增补，使之更加完整、圆满，这种增补可以在原书的后面，也可以在原书的中间，甚至是前面。补书比续书范围更广，续书可以叫做补书，为补书的一类，但补书不一定是续书。

既然是补书，肯定在原书的基础上增加了一些人物和情节，还有一定的篇幅，这就和章回小说的修改本区别开来。有一些章回小说，尤其是早期的章回小说，书坊在新刻的时候，都会作一些修改，比如《西游记证道书》第九回增加了陈光蕊赴任受灾、唐玄奘出生的情节，只能算是对《西游记》的修改，不能称之为补书，书是有一定内容和篇幅要求的。崇祯本《新刻绣像金瓶梅》更换了《金瓶梅词话》的开篇，删除了《景阳冈武松打虎》的故事，增加了《西门庆热结十弟兄》的情节。这也是一部小说的局部修改，并没有形成一部补书。

二

章回小说补书按其增补的位置，可分为三类。一类是书前弥补。补书作者认为原书人物和情节交代不清，读者阅读会感到莫名其妙，于是在书前增补一些情节，将原书人物和情节的来龙去脉交代清楚。这类补书，我们现在见到的只有一部《新平妖传》，《平妖传》原本二十回，张无咎《平妖传叙》云：“余昔见武林旧刻本止二十回，首如暗中闻炮，突如其来；尾如饿时嚼蜡，全无滋味。且张鸾、蛋子和尚、胡永儿及任、吴、张等后来全无施设。而圣姑姑竟不知何如，突然而来，杳然而灭。”[②]针对这些缺陷，冯梦龙增补了前十五回和第十七回，共十六回，补写了圣姑姑、瘸师、胡永儿的前世今生，改写了蛋子和尚的来历，弥补了原书的疏漏与缺陷，使之成为一部取代原书的神魔小说。一类是中间插补。这类补书是在某部章回小说的中间增插一些人物和情节。如《西游补》，题下注明“入三调芭蕉扇之后”，第一回写到：“话说唐僧师徒四众自从离了火焰山，日来月往，又遇绿春时候。”[③]主要情节为孙悟空被鲭鱼精

① 许慎《说文解字》，中华书局1963年版，第172页。

② 张无咎《平妖传叙》，《古本小说丛刊》第三三辑，第483—485页，中华书局影印本。

③ 静啸斋主人《西游补》，《古本小说集成》，上海古籍出版社影印本。

所迷，进入幻境。写完孙悟空在鲭鱼世界的游历，大圣被虚空尊者唤醒，见师父身边坐着一个小和尚，知道是鲭鱼精变化，一棒将他打死。师徒四人重新团聚。孙悟空在青青世界过了几日，唐僧等人只是一场春睡，一个时辰。因为是神魔小说，写的又是一场幻境，扑朔迷离，时间也被作者幻化。《忠义水浒全传》征田虎、王庆二十回，也属于补书。冯梦龙根据简本中粗糙的情节进行加工改写，成为从篇幅到风格都与原书大体相当的二十回故事，插入原书。由于写了发生在不同地点的两场战争，增补者又没有改动原书的时间，于是在时间上出现了疏漏[①]。秦子忱的《续红楼梦》、归锄子的《红楼梦补》、花月痴人的《红楼幻梦》既不同于高鹗的续书，从八十回后接续，也不同于《后红楼梦》、《红楼复梦》、《红楼圆梦》等续书，从一百二十回写起，而是插入九十七回之后，对于一百二十回本《红楼梦》来说，这三部书就是插补。三位作者都选择从九十七回写起，显然是为了赶在黛死钗嫁之前。因为这几部小说，都是以林黛玉为主人公，不能让她就这么离开。秦子忱的《续红楼梦》是第一部从第九十七回写起的补书，叙黛玉死后魂归太虚幻境，先后与金钏、晴雯、元春、秦可卿等人见面。宝玉在甄士隐的帮助下也来到太虚幻境，又到酆都城向黛玉父母求婚。阴界的贾母等人同升太虚幻境，亲人团聚。由贾母主持，宝玉与黛玉举行婚礼。后来宝玉中了进士，点了翰林。贾府享尽荣华富贵。虽然小说场景主要在天界、冥界，被人戏称为"鬼红楼"，而其中的人物、情节与尘世基本没有什么区别。归锄子的《红楼梦补》和花月痴人的《红楼幻梦》明显受到秦子忱的《续红楼梦》的影响，所不同的是这两部小说让黛玉还魂，生活在人间。《红楼梦补》写黛玉气绝之时，一缕香魂离了躯壳，被金钏带到太虚幻境绛珠宫游历一番，又引回潇湘馆，还魂活了。作者与开篇写到："《红楼梦》一书，写宝、黛二人之情，真是钻心呕血，绘影镂空。还泪之说，林黛玉承睫方干，已不知赚了普天下之人多少眼泪！阅者为作者所愚，一至于此。余欲再叙数十回，使死者生之，离者合之，以释所憾。"[②]小说主要内容叙宝玉中进士，授翰林院编修，奉旨完婚。黛玉理家，开源节流，贾府复兴。作者了却神瑛侍者与绛珠仙草之未了情缘之后，小说结尾写宝玉到太虚幻境，见到改过的金陵十二钗册子，抄录下来，回怡红院让姐妹们传阅，"黛玉道：'世界上哪里有什么太虚幻境，难道咱们这班人都从太虚幻境来的？统是他编造出来的，说谎言哄骗咱们的。'说着，便要撕毁。宝玉慌忙伸出手来，只听得院子里山崩的震响，众人赶出去瞧，道：'天上塌了一块大石下来。'宝玉惊醒，并无黛玉、宝钗诸姊妹及晴、袭、鹃、莺一个人在眼前，原来是红楼一梦。"[③]一部四十八回的小说成了宝玉的红楼一梦。完全符合插补的要求。花月痴人的《红楼幻梦》几乎与《红楼梦补》一样，黛玉死后，入太虚幻境，被真人送回贾府还魂复生。宝玉考中进士，官至侍读学士。娶宝钗、黛玉为正室，又娶晴雯、紫鹃、袭人等人为妾。小说结尾写道："两人原为春宵漏永，两意绸缪，一觉美睡，不期梦入幻境，遇着仙姑，警示难从，忽然被推而醒。两人同坐起来，但觉香溢罗帏，风生绣榻，融融春气，日色横窗。细忆前事，还是红楼一梦。"[④]中间插补在三种补书中最难，既要瞻前，又要顾后。如冯梦龙补"征田虎、王庆"的故事，宋江义军打了两场大仗，一百单八将一个也没有

① 傅承洲《冯梦龙与忠义水浒全传》，《明代文人与文学》，中华书局2007年版。
② 归锄子《红楼梦补》第一回，《古本小说集成》，上海古籍出版社影印本。
③ 归锄子《红楼梦补》第四十八回，《古本小说集成》，上海古籍出版社影印本。
④ 花月痴人《红楼幻梦》第二十四回，《古本小说集成》，上海古籍出版社影印本。

牺牲,因为他是补书,后面还有征方腊,如果有人阵亡,后面就没法出场了。还有一类是书后续补。这类补书就是通常所说的续书,它从原书的结尾续写。如《红楼梦》的高鹗续书[①],还有《水浒后传》、《后西游记》、《续金瓶梅》、《红楼圆梦》等。另外,百回本《水浒传》后三十回,也有人认为是续书[②]。后续之书,根据原书与作者的不同,又有不同的接续方式:有的续写原书尚在世的人物的故事,如《水浒后传》、《续西游记》,高鹗的《红楼梦》续书;有的续写原书人物死后转世的故事,如《禅真后史》、《红楼复梦》;有的续写原书人物后代的故事,如《三国志后传》、《说唐后传》、《小五义》;有的续写原书人物鬼魂的故事,如《续红楼梦》。当然,有的补书人物比较复杂,既有原书中人物在世的,也有转世的,如《续金瓶梅》。与前两类补书相比,这类补书从原书末尾续补,相对比较容易,作家只需瞻前,不必顾后。因此,这种补书写得最多。

章回小说补书按其存在方式可以分为两类,一类是与原书合为一体,如高鹗的《红楼梦》续书、冯梦龙的《新平妖传》前十六回、冯梦龙的《水浒全传》的"征田虎、王庆"的故事,这些补书都与原书一同刻印,甚至被一些读者视为原书的一部分。这类补书的作者仔细研读原书,揣摩原书的人物性格、叙事风格乃至作者的创作意图,尽可能做到补书与原书的统一。高鹗根据曹雪芹原书第五回中的人物判词和前八十回中埋下的伏笔,补写了四十回续书,尽管绝大多数学者认为高鹗的续书不及曹雪芹的前八十回,同时也承认续书将一部残缺的小说补写完整,并将宝玉与黛玉的爱情写成了一出大悲剧,多数人物结局的安排基本符合曹雪芹的原意,其补写的成就不可抹杀。在续书研究中,存在这样一种现象,将与原书合刻的续书排除在外。实际上这类续书与原书联系更加紧密,排除这些续书,很可能不能准确把握续书的特点。同理,补书也不能排除与原书合刻的作品。另一类是脱离原书独立存在。如《西游补》、《水浒后传》等。这类补书的作者主观上并没有将自己的作品与原作合二为一的动机,只是借原书中的人物和故事,写出自己对社会与人生的感悟。静啸斋主人的《西游补》尽管还是以孙悟空为主人公,却并不是写他降妖除怪,保护唐僧上西天取经,而是写他为鲭鱼精所迷,幻游青青世界的经过,表达了他对卖国投敌、科举取士等社会问题的看法,带有鲜明的时代特征。

三

为什么一些小说家热衷于为他人的小说作补书?主要有三个方面的原因。一是有些作家认为原书存在重大缺陷,需要弥补。如俞万春深受金圣叹的影响,认为施耐庵的《水浒传》"无一字不描写宋江的奸恶,其所以称他忠义者,正为口里忠义,心里强盗,愈形出大奸大恶也。"而罗贯中的《后水浒》"竟说宋江是真忠真义,从此天下后世做强盗的,无不看了宋江的样:心里强盗,口里忠义。杀人放火也叫忠义,打家劫舍也叫忠义,戕官拒捕、攻城陷邑也叫忠义。看官你想,这唤做甚么说话?真是邪说淫辞,坏人心术,贻害无穷"。于是撰写《结水

① 关于程本《红楼梦》后四十回是否为续书,何人所需,学界尚有争议。本文从胡适说,见《红楼梦考证》,收入《胡适文集》第5卷,人民文学出版社1998年版。

② 参见金圣叹《宋史目》批语,《金圣叹全集》第三卷,凤凰出版社2008年版,第27页。

浒》(即《荡寇志》),“提明真事,破他伪言,使天下后世深明盗贼忠义之辨,丝毫不容假借”①。少海氏对《红楼梦》大为不满,认为“前书荣府,应以贾政为主,宝玉为佐,而书中写贾政似若赘瘤,乃《红楼梦》之大病”,“前书八十回后立意甚谬,收笔处更不成结局”。因而作《红楼复梦》,“此书本于《红楼梦》,而另立格局,与前书迥异”②。花月痴人不满于《红楼梦》“欢洽之情太少,愁绪之情苦多”,于是撰写《红楼幻梦》,“幻作宝玉贵,黛玉化,晴雯生,妙玉存,湘莲回,三姐复,鸳鸯尚在,袭人未去,诸般乐事,畅快人心,使读者解颐喷饭,无少欷歔”③。冯梦龙补《平妖传》、高鹗续《红楼梦》,也是因为原书或有疏漏,或有残缺。

二是一些作者借他人酒杯,浇自己块垒。施耐庵、罗贯中的《忠义水浒传》叙以宋江为首的梁山好汉从反抗官府到接受招安的全过程,借以表现其忠义思想。陈忱之《水浒后传》叙《水浒传》中征方腊幸存的三十多位梁山好汉再度起义,反抗贪官恶霸,抗击入侵金兵,最后到海岛建国,受宋朝皇帝赐封。雁宕山樵《水浒后传序》云:“我知古宋遗民之心矣。穷愁潦倒,胸中块磊,无酒可浇,故借此残局而著成之也。”④陈忱为明末清初人,自号古宋遗民,写小说叙北宋亡国,众将领抗金救驾,在海岛建立基业。其“胸中块垒”就是明朝遗民不愿臣服新朝,希望复兴故国的心理。蔡元放《评刻水浒后传叙》云:“此传之续水泊残剩诸人,其人则犹是《前传》之人,而其事则全非《全传》之事,可同年而语矣!”⑤可谓陈忱的知音。丁耀亢的《续金瓶梅》主要内容写《金瓶梅》中在世和转世的主要人物的善恶报应,“以因果为正论,借《金瓶梅》为戏谈”⑥。书中也详细描写了北宋王朝的灭亡,金人惨绝人寰的烧杀掠抢,让刚刚经历过明清鼎革的明朝遗民很容易联想到清人征服明朝的战争。丁耀亢因此被告发入狱,书也被下令焚毁。联系丁耀亢胞弟、从侄因抗清守城而死,丁耀亢本人曾谒刘泽清陈抗清方略等史实来看,丁耀亢下狱、焚书并不冤枉,《续金瓶梅》确有作者的怨愤与寄托。关于《西游补》,天目山樵认为“是书虽借径《西游》,实自述平生阅历了悟之迹,不与原书同趣,何必为悟一子之诠解”⑦。

三是有些作家看到原书热销,想借原书推销自己的作品。逍遥子见“曹雪芹《红楼梦》一书,久已脍炙人口,每购抄本一部,须数十金。自铁岭高君梓成,一时风行,几于家置一集”⑧,于是作《后红楼梦》,叙黛玉还魂复生,林家兴旺发达,宝黛喜结良缘,宝玉考中进士,授庶吉士,擢侍读学士。为了让其续作像《红楼梦》一样畅销,逍遥子竟然假托《后红楼梦》系曹雪芹原稿,其序云:“同人相传雪芹尚有《后红楼梦》三十卷,遍访未能得,艺林深惜之。顷白云外史、散花居士竟访得原稿,并无缺残。……爰以重价得之,与同人鸠工梓行,以公同好。譬如

---

① 俞万春《结水浒全传》引言,《荡寇志》,人民文学出版社1981年版,第1页。

② 《红楼复梦凡例》,《红楼复梦》,《古本小说集成》,上海古籍出版社影印本。

③ 花月痴人《红楼幻梦叙》,《红楼幻梦》,《古本小说集成》,上海古籍出版社影印本。

④ 雁宕山樵《水浒后传序》,丁锡根编《中国历代小说序跋集》,人民文学出版社1996年版,第1510页。

⑤ 蔡元放《评刻水浒后传叙》,丁锡根编《中国历代小说序跋集》,人民文学出版社1996年版,第1512页。

⑥ 《续金瓶梅后集凡例》,《续金瓶梅》,齐鲁书社2006年版,第4页。

⑦ 天目山樵《西游补序》,丁锡根编《中国历代小说序跋集》,人民文学出版社1996年版,第1392页。

⑧ 逍遥子《后红楼梦序》,《后红楼梦》辑补,《古本小说集成》,上海古籍出版社影印本。

断碑得原碑，缺谱得全谱，凡临池按拍家，共此赏心耳。”①在《后红楼梦凡例》中重申：“书系曹雪芹原稿。每卷有雪芹手定及潇湘馆图章。全书并无残缺。故以重价得之，照本付梓，间有须修饰处，亦未增减一字，欲全庐山真面也。”②篇首还伪造《曹太夫人寄曹雪芹先生家书》作为“原序”。《后红楼梦》的思想倾向与《红楼梦》有天壤之别，绝不可能出自一人之手，逍遥子谎称《后红楼梦》为曹雪芹所作，只不过借原书之影响来兜售自己的作品，且手法十分拙劣。《续红楼梦》的作者秦子忱比逍遥子老实，但借《红楼梦》来推销己作的动机却完全一致。他在《凡例》中指出：“兹续编本开篇即从林黛玉死后写起，直入正文，并无曲折，虽觉突如其来，然正见此本之所以为续也。虽名之曰《续红楼梦》第一回，读者只作前书第一百二十一回观可耳。”③其用心显而易见。作者还一再强调《续红楼梦》与原书相同：“书中所用人名脚色，悉本前书内所有之人。盖续者，续前书也，原不宜妄意增添。”“书内诸人一切语言口吻，悉本前书，概用习俗之方言。”④ 正如《海沤闲话》所言：“《水浒》之后，有《荡寇志》，其主人则《水浒》中人之还魂也；《红楼梦》之后，有《续红楼》，其主人皆《红楼梦》中人还魂也。此等思想，可厌已甚。在作者，不过欲借此以便于传尔，究竟传不传，岂在是？二书文字，《荡寇志》尚可；《续红楼》甚恶。《荡寇志》今坊间尚可购得，《续红楼》则稀见矣。于此，尤可见传与不传，自有道也。”⑤如果补书没有独立的文学价值，著书者指望借原书传世，只能是一厢情愿，徒劳无益。

小说家作补书之动机如上所述，就某一位作者而言，补写小说的目的并不像笔者所述那么单纯，高鹗续《红楼梦》，直接目的是补曹雪芹小说之缺，未尚不是借《红楼梦》来推销自己的小说。俞万春作《荡寇志》，一方面是要消除罗贯中续书中受招安、征方腊的影响，另一方面，也是看中《水浒传》“人人喜看，个个爱听”传播效果，续书可以借此流传，不然，他怎么会将自己的七十回小说回目序号直接标注为从第七十一回到一百四十回呢？

四

在中国章回小说史上，各类补书数以百计，而具有较高思想、艺术价值的作品寥寥无几。自清代以来，文人学者对这类小说大多不屑一顾。刘廷玑《在园杂志》云：“作书命意，创始者倍极精神，后此纵佳，自有崖岸，不独不能加于其上，即求媲美并观，亦不可得；何况续以狗尾，自出下下耶。”⑥陆绍明《月月小说发刊词》云：“又有奇者，袭其名又袭其实，自为翻陈出新之作。如邱氏著《西游记》，而后人又著《后西游记》；元人著《西厢记》，而后人又著《西厢记》；曹氏著《红楼梦》，而后人又著《红楼梦》。画虎类狗，刻鹄成鹜，诚不足观也。”⑦解弢《小说话》云：“凡续编之书，概无佳作，如《红楼》、《水浒》、《聊斋》诸后续者是也。”⑧俞平伯在《红楼梦

① 逍遥子《后红楼梦序》，《后红楼梦》辑补，《古本小说集成》，上海古籍出版社影印本。

② 《后红楼梦凡例》，《后红楼梦》辑补，《古本小说集成》，上海古籍出版社影印本。

③④ 《续红楼梦凡例》，《古本小说集成》，上海古籍出版社影印本。

⑤ 转引自孔令境编辑《中国小说史料》，上海古籍出版社 1982 年版，第 273 页。

⑥ 刘廷玑《在园杂志》，中华书局 2005 年版，第 125 页。

⑦ 陆绍明《月月小说发刊词》，陈平原、夏晓红编《二十世纪中国小说理论资料》第一卷，北京大学出版社 1997 年版，第 198 页。

⑧ 解弢《小说话》，朱一玄编《红楼梦资料汇编》，南开大学出版社 2001 年版，第 874 页。

辨》开篇就提出“续书底不可能”，他说：“从高鹗以下，百余年来，续《红楼梦》的人如此之多，但都是失败的。”“我以为凡书都不能续，不但《红楼梦》不能续；凡续书的人都失败，不但高鹗诸人失败而已。”①前人大多针对续书而言，而这些评价基本适用于所有补书。

为什么补书“概无佳作”，甚至获“画虎类犬”、“狗尾续貂”之讥？在我看来，补书失败的最重要的原因是续补作者缺乏原作者的人生经历和情感体验。纵观古今中外杰出的小说家，之所以能写出感人至深的作品，无不与其独特的人生际遇有关。曹雪芹也不例外，他出生于一个世代显贵之家，小时候享受过锦衣玉食的生活，对贵族家庭的衣食住行、婚丧嫁娶、迎来送往、升官免职等大小事情都十分熟悉。因此，他能够细腻而逼真地描摹贾府中老爷太太、少爷小姐、仆人丫鬟各色人等的生活状况。生活是作家创作的源泉，有生活不一定能写出好的小说，没有生活是绝对写不出优秀的作品。《脂砚斋重评石头记》甲戌本第三回有一条眉批：“近闻一俗笑语云：一庄农人进京回家，众人问曰：‘你进京去可见些个世面否？’庄人曰：‘连皇帝老爷都见了。’众罕然问曰：‘皇帝如何景况？’庄人曰：‘皇帝左手拿一金元宝，右手拿一银元宝，马上稍（捎）着一口袋人参，行动人参不离口。一时要屙屎了，连擦屁股都用的是鹅黄缎子，所以京中掏茅厕的人都富贵无比。’试思凡稗官写富贵字眼者，悉皆庄农进京之一流也。盖此时彼实未身经目睹，所言皆在情理之外焉。”②脂砚斋非常形象地道出生活与创作的密切关系。陈少海、秦子忱、沈懋德这些下层文人，他们没有亲历过贵族家庭的生活，不熟悉这些人物的言行举止，只能如庄农人想象皇帝的景况，不可能续写出一部能与《红楼梦》媲美的补书。即便是才华横溢的吴敬梓也写不出一部反映贵族家庭生活的小说。同样，没有经历过元末明初社会动荡的施耐庵，也不可能写出一部成功的《水浒传》补书来。

曹雪芹人生际遇的特殊性在于，他还亲身经历了从世代显贵到革职抄家的家庭变故，体验了从贵族公子到罪人子弟的世态炎凉，不仅为官作宰的仕途被堵死，甚至连最基本的生存条件也得不到保障。就是在这种人生困境中，形成了他对社会与人生的深刻认识。因此，他在《红楼梦》中真实地再现了一个贵族家庭的衰败过程，饱含热泪地写出了一群年轻人的悲剧命运。《红楼梦》补书的作者，没有体验过从天堂到地域的人生转折，没有亲眼目睹“几个异样女子”的人生悲剧，也就无法理解曹雪芹为什么要将一个钟鸣鼎食之家写成大厦将倾，将宝黛真挚而美好的爱情安排一个悲剧结局。于是在补书中，写宝玉考中进士，宝黛喜结良缘，黛玉治家有方，贾府重新发达。裕瑞《枣窗闲笔》云：“作者自觉甚巧，殊不知雪芹原因托写其家事，感慨不胜，呕心始成此书，原非局外旁观人也。若局外人徒以他人甘苦浇己块垒，泛泛言之，比不恳切逼真如其书者。”③原书和补书作者，一个是局内人，一个是旁观者，他们所观察和感悟到的不啻天壤之别，孰真孰假，一目了然。《水浒传》的作者施耐庵，我们虽然不了解他的生平，但是从小说中可以明确读出作者对社会问题的认识，贪官污吏、土豪恶霸的横征暴敛、草菅人命导致了百姓忍无可忍、揭竿而起，显然反映了下层百姓的心声。曾随父参与镇压农民起义的俞万春绝对不能容忍宋江等人反抗官府、摧城拔寨，还到朝廷做官，于是他虚构了退职的管营提辖陈希真、陈丽卿父女联合官府攻打梁山，擒杀一百单八将的故

① 《俞平伯论红楼梦》，上海古籍出版社1988年版，第88页。

② 朱一玄编《红楼梦资料汇编》，南开大学出版社2001年版，第126页。

③ 裕瑞《枣窗闲笔》，上海古籍出版社1984年影印本。

事。人生经历与思想观念，影响了作家的创作。

补书之难，还难在补书作者必须带着镣铐跳舞。章回小说补书是根据原书的人物和情节来撰写的，作者必须揣摩原作的人物性格、生活环境、叙事特点，亦步亦趋地效法模仿，极大地限制了作家的创作自由。文学创作是一项创造性活动，需要无所束缚，独抒胸臆。而补书写作完全违背了文学创作的基本规律。樵余《水浒后传论略》云："《后传》有难于《前传》处，《前传》镂空画影，增减自如；《后传》按谱填词，高下不得。"[①]樵余专论《水浒》及其续书，实际上道出了所有补书的难处。

章回小说补书，大多是补名著。名著中的人物栩栩如生，情节新颖生动，形成了独特的艺术风格。后人补写，由于思想认识、个人才情与原作者有较大差距，很难赶上原作的水准。高鹗续写《红楼梦》，不能说他不上心，他确实比其后的众多续书写得出色，但还是不能令人满意。解弢一针见血地指出："书非家传户诵者，亦无人肯作牛后，被续之书，概为荦荦名著，是以不易与之颉颃也。"[②]本来补书就不容易，补名著更难。还有一些作者，撰写补书是为了颠覆原作，如俞万春、秦子忱、陈少海等人，其补书与原书完全接不上。章回小说补书，毕竟人物还是原书中的人物（即便是原书人物的鬼魂、转世、后代，也与原书关系密切），情节还是原书情节的发展，如果完全违背原书人物性格的发展逻辑，胡编乱造，肯定不能为读者所接受，只能以失败告终。

作者单位：中央民族大学

① 樵余《水浒后传论略》，《水浒后传》，《古本小说集成》，上海古籍出版社影印本。

② 解弢《小说话》，朱一玄编《红楼梦资料汇编》，南开大学出版社 2001 年版，第 874 页。

试论明清章回小说对朝鲜半岛汉文长篇小说的影响

聂付生

朝鲜半岛长篇汉文小说的发展自金万重(1637—1692)《谢氏南征记》和《九云梦》[1]起,接连出现了十几部像《玉楼梦》、《玉麟梦》、《玉仙梦》、《鸾鹤梦》、《玉树记》等成就不错的汉文长篇。这些长篇不管是在艺术手法、结构布局还是题材选择等方面都借鉴了中国白话长篇小说的艺术经验。可以说,朝鲜半岛的长篇汉文小说(包括朝鲜国语小说)是在中国汉文小说特别是中国白话长篇小说影响下发展起来的。据记载,中国白话长篇小说大致是从16世纪末开始传入朝鲜半岛,朝鲜文人士大夫赏读、评判之现象极为普遍,甚至在科场考试中亦举以为题。李瀷(1681—1763)《星湖僿说》云:"(《三国演义》)在今印出广布,家户诵读,试场之中,举而为题,前后相续。"沈绰《松泉笔谭》亦云:"《西游记》《水浒传》文章机轴,稗书中大家数也,先辈或有发迹,于是书而成文章云。"以不登大雅的通俗小说作为科举内容,或以此为作文之范本,在中国本土都是罕见的。因此朝鲜汉文小说潜移默化,是极自然的事。近来有学者对两者之间的关系比较关注,并取得了一些可观的成果。但过分注重两者的对应关系,而忽视了其观念上的影响。我们认为,朝鲜长篇汉文小说固然截取了中国小说的一些段落,这是因为朝鲜作家受中国小说创作模式和格局的影响而难以摆脱的一种创作现象,但我们更应该从方法上、甚或观念上寻找朝鲜汉文小说与中国古代小说之间的联系点。这样也许更能真切地把握朝鲜半岛汉文小说、尤其是长篇汉文小说发展的韵律和脉搏。

一

中国长篇白话小说受宋元讲史影响而成,其形式仍旧保留着宋元时期说话特征。朝鲜长篇汉文小说受中国长篇白话小说的浸染,在形式上保留明显的中国印痕。

分章分回,是中国长篇白话小说最明显的文体特征和类型标准,因此而有章回小说一说。受这些章回小说的影响,朝鲜长篇汉文小说都采用了章回形式。郑泰齐(1612—1669)仿林悌《愁城志》创作的《天君衍义》可能是朝鲜最早的长篇汉文小说。它以拟人化的写法,讲述了人的心性理智、五官、肢体和七情六欲之间的复杂关系,焦点集中于天理与人欲之间的斗争。全书三十一章,无回次,回目标题一律采用单句七言诗格式,如"天君即位分封官"、

---

① 金万重,字重叔,号西浦。原籍光山,家系属光山金氏,两班贵族,书香名门。《九云梦》、《谢氏南征记》是他的两部以家庭伦理为题的长篇小说。

"都督战霸荆围中"、"五利将军荐欲生"等。"朝鲜小说采用章回体，这篇小说大概是其嚆失，故此值得注意"①。这种形式与嘉靖前的长篇讲史和白话小说极为一致，嘉靖元年刊《三国志演义》即为整齐的七言单句，《天君衍义》的章回形式很有可能受其影响而成。其后，金万重《谢氏南征记》分上篇和下篇，每篇分六回，文以"第一、第二……第十二"标示。每回始由字数不等的偶句构成，如"第一，淑女着白衣赞、良媒结赤绳缘"。"第六，糟糠下堂、舅姑感梦"等，说明该作的回目形式较《天君衍义》有了一些变化。《九云梦》是金万重另一部长篇汉文小说，全书分六卷，每卷又分两则、三则不等。每则都以七言或八言整齐对句标题，如卷之二的则目依次是：杨千里酒楼擢桂、桂蟾月鸳被荐贤，倩女冠郑府遇知音、老司徒金榜得快婿，咏花鞋透露怀春心、幻仙庄成就小星缘。这明显是仿《三国志演义》的分卷分则形式而成的，与《谢氏南征记》又有不同。18 世纪和 19 世纪出现的几部汉文长篇小说亦以卷则形式结构，如沈能淑的《玉树记》分四卷十四则，《玉仙梦》分上中下三卷十章，《六美堂记》亦以卷则形式结构。其间也有称回者，如《帷幄龟鉴》和《汉唐遗事》、《玉楼梦》等。《帷幄龟鉴》二十八回，作者说"谨依《汉书》"，其实，它的成书只以《汉书》为框架，其内容和结构都源于甄伟的《西汉通俗演义》。

中国长篇白话小说既然以分章分回的形式来叙说故事、展开情节和塑造人物，那么，章回之间的情节如何推动，是小说创作者必须思考的问题。他们从传统说书那里得到灵感：以"说话"开始，初展故事，以"不在话下。却说……"、"再说"、"且说"、"话分两头"、"花开两朵，各表一枝"等套语转换场景，推进故事，以"欲知后事如何，请听下回分解"结束上回以开启下回的叙述，等等。这种话语格式成为章回体长篇小说的经典模式，聂绀弩先生曾说："在模拟的写本中，'话说'、'欲知后事'、'有分教'反而得全部写上，有一百次就得写一百次。"②

通观朝鲜长篇汉文小说，大多亦以此结构。《玉楼梦》、《汉唐遗事》、《鹤鸾梦》等都以"话说"开始文章的叙述，如《鹤鸾梦》第二回《夜泛镜湖水，结婚洪太尉》的开头云：

> 话说夫人自罢祷而归，气力不平，食饮不甘，乃自知有身。

此后每回均以"话说"领起，展开故事的叙述。有些尽管没有"话说"二字，但模仿说话的口吻依然存在，如《谢氏南征记》的开头云："大明嘉靖年间，北京顺天府有一宰相，姓刘名熙，诚意伯基之后也。"然后，作者多采用线型纵贯式叙述方式，根据故事发展的顺序和人物的成长历程，以展开故事情节。《天君衍义》、《谢氏南征记》、《玉楼梦》、《玉仙梦》、《玉树记》、《玉麟梦》、《九云梦》等几部朝鲜汉文长篇小说都是如此叙事。当叙及平行发生的事情时，往往用"却说"、"且说"、"此时"、"是时"等予以场景转换。如《天君衍义》中主一翁接受天君圣旨，组织三军，积极作着出战的一切准备。接着叙越白、欢伯的应对之策。文章的转换语云：

> 却说越白、欢伯相议出敌。欲生告欢伯曰："多算则胜，无算则败，用兵之常也。……"

但也有不用转换词者。如《玉楼梦》中叙江南红欲托终生于杨昌曲，委派丫鬟莲玉探听杨的情况。文云：

---

① [韩]赵润济著《韩国文学史》第 253 页，社会科学文献出版社，1998 年版。
② 聂绀弩著《中国古典小说集》第 142 页，上海古籍出版社，1981 年版。

> 玉回来后，一一告红娘。红娘笑曰："吾当供应餐饭，勿泄露。"玉应诺。具餐饭而至客室。公子食毕，向莲玉而谢曰："一时过客，款待太甚，心甚不安。"玉笑曰："因主人之不在，使公子来留陋室，待以蔬食菜羹，甚感不安。"遂请公子夜间安寝，归报红娘。红娘笑曰："吾见公子非碌碌书生，带风流男子之气。今夜入吾计而受困。"

江南红和杨昌曲的场景不断转换是由莲玉来完成的。这种转换方式与有转换词的交错运用，使文章的情节推进更加顺畅和自然，文风亦见活泼。

至于章回之间的转换，朝鲜文人也学会了这种制造悬念的结构法，亦多以"此将如何？且看下回"等词标示，故意在事情的关键处，卖一关子，以期引起读者对下回的渴望。运用纯熟者有《玉楼梦》、《帷幄龟鉴》、《玉仙梦》等，他们亦如明代的章回小说，"有一百次就得写一百次"。看得出，他们非常迷恋这种明显带有说书味的表述方式。但也有不用此词的，如《九云梦》、《谢氏南征记》、《天君衍义》、《彰善感义录》、《鹤鸾梦》等，但作者以制造悬念作结的手法还是不变。如《谢氏南征记》第十回叙刘延寿遇赦回家，董清和乔采鸾欲置他于死地，被一尼姑所救，刘延寿拜谢活命之恩。作品以下文作结，文云：

> 尼姑扶起曰："相公无庸谢我，第入船窗与故人相见。"翰林莫知其所谓，忽闻船窗内隐隐有妇人哭声矣。

留足悬念，以启下文。再如《鹤鸾梦》卷上叙韩正言率妻小赴交趾任所，途径沅江渡口时，遭遇劫匪。文章写道：

> 是夜，风清月白，霜露满江。忽闻喊呐之声，云帆四会，火光翻澜，雷鼓喧天，旌旗蔽空，枪剑交横，千艘万舶，横江四集，如云会月晕而围。正言自知陷于贼党之谋，遂抱其夫人而投于江中，泛水而下。

韩正言全家性命如何，却留待下回叙述。作者深知这种制造悬念的方法，读者也深谙此理，因此，删除"欲知后事，请听下回"的赘语，反而不落痕迹。

在叙述方式上，朝鲜汉文长篇小说亦采用明代章回小说的韵散结合叙述法。其中韵文以诗词为主，也有赋、颂、箴、偈、铭等。据不完全统计，《帷幄龟鉴》有诗词八十五首（不包含三回阙文）、《玉仙梦》五十九首、《九云梦》十九首、《彰善感义录》六首、《玉楼梦》六十四首、《玉树记》十五首、《天君衍义》一首、《谢氏南征记》三首、《鹤鸾梦》十五首。其运用大致有两种情形。其一，用"有诗为证"、"正是"、"后人有诗吊之，道是"、"有分教"等词引领，如《帷幄龟鉴》每回结尾处都以"有分教：×××××××，×××××××"表示，如"有分教：将骄卒惰兵家忌，神怒人愤恶贯盈"（第三回）。正文引诗一般是对人物的赞美或讽刺，是丰富人物的一种辅助手段，如叙给韩信指路的樵夫时，作者以诗赞道："急地还轻指路恩，可怜抔土向黄昏。此行倘坐连敖法，樵夫徒为枉死魂。"（第十一回）这种方式明显源于《三国演义》等历史类演义小说。其二，韵文是推动情节和描写人物的必要手段，是作品内容的有机构成。这主要体现在世情类小说中，尤以爱情主题为著。如《九云梦》、《玉楼梦》、《玉仙梦》、《玉树记》等即是。才子和佳人之间的相遇、生情都是因诗而成，这是韵散结合行文方式形成的内部原因。如江南红属意杨昌曲，就是因为其诗"有盛唐诸公雄深之思，兼鲍参军之俊逸，庾开府之清新，可谓水中之月、镜中之花"，他们以诗相和，既是他们才华的显露，也是情节推动的需要。作品六十余首韵文，基本是情节构成的一部分，因此，也成为人物塑造的主要手段。作者的思路显然又是与明清时期的才子佳人小说以及以后的世情小说如《金瓶梅》、《红楼梦》等相一致，受其影响，也是无可争辩的事实。

二

明代的历史演义大概在16世纪中叶传入朝鲜半岛。因其具有“文不甚深，言不甚俗”，“若《诗》所谓里巷歌谣之意也”(《三国志通俗演义序》)的特点而为朝鲜半岛朝野君臣百姓所喜欢。在《三国演义》、《东西汉演义》、《隋唐演义》等历史演义的影响下，朝鲜汉文小说作家都把这些通俗的、故事性强的小说作为创作的范本，并创作了像《壬辰录》、《帷幄龟鉴》、《汉唐遗事》等与中国历史演义模式一样的历史演义小说，著名长篇小说《九云梦》、《玉麟梦》、《六美堂集》、《三韩拾遗》、《崔致远传》等也都深受《三国演义》的影响，其中就有从《三国演义》中移植来的大段大段的描写。这些都在说明一个问题，朝鲜文人不但模仿明代历史演义，而且具备中国文人相同的历史思维和叙事技巧。

朝鲜半岛对来自明代以来的历史演义颇有微词，原因之一就是违背历史，惑乱人心。李植(1584—1647)是朝鲜王朝宣祖、仁祖时期的文臣，历任说书、北评事，宣传官等职，精通汉文学，有“汉文四大家”之称，是当时知名学者。他认为，演史一类小说，尽管表面上似乎是儿戏文字，但“流传既久，真假并行，其所载之言颇采入类书，文章之士，亦不察而混用之”。“如陈寿《三国志》，马、班之亚也，而为演义所掩，人不复观。”他痛感陈寿的《三国志》被《三国演义》代替所带来的社会负面影响。“今历代各有演义，至于皇朝开国盛典，亦用怪诞敷衍”(《泽堂别集》卷一五)。其时，中国的历史演义刚流播朝鲜，其批评所产生的警示作用是可以想见的。其后李朝肃宗时期学者洪万宗(1643—1725)则说：“古说之表表可称者，《西游记》、《水浒传》外，如列国、东西汉、齐魏、五代、唐、南北宋皆有演义，皆行于世。至大明末，诸文士尤尚浮躁，凿空构虚，辄成一部，至于坐衙按符之官，越视职事务，得所语一款，则附会增演，作为卷帙。故其为书也，汗牛马，充栋宇，指不胜屈，徒为好事者传玩，而乃成习俗，竞相慕效，遂使世道萎靡，竟使宗社之瓦裂，有若晋代之端，以清谈误世，不胜叹哉？”(《旬五志》)把历史演义与“清谈误世”相连，无疑过分夸大了历史演义类小说的社会作用。因此，连创作汉文小说的著名作家也视历史演义为禁区，如李德懋(1741—1793)认为小说有“三惑”之害，其“架虚凿空，谈鬼说梦”为“三惑”之首(李德懋《婴处杂稿》,《青庄馆全书》卷五)。

我们检视朝鲜创作的历史小说，其受明代历史演义影响是不可置疑的，但其虚构程度比中国历史演义要深得多。《壬辰录》是部演绎朝鲜壬辰倭乱的历史小说，它与中国的同类小说一样，成书之前已有充分的史料和民间流传，如金良器的《少为浦倡义录》、柳成龙的《惩毖录》、李舜臣的《乱中日记》等。林明德辑入本截取朝将李恒福、李德响叩请明军收复平壤的片断，重在表现其爱国情怀。手法传奇而浪漫，如开头即以朝鲜朝宣祖的梦兆入篇：

> 大明崇祯壬辰秋七月十五日夜，宣祖大王梦中有将军仗剑被甲子难而来，扣门大呼曰：“王宿也？未耶？”王曰：“阿谁也？”对曰：“汉中关云将也。明日君之国内有大患也，风雨到于先陵沃江以东人火绝矣，何敢偃蹇酣睡也！”王推枕而起，四顾无人，但有火城

> 煌煌而已，毛发尽竖，缩头就枕。良久，有呼曰："君不信听吾言，国内扰乱可立而待矣。"王再拜曰："何为然也？无乃吾臣作孽然耶？"曰："否，即令倭僧叔主，刻木为万古名将，藏于笼中，明日午后，南门外载笼而来矣。伏兵其处，结缚其僧，即杀之。否则笼内刻木为将，呼之则天然为人，各率其众，变化无穷，虽亿万兵，何敢当也！王请无疑焉！"王惊起而视之，乃一梦也。

明军将领李如松与倭军统帅平秀吉的比试颇具神魔笔法，平秀吉先"刻木为士"，再化为鹊，"藏军兵"于云中，李如松在关云长梦中的授意下，拜李顺城（估计为李舜臣）为大将，才取得了这次胜利。作者在史实的框架内大胆虚构，突出这次倭乱的艰苦和神秘。韦旭升所录之整理本篇幅加长，比较全面的再现了壬臣倭乱的整个历史过程，对人物的描写也趋于理性和真实，但虚构的成分还是很多，如关羽的多次显灵即为明证①。

未署名的《帷幄龟鉴》在虚构上更为卖力。如范增被项羽赶走后的结局，在《史记》中只有简单的一句："行未至彭城，疽发背而死。"（《项羽本纪》，《史记》卷七）作者却生发成一段奇文。云：

> （亚父）白发萧萧，行色草草，追同纫蕙兰之逐臣，恰向泣葑菲之弃妇，且愤且恚忘寝废食，行到下邳界，愤懑所激，背发毒疽，毒气四亘，俯仰不得，只得叫苦。跟随人们十分焦遑，邀医试药，毒气转肆，那里医治得？那范增叫苦中，呼唤从者叮咛道："自此东北去五十里有一座山，曰凤鸣，这山绝顶有一个隐士，道号豚庵先生，俺的师父也。……"那从人飞也似驰往凤鸣山，找寻豚庵先生之所。先以书币上之，继以疽毒危剧之状细细告之，那先生推却书币，口授道："夫抱道之士重其出处者，恐被后世讥笑之故耳！你之出山也，吾所告诫不啻提耳！你不导诫，舍却真命之贤主，投托虐民之独夫，同恶相济，妄杀无辜，你之至今存活，亦云幸矣！项羽十罪无非你之助恶，江中之变，你尚敢曰我无所与乎？作不善者，天降之以殃。天既降罚矣，我敢逆天乎？使你检你应有起悔。"口授讫，叮咛道："范某命在顷刻，你须速归，细细口报。"那从者还赍书币，连忙归来。备将先生口授之辞，无遗传达。那范增高叫一声，呕血而死。后人有《古风》一篇讥贬范增，道是：巢翁范蠡之子孙，白首长啸倚乾坤。起来主张立后论，牧羊王孙迎橘园。昔乎全昧天理存，急于功利徒躁烦。破秦庆宴设鸿门，底意玉玦举频繁。笑杀重瞳方醉昏，玉斗撞时雪花翻。不义助虐凡几番，履霜之渐见阳尊。江中极变尚忍言，身范心潘积谤喧。汉金驱人促归辕，也应泉下谩抱冤。可怜梅雨荒草原，残杯谁慰客死魂？

这段描写很符合范增落寞时的情景，只是因为作者倾向刘邦，而把范增的死处理成罪有应得。

至于《汉唐遗事》、《三韩拾遗》等明显仿明代历史演义的小说，徒具历史框架的空壳，所有的所谓历史事实都是作者的戏拟。尽管《汉唐遗事》的作者朴泰锡说此作"辑于稗官野史而拾遗寓言"，其实，只是"于无消遣之中强生消遣法"而已（《汉唐遗事序》）。于史无补，也于世无补。从另一角度说明了明代历史演义对朝鲜历史小说的影响之深。如《申兵使传》分明是作者虚构的一个鬼怪故事，作者偏偏要在结尾处借外史氏的口给它一一证实，说是"余之

---

① 韦旭升辑入的整理本载《韦旭升文集》第二卷，中央编译出版社，2006年版。

南阳而闻之,其书札尚有藏之者云”,不让人有丝毫的怀疑。《柳五乘传》虽然颇多传奇性,像占卜者的先知都是不能有的事情,可是作者为了取信于人,在文章结尾偏偏要表明这故事的来历,以及主人公的姓名和籍贯,以示其真实性。

三

据朝鲜英祖三十八年(1762)完山李氏《中国历史绘模本》序文载:传入朝鲜的才子佳人小说有《玉娇梨》、《人中画》、《四才子传》(《平山冷燕》)、《好逑传》、《玉翠翘传》、《巧联珠》、《春风眼》、《弁而钗》、《引凤箫》、《凤啸梅》、《玉楼春》等。这些都是明末清初的才子佳人小说。在这些小说的影响下,朝鲜文人也争着创作起才子佳人小说来。《春香传》、《玉麟梦》、《玉楼梦》、《玉仙梦》、《玉树记》、《六美堂记》等都是这类小说的代表。

这些长篇小说基本遵循明末清初才子佳人小说的创作范式,即才子佳人一见钟情,小人拨乱,天子赐婚大团圆,退隐归仙。这种被曹雪芹斥为“千部一腔,千人一面”的才子佳人小说,也被朝鲜文人演绎得热热闹闹,他们虚构的故事其情节更加曲折,语言也更趋华美、骈丽,是朝鲜比较成熟的汉文小说。

《九云梦》和《春香传》可能是朝鲜最早、也是最成功的才子佳人小说。《九云梦》是金万重创作于17世纪末的一部长篇小说,主人公杨少游先后与八位才色兼具的女子结为夫妻,组成幸福美满的家庭。作品以杨少游上京赶考、带兵平乱为线索,把八位才女一一罗列在杨少游的身边,实现杨少游辈“男儿在世……出则作三军之帅,入则为百揆之长,着锦袍于身,结紫绶于腰……目见娇艳之色,耳听幻妙之音”的虚幻理想。这部作品基本具备才子佳人小说创作的几种因素,诗书传情、历经磨难、天子赐婚团圆等,作者的笔调美轮美奂,尽管与大多数才子佳人小说一样有缺乏生活基础、人物形象平面化的缺陷,但作为朝鲜第一部模仿之作,其成就决不逊于中国同时期的同类作品。《春香传》与《九云梦》不同的地方,是它在正式以小说形式面世时,其素材在民间早已流传,朝鲜王朝肃宗在位(1675—1720)之前,即有“暗行御使的故事”、“艳情故事”等二十余种传说盛行民间,与《春香传》的一部分情节相吻合。在此基础上,民间艺人“广大”(或称“歌客”、“倡优”)将春香故事加工成“盘骚里”广为传唱。这说明《春香传》是一部一朝鲜本土为素材的才子佳人小说,具有很强的现实意义和历史意义。故事说中宗时期的文人李梦龙在吟诗赏玩之时,遇见天仙一样的名妓春香,转眄流情,顿生爱意,以诗为媒,定下婚约。新任府使乘李梦龙离开之际,威逼春香改嫁于他。直到李梦龙中状元后才拯救出春香,与春香团圆。这部小说成功之处在于,有才子佳人小说的构架而无其矫情之弊。拼饮潜夫论才子佳人小说形成原因时说:“男女相访,不因淫行,实有一段不可移之情。情生于色,色因其才,才色兼之,人不世出,所以男慕女色,非才不韵,女慕男才,非色不名。二者具焉,方称佳话,自非然者,即粪堆连理,污泥比目。”(《春柳莺序》)情色相生是构成才子佳人小说的基础,这是对的,关键是作者所描绘的这种情是否有扎实的生活基础,作者所塑造的人物是否真实感人。春香故事不管是哪个版本,都把揭示春香和李梦龙风流遇合的情感基础放在中心位置。身份低贱的春香失去了李梦龙的庇护,是极易受到外力的侵扰和伤害的,这在人权缺失的社会里,是极自然的事。作者的高明就在于真实地再现了当权者以权谋色、以权压人的社会基础,请看新任府初来乍到的表演:

赴任几日，赵色杖分赴曰："南原素称色乡，府妓之中孰为第一？吾闻月梅之女春香之名已久矣，汝从吾命，择定房守。"色掌伏地对曰："使道之吩咐，安敢不奉行？或恐春香之节行，不从使道之吩咐。"府使拍案瞋目曰："是何言也？府使乃守此土，治此民之官也，春香乃么魔一娼妓家所生也，虽云名不载于列妓之案。身既系于月梅之女，则渠敢生心不从吾命？且以何故固守贞节？"(《汉文春香传》)

色掌的卑微、府使的咄咄逼人，其实就是当时现实的折射，作者写来，一点不生硬、不牵强。作者把李梦龙和春香这对才子佳人的故事置于这样一个残酷的背景中，自然具有了真实性和生动性。

此后创作的《六美堂记》、《玉楼梦》、《玉仙梦》、《玉树记》等基本脱离了这种创作思路，专在情节之奇上作足文章，烟水散人曾认为："余谓稗家小史，非奇不传。然所谓奇者，不奇于凭虚驾幻，谈天说鬼，而奇于笔端变化，跌宕波澜。"(《赛花铃题词》)这些作品即是这种创作思想的体现。为了追求一种奇特的"笔端变化"，作者可以在一个本来很简单的故事框架里虚构出很多情节，且情节一层奇于一层，花样翻新，眼花缭乱。《六美堂记》主人公金箫仙先与白小姐订婚，权臣拨乱是情节逆转的关键因素，金箫仙因此进了皇宫，为结识玉星公主提供了机会，也为白小姐平乱立功张本；白小姐因此变易服装、隐名埋姓远走他乡，躲避权臣的逼婚，由此引出第三位佳人。《玉仙梦》中钱梦玉以诗通情、男扮女装、私订终身、拨乱离散、及第团圆、征寇立功、成功退隐。作者就是在曲折婉转的一番番磨折之中展开情节，以显示"其才之愈出愈奇者"、"其情之至死不变"(天花藏主人《飞花咏》)的创作目的。其实，不管是中国作家，还是朝鲜作家，其创作并不是以描写现实世态人情作为创作追求的终极目的，而是用小说形式展示自己婉曲、离奇的情节构思，并在曲折的故事中表达自己超脱现实的梦幻理想。甚者干脆把小说与才子佳人的题材画等号："从来传奇小说，往往托兴才子佳人。"(天花才子《快心编》凡例)这正如詹姆斯·福代斯在《对年轻妇女的布道集》中所说的："在古老的传奇中，激情和它所有的热情一起出现。但在另一面，它是荣誉的热情；因为爱情和荣誉在这里是同样的。男人们都是真诚、宽宏大量和高贵的；女人们都是忠贞、端庄、钟情的模范……他们描绘的人物，无疑，常常都被拔高得超于自然；他们叙述的事件无疑通常也都是以荒谬夸张的手法混合在一起。"[①]朝鲜与中国有相同的文化背景，文人也有相同或相似的文化心态，《六美堂记》的作者说创作此作乃枯坐书斋而产生的"破寂之笔"，他们凭自己的主观设想或他人提供的模式闭门造车，不仅缺乏现实基础，而且回避现实矛盾，回避对现实生活作更真切细致的描绘，他们以这种自娱自慰的方式慰藉不安分的心灵。这既是明清一批下层文人的生存方式、生活智慧，或在保存意识支配下的一种谋生手段，也是朝鲜文人借以发泄内心愤懑、满足自己虚幻理想的人生态度。

四

万历二十年(1592)，世德堂刊本《西游记》梓行于世，朝鲜文人许筠(1569—1618)利用其

---

① 转引自吉利思·比尔《传奇》第81页，昆仑出版社1993年版。

出访的机会，及时把这部书带回朝鲜，并对《西游记》的情况比较详细地介绍给朝鲜的读者。他说：

> 余得戏家说数十种，除《三国》、《隋唐》外，而《两汉》齬，《齐魏》拙，《五代残唐》率，《北宋》略，《水浒》则奸骗机巧，皆不足训，而著于一人手，宜罗氏之三世哑也。有《西游记》，云出于宗藩，即玄奘《取经记》而行之者，其事盖略见于《释谱》与《神僧传》，在疑信之间，而今其书特假修炼之旨。如猴王坐禅，即炼己也；老祖宫偷丹，即吞黍珠也；大闹天宫，即炼念也；侍师西行，即搬运河车也；火焰山红孩，即火候也；黑水通天河，即退符候也；至西而东还，即西虎交东龙也；一日而回西天万路，即攒簇周天数于一时也。虽支离漫衍，其辞不为庄语，种种皆假丹诀而立言也，固不可废哉。余特存之，修真之暇，倦则以攻睡魔焉。(《西游录跋》)

《西游录跋》载《惺所覆瓿稿》卷一三，该书成于李朝光海君三年(明万历三十九年，1611)，可见，《西游记》是较早传入朝鲜的通俗小说。且对《西游记》的评价详尽而正面，推动《西游记》的传播是非常有益的。传入朝鲜的神魔小说还有《三遂平妖传》、《东南西北四游记》、《四游全传》、《五显灵官大帝华光天王传》、《北方真武玄天上帝出身志传》、《新镌批评出相韩湘子》、《济颠大师醉菩提全传》、《评演前后济公传》、《济公传后传》、《再续济公传全部》、《四续济公案传》、《六续济公案传》、《希夷梦》、《混元盒全传》(又作《五毒传》)、《升仙传》(又作《升仙传演义》)、《东游记》、《西游后记》、《西洋记》等。有些被传入的神魔小说便于不懂汉文的读者阅读，或谚解，或翻译，前者有《西游记语录》等，后者有《封神演义》、《仙真逸史》、《女仙外史》、《瑶华传》、《平妖记》等。《西游记》卷10—12还曾以《唐太宗传》的译名流行朝鲜半岛。

朝鲜汉文小说中没有严格意义上专以神魔为题材的作品，明代神魔小说的写法只是作为一种创作元素渗透在朝鲜的汉文小说中，很像中国后期融世情、讲史、英雄传奇于一体的神魔小说，有些片段或情节直接或间接模仿明代的《西游记》等小说，如《洪吉童传》、《玉楼梦》等汉文小说中的缩地术和分身术等，可视为朝鲜汉文小说影响的铁证。其实，这还只是表层的模仿，由于朝鲜文人对明代神魔小说的钟爱，明代神魔小说的许多特点都自觉或不自觉地融合于他们的创作之中。

正如前所说，朝鲜汉文小说总喜欢以中国历史为背景，尽管所写都是虚构的史实，受神魔小说影响的汉文小说基本也如此。而明代神魔小说大多由历史或民间传说幻化而来，如《封神演义》的基本情节、主要人物与正史所载大致相似，但或贯以想象幻想之情，或衬以奇幻瑰丽之景，或糅以野史逸闻之事，或杂以神魔斗法之奇，从而是历史故事或民间传闻幻想化。《西游记》也是由唐玄奘印度取经的故事敷衍而成。而清代的《女仙外史》、《绿野仙踪》等增更加重历史、世情的分量，减弱神魔色彩。朝鲜汉文小说发扬、继承了这个题材特点，并使之本土化、民族化。《玉楼梦》叙杨昌曲自仙界下凡屡立战功、享尽人间荣华富贵事，其创作模式显然源于唐代《南柯太守传》等传奇，但其中过多的仙界情节和具有神魔色彩的战争描写又不是《南柯太守传》所具备的。它是六朝以来游仙小说发展的产物，其间，明清的神魔题材影响最为明显。作品历史、世情化色彩很浓，主人公杨昌曲贯穿的忠奸斗争以及杨昌曲等率部平定来自明朝四周的边乱等事都极具史笔，杨昌曲的家庭生活描写又极有世道人情，如黄夫人因嫉妒而陷害仙娘的描写等。作者就是在史和世情的构架中注入了很多神魔的色彩。

哪吒是杨昌曲征讨的第一个叛逆者，作品用了整十回的篇幅（第九回至第十八回）写这次南征。看起来，作者试图套用诸葛亮七擒孟获的方式，表现杨昌曲的领导智慧。其实，这一形象的引入以及围绕这一形象所出现的一系列事件，完全是受《西游记》、《封神演义》启发的结果。我们知道，哪吒的原型本是佛教护法神，相传是佛教四大天王之一毗沙门天王之子，在佛典中写作那吒，全称那吒俱伐罗或那罗鸠婆（Nalakuvaua）。《佛所行赞·第一生品》云："毗沙门天王生那罗鸠婆，一切诸天众，皆大欢喜。"《北方毗沙门天王随军护法仪轨》："尔时那吒太子……白佛言：'我护持佛法。'"《宋高僧传·道宣传》载释道宣夜行跌倒，被一少年扶起，"少年曰：'某非常人，即沙门天王之子那吒也，护法之故，拥护和尚，时之久矣。'"在《封神演义》中，哪吒的身份由原来的佛教护法神变为转世的神仙道童灵珠子，是道士太乙真人的弟子。

哪吒复生之后寻李靖报仇，父子相斗，李靖不敌，土遁而逃。哪吒紧追不舍，路遇李靖第二子木吒，木吒痛斥哪吒"子杀父，忤逆乱伦"，哪吒则以"已将骨肉还他了，我与他无干，还有甚么父子之情"的逻辑为自己辩解开脱。

哪吒誓不认父，燃灯道人授李靖玲珑宝塔道："如哪吒不服，你便将此塔祭起烧他。"这才迫使哪吒最终屈服。《西游记》第八十二回的相关情节为："（哪吒）后来要杀天王，报那剔骨之仇，天王无奈，告我佛如来。如来以和为尚，赐他一座玲珑剔透舍利子如意黄金宝塔，那塔上层层有佛，艳艳光明。唤哪吒以佛为父，解释了冤仇。"《玉楼梦》赋予了哪吒相同的形象意义，哪吒以叛逆始，又以归顺而终，在彼此争战的过程中，作者曲折而生动地写出哪吒的不屈不挠的斗志。恰如《西游记》中与其父李靖的纷争。如写哪吒与杨昌曲的第二次对垒云：

> 哪吒急追入阵中，杨元帅已不知去处。阵门已闭，剑戟如霜。哪吒不胜忿怒，挥剑而东冲西突，无脱出之路。此时铁木塔、儿拔都见哪吒被围于明阵，大惊。一时齐举枪剑而冲击明阵。四周围如铁桶，仅开一门。两将突入，剑戟如林，矢石如雨，所入之门，已无处可寻。此时哪吒、铁木塔、儿拔都三人被围在阵中，虽欲尽力突围，岂能走脱？击东门而出，则门外有门；击北门而出，亦门外有门。终日出入于八八六十四门，不出阵外。哪吒忿气冲天，踊跃如虎。中央一门忽开，杨元帅高坐号令曰："哪吒汝今亦不降耶？"哪吒大怒，欲突入其门。元帅笑而挥旗闭门，剑戟如霜。哪吒无可奈何，欲寻他路。

这一形象较《西游记》、《封神演义》的描写逊色不少，这是作者有意为之的结果。然而，协助哪吒的红司马和祝融、小菩萨等人物，不但赋予他们高超的武艺，且把神魔人物的神术和魔术赋予他们。在他们身上，我们真正看到了中国神魔小说的影子。如红司马与祝融的一场较量，云：

> 却说祝融大王大怒，手中长剑一投空中，三尺长剑变为百余尺长剑，更斤斗而变身，身长百余尺，挥长剑而向明阵。红司马望见，微笑起身入帐中，垂帷于四面，寂然无动静。忽然一条白气自帐中起，变为红司马，身长百余尺，手中芙蓉剑亦为百余尺，对峙相敌。祝融变为如豆小人，挥如针小剑而来。红司马亦变作如尘小人，挥如毫芙蓉剑，凝

于祝融之剑刃而不移。祝融更为变身，人与剑忽无去处，化作一条黑气接天际，红司马更作一条青气，青黑两气相接于半空，但闻铿然剑声相挚于云霄。忽然，黑气变为白猿而走，青气变为弹丸追白猿。猿变为蛇，入于岩隙，弹丸变为霹雳，挚破其岩。蛇吐黑气，不辨咫尺，霹雳变为大风，吹散云雾，天地明朗，邪气一无所见。(第十七回)

这就是彼此间神术和魔术之间的较量，在写法上与中国的神魔小说毫无二致，类似的描写还有：

忽然胡阵鼓声大作，无数胡兵执青旗着青衣，双双出来，手中各举着葫芦瓶，一齐向空中一摇，千万道青气自瓶中而出，充塞于空中。忽然狂风大作，千万道青气自变为枪剑，蔽天而大明阵。红嫖姚一笑，击鼓变阵，作一个圆阵，插红旗于阵中，手举双剑，一指空中。一道如霜之气，起于剑头，驱逐狂风，使枪剑尽落于阵中，一一变为青叶。(第三十六回)

至于像白云道士、观音菩萨、太清真人等都是明代神魔小说经常出现的形象，《玉楼梦》直接借用过来，增添了作品的幻化之美和神道之味。同时，也典型地反映出《玉楼梦》在选材上的取舍和作者的审美观。袁于令《西游记题词》云："文不幻不文，幻不极不幻。是知天下极幻之事，乃极真之事；极幻之理，乃极真之理。故言真不如言幻，言佛不如言魔。"朝鲜文人也深明这个道理。汉文小说《田禹治传》、《洪吉童传》、《九云梦》、《六美堂记》、《壬辰录》、《雍固执传》、《朴氏传》、《淑香传》等都不同程度地受其影响。同时，也得到了朝鲜读者的认可和喜爱。

四

中国长篇白话小说对朝鲜汉文长篇小说的影响是全面而深刻的，只是限于篇幅，很难面面俱到。一点而窥全豹，这很容易使人们得出一种结论：朝鲜汉文小说就是朝鲜文人事大主义的产物，是明代章回小说在朝鲜的延续和发展。这确实是一个需要厘清的学术问题。

事实上并非如此。朝鲜汉文长篇小说尽管在语言表述上与汉文一致，但渗透其中的大多是朝鲜的民族文化和精神。这是无可置疑的。不管是直接以壬辰倭乱和丙午胡乱为题材的爱国小说《壬辰录》、《朴氏夫人传》，还是揭露朝鲜阶级矛盾和阶层之间不平等的《春香传》、《洪吉童传》，都明确的"隐含着一种民族自主意识，可称为一种时代精神"[①]。即使那些以中国为背景，似乎也是描写在中国发生的事和人，其实也隐含着朝鲜文人的民族情怀。

因此，我们有充分的理由说，朝鲜汉文小说是朝鲜文学的重要组成部分，是朝鲜民族的优秀文化遗产，在进行中国小说对汉文小说影响研究的同时，也要对其民族性和时代性作实事求是的探讨。这才是正确的学术态度，也是促进东亚文化圈健康发展的客观要求。

作者单位：浙江工商大学

① [韩]赵润济《韩国文学史》第155页，社会科学文献出版社1998年版。

明清闽籍文言小说作家作品研究

陈丽媛

明清小说中有相当多作品涉及闽地闽人闽事，反映了明清时期闽地——福建独特的历史文化、人文风俗、宗教信仰及小说观念等，成为研究闽地文化及小说观念发展演变的重要资料。而众多闽籍文言小说作家及其作品是这一现象的重要组成，据笔者不完全统计，总结明清时期闽籍文言小说家及其作品的创作流传情况如下：

表一：明代闽籍文言小说作家作品

	作家	籍贯	身份	作品	体裁	内容	存佚
1	林鸿	福建福清	洪武授将乐训导，官至膳部员外郎，闽中诗派诗人	《梦游仙记》	单篇传奇	记作者在福建玉华洞遇仙女事	见《列朝诗集》闰集《瑶华洞仙女小传》
2	卢民表	福建福州		《怀春雅集》二卷	中篇传奇	元初书生苏道春与潘玉贞相恋离合事	存明刊本，收《燕居笔记》、《花阵绮言》中
3	雷燮	福建建瓯	正德末以贡生任平乐县知县	《奇见异闻笔坡丛脞》二卷		记元末明初福建人士、民间流传故事	存弘治《新刊奇见异闻笔坡丛脞》孤本
4	李贽	福建晋江	嘉靖三十一年举人，官至云南姚安知府，启蒙主义思想家、小说评论家	《初潭集》二十八卷	志人小说集	辑录六朝以来志人故事，仿《世说新语》	存明万历京陵刻本、明闵遂刻朱墨套印本
5	朱一龙	福建惠安	嘉靖三十九年进士，官江西参政	《游海梦谈》	杂俎小说集		已佚，未见佚文
6	徐𤊹	福建闽县	万历十六年举人，闽中诗派诗人，藏书家	《童孝希闻》、《荔枝假梦》、《金凤外传》	单篇传奇	记闽人故事，《金凤外传》记五代十国闽国兴衰事	前两篇收入《晋安风雅》、后一篇收入《续艳异编》卷三

续表

	作家	籍贯	身份	作品	体裁	内容	存佚
7	徐㶿	福建闽县	万历中布衣、闽中诗派诗人，藏书家	《榕阴新检》十六卷	杂传小说集	记有关闽地风土人情的小说杂记	已佚，《竹窗杂录》收录九十余条
				《巴陵游谱》一卷	杂俎小说集		已佚，未见佚文
				《徐氏笔精》八卷	杂俎小说集	解释易经、记杂记见闻、诗人轶事等，记女子不幸遭遇较出色	存明刊本、《碧琳琅馆丛书》、《芋园丛书》本
8	谢肇淛	福建长乐	万历二十年进士，官湖州推官等，诗人、藏书家、文学批评家	《麈余》四卷	杂传小说集	记闽地社会世态、人情故事、倭寇进犯、神鬼怪异事	存明刻本，《续说郛》收录一卷
				《五杂俎》十六卷	杂俎小说集	内容广泛，凡天文地理、政治军事、经济文化、山川草木、典章制度均有	存明刻本、明万历刻本、万历四十四年潘氏如苇轩刻本
9	黄汝良	福建晋江	万历丙戌进士，官至礼部尚书	《冰署笔谈》十二卷	杂俎小说集		已佚，未见佚文
10	陈全之	福建闽县	万历甲辰进士	《蓬窗日录》八卷	杂传笔记集，少数故事可称小说	记地理、名物制度、轶闻神怪事	存明嘉靖刻本
11	魏浚	福建松溪	万历进士、官至右佥都御史	《峤南琐记》二卷	志人小说集	记粤西山川异物、传说异闻	存《砚云乙编》、《古今说部丛书》诸本
12	叶向高（编辑）	福建福清	万历癸未进士，官至东阁大学士	《说类》六十二卷	杂俎小说集	摘录唐宋人说部之文，杂记各种事物典故、遗闻轶事	存明刻本
13	林茂槐（增删）		万历乙未进士，官至吏部郎中				
14	王宇	福建闽县	万历庚戌进士，官至提学参议	《雾市选言》四卷			
15	赵世显	福建侯官	万历癸未进士，官梁山县知县	《一得斋琐言》	杂俎小说集		已佚，未见佚文
16	郭良翰	福建莆田	万历太仆寺丞	《问奇类林》三十六卷	志人小说集	搜集古今轶事，分类记录	存万历三十八年刊本

续表

	作家	籍贯	身份	作品	体裁	内容	存佚
17	陈鸣鹤	福建闽县（福州）	天启诸生	《晋安逸志》		记闽地故事	已佚，《红雨楼书目》、《赵定宇书目》著录，徐𤊹《榕阴新检》选录三十余条
18	卢若腾	福建同安	崇祯十三年进士，官至浙东巡抚	《岛居随录》二卷	志怪小说集	记种种奇闻异物	存《清代笔记丛刊》、《笔记小说大观》本
19	李默（古冲）	福建霞浦	曾官广东巡盐使	《孤树裒谈》	文言小说丛抄	杂采明代笔记杂说共三十种，君臣轶事，以时代为序	《续说郛》收一卷
20	郑瑄	福建闽县	崇祯进士	《昨非庵日纂》（《昨非斋日纂》）	志人小说集	取材古史及诸家稗说，多为历代名人嘉言懿行，旨在说教	存明崇祯刻本、民国上海进步书局石印本等
21	姚旅	福建莆田	以布衣游四方	《露书》十四卷	杂俎小说集	全书博杂，后九篇小说成分较多，表现出明后期启蒙主义思潮	存明天启刻本
22	魏矩斌	福建浦溪		《药房偶记》四卷	志怪小说集	记作者从亲友处所闻闽中异事，多重奇趣	存崇祯刊本
23	林茂桂	福建漳浦		《南北朝新语》	志人小说集	模仿《世说》记南北朝士族文人遗闻轶事	存天启刊本，收《海王村古籍丛刊》中
24	董鸣玮	福建闽侯	曾任南京都察	《镜古篇》			国家图书馆藏缩微制品
25	乐纯	福建沙县		《雪庵清史》五卷	小品杂言集		存万历天湖乐氏刻本、明书林李少泉刻本

表二：清代闽籍文言小说家及作品

	作家	籍贯	身份	作品	体裁	内容	存佚
1	余怀	福建莆田	明末遗民、诗人	《板桥杂记》三卷	杂传小说集	记当时名妓、妓院及相关事，借艳冶之游托兴亡之感	存《说铃》、《艳史丛钞》等本

续表

	作家	籍贯	身份	作品	体裁	内容	存佚
				《王翠翘传》	单篇传奇	记王翠翘与海盗徐海的恩怨情仇及归降胡宗宪事，抒兴亡之感	《虞初新志》卷八收
2	张汝瑚	福建晋江	崇祯举人，入清知清源县	《记牛异》	单篇杂传	叙作者以三金赎一残废三年之牛，牛终痊愈事	收《匏野文集》、《虞初支志》卷一中
3	林云铭	福建闽县	顺治十五年进士，官徽州府推官，能诗、文、词	《林四娘记》	单篇传奇	记晋江陈宝钥遇女鬼林四娘事	张潮《虞初新志》卷五、吴曾祺《旧小说》已集一收入
4	李光地	福建安溪	康熙进士，官至文渊阁大学士，理学名臣	《书吴宗伯寻弟事》	单篇传奇	记吴宗伯与二弟失散，终团圆事	收《榕村全集》、俞樾《荟蕞编》卷二、吴曾祺《旧小说》已集一
5	陈迁鹤	福建晋江	康熙进士，累官右庶子，著述甚丰	《闲居咫闻》一卷	杂俎小说集		未见
6	黄虞稷	福建泉州	康熙中举博鸿，充《明史一统志》纂修官、藏书家、目录学家	《广孤树裒谈》		广李默《孤树裒谈》之作，载其所不载事	已佚
7	林佶	福建侯官	康熙举人，赐进士，官内阁中书	《庆州老人传》	单篇传记	记庆州老人任侠好酒，后从军欲兴明室事	收《朴学斋集》、《虞初支志》卷一
8	郑方坤	福建建安	雍正元年进士、官武定知府，著述甚丰	《宦游纪闻》	杂俎小说集		未见
				《邯邑人士小传》	单篇传奇		存郑澍若《虞实续志》卷十
9	郑澍若	福建建安	郑方坤子	《虞初续志》十二卷	传记文言小说选集	明末清初文言小说选集，续张潮《虞初新志》而作	存清代笔记丛书刊本、《笔记小说大观》本等
10	蓝鼎元	福建漳浦	雍正间拔贡生，官普宁知县，断狱如神	《饿乡记》	单篇杂传	以比拟手法写饿乡，集古代受饿人物于一集，富理性于游戏之中	吴曾祺《旧小说》已集二选入

续表

	作家	籍贯	身份	作品	体裁	内容	存佚
				《兄弟颂田》	单篇传奇	记作者为知县时断兄弟争田案	原载《公案偶记》，王葆心《虞初支志》卷一选入
11	伊朝栋	福建宁化	乾隆三十四年进士，官光禄寺卿	《南窗丛记》一卷			存嘉庆五年刻本
12	陈登龙	福建闽县	乾隆甲午举人	《天全州闻见录》二卷			已佚
13	梁章钜	福建长乐，后徙福州	嘉庆七年进士，官礼部主事等	《归田琐记》八卷	杂记笔记集，少数作品有小说意味	记历史上文人轶事、里巷传闻等	存道光、同治刻本
				《浪迹丛谈》十一卷、《续谈》八卷、《三谈》六卷	杂记笔记集，部分作品有小说意味	叙时事、述见闻、记游迹	存道光、咸丰刊本
14	杨维屏	福建侯官	嘉庆已未举人	《燕台鸿爪集》一卷	杂传小说集	记清代燕都梨园诸伶事迹	存《清代燕都梨园史料》本
15	陈肇波	福建连江	嘉庆十三年进士，官来宾县令	《退思轩随笔》四卷	杂记笔记集		存道光十六年刻本
16	梁恭辰	福建福州	道光十七年举人，官至浙江温州知府，梁章钜子	《北东园笔录》(又名《劝戒近录》、《池上草塘笔记》)二十四卷	杂记笔记集，仿《阅微草堂笔记》、《廿一史感应录》作	记乾隆以来因果凶吉事，意在劝善惩恶	存同治本、光绪本、《笔记小说大观本》
17	张际亮	福建建宁	道光十六年举人	《金台残泪记》三卷	杂传小说集	记当时京都名优之事	存道光刊本、《清代燕都梨园史料》本
				《南浦秋歌录》三卷	杂传小说集	记福建娼妓之事，仿余怀《板桥杂记》作	存道光刊本

续表

	作家	籍贯	身份	作品	体裁	内容	存佚
18	杨浚	福建闽侯	咸丰二年举人,主漳州书院	《稽古录》一卷	杂俎小说集		存《冠梅堂杂录》本,未见
				《喷饭录》一卷			存《冠梅堂杂录》本,未见①
19	荆园居士	福建连城		《挑灯新录》六卷	传奇小说集	市井男女婚姻爱情故事	丰同治二年刊本、民国铅印本
20	周运镛	福建连城		《倒旗》	单篇杂传	记赌徒铤而走险、孤注一掷的举动,表达对赌博的否定	存《虞初支志》本
21	丁钰	福建闽县		《见见闻闻录》		记生平所聆诸友见闻	未见传本

综观以上明清两代闽籍小说作家作品,可以归纳总结出一些规律:

一、关于作家

据笔者统计,明代有文言小说作品流传至今或有著录的作家计二十五位,清代作家二十一位,他们共同汇集成了明清时期闽地文言小说创作的巨大潮流,对于他们的籍贯、身份、作品思想内容、创作风格及艺术成就的考察将对我们了解明清两代闽地小说观念的发展流变、社会思潮、风俗习惯等有重要意义。

首先,这些作家的身份有共同的特点,就是他们多为有科名,走入仕途的人。他们大多为进士、举人,官职从县官至执掌六部的大员,甚至文渊阁大学士,而纯粹的布衣极少。这些作家大多为诗人、其中不乏闽中诗派的中坚力量,如林鸿为闽中十子之首,而徐熥、徐𤊹也都是闽中诗派后劲,谢肇淛被推为闽派诗人的典范与代表,曾与徐𤊹等人结社芝山,又与二徐兄弟同在闽中诗坛七子之列。从这些作家身份来看,他们可以说代表了当时闽中文人主流群体的思想意识。这些文人以极大的热情与精力投入到小说文体的创作中,说明了在明清时代的闽中文人心中对于小说文体的认可、重视。

其次,这些作家之间的关系有明显的家族性特点,如徐熥、徐𤊹与谢肇淛为舅甥关系,谢肇淛颇得舅氏的器重与培溉。梁章钜与梁恭辰为父子关系,在学养思想方面当然深有传承。清代郑方坤、郑澍若也是父子,两代人均热衷于小说创作,郑方坤为著名诗人、学者,著有《全闽诗话》等,而郑澍若的小说选本中表现出与张潮选本不同的观点,如重视忠、孝、节、义的思想,另外所收作品的纪实性较强,这也是当时许多小说作家共同的特点。郑所选的小说,是一部较为优秀的文言小说选集②,后吴曾祺编《旧小说》的清代部分时,从该书中选取了大量作品,可见郑澍若对小说的品鉴得到后人认可。除了家族关系,很多作家之间还存在师承关

① 石昌渝《中国古代小说总目・文言卷》第158页云"杨浚为福建闽侯人,其书有《冠梅堂杂录》本",后第323页又云"杨浚为福建晋江人,其书有《冠悔堂杂著》本",杨浚应为一人,确切籍贯与所刊书名待考。

② 石昌渝《中国古代小说总目・文言卷》,山西教育出版社,2004年版,第626页。

系，师友关系，如很多小说作家是闽中十子、七子成员，陈鸣鹤追随徐氏兄弟，与谢肇淛的师友关系等。他们同声相应，同气相求，共同致力于小说创作，成为闽中小说创作与理论研究的中坚力量。

二、关于小说题材及艺术成就

这些闽籍小说作家所写的小说的题材，有很明显的地域性特点，很大部分都是涉及闽地闽人闽事。如林鸿的《梦游仙记》写到在福建玉华洞中遇仙之事、陈鸣鹤的《晋安逸志》、雷夑的《奇见异闻笔坡丛脞》、徐熥《金凤外传》的、徐𤊹的《榕阴新检》、谢肇淛的《麈余》都是典型的闽人写闽事的作品。闽地的山川风物、人物传说、民情风俗、信仰风尚，都一一展现在他们笔端，表现了他们对一方风土的热爱，也为我们了解明清时期闽地文化做出了重要贡献。

作为传统的主流文人，这些小说有相当一部分按照传统的文言小说观取材，正史野史、经书子书、类书杂著、地理名物、遗闻轶事均在网罗之列。如谢肇淛的《五杂俎》、陈全之的《蓬窗日录》等等。但作为明清时代的文言小说，这些小说作品中折射出的新气象是掩盖不住的。如李默《孤树裒谈》选取明代笔记杂说，但不为前人成见所囿，兼顾消遣与喻世，寓庄于文，将所选书中小说佳品荟萃一帙，文学价值反在原著之上。书中所选之书有已失传者，借此可见一斑，又有辑佚、校勘价值。卢若腾《岛居随录》写作者遁迹澎湖后的见闻，颇具想象之奇。姚旅《露书》后九篇小说，写士子公然带妓女赴试，表现读书人蔑视礼教的洒脱行为。陈全之《蓬窗日录》分"寰宇"、"世务"、"事纪"、"诗谈"四门类，看似仍传袭传统文言小说家观念，但如《四库全书总目提要》所指"诗谈、事纪则更伤猥杂"①，可见其书写结撰已明显具有通俗小说的意味。徐𤊹的《徐氏笔精》大量书写女子不幸的遭遇，突出对传统社会中女性命运的思考。

这些作品中表现出一种走向平民的通俗化的趋势。以往的传统文言小说往往以士子文人为主人公，书写中上层社会的思想与愿望，而这些作品中有一部分作品将关注的焦点下移到市井平民，甚至生活在底层的妓女优伶，如余怀的《板桥杂记》、杨维屏的《燕台鸿爪集》、张际亮的《金台残泪记》、《南浦秋歌录》都是这类题材的代表作。以往小说在写到士妓之恋时往往只关注她们与士子文人的风流韵事，但这里着重展示她们的生存处境与悲苦命运，表现了明清时代的进步思想。

小说书写现实景况的写实精神也在这些小说中有明显的表现，说明这些小说作家已经认可小说这种文体积极参与到时代洪流中。如谢肇淛《麈余》记叙了明代中后期倭寇进犯东南沿海的史事。明代中后期倭寇之患尤以闽浙两省为烈，谢肇淛作为原籍福建又在江浙为官多年之人，对此有切肤之痛，在他的《麈余》中有多篇对此进行反映。如卷一中一篇写到一对夫妇在逃倭寇之难过程中被人谋财害命的故事，卷四中一篇写到嘉靖间倭寇入侵后杀掠无数，迫使一对夫妇分离三十余年的悲惨遭遇，都是闽地人民对倭寇之乱的血泪控诉。谢肇淛这部作品对当时的社会世态、吏治腐朽、不合理婚姻制度等家庭问题都有反映。

明清易代之际，一些作家以小说抒写兴亡之感，如余怀的作品《板桥杂记》、《王翠翘传》，表面写艳冶之游与夫妻离合之事，实则抒发兴亡之感。林佶的《庆州老人传》通过写庆州老

---

① 石昌渝《中国古代小说总目·文言卷》，山西教育出版社，2004年版，第325页。

人复兴明室,抒写自己的复兴明室的愿望。张际亮《金台残泪记》通过记当时京都名优,铺陈艳冶,实以寄慨,书写当时文人精神之苦闷。

这些作品在题材选取上表现了可贵的新鲜气象,在艺术成就方面也值得肯定。如林鸿的《梦游仙记》是明代较早以第一人称叙写,表现文人怀才不遇,对美好生活向往的小说,对《剪灯新话》有一定影响。陈鸣鹤的《晋安逸志》,据留存的几条看,是水平较高的作品,而徐熥的两篇作品也是明传奇的上乘之作。徐𤊹的《榕阴新检》从所留存的几条来看,水平也是较高的,行文中诗文相间,故事新颖奇绝,表现了丰富的想象。而徐𤊹与陈鸣鹤均可称"剪灯"派小说的后起之秀。

谢肇淛《麈余》中一些篇目叙事曲折有秩,人物形象生动,描写细腻感人,列于优秀文言小说之列毫不逊色。林茂桂《南北朝新语》,模仿《世说新语》,取材《南北史》,写南北朝士族文人的遗闻轶事,简洁明快,达意传神,是《世说》作续书中的出色之作。

三、关于小说体式

这些闽籍小说家的作品在体裁方面也表现出新旧更替的特点。从整体来说以传统的志怪、志人、杂传、传奇为主,许多作品有意模仿前人。如李贽辑录六朝文人轶事,仿《世说新语》而作《初潭集》,林茂桂辑录南北朝士族文人轶事而作的《南北朝新语》。但这些作品中已表现出与传统不同的新气象,如李贽《初潭集》,分类明显与《世说新语》不同。《世说新语》中以德行、言语、政事、文学这孔门四科来分类,而李贽此书中不以孔门四德分类,而以夫妇、父子、兄弟、君臣、朋友五种人伦关系进行分类,每一大类下又分为若干小类。如"夫妇"下又分为"合婚"、"幽婚"、"才识"、"文学"等十三类。作者在自序中以为孔门四科的分类并不是抽象存在的,而是渗透在人们的五常关系之中的,所以他之所以如此编撰此书,就是为了深入探讨人生,表现人生的本质形态,而与一般小说作家的劝恶扬善有着截然不同的出发点,表现了李贽作为进步思想家对儒家伦理道德与人生之关系的深入思考与进步见解。

荆园居士的《挑灯新录》,虽为文言写成,但其故事内容、情节套路、风格趣味均与宋明话本、拟话本相近,表现出明显的受通俗小说影响的痕迹,说明文言小说体裁逐步走向世俗的品格。这也是各种文体互相影响、互相借鉴的结果。

明清闽籍文言小说家的创作中也有一些中篇传奇作品,在中篇传奇发展史中有重要意义。"成化至嘉靖初期,中篇传奇的作者,大都是广东、福建的下层文人。琼州玉峰主人、三山凤池卢民表或秋月、闽南三山赵元晖等,创编了现存五部中篇传奇小说中的四部。因此,《丽史》、《荔镜传》等充满了福建的地理、风物和人情,甚至《荔镜传》催生了闽南的民间传说。中篇传奇小说创作队伍的扩大,显示了这一小说文体强壮的生命力;而且,小说作者地位的下层化,本身就是小说影响力的普及"①。

明清两代闽籍文言小说作家以朝廷大员和文坛精英的身份投入到小说创作中,可见他们对小说的认可与青睐。由于身份与学养经历的影响,他们的小说观念表现出明显的传统特征。他们以创作文言小说为主,而且这些小说作品往往掺杂在大量的笔记杂著之中,表现了传统文言小说驳杂的特点。但是同时,在题材选择、思想意识、艺术处理等方面,他们都表

① 陈国军《元明中篇传奇小说的发展历程及其特征》,《中国小说论丛》(韩国)第21辑,2005年3月。

现了新变的特征。

首先，这些小说家以主流文人、朝廷官员的身份积极投入小说创作，本身就是对小说文体地位的肯定与认可。其次，他们用小说表现社会人情世态，抒写个人怀抱，展现思想情怀，对于小说文体的大胆尝试，都对推进小说文体的发展起到了重要作用。他们中间不乏重要的小说理论家，如李贽、谢肇淛，他们不仅亲自操觚进行小说创作，更以卓越的小说理论观点著称，可见他们对于小说这种文体自觉的理论总结与深度剖析。虽然他们的大多言论针对通俗小说而发，但在他们的文言小说创作中亦表现出这些特点。

总之，明清闽籍文言小说作家及其作品，为我们研究明清两代闽地文人对小说这种文体的认识与思考起了重要作用，也使我们了解这一类小说在中国小说史发展中的地位与影响，更为我们展示了丰富的明清风俗史及闽地文化图景。

作者单位：闽南师范大学

《三国志》与《三国演义》关系三论

沈伯俊

史书《三国志》与小说《三国演义》的关系，历来为《三国演义》研究者所重视。叙述《三国演义》成书过程的论著，每每涉及这一关系；但大多浅尝辄止，语焉不详，其间不乏含糊之论。本文立足于对资料的全面把握，深入进行实证性研究，在此基础上，主要提出三点见解：

一、《三国志》是《三国演义》最重要的史料来源

对《三国演义》成书有直接影响的史书，主要有《三国志》（包括裴松之注）、《后汉书》、《资治通鉴》、《通鉴纲目》。其中，《通鉴纲目》的材料基本上来自《资治通鉴》，其突出特点主要是在思想倾向和编纂体例上自成一家，并对《三国演义》产生影响，因此这里姑且不列入比较范围。那么，在其余三书中，究竟哪一部在史料的提供方面对《三国演义》的作用最大呢？要回答这一问题，必须对《三国演义》的情节进行实事求是的考察。需要说明的是，既然是考察《演义》情节的史料来源，那些基本出于虚构甚至纯然虚构的情节自然不在此列。试看以下诸例：

《三国》情节	《三国志》（含裴注）	《后汉书》	《资治通鉴》	结　论
第 1 回：装病诬叔	《魏书·武帝纪》注引《曹瞒传》记载此事。	未涉此事。	未及此事。	依据《三国志》（含裴注，下同）。
第 2 回：怒鞭督邮	《蜀书·先主传》记载，裴注引《典略》所记更详。	未涉此事。	未及此事。	依据《三国志》而移花接木，将鞭督邮者由刘备改为张飞。
第 4 回：董卓废少帝，立献帝	所宣废立策文，见《三国志·董卓传》注引《献帝起居注》。	《后汉书·灵帝纪》、《献帝纪》均不载此策，《董卓传》叙及此策，仅引一句。	据《后汉书·董卓传》。	依据《三国志》。

续表

《三国》情节	《三国志》(含裴注)	《后汉书》	《资治通鉴》	结　论
第4回:捉放曹	《魏书·武帝纪》及裴注引王沈《魏书》、《世语》。	未涉此事。	据《三国志·武帝纪》及注引《世语》,未及杀吕伯奢家人事。	依据《三国志》。
第6回:孙坚得玉玺	《吴书·孙破虏传》注引韦昭《吴书》:"(孙)坚入洛,扫除汉宗庙,祠以太牢。坚军城南甄官井上,旦有五色气,举军惊怪,莫有敢汲。坚令人入井,探得汉传国玺,文曰'受命于天,既寿永昌',方圆四寸,上纽交五龙,上一角缺。初,黄门张让等作乱,劫天子出奔,左右分散,掌玺者以投井中。"	《袁术传》注引韦昭《吴书》:"汉室大乱,天子北诣河上,六玺不自随,掌玺者以投井中。孙坚北讨董卓,顿军城南,甄官署有井,每旦有五色气从井中出,使人浚井,得汉传国玉玺,其文曰'受命于天,既寿永昌'。"	卷六十,初平二年:"(孙)坚进至洛阳……乃扫除宗庙,祠以太牢,得传国玺于城南甄官井中。"	依据《三国志》。
第9—10回:犯长安	第10回写李傕、郭汜等索要官爵,与《三国志·董卓传》几乎全同。其中张济为"骠骑将军、平阳侯",《三国志》误,《演义》随之而误。	《后汉书·董卓传》:"傕又迁车骑将军,开府,领司隶校尉,假节。汜后将军,稠右将军,张济为镇东将军,并封列侯。"《献帝纪》大致同。	《通鉴》叙述据《后汉书》,但张济官职写成"骠骑将军"。然而同册兴平二年又云:六月"庚午,镇东将军张济自陕至。"七月"丙寅,以张济为骠骑将军,开府如三公",前后自相矛盾。前记误。	依据《三国志》。
第13回:李傕、郭汜大交兵	《演义》写李傕侄李暹"用车二乘,一乘载天子,一乘载伏皇后,使贾诩、左灵监押车驾。"系据《三国志·董卓传》注引《献帝起居注》:"傕使兄子暹……以车三乘迎天子。……于是天子一乘,贵人伏氏一乘,贾诩、左灵一乘,其余皆步从。"	《后汉书·董卓传》:"傕……即使兄子暹……以车三乘迎天子、皇后。"未及贾诩、左灵。	据《后汉书》。	依据《三国志》。
第17回:借头欺众	《魏书·武帝纪》注引《曹瞒传》:"常(尝)讨贼,廪谷不足,私谓主者曰:'如何?'主者曰:'可以小斛以足之。'太祖曰:'善。'后军中言太祖欺众,太祖谓主者曰:'特当借君死以厌众,不然事不解。'乃斩之,取首题徇曰:'行小斛,盗官谷,斩之军门。'"	未涉此事。	未及此事。	依据《三国志》而有所增饰。

续表

《三国》情节	《三国志》(含裴注)	《后汉书》	《资治通鉴》	结　论
第 17 回：割发代首	《魏书·武帝纪》注引《曹瞒传》："常(尝)出军，行经麦中，令'士卒无败麦，犯者死'。骑士皆下马，付麦以相持。于是太祖马腾入麦中，敕主簿议罪；主簿对以《春秋》之义，罚不加于尊。太祖曰：'制法而自犯之，何以帅下？然孤为军帅，不可自杀，请自刑。'因援剑割发以置地。"	未涉此事。	未及此事。	依据《三国志》而有所增饰。
第 18 回：拔矢啖睛	《魏书·吕布传》："建安三年，布复叛为术，遣高顺攻刘备于沛，破之。太祖遣夏侯惇救备，为顺所败。"《夏侯惇传》："惇从征吕布，为流矢所中，伤左目。"裴注引《魏略》："军中号惇为盲夏侯。"	《吕布传》："建安三年，布遂复从袁术，遣(高)顺攻刘备于沛，破之。曹操遣夏侯惇救备，为顺所败。"	建安三年："吕布复与袁术通，遣其中郎将高顺及北地太守雁门张辽攻刘备；曹操遣将军夏侯惇救之，为顺等所败。"	依据《三国志》而略有增饰。
第 19 回：白门楼斩吕布	《魏书·吕布传》："布与其麾下登白门楼。兵围急，乃下降。遂生缚布，布曰：'缚太急，小缓之。'太祖曰：'缚虎不得不急也。'布请曰：'明公所患不过于布，今已服矣，天下不足忧。明公将步，令布将骑，则天下不足定也。'太祖有疑色。刘备进曰：'明公不见布之事丁建阳及董太师乎！'太祖颔之。布因指备曰：'是儿最叵信者。'于是缢杀布。"	《吕布传》："布与麾下登白门楼。兵围之急，令左右取其首诣操。左右不忍，乃下降。布见操曰：'今日已往，天下定矣。'操曰：'何以言之？'布曰：'明公之所患不过于布，今已服矣。令布将骑，明公将步，天下不足定也。'顾谓刘备曰：'玄德，卿为坐上客，我为降虏，绳缚我急，独不可一言邪？'操笑曰：'缚虎不得不急。'乃命缓布缚。刘备曰：'不可。明公不见吕布事丁建阳、董太师乎？'操颔之。布目备曰：'大耳儿最叵信！'……布及宫、顺皆缢杀之，传首许市。"	据《后汉书·吕布传》。	依据《三国志》而有所增饰。

续表

《三国》情节	《三国志》(含裴注)	《后汉书》	《资治通鉴》	结　论
第20回:许田打围,关羽欲诛曹操	《蜀书·关羽传》注引《蜀记》:"初,刘备在许,与曹公共猎。猎中,众散,羽劝备杀公,备不从。"裴松之曰:"羽若果有此劝而备不肯从者,将以曹公腹心亲戚,实繁有徒,事不宿构,非造次所行;曹虽可杀,身必不免,故以计而止。"	未涉此事。	未及此事。	依据《三国志》而有所增饰。
第23回:裸衣骂曹	未及此事。	《祢衡传》:"(孔)融既爱衡才,数称述于曹操。操欲见之,而衡素相轻疾,自称狂病,不肯往,而数有恣言。操怀忿,而以其才名,不欲杀之。闻衡善击鼓,乃召为鼓史,因大会宾客,阅试音节。……衡……裸身而立,徐取岑牟、单绞而著之,毕,复叁挝而去,颜色不怍。……衡乃著布单衣、疏巾,手持三尺棁杖,坐大营门,以杖捶地大骂。……操怒,谓融曰:'祢衡竖子,孤杀之犹雀鼠耳。顾此人素有虚名,远近将谓不能容之,今送与刘表,视当何如。'于是遣人骑送之。"		依据《后汉书》而有所增饰。
第29回:孙策之死	《吴书·孙讨逆传》:"先是,策杀(许)贡,贡小子与客亡匿江边。策单骑出,卒与客遇,客击伤策。创甚……至夜卒。"裴注引《江表传》:"策性好猎,将步骑数出。策驱驰逐鹿,所乘马精骏,从骑绝不能及。初,吴郡太守许贡上表于汉帝曰:'孙策骁雄,与项籍相似,宜加	未涉此事。	卷六十三,建安五年:"初,策杀吴郡太守许贡,贡奴客潜民间,欲为贡报仇。策性好猎,数出驱驰,所乘马精骏,从骑绝不能及,卒遇贡客三人,射策中颊,后骑寻至,皆刺杀之。策创甚……丙午,策卒。"(据《三国志·	依据《三国志》。

续表

《三国》情节	《三国志》(含裴注)	《后汉书》	《资治通鉴》	结　论
	贵宠,召还京邑。若被诏不得不还,若放于外,必作世患。'策候吏得贡表,以示策……策即令武士绞杀之。贡奴客潜民间,欲为贡报仇。猎日,卒有三人即贡客也。策问:'尔等何人?'答云:'是韩当兵,在此射鹿耳。'策曰:'当兵吾皆识之,未尝见汝等。'因射一人,应弦而倒。余二人怖急,便举弓射策,中颊。后骑寻至,皆刺杀之。"		《吴书·孙讨逆传》注引《江表传》	
第 34 回:马跃檀溪	《蜀书·先主传》注引《世语》。	未涉此事。	未及此事。	依据《三国志》。

通过上述具体情节的对照分析,可以清楚地看出:在这些史书中,《三国志》(包括裴注)乃是《三国演义》最重要的史料来源。

值得注意的是,就为小说《三国演义》提供史实而言,陈寿的《三国志》本文往往不及裴松之的注。这是因为,裴松之作注,不同于一般的侧重训诂、名物、典章的典籍注释,而是"务在周悉,上搜旧闻,傍摭遗逸"①,尽可能地"求全",以发挥补阙、备异等多种作用。因此,他采用的史料中,有相当部分是陈寿没有看到的(包括陈寿身后出现的),也有相当部分是陈寿虽然看到却不取的。这些史料,表现了史实的丰富性、生动性和多样性,其中包含不少的小说因素。例如,关于曹操杀吕伯奢全家一事,《三国志·魏书·武帝纪》正文不着一字,裴注却连引王沉《魏书》、郭颁《世语》、孙盛《杂记》的三条材料,从不同角度记此事,生动地表现了曹操的性格和事发时的心态。罗贯中着重采用后面两条材料,进行艺术描写,并作了两点强化:一是将史料中并不在家,也就没有被杀的吕伯奢,写成为款待曹操而出门沽酒,归途中也被曹操杀害;二是将史料中曹操杀人后"凄怆曰:'宁我负人,毋人负我!'"强化为"宁教我负天下人,休教天下人负我",大大凸显了曹操知而故杀的不义色彩和强词夺理的蛮横行径,从而有力地揭示了曹操极端利己主义的本质。类似情况,还有很多。因此,我们肯定《三国志》"是《三国演义》最重要的史料来源",不应都归功于陈寿;在很多时候,裴注可能起了更多的作用。

二、《三国志》并未为《三国演义》提供叙事结构框架

尽管《三国志》(包括裴注)为《三国演义》提供了最基本的史料,但作为一部纪传体的史

① 裴松之《上〈三国志注〉表》。

书，它以人物传记为主，重在记叙各种有代表性的人物的生平业绩，而表现历史的总体面貌和各个局部的互动关系则非其所长，同一事件往往分散记于多篇纪传中，其前因后果往往不够明晰，有时甚至互相抵牾。因此，它没有也不可能为小说《三国演义》提供一个比较完整的叙事框架。承担这一任务的，主要是编年体史书《资治通鉴》。

试以《三国演义》中最精彩的情节单元"赤壁大战"为例。《三国志》有关赤壁大战的记载显得很零乱，有关材料分散于《魏书·武帝纪》、《蜀书·先主传》、《诸葛亮传》、《吴书·吴主传》、《周瑜传》、《鲁肃传》、《黄盖传》等不同人物的《纪》、《传》中，不仅头绪不够清晰，而且某些关键之处还彼此矛盾。先看《魏书·武帝纪》：

> （建安十三年）秋七月，公南征刘表。……十二月……公自江陵征（刘）备，至巴丘……公至赤壁，与备战，不利。于是大疫，吏士多死者，乃引军还。

据此记载，曹操在赤壁大战中的主要对手是刘备；虽然初战"不利"，但主要还是因为遇到大疫，"吏士多死者"，才主动地"引军还"，根本看不到遭火攻而惨败的迹象。裴注引《山阳公载记》云：

> 公船舰为（刘）备所烧，引军从华容道步归，遇泥泞，道不通，天又大风，悉使羸兵负草填之，骑乃得过。羸兵为人马所蹈借，陷泥中，死者甚众。

这里写明了曹操因被火烧战船而战败，描写了曹军败退途中的狼狈状况；而发动火攻的，则是刘备方面，根本看不到东吴方面的作用。《蜀书·先主传》所记，与之有明显差异：

> 先主遣诸葛亮自结于孙权，权遣周瑜、程普等水军数万，与先主并力，与曹公战于赤壁，大破之，焚其舟船。先主与吴军水陆并进，追到南郡。时又疾疫，北军多死，曹公引归。

这里写明了是孙刘联军共同大破曹军，焚其舟船，曹军遇疾疫只不过是其败退的次要原因；然而，孙刘两家，谁主谁次，却不清楚。《蜀书·诸葛亮传》着重写了诸葛亮说服孙权联刘抗曹的过程，然后交代结果："（孙）权大悦，即遣周瑜、程普、鲁肃等水军三万，随亮诣先主，并力拒曹公。曹公败于赤壁，引军归邺。"不清楚的地方还是不清楚。而《吴书·周瑜传》所记则又有区别：

> （孙）权遂遣瑜及程普等与（刘）备并力逆曹公，遇于赤壁。时曹公军众已有疾病，初一交战，公军败退，引次江北。瑜等在南岸。瑜部将黄盖曰：'今寇众我寡，难与持久。然观操军船舰首尾相接，可烧而走也。'乃取蒙冲斗舰数十艘，实以薪草，膏油灌其中，裹以帷幕，上建牙旗，先书报曹公，欺以欲降。又预备走舸，各系大船后，因引次俱前。曹公军吏士皆延颈观望，指言盖降。盖放诸船，同时发火。时风盛猛，悉延烧岸上营落。顷之，烟炎张天，人马烧溺死者甚众，军遂败退，还保南郡。备与瑜等复共追。

裴注引《江表传》曰：

> 至战日，（黄）盖先取轻利舰十舫，载燥荻枯柴积其中，灌以鱼膏，赤幔覆之，建旌旗龙幡于舰上。时东南风急，因以十舰最著前，中江举帆，盖举火白诸校，使众兵齐声大叫曰："降焉！"操军人皆出营立观。去北军二里余，同时发火，火烈风猛，往船如箭，飞埃绝

烂，烧尽北船，延及岸边营柴。（周）瑜等率轻锐寻继其后，雷鼓大进，北军大坏，曹公退走。

可以说，对火烧赤壁的情景，《江表传》的叙述更为具体生动。这些记载，突出了吴军在孙刘联盟中的主导地位，突出了“火攻”的关键作用。

由此可见，仅凭《三国志》的记载，人们很难全面把握赤壁之战的始末和决定胜负的根本因素，这些零散的史料确实无法构成小说的叙事框架。而《资治通鉴》则充分发挥编年体史书的优势，对这些史料加以排比、辨析和整理，第一次写出了一场首尾完整、因果分明的赤壁大战，战役的各个环节清晰地呈现在人们面前：曹操南征——刘琮不战而降——刘备败走夏口——诸葛亮出使江东，智激孙权——孙权决计抗曹——曹军初战不利——黄盖献火攻之计——黄盖诈降，火烧赤壁，曹军惨败——曹操败走华容道。这一首尾完整的历史记载，为《三国演义》写赤壁大战提供了基本的叙事框架。《演义》中的赤壁大战，从起因、决策、定计、决战到结局，总体轮廓与《资治通鉴》大致同构；尽管《演义》虚构了“舌战群儒”、“智激周瑜”、“蒋干盗书”、“草船借箭”、“苦肉计”、“阚泽密献诈降书”、“庞统巧授连环计”、“横槊赋诗”、“借东风”等精彩情节，但那主要是为了塑造人物形象，增加情节波澜，却没有改变整个战役的基本格局和发展进程。

同样，考察《三国演义》中的其他重要的情节单元，如诸侯联军讨伐董卓、官渡之战、刘备取益州、吕蒙袭取荆州、夷陵之战、孔明北伐等，其叙事结构框架，主要也是由《资治通鉴》提供的（某些以虚构为主的情节，如“孟德献刀”、“三英战吕布”、“过五关斩六将”、“七擒孟获”等，不属这里讨论的范围）。甚至可以说，《演义》全书的叙事结构，从天下大乱到三分鼎立，再到三分归晋，主要框架也是参照《资治通鉴》的。其次，《通鉴纲目》也起了重要的提示作用。

三、不宜说《三国演义》是“演”《三国志》之“义”

由于《三国志》（包括裴注）为《三国演义》提供了最基本的史料，嘉靖元年（1522）本《三国志通俗演义》等部分明代《三国》版本又有“晋平阳侯（相）陈寿史传，后学罗本贯中编次”的题署，有的学者便说：《三国演义》是“演”《三国志》之“义”。我认为，这一说法是不确切的。

首先，从成书过程来看。《三国演义》固然以史书《三国志》（包括裴注）为主要的史料来源，但同时也大量承袭了民间三国故事和三国戏的内容；就褒贬倾向、主线设置、叙事时空处理等方面而言，后者的影响实际上更大。尽管罗贯中原作书名可能包含“三国志”三字，但这只是表明了作家（甚至可能是书坊老板）对陈寿的敬重和借助史书以提高小说地位的愿望，绝不意味着小说是在亦步亦趋地演绎史书《三国志》。一个有力的证据是：元代刊刻的讲史话本《三国志平话》，书名也有“三国志”三字，却完全不是根据史书《三国志》敷衍，而是讲述“说话”艺人心目中的三国故事，其中许多情节根本不受史实约束，而据民间传说大胆虚构，如刘关张同往太行山落草，孔明出使江南时杀死曹使，庞统说江南四郡反刘备，曹操劝汉献帝让位与曹丕等，都毫无史实依据，显然出自下层市民想象。《三国演义》吸纳了《三国志平话》的故事框架和褒贬倾向，而摒弃了它的浅陋与粗糙。综观整部小说，是在史传文学与通俗文艺这两大系统长期互相影响、互相渗透的双向建构的基础上，通过作家天才的创造，才成就了这部皇皇巨著。

其次，从思想内涵来看。史学《三国志》之“义”是什么？陈寿本人没有说，综观全书，可以说，陈寿撰写《三国志》，秉持的乃是传统的史学观：“记事”，“存史”，为的是“鉴往知来”。那么，作为小说的《三国演义》呢？1999年，我曾经指出：“《三国演义》是一部中国封建社会百科全书式的作品，具有极其博大而深厚的思想内涵。罗贯中以三国历史为题材，融汇自己的切身经历，进行了深刻的历史反思。……总之，《三国演义》犹如一个巨大的多棱镜，闪射着多方面的思想光彩，给不同时代、不同阶层的人们以历史的教益和人生的启示。”“《三国演义》丰厚的思想内涵，主要表现在四个方面：1. 对国家统一的向往。……这是《三国演义》的政治理想，也是其人民性的突出表现。……2. 对政治和政治家的选择。……‘尊刘贬曹’的思想倾向，早在宋代就已成为有关三国的各种文艺作品的基调，罗贯中只是顺应广大民众的意愿，继承了这种倾向……‘尊刘贬曹’主要反映了广大民众按照‘抚我则后，虐我则仇’的标准对封建政治和封建政治家的选择，具有历史的合理性……3. 对历史经验的总结。……突出强调了争取人心、延揽人才、重视谋略这三大要素的极端重要性。4. 对理想道德的追求。……在这里，他打起了‘忠义’的旗号，把它作为臧否人物、评判是非的主要道德标准。……就主导方面而言，它反映了中华民族传统的价值观、道德观中积极的一面，值得后人批判地吸收。”①可以说，《三国演义》站在特定的历史高度，博采传统文化的多种养分，融会宋元以来的社会心理和道德观念，“演”的是中华民族精神、中华民族文化之“义”，而不仅仅是史书《三国志》之“义”。

再次，从艺术成就来看。我曾经指出：尽管罗贯中十分重视抓住历史运动的基本轨迹，再现史实的基本框架和发展趋势，“然而，在具体编织情节，塑造人物时，罗贯中却主要继承了民间通俗文艺的传统，大胆发挥浪漫主义想象，大量进行艺术虚构，运用夸张手法，表现出浓重的浪漫情调和传奇色彩”。“这种粗看好像与历史‘相似’，细看则处处有艺术虚构、时时与史实相出入的情况，在整部作品中比比皆是。这种虚实结合，亦实亦虚的创作方法，乃是《三国演义》的基本创作方法，是其最重要的艺术特征”②。这种创作方法和美学风格，与史学著作有着根本的区别，更不能说是“演”《三国志》之“义”。

一些学者过于强调《三国演义》对《三国志》的承袭关系乃至依傍关系，强调《三国演义》是“演”《三国志》之“义”，因而主张小说书名不能叫《三国演义》，必须叫《三国志演义》。诚然，《三国志演义》与《三国演义》这两个书名的含义并不完全相等，但它们都不是罗贯中原作的名称，而是在小说流传的过程中出现的。前者见于明代周弘祖的《古今书刻》，相沿已久；后者则见于毛宗岗的《读三国志法》，三百多年来更是深入人心：它们各自从一定角度反映了小说《三国》的特点，作为书名都是“合法”的。其实，中国古典小说研究的两位杰出先驱鲁迅

① 见拙著《罗贯中和〈三国演义〉》，第22—27页，春风文艺出版社1999年版。2011年，笔者又发表《〈三国演义〉思想内涵新论》一文（载《明清小说研究》2011年第4期），对自己的观点加以补充，提出：“《三国演义》丰厚的思想内涵，主要表现在五个方面：(1) 对国家统一的强烈向往；(2) 对政治人物的评判选择；(3) 对历史经验的深刻总结；(4) 对中华智慧的多彩展现；(5) 对理想道德的不懈追求。”

② 参见拙著《罗贯中和〈三国演义〉》，第64—65页。

先生和胡适先生，对于小说《三国》的书名，都是秉持开通的态度。鲁迅在谈到《三国》一书时，有时称之为《三国志演义》(见其所著《中国小说史略》第十四篇)，有时又称之为《三国演义》(见其所著《中国小说的历史的变迁》第四讲)。可见在他的心目中，这两个名称都可以使用，并无高低之分，更无正误之分，要不要那个“志”字，并非关键问题。胡适的做法更有意思，其《〈三国志演义〉序》一文，标题称《三国志演义》，而正文的绝大部分则一再称《三国演义》，进一步证明这两个名称均可使用，不必强分轩轾。

总之，我们既要充分重视《三国志》对《三国演义》的影响，又不应过分夸大这种影响。只有这种，才能对《三国演义》的成书过程及其思想艺术成就作出科学的评价。

作者单位：四川省社会科学院

周曰校刊《三国志演义》插图考察

中川谕

一

明代后期，特别万历年间为主，很多书肆在中国各地活跃了，有的是激烈地竞争，有的是共同协力，出版了很多数量的书籍。在这样的情况下，南京有一个书商叫做周曰校，称万卷楼或仁寿堂，出版了种种领域的书籍。其中即有《三国志演义》，全十二卷、二百四十则。

由于最近的有关周曰校刊《三国志演义》的研究，周曰校刊行的版本一共有三种。为了方便，它们叫做"甲本"、"乙本"、"丙本"[①]。甲本藏在中国社会科学院文学研究所，只存卷六、七、九。甲本虽然是残本，但是近年来在韩国发现了甲本的翻刻本，由于朝鲜翻刻本，可以知道甲本的全体像[②]。乙本，美国耶鲁大学图书馆藏着十二卷完本，北京大学图书馆藏着卷一、二、六、九～十二。丙本行款与乙本完全一样，名古屋市蓬左文库、国立公文书馆、台湾"故宫博物院"藏着十二卷完本，残本藏在中国国家图书馆（卷三～六、九、十）、宫城县图书馆伊达文库（卷九～十二）和京都产业大学图书馆小川文库（卷一、二、四）[③]。

这三种周曰校刊本的刊行年，如刘世德先生说的那样[④]，甲本最早，乙本次之，丙本最晚。而且，关于甲本、乙本和丙本的相互关系笔者曾论述过：

> 这些版本（甲本、乙本、丙本）并不是单纯复刻的关系。在编辑乙本之际，对甲本的文章加上了有些修订。丙本也一样，编辑丙本时对乙本加上修订了。[⑤]

---

① 刘世德《周曰校刊〈三国志演义〉四种试论》。刘世德著《〈三国志演义〉作者与版本考论》（中华书局2010年版）所收。

② 朴在渊《近世中国古典小说在朝鲜之出版》（矶部彰编《东アジア出版文化研究ほしづくよ》，日本学术振兴会亚洲、非洲学术基盘形成事业，2010年）。

③ 关于各种周曰校丙本的相互关系，中川谕《周曰校刊〈三国志演义〉について》（《东北大学中国语学文学论集》第16号，2011年）参照。

④ 参见注①上列刘世德先生论文。另外，陈翔华先生对刘先生的看法提出异议，说甲本的刊行比乙本晚。陈翔华《周曰校刊〈三国志通俗演义〉的初刻年代问题》，《南开学报（哲学社会科学版）》2013年第1期。

⑤ 中川谕《周曰校刊〈三国志演义〉の甲本、乙本、丙本》（《林田慎之助博士傘寿纪念三国志论集》2012年，汲古书院）

这样，这几年来发表了一些有关周曰校刊《三国志演义》的研究。但是这些研究都是以周曰校各本的文本比对为主的，对于乙本、丙本的插图几乎没有提到。这可能因为是甲本没有插图的。但是，既然插图也是乙本和丙本的重要构成部分，那么检讨本文的同时，就应该考察乙本和丙本的插图。

本稿通过周曰校乙本和丙本插图比对，介绍两本的图像情况，而重新考察这两本插图的特征和两本的相互关系。

二

乙本和丙本的插图都插入在各则改则之后的双联两半叶，改则后的一叶背面和下一叶表面合起来，以双联两半叶构成一幅图。每则有一幅图，所以一共有了240幅图。

比较乙本和丙本的插图，基本上图像的内容、构成和风格大概一致。

图1-1 周曰校乙本

图1-2 周曰校丙本

图1是卷一第一则“祭天地桃园结义”之图像，1-1是乙本的，1-2是丙本的[①]。刘备看了募集义勇军的牌子而叹气，张飞对刘备说话。刘、张在酒店喝着酒，关羽也来到，说打算参加义勇军。意气相投的三个人去张飞的邸宅，在桃花盛开之下，设祭坛，结了盟为义兄弟。

图中描绘的是刘备、关羽、张飞结盟为兄弟的所谓“桃园结义”的场面。乙本和丙本的图像右边上面都有桃花盛开的桃树，其下站着刘备、关羽、张飞三人。左边有祭坛，旁边有黑牛和一个人，其前面有白马和一个人。这样，乙本和丙本的图像，内容、构成差不多。所以由于两本的插图也可以知道这两本有密切关系。但是从这一幅图来说，乙本的图像右下面有画工署名“上元泉水王希尧写”而丙本没有。这一点就是乙本和丙本插图的差别[②]。

这样，乙本和丙本的插图本来是差不多的，但是仔细地比较，也可以发现这两本插图也有不少的小小差别。以下，看看这些例子。

---

① 本文使用的乙本是耶鲁大学图书馆东亚图书馆藏本，丙本是名古屋市蓬左文库藏本。

② 另外，卷二第一则（总计第二十一则）的插图，乙本看到刻工署名“白下魏少峰刻”，但是丙本看不到。

图 2－1　周曰校乙本

图 2－2　周曰校丙本

图2是卷十一第三则(总计第二百零三则)“诸葛亮六出祁山”的图像。诸葛亮要攻打魏国,从祁山出渭水去。司马懿在渭水旁边布阵迎击,更且在渭水上泛九个浮桥。魏延和马岱渡过渭水而攻打北原,吴班、吴懿坐筏在渭水中前进,要烧掉魏军的浮桥。更且,蜀军把军队分为三队,攻打魏军的陆上阵地。司马懿看破了诸葛亮的计策,对蜀军的进攻做好了防备。在北原,魏延和马岱被魏军伏兵袭击而败退,蜀军兵士大部分落下了渭水。吴班和吴懿要烧掉浮桥坐筏前进,张虎、乐綝发箭,射中了吴班,吴班落渭水而死。兵士们跳入水中逃走了。蜀军的筏都被魏军夺走了。

图中描绘了渭水的攻防。图像右上有坐筏的蜀军将军,筏旁有被射中而落水的吴班。左边有发箭而迎击蜀军的张虎和乐綝。图2－1乙本,筏上有三个人。一方图2－2丙本,坐筏的人只有两个。就是说,乙本图像上的三个人物中,向右的一个在丙本图像里看不见。这样,丙本的有些图像比乙本缺少了一些人物。

图 3－1　周曰校乙本

图 3－2　周曰校丙本

图3是卷一第八则“曹孟德谋杀董卓”的图像。朝廷高官都烦恼董卓的放肆行为,曹操

主动承担董卓的暗杀。曹操跟王允借了尺余宝刀,向丞相府去了。曹操对董卓说马羸行迟,董卓要给曹操一匹良马,命吕布选马。吕布离开了董卓旁边,董卓也躺在床上,转身背却,曹操要刺董卓掣宝刀,被董卓发觉,吕布也带一匹马回来了。曹操慌忙倒转刀靶,把宝刀献给董卓了。图3就是曹操给董卓献上宝刀的场面。图像上右边有坐在床上的董卓,其前有跪下而献上宝刀的曹操,左边有吕布,室外有吕布带来的一匹马。

乙本的图像上,左上边有吕布带来的一匹马,旁边有一棵树。那匹马的上面,那棵树的树叶垂下来。一方面,丙本的图像,没有乙本图像中看见的一棵树和树叶,而有组合几个三角形的图案,好像是屋顶的屋檐。更且,董卓的床上罩上来的帐幕有花样,乙本的图像花样一个一个很仔细,丙本的图像很粗略。这样,就这幅图来说,背景等的描绘,丙本的图像比乙本很粗略。另外,乙本图像中的吕布有髭,而丙本中没有。

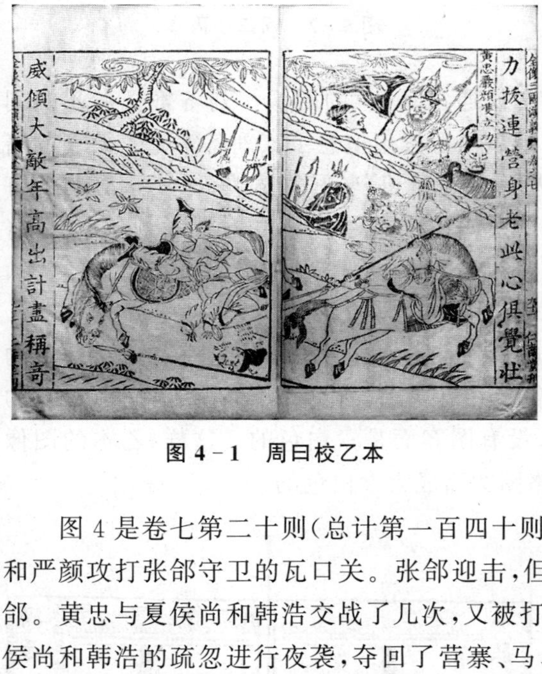

图4-1 周曰校乙本

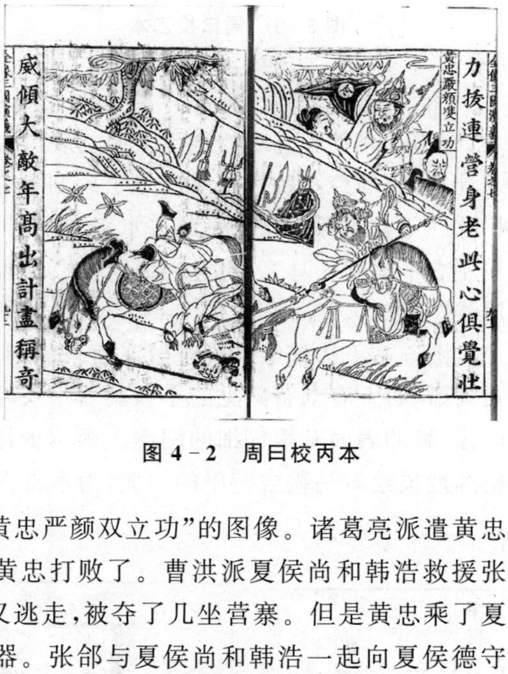

图4-2 周曰校丙本

图4是卷七第二十则(总计第一百四十则)“黄忠严颜双立功”的图像。诸葛亮派遣黄忠和严颜攻打张郃守卫的瓦口关。张郃迎击,但被黄忠打败了。曹洪派夏侯尚和韩浩救援张郃。黄忠与夏侯尚和韩浩交战了几次,又被打败又逃走,被夺了几坐营寨。但是黄忠乘了夏侯尚和韩浩的疏忽进行夜袭,夺回了营寨、马、武器。张郃与夏侯尚和韩浩一起向夏侯德守卫的天荡山。黄忠也来到天荡山攻打。韩浩迎击黄忠,但被黄忠斩了。蜀军向天荡山进攻上来,张郃和夏侯尚迎击。夏侯德看见火焰腾然而起,要去救援,也被严颜斩了。张郃和夏侯尚放弃天荡山,向夏侯渊守卫的定军山逃走了。

图4下一半描绘黄忠乘马挥动长刀,韩浩被黄忠斩首而落马。图右上描绘着严颜斩夏侯德而拿其首。严颜的旁边有严颜埋伏躲身的山崖。乙本图像中的山崖是一线一线很精细,很复杂的曲线。丙本图像中的山崖,是很粗、很简单的曲线。从这点,丙本的图像比乙本描绘得很粗略。

图 5-1 周曰校乙本

图 5-2 周曰校丙本

图 5 是卷四第九则(总计第六十九则)“刘玄德遇司马徽”的图像。刘备寄托荆州的刘表,因为有时关于刘表的继承人向刘表进言,被刘表内兄蔡瑁抱怨了。刘备察觉了蔡瑁的暗杀计划,骑的卢马跳过檀溪逃走了。刘备好容易才躲避危机,骑马前进,一个小孩对刘备打招呼。刘备跟那个孩子一起去水镜先生司马徽的草庵。在他的草庵,司马徽对刘备说“盖将军左右不得其人耳”。更且也说“伏龙、凤雏,两人得一,可安天下”。但是司马徽不说“伏龙、凤雏”是谁。

图 5 右下边描绘了跳过檀溪而来的刘备和的卢马,左边有司马徽的草庵和迎接刘备的司马徽,右上有刘备碰见的小孩骑着一头牛吹笛。在这幅图,看看的卢马背上的鞍,乙本的图像,鞍的表面有很仔细的图案。丙本的图像,没有图案而是素白色的。这样,乙本的图像精细地描绘着马鞍或铠甲的图案,丙本常常省略图案而成为素白色的。

图 6-1 周曰校乙本

图 6-2 周曰校丙本

图 6 是卷十一第十六则(总计第二百十六则)“孙峻谋杀诸葛恪”的图像。诸葛恪在吴国朝廷内掌握实权,很多官吏害怕诸葛恪了。诸葛恪让亲信张约和朱恩掌握御林军,将御林军

拉进了自己阵营中。孙峻对诸葛恪的行为十分愤怒，与太常卿滕胤阴谋诸葛恪的暗杀，而奏上了吴主孙亮。有一天，诸葛恪在家里，有一个人穿着孝衣而入，家中中梁折为两段，盥漱闻水血臭等等，发生了几件奇异现象。吴主孙亮的使者来到，宣诸葛恪赴宴。诸葛恪出门时，家狗衔住衣服。逐出家狗而出去，到了宫门，张约向诸葛恪告知宫内的不稳动向。诸葛恪要回家时，滕胤挽留诸葛恪，一起进宫内去了。酒酣，孙亮托事先出，孙峻突然发大声，斩了诸葛恪的首级。张约和朱恩也被杀了。

图 6 就是诸葛恪被孙峻暗杀的场面。图像右下面有被斩首级的诸葛恪，其上和图像左边有提刀的人和被袭击的人。被袭击的就是张约和朱恩。比较 6－1 乙本的图像和 6－2 丙本的图像，可以看出诸葛恪衣服的胸甲不一样，就是，乙本的是由复杂的曲线构成的，丙本的是由直线成为方格图案。图像上部有宫殿的屋顶，乙本的图像上，房檐里有三角形的图案，丙本的没有那样的图案。就衣服的图案来说，刻木板时，如丙本那样的由直线描绘的图案，比乙本那样的由曲线描绘的更简单得多。所以可以说，丙本的图像比乙本描绘得更简略了。

以上，列举了比较乙本和丙本插图时的差异点。整理那些差异点，大致如下：

丙本的图像省略乙本图像上存在的有些人物；
丙本的图像省略乙本图像上存在的背景；
丙本的图像比乙本描绘得简略；
丙本图像上的图案比乙本简单了；
丙本图像上简略登场人物的衣服等的图案。

就是说，这些差异点都是乙本的插图很精致而丙本的图像有省略或简略，是比乙本差的。所以可以说，丙本一定是由于乙本翻刻而成立的版本。

可是，即使只是一个，也有如下的例子。

图 7－1　周曰校乙本

图 7－2　周曰校丙本

图 7 是卷十一第六则（总计第二百六则）“孔明秋夜祭北斗”的图像。诸葛亮在五丈原驻屯军队，与司马懿对峙。但司马懿一直不出阵，诸葛亮给司马懿赠送了女人衣服而唆使出阵，可是司马懿不理。正巧费祎来到报告，吴军在合肥败退。诸葛亮听了这个消息，病倒了。

诸葛亮觉悟了自己的死期，在帐内设香花祭物，布七盏大灯、四十九盏小灯，内安一盏本命灯，对北斗星祈祷自己的延命。帐外姜维与四十九个兵士守卫诸葛亮的帐帏。

图像是诸葛亮祈祷延命的场面。图像右边有诸葛亮提刀向北斗星祈祷自己的延命，左边有姜维在帐外守卫诸葛亮的帐帏。图像下面一共有六个兵士，左边有三个，右边有三个，提着长枪、军旗。左边三个兵士中的右边一个，乙本的图像没有提枪的手，丙本的图像才有提枪的手。就是说，这个例子与上述的例子不同，乙本的图像上没有的东西，在丙本的图像上加上了。

这为什么呢？丙本图像上加上了兵士的手，理由不清楚。但由于这个例子，可以说，丙本并不是单纯地翻刻乙本的，翻刻时按照什么意图改变了乙本的图像。比较乙本和丙本的文本时，也可以知道丙本并不是单纯地翻刻乙本的。丙本的文本基本上与乙本差不多，有一部分的文本好像故意地改变了乙本文章。比如说，卷一第八则“曹孟德谋杀董卓”，曹操失败了董卓暗杀，逃走到吕伯奢家。吕伯奢要款待曹操，但没有好酒，买酒去了。吕伯奢出去后，因为曹操误杀了吕伯奢家人，再逃走，碰见了回来的吕伯奢。乙本作“悬酒二瓶，手抱果木而来”，丙本改为“悬酒二瓶，手策蹇驴而来”。改变的只是三个字，但是文章的意思不同了。这个例子，可能在丙本的阶段才故意改变文字了。在与改变文字同一的意识下，图像也由于一定的意图改写了，如这个例子，在丙本的图像里加上兵士的手了。

如上，丙本即使是乙本的翻刻本，但是并不是单纯的翻刻。这个事情，不但由于文字方面，而且由于图像方面也可以理解了。

三

众所知，书肆周曰校，除了《三国志演义》以外，作为历史小说，还出版了《大宋中兴通俗演义》。其刊本现在存在着两种，一种是只有卷一的残本，藏在中国国家图书馆（郑振铎旧藏本。以下简称“国图本”）。一种是卷一到卷十都有的完本，藏在日本国立公文书馆（以下简称“内阁本”[①]）。关于内阁本《大宋中兴通俗演义》，笔者以前这样论述过[②]。

> 《新刊大宋中兴通俗演义》十卷收藏于内阁文库。各卷卷首在书名后题有“鳌峰　熊大木　编辑/书林　双峰堂　刊行”。卷二、卷七，为“书林　双峰堂　刊行”。但“双峰堂”三字有挖改的痕迹，又版心下面会出现刻印“仁寿堂”。而“仁寿堂”就是周曰校万卷楼的别名。从这些细节看来，内阁文库本《大宋中兴通俗演义》，有可能是余象斗继承了周曰校万卷楼刊行的《大宋中兴通俗演义》的版木，在建阳重新印刷。

但是，最近由于上原究一先生的研究，明白了国图本《大宋中兴通俗演义》就是周曰校万

---

① 现在，国立公文书馆内，作为机构的名称，没有了“内阁文库”。在此，为了方便，使用“内阁本”的名称。

② 中川谕著《〈三国志演义〉版本の研究》（汲古书院1998年版，中文版《〈三国志演义〉版本研究》，上海古籍出版社2010年版）第五章注⑫。

卷楼刊行的原本，内阁本就是余象斗双峰堂的复刻本[①]。上原先生这样说：

> 我们可以判断内阁本全叶都是建阳余氏双峰堂根据万卷楼仁寿堂刊本复刻而成的。…（中略）…虽然国图本没有周曰校的署名。但其款式跟《三国演义》的周曰校乙本完全一致，而且万卷楼的标记和仁寿堂的标记两个都有的其他版本都是周曰校刊行的，所以国图本也很可能是周曰校刊行的。

如上节所述，《三国志演义》周曰校乙本和丙本就是原刊本和复刻本的关系。既然《大宋中兴通俗演义》国图本和内阁本也是原刊本和复刻本的关系，那么好像周曰校乙本和丙本的关系很相似。下面，比较《大宋中兴通俗演义》两种刊本的插图。

图 8－1　国图本

图 8－2　内阁本

图 8 是《大宋中兴通俗演义》卷一第五则“宋徽钦北狩沙漠”的图像，图 8－1 是国图本，8－2是内阁本的图像。两种版本的插图差不多，左边有骑马的徽宗和钦宗，右边有骑马的两个女人，就是郑后和朱后。而且左上有一座山，右上有枪、刀等的武器和军旗。但仔细地看，也可以看出较小的差别来。就是说，国图本的图像，左边前面的人物和右边后面的人物穿的衣服是黑色而有图案。一方面内阁本的图像都是素地而没有图案。而且女人骑的马的马鞍，国图本图像有图案，而内阁本还是素地。这些差异与上述的周曰校本《三国志演义》乙本和丙本插图的差异很相似。

再看另外的例子。

图 9 是卷一第三则“宋钦宗倡讲和”的图像，图 9－1 是国图本，图 9－2 是内阁本。与图 8 一样，两幅图的构图差不多。就是，左边有坐在椅子上的钦宗和旁边伺候的两个官人，右边有一个跪下的人和站在旁边的两个人。这两幅图的差别，还是与图 8 一样，左边前面的人物和右边后面的人物穿的衣服，国图本的是黑地而有白色图案，内阁本的只是素地而已。并且，左边坐在椅子上的钦宗的后面有一面墙壁，国图本的墙壁上精致地描绘竹枝和竹叶，内阁本的只是单纯的波浪的图案。右边上面的墙壁的图案，国图本描绘得很精致，而内阁本的很简单。图 9－1 和 9－2 的差异还是与周曰校本《三国志演义》乙本和丙本的差异很相似。

---

① 上原究一《唐氏世德堂と周曰校万巻楼仁寿堂の章回小说刊本の覆刻及び后印の事例について》（《中国古典小说研究》第 16 号，2011 年）。

图 9－1　国図本

图 9－2　内阁本

太遗憾，中国国家图书馆所藏的周曰校仁寿堂刊《大宋中兴通俗演义》只存卷一，所以无法比较该本全部的图像。我们可以比较的只是残存的卷一而已，但是比较周曰校仁寿堂刊《大宋中兴通俗演义》原刊本和复刻本卷一的图像，还可以发现几种差异点，这些差异点与比较《三国志演义》周曰校乙本和丙本的图像时发现的差异点，好像是很相似的。

那么，与《大宋中兴通俗演义》国图本和内阁本一样，《三国志演义》周曰校乙本既然是周曰校仁寿堂刊行的，而丙本可能是余象斗双峰堂根据于周曰校乙本复刻的复刻本。看看周曰校丙本，丙本决是余象斗双峰堂出版的明显证据还看不出来。但是笔者在前稿《周曰校刊〈三国志演义〉の甲本、乙本、丙本》这样论述过。

> 只在看周曰校丙本的范围内，周曰校以外的书肆，比如余象斗或其他建阳的书肆，出版周曰校丙本的明确证据还看不出来。但是如例(9)那样的例子(丙本的文字与建阳刊本之一叶逢春本一致而与周曰校乙本不同的例子——本稿注)，暗示着周曰校丙本可能是由于建阳书肆复刻而成立的。

在文本的比较，也可以指摘周曰校丙本好像是由于福建建阳的书肆出版的例子。由此，也可以说，周曰校丙本可能是余象斗双峰堂出版的复刻本。

四

以上，介绍《三国志演义》周曰校乙本和丙本的插图特征，而根据于这两本插图的差异，论述了关于这两本的相互关系问题。结果，可以知道了，丙本还是乙本的复刻本，但是并不是单纯的复刻，而在编辑丙本之际，简略图像的一部分等，加上了有些修订。这个结论是与由于文本的比较来引出的结论一致的。而且，从《大宋中兴通俗演义》国家图书馆藏本(周曰校原刊本)和国立公文书馆藏本(余象斗复刻本)的插图比较的结果来看，周曰校丙本可能是余象斗双峰堂复刻乙本而成立的。

如《三国志演义》周曰校乙本和丙本或者《大宋中兴通俗演义》国图本和内阁本那样，行款不变而反复翻刻或复刻，重新作成新版本，在万历年间到明末时期的出版情势上常常有的。这不一定是由于同一书肆之手的，而是在竞争关系或者协力关系的另外书肆也出版了这样的复刻本或翻刻本。其典型例子，就《三国志演义》来说，就是《李卓吾先生批评三国志》。《李卓吾先生批评三国志》是从万历年间到天启、崇祯年间，还到清代，行款没有改变而反复翻刻[①]。几家书肆反复翻刻一种版本既然是明末清初时期的出版情况的一端，阐明其具体面貌，一定是中国出版文化研究上的重要问题吧。关于这个问题，以《李卓吾先生批评三国志》为中心，进行研究而重新论述。

作者单位：日本大东文化大学

① 拙著《〈三国演义〉版本研究》上提及了吴观明本、绿荫堂本和藜光楼本这三本论述了这三本的互相关系。《李卓吾先生批评三国志》还有宝翰楼本、遗香堂本、三槐堂本等几种版本，当然应该考察这些版本。

百年《三国演义》虚实之争的学术走向

郑铁生

百年来《三国演义》研究的一个基本话题，就是史实与虚构，而且形成了现代学术的走向。从对小说细节与史传素材具体比对到对总体认知的量化；从《三国演义》对人物和事件虚实的具体分析，愈来愈注重全书叙事结构的整体性；从单一探求作品的审美意象到探寻《三国演义》叙事形态与历史真实的统一，认识到史传与历史小说文体的不同、叙事思维的差异。这些特征都是在学术研究不同的时段呈现出来的，有明显的年轮。我们只有对此认识得清晰而自觉，那么才会推动对"历史真实与艺术真实"这一命题的深入研究，对历史小说叙事方式这一基本原则的把握，因此，这是一个永远绕不开的重大话题。

一、《三国演义》史实与虚构是历史小说的一个基本美学问题

评价百年来《三国演义》史实与虚构这一基本的话题，首先应当明确其性质和范畴，否则缺少论述的前提条件，就会东说西说，莫衷一是。那么历史小说史实与虚构的性质和范畴究竟是什么呢？

关于《三国演义》史实与虚构的认知，无论是古代还是当今的学者们都有许多论述，不管他们的见解如何相左，分歧如何之大，但都自觉不自觉地看到处理史实与虚构的关系，这是历史小说创作的一个基本美学问题。当代学者叶朗曾对这个问题作过精要的概述：

> 我以为，这里的根本问题还在于对小说的性质如何认识。小说是一种语言艺术，它与历史著作不同。金圣叹对它们作了区别，指出小说是"因文生事"，而历史著作则是"以文运事"。这个区别，也应该适用于历史小说。历史小说也仍然是小说，而不是历史著作。因此历史小说同样也应该着眼于艺术形象，同样应该是"因文生事"，而不应该是"以文运事"。历史小说当然要求真实性，但这种真实性，同反映现实生活的小说一样，并不是"实有其事"、"真而可考"的真实性，而是合情合理，符合历史的逻辑，即符合历史上某一时期社会生活的本质和规律的那种真实性。根据这样一种真实性的要求，历史小说当然应该容许虚构。谢肇淛所谓"虚实相半"、"亦要情景造极而止"，袁于令所谓"传奇者贵幻"，就其强调历史小说要着眼于审美意象以及要容许虚构这两点来说，应该说都是正确的。毛宗岗生活的年代比谢肇淛和袁于令要晚，可是他对于历史小说的审美特性，却反而不如谢、袁两位认识得清楚。他强调历史小说要"据实指陈"、"真而可

考”,仍然把历史小说和历史著作混为一谈,这在理论上是一种倒退。[①]

叶朗先生这段话强调了三点:

第一,历史小说所追求的真实,“并不是‘实有其事’、‘真而可考’的真实性,而是合情合理,符合历史的逻辑,即符合历史上某一时期社会生活的本质和规律的那种真实性”。因此,虚实是历史小说自身性质决定的。它不同于历史著作之处,主要是“着眼于审美意象以及要容许虚构这两点”。在作家整体构思中,既有史传提供的史实,也有按照历史生活的本质和规律虚构出来的,但最终都得纳入小说家的整体构思之中,也就是作品总体框架的虚构之中。

第二,历史上就史实与虚构的问题出现过崇实与崇虚两派的长期之争,崇实派强调史传记载的那种“实有其事”、“真而可考”的真实性;崇虚派强调虚构带来的审美效应,即所谓“传奇者贵幻”。无论崇实还是崇虚,都不是问题的焦点,焦点是如何打造一种叙事方式,驱动或实或虚,都为我所用。

第三,对待历史小说虚实问题的认识,并不是随着时代的前进而逐步发展,在某一特定的历史时期还存在着理论上的“倒退”。因此,捋清百年《三国演义》虚实之争的发展脉络,是当代《三国演义》研究中的重大理论问题。

二、上个世纪20年代至80年代《三国演义》虚实之争

上个世纪20年代至80年代之前这一时期有半个世纪之长,大体可以划分为两个阶段:20年代至40年代末;50年代中期至80年代之前。

20年代至40年代末,对《三国演义》史实与虚构的评价最有代表性的是鲁迅。

鲁迅写于1923年的《中国小说史略》,是“五四”以来,为中国小说写史的第一人,改变了“中国之小说自来无史”的局面,结束了小说批评的“语录体”的散漫状态,使之成为中国小说史研究的奠基之作。他指出:

> 然据旧史即难于抒写,杂虚辞复易滋混淆,故明谢肇淛(《五杂组》十五)既以为“太实则近腐”,清章学诚(《丙辰札记》)又病其“七实三虚惑乱观者”也。至于写人,亦颇有失,以致欲显刘备之长厚而似伪,状诸葛之多智而近妖;惟于关羽,特多好语,义勇之概,时时如见矣。[②]

1924年底,鲁迅先生应邀去陕西西北大学讲学,形成了他的《中国小说的历史变迁》,其基本内容是《史略》的压缩。其中对《三国演义》虚实的批评更为具体化,基本是肯定的,他说:“后来做历史小说的很多,如《开辟演义》,《东西汉演义》,《东西晋演义》,《前后唐演义》,《南北宋演义》,《清史演义》……都没有一种跟得住《三国演义》。所以人都喜欢看它,将来也仍旧能保留其相当价值的。”还指出《三国演义》成书的客观原因:“因为三国底事情,不象五代那样纷乱;又不象楚汉那样简单;恰是不简不繁,适于作小说。”

---

① 叶朗《中国小说美学》,北京大学出版社1982年版,第124页。

② 《鲁迅全集》人民文学出版社1987年,第9卷,第129页。

他对《三国演义》的虚实叙事的缺点也作了明确的批评:"若论其书之优劣,则论者以为其缺点有三:(一)容易招人误会。因为中间所叙的事情,有七分是实的,三分是虚的:惟其实多虚少,所以人们或不免并信虚者为真。如王渔洋是有名的诗人,也是学者,而他有一个诗的题目叫'落凤坡吊庞士元',这'落凤坡'只有《三国演义》上有,别无根据,王渔洋却被它闹昏了……"①鲁迅对此问题的认识,也难以令人信服。因《三国演义》虚实而闹昏的何止一个王渔洋,问题的实质是如何认识历史小说虚构的审美特性。怎么能由分不清史实和演义的区别而怪罪作品的本身?这是两个不同性质问题,又如何能放到一块,来推理出《三国演义》的缺点?

胡适1922年作《三国志演义序》,特意注明曾参考过鲁迅的《小说史讲义》稿本,可能是《中国小说史略》出版前用于教学的讲义。他说:

> 三国演义拘守历史的故事太严,而想象力太少,创造力太薄弱。此书中最精彩、最有趣味的部分在于赤壁之战的前后,从诸葛亮舌战群儒起,到三气周瑜为止。三国的人才都会聚在这一块,"三分"的局面也定于这一个短时期,所以演义家尽力使用他们的想象力与创造力,打破历史事实的束缚,故能把这个时期写的很热闹。我们看元人的隔江斗智与此书中的三气周瑜的不同,便可以推想演义家运用想象力的自由。因为想象力不受历史的拘束,所以这一大段能见精彩。但全书的大部分都是严守传说的历史,至多不过能在穿插琐事上表现一点小聪明,不敢尽量想象创造,所以只能成一部通俗历史,而没有文学的价值。②

胡适显然对《三国演义》"不敢尽量想象创造"是批评的,且不论他的批评是否恰当,但却能引发我们进一步的思考。他凭着直觉的审美感受,已意识到史传文学系统和俗文学系统所形成的两种不同的想象力,给罗贯中写定本《三国演义》叙事形态带来的艺术不平衡性。"最精彩、最有趣的部分",正是史传文学系统与俗文学系统结晶和升华的部分;"拘守历史故事太严,而想象力太少,创造力太薄弱"的部分,差不多正是俗文学系统缺少的那部分,主要是依照史传文学的内容补充的。因此,想象的张力场受到史实的制约和限制。胡适的艺术直觉力是很强的,可惜他的发现并没有引起后人的重视,继而深入研究其所以然。

20年代末到30年代初,《三国演义》新资料的发现,对《三国演义》史实与虚构研究的深入有重大意义。元代《至治新刊全相平话三国志》、嘉靖本《三国演义》的出现,弥补了《三国演义》成书链条的缺失而对虚实演化探寻的缺位。《录鬼簿续编》记载罗贯中文字的披露,也给探寻《三国演义》的作者带来了惊喜,当时投入精力最大、贡献最多的是郑振铎:

首先,第一次从《三国演义》成书的视角,肯定了《三国志平话》作为俗文学的素材来源,也就是"虚"的成分,对《三国演义》成书的作用。他说:"她虽是原始的《三国志通俗演义》的一个骨架子,然后来的《三国志通俗演义》的内容却也已完全包括于此了。"③

其次,第一次明确提出《三国演义》的基本创作方法是"按鉴演义",他说:"取了陈寿的

① 《鲁迅全集》人民文学出版社1987年,第9卷,第323页。

② 胡适《中国章回小说考证》,上海书店1979年版,第389页。

③ 《郑振铎全集》花山出版社1998年版,第4卷,第173页。

《三国志》来，与这种通俗传说的《三国志平话》之类的书来对照，加入许多陈志所有的材料，去了许多陈志所无而太觉谬诞的传说。但对于俗本传说，有描写动人的地方，也颇有所采取。结果，便成了第一部的‘按“鉴”重编’的历史小说《三国志通俗演义》。”①

再次，第一次勾勒了《三国演义》成书过程中几大链环，显示了虚实演进的轨迹。

50 年代中期至 80 年代之前是后一个阶段。

50 年代中期，显示《三国演义》实绩的是孙昌熙、董每戡、鲁地，其中董每戡出版于 1957 年的《三国演义试论》尽管也受到当时极左思潮的影响，但仍不失为一部独立思考的学术著作。其中重头内容“通过主要人物形象看三国”，涉及曹操、刘备、关羽、张飞、赵云、孙权、周瑜、诸葛亮，并且从“按鉴演义”谈虚实的处理，论述颇中肯。比如对当时敏感的人物形象曹操，评价道：“罗贯中就根据‘子治世之能臣，乱世之奸雄’二语，尤其抓住其中‘奸雄’两字来生发，既极力摹写他的‘奸’，也不忘他的‘雄’，所以我认为罗贯中没有违反历史真实，就能活画出一个奸臣曹操，也活画出一个英雄曹操，同时又捏合为一个典型。”②

1959 年春，学术界就如何评价曹操，出现极为热烈的争论，为曹操正名取得了成绩。但在虚实之争问题上，却出现理论上的“倒退”，达到了登峰造极的地步，其要害是违反了艺术虚构的原则，抹杀了历史与文学的界限。他们离开小说人物形象的审美形态及其赖以生存的叙事结构，孤立地从叙事成分，即取材这一视点，议论实多虚少，还是实少虚多，仍旧不能正确的认识《三国演义》叙事形态与历史真实的统一。简单回顾一下过去走的路，也许有更新的启迪。胡世厚指出：“解放后，《三国演义》研究中的另一突出问题，是未能科学地区别与准确地把握历史与文学的不同的评价准则。……以致在相当长时间内，人们对文学创作中如何处理‘虚’与‘实’的问题，在理论上不能作出正确的解释……1959 年我国学术界就如何评价曹操展开热烈讨论……事情是由郭沫若同志的新编历史剧《蔡文姬》和新编京剧《赤壁之战》引起的。1959 年 1 月 25 日，郭沫若同志在《光明日报》发表了《谈蔡文姬的胡笳十八拍》，文章说，曹操是位民族英雄，而《三国演义》风行后，人们便把他当成坏人，当成一个粉脸的奸臣，实在是历史的一大歪曲。3 月 23 日，郭沫若同志又在《人民日报》发表《替曹操翻案》的文章，不仅要为历史人物曹操翻案，而且指责罗贯中‘所见到的历史真实性成了问题，因而《三国演义》的艺术真实性也就失掉了基础’。2 月 19 日，翦伯赞同志在《光明日报》发表了《应该替曹操恢复名誉》一文，说：‘在否定曹操的过程中，《三国演义》的作者可以说尽了文学的能事，《三国演义》简直是曹操的谤书’……在这场讨论中，曾白融、李希凡、刘知渐、袁世硕、苏兴等先后撰文，不同意郭、翦的观点。他们赞同为历史上的曹操翻案，但不同意为《三国演义》中的艺术形象曹操翻案，更不同意否定《三国演义》。”③这场带有浓厚政治色彩的《三国演义》讨论，导致以后长达二十年学术界研究《三国演义》的冷寂，使一部民族的瑰宝落到“万马齐喑究可哀”的地步。

① 《郑振铎全集》花山出版社 1998 年版，第 4 卷第 174 页。

② 董每戡《三国演义试论》，古典文学出版社 1957 年版，第 48 页。

③ 《三国演义学刊》，四川省社会科学院出版社 1985 年版，第 32 页。

三、新时期关于《三国演义》虚实的探讨

20世纪80年代以来，伴随中国三国演义学会的成立，有组织、有计划地开展学术研究与交流活动，团结和号召了一大批老中青学者，展开了对《三国演义》方方面面的研究，并取得了本世纪从未达到的可喜局面。其中当然包括对史实与虚构问题的探讨，比较有代表性的文章如：何满子的《历史小说在事实与虚构之间摆动》、李厚基《用浪漫主义的想象改造‘史实’的范例》、傅隆基的《从〈三国演义〉看历史小说实与虚的艺术辩证法》、宁希元的《从宋元讲史说到〈三国演义〉中的虚实关系》、曲沐的《〈三国演义〉虚实之我见》等。这些文章具有的共同的特点：

（一）努力概括虚实相统一的具体艺术手法

《三国演义》与《三国志》对照是虚实分析的重心，因为《三国演义》史实部分取自其他史书的要远远少于《三国志》。《三国志》和裴注以及其他史书为《三国演义》的艺术创造提供了大量的历史依据。小说全部故事的基本框架和基本线索，主要人物的主要活动，大体同历史相去不远，是那一特定的历史时代的政治斗争和社会生活的艺术反映。从《三国演义》文本中归纳的罗贯中处理史实与虚构关系的创作原则，大体可以分为两种情况：

一，社会生活本身是一个整体，艺术创造也是一个整合过程，即系统工程。即使取自正史的具体局部的素材，也必须重新进行意象组合，体现出小说审美形态的整合性。罗贯中充分挖掘和筛选具有典型性和生动性、富有浓厚文学色彩的史料，重新进行叙事意象的组合。尽管给人们的印象和原有的史料相同，但它们不再是“死”的素材，一旦组合到小说情节之中，便成为小说叙事结构“活”的有机成分，具有小说艺术系统质的功能，能够产生整体效应。如果在提炼具体史实时，感到缺乏小说情节所具有的细节真实性、丰富性和典型性，无法构成情节发展的曲折多变，于是在原有史料构成的张力场的范围之内，进行局部的艺术虚构，但它始终遵循史实提供的历史轨迹去想象、去创造。这就是说，它不仅服从总体艺术构思，而且要服从局部史实的制约，不能任意驰骋想象，所以实多虚少，但无论是实还是虚，都已形成一个完整的艺术形象，被组合到《三国演义》的艺术系统之中。就其审美意义来讲，实与虚都是不可分割的有机组成部分。

二，在极其简洁干巴的史实记载基础上的虚构，那简单的史料形成的张力场要比前一种情况大得多，不但需要丰富细节，而且需要增添情节，因而给小说家留有的想象天地很大。俗文学系统提供的虚多实少的素材，必须与正史提供的素材统一到完整的意象体系之中，也要体现出小说审美形态的整合性。只要不离开基本事实所辐射的范围，不离开总体艺术构思，那么任何创造和虚构都是合理的。所以给人的印象往往是虚多实少。

这两种情况的共同之处，都是在史料的基础上，服从全书叙事构思和总体框架的要求而以虚补实，虚构的大小取决已有史料的多少，虚构的限度是不违背基本史实。这是一条原则。不管素材来源于何处，都是砖瓦木石，只有经过小说家的蓝图设计和精心建造，进入《三国演义》这座雄浑壮丽的艺术宫殿，才能成为有机结构的组成因素。而小说家在处理这些因素时，时时处处都要处理好史实和虚构的关系。我们正是依据对这一关系不同的处理，才分

出了两种不同的情况。

罗贯中"怎样写"的具体叙事过程是一个整体艺术构思的过程。至于选择史料"实"到什么程度，想象又"虚"到什么地步，二者之间的分寸如何把握，是处在一种自觉又非自觉的状态。小说家的叙事既是自觉又是非自觉的。所谓自觉，包括两方面的意义：(1) 小说家在进入具体叙事过程之前是充分自觉的，他有自己的世界观，有自己的叙事目的，有自己的社会责任感，有自己的美学追求；(2) 小说家在叙事过程中虽然进入一种非自觉状态，但实际上，积淀于小说家头脑中的理性一直起着潜在的作用，它默默地帮助小说家对一些素材进行调节。所谓非自觉性是指小说家在进入具体叙事过程之后，也就是进入性格塑造过程之后，支配他的不应当是一些既定的、自己充分意识到的多种理念以及既定的目的、既定的美学观念……这些理性观念和原则，都应当化为小说家的灵魂和血肉，化作一种内聚力倾注到创作中去。大概小说家罗贯中正是靠这种积淀的理性和非自觉性的感受方式与表现将历史与文学双流合一。

首先，《三国演义》遵循一条叙事原则，即对历史的现实进行具体的审美把握，用审美理想之虚驾驭史籍材料之实，经过艺术的想象和概括去创作。它基本忠实于近百年三国的形成、鼎立和衰败的历史脉络和走向，所描写的重大历史事件和主要历史人物都是真实的，不仅有明确的时间记载，而且重要人物的语言、书信都取自正史，查有实据；

其次，着眼于《三国演义》的酝酿和成书的历史过程，去分析叙事成分中史实与虚构的关系。它虽然在正史上的某些材料基础上，搞了张冠李戴的移植，有所取舍，有所夸张，是小说艺术虚构的需要，是为了强化人物性格的主要特征和人物性格发展脉络的完整统一，但没有背离重要历史人物的主要事迹；

再次，概括了虚实相统一的具体艺术手法，如移花接木、张冠李戴；生发点染、出神入化；捕风捉影、神秘莫测等等。增加了一些细节描写和情节渲染，出神入化，但也没有违背史评总的倾向。总之，从这棵古树的枝叶花果上可以看出历史的真实面貌，从这棵古树的主干可以细数历史的年轮。

这些可贵的探讨，对把握虚实关系的审美原则作出了可贵的努力，但遗憾的是都没能提到形象体系和叙事结构的高度，来审视虚实的关系。因为离开叙事结构方式，单纯归纳虚实相统一的具体操作方法，永远缺乏全牛在胸。

（二）《三国演义》与《三国志》虚实的具体比对

把眼光投向文本叙事材料的来源，及史实与虚构的辨析上，自古有之，而真正埋头典章的梳理，却寥无几人。黄霖 1995 年为盛巽昌《三国演义(补正本)》作序，感慨道："对于《三国演义》虚实真假问题需要有一个全面、正确的认知。而要获得全面、正确的认知就关系到两个问题：一个是要有科学的观点指导；另一个则是必须对《三国演义》一书的虚实问题作认认真真、确确切切、仔仔细细的梳理和分析。在这里，应该说后者是前者的基础。然而遗憾的是，从明到清几百年间，片面极端地埋怨《三国演义》太实太虚者有之，笼而统之地肯定《三国演义》有虚有实者有之，鸡零狗碎地指摘《三国演义》或虚或实者也有之，就是没有一个人对这部名著的虚实问题真正下一番工夫，作一次全面的调查！直到本世纪四十年代后，一些学者比之以前稍具规模谈及《三国演义》的虚实问题。……但总的说来，尚无一书专注于《三国演义》的虚实问题，并加以全面、系统地考究。有之，则当自此《三国演义（补正本）》始。”[①]以后还出版了几部关于《三国演义》文本虚实的著作，如张国光《三国演义（文史对照插图本）》（长江文艺出版社2001年版）、许盘清、周文业《〈三国演义〉与〈三国志〉对照本》（江苏古籍出版社2002年版），笔锋直指《三国演义》叙事内容的史实与虚构的问题，都力图从文献学的角度将这一问题梳理得趋于系统化，取得前所未有的研究成果。

《三国演义》与《三国志》的比对。一部80万字的长篇巨著《三国演义》与36万字的《三国志》的对照，无怪乎许盘清先生在《〈三国演义〉与〈三国志〉对照本》“前言”中说：“《三国演义》与《三国志》的对照工作看起来易如反掌，其实很费事。前后花了一年半时间，因为先要将《三国志》改写为编年史体例，这项工作就非常复杂。”[②]不管在过程中遇到什么困难，但毕竟提供了一个全面对照的文本，免去了研究者乃至读者的翻检之劳。研究者可以借助对照本，分析《三国演义》与史实相契合的程度。比如《三国演义》人物、情节、结构、语言诸方面，哪里虚，哪里实。许盘清先生正是借助自己的整理本，看到虚构最多的部分是关羽、诸葛亮；与史实差异最大的部分是周瑜；虚构的故事影响最大的有18个。但这种对照存在着一定的局限性，因为对照本只是《三国演义》与《三国志》中“与《三国演义》最接近的史实”的对照，还没有达到《三国演义》与《三国志》编年体的整体对照。正如沈伯俊先生说：“尽管《三国志》（包括裴注）为《三国演义》提供了最基本的史料，但它以人物传记为主，重在记叙各种有代表性人物的生平业绩，而表现历史的总体面貌和各个局部的互动关系则非其所长，同一事件往往分散记于多篇纪传中，前因后果不够明晰，有时甚至互相抵牾。因此，它没有也不可能为小说《三国演义》提供一个比较完整的叙事框架。承担这一任务的主要是编年体史书《资治通鉴》。”[③]此外还有其他史书为《三国演义》提供了素材，如《汉书》、《后汉书》、《资治通鉴》、《傅子》、《世说新语》、《太平广记》等，所以最终还得依赖一个史料更丰富的对照本，才能看出《三国演义》在构建整体结构的虚实形态。

（三）对叙事成分虚实的比例作量化的分析和思考

长达数百年的《三国演义》虚实探索，人们总是想对叙事成分虚实的比例作出一个基本的估计。许盘清先生在《前言》中说：“本文采取的真实度的标注方法为：如0.95意味着95%的内容录源自于史实，以此类推，0.2则基本为虚构，即与史实相近程度不到20%，这种标明真实度的方法取自于数学。”“将上述120回的真实度相加后得75.8，再除以120回，仅得0.63，即《三国演义》全书只有六分真，准确地说仅有6.3分真，这与章学诚的‘七实三虚’非常接近。”[④]章学诚的“七实三虚”说，虽广为流传，但缺少定量的依据。《〈三国演义〉与〈三国志〉对照本》第一次为“七实三虚”说获得史料定量分析的支持，提供了一个文献研究的平台，实绩可鉴。这种传统的量化分析尽管还有不尽如人意之处，但毕竟有了量化的描述。因此《三国演义》虚实说长期处于感悟式的判断，或者局部的量化分析，而很难从《三国演义》整体结

① 盛巽昌《三国演义补正本》，上海人民出版社1995年版，第2页。
② 许盘清、周文业整理《三国演义》《三国志》对照本《前言》，江苏古籍出版社2002年版，第31页。
③ 沈伯俊《三国志与三国演义关系三论》，《福州大学学报》2003年第3期。
④ 许盘清、周文业整理《三国演义》《三国志》对照本，江苏古籍出版社2002年版，第4页。

构的虚实形态中寻找和提炼叙事的法则。这就是《三国演义》虚实研究长期难以深层次的研究的原因之一。

《三国演义》与《三国志》的对照的结果，触摸到了《三国演义》实中有虚、真中有假的最基本的叙事法则。诚如许盘清先生在《前言》中指出的："到了这一步应该说《三国演义》中的史实一目了然，其实大谬不然，全书排完后才发现史实与小说并不一致的方式很多，但不少地方是真中有假，一时无法定论。"于是作者提出了三条判断的标准：1. 移花接木者。两书中叙述相同，仅仅是《三国演义》中说明校细，描述居多，本人假定"基本属实"，一般定为 0.8 到 0.9。只要字数相差不太多，仅换一个当事者时，将真实程度定为 0.5 到定为 0.7 之间。2. "由于本人将纪传体的《三国志》改成编年史，可以清楚地看到大量不一致之处，本人选取与《三国演义》最接近的史实。"3. "对于裴注中的一切说明均认为是史料，本人不打算考证裴注内容的真假，同时都假定《三国演义》参考了这一部分内容。"

其实，这三个问题的实质都是"史实与小说并不一致的方式很多，但不少地方是真中有假，一时无法定论。"值得注意的是这个问题的提出，本身就是很有价值的发现。之所以我们特别强调作者触摸到的这一现象，是因为这一句也许不经意说出的话，不仅仅是作者历经甘苦体验的所得所见，更重要的是它触摸到了长期困扰《三国演义》虚实研究的瓶颈之处，指出了症结所在。也就是《三国演义》最基本的叙事法则问题。因此，我们不在于要求作者解决了什么具体问题，而在于给别人启示了什么。因为分析《三国演义》哪部分是实，哪部分是虚，不能仅仅停留在叙事成分的来源上，而要把探索的犁头开掘到叙事方式上。而恰恰叙事方式，既具有小说结构搭建的宏观意义，又有小说情节肌理的具体操作。这才是揭示历史小说叙事艺术的根本。至于"不一致之处"是虚多实少，还是实多虚少，是真是假，是假是真，那都是表现形态问题。

四、新世纪以来《三国演义》虚实研究的新进展

《三国演义》作为历史小说在叙事过程中遇到的一个最基本的问题，就是叙事成分，是史实还是虚构的问题。但最终无论是来自史传文学系统还是来自俗文学系统所提供的素材，都只是为罗贯中主体创造，也就是艺术想象力的"场"提供了文学的"砖石泥瓦"。所谓的"场"，它本是物理学中的一个概念，通常指物质存在的一种基本形式，具有动量、能量和质量，能传递实物间的相互作用，如电场、磁场、引力场等。后来，"场"的概念也被引申到其他学科之中，如"生物场"、"心理场"。因此，问题的关键就是探讨史实还是虚构的素材是如何统一在艺术想象之"场"的。正如张国光所言："要把对《三国演义》的文艺鉴赏和从史学角度出发分析评论作品的成功与否结合起来。要理解小说作者是如何运用辩证的方法，采用了哪些虚构的情节来增强作品的艺术性，而又能使这些虚构的情节与历史上的真人真事不出现矛盾冲突。这就是说由于作者能把小说的历史真实与艺术真实融为一个有机体，并注入一个个历史人物形象中，从而使读者能够从思想上进入特定的三国时代氛围，并'尚友古

人’,和小说中自己喜爱的人物的苦乐悲欢相共鸣。”①

研究任何一部文学作品,尤其像《三国演义》这样累积型的历史小说,首先要注意它的形成和发展的创造过程。《三国演义》创造过程一个显著特点,它不是一位文学家的天才创造,而是有着长期的酝酿和成书的过程。集中了无数知名或不知名的作者的智慧和创造,并体现在史传文学和俗文学两大范畴相融合的不断演进的过程中。因此,从古至今,凡是评点和研究这部小说的人,都不可避免地遇到一个基本的问题,即历史真实和艺术真实如何统一,也就是如何处理虚实关系。

(一) 历史叙事与文学叙事的区别

“《三国演义》叙事艺术的审美特性,有它自身孕育、萌生、成型的完整过程。不仅仅决定于它的组成要素,哪部分是史实,哪部分是虚构,而且更主要的是决定于它的结构方式。它们是怎样排列组合的?当某部分完全是史料组合在一块时,是不是就不存在虚实的关系?当半虚半实时,又应当如何认识其虚实关系的变化?在这不同的关系中显示出的特点又是什么?从这些具体的分析中,看出《三国演义》酝酿与成书的长期过程中,所形成的两种不同的想象力,两种不同的虚构方式,显示出史传文学系统和俗文学系统各自的特色,构成‘双向建构’的创造过程,从而造成罗贯中写定本审美形象统一的整合性和不平衡性”②。而恰恰在这一关键性的问题上,史传文学与俗文学有根本的不同,金圣叹早已感悟到了。他说史家的虚是“以文运事”,要在事实基础上“算计出一篇文字来”。这“算计”当中就包括“悬想事势”在内,但不能任意虚构。这样的叙事是“死象之骨”式的还原,“是先有事生成如此如此”,可称之为再造性想象。而小说家的虚构是“因文生事”,可以突破历史的框框,可以“顺着笔性去,削高补低都由我”。这就是小说发生学机制之一。这样的叙事是“信马由缰”式的虚构。可称之为创造性想象。金圣叹很有见地,他从小说叙事方式的审美角度划清了虚构的不同性质和功能。最早明确而中肯地划清了历史叙事与文学叙事的区别,勾勒出了中国古典小说叙事思想的发展轨迹,触及到了文学叙事思维的本质特征——虚构,从此使文学叙事脱离了历史叙事“征实”的观念,是一次理论的升华,在中国叙事学上有极其重大的意义。

从理论的高度论述历史叙事和文学叙事的区别,目的是找到研究中国叙事学的切入口和探索的途径。不单是一个理论的界定,而且具有方法学的意义。历史叙事与文学叙事是中国叙事学包含的两大叙事范畴。虽然文学叙事是从历史叙事中剥离出来并逐步走向辉煌,但二者毕竟在叙事思维和叙事方式不同,而抓住叙事真实这一切入口,分清历史叙事和文学叙事,就为各自的研究领域指明了探索的途径,即研究不同文体所需要和所能容纳的叙事性。

代表中国经典文化的《史记》,其开创的叙事思想和结构方式早已成为历史叙事的典范。它以通古今之变为指导思想,以本纪、表、书、世家、列传五种叙事方式交互相映来展现。尽管每种形式都有各自构思和立意的独特性,但全书总的脉络,其纵向是表现不同历史阶段天下大势的基本态势,主要体现在表和本纪的形式里;其横向是展示众多历史事件的发展演变

① 张国光《〈三国演义〉——文学与历史的辩证统一》,《湖北大学学报》(哲学社会科学版)1997年第2期。

② 郑铁生《三国演义叙事艺术》,新华出版社2000年版,第7页。

和历史人物的兴衰际遇，主要体现在以历史人物为中心的世家、列传和少数本纪形式中。这样就构成了其叙事方式的最大特点：以历史人物的活动和运作为半径，有选择地把相关的人物和事件组织在同一圆环之中，从而形成了一个个相对独立的纪传。司马光针对纪传体通史的局限，开创了历史编纂的又一形式，即编年体。它打破了纪、传、书、表各体分离的束缚，而以时序为经，将纵横时空的历史事件和历史人物进行编织，有助于人们从时空两个方面整体地把握历史事件的内在联系和历史人物的相互关系，加强历史宏观感。其叙事结构在纵的方向，即时间上提供了复式线索，能够在平行或交叉的线索中穿插大大小小的事件，设置形形色色的人物，互相牵制，转换自如；在横的方向，即空间由于内容浩博，人物众多，当然不能像司马迁的史笔那样随意驰骋地展示历史人物微观的感情、素质和思想，强化人物性格。史学叙事这些形式和技巧特征长期被写进中国文学史，而且作为文学作品的艺术特点加以介绍，从一开始就模糊了历史叙事与文学叙事的区别。二者在形式技巧有许多重合面，但深层结构及思想内蕴则大相径庭。剖析《三国演义》叙事艺术对认识这一问题，是很典型的。

（二）章回——虚实叙事结构的有机载体①

章回，既表现了文学叙事脱胎于历史叙事的血缘关系，又开拓了文学叙事自己的发展道路。这一具有一定长度的结构单元的开创，在中国古典小说叙事学上是一次重大的转折。关于这一点，美国学者浦安迪由于与我们所处的文化背景不同，视觉更敏感。他就中国明清小说源起，指出：

> 我认为，明清奇书文体作为一种16世纪的新兴虚构性叙事文体，与“史”的传统（特别是野史和外史）有着特别深厚而复杂的渊源。理由是多方面的。首先，明清长篇章回小说中有很大的一部分是所谓“演义”体历史小说（historical novel）……可见中国旧称小说为“稗史”并非无根之谈，它一语道破了“历史叙述”（historical narrative）和虚构叙事（fictional narrative）之间的密切关联。②

这段话明确两点：第一，明清章回小说源起史传文学；第二，存在着两种不同的叙事方式，即历史叙事和虚构叙事。并在这一认识之上，又提出了《史记》为中国“历史叙述”和“虚构叙述”都提供了一个“惯用叙事单元”。即史书上常用的“列传”结构形式，类同于明清小说中的“章回”。由于它们都是组成长篇叙事的最基本的“惯用叙事单元”，因而他得出结论：“这种定型的叙事单元（或topos）不仅是历史书，而且也是全部中国叙事文学的惯用单位。”

明清小说源起于史书，并非新见。明代李卓吾及小说评点家金圣叹、毛宗岗、张竹坡等都直接或间接讲到这个问题，但大都是点到而止，没有像浦安迪如此明确地从叙事结构角度提出在“历史叙述”和“虚构叙述”中都存在着“惯用叙事单元”。但这一“惯用叙事单元”在历史叙事和文学叙事中有什么不同，他没有深入下去。我曾就这一问题作过一些探讨，如《明清评点小说叙事方式对中国叙事学的意义》（《南开大学学报》1998年第1期）。其基本观点：1. 明清小说评点家将古典小说名著与《史记》相比附所阐释的基本思想；2. 关于史传文学对

① 郑铁生《三国演义叙事艺术》，新华出版社2000年版，第228页。

② ［美］浦安迪《中国叙事学》，北京大学出版社1996年版，第29页。

中国小说叙事结构的贡献与局限；3. 明清小说名著在叙事结构方式上的开拓及理论意义。

章回这一“惯用叙事单元”在长篇叙事结构中的作用，可以概括为：

首先，史传文学的“列传”和明清小说的“章回”虽然都是最基本的“惯用叙事单元”，但“列传”是史传文学“各国分书，各人分载”的叙事方式，具有相对独立性。而章回是长篇小说叙事“总成一篇”有机的一个环节，虽然在形式上具有相对独立的特征，但内在却受到整个叙事结构所具有的原则的制约，体现出整体性、转换性和自身调节性的统一。

其次，古典小说与现代小说最根本的区别，前者是以时空框架为主体建构自己的叙事结构。尽管有的作品开头或结尾为浓厚的神秘的虚空感所笼罩，但改变不了其主体特征。而后者则以心理结构营造的意识流、感觉和意绪改变了以时空为主体的叙事结构。而“章回”恰恰是时空框架分割出的最基本的叙事形态，突出了时间艺术以空间结构为中心的特征。《三国演义》120个章回，按照三国形成、鼎立和瓦解的历史进程的阶段性，而展现的主要历史人物和历史事件为核心，分出了16个系列单元结构：1. 董卓之乱，2. 豪强争霸，3. 官渡大战，4. 三顾茅庐，5. 刘备转战，6. 赤壁大战，7. 三气周瑜，8. 刘备取川，9. 争夺汉中，10. 关羽之死，11. 曹丕篡汉，12. 夷陵大战，13. 七擒孟获，14. 六出祁山，15. 九伐中原，16. 曹魏灭蜀。这种划分，将《三国演义》文本提纲挈领地展示出来，与明清小说评点家使用的“大起大落”、“大照应”、“大关锁”、“极大章法”解析文本的认识是一致的，只不过我们是以现代文论剖析文本、把握整体叙事结构罢了。

第三，“列传”这一“惯用叙事单元”，为历代史学家所沿袭，形成了“纪传体”的叙事方式。“列传”在《史记》这部通史当中，与“表”、“本纪”所展示的历史时代更替的发展进程，互为呼应，体现了历史的整体感，但并不改变历史真实的年轮。而“章回”按照叙事顺序组合为一部长篇小说，可以鲜明地感知叙事主体对历史时空的控制和调节。《三国演义》第25——85回(200——222)，只有23年的历史，因为反映了三国鼎立和发展的阶段，是小说的主体部分，因此描写了60个章回。而外的叙事虽然长达74年的历史，也只占了60个章回。由此可见，史传文学是恢复历史时空的真面目，而章回小说则是建造审美的时空结构，表现了历史进程中人物的命运和情感。

（三）时间艺术的空间化是处理虚实关系最基本的叙事方式

时间的空间化是世界性的研究命题。随着研究视野的关注和探索的深入，人们惊讶地发现：时间的空间化叙事是一个具有中国特色的叙事现象。

美国学者浦安迪致力于中国叙事学研究，发现明清小说时空布局的一个特点：

> 中国明清文人小说醉心于以季节为框架的时间性结构的同时，也极讲究“空间性”的布局，所以历代的传统小说评点家采用的批评术用语，有一部分源自于山水画论。其中最明显的例子，莫过于毛宗岗在批评《三国志演义》时所用的一系列术语，如“近山浓抹、远树轻描”，“奇峰对插、锦屏对峙”，“横云断岭、横桥锁溪”等等，足见这类批评概念与“空间性”布局的关系。①

---

① [美]浦安迪《中国叙事学》，北京大学出版社1996年版，第85页。

浦安迪说得很有道理，毛宗岗的评点突出了《三国演义》时间的空间化叙事的中国特色。我们过去对此研究没有引起足够的重视，更没有上升到理论上探讨。而《三国演义》时间的空间化叙事艺术在中国古典小说中实乃翘楚。

其一，在相对短的时间里展开相对大的空间范围。集中表现矛盾线索复杂、人物出场众多、活动地域广阔的历史事件的全景。时间是在空间的转换中自然地得到体现。如官渡之战，横跨数州，纵横千里，形成白马、乌巢、官渡三大战场，以及这次大战后的冀州战场和辽东战场。因此我在"战争叙事"一章谈到：在空间结构上主要表现为两个问题：一是战争场面的转换，一是战争场面的扩展和延伸。在赤壁战场的描写上，小说家俯视的是三个空间结构，一个是刘备败走江夏，一个是孙权据有江东，再一个是曹操挥师南下，破荆州，战江陵。这三个空间随着中心人物诸葛亮过江，促成孙刘联盟抗曹的统一战线，展开了一系列战前的准备工作，这时重心只是孙权和曹操两个空间。而当诸葛亮协助周瑜完成了赤壁交战前一系列的谋划筹措，借得东风，离开东吴，回到夏口，又恢复了三个空间。这是大的空间结构的转换。再者就是场面的扩展和延伸。如"火烧赤壁"战争场面的展现，小说家把镜头对准曹操的败逃，且战且走，时困时脱，让读者巡视了战场的各个角落。

其二，在时空交叉的历史坐标上以突出几个历史轴心人物的空间活动，来体现历史进程的时间性。时间仿佛是以一种潜在的形态存在于一切空间结构的展示中。当我们把《三国演义》百年历史画卷舒展开，不难发现历史时序集中在几个历史典型人物身上，如曹操、刘备、孙权和诸葛亮，将他们置于时代和社会的大空间里，尽情地挥洒笔墨。

其三，借用背景式的历史人物把时序作为一种象征，表现历史空间的大动荡、大分化、大改组。例如汉献帝一直是时序的象征，整个三国鼎立形成时魏、蜀、吴广阔的地域空间、战争空间、人物活动空间以及彼此的交往征伐，都聚焦在了建安年间的时序内。

综上所述，如果说时间艺术空间化是中国明清小说的民族化特征，那么代表作就非《三国演义》而莫属。而这特征早在《史记》历史叙事就已奠定，"表"和部分"本纪"侧重体现历史大事的时间流程，都在众多的"世家"、"列传"大大小小的历史空间里展现。在这样的历史时空坐标上，呈现的主要特征便是历史时间的空间化。而历代的纪传体史书都沿袭和发挥了这一叙事模式，文学叙事只不过将这一民族化的特征发展到了辉煌的境地，形成具有中国特色的空间叙事艺术。

（四）叙事主体对叙事时空机制的控制是虚实关系的重要命题

《三国演义》叙事结构的整体系统，是小说家把三国特定的历史生活转换为审美形态的结晶，也是小说家掌握现实世界的一种形式。历史社会的现实时空形态，表现在小说的叙事结构之中，时空关系是怎样发生错位和倾斜，这就需要研究叙事主体的控制机制，也可以说是虚实关系的重要命题。

审美时空结构具有物质和精神的双重性。一方面，它以现实时空关系为自身的存在方式或表现手段。作为文本叙事形态的《三国演义》是在反映历史上的现实时空关系中体现自己的，也就是说叙事时空形态不能脱离现实时空形态而存在。另一方面它又是精神的，现实时空形态在审美活动中展现，是通过小说家对叙事机制的调节和控制而得以实现的。现实时空形态和叙事时空形态既有联系又不相同。这就触及到了小说叙事的一个核心问题——

小说家对叙事的时空机制是如何有效地控制和调度的。从现实时空形态转换为叙事时空形态,小说家需要经过一个艺术感知和创造过程,这之中渗透着小说家艺术感知的审美特点和主体意识的直接介入。小说家由于受个人的生活经历、文化修养、审美理想、气质才能和创造动机等因素的影响,对现实时空关系的感受和理解会出现很大的差异,所建构的审美时空形态,就会同现实时空形态之间存在着距离、错位或倾斜。

叙事主体对叙事时空机制的控制和调度的具体表现:

其一,叙事时空形式是小说有机整体的存在形式。如果叙事时间跨度是指单位时间内的历史容量,也可以称为“密度”,那么,叙事时间切点与它所展开的叙事空间成反比。一般说来,叙事时间切点越少,所展示的空间越大,每个点上概括的生活内容就越宽广;相反,叙事时间的切点越多,每个点所概括的生活内容就越狭窄。所以说,在小说叙事结构有限而封闭的自身系统中,时间与空间是矛盾着存在的。当小说家将情节的矛盾冲突推向高潮时,紧紧嵌进一瞬间,为人物的性格和命运提供了一个纵横驰骋的空间,这时小说的空间结构就会呈现出惊人的扩展、凝炼和集中。因为情节中表现的这一瞬间与整部作品所再现的链条相比,虽然短暂,但载荷的容量却很大。相反,在叙事时间链条上截取的点多,情节的展现和人物的活动的叙事空间相对就受到一定的限制。

其二,小说叙事学结构的美学涵义主要是“关系”对“意义”的生成作用,时间和空间在小说审美形态中不是作为元素存在,而是作为“关系”而存在。因而,就有一个小说家如何调整和平衡叙事与现实时空差别的问题。小说家主体意识的介入和渗透,是对历史生活的艺术感知,其艺术穿透力和表现力,总是与他的视野焦点联系在一起的。这既是小说家认识问题的出发点,又是其构建叙事框架时的制高点。视野焦点是把在叙事框架中再现的社会生活作为一个整体,选择一个最佳的透视点,作为固定的叙事视角,去透视一切历史事件的因果和历史人物的关系。因而,才能把三国历史尽收眼底,哪一个时期为重心,魏、蜀、吴的三国的人物哪些应在焦距的中心,波澜壮阔的战争画面又应该以哪些为最清晰、最突出,于是一切都是以离焦距的远近程度而确定,特写是哪些,近景和远景又是哪些,来显示其审美时空关系。

其三,叙事主体的审美选择。叙事主体的情感意识与表现对象蕴含的思想内容相契合的过程,表现出叙事主体在认识和处理客体时的某种创作倾向,并影响着选材角度、提炼角度和叙事视角。因为小说家面对复杂的社会生活,总有一个选择哪个领域的问题,既可以在这方面落笔,也可以在那方面着墨;既可以写光明面,也可以写阴暗面;既可以从正面描写,也可以从反面表现。这种选择就造成了审美与现实的时空错位现象。这才最能体现出小说家的主体倾向,《三国演义》以蜀汉为中心选材,和小说家拥刘贬曹的思想倾向是一致的。而且这种主体感情处处投影在他所建造的审美时空形态上。

无论是扫描百年《三国演义》虚实之争的基本走向,还是对《三国演义》虚实研究基本理性命题的提炼,旨在引起重视研究思维、研究方法的探讨。清代学者王船山说:“学成于聚,新故相资而新其故;思得于永,微显相次而显于微。”一个学者著书立说固然重要,而每一个时期都能反观自身研究领域的学术思想,检讨自身研究领域的学术方法,更为重要。只有这样,才有助于自身研究领域的成熟和厚实,才能锲而不舍地在日渐荒芜的学术原野走向深沉。

作者单位:天津外国语大学

《三国志演义》之行文“重复”及其叙事功能

李桂奎

在中国文学创作中，相对于诗文惯于凭借“用典”、“点铁成金”等方法来强化抒情意蕴而言，小说常常依托“仿效”、“重复”等方法来强化某种叙事与写人效果。前些年，在“求异与创新”思想左右下，每当论及小说中的“重复”，人们多将其定调为由作家才力不济或局限于生活阅历造成的缺憾，很少能从叙事修辞视角予以正面评价。随着西方“互文性”理论，特别是美国解构主义批评家家J.H.米勒“重复”理论的引进，人们才开始对小说的“重复”问题进行重新审视，另眼相看。所谓“重复”，主要是指作者在小说叙述过程中对某些语言和事件进行重映迭现，大致可分为前后不同小说文本之间的“重复”（或谓“外重复”）和某小说文本自身内部不同叙述言语或叙事单元之间的“重复”（或谓“内重复”）。在中国古代小说的历史长河中，“重复”之浪花一再泛起，随地飞溅。作为史上第一部规模宏大的章回小说，《三国志演义》不仅与此前史传文学发生文本互涉，而且还在文本自身内部形成难以数计的颇具似曾相识感的“重复”叙述语和叙事单元。关于其与此前史传文学发生文本互涉性质的“外重复”，已有人进行过专门研究①。为更好地把握《三国志演义》这部“奇书”的叙事特质，兹借鉴西方风行的“重复”理论，依据毛宗岗父子对这部小说行文“重复”的细密评点，顺藤摸瓜、按图索骥，从叙事修辞视角对这部经典小说之行文“重复”进行较为全面的审视和探讨。

一、纷呈迭现的文本内部“重复”

如上所述，“重复”大致可分为文本内部的“重复”和前后文本之间的“重复”。米勒在《小说与重复——七部英国小说》（1982）一书曾把“重复”一分而为三种形态：即“言语成分的重复：词、修辞格、外形或内在情态的描绘”、“事件或场景在文本中被复制着”、“重复其他小说中的动机、主题、人物或事件”②。我们所要研究的《三国志演义》之自身行文“重复”主要着眼

---

① 周建渝曾针对《三国志演义》之“重复”此前史传等文学的情形进行过专门研究，他的研究涉及到“《演义》与《战国策》、《史记》在叙述模式与主题上的文本互涉”、“项羽、吕布、关羽之叙述的文本互涉”、“谋臣的作用”、“以‘三’为单元的重复叙事模式”、“‘鸿门宴’母题的再现”、“青蛇与白蛇的呼应”、“预示性叙述”等七个方面的话题，令人耳目一新。参见周建渝《多重视野中的〈三国志通俗通俗演义〉》，中国社会科学出版社2009年版，第41—89页。

② [美]希利斯·米勒著，王宏图译《小说与重复——七部英国小说》，天津人民出版社2008年版，第2页。

于前二者。尽管这部小说文本内部的“重复”姹紫嫣红,令人目不暇给,但大致可以归纳为在“词、修辞格、外形或内在情态的描绘”等“言语成分”层面的“叙述用语重复”和“事件或场景”层面的“所叙故事重复”两道风景。

先看《三国志演义》内部“重复”的第一种形态,即“叙述用语重复”。其突出表现是,这部战争小说多用“重复”言词或语句来叙述战情或战况。如在第1、2、6、15、31、35、39、50、51、68、72、74、77、90、108等回中,每当叙述到某将领被刺中或打中某个身体部位,作者继而便用“翻身落马”一语交代;在第7、16、57、63、111等回中,作者先后均用“乱箭射死”一句来叙述战斗中的将领们的死因;在第11、21、25、26、28、41、53、63、74等回中,作者叙述战斗中的将领们的恋战和悍斗,屡屡运用“更不答话”一句;在第12、15、26、36、52、83等回中,作者都运用“料敌不过”一语,以表明人物的战时心理;在第14、95、99、112、113、115、117等回中,作者一再运用“忽然一声炮响”一句来叙述出某一出其不意、攻其不备的军事行动;在第68、94、100、101、106等回中,作者拈用了“围得铁桶相似”一语,以突出某方处于被包围或遭封锁的严峻形势;在第86、98、101、102、104等回中,作者均用“授以密计”一语,表明交战中某一方所实行的军事策略;……至于“抵敌不住”、“喊声大震”等用以叙述战斗场景的词语更是被作者用来用去,乃至几十次“重复”使用。同时,作者在叙写故事时间时,也多遣用各种“重复”词,如在小说第2、8、13、21、34、52、61、66、67、86、89、111、118、119等回中,作者共14次用到“酒至半酣”一词;另外,“沉吟半晌”、“半晌方苏”、“正奔走间”、“顷刻之间”等一系列标示时间的套语,也被作者得心应手地不断运用着。同时,在叙写人情物态等方面,作者也不惜运用了各种各样的“重复”言语。如在第8、41、52、89、100等回中,多次叙述到人物“羞惭满面”;在第29、37、44、73、79、83、101、102、106、109、110、113、115、117等回中,更是多次叙述到人物“勃然大怒”。此外,每当叙述人物惊慌、一时没了主意或手足无措,则常用“如之奈何”这句话来传达。诸如此类的“词、修辞格、外形或内在情态的描绘”等“言语成分”方面的“重复”例子,简直不胜枚举,足见《三国志演义》之行文用语的“重复率”相当可观。

再说《三国志演义》行文中的第二种“重复”形态,即“所叙故事重复”。这种行文“重复”大多以叙事单元的形式而存在。对此,毛纶、毛宗岗父子惯常以“仿佛相似”等评语予以指出。如第41回叙述赵云“单骑救主”一节,在张郃追击下,赵云的马陷入土坑,正当张郃“挺枪来刺”时,“那匹马凭空一跃,跳出土坑”。对此,毛宗岗父子评曰:“与玄德檀溪跃马仿佛相似。”的确,第34回叙述刘备被蔡瑁加害追击,情急之中,有“檀溪跃马”而脱险一幕;此再叙述赵云被张郃追击,危难之际,又有“土坑跃马”而脱险一幕。两相对照,情节何其相似乃尔。再如,第89回运用了这么几句叙述语:“孟获大喜,遂设席相待杨锋父子。酒至半酣,锋曰:‘军中少乐,吾随军有蛮姑,善舞刀牌,以助一笑。’”对此,毛评曰:“先主与刘璋饮酒之时,有诸将舞剑;今杨锋与孟获饮酒之时,有花蛮舞刀:正复相似。”众所周知,“饮酒舞剑”是《史记》叙述“鸿门宴”的天才设计。在此,前者直接移植而来,由原来的项庄一人舞剑,转义为诸将舞剑;后者又叙述“蛮姑舞刀牌”,形成一道前后行文“重复”。据统计,如此这般被毛氏父子评为“仿佛相似”以及“仿佛相类”的“重复”叙事单元多达30余处。当然,除了毛氏父子所明确指出的部分,尚有其他诸多“重复”叙述单元以及语句有待我们去发掘。兹录一组关于小说人物在特殊时刻应承游说敌方的故事叙述以作对照:

回　目	“重复”文本
第 3 回	帐前一人出曰:“主公勿忧。某与吕布同乡,知其勇而无谋,见利忘义。某凭三寸不烂之舌,说吕布拱手来降,可乎?”卓大喜,观其人,乃虎贲中郎将李肃也。
第 45 回	言未毕,忽帐下一人出曰:“某自幼与周郎同窗交契,愿凭三寸不烂之舌,往江东说此人来降。”曹操大喜,视之,乃九江人,姓蒋,名干,字子翼,现为帐下幕宾。
第 59 回	璋平生懦弱,闻得此信,心中大忧,急聚众官商议。忽一人昂然而出曰:“主公放心。某虽不才,凭三寸不烂之舌,使张鲁不敢正眼来觑西川。”
第 65 回	孔明谓玄德曰:“今马超正在进退两难之际,亮凭三寸不烂之舌,亲往超寨,说马超来降。”
第 75 回	言未毕,忽一人出曰:“不须张弓只箭,某凭三寸不烂之舌,说公安傅士仁来降,可乎?”众视之,乃虞翻也。

对照上表所引文字可见,且不说小说各部分均重复使用了“凭三寸不烂之舌”一语,就是在叙述人物答话时的语态及其所使用的句法也颇为雷同。诸如此类,在小说行文中给读者印象深刻的“重复”事态还有多种。美国汉学家浦安迪先生曾经注意到,这些“重复”事态包括“每逢宫廷议政场面几乎都是由‘一人挺身’几字引出一场戏剧性的唇枪舌剑,而在战场上,每一场恶战似乎总少不了一支骑兵突然到来,而用以引这支新军出场的套语照例是‘忽见一彪人马’”;以及皇家狩猎、吹折将旗等预兆、迁都、围城、诈降、变节、美人计、破坏联盟、锦囊妙计、坐在小山上观战等粗放型或粗线条的“重复”[①]。再如,每逢叙述到人物命运或战争成败难料,小说常常以“夜观天象”引出一段关于人物生死及战局动向的判断。从第 7 回写蒯良对刘表曰:“某夜观天象,见一将星欲坠;以分野度之,当应在孙坚”,预言孙坚兵败身死,到第 30 回写“沮授被袁绍拘禁在军中,是夜因见众星朗列,乃命监者引出中庭,仰观天象。忽见太白逆行,侵犯牛、斗之分,大惊曰:‘祸将至矣!’”预示袁绍被火烧粮草而兵败官渡,均运用了大同小异的笔调与笔势。而第 38、57、77 回更是反反复复地叙述诸葛孔明通过“夜观天象”,决定战机。在后来的第 91、102 回中,作者分别叙述谯周、司马懿“夜观天象”确定战事利弊;在第 6、14、33、81、99、103、105、106 等回中,作者还对人物“仰观天文”的行为煞有介事地一一进行过叙述。

当然,“叙述用语重复”与“所叙故事重复”两种行文“重复”形态并非是泾渭分明的。尤其是在叙述场景方面,《三国志演义》兼而运用了这两大基本“重复”形态。首先,这部小说特别擅长用多层“重复”叙述自然性的天气变化,并赋予社会修辞意蕴:除了第 6、69 回分别使用“星月交辉”、第 5、77 回分别使用“月白风清”,其他诸多回目则用“月明星朗”、“风清月朗”、“月色澄明”、“月色微明”、“月色无光”等以“月色”为核心的类似语词来点染天气状况,等等。同时,小说也每每以“狂风骤起”、“阴风骤起”、“冷风骤起”、“信风骤起”、“金风骤起”、“阴云漠漠,骤雨将至”、“阴云布合,雪花乱飘”、“阴云四合,黑气漫空”、“彤云密布,朔风紧急,天将降雪”等大同小异的“重复语”来叙述天气突变,且大多带有隐喻色彩。近年,有人曾以毛宗岗父子关于这部小说景物描写的评点为例,分月、风、火、雾、雪等几个方面对《三国志

---

① [美]浦安迪著,沈亨寿译《明代小说四大奇书》,中国和平出版社 1993 年版,第 338、412 页。

演义》毛评中的"互文批评"进行了举隅，可以参见[①]。其次，关于社会场景叙述，小说文本也不乏出之以"重复"笔墨。如，小说多次设置"左冲右突"、"如入无人之境"之类的"重复"场景来渲染赵云、太史慈、关羽等英雄之英勇，等等。

概而言之，《三国志演义》既善于通过核心词语的不断"重复"来强化形象塑造和叙事效果；又善于通过重复文本自身的事件来传达不同时空的历史繁复，并营造常读常新的美感。于是，各种行文"重复"景观得以纷呈迭现。

二、"自我复制"之"重复"的结构功能

与同一件事颠来倒去地重复多次的"重复性叙述"以及把不同时间发生的同种类型的事一次性"重复叙述"出来等叙述方式不同[②]，《三国志演义》之行文"重复"主要表现为不断地运用相同或相似的言语叙事或自我复制不同时空相类似的事件。这"自我复制"式的"重复"具有较为独特的结构功能。

从整体框架看，《三国志演义》式的行文"重复"着意通过"关合"、"映照"等手法，体现传统"前伏后应"的结构之道。所谓"关合"、"映照"乃毛宗岗父子评点《三国志演义》所使用的概念，前者意为小说对所叙前后雷同事件的关联和照应，后者意为小说所叙前后类似的故事互相映衬照应，二者大体意思基本一致。在《读三国志法》中，毛宗岗父子即指出："《三国》一书，有首尾大照应、中间大关锁处。如首卷以十常侍为起，而末卷有刘禅之宠中贵以结之，又有孙皓之宠中贵以双结之，此一大照应也。又如首卷以黄巾妖术为起，而末卷有刘禅之信师婆以结之，又有孙皓之信术士以双结之，此又一大照应也。照应既在首尾，而中间百余回之内若无有与前后相关合者，则不成章法矣。于是有伏完之托黄门寄书，孙亮之察黄门盗蜜以关合前后；又有李傕之喜女巫，张鲁之用左道以关合前后。凡若此者，皆天造地设，以成全篇之结构者也。"对如此这般横贯整体的"重复"，毛氏父子还分别于第116回的"回前评"、第119回的"回前评"中说："黄巾以妖邪惑众，此第一回中之事也，而师婆之妄托神言似之；张让隐匿黄巾之乱以欺灵帝，亦第一回中之事也，而黄皓隐匿姜维之表又似之。……文之有章法者，首必应尾，尾必应首。读《三国》至此篇，是一部大书前后大关合处。""……受禅台有三，则两实一虚；黄巾有二，则一多一寡。此又一部大书前后关合处。"由此可以说，《三国志演义》式的"重复"非但肩负着"关联""照应"等结构使命，而且还肩负着打造前后浑然一体的"章法"、天造地设的"结构"等叙事修辞功能。

本着"前伏后应"的结构之道，《三国志演义》式的行文"重复"尤其善于布设"两两对照，前后相映"的对称美格局。面向整个小说文本，每当遇到前后映衬性的"重复"笔墨，毛氏父

---

① 刘海燕《明清〈三国志演义〉文本演变与评点研究》，福建人民出版社2010年版，第274—283页。

② 在叙述学词典上，"重复叙述"(iterative narrative)是指"有一定序列的叙述或部分叙述，其间发生了N次的事件，但只讲述了一次"；而"重复性叙述"(repeating narrative)是指"叙述获部分叙述中的时频反复，即某件事只发生一次，但被讲述了N遍"(分别见[美]杰拉德·普林斯著，乔国强、李孝弟译《叙述学词典》〔修订版〕，上海译文出版社2011年版，第192页)。显然，《三国志演义》中的"重复"行文与西方叙述学所谓的"重复叙述"、"重复性叙述"都不同。

子通常便以"相映成趣"等评语批之。如小说第 34 回有这样几句叙述："原来曹操有五子，惟植性敏慧，善文章。曹操平日最爱之。"对此，毛氏父子评曰："前文叙袁绍爱少子，后文叙刘表爱少子，此又叙曹操爱少子，正与前后相映像。"指出这几句叙述语所隐含的军国大事与家庭琐事之间的特殊逻辑关联，与前叙袁绍因溺爱少子而贻误军机（第 31 回）以及与随后所叙刘表因爱少子而导致祸起萧墙（第 34 回）等叙事构架大致雷同，因而给读者所带来的"相映像"效果。再如，第 62 回有这样一段叙述："黄忠大怒曰：'汝说吾老，敢与我比试武艺么？'"对此，毛氏父子评曰："此处黄忠欲与魏延比试，后文关公欲与马超比武，前后相映。"这里叙述的是，黄忠和魏延两人本来同为韩玄手下，后来共事刘备。在攻取雒城之战前，两人争功，黄忠提出比试了断，庞统出面调停，并予以分工。在攻打雒城过程中，魏延虽立下战功，但因违犯军令，险些丢命，幸得黄忠相救。事后，刘备令魏延谢黄忠救命之恩，并警告他们今后再也毋得相争。这段叙述与第 65 回所叙"马超投诚刘备后，关羽闻其武艺超群，就给刘备、诸葛亮去信表达要入川与马超比武的意思，诸葛亮回信予以劝转"一段文字，构成前后映照关系。再如，第 86 回所叙一段文字，更是不断地通过"重复"手段与前文构成层层映衬。兹将小说原文与毛宗岗父子评语（用括号标示）节录一段如下：

> 当夜月黑，（将写雾，先写月。）军士皆执灯火，明耀天地，恰如白昼。遥望江南，并不见半点儿火光。（连写灯火火光，正为后文火攻点染。）丕问左右曰："此何故也？"近臣奏曰："想闻陛下天兵来到，故望风逃窜耳。"丕暗笑。及至天晓，大雾迷漫，对面不见。（既写月黑，又写雾天。与曹操舞槊之月，孔明借箭之雾，前后闲闲相映。）……文聘跳上龙舟，负丕下得小舟，奔入河港。忽流星马报："赵云引兵出阳平关，径取长安。"（与曹操在赤壁时闻马腾消息，一虚一实，前后又闲闲相映。）丕听得，大惊失色，便教回军。[①]

此段所叙"破曹丕徐盛用火攻"，不仅从总体构思和整体命意上，而且具体细枝末节，均与第 46 回所叙"用奇谋孔明借箭"、第 48 回所叙"宴长江曹操赋诗"以及第 49 回所叙"三江口周瑜纵火"、第 50 回所叙"诸葛亮智算华容"等某些叙述单元如出一辙，存在着诸多层面的重复雷同。对这种前伏后应的叙事结构，毛氏父子同样以"前后闲闲相映""前后又闲闲相映"等评语来批之。为充分感受小说文本到底是如何"前后相映"的，此不妨进一步搬来原文对照一下：第 46 回的"是夜大雾漫天，长江之中，雾气更甚，对面不相见"几句与第 48 回的"天色向晚，东山月上，皎皎如同白日。长江一带，如横素练"几句，为写景之相映，叙述语的确较为雷同。再看战况叙述，且不说本段所叙"流星马报道"数语与第 48 回所叙"早有探事人报知曹操，说军中传言西凉州韩遂、马腾谋反，杀奔许都来"几句雷同，就是本段所叙"文聘跳上龙舟，负丕下得小舟，奔入河港"与第 49 回所叙述火烧赤壁后"操见势急，方欲跳上岸，忽张辽驾一小脚船，扶操下得船时，那只大船已自着了"几句，前后父子二人遭火烧后的逃命情景也特别相似：均是被部将从大船救到小船。如此"重复"段落，不妨视为对前面几段文字的重新组合和缩写。其他行文"重复"大多含有映照性的结构效果，此类例子还有很多。另如，第 81 回写道："苞方欲挂印，又一少年将奋然出曰：'留下印与我！'视之，乃关兴也。"对此，毛氏父子评曰："二人争印，与许褚、徐晃争袍，遥相映像。"第 119 回写道："会曰：'来日元宵佳节，故

---

① 罗贯中著，毛纶、毛宗岗评，刘世德、郑铭点校《三国志演义》，中华书局 1995 年版，第 965—966 页。

宫大张灯火,请诸将饮宴。如不从者尽杀之。'"对此,毛氏父子评曰:"董承与吉平饮宴亦是元宵佳节,至此已隔九十余回,忽然相映。"由此可见,《三国志演义》行文"重复"具有总体调控和前后衔接等结构性能与叙事效果。

与此同时,《三国志演义》中的大量行文"重复"还暗含着"纷纷世事无穷尽,天数茫茫不可逃"等"天理循环"观念以及因果报应等叙事玄机。如,第10回叙述曹操阖户遭人劫杀。由此,毛氏父子联系到曹操杀吕伯奢全家,似乎报应不爽。与此相关,小说善于将人与人、集团与集团之间的情谊与合作、纠葛与冲突归结为"报恩"或"报仇",叙述所及至少有30余场。虽然这些叙事所包含的"报恩"或"报仇"的内容和性质有所不同,但所叙"报恩"或"报仇"方式以及结果却多有"雷同"和"重复"。而这些"报恩"或"报仇"又或多或少地含有恩恩怨怨、冤冤相报等宿命色彩。关于政权争夺及其相互更迭所造成的行文"重复"结构功能及衍生意蕴,毛氏父子在第120回(也就是在小说终卷)的"回前评"中作了这样的概括和总结:

> 前卷晋之篡魏,与魏之篡汉,相对而成篇;此卷炎之取吴,亦与昭之取蜀,相对而成篇。而前卷于不相似之中,偏有特特相类者,见报应之不殊也;此卷于极相似之中,偏有特特相反者,见事变之不一也。如邓艾之拒姜维,悉力攻击;而羊祜之交陆抗,通好馈遗,则大异。钟会之忌邓艾,彼此不合;而杜预之继羊祜,前后一心,则大异。伐蜀之议,决诸终朝;而伐吴之议,迟之又久,则大异。平蜀之役,二将不还;而平吴之役,全师皆返,则大异。"此间乐,不思蜀"之刘禅,以懦而称臣;而"亦设此座,以待陛下"之孙皓,以刚而屈首,则又大异。至于取蜀之难,难在事后:邓艾专焉,钟会叛焉,姜维构焉,而邵悌忧之,刘实知之,司马昭亦料之矣;取吴之难,难在事先:羊祜请焉,杜预劝焉,王濬、张华又赞焉,而冯紞沮之,荀勖、贾充沮之,王浑、胡奋亦欲缓之矣。比类而观,更无分寸雷同,丝毫合掌。凡书至终篇,每虞其易尽。有如此之竿头百尺,愈出愈奇者哉![①]

在此,毛氏父子慧眼独具地看到了《三国志演义》之"反复"以及由此造成的"相对而成篇"构架,并揭示出其中寓含的"报应不爽"等宗教哲理;而"相反相成"的"重复"叙事构架又蕴涵着"大千世界,无奇不有"的神秘莫测感。同时,通过这样的"重复"叙事,作者也附带着寄寓了"叹往伤今"之情,传达出"往事不堪回首"的浩然长叹。如,毛氏父子在第32回的"回前评"中指出:"观乌巢之焚,令人追念易京楼之焚;观审配之死,令人追念耿武、关纪之死。一冀州耳,韩忽变而为袁,袁忽变而为曹。其始也,馥失之,瓒争之,而绍取之;其既也,谭失之,尚争之,而操取之。兴亡弹指,得丧转盼,夺人者,曾几何时而为人所夺。读书至此,为之三叹。"由后文出现的"重复"叙事,读者自然会联想到前文所叙之雷同故事,进而思考其中蕴含的"夺人者为人所夺"之道,不免扼腕叹息。特别值得注意的是,仅在小说第109回,针对小说所叙"发曹芳魏家果报"一段叙述,毛氏父子就接二连三地运用了十个"令人追想"、"令人追念"等评语,来突出阅读"重复"叙事的感染力和伤感情绪。兹再节录一段文字如下:

> 司马师看毕,勃然大怒曰:"原来汝等正欲谋害吾兄弟,情理难容!"遂令将三人腰斩

---

① 罗贯中著,毛纶、毛宗岗评,刘世德、郑铭点校《三国志演义》,中华书局1995年版,第1329—1330页。

于市,灭其三族。(令人追念董承等七人遇害之时。)三人骂不绝口。比临东市中,牙齿尽被打落,各人含糊数骂而死。(令人追念吉平截指之时。)师直入后宫。魏主曹芳正与张皇后商议此事。皇后曰:“内庭耳目颇多,倘事泄露,必累妾矣!”(令人追念伏后、董妃语。)……(司马师)乃指张皇后曰:“此是张缉之女,理当除之!”芳大哭求免。师不从,叱左右将张后捉出,至东华门内,用白练绞死。(令人追念华歆破壁取伏后时。)后人有诗曰:当年伏后出宫门,跣足哀号别至尊。司马今朝依此例,天教还报在儿孙。①

这段文字所叙司马师篡位之景象,有如当年曹操欺凌汉献帝。读着这类“重复”叙事的文字,我们不免感同于括号中所引的毛氏父子之评。回想到小说前文所叙曹操当年是何等飞扬跋扈,再看这段所叙而今其后人又是何等沦落悲惨,读者都不免会生出盛衰无常、因果报应之叹。

当然,为了紧锣密鼓、扣人心弦的审美需要,《三国志演义》还在运用“卖关子”等其他一套套的结构手段的同时,制造出一系列“重复”。如,作为一种较为独特的结构修辞手段,传统所谓“卖关子”,亦称“宕笔法”,是着意使读者处于悬念状态的一种叙事策略。小说叙述的每次“卖关子”,笔调呈“重复”状态。为制造悬念,小说叙述人物每次用计,总是先惯用“如此如此”一笔带过,这种叙述语言在整部小说中至少“重复”了四十多次。更显眼的是,基于某种“卖关子”需要,小说还在 26 个回目的末尾把许多人物命悬一线作为“关子”,让读者捏一把汗,用“毕竟××性命如何,请听下回分解”、“未知××性命如何,请听下回分解”这样的套话,吊起读者继续读下去的胃口;而接下去的一回的回首就具体“分解”人物是如何“绝处逢生”的:要么凭着自身武力或别人救助化险为夷,要么因为有人讲情化解生命危机,以创造“有惊无险”或“化险为夷”的叙事效果。

概括地说,《三国志演义》善于将经典事件、经典人物以及经典语言、经典细节推广开来,以成其“天造地设”、“前伏后应”结构,有效地发挥了行文“重复”的多重修辞功能。

三、“旧事重提”叙述之衍生意蕴

归根结底,“重复”是同向度、强化式的叙事修辞方式,它通过对词语、场景、人物、事件、母题、动机等层面的重复,在一定程度上传达叙事者的意图与文学形象的寓意,是通向作品内核的秘密通道。J.H.米勒认为,“识别作品中那些反复出现的现象,并进而理解有这些现象衍生的意义”是读者阐释小说大致要通过的途径②。因此,为更好地理解这部小说,我们有必要结合毛氏父子之评,对这部小说之“重复”现象背后的衍生意蕴进行一番较为充分的发掘。

在《三国志演义》整体叙事中,某些信念或伦理道德行为成为故事人物反复“重复”的话题,并衍生出多重涵义。如,小说特别强调“结义”以及“知遇”的分量,由此形成的君臣聚合话题便不断地复线于小说叙事的不同环节中。换言之,这种支撑人物不断进取且略带精神

---

① 罗贯中著,毛纶、毛宗岗评,刘世德、郑铭点校《三国志演义》,中华书局 1995 年版,第 1229 页。

② [美]希利斯·米勒,王宏图译《小说与重复——七部英国小说》,天津人民出版社,2008 年版,第 1 页。

负荷性质的“情结”成为小说“重复”叙事的必备要素，不仅决定着当事人的命运，而且也影响到各种战略决策乃至波及社会动态。众所周知，决定刘、关、张三人命运的关键一幕是小说第1回所叙述的“桃园之盟”、“桃园之义”故事。这一幕成为弥合三人绚烂多彩人生悲喜剧的有机构成，不时地被“重复”提起。其中就有，第14至15回叙述张飞因醉酒而遭吕布袭了徐州，将嫂子失陷城中，无地自容，打算拔剑自刎，刘备用来劝慰的说辞便是“吾三人桃园结义，不求同生，但愿同死。今虽失了城池家小，安忍教兄弟中道而亡”。此乃通过“重复”前事，强调结义情分之重。第25回叙述张辽劝降关羽，也以“桃园之盟”说事：“当初刘使君与兄结义之时，誓同生死。今使君方败，而兄即战死，倘使君复出，欲求兄相助，而不可复得，岂不负当年之盟誓乎？”接下去，第26回叙述刘备写信给曹营中的关羽，再次以“桃园缔盟”相激，于是才出现了关公为寻兄长，而义无反顾地“过五关斩六将”的英雄故事。第51回叙述关羽义释曹操，违犯了军令状，按律当斩，刘备为之讲情，凭的还是“桃园之盟”这一漂亮借口：“昔吾三人结义时，誓同生死。今云长虽犯法，不忍违却前盟。望权记过，容将功赎罪。”第63回叙述关羽“想桃园结义之情”，敢于担当，誓保荆州。第66回叙述鲁肃索荆州，又一次提起“桃园结义，誓同生死”，以挑明关羽有处置事务的权利。第77回在叙述刘备闻知关羽归神时，进行了这样的盖棺论定：“为念当年同誓死，忽教今日独捐生。”到了第80回，小说更是叙述刘备发出如此感叹：“孤与关、张二弟桃园结义时，誓同生死。今云长已亡，孤岂能独享富贵乎？”第81回叙述张飞的态度，仍然拿出老一套的话题：“昔我三人桃园结义，誓同生死，今不幸二兄半途而逝，吾安得独享富贵耶？”而待叙述及张飞见到刘备时，又写他哭诉道：“陛下今日为君，早忘了桃园之誓！”这句重复语终于导致刘备和张飞失去理智，酿成兴兵伐吴的大祸。在这些一而再，再而三的“重复”之处，毛氏父子往往评曰：“又将首卷中事一提。”“又将首回中事一提。”可见，这桩“桃园结义”往事既如同一贴黏合剂，又如同一道魔咒，被一再重提，所形成的衍生意义至少有二：一则表明刘、关、张三人念念不忘，强调了维系这种非血缘而胜过血缘关系的难能可贵；另一方面凭依这种不断强化的人格魅力，使得人物绝处逢生，将故事情节延宕下来。与此相仿佛，诸葛亮之所以做到“鞠躬尽瘁，死而后已”，除了个人固有的人格操守因素，还在于他对“三顾草庐”、“三顾之恩”念念不忘。小说多次反复叙述及这一话题，尤其是诸葛亮本人常持此旧事作为“出师伐魏”的依据和精神动力。《三国志演义》就是如此通过不断“重复”这些政治信念或伦理操守，来预设“事在人为”逻辑前提，并彰显人物之人格魅力的。

除了不断地重申某些信念或伦理道德，《三国志演义》还有一种较为特别的结构之技，值得我们注意，即借助人物言谈话语，不断地“提起前事”或“旧事重提”，制造一系列的所谓“重复”，从而建立起当下事件与以往事件的逻辑联系，以增强小说结构的严谨细密。对此，毛氏父子曾十几次用“又将某某前事一提”等评语予以指出。如，第54回写道：“国太曰：‘莫非当阳长坂抱阿斗者乎？’”对此，毛氏父子评曰：“照应四十一回中事。”不仅表现出文本人物吴国太对赵云英雄气概的景仰，也再度加深了文本外的读者对万夫不当之勇的赵云大战长坂坡的印象。再如，第63回有这么几句叙述：“或献计曰：‘张飞在当阳长坂，一声喝退曹兵百万之众。曹操亦闻风而避之，不可轻敌。’”对此，毛氏父子评曰：“又将四十二回中事一提。”张飞进攻巴郡，老将颜严一开始之所以坚守不出，就是因为了解张飞当年的壮举。继而才叙述张飞用计将颜严诱出，颜严中计伏击了假张飞，却被突然从后面出现的真张飞捉住。还有，

第71回更是反复提及“大战当阳长坂”之事：

> 有识者告曰：“此乃常山赵子龙也。”操曰：“昔日当阳长坂英雄尚在！”（提照前事。）急传令曰：“所到之处，不许轻敌。”赵云救了黄忠，杀透重围。有军士指曰：“东南上围的，必是副将张著。”云不回本营，遂望东南杀来，所到之处，但见“常山赵云”四字旗号。曾在当阳长坂知其勇者，互相传说，尽皆逃窜。（先声夺人，又为前事暄染。）……云喝曰：“休闭寨门。汝岂不知吾昔在当阳长坂时，单枪匹马，觑曹兵八十三万如草芥？今有军有将，又何惧哉！”（上文是别人传说，此却是自家说，英雄一生快事，不嫌自负。今人亦欲自负，怎奈没得说也！）①

俗言：好汉不提当年勇。然而，在《三国志演义》的叙述中，为了取得如雷贯耳的叙事写人效果，作者乐于反复提及某一人物于人生辉煌时刻的表演：或作者或文中他人“常提当年好汉勇”，或者让好汉本人“常提自己当年勇”。于是，“当阳长坂”便与赵云、张飞等英名链接在了一起，随时被“重复”出来。只是在叙述到赵云自己夸口时竟然把当阳曹军五千精锐骑兵与赤壁八十三万大军混淆了，无论是赵云本人糊涂，还是作者疏漏，都意在借助“重复”往事以显神威。当然，借助“旧事重提”这一人物言谈话语实现行文“重复”的突出标志当数“索荆州”。众所周知，围绕“荆州”这块肥肉，魏蜀吴三方诸侯皆虎视眈眈，都不断地图谋取之。在蜀汉玩弄狡狯手段“借荆州”之后，小说便叙述了“四索荆州”的故事，在不断变化中实现行文“重复”。在前三次“索取”荆州的叙述中，鲁肃亲自前来，每次都是旧事重提：第52回叙述“一索荆州”，孔明借口刘琦占据，不该奉还，将鲁肃搪塞回去；第54回叙述“二索荆州”，孔明教刘备找托辞，把鲁肃堵了回去；第56回写“三索荆州”，孔明教刘备讲出没有办法即可取西川的顾虑，以拒绝鲁肃。第66回叙述蜀汉获取西川后所发生的第四次索取荆州故事，来索取者是诸葛亮兄长诸葛瑾，诸葛亮又设计使东吴未遂。小说叙述“四索荆州”，无非是旧事重提，显然是重复性的“犯笔”，而蜀汉方的拒绝方式又变化多样，又是“不犯之笔”。无疑，小说假此“重复”，将一波三折的结构技巧玩弄得特别娴熟。

另外，《三国志演义》中的“重复”意蕴的生发也常基于人物言行叙述，且有些“重复性”的人物语言常常与世俗观念形成悖逆。俗话说：“打人不打脸，骂人不揭短。”而《三国志演义》叙述人物彼此咒骂，多出现处心积虑的揭短现象，衍生出敌我之间势不两立、仇恨双方耿耿于怀等意蕴。这些骂人揭短的“重复”，有的是挖苦对方的出身，如刘备自称自己堂而皇之的出身是“中山靖王之后，孝景皇帝阁下玄孙”，但实际的身份却是小商贩，小说第1回如此交代说他“家贫，贩屦织席为业”，因而成为敌方咒骂的“短处”。第14回写袁术骂道：“汝乃织席编屦之夫，今辄占据大郡，与诸侯同列。吾正欲伐汝，汝却反欲图我，深为可恨！”第21回又写袁术骂曰：“织席编屦小辈，安敢轻我！”第43回写诸葛亮舌战群儒时，座上陆绩指出：“刘豫州虽云中山靖王苗裔，却无可稽考，眼见只是织席贩屦之夫耳，何足与曹操抗衡哉！”第73回写曹操在邺郡闻知玄德自立汉中王时大怒曰：“织席小儿，安敢如此！吾誓灭之！”另如，第41、52回分别写曹操、周瑜骂诸葛亮为“诸葛村夫”也是这方面的例子。有的攻击对敌的长相，如第16、19、26回分别写纪灵、吕布、袁绍称呼或咒骂刘备为“大耳儿”。有的则是揭

① 罗贯中著，毛纶、毛宗岗评，刘世德、郑铭点校《三国志演义》，中华书局，1995年版，第806页。

出人物本质，如第30、31、36、44回分别写袁绍、刘备、徐庶母亲、周瑜等人骂曹操“托名汉相，实为汉(国)贼”，等等。俗话说：“好汉不提当年勇。”然而，《三国志演义》却是“常提当年好汉勇”，关羽之斩颜良、诛文丑之事，赵云之大战长坂坡之事，张飞之长坂桥之吼之事，这些英雄们人生中最精彩的一幕幕，常在小说中被人们反复提起，或对敌手形成如雷贯耳的震慑，或夸耀英雄不减当年勇。“重复”自己。如第45回写周瑜企图谋害刘备，但发现刘备身后站着一人。经刘备介绍，周瑜方知是关公，便惊曰：“非向日斩颜良、文丑者乎?”对此，毛评曰：“二十五回中事，忽于此处一提。”第25回叙述赵范提出的投降理由是：“我闻刘玄德乃大汉皇叔；更兼孔明多谋，关、张极勇；今领兵来的赵子龙，在当阳长坂百万军中，如入无人之境。”毛评曰：“又将子龙前事一提。”第92回叙述赵云连杀夏侯楙五将，夏侯楙连夜与众将商议曰：“吾久闻赵云之名，未尝见面；今日年老，英雄尚在，方信当阳长坂之事。”毛评曰：“又提照四十一回中事。”除了如此这般“常提当年勇”之外，有些人物的为人处世之道也多被“重复”叙及，几乎成为口头禅。如第36回叙述孙干等人劝刘备留住徐庶，刘备说：“吾宁死，不为不仁不义之事。”第40回叙述孔明劝刘备取荆州，刘备说：“吾宁死，不忍作负义之事。”如此反复表白，不免流露出“自我标榜”的意味。

另外，《三国志演义》中的有些“重复”属于“戏拟”，因而衍生出某种反讽意蕴。如，第85回叙述刘备死后，面对曹魏为首的五路大兵犯境，诸葛亮称病不出，后主只好亲自到丞相府去见诸葛亮。现将原文与毛评(用括号标示)一并节录如下：

> 后主问曰：“丞相在何处?”门吏曰：“不知在何处，只有丞相钧旨，教当住百官，勿得辄入。”后主乃下车步行，(与先主亲造草庐相似。)独进第三重门，(过了第三日，又过三重门，与先主三顾草庐相似。)见孔明独倚竹杖，在小池边观鱼。(与草庐中高卧相似。)后主在后立久，乃徐徐而言曰：“丞相安乐否?”(与先主阶前立候相似。)孔明回顾，见是后主，慌忙弃杖，拜伏于地曰：“臣该万死!”①

通过文中毛宗岗父子评语的提示，再对照第37至38回“三顾茅庐”一节，我们不难发现，小说前后文本之间的确存在着较为明显的“重复”迹象。这段文字叙述后主刘禅在危机时刻“顾相府”，戏拟了当年先主刘备在困境中“顾茅庐”情景；通过叙述诸葛亮再次“摆谱”、“拿架子”，反讽了蜀国君臣之间关系的微妙。

《三国志演义》“重复”叙事的衍生意义是多层面的。小处而言，其中隐含着人物的念念不忘或耿耿于怀等寓意；大处而言，其中也不乏“往事不堪回首”、“今非昔比”、“惊人相似的一幕”、“好汉不减当年勇”等政治、历史以及人生意蕴。

四、各式“重复”之“熟悉化”审美效应

《三国志演义》拥有数百次计的前后“重复”叙事，乍听似乎有些偏多，然而人们又不嫌其多。对如此纷呈迭现的“相似性”叙事语言与叙事单元，为何毛氏父子基本上持嘉许态度?

---

① 罗贯中著，毛纶、毛宗岗评，刘世德、郑铭点校《三国志演义》，中华书局，1995年版，第953页。

为何后人基本上能够接受认可[①]？除了以上所叙结构功能、叙事意蕴之外，还应当关系到"熟悉化"审美这一理论问题。

所谓"熟悉化"，或称"熟识化"、"熟知化"，本来与"陌生化"（或"反常化"）是一对相辅相成的审美概念[②]。这在西方文论传统中有较为充分的体现：从古希腊的"模仿说"到文艺复兴时期的"镜子说"，再到别林斯基"熟悉的陌生人"这一"典型"理论，"陌生化"与"熟悉化"大致如同孪生兄弟，不即不离。在中国传统文论中，引经据典、点铁成金、借鉴继承式的"重复"也曾经与别出心裁、愈出愈奇等"变新"同样受到尊重。然而，曾几何时，由于受到俄国形式主义大师什克洛夫斯基提出的"陌生化"理论的深深影响，基于求异与创新观念，"熟悉化"审美被"陌生化"审美遮蔽起来。近年，人们逐渐意识到，让已经熟知的事物呈现出陌生而新奇的"陌生化"只是审美感知的一种形态，而让陌生的事物使我们尽快熟悉、认同的"熟悉化"则是审美感知的另一种形态，二者并行不悖。正如谭雪纯先生所言："既有陌生化方式，也有熟知化方式，不管是制造意义偏离，还是制造形式偏离，陌生化常与熟知化相伴随。"[③]如果小说叙事的陌生感过度，就要靠"熟悉化"来消解；如果小说叙事过于熟烂化，也需要靠"陌生化"来救赎。可以说，小说文本的经典性及其生机活力即得力于"陌生化"与"熟悉化"两极审美的调和与渗透。具体到《三国志演义》这部经典小说，"重复"叙事托出一道道"熟悉化"的审美风景。

对应于俄国形式主义所谓"陌生化"，我们有必要以《三国志演义》为个案，生发并探讨文学的"熟悉化"审美问题。以往，人们在谈到《三国志演义》战争描写的特色时，往往夸说"它写出了战争的多姿多彩，每次战争，各有特点，互不雷同"。事实上，"各有特点"固然值得称道，但并不能因此就排斥"雷同"。需要明确的是，由"重复"叙事造成的"雷同"非但不是小说叙事的一宗罪，而且还有利于小说审美效果的实现，它至少可以成为营造小说"熟识化"审美的一道程序。《三国志演义》中的"重复"叙事以"雷同"与"相似"为基本格调，一般是叙述不同而同类的事，即使多次叙述同一件事，也既非原样搬弄，更不是照葫芦画瓢。这种叙事给人的感觉是似曾相识，而又并不全然相同；看似不经意，却又别具匠心。因而，毛氏父子评之为"相似"、"相仿佛"。这就是"似是而非"、"似非而是"式的"熟悉化"审美真谛。

小说家之所以不断推出"重复"叙事，原因之一在于它利于传播，便于读者一目了然地接受。反过来，小说所创造的"熟悉化"审美风范也有利于"重复"叙事的风行。作为一部"大众文化"审美品味的小说，《三国志演义》非常善于依托"重复的写法"来吸引读者。关于这种创

---

① 当然，正如其他小说的"重复"一样，《三国志演义》之"重复"也是一把双刃剑。对此，历来人们曾多有褒贬。褒誉者以古代的毛纶、毛宗岗父子与今天的浦安迪、周建渝等人为代表；贬毁者则以古代的李贽与现代的胡适等人为代表。

② "陌生化"，也叫"反常化"，是俄国形式主义文论的核心理论之一。这个理论强调文学审美应该超越常情、常理、常事、常境。其基本构成原则是表面互不相关而内里存在联系的诸种因素的对立和冲突，给人以感官的刺激或情感的震动。其主要理论贡献是，鼓励文学创作通过运用新鲜的语言或奇异的语言，去消解那种久用成习惯或习惯成自然的缺乏原创性和新鲜感的语言，从而给读者带来新奇的阅读体验。可见，这一理论意图主要面向语言革新，而并非排斥"熟悉化"叙事等行文之道。

③ 谭学纯《修辞话语建构双重运作：陌生化和熟知化》，《福建师范大学学报（哲学社会科学版）》，2004年第5期。

作追求，我们可借助美国当代小说理论家伊恩·P·瓦特在论及西方"小说的兴起"时所讲的一番话来加深理解：

……其中至少有两种考虑很可能对作家作长篇累牍的描写具有鼓励作用：首先，很清楚，重复的写法可以有助于他的没受过什么教育的读者易于理解他的意思；其次，因为付给他报酬的已不是庇护人，而是书商，因此，迅速和丰富便成为最大的经济长处。①

小说之所以形成长篇累牍的规模，应该有作者基于使得读者易于理解、容易接受方面的考虑。为此，"重复的写法"屡见不鲜。就《三国志演义》而言，为了迎合大众欣赏趣味，拉近与普通读者之间的距离，作者并不好奇地关心宫闱秘闻，也不去细究历史的必然性，而津津乐道于日常生活细节。面对纷繁复杂的人间故事，为便于大众读者理解，作者往往不厌其烦地套上雷同性的叙事逻辑，以制造出不少"重复"故事片段。如，在作者的潜意识中，有着一样一条人间经验：因小事而坏了大事。因而，作者善于把许多惊天动地的历史事件及英雄人物悲剧的发生归因或附会为惩罚家人或下属等身边人，形成"祸起萧墙"情节重复系列。第23回即有这么一段叙述："（董）承心中暗喜，步入后堂，忽见家奴秦庆童同侍妾云英，在暗处私语。承大怒，唤左右捉下，欲杀之。夫人劝免其死，各人杖脊四十，将庆童锁于冷房。庆童怀恨，夤夜将铁锁扭断，跳墙而出，径入曹操府中，告有机密事。"董承因惩罚家奴而被首告，导致一场铲除曹操的事关国计民生的重大密谋行动败露，非但未能铲除"汉贼"，反倒导演着遭到杀戮。对此，毛氏父子评曰："前十回中马宇为家僮所首，此处董承亦同为家僮所首。前略后详，事虽同而文各异。"根据毛氏父子说法，因家僮首告而遭祸之类的叙事非止一端。前十回所叙"马宇为家僮所首"已在先，后又有多例。且再看第32回叙述道："操令三军绕城筑起土山，又暗掘地道以攻之。审配设计坚守，法令甚严。东门守将冯礼，因酒醉有误巡警，配痛责之。冯礼怀恨，潜地出城降操。"此为一桩身边部将因"怀恨"而首告之事，导致千秋功业，毁于一旦。除了"挟恨首告"故事，《三国志演义》还叙述了许多"挟恨投降"故事，其基本构架也大致与"挟恨首告"故事如出一辙。如，第76回叙述在荆州危急时刻，糜芳与傅士仁出城投降东吴吕蒙，导致关羽兵败如山倒，摧枯拉朽，含恨被杀。由于身边人或部属的叛逃使得本已存在的危机雪上加霜。这类故事模式还被第81回用来叙述张飞结局。故事大致是，张飞急于为关羽报仇，下令军中限三日内制办白旗白甲，三军挂孝伐吴。次日，帐下两员末将范疆、张达申请宽限，不料遭到张飞毒打。两人回到营中商议害死张飞，投降东吴。结果，张飞被害。对这一段叙述，毛氏父子评曰："与糜芳、傅士仁一般商议，前后相对。""吕布以戒酒而为部将所害，张飞以饮酒而为部将所害，前后相反而相对。"指出了其与前番两个故事的"重复"效果。直至第100回还有这么一段："苟安好酒，于路怠慢，违限十日。……孔明乃叱武士去其缚，杖八十放之。苟安被责，心中怀恨，连夜引亲随五六骑，径奔魏寨投降。"苟安因被责而潜回成都散布孔明意欲篡权流言，而刘禅竟然轻信传言，急诏孔明回成都，终于导致北伐事业受挫。在此，"挟恨进谗"竟然成为孔明"出师未捷"的偶然之因。如此这般，作者在解释战争胜败之因时，总是与内部人际关系这一因素链接起来，形成"重复"叙事系列和模

---

① [美]伊恩·P·瓦特著，高原、董红钧译《小说的兴起》，生活·读书·新知三联书店1992年版，第54页。

式。由这些故事推演开来，我们也不难发现，《三国志演义》所叙“因酒误事”故事也特别多，并形成另一经典性的系列叙事模式，从而造成大量“重复”。对这类“重复”，人们曾梳理出“张飞酒醉丢徐州”、“典韦醉酒丢性命”、“吕布因酒陷囹圄”、“祢衡酒后狂妄送命”、“曹植醉酒失势”、“淳于琼聚饮失乌巢”、“许褚酒醉大意受伤”、“张飞酒后鞭打士卒丢命”、“荀安醉酒遭责而坏北伐”等等，此不赘述。面对如此这般“因小失大”性质的叙事“重复”，我们不能怪罪作者对历史事件的复杂性认识不足，也不必硬性归结为历史本身的惊人相似或偶然巧合，而应该视为作者运用定势思维，去把握和操纵叙事逻辑，并由此实现小说“熟悉化”审美意图。

从创作心态而言，尽管《三国志演义》之“重复”叙事的性质不一：有的属于作者的“津津乐道”，有的属于作者的“念念不忘”，还有的则属于作者的“敝帚自珍”，但是，其基本美学追求则大体一致，即“熟悉化”。总体看，《三国志演义》虽然不像后来的世情小说那样热衷于叙述平凡与周而复始的日常生活，但却经常抓住人物的个性化相貌以及日常的“衣食住行”大做文章。特别闪眼的是，《三国志演义》善于通过叙写人物个性化的出场以及突如其来的情态来不断地加深人们的印象。如，在第 1、5、20、83 等回中，作者均以“丹凤眼，卧蚕眉”来展示关公的跃然出场，未讲出其人，先呈现其面。再如，每当叙述张飞发怒，小说惯于以“圆睁环眼”为标志，第 2 回有这样几句叙述：“张飞大怒，睁圆环眼，咬碎钢牙，滚鞍下马，径入馆驿，把门人那里阻挡得住，直奔后堂，见督邮正坐厅上，将县吏绑倒在地。”此为张飞“怒鞭督邮”一幕之情态；第 28 回写道：“关公望见张飞到来，喜不自胜，付刀与周仓接了，拍马来迎。只见张飞圆睁环眼，倒竖虎须，吼声如雷，挥矛向关公便搠。”此为张飞“古城会拒关羽”之情态；第 42 回写道：“却说文聘引军追赵云至长坂桥，只见张飞倒竖虎须，圆睁环眼，手绰蛇矛，立马桥上。”此为张飞“大闹长坂桥”之情态。又如，叙述吕布形象，也曾几度点缀以“赤兔马”“方天戟”以及“白花袍”。当然，给人印象更深刻的是，每当叙述诸葛孔明每次出场，小说除了以“头戴纶巾”、“手摇羽扇”等言语引出之外，便运用“端坐”作为标志，在第 39、52、64、89、90、93、97、98、99、100、101、104、116、117 等回中，作者既叙述出孔明个性化的“飘飘然有神仙之概”，又叙述出了其“坐阵”指挥三军的淡定从容。其中第 38、52、89、93 回四个回目竟然一字不改地写其“头戴纶巾，身披鹤氅”，而第 116 回又写道：“是夜，钟会在帐中伏几而寝，忽然一阵清风过处，只见一人纶巾羽扇，身衣鹤氅，素履皂绦，面如冠玉，唇若涂朱，眉清目朗，身长八尺，飘飘然有神仙之概。”对此，毛评曰：“忽于钟会梦中写一诸葛孔明，仿佛先主草庐初遇时。”在“食”方面，除了写了许许多多“酒宴”（特别是“鸿门宴”式的“酒宴”）以及反复运用“酒至数巡”、“酒行数巡”等“重复语”叙述酒席进度，就是不断地通过“重复”叙述运送、抢劫、火烧“粮草”，以交代战争进程和成败因由。另外，小说也善于通过“重复”笔墨，确立人物的经典“造型”，要么给人以亲切感，要么令人豁然开朗。对诸葛亮、关羽、张飞等主要人物的每次出场，作者往往采取在叙述其人之前，先托出其人的个性化的形象或挑明人物身份等叙事之道。如，刘备的“中山靖王之后”、赵云的“常山赵子龙”，张飞的“燕人张翼德”等品牌性身份，在小说中被多次重复叙及。有时出于人物本人自称，有时借他人之口称之。这不仅服务于打造人物“品牌”，而且制造出诸多曲折，并营造出“如雷贯耳”之势。另外，“重复”叙事还或多或少地包涵着作者对事理的定向性认知等因素。如，在叙述人物之死时，作者不仅经常将死因归结为“暴怒”，而且还往往通过写人物死前的恶性梦境与不吉言论来进行预言，等等。

总而言之,《三国志演义》如此众多的“重复”是作者不厌其烦地着意制造的,虽然略显其写作疲态,但并非是江郎才尽的篇幅凑合,而致力于营造一道有别于“陌生化”的“熟悉化”审美妙致的叙事修辞,因而读者读来基本并不觉得烦腻。

作者单位:上海财经大学

《水浒传》刘兴我本和藜光堂本数字化研究

周文业

最近刘世德先生先后在《文学遗产》2013年第1期和第3期连续发表两篇有关《水浒传》简本的论文，即2013年《文学遗产》第1期《〈水浒传〉藜光堂刊本与双峰堂刊本异同考》，和2013年《文学遗产》第3期《〈水浒传〉刘兴我刊本与藜光堂刊本异同考》。两文主要研究《水浒传》简本中的刘兴我本与藜光堂本，刘先生认为两本关系是先有刘兴我刊本，后有藜光堂刊本；刘兴我和藜光堂主刘荣吾是同一人。众所周知，《文学遗产》是大陆古代文学中最权威的杂志，在此杂志上发表的论文代表古代文学中的最高水平，能够连续刊载一个作者两篇论文，是非常少见的。

我查阅了大陆有关《水浒传》版本研究的文章和著作，发现以前对这两种版本研究很少。我又查了日本中川谕先生整理的日本有关《水浒传》版本研究的文章，发现丸山浩明先生在1988年曾发表过相关论文《水浒伝简本浅探——刘兴我本・藜光堂本をめぐって》。我认识丸山先生，在日本中国小说研究会每年的研讨会上，曾多次见过丸山先生。我请中川发来丸山先生论文，看过后大吃一惊。丸山先生25年前发表的论文，不仅研究方法与刘先生研究方法类似，其研究结论也和刘先生相近，他也认为藜光堂本是刘兴我本的翻刻。只是他认为刘兴我和藜光堂主刘荣吾不太可能是同一人。因为此文未翻译成中文在大陆发表，大陆学者都没有看到。

看到中日两学者的研究，引起我很大兴趣，因为我已经完成了刘兴我本与藜光堂本的数字化，因此马上用数字化对这两个版本进行全文的彻底比对，结果发现了两位先生没有注意到的12处藜光堂本的“同词脱文”，这也证明了中日两位学者人工研究的结论是正确的。对于刘兴我和刘荣吾是否是同一人，我也做了初步研究。

本文分为三部分。

第一部分是《水浒传》刘兴我本和藜光堂本研究综述，主要内容是介绍前人对刘兴我本与藜光堂本的研究情况，着重是介绍丸山浩明先生的研究。

第二部分是《水浒传》刘兴我本和藜光堂本的数字化研究，主要介绍本人用数字化比对方式，对刘兴我本与藜光堂本文字差异的研究，并分析刘兴我和刘荣吾是否是同一人。

第三部分是从《水浒传》刘兴我本和藜光堂本看古代小说版本研究，先综合比较刘世德先生、丸山先生的人工研究和本人数字化研究方法，然后根据这个案例，谈谈自己对古代小说版本研究的一些看法。

一、《水浒传》刘兴我本和藜光堂本研究综述

1.《水浒传》简本分类

《水浒传》版本的分类一般根据文字的繁简和故事的繁简，分为四类。即：

(1) 文简事繁的“简本”；

(2) 文繁事简的“繁本”；

(3) 文繁事繁的繁简综合“全传”本；

(4) 金圣叹腰斩删改的“腰斩本”。

表1 《水浒传》简本主要版本

序号	简称	书名	藏地	刊刻
1	评林本	京本增补校正全像忠义水浒志传评林	日本日光轮王寺慈眼堂	明万历二十二年(1594)
			维也纳国立图书馆	
			梵蒂冈	
2	插增甲本	新刊京本全像插增田虎王庆水浒全传	斯图加特	明万历
			哥本哈根	明万历
			巴黎国家图书馆	明万历初(1573—1588)
			牛津大学残页	明万历中(1588—1594)
3	插增乙本	新刊通俗增演忠义出像水浒传	德累斯顿	明
			梵蒂冈	明
4	文杏堂本	宝翰楼刊文杏堂批评忠义水浒全传	巴黎国家图书馆	明
5	映雪草堂本	映雪草堂刊文杏堂批评忠义水浒全传	日本东京大学	明刻清补
6	刘兴我本	新刻全像水浒传	日本东京大学附属图书馆	明崇祯元年(1628)
7	藜光堂本	新刻全像忠义水浒志传	日本东京大学东洋文化研究所	明崇祯
8	南图出像本	新刻出像京本忠义水浒传	南京图书馆	清
9	国图出像本	新刻出像京本忠义水浒传	国图 18219	清初金陵德聚堂文星堂刻本
10	李渔序本		东柏林国家图书馆	清

续表

<table>
<tr><th>序号</th><th>简称</th><th>书名</th><th>藏地</th><th>刊刻</th></tr>
<tr><td rowspan="5">11</td><td rowspan="5">汉宋奇书</td><td rowspan="2">汉宋奇书忠义水浒传</td><td>哈佛大学哈佛燕京图书馆</td><td>清</td></tr>
<tr><td>哥伦比亚大学</td><td>清</td></tr>
<tr><td>新刊绣像汉宋奇书忠义水浒传</td><td>温州叶知秋</td><td>清末兴贤堂梓行</td></tr>
<tr><td>福文堂刊绣像汉宋奇书忠义水浒传</td><td>上海赵景深</td><td>清末江苏福文堂</td></tr>
<tr><td>右文堂刊绣像汉宋奇书忠义水浒传</td><td>上海陆谵安</td><td>清末右文堂</td></tr>
</table>

《水浒传》"繁本"为100回,"全传"本为120回,金圣叹本为70(71)回。

《水浒传》简本大致可分为以下几类:

(1) 评林本:104回,又称"双峰堂本",是目前已知刊刻年代较早、最准确的版本,研究的也比较多,是简本的代表版本,但可能不是最早的版本。

(2) 插增甲本:并不是单指一种版本,实际是马幼垣起名的"版本族",马幼垣认为它们实际是一种版本,而起名为"插增甲本"。包括四种版本:斯图加特本、哥本哈根本、巴黎国家图书馆本、牛津大学残叶。

(3) 插增乙本:回目不详,和"插增甲本"一样,并不是单指一种版本,实际是马幼垣起名的"版本族",马幼垣认为它们实际是一种版本,而起名为"插增乙本"。包括两种版本:德累斯顿本、梵蒂冈本。

(4) 藜光堂本、刘兴我本:115回,本文将主要研究的版本,都刊刻于崇祯年间。

(5) 文杏堂本、映雪草堂本:映雪草堂本可能是文杏堂本的覆刻本。

(6) 南图出像本、国图出像本、李渔序本、汉宋奇书和英雄谱、二刻英雄谱等。

目前有关《水浒传》版本的介绍还很不足,而且有很大问题。

对于《水浒传》版本的介绍,一般认为马蹄疾编著的《水浒书录》(上海古籍出版社1986年第1版)最全面和详尽,自出版后常被学者参考和引用。马蹄疾原名陈宗棠,当时他在社科院文学所资料室工作,喜爱《水浒传》版本,因此根据各种资料汇编成此书。但实际他本人并没有仔细查阅过这些版本,这样导致书中很多记述有错误。如对于藜光堂本,此书称其刊刻于明万历间,这是根据日本神山润次《水浒传诸本》中的记述。实际藜光堂本是刊刻于崇祯年间,而绝非万历年间。再如对于刘兴我本,他认为刘兴我是广东惠阳富沙人,实际富沙是在福建建阳,类似错误还很多。我最近出席山东菏泽水浒研讨会,看到一些论文中仍沿用了此书中一些错误说法,深感此问题的严重,这应该引起我们的注意。

有关《水浒传》版本的另一详细介绍是石昌渝先生主编的《中国古代小说总目·白话卷》(2004年山西教育出版社),其中对《水浒传》版本的介绍,将《水浒传》分为四种,即:初稿未定本(即简本)、初定本(即繁本)、全传本和腰斩本。这明显是采纳了简本在前,繁本在后的早期错误看法。文中有关《水浒传》版本的介绍也不够全面。此书中五大名著中其他四部的介绍都是这领域的专家,如《三国演义》是金文京先生,《西游记》是矶部彰先生,《红楼梦》是刘世德先生，《金瓶梅》是陈庆浩先生。而《水浒传》条目是由孟繁仁先生撰写的，我和孟先生很熟悉，他曾研究罗贯中，但并非研究《水浒传》版本的专家，因此我觉得请他来写此介绍似乎不合适。最合适人选肯定是马幼垣先生，但不知为何没有请他编写？可能大陆和马先生关系有问题？日本学者中有些学者研究很深入，如白木直也先生曾发表很多文章，不知为何没有联系日本学者来写。而大陆似乎真是没有《水浒传》版本研究专家，刘世德先生曾发表几篇文章，但未全面进行研究。

在《三国演义》版本方面，魏安先生的《三国演义版本考》是最全面、最准确的，这是因为魏安先生都曾亲自去查阅过这些版本，自己也利用"同词脱文"做了深入的研究，因此这本书成为《三国演义》版本介绍方面最权威的参考书，对于《三国演义》版本研究有很大帮助。可惜《水浒传》至今没有这样一本权威的版本介绍专著，这可能和《水浒传》的版本多藏于日本，大陆学者难以看到原本有关。

2. 马幼垣先生的《水浒传》版本研究

谈及《水浒传》版本研究，就不得不提及马幼垣先生。马幼垣曾长期在美国夏威夷大学执教，1996年荣休后，曾在香港岭南大学任讲座教授，现已退休返回夏威夷。

他的两本专著《水浒论衡》和《水浒二论》成为研究《水浒传》版本必读的著作。他经过多年不懈的努力，收集到几乎全部《水浒传》版本的复印件。他最先提出要重视对简本的研究。他最大贡献是对插增甲本和插增乙本的研究。经过他仔细的研究证明：斯图加特本、哥本哈根本、巴黎国家图书馆本和牛津大学残叶四种版本，实际是同一种版本，马幼垣起名为"插增甲本"。而德累斯顿本、梵蒂冈本实际也是同一种版本，马幼垣起名为"插增乙本"。

马幼垣在香港岭南大学任教期间，为了对这两种版本进行深入的研究，经过三年努力，终于完成了《插增本简本水浒传存文辑校》一书，实现了这两部插增本和评林本的全面对照，全书有800多页。由于本文不研究插增本，因此对插增本不再多介绍。

马幼垣此书采用了"分窗口段落比对"方式。这种方式分窗口显示中，每句（或段落）对齐，而句（或段落）内部不再对齐。这种比对方式优点是整理比较简单，文字连续。缺点是段落内没有做比对，文字差异不清楚。我个人觉得这并不是理想的比对方式。

表2　分窗口段落比对（《插增本简本水浒传存文辑校》）

新刊京本全像插增田虎王庆忠义水浒传卷之十七	新刊通俗增演忠义出像水浒传卷之十七	京本增补校正全传忠义水浒志传评林卷之十七
第八十三回　宋公明奉诏破大辽　陈桥驿泪滴斩小卒	第八十三回　宋公明奉诏破大辽　陈桥驿泪滴斩小卒	宋公明奉诏破大辽 陈桥驿泪滴斩小卒
大辽国主起兵，侵占山后九州岛岛疆界，兵分四路而，劫掠山东、山西，抢掠河南、河北，各处申奏，请求救兵。 枢密童贯、太尉蔡京、高俅、杨戬纳下表章不奏。四个贼臣定计，奏陷宋江等。	却说当年有大辽国主，起兵侵占山后九州岛岛边界，兵分四路而入，劫虏山东、山西，抢掠河南、河北，各处申奏，请求救兵，先经枢密院，然后得到御前。 枢密童贯、太尉蔡京、高俅、杨戬纳下表章不奏。四个贼臣定计，奏将宋江等众陷害。 殿前太尉宿元景奏道："宋江方	却说当年有大辽国主，起兵侵占山后九州岛岛边界，兵分四路而入，劫虏山东、山西，抢掠河南、河北，各处申奏，请求救兵，先经枢密院，然后得到御前。 枢密童贯、太尉蔡京、高俅、杨戬纳下表章不奏。四个贼臣定计。奏将。

续表

新刊京本全像插增田虎王庆忠义水浒传卷之十七	新刊通俗增演忠义出像水浒传卷之十七	京本增补校正全传忠义水浒志传评林卷之十七
殿前太尉宿元景奏道：“宋江方始归降百单八人恩同手足，死不相离，今要害他。倘或泄漏，城中反变，将何解救？见今辽国兴兵，侵占山后九州岛岛所近县治，各处申表求救，屡次调兵征剿，贼势浩大，折兵损将，瞒着圣上不奏。以臣小见，正好差宋江等收伏辽贼，于国建功，实有便益。”	“……始归降，百单八人恩同手足，死不相离，今又要害他。倘或泄漏，城中反变，将何解救？见今辽国兴兵，侵占山后九州岛岛所近县治，各处申表求救，屡次调兵征剿，贼势浩大，折兵损将，瞒着圣上不奏。以臣小见，正好差宋江等收伏辽国之贼，实有便益。”	“……归降，百单八人恩同手足，死不相离，今又要害他。倘或泄漏反变，将何解救？见今辽国兴兵，侵占山后九州岛岛所近县治，各处申表求救，屡次调兵征剿，折兵损将，瞒着圣上不奏。以臣小见，正好差宋江等收伏辽国之贼，实有便。”
天子听罢，龙颜大喜，深责童贯等匿奏之罪，亲书诏敕，加宋江为破辽都先锋，其余诸将待建功封爵，就差宿元景敕去宋江军前开读。	天子听罢宿太尉所奏，龙颜大喜，深责童贯等匿奏之罪，亲书诏敕，加宋江为破辽都先锋，其余诸将待建功封爵，就差宿元景亲赍诏敕，去宋江军前开读。	天子听罢，龙颜大喜，深责童贯等匿奏之罪，亲书诏敕，加宋江为破辽都先锋，其余诸将待建功封爵，就差宿元景亲赍诏敕，去宋江军前。
宿太尉领敕出朝，径到宋江行寨开读。	宿太尉领了圣敕出朝，径到宋江行寨，开读诏敕。	宿太尉领了圣敕，径到宋江行寨开读。
宋江等排香案，跪听宣读。	宋江等排香案，跪听宣读。	宋江等排香案，跪听宣读。

马幼垣此书没有正式出版，2004年此书在香港岭南大学中文系印刷了120部，编号赠送给有关学校和研究机构。

马幼垣先生研究《水浒传》版本数十年，是海内外对《水浒传》版本收集最全、研究最深的专家。大陆三联书店出版了马幼垣先生研究《水浒传》的三部主要著作《水浒论衡》、《水浒二论》和《水浒人物之最》，为此马先生专门写了《三联版序——我的〈水浒〉研究的前因后果》。该文对于马先生几十年的《水浒传》研究做了总结，其中以下有关《水浒》版本研究的文字很值得深思。

> 我研究《水浒》之初，即寄望于版本，以为只要配足存世罕本，进行详细校勘，必能找出《水浒》成书的演化过程。待我花了超过二十年，终集齐了天下所有版本，摆在眼前的事实却很明显。此等本子之间的异同只能帮助理解今本《水浒》出现以后的后期更动，而不能希望可借揭示自成书至今本出现以后的后期更动，而不能希望可借揭示自成书至今本出现这时段内曾发生过、却从不见记录的种种变化。
>
> 我相信揭秘的关键在内证，而非在现存诸本之间的异同（这就是说，我的版本之旅走了不少冤枉路）。要找可助发微的内证，可用的工具主要得赖现存百回繁本最早最全的容与堂本。我做过几个算得上成功的实验（招安部分的化石性质、朱武武功和芒砀山事件的显示作用、穆弘和时迁的事功和排座次问题），起码足证今本出现以前的《水浒》和今本《水浒》在内容上分别很大。追查下去却困难重重。可以找出这类内证的范围很有限，指认起来更是全凭一时的灵感，无法强求。对马上就要退休的人来说，这种费时

费力而收获毫无把握的工作太不划算了。工作还是让志同道合的年轻接班人去做吧。

马幼垣先生的研究主要是探讨现有版本"之前"的演化，即前述的"原貌"。马先生上述论述的核心观点为：根据现有版本资料的比对，只能了解现有版本的演化，无法揭示现有版本之前的演化，即无法判定版本"原貌"。北师大郭英德先生也曾发表过类似看法。

马先生用了十几年时间研究《水浒传》版本最后得出如此结论，放弃了对《水浒传》版本的研究，十分可惜。

上述结论是马先生几十年研究《水浒传》版本的心得，但也必须看到，马先生上述结论是他几十年"人工"研究的结论，虽然他收集了他认为是全部的《水浒传》版本，但人工要完成几十种版本的文字的全面比对是不可能的。而在版本研究中引入数字化和计算机比对，可以提供更全面、完整、丰富的比对结果，供人工再做仔细的分析研究。这样，问题的关键是：利用计算机比对是否可以超过人工，开辟版本研究的新成果？

版本研究不止要研究现有版本之前的演化，即"原貌"，还要研究现有版本的演化过程。即便利用计算机也无法判别版本"原貌"，但利用计算机比对，在研究现有版本演化中，肯定可以发挥作用，也肯定可以超过人工研究。

古代小说版本数字化和计算机比对的最大功能是辨别各种版本的文字差异，但这些差异只是为学者研究提供了一个数据，如何利用这些差异？按照马先生的思路，学者可以利用这些差异，人工再进行分析，找到马先生所说的"内证"，并对内证再进行分析。因此，结合马先生的思路，利用计算机自动比对，根据比对结果，即版本文字差异，由学者寻找"内证"，再由学者对"内证"人工进行分析，研究版本演化。

我和马先生从未见面，我曾参加哈尔滨古代小说研讨会，在会上我谈及马幼垣先生对《水浒传》版本的研究，对其表示敬意，但不料遭到与会人士的批驳。会下我才知道，马先生在大陆的口碑并不十分好，他的两本专著《水浒论衡》和《水浒二论》中，对大陆一些学者也进行了毫不客气的点名批评，这可能也是大陆部分学者对他有意见的原因。在我看来，海外学者谈及学术问题常常毫不客气，而大陆学者总要顾及对方面子，即便有不同意见，也表达得很委婉。

在马幼垣先生的《水浒二论》中，对郑振铎主编的120回全传本进行了毫不留情的批评，称之为"问题重重"、"这个千疮百孔的本子根本就不值得我们理会"，"这是自欺欺人的把戏"。这类严厉的批评绝对不会出现在大陆的书评中。平心而论，从普及《水浒传》版本来看，此书把几种版本组合成120回本，也无可指责。但如果从版本研究角度看，把完全不同的版本硬组合成一本书，的确不十分合适，马先生的批评我觉得从学术研究角度看，还是很中肯的。

对于大陆其他学者的研究，马先生的评论也毫不客气。如对于"南图出像本"，他对萧相恺先生的研究也提出批评。我和萧先生很熟悉，我对于萧先生的严谨研究态度很钦佩，萧先生也当面就此事做了解释。

大陆还有人对他收集到很多版本资料，但不愿意再提供给其他学者使用，很有意见。我后来和金文京先生谈及此事，他很惊讶。他和马先生很熟悉，他觉得马先生还是很容易接触的学者，他告诉我马先生退休后在夏威夷的地址。我曾给马先生去信，介绍我从事的古代小说版本数字化研究，希望与他合作研究《水浒传》版本。可惜未得到他的回音，看来他确实是放弃了对《水浒传》版本的研究，那他收集了那么多《水浒传》版本资料，岂不是白费了？不知他会如何处理这些宝贵的资料？

马幼垣先生对《水浒传》版本研究历时多年，出版了两本专著《水浒论衡》和《水浒二论》，收入了他发表的版本研究论文。但可惜这两本书都是论文集，收入的文章都比较零散，马先生没有出版一本全面介绍他对《水浒传》版本研究的专著，实在是十分遗憾的事！

谈到马幼垣先生，我再介绍另外两件趣事。

马先生的两本专著《水浒论衡》和《水浒二论》是先由台湾联经出版公司出版的，2007 年才由三联书店在大陆出版简体字版。在《水浒二论》的后记中，他写到：

> 联经版《水浒二论》甫面世，上海的李金泉先生即函告，日本内阁文库所藏的容与堂本《水浒传》记关胜之死，讲的正是遭刘豫杀害那一套。检视果如此（见随后所附插图）。

李金泉在上海税务局工作，业余爱好研究古代小说版本。依我看，他的研究水平是很高的。日本著名小说研究专家大冢秀高曾专门邀请他赴日本访学，他曾多次自费去台湾图书馆查阅古代小说版本资料。但他很少发表文章，也不爱开会。我看到马幼垣在《水浒二论》后记中提到了他，就告诉了他，以为他早已知道了。不料他根本不知道，因为他有台湾版的《水浒二论》，因此看到大陆简体版就没有买，也没有看，根本不知道马先生在后记中还专门提到和感谢他。我告诉他后，他才去书店买了一本简体字版。

李金泉买到大陆简体字版《水浒二论》后，马上又发现一个错误。因为他当时在研究古代小说插图，所以他对书中插图很注意。他立刻发现，大陆版的插图 32、33 竟然是完全一样的同一幅插图！而台湾版这两插图是不同的，插图 32 是容与堂本插图，而插图 33 是天都外臣序本插图。大陆版把两幅插图都印成天都外臣序本插图了！不知是否有其他读者发现过这个错误。这是李金泉第二次发现马幼垣书中错误，但这次是出版社的错，不是马先生的错，从中可看出李金泉的仔细、认真。

3. 刘兴我本与藜光堂本的保存情况

由于本文是研究刘兴我本和藜光堂本，因此下面先介绍这两本的一些有关情况。

这两本都是福建建阳出版的《水浒传》简本，插图都采用了“嵌图式”，都是 115 回。这两本书的保存在《水浒传》版本中很特殊。

第一，这两本书都是海外孤本，在大陆都没有保存，只保存在日本。这很容易理解，因为《水浒传》简本是为大众阅读的，因此不被重视，也不注意保留。而日本人来到大陆看到这种有插图的古代小说，很有兴趣，带回日本后都妥善保存，这样才得以流传下来。

第二，这两本书都被两位日本著名藏书家所收藏。

刘兴我本是被日本著名藏书家长泽规矩也（1902—1980）所收藏，长泽先生去世后，他的藏书全部捐献给了东京大学东洋文化研究所，为此建立了著名的“双红堂文库”，其中很多已经完成了数字化上网，网址 http://hong.ioc.u-tokyo.ac.jp/，全球读者可以免费上网下载，下载速度很快。

“双红堂文库”中《水浒传》版本就有三种：

· 新刻全像水浒传一百十五回　崇祯中富沙刘氏刊本，即刘兴我本，索书号 122

http://hong.ioc.u-tokyo.ac.jp/main_p.php

· 〔英雄谱〕忠义水浒传一百十五回，索书号 134

http://hong.ioc.u-tokyo.ac.jp/main_p.php

· 第五才子书施耐庵水浒传七十五卷　顺治中贯华堂刊本，索书号 123

http://hong.ioc.u-tokyo.ac.jp/main_p.php

我曾下载过“双红堂文库”中的《金瓶梅》东京大学崇祯本，并用数字化和北大崇祯本做了比对。http://hong.ioc.u-tokyo.ac.jp/main_p.php

藜光堂本是另一位日本著名小说家欧外森林太郎(1862—1922)所收藏，他去世后，他的藏书1万8千余册全部捐献给东京大学附属图书馆，1926年建立了“欧外文库”，分类排列供读者阅览。其中就有藜光堂本《水浒传》。但似乎没有像“双红堂文库”那样上网。

第三，巧合的是，这两本书被日本学者收藏后，都捐献给了日本东京大学，目前都保存在日本东京大学内。只是在两个不同单位里，刘兴我本在著名的东洋文化研究所，而藜光堂本则在东京大学附属图书馆。

这三点巧合也是一段佳话了。

由于这两本书都保留在日本东京大学，因此日本学者自然研究的较早，也较深入。

4. 前人对刘兴我本与藜光堂本的研究

刘兴我本1926年在日本东京大学以“欧外文库”形式公开后，日本学者神山闰次1930年在《斯文》第十三编三号以《水浒传诸本》为题介绍《水浒传》版本，只谈及藜光堂本，尚未谈及刘兴我本。1933年在东京大学附属图书馆工作的石琦又造先生，在《图书馆杂志》(第二十八年)三期连载发表文章《〈水浒传〉の异本と其の国译本》，介绍了刘兴我本。

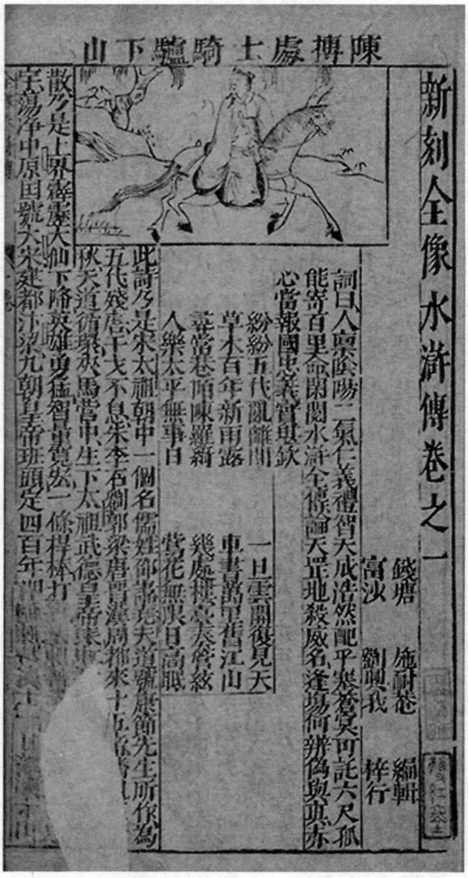

图1　日本东京大学东洋文化研究所藏刘兴我本

日本学者神山闰次在《水浒传诸本》一文中认为，藜光堂本“大约同京本”，“京本”即藏于日本轮王寺的著名的评林本(即双峰堂本)。

大陆孙楷第和严敦易两位学者也赞同这个说法。孙楷第说，它“大致同评林本”。严敦易也认为它“大致和闽刻评林相同”。

马蹄疾(陈宗棠)在《水浒书录》介绍藜光堂本时，也援引了神山闰次的说法。

范宁指出，藜光堂刊本“分卷起迄大致同《水浒志传评林》，每回标题除少数回目外，多数亦与《评林》相同，这部书和《评林》有一定关系”。他从“分卷起迄”和“每回标题”两方面进行比较，范宁的分析比较具体，但他的结论似乎证据不足。

日本著名《水浒传》版本研究专家白木直也先生1972年发表文章《文简藜光堂本の研究》，对此本做了介绍。

官桂铨先生在《文献》1982年第1期发表短文《水浒传的藜光堂本与刘兴我本及其他》，认为：富沙刘荣吾就是富沙刘兴我，名兴我、荣吾，亦可断为一人。所谓藜光堂刻《水浒传》和刘兴我刻《新刻全像水浒传》，实为一家。刘兴我决不会刻同样的一百十五回的《水浒传》为两种版片。同时，对于"富沙"的地理位置说法不一的问题，依据傅惜华《明代传奇全目》的相关论述，从"富沙"、"潭阳"等建阳古今地名的演变中考证出"富沙"即是福建建阳。

马幼垣先生1987年8月出席台北明代戏曲小说国际研讨会上发表《嵌图本〈水浒传〉四种简介》一文，后收入《汉学研究》，1988年第1期。文中对藜光堂本、刘兴我本、李渔序本及慕尼黑本四种嵌图本做了研究。在文中，马先生着重从这四种本子的插图与附带的标题两个方面来探究各本之间的关系。首先，依据这四种本间标题的异同将其分为两组，藜光堂本与刘兴我本为一组，慕尼黑本与李渔序本为一组，两组的插图截然不同。此后，通过刘兴我本两条错误的标题，断定刘兴我本早于藜光堂本。

5. 丸山浩明先生《水浒传》刘兴我本、藜光堂本研究

日本学者丸山浩明先生在《日本中国学会报》1988年第40期上发表论文《水浒伝简本浅探——刘兴我本・藜光堂本をめぐって》，仔细分析了这两种版本。我认识丸山先生，我在日本中国小说研究会每年的研讨会上，曾多次见过丸山先生。此文是刘世德先生2013年有关刘兴我本、藜光堂本研究文章发表前，对这两个版本最全面的研究。因为此文未翻译成中文在大陆发表，大陆学者都没有看到，因此先对此文做详细介绍。

他在此文中对刘兴我本和藜光堂本做了多角度的详细分析，由于我不懂日文，只是根据其中汉字猜测其含义，理解可能有误。

文章开始介绍了这两本的来历和收藏情况，本文前面对这两本的介绍也主要根据丸山先生的文章。

文章第一部分介绍了刘兴我本书志的概况，包括各卷的书名、题署和版式，指出"富沙刘兴我"中的"富沙"即潭阳，就是福建建阳。否定了富沙在广东的错误说法。

文章第二部分介绍了藜光堂本书志的概况，包括各卷的书名、题署和版式，他认为刘兴我和刘荣吾是同一人的可能性不大。

文章第三部分是从卷数、回目比较两个版本，这是此文的主要内容之一。

刘兴我本、藜光堂本两个版本都是25卷、115回(目录为114回)，文章列表逐回对照说明了五种版本每回的差异，五种版本即：100回繁本、120回插增本、104回的评林本、115回的刘兴我本和藜光堂本。因为对所有120回都逐回列出，故此表篇幅很大，占据了5页。我也曾编制过相似的五种版本的回目对照表，这对于研究《水浒传》版本非常有用，特别是对数字化比对最重要。如不把这些版本的回目对齐，就无法进行数字化的文字比对。此表篇幅巨大，但考虑对于了解这些版本之间关系很有用，还是全部复制如下。

○：正文和目录一致；

△：除刘兴我、藜光堂本以外的三版本目录一致；

×：一版本和其他版本不同。

表3　《水浒传》版本回目差异逐回比较表

百回本	插增本		评林本		刘兴我本		藜光堂本		回目的差异				
									百	插	评	刘	藜
引			(引)		(引)		(引)						
1			1		1		1		○		○	○	○
2			2	一	2	一	2	一	○		○	○	○
3			3		3		3		×		○	○	○
4			4		4		4		○		○	○	○
5			5		5		5		○		○	○	○
6			6		6		6		○		○	○	○
7			7		7		7		○		○	○	○
8			\	二	\	二	\	二					
9			8		8		8		○		○	○	○
10			(9)		(9)		(9)						
11			10		10		10		○		○	○	○
12			11		11		11		○		○	○	○
13		三	12	三	12	三	12	三	△		△	○	○
14			13		13		13		△		△	○	○
15	14		14		14		14		○	×	○	○	○
16	15		15		15		15		×	○	○	○	○
17	16		16		16		16		○	×	○	○	○
18	17	四	17	四	17	四	17	四	×	○	○	○	○
19	18		18		18		18		×	○	○	○	○
20	19		19		19		19		○	○	○	○	○
21	20		20		20		20		○	○	○	○	○
22	21		21		21		21		○	○	×	○	○
23	22	五	22	五	22	五	22	五	○	○	○	○	○
24	23		23		23		23		○	○	○	○	○
25	24		24		24		24		○	○	○	○	○
26	25		25		25		25		别	别	○	○	○
27	26		26		26		26		×	○	○	○	○
28	27	六	27	六	27	六	27	六	○	○	○	○	○
29	28		28		28		28		○	○	×	○	○
30	29		29		29		29		×	○	○	○	○

续表

百回本	插增本		评林本		刘兴我本		藜光堂本		回目的差异				
									百	插	评	刘	藜
31	30		30		30		30		○	○	○	○	○
32	31	七	无	七	31	七	31	七	△	△	\	○	○
33	32		31		32		32		○	○	○	○	○
34	33		32		33		33		×	○	○	○	○
35			\		\		\						
36			33		34		34		○		○	○	○
37			\		\		\						
38			34	八	35	八	35	八	○		○	○	○
39			35		36		36		○		○	○	○
40			无		37		37		○		\	○	○
41			36		38		38		○		○	○	○
42			无		39		39		○		\	○	○
43			无	九	40	九	40	九	○		\	○	○
44			38		41		41		×		○	○	○
45			39		42		42		○		○	○	○
46			40		43		43		×		○	○	○
47			无		44		44				\	○	○
48			\		\		\						
49			41		45		45		○		○	○	○
50			42		46		46		×		○	○	○
51			43		47		47		△		△	○	○
52			无		48		48				\	○	○
53			44	十一	49	十一	49	十一	○		○	○	○
54			45		50		50		×		○	○	○
55		十五	46		51		51		×		○	○	○
56			47		52		52		○		○	○	○
57			\		\		\						
58			48	十二	53	十二	53	十二	○		○	○	○
59			49		54		54		○		○	○	○
60			50		55		55		×		○	○	○

续表

百回本	插增本			评林本		刘兴我本		藜光堂本		回目的差异				
										百	插	评	刘	藜
61				51		56		56		○		○	○	○
62				52		57		57		○		○	○	○
63				53	十三	58	十三	58	十三	○		○	○	○
64				54		59		59		×		○	○	○
65				55		60		60		×		○	○	○
66				56		61		61		○		○	○	○
67				57		62		62		○		○	○	○
68				无	十四	63	十四	63	十四			\	○	○
69				58		64		64		×		○	○	○
70				59		65		65		△		△	○	○
71				60		66		66		○		○	○	○
72				61		67		67		○		○	○	○
73				62		68		68		×		○	○	○
74	74			63	十五	69	十五	69	十五	○	○	○	○	○
75	75			64		70		70		×	○	○	○	○
76	76			65		71		71		△	△	○	○	○
77	77			66		72		72		○		○	○	○
78	78			67		73		73		○	×	○	○	○
79	79			68		74		74		○	○	○	○	○
80	80	十六		69	十六	75	十六	75	十六	○	○	○	○	○
81	81			70		76		76		○	○	○	○	○
82	82			71		77		77		△	\	△	○	○
83	83			72		78		78		○	△	△	○	○
84	84			73	十七	79	十七	79	十七	△		△	○	○
85	85	十七		\		\		\						
86	86			74		80		80		○	○	○	○	○
87	87			\		\		\		△	乙△			
88	87			75	十八	81	十八	81	十八	○	○	○	○	○
89	88		乙十八	76		82		82		○	○	○	○	○
90	89			77		83		83		○	○	○	○	○
	91	十八		78		84		84			○	○	○	○
	91			79		85		85			○	○	○	○
	92		十九	80	十九	86	十九	86	十九		○	×	○	○
	93			81		87		87			○	○	○	×
	94			82		88		88			○	○	○	○

续表

百回本	插增本			评林本		刘兴我本		藜光堂本		回目的差异				
										百	插	评	刘	藜
	90	十九	二十	83	二十	89	二十	89	二十		○	○	○	○
	96			84		90		90			○	×	○	○
	96			85		91		91			△	△	○	○
	97			无		92		92			○	\	○	○
	98			86		93		93			○	○	○	○
	98			87		94		94			○	○	○	○
	99	二十	二十一	88	二十一	95	二十一	95	二十一		○	○	○	○
	100			无		96		96			○	\	○	○
	99			89		97		97			○	○	○	○
	100			90		98		98			△	△ △	○	○ △
	101			91		99		99			○	○	○	○
	102		二十二	92	二十二	100	二十二	100	二十二		○	○	○	○
	103			93		101		101			×	○	○	○
	104			无		102		102			△	\	○△	○△
	105			94		103		103			○	○	○	○
	106		二十三	95	二十三	104	二十三	104	二十三		△	△	○	○
	107			无		105		105			○	\	○	○
	108			96		106		106			△	△	○	○
91	109			97		107		107		○	○	×	○	○
92	110		二十四	98	二十四	108	二十四	108	二十四	○	○	○	○	○
93	\			\		\		\						
94	111			99		109		109		○	\	○	○	○
95	112			100		110		110		○	○	○	○	○
96	112		二十五	101	二十五	111	二十五	111	二十五	○	○	○	○	○
97	114			102		112		112		○	○	○	○	○
98	113			无		113		113		○	○	\	○	○
99	115			103		114		114		×	○	○	○	○
100	120			104		115		115		○	乙○	○	○	×

丸山先生编制的此表有很大特点，此表将五种版本的分卷和回目统一在一张表中显示，十分清楚，对版本研究非常有用。从表中可以看出，《水浒传》各种版本的回目差异还是很大的，非常复杂，这与《三国演义》等其他古代小说完全不同，也是《水浒传》版本之复杂所在。

此表可分为两部分，左面是对回数和卷数的统计，右面是对回目的统计。

(1) 左面对回数和卷数的统计，可以从回数上清楚看出几种版本的区别。

- 文繁本是100回本，没有田王二传。
- 插增本是120回，插入了田王二传。
- 评林本是简本，只有104回。
- 刘兴我、藜光堂本都是115回。

此表不仅统计了各版本的回目，还统计了各版本的分卷情况。大陆学者对于《水浒传》的分卷不太重视。而日本学者对分卷极为看重，并作为分类的一个标志。

(2) 右面是对回目的统计，分为三类：

- ○：正文和目录一致；
- △：除刘兴我、藜光堂本以外的三版本目录一致；
- ×：一版本和其他版本不同。

从中可以看出这五种版本在回目上的差异，一目了然。

丸山文章分别举例对回目进行了详细分析，限于篇幅不做详细介绍。

通过对回目的分析，丸山先生对插增本、评林本、刘兴我本和藜光堂本的关系得出如下结论：

(1) 插增本是评林本、刘兴我本和藜光堂本的祖本。

(2) 评林本和刘兴我本、藜光堂本分别来自于插增本。

(3) 因为刘兴我本回目误刻较少，而藜光堂本回目误刻较多，因此藜光堂本应该出自于刘兴我本。

通过对回目的分析，丸山先生认为简本之间关系如下图。

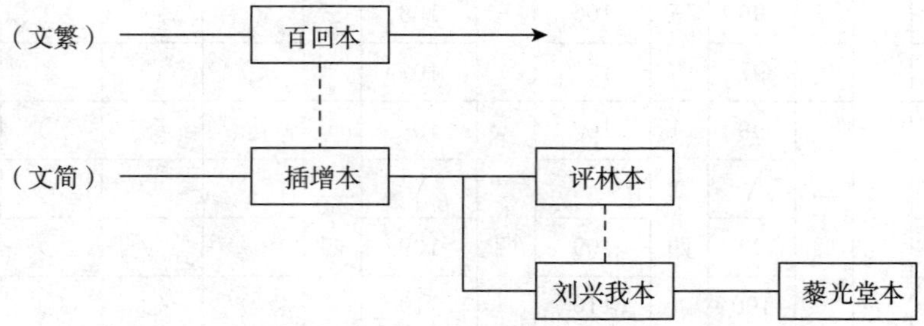

图2　《水浒传》版本演化示意图

文章第四部分是从正文分析版本之间关系，又分为叙述和诗词两部分分析。

第一，叙述部分，举出了三个例证。

(1) 刘兴我、藜光堂本和评林本，第30回：

评：当时　武松　思半晌怨恨冲天　若不杀张都监如何出得这　气
刘：当　日武松寻思半晌怨恨冲天曰若不杀张都监如何出得这口气
藜：当　日武松寻思半晌怨恨冲天曰若不杀张都监如何出得这口气

评:便去　尸身上　取下　二把　好朴刀再回孟州城来黄昏时　分转
刘:便去尸　　上解　下一　把尖　　刀再回孟州城来黄昏时候　转
藜:便去尸　　上解　下一　把尖　　刀再回孟州城来黄昏时候　转

评:到张都监后花园墙外却是一个马院只见后槽提个灯笼出来上
刘:到张都监后花园墙外却是一个马院只见后槽提个灯笼出来上
藜:到张都监后花园墙外却是一个马院只见后槽提个灯笼出来　顾

评:草料被武松　　　随势抢入来把这后槽揪住　　　曰你认得我么
刘:草料被武松黑影里　　　　　　　　　揪住后槽问曰你认得我么
藜:草料被武松黑影里　　　　　　　　　揪住后槽问曰你认得我么

评:后槽听　得声音是武松　　便叫　　　　曰　哥不干我事
刘:后槽听　得　　是武松声音便叫　　　　曰哥哥不干我事
藜:后槽　认得　　是武松声音便叫武□头非　　　　干我事

从此例中可以清楚看出,刘兴我、藜光堂本文字基本相同,而和评林本有很多不同之处。这说明刘兴我、藜光堂本有共同的祖本,和评林本是“兄弟”关系。从此可认为刘兴我、藜光堂本两本和评林本之间关系,但还无法判断刘兴我、藜光堂本两本之间关系。

(2) 刘兴我、藜光堂本光堂本和评林本,第 67 回:

评:宋江与柴进一路史进与穆弘一路鲁智深与武松一路朱仝与刘唐一路
刘:宋江与柴进一路史进与穆弘一路鲁智深与武松一路朱仝与刘唐一路
藜:宋江与柴进一路史进与穆弘一路鲁智深与武松一路朱仝与刘唐一路

评:其余守寨　　　李逵曰我也同去宋江曰你去不许惹事交燕青和你
刘:其余守寨　　　李逵曰我也同去宋江曰你去不许惹事教燕青和你
藜:　　　　次序分进李逵曰我也同去宋江曰你去不许惹事教燕青和你

评:　　　　作伴宋江是个纹面　　的人如何去得京师却得安道全上
刘:　　　　作伴宋江是个纹面　　的人如何去得京师却得安道全上
藜:同去但碍你　　　是　　　黑面的人如何去得京师却得安道全上

评:山把毒药与他点去了　　　　后用良金美玉碾末每日涂搽自然消了
刘:山把毒药与他点去了　　　　后用良金美玉碾末每日涂搽自然消了
藜:山把毒药与他点去了方可同行美　　　玉碾末每日涂搽自然消了

从此例中可以清楚看出,刘兴我本和藜光堂本文字不同,而刘兴我本和评林本基本相同。此例这说明藜光堂本和刘兴我本文字不同,但理论上两本关系又有两种可能。一种可能是藜光堂本是在刘兴我本基础上做了修改，他们是“父子”关系。另一种可能是，它们有共同祖本，藜光堂本文字作了修改，而刘兴我本没有修改。仅从此例无法判断这两种可能性的大小。

（3）刘兴我、藜光堂本光堂本、评林和插增本，第100回：

评：宋江拨十将朱武董平杨志徐宁索超柴进穆弘雷横杨雄石秀　镇守梁州其余大队

刘：宋江拨　朱武董平杨志徐宁索超柴进穆弘雷横杨雄石秀□十　镇守　其余大队

藜：宋江拨　朱武董平杨志徐宁索超柴进穆弘雷横杨雄石秀□十将镇守　其余大队

甲：宋江拨十将朱武董平杨志徐宁索超柴进穆弘雷横杨雄石秀　镇守　州其余

评：人马望洮阳进发令戴宗催□　水军进越江相　□只　见李逵来见宋江　曰哥哥

刘：人马望洮阳进发令戴宗催　促水军进越江相　□　又见李逵来见宋江　曰哥哥

藜：人马望洮阳进发令戴宗催　促水军进越江相　□　又见李逵来见宋江　曰哥哥

甲：人马望洮阳进　发令戴宗催□　水军进越江相会只　见李逵　见宋江道　哥哥这番

评：　如何不与我　出战我要领兵打　洮阳宋江曰　　淮西路径　从

刘：　如何不与我　去出战我要领兵　攻取洮阳宋江曰　　淮西路径甚

藜：　如何不与我　去出战我要领兵　攻取洮阳宋江曰　　淮西路径甚

甲：行兵如何不与我们　出战　　宋江曰此去须用你只是淮西路径　从

评：杂恐　　有疏　失因此不令汝　行　　只见项充李衮

刘：杂恐　　有疏　失因此不令　你行　　只见项充李衮

藜：杂恐　　有疏　失因此不令　你行　　只见项充李衮

甲：杂恐你杀入重地怕有　所失因此不令　你　去须得帮护之人我才放心只见项充李衮

评：鲍　　潘迅孙安柏森鄂全忠许宣沈安仁　齐曰

刘：鲍旭　　潘迅孙安柏森鄂全忠许宣沈安仁　齐曰

藜：鲍旭　　潘迅孙安柏森鄂全忠许宣沈安仁　齐曰

甲：鲍旭道哥哥我等同去潘迅孙安柏森鄂全忠许宣沈安仁六人齐　道你三人也不识路径

评：小将等　识得此问地势　愿帮李兄弟　同去立功宋江曰各宜用心点一万骑军

刘：小　等认　得此间地　理愿帮李　哥哥同去立功宋江曰各宜用心点一万人马

藜：小将等认　得此间地　理愿帮李　哥哥同去立功宋江曰各宜用心点一万人马

甲：小将等　识得此间地势　愿帮李兄弟　同去立功宋江曰各宜用心点一万　军

此例很明显，评林本、刘兴我本、藜光堂本文字基本相同，而插增本文字完全不同。

因此插增本和评林本、刘兴我本、藜光堂本应该属于两个系统，可能有共同的祖本，他们是“兄弟”关系。

以上是从正文的叙述角度分析版本之间关系，文章又从插入诗词角度再分析。

(1) 诗词骈语的数量分析，并列表说明。

(2) 诗词异同分析。

由于我不懂日文，这部分分析的具体内容不十分清楚，只好省略。

最后，对丸山先生的研究总结如下。

丸山先生文章通过多角度详细的分析，由此得出《水浒传》版本演化图。

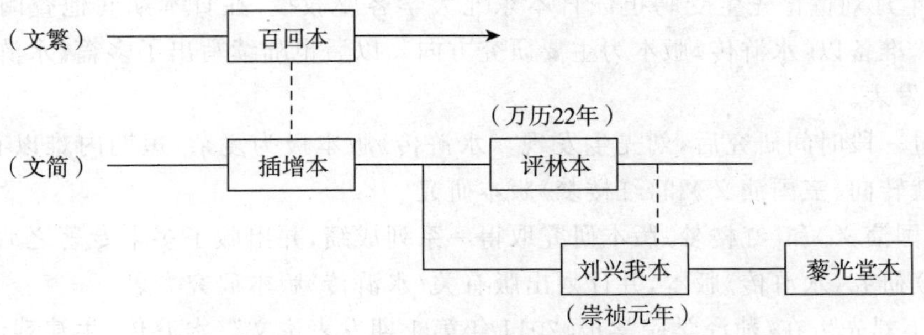

图 3 《水浒传》版本演化示意图

丸山先生在 25 年前 1988 年所写的此文，是对刘兴我本和藜光堂本的全面研究，虽然研究深度还略显不足，但后来的研究证明，丸山先生的分析和结论基本都是正确的。但可惜大陆学者没有看到丸山先生的研究。

类似问题也曾出现在《京本忠义传》的研究上面。

1975 年在上海图书馆发现了《水浒传》某个版本的两页残页(两个半叶)，由于其版心的名称为《京本忠义传》，被称为《京本忠义传》。

自从发现《京本忠义传》残页以来，争论非常激烈，从上世纪七十、八十、九十年代，直到新世纪，经白木直也、刘冬和欧阳健、中川谕、刘世德、李永祐先生不断深入研究，其性质的认定，也经历了从“繁本—简本—繁本—简本—繁简过渡本”多次反复。1975 年顾廷龙、沈津先生认为是繁本，1983 年白木直也先生认为是简本，1985 年刘冬、欧阳健先生认为是繁本，1993 年刘世德先生认为是简本，1996 年中川谕先生认为是繁本，2009 年李永祜先生认为是繁简本过渡本。

1996 年，日本中川谕发表论文①认为：上海残页属于繁本，它和繁本的容与堂本都来自一个繁本的祖本。可惜，中日学者由于缺乏交流，彼此都没有看到对方的观点，事后也未曾进行交流。

本人在前人研究的基础上，利用数字化方式对《京本忠义传》残页，再做了进一步仔细、深入的分析，基本验证前人人工研究的很多结论是可靠的，其中中川谕先生的看法最为合理。

从丸山先生对刘兴我本、藜光堂本的研究，和中川先生对《京本忠义传》残页的研究，可

---

① 中川谕《上海图书馆藏〈京本忠义传〉について》，《新大国语》22 号，1996 年。

以看出，中日学者的交流是十分重要的。

6. 刘世德先生对《水浒传》版本的研究

刘世德先生在《中华文史论丛》1986年第4辑发表《谈〈水浒传〉刘兴我刊本——〈水浒传〉版本探索之一》，着重对刘兴我本的刊刻年代、性质及与其他简本的关系等方面进行了探讨。刘先生依据刘兴我本卷首序文末尾题署“戊辰长至日，清源汪子深书于巢云山房”，认为“戊辰”应是崇祯元年，其刊本也应刊刻于崇祯年间。随后通过将百回本、刘兴我本、评林本、英雄谱本等诸种本子回目的异同及删节情况进行比勘，得出刘兴我本是从百回本删节而来的简本，它与英雄谱本最接近而与雄飞馆刊本关系最远。

1999年月刘世德先生受聘担任日本东北大学客座教授，在日本期间他查阅了很多《水浒传》版本，准备以《水浒传》版本为主要研究方向。以后也陆续写出了多篇《水浒传》版本研究论文，并发表。

但经过一段时间研究后，刘先生发现，《水浒传》版本极为复杂，短期内难以有明确的结果。因此就转向《三国演义》和《红楼梦》版本研究。

在《三国演义》和《红楼梦》版本研究取得一系列成绩，并出版了多本专著之后，刘先生又转回来继续研究《水浒传》版本，并计划出版有关《水浒传》版本研究专著。

2011年刘先生在《菏泽学院学报》2011年第1期发表论文《〈水浒传〉牛津残叶试论》，认为：牛津大学藏《全像水浒》残叶属于《水浒传》简本系统，但与同为简本的余象斗“评林”本、刘兴我刊本、梵蒂冈藏本行款格式彼此全然不同，异文也比比皆是。四个版本虽有异文，却有着共同的底本(或底本的底本)，它们之间为远近不同的兄弟关系。牛本与余、刘二本疏远，牛、梵二本亲近。

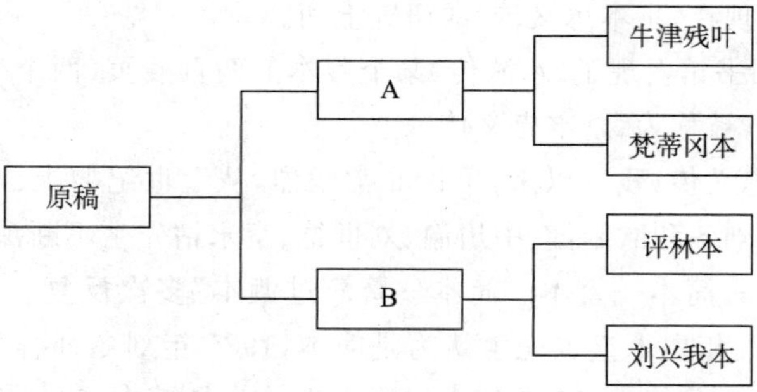

图4　牛津残叶等版本演化示意图

此文提要误为“余本和梵本关系最亲近”，实际根据此文的内容看，应该是牛本和梵本关系最亲近。对于牛、梵二本亲近，马幼垣先生早有论述，并将它们和其他几种版本归结为插增本。

刘先生还对其他版本做过研究，如无穷会本、映雪草堂本等，由于本文只讨论刘兴我本和藜光堂本，因此刘先生对其他版本的研究，此处就不再一一介绍。

最近刘世德先生先后在《文学遗产》2013年第1期和第3期连续发表两篇有关《水浒传》简本的论文。

2013年《文学遗产》第1期“《水浒传》藜光堂刊本与双峰堂刊本异同考”一文经过仔细的分析研究后认为：

第一,藜光堂刊本和双峰堂刊本都不是最早的插增征田虎、征王庆两部分内容的版本。

第二,两本的这两部分文字有许多歧异之处。

第三,双峰堂刊本的刊行年代早于藜光堂刊本。但一系列例证表明,藜光堂刊本的这两部分文字并非直接来自双峰堂刊本。

第四,如果藜光堂刊本这两部分文字的底本的刊行年代早于双峰堂刊本,那么,一系列例证也同样表明,双峰堂刊本并非自藜光堂刊本的底本抄袭或删节而来。

第五,藜光堂刊本和双峰堂刊本,或两本的底本,仍然有着共同的来源。也就是说,它们都来自一个共同的祖本——最早的插增征田虎、征王庆部分的版本。

这两本都不是最早插增征田虎、王庆的版本,双峰堂本早于藜光堂本,藜光堂本并非来自双峰堂本,藜光堂本底本早于双峰堂本,双峰堂本并非来自藜光堂本,两本有共同底本。

2013 年《文学遗产》第 3 期《〈水浒传〉刘兴我刊本与藜光堂刊本异同考》一文有如下看法:

第一,两本关系是先有刘兴我刊本,后有藜光堂刊本。

第二,刘兴我和藜光堂主刘荣吾是同一人。刘钦恩(刘兴我、刘荣吾)的藜光堂书坊刊印两种不同的《水浒》刊本(刘兴我刊本、藜光堂刊本),最主要的原因就是图书市场销售利益的驱使。这是许多书坊为了抢占市场份额而采取的一种手段。

由于刘先生的文章已经在《文学遗产》上发表,此处就不再复述。

以上介绍了前人对《水浒传》简本刘兴我本与藜光堂本的研究情况,着重是介绍丸山浩明先生的研究。

以下将介绍本人利用数字化方法,对这两种版本再进行仔细的研究,以便验证前人的上述研究。

二、藜光堂本、刘兴我本数字化比对研究

1. *文字差异数字化研究方法*

《水浒传》藜光堂本、刘兴我本和评林本三简本的数字化研究,方法和其他古代小说版本研究一样,主要集中在文字差异的数字化统计和研究,主要内容如下。

(1) 扫描原书每页成图像。

(2) 录入成电子文本。

(3) 把所有版本回目调整为统一的回目。

(4) 利用计算机进行相似度统计,可宏观分析其文字差异。

(5) 利用计算机逐行逐字比对黎光堂本、刘兴我本,找出文字差异。

(6) 找出黎光堂本、刘兴我本文字差异,再和评林本比对,即进行三版本比对。

(7) 分析文字差异产生原因。

以上各步骤中,第 3 步把所有版本回目调整为统一的回目很关键。计算机数字化比对是逐回比对,因此比对的版本回目必须相同。而《水浒传》不同系列版本的回目是不同的。

(1) 繁本一般 100 回。

(2) 简本有 104 回(评林本)和 115 回本(藜光堂本、刘兴我本等),及 110 回本等。

(3) 全传本为 120 回。

藜光堂本、刘兴我本都是115回，如只比较这两本，回目无需调整。但考虑到还要和104回本的评林本比较，因此最终决定将所有版本都统一为120回本。这样各版本都要逐回核对调整，很麻烦。

2. 藜光堂本、刘兴我本和评林本相似度统计

古代小说版本数字化后，就可以利用计算机计算出两个版本的文字差异程度，即相似程度。如两个版本相似度为100%，就表示所有文字完全相同。如刘兴我本和评林本第1回的文字相似度为54%，就表示它们之间有54%的字相同。刘兴我本和藜光堂本第1回的文字相似度为59%，就表示它们之间有59%的字相同。

但由于文本录入时录入了很多异体字和俗体字，因此计算机比对的相似度并不准确，实际相似度要更高的多。但这些数据仍有参考价值。

表4　刘兴我本、藜光堂本和评林本相似度逐回比较表(%)

回	1	2	3	4	5	6	7	8	9	10
刘兴我—评林本	54	65	68	67	65	62	65	74	67	64
刘兴我—藜光堂	59	81	79	65	68	88	90	90	94	88
回	11	12	13	14	15	16	17	18	19	20
刘兴我—评林本	69	65	61	64	62	61	59	22	62	41
刘兴我—藜光堂	92	93	95	90	89	90	92	90	91	62
回	21	22	23	24	25	26	27	28	29	30
刘兴我—评林本	61	61	62	66	59	62	64	64	64	46
刘兴我—藜光堂	87	87	84	94	72	88	90	90	88	67
回	31	32	33	34	35	36	37	38	39	40
刘兴我—评林本	54	61	60	57	65	62	60	63	69	49
刘兴我—藜光堂	91	90	87	88	89	86	87	89	89	68
回	41	42	43	44	45	46	47	48	49	50
刘兴我—评林本	58	54	50	56	59	58	57	61	60	60
刘兴我—藜光堂	87	88	89	90	90	91	91	88	90	93
回	51	52	53	54	55	56	57	58	59	60
刘兴我—评林本	61	67	64	63	61	66	68	64	70	63
刘兴我—藜光堂	94	94	92	94	93	92	91	93	91	88
回	61	62	63	64	65	66	67	68	69	70
刘兴我—评林本	61	64	61	62	63	62	61	69	68	56
刘兴我—藜光堂	91	91	91	91	91	88	86	87	88	87
回	71	72	73	74	75	76	77	78	79	80
刘兴我—评林本	71	69	65	67	72	68	65	69	67	66

续表

回	1	2	3	4	5	6	7	8	9	10
刘兴我—藜光堂	91	86	92	90	89	93	88	62	55	81
回	81	82	83	84	85	86	87	88	89	90
刘兴我—评林	64	66	62	63	67	64	65	63	62	67
刘兴我—藜光堂	84	82	91	92	92	91	92	93	82	86
回	91	92	93	94	95	96	97	98	99	100
刘兴我—评林本	65	42	66	65	62	56	59	57	63	62
刘兴我—藜光堂	84	56	91	88	89	88	88	85	88	87
回	101	102	103	104	105	106	107	108	109	110
刘兴我—评林本	58	65	65	68	68	64	65	63	12	59
刘兴我—藜光堂	88	90	85	88	25	89	91	91	11	93
回	111	112	113	114	115	116	117	118	119	120
刘兴我—评林本	38	65	66	65	71	59	47	66	66	66
刘兴我—藜光堂	90	91	91	90	91	90	88	90	91	86

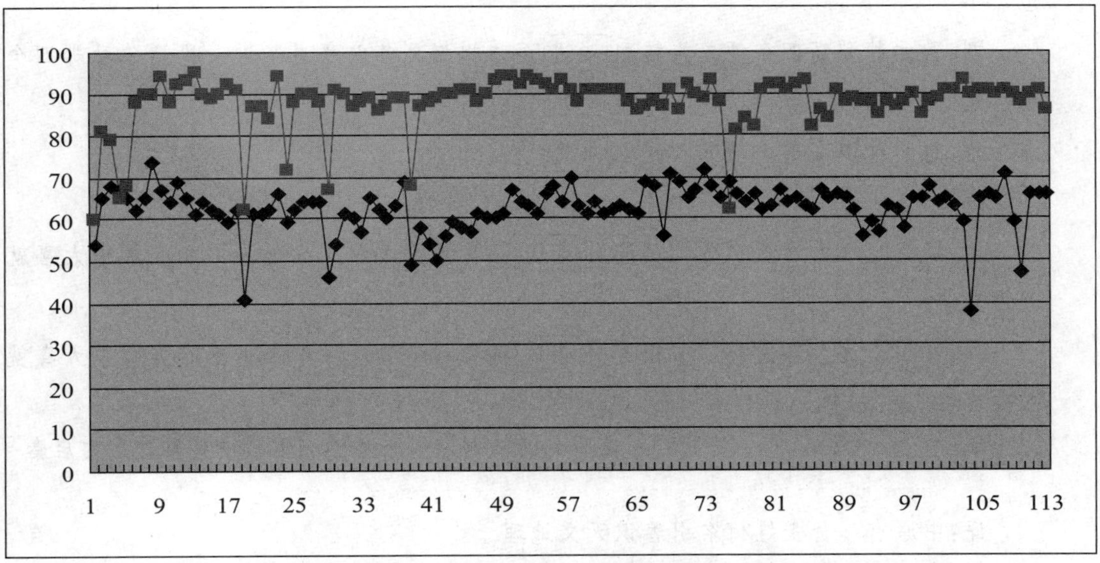

图5 刘兴我本、藜光堂本(上),和刘兴我本、评林本(下)文字相似度比较变化表

注1 有些回中有缺页,如第20、109回刘兴我本有缺页,导致相似度数据有误。

注2 文字录入中有大量异体字和俗体字,统计中并未除去,因此导致相似度比例下降。

结论:

(1) 藜光堂本、刘兴我本文字十分接近,都在80%以上,考虑这里面有异体字和俗体字,实际相似度应该在90%以上。

(2) 刘兴我本和评林本文字有一定差距,都在74%以下,即便考虑这里面有异体字和俗体字,实际相似度应该在80%以下。

3. 藜光堂本、刘兴我本两版本的文字比对

刘兴我本、藜光堂本两版本文字比较,文字差异非常清楚。

以第111回藜光堂本同词"柴进"脱37字为例。

刘:便差人接取[柴进]至睦州相见各叙寒温柴进一段话耸动那四个坦然无疑祖士

藜:便差人接取[柴进]

…………………………………………

刘:远大喜便教佥书桓逸引[柴进]燕青到清溪洞中来见丞相娄敏中大喜就入内启奏

藜: 燕青到清溪洞 来见丞相娄敏中大喜就入内启奏

两本的文字,除同词脱文的37字外,其他文字两本几乎完全相同,只有个别文字不同。

4. 评林本、刘兴我本、藜光堂本三版本的文字比对

评林本、刘兴我本、藜光堂本三版本文字比较,仍以第111回藜光堂本同词"柴进"脱37字为例。

评:逸元帅谭高四个便使人接取[柴进]至睦州相见各叙寒温柴进一段话耸动那四个坦然不

刘:逸元帅谭高四个便差人接取[柴进]至睦州相见各叙寒温柴进一段话耸动那四个坦然无

藜:逸元帅谭高四个便差人接取[柴进]

…………………………………………

评:疑祖士远大喜便交佥 桓逸引[柴进]燕青到清溪洞先 来见丞相娄敏中大喜就入内启奏

刘:疑祖士远大喜便教 书桓逸引[柴进]燕青到清溪洞 中来见丞相娄敏中大喜就入内启奏

藜: 燕青到清溪洞 来见丞相娄敏中大喜就入内启奏

…………………………………………

评:中原有一贤士姓柯名引善识天文地理

刘:中原有一贤士姓柯名引善识天文地理能辨六甲风云贯通天地气色三教九流诸子百家无

藜:中原有一贤士姓柯名引善识天文地理能办六甲风云贯通天地气色三教九流诸子百家无

…………………………………………

评: 因望天子□象而来见在朝门外伺候方腊

刘:不通晓因望天子气象而来见在朝门外伺候方腊遣既有贤士到来便令白衣朝见

阁门

藜:不通晓因望天子气象而来见在朝门外伺候方腊遣既有贤士到来便令白衣朝见阁门太史

评:　　即宣入柴进拜见礼毕方腊看见柴进一表非　常便问曰天子气色在于何处柴进

刘:大使传宣　宣入柴进拜见礼毕方腊看见柴进一表非俗　便问曰天子气色在于何处柴进

藜:　传宣　宣入柴进拜见礼毕方腊看见柴进一表非俗　便问　天子气色在于何处柴进

评:奏曰臣　　　　　　　　　　　　　　　　　　　　　　　　近日夜观天象

刘:奏曰臣柯引贱居夫子之乡父母双亡只身学业傅先贤之秘诀授祖师之玄文近日夜观天象

藜:奏曰臣柯引贱居天子之乡父母双亡只身学业傅先贤之秘诀授祖师之玄文近日夜观天象

(1) 三本文字比较,藜光堂本同词“柴进”脱 37 字。

(2) 评林本和其他两本比较,没有“能辨六甲风云贯通天地”等三段文字。

三本文字差异比较方法分析总结:

(1) 两版本文字(如刘兴我本和藜光堂本)文字比较结果,差异很清楚。

(2) 三版本(评林本和刘兴我本和藜光堂本)文字比较,就不如两版本文字比较清楚。

(3) 但三版本(评林本和刘兴我本和藜光堂本)文字比较,可以看出三版本之间差异。

评林本、刘兴我本、藜光堂本三本文字差异总结:

(1) 刘兴我本和藜光堂本文字极为接近。

(2) 评林本和刘兴我本、藜光堂本文字多有不同。

5. 藜光堂本的“同词脱文”

藜光堂本和刘兴我本文字差异有如下几类:同词脱文 12 例。一般脱文 5 例。文字修改 9 例。文字颠倒 4 例。文字增加 3 例。回末删节 3 例。

本节首先分析“同词脱文”。

例 1　第 112 回:藜光堂本同词“诉说”脱 48 字,可能是脱了 24 字两行文字。

评:见宋江诉说折了项充李衮不见了鲁智深宋江见说痛哭不止忽报

刘:见宋江诉说折了项充李衮不见了鲁智深宋江见说痛哭不止忽报

藜:见宋江

评：军师吴用和关胜等提一万军兵从水路来宋江迎见吴用等诉说

刘：军师吴用和关胜等提一万军兵从水路来宋江迎见吴用等诉说

藜：　　　　　　　　　　　　　　　　　　　　诉说

图6　刘兴我本第112回同词“诉说”处

图7　刘兴我本第111回同词“诉说”处

例2　第111回：藜光堂本同词“柴进”脱37字。

评：接取柴进至睦州相见各叙寒温柴进一假话耸动那四个坦然

刘：接取柴进至睦州相见各叙寒温柴进一假话耸动那四个坦然

藜：接取柴进

………………………………………………………………

评：不疑祖士远大喜便交佥昼桓逸引柴进燕青到清溪洞

刘：无　疑祖士远大喜便教佥书桓逸引柴进燕青到清溪洞中来

藜：　　　　　　　　　　　　　　　　　燕青到清溪洞　来

例 3　第 113 回：藜光堂本同词“杀死”脱 29 字。

评：却被伏兵杀死卢先锋急令众军兜土填坑亲自杀入去

刘：却被伏兵杀死卢先锋急令众军兜土填坑亲自杀入去

藜：却被伏兵

评：正迎着皇叔方垕被卢俊义杀死王尚书

刘：正迎着皇叔方垕被卢俊义杀死王尚书

藜：　　　　　　　　　　杀死王尚书

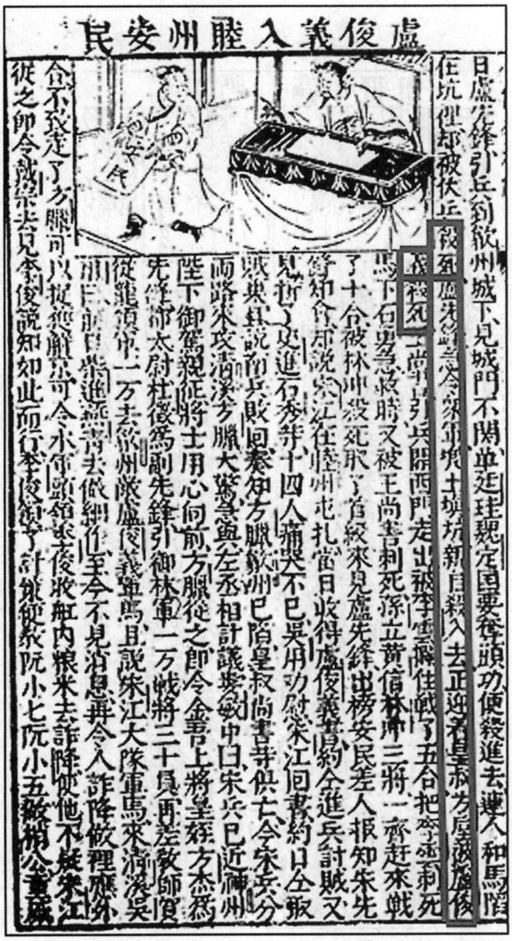

图 8　刘兴我本第 113 回同词“杀死”处

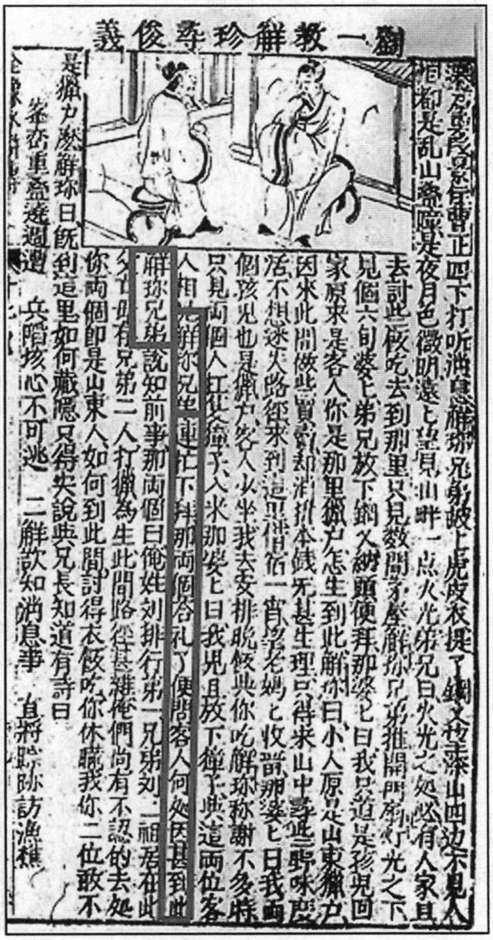

图 9　刘兴我本第 80 回同词“解珍兄弟”处

例 4　第 80 回：藜光堂本同词“解珍兄弟”脱 24 字。

评：解珍解宝慌　　忙下拜那两个答礼已罢　便问

刘：解珍　　兄弟连忙下拜那两个答礼　　了便问

藜：解珍　　兄弟

评：客人何　因甚到此解珍解宝　　说知前　情

刘：客人何处因甚到此解珍　　兄弟说知前事

藜：　　说知前事

例 5　第 67 回：藜光堂本同词“虔婆”脱 21 字。

评：今日方归虔婆曰你　不是太平桥下小张闲么燕青曰正是虔婆曰

刘：今日方归虔婆曰你莫不是太平桥下小张闲么燕青曰正是虔婆曰

藜：今日方归师　　婆曰

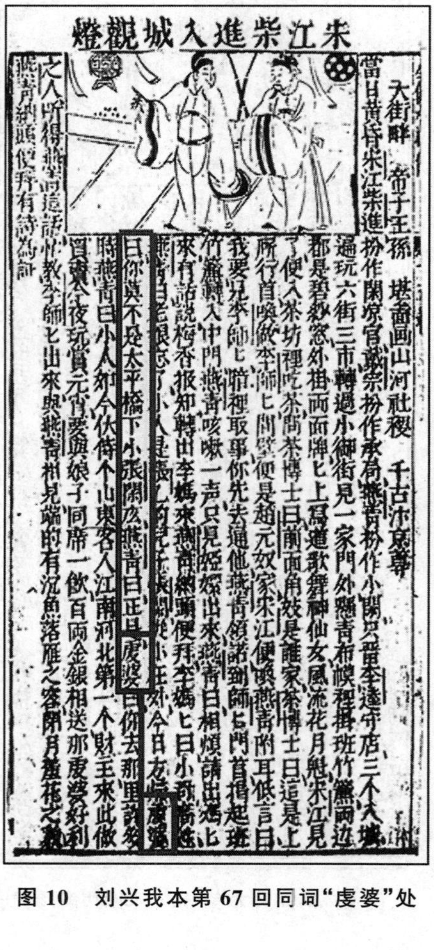
宋江柴進入城觀燈

图 10　刘兴我本第 67 回同词“虔婆”处

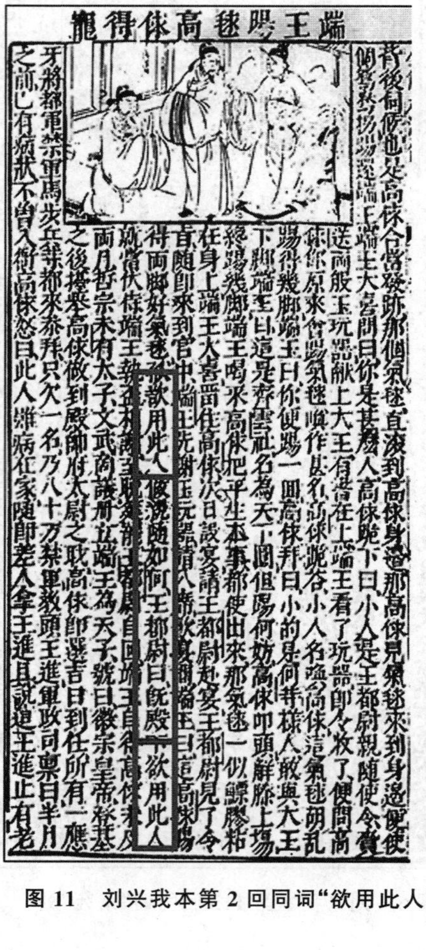
端王賜高俅得寵

图 11　刘兴我本第 2 回同词“欲用此人”处

例 6　第 2 回：同词“欲用此人”，藜光堂本脱文 17 字。

评：这高俅踢得两脚好气球孤欲　素此人做亲随如何王都尉曰　殿下　既用此人

刘：这高俅踢得两脚好气球孤[欲用]　[此人]做亲随如何王都尉曰既殿下[欲]　[用此人]

藜：这高俅踢得两脚好气球孤[欲]　[用此人]

例 7　第 120 回：藜光堂本同词“李师师”脱 17 字。

评：上皇因想[李师师]和两个小黄门来到后园拽动铃索[李师师]慌忙迎接圣驾

刘：上皇　想[李师师]和两个小黄门来到后园拽动铃索[李师师]慌忙迎接圣驾

藜：上皇　想[李师师]　慌忙迎接圣驾

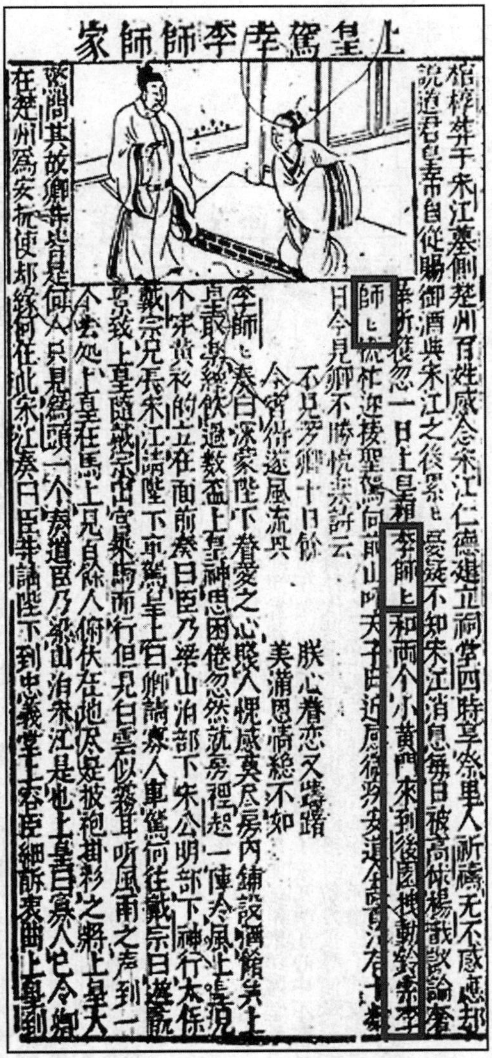

图 12　刘兴我本第 120 回同词“李师师”处

图 13　刘兴我本第 67 回同词“赵元奴家”处

例 8　第 67 回：藜光堂本同词“赵元奴家”脱 11 字。

评：赵元奴家走一会便去请　　　　　　　　赵婆出来　　说道

刘：赵元奴家走一　　　遭四人来到赵元奴家赵婆出来应曰

藜：赵元奴家　　　　　　　　　　　　　　赵婆出来应曰

例 9　第 93 回：藜光堂本同词“卞祥”脱 11 字，此例刘世德先生也指出。

评：田虎即令卞祥引众将出阵宋江见了卞祥　急令花荣与卞祥比手

刘：田虎　令卞祥引众将出阵宋江见了卞祥便　令花荣与卞祥

藜：田虎　令卞祥　　　　　　　　　　　便　令花荣与卞祥

例 10　第 10 回：同词“柴大官”，藜光堂本脱文 9 字。

评：横海郡故友柴大官荐　举　那汉曰柴大官

刘：横海郡　　柴大官　人举荐那汉曰柴大官

藜：横海郡　　　　　　　　　　柴大官

例 11　第 100 回：藜光堂本同词“首级”脱 8 字。

评：怀英献　刘仲实首级孙安献　以敬首级

刘：怀英献黄　仲实首级孙安　刘以敬首级

藜：怀英献黄　仲实首级

例 12　第 103 回：藜光堂本同字“马”脱 5 字。

评：刘黑虎披挂上马引军　前进马摘铃军衔枚

刘：刘黑虎披挂上马引　兵前进马摘铃军衔枚

藜：刘黑虎披挂上马摘铃军衔枚

以上是对藜光堂本中“同词脱文”的统计。

6. 藜光堂本的整行脱文

藜光堂本中除有“同词脱文”外，还有整行的脱文，即藜光堂本脱漏了刘荣吾本完整的一行文字。

例 1　第 64 回：藜光堂本正好漏抄脱文一整行，脱 28 字。

卞祥引衆投降宋江
曰我主勿憂小將引衆將出城决一死戰田虎即令卞祥引衆將出陣宋江見了卞祥便令
花榮與卞祥鬭到十合花榮佯敗而走卞祥不追叫曰就有英雄再來厮殺出馬與卞祥
又戰五十合卞祥打一閃節招動軍馬望城中便走薛將刺斜來迎被
虛傷殺一槍刺死孫安人馬一擁入城田虎知宋兵入城開北門望沁
城而走到城下望見城上尽是宋軍旗号回身便往涿州逃難却好遇
着史進攔住田虎思量无計逕奔海边而逃被史進招動衆將把田虎
生擒了涿州有詩為証
百万雄兵下北州　將軍全勝陣圖收
鴟鴞田虎空称号　到此番成作虜囚
却說史進將一半軍士收住涿州自引人馬解押田虎來沁州屯扎遣
人飛報宋元帥知會却說宋江大勝人馬殺入能蟠州宋江陞堂坐下
便問曰田虎何在衆將告曰田虎開北門走了宋江听了心中不樂只
見卞祥引衆將拜伏堦下宋江連忙扶起曰招討効力投降回奏天子
必當重用卞祥荅曰小將有抗拒天兵之罪豈敢希圖封賞宋江各々撫恤已了就教大設
筵宴與衆將飲酒之間只見小校來報曰史進已捉了田虎令人特來報提宋江喚入剛了

图 14　刘兴我本第 93 回同词“卞祥”处

评：顾大嫂便拜泪下如雨　曰狱中史大郎是

我十年前　旧主人

刘:顾大嫂便拜泪　如雨下曰狱中史大郎是我十年前的旧主人

藜:顾大嫂便拜泪　如雨下曰狱中

评:在江湖作　　买卖不知为　甚事陷在牢里无人看今　　送

刘:在江湖　上做买卖不知　因甚事陷在牢里无人看顾我来送一口

藜:　　　　　　　　　　　　　　　里无人看顾我来送一口

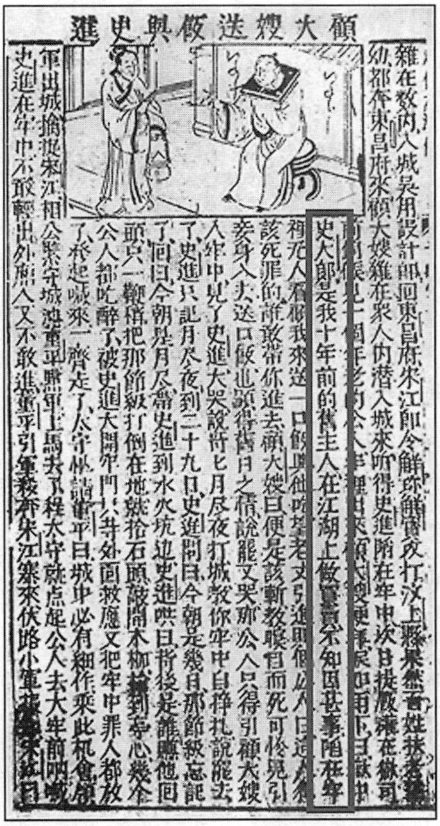

图 15　刘兴我本第 63 回

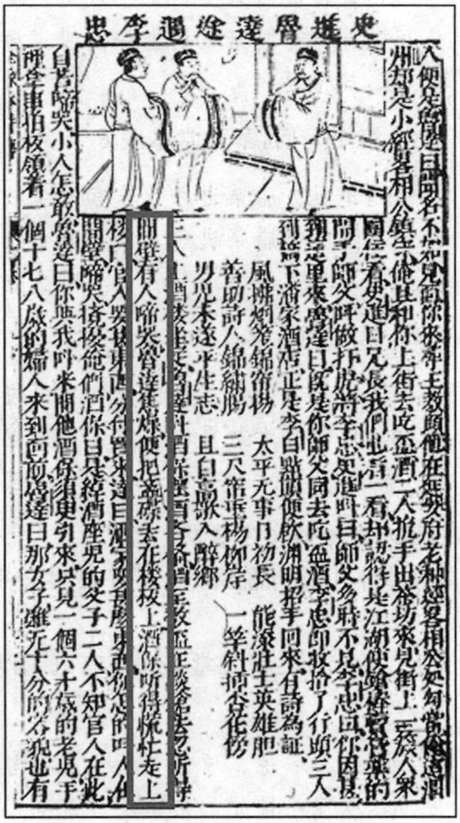

图 16　刘兴我本第 3 回

例 2　第 3 回:藜光堂本正好漏抄脱文一整行,脱 27 字。

评:听得间壁里有人啼哭鲁达焦燥便把　碟盏

刘:忽听得间壁　有人啼哭鲁达焦燥便把盏碟

藜:忽听得

评:丢在楼板上酒保听得慌忙　上来曰

刘:丢在楼板上酒保听得慌忙走上楼曰

藜:　　　　　　　　　　　　楼曰

7. 藜光堂本的一般脱文

藜光堂本中除有“同词脱文”和整行脱文外，还有一般的脱文，就是一般的抄写遗漏。

例1　第78回：藜光堂本回末删节了16字。

刘：怎生奈何正是大罗密布难移步地纲高张怎脱身且听下回分解

藜：怎生奈何　　　　　　　　　　　　　　　　且听下回分解

例2　第57回：藜光堂本脱6字。

刘：却待要叫只见树上一人叫声撒手响处

评：却待要叫只见树上一人叫声撒手响处

藜：却待要叫　　　　　　　声撒手响处

例3　第114回：藜光堂本脱6字。

评：不见方腊柴进杀入东宫时金枝公主自缢身死

刘：不见方腊柴进杀入东宫时金枝公主自缢身死

藜：不见方腊　　　　　　时金枝公主自缢身死

例4　第56回：藜光堂本脱5字。

评：你与我十数　钱便载你去卢俊义曰渡我过去

刘：你与我十数贯钱便载你去卢俊义曰渡我过去

藜：你与我十数贯钱　　　　　俊义曰渡我过去

8. 藜光堂本的文字修改

藜光堂本中除有脱文外，还有很多文字修改现象，多数是文字删节，也有少数是文字增加。

例1　第97回：藜光堂本文字有删、有增，脱文11字，此例刘世德先生也指出。

评：吃　一惊元　来　　　范全　王庆在京时是　两姨兄弟王庆曰小弟敬

刘：吃了一惊　原来　　　范全与王庆　　　是　两姨兄弟王庆曰小弟　特

藜：吃了一惊元　来王庆与范全　　　　　　是个两姨兄弟

评：指出范全　令妻　　安排酒饭　王庆　　　　　　吃了五　碗饭

刘：来探　　　兄范全便令妻子　安排酒饭与王庆　　　　　　吃了五大碗

藜：来探望哥哥　范全便令妻子就安排酒饭与王庆吃王庆一吃就吃了五大碗

例2　第107回：藜光堂本文字修改。

评：宋万　死处搭起祭坛　生擒到统制官　卓万里和　　　　　　　　　　潼

刘：宋万等死处接　建　　祭　台生擒到统制官军卓万里和　　　　　　　潼

藜：宋万等死处　设建　　祭　　　　　　　　　梁山泊开□之初多亏此人潼

评：宋江亲自斩　沥血享祭四个英魂祭毕将尸葬于润州西门外却说

刘:宋江亲自斩首沥血享祭四个英魂祭毕将尸祭于润州西门外却说

藜:宋江亲自斩首沥血享祭四个英魂祭毕将　　　　　　　统制官军□万里和说

例 3　第 28 回:藜光堂本修改文字。

评:武松曰　　　　柜上那妇人下来伴　　　　我吃酒

刘:武松曰　　　叫　　那妇人下来　　　陪我吃酒

藜:武松曰便是主　　　　人　　　娘子相陪我吃酒

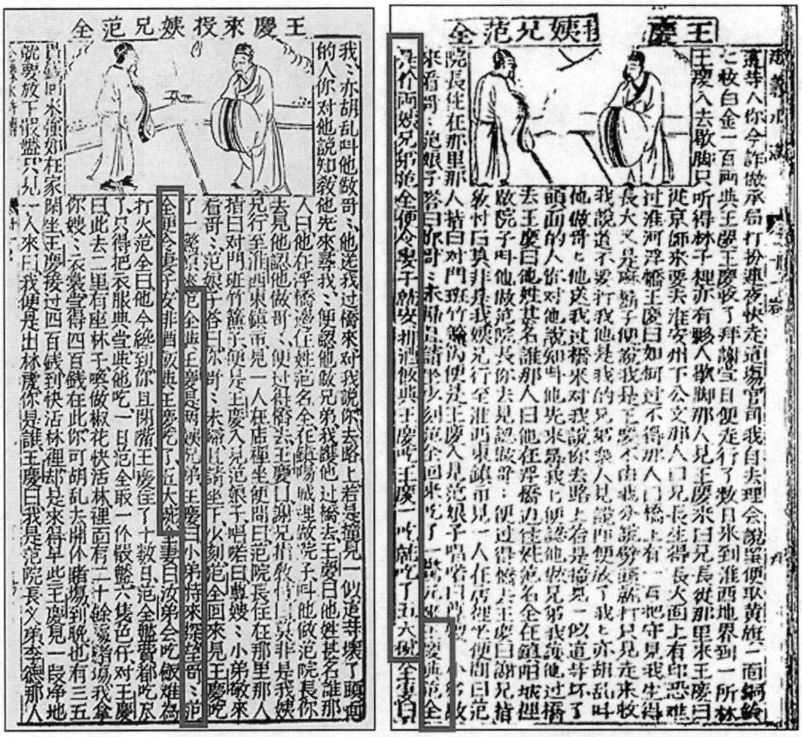

图 17　刘兴我本第 97 回,藜光堂本文字有删、有增,脱文 11 字

例 4　第 39 回:三个版本文字都不同,藜光堂本修改文字。

评:宋江在神　庙里曰岁不遭手怎　　　　　　　　出

刘:宋江在神厨　里

藜:宋江在神厨　里　　　　　　见赵能赵得引众人出庙心中

评:　　　　村口厨内思　　　　　　　　　不觉睡去梦见

刘:　　　　　　　　　　　　　　　　　　　睡去梦见

藜:暗喜暗惊　　　思量无路脱身权在神厨里　睡去梦见

例 5　第 67 回:藜光堂本改 9 字。

评:汴水千里接有　津潘樊楼上酒　　　　　　九重宫殿

刘:汴水千里接　延津潘樊楼上酒　　　　　　　　　九重宫殿
藜:汴水　　　　　　　　　　　　府号开封鳌山排万盏九重宫殿

例6　第67回:藜光堂本改多字,丸山先生也指出了此例。

评:朱仝与刘唐一路其余守寨　　　　李逵曰我也同去宋江曰你去不许惹事
刘:朱仝与刘唐一路其余守寨　　　　李逵曰我也同去宋江曰你去不许惹事
藜:朱仝与刘唐一路　　　　次序分进李逵曰我也同去宋江曰你去不许惹事

评:交燕青和你　　　　作伴宋江是个纹面　　的人如何去得京师
刘:教燕青和你　　　　作伴宋江是个纹面　　的人如何去得京师
藜:教燕青和你同去但碍你　　　　是　　黑面的人如何去得京师

评:　　　　　后用良金美玉碾末每日涂搽自然消了
刘:　　　　　后用良金美玉碾末每日涂搽自然消了
藜:方可同行美　　　　　玉碾末每日涂搽自然消了

例7　第62回:藜光堂本修改文字6字。

评:祖传三代相扑　　　　　为生山东河北　都叫我
刘:祖传三代相扑　　　　　为生山东河北　都叫我
藜:祖传三代相扑为人好义　　　　　河　中都叫我

例8　第67回:藜光堂本改6字。

评:赐万民御酒令　　　　　　御弟在千步廊买市约下
刘:赐万民御酒令　　　　　　御弟在千步廊买市约下
藜:赐万民御酒令从人佩诏书至　　　　　　买市约下

例9　第120回:藜光堂本改写6字。

评:与宋江吃酒里也与下了　　　　　　　慢药只消半月之间以　定没救
刘:与宋江吃酒里也　下了些　　　　　　慢药只消半月之间　一定没救
藜:与宋江吃酒里也　下了些药于酒中数日　　　　　　之间　一定没救

例10　第67回:藜光堂本改4字。

评:朱仝与刘唐一路　　　　其余守寨李逵曰我也同去
刘:朱仝与刘唐一路　　　　其余守寨李逵曰我也同去
藜:朱仝与刘唐一路次序分进　　　　李逵曰我也同去

例11　第67回:藜光堂本改4字。

评:把毒药与他□去了后用良金　　　　　美玉碾末
刘:把毒药与他□去了后用良金　　　　　美玉碾末
藜:把毒药与他□去了　　　　　方可同行美玉碾末

例 12　第 99 回:藜光堂本增文 9 字。

评:只见　雾　气满空遮了军兵　　　　　　　　　只闻金鼓之声
刘:只见墨雾漫　　空遮了军兵　　　　　　　　　只闻金鼓之声
藜:只见墨雾漫　　空遮了军兵眼昏日暗不能抵敌又　闻金鼓之声

例 13　第 60 回:藜光堂本增加 4 字。

评:问曰客人　要那里去　　　　张顺曰我要去建康
刘:问曰客　官要那里去的　　　张顺曰我要去建康
藜:问曰客　官要那里去的这是渔船张顺曰我要去建康

9. 藜光堂本的文字颠倒

藜光堂本中除有文字修改外,还有很多文字颠倒现象,也是抄写中出错所致。

例 1　第 58 回:藜光堂本"扈三娘"和"孙二娘"颠倒。

刘:女将　　扈三娘顾大嫂孙二　　娘
评:女将　　扈三娘顾大嫂孙二　　娘
藜:女将孙二　　娘顾大嫂　　扈三娘

例 2　第 71 回:藜光堂本两组各 8 字官职次序修改,此例刘世德先生也指出。

评:许州兵马都监李明陈州兵马都监吴秉彝　邓州兵马都监王义
刘:许州兵马都监李明陈州兵马都监吴秉彝　邓州兵马都监王义
藜:　　　　　　　　陈州兵马都监吴秉彝许　州兵马都监　　李明

- - - - - - - - - - - - - - - - - - - -

评:洳州兵马都监马万里
刘:洳州兵马都监马万里
藜:洳州兵马都监马万里邓州兵马都监于义

例 3　第 73 回:藜光堂本 18 字官职次序错误,此例刘世德先生也指出。

评:中山安平节度使张开江夏零陵节度使　杨温云中雁门节度使韩存保
刘:中山安平节度使张开江夏云凌节度使张　温云中雁门节度使韩存保
藜:　　　　　　　　　　　　　　　　　　　云中雁门节度使韩存保

- - - - - - - - - - - - - - - - - - - -

评:　　　　　　　　陇西汉阳节度使李从吉
刘:　　　　　　　　陇西汉阳节度使李从吉
藜:中山安平节度使张开陇西汉阳节度使李从吉江夏云凌节度使张吉

例 4　第 94 回:藜光堂本次序颠倒,此例刘世德先生也指出。

评:宋江答曰一个　　孙安一个是　　琼英　郡主张清之妻一
刘:宋江答曰一个乃　孙安一　　个乃琼英君　主张清之妻
藜:宋江答曰一个乃琼　安　　　　　　　　郡主张清之妻一个乃孙安

以上文字颠倒的4例中,刘世德先生也指出了其中3例。

10. 藜光堂本的回末删节

例1　第84回:藜光堂本回末删节了37字,此例刘世德先生也指出。

刘:有何妙策可取此关吴用附耳低言数句直教玉门关外变作尸山血海
藜:有何妙策

刘:金岛领下番成剑树枪林毕竟如何且听下回分解全像水浒传卷之十八终
藜:　　　　　　　　　　　　　　且听　　分解　　　　　　　　终

例2　第115回:藜光堂本回末删节了最后一首诗,此例刘世德先生也指出。

评:奸臣贼相尚　依然早知鸩毒埋黄壤孛取鸱夷泛钓船诗曰　生当庙
刘:奸臣贼相尚何　然早知鸩毒埋黄坏孛取鸱夷泛钓　　　　又生当庙
藜:奸臣贼相尚何　然早知鸩毒埋黄坏孛取鸱夷泛钓

评:食死封侯男子平生志已酬铁马夜嘶　山月暗玄猴秋啸暮云稠不须

刘:食死封侯男子平生志已酬铁马夜嘶三　月暗玄猴秋啸暮云稠不须
藜:

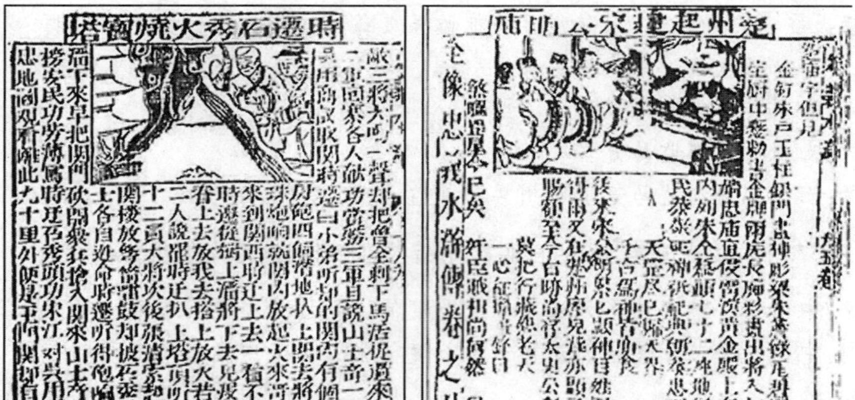

图18　刘兴我本第97回,藜光堂本文字有删、有增,脱文11字

评：出□求真迹却喜忠良作话头千古蓼洼埋玉地落花啼鸟总关秋

刘：出处求　迹却喜忠良作话头千古蓼洼埋玉地落花啼鸟总关

藜：

这些回末文字删节明显是为节省版面。这两处都是在卷 18 和卷 25 末尾，一般卷开始都要换页，如照抄这些文字，势必要增加一页，为节省篇幅，就删去了这些文字。

11. 刘兴我本的文字出错

以上所有例子全部都是藜光堂本文字有修改，数字化比对刘兴我本藜光堂本全部文字，只发现有一处刘兴我本文字出错，这明显是抄写时重复抄写的特例。

例 1　第 61 回：刘兴我本增文 6 字，但藜光堂本没有增文。

评：拨马便走孙立在后杀来　　　　　　李成飞马奔走

刘：拨马便走孙立在后杀来孙立在后杀来李成飞马奔走

藜：拨马便走孙立在后杀来　　　　　　李成飞马奔走

12. 藜光堂本和刘兴我本文字差异的分布研究

以上对藜光堂本和刘兴我本文字差异进行了分类统计：同词脱文 12 例，一般脱文 5 例，文字修改 9 例，文字颠倒 4 例，文字增加 3 例，回末删节 3 例。

以上以藜光堂本（藜）和评林本（评）、刘兴我本（刘）相比，对文字差异 3 字以上的统计分析。

之所以只统计 3 字以上的文字差异，是由于 3 字以下的文字差异，很大可能是抄写着随意修改，数量很多，统计工作量极大。

而 3 字以上文字差异，一者明显，二者数量少，三者其原因明显，值得研究：

(1) 藜光堂本抄写时无意的遗漏。

(2) 藜光堂本抄写时有意的修改。

藜光堂本 115 回中，有 3 字以上文字差异的回总计：

(1) 3 字以上的文字差异总计 30 回；

(2) 3 字以上文字差异有 37 次，平均每 3 回出一个 3 字以上的文字差异。

表 5　藜光堂本文字差异统计表

卷	1		2	6	8	12		13		14		15	
回	2	3	10	27	36	52	55	56	59	62	66	68	73
次数	1	1	1	1	1	2	1	1	1	7	1	1	1
卷	16	17	19		21		22	23	24		25		
回	75	79	87	88	95	100	101	105	109	110	113	112	115
次数	1	1	1	1	1	1	1	1	1	1	1	1	3

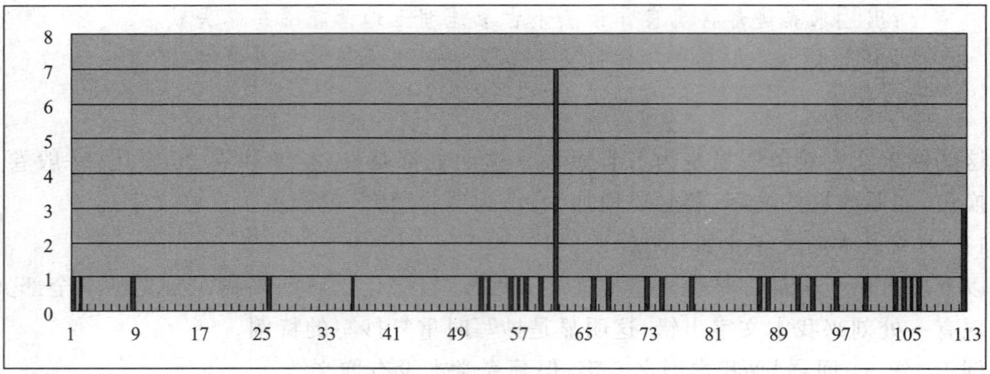

图19　藜光堂本文字差异分布示意图

从差异分布可以看出，差异还是有明显规律的。

(1) 前55回(即前12卷)文字差异不多，主要集中在56回(即13卷)以后。

(2) 第62回文字差异最多，达7处之多。

从文字差异分布来看，藜光堂本的抄手可能有多人。

文字差异与抄手有很大关系，抄手抄写认真，文字差异就少。抄手随意或不仔细，同词脱文就较多。

因此前55回(即前12卷)可能是一个抄手，而56回(即13卷)以后是另一个抄手。从字迹看，也验证了这个分析。第55回(即第12卷最后一回)字相对较瘦，而第56回(即第13卷第1回)字迹较方，两回的字迹完全不同。

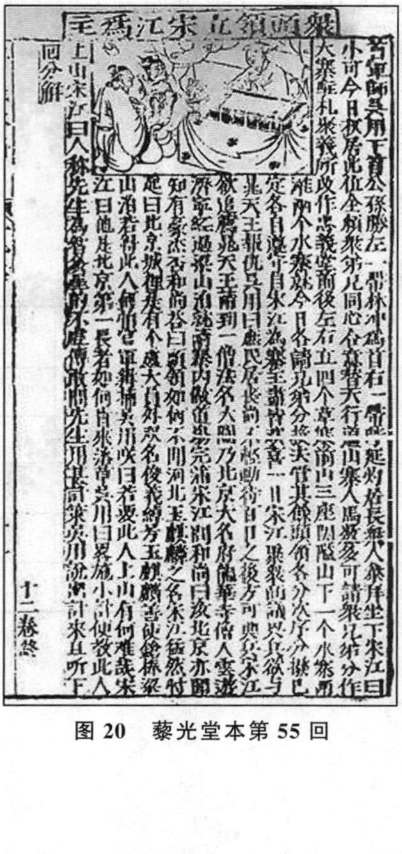

图20　藜光堂本第55回

图21　藜光堂本第56回

藜光堂本肯定是多人抄写，而且肯定是按照卷分开抄写。25 卷总计有几个人抄写，可以根据笔迹来仔细分析。如“说”字有两种写法，一种为“説”，一种为“說”。分卷统计如下：

“説”：3、4、10、11、12、14、17、21、25。

“說”：1、2、5、6、7(?)、8、13、16、20、24。

13. 藜光堂本“同词脱文”研究

(1) 同词脱文分析：

- 同词脱文是判断版本演化的重要手段，魏安用于分析《三国演义》版本演化很成功。
- 只有藜光堂本有同词脱文，而刘兴我本没有任何的同词脱文。
- 这是藜光堂本抄自刘兴我本的有力证据。

(2) 字数统计：

- 藜光堂本的同词脱文共有 12 例。
- 脱文字数最多 48 字，最少 5 字，共计 10 种。

表 6 “同词脱文”按照脱文字数排列表

回	112	111	113	80	67	2	120	67	93	10	100	103
脱文字数	48	37	29	24	21	17	17	11	11	9	8	5

- 刘兴我本每行字数有两种，嵌图下面为 27 字。嵌图侧面为 35 字。
- 藜光堂本脱文字数 48 字，可能是脱了刘兴我本的 24 字两行文字。
- 藜光堂本脱文字数 37 字，与刘兴我本每行字数 35 字接近。
- 藜光堂本脱文字数 29、24 字，与刘兴我本每行字数 27 字接近。
- 藜光堂本其他脱文字数 17、11、9、8、5 字，与刘兴我本每行字数相差很大，这些脱文并非一定全是“串行脱文”，只要是文字相同，抄写者就可能抄错。

(3) 回目统计：

- 藜光堂本同词脱文按照回目统计有规律。
- 前面很少，只有第 2、9 回有 2 例。
- 主要集中在第 62 回以后，有 10 例。
- 这与抄手有很大关系，抄手认真，同词脱文就少，抄手不仔细，同词脱文就多。
- 前 12 卷是一个抄手，12 卷以后换了一个抄手。

表 7 “同词脱文”按照回目排列表

卷	1	2	14		16	18	21	22	24	25		
回	2	9	62	62	75	87	96	101	109	111	113	115
脱文字数	17	9	21	11	24	11	8	5	37	48	29	17

同词脱文按照回目分布和文字差异的分布基本相同，都有明显规律。都是前 55 回(即前 12 卷)中同词脱文不多，主要集中在 56 回(即 13 卷)以后。这再次说明，同词脱文和文字差异都是由于抄手抄写所造成的。

文字差异还有其他几种：一般脱文 5 例、文字修改 9 例、文字颠倒 4 例、文字增加 3 例、回末删节3例，和同词脱文一样，也是由于抄手抄写所造成的。

14. 藜光堂本文字和刘兴我本、评林本文字差异分析和结论

以上对藜光堂本和刘兴我本文字差异进行了分类分析统计，可以注意到，所有文字差异都是藜光堂本文字和刘兴我本、评林本不同，而刘兴我本和评林本文字相同。而从未出现藜光堂本文字和评林本相同，而和刘兴我本不同的情况。

这个情况充分说明，这些文字差异都是藜光堂本对文字做了修改。

唯一有一个特例，是第61回中，刘兴我本重复多抄了6字“孙立在后杀来”，而藜光堂本并没有增加，和评林本一样。这可能是藜光堂本抄自刘兴我本时，发现了这个明显的错误，删去了多余的6字。

第61回：刘兴我本增文6字

评：拨马便走孙立在后杀来　　　　　　李成飞马奔走

刘：拨马便走孙立在后杀来孙立在后杀来李成飞马奔走

藜：拨马便走孙立在后杀来　　　　　　李成飞马奔走

刘兴我本和藜光堂本之间的关系理论上有三种可能：

(1) 刘兴我本来自藜光堂本，是“父子”关系。

由于所有的文字差异都是藜光堂本对文字做了修改，这种可能基本不存在。

(2) 藜光堂本来自刘兴我本，是“父子”关系。

由于所有的文字差异都是藜光堂本对文字做了修改，这种可能最大。

(3) 藜光堂本和刘兴我本有共同的祖本，是“兄弟”关系。

假设如此，就应该出现藜光堂本和刘兴我本文字不同，而和评林本文字相同的情况。但数字化全文比对后，也没有发现这样的任何一个例证(除上述第61回刘兴我本重复抄写一例之外)，因此这种可能性也不存在。

这样，根据对所有文字差异的分析，只有一种可能：藜光堂本来自刘兴我本，它们是“父子”关系。

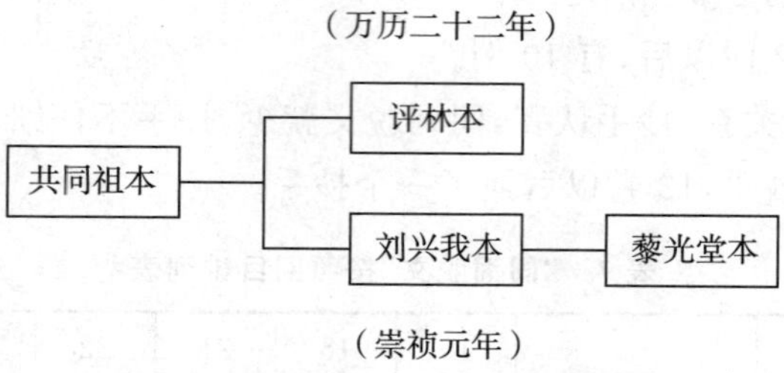

图22　刘兴我本、藜光堂本演化示意图

15. 刘兴我本、藜光堂本插图相近

刘兴我本和藜光堂本都属于“嵌图本”，即插图没有占满一页，这类“嵌图式”在《水浒传》版本中，除刘兴我本和藜光堂本外，还有慕尼黑本和李渔序本两种。

插图是研究版本演化的重要方法。丸山先生文章未对插图进行分析，而刘世德先生文章对两本的插图做了详尽的分析。限于篇幅，此处不再复述。

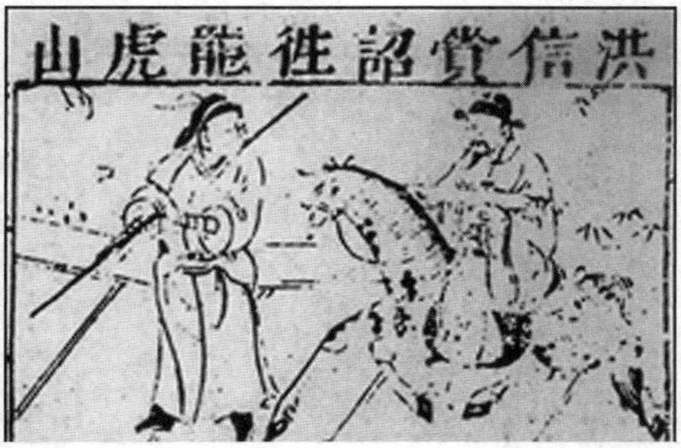

第 1 回第 1 幅插图，两本插图几乎完全相同

第 1 回第 2 幅插图，两本插图构图相同，只是方向颠倒

第 1 回第 3 幅插图，两本插图构图相同，右边蛇相似，左面人物有差异

第 1 回第 4 幅插图，两本插图构图相同，只是方向颠倒

图 23　刘兴我本、藜光堂本插图比较(一)

第1回第5幅插图，两本插图构图相同，只有细节差异

第1回第6幅插图，两本插图构图相同，只有细节有差异

第115回第4幅插图，两本插图构图相同，只是方向相反

第115回第5幅插图，两本插图构图相同，只是细节有差异

图24　刘兴我本、藜光堂本插图比较(二)

刘先生详细分析了第 1 回的 11 幅插图，最后得出的结论是：

刘兴我刊本和藜光堂刊本的图像除标目外，图均有或大或小的不同。从这个角度看不出二本彼此之间有移用的痕迹。

但只要看过这两个版本的插图，就可以明显看出，虽然插图一些细节确实如刘先生所言，是有差异，但从整体构图看，它们之间的关系还是有很明显的承继关系的。插图的标题更是基本都相同。再结合文字差异分析，可以得出结论：

藜光堂本插图肯定是参考了刘兴我本的插图，当然也有细节上的修改。

16. 图中人数研究的意义

刘先生文章中还对插图中的人数，单独有一节进行了详细的统计分析，包括：

- 刘兴我刊本图中有一人，而藜光堂刊本图中有二人，8 例。
- 刘兴我刊本图中有一人，而藜光堂刊本图中有三人，1 例。
- 刘兴我刊本图中有二人，而藜光堂刊本图中只有一人，12 例。
- 刘兴我刊本图中有二人，而藜光堂刊本图中有三人，52 例。
- 刘兴我刊本图中有二人，而藜光堂刊本图中有四人，5 例。
- 刘兴我刊本图中有三人，而藜光堂刊本图中仅有二人，15 例。
- 刘兴我刊本图中有三人，而藜光堂刊本图中只有二人，2 例。
- 刘兴我刊本图中有三人，而藜光堂刊本图中却是四人，1 例。
- 刘兴我刊本图中有四人，而藜光堂刊本图中仅有二人，3 例。

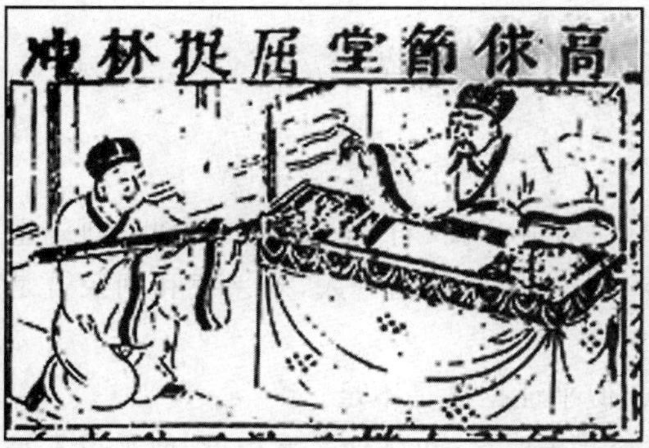

刘兴我本图中有二人，而藜光堂本图中有三人

图 25　刘兴我本、藜光堂本插图比较(三)

以上图为例，从图中可以明显看出，两本的构图是基本相同的，只是人数确实不同，这只是说明两本的插图肯定是有联系的，藜光堂本插图肯定参考了刘兴我本的插图。

如此详细的统计人数，在版本研究中似乎没有很大的意义。

三、刘兴我和刘荣吾

1. 刘兴我和刘荣吾关系的三种可能

刘兴我和刘荣吾都是建阳书商，都在崇祯时期刊行了《水浒传》简本，其生活时期基本相同，这没有疑问。因此刘兴我和刘荣吾两个人是同时、同地、同姓都刊行了《水浒传》简本。

对这两人的关系，很多学者都曾注意过，如马幼垣等人。但都是怀疑，没有肯定他们是同一人。官桂铨先生在《文献》1982年第1期发表短文《水浒传的藜光堂本与刘兴我本及其他》，认为：富沙刘荣吾就是富沙刘兴我，名兴我、荣吾，亦可断为一人。所谓藜琴光堂刻《水浒传》和刘兴我刻《新刻全像水浒传》，实为一家。

刘世德先生在"《水浒传》刘兴我刊本与藜光堂刊本异同考"一文中认为刘兴我和藜光堂主刘荣吾是同一人。

这引起我的兴趣，我仔细反复阅读了刘先生的论证，经过认真思考，我觉得刘先生的结论证据似乎不足，仍不排除这两人是两个人的可能性。

总结刘兴我和刘荣吾的关系，理论上有三种可能：

(1) 两人是同一人。

(2) 两人是父子，刘兴我是刘荣吾的父亲。

(3) 两人是同时期的两人，没有关系，名字相近只是巧合而已。

下面逐条仔细分析，看各种证据中，对以上三种说法的哪种更为合理？

2. 刘兴我和刘荣吾名字相近

刘兴我是名字，还是号，不清楚。

刘荣吾名刘钦恩，字刘荣吾，是藜光堂主。

从名字分析两人的三种关系，哪种可能性更大？

(1) 两人是同一人：刘世德先生认为："兴"与"荣"对应，"我"与"吾"对应。因此，刘先生认为：这两个人同时、同地、同姓，都刊行了《水浒传》简本，因此为同一人，刘兴我和刘荣吾是刘钦恩的两个字。

但仅根据两人名字相近，就认为两人为同一人，似乎证据还是不足。

(2) 两人是父子：刘荣吾是刘兴我的儿子，父亲给儿子取名，和自己名字相近，似乎也不是不可以。父亲刘兴我是书商，刊刻了《水浒传》简本，希望儿子继承自己的事业，继续刻书，因此父亲刘兴我给儿子取名为"荣吾"，意思是以自己为荣之意，结果和自己的名字"兴我"相近。

(3) 两人是同时期没有关系的两人：名字相近只是巧合而已。这种可能性也完全存在。

因此，只根据刘兴我和刘荣吾名字相近，就认为他们是同一人，似乎证据不足。

3. 刘兴我和刘荣吾刻书情况

刘兴我和刘荣吾都是建阳书商，在崇祯时期各自刊刻了一些图书。

一般认为刘兴我只刻书《水浒传》一种，而刘荣吾的藜光堂曾刊刻《水浒传》、《三国志传》和明郑大郁《篆林肆考》三种。由于刘兴我只刻《水浒传》一种，因此刘兴我和刘荣吾是同一人可能性很大。

但据方彦寿《建阳刻书史》(中国社会出版社2003年第1版)记载，他们各自刻书情况如下。

刘兴我书坊名潭邑书坊,刻书两种:

(1)《新刻全像水浒传》25 卷,崇祯元年

(2)《新镌李赞延先生增补四民使用积玉全书》22 卷,日本存刘荣吾书坊名藜光堂,刻书五种:

(1)《鼎镌全像忠义水浒志传》25 卷

(2)《精镌按鉴全像鼎峙三国志传》,20 卷

(3)《篆林肆考》明郑大郁撰,15 卷,字书

(4)《忠经孝经合刊》小丛书,4 卷

(5)《新刻吴氏家传养生必要仙制药性全备食物本草》,4 卷

如方彦寿《建阳刻书史》介绍情况可靠,则要注意以下几点:

(1) 刘兴我书坊名潭邑书坊,刘荣吾书坊名藜光堂。各自有不同书坊,这样他们是同一人的可能性就不大了。

(2) 刘兴我和刘荣吾刻书分别为 2 种和 5 种,这样看来,他们是同一人的可能性就不大了。

对于刘兴我本和刘荣吾本的刊刻时间,刘世德先生在"《水浒传》刘兴我刊本与藜光堂刊本异同考"一文中认为:

> 刘兴我刊本有汪子深"戊辰长至日"序。戊辰即崇祯元年(1628)。藜光堂刊本有郑大郁序,郑大郁是崇祯年间人,他的著作《篆林肆考》现存崇祯五年(1632)藜光堂刊本。

因为刘兴我本有汪子深"戊辰长至日"序,戊辰即崇祯元年(1628),因此刘兴我本刊刻于崇祯元年毫无疑问。

但对于郑大郁的著作《篆林肆考》由藜光堂刊行的时间,有多种说法。

(1) 刘世德先生在上文中称其刊刻于崇祯五年,但未说明其根据。

(2) 刘世德先生在"《水浒传》藜光堂刊本与双峰堂刊本异同考"一文中,称:"他编著的《篆林肆考》十五卷,有崇祯十四年刘钦恩藜光堂刊本。"并在"《水浒传》刘兴我刊本与藜光堂刊本异同考"一文再次引用此说法。

(3) 据一些文献记载,郑大郁的著作《篆林肆考》还有明崇祯十四年刘肇麟刻本。这样此本在崇祯十四年同时被刘荣吾和刘肇麟刊刻?

我没有仔细去核实这几种说法,哪种属实。但无论哪种说法,郑大郁的著作《篆林肆考》肯定刊刻于崇祯年间是毫无疑义的。

而刘兴我本刊刻于崇祯元年,因此藜光堂本(刘荣吾本)肯定刊刻于刘兴我之后,这是毫无疑义的。

总之,仅从两人刊刻情况看,两人是同一人,还是两人,难以判别。

4. 从两种《水浒传》看是否是同一人刊刻

按照刘世德先生的分析,刘兴我和刘荣吾是同一人,他们刊刻两本《水浒传》"最主要的原因就是图书市场销售利益的驱使。这是许多书坊为了抢占市场份额而采取的一种手段"。

这种解释看似合理,但仔细分析就会发现其中有很多矛盾之处,很难解释。

通过以上对刘兴我本和藜光堂本的文字、插图等详细分析，可以看出两本是极为相似的，两者之间虽然有差异，但都不是本质性的差异。

因此，如刘兴我和刘荣吾是同一人，则他就刊刻了两次《西游记》简本，而这两种简本基本没有什么差别。据统计，一部《水浒传》刘兴我本和刘荣吾本要刻480多个木版，其工作量非常巨大。同一书商为何要花费巨大人力、物力，刊刻两次几乎完全相同的《水浒传》？这种可能性实在不大。

而如果刘兴我和刘荣吾是两人，两个书商为市场竞争而分别刊刻了两本《水浒传》版本，这种可能性就很大了。

还有第三种可能，刘兴我和刘荣吾是父子，父亲刘兴我刊刻了《水浒传》，到儿子刘荣吾时，由于原版已经损坏，因此就以藜光堂名再次刊刻了《水浒传》简本，这种解释也很合理。

另外，我们还要注意，藜光堂不仅刊刻了《水浒传》简本，还刊刻了一本"志传"系列的《三国演义》。有可能是，刘兴我先刊刻了一次《水浒传》简本，但没有刊刻《三国演义》。刘荣吾看到《水浒传》、《三国演义》的市场商机，决定翻刻刘兴我本《水浒传》和"志传"系列的《三国演义》，这样成系列发行，对于占领市场更为有利。

通过以上分析可以看出，固然刘兴我和刘荣吾可能是同一人，但他们也可能是父子，也可能是毫无关系的两个人，三种可能都存在。

日本丸山浩明先生论文中，对刘兴我和刘荣吾是否是同一人，未加详细分析，但他的结论是认为两人为同一人的可能性不大。

5. 余象斗双峰堂刊刻两种《三国演义》版本

刘世德先生为证明刘兴我和刘荣吾为同一人，举出了余象斗双峰堂也曾刊刻过两种《三国演义》版本，即万历二十年的双峰堂本（即刘先生所称的"桂云馆刊本"），和之后的评林本（即刘先生所称的"双峰堂刊本"）：

> 另一位出版家余象斗，他不仅印行了《水浒》（《水浒志传评林》），还印行了两部《三国》，一部是《新刊京本校正演义全像三国志传评林》（双峰堂刊本），另一部是《按鉴批点演义全像三国评林》（桂云馆刊本）。从一家书坊刊行两部《三国》（双峰堂刊本和桂云馆刊本）的角度说，可以称之为"姐妹刊本"。

余象斗双峰堂确实刊刻过两种《三国演义》版本，但我们要仔细分析这两种版本，就可以看出，这两种版本虽然和刘兴我本和刘荣吾本很相似，两本的文字几乎完全相同，但仔细分析二者还是有差异的。这个差异主要是在评语和注释上。

先出的双峰堂本每页上面都有眉批形式的评语，这是古代小说中初次插入评语，可以帮助读者阅读。而之后的评林本在同样位置，插入的不是评语，而改成了注释（释义），这些注释多来自周曰校本和夏振宇本。由此可以看出，余象斗之所有分别刊刻两种《三国演义》版本，还是有不同的目的的，一个加评语，一个加注释，适应不同读者的需要。

而《水浒传》的刘兴我本和刘荣吾本，就没有这样的差异，两本的文字、插图等几乎都相同，由于是简本，因此也没有任何批语和注释。一个书商为何要同时刊刻两种几乎完全相同的版本，这很难理解。

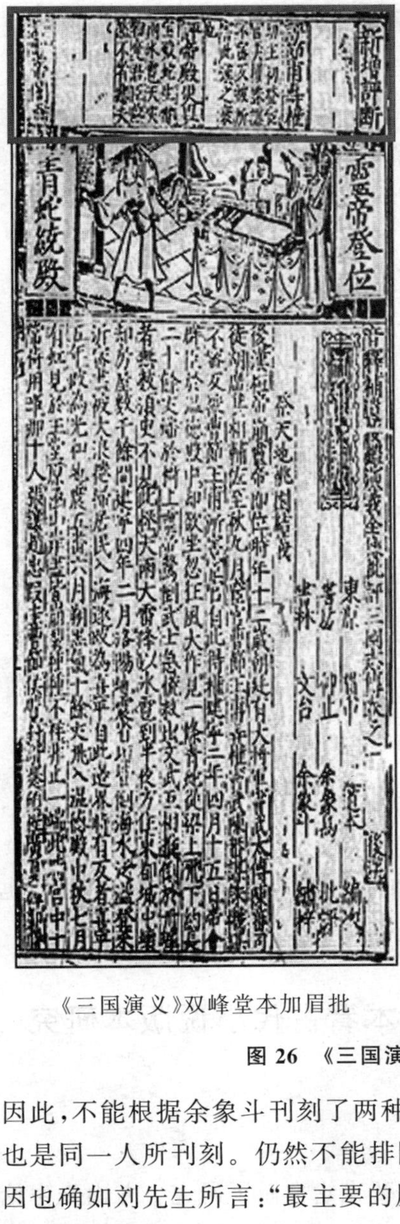

《三国演义》双峰堂本加眉批

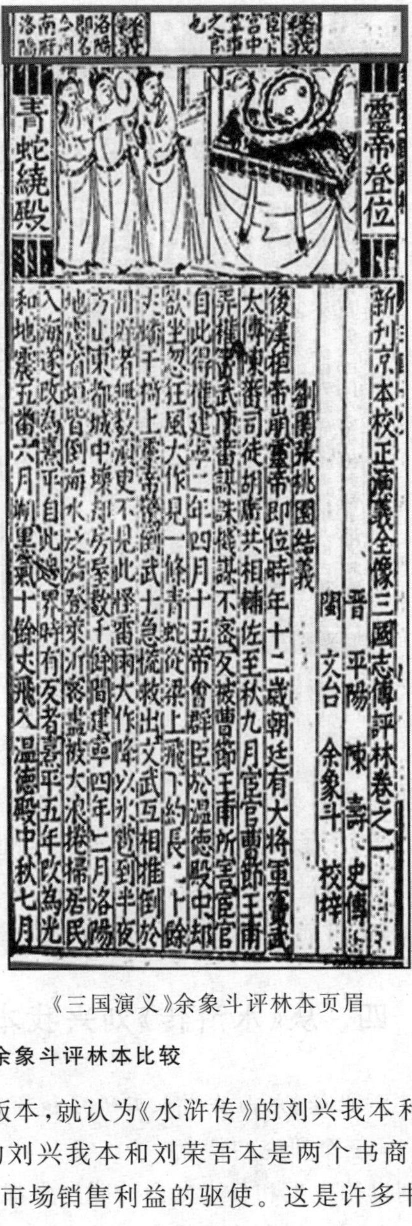

《三国演义》余象斗评林本页眉

图 26　《三国演义》双峰堂本、余象斗评林本比较

因此，不能根据余象斗刊刻了两种《三国演义》版本，就认为《水浒传》的刘兴我本和刘荣吾本也是同一人所刊刻。仍然不能排除《水浒传》的刘兴我本和刘荣吾本是两个书商所为，其原因也确如刘先生所言："最主要的原因就是图书市场销售利益的驱使。这是许多书坊为了抢占市场份额而采取的一种手段。"

6. 杨闽斋父子刊刻两种《西游记》版本

《西游记》杨闽斋本刊刻者为杨春元，其子杨居谦，字懋卿，子承父业，其书肆称为闽斋堂，闽斋堂本《西游记》刊行于崇祯四年。

杨闽斋本和闽斋堂本都是上图下文，从插图看，两本插图极为接近，因此闽斋堂本肯定是仿照杨闽斋本翻刻的，因此闽斋堂本的主要底本肯定是杨闽斋本。

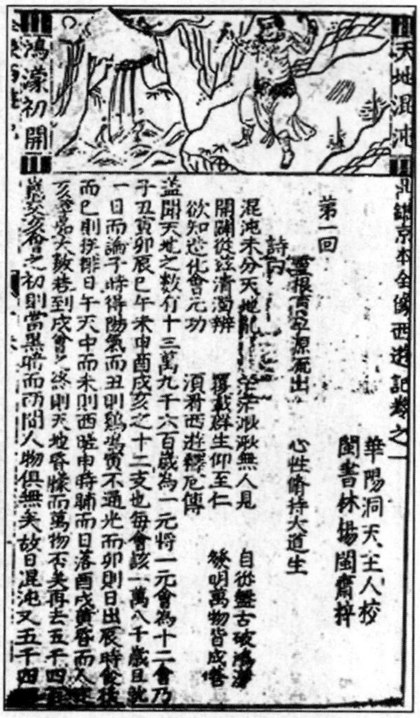

杨闽斋本第 1 回第 1 幅插图

闽斋堂本第 1 回第 1 幅插图

图 27　《西游记》杨闽斋本、闵斋堂本比较

福建建阳刻书子承父业非常多，父亲也多要儿子继承书坊。因此，刘兴我为父亲，刘荣吾为儿子，子承父业继续刊刻《水浒传》也是有可能的。

总之，通过从多角度分析可以看出，固然刘兴我和刘荣吾可能是同一人，但他们也可能是父子，也可能是毫无关系的两个人，三种可能性都是存在的。

四、从《水浒传》刘兴我本和藜光堂本看古代小说版本研究

1. 刘世德、丸山浩明人工研究和数字化研究比较

(1) 三个研究的特点

刘世德先生和日本丸山浩明先生都对刘兴我本和藜光堂本做了研究。丸山先生论文发表于 1988 年，刘世德先生文章发表于 2013 年，相距 25 年。

我和两位先生都认识，我仔细研读了这两位先生的文章，并做了仔细比较。发现两篇文章各有特色。本人利用数字化，也对刘兴我本和藜光堂本做了研究。

详细比较这三种研究方法很有意思，也很有意义，对古代小说版本研究肯定很有益处。

对刘兴我本和藜光堂本的研究分几个方面：

① 回目：丸山和刘先生都做了研究，丸山先生研究较全面，刘先生研究较深入；

② 文字：丸山、刘先生和本人都做了研究，丸山先生研究较简略，刘先生研究较仔细，本人研究最彻底；

③ 插图：丸山先生没有研究，刘先生研究较仔细，本人对刘先生的研究有不同看法。

下面分别介绍如下。

(2) 回目研究

在这方面,丸山先生文章论述最全面、细致,主要特点如下:

• 丸山先生把五种版本的回目列出一张汇总表,一目了然,差异非常清楚。根据此表再进行分析,结论自然可信。

• 丸山先生的列表又分为两部分,一部分是回数的比较,由于各种版本回数差异很大,有了此表,各种版本回数的差异非常清楚,对于以后研究帮助很大。

• 丸山先生的列表还将各种版本的回目做了分类,这样五种版本的回目情况就很清楚了,对后续的仔细研究极有帮助。

• 根据回目列表,再选出其中有差异的回目进行仔细分析,由此可分析回目差异的产生原因。

总之,对回目的研究是丸山先生文章的最大特点。

刘世德先生也对回目做了细致的分析,逐一列出两本回目的差异。与丸山先生回目研究相比,更细致,但似乎在整体分析方面有所不足。

由于回目比较简单,因此数字化没有多大作用,因此本人也未对回目进行仔细研究。

(3) 文字差异研究

文字差异研究是两本研究的核心,三种研究各有特色。

丸山先生对文字差异的研究分叙述和诗词两部分。

叙述部分研究只举出了三个例子。

第一个例子说明刘兴我、藜光堂本两本和评林本之间关系,刘兴我、藜光堂本文字相同,而和评林本不同,这说明它们有共同的祖本,它们和评林本是“兄弟”关系。但还无法判断刘兴我、藜光堂本两本之间关系。

第二个例子说明藜光堂本和刘兴我本之间关系,两本文字不同,但理论上两本关系又有两种可能。一种可能是藜光堂本是在刘兴我本基础上做了修改,他们是“父子”关系。另一种可能是,他们有共同祖本,藜光堂本文字作了修改,而刘兴我本没有修改。仅从此例还无法判断这两种可能性的大小。

第三例说明评林本、刘兴我本、藜光堂本三本和插增本之间关系,三本文字基本相同,而和插增本文字完全不同。因此插增本和评林本、刘兴我本、藜光堂本应该属于两个系统,可能有共同的祖本,他们是“兄弟”关系。

丸山先生在文字差异研究中只举出了三个例子,这些例子理论上都可能有反证,因此不是铁证。

诗词部分,丸山先生做了较详细的分析,刘先生未分析诗词。

刘世德先生对文字差异的研究比较仔细,可以分为两部分。

第一部分是二本“独异”和二本同误。

二本“独异”的一例,即第 6 回末尾二本多了一诗一词。这里的“独异”是指刘兴我刊本和藜光堂刊本二本共有的相同的文字,而这些文字却又不见于现存其他各本(包括各种繁本和简本)。刘先生的“独异”之例,和丸山先生所举出的第一例子意义相同。

二本同误的意义和二本“独异”相同,都说明二本同属于一个系统,是“兄弟”关系。

第二部分是人名的歧异和其他文字的歧异。

这些文字差异研究非常仔细，这些歧异多是藜光堂刊本，这成为刘兴我刊本在前，而藜光堂刊本在后的证据。

数字化研究对两本的文字做了最彻底的逐字比对，可以揭示所有的文字差异。对于3字以下的文字差异未研究，因为数量太大，而且多属于随意改动，研究价值不大。因此重点在3字以上的文字差异研究。共查出两本三字以上39处文字差异。刘世德先生也指出了其中的7例，丸山先生指出了其中1例。数字化研究最关键的是查出藜光堂本12处“同词脱文”，这是藜光堂本来自刘兴我本的最有力的证据。

总之，文字差异是版本研究最主要部分，丸山先生研究不多，刘先生研究较细致，而数字化研究最彻底。

(4) 插图研究

上图下文版式的福建建阳古代小说中的插图，对于版本研究很有价值。插图是研究版本演化的重要方法。

丸山先生文章未对插图进行任何分析。

刘世德先生文章对两本的插图做了详尽的分析。刘先生认为：二本图像的标目基本上相同，但图基本上不同。刘先生从各个角度着重分析两本插图不同，其实是为后面认为两人是同一人的看法提供支持。

但仔细查看两本的插图，不得不承认，两本的插图虽然表面看来似乎是“基本上不同”，但两本插图的整体构图很多还是很接近的。

因此，我认为：从插图看，两本的插图很多整体构图时接近的，因此两本从插图看，是有承继关系的。结合文字差异分析结果，可以认为刘兴我本在前，而藜光堂本在后；藜光堂本来自刘兴我刊本在前。从插图看，并不支持这两人是同一人。

总结以上分析可以看出，这三种研究各有其重点和特点：

① 丸山先生研究：主要集中在回目研究，研究相对比较简略。

② 刘世德先生研究：对回目、文字差异和插图做了全面、细致的研究。

③ 数字化研究：主要集中在文字差异研究。

三种研究的最后结论基本相同，即刘兴我本在前，藜光堂本在后；藜光堂本来自刘兴我本。

(5) 评林本、刘兴我本和藜光堂本三本关系的研究方法

刘世德先生在《文学遗产》2013年第1期发表《〈水浒传〉藜光堂刊本与双峰堂刊本异同考》，和2013年《文学遗产》第3期发表《〈水浒传〉刘兴我刊本与藜光堂刊本异同考》，是讨论三个《水浒传》简本之间的关系。

刘先生的研究方法是，两两版本比较，即分别比较两个版本，先比较藜光堂刊本和双峰堂本(即评林本)的关系，后比较藜光堂刊本与刘兴我本之间的关系。

经过刘先生和丸山先生的研究，这三个版本之间的关系是：

- 刘兴我本在前，藜光堂本在后；藜光堂本来自刘兴我本。
- 评林本和刘兴我本、藜光堂本有共同的祖本。

它们之间关系如下图：

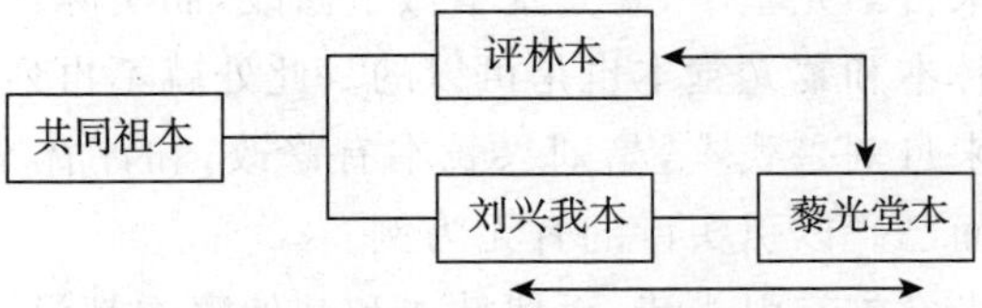

图 28 评林本和刘兴我本、藜光堂本研究方法(一)

根据上述结果，三个版本应该如何研究最合适？

显然最合理的方式是对三个版本进行综合比较。

如一定要两两比较研究，应该是：

- 比较评林本和刘兴我本，因为它们有共同的祖本。
- 比较刘兴我本和藜光堂本，因为它们有直接关系，藜光堂本来自刘兴我本。

因此比较评林本和藜光堂本，就不如直接比较评林本和刘兴我本。道理很简单，因为藜光堂本来自刘兴我本。如比较藜光堂本和评林本的差异，总结有三种情况：

第一种情况差异是来自评林本，评林本做了修改，而刘兴我本和藜光堂本文字相同。这种情况下比较评林本和藜光堂本是可以的。

第二种情况差异是来自藜光堂本，藜光堂本做了修改，实际评林本和刘兴我本是相同的。这种情况下比较评林本和藜光堂本也是可以的。

第三种差异是来自刘兴我本，是刘兴我本有修改，和评林本不同，而藜光堂本只是继承了刘兴我本的文字而已。在这种情况下只比较评林本和藜光堂本，就无法发现实际是刘兴我本做了修改。

因此，跨过刘兴我本去比较评林本和藜光堂本，在第三种情况下，是无法分辨这些差异是来自哪个版本，是来自刘兴我本，还是来自何处藜光堂本。因此，直接比较藜光堂本和评林本，这种研究方法是有缺陷的。

第一种差异是来自评林本，评林本做了修改，刘先生研究中的例子之一是第 31/32/33 回回目的不同。

藜光堂本这三回的回目是(实际刘兴我本一样)：

第三十一回　孔家庄宋江救武松　清风山燕顺释宋江
第三十二回　宋江夜看小鳌山　花荣大闹清风寨
第三十三回　镇三山大闹青州道　霹雳火走瓦砾场

而评林本在第 30 回之后，相应的三回却变成了两回，回目是：

宋江夜看小鳌山 花荣大闹清风寨
镇三山闹青州道 霹雳火走瓦砾场

此例明显是评林本做了修改，把 30 回合 31 回连接起来，31 回没有目次，这样三回缩减为两回，因此评林本和繁本、藜光堂刊本的回目不同。

这种情况下比较评林本和藜光堂本是可以的。

这个例子也说明，藜光堂本并不来自评林本，它们有共同的祖本。

第二种情况差异是来自藜光堂本，藜光堂本做了修改，而实际评林本和刘兴我本是相同的。这种情况下比较评林本和藜光堂本也是可以的。此处就不再列举了。

第三种情况差异是来自刘兴我本，是刘兴我本有修改，和评林本不同，而藜光堂本只是继承了刘兴我本的文字而已。以引头诗的有无为例。

刘先生举出很多藜光堂本有引头诗，而评林本和其他繁本都没有的例子，如第46、98回等。而实际刘兴我本也是如此，由于藜光堂本是来自刘兴我本，因此这些例子本质上并非来自藜光堂本，而是来自刘兴我本。在这种情况下，只比较评林本和藜光堂本，就无法发现实际是刘兴我本做了修改。对这种情况，就应该比较刘兴我本和评林本，而不是去比较藜光堂本和评林本。

类似例子还很多，就不一一再列举了。

刘先生之所以两两比较藜光堂本和评林本，而不是去比较刘兴我本和评林本，可能是由于当初还不清楚藜光堂本和刘兴我本的关系。但在后续研究中，发现了藜光堂本实际是来自刘兴我本后，就应该放弃比较藜光堂本和评林本，而是去比较刘兴我本和评林本，以及藜光堂本和评林本，这样更为合适。

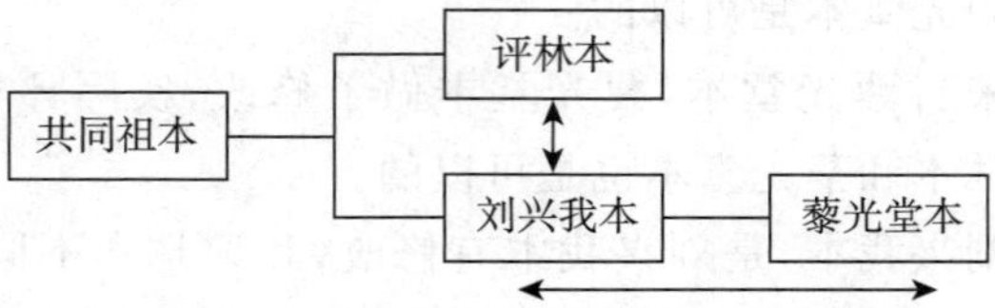

图29 评林本和刘兴我本、藜光堂本研究方法(二)

总之，多版本的研究中，最好的方法是进行多版本的综合研究，而不是只做两两版本比较。当然在多版本的综合研究中也要进行两两比较，但必须是有目的、经过选择的两两比较，否则两两比较有时并不能揭示版本之间的本质关系。

2. 论古代小说版本研究中的问题

古代小说版本研究中也存在一些问题，必须引起学者重视，否则会妨碍古代小说版本研究进展。

(1) 资料和证据

① 研究必须尽可能占有充分资料和证据，进行细致深入研究后，再下结论。

在这方面《水浒传》研究史上有很多教训。早期鲁迅先生等没有仔细研究《水浒传》的各种版本，根据一般从简到繁的规律，就简单判定是《水浒传》简本在前，繁本在后。后经许多学者的仔细研究，证明这是一个完全错误的结论。类似问题在《水浒传》版本研究中屡见不鲜。这些事例说明，在版本研究方面，全面占有资料和证据、全面分析研究的重要性，根据部分材料和证据研究得出的结论有时是很危险的。在这方面日本学者研究的认真仔细很值得我们学习。

② 版本研究方法要重视原始材料。

版本研究中要特别重视原始资料，最好看原书，其次看微缩胶卷，再次看影印本。对于后人整理的间接资料一定不要过于依赖。

但古代小说版本研究最大难点是原版难见，因为某些古代小说的版本都存在国外，如果没有影印本，研究就非常困难。这在《水浒传》版本研究中尤为突出。

③ 充分了解前人的研究成果。

《水浒传》版本研究已经度过了几十年，期间发表了几百篇论文和多本专著。由于时间跨度大，论文散见于各种报刊，虽然现在有“中国期刊网”，可以上网查看以前的论文，但“中国期刊网”目前只收入大陆的研究论文，而日本学者很多版本研究论文是在国外发表，没有翻译到国内，这样不容易被国内学者了解。不了解前人所做研究，很可能作重复研究，甚至还不如前人的研究。《水浒传》版本研究中，有关刘兴我本、藜光堂本和《京本忠义传》残页等，日本学者丸山浩明和中川谕先生都做过深入研究，而大陆学者却一无所知。这是很深的教训。

(2) 研究方法

① 先有结论，再找证据。

胡适先生作研究有句名言“大胆的假设，小心的考证”，这个名言的本身并不错，但如果使用不当，也容易走偏。古代小说版本演化是非常复杂的，充满各种矛盾，一个问题可能有多种可能性，如果只根据某个假设去寻找证据，最后的结论很可能不全面。胡适另一句名言应该引起我们注意，即“一分证据，说一分话”。

② 对证据的研究要全面，要从正、反两方面进行分析，看哪种可能性更大。

古代小说版本演化研究的基础是证据，一般证据有两种，第一种是“铁证”，是反证不成立的证据；另一种是可逆的证据，即正反两方面都成立。目前很难找到无反证的“铁证”，证据中的大多数是正反都成立的，两种可能性都存在。在这种情况下，只有再仔细分析哪种可能性更大，但这又是仁者见仁，智者见智的问题，很难说清楚。

版本研究中最常出现的问题是，只要找到了符合自己看法的证据，马上就轻易下结论。而这个证据很可能是有反证的，可逆的，但一般不去、也不愿意去分析证据的可逆性，即反证。对于其他不符合自己结论的证据，即不愿意看到，也不愿意分析。这样研究得出的结论是十分危险的。

在几十万字小说中，某甲可以找到个别例证证明自己的结论，是很容易的；而某乙也可以找到个别相反例证，这是版本研究中常见的事情。以古代小说中常见的“对”和“错”问题为例，有的学者认为：是先有错误，后来改对了。但相反，也有的学者认为：原本是正确的，是后来版本改错了。这样成为：公说公有理，婆说婆有理。如何判断哪种说法是对的？

我认为，造成这种情况的根本原因是，古代小说版本演化是非常复杂的，充满各种矛盾。对这些矛盾的例证，必须再进行深入分析。在大多数情况下，只能分析哪种可能性更大，很难作出对错的判断。关键是找到反证不成立、不可逆的例证，即“铁证”。如《三国演义》嘉靖元年本在曹操烧《孟德新书》时有注：“旧本‘书’作‘板’”，这个例证说明嘉靖元年本不是最早的版本，在它之前还有“旧本”，嘉靖元年本是参考“旧本”改编的。而各种《志传》系列版本恰是“板”，而不是“书”，这种例证就是铁证。因此在这一点上，《志传》系列本比嘉靖元年本更接近原本。但这个例证也只能说明在这一点上，嘉靖元年本更接近原本，而不能说明全书所有文字《志传》系列都比嘉靖元年本更接近原本。

③ 版本研究要有严格的逻辑推理。

古代小说版本演化是非常复杂的，充满各种矛盾，需要进行深入研究。深入研究的关键是要经过严格的逻辑推理，经常有学者研究不够深入，不经过严密的逻辑推理，就轻易下结论，这样得出的研究结论也是非常危险的。

④ 微观和宏观的结合问题。

版本研究很多地方需要微观研究，从细微处探讨版本演化。但微观研究最终目的必须为宏观研究服务，如果脱离了宏观研究，就会陷入为考证而考证，就会迷失方向，这种微观研究就没有很大意义。只见树木，不见森林不对；而只见森林，不见树木，也不对。

版本研究可分为微观研究和宏观研究，微观和宏观研究必须相结合。微观为先，是基础，脱离微观研究，宏观研究就成为空洞的议论。但微观研究没有宏观研究指导，就可能会迷失方向。微观和宏观的关系就和树木和森林关系一样，因此，不能只见树木，不见森林；也不能只见森林，不见树木。

微观研究和宏观研究也就是局部和整体，个别和普遍的关系。无论采用哪种方法，应该先进行局部考察，再进行整体研究；先产生个别结论，再归结为普遍结论。无论是对上述哪种方法，这个思路都是正确的。

⑤ 版本研究的两种方法——按版本研究和按问题研究。

版本研究有两种方法。方法一，一个版本、一个版本地进行研究，这样容易逐个分析各种版本的特点。方法二，按照具体的问题和事例逐个进行分析，这样容易同时分析各个版本在某个问题上各自的特点。两种方法各有特点，方法一可以对每个版本进行深入研究，但如果多种版本特点相同，则分析就比较重复；而方法二可以集中对某个问题进入深入分析，但某个版本难以深入研究。

⑥ 文字差异和情节差异。

古代小说版本的差异可分为两类：文字差异和情节差异。

版本研究步骤：从差异到问题两步走。

古代小说研究一般分为两步：第一步是研究版本的差异，包括文字差异和情节差异。第二步是在第一步差异研究基础上，研究创作和流传中的问题。这些问题包括普遍问题，以及作者问题等各种问题。

刘世德先生多年来对于《红楼梦》、《水浒传》和《三国演义》的版本做过深入研究，在专著《红楼梦版本探微》中，他提出如下看法：

> 内容的差异，也就是文字的差异，大致说来，分为两类。一类是一字、一词或一句的细微的差异。这类例证，在古代小说版本问题中，多如牛毛，举不胜举。另一类是涉及人物性格、故事情节、思想倾向以及其他细节描写的差异。这类例证，在古代小说版本问题中，量少而质高。了解这些情况，注意这些情况，并进而研究这些情况，是必要的。在研究中，二者不可偏废。但从研究的过程说，却有先有后；从研究的意义说，也有轻有重。
>
> 古代小说版本学的主要目的（或主要任务），不在于比勘一字一词一句的异同。
>
> 从总体上说，研究古代小说的版本问题要分两步走。第一步，考察与研究各个版本

的异同,既包括文字的异同,也包括情节内容的异同。后者的重要性,当然大于前者。第二步,通过文字、内容异同的研究,来揭示作家创作过程中的某些重大的问题,揭示作品流传过程中的某些重大的问题。

第二步比第一步更重要,也更困难。对于第一步,在研究工作中,只要辛勤、细心,付出了必要的劳动,就一定能做出成绩来。关键是要钻进去,不要浮在外面。对于第二步,有更高的要求,需要具备综合的能力,理论思维的能力。不但要进得去,还要出得来。①

马幼垣和刘世德版本研究方法很类似,第一步都是研究文字的差异,第二步再探讨"内证",或称为"细节描写差异"。计算机在第一步的文字差异研究中可以发挥很大作用,而第二步是建立在第一步的基础上的,利用计算机迅速查出文字差异,有助于第二步探讨"内证"和"细节差异"。

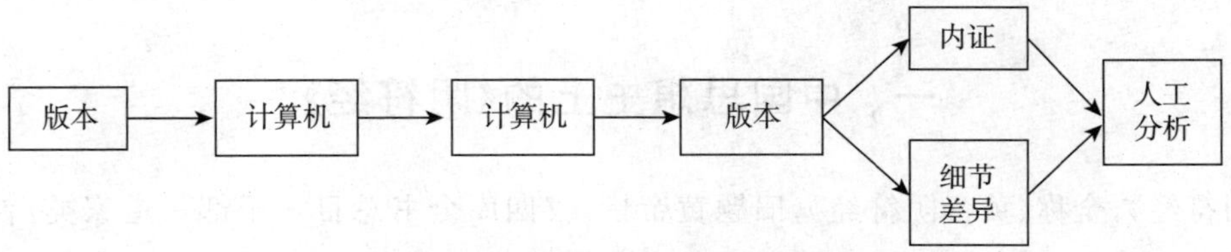

图 30 利用计算机研究古代小说版本

利用版本数字化和计算机自动比对,使得寻找版本的文字差异变得很容易,但又带来新的困难和风险。第一,如何数量庞大的文字差异中,删选出细节描写差异(内证)?这应该不难,但即便找到了,又如何分析版本的细节描写差异(内证)?这些细节差异(内证)在版本研究中是否真正有意义?这些细节差异(内证)往往有多种可能,哪种可能性更大?

上述每个环节都有风险,任何一个环节都有可能无结果,导致研究无果而终。即便找到合理的细节差异(内证),如何分析也可能出问题。在这方面目前问题很多,一些学者在研究中往往只认定对于自己研究有利的可能,而对于不利的证据和可能性则视而不见。这些分析计算机是无能为力,也超出本文的研究范围。

由于上述的困难和风险,马幼垣概叹:"对马上就要退休的人来说,这种费时费力而收获毫无把握的工作太不划算了。工作还是让志同道合的年轻接班人去做吧。"②但由于这种研究"费时费力而收获毫无把握",年轻学者更不愿意去冒险。如果花费很多精力和时间,最后结果一事无成,荒废了年轻宝贵时光,岂不竹篮打水一场空?这是目前小说版本研究的困难所在。

总之,古代小说版本研究的方法非常重要,如果没有好方法,研究就会走偏。

作者单位:首都师范大学

① 刘世德,《红楼梦版本探微》,华东大学出版社 2008 年版。

② 马幼垣《水浒论衡》、《水浒二论》,三联书店 2007 年版。

“天书”传说:《阴符经》对《水浒传》的影响

郭皓政

从思想史、文化史的角度看,《阴符经》与《水浒传》存在重要而显著的关联,迄今为止,这一事实尚未受到应有的关注。

一、中国思想史上的《阴符经》

《阴符经》,全称《黄帝阴符经》,旧题黄帝撰。《四库全书总目·子部·道家类》首列《阴符经》类相关著作,置之于《道德经》类相关著作之前,这固然是由于黄帝的时代早于老子,然亦可见《阴符经》在中国思想史上之重要地位。古人云:“《阴符》宝字逾三百,《道德》灵文满五千。今古上仙无限数,尽从此处达真铨。”[①]《阴符经》篇幅短小,在各种版本中,最短的仅三百余字,最长的亦不足五百字,尚不及《道德经》十分之一,却包含着深刻而独到的思想,堪与《道德经》相提并论。为方便论述起见,兹录其文如下:

《神仙抱一演道章上》:观天之道,执天之行,尽矣。天有五贼,见之者昌。五贼在心,施行于天。宇宙在乎手,万化生乎身。天性,人也。人心,机也。立天之道,以定人也。天发杀机,移星易宿;地发杀机,龙蛇起陆;人发杀机,天地反覆。天人合发,万变定基。性有巧拙,可以伏藏。九窍之邪,在乎三要,可以动静。火生于木,祸发必克。奸生于国,时动必溃。知之修炼,谓之圣人。天生天杀,道之理也。

《富国安民演法章中》:天地,万物之盗;万物,人之盗;人,万物之盗。三盗既宜,三才既安。故曰:食其时,百骸理。动其机,万化安。人知其神而神,不知不神而所以神也。日月有数,大小有定。圣功生焉,神明出焉。其盗机也,天下莫能见,莫能知。君子得之固躬,小人得之轻命。

《强兵战胜演术章下》:瞽者善听,聋者善视。绝利一源,用师十倍。三反昼夜,用师万倍。心生于物,死于物,机在目。天之无恩而大恩生。迅雷烈风,莫不蠢然。至乐性余,至静性廉。天之至私,用之至公。禽之制在气。生者,死之根;死者,生之根。恩生于害,害生于恩。愚人以天地文理圣,我以时物文理哲。人以虞愚,我以不愚虞圣;人以奇期圣,我以不奇期圣。故曰:沉水入火,自取灭亡。自然之道静,故天地万物生。天地

① 张伯端撰,王沐浅解《悟真篇浅解》卷中,中华书局1990年版,第123页。

之道浸,故阴阳胜。阴阳相推而变化顺矣。是故圣人知自然之道不可违,因而制之。至静之道,律历所不能契。爰有奇器,是生万象,八卦甲子,神机鬼藏。阴阳相胜之术,昭昭乎尽乎象矣。[①]

《阴符经》的真实作者和成书年代不详。其作者为黄帝之说,始于唐代李筌。李筌乃唐玄宗时人,曾任荆南节度副使、仙州刺史,后入山修道,自称于嵩山虎口岩石壁中发现《阴符经》,又遇骊山老母为其讲授经文妙义,言毕告诫李筌:"《黄帝阴符》三百言,百言演道,百言演法,百言演术。参演其三,混而为一。圣贤智愚,各量其分得而学之矣。上有神仙抱一之道,中有富国安人之法,下有强兵战胜之术。……一名《黄帝天机之书》。"[②]后人附会"骊山老母之言",遂将《阴符经》分为"上、中、下"三章,分别名之为《神仙抱一演道章》、《富国安民演法章》、《强兵战胜演术章》。朱熹不同意这种划分,他认为:"道者,神仙抱一;法者,富国安民;术者,强兵战胜。而不知其不相离也,一句一义,三者未尝不备。道者得其道;法者得其法;术者得其术。三之则悖矣!"[③]《阴符经》的每一句话,都可以从道、法、术三方面去理解,读者可以各取所需。朱熹的观点,是符合《阴符经》实际的。从唐人欧阳询、褚遂良的写本、李筌等七家集注本、张果注本看,《阴符经》早期版本均为一卷。后人将《阴符经》分为三卷,大可不必。

《阴符经》因李筌注本而广为人知。传世的李筌注本主要有两种,一名《黄帝阴符经集注》,一名《黄帝阴符经疏》。《黄帝阴符经集注》除有李筌注外,还收有伊尹、姜太公、范蠡、鬼谷子、张良、诸葛亮等六家注。此书被收入《四库全书》,但去掉了伊尹一家,更名为《阴符经解》。宋代晁公武《郡斋读书志》引黄庭坚语:"《阴符》出于李筌,熟读其文,知非黄帝书也。盖欲其文奇古,反诡谲不经,盖糅杂兵家语,又妄说太公、范蠡、鬼谷、张良、诸葛亮训注,尤可笑。惜不经柳子厚一掊击也。"[④]其实,"六家注"并非毫无根据的附会。明代胡应麟就举《战国策》中苏秦读《阴符》至刺股之事,论证《阴符经》"自战国以前有之,而《汉·艺文志》不载,盖毁于兵火。故《隋志》有《太公阴符钤录》一卷,又《周书阴符》九卷,未知孰是,当居一于斯。"[⑤]《战国策》载苏秦"得太公阴符之谋"(《战国策·秦策一》),而《史记》则云苏秦"得周书阴符"(《史记·苏秦列传》)。姜子牙是周文王时人,"太公阴符"即"周书阴符",《战国策》与《史记》的记载并不矛盾。从卷数看,《太公阴符钤录》与《阴符经》相同,可能是同一部书。一卷本的《太公阴符钤录》,有可能是九卷本《周书阴符》的残本。《四库全书总目提要》云:"历代史志皆以《周书阴符》著录兵家,而《黄帝阴符》入道家,亦足为判然两书之证。应麟假借牵

---

① 见张继禹主编《中华道藏》第15册,华夏出版社2004年版,第695页。其中"人以虞愚,我以不愚虞圣;人以奇期圣,我以不奇期圣。故曰:沉水入火,自取灭亡"数语,异文较多。《道藏》本作"人以虞愚,我以不愚圣;人以期其圣,我以不期其圣。故以沉水入火,自取灭亡"。本文参酌他本改之。参见周止礼、常秉义批点《黄帝阴符经集注》,中国戏剧出版社1999年版,第39—41页。以下凡引用《阴符经》原文者,不再一一注明出处。

② 李筌《黄帝阴符经疏序》,张继禹主编《中华道藏》第15册,第751页。

③ 朱熹《阴符经考异》,纷欣阁本,"自序",第1页a、第1页b。

④ 晁公武《郡斋读书志》卷11,孙猛校证《郡斋读书志校证》,上海古籍出版社1990年版,第487页。

⑤ 胡应麟《少室山房笔丛》卷31《四部正讹中》,上海书店出版社2001年版,第303页。参见《少室山房笔丛》卷五《丹铅新录一》。

合，殊为未确。”[①]但《四库全书总目提要》又称：“《阴符经》可通于兵。”[②]同一部《阴符经》，既可以著录于兵家，也可以著录于道家，其实并不奇怪。真实的情形可能是，九卷本《周书阴符》有较多具体的谈兵内容，因此归入兵家；一卷本《太公阴符钤录》是其理论纲领，较为抽象，因此归入道家。据此推论，姜子牙有可能是《阴符经》的始作俑者。太公、范蠡、鬼谷、张良、诸葛亮所作的注，大多切合经文原意，而李筌自己的注反而有不少讹谬之处，这说明“六家注”并非全出于李筌伪托。李筌之后不久，又有张果注《阴符经》。张果作为道教徒，对《阴符经》乃“黄帝之书”深信不疑，但对李筌的注疏颇为不满，多所指摘。张果对《阴符经》的阐释，在某些方面确实比李筌高明。此外，又有《天机经》一卷，不知何人所撰，专为解释《阴符经》而作。该书从《阴符经》中撷取了十九个关键词加以解说，形式新颖，深有理致。

《阴符经》的思想虽然深刻，却并不神秘。李筌对《阴符经》的题目作了如下解释：“阴，暗也；符，合也。天机暗合于行事之机，故曰《阴符》。”[③]这个解释基本正确，但在表述上应稍作调整，与其说天机暗合于人事，不如说人心暗合于天机。《阴符经》对传统文化的一个重要贡献，就在于它将中国古代对天人关系的认识推向了一个新的高度。《阴符经》重视天道，认为“自然之道不可违”，同时又注意调动人的主观能动性，将“天人合发”视为事业成败的决定因素。

至宋代，《阴符经》的影响进一步扩大。《阴符经》认为“天性，人也；人心，机也”。此说与宋代流行的理学关系甚为明显。例如，宋初张载提出天地之性和“心统性情”的观点，在中国思想史上确立了著名的“天人合一”命题，这与《阴符经》中“天人合发”的表述方式极为相似。程颢认为心即天，程颐主张性即理，大概都曾受到《阴符经》的启发。宋代理学家对《阴符经》大都予以较高评价。北宋学者邵雍认为《阴符经》乃“七国时书也”[④]。程颐认为《阴符经》的成书年代“非商末则周末”。又曰：“《老子》甚杂，如《阴符经》却不杂，然皆窥天道之未至者也。”[⑤]朱熹作《阴符经考异》，怀疑《阴符经》出于李筌之手，但他并不因为《阴符经》是“伪书”而否定其价值。他认为《阴符经》“以文字气象言之，必非古书，然非深于道者不能作也。”又云：“或曰此书即筌之所为也，得于石室者伪也，其词支而晦，故人各得以其所见为说耳，筌本非深于道者也。是果然欤？吾不得而知也。吾恐人见其支而不见其一，见其晦而不见其明也，吾亦不得而知也。”[⑥]朱熹认为李筌是“深于道者”，赞扬《阴符经》体系完整、思想鲜明，这样的评价是相当高的。闾丘次孟称赞《阴符经》中“自然之道静，故天地万物生；天地之道浸，故阴阳胜；阴阳相推，变化顺矣”数语，“虽六经之言无以加”，朱熹亦深表赞同[⑦]。

宋代以后，人们对《阴符经》的解读趋向多元化。注家当中，有道士，有和尚，也有儒家文士。注者各执一词，有谈性理者，有谈养生者，有谈炼丹者，有参以佛经者，有参以易理者，还有释以奇门遁甲之术者。正如朱熹《阴符经考异·序》所云：“人各得以其所见为说耳。”[⑧]特

① 《四库全书总目提要》卷146《阴符经解》，中华书局1965年版，第1241页。

② 《四库全书总目提要》卷146《道家类》序，第1241页。

③ 李筌《黄帝阴符经疏·释题》，张继禹主编《中华道藏》第15册，第752页。

④⑤ 朱熹《阴符经考异》，纷欣阁本，“广陵黄瑞节附录”，第3页a。

⑥⑧ 朱熹《阴符经考异》，纷欣阁本，“自序”，第1页b。

⑦ 朱熹《阴符经考异》，纷欣阁本，“广陵黄瑞节附录”，第3页b。

别是道教信徒,他们对《阴符经》乃"黄帝之书"的说法深信不疑,对天书神话大肆渲染,演绎出不同版本,"或曰受之广成子,或曰受之玄女,或曰黄帝与风后、玉女论阴阳六甲,退而自著其事"①。例如《阴符经三皇玉诀》一书,就对黄帝得《阴符经》的过程描写得相当详细,并通过黄帝与广成子等仙人的对话,将《阴符经》解释为道家炼气之书。这类注本虽然思想价值不高,但对民间文化的影响却极为深远广泛。

世人往往将《阴符经》与《道德经》相提并论,以强调其思想价值。《阴符经》与《道德经》的不同之处在于,它融合了先秦时期道家、阴阳家、兵家、法家、纵横家等诸子百家的思想,不是抽象地坐而论道,更具实用功能。《道德经》论"道",《阴符经》论"机"。《阴符经》不但是道书,也是兵书。它是沟通天人的桥梁,是谋略思想的宝库,也是权诈机变的渊薮。因此,《阴符经》不仅受道教徒推崇,被披上了"天书"的神圣外衣,也引起了历代统治者和知识阶层的兴趣,在民间传说和民俗文化中,更不时闪现着它的身影。《阴符经》既是上层文化的瑰宝,也是民间文化的宠儿。

二、《阴符经》与《水浒传》的思想关联

宋元时期流传的水浒故事,已有《阴符经》及相关传说影响的痕迹。施耐庵、罗贯中在写定《水浒传》的过程中,更是有意对《阴符经》的思想理念加以阐发。下面,我们分别从玄女天书的传说、替天行道的宗旨、盗亦有道的逻辑、天罡地煞的附会、误走妖魔的机缘、乱由上作的背景、整体结构的设计、排兵布阵的描写、奇门遁甲的秘术、梁山好汉的结局等十个方面,来具体分析一下《阴符经》与《水浒传》的思想关联。

1. 圣功生焉,神明出焉——玄女天书的传说

《宣和遗事》中,已有九天玄女授天书给宋江的情节。《水浒传》保留了这一情节,并不惜笔墨,大肆渲染。《水浒传》中出现的所谓"天书",或即以《阴符经》为原型。

历史上流传的天书,大体可分为两类,一类只具有祥瑞性质,另一类兼有兵书的功能。以《阴符经》为原型的天书,往往兼有兵书的功能。《阴符经》中有"圣功生焉,神明出焉"之语,意谓圣人只要掌握了的事物发展变化规律,就能够建立丰功伟业,被普通人奉若神明。历史上,许多成就大事业的英雄,往往被附会以种种离奇的传说,例如,九天玄女授天书给黄帝助其战胜蚩尤、上帝授《洪范》给大禹助其治服洪水、圯上老人授《素书》给张良助其平定天下,等等。这些传说中的天书虽然各不相同,但情节基本一致,其中又以玄女天书的故事形成最早、流传最广,可视为同一类型故事的母题。

九天玄女助黄帝战胜蚩尤的传说由来已久。刘相雨《论古代白话小说中的九天玄女形象》一文对"九天玄女的渊源"有所考证,指出最早记载黄帝与蚩尤战况的是《山海经·大荒北经》,汉代纬书《龙鱼河图》开始把帮助黄帝战胜蚩尤的功劳记在九天玄女名下②。早期传说中,九天玄女授予黄帝的兵信神符多种多样,并不特指《阴符经》。至唐代李筌,始将九天玄女授给黄帝的天书和《阴符经》联系在一起。

① 晁公武《郡斋读书志》卷 11,孙猛校证《郡斋读书志校证》,第 487 页。

② 参见刘相雨《论古代白话小说中的九天玄女形象》,《齐鲁学刊》2004 年第 3 期。

宋人对天书极感兴趣。尤其是宋真宗,他曾经亲自导演了一个天书神话,称天降《大中祥符》于皇宫。《大中祥符》只具有祥瑞性质,内容上与《阴符经》没有联系。但《大中祥符》也分为三篇,形式与《阴符经》有相似之处。此外,两者都与黄帝有关。宋真宗虚构了一个赵元朗作为自己的始祖,赵元朗再次降生即轩辕黄帝。因此,宋真宗捏造《大中祥符》,其实也糅合了《阴符经》的传说成分在里面。宋真宗以此为由封禅泰山,轰轰烈烈的天书封禅仪式持续举行了十几年。这一事件对宋代“天书”故事的传播起到了推波助澜的作用。

宋元时期流传的水浒故事,已有九天玄女授宋江天书的情节。《宣和遗事》中写宋江杀死阎婆惜后,到九天玄女庙中躲避官军追捕,“宋江见官兵已退,走出庙来,拜谢玄女娘娘;则见香案上一声响亮,打一看时,有一卷文书在上。宋江才展开看了,认得是个天书”。天书上除了写着三十六天罡姓名、题了四句诗之外,末后还有一行字,要求宋江率领三十六人“广行忠义,殄灭奸邪”[①]。从《宣和遗事》中的“天书”内容看,只具备祥瑞性质,与《阴符经》的关系尚不明显。

《水浒传》中的天书,则已具备兵书之效能,显然是以《阴符经》为原型了。《水浒传》成书于施耐庵、罗贯中之手。施耐庵其人,与之相关的文献记载多系捕风捉影之谈。不少学者认为,施耐庵只是一个托名[②]。而罗贯中据说是“有志图王者”,他在元末的社会大动荡中,曾经怀有远大抱负,欲建立一番功业,理想破灭后,乃“传神稗史”[③]。可想而知,《阴符经》这部传说中帮助姜太公、张良、诸葛亮等人安邦治国、平定天下的奇书,对罗贯中一定会产生极大的吸引力,进而影响到《水浒传》的情节设计和文本意蕴。《宣和遗事》中玄女天书的传说,很可能就是《水浒传》创作灵感的触发点。而在《阴符经》思想的引导下,《水浒传》无论就寓意的指向而言,还是就结构的完整性来说,都大大超越了《宣和遗事》。

2. 观天之道,执天之行——替天行道的宗旨

《阴符经》是梁山好汉“替天行道”宗旨的重要思想来源。《阴符经》开篇即云:“观天之道,执天之行,尽矣。”这是整篇《阴符经》的宏旨。虽然《阴符经》并没有直接出现“替天行道”四字,但“观天之道,执天之行”与“替天行道”的意思已十分接近。《阴符经》对天人关系的阐发,有助于我们更加准确地把握“替天行道”的内涵。

中国古代有不少关于天人关系的论述,如先秦道家思想中的“道法自然”(《老子》第二十五章)、“无以人灭天”(《庄子·秋水》);汉代董仲舒的天人感应论,等等。这些传统观念,或多或少都会对《水浒传》“替天行道”的思想有所影响,但还不能完整、准确地揭示出“替天行道”的内涵。相较于“替天行道”而言,“道法自然”、“无以人灭天”缺乏一种入世精神,“天人感应”缺乏一种抗争精神。

《阴符经》在隋唐以后,影响日渐扩大,它关于天人关系的论述,成了一种流行思想,逐渐渗透到社会文化的各个层面。在元杂剧中,“替天行道”已是一种流行语。不但《双献功》、《李逵负荆》、《争报恩》、《还牢末》等水浒戏中响亮地提出了“替天行道”的口号,在有些与水

---

① 《宣和遗事》亨集,丁锡根点校《宋元平话集》,上海古籍出版社1990年版,第304页。

② 参见张燕瑾、吕薇芬主编《20世纪中国文学研究·明代文学研究》,北京出版社2001年版,第182—207页。

③ 王圻《稗史汇编》,转引自朱一玄编《〈水浒传〉资料汇编》,南开大学出版社2002年版,第120页。

浒故事无关的戏中,也明确出现了"替天行道"的字眼。如《赵礼让肥》第二折:"不想疏林外遇着贼盗。他那片杀人心可敢替天行道?"[①]有趣的是,《赵礼让肥》中,"替天行道"也是针对强盗而言。看来,"替天行道"与"盗"有密不可分的关系,这进一步证实了"替天行道"与《阴符经》之间存在渊源关系(关于这一点,我们将在下一节具体展开讨论)。

元杂剧中的"替天行道"还只停留在口号阶段。《水浒传》则以《阴符经》为起点,对天人关系加以生动形象的展示阐发,显示出"替天行道"的丰富内涵。

结合《阴符经》看,"替天行道"的道,应指自然之道、至静之道。《阴符经》云:"是故圣人知自然之道不可违,因而制之至静之道。"自然之道是天道,落实到人道,则是让百姓过上安定、宁静的生活,不侵民,不扰民。《水浒传》中,"智取生辰纲"是梁山事业的起点。刘唐称生辰纲"是一套不义之财",劝晁盖劫取,"天理知之,也不为罪"。这与劫富济贫无关,而是表明统治者搜刮民脂民膏、违反天道的行为,造成了贫富之间的巨大悬殊,引起百姓不满,因而人心思乱。《阴符经》云:"天性,人也;人心,机也。立天之道,以定人也。"定人,即安民之意。推行天道,就是为了稳定人心。古人将《阴符经》分为三章,其第二章为《富国安民演法章》。与此相应,《水浒传》中,"替天行道"的口号也总是与"安民"联系在一起。例如,第四十二回,九天玄女授天书给宋江,令其替天行道,"为主全忠仗义,为臣辅国安民"。第五十四回,罗真人授公孙胜五雷天罡正法,嘱其"依此而行,可救宋江,保国安民,替天行道。"第七十一回,梁山泊英雄排座次,宋江对众人说:"今日既是天罡地曜相会……一同保国安民。"并为首立誓,要"替天行道,保境安民"。第八十一回,燕青向李师师倾吐梁山好汉之衷曲,也提到"替天行道、保国安民"。全书结尾处,宋江死后,神灵显应,"护国保民,受万年香火"。

《水浒传》中,"替天行道"还有一层意思,即替天子行道。梁山好汉以忠义自许,反贪官不反皇帝。替天子行道和替上天行道,两者并不矛盾。《阴符经》宣扬的是黄老哲学,按照黄老学派的观点,天子所行之正道,也就是自然之道。可惜宋徽宗多才多艺,诸事皆能,"独不能为君尔!"[②]所以本应由他来做的事情,只好由宋江代为完成。

3. 五贼三盗,贵在用机——盗亦有道的逻辑

《阴符经》最有特色的地方,不在于对"道"的理解,而在于对如何"行道"的关注。《阴符经》有两个引人注目的说法,即"五贼"、"三盗"。其思想要点,在于如何利用外部条件,顺天行事,"食其时,百骸理,动其机,万化安。"(《阴符经》)这是对传统的"盗亦有道"思想的发展或发挥。

"盗亦有道"之说,见于《庄子》:"跖之徒问于跖曰:'盗亦有道乎?'跖曰:'何适而无有道邪?夫妄意室中之藏,圣也;入先,勇也;出后,义也;知可否,知也;分均,仁也。五者不备而能成大盗者,天下未之有也。'"(《庄子·胠箧》)庄子所谓大盗与梁山好汉有近似之处。但在庄子看来,大盗虽然施行仁义,但其本质没有变,依然是真正的强盗,而非除暴安良的好汉。庄子进一步推衍说:"善人不得圣人之道不立,跖不得圣人之道不行;天下之善人少,而不善人多,则圣人之利天下也少,而害天下也多。故曰:唇竭而齿寒,鲁酒薄而邯郸围,圣人生而大盗起。掊击圣人,纵舍盗贼,而天下始治矣!"(《庄子·胠箧》)庄子认为圣人之道是大盗横

① 秦简夫《赵礼让肥》,臧懋循编《元曲选》,中华书局1958年版,第993页。

② 《元史》卷143《巙巙列传》,中华书局2000年版,第2269页。

行的祸根,是有害于天下的,因而主张绝圣弃智。庄子对社会问题的批判鞭辟入里,但他将“绝圣弃智”作为社会问题的解决方案,侧重于消解社会秩序,态度过于消极。与之相比,《水浒传》宣扬“替天行道”,侧重于重建社会秩序,态度比较积极。两者的社会关怀存在明显区别。

《阴符经》在庄子“盗亦有道”的思想与《水浒传》“替天行道”的宗旨之间,架起了一座沟通的桥梁。借助“五贼”、“三盗”思想,《阴符经》发展和完善了“盗亦有道”的逻辑,使强盗不只是虚伪与罪恶的代表,强盗也可以成为天道与正义的化身。

《阴符经》云:“天有五贼,见之者昌。五贼在心,施行于天;宇宙在乎手,万化生乎身。”“五贼”的具体内容,《阴符经》没有明言。历代注家主要有两种解释:一是“五贼”即“贼命、贼物、贼时、贼功、贼神”,持此说者以“太公”为代表;二是“五贼”即五行,此说由李筌首开其端。

先看“太公”对“五贼”的解释:“其一贼命,其次贼物,其次贼时,其次贼功,其次贼神。贼命以一消天下,用之以味。贼物以一急天下,用之以利。贼时以一信天下,用之以反。贼功以一恩天下,用之以怨。贼神以一验天下,用之以小大。圣人谓之五贼,天下谓之五德。”[①]这段话的大体意思是:上天有五种可资凭借的手段:一是生命,二是财物,三是时机,四是功德,五是神灵。凭借生命的存在可以使人有生有死,利用的是天下人对美味的追求。凭借财物以满足天下人的需求,利用的是人们对利益的追逐。凭借时机以取信于天下人,利用的是有人会背信弃义。凭借功德以施恩于天下,利用的是人们内心积压的怨恨。凭借神灵的存在以验明天下,作用是确定尊卑。太公还专门对“味”作了解释:“人食五味而生,食五味而死,无有怨而弃之者也。心之所味也亦然。”[②]这里,“五味”泛指食物美味,“心之所味”指内心的喜好。太公以此为喻,意在说明任何事物都可以产生正反两方面的作用。

李筌一方面赞同太公的解释,一方面又取太公“五味”之喻加以发挥,将“五贼”说等同于五行相生相克之理[③],这样随意发挥,反而抹杀了“五贼”说的思想特色。张果对此提出批评:“其立德明,机用妙,发之于内,见之于外而已。……李筌等以五贼为五味,顺之可以神仙不死,诬道之甚也。”[④]

《天机经·昌》对“太公”“五贼”说作了更为明确的解释:“夫圣人法地而奉天,立德而行道。居天地道德之间,建莫大之功者,未有不因五贼而成也。五贼者:其一贼命,其二贼物,其三贼时,其四贼功,其五贼神,皇帝王霸权变之道也。”[⑤]

“五贼”之说,具有丰富的内涵,对《水浒传》中宋江形象的塑造有直接影响。所谓“法地而奉天,立德而行道”,简言之,也就是“替天行道”。行道的前提是立德。只有立德,才能“建莫大之功”。这本是对帝王的要求,但是《水浒传》中的宋徽宗不能很好地履行帝王的职责,能够“法地而奉天,立德而行道”的圣人只能是宋江。宋江本是一个生活在社会底层的小吏,他善于利用外部环境给自己创造条件,终于成就了一番轰轰烈烈的事业。《阴符经》张果注曰:“圣人之理,图大而不顾其细,体瑜而不掩其瑕。故居夷则遵道布德以化之,履险则用权

---

①② 伊尹等七家注《黄帝阴符经集注》,张继禹主编《中华道藏》第15册,第696页。

③ 参见李筌《黄帝阴符经疏》卷上,张继禹主编《中华道藏》第15册,第752页。

④ 张果《黄帝阴符经注》,张继禹主编《中华道藏》第15册,第702页。

⑤ 《天机经·昌》,张继禹主编《中华道藏》第15册,第853页。

发机以拯之。务在匡天地,谋在济人伦。”[1]说圣人胸怀大志,既要重视立德,也要懂得用机、用权、用谋。《水浒传》中的宋江,出场亮相时有这样几句评述:“年及三旬,有养济万人之度量;身躯六尺,怀扫除四海之心机。”(第十八回)表明其胸怀大志。“于家大孝,为人仗义疏财,人皆称他做孝义黑三郎。”(第十八回)这是他立德的一面。“刀笔精通,吏道纯熟”(第十八回),“自幼曾攻经史,长成亦有权谋。(第三十九回),这是他机变的一面。宋江号称“及时雨”,在众多好汉走投无路的时刻,他挺身而出,扮演了“养士”的角色,此乃贼命;仗义疏财,此乃贼物;浔阳楼题反诗:“恰如猛虎卧荒丘,潜伏爪牙忍受。”(第三十九回)上梁山后,又时刻不忘择机招安,此乃贼时;征辽、征方腊,此乃贼功;忠义堂石碣受天文,屡得九天玄女、罗真人等神仙之助,此乃贼神。有此五贼,梁山事业焉得不昌盛?宋江在奸臣当道的时代,率领众好汉聚义梁山,打击贪官污吏,所行的是霸道。受招安后,尽忠报国,遵循的是王道。霸道是权变,王道才是根本。《天机经·昌》云:“圣人立本于皇王之中,应机于权霸之内。”[2]宋江所行完全符合《阴符经》对圣人的要求。

继“五贼”之后,《阴符经》又提出“三盗”说,进一步发展了“盗亦有道”的逻辑。《阴符经》云:“天地,万物之盗;万物,人之盗;人,万物之盗。三盗既宜,三才既安。故曰:食其时,百骸理。动其机,万化安。”天地因万物而存在,万物因人而存在,人又因万物而存在。天、地、人,形成了一个相互依存的系统。既然人生来就是天地之盗,也就不存在强盗与良民、皇帝与平民之区别了。人生于天地之间,天地万物均为己有,又均不为己有,关键在于取之有道,用之得宜。“鬼谷子”指出,“三盗”之说乃“不欲令后代人君,广敛珍宝,委积金帛,若能弃之,虽倾河填海未足难也。”[3]宋江深明此理,仗义疏财,所以得到天下好汉爱戴。宋室君臣不明此理,花石纲、生辰纲,处心积虑搜刮民脂民膏,导致民怨如沸,天下大乱。“三盗”说对社会分配不公的现象提出了质疑和批判,在政治腐败、严重贫富不均的年代,尤易引起人们的共鸣。

《阴符经》中的“五贼”、“三盗”说虽然只是一种比喻,但它以高明的辩证思想,指出“贼”、“盗”合于天道的一面,加深了世人对“贼”、“盗”的认识。南宋学者欧阳守道高度评价《阴符经》:“周衰道术裂,能为书者各为书,正言者或驳不纯,此书独用反言而合于正。”[4]宋元时期流传的水浒故事和水浒戏,以及后来成书的《水浒传》,正是从《阴符经》这里获得了强有力的理论支撑,《水浒传》之前冠以“忠义”二字,是对强盗的热情讴歌,其理路与《阴符经》一致。

4. 天发杀机,移星易宿——天罡地煞的附会

《水浒传》人物形象的设计,也受到了《阴符经》的影响。早期的水浒故事如《宣和遗事》,曾将宋江等三十六人附会为“天罡院三十六员猛将”。《水浒传》在《宣和遗事》的基础上,又增加了七十二地煞,此乃附会《阴符经》中“天发杀机,移星易宿;地发杀机,龙蛇起陆”而作的改动。

《水浒传》中,梁山好汉与天罡地煞之间不仅有整体对应,还有具体的对应。“杀”与“机”,是《阴符经》的重点。与此相应,《水浒传》的“三十六天罡、七十二地煞”中,有两个值得

① 张果《黄帝阴符经注》,张继禹主编《中华道藏》第15册,第701页。

② 《天机经·昌》,张继禹主编《中华道藏》第15册,第853页。

③ 旧题伊尹等七家注《黄帝阴符经集注》,张继禹主编《中华道藏》第15册,第698页。

④ 朱熹《阴符经考异》,纷欣阁本,“广陵黄瑞节附录”,第3页b。

关注的角色，一个是天杀星黑旋风李逵，一个是天机星智多星吴用。两者一武一文，一勇一智，是宋江的左膀右臂。《水浒传》通过这两个人物形象的塑造，生动地阐发了《阴符经》中的天杀、天机之理。

《阴符经》云："天生天杀，道之理也。"指出"天杀"的合理性，这是《阴符经》思想的一个重要特色。上天既生成万物，同时也毁灭一切。有生亦有死，有创造也有破坏，这是自然规律。圣人如果善于利用这一规律，就可以造福于天下。《水浒传》中的天杀星黑旋风李逵，充分体现了《阴符经》的这一思想。元杂剧中的黑旋风李逵，是一个喜剧性的角色，除了性格莽撞些之外，与其他梁山好汉并无不同。而《水浒传》则突出了李逵破坏性的一面，使之成为一个既可爱又可怕的艺术典型。在《水浒传》中，李逵杀人如同儿戏。比如，第四十回"江州劫法场"，李逵不问官军百姓，"一斧一个，排头儿砍将去。"第五十回"三打祝家庄"，李逵"把扈太公一门老幼，尽数杀了，不留一个。"第五十一回，李逵为拉朱仝入伙，将一个四岁孩子的头颅劈做两半。类似的例子不胜枚举。李逵的嗜杀，被认为是暗合天机的。第五十三回，李逵斧劈罗真人，罗真人透露天机："贫道已知这人是上界地杀星(当为天杀星)之数，为是下土众生作业太重，故罚他下来杀戮。"《阴符经》赤松子注曰："天之生杀，皆合道机，非妄动也。"①李逵的嗜杀，正是对《阴符经》辩证思想的体现，是具有象征意义的，不宜用简单的是非标准去衡量。李逵的"杀"不仅表现为杀人，还表现为对一切社会规范秩序的颠覆和破坏，例如第七十四回"寿张乔坐衙"，第七十五回"扯诏谤徽宗"等。李逵天不怕地不怕，只怕宋江。李逵与宋江相识于江州，这正是宋江开始其造反生涯的起点。而在宋江临死之际，念念不忘的还是李逵，最终和李逵一起服毒自尽。这些情节的设计是大有深意的。

《阴符经》将杀、机并称，天机往往存在于天杀当中。天机星吴用是梁山上的第三号人物，但其重要性实远在晁盖或卢俊义之上。晁盖早早去世，卢俊义半路上山，吴用却经历了梁山泊从创业、鼎盛到消亡的全过程。他是将宋江引上梁山的主要人物，并且经常和宋江一起研究九天玄女所授天书。《阴符经》又称《黄帝天机之书》，其注本之一即名为《天机经》，可见天机在《阴符经》中的重要性。《水浒传》中的宋江、李逵、吴用，分别代表着《阴符经》中的圣人、天杀、天机，堪称"三位一体"。"三十六天罡、七十二地煞"中的其他人物，龙蛇混杂，但无不被这"三位一体"所笼罩。

5. 天人合发，万变定基——整体结构的设计

《水浒传》整体结构的设计，亦留下了《阴符经》影响的痕迹。《阴符经》云"天发杀机，移星易宿；地发杀机，龙蛇起陆；人发杀机，天地反覆；天人合发，万变定基"。此即《水浒传》全书之大纲。

《水浒传》第一回以瘟疫开篇，为祈禳瘟疫，反而误走妖魔，引出天罡地煞下凡临世，此即"天发杀机，移星易宿"。

《水浒传》从第二回至第七十一回，写各路豪杰继起，其中龙蛇混杂，既有军官、好汉，也有鸡鸣狗盗之徒、杀人如麻之辈；最后同归梁山泊。此即"地发杀机，龙蛇起陆"。

《水浒传》从第七十二回至征方腊归来，写宋江接受朝廷招安，为国屡建奇功，却遭高俅等小人的排挤、陷害。此即"人发杀机，天地反覆"。李筌曰："君子在野，小人在位，权臣擅

① 旧题赤松子等《黄帝阴符经集解》卷中，张继禹主编《中华道藏》第15册，第785页。

威,百姓思乱,人杀机也。"[1]《天机经·机》云:"人之为变也,则春行秋令,赏逆罚忠,此为颠堕之机,故曰天地反覆。"[2]

《水浒传》最后一回,写梁山好汉在征方腊一战中,十停去七;归京途中,又陆续有兄弟离去,至京只余二十七人;为官者多遭奸臣所害。一场轰轰烈烈的英雄故事,最终以悲剧收场。此即"天人合发,万变定基"。

《阴符经》李筌注曰:"汉祖亭长,魏武乞丐,俱非王者之位,乘天杀之机也,起陆而帝。成汤放桀,周武代纣,须籍斩嬴婴,魏废刘协,是乘人杀之机也。覆贵为贱,反贱为贵,有若天地反覆。天人之机各发,成败之理宜然,万变千化,圣人因之而定基业也。"[3]张果注曰:"天以祸福之机运于上,君以利害之机动于下,故有德者万变而愈盛,以至于王;无德者万化而愈衰,以至于亡。故曰天人合德,万变定基。自然而定。"[4]宋江虽然上应天命,但他无意于夺取有宋的天下。决定宋朝命运者,归根结底要靠宋徽宗,而宋徽宗非有德之君,结果只能是"万化而愈衰"。正如"替天行道"可以解释为替天子行道一样,"天人合德"也可以理解为君臣合德。宋江与宋徽宗不能君臣合德,宋室衰微也就是自然而然的事情了。

6. *君子固躬,小人轻命——误走妖魔的机缘*

《水浒传》第一回,有一段"洪太尉误走妖魔"的故事,与传说中黄帝得天书的经过颇有可比之处。读懂这段故事,对理解《水浒传》的思想意蕴很有帮助。

传说黄帝战蚩尤时,"三年百战,而功用未成。斋心告天,罪己请命"[5]。乃得天书。后有《阴符经三皇玉诀》一书,据此发挥,详述了黄帝得天书的过程。该书托黄帝语气而作,将《阴符经》解释为道家炼气之书,思想内容不足取,但成书年代较早,在宋金时已有一定影响。该书序言中写蚩尤作乱,黄帝"诏文武百官车驾亲出,观天下人民痛伤",途经一座大山,"名虚天坛第一洞天,上临玉清元始之宫。朕亲驾到山,有一石洞,不知深浅。"黄帝差猛士重山入洞一探究竟,发现洞中有一大石匣,由金甲神人守护,不许靠近。黄帝"发心烧香,上奏三清:愿臣有分,开取石匣,不避凶吉,要知天地秘密天机之事。焚香告礼三清,朕遂同入洞。亦有红光绕定,不见金甲神人。朕于石匣见一卷经,号曰:《元始天尊混元三皇玉诀阴符经》"。天书上面"尽是天文篆书,三百余字,分为三卷:上卷天皇,中卷地皇,下卷人皇。上卷按神仙抱一之道,中卷按富国安民之法,下卷按强兵战胜之术,与天地阴阳万物为祖宗。治国齐家、持身不死之道皆从此经"。黄帝向神仙广成子请教天书的内容,广成子言:"此经者是天上所秘,在世洞天隐此经一卷,镇天下妖魔龙神精怪,当与世上有德行之人。"[6]

我们不妨将上面传说中黄帝得天书的经过与《水浒传》"洪太尉误走妖魔"的情节作一比较:

蚩尤作乱,民不聊生,相当于京师瘟疫。黄帝罪己请命,而宋室君臣只知祈禳。

又,黄帝车驾亲出,宋仁宗只派洪信为使。

---

①③ 旧题 伊尹等七家注《黄帝阴符经集注》,张继禹主编《中华道藏》第15册,第697页。

② 《天机经·机》,张继禹主编《中华道藏》第15册,第853页。

④ 张果《黄帝阴符经注》,张继禹主编《中华道藏》第15册,第702页。

⑤ 李昉等编《太平广记》卷63《骊山姥》引《集仙传》,中华书局1961年版,第395页。

⑥ 《阴符经三皇玉诀·序》,张继禹主编《中华道藏》第15册,第791页。

又，黄帝途经“虚天坛第一洞天”，而洪信要去的龙虎山也是道教正一派祖庭，被誉为道教第一仙境。

又，黄帝亲自登山，而洪太尉却半途而返。

又，黄帝见一山洞，洞中有一大石匣，由金甲神人守护，不许靠近。洪太尉游玩时见一大殿，门上贴着数十道封皮，不许擅开。

又，黄帝虔诚祷告，而洪太尉却耀武扬威。

又，黄帝得到天书，广成子言天书可以“镇天下妖魔龙神精怪，当与世上有德行之人”。洪太尉见一石碑，正面是“龙章凤篆，天书符箓”，人皆不识，背面题着“遇洪而开”。洪太尉移开石碑，结果放出妖魔。

两相比对，黄帝的志诚与宋室君臣的养尊处优差异鲜明。洪太尉有眼无珠，对石碑正面天书的内容置之不理，只凭反面的“遇洪而开”，便掘开石碑，误走妖魔。黄帝得天书是天下之福，洪太尉掘石碑却开启了天下的祸端。正如《阴符经》所云：“其盗机也，天下莫能见，莫能知。君子得之固躬，小人得之轻命。”

另，《宋史·艺文志》著录有张鲁《阴符经元义》一卷。郑樵《通志》卷六十七《艺文五》亦著录此书，并标明张鲁为唐人。有学者怀疑这个张鲁可能是汉朝人，是西汉留侯张良的十世孙、天师张道陵的孙子[①]。传说张道陵曾在江西云锦山炼丹，丹成而龙虎现，云锦山因此改名为龙虎山。张道陵创立正一派道教，被尊为第一代天师。其后裔定居于龙虎山，世袭天师之位。《水浒传》中的张天师，就是张道陵后代。将“洪太尉误走妖魔”中的张天师、龙虎山和《阴符经元义》联系起来看，我们更加确信《阴符经》就是《水浒传》中“天书”的原型。

7. 奸生于国，时动必溃——乱由上作的背景

《水浒传》中“乱由上作”的故事背景，与《阴符经》的内容也相当契合。《阴符经》云：“火生于木，祸发必克；奸生于国，时动必溃。知之修之，谓之圣人。”李筌注曰：“火生于木，火发而木焚。奸生于国，奸成而国灭。木中藏火，火始于无形。国中藏奸，奸始于无象。非至圣不能修身炼行，使奸火之不发。夫国有无军之兵，无灾之祸矣，是以箕子逃而缚裘牧，商容囚而蹇叔哭。”[②]在对贤人命运的惋惜中强调国家的“无军之兵，无灾之祸”，颇为发人深省。《水浒传》则写了蔡京、童贯、高俅、杨戬四大奸臣，其中又以高俅最为典型。小说先写高俅的发迹史。高俅本来是一个泼皮破落户，因擅长蹴鞠讨得太子欢心，太子继位后，他轻而易举地窃居高位。这正是“国中藏奸，奸始于无象”。高俅等人假公济私，滥用职权，将王进、林冲、杨志这样的贤人排挤出京，最终给国家带来动荡。高俅等奸臣，正是所谓“无军之兵，无灾之祸”。《水浒传》与《阴符经》对“乱由上作”的关注，真可以说是一脉相承。

《天机经·人》云：“夫火生于木，火发而木焚。国生于奸，奸深则国乱。亦犹蚕能作茧，茧成则杀其身；人能生事，事烦则害其命。非至圣不能修身炼行，防之于未萌，治之于未乱。夫十围之木，起于拱把；百仞之台，起于足下。治小恶不惧，必成大祸。”[③]这一段的核心是对

① 参见王毅、盛瑞裕《〈阴符经〉产生时代之谜》，《黄帝阴符经全书》，陕西旅游出版社1992年版，“前言”，第19—20页。

② 旧题伊尹等七家注《黄帝阴符经集注》，张继禹主编《中华道藏》第15册，第698页。

③ 《天机经·人》，张继禹主编《中华道藏》第15册，第854页。

最高统治者加以告诫。高俅的发迹,与宋徽宗的宠信大有关系。宋室衰微,宋徽宗负有不可推卸的责任。虽然《水浒传》表面上"只反贪官,不反皇帝",但隐含的对皇帝的批评和劝诫之意,需要我们用心体会。宋徽宗身为皇帝,面对潜伏的祸患,既不能"知之",又不能"修之",称不上"圣人"。倒是宋江,见识胸襟远高于宋徽宗,能够"替天行道"。但是宋江并不打算取代天子。"天子"始终不悟,所以《水浒传》只能以悲剧收尾。

8. 富国安民,强兵战胜——排兵布阵的描写

《水浒传》七十一回之后,对集体军事活动的描写成为主要内容。这些描写,因缺乏写实性而颇受非议。金圣叹提出"施作罗续"说,强调招安之后的情节乃是罗贯中所续,因而腰斩《水浒传》。其实,《水浒传》中的军事描写另有图解《阴符经》的功能,是小说的重要组成部分。

《阴符经》历来为兵家所重。传说中,九天玄女授黄帝天书,就是用于与蚩尤的战争。《阴符经》虽然没有讲具体的兵法、阵法,但其思想方法却可以运用到行兵打仗之中。经文中还有"绝利一源,用师十倍;三反昼夜,用师万倍"等语,也让人联想到行兵作战。据说伊尹、姜尚、孙武、范蠡、吴起、鬼谷子、张良、诸葛亮等军事家都曾经为《阴符经》作注。而可以确认注了《阴符经》的唐代李筌,则曾担任节度副使,并著有兵书《太白阴经》。

《阴符经》往往被分为三章,最后一章名为《强兵战胜演术章》。虽然这种划分过于机械,但《阴符经》涉及的范围极广,既有抽象的哲学思考,又有具体的用世之道。它特别强调"机",因而也被视为兵家谋略之书。《水浒传》中军事场面的描写,就是对《阴符经》中《强兵战胜演术章》的具体发挥。

《水浒传》是一部"发愤之作",并非严格的写实作品。我们对《水浒传》中军事场面的描写,不能以真实与否作为评价标准,而应注意发掘其思想内涵和象征意蕴。

9. 八卦甲子,神机鬼藏——奇门遁甲的秘术

《水浒传》战争叙事中穿插着了许多奇门遁甲之术的描写。如第五十二回,宋江从天书上学得"回风返火破阵之法";第七十六回"吴加亮布四斗五方旗,宋公明排九宫八卦阵";第八十八回"颜统军阵列混天象,宋公明梦授玄女法";第一百一十七回,宋江与郑魔君交战,"自念天书上回风破暗的密咒秘诀"等。宋江还经常用"玄女之课"来占卜吉凶。这些阵法、法术、预测术,都属于奇门遁甲的范围。

《阴符经》曰:"爰有奇器,是生万象,八卦甲子,神机鬼藏。阴阳相胜之术,昭昭乎尽乎象矣。"《阴符经》以此作结,收束全篇。因此,世人往往将《阴符经》视为一部与奇门遁甲有关的著作。传说奇门遁甲之术也是九天玄女传授给黄帝。宋初宰相赵普所作的《烟波钓叟赋》(一说为明代唐寅所作),是奇门遁甲的纲领性文献,其开篇写道:"阴阳顺逆妙难穷,二至还归一九宫。若能了达阴阳理,天地都来一掌中。轩辕黄帝战蚩尤,涿鹿经年战未休。偶梦天神授符诀,登坛致祭谨虔修。神龙负图出洛水,彩凤衔书碧云里。因命风后演成文,遁甲奇门从此始。"[①]有些文献,更是直接将《阴符经》视为"遁甲经"。例如《遁甲神经出处序》云:

> 昔蚩尤作乱,黄帝频战不克。帝曰:"闻伏羲治天下无兵,今蚩尤一庶人,生妖气,伐

---

① 《烟波钓叟赋》,程道生《遁甲演义》卷一,《文渊阁四库全书》第 810 册,台湾商务印书馆 1986 年影印本,第 925 页。

而无功，战而不克，吾之过矣。”忽目前五色云气从空而下，云中有六玉女持书，出二童曰：“奉九天玄女圣命，送遁甲《符经》三卷，告与伐之，愿传此文。乃天地福祸，是八卦之吉凶，辨风云之变动，识气候之成败，观日月之盈亏，论阴阳之顺逆，晓星辰之休咎，知人情之胜负，此术乃万变万化之法也。”黄帝遂得《阴符经》三卷，上卷乃神仙炼丹抱一之术，说长生之法；中卷安邦定国，抚安王民之法；下卷论战伐之事。①

《水浒传》对于排兵布阵、奇门遁甲的大量描写，表明《阴符经》对《水浒传》确有影响。当然，这方面的描写，在艺术上不见得成功，对《阴符经》的仿效也流于表面化。《阴符经》思想的独到之处，在于它对天道、天机、五贼、三盗等问题的深刻论述，这些方面对《水浒传》的影响，才是我们关注的重点。

10. 恩生于害，害生于恩——梁山好汉的结局

《水浒传》中的好汉，大都是因为遭受奸人迫害，不得已而落草为寇，后受朝廷“恩典”被招安。而招安之后，等待他们的，依然是一个悲剧性的结局。这正应了《阴符经》中的一句话：“恩生于害，害生于恩。”

《水浒传》众好汉的结局因人而异，不尽相同。除了在征方腊一役中战死者外，余人的结局大致可分为两类：一是功成身退，二是为理想献身。

《阴符经》云：“至乐性余，至静性廉。天之至私，用之至公。禽之制在气。生者，死之根；死者，生之根。”在这种辩证思想的指引下，功成身退，就成为《阴符经》提倡的一种理想的人生范式。梁山好汉中，大多选择了功成身退的道路，只不过见机有迟速之别而已。如鲁智深、武松等遁入空门；李俊等人远投化外；阮小七、柴进等人归隐田园。而在征方腊归来的途中，燕青与卢俊义的一段对话，最能体现《水浒传》对功成身退的生命境界的向往。燕青劝说卢俊义归隐，卢俊义苦恋功名，没有听从劝告，结果惨遭奸臣毒手。作者感叹道：“若燕青，可谓知进退存亡之机矣。”

《阴符经》云：“人以愚虞圣，我以不愚虞圣，人以奇期圣，我以不奇期圣。故曰：沉水入火，自取灭亡。”《水浒传》中的宋江，既非卢俊义那样的愚人，也不是燕青那样的奇人，而是一个圣人。同卢俊义一样，宋江也没有选择归隐。不同之处在于，宋江并非贪恋功名，而是执着于“忠义”。他在征方腊归来的途中，一路伤感不已。返京后，在给皇帝上表时，他也说：“臣江乞归田野，愿作农民。”但作为梁山领袖，他不能像其他人那样一走了之。他要给所有死去的和未死的弟兄一个交代，证明接受招安是一个正确的抉择。明知奸臣当道，宋江仍然义无反顾，最终饮下了命运的毒酒。宋江之死，乃是为“忠义”献身。

《阴符经》云：“日月有数，小大有定，圣功生焉，神明出焉。”《天机经·神》对“神”的解释是：“老君曰：功成不有，为而不恃。此全生立德之本也。夫小人者，贪其财则以身徇利，爱其名则以力争功，矜衒神迹而求神名，物共嫉之，必丧其命。欲益招损，是不神矣。夫君子建大功而不恃，防小祸于未萌，退己进人，推能让物，物共戴之，故不夺其利。自发神智，不能争物，物共让之，不居其后。为损招益，是以至神矣。”②不论是功成身退，还是为“忠义”而献身，

① 《遁甲神经出处序》，《秘藏通玄变化六阴洞微遁甲真经》，张继禹主编《中华道藏》第32册，第435页。

② 《天机经·神》，张继禹主编《中华道藏》第15册，第854页。

都值得世人尊重。惟其如此,《水浒传》才会有众好汉“神聚蓼儿洼”的结局安排。

梁山好汉从揭竿而起,到接受招安,功成身退,如同潮水一样涨落,体现的是一种“自然之道”。《阴符经》云:“自然之道静,故天地万物生。天地之道浸,故阴阳胜。阴阳相推,而变化顺矣。是故圣人知自然之道不可违,因而制之至静之道,律历所不能契。”宋江明知是毒酒,而招李逵同饮,无异于“沉水入火,自取灭亡”。人或以宋江为愚,而不知宋江上体天意,知天意之不可违。天杀之后,当有天生;战乱之后,亟待和平。宋江的种种努力,其实只为唤醒宋徽宗。宋江既无力回天,只有委顺自然。

三、结 语

综上所述,《阴符经》与《水浒传》在思想上有诸多相通之处,这并非偶然。《阴符经》在宋元时期有较大的社会影响,它对《水浒传》的成书会产生一定影响,是毫不奇怪的。《水浒传》虽然含有一定的写实成分,但是经过文人整理加工之后,民间流传的水浒故事被赋予深刻的思想意蕴,从根本上说,《水浒传》是一部写意之作、象征之作。认清《水浒传》与《阴符经》的思想联系,无疑将有助于对《水浒传》做出更加合理的阐释判断。

作者单位:海南师范大学

秣陵金在衡刊《西厢记》:一个重要的明善本

杨绪容

万历二十六年继志斋刊《重校北西厢记》,现藏日本内阁文库。卷首附有万历十年龙洞山农(焦竑)的《重校北西厢记序》,中云:"(《北西厢记》)转相摹梓,蜂驳尤繁,维顾玄玮、徐士范、金在衡三刻,庶几善本,而词句增损,互有得失。"则知金在衡本刊于万历十年之前。其后,王骥德《新校注古本西厢记自序》又说,碧筠斋与朱石津两古本《西厢记》之外,"余刻纷纷,殆数十种,仅毗陵徐士范、秣陵金在衡、锡山顾玄玮三本稍称彼善。徐本间诠数语,偶窥一斑;金本时更字句,亦寡中款;独顾本类辑他书,似较该洽,恨去取弗精,疵缪间出"。焦竑与王骥德的表述基本一致,其间似有明显的承袭关系,但王氏对顾、徐、金三本"词句增损"之"得失"述之更详。综合他们的意见,金在衡本虽不属于"古本"(或"前元旧文"),但也算得上当时流行的"今本"(或称"坊本")中的善本,是值得重视的。但该本已佚,我们只能通过后人的引述和批评来追溯其详情。

金銮的生平与著述

金銮(约1506?—1595?)字在衡,号白屿,陇西人。早年随父宦侨居建康。其成年后,性俊朗,好游任侠,常往来于淮扬两浙间,与盛时泰、吴怀梅诸名士交谊颇笃。金銮诗词曲兼擅,著有《金白屿集》(诗)一卷、《萧爽斋词》一卷、《萧爽斋乐府》(散曲)二卷。钱谦益说他的诗"不操秦声,风流宛转,得江左清华之致"①。所作散曲尤负盛名。何良俊夸"其嘲调小曲极妙,每诵一篇,令人绝倒"②;王世贞称他"颇是当家,为北里所贵"③;吕天成赞他"响振江东",并把他的散曲列入"上品"④。他在戏曲方面的主要成就是校刻了一部《西厢记》,并撰有《西厢正讹》。金銮的音律之学颇为时人所重。何良俊许之为当时之最,云:"南都自徐髯仙(霖)后,惟金在衡銮最为知音,善填词。"⑤钱谦益亦赞扬他"洞解音律"⑥,并提及他"尝取古词,辨其字句清浊,为一书。填词者至今祖之"⑦。钱谦益言及的那"书"有可能就是《西厢正讹》。

明后期一些戏曲批评家曾谈及金銮的《西厢正讹》一书。如万历间朱孟震撰有《河上楮

---

①⑥⑦ 钱谦益《列朝诗集小传》,古典文学出版社1957年版,第450页。

②⑤ 何良俊《四友斋丛说》(《曲论》),见《历代曲话汇编·明代编》第一册,第468页。

③ 王世贞《艺苑卮言》(《曲藻》),见《历代曲话汇编·明代编》第一册,第523页。

④ 吕天成《曲品》,见《历代曲话汇编·明代编》第三册,第97、98页。

谈》,其卷之二"高王二传奇"云:

友人金山人在衡作《西厢正讹》,亦校阅精当。余家有旧注《琵琶》,殊不佳。《西厢》有近刻校正古本,俱列某家本于句读之上,颇佳。金《正讹》内若"眼将流血,心已成灰",仍作"中"、"内"二字,尚当订之也。

此乃金在衡《正讹》见诸文献的确切记录。刊于万历八年的徐士范本在第十一出《妆台窥简》的〔幺篇〕"似这等辰勾空把佳期盼"上,眉批云:

"辰勾月"是院本传奇,元人吴昌龄撰,托陈世英感月精事。旧解附会,谬甚。近《西厢正伪》作"辰勾",遗去"月"字,又为可笑。

古人引书名往往不够规范,徐士范所言《西厢正伪》应该就是金銮的《西厢正讹》。徐士范言"近"世所刊,说明《西厢正讹》刻于万历八年之前不久。金本《西厢记》也应大致与之同时。

明清评点家称引的金本原貌

在明清《西厢记》评点家中,王骥德、凌濛初、封岳、毛甡(奇龄)等人都曾引述了金在衡本的内容。王骥德还以金本为《新校注古本西厢记》的重要参校本之一,留下的金本信息比其他明清评点家更为丰富。下文拟分类探讨明清《西厢记》评点家对于金本的批评。

(一) 对于金本曲词的批评,共得 7 例:

1. 第一本第一折〔赚煞〕"饿眼望将穿,馋口涎空咽,怎不教透骨髓相思病缠"①后,王骥德尾注云:"诸本俱作'透骨髓相思病染','染'字属廉纤闭口韵,非。朱本作'相思病蹇','蹇'字亦生造,不妥。金本作'相思怎遣',又与前'难消遣'、'怎留连'、下'怎当他'重甚。……俗子本不识此格,欲求合上声,则为'染',而不知失韵。朱本明知其误,却求上声韵中,无可易者,则强为'蹇',而不知语不雅驯。金本易'怎遣',于义稍妥,而不知重复之非体。"凌濛初本改"病缠"为"病染",眉批曰:"'染'字犯廉纤韵,必有误。朱石津本作'蹇',金白屿本作'怎遣',王伯良改为'病缠',以为独得。盖此字原可平声,三字皆可,未知谁为本字耳。"金本中作"怎遣",王骥德认为虽"于义稍妥",却不如"病缠"为妙。凌濛初将金本与朱本、王本三者并存。

2. 第二本第一折〔叨叨令〕"万余斤黑面虽然是黯"后,王骥德尾注云:"'虽然是黯',金本作'从教俺',以己意易之耳。"

3. 在第二本第三折〔满庭芳〕"风欠的酸丁"后,王骥德尾注云:

风欠,呆也,痴也,北人方言,犹今俗语,说人之呆者为欠气;欠气即呆气之谓。风欠,言其如风狂而且呆痴也。……《墨娥小录》载,秀才调侃为"酸丁"。言张生往来自顾

① 本段所引王实甫《西厢记》原文来自王骥德新校注本。但遵元杂剧惯例,改一折为一本,一套为一折。又把原第二者第一套按通行本分为两折。下同。

其影，如文魔风欠的人也。以‘风欠’押韵，其无他音可知。……自俗本作“耍”字音，遂纷然起庸愚之信。至崔时佩《南西厢》改作“文魔秀士欠酸丁”，并文理亦不通矣。盖字书从无此字，不知是何盲瞽倡为此说，金在衡又载入《正讹》。读者猥自不察，群为吠声之助，正须寸磔以谢实甫耳。

王骥德说，金本也如俗本，把“欠”作“耍”字音载入《正讹》。

4. 第二本第四折〔新水令〕“将这指尖儿轻轻的贴了钿窝”后，王骥德尾注云：“金本欲于‘指尖’下益一‘呵’字，与下〔幺篇〕‘聒’字相对。可笑。”金本在“指尖儿”后多一“呵”字，遭到王骥德訾议。

5. 第三本第三折〔搅筝琶〕“想姐姐闭月羞花，真假、这其间性儿难按纳，一地里胡拿”后，王骥德尾注云：“金本谓‘真假’是‘直家’，可哕；朱本作‘直加’，亦大无谓。”

6. 第四本第三折〔脱布衫〕“酒席间斜签着坐地，蹙愁眉死临侵地”后，王骥德尾注云：“两‘地’字皆助词，然重用殊疵。徐云：上‘地’字当删去。《玉镜台》剧‘我几曾稳稳安安坐地’。则‘坐地’系现成口语，似不可去。金本作‘坐的’，亦后人避‘地’而强易之者。然似不成语耳。”

7. 第四本第三折〔四煞〕“到晚来定把西楼倚”上，徐渭田水月山房本眉批云：“‘定’字未然之词。金本不审，改作‘闷’字，便头巾耳。”

总之，王骥德对这七例金本曲词都做了否定，认为都是金氏“以己意易之”的产物。这也很符合他在《凡例》中对“金本时更字句，亦寡中款”的评价。徐渭也反对金本改“定”字为“闷”字。凌濛初则对金本用字并不完全否定。他虽否定其中例2、3、4、5的用字，却直接沿用“坐的”，又将“相思怎遣”并存。相较而言，凌氏对金本的评价更为积极一些。但他们都对金本在遣词造句上的瑕疵作了批评。

（二）对于金本曲调的批评，共得3例：

8. 第二本第一折〔元和令〕后，王骥德尾注云：“此及下曲，今本合作一调，并名〔后庭花〕。筠本前调作〔元和令〕，后调作〔带后庭花〕。金本亦并作〔后庭花〕……”凌濛初眉批曰：“金白屿作〔元和令带后庭花〕，不为无见。”对于金在衡本把这两支合并为〔元和令带后庭花〕的做法，王骥德认定为错：“不知此元是〔元和令〕与〔后庭花〕两调，犁然自别，特句字稍似，遂起俗工之误。”他对自己的判断颇为自负，还在尾注的眉批中自诩如《西游记》中哪吒“拆骨还父，拆肉还母”那般直截痛快。而凌濛初则赞金本作〔元和令带后庭花〕有见地。

9. 第四本第三折〔搅筝琶〕“自别离已后，到西日初斜，愁得来陡峻，瘦得来哔嗻。则离得半个日头，却早又宽掩过翠裙三四褶，谁曾经这般磨灭”后，王骥德尾注云：“此曲比元调多‘自别离已后’以下四句，变体也。……金本不知，遂妄以己意，削去‘愁得来陡峻’及末‘翠裙’二句，止以‘瘦得来哔嗻’收调，且訾‘掩翠裙’句与‘瘦得来’句意重。不知‘掩过翠裙三四折’，正俊语可赏。而谓翠裙之掩过，正以足‘瘦得来哔嗻’意也。苏长公谓‘小儿强作解事’，正此。”凌濛初眉批曰：“此‘自别离已后’四句，非常调，乃二字句，下之可增四字叠句者，本传第五本‘夫人的官诰、县君的名称’是也。金白屿削去‘愁得来陡峻’及末‘翠裙’二句，竟以‘瘦得来哔嗻’止。不知末二句正添句，后之入本调者，亦妄涂抹矣。”金本因不知〔搅筝琶〕可增四字叠句之变体,删去‘愁得来陡峻’及末‘翠裙’二句,竟以‘瘦得来啍嗻’止,导致文意不同,受到王骥德和凌濛初的訾议。

10. 第五本第二折〔贺圣朝〕“少甚宰相人家,招婿的娇姿。其间或有个人儿似尔,那里取那温柔,这般才思?想莺莺意儿,怎不教人梦想眠思?”王骥德尾注云:“旧本〔朝天子〕后,又有〔贺圣朝〕一调。〔贺圣朝〕系〔黄钟宫〕曲,此曲于本调复句字不叶。金在衡以宫调不伦,疑为窜入。不知‘少甚宰相人家,招甚娇姿’,语既不通;‘其间或有个人儿似你’,‘你’字入齐微韵,不叶。‘那里取温柔这般才思’,又与前‘彼一时,此一时,佳人才思’语重。‘莺莺意儿,怎不教人梦想眠思’,是穷乞儿凑插作句,全不成语。首‘宰相人家’二语,又与末套〔雁儿落〕‘若说起丝鞭士女图’二语,前后重复,且工拙不啻天渊。其为小人窜入无疑,非直宫调之不协已也。今直删去。”凌濛初眉批曰:“此调系〔黄钟〕。金在衡疑为窜入,王伯良以语句不伦,前后重复,工拙天渊,直删去。良是。然旧本悉有,姑存之。”封岳眉批曰:“即空主人曰:‘此调系〔黄钟〕。金在衡疑为窜入,王伯良以语句不伦,直删去。良是。然旧本悉有,姑存之。’天台陶九成《分调类编》〔中吕宫〕、〔贺圣朝〕下注云:‘与〔黄钟〕、〔商调〕出入。’则即空说误。”毛甡夹批曰:“此曲虽系〔黄钟宫〕调,然与〔中吕〕、〔商调〕本自出入。此正答‘休别继良姻’一嘱。只‘莺莺意儿’二句,与〔贺圣朝〕本调不合,似有错误。金在衡疑此曲为窜入,而王伯良竟删之,则妄甚矣。元词作法,必有参白,参白一删,势必删曲,何者?以曲中呼应尽无着耳。伯良颇识词例,亦曾取元剧参白一探讨耶?岂有通本参白一笔删尽,而犹欲分别曲文定是否者?卷首所谓以曲解曲,以词核词,真百世论词之法也。”上述各家针对金在衡认为〔贺圣朝〕“宫调不协、疑为后人窜入”的评论展开批评。王骥德和凌濛初都附和金在衡的意见,王删而凌并存;封岳和毛甡则根据〔黄钟〕的〔贺圣朝〕与〔中吕宫〕的〔贺圣朝〕本有出入,认为金在衡、王骥德和凌濛初皆误。

各家大致认为,例 8 中金本作〔元和令带后庭花〕似较可取,其余例 9、例 10 都反映出金本对曲调处置失当。

(三) 对于金本说白的批评,共得 2 例:

11. 第三本第四折,王骥德删除〔绵搭絮〕前的说白,在尾注中云:“旧上文白作:‘小生为小姐如此容色,莫不小姐为小生也减动丰韵么?’与此曲全不相蒙,今从金本参正。”毛甡夹批曰:“此对宾白‘小姐也减些丰韵’一问,言不减也,此正疑其未必然,故调生干思处。碧筠斋本宾白有误,王本又从金在衡本删改宾白,遂至曲文俱不达矣。”金在衡本先删除这句说白,被王骥德沿袭,却遭毛甡訾议。

12. 第五本第四折〔搅筝琶〕“不甫能得做夫妇,至如夫人诰敕,县君名称,怎生待欢天喜地,两只手儿分付与”后,王骥德尾注云:“……金本以‘至如夫人诰敕、县君名称’二句作白,渠以较元谱多此两语,且俱不韵故耳。朱本亦遂因之。不知此调末段增减句字,与句不必韵,元有此体。白仁甫《秋夜梧桐雨》剧“‘他不如吕太后般弄权,武则天似篡位,周褒姒举火取笑,纣妲己敲胫观人。早间把他哥哥坏了,贵妃有千般不是,看寡人也合饶过他一面擒拏”,上六句全不用韵,直至末句,以一韵收之,正此体也”。王骥德对其意见颇为自负,在尾注中的眉批中又云:“大抵为人出罪,必证见的确,始能服人。吾谓论词亦然。”王骥德把学术研究比喻为司法取证,或是古代批评家中最早联系此二事的例子,从中反映了他“论词”的严谨态度。

前例说金本删除一段说白，后例又说金本误把唱词作白，总之都是金本有误。例12中分析“朱本亦遂因之”，据他所知，金本早于朱本。

（四）对于金本演唱体制的批评，共得2例：

13. 第一本第四折〔锦上花〕后，徐渭田水月山房本眉批曰：“自来北词惟一人唱，此参旦唱，且词太露太浅，殊属可疑。金本都作红唱，较是。”王本尾注云：“自来北词惟一人唱，此参旦唱，且‘黄昏这一回’后，词意太露，不宜莺莺遽为此语，殊属可疑。金本作红唱，较是，今并存之。”

14. 在第一本第四折〔锦上花〕下曲〔幺篇〕后，毛甡夹批曰：“北曲每折必一人唱，而院本则每本末折参唱数曲，此定例也。此互参莺红二曲，一调笑，一解惜，如搊弹家词。于铺叙中突搀旁观数语，最为奇绝！他本俱作莺唱，两曲不贯。金在衡本俱作红唱，则与生曲又不接。诸本或前莺后红，则两曲语气又各不相肖。至若妄者不识词例，目为搀入，一概删去，则了措矣。乌知作者本来，元自恰好如此。”

这两例所言都是参唱问题。由于《王西厢》第一本乃是末本戏，应该由生一人唱，但不少编刊者知晓参唱之例，所以多本把〔锦上花〕、〔幺篇〕两曲都作莺唱，而金在衡本俱作红唱。徐渭、王骥德肯定了金本的做法，毛甡则认为当以〔锦上花〕属红、〔幺篇〕属莺才是。

以上十四例基本上就是今知明清《西厢记》评点家对金在衡本的全部引文。它们包括曲词七例、曲调三例、说白两例、演唱两例。其中所引曲词内容最丰富，其次是曲调。但六例曲词中有两例（例1、3）与音韵有关，两例说白中也有一例（例12）与音韵有关。这也看出金在衡对曲调音韵的重视，体现出他擅长音律的特色。但这里有一个问题需要注意，就是在这十四例中，金本正确之处极少，失当和错误之处甚多，甚至在音律方面也没有显示出金在衡的高深造诣，跟何良俊、钱谦益所称许的情况不大相符。这可作如此解释，后人评点多针对金本的错误而发，而不是说金本本身错误百出。我们不能忘记，这些明清评点家都承认金本是通行本中的善本呢！总之，通过这区区十四例，虽然终难窥探金本全璧，却可以帮助我们多少了解一些金本的原貌，是很有价值的。

金本的批评

通过明清《西厢记》评点家针对金本的批评，我们得知，金本也是一个有批语的版本。如上述第8例王骥德引金在衡“且訾‘掩翠裙’句与‘瘦得来’句意重”，第10例又引“金在衡以宫调不伦，疑为窜入”，第12例说“渠以较元谱多此两语，且俱不韵故耳”，都间接引述了金本评语。再检视诸家对金本评语的直接或间接引述，另得三条。

15. 第二本第一折〔鹊踏枝〕“咏得句儿新”后，王骥德尾注云：“金本谓：元作‘咏得句儿新’，作‘匀’字非[①]。于理自可；但上云‘酬和得清新’，下又云‘咏月新诗’，三‘新’字复甚，殊非。”

① 着重号为本文作者所加，用以表示金本评语原文。

16. 第二本第一折〔元和令〕后,王骥德尾注云:“金本亦并作〔后庭花〕,且谓:第六句‘后代孙’‘孙’字元误,宜作去声。旧因平韵难唱,以腔就字,扭入〔元和令〕,至第七句又入本腔。后入楚,遇有易作‘他也是崔家后胤者’,遂改弦和入本调,始叶。”清初李玉在《北词广正谱》中说:“金不自云乎:‘往余适楚,遇一知者,遂易孙为胤。’其为杜撰可知”。这不仅说明金本是改“崔家后胤者”的始作俑者,还提供了金本评点的旁证。

17. 第二本楔子〔仙吕·赏花时〕后,凌濛初眉批曰:“此处俗本有惠明唱〔赏花时〕二段(含下曲〔幺篇〕——引者注),金白屿谓周宪王增《西厢》〔赏花时〕,其意似谓不止此;臧晋叔谓止此是其笔。然宪王所撰,尽可逼元,不学究庸俗乃尔!”

上述三例中,加点的字就是金本评语,前两例是直接引述,后一例是间接引述。在所有六例金本评语中,例8、15、16是语言修辞批评,例10、12、17是曲律批评。这证实了金本是一个评点本。当然,我们对这些金评的价值尚需进一步分析。王骥德、凌濛初乃至李玉在引述这些金銮批语的同时,都纷纷指正了它们的错误。尽管上列评语都不免这样或那样的错误,但其资料价值却是不能掩盖的。当然,这些批语是作为旁批、眉批或夹批放在金本正文中呢?还是附在其后的《西厢正讹》中呢?显然出于书后《正讹》的可能性更大。据笔者推测,《西厢正讹》并非单行本,而是附在金本《西厢记》之后一同行世。后来,《西厢正讹》又随金本《西厢记》一同散佚。当然,金本究竟有无旁批眉批,还有待于进一步考察。

金本与屠隆本的关系

屠隆校正本《合并王实甫西厢记》在上卷卷首有《王实父西厢记叙》,该叙的作者很可能是金銮而非屠隆。其理由如下:其一,《王实父西厢记叙》后半残阙,未有署名,为屠隆所作的证据并不充分。其二,《王实父西厢记叙》的年龄与金銮更为相符。前半所存文字表达了对淮本和吴本音律舛谬的不满,而自叙“少即喜音律,旁搜远绍积五十余年”,才使得“调分南北、字辨阴阳”。屠隆生于嘉靖二十一年(1542),死于万历三十三年(1605),享年六十三岁。如果他“旁搜远绍积五十余年”,似乎蒙童时就开始搜集《西厢记》,这显然于理不通。而金銮卒年九十多,至其校刻《西厢记》出版前,“旁搜远绍积五十余年”就很合理。其三,《王实父西厢记叙》作者的身份与金銮更为相符。《王实父西厢记叙》又说“至吴本之出,号称详订,自今观之,得不补失。何也?盖由南人不谙乎北律,风气使之然也。”对此,蒋星煜曾言:“屠隆既然自夸对戏曲音乐有研究,而他本人是较苏州、常州、松江诸地更‘南’一些的‘南人’,反而讥笑‘南人不谙北律’,也是一种狂生狂态。”[①]我倒觉得这根本不是屠隆口吻。“自夸对戏曲音乐有研究”的应是金銮,他以关中人移居南京,指责吴本编刊者是“南人不谙乎北律”也很合理。该叙在言谈之间对音韵颇为自负,这跟何良俊所说“惟金在衡銮最为知音”,及钱谦益赞他“洞解音律”之言也很相符。其四,《王实父西厢记叙》对“吴本”进行指责,金在衡本正文对则对“吴本”着手改正,两者之间较为一致。该序责“吴本”“以〔村里迓鼓〕为〔节节高〕,并〔耍孩儿〕为〔白鹤子〕,引〔后庭花〕中段入〔元和令〕,分〔满庭芳〕一曲而为二,合〔锦上花〕二篇而

① 蒋星煜《屠隆对〈西厢记〉所作校正的依据和得失》,《〈西厢记〉的文献学研究》,上海古籍出版社1997年版,第220页。

为一,〔小桃红〕则串附〔幺篇〕,〔搅筝琶〕则混增五句”。虽说金在衡本已佚,但通过上述他人的引证,可知例8中金本即针对“引〔后庭花〕中段入〔元和令〕”改为〔元和令带后庭花〕,例12中金本即针对“〔搅筝琶〕则混增五句”改为说白。这么说来,上段指责“吴本”的话出自金銮的可能性很大。

如果确认《王实父西厢记叙》的作者是金銮,我们有必要进一步考察金在衡本与屠隆校正《合并王实甫西厢记》之间的关系。

屠隆校正《王实甫西厢记》与《董解元西厢记》、《李日华西厢记》、《陆天池西厢记》一并刊行,在今天看来更像一套“丛书”。具有“丛书”总序性质的张凤翼《新刻合并西厢叙》云:“以故赤水屠先生为当世博洽君子,亦于《西厢》订正、批阅,盖不以曲词直视之也。然订正者非一人,张雄飞得董本而较(“较”当为“校”——引者注。下同),金在衡得实父本而较,梁少白得日华本而较。”这样说来,张雄飞、金在衡、梁少白才是各本的具体校订者。很显然,这套书号称“赤水屠隆长卿父校正、乐天周居易子平父校梓”,周居易是出版商不错,而屠隆校正则未必属实,至多也是针对全套“丛书”作了一些补订的工作。张凤翼《新刻合并西厢叙》,署万历庚子(二十八年,1600),说明该套《西厢记》刊刻的时间与此接近。但其中各书的初刻时间确则难以一概而论。其中如张雄飞校刻的《董解元西厢记》,至迟在嘉靖三十六年已经出版,今上海图书馆藏《古本董解元西厢记》,卷首张雄飞序就署嘉靖丁巳(1557)。很显然,《古本董解元西厢记》是“借用”前人成果而非亲手校订重版。

其中的《合并王实甫西厢记》也应该作如是观。这就是说,这本号称“屠隆校正”的《王实甫西厢记》,很可能也是直接拿金在衡本来冒充的。如若不然,至多也是屠隆以金在衡本为底本再行校订而成。张凤翼《新刻合并西厢叙》说屠隆对《西厢》“订正、批阅”,似可理解为屠隆根据金在衡本又重新作了校订。这样一来,金在衡和屠隆虽说都是《新刻合并王实甫西厢记》的校订者,但金在衡因亲“得实父本而较”,所做的工作应当更为具体。总之,无论直接拿金在衡本来冒充还是据金本重新校订,都可以说明,屠隆校订本的底本就是金在衡本。这就是说《王实父西厢记叙》也跟张雄飞的《古本董解元西厢记序》一样,是直接从底本移植过来的。

如此说来,金在衡本并未彻底从世间消失,其异版屠隆本流传至今。

作者单位:上海大学

《皇明英烈传》与明初功臣“太祖十二英”
——从国家祭祀到通俗文学

川浩二

一、序　论

历史小说《皇明英烈传》系嘉靖末年至万历初年，以“原本英烈传”、“旧本英烈传”为基础，将明太祖朱元璋明朝开国故事为材料，参考当时刚出版的明朝编年史书《皇明通纪》的记述与记年而制作的。

后来，万历年间《云合奇踪》制作以来，两者总称为“英烈传”。一般在世上看到的《英烈传》排印本都根据《云合奇踪》，其中清代以后制作的版本，《皇明英烈传》的原貌，至今注目的不太多。尤其《皇明英烈传》与《云合奇踪》的内容与思想差别，研究明代文学的专家也经常忽视。

本文对《皇明英烈传》中所见之明初功臣“太祖十二英”的考察，阐明《皇明英烈传》最基本的内容与思想，还解释明代嘉靖后期到万历年间明朝国家祭祀、历史观和通俗文学思想的关系。

二、“太祖十二英”的资料

《皇明英烈传》首录列举徐达、常遇春、李善长、刘基、李文忠、邓愈、汤和、沐英、冯胜、郭英、傅友德、廖永忠等姓名和略历，以后云：

> 以上功臣十二人，太祖名为十二英，比汉之三杰。

万历年间刊《新锲李卓吾先生增补批点皇明正续合并通纪统宗》卷首载《皇明英烈传》首录同文。此书虽然系《皇明通纪》版本之一，但是也引用《皇明英烈传》，为续文。所以可以推测此书也从《皇明英烈传》引用首录[①]。

---

① 《皇明英烈传》以《古本小说集成》(上海古籍出版社 1991 年版)所收日本日光轮王寺藏《新刻皇明开运辑略武功名世英烈传》(本文称为三台馆本)为底本，并用台湾“故宫博物院”藏《玉茗堂批点皇明开运辑略武功名世英烈传》(本文称为玉茗堂本)。还有《古本小说集成》所收《新锲龙兴名世皇明开运英武传》(本文称杨明峰本)也为《皇明英烈传》版本之一。

在日本，和刻本《皇明通纪》(元禄九年，1696)根据《新锲李卓吾先生增补批点皇明正续合并通纪统宗》而制作，其卷首载同文。还有《通俗皇明英烈传》(宝历二年，1705)系《皇明英烈传》之翻译，有首录一段，载同文。

在此时期，太祖十二英的说法影响到日本学者，著名儒学者本居宣长《群书摘抄》(宝历六年，1709)中，有《元明军谈》(即《通俗皇明英烈传》之别名)一项，引用《皇明英烈传》首录。

《皇明英烈传》本文也提到太祖十二英，《皇明英烈传》第60回沐英三战克云南太祖一统平天下：

自兴师以来，克陈友谅、擒张士诚，平定中原之功，皆是徐达、常遇春二将。破方谷珍、克陈友定之功，皆是汤和、廖永忠。凡镇各边隅善守之将，莫如邓愈。平西蜀之功，莫如傅友德。追虏之功，莫如冯胜、李文忠。克云南之功，莫如沐英。转运粮草，军民不乏，明仁政，典礼乐者，莫如李善长。知天文达地理，识成败，辨兴亡，定大事者，莫如刘基。杀伐鏖战，敢通争先攻城破垒，斩将夺旗者莫如郭英。汉之[高祖]有三杰而定天下，朕有十二人乃十二英也，岂在三杰萧何、韩信、张良也之下哉。

这样，看这些资料时，可能了解当时"太祖十二英"之说法相当普遍，可是，其实"太祖十二英"，在其他资料中并不普遍。明代后期史书，通俗文学等中，只有《皇明英烈传》与《新锲李卓吾先生增补批点皇明正续合并通纪统宗》，才载"太祖十二英"。万历年间后期，《云合奇踪》出版了，其中已经没有"太祖十二英"。所以可以说这个"太祖十二英"之说法，系跟《皇明英烈传》制作意图与环境有关系而成立的。

三、"太祖十二英"的想法

"太祖十二英"之说法，其来源系汉高祖刘邦时的三杰，即张良、萧何、韩信。《皇明英烈传》本文也提到汉三杰。《皇明英烈传》想法都靠史书《皇明通纪》一书，引用的史论，都根据《皇明通纪》而做①。《皇明通纪》卷五有一段著者陈建按文：

建按：汉高祖谓 吾能用三杰，所以有天下。元功封侯，十有八人而已。我明聿兴，李韩公之勋烈，无异萧何，徐魏公之将略，逾于韩信，刘诚意之智计，埒于张良。乃若常遇春、李文忠、傅友德诸人，皆非三杰之俦匹，而是十八将瞠乎其后。我朝开国元功，视汉高尤有光矣。大业之成，岂偶然哉。

可是此言论，陈建几乎都从祝允明《野记》卷一抄写。

按：汉高祖谓吾能用三杰，所以有天下，元功封侯者十有八人而已。我明聿兴，公侯爵赏，数倍汉朝，李韩公之勋烈无异萧何，徐魏公之将略踰于韩信，刘诚意之智计埒于张良，乃若常遇春、李文忠、傅友德诸人，皆无非三杰之俦匹，而视十八将瞠乎其后。我朝开国元功，视汉高尤有光矣，大业之成，岂偶然哉。

---

① 《皇明英烈传》本文、年号、史论都据《皇明通纪》，影响很深。笔者以前在论文《一矢，睛を貫く 一史书〈皇明通纪〉と歴史小说〈英烈伝〉の语り一》(《中国文学研究》第30期，2004年)中分析过。

所以可以说,"太祖十二英"的最基本想法从《野记》开始,由《皇明通纪》,到《皇明英烈传》。

还有,历代朝廷有功臣,麒麟阁十一功臣、云台二十八将、凌烟阁二十四功臣等比较有名。其中,云台二十八将,《皇明英烈传》第43回张士诚夜走皂林常遇春射戟收降:

> 遇春曰:将军既降,何罪之有。岂不闻东汉岑彭先佐王莽,与光武大战数十合,后知天命,在于光武遂降汉为辅国元勋,名列云台。前后事略不相妨,但今日事势在吕将军。可留张将军乃东吴世子,我不敢留用,请还姑苏。

凌烟阁二十四功臣,《皇明英烈传》第12回义兵共诛陈也先遇春复战采石矶有诗句,"流芳史册千年远,画像凌烟万古垂"。

《皇明英烈传》序中也提到:

> 若汉高之三杰、光武云台之列,唐太宗瀛洲之选,亦皆一时际遇之良也[①]。

作序者也说:

> 某故不揣博采昭代之事迹,因旧本而修饰之,补其所遗,文其所陋,正其所讹,集以成编,分为六卷,名之曰皇明开运传,盖取明良昌期之意也。

从此观之,《皇明英烈传》作序者,即系从旧本改订为《皇明英烈传》之作者。此略称为"皇明开运伝",此据三台馆本之卷头题"皇明开运辑略武功名世英烈伝"。

关于"旧本",笔者已经发表了论文,现在不提[②]。

这样,《皇明英烈传》作者企图以明朝开国功臣列为前代著名功臣。

四、成员之检讨

"太祖十二英"之具体成员以什么样的基准来决定?《皇明英烈传》第54回《高皇帝封赐功臣,营阳侯奉命入蜀》有太祖封位的场面。功臣中,先徐达、李善长、李文忠、刘基、邓愈、汤和、冯胜、沐英、常遇春(已殁)之子常茂等九人封位,其中刘伯温系诚意伯,沐英系西平侯,其他七人都封为国公。在上一段,朱元璋封刘基为安国公,刘基固辞,改为诚意伯。史书不见此事,但是宁波天一阁博物馆藏抄本《国朝英烈传》第54回《太祖太平封功臣,杨璟奉诏谕西蜀》云:"刘基安国公"。从此也可以知道《国朝英烈传》属于《皇明英烈传》所谓旧本之一。

祝允明《野记》卷一:

> 洪武三年,大封功臣,凡三十四人。公六人,曰:李善长韩国、徐达魏国、常茂郑国、李文忠曹国、冯胜宋国、邓愈卫国。侯二十八人(略)。

---

① 序文采用"皇明开运传"的简名,此称从三台馆本有卷头题名《皇明开运辑略武功名世英烈传》来的。玉茗堂本又载此序,则以开运传改为"皇明英烈传"。

② 天一阁博物馆藏《国朝英烈传》与历史小说《皇明英烈传》,《中国文学研究》第十八辑,中国文联出版社2011年版。

梅纯《损斋备忘录》等也有同样记述。其公侯三十四人中，跟太祖十二英不重复的：刘基、沐英、郭英。还有《野记》、《损斋备忘录》，都有洪武十七年所定功臣次第，其有五十七名，包括刘基、沐英、郭英。成员内容可以说一致，可是其人数、序列都跟“太祖十二英”无关。

首录又有“肖像功臣祠，配享太庙”之文，此功臣祠和太庙也对明朝开国功臣序列，有很大的影响。

《太祖实录》洪武二年正月乙巳条有立功臣庙于鸡鸣山的记录。论次诸臣之功，以徐达为首，次常遇春，又次李文忠、邓愈、汤和、沐英、胡大海、冯国用、赵德胜、耿再成、华高、丁德兴、俞通海、张德胜、吴良、吴祯、曹良臣、康茂才、吴复、茅成、孙兴祖，凡二十有一人。

可是，《太祖实录》举的诸臣，不可信。明王世贞在其《弇山堂别集》卷21《史乘考误二》中指明其误，清钱谦益《初学集》卷二十二《鸡鸣山功臣庙考》也很详细地考察：

> 太仓王世贞独考其误，以谓国初之封六王，韩、魏、郑、曹、宋、卫也。立庙之时，韩、宋犹未受封，何以前知其不令终而绌之？黔宁是时官不过指挥，何以知其必树大勋而骤登之？此记事者之误也。

钱谦益说，韩国公李善长洪武二十三年(1390)，以胡惟庸党获罪而赐死，宋国公冯胜洪武二十八年(1395)以私埋兵器之罪赐死，二十一人名单应该洪武末年或到永乐年间才决定。此意见很可信。

配享太庙的功臣也有类似的情况，《太祖实录》说：洪武九年决定十二位功臣。《大明会典》说：洪武二十六年初定仪，功臣配享十二坛，中山王徐达、开平王常遇春、岐阳王李文忠、宁河王邓愈、东瓯王汤和、黔宁王沐英、虢国公俞通海、蔡国公张德胜、越国公胡大海、梁国公赵德胜、泗国公耿再成、永义侯桑世杰。

洪武九年时，汤和与沐英还没封高位。李善长、冯胜不在功臣之列，也太不自然。所以可以推测决定配享太庙的时期也洪武末年，可能冯胜殁年洪武二十八年以后之事。

《皇明英烈传》之“太祖十二英”的成员包括徐达、常遇春、李文忠、邓愈、汤和、沐英、冯胜、李善长八人，可以说是把现实封位的功臣、死后从祀功臣庙与配享太庙的功臣合起来的。

五、嘉靖时期开国功臣之显彰

嘉靖年间，发生了所谓“大礼议”，以后国家祭礼有很大的改制，那时对开国功臣的评价也有变化。

嘉靖年间，开国功臣公侯，几乎没有人继位。只有徐达子孙、沐英子孙和郭英子孙保持其家。嘉靖十年(1531)有对开国功臣子孙再封位的建议。雷礼《皇明大政纪》：

> 十年夏闰六月，刑部郎中李谕上言：陛下明圣，斥去姚广孝，万世颂仰，第臣乡人刘基，翊运有功，不在广孝下，宜侑食高庙，世其封爵，与徐达同。(略)基宜配享太庙，其九世孙指挥瑜可嗣伯爵。帝从之，以瑜为诚意伯，岁禄七百石。

又曰：

> 十一年夏四月，吏部尚书王琼上言：常遇春、李文忠、邓愈、汤和子孙，奉命袭封，各

与侯爵，臣仰窥圣意，盖以常李子孙，流徙禁锢，邓汤停袭，百有余年。一旦爵远裔以上公，恐难负荷，此慎重爵赏之盛举也。第四人封侯，例有爵号，惟皇上裁示。帝因命常元振为怀远侯，李性为临淮侯，邓继坤为定远侯，汤绍宗为灵璧侯。仍给与勋阶诰券，及食禄焉。

刘基、常遇春、李文忠、邓愈、汤和的子孙有了侯爵地位。还有嘉靖十六年(1537)刘基配享太庙。国初以来，一百年以上没有变化的制度，在此时期改变了。嘉靖十八年(1539)，郭英也配享太庙。

嘉靖十五年(1536)再建武成王庙，从祀徐达、常遇春、汤和，列为历代名臣。

其中，郭英配享太庙一事，郭英子孙武定侯郭勋系嘉靖帝宠臣，郭英的地位本来是第二十位左右，不能说是开国功臣代表，可是郭勋正德年间已经写了《三家世典》，说武定侯郭英系跟徐达、沐英同样，开国功臣最重要的人物之一。

郑晓《今言》卷一第92条云：

嘉靖十六年，郭勋欲进祀其立功之祖武定侯英于太庙，乃仿《三国志俗说》及《水浒传》为《国朝英烈记》，言生擒士诚，射死友谅，皆英之功。

此谓《国朝英烈记》，跟宁波天一阁博物馆藏《国朝英烈传》究竟是同一个作品，还没有得到最后结论，《国朝英烈传》把生擒士诚和射死友谅的两大功，都归于郭英，十分反映嘉靖中期开国功臣地位变化。

到嘉靖年间，已经有了好几种开国史书，其中，冯胜、李善长等失去地位后去世的功臣，也已经恢复本来的地位。黄金《开国功臣录》系开国功臣传记代表，其中从卷头到十二位，徐达、常遇春、李文忠、邓愈、汤和、刘基、沐英、李善长、冯胜、胡大海、冯国用、耿再成(傅友德第24位，廖永忠第25位)。可以说比较接近于“太祖十二英”。

加之，嘉靖年间的祭祀制度变化，郭英的地位已经上升了，如果傅友德、廖永忠有一定的理由，“太祖十二英”可以完成。

六、功臣功绩的表彰与隐埋

《皇明英烈传》中，从每则则目来看，也有几个武将有功绩。吴祯、华云龙、朱亮祖、赵德胜、曹良臣、康茂才等都在则目上有名字，最后列为侯爵，可以说系最重要的功臣。但是，从小说构造来看，傅友德、廖永忠成为十二英也有理由。

《皇明英烈传》与《国朝英烈传》的基本构造一致，分为六十段，其中最后部分是讨伐四川、云南。十二英中，常遇春已经去世了，刘基已经上山成仙，李善长成为丞相，徐达、邓愈、冯胜不参加讨伐四川、云南之军。

讨伐四川，汤和为元帅。

《皇明英烈传》第55回《康茂才克归州府，汤鼎臣攻瞿塘关》：

太祖赐汤和征西大元帅金印，廖永忠为左副元帅，周德兴为右副元帅，康茂才为先锋将军，命傅友德挂金印为前军元帅，张兴祖为左副元帅，朱亮祖为右副元帅，郭英为先锋前军，顾时汪兴祖各率水陆之兵以从。

结果，汤和等大胜，平定云南，《皇明英烈传》第58回《廖永忠破瞿塘关，高皇帝题平蜀赋》："太祖论平蜀功以传友德第一，廖永忠汤和次焉。"

讨伐云南，第59回刘伯温辞爵归山沐文英贵州大战：

> 乃命傅友德为征南大元帅，沐英为左副元帅，郭英前部先锋，胡海洋统前军，冯胜（诚）国用之子，统后军宁正统左军，杨椿统右军起兵三十万。

平定云南后，第60回沐英三战克云南 太祖一统平天下：

> 次早傅友德、沐英率诸将入朝拜见太祖。毕进上平云南表，太祖大悦，随即降敕封傅友德为颍国公，沐英为黔国公。其余将帅各依功升赏。

第60回沐英三战克云南太祖一统平天下，最后有诗，里面有歌颂功臣的部分。

> ……遇春力破鄱阳兵，徐达久顿吴江帜。邓愈雄姿又善文，汤和勇烈兼奇艺。驱胡谁及文忠强，靖广那知永忠智。伯温不亚子房才，善长能继萧何事。颍侯平蜀建奇功，黔国征南成大利。……

此只有十个功臣，郭英与冯胜不见，可能有脱落，但是《皇明英烈传》各种版本没有异文。

《国朝英烈传》第60回沐英三战克云南太祖一统平天下，最后也有诗：

> ……遇春血战鄱阳湖，徐达久困吴江地。刘基不亚子房才，善长可并萧何力。文忠征北建奇功，沐英平南成大利。……

此只有六个功臣，还不提十二英的名字。

《国朝英烈传》中，关于功臣名单，有印象的一句。第59回刘伯温辞爵归山西平侯曲靖大战：

> 即命傅友德挂征云南大元帅，沐英为左副将，郭英为右副将，蓝玉为先锋领兵三十万，去征云南。

只有此一文，有蓝玉之名。蓝玉，定远人，常遇春的内弟。所谓蓝玉案，洪武二十六年（1393）蓝玉以策谋叛乱之罪被族诛，株连蔓引，被杀者约一万五千人。太祖为《逆臣录》，布告天下。

蓝玉有功绩，但是后来有大罪。《皇明通纪》中当然有蓝玉之名，讨伐云南也有参加的记述。洪武十四年（1381）九月条：

> 十四年秋九月壬午，命颍川侯傅友德为征南将军，永昌侯蓝玉、西平侯沐英为副将军，帅师征云南。

《皇明英烈传》故意地消除蓝玉之名，企图隐藏开国功臣不体面的事。

郭英世上也有很多功绩，但是没有子孙表彰功绩，可能其他将军列为十二英，传友德、廖永忠讨伐四川、云南有功绩，但是如果讨伐四川、云南不在书中最后，可能有变动。《皇明英烈传》中的角色，对功臣地位有最大的影响。

《皇明英烈传》"太祖十二英"的"十二"究竟有什么意思？

国初有六公，李善长韩国、徐达魏国、常茂郑国、李文忠曹国、冯胜宋国、邓愈卫国。洪武末有六王，开平王常遇春、岐阳王李文忠、宁河王邓愈、东瓯王汤和、黔宁王沐英。配享太庙的十二位功臣一半是明朝创业以前已经去世，替此加入六人，成为十二位，就是最原来的理由。

但是，笔者认为，最大的理由在《皇明英烈传》的构成。《皇明英烈传》全本有六十回，五回一段，分割为十二个部分。这个设计思想好像旧本已经有，《国朝英烈传》也有同样的构成。《皇明英烈传》崇祯刊本卷一前有首录，卷二到卷五卷头有三个功臣赞辞，卷六卷头有宋濂等文臣赞辞。也是考虑全体构成的处理。《皇明英烈传》保持十二个部分的构成，各部增加情节、人物，按《皇明通纪》等史书润饰内容而成立。可以说"太祖十二英"象征《皇明英烈传》一书构成、内容与思想。

七、《云合奇踪》以后之变化与其原因

"太祖十二英"象征《皇明英烈传》一书，所以"太祖十二英"的想法，在其他明朝开国史的通俗文学中，没有大的效果。万历后期制作了《云合奇踪》，全书有八十回，太祖十二英的说法不见了。叙述功臣的功绩的部分也相当变化，例如，朱亮祖讨伐方国珍，平定浙江的部分，《云合奇踪》比《皇明英烈传》增加得多。

《云合奇踪》所谓甲本，最后部分，有统一以后的功臣之死。《云合奇踪》甲本第78回：

> 数年来那些功臣，如文有刘基，虽然因病致仕回家，以前者论相，说胡惟庸是败辕之犊，惟庸怀恨于心，转情医人下毒而死。学士宋濂，以胡惟庸谋逆事泄，语侵宋濂，太祖竟欲杀他，以太后苦劝赦死，充发茂州，惊泣而亡。邓愈在河南班师，路上得病而死。廖永忠以坐累而死。陈德从巴蜀回，以饮酒得病而死。吴祯以督海运，冒风寒而死。朱亮祖征蜀有功，随因浙江、金华等处多贼难治，太祖特命兼程以往，镇抚两浙。亮祖才到浙省，贼众改行自新。未及一年，太祖又以广东摇憧作叛，专命亮祖移镇广东。番禺知县道同，恰是方孝孺门生，孝孺为前者父亲方克勤，以河干不浚，王师不能征进，被亮祖提他吏书责治，此耻未雪，因谕道同上疏奏其不法。太祖以其功多，且所以示信，但令罢战归京。亮祖忧愤，不久病死。太祖哀悼不休，仍以侯礼赐葬。吴良偶以疾病而死。华云龙镇守北平而死。陆仲亨也因胡惟庸事，许令致仕还家。

《皇明英烈传》，功臣基本上都是在战争中去世的。但是，《云合奇踪》，刘基、邓愈、廖永忠等十二英的成员之死，跟宋濂、朱亮祖、华云龙等其他功臣之死一样叙述。从此观之，可以说《云合奇踪》不是粗心地没有说到"太祖十二英"，就是故意地消除了"太祖十二英"的说法。

到清代，制作《云合奇踪》的改订本（所谓乙本）时，再参考《皇明英烈传》。可是那时也没有恢复"太祖十二英"的说法。《皇明英烈传》的"太祖十二英"，是比汉三杰的。《云合奇踪》乙本还有太祖否定汉三杰之一张良的情节。《云合奇踪》乙本第78回：

> 太祖又行至一泥人面前，问道："此是何人？"伯温奏道："这是张良。"太祖听罢烈火生心，手指张良骂道："朕想当日汉称三杰，你何不直谏汉王，不使韩信抱恨，那蹑足封信

之时，你即有阴谋不轨，不能致君为尧、舜，又不能保救功臣，使彼死不瞑目，千载遗恨。你又弃职归山，来何意去何意也？”太祖细细数说，只见张良连连点头，腮边吊下泪来。伯温在傍，心内踌躕：“我与张良俱是扶助社稷之人。皇上如此留心，只恐将来祸及满门，何不隐居山林抛却繁华，与那苍松为伴，翠竹为邻，闲观麋鹿衔花，呢喃燕舞，任意遨游，以消余年。”筹画已定，本日随驾回朝。

清代中期以后，有明英烈长篇评书，其中有乱石山七雄，老大武殿章，老二胡大海，老三邓愈，老四朱元璋，老五汤和，老六常遇春，老七郭英。其中武殿章史上没有此人，后文有三请徐达的情节，所以徐达没有参加七雄。

地方戏与曲艺中也看不到“太祖十二英”，一般没有提到讨伐四川、云南事，所以廖永忠和傅友德没有精彩的场面。

八、结　语

《皇明英烈传》的“太祖十二英”根据三个由来：一，配享太庙的功臣，历代帝王庙从祀名臣等，洪武年间开始的礼制，到嘉靖年间都有变化，反映此变化；二，《皇明通纪》有开国功臣比汉三杰的想法，从此想法出发，要跟汉代于唐代名臣排名接近；三，《皇明英烈传》继原来的作品，分割为十二个部分。“太祖十二英”象征这个构成而决定人数。这些由来都反映嘉靖后期到万历初年的情况。

太祖十二英的具体成员也一样，如果徐达与沐英没有子孙保持高位，刘基、常遇春、李文忠、邓愈、汤和等子孙嘉靖年间没得地位，小说里面的活跃，也可能小一点。尤其是郭英，如果没有拼命地赞颂祖先的子孙，跟其他功臣一样，没有什么特别的地位。有趣的是，郭英的子孙郭勋，后来失去了宠臣地位而被处死，但是配享太庙的郭英，地位没有变化，而且在《皇明英烈传》中，郭英也射死陈友谅，平定云南等，有很大的功绩。到现在明朝开国的故事、戏曲、曲艺中，郭英还是横长枪、穿白甲，很有风采的武将。

《皇明英烈传》一般研究者也不太注意，经常跟《云合奇踪》混同。确实《皇明英烈传》没有太大的文学价值，创作手法也跟其他所谓志传小说类似，但是考虑制作的时代和情况时，《皇明英烈传》又有一定的价值。考虑到嘉靖年间礼制变化，许多明代史书出版，民间也应该再产生了开国故事，迅速地反映这样社会情况制作作品的时候，没有精彩的架空人物，又无聊又古板的小说《皇明英烈传》完全转变，可以视为当时最惊险、最激动当时人心的小说作品。

作者单位：日本早稻田大学

再议《西游记》与心学

张蕊青

本文题旨用一句成语来概言之，曰“心心相印”。不过，这“心心相印”四字中的前一个“心”字，乃指明代四大古典小说名著之一的《西游记》中所创造的“心猿”艺术形象，而后一个“心”字，则是指在小说问世之前的一股社会思潮：陆九渊、王阳明“心学”（或称“阳明心学”）。我们的任务则是在这两“心”之间，寻找出它们的相互关系，而其中的重点则是探寻小说《西游记》受陆、王心学影响的事实及其原因，以追踪我国传统文化发展和嬗变的历史轨迹。

一

翻开《西游记》这部脍炙人口的长篇小说，进入我们视野最常见的词就是“心猿”两字。仅世德堂本《西游记》的一百回目录而言，这“心猿”两字就出现了17次之多，约占全书全部目录的六分之一，列示如下：

第七回	八卦炉中逃大圣	五行山下定心猿
第十四回	心猿归正	六贼无踪
第三十回	邪魔侵正法	意马忆心猿
第三十四回	魔王巧算困心猿	大圣腾那骗宝贝
第三十五回	外道施威欺正性	心猿获宝伏邪魔
第三十六回	心猿正处诸缘伏	劈破旁门见月明
第四十一回	心猿遭火败	木母被魔擒
第四十六回	外道弄强欺正法	心猿显圣灭诸邪
第五十一回	心猿空用千般计	水火无功难炼魔
第五十四回	法性西来逢女国	心猿定计脱烟花
第五十六回	神狂诛草寇	道昧放心猿
第七十五回	心猿钻透阴阳窍	魔王还归大道真
第八十回	姹女育阳求配偶	心猿护主识妖邪
第八十一回	镇海寺心猿知怪	黑松下大三众寻师
第八十三回	心猿识得丹头	姹女还归本性
第八十五回	心猿护木母	魔王计吞禅

第八十八回　禅到玉华施法会　　心猿木母授门人

此外，还有本心、禅心、心经、心主、心神、心清等，全篇几乎充满了“心”字。而这“心猿”两字则无疑可以充当全部目录中的“关键词”。类似的情况，不但在我国几部长篇名著中不存在，就是在中国历史上的全部小说中也是没有任何先例的。这其中是否蕴含着某种文化意义呢？我以为这一现象很值得探讨。

“心猿”两字中的“猿”字，一般可和“猴”字相连，就小说《西游记》而言，它和主要的艺术形象孙悟空乃出身“猴”门有关，可以指代为这位取经人物。而在这“猿”字前面又为何要冠上触目皆见的一个“心”字呢？这一点很容易使人想到当时的一股社会思潮：陆王心学。何谓陆王心学？1999年出版的《辞海》诠释此一条目时说：“即陆王学派。南宋陆九渊、明王守仁都把‘心’看做宇宙万物的本原，提出‘圣人之学，心学也’，故称。”这一解释虽然简单，但也正确指明了陆、王心学实际上是我国古代学术思想中的一个重要的流派，它由南宋时的哲学家陆九渊创立，而经明初的王守仁(即王阳明)发展而蔚然壮大。

陆、王思想之所以被人们称为“心学”，盖因他们“都把‘心’看做宇宙万物的本原，提出‘圣人之学，心学也’”的主张，而与程、朱等人的“理学”异趣。“心学”创始人陆九渊有句名言：“宇宙便是吾心，吾心便是宇宙。”提出“心即理”的命题，认为“人皆有是心，心皆有是理，心即理也”。他强调“心”与“理”应该完全合一，并且是永久不变的，因为“千万世之前有圣人出焉，同此心，同此理也；千万世之后有圣人出焉，同此心，同此理也”。陆九渊认为“万物森然于方寸之间，满心而发，充塞宇宙，无非此理”，视世上万物及其一切规律(即“理”)都包罗在我心中，皆是“吾心所为”，因此只要“发明本心”，即可获得知识，这是“存心，养心，求放心”的个人修养。

明初王阳明继承和发展了陆九渊的上述“心学”思想，认为“心者，天地万物之主也，心即是天”，“天下无心外之理，无心外之物”，强调世界上一切事物都是依赖于人的主观意志，也即依赖于“心”而存在的，我们生活的整个自然界和人类社会中的一切事物都是“心”的表现。他还把“心”视作“良知”、“灵明”和“天理”，认为“人的良知就是草木瓦石的良知，若草木瓦石无人的良知，不可以为止草木瓦石矣。盖天地万物与人原是一体。具发窍之最精处，是人心一点灵明”。一个人如果没有了“心”即“良知”，那么宇宙间也就没有了草木瓦石，甚至也不会存在天地和万物。这种人的“心”或是“良知”，乃人俱生俱来的，先天就有的，可以“亘万古，塞宇宙，而无不同”。他提出“良知”是造化的精灵，“生天生地，成急成帝，皆从此生，真是与物无对”，是天地万物发育流行的根源。也就是说，人的一切思想和知识才能都是先于天地而存在“吾心”之中，所谓“心即道，道即天，知心则知道，知天”。要获得此“道”，每个人都需要从个人的“心”上去体认，而不必从心之外的天地万物去追求①。

显然，陆王心学存在着许多不合情理的成分，甚至可以说有不少唯心主义的思想。然而，它在与程朱理学鼓吹的“存天理，灭人欲”的斗争，把那种脱离人的空幻的所谓“天理”又拉回到人世间的理论，相对说来在社会上有着比较广泛和深厚的基础。当然，陆王心学过分强调“万物皆备于吾”的思想，不恰当地抬高了个人心灵的地位，无疑又有着浓烈的片面性。

---

①　这里有关陆、王心学的阐述，主要参照于《哲学大辞典》(分类修订本)中的相关条目，此书由上海辞书出版社2007年4月出版。

因为陆王心学是在和程朱理学的斗争中发展起来的，在人们早已厌倦于程朱理学的缺陷时，就很容易接受这种比较新鲜的思想，再加上许多信奉者的大力鼓吹，一时倒也吸引了不少人，甚至在明代的社会上相当流行，绵延甚久。《明史》卷282说到王阴明心学的“门徒遍天下，流传逾百年”。尤其是今天的浙江、江西、安徽及湖北一带，信奉者甚多。据现存的历史典籍记载，有文字记录的有名有姓的王氏弟子就有307人[①]，其中尤以钱德洪、王畿、王艮、邹守益、欧阳德、聂豹、罗洪先等影响最大。稍后虽经罗钦顺、湛若水、黄绾、李材等人的修正，阳明心学依然植根于广袤的中华土壤。到了晚明时期，又经大思想家李卓吾等人的弘扬光大，一时“风行天下”。直至清初的颜李学派、浙东学派崛起，陆王心学才逐渐向“实学”发展。而在这一漫长的历史进程中，陆王心学无疑对明代中叶，尤其是晚明和清初的文学产生了广泛而深入的影响。最早刊行于明万历二十年(1592)的百回本《西游记》的诞生，正是陆王心学发展鼎盛的时期，受到陆王心学这股社会思潮的影响则是十分自然之事，对此我们一点也不感到奇怪。相反，此时面世的百回本《西游记》，如果不受到陆王心学的影响倒是大惑之事。

二

很明显，小说《西游记》与陆王心学之间的密切联系，当然不仅仅是表现在“心猿”这两个字上。“心猿”不仅在回目中出现，而且在小说正文中的反复出现，说明正是受到当时社会上盛行的陆王心学的影响所致。我们对此不应有任何怀疑，否则就很难理解作者为何不用更为贴切的“猿猴”或是“猴子”等等词汇，而非要用这和“心学”有共同的“心”字当头的“心猿”两字构想呢？诚然，小说《西游记》和陆王心学之间的密切联系不仅仅表现在作者在回目上的这番良苦用心，而且还体现在小说呈现出来的最根本的思想精神上。这种最根本的思想精神是什么？对于这一点，学者们众说纷纭，但我认为最说到点子上的当是复旦本章培恒、骆玉明先生主编的《中国文学史新著》。作者在叙述“《西游记》创作成就”时指出，这部小说的主角孙悟空(也就是上文所说的“心猿”)身上体现着一种强烈的“热爱自由、自尊、自珍的精神”，并且认为这种精神“显然是与自我意识的进一步发展相联系的”，且看下面一段概括性的评价：

> 孙悟空是一个自由的精灵，读他的故事可以激发人们对自由的向往。孙悟空的形象出现于明代中后期并非偶然，它与当时社会中的个性解放精神息息相通。[②]

这里虽然没有提到陆王心学，但“它与当时社会中的个性解放精神息息相通”之句已经隐约透露了两者之间的关系。

什么是陆王心学的实质？说到底就是《中国文学史新著》中所说的其中蕴含着的一种强烈的“热爱自由、自尊、自珍的精神”和与此相联系的“自我意识的进一步发展”，这应该是我

---

① 此据余重耀《阳明弟子传纂》、钱德洪《阳明年谱》、万斯同《儒林宗传》、毛奇龄《王文成传本》及《阳明书牍》等，详见方克立主编《中国哲学大辞典》，中国社会科学出版社1994年版。

② 章培恒、骆玉明主编《中国文学史新著》，复旦大学出版社2007年版，第162页。

们理解的"陆王心学"的实质。对此,王阳明《传习录》中说得再明白不过了:

> 可知充天地中间,只有这个灵明。人只为形体自间隔了。我的灵明,便是天、地、鬼、神的主宰。天没有我的灵明,谁去仰他高?地没有我的灵明,谁去俯他深?鬼、神没有我的灵明,谁去辩他吉、凶、灾、祥?天、地、鬼、神、万物,离却我的灵明,便没有天、地、鬼、神、万物了;我的灵明,离却天、地、鬼、神、万物,亦没有我的灵明[①]。

这段话中,王阳明反复阐述了"我的灵明,便是天、地、鬼、神的主宰"的思想。所谓的天、地、鬼、神,也就是泛指世界上的一切万事万物,它们都是受"我的灵明"所主宰。如果"天、地、鬼、神、万物,离却我的灵明,便没有天、地、鬼、神、万物了",他把"我的灵明"提到无与伦比的高度,固然有着某种过分拔高、夸张,甚至是唯心的思想成分,然而如此这般高度强调的"我的灵明",在我们这个始终生活在群体的世界、而在封建专制下个体极度压抑的王国中,对于增强自我意识,并在此基础上勇敢追求"热爱自由、自尊、自珍" 的精神,无疑是有着积极意义的。

毫无疑问,《西游记》就是这样一部体现着一种强烈的"热爱自由、自尊、自珍的精神"和与此相联系的"自我意识的进一步发展"的小说。这在小说描写的"心猿"孙悟空身上体现得尤为鲜明和集中。在《西游记》所描写的西天取经团队中,虽然以师父唐僧为首,但作者倾注全力描绘的主要人物不是他,而是那个"心猿"孙悟空。这孙悟空天生就是一副自由的身子,他从大石中崩出来到人世,与豺狼虎豹为伴,称王称霸,无拘无束,在花果山上过着一种"不伏麒麟辖,不伏凤凰管,又不伏人间王位所拘束,自由自在"的生活。小说第一回就如此开门见山地向我们展示了一幅他在仙上"称王称圣任纵横"的幸福生活,而且他对这种幸福生活十分向往。就是在他接受护送唐僧去西天取经的任务后,孙悟空还念念不忘要回到花果山过这种自由生活。不是西天取经路上的艰难险阻吓倒了他,这一点对于这位敢于"大闹天宫"的英雄来说,实在也算不了什么。他之所以要回花果山,最根本的原因是他感到在取经路上的不自由,用王阳明的话来说,就是他无法主宰自己的灵明。这种不自由,既有来自猪八戒的处处制掣,又有来自师父的百般拘管,而且更重要的还是来自头上的那道紧箍咒,它如一根紧套的锁链,每当他欲要主宰自我的行动而又不合师父意时,那道紧箍咒就发挥了作用,把他的自我意识尽情扼杀。小说多次描写到他难以忍受这种自我的被扼杀而遭心灵极度痛苦的煎熬情节,有一次他甚至回到了花果山,依然过着原先无拘无束的自由生活。作者于此评论说:"原来这猴子,一生受不得气。"正是这种为了捍卫自我而"一生受不得气"的气概,使他在面对威权时也敢于大胆反抗。例如,观世音是用紧箍咒约束他的主谋,他在得知真相后便大骂:"他怎么那等害我,等我上南海打他去!"就说明了这一点。

这位孙悟空,凭着学就的一身本领和七十二般变化,上天入海,搅得天下不宁。他闯龙宫,把龙王爷大肆戏弄,甚至敢于和执掌生死簿的阎王搅和一番。至于偷吃蟠桃,大闹天宫,任性而行,根本不把玉皇大帝放在眼中的事情,更是人人皆知。例如,他第一次到天宫,玉皇大帝封了他一个弼马温的官职。他认为这是一个不入流的官而觉得自尊心大受伤害,于是"咬牙大怒道:'这般渺视老孙!老孙在那花果山,称王称祖,怎么哄我来替他养马?养马者,

① 《传习录》(下),见《王阳明全集》(上),上海古籍出版社1992年版,第124页。

乃后生小辈,下贱之役,岂是待我的? 不做他! 不做他! 我将去也!'"从耳中取出金箍棒,反出天宫。对于如来佛祖,孙悟空曾对他表示了极大不满,骂他是"妖精的外甥"等等,这样的精彩片断小说中还有不少。更可注意的是,孙悟空一生从来没有对所谓的"犯上作乱"的大闹天宫行为反悔过,他的这种追求自由和自我个性发展的思想始终十分坚定。所有这一切艺术描写,难道不是可以说明《西游记》和陆王心学的密切关系吗?

应当指出,今天我们所能见到的《西游记》的最早刊本是金陵唐氏世德堂刻本,二十卷,一百回,不署作者姓名,首有陈元之的序,其成书当在明代万历二十年(1592)。然而在它之前,小说《西游记》的故事已在社会上流行了相当长的时间了。无论是早年的《大唐三藏取经诗话》,还是元人的《西游记》杂剧,抑或是朝鲜的汉语教科书《朴通事谚解》,有的书中并没有孙悟空这个艺术形象,即使有的书中也出现了孙悟空,然而和百回本《西游记》中的孙悟空形象相比,基本没有上述在陆王心学影响下的这一艺术形象。这也就是说,百回本《西游记》中的孙悟空形象是独特的,完全是作者受了陆王心学的影响而创作出来的一个全新人物。从这一点来看,也可证小说《西游记》和陆王心学之间的密切关系。

三

对于《西游记》与陆王心学的密切关系,前人也已看得十分清楚。例如,明人袁于令《西游记题词》就认为,在这部杰出的文学名著中,儒、释、道三教已融为一体,"能读是书者于其变化横生之处引而生之,何境不通? 何道不洽? 而必问玄机于玉匮,探禅蕴于龙藏,乃始有得于心也"①。

其后不久,谢肇淛《五杂俎》之卷 15 就说:"《西游记》曼衍虚诞,而其纵横变化,以猿为心之神,以猪为意之驰,其始之放纵,上天下地,莫能禁制,而归于紧箍一咒,能使心猿驯服,至死靡他,盖亦求放仙之喻,非浪作也。"②他认为《西游记》是一部深受心学影响之作,而清人刘廷玑《在园杂志》则认为,《西游记》是一部"借说金丹奥旨,以心猿意马为根本"的"证道之书"。这里的"道",也可以理解为思想和精神,并非仅仅是指我国古代的道家文化。

至于清人尤侗《西游真诠序》,则把《西游记》中表现的陆王心学和古代佛教文化联系起来,认为"《西游记》者,殆《华严》之外篇也。……盖天下无治妖之法,唯有治心之法,心治则妖治。记西游者,传《华严》之心法也"③,他把小说中的心学与佛教的华严宗联系起来,认为它是宣扬佛教华严宗之心法的文学作品,在某种程度上,成为佛教宣传的一本优秀教科书。这种看法也是有一定道理,因为陆王心学与佛教也有着很深的关系,不仅是华严宗,就是禅宗也是如此。佛学强调的"安心"和"守心"的理念,在陆王心学中明显地留下了影迹。王阳明本身早年学佛,对佛学甚有研究,兼之陆九渊的心学观念,在思想上与他们相契相生和相通,这也正是心学在明代得到发展的基本原因之一。

《西游记》诞生的时代,正是陆王心学甚为流行的时期,它们之间的密切关系有迹可寻,

① 转引自刘荫柏编《西游记研究资料》,上海古籍出版社,1990 年版,第 557 页。

② [明]谢肇淛《五杂俎》,上海书店出版社 1999 年版,第 247 页。

③ 转引自刘荫柏编《西游记研究资料》,上海古籍出版社 1990 年版,第 558 页。

限于篇幅，在此不举更多例证来一一加以说明，相信认真读过小说的人都会真切感受这一点。然而，恰如构成中国古代文化的多元和复杂的成分那样，《西游记》的思想也充满了多样性和复杂性。尽管如此，陆王心学却确是这部文学名著中贯串始终并且占据主导地位的核心思想。认清这一点，无疑有利于我们对《西游记》思想的更深入的理解和把握。

作者单位：复旦大学

浅谈世德堂本《西游记》常见的校注问题

李天飞

现在社会上通行的《西游记》读本，以人民文学出版社《西游记》最为著名(以下简称“人文本”)。此外各家出版社均有出版，且大多声明为“世德堂本”。笔者目前在作《西游记》的整理研究，同时也发现，市面上的这些读本均或多或少存在着校勘、注释上的错误，一些《西游记》研究者，也正是因为没有读到校勘精善的本子，对一些问题失之眉睫。故用明世德堂本为底本，参以其他版本，重新校勘一过。《西游记》之成书，距今至少已有五百年，其中的思想、名物、典制、文化现象若不加注释，则不易领会。故为之作了较为详细的注释(此校注本即将于今年在中华书局出版)，试图进一步解决这些遗留的校、注两方面问题。今就校勘和注释两方面谈一谈本书的情况，并和同类校注本做一对比，以明数十年来《西游记》整理之得失。由于各出版社所出《西游记》的文本大同小异，甚至小出版社抄袭、复制大出版社的文本，网络续有流传，造成以讹传讹甚多；随意翻检一本《西游记》，其错误基本相类。故此处指摘原文错误时除非必要，皆仅称“通行本”，不指称具体出版社和具体校注者。读者自可覆勘。

一、常见的校勘错误

(一) 简单错误

此类错误虽多，但由于不具备太高的校勘价值，只是对校时的疏忽，故仅举两例。

1）第四回：

通行本：我等且紧紧防守，饱食一顿，安然睡觉。

校原本[①]，“饱食一顿”，应是“饱飡一顿”。原本“餐”字例作“飡”，两点较小，稍不注意即误。

2）第三十七回：

通行本：金銮殿上，五车楼中，或与学士讲书，或共全真登位。

五车楼，世本作五凤楼，不烦改。

① “原本”即指世德堂本，此用台湾天一出版社《明清善本小说丛刊》影印本，下同。

（二）因校勘粗略而妄改

此类问题，数量较多。多是不识原字，不知有此词，不知文化现象等妄改致误。这类问题，也是校勘工作尤其需要注意的，举例如下：

1）第三十七回：

通行本：陛下，你是那里皇王，何邦帝主？想必是国土不宁。

“国”字，系整理者妄改，校原书，此字原是[illegible]，是“边”字之俗体，“国土不宁”当作“边土不宁”。

2）又有不知其语义而妄改的：

通行本：行者在匣中默默的念咒。

校原书，“默默”原是“魆魆”，魆魆即悄悄，《西厢记诸宫调》卷四“背画烛魆魆地哭，泪滴了知多少。”不可写作“默默地哭”。此是“魆魆”不常见而误改。

3）第三十九回：

通行本：那魔侧身躲过，掣宝刀劈面相还。

校原书，当作：那魔侧身躲过，缠宝刀劈面相还。

缠是武术器械的专有动作，刀法、枪法均有缠之招式，不烦改字。如第二十回“（虎怪）缠两口赤铜刀”即是。

4）第三十四回：

通行本：到老奶奶处，多多拜上，说请吃唐僧肉哩。

校原书，“拜上”当作“顶上”，顶上不误。顶乃顶礼。明陈洪谟《继世纪闻》：“凡拜帖写顶上，不敢云拜上，顶上之称自此起。”《金瓶梅词话》第七一回：“夏公又留下了一个双红拜帖儿，说道：多顶上老公公，拜迟，恕罪。”通行本改作拜上，是不知“顶上”之义。

5）第五十四回：

通行本：三藏闻言，如醉方醒，似梦初觉，乐以忘忧，称谢不尽道：“深感贤徒高见。”

唐僧见众齐来，十分欢喜道：“贤徒，累及你们了！那妇人何如也？”

唐僧喜道：“贤徒有莫大之功。求此宝贝，甚劳苦了。”

以上诸处“贤徒”均系妄改，原本均作“贤弟”。贤弟本是对弟子或年岁较幼之友的敬称。如《儿女英雄传》第四十回乌克斋对学生安龙媒说：“老贤弟，你倒不可乱了方寸，努力为之。”不当改作贤徒。

6）第四十七回：

人文本：八戒掬着长嘴，喝道：“那和尚，念的是甚么经？”

校原书，“念经”当作“会经”。实会经即念经。《禅苑清规》第三卷“藏主”：“藏主掌握金文。严设几案。准备茶汤油火香烛。选请殿主街坊表白供赡本寮及看经大众。……会经僧应于藏内烧香礼拜。殷重捧经路中。不得与人语笑。案上不得堆经。”这里所谓“会经”，亦即书中屡屡所谓“看经”。看经非止默读，须出声，义与念经同。唐欧阳炯《贯休应梦罗汉画歌》有“看经弟子拟闻声，瞌睡山童疑有梦”的诗句，也说明看经应读出声。此处不烦改“会经”为“念经”也。

7）第五十二回：

这番若拿住那贼，只把刮了点垛，方趁我心。

人文社本注释“点垛”为点天灯，即把人放在柴垛上点火焚烧，此处有两个问题。第一，不明“点垛”之义，第二，未能注意《西游记》行文的用字特点，误认垛为本字。《西游记》中“垛”常通“剁”，如：

玉帝传旨，即命大力鬼王与天丁等众，押至斩妖台，将这厮碎垛其尸。（第六回）

就是砍头垛（剁）脑，剖腹剜心，异样腾那，却也不怕。（第四十六回）

故“点垛”即“点剁”，剁肉碎块。《笑林广记·担鬼人》：“钟馗专好吃鬼，其妹送他寿礼，帖上写云：“酒一坛，鬼两个，送与哥哥做点剁。”同理第十三回：“那伯钦另设一处，铺排些没盐没酱的老虎肉、香獐肉、蟒蛇肉、狐狸肉、兔肉，点剁鹿肉干巴。”应断为“兔肉点剁、鹿肉干巴”，方符合本义和语体风格。

8）第九十二回：

通行本：（太子摩昂）连喊数喊，已是被他把颈项咬断了。

校原书，“数”应作“是”，应作“连喊是喊”，吴语方言“连某是某”，为一特定格式，表示连连做某动作之义（参周志峰《明清小说俗字俗语研究》）。又如第九十九回同此：

八戒笑道：“我的蹭蹬！那时节吃得，却没人家连请是请。”

二、利用校勘探微发覆

古籍中的语言现象，往往带有地域、时代的痕迹，若能准确保留，则对于进一步研究其版本、思想、文学特点等，实有莫大好处，但这些问题，若不注意则易略过，今举数例：

（一）袖里乾坤

孙悟空在五庄观偷吃人参果，两次逃脱，都被镇元大仙用“袖里乾坤”的法术捉回。此四字初看无甚蹊跷，但核世德堂本原书，本作“袖褪乾坤”。褪（tùn），即用袍袖、口袋等装。此说法流行于江淮一带。可能是校者不知“褪”之义，故统统改作“里”，实则“袖褪乾坤”亦不少见。如元高文秀《襄阳会》第三折：

怀揣日月，袖褪乾坤。

“褪”这个意义又可写作“吞”。鼓词《沉香太子雌雄剑》中，沉香师父霹雳老祖也使用过类似的法术：

袖吞乾坤多玄妙，七圣神兵用袖装。

（二）无底洞故事

世德堂本《西游记》有很多处文字，实研究其版本、演化可资注意者，但经勇改而泯没其迹，第八十三回：

人文本:天王道:“我止有三个儿子,一个女儿。大小儿名金吒,侍奉如来,做前部护法。二小儿名木叉,在南海随观世音做徒弟。三小儿名哪吒,在我身边,早晚随朝护驾。”

校世本原书,“金吒”原作“君吒”,而《绘图三教源流搜神大全》[①]作“军吒”,与此略同。今据《封神演义》等小说、戏剧,天王长子之为“金吒”,与次子“木吒”以金木之序排行,实较晚之名。据柳存仁先生《毗沙门天王父子与中国小说之关系》[②],柳氏考订“金吒”名称沿革,独不及世德堂本《西游记》此处“君吒”,当是未见世本而读了妄改后的本子。故柳氏谓金吒来源于天竺僧“金俱吒”及陀罗尼咒“金吒金吒”,其说迂曲,义犹未谛。按“军吒”即“军吒利”,一般作“军荼利”(或“军茶利”),亦名“军持”,原意为瓶。军荼利明王,为著名密教神名,五大明王之一。唐不空大师有《甘露军荼利菩萨供养仪轨》,影响极广;又有“军吒利金刚童子”。《全唐文》卷五百六权德舆《殇孙进马墓志铭》:“权氏殇子名顺孙,小字文昌,以被病用桑门法更其字曰君吒。”是军荼利信仰早行世间,且有为小儿命名之习。而其字正作“君”,与世德堂本《西游记》同。

此回孙悟空去云楼宫见天王之前,作者夹写一句“原来是天王住宅号云楼宫”,似是为此“云楼宫”第一次出现作的提示。又写天王见了孙悟空便生怒,是因为“还是五百年前败阵的仇气,有些恼他,故此作怒”。然而早在前面降伏红孩儿即提到云楼宫[③]。又天王亦曾多参与降牛魔王、青牛怪等,借刀降红孩儿,与孙悟空早有合作且甚愉快,不应仍旧作怒,似五百年后初见面者[④]。且此处天王被猴子讼棍姿态激怒,使斩妖刀,要砍猴子,一似必得一刀两断,吓得太白金星心惊胆战,哪吒亦以剑架,若恐伤猴命之意。全不思当年孙悟空大闹天宫,在斩妖台上受刀砍斧剁,雷劈火烧,不能伤命,老君炉内锻炼,更成钢筋铁骨。天王是猴子五百年前老对手,何以忘记?若斩妖刀不同凡铁,能一刀毙命,当年行刑何不使出?所以很可能带有老鼠精故事的取经小说出现之时,尚没有整合大闹天宫的故事。此回笔法,八戒问女怪路,全然不谙世事,须得猴王教诲,不思当年狮驼岭上、真假猴王之时,化斋问路,亦应对自如,不似此等愚拙。介绍猴王亦用大量出场笔墨,一如观众不知者。真假猴王之后,通过作者有意处理,大圣忠正之性渐显(可玩读诸回妖怪出现前孙悟空对唐僧的教导),今日又作顽劣讼棍状,一似大闹天宫之旧态复萌。其文风(如描述无底洞内景色的套语等)也与其他回文字不类,实处处不可解者。今按早期西游故事发生顺序:

《朴通事谚解》:师驼国——黑熊精——黄风怪——地涌夫人——蜘蛛精——狮子怪——多目怪——红孩儿怪——棘沟洞——火炎山——薄屎洞——女人国。

《礼节传簿》《唐僧西天取经》:师驼国——黑熊精——黄风大王——蜘蛛精——地涌夫人——多目怪——红孩儿怪——狮子怪——火炎山——薄屎洞——女人国。

《销释真空宝卷》:火焰山——罗刹女——红孩儿——地涌夫人——牛魔王——蜘蛛精——灭法国——戏世洞(薄屎洞)——女儿国。

---

① 不详时代,据叶德辉称是据元本翻刻。笔者按:版本风格亦似元本。

② 《和风堂文集》第二册,页1053。

③ 观《朴通事谚解》、《礼节传簿》《唐僧西天取经》故事顺序,老鼠精故事在红孩儿之前,其事可思。

④ 第十六回孙悟空去天宫借辟火罩,天将见了俱道:“不好了,不好了,那闹天宫的主子又来了!”此是孙悟空五行山下复出后第一次上天宫,天将的第一反应如此。说明作者并不曾失了照应。

则早期地涌夫人情节，皆在取经之较早位置，至少也在前半段。由此可以得出如下结论：

1）世德堂本之前应有一本，其地涌夫人故事，本在取经之前半段。世本此回或是作者插入，或是本在前而移后。故有些龃龉不暇弭平。

2）此本保留了托塔天王长子名"君叱"的痕迹，为天王长子进化为"金吒"的过渡期。此"君"实不宜径改作"金"。

3）此本大闹天宫故事，似与世德堂本不同，至少孙悟空尚非钢筋铁骨。

世德堂本的无底洞故事，还有一处细节，似可表明其时代者，即第八十二回，八戒见到无底洞的两个女怪"见他头上戴一顶一尺二三寸高的篾丝鬏髻，甚不时兴"。篾丝鬏髻，即用竹篾编的假髻。范濂《云间据目钞》卷二记上海、松江一带妇女发饰："妇人头髻，在隆庆初年(1537)皆尚圆扁。"陈大声《嘲北妓》："头上鬏髻高尺二，村娘，那里有雾髻云鬟宫样妆。"今天的人，尤其是女生们都知道，服饰时尚有一定的时间性。陈卒于 1520 年前后。可知当时视尺二高髻为村俗。

与此相关的，就是世德堂本《西游记》陈元之的序，署"壬辰夏端四日(壬辰年五月四日，端指端午，"端四"是一个习惯说法)"。据黄永年先生考证[①]，这个壬辰是嘉靖十一年(1532)而不是万历二十年(1592)，这个判断应该不错。上文所定视尺二高髻为村俗之风在十六世纪二三十年代，和黄先生考证陈元之序作于 1532 年的时间正相去不远。另外，据杨光熙考证，《西游记》中各处反映的物价，也相当于嘉靖年间的水平[②]。所以若《西游记》真是吴承恩(约生于 1500 年至 1510 年之间)所作，则此时他只有 20 几岁，于创作皇皇巨著《西游记》而言，年龄似嫌仍小。

（三） 虎先锋

孙悟空收猪八戒之后，即在黄风山遇到黄风怪，其中与黄风怪的先锋老虎精曾有一段交锋，虎精被孙悟空战败后逃窜：

> 行者与八戒那里肯舍，赶着那虎，定要除根。那怪见他赶得至近，却又抠着眼膛，剥下皮来，苫盖在那卧虎石上，脱真身，化一阵狂风，径回路口。

眼膛，各本多作"胸膛"，应误。眼膛即眼眶之俗称，《西游记》中，小妖能与孙悟空兄弟过招者甚少，大多数都是被一棍打死。这一回虎先锋竟能与孙、猪二人相持很久，虽然落败，但也表现不俗，非作者随手捏合的小妖可比。细玩此段文辞风格，亦与他处不类。故此处尚留有《西游记》早期故事痕迹。《大唐三藏取经诗话 · 过长坑大蛇岭处第六》，记猴行者与玄奘法师遇白虎精，白虎精变作妇人，被猴行者识破，"妇人闻语，张口大叫一声，忽然面皮裂皱，露爪张牙，摆尾摇头，身长丈五"，其变身亦从面部开始。而元杨景贤《西游记杂剧》第十一出"行者降妖"中，孙行者初归顺唐僧，在黄风山降伏了银额将军，也是虎精。则本回中的虎先

① 见于黄永年、黄寿成点校《西游证道书》前言，中华书局 1993 年版。

② 如第八十四回马价、八十九回猪羊价、棉衣价等，参见杨著《〈西游记〉中的货币与物价及其反映的时代》。

锋,应承袭白虎精和银额将军而来,原应是黄风山妖首;而在长期演变中被新进“黄风怪”取代而降职为先锋[①],但仍保留了妖首的某些特征。又《太平广记》卷四二六“虎”部《易拔》,豫章人易拔忽有一日对人说:“汝看我面。”“乃见眼目角张,身有黄斑色”,化为一只虎,也是从眼部发生裂变,情节正与此相似。按《太平广记》所载虎异故事,人虎互变,极其依赖虎皮,脱下成人,披上成虎。若藏匿之,便不得变。此回书中屡写虎先锋恃虎皮方能完成变化,而非书中常见的“掐诀念咒,摇身一变”,正是此类传说的演化痕迹所在。

(四) 五庄观和镇元大仙

《西游记》第24、25、26三回人参果故事。地名五庄观,人名镇元子,又号与世同君,称为地仙之祖。此数名不见于正统的道教经典,应都与《西游记》刻意敷衍的道教内丹学有关,是作者特意设定的名字。道教据内丹学称,修炼到中级阶段的“金液还丹”,会出现“五气朝元”的现象,即五脏五行之气转化成阳神,上聚头部。五脏又写作五藏,藏篆书作[illegible],与“庄”极似,常混用,算是一个常见校例[②]。且第十九回“行过了乌斯藏界”,世德堂本原作“行过了乌斯庄界”,第五十四回唐僧向女儿国王介绍八戒籍贯亦称是“西牛贺洲乌斯庄人氏”。庄、藏书中本有混用现象[③],道经中“五脏”常写作“五藏”,故“五庄”或即代表五行之“五脏”。

镇元子:“镇元子”之名,不见于道教的神仙谱系,应是隐喻,第一,“镇”可拆为“真、金”,此点已有前人提过。丘处机《大丹直指·五气朝元太阳炼形诀义》称“金液还丹变为金,其中纯阳气生,是为气中有气,已是陆地神仙,可与天地同其寿算”。第二,《钟吕传道集》称“地仙厌居尘世……金精炼顶,玉液还丹,炼形成气而五气朝元、三阳聚顶”等,又同书“永镇压下田,炼形住世而得长生不死,以作陆地神仙,故曰地仙”,下田即下丹田,又称关元、丹元,“镇元”似即“镇压关元”之意,影射地仙。可以参考。“与世同君”、“万寿山”与后文提到门上对联“与天同寿道人家”,语意也与所引《大丹直指》“与天地同其寿算”相似。又明周清原《西湖二集》中,屡次引用《西游记》,其文字与今传世德堂本无异,惟卷四《愚郡守玉殿生春》:“就把远志、石菖蒲等样买了数百斤,煎成一大锅,就像《西游记》中五圣观混元大仙要用滚油煎孙行者的一般。”五圣观、混元大仙,是民间信仰背景下较合理的道教宫观、人物名称(如《水浒》阎婆惜云“不怕你遣五圣来摄了去”云云。“混元”也是常见词汇,道教有“混元老君”,即太上老君的别称),市井说书人可以捏出“五圣、混元”,“五庄、镇元”,却一般捏合不出,也无此必要。五圣变作“五庄”、混元变作“镇元”,恰是有道教内丹学背景的人对其原文的点窜。同理,五庄观奉“天地”二字于大殿,清风、明月尚谓:“上头的(“天”字),礼上还当;下头的(“地”字),受不得我们的香火。”与《钟吕传道集·论真仙》“地仙者,天地之半”异曲同工。

---

① 当是从“黄风山”捏合出“黄风怪”故事。

② 如清顾太清《东海渔歌·踏莎行》“非非是是混行庄”,行庄即行藏。

③ 此类混用,书中常见。第八回观音菩萨寻找取经人,路遇沙和尚拦路“口角丫叉,就如屠家火钵”,此火钵二字殊费解。校全书发现,书中火、血二字混用。本书“血”、“火”二字常通用。第九十回孙悟空在九灵元圣的洞里打死了三个小妖,“只见地下火淋淋的三块肉饼”,“火淋淋”自当作“血淋淋”。如此,“火钵”同“血钵”,即屠户盛血的盆子。民国朱瘦菊《歇浦潮》第五十九回:“世芳半信半疑,教人将猪血钵头拿来,放在洗面架上。”俗语有“尖刀血钵头”之说,其源正出自杀猪之生活体验,谓冤家对头,针锋相对。

三、《西游记》中若干知识来源

笔者为《西游记》作注，对常见工具书的误释，作了许多订正工作。例如第十回“猖亡”条，即订正了《汉语大词典》的误释。而对其语词、典章、制度、名物等，也力图有所交代，如孙悟空的四健将“马流、崩芭”、孙悟空在御马监养的马“虎蝲”、“银騔”，以及“用勾刀穿了琵琶骨，再也不能变化”，“小龙口衔着横骨”等，都作出了自己的解释，均见拙注，饾饤琐碎，此处不赘。现在仅就《西游记》中所见的一些知识，谈一谈自己的看法。

此方面的成果，柳存仁先生有《全真教小说和西游记》，指出了《西游记》对全真教著作的袭用现象。陈洪、陈宏《论西游记与全真教之缘》(《文学遗产》2003 年第 6 期)也有提及。陆扬《中国佛教文学中祖师形象的演变——以道安、慧能和孙悟空为中心》也指出了菩提祖师教授孙悟空的情节与五祖慧能受法故事相似。笔者认为，研究《西游记》中对前人文献的袭用，实际上是对研究《西游记》的成书问题、作者问题均有基础性建设的意义。因为一本书、一个人，无论如何不能脱离它的时代和他的知识背景，把知识背景勾勒清楚了，此人此书的面貌自然就会逐渐清晰起来。所以，笔者又经爬梳，发现一些可资注意的文献来源，今举数例如下：

（一） 元会运世

第一回大段讲邵雍的元会运世学说，但它有一个更近的来源，即抄自元儒吴澄《答田副使第三书》，吴澄原文如下：

> 故邵子之书以为天开于子，地辟于丑。来书既引朱子所云，是欲闻其说也。今为详陈。一元凡十二万九千八百岁，分为十二会；一会计一万八百岁。天地之运至戌会之中为闭物，两间人物俱无矣。如是又五千四百年而戌会终，自亥会始。五千四百年当亥会之中，而地之重浊凝结者，悉皆融□，与轻清之天混合为一，故曰浑沌，清浊之混逐渐转甚。又五千四百年而亥会终，昏暗极矣，是天地之一终也。贞下起元，又肇一初为子会之始。……自此逐渐开明。又五千四百年，当子会之中，轻清之气腾上，有日，有月，有星，有辰。日月星辰四者成象，而共为天。故曰天开于子。浊气虽抟在中间，然未凝结坚实，故未有地。又五千四百年，而子会终，又自丑会之始。五千四百年当丑会之中，重浊之气凝结者始坚实。……水火土石四者成形，而共为地，故曰地辟于丑。又五千四百年，而丑会终，又自寅会之始五千四百年当寅会之中，两间之人物始生，故曰人生于寅。

试比较《西游记》第一回若“到戌会之终，则天地昏蒙而万物否矣”至“人生于寅”，就会发现大多数内容和吴澄这封信是一致的，有的甚至一字不差地抄袭。所以，探讨《西游记》中元会运世思想的，不应忽视这段文字的真正来源。

值得注意的是，吴澄的这封信虽然收在他自己的《吴文正集》中，但也见于明初张九韶《理学类编》卷一。而这部书因是“类编”，而更容易被作小说者袭用。《理学类编》并非全录吴氏原文，而是作了摘录。《西游记》的这段文字，更近于《理学类编》。

（二）护命妙经

真假猴王打到雷音寺时如来正在讲经，讲道：

> 不有中有，不无中无。不色中色，不空中空。非有为有，非无为无。非色为色，非空为空。空即是空，色即是色。色无定色，色即是空。空无定空，空即是色。知空不空，知色不色。名为照了，始达妙音。

这段文字并非佛典，而是道教经典《太上洞玄灵宝升玄消灾护命妙经》。佛教教主讲道教经典，应为作者借取经故事宣扬道教理论，或者只是一种游戏笔墨而已。

（三）何道全《般若心经注解》

> 法本从心生，还是从心灭。生灭尽由谁，请君自辨别。既然皆己心，何用别人说？只须下苦功，扭出铁中血。绒绳着鼻穿，挽定虚空结。拴在无为树，不使他颠劣。莫认贼为子，心法都忘绝。休教他瞒我，一拳先打彻。现心亦无心，现法法也辍。人牛不见时，碧天光皎洁。秋月一般圆，彼此难分别。

这首偈子出自二十回，在一些阐发《西游记》"禅宗思想"的论文中常被提到。但很少有人提到：这首偈语实出自元道士何道全(号松溪道人、无垢子)之手。附于《般若心经注解》书末，前有"注经已毕，更留一篇，请晚学同志详览研究，二十年后有出身之路，休要忘了老何"云云的题注。何道全系全真派道士，故在《心经》注解中掺杂了许多道教思想。《西游记》对《般若心经注解》的袭用，除此之外还是有许多的。如二十二回"五行匹配和天真，认得从前旧主人"，即"明心见性"之谓。而《般若心经注解》"若能静坐回光照，便见生前旧主人"。又如第五十九回回首词：

> 若干种性本来同，海纳无穷。千思万虑终成妄，般般色色和融。有日功完行满，圆明法性法性高隆。法性高隆。休教差别走西东，紧锁牢笼。收来安放丹炉内，炼得金乌一样红。朗朗辉辉娇艳，任教出入乘龙。

这首词的大部分内容，其实也是从《般若心经注解》中杂凑而来。如"海纳无穷"、"千思万虑终成妄"、"休教差别走西东"、"收来安放丹炉内，炼得金乌一样红"是何书中原有的句子，其余如何书中"种性合而为一"、"般般之色，混同一色"、"圆明法性"、"烨烨光辉"也与词中语句意思相同。所以，《西游记》中固然有禅宗思想，但研究时似应加以区分，是一手还是二手。其真实路线应是：禅宗影响了宋元之后的道教，而道教影响了《西游记》。《心经》对于宋元以后的道教是一大思想宝库(如全真教祖师王重阳主张三教平等，以《道德经》、《心经》、《孝经》作为传教经典。全真七子中，马钰有"悟彻心经无挂碍"的诗句，郝大通作过《心经解》等)；所以我们看到，终《西游记》一书，佛教经典被正经八百提到并加以参详的，只有《心经》一卷，此外就是一些用作经忏的《孔雀经》、《梁皇忏》，甚至《劝修功卷》等宝卷、《受生经》等伪经也被唐僧堂而皇之地宣说起来。其余如最早进入中国的《四十二章经》、净土重要经典《阿弥陀经》、玄奘亲笔编译的《成唯识论》、在文人中产生了重要影响的《楞严经》与《维摩诘经》，甚至与《心经》有密切关系的《金刚经》、广泛流传于民间号称佛家孝经的《地藏经》，本来都是很容易获取的素材资源，但在《西游记》中却基本没见提及。所以，此偈与其说是和尚家风，不如说是全真道士借禅说事。至于在佛教总部的大门口修一座道教的"玉真观"，要进灵山必须借路，就更是明白不过的暗示了。另外，从半通不通的"三藏妙典、五蕴楞严"，诸菩萨献佛俗不可耐的"福禄寿"诗来看，也实在不能说作者对佛学有多高的造诣[①]。

（四）惟白《文殊指南图赞》

世德堂本《西游记》作者，比较熟悉的佛教经典，是宋僧惟白的《文殊指南图赞》（以下简称《图赞》），宋代，五十三参故事逐渐流传，有《五十三参变》，五十三参雕塑等行世。此《图赞》内容即为讲述《华严经》所记善财童子五十三参故事，每一参有图，有文，有一篇七言律诗作为赞语。日本藏南宋临安贾官人刊刻的《图赞》，上图下文，便于观览。宋元以后《图赞》非常流行，并非是高深的佛典，而是非常易得的佛教通俗宣传品。

> 万里相寻自不言，却云谁得意难全？求人忽若浑如此，是我平生岂偶然？传道有方成妄说，说明无信也虚传。愿倾肝胆寻相识，料想前头必有缘。（8回观音寻取经人的赞语）

此诗出自宋僧惟白《文殊指南图赞》中对善财童子第四十四参迦毗罗城的赞语，原作："万里相寻自不言，却云他得艺能全。求人忽若浑如此，是我平生岂偶然。传道友方成妄说，说名师轨也虚传。已倾肝胆寻知识，料得前头必有缘。"（按此图赞之五十三参顺序与《华严经·入法界品》所记略有差异）

> 海主城高瑞气浓，更观奇异事无穷。须知隐约千般外，尽出希微一品中。四圣授时成正果，六凡听后脱樊笼。少林别有真滋味，花果馨香满树红。（26回孙悟空寻方救人参果树，对南海落迦山的赞语）

此诗袭自《图赞》中对善财童子第十四参海住城赞语。原诗"海主"作"海住"，"一品"作"一器"，"听后"作"食后"。一器，语本善财童子在此城参见足优婆夷，"安一小器，涌无量宝，万方来者悉得满足"。本书作了窜改，是为了满足情节的需要。

> 玉毫金象世难论，正是慈悲救苦尊。过去劫逢无垢佛，至今成得有为身。几生欲海澄清浪，一片心田绝点尘。甘露久经真妙法，管教宝树永长春。（同回对观音菩萨的赞语）

此诗袭自《图赞》中对善财童子第二十参安住城中不动优婆夷（佛教称敬信三宝、受持五戒的女居士为优婆夷）的赞语。原诗为："夷夷相好世难伦，正是当年个女人。过去劫逢无垢佛，至今成得有为身。几生欲海澄清浪，一片心田绝点尘。求法既云未休歇，朱颜应不惜青春。"

> 佛恩有德有和融，同幻同生意莫穷。同住同修同解脱，同慈同念显灵功。同缘同相

---

① 相反，作者对道教经典倒还相对熟悉一些，如写玉皇时袭用《高上玉皇本行经》描写其仪仗，写真武时改写《元始天尊说北方真武妙经》介绍其出身。化用《太乙救苦宝诰》、《青玄救苦宝忏》、《太乙救苦护身妙经》描写九头狮子等。

心冥契，同见同知道转通。岂料如今无主杖，空拳赤脚怎兴隆。（51回孙悟空金箍棒被青牛精用金刚圈套去后的赞语）

此诗袭自《图赞》中对善财童子第五十一参，到妙意花城参德生童子、有德童女的赞语。前六句除"德生"改窜为"佛恩"外完全相同，最后两句原作"若要一生成佛果，毗卢楼阁在南中"。

由此可见，作者对《图赞》的要求并不高，只要是意思上差不多，便可拿来充数。即如第2条中观音菩萨赞语，其实是驴唇不对马嘴。《华严经》载：不动优婆夷于过去世离垢劫中为电光国王之女，遇修臂佛教化，成就菩萨无坏法门。故称"过去劫逢无垢佛"云云。此诗本是叙述不动优婆夷身世的赞语，被作者改窜而为观世音菩萨的赞语。所以"夷夷相好世难伦，正是当年个女人"改为"玉毫金象世难论，正是慈悲救苦尊"云云，其实观音出身，自有本事，何难另拟一篇？而使"过去劫逢无垢佛"云云，毫无着落；"几生欲海"，更不知所云。又如为了配合落迦山名分，故改"海住城"为"海主城"。另外也可看出，访取经人、五庄观、青牛精三个故事，实出自一人之手。这在今后探究世德堂本《西游记》故事的构成上[①]，将有一些裨益。

作者单位：中华书局

① 如侯会先生认为，平顶山莲花洞故事为另一人所作，见氏著《试论西游记莲花洞故事之晚起》。也有人认为木仙庵故事与其他故事不类，系阑入者。

本土文化与佛教的矛盾：人文视野下《西游记》中猪八戒和牛魔王家族命运解读

陈国学

《西游记》将一个具有高深佛学修养的佛教徒克难取经的故事，改塑成充满神话色彩的神魔斗争题材的小说，其中虽然还不乏对宗教的虔诚，却已然渗入太多的戏谑味道甚至是批评。其中对于猪八戒和牛魔王家族的描写，曾分别有人以悲剧命运视角和儒家伦常意识去解读。不过如果联系到对佛教的态度，似乎有一种视角很少为人所注意，那就是猪八戒和牛魔王家族的命运一起蕴含着古老中国本土文化与佛教的矛盾。猪八戒和牛魔王表面上有取经人与阻碍取经的妖魔的差别，其实二者有颇为相似的身份与命运，那就是两个人都曾经有家庭，而最终被迫入佛门，这与他们代表的本土文化倡导的人生价值观形成根本的冲突。本文试图对此加以阐释。

一、猪八戒被迫取经的故事焦点：色欲难消

在取经队伍中，猪八戒是最为懒惰的一个成员。拿论者经常提到的第三十二回为例，本回写悟空让八戒去巡山，他心里老大不情愿，却又不敢不去：

> 行有七八里路，把钉钯撇下，吊转头望着唐僧，指手画脚的骂道："你罢软的老和尚，捉掐的弼马温，面弱的沙和尚！他都在那里自在，捉弄我老猪来跄路！……睡一觉回去，含含糊糊地答应他，只说是巡了山，就其了帐也。"那呆子一时间侥幸搴着钯，又走。只见山凹里一弯红草坡，他一头钻进去，使钉钯铺个地铺，毂辘地睡下，把腰伸了一伸，道声："快活！就是那弼马温也不得象我这般自在！"

取经人里唐僧不用说，本领高于他的孙悟空、本领不如他的沙僧，在取经问题上都没有表现出他这样的缺乏主动与热情，该尽的责任不尽，而一旦遇到挫折就提出散伙，连白龙马也比猪八戒执着。众所周知，在宛子山波月洞遇黄袍老怪之前，是猪八戒挑唆唐僧赶走了孙悟空，而遇黄袍老怪不能战胜、唐僧被擒之后，猪八戒就提出了散伙、自己"回炉做女婿"的想法。可以说，猪八戒执着的过平凡生活的欲望眼看就要实现了，要不是白龙马出言挽救了这个濒临解体的组织，后果难以想象。

所以我们说，猪八戒在取经队伍中最缺乏热情。可以看得出，他对取经成正果毫无兴趣，这件事对他来说似乎没有一点价值。为什么会这样，说到底，是因为取经和所谓的修成

正果与他的人生目标来说简直是南辕北辙，是一件别扭的事。他人生的目的不过是一般中国农民有家有室的平凡生活而已，而其中最重要的，是这种生活中他的男女之欲可以实现。

猪八戒有农民的特点，诸如武器为钉耙，加入取经队伍前善于耕地种田、能吃能睡，等等，一般读者非常熟悉，不必赘述，值得一提的是他在取经路上经常在色欲考验面前几乎不能过关，成为《西游记》搞笑情节的恒常主题，却很少有人以其他眼光来解读这种描写。

如果延伸视野，我们将看到，《西游记》里取经人在色欲考验问题上同样可以分为两种类型，一种是之前没有过家室的，色欲考验对他们来说，根本就不是问题，如唐僧、沙僧，还有孙悟空的"我从小儿不晓得干那般事"；还有一种就是有过家室猪八戒见色即起心，却不描写他怎样克制了色欲的萌动，最后彻底皈依佛门。所以即使到了第95回，猪八戒见到嫦娥，还是一样的动了欲心，"忍不住跳在空中，把霓裳仙子抱住"。见到佛祖时，佛祖对猪八戒的特点也明确地解读为："猪悟能，汝本天河水神，天蓬元帅，为汝蟠桃会上酗酒戏了仙娥，贬汝下界投胎，身如畜类，幸汝记爱人身，在福陵山云栈洞造孽，喜归大教，入吾沙门，保圣僧在路，却又有顽心，色情未泯，因汝挑担有功，加升汝职正果，做净坛使者。"这样的猪八戒做了净坛使者只是能满足口腹之欲，如果再有色欲考验到来，还是一个问题。

所以，《西游记》只是将猪八戒当笑料来描写，其根本之处也许可以说是戒除色欲的难度之高，但假如联系到猪八戒和其他取经人的区别，我们就可以发现，其他人都没有过完整的家庭生活，不管是唐僧还是孙悟空、沙僧乃至白龙马，都是如此。不曾有过夫妻爱欲，所以对家庭生活毫不留恋，取经成正果是他们唯一的出路，而猪八戒则还有后路可走，那就是重新组织家庭。所以猪八戒故事的焦点可以追溯到佛教与讲究传宗接代、并无戒除色欲之说的本土文化的矛盾问题，我们可以看到，作者在猪八戒的叙事中并无意去塑造佛学对门徒色欲的祛除功效，而在于展现这种矛盾的难以化解。在人文主义视角下，猪八戒不能不说是一个悲剧形象。有学者质疑："正常的生理欲望都未能得到满足，却让他从事压抑人性的取经活动，这难道仅仅是猪八戒的错误吗？净坛使者的意义对他而言，不过是吃喝更有保障而已，并且还要为此付出永远放弃家庭的巨大代价，可谓得不偿失。"①这与笔者的思考几乎一致，就是与传统观点认为的从文化意义来看，猪八戒的塑造在于展示人性所固有的弱点，如贪吃、贪睡、贪财、好色及好逸恶劳等，作者对之加以善意的嘲讽，让读者在笑声中作自我反省等等类似的解读拉开了距离。不过站在《西游记》对佛教不无维护的立场，恐怕对猪八戒形象理解为展现佛教在色欲问题上的禁绝立场与本土文化形成的矛盾是比较客观的。

二、牛魔王家族与取经人矛盾的焦点分析

对牛魔王形象，有人以佛教史上《十牛图》为依据，将其解读为佛教以牛说法的典型，这当然是很有见地的说法，不过牛魔王家族与取经人的矛盾以及他们的结局却又有更复杂的内涵，值得分析。

牛魔王与猪八戒一样，在遇到取经人之前，都是有家室的，只不过牛魔王的生活更为丰富多彩，他有妻妾有儿子，还广有江湖朋友，例如看管落胎泉水的如意真仙、乱石山碧波潭的

---

① 淮茗《西天路上的凡夫俗子——猪八戒悲剧新说》，《名作欣赏》2011年11月。

老龙王。如果说猪八戒之前的本质是入赘的普通农民,那么牛魔王可以算一个广有家产、地位尊贵的地主。作者把他描写为古代社会一般的一个一夫多妻制家庭中的一家之主,他必须在妻妾之间调停关系。当孙悟空寻访牛魔王到积雷山摩云洞遇到玉面公主、假托替铁扇公主央来请牛魔王时,作者描写道:

> 那女子一听铁扇公主请牛魔王之言,心中大怒,彻耳根子通红,泼口骂道:"这贱婢,着实无知!牛王自到我家,未及二载,也不知送了他多少珠翠金银,绫罗缎匹。年供柴,月供米,自自在在受用,还不识羞,又来请他怎的!"(第60回)

玉面公主被孙悟空吓唬一场,跑回家就把气撒在牛魔王身上,牛魔王只能好言相劝,

> 原来牛魔王正在那里静玩丹书,这女子没好气倒在怀里,抓耳挠腮,放声大哭。牛王满面陪笑道:"美人,休得烦恼。有甚话说?"……牛王闻言,却与他整容陪礼,温存良久,女子方才息气。魔王却发狠道:"美人在上,不敢相瞒,那芭蕉洞虽是僻静,却清幽自在。我山妻自幼修持,也是个得道的女仙,却是家门严谨,内无一尺之童,焉得有雷公嘴的男子央来,这想是那里来的怪妖,或者假绰名声,至此访我,等我出去看看。"(第60回)

牛魔王只称玉面公主为"美人",称铁扇公主为"山妻",传统文化的味道非常浓厚,那就是说,前者只是他的相好,后者才是居于正统地位的发妻。作者在描写他们一家与取经人的矛盾时,也渗透进了很多颇富本土文化意味的人性因素。

牛魔王一家与取经人的矛盾起因于红孩儿要吃唐僧的肉,这本来是无可辩解的罪恶,不过作者在写"三调芭蕉扇"时,首先从路阻铁扇公主入手,强调了她因红孩儿入佛门的母子情痛。仔细寻绎铁扇仙的处境,颇多可怜悯的地方。

如同一般读者都能看到的,铁扇公主不像别的妖怪那样为求长生不老而对取经僧围追堵截,也不残害生灵、鱼肉百姓,她在每年收一些普通贡品的前提下为附近百姓扇灭火焰山之火、让他们能种植庄稼,但她无意伤人性命,这是一种合理的互助,人们愿意给她进贡,受她佑护。她也没有与其他女妖一样,强迫唐僧成亲,所以作者根本是把她当成一个传统的女性、而不是欲望张狂的女妖在描写。她怨恨取经人,是因为母子亲情受阻:

> 罗刹道:"你这泼猴!既有兄弟之亲,如何坑陷我子?"……"你这个巧嘴的泼猴!我那儿虽不伤命,再怎生得到我的跟前,几时能见一面?"(第59回)

如果我们能结合她此时的处境:牛魔王已经入赘玉面公主家,她只能孤身一人在芭蕉洞过活,近乎守寡,就更能理解她想念儿子、痛恨取经人的心情了。"三调芭蕉扇"故事开始于此处,强调的是佛教与本土文化重视母子亲情的矛盾。

作者在后文还刻意描写铁扇公主对孙悟空变化而成的牛魔王"忙整云鬓,急移莲步",并说"妻者,齐也,夫乃养身之父","男儿无妇财无主,女子无夫身无主",突出她具有传统文化意味的女性思想,更显可悯。正如论者认为的:"牛魔王对她来说就不限于一般意义上的丈夫,而是她精神的寄托者,生命财产的保障者,命运的主宰者。"[①]而当牛魔王也被收入佛门,

① 王锐、张晓梅《人性·个性·悲剧——〈西游记〉中铁扇公主形象新解》,《郑州航空工业管理学院学报》,2006年2月。

铁扇仙就真正守寡了。

至于牛魔王，他本人并无一般妖魔想吃唐僧肉的想法，对红孩儿的结局本来也曾看故旧之情，原谅孙悟空，是因借芭蕉扇的缘故，才和孙悟空闹其矛盾，牵涉到更复杂的思想观念：

“你说你不无礼，你原来是借扇之故！一定先欺我山妻，山妻想是不肯，故来寻我！且又赶我爱妾！常言道，朋友妻，不可欺；朋友妾，不可灭。你既欺我妻，又灭我妾，多大无礼？上来吃我一棍！”（第60回）

这个说：“你敢无知返骗我！”那个说：“我妻许你共相将！”言村语泼，性烈情刚。那个说：“你哄人妻女 真该死！告到官司有罪殃！”（第61回）

在此牛魔王表现出的是与牢固的家庭观念相关男人的爱面子思想，一旦受到侵害，他就大打出手了。“铁扇是一个好妻子，在封建伦常标准下，牛魔王也不失为一个好丈夫。他虽然喜新厌旧，但在名义上却并不愿抛弃发妻。”①此时他更为了家庭的荣誉而出战取经人，即使战败也不轻易服输：“你这土地，全不察理！那泼猴夺我子，欺我妾，骗我妻，番番无道，我恨不得囫囵吞他下肚，化作大便喂狗，怎么肯将宝贝借他！”

其实佛界帮助取经人战胜牛魔王只是需要他交出芭蕉扇，完全没必要强迫他本人入佛门。牛魔王与其他妖怪不同，他不想吃唐僧肉，而安于自己的富足生活，与取经团队的对抗几乎是出于不得已。他既然本来有家有室、有妻妾有儿子，却因为与取经人的矛盾而最终妻离子散、家庭破裂，他的妻子、作为地仙的铁扇公主最后守寡终身，对这件事，罗刹本人只是如此说：“……今此一场，诚悔之晚矣。只因不倜傥，致令劳师动众……”这里并没有什么不可饶恕的罪过，所以孙悟空最后也饶了她，让她修行成仙。至于牛魔王本人和猪八戒一样被迫入了佛门，这种武力强迫下的修行能否成功，当然和猪八戒一样要加上一个很大的问号。

诚如论者所言：“牛魔王夫妇，包括聚仙庵自称是红孩儿叔父的如意真仙都因为红孩儿被观音收伏而发难于悟空，这是一种身为长辈，对幼小的关心；身为父母，对孩儿的爱怜……它只是中国文化底蕴的再现，儒家伦常意识的潜在反映。”②牛魔王并不想惹事，但孙悟空为了过火焰山却找上门来，几次三番的和他们一家缠斗，逼得他无法后退，为了自尊而不得不迎战，结果这个家庭彻底解体了。细读之下，我们并不让人觉得牛魔王像其他妖魔一样可憎，倒觉得他很值得怜悯。如果以人文主义视角来解读，牛魔王家族的命运不能不让我们想到历史上有人对佛教“入家而破家”的指责，其底蕴也不能不说有佛教与本土文化的矛盾在内。

三、余　论

在修行人必须避免的“酒、色、财、气”中，猪八戒故事的宗教学意蕴在于色欲（贪）考验难过，而牛魔王形象的重点则在于气（嗔）的难消。但站在《西游记》并非刻板的宣教之作、而是对宗教屡有戏谑的立场，我们就可以采取更宽松的态度看待猪八戒与牛魔王家族的形象命运。说《西游记》借猪八戒宣扬人欲、借牛魔王家族展现儒家伦理意识固然未必，但说他们的

①② 陈诚、张秋玲《牛魔王及其家族形象中的儒家伦常意识》，《天府新论》，2006年12月。

命运展现了佛教与本土文化的矛盾恐怕还是客观的。

猪的特点是繁殖迅速,一胎多子,经济价值高,尤其是农村多有养殖;牛的特点是力气大、好耕田,二者是中国自古以来农村家庭中最常见的畜类,相比猴子、马来说,此二者与本土文化的关系更为密切。《西游记》作者以这两种动物为猪八戒和牛魔王的原型,是巧合还是有深意的安排值得思考。不管怎样,猪八戒走上出家之路,一子也无,牛魔王则妻离子散,他们的命运都让我们联想到佛教与本土文化重视家庭的矛盾。假如联系到猪八戒"依着官法打杀,依着佛法饿杀"、"'斯文!''斯文!'肚里空空!"等话语中的"童心说"色彩,以及如意真仙"我舍侄还是自在为王好,还是与人为奴好"的话语与明代后期主体意识的崛起的关系(在如意真仙看来,佛门人以为的红孩儿的入观音门下是莫大的善果,他们却以世俗眼光看待,认为不过是与人为奴,其中反映的是一种人文观念,与明代后期兴起的心学尊重人的主体性有关),我们甚至可能发现猪八戒与牛魔王家族身上有孙悟空一样耀眼的光芒。

我们都知道,《西游记》中无论取经人还是形形色色的妖魔,都是高度的世俗化和民间化的,身上体现了"市民"的一面。最能体现世俗化和市民思想的非猪八戒莫属。而那些妖魔除了有些超人的神通外,都带有世俗众生的影子,有浓厚的人情味,而他们则可以牛魔王家族为代表。无论他们的形象与传统思想还是时代思潮有关,猪八戒与牛魔王家族的命运都无意中显示了作者对佛教与本土文化矛盾的把握。

作者单位:云南民族大学

金陵书坊唐氏世德堂主人考

——两位“唐光禄”*

上原究一

对于古代小说研究者来说，金陵唐氏世德堂是较为耳熟的书坊。它在万历二十年左右陆续刊行了多种章回小说，例如：《新刻出像官板大字西游记》二十卷（万历二十年序刊，以下简称为世德堂本《西游记》）、《新刊出像补订参采史鉴南宋志传通俗演义题评》十卷、《新刊出像补订参采史鉴北宋志传通俗演义题评》十卷（万历二十一年序刊，以下简称为世德堂本《南北两宋志传题评》）、《新刊出像补订参采史鉴唐书志传通俗演义》八卷（万历二十一年序刊，以下简称为世德堂本《唐书志传题评》）和《新锲重订出像注释西晋志传通俗演义题评》四卷《新锲重订出像注释通俗演义东晋志传题评》八卷（刊年不详，以下简称为世德堂本《东西两晋志传题评》）等①。其中，世德堂本《西游记》以现存最早的百回本而享负盛名。另外，世德堂在万历前期刊行过不少戏曲版本。包括上述的四种小说在内，世德堂所刊的小说、戏曲版本都没有写明其主人的名字。所以，关于世德堂书坊主人是谁的这个问题，历来存有多种看法，但始终没有达成定论。本文将针对这个问题展开一连串的探讨。

一、关于“唐光禄”

1. 世德堂刊本小说和“唐光禄”

首先，我们从世德堂刊刻的章回小说版本中试着寻找有关刊行者姓名的线索。如上所述，世德堂本《西游记》、《南北两宋志传题评》、《唐书志传题评》和《东西晋志传题评》都没有写明其刊行者的个人姓名，仅在每卷卷首题“金陵世德堂梓行”、“绣谷唐氏世德堂校梓”等文

---

* 本文为笔者日文论文《金陵书坊唐氏世德堂主人考——二人の“唐光禄”——》（《中国——社会と文化》第27号，2012）的汉语版。翻译时进行了一些增补、省略和修改，所以本文并非日语版的逐字全译。

① 各种版本的详细书志和收藏者见于拙文《唐氏世德堂と周曰校万卷楼仁寿堂の章回小说刊本の覆刻及び后印の事例について》（《中国古典小说研究》第16号，2011）与其汉语摘译版《唐氏世德堂和周曰校万卷楼仁寿堂刊行章回小说的覆刻及后印举例》（“第十二届中国古代小说、戏曲文献暨数字化国际研讨会”会议论文集，2012）。

字而已。但是,除了已散失原序的世德堂本《东西两晋志传题评》[①]之外,其他三种的序里都记载着一位名为"唐光禄"或"光禄"的人参与了书籍出版的消息。以下按照序文的撰写年日具体介绍。

首先看到世德堂本《西游记》的陈元之序。所谓的"世德堂本《西游记》"现存有四部,但其中三部实际上不是世德堂原刻本,而是建阳熊云滨所刻的覆刻本。另外一部是浅野文库藏本,这本有可能是世德堂原刻本的后修本,要不然,至少可以说是比熊云滨覆刻本更好地保留了原刻本的面貌。但浅野文库藏本仅存卷 11 到 20,已阙了序[②]。所以,严格来说,世德堂本《西游记》的原序并未留存下来。但是,我们可以推断熊云滨覆刻本中的秣陵陈元之《刊西游记序》是较为忠实地承袭世德堂原刻本的。因为,世德堂本有两种删节本——唐僧本和杨闽斋本。这两种删节本的细节文字,在很多地方跟熊云滨覆刻本不同而跟浅野文库本一致[③]。由此可知,删节本的祖本不是熊云滨覆刻本而是世德堂原刻本。两种都存有内容与熊云滨覆刻本基本上一致的陈元之序。既然如此,陈元之序肯定是世德堂原刻本就有的,其文字也跟熊云滨覆刻本基本上一致。熊云滨覆刻本和唐僧本序末都题"时壬辰夏端四日也",杨闽斋本把它改为"时癸卯夏念一日也"。我们可以认为,熊云滨覆刻本和唐僧本没有改变地承袭世德堂原刻本序末的年日,只有杨闽斋本把它改为自己的编辑日期。那么,这个"壬辰"应该代表世德堂原刻本的出版年代。大多数学者把它视为万历二十年(1592),这个判断是没有问题的(详情后述)。

那么,我们根据熊云滨覆刻本看看陈元之《刊西游记序》吧。首先提到《西游记》的作者当时已不可考,然后叙述了世德堂本的刊行经过:

> 唐光禄既购是书,奇之,<u>益俾好事者为之订校</u>,秩其卷目梓之,凡二十卷数十万言有余,而充叙于余。

这段引文——尤其是划有底线的一句——的解释,目前有多种不同看法。比如:很多中国学者把"俾"字视为"使"的意思,而解释为"唐光禄请一位好事的文人校订《西游记》"的意思[④];大部分的日本学者则把"益俾"两字视为"裨益"的意思,而解释为"唐光禄为通俗小说的

---

① 《东西两晋志传题评》的世德堂本藏于尊经阁文库,但阙了封面和序。另外,中国国家图书馆、北京大学图书馆等收藏的大业堂本《东西两晋志传题评》实际上是跟世德堂本同版的后修本,但当中的《东西两晋演义序》是从夷白堂本移录的,并非承袭自世德堂原版。

② 详见于拙文《世德堂刊本〈西游记〉传本考述》(《文学遗产》2010 年第 4 期)、《世德堂本〈西游记〉版本问题の再检讨初探——他の世德堂刊本小说・戏曲との版式の比较を中心に——》(《东京大学中国语中国文学研究室纪要》第 12 号,2009)和前页注①所述的两篇拙文。

③ 比方说:浅野文库藏本卷 11 第 18 叶 B 面第 5 行所见的"喜弄武艺",唐僧本和杨闽斋本都跟浅野文库藏本一样,但熊云滨覆刻本却误作为"喜美武艺";浅野文库藏本卷 14 第 8 页 B 面第 5 到 6 行所见的"天雨缤纷",在唐僧本和杨闽斋本中都跟浅野文库藏本一样,但熊云滨覆刻本却作"大雨缤纷"等。

④ 比如陈澉《〈西游记〉校者"华阳洞天主人"新考》(《明清小说研究》1985 年第 3 期)、吴圣昔《世本陈〈序〉的信息价值和疑歧透视》(《苏州大学学报(哲学社会科学版)》1991 年第 3 期)等。

爱好者们校订了《西游记》"的意思[①]等。此外,还有各式各样的解释,形成了百家争鸣的局面。但是,无论如何解释这段文字,一位名叫"唐光禄"的人购买了《西游记》旧本并积极地参与出版工作,这一点是完全没有疑问的。从本文的目的来看,可以确认这一点就十分足够了。至于应该如何解释这段文字的这个问题,笔者暂且不论,留待往后根据本文的结论再行探讨[②]。

却说,关于这位名叫"唐光禄"的人,从孙楷第先生在《日本东京及大连图书馆所见中国小说书目提要》说"据此则序为唐氏世德堂主人作"[③]以来,大部分的学者都认为"唐光禄"是世德堂的主人或其亲属。但一些学者则持反对意见,比如黄永年先生[④]、胡令毅先生[⑤]等主张"光禄"不是名号而是官职,认为"唐光禄"不是民间书商世德堂的主人,而是当过光禄寺高官的一流士大夫,他的姓氏只是恰巧和书商世德堂一样而已。尤其是胡令毅先生指出,目前所知的明代南京唐姓书坊主里没有叫做"光禄"的人,并提出"唐光禄"就是当过光禄寺少卿的唐鹤征(唐顺之的儿子)的这种看法。但是,黄先生、胡先生都没有注意到,不少学者已经指出,世德堂本《南北两宋志传题评》和《唐书志传题评》的序中都仍题有"光禄"主持出版的消息。

先看世德堂本《南北两宋志传题评》的例子。这个版本每卷卷首第2到3行都题"姑孰陈氏尺蠖斋评释/绣谷唐氏世德堂校订"[⑥],其无名氏《叙锲南宋传志演义》的末尾如下:

> 故知帝王征应,神武多奇,一人之见斯狭,一史之据几何。若其失而求之于野,传志可尽薄乎。光禄既取锲之,而质言鄙人。鄙人故拈其奇,一二首简,以见一斑,且以为好事者作谭。时癸巳长至泛雪斋叙。

癸巳,一般推定为万历二十一年(1593)。矶部彰先生注⑦所题论文、氏冈真士先生注⑦所题论文都跟《刊西游记序》一起引用了这段文章,并将"(唐)光禄"视为书商世德堂的主人或其亲属,又认为"秣陵陈元之"、"姑孰陈氏尺蠖斋"和《叙锲南宋传志演义》的作者同属一人。

其次看到世德堂本《唐书志传题评》的例子。这个版本也在每卷卷首第2到3行都题有"姑孰陈氏尺蠖斋评释/绣谷唐氏世德堂校订"[⑦],其无名氏《唐书演义序》里说道:

> 载览演义亦颇能得意。独其文词时传正史,于流俗或不尽通,其事实时采谲诳,于

---

① 比如太田辰夫《西游记の研究》(研文出版,1984,第239页)、矶部彰《〈西游记〉形成史の研究》(创文社,1993年,第388页)和氏冈真士《南宋王の神话》(《人文科学论集文化コミュニケーション学科编》第34号,2000年,第225页)等。

② 附带一提,唐僧本把这个"唐光禄"改为"余友人"。杨闽斋本的陈元之序有翻刻时候忽略产生的错简,但回复原来的顺序时,这段文字跟熊云滨覆刻本相同。三种版本的陈元之序之间的不同之处,详见于太田辰夫先生在注⑦所题书第269—270页。

③ 北平图书馆,1931年,第143页。

④ 黄永年《黄周星定本西游证道书西游记·前言》(《黄周星定本西游证道书西游记》中华书局,1993年)。

⑤ 胡令毅《论〈西游记〉校改者唐鹤征——读陈元之序(一)》(《昆明学院学报》,2010年)。

⑥⑦ 部分卷里"订"作"梓"。

正史或不尽合。因略缀拾，其额为演义题评。亦怂恿光禄之志，书成叙之。……时癸巳阳月书之尺蠖斋中。

“癸巳”应是与《叙锲南宋传志演义》的“癸巳”同年，这一点应该没有疑问。既然末尾题“时癸巳阳月书之尺蠖斋中”，这篇序很可能是每卷卷首所见的“姑孰陈氏尺蠖斋”所撰。陈澉先生注⑥所题论文、吴圣昔先生注⑥所题论文都引用了这段文章，把“光禄”视为跟《刊西游记序》中的“唐光禄”同一个人。两位先生都认为这个名叫“光禄”的人主持出版了世德堂本《唐书志传题评》。换言之，他就是唐氏世德堂主人。

另外，太田辰夫先生在注⑦所题书、陈澉先生注⑥论文等指出过，《刊西游记序》末尾题“秣陵陈元之”的署名，世德堂本《南北两宋志传题评》和《唐书志传题评》两种版本的每卷卷首有“姑孰陈氏尺蠖斋”的署名，以及大业堂本《东西两晋志传题评》的每卷卷首有“秣陵陈氏尺蠖斋” 的署名[①]，这三者可能是同一个人。考虑到大业堂本《东西两晋志传题评》本来也是世德堂所刊，世德堂本《东西两晋志传题评》的记载也完全一样的这点，我们可以说这个可能性相当得大[②]。附带一提，世德堂所刊的戏曲当中，也有几种卷首有“秣陵陈氏尺蠖斋注释/绣谷唐氏世德堂校梓”、“姑孰陈氏尺蠖斋重订/绣谷唐氏世德堂校梓”等记载的版本[③]。既然有这么多种例子，我们就可以推断尺蠖斋是陈元之的斋名，他是一位由世德堂专聘的小说、戏曲校订者。此外，从与世德堂关系如此密切的尺蠖斋陈元之在世德堂所刊小说版本的序文中屡次提及“（唐）光禄”积极参与出版一事看来，把“（唐）光禄”视为世德堂书坊主人是相当自然的看法。如果再加上可以发现唐氏世德堂书坊主人自称“光禄”的例子，这个看法就成为铁案了吧。虽然从未被指出过，但这样的例子是确实存在的。

2. 两位“唐光禄”

《文山先生指南录》四卷后录四卷（北京大学图书馆所藏）存有封面，左右两行大书“宋丞相文文山/先生指南摘录”，其中间题“金陵唐氏世德堂梓”；每卷卷首第2到4行题“宋　文山文天祥　著/明　振龙郭一鹗　参阅/明　玉予唐　晟　校梓”（第3行和第4行的“明”字实际上只有一个，在两行中间）。首有郭一鹗《文文山先生指南摘录序》，其末尾说：

同乡唐光禄君，雅慕气节，欣然请梓，以广传要。忠义之在人心万古常新，非独阿所好于乡之先正已也。余忘芜陋而为之辨首。赐进士第文林郎南京河南道监察御史同邑后学郭一鹗如荐甫拜书。

由此可知，这个唐氏世德堂刊本是由与文天祥、郭一鹗（同为江西庐陵人）同乡的“唐光禄君”所主持刊行的。被胡令毅先生视为“唐光禄”的唐鹤征不是江西人，而是南直隶武进人。反倒是，唐氏世德堂除了本书之外还有很多自称“绣谷唐氏世德堂”的例子（例如在上述

---

① 太田先生、陈澉先生都没有注意到大业堂本《东西两晋志传题评》实际上是世德堂本的后修本。世德堂本的记载也跟大业堂后修本一样。

② 关于“秣陵”和“姑孰”的不同，跟后述的唐氏世德堂的“金陵”和“绣谷”一样，可能是一方代表籍贯，另一方代表现在的住所。

③ 详见拙文《世德堂本〈西游记〉版本问题の再检讨初探——他の世德堂刊本小说・戏曲との版式の比较を中心に——》。

的三种讲史小说的每卷卷首)。这个"绣谷",曾有不少学者认为是世德堂主人的名号,后来有些学者认为是地名(因为其他书坊也有很多把"绣谷"两字冠在自己书坊名号上的例子),推定其为金陵的别名之一[①]。近年来,学者们则陆续指出"绣谷"是江西抚州府金溪县的异称,源自金溪县的名胜"锦绣谷"[②]。这个看法是很有说服力的。笔者也在拙文日语版中,举出金陵万卷楼仁寿堂主人周曰校在某一版本里把自己的籍贯一边写"金溪"一边写"绣谷"的例子来加强证明。既然世德堂主人是江西人,那么《文山先生指南录》中与江西人同乡的刊行者"唐光禄君"便极有可能是世德堂书坊主人。事实上,本书末尾所附的唐晟《跋文山先生指南录》,其末尾便题有"万历癸丑菊秋朔旦金溪乡后学光禄唐晟顿首跋"(万历癸丑是万历四十一年,1613),下边还刻有阳刻正方印"光禄/之章"。可见,本书的刊行者——即封面所见的"绣谷唐氏世德堂"书坊主人——无疑是这位自称"光禄唐晟"的金溪人。

还有一个证据。《新刻沈汉阳先生随寓诗经答》七卷(中国国家图书馆藏),每卷卷首第4行和第5行的中间题"同社",其下边的第2到7行题"己未会魁　汉阳　沈翘楚　著/甲辰会状　琨阜　杨守勤　参/经筵讲官　衷雷　韩孙爱　订/青琐谏臣　益城　姚宗文　阅/己未进士　槐眉　袁弘勋　校/金陵光禄　玉予　唐　晟　梓"。首有陈钟盛《沈会魁诗经答题词》,末尾题"时万历己未冬之吉古临年弟陈钟盛稚德父书于金陵世德堂"(万历己未是万历四十七年,1619),中有"金陵光禄唐君业青缃"、"唐君予弱息外舅翁也"等文字,说明他受姻亲"唐君"的委托为与自己同年的进士沈翘楚的著作书写序文。把这个例子跟上述《文山先生指南录》的例子合并考虑时,我们可以看出"金陵光禄唐君"、"金陵光禄玉予唐晟"和金陵世德堂书坊主人这三者是同一个人。跟"玉予"并列的"汉阳"、"琨阜"、"益城"都是他们的号,所以"玉予"可视为唐晟的号。另一方面,"金陵光禄"跟"己未会魁"、"甲辰会状"和"己未进士"等科举成绩以及"经筵讲官"、"青琐谏臣(给事中的异称)"等官职名并列。除了唐晟之外,其余五人都诚如记载般确实高中科举或曾任职为官[③]。因此,"金陵光禄"有可能代表南京光禄寺,而唐晟也担任过南京光禄寺的某种官职。据胡令毅先生的调查,明代姓唐的光禄寺卿和少卿只有唐鹤征一位。但我们不应排除"光禄"指的是官品更低的小官的可能性。在姜宸英《周亮工墓碣铭》中可以看到将鸿胪寺序班(从九品)称为"鸿胪"的例子[④]。由此可知,唐晟的"光禄"也可能指的是官品很低的光禄寺小官。又,光禄寺的小官是富家子弟

---

① 俞为民《明代南京书坊刊刻戏曲考述》(《艺术百家》1997年第4期)、矶部彰《〈西游记〉资料の研究》(东北大学出版会,2007年)第209页等。

② 苏子裕《明代戏曲出版物之最——江西人编选、出版的剧本》(《江西省文艺学会2003年年会论文集》)、博玫、文革红《试析明清时期江西金溪部分儒生向刻书业的身份转型》(《南昌航空大学学报社会科学版》第11卷第3期,2009)、文革红《江西小说刊刻地——"云林"考》(《明清小说研究》2010年第1期)等。

③ 韩孙爱是万历二十九年的进士第二甲二十一名,沈德符《万历野获编》卷四《藩国随封官》说:"先朝亲王出阁,例选翰林二人侍讲读。……至万历壬寅(三十年,1602),福王讲读,用韩孙爱、陈翔龙拜检讨"。姚宗文是万历三十五年的进士第二甲三十九名,《明史》卷八十九《兵志·四卫营》说,四十二年(1614),"给事中姚宗文点阅本营……"

④ "至公祖,赠鸿胪寺序班廷槐……鸿胪生子文炜"(朱天曙校点整理《周亮工全集》,凤凰出版社,2008年版,第18卷第189页)。

以捐纳获得监生资格后经常担任的官职之一[①]。

唐晟参与出版的世德堂刊本还有几种。《新刻夷坚志》十卷的红叶山文库旧藏本(现藏于日本国立公文书馆内阁文库)存有题“辛丑冬月/夷坚志/唐氏世德堂子”的封面[②],卷一第2到5行题“宋鄱阳洪　迈著/明姚江吕胤昌校/绣城唐　晟订/唐　祀次”,卷二以后第2到4行题“宋鄱阳洪迈著　　明姚江吕胤昌校/绣城唐　晟订/唐　祀次”(仅在卷四、八第3行作“绣谷唐　晟诠”)。虽然这里没有写明“唐晟梓”,“唐晟刊”等,但参酌上述两种版本的例子,我们可以将本书也视为唐晟以世德堂主人身份刊行的版本[③]。还有北平图书馆旧藏本《耳谈类增》五十四卷(现藏于台湾“故宫博物院”),首有末题“万历癸卯年上浣王同轨撰”(万历癸卯是万历三十一年,1603)的王同轨《耳谈类增自叙》,每卷卷首第2到4行题“黄冈　王同轨　行甫著/滁阳　夏守成　克家　校/绣谷　唐 晟 伯成
唐 祀 叔永　梓”。虽然本书阙了封面,也遍寻不着任何书坊的名号,但依据上述几种版本的例子,可视为唐晟、唐祀共同刊行的世德堂刊本。此外,由上述的文字推测,他们极可能是以唐晟为长兄,唐祀为三弟的兄弟关系。

那么,我们可以说唐晟就是主持刊行世德堂刊本小说的“唐光禄”吗?事情没有这么简单,被称为“光禄”的世德堂主人竟然还有一位。《历朝翰墨选注》十四卷(尊经阁文库、台湾“国家图书馆”藏)存有封面,左右大书“新镌历朝/翰墨选注”,其中间题“万历丙申春月金陵唐氏世德堂梓”(万历丙申是万历二十四年,1596);每卷卷首第2到4行题“古鄞　屠　隆道民父　注集/南昌　涂　山　子寿父　参阅/绣谷　唐廷仁　国寿父　校梓”。由此可知,本书是由一位名叫“唐廷仁(字国寿)”的人主持刊行的金陵唐氏世德堂刊本。唐廷仁的名字又出现于万历十九年刊《新编簪缨必用翰苑新书》前集十二卷后集七卷续集八卷别集二卷(日本国会图书馆藏、北京大学图书馆藏两部等),其总目末尾有刊记题“金陵　书肆 龙泉 唐廷仁
对峰 周曰校 镌行”。跟“龙泉”并列的“对峰”是周曰校(字应贤)的号[④],那么“龙泉”也应该是唐廷仁的号。在这个前提下再看《历朝翰墨选注》,首有涂山《叙翰墨选注》,其末尾提到:

> 昧子家贫,少藏书,耳目检啬。乃以光禄龙泉唐君之请,手是编而咿唔之。虽昔陈惊座之十吏递供,刘南昌之百函具废[⑤],弗啻也。爰命墨卿,书以博处。时万历丙申新春

---

① 见于伍跃《中国の捐纳制度と社会》(京都大学出版会,2011年)第61页。

② 跟本书同版的高野山释门院旧藏本本(现藏于日本国立公文书馆内阁文库)、中国国家图书馆藏本、北平图书馆旧藏本(现藏于台湾“故宫博物院”)都阙了封面。

③ 王重民《中国善本书提要》(上海古籍出版社1983年版)在北平图书馆旧藏本的项目说:“晟、祀则富春堂主人也”(第395页)。但是,包含北平图书馆旧藏本在内的本书所有传本都找不到“富春堂”的刊记。另外,在其他唐晟、唐祀刊本中也没有富春堂的刊记,富春堂刊本更看不到他们的名字(后述)。可见,王重民先生的记载是不足采信的,而该段文字或许是“晟、祀则世德堂主人也”的误记。

④ 详见于本文首页注①所题拙文。

⑤ 应是“发”的误刻。《宋书》卷四十二《刘穆之传》云“尝于高祖坐与龄石答书。自旦至日中,穆之得百函,龄石得八十函,而穆之应对无废也”;王世贞《弇州四部考》卷六十四《尺牍清裁序》云“陈惊座之十吏递供、刘南昌之百函俱发、流映前史、以为美谈”。

吉旦南昌后学涂山子寿甫书。

这里的“光禄龙泉唐君”，跟上述的“金陵光禄（官职?）＋玉予（号）＋唐（姓）＋晟（名）”一样，应该解释为“光禄（官职?）＋龙泉（号）＋唐（姓）＋君（尊称）”。既然如此，指的肯定是本书刊行者（即世德堂主人）唐廷仁（字国寿，号龙泉）。

二、关于金陵世德堂主人

1. 先行研究

那么，唐晟、唐廷仁这两位世德堂主人之间究竟有什么关系呢？我们先简单地回顾有关世德堂主人的研究成果吧。

（1）唐绣谷说

长泽规矩也先生在《明代戏曲刊行者表初稿》[①]里把金陵世德堂主人标示为“唐氏（绣谷）”。按照表格的体例来看，长泽先生认为“绣谷”是世德堂主人的名或号。但是，如上所述，“绣谷”实际上是江西金溪的别称，代表主人的籍贯。除了唐氏世德堂之外，同一时期在金陵活动的唐氏富春唐、唐氏广庆堂、周氏万卷楼、周氏大业堂等刊行的版本里也经常出现“绣谷某氏某某堂”的记载。再加上，目前笔者看过的一百多种绣谷唐氏刊本中，并没有把刊行者写为“唐绣谷”的例子。可见，将世德堂主人的名号称为“绣谷”的说法是难以成立的。

（2）江湖散人（唐阳川）说

万历十三年（1585）金陵世德堂刊本《新刊重订出相附释标注节义荆钗记》四卷，卷一卷首第2到5行题“江湖散人阳川子释/徽郡星源游子重订/金陵书林世德堂梓/凤城思德李氏校书”，其他卷的卷首第2到5行题“绣谷阳川唐子释义/徽郡星源游子重订/金陵世德堂唐氏梓/凤城思德李氏校书”。田中谦二先生在《京都大学汉籍善本丛书・荆钗记・解说》[②]第23页里根据这些记载说：“世德堂是万历年间唐氏（绣谷、江湖散人）在金陵经营的书坊”。这个判断看来是以上述长泽先生的“唐氏世德堂主人叫唐绣谷”的说法为前提，把“绣谷”视为主人名号所推论出来的。但是，既然“绣谷”不是世德堂主人的名号，担任“释义”工作的“江湖散人（阳川唐子）”是否跟世德堂主人同为一人的这个问题也就失去了线索。当然我们不能排除两者同为一人的可能性，但单凭这个例子，证据过于单薄无法判定。

（3）唐绣谷和唐晟说

张秀民先生在《中国印刷史》[③]里列举了明代在南京活动的书坊，其中有“金陵唐绣谷世德堂”和“金陵唐晟　亦称世德堂”。可惜的是，张先生没有提到其证据。另外，列举的书坊中还有“金陵书肆唐廷仁”和“金陵唐龙泉”。看来张先生没有注意到唐廷仁和唐龙泉是同一个人，也不知道他曾当过世德堂主人。

---

① 《书志学》第7卷第1号，1936。

② 《京都大学汉籍善本丛书》第14卷《荆钗记》，同朋社，1981年。

③ 张秀民《中国印刷史》，上海人民出版社1989年版。本文依据的是张秀民著、韩琦增订《插图珍藏增订版中国印刷史》，浙江古籍出版社2006年版，第244页。

（4）唐富春说

杜信孚先生在《明代版刻综录》[①]中的《世德堂㊀》条目里著录了四种分类为"明万历金陵唐氏世德堂刊"的版本、十种分类为"明万历金陵唐富春世德堂刊"的版本和两种分类为"明万历金陵书林唐氏富春唐刊"的版本[②]。之后，本质上属于该书增补版的《全明分省分县刻书考》[③]中则设有《世德堂　唐富春》条[④]，著录五种分类为"金陵三山街书林唐富春世德堂刊本"的版本和二十二种分类为"金陵三山街书林唐氏世德堂刊本"的版本。但是，这些分类并未忠实呈现原书记载，而是经由杜先生所整理的结果。遗憾的是，整理过程中难免出现不少错误。所以，利用本书时不应囫囵吞枣，必须核对原书记载。载于这两本书中的世德堂条的版本，笔者多已核对[⑤]，但并未发现任何同时标示"世德堂"和"唐富春（富春堂）"的版本，无法找到富春堂主人唐富春（后述）又当过世德堂主人的证据。

另外，这两本书都在世德堂条之外，分别设置了《唐廷仁　字龙泉》条和《唐晟》条，与世德堂相互区隔。《全明分省分县刻书考》中还有《唐玉子》条，但核对该条所著录的版本即可发现这是"唐玉予"的误刻。

（5）唐晟和唐昶说

瞿冕良先生在《中国古籍版刻辞典（增订本）》[⑥]中的《世德堂②》条说"明万历间金陵人唐晟字伯成、唐昶字叔永的书坊名"，可惜没有提到其证据。另外还有《唐廷仁》条（738页），但仅说"明万历间金陵人、字龙泉、业书坊"，没有提到跟世德堂的关系。

（6）唐晟是世德堂主人、唐昶是富春堂主人说

《江苏艺文志·南京卷》[⑦]一书，在《唐廷仁》条中仅说"字龙泉。明金陵人。嘉靖、万历间刻书家，书坊名'绣谷龙泉唐廷仁'"（第311页），著录五种版本，却未题及他跟世德堂有关；在《唐晟》条说"字伯成。明金陵人。嘉靖、万历间刻书家，书坊名'金陵书林唐氏世德堂'，亦作'金陵唐绣谷世德堂'。所刻书以小说、戏曲为主"（第323页），著录三十三种版本；在《唐昶》条说"字叔永，一字子和，号对溪。明金陵人。嘉靖万历间金陵刻书家，书坊名'富春堂'，又作'金陵书林唐氏富春堂'，亦作'金陵三山街绣谷对溪书坊唐富春'、'金陵三山街唐氏富春堂'。所刻书除经书、医书、文集、尺牍、琴谱外，以戏曲为多。明代南京书坊唐姓甚多，对溪'富春堂'是其最著者"（第342页），著录六十来种版本。但是，本书也存有跟《明代版刻综录》、《全明分省分县刻书考》同样的毛病，所录版本的书志都经过编者的整理，不一定是准确的。比如说，本书在《唐昶》条中把唐昶和富春堂主人混为一谈，但笔者所见的四十来种富春堂刊本中，没有一个题署"唐昶"或"唐叔永"的例子，能见到的署名只有"唐富春（字子和、号对溪）"。由于本书积极地参照王重民《中国善本书提要》，因此笔者怀疑本书混淆唐昶和唐

---

① 杜信孚《明代版刻综录》，江苏广陵古籍刻印社1983年版。

② 本书另外还设有《富春堂》条。

③ 杜信孚、杜同书《全明分省分县刻书考》，线装书局2001年版。

④ 本书另外还设有《富春堂　唐富春》条。

⑤ 笔者尚未调查的资料仅剩两种，即《新刊重订出相附释标注香囊记》和《新锲出像注释李十郎霍小玉紫箫记》。在《全明分省分县刻书考》中，两书都被分类为"金陵三山街书林唐氏世德堂刊本"。

⑥ 瞿冕良《中国古籍版刻辞典（增订本）》，苏州大学出版社2009年版，第134页。

⑦ 邱禹、徐飞责任编辑《江苏艺文志·南京卷》，江苏人民出版社1993年版。

富春的原因是受到了本文注23所题的《中国善本书提要》的影响。

(7) 唐世德说

马华祥先生在《明代弋阳腔传奇考》[①]中说："世德堂本只署堂名，不署堂主名字，原因可能有二：一是名字已在堂名中，就叫'世德'。如富春堂本，堂名也是人名。二是世德堂名声显赫，天下尽知，就是不署名也无人不晓。世德堂主哪里知道时过境迁，当时人都已作古，后人如何得识？书能存世，堂名也能靠书流传。书商好利也好名，因而笔者推断为第一种可能性较大"。但是，马先生仅从世德堂所刊四种传奇版本推断"世德堂本只署堂名，不署堂主名字"。但实际上小说、戏曲之外的世德堂刊本有时也写明主人的名字。所以马先生的第一种推论是无法成立的。

2. 写明刊行者个人名号的金陵世德堂刊本

研究世德堂主人的著作还有很多，但大多数是沿袭了上述的七种看法之一。不过，除了(2)和(7)之外，上述的看法都没有写明根据哪些版本上的哪些文字判断其人就是世德堂主人。另外，这些看法都没有提到唐廷仁也当过世德堂主人[②]。所以，现在先列举笔者目前看到的所有写明刊行者个人名号的金陵世德堂刊本，然后根据这些资料重新思考世德堂主人的身份问题吧。写明刊行者个人名字的金陵世德堂刊本可分为三类，其一是唐廷仁(字国寿，号龙泉)主持刊行的；其二是唐晟(字伯成，号玉予)主持刊行的；其三是唐贞予(后述)主持刊行的。

A. 唐廷仁(字国寿，号龙泉)主持刊行的(四种)

A—1，万历二十二年(1594)夏序刊《地理参赞玄机仙婆集》十二卷

蓬左文库、北京故宫博物院藏。存有封面，天头从右到左横写"世德堂"，左右大写"刻地理全/书仙婆集"，其中间题"金陵唐龙泉氏校字"。末有无名氏《仙婆集序》，其末尾题"明万历甲午夏五月吉"(万历甲午是二十二年，1594)[③]。

A—2，万历二十二年(1594)冬刊《翰林笔削字义韵律鳌头海篇心镜》二十卷

蓬左文库藏。存有封面，左右大题"翰林笔削字义韵/律鳌头海篇心镜"，其中间题"金陵三山唐龙泉氏校梓"。首有萧良有《字义庈攟心镜叙》，其末尾题"时万历甲午仲冬月汉阳汉冲萧良有撰"(万历甲午是二十二年，1594)。卷一卷首第2到5行题"翰林院编修汉冲萧良有著/上饶泸东余应奎订/东汝绍东王廷极校梓/绣谷龙泉唐廷仁校梓"(第4行和第5行的"校梓"实际上只有一个，在两行中间)。卷二十大尾有莲牌木记题"万历甲午岁孟春月/世德

---

① 马华祥《明代弋阳腔传奇考》，中国社会科学出版社，2009年版，第149页。

② 但《中国古籍善本书目》(上海古籍出版社1985—1989年版)和《中国古籍善本总目》(线装书局2005年版)都著录几种"唐廷仁世德堂刻本"。

③ 本书另有崇正堂本(哈佛燕京图书馆藏)。卷首的序文基本上相同，末尾却题有"明万历丁亥夏五月初九日前翰林院编修槜李冯梦祯序"(万历丁亥是万历十五年，1587)。崇正堂本还有三种写于同年的序文，在世德堂本里，这三种序文有的更改了年纪而删掉撰者署名，有的则删除了全数标记。由此可知，世德堂本不是该书的初刻本。

堂唐龙泉梓”①。

A—3,万历二十四年(1596)春刊《历朝翰墨选注》十四卷

如上所述。

A—4,万历二十四年(1596)冬刊《新锲二太史汇选注释老庄评林》五卷首一卷

蓬左文库藏。《新锲二太史汇选注释老子评林》一卷(首卷)和《新锲二太史汇选注释庄子全书评林》五卷(卷一到五)的合刻本。存有共同的封面,左右大题“锲注释老庄/南华赛副墨”,其中间题“万历丙申冬月唐氏世德堂校梓”(万历丙申是万历二十四年,1596)。首有焦竑《锲老庄叙》,其末尾题“时万历丙申冬月谷旦漪园焦竑书”。首卷卷首第2到4行题“翰林　漪园　焦竑　注释/翰林　青阳　翁正春　评林/绣谷　龙泉　唐廷仁　校梓”,卷一卷首第2到4行题“太史　漪园　焦　竑　注释/太史　青阳　翁正春　评林/绣谷　龙泉　唐廷仁　校梓”(第2行和第3行的“太史”实际上只有一个,在两行中间)②。

B. 唐晟(字伯成,号玉予)主持刊行的(四种,其一是唐晟、唐昶共同刊行的)

B—1,万历二十九年(1601)冬刊《新刻夷坚志》十卷

如上所述。跟唐昶合作刊行。

B—2,万历三十四年(1606)冬刊《新刊训解直音书言故事大全》六卷

中国国家图书馆藏。存有封面,左右大题“重刻古本明解/音释书言故事”,其中间题“万历丙午年冬月世德堂玉予校梓”(万历丙午是万历三十四年,1606)。首有银潢逸叟《重刻古本大全书言故事引》,其中说“惜其版籍模灭,而字画多鱼豕之嫌。唐伯子于琴牍之暇,手是编而考订之,较之旧刻,尤了然着且明矣。一日剞氏告成,索余言为之引。……万历丙午仲冬吉旦银潢逸叟书于世德堂”。卷1卷首第2到3行题“宋　庐陵　胡继宗　编集　安成　陈玩直　训解/明　金邑　李　寅　订正　绣谷　唐　晟　校梓”。卷六大尾有长方木记,题“万历丙午岁/世德堂校梓”。《重刻古本大全书言故事引》里出现的校订者“唐伯子”很可能是唐晟,一来在卷首写明“唐晟校梓”,二来唐晟字伯成③。

B—3,万历四十一年(1613)跋刊《文山先生指南录》四卷后录四卷

① 本书有一部非常相似而异版的版本,藏于尊经阁文库。阙了封面,序文署名和年纪、卷首记载、莲牌木记都跟蓬左文库藏本一样。大岩本幸次先生在《明代海篇类字书知见录》(《东北大学中国语学文学论集》第9号,2004年)中把蓬左藏本视为尊经阁藏本的覆刻。但是,尊经阁藏本中可以看到极可能是覆刻过程中所出现的讹字(例如:卷十二第1页A面上层第2行的阴刻题目“韵律平声”的“律”字,蓬左藏本没有问题,但尊经阁藏本讹作为“□”)。另外,蓬左藏本中的部分文字在尊经阁藏本里变成了墨格。所以笔者的观点与大岩本先生相反,认为蓬左文库本是世德堂的原刻本,尊经阁藏本是其覆刻本。

② 据《中国古籍善本总目》第1113页记载,另有万历二十二年书林唐圣泽刻本(吉林大学图书馆藏,笔者未见)。世德堂本或许是其重刊本。另外,世德堂还刊行过跟本书注释不同的老庄合刻本——万历二十二年序《二经旁注评林》(北京故宫博物院藏)。

③ 根据中国国家图书馆的网上目录,该馆还藏有收录“万历己酉世德堂校梓”牌记的版本(笔者未见,万历己酉是万历十三年,1585)。银潢逸叟所说的“旧版”指的可能是这个万历十三年刊本,待考。

如上所述。

B—4，万历四十七年(1619)冬刊《新刻沈汉阳先生随寓诗经答》七卷

如上所述。

C. 唐贞予主持刊行的(一种)

C—1，万历二十八年(1600)序刊《文选诗集旁注》七卷目一卷

广岛市立中央图书馆浅野文库藏。存有封面，其中央以大字题“选诗旁注”，左下边以小子题“世德堂贞予氏鼎锲”。刊行者名号仅在封面见到，每卷卷首只有第2行题“梁昭明太子萧统选　明虎林虞九章订注”。首有　稚《刻选诗旁注序》，其末尾题“万历庚子仲秋钱唐冯稚陆父顿首撰”(万历庚子是万历二十八年，1600)。卷首题作为《文选诗集》。本书的版式跟注41所题万历二十二年序世德堂刊本《二经旁注评林》几乎一样。

3. 关于唐贞予

从上述例子里，我们很明显地看到，唐廷仁只出现于万历二十四年之前，而唐廷仁不再出现的万历二十年代末以后才出现唐晟。

另外，除了这两位之外，还出现了自称“世德堂贞予氏”的人。这个“贞予氏”应是跟万历二十八年(1600)秋序刊《汉寿亭侯志》①的刊行者“唐贞予氏”同一个人。又，万历四十年左右金陵周氏大业堂刊《重刻京本增评东汉十二帝通俗演义志传》(日本宫内厅书陵部藏)所附的陈继儒《东汉演义志传叙》说“唐贞予氏复梓而新之，且属不佞稍增评释”。小松谦先生依据这个记载推定这个版本是周氏大业堂和唐贞予共同刊行的②。再加上，中国国家图书馆藏有五部天启刊本《新镌五福万寿丹书》六卷，根据该馆网上目录，其中一部是“书林唐贞予周如泉刻本”。可惜笔者访问时“书林唐贞予周如泉刻本”不对外公开，因此未能亲眼确认该书的具体情况③。

我们已经知道唐晟号“玉予”，以此判断，“贞予”似乎是跟唐晟同一个世代的同族人。巧合的是，与唐晟(字伯成，号玉予)共同刊行《新刻夷坚志》和《耳谈类增》的唐昶(字叔永)，其号现今不明，或许“贞予”就是他的号？如果是这样的话，唐晟、唐昶这二位兄弟除了合作共同刊行世德堂刊本之外，也各自单独主持过刊行世德堂刊本。由于唐昶的名字仅在这两种版本中可见，所以我们无法断定“贞予”和唐昶是否为同一人。不过，即使他们是两个人，“贞予”应该还是其兄弟或堂兄弟吧。总之，我们可以推断，万历二十八年以后的金陵世德堂是由唐晟和其兄弟共同经营的。

4. 唐晟、唐昶兄弟和唐廷仁之间的关系

那么，唐晟、唐昶兄弟和唐廷仁之间有什么关系呢？尤其都被称为“光禄”的唐晟和唐廷仁，他们到底是同一个人还是两个人呢？

---

① 日本国会图书馆、蓬左文库藏。存有封面，中央以大字题“汉寿亭侯志”，其左右以小字题“计图二十折/唐贞予氏敬梓”。其他地方没有见到刊行者名号。

② 小松谦《中国历史小说研究》，汲古书院，2001年，第68到70页。

③ 其他四部网上目录都作为“书林周如泉刻本”，笔者能见到的是其中两部，都只有周如泉的刊记，没有唐贞予的名字。

笔者目前所知的刊年明确的唐廷仁刊本(包括不题世德堂名号的)当中,刊年较早的是嘉靖四十五年(1566)刊(?)《新刊精选阳明先生文粹》六卷①、隆庆四年(1570)刊《新刊子史群书论策全备摘题云龙便览》四卷②、万历元年(1573)刊《春秋集注》三十卷首一卷③等嘉隆间到万历初年刊行的;刊年最晚的是上述的《翰林笔削字义韵律鳌头海篇心镜》、《新锲二太史汇选注释老庄评林》等万历二十四年(1596)刊行的三种。另一方面,笔者目前所知的刊年明确的唐晟刊本(包括不题世德堂名号的)当中,刊年最早的是上述的万历二十九年(1601)冬刊《新刻夷坚志》;刊年最晚的也是上述的万历四十七年(1619)冬刊《新刻沈汉阳先生随寓诗经答》。笔者目前所知的刊年明确的唐贞予刊本当中,刊年最早的是上述的万历二十八年(1600)的两种,最晚的是天启年间的《新镌五福万寿丹书》。

由此可知,唐廷仁的活动年代和唐晟兄弟的活动年代可以没有丝毫重叠地切分开来。唐廷仁活动于嘉隆间到万历二十四年左右,活动期间为三十来年;唐晟兄弟活动于万历二十八年左右到天启年间,活动期间也是三十来年。又,万历二十四年到二十七年之间,不仅没有看到唐廷仁、唐晟兄弟双方的活动痕迹,也没有看到不题刊行者名号的世德堂刊本④。

另外,笔者目前所知的写明金陵唐氏世德堂名字的版本(不论题不题刊行者名号)当中,刊年最早的是上述的两种万历十三(1585)年刊本⑤,最晚的也是上述的万历四十七年(1619)冬刊《新刻沈汉阳先生随寓诗经答》⑥。唐廷仁和唐晟兄弟的活动期间相连后正好可以完全

① 笔者未见。《中国古籍善本总目》第1389页著录"明王守仁撰,查铎辑,明嘉靖四十五年唐龙泉刻本"(天一阁藏)。但是,该页又著录"明王守仁撰,查铎辑,明嘉靖四十五年泾川查氏里仁堂刻本"。本书原刻本看似嘉靖四十五年查氏里仁堂本,所以唐氏世德堂本的"嘉靖四十五年"有可能不代表它本身的刊年,只是忠实地重刻原刊本年纪而已。存疑,待考。

② 笔者未见。《中国古籍善本总目》第1071页著录"明隆庆四年唐廷仁刻本"。隆庆五年杨氏依仁斋刊本《子史详摘备题通会大全》前集八卷后集十卷(尊经阁文库藏,前集的大尾有莲牌木记,题"隆庆辛未依/仁斋重新梓"。隆庆辛未是隆庆五年,1571)很可能是本书的增补版(前集跟本书同名。从目录的体例来看,前集第五卷以后的内容明显是增补的)。

③ 笔者仅看《2009年中国书店春季资料拍卖会目录》所载书影,大尾有莲牌木记,题"万历癸酉年春月/金陵唐廷仁绣梓"。另外还有几部传本,笔者都未见。

④ 但是,具体刊年不明的北平图书馆旧藏本《新刻耳谈》五卷(台湾"故宫博物院"现藏)有刊于这一期间的可能性。本书存有封面,左右大题"重刻北京/原板耳谭",其中间题"金陵世德堂梓"。每卷卷首第2到4行题"黄冈王同轨行甫撰/上饶门生王嗣经校/金陵书坊世德堂梓"。其王同轨《耳谈自叙》末尾题"万历丁酉孟夏上庚王同轨撰"(万历丁酉是万历二十五年,1597)。《耳谈自叙》本来应是"北京原板"所附的,所以"万历丁酉"并不代表世德堂本的刊年。但是,考虑到上述的万历三十一年序刊唐晟、唐昶本《耳谈类增》五十四卷是本书的增补版时,本书的刊年可以推定为万历二十五年到三十一年之间。

⑤ 上述的万历十三年(1585)刊《新刊重订出相附释标注节义荆钗记》和《新刊训解直音书言故事大全》。附带一提,矶部彰先生在注⑦所题书第391页介绍"嘉靖四十四年世德堂刊本"《医学纲目》四十卷(日本国立公文书馆内阁文库藏)。但是,该书实际上是嘉靖四十四年曹灼刊本的覆刻本,所以"嘉靖四十四年"并不代表世德堂覆刻本的刊年。虽然该书的刊年有可能早于万历十三年,但现在还只能说是刊年不明。

⑥ 此外天启七年(1627)序刊《一贯斋辑刻明便通书》四卷首一卷(北京大学图书馆藏)有可能是金陵唐氏世德堂刊本。存有封面,中央以大字写"迪吉通书",其左右以小字写"(阙了两个字)坚选择秘本/世德堂藏板"。有关刊行者的讯息仅可见于封面,所以无法判断这是金陵唐氏世德堂还是其他的世德堂。但纵使本书出自于金陵唐氏世德堂也不会影响到这里的论述,因为如上所述,天启年间唐贞予还有活动。

覆盖金陵唐氏世德堂的活动年代。是以我们可以推测，金陵三山街的书坊唐氏世德堂，是唐廷仁在嘉隆年间所创立，万历二十五到二十七年间改由唐晟兄弟经营，直到天启年间唐晟兄弟结束活动时停业。

若再发挥一些想象力的话，笔者怀疑唐廷仁正是唐晟、唐昶兄弟的父亲，唐晟在承袭世德堂主人身份的同时，也承袭了他父亲的异称“光禄”。但是，如果“光禄”真的代表南京光禄寺的低级官职的话，是否真有儿子继承父亲官职的情况发生呢？但无论如何，我们都很难把唐廷仁和唐晟视为同一个人，即一位叫唐廷仁（字国寿，号龙泉）的人后来改名、字、号为唐晟（字伯成，号玉予）。一来，如果他们是同一个人的话，其活动期间延续了六十来年，这似乎太长了。二来，从事刻书业的绣谷唐氏另外还有“唐廷瑞”、“唐廷扬”等“廷”字辈的人。如果唐廷仁和其弟弟在万历二十五年左右同时改名为唐晟、唐昶的话，唐廷瑞、唐廷扬他们是否也该改名为“日字头”的单名呢？但是，唐廷扬在崇祯年间依旧不改名地活动[①]。因此，我们不得不推断这个时期的绣谷堂氏分别有“廷”字辈和“日字头”字辈的两个世代。总之，唐廷仁和唐晟是截然不同的两个人。既然他们是两个人，即使无法证明是父子关系，但按照他们的活动年代，我们依然可以得知唐廷仁比唐晟年长了几十岁。至于有关“光禄”的问题，究竟是两人都当过南京光禄寺的小官，还是历代世德堂主人与官职无关的自称，或者还有其他更合理的解释，笔者目前难以判断，还请读者多加赐教。

5. 关于富春堂主人

如果上述的推定没有问题的话，把唐昶（字叔永）和富春堂主人唐富春（字子和，号对溪[②]）视为同一人的这些看法就无法成立了。因为，唐富春隆庆六年（1572）早就刊行过《春秋集注》三十卷（收录于尊经阁文库所藏《片璧六经集注》）[③]，而标有他名号的最晚的刊本是万历三十二年（1604）序刊《新编古今事文类聚》前集六十卷后集五十卷续集二十八卷别集三十二卷新集三十六卷外集十五卷遗集十五卷目七卷[④]（有中文出版社影印本[⑤]）。从这些活动年代来看，唐富春应该跟唐廷仁年龄相近，比唐昶年长几十岁。唐富春是富春堂主人这点，可以从《新刻出像音注增补刘智远白兔记》二卷（中国国家图书馆藏）中得知。本书卷上卷首第3行题“金陵　对溪　唐富春梓”，卷下卷首第2行题“金陵　书坊　唐对溪梓”，卷下大尾有莲牌木记题“金陵三山街唐/氏富春堂梓行”。富春堂应是世德堂的同族所经营的另一家书坊，不应跟世德堂混为一谈。

---

① 《云林医圣增补医鉴回春》八卷（一名《普渡慈航》，日本国立公文书馆内阁文库、尊经阁文库藏）的每卷卷首第6或8行题“金阊书林际云唐廷扬梓行”。本书有《普渡慈航跋》，其末尾题“金溪龚廷贤书于仁孝堂旹崇祯五年春月吉旦”。

② 《新镌出像评注百奇故事》四卷（尊经阁文库藏）的每卷卷首第3行题“金陵书坊对溪唐富春子和父校梓”，由此可知。此外还有很多证据，暂略。

③ 卷三十大尾有长方木记，题“隆庆壬申冬月/金陵唐对溪梓”（隆庆壬申是隆庆六年，1572）。

④ 有唐富春《重刻事文类集序》，其末尾题“万历甲辰孟春之吉金溪唐富春精校补遗重刻”（万历甲辰是万历三十二年，1604）。由此可知他也是金溪人，那么极可能与唐廷仁同族。

⑤ 《新编古今事文类聚》，京都中文出版社，1982年版。笔者还没查到原书藏于何处。富春堂本有德寿堂覆刻本，藏于内阁文库、庆应大学图书馆等。

6. 关于唐阳川

被田中谦二先生视为世德堂主人的江湖散人唐阳川，除了以“江湖散人阳川子释”、“绣谷阳川唐子释义”的记述出现在上述的《新刊重订出相附释标注节义荆钗记》的每卷卷首之外，笔者目前没有看到相关的资料。但是，“评释”、“注释”过唐氏世德堂小说、戏曲的陈氏尺蠖斋很明显地跟世德堂主人不是同一个人。让我们再看到万历二十七年（1597）序刊《新刻顾会元注释古今捷学举业天衢》十卷（中国国家图书馆藏）的例子吧。该书有《举业天衢凡例》，其末尾题“金溪周文翀谨识”。每卷卷首第2到5行题“建业　顾起元　太初　汇纂/建业　陆翀之　希有　删定/绣谷　周文翀　仪廷　编次/绣谷　周曰校　应贤　刊行”（“建业”和“绣谷”实际上都只有一个，在两行中间。另外，有些卷里把“建业”作“吴郡”，把“绣谷”作“金溪”）。在这里，担任“编次”工作并书写凡例的周文翀（字仪廷）和主持刊行的周曰校（字应贤），虽是同族，但还是两个人。从这些例子来看，笔者认为江湖散人唐阳川和世德堂主人（按照刊年来看，应是唐廷仁）并非同一人的可能性很大。

小　　结

我们终于回到最初的问题了。见于《西游记》、《南北两宋志传题评》和《唐书志传题评》这三种金陵唐氏世德堂所刊章回小说序文的“（唐）光禄”到底是谁？《西游记》是“壬辰”年序刊，其他两种是“癸巳”年序刊的。按照本文得到的金陵唐氏世德堂的活动年代来看，与从前的定论一样，“壬辰”无疑是万历二十年，“癸巳”无疑是万历二十一年。那时担任世德堂主人的是唐廷仁（字国寿，号龙泉），他在万历二十四年（1596）春刊《历朝翰墨选注》的序文中被称为“光禄龙泉唐君”。既然如此，见于三种世德堂刊本章回小说序文的“（唐）光禄”，无疑是这位唐廷仁吧。往后我们解读这些序文时，应在这个前提下展开论述。

附带一提，笔者目前看到三种唐廷仁和周曰校共同刊行的版本：其一是上述的万历十九年（1591）刊《新编簪缨必用翰苑新书》；其二是万历十八年（1590）序刊《史汉合编题评》八十八卷附四卷（尊经阁文库藏）。本书首有董份《史汉合编序》，其中说“……万历戊子岁夏月谷旦西吴浔阳董份撰”（万历戊子是万历十八年，1590），目录的末尾有刊记题“万历丙戌金陵/唐氏周氏刊行”（万历丙戌是万历十六年，1588）；其三是《镌国朝名公翰藻超奇》十四卷（北京大学图书馆、台湾“国家图书馆”藏）。本书卷一到七的卷首第2到3行题“姑孰　野史徐宗夔　批选/绣谷　后学唐廷仁　校梓”，卷八到十四的卷首第2到4行题“姑孰　野史徐宗夔　批选/绣谷　后学唐廷仁　刊行/金陵　对溪周曰校　刊行”（第3行和第4行的“刊行”实际上只有一个，在两行中间）。虽然本书刊年不明，但凡例中提到“是集出自吴中凌氏家刻也”，由此可知刊年的上限是凌迪知家刻本（日本国立公文书馆内阁文库藏）刊行的万历十年（1582）。另外，上述的万历二十四年（1596）唐廷仁世德堂刊本《历朝翰墨选注》的凡例中题“本坊先刻《名公翰藻》”，可知刊年的下限是万历二十四年。从这些例子来看，我们可知唐廷仁、周曰校这两位江西金溪人之间有比较密切的合作关系。在他们的刊本里，列举两人名字时，唐廷仁总是排列在前。或许他比周曰校要年长一些吧。

在唐廷仁世德堂陆续刊行《西游记》、《南北两宋志传题评》、《唐书志传题评》和《东西两晋志传题评》等章回小说的万历二十年左右，周曰校万卷楼仁寿堂也刊行了《三国演义》、《大宋中兴通俗演义》等章回小说，而这六种版本都载有上元王氏画工所绘的双面连式插图①。考虑到他们之间的合作关系，笔者推测这六种章回小说（至少其中建阳熊大木原作的四种）也是唐廷仁和周曰校商议下开始出版的，不然两家金陵书坊怎会毫不重复地陆续重刻福建刊本呢？另外，如上所述，唐贞予也可能与周氏大业堂合作刊行过章回小说。由此可知，唐廷仁和周曰校的后继者承袭了上一辈的合作关系。世德堂本《唐书志传题评》和《东西两晋志传题评》的版木后来归于周氏大业堂，这也可能是基于两家长年以来合作的因缘吧②。

唐廷仁、周曰校刊行的章回小说中，有几种被建阳余象斗所覆刻③。唐、周两家和余氏之间有什么样的关系，这个问题就留待往后重新讨论吧。

作者单位：日本庆应义塾大学

①③ 详见于本文首页注①所题拙文。

② 虽然现在资料不足，无法骤下定论，但这有可能是天启年间唐氏世德堂放弃刻书业时所发生的事。

李云翔生平事迹辑考及《封神演义》诸问题的新认识

周明初

有关《封神演义》的编著者，自上世纪二三十年代以来，即有许仲琳、陆西星二说。鲁迅的《中国小说史略》据日本《内阁文库图书第二部汉书目录》始倡许仲琳编[①]，为后来的大多数学者所信从；张政烺据《传奇汇考》"顺时条"的记载考证为陆西星，得到胡适的支持[②]，后来柳存仁加以发扬[③]。上世纪九十年代以来，随着日本内阁文库所藏舒载阳刻本的影印面世，学者们认为李云翔也是《封神演义》成书的重要人物：章培恒认为《封神演义》由许仲琳、李云翔写定，而且李云翔是主要的写定者[④]；徐朔方认为许仲琳是《封神演义》的早期写定者之一，李云翔是重订者[⑤]；陈大康则认为李云翔是《封神演义》成书的重要人物[⑥]；新近出版的中国文学史著作，如章培恒、骆玉明主编的《中国文学史》和《中国文学史新著》、袁行霈主编的《中国文学史》也都认为李云翔为《封神演义》编著者[⑦]。

可以说，李云翔作为《封神演义》成书的重要人物，现在已经得到了学界大多数人的认可。不过，有关李云翔的生平事迹，也与《封神演义》的早期写定者许仲琳一样，目前学界所知甚少。仅是据日本内阁文库所藏《封神演义》明末舒氏刻本卷首李云翔自序所署，知其字为霖，邗江（今扬州）人。其实，李云翔所编著的一些书籍，分散地保存在日本及国内的一些图书馆中。根据这些古籍中所提供的材料，大致可以考知李云翔的生平事迹。

这些现存的古籍，除原藏日本内阁文库、后影印收入《古本小说集成》的《新刻钟伯敬先

---

① 鲁迅《中国小说史略》，人民文学出版社 2006 年版，第 174 页。

② 张政烺、胡适《封神演义的作者》，《独立评论》第 209 期，1936 年，第 18—21 页。

③ 柳存仁《陆西星吴承恩事迹补考》，《和风堂文集》（下册），上海古籍出版社 1991 年版，第 1392—1415 页；原载《中华文史论丛》，1981 年第 2 辑。又《〈封神演义〉作者陆西星》，《宇宙风》乙刊第 24 期，1940 年。

④ 章培恒《〈封神演义〉的性质、时代和作者》，《不京不海集》，复旦大学出版社 2012 年版，第 296、299 页；原为江苏古籍出版社《封神演义》前言，1991 年版。《〈封神演义〉作者补考》，《不京不海集》，复旦大学出版社 2012 年版，第 300 页；原载《复旦学报》，1992 年第 4 期。

⑤ 徐朔方《论〈封神演义〉的成书》，《小说考信编》，上海古籍出版社 1997 年版，第 350 页；原载《中华文史论丛》第 53 辑，1994 年。

⑥ 陈大康《明代小说史》，上海文艺出版社 2000 年版，第 425 页。

⑦ 章培恒、骆玉明主编：《中国文学史》（下册），复旦大学出版社 1996 年版，第 324 页；《中国文学史新著》（下卷），复旦大学出版社 2007 年版，第 203 页。袁行霈主编《中国文学史》（第四卷），高等教育出版社 1999 年版，第 162 页。

生批评封神演义》(以下简称《封神演义》)外,尚有:一、《金陵百媚》二卷图一卷,李云翔著,明万历年间刻本,日本国立公文书馆(原内阁文库)所藏;二、《新镌六院女史清流北调词曲》四卷(以下简称《北调词曲》),李云翔著,明天启年间刻本,日本天理图书馆(天理大学附属图书馆)所藏(系同门黄仕忠教授提供复印件);三、《新镌诸子拔萃》八卷(以下简称《诸子拔萃》),李云翔评选,天启七年刻本,国内首都图书馆、中国科学院图书馆等八家单位有藏;四、《汇辑舆图备考全书》十八卷(以下简称《舆图备考》),潘光祖汇辑、李云翔参订,崇祯六年(1633)傅昌辰版筑居刻本,南京图书馆、大连图书馆、烟台图书馆等有藏,《四库禁毁书丛刊》据北京师范大学所藏清顺治本影印。现据这些古籍所提供的材料,结合其他史料,对李云翔的生平事迹进行辑考并对涉及《封神演义》的几个问题进行新的认识。

一、李云翔生平事迹辑考

《北调词曲》目录之后有此书刊刻者、书坊主“秣陵龙光堂主人”庞应石的《附言》,叙此书刊刻缘起,于李云翔生平介绍较详。因《北调词曲》一书世人罕睹,现录全文于下:

> 为霖先生,广陵巨族也。少负奇侠,气宇丰隆。学擅百家,才堪倚马;独步艺林,为诸生冠。数奇不偶,铩羽金陵。本坊特延选订诸□,为海内先资。然于四美之晨,问酒秦淮,以写无聊之意。当酒酣兴逸之时,先生未尝不鼓掌称快。予因先生曩时有《金陵百媚》,次有《名姝词曲》,皆南调也,盛行海内,无不啧啧。兹恳先生将诸妓之技艺,亦可少助赏心,谱为北调,可称双美。先生大笑曰:“犹复作儿女态耶?”强之始可。于筵间凡寓目者,彻笔之。或曲或词,汇然成帙。予不敢秘,因梓之以供问花者一助云。庞应石识。

此文中称李云翔“学擅百家,才堪倚马,独步艺林,为诸生冠”,虽不免有夸大的成分,但从李云翔作有涉及诗词曲的《金陵百媚》、《名姝词曲》、《北调词曲》,修订、评点小说《封神演义》,编选《诸子拔萃》,参订《舆图备考》等来看,说他知识渊博,具有多方面的才能,大致也不差。不过李云翔终究是个落第的秀才,从“数奇不偶,铩羽金陵”来看,他曾多次参加在南京举行的南直隶乡试,均榜上无名。从“本坊特延选订诸□,为海内先资”来看,李云翔因为功名无望,生活无着,以替书坊主编著各种书籍作为谋生的手段。业余时间,大多是在秦淮河边寻花问柳,诗酒风流,借此打发光阴。他的《金陵百媚》、《名姝词曲》、《北调词曲》三书都是品评秦淮妓女的诗词曲之作,正是这种生活的产物。

李云翔的生卒年不详,据现有的资料看,他应当是生活于晚明万历至崇祯年间的人,也许还活到了清初。因为资料匮乏,他的生平经历已没法详细稽考。现只能据相关资料对李云翔在万历至崇祯年间的活动、著述和交游作一大致的勾勒。

1. 万历四十六年(1618)秋天,赴南京参加乡试,落第。在旅舍中遇冯梦龙,两人同游秦淮六院。在冯梦龙的怂恿下,写作品评六院名姬的诗词曲作品集《金陵百媚》。

《金陵百媚》卷首有李云翔作于“戊午秋日”的序言,叙自己作《金陵百媚》一书的缘起,其序云:

> 南畿为六朝都会,以其纷华靡丽胜也。其尤胜者,桃叶渡头秦淮旧馆是也。予兹岁

铩羽金陵旅中，甚寥寂。偶吴中友人过予处，见予郁郁，呵余曰："李生何自苦乃尔，岂素谓豪侠者，一至此耶？"因偕予游诸院，遍阅丽人。其妖冶婉媚，或以情胜、以态胜、以韵胜、以度胜，甚至以清真雅洁胜、以风流倜傥胜、以浓艳嘲笑胜。虽种种不一，无非乔妆巧抹，以媚人也。总之千万难当什百，亦何异于当今之世，尽以狐猸公行哉。予殆为之不平。友曰："子既为之不平，何不一为之平，以洗近日之陋于见闻者。"遂强予。予不觉走笔之下，随花品题，阒然成帙。然次第中微有讽评，大都取其姿态雅洁、丰艳妖媚、清芬可挹、秀色可餐者为最。舍兹而往，品斯下矣。噫嘻！花固以媚人为主，而又不尽以媚人取也。予间有录者，正为青楼之规箴、风月之藻鉴耳。虽然，岂若今之狐猸以媚人者耶？噫嘻！真可涕也。人才之难，从古皆然，何独辈中哉！予何能，谬为不情之加以眩具眼者。因叶君请梓，以公同好，故名"百媚"。其所以媚者，又非兹集所能尽也。

戊午即万历四十六年(1618)，序中所称的"吴中友人"当指冯梦龙。因为《金陵百媚》一书题识为"广陵为霖子著次，吴中龙子犹批阅"，书末还有题署为"吴中友弟龙子犹九顿"的简短跋语。可知这位"吴中友人"即"龙子犹"，而"龙子犹"正是冯梦龙常用的别号。从这篇序中，可知李云翔在该年秋天赴南京参加乡试，落第后，在旅舍中得遇冯梦龙。两人共游秦淮诸妓院，遍览丽人后，在冯梦龙的怂恿下，才作了《金陵百媚》一书。此书用诗词曲的形式品评六院名姬，冯梦龙作有眉批和评语。据此序，此书的刊刻是"因叶君请梓，以公同好"，叶君，当指作有该书凡例识语的"芋奇馆主人"叶一夔。而据此书题识"阊门钱益吾梓行"，该书应当刊刻于苏州。

2. 天启五年(1625)负笈游学至蕲州黄州一带，在麻城结识李长庚，并拜李长庚为师。

《舆图备考》卷首有署"崇祯六年岁次癸酉"的李长庚所撰序言，言及李云翔云："乙丑岁负笈蕲黄，余得识其才品。始从余游，叩之不竭，澄之不清，真渊含无际，望而知为异人。然尚伏胶庠，未遂厥志，于三吴都下，日以著述寓意，亦一段忧世热衷不能已也。"

按：李云翔《舆图备考》有序云："予尝纵游京师、海上以及吴楚间。"据李长庚此序可知李云翔游楚是在"乙丑岁"。乙丑岁即天启五年(1625)，"蕲黄"是蕲州黄州的合称，正是楚地，明时属湖广布政司，今属湖北省。

李长庚，字酉卿，湖广麻城人。万历二十三年(1595)进士。《明史》卷二五六有传。据本传，李长庚于天启三年(1623)召拜为户部尚书，未任，以忧归。麻城在明代时属黄州府(今属黄冈市)，离同属黄州府的蕲州(今黄冈市蕲春县)也不远。李云翔在天启五年游学蕲黄时，李长庚正丁忧在家，故李云翔得于结识李长庚并拜他为师。据《明史》本传，李长庚于崇祯六年任吏部尚书时，因奏事触怒崇祯帝，"斥为民，家居十年，国变。久之卒"[①]，可知他在清初是活了很长时间的。

3. 天启六年(1626)寓居南京，为书坊编著书籍，并参加南京的文人结社。初夏与友人同游秦淮河，在友人的怂恿下，复作品评六院名姬的《北调词曲》，由南京龙光堂刊刻。

《北调词曲》卷首有李云翔作于"天启丙寅岁孟冬月望后"的自序，叙自己写作此书的缘起，可以与上文所引庞应石的《附言》相对照。现也录全文于下：

① 《明史》卷二五六《李长庚传》，中华书局1974年版，第6614页。

> 讴歌嘲笑，是风月场中本色。独怪龌龊青楼，争蹈滥觞，恶道令人憎厌。纵秀色可餐，亦是辈中弃物。而尤怪坊间目瞽，令无知俗子目不识丁辈，易李为张、将昔易今。以予曩时所刻《金陵百媚》、《十丑十俊》、《名姝词曲》，改头换面，以官作商，不知成何词、成何曲，镌刻成帙，真可喷饭。虽梨木之灾，然可耻无过于此。
>
> 今初夏予寓白下，同社友程、唐诸君，偕二三丽人，泛水秦淮。见两岸玉人如砌，弦管杂奏，清讴遏云，充乎盈耳。美哉，不复作人世想。越二日，庞君邀予步月，往阅诸姬，得竟其技焉。予不觉心动。庞君因以诸妓之艺为请，曰："君昔者止言诸妓之品，未竟诸妓之艺。况今之妓如时花，然别是一番人，别是一番鲜艳。君何不以诸妓之才之色，谱为北调，并前刻，不南北两擅其美？君常怪他刻易君之词，此亦可以正其讹矣。"予有难色，而程、唐诸君强之。予笑曰："此六七年前儿女之态。今犹作此口业，为诸姬咒诅，增此俗子辈作生涯耶？"虽然，予于酒酣兴狂之时，不禁诸君之强，而技亦复痒。凡寓目者彻笔之，顷而成帙，因附之梓。谓予为冯妇亦可，谓予为见猎犹有喜心也可。故题数语于首，以识非予本意云。

与庞应石《附言》之"本坊特延选订诸□，为海内先资"相对照，知李云翔"初夏予寓白下"，实是应书坊之聘请，为书坊编著书籍。又从自序"同社友程、唐诸君，偕二三丽人，泛水秦淮"，可知李云翔参加了南京当地的文人结社活动，同社友有程、唐诸君。有关李云翔参与文人结社之情况的考证见下文"天启七年"条。

庞应石《附言》中说"先生曩时有《金陵百媚》，次有《名姝词曲》，皆南调也"，李云翔自序中说"以予曩时所刻《金陵百媚》、《十丑十俊》、《名姝词曲》"，知李云翔品评秦淮六院诸姬的作品，除《金陵百媚》、《名姝词曲》外，尚有《十丑十俊》。不过，《十丑十俊》、《名姝词曲》两种，暂无线索可寻，不知尚存人间否。李云翔自序中所言之友人庞君，即是刊刻《南北词曲》的南京书坊主龙光堂主人庞应石。

4. 天启七年(1627)寓居南京，参加文人结社活动，所评选的《诸子拔萃》完成并出版。

《诸子拔萃》卷首有李云翔、于仕廉二序。李序不署年月，于序所署时间为"天启七年岁次丁卯孟夏朔越十三日己酉"，可推知此书完成于该年四月之前，而刊刻也当在该年。此书为朱墨套印本，为南京余大茂、张起鹏所刊刻。

于仕廉序云："余门人李生广为搜罗，严为笔削，撷精扬华，芟芜剔翳，采辑成编，名曰'拔萃'。叩余请序，余见而阅至终卷，快然有当于心也。其分门立类，真嘉惠后学，使读者一展卷而上下数千载人物、淑慝、君德、治功、兵刑、民事，无不了了胸中。真可谓经纬世务、援证道德，采其实不炫其奇，去其诞而存其正，有俾于天下国家，羽翼经传，岂浅鲜哉。此真善读子书者。"评价不免言过其实。据《四库全书总目》卷一三二该书提要："是书成于天启丁卯，取坊本《诸子汇函》，割裂其文，分为二十六类。其杜撰诸子名目，则一仍其旧。古今荒诞鄙陋之书，至《诸子汇函》而极，此书又为之重儓。天下之大，亦何事靡有也。"①可知此书价值并不高。

作序者于仕廉(1560—1645)，字元贞，号振方，金坛人。万历十四年(1586)进士，授户部

① 《四库全书总目》卷一三二，中华书局影印本，1965年版，第1127页。

主事,历员外郎、郎中,管通州粮储。累迁都察院右佥都御史、巡抚云南,晋南京太仆寺卿,迁南京户部右侍郎、总督粮储。天启二年,引疾归。甲申闻变,号恸失次,绝食七日,为家人所救。第二年竟以绝食卒①。于仕廉为《诸子拔萃》作序时,正当引疾家居之时,所署官衔为"钦差总督粮储、南京户部右侍郎兼都察院右佥都御史"。其序中称"余门人李生",可知于仕廉与李云翔存在着师生关系。

《诸子拔萃》一书价值虽不高,然可注意者,是该书每卷卷首所列的评选、参阅、较(校)梓者名单,从中可以知道李云翔寓居南京、受聘于书坊期间的活动、交游情况:

此书封面题识"秣陵余思泉、张宾宇梓行",而从卷一、卷四所列"余大茂思泉甫较梓"及卷八"秣陵余大茂思泉甫较梓",卷二"张起鹏宾宇甫较梓"、卷五"秣陵张起鹏宾宇甫较梓",可知此书刊刻者余思泉实名为大茂、张宾宇实名为起鹏,他们既是书坊主,同时又参与了此书的校勘。

此书卷一为"秣陵社友唐捷元垣之甫参阅"、卷二为"秣陵社友唐光夔冠甫甫参阅"、卷六为"春谷社友盛于斯方圆甫参阅"、"江都社友曹大阶升之甫较梓",可知李云翔在此期间,所参加的文人结社,其社友有南京人唐捷元、唐光夔、南陵人盛于斯、江都人曹大阶等。李云翔《北调词曲》序中所提及的"同社友程、唐诸君",也当是这一文人结社的社友,其中的"唐"可能就是指唐捷元、唐光夔,或其中的一人。

此文人结社,当天启年间,名称已难考稽。社中之人物,也大多不可考,可考者为盛于斯。盛于斯,字此公,南陵(今属安徽)人。诸生。家多藏书,闭户读书,有声邑里。其父死后,至金陵,散金结客,欲尽交东南士,终为人所诒。工书,能以左手作书。崇祯四年(1631),结识周亮工于金陵。崇祯十三年前后逝世,周亮工为作《盛此公传》。盛于斯初名镋,字铿侯,后改名于斯,字此公②。据《诸子拔萃》卷六,可知其又字方圆。春谷,为南陵之旧名。施闰章《瑟斋诗序》:"吾宁在汉为丹阳郡,而春谷县见于当时,即今南陵也。"③

5. 崇祯三年(1630)至崇祯六年(1633)寓居南京,着手《舆图备考》的参订工作,并于崇祯六年冬天完成。

《舆图备考》题识为"明关中潘光祖海虞父汇辑、邗江李云翔为霖父参订、绣谷傅昌辰少山氏较梓",卷首有李长庚、宗敦一、李云翔三篇序,作于崇祯六年(1633)癸酉。李云翔序中交代了参订此书的缘起:

> 适盟兄傅少山以潘大参海虞先生未竟之《备考全书》示予。观其略,不止记山川名胜、资纸上卧游,实有关经济者。予不愧续貂,从《一统志》而损益之,详以诸记述及予之耳目所见闻者……是书越三寒暑、五脱稿,兹冬月之初始告厥成。故为之序,以述海虞先生创之始而竟于予者。

① 《(民国)重修金坛县志》卷九之一,《中国地方志集成》(江苏府县志辑 33),江苏古籍出版社 1991 年版,第 96 页。

② 周亮工:《盛此公传》,《赖古堂集》卷一八,《续修四库全书》第 1400 册,上海古籍出版社 2003 年版,第 472—474 页。

③ 施闰章:《瑟斋诗序》,《学余堂文集》卷七,影印文渊阁《四库全书》第 1313 册,台湾商务印书馆 1986 年版,第 85 页。

从“是书越三寒暑、五脱稿，兹冬月之初始告厥成”，及文末所署“癸酉冬之十日书于秦淮之两娱轩中”，可知《舆图备考》的参订工作完成于崇祯六年冬，而李云翔则长期寓居于南京。很可能从天启六年(1626)受聘于南京的书坊，为其编著各类书籍开始，他就一直寓居南京，并以为各书坊编著、评选各类书籍作为自己的谋生手段了。

《舆图备考》一书的汇辑者是潘光祖。潘光祖，字义绳，号海虞，狄道(今甘肃临洮)人。天启五年(1625)进士，授吏部主事，历户部郎中。崇祯五年(1632)任山西布政司参议、分守冀南。因农民军过境，光祖误信招安，致使临县县城为农民军攻破，遭受劫掠。光祖因招降之误被法司逮问，因耻对狱吏，绝食而死。光祖性清介，执法不挠。晋民悲光祖之死，立祠以祀①。

今甘肃省境，明代属陕西布政司及陕西都司，清代才与陕西分治。狄道属临洮府，明代时隶属陕西，故可称“关中”。潘光祖因为任山西布政司参议，故李云翔序中称他“潘大参”。实际上这称呼并不确切，应当称他为“潘少参”才对。明代布政使司设有职官布政使、参政、参议，以参政、参议分守各道，其中参政别称“大参”、参议别称“少参”。李云翔称潘光祖为“大参”，是将参政、参议混淆了。

从李云翔之序“越三寒暑”来看，大约崇祯三年(1630)年李云翔已经从傅昌辰手中得到了潘光祖的《舆图备考》原稿。潘光祖死于崇祯五年(1632)或稍后，不知为何在他生前，他的未竟稿就流落到了南京的书坊中。现在也已经难以考证他的原稿是什么样子，李云翔在多大程度上作了修订。

以上是对李云翔生平所作的勾勒，因为资料所限，目前能够辑考的也就这一些。最后，关于他的籍贯和字号，也值得在这里提出来讨论。

《四库全书总目》卷一三二“《诸子拔萃》八卷”提要云：“云翔字为霖，江都人。”②核之李云翔所编著的书籍，其字或号，或称“为霖甫”，或称“为霖子”；其籍贯，或称“邗江”，或称“广陵”：

《封神演义序》文末署名为“邗江李云翔为霖甫”。

《金陵百媚》题识为“广陵为霖子”；卷首有序，文末所署则作“邗江为霖子”。

《北调词曲》卷首有序，文末所署为“邗江李云翔”，后钤两印，一为“李云翔印”，一为“中泠氏字为霖”；每卷卷首题识作“广陵为霖子”。

《诸子拔萃》卷首有《拔萃序》，文末所署为“邗江后学李云翔”；每卷卷首题识为“邗江李云翔为霖甫”。

《舆图备考全书序》所署作“邗江李云翔”；每卷卷首题识则作“邗江李云翔为霖父”。

云翔为其名，这一点是明确的。那么“为霖子”或“为霖甫(父)”是其字还是号？《封神演义序》、《诸子拔萃序》文末署名后所钤两印，均为“李云翔印”和“为霖父”，不过字体并不全同。《北调词曲》在序末署名后钤有两印，一为“李云翔印”，一为“中泠氏字为霖”，由此可知“为霖”是其字，“中泠”是其号。“中泠”为李云翔号，诸书均未载，据《北调词曲》钤印可补阙。

---

① 参《(乾隆)狄道州志》卷八，《中国方志丛书》(华北地方 324)，台湾成文出版社 1985 年版，第 541 页；谈迁《国榷》卷九十二，古籍出版社 1958 年版，第 5597、5602 页等。

② 《四库全书总目》卷一三二，中华书局影印本，1965 年版，第 1127 页。

李云翔的籍贯，或称“广陵”、或称“邗江”、或称“江都”，三者什么关系？这正是本文所要辨析的。

“广陵”是扬州的旧称、别称，“江都”和“邗江”在很大程度上都是“广陵”的别名别称，与扬州也是同一概念。春秋时吴国，在今扬州一带，开凿了沟通长江和淮河的运河，称“邗”或“邗沟”，战国时楚国于这一带置广陵邑，秦朝时设为广陵县，西汉时则为广陵国，其下设江都县，至东汉设为广陵郡。其后“广陵郡”一名或存或废，至隋代开皇年间改称“扬州”。在隋代之前，“扬州”一名，本为古代九州之称，汉代则为十三刺史部之一，自汉代至隋代开皇年间前，扬州的治所并不在今扬州一带，所称“扬州”并不指现在的扬州。至隋代开始，所称“扬州”才固定指今扬州。隋代大业年间又改扬州称江都郡。唐至五代，或改称扬州，或改称广陵郡，曾多次改名。宋元时称扬州路，明清时称扬州府，名称变动较少。

西汉时所设的江都县，在此后名称较少变化；而秦时所设的广陵县，至隋代开皇年间改称邗江县，大业年间又改称江阳县，五代时又改为广陵县，北宋时合并入江都县，虽然在南宋时曾经复置，但在元代又合并入江都县了。所以在明清时期只有江都县没有邗江县①。

查《明史》卷四十《地理志一》，在扬州府下所领为三州七县，直隶扬州府之县为江都、仪真、泰兴三县，扬州府属高邮州领宝应、兴化两县，泰州领如皋一县，通州领海门一县。而江都县为扬州府治所在地②。

李云翔是明代人，确切地说是明末清初人，他的籍贯按照明代正式的行政区划应当是“江都县”，《四库总目提要》称他为“江都人”，是非常确切的。至于他自称的“广陵”、“邗江”，在明代并不是正式的行政区域名称，可说是扬州或江都的别名别称。

1949年以后，我国的行政区划变动频仍。扬州和其属下的江都县也不例外。1949年以江都县城区（也即明清时的扬州府治所）划为扬州市，另设江都县城于仙女镇，江都县属扬州专区。1956年析出江都县南部、西部，复置邗江县，同属扬州专区，“文革”期间，全国专区改称地区，两县同属扬州地区。1983年全国地、市合并，江都、邗江两县同属扬州市，原扬州市区设为广陵区。2000年邗江县改设为扬州市的一个区；江都县则在1994年改称江都市，2011年撤销江都市，改设为扬州市江都区③。

现在扬州市下辖广陵、邗江和江都三个区。这三个市辖区大致相当于明代的江都县地域范围。因为资料所限，按现在的行政区域，李云翔应当属于哪一个区，已经无从考证。不过，我们对他的籍贯进行古今地名标注时，可以写成“李云翔，明代南直隶江都县（今江苏扬州市）人”。

二、李云翔与《封神演义》几个问题的新认识

《封神演义》是部世代累积型作品，在经过长期的民间流传后，由许仲琳、李云翔加以写

---

① 参戴均良等主编《中国古今地名大词典》，上海辞书出版社2005年版；薛国屏编著《中国古今地名对照表》，上海辞书出版社2010年版。

② 《明史》卷四十，中华书局1974年版，第917—918页。

③ 参薛国屏编著《中国古今地名对照表》，上海辞书出版社2010年版；并参《国务院关于同意江苏省调整扬州市部分行政区划的批复》（国函[2011]132号），资料来源于“行政区划网（www.xzqh.org）”。

定。这可以说是现今的大多数《封神演义》研究者们的共识了。但关于《封神演义》的成书刊刻时间、李云翔是否主要写定者等问题，都还存在着较大的争议。这些问题的存在，其实都与日本内阁文库所藏的舒氏刊本《封神演义》卷首李云翔序有关。李云翔的序，没有署具体的写作时间，而且涉及《封神演义》的叙述，含混不清。

笔者认为，结合李云翔的生平著述加以考察，有助于对这些问题的认识。

（一）《封神演义》的成书与刊刻时间

鲁迅据张无咎所作《平妖传》序中已提及《封神演义》，认为此书成于明代隆庆、万历年间[①]；孙楷第据万历四十八年(1620)武林藏珠馆刊本《唐传演义》也为舒载阳所梓，认为《封神演义》也为万历末年或泰昌、天启年间所刊[②]；章培恒认为张无咎所作《平妖传》序，原序和后来经过修改的序之间存在差异，不能作为认定《封神演义》的成书时间，结合日本内阁文库所藏舒氏刊本李云翔所作序，认为《封神演义》既然假托钟惺批评，刊刻时间一定是在钟惺死后，钟惺死于天启四年，因此此书刊刻于天启四年或五年[③]；李亦辉则认为在舒载阳刊本前存在一个早期刊本，其早期刊本在泰昌元年前当已经行世，在万历年间甚至更早的嘉靖、隆庆年间均有可能，而经过李云翔修订评点的舒载阳刊本则成于天启五年至崇祯三年之间[④]。

笔者认为《封神演义》刊刻于天启以前的可能性不大，理由有二：

第一，据章培恒发现，冯梦龙所补的《平妖传》有张无忌序，作于泰昌元年的原序中没有提及《封神演义》，而崇祯年间苏州嘉会堂重刻时重新修订的序中则提及了《封神演义》[⑤]，这说明在泰昌元年张无咎作序时还未看到《封神演义》，而在崇祯年间修订序时已经看到了此书。可见此书当成于天启至崇祯年间。

第二，从日本内阁文库所藏的《封神演义》舒氏刻本的版式特征来看，此书当刊刻于天启至崇祯年间。舒氏刊本卷首李云翔《封神演义序》中，“我国家景运洪开，于斯文独盛”之“国”字，刊刻时高出了左右各栏一个字的位置，突破了原来的边栏。无独有偶，前文所提到的刊刻于崇祯六年的《舆图备考》卷首宗敦一的序中“建置沿革之机宜，皆经圣祖之擘画者”之“圣”字也是这样处理的。这样的处理法，在清刻本中很常见，在明刻本中则很少见到，也是在天启、崇祯年间的刻本中才会遇到。为什么如此？明代文禁至天启、崇祯年间始严，如避讳、如涉及本朝的一些敬词的书写格式，都是至天启、崇祯年间才严格起来的。避讳方面，天启、崇祯之前遇帝王名讳，二名不遍讳，只要不是两字连在一起，是不避讳的，但到了天启、崇祯年间单独一字也要避讳，如前文提到的刊刻于天启七年的《诸子拔萃》中，“校梓”写作“较梓”，便是避天启帝朱由校的名讳而改字。在涉及本朝的一些敬词方面，天启、崇祯之前或顶

---

① 鲁迅《中国小说史略》，人民文学出版社 2006 年版，第 174 页。

② 孙楷第《日本东京所见中国小说书目》，上杂出版社 1953 年版，第 119 页。

③ 章培恒《〈封神演义〉的性质、时代和作者》，《不京不海集》，复旦大学出版社 2012 年版，第 291—295 页。

④ 李亦辉《从词话本到刊本——论〈封神演义〉的成书、版本及编者问题》，《苏州大学学报》，2012 年第 5 期，第 114—115 页。

⑤ 章培恒《封神演义的性质、时代和作者》，《不京不海集》，复旦大学出版社 2012 年版，第 291—292 页。

格刻写、或字前空一格，并不严格，但天启、崇祯年间则很严格，遇转行时须高出一字刻写。

笔者赞成章培恒认为《封神演义》假托钟惺批评，刊刻一定是在钟惺死后的判断，但他认为钟惺死于天启四年，此书的刊刻是在天启四年或五年，并不可靠。章先生认为钟惺死于天启四年，这是沿袭了传统的说法，来源于谭元春为钟惺所作的《退谷先生墓志铭》“没以天启四年六月二十一日”，实际上，钟惺死于天启五年六月二十一日，谭文中“四年”为“五年”之误记或误刻，李先耕《钟惺卒年辨正》[①]、陈广宏《钟惺年谱》[②]均有详细的考证。钟惺既然死于天启五年，那么此书刊刻于天启四年已无可能。刊刻于天启五年是否有可能呢？章先生认为钟惺去世当年（天启四年）书坊就假冒其名刊刻《封神演义》的依据是：“由于苏州在当时是一个很繁华的地区，各地的文人来往于苏州的很多，书坊又是跟文人关系很密切的所在，一定会较快得到钟惺去世的消息。”[③]实际情形并不如此。《钟伯敬先生遗稿》卷首有钟惺的门生、苏州人徐波所作的序，序中称“乙丑六月捐馆舍，岁暮来赴”，“赴”通“讣”，即报丧。又据《钟伯敬先生遗稿》附刻的徐波《遥祭竟陵钟伯敬先生文》可知，他是“腊月廿二日从楚僧灵文闻凶信”[④]，徐波是钟惺的门生，他在苏州得到钟惺的死讯已是天启五年的年底，苏州的书商得知钟惺去世的消息应当不会早于他的好友徐波。因此《封神演义》刊刻于天启五年的可能性很小。

李亦辉认为舒载阳刊本之前有一个早期刊本存在，而舒载阳刊本成于天启五年至崇祯三年之间，也依据不足。

先看舒载阳刊本之前是否有早期刊本存在：

日本内阁文库所藏舒氏刊本卷首李云翔序云：“俗有姜子牙斩将封神之说，从未有缮本，不过传闻于说词者之口，可谓之信史哉？余友舒冲甫，自楚中重资构有钟伯敬先生批阅《封神》一册，尚未竟其业，乃托余终其事。”李云翔于《封神演义》第二十卷（也即全书的终卷）后的“又批”中说：“余因伯敬先生所家藏缮本，又详为考订。”《封神演义》卷首扉页舒冲甫识语则说：“此书久系传说，苦无善本。语多俚秽，事半荒唐。诬古愚今，名教之所必斥。兹集乃□先生考定、批评家藏秘册。余不惜重赀，购求锓行，以供海内奇赏。”

这三段有关《封神演义》一书由来的文字，真真假假，闪烁其事，且说法不一，使人莫衷一是。所谓钟伯敬批阅或家藏，出于伪托，舒冲甫写作识语时，还未想好究竟该伪托谁，故在“先生”之前空了一格。关于这一点，《封神演义》的研究者基本形成了共识，不必费辞。结合这三条说法，有一点应当是明确的，李云翔写定和评点《封神演义》，确实是有底本作为依据的，这就是某先生的“家藏缮本”或“家藏秘册”，不过从舒冲甫所说“余不惜重赀，购求锓行，以供海内奇赏”来看，这本子应当是个稿本（甚至可能还是未竟稿），所以才需要用重赀来加以购求。如果早已有刊本在前，应当已经有不少人阅读欣赏过了，用不着说什么“供海内奇赏”，某先生也不必当作秘册来家藏，舒冲甫也不必用重赀来购求。舒冲甫只要像当时书坊

---

① 李先耕《钟惺卒年辨正》，《钟惺著述考》附录一，黑龙江大学出版社 2008 年版，第 127—129 页；原载《文学遗产》，1987 年第 6 期。

② 陈广宏《钟惺年谱》，复旦大学出版社 1993 年版，第 232—245 页。

③ 章培恒《封神演义的性质、时代和作者》，《不京不海集》，复旦大学出版社 2012 年版，第 295 页。

④ 钟惺《钟伯敬先生遗稿》，明崇祯刻本。

主们常作的那样，对于销路好的书籍，换个牌记翻刻一下即可上市了。而且，如果真的有《封神演义》早期刊本存在，张无咎在泰昌元年为冯梦龙所补的《平妖传》所作的序中应当已经提到了，不必要等到崇祯年间金阊嘉会堂重刻时修改前序才提到。

再看舒载阳刊本是否成于天启五年(1625)至崇祯三年(1630)之间：

前文已经说过钟惺死于天启五年(1625)六月，该年年底他的苏州门生徐波才得到他的死讯，所以在该年年底前苏州书商得到钟惺死讯并且出版假托他评点的《封神演义》的可能性不大。又据前文李云翔的生平辑考可知，天启五年(1625)李云翔负笈游学于蕲州黄州一带，天启六年(1626)初夏寓居南京，作《北调词曲》，天启七年(1627)为南京书坊编选《诸子拔萃》。可见在天启五年至七年这段时间中，李云翔要么在外地游学，要么手头有别的书籍在编著或编选，也不大可能有时间从事《封神演义》的修订写定和评点工作。

那么有没有可能李云翔写定和评点《封神演义》的工作完成于天启五年游学于蕲黄之前、出版于天启五年或之后呢？这个可能性也不大。因为当时的书坊非常讲求出书效率，往往在书稿到手的一年半载中就刊刻问世了。如前文所提到的张无咎为冯梦龙所补的《新平妖传》所作的原序，据所署日期作于泰昌元年(1620)冬至前一日，而为嘉会堂重刻本所作的修改后的序中称该书"已传于泰昌改元之年"①，可见张无咎作原序之时，《新平妖传》已付刊刻，并且很快就刊刻完成投放于市场了。如果李云翔在天启五年之前就写定和评点完成了《封神演义》的话，那么在天启五年该书就刊刻问世了，由于当时还没有得到钟惺死去的消息，伪托评点的应当是另外一个人而不会是"钟伯敬"了。

如此看来，《封神演义》成书和刊刻于天启年间的可能性并不大，它应当是崇祯年间成书和刊刻的。

张无咎崇祯年间为金阊嘉会堂重刻《墨憨斋手校新平妖传》所作的序中称："至于《续三国志》、《封神演义》等，如病人呓语，一味胡谈。"这说明这时他已经看到过《封神演义》。序中又说："(《新平妖传》)书已传于泰昌改元之年。子犹宦游，板毁于火。余重订旧叙而刻之。"②此序中提到了冯梦龙"宦游"，查冯梦龙于崇祯三年(1630)五十七岁时补岁贡，于崇祯四年或五年任丹徒县训导，崇祯七年(1634)升福建寿宁知县，于崇祯十一年(1638)六十五岁时卸职归里③。冯梦龙宦游当是在崇祯四或五年至崇祯十一年之间，张无咎重订此序并刊刻《新平妖传》也当在此期间或稍后，《封神演义》大约也是在崇祯十一年之前已经刊刻问世了。

据前文李云翔辑考部分可知，崇祯三年(1630)李云翔从傅昌辰手中接受潘光祖的《舆图备考》未竟稿，着手修订，至崇祯六年(1633)冬天才完成，所以这段时间里李云翔也不太可能腾出手来进行《封神演义》的修订、评点工作。因此《封神演义》的修订写定和评点工作，要么在崇祯元年至三年之间，要么在崇祯七年至十一年之间或稍后。李亦辉据李云翔序中"幸而天启文明，我国家景运宏开"，认为崇祯六年之后明朝风雨飘摇，李云翔不大可能说这样的话，因而认为李云翔在崇祯三年之前完成了《封神演义》的修订评点工作，不知他判断是崇祯

①② 张无咎《新平妖传叙》，《新平妖传》卷首，《古本小说集成》影印明崇祯金阊嘉会堂刊本，上海古籍出版社1995年版。

③ 参陆树仑《冯梦龙研究》，复旦大学出版社1987年版，第24—25页；高洪钧《冯梦龙年谱》，《冯梦龙集笺注》附，天津古籍出版社2006年版，第393—404页。

六年后而不是崇祯四年、五年后或七年、八年后明朝风雨飘摇的依据是什么？而且，即使崇祯中后期明王朝处于风雨飘摇中，但包括了南京、苏州在内的江南地区一直还是繁荣安定的，李云翔序中的话不过是场面性的话，就像“文革”期间国民经济已经到了崩溃的边缘，但人们写文章总是说“国内外形势大好”、“到处莺歌燕舞”一样，没法作认真考究的。

（二）李云翔是否《封神演义》的主要写定者

李云翔是《封神演义》的修订写定者和评点者，这一点研究者们已经基本达成共识。但他是否主要写定者，则仍有争议。章培恒认为《封神演义》虽由许仲琳、李云翔两人写定，但李云翔是主要写定者[①]。而李亦辉则认为李云翔只是《封神演义》舒载阳刊本的修订评点者，而非该书的主要作者[②]。产生争议的焦点，其实出自对李云翔序中涉及《封神演义》成书的一段话的理解有歧异，李云翔序云：

> 俗有姜子牙斩将封神之说，从未有缮本，不过传闻于说词者之口，可谓之信史哉？余友舒冲甫，自楚中重资构有钟伯敬先生批阅《封神》一册，尚未竟其业，乃托余终其事。余不愧续貂，删其荒谬，去其鄙俚。而于每回之后，或正词、或反说、或以嘲谑之语，以写其忠贞侠烈之品、奸邪顽顿之态，于世道人心，不无唤醒耳。

这段文字含混不清，疑云重重：一，既然“从未有缮本，不过传闻于说词者之口”，又何来“钟伯敬先生批阅《封神》一册”？二，既然“钟伯敬先生批阅《封神》一册，尚未竟其业”，舒冲甫“托余终其事”，“余不愧续貂”云云，自然应当是指完成钟伯敬先生未竟的批阅事业，那又为何“删其荒谬，去其鄙俚”？钟伯敬即钟惺是晚明时期的大名家，他的批阅为何会“荒谬”、“鄙俚”？三，如果说““删其荒谬，去其鄙俚”是指对《封神演义》本身进行加工修订，不是指对钟伯敬先生的批阅进行修订，那么这两句话为什么要接在显然是指批阅修订工作的“而于每回之后，或正词，或反说……”之前？四、从现有的《封神演义》篇幅为二十卷一百回来看，此书显然不止“一册”，舒冲甫既然化了重资，为何所购的只有一册，而不是全帙？五、从“于每回之后……”的语气来看，李云翔似乎又是对整部《封神演义》的批阅而言的，舒冲甫所购的不止只有一册。

章培恒认为：

> 序中明说“自楚中重资购有钟伯敬先生批阅《封神》一册”，而《封神演义》这样的大书，在当时绝不是“一册”的篇幅所能容纳的；这一册显非《封神演义》全书。既然不全，也就必须续写。因此，所谓“尚未竟其业，乃托余终其事”这一段文字，是说舒冲甫购来的《封神演义》并未写完，托李云翔续成，李云翔不但续了其未完成的部分，而且对那已完成的“一册”也作了修改，并于每回之后加了评语。[③]

① 章培恒《〈封神演义〉的性质、时代和作者》，《不京不海集》，复旦大学出版社 2012 年版，第 296、299 页。《〈封神演义〉作者补考》，《不京不海集》，复旦大学出版社 2012 年版，第 300 页。

② 李亦辉《从词话本到刊本——论〈封神演义〉的成书、版本及编者问题》，《苏州大学学报》2012 年第 5 期，第 115 页。

③ 章培恒《〈封神演义〉的性质、时代和作者》，《不京不海集》，复旦大学出版社 2012 年版，第 294 页。

李亦辉则认为：

> 李云翔序谓“余友舒冲甫自楚中重资购有钟伯敬先生批阅《封神》一册”，若按全书二十卷，每卷一册，共二十册计算，则“一册”仅为全书的二十分之一，显然无法刊行；而一个以盈利为目的的书贾竟会如封面识语所言“不惜重资购求锓行”，这显然不合情理。揆之以理，“一册”之语有两种可能性，一是“一册”乃“一部”之误，……二是李云翔故意说舒载阳所购仅为“一册”，……但无论出于哪种可能，李云翔都只能是该本的修订评点者，而非作者，更谈不上主要作者。①

笔者认为，联系目前存世的李云翔所编著或修订的几部书籍的刊刻情况，应当有助于李云翔与《封神演义》关系的认识。

1．“一册”很可能是版刻时产生的讹误。

检视目前存世的李云翔所编著或参与修订的几部书籍，卷首李云翔所作序均是据手写字版刻的，而其他人所作的序则采用宋体或长宋体版刻。《北曲词调》、《舆图备考》两书卷首李云翔的序，从字体看显然是一人所写，很可能就是据李云翔本人的手迹版刻的，《诸子拔萃》李云翔序的手写字体较为规整，与《北曲词调》、《舆图备考》上的手迹差异较大，也许是别人抄写的手迹。但无论怎样，李云翔之序都是据手写体进行版刻的。而内阁文库所藏舒载阳刻本《封神演义》卷首李云翔序，并不采用手写体版刻而是用长宋体版刻的。猜想其原因，很可能就是因为书坊要冒用钟惺批评的名义，将原来李云翔所作的序中涉及《封神演义》书稿来历的这段文字作了修改，李云翔原来的手迹自然没法照用了，只得用当时常用的版刻字体进行版刻，“一册”之“册”很可能就是版刻时误刻所致。因为无论从情理来推测，还是联系舒冲甫识语“兹集乃□先生考定、批评家藏秘册。余不惜重赀，购求锓行，以供海内奇赏”及李云翔于《封神演义》第二十卷(也即全书的终卷)后的“又批”中所说“余因伯敬先生所家藏缮本，又详为考订”的语气来考量，舒冲甫所购《封神演义》都应当是整部而非只是一册(当然这部书稿也很可能是个未竟稿)。

2．李云翔是《封神演义》的最后写定者和评点者，但不是主要写定者。

除《封神演义》外，属于李云翔编选或修订的书籍，现存的还有《诸子拔萃》和《舆图备考》。《诸子拔萃》一书，尽管于仕廉所作的序中称李云翔“广为搜罗，严为笔削，撷精扬华，芟芜剔翳，采辑成编”，而据《四库全书总目》的提要可知，该书不过是“取坊本《诸子汇函》，割裂其文”而成，实际所做的工作非常有限。而《舆图备考》一书，李云翔自序是“越三寒暑、五脱稿”，“始告厥成”，实际也只是根据《明一统志》中的材料，将潘光祖的未竟稿进行加工增订而已，《舆图备考》的主体部分是潘光祖完成的，李云翔仅是个修订者。《诸子拔萃》的题识为“江上李为霖评选”、《舆图备考》的题识为“明关中潘光祖海虞父汇辑、邗江李云翔为霖父参订”。可以说，这两书相关的著作权问题是明确的。

《封神演义》与《舆图备考》一样，都是在他人所作的书稿的基础上进行修订加工。比较一下这两书中李云翔之序，有些说辞也非常相似：

---

① 李亦辉《从词话本到刊本——论〈封神演义〉的成书、版本及编者问题》，《苏州大学学报》2012年第5期，第115页。

《封神演义》序云：

余友舒冲甫，自楚中重资构有钟伯敬先生批阅《封神》一册，尚未竟其业，乃托余终其事。余不愧续貂，删其荒谬，去其鄙俚。而于每回之后，或正词、或反说、或以嘲谑之语，以写其忠贞侠烈之品、奸邪顽顿之态，于世道人心，不无唤醒耳。

《舆图备考》序云：

适盟兄傅少山以潘大参海虞先生未竟之《备考全书》示予。观其略，不止记山川名胜、资纸上卧游，实有关经济者。予不愧续貂，从《一统志》而损益之，详以诸记述及予之耳目所见闻者。

两篇序中都说书稿是从书商那里接手过来的别人所作的“未竟”之稿，都说自己“不愧续貂”，并说了自己做了哪些具体工作。可以说据李云翔的自序，他为这两部书稿所作的具体工作是比较明确的，都是属于增补、修订之类工作。《舆图备考》一书还能够在题识中明确“邗江李云翔为霖父参订”，而舒载阳刊本《封神演义》除第二卷卷首题有“钟山逸叟许仲琳编辑、金阊载阳舒文渊梓行”外，于每卷卷首仅题“新刻钟伯敬先生批评”，对于李云翔的参与修订根本没有提及。如果按照《舆图备考》的题识，《封神演义》应当题识为“钟山逸叟许仲琳编辑、邗江李云翔为霖父参订”才对。要不是舒载阳刊本上还保留着李云翔所作的序，说明了自己对《封神演义》做了哪些工作，后世的人们根本不会知道李云翔是《封神演义》的修订者和评点者。

对照《封神演义》、《舆图备考》的题识和李云翔的序来看，李云翔不可能是《封神演义》的主要作者（写定者）。他对于《封神演义》所做的工作，与他对于《舆图备考》所做的工作性质是类似的。他修订《舆图备考》“越三寒暑、五脱稿”，最后在题识中有一个“参订”的名头，而他修订、评点《封神演义》，连个“参订”的名目也没有。很可能李云翔对《封神演义》所付出的劳动，还没有他对《舆图备考》的来得大，所以《封神演义》的刊刻者觉得即使不署上李云翔的名，连“参订”的名头也不给他，也问题不大。如果李云翔真的是《封神演义》的主要写定者，《封神演义》的刊刻者恐怕不敢将他的功劳一笔抹杀。因为当时的李云翔在书坊主眼里已经是具有一定的知名度的“今日名公”了。《北调词曲》在卷首的《凡例》后有一则《征文启》，文内将李云翔（为霖）与当时的名家如张鼐（侗初）、陈仁锡（明卿）、徐奋鹏（笔洞，当作笔峒）、钟惺（伯敬）、袁中道（小修）、陈继儒（眉公）等并提，该文云：

夫海内文章蔚起，名公巨儒，掞藻抒奇。或选述书史，著辑坟典，托兴喻物，继往开来，厥功匪细。若今日名公，如张侗初、陈明卿、徐笔洞、钟伯敬、袁小修、陈眉公、鲍在齐、黄赞伯、陈古白、马君常、何非鸣、李为霖、李子素、周君建、周介生、支小白诸先生，删烦订讹，采择群书，以策后学。其为艺林先鞭非乎？

从这则《征文启》可知，早在天启年间，李云翔已经是书坊主眼里可以与钟惺、袁中道等并提的“今日名公”了，这应当与他所创作的品评秦淮名姬的通俗文学作品如《金陵百媚》、《名姝词曲》、《十丑十俊》等盛行于世，为书坊一再翻刻有关。有着这样的名声，并且已经编选、修订了如《诸子拔萃》、《舆图备考》等多部书籍，崇祯年间才有书坊主请他修订、品评《封神演义》，如果他所做的实际工作足够多，在“新刻钟伯敬先生批评”之下，再打上“钟山逸叟许仲琳编辑、邗江李云翔为霖父参订”之类，岂不是更完美？

（三）陆长庚会不会是李长庚之误

张政烺在与胡适的通信《封神演义的作者》中，根据《传奇汇考》卷七“顺天时”条中“《封神传》系元时道士陆长庚所作，未知的否”，考证出陆长庚即明代嘉靖、万历年间的道士、兴化人陆西星①。《封神演义》的作者为陆西星说，也就成为后世较具影响的又一说。《传奇汇考》的记载其实是沿袭《乐府考略》而来的，而《乐府考略》是大约成书于清康熙末年的无名氏之作，它的记载本是条孤证，说陆长庚是元朝人，而且说“未知的否”，显然是道听途说而来，其可靠性本来就很不足。陆长庚如果真的是元朝人，那么他与明代人陆西星没有丝毫关系；如果“元朝”为“明朝”之误记，陆长庚确实是明代人的话，“长庚”也未必就是兴化人陆西星的字，为什么他就不能姓陆名长庚呢，就像前文提及的为李云翔参订的《舆图备考》写序的李长庚姓李名长庚一样？所以《封神演义》作者为陆西星说实在不足为凭，后来在此说基础上所推衍出来的种种研究其实都缺少坚实的基础，章培恒的《〈封神演义〉作者补考》驳之甚详，兹不赘述。

因为看到《舆图备考》卷首有李长庚的序，李长庚与李云翔有交往，是李云翔的老师，而李云翔则是《封神演义》的修订写定者和评点者。李长庚为李云翔参订的《舆图备考》作序是在崇祯六年，而《封神演义》成书与刊刻也是在崇祯年间。这样的关系，不免使人产生联想。按照张政烺等人的思路，如果《传奇汇考》（其实源自《乐府考略》）中所记载的“元时道士陆长庚”，“元时”可以是“明时”所误，那么“陆长庚”可否为“李长庚”之误呢，因为“陆”与“李”为同声母的字，如果口耳相传，则“李”误为“陆”、从而将姓名弄错的可能性比将“明”误为“元”、从而将朝代弄错的可能性大得多。这种可能性是否存在呢？如果存在，又是怎样将《封神演义》与李云翔的关系转变成《封神演义》与李长庚继而转变成《封神演义》与陆长庚的关系的？因为材料不足，笔者仅提出这样的猜想而不作索隐式的探究，只是提请人们注意这种可能性的存在。

三、余　论

正如宋元时期的书会才人造就了宋元戏曲和说话艺术的繁荣一样，明代中后期的下层文人也造就了明代出版业和以小说为主的通俗文学创作的繁荣。在明代中后期商业经济发达的南京、苏州、杭州等江南地区以及刻书业发达的福建建阳一带，都聚集着一批依托于书坊业，为书坊主编著、评选各类书籍的下层文人。他们的共同特点是：早期习儒，有志于通过科举进入仕途，因为科场失利不得不直面现实。为了维持生计，他们来到当时经济发达的城市，因为有着较高的文学修养和知识素养，受聘于书坊主，除为书坊编著各种通俗文学作品外，还评选、编辑市场销路好的包括经、史、子、集在内的各种流行性读物。可以说，书坊主要求他们编著什么，他们就能编著什么。业余时间，他们往往组织起诗文结社，与社友之间进行诗文交流，切磋技艺；也常常与三五同好，流连于秦楼楚馆，在寻花问柳、调笑风情中打发

① 张政烺《封神演义的作者》，《独立评论》第209期，1936年，第18—20页。

光阴。他们的知识水准和创作能力可能参差不齐,但不妨碍他们与书坊主之间的相互合作。明代中后期出版业的发达、包括小说在内的通俗文学创作的繁荣,离不开下层文人与书坊主的相互合作与相互依存。

近年来,对于明代书坊、书坊主与通俗文学尤其是小说创作的关系的研究取得了引人注目的成果,而对于依托于书坊、对明代中后期的出版业发达和小说创作繁荣作出巨大贡献的下层文人,则注意得还不够,除了对冯梦龙等个别通俗文学创作的大家有着较充分的研究,对邓志谟、吴还初等少数下层文人有一定的研究外,对于这些依托于书坊的大多数下层文人还缺少最基本的研究。而对这些下层文人缺乏研究,则会影响到对明代中后期通俗文学编创方式的认识以及对这些文学作品的性质和价值的评估,甚至影响到对明代文学史的认识。

也正如宋元时期的大多数书会才人一样,由于传世的有关他们的资料很少,即使有也显得零碎而且分散,甚至相互歧异,明代中后期的这些依托于书坊的下层文人,大多数也是生平事迹难以稽考,甚至连籍贯、字号也不容易弄清。这方面,李云翔可说是个幸运者,因为有关他的资料,分散保留在他所编著的书籍中,尽管比较零碎,但通过辑考、汇聚起来,还是能够对他的生平事迹有一个大致的了解。李云翔可说是明代中后期依托于书坊业从而得以生存的下层文人的一个典型,他的个人经历和生活状况,在当时的这类文人中具有代表性。通过他,我们可以加深对明代中后期下层文人的认识。

作者单位:浙江大学

台北“故宫博物院”藏《金瓶梅词话》读后

黄　霖

现存最早的《金瓶梅》刊本是“词话本”，以后的“崇祯本”、“张评本”均由此删改加评而成，所以词话本在《金瓶梅》研究史上至关重要。现在存世的词话本只有三部半：1932 年在山西发现的一部现藏在台北“故宫博物院”，后于 1941 年、1962 年分别在日本日光山轮王寺的慈眼堂与德山市毛利氏家栖息堂各发现了一部，另外京都大学藏有约半部残本，据鸟居久晴教授所写的文章[①]与荒木猛教授对笔者口述，都认为是后印的较差的本子，且现在京都大学各有关图书馆的藏书目录中都未见此书，故暂且略而不论。就以上三部基本完整的书来看，都非藏在图书馆，故长期以来不对外开放，至少半个世纪以来，大家对它们的认识大致都停留在上世纪六十年代长泽规矩也等几位教授的描述与一些影印本的基础上。笔者去年在广岛大学川岛优子助教授的帮助下，有幸亲睹了德山毛利氏本，写了《毛利本〈金瓶梅词话〉读后》，作为今年台湾嘉义大学举办的小说戏曲研讨会的会议论文。会后，用了一天时间去“故宫博物院”匆匆忙忙地翻了另一部原刊词话本，由此而想就这本词话本及它的主要影印本谈一些看法。

一、台北藏本品相最佳

当上世纪六十年代日本发现毛利本并接着影印大安本的时候，一些学者在介绍其优点时，往往自觉或不自觉地将它们与现藏在台北“故宫博物院”的中土本的影印本的缺点相比较，这样就很容易且事实上给学者们造成了某种错觉，认为毛利本、慈眼堂本及影印的大安本比较好，而藏于中土的本子较差。最有代表性的是大安本的《例言》说：

> 一、吾邦所传明刊本金瓶梅词话之完全者有两部。日光山轮王寺慈眼堂所藏本与德山毛利氏栖息堂所藏本者是也。
>
> 三、古佚小说刊行会影印本。以北京图书馆所藏本为据[②]。不但随处见墨改补整。而有缺叶。

---

① 鸟居久晴《关于京都大学藏〈金瓶梅词话〉残本》，《中国语学》第 37 号，1955 年 4 月。

② 当时提到的“北京图书馆所藏本”，因抗战时寄存在美国国会图书馆，后美国还到了台北的“故宫博物院”，所以即是目前台北“故宫博物院”藏本。

这里突出了日本所藏“两部”均是“完全者”，而中土本则“有缺叶”，还加上“随处可见墨改补 整”。

与此相呼应，在专刊宣传大安本文章的1963年5月《大安》第9卷第5号上发表的饭田吉郎教授的《关于大安本〈金瓶梅词话〉的价值》中说：“北京图书馆本及其影印本都是缺少第五十二回第七、第八两页原文，这当然是件美中不足的憾事。然而，现在的大安本由于使用了与北京图书馆同版的日光慈眼堂藏本，所以理所当然地消除了这个缺陷。”同期所刊的鸟居久晴《〈金瓶梅〉版本考再补》一文也说：“顺便说一下，在北京本中缺少的第52回第7、8页在慈眼堂本中是完整的……这个版本(按，指慈眼堂本)就成了海内唯一完整无缺的版本，这实在是贵重的东西……”诸如此类，在学界造成了影响，往往误认为中土本是缺了两叶，而日本两部都是完整的。

其实，日本两部都不“完全”，且缺页都比中土本更多。中土本缺2页，而毛利本缺3页：第26回第9页、第86回第15页，以及第94回第5页。慈眼堂本笔者未能获见，而据当年翻过此书的长泽规矩也说：“慈眼堂所藏本缺五页”①，可知缺页更多。因此，大安本《例言》所说“吾邦所传明刊本金瓶梅词话”之“两部”是“完全者”的说法并不确切，更不能以此虚假的“完全”来与中土本的缺页相对照，引导人们得出不正确的结论。

更重要的是，我目睹了毛利本与中土本之后，从其纸张、墨色等完整性、清晰性等各方面来看，毛利本的整体品相远不能与中土本相比。我在今年台湾嘉义大学举办的小说戏曲研讨会上发表《毛利本〈金瓶梅词话〉读后》时，仅将毛利本与中土本的影印本“联经本”相比，就已经有这样的感觉，会后翻阅了台北“故宫博物院”所藏的原书，进一步加深了这一印象。

记得去年在日本德山翻阅毛利本的时候，发现有破损漏洞的页面相当多，这才明白当初大安本在影印时，之所以许多页面要用慈眼堂本来替补的缘故。今就其明显的略举数例，如第16回第6页、第55回第2页反面、第59回20页反面、第69回17页反面、第73回第5页、第74回第8页反面、第79回第11页反面等，都有程度不同的破损。

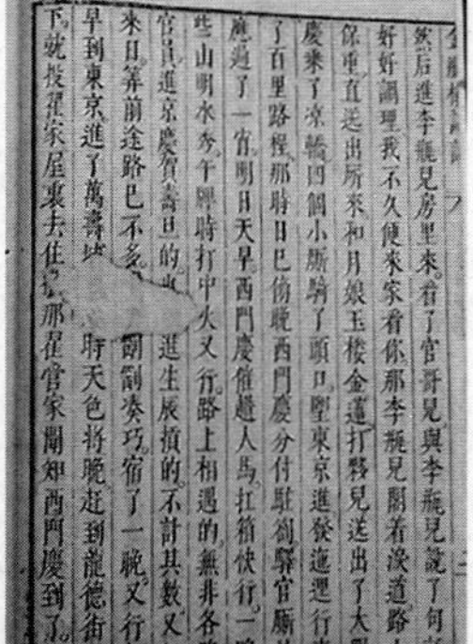

55/2B

73/5

① 长泽规矩也《〈金瓶梅词话〉影印经过》，黄霖等编译《日本研究〈金瓶梅〉论文集》，齐鲁书社1989年版，第86页。

在有破损的页面中，有相当多的部分经过了修补。从其所用修补的纸张与色泽来看，似乎是当初印刷后立即进行修补的。这些修补过的页面无法清晰地填补所有的缺字，多数显得漫漶不清或多留有小洞。如：第 4 回第 2 页反面、第 11 回第 2 页反面、第 12 回第 6 页反面、第 13 回第 2 页反面、第 25 回第 1 页反面、第 30 回第 6 页反面、第 39 回第 1 页反面、第 49 回第 1 页反面、第 49 回第 5 页反面、第 67 回第 19 页反面、第 68 回第 15 页、第 71 回第 4 页、第 75 回第 9 页反面、第 75 回第 17 页反面、第 75 回第 6 页、第 80 回第 5 页反面、第 81 回第 5 页、第 87 回第 6 页反面等，都存在着这样的情况。这与上面未经修补的合在一起，令人感到此书的破损漏孔的页面简直是触处皆是。

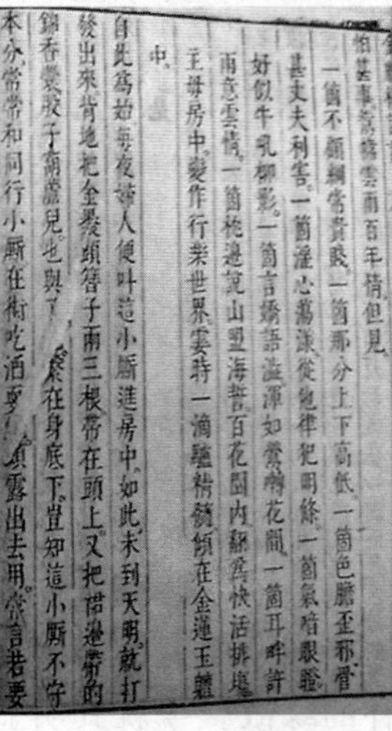
雲雨百年情。但見
一箇不顧綱常貴賤，一箇那分上下高低。一箇色膽歪邪，管甚丈夫利害。一箇淫心蕩漾，從他律犯明條；一箇氣暗眼瞪，好似牛吼柳影。一箇言嬌語澁，渾如鶯囀花間；一箇耳畔許雨意雲情，一箇枕邊說山盟海誓。百花園內，翻為快活排場；主母房中，變作行樂世界。霎時一滴驢精髓，傾在金蓮玉體中。
自此為始，每夜婦人便叫這小厮進房中，如此，未到天明，就打發出來。背地把金裹頭簪子兩三根帶在頭上，又把裙邊帶的錦香囊葫蘆兒也與了……繫在身底下。豈知這小厮不守本分，常常和同行小厮在街吃酒，要……露出去用。常言若要

12/6B/10－11 补后仍缺字

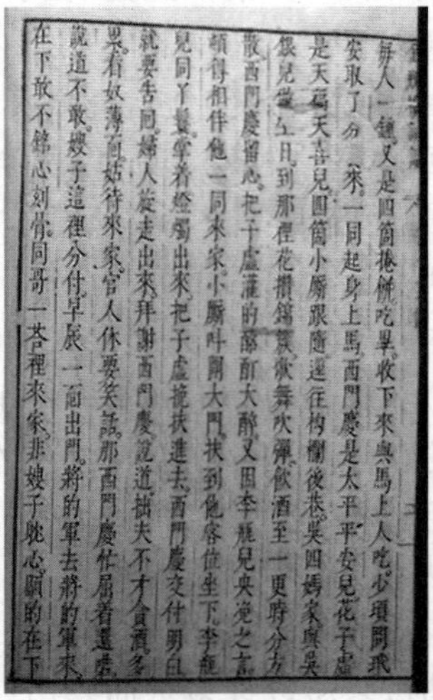
婦人一鍾，又是四箇捲餅吃畢，收下來與馬上人吃。少頃，月琴……取了分……來。一同起身上馬。西門慶是太平安兒、花子虛是天福、天喜兒四箇小厮跟隨，還往构欄後巷吳四媽家與吳銀兒……且到那裡花攢錦簇，歌舞吹彈，飲酒至一更時分方散。西門慶留心，把子虛灌的酩酊大醉。又因李瓶兒央浼之言，頓得相伴他一同來家。小厮叫開大門，扶到他客位坐下。李瓶兒同丫鬟掌着燈燭出來，把子虛攙扶進去。西門慶交付明白，就要告回。婦人旋走出來拜謝西門慶，說道拙夫不才，貪酒多累，看奴薄面，姑待來家。官人休要笑話。那西門慶忙屈着還禮，說道不敢。嫂子這裡分付，早晨一面出門，將的軍去，將的軍來，在下敢不鋒心，剋骨同哥一答裡來家。非嫂子耽心，顧的在下

13/2B/8－11 上部仍模糊

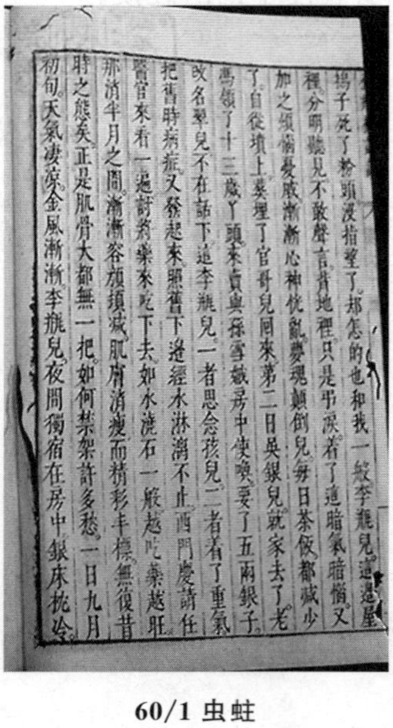
鴇子死了，粉頭沒指望了，却怎的也和我一般。李瓶兒這邊屋裡分明聽見，不敢聲言，背地裡只是掉淚。着了這暗氣暗惱，又加之煩惱憂戚，漸漸心神恍亂，夢魂顛倒兒，每日茶飯都減少了。自從墳上葬埋了官哥兒，回來第二日，吳銀兒就家去了。老馮領了十三歲丫頭來，賣與孫雪娥房中使喚，要了五兩銀子，改名翠兒，不在話下。這李瓶兒一者思念孩兒，二者着了重氣，把舊時病症又發起來，照舊下邊經水淋漓不止。西門慶請任醫官來看一遍，討將藥來，吃下去如水澆石一般，越吃藥越旺。那消半月之間，漸漸容顏頓減，肌膚消瘦，而精彩丰標無復昔時之態矣。正是肌骨大都無一把，如何禁架許多愁。一日九月初旬，天氣淒涼，金風淅淅。李瓶兒夜間獨宿在房中，銀床枕冷。

60/1 虫蛀

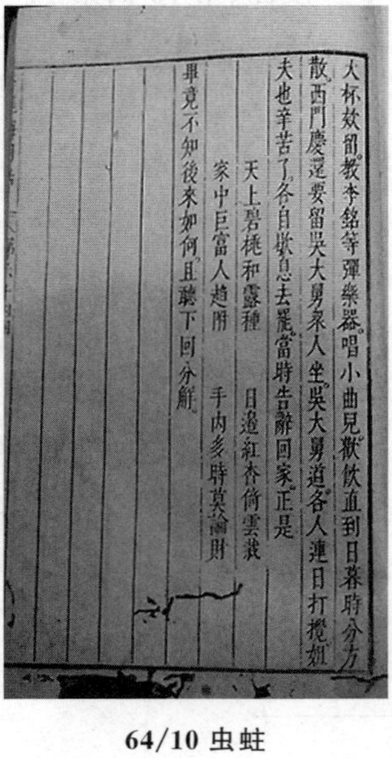
大杯斂留，教李銘等彈樂器，唱小曲兒，歡飲直到日暮時分方散。西門慶還要留吳大舅眾人坐，吳大舅道各人連日打攪姐夫，也辛苦了，各自歇息去罷。當時告辭回家。正是
天上碧桃和露種，日邊紅杏倚雲栽。
家中巨富人趨附，手內多時莫論財。
畢竟不知後來如何，且聽下回分解。

64/10 虫蛀

除此之外，另有的页面或封面被虫蛀坏，如第 60 回第 1 页、第 64 回第 10 页等；有的印纸存有泥边，不雅观，如第 3 回第 6 页第 8 行、第 22 回第 2 页第 7 行、第 34 回第 11 页第 8 行、第 34 回第 11 页第 8 行、第 63 回第 4 页第 1 行、第 67 回第 3 页第 8 行、第 67 回第 16 页第 8 行、第 71 回第 8 页第 9 行、第 74 回第 10 页等；有的纸面折皱而影响印刷，如第 5 回第 2 页第 9 行、第 71 回第 1 页反面第 5—8 行、第 73 回第 15 页第 8 行、第 76 回第 4 页反面第 8—9 行，乃至有的页面留下了水渍的污迹，如第 20 回第 15 页上面等，诸如此类，数量不少，不能不使人感到此书在当时的出版质量与后来的保存流传都存在着不少问题。

34/11/8 存泥边

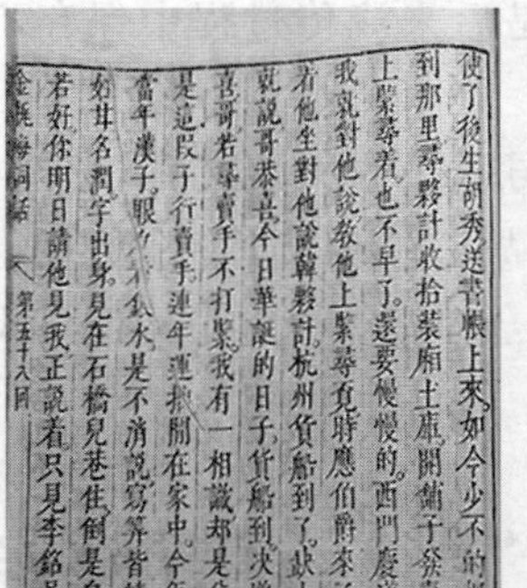

58/2/9 纸皱而模糊

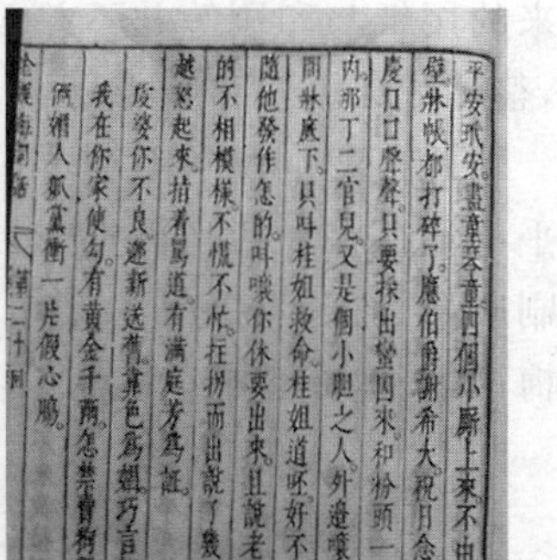

20/15 上部存水渍

除了纸面破损等“硬伤”之外，当时的刷印也颇粗糙，墨色浓淡不均的情况也常见到，不少页面的个别行、个别字印得太淡，特别是边角等处甚至没有刷到，如第 39 回第 8 页反面第 7—11 行、第 59 回第 5 页第 1 行、第 68 回第 15 页第 2 行、第 72 回第 10 页第 1 行、第 73 回第 12 页反面第 7 行、第 73 回第 19 页第 1 行，第 73 回第 20 页第 2 行、第 75 回第 12 页第 1 行、

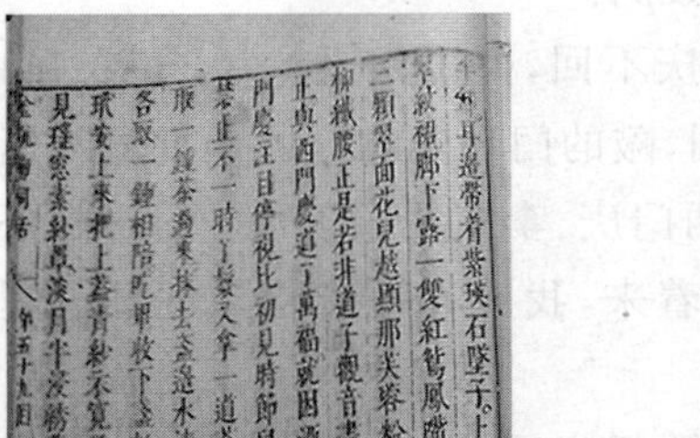

59/5/1 墨色过淡

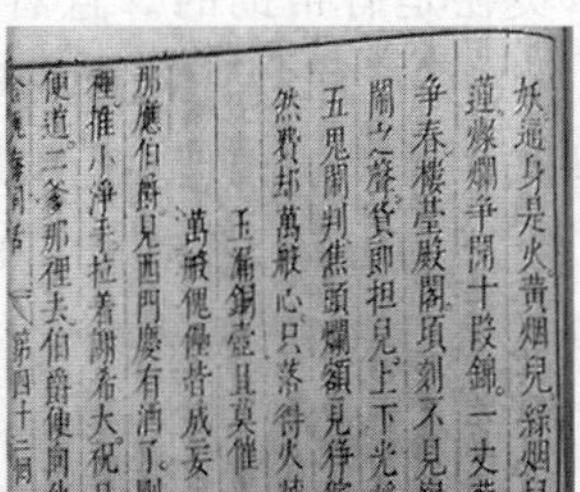

42/11/11 墨色过浓

第77回第8页反面第9行、第77回第17页反面等，都有个别字没有刷清或印出。与此相反，有的页面的个别字、行的墨色太浓，也显得文字模糊。如第37第10页第8行、第42回第11页第1行等。这一情况反映了当时书肆出版工作的马虎，影响了书本的品相。

毛利本的情况如此，慈眼堂本的情况应该是更糟。道理很简单，当初大安本将毛利本与慈眼堂本择善拼凑后影印成一部大安本时，是将毛利本作为基础的本子，只是将它不良的页面用慈眼堂来替代。这就说明了，从总体上看，还是毛利本优于慈眼堂本，不可能反过来，用差的本子作底，再大量地选用另外好的本子来替换的。当然，也有另一种可能，即慈眼堂本原来的用纸与印刷等并不差，只是后来流传过程中保存不良，遭受鼠害，因而现在从整体上看，整体品相就显得更差了。

因此当我翻阅了毛利本，并与联经本相校之后，发现毛利本中的种种弊病，在联经本中几乎都不存在。后当再打开台北故宫的原刊本后，更觉得中土本之美好。不论是看当初的印刷质量，还是看后来的保存，中土本都属上乘。因此，我心里禁不住惊叹：想不到这部《金瓶梅词话》竟是这样的完好！

二、“墨改补整”是利多弊少

中土本常遭诟病的是“随处见墨改补整”。所谓“墨改补整”，即是在流传过程中有人或用朱笔，或用黑墨，将正文的文字进行批改。其批，有眉批，有旁批。其改，有正字在原文之旁，也有叠改在原字之上。其色有深浓与浅淡之别，也有陈旧与略新之异。总的看来，可肯定不是成于同一时间，也有可能不是出于一人之手。这些墨改文字，从强调原板的整洁性的版本学家看来，无疑是有碍观瞻的。但从我比较关注文学批评与实际校字效果的角度看来，这些“墨改”文字不但不全是病，而且自有它的价值所在，应该予以重视。

它的价值主要表现在两个方面：

一、就批来讲，全书约留下七八十条批语，虽然文字不多，但有的也颇精彩，对于理解《金瓶梅》的艺术奥秘是有帮助的。且看以下数例：

1. 第38回第8页反面，写潘金莲等西门庆不回，弹了回琵琶后“和衣强睡倒”，这时“猛听的房檐上铁马儿一片声响，只道西门庆来到，敲的门环儿响”，此处批道：“模拟情境妙甚。”

2. 第38回第11页反面，写潘金莲当着西门庆、李瓶儿叹苦说：“……比不得你们心宽闲散，我这两日，只有口游气儿，黄汤淡水，谁尝着来，我成日睁着脸儿过日子哩！”此处有旁批道：“说得苦，要打动其夫。”

3. 第62回第24页反面，写李瓶儿死后，西门庆很伤心，吴月娘、孟玉楼等从不同的角度劝说并流露了不满之意，此时潘金莲只是说了句：“他得过好日子，那个偏受用着甚么哩，都是一个跳板儿上人。”此处眉批曰：“金莲当此快意之时，话头都少了。”

4. 第76回第4页反面，写孟玉楼拉着潘金莲到吴月娘那里道歉，翻来覆去，八面玲珑，说了好多话，在第7行那里对吴月娘说：“亲家，孩儿年幼不识好歹，冲撞亲家，高抬贵手，将就他罢，饶过这一遭儿，到明日再无礼，犯到亲家手里，随亲家打，我老身却不敢说了。”有眉批曰：“大抵玉楼做事，处处可人。”

5. 第91回第4页第7—8行写孟玉楼嫁李衙内，“先辞拜西门庆灵位，然后拜月娘”，“两个携手,哭了一场”,上有眉批曰:“瓶儿死的好,玉楼走的好。”

诸如此类的一些批语,在一些影印本中都被删去,包括后来的联经本,也大都没有印上。

二、就改来讲,不容讳言,也有一些地方改错了,但绝大部分是改得对,改得好,纠正了手民传抄与刊刻过程中的错误。特别是一些用朱笔圈改或改在旁边的文字,即使将原文圈掉了,甚至改错了,但仍能清楚地看到原文的真面目,让读者能判断孰是孰非。最不可取的无非是用黑色墨笔圈勾或直接涂改,因经此一涂或一改,原来的文字已不可辨认,这就有了“破坏”之嫌了。但好在这类直接用墨笔涂改的地方并不多,所改之处多数是有道理的,比如第 81 回第 7 页反面第 3 行,将“陈经济”改成“来保”,第 82 回第 1 页倒数第 3 行将“有人根前”改成“有人跟前”,第 9 页反面第 2 行将“才本叫了你吃酒”改成“崔本叫了你吃酒”,第 86 回第 11 页反面第 8 行,将“也长成一条大溪”改成了“也长成一条大汉”,等等,这些校改都是有道理的。因此,我们对中土本的“墨改补整”应该做实事求是的具体分析。或者说,这些“墨改补整”还是利大于弊的。

三、联经本并未完整地移录批改文字

中土本自上世纪三十年代发现后,即由古佚小说刊行会影印了 104 部。长期以来,中土本的流传主要据这一本子而加以覆印。1978 年,台湾联经出版事业公司用傅斯年所藏古佚小说刊行会本为底本影印时,做了两件令人瞩目的事:一是将过去缩印的本子放大至与原刊的大小相同,二是,因原本多数用朱笔批改,过去的影印本都是一律改用墨色,而这次它将一些朱批文字用红色套印。这样一来,就自然地给人以一种恢复原貌的感觉,往往误认为这是一部最为忠实于原刊的印本,甚至认为就是用故宫的本子来加以直接影印的。笔者因此在过去也常常赞誉这一本子,认为它比大安本好。

但后来听说联经本确是仍用傅斯年所藏的古佚小说刊行会本影印而并未直接用原刊来影印,其朱批文字,只是据故宫博物院藏本描抄后加以套印,且在套印过程中问题多多。今年台湾里仁书局重印《新刻金瓶梅词话》大安本时就在卷首的《说明》中说联经本:“朱文屡有移位、变形、错写之失。”我这次在“故宫博物院”看原本时,匆忙之中未能将联经本与之一一细校,只是将据原刊抄录的批评文字回家后与之对校,竟发现联经本有大量的缺失。这曾使我怀疑自己所用的今年在大陆销售的重印联经本是盗版,但后来我请台湾陈益源教授、日本荒木猛教授与川岛优子助教授等多位朋友帮忙,用初印联经本校读我发去的几则批语,其答复都是一样,即联经本并未忠实、完整地移录原刊本的批改文字,而是有不少缺漏。当时我发给各位校读原刊中有的批评文字是相对集中的以下 11 条:

1. 第 2 回第 3 页正面第 6 行:“却是心不如口。”
2. 第 2 回第 3 页反面第 5 行:“仔细不得许多。”
3. 第 2 回第 4 页反面第 5 行:“也是姻缘合当。”
4. 第 38 回第 8 页反面第 5 行:“模拟情景妙甚。”
5. 第 38 回第 9 页反面第倒第 4 行:“可恼。”
6. 第 38 回第 9 页反面倒第 3 行:“描得逼真。”
7. 第 38 回第 10 页正面第 8 行:“情毒。”

8. 第38回第11页反面第8行:“说得苦,要打动其夫。”

9. 第62回第23页反面第2行:“金莲淫妇至此遂心足意了。”

10. 第62回第24页正面倒1行:“金莲当此快意之时,话头都少了。”

11. 第91回第9页正面第7行:“瓶儿死的好,玉楼走的好。”

结果得到的回答都是说,在联经本中只有2条:

第2回第4页反面第5行:“也是姻缘合当。”

第91回第9页正面第7行:“瓶儿死的好,玉楼走的好。”

如此看来,联经本与原刊还是有很大的距离。当大家看不到原本时,会觉得联经本印得很漂亮,似乎忠实于原刊,但当开放而让人见到真相之后,联经本在我心中的的价值,简直是一落千丈。其实,这个问题又何尝是联经本如此,早在上世纪30年代古佚小说刊行会影印时,就已删落了大量的批改文字,所以,以后据古佚小说刊行会影印本翻印的所有本子,也就是现在所见的所有据中土本的影印本,都非忠实于原貌。这是十分遗憾的事情。因此,行文至此,我禁不住又要重复在《毛利本〈金瓶梅词话〉读后》的最后一句话:“希望在有生之年能看到一种真实地影印中土本的《金瓶梅词话》。”

作者单位:复旦大学

江户时代被当作"资料"究读的《金瓶梅》

——从高阶正巽所施训注谈起*

川岛优子

序　论

江户时代从中国舶来的白话小说，超越了社会阶层，曾让许多日本人如痴如醉，也对当时日本文学的流变产生了广泛而深远的影响。从现存的和刻本、相关辞典类书籍、翻案小说的数量来看，当时又以《水浒传》最为一世风靡，获得的读者群最为多广。其次，《三国演义》、《西游记》也拥有数量不菲的和刻本及翻译读物，这两本小说在江户时期同样也获得了众多的读者。然而，以《水浒传》为故事的源流、同被誉为"四大奇书"之一的《金瓶梅》，却因为缺乏明确的记载，其在江户时期的受容情况，至今仍处于一种隔雾看山的模糊状态。

现存江户时代有关《金瓶梅》的相关资料，管见之内，大致有以下三种。一是被认为编写于1750年前后的《金瓶梅译文》，这是一本对原小说施入语释的译注本。只是语注中"不详"、"可考"等文字随处可见，应该说还只是一个尚未完备的注本。且此书现只存有几部抄本，除已知道编纂者名为冈南闲乔，此外的成立经纬及传播范围均不明了①。其次是鹿儿岛大学附属图书馆玉里文库所藏写本《金瓶梅》训译本。此书是一位名为高阶正巽的年轻文人于1827年至1832年之间抄写而成的。再就是曲亭马琴(1767—1848)的翻案小说《新编金瓶梅》。此书于1831年开始刊刻第一集，全十集，终刊于1847年。然其内容与原书大相径庭，与其说是翻案，还不如说是旧瓶装新酒，属于马琴的重新创作。鉴于以上之有限的资料，过去学界得出了"由于《金瓶梅》历来被称为'淫书'，因此除了一小部分的爱好者之外，基本上在大众之间没有得以传播"的结论。之后在很长的一段时间里，对于《金瓶梅》于江户时代

---

* 本稿为《东方学》第125辑所载拙稿之中文修正稿，属于2012年度日本学术振兴会科学研究费补助金(基盘研究B"海域交流をキーワードとした中国通俗文芸の学际的研究")研究成果的一部分。又，在复印玉里本及原本调查之时，得到了鹿儿岛大学附属图书馆相关人员的友好协助，于此谨表谢悃。

① 有关此书的相关考证，可参照拙稿《江户时代の〈金瓶梅〉》，文收《アジア游学105特集日本庶民文芸と中国》，勉诚出版，2007年。

的受容细节，也就无人再去做进一步的资料收集与分析考论[①]。

其实，除了上记三种《金瓶梅》的相关书籍，如将调查范围进一步扩大到随笔、洒落本、唐话辞典等书籍之中，再将其中有关《金瓶梅》的记载采撷整理，我们可以对江户时期《金瓶梅》的传播提出一些新的观点。要之，一直被学界单一强调为"淫书"的《金瓶梅》，其实在江户时期并没有被刻意地与其他小说予以区别，不但广为人知，甚至有不少资料足以证明，《金瓶梅》在某些圈子里还被当成了学问研究的对象[②]。

而上文提到的鹿儿岛大学附属图书馆玉里文库所藏的《金瓶梅》(以下简称"玉里本")，其实就是这么一本足以证明当时召开《金瓶梅》读书会、以《金瓶梅》为学习唐话教科书的珍贵资料[③]。在江户时期，各地都不乏有围绕学习白话小说而召开的轮读会，主要是通过白话小说的阅读来达到学习唐话的目的。根据目前所收集到的资料可以证明，当时的汉学家们确实并未将《金瓶梅》与其他小说予以刻意的区别，而是很平常地将其作为一个阅读文本予以了较为广泛的受容。不过玉里本的独特之处在于，《金瓶梅》并不仅只是一本被用来当作学习唐话的教本小说，其在江户时代的受容，或还包含有一种更为深刻的学术意涵。

基于此，本文旨在通过对玉里本的编纂者高阶正巽的生平及学术思想的梳理，厘清江户时代《金瓶梅》受容的本来面貌，以图对东亚《金瓶梅》受容史提出一些新观点。并希望以此抛砖引玉，求得海内外学者的郢正。

一、玉里本之书籍形态及先行研究

首先让我们来看看玉里本究竟是一个什么样的文本。现有涉及这一抄本的研究，主要有德田武《远山荷塘与〈金瓶梅〉》[④]及井上泰山《高阶正巽译〈金瓶梅〉觉书》[⑤]二文。其中又以德田论文对玉里本的概括比较详细。现兹将德田先生的结论归纳整理于下：

① 对于日本《金瓶梅》受容史，泽田瑞穗《〈金瓶梅〉の研究と资料》认为："(《金瓶梅》)毕竟被贴上了'淫书'的标签，不应该是正人君子阅读评论的东西。最多也就是一部分能够阅读汉文的汉学者，偷偷摸摸地从桌子底取出读读而已。"文载《中国の八大小说》，平凡社，1965年；小野忍《〈金瓶梅〉の邦译·欧译》认为："看来《金瓶梅》好像并没有被多大的予以传播。……不过，当然也存在着一小部分爱好者……"文载《图书》，岩波书店1973年第8期；日下翠《金瓶梅—天下第一の奇书—》认为："众所周知，我国从江户时代开始《金瓶梅》也拥有了不少读者。……然而，这并不是意味着将其当成一本正经的小说来阅读，只是一部分唐话爱好者，也就是偷偷摸摸的躲在人眼之外读读而也。"中央公论新社，1996年。以上的这些考论都认为《金瓶梅》由于被定性为一本"淫书"，所以在江户时期并没有得到正式的承认与受容。

② 有关江户时期有关《金瓶梅》资料的整理及考证，可参照拙稿《江户时代における〈金瓶梅〉の受容(1)—辞书、随笔、洒落本を中心として—》，《龙谷纪要》32—1，2010年；《江户时代における〈金瓶梅〉の受容(2)—曲亭马琴の记述を中心として—》，《龙谷纪要》32—2，2011年。

③ 有关当时如何来使用《金瓶梅》来学习唐话的考证，可参见拙稿《江户时代における白话小说の読まれ方—鹿儿岛大学附属图书馆玉里文库藏〈金瓶梅〉を中心として—》，《中国中世文学研究》第56集，2009年。

④ 德田武《远山荷塘と〈金瓶梅〉》，《日本近世小说と中国小说》，青裳堂书店，1987年。

⑤ 井上泰山《高阶正巽译〈金瓶梅〉觉书》，《中国俗文学研究》第11期，1993年。

〈1〉此本为一百回张竹坡批评本全本抄录本[①]，全文施入句读、训点，并对张竹坡评语予以了节录。本文左右时有附注及和训，栏上多有眉批，全书抄注为同一笔迹。

〈2〉根据第二十三回卷末跋语可知，此本抄写者为高阶正巽。高阶正巽，字子止，号铅汞轩，俗称原田(颇罗堕)端太夫。生于江户(按，今东京)麻布长坂，文政十年(1827)时22岁[②]。

〈3〉此本抄注工作始于文政十年，终于天保三年(1832)。不过，此书并非按原文章节顺序予以抄写训读，时有后面的章节先被注写的现象。

〈4〉据第五回之“圭上人曰，还ハワタスコトナリ，还我主儿来”、第十六回之“圭上人云，些ハ汉土ノ言语ノ助字ナレバシイテ解スベカラズ，多ク书ヲヨミテ知ベシ”等注语可以判断，玉里本抄录的是《金瓶梅》读书会时“圭上人”、即远山荷塘所提示的语注或释文。另据第二十九回之“这个二十九回，荷塘圭上人句读，别等闲看罢”的注语，可推知此书全部的训读，极有可能均出自荷塘。

〈5〉据第二十六回“荷塘圭上人门叶铅汞陈人正巽译”、第三十三回“荷塘圭上人门叶铅汞陈人正巽译”等注语可以推知，高阶正巽当是远山荷塘的弟子。要之，我们可以认为，玉里本所遵循的是远山荷塘的训法，由弟子正巽所施训注而成。

〈6〉根据荷塘的语释与注语来看，可知其采用的乃是一种不论和汉雅俗，首先列举文献出典，然后根据出典进行解释的学术方法。这种由老师远山荷塘所确立的方法，也为弟子正巽所继承。

一语概之，德田先生认为，玉里本是一位名叫高阶正巽所编纂的《金瓶梅》训译本，其书页空白处所写入的大量的音、语注，则是以其师远山荷塘为中心的《金瓶梅》读书会的成果。

考远山荷塘，号一圭，陆奥人，是一位带有家室的僧侣，以擅长白话及月琴闻名一时。荷塘十七岁时出家，二十二岁开始游历诸国，与九州地区儒学者广濑淡窗、龟井昭阳等人交游密切。二十七岁到三十岁的三年间，曾滞留于长崎学习唐话。之后进入江户，受到了朝川善庵、大洼天民、宫泽云山等的青睐，主持《西厢记》、《琵琶记》等讲义。又在大洼诗佛家，为朝川善庵、菊池五山、馆柳湾、大沼竹溪、清水砾洲等人讲授过《水浒传》。天保二年(1831)七月一日病逝，年仅三十七岁。传世著作有《谚解校注古本西厢记》、《胡言汉语》、《译解笑林广记》、《月琴考》等多种[③]。

远山荷塘与高阶正巽，在玉里本的抄注时，究竟各自承担的是一种什么样的分工呢？

---

① 按，江户时代所阅读《金瓶梅》一般使用清代张竹坡评本。《金瓶梅訳文》、玉里本《金瓶梅》抄本、《新编金瓶梅》之底本均为此本。

② 按，原文如下：“烧铅炼汞的假仙人铅汞轩主人译……铅汞轩主人，姓高阶，名正巽，字子止，俗号原田端太夫，又原田书颇罗堕，号铅汞轩。生于江户麻布长坂太田原侯潘城隍庙西久保八幡宫是也。”因考虑到原注均用江户时期汉文写成，因此本文引文均以原文为注，不翻成简体字，必要时候予以翻译。又，为了便于阅读，如无必要，原文所标注的音训及返点等原则上予以省略，原书之注释形态可参见文末所附图版。

③ 有关远山荷塘的生平及文学活动，可参考青木正儿《远山荷塘が伝の笺》，《青木正儿全集》第二卷，春秋社，1970年；石崎又造《近世日本に于ける支那俗语文学史》，弘文堂书坊，1940年；德田武《江户汉学の世界》，ぺりかん社，1990年，及前引德田论文。

德田先生认为："全书训读或是原抄自荷塘，或是按照荷塘所教的训法予以诠释。（中略）究竟有多少是荷塘本人的训读，有多少是正巽的训读，现在已经无从厘清。不过，正巽既然自称为荷塘弟子，那么也就可以推知，其训法八九不离十是沿自荷塘。"井上先生也指出："或如德田先生所云，本书训点基本上应该是根据主导此事的荷塘之意见抄注而成。此后，或是带有一丝备忘的意图，（正巽）又在注中加入一些自己的附释。"可见，两位先生都认将玉里本定性为弟子高阶将《金瓶梅》读书会远山荷塘所提示的训读、语释抄录增补而成的一个本子。

这种观点，我们确实还可以在同时代的史料中找到一些佐证。江户时期各地《水浒传》的讲席，也一般采用一种弟子将老师授课语录整理成书（大多为语注汇编）的形式[①]。然而，这并不就等于玉里本中所出现的两位人物——荷塘与高阶，就是属于这种类型。通过对玉里本注释全面的检讨，我们发现，两者关系并非上举两位先生所认定的师弟间之讲解与抄录者的关系，种种资料表明，恰恰相反，高阶才是玉里本中训注的真正的核心考案者，而老师荷塘，其所发挥的作用，却是极为有限的。

二、《金瓶梅》读书会的召开时期

纵观玉里本，就不难发现，此本每回卷末都有高阶正巽的署名或跋语。全一百回中，有四十八回还标明了注写日期，最早的是第五十回之文政十年九月，最晚的是第九十五回的天保三年四月。德田先生已经指出，玉里本的训注并非按照原书章节的排列来开展的，注释的顺序稍显杂乱。不过，如将标示有日期的四十八回，按时间顺序进行整理的话，我们还是可以发现各章末高阶署名的一些共同特征（如分别署名为"铅汞楼主人"、"铅汞轩主人"、"铅汞陈人"、"青山颇罗堕铅汞主人"等等）。以此为基础，再根据各回书写的笔迹及编纂的体裁，我们最后可以将全部章节归纳分组为一张编纂年表（参见文末所附"别表"）。

表中标有黑星号的章节，显示的是本回记录了荷塘发言，或是言明了受到了荷塘影响。如对这些章节予以确认，就不难发现，荷塘语注的抄录主要集中在文政十一年[②]。再考虑到荷塘来到江户是三年之前的文政八年、天保二年七月一日病逝的事实，至少天保二年以后所编注成的章节，完全可以排除荷塘的参与。另外，根据玉里本还引用了被视为江户博物大全的《嬉游笑览》及《筠庭杂考》著者喜多村筠庭的部分发言（表中标有白星号的章节），这就可将这些章节的成立归入与上同一时期。由知，不仅是荷塘的参与，就是读书会召开之本身，也就基本可以限定在了文政十一年到文政十二年之间。

显而易见，在读书会结束的文政十二年之后，玉里本的编纂工作还在继续——虽然训注比之前的稍显简单，但工作本身还在延续，一直延续到将整一百回的训注的全部完工的天保三年。对于此书完工时的心境，高阶正巽在最后的第一百回卷末（第一百回二十九页里），写下了如下之跋语：

皋鹤堂批评第一奇书金瓶梅。金瓶梅一百回都系铅汞译，天保三壬辰年四月十三

① 如冈白驹《水浒全传译解》、陶山南涛《忠义水浒传解》、《忠义水浒传钞译》等等。

② 另外，对于此，前引井上泰山《高阶正巽译〈金瓶梅〉觉书》一文也有所言及。

日。铅汞主人曰十八回末说的两句好：只晓采花成釀蜜，不知辛苦为谁甜。

这则跋语显示了高阶正巽才是完成《金瓶梅》全译训工作的真正作者。正因如此，其所经历的种种苦幸，才是旁人所难以理解的。也正因如此，他才会在卷末跋语中引用十八回末诗文发出“只晓采花成酿蜜，不知辛苦为谁甜”的感喟。换句话说，这则跋语证明了，在读书会结束之后，正巽正是以一己之力，研读完整部《金瓶梅》并完成了全部注译的艰难工作。

如再对玉里本中的注语做更细致地分析，我们还不难发现，即使是在读书会召开的时期，对于正巽来说，荷塘也不是过去所认为的拥有绝对解释权的老师，正巽亦非只是一个默默无言的记录者。这从第三十五回对于本文标注训点所书入的旁注可以得到明证。其原注如下：“コレハ铅汞ノ訳ナリ。本文ノトホリハ一圭ノ点ナリ。大ニ误ル”，在此旁注中，正巽用了一个“大误”的词语来表示对荷塘原训的不同意见。又第七十九回，正巽写道：“治的好痰火。初回会一手好琵琶，又会一腿好気毬トアリ。カカレバ痰火ヲ治シ的テ好シトハヨマレマイ。然レドモ看的痰火好トアレバ，治的好痰火トヨンデモキコヘル。”对“治的好痰火”一语的训读法，再次提出了自己的不同观点，接着又写道“姑舍待圭上人解”，表明了自己还将意见积极地反映给了荷塘。由此可以确认，正巽并不是被过去学界所认定的一个机械的记录者，而是一位从一开始就主动参与训注讨论，具有一定发言权的核心参与人物。

三、玉里本诞生之背景

那么，高阶正巽是一位具备什么样学术背景的人物呢？又是什么动机驱使他耗费如此多的精力与时间去编注这本《金瓶梅》训注的呢？

要找到上两个问题的答案，我们还是有必要重新回到玉里本编注的起点，即为什么标明抄写训解的时间最早的章回是第五十回？如果对编写体例及笔迹作进一步的考证，我们可以判断出，《金瓶梅》的训读工作实际上并非从第五十回开始，而应该始于第四十九回后半部分。这是因为玉里本第四十九后半部分之始，虽未注明时间，但依次抄入了底本之张竹坡批评本卷首所附《序言》、小说登场人物一览表、章回目录，并加入了训点及音注。甚至还附有一张类似原书封面之写有“铅汞轩主人胡译　第一奇书金瓶梅　第四十九下半截　并五雜组取红铅之法附”文字的纸张。由知玉里本的训注编译工作就是从第四十九回后半部分开始，且开始这个工作的并非他人，就是高阶正巽本人。

第四十九回的分量并不是很多，可为何会在训注工作时被分割成前后两部呢？如本章标题之“遇梵僧现身施药”所提到的一样，第四十九回后半部分主要描写的是梵僧向西门庆传授春药的场景。得到春药的西门庆精力大盛，如虎添翼，此后相继与众多女子淫乱不息，最后因过度服用春药而暴死（第七十九回）。可知第四十九回之后半部分正是起到承上启下、衔接《金瓶梅》故事展开的关键之处。玉里本的训注工作由此开始，正可看出高阶正巽的独具慧眼。

另外，还要引起我们重视的是，在这张并不宽敞的纸上，密密麻麻写满了正巽对春药的各种文献引用与考证（参照卷末所附图版）。在回末空白处，正巽首先抄录了谢肇淛《五杂俎》中有关“红铅”这一药物的记载。引文云这是一种用十三四岁容姿端庄的童女经血所制

作而成的药物，传说具有治疗百病、强身健体等特异功能。在引文末写入了正巽按语“铅汞楼按ずるに，梵僧の金丹，盖し红铅丸の类（铅汞楼按，梵僧金丹，盖是红铅丸之类）”。可以看出正巽一度将《金瓶梅》所记“金丹”落实为《五杂俎》中的“红铅”。不过此后，正巽又在本文旁对此观点予以了订正，其文云：“再按，梵僧の金丹は眘□胶ノルイナルベシ（再按，梵僧金丹当为眘□胶之类也）”，又在栏上抄录了《飞燕外传》中有关“眘□胶”的记载。再在行外空白处依次抄入了《女仙外传》中有关“红铅”“紫河车”等丸药的记载、贝原益轩《大和本草》中有关“红铅”的条目，最末一页甚至还写入了“maandstond（マーンドストンド）经水ノ兰语ナリ又 maandlijk（マアンドレイキ）”的荷兰语语注。

另外，在此还有必要来探讨一下正巽所使用的“铅汞”这一雅号的由来。在描写梵僧向西门庆传授春药这一段落的栏上，正巽抄引了《本草纲目》人部第五十二卷“人精”的相关记载，其文如下：

> 邪术家蛊惑愚人。取童女交媾，饮女精液。或以己精，和其天癸，吞燕服食，呼为铅汞（以为秘方，放恣贪淫）。甘食秽滓，促其天年。吁愚之甚，云云。

用女性的精液、或者自己的精液与女性的经血混合服用，以求健体长生，这种药物被称为“铅汞”。“铅汞”原指铅与水银，本为道教炼丹时的重要原料。联系到正巽于第二十三回末尾之署名“烧铅炼汞的假仙人铅汞轩主人”，或有人会认为这个署名当带有一些道教色彩。然而，如作进一步的考证，就不难发现，正巽在注训玉里本之所以会从头到尾使用的这个“铅汞”雅号，其实并非只停留在其字面上的解释，而是更有深一层次的意义，即对汉方中所谓的灵丹妙药的关心。

从玉里本之训注开始的第四十九回后半部分有关药物之详细的考证及“铅汞”这一署名的使用，可以发现，正巽对中国汉方中的“春药”似乎抱有一种异乎寻常的关心①。如果注意到了这一点，就不难看出在玉里本的注解之中，随处散见有考证有关春药、性器、性道具等的详细注解。比如，对出现在第五十一回的春药“颤声娇”，正巽作了如下的考证：

> 颤声娇：远志去心二匁、蛇床子二匁、五倍子一匁，右为末，以二三厘津调，塗抹玉茎壮阳，入战双美。学府不求人二见ユ。

从《学府不求人》这一书名可以推测出，为了弄清楚“颤声娇”的配方及用法，正巽还特意对明代的通俗日用类书进行了广泛的调查②。又如，对于出现于第三十七回的“䄂”字，正巽作了如下之说明：

> 铅汞，一日阅《浪史》曰：䄂，精也。亦屄精也。

对于“䄂”这个并不常见的字，正巽最后是在《浪史》中找到了答案。通过以上诸例均可看出，

① 按，第七十九回西门庆因吃春药而暴死的场面处，也可见到对于春药的详细的考注。

② 有关《不求人》这本书的相关知识受教于小川阳一先生。京都阳明文库所藏《万用正宗不求人》（略称），卷一之卷首书名题为“鼎锓崇文阁汇纂士民万用正宗不求人全编”，卷五以后则多题为“鼎锓崇文阁汇纂士民分类捷用学府全编”。由知正巽所提到的“学府不求人”即是指此书。又按，正巽引文见此书卷二十三“方声娇”条。参见《万用正宗不求人》（一），《中国日用类书集成》10，汲古书院，2003年。

正巽对于性描写的关注，已经远远超出了一个好奇的范畴，可以说已经达到了一个学术上的高度，即力求从医学的角度来对这些事项作一个整体把握。

正巽的这种学术探究心理，还表现在书写于第三十回回末如下之其对男性器的考证之上：

外肾考　　　江户铅汞山人　著

外肾、□、阴核，这三ツハ皆睾丸也。然ルヲ古来ヨリ外肾、□、阴核ヲ以テ皆阳具トス。天大的讹误卜谓フベシ。□ノ和训遍乃古也，遍乃古ヲ以テ肉具ノ和训スル，亦大ナル误也（外肾、势、阴核，这三者皆睾丸也。然自古以来将外肾、势、阴核当作阳具。此乃天大之讹误也。势，古来和训为“遍乃古”也，又以“遍乃古”为肉具之和训，此亦大误也）。

此外，以《外肾考》为题的考证长文，还见录于第三十三回、三十五回末尾，同样都有意识地注明为“铅汞山人著”。另外，在第四十六回的卷末又注到“外肾考，铅汞陈人著。这ハ外肾、阴核、势ノ三物ハミナ睾丸ナルヨシヲ论ジタル。甚有趣的书ナリケラシ”，对于自己所提出的有关于外肾、势、阴核这三个词语的新解释，正巽是不厌其烦地予以了反复的强调。而且，通过“铅汞陈人著”“甚有趣的书”等语词，我们或还可以推测，正巽当时已经撰有一本叫《外肾考》的医学著作。

纵观玉里本，凡此种种，均可看出正巽对医学、药学具有非常浓厚的兴趣以及深厚的造诣。如第十七回注中写道：

鱼际，手大指本节ノ后ヘ内侧ウデノ横文ノ中寸ロノ脉ノ上际ナリ。针灸重宝记。

第六十一回写道：

和汉三才图会：尾骶骨，其耑名龟尾。

对于“鱼际”这一穴位，正巽引用了江户时代的医学书《针灸重宝记》，对于“尾亭骨儿”这一难解的医学名词，则引用了《和汉三才图会》的相关说明。除此之外，玉里本中还可见到许多有关麻疹及天花等疾病的详细注解。如第五十一回中对“杨梅疮”一语注云：

杨梅疮，一名天疱疮，又大风痘。见合类节用。

第五十三回开篇之处对于“麻疹”、“疮”等语词的注解：

麻疹，南人曰麸疮。北人曰糟疮。吴曰痧疹。越曰瘄疮。本邦旧古纪记曰稻目。
疮，或曰赤疱疮，蛮名マノセレン。

第八十五回对于“花麻”一词的注解：

花麻，麻疹ナリ。（中略）痘疹，痘疮ナリ，又疱疮卜云，和名モガサ，俗ニハウサウト云ヘリ，蛮名キンデルポック（下略）。

对于“花麻”这一病名，甚至还记录了其荷兰语名。以上例子，足见正巽对于医学、药学博学之一端。虽然没有确切的资料，我们一时很难断定玉里本中有关医药学的注解均出自正巽一人之手。不过根据以上考证，至少在注解这些医药词语时，正巽无疑发挥了最为核心的主导作用。

当然,玉里本中所见的语注及眉批,并不只限于医药学的领域。究其分量来说,还是以语法、字体、日语翻译等内容占绝大多数(特别是读书会期间所作成的注解)。另外,还广泛牵涉到食物、乐器、风俗习惯等各个领域。然而与他领域的注解不同,以上所举的这些有关医药名词的注解,其实对于阅读《金瓶梅》的本文训解并无多大裨益。正巽如此不厌其烦的写入这些注语,这就不得不让人产生一丝不可思议的感觉①。

而正是这种不可思议的感觉,成为了我们今天重新审视玉里本之性质的最为重要的切入口。从玉里本的注解始于第四十九回后半部分、正巽注解玉里本时所使用的笔名之“铅汞”,还有大量的与本文阅读无关的医药知识的注解,凡此种种,无一不在说明:正巽极有可能并不只是把《金瓶梅》看作一本普通的娱乐小说,而是另有更深一层的意图。

四、高阶正巽生平事迹及学术背景

对于高阶正巽这一人物,现已没有更多的资料来予以详证。不过,江户时代后期,诸如高阶经宣、高阶重信、高阶经由等,高阶一族多担任典药寮医师或各藩藩医,高阶正巽也当与这一家族职业不无关系。遗憾的是,现还无文献可以证明正巽也是一位从事医、药工作的专职医生。

然而,高阶正巽也并非一位无名之辈。在整理收集十九世纪江户时期资料时,我们发现其名见载于一八六二年、也就是玉里本完成三十年之后刊行的《文久文雅人名录》。原文记载如下:“小说杂学　靛山　名正巽字子止　别号蹩畴　青山ヲンデン　原田端太夫”。《文久文雅人名录》,顾名思义,就是一本文久年间社会公认之风雅人士的名谱大全。正巽能名列其中,想见当时亦非等闲人物。根据这本《名录》的记载,我们知道了一个新的事实,即此时的正巽已未再使用“铅汞”这一雅号,而是改称为“靛山”②。

更令人惊讶的是,“靛山”之名,竟然还出现在江户时期有关西洋学术自然历史的译著之中。十八世纪后半叶出版于荷兰阿姆斯特丹的“*Natuurlyke Historie of uitoerigebeschryving der dieren, planten en mineraalen, volgens het samenstel van den heerlinnaeus*(自然杂

① 玉里本注解的作成并无一定的准则,详简不一,亦不乏有重复之处,很难以一律之。不过,通过对于全书的调查,我们可以发现此书对于医药本草矿物等领域方面的注解特别详尽。现将正文所提要例之外的语条整理于下:第四回(脊□胶)、第八回(黄病)、第十九回(肉具、女阴)、第十九回(冰片)、第二十七回(银托子、勉铃等性具)、第三十七回(棱、脑)、第五十一回(杨梅疮)、第五十一回(马口)、第五十一回(颤声娇)、第五十四回(白药)、第六十一回(硇砂、乌头等药剂)、第七十二回(石女)、第七十四回(天疱疮)、第七十九回(承露盘、龟身、乢心子、媚药)、第八十五回(花麻、痘疹)等有关疾病以及人体器官等语注;第二回(大象)、第十七回(蜒蚰等)、第十八回(蚱蜢)、第十九回(荼蘼及其他植物)、第三十一回(水犀)、第三十二回(鸨子)、第三十四回(木犀、芝麻)、第四十一回(芙蕖)、第五十二回(龙涎)、第五十二回(鲋鱼)、第七十一回(貔貅)、第七十二回(蜢虫、蚂蚱)、第七十九回(蜗)、第八十回(鲞鱼)等动植物语注;第二十四回(银河)、第三十八回(刻白尔的天文知识)等天文学相关语注。

② 《文久文雅人名录》,弘文堂,文久二年。按:此书在早稻田大学图书馆古典籍总合データベース可以查阅到。

志，又根据林娜斯体系对动物、植物、矿物之详细的论述)”，是一本较早就被输入了日本，在当时荷兰学学者(时人称为“兰学者”)及本草学者之间曾有过较为广泛的传播的自然科学读物①。《文凤堂杂纂》卷六十九《外国部》选录了其第十一篇、第十二篇、第十七章的译文。这三篇译文中，第十一篇(犬类)、第十七章(熊类和猪类)散见有“靛山按”“靛山云”等注解，第十二篇(猫类)之篇尾则署有“嘉永四亥年十一月十四日写成，靛山”。由此可以断定，高阶正巽与这三篇文章的翻译有所关联②。如再进一步究其缘由，我们还可以发现，正巽之所以会选译这三篇文章，是有一定道理的。

在《文久文雅人名录》里，我们还可以找到江户后期戏剧作家烟银鸡的名字③。按，烟银鸡出身于医学世家，父祖三代为医。同时，他又是一位著名的文化人，著作涉及随笔、医学书、滑稽本等多个领域。其中有一部《奇兽考》(编纂时期不详)的小书，是一本有关怪兽镰鼬(按，中国古典文献中称之为“穷奇”)的考证书。而“靛山”的名字，也出现在了此书烟银鸡的序言之中。其文云：“友人靛山なる者、一日余が平亭を访ふ。懐中より一册子を出していう。こたびかかる奇书を得たりしゆゑ、足下に见せんがため、わざわざ持参せりとて机上におきぬ(友人中有名靛山者，一日，余访平亭，从怀中出示小书一册。云最近偶得此奇书，欲与足下一览，因携之置于桌上)。”无疑，此“靛山”就是高阶正巽。根据序言记载，某日正巽携一本小书示之于烟银鸡，书中抄录了福冈藩主黑田齐清、本草学者小野兰山、佐藤中陵的考证，书末附录了正巽本人撰写的《奇兽考附录》(此书此后又加入了烟银鸡的一些考证与序言，被编纂成了我们现在可以看到的这本《奇兽考》)④。要引起我们注意的是，无论是已有的黑田、小野、佐藤等人的考证，还是后加入的烟银鸡的考证，都相对集中在日本国内有关此类奇兽的传闻及名称的相关考证。唯独正巽的《奇兽考附录》主要是对汉籍中所记录到的怪兽(包括犬虫类)进行梳理，其牵涉到的文献既有《本草纲目》、《福惠全书》、《物理小识》、《淮南子》、《述异记》等传统古典书籍，又有《续金瓶梅》、《水浒后传》等白话小说。在这篇《奇兽考附录》，正巽对于中国古籍旁征博引，力求采用一种实证的方法来阐述自己的观点。由此或可推知，正巽正是为了广泛收集世界各地有关奇兽的知识，才有意识的选择了《自然杂志》中有关犬猫的三个章节予以了翻译。

通过对于玉里本成立之后高阶正巽学术活动的考证，我们大致可以勾勒出一个谙熟汉籍，对于古典文献进行彻底的调查，同时对于自然科学又有很深造诣、奉行实证主义的高阶正巽的人物像。而正巽的这种对于学问的严谨态度，无疑也反映在了此前的玉里本抄注工作之中。

---

① 关于此书的研究可参照平野满《近世日本におけるハウトイン〈自然志〉の利用》,《明治大学图书馆纪要》第6期,2002年。

② 参见国立公文书馆内阁文库所藏《文凤堂文杂纂》卷六十九外国部所收《林娜斯第十一编(诸犬ノ种类ヲ记ス)》、《林娜斯第十二编(诸猫ノ种类ヲ记ス)》、《林娜斯第十七章》。

③ 原文如下：“杂家，名时倚，字毛义一号，平亭，又号文盲散人，龟户图子，烟数马。”

④ 有关此书的具体内容可参见日本国立国会图书馆网页所公布的电子资料《奇兽考》。

五、具有实用价值之"资料"《金瓶梅》

众所周知,《金瓶梅》以对细节描写之详尽最为有名。其撰成伊始,就被袁宏道赞誉为"云霞满纸,胜于枚生《七发》"。枚乘《七发》以对于具体事物之细节描写的繁复精致而闻名,由此亦可推知,或正是《金瓶梅》这种不惜笔墨,对于种种细节描写的详尽,才使得此书会被袁宏道赞叹不已。

还要强调的是,《金瓶梅》中的这种描写详尽的笔法,不只局限于对于某一器物的描写,更是被运用到了日常生活的种种场面之中。通过研究,我们已经知道出现于《金瓶梅》的食物、服饰、文人嗜好,甚至吉日选定、人相占卜等种种文化风俗,均能在当时的日用类书中找到佐证[①]。由此可以证明,《金瓶梅》的描写并非出自虚构,而是尽可能地还原了各种日常生活场景的本来面目。毋庸置疑,这些真实的风俗文化描写,对于正巽来说,也当具有无穷之魅力。或正是因为这种魅力,才成为了正巽之所以会花费六年之漫长光阴去研究以及训注《金瓶梅》的最大动机。

记录了大量明代文人日常生活场景的《金瓶梅》,从春药、毒药、各种疾病、诊疗到饮食、性行为,其描写无不贴近现实而细致入微。记载于本草类书籍或实用类书的药物,在生活中是如何来被处方的,又有什么样的效果?小说中的人物所患的具体为何疾病,又有如何症状?他们日常以何为食、如何消遣?这些在传统古典中无法找到答案的问题,较更倾向于虚构的《西游记》、《水浒传》,《金瓶梅》无疑能为江户文人们提供更为真实、更为详细的中国近世社会风俗的第一手知识。比如《金瓶梅》第七十九回描写西门庆超量服用春药,导致阴部血流不止的场面:

> 初时还是精液,往后尽是血水出来,再无个收救。西门庆已昏迷去,四肢不收。妇人也慌了,急取红枣与他吃下去。精尽继之以血,血尽出其冷气而已,良久方止。

其中提到潘金莲急急忙忙地给西门庆服用红枣,对于此,玉里本此页栏上眉批云:"红枣ハ淫药ノ解药ナリ(红枣乃淫药之解药也)",对于潘金莲的举动予以了医学上的说明,也证明正巽认为《金瓶梅》的描写,是具有医学上的根据的,并非胡乱之编造。而这种日常生活中的接近真实的医学知识,则被贯彻在了《金瓶梅》的前后各个章节之中。

与正巽究读《金瓶梅》的视点虽稍有不同,我们还可以在于与正巽同一时代人物之中,找到一些将《金瓶梅》当作反映中国近世文人生活的资料来利用的旁证——参与读书会的喜多村筠庭就是其中之一。从喜多村筠庭撰写的《嬉游笑览》中,我们找到两则引自《金瓶梅》的记载:一是有关作品中儿童所用的道士服饰,另一则有关"圆社(在宴会时表演蹴鞠的集团)"的记载。根据前附文政十三年的自序可以看出,喜多村筠庭正是将参加读书会从《金瓶梅》中得到的知识,在第一时间反映到了自著的《嬉游笑览》中。

最后,让我们再来探讨一下玉里本所藏者的问题。玉里本第二十一回、第二十三回、第七十九回末均写有"这本到甚么所在去,须要认所署姓名,随即缴回,是祈。"可知正巽当时编

---

① 相关考证可参见小川阳一《日用类书による中国近世小说の研究》,研文出版,1995年。

纂这套书时,便有提供大家给借阅的意图。文献无征,个中传播的经纬虽已无从追究,但我们知道,这套书最后被收入了萨摩藩(按,今鹿儿岛县)主岛津家手中,成为了岛津家藏书中的一套①。查玉里本上按有的“春薮文库”之印,由此又可推知,此书应是此印之主人、第十一代藩主岛津齐彬从江户带回萨摩的。

萨摩藩向来注重文化教育事业,第八代藩主岛津重豪还曾撰有唐话俗语集之《南山俗语考》,玉里本极有可能就是萨摩藩因需学习唐话所购入的教本之一。而齐彬本人因学智过人,自幼便受到被号称“博物大名”的曾祖父重豪的溺爱,曾与重豪一起接见过西博尔德(Philipp Franz Balthasar von Siebold,1796年—1866年)。此外,齐彬还亲自整理出版了重豪撰写的《质问本草》,可见其对本草药学也并不陌生。齐彬在各地大名中一向以学识过人而闻名于世②,或是其独具慧眼,认识到了玉里本之作为“资料”的非凡价值,这才不惜不远千里,将其从江户带回到本藩鹿儿岛,藏入秘库。

当然无需否定的是,以上所提到了这些《金瓶梅》的受容,还只能称得上诸相中的一个很小的侧面。且由于资料上的短缺,我们还无法予此以更为详尽的考证。不过,这种高度评价《金瓶梅》贴近现实日常生活的描述、赋予《金瓶梅》一种反映现实生活的史料性质的视角,无疑是一个对《金瓶梅》这部小说之本质的极为到位的把握。或正是《金瓶梅》这种“写实”的独特之处,才造就了其在江户时期被当作资料予以究读的“宿命”。

再附言一句,大正十二年(1923),井上红梅在出版《金瓶梅》译本《金瓶梅与中国的社会状态》的序言中写道:“要熟知中国,则必置一部《金瓶梅》于案头一读。(中略)《金瓶梅》并非一本淫书,而是对于中国的风俗世相有着入微析理的描写。因此今日阅读此书,与其说是想遥想明代文人的风流,还不如说用之来反观现代中国的人情风俗。”③无独有偶,其实盐谷温也早在其大正八年(1919)出版的《中国文学概论讲话》中就指出:“与《西游记》之充满了虚构不同,这是一部极为写实的小说,是一部反观社会侧面之绝好史料”④,对于《金瓶梅》之“写实”的资料价值,同样予以了高度的评价。

然而,物极必反,这种尽可能追求资料性质之栩栩如生的白描写法,也正是导致《金瓶梅》屈滞难解、故事情节的展开过于单调的一大原因。《金瓶梅》语言的艰涩,以至于《金瓶梅译文》往往用“待考”、“不详”之语来搪塞过关。而玉里本中也存在着同样的现象,其误读及

---

① 鹿儿岛大学附属图书馆玉里文库主要收藏旧岛津家藏书。有关玉里文库的概况,可参见については、《玉里文库目录》,玉里文库目录作成委员会,1966年。

② 相关研究可参见高津孝《江户の殿样と北京の药局—锁国を越えた博物学趣味—》,《汉字と情报》第8辑,2004年;Wolfgang MICHEL、鸟井裕美子、川嶌真人共编《九州の兰学—越境と交流—》,思文阁出版,2009年。

③ 参见井上红梅《金瓶梅と支那の社会状态》。原文如下:“支那を能く识らふとするには、金瓶梅といふ本を是非一度见て置必要がある。……金瓶梅は淫书に非ず、支那の世相を描写して微に入り细に入ったものである。故に今日本书を繙けば远き明代を回想するよりも、宁ろ现代支那の人情风俗を观る思がある。”

④ 参见塩谷温等著《支那文学概论讲话》第六章第四节第二项《四大奇书·金瓶梅》,东京大日本雄弁会。原文如下:“《西游记》の空想的なるに反し、これは极めて写实的な小说でありますから、社会の半面を识るには倔强の史料であります。”

难解待考之处亦比比皆是，这早也为马琴屡次在给友人的书信中予以了指出，此处就不再赘言①。要之，与其说是《金瓶梅》是因为“淫书”而未能像其他小说一样流行于江户各界，还不如说，这种独特的难解而冗长之白描式的文雅叙事，本来就不适应于江户小说之主要受容对象之一的町民阶层的阅读习惯，超越了他们的阅读能力②。

结　论

如上所考，本文主要着眼于通过玉里本所呈现的《金瓶梅》之“资料”（特别是医药学资料）的特性，对江户时代对于《金瓶梅》的阅读行为进行了一个新的探讨。其实，归根结底，对于当时的日本人来说，汉籍本身就具有诸如情报杂志之特性的一面，其中又以描写市民生活为主的白话小说尤显突出。其他小说，虽然不如《金瓶梅》那么典型，然而阅读这些舶来的白话小说，对于处于锁国时代的江户时代的日本各个层面的人们来说，无疑是了解中国近世社会风俗人情的一个最为有效的手段。如果从这一点来考虑的话，今后对于白话小说于日本的受容的考证，就不能仅拘囿于故事性的一面，应该将其考虑一种接受方式更为复杂多样化的文化动态行为。对于此，当然还有待今后作更进一步的考证。

作者单位：日本广岛大学

① 相关考证可参见前举拙论《江户时代における〈金瓶梅〉の受容（2）—曲亭马琴の记述を中心として—》。

② 于此我们还可以举出一个旁证，即同被称为“淫书”的《肉蒲团》，却有各种各样的训译本及翻案作品。与《金瓶梅》具有日常细节描写详细之共同特点的《红楼梦》，在日本也基本上没有见到流行过的迹象。

《金瓶梅》文化价值论

许建平

《金瓶梅》是中国古代的一部文化经典，其价值首先是文学的，却又远超出文学的范围，广及政治、经济、历史、哲学、艺术、文化、学术等诸多领域，显示着民族文化的广博、深厚，对于今人研究、认知、继承和建设中华文化有着不可替代的重要价值和意义。

一、止淫、警世、劝道的思想价值——"警世宝典"

《金瓶梅》开门见山提出作者最担忧的人类四贪病：酒、色、财、气。意在警戒世人"四贪"之大害，务必控戒。然四者中，酒可少喝，气可少生，财却不可少。钱多了，色也不可无。所以去贪财色之病又是难中难，而就对人生命的伤害而言，"色"又胜于"财"。于是如何对待情色，无疑成为一部书思考的核心。而且这种思考较之前代有了新的变化和进步，其进步表现为不再像《三国演义》、《水浒传》那样恪守一女不嫁二夫之类的禁欲主义，而是尊重和肯定人的自然需求，不仅女子可以改嫁，而且男女间相悦相爱，只要不伤害他人，也无可厚非。

> 单说这情色二字乃一体一用，故色眩于目，情感于心。情色相生，心目相视。亘古及今，仁人君子弗合忘之。晋人云："情之所钟，正在我辈，如磁石吸铁，隔碍潜通。无情之物尚尔，何况为人？"①。

男女间"心目相视""情色相生"本来像"磁石吸铁"一样，自然而然，所以不必谈爱色变。那么《金瓶梅》是否主张男女放情纵欲，整日沉溺于情色之中，如果那样，《金瓶梅》必将成为名副其实的淫书。实则相反，这位作者否定禁欲主义，肯定情色的自然性，却反对另一极端——过度"纵欲"，将其视为产生"亡身"、"败家"的大祸根。他告诫世人三点，一是英雄难过"美人"关、"情色"关，"丈夫心肠如铁石，气概贯虹睨，不免屈志于女人"②。二是放纵情色是人生大忌，必然招致身亡家败。"请看项籍并刘季"，"只因撞着虞姬戚氏，豪杰都休"③。三是好色而不被色伤害有妙方：把握处理男女情色关系的一个"度"——"持盈慎满"。"说话的

---

① 《新刻金瓶梅词话》卷之一，香港太平书局影印1933年"古佚小说刊行会"本，1992年版，第47页。

② 《新刻金瓶梅词话》卷之一，香港太平书局影印1933年"古佚小说刊行会"本，1992年版，第47—48页。

③ 《新刻金瓶梅词话》第一回开首词："丈夫只手肥钩，欲斩万人头。如何铁石打成心性，却为花柔？请看项籍并刘季，一似使人愁。只因接著虞姬戚氏，豪杰都休！"

如今只爱说这'情色'二字做甚？故士矜才则德薄，女衍色则情放。若乃持盈慎满，则为端士淑女，岂有杀身之祸？今古皆然，贵贱一般"[①]。而检验这个度的最有效的标准只有一条：不伤害生命的久长。"嗜欲深者，其天机浅"[②]，"莫恋此，养丹田，人能寡欲寿长年"[③]。由此可知作者反对禁欲和纵欲两个极端，主张控欲、"止淫"，以求达到"寿长年"的目的。

作者"控欲"、"警世"的这一创作意图在全书的入话、故事主体和结尾三部分的叙述中加以贯彻并反复强调。在"入话"部分，明确表示这本书不过是写一个好色的妇人因与一个破落户私通，朝欢暮乐，最终身亡家败。

> 如今这一本书，乃虎中美女后引出一个风情故事来。一个好色的妇女因与了破落户相通，日日追欢，朝朝迷恋。后不免尸横刀下，命染黄泉，永不得着绮穿罗，再不能施朱傅粉……贪他的断送了堂堂六尺之躯，爱他的丢了泼天哄产业。

"止淫"警世的意图讲得十分明白。而接下来的一百回故事，讲主要人物因不能处理好情色关系，一个个皆死于纵欲过度。潘金莲因纵欲而造孽，因造孽而死于武松刀下，西门庆死于"遗精溺血"[④]，李瓶儿死于"精冲血管"而造成的"血崩"[⑤]，庞春梅生出"骨蒸劳病症"，"死于周义身上"[⑥]，且死时都正当青春壮年[⑦]。西门府的大厦也因顶梁柱西门庆的死亡而哗啦啦倾塌。百回故事恰是对入话"戒情色"观的铺陈和印证。而书的结尾，又进一步与入话的"戒情色"观相回应，特别指出："瓶梅淫逸早归泉，可怪金莲遭恶报，遗臭千年作话传！"

《金瓶梅》控欲、警世、止淫的创作本意，在小说问世之初就得到了当世名士们的共鸣，袁宏道将其比作讲节欲、养生的名篇——枚乘《七发》，且以为"胜于枚生《七发》多矣"[⑧]。为《金瓶梅传》作序的欣欣子认为"吾友笑笑生为此爰罄平日所蕴者，著斯传，凡一百回……无非明人伦，戒淫奔，分尧舜"。为该书作跋的廿公讲得更情切："中间处处埋伏因果，作者亦大慈悲矣！今后流行此书，功德无量矣！"[⑨]

然而有人说《金瓶梅》是一部渲淫导欲的"淫书"、"秽书"、"诲淫"之书，而且至今大多数人还被这"淫书"之名所蒙蔽。这与作者的创作本旨和这本小说所叙述的故事有较大的距离。所以如此，原因有三。一是作为一部长篇小说，作者详细叙述了主人公西门庆贪婪女色一步步走向死亡的过程。人们对这一过程描写的动机不了解而产生的一种错觉。与《金瓶

---

① 《新刻金瓶梅词话》卷之一，香港太平书局影印1933年"古佚小说刊行会"本，1992年版，第51页。

② "梦梅馆校本"《金瓶梅词话》第79回，香港里仁书局，2012年修订版，第1378页。

③ 《金瓶梅词话》"四贪词"，"梦梅馆校本"，香港里仁书局，2012年修订版，第2页。

④ 《新刻金瓶梅词话》第七十九回"西门庆贪欲得病"，吴神仙说与西门庆的八句诗之一"遗精溺血流白浊，灯尽油干肾水枯"。香港太平书局1992年版，古佚小说刊行会本之影印本，第2432页。

⑤ 见《新刻金瓶梅词话》第六十一回，何老医生谈瓶儿病因："这位娘子乃是精冲了血管起，然后著了气恼，气与血相搏，则血如崩。"香港太平书局1992年版，古佚小说刊行会本之影印本，第1702页。

⑥ 见《新刻金瓶梅词话》第一百回，香港太平书局1992年版，古佚小说刊行会本之影印本，第2952页。

⑦ 最大的西门庆也仅三十三岁，最小的庞春梅只有二十七岁。

⑧ 袁宏道《与董思白书》，《袁中郎全集》卷一，"尺牍"见朱一玄编《金瓶梅研究资料汇编》，南开大学出版社1985年版，第167页。

⑨ 以上分别见《新刻金瓶梅词话》卷首欣欣子《金瓶梅词话序》、廿公《跋》和冯犹龙《金瓶梅序》，香港太平书局1992年版，古佚小说刊行会本之影印本，第4—20页。

梅》作者同时代的薛冈谈到他由初读《金瓶梅》的错觉到豁然明白的过程："余略览数回，谓吉士曰：'此虽有为之作，天地间岂容有此一种秽书？当急投秦火'……及见荒淫之人皆不得其死，而独以月娘为善终，颇得劝惩之法。"所谓颇得劝惩之法，清人刘廷几一语道破："欲要止淫，以淫说法，欲要破迷，引迷入悟。"而此法读者初读难以见得到，遂产生"淫书"的误读。二是与读者的趣好相关。读者因"淫书"之名而引起好奇而读，因好奇而特别关注书中的"秽笔"，而读者专注其"秽笔"的结果又扩大了"淫书"的声誉，不免于以误导误，以讹传讹。第三也是最根本的原因，即持此观点的人站在另一极端，坚守反人性的"禁欲主义"立场。按照"存天理，灭人欲"的禁欲思想和与之相应的封建礼教和婚姻制度，如"一女不嫁二夫"，既不能改嫁，更不允许有什么婚外恋。依照封建礼仪与婚制，《金瓶梅》中所描写的自由的男欢女爱皆应归之于"淫乱"。不要说潘金莲、李瓶儿、宋蕙莲、王六儿皆为不耻的淫妇，就连被作者称之为善良的孟玉楼也在"淫妇"之例(因她多次改嫁，且都是自己做主)。如果站在这样的立场(鲁迅所怒斥的"杀人""吃人"的礼教立场)评价《金瓶梅》，其结论必然是"淫书"、"秽书"。但这样的一种腐朽观念与今天倡导以满足人的需求为目标的"以人为本"思想已格格不入了。"淫书"之说理应退出今天的生活舞台。

《金瓶梅》不只是警世、止淫之书，还是一部"劝道"之书。张竹坡说："一篇淫欲之书，不知却句句是性理之谈，真正道书也。"[①]首先，小说开始有八篇词，前四首："良苑瀛洲"、"短短横墙"、"水竹之居"、"淨扫尘埃"。后四首为"酒、色、财、气"《四贪词》。《四贪词》以戒为主，戒中有劝；前四首意在倡导一种人生态度，以劝为主，劝中有戒。而体现其劝世思想的书中主要人物有吴月娘、孟玉楼；改邪归正而得善报的王六儿、韩爱姐母女；有些正气的如不收钱财的陈文昭、恪尽职守的工部主事安枕、守备周秀，清廉刚正的山东巡抚曾孝序；超越于名利之外以劝世为已任的吴神仙等道士和能荐拔群冤的高僧普淨法师。他们以不同身份在"劝道"中发挥着各自的功能。

《金瓶梅》劝"道"之"道"为何"道"？总体来看较丰富，并非单一的某家之道。有儒家之善道。由于西门庆贪恋妇人，"吃着碗里，看着锅里"从不停歇，而这种对妇人的贪恋、抢掠总来自于对原夫的侵害，故而纵欲与积恶总是连在一起的一体两面。控欲、止淫就是刺恶、惩恶，惩恶必劝善。批书人张竹坡有深切感受："此书一部奸淫情事，俱是孝子悌弟……知作者为孝悌说法于浊世也。"[②]孝悌乃仁义之先，劝人行仁义之善自然为儒家仁爱之道。儒家之仁爱所体现的乃是天地之德——地载万物、天育万物的大爱，并最终归于阴阳和合与变易的天道。所谓"祸因恶积，福缘善庆，种种皆不出循环之机"。然以"天道"劝世并非此一部书所独有，《金瓶梅》劝道的核心乃是道家与世无争、清淨无为、修身养性的自然之道、生命之道。此种自然之道主要表现于小说开首的前四首词中以及书结尾处孟玉楼、吴月娘和王六儿的善终的故事中。先看表现理想人生的四首词中的一首：

> 阆苑瀛洲，金谷陵楼，算不如茅舍清幽。野花绣地，莫也风流，也宜春，也宜夏，也宜秋。　酒熟堪酌，客至须留，更无荣无辱、无忧。退闲一步，着甚来由，但倦时眠，渴时饮，醉时讴。

① 刘辉、吴敢辑校《会评会校金瓶梅》，香港天地图书有限公司，1998年版，第2069页。

② 刘辉、吴敢辑校《会评会校金瓶梅》，香港天地图书有限公司，1998年版，第2070页。

词中所描绘的正是作者所梦寐以求的生活：身居清幽茅舍，与野花、梅竹、明月、清风、水色、山光相伴，以自然为趣的无荣无辱无忧的生活。这种外与天地自然为一，内以超越名利的恬然心性为乐的人生，正是庄子"天地与我为一，万物与我并生"①的道法自然的生活。这是从繁华富贵生活中省悟过来的人的向往，是摒弃了酒色财气追求后的更高生命境界、人生境界、精神境界，也是作者劝世人所崇尚的人生之道。如张竹坡所言"虽然又云《金瓶梅》是部入世的书，然谓之出世的书亦无不可"②。作者正是站在如此的人生境界，写沉溺于官场、商场、情场利益者的人生悲剧。

作者是栽过大跟头的醒世人，然而他笔下死去的主要人物没有一个醒世者，且至死不悟。最为清醒的要算孟玉楼，她改嫁西门庆的一席话，可见一斑。她最终随李衙内回到老家河北枣强县过安生的日子，与作者志趣相同。吴月娘是被普静法师制作的恶梦惊醒的，不再去找云离守为儿成婚，不再依恋西门庆转世的儿子孝哥，遣散众人，只与玳安相守度日，属于外力刺激而清醒者。王六儿是在流离失所的苦难中，经过一次次波折而放弃"以色谋财"之道，最终与情人韩二在农村一家一计过着清静安宜的日子。吴月娘孤守，王六儿母女由闹而静，无不体现作者的劝道思想——不论此前做了多少纵欲贪色的事，只要醒悟过来，过清静无为的日子，皆可转危为安，转夭为寿。其劝人归于自然之道、生命之道的意图十分明显。

"《金瓶梅》究竟是大彻大悟的人做的"③，字字都是血，"谁解其中味"④，"必须置香茗于案，以奠作者苦心"⑤。读前半部见其"热"，误以为"淫书"，读后半部渐觉"冷"，方悟作者"颇得劝惩之法"，深感其"一副菩萨心肠"。《金瓶梅》是一部悟书、劝道之书，一部警世宝典。

二、揭露官场腐败发生病源的政治价值——反腐良医

造成官场腐败、执法不公，徇私枉法的病根是什么？以往人们关注的焦点是权力高度集中的政治体制，认为进行政治体制改革是消除政治病的根本途径，这无疑是一个好方法。然而是否有比体制本身更重要的东西？《金瓶梅》对此问题有其独特且更深透的思考，作者将其思考的问题作为叙事的焦点和生发故事的母体，连续而生动地揭示出中国政治腐败和执法不公现象及其生成的病根，对于当下乃至以后中国政治体制改革、法制国家建设有着独特的价值和意义。

《金瓶梅》作者对于造成官场腐败、法律不公原因的揭露是通过一系列公案故事的叙述自然而然展现的。书中主要的案件有武松案、来旺案、王六儿案、苗青案、杨戬抄家案、蒋竹山案、花子虚家产案、李桂姐案、盐商王四峰案、孙清人命案等。而其中有三件案子（武松案、苗青案、杨戬案）直接关系西门庆的生死和家庭存亡，在诸案中最为要紧。我们仅以武松案为分析个案，便可从中发现作者睿智、独到的眼光和犀利的穿透力，发现他所揭示问题的深度。西门庆、潘金莲偷奸，并与王婆共谋一起毒死了潘金莲的丈夫武大郎（皆绞刑）。武大郎

① 庄周《庄子·齐物论》，王先谦《庄子集释》卷一，见《诸子集成》第3册，上海书店1991年版第13页。
②⑤ 张竹坡《批评第一奇书〈金瓶梅〉读法》，张道深评《金瓶梅》，齐鲁书社1991年版，第49页。
③ 张竹坡《批评第一奇书〈金瓶梅〉读法》，张道深评《金瓶梅》，齐鲁书社1991年版，第45页。
④ 曹雪芹《红楼梦》第一回"《石头记》的缘起"。

弟弟武松为兄长报仇,却误杀了和西门庆一起喝酒的李外传(非死罪)。清河县知县李达天判武松死刑——“律绞”,将其押送东平府再审。东平府府尹陈文昭是个清官,见主犯西门庆、潘金莲未押送归案,便大怒,痛责清河县司吏钱劳二十大板,行文书“着落清河县添提豪恶西门庆并嫂潘氏”!

西门庆知道了,慌了手脚。陈文昭是个清廉官,不敢来打点他。只得走去央浼亲家陈宅心腹,并使家人来保星夜来往东京,下书与杨提督。提督转央内阁蔡太师,太师又怕伤了李知县名节,连忙赍了一封紧要密书帖儿,特来东平府下书与陈文昭,免提西门庆、潘氏。这陈文昭原系大理寺寺正,升东平府府尹,又系蔡太师的门生,又见杨提督乃是朝廷面前说得话的官,以此人情两尽了。[①]

这段文字《水浒传》中没有,全出于《金瓶梅》作者之手。按明律偷奸害命都是绞罪,何况案子到了清官手里,必依法办案,执行死刑。然而最终的结果却黑白颠倒,杀人犯无罪免提;被杀者“勿论”,“况武大已死,尸伤无存,事涉疑似,勿论!”武松反被“脊杖四十,刺配两千里充军”[②]。法律何在?天理何在!造成此冤案的直接原因除了监管体制不健全外,更有一只无形的手在操纵着办案人的灵魂,进而操纵着对案件的量刑。

这只无形的手是什么?有人说是道理。道理对执法者的量刑有一定的影响,然而这种道理只是一种心理感觉。觉得某人有理,于是在情感上便偏向感觉有理的一方。陈文昭询问武松打死李外传经过后,便觉得武松为兄报仇,“也是个有义的烈汉”,于是便“用笔将武松供招都改了”。看来感觉武松是个“有义的烈汉”在量刑中起到了重要的作用。这种心理感觉来自于案情中,也有来自于案情之外,即案情之外的因素对于心理感觉——情感倾向起了重要作用,直接影响其量刑。而将西门庆、潘金莲定为无罪的决定恰是来自于案情之外的力量,这种力量是什么?有人说是关系。西门庆找亲家陈洪(“陈宅”)。陈洪再托亲家杨提督(杨戬)。杨提督找到同僚当朝宰相蔡京。蔡京为门生陈文昭写书帖儿。陈文昭碍于蔡京、杨戬的面子,想法免提西门庆、潘金莲。这不就是亲戚关系加师生关系吗?事实上还并非完全如此。关系只是一种载体,在关系载体中还有更深的灵魂——内在的人情。蔡京是陈文昭的恩师,陈文昭中进士赖主考蔡京恩点,陈文昭由大理寺寺正升为东平府府尹,又是蔡京的提拔,没有蔡京就没有他今天的地位。如果陈文昭不给恩师面子,那便昧了良心、忘恩负义。所以陈文昭见了蔡京的“密帖儿”岂有不照办的?蔡京在陈文昭心中的地位自然在死条文——法律——之上,也自然超于案子中死去的武大、未死的武松。于是,法律、道理都服从于人情了。看来影响断案者对案件嫌疑犯量刑的因素一是法律,二是道理,三是关系,四是人情。按道理西门庆、潘金莲害死了武大郎,即使不判绞刑,也应像武松一样,打上四十大板,换副轻枷,发配充军吧。但陈文昭原本认为他们是主犯有死罪,后因蔡京的密帖,便认定他们无罪,于是先改变事实:武大郎的死,“尸伤无存”,“勿论”,免提。这是人情改变道理,改变事实,改变法律量刑。足见人情远大于法律、大于道理、大于事实,决定量刑。所以决定执法者量刑的无形的手正是人情。一部《金瓶梅》所写不过“人情”二字。“其书凡有描写,莫不

① 《金瓶梅词话》第十回,梅节校订本,香港里仁书局 2012 年修订版,第 130—131 页。

② 以上见《金瓶梅词话》第十回,梅节校订本,香港里仁书局 2012 年修订版,第 131 页。

各尽人情”[1]。

何谓人情？人情就是人与人之间的感情。人是感情的动物，又是社会关系的总和，所以人情存在于每个人身上，具有无人不有、无事不在的普遍性。而中华民族的人情又具有三种独特性。一是家族血缘性。家族血缘本是自原始社会家族婚发展而来的，在其后的母系社会和父系社会得以延续，在世界多数民族进入奴隶制社会后便逐渐弱化，而在中国这个农耕经济最长的社会国度里，以血缘关系建立起来的家庭族群逐渐演变成农业耕作的基本单位，自夏朝就产生的井田制，便是以家庭为耕作单位，《孟子·滕文公（上）》载："方里而井，井九百亩。其中为公田，八家皆私百亩，同养公田。公事毕，然后敢治私事。"家庭不仅是基本的生产组织，也是依赖性十分紧密的生活组织，是社会的最小单位，同时也是中国农耕文化滋生的土壤。其时间之漫长且几乎连续不断，成为中国生产、生活方式的最大特征。在人的关系上也形成了以家庭血缘（父子母子与兄妹）亲情为核心的情感关系，其扩而大之则是由血缘关系所联结的家族亲情，再扩而大之是由若干家族关系联结而成的亲戚关系，亲戚关系的联结组成了乡邦关系，中国人的情感关注度由强到弱由近至远呈现出六层由小到大的时空圆，个人—家庭—家族—亲戚—乡邦—国家。所以中国的文化的命脉不是西方的社会文化、国家文化，而是生长于家庭的亲情文化、家族集体文化。以往，我们的研究将道德看得重于一切，而忽略了道德是建立于亲情之上的道德。亲情是第一位的，"仁者人也，亲亲为大"[2]，道德是第二位的。世界各国的文化都有伦理道德的内涵，但中国人的道德所以不同于西方人，就在于浓厚的家族亲情。故而所谓的人情，其核心是血缘亲情，其次是地缘之情，再次为事缘之情（师徒同窗之情、战友之情、异姓兄弟之情、君臣之情、同僚之情、利益之情等）。由此而构成的人情文化正是中国不同于其他民族的文化的一大特征。二是工具性，即中国人的生存、发展需要个人勤奋努力、自强不息，但同时离不开家人、族人、亲戚、乡邦的帮衬提携，耕种收获如此，读书科举如此，服劳役兵役如此，做官如此，经商如此，无不如此。故而人情成为人生存发展的不能离弃的工具，每个人对其具有天然的依赖性。其三，目的性。古代中国人的人生奋斗目标不出修身齐家治国平天下，而所谓的治国平天下，不过是建功立业、光宗耀祖。一个人在外奋斗一生，到头来还要荣归故里，其最终价值还在于光耀门楣，泽被亲人，德被乡里，受到族人的尊崇和一方百姓的爱戴。所以获得亲人族人的爱戴（真情）成为了中国人的人生价值和目的。这也正是人情重于工作，重于利益的根本原因。

人情对于社会的发展而言是一把双刃剑，它一方面可以成为人际关系的一种纽带，促进社会的团结和谐与稳定。另一方面，其普遍性、工具性与目的性使得它无处不在，也使得它在人心中的地位重于道德、世理、制度、法律，特别是人情一旦与钱财利益合二为一，对于一切现存制度具有更大的冲击性和破坏力。《金瓶梅》的作者认识到了这一点，叙述了人情（特别是与利益粘在一起的人情）可以改变案情事实、事理，可以操作法律。西门庆私放杀人犯苗青，山东御史不能奈他何。杨戬犯法，朝廷要抄家，西门庆在被抄的亲族范围，他只花了六百两银子（六百石白米）将西门庆改为贾庆，便逍遥法外。王六儿与小叔子偷奸本是死罪，只因讨了应伯爵的人情，落得自在逍遥，抓奸者反被收了监；朝中权贵六黄太尉派人来清河县

① 张竹坡《批评第一奇书〈金瓶梅〉读法》，张道深评《金瓶梅》，齐鲁书社1991年版，第43页。

② 《礼记》卷十六"中庸"，四部丛刊景宋本，第311页。

抓娼妓李桂姐,李桂姐求情于西门庆,西门庆请蔡京出面,李桂姐竟转危为安,破涕为笑……人情可以操纵法律、制度,进而可以超越法律、制度!

《金瓶梅》将叙述的焦点放在人情故事上,揭示了官场腐败、法律庇强凌弱、天下无道的根源,在于人情成为一只无形的手,操纵着官吏和官场的事理、法律。从而找到了治愈中国腐败病的病根,尽管作者尚未开出根治此病根的药方,然仍不失为一位发现病源的良医,为下一步的药到病除提供了可能。

三、记载早期商业经营思想、模式和智慧的经济学价值——“中国商经”

由于《金瓶梅》一书的核心人物西门庆是位由白衣到官商的具有代表性的商人,且是一位由固定资产一千两银子发展为十万两银子的成功商人,所以,从这个意义上说《金瓶梅》是一部商人小说、商业小说,也是一部写经济生活的小说。它不仅提供了明代社会经济丰富、细致、鲜活的资料,成为明代经济生活的百科全书,同时也具有经济学的价值。那么,《金瓶梅》在经济学上有哪些价值呢?

首先是商机化、专精化与第一主义的经营思想。《金瓶梅》描写了多位商人,如经营绒线的西门达、何官人、韩道国,经营布匹的陈商人等,他们眼界窄,仅限于所经营的范围内。西门庆则不然,在他眼里,处处是商机,事事皆经营。娶妻子吴月娘、嫁女儿西门大姐,是借联姻而寻找政治靠山,以求做更大买卖;而媒娶清河名妓李娇儿、商妇孟玉楼和太监妓媳李瓶儿,竟成为其财产兼并的大手笔;官场的人情投资,无不为他带来巨大的经济利益。其次,西门庆的经营以专业化见长,在专业化中走向优势化和垄断化。他所开设的商铺没有一个杂货铺、百货铺,都是一色的专卖店:药铺、当铺、线铺、绸铺、缎铺,无不以“专”取胜,以“专”创牌子和信誉,使消费者买某商品首先想到他的专卖店,从而占据消费者的心理。不仅商铺是专卖店,职员分工专一而精细。有专管一地“蹲桩”进货的(如来保、来旺、韩道国),有专管柜台卖货的。柜台卖货也有专一而细致分工,生药铺与典当铺合在一起经营,“女婿陈经济只要掌钥匙,出入寻讨,不拘药材当物;贲地传只是写账目,秤发货物;傅伙计便督理生药、解当两个铺子。看银色做买卖”[①]。这种经营的好处有四个,一是分工精细、责任明确,有利于提高效率。二是既分工又合作,整个经营环节谁也离不开谁,从而实现分工基础上的协作配合。三是,可以互相牵制、监督,防止偷懒和徇私舞弊。四是可以节约一半的人员开支。专卖店和精细的职责分工是营销思想成熟和商业发达的标志。比此更令人叹为观止的是西门庆在经营中所表现出来的事事超过他人的第一主义的经营思想。他说自己经营的药铺是清河县最大的。何官人要急着处理一批绒线,西门庆对李瓶儿说,满城数我家铺子大,不怕他不来寻我。而他的绸铺、缎铺第一次进货的规模就达三万两银子,也自然是清河县最大的。不仅铺子是规模最大的专卖店,而且货物的价钱也很可能为全城最低,因为西门的进货采用专人专地“蹲桩”,所进货物必是当地物美价廉的,再加上进货多,运输费用低,钞关所交税最少,故而其成本也当最低,这便使得清河城内同一货物的价格属他家的最低。经营最专、规

① 《金瓶梅词话》第20回,梅节校订本,香港里仁书局2012年修订版,第283页。

模最大、质量最好、价格最低(这些都是走向垄断的条件),一切都要做清河第一,今天世界五百强经营思想中的第一主义(如三星集团、海尔集团等)并不稀奇,他们的祖宗当是明代的《金瓶梅》。

其次,和风细雨的联姻兼并式的资本积累。西方资本主义发展初期资本家的资本积累一般都是你死我活腥风血雨式的侵夺。而在《金瓶梅》中,主人公西门庆的资本积累则是和风细雨脉脉温情地完成的,虽然西门庆采取的方式也是兼并式,却不是生硬的血淋淋地吞噬,而是在两情相悦的喜庆的婚宴和洞房里完成的。起初,西门庆家的财产只是药铺里的一千两银子的货物。真正的资本积累是娶孟玉楼与李瓶儿之后,即通过娶妾兼并了孟玉楼的丈夫杨布商店铺和李瓶儿丈夫花子虚(事实上为花太监)家族的财产,此后还兼并亲家陈洪家的主要财产和亲家乔大户家的一半土地房产。杨布商的公司的规模远在西门庆药铺之上,"一日不算银子,搭钱也买两大簸箩。……现一日常有二三十染吃饭"[①],即每天雇用的伙计有二三十人。而西门庆的药铺加当铺所用的伙计也只有三个人。杨布商家中财产单现金一项就有一千多两银子和价值当远在现金之上的大量布匹,以及不低于一千两银子的孟玉楼的私房钱(金银首饰和细软)。"手里有一份好钱,南京拨步床也有两张。四季衣服、妆花袍儿,插不下手去,也有四五支箱子。珠花箍儿、胡子环子、金宝石头面、金镯银钏不消说,手里现银子他也有上千两;好三梭布也有三二百筒"[②]。其财产的数额当最低是西门庆原有财产的三倍以上。花家的族产有多少?富堪比国,人不可测。李瓶儿请西门庆为花子虚衙门里求情,一次便"搬出六十锭大元宝,共计三千两"[③],还有"四口描金箱柜蟒衣玉带、幅顶条环、提系条脱,值钱珍宝好玩之物"[④]。还有李瓶儿从梁中书家逃出时所带的"百稞西洋胡珠,二两一对鸦青宝石"[⑤]。这财产汇聚着大名府梁中书家珠宝的精华,御前班值、广南镇守花太监一生全部积蓄的宫中珍宝。其价值少说也在西门庆家产的六倍以上。即西门庆兼并了上述财产后,财富翻了十来倍。这种联姻兼并式的资本积累比起血腥的吞并来更多一种喜庆和温情。

其三,契约合同、股份责任制、共赢原则、直销模式等现代先进的经营模式的雏形。西门庆雇用伙计总是与对方签订合同,他雇用的韩道国、崔本、贲四、甘润等都是签订合同依契约行事。如韩道国,"西门庆即日与他写立合同,同来保领本钱,雇人染丝"[⑥]。缎铺开张那天与伙计甘润也是先立下合同,"当下就和甘伙计批立了合同,就立伯爵做保"[⑦]。李智、黄四借西门庆银子做买卖,西门庆与他们签订合同,说明借款的数额、归还时间,应还的利息等。西门庆很可能是中国最早使用雇用合同的人。不仅是雇用合同可能最早,股份制经营模式的使用,西门庆也是中国最早的。他新开的绸缎铺,便是合股经营,利润按股份比例分成。西门庆入钱股,乔大户入房地股,韩道国、崔本、甘润为人股。获得利润按股分成:"譬如得利十分

---

① 《金瓶梅词话》第7回,梅节校订本,香港里仁书局2012年修订版,第90页。

②③ 《金瓶梅词话》第7回,梅节校订本,香港里仁书局2012年修订版,第86页。

④ 《金瓶梅词话》第14回,梅节校订本,香港里仁书局2012年修订版,第187页。

⑤ 《金瓶梅词话》第10回,梅节校订本,香港里仁书局2012年修订版,第133页。

⑥ 《新刻金瓶梅词话》第三十三回,香港太平书局1992年版,古佚小说刊行会本之影印本,第848页。

⑦ 《新刻金瓶梅词话》第五十八回,香港太平书局1992年版,古佚小说刊行会本之影印本,第1578页。

为率,西门庆分五分,乔大户分三分,其余韩道国、甘出身与崔本三人均分”①。这个经营管理模式第一次打破了雇主与雇员的雇佣关系,施行根据入股份额多少而确定地位和利润分配的合作关系,这是一个伟大的历史性的进步。西门庆使用这一股份式合作模式的时间[如果书中所写的事是嘉靖二十七至四十五年——1548—1566年的事,应与西方最早的股份制(英国的“莫斯科公司”——1554年)]相差不多。在这种股份制合伙经营模式里,就分配原则而言,突出体现出西门庆经营的合作共赢思想。在西门庆的经营中,我们还发现了早期“直销模式”的影子。所谓直销模式,就是通过简化销售的中间环节,甚至消灭中间商的途径,以达到降低产品的流通成本,满足顾客利益最大化需求的销售方式。西门庆的经营方式就是最大化地简化中间环节。譬如他要为蔡京上寿制办蟒衣官服,派来保到杭州置办。来保不买衣服,而是只买衣料,再找服装加工厂加工,省去了中间诸多环节。又如他开的绒线铺,只进白线,然后自己在铺子后架锅染色等,这虽然还算不上直销模式(尚未做到根据订单进货,无仓库和库存),但与传统的营销模式相比已发生了新的变化,本质相同却形式有别。西门庆绒线铺与绸缎铺的经营方式中还表现出特有的吸引顾客的营销策略。他铺子里的营销员全是“相貌堂堂”的帅哥,“百伶百俐”,经营活气,“满面春风”,“口若悬河”,使顾客乐意到这里来。他们还有些独到的促销手段,缎铺开张那天,有一人专门负责招揽顾客。“崔本专管收生活,不拘经济买主进来,让进去,每人饮酒两杯”②。古人所饮酒多是浆液浓稠的粮食酒,具有充饥解渴的双重功效,从而可成为促销的有效手段。就在铺子开张的一天内,缎铺就卖了500两银子,足见这种营销手段的效果。

西门庆的商业经营不仅有其先进的经济思想,而且构成了一个从资本积累到商业生产、经营、管理、销售的完整的体系,向我们展示了明代经济发展史中先进的经营管理方法和模式,这些方法模式不仅成为了中国近世经营管理的开创者、鼻祖,而且直到现在还不失为有效的商业经营模式。《金瓶梅》是一部明代鲜活的经济史,就像《三国演义》为人们提供了军事的成功范例,成为一部鲜活的《兵经》一样,《金瓶梅》为商人提供了经商的成功方法、模式和范例,不失为中国古代的一部“商经”。

四、再现从“食货文化”向“货币文化”转型的文化价值——划时代里程碑

如果文化的发展形态与经济的发展形态大体一致的话,那么,文化的历史便可根据经济发展的历史加以界定划分。就中国经济发展的历史而言经历了两个大的阶段,一是以自给自足的农耕经济为主的附带式的商品交换阶段,即人们的生存主要依赖实物(粮食)和其他生活物——食货,货币只在部分非主体的领域进行的阶段,我们称这阶段为食货生存状态阶段,其文化可称之为农耕文化或食货文化。这个时期的文化具有鲜明的土地生产的特征,体现着土地和粮食生产的独特性:稳定性、依顺性、循环性、德礼性,其核心特征是稳定性。这种稳定性的特征表现于货币是死的、花一个少一个的货币观念、节俭的消费观念、一女不嫁

① 《新刻金瓶梅词话》第五十八回,香港太平书局1992年版,古佚小说刊行会本之影印本,第1578页。

② 《金瓶梅词话》第60回,梅节校订本,香港里仁书局2012年修订版,第938页。

二夫的婚姻观念、重义忘利的交友观念以及守道重德、光宗耀祖的价值观念。二是以工业生产和商品交换获取生活必需品的货币化生存状态阶段。其文化可称之为工商文化或货币文化。该文化具有鲜明的货币本质的特征,自我性、自由、平等、寻新求变等,其核心特征是寻新求变。这种寻新求变的本质特征表现于货币是活的、在流动中增值的货币观念、超前消费、快乐消费的消费观念、婚爱自由的婚姻观念,互利共盈的交友观念以及追求自由平等和利益最大化的价值观念。在中国,从农耕文化向工商文化的转型经历了数百年的漫长过程,直到目前这个过程还在进行之中。它始自于万历九年张居正在全国推行一条鞭法而开创的全国尽停铸钞、一切流通皆用白银的"白银时代"。朝廷发俸禄和征税皆用白银,农民交纳田税需将粮食到市场换成白银,官吏要吃粮食到市场用白银购买,从而货币(白银)成了获取生存食贷的唯一手段,食贷生存状态开始转向货币化生存状态,从而也促进了商业经济的发展。在明代商品经济发达的都市,开始形成货币文化。然而随着天启年间白银时代的结束,这一刚刚在少部分城市兴起的货币文化又随着食货经济的登台而削弱了下去,直到洋务运动、共和运动和"五四新文化运动"西方工商文明的传入,工商文化才在商业发达的大城市再次兴起,不久农耕经济占主导地位决定了农耕文化的主导地位,直到改革开放施行市场经济,特别是伴随全国的城市化的进程而引发新的土地变革,中国才真正进入全国规模的工商文化时代。

需要特别指出的是,以嘉靖末年为背景而产生于明代万历九年后的《金瓶梅》是中国第一部,也是唯一一部以巨大篇幅全面反映中国历史这一伟大转型的长篇小说。《三国演义》、《水浒传》、《西游记》、《红楼梦》、《儒林外史》都没有全面真实地反映这一转型,他们的文化本质还是农耕文化的。《金瓶梅》虽然有农耕文化的血缘,但它反映了由农耕文化向工商文化开始转变的过程状态。在这个时期出现的以王艮、李贽为代表的主张"穿衣吃饭即人伦物理"和肯定"好货"、"好色"是人的本性的思想;歌颂男女至情的《牡丹亭》;主张诗当写"真情"的前后"七子"和主张"独抒性灵"的公安派的进步文学主张;以唐寅为代表的吴中四杰的市井文化的歌吟;"三言"、"二拍"所描写的新的男女情爱观、经商致富观;抒写男女自由情爱的散曲小调等,都从一个侧面反映了这一转型过程的文化观念的变化,但是没有一部像《金瓶梅》这样对货币观念、消费观念、婚爱观念、人生价值观念做出全面而真实反映的文化作品①。《金瓶梅》一书非但没写以积攒为命的悭吝鬼、看钱奴,相反却鲜活地描写出了能花能挣的商人形象,表现出钱是活的、在交换流通中增值的崭新货币观。完成了由农耕文化货币观向商业文化货币观的转变。伴随这类货币观念的转变的是消费观念(奢侈、快乐消费的消费观)、婚爱观念(自由的婚爱观)、交友观(互利共赢的交友观)、价值观(追求利益最大化的价值观)、审美观(以快乐为美的审美观)等一系列观念的变化,从而体现出与"重义轻利"的稳定性的农耕文化根本不同的"重利轻义"的"寻新求变"的商业文化的精神面貌,完成了由"发乎情,止乎礼义"的农耕文学到发乎情,至乎利益,尾乎礼义的商业文学的历史转型。郑振铎先生一读《新刻金瓶梅词话》便为其中的现代性、当下性而惊呼,人们都觉得《金瓶梅》中的人物就活在今天,其根本原因就在于它第一次描写了中国从食货文化向货币文化转变的真实而

---

① 具体论述见两篇拙作:《货币观念的变异与农耕文学的转型——以明代后期市井小说为论述中心》,《中国社会科学》2007年第1期;《金瓶梅价值的货币文化解读》,《河北学刊》2006年第3期。

鲜活的且至今仍在进行的过程。文学研究者所发现的《金瓶梅》在中国小说史、文学发展史上的一系列开启时代的地位价值,诸如第一部伟大的现实主义小说,第一部家庭小说,第一部商人小说,第一部写市井平民的平民小说,第一部以财色为描写中心的财色小说,第一部打破了写人单一性脸谱化而走向立体化人性化的小说,第一部以女人群体为描写中心的女性小说,第一部用方言俗语写作的带有泥土气息的方言小说等等得天独厚的价值,都与它反映中国由食货文化向货币文化转型这一特性相关,都是这一特性所带来的必然结果。就这一点而言,《金瓶梅》的伟大在于它是中国历史转型的开启之作、启蒙之作,是中国文学和文化发展史上划时代的里程碑。

五、再现中国封建社会后期世俗社会生活的百科之学——“近世显学”

《金瓶梅》是一部作者“按迹寻踪”的生活实录,诚如张竹坡所言:“似有一人亲曾执笔,在清河县前,西门家里。大大小小,前前后后,碟儿碗儿,一一记之,似真有其事,不敢谓操笔伸纸做出来的。”[①]正因其为明代生活“实录”,又因其为戏曲、小调、歌词、酒令、笑话皆可入体的“万能体”的小说,使得它比起史书来描写范围更广,视角更灵活,更具包容性。所以就对历史反映的广度、细腻度、逼真度而言,任何一种纪事的体裁都比不上“寄意于时俗”的小说《金瓶梅》。《金瓶梅》是再现明代社会生活历史的一面镜子。吴晗先生曾说它是“一部反映了政治、经济、文化、习俗等等的明末社会史”。事实上吴晗先生只是就大的方面而言的。若论及世俗生活几无所不及,诸如房屋建筑、家庭园林、树林花卉、炕床蚊帐、船舶航运、钞关税收、衣裳服饰、裹脚时尚与纳鞋底、茅厕马桶、下棋斗牌、饮食文化、节日生日、婚嫁习俗、妻妾文化、妓院、性文化、请客送礼、药理医术、算命术、方言俚语、帮闲篾片、媒婆、丫环小厮、亲随小唱、道士、僧尼、秀才举人、进士状元、武官商贾、商业经济、运输、歌词小调、笑话、酒令、地理等等几无所不有,要了解中国古代的建筑学、交通运输、园林艺术、民间风俗、方言俗语、商业经济、朝政体制、小说戏曲、性文化等等,皆可从《金瓶梅》中发掘宝贵数据,说其为中国封建社会的百科全书,可谓当之无愧。较之《红楼梦》稍有不同处在于,《红楼梦》是中国皇亲贵戚们的贵族生活的百科全书,《金瓶梅》则为地方小吏市井细民世俗生活的百科全书。

然而,《金瓶梅》这部百科全书所提供的历史具有艺术的模糊性乃至审美的神秘性,从而成为一部颇具诱惑力的学术宝藏。需发掘考究的问题很多,譬如有关这部书的最基本问题:作者、成书时间、手抄本、刻本、本事、创作方式等等,都具有模糊性。单是一个作者问题就是一门大学问,它涉及明代嘉靖、隆庆、万历三朝诸多文人、名人,要读数以百计的文人的文集,需懂得明朝后期政治、历史、经济、文化诸多知识,以及读懂明代善本、具有辨识真假文物的知识眼光等等,总之须是明代社会学、历史学、民俗学、艺术学、宗教学、经济学、哲学的全才通才方有可能解决。这一极高的才识要求及其因史料丢失而造成的不可替补性,使得作者研究很可能会成为《金瓶梅》研究突不破的“死结”。与《金瓶梅》表现中国文化近世转型性使得它成为近世第一部文化启蒙著作一样,它的写实性也使其成为耸立于中国近世史上的一

---

① 张竹坡《批评第一奇书〈金瓶梅〉读法》,张道深评《金瓶梅》,齐鲁书社1991年版,第43页。

座学术宝藏、文化宝库。

《金瓶梅》要研究的学术问题实在太多，具有难以穷尽性。就这一点而言，它与《红楼梦》皆为中国古代的显学——“红学”与“金学”，皆具有不可替代性和非同寻常的学术价值和文化意义。故而，对“金学”的研究来不得半点急躁、草率，来不得任何急功近利的浮躁，那样势必欲速则不达。至于用简单方法抹杀它的价值或抹杀《金瓶梅》研究学术意义的行为都是浮浅的，保守的。

《金瓶梅》自身所具有的上述思想价值（警世宝典）、政治价值（反腐良医）、经济学价值（中国商经）、文化价值（划时代里程碑）和学术价值（近世显学）随着中国的改革开放和新文化建设，将会引起全社会的重视并逐渐被认知、接受，出于腐朽且肤浅认知的“淫书”之名，也将随之在人们心中淡去。

作者单位：上海交通大学

明代社会的风俗画卷

——《金瓶梅词话》中的赋及其社会文化意义

雷 勇 苏 腾

中国古代小说在文体上有一个共同的特点，这就是“文备众体”，主要表现为在小说叙事中常常会嵌入一些韵文，明代“四大奇书”无一例外。就《金瓶梅词话》而言，除在散体叙事中夹杂了大量的诗词曲外，还嵌入了数量惊人的赋，这已引起一些学者注意①。但《金瓶梅词话》中究竟有多少赋？它们在小说中的作用如何？有什么样的意义？这些问题至今仍很少有专门研究。在叙事文本中嵌入赋，这在一定程度上起到了渲染场面、营造气氛、刻画人物等作用，但这些“附体”文字的嵌入往往也会冲淡主题、影响故事情节的连贯性，因此常被视为小说中的赘疣，研究者多把它们当做是文人呈才炫学的表现，从而忽视了对这些“附体”文字本身价值和意义的研究。本文拟从文本入手，对《金瓶梅词话》中的赋做一些具体的梳理，并对这些赋的社会、文化意义略做探讨。

一、《金瓶梅词话》中赋的基本类型

据笔者统计，《金瓶梅词话》②中的赋共有 91 篇，散布于全书 60 个章回中。其中嵌入 1 篇赋的有 37 回，嵌入 2 篇赋的有 16 回，嵌入 3 篇赋的有 6 回，另外，第 93 回嵌入的赋竟多达 4 篇。具体分布情况如下表：

每回篇数	数 量	回 目
1	37	1、2、4、5、7、11、13、14、15、19、21、22、27、40、42、43、46、48、51、54、55、56、57、58、63、64、66、70、78、81、83、86、88、94、96、97、99
2	16	6、8、9、10、12、29、30、37、53、59、61、65、71、77、79、90
3	6	39、62、80、84、89、100
4	1	93

① 孟昭连《金瓶梅诗词解析》(吉林文史出版社 1991 年版)最早对《金瓶梅》中的诗词曲做了研究，但对赋则涉及很少。

② 本文《金瓶梅词话》原文皆引自(明)兰陵笑笑生著、陶慕宁校注《金瓶梅词话》，人民文学出版社 2000 年版，引文皆随文注明回目，不再一一注出。

《金瓶梅词话》中的赋数量惊人，内容也十分丰富，就赋的内容及其在作品中的作用来看，大体上可以分为建筑、人物、景色、场面、文卷、物品、言志抒情、渲染气氛等九大类。

建筑类赋共有7篇，其中描写寺庙的4篇，描写府第的2篇，描写酒楼的1篇。借助对玉皇、岱岳、晏公和永福禅林四座庙宇的描写，真实再现了明代宗教建筑的整体布局。对郑爱香闺房的精摹细绘，使读者得以一窥古代社会女眷轻易不示外人的起居所在，也营造出了香软甜腻的脂粉气和私密氛围。

人物类赋共有27篇，分为容貌、品行、心理和状态四种。其中关于容貌描写的最多，共有15篇，涉及到了潘金莲、李瓶儿、庞春梅、孟玉楼、宋蕙莲、韩爱姐、王六儿、艺妓、碧霞宫娘娘、潘道士、黄巾力士、黄真人、长老、温必古、吴神仙等人物，从世外高人到达官显贵，从闺中少妇到风尘歌姬，涉及到社会各个阶层。关于心理描写的有3篇，分别揭露了僧人的色欲本性，刻画了李瓶儿的病中愁态，描绘了吴月娘的惊恐之状。有关人物品行描写的有8篇，揭示了王婆子、蔡老娘、杨府尹、赵太医、李贵、赵才、陈文昭和行脚僧等人的性格特征。另有1篇彰显权贵的赋，通过太尉形象的塑造，揭示出权富攀结、骄奢弄威的腐败吏治。

景色类赋共有14篇。其中关于雨、雪、风等天气状况的描写有6篇，专写傍晚景色的有4篇，写花园景致的3篇，另有1篇描写了清风山的景色。

场面类赋有23篇，集中在对赤裸裸的交欢场面、奢华的筵席场面和喧闹的节庆场面的摹写上。有关交欢场面的赋比重最大，共9篇，涉及到西门庆、潘金莲、李瓶儿、庞春梅、王六儿、林太太、金宝、琴童、陈经济等人。关于家宴的赋有4篇，其中第10、30和43回中的内容相似，排比罗列，极言菜品之珍贵和宴席之铺张；第12回描写应伯爵宴请西门庆的赋则更关注席间人物的言行，将一班酒友的市井气表现得淋漓尽致。节庆场面也是赋表现的重点，共有4篇，真实而详尽地展现了端午和元宵的风土民俗。其余6篇赋分别展示了谋害亲夫、斋坛祭奠、出殡、朝仪、公堂和军马屯集等各类场面，涉及社会生活诸多层面，其中以第65回李瓶儿出殡的场面描写最为精彩。

文卷类赋有10篇，包括2篇经文、1篇赞、1篇辞赋、1篇疏和5篇祭文（3篇李瓶儿祭文，2篇西门庆祭文）。其中水秀才的头巾赋是此类中最有特色的一篇。

小说中还有言志和抒情赋各1篇。前者旨在抒发面对姬妾争宠的无奈和宽解之情（第1回鸿鹄高飞赋），后者重在表达戎马征战、挥斥方遒的沙场豪情（第100回戎马征战赋）。第9回的武松夜遇武大亡魂显灵是唯一一篇气氛渲染类赋。议论类赋3篇，都是感喟人生、劝善戒色的警言。状物类赋亦有3篇，分别描绘了浓夏葡萄架（第27回）、元宵节烟火（第42回）和女儿钗饰（第90回）。此外，第39回中还有1篇"十月成胎赋"，可单列一类。

兼顾文体特征和时代特色，学术界一般将赋分为辞赋、骚赋、诗赋、骈赋（徘赋）、律赋、文赋和俗赋七种基本类型[①]，《金瓶梅词话》中的赋则囊括了除辞赋和律赋之外的其他五种类型。骈赋是本书中使用范围最广的赋类，在建筑、人物、场面、景色、文卷、状物、议论、气氛等内容中都有应用，其中以人物和场面类最多，68篇骈赋里有22篇描写人物，21篇描写场面，另有12篇写景色，6篇写建筑。文赋主要用在对文卷类内容的描写上，全书13篇文赋中有

---

① 本文有关赋的分类，主要参考马积高的《赋史》（上海古籍出版社1987年版）和曹明纲的《赋学概论》（上海古籍出版社1998年版）。

7篇是文卷描写,其中祭文就有5篇。诗赋主要用于人物对话,8篇诗赋里有一半内容属于此类,且均为人物自我介绍。如第30回蔡老娘的自夸,第40回赵裁的自吹自擂,第61回赵太医的自表,皆用六言诗赋形式写成。其余4篇诗赋分布在场面、文卷、议论、抒情言志类内容里。骚赋和俗赋都只有一篇。

二、宗教文化的全方位展示

如上所述,《金瓶梅词话》中的赋多达90余篇,比较全面地展示了明代社会的文化风貌。作者对宗教问题颇为关注,作品中与宗教有关的赋有18篇,分别从寺庙建筑、僧道人物、法事场面、祝祷经文四个方面反映出明代社会的宗教情况。

小说中有4篇建筑赋,通过对玉皇庙(第39回)、岱岳庙(第84回)、晏公庙(第93回)和永福禅林(第89回)的展示,勾画出了明末宗教建筑的格局特征。如玉皇庙:

> 青松郁郁,翠柏森森。金钉朱户,玉桥低影轩官;……朝天阁上,天风吹下步虚声;演法坛中,夜月常闻仙佩响。只此便为真紫府,更于何处觅蓬莱。(第39回)

这段赋由远及近,由外及里,从宏观到细节多角度透视了玉皇庙的格局。遥观圣殿,青松翠柏掩宫阙轩昂。殿前俯仰,廊阁巍峨,直插霄汉。步入殿中,天帝位列,将相守卫,神兽拱首,仙娥环侍。近瞻玉皇,冕旒冠、衮龙袍,龙床危坐,威仪煊赫;蓝田带、白玉圭,听禀宣旨,神颜肃穆。身入其中,耳闻钟磬时鸣,目观瑞霭浮靡。目随笔走,读者仿佛置身其中,虔敬之心油然而生。而文中如流星门、郁罗台、离娄、师旷、白虎、青龙等道教名词称谓,又在无形中普及了宗教知识。

《金瓶梅词话》中的赋不乏对僧道形象的刻画。人物有长老(第89回)、神仙(第29回)、真人(第66回)、道士(第62回)、黄巾力士(第62回)、行脚僧(第88回)、淫僧(第8回)等多类身份。长老的黄衫青履,道士的褐袍麻鞋,黄巾力士抹额紫鳖等衣着服饰,反映出人物鲜明的类群特征。而心理状态的具体刻画,则凸显出人物丰富的个体性格。如第8回中对淫僧的刻画,打破了正统文学中僧道寡欲拒色的正面形象,塑造出一群言行失态的色徒,显示了明末佛教世俗化的特点。

赋中对法事场面的铺排渲染,为研究佛教、道教在民间流传的状态提供了详细、具体的资料。第39回的斋坛赋以"风清三界步虚声,月冷九天乘沆瀣"为界,分别展示了斋坛布设和仪式过程。第一部分从"位按五方,坛分八级"到"两边执盂捧剑,重重密布幢旛",宏观描述斋坛的方位和格局。然后详列上层、中层和下层供奉的神位,分别对应天庭、人间和冥府三界。太清道德天尊(太上老君)、玉清元始天尊和上清灵宝天尊为上三清;以玉皇大帝为首,包括中天紫微北极大帝、勾陈上宫天皇大帝和后土皇地只在内的四御忝列三清之下。中层的山川岳渎、社会隍司、福地洞天则是诸神统辖的居址,代指人间诸态。下层供奉地府江海等鬼神,位较中层又次之。斋位两侧,燃烛焚灯,花香四溢,祥霭氤氲;又有神将守卫,打旛扬旗,执盂捧剑。赋的描写极为详赡,精确的勾画出了斋坛的布局摆饰。第二部分从"金钟撞处"到"按法剑踏罡布斗",描绘了道众宣忏、真人演法的场面。整篇赋逼真的再现了为子祈福的道场仪式,为后人还原和仿拟明代宗教法事提供了借鉴的依据。

赋中保留的祝祷文可以看做是对宗教教义的注解。小说第51回薛姑子讲经和第53回直接插入的净坛咒，有助于我们了解民间对经文的阐释。第51回吴月娘因要听薛姑子演颂《金刚科仪》，便在明间内设桌焚香，引来一家妇人陪坐。可见对佛法的礼颂学习在明代社会乃平常之事，其形式也较随意，类似闺阁小聚。因文化程度受限，女眷的礼佛方式以听讲佛经故事为主。赋于此插入："落花无返树之期，逝水绝归源之路。画堂绣阁，命尽有若长空；极品高官，禄绝犹如做梦。黄金白玉，空为祸患之资；红粉轻衣，总是劳尘之费……青春未半，而白发来侵；贺者才闻，而吊者随至。"无一字写佛，却句句释佛，四大皆空，人世无常的佛理在数重比喻下被解析得十分透彻。而这种说唱结合的手法，用浅俗的故事敷衍深奥晦涩的经文义理，既易于接受，又饶有趣味，能激发信众研习佛法的兴味。

三、节庆习俗和市井百态

《金瓶梅词话》是一部"人物辐辏、场景开阔、布局繁杂的巨幅写真"，作者在宏阔的叙事中真实再现了明代社会的民俗风情。作者对节庆活动、百戏杂耍等有比较浓厚的兴趣，常常会用赋的形式大肆铺叙，比较形象地展示了当时的市井百态，为后人了解明代民俗状况提供了鲜活的素材。

元宵和端午是《金瓶梅词话》中赋集中展示的两大节庆场景。有关元宵的记载较早见于司马迁的"太初历"，至唐观灯习俗开始兴盛，郑处诲的《明皇杂录》第50条"逸文"类里就有"上在东都，遇正月望夜，移仗上阳宫，大陈灯影"[①]的文字。宋代观灯习俗由贵族奢游而及民间，并形成规模。孟元老《东京梦华录》记载了正月十五开封府街景："绞缚山棚，立木正对宣德楼。游人已集御街两廊下，奇术异能，歌舞百戏。"[②]可见，宋代除赏灯外，又新增了杂耍百戏等娱乐形式，但具体景象如何，文献未做详细记录。花灯的式样，至宋也由唐代的"仿龙虎兽"扩至"数千百种，极其新巧，怪怪奇奇，无所不有"[③]。有明一代，《万历野获编》、《帝京景物略》等野史笔记中对元夕放灯亦有提及，但仍比较简略。《金瓶梅词话》中的赋则对赏灯游乐的具体场景做了翔实的摹绘，弥补了史家记述的单薄和刻板，生动地再现了明代世人佳节同乐的情形。其中尤以第15回的铺叙最全面细腻。小说借吴月娘等人之眼，用赋的形式将元宵节"花灯社火、百戏杂耍、鬻歌售艺、唱曲宣卷"[④]的市民仕女相携嬉游的热闹场景通过赋的铺排渲染出来："山石穿双龙戏水，云霞映独鹤朝天。……围屏画石崇之锦帐，珠帘彩梅月之双清。虽然览不尽鳌山景，也应丰登快活年。"该赋自"琉璃瓶光单美女奇花，云母障并瀛洲阆苑"一句分前后两节。上节摹写"金莲灯"、"玉楼灯"、"荷花灯"、"芙蓉灯"、"绣球灯"、"雪花灯"、"秀才灯"、"媳妇灯"、"和尚灯"、"通判灯"、"师婆灯"、"刘海灯"、"骆驼灯"、"青狮灯"、"猿猴灯"、"白象灯"、"螃蟹灯"、"鲇鱼灯"等18种灯式。后节穷举杂耍百戏和营市买卖：床具家饰、古董玩器琳琅炫目；打卦相面、演说讲唱各领精彩。包括粘梅花、剪春娥、卖元宵等

① 郑处诲《明皇杂录》，中华书局1994年版，第55页。

② 孟元老《东京梦华录》，商务印书馆2000年版，第108页。

③ 周密《武林旧事》，中华书局2007年版，第30页。

④ 蔡国梁《金瓶梅社会风俗》，百花文艺出版社2002年版，第8页。

各类上元节特有民俗在赋文中都或有展示。短短数百字包罗万象，异彩纷呈。

燃放烟火是上元节的另一特色。西湖老人《繁盛录》有“后生于霍山侧放烟火”的记载。周密《武林旧事》里也有赏灯和灯品的记录，卷二“元夕”载“从去岁九月赏菊灯”“迤逦试灯”到次年新正而“灯火日盛……金炉脑麝香，如祥云五色，荧煌炫转，照耀天地。”[①]苏灯之焕彩，闽灯之冰清，豫灯之新巧等“怪怪奇奇，无所不有”[②]。后文“灯品”条中又有对“无骨灯”、“鱿灯”、“珠子灯”、“羊皮灯”[③]等灯饰的材质和制作工艺的介绍。明清时期烟火种类日繁，潘荣陛的《帝京岁时记胜》和沈榜的《宛署杂记》中提及的就有“三级浪”、“地老鼠”、“沙埚儿”、“花筒”、“花盆”、“霸王鞭”、“竹节花”、“泥筒花”、“金盆捞月”、“叠落金钱”等数十种名目，但大都因文献史料特征而有“实”无味。兰陵笑笑生则展赋体铺写之长，对烟火的种类、色彩和燃放场面展开了具体、生动的摹绘。第42回烟火赋对“仙鹤炮”、“西瓜炮”、“彩莲舫”、“紫葡萄”、“霸王鞭”、“地老鼠”、“八仙捧寿”、“七圣降妖”、“一丈菊”、“烟兰”、“火梨花”、“落地桃”，“五鬼闹判”、“十面埋伏”等十几种烟花品类都有特征化的描述：仙鹤喷火，西瓜崩开，“霸王鞭，到处响亮；地老鼠，串绕人衣”…… “黄烟儿，绿烟儿，氤氲笼罩万堆霞；紧吐莲，慢吐莲，灿烂争开十缎锦。一丈菊与烟兰相对，火梨花共落地桃争春”。这段文字向我们提供了明代烟火制作技艺的实景，在佐证文献的同时，又使读者对烟火燃放的瑰丽景致有深刻的感官认知。

端午是继元宵之后的又一传统节日。《金瓶梅词话》第6回和第97回的赋都对端午习俗做了专门记述。第6回写端午将近：“绿杨袅袅垂丝碧，海榴点点胭脂赤。微微风动幔，飒飒凉侵扇。处处遇端阳，家家共举觞。”五七言诗赋烘托出初夏暑气微蒸、节至兴起的融暖氛围。第97回则借对春梅、陈经济“解粽欢娱”的席面渲染，细致展示出端午吃粽子、插艾叶、系绒绳、饮雄黄酒等多样传统。

《金瓶梅词话》中的赋对明代市井生活状态也做了多方面的描述，这大多以名词的形式散嵌在对其他事件、现象的描绘中。据笔者粗略统计，赋中涉及的各类民间活动有十数种，包括了蹴鞠（第15回元宵赏灯赋，“王孙争看，小栏下蹴鞠齐云”）、走马（第65回李瓶儿出殡赋，“卖解犹如鹰鹞，走马好似猴猿”）、卖解（第65回李瓶儿出殡赋，“卖解犹如鹰鹞，走马好似猴猿”）、祭赛（第93回晏公庙建筑赋，“四通八达，春秋社礼享依时；雨顺风调，河道民间皆祭赛”）、打筋斗（第65回李瓶儿出殡赋，“竖肩椿，打斤斗，隔肚穿线，金鸡独立，仙人打过桥，镫里藏身”）、竖肩椿（同上）、镫里藏身（同上）、隔肚穿线（同上）、仙人过桥（同上）、洗三朝（第30回蔡老娘人物赋，“活时来洗三朝，死了走的偏快”）、剪春娥（第15回元宵赏灯赋，“剪春娥，鬓边斜插闹东风”）、结同心（第4回西门庆与潘金莲交欢赋，“喜孜孜连理枝生，美甘甘同心带结”）、打响嘴（第88回行脚僧人物赋，“有时门首磕光头，饿了街前打响嘴”）、担货郎（第42回烟火赋，“货郎担儿，上下光焰齐明；鲍风车儿，首尾迸得粉碎”）、卖杖摇铃（第88回行脚僧人物赋，“白日里卖杖摇铃，黑夜间舞枪弄棒”）、占卜相面（第15回元宵赏灯赋，“卦肆云集，相幕星罗”）、傀儡排场（第70回太尉人物赋，“象板银筝，魂磊排场热闹”）等市井百态。

《金瓶梅词话》第65回有一篇集中描写明代殡丧仪式的赋。这篇赋以数百字的篇幅详

① 周密《武林旧事》，中华书局2007年版，第49—50页。

② 周密《武林旧事》，中华书局2007年版，第50页。

③ 周密《武林旧事》，中华书局2007年版，第59—60页。

细展示了李瓶儿出殡的整个过程，并描绘出了出殡期间与送殡队伍相伴的杂耍百艺，具有很强的可观性。赋中写道：

和风开绮陌，细雨润芳尘。东方晓日初升，北陆残烟乍敛。冬冬咙咙，花丧鼓不住声喧；叮叮㗼㗼，地吊锣连宵振作。名旗招飐，大书九尺红罗；起火轩天，中散半空黄雾。狰狰狞狞，开路鬼斜担金斧；忽忽洋洋，险道神端秉银戈。逍逍遥遥八洞仙，龟鹤绕定；窈窈窕窕四毛女，虎鹿相随。地吊鬼晃一片锣筛，烟火架迸千枝花炮。热热闹闹采莲船，撒科打诨；长长大大高跷汉，贯甲顶盔。

小说用5回的篇幅记录了丧葬全过程，而对殡葬场面最直接的描写就是上面所引的赋。这段文字详细交代了明代官宦之家殡葬仪式的排场用度和人员设置，这"在我国明、清长篇小说中可以说是绝无仅有的，是一部形象的礼仪志和风俗志"①。小说中描写的殡葬参与者达百余人。除亲眷外，还包括道童十六位，僧侣二十四位，青衣白帽六十四位，又有打旛、举伞、护棺、抬架、执罐捧巾、打路排军、卖解走马、持杆扬旗、行杂耍百艺者若干人。仪式自晨时始，锣鼓喧天，红罗招摇、烟火四迸。整只队伍声势浩大，前有鬼神开道，跟定仙怪神兽，接高跷彩船热闹；其后道童、僧侣击金敲玉，念经诵佛。又有献祭绢亭大者十二座，小者二十四座，更兼金山银队、珍罐香亭。正后百花亭、引魂轿，两侧宝盖银幢、绢伞铜架紧护棺舆。六十四名青衣白帽抬架举棺。棺后侍妾执罐捧巾，孝眷哀声恸天。又有打路排军随行两侧，卖解走马执杆断后。再看棺椁：外套彩绘描金，五老云鹤、华盖顶、四垂头流苏带、大红销金宝象花棺罩，内安锦绣棺舆。其奢华靡费程度令人叹为观止！浩荡的排场引来街邻驻足，其热闹气氛不亚于节庆场面。"人人喝彩，个个争夸"，观殡者的熙攘兴奋与殡礼应有的哀痛肃穆形成鲜明对比，既烘托出李氏殡仪的奢华罕见，又使人在"亲戚或余悲，他人亦已歌"的悲喜对比中感受到世态之炎凉，心生"身前争豪逐富显荣华，死后枉与他人作笑谈"的喟叹。

四、衣食住行与社会风气

人物赋、筵席场面赋和建筑赋是《金瓶梅词话》中赋的主要类型，这些赋比较详细地描述了明代衣饰、宴饮和居室陈设等方面的状况，从中也可以看到一些社会风气变化的信息。

人物赋对包括僧道、神仙、秀才、艺妓、闺妇在内的5类人物服饰有特征化的摹写，其中最有价值的当属赋中的女性服饰描写。不同身份的女性着装在赋中有不同展现，有时虽寥寥数笔，却颇为贴切传神。如第11回花子虚会茶摆酒，席间艺妓弹唱助兴，赋对妓女妆扮用"罗衣叠雪"四字形容。"罗衣"是用轻软薄透的丝织品裁制的裙衫，歌妓着此服既可展露其窈窕身段，又与其以色事人的行业特征相符。明代闺妇的常服、佩饰则在潘金莲（第9回）、李瓶儿（第61回）、孟玉楼（第7回）宋蕙莲（第22回）、庞春梅（第89回）等有关的赋中有细腻的展示，这里既有围发、分心、鸾钗、金挑凤、胡珠、络索、花钿、玎珰、纨扇等簪佩之物，又有绣袄、纹裙、貂裘、凌波袜、金莲等常服。小说中提及的"围发"、"分心"等就是明代妇女的常见发饰，"围发"戴在头发两侧以笼住碎发，"分心"则戴在正中，使头发中分。"金挑凤"和"鸾

① 蔡国梁《金瓶梅社会风俗》，百花文艺出版社2002年版，第127页。

钗”皆为簪插在发髻呙堕上的鸾凤形状的金饰。花钿又有“花子”、“媚子”之称，是妇女贴于眉心的花饰。较有趣的是孟玉楼和庞春梅所佩玉玎珰(玲珑)。玎珰不仅是衣饰，还是古代妇女重要的礼仪规范物件。“玎珰”原作“玎珰禁步”，乃系妇女裙边或鞋侧的金玉饰物。佩戴者步幅稍大便会发出声响，女性佩此以提示限制其举止，助其遵从闺范礼数。刘勰的“古之佩玉，左宫右征，以节其步，声不失序”[①]，所指即是。服饰中的“绣袄”“纹裙”是明代妇女居家便服，“绣袄”是缎面镶有刺绣的夹袄，“纹裙”则是系腰曳地长裙。“貂裘”较为贵重，是用貂皮缝制的大氅。“凌波袜”指女子裹足而穿的布袜，“凌波”为女子纤足的代称。“金莲”代指女子穿的绣鞋，因古代有裹脚的习俗，妇女缠足后脚小如三寸金莲，故有此称谓[②]。

《金瓶梅词话》赋中保留了不少有关明代饮食的记录。其中以西门庆和陈经济所设家宴最出色。第10回西门庆芙蓉亭设宴，席面上满布时鲜异品：

> 香焚宝鼎，花插金瓶。器列象州之古玩，帘开合浦之明珠。水晶盘内，高堆火枣交梨；碧玉杯中，满泛琼浆玉液。烹龙肝、炮凤腑……毕竟压赛孟尝君，只此敢欺石崇富。

龙肝凤腑是虚构夸张，但“火枣焦梨”、“黑熊掌”、“紫驼蹄”、“红莲香稻”、“通印子鱼”、“伊鲂洛鲤”、“龙眼荔枝”等则确为世间难得佳味。作者在渲染筵席豪侈铺张的同时，于无形中展示了明代富家大室的饮食品类，是十分宝贵的史料。无独有偶，第30回西门庆聚景堂夏宴和第43回中陈经济前厅摆宴中亦有麟脯、冰桃、猩唇、豹胎等多种菜品果蔬。“盆浸冰桃”的描写真实地再现了尚处在农耕时代的古人夏日消暑取凉的方式。赋中还有对饮食器具的描写，杯具如紫霞觞、碧玉斝、紫金壶、碧玉杯、白玉瓯等，盘具如白玉碟、水晶盘等，都是精巧贵重之物。

小说中有多篇关于建筑的赋，除4篇关于庙宇的赋外，有一处描写太尉府第，一处描写谢家酒楼，真实地再现了明代的居室陈设和建筑格局。另有3篇花园景致赋(1篇写刘太监后宅花园，2篇写西门庆府第后花园)，生动地反映了明代园林的构造。如第19回西门庆宅内新花园：入园首见门楼，假山曲径通幽，细水环绕，苍松翠竹掩映其间。寻径杳至，则燕游堂、临溪馆、叠翠楼、藏春阁四处主景花妍柳媚，各具巧姿。转而登桥跨野，卧云亭浮于碧水之上。湖侧假山怪石嶙峋，岸畔木架卷棚，松墙竹径，花繁树茂。沿墙一带又有小池数方，池内绿藻红鲤，悠游自在。不仅建筑格局曲尽虚实之妙，而且色彩搭配颇有画卷之风，其台榭亭阁的命名亦颇具审美情趣，反映出明代园林建筑技艺的高超。

第59回有一段专门描写郑爱香闺房的赋：

> 瑶窗用素纱罩，淡月半浸；绣幕以夜明悬，伴光高灿。正面黑漆镂金床，床上帐悬绣锦，褥隐华裀；旁设缇红小几，几上博山小篆，香霭沉檀。楼鼻壁上，文锦囊、象窑瓶，插紫笋其中；窗前设两张绣甸矮椅，旁边放对鲛绡锦帨。云母屏，模写淡浓之笔；鸳鸯榻，高阁古今之书。

镂金床、锦绣被、缇红小几、绣甸矮椅，寝坐之俱一应俱全；又有沉檀香、博山篆、文锦囊、象窑瓶之类熏饰物件琳琅满目，真是享不尽的富贵荣华，道不完的温柔缱绻。这为我们展现出了

---

① 刘勰著、范文澜注《文心雕龙注》，人民文学出版社1962年版，第554页。

② 关于《金瓶梅词话》中风俗等资料，参考白国维《金瓶梅词典》(中华书局1991年版)相关词条。

明代下层烟花女子的生存状态。

要之,《金瓶梅词话》中的赋蕴含着丰富深厚的社会、文化资源。隐藏在字里行间的民俗风情、市井百态和对中国传统文化的传承化用,不仅提升了小说的艺术性,更为读者打开了一扇了解明代社会的窗户。透过这扇窗,文化、社会的气息扑面而来,为小说这座缤纷辉煌的艺术殿堂注入了生机和活力,使她在文化积淀的浸润下散发出持久醇美的芳香。

作者单位:陕西理工学院

《金瓶梅词话》对明代文言小说的仿拟及其他

——以《贾云华还魂记》为中心

杨　彬

《金瓶梅词话》[①]的内容极其庞杂，同时它对于前代及同时代各类文艺作品乃至口头文学的引用或征用[②]也是举不胜举，至今我们仍不能完全把它们一一指认出来，这是它的引用情形复杂的一个方面——举凡前代或当代流行的戏曲、小说、诗词、善书、宝卷、诗词、奏章以及民间故事等等，全可随意收入书中，为己所用，而由于资料的缺失或者其他原因，我们或许永远无法确定它所引用或仿拟的所有来源[③]，当面对许多相似甚至相同的作品，我们也无法确定究竟谁才是《金瓶梅》仿拟的确切来源。随着研究者阅读范围的拓展和辨识能力的增加，《金瓶梅》的引用—仿拟书目、文体、数字等等都可能会不断增加。即使单就目前所论，如此庞大而复杂地进行引用—仿拟，前无古人，也几乎后无来者。

我们说《金瓶梅》引用复杂性的另一层含义在于：即使已经被研究者辨识出来的仿拟之中，很多也并非简单的对某一具体文艺作品的单(个)层仿拟，同时还夹杂着对其他艺术作品的多(个)层仿拟，从而产生多重意蕴。这就是本文所谓的"多层仿拟"。其中，《西厢记》在《金瓶梅》中的大量和多层次的存在早为蒋星煜等人指认出来[④]，史小军更在《金瓶梅》后二十回潘金莲、陈经济偷情的情节段落中勾勒出其化用《西厢记》的清晰线索，对于我们认识《金

---

① 本文所论以《金瓶梅词话》为对象。为行文方便起见，一概省称为《金瓶梅》。本文中引文均出自梅节校订，陈诏、黄霖注释《金瓶梅词话重校本》，香港梦梅馆印行，1993 年版。

② 在本文看来，《金瓶梅》对于前代或当代文艺作品的征用或引用，也就是直接借鉴、"镶嵌"甚至模仿、抄袭等等，使用了各种复杂的形式，构成了《金瓶梅》在小说叙述方式上非常重要的一个特点。限于论题，本文不能就此展开，但之所以选择"仿拟"这一表述，意在强调这种叙述方式是在适应小说自身情节构架的前提下，对前代或当代文艺作品中的相关对象——包括诗词歌赋、语言表达、情节段落、人物形象等——加以变形、改造，以产生新的情节构架，甚至新的文本意义，尤指对那些不确定来源的借鉴、引用或者对来源的改编、改造。对"仿拟"的概念区分和定义，参见杨彬、李桂奎《"仿拟"叙述与中国古代小说的文本演变》，载《复旦学报》2011 年第 6 期。

③ 黄霖先生就曾坦言："我们要彻底搞清《金瓶梅》的'镶嵌'(引者按：大致即本文所谓"仿拟")情况是十分困难，甚至是永远不可能的事了。"黄霖《〈金瓶梅〉中的上海方言研究·序》，上海古籍出版社 2005 年版。

④ 参考敦勇《〈金瓶梅词话〉与〈西厢记〉——〈金瓶梅词话〉与戏曲研究之二》，载《艺术百家》，1987 年第 3 期；蒋星煜《〈西厢记〉在〈金瓶梅〉书中的反映》，载《中华文史论丛》第 80 辑；以及周钧韬等人的相关论文。

瓶梅》成书，尤其是后二十回叙述风格的变异等问题提供了重要启示[①]。而经过更仔细的辨析，我们发现在上述故事对《西厢记》的仿拟而外，还存在下一层次的仿拟对象——文言中篇传奇小说《贾云华还魂记》。二者同处情节设计构思层面，较之此前学者指出的对于其中诗词的仿拟更加耐人寻味。这种多层仿拟既体现了作者对于前代及当代流行戏曲小说作品的熟悉，还在某种程度上轻易地改变了小说情节发展的走向，甚至其文学趣味及文体倾向。通过与《贾云华还魂记》仔细比照，我们能充分认识文言中篇传奇小说对于《金瓶梅》文本形成的意义。这不仅可以帮助我们更有理有据地解读《金瓶梅》的诸多难题，重新认识仿拟手法所达成的艺术效果，而且还能够促进我们理解中国小说的创作手法的演进，拓展古代小说研究领域，提升研究层次。

一、潘、陈故事对《贾云华还魂记》的仿拟

潘金莲与陈经济的不伦之恋，早在西门庆时代即已现出苗头；西门庆死后，二人的偷情得以顺利延续并发展。《金瓶梅》第八十二、八十三回就集中叙述了两人六次偷情的过程。"就故事情节的描写来看，作者显然是以《西厢记》中崔莺莺与张生约会的情节为蓝本，大量袭用其关目和曲辞。在人物塑造上，潘、陈为崔、张的翻版，而春梅即是红娘的化身"[②]。这确为的见。但正如前述，《金瓶梅》在仿拟一种文艺作品的同时，经常还会仿拟另外一种文艺作品——本文将其定义为"多层仿拟"。即如这两回书而论，它在把《西厢记》作为自己情节架构基点的同时，还仿拟了《贾云华还魂记》以及由其改编（仿拟）的几部戏曲作品。同时，在小说第九十九回的陈经济、韩爱姐故事中，也明显存在对其诗词的仿拟。后者虽经梅节、陈益源等学者剖辨无误（详下），但在情节层面的仿拟，却尚无人提及，值得特出一笔。

文言中篇传奇小说[③]《贾云华还魂记》（为方便起见，下文径称《贾云华》），明初永乐年间李祯（昌祺）所作，收入于作者所著文言小说集《剪灯余话》卷之三。小说叙元延祐年间书生魏鹏（字寓言）与娉娉（贾云华）为世家通好，指腹为婚。成年后魏生因场屋受困往访贾家，与娉娉私相爱慕，私下结成夫妻之谊，但为娉娉母亲邢国夫人所阻，终致劳燕分飞。娉娉念念而死，已中第为官的魏生也誓言不娶。后因上天垂怜，使娉娉托体还魂，二人终成眷属。本篇据作者自述乃对于"睦人桂衡"《柔柔传》的仿拟之作。惜《柔柔传》今已佚失，不可得知其故事。而自我们今天看来，据信为元宋梅洞所作《娇红记》不仅与本篇同类，都属文言中篇传奇小说，且为此类小说群体之魁首，李昌祺虽未明言，但《贾云华》与它实有一脉相承的血统，

---

① 参考史小军《论金瓶梅词话对西厢记的袭用——以第八十二、八十三两回为例》，载《文艺研究》2006年第6期。

② 史小军《论金瓶梅词话对西厢记的袭用——以第八十二、八十三两回为例》，《文艺研究》，2006年第6期，第153页。

③ 对于这类小说性质的命名，学界仍有不同意见。一般认为《娇红记》而下有一系列小说自成一类，本篇正为其代表作之一。其他尚有本文中将会涉及到的《怀春雅集》等。孙楷第先生最早以"诗文小说"定义此类小说，郑振铎又曾命名为"中篇传奇"。日本学者伊藤漱平、大冢秀高，以及国内学者薛洪勣等先生亦各有不同称名。台湾学者陈益源先生则将其定名为"元明中篇传奇小说"并以其大作《元明中篇传奇小说研究》为之张目。本文暂从之，而加"文言"二字以示与本文中经常提及的通俗话本小说相区别。

不惟意蕴和旨趣都极相似，二者故事之委婉曲折，情节之设计构思等也有明显的相关性，虽结局略有不同，但它们都是称颂至生至死的男女爱情。同时，杂剧《西厢记》的影子也在这部小说中随处可见。这段仿拟前人之作的生死爱恋故事，在后世也常成为戏曲小说改编、仿写的蓝本，甚至在嘉靖间被王世贞编入其《艳异编》，列卷二十一"冥感部"（其他收录此文者尚有《一见赏心编》、《绿窗女史》、及冯梦龙的《情史类略》等）能为当时的大名士王世贞选中，与《娇红记》（《艳异编》中列卷十九"幽期部"），与唐传奇《莺莺传》、陈玄祐《离魂记》等并列比肩，显然它应当是一篇在当时颇有影响的小说作品。事实上，《贾云华》的影响还不仅止于上层文人，在普通大众中的影响也有迹可循。据其改编的戏曲作品，赵景深曾指出溧阳人作《贾云华还魂记》一篇，复经当代学者考证，则至少有九篇之多，如明梅孝巳《洒雪堂传奇》、明谢天瑞《分钗记》等等[①]。可惜除了第一种因有墨憨斋（冯梦龙）改定赖以传世以外，其他大部均已佚失；同为文言小说的《怀春雅集》、《钟情丽集》等，对它的仿拟似乎是这类小说的常态；[②]而白话小说则如晚明周清源（楫）《西湖二集·洒雪堂巧结良缘》，"不仅保留了文言传奇中的三十五首诗词和两封书信、一篇祭文，绝大多数的情节文字也一模一样"[③]，因此是对《贾云华》极为忠实的仿作。相比之下，《金瓶梅》对它的仿拟虽较隐晦，却依然是可以追索的。

第八十二回，潘金莲与陈经济约定晚上苟合，而日间陈经济则被崔本等人约出喝酒，大醉而归，金莲寻至其房中，见其酣睡，且无意中发现陈经济袖中掉出的孟玉楼的簪子，醋意大发，恼羞成怒，于壁上题诗一首，悻悻回房。此一段情节，机杼可谓全出《贾云华》（在《西厢记》中则实无仿照之处）。后者的相关情节乃记主人公魏鹏历经几番辛苦，终于得到娉娉寄诗约于夜间相会，不料日中却为故人金在镕强拉出去饮酒，"痛醉而归"，到夜间仍醉卧不醒。当娉娉"乘便赴约，不意生酣酒气逼人，呼之不应"，二人之首次欢会即此错过。娉娉遂"取毫写绝句一首于生练裙上，投笔而去"[④]。其情节之相似已不能用巧合作托辞了。谓予不信，请看金莲与娉娉的两首诗作（表一）：

表一

金莲诗	娉娉诗
独步书斋睡未醒，空劳神女下巫云。 襄王自是无情绪，辜负朝朝暮暮情。	暮雨朝云少定踪，空劳神女下巫峰。 襄王自是无情绪，醉卧月明花影中。

除了因配合情节（潘金莲独步书斋）而将娉娉的诗改得失韵之外，两诗之间的因袭一目了然。情节相似、诗歌同源，《金瓶梅》对于《贾云华》的仿拟已尽在不言中了。

还是第八十二回，此前的一段情节。潘、陈二人第一次约会前，陈先买通自己屋内的小

---

① 陈益源《元明中篇传奇小说研究》（第 54 页），考出六篇之数；张文德又考出三篇。见其《明初小说〈贾云华还魂记〉之戏曲考论》，载《明清小说研究》2009 年第 1 期

② 《贾云华》本身即是对《娇红记》的仿拟之作。其后的作品也大都互相仿拟、交错仿拟，有些情节甚至几乎雷同。在这个意义上，"仿拟"或可视为此类作品创作的基本手法。

③ 陈益源《元明中篇传奇小说研究》，香港学峰文化事业公司 1997 年版，第 58 页

④ 李祯《剪灯余话》卷三《贾云华还魂记》，台湾"国立政治大学"古代小说研究中心编《明清善本小说丛刊》初编第 2 辑，台北天一出版社 1985 年版。以下引文均出于此。

丫环元宵儿,"梯己与了他一方手帕",收买她为自己通风报信,随后来到花园中:

见妇人……从木香棚下来。这经济猛然从荼蘼架下突出,双手把妇人抱住。把妇人唬了一跳,说:"呸,小短命! 猛可钻出来,唬了我一跳。早是我,你搂便将就罢了,若是别人,你也恁大胆搂起来?"经济吃的半酣儿,笑道:"早知搂了你,就错搂了红娘,也是没奈何!"两个于是相搂相抱,携手进入房中。

固然经济口称"红娘"正显示了《西厢记》的影子,但毕竟《西厢记》中确实存在着张生"错搂红娘"而为红娘所斥的桥段,而此处却并无"错搂"发生,倒正是男女主角潘、陈之间的一次"亲密接触"。反观《贾云华》,也有极相类似的情节设计:魏生借清明节邢国夫人阖家出门祭扫,独留聘娘在家之际,借重此前已经收买的娉娉身边的小丫环福福,尾随其来到小姐身后:

娉方倚槛玩庭前海棠,因诵太白《清平调》,词曰:"一枝浓艳露凝香,云雨巫山枉断肠。"生遽前抚其背曰:"断肠何所为乎?"娉惊曰:"狂生又至此耶!"生曰:"韩寿偷香,相如涤器。狂者固如是乎!"……

虽与《金瓶梅》中的描写有雅俗清浊之分,但仅自情节框架及人物行止而言,不亦相似乃尔。而有了前述醉卧、题诗的仿拟,作者在写作此段时笔下泄露出《贾云华》的机关,当非强作说辞。

如不嫌太过牵强,尚另有一处情节可以比照。金莲与经济之奸情,屡为丫环秋菊告发,终于在二人再次奸宿时,秋菊召月娘突来金莲房中,经济躲闪不及,被金莲以被子藏身在床上,神奇地逃过了月娘眼睛(第八十三回)。《贾云华》中,则有魏鹏中第后外放江浙儒学副提举,等候上任期间,暂居于娉娉家中,二人重叙旧情。而娉娉手下丫环春鸿与兰苕则因与娉娉有隙,遂于娉娉与魏生在后园池上弈棋之际,骗得邢国夫人前来,要撞破二人"奸情"。娉娉急命魏生藏入假山洞中,才未被夫人发现。不难看出,二处情节的基本构思、主要情节生发点,乃至作为此一情节段落的小"收煞",基本相同①。

进一步的探究发现,在与潘、陈偷情故事遥相呼应而相对草率的陈、韩故事中也出现了《贾云华》的影子。第九十九回,在家为陈经济守节的葛翠屏与韩爱姐长日无聊,携手游玩后园,因思夫情甚,居然联诗对句,让惊讶不已的读者忽然意识到她们竟然是小说中罕见的一对"才女"。而两人分别有一首诗歌与《贾云华》中魏生的夏景闺情诗之三与之七几乎完全相同。这两首诗,连同潘金莲的题壁诗,都已在陈益源《元明中篇传奇小说研究》中摘引了出来②,尽管它们对于情节的意义不大,但在某种程度上改变了小说的文本意义(详第二节),也充分说明了《金瓶梅》作者对《贾云华》的熟悉程度,以及其仿拟的宽度和广度——他几乎无时无处不在仿拟着前代及同时代的不同种类的文艺作品。

还有一个重要的细节值得一提,即陈经济所住的东厢房。蒋星煜在考述"《西厢记》在

---

① 类似的婢女因怀恨欲揭穿小姐情事的情节还可以自其他文言传奇小说中发现,比如《娇红记》中就有此类情节。再加上《贾云华》本身就有仿拟《娇红记》的印迹,就使我们这里要讨论的仿拟更形复杂。这正是前文所叹"无法确定究竟谁才是《金瓶梅》仿拟的确切来源"的原因之一。但这两部小说同属文言中篇传奇,不管《金瓶梅》在这里仿拟哪一部,都不影响我们此后的立论。

② 参陈益源《元明中篇传奇小说研究》,第63页。

《金瓶梅》书中的反映”时，注意到了“西厢”或“西厢房”在小说中的频频出现，使西门府中的“西厢房”，自西门庆时代一直延续到陈经济时代，成为众多厅堂楹房中最引人注目的处所。但百密一疏，蒋先生误把西门庆死后陈经济居于东厢房看作是“有可能《金瓶梅》作者也感觉到了出现‘西厢’的字样过多，所以也用过一两次‘东厢房’，以免过于倾斜”[①]。他指的就是后二十回中陈经济的住所。实际上，这里应该是另有所本，即《贾云华》或是据其改编的戏曲作品。在小说《贾云华》中，魏生正是在贾府“前堂外东厢房止宿”。而据其改编的戏曲作品如《洒雪堂传奇》，以及见于明代胡文焕编《群音类选》本《东厢记》等，也照录不误。后者仅从其题名就可以使读者联想到《西厢记》，而事实上它也的确是对《西厢记》和《贾云华》这二者的翻案。而据张文德统计，“忠实于原著的《洒雪堂传奇》中，东厢一词在剧本中出现的频率竟达 12 次”可见，“东厢”在原著中，即是作者有意为之，甚至不排除其与“西厢”唱对台戏的初衷。《金瓶梅》此处的情节搬弄，与其说是对《西厢记》中美好爱情的恶俗理解[②]，毋宁是对《贾云华》亦步亦趋式的简单仿拟，甚至简单到都没有做出与前面情节相统一的改动。

需要加以说明的是，上举潘、陈偷情故事中的多层仿拟情节，《娇红记》中也有类似的一段，但它稍嫌简略一些，其情节曲折程度和相似度远不如《金瓶梅》和《贾云华》，而且也没有赋诗。因此可以推定，《金瓶梅》仿拟的只能是《贾云华》[③]。但三者之间错综复杂的关系，或许值得我们进一步探究。不过这已经是另外的话题了，兹不具论。

二、《贾云华还魂记》及其他文言中篇传奇小说的仿拟价值

指认出《贾云华》在《金瓶梅》后二十回中的被仿拟现象，并没有回避如下事实：《贾云华》及其相关戏曲作品仅仅出现在《金瓶梅》后二十回的数回之中，其被仿拟程度远比不上书中随处都可见到的《水浒传》和《西厢记》等其他小说戏曲或话本小说作品。众所周知，《金瓶梅》是一部以征引、抄录或曰仿拟前代或当代流行的各类文艺作品为特征的小说。其仿拟书目包罗万象，举凡戏剧、小说、套数、散曲乃至宝卷、善书等等，凡流行其间的文艺作品，在在都是它仿拟的范围。其引用之广，令人咋舌。美国学者韩南（Patrick D. Hanan）在《〈金瓶梅〉版本及素材来源研究》[④]一文中揭示《金瓶梅》取材小说话本和非话本 10 种、戏曲 14 种、清曲（流行曲词，包含套曲和散曲）140 首，还有宋史及其他说唱文学作品。而对这些仿拟作品引录最多者，小说当属《水浒传》，而戏曲作品则是《西厢记》。即使如上举潘陈偷情故事那样，是一种综合了多种文艺作品的多层次仿拟，《西厢记》也显然是《金瓶梅》的第一仿拟对象。只是我们需要强调，在这第一层次的、主要的仿拟之外，还存在对于其他文艺作品的第

---

① 蒋星煜《〈西厢记〉在〈金瓶梅〉书中之反映》，《中华文史论丛》第 80 辑，第 425 页。

② 蒋星煜先生对此大为不满。但究其实，民间对崔、张故事的理解原本即与文士阶层容有不同，未必是《金瓶梅》才做出了恶俗理解。此种趣味或许还反证着《金瓶梅》作者的社会地位等，值得我们进一步思考。

③ 而在第八十三回，此次失期事件平息，潘陈再次约会，经济赴约却又为雨所阻的情节，却颇似《娇红记》中申生与娇娘约会时的同样遭遇。如果可以认定这种仿拟关系的存在，则本文所谓的“多层次仿拟”又多一例证。

④ 载《〈金瓶梅〉及其他》，吉林文史出版社，1991 年版。

二层次、综合性的仿拟。这正是前文所谓"综合性、集中性"的多层仿拟之谓。《贾云华》仿拟层次的"发现",其更积极的意义应该是展现小说作者运用仿拟的不同手法及其意义,对我们重新理解、认识、评价围绕《金瓶梅》作者、成书等等诸多疑难问题应该极具价值。韩南在评价《金瓶梅》所引录作品的标准时说:"重要的问题不在于是否抄录了别的著作,而在于抄录的性能和目的。"[①]衡以这个标准,我们特别强调以下两个事实:一、《金瓶梅》的引用—仿拟研究中,文言小说,或文言中篇传奇小说的存在极具理论和文献价值;二、对《贾云华》的仿拟客观上使得小说情节发展以至叙述风格发生了明显的转向,使得以大量仿拟为特征的《金瓶梅》在情节模式以至小说类型上成为独特的"这一个"。

如上所论,《贾云华》是元明之际文言中篇传奇小说中较早出现的一部作品。它上承《娇红记》,下启《寻芳雅集》、《刘生觅莲记》等众多同类作品,与后世勃兴的才子佳人小说也有着密切的渊源关系。而在同一时代,明代白话小说也正方兴未艾,文言传奇小说与白话小说之间的互相影响也就理宜当然[②]。单就文言小说而言,韩南仅仅指出了《金瓶梅》与《如意君传》之间的密切关系,近年才有梅节与陈益源等学者一起,发掘出诸如《娇红记》、《怀春雅集》以及《金瓶梅词话》欣欣子序里提及的一些文言小说,成为这一领域中贡献最著者。在二人的共同努力下,《怀春雅集》中的二十首诗词自《金瓶梅》中一一呈现出来[③],《贾云华》中的诗词也未被遗漏。在这些新"发现"的基础上,他们提醒研究者"文言小说亦当是《金瓶梅》写作素材的另一大来源"。"除了《如意君传》之外,《天缘奇遇》、《三奇合传》、《刘生觅莲记》、《三妙传》等中篇文言小说(包括欣欣子《金瓶梅词话序》提到的《钟情丽集》、《怀春雅集》),也很有可能皆为《金瓶梅》所借鉴……"[④]只是上述研究大都局限于《金瓶梅》对其个别辞汇以及诗词的引用—仿拟层面,鲜有涉及情节设计与构思者[⑤],而本文所论《金瓶梅》对《贾云华》的仿拟,则出现了部分情节和叙事文本被仿拟的事实,较之诗词仿拟,无疑更加拉近了《金瓶梅》和文言中篇传奇小说的关系,对于我们考察《金瓶梅》对于这类小说的仿拟态度及仿拟手法提供了更近的观察距离,文言小说与白话小说之间的互相渗透、交错仿拟的现象也将会有更明确的体现。如果再考虑到元明文言中篇传奇小说长期在中国小说史中的缺位,从这里开始的研究,可能会使中国古代小说异流同源,浑然一体的发展图景更加明晰地呈现出来,对于我们重新认识和评价中国古代小说的发展历程提供一个极有说服力的研究范例和素材。

---

① [美]韩南著,包振南译《〈金瓶梅〉及其他》,《〈金瓶梅〉版本及素材来源研究》,吉林文史出版社1991年版,第138页。

② 参见李桂奎《谈中国古代两大语体短篇小说的双向渗透》载《青海师范大学学报(社会科学版)》2000年3期,以及潘建国《白话小说对明代中篇文言传奇的文体渗透——以若干明代中篇文言传奇的刊行与删改为例》,载《暨南学报》2012年第2期。

③ 凡二十一首,除去一首重出者,实际为二十首。参见梅节《从套用、窜改〈怀春雅集〉看〈金瓶梅词话〉的作者》,载《瓶梅闲笔砚》,北京图书馆出版社2008年版,第61页;及陈益源《古典小说与情色文学》,台湾里仁书局2001年版,第34页。

④ 陈益源《古典小说与情色文学》,台北里仁书局2001年版,第43、74页。

⑤ 如梅节在《金瓶梅》中发现的《娇红记》痕迹,大致如第九回讲孟玉楼"惟裙下双弯,与金莲无大小之分";第十回春梅"喜谑浪,善应对",第二十八回写潘金莲遗鞋后的诗赞"正是:都被六丁收拾去,芦花明月竟难寻"等诗句而已。

其次，我们注意到除《贾云华》而外，《金瓶梅》与文言小说在情节上的联系，目前所发现的大概只有第二十七回仿拟《如意君传》的一段——事实上，它几乎就是《如意君传》中相关情节的白话翻译之作。但此处"忠实"的仿拟仍显示了其不成熟的迹象。如写潘金莲在与西门庆狂暴的性爱活动之后，居然对西门庆如此告诫并抱怨说："今后再不可这般所为，不是要处，我如今头目森森然，莫知所之矣。"（着重号为笔者所加）在全篇泼辣生动的白话体的人物语言中，金莲口中残留的文言显得十分刺目[①]。更重要的是，此处仅仅是铺叙了西门庆一次令人难忘的性爱活动而已，即使研究者从不同角度解读出了其中或许存在的某些深意，但故事情节的走向仍然是沿着小说此前既定的轨道向前延展。而第八十二回对于《贾云华》的仿拟，却是在运用多层仿拟等创新手段之下，使得小说的发展呈现了某些变化，甚至在文体倾向甚至文本意蕴上都暗含了更多的可能。

如史小军前引文所论，《金瓶梅》在本回中对《西厢记》的仿拟几乎是亦步亦趋，其情节框架的设计似乎都靠《西厢记》的指引。但此时对于《贾云华》的仿拟却突然平地兴起波澜，人为地造成了人物关系及情节发展的延宕，使得此后的小说情节、趣味都产生了与《西厢记》毫不相干的变化。在"赖简"、"请宴"等关目一一演述完毕或者将要演述之际，潘、陈之间的奸情（或曰恋情）正朝向情投意合的热烈态势发展。潘金莲的主动约会，也使得熟悉《娇红记》的读者遥想到了王娇娘的主动和渴望。紧接着陈经济突如其来的醉酒失期，却使两人的感情及故事发展产生了不小的变化。这之后才有陈经济翻墙入室赔罪，而金莲赌气不理，陈经济被金莲"挝"了无数个耳光，"干霍乱了一夜"等为《西厢记》所不具备的独立情节。为此付出的代价，则是小说中人物的性格描画，与此前相比产生了一些裂痕，给人明显的不协调之感。且不言金莲壁上题诗的风雅举止多像一位饱读诗书，风情万种的才女，就连二人赌气、赔小心的描述也更多地点染上后世才子佳人小说的风调。虽然这次插曲并没有使两人产生真正的隔阂，但却一反书中对于男女欢会的描写原则——逢幽会必有苟合，作者所津津乐道的，也正在此等处——使得二人的交往，真正呈现了爱情男女而不是性爱男女的情景，也因此使得许多研究者对于后二十回是否与前八十回同一作者产生了怀疑。对这一问题，当有另文讨论，此处不赘。在对《西厢记》的仿拟之余，《金瓶梅》又借助《贾云华》的情节实现了自身情节发展的转向，以及叙述风格、趣味的转变。只是由于与全书整体风格和人物形象的蓦然冲突，这里对《贾云华》所作的多层仿拟而导致的情节转向和趣味转变，终究不是那么高明[②]。

而第九十九回葛翠屏与韩爱姐的联诗对句，则更加强化了这种类似后世才子佳人小说的倾向，也再次远离了以暴露和"审丑"为主的世情小说。全书结尾处葛、韩二女对于陈经济的坚贞不二不仅是全书中仅见（吴月娘对于西门庆虽也无二心，但抛开写她的春秋之笔，这位西门府的大娘子也决然展现不出如爱姐毁容立节那样的决烈），而且二人能诗会赋，充满着诗情才思。单看这一联句赋诗的情节，将之插入《寻芳雅集》、《钟情丽集》等"不过作者要

① 这句话完整保留了《如意君传》的语言，显示出二者之间你中有我的关系。

② 作者甚至还鲁莽地加入了另一个情节：陈经济莫名其妙地恰好拣到了孟玉楼无声无息地丢掉的簪子。这当然为下文陈经济讹诈孟玉楼留了个伏笔，但不能不说，那是一个更为荒诞的情节。

写出自己的那两首情诗艳赋来”[①]为主要目的的文言小说中也不为唐突。不能不说，这段仿拟自以郎才女貌为特征的文言小说的内容，至少表现出作者没能合理地把握仿拟的尺度，给全书的整体性造成了不小的损害——虽然这反倒使它更接近《贾云华》等文言中篇传奇小说，具备了作为后世才子佳人小说渊源的素质。

三、余　论

如果不局限于文言中篇传奇小说，那么类似《金瓶梅》第八十二回对《西厢记》和《贾云华》多层仿拟的例子，在《金瓶梅》中不为少见。如第一回对《水浒传》和《志诚张主管》的多层仿拟；第四十七、四十八两回对于《百家公案》和《水浒传》以及《宋史》及《明史》等史学著作的多层仿拟；以及第六十二回对于《三国演义》和《西山一窟鬼》的多层仿拟等等，限于篇幅，不一一具体引述。即使本文所谈论的《金瓶梅》对《西厢记》与《贾云华》的多层仿拟，似乎也不应忽视其他话本小说的影响，如在《金瓶梅》82回中，潘、陈偷情时引用的一首《南乡子》词："情兴两和谐……"(字句略有桀讹)，我们就在收在《国色天香》里的《张于湖传》里找得到。后者是《金瓶梅》序时明确提到过的一部"前代骚人"的作品。而随着《金瓶梅》研究的深入，相信这样的新的例证仍会陆续有所发现。无论如何，这种多层仿拟是《金瓶梅》多种仿拟手段中的一种，且自觉不自觉地引导着小说的情节发展方向以及文学趣味的转变，已如上述。除此而外，多层仿拟手段的使用还表现出作者对于各类文艺作品以及民间口头传说故事等的熟悉，以及看似随意的引用，却在"仿拟"的催化作用下，客观上使小说呈现出与此前所有文学作品立意、题旨以至结构均有不同的独特的"这一个"的特质。作者在对同一情节反复渲染、铺叙的时候，他的仿拟对象可以多至二种甚至数种其他文艺作品，而这些文艺作品即使有各种各样内在的联系(如《贾云华》与《娇红记》、《杨温拦路虎传》与《水浒传》等等)，它们毕竟都是各自独立运行的不同文艺作品，将它们以糅合或者略分主次的方式仿拟到自己的作品中，其所构成的故事情节产生了轻重不同的转变，其所传达的文学趣味产生了个性化的特征(即使由于其仿拟手法的不够成熟而留下不够完整的缺憾，如才子佳人风调与全篇以写世情和暴露为初衷的冲突)，最终使它自身成为独立于其他任何文体、文本(包括它所仿拟对象)的独特的"这一个"。

澄清这一点，除了对《金瓶梅》的仿拟特征的文学性解读而外，对于它的成书过程研究等等，可能也会有所帮助。一直以来，把《金瓶梅》的成书过程看作如《三国》、《水浒》与《西游》一样，乃是世代累积而成的"集体创作说"始终占据着一定的市场，其证据之一，就是书中大量仿拟其他各种体裁、类型的文艺作品。正如上文所述，《金瓶梅》的创作乃是杂取种种，阳收阴蓄，以其他文艺作品为"丝线"，经由仿拟，催生化合，旧故事素材在新故事里产生了质的变化，"纺织"而成新的故事，合成而为独特的"这一个"。黄霖先生对此有过精确的阐发："我们完全承认组织在《金瓶梅词话》中的个别故事曾在民间长期流传，但它们只是作为独立的、与《金瓶梅》无关的故事而存在着，根本不能称之为早期《金瓶梅》。"诸如《五戒禅师私红莲记》"等作品中的个别片段，只是在这些作品中存在着，而不是在一部名曰《金瓶梅》或者基本

① 舒元炜序本《红楼梦》第一回，《古本小说丛刊》第一辑，中华书局，1987年版。

具备《金瓶梅》故事的作品中存在着。《金瓶梅词话》的作者把这些作品中的个别片段汲取过来,作了某些改动,溶化到自己的作品中,这完全是一种个人创作的过程。”[①]本文对“多层仿拟”叙述方式的说明,以及仿拟给小说文本带来的新的意蕴及文体变化的倾向,都在黄霖先生论断的基础上使单纯累积现成故事的说法受到更多合理的质疑。

而对于《金瓶梅》的作者问题,本文对于《贾云华》的研究也或可提供某种佐证。《贾云华》中的某些情节及诗词片断,只出现在小说后二十回的数回中[②],这就使我们联想到梅节先生的一个观点:梅先生在考查《金瓶梅》引述《怀春雅集》诗词的时候,根据这些诗词密集出现在五十九至八十回的集中性,提出如下观点:“这种连续引用同一作品的现象,反映词话作者对雅文学即正统文学,似乎腹笥不丰,未能博览广采,择最贴切的引用,而是逮着南瓜吃南瓜,逮着茄子吃茄子。同时也反映作者并不把编撰词话视为严肃的创作。”[③]把梅先生自己也视其中诗词为“三流作品的九流诗篇”[④]的《怀春雅集》称为“雅文学即正统文学”,概念上可能需要讨论,但概而言之,《金瓶梅》的仿拟对象,大致是以通俗戏曲、话本小说及流行于社会下层的民间文艺作品为主,而对文士阶层的文学作品相对陌生,理解也相对简陋,其所仿拟也就有限,这大体是不错的。《贾云华》在《金瓶梅》后二十回中的出现,同样表现了上述特点,都体现了《金瓶梅》作者对于哪怕是接近于“通俗”的文言小说都显得“腹笥不广”,引用具有随意性和偶然性的特点。如果再考虑它仿拟这类小说的不成熟表现,那么,像这样一部优秀甚至可称之为“伟大”的小说,必定是由某神秘的“嘉靖间大名士”创作的说法,也就需要更细心的查证[⑤]。

作者单位:东华大学

① 黄霖《〈金瓶梅〉成书问题三考》,《复旦学报》(社会科学版)1985 年第 4 期,第 51、52 页。

② 《金瓶梅》第四十三回及四十九回分别有一首诗与《贾云华》中的诗类似,但由于它们是集唐人诗与仿拟《娇红记》所作,所以陈益源也怀疑“或许还不足以证明它们(引者按:指《金瓶梅》与《贾云华》)直接有关。”见陈著《元明中篇传奇小说研究》,62 页。事实上,这又是本文前言中所谓“不能确定其来源”的一个例证,只能存而不论。

③ 梅节《从套用窜改〈怀春雅集〉诗文看〈金瓶梅词话〉的作者》,梅节《瓶梅闲笔砚——梅节金学文存》,北京图书馆出版社 2008 年版,第 71 页。

④ 梅节《从套用窜改〈怀春雅集〉诗文看〈金瓶梅词话〉的作者》,梅节《瓶梅闲笔砚——梅节金学文存》,北京图书馆出版社 2008 年版,第 72 页。

⑤ 梅节前引文分析《怀春雅集》诗词的目的就“是要证明词话作者不可能是巨公大名士”;陈诏也以其文为据发表意见,认为集中引用《怀春雅集》诗词的情形说明《金瓶梅词话》“是几个说唱艺人分头写成的”这一推测“是有可能的”。参陈诏《金瓶梅六十题》,上海新华书店 1993 年版。上述意见同时也涉及到小说成书的“集体创作”问题,本文作者虽不同意,但此问题甚大,当以另文详论。

《征播奏捷传通俗演义》的插图与其出版背景

松浦智子

一、前　言

明朝万历三十一年(1603),以播州“杨应龙之乱”为题材的《新刻全像音诠征播奏捷传通俗演义》6卷全100回[①](以下表记为《征播奏捷传》)刊行问世。在叛乱平定的万历二十八年(1600)后,仅仅三年的短期间内就已刊行的这部小说,可视为明代最末期天启、崇祯年间出现的一系列时事小说之先驱的重要作品[②]。另一方面,关于这部小说出版的背景,例如由哪些地区的书肆刊刻的问题等,依然存有不少疑点。本稿将着眼于《征播奏捷传》插图,借以探讨其背景的一端。以下,想透过检讨此部小说的插图,以从中取得的崭新资讯为线索,提示关于《征播奏捷传》出版背景的一个可能性。

二、《征播奏捷传》的基本信息

《征播奏捷传》取材自杨应龙所兴起的叛乱。杨应龙,本来是累代统治播州一带(即现在的四川和贵州边界)的有力土司。但是,由于与在地势力的冲突及同族间的内部纠纷,从万历十九年(1591)前后起与明朝廷间产生了矛盾。到万历二十四年(1596),杨应龙统率了治下的苗族,正式对明朝举旗造反。对此,明朝起用了李化龙和郭子章彻底进行镇压。结果,万历二十八年(1600)6月,穷途末路的杨应龙在海龙囤自缢身亡,叛乱也就此结束。以上是“杨应龙之叛乱”的大致概略。

当时的人们对“万历三大征”之一的这个叛乱持有相当大的关心,叛乱一经平定,陈述此事经纬的“实录”性书籍和传奇等就陆续问世。《征播奏捷传》也可说是在这样的趋势中所刊行的。

《征播奏捷传》现存版本只有以下两部:1. 京都大学文学部图书室藏本,2. 尊经阁文库藏本。从封面上的“巫峡望仙岩藏版”“万历癸卯秋、佳丽书林按原本重镌”字样和末尾〈木记〉

---

① 此六卷各有礼、乐、射、御、书、数的集名。再者,关于100回的回数,实际上此小说采取以2回为1回的形式,小说本文计有49回。

② 参照陈大康《明代小说史》(上海文艺出版社2000年版)第5编第634页中的表格。

的“癸卯冬名衢逸狂白”字样，可知现存《征播奏捷传》是在万历三十一年（1603），距离战乱平定仅仅三年后，由名为“佳丽书林”的书肆所出版的。而且，是一部标榜据“原本”的重刊本。在各卷卷首都有“清虚居 吉瞻仙客 考正、巫峡岩 道听野史 纪略、栖真斋名衢逸狂演义、凌云阁 镇宇儒生 音诠”的署名。此外，第6卷末尾的“新刻征播奏捷传演义后叙”里也有“栖真斋玄真子撰”的署名。由此可见，作者是一位号为栖真斋，名为名衢逸狂，别名为玄真子的人。

作者名衢逸狂即玄真子，将此小说“演义”的原委，写在《刻征播奏捷传引（引言）》和《木记》中。据此记载，玄真子整理了收录于“敕奏文表”中由西蜀省院所发刊的《平播事略》和道听山人（道听子）依据自身见闻所作的《平播集》，并加以通俗化，制作成《征播奏捷传》[①]。其中，编写《平播集》的道听山人＝道听人，与《征播奏捷传》的各卷卷首上所刻“巫峡岩 道聽野史 纪略”的道听野史可视为同一个人物。此外，从道听野史上边的“巫峡岩”字样可以推测，道听野史＝道听山人＝道听子所作的《平播集》，和佳丽书林在刊行现行《播州奏捷传》时依据的“巫峡望仙岩藏版”持有某种关联（大冢秀高氏推测这两部是同一本书[②]）。

另外，关于出版现存《征播奏捷传》的佳丽书林，如上所述，迄今尚未厘清究竟是哪些地区的书肆。又，除了《征播奏捷传》之外，无法找到任何刻有佳丽书林的作品。对此，有些学者提出《征播奏捷传》是刊行于四川地区的“蜀刊本”的看法[③]。这个看法，以“巫峡岩”和“巫峡望仙岩藏版”中的“巫峡”系指广义上的“蜀”地，而玄真子作《征播奏捷传》时依据的《平播事略》是由西蜀省院发刊一事为根据。然而，这些事例虽然指出了佳丽书林利用过与蜀地相关的《平播事略》、道听野史的书籍和“巫峡望仙岩藏版”，却无法成为出版现存《征播奏捷传》的佳丽书林本身属于蜀地书肆的直接证据。另一方面，也有些学者提出现存《播州奏捷传》或其原本是刊行于南京＝金陵的看法[④]。这个看法的主要根据来自于《征播奏捷传》插图的特征。

三、插图的特征

《征播奏捷传》以双面联式（某一页B面和其第二页A面的双面）将图画插入本文中，双面的右面（某一页B面）和左面（其第二页A面）两端配上11字的对句，其上部则题有8字的插图表题。

插图共有31张，《凡例》中插入题为“播州方舆总览”的双面地图1张，剩下30张分配如下：第1卷礼集分配5张图，第2卷乐集分配5张图，第3卷射集分配5张图，第4卷御集分配5张图，第5卷书集分配5张图，第6卷数集分配5张图。即每卷各有5张图。

---

① 引言：“……观其言事论略，皆有根由，实迹悉同□蜀院发刊《平播事略》、并秋渊野人《平西凯歌》、道听山人《平播集》等书中来。……”木记“……西蜀省院刊有《平播事略》，备载敕奏文表，风示天下。道听子纪其耳聆目瞩事之颠末，积成一帙，梓行坊中。不佞因合二书之所述事迹，敷演其义，而以通俗命名，令人之易晓也。……”

② 大冢秀高《“战斗时事版画”の诞生をめぐって》，《埼玉大学纪要》教养学部48(1)，2012年。

③ 孙楷第《中国通俗小说书目》（人民文学出版社1982年版），付爱民《明代杨家将小说的发展与播州杨氏家族》（《杨家将研究》历史卷，人民出版社2007年版）等。

④ 周心慧《中国古版画通史》（学苑出版社2000年），注释②大冢秀高论文等。

另外，在第3卷射集的第1张图的右肩部分(第3卷第3叶的B面)，刻有画工"汝南 王臣会"的名字。

诚如先行研究所指出般，中国的长篇小说是从万历年间的金陵版以后开始采取双面联式的做法[①]。在本文中插入双面绘图的现存最早小说是，刊行于万历十九年的金陵周曰校万卷楼、仁寿堂原刊《新科校正古本音释三国志演义》(即周曰校乙本)。此之前的插图本，主要是刊刻于建阳(福建)的上图下文形式的小说(嘉靖三十一年刊杨氏清白堂、清江堂《新刊大宋演义中兴英烈传》为例外)。

刊刻于万历十九年的《三国志演义》插图是，左右两端配上对句的双面联式。插图由名为上元泉水的画工"王希尧"所雕刻，其图线条粗犷而具有强劲的风格。此画风同见于金陵世德堂和大业堂所出版的《南北宋志传》、《唐书志传通俗演义题评》等小说插图里，插图中还刻有画工"王少淮"的名字。由于王少淮从籍贯到姓氏都与王希尧一样，可以推测两人是当时在金陵以画工为家业的同族[②]。而在同样刻有王少淮名字的小说中，还有金陵世德堂本《新刻出像官板大字西游记》(浅野文库藏本)，其插图采用上部标举画题的形式。由此可知，《征播奏捷传》的插图也采用了金陵版特有的左右两端配上对句而上部标明画题的形式。再者，左右两端的对句和上部表题并存的形式，最早出现于万历十五年刻金陵富春堂《新镌增补全像评林古今列女传》。这也是金陵版的书籍。总之，这些版式特征促使了学者提出《征播奏捷传》刊刻于金陵的说法。

从《征播奏捷传》的插图画风上，不仅可以明显看出如王少淮等金陵派的影响，同时其画风更呈现强烈的徽派特征。万历年间，代表徽州黄氏一族作品的徽派版画是以柔软细致的曲线描绘为特征的。其初期作品多见于戏曲和博物图鉴、人物图说等书籍中。在此要注意的是，小说《征播奏捷传》的插图越到后半部，雕刻粗糙而拙劣的图画越多。其中一个原因，可能与《征播奏捷传》是在叛乱平定后仅仅三年的短期间内所出版的这个背景相关。此外，在《征播奏捷传》上还可以看出其他匆促刊行的痕迹。例如：从其他小说和戏曲作品中借用插画与文章的手法。

四、从其他作品中借用插画的手法

刊行《征播奏捷传》的万历后期是中国出版史上的一个分歧点。在江南地域经济繁荣的背景下，中国的出版业呈现了空前的盛况，刊行了大量的书籍。在此值得注意的是，有记录指出，当时著名的出版人陈继儒，雇用江南贫困的读书人，让他们从种种书籍内摘取文章，以剪贴的方式在短期内刊行大量的书籍。从万历年间前所未有的大量书籍刊行问世的现象中，我们可以轻易地发觉，采用这种剪贴方式进行编辑的出版者恐怕不只陈继儒一人。事实上，《征播奏捷传》的制作者也在编辑时采用这种剪贴方式，从《水浒传》、《英烈传》、《西游

① 泷谷弘之编《中国古典文学挿画集成》8《小说集 2》(游子馆，2012.6)的泷谷弘之〔解题 1〕及大冢秀高〔解题 2〕等。

② 此事，上原究一已在《世德堂本〈西游记〉版本问题の再检讨初探—他の世德堂刊本小说・戏曲との版式の比较を中心に—》(《东京大学中国语中国文学研究室纪要》12，2009)的注释⑮中指出。

记》、《三宝太监西洋记》等小说里，大量借用描述故事情景的诗词和骈语[①]。再者，《征播奏捷传》不仅借用了文章，也从其他作品中借用了插图。

《征播奏捷传》插图中，在构图上与其他作品之插画明显相似的是，A：卷1第1图《张真人叩丹陛陈情》〔A图〕，B：卷2第3图《杨应龙谐鸾凤佳配》〔B图〕，C：卷4第2图《潘经历血战退杨兵》〔C图〕的三张。

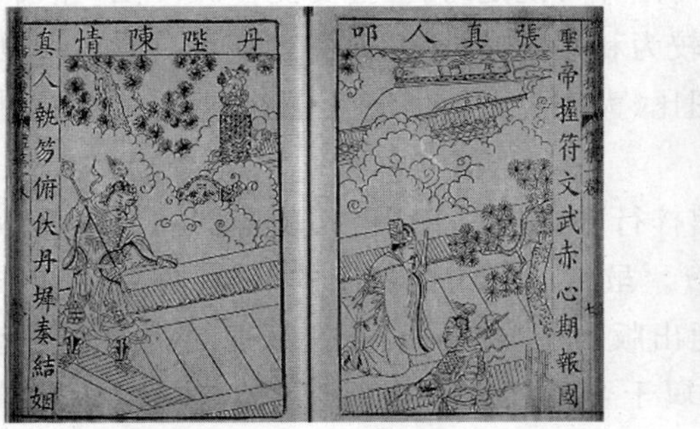

〔A图〕

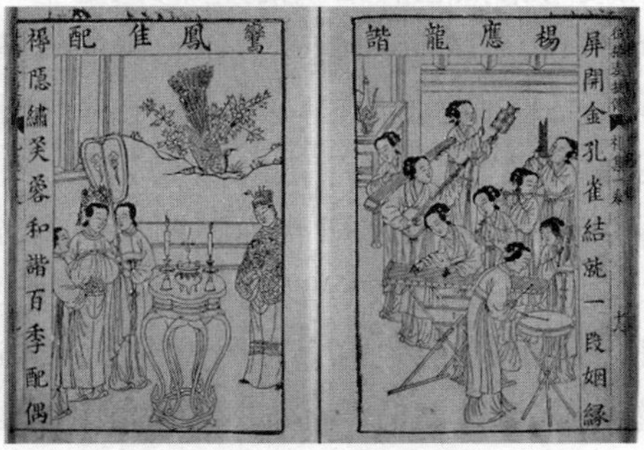

〔B图〕

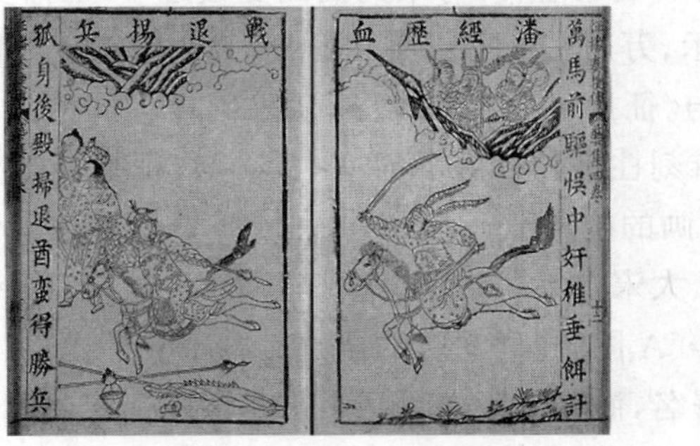

〔C图〕

（一）关于〔A图〕的构图

首先看到的是〔A图〕。通俗小说中最早附上此类构图的插画的，应该是描写岳飞故事的金陵周氏万卷楼、仁寿堂刊刻《新刊大宋中兴通俗演义》[②]。卷7《岳飞上表辞官爵》（〔图2〕）中有类似于〔A图〕的构图，而由于在这部书的其他插画上刻有王少淮的名字，可以认定此图属于金陵派。此书的刊年不详，但据大冢秀高氏的研究，可以推测为万历十年代后期[③]。如〔图2〕所示，此插画在右面画有午门，画面中央描绘穿着衣冠跪在阶梯上的男子，而其两边则是持着武器站立的武将。这些景象显然与《征播奏捷传》〔A图〕的构图相同。但，站在跪

① 参照拙稿《时事小说〈征播奏捷传通俗演义〉の成立とその背景ーもう一つの〈杨家将〉物语》（《早稻田大学大学院文学研究科纪要》53・第2分册，2008）。

② 据日本国立公文书馆（内阁文库）所藏本。

③ 参照此前注释前揭书所收大冢氏的解释。

着的男子前面的官服男性，则不见于《征播奏捷传》〔A图〕里。

其次，具有同样构图的是，万历二十一年序刊的金陵唐氏世德堂《唐书志伝通俗演义题评》[①]。与〔A图〕相似的是卷6《张玄素上书谏太宗》(〔图3〕)。由于在该书的其他图画上还刻有王少淮的署名，此插画也可以视为金陵派的作品。虽然在画面中央的阶梯两侧多了圆形砌块，站在跪姿男子前面的官服男性与《大宋中兴通俗演义》中的装扮也不同，武将捧着的武器角度等诸点也有细微的差异，但是基本构图却可说是与《征播奏捷传》〔A图〕相当一致。甚至可以说，从右面勾勒建筑物轮廓的线条较为和缓流畅，而左面的背景可以看到雕刻柱子和石狮子，上方还画上松枝等诸点看来，本图比《大宋中兴通俗演义》更接近于《征播奏捷传》〔A图〕。

再者，该构图也见于封面上刻有"三台馆梓行"的《新刻皇明开运辑略武功名世英烈传》6卷本之卷3《花云妾双全节义》画图(〔图4〕)[②]。虽然三台馆是建阳的书肆，可是大冢秀高氏指出该6卷本可能是由金陵周氏或唐氏共通出版的[③]。此外，由于这部书的其他插画上也刻有金陵画工王少淮的署名，可以说此图画也属于金陵派。从左面少了〔A图〕中怀抱婴儿的一对夫妻，但是右面的午门同样以阴刻的方式呈现，其形状和角度也与〔A图〕几乎相同，跪在阶梯的男子的位置从左面移到与〔A图〕同样的右面等诸点上看来，《英烈传》的该插图要比《大宋中兴通俗演义》、《唐书志传》等书的插图更接近于《征播奏捷传》〔A图〕的构图。

另外，如〔图5〕所示，万历二十五年序刊的《新刻全像三宝太监西洋记通俗演义》卷2《张天师金阶面主》[④]也有与《征播奏捷传》〔A图〕几乎同样构图的插画。但，若考虑到《西洋记》插图左面背景中少了雕刻柱子和石狮子的这一点，与《征播奏捷传》〔A图〕最相近的或许可说是〔图4〕《英烈传》插画的构图吧。

从以上分析，可知《大宋中兴通俗演义》、《唐书志传》、《英烈传》、《三宝太监西洋记》等小说都有与《征播奏捷传》〔A图〕同样构图的插画。鉴于除了《三宝太监西洋记》以外的三者都有金陵画工王少淮的署名，而其出版人也几乎都是金陵书肆的事实，可以说〔A图〕的构图明显地继承了金陵版的风格。而更强力地展现此事的是，比这些小说更早刊行于金陵的戏曲所收录的插图。

〔图1〕是，金陵唐氏世德堂出版的戏曲《新刊重订出相附释标注裴度香山还带记》卷下的插图[⑤]。《裴度香山还带记》卷首刻有"星源游氏兴贤堂重订，绣谷唐氏世德堂校梓"的署名。除了此书以外，唐氏世德堂还梓行了书名上带着"新刊重订出相附释标注"字样而由"星源游氏"重订的一系列戏曲。其中，"星源游氏兴贤堂重订、绣谷唐氏世德堂校梓"的《新刊重订出相附释标注裴淑英断发记》封面上刻有"万历丙戌(万历十四年)春月世德堂校梓"，而"徽郡星源游子重订、金陵书林世德堂梓"的《新刊重订出相附释标注节义荆钗记》封面上则刻有

---

① 据《古本小说丛刊》28辑影印本。

② 据日本国立公文书馆(内阁文库)所藏本。

③ 大冢秀高《嘉靖定本から万历新本へ—熊大木と英烈・忠义を端绪として》(《东洋文化研究所纪要》124,1994)

④ 据日本国立公文书馆(内阁文库)所藏本。

⑤ 据《古本戏曲丛刊》初集所收影印本。

“万历乙酉(万历十三年)冬月世德堂校梓”①。由此可以推测,与这些作品属于同一系列的戏曲《裴度香山还带记》也在万历十年代前期问世②。

标题为“上表归田”的此插图,是左图右文的单面(A面)插图。然而,画面中心却描绘了跪在阶梯的男子,右侧上方则画上阁楼。虽然两侧武将的有无不同,但其基本构图可说是与《征播奏捷传》〔A图〕的一系列插画的构图相互一致。

在此整理以上的分析,关于〔A图〕的大致继承关系如〔表1〕所示。由此可见,〔A图〕本来是附在金陵版戏曲的插画,后来转用在金陵版小说中,从而也被《征播奏捷传》所采用。这可以说是金陵版特有的构造。既然书籍化的通俗文艺中,除了上图下文的插图外,整体上都有戏曲先行于小说的趋势,那么这个发展在某种程度上也可说是理所当然的。再者,更明显地呈现从戏曲转用的痕迹的是,《征播奏捷传》〔B图〕。

〔表1〕

书　名	书　肆	画工名	作品类型	年　代
《裴度香山还带记》	金陵唐氏世德堂	没有	戏曲	万历十三—十四年左右?
《大宋中兴通俗演义》	金陵周氏万卷楼、仁寿堂	王少淮	小说	万历十年代后期?
《唐书志传》	金陵唐氏世德堂	王少淮	小说	万历二十一年
《英烈传》	三台馆(*金陵版?)	王少淮	小说	?
《三宝太监西洋记》			小说	万历二十五年
《征播奏捷传》	佳丽书林	王臣会	小说	万历三十一年

万历十年代前半?《裴度香山还带记》

〔图1〕

万历十年代后半?《大宋中兴通俗演义》

〔图2〕

① 京都大学文学部所藏影抄本。关于此书的刊行年代,参照上原究一《金陵书坊唐氏世德堂主人考—二人の“唐光禄”—》(《中国—社会と文化》27,2012)的注释⑰。

② 关于世德堂刊行的此系列戏曲,参照上原究一《世德堂本〈西游记〉版本问题の再检讨初探—他の世德堂刊本小说・戏曲との版式の比较を中心に—》《金陵书坊唐氏世德堂主人考—二人の“唐光禄”—》两文中的考察。

万历二十一年《唐书志传》

〔图 3〕

《英烈传》

〔图 4〕

万历二十五年序刊《三宝太监西洋记》

〔图 5〕

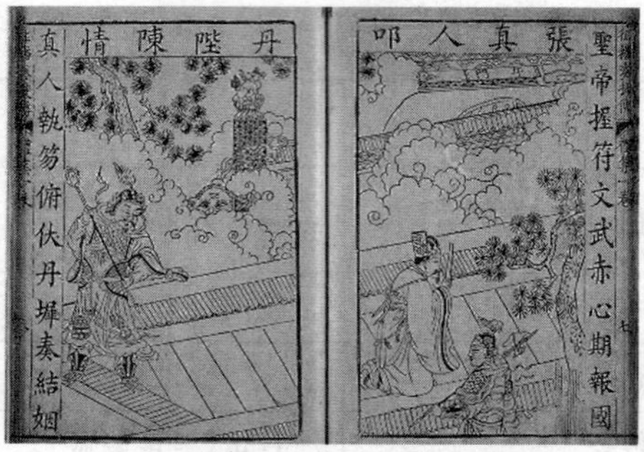

万历三十一年《征播奏捷传》〔A 图〕

（二）关于〔B 图〕的构图

《征播奏捷传》〔B 图〕，如表题的〈杨应龙谐鸾凤佳配〉字样所揭示般，是描绘结婚典礼的插画。该构图的插画，管见所及，最早见于万历二十五年徽州玩虎轩刊行的《元本出相琵琶记》第 19 出中的《强就鸾凤》(〔图 6〕)。收录同一插画的《琵琶记》，则是万历二十六年由金陵陈氏继志斋重刊的版本[①]，其插图上刻有“汪耕”的署名(〔图 7〕)。由此可知，〔B 图〕原来是戏曲《琵琶记》的插图。

此外，在《乐府红珊》卷 2 中，收有与〔B 图〕构图相同的插画《蔡议郎牛府成亲》。《乐府红珊》是万历三十年由金陵广庆堂唐振吾刊行、秦淮墨客校正的散出集(戏曲选集)(〔图 8〕)。广庆堂唐振吾和秦淮墨客是以出版人、校正人的组合出现在万历三十年左右刊刻的《折桂记》、《宵光记》、《八义双杯记》、《西湖记》、《武侯七胜记》、《霞笺记》等众多戏曲上的人物[②]。由于现存《乐府红珊》版本只有清嘉庆五年(1800)积秀堂复刻本(《新刊分类出像陶真选粹乐府红珊》)[③]，其插图的线条相当粗糙并省略了复杂的描线部分。但是，唐振吾和秦淮墨客合

① 据日本国立公文书馆(内阁文库)所藏本。

② 此事，已经在京都大学汉籍善本丛书 17《折桂记》(同朋舍出版，1981)所收金文京〈解说〉，以及日本所藏稀见中国戏曲文献丛刊第 1 辑《新刊校正全相音释折桂记》(广西师范大学出版社，2006)里指出。

③《善本戏曲丛刊》所收《新刊分类出像陶真选粹乐府红珊》。据大英图书馆所藏嘉庆庚甲(1800)积秀堂复刻本影印。关于此书，详见 Patrick Hanan 著、王秋桂译《乐府红珊考》(《中外文学》4 卷 9 期，1976)。

作刊行的其他现存戏曲的插图则画得十分细致。由此可以推测，万历三十年的原刊本和《琵琶记》相比毫无逊色。根据这些信息，《征播奏捷传》的〔B 图〕转用自金陵版戏曲的可能性也可以说是极高的。

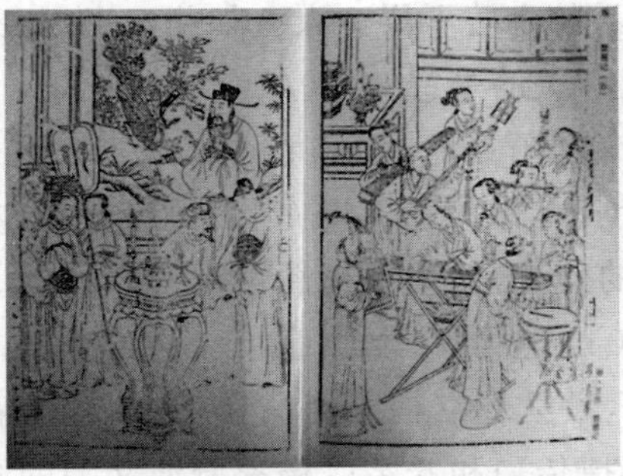

万历二十五年徽州玩虎轩《元本出相琵琶记》

〔图 6〕

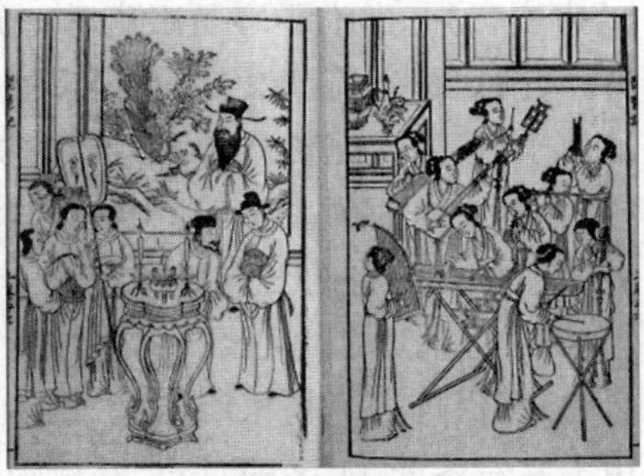

万历二十六年序刊金陵陈氏继志斋重校《琵琶记》（汪耕）

〔图 7〕

万历三十年序刊，金陵唐振吾刊秦淮墨客校正《乐府红珊》（现存版本是嘉庆五年重刻本）

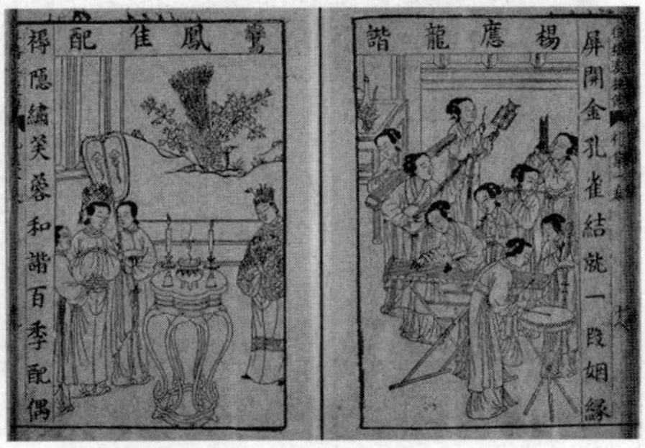

万历三十一年《征播奏捷传》〔B 图〕

〔图 8〕

在此要注意的是，收有与〔B 图〕同样构图之插画的《乐府红珊》上，刻有校正人秦淮墨客的名字。这是因为，与此书同样刻有校正人秦淮墨客姓名的万历三十四年序刊的小说《新编全像杨家府世代忠勇演义志传》（以下表记为《杨家府演义》）中，也有与《征播奏捷传》〔C 图〕几乎同一构图的插画。

（三）关于〔C 图〕的构图

《杨家府演义》是 8 卷全 58 则的小说。现存有万历三十四年的序刊本，各卷首刻有“秦淮墨客校阅，烟波钓叟参订”的字样①。其插图采用金陵版特有的双面联式。插入本文中的 51 张图画上没有画工名字。虽然先行研究指出，万历三十四年刊本是由卧松阁或天德堂所刊行的，但实际上是由哪些书肆刊行的这个问题尚未有定论②。从序末的“万历丙午长至日，

① 据国立中央图书馆编印《历代通俗小说》所收国立北平图书馆旧藏本的影印本。此外，参照了日本国立国会图书馆所藏本。

② 除了《杨家府演义》外，没有刻有卧松阁之名的作品。又，天德堂是一家营业在更晚时期（天启、崇祯年间）的书肆，与《杨家府演义》的刊刻年代不相吻合。

秦淮墨客书"之署名和"纪氏振伦"、"春华"的两个印章可见,秦淮墨客即纪振伦,字春华。

关于秦淮墨客(纪振伦)的背景,目前没有详细的资讯。但如前节所述,从他在万历30年前后与广庆堂的唐振吾等金陵书肆·唐氏一族合作出版了大量戏曲和散出集(=戏曲选集)[①]的事实可知,秦淮墨客是跟唐氏一族持有密切关系的金陵下层文人。如此一来,与秦淮墨客合作梓行《杨家府演义》的也极可能是跟金陵唐氏有关的书肆。

酷似于《征播奏捷传》〔C图〕构图的插画是,收录在《杨家府演义》卷6的〈六郎救出朝臣〉。两者都在右面画上抡刀追击的武将,在左面画上托枪败走的武将(〔图9〕)。两者之间虽然有左面败走武将的马首角度、步卒的有无等细微的差异,但基本构图可视为一致的。尤其是,右面的武将外貌,从服装到马饰几乎相同(〔图10〕)。

《征播奏捷传》和《杨家府演义》两者插画的相似不只呈现在构图上。在型式上,两者也都采用了左右各配11字的对句,并标示8字(《征播奏捷传》)和6字(《杨家府演义》)的画题(〔图9〕,〔图10〕)。

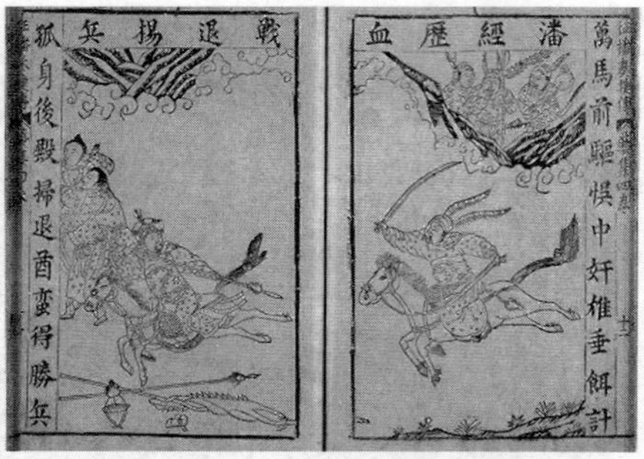

万历三十一年《征播奏捷传》〔C图〕

万历三十四年序《杨家府演义》

〔图9〕

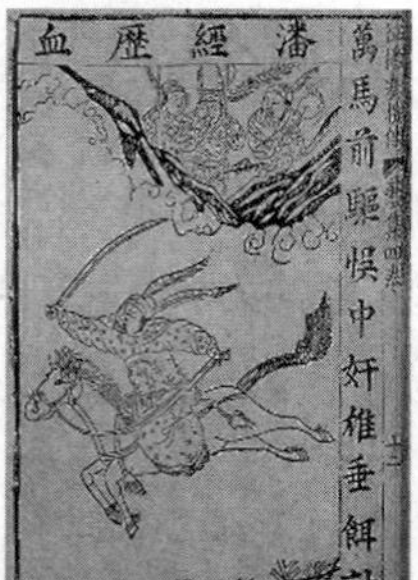

《征播奏捷传》

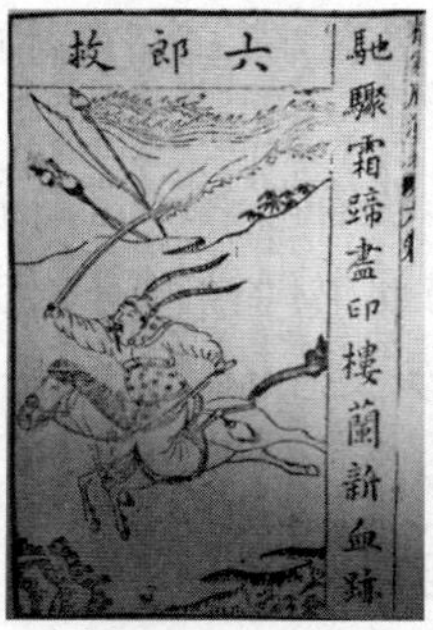

《杨家府演义》

〔图10〕

---

① 秦淮墨客校正、唐氏对溪刊行《三桂联芳记》(《古本戏曲丛刊》二集收录);秦淮墨客校正,唐氏振吾梓《武侯七胜记》(《古本戏曲丛刊》二集收录);秦淮墨客校正,唐氏振吾刊行《宵光记(插绘全欠)》(《古本戏曲丛刊》初集书录);秦淮墨客校正,唐氏振吾刊行《西湖记》(《古本戏曲丛刊》二集收录);秦淮墨客校正,唐振吾梓行《折桂记》(京都大学藏);秦淮墨客校正,唐氏振吾刊行《八义双杯记》(《古本戏曲丛刊》二集收录);秦淮墨客校正,唐氏振吾刊行《霞笺记》(中国国家图书馆藏);秦淮墨客选辑,唐氏振吾刊行《乐府红珊(散出集)》(《善本戏曲丛刊》二集收录)。

若仅从现有的刊年判断两者的前后关系，会说万历三十一年的《征播奏捷传》早于万历三十四年的《杨家府演义》。但若比较插画的完成度，则会发现《杨家府演义》的插图显然要精细得多。因此不能仅从现有的刊年一概而论。尽管如此，仍然可以断定《征播奏捷传》和《杨家府演义》的插画上存在许多共同点。

在此，若再度整理检讨《征播奏捷传》插画的结果，可以得到以下的讯息：1. 插画中的某几页与金陵书肆（尤其唐氏一族）刊行的小说、戏曲作品具有同样的构图，2. 其中，“秦淮墨客”参与了与《征播奏捷传》刊行年代相近的《乐府红珊》（与《征播奏捷传》〔B图〕同一构图）和《杨家府演义》（与《征播奏捷传》〔C图〕同样构图）的出版。依据这两点要注意的是，秦淮墨客编著的《杨家府演义》是有关“杨家将”故事的小说。这是因为，《征播奏捷传》中作为题材的播州杨氏，其实是与杨家将有深厚关联的一族。

五、播州杨氏和“杨家将”

管见所及，播州杨氏最迟可能在北宋时代已开始统治播州地域（现在的贵州省遵义县一带），当时他们被称为“近乌蛮”而被视为边疆的领主[①]。但是，进入元代后，他们的地位整体上有了相当大的提升，而与著名的翰林文人开始交往。随之驰名的播州杨氏，就开始冒称北宋时代山西的英雄一族“杨家将”的后裔。元初的翰林文人程钜夫为播州杨氏制作的《忠烈庙碑》（《雪楼集》卷16）便陈述了此事。

> 杨氏系本太原。唐干符初，赠太师讳端者，宦游会稽后，客长安。适南诏陷播州，大为边患，有旨募能安疆场者。太师慨然自效，遂命为将，以复播州。威畅恩融，夷夏畏服，因领其郡，是为播州杨氏始祖。众推其子孙世守，五传，至昭而无子。邻郡帅充广，寔太原旧族，赠中书令业之孙、郑州防御使延朗之子。来与通谱，命其子贵迁为昭嗣。且授以家藏翰林杨大年所草中书令及莫州刺史制诰二通。自是太原之族复合而守播者，乃令公之后。

当然，播州杨贵迁系山西杨业子孙一事完全是无稽之谈。播州杨氏只不过是为了提高自家宗族的权威，利用名族“杨家将”而已[②]。可是，他们的系谱创作透过翰林文人逐渐流传开来。明初，宋濂制作《杨氏家传》（《翰园别集》卷1），详细地解释了播州杨氏的杨家将后裔之说。

须要注目的是，播州杨氏这样的系谱创作，也影响到往后“杨家将”故事情节的形成。这个影响在《杨家府演义》的女将杨宜娘[③]的侬智高征伐故事（第41—45则）中尤其明显。

史书中的侬智高征伐是，北宋皇祐年间广南西路的少数民族首领侬智高叛乱，后被北宋武将狄青（1008—1057）所平定的事迹。而贵州博物馆考古组在1972年发掘的南宋《杨文神

① 苏东坡《答李琮书》：“播州首领杨贵迁者，俗谓之杨通判。最近乌蛮，而枭武可用。”

② 关于详细内容，参照拙著《杨门女将“宜娘”考—杨家将故事と播州杨氏》（《东方学》121，2011），及拙著《杨家将の系谱と石碑—杨家将故事发展との关わりから》（《日本中国学会报》63，2011）。

③ 《杨家府演义》中有女将“杨宣娘”，对照《北宋志传》、《征播奏捷传》等资料后发现，女将应为“杨宜娘（姨娘）”，详见拙稿《杨门女将“宜娘”考—杨家将故事と播州杨氏》（《东方学》121）第1节。

道碑》中,找到了有关北宋播州杨氏总领杨实(杨昭之父)在侬智高征伐中参战的记述①。也就是说,播州杨氏中,最晚从南宋起就流传了参加过侬智高征伐的这个传闻。

正当元代播州杨氏为杨家将后裔之说在翰林文人之间流传的时期,也出现播州杨氏的女将"杨仪娘"出征侬智高征伐的传闻。相关的资料有翰林文人袁桷与柳贯以"杨仪娘"出征侬智高征伐为题材的题画诗《黄宗道〈播州杨氏女〉》(《清容居士集》卷四五)与《黄宗道〈播州杨仪娘独骑图〉》(《待制集》卷六)。这两首题画诗中的杨"仪娘"恰恰与"杨家将小说"侬智高征伐中所描绘的杨"宜娘(姨娘)"同音。若与翰林文人间流传的播州杨氏为杨家将末裔之说相互参照的话,不难想象这播州杨氏的"仪娘"出征侬智高征伐的传闻正是"杨家将小说"侬智高征伐中所描写的杨宜娘故事的原型。

在此要指出的是,《播州奏捷传》中也有与杨宜娘有关的记述。《征播奏捷传》卷 2 第 17—18回描述,对明朝举旗造反前的杨应龙讨伐柳州曹伦叛乱的情节。其中,"柳州城"这一词后边加上了与"杨家将"有关的注记:"宋杨文广征蛮,曾陷入此城,后得妹宜娘用计救出。此载《征蛮传》"。杨文被宜娘救出的故事即是侬智高征伐的故事,在万历三十四年出版的《杨家府演义》卷 7 第 2 则里也有相关的描述。万历二十一年序的刘元卿《贤奕编》卷 3 中也有"沈屯子偕友入市,听打谈者说'杨文广围困柳州城中'"的记载,由此可见,这个情节是当时市井小民所熟识的。

另外,在明代当时已有揭示杨文广等人的征南故事和播州杨氏间关系的记载。王世贞在《宛委余篇》卷 6 中提到:"市巷人俚歌称,杨业之曰杨六郎延昭,延昭之子宗保,宗保之子文广,征南陷南中。其事多诬罔"。从王世贞的记述可知,当时民众间流行的'俚歌'诬造了杨文广在征南役中战殁之事。随后,王世贞又引用了上述宋廉的《杨氏家传》,并指出播州杨氏与"杨家将"的关系和贵迁孙子名叫杨文广一事,而明示了杨文广"陷南中"的误会是由此产生的。

"杨应龙之乱"平定后,这种揭示播州杨氏和杨家将关系的书籍陆续出现②。由此看出,在明代当时的民众之间普遍流传着播州杨氏是"杨家将"后裔的说法。

六、结　语

综合以上分析可归纳出下列的要点:1. 作为题材的播州杨氏为了提高自家地位冒称杨家将后裔,2. 其说法影响到杨家将故事的形成,3. 播州杨氏和杨家将的关系为明代时人所熟知。据此诸点,我们或许可以说《播州奏捷传》是与杨家将和其故事有着密切关系的作品。再者,《征播奏捷传》和描述杨家将故事的《杨家府演义》都具有几乎同一构图的插画,而其插图在形式上都持有金陵版特征而非常相似。那么,由此是否可以推测,两者之间存在某一种联系。能够佐证此推测的是,具有与《征播奏捷传》同一构图插画的《乐府红珊》,其校正人跟

① 《杨文神道碑》:"……宋庆历年间,十一世祖(杨)实□平邕广之侬智高……"关于《杨文神道碑》的录文,参照贵州省博物馆编《遵义高坪"播州土司"杨文广等四座墓葬仪发掘》(《文物》1974 年第 1 期)、贵州省遵义县志编纂委员会编著《遵义县志》(贵州人民出版社 1992 年版)第 1170 页。

② 《黔记》卷 57《故宣慰列传·播州杨氏》、《蜀中广记》卷 37、《万历武功录》卷 6《杨应龙传下》等。

《杨家府演义》的编者同是秦淮墨客。

《征播奏捷传》以近日发生的叛乱这种带有政治色彩的敏感时事为题材,因此可以想见刊行者在出版时不得不格外地慎重其事。而出版《征播奏捷传》的佳丽书林,除了本作品之外没有梓行其他书籍的痕迹。那么,“佳丽书林”很可能是害怕以本名刊行此书的某一个书肆的假名。事实上,担任“杨应龙之乱”镇压军统帅的郭子章批评以此叛乱为题材的文艺是“饰张功绩,多乖事实”,为了揭示其内容的“诬”而编写了《平播始末》(《四库全书总目提要》卷54〈杂史类存目三·平播始末二卷〉)。

鉴于以上诸点,若要提示《征播奏捷传》刊行背景的可能性,或许如下所示吧。

据《引言》和《木记》的记述,《征播奏捷传》是根据与蜀地有关的西蜀省院发刊《平播事略》和巫峡岩道听山人《平播集》等书籍内容加上富有戏剧性的润色而小说化的作品。另一方面,从本小说的插画形式上可以看出金陵版的浓厚特征,而插画构图上则有不少挪用自其他金陵版小说、戏曲的痕迹。此事和《征播奏捷传》以带有政治色彩的敏感时事为题材一事合并考虑时,可以推测出佳丽书林极可能是一家金陵书肆的假名。而作为《征播奏捷传》题材的播州杨氏,也是一个与杨家将有密切关系的宗族。再者,《征播奏捷传》中,有不少插画的构图与编著《杨家府演义》的秦淮墨客的作品相同。那么,是否能大胆的假定,《征播奏捷传》是持有杨家将相关讯息的金陵书肆和“秦淮墨客”或其周围的人共同合作,在意识着杨家将故事的同时所刊行的作品。

作者单位:日本名城大学

“小说家”视域下《说类》性质初探

刘天振

《说类》六十二卷，叶向高编纂、林茂槐增删。叶向高(1559—1627)，字进卿，号台山，晚年自号福庐山人。福建福州府福清县人。万历十一年(1583)进士，选庶吉士，再授编修。万历二十二年(1594)授南京国子监司业，后被召为左庶子，充皇长子侍班官。后任南京礼部右侍郎、吏部右侍郎等职。万历三十五年(1607)任礼部尚书兼东阁大学士。万历、天启间曾两任首辅。万历朝，神宗怠政，国政废弛，国家机器几近停滞，向高主政，屡次疏争除弊，“然其言大抵格不用，所救正十二、三而已”[①]。天启间再次入阁，在皇帝幼冲、魏阉擅权的情境下，向高已难有作为。终于天启四年(1624)致仕，七年(1627)卒，追赠太师，谥号文忠。其事迹详《明史》卷二四〇“列传第一二八”《叶向高传》。叶向高主要著作有：《纶扉奏草》三十卷、《续纶扉奏草》十四卷、《苍霞草》二十卷、《苍霞续草》二十二卷、《苍霞余草》二十卷、《苍霞诗草》八卷、《后纶扉尺牍》十卷，以上七种被时人称为“苍霞七草”。又有《四夷考》八卷、《蘧编》二十卷、《说类》六十二卷等。叶向高是晚明朝廷重臣，是对晚明政局有重大影响的人物。因其积极辅政，善于调护，对稳定晚明政局起到一定的作用，某种程度上延缓了明王朝垮台的进度。“向高为人光明忠厚，有德量，好扶植善类”[②]，擅长调和君臣矛盾，弥缝化解诸臣之间的门户之争，不遗余力论救那些披鳞获罪的官员，兼之他交游甚广，因而在晚明政界、学界、文坛均有很大的影响力。

叶向高思想开放，处世圆通，不仅是儒学信徒、治世能臣，而且容纳异端，旁交九流。他对西方天主教教义和科学文化也有浓厚兴趣，曾与来华耶稣会士利玛窦、艾儒略等交往甚密，与之论学谈艺，淬砺思想，多次与之就中西文化交往中的深层问题争论辩难。叶向高曾为天主教徒杨廷筠《西学十诫初解》一书撰序，称：天学“余亦习之，而未及与之深潭。京兆淇园杨公时时为余言其微旨。”并说读过杨氏此书后“有当于心”，“自混沌开辟以来，世界皆天所造，决无他物更大于天，而佛氏乃以天为帝释，偃然欲据其上，此其为谬诞无疑，西氏所以辟之力也。唯谓天主降生其国，近于语怪。然圣贤之生，皆有所自，其小而有功德于人者，犹必以山岳以列星，则其大而主宰造化，开万世之太平如尧、舜、孔子，非上帝所降生，安得有许大力量？夫既生于东，又安知其不生于西乎！世儒非不口口言天，而实则以天为高远，耳目不接，若西氏之言天，直以为毛里之相属，呼吸喘息之相通，此于警醒人世最为亲切。故杨公

---

①② 张廷玉等《明史》卷二四〇《叶向高传》，中华书局1974年版，第6231—6238页。

津津有味其言之夫!"[1]这种"语怪"观点与其《说类序》表达的"鬼神"观,正出于相同的思想基础。

明清书目中,《说类》一般著录于子部的"小说类"或"杂家类",但也有的著录于"类书类"。《千顷堂书目》"子部·小说类"著录"叶向高《说类》六十二卷",注曰"或作林茂槐",《明史·艺文志》"子部·小说家类"著录为"林茂槐《说类》六十二卷",《四库全书总目》"子部·杂家类存目"著录此书亦为六十二卷,题"明叶向高编、林茂槐增删"。并说"每条下悉注原书,然皆习见之典,别无新异。其上细书评语,体例尤为近俗。"[2]清钱曾《虞山钱遵王藏书目录汇编》"子部·类家"著录"说类六十二卷",小字注曰:"述类书类说六十二卷十本。"[3]这种三类互著的现象客观上反映了其性质的复杂及归类的含混。本文拟从"小说家"视角对《说类》学术性质进行初步探讨。

一、专门采集说部之书

叶向高的小说观反映了当时最前卫的小说认识论思想,其《说类序》云:"稗官家言自三代时已有,而后莫盛于唐宋,学者多弃而不道。然其间纪事固有足补正史之所未及,而格言妙论,微辞警语,读之往往令人心开目明,手舞足蹈,如披沙得金,食稻粱者忽啖酥酪,不觉其适口也。"[4]这段话也流露了叶向高对小说的由衷喜爱之情,这也是其编撰《说类》的动力之源。

从《自序》中可知,叶向高公余暇日嗜读说部之书,且每有会心处辄随笔记录、摘抄:"余在留曹日,偶得一书,皆唐宋小说,数十种,摘其可广闻见、供谈资者,录而存之"。因此,日积月累,所获甚富。《四库提要》也说"是书摘唐、宋说部之文,分类编次",但采摭范围并不限于唐宋,而是涉及许多汉魏六朝及明朝的小说作品。

其"天文部"所采文献:(括号中数字为重复采集数量,下同此例)

《蠡海录》(7)、《续博物志》(11)、《鹤林玉露》(3)、《西京杂记》、《搜采异闻录》(2)、《懒真子》、《墨庄漫录》(3)、《独异志》(2)、《酉阳杂俎》(6)、《东坡志林》、《墨客挥犀》、《述异记》(19)、《异闻总录》

"地理部"采集文献:

《清波杂志》(2)、《老学庵笔记》(3)、《拾遗记》(7)、《续博物志》、《游宦纪闻》、《梦溪笔谈》(6)、《石林燕语》、《述异记》、《云麓漫钞》、《西京杂记》(3)、《墨客挥犀》(4)、《泊宅编》(3)、《博物志》、《鹤林玉露》、《搜采异闻录》

"帝王部"采集文献:

---

① 叶向高《苍霞余草》卷五,《四库禁毁书丛刊》(集部第125册),北京出版社2000年版,第449页。

② 永瑢等《四库全书总目》卷一三二,中华书局1965年版,第1123页。

③ 钱曾《虞山钱遵王藏书目录汇编》,上海古籍出版社2005年版,第184页。

④ 叶向高《〈说类〉序》,《四库全书存目丛书》(子部第132册),齐鲁书社1995年版,第1—3页。

《述异记》、《拾遗记》(10)、《西京杂记》、《石林燕语》(8)、《归田录》(3)、《青箱杂记》、《东轩笔录》(4)、《渑水燕谈》(5)、《因话录》(4)、《东观奏记》(2)、《东坡志林》(4)、《儒林公议》、《清波杂志》、《癸辛杂识》、《随隐漫录》

由以上三部采集文献情况可以看出,《说类》文献来源主要有三类:第一是博物体著作,如《博物志》及其续书、《酉阳杂俎》、《梦溪笔谈》、《蠡海录》等;第二是志怪小说,如《拾遗记》、《述异记》、《搜采异闻录》、《异闻总录》、《独异志》等;第三是文人笔记著作,如《鹤林玉露》、《老学庵笔记》、《归田录》、《清波杂志》、《东坡志林》、《因话录》、《石林燕语》等。

以上三类著作,第一类博物体著作,在古代书目中一般游移于"杂家"、"小说家"之间,而现代学界通常将其归入小说,基本没有异议。对于第二类《拾遗记》、《述异记》之类的志怪作品,宋代《新唐书·艺文志》以下书目均归入"小说家",对其小说性质的认定是有高度共识的。第三类文人笔记作品最为复杂,学界对于唐宋以降琳琅满目、包罗万象的笔记作品的归类可谓歧见纷纭,莫衷一是。明代胡应麟将其归入小说家的"杂录"、"辨订"二种①;清代《四库全书总目》则将它们分别隶于子部杂家的"杂说之属"、"杂考之属"和子部小说家的"杂事之属"。今人刘叶秋《历代笔记概述》将上述笔记之书区分为"历史琐闻类"笔记和"考据辩证类"笔记。而近代以来学界又统称它们为"笔记小说",已经出版多种版本的《笔记小说大观》。但无论如何,称它们为"说部"之书并无不妥。叶向高《说类序》、《四库总目》均称其材料为"唐宋说部"。

二、所辑材料具有很强的叙事性

首先,有关人物的部类以故事为本。《说类》中以某类人物为主题标目的部类有8大部,计有17卷,分量超过全书的五分之一。这些部类汇辑大量构思精巧、情节完整、人物个性鲜明的故事,体现很高的叙事技巧。如"臣道部·致仕类"采自《石林燕语》的一则:

> 故事,臣僚告老,一章即从。仁宗时始命一章不允,两章而后从,所以示优礼也。熙宁末,范景仁以荐苏子瞻、孔经甫不从,曰:"臣无颜复就班列。"乃乞致仕,章四上不报。最后第五章并论青苗法,于是始以本官致仕。神宗初未尝怒也。景仁既得请,犹居京师者三年。时王禹玉为执政,与景仁久同翰林,景仁每从容过之道旧,乐饮终日,自不以为嫌,当权者亦不之责。元祐初,熙宁、元丰所废旧臣,自司马温公以下皆毕集于朝,独景仁屡召不至,世尤以为高云。②

通过范景仁因一荐不从而五上章疏、决意辞职,以及他致仕后率意交游、决不返朝的事迹,使这一人物梗直、洒脱的个性跃然纸上。而"元祐初,熙宁、元丰所废旧臣,自司马温公以下皆毕集于朝,独景仁屡召不至",这样的对比衬托则使范景仁之高逸个性更加鲜明突出。再如同部"忠实类"所辑《梦溪笔谈》中一条:

> 晏元献公为童子时,张文节荐之于朝,召至阙下,适值御试进士,便令公就试,公一

---

① 参见胡应麟《少室山房笔丛·九流绪论下》,上海书店出版社2001年版,第282—283页。

② 叶向高《说类》,《四库全书存目丛书》(子部第132册),齐鲁书社1995年版,第88页。

见试题,曰:"臣十日前已作此赋,有赋草尚在,乞别命题。"上极爱其不隐。及为馆职,时天下无事,许臣寮择胜燕饮,当时侍从文馆士大夫各为宴集,以至市楼酒肆往往皆供帐,为游息之地。公是时贫甚,不能出,独家居,与昆弟讲习。一日,选东宫官,忽自中批除晏殊。执政莫谕所因,次日进覆,上谕之曰:"近闻馆阁臣僚无不嬉游燕赏,弥日继夕,惟殊杜门与兄弟读书,如此谨厚,正可为东宫官。"公既受命,得对,上面谕除授之意。公语言质野,对曰:"臣非不乐燕游者,直以贫,无可为之。臣若有钱,亦须往,但无钱不能出耳。"上益嘉其诚实,知事君体,眷注日深。仁宗朝卒至大用。[①]

在两次面对皇帝、关系个人升迁大事的关头,晏殊都能诚实以对。如果说前者考试作赋,因为自己曾作过此赋,乞请别题,还只是出于对自己才学的自信,那么后者叙众多文馆士夫皆于公余燕集寻欢,独晏殊兄弟杜门读书,皇帝因此除授其东宫官,他也能对皇帝坦诚交代,说自己本喜燕游,只因无钱不能出耳,这就从与其他官员的对比中,不仅衬托晏殊清简自守的品德,而且也披露晏殊喜好娱乐的本性与众人并无不同,只是物质条件不许可,这样就使晏殊的形象更真实可信,给读者留下更深刻的印象,其叙述层次又加深了一阶。其高超的叙事技巧平添了许多艺术魅力。

《说类》"帝王部"选取前代君王故事,多琐屑细事,且叙述详切,刻画逼真,但往往以小见大,寓意深远,因而令人回味无穷。如"仁恕"类所采《东轩笔录》中一条:

仁宗尝春日步苑中,屡回顾,皆莫测圣意。及还宫中,顾嫔御曰:"渴甚,可速进熟水!"嫔御进水,且曰:"大家何不外面取水而致久渴耶?"仁宗曰:"吾屡顾不见镣子,苟问之,即有抵罪者,故忍渴而归。"左右皆稽颡动容,呼万岁者久之,圣性仁恕如此。[②]

再如"臣道部"之"识体"类辑自《渑水燕谈》的一条:

庆历中,仁宗服药,久不视朝。一日,圣体康后思见执政,坐便殿,促召二府。宰相吕许公闻命,移刻方赴召。比至,中使数促公,同列亦赞公速行,公愈缓步。既见,上曰:"久疾方平,喜与公等相见,而迟迟其来,何也?"公从容奏曰:"陛下不豫,中外颇忧,一旦闻忽召臣,臣等若奔驰以进,虑人警动耳。"上以为得辅臣之体。[③]

这类朝中君臣逸事,正史往往不载,但后人了解当日君臣关系、臣僚个性,乃至朝廷运作情况,实能达到见微知著之效果。这种生活化、小品化的历史叙事,带给读者的是正史所不具备的历史逼真感和接受过程的轻松愉悦感。

除了上述各类人物的部类,其"文事部"、"武功部"等也网罗了诸多叙事性、可读性很强的作品,充分彰显其有别于正宗类书的小说本色。如"文事部·帝王诗"之一:

上听政之暇,多赋诗,令翰林学士属和。一日,赋诗赐寓直学士萧寘,令和。寘手状谢曰:"陛下此诗,虽'湘水日千里,因之平生怀',亦无以加也。"明日,召学士韦澳问此两句,澳奏曰:"齐太子家令沈约诗,寘以睿藻清新,取方沈约尔。"上不悦,曰:"将人臣比

① 叶向高《说类》,《四库全书存目丛书》(子部第132册),齐鲁书社1995年版,第84页。
② 叶向高《说类》,《四库全书存目丛书》(子部第132册),齐鲁书社1995年版,第42页。
③ 叶向高《说类》,《四库全书存目丛书》(子部第132册),齐鲁书社1995年版,第63页。

我，得否？”恩遇渐薄，执政乘之，出为浙西观察使。（《东观奏记》）[①]

通过宣宗与萧寘、韦澳谈诗，将一个刚愎自用、偏狭专横的皇帝形象活灵活现地刻画出来。

“文事部五”所辑数十种“诗体”，其实多为诗话，叙事完整，情节生动，从而异趣于汇选众文体的文学总集。

由上观之，这些辑录人物故事的部类，撷取的都是名士显宦生活的吉光片羽，通过其琐事或细节，往往比其建功立业的“大事”更能表现其自然本真面貌。如“臣道部”荟萃了唐宋、主要是宋代朝廷臣僚的轶闻细事，多数故事的取材角度新颖别致，情节典型，画面精彩，能画龙点睛般激活人物的精神面貌。因此，从前代群籍中，将这些意味隽永的人物故事选辑出来，再根据故事性质、人物面貌进行主题分类，实际所做的接近于编选分类体小说集的工作。是故这些以某类人物作主题标目的部类，可以视为一部部记录人物轶事的专题小说集。

其次，借“世说体”编写人物故事。

其人物部类主要有“帝王部”、“后妃部”、“宰相部”、“臣道部”、“人事部”等，各部之下又细分诸多子类。这些部类从编辑思想、编排顺序、类目设置、审美趣尚等方面，均模仿刘义庆《世说新语》。人物各部分类情况如下：

“帝王部”：

符瑞、年号、万岁、帝孝、好学、好文、幼慧、亲政、大度、远识、谋略、仁恕、宽恤、明察、却玩、信任、劝诫、用人、知人、嘉忠、举直、旌直、奖廉、抑竞、保全大臣、宠礼相臣、礼遇词臣、家法、内储、惜费、祈祷、巡行、宴游、溺情、妒能、谴辱、昏谬

“后妃部”：

慧鉴、灵兆、圣德、宠姬、惭德、废黜、诛戮

“宰相部”：

相权重轻、独相、多相、久相、方正、恬淡、先识、识断、不欺、救解、勤官、识体、慎密、荐贤、受谴、厚重、自尊、清俭、不避、辞迁官、不曾食、收恩、迎合、智数、矫诈、携交、招谗、乖忤、忮忌、倾挤、沮直、坏国、罢相、镌秩、归贫、权奸

“臣道部”：

忠实、刚正、直谏、悟主、受知、善言、辞官、致仕、避祸、嫌疑、乞外、淹外、请责、自污、巧宦、朋党、躁进、改节、嫌隙、谲害、阴薄、污讦、谗害、忌嫉、机诈、阿谀、骄恣、奥援、谗附、幸臣、欺罔、谴黜、诏狱、禁锢、奸祸

其“人事部”有10卷篇幅，占据全书近六分之一分量，是全书卷帙最富的部类。该部除了第37卷为人物论之外，其余9卷全属人物故事。其分类情况如下：

孝、孝义、忠义、义、清节、盛德、阴德、弘达、达识、雅量、崇厚、刚直、智计、先见、舍默、重名、延誉、识鉴、品藻、戒勉、安命、守分、恬退、栖逸、怪行、简傲、伪退、豪纵、诞僻、

---

① 叶向高《说类》，《四库全书存目丛书》（子部第132册），齐鲁书社1995年版，第147页。

疏傲、忌讳、惑溺、淫祸、嗤鄙、盛事、奇事、身命、定数、先兆、薄命、撰词见黜、有心失物、早困、遭值、世情、利名、富厚、训俭、奢侈、骄奢败、警世、奇谈、滑稽、嘲戏、巧对、毁誉、释憾、弭谤、不修旧怨、报德不同、忿怨、轻诋、薄恶、残忍、僭窃、剑侠、亡命、盗贼、匿贼、避盗、诘盗、化盗、发冢、改变人形、杀人祭神

以上各部所拟类目，极少数除外，绝大多数明显模仿《世说新语》。其类目多为二字形式，有的类目直接袭用《世说新语》，如：“方正”、“雅量”、“识鉴”、“品藻”、“栖逸”、“简傲”、“轻诋”、“惑溺”。多数情况下是对《世说》门目名称加以改造，如：《世说》中有“早惠”，《说类》中有“幼慧”；《世说》有“任诞”，《说类》有“诞僻”；《世说》有“假谲”，《说类》有“谲害”；《世说》有“黜免”，《说类》有“废黜”；前者有“俭啬”，后者有“清俭”、“训俭”；前者有“忿狷”，后者有“忿怨”；前者有“谗险”，后者有“招谗”、“谗附”、“谗害”；前者有“仇隙”，后者有“嫌隙”；前者有“豪爽”，后者有“豪纵”；前者有“捷悟”，后者有“悟主”；前者有“贤媛”，后者有“贤妇”；前者有“赏誉”，后者有“延誉”；前者有“尤悔”，后者有“惭德”；前者有“汰侈”，后者有“骄奢败”，等等。

刘义庆《世说新语》通行本分 36 门，其编排顺序并非随意罗列，而是有明晰的指导思想。饶宗颐先生说：“《世说》之书，首揭四科，原本儒术；中卷自《方正》至《豪爽》，瑾瑜在握，德音可怀；下卷之上，类指偏激者流；下卷之下，则陈险征细行，浊清有礼，良莠胪分，譬诸草木，既区以别。”[①]所谓下卷之上与下，乃指六卷本而言，自《容止》至《简傲》凡 11 门为下卷之上；自《排调》至《仇隙》凡 12 门为下卷之下。而王能宪《世说新语研究》一书认为：“总的说来，三十六门的排列是前褒后贬，渐次递降。这种排列方法，很可能受到当时人物品题分别流品等级的影响。”[②]而其品题的主要依据就是儒学道德尺度。

《说类》人物部类的编排亦是如此。其主于对各类人物进行道德品评，当然同时也有对人物才智、气度、言语等所表达的审美欣赏。如“帝王部”所分 38 类目中，以“巡行类”为分界线，前 32 类为褒，之下（包括“巡行类”）转入惩戒，为贬；“后妃部”所列 7 类中，以“宠姬”为分界，前褒后贬；“宰相部”所分 36 类中，以“收恩”为界，前褒后贬；“臣道部”下列 35 类，可以“巧宦类”为界，前褒后贬；其“人事部”前四卷（自“孝类”至“嗤鄙类”）所分 34 类，可以“伪退”为界，前褒后贬。其评价标准当然也是儒家道德。

其所选作品的叙述风格、审美趣味也极力向《世说新语》靠拢，如“人事部·识鉴类”所辑三条：

> 晋孟嘉，未知名。庾亮大会州府人士，嘉坐甚远。亮问江州刺史曰：“闻有孟嘉，其人何在？”守曰：“在坐，君自认之。”俄然，指曰：“彼君少异于众，非嘉乎？”曰：“然。”亮大笑，喜得嘉。（《独异志》）
>
> 河东柳先生开，以高文苦学为世宗师，后进经其题品者，翕然名重于世。尝有诗赠诸进士，曰：“今年举进士，必谁登高第？孙何及孙仅，外复有丁谓。”未几，何、仅连登状元，谓亦中甲科。其知人如此。（《渑水燕谈》）

---

① 饶宗颐《世说新语校笺·序》，杨勇《世说新语校笺》前附，台北正文书局 2000 年版。

② 王能宪《世说新语研究》，江苏古籍出版社 1992 年版，第 44 页。

薛简肃公奎知开封府，时明参政镐为府曹官，简肃侍之甚厚，直以公辅期之。其后公守秦、益，常辟以自随，优礼特异。有问公何以知其必贵者，公曰："其为人端肃，其言简而理尽。凡人简重则尊严，此贵臣相也。"其后果至参知政事以卒。(《归田录》)①

以上三则故事均注重通过人物言语，或正面或侧面展现人物内在精神，应该说，均有一定的韵致，尽管其总体韵味尚不及《世说新语》之隽永。

三、选材旨趣偏嗜志异性

叶向高《自序》中借客问主答形式发表了"语怪"合理论。

客有语余曰："……且神鬼幽奇，滑稽嘲戏，无裨世教，奚取而并收之？"余曰："天地大矣，万籁齐鸣。秦火之后，作者更繁，有心有口，其孰能禁？子不语怪，乃精气为物，游魂为变，《易》已言之。桑间濮上，且列于《诗》。何况其余？《记》不云乎，张而不弛，文武不能；弛而不张，文武不为；一张一弛，文武之道。如必尽引诸绳墨，则后有论者，惟儒先语录足矣。……昔苏子瞻好人说鬼，其人无以应，则曰：'姑妄言之。'茫茫世界，总是幻场。虫臂鼠肝，尻论神为，变化无倪，夫庸知子瞻所谓妄者之非真耶？世有大妄而人不怪，乃仅以耳目不及为妄，惑矣！"②

其志怪题材主要收录于"外国部"、"释教部"、"道经部"、"灵异部"、"方术部"、"灾祥部"等部类，而其关于鸟兽虫鱼的部类，除了辑录相关名物训诂及事物原始的记载，而花费绝大部分篇幅搜集与这些名物相关的奇异故事。如前秦王嘉《拾遗记》卷十为"诸名山"，叙述8处名山：昆仑山、蓬莱山、方丈山、瀛洲、员峤山、岱与山、昆吾山、洞庭山，皆记仙山仙境仙人、奇景异物殊俗，光怪陆离，词采华艳。《说类》"地理部・山类"从中选录了除"昆吾山"之外的7篇。如其一《蓬莱山》：

蓬莱山亦名防丘，亦名云来，高二万里，广七万里。水浅，有细石如金玉，得之不加陶冶，自然光净，仙者服之。东有郁夷国，时有金雾。诸仙说此上常浮转低昂，有如山上架楼，室常向明以开户牖，及雾灭歇，户皆向北。其西有含明之国，缀鸟毛以为衣，承露而饮，终天登高取水，亦以金、银、仓环、水精、火藻为阶。有冰水、沸水，饮者千岁。有大螺名裸步，负其壳露行，冷则复入其壳。生卵，着石则软，取之则坚。明王出世，则浮于海际焉。有葭，红色，可编为席，温柔如罽毳。有鸟，名鸿鹅，色似鸿，形如秃鹙，腹内无肠，羽翮附骨而生，无皮肉。雄雌相盼则生产。南有鸟，名鸳鸯，形似雁，徘徊云间，栖息高岫，足不践地，生于石穴中，万岁一交，则生雏，千岁衔毛学飞，以千万为群，推其毛长者，高翥万里。圣君之世，来入国郊。有浮筠之干，叶青茎紫，子大如珠，有青鸾集其上。下有沙砺，细如粉，柔风至，叶条翻起，拂细沙如云雾。仙者来观而戏焉，风吹竹叶，声如钟磬之音。③

① 叶向高《说类》，《四库全书存目丛书》(子部第132册)，齐鲁书社1995年版，第275—276页。
② 叶向高《〈说类〉序》，《四库全书存目丛书》(子部第132册)，齐鲁书社1995年版，第1—3页。
③ 叶向高《说类》，《四库全书存目丛书》(子部第132册)，齐鲁书社1995年版，第29页。

《拾遗记》为六朝志怪书中的翘楚，作者王子年为道士，因此其书侈谈神仙，想象瑰丽奇特。梁萧绮《序》称：“王子年乃搜撰异同，而殊怪毕举，纪事存朴，爰广尚奇。宪章稽古之文，绮综编杂之部，《山海经》所不载，夏鼎未之或存，乃集而记矣。辞趣过诞，音质迂阔，推理陈迹，恨为繁冗。多涉祯祥之书，博采神仙之事，妙万物而为言，盖绝世而弘博矣！”①可谓很充分揭示此书题材及叙述风格。唐刘知几《史通·杂述》论述“逸事”时曾从史家角度批评道：“逸事者，皆前史所遗，后人所记，求诸异说，为益实多。及妄者为之，则苟载传闻，而无铨择。由是真伪不别，是非相乱。如郭子横之《洞冥》，王子年之《拾遗》，全构虚辞，用惊愚俗。此其为弊之甚者也。”②但从小说艺术角度讲，则恰好相反。清代《四库全书总目》卷142评价王嘉之书：“嘉书盖仿郭宪《洞冥记》而作，其言荒诞，证以史传皆不合”，但又说“然历代词人，取材不竭，亦刘勰所谓‘事丰奇伟，辞富膏腴。无益经典，而有助文章’者。”③态度比较中允。清谭献《复堂日记》卷五也称：“《拾遗记》艳异之祖，恢谲之尤，文富旨荒，不为典要。”④上述批评之语客观上证明《拾遗记》作为志怪小说取得了卓异成就，并在文坛产生了深远影响。叶向高显然对《拾遗记》创作方式及叙述风格颇为欣赏，因此从其卷十篇目中八取其七。

再如《香水》一条，采自《述异记》，情调古雅，韵致悠然：

> 香水在并州，其水香洁，浴之去病。吴故官亦有香水溪，俗云西施浴处，人呼为胭脂塘，吴王宫人濯妆于此。溪上源至今馨香。古诗云：“安得香水泉，濯郎衣上尘。”俗说魏武帝陵中亦有泉，谓之香水。⑤

“外国部”所载诸国非出史志，而是多采自六朝及以下的志怪小说之书，如《博物志》、《拾遗记》、《酉阳杂俎》之类。其中，频须国、含涂国、背明国、宛渠国、骞霄国、卢扶国、广延国、渠胥国、扶桑国、涂修国、扶娄国、燃丘国、因只国、旃涂国、泥离国、勃鞮国、日林国、奇肱国等18国出于《拾遗记》，而轩辕国、白民国、君子国、长人国、大人国、鲛人等国出于《博物志》，另有《龟兹国》、《干陁国》则出《酉阳杂俎》。这些国度基本均为传说或幻想中的异域奇境。仅举《燃丘国》：

> 六年，燃丘之国献比翼鸟，雌雄各一，以玉为樊。其国使者皆拳头尖鼻，衣云霞之布，如今朝霞也。经历百有余国，方至京师。其中路山川不可记。越铁岘，泛沸海，有蛇洲、蜂岑，铁岘峭砺，车轮刚金为辋，比至京师，轮皆铫锐几尽。又沸海汹涌如煎，鱼鳖皮骨坚强如石，可以为铠。泛沸海之时，以铜薄舟底，蛟龙不能近也。又经蛇洲，则以豹皮为屋，于屋内推车。又经蜂岑，燃胡苏之木，此木烟能杀百虫。经途五十余年，乃至洛邑。成王封泰山，禅社首。使发其国之时，人并童稚，至京师，须发皆白。及还至燃丘，容貌还复少壮。比翼鸟多力，状如鹊，衔南海之丹泥，巢昆岑之玄木，遇圣则来翔集，以

① 王嘉《拾遗记》，上海古籍出版社编《汉魏六朝笔记小说大观》本，上海古籍出版社1999年版，第492页。

② 刘知几《史通》卷十“杂述”第三十四，上海古籍出版社2008年版，第194页。

③ 永瑢等《四库全书总目》卷一四二，中华书局1965年版，第1207页。

④ 谭献著，范旭仑、牟晓明整理《复堂日记》卷五，河北教育出版社2001年版，第110页。

⑤ 叶向高《说类》，《四库全书存目丛书》(子部第132册)，齐鲁书社1995年版，第34页。

表周公辅圣之祥异也。[1]

其人其物，其时间空间均是想象、幻想之物，奇妙瑰丽，光怪陆离，令人眼花缭乱，确如刘勰《文心雕龙·正纬》所说："事丰奇伟，辞富膏腴，无益经典，有助文章。"[2]

"释教"、"道教"二部选材标准、内容性质、编排结构，颇能见出叶向高对待宗教的态度，以及其辑录这类题材的真正动机。首先，其不采佛、道二教的基本典籍，而专采志怪小说中弘扬佛道二教的故事。如"释教类"屡屡采及《拾遗记》中作品，其一：

唐敬宗皇帝御历，以天下无事，视政之余，因广浮屠教。由是长安中缁徒益多。及文宗嗣位，亲阅万机，思除其害于人者，尝顾左右曰："自吾为天子，未能有补于人。今天下幸无兵革，吾将尽除害物者，使亿兆之民，指今日为尧舜时，愿足矣。有不能补治化而蠹于物者，但言之。"左右或对曰："独浮屠氏不能有补于大化，而蠹于物为甚，可以斥去。"于是文宗病之，始命有司诏中外，罢缁徒说佛经义。又斥其不修教者。诏命将行，会尚食厨吏修御膳，以鼎烹鸡卵，方燃火于其下，忽闻鼎中有声极微，如人言。迫而听之，乃群卵呼"观世音菩萨"也。声甚凄咽，似有所诉。尚食吏异之，具其事上闻。文宗命左右验之，如尚食所奏。文帝叹曰："吾不知浮屠氏之力乃如是耶！"翌日，敕尚食吏无以鸡卵为膳。因颁诏郡国，各于精舍塑观世音菩萨之像，以彰感应。[3]

这是典型的释氏辅教之作，且手法相当稚拙，但其编造故事的方法却符合小说创作的路径。

其"道教类"题材性质由其采集文献可见出一斑：（括号中数字为同一文献重复引用次数）

《续博物志》(5)、《酉阳杂俎》(14)、《述异记》、《独异志》、《游宦纪闻》、《墨庄漫录》(5)、《拾遗记》(5)、《闲窗括异志》(2)、《侍儿小名录》、《冷斋夜话》、《避暑录》(4)、《宣室志》、《睽车志》、《墨客挥犀》、《东坡志林》(2)、《老学庵笔记》(2)、《桯史》、《癸辛杂识》(3)、《清波杂志》(4)、《懒真子》(2)、《石林燕语》、《东轩笔录》、《蒙斋笔谈》、《梦溪笔谈》、《云溪友议》、《鹤林玉露》

同一文献重复引用率最高者是《酉阳杂俎》、《续博物志》之类的博物体志怪小说；其次是文人笔记作品，诸如《墨庄漫录》、《避暑录》等；再次是《拾遗记》、《括异志》之类的杂史杂记类小说。如"道教部·仙类"采自《独异志》一条关于孙思邈白日冲天的故事：

唐天后朝，处士孙思邈居于嵩山修道。时大旱，有敕选洛阳德行僧徒数千百人于天宫寺讲《人王经》，以祈雨泽。有二人在众中，须眉皓白。讲僧昙林遣人谓二老人曰："罢后可过一院。"既至，问其所来，二老人曰："某伊、洛二水龙也，闻至言当得改化。"林曰："讲经祈雨，二圣知之乎？"答曰："安得不知，然雨须天符乃能致之，居常何敢自施也！"林曰："为之奈何？"二老曰："有修道人以章疏闻天，因而滂沱，某可力为之。"林乃入启。则

[1] 叶向高《说类》，《四库全书存目丛书》（子部第132册），齐鲁书社1995年版，第199—200页。

[2] 刘勰著、范文澜注《文心雕龙》卷一，人民文学出版社1958年版，第31页。

[3] 叶向高《说类》，《四库全书存目丛书》（子部第132册），齐鲁书社1995年版，第338—339页。

天发使嵩阳召思邈。内殿飞章，其夕天雨大降。思邈亦不自明，退诣讲席，语林曰："吾修心五十年，不为天知，何也？"因请问二老。二老答曰："非利济生人，岂得升仙。"于是思邈归蜀青城山，撰《千金方》三十卷，既成，而白日冲天。①

"道教部"所辑故事性质多数如此。

其次，释、道二部之末又必录不信二教故事。释教部之末辑录二篇不信佛的故事，其《不信佛》一条：

傅奕不信佛法，高祖时有西国胡僧，口吐火以威胁众，奕对高祖曰："此胡法不足信，若火能烧臣，即为圣者。"高祖试之，立胡僧于殿西，奕于殿东，乃令胡僧作法，于是跳跃禁咒，火出僧口，直触奕，奕端笏曰："干元亨利贞，邪不干正。"由是火返焰，烧僧立死。(《独异志》)②

其二《讥禅》：

《孔丛子》有言：昔有人闻远方能不死之术者，裹粮往从之。及至，而其人已死矣，然犹叹恨不得闻其道。予爱其事有中禅者之病。佛法浸远，真伪相半，唯死生祸福之际不容伪耳。今目识其伪，犹惑之，可笑也。(《冷斋夜话》)③

道教部最后二类为"怪诞"和"讥求仙"，前者辑录《云溪友议》、《清波杂志》所记两则伪道士招摇撞骗之事，而末一篇《讥求仙》谓：

范晔作《东汉史》，为方士立传，如左慈之事，妖怪特甚，君子所不道，而乃大书特书之，何其陋也！曹子建《辨道论》曰："世有方士，吾王悉所招致。甘陵有甘始，庐江有左慈，阳城有郄俭，善辟谷，悉号数百岁。所以集之魏国者，诚恐此人挟奸宄以欺众，行妖恶以惑民，岂复欲观神仙于瀛洲，求安期于边海，释金辂而顾云舆，弃文骥而求飞龙哉？"子建此论，其识过范晔远已。汉武帝刻意求仙，至以爱女妻方士，可谓颠倒之极。末年乃忽悔悟曰："世岂有仙者？节食服药，差可少病耳。"此论却甚确。近时刘潜夫诗云："但闻方士腾空去，不见童男入海回。无药能令炎帝在，有人曾哭老聃来。"(《鹤林玉露》)④

这种编排设计，实际上是借原作者之口之笔，否定神仙方术的邪说，并进而否定释、道二教的所有说教。这种编排，我们不妨也称之为"春秋笔法"。这与叶向高于其他诗文中表达的宗教观是一致的。但是，明知为妄，他却在《说类》中专辟两大部类辑录与佛、道二教相关的玄怪故事，这又是由其小说观所决定的。值得注意的是，他将"释教"、"道教"均纳入"说类"名义之下，意味着释、道二家亦属小说家言，因此完全可以将它们置于小说视野中去品读，去观赏。

其"灵异部"多达 3 卷篇幅，数量仅次于"人事部"和"文事部"，再加上"妖术部"1 卷，"灾祥部"1 卷，专门的志怪内容实有 5 卷之多。

---

① 叶向高《说类》，《四库全书存目丛书》(子部第 132 册)，齐鲁书社 1995 年版，第 351—352 页。

②③ 叶向高《说类》，《四库全书存目丛书》(子部第 132 册)，齐鲁书社 1995 年版，第 351 页。

④ 叶向高《说类》，《四库全书存目丛书》(子部第 132 册)，齐鲁书社 1995 年版，第 375 页。

如"灵异部上"之《真武神》:

绍兴间,方腊叛,浙右惊恐。时鲁氏居东武,家尚单微。溃卒之留于苏秀,奔走四出,村落居民大不安。鲁氏家事真武,极灵。因祷,谋远迁以避难,神不许。未几,溃卒将及境,忽空中有黑旗现,暝雾四合,卒大恐,引去,阖境获免。遂于市西建道院事之,至今有祷辄应。(《闲窗括异志》)①

同部《妒鬼》一条:

前南郑尉李云,于长安求纳一姬,其母未许,云曰:"予誓不婚。"乃许之,号姬曰楚宾。数年后,姬卒。卒后经岁,遂婚前南郑沈氏,及婚日,云浴于净室,见楚宾执一贴药末,径前谓云曰:"誓予不婚,今又与沈家作婿,无物相奉,赠君香一贴,以资沐浴。"写(泻)药末入斛中,以钗搅水讫而去。云甚觉不安,羸困不能出浴,遂死。支体如绵,筋骨并散。(《侍儿小名录》)②

这篇故事细节描写十分传神,人物的对话、动作皆灵动出彩,尤其女主角楚宾刚烈执着、敢说敢做的个性被刻画得栩栩如生,给人以如见其面的感觉。而男子的食言负心及悲惨下场也令人唏嘘不已,因而该篇堪称很成功的志怪小说。

"灵异部下·神像占年":

初唐有神像,范金而制,传云:周隋间有术士成之。天后朝,因命置于宫中,扃其殿宇甚严。玄宗尝幸其殿,启而观焉。时肃宗在东宫,代宗尚稚,俱侍上。上问内臣力士曰:"此神像何所异,亦有说乎?"力士曰:"此前代所制,可以占王者在位之几何年耳。其法当厉声而叱之,苟年甚永,则其像摇震亦久。不然,一撼而止。"上即严叱之,其像若有惧,摇震移时,仆于地。上喜笑曰:"诚如是,我为天子几何时?"力士因再拜贺。上即命太子叱之,其像微震。又命皇孙叱,亦动摇久之。上曰:"吾孙似我。"其后玄宗在位五十载,肃宗在位凡六年,代宗在位十九年,尽契其占也。(《宣室志》)③

"灾祥部"之《山石泣》:

桀时,泰山山走石泣,先儒说:"桀之将亡,泰山三日泣。"今泰山山石远望之若人泣是也。武王谓周公曰:"桀为不道,走山泣石。"(《述异记》)④

这种完全是局外人角度的历史叙事,抽去了历史教训的凝重感,唯剩下宿命叙事的简洁与空灵,带给读者的是超脱和轻松之感,这正是小说叙事所企及的境界。

普通人物的命运也被纳入物我感应、先天注定的因果叙事链中,如"灾祥部"《物异》一篇:

予绍圣间,迎侍西湖圃居,五年春,圃桃数千株结实皆双。明年,先子捐馆。今直龙

① 叶向高《说类》,《四库全书存目丛书》(子部第132册),齐鲁书社1995年版,第376页。
② 叶向高《说类》,《四库全书存目丛书》(子部第132册),齐鲁书社1995年版,第393页。
③ 叶向高《说类》,《四库全书存目丛书》(子部第132册),齐鲁书社1995年版,第441页。
④ 叶向高《说类》,《四库全书存目丛书》(子部第132册),齐鲁书社1995年版,第506页。

图阁李友闻时亦居杭,闻之愀然,曰:“某顷时为婺州录事参军,廨中樱桃一树尽双实,亦丁外艰。”(《洎宅编》)[①]

那些关于花草树木、鸟兽虫鱼的部类,所辑内容重点不是有关其生物学或伦理学方面的知识,而是与各名物主题相关的志怪小说作品,以及琐闻、辨证类笔记中志怪色彩浓郁的故事。如由“草部”的采集文献可见其旨趣所在:(括号中数字为同一文献重复次数)

《梦溪笔谈》(3)、《博物志》(3)、《述异记》、《拾遗记》(3)、《游宦纪闻》、《侯鲭录》、《墨客挥犀》(2)、《癸辛杂识》(2)

如“草部”的《望舒草》一条:

太始十年,有扶支国献望舒草。其色红,叶如荷。近望则如卷荷,远望则如舒荷,团圆似盖。亦云:月出则叶舒,月没则叶卷。植于宫中,因穿池百步广,名曰“望舒荷池”。愍帝之末,胡人移其种于胡中,至今绝矣。池则填塞。[②]

这种美丽绝世的望舒草只生长于神话传说世界,令人玄想不绝。

再如“鸟部”《沉明石鸡》条采自《拾遗记》:

建安三年,胥徒国献沉明石鸡,色如丹,大如燕,常在地中,应时而鸣,声能远彻。其国闻其鸣,乃杀牲以祀之,当鸣处掘地则得此鸡。若天下太平,翔飞颉颃,以为嘉瑞,亦谓宝鸡。其国无鸡犬,听地中候晷刻。道家云:“昔仙人桐君采石入穴数里,得丹石鸡,舂碎为药,服之者令人有声气,后夭而死。”昔汉武帝宝鼎元年,西方贡珍怪,有虎魄燕,置之静室,自然鸣翔,盖此类也。《洛书》云:“皇图之宝,土德之征,大魏之嘉瑞。”[③]

因此,这些动植物部类所辑均为志怪小说,其类目名称的主要功能是提领故事,方便检索。与正宗类书中类目统领文献、汇聚资料的功能实有根本的差异。

采自《拾遗记》、《述异记》、《宣室志》等书中的作品,往往篇幅曼长,情节曲折,幻想瑰异,辞采缛丽。如“兽部·猿类”采自《宣室志》的二篇、“狐类”辑于《宣室志》的一篇,“虫豸类”出于《宣室志》的《消面虫》一篇,篇幅均在千字左右,而《消面虫》竟有1400余字:

吴郡陆颙,家于长城之东,其世以明经仕。颙自幼嗜面,为食愈多而质愈瘦。及长,从本郡贡于礼部,既下第,遂为生太学中。

后数月,有胡人数辈挈酒食诣其门。既坐,顾谓颙曰:“吾南越人,长蛮貊中,闻唐天子庠罗天下英俊,且欲以文物化动四夷,我航海梯山来中华,将观太学文物之光。唯吾子峨焉其冠,襜焉其裾,庄然其容,肃然其仪,真唐朝儒生也。故我愿与子交欢。”颙谢曰:“颙幸得籍于太学,然无他才能,何足下见爱之深也?”于是相与酣燕,极欢而去。颙,信士也,以为群胡不我欺。旬月,群胡又至,持金缯为颙寿。颙志疑其有他,即固拒之。胡人曰:“吾子居长安中,惶惶然有饥寒色,故持金缯为子仆马一日之费,所以交吾子欢

① 叶向高《说类》,《四库全书存目丛书》(子部第132册),齐鲁书社1995年版,第506页。

② 叶向高《说类》,《四库全书存目丛书》(子部第132册),齐鲁书社1995年版,第510页。

③ 叶向高《说类》,《四库全书存目丛书》(子部第132册),齐鲁书社1995年版,第521页。

尔，岂有他哉！幸勿疑我也。”颙不得已，受金缯。及胡人去，太学中诸生闻之，偕来谓颙曰：“彼胡率好利不顾其身，争盐米之微，尚致相贼杀者，宁肯轻金缯为君寿乎？且太学中诸生甚多，何为独厚君耶？君匿身郊野间，以避再来也。”颙遂侨居于渭水上，杜门不出。

仅月余，群胡又诣其门。颙大惊，胡人喜曰：“比君在太学中，我未得尽言，我之来，非偶然也。盖欲富君尔，幸望知之。且我所祈，于君固无害，于我则大惠也。”颙曰：“谨受教。”胡人曰：“吾子好食面乎？”曰：“然。”又曰：“食面者，非君也，乃君肚中一虫耳。今我欲以一粒药进君，君饵之，当吐出虫。则我以厚价从君易之，其可乎？”颙曰：“若诚有之，又安有不可也！”已而胡人出一粒药，其色光紫，命饵之。有顷，遂吐出一虫，长二寸许，色青，状如蛙。胡人曰：“此名‘消面虫’，实天下之奇宝也。”颙曰：“何以识之？”胡人曰：“吾尝见宝气亘天，起于太学中，故我访君而取。然自一月余，清旦望之，见斯气移于渭水上，果君迁居也。夫此虫禀天地中和之气而生，故好食面，盖以麦自秋始种，至来年夏季方始成实，受天地四时之全气，故嗜其味焉。君宜以面食之，可见矣。”颙即以数斗余致其前，虫食之立尽。颙又问曰：“此虫安所用也？”胡人曰：“夫天下之奇宝，俱禀天地之气。此虫乃中和之粹也。执其本而取其末，其远乎哉！”既而以函盛其虫，又金匮扃之，命颙致于寝室，谓颙曰：“明日当再来。”及明旦，胡人以十辆车辇金玉缯帛约数万献于颙，共持金函而去。颙自此大富，致园田为养生具，日食粱肉，衣鲜衣，游长安中，号为豪士。

仅岁余，群胡又来，谓颙曰：“吾子能与我偕游海中乎？我欲探海中之奇宝，以夸天下，而吾子岂非好奇之士耶！”颙既以甚富，素享闲逸，自遂即与群胡俱至海上。胡人结宇而居，于是置油膏于银鼎中，构火其下，投虫于鼎中，炼之，七日不绝燎。忽有一童，分发，衣青襦，自海水中出，捧白玉盘，盘中有径寸珠甚多，来献胡人。胡人大声叱之。其童色惧，捧盘而去。仅食顷，又有一玉女，貌极冶，衣霞绡之衣，佩玉珥珠，翩翩自海中而出，捧紫玉盘，中有珠数十，来献胡人。胡人叱之，玉女捧盘而去。俄有一仙人，戴瑶碧冠，被霞衣，捧绛帕籍，籍中有一珠，径三寸许，奇光泛空，照数十步。仙人以珠献胡人，胡人笑而授之。喜谓颙曰：“至宝来矣。”即命绝燎。自鼎中收虫，置金函中。其虫虽炼之且久，而跳跃如初。胡人吞其珠，谓颙曰：“子随我入海中，慎无惧。”颙即执胡人佩带，从入焉。而其海水皆割开数步，鳞介之族，俱辟易回去。游龙宫，入蛟室，珍珠怪宝，惟意所择。才一夕，而其获甚多。胡人谓颙曰：“此可以致亿万之资也。”已而又以珍贝数品遗颙。径于南粤，获金千镒，由是益富。其后竟不仕，老于闽越。（《宣室志》）[①]

这篇小说叙事层次繁富曲折，叙述手法十分卓异。它一直守住陆颙的视角，采用限知叙述方法，讲述那群神秘的胡人对陆颙纠缠不休，群胡前后凡五次找上陆颙，而且巧舌如簧，一次次说服陆颙，情节完全跟随不明就里的陆颙的视点向前推移发展。陆颙所看到的胡人的法术一次比一次更奇妙，所展现的世界越来越神秘，陆颙所获得的财富也越来越多。最后陆颙被群胡带去游海的一部分，又是回环曲折，波澜迭起，不断考验着读者的心理承受力。海中来

① 叶向高《说类》，《四库全书存目丛书》（子部第132册），齐鲁书社1995年版，第542—543页。

送宝的仙人一连来了三次，一次比一次的珍宝更多，但前两次均被胡人叱回，直到第三次胡人才满意。随即波澜又起。直到胡人带领陆颙进入龙宫，获得了亿万财宝，才算到达故事的高潮。这个故事顺着人类对财富贪婪欲望的不断扩张而向前渐次推进。其叙事结构是大故事套小故事，大乐章扣小乐章，回环上升，一步步推向高潮。但它的神秘感一直保持到最后。作者很注意把握叙事的张力，他基本上一直带领读者沉溺于故事情境，但有时他也越出故事世界，插入第三者的评论，如叙述群胡与陆颙首次欢会之后，插话道："颙，信士也，以为胡不我欺。"似乎有意让读者清醒一下。其语言也很讲究修辞，如湖人第一次见到陆颙时恭维他说："唯吾子峨焉其冠，襜焉其裾，庄然其容，肃然其仪，真唐朝儒生也。"连用四个排比句，感染力极强。

结　语

作为一部类书体小说集，《说类》除了体现浓郁的小说性，还蕴涵丰富的知识性。它借鉴正宗类书之体，构建了完备的知识体系，自天文、地理、人事、众物以及灵异，兼容并包。叶向高自序称："盖上自天文，下及地理，中穷人事。大之而国故朝章，小之而街谈巷说，以至三教九流，百工伎艺，天地间可喜可愕可笑之事，无所不有。"①同时，其编纂动机之一是"分类编次，以便观览"。全书共分62部，部下分类，列子目1112个。每个类目下统领一至五条不等的文献，具体作品多拟题目，又近于文学总集。因此，它又具备便于检索的工具性。综而言之，《说类》题材性质的复杂性，编排体例的复合性，反映了晚明士人读书治学的一种新形式，客观上拓展了小说资料整理的新路径。

（本文为教育部人文社会科学研究规划基金项目《明代类书体小说集研究》〔项目批准号：10YJA751046〕的阶段性成果）

作者单位：浙江师范大学

① 叶向高《〈说类〉序》，《四库全书存目丛书》（子部第132册），齐鲁书社1995年版，第1—3页。

《警世通言》版本新考

大冢秀高

前　言

笔者曾对《警世通言》的版本进行过考察，且著有两篇论文。一篇为《关于〈警世通言〉的版本—以佐伯文库本和都立中央图书馆本为中心》①；另一篇为《关于〈警世通言〉的版本(补)》②。在那之后执笔的"警世通言四十卷四十篇"③也是据此两篇论文所论的考察而成的。然而，在那之后，由伴俊典所做报告了解到还有一个藏于早稻田大学的一直不为人所知的版本④。再加上由笔者负责的《警世通言》的校订本即将由上海古籍出版社刊行，因此，究竟该选择哪一个版本做为其底本便成为一个迫在眉睫的研究课题。下文就是基于以上情况，笔者通过再次对《警世通言》的版本问题进行考察而所得之新的研究成果。

一、关于兼善堂本《警世通言》

至今为止，兼善堂本的《警世通言》一直被看做是最好及最早的版本，故兼善堂本历来都是被影印出版的唯一版本。因此，本论也将从兼善堂本的研究开始进行论述。

所谓兼善堂本，是指现藏在日本名古屋市立蓬左文库和东京大学东洋文化研究所仓石文库的两个本子。蓬左文库本有"金陵兼善堂谨识"字样的封面，而仓石文库本则无此封面。

---

① 《中国—社会と文化》第1号所收，1986年6月。

② 《中国古典小说研究动态》创刊号所收，1987年10月。此论文是笔者在对台湾的"中央图书馆"藏三桂堂40卷本《警世通言》进行调查研究的基础上，对《警世通言》的版本问题所做之再考。加之，笔者亦于此论文中补充了注①论文中粗心忽略了的先行业绩——胡万川的《冯梦龙所编话本小说"三言"的版本与流传》(《中华文化复兴月刊》9—6所收，1977年6月)及《关于三桂堂本警世通言第四十卷》(《中国古典小说研究专集》5所收，1982年11月)。另外，有综合以上研究成果的题为《关于〈警世通言〉的版本——以佐伯文库本和都立中央图书馆本为中心》的黄霖氏所做之中译论文(《明清小说研究》1989年第1期)。

③ 《中国古代小说总目》(山西教育出版社，2004年9月)。

④ 《早稻田大学图书馆藏〈警世通言〉について》，《中国文学研究》第33期，2007年12月。

据长泽规矩也[①]、李田意[②]等先学的考察:两者为同一版本(即兼善堂本),且都不是初印本。仓石文库本较蓬左文库本印刷要早。笔者对此结论并无异议(以下所言"兼善堂本"若无特别指出,则皆指此二本)。

以下先将与本论主旨相关的两者间的差异记述如下:

仓石文库本,除了第一册卷头的绘图中缺了第17页以外,并无缺页。而蓬左文库本却本文共缺了6页;分别为第12卷第3页,第22卷第5页、第6页,第37卷第1页、第2页及第40卷第74页。同时,在版心卷数标记同为"卷三十四"的《况太守断死孩儿》和《王娇鸾百年长恨》之间出现了互换错简。即是第3页到第6页和第13页、第14页。加之,由版木的损伤程度等状况来看,基本可判断仓石文库本是较蓬左文库本更接近于初印本的本子,虽然如此,然长泽氏之审察;"目次、本文、版心の卷数がお互いに一致せず,版心の卷数亦时に文字に落つきを缺き","卷数亦后来删改の痕见え,概して匡郭も未だ完しとはいいがたい",因而仓石文库本也"原刻初印本とは认めがたい"。对此说法笔者业已表示同意,在此笔者欲提供一些新的观点如下:

通常,一面版木的正反两面,都由同一刻工来雕刻,这是连续的两张页。故两张页连续缺失的,如第22卷第5、6页和第37卷第1、2页,就很有可能是由于某种原因,与其相对应的版木各一面,共计遗失了两面。而如第12卷第3页和第40卷第74页等只单独缺失一张页的现象,则很有可能是由于装订或印刷时的失误所造成的。顺便说一下仓石文库本所缺的绘图第17页,由于其存在于蓬左文库本中,因此也可认为其乃因失误所造成的缺页。蓬左文库本中版心标记同为"卷三十四"的《况太守断死孩儿》和《王娇鸾百年长恨》之间出现的互换错简,因其页数分别为第3、4页,第5、6页和第13、14页,故可以看出,这是由于在整理版木过程中,有版木三面互相调换了位置,然却没能及时发现,故就那样进行了印刷和装订的结果。构成《警世通言》各篇的卷数标记,在本文的卷头、版心和卷末处均有。卷头和版心处的卷数标记都很完整,而卷末的卷数标记却并不完整,无论是仓石文库本还是蓬左文库本,都缺一部分。但较蓬左文库本比,仓石文库本卷末有卷数标记的数量较多,且没有只存在于蓬左文库本的例子,这一点也支持了先学的"仓石文库本较蓬左文库本的印本要早"这一结论。

另,有一个先学未曾指出的问题。那就是,兼善堂本是一个误刻很多的刻本。像淫和瑶、摽和标这样的容易刻错的偏旁的误刻,像木和本,人、入和八,问、间和开,尘和麈,科和料,白和自,土和士以及己和巳这样的相类似的字的误刻(其中亦可能有由后印本的印面的恶化而导致的误刻)也屡次出现。是否就可以将这些误刻的原因全部归结为现存的兼善堂本的两个本子均不是原刻初印本呢?换句话说,是否可以说兼善堂的原刻初印本中这些误刻字大部分都是正确刊刻的呢?笔者对此存有疑问。这是因为,兼善堂本中可见的误刻字

① 《长泽规矩也著作集第五卷 シナ戏曲小说の研究》(汲古书院,1985年2月)所收的《"三言""二拍"について》、《"三言"书名板本续考》,请特别参照后者。且之后提到的有关长泽规矩也的引用也均来源于此。

② 请参照《日本所见中国短篇小说略记》(《清华学报》复刊1-2所收)。且之后提到的有关李田意的引用也均来源于此。

的绝大部分，在后述的刊行于兼善堂本之后的刻本中都得以有正确的刊刻。要是那样的话，那么那些刻本中的任何一个都有可能是兼善堂的原刻本，抑或有可能是忠实于兼善堂原刻本的刻本了吧？下面将围绕此问题进行探讨，在那之前，有必要先介绍一下《警世通言》的主要的版本。

现存的兼善堂本由很明显的几种不同字样的页所构成，由此看来兼善堂本似乎是由先行出版的几种版本进行补配而成的，或者是由兼善堂进行了补配而成的。然而，笔者并不那样认为。不仅限于小说，在制作木版本的版木之时，都是需要纸样的。所谓纸样，那是由专门的抄写人（笔工）依据某种原稿（若是新作，指著作者或者编辑者的最终原稿；若是旧作，则指编辑者或书肆老板所指定的本子）制作而成的（也有将最终原稿或其副本直接作为纸样的情况）。最终原稿也好副本也好，若原稿是新作的，其应该已被誊清了，著作者自己也应该对其进行了校正，因而误字、误刻该是极罕见的。然而，兼善堂本《警世通言》的纸样制作的过程却似乎并非如此。好像是编辑者或者是书肆老板指定的本子（恐怕是现成而且相当后印的本子）被很突然的交到了刻工的手上似的。而且，有时似乎还有一篇作品同时交给了两个以上的刻工（每人所刻页数均该为偶数的倍数）来负责的情况。当然，若说到识别文字间差异的能力，刻工还是有的。不过，若再说到像那种需要在对文意进行斟酌的基础上，再对原稿（本子）的误字或含糊字等加以改正的工作热情的话，恐怕这是刻工所没有的。现在看来，当时的那些刻工的确只是依据原稿，将其原原本本的制成了版木而已。因而，这也就造成了兼善堂本中出现了很多的误字。有的是在辞典中根本就不存在的字，有的是只要在文意上稍做常识性的判断即可避免的误字。如本该是“有鬼”的地方刻成了“有见”，本该是“得唐解元诗文字画”的地方刻成了“得悟解元诗文字画”等。

二、围绕早稻田大学图书馆本《警世通言》

笔者曾于1987年5月由汲古书院刊行了一本名为《增补中国通俗小说书目》的书。该书网罗地记载了中国通俗小说的诸刻本（包括《警世通言》）。当时，早稻田大学图书馆还并未收藏有《警世通言》①。因此，此刻本（以下称为“早稻田本”）未能被著录于拙书目录中，当然，也未能被论及于上述的论文中。下面，笔者将把伴俊典所做之介绍及笔者在那之后所得的新的调查研究成果做如下摘要：

早稻田本的本文行款为每半页10行、每行20字，与兼善堂本一致（本论所检讨的《警世通言》均以10行20字刻成）。无封面，卷头有天启甲子（四年，1624）的豫章无碍居士的叙、“警世通言目次”和各卷均有1页2张总计40页80张的绘图。同时，在绘图第1页的正面上可见有“素明刊”的字样，这些均与兼善堂本一致。所收的40卷40篇的内容也相同（如后

① 上述记为注4的伴氏的论文提到：此《警世通言》于1993年被收入早稻田大学图书馆特别资料室；其中可见“天□书屋”、“而香”和“巢云”的藏书印，然藏书者究竟为何人，不详。按；“天□书屋”、“而香”有可能是“天香书屋”、“天香”。（“天香书屋”重复按印于“天香”之上），“天香”究竟为何人未详，而“巢云”则很有可能是最岳元良。最岳元良继死于宽永十年（1633）的以心崇传之后，任金地院的第2代（南禅寺274世）住持。且宽永十八年（1641）的《自得院像》中存有他的赞文。

述所言，有虽同为40卷40篇，但其中却有部分被调换了的《警世通言》）。除正文中第21卷《赵太祖千里送京娘》卷末的第26页为补抄页；第25卷《桂员外途穷忏悔》的第17、18页和第28卷的《白娘子永镇雷峰塔》的第25、26页为有界页之外，均与兼善堂本相同，为无界页。关于那些有界的页，可以看做是由于该版木的2面4张遗失等原因，故对其进行了补刻（或者是用别系统的10行20字本的版木进行补配）。关于第21卷最终页的逸失，鉴于其为偶数页，且其前面的第25页仍存在，因此可推测其的逸失是由装订或印刷时的失误而导致的，当然，亦有可能是日后逸失的。正是由于版面的字样从叙到目次，再到本文，都与兼善堂本的字样酷似，绘图也与兼善堂本的绘图极为相似，再加上亦有“素明刊”的字样（后述的佐伯文库本就没有），因此，一直以来都被看作是用的兼善堂的版木，且是蓬左文库本以后的印本①。顺便说一下，素明指的是刘素明，他是明朝万历以后，绘制戏曲小说绘图的画工②。

早稻田本的第25卷《桂员外途穷忏悔》中，如前所述，第17页和第18页为有界页，此第17页和第18页从内容上来看，当然是连贯的，然而，却与前面的第16页和后面的第19页并不连贯。通过将早稻田本的第17、18页和蓬左文库本的对应页作比较，可判明以下几点。为便于说明，考虑到所有的刻本均是由两面雕刻的版木来印刷的这一点，因此，以下除以页数进行说明之外，还将以版木号码来加以说明。即，关于第1页和第2页，用版木1；第19页和第20页，用版木10来表示。另外，（如上所说）仓石文库本的版木顺序是正确的，因此，在以下有关版木的顺序的议论时，将以仓石文库本代表兼善堂本（顺便说一下，现在公开出售的兼善堂本的影印本均是由有缺页、错页的蓬左文库本而来的。因此，如若再有影印出版的机会的话，该以仓石文库本为基准的基础上，以蓬左文库本的绘图第17页对其进行补配）。

不知是何种原因，担当兼善堂本的第25卷第17页、第18页（版木9）版刻的刻工将本该是“十七”、“十八”的版心页数误刻成了“十七”、“一十八”。如若只是如此，倒也没什么大不了的。然而，担当第27页、第28页（版木14）版刻的刻工也将本该是“二十七”、“二十八”的版心页数漏刻了“二”，即误刻成了“十七”、“十八”，这样一来，情况就变得复杂了（两个刻工是否为同一人不详）。这是因为第25卷有版心为“十七”、“一十八”的版木的同时，还有误刻为“十七”、“十八”的版木同时存在。最初，版木虽有了那样的误刻，却也还是被按照正确顺序保管的。然而，到后来印刷蓬左文库本的时候，就似乎有了这两面版木的调换（较印刷后

① 伴俊典曾有言云“早稻田本の图は蓬左文库本の图版と完全に一致する。仓石本は欠叶になっている图卷十七を除き完全に一致する”，“早稻田本が仓石本、蓬左文库本に次ぐ古いテキストであり，兼善堂の版木を印行したものであることは确实である”，“结论から述べれば早稻田本は蓬左文库本、仓石本に比べて…同版后印とするのが适当である”。然，在对种种问题进行探讨之后，他亦言“仓石本及び蓬左文库本と早稻田本のテキストの关系は单なる印刷の先后のみではないことも分かる”。

② 关于刘素明，笔者曾在《四续研究前后》（《中国古典小说研究》第5号所收，1999年12月）的《2 刘素明是谁》中，对于方彦寿的说法（刘素明不仅为金陵的书肆做绘图，同时也为建阳的书肆做绘图），提出了“刘素明是与金陵的几家书肆签约，专门负责刻图的。首先，暂且只可以说这一点是确凿的事实吧”的意见。这是因为，在已知出现有刘素明字样的刻本中，有一个明显为建阳的书肆师俭堂的刻本。由其刻本中“依京原版（刻）”的字样可以看出有“在金陵印刷而搬到建阳卖的书籍却被加印上了当地的牌记”的这一可能性。敬请参照。另外，笔者现在的意见与此有所不同。在当时很有可能是建阳的书肆擅自抑或经获许之后，将金陵的书肆出版的书籍对包括绘图的画工名在内的所有内容进行了完整的覆刻。

将两页调换的想法而言,似乎这种想法更为合理吧)。其原因可能是由于只看到"一十八"的"一"是"二"的漏刻,而在未对文章的连接情况再加以斟酌的情况下,便直接轻率地将两者的版木做了调换的缘故吧。当然,蓬左文库本的第16页(版木8的反面)到第17页(版木14的正面),及第18页(版木14的反面)到第19页(版木10的正面)之间,文章均不连贯。不仅如此,第26页(版木13的反面)到版心为"十七"的第27页(版木9的正面),及版心为"一十八"的第28页(版木9的反面)到第29页(版木15的正面)的文章亦不连贯。总之,第25卷的版木的版心就有很多误刻,比如本该是"二十四"的第24页成了"一十四",本该是"二十六"的上述的第26页成了"十六"。像这种版心页数的误刻也可见于兼善堂本中的其他卷中,然而,由此导致的调换版木,乃至造成了文意不通这一结果的例子却并未见于兼善堂本的其他卷中。

回过头来,再说一下早稻田本的第25卷。在蓬左文库本中被提前的版木14,被换刻为有界页。不仅如此,与此调换的本来是版木14该处的位置却被换成了版木9,而且又特意将版木9的版心页数"十七"、"十八"修正成了"二十七"、"二十八"。由于这两页仍是无界页,因此这只不过是对版心的修正而已。只对版心的页数进行修改,当然其文意还是不通的。故从这一点来看,倒是可以看出当初出版早稻田本的书肆老板的教养水平呢。

三、卷数表示的混乱

至今为止,关于兼善堂本的《警世通言》40卷40篇的各篇的配列问题的论述很多,然而还并未得出结论。下面,笔者将对此进行试论。

兼善堂本的《警世通言》中,目次、绘图、本文的各篇的配列顺序中可见有所不同。不仅如此,绘图的内容和版心的卷数标记之间,及本文的卷头的卷数表示和版心的卷数标记之间也可见到不一致之处(请参照别表1)。下面就将就此问题进行探讨。然而,在开始探讨之前,有必要先确认一下一个事实。那就是,《警世通言》所收的各篇和《古今小说》的情况一样,都是以两篇为一组对儿,共计四十篇二十组的对儿构成的。构成《警世通言》40篇的作品的题名,也都是像第1卷《俞伯牙摔琴谢知音》及第7卷《陈可常端阳仙化》那样,由7个字或是8个字的单句子构成。且奇数篇和接其续的偶数篇的题名不仅字数相同,甚至连句子的构成也都是一样。比如说,第2卷是《庄子休鼓盆成大道》,第8卷是《崔待诏生死冤家》,这就均和第1卷的《俞伯牙摔琴谢知音》、第7卷的《陈可常端阳仙化》构成了对句。其内容也是在某种意义上成对儿的,此处就不再多说①。

《警世通言》的目次、绘图、本文的配列顺序中可见不一致的卷共有3卷,为第34卷、第35卷和第39卷。按理说,它们都应各自与第33卷、第36卷和第40卷成对儿,因此题名也必须是与它们相对应的。然而,无论是仓石文库本、蓬左文库本、还是早稻田本,其目次的配列都是一致的。不仅如此,其第33卷和第34卷,第35卷和第36卷,及第39卷和第40卷,也都是成对儿的。因此可以说,给《警世通言》附目次并刊刻的人(暂且猜测其为在"叙"中言及到的"陇西

① 关于此点,请参照内田道夫《古今小说の性格—历史と小说—》(《文化》17—6所收,1953年),福满正博《〈古今小说〉の编纂方法—その对偶构成について—》(《中国文学论集》第10号所收,1981年)及河井阳子《"三言"の编纂方法について》(《东京大学中国语中国文学研究室纪要》第1号所收,1988年4月)。

君")的编排意图和他最后决定的配列顺序是清晰明了的。为了便于确认,将其记录如下。顺便说一下第35卷和第36卷的情况。据笔者推测,当初,他(陇西君)注意到,如若本文题是那样的,字数虽是一致,却构不成对句。因此,曾试图要做像目次题那样的修改。无奈本文版木已经刻成,便只得打消了改变本文题的念头。本文题和目次题的不一致在其他地方也可见到,其改变估计也都是如此意图而来的吧(以下论述中所言卷数和篇名均基于下记)。

第33卷　乔彦杰一妾破家
第34卷　王娇鸾百年长恨
第35卷　况太守路断死孩儿　本文题为:况太守断死孩儿
第36卷　赵知县火烧皂角林　本文题为:皂角林大王假形
……
第39卷　福禄寿三星度世
第40卷　旌阳宫铁树镇妖

由于仓石文库本及早稻田本的本文的配列如上所示,因此可以看出蓬左文库本的本文的配列方式只不过是企图以曾印刷过仓石文库本的版木进行增印的书肆老板的小聪明而已。那么,这就出现了一种可能性,那就是仓石文库本有可能被兼善堂以外的书肆刊行过(因此,往后不再称其为兼善堂本,而是改称为仓石文库本)。然而,早稻田本的40篇的配列,目次、绘图和本文都如上所示,但仓石文库本的绘图却在《王娇鸾百年长恨》和《况太守路断死孩儿》之间存在倒置,其版心的卷数标记为:《王娇鸾百年长恨》的正面为"卷三十九",反面为"卷三十四"(看起来是如此);《况太守断死孩儿》为"卷三十四";《福禄寿三星度世》为"卷三十五"。就以上几点问题,需再另作说明。

说到仓石文库本的本文和绘图中所见的卷数标记及绘图的配列顺序发生了混乱的原因,或许可以将其归结为,本该是"第三十五卷"或"卷三十五"的《况太守断死孩儿》的本文卷头、版心和卷末中可见的卷数标记和绘图版心的卷数标记却都被误刻成了"第三十四卷"或"卷三十四"的缘故吧。若只是本文版心的卷数标记的误刻,那是可以将其原因归结为刻工的疏忽,不过,其他,像本文卷头和图像版心的卷数标记那样的误刻,似乎就很难再将其原因归结为刻工的疏忽了吧。这是因为,很有可能是在如上所示的各篇的配列形成之前,曾有过将《况太守断死孩儿》做为第34卷,而使之与第33卷的《乔彦杰一妾破家》成对儿的构想吧。那构想中,可能是将《福禄寿三星度世》做为第35卷,使之与《皂角林大王假形》成对儿。然而,若使残余的《王娇鸾百年长恨》和《旌阳宫铁树镇妖》成对的话,无论如何都有些勉强,因此,便放弃了将《况太守断死孩儿》做为第34卷的构想而安于现行的配列状况了吧。但由于其最后决断做得太晚,本文版刻已经开始进行了。因此,从本文和绘图的卷数标记的混乱中便得以看到其当初的构想以及最终该构想被放弃的痕迹了吧①。

---

① 广泽裕介《兼善堂本〈警世通言〉の成立—长泽规矩也氏の问题提起に対する一回答—》(《汲古》第39号所收,2001年5月)就此间状况,假想存在"'通言'とは异なるもう一つの本(あるいは本となるべきもの)"这样一个"本×"并借此进行了论述。但广泽氏所说的《警世通言》不是仓石文库本而是蓬左文库本,因而结论与笔者不同。同时,笔者亦不能同意他所做的"兼善堂本を'通言'の初版本である"的这一判断。

如上所述，伴俊典认为早稻田本为“兼善堂本”（仓石文库本和蓬左文库本的总称，往后均用此词语表示）的同版后印本。在对其结论的当否开始论述之前，有一个问题必须先拿出来讨论，那就是，“兼善堂本”与早稻田本在“酷似”这一点上虽是事实，但却并非是完全一致的。然其差异何在，请参照表 1。表 1 整理出了两者间有明显差异的部分（像土和士、大和天、王和主那样的难于排除“其产生的原因只是在于早印、后印的区别”这一可能性的例子均已略去）。顺便说一下，表 1 的表示方式为：斜体字为误刻，粗体字为正刻，■为墨格，□为空格（因种种原因不能确定其正确与否的部分引下划线）。

表 1　“兼善堂本”、早稻田本本文异同表

卷　次	题　名	叶　行	“兼善堂本”	早稻田本
第 11 卷	苏知县罗衫再会	36b10	祖坟*此*葬	祖坟理（**埋**）葬
第 12 卷	范鳅儿双镜重圆	5a1	俊卿之*庸*不足	俊卿之**妻就是**
第 15 卷	金令史美婢酬秀童	20a2	金满已脱了干纪	金满已脱了干**系**
第 21 卷	赵太祖千里送京娘	8a1 11b2	俺留个记□在此 小二口*土*鲜血	俺留个记**号**在此 小二口**吐**鲜血
第 22 卷	宋小官团圆破毡笠	11b7	凡船户*虫*	凡船户**众**
第 23 卷	乐小舍侯生觅偶	2b6	不忍杀*乏*	不忍杀**害**
第 24 卷	玉堂春落难逢夫	46a10	玉姐*任*傍	玉姐**在**傍
第 26 卷	唐解元出世玩世	1b10 3a8	为？榜首 答拜□远来朋友	*压*榜首 答拜**那**远来朋友
第 27 卷	假神仙大闹华光庙	7b2 7b6	魏*生* 兀自不肯实■	魏**公** 兀自不肯实**说**
第 28 卷	白娘子永镇雷峰塔	16a1 32a5	搭船到这■寻你 不幸逢妖愁更□	搭船到这**里**寻你 不幸逢妖愁更**喜**
第 29 卷	宿香亭涨浩遇莺莺	4b3	此事切宜缄*只*	此事切宜缄**口**
第 30 卷	金明池吴清逢爱爱	7b9	奴家■■前生有缘	奴家**与你**前生有缘
第 33 卷	乔彦杰一妾破家	18b3 18b10	*雨*个 *雨*个月	**两**个 **两**个月
第 34 卷	王娇鸾百年长恨	7b9 8b8 9a4 19a5	长在卫里服*后* 央赵学■往王千户处 ■死靡他 粮督■历姓字春	长在卫里服**役** 央赵学**师**往王千户处 **至**死靡他 粮督**南麻**姓字春
第 35 卷	况太守断死孩儿	12b6	*朱*作弄我	**来**作弄我
第 36 卷	赵知县火烧皂角林	9b10 10b9 11a1	■婆便请 皂角林*文*王 要去问牢□营端公	**婆**婆便请 皂角林**大**王 要去问牢**城**营端公
第 37 卷	万秀娘仇报山亭儿	17a3	如今与你一个执照归*未*	如今与你一个执照归**去**

以下将借表 1 和别表 2 对“兼善堂本”和早稻田本刊行时期的先后进行讨论。在讨论开

始之前，有一点是需先说明的，那就是别表做成的顺序。笔者是通过在读“兼善堂本”的过程当中，每逢遇到墨格、空格、或是意思不明的部分，就参照早稻田本（以及后述的佐伯文库本、衍庆堂本和三桂堂本）的相应部分而制成的别表2，而表1是在别表2的基础上做成的。因此，不能否定有存在与表1中的很多情形相反的情况的可能性。比如早稻田本中为误刻，而“兼善堂本”中却为正刻的例子就漏掉了（不，更确切地说是全然没有采取这类的例子）。笔者对此点倒也不是没有顾虑的，但单从表1来看，可看出有很多“兼善堂本”的误刻在早稻田本中却为正刻的例子。这一点似乎是没什么疑问的。这样的话，“兼善堂本”为最早、最好的刻本的定说就变得有所疑问了。因为也不能排除早稻田本（刊行书肆、刊行时期均不详）中正刻的文字在“兼善堂本”中被误刻的可能性。

四、关于佐伯文库本和三桂堂本

丰后佐伯藩第八代藩主毛利高标收集了大量的汉籍（佐伯文库本）。文政十一年（1828）7月，由第十代藩主高翰将其中的约一半（二万册）进献给了江户幕府。在明治维新以后，其中的大部分被移交到了内阁文库和宫内厅书陵部。而另一方面，被留在佐伯藩的那二万册却大部分逸失了。除有一部分被收藏于日本国会图书馆和大分县立图书馆等之外，均已下落不明（其中有的回到了中国，有的去到了美国）。所幸，包括《警世通言》在内的通俗小说大部分均幸免于难，现被收藏于佐伯市立图书馆①。笔者的注①论文便是为介绍其中所藏的《警世通言》而写的。下面，将再次提其要点如下。

佐伯文库本《警世通言》（以下只记为“佐伯文库本”）与“兼善堂本”、早稻田本同样是由40卷40篇构成。但，缺其第3册，即本文第7卷到第11卷，及第37卷第1页到第3页。由于亦缺封面，因此刊行书肆不详。绘图共计40页80张全（绘图的配列与早稻田本一致）。但，很明显的，与“兼善堂本”、早稻田本的绘图为异版，亦不见“素明刊”的文字（有关其绘图与“兼善堂本”为异版及其根据的论述请见注1的拙论）。同时，绘图的版心以及本文的版心、卷头等处所见的卷数标记的混乱，亦被按照本文的配置做出了修正。因而可以说，现在的情况就是按照陇西君的最后意图来修正的（本文题和目次题的差异也是按照目次题作出了统一）。叙和本文的行款虽都与“兼善堂本”等相同，但却均为异版（关于此点以后再做论述）。特别是有一点最重要的不同，那就是，其第40卷由《旌阳宫铁树镇妖》被替换成了《叶法师符石镇妖》。由于其绘图仍是《旌阳宫铁树镇妖》的绘图（换句话说，就是没有《叶法师符石镇妖》的绘图），因此可以窥测，在佐伯文库本以前，有过用其前39卷的版木与佐伯文库本中被《叶法师符石镇妖》替换下来的《旌阳宫铁树镇妖》的版木来制成的版本（绘图、本文和叙均与“兼善堂本”及早稻田本为异版，因此，很难理解为其当初就是想将第40卷定为《叶法师符石镇妖》的）。

---

① 关于佐伯文库和佐伯文库本，请参照笔者的平成十五年度～平成十六年度科学研究费补助金“特定领域研究(2)”研究成果报告书《江户时期的汉籍的流转——以佐伯文库为例》（著者自印，平成十七年2月）第1分册所收的《佐伯文库旧藏暨现存书目录（汉籍之部）》及其解说，以及第3分册《佐伯文库本关联论文》所收的几篇论文。

回过头来，还有一个《警世通言》的刻本，其第40卷和佐伯文库本一样，也是《叶法师符石镇妖》。此刻本乃著录于《舶载书目》的《宽文元(1661)年点检书目》中的三桂堂王振华本。据《宽文元年点检书目》的记载可知，此三桂堂本的第24卷有些特别。因为原第24卷的《玉堂春落难逢夫》不见了，取而代之的是由原第6卷《俞仲举题诗遇上皇》中的入话部分独立而成篇的《卓文君慧眼识相如》(这三桂堂本，现所在不详)。在绘图方面，只取了"兼善堂本"等的一半，20页40面。在内容方面，则以两个短篇替换了"三言"中首屈一指的长篇《旌阳宫铁树镇妖》和《警世通言》中的第二长篇《玉堂春落难逢夫》。因而，其似乎像是为寻求利益的扩大而做出此翻改动的后世的刻本似的。

在那之后，三桂堂又以同一套版木刊行了38卷本和36卷本。38卷本的绘图为19页，本文部分删去了第39卷和第40卷。36卷本绘图为18页，本文部分在38卷本的基础上，又删去了第37卷和第38卷。就绘图而言，只要其页数与收录篇数能够相符即可，其内容未必非得是与本文相对应的，因此，很可能是尽管有的绘图版木已经丢失，却也没有再进行补刻，而只是用剩下的版木暂时对付一下而已。

在此，有一点不得不提的就是，三桂堂本是俗字(简笔字)很多的一个刻本。且叙、目次和本文不但与"兼善堂本"、早稻田本不同版，而且与佐伯文库本亦为异版。三桂堂本的绘图全都是由正反两面一组的对儿所构成的，如果当初考虑到要将绘图的数目减半的话，那么各篇只留一面不就可以了么，为什么却在40页的绘图中，只留出一半的页的绘图，并还得删去这些绘图中刻着的韵文(可见其痕迹)，以使人无法辨识哪个绘图是对应哪一篇本文的了呢。因为若是各篇都只留一面绘图的话，原有的另外一面也终是被舍弃的下场，所以才只留下了一半版木的正反两面一组的绘图。当然，其原因可归结于每卷两张绘图刻在同一版木的正反两面，因此，只用一面版木的正反两面的哪一个，背面的一半一直没用，那可不是太可惜①。

回过头来，再看三桂堂本的绘图。较"兼善堂本"和早稻田本相比，其与佐伯文库本的绘图更为相似②。然而，却也为异版。也就是说，三桂堂本与现存的所有的《警世通言》(包括后述的衍庆堂本在内)的绘图均不相同。那么，就可以推测三桂堂的营业便有可能有以下两种情况。一种是，三桂堂书肆自身重刻了全40卷40篇，绘图亦为全40页80面的《警世通言》，并将其刊行于世。然而，随着不断地重复增印，便有很多绘图的版木已不能再使用了。于是，只选取其中仍可使用的绘图的版木，并削除其中韵文部分，使其不知是对应的哪篇，以便凑数。另一种是，三桂堂书肆从其他的书肆处得到了现成的由40卷40篇构成的《警世通言》的版木，这之后的过程与前述的第一种情况相同。

---

① 东京都立中央图书馆特别买上文库所藏(田中干郎旧藏)的40卷残本的绘图：依序为"兼善堂本"的第11、12、13、14、15、16、17、18、19、20、21、22、33、34、35、36、37、38、39、40卷的正反两面，以及东京大学东洋文化研究所双红堂文库所藏的36卷本的绘图：依序为"兼善堂本"的第11、12、13、14、15、16、17、18、19、20、21、22、40、34、33、36、37、38卷的正反两面的绘图所构成。在36卷本刊行时期，似乎是由于第35卷的绘图的版木已不能再用了，因此将其换成了最后面的第40卷的绘图。但第33卷和第34卷的绘图倒置的理由不详。

② 在前面提到的注①的拙论中，列出了佐伯文库本和"兼善堂本"的绘图中几处不同的部分，而三桂堂本中相对应的部分均与佐伯文库本一致。

三桂堂本[①]是俗字很多的版本这一点前文已经提到了。绘图的数量也只有“兼善堂本”的一半。从本文的卷数来看,经历了“40卷→38卷→36卷”这样的一个过程,从其一边不断缩减所收卷数的数量一边仍坚持出版这一点可看出其乃是后世的追求利益第一的出版物吧。然而,若着眼于其与“兼善堂本”及早稻田本中文字的差异的话,便会出现相异于从前的一种面目。因为若将目光只集中到误刻上的话,会发现其是按照“兼善堂本”、早稻田本、佐伯文库本及三桂堂本的顺序递减的一种状态。虽说《警世通言》是通俗小说的刻本,在冠有刘素明的40页绘图的先行刻本(即“兼善堂本”以及早稻田本)中误刻有很多;而在其之后刊行的三桂堂本,虽然本文的版刻既不细致又多俗字,绘图也是很粗糙而且数量上也只是原来的一半,但其误刻却反倒很少,这是为什么呢。

五、衍庆堂的24卷本《警世通言》和《二刻增补警世通言》

包括《警世通言》在内的三言都是由40卷40篇构成的。但,后来又刊行了都是24卷24篇的本子。这样的本子有衍庆堂刊行的《喻世明言(重刻增补古今小说)》(日本内阁文库所藏)和《警世通言》(天理图书馆节山文库所藏)[②],还有刊行书肆不详的《醒世恒言》(东京大学东洋文化研究所双红堂文库所藏)。衍庆堂在刊行24卷的《警世通言》之前,曾刊行过《二刻增补警世通言》(大连图书馆旧藏,现在所在不详)。而上文提到的24卷的《警世通言》则是通过对《二刻增补警世通言》作出节略而成的,这一点已经有考证。《二刻增补警世通言》虽然打着“增补”的旗号,而实际上只不过是拿其中的4篇与《古今小说》的4篇进行了替换而已。关于24卷本《警世通言》和《二刻增补警世通言》的关系,长泽规矩也曾有言云“二十四卷本は二刻增补本に出づ。但し,卷二十(二刻本卷四十)のみ,二刻本には目ありて本文を缺く……削本は二刻本の后印にして、殊に、图像は两者全く同板后印に系り……故に、削本は二刻增补の削本たること明らけし”[③]。如上所述,《二刻增补警世通言》中收录了《古今

---

① 三桂堂的《宽文元年点检书目》著录40卷本是否为三桂堂的原刻本不详。但,台湾“中央图书馆”藏有其后修本。同时,东京都立中央图书馆特别买上文库(田中干郎旧藏)藏有较台湾“中央图书馆”藏的后修本稍早的早印本(很可惜,缺封面,只存叙、目次、绘图20页和第2卷第10页以前的部分)。北京大学图书馆马氏书所藏本包括了2篇补抄,因该藏本被冠以绘图19页,故可以将其看做是38卷本吧。首都图书馆藏本似乎是收录了38篇,但其绘图页数不详。36卷本现仍存有很多。笔者虽曾调查过台湾“中央图书馆”40卷本,然而这次未能对其进行再调查,因此,本论中的三桂堂本是使用了公开于网页的东京大学东洋文化研究所双红堂文库所藏的36卷本,其乃是东京都立中央图书馆特别买上文库本的同版后印本。另外,双红堂文库本的封面上可见“三桂堂王振华谨识”的字样。

② 关于衍庆堂刊行的《二刻增补警世通言》及24卷本《喻世明言(重刻增补古今小说)》、24卷本《警世通言》,请参照広泽裕介《〈喻世明言〉四十卷考》(《日本中国学会报》第52集所收,2000年10月)。

③ 马廉的《大连满铁图书馆所藏中国小说戏曲目录》(《马隅卿小说戏曲论集》所收,中华书局,2006年8月。原载《图书馆学季刊》第2卷第4期,1928年12月)中可见的《二刻增补警世通言》所收的前24卷的诸篇的配列与24卷本《警世通言》诸篇的配列有一部分不同,虽然如此,但绘图的配列却是一致的。这24卷本《警世通言》恐怕本文部分基本上用的《二刻增补警世通言》前24卷的版木,而其中有3篇(24卷本的第8卷、第19卷、第23卷)被25卷以后的3篇所换成,绘图部分则一直用的是《二刻增补警世通言》原有的前24卷的版木。

小说》中的4篇(第19卷、第20卷、第29卷、第30卷)。作为其削本的24卷本《警世通言》亦收录有《古今小说》的第19卷。李田意曾有言云"第十九卷范巨卿……系出自古今小说并且和天许斋刊本第十六卷是同板。其余各篇都是原来通言里的小说;作者亦曾一一和蓬左文库本通言对过。完全是同板后印"。其认为此第19卷为《古今小说》的天许斋本,其余的23篇与蓬左文库本为同版。如果长泽氏和李氏两人的说法是正确的话,那么也就可以说,24卷本《警世通言》的第19卷以外的各篇均与《二刻增补警世通言》是出自同一版木的,即蓬左文库本(也就是"兼善堂本")的版木。由于《二刻增补警世通言》至今仍未见,因此对其前半部分说法的正确与否还无法作出判断。而针对后半部分来看,曾有言云"殊に、图像は两者全く同板后印に系り"的长泽规矩也以慎重的态度避开了对本文作出判断,这一点笔者是认同的。因为除《范巨卿鸡黍死生交》以外,衍庆堂24卷本《警世通言》所收各篇的文字与"兼善堂本"的文字并非是完全一致的,而且,字面上有明显不同的三桂堂本自不必说,衍庆堂本与早稻田本和佐伯文库本在文字方面均存在相异的部分。因此,可以据此推测,刊行过40卷本的《警世通言》的书肆并非只有历来所知的金陵兼善堂和三桂堂王振华,还应有刊行了《二刻增补警世通言》的衍庆堂和分别刊行了早稻田本和佐伯文库本的另外两家书肆,也就是说共有五家书肆。这五家书肆在将其出版刊行之际,要么对到手的版木进行了修正,要么又新刻了版木(仓石文库本和蓬左文库本之间未见明显的文字上的差异)。

衍庆堂作为一家书肆刊行过40卷40篇本的《醒世恒言》(每半页12行每行22字,无图)、40卷40篇本《二刻增补警世通言》、24卷本《警世通言》以及24卷本《喻世明言》。在这其中,有一种情况备受关注,那就是24卷本的《警世通言》和《喻世明言》只是将各自的其中的数篇进行相互替换之后而出版的。24卷本《喻世明言》中也收录有出自《醒世恒言》的2篇作品。行款为每半页10行每行20字,不过均与被视为原刻本的叶敬池本《醒世恒言》为异版①。同时,既述的刊行书肆不详的24卷本《醒世恒言》中,除收录有《醒世恒言》的作品22篇以外,还分别收录了出自于《警世通言》和《(初刻)拍案惊奇》的作品各1篇。

当初,衍庆堂为了寻求更多的利益,通过对叶敬池40卷40篇本《醒世恒言》做出如下的更动而出了自家的40卷40篇本《醒世恒言》②(之后,又出版了篇数也改做39篇的本子,其构成为:省去了第23卷《金海陵纵欲亡身》,将第20卷的《张廷秀逃生救父》分成上下两部分,分别做为第20卷和第21卷,而原第21卷挪至第23卷的位置)。其具体改版方式为将行款由叶敬池本的每半页10行每行20字改为每半页12行每行22字,且省去了绘图。当然,衍庆堂同时也会想到亦可以依此种方式出版自家的《警世通言》和《古今小说》。然而,或许是因为得到了某一家书肆的现成版木(行款当然是10行20字)的缘故吧,便改变了自家重刻的方针。那就是,对其行款和绘图均不作改动,而是将两者中的数篇相互替换,然后打着"增补"的旗号进行出版销售(若衍庆堂本《醒世恒言》的刊刻是在《警世通言》、《古今小说》的版木到手之后的话,那就应该是以10行20字刊刻的了)。这就是《二刻增补警世通言》

① 李田意在《日本所见中国短篇小说略记》中曾有言云"另有两篇出恒言,与叶敬池本恒言并不同板"。当然,与叶敬池本的同版后印本的叶敬溪本自然也是异版。

② 之所以删除了《金海陵纵欲亡身》,并非是因为其内容淫荡,而是因为忌惮当初自称为后金的清朝。因此可以认为,衍庆堂的40卷40篇本是刊行于明代,而39篇本则是刊行于清朝的吧。

(在同一时期,衍庆堂抑或刊行了 40 卷本的《喻世明言》或是《古今小说》)。就这样,衍庆堂在完成了 40 卷本三言系列的出版之后,就又以同样的理念企划刊行了卷数缩减为 24 卷的新系列。这就是现存的 24 卷本《喻世明言》和《警世通言》。究其原因,或许是由于随着《今古奇观》的盛行,40 卷本在市场上已经不那么受欢迎了。亦或许是随着绘图和本文的版木的损伤程度逐渐加剧,以至越来越多的版木已经不能再进行增印了。说到 24 卷本系列的刊行,衍庆堂该是为自家曾刊刻过的 40 卷本《醒世恒言》而苦恼过的。由于衍庆堂 40 卷本《醒世恒言》的正文的行款与 24 卷本的《喻世明言》及《警世通言》不同,绘图也是省略了的。因此,其版木是不能挪用到 24 卷本系列中去的。如若自家持有 40 卷本的版木,且其版木为仍然可以再利用的状态,那么再新刻 24 卷本用的版木就未免太愚蠢了。就这样,衍庆堂只是对其中转用于 24 卷本《喻世明言》的 2 篇进行了新刻(或者转用其他书肆的现成版木),并最终放弃了自家出版 24 卷本《醒世恒言》的想法。通过如上分析,便会得出一个结论吧。那就是,刊行现存的 24 卷本《醒世恒言》的书肆并非衍庆堂。

回过头来看衍庆堂 24 卷本《喻世明言(重刻增补古今小说)》和刊行书肆不详的 24 卷本《醒世恒言》。这两者中各收录一篇出自《警世通言》的作品。分别是 40 卷本《警世通言》中的第 27 卷《假神仙大闹华光庙》和第 23 卷《乐小舍侫生觅偶》。李田意曾就这两篇中的《假神仙大闹华光庙》有言云"第二十三卷假神仙……之本文及绘图乃出自通言……此篇的本文及绘图与兼善堂本通言的第二十七卷本文及绘图完全为同版"。然,长泽规矩也亦曾有言云"仮神仙……の一篇は、本文匡郭の损坏部分により按ずれば同板后印らしく思はるれど……同板なりとはいひがたし"。如别表 2 所明示的那样,此卷在"兼善堂本"和衍庆堂本之间,有不少文字相异的部分,因此,若两者是同版的话,该是其中的一方为另一方的后修本才对(当然,全部或部分页为异版的情况也是有可能存在的)。无论哪种情况,都表明长泽规矩也的说法是正确的,而李田意的说法是错误的。在 24 卷本《醒世恒言》所收的《乐小舍侫生觅偶》中,亦可见与"兼善堂本"文字相异的部分。然而,不能否定这两者,特别是不能否定《假神仙大闹华光庙》是《二刻增补警世通言》中对应卷的同版后印本的这种可能性,或者不如说,这种可能性反倒更大呢。

六、综合的考察

五种《警世通言》的版本当中,"兼善堂本"、早稻田本及衍庆堂本这三种版本虽有些许文字上的变动,但包括匡廓和版木的断裂在内的印面状况却很酷似。加之,三种版本都以《旌阳宫铁树镇妖》做四十篇之一,且绘图的第 1 页正面上亦均有"素明刊"的文字。这三点是共通的。由此可以看出,是同一版木按"兼善堂→早稻田本刊行书肆→衍庆堂"之序而被转让下来的。换句话说,就是这三者实际上为同版的早印与后印的关系。但是,通过对其文字的变动做了进一步仔细的研究之后,发现又很难说这三者是完全的同版。比如说早稻田本和衍庆堂本的《赵太祖千里送京娘》中,第 8 页正面第 1 行的"俺留个记号(号)在此"中的"号"字的位置有些很微妙的偏离。《假神仙大闹华光庙》的第 8 页正面第 1 行的"魏公道"中的"魏"字的粗细及倾斜程度也与周围的字不同。由于两者在"兼善堂本"中是墨格或是空格的部分,因此很有可能是只对该字的部分进行挖改作出修正的。那么,这两者就可以看做是

"兼善堂本"的后修本。回过头来，早稻田本的第25卷中有和蓬左文库本一样的错简（和有界页），而第34卷和第35卷之间无相互错简。鉴于此状况，可以推测早稻田本刊行书肆对到手的"兼善堂本"的版木进行了修正之后，按照存在于仓石文库本和蓬左文库本之间的印本的顺序而进行了印刷。衍庆堂本看似是在继承了早稻田本所做之修正的基础上，对其再次加以新的修正。另外，由于其第21卷（早稻田本的上记第25卷）的第17、18页为有界页（早稻田本中第28卷的第25、26页也为有界页，不过此卷未收入衍庆堂的24卷本中），因此可以看出衍庆堂本是继承了早稻田本的版木，并对其作出了再度修正的本子。因此，笔者以后想将此三种版本称为"兼善堂本系诸本"。不过，后续的书肆究竟是以什么为依据对既成版本中的墨格或空格进行补刻的呢。或许"兼善堂本"之前，有现在仍未知的由某一家书肆刊行的原刻本，后续的书肆便是依据此原刻本，对"兼善堂本"的版木进行了修正的吧。然虽如此，像"魏公道"的"魏"字那样的，"兼善堂本"中缺了这个字的理由又到底什么呢，笔者对此并不理解。

三桂堂本是较兼善堂本系诸本俗字更多的版本。佐伯文库本却与此不同，更确切地说，佐伯文库本较兼善堂本系诸本正字（繁体字）更多。在佐伯文库本中，之前提到的《假神仙大闹华光庙》的第8页正面的"魏公道"的"魏"字的粗细，也与早稻田本不同，与前后文字的粗细是一致的。另，在佐伯文库本中，有（好象）将"兼善堂本"的文字改成和早稻田本不同文字的例子。比如第30卷《金明池吴清逢爱爱》第7页反面的"兼善堂本"为"奴家■■前生有缘"的部分，在早稻田本中通过挖改变成了"奴家与你前生有缘"。而在佐伯文库本中则变成了"奴家思想前生有缘"。当然，无法马上判断早稻田本和佐伯文库本到底哪一个才是刻的本来的文字（也有可能是两者都不对）。不过，单就别表2来看，不难看出两者在有差异的所有文字方面，佐伯文库本中是正确的字的比率远远高于早稻田本。与兼善堂本系诸本一直用的那一版木有所不同，佐伯文库本用的是与其不同的另外一种版木。且其眉批也有许多是未见于兼善堂本系诸本的（请参照别表3）。当然，与此相反（兼善堂本系诸本中有的眉批佐伯文库中没有）的例子倒也不是没有的。只是那样的例子，大部分都是出现于版面明显不同于前后页的补刻页，或者是有清晰可见的删去了眉批（和框廓）的痕迹的后修页中。也就是说，佐伯文库本中，无论是眉批还是正文，都较兼善堂本系诸本正字更多。这样的话，就可以将佐伯文库本看成是在用"兼善堂本"之前的版本，即原刻本（或者近似于原刻本的版本）的版木的基础上，对其中的部分页进行补刻替换，删去其部分眉批，并且将其第40卷替换为《叶法师符石镇妖》的后修本（的后印本）。

回过头来，佐伯文库本将第40卷定为《叶法师符石镇妖》而非《旌阳宫铁树镇妖》的这一点与三桂堂本是一致的。关于文字的变动，可以看出，除部分例外，三桂堂本是与"兼善堂本"差别最大并且是（看似）最好的版本，而佐伯文库本其次。三桂堂在出版了收录篇数为40篇且绘图已被缩减至20页的版本（第40卷为《叶法师符石镇妖》；第24卷为《卓文君慧眼识相如》）之后，又相继出版了38篇（绘图19页）和36篇（绘图18页）的版本。在38篇本之后的某一阶段，削除了眉批（40篇本有眉批，东京大学文化研究所所藏的两个36篇本的眉批却均被削除了）。若将三桂堂本的绘图与佐伯文库本的绘图作比较的话，会发现，两者虽非同版但却是同一系统的，这点与兼善堂本系诸本有所不同。这是由于，在兼善堂本系诸本中，绘图第17页反面中官员拿着的旗帜上与第16页正面中的招牌上分别为空格和墨格，而在三桂堂本的相应部分中却可见与佐伯文库本同样的文字。这大概是因为考虑到了收录的绘图与正文并非一一对应的这一点，故索性削除了本来绘图中该有的介绍正文内容的韵文。综上考虑以上几点，便可以得出一个结论。那就是，三桂堂本的绘图版木为对佐伯文库本的绘图版木做了修正（亦有削减）之后的版木；本文版木则是在对佐伯文库本做了校订的基础上，又进行了新刻的版木（另，佐伯文库本的版木损伤程度极为严重）。因此，笔者以后想将此两种版本称为"佐伯文库本系诸本"。

七、围绕《旌阳宫铁树镇妖》

前文提到，佐伯文库本中，第 40 卷的《旌阳宫铁树镇妖》被换成了《叶法师符石镇妖》。那么疑问就出现了，到底是缘何作出此种改动的呢。为解决此疑问，必须先弄清楚一个问题，那就是《旌阳宫铁树镇妖》被选入《警世通言》中的原因。《旌阳宫铁树镇妖》与邓志谟[①]的《（新镌晋代许旌阳得道擒蛟）铁树记》2 卷 15 回（日本内阁文库藏）的内容大致相同。《铁树记》有由萃庆堂余泗泉刊行的萃庆堂本（每半页 11 行每行 24 个字），卷首署有"皇明万历癸卯（31 年）春谷旦"的竹溪散人〈豫章铁树记引〉（竹溪散人就是邓志谟），还有在萃庆堂本刊行的第二年，由某一家书肆刊行的看似与萃庆堂本为同版的刊本[②]，或许是由于随着其刊行，受到了人们的热烈欢迎，因此《警世通言》的编者陇西君便注意到了这一点，并把《铁树记》编入了《警世通言》中。在那之后，又有一个新的计划诞生了，那就是将新刻的《皇明大儒王阳明先生出身靖乱录》，与《济颠罗汉净慈寺显圣记》和《旌阳宫铁树镇妖》冠以《三教偶拈》之题而进行联合出售。《三教偶拈》的刊行年不详，但既然有"皇明"二字，就可以推测其刊行时期为明代的崇祯年间或是南明时期吧[③]。就这样，《旌阳宫铁树镇妖》的版木在被做了改题和修正的基础上，最终以《许真君旗（旌）阳宫斩蛟传》的形式被挪用到了《三教偶拈》中，这也就是佐伯文库本的第 40 卷由《旌阳宫铁树镇妖》被换成《叶法师符石镇妖》的原因。

如若那般，是不是也就可以认为，兼善堂本系诸本的版木是依据《三教偶拈》刊行以前的原刻本《警世通言》的印本而进行了重刻的版木，而佐伯文库本的版木则是，在《三教偶拈》刊行之后，《旌阳宫铁树镇妖》已被换成了《叶法师符石镇妖》的原刻本的版木呢。顺便说一下，

---

① 与邓志谟相关的通俗小说除《铁树记》外，还有同为萃庆堂余泗泉刊行的万历年间刊本《（锲唐代吕纯阳得道）飞剑记》2 卷 13 回以及万历三十一年序刊本《（锲五代萨真人得道）咒枣记》2 卷 14 回这一系列。由此，《铁树记》原刊本的刊行年也被视为万历三十一年。另外，有相关论文，分别为，吴圣昔的《邓志谟乡里、名号、生平探考》（《明清小说研究》1992 年第 2 期所收）、《邓志谟经历、家境、卒年探考》（《明清小说研究》1993 年第 3 期所收）和潘建国的《晚明建阳书坊编辑的旅闽生活——以江西饶安邓志谟为考察中心》（《东アジア出版文化研究 ほしづくよ》所收，日本学术振兴会アジア・アフリカ学术基盘形成事业，2010 年 3 月）。

② 孙楷第在《中国通俗小说书目》的卷五（中国大辞典编纂处、国立北平图书馆，1933 年 3 月）中曾有言云："国立北平图书馆藏万历本……封面及卷一所提书肆名均剜去……与日本内阁本同板。"

③ 《中国通俗小说总目提要》（中国文联出版公司，1990 年 2 月）中，《皇明大儒王阳明先生出身靖难（乱）录》的细目部分提到，在日本的庆应乙丑（1865）弘毅馆刊本中避了崇祯帝的讳字。那么原刻本就应该是崇祯或者是南明时期的刊本吧。

由于《三教偶拈》是无图本，不需要《旌阳宫铁树镇妖》的绘图部分，因此其绘图便被直接留用于佐伯文库本《警世通言》中了。事实上，《旌阳宫铁树镇妖》之所以会从佐伯文库本系诸本中消失，并不是因为其不受欢迎或者因为其是三言中首屈一指的长篇，而恰恰是因为其特别受欢迎，所以其版木才会被挪用到《三教偶拈》中来作为其中的一篇的。说到证据，很简单，从对收录篇数做了大幅削减的衍庆堂24卷本中仍保留着《旌阳宫铁树镇妖》这一点便可看出。

《三教偶拈》中的《许真君旗(旌)阳宫斩蛟传》为10行20字的无界本，与"兼善堂本"中的《旌阳宫铁树镇妖》行款一致(也就可以说，依据的是《警世通言》的原刻本的版木)。《旌阳宫铁树镇妖》是兼善堂本系诸本中文字的异同较少的篇目之一，而《许真君旗(旌)阳宫斩蛟传》却与除《叶法师符石镇妖》以外的佐伯文库本的诸篇一样，与兼善堂本系诸本之间文字的异同比较多(请参照别表2)。这就意味着，《三教偶拈》中的《许真君旗(旌)阳宫斩蛟传》与佐伯文库本的诸篇具备同样的特征。这一事实也证明了其正是收于原刻本《警世通言》中的《旌阳宫铁树镇妖》(或是其覆刻本或是其重刻本)。顺便说一下，《许真君旗(旌)阳宫斩蛟传》中虽有眉批，但是较兼善堂本系诸本的眉批要少(请参照别表3)，由此可见，虽是据原刻本的版木，眉批中却有一部分被省略了。另外再提一点，那就是萃庆堂余泗泉刊的《铁树记》中无眉批。

回过头来再看《三教偶拈》中所收的《皇明大儒王阳明先生出身靖乱录》。由其卷头第2行有"墨憨斋新编"的字样，可知冯梦龙为其编者。墨憨斋是冯梦龙的斋名。另外，《皇明大儒王阳明先生出身靖乱录》中亦附有和《警世通言》一样的每行四字的眉批，因此，若《警世通言》的编者也是冯梦龙的话，便可知道将《警世通言》的原刻本中的《旌阳宫铁树镇妖》换做《叶法师符石镇妖》的人也正是冯梦龙本人。

八、最接近原刻本的刊本

如上所说，通常，原刻本或者是越接近原刻本的刻本其误字、缺字都应该越少。如果《警世通言》的兼善堂本系诸本也都符合此原则的话，那么现在所存刊本中，衍庆堂本(虽为残卷)该是最早的，其次是早稻田本，而刊行最晚的就应该是"兼善堂本"了。然而，在明明知道本来的文字的情况之下，却特意用墨格或空格来替换的这一做法实在是不大可能的吧。因此，认为衍庆堂本是兼善堂本系诸本中最早的刊本的这一想法无论如何都过于牵强。一方面，"兼善堂本"中，有像把"一时间"的"间"误刻成"问"，把"豪家査家"的"査"误刻成"杳"这样的较低级的误刻。另外，"兼善堂本"的第12卷《范鳅儿双镜重圆》中有"原来俊卿之庸不足徐信的浑家崔氏"这样一个表意不明的句子，而在早稻田本中，这句话则变成了"原来俊卿之妻就是徐信的浑家崔氏"(衍庆堂本中未收录此篇)；"兼善堂本"的第11卷《苏知县罗衫再合》中亦有"回涿州祖坟此葬"这样一个表意不明的句子，而在早稻田本和衍庆堂本中，这句话则变成了"回涿州祖坟理(埋)葬"。像这样的例子就足以使我们对"'兼善堂本'是原刻本或是忠实于原刻本的刻本"的这一说法表示怀疑了。那么，早稻田本和衍庆堂本到底是以何为依据而对"兼善堂本"做出修正的呢。如果依据的是现已失传的某一家书肆的原刻本(恐怕就是佐伯文库本的原刻初印本)的话，那么误刻应该是很少的才对。由此可知，这恐怕只是通过对前后文意作出一些常识性的判断来进行修正的吧。或许也正因如此，其所做的修正才只不过是渐进性的，并且是很不彻底的吧。例如，“兼善堂本”中的第 24 卷《玉堂春遇难逢夫》中，有“不要他来昂然说银”[①]这样一个表意不明的句子，早稻田本和衍庆堂本中却并未对此作出修正，而只是照搬其原而已。像这样的不够理想的部分只能暂且认为其原因在于“兼善堂本”的编辑者（或者是出版该书的书肆老板）所指定的本子的质量不够好吧。后续的早稻田本和衍庆堂本虽按常识将其做了部分修正，然而，毕竟由于没有适当的依据（比如原刻本等），因此有的不太清楚的部分就未对其做任何改动了吧。

那么，关于佐伯文库本系诸本的文字优于兼善堂本系诸本这一点该如何考虑呢。如果佐伯文库本是原刻本的后修（后印）本，那么其文字优于兼善堂本系诸本这一点也就没什么不可思议的了吧。如前面所述，三桂堂本的绘图是通过对佐伯文库本的绘图进行了修正而得的。那么，其本文也就该是依据佐伯文库本新刻而得的。因此，如若三桂堂本是在佐伯文库本的基础上对其又做了校勘和修正的话，那么，似乎与外观相反的，其成为了比佐伯文库本完成度更高的一个版本这也就不足为奇了吧。

再严格的考虑一下的话，还剩下最后一个问题，那就是对绘图中所见的“素明刊”的文字该做怎样的考虑呢。像“由有名的画工刘素明对原刻本无署名的绘图进行覆刻，并在覆刻后的绘图上刻上自己的名字”这样的考虑方式似乎是不太合乎常理的吧。那么，较为合理的考虑方式就有两种。一种是，原刻本中本无绘图，到“兼善堂本”在对其进行重刻的时候，才委托刘素明刻制了绘图[②]，佐伯文库本的绘图即为其覆刻本。另外一种是，现已逸失的原刻本中本来就有“素明刊”的文字，之后，“兼善堂本”对其进行覆刻的时候，连署名也都一起覆刻了。佐伯文库本的绘图无疑是原刻本的绘图，但“素明刊”的文字是在进行后修的时候被削除的，或者佐伯文库本的绘图为之后覆刻的，而覆刻之时略去了署名“素明刊”的文字。笔者鉴于“兼善堂本”的绘图中，旗帜的文字和人物的一部分都被省略的这一点，还是比较认可上述的第二种考虑方式中的后一种情况。总之，当前的问题就集中到覆刻本是否对原刻本的绘图进行了包括署名在内的覆刻这一点上了。不过，像那样的情况在现实中也是的确存在的[③]。若是这样考虑的话，就可以认为既述的“兼善堂本”的一部分卷的本文及绘图的卷头、版心等见到的卷数表示的混乱都只是由于“兼善堂本”独自的原因所造成的了吧。

最后，笔者将提出一点一直很在意的问题以结束本节。那就是，无论是兼善堂本系诸本，还是佐伯文库本系诸本，都有登场人物的姓名在前后不一致的情况。例如：第 22 卷《宋小官团圆破毡笠》中的女主人公，最初名为宜男，到后面部分却变成了宜春；第 25 卷《桂员外途穷忏悔》中的桂生，最初被介绍为桂富五，后来却净被叫做桂迁；第 27 卷《假神仙大闹华光

---

① “兼善堂本”（早稻田本、衍庆堂本亦相同）中的“不要他来昂然说银”在佐伯文库本中为“不要他来见我说罢”。在上海古籍出版社的中国话本大系本的《警世通言》（魏同贤校点，1991 年 9 月）中为“‘……不要他来。’昂然说罢”。但笔者认为，据佐伯文库本，该改为“‘不要他来见我’。说罢”。

② 上原究一在《〈李卓吾先生批评西游记〉の版本について》（《日本中国学会报》第 63 集所收，2011 年 10 月）中，就刘君裕而非刘素明，曾有言云“刘君裕の关わった李卓吾评本四大奇书は、むしろ新たな图を附すのを目玉とした第二世代のそれ（笔者：刊本）ではなかろうか”。

③ 请参照上原究一《唐氏世德堂と周氏万卷楼仁寿堂の章回小说刊本の覆刻及び后印の事例について》（《中国古典小说研究》第 16 号所收，2011 年 10 月）。

庙》中的魏宇也在后面部分变成了魏宗。以上三人均为主人公或与主人公地位相当的重要人物,故出现其姓名在中途改变的这种情况,就算因为其是将口头讲述的内容转化为文字所得的,却也还是避免不了不统一之谤的吧。话说《宋小官团圆破毡笠》中的女主人公是一对一直无子女的夫妇在晚年的时候终于生得的一个女孩儿,那么,因期待下一个孩子为男孩儿,故为其取名为宜男这一点是可以理解的。当然,宜春也可能是在其成年后改的名字。《桂员外途穷忏悔》中的桂生曾有过因欠债一筹莫展甚至眼看要自杀的时候,然最后却也经种种原因所幸成了员外。因此,在此身份地位变化之间,其的改名倒也是有可能的。然而,这两卷却都未对此姓名的改变做有任何的说明。从这点似乎可看出"兼善堂本"对其以前的原刻本曾做过并不彻底的修改的痕迹。然,上述情况,存在于包括佐伯文库本在内的所有的《警世通言》的版本中,因此,笔者想把造成此情况出现的原因归结为——当初,在将原刻本以前所存在的单行"话本"收录到《警世通言》中的时候,对此部分所做的改动还是较为笨拙、不够巧妙的。

结　论

衍庆堂似乎是一家曾刊行过二种《警世通言》(二刻增补本和24卷本)和24卷本的《喻世明言》的书肆。那么,其活动时期到底是在什么时候呢。因冠于其卷首的叙都是原刻本的,故无法由此判断出衍庆堂的具体活动时期,而只能是在理论上知道其可以追溯到的上限而已。兼善堂除《警世通言》之外,还刊行过十二卷的《古文备体奇钞》[①],因其卷首冠有崇祯十五年的序,因此可推知其在崇祯十五年乃至之后的时期也都曾有所活动。如前所述的,40卷40篇本的《醒世恒言》似乎是刊行于还不必忌惮当初自称后金的清朝的时期,而到了40卷39篇本刊行的时期,情况就有所不同了。故由此判断衍庆堂的活动时期,即刊行二种《警世通言》的时期该是天启四年以后的明末清初时期。三桂堂40卷本是于宽文元(1661)年以前出版的,故其当初所参照了的佐伯文库本的刊行时期则应是顺治年间以前的明末清初时期,且较《三教偶拈》的出版时期相比的话,应该是略晚的。回过头来"兼善堂本",其刊行时期当然也就不可能是原刻本的叙中所言的天启四年了吧。

最后,笔者认为,在作成《警世通言》的校订本的时候,不该只是无条件的只以"兼善堂本"为基准,而是非常有必要在作成校订本之前,对包括佐伯文库本系诸本在内的诸本做一个综合的斟酌考虑的。以上亦为本论的结论。

或许有些画蛇添足,最后,笔者将再次对综上所述的《警世通言》的诸本做一个较简洁的总结。

原刻本佚40卷40篇,第40卷为《旌阳宫铁树镇妖》。绘图出自刘素明。本文(及叙)的版木的大部分均在佐伯文库本中得以继承,然绘图的版木似乎逸失了。刊行书肆不详,但不

① 杜信孚、杜同书的《全明分省分县刻书考》(线装书局,2001年12月)中将兼善堂认作为金阊的书肆,并言其刊行了《古今小说(四)十卷》。作出此判断的依据似乎是因《古文备体奇钞》的封面上有"阊门兼善堂"的字样吧。对此,笔者只能认为这是一个轻率的判断。另外,前面提到的广泽氏的论文中对此点也有所提及。

可能是兼善堂，有可能是刊行了佐伯文库本的书肆。正字、眉批最多。

佐伯文库本系诸本佐伯文库本 40 卷 40 篇，第 40 卷为《叶法师符石镇妖》，绘图似乎是对原刻本绘图的覆刻。本文的版木继承了原刻本的版木，但其中亦有部分补刻页和后修页。补刻、后修的时期不详，但其中的第 40 卷被替换的时期可能是在《三教偶拈》的刊行时期之后。刊刻书肆不详。佐伯市立图书馆藏本是其后印本。原 40 卷的《旌阳宫铁树镇妖》改称为《许真君旗（旌）阳宫斩蛟传》被挪用到了《三教偶拈》中。

三桂堂本 40 卷 40 篇，第 40 卷为《叶法师符石镇妖》。第 24 卷的《玉堂春落难逢夫》被删去，取而代之的是由第 6 卷《俞仲举题诗遇上皇》的入话部分独立成篇的《卓文君慧眼识相如》。恐怕是以佐伯文库本或者是包括原刻本在内的更早的版本的本文为基础，进行了新的校订，并且用简笔字进行了新刻。绘图恐怕是留下其一半，并对留下的部分进行了修正、新刻。刊行时期最晚也不会晚于顺治年间。之后，又相继刊行了 38 篇本和 36 篇本。据眉批的情况来看，现存 40 篇本也不是初印本。另外，40 篇本中的眉批在 36 篇本中均被削除了。

兼善堂本系诸本“兼善堂本”40 卷 40 篇，第 40 卷为《旌阳宫铁树镇妖》。本文部分可能对原刻后印本进行了重刻。在重刻之时，将本文的一部分正字改成了简笔字，亦削除了部分眉批。墨格和空格较显眼，对本文的校订还不够充分。绘图部分可能是对原刻本的绘图做了包括画工的署名在内的覆刻。在本文的卷头和版心以及绘图的版心的卷数标记部分可见曾试图改变本文和绘图的配置的痕迹。然而，似乎在中途放弃了这一构想。仓石文库本为早印本，蓬左文库本为后印本。蓬左文库本中有互换错简。仓石文库本有可能被兼善堂以外的某一家书肆刊行过。

早稻田本 40 卷 40 篇。第 40 卷为《旌阳宫铁树镇妖》。本文部分依据的是对“兼善堂本”的版木进行了挖改之后的版木。部分继承了蓬左文库本的错简。同时对其中一部分进行了有界页的补刻。刊刻书肆不详。绘图可能是继承了“兼善堂本”的版木。本文和绘图的配列遵照原刻本，无卷数标记的混乱。

衍庆堂《二刻增补警世通言》40 卷 40 篇。其中 36 篇出自《警世通言》，另外 4 篇出自《古今小说》。因其现在下落不明故无从了解其具体情况。收录有佐伯文库本中不见了的《旌阳宫铁树镇妖》。

衍庆堂 24 卷本 24 卷 24 篇。其中 22 篇出自《警世通言》。继承了衍庆堂《二刻增补警世通言》的版木。对早稻田本的版木再次进行了挖改，亦继承了其有界页。绘图部分可能是继承了早稻田本的版木，但与本文部分并非是完全对应的。收录有《旌阳宫铁树镇妖》（包括绘图在内）。另外，衍庆堂 24 卷本《重刻增补喻世明言》以及刊行书肆不详的 24 卷本《醒世恒言》中，各收录有一篇出自“兼善堂本”系的《警世通言》。

作者单位：日本埼玉大学

吸纳与烘染：互文性视域下的拟话本帝王故事

陈炜舜

一、引　言

互文性(intertexuality)又称为“文本间性”，是出现于1960年代的一个重要批评概念，通常被用来指示两个或两个以上文本间发生的互文关系。克利斯蒂娃(Julia Kristeva)提出：

> Any text is constructed as a mosaic of quotations; any text is the absorption and transformation of another. The notion of intertextuality replaces that of intersubjectivity.①

所谓互文性，包括1. 两个具体或特殊文本之间的关系(一般称为transtexuality)；2. 某一文本通过记忆、重复、修正，向其他文本产生的扩散性影响(一般称作intertexuality)。而所谓互文性批评，就是放弃那种只关注作者与作品关系的传统批评方法，转向一种宽泛语境下的跨文本文化研究。②

中国白话短篇小说虽然在宋代日趋成熟，但一直要到晚明，才出现了“三言”、“二拍”这样的代表性著作。如申孟所论，《喻世明言》的取材有三个来源，其一是收编宋元话本，加以整理加工；其二是采择列代史传、笔记、戏曲故事敷衍成篇；其三是冯梦龙自编故事。如孙楷第指出，《明言》四十篇，可考知为旧本者有十九篇③。“三言”中，至少有三篇以帝王为主角的作品被学者视作旧本或据旧本改编，包括《明言》卷十五《史弘肇龙虎君臣会》、卷廿一《临安里钱婆留发迹》及《恒言》卷廿三《金海陵纵欲亡身》。郑振铎论《史》篇云：“叙郭威及史弘肇君臣二人，微时乃为柴夫人及阎行首所识事。篇首以洪迈的一首《龙笛词》引起。叙述殊为

---

① Julia Kristeva, “Word, Dialogue and Novel,” in Toril Mori, ed., The Kristeva Reader (Oxford: Blackwell Publishers Ltd., 1986), p. 66. 按：中文意即：“任何文本都被建构成引文的马赛克，任何文本都是对另一文本的吸收和改编。文本间性的概念取代了主体间性的概念。”

② 陈永国《互文性》，《外国文学》2003年第1期，页75。

③ 孙楷第《沧州集》(北京：中华书局，2009)，页109。

古拙有趣,且运用俗语,描状人物,俱臻化境。当为宋人之作。”[①]许政扬所见相同[②]。严敦易以《钱》篇发迹变泰的主题与《史》篇相近,其中钱镠赌博一段之描写具有宋人风格,然文中“杭州府临安县”乃明代设置,语言之文白折衷则似《三国演义》流亚,当系明人编写[③]。至若《金》篇,其直接前文本为原录于《京本通俗小说》的《金主亮荒淫》。缪荃孙重刊此书时删去《金主亮荒淫》,此篇如今盖已亡轶。谭正璧指《金》篇的内容悉源自《金史》,并“添枝加叶的加以烘染、描写”而成[④]。而郑振铎相信《金主亮荒淫》与《金》篇在文字上无大出入[⑤]。据此而推之,《恒言》自《京本通俗小说》移录《金主亮荒淫》,仅改换标题与极少量文字耳。许政扬认为,《史》、《钱》等篇主要描写统治阶层中出身寒微的人物暴发的曲折过程,反映了当时的社会和政治生活,人物性格刻画鲜明而富于色彩,却只是颂扬个人的飞黄腾达,有时甚至不问其方式和手段,“即令钱镠那样以镇压农民军起家”也一律推崇,这种立场“十分落后”[⑥]。故《史》、《钱》二篇多年来不受学界重视,可得而知。至若《金》篇之前文本问题于民初虽引起海内外学界的兴趣,然其后多年间亦因文献不足、内容猥亵而受到冷落。

与晚明其他以帝王叙事为主轴的拟话本如《隋炀帝逸游遭谴》、《唐明皇好道集奇人》、《宋高宗偏安耽逸豫》等相比,学者对于《史》、《钱》、《金》篇的前文本考察颇有捉襟见肘之憾。《隋》、《唐》、《宋》等篇各段的前文本几乎可一一罗致,而《史》、《钱》、《金》三篇却不然。如谭正璧比较《金》篇与《金史·后妃传》而论道:“如把二篇的文字对读之,则更可见史传所有的只是‘事实’,只是具骷髅架子,给她以充分的描写,给她以肉与血,给她以灵魂,使之神采奕奕,乃是‘敷演’之为话文的作者。”[⑦]严敦易所称《钱》篇中具有宋人风格的钱镠赌博一段也无前文本可考,情况也大体与《金》篇相近。至若《史》篇篇末云:

> 这话本是京师老郎流传。若按欧阳文忠公所编的《五代史》正传上载道:梁末调民,七户出一兵。弘肇为兵,隶开道指挥,选为禁军,汉高祖典禁军为军校。其后汉高祖镇太原,使将武节左右指挥,领雷州刺史。以功拜忠武军节度使,侍卫步军都指挥使。再迁侍卫亲军马步军都指挥使,领归德军节度使,同中书门下平章事。后拜中书令。周太祖郭威即位之日,弘肇已死,追封郑王。[⑧]

胡士莹指出,“京师老郎”是南宋临安说话人对汴京前辈艺人的称呼。老郎为职业艺人,名位高、年辈长、资历深、见闻广,并有精湛的技艺和学问。其故事多为悠久而口口相传者,并非写成本子留交下来[⑨]。《史》篇此处拈出《新五代史》中的史弘肇传让读者参照,若非编撰者所

---

① 郑振铎《明清二代的平话集》,载《中国文学研究》(北京:作家出版社,1957)上册,页385。

② 冯梦龙编著、许政扬校注《古今小说》(北京:人民文学出版社,1958)《前言》,页3。

③ 严敦易《〈古今小说〉四十篇的撰述时代》,载冯梦龙编著、严敦易校注《古今小说》(北京:文学古籍刊行社,1955年版)。

④ 谭正璧《三言两拍资料》(上海:上海古籍出版社,1980),页489—490。

⑤ 郑振铎《明清二代的平话集》,载《中国文学研究》上册,页378。

⑥ 冯梦龙编著、许政扬校注《古今小说·前言》,页12。

⑦ 谭正璧《三言两拍资料》,页489。

⑧ 冯梦龙《喻世明言》(香港:中华书局,1965),页234。

⑨ 胡士莹《话本小说概论》(北京:商务印书馆,2012),页97—98。

增，亦应为冯梦龙刊印时的按语。盖史弘肇卒于后汉，并未入周，与郭威只有同僚关系而无君臣名分，且并未协助郭威登基，故所谓"龙虎君臣会"纯粹小说家言，考诸正史则名实不符矣。正因《史》篇在民间经历了长期的口传文学形态，故书于竹帛后，一来与文献差异颇大，二来有不少段落难以考核前文本，可想而知。在文献难征的情况下，本文拟以互文性为观照点，以《史》、《钱》、《金》三篇为考察对象，进一步爬梳其前文本，探讨三篇如何吸纳前文本的素材、如何增入相当的新创篇幅以作烘染，并析论其艺术得失。

二、浅论三篇拟话本的文本构筑

谭正壁《三言两拍资料》所列举《史》篇的前文本，有《新五代史》、《玉壶清话》、《龙川别志》、《画墁录》、《东皋杂钞》、《瓮牖闲评》、《远山堂剧品》、《宋元戏文辑佚》、《宝文堂书目》等①。赵景深则谓《五代周史平话》中有"柴长者招郭威为女婿"条，是本篇极好的参考②。此外，《旧五代史》中也有值得参详之处。兹将《史》篇分为五段，若干段落更细分节，而以早于《喻世明言》面世的相关前文本列举于右，制成表格如下：

表一　《史弘肇龙虎君臣会》的分段及前文本

段落	内容	页码	前文本
1	八难龙笛	212—215	
2.1	炳灵显圣	215—217	
2.2	阎氏招亲	217—221	《新五代史·史弘肇传》、《远山堂剧品·巧配阎越娘》
3.1	郭威投弟	221—222	《旧五代史》卷一百一十《周书一·太祖纪一》
3.2	柴氏选夫	222—225	《旧五代史·周书·列传第一·太祖柴皇后传》、《玉壶清话》卷六、《龙川别志》卷上、《东皋杂钞》卷一、《甕牖闲评》卷二、《五代史平话·周史平话》卷上
4.1	棒打霸遇	225—229	《画墁录·郭雀儿》、《旧五代史·周书·列传第一·太祖柴皇后传》引《东都事略》
4.2	杀尚衙内	229—230	
4.3	符公相救	230—231	《旧五代史·周书·列传第一·太祖柴皇后传》
5	发迹变泰	232—234	《新五代史》卷十一《周本纪第十一》

《史》篇中，以郭威为主角的仅有3、4、5三段，其中4.2节出处无考，3.2节虽关涉不少前文本，然书写远较其为细致。此外，《史》篇谓柴夫人主动下嫁郭威，而《周史平话》则谓柴公嫁女，乃传闻异词。不过持二者与《旧五代史·柴皇后传》相勘，则《史》篇所叙更近正史。4.3节可征前文本为《旧五代史.柴皇后传》："太祖尝寝，后见五色小蛇入颧鼻间，心异之，知其

① 谭正璧《三言两拍资料》，页86—89。

② 赵景深《中国小说丛考》（济南：齐鲁书社，1980），页327。

必贵,敬奉愈厚。"[①]而《史》篇此节的观者则成了承吏王琇,而这段轶事仅占全节的极小篇幅[②]。

类似的情况也见于《钱》篇。谭正璧所录《钱》篇的前文本,包括《湘山野录》、《全唐诗话》、《唐诗纪事》、《七修类稿》、《稽神录》、《太平广记》、《枫窗小牍》、《西湖游览志余》、《浙江通志》、《西湖梦寻》、《曲海总目提要》等[③],日本学者小川阳一又补入《坚瓠四集》、《西湖二集.吴越王再世索江山》等[④]。此外,《新五代史》及《咸淳临安志》中也有相关资料。兹将《钱》篇分为九段,附以相关前文本列举于右,表列如下:

表二 《临安里钱婆留发迹》的分段及前文本

段落	内容	页码	前文本
1	贯休入蜀	297	《续湘山野录》、《全唐诗话》卷六《僧贯休》、《唐诗纪事》卷七十五、《七修类稿》卷三十四
2	钱镠出世	297—299	《湘山野录》卷中、《西湖游览志余》卷廿一
3	石镜照影	299—300	《咸淳临安志》卷二十五、《西湖游览志余》卷一
4.1	结识二钟	300—302	《新五代史》卷六七《吴越世家第七》
4.2	夜劫官船	302—304	
4.3	二钟相救	305—307	《西湖游览志余》卷廿一
5	廖生望气	307—309	《新五代史》卷六七《吴越世家第七》
6.1	智退巢兵	309—311	《新五代史》卷六七《吴越世家第七》、《西湖游览志余》卷一
6.2	讨刘汉宏	311—316	《新五代史》卷六七《吴越世家第七》
7	诛灭董昌	316—321	《新唐书》卷二百二十五下《列传第一百五十下·逆臣下·董昌》、《吴越备史》卷二《武肃王下》、《舆地纪胜》卷二、《新五代史》卷六七《吴越世家第七》、《稽神录》卷一《董昌》、《太平广记》卷二九零《董昌》、《西湖游览志余》卷一
8.1	强弩射潮	321—322	《吴越备史》卷二《武肃王下》、《施顾注苏诗·八月十五日看潮五绝》引《北梦琐言》诗、《浙江通志》卷二七九《杂记》
8.2	吴歌宴旧	322—323	《湘山野录》卷中、《新五代史》卷六七《吴越世家第七》、《吴越备史》卷二《武肃王下》、《枫窗小牍》卷上、《西湖游览志余》卷一
9	钱氏嗣王	323	《新五代史》卷六七《吴越世家第七》、《吴越备史》卷三及四、《西湖游览志余》卷一

"夜劫官船"一节,目前并未征得前文本。而就其余段落而言,相关前文本的内容也未必覆盖全部篇幅。如"结识二钟"一节所包含严敦易称道的赌博情节,于书无征。而《新五代史》卷六七《吴越世家第七》仅云:"县录事钟起有子数人,与镠饮博,起尝禁其诸子,诸子多窃

① 薛居正《旧五代史》(北京:中华书局,1997),页 835。

② 冯梦龙《喻世明言》,页 231。

③ 谭正璧《三言两拍资料》,页 103—113。

④ [日]小川阳一《三言二拍本事论考集成》(东京:新典社,1981),页 56。

从之游。"[①]并无钟明、钟亮之名。《钱》篇所言，或另有所本，或为杜撰，尚待新的文献资料发现。

相形之下，《金海陵纵欲亡身》的前文本大部分出为《金史·后妃传》。谭正璧指出，此篇除了不叙及海陵后徒单氏外，殆无一节不和《金史·后妃传》里"海陵诸嬖"的记载相表合，连次第也是相同，连词句也多抄袭，不过有的地方颇费些功夫去添枝加叶的加以烘染、描写而已。谭氏甚至认为4.1节贵哥说风情一段颇像脱胎自《金瓶梅词话》王婆说风情的一段，而写的却尤为摇曳多姿[②]。此外，谭氏还指出王世贞《艳异编》卷十四、冯梦龙《情史》卷十七的文字均录自《金史》，故字句全同。[③]复次，学者似未注意《金》篇中关于张仲轲、梁琉的文字分别出于二人在《金史》的本传，兹补充于下表：

表三　《金海陵纵欲亡身》的分段及前文本

段　落	内　容	页　码	前文本
1	海陵篡位	308—309	《金史·海陵王本纪》
2.1	通阿里虎	309	《金史·后妃传》
2.2	秽乱重节	309—311	《金史·后妃传》
3	柔妃弥勒	311—313	《金史·后妃传》
4.1	幽会定哥	313—324	《金史·后妃传》
4.2	私阎乞儿	324—325	《金史·后妃传》
4.3	定哥之死	325—326	《金史·后妃传》
4.4	丽妃石哥	326—327	《金史·后妃传》
5.1	昭媛察八	327	《金史·后妃传》
5.2	广纳嫔妃	327	《金史·后妃传》
5.3	莎里古真	327—328	《金史·后妃传》
5.4	真妹余都	328	《金史·后妃传》
5.5	昭妃什古	328	《金史·后妃传》
5.6	召奈剌忽	328—329	《金史·后妃传》
5.7	女使辟懒	329	《金史·后妃传》
5.8	诛杀叉察	329	《金史·后妃传》
5.9	逼蒲速碗	329—330	《金史·后妃传》
6.1	宠张仲轲	330	《金史·张仲轲传》
6.2	宋阉梁琉	330—331	《金史·梁琉传》
7	海陵之死	332—332	《金史·海陵王本纪》

有关《金》篇已亡轶的直接前文本《金主亮荒淫》，前贤讨论甚多。然为便本文论述的展开，谨扼要述议于此。民国初年，缪荃孙发现一种《京本通俗小说》，卷数、篇数均不详。缪氏认为是元人写本，将其中七篇话本于民国四年付梓。此外，缪氏谓"尚有《定州三怪》一回，破

① 欧阳修《新五代史》(北京：中华书局，1997)，页835。

② 谭正璧《三言两拍资料》，页489。

③ 谭正璧《三言两拍资料》，页488。

碎太甚;《金主亮荒淫》两卷,过于秽亵,未敢传摹”[①]。其后叶德辉将《金主亮荒淫》重刊,单行于世。盐谷温、长泽规矩也、郑振铎皆指出叶氏并未见到《京本通俗小说》,所刊只是根据《醒世恒言》中的《金》篇伪改数字而成[②]。其论甚辩,不赘。不过,盐谷、长泽二氏怀疑未刊的《金主亮荒淫》与《金》篇未必是一物,郑振铎却认为“过虑”。郑氏推论,《京本通俗小说》所收的其他篇章皆见于“三言”,文字无大异同,故缪藏《金主亮荒淫》与《恒言》之《金》篇也当无大出入。且《金史》之编纂当无参考话本之理,故《金主亮荒淫》或《金》篇之出现,必在《金史》流行之后,故当为明人所作[③]。谭正璧相信此篇非宋人所作,其中多有骂“挞子”之语,想也不会是元人之作,乃推测作者为明代隆、万间人[④]。孙楷第更指出,“三言”所演故事往往见于冯梦龙《情史》。此书卷十七既有《金废帝海陵》条,兼以冯氏所增补《平妖传》、《列国志》等均为青出于蓝,文思魄力独步当时,则《金》篇“纵非冯氏所作,亦必大部分经其润色增益”[⑤]。笔者以为,冯梦龙所编纂的“三言”既是文人案头的读物,就务必考虑读者的文化水准。尤其这些以帝王叙事为主轴的拟话本,若去历史太远,颇有可能引起读者质疑。如前文所言,《史》篇于篇末声明这个故事系京师老郎所流传,已有请读者姑妄听之的意思;又撮写《新五代史·史弘肇传》,更是主动为读者提供参考资料,以免非议。能为此者,非谙熟历史典籍的文人不可。复如《梁武帝累修成佛》暗引《史记·孟尝君列传》,《隋》篇在《隋遗录》、《海山记》等传奇的基础上补入若干《隋书》材料等情况,当可引为旁证。下文中,将分别从主题与题材之互文及结构与情节之互文诸方面来讨论《史》、《钱》、《金》三篇作品。

三、主题与题材之互文

就内容而言,主题和题材是短篇小说的要素。主题是作品的核心,是整篇作品透过具体的艺术形象而呈现的基本旨意或中心思想。而题材是作品以具体方式来描写的事件和现象,是作者表达主题、塑造形象所用的材料。这些材料主要是在生活素材的基础上经过选择、概括、集中、提炼而成的。本节先后从主题及题材两方面论述三篇作品与前文本之互文情况。

(一) 主题之互文

《史》、《钱》二篇以发迹变泰为主题,与现存前文本的素材所呈现的主题意识相较,变化不大。如《旧五代史·周太祖本纪》描写郭威:

> 形神魁壮,趋向奇崛,爱兵好勇,不事田产。天祐末,潞州节度使李嗣昭常山战殁,子继韬自称留后,南结梁朝,据城阻命,乃散金以募豪杰。帝时年十八,避吏壶关,依故人常氏,遂往应募。帝负气用刚,好斗多力,继韬奇之,或逾法犯禁,亦多假借焉。尝游上党市,有市屠壮健,众所畏惮,帝以气凌之,因醉命屠割肉,小不如意,叱之。屠者怒,

① 缪荃孙《跋》,黎烈文标点:《京本通俗小说》(上海:商务印书馆,1926),页107。

②③ 郑振铎《明清二代的平话集》,载《中国文学研究》上册,页374—378。

④ 谭正璧《三言两拍资料》,页490。

⑤ 孙楷第《三言二拍源流考》,《沧州集》(北京:中华书局,2009),页123。

坦腹谓帝曰:"尔敢刺我否?"帝即刺其腹。[①]

《史》篇3.1节则云:

这个来寻史弘肇的人,姓郭,名威,表字仲文,邢州尧山县人。排行第一,唤做郭大郎。怎生模样?抬左脚,龙盘浅水;抬右脚,凤舞丹墀。红光罩顶,紫雾遮身。尧眉舜目,禹背汤肩。除非天子可安排,以下诸侯乐不得。这郭大郎因在东京不如意,曾扑了潘八娘子银子,潘八娘子看见他异相,认做兄弟;不教解去官司,倒养在家中,自好了。因去瓦里看,杀了构栏里的弟子,连夜逃走。走到郑州,来投奔他结拜兄弟史弘肇。……郭大郎那里住得几日,□□史弘肇无礼上下。兄弟两人在孝义店上,日逐趁赌,偷鸡盗狗,一味干颡不美,蒿恼得一村疃人过活不得,没一个人不嫌,没一个人不骂。[②]

两段文字、内容差异甚大,但郭威非凡的器宇,以及早年作为市井游民,负气闹事、鸡摸狗盗的形象却是一致。若再持《本纪》刺市屠腹与《史》篇4.2节"杀尚衙内"的内容相比,郭威富于正义感、好打抱不平的个性也如合符节。这自然为他以后的发迹作下了铺垫。又如《新五代史.吴越世家》记载钱镠早年遇豫章相士之事:

豫章人有善术者,望牛斗间有王气。牛斗,钱塘分也,因游钱塘。占之在临安,乃之临安,以相法隐市中,阴求其人。(钟)起与术者善,术者私谓起曰:"占君县有贵人,求之市中不可得,视君之相贵矣,然不足当之。"起乃为置酒,悉召贤豪为会,阴令术者遍视之,皆不足当。术者过起家,镠适从外来,见起,反走,术者望见之,大惊曰:"此真贵人也!"起笑曰:"此吾旁舍钱生尔。"术者召镠至,熟视之,顾起曰:"君之贵者,因此人也。"乃慰镠曰:"子骨法非常,愿自爱。"因与起诀曰:"吾求其人者,非有所欲也,直欲质吾术尔。"明日乃去。[③]

这段故事在《钱》篇第5段"廖生望气"中有很精彩的铺衍。为便比较,仅将与《新五代史》相应的文句节录于下:

江西洪州有个术士,此人善识天文,精通相术。……这术士唤做廖生,预知唐季将乱,隐于松门山中。忽一日夜坐,望见斗牛之墟,隐隐有龙文五采,知是王气。算来该是钱塘分野,特地收拾行囊来游钱塘;再占云气,却又在临安地面。乃装做相士,隐于临安市上。每日市中人求相者甚多,都是等闲之辈,并无异人在内。……钟起知是故人廖生到此,倒屣而迎。……婆留望见了钟起,唬得心头乱跳,低着头,望外只顾跑。钟起问是甚人,喝教拿下。廖生急忙向钟起说道:"奇哉,怪哉!所言异人,乃应在此人身上,不可慢之。"……乃向婆留说道:"你骨法非常,必当大贵,光前耀后,愿好生自爱。"又向钟起说道:"我所以访求异人者,非贪图日后挈带富贵,正欲验我术法之神耳。从此更十年,

① 薛居正《旧五代史》,页1448。
② 冯梦龙《喻世明言》,页221—222。
③ 欧阳修《新五代史》,页835。

吾言必验,足下识之。只今日相别,后会未可知也。”说罢,飘然而去。[①]

两段文字显然有前后文本的互文关系,这个预言无疑是钱镠由“里中无赖”而裂土封王之故事主题的一个重要组成部分。

其次,《史弘肇龙虎君臣会》的标题,笔者以为未必传自京师老郎,其因有二。一者,现存与“三言”某些篇目相应的直接前文本,标题皆较为质朴,如《清平山堂话本》之《简帖和尚》与《明言》之《简帖僧巧骗皇甫妻》、《京本通俗小说》之《碾玉观音》与《通言》之《崔待诏生死冤家》等。二者,《史弘肇龙虎君臣会》的标题与后篇《范巨卿鸡黍生死交》对偶工整,当出冯梦龙之手。郭威后来称帝、史弘肇乃白虎星转世,篇中已有交待,故标题之龙、虎二字皆有着落。然而诚如篇中所述:

刘知远见史弘肇生得英雄,遂留在手下为牙将。史弘肇不则一日,随太尉到太原府。后面钧眷到,史弘肇见了郭牙将,扑翻身体便拜。兄弟两人再厮见,又都遭际刘太尉,两人为左右牙将。后因契丹灭了石晋,刘太尉起兵入汴,史、郭二人为先锋,驱除契丹,代晋家做了皇帝,国号后汉。史弘肇自此直发迹,做到单、滑、宋、汴四镇令公。富贵荣华,不可尽述。[②]

足见该小说作者亦知二人皆是后汉高祖刘知远的僚属。至于篇中叙述郭威,虽屡屡称其为“贵人”,又不时有“红光罩顶,紫雾遮身;尧眉舜目,禹背汤肩”一类描写的套语,暗示其日后登极,但有关其“变泰”,最终的交待仅止于其担任刘知远的牙将而已。且历史上史弘肇为后汉隐帝所杀,未逮周世,也并不曾直接协助郭威建周。故标题“君臣”二字可谓离则双美、合则两伤。复观古人著录及前贤征引的相关戏曲资料如金院本《史弘肇传》、宋元戏文《史弘肇故乡宴》、明人叶宪祖《巧配阎越娘》等,大率皆以史氏为主角,史、郭二人在同一部作品中同时扮演主角的情况尚未得见。再看《史》篇中,史、郭的故事虽皆有女子慧眼识英雄的母题,但两位主角交集处仅有第 3 段。史弘肇协助郭威娶柴夫人后,郭威便离家谋生,先后投靠符令公、刘知远。两人再次相遇时,史弘肇已是侍卫司差军校史,新被刘知远收为牙将。换句话说,郭、史乃各自变泰,在发迹的过程中几无交集,也极少相互提携、砥砺。唯如《残唐五代史演义传》第五十四回借曾杰之口向孙飞虎道:

我听得刘知远部下二将,一人史弘肇,一人郭威,皆有千军之勇。[③]

将史、郭并提,其后又述及二人一起出征、刘知远死后一起成为顾命大臣,却始终未言二人有结义关系。至于柴夫人下嫁事,于新旧《五代史》、《周史平话》及《残唐五代史演义传》中并不见史弘肇出场。可以推想二人之发迹变泰本为两个独立的故事,后为京师老郎以讲史方式串合在一起。当然,《史》篇“柴氏选夫”一节,老郎不仅添入史弘肇的戏份,凸显了史、郭二人的交集,而且整段故事叙述得松紧得宜,颇为精彩,呼应了所谓“龙虎君臣会”的主题。但回到“各自变泰”的脉络,这点交集却无补于二人在仕进上的两不相干。进而言之,作为市井故

① 冯梦龙《喻世明言》,页 308—309。

② 冯梦龙《喻世明言》,页 233—234。

③ 题罗贯中《残唐五代史演义传》(北京:宝文堂书店,1983),页 209。

事固然饶有趣味，但编辑为文人读物则难以绕开郭不君史、史不臣郭的史实。故“龙虎君臣会”的标题，所指不仅是两段不同的故事，也会令读者望文生义，道向“风虎云龙，兴王只在谈笑中”的模式化思维，而这相对于故事的主题就无疑有所偏离了。

《金》篇的情况更为不同。其篇尾诗固然道出了全文的主题：

> 世上谁人不爱色？惟有海陵无止极。未曾立马向吴山，大定改元空叹息。空叹息，空叹息。国破家亡回不得。孤身客死倩人怜，万古传名为逆贼。①

《金史·后妃传上》中有《海陵诸嬖》一节，附于海陵后徒单氏传后。传序曰：

> 金代，后不娶庶族，甥舅之家有周姬、齐姜之义。国初诸妃皆无位号，熙宗始有贵妃、贤妃、德妃之号。海陵淫嬖，后宫浸多，元妃、姝妃、惠妃、贵妃、贤妃、宸妃、丽妃、淑妃、德妃、昭妃、温妃、柔妃凡十二位。②

观其体例与评论，显然有贬斥海陵之意。然元好问《中州集》记贾益谦之言曰：“我闻海陵被弑而世宗皇帝立，大定三十年，禁近能暴海陵蛰恶者得美仕。史官修实录，诬其淫毒狠鸷，遗臭无穷。自今观之，百可一信耶？”③故李建勋推论云：“金世宗乘海陵南征、后方统治空虚之际起事东京辽阳，于义为篡夺从兄之天下，不有以德易暴之堂皇理由，便无从维系人心而自立于国中，于是暴扬海陵过恶就成为‘取而代之’的神圣理由。试看《北盟会编》及《建炎以来系年要录》所载《世宗即位大赦改元诏令》列举海陵罪状至十七款之多，便可推知世宗之用心。世宗朝，史官纂修《海陵实录》，采访海陵近侍，饵以实惠，故宫中秽事于是独多。元人修《金史》，纂《海陵本纪》，史料的依据即为金朝编成的《海陵实录》，史官对史料的真实性也表示了怀疑。”④如此自可解释《金史》绘声绘色描述海陵房闱的突兀现象。然而，《金史》这段文字却为《金主亮荒淫》及《金》篇的出现创造了可能性。而这两篇话本不但未能达到善善恶恶、贤贤贱不肖的教化功能，反而一直因其淫秽内容而遭诟病。刘红梅认为，《金》篇存在着主题与具体描写的背反现象，而究其原因可归纳为四点：一是晚明社会纵欲放荡的社会风气与作者匡时世、济民心的责任感的冲突；二是作者的文化心理结构本身就是矛盾的综合体；三是作者婚姻伦理化与情感自然化爱情观本身的不可调和；四是作者作为男性，其性心理中有着矛盾冲突的一面⑤。即便如郑振铎所言，《金主亮荒淫》及《金》篇的文字无大差异，读者从二者的标题仍可窥见着重点的不同。《金主亮荒淫》之标题较为古拙，“荒淫”二字虽含贬义，但整个标题似仍有叙述、猎奇的意味。而《金海陵纵欲亡身》的标题与后篇《隋炀帝逸游遭谴》成对偶，点明亡身、遭谴就是纵欲、逸游的直接后果，价值判断不可谓不鲜明。换言之，若《金主亮荒淫》的作者果如谭正璧推测为隆、万间人，则此篇创作动机要为迎合世俗趣味而劝百讽一；而冯梦龙改换标题，倒有寻绎《金史》大义之意。不过从小说的内容来看，海陵亡

---

① 冯梦龙《醒世恒言》(上海：上海古籍出版社，1992)，页332。

② 脱脱《金史》(北京：中华书局，1997)，页1498。

③ 元好问编《中州集》(台北：商务印书馆影印文渊阁四库全书，1983)卷九，页29b。

④ 李建勋《金海陵王婚姻之分析》，《农垦师专学报》，1994年第4期，页8。

⑤ 刘红梅《〈金海陵纵欲亡身〉主题与共体描写的背反现象》，《娄底师专学报》，1999年第1期，页53—57。

身的直接缘由并非纵欲,而是穷兵黩武。《金》篇第7段曰:

> 却说海陵大举南侵,造战船于江上,毁民庐舍以为材,煮死人膏以为油,费财用如泥沙,视人命如草菅。既发兵南下,群臣因万民之嗟怨,立曹国公乌禄为帝,即位辽阳,改名雍,改元大定,遥降海陵为王。①

尽管此段也涵纳了世宗妻乌林答氏受辱的情节,但在作者笔下,海陵淫人妻女、破坏传统礼法和社会价值观、开罪众多宗室朝臣而引发政变兵变,顶多只是解释其身败名裂的一条隐性而间接的理据。且相对23000多字的全文,第7段占700余字,仅全篇的3%强。换言之,"劝百讽一"的格局在《金》篇中并无显著的变动。因此,《金》篇在编纂、传播及接受的过程中与善善恶恶、贤贤贱不肖的预设主题产生落差和背反,自然不足为奇。

(二)题材之互文

《史》、《钱》、《金》三篇所含的题材往往与前文本产生互文关系,如柴氏选夫、蜥蜴投胎等皆是,然在细节运用上又有所损益变化。如《钱》篇6.1节"智退巢兵",《新五代史》卷六七《吴越世家第七》已有记载:

> 唐乾符二年,浙西裨将王郢作乱,石鉴镇将董昌募乡兵讨贼,表镠偏将,击郢破之。是时,黄巢众已数千,攻掠浙东,至临安,镠曰:"今镇兵少而贼兵多,难以力御,宜出奇兵邀之。"乃与劲卒二十人伏山谷中,巢先锋度险皆单骑,镠伏弩射杀其将,巢兵乱,镠引劲卒蹂之,斩首数百级。镠曰:"此可一用尔,大众至何可敌邪!"乃引兵趋八百里,八百里,地名也,告道旁媪曰:"后有问者,告曰:'临安兵屯八百里矣。'"巢众至,闻媪语,不知其地名,曰:"向十余卒不可敌,况八百里乎!"遂急引兵过。②

所谓攻心为上,钱镠在突出奇兵后再运用语言上的歧义,成功吓退了黄巢的侵略军。这段资料也见于《西湖游览志余》卷一,文字几乎完全相同。③《钱》篇则颇有烘染:

> 分拨已定,黄巢兵早到。原来石鉴镇山路险隘,止容一人一骑。贼先锋率前队兵度险,皆单骑鱼贯而过。忽听得一声炮响,二十张劲弩齐发,贼人大惊,正不知多少人马。贼先锋身穿红锦袍,手执方天画戟,领插令字旗,跨一匹瓜黄战马,正扬威耀武而来,却被弩箭中了颈项,倒身颠下马来,贼兵大乱。钟明、钟亮引着二百人,呼风喝势,两头杀出。贼兵着忙,又听得四围呐喊不绝,正不知多少军马,自相蹂踏。斩首五百余级,余贼溃散。钱镠全胜了一阵,想道:"此乃侥幸之计,可一用不可再也。若贼兵大至,三百人皆为齑粉矣。"此去三十里外,有一村,名八百里,引兵屯于彼处,乃对道旁一老媪说道:"若有人问你临安兵的消息,但言屯八百里就是。"却说黄巢听得前队在石鉴镇失利,统领大军,弥山蔽野而来。到得镇上,不见一个官军,遣人四下搜寻居民问信。少停,拿得老媪到来,问道:"临安军在那里?"老媪答道:"屯八百里。"再三问时,只是说"屯八百

---

① 冯梦龙《醒世恒言》,页331。

② 欧阳修《新五代史》,页836。

③ 田汝成《西湖游览志余》,页4。

> 里”。黄巢不知“八百里”是地名，只道官军四集，屯了八百里路之远，乃叹道：“向者二十弓弩手，尚然敌他不过，况八百里屯兵乎？杭州不可得也！”于是贼兵不敢停石鉴镇上，径望越州一路而去，临安赖以保全。[①]

将正史“击郢破之”敷衍出二百余字来描写战争场面，又在后文增添了不少独白、对白，使文字更富于戏剧性，但“八百里”的斗智题材却并未更易。

其次，又有题材不变，而情节有所变化者。如同篇第7段“诛灭董昌”：

> （罗平）行了二日，路上忽逢一簇人，攒拥着一个十二三岁的孩儿。那孩子手中提着一个竹笼，笼外覆着布幕，内中养着一只小小翠鸟。罗平挨身上前……只见那小鸟儿，将头颠两颠，连声道：“皇帝董！皇帝董！”……罗平道：“我与你两贯足钱，卖与我罢。”孩子得了两贯钱，欢欢喜喜的去了。罗平捉了鸟笼，急急赶路。不一日，来到越州，口称有机密事要见察使。董昌唤进，屏开从人，正要问时，那小鸟儿又在笼中叫道：“皇帝董！皇帝董！”董昌大惊，问道：“此何鸟也？”罗平道：“此鸟不知名色，天生会话，宜呼曰‘灵鸟’。”……原来董昌见天下纷乱，久有图霸之意，听了这一席话，大喜道：“足下远来，殆天赐我立功也。事成之日，即以本州观察相酬。”于是拜罗平为军师，招集兵马，又于民间科敛，以充粮饷。命巧匠制就金丝笼子，安放“灵鸟”，外用蜀锦为衣罩之。[②]

《西湖游览志余》中，这段文字非常简短：“顷之，董昌以罗平鸟谶，反越州，镠击取之。”[③]所谓“罗平鸟谶”，明初林弼已有诗云：“罗平妖鸟啼未歇。”[④]考诸《新唐书》卷二百二十五下《列传第一百五十下·逆臣下·董昌》：

> 客倪德儒曰：“咸通末，越中秘记言：‘有罗平鸟，主越祸福。’中和时，鸟见吴、越，四目而三足，其鸣曰‘罗平天册’，民祀以攘难。今大王署名，文与鸟类。”即图以示昌，昌大喜。[⑤]

由此可见，《钱》篇这段文字全由《新唐书》发展而来。然不同者有三处：一、《新唐书》中向董昌进言者原为倪德儒，而《钱》篇附会为罗平。二、《新唐书》中，此鸟出现于唐僖宗中和年间，倪德儒、董昌并未及见，而《钱》篇则变成罗平献鸟。三、《新唐书》中，此鸟四目而三足，其鸣曰“罗平天册”，受到人民的拜祀。《钱》篇中，此鸟仅为一小小翠鸟，其鸣曰“皇帝董”，为一小儿所得，而人们只想买回去玩耍，并无虔敬之心。《钱》篇作者如此改写，自是要令情节更为吸引，同时又贬低董昌的地位，但鸟谶的题材在互文的过程中却并未改变。类似的例子又如《金》篇2.2节“秽乱重节”。《金史》原文云：

> 昭妃（阿里虎）初嫁阿虎迭，生女重节。海陵与重节乱，阿里虎怒重节，批其颊，颇有

---

① 冯梦龙《喻世明言》，页310—311。

② 冯梦龙《喻世明言》，页317。

③ 田汝成《西湖游览志余》，页4。

④ 林弼《林登州集》（台北：商务印书馆影印文渊阁四库全书，1983）卷二，页13b。

⑤ 欧阳修《新唐书》（北京：中华书局，1997），页6468—6469。

诋訾之言。[1]

而《金》篇增饰成500余字曰:

> (海陵)置阿里虎于不理者将及旬矣。阿里虎欲火高烧,情烟陡发,终日焦思,竟忘重节之未出宫也。命诸侍嫔侦察海陵之所之。一侍嫔曰:"帝得新人,撇却旧人矣。"阿里虎惊问道:"新人为谁?几时取入宫中?"侍嫔答道:"帝幸阿虎重节于昭华宫,娘娘因何不知?"阿里虎面皮紫,怒发如火,捶胸跌脚,诟骂重节。侍嫔道:"娘娘与之争锋,恐惹笑耻。且帝性躁急,祸且不测。"阿里虎道:"彼父已死,我身再醮,恩义久绝,我怕谁笑话!我誓不与此淫种俱生,帝亦奈我何哉!"侍嫔道:"重节少艾,帝得之胜百斛明珠。娘娘齿长矣!自当甘拜下风,何必发怒!"阿里虎闻诮,愈怒道:"帝初得我,誓不相舍。讵意来此淫种,夺我口食!"乃促步至昭华宫。见重节方理妆,一嫔捧凤钗于侧。遂向前批其颊,骂道:"老汉不仁,不顾情分,贪图淫乐,固为可恨!汝小小年纪,又是我亲生儿女,也不顾廉耻,便与老汉苟合,岂是有人心的!"重节亦怒骂道:"老贱不知礼义;不识羞耻,明烛张灯,与诸嫔裸裎夺汉,求快于心。我因来朝,踏此淫网,求生不得生,求死不得死,正怨你这老贱,只图利己,不怕害人,造下无边恶孽,如何反来打我!"两下言语不让一句,扭做一团,结做一块。[2]

《金》篇作者在不变易题材的情况下,将情节、对白踵饰增华,尤其突出了重节不甘受海陵污辱而无可奈何的心情,还借重节口控诉其母阿里虎"只图利己,不怕害人,造下无边恶孽",使角色的形象更为丰满,有血有肉。

此外又有保留前文本题材而稍有补充者。如《金》篇4.1节中海陵与定哥婢女贵哥的关系。《金史》云:

> 贵妃定哥,姓唐括氏。有容色。崇义节度使乌带之妻。海陵旧尝有私,侍婢贵哥与知之。[3]

其后海陵召定哥入宫中,不久又疏远之,定哥遂与旧仆阎乞儿私通:

> 定哥乃使人以箧盛乞儿载入宫中,阍者果不敢复索。乞儿入宫十余日,使衣妇人衣,杂诸宫婢,抵暮遣出。贵哥以告海陵。定哥缢死,乞儿及比丘尼三人皆伏诛。封贵哥莘国夫人。[4]

而《金》篇作者就在"与知之"三字做文章,铺衍出贵哥以红娘的身份为海陵和定哥穿针引线的情节,而海陵就在此际亦与贵哥同时发展出私情:

> 海陵笑道:"原蒙姐姐错爱,才敢唐突。若论小生这般人物,岂不辱莫了姐姐?"女待诏道:"老爷不必过谦,姐姐不要害怕。你两个何不先吃个合卺杯儿?"海陵道:"婆婆说

---

① 脱脱《金史》,页1509。

② 冯梦龙《醒世恒言》,页310。

③ 脱脱《金史》,页1510。

④ 脱脱《金史》,页1510—1511。

得极是。只是酒在那里？杯儿在那里？”女待诏搿着他两个的头道：“好个不聪明的老爷，杯儿就在嘴上，好酒就在嘴里。你两个香喷喷美甜甜亲一个嘴，就是合卺杯了。”海陵道：“果是小生呆蠢，见不到此。”便搂着贵哥，要与他做嘴。那贵哥扭头捏颈，不肯顺从。被海陵拦腰抱住，左凑右凑。贵哥拘不过，只得做了个肥嘴。①

贵哥愿意促成定哥的好事，两人关系定然密切。故《金》篇借探事人交待道：“止有一个贵哥是他得意丫鬟，常时使用的。”又透过贵哥之口道：“夫人平日没一句话不对小妮子说的。”可见主仆二人之知心。然而，《金史》所记贵哥告发定哥与阎乞儿私通之事，《金》篇却无进一步的烘染。是因为二人争宠失和？抑或贵哥慑于海陵淫威而忍痛背叛主人？作者其实可以仔细陈述。然而草草带过，与前文大篇幅的描写相比，不仅让人感到定哥之死有虎头蛇尾之感，也使贵哥形象的统一与完整性产生瑕疵。

此外，也有前后文本之题材略为对峙者。如前论《旧五代史·太祖圣穆皇后柴氏传》引南宋王称《东都事略·张永德传》一条，柴氏欲嫁郭威，遭到父母的反对②，这个题材在北宋释文莹《玉壶清话》卷六中已有记载，且内容更为丰富：

魏人柴公以经义教授里中，有女子备后唐庄宗掖庭。明宗入洛，遣出宫，父母往迎之。至洛，遇雨，踰旬不能进。其女悉以奁具计直十万，分其半与父母，令归大名，曰：“儿见沟旁邮舍队长，黝色花项为雀形者，极贵人也，愿事之。”父母大愧之，知不可夺，问之，即郭某，乃周祖也。因事之，执箕帚之礼。一日，谓其夫曰：“君极贵不可言，然时不可失，妾有五万，愿奉君以发其身。”周祖因其赀得为军司。其父柴公，平生为独寝之人，传司冥间事。一日晨起，忽大笑，妻问之，不对，但笑不已。公惟喜饮，妻逼极醉，因漏泄其事，曰：“花项汉将为天子。”后果然。③

虽然同样讲述了柴公夫妇对女儿的婚事表示保留，但还记载了柴公后来态度的转变：柴公本为冥判，在阴间得知郭威将作天子，于是大笑不已。苏辙《龙川别志》卷上也有类似的记载，唯其文作：

后父柴三礼既老，夜寐辄不觉，昼起常寡言笑。其家问之，不答。其妻醉之以酒，乃曰：“昨见郭雀儿已作天子。”④

盖苏辙以为冥判乃怪力乱神之事，遂略作改写尔。而同样出现于宋代的《五代史平话·周史平话》中，柴公则成了主动促成这段姻缘的人物：

一日行从柴仁翁门道过，那柴家是个世代豪富，好布施，济贫寒，积阴德的人。他门下常有诸色百工技艺的人，在彼仰给衣饭。他门下一个相士见了郭威，向柴仁翁道：“适

① 冯梦龙《醒世恒言》，页322。

② 按：元明之际产生的《残唐五代史演义传》第五十九回所言与《东都事略.张永德传》大体接近：“唐庄宗有宫人柴氏归其家择姻。一日窥于门，见有疾走而过者，柴氏大惊，问：‘此人为谁？’有识者告曰：‘从军马使郭雀儿也！’柴氏欲嫁之，父母曰：‘汝乃皇帝左右之人，归当嫁节度使，奈何欲嫁此等之人？’柴氏坚不他适，竟归于威。”见页225。

③ 释文莹《玉壶清话》（北京：中华书局，1984），页60—61。

④ 苏辙《龙川别志》（上海：商务印书馆，1937），页1。

来行过的后生,是何处人氏?这厮将来贵不可言。颈上一颗肉珠,乃是禾宝。颊上一个雀儿,将来雀儿口啄着禾粟时分,这人做天子也!"柴长者见那相士恁地说了,急忙使人唤郭威进来,问他来历。郭威逐一说与柴长者听了一遍。长者问郭威曰:"您而今在这里做个甚的生活?"郭威道:"咱待去为人雇佣,挑担东西,胡乱糊口度日。"柴长者道:"不消恁地。咱有个亲生女儿唤做柴一娘,招您做赘居女婿,不知您意下如何?"郭威见说:"谢长者看觑!但是小人身畔没个辽丁,怎生敢说婚姻的话?"柴长者道:"大丈夫富贵贫贱,各有时命。且忍耐在家里,俟时通运泰,必有发迹的分也。"柴长者便唤邻舍范文二做媒,与郭威的叔父郭科说知,择取良辰吉日,招郭威入舍,与柴一娘结百年夫妇之好。奈郭威既入赘柴家后,柴长者是个豪富的人,他贪图相士道郭威他日做天子,别作一眼觑他。①

《玉壶清话》及《龙川别志》中,柴公只将郭威称为"花项汉"或"郭雀儿";而《周史平话》中,柴公嫁女的直接动机,就是"将来雀儿口啄着禾粟时分,这人做天子"的预言。且《平话》并未道及柴夫人曾为后唐宫中的嫔御。而《史》篇中,柴公并未出场,遑论有反对女儿下嫁郭威之事。郭柴联姻,全赖柴夫人主动:

掌印柴夫人,理会得些个风云气候,看见旺气在郑州界上,遂将带房奁,望旺气而来。来到孝义店王婆家安歇了,要寻个贵人。柴夫人住了几日,看街上往来之人,皆不入眼。看着王婆道:"街上如何直恁地冷静?"王婆道:"覆夫人,要热闹容易。夫人放买市,这经纪人都来赶趁,街上便热闹。"夫人道:"婆婆也说得是。"便教王婆四下说教人知:"来日柴夫人买市。"……少间,买市罢。柴夫人看着王婆道:"问婆婆,央你一件事。"王婆道:"甚的事?"夫人道:"先时卖狗的两个汉子,姓甚的?在那里住?"王婆道:"这两个最不近道理。切肉的姓郭,顶盘子姓史,都在孝义坊铺屋下睡卧。不知夫人间他两个,做甚么?"夫人说:"奴要嫁这一个切肉姓郭的人,就央婆婆做媒,说这头亲则个。"王婆道:"夫人偌大个贵人,怕没好亲得说,如何要嫁这般人?"夫人道:"婆婆莫管,自看见他是个发迹变泰的贵人,婆婆便去说则个。"②

此段柴夫人愿意下嫁,仅因望气及一眼相中郭威能发迹变泰,并雀儿文身也未交待,可见传闻之异同。至若这文身,前引《画墁录》谓乃一道士为郭威"项右作雀,左作谷粟"。《史》篇则言道士在郭威"右项上刺着几个雀儿,左项上刺几根稻谷",说道:"若要富贵足,直持雀衔谷",大抵相近。而《周史平话》于此文身题材内容的书写则略有差异。其谓郭母常氏:

怀孕一十二个月,生下一个男孩,诞时满屋祥光灿烂,香气氤氲,郭和抱那孩儿一觑,见左边颈上生一个肉珠,大如钱样,珠上有禾穗纹,十分明朗。③

又谓郭威十一岁时:

武安令郭威去看守晒谷,怕有飞禽来吃谷粟时,驱逐使去。无奈那雀儿成群结队偕

---

① 丁锡根点校《五代史平话》,载《宋元平话集》(上海:上海古籍出版社,1990),页192。

② 冯梦龙《喻世明言》,页222—223。

③ 丁锡根点校《五代史平话》,载《宋元平话集》,页189。

来偷吃谷粟，才赶得东边的去，又向西边来吃。无计奈何，郭威做成竹弹弓一张，拾取小石块子做弹子，待那飞禽来偷谷时分，便弯起这弓，放取弹子，打这禽雀。却不曾弹得雀儿，不当不对把那邻家顾瑞的孩儿顾驴儿太阳穴上打了一弹。弹到处，只见顾驴儿跷倒在地气绝。……那法司检拟郭威弹雀误中顾驴儿额上，系是误伤杀人，情理可恕；况兼年未成丁，难以加刑。拟将郭威量情决臀杖二十，配五百里，贷死。呈奉刺史台判，准拟照断，免配外州，将颊上刺个雀儿，教记取所犯事头也。[①]

可见谷穗并非文身，而是郭威颈上肉珠的纹路；而雀儿也非道士所刺，而是郭威犯事后官府的肉刑。至于雀儿衔穗，则是郭威当了刘知远部将后：

会郭威颈上患疽，且驻军封丘治疗，三日而愈，颈边所刺雀儿，果与珠上禾黍相及。柴夫人令郭威览镜道："您曾记得咱爷爷见相士说，您雀儿啄着菽时分，必为天子？今雀儿厮近了，富贵来迫，公千万自爱，毋辜咱父亲的期望也！"[②]

《周史平话》虽为小说家言，其叙述却远较《画墁录》及《史》篇为朴直平实，殆亦更接近历史真相。不过，《史》篇仍采用道人文身之说，则平添了故事的神奇色彩，体现郭威天命所归的身份。

四、情节之互文

刘勇强云：情节是小说的一个基本要素，情节来自于生活，是对日常事件的加工。这种加工当然不是小说家的特权，在历史记载与民间传说中，事件就可能成为了一个首尾完具的故事，而事件与故事又有可能成为小说家编造情节的素材，相似的情节重复出现，便可能意味着某种情节类型的形成[③]。情节既可以是单一事件，也可以是一系列事件的发展过程。按照因果逻辑组织起来的一系列事件情节，可以体现出人物行为之间的冲突。然而情节不于故事者，在于它只是连贯故事的要素，而非故事的全部。情节之间的组合体现了一种因果关系、时空关系和情感关系。为方便论述，本文将系列情节的组织方式称为情节结构，将单一事件的情节称为情节单元，分目而论之。

（一）情节结构之互文

情节结构可分为线状、网状、画面、象征、写实、散文等类型。本文所论三篇作品大抵属于线状结构，就是各情节单元按时间的自然顺序、事件的因果关系顺序连接起来，呈线状延展，由始而终，一步步向前发展，虽不无倒叙、插叙和补叙，但并不改变整体的线状格局。三篇中，以钱镠为单一主角的《钱》篇尤能体现出现状特征。而《金》篇的情节结构虽亦"由始而终"，但诸嬖为数甚多，其出场、退场未必有一定的逻辑关联，与海陵邂逅的时间亦各有不同。

① 丁锡根点校《五代史平话》，载《宋元平话集》，页190—191。

② 丁锡根点校《五代史平话》，载《宋元平话集》，页203。

③ 刘勇强《古代小说情节类型的研究意义》，《北京大学学报（哲学社会科学版）》2010年第3期，页133。

若勉强以时间先后为叙述基础,难免割裂零碎。故此,此篇则基本上跟从了《金史.后妃传》的次序,首尾分别增叙海陵之兴、败,如是则诸嬖的情节更似"纪事本末"体了。至若《史》篇乃由史弘肇、郭威两个发迹变泰的故事黏合起来。前半以史为主角,后半以郭为主角,两人显隐互见,情节平行并进,至篇末统收,二人重遇于刘知远麾下。此可称为复线或圆形结构。掌握三篇的宏观情节结构后,本目主要透过与前文本的比勘,讨论其作者如何在细部上组织原本未必相关的情节单元,使之称为有机整体,以推动故事的发展。

《史》、《钱》二篇与正史及其他文献资料互文之处多为一些比较琐细的片断,而这些片断在拟话本中的结构功能未必与前文本完全相同。如《旧五代史·太祖圣穆皇后柴氏传》引《东都事略·张永德传》云:

> 周太祖柴后,本唐庄宗之嫔御也,庄宗没,明宗遣归其家,行至河上,父母迓之,会大风雨,止于逆旅数日。有一丈夫走过其门,衣弊不能自庇,后见之,惊曰:"此何人邪?"逆旅主人曰:"此马步军使郭雀儿者也。"后异其人,欲嫁之,请于父母。父母恚曰:"汝帝左右人,归当嫁节度使,奈何欲嫁此人?"后曰:"此贵人也,不可失也。囊中装分半与父母,我取其半。"父母知不可夺,遂成婚于逆旅中。所谓郭雀儿,即周太祖也。此事薛史不载,盖当时为之讳言。①

大概仍因忌讳之故,《东都事略》并未言及"郭雀儿"之名的由来。而宋人张舜民《画墁录》则解释道:

> 郭祖微时与冯晖同里闬,相善也。椎埋无赖靡所不至,既而各窜赤籍。一日,有道士见之,问其能。曰:"吾业雕刺。"二人因令刺之,郭于项右作雀,左作谷粟。冯以脐作瓮,中作雁数只。戒曰:"尔曹各于项脐自爱,尔之雀衔谷,尔之雁出瓮,乃亨显之时也。"寒食,冯之妇得麻鞋数双,密藏之,将以作节。冯搜得之,蒱博,醉,归卧门外。其妇勃然曰:"节到也,如何办得?"冯徐扪腹曰:"休说办不办,且看瓮里飞出雁。"郭祖秉旄之后,雀谷稍近,登位之后,雀遂衔谷。冯秉旄,雁自瓮中累累而出。世号郭威为郭雀儿。②

这段文字短小精悍,自成起承转合的格局,已有小说的意味。而《史》篇中由于先叙史弘肇之事,然后才带出郭威,因此并未在郭威出场时讲述文身情节,而是直到 4.1 节才补述。此节中,郭威投靠符令公,因未贿赂部署李霸遇而受到冷落,不忿之下因故和李霸遇斯打:

> 郭大郎先脱膊,众人喊一声。原来贵人幼时曾遇一道士,那道士是个异人,督他右项上刺着几个雀儿,左项上刺几根稻谷,说道:"若要富贵足,直持雀衔谷。"从此人都唤他是郭雀儿。到登极之日,雀与谷果然凑在一处。此是后话。这日郭大郎脱膊,露出花项,众人喝采。③

见缝插针地补述,且加强了这段打斗精彩热闹的气氛,可谓巧妙无迹。同篇还出现一次类似情况。4.3 节中,郭威因打杀尚衙内而下狱,承吏王琇虽接到符令公"宽容郭威"的手书,却仍

① 薛居正《旧五代史》,页 1599。
② 张舜民《画墁录》(台北:商务印书馆影印文渊阁四库全书,1983),页 1b—2a。
③ 冯梦龙《喻世明言》,页 228—229。

以"律有明条"而推诿。当晚王琇回到司房后：

伏案而睡，见一条小赤蛇儿，戏于案上。王琇道："作怪！"遂赶这蛇。急赶急走，慢赶慢走；赶到东乙牢，这蛇入牢眼去，走上贵人枷上，入鼻内从七窍中穿过。王琇看这个贵人时，红光罩定，紫雾遮身。理会未下，就司房里飒然睡觉。……王琇得了这一梦，肚里道："可知符令公教我宽容他，果然好人识好人。"①

小蛇的故事出自《旧五代史》卷一百十《周书·太祖纪一》：

帝尝昼寝，有小虺五色，出入鹳鼻之间，(柴)后遽见愕然。②

这段资料也见于《册府元龟》卷二十一，且多出数言：

柴后遽见愕然，始奇特之，倾资无惜。后恐人腾口贻患，每寝戒左右，俾于屏蔽之所。③

嫁接之余，更透过采用"暗含—引用"(implicitation)的方式，将配角由柴后换为王琇，将现实环境改为梦境，强调了王琇帮助郭威的因由。

类似的情形也出现在《钱》篇中。《西湖游览志余》卷廿一云：

钱武肃王居宫中，轮差诸院敏利老妪监更。一夕，有大蜥蜴沿银缸噏油，既竭而倏然不见。监更妪异之，不敢语人也。明日，王曰："吾昨夜梦饮麻膏而饱。"监更妪以所见对，王微哂而已。④

这条资料同样通过"暗含—引用"，两次出现并融于作为受文(texted'accueil)的《钱》篇中。如第2段道及钱镠诞生的情形云：

其母怀孕之时家中时常火发，及至救之，又复不见，举家怪异。忽一日，黄昏时候，钱公自外而来，遥见一条大蜥蜴，在自家屋上蜿蜒而下，头垂及地，约长丈余，两目熠熠有光。钱公大惊，正欲声张，忽然不见。只见前后火光亘天，钱公以为失火，急呼邻里求救。众人也有已睡的，未睡的，听说钱家火起，都爬起来，收拾挠钩水桶来救火时，那里有什么火！但闻房中呱呱之声，钱妈妈已产下一个孩儿。钱公因自己错呼救火，蒿恼了邻里，十分惭愧，正不过意，又见了这条大蜥蜴，都是怪事，想所产孩儿，必然是妖物，留之无益，不如溺死，以绝后患。也是这小孩儿命不该绝，本邻有个王婆，平生念佛好善，与钱妈妈往来最厚。……钱公被王婆苦劝不过，只得留了，取个小名，就唤做婆留。⑤

比对《西湖游览志余》卷一的记载：

开平元年，梁太祖即位，封吴越王。……一邻媪，九十余岁矣，携壶浆角黍迎镠，呼曰："钱婆留，宁馨长进！"镠下车拜之。盖镠生时，光怪满室，其父欲不举，是媪强留之，

① 冯梦龙《喻世明言》，页230。

② 薛居正主编、陈尚君纂辑《旧五代史新辑会证》(上海：复旦大学出版社，2005)，页4045。

③ 王钦若、杨亿《册府元龟》(台北：商务印书馆影印文渊阁四库全书，1983)卷二十一，页29b—30a。

④ 田汝成《西湖游览志余》(上海：上海古籍出版社，1980)，页378。

⑤ 冯梦龙《喻世明言》，页298。

故名钱婆留也。[1]

可见蜥蜴事并不见《志余》卷一，乃《钱》篇作者据《志余》卷廿一而改写补入者。又《钱》篇4.3节云：

> 却说钟明、钟亮在衙中早饭过了，袖了几锭银子，再到戚汉老家来。汉老正在门首买东买西，见了二钟，便道："钱大郎今日做东道相请，在此专候久了，在小阁中打盹。二位先请进去，小人就来陪奉。"钟明、钟亮两个私下称赞道："难得这般有信义之人。"走进堂中，只听得打鼾之声，如霹雳一般的响。二钟吃一惊，寻到小阁中，猛见个丈余长一条大蜥蜴，据于床上，头生两角，五色云雾罩定。钟明、钟亮一齐叫道："作怪！"只这声"作怪"，便把云雾冲散，不见了蜥蜴，定睛看时，乃是钱大郎直挺挺的睡着。弟兄两个心下想道："常闻说异人多有变相，明明是个蜥蜴，如何却是钱大郎？此人后来必然有些好处，我们趁此未遇之先，与他结交，有何不美？"[2]

与《志余》卷廿一相比，角色一为监更妪，一为钟氏兄弟，然钱镠于睡梦中显现蜥蜴元神的情节却相同。《钱》篇作者将这个元神的母题转化运用在小说的不同部分，前者体现其出生之不凡，后者强调二钟死心塌地协助钱镠的原因，对于全篇的叙事结构起了很重要的作用。

至于《金》篇与《金史·后妃传》的结构异同，谭正璧已有注意。谭氏比较二者的叙述次第后道："其间次第虽略有不同，然实无多大的出入。话本的作者，为了行文的方便，故将弥勒及察八二人事略略的提前。"[3]《金史》于徒单后以下先叙阿里虎，其言曰："（阿里虎）在南京，海陵亦从梁王宗弼在南京，欲取阿里虎，突葛速不从，遂止。及篡位方三日，诏遣阿里虎归父母家。阅两月，以婚礼纳之。"[4]次叙定哥曰："海陵旧尝有私。"[5]二人皆为海陵在潜邸时所属意，其余大抵为即位后所幸者。《金》篇遵循了这种叙述方式，其将弥勒事提前，正因新增的弥勒与哈密都卢之事在时间上延伸至海陵即位之前。其文云：

> （弥勒）年十岁，色益丽，人益奇。弥勒亦自谓异于众人，每每沽娇夸诩。其母与邻母善，时时迭为宾主。邻母之子哈密都卢年十二岁，丰姿颇美，闲尝与弥勒儿戏于房中，互相嘲谑，遂及于乱。……倏经天德二年，弥勒年已逾笄。海陵闻其美也，使礼部侍郎迪辇阿不取之于汴京。[6]

海陵即位，改元天德，而弥勒与哈密都卢之事显然在天德改元以前，故《金》篇遂将弥勒之事前置于阿里虎与定哥之间。此外，阿里虎与胜哥之同性恋、弥勒与姊夫迪辇阿不之私情、定哥与阎乞儿暗通、察八遗金鹌鹑袋子与故夫萧堂古带、叉察与完颜守诚有奸，在海陵视之皆为"不忠"，故诸人除弥勒外皆无善终。不过，叉察入宫后除"日夜咒诅，语涉不道"外并无与完颜守诚私通的实事，与前数人不同，故《金》篇将察八之事前置于定哥之后，于叉察则并无挪动，其因盖此。《金》篇将诸人次序依照事件内容重新调整，某些小故事更增添了对白与文

① 田汝成《西湖游览志余》，页5—6。
② 冯梦龙《喻世明言》，页305。
③ 谭正璧《三言两拍资料》，页490。
④⑤ 脱脱《金史》，页1509。
⑥ 冯梦龙《醒世恒言》，页311。

字烘染。如莎里古真之妹余都一节,《金史》仅云:

余都,牌印松古刺妻也。海陵尝曰:"余都貌虽不扬,而肌肤洁白可爱。"①

而《金》篇铺衍道:

余都,牌印松古刺妻也。海陵尝私之,谓之曰:"汝貌虽不扬,而肌肤洁白可爱,胜莎里古真多矣。"余都恚曰:"古真既有貌,陛下何不易其肌肤,作一全人?"海陵道:"我又不是阎罗天子,安能取彼易此?"余都道:"从今以后,妾不敢复承幸御矣。"海陵慰之曰:"前言戏之耳。汝毋以我言为实,而生怨恚也。"②

意虽鄙陋,然伊其相谑,亦自生姿动人。然而,《金》篇最精彩处,仍在阿里虎、弥勒、定哥三节,盖其颇费烘染之力,故笔墨随而佳胜。如定哥一节,由《金史》原本的900多字发展至13000余字,酣畅恣肆,几可独立成一话本;却与他人故事并列,予人比例失衡、着墨不均之感,而他人故事亦如丛残小语,难免骥尾蛇足之讥矣。

(二) 情节单元之互文

回观《史》、《钱》、《金》三篇中,有不少前贤找不到直接对应的段落,正是因为作者采用了"复杂暗含"的引用方式。这些段落中的情节类型往往会出现在其他文本中,是说话人或古典小说的一种套路,甚至可说是超越文本而存在。如戴宏森所言,历代说书艺人必须掌握足够多的故事、事件、语言的"部件"、"零件",以便对书情作随机处置,遇路转弯,改头换面,借树开花③。如前论谭正璧认为《金》篇4.1节的贵哥说风情颇似脱胎自《金瓶梅词话》王婆说风情的一段,乃至怀疑二作同出一手。然刘勇强指出,王婆说风情的情节由《水浒传》创造、又经《金瓶梅》发挥,然在《喻世明言》的《蒋兴哥重会珍珠衫》中有一个如出一辙的薛婆说风情,④如是可知,《蒋》篇的作者相对《金瓶梅》即采用了"复杂的暗含—引用"之手法,却不必怀疑二者皆为一人所作。

又如话本小说中包含大量的诗歌、谣谚甚至谶语,这些作品或为引用,或为作者自作,或预示情节、或归纳前文、或营造气氛,不一而足。如《钱》篇第7段云:

却说临安县有个农民,在天目山下锄田,锄起一片小小石碑,镌得有字几行。农民不识,把与村中学究罗平看之。罗学究拭土辨认,乃是四句谶语。道是:"天目山垂两乳长。龙飞凤舞到钱塘。海门一点巽峰起,五百年间出帝王。"后面又镌"晋郭璞记"四字。罗学究以为奇货,留在家中。次日怀了石碑,走到杭州府,献与钱镠刺史,密陈天命。钱镠看了大怒道:"匹夫,造言欺我,合当斩首!"罗学究再三苦求方免,喝教乱棒打出,其碑就庭中毁碎。原来钱镠已知此是吉谶,合应在自己身上,只恐声扬于外,故意不信,乃见他心机周密处。⑤

① 脱脱《金史》,页1514。
② 冯梦龙《醒世恒言》,页328。
③ 姜昆、戴宏森《中国曲艺概论》(北京:人民文学出版社,2005),页176。
④ 刘勇强《古代小说情节类型的研究意义》,页134。
⑤ 冯梦龙《喻世明言》,页316。

文中谶语最早见于北宋钱俨《吴越备史》卷一引郭璞《临安地志》:

天目山前两乳长。龙飞凤舞到钱塘。海门山起横为案,五百年生异姓王。[①]

文字略有不同。此外,南宋岳珂《桯史》卷二《行都南北内》云:

旧传谶记曰:"天目山垂两乳长。龙骞凤舞到钱塘。山明水秀无人会,五百年间出帝王。"钱氏有国,世臣事中朝,不欲其语之闻,因更其末章三字曰"异姓王"以迁就之。[②]

谓钱氏更改谶语文字之记载,始见于此。至若"巽峰起"字样,最早见于元末陶宗仪《说郛》。[③]而《西湖游览志余》卷一则承之曰:

旧传谶记有云:"天目山垂两乳长。龙飞凤舞到钱塘。海门一点巽峰起,五百年间出帝王。"或云晋郭璞作。钱氏有国时,不欲其语闻之中国,更其末句云"异姓王"。[④]

考南宋王象之《舆地纪胜》卷二《凤凰山》小注引此诗前二句,又引《寰宇记》云:"山上两湖若左右目,故名。"同卷前有"龙山",小注云:"郭璞所谓龙盘凤舞。"[⑤]可见所谓"双乳"是指龙凤二山,"前"较"垂"为佳。[⑥]《钱》篇盖以《西湖游览志余》为直接前文本,将"不欲其语闻之中国"敷衍成学究罗平献碑而遭钱镠乱棒打出的故事。人物角色虽有增益或改换,然这段谶语预言的情节却依然保留。谶语之外,山歌亦复如是。如《恒言》之《卖油郎独占花魁》中便有一首《挂枝儿》,以花魁美娘的口气道出对卖油郎秦重的悦慕[⑦]。《金》篇也不例外,其第3段记叙迪辇阿不护送妻妹弥勒赴京的途中:

一晚,维舟傍岸,大雨倾盆,两下正欲安眠,忽闻歌声聒耳。迪辇阿不虑有穿窬,坐而听之,乃岸上更夫倡和山歌,歌云:"雨落沉沉不见天,八哥儿飞到画堂前。燕子无窠梁上宿,阿姨相伴姐夫眠。"迪辇阿不听见此歌,叹道:"作此歌者,明是讥诮下官。岂知下官并没这样事情。谚云'羊肉不吃得,空惹一身臊'也!"叹息未毕,又闻得窣窣似有人行。定睛一看,只见弥勒踽踽凉凉,缓步至床前矣。迪辇阿不惊问:"贵人何所见而来?"弥勒道:"闻歌声而来,官人岂年高耳聋乎?"迪辇阿不道:"歌声聒耳,下官正无以自明,贵人何不安寝?"弥勒道:"我不解歌,欲求官人解一个明白。"迪辇阿不遂将歌词四句逐

---

① 钱俨《吴越备史》(台北:商务印书馆影印文渊阁四库全书,1983)卷一,页19b。

② 岳珂《桯史》(台北:商务印书馆影印文渊阁四库全书,1983)卷二,页1a—b。

③ 陶宗仪《说郛》(台北:商务印书馆影印文渊阁四库全书,1983)卷三十三,页45b。

④ 田汝成《西湖游览志余》,页10。

⑤ 王象之《舆地纪胜》(上海:上海古籍出版社据清景宋抄本影印,1995)卷二,页19a、11a。

⑥ 按:晚明高濂《遵生八笺》谓"武林万山皆自天目分发,故地铃有'天目生来两乳长'",以万山皆孳乳自天目,更系附会。见高濂《遵生八笺》(台北:商务印书馆影印文渊阁四库全书,1983)卷六,页36b。

⑦ 按:其言曰:"俏冤家,须不是串花家的子弟,你是个做经济本分人儿,那匡你会温存,能软款,知心知意。料你不是个使性的,料你不是个薄情的,几番待放下思量也,又不觉思量起。"见冯梦龙《醒世恒言》,页37。

一分析讲解。弥勒不觉面赤耳热，假着迪辇阿不道："山歌原来如此，官人岂无意乎？"①

这首山歌既触动二人心事，也成为弥勒主动接近迪辇阿不的借口。此歌不见于他书记载，当系作者自撰，然民歌比兴色彩浓郁。观冯梦龙曾编辑《山歌》十卷，备记男女百态，其卷四即有几首关于姐夫与小姨私情者：

〇阿姨天上乌云载白云。女婿摇船载丈人。你搭囡儿算命个说道青草里得病枯草里死，千万小阿姨莫许子外头人。

〇又　一条浜，两条浜。第三条浜里断船行。揪起子竹竿拔起子橹，捉个小阿姨推倒在后船仓。　阿姨道姐夫呀，你弗要慌来弗要忙。放奴奴起来脱衣裳。小阿奴奴好像寄做在人家一缸头白酒，主人未吃你先尝。②

此两首虽为吴歌，然与《金》篇之山歌一样有船的意象。且第一首为四句，第二首八句盖为两段四句，与《金》篇山歌的体式也接近。若谓冯氏配合《金》篇情节，参考吴歌内容及形式而创作这首山歌，殆其然乎！

《钱》篇中也有"复杂的暗含—引用"的情况。如钱镠友人顾全武贩卖私盐、落草为寇，最后成为大将。然考历史记载，顾全武早年曾出家，后投身行伍，逐渐成为名将，然并无贩盐、落草之事，此即《钱》篇作者为配合钱镠早年贩卖私盐事迹的"借树开花"。进而言之，6.2节"讨刘汉宏"讲述了顾全武假意投靠刘汉宏，最后临阵倒戈，将刘击毙：

不一日，来到杭州城下。……只见城门开处，一军飞奔出来，来将正是钱镠，左有钟明，右有钟亮，径冲入敌阵，要拿刘汉宏。汉宏着了忙，急叫："先锋何在？"旁边一将应声道："先锋在此！"手起刀落，斩汉宏于马下。把刀一招，钱镠直杀入阵来，大呼："降者免死！"五千人不战而降，陆萃自刎而亡。斩汉宏者，乃顾全武也。③

这段文字与《三国演义》第九回吕布斩董卓的情节非常相似：

次日侵晨，董卓摆列仪从入朝……遥见王允等各执宝剑立于殿门，惊问肃曰："持剑是何意？"肃不应，推车直入。王允大呼曰："反贼至此，武士何在？"两旁转出百余人，持戟挺槊刺之。卓裹甲不入，伤臂坠车，大呼曰："吾儿奉先何在？"吕布从车后厉声出曰："有诏讨贼！"一鼓直刺咽喉，李肃早割头在手。吕布左手持戟，右手怀中取诏，大呼曰："奉诏讨贼臣董卓，其余不问！"将吏皆呼万岁。④

不仅情节雷同，连对白也如出一辙。如"先锋何在"、"吾儿奉先何在"，"降者免死"、"奉诏讨贼臣董卓，其余不问"，两两相应。即使《钱》篇作者并未参考《三国演义》，但毋庸置疑的是，临阵倒戈是传统小说中重要的情节类型之一。其次，《钱》篇4.2节中劫船的情节，也是古典

① 按：其言曰："俏冤家，须不是串花家的子弟，你是个做经济本分人儿，那匡你会温存，能软款，知心知意。料你不是个使性的，料你不是个薄情的，几番待放下思量也，又不觉思量起。"见冯梦龙《醒世恒言》，页311—312。

② 冯梦龙《山歌》（南京：江苏古籍出版社，2000），页45。

③ 冯梦龙《喻世明言》，页228—229。

④ 罗贯中《三国演义》（北京：人民文学出版社，1973），页73—74。

小说常见的类型。如《西游记》中玄奘的父亲即因船家谋财害命。而拟话本对劫船的描写也屡见不鲜。如《警世通言》的《苏知县罗衫再合》讲述苏知县赴任时因船家谋财而被扔到江中。《醒世恒言》的《蔡瑞虹忍辱报仇》讲述蔡瑞虹随同父亲上任，父亲被船家杀害，自己则遭强暴。《初刻拍案惊奇》的《李公佐巧解梦中言，谢小娥智擒船上盗》也讲述谢小娥家船在鄱阳湖遇劫，父、夫被害。然而，《钱》篇因行劫者钱镠本人，叙述方式故有所不同：

> 顾三郎道："不瞒你说，两日不曾做得生意，手头艰难。闻知有个王节使的家小船，今夜泊在天目山下，明早要进香。此人巨富，船中必然广有金帛，弟兄们欲待借他些使用。只是他手下有两个苍头，叫做张龙、赵虎，大有本事，没人对付得他。正思想大郎了得，天幸适才相遇，此乃天使其便，大胆相邀至此。"婆留道："做官的贪赃枉法得来的钱钞，此乃不义之财，取之无碍！"……众好汉都来与婆留相见。船中已备得有酒肉，各人大碗酒大块肉吃了一顿，分拨了器械，两只船，十三筹好汉，一齐上前进发。遥见大船上灯光未灭，众人摇船拢去，发声喊，都跳上船头。婆留手执铁棱棒打头，正遇着张龙，早被婆留一棒打落水去。赵虎望后艄便跑，满船人都吓得魂飞魄散，那个再敢挺敌。一个个跪倒船舱，连声饶命。婆留道："众兄弟听我分付：只许收拾金帛，休杀害他性命。"众人依言，将舟中辎重恣意搬取。呼哨一声，众人仍分作两队，下了小船，飞也是摇去了。[①]

如此叙述，既说明钱镠厌恶贪官污吏（不义之财，取之无碍），又体现他有好生之德（休杀害他性命），倒如《水浒传》中替天行道的李俊、二张、三阮等人相似。参照晁盖等人智取生辰纲前起誓道："梁中书在北京害民，诈得钱物，却把去东京与蔡太师庆生辰。此一等正是不义之财。我等六人中，但有私意者，天诛地灭。神明鉴察。"[②]与钱镠、顾全武劫王节使的情节颇为相近。

至于《史》篇，由于是京师老郎口述，故不少段落中情节素材更加化用无痕，不易钩索出其前文本。姑勉而论之，如 3.2 节中史弘肇与郭威偷狗的文字略似《水浒传》第四十五回时迁盗鸡，4.1 节"棒打霸遇"、4.2 节"杀尚衙内"则差近《水浒传》第八回林冲棒打洪教头、第六回高衙内调戏林夫人之文。当然，二者间的差异也颇为显著。如时迁盗店小二的鸡是为了替杨雄、石秀解馋，而史弘肇、郭威偷狗则是为了参加柴夫人号召的市集。林冲与洪教头比武是为了在柴进面前展示手段，郭威与李霸遇打斗是因为霸遇夺鱼兼闭塞贤路。高衙内调戏林夫人后让父亲高俅设计陷害林冲，而尚衙内则因强抢民女而遭郭威打抱不平杀死。然而，偷鸡摸狗、比武除霸及调戏妇女的情节类型，却是一致的。兹细观二作比武除霸的情节类型，林冲与洪教头的比试只因柴进"正要看二位教头的本事"。当时林冲正在充军途中，这场打斗也可抒发其内心怀才不遇、生涯偃蹇的抑郁。郭威到西京投靠符令公却被闲置两个多月，店小二点明是由于未贿赂部署李霸遇，令郭威大怒，故其与李霸遇的比试自是必然。然是，这场打斗却肇因于扑鱼的偶发事件：

> 当日不去衙前俟候，闷闷不已，在客店前闲坐，只见一个扑鱼的在门前叫扑鱼，郭大郎遂叫住扑。只一扑，扑过了鱼。扑鱼的告那贵人道："昨夜迫划得几文钱，买这鱼来

---

① 冯梦龙《喻世明言》，页 303—304。

② 施耐庵、罗贯中著《水浒全传》（成都：四川文艺出版社，1986），页 223。

扑，指望赢几个钱去养老娘。今日出来，不曾扑得一文；被官人一扑扑过了，如今没这钱归去养老娘。官人可以借这鱼去前面扑，赢得几个钱时，便把来还官人。”贵人见地说得孝顺，便借与他鱼去扑。分付他道：“如有人扑过，却来说与我知。”[①]

谁知李霸遇正在吃酒，遂把扑鱼的叫入酒店，扑输几文钱却硬拿了鱼，引起郭威的不平。至符令公前来解围，问郭威因何打人，回答是“李霸遇要郭威钱，不令郭威参见令公钧颜，担阁在旅店两月有余。今日撞见，因此行打”，却并不道及扑鱼。扑鱼之事虽曲在李霸遇，但过于琐屑，故郭威不言，足见其应对颇有分寸，非一介莽夫可比。而另一方面，郭威见扑鱼的设赌是为奉养老娘，有感于其孝心才把赢得的鱼借他去前面扑，足见郭威仁厚，也暗示了其成为帝王的原因所在。其后郭威因路见不平，不惜丢官也要杀死尚衙内，亦体现出他的英雄气质。这些刻画，可见优秀的说话人如何善用情节类型而整合、变化、发展、增饰，以配合主题来达成不同的艺术效果。

复次，亦有前文本即已采用“复杂暗含”的引用方式者。如《钱》篇8.1节“强弩射潮”：

其年大水，江潮涨溢，城垣都被冲击。乃大起人夫，筑捍海塘，累月不就。钱镠亲往督工，见江涛汹涌，难以施功。钱镠大怒，喝道：“何物江神，敢逆吾意！”命强弩数百，一齐对潮头射去，波浪顿然敛息。不匀数日，捍海塘筑完，命其门曰“候潮门”。[②]

考《旧五代史·钱镠传》，并无射潮之事。今人陈尚君《旧五代史新辑会证》卷一三二《承袭列传第一·钱镠》引《册府元龟》卷四五四云：

钱塘江旧日海潮逼州城，镠大庀工徒，凿石填江，又平江中罗刹石，悉起台榭，广郡郭周三十里。[③]

此记钱镠治水之事，至为平实。然射潮之传说亦出现得甚早。南宋施元之注苏轼诗《八月十五日看潮五绝》引五代孙光宪《北梦琐言》云：

杭州连岁潮头直打罗刹石，吴越钱尚父（钱镠）俾张弓弩，候潮至，逆而射之，由是渐退。罗刹石化而为陆地遂列廛庚焉。[④]

北宋初年钱俨《吴越备史》卷二则曰：

（后梁太祖开平四年）八月，始筑捍海塘。王因江涛冲激，命强弩以射涛头，遂定其基，复建候潮、通江等城门。初定其基，而江涛昼夜冲激，沙岸板筑不能就。王命强弩五百，以射涛头，又亲筑胥山祠，仍为诗一章，函钥置于海门。其略曰：“为报龙神并水府，钱塘借取筑钱城。”既而潮头遂趋西陵。王乃命运巨石，盛以竹笼，植巨材捍之，城基始定。其重濠累堑，通衢广陌，亦由是而成焉。[⑤]

---

① 冯梦龙《喻世明言》，页226—227。

② 冯梦龙《喻世明言》，页322。

③ 薛居正主编、陈尚君纂辑《旧五代史新辑会证》，页4045。

④ 苏轼著、施元之注《施注苏诗》（台北：商务印书馆影印文渊阁四库全书，1983）卷七，页12a。

⑤ 钱俨《吴越备史》卷二，页10a—b。

《舆地纪胜》卷二引《皇朝郡县志》,所言与钱书略同①。钱俨为钱镠之孙,则射潮之传说,周宋之际业已流传。然与孙光宪书相比,钱俨笔下的钱镠并非一味骁勇傲慢,也建筑了胥山祠以祭祀水神伍子胥。明初诗人林弼有《题钱氏铁券卷》诗,题下小注曰"唐钱璆[镠]武肃王强弩射潮事",即以射潮故事为诗歌主题②,可见这个传说于明初也非常流行。这段掌故很容易使人联想起《史记·秦始皇本纪》中的一段:

> 方士徐市等入海求神药,数岁不得,费多,恐谴,乃诈曰:"蓬莱药可得,然常为大鲛鱼所苦,故不得至,愿请善射与俱,见则以连弩射之。"始皇梦与海神战,如人状。问占梦,博士曰:"水神不可见,以大鱼蛟龙为候。今上祷祠备谨,而有此恶神,当除去,而善神可致。"乃令入海者赍捕巨鱼具,而自以连弩候大鱼出射之。自琅邪北至荣成山,弗见。至之罘,见巨鱼,射杀一鱼。遂并海西。③

二者情节何其相似。考其因由,盖有两种可能。一为古代巫术习俗的孑遗,如商王武乙、战国宋康王革囊以"射天",始皇、钱镠以连弩候水神(化身为巨鱼或潮头)而射之,其揆一也。二为钱镠为其幕僚、子孙所神化,遂参考《始皇本纪》而编造出射潮的故事,先是口耳相传,后来书以翰墨。详情何如,已淄渑莫辨。

五、结 语

《史》、《钱》、《金》三篇的语言风格各有不同。《史》篇为京师老郎所传,属于口头纪录,故口语性最强,也保留了不少宋代语汇,其内容未必以书籍为直接前文本。故郑振铎称其古拙有趣、臻于化境,当为宋人之作。如柴夫人招亲、雀儿文身等故事,虽亦见于史部、说部书籍,大概却也是宋代民间艺人口头流传广远的素材,故传闻颇有异词。本篇以互文性的角度,从主题、题材、情节结构及情节单元等方面观照《史》、《钱》、《金》三篇拟话本与其前文本的关系,探讨其吸纳前文本的素材、增入相当的新创篇幅以作烘染,并析论其艺术得失。

作者单位:香港中文大学

① 王象之《舆地纪胜》卷二,页 11a。

② 林弼《林登州集》(台北:商务印书馆影印文渊阁四库全书,1983)卷二,页 13b。

③ 司马迁《史记》(北京:中华书局,1997),页 263。

凌濛初评点《世说新语》的文化义蕴初探

郑幸雅

一、前　言

凌濛初(1580—1644),字玄房,号初成,亦名凌波,一字遐岸,别号即空观主人,浙江乌程(今浙江湖州吴兴)人,是晚明著名的小说家和出版家。凌濛初致力于通俗白话小说、杂剧、传奇的创作和评点,以及刊刻出版,对晚明通俗文学的传播,具有推波助澜之功。凌濛初最著名的小说创作,便是与冯梦龙"三言"齐名的"二拍"。在评点成就方面,凌濛初不但对《琵琶记》、《西厢记》等戏曲小说加以批点,亦采钟惺等各家诗评,编定过《言诗翼》、《合评诗选》等诗文,皆有其可观的成绩。除此之外,凌濛初更于万历末年刊刻《世说新语鼓吹》本,亲为《世说新语》作考订、校释和批点,并录入十二家评点文字,为《世说新语》的会评做出巨大的贡献。

凌濛初何以致力于编撰《世说新语鼓吹》?其于自序指出四点:其一,稗官家独《世说新语》称绝,历朝都有续仿《世说新语》者。其二,明代续仿《世说》的作品中,尤以王世贞删定之《世说新语补》流传最广,是书一出,海内不复知有临川。其三,由于不满海内知《补》而不知《世说》的状况,产生编撰相关书籍的动机,以复《世说新语》之旧观为目的。书中将《世说新语补》对《世说新语》有所改窜、芟除者,进行复原并加以标志,保留王世贞删定《世说新语补》以羽翼《世说新语》之志。其四,凌濛初编撰书籍的体例,乃是将《补》与《世说》离析各分,"《补》删之可惜,留之辄溷,拈出为别帙"[①]。书成以《世说新语》语"鼓吹"名之,取羽翼《世说》之意[②]。凌濛初编撰之《世说鼓吹》,在《世说新语》的校注;原文、注文、批语文字的文献保存、诠释和理解;以及《世说新语》的传播占据重要地位。

由于"二拍"在通俗文学的成就巨大、影响深远,掩盖了凌濛初对小说戏曲的评点贡献,尤其是对《世说新语》的批点。《世说新语》独于稗官家称绝,众多名家投入评点,自是必然的趋势。举凡刘辰翁、王世懋、李卓吾、袁中道、钟惺皆是批点《世说新语》之名家,对《世说》传

---

① 凌濛初《世说新语鼓吹·凡例》,(南京:凤凰出版社,2010),第7册,页2。本文论述以此《世说新语鼓吹》版本为主,辅以刘强《世说新语会评》(南京:凤凰出版社,2007)的版本,以下所引《世说新语鼓吹》或《世说新语会评》之文,皆从此出。

② 凌濛初:《世说新语鼓吹·序》,页1。

播与经典化的过程，贡献良多。居此盛大的评点潮流下，凌批《世说新语》便少为人所关注[①]。近年来，明代世说学备受关注，除却续仿《世说新语》的专著研究外，基于对《世说新语》的认识深、熟悉度高，以评点文学角度对《世说新语》进行研究者渐多，如刘强、潘建国、甄静、杨之娴、刘楠楠等，其对凌批《世说》的研究有所贡献[②]。前贤切入的研究角度，大多采取单向概括凌批《世说》的内容与特点。其中刘楠楠后出转精，论文的研究视角，试图将凌批《世说》与晚明尚情、崇真的审美观相结合，提供了许多可资思考的研究点，论文的研究视角，试图将凌批《世说》与晚明尚情、崇真的审美观相结合。但刘楠楠《〈世说新语〉评点研究》中，凌濛初的批点文字，仅是各家评点之一，为顾及论文的主轴明晰的前提与体系性的必要，亦仅能点到为止。

《世说新语》是一个富含文化信息的经典作品，随着时代的递嬗，各时期不同的读者，植根于个人的意识形态，产生各异的期待视野。主体深层的人格心理与《世说》的视野融合，在时代意识的结构下，形成对《世说》的理解、诠释与创造，建构《世说》的文化生产场。一个"文化生产场域"，即是由文化生产者（如知识分子、作家、艺术家）、生产机构（如出版商）与其他社会条件（如政治权力的支配，经济资本、社会资本、文化资本、象征资本）经由累积与流动的作用，所形成的网络空间。此一网络空间是一种充满各种资本力量的场域（field），又是一种斗争场域[③]。换言之，文化生产场是包含作家、评点家、作品的造就和出现，并得以产生实际文化效应的必备条件和多元条件，也是权力场（由政治权力和经济权力、文化权力、符号权力所构成的场域）在文学领域中的表现[④]。

就《世说新语》的批点文字观，含括文艺批评理论、美学、思想、文化等丰富的义涵。借由批文与原文的对话，不但富厚《世说新语》的内涵、揭示其经典性。通过《世说新语》的评点研究，亦可彰显评点家的人生态度、思想观念、审美感受、文艺理论，以及不同时代的文学思潮、文化样态。在《世说新语》诸评点家众声喧哗中，凌濛初《世说新语》评点，具有集大成的特性，尚有独特而未经理解与诠释的文化义蕴存焉。

本文以凌濛初评点《世说新语》为研究对象，论述的视角，试图借径布尔迪厄（Pierre Bourdieu）的生存心态（habitus）概念[⑤]，探讨凌濛初评点《世说新语》的文化义蕴。布尔迪厄的生存心态，是指特定历史条件下，个人意识内化社会行为影响的总结果。它是一种对先人的前反思模式，经长期实践的经验因素沉淀，将一定历史阶段的人群和个人的意识内在化之后，构成内在的心态结构的生存经验，自然去指挥和调动个人和群体的行为方向，赋予各种社会行为以特定的意义，成为行动者的思维和行为模式，具有持久效用的秉性系统。它一方

---

① 刘强《世说新语会评·例言》提及，自唐至今，《世说新语》的评点家有五十余家。页 1。

② 刘强《〈世说〉学引论》（上海：复旦大学中国古代文学博士论文，2004），页 179—190；潘建国《明凌濛初刊刻、评点〈世说新语〉考述》，《古代小说文献丛考》（北京：中华书局，2006），页 1—17；甄静《元明清时期〈世说新语〉传播研究》（广州：暨南大学中国古代文学博士论文，2008），页 37—47；杨之娴《〈世说新语〉历代重要评注的比较研究》（台北：台北大学古典文献学研究所硕士论文，2011），页 103—118；刘楠楠《〈世说新语〉评点研究》（集美大学中国古代文学硕士论文，2012），页 47—51。

③ 高宣扬《布尔迪厄・社会场域的基本性质》（台北：扬智文化事业公司，2002），页 228—237。

④ 邱天助《布尔迪厄文化再制理论》（第三节场域理论），页 120—128。

⑤ 高宣扬：《布尔迪厄》《社会场域的基本性质》，页 228—237。

面倾向于复制客观条件的客观逻辑，一方面又使客观条件与逻辑遭受改造，是一种同时具有“建构的结构”和“结构的建构”双重性质和功能的“持续的和可转换的秉性系统”(systeme dedospositions durables et transposables)①。借由生存心态的概念，探讨评点家实践评点活动中，主观性的心态结构与客观性的社会结构关系，或许不失为更好理解评点家评点趋向的路径。

本文探讨凌濛初评点《世说新语》的文化意蕴，进行的进径有二：一是考察《世说新语》评点的历时迹辙，对《世说新语》评点的文化生产场域，作历时性的追索，探求各评点者的生产位置、历时的位置轨迹；二是检视《世说新语》评点共时结构的图景，关注评点话语间的交流活动，突出评点者对评点结构的批判与反思功能，掌握个体评点结构与《世说新语》评点结构间，双重结构及其双重动作的关系，标志凌濛初评点《世说新语》的位置，彰显文化义蕴。

二、《世说新语》评点的历时迹辙

中国评点最早源出古代经籍“传”、“注”、“疏”、“释”的学术研究法，与古籍阐释传统有一定的渊源。至宋，为应举业之需，评点转而运用于诗文的评议与提点。到了明代，小说创作与传播相对的繁盛，文人、出版者不但参与小说创作，进而为了庶民阅读指道的需要，大量批点小说，致使小说评点蔚为大观。清代之后各类文学隆盛，随着朴学的盛行，小说评点之风渐偃。

《世说新语》的批注，在宋代之前，大多载录于文人士夫的笔记中，以议论、记事、考证为内容。到了宋末元初，同在景定三年登进士第的刘应登与刘辰翁是评点《世说》的肇始者。刘应登虽早于辰翁对《世说》进行批注，但承续传统的注疏之学，评点的内容，大多为章句训诂、音义诠释以及史实的疏证。其批注文字简明切当，深中肯綮，在疏通文意、训释词语、校勘文字等方面，多发人所未发、疏人所难解，对于后世评点家疏解《世说新语》多所启发，功不可没②。

刘辰翁做为一个文学家，首创以文学论工拙的态度，对作品进行批点。其评点《世说新语》的特色有四：一是具小说文体的自觉，以小说眼光评点《世说新语》，注重作品的艺术性；二是注意疏通文意和训释词语；三是辨正《世说新语》谬误疏失和归类不当；四是鲜明的读者意识，在尊重文本的主体性中，将个人文化故国的想象加以投射，将文本主体与读者主题置于一种复合的状态，造成自我揭示和自我解释，进而承担某种社会文化批判与反思功能。刘辰翁以“小说”一词对《世说》进行批点的创举，不但树立《世说新语》小说评点文学的典范，而且开启明清小说评点文学的风气，在评点史上具有发凡起例之功③。

刘辰翁批点《世说新语》，对明代《世说新语》的评论、续仿与研究具筚路蓝缕，以启山林之功。何良俊编撰的《语林》响应于前，接踵而至的是王世贞删定《世说新语补》。《世说新语

① 高宣扬《布尔迪厄·“生存概念”的由来及重构》，页190—226。

② 王能宪《世说新语研究》《世说新语的批点》(南京：江苏古籍出版社，2000)，页96—98。

③ 郑幸雅《刘辰翁评点〈世说新语〉的文化意蕴》，收于殷善培主编《文学视域》(台北：学生书局，2009)，页529—554。

补》借由王世贞长期执文柄的文化资本与权力场交互作用，在明代广为流播，带动明代《世说》研究与评点的繁盛。据凌濛初《世说鼓吹》所载，明代评点《世说新语》的名家至少有十家以上，其中尚未包括李贽、袁中道、王思任及钟惺等大家。明代《世说新语》评点的荣景，于此可见。

明代评点《世说新语》的图景探勘，依评点家生存年代与评点《世说》的趋向加以考量，王世懋、李贽、凌濛初三家深具典型性，追踪三家的评点位置，足以勾勒明代《世说新语》评点的主结构。首先，就王世懋评点《世说》的取向观，王世懋因酷嗜《世说新语》，每遇勾棘难通之处，或对文意进行疏通，或对原文批注，承继前人评点《世说》的成果。除此之外，王世懋的评点文字，或裁量《世说新语》入选材料类目归属的确当性，或对《世说》的语言、人物加以品藻赏鉴，或审辨评议刘孝标的注文。他对刘孝标注所作的辨证与评论特为致力，不但对孝标注的博引旁综深为赞赏，而且留意到刘孝标注掺入他注的现象，对刘孝标注所作的辨证与评论，取得前所未有的成果。王世懋聚焦于刘孝标注的评点取向，为读者阅读《世说》指出金针所在，成为明代《世说》研究与传播的重要推手。

其次，就李贽评点《世说》的取向观，李贽是明代著名的思想家与文学批评家，其评点《世说》的内容，大多为品人论事，关注真假的命题，标举绝假存真的思想倾向。简洁的批语，往往投射自身肯定个体独立存在的价值。卓吾对《世说·贤媛》的评语分量特高，批语表达对女性才性的赞赏，男女之间以真情为尚，而不以德为价值的唯一判准，体现崇真尚情的评点色彩。李贽是明代独树一帜的思想家，倡议"童心者，人之初心"，反对假道学、封建纲常伦理对童心的抑制，突出个体性。李贽评点《世说》，议论性高、思想性高，表达主体对道学、封建纲常伦理的批判意识，批语往往大胆、泼辣，绽露李贽开放性思维和"异端"的个性。李贽的《世说》评点，不关注文意的疏通、词语的训释、门类归属的辨正，反倒以其思想家独特的思想和时代的特色，灌注于评点活动，呈现独有的风格和方式，不但对《世说》评点产生影响，甚且引领晚明评点文学的风骚。

最后，就凌濛初评点《世说》的取向观，凌濛初的《世说》批点，一方面承继前人的评点成果，有所发挥；一方面在既有的基础上，向前做出努力，提供更多观览《世说》的视角。凌氏的评点文字，将校注与批语区分开来，体现鲜明的批评意识，突出属意文学角度的批评，进一步开拓《世说》作为小说的艺术魅力。凌濛初对《世说》的评点，秉持求真，反对虚伪矫饰，对人事要求入情入理的评点态度，恰与晚明崇真尚情的审美观相辉映。凌濛初批点《世说》，不但是掌握《世说》评点历时迹辙中的重要环节，而且是晚明思想文化与《世说》在晚明传播的关键推手，其于《世说》评点史上占有一席之地。

清代之后，朴学跃为学术的主流，文人学者对《世说》的评点仍未间断，评点的形式和视角，承续《世说》品人评事的传统，大多表现为评点者生活领悟与《世说》审美情境的共鸣，展现单调的评点视角与意味，致使清代评点《世说》的风潮渐趋平缓，终归沉寂，晚明那种《世说》评点活泼泼的蓬勃生机已成陈迹。

三、《世说新语》评点的共时结构

《世说新语》的评点，随着历史的脚步前进，各朝文人学者的批注，积累了《世说新语》丰富的评点内容，汇聚成《世说新语》评点的洪流。评点家的扩增、观览视角的开拓，持续深耕《世说新语》的文化义涵，建立《世说新语》丰富而多元的评点结构。每位评点家行远自迩，皆立足于《世说新语》评点的前结构，认清自己的位置，努力向前，寻求更好理解《世说新语》的向度，标示自己的评点趋向，架设具有个人特色的评点结构，进而拓展《世说新语》的评点结构。

评点家批点《世说新语》的阅读活动，将传统直观审美的被动阅读接受，融入主动的谈论、探讨与思考结合，产生《世说新语》文体的认识、文意的疏通、品人评事的赏鉴、语言艺术的阐发、辨正归类不当，以及申驳正文、注文与批文的谬误疏失等评点的话语①。诸评点家由自身所处的历史环境和现时状态出发，对《世说新语》做出初步的理解和阐释，接着进入《世说新语》评点的文化生产场域，与他者相互接触、对话、交汇，产生或同或异的视点，评点的活动便由审美直观，转变为话语交流的活动。评点者不但在主客的交流中，寄寓个人的情怀、映现主体的价值意义，而且突出评点者对评点结构的批判与反思功能，编织各式各样殊异的评点结构。

《世说新语》的评点话语，在文意的疏通、品人评事的赏鉴、辨正归类不当的认识方面趋同性较高，在《世说》文体的认识、语言艺术的阐发、申驳正文、注文与批文的谬误疏失方面，殊异较为显著。欲描绘《世说新语》评点的共时结构，借由殊异性话语交流的厘析，当可投射出《世说新语》评点的共时结构。

首先，就评点家对《世说》文体的认识而论，《世说》文体既有突出的史学特征，亦具鲜明的文学特性，文人学者对其或文或史的认识，各有其理存焉。在《世说》评点的文体认识中，最具笼罩性的文体意识，非刘辰翁莫属。刘氏评点《世说》具有鲜明的小说文体意识，不但批语直标“小说”之名，如“小说常情”（卷下之上下，《容止》，“魏武将见匈奴使”，页313）、“小说多巧”（卷下之下，《假谲》，“袁绍年少时”，页424），甚且言及《世说》小说虚构的特性。刘氏批点《世说》运用小说虚构、夸饰、巧合等技巧，体察《世说新语》的情节，彰显《世说新语》与小说文体相通之处。

刘辰翁批点《世说新语》对《世说》特具的小说文体性质，详加析解，对后世批点家认识《世说》的文体具有规范性。后世评点《世说》者，大都依循刘辰翁对《世说》文体的认识，少有出其规范者。凌濛初评点《世说》，承继《世说》小说文体的意识，在评点过程中，不但采取俯瞰的视角，关照前后材料故事的相连系，进而将小说文体的认识，拓展到关注小说情节的相互映发、人物形象的塑造，涉及小说理论的层面，反映若干小说创作观念。如周伯仁与周仲智的故事，“伯仁乃作尔语，阿智故当火攻”（卷上之上，《言语》，页51）、“自知不容于世，犹手批玄、亮，火攻伯仁”（卷中之上，《识鉴》，页204）的批语，既于批语间声息互通，又与“周伯仁为吏部尚书”（卷中之上，《方正》，页160）、“周仲智饮酒醉”（卷中之上，《雅量》，页187）等正文相连结，形成具体的小说情节。凌濛初的批点策略，一方面强化读者对故事内容的理解与批语精妙的指陈，一方面凸显《世说》作为小说，其故事情节发展的精妙，对《世说》评点的结构有所扩展。

---

① 话语包括了所有被说出的或被写出的东西，它不仅仅是组合、排列并建立联系的符号，而是作为一种实践，用以建立秩序及言说之物的界限，并且是一个主体的扩散和不连续性在其中被确定的整体。钱圆铜《话语权力及主体位置——基于福柯理论的分析》，《西南农业大学学报》（社会科学版）2011年第10期，页118。

其次，就评点家对《世说》语言艺术的阐发而论，《世说新语》语言的精微，是评点家的共识。评点家评点《世说》的语言，皆具闳约发微的特色，评点语言概括力强，富有丰富的意味。诸家对《世说新语》进行评点活动时，一方面精微的《世说》语言与带有丰富意味的评点话语相交汇，在对话的交流过程中，产生或趋同、或殊异的个体评点结构。一方面个体评点话语的对话，又更动了主体与客体的评点结构。评点话语与评点结构的双向结构及其双向运作，可以下面的例子加以说明：

刘辰翁的批语：

"名言。"(卷上之上，《德行》，页 7)
"语烦。"(卷中之下，《品藻》，页 271)
"语甚可悲。"(卷中之上，《识鉴》，页 204)
"此语甚不容易，不特包罩，多风刺。"(卷中之下，《赏誉》，页 231)

王世懋的批语：

"仓促对，乃妙。"(卷上之上，《言语》，页 39)

李贽的批语：

"好言语。"(会评本，《言语》，页 37)
"妙言。"(《初潭集·师友·隐逸》)(会评本，卷下，《栖逸》，页 381)

凌濛初的批语：

"机锋太迅，大自佳，惟不免祸耳。"(卷上之上，《言语》，页 28)
"大不似簸扬汰沙。"(卷上之上，《言语》，页 58)
"写得安国小巫形态逼真。"(卷上之下，《文学》，页 120)

上述评点话语所透露的讯息有五。一是诸家话语虽有"语烦"、"无味"之言，但对《世说》语言艺术所作的批语，大都是出于赞赏其语言精微的艺术而发。二是刘辰翁批点《世说》，于语言艺术的文学性之阐发最为致力，析述最详，成就亦最高，后世评点家奉之为圭臬。三是王世懋承袭前贤之评点，指点卫玠言谈之妙，不仅是语言的佳构而已，更因为是仓促之言，卫玠之善谈，《世说》言语的意味，于此加价。王世懋于此为《世说》语言艺术的阐发，增色加味。四是李贽之批点《世说》，深具有批判性思想，语多议论。故对《世说》语言艺术的阐发，除了承袭前贤的规矩外，将一己的思想灌注其间，彰显个体评点结构的特异性，同时增添《世说》语言艺术的思想性。如"妙言"之批语，文中所妙者何？卓吾的批语实为许玄度与一般山人有别的异行奇思，击节赞叹，非仅是《世说》评点前结构的重复。

至于凌濛初对《世说》语言艺术的阐发，依从评点的前结构，直言《世说》语言"佳"、"妙"、"能言"、"名言"、"至言"者少。所论《世说》语言之艺术者，或出于世态观览，提点读者处世的态度、或出于小说人物叙写，语言曲折性的必要、或出于小说语言通俗浅白的重要，如："殷中军、孙安国、王、谢能言诸贤"条，指出，孙安国与刘真长的对谈，直是小巫见大巫。正文对情节之叙写周详，较之其他言语清隽之正文，实为费辞，其他评者，于此未多措意，唯有凌氏特为标举其形态描写之逼真，突出《世说》语言对小说人物形象描绘的生动。

另如简文与桓宣武的对话，语出《诗经》，就文人士夫的审美判断而言，正如刘辰翁所评“两得词体”，语多赞赏。但凌濛初却将“无小无大，从公于迈”与“簸扬汰沙”作比较，直言“不似”，隐含对小说语言通俗浅白的偏爱。凌濛初对《世说》语言艺术的评点，偏离传统阐发《世说》语言艺术之途，突破《世说》评点的前结构，涉足小说的理论层面，反映出个体若干的小说创作概念。

凌氏对《世说》语言艺术的阐发，后出转精，不但标立个人批点的审美感知，形成个体的评点结构，同时集诸评点家之成果，进行对话与交流，彰显评点话语与评点结构的双向结构及其双向运作。

最后，就评点家申驳正文、注文与批文的谬误疏失而论，诸评点家对正文、注文与批文各部分的谬误疏失皆有所批驳，由于个体所关注的重心不同，故形成殊异的评点结构。最早批点《世说》的刘应登，仅对三两正文提出质疑。至于刘辰翁全心致力于正文的批点，申驳的对象，除对正文归类不当、语言的不可解，有所提点外，亦扩展到刘应登之评注。王世懋的申驳，除正文归类不当，主要聚焦于刘孝标注的辨析。李贽申驳的对象，皆集中于正文的文意与品评辰翁之评语，着眼于正文最多。

凌濛初申驳《世说》评点本的谬误疏失，居诸家之冠，不论是正文归类不当、校注有误，或是孝标注文的校订，或前贤批点不妥之处，皆一一指陈。凌濛初将申驳的重心置放在王世贞删定的《世说新语补》，借由按语与评语对王世贞删除不录的原文、门类的移改、拆解刘孝标注文、《世说新语补》的选文原则，分别由按语与评语，提出异议，条分缕析地加以申辩。

《世说》评点诸家对正文、注文与批文各部分的谬误疏失皆有所批驳，各有所侧重。可由下面两则条文加以说明：

魏文帝受禅，陈群有戚容。帝问曰：朕应天受命，卿何以不乐？群曰：臣与华歆服膺先朝，今虽欣圣化，犹义形于色。（卷中之上，《方正》，页144）

按：此则弇州所删。

王敬美曰：华歆以虚名为首揆，陈群以心膂当新宠，犹为此大言，宁不为荀彧地下所笑？览《注》稍知所以，临川以入《方正》，不亦幸乎！

凌初成曰：所言正佞之尤。

刘会孟曰：“欣圣化”，是何等语，“义形于色”，不当自言。

卫洗马初欲渡江，形神惨悴，语左右云：见此芒芒，不觉百端交集。苟未免有情，亦复谁能遣此！（卷上之上，《言语》，页46—47）

王敬美曰：至今读之欲绝，况在当时德言面聆者耶？

刘会孟曰：似痴似懒，似多似少，转使柔情易断，非丈夫语，然非我辈，未易能言。

按：《玠别传》数语弇州采入《品藻》。

刘本注：“按：此匆匆出语耳，而微词逸旨，超然风埃之表。江左诸公，叔宝真言语之科也。”

凌初成曰：竟不言“看杀”。

首先，“魏文帝受禅”条，三位评点家的批点的角度，有其整体性，皆是对陈群为贰臣，尚且侈言“义”，而加以贬斥。其次，“卫洗马初欲渡江”条，诸批点家的视角，则大相径庭。王世懋以情出，对卫玠之深情感同身受。刘辰翁指点卫玠语言之精微，以个人遗民之身，深切的亡国之痛，认为此言非丈夫当言之语，但对南迁后的文士有同情的理解。刘应登则赏其言语，直表卫玠真为能言之士。至于凌濛初之批点，则跳脱前贤之笼罩，以俯瞰的视角，关注《世说新语》前后材料故事的相互联系，认为应提看杀卫玠事，使故事前后相映发，卫玠能言之形象，益加鲜明。此中显现了评点家评点结构的差异性、离散性。

在《世说新语》评点的文化生产场域中，评点家之间经由话语交流的活动，产生整体性或差异性、离散性的视点，交织成主观和客观、个体与群体两方面双向运动的相互渗透过程，致使《世说》评点结构成为持续的和可转换的秉性系统。

四、结　语

评点家作为一个读者，在阅读《世说新语》的过程中，为了更好地理解文本，进行评点的活动。评点文字的加入，生成《世说新语》多重化的意蕴，提供多元阅读的可能，引领不同时代的人们依据个人的理性思维、情感体验及意志目的，对它进行表述、补充与认同，孕育出更为丰富的文化义蕴。

凌濛初批点《世说新语》承继前人研究的成果，在既有的体例基础上，进行对话与交流，提供更多观览《世说》的视角，为《世说》的经典性增值，丰富《世说》的文化义蕴。凌濛初的评点对《世说》的传播与研究的贡献有三。其一是在按语与评语两分的体例下，不仅一如前人为《世说新语》重新做了考订、校释；同时对王世贞删定《世说新语补》的文本结构，提出自己的见解，丰富了《世说新语》的文本价值。其二是承继《世说》小说文体的意识，批语所论关乎小说情节的相互映发、人物形象的塑造、小说语言通俗浅白的重要，涉及小说理论的层面，反映若干小说创作观念。其三是凌濛初对《世说新语》的评点，不仅形成个体的评点结构，同时集诸评点家之成果，进行话语交流活动，致使《世说》评点结构成为持续的和可转换的秉性系统，对《世说新语》评点的文化生产场域有所开拓。

凌濛初既是经世致用的传统文人，亦是经营出版的杰出业者，他对《世说新语》的批点，深具丰富人情世故、社会意识与时代思潮的认识价值，值得进一步的挖掘和解读。

作者单位：台湾南华大学

明末文言小说中的创作观念

——以《九籥集》为中心

上原德子

宋懋澄(1569—1620)字幼清,华亭人(今上海市)。他平生主要活动于神宗万历一朝(1573—1620)。《明史》中虽无宋懋澄的传,但在明崇祯《松江府志》、清康熙《松江府志》以及乾隆《华亭县志》中都曾提及过他。我曾写过论文专门研究和论述了宋懋澄及他的《九籥集》①。宋懋澄从万历十六年(1588)起,十九年(1591)、二十二年(1594)、二十五年(1597)、二十八年(1600)、三十三年(1603)、三十四年(1606),先后7次参加乡试,但都以失败告终。最后在万历四十年(1612)42岁之年中举。52岁身亡之前,还三次参加进士科举,却都未中第。另外,宋懋澄还有一大爱好——读书,《松江府志》卷五十四《遗事》中有记载:"万历间,郡中藏书之富者,王洪州圻、施石屏大经、宋幼清懋澄、俞仲济汝楫四先生为最,幼清先生尤多秘本及名人手钞,旧拓碑刻。"由此看来,宋懋澄还是一名著名的藏书家。

他所著的《九籥集》由《九籥前集》、《九籥前集诗》、《九籥集文》、《九籥集诗》、《九籥续集》、《九籥中集》、《瞻途纪闻》及《九籥后集》组成,全四十七卷。此外还有由吴伟业根据原书选录补充而成的《九籥别集》中的四卷。《九籥集》中"稗"的篇目尚不及《九籥别集》中的详细。

下表是分别抽取《九籥集》和《九籥别集》中的"稗"来作的比较。其中用粗字标注的是《九籥别集》中的"稗"有,而《九籥集》中的"稗"没有的部分。

《九籥前集》	**《九籥别集》**
卷十一　稗	卷二　稗
刘东山	刘东山
广陵乘兴	广陵乘兴
敬德不伏老	敬德不伏老
吴中孝子	吴中孝子
珠衫	珠衫
耿三郎	耿三郎
	飞虎　(《九籥续集》卷十　杂著)
	陈氏铁符(《九籥续集》卷十　杂著)

---

① [日]伊藤德子《〈九籥集〉について一新资料を使用した版本及び作者についての再检讨》,古典小说研究第9号(2004年5月)。

	巍石山(《九籥续集》卷十　杂著)
	不恭　(《九籥续集》卷十　杂著)
	日本刀　(《九籥集文》卷一《日本刀记》)
《九籥集文》	
卷十　稗	卷三　稗
李福达	李福达
陶真人	陶真人
吕翁　共九事	吕翁事一
	吕翁事二
	吕翁事三
	吕翁事四
	吕翁事五
	吕翁事六
	吕翁事七
	吕翁事八
	吕翁事九
朱丐儿	朱丐儿
狻猊舞	狻猊舞已下俱钟鼓司伎
掷索	掷索
垒七卓	垒七卓
齿跳板	齿跳板
杂伎	杂伎
御戏	御戏
鉴定	鉴定
秘戏	秘戏
侠客	侠客
鬼张指挥	蟠桃宴
蟠桃宴	鬼张指挥
分宜	分宜
薛文清公	薛文清公
海忠介公	海忠萧公一云谥忠介
徐文贞公	徐文贞
	卷四　稗
	东师野记(《九籥前集》卷一　记)
	西师记略(《九籥前集》卷一　记)
	负情侬传(《九籥集文》卷五　传)
	顾思之传(《九籥集文》卷五　传)
	宋氏君求传(《九籥前集》卷五　传)
	葛道人传(《九籥续集》卷三　传)

冈崎由美教授早就在其论文中提道[①]:从《九籥集》至《九籥别集》,“稗”的篇目有所增加。增加的“稗”没有被归类为以往的“稗”,重新被归类于“稗”并收录到《九籥别集》中的有,如上表卷二的五篇以及卷四全文。吴伟业从全本《九籥集》中摘录了个别篇目刊刻成了《九籥别集》,他在《九籥别集》的目录下写道:“全集卷帙甚富,毁于兵火,今先梓别集行世,全卷嗣

① [日]冈崎由美《宋懋澄交友录ー万历文人社会の一画でー》中国文学研究第12期(1986年)

出。”由此推测,《别集》汇集了宋懋澄最引以为豪的,并且是最脍炙人口的“稗”和“尺牍”的部分。可以推知当时还被编成所谓的《诗撰》来出版发行。《九籥别集》中“稗”新加的十一篇本来分别收录在“记”、“传”、“杂著”中。从“记”、“传”中抽取部分作品编入“稗”,这不单单增加了收录的分量还表明了吴伟业等人的“稗”的概念以及当时人们对“稗”的需求对“稗”的发展起到了强大的推动作用。

二

宋懋澄的“稗”收录在《九籥集》的有三十三篇,而《九籥别集》中有四十四篇之多。这些“稗”中的登场人物风格各异。其中,《珠衫》中的楚国商人,《吴中孝子》中的卖酒商人等,诸如此类士大夫以外阶层的人物较多。这些“稗”大多是以嘉靖年间到宋懋澄生活的万历年间作为时代背景的[①]。大部分故事都是以他居住的华亭和吴地方为舞台的。其他作品也是以宋懋澄生平所到之处作为背景材料。可以说“稗”中大部分作品都是基于他的所见所闻来创作的。

“稗”内容丰富,下面就分门别类的进行分析,宋懋澄的作品大致可分为以下三大类:

(一) 类似于文言小说的体裁

1. 主人公为女性,起承转合,兼具人物心理描写

此类作品的特征是结构上起承转合,同时又穿插了人物的心理描写。《吴中孝子》和《珠衫》都可以归为此类。

接下来就以《吴中孝子》为例进行探讨。

《吴中孝子》是宋懋澄小说中探讨婚姻家庭关系的优秀代表作。姑苏卖酒商人家有老母寡居,商人之妻与婆婆不合,于是趁商人外出经商时,将婆婆拐卖去做了保姆。婆婆哪知这是一场人身买卖,听闻是亲生女儿寻求相见,也没顾上准备行李,就这样乘船离家而去。

母亲前往的不是亲生女儿的家,而是完全陌生的土地。到那时才恍然大悟自己是被媳妇卖了身。却已为时过晚,绝望的她甚至想了结此生。意想不到的是,被卖身到的那家主人的父亲几句暖心的话,不经意间使她改变了主意,于是她决心接受命运的安排,定居于此。

下面转至儿子回到家,发现母亲不在家中的场景。

得知母亲失踪后,商人怀疑是否为妻子所为,但苦无证据。不久,有一天商人出去做生意,巧遇母亲。弄清了前因后果后,商人并没有仓促将母亲带回,找妻子问个究竟,而是选择了静观其变。

商人欲去虞山的寺庙烧香,有意带妻一同前往,一路乘船至武康。丈夫是否真的带自己去虞山,妻子半信半疑。但之前去虞山时年纪还尚小,现在记忆已几近模糊。没办法只能跟着丈夫直到目的地。商人到了武康,早有计划。商人将妻子带至母亲做工的人家。与那户人家的二儿子商量,用妻子换回母亲。不久后,妻子被带到了那户人家,她看到婆婆的身影这才恍然大悟。

---

① “稗”中有的还写到了洪武帝时代的事,有的时间不详。

上面讲述的故事采用了婆婆被媳妇卖身这一奇特的题材，赞美儿子救出母亲的孝举。其中，我认为值得关注的是那极其巧妙的故事性以及支撑故事情节的描写手法。下面我想就此进行详细的论述。

首先，这个故事的基本框架是，欺骗婆婆的恶媳妇反而被完美的反击，最后被卖了身去，如此惊人地逆转。支撑整个故事结构的是，例如，前半部分的被卖身的婆婆在船上察觉到风景的诡异，后半部分的媳妇被骗去乘船的场面，两者的命运前后呼应。

其次是婆婆被卖往的那家老丈人听见她的悲叹，对企图要自杀的她说的那句"人生良难，死无益也"，显然道出的只是一种普遍的真理，但婆婆听后却感动不已，抛下了寻死的念头，后来才能和儿子相见，并且得以返回家中。《九籥集》的刊本中，这句话被注上了着重符号，这句话无论是对于登场人物还是对于读者来说，都是一种普遍的真理，同时也预示着后面故事的发展倾向，为情节的逆转埋下了伏笔。

另外，儿子发现母亲的这一场面，他当时就在想今后如何要回母亲，如此精心打算，读者大概万万没有想到吧。随着故事情节的展开，渐渐浮现出儿子的计谋，达到了解谜的效果。以这种技法为核心，引起了大家对该故事的兴趣。可以说正是由于采用了这样的写法，才使得该故事不是简单的记述文，而演变为了具有小说性质的作品。

支撑该故事"小说性"的要素中，最值得关注的要数登场人物的性格，或者是把人物心理刻画得淋漓尽致的描写部分。媳妇要把婆婆赶出家门时说的谎言，将婆婆的亲生女儿也拿来当靶子，这种写法微妙的暗示出了婆媳之间那种不可调和的矛盾。婆婆不见以后，妻子冲着丈夫喊的"好儿子。侬娘作夜度娘。不知也?"这样的暗含骂意的话显现出了媳妇恶毒的心理。其次，媳妇快要被船接走的时候，途中的风景和去往虞山的大相径庭，渐渐开始察觉不对劲，却假装说成小时候的事情了记不太清。作者通过对话中穿插的心理描写讲媳妇和丈夫谈话的场面，媳妇强势的性格和不安的心理状态表现得淋漓尽致。

由于没有资料记录，因此无法断定该故事是否是口头流传下来的。但是，该故事的末尾部分写道："宋生曰：'废人喜述此事，盖以其处变不扰也。'"从这句话可以推测出，宋懋澄是从"废人"，也就是他的朋友钱希言那儿听到的。可以推断出这个故事是基于某些事实而传到他们两人耳中的。

本文论述到此，可以看出该故事运用了作者的各式各样的写作手法。故事不是简单的编造出来的，而是超出这一领域升华为了"文言小说"。作者在文章结构和细部的描写上所下的工夫，从他费尽心思想让故事更生动，更具有娱乐性而做出的努力中就可以看出他那鲜明的创作意识。

2. 以侠客为题材的作品

《刘东山》、《耿三郎》、《侠客》等可归为此类。

下面就以《耿三郎》为例进行详细阐述。该故事是从"耿三者，楚中人也。衿其智能，不屑经生技，好远游"开始的。作品的主人公耿三郎是从一开始就断念走仕途的这样一个人物。当他在洛阳旅行的时候，遇到了一名壮汉。两人一起走到了两人同行至郑州，但到那儿以后就各自行动了。耿三郎一路尾随和他一起来的那个男的，想一探究竟，果然，在街上看到了不可思议的一幕。目击了那名壮汉进入了一间很大的当铺，随后拖着一个很大的布袋出来。送他走出店来的人居然跟奴隶似的对那个男人毕恭毕敬的。耿三郎看着男子离开后，上前去找那个一同从店里出来的人问了个究竟，下文为引用。

耿潜小巷，见其已过，即捉典人臂，问："顷者马上何人？"典人涕泣曰："当为郎君言。吾陕人也。行贩没河、贫无以为归。典衣货柿为业。偶市于向人，视我再三曰：'子可为千金之商。奈何至此？'余曰：'向固以七百金贩者也。'曰：'如欲复商、可书千金之契来。'余意其诈，谢不敢当。笑曰：'子失路人也。何忍相卖。'乃畀之契。收契毕、携至一铺中。谓主人曰：'某年起至某年息、可悉检出。'主人随年相付、封题极周、如数日前豫嘱者。因以授余，且曰：'河北若干货、收之贩河内、利约几何、河内、河中货卖于江北、利约几何、一年之间、当获子金二千。明年于郑州置典、每年封三百金之息。以俟我不时之需。'今日之所携者、五年之息也。"耿曰："何不少负之？"曰："非惟不忍负。见其如此、亦不敢负也。"

尤其要引起注意的是当铺的男子和耿谈论那个神秘男子的时候，在台词中又穿插了另外一个故事。

神秘男子不仅给了一个完全不认识的商人一大笔钱，而且还传授了他经商之道。耿三郎被那个男子的行动所感怀。但这个故事不是围绕那个神秘男子而写的，因为结尾部分这样写道：

耿至西郊，是人已在。亦无异色。夜宿店中，耿张具作别，饮酒甚欢。喟然语耿曰："时当太平。吾辈可为乐矣。"耿因进说曰："余观丈人之才，足当一面。设以总戎相屈，亦降志乎？"对曰："吾未能必吾之低眉。"耿曰："总戎所低眉者，大司马而已。"曰："伍长之所低眉者，百长而已。"耿心动，不敢深叩。明日分道而别。数夕之内，惟闻其中夜长叹。他无甚奇也。自是耿志意索然，不复妄意非分矣。

耿三郎虽然参加了科举考试，但却从未想过要走仕途。他是一名相当自信的男子。但和这个神秘男子的邂逅却让他狂妄自大的心收敛了起来。这篇故事到最后都没有向读者说明那名男子的真面目。这个故事的主题是，耿三郎偶遇神秘一名男子后意识到了自己一贯骄傲自大的性格。可以说和《刘东山》的构造有着异曲同工之妙。刘东山曾在旅途中被盗，他本是三辅一捉盗人，自恃武艺高强，妄自尊大，却反被偷了钱财去。没想到三年过后，当年那个盗窃之人居然和好友一同出现，并且将当年所盗金额的十倍奉还给了刘东山。作者采取对比、烘托的手法，使人物形象更加鲜明动人。那群人中有一个被叫做"十八兄"的少年，作者在故事中并没有明说这位"十八兄"的身份，到故事最后这个谜都未得以解开，给读者留下了无限遐想的空间。另一方面，《侠客》写了一个动人心魄的故事。故事描述了男主人公"侠"勇救一名女性的英勇事迹。《侠客》一文的主人公不仅具有"能急人之缓急"的古侠客之风，而且对那名女性及其女儿们尊重、恭敬的态度，可见其在道德上也是完满的，如此品格令人深深感动。

另外，《广陵乘兴》讲的是一个从官界隐退的状元钱福，听说远处一地有一名妓，便立即启程从华亭赶赴江都。到了江都，他并没有使用职权，而是亲自去打听妓女的下落，和妓女逍遥快活之后便消失不见踪影。此篇虽无侠客登场，但身为士大夫的钱福却活得自由潇洒，与侠客的豪爽气质倒有几分相似。钱福虽已从官场隐退，但竟是如此好色之徒，可谓是明末士大夫阶层隐遁生活的真实写照。这一系列作品反映了明末士大夫们日渐俗化的社会现象。

3. 志怪类、以仙道神迹为题材

文言小说中，作者都是写下自己认为“奇”的人或事。魏晋南北朝的志怪小说正是记述了这种“奇”的事件。作者的性格、态度很大程度上影响了小说的风格。宋懋澄的“稗”编中就有数篇此类风格的文章。

宋懋澄的志怪小说，主要篇目有《鬼张指挥》、《蟠桃宴》、《李福达》、《吕翁》等，接下来介绍其中的《鬼张指挥》一文。

《鬼张指挥》写的是人鬼相恋的故事，歌颂真挚的爱情可以跨越人鬼的界限。

张三指挥途径黄河涯，闻岸上哭声甚凄，原是一个十五六岁女子，父母双亡，因逃婚无路，欲投水自尽。张三丧偶，就娶女子归家。与张三生活十余年，生有二子，夫妻恩爱。只是妻子沐浴时，从不许人见。一次，张三从窗隙偷窥，见她提着自己的头，把她放在盆里洗发。张三大惊，破门而入，她立即仆地而亡，只剩一堆白骨。张三大恫，如礼葬之。

该故事的时代背景为明代，很早以前就有类似的故事出现，但我们应该引起注意的是，这与之前出现的同类作品相比，结构反而更简化了。

另外，无论是《李福达》还是《吕翁》，与魏晋南北朝以来的志怪小说风格类似，作者都是作为听取故事的一方展开记述的。其中，有将登场人物的行为、台词记述得十分详尽的，也有与前两类有所不同，比起心理描写，有花大量笔墨描写那种所谓的具有超能力的人物的倾向。但这些作品的相同之处在于，任何一个作品都将明末的社会状况参差其中，对其发生的场所以及场面的设定进行了较为详细的描写等，可以说这些作品不是仅仅停留在单纯地记录奇异事件这种程度，而是在记述的基础上将这些事件更具体化，生动化。

（二）《九籥别集》中新加的“稗”

“稗”中也有《飞虎》、《陈氏铁符》、《巍石山》、《不恭》、《日本刀记》、《东师野记》、《西师记略》、《负情侬传》、《顾思之传》、《宋氏君求传》、《葛道人传》新编入《九斋别集》中“稗”的作品。还有从《九籥续集》卷十《杂著》中编入的《飞虎》、《陈氏铁符》、《巍石山》、《不恭》。其中《飞虎》、《陈氏铁符》宋懋澄都采取了记述的形式。

《飞虎》、《陈氏铁符》这两篇作品可以说远承魏晋南北朝志怪小说的传统模式，每一篇都记述了奇闻异事。但《巍石山》一文却独树一帜，虽说故事是围绕饶州巍石山上岳飞的诗展开的，但并没有提到任何奇闻怪事，只是介绍了各地感兴趣的文物而已。

《不恭》中的来三仕讲的也是有关侠客的故事。该篇相对来说没有复杂的构造，主人公来三仕不拘常规的做法与以上描述的侠客们有相似之处，作者对这样的做法持赞赏的态度。“不恭”也就是不尊敬的意思。此处的“不恭”已经超出了这个词本来的意义，本文中通指那些对来三仕本人不恭不敬的人物。

《日本刀记》全文记述了怪异的现象。它来自宋懋澄的亲身经历。

丙申秋日，侍师于真州公署，时余年二十八矣。犹有不羁之思，从师乞日本长刀一口，师尤之曰：“泰宁之朝、安事三尺？”余对曰“锋锷可仪。”佩之几年，真成鸡肋，竟赠之武人。此刀风雨夜，时飒飒有声，明晨离鞘常二寸许，亦灵物也。迨壬寅以先慈讣南奔，值夜，复宿是馆，弦月积雪，风景凄然，回念壮心，恍如隔世，日月不居，老将至矣。此英雄所以抚髀而泣也。

该篇讲述了作者的母亲死后，从北京返回华亭的途中，在一间充满回忆的旅店中，感叹时光的流逝，描写了当时作者的悲叹人生的心境。这篇作品本没有被编入“稗”，因此，可以说宋懋澄自己也没有把它作为“稗”来写。

《九籥别集》的编者唯独把这一篇编入了“稗”，或许是因为作者措述的日本刀那种灵异的力量让人产生了一种奇怪的印象，但这部分只能说是回忆中的一小部分，文章的主题还在于他对于自身的悲叹。这篇文章描述了月下的雪景，如此这般寂寥的景象中感叹时光流逝，感受到自我存在的宋懋澄，日本刀象征的就是年少时的宋懋澄。

《日本刀记》中人物心理描写的风格与一开始讲到的《吴中孝子》、《珠衫》等具有一定故事性的篇目中的风格有着异曲同工之妙。其典型特征是，有人物描写的《九籥别集》的“稗”是从“传”中添加的故事群吧。

《负情侬传》讲述的是杜十娘赎身的经过。如同所谓的“传”一样，不是按照顺序来记述有关这个人物的信息，而是采用了相对复杂的故事性的构造来展开描述。

杜十娘被描写成一心想要赎身的勇敢女性的形象，最后感情爆发，将背叛自己的男人骂了一通。故事中引用了百宝箱这一道具。妓女时代的杜十娘将得到的宝石储藏在箱中，知道此事的只有杜十娘和她的那些姐妹们，读者和李生都不知百宝箱中的秘密。这个小道具是整个故事的钥匙，读者和李生到最后才知道谜底。但那时的杜十娘已经走上了自我破灭的道路。

像这样设计一种“迷”的存在，让登场人物与读者之间得以共享的手法是极为巧妙的。从而把这种人物传记转变为了生动的小说。

到赎身得以实现为止，前半段作者将李生的懦弱与杜十娘的坚韧相对比，而后半段虽说李生的懦弱没有加以改写，却对照地描写了老奸巨猾的新安的盐商人，一路文笔顺畅，直到杜十娘入水的场景。最后杜十娘连珠炮般斥责的场景，仿佛置身其中。结果《九籥别集》把这篇独具一格，被世人高度评价的戏剧性作品《负情侬传》编入了“稗”中刊行。

此外还有从“传”编入“稗”的《顾思之传》，该篇是顾承学，字思之的传记。《宋氏君求传》讲述了宋懋澄曾祖父的年代，族人宋君求的故事。人物性格豪爽，特立独行。这两篇文章与其说从形式来看，不如说是内容上符合“稗”的特点而被编入其中。关于四篇传记（《负情侬传》、《顾思之传》、《宋氏君求传》、《葛道人传》）被编入“稗”的理由，如果说它们有共同的特征才编入的，显然与事实相悖，其真正的理由为何也只能加以假想、推测。《葛道人传》在正史只被轻描淡写过，它记录的是发生在苏州的一次暴动事件，是一篇具有史料价值的文章。另外两篇讲述的是关于发生在明末的战争时期的事，与其说是小说，说成是历史的记述更为贴切。

（三）其他

《九籥集》的“稗”中、《狻猊舞已下俱钟鼓司伎》中的《掷索》、《垒七卓》、《齿跳板》、《杂伎》、《御戏》、《鉴定》、《秘戏》记述的都是宋懋澄亲眼目睹的,或是从他人口中听到的事,主要是一些描写宫中曲艺杂技的文章。宋懋澄一生大多都往返于故乡与北京之间,写下这些内容也不足为奇。这些篇目虽字数不多,但却短小精悍。像《敬德不伏老》这样的记述当时的名人的故事的文章还有好几篇。其中,有的与事实完全不相符,可以说宋懋澄写下的不过是一些他听来的谎言。其内容相当于随笔、备忘录,完全不具备故事性。

三

宋懋澄的“稗”中有的可以归类于所谓的小说中来。小说史中常常会发现作为文言小说家之一的宋懋澄的名字。明代很多被称为“文言小说”的作品问世,但他们是怀着一种什么样的意识来创作的呢?这需要更深入的研究和探讨。

为《九籥集》写序的钱希言先生其生殁年没有详细的记载。《列朝诗集小传》丁集下中有他的传。《九籥续集》卷十的校阅者中能够找到他的名字,并且在钱希言的文集中还找到了他曾经赠与宋懋澄的诗。《戏暇》卷三《苏意》也叙述了关于宋懋澄的故事。钱希言自己编著的《狯园》的序文中也写道:《汉书》中班固记述在“小说家”中就唐宋为止稗的发展进程作了介绍。钱希言推测当时的人们就开始对稗有所关注。其次,他还指出:《戏瑕》卷三《遗忘二事相类》以及《阎玄一》(《太平广记》卷 242)、《张藏用》(《太平广记》卷 242)最后有写道:“右此二事,见于二书一时相类,岂其偶合若此,非传闻之误,必架空之说矣。唐人小说往往而然,无足怪者”。钱希言的《狯园》的序文中可以看出,他们对先人留下的对所谓的“小说”持批评的态度。在至今为止的小说作品的基础上,他们想要自行创作的态度也有所显现。(很遗憾在钱希言作的《九籥集》的序文中没有找到有关“稗”或者“小说”的记述。)

《九籥集》中,有同一个人出现在不同的故事当中的情况。如:《吴中孝子》末尾的“废人喜述此事”,《珠衫》末尾的“废人所作评语”。钱希言的《听滥志》中有“废人钱希言兰栖氏撰”,可以推测“废人”即钱希言。因此那些故事宋懋澄与钱希言两人都知闻。

请看其他例子:儿子宋征舆的《林屋文稿》卷之三《宋氏家乘序》中写道:“惟时之闻人李本宁、陈眉公,皆为之流涕曰,‘幼清有封侯之节,而不遇时。有神仙之骨,而不遇师。益深惜之也。’”李维桢(1547—1626)、陈继儒(1558—1639)可见他们都对宋懋澄的死曾表示沉痛的哀悼。

陈继儒的文集中没有发现有关宋懋澄的记述,因此无法弄清两人交流的具体情况。但宋懋澄的《葛道人传》(《九籥续集》卷三《传》)是陈继儒在家中取材写下的文章。那时陈继儒对他说道:“子喜稗官家言,毋失此奇事”。从这极少的记载中可以推断出陈继儒为宋懋澄写了序这个事实。

关于世人对宋懋澄的评价,在宋懋澄死后 10 年左右编纂的崇祯年间的《松江府志》①卷四十二《文学》的记述以及收录了多数关于他的资料的康熙年间初期刊行的《松江府志②》卷四十四《文苑》的记述,或许从时间差就可以看出差异。

① 方贡岳修、陈继儒纂,崇祯三年(1630)刻

② 郭廷弼修康熙二年(1663)刻

崇祯年间的《松江府志》中，宋懋澄的经历只是被一带而过。相反，康熙年间刊行的《松江府志》就有相对详细的记载。其中写道：

> 宋懋澄字幼清，孝廉尧俞子也。年弱冠，能文章喜交游。慕古烈士风，私习兵法。……（中略）懋澄当万厝时，遇人必抵掌论世事，尝喟然叹曰，二十年后，天下将有兵，而我不及见也。后卒如其言。诗文奇娇俊拔，尤工尺牍及稗家言。有九籥集，别集行世。子征舆，成顺治丁亥进士，今官宗人府丞。

于"尺牍"和"稗家言"两大领域论述了宋懋澄的杰出成就。

儿子宋征舆在《林屋文稿》卷十行实《先考幼清府君行实》中写到了父亲宋懋澄："徙居村，墟日闭门，为诗古文及稗官家言。尤喜为稗，慨不快意多寄焉。"另外还有，"能诗古文，长于尺牍及稗官言，所著九籥集。"文中也肯定了"尺牍"和"稗家之言"的巧妙之处。这也参照了后人对宋懋澄的评价。清初的王士祯（1634—1711）也写道："宋有《九籥集》，如稗官家。《刘东山》、《杜十娘》等事，皆集中所载也。"

《九籥集》中宋懋澄自己也写道："昔余壮年，喜作乐府及稗官之言。"（《九籥续集》卷一《春日杂与诗序》）"余常悉云间小说论之。"（《九籥续集》卷一《李节之云间杂志序》）"昔余壮年，喜作乐府及稗官之言。"（《九籥续集》卷一《春日杂与诗序》）由此可见，不管是旁人还是他本人都认定他为"稗官家"。但在当时把自己称作"稗官家"，写过"稗"的人，只找到宋懋澄一人，这也算是他与众不同之处了。

结 语

综上所述，《九籥集》中的"稗"编涉及的题材广泛，内容丰富，耐人寻味。

鲁迅先生在《中国小说史略》第二十二篇"清之拟晋唐小说及其支流"中就唐代小说如何继承这个时代的文言小说进行了论述。具体如下：

> 迨嘉靖间，唐人小说乃复出，书估往往刺取《太平广记》中文，杂以他书，刻为丛集，真伪错杂，而颇盛行。文人虽素与小说无缘者，亦每为异人侠客童奴以至虎狗虫蚁作传，置之集中。盖传奇风韵，明末实弥漫天下，至易代不改也。

宋懋澄的"稗"甚至如鲁迅先生所言，兼具了明末文人创作的文言小说的特征。鲁迅在论述完此后，立即转向清初所编著的《聊斋志异》，可见对他而言，明末的文言小说具有举足轻重的地位。

这40多篇作品其内容一一来看的话，要找到他们共通的特征，还很难得出有效的结论。文言小说，没有固定的称呼。有的定义为小说，有的被称为笔记，也有的被归为野史，或是稗史。总之，很难对其下定义。

作者可以有效地运用"稗"这个暧昧的类别。用文言写的文章有"记"或"传"之类固定的形式，而"稗"却没有这些约定俗成的形式。因为《稗》记录的是一些登不上大雅之堂而又非正式的史料。因此，宋懋澄可以在"稗"中站在自由的立场上随心所欲地发挥。

或许是创作者们的意识问题，明末被公认的文言小说集少之甚少。明末的丛书类，明初的《剪灯新话》、清初的《聊斋志异》这样的出自同一人之手的作品和那些将不同人写的作品编辑起来的作品集，作者和编者的意识也有所差异吧。反映蒲松龄的生活方式和价值观的文言小说集，是世人对其各个作品文学性的进行评价后的产物，尤其是《聊斋志异》作为文言小说集的杰出之作，获得了文言小说作品的最高殊荣。

宋懋澄的"稗"只是将各式各样的篇目杂编到了一起。其中收录了他造诣颇高文言小说，除此之外还收录了他的随笔之类的文章。就这点来看，鲁迅也曾评论说宋懋澄受到了当时大量刊行的丛书的影响。宋懋澄的"稗"，可以说是明末文人们受到当时大量发行的唐宋文言小说的影响从而萌发了自行创作的念头的有力证据。

宋懋澄在创作这些作品时，是否是有意识地创作一些构造复杂具有一定的故事性和娱乐性的文章呢，谁也无从得知。但有一点可以断定的是，他把"稗"设计为了自己文集的目录，这种特征在当时其他文人的文集中却找不到。后人编纂的《九籥别集》也只是将宋懋澄最得意的作品"尺牍"和"稗"从个人文集中抽出，编成了单独的文集，甚至想让人们意识到"稗"作为小说集的存在。可是，从一开始，"稗"似乎就缺乏系统性，显得有些杂乱。由此可以看出，宋懋澄当时写下这些篇目的时候并没有意识到要去创作一种名叫"小说"的东西。

宋懋澄的"稗"所表现出来的故事性，不是简单的记述奇幻的事件，而是体现在对当时被命运摆弄的普通百姓极其细微刻画。它表现在故事的伏笔，些许复杂的构造，对人物感情细微之处的捕捉。这种特征吴伟业后来补编如"稗"的《负情侬传》中也得以体现。他摈弃了士大夫们的儒教道德的观念，在小说观念上独树一帜，成为文学史上一道独特的风景线。例如他所重视的"侠"的概念。

宋懋澄的"稗"所具有的特性，有着其特殊的背景。宋懋澄青少年时期就巡游各地，喜爱与同好之士结交，博学广闻。与陈继儒和钱希言的深交对他的价值观的影响颇深。其次，宋懋澄的文言小说内容详尽，有着"侠"、"情"等与儒教观念不同的价值观，这和白话小说所具备的特质极为相似。这反映出当时的文言小说不仅受到了前代的影响，同时也受到了当时盛极一时的白话小说的影响。白话小说的影响也渗透到了文言小说的创作阶层——士大夫。明末，文言小说与白话小说所描写的世界无限接近，其界限可以说相当的模糊。

今后，还有待就宋懋澄及其身边的人物对于"稗"以及类似的作品的认识和看法进行更具体的调查和比较。并且有必要探索作者是否有意去"创作"的痕迹。我将把本次论文中未能谈及的内容作为今后的课题来进行更加深入的研究和探讨。

作者单位：日本宫崎大学

明末孟称舜戏曲评点之删修状态研究

王祥颖

一、前言

戏曲评点自明中叶后逐步兴起，延续至晚明时期，透过印刷业的传播，形成一种与舞台剧同时流行于坊间的特殊局面，"读剧"成为此时期接受戏曲美学的新兴渠道。评点者逐字逐句罗列文字，此种游移将片段文字组合成一个结构，建构出阅读蓝图，创造出新的文本意义；又，评点家有时亦为作品删改者，借由改动原来作品文字表现出他的审美哲学，使原先作品改头换面，而他作为文本的角色不仅只是阅读者，亦成为"新文本的参与者与完成者"。

自明中叶后，从事评点工作的文人或剧作家为数不少，他们依着自己美学见解介入作品，其中，晚明时期的孟称舜(1599～1684)其评点著作《古今名剧合选》，更是此时戏曲评点的代表作之一。他集戏曲理论兼创作者两种身份，其著作《古今名剧合选》于崇祯六年夏(1633)完成，是汇集选、校、评三种活动所成的一部评点作品。选材上以元、明两代杂剧作品为主，选、评前，先校对钟嗣成《录鬼簿》后，再"取元曲之工者，分其类为二，而以我明之曲继之，一名《柳枝集》，一名《酹江集》"(《古今名剧合选序》，页210)，依据戏曲语言风格划分为婉丽与雄爽二种类型；至于版本编校部分，特别是在元杂剧部分，对所见元杂剧本(尤其是臧晋叔《元曲选》)本做一校对、增删工作，"胜则从之，不足则改之"，最后收入元人杂剧共三十四种，明人杂剧作品二十二种。在过程中，凡遇删修、讹误订正处，多以评语说明之，包括对原剧作补漏填缺、订正错讹、考辨作者等。评的部分，批语形式含总序、篇首总评、眉批、夹批等共四百多处，表达对戏曲艺术美学见解，并在校刊选篇内容随文圈点出佳句(包括符号"、"与"。")，或以"抹"号标示劣句(画于字句旁的粗黑竖线"|")，辅助评点文字。这一整个选、校、评的创作活动，具有创新与特殊意义，是明中叶以来戏曲评点者从未运用过。

有关于孟称舜评点研究部分，多数探究批语内容对戏曲理论的建树，但对其"评改一体"的"改"处，特别是这元杂剧三十四种内容的改动，较乏人问津，孙楷第曾以明刊元曲总集之七种作比对研究，认为臧晋叔的元曲选及孟称舜的古今名剧合选《柳枝集》、《酹江集》等，可视与内府本大有距离的别一系统之异本，而八木泽元则认为，孟氏多依据臧晋叔本，又兼采新安徐氏本与顾曲斋本，可说是属于别系的异本，亦可说是出自内府本。也因孟氏批语也提常提出参酌臧本多处，后世研究者都认为孟称舜的《古今名剧合选》均出自于《元曲选》本居多，甚至视孟本为臧氏"复本"。

笔者进一步比对现存明刊本元杂剧时发现，孟称舜文本内容呈现一种“混合式”方式，他是以曲牌为主，曲辞有参照元曲本，明刊本，或是孟氏自编状态；此外，与臧晋叔参照交流后注记批语集中在十九种剧作中，但笔者比对后发现，眉批中有隐有显，有时在增入筛选时，孟氏会将自己的意见带入，然多处改写状态是无附加说明的，只注明“增改”、“增入”等字眼；笔者甚至发现，有多处已更改却缺少眉批部分，必须经过比对时才能一一考察殊异处。

因此，孟称舜在选本上，对版本选择与曲辞更动必有其标准所在。本文则在明人元曲选与孟氏对照比对结果中，分析孟氏修改原则与标准，梳理出孟氏戏曲美学特质。

二、孟称舜对元曲选本之删修状态

在明代崇祯之前，明人元曲选本在坊间非常普遍。现存明刊或明钞本的元杂剧选本中，最早是嘉靖年间李开先编刊的《改定元贤传奇》；此后，万历年间出现了陈与郊《古名家杂剧》、息机子《元人杂剧选》、黄正位《阳春奏》、顾曲斋《古杂剧》、赵琦美《脉望馆钞校本古今杂剧》、继志斋《元明杂剧》和臧懋循《元曲选》（又名《元人百种曲》）。然而，前辈学者将历来研究学者对孟称舜所指之“参校本”，都指向如脉望馆等“内府本”系统版本。

臧懋循（1550—1620）与孟称舜在所经营的戏曲活动非常相似，都曾经选编过元杂剧，晋叔编选《元曲选》于万历四十一年（1613）开始，至万历四十四年（1617）付梓完成，孟称舜编选工作则晚臧氏十七年以上。他们对元代杂剧整理工作亦从“选材”与“校订”开始，臧氏在《元曲选》提到：“余家藏杂剧多秘本，顷过黄从刘延伯借二百种，云录之御戏监，与今坊本不同。因为参伍校订，摘其佳者若干。”孟氏也在序中提到：“元曲自吴兴本外，所见百余十种，共选得十之七，明曲数百种，共选得十之三。”（页 210）“吾意古本非甚讹谬，不宜轻改，改本有胜前者，使不妨稍从之耳。”（《酹江集·汉宫秋》批语，页 599）虽然二书间隔时间并不久，但可以从这样的叙述文字得知晚明时期坊间有各种明刊元杂剧的版本，其中《元曲选》已经在坊间流行，而且成为相当流行的版本之一。因此，批语所言之“吴兴本”、“吴兴改本”、“改本”等名词，所提的即为臧懋循《元曲选》本；至于“古本”、“原本”、“元本”或“原辞”，所指的就是他另外参校的本子。

比较臧本、孟本与现存明人所编元杂剧本，三者在同一剧目文字陈列情形，臧本和其他明人版本差异性大，正如他所说的：“戏曲诸杂剧为删抹繁芜，其不合作者，即以己意改之。”（《寄谢在杭书》）因此，它与明刊本比较时，同一曲牌中字句变化较大。而后续孟称舜的删校方式，虽循着臧氏文本，但改动处有更形复杂化趋势。在批语中提到他所更动的方式，除了前述所提外，尚有多处提到修正与更改状况：

> 吾意古本非甚讹谬，不宜轻改，改本有胜前者，使不妨稍从之耳。（《酹江集·汉宫秋》批语，页 599）
>
> 其中间有异同，则出吴兴臧晋叔本也。（《柳枝集·诗酒扬州梦》批语，页 296）
>
> 三折、四折曲白多依吴兴本增改，并前二折亦偶有同异不及尽标出。（《酹江集·李逵负荆》批语，页 65）

“间有异同”、“稍从之”、“不及标出”，显出既有参照，又有增减，小到曲牌下部分文字逐一删修等状态。

因此，比较完孟称舜收录的剧作，在曲文罗列有三种参校模式：

其一，可视为一种依孟氏已意所罗列的“综合体”，也就是汇集《元曲选》、《古杂剧（顾曲斋本）》、《脉望馆抄校本古今杂剧》等他自已认为合宜的部分，再重新组合过，这种情形或同一曲牌曲辞异动，或增或删某些曲牌。甚至，同一曲牌夹有孟氏自行创作的曲辞等，举凡这样的形式为数甚多，各剧作均有这样的状态，但此种情形之批语不一定罗列出来，必须在比对之中才能清楚发现。以下述为例。一是将古本、臧本混合在同一曲牌中。例如：孟称舜《柳枝集·玉镜台》楔子部分，〔混江龙〕呈现出一曲混合三个版本状态：

> 食前方丈，望尘遮拜路途傍。出则高牙大纛，入则峻宇雕墙。万里雷霆驱号令，一天星斗焕文章。威仪赫奕，徒御轩昂，喜时节，鹓鸾并篴。怒时节，虎豹潜藏。生前不惧獬豸冠，死来图画麒麟像。何止是析圭儋爵，都只待拜将封王。

这一曲全文比对后，以臧本为基础，但又经过修整，前二句换了臧本内容，先接古本曲文，后则完全与臧本相同。文词改变但文义不变。

二是曲中混杂三种版本。三种版本包括古本、臧本，甚至增添孟氏自加曲辞。在孟称舜《柳枝集·柳毅传书》第四折，龙女为旦角，她为报柳毅传书之恩情假化卢氏女与柳毅成亲，两人见面时唱〔太平令〕一曲，其曲文如下：

> 你早忘了堤边相傍。（柳毅云：）则你是谁？（正旦）我便是龙女三娘！不道我愁容苦相，也伴你牙床锦帐。今日个吉祥乐康，受享，呀，同归那龙宫海藏。

臧本为：

> 你怎不记泾河堤旁。（柳毅云：）则你是谁？（正旦）我便是龙女三娘！不道我愁容苦相，也伴你牙床锦帐。今日个吉祥、乐康，受享，呀，同归那龙宫海藏。

古本为：

> 你是那救苦难如来尊像。（末云）则你是谁？（旦唱）则我便是龙女三娘！摆列着笙歌嘹喨，重裀卧兰堂锦帐。呀！今日在洞房乐康，把平生富享，俺同归那龙宫海藏。

三者不同处在第一句上，包括孟氏修改臧本的自修词。三者龙女唱词在性格表现上，古本相对显得豪迈大气，与之前所曲词的铺陈较无一致性。这种随时更动三者共容方式在其他剧本里亦常出现，孟氏常置换部分曲辞，然而更动处曲意变化不大。

其二，是与《古杂剧（顾曲斋本）》、《脉望馆抄校本古今杂剧》等差异不大的曲作，例如：《倩女离魂》、《翰林风月》、《金钱记》等，大致曲牌、宾白、折数出入不大，这些文本时常与臧本曲词有所出入，显然是以古本为底本。甚至完全与《元曲选》文本内容相同。例如《竹坞听琴》、《窦娥冤》、《金线池》等。《金线池》在楔子、折数的安排与古本不同，连带宾白与曲文部分野和臧本相同，呈现出在情节结构、人物形象、语言表现都和《脉望馆》内容有极大出入。此外，又有古本缺但臧本自加曲牌处，孟氏跟随。例如《柳枝集·竹坞听琴》第四折写老道姑循到还俗的郑彩鸾，正埋怨他没有遵守承诺时，无意遇着失散多年的丈夫梁公弼，欢欣之余也丢观脱布衫欲还俗，此时旦角在唱词中透露由忧转喜的过程，因此多加了〔甜水令〕、〔折桂令〕以及〔离亭宴煞〕三枝曲。

最后，还有一类是现存明人元曲选本虽未收，然臧懋循本却有收，而孟氏选本亦跟进者，例如《谇范叔》、《隔江斗智》、《张生煮海》、《李魁负荆》等。前三本与臧本出入不大，但最后一本《李逵负荆》在前二折比对时和臧本出入颇大，到第三、四折则以臧版为主。第三折始眉批言："三折、四折曲白多依吴兴本增改，并前二折亦偶有同异不及标出。"因此，比对后二折则又与臧本曲文接近。

依批语状态来看，所选之《古今名剧合选》一书，其中所选元人杂剧三十四种，有十九种剧作批语提到孟氏对吴兴本采用与否的意见，综合来看，48 处批语相关"吴兴本"批语，有 28 处采用臧氏曲作内容，20 处提出与吴兴本相佐之处，异动之因多以曲辞、曲韵的关系有所更动。检视孟氏对臧氏批语、曲文改动处，能更细微建构孟氏对戏曲美学的观点。

臧懋循在〈元曲选序二〉提到："今南曲盛行于世，无不人人自谓作者，而不知其去元人远矣。"（页 11）因而提出作曲之三难，包括"情词稳称"、"关目紧凑"、"音律谐协"三者，并说明所谓"当行"者，必须注重对舞台表演实践的把握度，即对人物语言的认识。这些均辅助了孟称舜戏曲视野的开拓。

有一个核心理念是他所持有且有别于臧氏观点，就是以"戏曲传情"的美学角度"度"曲。子塞"戏曲传情"论的特质，影响于他所论列的各种现象。"传情"此乃传统诗学必然的特征。他在《古今词统序》提到"词与诗、曲，体格虽异，而同本于作者之情"。然而，继续提到"作者极尽情态而听者动心焉"、"要以摹写情态，令人一展卷而魂动魄化者为上"，此篇虽是论及词的表现，但却是他所体认一切诗歌抒情美学所必备的共同条件。然而，曲体有别于词体的传情，在此基础上，又要把握两个层次的特质，其一为"曲之难者，一传情，一写景，一叙事。然传情写景犹易为工，妙在叙事中绘出情景，则非高手未能矣"（《酹江集·魔合罗》批语，页 198）"。再者，作者之情，必要找到一个"中间人"去传达，因此"因事以造形，随物而赋象"，身为曲家，他必要"合傀儡于一场，而征事类于千载"，透过戏中人物，让人物代言，使他"笑则有声，啼则有泪，喜则有神，叹则有气"，这也就是说作者的情感先化身为剧中人，再由剧中人"声口"传达出情感，此有别于诗、词等创作单一传达作家之情的表现，因为这些居中的戏中人"时而庄严，时而诙谐"，作家必须注意到这位他所设立的剧中人物，其个性与传达讯息的说话情感能否一致。

又，声音描绘亦为关键点。评点初始对杂剧的语言特质分类时，孟氏言：

> 若夫曲之为词，分途不同，大要则宋伶人之论柳屯田、苏学士者尽之。一主婉丽，一主雄爽。婉丽者如十七八女娘，唱"杨柳岸晓风残月"；而雄爽者，如铜将军铁绰板，唱"大江东去"词也。（〈古今名剧合选序〉，《续修四库全书》1763 册，页 208）

> 取元曲之工者分其类为二，而以我明之曲继之。一名《柳枝集》，一名《酹江集》，即取《雨霖铃》"杨柳岸"及"大江东去"、"一樽还酹江月"之句也。（〈古今名剧合选序〉，《续修四库全书》1763 册，页 210）

孟氏在各剧总评前，先以"意象批评"作为说明，釐清他所认为"婉丽、雄爽"的语言分界。

除了序之外，各篇作品在总评文字部分，除兼采图像批评方式说明外，还带有"声音"的体验："读此剧，觉潇潇风雨从疏棂中透入"（《柳枝集·秋夜潇湘雨》总评，《续修四库全书》

1763册，页360)，“寒光宵映，如蛟珠乱撒”(《柳枝集·柳毅传书》总评，《续修四库全书》1763册，页421)，“读《汉宫秋》剧，真若孤雁横空，林风肃肃，远近相和”(《酹江集·孤雁汉宫秋》总评，《续修四库全书》1763册，页591)，“语语扬厉如钟鼓，噌吰大声，发于水上，可称雄杰”(《酹江集·龙虎风云会》总评，《续修四库全书》1764册，页184)。上述批评，多以流动式景象形容阅读后的感受，兼之声音的体验，因此，批语中“声音”体验，开启“语”的语境变化。

这种特别突出读者感受，并以图像、声音描述，和他评点前杂剧创作经验有关系。评杂剧前，已尝试了几部杂剧创作，因此，最能看到的就是对于戏曲立体构成，这个语的感受，来自于阅读接受者的体验。阅读者的背景不同，阅读感受自然有所不同。虽然前述对于语言风格所提出“刚健(雄爽)”与“阴柔(婉丽)”是文论家的二分方式，也具有其内部特点，亦为理论家习惯使用的方式。然而，它多了一种流动以及声音的体会。

在明中叶李卓吾评点，讲到人物的描绘历历在目时，提到“无处不似画(容与堂《西厢记》第八出)”然而，这个表现只在于阅读时对人物形象的揭示。然而孟称舜在此，更近一步接收了多元讯息，除了原先所说的探寻元代语言特质外，接受了同时代对于“情”的解放与表现，从曲辞铺陈感受到角色唱曲的情感。

然而，同时亦为戏剧创作家的孟称舜，更将一种在戏剧当中“内模仿”层面至入于戏曲中，因此，之所以标榜出声音感受，来源自于“声情”的体验，而声情快慢缓急之中，察觉到剧中人置入于事件中的“情绪”。所谓“内模仿”就是观者产生出体内的肌肉、呼吸、循环器同步模仿着物件而产生出活动、变化的感觉。虽然，这是一个案头戏剧，但由于阅读者的“先验感知”，内化了他对于杂剧知识，使他在评点中多了伴随声音的形容，有时是喁喁小语，有时是展现叱咤风云的豪迈，捉住了脚色在唱曲中的声情，这声情也就代表着角色情绪的展现。

> 写唧哝哀怨之语，字字如大珠小珠落玉盘时也。(《柳枝集·智赏金线池》批语，《续修四库全书》1763册，页333)
>
> 语太觉情艳，不似窦娥口角。(以下为《酹江集·窦娥冤》批语，《续修四库全书》1764册，页22)
>
> 二语语气不贯。(《续修四库全书》1764册，页23)
>
> 妙妙逼真，烈孝女口气。(《续修四库全书》1764册，页26)
>
> 似非媳妇说阿婆语。(《续修四库全书》1764册，页26)

以上的案例均从角色声音体现出性格与语言的特质，人物口角又含着各种情相，将个性情感与人物声口连结一同。

三、孟称舜删修元曲的标准

曲辞、曲牌、人物语言以及全局结构等，孟称舜均能作一完整透视，更甚的，对于戏剧叙事的掌握更有其深刻的看法，这是他与臧氏对话中论列的重点。以下从修改或增入的案例，体会他对于曲情的流畅度。

(一) 辞情——字词的通畅

根据序言所提：“予此选去取颇严，然以词足达情者为最，而协律者次之”(页211)，因此传情最小单位在于“句”。既是要传达“情感”,必透过逐字逐句的正确性与否,来达成理足情顺的意涵。

孟氏在曲牌更动部分,是一种兼采各本优势而夹杂的“混合式”形式。考量此一曲牌文字铺陈的完整度,除了句意、用韵外,涵盖着曲意的延伸性,以及他所认定的情感的延续性。

在单一曲牌文字变动部分,例如:在《酹江集·范张鸡黍》第三折中,范巨卿因张元伯之魂魄托梦身死之事,赶赴元伯家乡,张母惊讶问范氏如何得知此事,因此〔元和令〕一曲主要讲的是范氏除托梦得知外,还有一些“异相”令他感到哀伤,原句为:“数日前落日长星大如斗,流光射夜如昼,原来是丧贤人地惨共天愁,树挂尽汝阳城外柳,则这青山一带也白头,满城人两泪流。”(页658)《元曲选》则将“树挂尽汝阳城外柳”改成“空余下剑挂尽汝阳城外柳”,孟氏认为此意是一种联惯性的,所谓“树挂尽”之意是说“凝霜倒挂”乃丧事之象,故修正原本句意。此外,《任风子》所修正的原因亦同。但修改处仍有选择原本却赞扬吴兴本的状况,例如在《月明和尚度柳翠》第二折,写月明和尚在茶馆劝柳翠剃度出家,原〔么〕曲首二句“你只愁柳败着蟾光救他,铲的道扬叶着风越不秋”(页441),吴兴本为“只要你凡情灭尽元无垢,铲的道枝叶萧条渐到秋”(页441),孟氏也能认同。

观臧懋循在《元曲选》对曲的删、修考量,用韵状态也是他所重视的,除了修订剧本文字外,每部剧作在剧末都会附“音释”来标注音韵。对孟氏而言,用韵考量固然重要,然,用韵改韵的流畅性,最大的症结点在于“传情”与否。因此,不仅校订曲谱便于传唱外,从他对臧懋循在《孤雁汉宫秋》第一折〔混江龙〕的修正意见,可以得知他对于声韵与辞情全盘的考量方式。

第一折中,宫女王嫱因知毛延寿点破图像未得均王宠幸,一人独自在深宫中弹曲抒怀,无意间让巡宫闻声而来的元帝听闻后为之惊喜,以〔混江龙〕唱出他的心境,在原先脉望馆本中,是以元帝心态设想王嫱声情,也把元帝一边窥探一边心中想法表达出来,最后并命人要小心迎接她:

> 料必他珠帘不挂,望朝阳一步一天涯,疑了些无风竹影,恨了些有月窗纱,他每见宫里君王乘玉辇,恰便似天上张骞泛浮槎。(旦做弹科)猛听的仙音院里弦管声中,琵琶一曲哀怨千般,你且轻推绣毂,慢转回廊,报教怨女,迎接銮舆。虽则密传圣旨,休得惊唬佳人,则怕他乍蒙恩,把不定心儿怕,惊起宫槐宿鸟,庭树栖鸦。小黄门,你看是哪一宫宫女弹琵琶,传旨交来接朕躬,不要经唬着她。(内宫做传科)兀那是哪位娘娘,圣驾到来,急忙迎接者。(旦趋前行科)(页592—593)

那么,臧懋循修改句,变为:

> 料必他珠帘不挂,望朝阳一步一天涯,疑了些无风竹影,恨了些有月窗纱,他每见弦管声中巡玉辇,恰便似斗牛星畔盼浮槎。(旦做弹科)(驾云:)是哪里弹得琵琶响?(内官云:)是。(正末唱:)是谁人偷弹一曲,写出嗟呀。(内官云:)快报去接驾。(驾云:)不要。(唱:)莫要忙传圣旨报与他家,我则怕乍蒙恩。把不定心儿怕,惊起宫槐宿鸟,庭树栖鸦。小黄门,你看是哪一宫的宫女弹琵琶,传旨去教他来接驾,不要经唬着她(内官报科,云:)兀那弹琵琶的是哪位娘娘,圣驾到来,急忙迎接者。(旦趋接科)

子塞以为："〔混江龙〕混江龙如仙音院里以下可随意增加别出一韵，吴兴本率多删改，反不若原辞迢递，今改仍旧。"（页593）于是他选择了脉望馆本的〔混江龙〕曲辞。所谓"迢递"应指描摹情感的层次表达。笔者以为，臧氏的着眼在于"情境"的铺陈，对于皇帝吃惊的心态除了曲外，借和小黄门的宾白予以陈述。但孟氏则是以曲情为重，让元帝借长篇唱曲延伸出沉醉王嫱曲情的感受，进而有所"行动"寻觅此位佳丽。

又，《倩女离魂》曲文增删也是有相同的意义在。此剧中，倩女与王文举二人虽因大人承诺指腹为婚，但张母却在王文举拜访时，要二人以"兄妹"相称，并要求王生赴京应考。倩女闻之相当失落，在第一折开始，唱出一支〔混江龙〕：

> 断人肠正是这莫秋天道，尽收拾心事上眉梢。镜台儿何曾览照，绣针儿不待拈着，长恨夜坐窗前烛影昏，一任晚妆楼上月儿高。这鸳帏幼女，共蜗舍书生，本是夫妻义分，却做兄妹排行，煞尊堂间阻，俺情义难绝。他偷传锦字，我暗寄香囊，则都是家前院后，又不隔地北天南，空误了数番密约，虚过了几度黄昏，无缘配合，有分煞煎，情默默难解自无聊，冷清清谁问他孤吊，病恹恹羸得伤怀抱，瘦岩岩则怕娘知道。观之远，天宽地窄，染之重，梦断魂劳。（《柳枝集·倩女离魂》，页227）

吴兴本则做了一些更动，最大变动舍掉两人之间传信的讯息：

> 可正是暮秋天道，尽收拾心事上眉梢，镜台儿何曾览照，绣针儿不待拈着，长恨夜坐窗前烛影昏，一任晚妆楼上月儿高。俺本是乘鸾艳质，他须有中雀风标。苦被煞尊堂间阻，争把俺情义轻抛。空误了幽期密约，虚过了月夕花朝。无缘配合，有分煞煎，情默默难解自无聊，病恹恹则怕娘知道，窥之远，天宽地窄，染之重，梦断魂劳。（《元曲选·倩女离魂》）

这里叙述的是母亲悔婚后倩女的心声，在原曲中可知"叙事"层面，包括叙事视角的转移。曲中见倩女借着与王生鱼雁往返得知两人心情，把之前的一些原委细细道来。然而，长夜漫漫、烛影昏昏，绘出了一个因情伤怀孤单未眠的女子，她试想着自己，与在隔廊书房的情郎，双双为爱"情默默"、"冷清清"、"病恹恹"、"瘦岩岩"，但是却又防着自己最亲的母亲知道自己的真意。尽管二人相隔虽近、心意相通，然而不敢违拗母亲之令，让倩娘有了"观之远，天宽地窄，染之重，梦断魂劳"纠结心情。

虽然吴兴本也只是删去一些字，但孟本却仍以原本为主，他以为"絮絮叨叨说尽儿女情肠，吴兴本于此枝删去将半，殊觉寂寂矣"（《柳枝集·倩女离魂》批语），这一字一泪不但不删减，反而让候续带入的〔油葫芦〕更有情味，此曲再度描述她与未婚夫王文举相互爱慕却无法亲近的苦楚，以及面对王生远赴他乡进京赶考不可知遇的未来，带出倩娘一种"人远天涯近"的惆怅感。

他对于"情景交融"进一步放入在戏曲叙事功能上，对于曲牌传情层次性的描述更为妥帖。

（二）曲情——曲牌的衔接

曲情的绵延效果，小到曲牌文句，大到整段曲牌意涵衔接都非常重视，例如，《柳枝集·

玉镜台》第三折写洞房花烛夜时，表妹倩英才知与之成亲者，竟是平日书房教书的表哥温峤，气得拒绝行酒入房，完全托与媒人带话。温峤此时将心声表达，从〔耍孩儿〕之后，利用〔六煞〕、〔五煞〕到〔煞尾〕等六支曲来描述温峤自己虽“老”，却比一般人更能体贴“娇”妻。元曲选则是剔除〔六煞〕、〔五煞〕，而将〔四煞〕之曲略作变更，然，孟氏选择了《古杂剧》版本，最主要是〔六煞〕、〔五煞〕讲的是老温峤如何体贴妻子，〔四煞〕、〔三煞〕则提年轻公子多花心，不能好好看待倩英小姐，〔二煞〕则提如今二人之隔只因“差了这一份年纪”，因此在〔煞尾〕时，更提醒夫人“你若别寻的个年少轻狂婿，恐不似我这般十分敬重你”（页 330）。

但〔五煞〕则是孟氏自改词，将原先打造车子的内容，修正为温峤样样且仔细地依着倩英小姐的需求照顾她。因此，他在批语提到“〔六煞〕此二枝正说珍惜之甚，断不可少。吴兴本尽删去，今照原本增入，但五煞原本全说在打造车上，似无谓，略为改正”（页 330），因此，修正曲意，接连着这几支曲，完整叙述温峤的体贴与美意。

除了前例，对于句意的连贯在《酹江集·天赐老生儿》也能见到。第一折〔后庭花〕与〔青哥儿〕连接的话语就做了更改。〔后庭花〕在末尾时，写刘老因为夫人骗小老婆怀身孕却偷跑了，一时觉得沮丧，唱到：“则为我治家勤呵忒分外，今日着我儿可便绝后代，偺人这悭恪可便招灾祸。”（页 171）于是命张郎发帖想到寺前散钱去来悔过，后对提到：“就着那村城里外，都教他请钞来，缺食的买米柴，少衣的裁绢帛。”（页 170）然而，若孟氏所见为《元刊杂剧三十种》，其写法为：“正饥寒愁满怀，得丰荣喜满腮。咱在时他见弊宅，咱死后他到外宅。”紧接着〔青哥儿〕：“敢烧香烧香礼拜，祖先祖先般看待。”（页 171）因为二曲中间缺乏宾白，认为“以原本数语上下文气未贯也”（页 170）。

又，吴兴本在〔后庭花〕尾声写道：“把饥寒早撇开，免忧愁尽自在。”说的是那些拿到钱财、绵帛者的心态，中间多了宾白，则是夫人问他：“似你这等舍财布施，你不舍呵，也无人怪你。舍了财，可也便有谁人知重你也？”（页 170）他回答：“散了这几文钱呵，那贫难无依的人。”（页 170）紧接着〔青哥儿〕：“他敢把咱来烧香礼拜，恰便似祖先、祖先相待。”（页 171）为了接此段文意，孟氏以为在〔后庭花〕末尾应改为：“正饥寒，愁怎挨，想荣华，喜满腮。偺死时节撇在外宅，死时节撇在外宅。”（页 171）以为“细味原本数语是言：我今日自贫寒至荣华，正好享用，而无儿子，而死时撇在外矣，守此钱财何用，不如散之。为愈下枝接云：祖先相待云云，则无子而有子矣，如此乃觉意味深长”（页 171）。而吴兴本并未将曲牌曲意一气呵成，因而认为“改本淡而少味”，于是以己意改之。

从改本动机可知他非常重视曲的情味，尤其在他铺陈曲时，除了韵脚、意义外，所看重是一种在叙事当中铺陈情境的力道。然而，这一种抒情面向让他循着去思考，曲辞既为第一人称之主角人物（旦或末）设计让他（她）“畅所欲言”，那么曲情与人物塑造必要有更紧密的相关性。

（三）人情——声口的塑造

臧懋循在《元曲序二》提到名家、行家之别，以为“名家者出入乐府，文采烂然。在淹通闳博之士，皆优为之。行家者随所妆演，无不模拟曲尽，宛若身当其处，而忘其事之乌有，能使人快者掀髯，愤者扼腕，悲者掩泣，羡者色飞，是惟优孟衣冠，然后可与于此”（《元曲选校注》第一册上，页 11—12）。上述提到他心中真正作曲者，必须要有“名家”之才情文笔，又要有谙熟舞台规律以及洞悉观众心理等诸种特质，才能称为一流的编剧者。因此他也重视戏剧人物塑造性，但是他并没有提到行家要注意的"施行"步骤，才能营造出观众阅之掀髯、扼腕等情绪反应。

孟称舜则在"情"的营造下，把握对剧中人物塑造的进程，前述提到他对人物的把握，包括"造型"、"赋象"、"形神兼备"等各种环节，并提到作家必须要"设身处地"观察特定事件与环境，为剧中人物设计个性化语言。这是在序中所提的人物塑造方法。然而在评点中，可以看见其推动的轨迹，乃从曲文点出人物塑造特质，更能理解他所谓"造物赋象"部分，他借由角色在唱词中说话的口吻、语气，将其个性连合起来，塑造人物整体形象。

例如，在《窦娥冤》第一折窦娥上场时，提到个性、生活环境与说话者口气的关系，他将吴兴本做了修正：

> 〔混江龙〕则问那黄昏白昼，两般儿忘餐废寝几时休？大都来昨宵梦里，和着这今日心头。催人泪的是锦烂熳花枝横绣槅，断人肠的是团圞月色桂妆楼。长则是急煎煎按不注意中焦，闷沉沉展不彻眉尖皱，越觉的情怀冗冗，心绪悠悠。（《吴兴本》）
>
> 〔混江龙〕黄昏白昼，忘餐废寝两般忧，昨宵梦里，今日心头，地久天长难过遣，旧愁新恨几时休，则这业眼苦，双眉皱，情怀冗冗，心绪悠悠。（《酹江集・窦娥冤》，页22）

虽然窦娥形象在经过明代戏曲作者改动后，和脉本比较呈现出高反差的效果，随后的孟称舜也多依循臧本曲辞，然而，对讲话的语调略做调整，小部分修正曲牌话语，要将曲情与人物性格密切结合。

在他看来，窦娥是个生活在平凡农村的女孩，然而她的命运总是坎坷的，亲生母亲在她三岁时亡逝，而他父亲也因欠蔡婆二十两银子与上京赶考需要盘缠，在她七岁时，又以四十两银将他卖了成为蔡婆的"童养媳"。命运没有因为时间的拖磨而"修成正果"，接着又让她饱尝婚姻挫败、丈夫早亡的事实，诸种悲苦环境背景设定，因此，做为第一折一开场的窦娥，他所要表现的还是为自己命运与环境不平所产生的怅然情绪。然，她百受屈挠，也会使她的性格更带着直接、坦率甚至冷峭的风格，在表现话语就是明快、直截的情感，并且她面对命运的悲苦情怀，要在之后所唱出的〔油葫芦〕、〔天下乐〕彻底表现出来。因此，环境与命运所塑造的人物语言，非是种迷蒙、细致甚至是带有点缓慢优雅的感觉，臧氏的"惟美"情感无法表现窦娥整体的人物性格，因此，子塞则以"语太觉情艳，不似窦娥口角，依原本删之"（页22）。

同样对于"语气"与"个性"衔接，是之前蔡婆提到自己与赛卢医讨钱时的遭遇，并与窦娥说明张氏父子已在门首等候，要婆媳二人允诺许婚的回应，此时，窦娥以〔后庭花〕唱道，婆婆"你如今六旬左右，可不道人到中年也万事休"（页23），也怕"新夫妻两意投，枉着别人笑破口"（页23），因此，此曲着重于为婆婆再次婚配的忧心。故，她以"遇时辰我替你忧，拜家堂我替你愁"（页23），接着想象婚配时节："梳着个双雪般白迪髻，怎戴那销金锦盖头？"（页23）因此这一段句意是连贯的，因此，若以"遇时辰我替你忧，拜家堂我替你愁"（页23），带出他所想象婆婆当天"再度"入洞房的荒唐性，

然，吴兴本则修改为"避凶神要择好日头，拜家堂要将香火修"，后句指的是结成婚姻必须前世烧过香火才行，讽刺蔡婆与张驴儿父亲并无宿世前缘。然而，却未能贯串下述窦娥为蔡婆的忧心，显得语气中断，无法借言语将情感表达完整。因此孟评："二语语气不贯，不如

原本为佳。”(页 23)

观察孟本多处提到修改人物语言的部分，都是从人物语言与行动联合起来做修正，尤其在《酹江集》中，许多人物都是具有特质的，例如：《隔江斗智》提到主角孙夫人特质：“叙事说意，绝无粉泽。尤妙在女子口中出得雄爽快利，为孙夫人写照。”(页 218)写李逵“至其摹像李山儿，半粗半细，似呆似慧，形景如见”(《李逵负荆》批语，页 59)。写燕青“此剧作燕青语，又粗莽又精细，似是蓼儿洼上人口气，固非名手不办”(《酹江集·燕青博鱼》页 148～149)。杂剧代言体的特质，让小说和戏曲的叙事差异性，戏曲更重视“语言”，在戏曲评点中人物塑造，孟氏可贵处知道“曲辞”是剧中角色的“语言”，要在说话当中，除了表现事件外，还要表现出一个人对于事件反映后的个性来。也就是内心的深刻活动是从角色讲话当中突显出来的。与所提的“层递”曲牌情感来看，人物借语言表现出在事件当中的性格与情感，使一个个连接曲牌所形成的情境具有了叙事的推动力量。

（四）剧情——情节结构的安排

孟氏在序末提到“案头”与“场上”皆宜的效果，因此，以曲辞是推动剧情的立场来看，曲情铺陈除了拿捏角色语气的精准度外，还必须注意修整语言，掌握整体戏的流畅度。批语中也提到“搬演”部分，例如在《月明和尚度柳翠》第一折〔天下乐〕提到：“曲白大率俱从原本长老唱西方赞及语三段，从吴兴改本者，以此处太冷场不便搬演。”这里的“冷场”应指整体戏在舞台表现上不够集中，或是剧情偏离主题无法与主角产生关系，或是在现场造成戏剧气氛冷落，让戏节奏脱序产生了断裂之感，没有扣紧主题，因此，他首要删除了一些曲与宾白部分。然而，为了要保留一些曲的特质，以至于和臧氏的删减部分有所差异。

以《范张鸡黍》为例，此剧主要是以《后汉书·独行传》所载范式传，情节内容一来是突出范式与张劭间生死不渝的真挚友谊，二来也借其他人物在曲白中揭露了官场中腐败现象。在此本戏剧中，吴兴本、《酹江集》对于剧情有部分修正，最大差异点有两处，第一部分在于第一折是范式与张劭有约，在路途歇息时遇见同侪王仲略。王仲略因冒另一同侪孔仲山之万言长策得了官，怕范式问起，故以酒灌范，并盼“偷学他几句，到杭州好和人说”，于是，一折始则问：“把那三王五帝，从头至尾，你说一遍我听咱”，接着〔混江龙〕、〔油葫芦〕等都是从“女娲氏”谈起，谈到殷康氏、无怀氏，直到“秦皇起圣道湮沦”结束，此曲约略 150 字叙述这一段“历史”。接着，在二曲中间的宾白处，王生又问：“哥哥你将那道统相传的事再说一遍。”于是，〔油葫芦〕又从“孔颜孟三圣人，想皇天有意为斯文”(页 647)，又以 60 多字重谈“道统”。在吴兴本的做法，修正此一处，对于历史典故捡择重点来谈，只约略以 1/3 文字量带过，而中间部分两曲之间，也修改王生之问，以“你将我朝的故事再说一遍”(页 647)，于是，〔油葫芦〕将原句全改，将重点放置在范张所处的“秦汉”时间点。此时，因为孟氏保留了一些原本作法，并无全数照吴兴本修正。

除此之外，第二部分的修改，则在《元曲选》在第二折，更大量修改官人第五伦亲自寻访在荆州隐居的范式为官，二人之间的对话。范式以为“士大夫尚风节，恰便似寸草将来撞巨钟，枉自摧折”，故坚持不赴任，五伦以“想自古至今运去运来，一进一退从来有之”，于是在宾白与曲所提的，包括〔牧羊关〕、〔隔尾〕所提则为先圣先贤典故。孟氏以为“原本数枝宾白冗杂，可厌，今俱为删改”。然，也只是小部分修正，删繁为减，而《元曲选》则是将五伦的宾白加入“何必拘拘然以挂冠为高、捧檄为屈哉”，省略了〔牧羊关〕、〔隔尾〕所提则为这些先贤典故，直接跳到下一段的〔牧羊关〕并在修改〔隔尾〕全文，以“我只怕进退无名，着人做笑话儿说”。改了原本的“则被这厚礼卑辞将我来送了”（页654），于是继续以“睡介”进入到下一段张劭魂魄托梦之戏。

《古今名剧合选·序》文末曾提出其编目要旨：“可演之台上，亦可置之案头，赏观者其以此作《文选》诸书读可矣。”（页211）这里的差异性在于臧、孟二人，前者以场上搬演考量居多，认为与剧情较不相关的枝节必须完全删除，后者则顾虑到案头曲文欣赏的优美性，着重元人语言性，因此删修点不同。

另一谈的是“收场”，这一个部分也是与吴兴本有所变革之处。所谓收场，乃指“煞尾”、“蹲底”，此乃结尾之处要让观者对全剧产生回味之处，明传奇写作上也以为“无包括之痕，而有团圆之趣。”所谓“团圆”收束，乃指尾声或是“劝善逞恶”，或是“团圆旌奖”等，都是一种处理手法。

孟称舜在剧本批语关注在此部分，并对所参照的元曲选本有所建议。例如在《金钱记》中，吴兴本则修改了结尾。本剧原写唐代诗人韩翃同王府尹之女柳眉儿在九江池相遇一见钟情，柳暗赠韩开元通宝金钱，韩追赶柳进府尹花园，这其中被府尹发现以为贼而遭讨打，但后又得知他为韩翃又聘为门馆先生，但因金钱又被府尹得知吊打儿女之情事，幸而韩中状元被皇帝宣见，且在贺知章、李白的帮忙下，由皇帝亲旨李白奉旨做媒缔结二人婚约。

在《古杂剧》中，其末尾在〔水仙子〕安排贺知章告知韩翃此事，他则因丈人柳府尹的之前的为难而含恨在心，曲末则是贺以“兄弟也，一门好亲事成就了罢”带出他说：“小官欲要不成就这门亲事，则怕破了大人之面也。”唱到“今日可便轮到我装么”，于是李太白此时进场，召韩飞卿缔结婚约之命，此时话语以“谢李科”说道：“蒙太白贤兄，为小生成了这亲事，将这五花官诰、驷马香车、金冠霞帔，请小姐受了者。”（页321）于是，韩诩再唱〔雁儿落〕、〔得胜令〕，讲到自己今日得意貌，将最后尾声结束交由李白，唱到最后七子十句下场诗总结。然，吴兴本则在〔水仙子〕后李白宾白安排一句：“就请小姐出来行礼成了亲事，等我好回圣人话去。”于是大改〔雁儿落〕、〔得胜令〕之曲文，改成了婚礼场面，虽仍有李太白的下场诗八句，但又加入“正末同旦谢恩科”再唱〔沽美酒〕、〔太平令〕以“想草茅遇遭这圣朝，呀，之甚日把隆恩补报”作结。

这二者所要求的尾声于何者作结有其不同的观点，以臧氏而言，习惯在结束时以“喜剧”、“大团圆”的收场效果，符合明代戏剧观众的要求。而孟氏则着眼于正目最后一句“李太白匹配金钱记”的效果，以为可省略婚宴大欢愉收场，只要符合剧情要求即可收尾，这亦反映二人对于戏剧悲喜剧处理心态，孟氏对于戏剧结构处理在于情的传布，而悲喜剧则都为情的一部分。尤其在明末，陈洪绶评点《娇红记》时，不但强化孟氏创作，在评语中还提出了“怨谱”说，正与卓人月的“悲剧观”、祁彪佳的“苦境”说，形成明末戏曲悲剧理论。这种自关性共同符号，解释对话产生共鸣之因。他们的情都做了一种转化，从汤显祖情真说，直到明末发展为情正说，将言情思想转化由“深”至“正”的处理关系。

四、结　论

本论文以孟称舜删校与批语过程，探究其阅读的理路。这其中，孟氏虽以批语与臧晋叔的吴兴本作对话交流的动作，但其实他乃借由评点，呈现出一种继承与统合的思考脉络，包括对于言情说、当行论、风格论等所持的论点。

从笔者整理臧、孟二人对话内容，探究其修改标准，进而从对话的整理，分析出他的原则，认为“传情”标准是他增删内容最主要的依据。从二者的比较来看，孟、臧二者都已经从案头指向舞台的演出考量，臧晋叔擅长于“情境”铺陈，和舞台性结合。孟氏则从人情的铺陈在曲牌与情境中呈现，将“同于作者之情”转向“妙在叙事中绘出场景”，到“为剧中人物发声”，最终走向写戏之“法”的初步呈现。

臧懋循在《元曲选序二》提到：“今南曲盛行于世，无不人人自谓作者，而不知其去元人远矣。”（页11）因而提出作曲之三难，包括“情词稳称”、“关目紧凑”、“音律谐协”三者，并说明所谓“当行”者，必须注重对舞台表演实践的把握度，即对人物语言的认识。这些均辅助了孟称舜戏曲视野的开拓，然而，有一个核心理念是他所持有且有别于臧氏观点，就是以“戏曲传情”的美学角度“度”曲。

孟氏“戏曲传情”论的特质，影响于他所论列的各种现象。“传情”此乃传统诗学必然的特征。他在《古今词统序》提到“词与诗、曲，体格虽异，而同本于作者之情”。然而，继续提到“作者极尽情态而听者动心焉”、“要以摹写情态，令人一展卷而魂动魄化者为上”，此篇虽是论及词的表现，但却是他所体认一切诗歌抒情美学所必备的共同条件。然而，曲体有别于词体的传情，在此基础上，又要把握两个层次的特质，其一为“曲之难者，一传情，一写景，一叙事。然传情写景犹易为工，妙在叙事中绘出情景，则非高手未能矣”（《酹江集·魔合罗》批语，页198）。再者，作者之情，必要找到一个“中间人”去传达，因此“因事以造形，随物而赋象”，身为曲家，他必要“合傀儡于一场，而征事类于千载”，透过戏中人物，让人物代言，使他“笑则有声，啼则有泪，喜则有神，叹则有气”，这也就是说作者的情感先化身为剧中人，再由剧中人“声口”传达出情感，此有别于诗、词等创作单一传达作家之情的表现，因为这些居中的戏中人“时而庄严，时而诙谐”，作家必须注意到这位他所设立的剧中人物，其个性与传达讯息的说话情感能否一致。

这使他对于曲辞、曲牌、人物语言以及全局结构能作一个完整透视，更甚的，对于戏剧叙事的掌握更有其深刻的看法，这是他与臧氏对话中论列的重点。以下从修改或增入的案例，体会他对于曲情的流畅度。孟氏选择“杂剧”之因，除了文本内容既有丰富“语义潜能”外，他在序中更明白提出对明人曲作。他以为明人对于曲作除了“美逊于元人”外，应从填词与协律间找到平衡点，并针对当时“北主劲切，南主柔远”戏曲语言风格偏执观点予以纠正，这亦为他《柳枝集》、《酹江集》的分类之因。

作者单位：台湾南华大学

补天石·镜子·颜色

——试论《西游补》与《红楼梦》的象征意象

赵红娟

目前学界对《红楼梦》中补天石、镜子、颜色这三个意象的考察已不少见，但没有人注意到早在明末的《西游补》中这三个意象就已出现，而且与《红楼梦》中一样，都有丰富的象征意义，传达了作者的感悟和作品的主旨。其中石头意象所揭示的是天的倾覆和无材补天之恨，镜子意象所揭示的是色即空的佛教哲理，颜色意象方面则都以红与绿作为基本色调，它们是红尘社会与情欲旺盛的象征。

一、补天石意象

众所周知，《红楼梦》第一回说到女娲炼石补天，遗落了一块石头，被弃在青埂峰下。此石因"无材补天"，而"幻形入世"。这暗示了作者匡时济世之志无法实现，而只在红尘中经历了一些离合悲欢。而《西游补》中的主人公行者也有未遂的补天之愿。小说第三回写孙悟空看到踏空儿凿天："四五百人持斧操斤，轮刀振臂，都在那里凿天。"从午时凿到申时，最后天缝被凿开，玉皇大帝的灵霄殿从大缝中光油油骨碌碌滚了下来。后来（第五回）孙悟空经过女娲门前时，便想进去请女娲把天补好，可是女娲却外出闲话去了。与此情节相呼应，《西游补》十六幅插图中的第四幅，画了一块女娲炼石补天所遗落的还带着熊熊烈火的石头，而且明确题为"补天石"。可见，虽然《西游补》正文中没有出现"补天石"这个意象，但实际上小说作者也是把自己暗喻为"无材补天"的石头，借此表达有才而不得施展的愤懑。

董说在《西游补答问》中曰："问：天可凿乎？曰：此作者大主意。大圣不遇凿天人，决不走入情魔。"可见行者是因为天被凿，灵霄殿滚落，有志于补天，但补天之人女娲外出闲话，自己这块石头派不上补天用场，才走入情魔，经历一番梦幻的。在这里，女娲形象象征掌管用人之权的执政者。她在天倾倒之际，却外出闲话，显然是一个不顾国家安危的昏庸的统治者。而《红楼梦》第一回曰："却说那女娲氏炼石补天之时，于大荒山无稽崖炼成高经十二丈，方经二十四丈的顽石三万六千五百零一块，娲皇氏只用了三万六千五百块，只单单的剩了一块未用，弃在此山青埂峰下。谁知此石自经锻炼之后，灵性已通，因见众石俱得补天，独自己无材，不堪入选，遂自怨自叹，日夜悲啼惭愧。"可见，《红楼梦》中掌管石头命运的也是女娲，是女娲弃石头而不用，才导致石头自怨自艾，最后被一僧一道携之"隆盛昌明之邦，诗礼簪缨之族，花柳繁华之地，温柔富贵之乡"而历经情劫的。总之，《西游补》中"大圣不遇凿天人，决不走入情魔”,《红楼梦》中石头若得补天,亦不会入温柔富贵之乡。

远古补天神话的背景是天的倾倒:“往古之时,四极废,九州裂,天不兼覆,地不周载”,“于是女娲炼五色石以补苍天”[①]。《红楼梦》中无材补天的顽石神话,预示着“忽喇喇似大厦倾”。这将倾的大厦,从小的方面来说,是走向衰落的以贾家为首的四大家族;从大的方面来说,则是腐朽的封建末世。正如李泽厚在《美的历程》中所言:“尽管号称‘康乾盛世’,这个封建行程的回光返照毕竟经不住‘内囊却也尽上来了’的内在腐朽,一切在富丽堂皇中、在笑语歌声中、在钟鸣鼎食、金玉装璜中,无声无息而不可救药地垮下来,烂下去。”[②]而《西游补》中的踏空凿天,凿得玉帝灵霄殿滚落下来,预示着明朝大厦即将倾倒。《西游补》的创作是在明崇祯年间,当时的晚明社会已是弊端丛生,崇祯皇帝虽然想有所作为,但这个社会已经不可救药了。小说中行者看到踏空儿凿天而引发联想:从天的新旧到天的真假、天血的红白、天皮的层次、天心的有无、天的老嫩、天的雄雌,从搔天到刮天、修天、雕天、凿天等。看似荒唐,毫无联系,实际上隐含了丰富的社会内容,那就是“对崇祯皇帝如何支撑和振作明王朝的质疑和担忧”[③]。也就是说,《红楼梦》和《西游补》的作者都预感到苍天欲裂,大厦将倾,但无力扭转乾坤。这就是顽石不得补天之恨,它揭示出了两书作者(曹雪芹、董说)及其主人公(宝玉、行者)所面临的困境。

明亡前的董说是一个因无材补天而充满愤懑的个性孤傲的文人。他虽然深受佛道思想影响,但骨子里最主要的还是儒家治国平天下思想。他深知自己不可能走立功疆场之路,也不想求仙学道,更蔑视经商牟利。他的身份与才志决定了他只能走科举入仕一途,然而锦绣文字在政治黑暗腐败、党争激烈、大厦将倾的明末社会,却是百无一用。在《报侯几道书》中,他向友人倾诉说:

> 既而力惟斗蚁,自分无将军之理;才非吐凤,不能守太玄之门。与世浮沉,改我初筮。奈何郭外宁生,徒伤牛角;洛阳季子,已敝雕裘。未免有情之身,便作无端之哭。醉乡日月,逊刘伯伦之忘机;枕调华胥,缺寇朝一之混沌。宝刀鸣而苍天愁,荆玉歌而灾竖起。又素不喜范子计然书,至于乞丝无术,抱剑日弹。笔前绮绣,寒不可裂纸为衣;架上稻粱,饥不可煮字作食。

文士不可为,神仙不可学,将军成不了,这是董说前期散文里反复强调的一个思想。其《计甫草诗序》曰:“既不得志于有司,文士不可为……又天赋愤性,见闻不合,毛发如戟,神仙不可学也。已而欲学兵,负薪无力,一旦弃儒衣冠,左挟雕弓,右佩宝刀,国家练兵数十年,岂需此羸将军。”由于怀才不遇,个人的社会价值无法实现,故其内心忧愁痛苦,焦虑不安。“问天”和“天问”成了董说的一种潜在心理和强烈欲望。《计甫草诗序》曰:“不得其平,愤发不可止,拔剑击地,散发问天。”又《闵未亥稿序》曰:“夜半坐舟中,欲续《天问》,既方以为狂,劝而止之。”焦灼痛苦不但来自于怀才不遇,也源自其恃才自傲、狂放不羁的背离俗世的个性。在《祭张夫子文》中,董说言自己“自束发为文,不为干禄之文,性情类狂者,勿能逃避毁谤。”既

---

① 刘安等编著、高诱注《淮南子》卷六《览冥训》,上海古籍出版社1989年版,第65页。

② 李泽厚《美的历程》,文物出版社1981年版,第205页。

③ 丁国强《董说“问天”与屈原“天问”》,《安徽大学学报》2002年第2期,第88页。

希望实现个人的社会价值，又不愿与世浮沉，最后使自己孤立于整个社会之外，这无疑是一种巨大的痛苦。其明亡前所作之《计然子序》曰：

> 呜呼，以愁苦为邦国，以涕泣为膏粱，以啼号为琴瑟，以颦蹙为文章！古人曰："忧能伤人，恐不永年。"似如余者，虽有不死之药，岂欣慕哉！天高苍苍，万古不语，衣裳冠佩，其志如鬼。天不足与怨，人不足与尤，俯首独坐，心如波涛。①

晚明社会内外交困，当时许多文人对国家命运产生担忧，对社会前景感到失望，甚至绝望，整个时代笼罩着一种无法解脱的悲剧气氛，而董说就是当时社会中典型的充满愤懑和深感绝望的悲剧文人形象。明乎此，才能真正了解《西游补》插图中那块带着熊熊烈火的补天石，才能真正了解《西游补》正文所写的天子行乐图、审判秦桧图和科举放榜图。毫无疑问，小说对大唐天子醉生梦死的铺陈，实际上是对明中叶以来皇帝荒淫昏聩的批判；小说对宋代卖国权奸秦桧的痛快淋漓的审判，实际上是对晚明奸臣误国的批判；小说对科举放榜图的描摹，实际上是对晚明文人秀士及其纱帽文章的批判。它们共同折射了作者对国家前途与命运的焦虑与担心。虽然小说最后上升到了"世界情缘，皆是浮云梦幻"的佛教色空说，但小说对晚明社会和世风的批判是显而易见的。

《红楼梦》最后的立脚点虽然也是佛教的色空说，但无材补天的愤懑显然也是该书所要表达的主要内容。甲戌本批语即说"无材可去补苍天"是《红楼梦》"书之本旨"。李希凡也认为："无材补天的悲愤，概括了《红楼梦》的主题。对于封建制度的'苍天'，充满了愤怒、诅咒和仇恨，对被毁灭了的叛逆者，却唱出了热情的颂歌。在封建社会里，做一块不同流俗的顽石，虽然造成了曹雪芹一生坎坷遭遇的悲剧，却体现了作家的孤傲不屈的精神。"②又曰："顽石的自我褒贬，自我嘲讽，表面上是抒发着对'天'道不公的不满和牢骚，实际上又是象征着、隐喻着对现实黑暗的愤懑与控诉。"③可以说，《红楼梦》与《西游补》都有悟道和讽世的双重主题。或者说，它们都是在谈禅悟道的框架或外壳中蕴含着极其深刻的讽世之义。只看到它们的色空主题，或只看到它们的现实主题，都是不全面、不准确的。

二、镜子意象

镜子是《红楼梦》这部小说有意设置的一个象征意象。据学者统计，"镜"之一词，在庚辰本中共出现67次，其中4次指"眼镜"；程乙本中共出现76次，5次指"眼镜"④。除了作为普通的日常生活用品外，《红楼梦》中的镜子还有隐喻和象征功能，其中富有哲理意蕴且与《西游补》可以比照的主要是以下两种镜像设置。一是镜子成为空幻的象征。镜里的一切，包括爱情、功名、生命等都是虚幻的，不真实的。如《红楼梦》第5回太虚幻境中仙姬所唱"枉凝眉"曲："一个是镜中月，一个是水中花。""晚韶华"曲："镜里恩情，更那堪梦里功名。""镜里"

---

① 以上见董说《董若雨诗文集》，民国十年刘氏嘉业堂刊本。

② 李希凡《红楼梦艺术世界》，北京文化艺术出版社1997年版，第3页。

③ 李希凡《红楼梦艺术世界》，北京文化艺术出版社1997年版，第27页。

④ 俞晓红《红楼说镜》，《红楼梦学刊》，2004年第3辑，第90页。

与“水中”、“梦里”互文见义，成了生命成空、情缘虚幻的喻象。但人往往被镜中幻相所迷，不能看破。怡红院中贾宝玉卧室里的那面大玻璃镜折射和见证的是贾府的富贵奢华，但贾政、刘姥姥都在它面前迷失了道路，连贾宝玉也对着它做起梦来。二是风月宝鉴的象征意义。风月宝鉴在《红楼梦》一书中有特殊含义，它可以揭示小说的题旨，《红楼梦》也因此曾别名《风月宝鉴》。小说第一回谈到小说书名时，即曰：“东鲁孔梅溪则曰《风月宝鉴》。”甲戌本《凡例》亦云《红楼梦》“又曰《风月宝鉴》，是戒妄动风月之情”。小说正文中，风月宝鉴意象出现在第十二回《王熙凤毒设相思局，贾天祥正照风月鉴》中。贾瑞意欲调戏凤姐，反被凤姐捉弄了两番，不觉得了重病：“心内发膨胀，口中无滋味，脚下如棉，眼中似漆，黑夜作烧，白昼常倦，下溺连精，嗽痰带血。诸如此症，不上一年，都添全了。于是不能支持，一头失倒，合上眼还只梦魂颠倒，满口胡说乱话，惊怖异常。”各处请医疗治，皆不见效。忽然来了个跛足道人，送来一面镜子，上面刻着“风月宝鉴”四字，两面皆可照人。道人再三叮嘱贾瑞：“千万不可照正面，只照他的背面。”贾瑞收下镜子，向反面一照，只见一个骷髅立在里面。又将正面一照，只见凤姐站在里面招手叫他。贾瑞就喜滋滋荡悠悠地进了镜子，与凤姐云雨一番。如此数次，最后精尽而亡。

关于这面“风月宝鉴”的象征意义，历来多有阐述。庚辰本夹批曰：“所谓须知青冢骷髅骨，就是红楼掩面人是也。作者好苦心思。”詹颂在《中国古典小说中的镜意象》中说：“正面以美女为象征的欲望以佛家观点看来虽是假有之物，但对没有觉悟的众生恰是无法抵御的诱惑，反面的骷髅指示了世界空无的本质。”①俞晓红认为风月宝鉴的正反设置，潜藏着佛教的一种修道观——修白骨观：就是将活色生香的女身观想成一具白骨，眼中只见骷髅嶙峋，不见毛发血肉，借此以息念祛欲。《红楼梦》“借助一面魔镜，将‘红粉＝骷髅’的佛教人生观直接演示出来。这是一块双面镜，正面镜中的王熙凤不过是‘美女’的具象化，反面镜中的骷髅即是白骨观的观想和投射对象。”②笔者认为俞晓红先生关于“风月宝鉴”的“红粉即骷髅”的佛教寓意的阐释是极其充分而深刻的。至于风月宝鉴反面的骷髅“也应是贾瑞身体实际状况的反映”这种说法③，笔者则不甚赞同。

镜子也是小说《西游补》有意设置的一个象征意象。据笔者统计，“镜”字在不到五万字仅十六回的《西游补》正文中共出现了 62 次，并且还有 4 个回目出现了镜子，它们是：第四回《一窦开时迷万镜，物形现处我形亡》、第五回《镂青镜心猿入古，绿珠楼行者攒眉》、第七回《秦楚之际四声鼓，真假美人一镜中》、第十回《万镜台行者重归，葛藟宫悟空自救》。小说第二回《西方路幻出新唐，绿玉殿风华天子》写唐明皇取出一面高唐镜，叫倾国夫人立在左边，徐夫人立在右边，三人并肩照镜。天子道两位夫人标致，倾国夫人又道陛下标致。天子回转头来问宫人，三四百个贴身宫女齐声答应：“果然是绝世郎君。”天子大悦，便迷着眼儿饮一大觥。此处唐明皇照镜一节，极力摹写风流天子，浓墨重彩渲染一个“情”字。但小说接下来立即跌入极其萧瑟荒凉的描写：往日的舞榭歌台成了野草丛生、虫鼠栖息的场所，杜鹃啼血代替了昔日的欢歌笑语。仅仅是刹那之间，“宫殿去了，美人去了，皇帝去了”。这三个“了”字，

① 詹颂《中国古典小说中的镜意象》，《中国典籍与文化》2000 年第 4 期，第 26 页。
② 俞晓红《红楼说镜》，《红楼梦学刊》2004 年第 3 辑，第 97—98 页。
③ 金芝鲜《论红楼梦中的镜子意象及其象征内涵》，《红楼梦学刊》2008 年第 6 辑，第 300 页。

简直是冷水浇背，令人黯然魂销。镜中之淫艳与此后的突然萧瑟形成鲜明对比，而《红楼梦》怡红院里那架玻璃镜所折射和见证的贾府的繁华也与其日后的衰败形成鲜明对比。更耐人寻味的是唐明皇所照之镜名"高唐镜"。它让人想到"高唐云雨"这个指男女欢合的众所周知的典故。宋玉《高唐赋序》曰："昔者先王尝游高唐。怠而昼寝，梦见一妇人，曰：'妾，巫山之女也，为高唐之客，闻君游高唐，愿荐枕席。'王因幸之，去而辞曰：'妾在巫山之阳，高丘之阻，旦为朝云，暮为行雨，朝朝暮暮，阳台之下。'"显然，唐明皇照高唐镜的象征意义是镜子里的富贵、爱情一切都是虚幻，一如《红楼梦》"镜中月"、"镜里恩情"的隐喻和象征。《西游补》中虽未有正反两面的风月宝鉴的设计，但小说通过扫地宫女之口揭出"这等看将起来，天子庶人，同归无有；皇妃村女，共化青尘"的哲理，一如跛足道人之再三叮嘱只能照反面而不能照正面，它们都意在消解人的欲望，让人看清情的虚幻，领悟生命的本质，而这个本质就是佛教的空观。

《西游补》第四回《一窦开时迷万镜，物形现处我形亡》写行者撞开一块青石皮，跌落在青青世界的万镜楼中。四壁都是宝镜砌成，团团有一百万面。"镜之大小异形，方圆别制，不能细数，粗陈其概"，有：

> 天皇兽钮镜，白玉心镜，自疑镜，花镜，风镜，雌雄二镜，紫锦荷花镜，水镜，冰台镜，铁面芙蓉镜，我镜，人镜，月镜，海南镜，汉武悲夫人镜，青锁镜，静镜，无有镜，秦李斯铜篆镜，鹦鹉镜，不语镜，留容镜，轩辕正妃镜，一笑镜，枕镜，不留景镜，飞镜。

行者原以为能照出百千万亿自家模样，但走近照照，却无自家影子。但每一镜子里面，别有天地日月山林。其中有一面镜子中出现了刘伯钦，他说这是小月王造成的万镜楼台，"有一镜子，管一世界，一草一木，一动一静。多入镜中，随心看去，应目而来。故此楼名叫做'三千大千世界'"。青青世界的一窦就是"情窦"，镜中的日月山林就是人间万象。所谓"一窦开时迷万镜，物形现处我形亡"，就是行者因情窦开而迷于世俗红尘，彻底迷失自我而不能悟空。所以三一道人评曰："心即镜也，镜镜相涵，生诸幻影，心心自乱，涉诸妄想，狂花浪蕊，无又是处"；又曰："每一镜内别有天地日月山林，任人者生老病死，浮沉浊浪于其间。嗟乎！众生安得一拳打破。"这就是说，只有领悟到镜中的世界是虚幻的，破镜而出，才是正路。万镜楼台是在青青世界中，它类似于贾府中的大观园，象征着一个人难以挣脱的红尘诱惑。

《西游补》第五回《镂青镜心猿入古，绿珠楼行者攒眉》写行者在万镜楼变作一个铜里蛀虫，蛀穿镜子，跌落在古人世界，化身虞美人，与古人世界中的美女绿珠等饮酒赋诗。第七回《秦楚之际四声鼓，真假美人一镜中》写假虞美人来到天歌舍梳洗，见书桌上摆着一面"镂青古镜"，"慌忙照照，看比真美人何如，只见镜中自己形容更添颜色。"就这一细节来说，镜子中的虞美人如花似玉，实际上只是一只猴子，但项羽执迷不悟，为之下跪，为之落泪，为之讲平话。后来假虞美人使计闪进玉门关，项羽为了抓住她，还跌了一跤。项羽的痛哭声，虞美人滚下数里，耳朵里还能听到。就《红楼梦》第十二回贾瑞照风月宝鉴而言，镜子中的王熙凤如花似玉，实际上也只是一个粉骷髅；而贾瑞执迷不误，坚照正面，为之欣喜，与之云雨。可以说，镜中的王熙凤与镜中的虞美人其象征含义是一样的，她们都是佛教所言的色，是瞬息生灭的假象，其本质是空无，一如《西游补》第十六回虚空主人偈语所揭示的："也无镜中人，乃是鲭鱼身。"它们是项羽和贾瑞执迷于"情"而产生的幻相。也就是说，不管是项羽，还是贾瑞都不能悟,对镜像美人——骷髅或猴子,生出爱恨愁苦。

《西游补》第十回《万镜台行者重归,葛藟宫悟空自救》写行者被新古人推入绿水池,跌回万镜楼中。行者不知从哪一面镜中可以跳出,又找不到楼梯下楼,焦躁中推开两扇玻璃窗,玻璃窗外都是绝妙朱红冰纹阑干。他原以为阑干间隙足够阔大,自己能趱将过去。没想到冰纹阑干忽然变作几百条红线,把他团团绕住,动弹不得。于是变作一颗蛛子,但红线又成了蛛网。行者又登时变作一把青锋剑,但红线又成了剑匣。正在无奈之际,眼前忽然一亮,空中现出一个老人,帮他扯断了红线。原来老人就是行者真神,这就叫做"自家人救自家人"。在这里,红线象征"情",行者只有挣脱情的束缚,才能跳出万镜楼这个世俗红尘,并在虚空尊者的点唤下,离开青青世界而最终悟道。行者两入万镜楼,都被镜子所迷,找不到出路,这也让人想起曾使贾政、刘姥姥等迷路的《红楼梦》中怡红院里的那面折射富贵豪奢的大玻璃镜。它们不仅同有迷宫的作用,而且都象征着世人被富贵、被情欲所迷。另外,小说第十一回提到,近日增出一些世界,万镜楼中藏不下了,小月王打算在节之否宫再造一所第二万镜楼台。可见,红尘诱惑之多,人之难以空破。值得一提的还有《西游补》插图中的一幅《花镜》:一面圆镜中,画了一枝梅花。所谓花镜,就是镜中花,一如水中月,梦里情,自是虚幻的隐喻和象征。

总之,镜子在《红楼梦》与《西游补》中都不只是一种单纯的生活用品,而是作者寄托遥深的一个文化和哲理意象。它是爱情虚幻、富贵成空的象征。镜子里的世界、镜子里的美女都只是人心的一种幻相,其本质是空无。然而人总是沉迷于镜子里的幻相,不能空破情根。董说和曹雪芹都运用了象征和隐喻手法,将传统的照人、照妖的镜物象提升为一个贯注自己色空观念和创作意旨的哲理意象。当然,镜子正反两面均可照人,均有影像,这是《红楼梦》的独特创作。

三、颜色意象

《红楼梦》中颜色意象的运用非常出色和耐人寻味。仅上世纪八十年代以来,相关的研究论文就不下二十篇,但这些论文的主要目的在于揭示色彩运用与人物性格情感的高度切合,而忽视色彩意象对小说题旨的象征与隐喻作用。就色彩意象的象征意义而言,笔者以为《红楼梦》中最值得关注的是"红"与"绿"两种色调。学者们已经注意到,"红"是《红楼梦》的主色调。人物住处有绛云轩、怡红院、蓼红轩、十数枝红梅竞艳的栊翠庵、几百枝杏花在那里"喷火蒸霞"的稻香村;人物服饰是"大红鞋"、"大红箭袖"、"大红猩猩毡"、"水红撒花夹裤"、"硬红镶金大坠子";梦中所饮之仙茗为"千红一窟",仙酒为"万艳同杯";人物情感所示色彩有凤姐之金红、袭人之桃红、紫鹃之血红、尤三姐之玫瑰红、薛宝琴之梅花红,以及史湘云之海棠红、贾探春之杏红、香菱之石榴红、鸳鸯之水红、红玉之银红、茜雪之绛红。可以说,《红楼梦》"于红色色系中极尽腾挪幻化之能事,然又百变不离一'红'"[①]。小说利用"红"色营造出了一派温软香艳的生活氛围,而小说书名曰《红楼梦》,则揭示出这一派千红万艳的秾丽繁华的生活不过是一番红尘梦幻,"究竟是到头一梦,万境归空"。也就是说,《红楼梦》的色彩

① 俞晓红《红楼梦设色说》,《红楼梦学刊》1995年第3辑,第306页。

描写与“色即是空”的主题相联系。

另外，就《红楼梦》中宝、黛两位主人公来说，一爱“红”，一爱“绿”。宝玉爱红，雅号“怡红公子”，佩戴着一块“灿若明霞”的通灵宝玉。其所居之地名“怡红院”，院内是一树“丝垂金缕，葩吐丹砂”的西府海棠，室内床上“悬着大红锁金撒花帐子”，窗纱是红色的茜纱。初见黛玉时，其全身服饰以红色为基调：大红箭袖、红丝束发、银红撒花大袄、厚底大红鞋；雪天里，他身披大红猩猩毡；开夜宴，他穿着大红棉纱小袄子；祭晴雯，他身着血点般大红裤子。而宝玉这个“怡红公子”之所以爱红穿红，一如俞晓红所揭示的，是宝玉怡悦红颜的情怀的妙注，是贾宝玉浓于情、深于情的象征[①]。而林黛玉则与“绿”相连，其前生乃是一株仙草，其姓“林”突现的是草木之绿，其名“黛玉”是一块绿色的玉，其字“颦颦”所展示的眉眼特征“亦使人宛见那淡如青烟的缕缕哀愁”[②]，其号“潇湘妃子”与娥皇、女英洒泪绿竹而成斑的典故相联系。她住的潇湘馆有“千百竿翠竹遮映”，“竿竿青欲滴，个个绿生凉”，“两边翠竹夹路，土地下苍苔布满”，就连窗纱也是绿色的。由于碧纱翠竹遮映，袅袅茶烟似乎都被染绿了，“宝鼎茶闲烟尚绿”。可见，无论是林黛玉的名号，还是其所居住的环境，都给人一种幽绿的感觉。俗话说“红男绿女”，“红色是男性的颜色，绿色是女性的颜色”[③]，“红”、“绿”两色很容易让读者联想起男女两性，以及所引发的情感纠葛。红色是人性中欲望和冲动的象征，绿色则是生命和情感的象征。赤瑕宫的神瑛侍者因凡心偶炽、欲望涌动而下凡为贾宝玉，而灵河岸边的绛珠仙草因为曾得神瑛侍者灌溉之恩，愿随他下凡以自己一生的泪水、情感、生命来偿还他。因此，《红楼梦》设色以宝玉为“红”、以黛玉为“绿”，是人之欲望和情感的象征，是男女两性的互补与平衡。

颜色意象的运用在《西游补》中同样出色和耐人寻味。《西游补》中颜色纷呈，颜色字出现频率极高。据笔者统计，不到五万字的小说正文中，“青”字出现了206次（包括“绿”字62次、“翠”字27次、“碧”字12次），“红”字出现了83次（包括“赤”字19次，“朱”字8次），“白”字（包括指颜色的“素”字10次，不包括“明白”等词中非指颜色的字）出现59次，“金”字59次（不包括“金人”、“金国”等词中非指颜色的字），“玄”字49次（包括“黑”字17次），“紫”字32次，“黄”字32次，等等。这些颜色并不只是自然色相，而是具有文化意蕴的象征与暗示。特别是“青”与“红”，它们是生命力旺盛和情感欲望强烈的象征。

《西游补》意在为行者补上“情”这一课，而“情天每从色界而入，色莫艳于红，故先用‘红’字引起”[④]。小说第一回写唐僧师徒四人，离了火焰山，走上一条山路，看到一树牡丹：

> 行者道：“师父，那牡丹这等红哩！”
> 长老道：“不红。”
> 行者道：“师父，想是春天曛暖，眼睛都热坏了？这等红牡丹，还嫌他不红！”
> 行者道：“师父既不眼昏，为何说牡丹不红？”
> 长老道：“我未曾说牡丹不红，只说不是牡丹红。”

---

① 俞晓红《红楼梦设色说》，《红楼梦学刊》1995年第3辑，第308页。
② 俞晓红《红楼梦设色说》，《红楼梦学刊》1995年第3辑，第297页。
③ 《世界文化象征辞典》，湖南文艺出版社1994年版，第559页。
④ 清空青室刊本《西游补》三一道人评语。

行者道:“师父,不是牡丹红,想是日色照着牡丹,所以这等红也。”

长老便骂:“呆猴子!你自家红了,又说牡丹,又说日色,好不牵扯闲人!”

行者道:“师父好笑!我的身上是一片黄花毛;我的虎皮裙又是花斑色;我这件直裰又是青不青白不白的,师父在何处见我红来?”

长老道:“我不说你身上红,说你心上红。”

长老便在马上说偈儿道:“牡丹不红,徒弟心红。牡丹花落尽,正与未开同。”

以上一连15个“红”字,象征着行者被压抑的情欲。行者因见牡丹红而入情魔,最后被虚空尊者唤醒,跳出情魔时,见师父身边坐着一个小和尚,便晓得是情妖鲭鱼精所变,于是一棒打将下去,“小和尚忽然变作鲭鱼尸首,口中放出红光”。行者以目送之,但见红光里面又现出一座楼台,楼中立着一个楚霸王,高叫:“虞美人请了!”可见《西游补》是以“红”字起,以“红”字结,而“红”象征的是“情”。红光中的楼台——万镜楼,就是“情楼”。行者进入万镜楼所历的一切,包括变虞美人与项羽亲热,归根结底都是情根在起作用。万镜楼中的朱红冰纹阑干变成红线捆住行者,象征着行者被情魔所困。而人内在的这种心性弱点,只有自己才能克服,所以出现了行者真神帮行者一根根扯断红线的情节。小说意在说明只有空破情根,才能悟通大道。

《西游补》中的“青”字,更是谐音“情”。绿娘、翠绳娘,是情的化身,是一种性欲的联想。“绿娘”在第五回《绿珠楼行者攒眉》中出现了23次,她是握香台的主人,与丝丝、西施、虞美人众美女饮酒唱和,各自招出云情雨意,整个第五回可以说是极其香艳。小说第十四回“翠绳娘”、“翠娘”共出现了14次。她是一个媚绝千年、香飘十里的奇美人,引得猪八戒偷看。她与唐僧分别时,敛袖攒眉,歌一曲《乌栖曲》:“月华二八星三五,丁丁漏水冬冬鼓;相思相忆阻河桥,可怜人度可怜宵!”歌罢,悲不自胜,抱住唐僧大恸:

相公,教我怎么放得你去!你的病残弱体。做将军时,朝宿风山,暮眠水涧;那时节,没有半个亲人看你,增一件单衣,减一领白褡,都要自家爱惜,调和寒冷。相公!你牢记着我别离时说话:军士不可苛刑,恐他毒害;降兵不可滥收,恐他劫寨。黑林不可乱投,日落马嘶不可走!春有汀花不可踏,夏有夕凉不可纳!闷来时,不可想着今日;喜的时,不可忘了妾身!呀!相公,叫我怎么放得你去!同你去时,恐犯你将军令;放你自去,相公,你岂不晓凄风夜夜长!倒不如我一线魂灵伴你在将军玉帐吧!

最后翠绳娘与唐僧“卷做一团,大哭。卷来卷去,卷到一个碎玉池边,只见翠娘飞身下水”。小说写得极其妖娆、凄惨。翠绳娘下水,碎玉而亡[①],象征着“情字到此始断绝根株”[②]。嶷如居士《西游补序》曾曰:“千古情根,最难打破一‘色’字。虞美人、西施、丝丝、绿珠、翠绳娘、苹香,空闺谐谑,婉娈近人,艳语飞扬,自招本色,似与‘喜梦’相邻。”

另外,像小说中“绿春”、“青青春野”、“绿玉殿”、“插青天楼”、“青阁”、“青琉璃窗”、“雕青轩子”、“镂青古镜”、“青青世界”、“青竹帚”、“青锋剑”、“杀青大将军”、“悟青”、“通天青铜壁”、“青路诸侯”、“柳溪青岁”、“青山抱颈”、“泥青竹”等词中的“青”字、“绿”字,无不是情欲

① 按:“玉”是“欲”的谐音。
② 清空青室刊本《西游补》三一道人评语。

和生命力旺盛的隐喻和象征。行者是在“绿春”时节的“青青春野”中因见牡丹花红而入情魔。“绿玉殿”演出的是大唐天子的风流行乐图。“插青天楼”是唐僧与小月王听弹词的地方。《西游补答问》曰:“十二回《关雎殿唐僧堕泪,拨琵琶季女弹词》大有凄风苦雨之致?曰:天下情根不外一‘悲’字。”小月王的“青青世界”就是一个“情”的世界,嶷如居士序曰:“一堕青青世界,必至万镜皆迷。”“通天青铜壁”边布着的是“六万里长一张相思网”,很显然是情壁、情网之义。而“杀青大将军”、“青竹帚”、“青锋剑”、“悟青”就是要灭情、扫情、斩情、空情。总之,《西游补》也是以“红”与“绿”为基本色调的,它们同样是情感和欲望的象征。

就有关色彩的细节描写而言,《西游补》中最突出的是开头第一回百家衣、中间第八回阴间世界和结尾第十五回五色旗乱的描写。小说第一回写一群男女围住唐僧,嚷嚷道:

> 你这一色百家衣,舍与我吧!你不与我,我到家里去叫娘做一件青苹色、断肠色、绿杨色、比翼色、晚霞色、燕青色、酱色、天玄色、桃红色、玉色、莲肉色、青莲色、银青色、鱼肚白色、水墨色、石蓝色、芦花色、绿色、五色、锦色、荔枝色、珊瑚色、鸭头绿色、回文锦色、相思锦色的百家衣。

小说第八回写行者代阎罗天子审判秦桧,扮起威仪:

> 登时又派起五项鬼判:一项绿袍判官,领着青面青皮青牙青指青毛五百名剐秦精鬼;一项黄巾判官,带着金面金甲金臂金头金眼金牙五百名除秦厉鬼;一项红须判官,领着赤面赤身赤衣赤骨赤胆赤心五百名羞秦精鬼;一项白肚判官,领着素肝素肺素眼素肠素身素口五百名诛秦小鬼;一项玄面判官,领着黑衣黑裙黑毛黑骨黑头黑脚,只除心儿不黑,五百名挞秦佳鬼——配了五色,按着五行,立在五方,排做五班,齐齐放在那畏志堂前。

小说第十五回写唐僧、小月王与波罗蜜王、鬼兵大战:

> 只见玄旗跌入紫旗队里,紫旗横在青旗上面。青旗一首飞入紫旗队里,紫旗走入黄旗队。黄旗斜入玄旗队里,有一面大玄旗半空中落在黄旗队,打杀黄旗人。黄旗队奔入青旗队,夺得几面青旗来,被紫旗人一并抢去。紫旗人自杀了紫旗人几百余首,紫旗跌入血中,染成荔枝红色,被黄旗人抢入队里。青旗人走人玄旗队,杀了玄旗人。小玄旗数首飞在空中,落在一支松树之上,黄旗队一百万人落在陷坑。一百面黄小令旗飞入青小令旗中,杂成鸭头绿色。紫小令旗十六七面跌入青旗队里,青旗队送起,又在半空中飞落玄旗队里,倏然不见。

小说如此倾全力描写色彩,其作用除了展现一个个色彩纷呈的世界,给人强烈的视觉冲击效果,增强小说的艺术表现力外,最主要的还是对小说题旨的阐释。《西游补》的题旨寓意正如作者自己在《西游补答问》中所言:“四万八千年俱是情根团结。悟通大道,必先空破情根;空破情根,必先走入情内;走入情内,见得世界情根之虚,然后走出情外,认得道根之实。”要悟道必先破情根,要破情根必先走入情内,但如何才能走入情内呢?“情天每从色界而入”,因此小说第一回光怪陆离的百家衣的描写,是行者入魔的诱因。面对五彩缤纷的百家衣,行者目迷五色,一念疑摇而倏然入情魔。小说第八回五彩纷缤的阴司世界,是情魔所设的迷人之境,虚空主人有偈曰:“也无阎罗王,乃是鲭鱼境。”“也无未来世,乃是鲭鱼凝。”这一回的审判秦桧是行者最后能出情魔的关键。《西游补答问》曰:“心入未来,至险至阻,若非振作精神,必将一败涂地。灭六贼,去邪也;刑秦桧,决趋向也;拜武穆,归正也。此大圣脱出情妖之根本。”可见,行者派起五项判官,排出五大色彩方阵,来审判秦桧,亦与小说点破情魔的主旨相关。小说结尾写五色旗大战,则与首回百家衣一段相应成文,以色字起,以色字结。最后虚空主人出现,唤醒行者,跳出情魔。作者在《西游补答问》中曰:“大圣出情魔时,五色旌旗之乱,何也?曰:《清净经》云:‘乱穷返本,情极见性。’”由此可知,《西游补》开头、中间、结尾这三段视觉冲击力极强的色彩描写,都是在为阐述小说的题旨服务,它揭示的是入情(因色生情)——情中(传情入色)——出情(自色悟空)这样一个完整的过程。

作者单位:浙江外国语学院